I0585656

Talandier
avocat

LA|5|19|

Jesus Mar

Joshu

Coute 3 0 V

Jehu mari yosh

Jehus maria yoseh

LES PARA-
PHRASES D'ERAS-
ME DIVISÉES EN DEVX TOMES,

DONT LE PREMIER CON-
tient l'Exposition des quatre Euangelistes,
& des actes des Apostres.

NOVVELLEMENT TRANSLATÉES
de Latin en Françoys.

A BASLE,

DE L'IMPRIMERIE DES FROBENN,
Auec priuilege de la maiesté Imperiale.
L'AN M. D. LXIII.

A TRESCHRESTIEN
ROY DE FRANCE CHARLES
NEVFVIESME DE CE NOM,

Les Translateurs, ses humbles subiets,
Paix & salut par Iesus Christ.

ONSIDERANT, SIRE, QVE CE PRE-
sent liure auoit esté dedié en Latin aux quatre Monarques qui estoyent de ce temps là,
entre lesquels estoit vostre Aieul, nous auõs
pésé qu'il ne pourroit estre dedié en Fráçoys
à nully plus cõuenablemét qu'à vostre maiesté, vous qui estes Monarque de France, espe
rant que vostre peuple le lira de meilleur cou
rage, & y apprendra (s'il le lit auec priere) à o-
beir premierement à Dieu, puis apres à vous, Sire, cõme il appartient
que facent tous voz bons subiets, lesquels ont esté tousiours reputés
obeissans à leur prince, plus que toutes autres nations. Et ne doute qu'
ils le seroyent encore autát que iamais, n'estoit que nostre Dieu estant
courroucé pour noz horribles pechés, nous eust ainsi voulu chastier.
Pourtát seroit bien necessaire que tous estats regardassent bien diligé
ment en quoy c'est qu'ils ont principalement irrité la maiesté diuine,
à fin de se repétir & amender, & tous d'vn accord prier Dieu qu'il luy
plaise, au nom de son fils Iesus Christ, leur pardõner leurs fautes, & ap
paiser son courroux: s'estudians de supporter les vns les autres, cõme
leur enseigne la parole de Dieu, & principalemét l'apostre sainct Paul,
lequel s'est asseruy à tous, à fin de gaigner plus de gens à Christ, il s'est
faict cõme foyble aux foybles, à fin de gaigner les foybles. Il s'est faict
tout à tous, à fin qu'à tout le moins il en sauuast quelques vns. Que
pleust à Dieu que l'on l'eust ensuiuy, au lieu d'aggrandir les fautes les
vns des autres, & qu'aucuns n'eussent soufflé aux esprits de voz subiets, que les deux parties ne sont en rien d'accord, non plus que les heretiques, Iuifs ou Mahometistes auec les Chrestiẽs: mais bien que l'on
eust prins à la bonne part, selon la charité Chrestienne, tout ce qui s'y
pouuoit prendre, & mõstré qu'ils accordent és principaux points, assauoir és douze articles de la foy (qui est cõme vn sommaire de nostre
religion) & que tout leur different gist principalement en l'interpretation d'aucuns d'iceux, & en quelques articles & ceremonies qu'on y
a adioustés, ausquels on a voulu obliger les cõsciences. Les affaires se
fussent, peut estre, mieux portés, & n'eust on pas irrité encore d'auãtage nostre Dieu, en rompát le lien de perfection, qui est charité. Ce qui

✝ 2   est

est bien à craindre qu'il n'ait amené plus de mal, que ne faisoit leur different. Pourtant est ce qu'aucuns pensent que c'est vne chose fort necessaire, que vostre maiesté croye plus tost, & aussi tout vostre peuple,
à tous esprits modestes & craignans Dieu, qu'aux autres qui ne veu-
lent(le fondemēt de la verité tousiours sauue)en rien qui soit ceder: ce
qui est fort cōtraire à la charité Chrestiēne, laquelle quitte aucunefois
de son droit, quand les personnes sont foybles, comme souuent a mōstré ce present autheur, & aussi souuent tenté d'amener les prelats à re-
former les grāds abus qu'il voyoit en l'Eglise. Que si on l'eust creu du
cōmencement, & aussi les autres qui sont venus apres luy, qui ont esté
modestes, tel desastre ne fust parauenture iamais aduenu à la Chrestiē-
té:car on eust laissé la superstitiō, qui est noyseuse, riotteuse, & sanglan-
te, & prins à cœur la pieté, qui est de nature paisible, douce, & amya-
ble:mais le mauuais esprit ne craint sinon que la verité viēne à estre cogneue, laquelle nous a esté laissée des saincts hōmes en la saincte Escripture, laquelle est la vraye pierre de touche, à laquelle faut esprouuer
tout ce que font & enseignent les hommes, quelques sçauans & grandemēt estimés qu'ils puissent estre. Pourtant est ce que l'autheur de ce
liure admoneste les princes, & toutes gens, de quelque qualité qu'ils
soyent, de la lire diligemment, & bien considerer, auec vn esprit docile
& priāt Dieu, à fin de pouuoir deuenir meilleurs, & mettre en effect ce
qu'il leur commande:ou autremēt il leur ira tresmal. Pensés, Sire, pour
quel vous tiēdriés celuy qui empescheroit qu'on ne l'eust & ouyst vn
edit que vous auriés faict à tout vostre peuple, pour son grand bien &
profit? Et principalemēt si vous trouuiés que vostre royaume fust desolé, à cause qu'on n'auroit leu & gardé vostre edit, ou qu'on auroit
plus estimé ce qu'on y auroit adiousté que l'edit mesme. Que sera dōc,
Sire, par plus forte raison le Seigneur des seigneurs à ceux qui ne veulent que tous lisent la saincte Escripture, qui ameine toute paix, vnion
& cōcorde aux vrays Chrestiens? Mais quelqu'vn dira icy que l'expe
riēce mōstre tout le cōtraire de ce que nous disons, c'est que depuis qu'
on a leu en Frāçoys la saincte Escripture, en lieu de paix ces tumultes se
sont leués. A quoy on respond qu'elle n'en est non plus cause que les
saincts Prophetes, ausquels on obiettoit qu'ils estoyent cause de troubler Israel:dont ils respōdoyent que c'estoyent les faux prophetes qui
en estoyēt cause. Le mesme pouuoit on dire des Scribes & Pharisiens,
qui appelloyent Iesus Christ & ses Apostres seditieux, lesquels toutefois estoyent doux comme agneaux, ne cherchaus autre chose que la
vraye paix, & le salut du poure peuple, cōme la parole de Dieu le monstre clairement. Pourtant ne faut il croire, Sire, qu'vne tant bonne chose & tant douce, voyre laquelle exhorte tant souuent à paix, accord, &
vnion fraternelle, sans laquelle nul ne verra Dieu, soit cause de ces tu-
multes:mais bien plus tost les hōmes, & principalemēt les enseigneurs
qui

qui ne veulent receuoir la puré parole de Dieu, & tenir mesure, cõme a
faict ce present autheur, tant en moderant ceux qui estoyent trop vehe
mens & aigres, qu'en monstrant prudēment les abus & superstitions,
tãt en ces presentes Paraphrases, qu'ailleurs, lesquelles si dés long tẽps
elles eussent esté translateés en nostre langue Frãçoyse, cõme es autres
lãgues vulgaires, cõme Allemãd, & Angloys, & aussi leues & prinses
à cœur, les choses, peut estre, fussēt allées plus paisiblemẽt en vostre ro
yaume. Nous ne sçauõs quel esprit peut auoir empesché noz Frãçoys,
qui sont tãt doctes, de n'auoir mis plus tost la main à ceste trãslatiõ, veu
que ce present autheur est receu des deux parties, voyre hautemẽt loué
d'aucuns des principaux docteurs d'icelles, cõme on pourroit icy aisé
ment monstrer au long, n'estoit qu'il seroit trop long, à vostre maiesté.
Pourtãt nous cõtenterõs nous d'alleguer icy deux tesmoignages: l'vn
touchãt l'autheur, & l'autre touchãt l'œuure. Touchãt l'autheur, le tes=
moignage en a esté rẽdu tel. Il y eut n'agueres & de nostre souuenance
Erasme de Roterodame, hõme qu'õ ne sçauroit assés louer, & qui de lõ
gue souuenãce n'eut oncques sõ pareil. Ledit Erasme applicquoit tout
son entendement, premierement à augmenter la gloire de Dieu, puis
apres à entierement desraciner & arracher du cœur des hommes la su=
perstition qui est contre Dieu. Mais quelle estime en ont eu les autres?
vn tas d'ignorans, meschans, & ennemis de Dieu, idiots, roturiers, ieu
nes fols, & apprẽtis, n'ont pas faict conscience de le reprendre & blas=
mer en toutes sortes, luy qui estoit tressauant, homme de bien & crai=
gnant Dieu, eloquent, renõmé, ancien, & leur maistre. Mais luy ce pen
dant se fiant en sa tresbonne conscience, & ayant vn courage, ferme &
constant contre tous les torts qu'on luy faisoit, perseueroit, cõme il a=
uoit commencé de profiter à chascun, sans lascher ny placquer (quel=
que deraison & malueuillance qu'on vsast contre luy) son entreprinse.
Ne voyla pas vn homme digne d'estre à iamais renommé? Et que di=
riés vous s'il s'est trouué gens, voyre ceux principalement qui en son
viuant l'adoroyent quasi comme vn Dieu, qui apres qu'il est passé de
ce monde en paradis, n'ont pas eu honte d'outrageusemẽt blasmer vn
si sainct & grãd personnage, & par maniere de dire, faire la guerre aux
morts? Quelles gens dirons nous que ce soyent? sçauroit on faire plus
grande vilenie, & se monstrer moins noble & hõme de bien? Voyla
quant à la personne. Quant au tesmoignage touchant la Paraphrase, il
est tel. Ie vous veux biẽ aduertir, mes chers freres, que vous ayés à che=
rir & diligemmẽt lire ces Paraphrases d'Erasme. N'en soyés point des=
goutés pourtãt que c'est vne glose & declaration: car telle glose & de=
claration, n'est pas prinse d'affections d'hommes, mais de collation de
l'Escripture mesme, & outreplus des saincts & scauans peres de la sain=
cte Eglise (deuãt qu'elle fust abastardie) assauoir, d'Augustin, Ierosme,
Ambroyse, Cyrille, Cyprian, Chrysostome & autres, qui ont esté gens

† z   d'ardãs

d'ardante deuotion, & de science & diligence grāde, & d'amour bru
lante. Vous n'auez que faire de craindre d'y trouuer quelque venin:
car tout y est net & diligemment poly. Et voyla quant aux tesmoignages. Outreplus, Sire, vous pouue's aussi voir à la requeste de qui ce
present autheur à esté poussé à escrire ce present liure, par les epistres
dedicatoires, & principalement en la premiere, qui sera cause, comme
nous esperons, que vostre maiesté lira plus diligemment ceste presente œuure, & aussi voz subiets tant d'vne part que d'autre, lesquels si
vous les voule's auoir obeissans, il n'y a rien meilleur pour ce faire que
de leur laisser lire la saincte Escripture, & ordonner qu'ils ayent aussi
des bons enseigneurs, fideles, modestes, & craignans Dieu, qui preschent puremēt sa parole, qui peut sauuer les ames, & qui ne contraignent les poures consciences à croire & faire chose qui ne soit clairement monstrée en la saincte Escripture, qui est la lanterne & lumiere
qui mōstre le chemin à la vie eternelle: car en contraignant les hōmes à
faire cōtre leur cōscience, principalemēt qui soit reiglee selon la parole
de Dieu, ils les feroyēt pecher, voyre en leur faisant faire chose qui d'el
le mesme ne seroit mauuaise, à cause qu'en la faisant ils cuideroyēt mal
faire. Ce que iamais ne feront les vrays enseigneurs enuoye's de Dieu,
lesquels ont apprins de leur sauueur & seul vray docteur & maistre, &
de ses ensuyueurs, toute douceur, clemence, & mansuetude, lequel ne
veut point la mort du pecheur: mais bien qu'il se cōuertisse & qu'il viue. Nous pēsons, Sire, que vous ne pourrie's iamais hayr voz subiets,
lesquels, de crainte de voʒ offenser, n'oseroyēt faire chose qui ne seroit
expressement cōtenue en vostre edit, de crainte d'offenser vostre maie
sté: ains croyons que les estimerie's fort, encore qu'il aduinst d'aduenture que ce qu'on leur voudroit persuader de faire ne fust du tout con
tre vostre volonté. Cōbien plus grandemēt donc les estimerie's vous,
s'ils n'auoyent obey à ceux qui les voudroyēt pousser à faire cōtre vo
stre maiesté sous couleur de vous obeir? Cōsidere's, Sire, noʒ vous sup
pliōs, ces paroles, & escoute's plus tost ceux qui vous poussent à ouyr
l'edit du Roy des roys, comme vous desire's qu'on oye le vostre, qu'à
celuy des hommes, lesquels sont de nature tous menteurs & vains: &
nostre Dieu, seul, & sa parole, & tous ceux qui de cœur la suyuent, veri
tables, laquelle parolle vous baille, Sire, vn fort bon conseil, & à tous
les grands Monarques, roys, princes, & magistrats, & principalement
par le Prophete royal Dauid, disant ainsi: Maintenant ô roys, soye's
sages & aduise's. Amende's vous, ô gouuerneurs de la terre. Serue's au
Seigneur en crainte, & vous esiouysse's en tremblant. Baise's le fils, de
peur que s'il se courrouce, vostre cas ne se porte tresmal, quād soudain
son courroux s'embrasera. Que bienheureux sont ceux qui en luy se
fient. Vous aue's icy, Sire, en peu de paroles vne sentence d'vn roy qui
est bien digne d'estre imprimee au fond de vostre cœur debonnaire,
& de

& de tous princes qui veulent euiter l'effrayable iugement de Dieu, qui doit aduenir de brief aux meschans, qui aymēt mieux suyure leurs plaisirs charnels de courte durée, qu'obeir à la parole de Dieu qui leur peut amener icy vn grand repos & paix de cōscience. Puis apres ceste vie, des honneurs, biens, & plaisirs eternels, lesquels sont tant grands, qu'il est impossible de les pouuoir cōprendre. Ce pendant nous priōs le Roy des roys qu'il veuille, Sire, vous faire la grace de gouuerner sagement vostre peuple, & le retenir en vraye paix & vnion.

L'an M. D. LXIII.

L me souuient(lecteur debonnaire) auoir autrefois tesmoigné, que ie ne m'accorde auec ceux lesquels pensent qu'il faille du tout reietter les gés lais & non lettrés, de la lecture des saincts liures, & ne receuoir à tels secrets sinon certains, versés, par longues années, en la philosophie d'Aristote, & theologie scolastique. Pour le present ie ne veux debattre côtre ceux qui iugent telles gens estre principalement propres à lire & declarer les saincts liures, pour autant qu'ils y apportent vn esprit exercé és sciences humaines. Ie suis bien content qu'il soit ainsi, pourueu que sobrement & mediocrement selon leur eage, ils s'y soyent addonnés : pourueu que la vieillesse ne les y ait trouués : pourueu qu'ils ne leur attribuent trop : pourueu qu'ils ny ait point d'arrogance, ny d'aueuglée amour de soy-mesme : pourueu qu'il y ait vn œil simple & pur, par lequel on voit Dieu és sainctes Escriptures, & que l'entendement ne soit corrompu d'affections mondaines, desquelles l'esprit celeste se depart. Autrement les Scribes & Pharisiens

Matth.2
Luc.10
Iean.11

scauoyent fort bien les sainctes lettres, & interrogués de Christ, allegoyent promptement tesmoignage des Prophetes. Interrogués du principal commandement de la Loy, respondent fort bien à propos. Cayphe aussi prophetisa de la mort de Christ, par laquelle le monde deuoit estre racheté. Mais ce pendant en voyant estoyét aueugles, par ce qu'ils auoyent les yeux gastés d'enuie & de hayne : en oyant n'oyoyent goutte, par ce qu'ils auoyent les oreilles estoupées des ordures de mauuaises conuoitises : entendans n'entendoyent rien, par ce qu'ils auoyent l'entendement esblouy des tenebres d'ambition & d'auarice. Et ne se trouua oncque gens qui plus obstinéement contredissent à Christ, que ceux qui scauoyét les liures, esquels il auoit esté promis & figuré. Mais il ne faut pas pourtant condamner vne diligente cognoissance des sainctes lettres, si quelques vns par leur faute, conuertissent à leur perdition, ce qui de soy est bon & salutaire. Mettons doncque le cas qu'a telles gens doyue estre baillé le premier lieu pour enseigner, ie ne voy pas pourquoy les simples doyuent comme prophanes estre reiettés de l'escripture, principalement des Euangiles, qui ont esté baillées pour les scauans comme pour les ignorans : pour les Grecs comme pour les Scytes, pour les serfs comme pour les francs : pour les femmes côme pour les hommes, & pour le simple peuple aussi bien que pour les roys. Ce qu'elles enseignent & promettent, appartient esgalement à tous. Aussi ont elles esté tellement données, que plustost seront entendues d'vn simple idiot, modeste & craignât Dieu, que d'vn arrogant philosophe. C'est affaire aux Iuifs de cacher au peuple leurs mysteres, comprins sous ombres & figures, mais la lumiere de l'Euâgile ne peut

Heb.9

estre couuerte. Iadis le prestre entroit seul au sanctuaire, mais apres que le voyle du têple fut rompu à la mort du Seigneur, entrée a esté dônée à tous, voyre pour venir iusqu'à Christ mesme, qui est le vray sainct des saincts & sanctificateur de tous : lequel estant esleué de terre, tire tout à soy, desirant de sauuer tous. Ils crient

Iean.12

que cest vn grand esclandre, si vne femme ou vn conroyeur parle des sainctes lettres : mais moy i'aymeroye mieux ouyr quelques fillettes parler de Christ, que vn tas de gens, qui du commun peuple sont tenus pour grands docteurs. Pourquoy sommes nous plus maupiteux que les Iuifs ? Ils enduroyent bien l'enfant Iesus, respôdant & interrogant au milieu des docteurs, ne se doutâs encore qu'il y eust rien de diuinité en luy. Il reprend luy-mesme ses disciples qui engardoyét les enfans de venir à luy : à tels, dit-il, appartient le regne des cieux. Ne reiettôs

donc

donc point les petits de la lecture de l'Euangile, possible que Iesus leur fera cest
hôneur de les embrasser, & de ses mains sacrées les toucher & benir. Cest eage là,
lors que les Pharisiens medisoyent du Seigneur, chanta vn aggreable Osanna. *Matth.21*
De tels il se choysit disciples de la Philosophie Euangelique: non seulemēt pescheurs & gens sans lettres, mais aussi tardifs de nature, ainsi qu'on peut voir en
plusieurs endroits de l'histoire Euangelique. Pour ces petits il remercie le Pere
disant: Ie te remercie ô Dieu du ciel & de la terre, que tu as caché ces choses aux *Matth.11*
sages & prudens, & les as reuelées aux petits, cest à dire, fols selon le iugement
des hommes. Bien souuent ceux qui sont en grand mespris au monde, sont fort
prisés vers Christ. Et ceux que le môde tient pour scauãs, sont idiots vers Christ:
desquels parle sainct Paul escriuant aux Romains: Ils sont (dit-il) deuenus vains
en leurs pensées, & leur cœur sans sagesse a esté remply de tenebres, qui cuidans
estre sages sont deuenus fols. Or ie ne dy pas cecy pour priuer les bons docteurs
de leur authorité, ou pour encourager les idiots à s'attribuer la cognoissance des
secrets de l'escripture, & que s'appuyans sur leur prudence. Ils viennent à mespriser les docteurs de l'Esglise. La sagesse humaine a bien son arrogance, mais l'i-
gnorance des idiots n'a pas moins la sienne. Sainct Paul ne souffre point que la *1.Corint.14*
femme parle en l'assemblée de l'Esglise, non pas mesme pour apprendre. Il taxe
aussi les femmes chargées de pechés, de ce qu'apprenantes sans cesse, ne paruien *2.Timoth.3*
nent iamais à la science de verité. Au contraire, sainct Ierosme enhorte les vierges, les vefues, & les mariées à lire les saincts liures: ce pendant il se plaint en plusieurs endroits, que gens indignes vsurpent la profession de ceste science, vne
vieille babillarde, dit-il, vn vieil resueur, vn sophiste plain de babil, & tous en general presument, deschirent, & enseignent ceste doctrine premier que d'apprendre. Mais tant s'en faut que i'approuue vne arrogante profession de la saincte
Escripture en vn lay, qu'elle me semble importable mesmemēt és gēs de scauoir.
Car y a-il rien plus arrogant, que de se dire docteur des choses diuines? Mais
comme les scauans en vsurpent la profession outre môdestie & raison, aussi pense-ie qu'il faille permettre à vn chascun de s'en enquerir sobrement & deuotement, principalement és choses qui rendēt la vie meilleure. Et puis qu'il croist en
ces iardins là plusieurs sortes de delices, chascū en cueille ce qui luy sera propre.
Côsiderōs vn peu quels auditeurs Christ luy-mesme, eut: Ne fut ce pas vne mar-
maille, entre lesquels il se trouua des aueugles, boyteux, mendians, peagiers, cen
teniers, manouuriers, femmes & enfans? Se faschera-il donc que ceux là le lisent,
desquels il voulut estre ouy? Quãt à moy ie suis d'aduis que le laboureur, le charpentier, le masson, les putains, & macquereaux, voyre & que les Turcs le lisent.
Si Christ n'engarda point telles gens d'ouyr sa voix, aussi ne les engarderay-ie
point de lire ses liures. Que scais-tu s'il leur aduiendroit point ce qui aduint au *Act.8*
Chastré? Il se peut faire qu'entre les liures du vieil Testament, s'en trouueront
quelques vns, desquels à bon droit pourroit destourner les simples gens, côme
seroit Ezechiel, le cantique de l'Espouse, & quasi tous les liures de l'ancien Testament: pource qu'en iceux souuent, ou l'hystoire en apparence estrange, ou la
difficulté des sentēcés obscures, offense la personne. Si ne voudrois-ie toutefois
defendre la lecture diceux liures à aucun qui seroit desireux de la doctrine Chrestienne. Pour le moins ils y prendront ce fruict, qu'ils en seront mieux appareillés à venir aux sermôs Ecclesiastiques, & oyrront plus volontiers ce dequoy ils
ont-ia quelque cognoissance, & si entendront plus aisément les choses où ils ont
ia prins quelque goust. Mais és liures de l'Euangile, la sagesse diuine s'abbaisse
merueilleusement à la portée des foybles, de sorte qu'il n'y a nul si ignorant, qui
ne soit enseignable en la doctrine de l'Euangile. Ayons y seulemēt le cœur quelque rude qu'il soit, pourueu qu'il soit simple, pourueu qu'il soit pur & vuide du
soing & conuoitise qui rend mesme les plus scauans indociles à Christ. L'idiot &

††

ignorant

ignorant premier que de prendre le liure de l'Euangile en main pour y lire, qu'il
si prepare auec vne petite priere. Qu'il prie ce bon Iesus (lequel est aussi mort
pour les gens de nulle estime) luy vouloir eslargir son esprit, lequel ne repose
sinon sur l'humble, debonnaire, & craignât ses parolles. Et encouragé par le conseil de sainct Iaques, disant: Qui a besoing de sagesse, en demande à Dieu, qui en
donne à tous en abondance, & sans la reprocher, dise auec le Psalmiste : Ouure
mes yeux, & ie considereray les merueilles de ta Loy. Et de rechef Ie suis ton seruiteur, Seigneur, donne moy entendement. En apres qu'il ne cherche autre chose en ceste forest large & espesse, sinon de deuenir meilleur. Est-il ignorant, qu'il
regarde si de quelque part il pourroit auoir quelque lumiere d'intelligêce. Est-il
tourmenté de hayne ou d'enuie: Est-il entaché de conuoitise, auarice, ambition,
ou de quelque autre maladie de l'ame, qu'il cherche icy le remede, & il le trouuera. Quelqu'vn est-il dolent & triste, qu'il prêne icy allegement de sa douleur,
& il s'en retournera plus alaigre. Quelqu'vn se voit-il en doute & suspêd de chose que ce soit, il ne trouuera ailleurs meilleur conseil. Quelqu'vn se sent-il tenté
& en dangier, qu'il cherche secours en l'Euangile. Quelqu'vn a-il soif de iustice,
il trouuera icy vne fontaine trespure, de laquelle, qui boyra, sourdra en luy vne
fontaine d'eau bouillonnante en vie eternelle, & n'aura plus soif des eaux qu'on
tire des cisternes rôpues & troublées par les ongles de toutes bestes de la terre.
Siquelqu'vn a faim de la viande de vie, voicy le pain descendant du ciel, duquel
qui mangera, deuiendra fort & vigoreux en Christ, tant qu'il soit rendu homme
parfaict en la pleine mesure de Christ. Voicy la mesme fontaine de paradis, de laquelle sourdent les quatre riuieres qui arrousent toute la face de la terre. Voicy
le pain de la parolle de Dieu, duquel Iesus rassasie encore auiourduy la trouppe,
de toutes sortes de gens accourans à luy, & s'appuyans sur luy au desert. Ie scay
que c'est à faire aux pasteurs de distribuer au peuple ce pain rompu & donné de
Christ. Mais que sera ce s'ils n'en tiennent conte ? Que sera ce s'ils sont deuenus
loups ? A eux appartient de cauer les puits, & en puiser la liqueur de la doctrine
celeste, & la bailler au peuple, à fin qu'il ne meure de soif au desert. Mais que sera
ce si les pasteurs sont deuenus Philistins, ayans bouché les veines de l'eau viue
en les couurant de terre ? Que sera le peuple ? Il viendra pour certain à laide &
au secours, au Seigneur Iesus prince des pasteurs. Il vit encore, & si n'a delaissé le soing de son trouppeau. Estans requis par les publicques prieres des siens,
il fera ce qu'il promet en Ezechiel. Voicy (dit-il) ie rechercheray moy-mesme
mes brebis, & les visiteray ainsi que le pasteur visite son trouppeau, lors qu'il est
au milieu de ses brebis esparses, & ce qui sensuit à ce propos au mesme Prophete. Les brebis sont gens simples, toutefois raisonnables, & d'icelles brebis on en
faict des pasteurs. Et aduiêt quelques fois que la brebis a plus de scauoir que son
pasteur. Parquoy tout ainsi qu'il n'est point conuenable à vn homme lay, se rebeller sedicieusement contre son pasteur (que lordre que sainct Paul veut estre
au corps de Christ, ne soit rompu) aussi n'appartient-il aux pasteurs exercer tyrannie sur le trouppeau: autremêt la sedition leur seroit imputée. Toutes & quantes fois donques, que les pasteurs font leur deuoir, il les faut ouyr en reuerence,
comme Ange de Dieu, par lesquels Christ parle à nous. Que s'ils n'enseignent
bien & purement, si en faut-il recueillir, ce qui y sera meslé de bon. Que s'ils cessent du tout, ou qu'ils enseignent choses tout plattemêt contraires à l'Euangile,
ou s'il aduient par occasion que soyons depourueus d'enseigneurs, vn chascun
paisse son esprit de la lecture priuée. Chascun puise ce qu'il pourra pour soy des
fontaines du Sauueur. Chascun rompe des pains saincts, pour rassasier son esprit
affamé. L'esprit de Christ assistera voyre à vn seul meditant telle chose en son
nom, lequel a promis d'estre present, toutes les fois que deux seroyent assemblés
en son nom. Pour neant voyre dix mille s'assemblerôt, si ce n'est au nom de Iesus.

O ij

Or ceux s'assemblent en ce nom là, qui n'ont autre esgard qu'a l'honneur de leur prince, & au salut eternel. Mais quelqu'vn me dira : Il est malaisé de discerner les esprits: & l'Ange de Satan se transforme bien en Ange de lumiere. Il est vray, & pourtant ne voudroy-ie que le iugement en fust si soudain. Toutefois le plus certain que chascun aye en cest endroit, c'est le tesmoignage de sa conscience. En apres l'accord de l'escripture & de la vie de Christ. Finalement il y a choses trop claires pour en douter ou chercher interprete. Ce nonobstant ceux qui sont du tout addonnés au monde s'en offensent, & ce seulement pource que cela nuyt à leurs entreprinses & desirs. Mais y a-il autre raison pourquoy Christ estoit si ennuyeux aux Pharisiens & Scribes, duquel la doctrine estoit sur tout equitable, la vie innocente, & la puissance accompaignée de tous bien-faicts? Ils possedoyent-ia pour certain quelque royaume. Ils estoyent honnorés comme scauãs, adorés comme saincts, & deuenoyent fort riches. Ils desiroyent brief, que les choses fussent tousiours en tel train, qui toutefois estoit vn estat tresque-malheureux. Et pourtant ne pouuoyent-ils endurer la lumiere de la verité Euangelique, par laquelle ils voyoyent les boubans de leur authorité s'en aller à rien. Or l'estime qu'on doit faire de tels, quand on voit manifestement que ce sont enfans perdus, Christ le monstre assés, disant: Laissés les, ce sont aueugles, guides d'aueugles. Certes Christ ne ferme à personne la richesse de ses Escriptures, quand bien ce seroit vn porchier, luy qui bailla iadis l'Esprit de prophetie aux bergiers. Tous ceux donc qui auront desir de la philophie Chrestienne, qu'ils manient ces liures. Que si la chose se porte bien, remercie Dieu. Si autrement, ne pers pas incontinent courage. Cherche, demande, sonne. Il aduiendra à qui cherche, qu'il trouuera: à qui demande qu'on luy donnera, & à qui sonne que cestuy luy ouurira, qui a clef de laquelle il ouure si bien que nul ne peut fermer, & ferme en sorte que nul ne peut ouurir. S'il y a chose que tu n'entendes, conseille toy à ton prochain, possible que par son moyen l'esprit de reuelation parlera à toy, lequel a diuers moyens d'entrer en l'entendement humain. Ie veux bien qu'il y ait vne curiosité saincte & saincteté curieuse, mais sans outrecuidance, & sans vne soudaine & obstinée persuasiõ de science. Ce que tu lis & entẽs, recoys-le d'vn cœur entier. Que s'il se leuoit en ton entendement questions friuoles, ou tellement curieuses, qu'il y eust de l'impieté, chasse les au loing. Dy: les choses qui sont pardessus nous, ne nous sont rien. Comment Christ sortit le sepulchre fermé, n'en di-dispute point, te suffise qu'il en sortit. Commẽt le corps de Christ est en la saincte table sur laquelle le pain est mis, ne t'en enquiert point, te suffise croyre que là est le corps du Seigneur. Cõment le fils est autre que le Pere, veu que ce n'est qu'vne nature, ne le va point chercher, te suffise croyre le Pere, Fils, & sainct Esprit, trois personnes, mais vn Dieu. Au reste, il se faut en premier lieu garder, de destourner l'Escripture selon tes conuoitises & entreprinses: plus tost renge tes opinions & maniere de viure à ceste regle. Autrement, de ces fontaines sortira obstination d'affermer: sortiront debats, dissentiõs, & haynes: sortiront sectes & heresies qui sont la poison de la foy & accord Chrestien. Si ne faut-il pas toutefois incontinẽt dechasser les simples & idiots des saincts liures, encore que par iceux quelqu'vn en fust tombé en quelques erreurs. Car la faute n'en est pas de la lecture, mais de l'homme. Aussi iadis ne fut-il defendu de reciter l'Euangile és temples, par ce que de là plusieurs anciens heretiques auoyent recueilly la semence de leurs erreurs. Pareillement on ne dechasse point les abeilles des fleurs, par ce que l'araigne en succe le venin. Que tous donc la lisent: mais qui la voudra lire auec fruict, qu'il lise sobrement, non par acquit, ainsi que quelque hystoire humaine qui ne luy toucheroit en rien: mais ardamment, attentiuement, & sans cesse. Qu'il ensuyue Iesus en tout & par tout à la trace, comme son deuot disciple. Qu'il considere diligemment ce qu'il faict & dit. Qu'il flaire. Qu'il cherche & recherche

†† 2   toutes

toutes choses par le menu, & il trouuera en ceste escripture tant simple & tant rude, le conseil indicible de la sagesse celeste: il verra (s'il faut ainsi dire) en ceste folie de Dieu, de prime face basse & mesprisée, chose qui surmonte de bien loing toute humaine prudence, quelque grande & admirable qu'elle soit. Or n'y est rien raconté, qui n'appartienne à vn chascun de nous: rien ne s'il faict, qui ne se fasse encore iournellement en nostre vie, plus couuertement, voyre-mais plus veritablement. Christ nayst en nous, & si les Herodes ne sont pas loing, qui s'efforcent de meurtrir l'enfant tendre, & encore tettant. Il croist & deuient robuste selon les degrés des eages. Il guerit toutes sortes de maladies, pourueu qu'on demande son aide auec fiance. Il ny reiette point les ladres, ny les demoniacles, ny les malades de flux de sang, ny les aueugles, ny les boiteux. Il n'y a tache en l'ame si noire ou incurable, qu'il ne puisse oster, pourueu que de cœur nous disions: Iesus fils de Dauid ayes pitié de moy. Et Seigneur Iesus si tu veux, tu me peux bien guerir. Mais qui plus est il rappelle les morts en vie. Il enseigne, il espouante, il menace, il parle doucement & console. Il a aussi maintenant ses Iuifs qui ne peuuent souffrir que la lumiere de leur Moyse soit obscurcie. Il a ses Scribes & Pharisiens qui l'espient. Et à la mienne volonté qu'il neust pas plus d'vn Anne & d'vn Cayphe. Il a ses Iudas, qui vendent à bel argent, le sang innocent. Pilate n'en est pas loing auec ses gendarmes, desquels il est fouetté, decraché, & crucifié. Ce pendant il a aussi son petit trouppeau, lequel depend de luy. Il a ceux qui luy disent: Seigneur où irons nous? tu as parolles de vie. Ce sera donc chose profitable à tous, quelques idiots ou gens sans lettres qu'ils soyēt, de hanter ceste doctrine. Et ceux qui s'y porteront sobrement, ne seront sans l'onction qui les enseignera de tout ce qui appartient au salut eternel: selon la prophetie de Ioel: l'espandray de mon esprit sur toute chair, & tous seront enseignés de Dieu. Sainct Paul ne veut point que l'esprit soit empesché, ains desire que tous prophetisent. Et Moyse estant requis d'empescher Heldad & Medad de prophetiser: Pleust à Dieu (dit-il) que tout le peuple prophetisast, & que le Seigneur leur dōnast son esprit. Aucuns pensent que ce soit vn grand mal, si les saincts liures sont tournés en Francoys ou en Angloys. Mais les Euangelistes n'ont point creint d'escrire en Grec, ce que Christ auoit dit en Syriaque. Et les Latins n'ont point douté de tourner en langue Latine (c'est à dire proposer au peuple sans differēce) les propos des Apostres. Et sainct Ierosme ne fit pas conscience de tourner les sainctes Escriptures en langue Dalmatique. De ma part ie voudrois qu'elles fussent tournées en toutes langues. Christ desire que sa doctrine soit espandue au long & au large. Il est mort pour tous, pourtant veut-il estre cogneu de tous. A quoy seruiroit, si ses liures estoyēt tournés en toutes lāgues, ou si par le moyen des Princes, les trois langues esquelles principalement la doctrine diuine a esté reuelée, estoyent apprinses de toutes gens. Si les Romains firent tant par leur diligence & trauail en peu de temps, que les Francoys, Alemans, Espaignols, Affres, Egyptiens, Asiens, Ciliciens, & Palestins, parloyent Latin & Grec, voyre communement: & ce seulement à fin que par la communication des langues, leur empire de peu de durée, s'estendist plus aisement au loing: combien auons nous plus iuste cause de chercher que l'empire de Christ, qui durera sans fin, soit mis en auant par toutes les contrées de la terre? Lequel toutefois est maintenant serré en bien petit lieu, & ne scay pourquoy, sinon que ie me doute, qu'il y a des gens qui ayment mieux sous le titre de Christ, tenir vn royaume mondain en vn petit coing du monde, que si Christ regnoit par tout le monde vniuersel. Mais nous parlerōs de cecy vne autre fois possible plus à propos. A fin donc de poursuyure ce que i'ay commencé, pourquoy semble-il chose mal seante, si quelqu'vn lit & prononce l'Euangile en la langue où il est nay, & laquelle il entend: assauoir le Francoys en sa langue Frācoyse, l'Angloys en son Angloys, l'Allemant en son Allemant

mant

Matth.8.9

Iean.6

Ioel.2

1.Corint.14
Nomb.11

matit, & l'Indien en sa langue Indiaque? Certes cela me semble bien plus mal
seant ou digne de mocquerie, que les idiots, simples gens, & pouures femmellettes recitent à la facon d'vn Papegay leurs Pseaumes & oraison Dominicale, veu
qu'ils n'entendent point ce qu'ils disent. Quant à moy ie suis de l'opinion de S.
Ierosme, & tiendroye la croix pour plus glorieuse, & que ce seroit chose plus ma
gnificque & triomphante, si Dieu venoit à estre loué de tous en toutes langues.
Si le laboureur tenant la queue de la charrue, venoit à chanter en sa langue quelque chose des diuins Pseaumes. Si le tisserant faisant sa toille, soulageoit son trauail en raisonnãt quelque chose de l'Euãgile. Si le patron de gallere assis au pres
du gouuernail, chantoit quelque chose des saincts liures. Brief, si la bõne femme
filante sa quenoille, auoit aupres de soy sa compaigne ou parête, pour luy en raconter quelque hystoire. Mais qui pourroit estre, plus eslongné des mysteres des
Prophetes que le chastré de la royne de Candace, nourry en la court, addonné
au seruice des femmes, & auec tout cela, More, qui est vne nation sur toutes effeminée. Ce nonobstant ainsi qu'on le menoit delicattemēt en son chariot, se print
à lire le prophete Esaie, prophetisant de Christ. Il n'entendoit point le sens de
l'escripture, luy prophane & idiot, & toutefois pource qu'il la lisoit d'vne saincte
affection, Philippe soudain luy est enuoyé pour interprete: Le chastré est chãgé
en homme, il est arrousé d'eau, le More noir est reuestu de la toison blanche, de
l'agneau sans macule, & de varlet d'vne royne prophane, deuient tout soudain
seruiteur de Iesus Christ. Or que nous ayons maintenant vn si grand nombre de
Chrestiens si rudes & mal apprins, lesquels ne scauent non plus de la doctrine
Chrestienne, que ceux qui en sont du tout estrangés, ie pēse que la faute en vient
pour la plus part, des prestres. Et me semble que ie voy le moyen d'auoir desormais gens plus propres & mieux preparés à la lecon des sainctes Escriptures, à
scauoir si on proposoit tous les ans au peuple Chrestien, vn sommaire de la doctrine Chrestienne, auec vne simple doctrine qui fust claire & briefue. Et à fin
que par la faute des pasteurs rien ne fust corrompu, ie voudroye, que gẽs de bien
& doctes, fissent vn petit liure, lequel seroit leu & recité au peuple par le pasteur.
Mon desir seroit que ce liure fust composé, non des songes ou inuentions humai
nes, mais de la pureté de l'Euangile, des escripts des Apostres & du Symbole: lequel s'il a esté mis en auant par les Apostres, ie ne scay: pour le moins il contient
en soy, vne maiesté & pureté Apostolique. Cela que ie dy se pourroit faire bien à
propos (selõ mon aduis) aux festes de Pasques, & vaudroit, à mon aduis, mieux,
que de dire quelque sotte, & quelque fois vilaine sornette, pour faire creuer le
peuple de rire. Ie ne scay quel mauuais esprit a introduit vne telle coustume en
l'Eglise: car s'il faut quelquefois entretenir ou mesme esmouuoir le peuple à quel
que resiouyssance, si est ce que le faire par telles basteleries, il appartiēt à buffons,
& non à Theologiens. Voyre il me sembleroit bien cõuenable, si on commãdoit
aux enfans baptisés (quand il commencent à venir en eage) d'assister à presches
esquels on leur declarasse clerement que c'est que contient la profession du baptesme. Puis qu'ils fussent examinés apart par gẽs de bien, pour voir s'ils ont rete
nu, & leur souuient de ce qu'a enseigné le prescheur. Puis si on voit qu'ils l'ayent
retenu, qu'on leur demande s'ils tiennēt pour bon ce qu'ont promis en leur nom
leur parrains au baptesme. S'ils respõdent qu'ils le tiennēt pour bon, alors qu'on
renouuelle publicquement ceste profession, les enfans estans assemblés, & cecy
auec ceremonies graues, conuenables, hõnestes, à bon escient, & magnificques:
& qui soyēt propres à vne telle profession, qui est telle qu'il n'en y scauroit auoir
vne plus saincte: Car que sont les professions humaines sinon certaines images
de ceste saincte profession, c'est à dire rappellemẽs du Christianisme, qui est tom
bé du costé du monde. Les moynes scauent bien par telles ceremonies emprun-
tées, faire valoir leurs professions vers le peuple: & iouent si bien leur farce, que

†† 3   quel-

quelquefois les larmes en tombent des yeux à ceux qui les regardent. Combien
est-il plus raisonnable de faire cela en ceste profession tresreligieuse, en laquelle
nous ne nous enroulôs point sous vn hôme, mais sous Christ: & ne iurons point
de garder la reigle de sainct Francoys; ou de sainct Benoit: mais la reigle Euangelique? Ainsi il se fera que les enfans entendront, que cest qu'ils deuront faire à
leur Prince, & comment ils deuront estudier à vraye pieté. Et ce pendant il souuiendra à ceux qui sont d'eage, en combien de facons, ils se sont foruoyés de ce
dôt ils auoyent faict vœu. On ioue en nostre temps des ieux en quelques têples
(lesquels ie ne reiette point du tout) de Christ ressuscitant, montant au ciel, du
S. Esprit enuoyé, ne seroit ce pas vne belle chose, que d'ouyr tant de iouuêceaux
se dedians à Iesus Christ, tant d'apprentis iurans d'obeir à sa parolle, renonceans
à ce monde: donnans congé & ebeelans le diable auec toutes ses pompes, voluptés & œuures. De voir des nouueaux Chrestiens, porter le signe de leur capitaine en leur front. Voir vn troupeau de gens vestus de blanc sortans du sainct
lauement, ouyr la voix du populaire se resiouissant & souhaitant le bien des apprentis de Christ? Ie voudroye que cecy se fist tellement publicquement, que ne
antmoins cependant de leur enfance, apart, & publicquement ils fussent abbreués, tant qu'il seroit possible de la doctrine de Christ. Lesquelles choses auront
plus d'authorité, si elles sont faittes par les Euesques mesmes, non point par vicaires & suffragans prins à gages. Si ces choses se faisoyent comme elles doyuêt,
ou ie me trôpe, ou nous aurions des Chrestiens quelque peu plus nays que nous
n'auons. Mais il y suruient icy deux doutes, le premier est qu'il semble que le baptesme y soit double, ce qui n'est loysible. Le second qu'il y a d'angier que quelques vns ayans ouy ceste profession ne tiennent point pour bon ce qu'auront
pmis leurs parrains. Quât à la premiere elle est aisée à soudre, si on ne faict point
ces choses autrement, que comme quelque rênouation & representation, du premier baptesme: côme seroit quand nous prenons tous les iours de l'eau benitte.
Quand à la secôde doute on ne la peut pas si aisémêt oster. Mais il faut faire tout
ce qu'il sera possible pour empescher que quelqu'vn n'abandonne sa premiere
foy. Que si on ne le peut obtenir, peut estre qu'il vaudra mieux ne le point contraindre: mais le laisser en son sens, iusques à tant qu'il s'amende, & ce pendant ne
le punir d'autre chose, sinon que le priuer de la Cene & autres sacremês, sans toutefois l'engarder d'aller en l'Esglise, & ouyr les presches, ie voudroye aussi qu'on
parlast cômunemêt auec soy des liures escripts de la doctrine Chrestiêne, esquels
le pur Iesus Christ fust exprimé, nô obscurcy par ceremonies Iudaiques, inuêtiôs
& ordonnances d'hommes. Brief, non seuere & rude: mais bening & amyable
comme il est. Ceux qui seroyent ainsi enseignés par tels apprentissages, ne viendroyent pas du tout nouueaux à la lecon dés saincts liures. Or il s'en trouue plusieurs ia eagés de cinquante ans, qui ne scauent que cest du baptesme, qui ne pen-
serêt oncques, que cest des articles de la foy, que veut dire l'oraison Dominicale,
& que signifient les sacremens de l'Esglise. Et qu'il soit ainsi, nous nous en sommes souuent aperceus tant en familiers deuis, qu'en confessions secrettes. Mais
cela est beaucoup plus à pleindre, que plusieurs de nous sommes tels prestres &
pasteurs, que iamais nous ne pensasmes à bô esciêt que cest estre vrayemêt Chrestien. Nous sommes Chrestiês de nom, de coustumes, & de ceremonies, plus tost
que de cœur. Ou par faute de scauoir nous n'auons dequoy enseigner le peuple,
ou bien corrompus des conuoitises de ce môde, nous faisons plus tost noz affaires, que ceux de Christ. Se faut-il donc esmerueiller si le peuple est en tenebres,
veu que ceux qui deuoyent estre la lumiere du monde, sont pleins de tenebres:
veu que ceux qui deuoyêt estre le sel de la terre, n'ont nulle saueur de Christ: veu
que ceux qui deuoyent estre la lanterne pour esclairer toute la maison, sont aueu
gles: veu que ceux qui deuoyêt estre la cité bastie sur vne haute montaigne, pour

monstrer

monstrer le chemin aux desuoyés, sont addonés à gaing deshonesté, & plongés
en toutes voluptés. Et pleust à Dieu que le nombre fust petit de ceux ausquels ce
dit d'Esaïe vrayement appartient: Ses surueillans sont tous aueugles, tous ne sca-   *Esa.58*
uent rien, chiens muets qui ne peuuent abayer, endormis, aymans le repos, chiẽs
sans vergõgne, qu'on ne scauroit saouler. Les pasteurs mesmes sont sans intelligẽ
ce, tous sont allés leur chemin, chascun a suyuy son auarice. Et ce que dit Ieremie: *Iere.23*
Mon peuple est deuenu vn troupeau perdu, leurs pasteurs les ont seduits. De rechef Ezechiel decharge hardimẽt son courroux sur les pasteurs, lesquels sont de-   *Ezech.34*
uenus loups, & qui se paissans eux-mesmes, gastent & escorchent le troupeau.
Et aussi en plusieurs autres lieux, la complainte est cõmune és Prophetes des pasteurs, à cause que d'iceux procede toute la calamité du peuple, tesmoing le prophete Zacharie: Ils seront affligés, dit-il, pource qu'il n'y a point de pasteur entre   *Zach.10*
eux. Quelquefois les péchés du peuple, meritent que Dieu souffre regner vn hypocrite & vn idole au lieu d'vn pasteur, puis que selõ S. Paul ils reiettẽt la saincte
doctrine, & prẽnent enseigneurs qui leur enseignent plus tost choses plaisantes   *2.Timoth.4*
que salutaires, à cause qu'ils ont les oreilles chatouilleuses. A lors le pot (ainsi
qu'on dit) a trouué son couuercle: & suyuant le prophete Osée aduient, que tel   *Osée.4*
est le peuple quels sont les prestres. Vray est que le commun peuple a des loups,
regnards, leopars, & autres bestes cruelles & dãgereuses, meslées parmy le reste,
toutefois la plus grand part du peuple sont brebis. Ils sont rudes, simples & igno
rans, toutefois vtiles à leur ministre, pourueu qu'ils soyent gouuernés d'vn pasteur soigneux & fidele. De ces brebiettes eut iadis pitié ce bon pasteur, lequel
ne veut point que rien se perde de son troupeau: ains cherchant auec grand trauail par les montaignes la brebis esgarée, & l'ayant trouuée la chargea sur ses espaules pour la reduire au troupeau. Car quand il veit vne grande assemblée dẽ
gens, considerant que les Prestres, Scribes, & Pharisiens, qui pour lors estoyent
pasteurs ne faisoyent deuoir de pasteurs, fut esmeu de pitié, pource que le peuple
estoit cõme brebis escartées, abandonnées & deprouueues de pasteur. Heureux
le peuple que Iesus a daigné regarder. Son regard n'est point vain: il n'a point les
yeux par poisõ nuysibles, mais par vertu diuine salutaires. Il regarda Pierre qui le
renyoit, & il se repẽtit. Et premieremẽt l'ayant regardé en luy changeãt son nom,
il luy a predit vne constance de foy. En la montaigne il regarda ses disciples & la
doctrine celeste demeura en leur cœur. Que ferõs nous dõc freres: mettõs peine
que soyõs brebis, ostãs toute malice, orgueil, & courroux: Car rien de ces choses
ne cõuiẽt aux brebis. Et priõs le doux Iesus qu'il luy plaise tourner ses yeux vers
nous. C'est le bõ pasteur. Il aura pitié de nous. Car ou il enuoyera dẽ bõs ouuriers
en sa moisson, ainsi que nous lisons en S. Matthieu, ou luy mesme nous enseigne-   *Matth.9*
ra, ainsi qu'escript S. Marc. Et se print (dit-il) à les enseigner plusieurs choses. Et   *Marc.6*
n'enseigna pas seulemẽt, mais aussi rassasia de pain toute l'assemblée du peuple,
que les Pharisiens par cruauté, laissoyent mourir de faim. Iesus ne cesse point encore auiourdhuy d'enseigner les siens. Il ne cesse point de repaistre ceux, qui de-
laissãs les villes, le suyuẽt par les deserts. Il espãdit iadis son esprit sur ses disciples,
aussi n'est maintenãt la main du Seignr accourcie, & la vertu d'iceluy esprit n'est
point defaillie au cœur des craignãs Dieu, pour laquelle receuoir, il nous faut fai
re ce que firẽt iadis les disciples. Montõs en la salle haute, retirãs noz cœurs loing   *Act.8*
du soing des choses perissables: Soyõs d'accord, pseuerãs tous d'vn cœur en prie
res, si nous voulons estre exaucés. Que tous ayẽt vne mesme parolle, vne mesme
pẽsée, vne mesme affection. Demãdons au nom de Iesus, & le Pere celeste nous
orra. Mais quels debats, cõtentions, troubles & esmeutes y a-il auiourdhuy sans
fin entre le peuple Chrestien: Il n'y a paix ne repos en lieu qui soit. Les princes
ont guerre mortelle entre eux. Les principaux & plus grãs de l'Eglise sont enue-
lopés de mille debats. Le peuple se mange l'vn l'autre par haynes dãgereuses. Et

†† 4

qui

qui plus est l'entiereté de la foy est mise en pieces, & la paix Chrestiêne rõpue. Ie
ne veuil pour ceste heure cõdamner l'vne ou l'autre partie : en quelque lieu que
discord est, là est le diable. Qui vit oncques, ou plus cruels, ou plus longs troubles de guerres entre les Payens, que nous auons ia veu certaines années entre
les Chrestiens? Et pour ne m'enquerir plus outre des causes, la nauire de l'Eglise fut elle iamais ainsi agitée des ondes? Que ne recherchons nous les causes de
ces maux, à fin que la source estant cogneue, on puisse plus aisément remedier à
ceste peste. Ie trouue és Euangelistes que la nauire des Apostres a estée par deux
fois en peril, vne fois de nuict en l'absence de Iesus, ainsi que nous lisons en sainct
Matthieu quatorziesme. La nauire (dit-il) estoit agitée des vagues au milieu de
la mer. Se faut-il donc esmerueiller si les troubles se leuent en l'Eglise, quant Iesus
n'y est present? Toutes les fois que l'esprit de Christ est absent, les esprits de ce
monde demeinent & tourmentent miserablemêt la nacelle. Est ce merueilles s'il
n'y a point de sainct cõseil, là où les tenebres sont si grãdes, que Christ y arriuant
n'y est point cogneu: & qu'à la venue du sauueur, ils sont espouuantés, pensans
que ce soit vn dangereux phantôsme? Que si Iesus n'eust ouuertement parlé à
eux. Ils fussent morts de crainte. Lors Pierre pensa qu'il faisoit plus seur au milieu
des vagues auec Iesus, qu'en la nauire laquelle estoit en dangier. Ensuyuõs la foy
de Pierre, & soudain que Iesus sera de retour en la nauire, il appaisera la tempeste.

Matth. 8
Marc 4

Derechef au mesme Euangeliste la nauire est en dangier, & ce Iesus present, mais
dormant bien fort: car S. Marc adiouste qu'il auoit la teste sur vn oreillier, disant
outre cela nõ sans cause, que c'estoit en la pouppe de la nauire. Or veux-tu ouyr
le grand dangier que c'est que Iesus dorme? Vn grand tourbillon de vent (dit-il)
se leua, qui iettoit les ondes en la nacelle, tellement qu'elle se rêplissoit : ou cõme
S. Matthieu raconte, la nauire se couuroit d'ondes. Ambition est vn vent horrible: Auarice est vn vent pestilentieux: Amour de volupté & autres conuoitises
mondaines est vn vent grandement dommageable. De vray ces vents font telle
esmotion, que les flots de guerre & de discord s'en debordent en l'Eglise. De
quoy aduient que non seulement la nauire, en laquelle sont les Apostres, est en
dangier, mais aussi les autres qui accompaignoyent celle de Iesus. Car S. Marc
adiouste qu'il y auoit d'autres nauires auec Iesus. Mais que signifie le dormir de
Iesus. Pleust à Dieu qu'il ne dormist pas si souuent au cœur des pasteurs, lesquels
tiennent les plus hõnorables lieux de toute la nauire en la pouppe, où il faut que
le patron soit pour conduire le gouuernail. Que signifie l'oreillier mis sous sa teste? N'estoit ce pas luy qui auoit dit : Le fils de l'homme n'a pas où reposer son

Matth. 8

chef? Mais qu'est ce n'auoir pas où reposer son chef? Certes Iesus auoit vn logis,
& est vray semblable qu'il eust quelque coutre pour dormir. Mais celuy qui n'a
rien en ce monde ou son cœur soit du tout attaché pour se reposer, ains s'addonne entierement aux choses celestes, iceluy n'a point où reposer son chef. O que
c'est vn doux oreillier à vn ambitieux, grand honneur acquis à tort ou à droit? O
que c'est vn doux coussin à celuy qui a en admiratiõ les richesses, de voir le bien
foisonner & s'establir en sa maison? Ceux qui exercent tellement office de magistrat qu'ils n'y cherchêt point tant leur bien que celuy des autres: & ceux qui pensent que l'office d'Euesque est vne charge & nõ vn royaume, ce ne leur est point
vn oreillier qui les incite à dormir, mais plus tost vn reueille-matin qui les engarde bien que le sommeil ne les surprenne. Maintenãt nous en voyons aucuns qui
par la prosperité des choses mondaines sont tellement oincts: ou pour mieux dire yures, qu'ils ne semblent pas dormir sur oreillier, mais (ainsi qu'on dit sur man-
dragore. De là, à vray dire, procede la tempeste dangereuse des affaires, pource
que Christ dort en nous. Mais en vn si grand dangier, lequel attouche tous en general, quel remede y a-il, freres? Car les patrõs des nauires ont de coustume au milieu des grandes tempestes, de receuoir conseil d'vn chascun. D'où prendrons

nous

nous icy conseil plus tost que de l'Euangile. Nous deffians donc de nostre ayde
appellōs Iesus, crions à ses oreilles, tirons le tāt qu'il s'esueille: car il veut & peut
ainsi estre resueillé. Disons luy en plourant: Seigneur, ne te chaut-il, si nous perissons? Disons luy auec grāde fiance: Seigneur sauue nous, nous sommes perdus.
Luy qui est facile à donner ce qu'on demande, orra les siens, & soudain par son
esprit appaisera la tempeste esmeue par l'esprit du monde. Il dira au vent: Cesse. Il
dira à la mer: tient toy tout coy. Mais que s'en ensuyuit il? Le vent cessa, & la trāquilité fut grāde. Pendant que la nauire de l'Eglise est demenée au gré des vents,
elle est en tresgrand dangier. Que si quelque fois il est dōné quelque repos pour
vn temps, de rechef vn vent esleué d'ailleurs, renouuelle la tempeste. Si l'Auster
d'auarice, se tient coy pour vn temps, l'Aquilo d'orgueil se leue. Si les Zephyres
de voluptés cessent, la Bise de courroux se leue. Si on a obtenu cecy ou cela pour
quoy on se debattoit, il se presente tout soudain vne autre chose pour laquelle il
faut prendre vn nouueau & plus aspre combat. Car des conuoitises mondaines
il n'y a point de fin. Ces vents ne peuuent estre appaisés, si Iesus ne les menace.
Doncques tous ensemble ayons esgard au repos de la Chrestienté. Chascun de-
pouille ses conuoitises priuées: proposons nous tous d'vn mesme courage, choses dignes d'vne affection & profession Chrestienne. Que le peuple se dresse à
vrayement craindre Dieu, & que tous d'vn accord, & d'vne mesme intention
prient Iesus Christ de vouloir tourner les cœurs des princes à traitter la paix. Et
que les princes, specialement Ecclesiastiques, ordonnent si bien ce qu'ils font,
qu'en pure conscience, ils n'entreprennent autre chose sinō que par foy, charité,
pieté, concorde: par mespris de choses mōdaines, & amour des celestes, le regne
& empire de Christ, florisse bien amplement. Ainsi à la parfin seront-ils de vray,
grās princes, si leur authorité sert à la gloire du prince eternel, & au profit du trou
peau Chrestiē. Ainsi sera heureux le peuple, s'il obeit à tels princes cōme à Christ
mesme. Autrement si par noz combats des vns contre les autres, nous poursuy-
uons à nous miner nous-mesmes. Il y a dangier que Dieu ne nous enuoye quelque Nabuchodonosor, lequel par moyens plus aspres, nous apprēne d'estre plus
sages. Dieu defendra ceux qui serōt cōioints par accord, mais les ennemys mes-
priseront ceux qui seront separés par discord. Or iamais l'accord ne se fera, tant
que chascun voudra à belles dents tenir son droit: Aussi iamais la paix ne sera sta
ble & de longue durée, si elle n'est conioincte auec vrays & fermes moyens. Ce
n'est pas de longue durée, ce qui est faict par espouuantemens & menaces. Aussi
n'est stable ce qui est cōioinct par finesses humaines & mauuais moyēs. Si Christ
n'est en noz entreprinses, iacoit que le mal soit pour vn temps assopy, il viendra toutefois incōtinent à se bouter hors par violence, auec beaucoup plus grande ruyne du monde. A dieu.
A Basle le douziesme de Ianuier.
l'An M. D. XXII.

A TRESINVINCIBLE

OVRTANT que ie ſçauoye bien, Charles Empereur treſ-inuin
cible, la grande deuótion & reuerence qu'on doit porter à toutes
les ſainctes Eſcriptures, leſquelles les ſaincts peres, inſpirés du ſaict
Eſprit, no us ont laiſſées:& principalemēt à celles qui au vray nous
racontent les choſes que ce pere celeſte pour le ſalut de tout le mō
de a par ſon fils Ieſus faittes ou dittes:& que d'autre part ie ſentoye
bien mon inſuffiſance, quand quelques ans y a que ie mis premie
rement la main apres pour paraphraſer (par maniere de dire) c'eſt
à dire pour allonger,& par ce moyen déclarer les epiſtres de S.Paul
(à laquelle choſe mon eſperit lors me pouſſa de ſoy-meſme) il me ſembloit bien que ſ'en
treprenoye vne fort haute beſongne,& grandemēt hazardeuſe.Pour laquelle cauſe,apres
auoir en vn chapitre ou deux faict mon coup d'eſſay,ie m'en alloye du tout placquer la
beſongne,n'euſt eſté que mes amys tous d'vn accord me pouſſerent à pourſuyure, voyre
de telle façon m'importunerent,qu'il ne me fut poſsible de ceſſer, que premier ie n'euſſe
acheué toutes les epiſtres des Apoſtres:còme ainſi fuſt que ie n'euſſe entreprins de trait
ter ſinon celles deſquelles on ne doute point qu'elles ne ſoyent de S.Paul.Ie ne me ſuis au
trement pas touſiours bien trouué de faire ce à quoy me pouſſoyent mes amys : mais en
c'eſt endroit ma hardieſſe (dont ſ'ay eſté bien aiſe) a mieux rencontré que ie n'eſperoye
tant pour moy,qui n'en ay encore que bien peu de malegrace,que pour ceux qui s'applic
quēt à la doctrine Euāgelique,leſquels me remerciēt à l'enuy,d'auoir eſté par ce mien tra
uail en partie eſueillés,en partie aydés à cognoiſtre la ſageſſe Apoſtolique. Or ceſte char
ge acheuée ie ne m'attēdoye pas de deſormais me deuoir plus mesler d'vne telle maniere
d'eſcrire : mais aduint que Mōſieur le R.Cardinal de Sion,Matthieu(à la requeſte duquel
ſ'auoy acheué les Epiſtres Canoniques) moy à Bruxelle l'eſtant aller ſaluer,quād il fut de
retour du concile de Vormes,me vint d'arriuée,comme s'il y euſt expreſſemēt penſé, à ex
horter de faire ſur l'Euangile de S.Matthieu,comme ſ'auoye faict ſur les epiſtres des Apo
ſtres.Et moy incontinent de m'excuſer bien fort,diſant que ie n'auoye deſia eſté que trop
hardy de l'entreprēdre ſur les Eſcriptures des Apoſtres:leſquels eſtoyent voyre hommes
de Dieu,mais toutefois hommes:mais que touchant Chriſt, ſa maieſté eſtoit trop haute
pour entreprendre le meſme ſur ſes parolles.Et qui plus eſt, quand bien la maieſté d'vne
telle œuure ne me feroit perdre courage,la matiere(ce diſoy-ie)n'eſt pas propre pour eſtre
ainſi allongée.Car premierement il y a diuerſes perſonnes,ſelon leſquelles pourtant qu'il
faut neceſſairement que le parler ſe conduiſe,on eſt còtraint de brider la plume,& la tenir
de court,ſans la laiſſer ſe pourmener çà & là,comme il ſe faict ès autres manieres d'expoſi
tions.Car paraphraſe eſt vne maniere d'expoſition.D'auantage comme ainſi ſoit que la
plus part de l'Euangile ne ſoit qu'vne hyſtoire,voyre vne hyſtoire,toute ſimple & plate,de
choſes aduenues,il ſemblera,peut eſtre,que le vouloir par allongement eſclarcir, ne vien
ne non plus à propos,que d'allumer vne chādelle à plein midy. Outre-plus puis que les
anciēs en dechiffrāt les allegories ſont en partie differés les vns des autres,& en partie s'y
portent tellement,qu'il me ſemble quelquefois qu'ils ſe iouēt,& s'y ne m'eſt loyſible d'au
trement les raconter que ſous la perſonne, ou de Chriſt,ou de l'Euāgile,il eſt aiſé à voir en
quel d'eſtroit ie me trouueray. Ie me tais que Chriſt a quelquefois parlé en ſorte,qu'il ne
vouloit pas eſtre entendu:comme quand il diſoit:Deſtruiſés ce temple, & en trois iours ie
le rebaſtiray:pareillement quand il parloit d'achetter vn glaiue, & de ſe garder du leuain
des Phariſiens.Item quand il predit la deſtruction de Ieruſalem, & la fin du monde,& les
afflictions qui deuoyent aduenir aux Apoſtres,il mesle & deduit tellemēt ſon parler,qu'il
me ſemble qu'il vouloit non ſeulement aux Apoſtres,mais auſſi à nous,eſtre obſcur.Il y a
auſſi des paſſages à mon aduis indechiffrables,còme ſeroit celuy du peché còtre le ſainct
Eſprit,qui ne doit iamais eſtre pardōné:& celuy du dernier iour,lequel iour le fils meſme
ne ſçait pas:mais ſeulement le pere.En tels paſſages,quād on eſcript des Commentaires,
on peut bien,ſans nul dangier,raconter diuers aduis de diuerſes perſonnes,ou tout plat
tement còfeſſer qu'on n'entend pas vn tel paſſage:mais en paraphraſe on ne le peut faire.

Outre

Outre cela il y a des propos qui se rapportent aussi à nostre temps, auquel plusieurs choses sont differentes des ordonnances des Apostres: lesquelles choses posans le cas que les Apostres par esprit prophetique les ayent cogneues deuãt coup, si est ce qu'on ne les peut (sinon bien froidement, & auec grande cõtrainte) raconter sous leur personne. Il y a aussi vne chose que ie crains, c'est que si i'entreprend cecy seulemẽt sur S. Matthieu, il y aura incontinent quelqu'vn qui requerra que i'aye à faire le mesme sur les autres Euangelistes: auquel si ie veux complaire, il me faudra plusieurs fois redire vn mesme propos, assauoir, en tous les passages ausquels les Euangelistes sont d'accord. Ou si ie viens à les ioindre tous quatre ensemble, & en faire vne narratiõ tout d'vne suitte, veu que de vouloir accorder les passages esquels ils se desaccordent, c'est chose fort difficile, ie ne pourray escrire clerement, comme le requiert vne paraphrase. Voyla les raisons, & plusieurs autres, que i'alle goye pour m'excuser de prẽdre laditte charge, & me sembloit bien que i'auoyẽ la meilleure raison du monde: toutefois ie ne sceu tant faire, qu'il ne gaignast, tant par son beau parler, que par son authorité, en prenãt tout le dangier sur soy. Dont ie n'osay refuser plus longuement le conseil d'vn tel homme, voyant que mesme vostre maiesté en des affaires de bien grande importance suyt bien souuent volontiers son aduis. Toutefois ie n'en prins pas toutalement la charge: ains seulement promis, que si d'aduenture i'auoye bõne chance, ie m'en mettroye vne fois en deuoir: mais neantmoins luy allant à Milan, promit pour moy aux Allemãs que l'ouurage seroit cest hyuer imprimé. Dont moy retournãt à Basle, noz Allemãs (gens qui ne pressent pas petitement) me presserent tellemẽt de toutes pars, que pour tenir tant ma promesse que la siẽne, i'ay presque en vn moys parfaict l'ouurage. Dieu veuille que le commandement dudit Cardinal, & mon obeissance, soit pour le bien de tous, cõme i'espere qu'il sera, si vostre maiesté daigne recognoistre ce petit present qui luy est dedié. Mais peut estre que quelqu'vn (cuidãt que vous ne soyés autre chose qu'Empereur) dira: A quel propos presente-on vne telle matiere à vn prince mondain, laquelle seroit plus propre pour estre dediée à quelque Abbé ou Euesque? Sur quoy ie respond qu'il ne sied que bien d'offrir vne chose honneste, quelle qu'elle soit à vn prince Chrestien. D'auantage il n'y a prince tant mondain qu'il voudra, qui soit estrangé de l'Euangile: si est ce que les Empereurs sont oinct & sacré à fin qu'ils maintiennent, ou reformẽt, ou augmentent la religiõ Chrestienne. Donc l'Empereur, n'est pas docteur, mais defenseur de l'Euangile: ie le confesse, mais ce pendant c'est bien raison qu'il sçache pourquoy c'est qu'il prend les armes. Or considerant que vous aués l'esperit tellement addonné à deuotion & pieté, que les Euesques & Abbés y pourroyent bien prendre exemple, & en faire mesme leur reigle, il m'a semblé qu'il n'y a nul à qui plus conuenablement ie puisse dedier ce present, qu'à vostre maiesté. Parquoy ce que ie pouuoye conuenablement dedier à vn prince Chrestien, & encore plus cõuenablement à vn Empereur, ie le dedie tres-cõuenablement à Charles. Moins conuenables sont les presens que font ceux qui donnent quelque pierre precieuse, ou quelque fier rossin, ou quelque chien de chasse, ou quelque tapisserie de Turcquie. Il n'y a celuy pour qui les Euangelistes n'ayent escript l'Euangile: dont ie ne voy point de cause pourquoy il ne doyue estre leu de chascun: aussi m'y suis-ie porté tellemẽt, que mesme gens qui ne sont pas clercs, le pourrõt entendre. Or sera-il leu auec tresgrand profit, si chascun le prend en main à l'intention d'en deuenir meilleur qu'il n'est, & de ne se seruir pas de l'escripture Euangelique selon ses affections charnelles, mais bien amender sa vie & conuoitises selon la reigle de l'Euangile. Or ay-ie suyuy en cest ouurage principalement Origenes, qui est l'vn des sçauans en theologie qu'on sçache: & Chrysostome, & Ierosme, qui sont les plus approuués d'entre ceux qui ont saine doctrine. Ce pendant ie prie ce prince celeste qu'il vous fasse la grace, Empereur tres-Auguste, de vouloir & tascher les choses qui sont les meilleures, & de venir à bout de voz attentes, tellement que l'Empire, lequel iusques à present vous aués sans perte de sang humain obtenü, vous le puissiés pareillement, ou augmenter, ou maintenir. Ce pendant par vostre clemence souuiennés vous tousiours qu'il n'y a guerre, ne qui s'entreprenne par causes si iustes, ne qui soit meu
re tant attrempéement, qu'elle n'ameine quant & soy vn grand tas de meschancetés & meschefs: dont la plus part des maux en tombe sur
les innocens, & qui l'ont le moins deseruy. Adieu.
De Basle, le treziesme de Ianuier.
L'an M. D. XXII.

LA VIE DE SAINCT
MATTHIEV PAR SAINCT
IEROSME.

Atthieu, qui eſt dit Leui, de publicain faiƈt Apoſtre, a le premier en Iudée compoſé l'Euangile de Chriſt en langue Hebraique, pour cauſe de ceux de la circonciſion qui auoyent creu, on ne ſcait qui c'eſt qui l'a traſlatée en Grec. Outre-plus on l'a encore en la Bibliotecque de Ceſarée, laquelle Pamphyle martyr a recuillie auec grande diligence. Les Nazariens qui ſe ſeruẽt de ce volume en Berœe ville de Syrie, m'ont preſté vn exemplaire pour la deſcrire, duquel il faut conſiderer, que par tout où l'Euangile vſe des teſmoignages du vieil Teſtament, ſoit en ſon nom, ſoit au nom du Seigneur noſtre Sauueur, il ne ſuyt point l'authorité des ſeptãte Translateurs, mais de l'Ebrieu, deſquels paſſages ſont ces deux icy : l'ay appellé mon fils d'Egypte, &, Pource qu'il ſera appellé Nazarien.

PARAPHRASE
SVR L'EVANGILE SELON
SAINCT MATTHIEV, PAR DIDIER
Erasme de Roterodame.

CHAPITRE I.

LES HOMMES EMBRASSENT DE SI ARDEN-
te affection vn liure issu d'industrie humaine, lequel promet de contregarder ou restituer la santé, ou la maniere
d'augmenter le train domestique: ou bien quelque autre
instruction pour les biens terriens seulement profitable, de
combien plus ardent desir doit estre receu de tous ce present liure, duquel l'vsage appartient à tous esgalement,
& lequel ne promet pas profits humains & tantost perissables, ains enseigne vne philosophie celeste, que Iesus Christ
docteur celeste bailla au genre humain : & d'icelle propose
vne merueilleuse recompense, non pas richesses, ny regne,
ny voluptés, mais la vraye & eternelle felicité: voire il mon-
stre le chemin pour y aller aisé & facile à tous : & enseigne l'autheur, par le moyen duquel
le salut est preparé à tous, & sans lequel nul ne doit esperer salut. Or qui est celuy d'entre les
hommes, tant barbare ou idiot soit-il, qui ne seroit esmeu par la certaine esperance d'vn
si grand bien ? Ceste felicité que ny l'effort humain n'a peu donner pleinement, ny la penible industrie des philosophes, ny la superstitieuse religion des Gentils, ny l'obseruation
de la loy Mosaïque, tant fust telle diligente, Dieu createur, conseruateur, gouuerneur & redempteur de toutes choses tant visibles qu'inuisibles, la donna bien iadis par la bouche
de tous ses prophetes (lesquels il auoit inspirés de son esprit celeste) à tout le monde, mais
singulierement à la nation Iudaïque (laquelle representoit lors l'eglise Chrestienne, qui
deuoit incontinent estre espandue par tout le monde vniuersel) signifiant sous diuerses
couuertures & ombres de figures, & comme faisant le coup d'essay de tout ce qu'il a maintenant (les ombres ostées) tout ouuertement donné au monde par son fils Iesus Christ.
Dieu, di-ie, a en la parfin baillé ceste felicité à tous par son fils : lequel estant ambassade sur
la terre pour Dieu son pere, fut tellemét messager de ceste gratuite felicité, qu'il fut aussi luy-
mesme le docteur de la philosophie de salut: luy-mesme en fut le patron, luy-mesme fut le
gage, le respondant, & l'autheur de la recompense. Car Dieu par son secret conseil & aux
entendemens humains incomprehensible, laissa long temps le genre humain (lequel ressemblant de nature à son premier autheur, estoit enclin à vices) s'enuelopa de fausses religions, de diuers vices de vie, & de meschantes conuoitises: afin qu'en ce temps tres-desira-
ble, que la sagesse diuine, qui gouuerne toutes choses, s'estoit proposé, ils embrassassent
tous de tant plus ardent & accordant courage ceste philosophie vrayemét salutaire & vertueuse: apres qu'ils auroyét apperceu, que ny par les moyens & aydes, que ce monde promet les plus singuliers, ny par tant de songneux enseignemés des philosophes, ny par tant
d'especes de religions, ny par la scrupuleuse obseruation de la loy Mosaïque, ils nauroyent
peu paruenir à la vraye pieté & eternelle felicité : ains qu'au contraire tant plus fort ils s'e-
studioyent à innocéce & felicité s'appuyans des forces humaines, d'autant plus s'enuelo-
poyent-ils de vices & conuoitises. Si donques les Iuifs, qui deuoyent sur tous embrasser vn
si grand bien tant de fois promis, par tant de siecles attendu, maintenant presenté & gratuitement exposé à tous, le mesprisent eux seuls, aymans mieux en auoir faute, que de l'a-
uoir en commun auec tous, ils n'ont que faire d'imputer leur ruine à autre qu'à leur propre incredulité. Les oracles des sacrés prophetes leur ont principalement annoncé que ces

L'Euangile
qui est le ti-
tre de la Pa-
raphrase.

a   choses

choses auiendroyent: ils ont regardé Christ de pres faisant miracles: ils ont ouy de pres la doctrine Euangelique: ils sont les premiers, ausquels nous auons annoncé le royaume des cieux. Au reste, tous ceux qui se repentent de leur vie passée, tous ceux qui aiment la vraye innocence, tous ceux qui desirent la vraye, ferme & eternelle felicité, que ceux-la recoyuent de cueur gay & alaigre cest Euãgile, c'est à dire desirable & ioyeuse nouuelle: soyent Grecs, soyent Iuifs, soyent Romains, soyent Scythes, soyent Gaulois, soyent Anglois. Tout ainsi comme Dieu n'est pas le Dieu des Iuifs tant seulement, mais est commun esgalement à tous, (cõme vn seul & mesme Soleil est commun au monde) ainsi Iesus Christ son fils est venu pour sauuer tous les hõmes: il est mort pour tous, il est ressuscité pour tous, il est monté au ciel pour tous, il a enuoyé son esperit à tous. Il ne reiette personne, ny pour la race, ny pour la difference de l'aage, du sexe, de l'estat ou maniere de viure. Tous les pechés de la vie passée s'abysment au sacré lauemẽt pour vne fois, & ne sont plus imputés les crimes, pour enormes qu'ils soyẽt, pour lesquels payer il est mort vne fois, luy qui estoit innocent, pour ueu que le reste de la vie se passe selõ la reigle de Christ, c'est à dire, selõ la doctrine Euãgelique. Depuis que l'homme est baptizé & laué, il est du nombre des Chrestiens. Pour ce faire donnera gratuitement son aide celuy la-mesme, qui donnera aussi le salaire à ceux qui perseuereront. Il ne requiert de nully le fardeau de la loy Mosaique: ains qu'on ait seulement vne viue foy, qui croye promptement ce qui est annoncé, & qui attende en certaine esperance ce qui est promis. L'eternelle verité ne ment point, Dieu qui promet, ne deçoit point. Dauantage la loy humaine n'ordonnera plus d'orenauant ce qu'il faudra faire, mais ce sera la charité Chrestienne. Or est-il bien vray que de bouche nous auons iusques icy fidelement publié l'Euangile, communiquans à tous ce que nous auions veu de noz yeux, & ce que nous auions ouy de noz oreilles. Mais pource qu'il y a danger que comme la chose s'estend de iour en iour plus au large, l'hystoire ne se change en passant par les mains de plusieurs: où biẽ que la parole ne trouue pas tant de credit enuers plusieurs, que feroit vn liure: afin aussi que l'escriture paruiẽne plus aisément à tous, que la voix: ie comprendray en ce present liure le sommaire de tout l'affaire, autant qu'il en faut pour acquerir salut: assauoir, la natiuité, la doctrine, les miracles, la mort, & la resurrection. Et tout en premier lieu nous denombrerons la generation de Christ, cõmençans hon pas à la premiere source, mais à Dauid & Abraham. En partie pource que la memoire de ces deux-la est fort renommée, semblablement aussi fort agreable enuers les Iuifs. Car ils se glorifient principalement qu'Abraham est pere de leur nation: puis le Roy Dauid tant hautement prisé par la bouche de Dieu, est d'autant plus fiché en leur cœur, que la memoire d'iceluy est plus fresche. En partie pource qu'a eux deux principalement fut promis le Christ attendu par tant de siecles és oracles des Ebrieux, ausquels ont vne souueraine foy ceux la mesmes, qui contrarient à Christ. Car en Genese Dieu parle ainsi à Abraham, luy promettant qu'vn iour en descendroit vn de sa race, par le benefice gratuit duquel non seulement la nation Iudaique, mais aussi tous peuples du monde vniuersel seroyent appellés au droit & en la charité des enfans, non pas par la circoncision, (laquelle pour lors n'estoit pas encores instituée) mais par le moyen de la foy Euangelique, & auroyent ensemblément part auec Christ au regne celeste. En ta semence, dit-il, assauoir en Iesus Christ, toutes nations seront benites. Itẽ és Pseaumes mystiques il parle ainsi à Dauid: Ie mettray du fruit de ton vẽtre sur ton throne. Or cecy ferõs-nous pour l'amour des Iuifs principalement: de peur que (comme ainsi soit que par l'authorité des oracles, ausquels ils ont pleine fiance, ils soyent du tout resolus que le Messias promis viendra) ils ne viennent à contredire (cõme c'est vne nation rebelle & tardiue à croire) allegans qu'on doit attendre vn autre Sauueur, & que ce n'est pas cestuy-cy, que les prophetes auoyent promis. Car pour autant qu'ils auoyent le cœur aueuglé des cõuoitises des choses terriennes, la plus grand part d'entre eux, pour leur charnelle & grossiere affection, n'interpretans pas droittemẽt les oracles des prophetes, se promettoyent quelque fort puissant & magnifique Roy: qui surmontãt gendarmeries, armes, richesses, & telles forteresses de ce monde, esleueroit son peuple à richesses, honneurs & empires, & qu'il assuiettiroit tout le monde entierement sous la puissance des Ebrieux. Mais cõbien que Christ soit Seigneur de toutes choses, si est-ce qu'il n'est pas venu pour enrichir de biens terriens vne seule nation, de laquelle il deuoit naistre selon le corps humain qu'il a pris: mais pour esleuer toutes les nations de tout le monde aux vrayes richesses & à iamais pardurables, pour les emparer de biens celestes à iamais, en souffrant & mourant vaincre la tyrannie de la mort: pour donter les rebelles en leur faisant bien: pour mettre à mort par le glaiue de l'Esperit les monstrueux & enormes vices, & les rebelles

belles emotions des conuoitifes : pour nous donner auffi de fon propre (apres auoir furmonté les chofes qui font la guerre à l'Efperit de Dieu) la iuftice & innocéce : bref il eft venu
pour nous cóquefter vn Royaume fpirituel par armes fpirituelles. Or n'aurót-ils cy apres
que contredire, quand ils auront veu qu'en celuy que nous fauons eftre venu & le pu-
blions, s'accordent toutes les chofes, que les faincts prophetes infpirés de l'Efperit celefte,
auoyent d'vn merueilleux accord, tant de fiecles auant, prédit de luy és facrés liures : affauoir, la race, la famille, la façon de la naiffance, la vie, la doctrine, les miracles, les afflictions
& def-honneurs, le genre de mort, la fepulture, la refurrection, l'afcenfion au ciel, le S. Efprit
enuoyé du ciel, les merueilleufes langues des Apoftres, la conuerfion des Gentils, & autres
chofes que nous auons veuës apres, & voyons iournellement eftre faites par ceux qui font
profeffion du nom de Chrift. Bref, quand ils verront que le temps mefme, auquel il eftoit
predit qu'il viendroit, s'y accorde auffi. Toutes lefquelles chofes n'ont pas efté feulement
predites par les oracles des prophetes, mais ont auffi efté figurées par les faits des Patriarches. Puis qu'ils fauent ces chofes, s'ils les veulent confronter auec les faits que nous annonçons, ils entendront qu'en vain ils attédent vn autre Meffias, hors mis celuy que nous
prefchions. Il eft vne fois venu humble & abiect felon l'apparence du corps humain, pour
par fa mort deliurer tout le monde de la tyrannie de la mort. Il viédra luy-mefme de rechef
fur la fin des fiecles, non pas pour fauuer, mais pour iuger tous les vifs & les morts. Perfonne n'eft maintenant forclos de fa grace. Perfonne lors ne pourra euiter fon iugement. Mais
ceux-la qui ne mefprifent pas maintenant le doux & fauorable Sauueur, s'eftouyront lors
de le voir iuge leur donnant perpetuels falaires. Ceftuy-cy donques eft le feul & vray Meffias, duquel s'enfuit la generation, felon le corps humain qu'il auoit pris pour l'amour de
nous : car par luy deuoit naiftre vne nouuelle natió, non charnelle, mais fpirituelle, laquelle ne peupleroit pas tant la terre que le ciel, & ne multiplieroit pas par femence humaine,
ains par la foy Euangelique & par la celefte feméce de la parolle de Dieu. L'autheur & pere
duquel Meffias, fut par quelque fecrette figure reprefenté en Abraham : lequel auát la publication de la loy de la circoncifion, trouua loz de iuftice, non enuers les hommes, mais
enuers Dieu : & non par l'obferuation de la Loy, mais par la pureté de la foy : moyennant laquelle il ne douta en rien des promeffes de Dieu, combien qu'elles furmótaffent les forces
de nature. Et fut, à caufe de cefte fiance, appellé pere de maintes nations, lefquelles à fon
exemple croiroyént à l'Euangile de Iefus Chrift. Ledit Abraham ayant ia le corps debilité
fut auffi bien figure de Chrift, en portát le boys au facrifice, auquel il eftoit luy-mefmes deftiné. Ifaac engendra Iacob, lequel, combien qu'il fuft le puifné, ietta toutesfois hors fon
frere aifné, & poffeda l'heritage, figurant dés l'ors l'Eglife qui deuoit eftre affemblée des
Gentils, laquelle accroiffant iournellement de plus en plus (les Iuifs eftans forclos) occupe
la grace Euangelique par la foy : de laquelle grace les Iuifs fe rédent indignes par défiance.
Car Dieu parle en cefte maniere : I'ay aimé Iacob, & ay hay Efau. Ce nom de Iacob eft auffi
fouuent ramentu és oracles des prophetes. Iacob engendra Iudas, qui donna fon nom à
la lignée, de laquelle il eftoit predit que Chrift fortiroit : & foubs le titre de laquelle la nou-
uelle loy Euangelique auoit efté promife. Car Ieremie parle ainfi : Sachés que le temps approche, dit le Seigneur, auquel i'ordonneray vn nouueau teftament pour la maifon de Iudas & de Iacob. Et Iacob n'engédra pas feulemét Iudas (combien que fur tous il fuft digne
d'eftre enroulé en ce regiftre) mais auffi les autres onze freres dudit Iudas, lefquels donnerent leurs noms aux lignées de la natió Ifraelitique, chafcun à la fienne. Puis Iudas engendra Phares & Zara beffons, non de fa femme legitime, mais de Thamar fa belle fille : laquel-
le auoit efté auparauant mariée à Her fils aifné dudit Iudas. Car pource que Iudas ne la
vouloit pas marier (comme il luy auoit promis, comme auffi l'ordonnance de la Loy le demandoit) à Sela frere de fon feu mari, cefte femme trop conuoiteufe de lignée, s'habilla en
paillarde, & fe couurit le vifage : puis eut finement & furtiuement la compagnie dudit Iudas : & apres comme ia il l'appelloit pour la faire mourir, elle luy monftra qu'à luy eftoyent
les deux beffons, par le tefmoignage des arres, qu'elle auoit pris de luy, auant que s'abandonner à luy. Le fait n'eft pas fans blafme, fi eft-ce que le myftere caché fous def-honnefte
couuerture fert à l'affaire de l'Euágile. Comme auffi Phares figura l'Eglife & la fynagogue,
en ce qu'il mit hors la main & deuança fon frere, qui s'efforçoit de fortir du ventre le premier. Phares engendra Efrom, Efrom engendra Aram, Aram engendra Aminadab, Aminadab engendra Naafon, & Naafon engendra Salmon. Or Salmon engendra Booz de
Rachab : laquelle, combien qu'elle ne fuft pas Iuifue, ains Chananée, toutesfois pour auoir

Iof.6 contregardé les espies enuoyés par le capitaine Iosua, & liuré la ville de Iericho, trouua lieu au registre de ceux qui ont esté agreables à Dieu par la foy : & estant triée du nombre des paillardes, fut receuë & entée au peuple de Dieu, & mariée à vn Iuif : elle dés lors figurant que les pecheurs & les Gentils, qui estoyent estrãgiers du seruice de Dieu, seroyent conioincts à Christ par le benefice de la foy. Booz eut semblablement vn fils nommé Obeth *Ruth.1.2.3* par la compagnie de Ruth Moabite : laquelle aussi cõme chassée de son pays & de sa parenté, aima mieux estre entée au peuple Iudaïque, cest à dire, auec ceux qui font professiõ de la doctrine de Christ : ce qui estoit dés lors vne ombre & figure que nul hõme, quel qu'il fust, ne seroit reietté de la cõpagnie Euangelique, pourueu qu'il apportast la foy auec vn cueur conuoiteux de vraye pieté. D'Obeth est issu Iesse, qui fut aussi appellé Isai, duquel fait men*Esa.11* tion la prophetie d'Esaie touchant Christ : Vne verge, dit-il, sortira de la racine de Iesse. Iesse engendra Dauid tant aimé de Dieu : lequel Dauid fut roy & prophete ensemble, fondateur *1.Roy 16* de la ville de Ierusalem, renommé par la desconfiture de Goliath : & qui de petit berger fut consacré Roy des Israelites par la volũté de Dieu, & l'abominable Roy Saul deposé. Toute la nation Hebraïque s'attendoit que Christ sortiroit de la race dudit Dauid, comme les *2.Roy 11.* hommes inspirés de Dieu l'auoyent predit. Et certes il a aussi en plusieurs manieres figuré Christ son arriere fils. Dauid engendra le pacifique Salomon, qui bastit le temple du Seigneur : or l'engēdra-il de sa bien aimée Bethsabé, laquelle il auoit prinse en mariage (ayant cauteleusement tué Vrie son premier mari) non pas sans vice, si on ne regarde que l'apparēce de l'hystoire : non aussi sans presage & message de chose auenir, si on veut sonder le mystere. Salomon engendra Roboam, Roboam engendra Abias, Abias engendra Asa, Asa engendra Iosaphat, Iosaphat engendra Ioram, Ioram engendra Ozias, Ozias engendra Ioathan, Ioathan engendra Achas, Achas engendra Ezechias, Ezechias engendra Manasses, Manasses engendra Amon, Amon engendra Iosias ; Iosias engendra Ieconias & ses freres, au temps que le tyrant Nabuchodonosor brusla le tẽple de Ierusalem, & transporta captif le Roy & le peuple Ebraïque en Babylon : laquelle chose estoit certes vne figure de la tyrannie du diable enuers le genre humain, & de la liberté r'establie par le moyen de Christ. En ces entre-faites, comme on cherchoit ia les moyens de remettre le peuple de Dieu en sa religion & pays Iechonias engendra Salathiel. Salathiel engendra Zorobabel, Zorobabel engendra Abiud, Abiud engendra Eliachim, Eliachim engendra Azor, Azor engendra Sadoch, Sadoch engendra Achim, Achim engendra Eliud, Eliud engendra Eleazar, Eleazar engendra Mathan, Mathan engendra Iacob, Iacob engendra Ioseph auquel fut mariée la mere de Iesus le Sauueur promis à tous, lequel les Ebrieux appellent Messias, cest à dire Christ, ou oinct : pource qu'estant Roy de tous & souuerain prestre, luy seul par le sacrifice de son corps appaisa Dieu son pere, qui estoit courroucé cõtre les vices de l'humain lignage : luy seul abbatit la tyrannie de la mort, & ouurit à tous le regne celeste. Or la pudique se maria à vn mari pudique, la treschaste auec le chaste, tous deux de mesme lignée & famille, assauoir de la lignée de Dauid, selon l'ordonnance de la Loy de Dieu : Ce que ie dy afin qu'on ne pẽse pas que cest ordre de lignée ne serue de riẽ pour declarer la source de Christ. Que si quelcun veut aussi prendre garde au temps, que Daniel a descrit dés si long temps mettant par ordre les semaines, cestuy-la trouuera aussi quen cest endroit les Oracles des prophetes s'accordent auec l'euenement de la chose. La somme donques de toute la genealogie est de trois quatorzaines de generations. Car si vous voulés conter depuis le patriarche Abrahã iusques à Dauid, l'autheur du regne florissant, vous trouuerés quatorze generations. Pareillement si on conte depuis Dauid, iusques au transportement en Babylone, on trouuera quatorze generations. Item qui contera depuis ledit transportement iusques à Christ, (lequel est le commencement & la fin de la nouuelle generation Euangelique & du nouueau regne) il trouuera quatorze generations. Nous auons iusques icy fidellemẽt denõbré la generatiõ de Christ, à fin qu'il apparoisse entre toʒ que c'est cestuy-ci *Or la natiui-* mesme que les oracles des prophetes auoyent iadis promis au monde, par tant de figures *té de Iesus à* s'accordans en vn, qu'on ne pourroit pẽser que ce soit chose faite par cas fortuit : à fin aussi *esté telle.* qu'il apparoisse qu'il a esté vray homme, ayant pris sa source selon la chair de renõmés parens. Mais cõbien que d'vn homme il soit aussi nay homme, entant qu'il venoit pour par sa mort racheter le genre humain, si est ce qu'il n'est nullement nay selon la maniere accoustumée de ceux qui naissent ordinairement. Car il estoit raisonnable, que celuy qui venoit des cieux, qui inuitoit les hõmes d'aller aux cieux, qui n'enseignoit, ny ne promettoit rien qui ne fust celeste, bref que celuy, qui apres tãt de prophetes & docteurs estoit enuoyé pour renouueler toutes choses, vint bien au monde auec vn vray corps, mais par vne façon

toute

toute nouuelle:& qu'on peut dire en forte que c'eftoit vne vraye natiuité d'homme, qu'el/
le fut neantmoins trouuée conuenable à Dieu. Ce qu'Efaie auoit prophetifé deuoir aue/
nir, que Dieu(pource que les hommes eftoyent endormis aux ordinaires miracles de na/
ture,à caufe de l'accouftumance) feroit vn nouueau miracle, voire le feroit en la terre,à fin
qu'il fuft mieux expofé aux fens de tout hôme. Il eft nay vray homme,& homme mortel:
mais eftant auffi Dieu, voire Dieu immortel. Il eft nay homme d'homme, mais d'homme
vierge:il eft nay de la race d'Adam pere du gère humain,mais il eft nay fans tache.Il eft nay
en mariage,mais en forte que l'euure de la conception ne fut pas du mari, mais du Sainct
Efperit:lequel d'vne façon du tout indicible,de la fubftance de la vierge immaculée (com/
me dans le temple côfacré à Dieu) forma entierement le non-pareil enfant conceu:& mo/
dera ainfi de merueilleux côfeil l'adminiftration de ceft affaire, à fin de celer aux mefchãs,
& par tref-certains argumens perfuader aux cœurs deuots la chofe incroyable,que nulle
eloquence humaine n'euft peu confermer. Cependant donques que la tresfainôte vierge,
deftinée dés l'eternité à ce fi haut myftere, pour deuoir eftre la mere de Iefus, mariée par
l'aduis & vouloir de fes parens à vn homme de bien de fa lignée, nommé Iofeph, vefquit
auec luy chaftement & pudiquement fans auoir affaire auec elle, fut ce pource que la
vraye preud'hommie n'eft pas enclinée à copulation charnelle;fut ce pource que Dieu di/
fpoufoit ainfi l'ordre de ceft affaire,elle fut trouuée enceinôte. Car le vêtre de la pucelle,qui
s'engroffiffoit iournellement de plus en plus, monftroit plus euidemment cecy à l'efpoux
qui l'aymoit & n'eftoit en rien niais ny fot:ioinôt qu'elle ne refuyoit pas la prefence de
fon efpoux, comme fi elle fe fuft fentie coulpable de quelque mal,ny ne defcouuroit pas le
fecret qu'elle auoit apris de l'ange, tant pource qu'elle penfoit que la chofe ne poutroit en/
core eftre creuë, que pource qu'elle la referuoit à Dieu,pour la defcouurir en fon temps.
C'eftoit donques vne certaine & vraye conception, qui fe manifeftoit de foy-mefme par
euidens & accouftumés fignes,à Iofeph principalement, qui pour la conuerfation dome/
ftique pouuoit mieux côfiderer le maintien & qualité du corps de fon efpoufe.Voire mais
ceft enfant conceu ne procedoit pas de compagnie d'homme, comme les autres femmes
ont accouftumé de conceuoir felon la commune loy de nature, ains il venoit du S.Efperit,
qui,moyennans le meffage de Gabriel l'Ange,defcédit du ciel au tref-facré temple du ven/
tre virginal,& par l'inuifible puiffance de Dieu le pere, qui couurit comme de quelque em/
braffement, tout le corps & l'ame de la tref-fainôte vierge, l'engroffit fans nullemêt luy en/
dommager fon honneur.Or comme Iofeph, qui n'entendoit pas encorès ce tant haut my/
ftere,apperceuoit en fa femme tref-certains argumens de conception, affeuré toutefois en
foy-mefme qu'il n'auoit eu nulle côpagnie auec la pucelle, dont elle peuft eftre enceinôte,
ayant femblablemêt trouué fon efpoufe fi bien moriginée, qu'elle ne pouuoit eftre vraye/
ment foufpeçonnée d'adultere, ioinôt auffi que la vraye preud'hommie n'eft ny encline à
foufpeçonner, ny fubite à fe vanger, regarda à par foy quelque moyen, par lequel il pour/
roit enfemble fauuer l'honneur & la vie à fa femme, & remettre en Dieu tout l'affaire du/
quel il ne pouuoit trouuer nulle iffue. Par la tref-eftroiôte familiarité d'entre eux il auoit
trouué les meurs de la pucelle du tout irreprehenfibles. Car le Sainôt Efperit,qui luy auoit
faifi l'ame entierement reluyfoit en fes yeux & en fon vifage:il fe manifeftoit mefme en fon
alleure,en fon maintiê,en fon parler & en toute part.Il auoit apperceu en elle quelque cho/
fe de celefte &plus qu'humain. Et toutefois il veoit qu'elle eftoit enceinôte, & qu'elle s'e/
ftoit abfentée de la maifon l'efpace de quelques moys, pour vifiter fa parente Elizabeth:il
confideroit combiê grande eftoit la foibleffe de cefte aage & fexe ès autres pucelles.Quelle
tempefte euft efmeue en telle affaire quelque autre mari, principalement fi l'amour l'euft
efchauffé à ialoufie, qui eft bien la plus intolerable maladie que puift auoir l'ame ? Mais
Iofeph auoit efté choifi pour tefmoigner de ceft affaire,à fin que nul n'euft occafion de di/
re que l'enfantement de Marie fuft ou fuppofé,ou baftard. C'eftoit vn homme d'vne preu/
d'hommie & prudence cogneuë & approuuée de tous:à fin que perfonne ne peuft foufpe/
çôner qu'il fut ou d'vne fi ef-hôtée mefchãceté,qu'il peuft eftre macquereau de fa femme:
ou d'vne fi fotte patiêce qu'il vouffft nourrir & traiter en fa maifon la mere,auec fon enfant
laquelle il cognoiftroit eftre paillarde. Il n'y en à point qui puniffent plus rigoureufement
les femmes qui tombent en adultere, que ceux la-mefme qui font adônés â beaucoup
adulterer. Tant s'en faut que Iofeph homme tref-innocent, foit efmeu à vêgeance, qu'il ne
debat pas mefme d'vne feule parolle auec fa femme,de peur de troubler l'efprit de la pucel/
le par quelque fafcherie.Il s'efmeut & tormête à part foy en fon cueur en fôgeant quelque

à 3   douce

Efa.31

Quand la
mere de Iefu
fut mariee.

douce maniere de diuorce, par le moyen duquel il se peust tellement deliurer de sa compagnie de sa femme enceincte, qu'il n'en mit nullement la pucelle ny en blasme ny en danger.
Et certes Dieu permit que cest homme tres-innocét fut iusque-là distrait de douteux conseils: car cela estoit expedient pour confirmer la verité du fait. Or estoit-il lors temps de le
deliurer de telles fascheries, entant certes qu'il auoit esté trouué digne d'estre fait participant du mystere, à cause de la grande reueréce qu'il auoit porté à la vierge côsacrée à Dieu:
pource aussi que pour sa grauité asses approuuée en ce qu'il auoit meurtri les fascheries de
son cueur, il fut trouué capable de pouuoir fidelement celer le secret, qu'il ne falloit pas encores publier pour obuier au peruers soufpeçon des Iuifs. Voila Gabriel l'ange, celuy qui
auoit annoncé à la vierge la merueilleuse conception, s'apparoissant en grâde clarté à elle
qui veilloit, comme à celle qui pour sa pureté plus qu'angelique estoit accoustumée à porter telles visions: voyla dy-ie, le mesme ange qui se presente à Ioseph qui dormoit, & cômme en dormant il ruminoit quelque tel propos que dessus, le touchemét de l'oracle celeste
parle à luy en ceste maniere: Ioseph fils de Dauid, quel humain soufpeçon te tormente l'e-
sprit? Qu'est ce que tu te tourmentes? qu'est ce que tu châcelles? Ou quel diuorce propo-
ses-tu, ou bien pourquoy te veux tu separer d'auec celle, qui est conioincte auec toy par si
grande charité, & par parentage non seulement de lignée mais aussi de famille? Il n'y a autre espoux, qui soit digne d'vne telle pucelle: aussi n'est-elle destinée à autre qu'à toy par le
conseil de Dieu. Souuienne toy de Dauid autheur de ton lignage, auquel fut iadis promis
ce qui commence maintenant de se manifester. Cest affaire est du tout diuin. Tu n'as ia que

Ioseph fils
de Dauid ne
crains point.

faire de craindre que le ventre de ta femme, qui s'engrossit sans ton moyen, apporte quelque des-honneur à ton mariage. Tu soufpeçonnes qu'elle soit enceincte, & tu soufpeçonnes bien. Mais il ne te la faut pas pourtant ietter de ta compagnie domestique: ains au contraire pourtant que tu la vois enceincte, tant plus tost t'en dois tu accompagner: pource
que par le conseil de Dieu tu luy as esté donné pour espoux, à celle fin que tu puisses cy a-
pres tesmoigner que tu as trouué la virginité enceincte en ta femme: & que par ta compagnie elle soit cependant asseurée côtre la soufpeçonneuse cruauté des Iuifs: auxquels ce mystere ne doit pas estre encores descouuert, pource qu'ils n'en sont encores ne dignes, ne capables. Il te sera communiqué, de peur que ta femme innocénte n'endure cependant ce
qu'elle n'auroit pas merité. Car comme cest enfant, qui fait enfler deuant tes yeux le ventre de ta femme par côtinuels accroissemés, n'est pas de toy, aussi n'est-il de nul autre homme qui soit. L'ange moyenneur de ce diuin embrassement, l'annonça: Dieu le pere ombragea le vêtre: le S. Esprit le prepara, & le fils de Dieu le remplit. Tout y est nouueau, pource
qu'vne nouuelle lignée naistra. Ce que ton espouse enfantera est deu au ciel: & si sera encores plus chaste apres qu'elle aura enfanté. Or enfantera-elle vn fils, non pas à toy, mais
au monde: duquel toutefois tu seras appellé pere, & de la pucelle plus tost gardien, que
mari. Quât l'enfant sera nay, tu luy bailleras comme pere, vn nom, non pas tel qu'il te viendra en la fantasie, mais bien tel que Dieu luy à expressément destiné deuant que le monde
fut monde. Or l'appelleras-tu Iesus, c'est à dire, Sauueur. Car il est ce Messias souhaité & attendu par tant de siecles, lequel, selon les oracles des prophetes, doit deliurer tout son peuple entierement de leurs pechés, non par sacrifices de bestes, mais par son propre sang. Et
non content d'auoir gratuitement donné ce tant grand benefice, apres auoir nettoyé les
pechés de la vie passée, il donnera le parfait & eternel salut. Et n'y a certes rien de tout cecy
qui ait esté fait d'auêture & par cas fortuit, ains par le conseil de Dieu. Car le fait que nous
racontons, le Seigneur mesme auoit iadis promis de le faire, parlant par la bouche du pro-

Esa. 7

phete Esaie, descriuant en bref l'incredible nouueauté & le desirable fruit de ceste conception. Sachés, dit-il, qu'vne vierge conceura & enfantera. Tu as la nouueauté: car quand
ouyt-on iamais dire qu'vne fille enfantast sans perdre sa virginité? Reçoys maintenant le
fruit. Et sera, dit-il, nommé Emanuel, qui signifie autant en Ebrieu comme si nous disions:
Dieu auec nous. Car cestuy cy tout seul remettra son peuple en grace auec Dieu, qu'il appaisera & rendra fauorable, & conuersant auec les hômes espandra sur eux abondamment la
diuine liberalité, si qu'apres que les hommes auront experimenté la vertueuse doctrine, la
grandeur des miracles, la presente vertu, force & ardeur de l'Esprit diuin, qui se manifestera en ceux qui croyrôt, crieront à bô droit: Dieu est auec nous. Si tu recognois la prophetie,
& certes tu la recognois, ayde au mystere, & cele le secret. Incontinent que le messager du
souuerain Dieu eut dit ces choses, Ioseph s'esueilla & obeyt ioyeusement & alaigrement à
l'oracle: il met bas les conseils du diuorce & s'accompagne de sa femme plus estroictement

que

que de couſtume: à fin que nul ne ſe peut nullement ſouſpeçonner qu'il ſe fut voulu ſepa⸗
rer: & s'apperceuant finalement qu'elle eſtoit du tout dediée à la diuinité celeſte, il hon⸗
nore le diuin myſtere qui eſt en elle:& n'oſe pas attoucher celle, que la Diuinité s'eſtoit ſin⸗
gulierement appropriée.Il eſt auec elle pour luy faire ſeruice, il s'abſtient de la cognoiſtre
charnellement ſelon le mariage. Cependant ledit enfant celeſte croiſſoit au ſacré ventre
de la vierge, lequel naiſſant en ſon temps de ſa mere qui eſtoit vierge, il ne luy oſta pas
mais ils luy conſacra la virginité. Puis Ioſeph repreſentant iuſques icy le pere, comme   *Ieſus Cir⸗*
l'ange luy auoit commandé,nomma l'enfant Ieſus, quand ſuyuant la couſtume de la na⸗   *concis.*
tion, on le circoncit le huictieſme iour.

<h2 style="text-align:center">CHAPITRE   II.</h2>

Vſques icy tu vois combien de choſes s'accordent auec les oracles des Pro⸗
phetes. Ils eſt nay de tels parens, de telle lignée & famille, que la prophetie
auoit promis : le nombre des ſemaines, auquel Daniel l'auoit prédit deuoir
venir,s'y accorde auſsi. La nouueauté de la naiſſance s'y accorde auſsi bien,
entant qu'il eſt nay d'vne vierge ſans euure d'homme. Le nom meſme s'y
accorde : car vn ſauueur eſtoit promis : on attendoit vn ſauueur:& Ieſus ſignifie ſauueur.
Qui plus eſt, le nom & du pays & de la bourgade s'accorde auec le teſmognage des Pro⸗
phetes. Car ils naſquit aſſes prés de Ieruſalem, en vne villette nommée Bethleem , qui
eſtoit ſituée au territoire de Iudée.Car il y a auſsi en Galilée vne ville ainſi appelée,laquel⸗
le eſt en la lignee de Zabulon. Or naſquit-il au temps qu'Herodes tenoit le regne de Iu⸗
dée : lequel n'eſtoit pas Iuif, mais Iduméen : à fin que perſonne ne doutaſt que le temps
eſtoit ia venu,auquel le Meſsias deuoit naiſtre : ce que le Patriarche Iacob pluſieurs ſiecles
deuant auoit predit deuoir auenir : De Iudas ne ſortira le ſeptre, ne le gouuerneur d'entre   *Gen.49*
ſes iambes, iuſques à tant que celuy qui doit eſtre enuoyé, ſoit venu. Certainement ceſtuy
cy eſt le ſainct des ſaincts, à la venue duquel toute onction Iudaïque deuoit ceſſer. Oyés   *Daniel 9*
maintenant par combien merueilleux conſeils il s'eſt petit à petit donne à cognoiſtre au   *Voici venir*
monde. Car celuy qui eſtoit venu pour ſauuer tous, s'eſt voulu manifeſter à tous : à fin   *d'Orient les*
qu'il fuſt cogneu des bons pour leur ſalut,& qu'il oſtaſt aux meſchans toute excuſe d'igno⸗   *ſages*
rance. Il auoit eſté promis aux Iuifs principalement:il naſquit auſsi de leur famille, il leur
fuſt premierement annoncé par les anges chantans : Gloire ſoit à Dieu la-haut, & en terre
paix aux hommes de bonne volunté : par la voix deſdits anges les paſteurs entendirent
que l'éfant eſtoit nay,& vindrét offrir leurs premiers fruits de foy au petit enfant nay en la
creſche. Il fuſt, par ſecrette inſpiration de l'Eprit,cogneu d'Eliſabeth, de Simeon, & d'Anne
propheteſſe. Or eſt-il vray qu'il s'eſt premierement manifeſté aux poures & humbles, leſ⸗
quels il cognoiſſoit eſtre de prôpte croyáce. Car les orgueilleux n'euſſent peu aiſémét rece⸗
uoir l'humble:ny les riches le poure:ny les deſpiteux le gratieux:bref ceux qui ſont ſubiets
aux conuoitiſes de ce monde,n'euſſent pas facilemét receu celuy qui eſtoit celeſte.Or pour
autât qu'il auoit eſté promis non ſeulemét aux Iuifs, mais auſsi aux Gentils, voire il auoit
eſté promis à toutes les nations du môde:il ne fuſt pas plus toſt nay qu'il ſe voulut donner
auſsi à cognoiſtre aux Gentils : à fin de declarer par cela que le ſalut leur eſtoit auſsi preſen⸗
té, & qu'à leur exemple il eſgueillonnaſt enſemble les Iuifs à ſemblable croyance. Et n'a
pas attire vn chaſcun à ſa cognoiſſance par vn meſme moyen, mais il les à petit à petit al⸗
lechés l'vn aprés l'autre, par les choſes qui leur eſtoit ià perſuadées & familieres. Les Iuifs
croioyent aux Prophetes:ils s'eſmouuoyent par ſignes & miracles,auſsi les a-il attirés par
tels allechemens.Les Perſes & les Chaldeens, comme gens qui eſtoyent principalement a⸗
donné à l'Aſtrologie,faiſoyent grand cas des aſtres,par la cognoiſſance deſquels ils s'eſto⸗
yent promis quelque merueilleux reparateur du monde. Pourtant eſt-ce que la natiuité
de l'enfant ne leur fuſt pas reuelée, ny par prophete, ny par ange:ains par vne nouuelle
& miraculeuſe eſpece d'eſtoille, aſſauoir par l'eſtoille que la prophetie auoit ſpecifié de⸗
uoir ſortir de Iacob. Puis ils cognoiſſoyent ia bien par le commun rapport, qu'à la nation   *Nomb.14*
des Iuifs auoit eſté particulierement promis vn Roy, nõ pas vn ie ne ſçay quel commun
Roy & ſemblable aux autres Roys:ains vn magnifique & incomparable Roy, la puiſſance,
ſageſſe & bonté duquel ſeroit cogneue de tout le monde par experience eſtre plus qu'hu⸗
maine. En outre comme le meſchant deuient plus meſchant, & le ſage plus ſage, ſi l'occa⸗
ſion ſe preſente: certains Magiciens (car les Perſes appellent ainſi ceux qu'on admire en la   *Les ſages*
profeſsion de Philoſophie) à fin de cognoiſtre de prés & plus exactement ce que l'eſtoille   *viennent*
leur auoit enſeigné comme par ſonge, ſans ſe deſcourager nullement pour la grandeur du   *à Chriſt.*
a 4   chemin,

chemin, fuyuans l'eftoille qui les precedoit fen vindrent en Ierufalem: fut ce pource que
les Scribes & Pharifiens, qui eftoyẽt tref-fçauãs en la Loy & és Prophetes, demouroyent
là: fut ce pource qu'ils auoyent entendu que ce Roy deuoit naiftre affés pres de Ierufalem.
Car eftant ia affeures qu'il eftoit nay, ils s'informent feulement, quel pouuoit eftre le lieu
digne d'vne fi noble naiffance. Car ils eftimoyent que la naiffance d'vn fi grand prince ne
pouuoit eftre incogneue à ceux, qui par l'efpace de tant de fiecles auoyent efperé qu'il deuoit naiftre: attendu principalement qu'il n'eftoit pas feulement nay chés eux, mais auffi
qu'il eftoit nay d'eux-mefme. Or n'y a-il lieu où Chrift foit plus tard & plus difficilement
cogneu, qu'és riches villes, qu'és cours des princes, qu'enuers ceux qui font enflés du titre
de fageffe. Mais lefdits Magiciens ignorans toutes ces chofes s'informerent fimplement
& ouuertement, difans: Ou eft le Roy des Iuifs, qui eft nouuellement nay? Quant à nous,
nous auons cogneu par certain figne qu'il eft nay. Car nous auons veu fon eftoile d'vne
merueilleufe efpece, lors que nous eftions bien loing d'icy vers le leuant. Nous auons veu
fon eftoille & fenti l'infpiration. Parquoy pource que nous fçauons qu'il eft nay pour
le profit d'vn chafcun, combien que nous foyons eftrãgers, nous fommes icy venus pour
l'adorer, & luy prefenter les premices d'honneur deuës à vn nouueau Roy: entant que
nous fauons que ceux feront heureux aufquels fa maiefté & puiffance fera fauorable.
Comme ils tenoyent tel propos à la bonne foy auec vn chafcun indifferemment, le bruit
en vint incontinent iufques au roy Herodes, qui auoit dés long temps tremblé pour le renom de celuy qui deuoit naiftre, craignant, que luy qui eftoit eftranger, ne vint vn iour à
eftre deietté du regne, qu'il occupe, fi de la race des Iuifs fuft iffu vn fi grand prince. Car
pour certain Herodes ne fongeoit en autres chofe qu'à vn regne terrien: ignorãt que Chrift
mettroit en auant vne nouuelle maniere de regne, lequel appartiendroit generalement à
tous hommes. Apres donques qu'il eut entendu eftre nay celuy duquel il craignoit la naiffance: voire qu'il l'eut entendu des Magiciens, excellens perfonnages, tant en doctrine
qu'en richeffes, il fut fort troublé d'efprit, & toute la cité de Ierufalem auec luy: les vns
craignans, ou efperans vne chofe, les autres vne autre. Mais la fageffe diuine modera fi
bien les affections & efforts des hommes, que la fimplicité des gens de bien, & la forcenerie
des mefchans, donnoit luftre de tout cofté à la gloire de Chrift, & authorité au tefmognage des chofes incroyables. Et ne fut pas pour autre caufe que l'eftoille qui conduifoit les
Magiciens, s'efcõfa d'eux pour vn temps, quand il entrerẽt en Ierufalẽ, finon à fin que leur
interrogation femaft le bruit de l'enfant nay, fans toutefois declarer où l'enfant eftoit em-
maillote, au roy qui luy feroit cruel. Or iaçoit-ce que le roy Herodes aueuglé d'enuie & de
defpit, fuft du tout allumé à exterminer l'enfant, couurit toutefois fa mefchante cruauté
fous couleur de pieté. Il appella à foy tous les premiers facrificateurs, & les Scribes du peuple Iudaïque, la propre profefsion defquels eftoit telle, que fi quelque chofe de nouueau
auenoit, ils en donnoyent refolution felon les oracles des Prophetes, & des faincts liures,
entant qu'ils s'en attribuioyent la parfaite cognoiffance: ce que fe fit certes à fin que tant
le nombre que l'authorité feruift au tefmognage. Quand doncques ils furent affemblés,
le Roy d'autant plus mefchant, qu'il faignoit de l'homme de bien, s'informa d'eux, affauoir-mon, où les oracles auoyent promis que le Chrift deuoit naiftre. Or les Scribes & Sacrificateurs qui ne forcenoyent pas encores de hayne à l'encõtre de Chrift, lequel ils ne cognoiffoyent pas, luy refpondirẽt fimplement & fans delay, qu'il deuoit naiftre en Bethleem
Mich. 5 ville de Iudée: & de peur que leur authorité n'euft pas affés de credit, ils vous ont incontinent en main l'oracle du prophete Michée: Et toy Bethleem terre de Iuda, tu n'eft pas la
plus petite d'entre les Princes de Iuda car de toy me fortira vn gouuerneur, qui gouuernera mon peuple Ifraël. Voila que refpondirent pour lors les Sacrificateurs & Scribes, qui
firent puis apres mourir Chrift reluyfant par tant de miracles & faifant bien à tous. Le Roy
Adonc Herode
appelle fecret=
tement les Ma-
giciens. ia fort troublé du propos des Magiciens, fut du tout efperdu oyant cefte tant prompte
refponfe: attendu principalement, que la prophetie promettoit ouuertement vn gouuerneur Bethleemitique, qui gouuerneroit le peuple dont il feroit nay. Si donna congé aux
Sacrificateurs & Scribes, fe defiant de les pouuoit abufer, & appella à foy fecretement (de
peur que les Iuifs ne le foufpeçonnaffent de quelque trahifon) les Magiciens: puis leur
communiquant l'affaire non plus ne moins que fi luy & eux euffent eu vne mefme intention, s'informa deux diligemment combien de temps il y auoit, que l'eftoille par la conduite de laquelle il auoyent fait vn fi long chemin d'eftre venus en Ierufalem: auoit commencé de leur apparoiftre: ce que certes il faifoit, à fin qu'il exerçaft fa cruauté contre vn
feul enfant. Comme la pieté n'eft pas de nature foufpeçonneufe, les Magiciens ne luy
celerent

celerent rien, ne soufpeçonnans nullement qu'il fuft fi cruel, que de vouloir perfecuter vn enfant qui n'eftoit pas à peine nay: ne qu'il fuft fi forcené, que de fe penfer pouuoir efteindre par humains confeils, ce qui eftoit fait diuinement. Quand ils luy eurent declaré le temps, luy de fon cofté leur declara le lieu comme il l'auoit entendu des Scribes. Et ayant ia conceu certaine efperance de pouuoir trouuer l'enfant par ces deux marques, il enchargea aux Magiciens, qu'en fon nom ils allaffent en Bethleem (où ils fuffent allés de leur plain gré) & qu'en toute diligence ils s'informaffent de l'enfant: puis quand ils l'auroyent trouué, retournaffent incontinêt en Ierufalê, & luy declaraffent tout l'affaire, fe couurant d'vne couleur fort deuote, & merueilleufemêt côuenable à l'affectiô des Magiciens: à fin, leur dit-il, qu'à voftre exêple ie l'aille auffi adorer. Il vouloit cognoiftre le premier à fin de l'exterminer deuât que le peuple Iudaique fceuft clairemêt qu'il eftoit nay. Laquelle chofe auffi Dieu cepêdât adminiftroit, à fin que les Magiciês s'en retournaffent faufs pour annoncer Chrift en leurs contrées. Autrement, fi le mefchât n'euft efté deceu par cefte efperance, il euft vfé de cruauté enuers les Magiciens mefmes, qui luy apportoyent vne fi malheureufe nouuelle. Voila vne deuote fimplicité des Magiciens. Apres auoir ouy le Roy, ils s'en allerent en Bethleem: defquels s'eftoit pour vn temps eflôgnée l'eftoille, qui les auoit efmeus, à fin que les eftrangers annôçaffent les premiers que le Chrift eftoit nay, lequel les Iuifs tuerent apres l'auoir attendu par l'efpace de tant de fiecles. Mais quand ils eurent en ceft endroit fatisfait au côfeil de Dieu, cefte merueilleufe eftoille apparut de rechef, laquelle feruit de telle forte à leur pieté, que non feulement elle leur monftroit Bethleem, mais auffi la petite loge mefme, laquelle pour fa petiteffe eftoit auffi mal aifée à trouuer: voire laditte eftoille s'abaiffa de fi pres fur la tefte de l'enfant propre qu'ils cherchoyêt, qu'elle leur monftra comme au doigt. Quand donques laditte eftoille commença de leur apparoiftre de rechef, elle leur ofta tout fouci du cœur, fi que ia remplis de certaine efperance & enfemblement de ioye, mefprifans les adreffes des hommes, & fuyuans la guide celefte, ils virent que le palais du nouueau Roy eftoit vne mauffade & poure loge. La vraye pieté ne s'eftonna pas pour telles chofes, ils entrerent, ils trouuerent l'enfant qui ne differoit en rien des autres en apparence: ils trouuerent la mere, qui ne portoit nul eftat. Tout le mefnage tefmôgnoit vne poureté & fimplicité. Les Magiciens qui n'auoyent pas adoré Herodes fe plaifant de bombance royale en fon throne, s'enclinerêt deuant le berceau de l'enfant brayant, & s'abaifferent pour adorer celuy qui ne pouuoit encores parler. Et non contens de telle pieté, tirerêt de leurs bougettes les prefens qu'ils luy auoyêt voués des mefmes biens, au reuenu defquels confiftoit la principale richeffe du pays de Perfe: affauoir Or, Encens, & Mirrhe: de peur que la prouifion ne defalluft en chemin à celuy qui s'en deuoit incontinent fuyr. Et par telles premices de foy les Gêtils qui eftoyêt fort eflongnés de Dieu, auançans les Iuifs, qui en fembloyêt eftre bien prochains, fe dedierêt à Chrift, & eux pareillemêt fe confacrerent à luy, luy offrant vn nouueau facrifice de trois fortes de biens, & dés lors confeffans, mais obfcuremêt, l'indicible trinité du Pere, & du Fils, & du Sainct Efperit: & recognoiffans tout à la fois mortalité, preftrife, & regne en vn feul hôme. Car l'or conuient au roy, l'Encens au preftre, la Mirrhe à l'homme mortel. Il eft nay mortel, il à facrifié en la croix, il à vaincu en reffufcitât, il regne au ciel. Les Iuifs auoyent veu tant de fes miracles, & l'ayâs côgneu le tuerent: les Sages ne virent rien d'excellent, quant aux yeux corporels, & fe refiouyrent que ce voyage leur fut heureux. Au refte côme ils deliberoyent entre eux, affauoirmon s'ils deuoyent retourner vers Herodes, pour fatisfaire à fa volonté, ils furent admoneftés en dormant par l'oracle de Dieu, de n'y point retourner: entant que cela n'eftoit pas feur ny pour eux, ny pour l'enfant, ne expedient pour vn affaire de telle confequence, qui deuoit eftre en fon temps, & petit à petit diuulgué au môde. Ils obeyrent fans delay à l'oracle, & s'en retournerêt par vn autre chemin en leur pays, pour y eftre nouueaux meffagers du nouueau Roy. Or eftoyent ia mis les Sages à fauueté: confequemment à fin que la mere & l'enfant fuffent mis en repos & affeurance, & qu'enfemble l'impieté d'Herodes s'irritaft de plus en plus à la gloire de Chrift, le mefme meffager celefte, qui auoit enuoyé les Sages, s'apparut à Iofeph dormant, & l'auertit, comme celuy qui ia fcauoit le fecret, de fecrettement retirer la mere & l'enfant en Egypte: ce que certes le confeil de Dieu faifoit, à fin que cefte region auffi, (qui eftoit du tout addonnée à de môftrueux & eftranges feruices des dieux) en logeant le fugitif fuft par fon attouchement & acointance preparée à quelque commencement de vraye pieté. L'ange donques parla à Iofeph en cefte maniere: Leue toy & prenant auec toy l'enfant & fa mere t'enfuy fecrettement en Egypte, & y demeure iufques à ce que ie retourne à toy, & t'amonefte quand il fera temps de retourner icy.

Car

Car sache qu'Herodes mettra tous ses efforts, pour ruiner l'enfant. Non pas qu'il soit difficile à Dieu de contregarder l'enfant en exterminant subitement Herodes, si bon luy sem-
bloit:mais tel ordre est plus duisible à l'affaire, pour la confirmation de la foy. Car Dieu
veut que la fureur du tyrant serue à sa gloire. Ioseph sans rien tarder print auec soy la mere
pucelle, & son enfant, & s'enfuyant de nuict, les retira en Egypte, où ils demourerent iusques à ce qu'Herodes fut mort. Et n'auint pas certes cecy pour la crainte des hommes, ou
par cas fortuit : Dieu à voulu que le regne de son fils fust preparé & establi par les aduersités, qui ont accoustumé de ruiner les choses humaines, à fin que le monde ne se peust rien
attribuer en l'affaire de Dieu. Et à fin que plustost tu y adioute foy, Dieu qui vouloit que ce-
Osee ii cy se fist, auoit par maints siecles deuant predit par la bouche du prophete Osee qu'il aduiendroit, en disant : I'ay appelé mon fils hors d'Egypte. Or quand le roy Herodes eut experimenté de fait que les sages l'auoyent abusé, ne pouuant ia plus maistrier son ire laissa
toute dissimulation, & entra en vne manifeste rage, si qu'il enuoya gens pour executer sa
forcenerie & fit mettre à mort tous les enfans qui estoyent en Bethleem, & aux enuirons,
aagés de deux ans en bas, selon la raison du temps, auquel les Sages luy auoyent dit qu'ils
auoyent commencé de voir l'estoille de l'enfant. La cruauté amplifia le temps & le lieu, &
comprint tous les enfans entierement, pensant bien par tel meschant conseil auoir donné
tel ordre, que cestuy-la, lequel seul il vouloit exterminer, ne luy pourroit nullemét eschapper. Mais c'est en vain que la finesse des hommes s'efforce contre les conseils de Dieu. Ces
choses preparoyent vn exemple pour monstrer que deuoyent endurer des meschans princes, ceux qui croiroyent à l'Euangile : & que profiteroyent ceux qui par leur cruauté s'ef-
forceroyent d'esteindre la foy Euangelique encores tendre & croissante és cœurs des gens
de bien. Estre tué pour lamour de Christ, c'est estre sauué. Herodes auoit occasion de s'a-
mender non pas d'vser de cruauté, si la conuoitise de regner ne luy eust aueuglé l'entendement. Mais cependant que par sa faute il se tourne toutes choses en matiere de plus grand'
rage, il donna lustre par sa malice à la iustice de Dieu, en ce qu'vn chascun apperceut clairement que les petis enfans innocens auoyent este mis à mort par grand cruaute:& que luy-
mesme auoit esté digne de l'horrible ruine dont il perit puis apres. Outre plus à fin que
personne ne pense qu'il n'ait esté fait ainsi par l'ordonnace du conseil de Dieu, escoutés
Iere.31 l'oracle du Prophete Ieremie, qui par presage de son Esprit inspiré de Dieu voyoit ia ce faict-
cy qui auint plusieurs siecles apres : Vne voix, dit-il, à esté ouye en Rhama, vne voix di-ie,
fort espleurée, pleine de dueil, & lamentable. Certes c'estoit Rachel qui ploroit ses enfans:&
ne voulut pas receuoir consolation, pource qu'ils estoyent tous exterminés. Rachel, qui
mourut apres qu'elle eut enfanté Beniamin, qui signifie, fils de douleur, fut enseuelie assés
pres de Bethleem. Voila pourquoy le Prophete sous la personne de la-ditte Rachel descrit
au vif le dueil des meres qui deplorent leurs enfans qu'Herodes auoit mis à mort. Or
apres qu'Herodes fut exterminé par vne ruine telle qu'il auoit meritée, le mesme Ange qui
auoit donné conseil à Ioseph de s'en fuyr s'apparoit à luy de rechef, & l'ammonette de laiss-
ser Egypte, & ramener l'enfant & sa mere en la terre Israelitique : pource que ia estoyent ruinés ceux, qui vouloyent ruiner l'enfant. Et Ioseph obeissant promptement en tout & par
tout à la volóté de Dieu, ramena la mere vierge auec son tres-doux enfant en la terre Israelitique. Car il falloit qu'il fust premierement cogneu de ceux, auquel il estoit principalement enuoyé : à fin que l'incredule nation n'eust dequoy mesme probablement pouuoir
couurir son impieté, en alleguant qu'il n'eust pas esté leur Messias, ains vn autre destiné
aux Gentils. Mais quand Ioseph eut mis le pied dans le terroir de son pays, & que là il ouyt
dire pour le seur qu'Archelaus fils du feu roy Herodes, auoit eu la moitié du royaume paternel, & qu'au lieu de son pere il regnoit en Iudée, il n'y osa aller, craignant que le fils ne
fust aussi bien successeur de la cruauté paternelle, que du regne : ains estant de rechef conferme par la response de l'Ange, duquel il dependoit du tout, se retira és parties de Galilée, qui estoit la part auenue au quatrenier Herodes frere du feu Roy. Tout estoit là en asseurance selon la promesse de l'Ange: puis l'amour du pays les y inuitoit, ioinct que le conseil de Dieu faisoit cecy, à fin que par diuerses occasions Christ, lequel estoit venu pour
tous fust communiqué à plusieurs. Bethleem se vante de sa naissance : il fut presenté & pu-
Et venant
habita en la
cite qui s'ap=
pelle Naza=
reth. rifié en Ierusalem : l'Egypte estoit heureuse d'auoir vn tel hoste : Nazareth a dequoy se
glorifier d'vn tel nourrisson. Car c'estoit là le pays de la mere Marie où elle auoit conceu
son fils en vn petit village & de nul pris, en Galilée qui estoit vne region contemptible
entre les Iuifs, mais d'autant plus estoit-elle vne propre cachette pour l'enfant à l'encontre de la cruauté d'Archelaus : Dieu cependant nous enseignant, & aussi par cela qu'en ce
                                                                                                qui

qui se faict par la volunté diuine, les aides de ce monde, comme sont, richesses, puissance, menees, & noblesse n'y seruent de rien qui soit: ains au contraire, si telles choses y sont
adioustees elles obscurcissent la gloire de Dieu enuers les hommes. Car il est asses notoire, que cecy non plus n'a pas esté fait à l'auenture, entant que la prophetie auoit dés long
temps predit, que le Messias seroit appellé Nazarien: comme de fait il a esté, ce qu'enseigne
mesme le tillet, que Pilate ignorāt la prophetie, fit attacher à la croix. IESVS NAZARIEN
ROY DES IVIFS. Mesme de là les Chrestiens sont auiourduy de la plus part appellés
Nazariens. Et n'est pas ce vocable vuide de mystere. Selon les Ebrieux Nazareth prent
son nom de la fleur, pource que là feut conceu d'vne vierge ce trespur fleuron confortateur
de toute virginité: comme Bethleem en Ebrieu signifie, maison de pain, assauoir où fut
mis en lumiere ce pain celeste, duquel quiconques en mangera, viura eternellement. Or ve-
scut-il là l'espace de quelques ans comme incōgneu auec sa mere & son nourrisier (duquel
tous l'estimoyent fils) iusques à ce qu'estant paruenu à plein aage il se donneroit soy-mesme à congnoistre au monde par doctrine, miracles, mort & resurrection. Il vescu là, di-ie,
sans ce pendant estre en quelque chose que ce fust, renommé ou excellent plus que les autres hommes, sinon qu'il profitoit tellement de iour en iour en toute preud'hommie &
dons celestes, qu'vn chascun attendoit quelque grand' chose d'vn tel enfant: il gardoit
aussi cependant la Loy tres-songneusemēt, à fin qu'il ne donnast aux malueillans aucune
occasion de mesdire, mais qu'en tout & par tout il contentast vn chascun. Il aima mieux en
obseruant la Loy pour vn temps mener les Iuifs à plus grand' perfection, qu'eslongner
de soy leur cœur en la mesprisant. Vne fois tant seulemēt il fit monstre de soy en Ierusalem
estans aagé de douze ans, lors qu'ayant secrettement laissé ses parens, il fut trouué assis au
temple, au milieu des docteurs, les escoutant, & interrogant à son tour de telle sorte qu'vn
chascun s'en emerueilloit. Certes dés lors son bon naturel aspiroit & tendoit aux choses,
pour l'amour desquelles il estoit enuoyé au monde: mais tout ainsi que cela estoit vne louange de prompt esprit, aussi estoit-ce vn exemple de modestie & obeissance d'attendre le
temps ordonné du pere.

CHAPITRE   III.

R est-il maintenant besoin d'ouyr comment nostre Seigneur Iesus Christ
commença finalement l'affaire, pour l'amour duquel il estoit venu. Il ne
s'ingera pas soy-mesme au despourueu à ceux qui ne s'en doutoyent pas. Il
voulut premierement preparer le cœur à tous par son precurseur Iean fils de
Zacharie, congneu & approuué des Iuifs mesmes, afin que la chose qui deuoit estre creue à iamais, entrast petit à petit au cœur des hommes. Comme donques le
temps approchoit, auquel selon l'arrest de l'eternel conseil tout le monde deuoit estre renouuelé par la doctrine de Christ, sortit en place Iean fils de Sacrificateur & de Prophe-
tesse, lequel fut estimé plus que Prophete par le tesmoignage de Christ, & qui par sa naissance mesme auoit donné vne souueraine attente de soy: or sortit-il non des cours des
Roys, où de la cōmune assemblée dés hommes: mais du desert, où dés son enfance il auoit
mené vne vie Euangelique, se contentant de viures tres-aisés & faciles à recouurer, estant
vestu d'vne robbe tissue de poils de chameau, & ceinct d'vne ceincture de pelice. Le viure
s'acordoit auec l'habillémēt. Car il viuotoit de prouisiō aisée à recouurer, que le desert luy
fournissoit, assauoir, de langoustes & de miel sauuage. Tel ornement, tel viure, tel lieu estoit
propre au messagier de penitence. Sa merueilleuse saincteté auoit tellement estonné les
espris à tous, que la plus part pensoit qu'il fust le Christ: attendu principalement, que plusieurs estoyent persuadés, que cest autre qu'on estimoit le Messias, estoit peri en la troupe
des enfans Bethleemitiques. Mais tant s'enfalloit que Iean s'appropriast la gloire d'autruy, qu'en monstrant ouuertemēt Christ à tous, il se disoit indigne de luy deslier les courroyes de ses souliers. Si est-ce qu'il ne sortit pas non plus de son propre mouuement pour
prescher, mais le fit estant amonnesté par la voix de Dieu que ia le temps de faire son message estoit venu. Car pour certain ce ne fut pas fortuitemēt, ou par ordōnance d'hōmes qu'il
entreprint ceste charge de prescher: ains estoit celuy duquel Esaie auoit ia passés tant de siecles pphetisé qu'il prescheroit à pleine voix au desert: & prepareroit les cœurs des hōmes
à receuoir la doctrine de Christ, duquel il estoit, le precurseur: & qu'apres les auoir induis à
penitēce & amēdemēt de la vie passee, il les rēdroit capables de la grace de Christ: lequel deuoit pardoner les pechés à tous par son baptesme & lauemēt: & que subitemēt les choses se
royent chāgees, si que ceux qui au parauāt auroyēt esté enflés d'vne vaine iustice de la loy
Mosaique

Or en ce iour
la vient Iean.

Moſaique,& d'vne ſotte philoſophie de ce monde, ſeroit mis bas:au contraire que ceux la qui pour leur ignorance & modeſtie ſembloyent eſtre au parauant petis & aneantis,voire inutiles,ſeroyent fortifiés & enrichis de biens celeſtes par la doctrine Euangelique : que les choſes auſsi qui ſembloyết difficiles & mal aiſées pour l'aſpreté & rigueur de la loy,ſeroyết rendues faciles & aiſées par la foy & grace Euangelique: bref que ce ſalut ne ſeroit pas tant ſeulement ouuert aux Iuifs, mais auſsi à toutes les nations de tout le monde. Toutes leſ‑

Eſa. 40 quelles choſes Eſaie treſ‑vray Prophete du Seigneur auoit predites. Car la prophetie eſt telle : La voix de celuy qui crie au deſert eſt : Preparés la voye du Seigneur, faites ſes ſen‑ tiers droicts. Toute valée ſera remplie : & toute montagne & montagnette ſera abaiſſée:& les choſes tortues ſeront faites droites, & les aſpres voyes vnies : & toute creature verra le ſalut de Dieu. Or quelque bruit & renom ſecretement ſemé par pluſieurs touchant le Meſ‑ ſias à venir, le remors auſsi de la mauuaiſe conſcience (car il n'y à pas eu de ſiecle plus vi‑ cieux que ceſtuy‑la)finalemết quelque ſecrette inſpiration auroit ia tant fait, que pluſieurs ſe repentoyent de leur vie, & deſiroyent celuy, duquel le bruit eſtoit tellement quellement paruenu iuſques à eux, qui deuoit en vn inſtant renouueller tout le genre humain, & en aboliſſant leurs pechés,les mettre en aſſeurance au regne de iuſtice. Comme donques on venoit à Iean à grand foule, non ſeulement de Ieruſalem, mais auſsi de toute la Iudée, & principalement dès contrées qui eſtoyent au pres du Iordain : Iean de ſon coſté vint auſsi promptement au deuant de leur bonne affection:& ce qu'il auoit preſché eſtant au deſert, cela meſme repetoit‑il au riuage du Iordain,la où le peuple s'aſſembloit de iour en iour en plus grand foule:aſſauoir,que par penitếce de la vie paſſée,ils ſe preparaſſent & rendiſſent gueriſſables au Meſsias, qui ne tarderoit gueres à venir pour leur apporter ſalut. Or eſt ceſtuy‑la gueriſſable, qui cognoiſt ſa maladie & la hait. Pour autant, leur diſoit‑il, que le regne celeſte approche, voire il eſt ia bonnement venu, regne à vray dire, treſ‑heureux & ſouhaitable: mais auquel n'ont entrée ſinõ ceux qui ſont nets de ces ſouilleures terriếnes.

Confeſſant leurs pechés. A ceſte predication pluſieurs condemnans leur vie paſſée & cõfeſſans publiquemết leurs fautes, eſtoyent laués au fleuue de Iordain, en ſigne que les ordures de l'ame deuoyent eſtre bien toſt abolies. Car il a ainſi ſemblé bon à la diuine ſageſſe que Iean, qui eſtoit l'ẽ‑ tre‑deux de la loy Moſaique (laquelle deuoit incontinent ceſſer) & de la grace Euãgelique (qui eſtoit ia treſprochaine) fit par tel ſigne le coup d'eſſay,non pas pour abolir les pechés (ce qui eſtoit proprement reſerué à Chriſt) mais bien pour preparer les cœurs des hom‑ mes : à fin qu'ils fuſſent plus capables de la grace qui deuoit incontinent s'enſuyure.Cecy fut fait ſous Tyberius Ceſar Empereur de Rome, le quinzieſme an de ſon regne : lors que Ponce Pilate gouuernoit la Iudée en ſon nom : & qu'Herodes le frere de feu Herodes eſtoit quatrenier de Galilée, où Chriſt demouroit : & que Philippes frere dudit Herodes quatre‑ nier eſtoit quatrenier en la prouince d'Iturée & de Trachonites : & que Lyſanias eſtoit le quatrenier d'Abiline : & qu'Anne & Caiphe preſidoyent ſur l'eſtat des ſacrificateurs.Lors donques que le pays des Iuifs eſtoit diuiſé à tant de Princes, Iean ſe mit en auant, pour aſſembler toutes choſes ſous la ſeigneurie d'vn ſeul Prince. Et tout premierement quand Iean vit (comme l'on venoit à luy à grand foulle) que pluſieurs des Phariſiens, & Sadu‑ ciens venoyent pour eſtre lauſes,bien ſachant combien ceſte maniere de gens eſtoit hautai‑ ne, fiere, & ſe plaiſant en ſoy‑meſme pour l'exquiſe obeiſſance de la loy Moſaique, & des merites des Patriarches, deſquels ils ſe vantoyent eſtre iſſus (Car eux, comme portans enuie & dreſſans embuſches au tant renommé bapteſme de Iean, auoyent enuoyé vers luy en Bethanie (où il baptizoit lors) gens ſous cauteleux titre d'ambaſſade pour s'inter‑ roguer de luy, aſſauoir‑mon,s'il n'eſtoit pas luy‑meſme le Chriſt:eſtans preſts (s'il eut reſ‑ põdu qu'ouy) de luy mettre au deuant,que le Chriſt auoit eſté promis de la lignée de Iu‑ da,& il eſtoit tout notoire que Iean eſtoit de la lignée de Leui. Or quand Iean leur euſt re‑ ſpondu qu'il n'eſtoit pas le Chriſt, voire qu'il n'eſtoit pas meſme l'vn de ces anciens pro‑ phetes,leſquels ils penſoyent deuoir retourner au monde,ils perſeuerent de l'interroguer, de quelle hardieſſe il promettoit la remiſſion des pechés, par le moyen du bapteſme : veu que cela eſtoit particulieremết reſerué au Chriſt:auquel il reſpondit,qu'il y auoit beaucop à dire de ſon bapteſme, (par lequel il inuitoit ſeulement les hommes à repentance & amen‑ dement de la vie paſſée) au bapteſme de Chriſt: lequel lauement ſuyuroit incontinent,par le moyen duquel tous pechés ſeroyent pardonnés. Quand donques il vit que pluſieurs Saduciens & Phariſiens accouroyent auec les autres pour eſtre baptizés, il leur picqua la

Race de viperes. cõſcience de propos plus aſpres:à fin de tant plus les eſmouoir à penitence,en leur diſant: Cauteleuſe & malicieuſe race humaine, voire race viperine & en rien qui ſoit humaine,

meurtriers

meurtriers de voz peres, trompeurs, & pourtãs mauuais cœur à vn chafcun, comme ainfi foit que iufques icy vous vous foyés vantés deuant les hommes du titre des Peres, renõmés pour le bruit de leur fainctete, que vous vous foyés ainfi glorifiés d'vne faufe apparence de iuftice, & ayés regné en telle affeurãce cõme fi le Meffias n'euft iamais deu venir: qui vous a amonneftés que l'ineuitable fupplice eftoit prés, fi vous ne fuffiés recourus au remede de penitence, cõme les autres: & que maintenãt comme pecheurs vous defirés d'eftre laués auec ceux, entre lefquels vous monftriés vne merueilleufe apparãce de fainctete: vous aués apperceu que voftre fiance feroit vaine, fi par le recours de penitence vous n'euitiés la vengeãce de Dieu ia prochaine. Car ny les merités des Peres, ny l'obferuatiõ de la Loy ne deliure pas l'hõme de l'eternel fupplice, mais bien la nettete de la vie d'vn chafcun le rend agreable à Dieu. Puis qu'ainfi eft donques que vous vous repentés de la vie paffee, fructifiés d'orenauant tellement en fainctes affections & euures, qu'elles foyent en tefmoignage que voftre repentence eft vraye, Les figures & ombres ont eu iufques icy quelque vfage pour la rudeffe des hommes, à fin que leur inclination à mal, enuironnée & enferrée de telles clôftures, à plus enormes vices ne fe peut desborder à chofes plus vitieufes. Vous aués iufques icy acquis enuers les hommes quelque apparence de fainctete, par voz larges franges, par lõgues prieres, par lauemens, en faifant fouuent mention de voftre pere Abraham, tref-fainct Patriarche: en dreffant des fepulchres aux Prophetes, defquels vous voulés qu'on vous eftime eftre defcendus. Il vous faut d'orenauant (pource qu'à la lumiere Euangelique les ombres s'efuanouyront) appliquer à la verité, fi vous voulés obtenir falut eternel. On ne vous demande point de bruflage, ny de fang de befte brute pour les pechés paffés: ayés feulemẽt vne vraye repentance, & il vous pardonnera gratuitement la faute. Or quels font les fruicts de vraye penitence, le Meffias mefme vous l'en feignera, s'il vous trouue enfeignables. Mettés bas ce-pendant voftre vaine fiance, & ne vous flattés pas vous-mefmes, difans: Nous fommes faincts, car Abrahã noftre pere eftoit fainct. La iuftice d'Abraham ne profitera de rien à fes enfans, s'ils n'enfuyuent fa renõmée, foy, & obaiffance. La felicité, qui eft maintenant prochaine fut promife à Abraham: mais la cõfanguinité, tant eftroitte & prochaine foit-elle, ne fuffit pas pour l'obtenir. Tous ceux qui fe defffians de Dieu s'appuyent fur les forces de ce monde, font forclos du parentage d'Abraham. Et n'eftimera-on plus d'orenauant les enfans d'Abraham felon la cõfanguinité, mais felon la pureté de foy. Que fi vous delaiffés les meurs d'Abraham, Dieu n'attendra pas pour cela apres les enfans d'Abraham, pour leur payer la felicité promife: ains foyés affeurés, que fi vous refufés la grace qui vous eft prefentée, Dieu peut faire mefme de ces pierres-cy, des enfans à fon ami Abraham, voire des enfans beaucoup meilleurs que vous n'eftes pas. Et ne faut pas que la venue du Meffias qui à efté differée iufques icy, vous rende nonchalans: car maintenãt preffe l'extreme peril, tout l'affaire gift en la pointe d'vn rafoir. Il fault ou entrer au regne des cieux par nettete de cœur, ou receuoir l'eternel tourment. Voila le falut tout preft pour ceux qui l'embrafferont: voila la peine & incurable ruine toute prefte pour ceux qui le refuferont. Car la coignée eft ia mife à l'arbre, non pas aux branches, ou au tronc, mais aux racines, toute prefte à l'abbatre entieremẽt & fans aucun remede, s'il ne produict fruicts agreables à Dieu. Le danger prochain & prefent ne requiert nul delay. Il fe faut hafter en oftant tout retardement. Vous aués encores à choifir lequel des deux vous voulés embraffer. Si vous voulés incontinent vous conuertir, la coignée ne vous frappera pas. En vn arbre naturel, ce feroit chofe longue & tref-difficile de changer le fuc, dont le fruict tire fa faueur: icy la feule volonté comble l'affaire: mais cõme le falut eft commun à ceux qui fe haftent, auffi eft commun le peril à ceux qui vfent de delay. D'orenauant ny richeffe, ny nobleffe ne deliureront perfonne. Tout arbre qui n'apportera fruict, ie ne di pas tel quel, mais vn fruict bon par excellence, & conuenable au regne celefte, il fera coupé & ietté au feu. Dieu a iufques à prefent enduré & diffimulé la nonchalance des hommes. L'erreur & ignorance meritoit quelque pardon. Le genre humain eftoit deuenu fourd aupres de la loy de nature. Par la loy de Moyfe on n'a pas fait grand auancement. On n'a tenu cõpte des menaffes des Prophetes, on n'a pas creu aux fonges & vifions. Maintenãt eft prefent celuy, apres lequel perfonne ne doit eftre enuoyé: la venue duquel ie viens deuant publier, à fin que perfonne n'en foit furpris. Si vous vous repentés en vous-mefmes, fi vous recognoiffés voftre maladie, fi vous receués le medecin d'ardent defir, il fe prefentera à falutaire à vous tous. Car de moy ie ne fuis pas celuy que vous attendés. Vray eft que ie vous baptize, mais c'eft feulement à fin qu'en vous repentant, vous vous prefentiés à luy enfeignables & gueriffables, quand il fera venu. Car il viẽdra incon

 tinent,

tinent, voire il est ia venu: lequel comme il me suyt en l'ordre de predication, aussi tant plus me precede-il en toutes sortes: tellement que ie suis du tout indigné (moy, di-ie, qui suis à vostre auis, quelque chose) de luy seruir: c'est à dire, de luy porter ses souliers, ou bien de les luy deslier. Quant à moy, ie ne suis autre chose qu'vn messager: vray est que ie suis loyal, & m'acquitāt du deuoir que Dieu m'a enioinct, selon l'oracle du prophete. Quant à luy, il est l'autheur, & apporte quand & soy toute puissance, soit de pardonner les pechés, soit d'eslar gir toute sorte de vertus. Accourés tous à sa doctrine, & à son Baptesme: car pour certain il vous baptizera d'vn baptesme d'efficace, non seulemēt d'eau, mais aussi d'esprit & de feu. Par l'esprit il vous transformera : & par le feu il vous rauira aux choses celestes. Il ne vous demandera rien sinon vne vraye penitēce, & qui ne soit en rien fainte. Il vous eslargira gra tuitement ses biens, si de cœur vous detestés voz maux. Seulemēt qu'il n'y ait nulle hypo crisie, laquelle n'aura nul lieu enuers luy. Rien ne luy est caché : il ne craint nully. La chose sera demenée par vn rigoureux & ineuitable iugement. Il n'y aura d'orenauant nul mo yen : il vous conuient estre ou ouuertement bons, ou euidemment mauuais. Il ne s'arreste ra nullemēt à la saincteté masquée. Il a le van en sa main, il regarde aussi les plus profonds secrets des cœurs. Il faut qu'enuers luy vous soyés ou paille, ou pur froment : ce-pendant néantmoins il vous a voulu laisser en liberté, d'eslire lequel des deux vous voudriés estre. La paille se cachera en vain en se meslant parmy les purs grains. Il nettoyera son aire en toute diligence, puis serrera le bled en son grenier, mais la paille, il la bruslera d'vn feu inextinguible. Parquoy il faut ou que de tout vostre cœur vous vous efforciés d'acquerir la perfectiō de vertu, à fin que vous soyés dignes d'entrer au regne eternel: ou bien si vous mesprisés la bonté de Dieu, laquelle vous est maintenant presentée, vous soyés tres-mes chans en ce mesme que vous reiettés vn si grand salut, qui vous est donné de plain gré, & qu'au lieu du pris celeste, vous soyés par vostre faute, condamnés à la gehenne du feu eter nel. Par tels propos du tres-sainct personnage les cœurs du peuple furent tellemēt esmeus, que plusieurs, qui s'estoyent par le passé appuyés sur l'obseruation de la Loy, s'en vindrēt à luy tremblans de crainte, & disans : S'il est ainsi comme tu dis que te semble-il que nous deussions faire? Or ne les exhortoit-il pas à obseruer les ceremonies de la Loy, ou les con -stitutions humaines, comme font ordinairement les Pharisiens : mais bien d'exercer les euures de charité, leur disant: le premier moyen pour appaiser Dieu, c'est vne liberalité gra tuite enuers le prochain. Celuy qui a des habits en abōdance, qu'il en donne au mal vestu: celuy qui a des viures en abondance, qu'il en communique a celuy qui n'a de quoy man ger. Les peagiers aussi bien y venoyent, qui est vne maniere de gens que les Iuifs ont en abomination : entant que le plus souuent tels ont de coustume de piller le menu peuple, soit pour complaire aux princes, soit pour satisfaire à leur auarice : ils luy demanderent tremblans, qu'il luy sembloit qu'ils deuoyent faire. Ceux cy non plus ne reiette-il pas du baptesme, ny semblablement ne leur encharge de donner le leur (car c'estoyent gens de long temps accoustumés à rauir l'autruy) mais à fin que de quelque degré ils approchas sent de plus pres à la parfaite doctrine de Christ, il leur commāda de ne rien leuer du peu ple, outre ce que le prince auroit tauxé. Finalemēt vindrēt aussi des gens-d'armes: qui sont gens impetueux & mal renōmés : lesquels non plus il ne reietta pas de soy, mōstrant assés aux Iuifs par ce-mesme fait, que Christ ne reietteroit nul homme de quelque estat qui fust. Ceux cy ne confesserent rien, pource que se confesser gendarme, cela-mesme est confesser vne mer de vices. Ils l'interroguerēt pareillemēt quel conseil il leur bailleroit. Mais il ensei gna plus tost à gens tant grossiers que c'estoit qu'ils deuoyent fuyr, à fin qu'ils en fussent moins mauuais, que ce qu'ils deuoyent faire, pour en deuenir parfaittement bons. N'abu sés pas, dit-il, de voz armes : lesquelles vous ne deués tirer que cōtre les ennemis, & ce par le commandemēt du capitaine. Ne faittes tort à personne: ne foulés personne, attēdu qu'à ceste intention estes vous sōuldoyés, à fin que par vostre moyen le pays soit en trāquilité: N'abusés pas aussi de la familiarité que vous aués auec les princes, comme seroit en accu sant quelqu'vn à tort par faux rapport, pour en receuoir vn des-honeste gain. Bref, cōten tés vous de voz gaiges, ne trōpés, ny ne destroussés personne. Car pour cela receués vous gaiges du prince, à fin que vous ne soyés cōtrains de rauir le bien d'autruy. Par tels legers enseignemens, selon que la suffisance d'vn chascun le requeroit, Iean preparoit vn chascun à receuoir le Christ, qui deuoit venir: lequel il preuoioyt en Esprit, sans l'auoir encores veu des yeux corporels. Apres donques que par diuers moyens, comme par les anges, par les bergers, par les Sages, par la cruelle solicitude d'Herodes, par la prophetie de Zacharie, de Simeon, & d'Anne, petit à petit & en cachette (beaucoup plus par l'euidēt tesmoignage de

Iean,

Iean, tesmoignage conioinct auec vne souueraine authorité) le bruit en fut ia semé en tous lieux, & croissoit de iour en iour, tellement que les meschans miesmes estans espouuentés de crainte, se preparoyent à la venue de Christ, qui leur estoit annoncé : certes il estoit têps que Christ luy-mesme entrast en propre personne au theatre du môde, pour se declarer soy -mesme non ia par le tesmoignage d'autruy, mais par ses propres vertus, quel & combien grand il estoit : pour aussi obscurcir tous les hommes, par le tesmoignage desquels il auoit esté au parauant mis en bruit. Iesus donques laissa Galilée (où il auoit esté caché iusques lors) & Nazareth, ville de sa naissance, pour aller executer l'affaire de son pere : il s'en alla en diligence au Iordain, à fin que la grande multitude qui estoit là assemblée de diuerses contrées de la Iudée, luy fust vn tesmoing de ce qu'il s'y diroit & feroit. Celuy qui entre tous estoit seul exempt de toute tache de peché, voire qui tout seul ostoit les pechés du monde, s'en va à Iean parmi troupes de pecheurs, comme s'il eust esté pecheur. Il luy demande baptesme, luy seul qui santifie tout baptesme. Iean n'estant pas encores bien asseuré que Iesus fust ce Messias le fils de Dieu, apperceuant neãtmoins sa merueilleuse preud'hommie, laquelle se monstroit en ses yeux mesmes, en tout son visage & alleure, s'excuse, remonstrant que c'est faire tout au rebours, sans toutefois honnorer la dignité de Christ d'aucun certain titre : Seulement il dit : C'estoit à faire à moy, qui suis beaucoup inferieur à toutes tes vertus, de te demander baptesme. Et d'où vient cela, que tu t'abbaisses toy-mesmes iusques-là, que de demander d'estre laué de moy, veu qu'il n'y a personne que toy pur de tout peché ? Ces choses furent ainsi faittes par la prouidence de Dieu, à fin que la merueilleuse modestie de Christ nous fust vn exemple, & que par le tesmoignage de Iean il fut notoire entre tous, que Christ n'a pas demandé d'estre laué côme se sentant coulpable de quelque mal : car il fut ainsi baptizé, comme il auoit esté circoncis, & purifié au temple auec sa mere : comme aussi il fut fouetté & crucifié. Il endura toutes ces choses pour nous, & non pour soy. Parquoy en ce que Iean confessoit franchement son indignité, magnifiant au contraire la dignité de Christ, refusoit de le lauer. Christ certes n'endommagea de nul mauuais souspeçon son innocence, laquelle deuoit estre notoire & persuadée à tous. Vne chascune partie, dit Iesus, de c'est affaire à son temps. Quant à toy, endure pour le present, que ie soye laué de toy : ne pense pas que te soit mal seant, si tu en laués vn, selon ton dire meilleur que toy : quant à ma personne, puis que ie veux attirer vn chascun à moy, certes mon deuoir est d'accomplir toute iustice. Car celuy qui enseigne vn chascun, voire qui enseigne la perfection, se doit bien donner de garde que mesme la moindre apparence d'iniustice ne se trouue en ses meurs. Il faut que ie soye faict toutes choses à tous, à fin de gaigner vn chascun à mon pere. Apres que Iean eut ouy ces parolles, il descêdit au Iordain auec Iesus, & le laua. Or l'apparence exterieure est certes vn salutaire exemple d'humilité en Christ, & d'obeissance en Iean : mais la chose & l'effect eut vne toute contraire issue, entant certes que le lauement nous consacre, & Christ consacra le lauement, par l'attouchement de son sacré corps. Or à fin que Iesus môstrast aussi que c'est que nous deuons faire, apres que nous sommes laués, & combien grande felicité nous est donnée par le moyen du lauement, comme s'il eust esté deschargé du fardeau de peché, il sortit alaigrement & hastiuement hors de l'eau, monstrant qu'on ne se doibt point arrester aux lauemens, n'y retourner à chasque fois, en pechant de-rechef : ains qu'ayant vne fois mis bas & enseueli au lauement les fautes de la vie passée, on se doit hastiuement appliquer au deuoir de la vie spirituelle. Puis s'agenouillãt & esleuãt ses mains au ciel, il pria son pere, que son plaisir fust de rendre ceste charge qu'il entreprenoit de sauuer le genre humain, heureuse & profitable à tous : qu'il luy pleust aussi par son authorité paternelle, donner credit à son fils enuers le monde : de peur que l'authorité de Iean ne fust pas asses autentique : combien que selon le temps cela profita aussi aux grossiers & ignorans. Et incontinent en la presence d'vne si grande multitude de gens, voila le Pere qui authorise son fils. Le ciel se mi-partit, & monstra vne merueilleuse lumiere : voire qui plus est, Iean vit l'Esperit celeste descêdre du ciel, sous visible espece de colombe, & s'arrester sur la sacrée teste de Iesus. D'où estoit venue la colombe voyable des yeux corporels, de-là-mesme vint aussi la voix du Pere resonnante aux oreilles de tous, disant : Cestuy-cy est mon fils bien aimé, les delices de mon cœur, & auquel ie prens vn singulier plaisir, escoutés-le : c'est le messager de mon cœur, & le dispensateur de ma bonté enuers vous. Or pour autant que Iesus n'estoit pas lors encores cogneu de la multitude, (laquelle auoit Iean en grande reuerence) de peur qu'on ne pensast que la voix venant d'enhaut (laquelle n'assignoit aux sens nulle certaine personne) s'adressa à Iean, pour cela fut adiousté le visible signe de la celeste co-

Adonc Iesus vint de Galilée vers le Iordain.

Ainsi faut-il que nous accomplissions toute iustice.

Iesus estant baptisé.

b 2   lombé

lombe:laquelle s'arreſtãt ſur le chef de Chriſt, monſtroit comme au doigt à tous, à qui ce
ſtoit que s'adreſſoit ladite voix.Par lequel ſigne Iean meſme fuſt auſſi lors plainement
& vrayement auerti que Ieſus eſtoit le fils de Dieu.Ce qu'il a puis apres teſmoigné ouuerte
ment, que le Pere luy auoit au parauant promis le meſme ſigne : à fin qu'en vn ſi grande
multitude de gens , il peut ſans nulle doute diſcerner celuy , qui deuoit lauer vn chaſcun
d'eſprit & feu.Et fuſt le ſeigneur Ieſus par telles ceremonies declaré & conſacré noſtre maiſtre, duquel quiconque ſuyura la theologie, ceſtuy-là ſera vrayement bien-heureux.

CHAPITRE   IIII.

R pour auoir faict tel commencement, Ieſus ne s'en auança ia tout à coup
de preſcher, combien qu'il en eut receu la puiſſance d'enhaut:mais bien ſe
retira incontinent de la veuë des aſſemblées en vn deſert, pource que l'abſence de la compagnie du peuple ſert & à augmenter l'authorité, & à enflamber le deſir. Or eſt-il que l'Eſprit incitant à mal, aſſaut principalemẽt ceux-
là, qui laiſſans les conuoitiſes du mõde s'adõne à vne pure & celeſte vie. Ce que nous voulãt ſecrettemẽt enſeigner Ieſus,s'en va au deſert. Et y va non pas par le cõſeil d'autruy, mais
meu de ſon propre eſprit. Car celuy qui eſt baptizé, à ia deſpouillé les affections charnelles,& eſtant faict ſpirituel par regeneratiõ,eſt mené & pouſſé par le vouloir du ſainct Eſprit.
Il ne luy ſouuiẽt plus de Bethleem, il ne s'en reua pas en Nazareth:il ne retourne pas
vers ſa mere où ſon nourriſſier : ains d'vne impetuoſité & roideur d'eſperit s'en va rendre
en vn deſert, à l'exemple des anciens Prophetes.La retraitte fortifie le cœur d'vn chreſtien
nouueau & apprenti : & eſt quelque fois plus ſeurement faict de ſe mettre en la mercy des
beſtes ſauuages, que des hommes. Bien eſt vray, que le bapteſme efface tous les pechés
de la vie paſſée:mais perſonne n'eſt pour tout cela aſſeuré contre les ruſes de Satan, s'il
trauaille laſchemẽt. Autrement les mauuaiſes conuoitiſes taſchent à ſouriõner de-rechef
& ce principalement en ceux qui ſont encores groſſiers , & de nouueau dediés à Chriſt:
puis ce meſchant Satan, autant enuieux du ſalut humain, que Chriſt en eſt conuoiteux,
ſollicite l'homme par merueilleuſes fineſſes & embuſches à ſe reuolter : à fin qu'auec plus
grãde tyrannie il iouyſſe de luy s'il tombe de-rechef, qu'il ne l'auoit au parauant poſſedé,
lors qu'il eſtoit ſien.A l'encontre de tels dangers Chriſt enſeigne qu'on y doit obuier par
trois choſes principales : en priant ſouuent & de cœur pur, en s'eſlõgnant du bruit du peuple : en fuyant & s'abſtenant des ſuperfluités & bombances , ſans omettre la diligente meditation des ſainctes lettres,de peur que par nonchalãce la retraitte ne ſoit dommageable.
Et pour autant que le diable a de couſtume de dreſſer embuſches à ceux-là principalemẽt
qui entreprennent ce difficile & angelique train de viure, Chriſt meſme comme tres-ſçauãt
docteur entra en la luicte & enſeigna ſes combatans & luicteurs par quels moyens peut
eſtre vaincu ce malicieux & vieux routier : & cõment il ne peuſt du tout rien contre les ſobres & veillans, & ſe confians de tout leur cœur aux ſainctes eſcriptures. Voire le ſeigneur
Ieſus faiſoit auſſi cela pour lors, à fin que par tel moyen ce myſtere fuſt petit à petit cogneu
du mõde: tellemẽt que Satan, qui ne deſiroit pas pour autre intention de ſçauoir pour le
ſeur, ſi Ieſus (lequel il auoit ouy hõnorer de ce titre par le Pere) eſtoit le fils de Dieu, ſinon à
fin de pouuoir empeſcher la deliurãce du gẽre humain,fuſt tellemẽt tenu en doubte, qu'il
ne fut pas aſſeuré que c'eſtoit le Meſſias, que premier il n'euſt veu ſa tyrannie renuerſée.
Auec cela Chriſt nous amonneſte auſſi d'vne choſe, c'eſt que perſonne n'eſt idoine de preſcher l'Euangile, ſinon celuy qui ayant faict l'experience de ſoy, eſt ia fort & robuſte à l'encontre de toutes les mondaines conuoitiſes, comme diſſolution & ſes compagnes, volupté, ambition, auarice,& autres ſemblable maladies de l'ame, deſquelles comme de coups
de canons, l'ennemi bat & hurte contre les cœurs des ſimples. Or quand Chriſt eut ieuſné
iuſques au quarantieſme iour,en enſuiuant Elie & Moyſes (qui eſtoit vn cas ſurmontant
tellement les forces humaines, que les Iuifs neantmoins pouuoyent croire iceluy auoir
eſté faict par hommes) en la parfin pour faire monſtre manifeſte d'imbecillité humaine, il
ne voulut pas diſſimuler que la faim le preſſoit. Car ſelon la commune nature du corps
humain, le defaut d'humeur luy toutmentoit l'eſtomãch, d'vn faſcheux ſentiment. Si toſt
que ce cauteleux tentateur apperceut cela, ne ſoupçonnant pas que Ieſus fut autre choſe
qu'homme, mais homme admirable,il ietta l'haimmorſe d'allechement de vaine gloire,
pour ce que de ce coſté la ſont volontiers prins ceux qu'on voit tendre aux choſes parfai-
tes. Si tu és, luy dit-il, le fils de Dieu, qu'as-tu que faire d'endurer la faim? Commande
plus toſt, que ces pierres te ſoyent conuerties en pains, Par le ſeul vouloir toy-meſme te
peux donner ce que tu deſires. Cognois que c'eſt le meſme tentateur qui attira à mort ce

premier

premier Adam par l'aleschement de la viande. Mais le second Adam Christ par l'esprit celeste trompa tellement le cauteleux espieur, qu'il ne refusa pas le nom & titre de fils Dieu, ny ne monstra que la faim le peust veincre, comme quelque autre homme. Car à fin de ne se point attribuer l'authorité de la response, il luy mit au deuant vn tref-clair passage de l'escripture, disant: Il est escript au Deuteronome, que l'homme ne viura pas du seul pain, mais de toute parolle procedante de la bouche de Dieu. Satan se sentant trompé d'vne response ambigue, se print lors de son costé d'abuser des paroles de la saincte escripture pour nuire. Et cóme il auoit deceu par l'amorce d'ambition le premier pere du genre humain, promettát le faire pareil à Dieu en hóneur & immortalité, assaillit le seigneur Iesus par mesme finesse, & le porta en la saincte cité: puis l'ayant mis sur les plus hauts creneaux du temple, l'incita que s'il estoit le vray fils de Dieu, il se iettast du haut en bas, & qu'il ne se blesseroit point: entant que Dieu mesme l'auoit ainsi promis au Pseaume mystique: Il donnera charge de toy à ses anges, & ils te porteront en leurs mains, de peur que ton pied ne choppe contre quelque pierre. Mais Iesus opposant contraire escripture, monstra couuertement, combien meschamment il peruertissoit le sens de la saincte escripture. Il est aussi, dit-il, escript au contraire au Deuteronome: Tu ne tenteras pas le Seigneur ton Dieu. Car à cela nous incite l'escripture, que nous ayons ferme esperance quand la necessité suruient estans appuyés sur l'aide de Dieu, & non que temerairement nous nous precipitions nous mesmes au danger. Les miracles des gens de bien ne sont pas approuués en apportant dangers, mais bien en repoussant ceux qui seroyent suruenus d'autre part. Car ce n'est pas acte de pieté de ietter quelqu'vn dans vn fleuue, à fin qu'en le deliurant on apparoisse grand personnage: mais c'est vne œuure de pieté d'en retirer celuy, qui y seroit tombé par cas fortuit. Et ne doyuent pas estre faits les miracles à toute heurte, ny enuers tous indifferemment. Iesus ne daigna pas seulement parler deuant Herodes, qui estoit curieux de miracles: tant s'en faut que pour l'amour de Satan il ait voulu faire monstre de la diuine vertu. Toutesfois & quantesque la charité inspirée le conseille: toutesfois & quantes que la gloire de Dieu le requiert, lors faut-il desployer la diuine puissance. Or à fin que Christ enseignast les siens, que pour auoir vne fois ou deux obtenu la victoire, ils ne se dónassent du bon téps: mais qu'estans tousiours aux escoutes ils se tinssent appareillés cótre tous les assauts de Satan. Il a enduré iusques à la troisiesme fois la meschanceté du tentateur: lequel comme il auoit prins le premier Adam par la viande de curiosité & auarice, en luy promettant la sciéce de bien & de mal. Ainsi assaut-il le second, & le leua de dessus les creneaux du temple, & le transporta sur vne fort haute montaigne, d'où le regard ouuert de toute part, & estendu au large, luy mettoit deuant les yeux tous les royaumes du monde, & la merueilleuse gloire & bombance d'vn chascun. Il auoit certes experimenté ès autres hommes, qu'il n'estoit chose, tant fust-elle meschante & detestable, qu'ils ne perpetrassent pour regner. Outre plus, comme ainsi soit que Dieu soit autheur & createur de toutes choses, qui sont au ciel & en la terre, & qu'en icelles le diable n'ait nul droict, sinon en ce qu'il pourroit auoir corrompu: si est-ce, que non plus ne moins que s'il estoit seigneur de tout, le meschant qu'il est, il ose bien ainsi parler à Christ: ie te donneray toutes ces choses-là, si tu te veux encliner & m'adorer. O quelle aueuglée impieté: il promet ce qui n'est pas sien, & si le vilain esprit demande vn honneur qui appartient à Dieu seul. Mais Iesus (qui auoit iusques là porté patiemment l'iniure qu'il luy faisoit) ne peut maintenant souffrir que son Pere soit deshonoré. Va-t'en Satan, dit-il, la saincte escripture enseigne bien autrement, que tu ne conseilles. Il est escript: Tu adoreras le Seigneur ton Dieu, & à luy seul tu seruiras. Or apres que le diable l'eut essayé par vn moyen & par l'autre, & qu'il l'eut tousiours trouué vn inuincible luictéur contre tous assauts, il le laissa en la parfin, estant frustré de son esperance en deux sortes: premierement en ce qu'il l'auoit trouué inuincible, puis entant que là où il estoit venu pour songneusemét s'enquester, s'il estoit point le fils de Dieu, il s'en retournoit plus incertain, qu'il n'y estoit venu. Et combien que ce combat ait esté demené en la seule presence de Dieu & des Anges, le seigneur Iesus l'a voulu puis apres declarer aux siens: à fin que nous seussions combien cruel est l'ennemi, auquel nous auons affaire, & sous quel guerdon il solicite les simples cœurs, ce qu'a fait Christ, non pas pour nous faire desesperer, mais pour nous induire à veiller. Christ l'a vaincu, pour monstrer qu'on le peut vaincre: voire il a enseigné le moyen de le vaincre. Bref, il l'a vaincu, non pas pour soy, mais pour nous: & par nous il le vaincra encore, moyennant que nous le puissions auoir auec nous. Christ luy dira encores par nous: Va-t'en

b 3   Satan

Satan, & craindra les seruiteurs de celuy, qui le vainquit. Au reste, comme és batailles du
monde chascune chose à son tour, si que le trauail est recrée par le repos, & les choses fa-
cheuses adoucies par les plaisantes : qu'apres les cruels combats on faict les feux de ioye:
ainsi en la guerre Chrestienne, l'aspreté est tousiours adoucie par le changement de liesse.
Apres que Christ eut porté & rembarre l'audace de l'ord esprit, soudain les anges furent
presens, pour seruir au victorieux. Certes la representation de ces choses nous enseigne,
que quand nous sommes en aduersité, nous deuons appuyer nostre courage sur l'espoir
de la prosperité, nous fians en la bonté de Dieu, qui dispose tellement toutes choses, que
tantost il exerce & esprouue la force de ses gendarmes par aduersités, tantost aussi par
quelque soulas il les inuites à resiouyssance & action de graces, qui est le triomphe des
Chrestiens, lesquels en affliction demeurent inuincibles moyennant l'aide de Dieu : & si
quelque prosperité aduient, rapportent le tout à la bonté & liberalité de Dieu. Dont il aduient, qu'ils ne perdent pas courage, quand ils sont mal-fortunés : ny ne se mescognoif-
sent, quand les choses leur viennent à souhait. Apres donques que Christ fut mis en suffisante authorité & credit, veu principalement que Iean, comme le mettant en main & re-
commandant à ses disciples, le monstroit au doigt, & disoit : Voila l'agneau de Dieu, voila celuy qui oste les pechés du monde : veu aussi que Christ mesme ayant surmonté le diable, estoit du tout rempli du sainct Esprit, il ne restoit plus que de prendre le temps & lieu
pour se mettre à enseigner. Iean s'estoit contenté d'annoncer la seule repentence, sans a-
uoir fait aucun miracle : pendant qu'il preschoit, Christ se tint coy, de peur que quelque
dissension ne s'esleuast entre leurs disciples, qui estoyent encores grossiers, & sentans leur
chair, demenée d'humaines affections : puis c'est le deuoir d'vn bon docteur, de s'accommoder à la capacité de ceux qu'il veut enseigner. Mais alors se mit-il finalement en deuoir
d'enseigner, quand le bruit fut semé, qu'Herodes le quatrenier auoit fait emprisonner
Iean, qui receuoit certes le salaire, qu'ont accoustumé de receuoir ceux, qui amonnestent
vn peu librement les princes de ce monde, estimant mieux annoncer choses profitables,
que plaisantes. Car il auoit amonnesté le quatrenier que le mariage, par lequel il s'estoit
accompagné de la femme de son frere Phelippes, estoit incestueux. Et si les princes, voire
les meschans princes, prennent bien quelque fois plaisir d'auoir chez eux gens, qui soyent
estimés & renommés fort gens de bien, non pas pour suiure leur conseil, mais à fin que
ce qu'ils font selon leur appetit, il semble au simple peuple, qu'ils le facent par le conseil
de tels personnages. Aussi auoit bien Herodes souuentefois obey aux amonitions de
Iean, en choses de petite importance : & en cecy (en quoy sur tout il luy deuoit principa-
ment obeyr) pour le plaisir d'vne orde danserelle, & à l'appetit de la tres-vilaine mere
d'icelle, il lauoit fait mettre le bon homme en prison : puis apres par la tres-cruelle mort
d'vn si grand personnage mit en dueil le festin de la naissance & les plus gros de sa court.
Quand donques Iesus eut ouy ces nouuelles, (non pas pour crainte qu'il eut, mais pour
enseigner aux siens, qu'on ne se doit pas mettre soy-mesme au danger, que l'on pourroit
aisément euiter, mais toutes les fois que l'on en est saisy qu'on le doit vaillamment mespriser) Il laissa Nazareth & se retira en Galilée ditte des Gentils (ou Salomon donna vingt
& cinq citez à Hyras roy des Tyriens) puis se transporta en la cité de Capernaum, appel-
lee maritime, pour autant qu'elle est prochaine de l'estang de Genezareth és lisieres de Zabulon & de Nepthalim, qui sont deux lignées : en la premiere est Galilée, en l'autre est Galilée qu'on appelle, Galilée des Gentils : comme si Christ eut dés lors sous telle figure voulu menacer aucunement les Iuifs, que si reiectoyent & persecutoyent les messagers de l'E-
uangile, qu'il seroit publié aux Gentils. Et à fin que personne ne pense, que cecy soit ainsi
aduenu par cas fortuit, Esaie auoit dés long temps predit qu'il auiendroit ainsi, lors qu'e-
stant inspiré de l'esprit prophetique, il prophetiza en ceste maniere : Au terroir de Zabulon, & au territoire de Nepthalim, prochains du riuage de la mer en Galilée, appellés des
Gentils, le peuple qui demeuroit au parauant en tenebres, a veu vne grande & merueilleuse lumiere : & la clarté est apparue à ceux qui estoyent en vne autant espesse obscurité,
comme est celle des enfers. Parquoy quant au temps, quand Iean cessa, Christ commença de prescher. Pource certes qu' incontinent que la tres-claire lumiere de l'Euangile se
monstre, les ombres de la loy Mosaique s'euanouyssent. Mais cecy quād aux figures de la
Loy & à la verité exprimée par l'Euangile. Au reste quant est du lieu, à la premiere affliction du sainct messagier, on vient à faire mention des Gentils : qui est vne figure, que la
lumiere que les Iuifs aueuglés de conuoitises, ne pouuoyent endurer, deuoit estre transportée

portée aux idolatres Gentils : tellement toutefois qu’il ne soit pas loing des frontieres, à
fin que la trompe de la voix Euangelique puisse estre ouye d’vne part & d’autre : Ioinct
qu’outre tout cela ceste contrée là estoit aussi vn theatre asses propre, à raison de la commodité des ports, & de quelque cités de renom, situées sur le riuage : lesquelles, pour le
traffique des marchandises, estoyent hantées, mesmes des estrangers. Escoutons maintenant l’entrée de sa predication. Comme Iesus succedoit à Iean, de peur d’aliener & destourner de soy ceux qui estoyent-ia du tout saisis de l’excellence dudit Iean, il commence sa doctrine par la notoire & familiere doctrine d’iceluy, alaictant ce-pendant les foibles, pour puis apres leur bailler la viande solide quand ils seront deuenus plus robustes. Certainement tel est l’ordre des docteurs, qui aiment mieux prouffiter aux auditeurs, que de se faire valoir eux-mesmes enuers les autres. Or est la doctrine de Christ
non seulement plus douce que celle de Iean (car on ne faict icy nulle mention de coignée, ou de van, ou de feu inextinguible) mais aussi est authorizée & enrichie de maints
benefices qui se donnent indifferemment à tous-venans en diligence. Donques Iesus
comme representant la personne de Iean, crie aussi: Amendés vous: repentés vous de vostre vie passee : car le regne celeste est ia prochain: lequel, combien qu’il ne doiue estre clos
à personne, ne sera aussi ouuert à personne, sinon aux purs, à ceux qui pourchassent les
choses celestes, & retrenchent toutes conuoitises terriennes. Qu’est-il de plus simple que
ceste philosophie cy? Qu’vn chascun prenne desplaisir en ses maux, & les biens celestes seront gratuitement donnés à vn chascun. Or estoit-il des-ia temps, que Iesus aussi s’amassast quelque bende de disciples, pour luy seruir de familiers tesmoings de tout ce qu’il feroit & diroit, & pour par leur moyen enseigner puis apres les autres. Mais escoutés quels
gés il s’est choisi. Il ne choisit pas des philosophes, ny des Pharisiens, ny des Sacrificateurs,
ny des riches. Car il n’a pas voulu que la gloire Euãgelique fut polluée de quelque secours
mondain que ce fut: mais comme il cheminoit le long du lac, qui est, (comme nous auons
dit) és frontieres des deux Galilées, il ietta ses yeux sur deux freres germains : dont l’vn se
nommoit Simon, qui fut aussi surnommé Pierre: l’autre auoit nom André, & leur pere s’ap-
peloit Iean. Ceux-cy auoyent au parauant ouy Iean, à l’exhortation duquel, ils auoyent ia
commencé de suyure Iesus. Mais les ayans laissé tous deux, estoyent retournés à leur mestier, moyennant lequel ils gaignoyent ordinairement leur vie. Et estoyent ia mis à la besongne, iettans leurs rets au lac. C’estoit vn bon presage. Premierement la ieunesse est plus
capable de nouuelle doctrine: puis l’accord des freres, qui s’entre-aydoyent l’vn l’autre
chascun en son endroit: auec cela le mestier n’estoit en rien dommageable, de gaigner pou-
urement sa vie par le moyen du lac public: finalemét la pescherie mesme figuroit vne nouuelle pescherie, qui prendroit non pas les poissons aux filés pour nourrir le ventre, mais
qui par la rets de la parolle Euãgelique tireroit les hommes plongés és soucis terriens, au
desir de la vie celeste. Comme donques ils estoyent entétifs à la necessité du corps, Iesus les
aborda & dit: Venés apres moy, & ie vous apprendray vn mestier, meilleur certes que ne
vous a pas appris vostre pere. Non pas que vous deuiés abandonner vostre mestier, mais
vous le changerés en mieux. Car ie feray que vous serés cy apres pescheurs d’hommes : &
qu’au lieu que vous amorsés maintenant les poissonnets pour leur ruine, vous prendrés
les hômes pour leur salut eternel. Ils recogneurent bien la voix de celuy, auquel ils auoyét
autre-fois creu, duquel aussi ils auoyent experimété la courtoisie en deuis familiers, mais
la vertu adioustée à la voix fit tant, que soudain qu’il les eut appellés, nõ seulement ils ou-
blierent les poissons, mais aussi abandõnerent là leurs rets telles qu’elles estoyent, & sans
mesme dire à dieu à leurs familles, suyuirent Iesus tout tel qu’il estoit cheminant-là. Ils n’a-
uoyét encores rien veu d’excellét en luy: & toutefois sans s’enquerir de rien, ny sans se soucier de quoy ils pourroyét viure à l’auenir: à la simple parolle de Iesus qui les appelloit, ils
le suyuirét, pour ne s’en point separer non pas mesmes pour mourir. Quand Iesus eut tiré
vn petit plus auant, il vit deux autres freres, assauoir, Iacques & Iean, fils de Zebedée. L’accord des freres & du pere luy fut aussi plus aggreable. Tous trois estoyét tous en vne mesme nef, prattiquans vne mesme chose, que Pierre & André: mais leurs rets rõpues par
long (qui estoit vn signe de poureté) les retardoyent. Or cõme ils estoyent fort ententifs à les rauber & remettre à point, Iesus, cõme en passant legierement, les appela, leur
cõmandant de le suyure. Et sans tarder, les iouuenceaux de tres-simple croyance, abãdon-
nerent incontinent leurs rets sans leur souuenir mesme de leur pere, se mirent en la compagnie de Iesus. Ainsi les auoit formés la doctrine de Iean: ainsi le meritoit leur prõptitude

 de cœur

de cœur:ainſi les attira l'inſpiratiõ de Chriſt, qui ettoit hors de toutes parts vne puiſſance
celeſte,dõt il eſtoit rempli. Vous voyés les commencemens de nõſtre Philoſophie, par
laquelle il a pleu à Dieu de ſauuer tout le genre humain. Vous voyés la brauade & la
ſuyte de l'eſcole Euangelique. Le poure Iefus eſtant accompagné de ce petit nombre de
peſcheurs,idiots,de baſſe qualité & pourets,cheminoit par toute la Galilée, en preſchant
& publiant non pas ſous la cheminée,ou au deſert:ains en leurs ſolennelles aſſemblées,
que le regne celeſte, qui auoit eſté promis de ſi long temps,eſtoit prochain:ſans les eſpou
uenter de crainte de la gehenne,comme auoit faict Iean : ains inuitant & attirant vn chaſ
cun par benefices gratuits. Car par tout où il alloit, il gueriſſoit gratuitement & ſans au
cun eſgard toutes les maladies de tous indifferemment, ſans en reietter pas vn, de tant
baſſe & petite qualité fuſt-il, voire il chaſſoit toute maladie, pour incurable qu'elle fuſt,
autant aiſément que la moindre,& ce tant pour manifeſter par miracles ſa puiſſance eſtre
plus qu'humaine,que pour par vne gratuite liberalité acquerir l'amour de tous:car nous
croyons plus volontiers à celuy que nous aimons:puis par benefices on appriuoiſe meſ
me les beſtes ſauuages.Or n'eſt-il point de plus diuin benefice, que la reſtitution gratui
té de la ſanté. Par tels moyens le bruit en fut ſemé par toute la Syrie, de ſorte que plu
ſieurs,voire de pays loingtain, apportoyent de leurs gens detenus de diuerſes maladies
& tourments : auec cela ils apportoyent des demoniacles, des lunatiques, & des parali
tiques,malades que les medecins n'entreprennent pas volontiers de guerir : ou s'ils l'en
treprennent,c'eſt en vain:entant certes que la maladie ſurmonte l'art. Mais Iefus les gue
riſſoit tous ſans aucune difficulté : non pas par humains remedes, ains par la vertu cele
ſte:moyennant laquelle il pouuoit meſme reſſuſciter les morts. Ce luy eſtoit peu de cas
d'oſter les maladies dũ corps, veu qu'il oſtoit les maladies de l'ame.Ce luy eſtoit moins
que rien de prolonger la vie du corps, veu qu'il eſtoit venu pour donner a tous la vie e
ternelle.A luy donques s'aſſemblerent gens à grand foule de toute part, non ſeulement
de la Galilée des Gentils (où il conuerſoit)mais auſsi de l'autre Galilée, qui eſt outre le
lac.Item de la contrée appelée Decapolis,à cauſe des dix cités qu'elle contient. Item de Ie
ruſalem,& de la reſte de la Iudée,& des pays qui ſont outre le Iordain. Tous accourent au
benefice,quand on en a beſoin . Pluſieurs ſont menés d'vne eſmerueillance de nouueau
té.Aucuns eſtoyent attirés d'enuie,& d'vne affection d'eſpier Iefus, entant qu'en luy eſt,
attire vn chaſcun:mais peu ſont capables de la celeſte philoſophie,pour laquelle enſeigner
il eſtoit principalement venu.Le ſoin du corps eſmeut le menu peuple,qui prend plaiſir de
ſe repaiſtre les yeux par nouueaux ſpectacles:mais à tel theatre ne prend pas grand plaiſir
celuy, qui pourchaſſe choſes parfaittes & du tout eslongnées des affections populaires.

CHAPITRE V.

Onques Iefus voyant que la multitude croiſſoit tous les iours de plus en
plus, de toutes ſortes de gens,monta(comme ſe retirant d'vn trop bas lieu,
& auquel vn chaſcun, quel qu'il fut, pouuoit aiſément entrer)en vne mon
taigne, & commença lors de ſe monſtrer docteur de la celeſte philoſophie:
declarant par la hauteur meſme du lieu, qu'il n'enſeigneroit rien de com
mun,ou terreſtre,ains toutes choſes hautes & celeſtes : repreſentãt auſsi en cela l'exemple
de Moyſe,lequel on lit auoir monté en la montaigne, quand il voulut bailler la Loy au
peuple.Les diſciples,qu'il s'eſtoit particulierement choiſis,monterent apres luy:tellement
toutefois qu'il n'engarda point la multitude de le ſuyure, ſi aucũs en euſſent eu le couragẽ
& la force.Or quand ils furent ſur le coupet de la montaigne,Iefus s'aſſit,non pas qu'il fuſt
las,mais pour monſtrer qu'il vouloit enſeigner choſes hautes & de grande conſequence,
qui requeroyent vn attentif auditeur.Ce que voyans les diſciples,l'enuironnerent de plus
prés,de peur que quelque choſe de ſa ſacrée doctrine ne ſe perdiſt. Iefus donques voulant
commencer ſa diuine Philoſophie de ſalut,& s'aſſit non ſur le throne d'or de Iarcas, ou au
poupitre des hautains philoſophes, ou en la chaire des arrogãts Phariſiens,mais ſur l'her
be:il getta ſes yeux, non ſur la multitude,mais ſur ſes diſciples.Puis ouurant ſa ſacrée bou
che,ſe print à deſployer les ſentẽces de la doctrine Euãgelique,ſentẽces nõ encores ouyes,&
fort cõtraires à l'opinion de tous cẽux,que le mõde eſtime fort ſçauans. Tous ceux qui ſe di
ſent docteurs de ſageſſe,promettẽt tous la beatitude.Tous hõmes,de quelque eſtat, ou con
ditiõ ſoyent-ils,deſirẽt tous la beatitude. Mais en quoy giſt la felicité & beatitude de l'hõ
me,il y en a de grans differents entre les philoſophes:& moult d'abus en la vie des hõmes.
Or pour autant que c'eſt-cy le but & fõdemẽt de toute ſageſſe,Iefus l'expoſa tout au beau
commen

commencement: enseignant paradoxes & sentences estranges, mais tref-vrayes: & c'est pourquoy il auoit par miracles preparé authorité à sa doctrine autrement incroyable: à fin que ceux qui auroyent experimenté sa vertueuse puissance à guerir les maladies corporelles, s'asseurassent aussi que sa doctrine estoit veritable, par laquelle il gueriroit les maladies de l'ame. Peu de disciples ouyrent ces choses, & embrasserent la felicité. Qu'vn chascun les oye (car il a parlé à tous) & tous seront bien-heureux. Tous les pechés qu'on faict en la vie, viennent des fausses opinions: pourtant faut-il deuant toutes choses mettre peine de les arracher. Or pour-autant que felonnie & arrogance est bien la plus meschante maladie qui soit point en l'ame, & qui rend l'homme incapable de la vraye doctrine, voire c'est la source d'où sortent tous les pechés mortels: c'est aussi la premiere à laquelle Iesus remedie, disant: Bien-heureux sont les poures d'esprit, car à eux appartient le regne celeste. Qu'elles oreilles eussent peu endurer vn propos si estrange au sens commun, sinon qu'il eust esté authorisé & mis en credit par tant de tesmoignages, & de Iean, & du pere, & de la colombe, & finalement par les miracles qu'il faisoit aux yeux de tous? La poureté du train domestique, le bas parentage, le vil estat, la contraire fortune en abbaisse & humilie maints, & les rend desplaisans en eux-mesmes. Tels sont, à vray-dire, plus prochains de la felicité Euangelique: pourueu que de cœur ils aillent où la fortune les appelle. Voire-mais l'humilité spirituelle, dont il est question, gist en l'affection, & non és choses exterieures. Mais d'où viendra le regne à celuy qui ne s'attribue rien, ains se soubmet à tous, se desplaist en soy-mesme, & ne pousse, ne blesse personne? Veritablement vn tel semble estre plus prochain d'vne seruitude brutale, que d'vn regne. Tels gens sont par tout foulés au pieds: on les iniurie sans en estre repris: ils sont mesprisés & sans renom, poures & desolés. Si est-ce que ce que la verité a dit, est vray: à eux tant seulement appartient le regne, mais le regne celeste. Pensés-vous, ie vous prie, que ces felons & cruels regnent? Ils sont esclaues de la mesme seruitude: ils sont subiets à maints tyrans. Ils sont tourmentés d'auarice, de courroux, d'enuie, d'appetit de vengeance, de crainte, d'espoir. A peine viuent-ils, tant s'en faut qu'ils regnent. Mais celuy qui estant deliuré de tous ces soucis-là, asseuré de son innocence, asseuré de Dieu, asseuré de la recompense du siecle auenir, mesprise d'vn esprit attrempé toutes les choses de ce monde, & pourchasse les biens celestes: à vostre auis, ne tient-il pas vn regne beaucoup plus triomphant & magnifique, que n'est pas le regne des tyrans? Volupté n'a point de domination sur vn tel, n'aussi n'a auarice, n'enuie, ne courroux, ne toutes autres telles pestes de l'ame: ains estant armé de foy, toutefois & quantes que la chose le requiert, il commande aux maladies, & elles s'enfuyent: il commande aux ondes, & elles s'appaisent: il commande aux diables, & ils sortent. Tant est puissant le regne de l'ame de celuy, qui se deffiant de soy-mesme, se fie en Dieu: qui se deffiant des secours humains, s'attend aux celestes. Ce n'est pas le diademe, ny l'onction, ny la suyte, qui baillent le regne: mais ce sont les choses susdittes qui creent l'homme vray Roy, & finalement l'attirent en la participation du regne celeste & eternel, ou il n'y aura plus de rebellion. On acquiert vn regne mondain par violence, & le defend-on par cruauté: attrempance acquiert ce regne-cy, & humilité le maintient & rend ferme & asseuré. Le monde iuge que ceux-là tant seulement, qui estans doués d'vn courage magnanime leuent haut les cœurs, soyent propres pour gouuerner vn royaume: Dieu esleue en son regne ceux-là principalement qui s'abbaissent les plus bas. Iesus poursuit, & à ce paradoxe, en adiouste vn autre semblable. Bien-heureux sont les debonnaires, car tels heriteront la terre. Et qui sont ces debonnaires? ce sont ceux qui ne font tort à personne: qui estans iniuriés pardonnent aisément l'iniure: qui aiment mieux perdre le leur, que de plaider: qui ont en plus grand estime la concorde & tranquillité d'esprit, que non pas vne grande possession: qui mieux aiment vne paisible poureté, que noiseuses richesses. Ouy mais telles gens sont ordinairement iettés hors de leurs possessions: & tant s'en faut qu'ils conquestent l'autruy, qu'ils sont mesmes iettés hors de leur patrimoine. Aussi est-cecy vne nouuelle maniere d'amplifier les possessions: tellemét que la debonnaireté en impetre plus de ceux qui donnent leur plein gré, que la rapacité des autres n'en acquiert à tort & à trauers. Vn Seigneur inhumain & cruel ne possede pas mesmes ce qu'il-a: mais vn paisible, qui aime mieux quitter ses biens, que de prendre noise pour yceux, il-a des possessions par tout où il trouue gens amateurs de la verité Euangelique. Fierté desplaist à tout le monde. Debonnaireté plaist mesmes aux payens. Bref, encores que la debonnaire perde sa possession, ce ne luy est pas dommage, ains tres-grand profit: sa terre est bien perdue, mais la tranquillité de son ame est saine & entiere.

Celuy

Celuy a vendu sa terre auec vn grand profit, qui a euité bruit, & gardé la tranquilité de son ame. Finalement encores que le paisible soit par tout, & de tous debouté, d'autant est-il plus asseuré de la profession de la terre celeste, de laquelle on ne le pourra desietter. Le mõ-de complaint cõme gens mal-heureux, ceux qui estant bãnis de leur pays, sont cõtrains d'aller en vn autre: mais Christ prononce bien-heureux, ceux qui sont bannis pour l'a-mour de l'Euangile, entant qu'ils sont receus bourgeois du ciel. Ils sont princes des droits d'vne cité, desiettés d'vne maison, bannis d'vn pays: mais tout le monde est le pays de l'homme Euangelique: & est le ciel vne tres-certaine demeure, & vn pays tres-asseuré pour ceux qui craignent Dieu. Le monde estime vne chose miserable que la priuation & perte des choses qu'on aimoit: tellement que quelques-vns estans priués de leurs affections comme de leur femme, peres, meres, freres, ou enfans, se deffont eux-mesmes. Et c'est pourquoy on les accompagne de leur amis, pour les consoler & adoucir l'amertume du dueil. Mais bien-heureux sont ceux qui pleurent pour l'amour de l'Euangile, qui sont mes-me priués de leurs affectiõs, qui voyent affliger & meurtrir pour l'amour de la iustice E-uangelique, ceux qu'ils auoyent les plus chers, qui mesprisans les voluptés de ce monde, passent leur vie en larmes, en veilles, & en iesnes: car l'eprit celeste, ce secret consolateur leur assistera, qui durãt ceste vie recompensera leur dueil temporel d'vne inestimable ioye de l'ame, pour tantost apres les transporter aux ioyes eternelles. Consolation mondaine en aigrit souuẽt la fascherie en y pensant remedier: mais le sainct Esprit, qui est le vray con-solateur, resiouyt en telle sorte interieuremẽt l'ame asseurée de sa bonne vie & innocẽce, & certaine du salaire de la vie auenir, que tels ayãs mesmes leur corps au beau-millieu de tres--cruelles afflictiõs, se resiouyssent à par eux: tant s'en faut qu'il pensent estre mal-heureux. Selon la commune opiniõ de tous, la faim est vne chose fascheuse: & est poureté vne chose qu'on doit fuyr par tous moyens: voire il n'y a personne qui ne prononce bien-heureux, ceux qui ont si richement augmenté & establi leur train domestique, qu'on en peut vser en abondance. Mais les richesses, tant amassées soyent elles à grand tas, ne saoulent pas l'ame: & si la felicité de l'honneur ne doit pas estre mesurée selon le saoulement du ventre. Qui sont doncques ceux, qu'en cest endroit Christ prononce bien-heureux? Bien-heu-reux dit-il, sont ceux, qui ont faim & soif de iustice. Les choses qui nourrissent & entretien-nent le corps, apres lesquelles le monde se tourmente si miserablement, on ne les doit desi-rer que legierement & cõme en passant. Car les saouls sont quelque-fois plus tourmẽtés du saoulement, qu'ils n'estoyent de la faim: & si tantost apres le saoulement retournent la soif & la faim, lesquelles il faut à chasque fois rẽplir. Puis les gens de bien, se contentans de peu, sans rien desirer, fors que les necessités, n'ont iamais faute de ces choses, encores qu'ils ne s'en souciẽt: car celuy les fournit, qui repaist les passereaux & vest les lis. Mais bien-heu-reux sont ceux, qui des choses corporelles & perissables transferent ceste faim & soif à sou-haiter la iustice Euangelique. Là où il y a tousiours dequoy auoir faim, là où il y a tousiours dequoy auoir soif: & où le saolemẽt est heureux, voire vne partie de la beatitude, c'est auoir faim de ce pain de l'ame: duquel quiconque en mangera, il viura à iamais: & auoir soif de ceste eau viue, de laquelle quiconque boira, elle deuiendra en luy vne fontaine d'eau saillante en vie eternelle. On estime coustumieremẽt heureux ceux, qui sont soulagés par la liberalité d'autruy: voire on est plus prest de se resiouyr de celuy qui est soulagé, qu'on n'est de le soulager. Mais de ma part, ie pronõce bien-heureux les misericordieux, lesquels à cause de charité fraternelle, estimẽt que la misere d'autruy soit la leur: qui sont dolés des aduersités du prochain, qui pleurẽt de la calamité d'autruy: qui de leur prõpre biẽ paissent le souffreteux, vestent le nud, amõnestent le defaillant, enseignent l'ignorant, pardõ-nent au mal-faisant: bref qui tout ce qu'ils ont de bien l'employẽt à soulager, recreer les au-tres. Car tels ne font nuls frais ains font gain: pource que celuy qui est misericordieux & liberal enuers le prochain, trouuera Dieu beaucop plus misericordieux & liberal enuers soy. As-tu pardonné au prochain quelque legiere faute? Dieu te pardonnera tous tes pe-chés. As-tu quitté à ton frere vne vengeance temporelle? Dieu te quittera vne peine eter-nelle. As-tu pourueu à la necessité de ton frere par ton argent? Dieu te rendra ses richesses celestes. Les hommes mondains estiment que ceux qui sont misericordieux, deuiennent poures: pource qu'en donnant, les richesses s'espuysent: mais enuers Dieu ils deuiennent riches, pource qu'en espuysant les coffres, le cœur se remplit des fruicts de pieté. Les hõmes appellent cõmunement mal-heureux ceux, qui ont perdu les yeux: tellement que ceux qui sont priués de ce sens le plus cher de tous, disent qu'ils ne viuent point: ains qu'ils sont en tenebres comme s'ils estoyent morts. Tant semble plaisante chose de regarder des yeux la
clarté,

Bien-heureux
sont ceux qui
meinent dueil,
car ils seront
consolés.

Bien-heureux
sont ceux qui
ont faim.

Bien-heureux
sont les miseri-
cordieux, car
ils obtiendront
misericorde.

Bien-heureux
sont ceux qui
ont le cœur
net, ils ver-
ront Dieu.

clarté,& de contempler ce tref-beau theatre du monde. Que si ce semble vne chose tant desirable de regarder le soleil des yeux corporels : combien vaut mieux de regarder Dieu,
(lequel est createur du soleil & de toutes choses) des yeux de l'ame? Ceux, qui ayant recouuré la veuë, pouuoyẽt regarder la lumiere, vous les aués veu sauter, & se resiouyr en
eux-mesmes autant que s'ils fussent retournés des enfers. Combien plus heureux sont
ceux, qui, (l'obscurité de leur entendement ostée) ont receu la grace de voir entierement
Dieu (qui est la fontaine de toute liesse) duquel le regard est vne souueraine felicité?
Tout tel qu'est le soleil aux yeux qui sont nets, tel est Dieu aux purs cœurs. Tel qu'est la
chassieure, ou escailles aux yeux, tout tels sont les pechés au cœur. Parquoy bien-heureux
sont ceux, qui ont le cœur pur & net de toute souilleure: car ils verrõt Dieu, qui est vne chose plus desirable que toutes les voluptés de ce mõde. Les hommes ont de coustume de iuger, biẽ-heureux ceux qui ayans leurs affaires dispos selon leur plaisir, viuent en oysiue-
té, sans auoir personne qui les tourmente. Mais de ma part, ie prõnõce bien-heureux ceux,　Bien-heureux sont les paisi-bles, car ils se-ront appelés enfans de Dieu
qui apres auoir meurtry eux-mesmes en leur cœur, la rebellion de toutes cõuoitises, s'ef-
forcent de mettre d'accord ceux qui sont en dissention: & qui non seulement ne se vengent
pas de l'iniure qu'on leur pourroit auoir faitte: ains de leur plein gré vont apres ceux, qui
les ont offensés, pour refaire la paix. Que si la chose vous semble trop fascheuse, ouyés-en
le salaire. Car tels serõt appelés fils de Dieu. Qu'est-il de plus hõnorable, voire qu'est-il de
plus heureux que ce titre? Certes le titre n'est pas vain. Car quiconque est fils, il est aussi necessaire qu'il soit heritier. Or cognoit-on vn vray & naturel fils par l'imitation paternelle:
vn bastard est cogneu par la dissemblance de meurs. Dieu inuite à paix & amitié (pardonnant gratuitement tous pechés) tous les hommes du mõde, par lesquels il auoit esté offensé. Il se presente de soy-mesme fauorable à toꝰ ceux qui se repẽtent de leur vie passée. Il ne recognoistra pas pour ses fils, sinõ ceux, qui se feront portés tels enuers leurs freres, qu'il s'est
porté enuers tous. Les peres charnels des-heritent leurs enfans, qui ne s'accordent pas a-
uec leurs autres freres. Le pere celeste des-heritera pareillement les haineux de paix, & se-
meurs de dissensions. Mais pour autãt qu'il y a par tout beaucoup de meschãs, on ne peut　Bien-heureux sont les perseu-tés pour iustice
entretenir paix auec tous, si ce n'est par la souffrance des afflictions. C'est à faire aux serui-
teurs de Dieu, de s'efforcer de n'auoir nulle dissension auec nul homme, soit bon ou mauuais: on doit, (entant que faire ce pourra) amener tous hommes à amour & concorde par
courtoysie, douceur & liberalité : mais la peruersité des gens est si grande, qu'ils s'effarou-
chent mesme quand on leur fait plaisir, & affligent ceux qui leur font bien: traitent cruellement ceux qui leur sont humains, & tiennent pour ennemis ceux, qui les veulent sauuer:
en cest endroit si la paix ne peut estre gardée en son entier d'vne part & d'autre: neãtmoins
ceux là pour l'estude de paix seront cependant bien-heureux, qui serõt persecutés des meschans, non pour autre chose, que pour l'amour de la iustice Euangelique : laquelle ne fait
tort à personne, ains proufite à toꝰ. Car la chose mesme qui les deuoit esmouuoir à amour,
les pousse à haine: & rẽdent le mal pour la chose mesme, pour laquelle ils deuoyent rendre
graces. Qui pourroit, dira quelcun, aimer ceux, qui pour le bien-fait rendent haine, & maltalent? Ie cõfesse bien que la chose est difficile: mais aussi en est infini le salaire. Et quel est-il?
C'est non pas vne couronne de chesne ou de laurier: non pas vn beuf ou vn bouc: mais le
regne celeste. Mes disciples, il faut que vous vous prepariés à ceste luicte, si vous aués enuie　Vous estes bien heureux, quãd on vous outra-gera.
d'emporter le pris de la felicité Euangelique. Vous n'aués que faire de craindre la cruautẽ
des hommes. Il n'y aura personne qui vous puist nuire, si vous retenés fort & ferme la iustice. La persecution des maux ne vous ostera pas vostre iustice: ains elle augmentera la beatitude. Voire vous serés bien-heureux au milieu des tempestes d'aduersité, quãd ils vous
maudiront & donneront au diable: quand ils vous feront tous les maux du mõde: quand
ils vous mettront sus, toutes sortes de blasmes & crimes, & ce en mentant: non pour vostre
faute, ains pour la haine qu'ils me porteront : car estre Chrestien, ce sera le comble de tous
crimes. Ne vous deplorés pas vous-mesmes, quand vous serés affligés, bannis, & des-hõ-
norés: ains plus-tost resiouyssés vous & sautés pour cela-mesme: entant que tãt plus cruellement vous persecuteront-ils, d'autant plus croistra & s'augmẽtera vostre pris, que le pere vous reserue au ciel. Le mal qu'ils auront fait, Dieu vous le chãgera en bien. Le dommage qu'ils vous porteront, Dieu vous le tournera en gain. Le des-honneur qu'ils vous
feront, Dieu le vous changera en eternelle & vraye gloire. Les crimes & blasmes qu'ils
vous mettront sus à tort, Dieu les vous tournera en titre & renom de vraye pieté: il changera leurs maudissons & louanges, & triomphes non seulement deuant Dieu, (auquel
si vous plaisés, c'est bien assés, encores que vous desplaisiés à tout le monde) mais aussi
deuant

deuant les hommes en ceste vie. Car estre blasmé des meschãs pour la pieté, c'est estre louée & estre tourmenté des ennemis de Dieu, c'est estre couronné. On ne doit pas pourchasser gloire enuers les hommes, qui d'elle-mesme sans qu'on la cherche, accompagne ordinairemẽt la vraye vertu. En voulés vous vn tout prompt & manifeste exẽple? Qu'est-il auiourdhuy de plus sainct ou plus venerable, que la memoire des Prophetes? Et toutefois quãd ils estoyent en vie, les hommes les ont persecutés par toute sorte de maux, comme aussi ils vous persecuteront. Ils les ont persecutés pour la haine qu'ils portoyent à mon pere: ils vous persecuteront, pour la haine qu'ils auront contre moy. Ie vous confesse que ses choses sont difficiles, & surmõtent la foiblesse humaine: mais il faut que la chose soit excellẽte, pour par sa force esmouuoir & attirer tout le monde vniuersel, qui est tout couuert de fauses opiniõs & vaines cõuoitises. Car qui est celuy d'entre eux, qui ne redoute les tourmens du corps? Qui est celuy, qui ne craigne, quãd on tasche de luy oster la vie? Qui est celuy, qui ne s'enflambe tout au desir de vẽgeãce, quand il est prouocqué par outrageuses iniures? Que pourroit (sans s'en venger) endurer qu'on le des-hõnorast à tort? Mais, quand à moy, ie requiers bien encore dauãtage de vous: ie veux que vous vous reputiés bien-heureux pour tous ces maux-là: & que vous ayés plus tost pitié des aueugles persecuteurs, que non pas de vous despiter cõtre eux: ie veux que vous souhaitiés bien à ceux qui vous maudiront: & qu'a ceux qui vous voudront ruiner, vous offriés l'eternel salut. Vous ne paruiendrés pas à ceste haute & heroique vertu, si vous n'y montés par les degrés que ie vous ay cy dessus proposés. C'est, si toutalement vous iettés bas la hautesse de cœur: si vous repoussés l'appetit de vengeãce: si mesprisans toutes les voluptés de ce mõde, vous embrassés vne vie austere: si apres auoir du tout esteint la cõuoitise des choses mõdaines, vous n'aués pas autrement grand soif, sinon de iustice & pieté: si vous estes tellement affectionés, que vous desiriés de secourir au mal d'vn chascun, & taschiés de profiter à tous: si vous aués le cœur pur & net de tous vices & mauuaises cõuoitises, qui ne regãrde autre part, & ne prenne plaisir qu'en Dieu: si apres que vous aurés vous-mesmes le cœur attrempé & paisible, vous vous efforcés d'entrenir & remettre paix par tout: lors certes ferés vous les choses, ausquelles les autres hommes ne pourroyent pas encores seulement sõger. Si est-ce que ceux qui seront guerissables, ceux qui ne seront pas du tout desespérés, s'esmerueillans tant de vostre souffrance que de vostre bonté entendront que la chose ne sera pas fardée, & apperceuront qu'elle ne viendra pas des forces humaines: si qu'estans esmeux par vostre exẽple, ils changeront leur vie en mieux. Car pource-là vous ay-ie choisis, vous qui estes peu, à fin d'amener par vous, non pas vn ou deux cités: mais tout le monde vniuersel à la cognoissance de la sagesse Euangelique. Il fault que la chose soit vertueuse & de grand' efficace, qui puist suffire pour donner saueur à la vie de tout le genre humain, laquelle est abbreuée de cõuoitises des choses perissables & de sottes opinions.

Car la fin pourquoy ie vous ay choisis, n'est pas pour estre des mediocres & passables: mais biẽ à fin que vo⁹ soyés le sel de la terre. Il n'est pas besoing de beaucop de sel, mais qu'il soit d'efficace, pour pouuoir dõner goust & saueur à tout ce qu'il attouchera. Bien grãde est la terre, & toutefois toute la salure qu'elle à, elle l'a d'vn peu de sel meslé parmi. Vous voyés bien qu'on assaisonne grande quãtité de viandes (lesquelles autremẽt n'auroyẽt ne goust, ne saueur) en les poudrãt d'vn petit de sel. Il n'est pas possible qu'en vne grãde trouppe de gens, on n'en trouue de mediocres, voire qui bien à grande peine seront de mise & passables. Mais quãt aux apostres, euesques, & docteurs, il fault qu'ils perseuerent en vne ardẽte & perfaite vigueur de charité Euangelique. Autrement si vostre vie est corrumpue d'ambition, de la cõuoitise des richesses, de desir des voluptés, d'appetit de vengeãce, de crainte de blasme, de pertes ou mort, que restera-il en la parfin qui puisse assaisonner la vie de la multitude, qui est sans saueur? Par ce moyen il auiendroit que non seulement vous seriés inutiles pour assauourer les autres: mais aussi les hommes vous auroyent en tres-gãd mespris, en ce que vous ne feriés pas les choses, que vo⁹ enseigneriés. Car qu'est-il de plus contemptible qu'vn sel corrompu? Lequel ne sert pas mesmes à fumer la terre, comme ainsi soit qu'il la rende sterile, si on l'y mesle. Ainsi les hommes, ceux-mesmes qui par enuie & haine vous abbayoyent, s'emerueilleront de vous, quand ils apperceuront que vostre doctrine retiene le goust de la vigueur Euangelique: quand ils verront, que toute vostre vie sera semblable à la doctrine. Ayans vne fois entrepris ceste charge, necessairement vous apporterés ou grand profit, ou grand dommage à tous: vous emporterés ou vne souueraine gloire, ou vne tres-grande ignominie enuers les hommes. Or doit-on plus que la mort euiter le blasme, quand il redonde au des-honneur de l'Euangile. Soyés dõques en
tout

tout & par tout nets & entiers par excellēce : à fin que par voſtre netteté, la ſouilleure de la multitude ſoit lauée. Voſtre vie & doctrine ſoit telle, qu'elle ſoit vne guide & regle de bien viure à tous ceux qui la verront. Il n'y a qu'vn ſeul Soleil en ce monde, mais ſa lumiere eſt ſi vertueuſe & abondante, qu'il eſclaire de loing tous les habitans de la terre. Auſsi vous ay-ie mis en vn haut degré, à fin que tout ce que vous ferés & dirés, ſe puiſſe eſpandre par tout le monde entierement. Si le Soleil eſt couuert de nuées, d'où viēdra la clarté aux hom mes ? Si voſtre doctrine eſt obſcurcie d'erreurs, ſi voſtre vie eſt offuſquée de mondains de ſirs, qui chaſſera les tenebres de la multitude ? Parquoy donnés vous de garde, qu'il n'y ait nulles tenebres, qu'il n'y ait nulle follie en vous : car vous ne vous pourrés cacher, enco res que vous y miſsiés toutes voz forces. Penſés en vous-meſme que vous ioués vne co medie au theatre de tout le monde : à fin que le ſoin vous aguiſe à veille & diligence. Vne petite cheute en vous ſera comme vn treſ-vilain crime. Vous eſtes ſemblables à vne cité aſsiſe ſur vne haute montagne, deſcouuerte de tout coſté aux viateurs. Elle ne ſe peut ce ler, encores que treſ-volontiers elle le vouluſt. Car le haut coupet de la montagne qui la ſouſtient, la rend bon gré mal gré, voyable à tous : à fin qu'elle monſtre le chemin aux er rants. La doctrine Euangelique eſt de telle nature, qu'elle ne ſouffre pas que ſes docteurs ſe cachent, combien qu'en fuyant la louange des hommes, ils s'allent fourrer és caruernes. Et à quoy faire cacheroit-on ce qui eſt du tout preparé pour profiter à tous eſgalement ? On vſe de ſel, pour donner ſaueur à la viande. Le Soleil eſt donné au monde pour l'eſclai rer : on baſtit vne cité ſur le ſommet d'vne montagne, à fin qu'elle ſoit voyable à tous. On allume de nuict la lampe en la maiſon, à fin qu'elle eſclaire à tous ceux qui ſont. Et c'eſt pourquoy on ne la cache pas ſous vn muid, apres qu'elle eſt allumée : ains on la met ſur vn chandelier, à fin que plus aiſément elle luiſe à tous, & que l'vſage d'vne ſeule lumiere ſe communique à pluſieurs. Ainſi de vous, vous ne debués pas affecter d'acquerir bruit & re nom enuers les hommes : tant ſeulement gardés vous bien d'obſcurcir la lumiere qui eſt en vous, ains perſeuerés ſur le chandelier, où ie vous ay mis. Le ſel ne peut faire qu'il ne dō ne ſaueur : la lumiere ne peut eſtre ſans luire. Voſtre lumiere donques, ou, pour mieux dire, la lumiere de mon pere & la mienne, luiſe ſur tous les hommes : à fin qu'en conſiderant vo ſtre vie en tout & par tout pure, irreprehenſible, & du tout celeſte, ils glorifient voſtre pere celeſte : auquel appartient tout honneur & gloire. Car vous ne deués rien qui ſoit preten dre en toutes les bonnes œuures, ou miracles que vous ferés, tant ſoyent-ils merueilleux, ains en rapporterés toute la gloire & louange à celuy, duquel procede tout ce qui ſe fait de bien entre les hōmes. Cependant voſtre deuoir ſera de n'auoir nul autre ſoin, que d'alaigre ment & fidelement vous acquiter de la charge qui vous eſt baillée. Celuy pour l'honneur duquel vous bataillés, vous rendra le pris en ſon temps. Quāt vous ouyés ſes nouueaux enſeignemens, leſquels Moyſe n'a pas baillés, leſquels auſsi les Prophetes n'ont pas en ſeignés : gardés de ſouſpeçonner que ie mette en auant quelque doctrine ſemblable à celle des Phariſiens, qui r'enchargent tellement la Loy par leurs belles additions & humaines ordonnances : qu'ils meſpriſent & aboliſſent le principal d'icelle. Ie ne ſuis en rien venu pour corrompre ou abolir la Loy, par nouueaux enſeignemens : ains ſuis venu pour par faire & combler la Loy. Car ces Phariſiens ne me ſauroyēt reprocher, qu'il y ait rien de com mandé en la Loy, en quoy ie n'aye iuſques icy obey. Que ſi apres que la lumiere eſt miſe en auāt, les ombres ceſſent : ſi ie dōne maintenant de fait, ce que les Prophetes auoyēt predit : la Loy n'en eſt en rien amoindrie, ains pluſtoſt vient la perfection. Elle a eu ſon tēps, elle a eu ſon honneur, elle a ombragé par certaines figures, ce que maintenāt ſe preſente au mon de. Elle a enſerré les conuoitiſes des hommes, de ceremonies & corporels enſeignemens, comme de quelques treillis : de peur quils ne ſe debordaſſent à tous vices, ſans aucune pu nition, & à fin qu'ils fuſſent plus capables de la doctrine Euangelique : maintenant ſe de ſployent la perfection. Elle, corporelle & groſsiere, a iuſques icy profité, pour faire cognoi ſtre aux hommes leurs pechés : maintenant ſans ceremonies ſe preſente la grace, laquelle efface les pechés. La Loy donques n'eſt en cela non plus deſhōnorée, que ſi le Roy venant en propre perſonne au lieu où ſon image ſeroit painte, en deſtournoit ſur ſoy les yeux de tous : ou non plus que ſi vn petit enfant aggrandiſſoit auec le temps en homme parfait : ou non plus que ſi le fruict, quand il eſt meur, ſuccedoit en la place des fleurs & des feuilles : ou bien non plus que ſi le Soleil leuant obſcurciſſoit la Lune & les Eſtoilles. Ce que la Loy auoit promis, ſe preſente maintenant : ce qu'elle auoit predit, ſe faict : ce qu'elle auoit ombra gé, s'expoſe aux yeux de tous : ce qu'elle s'eſt efforcée de mettre en execution, & n'a peut, ſe fait maintenant parfaittement. Ceſte lumiere eſt baillée à tous : tellement toutefois que les

Iuifs n'ont dequoy se pouuoir plaindre de vous. Soyés tout asseurés que tant s'en faut que i'abolisse la Loy, de laquelle se glorifient les Pharisiens : que mesmes vn seul iota, qui est la plus petite de toutes les lettres, voire non pas vn seul point de tout ce qui est en la Loy, n'en sera effacé : tant est necessaire que tout ce qui est escript en icelle s'accomplisse. Or seroit-ce vne folie d'attendre apres ce qui est ia present, ce seroit vne forcenerie de prendre vn tel plaisir aux ombres, qu'on en mesprisast les choses propres : & tant s'arrester aux choses imparfaittes, qu'on ne tint compte des parfaittes, de tellement ambrasser les choses corporelles, qu'on se degoustast des spirituelles : de tellemét s'attacher aux choses terrestres, qu'on en reiettast les celestes. Les Iuifs mesprisent & tiennent pour transgresseur de la Loy, celuy qui delaisse quelque chose de ce que les Pharisiens ont adiousté du leur, en ordõnant des lauemens de mains, pots & vaisseaux : & toutefois tant s'en faut que telle additions proufitent en rien qui soit, à la perfection de la Loy, qu'elles retirent bien souuent l'homme de l'obeissance d'icelle. Mais au regne celeste (qui est beaucoup plus parfaict) quiconque contreuiendra à vn seul commandement, voire au plus petit qui soit entre les commandemés que i'adiouste maintenant à ceux de la loy Mosaique : encores qu'il enseigna qu'on doit garder, ce que luy-mesme ne garderoit pas à cause de sa foiblesse, il sera estimé le plus petit & le plus contemptible, de la compagnie Euangelique : tellement que si vn tel ne s'auance aux choses meilleures, il en sera du tout forclos. Au reste quiconque enseignera que ces petis enseignemens (qui destournent l'homme fort loing des choses que la Loy defend) ne doiuent pas estre mesprisés, & fera comme il enseigne, cestuy-là certes sera grand & admirable au regne celeste. Et toutefois en la Synagogue, ceux-là qui mesprisent tels commandemens, sont estimés les principaux : estimans que c'est assés, s'ils s'abstiennent de faire les choses que la Loy commande de punir : là où cependant ils se laschent la bride és mauuaises conuoitises de l'ame. Voila la belle iustice de ceux qui s'abstiennent de mal faire pour crainte de la peine. Mais ceux que la charité & cest esprit celeste pousse à plus grande perfection : ceux-là de leur bon gré se retirent loing arriere de toute apparêce de malefice. Et tant s'en faut qu'ils nuisent à personne, qu'ils ne veulent mal à nully. Or à fin que vous entendiés quelle difference il y a entre le Iuif & le Chrestien : entre le disciple de Moyse & le mien : ie vous asseure que si vous auiés mis en execution tout ce que la Loy commande, tout ce aussi que font les Pharisiens (qui sont maintenant estimés d'auoir, & à leurs auis ont quelque perfectiõ de iustice) & vous n'y adioustiés rien de plus parfaict, tant s'en faut que vous deuiés estre des grands en ceste profession, que vous n'aurés pas seulemét entrée au regne celeste. Car ceste profession est tant excellente, que ceux qui ont là les premiers lieux, n'auroyent pas icy seulement le dernier. Or sus pour monstrer plus clairement cõbien nous adioustons à la iustice Pharisaique, & que noz commandemens ne sont en rien discordans des commandemens de la Loy, faisons comparaison de la chose par quelques exemples. Vous aués ouy que ce commandement fut baillé iadis aux ancestres. Tu ne tueras point. Que si quelcun tue, estant cõuaincu & cõdamné il en sera puni. Iusque icy donques cestuy qui n'a tué personne, semble auoir obey à la Loy, & euite les menasses d'icelle : vn tel hõme sera, (croy-ie bien) receu en la synagogue, pour iuste & innocent. Escoutés maintenant combien y adiouste. Car ie vous promets, que quiconque se courrouce contre son frere, il sera redeuable au iugement. Car l'excellence de la profession aggrandit la faute : de sorte que l'excessiue esmotion du cœur à vengeance, sera en ceste nouuelle Loy, ce qu'en la vieille estoit l'homicide. Car le premier degré d'homicide, c'est le courroux. Bien est vray, que celuy, qui se courrouce n'a pas encores accompli l'homicide : Si est-ce qu'il a ia commencé de tédre à homicide. Parquoy qui a voulu mal à son frere, il a ia cõmis vn grand crime enuers Dieu, qui en est le iuge. Que si vn tel ne reprime soudain le cœur bouillant, & permet que la trop grande cholere le contraingne de parler, sans toutefois oultrager son frere de nulle notable iniure : mais bien en le contristant par manifeste signe de mespris, comme seroit en luy disant : racha, ou quelque chose de semblable, qui declarast la malueuillance du cœur : lors comme plus prochain d'homicide, il sera redeuable non seulement au iugement, pour estre puni d'vne peine à vray-dire, plus legiere, telle toutefois que l'homicide : mais aussi au conseil, pour y estre encores plus grieuement condamné. Outre-plus si la rebelle esmotion du cœur le pousse iusques là, qu'ils vienne à dire à son frere vne manifeste & notable iniure, cõme en l'appellant fol, ou de quelque autre iniure semblable, lors sera-il redeuable d'vne tres-grieue peine, assauoir de la gehenne. Par tant de tourments sera puni celuy, qui n'est pas encores venu iusques à homicide. Mais quiconque est descheu de sa charité chrestienne : cestuy-là est prochain d'homicide. Bien est vray, qu'il n'a pas encores
                                                                        desgainé

defgainé fon glaiue, mais quiconque par colere a mal voulu à fon frere, il l'a ia frappé
de cœur, quiconque par courroux a iniurié fon frere, il l'a ia frappé de la langue, & peut
eftre, qu'il le tueroit, s'il ne craignoit d'en eftre puni. Parquoy la loy Euangelique en puniffant aufsi le colere, ne contrarie en rien de ce commandement de la Loy : Tu ne feras
pas homicide : ains retiré & deftourne l'homme loing de ce, que la Loy commande de
punir. Quiconque a arraché entierement de fon cœur tout courroux & haine (qui eft
certes la racine d'où fourionnent les homicides) ceftuy eft plus affeuré de ne point commettre homicide. Quiconque doncques aura acquis la charité Euangelique (laquelle
veut bien mefmes aux malueuillans : laquelle rend le bien pour l'iniure) vn tel homme n'a
que faire des menaffes de la loy Mofaique pour euiter homicide. La derniere borne de
haine, c'eft tuer. La derniere borne de charité, c'eft de vouloir bien au tueur mefme. Or
eft-il bien vray, qu'enuers les Iuifs, ceftuy-là eft tenu pour deuot & religieux, qui penfant
mal de fon frere, apporte vn prefent à l'autel, & toutefois fans l'vnion fraternelle, nul facrifice n'eft aggreable à Dieu. Le premier foing doncques que vous deués auoir, c'eft de viure
en paix & amitié les vns auec les autres. Que fi d'auenture il furuenoit quelque offenfe
entre les freres, (comme la nature humaine eft fragile) laiffés toutes autres chofes & donnés ordre de refaire la paix : tellemét que fi d'auenture tu eftois ia prochain de l'autel, tout
preft de faire ton offráde à Dieu, & il te venoit là en memoire que tu n'es pas bien d'accord
auec ton frere (foit qu'il t'ait offensé, foit que l'offence venant d'vne part & d'autre, ait con-
trifté l'amitié) fans rien tarder ne delayer, laiffe ton prefent deuät l'autel, & t'en cours chés
ton frere, & fais tant que deuant toutes chofes, tu reuiennes en amitié auec luy. Cela fait, re-
uien-t'en à l'autel, pour paracheuer ton facrifice. Car il n'y a nul prefent plus agreable à
Dieu, qu'vn accord entre les hommes. Le delay de l'offrande ne luy apporte nul dommage : & pour l'amitié rompue, vous eftes tous deux en grand danger. Car les offenfes qui
font prolongées engendre haine, & de haine vient homicide. Puis il n'y a nul feruice a-
greable à Dieu, s'il n'eft enrichi de charité. Que fi tu me dis : De moy, ie ne l'ay en rien offenfé, que celuy de qui eft venu la faute, reuienne en grace le premier : ie ne t'efcouteray point.
Celuy auquel eft commandé d'aimer mefme fon ennemi, ne fera point greué de refaire l'a-
mitié, combien qu'elle foit rompue par la faute d'autruy. Pardonne l'offenfe de plein gré,
& deliure ton frere de l'ennuy qu'il a, pource qu'il penfe que tu fois courroucé contre luy.
Tu ne trouueras pas Dieu propice enuers toy, fi le prochain ne te trouue propice enuers
foy. Ton don n'aura nulle grace deuant Dieu, fi tu n'es en grace auec ton prochain. Puis
que Dieu eftime tant l'accord entre les hommes, qu'il endurera bien quelque fois d'eftre
fruftré de l'offrande toute preparée, combien eft-il plus raifonnable, que l'homme (à qui
la chofe attouche) rachete paix & amitié auec perte de fes biens ? Mais pofsible eft, qu'il
s'en pourroit trouuer quelcun fi defraifonnable, qu'à tort & fans caufe il te fera venir maugré toy en iugement, pour te faire pour le moins fafcherie : voire s'il ne te deftruict. Lors les
cœurs s'enflambent d'vne part & d'autre : on defpeche vn adiournement, & accourt-on
deuant les Iuges. Que feray-ie là ? diras-tu. Ne pourfuiuray-ie pas mon droit felon les
loix ? Si tu me veux croire, tu te mettras incontinent en chemin, & iras moyenner l'affaire
auec ton aduerfe partie, auec quelque condition que ce foit, raifonnable ou defraifonnable. Encores que tu accordes auec luy par vne autant defraifonnable condition qu'on
pourroit, fi eft-ce que tu y gaigneras beaucoup. Il eft bien vray qu'il y aura perte de quelque peu dargent : mais la paix & amitié (qui eft vne chofe beaucoup plus precieufe) fera
gardée : le repos de l'ame fera en fon entier : duquel tu dois eftimer que tu as eu vn trefgrãd
marché, quand bien tu y aurois employé tout tant que tu as de bien. Il t'euft fallu faire la
court aux aduocats & notaires, & courir continuellement deçà & dela. Il t'euft faillu briguer la faueur des Iuges : il t'euft faillu faire & endurer beaucoup de chofes indignes de ta
perfonne. Et comme ainfi foit qu'il n'y ait rien de plus precieux que le temps, penfe combien il t'y en fauldroit employer. Confidere doncques combien grand gaing tu feras, en te
haftant de fuir le proces, veu que quelque fois l'iffue des iugemens eft incertaine : car celuy qui a la meilleure caufe, ne gaigne pas toufiours. Par ainfi il y a danger que ton aduerfe
partie ne gaigne, & te liure en la main du iuge : & que le iuge ne te baille au fergent, lequel
mette en prifon. Que fi tu es vne fois emprifonné, ayant lors perdu le moyen d'accorder
auec ton aduerfe partie, non feulement tu y gaigneras affliction corporelle & blaime : mais
aufsi tu n'en feras point deliuré, que tu n'ayes payé iufques à la derniere maille de toute la
fomme, que demandoit ton aduerfe partie : là où tu euffes peu faire paiches auec luy à
meilleur marché, lors qu'il eftoit plus gracieux & moins enflammé. Parquoy quand il eft

c 2

queftion

question de refaire l'amitié, ne fois pas si diligēt à regarder de si pres lequel a le plus grand tort:tant seulement mets peine, que l'amitié soit gardée en son entier: voire & deusses-tu quitter quelque chose de ton droit. Nous auons iusques icy conferé vn exemple de chari-té & de haine. En la charité est la racine de toute la pieté Euangelique: en haine gist la pe-ste de l'Euangile. Or est adultere vn vice prochain d'homicide: & n'y a point de plus e-stroite charité, que celle de mariage. Faisons donques aussi comparaison touchant cecy: que c'est que la Loy en a commandé à voz ancestres; & combien nous y adioustons. Au-tre commandement ne leur en à esté baillé és tables, fors que cestuy cy: N'adultere point: que si tu adulteres, tu seras lapidé du peuple. Ainsi quiconque se contentant de sa fem-me, s'est abstenu de celle d'autruy, il à esté iusques iey tenu pour sainct & entier enuers les Iuifs. Mais selon la loy Euangelique que i'apporte, non seulement cestuy commet adulte-re, qui par paillardise corrompt la femme d'autruy, & a affaire auec elle corporellement & de faict: mais aussi celuy commet adultere qui d'vn œil impudique regarde la femme d'autruy. Car tout ainsi comme celuy qui se courrouce à son frere, est prochain d'homici-de, ainsi celuy duquel le cœur est ia impudique, & duquel les yeux sont paillards, il tend ia à adultere. Le mary n'a pas dequoy te poursuiure & faire punir comme adultere: mais Dieu (enuers qui à ia faict le mal celuy qui à voulu le faire) a iuste cause de te condamner d'adultere. Parquoy autant qu'est le courroux és homicides, autant est la conuoitise és adulteres: autant qu'est là appeller son frere belistre, ou fol, autant est icy repaistre ses yeux, & par leurs alleschemens sollicite le cœur de la femme d'autruy à paillardise. Voire-mais (dira icy l'homme charnel.) Qui est-ce qui se pourroit tenir de conuoiter, pour le moins de cœur la chose qu'il aime? Mais plus tost qui est-ce qui à son desaduantaige pourroit aimer la femme d'autruy, en faisant tort au mari, lequel est tellemēt affectioné en son cœur qu'il voudroit non seulement ne faire tort à personne que ce fut, sans cause: mais rendre bien pour mal à ceux qui luy auroyent faict tort ? Ie ne puis (dira-il) fermer les yeux. Mais qui plus est, il vault mieux s'arracher l'œil, que par iceluy receuoir dommage en sa pieté. Voi-re l'homme ne doit pas tant aimer nul membre qui soit en son corps, qu'il ne luy vaille mieux le retrancher, qu'à l'occasion d'iceluy perdre tant peu que ce soit des vrays biens de l'ame. Il se faut tellement haster de monter au comble de la perfection Euangelique, que celuy qui y va, doit soudain ietter bas tout ce qui le pourroit attarger, tant doux & de-sirable soit-il. C'est gain de conquester la perle de la charité Euangelique, par la perte de quelque chose que ce soit. Parquoy si par cas d'auenture ton œil droit t'empeschoit d'al-ler là, ne pense pas combien precieux est l'œil, ains pense combien plus precieux est la cho-se, de laquelle il te retarde. Puis sans aucune difficulté arrache toy l'œil qui te retarde, & l'ayant ietté bas, va t'en en diligence où tu auois entreprins. Quand tout l'homme entie-rement est en danger de sa vie, il vaut mieux par la perte d'vn membre, racheter la san-té de tout le reste du corps. Tu seras borgne puis apres. Et bien, est-ce si grand cas ? Ne vaut-il pas beaucoup mieux de demeurer en vie en estant borgne, qu'estre tué auec ses deux yeux entiers ? Il n'y a nul membre qui soit plus precieux, ou plus necessaire pour plu-sieurs commodités qu'est la main droite. Qui le nye? Et toutefois si elle t'empesche de cou-rir à ses hautes choses, desquelles depend le salut de tout l'homme entierement: couppe moy ceste main droite qui te retient: puis ayāt ietté bas ce fardeau cour-t'en vistement où tu auois commencé d'aller. En ce danger il vaut beaucoup mieux perdre vn membre, tant soit-il tenu cher, que de tomber en vne gehenne auec tout le corps. Si les hommes font cecy quand il n'y a nul autre danger que celuy du corps, combien plus tost le deuroit-on faire, toutes les fois que l'ame & le corps ensemble sont en danger ? Or vien-ie de dire ces choses en similitude pour enseigner. Car mon intention n'est pas de dire qu'il soit bon, que personne se couppe luy-mesme quelque membre du corps: veu que la nature des membres n'est pas mauuaise, mais l'abus en doit estre condamné. Ie parle des membres de l'ame. Car l'ame à aussi bien ses membres inuisibles, & est sainctement faict de les coup-per le plus soudainement qu'il est possible. Apres qu'vn membre du corps est couppé, outre le tourment, encores y a-il ce dommage d'auantage, qu'on ne peut iamais remet-tre en son entier le membre qui est ietté bas. Mais apres que les membres inuisibles de l'ame (comme sont courroux, haine, plaisir charnel, ambition, auarice) sont couppés: non seulement l'ame n'en est pas pour cela imparfaicte: ains en est aussi plus parfaicte, quand les parties monstrueuses, & dommageables en sont retrenchées. Et si au lieu d'vne breue fascherie qu'on à de les coupper, vient incontinent vne perpetuelle volupté. Ie le diray plus clairement, à fin que vous entendiés mieux mon intention. Les affections,

sont

sont les membres de l'ame. Or y a-il certaines affections, que de leur propre nature meï-
nent à impieté : comme sont courroux, haines, enuie, & conuoitise des biens d'autruy.
Si quelque affection semblable commence à souriourner en l'ame, il la faut incontinent
coupper : car par ce moyen on retranche plus aisément & plus seurement le mal qui veut
naistre. Il y a aussi des affections, qui d'elles-mesmes ne sont en rien mauuaises : mais qui
par occasion retirent quelque fois l'homme du souuerain bien. Comme sont l'amour du
pays : l'amour qu'on porte à sa femme, aux enfans, à pere, & à mere, & autres parens &
amis : le soin de sa bonne renommée, &c. Si tels membres aydent à celuy qui court apres
la perfection Euangelique, il n'a que faire de les arracher. Car ma doctrine n'est pas contraire aux affections naturelles : ains elle remet la nature en son entier. Mais si le cas aduient, que l'affection que tu portes à ton pere, ou à ta femme, ou à tes enfans te retarde de
l'estude de la pieté Euangelique, & te retire vers le monde, couppe ceste nuysible pieté.
Tout ainsi comme celuy qui couppe les dommageables pensées, ne couppe pas le cœur
(d'où elles sortent) ains les mauuaises conuoitises : ainsi celuy qui a ia commencé de regarder la femme d'autruy d'vne chaste affection, & de telle qu'il regarde sa seur, ou sa fille :
a bien arraché l'œil nuysible, à fin qu'vn œil simple vint en sa place : celuy aussi qui de
la main, dont il despouilloit les autres, trauaille-ia, à fin d'aider à la necessité d'autruy,
il a bien couppé la main droitte rauissante, à fin qu'vne liberale main luy succedast. Or
sus confrontons encores vn autre exemple. La loy Mosaique permet au mari qui se tiendroit offensé de quelque vice de sa femme, de l'enuoyer comme bon luy semble : pourueu qu'en l'en enuoyant, il luy baille vn instrument de refus, par le moyen duquel il luy
soit loisible de se marier à vn autre : & le droit osté au premier mari de r'appeller celle
qu'il auroit enuoyée. Parquoy le mari qui à repudié sa femme pour quelque cause que ce
soit, moyennant qu'il luy ait baillé vn instrument de diuorce en l'en enuoyant, il a satisfait à la Loy : & ne sera pas cestuy-là iugé pour adultere, comme aussi personne ne taxera
la repudiée comme paillarde. Et toutefois l'intētion de la Loy estoit, qu'il y eust perpetuelle amitié & concorde entre le mari & la femme : mais cognoissant bien la dureté du cœur
Iudaique, elle leur permit le diuorce pour euiter vn plus grand mal, comme seroit empoisonnement, meurtre, &c. Mais de ma part, ie veux que le mariage soit plus sainct & inuiolable, entre les professeurs de la nouuelle Loy. Car quiconque enuoyera sa femme, sinon qu'elle fust paillarde (car celle qui a eu affaire à vn autre homme, n'est desia plus la
femme de son mari) il l'a contraint de paillarder : entant que si elle se marie à vn autre homme, il ne sera pas son mari : ains son paillard. Et celuy qui prendroit pour femme celle qui
seroit pour tel cas repudiée, elle ne seroit pas sa femme, ains sa paillarde. La loy Mosaique ne punit rien de tout cela : mais la loy Euangelique le condamne. Et toutefois l'vne
ne contreuient en rien à l'autre. Car la loy Mosaique lascha aux maris la liberté de repudier leurs femmes, de peur qu'ils n'vsassent de plus grande cruauté enuers elles, quand ils
en seroyent faschés : & toutefois elle retraint ceste licence par le libelle de refus, à fin qu'ils
ne peussent les enuoyer en cachette, ou les r'apeller apres quand bon leur sembleroit.
Et n'a pas osé la Loy redemander plus grande chose du mariage, pource qu'elle n'a pas
osé commander ce que nous auons cy dessus enseigné. Car vn mari doué d'vne clemence Euangelique, corrigera aisément les meurs de sa femme, ou il les supportera. Car quand
voudroit-il se separer d'auec sa femme, celuy qui veut auoir paix, mesme auec ses ennemis?
Quand voudroit-il machiner ruine à sa femme, celuy qui ne se courrouce pas estant iniurié, & ne veut mal à personne, quand il est offensé? Ou bien comment celuy qui endure
que son ennemi mesme le tue, ne supportera-il sa propre femme, qui luy est conioincte par
domestique conuersation? Que si la Loy entend que le mariage soit sainct, & si les diuor-
ces ne sont pas permis à toute hurte : nous ne rompons pas la Loy : ains nous l'aydons, en
ce que nous ne permettons nulle separation, sinon qu'il y eust paillardise : laquelle contreuient à la nature du mariage. Car pour cela fut introduict le mariage, à fin que la femme estant vne fois consacrée à son mari, à luy tout seul engendre enfans, & soit subiette à
luy seul. Or s'est ia detournée de son mari, celle qui s'est abandonnée à vn autre. Parquoy
entre le mari & la femme qui sont Chrestiens, il n'y suruient pas grandes noises, & ne cher-
chera separation ny l'vn ny l'autre pour petites fautes : mais incontinent l'vn se reconcilie à l'autre, si quelque chose suruient par la foiblesse humaine. Or escoutés encores vn autre exemple. Vous n'aués pas ouy qu'autre commandement ait esté baillé à voz deuanciers, fors qu'ils ne se periurassent point : & que s'il venoyent à iurer, qu'ils s'aquitassent de
leur serment, comme estans ia redeuables à Dieu, & non seulement à l'homme. Les Iuifs

Quiconque delaisse sa femme.

Vous aués ouy ce qui a esté dit.

donques ne punissent que le pariurement. Au reste celuy qui trompe son prochain, sans
y entremettre son serment, il demeure impuni. Mais la loy Euangelique le condamne: la
quelle defend tous sermens entierement, à fin que vous vous absteniés plus aisément
de vous pariurer: tellement qu'il ne sera plus d'orenauant loysible de iurer, ny par Dieu,
ny par les choses qui sont ordinairement tenues pour peu sainctes: c'est à dire, ny par le
ciel, pour ce que c'est le throne de Dieu: ny par la terre, pour ce que c'est son marche-pied:
ny par Ierusalem, pour ce que c'est la cité du grand Roy, assauoir, du roy createur, &
gouuerneur de tout l'vniuers: ny par la teste d'autruy (comme iurent les barbares) pour
ce que tu n'y as nul droit, ains elle est consacrée à Dieu, qui selon son bon plaisir à crée
toutes choses, là où tu ne sçaurois faire deuenir vn seul cheueu blanc ou noir. Or pour
autant que toutes choses sont consacrées à Dieu le createur, on doit faire conscience
de iurer par quelque chose que ce soit. Et aussi qu'est-il besoin de serment entre ceux,
qui pour la simplicité qu'en eux est, ne se deffient de personne: & qui pour leur entiereté ne veulent tromper personne, (encores qu'ils le peussent faire sans en estre reprins) és
choses principalement, desquelles ils se disent contempteurs. Parquoy vne simple parolle doit estre plus inuiolable & plus ferme entre vous, qu'enuers les Iuifs ne seroit le serment, tant fut-il solennel. Car entre vous, entre vous, di-ie, qui ne deués rien auoir en
la bouche, qui soit discordant au cœur: la parolle ne doit auoir autre vsage, sinon que les
hommes en donnent à entendre les vns aux autres, ce qu'ils ont sur se cœur. Et n'est pas
besoing és pasches d'vser de serment, ou de vœux, ou autre telle chose, qui tienne en
crainte le prometant, & donne asseurance au stipulant. Ce vous est bien assés de ces deux
parolles: Non, & Ouy, pour nier de faire, ce que point vous n'aurés promis: & pour
mettre en effect, ce que vous aurés promis de faire. Car l'vn n'est pas moins obligé par vne
simple & nue parolle, qu'est le Iuif iurant par le sainct Sanctuaire: L'autre aussi n'est pas
moins asseuré, que si le serment y eust esté entremis. Que si ces deux parolles ne vous sont
assés: tout ce qui se dit d'auantage, il faut qu'il procede du vice. Car il faut bien dire, ou
que celuy qui iure n'a pas bonne opinion de celuy auquel il iure, ou bien que celuy qui
requiert le serment, se deffie de l'autre. Or ne deués vous estre entachés ne de l'vn ne de l'autre vice: car ma volonté est, que vous soyés du tout en tout parfaicts. Parquoy en ce que

Exo.21
Leuit.19
Oeil, pour
œil, & dent,
pour deht.

ie defend tous iuremens, ie n'aboli point la Loy, (qui defent le pariurement) ains la rend
plus parfaicte, & destourne l'homme plus loing de ce qu'elle punit. Vous oyés bien que
la Loy à permis à voz peres en matiere de venger l'iniure. Oeil, dit-elle, pour œil: & dent
pour dent. Car elle cognoissoit bien que leur cœur estoit adonné à vengeance. Elle a donques iusques icy bridé l'appetit de vengeance, en ordonnant que la faute seroit punie par
peine esgale selon la sentence des Iuges: & que celuy qui auroit poché l'œil à vn autre, perdroit aussi l'œil: & qu'à celuy qui auroit rompu vne dent à vn autre, on luy en romproit
semblablement vne. Et ce pour autant que si la vengeance de l'iniure eust esté remise à
l'appetit de celuy qui auroit esté blessé, il aduiendroit souuent, que pour vne dent rompue, l'autre perdroit la vie. La Loy donques permettoit cela, de peur que la vengeance
n'outrepassast la mesure: Mais quant à moy, ie n'aboli pas ceste Loy, ains ie la conferme. Car ie vous enseigne que ne deués redemander nulle vengeance du monde pour les
iniures, tant enormes soyent elles: ny rendre malediction pour malediction: ny dommage pour dommage: ny blasme pour blasme: tellement que si quelcun vous attachoit vn
soufflet en la ioue (qui est vn outrage insupportable, selon la commune opinion) tant
s'en faut que vous luy en deués rendre vn autre, qu'il vous luy faut plus tost bailler l'autre ioue à souffleter, & aimer mieux endurer vne iniure redoublée que de rendre la pareille. Que si quelcun te veut mettre en procés pour t'oster ton saye: tant s'en faut que tu
doiues plaidoyer contre luy, qu'il te luy faut plus tost bailler ton manteau mesme de
plein gré. Pareillement si quelque importun te vouloit contraindre de luy tenir compaignie en quelque part iusques à mille pas, va en plus tost auec luy deux mille, que de prendre debat auec luy. Par telle courtoysie & souffrance il aduiendra, que celuy qui est enclin à faire tort, n'en deuiendra pas plus cruel: & si seras-tu plus tost deliuré de fascherie, que si le mal se multiplioit par le mal, & de petit deuenoit grand, & si d'vn en venoyent
plusieurs: ioinct que tu n'en perdras pas le repos de l'ame: voire il est possible que par ta
bonté tu feras de tõ ennemi ton amy. Vous entreprenés vne chose haute & difficile: il vous
y faut pretendre en toute diligence, mesprisans ce pendant ces ie ne sçay quelles legieres
choses, pour lesquelles amasser & augmter, ou bien pour lesquelles euiter les autres hommes employent toute leur vie: ausquels il aduient ce pendant, qu'en pourchassant telles

choses

chofes ils font fruftrés des biens celeftes:& fi ne viuent pas icy à leur aife:entant qu'ils s'a-
maffent eux-mefmes fafcheries fur fafcheries,& s'enueloppent de diuerfes rancunes &
haines.Par le mefpris de telles chofes,(qui ne font pas homme de bien,celuy qui les a,ny
mefchant,celuy qui en a faute) vous euiterés haine, & vous acquerrés amour & grace,&
donnerés credit & authorité à voftre doctrine. Parquoy fi quelcun vous faict fafcherie à
raifon de voftre habillement,vaiffelle, ou autre chofe femblable,laquelle il auroit enuie
de vous ofter:donnés luy ce qu'il demande,plus toft qu'il vous attrappe par autres moyens: ainfi vous l'obligerés à vous par bien-faits, & luy aufsi vous deliurera de fafche-
rie.Item, fi quelcun te demande, quelque argent à emprunter: ne fais point difficulté de
luy bailler,encores que tu n'en doiue rien retirer:ie ne dy pas du gain, mais non pas mefme du principal.Car celuy qui prefte à intereft,n'eflargit pas tant fon bien,qu'il pourchaffe l'autruy. Et pourquoy ferois-tu greué de prefter ce que tu ne recoũureras pofsible iamais, à celuy, auquel tu deuois mefme donner en pur don, ce que tu auois trop, & dequoy il auoit faute? Voila comment les hommes prendront exemple à vous de mefprifer toutes ces chofes, pour l'amour defquelles il n'eft rien qu'ils n'endurent & facent. Or
efcoutés aufsi maintenant le principal commandement de toute la Loy. Tu aimeras, dit-
elle, ton prochain. Elle requiert amitié: mais c'eft enuers les bien-veuillans & bien-fai-
fans. Au refte il femble qu'elle promette de vouloir mal à ceux qui vous font tort. Ainfi
l'ont interpreté les anciens docteurs de la Loy, que ce qui n'eftoit pas defendu fembloit
eftre permis. Car il femble que celuy qui te dit:aime ton ami,te permette de hayr ton enne-
mi.Voyés combien ie ne diminue en rien ce cõmandement:mais de combien ie l'augmente. Car de ma part non content de la bien-veuillance,que les amis ont les vns enuers les
autres: ie requiers de vous(qui fuyués ma doctrine) que vous aimiés aufsi voz ennemis:
& que non feulement vous ne hayffés point ceux qui vous hayffent, ains aufsi que vous
les inuitiés à amour par bien-faits. Que s'ils font fi inhumains, qu'ils ne daignent receuoir le plaifir de voz mains,ains perfeuerent de vous agacer & pourfuyure par maudif-
fons & defplaifirs, tant s'en faut que vous deuiés changer de courage, en eftant mefme
au beau milieu des afflictions: qu'il vous faut aufsi prier Dieu, pour leur amendement.
Vfans de telle bonté enuers tous, foyent bons, foyent mauuais: vous monftrerés que
vous eftes enfans retenans la nature de voftre pere celefte:lequel defirant le falut de tous,
eflargit tant de biens à dignes & indignes. Car il endure que fon foleil foit commun & à
ceux qui l'honnorent,& à ceux qui le mefprifent:& permet que fa pluye proufite aux iuftes & iniuftes efgalement:inuitant par fon bien-faict les mauuais à repentance, & pouffant les bons à le remercier. La reffemblance de meurs acertenera fi vous eftes fils du pere celefte:& croira-on que voftre doctrine vient de luy, fi on voit en vous cefte fienne
finguliere bonté. Autrement fi vous aimés ceux qui vous aiment:fi vous faittes bien à
ceux qui vous font bien: fi vous voulés bien aux bien-veuillans, vous aués bien euité
blafme: mais vous n'aués pas merité loz. Ne point recognoiftre le plaifir, c'eft vne ingratitude execrable,voire-mefme enuers les Payens & publicains:l'eftat defquels eft def-
honnefte, mefme enuers le menu peuple. Aimer celuy qui vous aime, c'eft chofe naturelle, & non vertu Euangelique. Que fi vous vous monftrés courtoys & gracieux enuers
ceux de voftre parenté & nation, fans daigner faluer les autres, comme eftrangers: que
faittes vous de fingulier? Les Payens n'en font-ils pas bien autant? Telles vertus font
communes,& qui ne monftrent pas l'homme de bien, ains l'homme tant feulement. Et
ne peut eftre teuu pour noble & fingulier,ce qui peut bien aufsi fe trouuer és mefchans.
parquoy ie veux que vous foyés parfaits, & que par vne admirable & finguliere lumiere
de bonté vous reffembliés à voftre pere celefte: lequel, combien qu'il foit tous puiffant,
fait toutefois plaifir de fa bonté à tous, fans attendre nul falaire de nully. Il eft doux &
clement enuers tous,combien qu'il fe peut venger fur le champ,s'il vouloit.

CHAPITRE VI.

I'Ay monftré par quels moyens il vous faut furpaffer la iuftice des Scribes &
Pharifiens,fi vous voulés eftre mes difciples. Ie vous vay maintenant,mon-
ftrer que c'eft que vous deués euiter és chofes qui femblent eftre communes à vous & à eux. Car il y a vne certaine pefte fecrette, qui corrompt ordinairement toutes les bonnes œuures des Pharifiens: tellement qu'elles ne
meritent du tout nul loz deuant Dieu. C'eft vne chofe faincte, que d'vfer
de liberalité enuers les poures. C'eft vne chofe deuote, que de deuifer auec Dieu par pu-

res prieres. C'est vne chose religieuse que le ieusne : & par la monstre de telles choses les
Pharisiens s'acquierent vn bruit & renom de singuliere sainctete enuers les hommes : là
où ils desplaisent à Dieu, qui regarde le cœur, & non la face. Parquoy c'est à bon droit,
qu'ils luy desplaisent, pource qu'ils ont le cœur corrompu de vaine gloire. Ils pourchassent le bruit du peuple, plus tost qu'vne bonne conscience deuant Dieu : & tandis qu'icy
ils briguent apres vn vain salaire, ils sont frustrés de celuy, lequel seul ils deuoyent desirer. C'este peste se glisse si bien par certaines trainées, que secrettement elle dresse embusches à ceux-là mesmes qui semblent ia auoir faict quelque auancement au chemin de vertu. Parquoy ie veux qu'en cest endroit vous soyés fins & bien aduisés : à fin que quand
il vous faudra faire quelque bonne œuure, vous n'aimiés pas mieux de la faire deuant
les hommes, que tout seuls : à fin qu'estans apperceus d'eux vous obteniés louange &
gloire humaine. Il faut tousiours bien faire, soit que les hommes le voyent, soit que non.
Car Dieu, de qui vous attendés salaire, vous regarde tousiours. Autrement si pour voz
bien-faits vous cherchés louanges enuers les hommes : vous perdés la recompense enuers le Pere celeste. On ne doit pas tousiours celer la bonne œuure : mais aussi ne faut-il
pas iouer la farce deuant les hommes, comme font les farceurs : qui sautent sus l'escha-
faut, ne s'estudians qu'a recreer les yeux, & les oreilles du peuple. Or celuy qui s'accommode soy-mesme aux iugemens du peuple, ne peut tousiours suyure le souuerain bien.
Car vous vous deues tellement accommoder aux hommes, que vous les attiriés à voz
mœurs : non pas que vous forlignés à leurs. La louange suyt tousiours la vraye vertu,
encores qu'on la fuye. Or est lors la louange vraye, quand elle aduient sans estre briguée
ou desirée. Voire & ce peu de gloire, qui peut venir des bien-faits, doit estre du tout rapporté à Dieu : auquel desplairés, tout incontinent que vous vous complairés en vous-
mesmes, en vous attribuant ce qui vient du tout de sa liberalité. Parquoy quiconque tu

soys qui suys la loy Euangelique, quand tu voudras par ta liberalité subuenir à la necessité des poures, ne fay pas comme les hypocrites : car ce sont des mommeurs, & gens fardés
& masqués, lesquels semblent bien estre liberals & pitoyables : mais leur cœur est auaricieux & cruel. Car la calamité du prochain ne les esmeut en rien : mais estans ambitieux
ils achettent auec vn petit d'argent le bruit populaire : & ne donneroyent du tout rien, si
tout seuls ils voyent leur frere mourir mesme de faim. Voila pourquoy quand ils veulent
faire quelque bien aux poures, ils ne cherchent pas les retraictes, ains s'en vont és assemblées, & carrefours, & non plus ne moins que s'ils vouloyent iouer vne farce, ils appellent la multitude au spectacle au son de la trompette : reprochans par cela leur calamité
aux souffreteux, & ensemble pourchassans quelque sotte gloire des hommes. Voulés
vous ouyr qu'ils y gaignent ? Bien que le peuple les applaudisse tant qu'il leur plaira, si
est-ce qu'enuers Dieu ils ont perdu le salaire de leur bien-faict : car Dieu mesure la bonne œuure selon la vraye affection du cœur. Celuy qui a bien-faict pour estre loué, à vendu
& non donné le benefice. Mais quant à toy, il faut que tu sois tant eslongné de leur affection, quãd tu feras quelque aumosne, que mesme ta main senestre ne sache pas que faict la
dextre : & que tant s'en faille que tu desires d'estre regardé des hommes, que tu ne saches
pas toy-mesme (si faire se peut) que tu fais bien : & que cõme oubliant ton faict, tu ne reproches pas premierement à l'homme que tu luy ayes bien faict, puis aussi tu ne te plaises pas
en toy-mesme, pour auoir donné : ains que tu te resiouysses seulement à part-toy, de ce que
le souffreteux est recrée. Et quel dommage t'en reuiendra, quand les hommes n'en sçaurõt
rien ? Voire si celuy mesme qui est secouru, ne cognoist pas l'auteur du bien-faict ? Ce t'est
asses, que tu as le Pere pour tesmoin, aux yeux duquel rien du monde n'est caché. Il t'en recompensera, encore que l'homme ne t'en sache point de gré. Semblablement aussi quand
vous voudrés prier Dieu, n'ensuyués pas la maniere des hypocrites : qui prennent plaisir, toutes les fois qu'ils prient, de s'arrester és assemblées des hommes, & és coings des places, non pas pour autre chose, sinon à fin qu'ils soyent veus des hommes, enuers lesquels
ils pourchassent l'oz de saincteté. Qu'ils se plaisent en eux-mesmes : qu'ils plaisent aux autres tant qu'ils voudront, par telles ambitieuses prieres : tenés vous pour asseurés, qu'ils
ont ia leur salaire, assauoir ce qu'ils brigoyent. Or-ça qu'est-il plus vain qu'vne telle recompense ? Et pour vne fardée & fausse glorieuseté, ils se frustrent eux-mesme du tant heureux pris, que Dieu leur eust rendu, s'ils luy eussent presenté deuant les yeux le pur & droit
sacrifice de leurs prieres. De ta part, fais tout au contraire. Quand tu veux prier, retire toy
des assemblées, & entre au cabinet de ta chambre, puis ferme la porte & desploye-là en secret tes pures prieres deuãt ton Pere. C'est asses quand tu as pour spectateur de ta pieté, ce-

stuy

Quand tu fais aumosne.

Quand tu pries.

ftuy-là, auquel rien n'est caché. Il te rendra l'eternelle recompense. Or vous ay-ie proposé ces choses par exemples assés grossiers, par maniere d'enseignement: car ce n'est pas
quelque fois mal-fait de donner l'aumosne deuant les hommes, ou de prier en l'assemblée de plusieurs, (moyennant toutefois que ta main senestre ne sache pas que faict ta dextre) quand l'œuure de charité n'est corrompue de nulle affection d'humaine vanité. Tu
es lors caché en ton cabinet, quand tu deuises auec Dieu, d'vne telle entiereté de cœur,
comme si personne du monde ne te regardoit. Celuy qui prie en l'assemblée de plusieurs,
& qui ne prie pas moins ardamment, ains possible plus affectueusement que s'il estoit
seul: il prie en vne secrette chambre. Car la dextre & senestre, ou le secret de la chambre,
ne gisent pas és choses, ains és affections. Qui plus est, quand vous prierés, il vous faudra aussi euiter ces choses-là. Et c'est l'affection qui esmeut Dieu, & non le resmuement
des leures: & n'y a point d'interest combien la priere soit longue ou resonante, mais bien
combien l'affection est ardente & entiere. N'ensuyués donques pas les Payens, qui vsent
de longues prieres & pleines de langage, comme par certains formulaires: tout ainsi comme s'ils ne deuoyent rien impetrer, sans lasser Dieu par leur grand babil: repetans à chasque fois vne mesme chose, & limitans par long babil ce qu'ils veulent, & quand, & comment ils veulent que ce qu'ils desirent leur soit donné: là où ils demandent, le plus souuent, choses nuysibles. On doit demander à Dieu ce qui est bon, mais non-pas tout: &
vaut mieux prier souuent, que long temps: & ententiuement plus tost, que longuement.
Pour le faire court, il est meilleur prier de cœur, que de bouche, & ce non par parolles de-
terminées, ains autant que l'ardeur du cœur & la diuine esmotion en met en la bouche.
Bien est vray, que vostre pere veut estre prié, non pas pour sçauoir par longue priere quelle est vostre necessité: mais à fin que par vostre pieté, il soit esmeu à donner ce que les paresseux & oiseux ne sont pas dignes de receuoir: autrement il cognoist bien que demande vostre necessité, dés deuant que vous le priés. Comme donques vous serés dissemblables aux Payens quant aux meurs, soyés-en aussi separés en prieres. Que si vous voulés que ie vous determine vn formulaire de la priere Euangelique, receués-en vn à ce
conuenable, suyuant lequel, vous estans vrays & entiers fils, conioincts par fraternelle
charité, pourrés prier le pere celeste commun à tous esgalement: duquel combien que
vous receuiés toutes choses, si est-ce que vous deués principalement demander ce qui
sert à la vie celeste. Car quant aux autres choses, selon qu'il est tres-liberal, il les adioustera comme de surcroit à voz prieres, voire sans en estre requis: la gloire duquel vous
doit estre en plus grande reuerence que chose qui soit: car à luy appartient tout honneur
tant au ciel comme en la terre. Estre de son regne, c'est auoir vaincu la tyrannie du diable: seruir à sa volonté, c'est regner. Tout ce qui nourrist les cœurs & les fortifie à la perfection Euangelique, vient de sa gratuite largesse. Mais il ne vous exaucera pas si vous
n'estes d'accord, & ne s'entretiendra pas aisément l'vnion, si vous ne vous pardonnés les
vns aux autres les offenses mutuelles, sans lesquelles la vie des hommes ne se passe pas,
encores qu'ils tendent à perfection. Et par ceste vnion vous serés remparés du paternel
secours à l'encontre de ce meschant espieur, si vous veillés, & implorés continuellement
l'ayde de vostre bon pere, à l'encontre du mauuais. Parquoy qui n'est pas de ceste compagnie: qui ne craint n'y ayme Dieu: qui vit à soy-mesme, qui sert plus à sa gloire, qu'à
celle de Dieu, qui brusle apres les richesses & regne de ce monde, qui desire plus les choses qui luy plaisent qu'à Dieu, qui suyt plus tost les choses terriennes que les eternelles,
qui faict plus de cas des commodités corporelles que des dons de l'ame, qui est en discord
auec son frere, celuy, di-ie, qui par dissolutions & voluptés se porte laschement à l'encontre des finesses de Satan, ce seroit en vain qu'il prieroit le pere par le formulaire que ie vous
veux bailler. Car le formulaire est tel: Nostre pere, qui nous a de nouueau engendrés   *Nostre pere.*
pour viure au ciel (nous, di-ie, qui auions esté vne fois engendrés d'Adam à mal-heur)
où tu nous as preparé vn regne & heritage eternel, pour nous y esleuer de toutes ces
choses terriennes: toy qui es dit demeurer és cieux, pource que combien que tu rem-
plisses toutes choses, tu n'as toutefois rien qui soit d'ordure ou foiblesse terrienne: fais
que par nous (estans par ta grace purs & entiers) ton nom soit renommé & glorifié entre les hommes. Car la gloire n'est pas nostre, veu que tout ce que nous faisons de bien,
vient de ta grace. La tyrannie de Satan soit abolie: à fin que de iour en iour ton regne accroisse de plus en plus, lequel ne gist pas en cheuances & suytes de seruiteurs & subiets:
mais en humilité, chasteté, douceur, souffrance, loyauté, charité: à fin que (les vices
estans desconfits, ensemble les mauuaises concupiscences) tes vertus celestes soyent pratiquées
entre

entre les hommes : & qu'en la fin il aduienne que comme toutes choses sont paisibles ès
cieux, & qu'il n'y a nulle creature qui n'obeysse à tes commandemens, qu'aussi il n'y ait
personne en terre, qui n'obeisse à ta tres-saincte volonté: & que tous (entãt que la foiblesse
de la nature humaine le permet) s'estudient ia en ceste vie, apres ce qui parfaittement aduiendra à l'aduenir. O pere nourri ce que tu as engẽdreiaye soin de nous : que ce tien pain
de celeste doctrine ne nous defaille point, à fin qu'en le prenant iournellemẽt nous soyons
cõfermés, & croissions en pleine aâge, & soyons rendus alaigres pour accomplir tes com
mandemens . Et si quelque fois nous t'auõs offensé, ne retire point ton courage de nous:
ains selon ta clemence pardonne nous les fautes, que par foiblesse nous faisons à l'encontre de toy : à fin que nous ayons paix auec toy, tout ainsi comme nous nous entrete-
nons en vnion, en pardonnant les vns aux autres, si quelcun offense l'autre. Quãd tu nous
es propice, nous ne craignõs rien: & estans appuyés d'vnion nous sommes plus forts contre nostre commun ennemi : entre les mains duquel nous te supplions de ne nous liurer
point (si faire se peut) pour estre tentés. Car nous cognoissõs sa malice : nous cognoissons ses meschancetés & finesses. Que si tu permets que nous tombions en tentation, pour
esprouuer la constance de nostre cœur, ô tres-bon Pere, deliure nous de ce meschant-là.
Amen. Ta bonté veuille ratifier ces presens veux. Voyés donques combien ceste breue priere com
prend de choses: il faut que quiconque la vouldra prononcer à droit, soit parfaict: c'est à
dire, qu'il l'a prononcé de telle sorte, que le cœur & l'affection responde à la bouche. Premierement ceste priere vous monstre que du tout vous dependés du Pere celeste, & non
d'ailleurs : auquel vous deués vostre creation : auquel vous deués vostre deliurance des
pechés : auquel vous deués tout tant que vous aués de vertu. Il s'appelle Pere, à fin que
vous entendiés, qu'il est doux & benin. Il se dit estre ès cieux, à fin que mesprisant les biens
terriẽs, vous esliuiés-là voz cœurs. Vous l'appelés nostre: à fin que personne ne s'attribue
rien de propre, veu que sa seule liberalité prouient tout tant qu'à vn chascun. Et sont en
c'est endroict esgaux les roys & les serfs : vous souhaités seulement sa gloire, à fin que personne qui soit en terre ne s'attribue louange de quelque chose que ce soit: car de là s'engendre ordinairement arrogance & hautesse de cœur. Vous demandés qu'il regne, vous demandés qu'on luy obeisse, & non à vous. Car se sont ses vertus qui besongnent en vous.
La doctrine que vous receurés de moy pour bailler aux hommes, est sienne. Et n'est pas
assés de perseuerer en ses graces, si vous ne proufités de iour en iour de mieux en mieux.
Et pour cela luy demandés-vous ce pain admirable, lequel il veut qu'on demande iournellement, pour-ce que iournellement il le distribue : voire il veut qu'on le demande à
luy-mesme : à fin qu'il vous souuienne que tous biens viennent de luy. D'auantage, à fin
que vous vous donniés de plus pres garde de descheoir quelque fois de la cherité d'vn
tant benin pere, il vous amonneste que ce meschant Satan, ne cesse iamais de dresser embusches aux bons, pour les reduire sous sa tyrannie. Parquoy deuant que d'aborder vostre pere par ceste priere, pensés en vous-mesmes, assauoir-mon si vous desirés ce que
vous demandés, & si vous estes dignes que le Pere vous octroye les requestes que vous
faittes. Et en premier lieu regardés bien, si vous estes d'accord auec le prochain . Vous
trouuerés tel le pere enuers vous, que le prochain vous trouue enuers soy. Il ne recon-
gnoistra pour fils, sinon celuy qui est d'accord auec son frere. Si vous pardonnés à ceux
qui vous auront offensés, vostre pere celeste vous pardonnera aussi les fautes que vous
aurés faittes contre luy. Que si vous estes rudes & intraittables enuers les autres hommes, vostre pere ne vous pardonnera pas non plus voz pechés. Tu ne veux pas pardonner à ton compagnon, lequel tu as quelque fois aussi bien offensé, & si tu demandes
à Dieu qu'il te pardonne ta faute, à Dieu di-ie, auquel tu ne peux iamais rendre la pareille.
Vous aués ouy combien vostre aumosne doit estre eslongnée de l'aumosne des Phari-
Quand vous
ieusnes. siens, & combien vostre priere doit estre dissemblable à la leur. Escoutés maintenant com
bien voz ieusnes doiuent aussi differer des leurs, si vous voulés qu'ils soyent aggreables à vostre pere, & proufitables à vous. Car abstinence de viandes ne rend point le ieusne plaisant à Dieu, mais la pure affection de cœur desirant plaire à Dieu seul . Quand
donques la pieté vous poussera a ieusner, n'ensuyués pas certains personnages qui ne
ieusnent point, ains font semblant de ieusner, monstrant en eux-mesmes vne appaten-
ce de ieusne par leur triste face: là où ils ne mettent pas en effect ce, pourquoy le ieusne
doit estre vsurpé: assauoir, ou pour appaiser Dieu, ou bien pour chastier le corps, à fin
que l'esprit puisse plus librement vacquer aux choses sacrées : ains briguẽt par tel fard vne
vaine gloire enuers les hommes, deuant lesquels ils iouent ceste farce, au mespris de Dieu.
Car

Car pour cela ils terniſſent & contriſtent leur face,à fin que par le maintien meſme de leur corps les hommes voyent qu'ils ieuſnent. Tenés vous pour tout aſſeurés de cela, qu'ils n'ont que faire d'attendre recompenſe de Dieu pour tels bien-faits : car ils ont-ia leur ſalaire,ayans obtenu ce qu'ils pourchaſſoyent par leur ieuſne.Mais de toy,quand tu ieuſneras,diſsimule plus toſt ton ieuſne:oinct ta teſte & laue ta face,pour môſtrer en toy lieſſe, à fin que les hommes ne s'apperçoyuent que tu ieuſnes.Et ne penſe pas que le ieuſne qui eſt celé aux hommes ſoit inutile. Ce te doit eſtre aſſes,que ton pere(auquel rien n'eſt caché)le voit.Et celuy qui le voit en ſecret,au lieu d'vne vaine & mortelle louange des hômes, te rendra vn perdurable ſalaire.Cecy ne di-ie pas non plus pour ce que ce ſoit mal-fait,qu'il y ait quelques gens qui ſachent que tu ieuſnes : mais pource que le cœur doit auoir en horreur l'affection de louange. Il n'y a homme viuant qui te voye ieuſner, lors que tu ieuſnes ſans pretendre d'eſtre veu de perſonne.Dieu ſeul te voit lors ieuſner, quâd tu ieuſnes d'vn tel cœur,que tu n'en ieuſneroys pas moins volontiers,encore que perſonne du monde ne te veit. Les hommes ordinairement ne conſiderans pas ces choſes, pendant qu'ils pourchaſſent enuers les hommes ie ne ſçay quels viſibles ſalaires, ſe fruſtrent de l'inuiſible & vray bien,que Dieu donne pour les bien-faits. Le meſme aduient à ceux qui auec grand ſoucy s'amaſſent & ſerrêt les richeſſes,leſquelles ils enfouyſſent en terre,de peur de les perdre:& toutefois les enfouyr, c'eſt les perdre. Celuy qui à deuëment diſtribué ſes richeſſes, ceſtuy-là certes les a miſes en ſeureté. Autrement ce que tu auras caché en terre,ne te portera nul profit,& ſi eſt ſubiet au danger des tignes,de la rouilleure,& des larrons:tellement que rien ne en reuient fors qu'vn miſerable ſoucy de les amaſſer & garder. Vous ne deués pas eſtre ſoucieux & immoderés à acquerir ces choſes : & quând vous aurés acquiſes, ou qu'elles vous ſeront de fortune aduenues,vous les deués diſtribuer volontiers, ſi quelcun en a beſoin:ou bien certes vous les deués diſpenſer, pour ſubuenir aux neceſsités de nature,& non pour ſeruir aux diſſolutions & maladies de l'ame. Et toutefois la plus part des hommes s'employe du tout à ceſt eſtude,comme ſi poureté rendoit les hommes miſerables,& les richeſſes les faiſoyent bien-heureux.Et en pourchaſſant ces faux biens, qui abandonneront incontinent leurs poſſeſſeurs, ils delaiſſent les eternels, qui rendent les hommes vrayement heureux,& ſont tels, qu'on ne les peut rauir. Vous tout au contraire, vous haſtans de paruenir aux choſes heureuſes & parfaittes,à fin que vous ſoyés vrayement enrichis,faittes voz treſors au ciel,à fin que la garde d'yceux ne vous tourmente pas d'ennuyeux chagrin. Car la rouilleure,ne les tignes ne deſmoliſſent pas telles richeſſes:les larrons non plus ne les deterrent,n'y deſrobent pas:qui ſont dangers,auſquels les richeſſes de ce monde ſont ſubiettes.Quand vous aurés baillé telles richeſſes en garde à voſtre pere, il les vous gardera ſeurement: & ſi voſtre cœur ne ſera pas abbaiſſé de vilains ſoucis,s'arreſtant à la terre:ains meſpriſant ces choſes baſſes & caduques, il ſera rauy aux celeſtes.Car où eſt le treſor que l'homme aime ſingulierement,là ſera auſsi ſon cœur. Ceux donques qui ont des richeſſes amaſſées & cachées en la terre,ils ne penſent rien de haut & celeſte: quant à eux,ils vont bien deça & delà:mais leur cœur demeure en la foſſe, où l'argent eſt mis en garde.Que ſi le cœur eſt corrompu par maladie &vaine gloire, ou d'auarice:il ne peut eſtre,que tout ce que lon faict ne ſoit vicieux.Car il faut premierement conſiderer que c'eſt que lon doit principalement deſirer:puis qui c'eſt qui donne vrayement ce que nous deſirons. Or telle qu'eſt la lampe en la maiſon, & l'œil au corps : tel eſt l'ame en l'homme. Si la lumiere de l'ame n'eſt pas obſcurcie de fauſſes opinions, & de mauaiſes conuoitiſes. Si l'œil du cœur ne dreſſe ſa viſée autre part, qu'au vray but, tout ce qui ſe faict en l'ame eſt aggreable à Dieu:&n'y a rien qui n'accroiſſe le monceau de la felicité . Tout ainſi comme s'il y a en la maiſon vne claire lampe, on n'y tresbuche nullement:ſi ton œil eſt pur & entier,il eſclaire tous les membres,ſans que nul tresbuche ou ſe fouruoye : entant certes que l'œil les conduyt: au contraire ſi l'œil de ton corps eſt corrompu,il n'y à nul membre qui face bien ſon deuoir.Car nous ne iugeons de rien à droit, quand la partie, par laquelle ſeule nous iugeons eſt viciée & corrompue. Si donques la partie qui t'eſt donnée pour lumiere ſe tourne en tenebres, combien ſeront grandes les tenebres des autres parties, qui de ſoy n'ont point de lumiere ? Si la raiſon eſt aueuglée des conuoitiſes, & iuge que ce qui eſt miſerable ſoit heureux,elle iuge qu'on doit en premier lieu deſirer ce qui deuroit eſtre euité, ou bien duquel on ne deuroit tenir nul conte . En quelles tenebres ambition, plaiſir charnel, auarice, folie, courroux, enuie, haine, & autres perturbations de l'ame, qui ſont de leur nature tenebreuſes, plongeront-elles tout l'homme entierement ? Ayés donques voſtre œil pur & entier, à fin qu'il

regarde

Ne faites point
voſtre treſor
en terre.

Que ſi ton œil
eſt ſimple.

regarde les choses heureuses : ayés le aussi simple, à fin que seulement ou sur tout il vise à ces choses. Or gardés vous bien d'escouter ceux qui se partissant à Dieu & aux hommes, à la terre & au ciel, suyuent tellement les choses eternelles, qu'ils ne veulent pas toutefois mespriser les temporelles. Car ils ne font autre chose sinon qu'en pourchassant les deux, ils ne iouyssent n'y de l'vn, ny de l'autre. Comme ceste Philosophie propose tres-grãde recompense, aussi requiert elle tout l'honneur entierement. Entre tous les hommes vous n'en pourriés pas trouuer deux si bien temperés en meurs, qu'vn seul & mesme seruiteur puist satisfaire à l'vn & à l'autre : Dont il aduient qu'il en faut abandonner l'vn, ou on ne satisfera ny à l'vn, ny à l'autre. Que si ce sont mesmes de meurs dissemblables, & qui soyẽt en quelque grosse rancune & dissension, si le seruiteur veut estre aggreable à l'vn, il est non seulemẽt force qu'il laisse l'autre, mais aussi qu'en s'adõnant au seruice de l'vn, il ait en haine celuy qu'il laisse. Que s'il vouloit de-rechef abandonner cestuy cy pour retourner à l'autre, il faut qu'il transfere tout son amour & seruice en luy, & qu'il mesprise celuy qu'il laisse. Or-ça qui sont les choses entre elles autant contraires, qu'est Dieu & Mammon ? Comment vn seul homme seruira-il à tous deux, veu qu'ils commãdent choses tant cõtraires ? Dieu commande que tu distribues tes biens aux poures : Mammon commande que tu rauisses à tort & trauers le bien d'autruy. Dieu commande que tu subuiennes à ton frere, qui est en necessité : Mammon commande que tu viues à toy-mesme. Dieu commande sobrieté : Mammon ẽseigne excés. Vous vous flaterés donques en vain, si vous croyés que ce qui est impossible se puisse faire : c'est à dire, que vous puissiés tout à la fois seruir à Dieu & à Mammon. Vn chascun est seruiteur de celuy, auquel il est grandement addonné. Voyés vous pas comment les richesses possedent entierement ceux là qui les acquierent auec si grand trauail, qui les entretiennent & gardent auec si grand soucy, & qui les perdẽt auec si grand tourment ? qu'est-ce qu'ils n'endurent ? qu'est-ce qu'ils ne font pour l'amour d'elles ? Celuy qui c'est assuietti à vn tel seruice, il ne peut estre seruiteur de Dieu. Car Dieu requiert tout l'homme entierement, & ne peut souffrir la compagnie d'vn si vilain & puant maistre, & ne se contente pas d'vn seruiteur imparti & commun à son ennemi. Mais les riches excusent ordinairement le vice d'auarice sous la couuerture de l'humaine necessité. On pouruoit : disent-ils, à la faim & nudité par ces choses. Ainsi parlent ceux qui ne dependent pas du tout de Dieu : ains se fient en leurs forces. Quant à moy, ie veux que vous soyés aussi exempt de ce soucy là, de peur qu'vn tel soin ne vous destourne de l'estude de meilleures choses. La necessité de nature se cõtente de peu, & en vient de toute part aisément pour satisfaire à tels que ie di. Car la liberalité des bons, vous viendra plus tost au deuant en ayde : ou bien l'œuure manuelle fornira pour remedier à la necessité. Finalement encores que rien de tout cela n'auint, le pere ne delaissera pas ses enfans despourueus : luy qui dõne de plus grandes choses, il donnera de surcroist ces legieres à ceux qui de tout leur cœur aspirẽt apres les celestes : voire & ne s'en souciassent-ils point. Parquoy gardés vous d'amasser pour longues années : ne soyés pas soucieux de vous preparer des viandes, sans lesquelles on ne peut viure, ny des vestemens, dont on couure le corps, & le garenti-on à l'encõtre du froid. Ie vous demande, la vie n'est elle pas plus precieuse que la viande ? Le corps n'est-il pas plus precieux que le vestement ? Celuy qui a donné ces choses meilleures sans comparaison, voire qui les a données à ceux qui ne s'en soucyoyent pas, sera-il greué de nourrir & contregarder par ces basses choses ce qu'il a donné ? Que si vous en demandés exemple, dressés moy voz yeux vers les autres animaux, que le createur de toutes choses a créés pour l'amour de vous. Denie-il son viure à pas vne de ces creatures ? Considerés moy les oyseaux du ciel : car ne se soucians rien de l'auenir ils ne sement ny moissonnent, ny amassent rien en greniers : ils viuent au iour la iournée, sans aucun soucy, ils mangent alaigrement ce qu'ils rencontrent, & toutefois vostre pere celeste les fournit tous de viures. Et il vous delaissera, vous qu'il a beaucoup plus en singuliere recommandation qu'il n'a pas les oyselets ? Que s'il a soin de vous, cõme de vray il a, vostre souci n'est-il pas superflu ? Que s'il vous delaisse, que vous profitera vostre souci ? Comme il a donné le corps selõ son plaisir, aussi baillera-il le viure selon sa volonté. Voulés vous voir combien est inutile le soucy de l'homme touchant ses choses là ? Qui est l'homme, qui pour grand soucy qu'il ait, puisse adiouster vne seule coudée à la grandeur de son corps ? Mais le corps croist à vn chascun, voyre sans qu'il s'en donne de garde, par certains accroissement, iusques à vne grandeur determinée de Dieu. Soit que tu ne t'en soucies pas, tu n'en auras pas pourtant le corps plus petit : soit que tu t'en soucies, tu ne l'auras pas aussi plus grãd. Parquoy celuy qui sans ton soucy te fait croistre & fortifier le corps, il te pouruoira luy-mesme de viure sans ton soin.

foing,qui te detourne du foing des chofes qui ne viēnēt pas fans voftre foucy.C'eft dōques
folie à vous de vous foucier,craignās que la viande ne vous defaille : veu que vous voyés
les oyfeaux l'auoir à fuffifance, fans qu'ils fen foucient. Or à fin que vous ne foyés pas fou
cieux dequoy vous vous veftirés le corps:contemplés moy les lis,qui d'eux-mefmes naif
fent & croiffent aux champs:ils ne trauaillēt ne filent:or-ça, qui eft-ce qui les pouruoit de
veftement,comme bon luy femble:Qui feroit ce,finō voftre pere celefte ? Voire il les pour
uoit de forte,que Salomon mefme tref-riche & tref-noble Roy ne fut iamais(non pas mef
me lors qu'il faifoit finguliere monftre de la pompe de fes richeffes) fi bien veftu, que l'vn
de ces lis là, defquels on ne tient nul conte, & qui ne croiffent pas ès iardins, où les hom
mes mettent quelque trauail, ains viennent d'eux-mefme és prés. Car le trauail des hom
mes ne peut rien faire de fi propre, que la prouidence de nature. Que fi voftre pere veft
fi noblement d'vne fi grande refplendeur vne herbe contemptible, & tantoft periffable,
qui reluyt auiourdhuy és champs, demain on la cuillera & fechera-on pour la mettre au
four:pourquoy vous fiés vous fi peu en luy, veu qu'il vous a donné des chofes beaucoup
plus precieufes, veu qu'il vous a crées à immortalité, & vous a preparés entre les autres
pour glorifier fon Nom,que de venir à craindre d'auoir faute de veftement, lefquels vous
deués chercher tels & quels:non pas pour braueté, mais pour la necefsité? Puis dōques
que Dieu eft voftre Pere,qui auec fi grāde liberalité pouruoit mefmes les oyfelets,qui font
priués de raifon:pouruoit aux fleurs & herbes, qui n'ont nul fentiment, veu que vous vo
yés qu'il vous eftime tant,qu'apres vous auoir compofé le corps par vne merueilleufe pro
uidēce, il y a mis vne ame raifonnable, & femblable aux efprits angeliques : veu qu'il vous
appelle fes enfans,veu que par fa gratuite charité,il vous a choifis entre tous, à fin que par
voftre pure vie & entiere doctrine, il foit renommé & glorifié entre tout le genre humain:
veu bref qu'il vous a deftinés à l'heritage de la vie eternelle:iettés moy bas ce foucy de ces
baffes & vilaines chofes,que tous foucieux & poureux vous veniés à dire : Que mangerōs
nous? ou, que boyrons nous? ou bien, dequoy nous veftirons nous? Tels propos appar
tiennent aux Payens,& non aux Chreftiens:car quant aux Payens, ils ne croyent pas qu'il
y ait vn Dieu:ou bien ils ne croyent pas qu'il ait foin des hōmes.Et n'ont pas apprins qu'il
y ait vne autre meilleure vie, à laquelle il faille appliquer tout fon foucy. Parquoy fe defiās
du fecours de Dieu,& mettans la felicité de l'homme és chofes qui appartiennēt au corps,
ils amaffent auec grand foucy les chofes qui feruent au viure, à la vefture, ou autres com
modités corporelles. Ils fautellent de ioye,quand tels biens leur aduiennent : ils meurent
de peur,quād ils les voyent en peril:ils font tourmentés de chagrin, voire quelque-fois ils
s'en vont pendre, quand ils leur font oftées. Et eftās par tels foucys affichés aux chofes pe
riffables,ils ne viuent pas icy paifiblemēt,& ne peuuent esleuer leur cœur au defir des biēs
celeftes. Qui eft le pere fi mefchant entre les hommes, qui ne pouruoye fes enfans des cho
fes neceffaires à la vie?Vous aués vn pere fi riche, fi liberal, fi prudent, qu'il fatisfait à tous,
qu'il enrichit tous, qu'il ne laiffe rien defpourueu,tant foit-il petit ou cōtemptible : & vous
craignés qu'il ne fourniffe pas les fiens des chofes, fans lefquelles on ne fçauroit viure?Re
mettés luy ce foucy, il cognoift bien que vous aués affaire de toutes ces chofes : car il n'eft
pas tant inhumain, qu'il veuille retenir les necefsités, à ceux qui trauaillent pour luy.
Mais quelcun me dira : quoy donques ? Ne trauaillerons nous pas des mains,pour auoir
dequoy nourrir nous,& noftre famille ? pour auoir dequoy fubuenir à la necefsité des po
ures ? fi ferés : mais fans foucy. Car les hommes doublent ordinairement leur mifere, pre
mierement en ce qu'ils trauaillent : puis en ce qu'ils ont le cœur en efmoy. Ils fement bien,
mais auec foucy,de peur que leur femence ne produife nul fruict.Ils moiffonnent biē, mais
auec foucy, craignās que le gendarme ou le larron n'emporte ce qui fera amaffé, deuant
qu'il foit ferré au grénier.Ils ferrent en greniers,mais auec foucy, de peur que quelque cor
ruption ne gafte le froment,ou bien qu'il ne foit perdu par quelque feu de mefchef. Finale
ment pour autant qu'ils regardent à l'abondance,& nō à la necefsité prefente, & amaffent
pour long temps,comme s'ils eftoyēt affeurés de viure longuement, & fi n'en ont iamais
affés. Quant à vous donques, fi la chofe ainfi le requiert, trauaillés : mais fans vous tour
menter:s'il vous vient de l'argent fans trōperie & fans fafcherie,prenés-le : mais prenés le
de forte, que le foin d'iceluy ne vous deftourne en rien de l'affaire Euangelique. Car vous
entreprenés vne chofe plus grande, que pour en eftre detournés par le foucy de ces chofes
legieres & periffables.Soucyés vous premieremēt du bien, à la comparaifon duquel, ceux
là ne font rien eftimés. Il faut eftablir le regne de Dieu, c'eft à dire la doctrine Euangelique,
par laquelle on paruient à l'heritage celefte, Ie vous ay choifis pour en eftre les meffagiers

& aydes. Et vous ay monſtré de combien ſingulieres vertus vous aués beſoin, pour vous
acquiter de ceſte charge : aſſauoir, que vous aimés voz ennemis, & deſiriés le ſalut de ceux
qui machinent voſtre ruine. Pource que ces choſes ſont ſouueraines, & que voſtre Pere ne
les vous donnera pas ſans voſtre ſoucy, vous les déués chercher les premieres : quant aux
autres legieres choſes, qui appartiénent à la neceſſité de ceſte vie, voſtre bon Pere les vous
donnera côme de ſuccroiſt de ſon plain gré, ſans voſtre ſoucy : à fin que pour deux raiſons
vous remerciés ſa liberalité, premierement de ce qu'il vous aura dôné les choſes ſouueraines moyennant voſtre trauail, puis en ce qu'il y aura adiouſté ces autres baſſes ſans voſtre
ſoucy. Il ne veut pas que vous ſoyés tourmêtés de ſoucys, qui rende bien les hômes plus affligés, mais ne les font pas meilleurs. Puis la charge que vous entreprenés eſt ſi difficile, qu'
elle requiert le cœur tout entier, alaigre, & vuide de tous autres ſoucys. Parquoy côme viuant au iour la iournée, côtentés vous des choſes preſentes, ſans vous ſoueyer & tourmenter pour l'auenir, comme font ordinairement les hommes, doublans leur affliction : en ce
premierement qu'il n'y à rien qu'ils ne face pour le ſoucy de la neceſſité preſente : puis en ce
que la crainte de l'aduenir les tourmête. Ce que le iour preſent vous offre, receués-le auec
action de graces. Quant à ce que le iour de demain doit apporter, laiſſés-en le ſoucy à luy-
meſme. S'il apporte quelque bien, vous ne ſerés pas menés d'eſperance : s'il apporte quelque mal, vous ne preuiendrés pas l'afflictiô par la crainte du mal aduenir. La vie preſente
a ſes afflictions, leſquelles il n'eſt ia neceſſaire de doubler par crainte. C'eſt bien aſſes de les
endurer, quand elles ſont ſuruenues, ſans que la crainte nous les rende preſentes, deuât
qu'elles aduiennêt. Le temps change & trâſporte ces choſes en la vie des hommes : meſlant
les ioyeuſes auec les triſtes : leſquelles toutefois vous tourneront toutes en bien, & prenans
en gré tout ce qui pourra aduenir, vous vous adônés du tout au trauail du regne celeſte.

CHAPITRE VII.

IL reſte encores vn autre poinct, en quoy ie veux que vôz meurs ſoyent eslongnées de celles des Scribes & Phariſiens. Car d'eux, là où ils ſe laſchent la bride
à de tref-enormes pechés, ſi eſt ce que ſi leur frere peche ils en font vn tref-rigo-
reux iugement, calomnians meſme les choſe bien faictes : interpretans à la mauuaiſe part les douteuſes, & amplifiãs les legieres : bref s'ils voyent tomber quelcun en quelque lourde faute, ils taſchent plus toſt à le perdre, qu'à le guerir. Et de la briguent-ils auſſi
vn renôm de iuſtice, pource qu'ils puniſſent les fautes d'autruy auec grande arrogance,
côbien qu'ils ne le facent pas ny pour l'amour du prochain (lequel ils aiment mieux mort,
que corrigé : & blaſmé plus toſt qu'amendé) ny pour la haine qu'ils portent aux vices, veu

qu'ils s'eſpargnent eux-meſmes en pechés beaucoup plus enormes. Quant à voz iugemens, ſi vous en faittes, ils doiuent ſentir leur charité Euangelique, laquelle pardonne aiſément, elle ne ſouſpeçône temerairement de perſonne, elle interprete plus toſt en bône part
ce qui eſt douteux qu'en mauuaiſe part, elle ſupporte maintes choſes par ſa douceur, elle
aime mieux guerir que punir : elle faict tel iugement des fautes d'autruy en ſentant elle meſme ſon infirmité, comme elle voudroit que les autres ſe portaſſent enuers elle, quand elle
auroit peché : finalement elle n'vſe point d'arrogance en reprenant les vices d'autruy : ſi
elle ſe ſent coulpable de ſemblable ou plus grands vices, elle ſe reforme & iuge deuant que
de reprendre ou amonneſter autruy. Or aduint-il quelque fois que l'exemple d'vn deſraiſonnable iugement retombe ſur les autheurs meſmes d'iceluy, & qu'ils trouuêt à leur tour
de tels reformateurs de leur vie, qu'il ont eſté de la vie des autres. Parquoy ne iugés pas
ainſi les autres, de peur que vous ne ſoyés en cas pareil iugés d'eux. Autrement il aduiêdra
que les autres feront tel iugement de vous, que vous aurés faict d'eux : & qu'ils vous meſu-
reront de telle meſure que vous les aurés meſurés. Car comme vn plaiſir requiert l'autre, &
douceur l'autre douceur : ainſi calônie attire calomnie, & cruauté cruauté. Qui meſ-dit du
prochain, il ouyra pire. Car il n'y en a point qui puniſſent plus cruellemêt les fautes du prochain, pour petites qu'elles ſoyent, que ceux qui ſont eux-meſmes remplis de vices, beaucoup plus enormes. L'vn detracte de ſon frere, de ce qu'il ne ſe ceinct pas ſur la robbe, & il
eſt luy-meſme du tout rempli d'enuie. L'autre dit du pire qu'il peut de ſon frere, de ce qu'
eſtant vaincu par l'infirmité de la chair, il a vſe de concubine, & il ſert luy-meſme du tout à
auarice & appetit d'hôneur. L'autre deteſte ſon frere, de ce qu'il boit vn petit trop : & il porte
luy-meſme au cœur force homicides, & empoiſonnemens : tant eſt aueugle à regarder ſes
boſſes, celuy qui regarde à deux yeux la petite buille d'autruy. Or-ça, tels iugemês ſont-ils
pas faits tout au rebours ? Chaſcun doit iuger tref-rigoreuſement de ſes propres vices, &
plus doucemêt de ceux d'autruy : chaſcun doit eparpiller les yeux apres ſes propres fautes,
de celles

de celles d'autruy, il n'en doit pas estre trop curieux. Et se doit vn chascun medeciner, deuât
que mettre la main sur autruy. Mais de toy, pourquoy vois-tu vn festu en l'œil de ton frere,
veu que tu n'apperçois pas la poutre qui est au tien? Ou comment oses-tu dire à ton frere:
Permets que ie tire vn festu hors de ton œil, veu que cependant tu portes toy-mesme vne
poutre en tes propres yeux? Hypocrite, qui pourchasses loz de saincteté enuers les hommes, non par tes vertus, ains par les vices d'autruy: tire premieremêt la poutre hors de ton
œil, puis ayant ia l'œil pur & net, tu regarderas, s'il y a quelque festu que tu puisse tirer hors
de l'œil de ton frere. Tout ainsi comme nous iugerons des choses corporelles par le moyen
de l'œil, ainsi iugerons nous des affaires interieurs & spirituels par le moyen de l'ame. Et
faut que celuy qui entreprêd la charge d'enseigner les autres, se soit premieremêt enseigné
soy-mesme: il faut aussi que celuy qui veut iuger des autres, se soit iugé soy-mesme: bref
il faut que celuy qui propose d'amonnester les autres, se soit premier amonnesté soy-mesme. Or est-il bien vray, que ces choses attouchent principalement ceux, qui ont le peuple
en charge. Mais combien que ie veuille que vous soyés prompts à bien faire à tous, en supportant ceux qui vous feront tort: simples & humains enuers ceux qui pechent par infirmité humaine: bref que vous soyés tels enuers les peruers, que vous aimiés mieux les corriger, que perdre. Ie ne voudroy pas toutefois que l'on proposast sans discretion les secrets
de la doctrine Euangelique aux dignes & indignes. Car si les Iuifs ont leurs solennités en si
grande reuerêce, qu'ils defendêt les chiens d'en approcher, si les riches font si grand cas de
leurs perles, qu'ils ne les iettes pas aux porceaux, autrement on les tiendroit pour fols, s'ils
le faisoyent: vous qui possedés choses vrayement sainctes, & qui surmontent toutes perles,
tant soyent-elles precieuses, gardés vous de ietter les richesses Euãgeliques aux indignes.
Car ceux-là sont chiens, lesquels ayant tout leur cœur adonné aux choses prophanes, ont
en horreur les sainctes: Ceux-là sont porceaux, qui estans du tout plongés és villaines
voluptés, ont en detestation la pure & nette doctrine de l'Euangile. Les chiens prennent
plus grand goust aux charongnes pourries, & puant vomissement, qu'à toutes les sauces
& senteurs du monde: Vn porceau aime mieux la fange, que les pierres precieuses. A ceux-
là donques qui monstrent ouuertement par leur contenance, qu'ils n'ont cure de saine do
ctrine: tellemêt qu'on n'y apperçoit nulle esperance de profit, il ne leur faut point presenter
les secrets de la doctrine celeste: de peur qu'estans esmeux pour l'importunité, ils ne deuien
nent encores plus meschans, qu'ils n'estoyent pas au parauant: & qu'il nen aduienne tout
ainsi côme il feroit, si quelcun semoit des marguerites deuant des porceaux, ou vne chose
saincte deuant des chiens. Car quant aux chiens, non seulement ils n'auront pas en reuerence la chose sacrée, mais aussi estant irrités du mets, se ietteront sur vous, & vous deschi-
reront aux dents: Et les porceaux fouleront aux pieds les pierres precieuses comme pla-
stre. Par ce moyen le chien ne deuient pas plus sainct pour la chose saincte, car il l'a propha
ne: ny le porceau plus net par les perles, ains il souille sa netteté. Ainsi ceux qui sont mauuais sans remede, apres auoir cognu la sacrée doctrine, ils s'en mocquent, comme si elle
estoit sotte: & la calomnient comme prophane: voire ils tourmêtent ceux qui l'ont baillée.
Parquoy on doit communiquer la philosophie Euangelique à ceux qui en sont conuoiteux, ou pour le moins sont guerissables. Et ne faut soudain cômuniquer tout à tous: mais
selon qu'vn chascun monstrera son auancement, on luy doit descouurir quelques secrets.
Tout ainsi que vous ne deués pas cômuniquer ces singuliers biens à tous indifferêment,
aussi Dieu vostre Pere ne les donne pas aux nonchalans & oisifs. Il les donne, mais à ceux
qui les desirêt affectueusement: il ne les refuse pas, mais à ceux qui les cherchent songneusement: il ne repousse personne de se thresor, mais qu'il frappe incessamment. Demandés
donques à vostre Pere, non pas perles ou or, mais ces vrayes & inestimables richesses de
l'ame: demandés, di-ie, & ce que vous demãdés, vous sera donné. Cherchés, & vous trouuerés: frappés, & on vous ouurira. Vostre Pere est riche & liberal, & ne refuse ne plaint ses ri
chses à nully: vray est qu'il veut qu'on les ait en estime. Or ne les estime point celuy qui les
desire froidement. Quiconque donques demãde côme il appartient, il reçoit: quiconques
cherche songneusement, il trouue: quiconque frappe incessammêt à la porte, on luy ouure.
Or demande droittement celuy, qui demãde choses salutaires, & qui demande auec fian
ce: celuy cherche droittemêt, qui ne se lasse point de chercher. Celuy heurte à droit, qui par
bonnes œuures sollicite la diuine bonté. Que si vous n'impetrés pas du premier côup ce
que vous demandés: ne vous defiés pas pour cela de la benignité de vostre Pere: il le vous
donnera quand & autant qu'il vous sera besoin, moyennant que vous perseueriés. Car
Dieu n'est pas moins exorable enuers ses enfans, qu'est vn pere de ce mõde enuers les siês,

Ne donnés
point les cho-
ses sainctes.

Demandés
& ils vous
sera donné.

d 2   Et qui

Et qui est entre vous le pere tant inhumain, que si son fils luy demãde vne chose profitable,
comme seroit du pain, ne luy donne ce qu'il demande: ains au lieu du pain, il luy baille vne
pierre? ou bien s'il luy demande du poisson pour sa pitance, luy baille d'vn serpent? certes
il luy refuseroit. S'il luy demandoit vne pierre, ou vn serpent, ou quelque autre chose nuysible. Vous donques qui estes enclins naturellement à mal, voire vous qui estes le plus souuent mauuais és autres choses: toutefois vous retenés en cest endroit la pieté, nõ par vertu
qui soit en vous, mais par le mouuement naturel: tellement que vous aués bien ceste discretion de donner à voz enfans ce qui leur est profitable: combien plus tost vostre Pere celeste qui est naturellement bon, le fera-il. Ne vous donnera-il pas ses biens, veu que vous
estes ses enfans: si par ardantes & continuelles requestes vous solicitiés sa liberalité? Or
quant à la conuersation de vostre vie (à laquelle on peut aider ou nuire par plaisir ou iniures, qui se font les vns aux autres) pour ce qu'il seroit trop long de traiter particulieremẽt
de chasque point, ie vous bailleray vne regle generale, dont la force & efficace est naturellement imprimée en tous. Il n'y a personne de bon entendemẽt, qui ne desire son bien: voire

*Comme vous
voulés que les
hommes vous
facent.*

les hommes ordinairement sont si amoureux d'eux-mesme, qu'ils taschent à faire leur profit au dommage d'autruy. Il ne vous faut pas ainsi faire: ains portés vous tels enuers les autres, que vous vouldriés qu'ils se portassent enuers vous. Il n'y a homme si ignorãt, qui ne
desire d'estre enseigné: il n'y a celuy quand il peche, qui n'ayme mieux d'estre amiablement
& secrettement amonnesté, que descrié & blasmé. Il n'y a poure, qui ne desire qu'on luy subuienne. Personne ne veut estre deshonnoré, personne ne veut estre trompé. Parquoy qu'vn
chascun prenne conseil pour soy de ce sens commun (qui est naturellement en tout hõme)
commẽt il se doit porter enuers le prochain. Qu'il ne face pas à autruy, ce qu'il ne voudroit
qu'on luy fit: qu'il face à autruy, ce qu'il voudroit biẽ qu'on luy fit. Voila labbrege & sommaire de tout ce que la Loy & les Prophetes enseignent: que si quelqu'vn n'a le loisir de les

*Entre par la
porte estroitte.*

fueilleter, ou bien s'il ne peut pource qu'il n'est pas lettré, certes vn chascun a chés soy vne
regle, à laquelle il pourra regler tous ses faits, pourueu qu'il aime mieux obeir à la raison
qu'aux conuoitises. Si ces choses semblẽt difficiles à ceux qui aimẽt le mõde: si vous voyés
la plus part des hommes faire tout autrement, n'en ayés le cœur nullement esmeu. Toutes
choses bonnes ont les entrées difficiles. De vostre part, considerés plus tost où c'est, que
meine ceste voye, que si l'êtrée en est aisée. Posés le cas qu'il y a deux portes: l'vne est estroitte, en laquelle on ne peut entrer que par vne voye estroitte, mais laquelle meine incõtinent
à la vie eternelle, l'autre est large & estẽdue, en laquelle on ne peut entrer, que par vne voye
spacieuse, qui donne entrée à tous, mais elle meine soudain à vne eternelle ruine. Parquoy
quant à vous entrés par la porte estroitte, & eslisés plus tost d'aller auec peu de gẽs à la vie
eternelle, qu'auec plusieurs à perdition perpetuelle. Car de la voye spacieuse, pource qu'
elle n'estreinct personne de loix de pieté, ains alesche les hommes par choses qui resiouyssent les sens corporels, & plaisent aux conuoitises de l'homme, elle en attire aisement plusieurs à elle: mais apres les auoir amadoués pour vn bien peu de temps, elle les iette par la
porte large en de si grandes calamités, qu'on ne pourroit croire. Et apres les auoir deceus
par faux biens, elle les plonge dans les vrays maux. Au contraire combien est estroitte la
porte, combien est estroitte la voye, qui meine à la vie? Car elle ne monstre rien qui soit plaisant à la chair: elle est aspre à plusieurs: les choses mesmes qui sont odieuses à nature, elle les
met incontinent au deuant, comme sont poureté, ieusnes, veilles, souffrance d'iniures, chasteté, sobrieté, &c. C'est vne porte par laquelle ne peuuent entrer ceux qui sont enflés de
gloire mondaine, ou esleués d'arrogance, ou remplis d'exces, ou chargés de richesses: bref
par laquelle n'entrent pas ceux qui traynent apres eux tous les autres biens de ce monde:
Par elle n'entrent que ceux qui sont despouillés & despetrés de toutes les cõuoitises de ce
monde, & qui, ne plus ne moins que s'ils auoyent despouillé leurs corps, n'ont plus que
l'esprit. De là vient qu'elle est trouuée de peu de gens, d'autant qu'on ne l'apperçoit point,
si on n'a les yeux nettoyés, ausquels les biens spirituels sont descouuers. Or quant est de
ceux qui prennent plaisir aux voluptés, exces, arrogance, auarice, & autres desirs charnels:
& qui rians vn ris insensé tendent à ruine & perdition, ils ne vous sçauroyẽt apporter dommage: car les suyurẽ, ne seroit pas erreur, ains forcenerie. Il vous faut bien plus donner de

*Gardés vous
des faux prophetes.*

garde, de ceux qui s'accompaigneront auec vous, sous apparence de pieté, là où ils seront
ennemis d'icelle. Ils ont bien Dieu le pere, la doctrine Euangelique, & le regne celeste en la
bouche: ils sont vestus simplement, ils ont la face blesme de ieusner: ils ont le corps maigre
& extenué: ils font longues prieres: ils font des ausmones: ils enseignent le peuple, & exposent les sacrés liures: puis estans masqués de l'apparence de telles choses s'en viennent à

vous

vous, sous couuerte de brebis, là où au dedans ils sont loups rauissans, & bouchers du troupeau Euangelique. Il n'y auroit nulle difficulté de discerner entre le loup & la brebis, si tous deux vsoyent de leur voix naturelle : si tous deux venoyent auec leur propre peau. Mais comment ferés vous, si le loup faisant de la brebis sous sa peau & voix d'icelle, se viet fourrer en la bergerie, non pour deuenir brebis, ains à fin qu'il les puisse plus cruellement mettre en pieces ? Le loup change sa voix, & se dit Chrestien, il traitte la doctrine Euangelique, mais à fin qu'il embrouille les simples du venin de son heresie. Il contrefait les œuures de pieté, à fin de mieux abuser de la simplesse des autres, pour ses conuoitises. Il faut donques que vous vous gardiés songneusement de tels : vous, di-ie, que i'ay choisis pour gardiens & pasteurs de mon troupeau. Vous apperceurés aisément l'enchantement de l'hypocrisie, si vous regardés vn petit de pres non seulement le titre de la robbe, ains les faits qui descouurent vrayement le cœur hypocrite. Car encores qu'ils enseignent bien, toutefois ils ne viuent pas selon cela mesme qu'ils enseignent. Vn chascun arbre a son propre fruict, qui par sa saueur manifeste sa racine. Si vous prenés de pres garde à leurs meurs & vie, vous trouuerés qu'ils se plaisent à eux-mesmes : qu'ils seruent en tout & par tout à leur profit: qu'ils sont hautains, vindicatifs, enuieux, detracteurs, ambitieux, quelque-fois aussi gourmans, & faisans du tout leur profit plus tost que celuy du troupeau, & de l'Euāgile. Ie vous ay monstré quels estoyent les fruicts de l'arbre Euāgelique : assauoir, vn cœur eslongné de toute hautesse: vn cœur doux & n'appetant rien vengeance: vn cœur mesprisant toutes les voluptés de ce monde : vn cœur mesprisant les richesses, & qui a faim & soif de la pieté Euangelique: vn cœur qui pour ses bien-faits n'attend nul salaire en ce monde, soit gloire, voluptés, ou richesses : vn cœur qui veut bien mesme aux malueillens, & qui fait plaisir à ceux mesmes qui ont tort. Quiconque produit tels fruicts, vrayement & de faict, cestuy-là certes est vn arbre Euangelique. Parquoy ceux qui se vātent d'estre prophetes, & se glorifient de ce titre : ceux qui sous habit religieux contrefont ces brebis (là où d'affectiō ils sont loups) ils doyuēt estre examinés par tels fruicts. Ne vous arrestés pas aux feuilles & à l'escorce. Ces choses sont souuent aussi bien cōmunes aux arbres sauuages qu'aux doux: aux pestiferes aussi bien qu'aux salutaires. Le goust du fruict monstre quel est le suc de l'arbre. Que si vous voyés en eux auarice, arrogance, enuie, appetit de vengeance, hypocrisie, & autres choses semblables qui sont du tout contraires au fruict d'vn cœur Euangelique, ne pensés pas que tels arbres doyuēt produire quelque bon fruict. Car qui est l'homme si insensé, qui pense cueillir raisins des espines, ou figues des chardons? c'est à dire, de tres-doux fruicts sur des aspres & sur arbrisseaux? Il en auient ainsi entre les hommes. Vn arbre vrayement bon, & pourtant vn doux suc en la racine du cœur, produit de bons fruicts. Au contraire vn arbre vrayement mauuais, quelques fueilles & escorce qu'il ait, si est-ce qu'il produit de mauuais fruicts. Et ne peut-on renuerser ces choses, entant certes que nature y repugne. Car celuy qui a vn cœur entier, ne peut faire, qu'il ne monstre par ses œuures l'entiereté de son affection : au contraire celuy qui a le cœur corrompu, ne peut mettre en execution choses, qui monstrent vn vray homme de bien. Et combien que par esbloyssemens & apparence de saincteté ils deçoyuēt quelque fois les simples gens : si est-ce qu'ils ne peuuent abuser Dieu. Que ceux donques qui font semblant d'estre bons mettent peine de poser le fard, & de deuenir bons : Car il se peut faire qu'entre les hommes vn mauuais arbre deuiendra bon. Que s'il perseuere en sa peruerse hypocrisie, qu'il se donne de garde que Dieu ne face de luy telle vengeance, que fait vn iardinier d'vn arbre infructueux. Mais que luy fait-il? il le couppe & iette au feu. Ainsi en aduient-il au regne celeste. Quiconque n'apporte nul fruict, ou bien qui n'en produict point, qui soit conuenable à sa profession : vn tel s'il ne s'amende, sera ietté au feu eternel. Vous les cognoistrés donques par ceste marque: assauoir, par leurs propres fruicts: que si vous les trouués mauuais en eux, vous ne leur dōnerés pas le troupeau en charge, & ne les receurés pas au regne celeste : voire vous ne les tiendrés pas mesme pour Chrestiens, ains pour ennemis, non pour les persecuter, mais pour vous garder qu'ils n'endommagent le troupeau en estant meslés parmi. Car il n'est rien plus dommageable qu'vne impieté : à laquelle vne fauce apparence de saincteté donne credit & authorité. Ce ne sera pas quiconque fait profession de mon nom par parolles tant seulement, qui sera receu au royaume des cieux. Car ce n'est pas le titre, qui fait vn homme Chrestien, mais la vie: & ne recognostray pas à la volée pour disciples, ceux qui m'aborderont par tels religieux propos : Seigneur, Seigneur : veu que realement & de fait, ils seruent bien à d'autres maistres, à auarice, gourmādise, & ambition. Qui sont donc ceux que ie receuray au royaume des cieux? ceux qui ayans vrayment

d 3   renoncé

renoncé aux conuoitises terriennes, obeyssent à la volunté de mon Pere, qui est és cieux: laquelle ie vous annonce. Car tout ce que ie vous annonce vient de luy: Et certes mon nom ne profitera de rien en ce iour-là à ceux, qui n'auront pas eu mon esprit & ma vie: car chascun sera lors recompensé selon ses merites, & ce non selon le iugement des hommes, lequel est souuent deceu, mais bien selon le iugement de Dieu: & seront lors les brebis separées des boucs: tellement que les choses mesmes qui auiourdhuy entre les hommes semblent diuines & plus qu'humaines, ne leur seruiront de rien qui soit. Car quand ils verront lors que la vie eternelle sera preparée à ceux, qui obeyssans à la doctrine Euangelique se seront declarés mes vrays disciples: au contraire la mort eternelle à ceux qui seront separés de la compagnie d'iceux: plusieurs effrayés de peur viendront & desireront lors d'estre aduouez de Dieu, là où enuers les hommes ils auront fait semblant d'estre des principaux & singuliers disciples de Christ, & messagiers de l'Euangile. Et me diront: Seigneur, Seigneur, ne recognois-tu pas tes seruiteurs? N'auons nous pas prophetizé en ton nom? N'auons nous pas chassé les diables en ton nom? N'auõs nous pas ressuscités les morts en tõ nom? N'auons nous pas osté les poisons & maladies en ton nom? N'auons nous pas faict d'autres miracles en ton nom? & par tel faits n'auons nous pas dõné bruit en ton nom? Nous auons declaré par tant d'argumens que nous sommes tes disciples, & maintenãt tu nous desauoue? Ie leur feray lors telle response: Certes ie ne vous cogneu iamais, non pas mesme lors que vous faisiés ces choses. I'oy bien, Seigneur, Seigneur: mais ie n'apperceu iamais en vous vn cœur de loyal seruiteur. I'oy bien vne grande mention de mon nom, mais ie ne trouuay iamais en vous mon esprit. I'oy bien des miracles faits en mon nom, mais ie n'oy pas ces propres & particuliers fruicts, par lesquels on cognoist le vray disciple de Christ. Parquoy puis que lors que vous vous vantiés de mõ nom entre les hommes, vous n'aués pas esté vrayement mes disciples, ains sous feinte couuerture de mon titre aués serui au diable: departés vous maintenant de moy: & allés auec celuy, duquel vous aués esté inspirés, & à la volonté duquel vous aués obey. Quelque titre que portent ceux qui auront serui à iniustice, si n'auront-ils point part en mon royaume. Mais tout ainsi comme le fruict d'vn arbre ne peut estre de bonne saueur, si la racine n'a vn bon suc, ainsi vn bastiment, combien qu'il soit magnifique & haut esleué, ne sera point ferme, s'il n'est appuyé d'vn ferme & durable fondement. Celuy qui aura receu mon esprit, c'est à dire, vne pure affection, qui ne vise à autre but qu'à la gloire de Dieu: cestuy-là est vn arbre de bõne racine.

Donc tous qui oyent ma parolle. Ainsi celuy qui ne s'appuye point sur les vanités de ce monde, mais sur les vrays biens de l'ame, & perseuere constamment en iceux, cestuy-là edifie sagement l'edifice, si qu'il ne sera iamais ruiné. Parquoy quiconque oyt mes parolles, & non seulement les oyt, ains les faict descendre en ses plus profondes affections, tellemẽt qu'il mette en effect ce qu'il aura ouy: ie di qu'vn tel est semblable à vn homme prudent, qui pour bastir vn ferme & durable edifice, pouruoit deuant toutes choses d'vn ferme & immuable fondement, sur lequel il puisse appuyer le bastiment, de sorte qu'il tienne bon contre toutes incommodités de tempeste. Car pendant que l'air est paisible, vray est que tout edifice demeure ferme: mais l'hyuer monstre qu'elle est la fermeté du bastiment. Lors la vehemence de la pluye qui suruient le frappe, lors les riuieres augmentées des pluyes hurte contre à grand coup: lors l'impetuosité des vents l'assaut: & neantmoins estant tourmenté par tant de moyens demeure ferme & immuable: Pourquoy cela? pource qu'il est appuyé sur vn ferme fondemẽt. Le batisseur auoit preueu que tels incõueniens aduiẽdroyent: pourtant la-il assis sur vne ferme roche à fin que par son appuy il peust resister contre tels assaus. Au contraire quiconque oyt mes parolles, & les oyt seulement, sans les faire decouler en ses affections, pour le mettre en execution, il est semblable à l'homme imprudent, qui sans preuoir les tempestes aduenir bastit son edifice sur le sable, qui est vn mol & mal seur fondement. Puis à force pluyes, impetueuses riuieres, tempestes de vents viennent hurter à l'encontre: si que la maison estant mise hors de ses fondemens, se demolit & tombe auec grande ruine. D'où vient cela? pource que le bastiment estoit bien magnifique en apparence: mais le fondement qui le soustenoit ne valloit rien. Parquoy en premier lieu ayés soing du fondement. Ieusnes, prieres, aumosnes, sales accoustremens, & miracles sont bien semblables à vn magnifique bastiment: mais si le cœur de celuy qui fait telles choses cherche la vaine gloire des hommes, s'il cherche le gaing, s'il cherche les voluptés, tout sera ruiné, si iamais quelque grande tempeste de tentations l'assaut. Mais celuy qui a son affection fichée en la doctrine & promesse Euangelique: il tiendra ferme (attendant recompense de ses bien-faits de Dieu seul) à l'encontre de tous inconueniens & maux, à l'encontre des outrageuses per-

secutions.

fecutions des meschans, à l'encontre des embusches & assauts des heretiques. Bref il demeurera constant & inuincible à l'encontre de toutes les ruses de Satan, à l'encontre mesme de la mort, iusques au iour que la perseuerance victorieuse contre les maux receura sa
couröne. Quand Iesus eut mis fin à ces propos, le peuple s'estonnoit de ceste nouuelle maniere de doctrine. Car ils n'auoyent rien ouy de semblable des Scribes ou des Pharisiens:
lesquels (si quelque fois ils adioustent quelque chose à la loy Mosaique, pour estre estimés du peuple) mettent coustumierement en auant des ie ne sçay quelles froides constitutions du lauement des mains deuant le repas: du lauement du corps quand on retourne du marché en la maison: du lauement des couches: du payement des dismes : du reuenu de la mente & de rue. Iesus n'enseignoit rien de tout cela : mais apres auoir monstré
par miracles, quelle estoit sa puissance, il se declairoit tel en doctrine : defendant auec authorité ce que la Loy auoit permis, & requerant plus que n'auoit pas faict la Loy. La Loy
auoit permis le diuorce pour quelconque occasion: Iesus à deffendu tout diuorce, s'il n'y
suruient adultere. La Loy ne deffend autre chose, sinon qu'on ne tue personne: Iesus commande qu'on ne se courrouce pas mesme à son frere, pour monstrer euidamment: qu'il
n'estoit pas seulement expositeur, mais Seigneur : qu'il n'estoit pas administrateur, mais
autheur de la Loy. Finalement quelque vigueur de parfaitte doctrine, & quelque nayue
force de verité l'enseignable & simple peuple, qui n'auoit rié trouué de semblable en leurs
Scribes & Pharisiens.

CHAPITRE VIII.

Q Vant Iesus eut tenu ces hauts propos en la montaigne, non à tous indifferemment, mais principalement à ses disciples, & à ceux aussi qui auoyent-eu
le courage de le suyure: il s'abbaisse de re-chef à la petitesse de l'assemblée meslée de toutes sortes de gens : entre lesquels il y en auoit plusieurs pesans, tardifs, foibles, boyteux, & malades, lesquels il failloit aussi attirer au desir des choses celestes
par benefices corporels. Et en les guerissant, il representoit en figure la mesme chose, qu'il
faisoit par doctrine en guerissant les maladies de l'ame. Tous les deux donnoyent credit &
authorité l'vn à l'autre: car nous croyons plus volontiers à celuy que nous aimons : & a-
mour s'acquiert par bien-faits. Puis le parler de celuy que nous apperceuons si puissant
en ses faits, trouue aisément credit enuers nous. Quant donques il-eut laissé la montaigne & fut venu en la pleine: diuerses troupes de gens vindrent à luy à grande foulle de toute part, à fin que les miracles qu'il feroit, eussent tant plus de tesmoings. Et apres que grand
nombre de spectateurs furent assemblés, en voila vn qui se met en auant, pour luy donner occasion de faire miracle, & pour monstrer ensemble par quelque figure, à qui, & auec
quelle foy ceux qui seroyent ladres en l'ame, deuoyent demander guerison de leur ladrerie. Car vn certain personnage se mit en auant, qui auoit le corps infecté de ladrerie. Les
Iuifs auoyent en horreur ceste maladie sur toutes: & tient-on qu'elle est si grande, que les
medecins ne la sçauroyent guerir. Les Sacrificateurs auoyent commission de iuger de ceste maladie, comme sacrée: & vsoyent de merueilleuses & diuerses facultés pour esprouuer si le corps de quelcun estoit point attaint de vraye ladrerie. Il n'estoit pas loysible à
ceux qui estoyent condamnés ladres, de se mesler parmi les assemblées, & estoit deffendu
d'attoucher le corps infecté de ceste maladie. Cestuy-cy donques, qui estoit condamné de
par les Sacrificateurs, & qui estoit infecté de vraye ladrerie, print bien la hardiesse de venir
à Iesus, purificateur de tous. L'amour de santé luy ostoit la honte, la liberalité de Iesus ia ap-
peurceue enuers tous, luy dönoit courage. Les exemples de tant d'autres, qui s'en estoyent
retournés sains chés eux, le faisoit esperer. Or quand il eut ployé les genoux deuant Iesus, en luy faisant la reuerence, il dit: Seigneur, si tu veux, tu me peux nettoyer. Qu'eusse
fait lors l'orgueilleux Pharisien, ou le Sacrificater Mosaique ? Il eust eu en horreur l'hôme
impur, & n'eust pas mesme daigné parler à luy. Mais Iesus monstrant exemple & patron
de bon pasteur, en prenant plaisir en la foy du personnage (laquelle estoit accöpagnée d'v-
ne si grande modestie, qu'il n'auoit pas osé demander d'estre nettoyé, si luy-mesme, qui
sçait ce qui est expediét pour vn chascun, ne le vouloit, & ne doutoit pas neantmoins qu'il
ne le peut nettoyer, s'il vouloit) n'en destourna pas sa face comme d'vn impur, ains estendit sa main, & le toucha : mesprisant certes la Loy en c'est endroit, quant à la lettre. Outre cela pour manifester ensemble tant la bonté de sa volonté, que la grandeur de sa
puissance, il luy dit: Puis que tu croys que ie te peux nettoyer, si ie le veux: ie le veux bien.
Soys net. Et il n'eut pas si tost dit la parolle, que la peau ne luy changea : & fut gueri

Et est aduenu
quand il eut
acheué.

Voicy vn la-
dre venant

d 4　　de son

de son mal en la presence du peuple. Cela fait, (à fin que le miracle fuſt plus notoire, à fin aussi que les Sacrificateurs n'euſſent aucune occaſion de le calomnier, & dire qu'il s'attribuoit l'authorité de iuger de la ladrerie, & qu'il vouloit attirer à ſoy le gaing, qu'ils auoyēt accouſtumé de receuoir de ceux qui eſtoyent nettoyés de leur ladrerie) Ieſus luy dit: Garde toy bien ce pendant de dire à personne, que tu ſoys nettoyé de la lepre. Car il ne t'appartient pas d'eſtre iuge en ta propre cause: & de moy, ie ne veux rien entreprendre ſur les Sacrificateurs. Va t'en donques premierement au Sacrificateur, & te monſtre à luy: puis s'il te iuge net, là où au parauant il t'auoit prononcé ladre, tu offriras lors le preſent, que Moyſe commanda d'offrir à ceux qui ſeroyent nettoyés de leur lepre: à fin que demain ou pour demain ils ne viennent à nous calõnier tous deux: toy de ce que tu te ſerois meſlé parmi l'aſſemblée: moy, de ce qu'il ne m'auroit pas eſté loyſible de te rendre la vraye ſanté. Car l'offrande qu'ils auront receu de toy comme de celuy qui ſeroit nettoyé, les dementira, ſi pour la haine qu'ils ont enuers moy, ils viennent apres à calomnier ce faict. Et de faict, ſi tu n'eſtois pas au parauant ladre, pourquoy t'on-ils ietté hors du camp? Si maintenant tu n'es pas net pourquoy ont-ils receu de toy l'offrande accouſtumée, comme d'vn qui ſeroit purifié? Or voulut Ieſus que le peuple fuſſe teſmoing combien la foy auoit profité au lepreux: & combien aiſément il auoit par ſa parolle oſté toute la maladie: à fin que d'vne telle foy ils ouyſſent ſa doctrine, pour eſtre par icelle gueris des maladies de l'ame. Apres donques qu'il eut monſtré aux Iuifs, par experience, que la voye de ſalut eſtoit treſaiſée, moyennant la pureté de foy: auſſi monſtre-il incontinent, par vn Centenier, que le chemin n'en eſtoit pas meſme bouché aux Payens, pourueu qu'ils euſſent vne foy conuenable à l'Euangile. Car quand il fut entré en Capernaum (qui eſt vne ville aſſés prés de l'eſtang de Geneſareth, és frontieres de Zabulon & de Nepthalim) vn certain Centenier l'a borda, qui eſt vne maniere de gens, que les Iuifs ont en abomination, pour deux raiſons: pource premierement qu'ils ſont incirconcis, & eſtrangiers de la loy Moſaique: en ſecond lieu, pource que leur eſtat de viure eſt blaſmé enuers le peuple. Mais le bon Ieſus, qui eſtoit venu pour ſauuer tous, ne le deſdaigna pas nõ plus. Le Centenier le pria, diſant: Seigneur, i'ay vn ſeruiteur chés moy, que i'aime ſingulierement, comme celuy qui m'eſt loyal & profitable en ſon ſeruice. Il eſt maintenant du tout inutile, eſtant demeuré au lict par vne paralyſie: & non ſeulement il ne me peut faire nul ſeruice, mais auſſi il eſt griefuement tourmenté par ceſte treſ-cruelle maladie, & eſt ia à l'article de la mort. Or comme ceſte ſorte de maladie eſt dangereuſe & faſcheuſe, auſſi ne s'en va-elle pas aiſément pour l'art & cure des medecins. Ieſus s'eſiouyſſant de la foy de ceſt homme, de ce qu'il ne doutoit pas qu'il ne peuſt par ſa parolle guerir ledit ſeruiteur, encores qu'il fuſt abſent: pour mieux donner à cõgnoiſtre à tous la grande fiance du perſonnage, conioincte auec vne ſouueraine humilité de cœur, il luy reſpondit: Ie l'iray guerir. Sur cela le Centenier luy dit: Seigneur, ie ne ſuis pas Iuif: ie ſuis vn Centenir, deſplaiſant aux Iuifs en deux ſortes: & pourtant ne ſuis-ie pas digne que tu viennes chés moy, pour te polluer par ma compagnie. Il n'eſt ia beſoing que tu y viennes en perſonne, di ſeulement le mot, & ta puiſſance eſt ſi grande, que ſoudain mon ſeruiteur ſera gueri. Tu as des anges, auſquels tu peux donner telle commiſſion. Ie l'enten cela par coniecture de moy-meſme. Car de moy, i'ay vn capitaine, auquel ie ſuis ſubiet: i'obey à ſes commandemens, & n'eſt pas neceſſaire qu'il face luy-meſme tous ſes affaires. Ce luy eſt aſſés d'auoir baillé commiſſion & authorité. I'ay pareillemēt des ſoldats qui me ſont ſubiets, par leſquels ie fay faire les choſes qui m'eſſierroyēt en ma perſonne. Ie cõmãde ſeulement, & ils obeiſſent à mes commandemens. Ie commande à l'vn d'aller en vn tel lieu, & il y va: ie cõmande à l'autre qu'il vienne, & il vient. Itē ſi ie di à mon ſeruiteur, (qui eſt en ma puiſſance priuée) fay cecy, ou cela: ſans rien tarder, il fait ce que ie luy cõmande. Que ſi mes ſubiets ſe rendēt ſi obeiſſãs enuers moy, qui ſuis vn pecheur & poure hommelet: combien plus toſt tes ſeruiteurs obeyront-ils à tes cõmandemēs? Quãd Ieſus luy eut ouy dire tels ppos, il s'eſmerueilla, de la foy du perſonnage, nõ pas qu'elle luy fuſt incognёue, mais à fin de la rendre admirable à tous. Puis ſe retournãt vers les Iuifs, qui le ſuyuoyēt, & cõme leur reprochãt leur incredulité, il dit: Ie vous aſſeure de cela, que ie n'ay pas trouué iuſques icy tãt de foy en mon peuple Iſraelitique, que ie fay en ceſt eſtrãgier-cy, qui n'a pas cogneu les Prophetes, ny apprins noſtre doctrine, ny veu noz miracles. Vous vous tenés fiers, de ce que vous eſtes fils des Patriarches, qui ont eſté aimés de Dieu: & de ce que vous eſtes le peuple de Dieu, & à qui il ſemble que ce ſalut ſoit principalemēt promis: Mais tenés vous pour tout aſſeurés qu'vn temps viendra, que pluſieurs viendrõt de toutes parts des plus eſlongnés cõtrées du monde (leſquels vous aués en deteſtation comme eſtrãgiers) & entrans de

force

Leu.14

Le Centenier vint à luy.

Seigneur ie ne ſuis pas digne.

Ie n'ay point trouué tãt de foy en Iſrael.

force par grande impetuosité de foy, au regne celeste, reposerõt auec voz peres Abraham,
Isaac, & Iacob: qui les recognoistront pour legitimes fils, à cause de la foy Euangelique, &
les feront auec eux participans du banquet de la vie eternelle. Au contraire les fils du regne (qui selon l'affinité charnelle, sont issus d'Abraham, Isaac & Iacob) à cause de leur incredulité non seulement ils ne serõt pas receus à ce bien-heureux banquet: mais aussi seront
iettés és profondes tenebres, puis qu'ils n'auront pas voulu au parauant ouurir les yeux
à la lumiere qui leur estoit presentée. Là seront-ils punis de leur mes-croyance, pleurãs &
grinssans les dents, recognoissans lors, mais trop tard, de combien grãde felicité ils seront
descheus par leur propre malice: puis l'enuie augmentera la douleur, quand ils verront
que la felicité & l'honneur qui leur auoit esté promis, sera communiqué aux estrangiers.
Quãd Iesus eut tenu ces propos aux Iuifs, pour approuuer son dire par miracle, il se tourna vers le Centenier, & luy dit: Va-t'en, il te soit faict selon ta foy : declarant certes par cela,
que la guerison n'estoit pas attribuée à la race, n'aux merites: ains à la seule foy, laquelle
il desiroit en plusieurs des Iuifs. L'effet suyuit le dire. Car on trouua, qu'à la mesme heure, le
seruiteur du Cêtenier auoit esté soudain deliuré de sa maladie: à fin que personne ne peut
souspeçonner qu'il auoit esté gueri par cas fortuit, ou bien par l'ayde des medecins. Car
comme selon le cours de nature, personne n'est soudain deliuré de ladrerie, aussi la paralysie ne laisse pas tout à coup la personne. Apres qu'il eut faict tels & autres certains miracles, il se retira vn petit de la presse, & entra en la maison de Simon Pierre & de son frere André, où Iean & Iacques les suyuirent. Il entendit-là que la belle mere de Pierre estoit detenue d'vne si vehemête fieure, qu'elle en tenoit le lict. Or estant requis de la guerir, sans aucun delay il print la femme par la main, & la leua: & incontinent toute la fieure s'en alla, &
luy retourna la force & alaigresse, de sorte qu'elle les seruoit à table. Tant estoit parfaittement guerie, qu'il n'y restoit du tout nulle apparence de fieure : là où ceux que les medecins guerissent, demeurent long temps apres langoureux, & faschés. Or comme la nuict approchoit-ia, vne grande trouppe de gens s'assembla à la porte, attendant qu'il retournast faire miracles, quand il auroit prins sa refection. Et quand il sortit, ils luy presenterent
plusieurs personnes detenues de diuerses sortes de maladies, & mesme des demoniacles:
lesquels tous il guerissoit en chassant hors les esprits, & ostant les maladies : respondant
aussi à son nom en cest endroit. Il n'y auoit nulle sorte de maladie, tant puante ou horrible fust elle que Iesus s'en destourna: ny nulle tant grande ou incurable, qui ne laissast l'hõme, si tost qu'il l'auoit commandé. Il les guerissoit tous d'vne seule parolle : il les guerissoit
tous pour neant, faisant lors en guerissant toutes maladies du corps indifferemment, ce
qu'il deuoit faire en ostant les pechés, qui sont maladies de l'ame beaucoup plus cruelles.
Pour cela aussi estoit-il venu au monde, & estoit ce qu'Esaie auoit tant long temps deuant
predit deuoir aduenir de luy. Il a pris sur soy de son plein gré noz infirmités, & a porté luy
-mesme noz maladies. Or quand Iesus s'apperceut que combien que les malades fussent
gueris, & que la nuict approchast (car le soleil estoit ia esconsé) la multitude ne s'en alloit
pas: ains que la presse s'augmentoit de plus en plus de toute part, il commanda à ses disciples, de luy preparer la naselle, pour passer le lac: à fin que par ce moyen il se despestrast
pour le moins de la presse. Cela ouy, les autres s'en alloyent bien chascun chés soy: mais
comme Iesus tiroit vers la riue du lac, vn certain Scribe par trop importun le suyuit, demandant d'estre receu au nombre de ses disciples, pource qu'il auoit veu que le peuple l'a-
uoit en si grande reuerence pour les grands & merueilleux miracles, qu'il faisoit par sa puissance. Il le suyuit, di-ie, non pas pour se renger à la doctrine & vie de Iesus: ains pour acquerir honneur & profit par le moyen des miracles d'iceluy. Or aborda-il Iesus, en disant: Maistre, ie te suyuray, où que tu ailles. Le propos estoit bien cõuenable à la personne d'vn qui
voudroit deuenir disciple, si le cœur eust esté semblable au parler. Il s'igera de son plein grê:
il s'offrit à tout, & ne demanda nul delay. Mais Iesus ne repoussa pas l'importunité du personnage, & ne luy reprocha pas non plus l'hypocrisie de son cœur: ains l'amonnesta secrettement, qu'il n'estoit pas propre pour estre son disciple: comme de sa part il n'estoit
pas bon pour luy estre maistre: entant que c'estoit folie à celuy qui s'arrestoit aux commodités de ce monde, de s'adioindre auec luy, qui n'auoit & ne cherchoit d'auoir richesses, ne gloire, ne regne de ce mõde: ains embrassoit vne extreme poureté, ignominie & affliction, tellemêt qu'il n'auoit pas mesmes les choses, qui ne deffaillent pas aux oyseaux & bestes sauuages. Les regnards, dit-il, encores qu'ils n'ayent point de maisons, si ont-ils des ta-
nieres pour s'y retirer. Les oyseaux, qui volent en l'air, ont biê des nids au lieu de maisons,
pour eux reposer. Mais le fils de l'hõme est tellement desnué de tous secours de ce monde,
qu'il

Et quand Ie-
sus vint.

Cõme la nuict
approchoit.

Esa. 53

Vn Scribe ve-
nant à luy.

qu'il n'a nulle part où repoſer ſeulement ſa teſte. Si quelqu'vn prend plaiſir à tel maiſtre, qu'il me ſuyue, s'il veut : qu'il me ſuyue, di-ie, d'affection, & non des pieds tant ſeulement.

Seigneur laiſſe moy premiere ment aller.

Ainſi le-dit Scribe ſe ſentant incapable en ſa conſciéce ſe deporta. Item cela ouy, vn de ceux qui eſtoyent ià receuz au nombre des diſciples, eſmeu par foibleſſe humaine, apres auoir entendu l'extreme poureté de Chriſt, cherchant ſous quelque couuerture, occaſion d'eſchapper de l'eſcole de Ieſus, luy dit : Seigneur, auant que ie te ſuyue du tout où que tu ailles, laiſſe moy premierement aller chés nous pour enſeuelir mon pere. L'excuſe eſtoit bien ſainɛte en apparence, mais Ieſus voulant monſtrer qu'on doit laiſſer toutes choſes en arriere, pour l'affaire du ſalut eternel, & que tout delay y eſtoit dangereux, il ne permet pas au iouuenceau de bonne affection, mais foible, de s'enuelopper des affaires teſtamentaires, ſous couleur de pieté : & par cõſequent decheoir de l'heritage celeſte, pédant qu'il en pourchaſſeroit vn de nulle vallue. Ce n'eſt rien dit, luy dit Ieſus, tu n'as plus que faire auec ton pere, qui eſt mort, puis que tu t'es dedié à la vie celeſte. Il n'y aura pas faute de gés pour enſeuelir ton pere : Laiſſe les morts enſeuelir leurs morts : laiſſe ceux qui ſont affectionnés aux choſes terriennes, & qui en ceſte vie ſont morts, voire ſont ia enſeuelis, enterrer les morts. Car d'eux, ils ſont morts enuers nous : ils ſont morts enuers Dieu. De toy, mets peine de viure, & te ſepare de la compaignie des morts, ſi tu veux vrayemét viure. Or quand Ieſus eut

Et Ieſus montant en vne naſſelle.

laiſſe l'aſſemblée & fut entré en la naſſelle, accompagné de ſes diſciples : cõme ils naui geoyét, vne tempeſte s'eſleua ſoudain, qui eſmeut le lac de ſorte que les vagues couuroyent la naſſelle. Cependant Ieſus dormoit ayant la teſte ſur vn oreiller, ſignifiant couuertement en combien grand danger ſont les choſes humaines, quand ceux qui tiennent la place de Chriſt, dorment, eſtans aleſchés des commodités de ce monde. Mais les diſciples monſtrét à qui on doibt auoir recours en telles tempeſtes. Car iceux, eſtans preſques morts de peur, pouſſent & eſueillent Chriſt, diſans : Seigneur, ſauue nous, nous periſſons. Car ils ne l'eſtimoyent encores qu'homme ſeulement : & ne penſoyent pas eſtre aſſeurés auec luy, s'il ne veilloit. Parquoy Ieſus pour les rendre aſſeurés & inuincibles contre tous aſſaus de maux, pour cruel qu'ils peuſſent eſtre, leur reprocha leur tant grande crainte, diſant : Pourquoy craignés vous ainſi, ô gens de petite fiance ? Vous, vous, di-ie, qui aués veu tãt de miracles & ouy ma doɛtrine, vous ne vous deuiés eſpouuanter de choſe du monde (comme ſi le ſecours de Dieu vous deffailloit iamais, pourueu que la foy ne vous defaillit pas : laquelle ie ne voy pas encores en vous ſi grande qu'il appartient. Quand Ieſus eut ainſi amõneſté ſes diſciples, il ſe leua : & pour donner à entendre qu'il eſtoit Seigneur de tous les elemens il tança les vêts & la mer, & ſoudain la tépeſte s'appaiſa, & vint vne merueilleuſe trãquilité, à fin qu'il fut tant plus notoire qu'il ne faiſoit pas telles choſes par forces humaines : ains par vne puiſſance diuine. Car il n'eſt rien plus ſourd, ou plus tépeſtueux que la mer, quand elle eſt eſmeue : & toutefois elle ſe changea tout à coup en vne ſouueraine trãquilité au cõmandement du Seigneur. Et les diſciples, & autres gens qui eſtoyent en la naſſelle, grandement eſtonnés du faiɛt ſi merueilleux, ſe prindrét à dire : Quel peut eſtre ce ſi grand perſonnage ? Car ſans point de doute il monſtre euidemment qu'il y a en luy quelque choſe plus qu'humaine, attendu que non ſeulement les maladies, mais auſſi les vents & la mer obeiſſent à ſon commandement. Or nous a le bon ſeigneur Ieſus enſeigné par ceſte figure, que toutes les fois que les tempeſtes de tentations ou perſecutions nous aſſaillerõt, nous n'alliſſions autre part à recours, qu'à luy-meſme. Tout trouble ſe changera en trãquilité, pourueu que

Quand Ieſus vint outre le lac.

Ieſus veille en nous. Or quand il fut outre le lac au terroir des Gergeſeniens, voila matiere de plus grand miracle qui ſe preſente : Car deux hommes detenus des long temps de treſmeſchant diable, luy vindrét au deuãt, leſquels ſouloyét ou rãdir parmy les deſers, ou bien ſe tenir là en des ſepulchres de morts, qu'on a de couſtume d'eriger aupres du chemin public. Plus ces demoniacles eſtoyent ſi enragés qu'il n'y auoit chaine, qui les peut retenir : ains rompoyent tous liens, & ſailloyent ſur les paſſans, tellemét que perſonne n'oſoit plus paſſer par là. Perſonne ne les oſoit amener à Ieſus, comme i'ay racõté auoir eſté faiɛt de pluſieurs : mais vne ſecrette vertu de Ieſus les attira maugré eux. Ces malins eſperits eſtoyent tourmentés, & ne pouuoyét endurer la vertu diuine, de ſorte que ſe ſentans coulpables, ils ſouffroyent quelque nouueau & ſecret tourment, meſme deuant que Ieſus leur parlaſt. Ils craignoyent que le iour ne fuſt ia prochain, auquel ils deuoyent eſtre enuoyés au profond des enfers, pour y eſtre tourmentés de peine eternelles : & qu'ainſi le pouuoir leur fut puis apres oſté de tourméter les hõmes. Par ainſi le tourmét & la crainte les cõtraignit de parler & rendre teſmoignage de la vertu diuine, qui eſtoit en Chriſt. Ils crioyét dõques par la bou che des poures demoniacles, & diſoyent : Qu'as-tu que faire auec nous Ieſus fils de Dieu ?

Serois

Serois-tu icy venu pour nous tourmenter deuant le temps? Nous sçauons bien quelle calamité nous est preparée pour noz demerites:mais laisse nous pour le moins prolõger vn pétit le temps.Ce iour là ne viendra que trop tost pour nous:Nous ne demandons pas absolutiõ,mais delay.Il y auoit vn grand troupeau de porceaux qui paissoyent assés pres de-là, où ses choses se faisoyẽt.Les diables dõques se sentans fort tourmentés & pressés de la vertu diuine,de peur de s'en aller sans faire quelque dommage(si malicieux estoyẽt-ils) prioyent fort Iesus,luy disans:Si tu ne permets nullemẽt que plus nous demourions en ce domicile,donne nous pour le moins cõgé de nous en aller mettre dans ces porceaux,qui sont bestes souillées & abominables.Et tout incontinent que Iesus (qui se contentoit assés de procurer le salut des hommes)leur eut permis cela:ceste multitude de diables entra soudain dans le troupeau de porceaux.Et voila tout à coup tout ce troupeau là fut tellement rempli de rage,qu'il se precipita du haut en bas de la mõtagne dans le lac,& moururent en l'eau.Iesus endura cela,tant pour monstrer la grande malice des diables,que pour donner ensemble occasion d'espandre & reueler le miracle.Car apres que les porchiers eurent veu vn tant hydeux spectacle,ils s'en fuyrent tous esperdus : & estans arriués en la cité de Gadaram,raconterent aux citoyens ce qu'ils auoyent veu:cõment les demoniacles,ia assés cõgneus pour le commun bruit,auoyent recouuré santé,& ce qui estoit aduenu au troupeau de porceaux.Ces nouuelles ouyes,toute la cité de Gadaram fut si estonnée,qu'ils allerent au deuant de Iesus,de peur qu'il ne vinsse vers eux.Ils virent que les porceaux estoyent peris:ils virent que ces deux hõmes qui auoyent accoustumé d'estre nuds,estoyẽt ia vestus: que de phrenetiques,ils estoyent retournés en leur bon sens:d'enragés,qu'ils estoyent de uenus paisibles,tellemẽt qu'ils estoyent ia assis aux pieds de Iesus,recognoissans l'autheur de leur salut:mais pour autãt qu'ils estoyent lourdaux & mauuais,ils craignoyent plus la puissance de Iesus,qu'ils n'aimoyent sa bonté,&qu'ils estimoyent plus la perte des porceaux,que le salut des hõmes:ils aborderent Iesus,& le prierent de se retirer de leur terroir, là où s'ils eussent biẽ cognu quel il estoit,ils l'eussent prié fort & ferme d'y venir,pour leur faire en l'ame ce qu'il auoit faict au deux demoniacles.Car les porceaux,que les diables demanderent au lieu des hõmes,declarent assés qu'elle estoit leur vie.Iesus dõques ne leur enseigna rien,se cõtentãt de les auoir espouãtés.Il nous a toutefois enseignés par ceste figure,qu'il n'y a nulle peste d'ame tãt cruelle,de laquelle il faille desesperer du salut, moyenant qu'on puisse venir à Iesus.Car il y a des cõuoitises tant desbordées, & excessiues:&indõtables,que celuy qu'elles auront vne fois saisi,elles le cõtraindront d'empoisonner,de tuer hõmes,voire peres & meres,& faire mille autres meschancetés,qui ne sont pas à nommer: voire elle le pousseront quelque fois iusques à telle forcenerie,qu'il se tuera soy-mesme.Il n'y a nulle medecine au monde qui puist remedier à telles gens : se seul Iesus leur peut rendre la santé,s'il daigne venir vers eux:& ne faut pas desesperer,car il y daignera bien venir, pourueu que de leur part,ils luy viennent au deuant.

Permets nous d'aller en ce troupeau de porceaux.

C H A P I T R E   I X.

Esus donques ne voulant pas dõner les choses sainctes aux chiens, ny semer les marguerites deuant les porceaux,mõta en la nasselle & passa de-rechef le lac:puis s'ẽ retourna en sa cité assauoir en Capernaum, où il auoit pour lors son domicile.Or quand il fut entré en la maison plusieurs venoyent à luy: entre lesquels il y auoit mesme des docteurs de la Loy,de Galilée,de Iudée & de Ierusalem:lesquels tous il enseignoit estãt assis,enuirõné desdits Scribes & docteurs.Et cõme le monde s'assembloit là à si grande foule,que la maison estoit ia trop estroite, voire que l'entrée mesme ne pouuoit pas suffire à vne si grande multitude:il y en eut qui amene rent vn certain personnage detenu d'vne si vehemẽte paralysie,qu'il y auoit quatre hõmes à le porter à tout son lict:c'estoit plus tost,à vray dire,vn corps mort,qu'vn hõme.Parquoy sachans que Iesus estoit en la maison,& que pour la grande presse on n'y pouuoit pas en trer,ils monterent sur le toict,& osterent quelques tuilles:puis deuallerent par le pertuis le dit paralytique auec son lict,deuant les pieds de Iesus : lequel ne s'offensa en rien de l'im portunité desdits porteurs:ains approuuant l'ardeur de leur foy(cõbien qu'il failloit que la foy du paralytique ne fusse pas moindre,en ce qu'il commanda,ou pour le moins il per mit,qu'on l'aualast en ce point)pour recõmãder de plus en plus la foy aux assistãs,se tour na vers le malade gisant,& luy dit:Aye bon courage,mon fils:tes pechés te sont pardõnés: guerissant premieremẽt la partie,dõt la maladie du corps estoit pcedée.Et cõbien que ledit personage fusse miserable&en l'ame & au corps toutefois meu d'vne nõpareille douceur, si l'appella fils:reprochant couuertemẽt aux Scribes & Pharisiẽs leur hautesse & arrogãce.

Ils luy offro yent vn pa ralytique.

Or

Or côme le menu peuple se taisoit & esbahissoit, quelques Scribes qui se souuenoyent que Dieu dit és sainctes escriptures : C'est moy qui efface les pechés des hommes : n'osans ouuertement murmurer en vne si grande multitude de gens fauorisans à Christ, disoyent secrettemēt à par eux en leur cœur : Cestuy-cy blaspheme côtre Dieu, car il est hôme, & neantmoins s'attribue la puissance de Dieu. Mais Iesus qui leur auoit aucunement monstré sa diuine puissance d'effacer les pechés, la leur declara encores par vn signe plus particulier, en leur monstrant qu'il cognoist bien ce qu'vn chascun pense : car à ce qu'ils pensoyent & disoyent en leur cœur, il y respondit en ceste maniere : Pourquoy estes vous enuieux du bien, & pensés mal en voz cœurs ? Est-ce pour autant qu'on n'apperçoit pas des yeux corporels la maladie de l'ame, non plus que le salut que vous souspeçonnés que faussement ie m'attribue, & promets aux autres, ce que ie ne pourrois bailler ? Mais à vostre auis, lequel des deux est plus aisé, ou de dire à vn pecheur, comme i'ay maintenant dit : Tes pechés te sont pardonnés : ou bien de dire à vn paralytique, lequel vous voyés du tout enserré de maladie : Leue-toy, & t'en va ? A fin donques que par les choses que vous voyés, vous croyés aussi que celles que vous ne voyés pas, sont vrayes : & qu'il est autāt aisé au fils de l'hôme de pardonner les pechés par la parolle, que d'ôster la maladie : ie vous donneray vn signe euidēt aux sens de tous. Que si vous apperceuës que les parolles que ie diray maintenant ne soyent pas vaines, ains sortent leur effect sur le champ : ne doutés point que le fils de l'hômme n'ait la puissance de pardonner les pechés en terre : & ce non par sacrifice ou brulages, ains par la simple parolle. Et soudain s'adressant au paralytique, il dit : Leue-toy, charge tō lict & t'en va chés toy : à fin que ceux qui t'ont cogneu malade & desesperoyent de ta santé, voyent que tu es tellement gueri & fortifié, que non seulement tu peux marcher sur tes pieds à par toy (là où nagueres on te portoit à quatre) mais aussi que les choses sont tellement changées, que tu portes maintenant ton lict, qui t'auoit porté iusques à present. Et sans tarder l'effect suyuit incontinent la parolle. Le paralytique se leue, met son lict sur les espaules, & s'en va en sa maison en bien autre pompe qu'il n'en auoit esté vn petit deuant apporté. Quand le menu peuple eut veu se tant euident miracle, & plainement apperceu qu'il ne venoit pas de puissance humaine, mais diuine : ils louerent Dieu de ce qu'il auoit donné telle authorité aux hommes en terre : affermans qu'ils n'auoyent iamais rien veu faire de semblable à ceux qui estoyent estimés souuerains personnages entre les Iuifs. Mais des Scribes, le caquet leur estoit tellemēt rabbaissé, que l'enuie leur en accrossoit tant plus : pource certes qu'ils cherchoyent plus leur gloire, que celle de Dieu, laquelle Iesus faisoit tellement reluyre de iour en iour, que la leur s'en esuanouyssoit deuant leurs yeux. Mais leur enuie ne profita d'autre chose, sinon qu'en resistant elle donna plus grand lustre à la gloire de Christ. Car Dieu sçait bien vser de la malice mesme des hommes, à sa gloire. Iesus donques pour quitter l'enuie aux Scribes se partit de là, & reuint au lac, où il enseignoit le peuple qui s'y assembloit de toute part. Et comme il passoit par deuāt vne banque de peagiers, il ietta sa veue sur vn certain publicain nommé Matthieu, qui fut aussi appellé Leui, fils d'Alphée. Or pour autant que ceste maniere de gens exerce vn art, d'ont le gaing est deshonneste, & d'vn violent larrecin : l'estat en est merueilleusement diffamé, principalement enuers les Iuifs. Mais Iesus, qui auoit au parauant appellé à soy Simon & André, Iean & Iaques, d'vn traffique, à vray dire, contemptible, mais licite : pour donner à cognoistre qu'il ne reiettoit nulle maniere de gens, pourueu qu'ils se changeassent en mieux, il appella aussi à soy ledit Matthieu, & luy commanda de le suyure : lequel sans rien tarder laissa ses côtes imperfaicts & le gain, & se print à suyure Iesus. Ainsi subitement de publicain deuint-il disciple. Car le parler de Iesus estoit de merueilleuse efficace : mesme en sa face reluisoit quelque secrette vertu, par laquelle il attiroit à soy tous ceux qu'il luy sembloit bon : comme l'aimant attire le fert. Apres cela Matthieu pria Iesus, qu'il luy pleust banqueter chés soy. Iesus n'en fit point de difficulté : à fin d'enseigner les siens, qu'on ne doit pas euiter la compagnie mesme des meschans, s'il y à esperance qu'ils s'amanderont par nostre conuersation. Or Matthieu fit vn fort ample & magnifique banquet, des biens qu'il auoit pour lors : auquel il auoit inuité plusieurs gens de son estat : assauoir, peagiers & pecheurs lesquels il auoit par son exemple & rapport attirés à la reuerence & amour de Iesus. Incontinent que les Pharisiens, qui cherchoyēt de tout côsté matiere de blasme, virent que Iesus & ses disciples estoyent à table auec telles gens, ils n'oserent pas, à vray dire, importuner Iesus, de peur de ouyr de luy se qu'il ne voudroyent pas : mais ils tascherēt de destourner de luy ses disciples, leur disans : Pourquoy vostre maistre (lequel vous ensuyués comme vn homme d'vne singuliere saincteté) banquette-il auec les peagiers & gēs dissolus, lesques nous euitons, côme

gens

gens abominables : Or est-il qu'vn chascun s'assemble volontiers auec ses semblables, &
deuenons nous ordinairement tels, que sont ceux auec lesquels nous viuõs. Quand Iesus
eut ouy ces propos, pource que ses disciples estóyent encores foibles, il prend la cause en
main: remonstrant que les messagiers de l'Euangile ne sont pas souillés pour manger auec
les pecheurs : auec lesquels ils conuersent quelque fois, non pour autre intention, sinon
pour les attirer à amendement de vie. Mais les Pharisiens, ils fuyẽt les Publicains (qui sont
ordinairement estimés pecheurs) non pas de peur d'estre souillés de leurs vices: mais bien
à fin qu'en ce faisant (combien qu'ils soyent plus meschans que les Publicains) ils soyent
estimés saincts enuers les hommes. Mais ceux qui ont la saincteté Euangelique, ne desirent
pas de conuerser auec les pecheurs, pour tirer d'eux quelque profit: mais pour les enrichir
de pieté : & ne vont chés eux à autre intention, que vont les medecins chés les malades.
Car vn loyal medecin ne doit en nul lieu conuerser plus souuent, qu'auec ceux qui ont affaire de l'aide des medecins. S'adressant donques Iesus aux Pharisiens, qui pensoyent
bien estre iustes, combien qu'il fussent infectés d'enormes vices, leur dit : Ie hante auec les
Publicains & pecheurs, pource que ie suis le medecin des ames, & ay soif du salut des hommes. Et qu'est-il besoin de hanter auec les iustes, (tels que vous vous estimés) veu qu'ils
n'ont que faire de medecin : Ceux qui sont malades ont à faire du medecin : & est le medecin profitable à ceux, qui recognoissent leur maladie, & se rendent guerissables. Parquoy
ce n'est pas saincteté, ains arrogance de les reietter, & fuyr : au cõtraire les secourir & ayder,
c'est vn sacrifice beaucoup plus agreable à Dieu, que nul sacrifice qu'il s'offre point au
temple. Cecy ne deuiés vous ignorer, vous qui aués les escriptures en main, esquelles Dieu
parle en ceste maniere: l'aime mieux misericorde, que sacrifice. Item en Esaie il reiette voz Osee 6
offrandes. Il ne reiette nulle part l'œuure de misericorde. Si vous n'aués pas encore regar- Esaie 1
dé à cecy, allés & apprenés ce que veut dire ce propos de Dieu, puis apres, s'il vous semble
bon, blasmés mon faict, qui ne contreuient pas à vostre Loy, ains est conforme à la volõté
de Dieu. Et pourquoy fuyroy-ie la compagnie des pecheurs: veu que ie suis venu pour appeller tels gẽs à amendement de leur vie passée: Plusieurs se reputent iustes, si ie me retire
d'eux, ils ne s'en doyuẽt pas fascher: car tels n'ont que faire de mõ secours: & si seroit perdre
temps, voire ce seroit faire iniure, d'appeller à amendement de vie, ceux qui n'ont en eux
qu'amender. Par tels propos Iesus taxa aucunement & se mocqua de la fiere arrogãce des
Pharisiens: de ce qu'ils se reputoyẽt iustes, & ne l'estoyent pas. Apres cela quelques vns des
disciples de Iean, lesquels esmeus de quelque affection charnelle, portoyent quelque enuie
à Iesus, se glorifians de leur maistre Iean, comme d'vn plus excellent personnage que n'e-
stoit Iesus, s'accouplent auec les Pharisiens, & abordent à Iesus, & ne font pas de difficulté
de le blasmer en sa presence : de ce qu'il traittoit ses disciples trop mignardement, & ne les
instruisoit pas si asprement, que Iean instruisoit les siens : là où toutefois il vouloit mettre
en auant vne plus estroicte doctrine. Or y auoit-il deux choses principales, par lesquelles Pourquoy est
les Pharisiens pourchassoyent vn bruit de saincteté enuers le peuple : c'estoit par ieusnes & ce que nous
prieres. Ils interroguent donques Iesus, en ceste maniere. Veu que nous (qui sommes disci- & les Pha=
ples de Iean) & les Pharisiens, ieusnons, & prions souuent, suyuans l'ordonnance de noz risiens ieus-
peres (qui nous ont enseigné que le ieusne ayde à la priere, & la rend agreable) d'où vient nons.
que tes disciples aussi ne ieusnent: Or pource que ceste tres-euidente reprehension s'adressoit à Iesus, & non à ses disciples, il y respondit tres-humainement, de sorte qu'il ne taxa en
rien l'institution de Iean, & ne condamna pas ouuertement les ieusnes des autres : ains
monstra seulement qu'il n'vsoit point de telle mignardise enuers ses disciples par mespris
du ieusne: ains de faict à vis pour les amener petit à petit à de plus grandes choses : ne plus
ne moins, qu'vn homme lettré, fin & rusé à instruire la ieunesse, ne degouste pas d'entrée
les petits & tendres enfans par choses ameres : ains les attire par alleschemens aux choses
difficiles. Mesmes il print l'occasion de sa response du propre tesmoignage de Iean: lequel,
voulant rendre tesmoignage de Iesus, à ceux qui souspeçonnoyent que luy-mesme fust le
Christ, auoit dit en ceste maniere: Celuy qui a l'espouse est l'espoux, mais l'amy de l'espoux Iean 3
est auec luy, & grandement se resiouyt de ce qu'il oyt la voix de l'espoux: Monstrant par cela que Iesus estoit l'espoux lequel la prophetie du Pseaume auoit promis, disant qu'il sortiroit comme l'espoux de son lict, & qu'il nestoit que l'espoux : mõstrant par cela que Iesus
estoit l'espoux : de luy qu'il n'estoit que l'amy de l'espoux. Iesus donques leur reduisant en
memoire ce dire de Iean, dit : Est-il possible que les iouuenceaux qui hantent en la chambre d'vn nouuel espoux (où tout doit estre rempli de liesse) se tourmentent d'vn Iudaïque
& triste ieusne: lors principalemẽt que l'espoux est present: Ne leur portés point cependant
e
d'enuie

d'enuie pour ceſte lieſſe, qui ne leur durera guere:Permettés que par tel bandon ie les ameſ
ne doucement & gratieuſement aux choſes parfaictes. L'eſpoux eſt maintenant auec eux,
auquel ils ſont du tout adonnés, ils ne peuuent vacquer au ieuſne, & ſont ſi tendres qu'ils
ne le ſçauroyent porter.Cependant ils croiſtront,& viendra le temps que l'eſpoux leur ſera
oſté:alors eſtans fortifiés, non ſeulement ils ieuſneront de leur plein gré:mais auſſi ſeront
puiſſants pour porter choſes plus aſpres. Les Iuifs mettent le principal de la religion en
ieuſnes & longues prieres. Comme ces choſes ne ſont point à condamner, ſi on n'en vſé
point pour vaine gloire, ains pour la pieté:ainſi la doctrine Euãgelique requiert quelques
choſes plus peſantes & plus difficiles:auſquelles ie forme & prepare les miens petit à petit.
Pourtant eſt-ce,que mon intention n'eſt pas ſemblable à celle de Iean.Ce que i'enſeigne eſt
nouueau:& faut à nouuelle doctrine,nouuelle inſtructiõ. Vn maiſtre ne doit pas eſtre trop
haſtif : l'effect monſtrera, lequel des deux aura inſtruict ſes diſciples plus roBuſtement que

Nul ne cout
vne piece de
drap.

l'autre. Il ne faut pas meſler les choſes vieilles auec les nouuelles . Car perſonne ne cout
vne piece de drap neuf & eſpais à vn vieil veſtement: entant qu'en ce faiſant tant s'en faut
qu'on r'adoube le pertuis du vieil veſtement, que meſme la rompure en deuient plus grãn
de & plus laide:d'autant que le drap neuf ne conuient pas auec le vieil. Ceux auſſi qui ont
entendement ne mettent pas le vin nouueau en vieilles peaux:autrement il y auroit double dommage,en ce que le vin s'eſpand, & ſi les peaux ſe rompent & gaſtent:Mais plus
toſt ils mettent le vin nouueau en nouuelles peaux, qui puiſſent ſouſtenir la force du vin,
& qui point ne ſe deſchirent,combien que le vin s'eſboullionnt. Ainſi il aduient, que tant
les peaux que le vin demeurent en leur entier. Quant à moy, ie veux que les miens ſoyent
tous nouueaux : & me les prepare ie ainſi petit à petit, à fin qu'vn iour eſtans forts & robuſtes , ils puiſſent mieux porter la vehemence de la doctrine Euangelique. Iean ne s'eſt pas
efforcé de mettre en garde en peaux vieilles autre choſe, que vin vieil : comme ieuſnes &
autres choſes ſemblables,qui ſont bien differentes de celles que doyuent faire les diſciples
de l'Euãgile. Ie ne mets pas le mouſt de ma doctrine en garde,ſinon en nouueau vaiſſeaux.

Ieſus tenant
ces propos.

Comme Ieſus tenoit ces propos,vn des maiſtres de la Synagoge, nommé Iairus,l'aborda:
& s'enclinant à genoux deuant luy,l'adora,& tres-affectueuſement le pria & repria, diſant:
Ma fille vnicque,aagée de douze ans, eſtoit-ia à l'article de la mort, quand ie ſuis party de
la maiſon:& crains biẽ quelle ne ſoit ia morte : vien,ie te prie,chés moy,& luy mets la main
deſſus:à fin qu'elle ſe gueriſſe & viue. Comme Ieſus eſtoit preſt pour bien faire à tous ceux,
qui luy demandoyent quelque choſe auec ſimple fiance (fuſſent-ils poures ou riches, Iuifs
ou eſtrangiers) il ſe leua ſoudain,& ſuyuit Iairus, qui s'en couroit en ſa maiſon,pour voir
ſi par cas d'auenture il trouueroit encores ſa fille en vie. Les diſciples auec vne groſſe aſſem

Voicy vne
femme qui
auoit le flux
de ſang.

blée ſuyuoyent Ieſus. Et voila occaſion d'autre miracle, qui ſe preſente en chemin. Parmi
ceſte groſſe preſſe de gens s'eſtoit meſlée vne certaine femme, tourmentée du flux de ſang,
ia par l'eſpace de douze ans, laquelle auoit employé tout ſon auoir apres les medecins,
ſans en auoir peu trouuer vn, qui euſt ſceu remedier à ſon mal. Par ainſi elle eſtoit deux
fois miſerable,apres qu'auec la maladie fut adiouſtée pourcté. Or combien que ceſte femme eut conceu en ſon cœur vne ſouueraine fiance de Ieſus : ſi eſt-ce que pour la laideur de
la maladie elle n'oſoit crier apres Ieſus en la preſence de tant de gens. Parquoy, cõme ſi elle
eut voulu deſrober le benefice de ſanté, elle s'approcha de luy par derriere, en cachette, &
toucha le bord de ſa robbe. Car elle s'eſtoit reſolue à part-ſoy en ceſte maniere > Si ie puis
attoucher le ſeul bord de ſon habillement,ie ſeray guerie. Et elle n'euſt pas plus toſt touché
la robbe de Ieſus, que ſoudain ſon flux de ſang s'eſtancha : ſi qu'elle ſentit, que la ſanté du
corps luy eſtoit rendue. Mais Ieſus ne voulant pas qu'vn ſi notable exemple de foy demou
raſt caché, enſeignant enſemble que la gloire de Dieu ne doit pas eſtre celée:pour faire cõn
feſſer le benefice, ſe retourna vers la multitude, & dit : Qui eſt-ce qui m'a touché:Comme
chaſcũ le nyoit,ſi eſt-ce,dit-il,qu'il y à quelqu'vn qui m'a touché : Car ie ſens qu'vne vertu
eſt ſortie de moy.Alors Pierre & les autres diſciples,ne ſçachans pas que vouloit dire Ieſus,
luy dirent:Seigneur, tu vois la grande multitude qui te preſſe de tous coſtés, & tu demandes qui c'eſt qui t'a touché, veu que tant de gens te touchent ? Et comme Ieſus regardoit
deça & dela comme cherchant des yeux (ne plus ne moins que s'il n'euſt ſceu de qui il a-
uoit eſté touché)qui auoit eſté ce larcineux attoucheur:ladite femme(qui ſçauoit ſeule en
ſa conſciẽce ce que luy eſtoit aduenu)voyant quelle eſtoit deſcouuerte de Ieſus,poſa ſa hon
te, & auec crainte & tremblement ſe proſterna aux pieds de Ieſus, puis luy confeſſa le cas
tout au long,ainſi comme il alloit:qu'elle maladie elle auoit eue: combien d'ans elle auoit
eſté malade: cõment elle auoit deſpendu en vain tout ſon bien apres les medecins:cõment
elle

elle s'estoit persuadée, que par le seul attouchement de sa frange elle pourroit recouurer
santé,& comment soudain apres l'attouchement elle auoit senti vne parfaicte santé en son
corps. Christ voulut que ces choses fussent publiées deuant la multitude, non pas pour
faire honte à la femme, ou pour s'attribuer louanges enuers les hommes : mais pour les
enseigner tous par cest exemple, combien vaut vne ferme fiance : & pour par l'exemple
d'vne femme conferme la foy du prince de la synagogue, lequel il voyoit bien chanceler :
bref, pour reprocher ensemble aux Pharisiens leur incredulité. Comme dõques la femme
trembloit & craignoit que Iesus ne se courrouçast & reprint son benefice, il la consola, disant : Ma fille, aye bon courage : ta fiance t'a rendu la santé. Va-t'en en paix, auec vn cœur
tranquille & asseuré. Ie veux que ce benefice soit tien à tousiours, combien que tu me l'ayes
desrobé. Pendant que Iesus tenoit ces propos, voicy venir gens de la maison du prince
de la synagogue qui luy rapportent que sa fille estoit ia morte,& qu'il n'estoit ia besoing,
qu'il molestast d'auantage Iesus. Car d'eux, ils ne pensoyent pas que Iesus fust autre chose, que quelque excellent medecin,qui pouuoit bien dõner santé aux vifs par son art,mais
non pas rendre la vie aux morts. Et pour cela pensoyent-ils que c'estoit temps perdu de
faire venir vn medecin, tant fust-il excellent, vers celle qui auoit ia rendu l'ame.Iesus voyant qu'à ces nouuelles le pere de la fille auoit perdu tout courage, il le consola, disant :
N'aye peur : croy seulement que ta fille sera sauue, & elle le sera. Il ne tiendra qu'à toy qu'
elle ne soit saine & entiere. Et quand ils furent arriués au logis du prince de la synagogue,
Iesus n'y laissa pas entrer la multitude, ny les autres disciples, hors mis Pierre, Iaques, &
Iean : & auec eux le pere & la mere de la fille. Or tous les parens & amis estoyent en pleurs :
& selon la coustume du pays, frappoyent leur poictrine,portans dueil, & lamẽtans la fille,
comme on a de coustume de faire tref-folement és funerailles des riches & grands personnages. Iesus commanda qu'ils se deportassent de leur dueil,& que la fille n'estoit pas morte, ains qu'elle dormoit : entendant certes qu'elle estoit bien morte quant à eux (qui ne la
pouuoyent ressusciter)mais qu'elle dormoit quant à luy,qui la pouuoit autant aisemẽt
esueiller de la mort, comme ils eussent faict du dormir. Ce que n'entendans les familiers &
amis de Iairus,se mocquoyent de Iesus : entant qu'ils sçauoyent pour certain, qu'elle estoit
trespassée,attendu qu'ils l'auoyent veu mourir de leurs propres yeux. Quãd donques Iesus eut faict sortir ceux qui portoyent le dueil, il print auec soy le pere & la mere, & entra en
la chambre où gisoit le corps mort de la fille:puis l'empoigna par la main , & dit:Fille, leue
toy. Et si tost qu'il eut dit le mot, la fille se leue, & marche, à fin que la verité du miracle fust
plus certaine. Car il ne luy rendit pas seulement la vie sur le champ, mais aussi la force &
alaigresse. Et voyant que le pere & la mere estoyent tous estonnés & rauis, il leur cõmanda
& enioingnit expressement de ne reueler à personne le miracle,pour de sa part couper broche à tout soupeçon d'appetit d'hõneur (car cela failloit-il faire principalemẽt enuers les
principaux de la synagogue, qui ne faisoyent rien que pour estre loués des hommes) à fin
aussi que de leur costé, ils publiassent auec plus grande foy ce qui auoit esté faict, si apres
qu'il leur auroit esté defendu, ils venoyent toutefois à raconter à leurs Pharisiens,& premiers de la synagogue, le faict qu'ils auroyent veu. Car il cognoissoit l'entendement humain, duquel il se voulut seruir pour le profit des autres. Or commanda-il en partant
qu'on baillast à mãger à la fille,faisant en cela du medecin,& dissimulant le miracle deuant
les autres : combien que cela seruit aussi pour la confirmation du miracle. Quand don- *Et Iesus se par-*
ques Iesus eut laissé le logis du prince de la synagogue pour s'en retourner chés soy,deux *tant de là.*
aueugles le suyuirent,qui ayans ouy le bruit des miracles,auoyent conceu esperance de recouurer santé : attendu principalement qu'ils auoyent entendu que sa liberalité estoit ouuerte à vn chascun,tant petit fust-il. Mais pource qu'ils ne pouuoyent ny veoir ny aborder
Iesus, ils crient apres luy de loing à haute voix, qu'amour de santé & ardeur de fiance leur
mettoit en la bouche : voire ils adioustent vn alleschement à leur priere, disans : O fils de
Dauid,aye pitié de nous.Iesus ne leur respondit rien en chemin, delayant le benefice, à fin
que le miracle fust plus euident:ayant tousiours pour son but d'esmouuoir les Iuifs à croyance, & de reprocher en toutes sortes aux Pharisiens leur incredulité à veue d'œil. Le Centenier & la femme creurent en luy : & des Pharisiens, ils se desfioyent de luy,voire, qui est
pire, ils luy pourtoyent enuie. Finalement quand Iesus fut arriué chés soy, on donna entrée aux aueugles qui l'auoyent suyuy d'vne esperance obstinée. Alors Iesus, pour donner
exemple aux autres,leur demanda la fiance auant coup, disant : Croyés vous, que ie vous
puisse donner ce que vous demandés ? Et eux de luy respondre sans delay: Ouy Seigneur,
nous le croyons. Alors Iesus leur toucha les yeux à tout sa main,& dit:Ainsi vous soit faict,

c 2   comme

comme vous croyés:ne s'attribuant point le benefice de la veue rendue: mais bien l'attribuant à leur fiance: declarant certes par cela que l'incredulité principalement nous rend
indignes de la bonté de Dieu,laquelle autrement est proposée & appareillée à tous. Incontinent que Iesus eut dit la parolle, les yeux des aueugles furent ouuerts, de telle sorte,qu'ils
y voyoyent clairement. Alors Iesus nous voulant couuertement aduertir, combien que la
gloire suyue de son plein gré le bien faict,nous la deuons toutefois plus tost fuyr, qu'appeter,defendit fort aux aueugles de ne reueler le faict à personne.Mais eux ce resiouyssans du
bien non accoustumé,semerēt d'autant plus la renommée de Iesus par tout ce pays là,en-
Ces aueugles uers tous ceux qui leur estoyent tesmoings de leur aueuglemēt passé. Quand ces aueugles
estant enuoiés. s'en furent allés, on luy presenta vn autre passient, beaucoup plus miserable: qui estoit
tourmenté d'vn diable, qui le rendant muet luy ostoit l'vsage de la langue, tellement que
le personnage n'estoit pas en son bō sens,pour pouuoir souhaiter salut:& si ne sçauoit parler, pour le demander. Pour autant donques qu'il auoit besoin de la fiance d'autruy, il fut
presenté à Iesus: qui sans rien tarder chassa hors le diable, & soudain celuy qui au parauant estoit muet,parla.Le menu peuple s'esmerueilloit de la grande habilleté de faire miracles, tant aisé & preste en toutes sortes de maladies, pour incurables qu'elles fussent , & disoyent les vns aux autres, qu'il n'y auoit iamais eu homme en tout le peuple d'Israel, qui
eust autant aisément faict tant de miracles.Au contraire les Pharisiens ia aueuglés d'enuie,
qui leur croissoit de iour en iour, pource qu'il ne pouuoyēt nyer les choses qui se faisoyent
deuant les yeux de tous, toutefois pour destourner de Iesus les cœurs, du menu peuple,
qui l'auoit en reuerence, mettoyent faussement sus à Iesus, qu'il chassoit hors les diables,
nōn par puissance diuine,ains par l'ayde de Beelzebul,prince des diables.Que pouuoit-il
estre de plus insensé, qu'vne telle calomnie:comme si le diable chassoit hors le diable : ou,
comme si Beelzebul ennemi du genre humain,donnoit vie aux morts,santé aux malades,
veue aux aueugles,langues aux muets. Le plus souuent telles calamités procedent des dia
bles : ausquelles Iesus remedioit de sa bonté, de pitié qu'il auoit des hommes : les preparant par tels bienfaits corporels, que les sens mesmes apperceuoyent, à la capacité des benefices spirituels. Mais tant estoit loing le tres-doux Iesus de s'offenser de telle malicieuses
calomnies,que de tant plus il procuroit le salut de tous:qu'il voyoit les Pharisiēs(le deuoir
desquels estoit d'auoir soing du salut du peuple)non seulemēt ne faire nul bien au peuple,
ains aussi porter enuie aux bien-faicts des autres. Iesus donques comme bon pasteur alloit par toutes les cités & villages:desirant de guerir les ames, aussi bien comme les corps:
enseignant en leurs assemblées, & publiant le regne celeste, auquel nul n'est receu, sinon
qu'il soit exempt de toutes maladies de l'ame:guerissant aussi en passant toute sorte de ma
Voyant la ladie, & tout mauuais portement. En la parfin quand Iesus veit que le peuple s'assembloit
multitude. à grande foulle de toute part , & que de iour en iour le nombre multiplioit,& qu'il estoit ia
conuoiteux de son salut & d'vne meilleure doctrine : quand il eut aussi consideré que les
Sacrificateurs , Pharisiens , & Scribes, (ausquels le peuple s'estoit iusques là attendu) faisoyent plus tost toutes autres choses,que le salut du peuple: qu'ils seruoyent du tout à leur
gloire, non à celle de Dieu : qu'ils seruoyent à leur profit, à leur ventre, & à leur voluptés:
esquels s'il y auoit quelque religion, cela mesme estoit fardé & feinct, tellement qu'il nuy-
soit mesme à la vraye religion du peuple:qui estoit à vray-dire,grossier & ignorāt, ce neant
moins guerissable, veu que pour estre guery quant au corps, il suyuoit Iesus d'vne simple
fiance & en rendoit graces à Dieu , & combien qu'il n'entendist pas encores la doctrine
Euangelique, neantmoins ne la reiettoit point:là où au cōntraire les Pharisiens,& Scribes
(qui manioyent les Prophetes & les escripts de la Loy) aueuglés toutefois des mondaines
cōuoitises resistoyent mesme à la doctrine Euangelique:quand,di-ie, le tres-bon pasteur le
sus apperceut ces choses,il fut touché & esmeu de pitié & misericorde,de ce qu'il les voyoit
semblables aux brebis esgarées,dissipées,& desnuées,qui n'ont point de berger,ains vont
deça & dela à l'aduēture sans conduitte. Partant, considerant, qu'il n'y auoit nulle esperan
ce pour le troupeau aux Pharisiens (qui estoyent loups & non pasteurs) & que le peuple
estoit ia aucunement preparé à receuoir la doctrine Euangelique : il dit à ses disciples qu'il
La moisson auoit ia amassés en bon nombre:Ie voy bien vne grāde moisson: mais biē peu d'ouuriers.
est grande. Le bruit de l'Euangile est semé en tous endroits: l'ardeur est esmeue à plusieurs, qui semblent meurs & capables pour ouyr la philosophie Euangelique.Mais où sont gens qui entreprennent la charge de prescher & enseigner ? où sont qui enseignent purement & since-
rement,sans pourchasser ne gloire,ne profit humain, ains enseignent auec telle sincerité &
pureté, comme vous me voyés enseigner? Certainement il ne faut pas la placquer, vne si
grande

grande multitude de gens, ia enflammés du defir de la doctrine celefte. Que refte-il donc
de faire, finon que vous priés le Seigneur de la moiffon, qu'il enuoye des ouuriers en fa
moiffon, voire les y pouffe de force s'ils font nonchalans & redoutans le trauail? Car l'occafion preffe:& le fonger n'y vaut rien. Ie fçay bien quant à vous, que vous aimeriés mieux
demeurer en ma compagñie : mais il eft temps que de voftre part, vous faciés voftre coup
d'effay, & que ce que vous aués receu de moy, vous commenciés à le defployer pour le
falut des autres.

<h3 style="text-align:center">CHAPITRE X.</h3>

R monta Iefus en vne montagne : puis appella à foy fes difciples, qui le fuy- *Ayant appel-*
uoyent commé fes particuliers : d'entre lefquels il en ordonna douze, des plus *lés les douze.*
principaux, aufquels, comme aux plus entendus & fortifiés, il donna commiffion d'enfeigner auec authorité:à fin que felon le patron qu'ils auoyent veu en
leur maiftre : ils enfeignaffent le peuple, l'vn en vn lieu, l'autre en l'autre. Et de peur que de
prime face ont ne vint à reietter la doctrine de pefcheurs idiots & de baffe condition:il leur
donna aufsi puiffance contre tous efprits impurs, pour les chaffer hors par la parolle,
& guerir toute forte de maladie & imperfection du corps : bref, de faire au nom de Iefus
Chrift(duquel ils eftoyēt tefmoings)tout ce que luy-mefme auoit faict en leur prefence, au
nom de fon Pere & du fien. Car Chrift eftoit entré par tel chemin, à fin qu'en gueriffant les
groffes & incurables maladies (qui eft vn benefice le plus diuin que les hommes iugent
point) il attiraft les gens groffiers aux chofes de l'ame. Or à fin que perfonne ne s'abufe en
prenant les faux Apoftres pour les vrays : s'enfuyent les noms des douze Apoftres, que
Iefus ordonna. En premier lieu eft Simon, fils de Iean, qui fuft aufsi furnommé Pierre, &
auec luy André fon frere : car Chrift les appella les premiers de tous. En fecond lieu il y a
Iaques, fils de Zebedée, & Iean fon frere. Tiercement Philippes & Bartholomé. Quatriefmement Thomas, furnommé Didime, & Matthieu le publicain. Cinquiefmement il y a Iaques, fils d'Alphée, & auec luy Iudas frere de Iaques, lequel fut aufsi appellé Lebbée, ou
Thadée. En fixiefme lieu Simon Cananite, autrement dit Zelotes:puis auec luy Iudas Ifcariot, qui puis apres trahit fon Seigneur. Par tels ambaffadeurs commença Iefus de renouueller & accouftumer le monde vniuerfel à la philofophie Euāgelique : Affauoir, par gens
poures, idiots, de baffe eftoffe, pefcheurs, pecheurs, & gens fans renom:de peur que s'il euft
cōmencé l'affaire celefte par gens fçauās, puiffans, riches, & nobles, le mōde s'en attribuaft
la lōuāge. Or eft-il maintenāt bon d'ouyr ce qu'il leur cōmanda, & quelle prouifion il leur *Nallés point*
bailla. Tout premierement il leur determine les bornes de leur predication: leur comman- *aux nations*
dant de ne fortir point le pays de Iudée pour aller ou aux nations voifines, ou bien és vil- *eftranges.*
les des Samaritains, que les Iuifs auoyent en abomination:non pas que Iefus euft en dete-
ftation aucune maniere de gens, mais bien de peur qu'on ne penfaft qu'irrité des iniures
des Pharifiens, pour fe venger d'eux, il euft enuoyé fes difciples aux nations eftranges:
de peur aufsi de donner aux Iuifs occafion de dire qu'ils auroyent efté mefprifés, & que les
Payens & Samaritains leur auroyēt efté preferés:Auec tout cela, pource qu'il fçauoit bien
que les Iuifs refifteroyent fort & ferme à l'Euangile. il ne leur a voulu laiffer nulle excufe,
ains a voulu qu'il fuft notoire à tous, qu'ils ont efté deiettés du regne de Dieu par leur propre peruerfité : & que les Gentils y ont efté receus par leur fimple croyance. Gardés vous
donques, leur dit-il, de hanter ce pendant auec ces nations eftranges:mais plus toft allés
vous-en apres les brebis qui font peries de la nation d'Ifrael:à fin qu'elles s'amēdent pour
obtenir falut. Car ils ne font pas tous de telle malice que les Pharifiés:Il y a aufsi des brebis
entre eux, qui faillent par fimpleffe ignorance, & qui eftans inftruictes & amonneftées fe
recognoiftront facilement, & oyront la voix du bon pafteur. Au refte commencés voftre *Vous en allant*
prefche, comme vous voyés que i'ay commencé le mien. Car il n'eft pas expédient de de- *prefchés &*
fcouurir les hauts myfteres aux groffiers:on les doit premierement preparer, à fin de les *dittes.*
rendre capables de plus parfaicte doctrine. Du commencement donques ne prefchés autre chofe, finon que le regne celefte eft prochain : qu'ils fe repentent de leur vie paffée, & fe
preparent à vne nouuelle. Car le premier degré de iuftice, c'eft s'abftenir de pecher : comme le premier degré de fanté c'eft de cognoiftre la maladie. Finalement de peur qu'on n'ad
joufte point foy à voftre dire, pource que vous eftes docteurs fans renom, & que vous
enfeignés chofes nouuelles:confermés voftre doctrine, faifans tels miracles que vous m'a
ués veu faire. Gueriffés les malades : reffufcités les morts : nettoyés les ladres : chaffés les
diables. Combien que ces chofes foyent difficiles, ce non-obftant vous les aurés à foifon
par mon moyen, & vous mettront en credit & authorité enuers tous. Car il faut d'entrée

c 3   allefcher

alleſcher les debiles. De voſtre part, donnés vous ſeulement garde d'abuſer de ces choſes ne pour vaine gloire, ne pour le gaing. Comme vous les auès receues de moy pour neant, donnés les auſsi pour neant: à fin que vous ne ſoulliés la dignité Euangelique, non pas meſme de la plus petite ſouſpeçon qui ſoit ou de gloire, ou de profit. Par ce moyen les hommes en la parfin vous iugeront vrayement grands perſonnages: quand ils vous verront doués d'vne ſi grande puiſſance, ſans eſtre toutefois enflés d'arrogance, ny touchés de la conuoitiſe du gaing: ains que vous meſpriſerés vaillament les choſes pour l'amour deſquelles il n'y a rien que les hommes ordinairement ne facent & endurent. Ie veux que vous exploittiés ceſte commiſsion à deliure, ſans vous charger de hardes quelconque ſans vous enſerrer d'aucun ſoucy: à fin que du tout vous vacquiés au deuoir qui vous eſt enchargé. Vous enſeignés choſes celeſtes, ne vous ſoucyés point des terriennes: Vous aués vne prouiſion conuenable à voſtre predication, qui n'enſeigne rien de terreſtre. Pourquoy quand vous vous mettrés en chemin, ne vous chargés ny dor:ny dargent. Qui plus eſt, ne portés pas meſme vne malette auec vous pour garde-manger, ny deux robbes, ny ſoulliers, ou baſton. Celuy eſt aſſés bien armé, qui eſt garni du glaiue de la parolle Euangelique. Et ne faut pas que vous vous ſoucyés, penſans où vous prendrés voz neceſsités, eſtans deſnués. De voſtre part, ſouciés vous ſeulement d'exploiter voſtre commiſsion: & voſtre Pere celeſte vous donnera ces choſes à ſuffiſance ſans que les demandiés. Vous trauaillés pour luy: Il ne retiendra pas le ſalaire à ſes ouuriers. Ceux qui viuent au iour la iournée & ſelon nature recouurent aiſément ce qui leur eſt beſoing. Puis vous trouuerés touſiours gens qui vous donneront les neceſsités, quand ils vous verront faire & enſeigner telles choſes. Dont il auiendra, que de vous, vous ne ſerés pas tourmentés de ſoucis, qui puiſſent ou amoindrir voſtre authorité, ou faire ſouſpeçonner de vous: Item que ceux que vous enſeignerés, ne ſeront pas ingrats enuers ceux, deſquels ils reçoyuent choſes beaucoup plus grandes. Vous ne ſerés faſcheux à perſonne par demander: perſonne auſſi ne vous reprochera ſon bien faict, lequel il n'a pas donné, mais, pour mieux dire, l'a changé à choſes beaucoup meilleures. Car il n'eſt pas beſoin que vous alliés loger és hoſteleries publiques: mais en quelque cité ou village que ce ſoit que vous entriés, informés vous tout premierement. S'il y auroit pas quelqu'vn qui fuſt renommé d'eſtre homme de bien, & conuoiteux du regne celeſte: auquel auſſi ce monde cy ſoit vne croix: lequel ſouſpiraſt à chaſque fois par ſainctes complaintes apres le Meſsias promis: finalement qui par rondeur de vie, & liberalité enuers les poures donnaſt encores de ſoy eſperance de plus grand auancement. Car vn tel vous ſera propre pour hoſte, & vous pareillement luy ſerés treſagreables hoſtes. Quand vous en aurés trouué vn tel: allés vous-en loger chés luy, ſans changer de logis, iuſques que l'affaire Euangelique vous auertira d'aller en vne autre cité. Car ce ne ſeroit ny bien, ny honneſtement faict à vous de changer d'hoſte à chaſque fois: comme vous monſtrans par cela ou inconſtans, ou amoureux des gras morceaux. Gens Euangeliques ſe doiuent contenter de tout logis & de tout viures. Or ſoyés tellement attrempés & faciles en voz meurs, que vous ne ſembliés eſtres ny arrogants, ny flatteurs. Quand vous ſerés entrés au logis, commencés les premiers de ſaluer, diſans: Paix ſoit ceans: & voſtre priere ne ſera pas vaine. Car ſi la maiſon eſt digne de voſtre priere, elle la receura incontinent & ſans delay. Que ſi elle la refuſe, vous ne perdrés rien de voſtre priere: Car ce qu'ils reietteront vous reuiendra. Et tant s'en faut que ie veuille que vous faciés la court à perſonne, ou que vous le flattiés pour auoir voz neceſsités, que s'il y a quelque maiſon, ou cité, qui ſe faſche de vous receuoir & loger, & qui refuſe le ſalut Euangelique, preſenté de plein gré: ie veux que laiſſans la maiſon que vous aurés ſaluée, & la cité où vous ſerés entrés, vous alliés en la place ſecouer meſme la pouldre de voz pieds, pour proteſter deuant tous, que vous eſtes ſi loing de pourchaſſer quelque proufit terrien de ceux qui reiettent l'Euangile de Dieu, que vous ne voudriés pas qu'on vous en peut rien reprocher, non pas meſme la moindre pouldre qui ſeroit atthachée à voz pieds. Souuiennés vous lors qu'on ne doit pas donner la choſe ſaincte aux chiens, ny preſenter les marguerites aux pourceaux. Tant ſeulement dittes à tels ingrats, que bon gré mal gré qu'ils en ayent, le regne de Dieu eſt prochain, au grand profit de ceux qui le receuront, & au grand dommage de ceux qui le reietteront. Que ceux qui reiettent la parolle Euangelique y prennent garde, s'ils veulent: Malheureuſe la cité en laquelle il ne s'en trouuera pas vn qui ſe repente de ſa vie paſſée, & veuille deuenir meilleur. Ie vous aſſeure bien de cela, qu'au iour du iugement la contrée de Sodome, & Gomorrhe ſera plus doucement traittée, que ne ſera pas ceſte cité là,

combien

En quelque ville.

combien qu'elle soit Ifraelite.Tant plus eft grande la douceur de Dieu,les pouffant à peni/
tence par tant de miracles & bien-faits,d'autant feront-ils plus griefuement punis s'ils la
reiettent.Mais laiffés-en la punition à Dieu,de vous,retenés douceur côtre toutes iniures,
& foyés tellemêt appareillés de profiter à toutes gês de bien,que vous ne vêgiés pas de l'in
iure,quand mefme les mefchâs vous feroyent tort.Ce vous doit bien eftre affés,que vous
foyés armés de chofes,dôt vous pourrés faire bien à tous.Ie veux que foyés du tout defar-
més contre les iniures des hommes,& vainquiés par la feule fortereffe de patience.Ie vous
pouuoye bien autrement rendre terribles & redoutables:mais ce ne feroit pas le profit de
l'Euangile.Car violence n'eftaint point violence,n'iniure iniure,n'orgueil orgueil:mais
debonnaireté,douceur & paifibleté.Ie fçay bien que les Pharifiens,& ceux qui font fiers de
forces môdaines vous brafferont de grandes cruautés:mais au deuant de tout cela vous
ne deués pas mettre autre bouclier que le bouclier de patience.Et ne faut pas que vous
craignés:vray eft qu'on vous enuoye du tout def-armés,fimples,& innocens comme
brebis parmi les loups:mais ce fuis-ie qui vous enuoye.Ie ne voudroye pas qu'eftans
efmeus par leurs outrages,vous deuinffiés loups comme eux:ains ie veux que vous vous
efforciés par tous moyens de faire que les loups eftâs adoucis par voftre douceur fe chan
gent en brebis.Ce n'eft pas grande chofe de fe venger des mauuais:mais bien de changer leurs cœurs en bien,c'eft vne chofe tref-grande & tref-difficile.Patquoy il vous faut
conioindre ces deux chofes enfemble,affauoir,prudence de ferpent & fimplicité de co/
lombe.La fimplicité de colombe fera,que defirans de faire bien à tous,vous ne nuyrés
à perfonne,non pas mefme eftans iniuriés:La prudence de ferpent fera que vous ne leur
donnerés nulle occafion de calomnier la doctrine. Le principal neud de voftre commiffion,c'eft de faire entrer l'Euangile au cœurs des hommes.Partant,gardés vous bien de
faire chofe,qui par aucune verifsimilitude & apparence peuft defgater le cœur à pas vn
de la doctrine Euâgelique.Voftre doctrine efmouuera de grands troubles parmi le mon-
de:d'autant plus vous deués vous garder qu'on fe puift appperceuoir,que rien foit aduenu par voftre faute:or ne le pourra-on faire,fi vous communiqués tellement voz biens
pour neant à tous,que vous vous portiés auffi debonnaires & bienueuillans enuers les
mauuais.Il faut donques que vous vous portiés finement enuers telles gens,ou,pour
mieux dire,loups:& eft dés maintenant temps de vous preparer le courage à l'encontre
de toutes fortes de maux,à fin que quand ils furuiendront,ils ne vous troublent en rien.
Car vn temps viendra,qu'ils vous traineront comme mal-faicteurs en leurs affemblées:
& vous fouetteront comme pendars en leurs confiftoires,qui plus eft,vous ferés menés
aux Princes & aux Roys,comme deftruifeurs de republique:non pas pour voz mef-faits,
mais feulement pour l'amour de moy.Et combien qu'il me foit bien loyfible d'aller au de/
uât de tous ces incôueniens:fi eft-ce que ie les laifferay aduenir : â fin qu'vn chafcun voye
& cognoiffe que ceux là periffent par leur propre faute,lefquels eftans pouffés par tant de
miracles par tant de bien-faits,par vne tant prefente doctrine,par voftre fimpleffe & dou/
ceur,auront toutefois reietté tant fierement le falut,qui leur eftoit prefenté. Dôque quand
vous,gens de petit nombre,foibles & defnués,& idiots,ferés menés deuant tant de gens,
tant puiffans,& tant fçauans:ne foyés pas en foucy comment vous demenerés voftre cau
fe,vous qui n'aués ny la fciêce,ny l'vfage des proces,loix,& parlemens.Ie ne veux pas non
plus qu'en ceft endroit vous alliés apres les fecours,par lefquels les hômes ordinairement
ont de couftume de gaigner les proces.Ils vous prennent vn aduocat rufé & bien enlan/
gagé:flattent les iuges:leur font la court,& flefchiffent les genoux:achettent les faueurs à
beaux deniers contents.Gardés vous bien de faire ainfi:Comparoiffés feulement,quand
vous ferés appellés:quand vous ferés interrogués,refpondés:à fin qu'ils n'ayent nulle
iufte caufe de vous reprendre d'arrogance:mais refpondés fimplement & conftamment,
fans vfer d'harangue preparée,ains de parler qui monftre en foy vne magnanimité con/
ioincte auec prudence & modeftie.Tout ainfi comme le viure vous viendra par tout fans
voftre foucy & fans main mettre:ainfi fera mife la parolle en la bouche:ce n'eft pas à fai/
re à celuy qui depend du tout de l'ayde de Dieu,de fe tourmenter à penfer ce qu'il doit
dire:encores que vous n'y ayés rien penfé,parolle vous fera donnée fur le champ:non
pas aornée,mais prudente & vertueufe,& conuenable à l'Euangile.L'affaire que vous
demenés n'eft pas humain,ains diuin:duquel vous n'eftes pas autheurs,mais inftrumês.
Car ce ne ferés vous pas,qui parlerés lors:ains l'efprit de voftre Pere parlera par voftre
bouche:pourtât eft-ce,que ceux qui font appuyés en fon ayde ne fe doiuêt efmouuoir de
nulles tempeftes de maux.Car le môde s'efleuera par fi grâds troubles côtre ma doctrine,

que le frere, oubliant la charité fraternelle, metra son frere à mort: que le pere oubliant
la pieté naturelle, pourchassera la mort de son fils : que le fils iettera loing toute reuerence,
& s'esleuera côtre pere & mere, iusques à tuer ceux qui estoyent autheurs de sa vie. Que diray-ie plus ? Vous encourrés la male grace de tous pour la hayne de mon nom. Car ce
monde estant du tout corrompu d'ambition, d'orgueil, d'auarice, de plaisir charnel & autres conuoitises terriennes, ne pourra porter la doctrine cœleste, pour autant certes qu'elle
contrarie au desirs d'iceluy. Et sera vn plus enorme crime, d'estre Chrestien, que d'auoir
tué pere ou mere, ou d'estre empoisonneur. Le diable esmouuera tels troubles côtre mon
Euangile. Mais ne perdés pas courage : la sagesse diuine vaincra les ruses de Sathan, & la
malice humaine. De vostre part, poursuyués seulement d'vn vaillant & constant courage
la commission que ie vous baille. Car quiconque entre ces maux perseuerera iusques à la
fin, sera sauué. Et ne faut pas qu'estans esbranlés d'aucunes frayeurs vous veniés à abandonner l'affaire de l'Euangile. Il n'y a nul danger du monde, pourueu que le courage Euan
gelique ne vous deffaille. Voire mais comme vous ne deués pas esmouuoir la cruauté des
maux, ny chercher la persecutiõ, ny resister par force : aussi, pendant que la publication
de l'Euangile est encores nouuelle, ie vous permets d'euiter le danger par fuyte : & ce, non
seulement à fin que vous soyés saufs & entiers, mais aussi que par telle occasion le bruit de
la doctrine Euangelique en soit semé en tant plus de lieux. Parquoy s'il aduient qu'on
vous persecute en vne cité: donnés lieu à la fureur, & vous en fuyés en vne autre : tant s'en
faut qu'au premier assaut de persecution vous deués quitter la charge Euangelique. Pour
le present il vous faut seulement donner ordre, que le renom de l'Euangile soit semé par
toute la Palestine : en quoy les persecuteurs vous pourront aussi ayder, en ne vous laissant
pas seiourner long temps en vn mesme lieu. Vn temps viendra, qu'il ne vous sera pas loisible d'euiter la persecution par fuyte. Maintenant le temps est bref, il se faut haster. Car le
regne de Dieu est à la porte. Ie vous promés, que vous n'aurés pas esté par toutes les cités
de Iudée, que le fils de l'homme se mettra ia en auant, & vous assistera au danger. En luy
aurés vous le patron des grands tourmens, qu'ont à endurer les messagiers de l'Euangile.
Toutes lesquelles choses vous deués certes trouuer d'autant plus tolerables, que vous aurés veu qu'il n'y a eu nulle sorte d'iniure & affliction, que ie n'aye enduré. Le disciple n'est
pas plus priuilegié que son maistre: ny le seruiteur plus que son Seigneur. C'est biẽ assés au
disciple, s'il est esgal à son maistre: il doit bien suffire au seruiteur, s'il a tel party que son Seigneur. S'ils m'ont iniurié si outrageusement (moy qui suis le pere de famille) que par la
plus villaine iniure qui fut point, ils m'ont appellé Beelzebul, imposans au fils de Dieu le
nom d'vn tres-vilain diable : se faut-il esbahir, s'ils osent faire le mesme aux seruiteurs de
la famille? Ie sçay bien qu'on estime blasme vn grief mal, & peu s'en faut, plus cruel que la
mort : mais le deshonneur que les meschans font pour l'Euangile, n'est pas deshonneur,
ains louanges. Ils vous appelleront Magiciens, mal-faicteurs, seditieux : mais tels blasme
vous sera puis apres changé en gloire. Le monde apperceura en la parfin vostre entiereté,
laquelle vn chascun prisera grandement, en maudissant ceux qui vous auront deshon-
norés à tort. La louange qui a esté long temps enserrée, sort ordinairement auec tant plus
grande lueur. Il n'y a rien de si couuert, que le temps ne le descouure : il n'y a nul secret, qui
ne se sache vne fois. Quant à vous, mettés seulement peine de faire choses dignes de louange, & non pas d'appetter louange. Ainsi vous n'aués nulle cause de vous estonner pour
crainte de deshonneur, pour en deuoir moins hardiment publier l'Euangile du regne.
L'euangile n'a rien, de quoy on doyue auoir honte, ou qu'il faille celer. Ains qui plus est, si
vous ouyés de moy quelque chose en tenebres, preschés-le en claire lumiere : & ce que ie
vous di en l'oreille, preschés le de dessus les toits. Nostre doctrine n'est en rien fardée : elle
est contente d'estre mise au deuant des yeux de tous, & ne redoute la conscience de qui que
ce soit. Or s'en pourra-il bien trouuer qui ne se soucieront pas de blasme & autres maux:
mais de la mort, qui est-ce qui la pourroit mespriser ? Vous auriés, à vray dire, iuste cause
de les craindre, s'ils auoyent le pouuoir de tuer tout l'homme entierement : mais puis que
vous cognoissés que le corps est la plus basse partie de l'homme : & pour grande que puist
estre leur cruauté, ils ne peuuent en rien endommager l'ame (qui est la plus noble partie de
l'homme) vous n'aués que faire de les craindre. Ils vous feroyent plus grand mal en vous
laissant viure, pour leur auoir compleu: qu'en vous tuant pour les auoir mesprisés. Ie vous
monstreray qui vous deués plus craindre : Craingnés celuy, qui, comme il a créé l'homme
tout entier, peut aussi côdamner l'hõme total à perdition eternelle & mettre en la gehẽne.
Côbien que le corps, que le tyrãt esteint pour vn tẽps, ne perisse pas du tout: car en la ressur-

rection

Le disciple
n'est pas plus
priuilegié que
le maistre.

Ce que ie vous
di en tenebres.

auec impieté:combien qu'alors mesme elle ne viue pas au corps, entant que sa vie est des
plaisante à Dieu. Et ne faut-ia que vous craigniés que vous ne trouuiés gens qui vous
fournissent de logis & de viure, s'il aduenoit que vous fussiés abandonnés de voz peres
& meres, cousins, alliés & amis. Les graces dont ie vous munis, ensemble vostre entiereté
vous prepareront par tout, maisons, peres & meres, enfans, cousins, & amis. Car tous ceux
qui seront voz disciples, seront aussi voz freres & fils. Et aurés autant de peres & de fils,
que vous aurés de disciples. Car comme il n'y aura iamais faute de gês, qui vous reiettent
& persecutent:aussi y en aura-il par tout, qui d'vn cœur entier vous soulageront. Et comme Dieu(qui se repute mesprisé, quãd on vous mesprise)punira vn iour griefuement ceux
là qui vous persecuteront, sans que vous vous vengiés d'eux, ains vous souhaitiés leur
bien:aussi de vous iaçoit que vous ne recõpensiés en rien ceux qui bien vous feront, Dieu
leur rendra pour vous vn tres-ample salaire. Car si on vous faict quelque bien pour le regard de l'Euãgile, Dieu veut qu'il luy soit imputé, & non à vous. Et de faict, quicõque vous
reçoit, me reçoit, entant que vous estes messagiers de mon nom:qui me reçoit, reçoit mon
pere, duquel ie suis enuoyé, & duquel ie demeine l'affaire. Or comme il est riche & pareillement liberal, pour le plus petit plaisir qu'on vous pourroit auoir faict, il rêdra vn tres-am
ple salaire:à fin qu'ils n'ayent pas perdu leur bien-faict, ains l'ayent multiplié:& que celuy
qui aura donné soit beaucoup plus redeuable, que celuy qui aura receu. Car à la verité,
c'est vn tres-grand gaing, d'auoir changé vn corporel & temporel bien-faict, à des spirituelles & perpetuelles richesses. Qui reçoit vn Prophete:& ce non pour autre chose que
pource qu'il est Prophete:que pour ce qu'estant enuoyé par moy, il publie la volonté de
Dieu & ses promesses:il receura salaire de prophete, entãt certes qu'il deuiendra luy-mesme prophete. Et qui reçoit vn homme iuste, non pas pource qu'il soit cousin, ou pour
quelque autre humaine affection:mais pour ceste seule cause, qu'il est homme iuste selon
la reigle Euangelique:il receura salaire d'homme iuste : estant certes luy-mesme aussi deuenu iuste. Et cestuy-là n'a-il pas heureusement changé, qui en communiquant son logis a gaigné innocence? Il n'y aura poureté qui soit, qui puist forclorre personne de ce
gaing. Car en cest endroit l'affection du donneur est estimée en la reddition du salaire,
& non pas la valeur du don. Qui plus est, qui baillera vn seul verre d'eau froide, ie ne di
pas à moy, mais auquel que ce soit des plus petits de ce troupeau, à cause qu'il est mon
disciple. Ie vous dis en verité qu'il ne perdra pas sa peine:car il deuiendra aussi mon disciple. Et qui est l'homme si poure, qui ne puist bailler de l'eau froide à celuy qui à soif? Et
comme il n'en peut chaloir, combien grand soit le don, mais de quel cœur, & au nom
de qui on le donne:aussi n'y a-il nul interest combien grand soit celuy, à qui on faict
plaisir. C'est bien assés, qu'il est mon disciple, pour me pouuoir estre imputé pour vn
grand seruice.

Qui vous
reçoit, il
me reçoit.

C H A P I T R E   XI.

APres que par tels commandemens Iesus eust instruit ses disciples pour aller pu
blier l'Euangile, il les laissa(à fin qu'estans separés de leur Maistre ils regardassent qu'ils sçauoyent faire)& se partit de la montaigne, pour de son costé annoncer aussi l'Euangile par les cités de Iudée. Et comme son renom (pour les
miracles faits deça & dela, & pour sa merueilleuse doctrine) s'espandoit par toute la Iudée, & és contrées voysines du Iordain(où Iean auoit presché au parauant, & baptizé Iesus) les disciples de Iean, portans dés long temps quelque enuie à la gloire de Iesus (lequel ils n'auoyent encores en nulle singuliere reputation:là où ils souspeçonnoyent ie ne
sçay quoy plus qu'humain de Iean)vont rapporter à leur Maistre en la prison, combien
heureuse estoit l'issue de tout ce que faisoit celuy, lequel n'agueres il auoit laué au Iordain,
& duquel il auoit rendu tesmoignage au peuple. Or Iean(qui estoit homme d'vne parfaicte saincteté) s'esiouyssant que la chose qu'il auoit preditte aduenoit-ia : que son bruit
(qui estoit plus grand que le faict) diminuoit:que la renommée de Iesus s'esclarcissoit
de iour en iour : s'apperceuant aussi des enuieuses affections de ses disciples, pour remedier à leurs infirmités, & en les estrangeant de soy pour les donner comme en la main
à Iesus, en choisit deux d'entre eux qu'il aimoit & les enuoya vers Iesus, pour en son nom
luy faire telle demande: N'es-tu pas ce Messias qu'on disoit qui deuoit venir? n'es-tu
pas celuy que i'auoye predit? ou si nous en debuons attendre vn autre? Cela faisoit
Iean, non pas qu'il fut encores en doubte : mais bien pour confermer le cœur à ses disciples, & par tesmoignage abolir le desmesuré souspeçon qu'ils auoyent de luy. Car s'il
eut dit qu'il n'estoit point le Christ, en reiterant ce que ia souuent il auoit dit, assauoir,

Et quand
Iean eut ouy.

Iesus

Iesus estoit le Messias : ses disciples euslent attribué sela à sa modestie, & eussent conceu de luy d'autant plus grãde opinion, qu'il se fust demis plus bas. Or sçauoit-il bien que Iesus mesme remedieroit mieux que luy à telle foiblesse : Si s'en vont ces d'eux vers Iesus, & luy font le message que Iean leur auoit enchargé. Or Iesus asseuré que le tesmoignage qui viẽt des faits, est plus certain, que celuy qui vient des parolles : principalemẽt si quelqu'vn rend tesmoignage de soy-mesme, ne leur respondit rien de prime face : mais apres auoir fait en leur presence plusieurs miracles nouueaux & tels qu'on n'auoit iamais ouy, guerissant les malades, chassant hors les mauuais esprits, restaurant les foibles, ouurant les yeux aux aueugles, il leur dit : Il n'est ia besoing que ie die de moy-mesme qui ie suis. Allés vous-en seulemẽt rapporter à Iean ce que vous aués veu de voz yeux, & ouy de voz oreilles. Les aueugles reçoyuẽt la veuë : les boyteux marchẽt : les ladres sont nettoyés : les sourds oyent : les demoniacles sont deliurés : les morts reuiuent : bref, les poures & humbles embras-

Esa.35. 61

sent Iesus messager de l'eternel salut (comme Esaie l'a predit) & les orgueilleux & arrogãts le reiettent. Ces faits, di-ie, tesmoignent assés qui ie suis. Et bien-heureux, qui ne prendra en son cœur occasion de mal pour la grande prosperité de l'Euangile. Cecy adiousta Iesus pour taxer modestemẽt l'enuie des disciples de Iean : tellemẽt toutefois qu'ils n'en estoyent pas confus deuant la multitude, mais recognoissoyent à par eux leur faute : ayant tellemẽt moderé la respõse par tous moyẽs, que de sa part il couppoit broche à tout souspeçon d'arrogance, & rendoit plus certain tesmoignage à ces disciples : & guerissoit plus tost leur foiblesse, qu'il ne la decouuroit. Et quand ils s'en furent retournés, Iesus se reuira vers la multitude, & de peur qu'ils ne souspeçonnassent quelque chose mal conuenable à la personne de Iean, en l'estimant auoir fait ceste demande pour doubte qu'il auroit eu, plus tost que pour remedier à la foiblesse de ses disciples, commença à publier tres-amplemẽt les louanges de Iean : de sorte toutefois qu'il ne luy attribue point la louange du Messias, ains seulement prochaine, donnant neantmoins authorité au tesmoignage que Iean auoit rendu de luy. Aussi estoit-il expediẽt que le peuple eust tres-bonne opinion de Iean, lequel auoit tant amplemẽt tesmoigné de Iesus, qu'il estoit le fils de Dieu : qu'il estoit l'agneau qui ostoit les pechés du monde : qu'il estoit celuy qui deuoit baptizer en feu & en esprit. Car vn tel homme ne deuoit estre souspeçonné ny de mensonge, comme s'il eust au parauant fausement presché le Christ : ny d'inconstance, comme si ayant puis apres changé d'opinion, il fust venu à en douter. Que personne, dit-il, ne souspeçonne Iean de legiereté : autrement si vous a semblé tel, qu'il ait changé d'auis, comme font les hommes incõstants : & qu'il vien ne r'amener en doute ce qu'il auroit au parauãt affermé : qu'estoit-ce que vous alliés voir n'agueres à si grãde foule au desert ? estoit-ce pour voir vn roseau demené du vent : certes tel eust-il esté si maintenant il se contredisoit, & estoit deuenu dissemblable à soy-mesme. Mais la perpetuelle aspreté de toute sa vie l'affranchit aisément de tel souspeçon. Que cour-

Questes vous
aller voir au
desert.

riés vous, di-ie, lors voir au desert vn homme vestu de drap de soye ? Tel spectacle n'estoit pas propre à vn desert. Car ceux qui sont vestus de lin & de soye hantent és cours des roys : auquels la bombance & plaisirs de ceste vie sont conuenables. Et entre ceux-là ont lieu inconstance & flaterie. Celuy qui viuoit de langoustes & de miel sauuage, & qui est vestu de poils de chameau, & qui est ceinct d'vne ceinture de cuir ne doit pas estre souspeçonné de tels vices. Et n'a peu la conuersation de la court royale changer son propos. La prison mõ stre qu'il n'a seu flatter. Voire mais si faut-il bien dire que c'ait esté vn grand spectacle qui vous a tirés à si grande foule au desert. Qu'estoit-ce donques que vous alliés voir ? Quelque prophete ? Car tels ont accoustumé de viure ordinairemẽt és deserts. Vous n'estes pas certes frustrés de vostre esperance en cela : Car vous aués veu non seulement vn prophete, mais quelque chose de plus excellent. Car c'est celuy duquel Malachie prophetiza iadis,

Malach.3

qu'il auancẽroit le Messias lors qu'il seroit tout prest de venir : à fin que non seulement il le promist de loing par oracle, mais aussi que de pres il le peust monstrer au doigt. La prophetie en est telle : Voicy, dit-il, ie t'enuoye mon messagier deuant toy, pour t'apprester la voye, quãd tu seras prest de venir. Ie vous asseure bien de cela que l'excellence de Iean est si grande, qu'il est le plus grand de tous ceux qui furent iamais nais de femme. Et toutefois celuy que plusieurs estiment auiourdhuy le moindre de ceux qui annõcent l'Euangile, est tout seul plus grãd que Iean. Car Iean n'a pas promis par douteuses propheties que le Messias viendroit d'icy à long temps : ains il la monstré comme il venoit ia, & à presché que le regne des cieux estoit ia present. Qn auoit attendu par le passé la doctrine celeste, que les ombres des Patriarches, & les oracles des Prophetes auoyent promises par certaines obscurités : Maintenant Iean a tellement esmeu les cœurs de plusieurs à l'estude de la doctrine Euange-

lique

lique, que dés qu'il commença à prescher, iusques auiourdhuy les pecheurs mesmes,& les
Payens viennent à elle de force, & bon gré mal gré vous la rauissent par force. Plus ils ne
veulent estre forclos: plus ils ne veulent estre detenus sous les ombres & obscurités de l'ancienne Loy, s'apperceuans que la lumire de la verité Euangelique, de la chose qui estoit
pourtraicté és anciens liures, est ia presente : & qu'autre prophetie ne doit estre attendue
touchant le Messias à venir. Car toutes les figures par lesquelles la Loy auoit marqué le   Tous les Pro-
Messias aduenir: tous les oracles des Prophetes qui le promettoyent, ont, tout inconti-   phetes & la
nent que Iean à esté venu, cessé de promettre la chose aduenir. Car c'est folie d'attendre, ce   Loy.
qui est ia present. Il ne reste plus sinon que de rauir par ardants desirs ce qui est maintenant
presenté selon que les Prophetes l'auoyent predit. Et à fin que vous voyés euidemment,
que vous n'aurés dorenauant autres Prophetes qui vous annoncent que le Messias doit
venir: Iean est cestuy là que Malachie auoit predit deuoir venir, deuant que le Messias vint
& ce sous le nom d'Elie, que Iean a representé par aspreté de viure & de vesture, & par liberté & hardiesse en reprenāt les vices. Si donques vous le receués, croyés que le Messias attēdu par l'espace de tant de siecles, est ia present: vous aués veu la vie de Iean : vous aués ouy
son tesmoignage: vous ouyés que ie vous di moy-mesme. Si quelqu'vn à oreilles, pour receuoir la verité, oye. Si quelqu'vn s'est bouché les oreilles qu'il impute à soy-mesme sa
perdition. De nous, nous n'auōs rien obmis de ce qui peut seruir à esmouuoir les cœurs de
tous. Et toutefois i'en voy plusieurs si obstinés en leur incredulité, que ny effrayés de l'austerité de Iean, ny alleschés par ma ciuilité & liberalité, ils ne viennent à receuoir ce qu'ils
ont attēdu par tant de siecles selon la promesse des Prophetes. Quelle diray-ie qu'est ceste
natiō ? ou par quelle similitude la pourray-ie descrire? Elle ressemble aux enfans assis en la
place qui de loing escrient leurs compagnons par vne telle vulgaire chanson : Nous vous
auons resonné à tout noz fleuteurs, chansons plaisantes: & si n'aués pas dansé: Nous vous
auons resonné complcintes, & si n'aués pas mené dueil. Nous auons essayé vne mesme
chose par moyēns contraires, & n'auōs rien profité d'vn costé ne d'autre, enuers quelques
incredules & opiniastres. Iean s'est mis en auant pour esmouuoir, cōme par chanson plain-
tiue, ceste nation à amendement de vie. Iean, di-ie, renommé par austerité de vie, ieusnant,
& s'abstenant de toutes viandes delicates, & de vin, ne beuuant rien que de l'eau. Et toutefois il s'en trouue, qui disent, qu'il est vn demoniacle : tant s'en faut qu'ils l'ensuyuent. Le
fils de l'homme s'est mis en auant pour esmouuoir comme par plus ioyeux chant d'instrumens, ceste nation à l'amour de la doctrine celeste. Et pour par sa courtoisie en allescher
tant plus, il ne se cache point és deserts, & n'vse point de vesture, ne de viures, qui soyent
aspres tout outre : ains s'accommodant soy-mesme à tous, sans reietter la compaignie de
personne, māge de toutes viandes, & boit ce qu'on luy met deuāt : & toutefois ils trouuent
pareillement à reprendre, disans: Voila vn homme gourmand & yurongne, amy des Publi-   Et la sagesse
cains & pecheurs. Ceux qui point ne s'esmeuuent par austerité, ont de coustume d'estre   a esté iustifiée
gaignés par alleschemens & courtoisie. Mais ceste nation deuient pire à toute occasion : &   de ses enfans.
n'y a nul remede, lequel elle ne se conuertisse en matiere de plus grande maladie. Mais par
tant plus de moyens qu'elle aura esté esmeue à salut, d'autant sera-il plus manifeste à tous,
qu'elle sera perie par sa propre malice : & la sagesse de Dieu, par le conseil duquel toutes ces
choses se conduisent, emportera loz de iustice enuers ses fils : quand ils verront que ceux
qui sembloyent grands & iustes deuant les hommes, serōt repoussés du regne celeste pour
leur incredulité, au contraire que les pecheurs, publicains, paillardes, Payens, petits & abiets auront entrée au salut eternel pour la promptitude de foy. Lors Iesus cōme tout eston-   Lors Iesus se
né de l'inuincible malice d'aucuns, pour donner frayeur aux autres se print à reprocher   print à repro-
aux cités, que combien qu'il eut en icelles faict plusieurs miracles, gueri les hommes, & en-   cher aux cités.
seigné tant de choses, ne s'en sont point toutefois esmeues à amendement de leur vie passée. Malheur, dit-il, sur toy Corozain : malheur sur toy Bethsaida. Car si les miracles qui
ont esté faits en vous, eussent esté veux en Tyre & en Sidon (qui sont cités que vous aués
en abomination comme payennes & prophanes) elles eussent esté touchées dés long
temps, & se repentiroyent de leurs pechés en haire & cendre. Et ce pendant vous vous plaisés en ce que vous estes de la race d'Israel: que vous ne sacrifiés point aux idoles : que vous
ne vous abandonnés pas aux bombāces si ouuertemēt & si desordonnéement : que vous
adorés vn seul Dieu : que vous estes enfans d'Abraham: que vous aués la Loy & les Prophetes: & certes si vous ne vous amendés toutes ces choses vous seront en comble de damnation. Car de cela vous asseure-ie bien, qu'au iour du iugement de Dieu, lors que Dieu
iugera vn chascun selon son merite, & non selon l'opinion, ceux de Tire & de Sidon, seront

plus doucement traités que vous. Ils seront plus legierement punis, pource qu'ils n'ont pas esté inuités à repentance comme vous. Et toy Capernaum, qui te complais en toy-mesme, & dresse la craiste iusques au ciel : tu seras lors abbaissee iusques aux enfers. Tu t'applaudis comme si tu gardois iustice : & as en abomination les Sodomitains, qui furēt iadis punis de leurs offenses par vn horrible tourment. Au iour du iugement leur damnation sera aussi plus legiere, que la tienne. Car si les miracles qui ont esté faits en toy, eussent esté faits en Sodome : ils eussent par penitence appaisé le courroux de Dieu, & dureroyent encore auiourdhuy leurs cités. Or quand les disciples de Iesus furent de retour de leur predication, & tous ioyeux luy eurent raconté que l'affaire s'estoit bien porté. Iesus pour monstrer que tout ce que nous faisons de louable bien doit estre attribué à Dieu, leua ses yeux vers le ciel, & dit : O Pere, Seigneur du ciel & de la terre, qui par ta sagesse gouuernes toutes choses, ie te remercie, de ce que tu as caché ceste celeste philosophie aux enflés & esleués de persuasion de sagesse & prudence mondaines, & l'as descouuerté aux petis & humbles & lesquels le monde tient fols. Veritablement il est ainsi, ô Pere, & ce d'autant que tel à esté le bon plaisir de ta bonté, pour mōstrer que les arrogans, & gens qui se fient en leur iustice & prudence, te desplaisent : & que ceux que le monde tient pour sots & abiets, sont grands deuant toy pour la simplicité de foy. Ains a-il pleu à ton diuin conseil, de condamner la sagesse humaine : & d'attirer à toy les bons par l'humilité de la doctrine Euangelique. Puis dressant son propos vers les assistans leur dit : Mon Pere (qui m'a mis tout en main) est autheur de tous ces biens. Le cognoistre & moy, est la vraye felicité. Mais il ne se fourre qu'és cœurs debonnaires & humbles. C'est-cy vne philosophie secrette, & incognëue au monde. Nul ne cognoist le fils sinon le Pere : nul ne cognoist le Pere sinon le fils, & celuy à qui le fils le voudra reueler. Or ne le reuele-il point aux orgueilleux & hautains. Riē n'y faict la doctrine : rien n'y font les miracles, si la secrette inspiration n'y suruient : Mais nous n'inspirons que ceux qui se diffians totallement de leurs forces, se fient du tout en tout à la diuine bonté. Ceux qui s'estiment sages, sont indignes de ceste sagesse : Ceux qui s'estiment riches, n'ont point d'entrée à ces richesses. Ceux qui s'estimēt nobles & puissans, ne sont point receus en tes sainčts cabinets. Ceux qui s'estiment iustes, ne sont point capables de la diuine iustice. Lors Iesus considerant en son cœur en combien grande calamité estoit le genre humain : les vns estans pressés de poureté : les autres en cas pareil encores plus griefuement tourmentés du soucy des richesses : les autres affligés de maladies : les autres de vieillesse : les autres rongés d'amour, les autres tourmentés de haines : maints esgarés en diuers labirinthes de fauses opinions : la plus part incessammēt tourmentés en leur cœur du remord de conscience de leurs vices : & qu'il n'y auoit nul pasteur loyal & d'efficace (là où il y en auoit vn nombre infini, qui en apparence & pompe se portoyent en Sacrificateurs ; se vantoyent du titre de nostre maistre : leuoyent les dismes) Christ meu de pieté inuite vn chascun à soy : promettant de plein gré soulas & remede à tous, pourueu qu'ils viennent à luy d'vn cœur simple & entier : & qu'en secouant le tant miserable & fascheux fardeau du monde, ils viennent à receuoir le fardeau de la doctrine Euangelique : Venés, vous-en à moy dit-il, tous vous qui estes trauaillés d'affections, de soucys, & de remord de conscience, tous vous qui estes chargés & greués de maux : ie vous recréeray, ie vous donneray soulas à l'encontre de toutes sortes de maux. Ny les richesses, ny les honneurs, ny les voluptés de ce monde, donnent le vray repos de l'ame : ny la philosophie de ce mōde, ny la religion des Pharisiens deliure le cœur de fascheux soucys. Le monde à son fardeau, qui de prime-face est plaisant, mais à la verité fascheux & aspre. Secoués-le tout premierement : accourés à moy : mettés volontiers & de cœur voz cols sous mon fardeau. Apprenês de moy, quelle est la seule chose qui peut donner vray-repos à l'ame : & de quelle source vient tout ce tourment aux hommes. C'est certes ce cœur hautain & fier, se confiant en soy, & se meffiant de Dieu : de ceste source sort ambition, desir d'argent, appetit de vengeance, rancune, enuie, guerres, seditions, & impieté contre Dieu. Et qui à-il de plus tumultueux & tempesteux, que sont telles choses ? Que si vous voulés estre tout d'vn beau coup deliurés de tous ces maux, ostés moy la source : receués ma doctrine : ensuyués ma vie. Apprenés de moy que ie suis debonnaire & humble de cœur. I'ay monstré par miracles quelle est ma puissance : & si ie n'en pourchasse ny richesses ny honneurs & ne brigue rien qui soit de ce que le monde estime grand & excellent. Ie ne reiette personne pour abiect & pecheur qu'il soit. Ie ne rend pas iniure pour iniure, ny maudissons pour maudissons, ny buffe pour buffe. Ie depend du tout de la volonté de mon Pere. Il punira les meschans, & recompensera les bien-faicts. Ie luy quitte toute gloire : ie luy remets tout soucy : i'obey simplement en tout & par tout à

sa volon

Venés à moy vous tous qui trauaillés.

ſa volonté, & m'efforce, entant qu'en moy eſt, de bien faire à tous, & ne nuire à perſonne.
Si vous apprenés de moy ceſte ſeule leçon vous ſentirés accoiſer ces miſerables troubles,
deſquels vous eſtes maintenant inceſſamment tempeſtés, & trouuerés repos & tranquilité à voz ames, qui vous accompagnera meſme parmy les tempeſtes des maux bruyans à
l'entour de vous. Vn doux & paiſible cœur eſt la fontaine de toute tranquilité humaine.
Ployés ſeulement le col auec fiance: poiht ne faut que vous redoutiés mon ioug. Bien eſt
vray, qu'il ſemble faſcheux & peſant aux incredules: mais ceux qui de tout leur cœur ſe
fient à la diuine bonté, qui ſont embraſés du feu de la charité Euangelique, trouuent mon
ioug doux & aiſé, & mon fardeau legier. Car la certaine eſperance des ſalaires rend doux
mon ioug, & l'indechiffrable amour qu'on à en Dieu rend mon fardeau legier. Et qu'eſt ce
qui n'eſt d'oux à l'aimant: ſi l'ame eſt aſſeurée de ſon innocence & vuide de tout ſoucy?
S'il y a certaine attente des pris de la vie eternelle: que ſuruiendra-il qui puiſt troubler ou
eſmouuoir vn tel cœur?

<h3 style="text-align:center">CHAPITRE XII.</h3>

R comme Ieſus alloit vn iour de ſabbat par les bleds, & les diſciples preſſés de
faim allans deuant leur maiſtre, arrachoyent des eſpics & les frottans entre les
mains, en mangeoyent les grains: les Phariſiens cherchans de tout coſté matiere de calomnier, luy dirent: Vois-tu pas que font tes diſciples, violans le
ſabbat? Et à quoy tien-il que tu ne les fais ceſſer, veu qu'ils font ce qu'il n'eſt pas loiſible de
faire au ſabbat? Ieſus alors defendit tellement la cauſe de ſes diſciples qu'ils ne le pouuoyent neantmoins accuſer comme autheur de violer le ſabbat: monſtrant enſemble que
les ordonnances humaines doiuet ceſſer, toutes les fois que la neceſſité, ou quelque ſinguliere vtilité ſuruient: entant que le ſabbat, ieuſnes & choſes ſemblables ſont ordonnées au
ſalut, & non au dommage des hõmes. Or pource que les Phariſiens eſtoyent entendus en
la Loy, il leur mit au deuant vn exemple tiré de la Loy: vn exemple, di-ie, non pas d'vn
homme tel quel: mais de celuy qu'ils tenoyent ſur tous pour homme de bien & irreprehen
ſible. Qu'accuſés vous, dit-il, mes diſciples, s'ils remedient à la faim par vne viande aiſée
à recouurer? N'aués vous pas leu, comment Dauid, ce tant ſainct perſonnage, eſtant en
neceſſité, oſa bien commettre vn plus grand cas? comment, quand il fut arriué en la ville
de Nobe en fuyant Saul, il mangea les pains ſacrés, qu'on appelle pains de propoſition?
& non ſeulement luy, mais auſſi ſes compaignons & ſeruiteurs? Il n'eſt licite à perſonne
d'en manger, fors qu'aux Sacrificateurs & Leuites. Mais pource qu'il eſtoit preſſé de faim,
le Sacrificateur ne fit point de difficulté de luy bailler leſ-dits pains: Dauid auſſi ne redou
ta point cõme hõme prophane, de les attoucher & d'en manger. Si vous approuués le faict
d'Abimelech Sacrificateur: ſi point vous ne condamnés le faict de Dauid Prophete: pourquoy accuſés vous mes diſciples pour vn cas de moindre importance? Car quelle œuure
eſt cela, d'arracher les eſpics qu'on rencontre, les froiſſer entre les mains, & en manger les
grains? Que veut dire, que la Loy meſme commande quelque part de violer le ſabbat?
Car quand les Sacrificateurs eſtans au temple couppent la gorge aux beſtes le iour du ſab
bat: exercent cõme vne boucherie: amaſſent vn monceau de boys, l'allument, eſcorchent
les beſtes, les deſpecent, les cuiſent: à voſtre aduis, ne prophanent-ils pas le ſabbat? Il n'eſt
loiſible par la Loy de faire œuure quelconque au ſabbat: & toutefois les ſaincts Sacrificateurs exercent ces œuures tant ſalles au lieu ſacré le iour de ſabbat. Vous ſçaués que telles
œuures ſe font: & pour ceſte cauſe les approuués vous, qu'elles ſeruent à l'vſage du temple.
Si le temple à tant d'authorité, que l'œuure qui luy eſt employé, ne prophane point le ſabbat: ie vous aduiſe qu'il y a icy qui eſt plus grand que le temple: & les ſeruiteurs duquel
deuoyent plus toſt eſtre excuſés d'auoir violé le ſabbat. Si ceux qui trauaillent apres les
Sacrifices Moſaiques ne violent pas le ſabbat, ceux qui ſeruent à l'Euangile doiuent bien
plus toſt eſtre excuſés: veu qu'il n'y a point de ſacrifice plus agreable à Dieu. Celuy meſme
qui a ordonné le ſabbat, peut auſſi l'abolir: & celuy qui ordonna le ſabbat, l'ordonna
pour l'amour de l'homme: point il ne crea l'hõme pour l'amour du ſabbat. Parquoy, c'eſt
raiſon que la ſolennité du ſabbat donne lieu à l'vtilité des hommes: & non pas que l'homme periſſe à cauſe du ſabbat. Si on a telle reuerence au ſacrifice, que celuy qui s'y employe
peut violer le ſabbat ſans en eſtre repris, pourquoy n'excuſés vous pareillement celuy qui
par neceſſaire bien-faict, ſoulage le prochain au ſabbat? Attendu meſmement que Dieu
teſmoigne tel ſacrifice luy eſtre plus agreable, que ſi on luy ſacrifioit vne beſte? Car il dit:
par Oſée le Prophete. Ie demande miſericorde, & non ſacrifice, & la cognoiſſance de Dieu
plus toſt que offrande. Vous vous vantés de la cognoiſſance de la Loy: & toutefois cela eſt

f 2 eſcript

1. Roy 21

Le Seigneur
eſt le fils l'hõ-
me eſt du ſab-
bat.

Oſée 6

escript en la Loy. Que si vous l'entendiés vous n'accuseriés iamais les innocens pour vn
cas legier,& à nully dommageable.Car il y a certaines ordonnances establies,non pas que
de soy elles soyent bonnes ou mauuaises, mais bien qui seruent aucunement à la pieté, &
qui ne donnent point tant saincteté, qu'elles la signifient, comme seroyent, sorte de viandes, couleur, façon ou estoffe d'habillemens, ieusnes, iour de feste, &c.Il ne faut pas estre si
superstitieux à retenir ces choses là, qu'on en vienne ou à delaisser celles qui de soy & tousiours sont bonnes : ou à faire celles qui de leur nature & en tout temps sont mauuaises.
Paillardise, homicide, mesdisance, enuie, ce sont choses mauuaises & meschantes quelque
iour que ce soit. Et toutefois ceux qui tiennent la religion Pharisaique s'abstiennēt moins
de ces vices, que de violer le sabbat. Il n'y a nul iour auquel ce ne soit chose deuotieuse &
saincte de secourir le prochain souffreteux : Et toutefois les Pharisiens sous couleur de so-

lennizer le sabbat,delaissoyent le prochain en affliction. Iesus Christ s'est efforcé de totalement arracher du cœur des siens ceste tant pernitieuse superstitiō. Et pourtant pour mieux
faire entrer cela au cœur de tous par manifeste exemple, il se partit de là, & retourna en
leur synagogue,pour auoir pour tesmoings ceux lesquels il sçauoit estre les plus entaschés
de ceste maladie.Et soudain voila matiere de miracle qui se presente là . Car il y auoit en la
trouppe vn homme, qui auoit la main droitte debile & assechée.Or les Pharisiens , pourchassans honneste occasion d'accuser Iesus , l'espioyent pour voir si luy(qui auoit vn peu
deuant maintenu les Apostres touchant la prophanation du sabbat) gueriroit point cest
homme au sabbat. Et Iesus voulant decouurir à tous que leur accusation ne venoit pas de
deuotion qu'ils cussent à la religion, ains d'enuie: commanda à l'homme, qui auoit la
main seche, de s'auancer au milieu, à fin que la maladie fut cogneue de tous : & qu'ils eussent au moins pitié du poure homme, qui portoit auec soy le membre mort & inutile qui
entre tous est le plus necessaire au souffreteux.Mais deuant que de le guerir voyant les pensées des Pharisiens,il leur demanda en ceste maniere:Est-il loisible de guerir l'homme aux
sabbats : Et lequel des deux vous semble le meilleur ou de faire bien à l'homme, ou mal
de le sauuer ou de le perdre : Car celuy le perd qui ne le sauue pas quand il peut. Mais ils se
teurent tous, de peur ou d'estre reputes cruels enuers le peuple, s'ils disoyent n'estre pas licite de secourir le souffreteux aux sabbats : ou de perdre l'occasion de l'accuser s'ils respon-
doyent qu'il fust loisible. Et comme ils se taisoyent, Iesus deschiffra luy-mesme la question
par la comparaison d'vn exemple, disant : Qui est celuy qu'on trouuera entre vous si religieux obseruateur du sabbat : que s'il aduient qu'vne de ses brebis tombe en vne fosse au
iour du sabbat,& en soit en dangier, il ne luy mette tout à coup la main dessus pour l'en retirer : Si l'auarice peut tant enuers vous, que vous aimés mieux violer le sabbat, qu'auoir
pertes en voz biens d'vne seule brebis : combien plus doit obtenir la charité qu'au iour
du sabbat vous soulagiés le prochain, qui vaut beaucoup plus qu'vne brebis : Parquoy
c'est chose claire, selon vostre iugemēt mesme, qu'il est loisible de faire bien au prochain au
sabbat. En la parfin, voyant Iesus que mesme pour ces propos leur enuie ne s'appaisoit
point, & ne s'esmouuoyent, ny pour le regard du poure homme, ny pour raison tant euidente : il ietta ses yeux à l'entour de soy,tout courroucé & marri du si grand aueuglemēt de
leur cœur: & se tournant vers l'homme qui auoit la main seche & retirée,luy dit : Estend ta
main, & il n'eust pas plus tost dit le mot, qu'il estendit sa main : voire autant à dehure
qu'estoit l'autre main. Les Pharisiens enragés de ce faict tant memorable, voyant que l'oc-

casion d'accuser Iesus leur estoit ostée,se partirent de la synagogue & laisserent le menu peuple, pource qu'ils le voyoyent porter bōne affection à Iesus:& auec les gens d'Herodes(lesquels auoyent aussi familiarité auec les disciples de Iean) qui portoyent quelque enuie à
la gloire de Iesus, tindrent secrettement conseil, par quel moyen ils pourroyent faire mourir Iesus. Ils auoyent ia la volonté de commettre homicide, & ne tenoit plus qu'a l'occasion propice. Mais Iesus cognoissant bien leur entreprinse, se retira de là, de peur qu'il ne
semblast auoir baillé à gens enragés quelque occasion de mettre leur vouloir en execution. Il pouuoit bien les r'embarrer rudement : il les pouuoit bien accabler par miracles:
bref il les pouuoit bien perdre. Mais voulant monstrer vne douceur Euangelique, il quitta la place à leur fureur: pour voir si par cas d'auenture, ils pourroyent point ou s'addoucir ou s'amender. Mais il leur quitta tellement le lieu, qu'és autres lieux il departissoit
neantmoins la doctrine celeste au peuple qui le suyuoit à grand foule : & guerissoit tous
les malades ou autres affligés qu'on luy presentoit. Aussi son temps n'estoit pas encores
venu : l'Euangile n'estoit pas encores assés diuulgué. Il se retira donques non pas pour se
sauuer, mais bien pour leur oster l'occasion de mal faire : ensemble pour monstrer que
l'Euang-

l'Euangelique philosophie ne doit estre maintenue à l'encontre des rebelles ne par menaſ/
ſes, ne par iniures, ne par debats : ains par douceur. Si defendit Ieſus aux trouppes qui le
ſuyuoyent de ne le point diuulguer:de peur que ſi le bruit s'eſtendoit plus au large,les Pha
riſiens ne s'en enflambaſſent de plus en plus. Ce que point n'eſt aduenu par cas d'aduen
ture: ains auoit eſté predit de long temps par le prophete Eſaie deuoit ainſi aduenir. Où Eſa. 12
le Pere depeinct la victoire de ſon fils, conqueſtée par douceur : & comment le ſalut Euan
gelique à eſté tranſporté aux Gentils pour la rebellion des Iuifs, aſſés cogneuë de tous.
Le pourtrait eſt tel: Voicy, dit-il, mon fils: lequel i'ay choiſy entre tous.Voicy mon bien
aymé: en qui mon ame prend ſon plaiſir.Ie luy donneray mon eſprit doux & paiſible, par
l'inſpiration duquel il annoncera iugement, non ſeulement au peuple d'Iſrael, mais auſſi
à toutes nations. Ce que point il ne fera par noiſe ou par force. Car il ne criera n'eſtriuera
contre les noyſeux : & n'ouyra perſonne ſa voix parmy les places,comme on oyt ceux qui
font guerre à tout la langue. Il quittera bien la place à l'inuincible malice, mais s'efforce
ra d'amener vn chaſcun à ſalut. Et ne donnera pas au mauuais occaſion d'incurable per
dition : ains il contregardera vn chaſcun,pour voir ſi par cas d'auenture ils ne s'amende
ront pas. Il ne reiettera pas les debiles : il ne reiettera pas les malades. Ceux eſquels il y
aura encores quelque reſidu de bonne eſperance, il les contregardera plus toſt qu'il ne les
eſteindra. Il ne rompra pas vn roſeau caſſé : & n'eſteindra pas vne meche fumante:iuſques
à ce que par ſucceſſion de temps la verité vainque d' elle meſme, & que la forcenerie des
meſchans ſe ſoit par leur propre faute tellemēt desbordée, qu'vn chaſcun cognoiſſe, qu'ils
ſeront à bon droit repouſſés & dechaſſés. Alors les Gentils receuront ſa doctrine, reiet
tée des Iuifs : & mettront leur eſperance en celuy, auquels les Iuifs n'auront point voulu
croire. Il aduint ce pendant, qu'entre pluſieurs que Ieſus gueriſſoit, on luy en preſenta vn
tourmenté d'vn mauuais diable, qui auoit oſté la veue & le parler au patient. Si com/ Alors luy fut
mande Ieſus au diable de ſortir. Il ſortit, & ſoudain le demoniacle plus que miſerable fut preſenté vn
du tout guery, ſi bien & ſi beau qu'il y voyoit & parloit.Le menu peuple s'eſtonnoit d'vn ſi perſonnage.
merueilleux miracle : & commençans ia à ſouſpeçonner qu'il eſtoit le Meſſias,ils diſoyent
entre eux. Seroit-ce point cy le fils de Dauid, que les Prophetes promettent? Et les Phari/
ſiens oyans ce propos du peuple n'abborderent pas, à vray dire, Ieſus en perſonne, du
quel ils s'en retournoyent touſiours vaincus : mais bien ils s'efforcent de deſtourner le
cœur du menu peuple de l'auoir en reputation,diſans:Ceſtuy cy ne peut eſtre le fils de Da
uid, comme vous ſouſpeçonnés : car quand au fils de Dauid, il viendra fortifié de puiſ/
ſance diuine, & ceſtuy cy ne chaſſe pas les diables par la puiſſance de Dieu, veu qu'il eſt
prophane & violeur de ſabbats, gourmand & yurongne, & compaignon des Publicains:
ains il les chaſſe par la vertu de Beelzebub, prince des diables. Mais Ieſus, combien qu'il
euſt ouy le propos des Phariſiens, & qu'il ſçeuſt tant ce qu'ils penſoyent, que ce qu'il di/
ſoyent aux autres, s'addreſſa à eux & modera ſi bien ſa reſponſe, que par tres-euidente rai
ſon il refuta leur inſenſé blaſpheme: & neantmoins ne leur reietta point l'iniure, ains plus
toſt les inuita amiablement de receuoir ſalut, diſans : Il eſt force que tout royaume diuiſé
par diſſenſion interieure & domeſtique ſoit mis à neant. Que ſi Satan chaſſe hors Satan,
& le diable le diable, comment durera ſon regne? Et comment s'accorde cela, que les dia
bles (qui ſans exception ſont tous ennemis aux hommes, ſans deſirer autre choſe que leur
perdition, eſtans outre meſure ennemis de leur ſalut) procurent maintenant ſi ſongneuſe/
ment le ſalut des hommes, que pour cela vn diable faſſe la guerre à l'autre? Que ſi ie chaſ
ſe hors les diables en la vertu & puiſſance de Beelzebub : ces miens diſciples, qui ſont voz
enfans, leſquels vous cognoiſſés, de par qui les chaſſent-ils? Car ils en chaſſent auſſi
bien que moy : & ſi cependant vous ne les accuſés point, ains moy tout ſeul. Et toutefois
s'ils en chaſſent, ils ont de moy ceſte puiſſance. Parquoy il ne ſe peut faire, qu'ils chaſſent
les diables en la vertu de Dieu, & moy en la puiſſance de Beelzebub : attendu qu'ils font
cela en mon nom. Et la cauſe pourquoy gens idiots peuuent auec ſi grande force de Dieu
ſaccager les diables, eſt pource que ils croyent ſimplement en moy. Parquoy leur ſim
ple credulité condamnera voſtre incredulité, en ce que vous aymés mieux blaſmer ce
que vous deuriés enſuyure.Que ſi la verité meſme crie, que non en la vertu du diable, ains
en la puiſſance de Dieu ie chaſſe hors les diables : vous ne deués plus douter que le fils
promis de Dauid ne ſoit venu, & le regne de Dieu : attendu qu'à l'inuocation de mon Ou comment
nom, que font ceux qui annoncent l'Euangile, vous voyés eſuanouir les forces des auer/ peut aucun.
ſaires. Et comme les diables s'accordent entre eux pour la perdition de tous : ainſi moy

f 5   qui

qui fuis venu pour fauuer vn chafcun, ie n'ay nul accord auec la bande diabolique, ains mortelle diffenfion. Beelzebub a iufques icy exercé tyrannie fur les hommes detenus en pechés & addonnés aux mauuaifes conuoitifes : De moy, oftant les pechés des hommes, i'aneanti Beelzebub auec toute fa bande : & ceux qu'il poffedoit par iniuftice, ie les remets en la main de Dieu par innocence. La chofe fe demaine par force, & non par accord. Les diables mefmes apperçoyuent & confeffent la puiffance eftre prefente, à laquelle ils font contraints de quitter la place. Autrement comment fe peut-il faire, qu'on entre au fort d'vn puiffant & piller fon meuble, fans premier le vaincre & lier : Mais apres que celuy qui pouuoit empefcher fera ferré, on pillera tout ce qui eft en la maifon, & l'emportera-on comme vn butin. La maifon de Beelzebub ceft le monde : auquel, (pour autant qu'il eftoit du tout addonné à ambition, exces, volupté, auarice, courroux, enuie, & autres miferables conuoitifes, efquels gift la puiffance de Beelzebub) il vfurpoit comme vn regne. Moy comme plus puiffant homme fuis entré en fon regne, & ayant vaincu ce qu'iniuftement il poffedoit, ie le remets en main à fon vray prince. Parquoy il n'y a nul accord entre moy & Beelzebub. Les princes font diuers : les regnes diuers : & tels qu'on ne les peut conioindre par nulle alliance. Qui veut eftre receu au regne de Dieu, il faut qu'il abandonne Beelzebub, & qu'il bataille contre luy en mon fort. Nul ne peut auoir paix auec Dieu, qu'il n'ait guerre auec le diable. Ie tiens le party de Dieu, & non celuy de Beelzebub. Par-

Qui n'eft auec moy eft contre moy.

quoy, celuy qui n'eft pas en mon fort, eft mon ennemy & aduerfaire. Et qui ne m'ayde en amaffant, me contrarie en efpardant. Donnés doncques ordre de vous adioindre à la meilleure partie. Il vaut mieux acquerir falut eternel au regne de Dieu, que procurer la mort eternelle au regne du diable : ceffés doncques de feruir au peché, & le diable n'aura nulle puiffance fur vous. Dieu fera part & portion de fon regne à ceux qui abandonneront le diable : & ne contera pas les faultes de la vie paffée (pour enormes quelles foyent) à ceux qui fe repentiront & amenderont : pourueu que nul eftant aueuglé du peché d'enuie, & peruerti de malice ne vienne contre fa propre confcience à contrarier à la gloire de Dieu : & là où il voirra bien de fes propres yeux la vertu diuine fe declarer au monde par euidents fignes & miracles, il ne les attribue à l'efperit de Beelzebub. Tenés

Tout peché & blafpheme.

vous doncques pour affeurés, que toute faute commife, foit en fait foit en parolle, fera pardonnée aux hommes : pourueu qu'ils s'amendent. Dieu pardonne aifément ce que la foibleffe de la nature humaine rend aucunement pardonnable : Mais fi quelqu'vn blafpheme l'efperit de Dieu, (duquel il voye vne euidente vertu par les mefmes faits) à peine vn tel obtiendra-il pardon ny en ce fiecle ny en l'aduenir. Et quiconque defgorgera blafpheme contre le fils de l'homme, le mefprifant pour fa fragilité humaine, il luy fera pardonné : d'autant que l'erreur & ignorance meflée auec le forfaict, l'exempte de obftinée & deliberée malice. Mais qui blafphemera contre le fainct Efperit : à peine trouuera-il pardon, foit en ce fiecle-cy, foit en l'autre fiecle aduenir. Or cecy dit Iefus pour deftourner les Pharifiens d'vne obftinée mauuaiftie : entant que combien que ils viffent & entendiffent que les chofes, qu'il faifoit, ne pouuoyent eftre faittes, que par l'Efprit & puiffance de Dieu : efmeus neantmoins d'enuie, ils refiftoyent à la gloire de Dieu : & aimerent mieux attribuer fes miracles à Beelzebub difans que l'Efperit d'iceluy mon-

Ou faites l'arbre bon & les fruits bons.

ftroit fa force en Chrift. Comme ainfi foit (leur dit-il) que mefme felon le commun fens l'arbre fe congnoiffe par le fruict : pourquoy accufés vous l'arbre, veu que vous eftes contraints d'approuuer le fruict : Certes les miracles que ie fais, foulagent les miferes des hommes : ils ne nuyfent à perfonne, & ne les fay point pour vaine gloire, ou pour le gaing, ains pour bien faire & ayder. Perfonne ne peut nyer, que ce ne foit vne bonne chofe, de faire plaifir pour rien aux affligés. D'où vient donques que vous dittes, que ce qui eft bon de foy-mefme, vienne de Beelzebub : lequel felon mefme voftre iugement eft du tout mauuais : Si vous voulés que l'aueuglement de voftre entendement ne foit cogneu, il faut que voz propos s'entretiennent : Et le propos que vous tenés maintenant ne s'entretient pas mefme felon le commun fens des hommes. Doncques faictes l'arbre bon, & fon fruict bon : ou bien, faictes l'arbre mauuais, & fon fruict mauuais. Puis que vous confeffés que mes faicts font bons, confeffés auffi que ie fuis pouffé d'vn bon efprit : ou bien dittes que mes œuures font mauuaifes, à fin que foit vray femblable ce que vous dittes que i'ay l'efprit du mauuais Beelzebub. Que fi mes faicts font tels, que vous foyés contraints de dire qu'ils font bons : gardés vous d'attribuer les chofes qui fon bonnes, à vn mauuais autheur. Race de viperes qui de mauuais peres, eftes defcendus mauuais,

faittes

faittes en le iugement par vous mesmes. Ne tenés vous pas tels propos que vous estes
& voz œuures ne declarent elle point quel esperit vous aués? Pource que vous portés en
uie à la gloire de Dieu, vous blasphemés son esperit. D'où viennent ces fruicts si pestilen
tieux, sinon d'vn mauuais arbre? Car comme il n'est pas possible qu'vn arbre sauua
ge porte doux fruicts : qu'vn arbre de suc venimeux porte pommes salubres : aussi com
ment pourriés vous bien parler, veu que vous estes mauuais? Car comme le fruict tiré
sa saueur du suc de la racine : ainsi la parolle prend sa source de ce qui est caché au cœur.
Comme vn bon homme du bon thresor de son cœur tire bonnes choses : ainsi vn mau
uais homme, du mauuais thresor de son cœur il tire mauuaises choses. Ceux qui ont
le cœur rempli de pieté & charité, tiennent propos de tel saueur qu'est ce qu'ils ont au
cœur. Ceux qui ont le cœur rempli d'enuie, d'orgueil, & d'auarice, parlent en sorte, que
ils representent l'affection du cœur par la bouche. Dieu fera la prise des hommes non
seulement par leurs faits, mais aussi par leurs parolles. Vne mauuaise pensée n'est mor
telle qu'à celuy qui la pense : mais vne mauuaise parolle espand le venin du cœur sur
plusieurs. Parquoy il faut restraindre la langue, non seulement des insensés blasphe
mes, des iniures & querelles : mais aussi de toute parolle entierement, qui n'apporte
nul honneste proufit. Qui plus-est, ie vous-dy, qu'au iour du iugement les hommes *De toute pa*
rendront conte, non seulement des vilains propos : mais aussi de toute parolle superflue *rolle oyseuse.*
friuole & inutile, qu'ils auront ditte. Par là les parolles seront aussi contées pour faicts.
Par tes parolles tu seras prononcé iuste, si elles sont sorties bonnes d'vn bon cœur : ou
bien tu seras condamné comme iniuste, si propos mauuais sont sortis de ton mauuais
cœur. Et recognoissés en cecy la parfaitte iustice du regne celeste, laquelle surpasse la iu
stice de la loy Mosaique. Car quant à la Loy, elle ne punit rien que l'euident blasphe
me contre Dieu : icy la maudisson faitte au prochain sera aussi punye, & non seulement
la damnable, mais aussi l'oysiue & vaine parolle : Car ce n'est pas fruict à l'arbre, ains
ce luy est vn fardeau, à nully proufitable : & en cela-mesme est-il dommageable, que
sans fruict il occupe le temps & les oreilles de l'auditeur : là où la langue nous est don
née, à fin que par icelle nous proufitions à nous & au prochain : & que de cest instru
ment nous magnifions la gloire de Dieu. Ces propos ouys, certains Scribes & Phari
siens couurans la fureur de leur cœur, abborderent Iesus auec plus doulces parolles,
comme estans tous prests de luy croire, si pour l'amour d'eux il vouloit faire vn miracle
conuenable à eux & à luy, qui s'attribuoit l'esperit de Dieu, & auoit tous-iours le pere
celeste en la bouche. Maistre, luy dirent-ils, nous qui ne sommes point ignorants mais *Adonc luy*
sçauans voirrions volontiers de toy quelque singulier signe venant du ciel : lequel de *respondirent.*
claraft que tu es venu de Dieu, & que ce que tu fais, tu le fais en sa vertu. Mais Iesus con
gnoissant leur cauteleuse pensée & obstinée malice, & que ils ne demandoyent signe
pour autre fin sinon pour de là prendre aussi nouuelle occasion de le calomnier (atten
du principalement qu'il est plus aisé de calomnier les signes qui sont monstrés du ciel,
que non pas ceux qu'on voit des yeux, qu'on oyt des oreilles & touche-on à tout les
mains) ne pouuant supporter vne si grande peruersité, respondit comme ayant destour
né d'eux son visage, & se courrouçant à part soy, dit : O mauuaise & bastarde genera
tion, qui se glorifie d'auoir Dieu pour pere, & se vante de estre la race de Abraham : là
où elle ressemble plus-tost ceux, qui ayans delaissé Dieu, adorerent le veau d'or : qui
esmeurent sedition à l'encontre de Moyse : qui murmurerent au desert : qui tuerent les
Prophetes : là où elle declare que Beelzebub est son pere : de l'esperit duquel estant rem
plie, elle se replicque contre l'esperit de Dieu. Mais il ne luy sera point baillé de signe
du ciel, lequel elle vienne à calomnier, & duquel elle est indigne, veu que elle est du
tout attachée à la terre : Mais certes quelque iour luy sera donné vn signe de la terre, par
lequel elle soit conuaincue & perisse, si elle ne s'amende. Elle s'esmerueille du miracle
de Ionas, lequel fust englouty du monstre marin, & rendu vif trois iours apres : aussi
leur sera-ce bien assés vn grand signe, quand ils voirront que celuy qu'ils auront mis à
mort par leur malice ressuscitera par puissance diuine. Ce miracle leur sera vrayement bail
lé en bref, lequel ils calomnieront : Car tout ainsi comme Ionas se liura à la mort de son *Ionas 1. 2*
plein gré, & fut receu de la beste marine au vêtre de laquelle il demeura trois iours & trois
nuycts, & pria le Seigneur son Dieu au ventre du-dit poisson, puis contre l'esperance de
tous fut rendu vif par la grace de Dieu : ainsi le fils de l'homme demeurera mort trois
iours & trois nuycts dedans le cœur de la terre. Par obscur exemple Iesus leur signifioit
f 4   la mort

sa mort & sepulture, & puis sa resurrection de mort à vie. Et dit consequemment : Tel suis ie enuers vous, qu'a esté Ionas enuers ceux de Niniue. Ionas annonça aux Niniuites que la vengeance de Dieu, ensemble la destruction de la ville leur estoit prochaine, s'ils n'amen-doyent leur vie : & moy, ie vous annonce le mesme à tous. Mais les Niniuites (que vous mesprisés comme Payens & idolatres au pris de vous) s'esleueront au iugement de Dieu, & declareront qu'à bon droit vous serés condamnés, si on vous accompare auec eux. Entant que combien qu'ils fussent meschans, ils furent neantmoins estonnés aux menas-ses du Prophete, & s'abbaisserent à faire penitence. Et vous aués icy qui est plus grand que Ionas, qui vous presche en vain. Ceux de Niniue estoyent gens estranges du seruice de Dieu. A eux vint Ionas, homme sans renom & de basse condition : qui n'auoit esté autho-rizé de personne, & la venue duquel personne n'auoit predicte : il ne faisoit nuls miracles : il n'attiroit à soy personne par bien-faits : il ne promettoit rien d'excellent : il menassoit seulement les Niniuites de les ruiner, & ne preschoit pas plus haut que par l'espace de trois iours. Et moy, qui ay esté promis par tant d'oracles des Prophetes : tant de fois re-commandé par le tesmoignage de Iean, par le tesmoignage du Pere, qui suis citoyen & & yssu des propres ancestres desquels vous vous glorifiés : il y a ia si long temps que ie vous enseigne : ie conferme par tant de miracles ma doctrine n'estre pas vaine : i'ay soula-gé tant de gens par mes bien-faits gratuits, ie ne tonne point cruelles menaces, ains ie promets de plein gré la remission de tous pechés : i'offre la felicité eternelle du regne cele-ste : & toutefois on me met sus que i'ay l'esprit de Beelzebub : on m'assaut par mortelles embusches : tant s'en faut que vous vous retourniés à penitence & amendement de vie. Qui plus est, la royne de Saba s'esleuera aussi au iour du iugement à la honte & condam-nation de ceste nation : en ce que pour vn bruit apporté de loing, elle laissa son royaume & son pays, & fit vn si long chemin pour venir ouyr le roy Salomon : non qu'elle fut es-meue de quelque crainte, mais du seul desir de sagesse : & ne l'ouyt pas seulement, mais apporta aussi quant & elle de tres-grands presens. Et vous aués icy qui est plus grand que Salomon. Car qu'a fait Salomon de semblable aux choses que vous me voyés faire ? ou qu'est-ce que Salomon a enseigné de semblable ? Et à celuy qui vous apporte de plein gré la doctrine Euangelique pour vous sauuer, il n'y a iniure que vous ne luy faisiés, bras-sans encores d'auantage de plus grandes cruautés au bien faisant. Mais par tant plus grands signes & bien-faits aurés vous esté inuités à amendement : d'autant plus cruel tourment vous attend, si vous ne vous amendés de bonne heure. Et quant à ce qui leur deuoit aduenir, & en combien grande aueuglance tomberoit la nation d'Israel, & de quel-les calamités elle deuoit estre affligée par les princes Romains : & comment elle seroit fu-gitiue parmi le monde, reiettée & mesprisée de toutes nations : Iesus l'aima mieux signi-fier sous quelque sentence obscure, que de le declarer ouuertement. Or vse-il d'vne simi-litude d'vn homme tourmenté d'vn mauuais diable : lequel homme (si apres auoir esté vne fois deliuré & remis en son bon sens, il reçoit de-rechef le diable) est par sa faute beau-

Quand l'espe-
rit immonde.

coup plus griefuement tourmenté, qu'il n'estoit au parauant. Quand vn ord esprit, dit-il, est sorti d'vn homme, se voyant banni de son ancien logis, il s'en va par lieux secs & steriles, cherchant où reposer, & n'en trouuent point : alors il dit à par soy : ie retourneray en ma maison d'où ie suis sorty : y estant venu, il l'a trouue emmesnagée & balliée, mais sans ho-ste : adonc voyant qu'il y a place, & n'est occupée de nul autre, ne se contentant point d'y r'entrer tout seul, prend auec soy sept autres esprits plus meschans que luy : si entrent ensem-ble en la-ditte maison & y demeurét. Dont il aduient qu'vn tel hôme est plus griefuement tourmenté, qu'il n'estoit au parauant. Ainsi en prendra-il à ceste meschante nation. Par ce-ste figure Iesus taxoit l'obstinée malice de la nation Israelitique, qui retomboit à chasque fois apres ses meurs. Elle seruoit iadis aux vices & conuoitises diaboliques. Elle en fut tel-lement quellement deliurée par la Loy & les Prophetes : mais en retournant à chasque fois à son naturel, elle se reuiroit aux idoles, sacrifioit és boccages, mettoit à mort les Prophetes. Elle fut chastiée d'afflictions par Pharaon en Egypte, par Nabuchodonosor en Babylon, & par autres diuerses calamités. Finalement estant par tant de moyens poussée du fils de Dieu, elle a non seulement renouuelé, mais aussi infiniment surpassé l'impieté de ces ance-stres : non seulemét en tourmentant par toute sorte d'iniure l'innocét & bien-faisant, mais aussi en le mettant en croix par fauses accusations. Dequoy vne merueilleuse aueuglace, & sept fois plus miserable que n'auoit esté celle de leurs peres, leur à saisi le cœur : & pour cela les attend vne beaucoup plus griefue perdition, qu'ils nont encores iusques icy endurée.

Comme

Comme Iesus tenoit ces propos au peuple, voicy venir sa mere accompagnée d'aucuns *Et comme*
siens cousins, qui demandoyent de parler à luy. Et eux ne le pouuans aborder pour la *il parloit*
grand presse, qui bouchoit mesme la porte de la maison, quelqu'vn, comme par voix bail- *encore.*
lée de main à autre, entrerompit le propos à Iesus, & luy dit: Voila ta mere & tes freres à
la porte, qui demandent de parler à toy. Mais Iesus marry de ceste importunité, voulant
aussi monstrer qu'on ne doit tenir conte de telles affinités, toutes fois & quantes qu'on est
embesogné apres laffaire Euangelique: & qu'on doit preferer le parentage spirituel au
corporel (veu que la conionction du spirituel se faict par la vertu, & non par l'affinité du
sang, & s'estend beaucoup plus au large que la corporelle) respondit à celuy qui le destour-
boit: Qui est ma mere? & qui sont mes freres? Quand ie suis occupé à l'affaire celeste, ie
ne recognoy ne mere ne freres conioincts d'affinité charnelle, estranges (peut estre) de
cœur. Puis il estendit sa main sur ses disciples qui estoyent assis aupres de luy, & receuoyent tous ensemble ardamment & attentiuement la doctrine de salut, & dit: si vous
voulés cognoistre qui sont mes vrays cousins, & qui sont mes bien aymés: Ceux-cy sont
ma mere, mes sœurs, & mes freres. Il n'y a icy nulle difference de sexe ou d'eage, il n'y a
nul egard au parentage. Quiconque execute la volonté de mon Pere qui est és cieux, cestuy est ma mere, cestuy là est ma sœur, cestuy là est mon frere. Ie fays grand cas de l'affinité spirituelle, & non de la corporelle: vn chascun se peut conquester la spirituelle: selon
qu'vn chascun se rend plus obeissant à la volonté de mon Pere, autant m'est il sur tous conioinct & bien aimé.

CHAPITRE XIII.

N ce mesme temps voyant Iesus que le lieu n'estoit pas capable d'vne si grande multitude de gens: il sortit de la maison & tira vers le lac: où estant arriué s'assit sur la riue, & enseignoit le peuple si conuoiteux de sa doctrine,
qu'on ne le pouuoit saouler. Et voyant Iesus qu'ils s'amassoyent à si grande
foule qu'ils l'empressoyent: pour euiter la presse il entra en vn basteau, & de
la comme d'vne chaire parloit à la multitude, qui estoit sur le riuage. Car par ce moyen
maints le pouuoyent plus aisément & voir & ouyr: entant que le sable du riuage montant petit à petit, & le bord mesme dudit riuage, representoit quelque espece d'amphiteatre. Or pour autant qu'en ceste assemblée tous n'auoyent pas vne mesme intention, il
leur proposa maintes choses sous couuerture de similitude: & ce à raison ou que ceste maniere de parler est vsitée des Prophetes: ou qu'elle est fort propre pour enseigner & flechir
les cœurs du populaire, entant qu'vne comparaison tirée de choses tres-notoires, mesme aux sens de tous idiots, esmeut incontinent vn chascun: ou que moyennant tel attes-
chement le propos se glisse és cœurs des hommes: auec plus grand plaisir, & plus fermement s'y imprime: ou bien par ce qu'vn aduertissement qui ne decele personne, mais
picque couuertement par figure la conscience d'vn chascun, est ordinairement le mieux
receu. Et en premier lieu il leur proposa vne parabole, monstrant couuertement que plusieurs venoyent bien de tous costés à grand foule, pour ouyr la predication de l'Euangile: mais quant à ce que tous neantmoins ne portent pas fruict, qu'il ne vient pas par là
faute du prescheur, mais par le vice des auditeurs: & que ceux qui oyent, ne portent pas
tous vn fruict esgal: ains que selon qu'vn chascun apporte le cœur vuide des mondains
soucys & conuoitises, autant est grand le fruict de la parolle ouye. Apres donques les auoit
amonnestés d'escouter, il leur proposa vne telle parabole: Vn semeur, dit-il, s'en est al- *Voicy est sor-*
lé en son champ, pour semer sa semence: & en l'espardant au large, quelques grains tom- *ti vn semeur*
berent aupres de la voye, & pource qu'ils demeurerent descouuers, les oyseaux y volerent *pour semer.*
& les mangerent. D'autres grains pareillement tombans en lieux pierreux & aspres, pour
l'empeschement des pierres ne furent point assés couuers de terre, & ne peurent prendre
profondes racines: & incontinent à l'ardeur du Soleil ils sortirent en herbe deuât le temps,
pour autât qu'il n'y auoit pas terre assés pour les garder cachés iusques à leur saison, & que
la racine n'estoit pas assés profonde pour les fournir d'humeurs. D'autres en cas pareil
tomberent en vne terre espineuse, & les espines creurent qui les suffocquerent: tellement
qu'ils ne peurent sortir en plain air. Finalement les autres tomberent en bonne terre & fructueuse, & creurent heureusement & ietterent fruict, non pas tous (à vray dire) esgal: mais
bien selon la bonté de la terre: Les vns ietterent fruict multiplié au centiesme les autres au
soixantiesme, & les autres au trentiesme: tellement que d'vn grain sortoit vne espic chargée de cent grains, & d'vn autre vne espic de soixante grains, & d'vn autre vne de trente grains, Quand Iesus eut acheué ce propos, Bien est vray que point ne desploya pour

lors

lors la couuerture & secret de la parabole : ains la laissa à deuiner à vn chascun à part soy.
Tant seulement il les amonnesta, que ceux qui auoyent oreilles capables n'ouyssent pas
nonchalemment la-ditte parabole. Mais vne autre fois les disciples ayans trouué Iesus
seulet, l'aborderent, & luy demanderent pourquoy il tenoit au peuple propos obscur par
similitude. Ausquels il respondit en ceste maniere : pource qu'ils ne se rendent point encores asses suffisans, ne tels qu'on leur doiue descouurir la verité : par laquelle quelques vns
meslés en l'assemblée non seulement n'en deuiennent pas meilleurs : ains s'en despitent
iusqu'a deuenir plus meschans. Partant tels cœurs qu'ils apportent pour ouyr, tel propos
leur tien-ie. Ils ne veulent pas entendre les choses qui sont tres-euidentes : & i'enueloppe d'obscurité mon propos, à fin de les esmouuoir par ce moyen à fort desirer d'apprendre & chercher. Mais quant à vous, qui receués simplement & ardamment ce qu'on vous
dit : vous merités qu'on vous declare certains secrets de la philosophie celeste. Car qui a, il
luy sera donné : à fin qu'il ait à foison : mais qui n'a, tant s'en faut qu'on luy doiue donner, que de ce mesme qu'il semble auoir, il en sera despouillé. Es autre biens c'est vne cruauté de despouiller le necessiteux : icy par ce que la disette vient par la faute du souffreteux,
c'est raison d'oster à vn ingrat ce qu'il a. Nous presentons pour rien quelques rudiments
de la philosophie celeste, non plus ne moins certes que si nous iettions quelques semences,
selon la portée & simplesse des cœurs. Si quelqu'vn les met ardamment au cœur, certes il
nous pousse à luy en communiquer dauantage. Au contraire, qui mesprise & reiette ce qui
est donné pour rien, & le se conuertit en occasion de plus grande malice, ne merite-il pas
d'estre despouillé de ce qu'il auoit iniustement? Pour ceste cause leur parle-ie sous couuertures de paraboles, comme à ceux qui ne pourroyent ouyr la verité nue, sinon ou sans aucun fruict, ou mesme leur dommage. Car il aduient par leur peruersité, que combien qu'ils
ayent des yeux, & qu'ils voyët de tres-euidens signes, toutefois estans aueuglés d'enuie ils
ne voyent pas ce qu'ils cognoissent, & combien qu'ils ayent oreilles & oyent la verité irre-
futable, toutefois oyans ils n'oyent point : & n'entendent point ce qu'ils oyent, encores
qu'ils l'entëdent. Certes ce qu'Esaie prophetiza iadis s'accomplit en eux : Vous ouyrés des
oreilles, & n'entendrés point : vous voirrés des yeux, & toutefois ne voirrés point. Car
ce peuple a le cœur engourci, & oyent dur des oreilles, & ont serré leurs yeux, de peur que
vn iour ils ne voyent des yeux, & oyent des oreilles, & entendent du cœur & se retournent
finalement à moy, & qu'ainsi ie les guerisse. Bien est vray que tels sont mal-heureux, mais si
sont ils indignes de misericorde combien qu'ils soyent tres-miserables, entant qu'à leur
escient & de plein vouloir ils procurent leur perdition, & reiettent leur salut. Au contraire bien-heureux sont voz yeux, de voir mes faits : bien-heureux sont voz oreilles, d'ouyr
mes parolles : bien-heureux sont voz cœurs, d'entendre la volonté de mon Pere. Ce n'est
pas vne bien-heurance vulgaire, car maints Prophetes & maints iustes & saincts personnages ont souhaitté de voir les choses que vous voyés, & ne les ont point veues, d'ouyr ce
que vous ouyés, & ne leur à pas esté fait la grace de l'ouyr. Et quant à eux ils deuinoyent
tellement quellement comme par songe, la chose aduient, que vous voyés & oyés presentement. Puis donques qu'ainsi est que vostre simplicité & desir de cognoistre le merite,
escoutés, vous, que veu dire la parabole que i'ay mise en auant du semeur, iettant sa semence. Il y a trois manieres de gens ausquels la semence de la parolle Euangelique ne produit aucun fruict, ou bien elle ne parfait point ce qui y est leué. Et certes les premiers sont
les plus steriles de tous. Ce sont ceux qui oyent legierement & nonchalamment les propos de la doctrine celeste, sans les aualler en leur cœur, & les ficher en leur entendement,
à fin qu'elle y prenne racine : ains n'ayans le cœur ne remparé d'aucune diligence ou soucy, n'armé d'aucunes ordonnances à l'encontre des assauts des vaines pensées, laissent
à toute occasion fouler & pietonner ce qui est semé. Quoy voyant le maling, qui dresse
embusches & porte enuie aux bons commencemens, soudain il transmet au cœur quelques soucys volages, qui viennent à perdre la semence deuant qu'elle croisse en herbe ou
prenne racine : tellement qu'ils n'en sont de rien meilleurs, non plus que s'ils n'auoyent
rien ouy. Ceux cy signifient la similitude de la semence tombée aupres de la voye publicque, par laquelle passent tant les hommes que les bestes : c'est à dire, toutes sortes de soucys, comme les affections que lon porte aux cousins & affins, le soing du magistrat publique, amours, haines, souspeçons és choses semblables : lesquelles poussent hors du cueur la parolle Euangelique presques deuant que elle y soit receue. Il y
en a pareillement d'autres qui recoiuent des oreilles la parolle Euangelique, comme v-
ne semence, & l'auallent ioyeusement en leur cœur, proposans à par eux de dresser leur

vie

vie selon la reigle de la-ditte parolle:mais pour autant que point ils ne la sichent aux profondes moelles du cœur,ains selon la coustume des hômes font legieremêt ce qu'ils font, meus de quelque affection temporelle, ils ne gardent la semence receue,que iusques à ce qu'elle sorte en herbe & monstre quelque espoir de pieté Euangelique:s'abstenir des gros vices,& reluysans en moyennes vertus.Mais si quelque tempeste de persecutions s'esleue, & pour la confession de l'Euangile on les menasse de bannissement, prisons, tourmens, mort,& autres choses,qui requierent vne ferme & immuable force de cœur:alors cômme à la vehemente ardeur du soleil ils desseichent,& perdent courage. Ceux-cy estoyent figurés par la terre pierreuse,qui reçoit bien la semence & la iette en herbe : mais elle ne la peut pas contregarder à l'encôtre de l'ardeur du soleil,d'autant que les pierres l'empeschent de prendre profondes racines.Encores y en a-il d'autres qui oyent ardamment la parolle Euangelique & la mettent assés profond dans leur cœur & la retiennent long temps : mais leur cœur estant enueloppé és entretouillés soucys de ce monde, & principalement és richesses,comme s'il estoit couuert de quelques tref-espesses espines, ne peut suyure librement ce qu'il aime.Pourtant que tels ne peuuêt endurer qu'on couppe ces espines,qui s'en tretiennent & sont entremeslées ensemble,le fruict de la semence espandue perit.Ceux-cy signifioit la similitude de la semence tombée en la terre couuerte d'espines & buyssons . Et quant à la semence iettée en la bonne terre,elle signifie ceux qui non seulement oyent la parolle Euangelique,mais aussi la ruminent à part eux & sichent en l'entendement,& la font tellement descendre dans les affections de leur cœur, que mesme pour mourir ils ne s'en voudroyent pas destourner:& qui se desueloppent eux-mesmes des affections & ords soucys des richesses qui ne laissent pas le cœur à deliure : puis s'adonnent du tout à l'air celeste. En tels cœurs n'est pas infructueuse la semence de la doctrine Euangelique:toutefois tout ainsi qu'vn mesme bled ne fructifie pas esgalement en vne mesme terre, ains selon la bonté de la terre il sort en moindre ou plus grande abondance : ainsi selon le deuotieux desir & portée de ceux qui oyent la parolle,le fruict de pieté sort à plus grande foison . Par ceste parabole Iesus nous enseigna,de quelle affection nous deuons receuoir la parolle de la doctrine celeste, si nous voulôs qu'il en sorte fruict.Ces choses interpreta Iesus à ses disciples à part.Mais pour reuenir au fil du propos precedent, le Seigneur Iesus proposa aussi vne autre parabole,pour monstrer qu'on se doit aussi garder d'vne autre peste,si on veut serrer le bled pur & entier au grenier.Car des autres inconuéniens, ils ne font que blesser seulement la semence nouuellement espandue, ou qui deuient en herbe : mais cestuy-cy corrompt le bled qui est ia sorty & venu à perfection . Ceste peste est, quand apres que Satan n'a peu enseuelir la semence de la doctrine Euangelique ny par voltigeantes & nonchalantes pensées,ny par troubles de persecutions,ny par soucys de richesses, honneurs, & choses semblables,esquelles la vie humaine est enueloppée, il s'efforce de l'infecter par faux Apostres & meschans Euesques & heretiques, qui par cauteleuse exposition tordent la doctrine celeste la faisans seruir à leurs mauuaises conuoitises,& meslans la verité auec la mensonge,& l'entiereté auec la corruption.La parabole est telle : le regne celeste, dit Iesus est semblable à vn pere de famille , qui sema vne bonne semence (car aussi estoit-il bon) en son champ : mais pendant que ses seruiteurs dormoyent, vn certain ennemy qui vouloit mal à ce bon pere de famille vint secrettement, qui pource que de nuyct il ne peut oster la semence(laquelle ia cachée en terre, estoit en seureté) s'essaya de l'endommager par finesse : en y espardant vne inutile semence d'yuroye & la meslant parmi le bled semé:puis cela faict s'en alla. De prime-face personne ne s'apperceut de ceste finesse:mais la semence estant-ia montée en herbes, & les tuyaux chargés d'espics, alors certes l'yuroye (qui estoit aussi sortie quand & quand le bled) commença d'apparoistre, pour la dissemblance descouuerte . Or les seruiteurs s'esmerueillans d'où cela pouuoit estre aduenu, aborderent le pere de famille, disans; Sire, n'as-tu pas semé bonne semence en ton champ ? Et d'où vient donc ceste yuroye meslée parmy ? Et le Sire souspeçonnant l'autheur du dommage, leur dit : L'homme ennemy l'a faict:lequel me veut si grand mal, qu'il prend plaisir à me nuyre voire sans aucun sien proufit. Lors les seruiteurs replicquerent : & veux-tu que nous allions cueillir l'yuroye, nettoyons le bled ? Nenny, dit le Sire, de peur que par inaduertance en arrachant les mauuaises herbes, vous ne arrachiés aussi quand & quand le bled qui leur est voisin. Laissés croistre ensemble le bled & les zizanies iusques au temps de la moisson.Alors ie donneray charge aux moissonneurs que , deuant que moissonner, ils cueillent premierement les zizanies meslées parmy le bled, & les lient à part en gerbes, pour en faire du feu : puis qu'ils serrent

le bled

le bled tout pur en mon grenier. Item voulant Iesus signifier par similitude, que la philosophie Euangelique, qui est de prime face contēptible & basse, plantée cōme par force de verité, par le deshonneur de la croix, par peu de gens idiots, prendroit petit à petit telle force &
vigueur, qu'elle occuperoit tout le monde : & qu'il n'y auroit nulle maniere de gens qu'elle

Il proposa vne autre similitude.

n'embrassase, il proposa vne similitude : Le regne celeste, dit-il, est semblable à vn grain de
moustarde, qu'vn homme auroit pris & semé en son chāp, lequel grain quant à soy est bien
le plus petit qui soit entre toutes les semences : mais quand il est leué, il surpasse toutes les
herbes en grandeur, & croist à vne suffisante hauteur d'arbre, de sorte que les oyseaux peuuent faire leur nid en ses rameaux. Item la mesme chose leur repeta Iesus, monstrant couuertement comment la force de la doctrine Euangelique glissant secrettement, & par peu
d'Apostres meslée parmi le monde, le transmueroit du tout en sa nature : & que quand il
semble qu'elle soit du tout assoupie & esteincte, c'est alors qu'elle monstre d'autant plus ses

Vne autre parabole.

forces. Le regne celeste, dit-il, est tel que le leuain : duquel vne femme auroit pris en petite
quantité, & l'auroit caché dans trois mesures de farine : & la l'auroit laissé iusques à ce que
ce peu de matiere eust petit à petit attaint & cōuerti en sa nature ce mōceau de farine. Iesus
tint propos au populaire sous couuertures de paraboles, & ne leur dit rien pour lors sans
parabole : tant pour leur esmouuoir le cœur à desirer d'apprendre, que pour coupper broche à ceux qui cherchoyent occasion de calomnier. Et cecy auoit aussi bien predit l'oracle

Psal. 77

Prophetique. I'ouuriray ma bouche en paraboles: ie diray choses cachées dés que le monde est monde. Ces propos finis, Iesus laissa la multitude, & s'en alla chés soy : & point ne le
suyuit là trouppe, par ce que point ils n'entendoyent son intention, ny ne trouuoyent occasion de calomnier. Et Iesus estant seul en la maison, ses familiers disciples l'aborderent,

Declaire nous la similitude de l'yuroye.

le prians qui leur exposa la parabole de l'yuroye, & mauuaises herbes meslées parmi le
bled. Car par l'exposition de la parabole touchant la semence diuersement receu, ils deuinoyent assés deux-mesmes que signifioit le grain de moustarde, & le leuain caché. Iesus
sans aucune difficulté leur declara clairement. Ce bon pere de famille, dit-il, qui à semē
bonne semence, c'est le Pere celeste. Le champ où il la sema, c'est le monde vniuersel, & non
seulement la Iudée. Et le bled qui est sorti bon de la bonne semence, ce sont ceux qui suyuās
l'ordonnance Euangelique se rendent dignes du regne celeste, en respondant de vie & de
faict à leur profession. Les mauuaises herbes, qui de mauuaise semence sont meslées parmi
les bons, ce sont les meschans, qui ne font point pure & entiere profession de la doctrine
Euangelique. Et cest ennemi là qui de nuict en cachette y a meslé sa semence, d'où s'eleue la
peruerse doctrine, c'est le diable. Les seruiteurs qui veulent cueillir les zizanies deuant le
temps, ce sont ceux qui sont d'aduis qu'on doit oster du milieu par glaiues & morts les
faux Apostres & princes des heretiques: là où le Pere de famille ne veut point qu'on les
mette à mort, ains qu'on les endure pour voir s'ils ne s'amenderōt point, & se changeront
de zizanies en bled : que s'ils ne s'amendent, qu'ils soyent reserués à leur iuge, qui en fera
vn iour la punition. Le temps de la moisson, c'est la fin du siecle. Les moissonneurs, ce sont
les anges. Parquoy, durant ce siecle l'on doit supporter les mauuais meslés auec les bons,
puis qu'il y a moins de dommage à les supporter, qu'à les transporter & mettre à mort. Et
quand ce dernier temps là sera venu, qu'on separera les bons d'auec les mauuais, & ren-
dra-on ses salaires à vn chascun selō ses faicts, alors le fils de l'homme, qui est iuge de tous,
enuoyera ses anges, qui nettoyeront son regne, sans y laisser aucun choppement de residu.
Car alors plus ne pourront les bons profiter aux mauuais: & ne sera plus permis aux mau
uais de tourmenter les bons. Mais tous ceux qui viuans auec les bons, auront mieux aimé
de les fascher, que de deuenir meilleurs par leur conuersation : il les assemblera & separera
d'auec les autres, & les mettra au feu de la gehēne. La pour temporelles & fauces voluptés,
ils seront punis de tourments à iamais pardurables, en estās ostés de l'aire de l'Eglise, puis
iettés au profond d'enfert, c'est à dire, au regne de leur pere. Là vne trop tardiue & inutile
repentance arrachera lors de ces miserables là pleurs & hullemēts, & grincemens de dents.
Mais ceux qui seront sortis de la bonne semence & auront perseueré iusques à la fin : combien que durant ceste vie ils semblent estre aneantis, & soyent affligés des mauuais, alors
ils mettrōt bas toute foiblesse de mortalité & reluiront comme le soleil au regne de leur pere. Or pource que ces choses sont d'vne part & d'autre de grande importāce, on ne les doit
pas escouter nonchalamment. Elle seruent ou à la perpetuelle felicité, ou à l'eternelle perdition d'vn chascun. Parquoy, quiconque n'a l'oreille sourde & bouchée des conuoitises de
ce monde, oye: à fin d'euiter les tourments eternels, & d'obtenir la vie immortelle. Oultre
cela, pour enflamber tant plus le cœur des siens du desir de la pieté Euāgelique, il adiouste
encores

encores deux autres similitudes : par lesquelles il monstre que la profession Euangelique
n'est pas vne chose,laquelle il faille pourchasser en passant & legeremēt auec vne telle quel=
le diligence : mais bien qu'il faut laisser toutes choses & trauailler en toute diligence apres
cela seul : & qu'auec perte de tous biens ce souuerain bien là se doit acquerir,lequel com=
bien qu'vn chascun ne le rencontre point deuant soy,toutefois apres qu'il est vne fois ren=
contré,à vne souueraine felicité : & combien que pour vn temps il se tienne caché entre les
hommes, sans se monstrer : celuy toutefois qui le possede s'en resiouyt secrettement à part
soy,attendant en asseurance le iour auquel la felicité, qui est maintenant cachée en lieu ob=
scur,sera puis apres mise en lumiere. Le regne celeste,dit-il,est semblable à vn thresor caché
en vn champ : lequel si d'auenture vn homme le trouue, point il n'en esuente les autres,de
peur que quelqu'vn ne le preuienne & luy oste:ains en s'esgayant en son cœur & se resiouys=
sant à part soy, s'en va vers le seigneur dudit champ : puis vend toutes ses possessions ; &
amasse tant qu'il peut d'argent, & achette le champ, où il sçait ce precieux thresor estre ca=
ché : se reputant bien-heureux, de ce qu'estant desnué de maintes moyennes possessions,
il se sent enrichi d'vn seul champ, mais qui est excellent, combien qu'il soit incogneu. Item
le regne celeste, dit-il, est semblable à vn marchant,qui prenoit plaisir à de bonne perles.
Et quand il en eut trouué vne bonne par excellence, il vendit soudain toutes ses posses=
sions,& l'achetta. Et ne s'estima en rien appoury de n'auoir ia plus rien de ses premieres ri=
chesses: ains au contraire alors se reputa-il vrayement enrichy,de ce qu'il estoit bien asseu=
rée en son cœur, que secrettement il possederoit la perle,laquelle,pour petite qu'elle fust,sur=
monteroit toutefois le pris de toutes ses richesses là. A ces paraboles il en adiousta encores
vne autre, semblable à celle du bled, & des zizanies : amonnestant ses disciples (lesquels
de pescheurs il auoit faits Apostres, c'est à dire, pescheurs d'hommes) qu'ils s'efforçassent
d'en attirer tant qu'ils pourroyent à la profession Euangelique : & que point ils ne reiettas=
sent & perdissent incontinēt les mauuais meslés parmi les bons : mais bien, si apres auoir
essayé tous moyens, ils ne vouloyent s'amender, en reseruassent la punition à leur iuge.
Leur dit-il, le regne celeste ressemble à vne seime & filé,qu'on iette en la mer:lequel, quand
il est estendu au large, amasse & embrasse toutes sortes de poissons. Et quand on sent qu'il
est plein,alors le tire-on au riuage, & s'assiet-on en lieu sec:puis on eslit les bōs poissons &
les serre-on dans des vaisseaux : les mauuais & inutiles on les iette au loing. Ainsi fera-on
en la fin du siecle.Les anges sortiront pour voir que c'est que la rets Euāgelique attraine.Et
ne laisseront plus les mauuais meslés auec les bons en vn mesme verueuil: ains ils iugerōt
d'vn chascun selon ses bien-faits, & non selon sa profession & apparence. Ils osteront les
mauuais de la cōpagnie des bons,& quāt aux bons, ils les reserreront pour leur Seigneur:
des mauuais, ils les ietteront en vne fornaise ardente. La y aura vn tourment intolerable,
tel, que tesmoignent ordinairement pleurs & grincements de dents. Ces propos finis, Ie=
sus pour mieux les ficher au cœur à ses disciples, leur demanda, s'ils auoyent assés bien
entendu toutes ces choses. Quant ils eurent respondu qu'ouy, il proposa encores vne au=
tre parabole : par laquelle il les amonnestoit couuertement qu'ils deuoyent apprendre ces
sentēces & maintes semblables,& les serrer au grenier de leur memoire: d'où il les peussent
tirer soudain à toute occasion:fust-il besoin d'allescher l'auditeur par recompenses, fust-il
besoin de l'estonner par crainte de tourments:& que le cœur du docteur Euangelique doit
estre comme vn riche & opulent tresor & cabinet, d'où lon puist aisément tirer diuers pro=
pos,maintenant des liures du viel testament,maintenant de la philosophie Euangelique,
selon que l'vtilité des auditeurs le requerra : car il ne faut tousiours dire vne mesme chose,
ne par vn mesme moyen : tous ne s'esmeuuent pas de toutes choses.Il est donques besoing
d'auoir quelque riche thresor,fourni de toutes sortes de doctrines. La parabole est telle:
Quand on va,dit-il,au cōseil aux Scribes des Iufs, ils ont dequoy respōdre selon les liures.
Mais quiconque veut estre sçauant Scribe au regne celeste, ce ne luy est pas assés qu'il tire
choses vieilles : ains faut qu'il en tire aussi des nouuelles:ressemblant à vn riche pere de fa=
mille qui a de tout en son thresor,à fin de satisfaire à tous:soit que l'vn desire choses nouuel=
les, soit que l'autre aime mieux les vieilles.Apres que Iesus eut assés instruit tant le populai=
re que ses disciples par tant de diuerses paraboles:à fin qu'en changeant à chasque fois de
lieu,la doctrine Euangelique fust semée plus au large, il sen alla en son pays qui estoit Na=
zareth. Duquel lieu point il n'auoit commencé sa predication, de peur qu'il ne semblast
attribuer quelque chose à l'humaine affection : & toutefois ne le voulut pas omettre, pour
monstrer qu'on doit bien faire à tous. Quand donques il fut entré en leurs assemblées, il
commença à les enseigner comme il auoit faict les autres. La fut retardé l'affaire Euangeli=

que par la mesme chose qui toutefois la deuoit auancer: n'estoit que les hommes ordinairement aiment mieux porter enuie que faueur aux choses cognenes & familieres, là où sottement ils font cas des estranges : monstrans quelque chose estre precieuse pour cela seulement, qu'elle vient de loing. Quand donques Iesus fut la recogneu de quelques vns qui
cognoissoyent la petitesse de sa famille, & la poureté de ses parens, ensemble le mestier
moyennãt lequel Ioseph(qu'on tenoit aisémêt pour son pere)nourrissoit sa femme & le fils
dicelle:& sçauoyent bien que Iesus auoit aussi exercé ce mesme mestier, & n'auoyêt iamais
ouy parler que Iesus fut esté instruict aux lettres : ils murmurerêt entre eux en ceste maine-
re.D'où vient à cestuy cy vne si excellente sagesse D'où luy vient la puissance de faire miracles Et n'est-ce pas Iesus le charpêtier,fils de Ioseph charpêtier Et sa mere n'est-ce pas vne
pourette & de nulle reputation entre nous,laquelle s'appelle Marie Et ses cousins Iaques,
Ioseph,Simon,& Iudas ne sont-ils pas entre nous Tous ceux qui sont ses plus prochains
parents ne demeurent-ils pas icy auec nous D'où est-ce donques que cestuy cy reuient
vers nous estant subitement deuenu tout autre, enseignant & faisant miracles Et pense-il
que nous ne le cognoissons pas bien Ainsi le parentage & basse condition de Iesus leur
porta encombre,eux ne souspeçonnans encore de luy rien que vulgaire & humain, & portans quelque enuie à sa nouuelle noblesse,pour la petitesse de son premier estat.Et Iesus taxant leur lourd & trop bas iugement (de ce qu'ils estimoyent vn homme,non pas pour ses
vertus, ains pour son auoir & noblesse) leur dit : Vn Prophete n'est nulle part si peu estimé
qu'en son pays,& propre famille,& entre ses parents.Et là où autre part il auoit trouué vne
prôpte croyãce, & y auoit flouri par maints miracles,il n'en peut point là faire,excepté qu'il
mit les mains sur quelques malades qu'il guerit. Non pas que sa puissance fut amoindrie,
ou sa voulonté changée:ainçois pource que leur mescroyance l'empeschoit.Car tout ainsi
comme le medecin ne peut bien faire au malade,qui refuse la medecine (non pas que l'art
du medecin soit de nulle efficace : mais bien pource que le malade en est en cause) ainsi
pour autant que la foy est de la part de celuy à qui les miracles se font, l'incredulité empesche que celuy ne les peut pas faire qui autrement n'a pas faute de vertu, si la faute d'autruy
ne le retardoit. Pour ceste cause leur reprochoit-il vne si grande malice,disant : Ce n'est pas
chose nouuelle que cecy m'aduienne maintenant:le mesme est aduenu iadis à Elie & Elisée
ces tres-saincts Prophetes,desquels vous honnorés les sepulchres. Car apres que trois ans
& six mois furent passés sans plouuoir, & que pour cela vne extreme famine eut saisi le
pays : Elie pressé de faim n'eust commandement d'aller à aucune autre veufue (combien
qu'il y en eut en grand nombre en la Iudée) qu'à ceste estrangiere de Sarepta en la contrée
de Sidon. Elle seule le receut. Il y trouua foy & fit miracle. Semblablement quand Elisée
estoit en vie, il y auoit à force ladres en la nation d'Israel :& toutefois il n'en guerit pas vn,
fors que le seul Naaman Syrien, lequel par le moyen de sa foy arracha bonnement le miracle au Prophete.

3.Roy 17

4.Roy 5

CHAPITRE   XIIII.

Vrant le temps Herodes quatrenier de Galilée le fils de celuy qui auoit meurtri les enfans de Bethlehem , ouyt parler de la doctrine, des miracles & merueilles de Iesus : & voyant que le peuple estoit de diuerse opinion, les vns
disans que Iesus estoit Elie, les autres que c'estoit Ieremie, les autres que c'e-
stoit vn des anciens Prophetes : voire qu'il y en auoit qui disoyent que c'e-
stoit Iean Baptiste, lequel apres estre ressuscité seroit deuenu plus puissant:
Herodes se moquoit d'eux, & disoit : I'ay decollé Iean:& comment est-ce que vous pensés
qu'il viue & non seulement qu'il viue : mais aussi qu'il puisse faire miracle Mais tantost
apres que maints l'eurent acertené des miracles si frequents & excellents,que le bruit ne
pouuoit plus sembler faux : il dit à ses gens : Cestuy cy, duquel on raconte tant de merueilles,n'est pas Iesus(car il a ia long temps qu'il mourut par les mains de mon pere,en la troupe des enfans de Bethlehem) ains c'est Iean, qui est ressuscité des morts, & d'autant qu'il est
deuenu plus diuin,pourtant est ce qu'il reluyt maintenant en miracles.Car Herodes auoit
empoigné Iean Baptiste, & l'auoit mis en prison : combien qu'il eust le personnage en reputation, & feist mainte chose par son conseil. Mais icy la faueur du tyrant se conuertit en
haine à l'appetit d'vne paillarde : la grace de laquelle, acquise par villain plaisir eut plus
grand credit enuers le Roy, que n'eut pas l'authorité de Iean. Car s'estant le roy Herodes
marié auec Herodias femme de son frere Philippes (qui mesme en auoit vne fille) du viuant d'iceluy,& en son despit:Iean l'auertit franchement que ce mariage ne luy estoit point
licite, attendu que son frere viuoit, & que de luy vne fille restoit. Car la loy Mosaique commandoit

Car Herodes
auoit prins
Iean.

Deut.25

mandoit que le cas aduenant qu'vn frere allast de vie à trespas sans enfans, l'autre frere
print sa femme en mariage. Herodes aimant ceste femme d'autant plus excessiuement,
que moins il luy estoit licite de l'aymer, fut grandement offensé de ceste liberté & hardiesse
de Iean : tellement qu'il l'eust faict mourir, s'il n'eust craint l'esmotion du peuple, auquel il
sçauoit biē que Iean estoit fort agreable, pource qu'il en auoit baptizé plusieurs, & auoit
plusieurs disciples, & estoit tenu de la plus part pour le Messias. Il n'y auoit certes personne
qui ne l'estimast Prophete & sainct homme. Mais l'excés & l'insensée faueur qu'Herodes
pourtoit à sa niepce, luy secouerēt puis apres ceste crainte. Car vn iour que suyuant la coustume des Payens, il faisoit le festin de sa naissance, où estoyent toutes voluptés de table:
la fille d'Herodias dansa d'vn maintien lascif deuant la table du roy: & pleut tant à Herodes qui ia estoit eschauffé de vin, qu'il fit serment de luy donner tout ce qu'elle luy demāde-
roit, & fut-ce biē la moytie de son royaume. La pucelle, pour point ne perdre vne telle occasion, & pour soudain abuser du plaisir du cœur du roy, va demander conseil à sa mere touchāt ce qu'elle deuoit demāder. Elle, craignāt que si vn iour Iean r'ētroit en la grace du roy,
le roy ne vinst à rōpre les nopces incestueuses: conseilla à sa fille de ne rien demander autre
chose fors que sans delay on luy baillast la teste de Iean Baptiste en vn plat. La fille suyuant
le conseil de sa meschante mere, entra au festin: & ainsi que tous attendoyent quel pourroit
estre sont souhait, elle demanda qu'on luy baillast tout à l'heure la teste de Iean Baptiste en
vn plat: mōstrant qu'elle feroit plus grand cas de ce mets, que de la moytie d'vn royaume.
Cela ouy contre toute esperance, le roy feint vne fascherie par son visage, & se couurant de
l'obligation du serment (attendu mesmement qu'il l'auoit faict en la presence de tant de
gens conuiés au festin) de peur d'estre estimé legier ou pariure, commanda de faire ce que
la fille demandoit. Si enuoya soudain des sergents en la prison : lesquels transchent la teste
au tres-innocent personnage, l'apportent en vn plat, & la baillent à la fille, la fille la donna
à sa mere, qui auoit deuisé le bastiment de tout ce beau spectacle. De tels encontres fut consacré l'heureux festin de la naissance d'Herodes. De telle recompense fut payé celuy qui inuitoit à choses d'honnesteté & vertu. De tel spectacle furent repeus les yeux de ceux que le
roy auoit iugé dignes de sa table. Par ainsi la teste de Iean demeura à la paillarde. Quant
au corps, les disciples dudit Iean l'emporterent & l'enseuelirent. Et quand Iesus eut entēdu
ce tant enorme fait par le rapport des disciples de Iean (car il endura comme hōme qu'on
luy racōtast comme s'il n'en eust rien sceu: là où il le sçauoit deuant mesme qu'il fust faict) il
se retira en vn bateau, pour se separer de la presse, & s'en aller en quelque lieu desert : monstrant bien vne apparence de crainte humaine, mais à la verité il ostoit occasion au meschant roy d'adiouster meurtre sur meurtre, attendu mesmement que le temps de Iesus n'e-
stoit pas encores venu: ensemble nous enseignant qu'il faut quelque fois quitter le lieu à la
fureur des princes, de peur qu'estans irrités par bien-faits, ils n'en viēnent à tourmenter les
innocens, & eux mesmes n'en deuiennent pires. Il est loysible, pour auoir moyen de profiter aux bons, de fuyr les meschans appareillés à mal. Et à la verité ceste retraitte de Iesus
fut telle, qu'elle declara l'excellence de la foy de quelques vns. Car incontinent qu'on ouyt
dire que Iesus auoit abandonné les villes, & demeuroit au desert pour la crainte, pensoit-
on, qu'il auoit d'Herodes, aucuns aussi laissoyent les villes & s'en alloyent au desert : &
pource que pour les lieux mal aisés ils ne pouuoyēt par bateaux ne par chariots paruenir
és secrettes retraittes, où Iesus se cachoit, ils le suyuirent à beau pieds sans s'estonner ny de
la difficulté du chemin, ny du danger de faim & de soif: tant commençoyent-ils ia d'auoir
faim de la doctrine Euangelique. Incontinent que Iesus l'entendit-il sort de ses cauernes, &
vient au deuant de ces gens, conuoiteux de luy, qui s'estoit retiré arriere des meschans.
En outre voyant Iesus que là s'estoyent aussi assemblés gens à grand nōbre qui en auoyent
amené auec eux maints detenus de diuerses maladies, il fut esmeu de pitié: & cognoissant
assés leur foy par la difficulté du chemin, il guerit de son plein gré tout les malades qu'ils
auoyent. Or s'estoyent-ils assemblés d'vne si grande ardeur, que combien qu'auec eux en
vn lieu desert ils amenassent des malades, des enfans, & à forces femmes, neantmoins ils
n'auoyent point apporté de viures. Ainsi donques que la nuict approchoit-ia, & l'estomach les pressoit de faim, les disciples, qui pour tant de miracles qu'ils auoyent veux, n'a-
uoyent point encores assés parfaicte opinion de Iesus (car il a ainsi semble bon à la diuine
sagesse de les façonner petit à petit à la perfection pour rendre la certitude de l'hystoire
plus ferme : ensemble pour les enseigner par quels moyens ils pourroyent remedier aux
foiblesses des autres) amonnestoyent leur maistre que la nuict estoit prochaine, & la multitude grande, & qu'il estoit ia plus que temps de prendre la refection, quil leur donnast

g 2　　　congé

congé,à fin qu’ils s’espandiſſent par les villages voiſins,& qu’vn chaſcun s’achetaſt des vi-
ures.Et Ieſus pour rendre le miracle plus euident, reſpondit:Il n’eſt rien beſoing qu’ils
parte d’icy:ains donnés leur pluſtoſt vous meſmes de quoy manger.Et les diſciples comme s’ils euſſent oublié tout ce qu’ils auoyent veu:ne s’eſueillans pas meſme à ceſte voix,reſ-
pondirent, à dire le vray, aſſés lourdement:mais tellement que leur lourdeſſe donnoit luſtre à la grandeur du miracle:Que nous donnions, diſent-ils, à ſoupper à tant de gens?
Nous ſommes nous treze en nombre, & ſi auons bien petite prouiſion pour nous. Aſſauoir, rien autre choſe que cinq pains d’orge,& deux poiſſons.Poſons le cas qu’ils ne reiettent pas vn tel ſoupper, comment les pourroit raſſaſier ce qu’à peine nous r’aſſaſiera-il,
qui ne ſommes grande gens? Alors Ieſus leur commanda de luy apporter tout tant qu’ils
pouuoyent auoir de viures. Les diſciples obeiſſans ſimplement,apporterẽt toute leur prouiſion ne diſant point en murmurant. Tu nous feras donques mourir de faim, ſi tu dõnes
à ces gens ce peu que nous auons.Là Ieſus voulant faire vn banquet Euangelique,duquel
cõme toute ſuperfluité doit eſtre eſlongnée,auſſi y doit-il auoir vne eſgalité de tous, commanda que tous s’aſſiſſent ſur l’herbe par cinquantaines:à fin que le nombre des conuiés
fut plus euident:ſuyuãt auſſi en cela la maniere de faire de ceux qui voulãs faire vn feſtin,
ou vne liuraiſon à pluſieurs,departiſſent la compagnie par rangées, de peur que l’vn n’en
ait peu, & l’autre trop. Cela faict, Ieſus pour ce monſtrer lors vn vray donneur de banquet
en repaiſſant auſſi les corps (luy qui eſtoit venu pour repaiſtre les ames) pour monſtrer
auſſi en effect à ſes diſciples qu’en nul lieu du monde la nourriture ne defaudroit à ceux
qui pour le ſoing de l’affaire Euangelique,oublieroyent la mangeaille, print en ſes mains
les cinq pains d’orge & les deux poiſſons : monſtrant premieremẽt de quel viure ſe doiuẽt
contenter les meſſagiers Euangeliques : puis mettant deuant les yeux la ſimple fiance de
ces gens qui voyoyent bien combien peu de viures il y auoit, & ſçauoyent combien de mil
liers ils eſtoyent : & neantmoins s’aſſirent quand on leur commanda. Ieſus donques maiſtre du feſtin,tenant en ſes mains les pains & la pitance, leua ſes yeux au ciel, mõſtrant que
tout ce qui fait beſoing à la neceſſité des hommes vient du Pere celeſte : & apres auoir rẽdu
grace à la bonté d’iceluy rompit les pains & les poiſſons:puis les bailla à ſes diſciples,pour
les preſenter à la compaignie:aduertiſſant cõme par figure, quels doiuẽt eſtre les docteurs,
qui repaiſſent les ames du ſimple peuple par la parolle de Dieu. Aſſauoir, que cõme Chriſt
regardant vers le ciel monſtra qu’ils n’enſeignoit rien qui ne deſcendit du Pere celeſte:
qu’en cas pareil les hõmes Apoſtoliques,toutes les fois qu’ils voirroyent que le peuple les
eſcouteroit d’vne ſimple foy, ne vinſſent à leur propoſer autre choſe que ce qu’ils auroyent
receu de Chriſt : ſans leur preſenter diuerſes friandiſes prinſes des boutiques de la mondaine philoſophie: ſans auſſi tirer enſeignemens humains de leurs propres affectiõs, ains
euſſent à leur departir la ſimple & Euangelique doctrine, telle qu’ils l’auroyent receu de
leur maiſtre ſans la coupper autrement que luy meſme, qu’il l’a rompue à tous ſes mains.
Car par vn tel appareil pluſieurs en ſont finalemẽt repeux, & en retourne la gloire à Chriſt
& non au diſtributeur. Attendés vous l’yſſue du banquet? Les diſciples ſans rien chanceler diſtribuoyent les viures : & les gens ſans rien doubter en mangerent tous, non exceſſi-
uement, mais bien tout leur ſaoul. Et tant s’en faut que rien ſoit manqué à ce grand nombre de gens,que le ſouppé acheué on leua douze pleines corbeillées de reliefs. Or y auoit-
il cinq mille hommes de cõte faict,ſans les femmes & les petis enfans.Ces choſes acheuées,
Ieſus voulant monſtrer qu’apres qu’on à prins la refection corporelle, on ne s’en doit pas
aller follater ou dormir, mais bien qu’on ſe doit mettre à prier, & que le lieu ſolitaire eſt
fort propre à la priere:il contraingnit ſes diſciples (qui ſe ſeparoyẽt enuy de leur bien aymé
maiſtre)de s’en aller au lac paſſer les premiers : de luy,qu’il les ſuyuroit quãd il auroit dõné congé à l’aſſemblée. Et combien qu’ils ſe ſeparaſſent de luy à regret, ſi eſt-ce qu’ils ne
murmurent point:ils n’alleguent point pour excuſe que la nuict approche:ils ne luy demandent point quand il viendra, ains ils obeiſſent ſimplement au commandement. Les
diſciples en allés, Ieſus donna congé à la compagnie, laquelle il auoit contentée en toute
maniere: puis monta en vne montagne , pour y prier tout ſeul. Car ainſi auoit-il aprins
les ſiens à prier. Si paſſa vne bonne partie de la nuict ſur le ſommet de la montagne tout
ſeulet. Et ce pendant que le Maiſtre eſt abſent, les diſciples nauigent en danger dans l’eau.
Car ſoudain qu’ils furent entrés au lac,il s’esleua vn vent cõtraire, dont s’enflerent des vagues qui tourmentoyent le bateau, non ſans grand peril. La nuict doubloit la frayeur.
Que feroyent-ils là? le peril les preſſoit:& n’y auoit à qui ils puiſſent demander ſecours.
Ieſus laiſſa preſques toute la nuict ſes diſciples en ce danger, pour les fortifier petit à petit
                                                                         à l’en-

à l'encontre de toutes frayeurs: & pour monstrer que l'ayde de Dieu ne defaudra iamais à ceux qui sont en perils:combien qu'elle vienne vn peu tard.Finalement donques à la quatriesme veille de la nuict, comme presques ils desesperoyent & perdoyent ia tout courage: Iesus vint, non pas porté sur vne nasselle, ains en marchant sur l'eau. Les disciples voyans parmi la nuict marcher quelqu'vn, & ne recognoissans pas bien Iesus, furent encores plus effrayés, disans entre eux que c'estoit vne fantosme qu'ils voyoyent, & non vn homme. Or pensent les nautoniers que telles visions leur signifient vne presente ruine. Parquoy vne si grande frayeur saisit les disciples, que comme n'y pouuans plus que faire, ils s'escrierent de grande frayeur. Mais Iesus n'endura pas qu'ils fussent plus en perils : ains soudain il parla à eux, à fin que par la marque de la voix ils recogneussent celuy, qu'ils n'auoyent sçeu cognoistre parmi les tenebres : Ayés bon courage, dit-il, Cest moy : n'ayés peur.Si tost qu'ils eurét ouy ceste voix,le courage leur fut rendu.Et Pierre,qui bruloit tousiours d'vne amour singuliere qu'il portoit à Iesus, croyant que rien du monde n'estoit difficile de tout ce que Iesus commanderoit, luy dit: Sire, si c'est toy, commande que i'aille à toy par dessus l'eau. Commande que ie vienne à toy. Car il ne s'esmerueilloit point de ce que Iesus marchoit sur l'eau:ains croyoit qu'il le pourroit aussi faire, si Iesus le vouloit. Et Iesus formant & façonnant par tous moyens la foiblesse de Pierre à vne parfaicte force de foy,luy dit: Vien. A ceste voix Pierre sans nul delay se ietta hors du bateau, & se print à venir à Iesus, en marchant aussi luy-mesme par dessus l'eau. Et tandis que sa foy demeura ferme, l'eau luy obeit. Mais incontinent qu'il destourna vn petit ses yeux de Iesus,& se print à regarder à l'entour de soy la veheméce des vents, le bruit des vagues, & sa foiblesse, il s'effraya de rechef, & commença à enfonser en danger de se noyer. La peur venoit de la veheméce des vents,le peril de la peur,& la peur & la deffiance. Et de-rechef la grandeur du peril r'alluma l'estincelle de foy, si qu'estant ia presques acconuert de vagues,il s'escria,disant:Seigneur, sauue moy:ie peri. Et Iesus amonnestant son disciple que le peril qu'il craignoit,ne venoit pas des vagues, ne des vents (qui au parauát luy obeissoyent) ains de la foiblesse de sa fiance, luy estendit la main, le print & le souleua, disant. O que tu te fies encores peu en moy:pourquoy châcelois-tu ? Car ce n'est pas assés d'auoir vne foy vehemente & peu durable, ains il l'a faut auoir pardurable & ferme, & ne point regarder côbien grand est le peril,ou que tes forces peuuent porter:mais bien ce que ie puis donner au croyant. Puis & soudain que Iesus fut entré au bateau,les vents s'appaiserent. Et quand ceux qui estoyent au bateau virent vn si merueilleux miracle, estimans qu'il y auoit en Iesus quelque chose plus qu'humaine,ils se prosternerent à ses pieds, & luy firent la reuerence, disans : Vrayement tu es le fils de Dieu. Et quand ils eurent prins terre il s'en alla au pays de Genezareth, où il auoit au parauant faict maints miracles. Quand ceux du pays recogneurent que celuy qu'ils auoyent ia veu, les visitoit de-rechef, ils en-tioyerent gens pour diuulguer par tout ce pays là, que Iesus estoit venu:s'ils auoyét point de malades, qu'ils les amenassent. Car leur foy estoit accreue par les miracles precedens. Et gens s'assemblans à grande foule de toute part, presentoyent à Iesus tous ceux qui estoyent vexés de maladies : Le prians que pour le moins il leur permist de toucher le bord de sa robbe, s'il luy faschoit de les toucher tous les vns apres les autres, ou de leur parler. Tant estoit grande la force de leur foy. Aussi ne les trompa-elle point, car tous ceux qui l'attoucherent furent gueri.

CHAPITRE XV.

R tant plus ces choses se faisoyent au grand honneur de Dieu, d'autant plus bruloyent d'enuie les Pharisiens,voyans que par tels faicts s'obscurcissoit leur gloire,de laquelle ils s'estoyent iusques là vantés deuant les hommes.Ils cherchoyent calomnie de tout costé, mais tant plus ils assaillent Iesus, d'autát plus decouurent-ils leur aueuglement ia si manifeste que mesme le populaire l'apperceuoit. Aucuns donques des Pharisiens de Ierusalem (car ils estoyent là fort arrogants) aborderent Iesus tous ensemble, à fin que le nombre confermast l'accusation. Or combien que Moyse eut defendu de rien adiouster ou diminuer aux ordonnances de la Loy : les Pharisiens neantmoins (pour estre veus eux-mesmes non seulement expositeurs, mais aussi les autheurs des loix) y auoyent adiousté certains poincts de nulle consequence, comme sont ceux qui sensuyent : Nul ne prenne son repas à tout ses mains impures . Or appelloyent ils les mains impures, qui point n'estoyent lauées:comme si la main souilloit la viande ou l'homme, ou comme si la liqueur de l'eau nettoyoit les ordures de l'ame. Item : Nul, apres qu'il sera retourné du marché & se sera fourré parmi la presse meslée de toutes gens, ne se mette à table, sans premierement lauer son corps. Comme si l'attouchement des hommes

polluoit l'homme : ou comme si pour estre laué, on en estoit pur. Item qu'a chasque-fois
on lauast les pots, & les verres, & la vaisselle d'airain, & les seilles, & les couches, & le reste
du meuble dont on se seruoit iournellement. Par telles & maintes autres superflues & sottes ordonnances, ils chargeoyent le simple peuple : enioignant de les auoir en telle estime
que pour lamour de ces belles additiõs on venoit quelque-fois à mespriser les choses que
Dieu auoit commandées. Donques n'ayans les Pharisiens en quoy pouuoir reprocher
aux disciples de Iesus la transgression de la loy Mosaique, ils diffament le Maistre, de ce
qu'il souffroit à ses disciples de mespriser les constitutions humaines. Non pas qu'ils les
mesprisassent (combien qu'elles meritassent bien d'estre mesprisées) mais pource que
estans ententifs aux choses principales, ils ne tenoyent quelque fois conte de tels fatrats
Or abordent-ils Iesus, & luy disent : Pourquoy n'obeissent tes disciples aux ordonnances de leurs ancestres ? car ils ne lauent pas les mains, quand ils veulent prendre leur repas. Christ ne pouuant porter vne si malicieuse accusation pour vne chose de nulle consequence, les frappe d'vne plus griefue accusation, disant : Mais vous (qui reprenés ces
choses legieres) de quelle hardiesse faittes vous si grand cas des constitutions humaines,
qui n'apportent autre chose que vne facheuse superstition, & pour icelles transgressés
les plus grands commandemens de Dieu ? Car Dieu pour fortifier la Loy de nature
commanda qu'vn chascun eust à honnorer ses peres & meres, estroictement les soulager,
& secourir : promettant longue & heureuse vie à celuy qui le feroit : au contraire menas-
sant de mort celuy qui feroit autrement. Et vous, pouruoyans à vostre auarice, pour faire conuertir en vostre gaing ce qui deuoit estre employé à soulager le pere & la mere, vous
enseignés aux hommes que c'est plus sainctement & mieux faict, d'enrichir le temple de
dons, que d'ayder au pere & à la mere qui sont diseteux : & monstrés vne finesse au fils,
pour se pouuoir gaber dr son pere & de sa mere, quand ils luy demanderont secours.
Assauoir, qu'il leur responde en ceste maniere : L'offrande que ie presente au temple, reputés la faitte à vous. Car ce qu'on presente à Dieu, Pere de tous, est deuement donné :
& la deuotion du fils profitera aussi au pere & à la mere : Et par telle finesse sous couuerture de fausse pieté on delaisse le pere, contre le commandement de Dieu : à fin que les
Sacrificateurs en soyent plus gras. Le bien vous en reuient : au pere & à la mere pour tout
soulagement n'en reuient rien que les parolles. Encores palliés vous le faict inhumain de
vne apparence de pieté. Et qu'est-il de plus arrogant, que de preposer voz tant belles ordonnances aux commandemens de Dieu ? & sous couleur d'icelles abolir son tres-sainct
commandement? C'estoit vne iniustice de charger le peuple de telles constitutions, lequel
est asses chargé du fardeau de la Loy. Mais c'est vne impieté du tout intolerable d'aneãtir
par voz inuentions la Loy de Dieu, laquelle s'accorde auec la nature. Veritablement vne
telle fardée religion est vostre propre religion, qui n'est rien moins que ce qu'elle semble
estre. O Hypocrites. Esaie à tres-bien prophetisé de vous, disant : Ce pleuple-cy m'honnore de bouche, mais leur cœur est bien loing de moy. Mais ils perdent bien leur temps
de m'honnorer en enseignant des doctrines & commandemens d'hommes. Cela dit, Iesus comme se destournant des Pharisiens (qui ne pourchassoyent autre chose qu'occasion de reprendre) commanda au menu peuple de s'approcher plus pres, disant : Oyés, &
entendés combien sont sottes les ordõnances que vous commandent les Pharisiens scrupuleux en petites choses, & nonchalants des grandes. Ils mettent par vn renuersé iugement le comble de pieté és choses exterieures comme vn chois de viandes & autres semblables : & mesprisent les choses qui appartiennent à l'ame. Ils ont en horreur les verres qui ne sont laués : & dés cœurs impurs ils ne s'en soucyent : ils lauent à chasque fois
leurs mains & le dehors, & ils endurent que leur cœur se souille de tous vices. Ce qui entre par la bouche ne souille pas l'homme, mais bien ce qui sort de la bouche c'est-ce qui
souille l'homme. Car il n'y a nul interests de quelles viandes l'on viue : mais bien de
quel cœur. Or pource que par tels propos il sembloit que Iesus eut donné aux Pharisiens iuste occasion de l'accuser, & de ce qu'il abolissoit le chois des viandes que la loy de
Dieu auoit ordonné & en quoy les disciples s'accordoyent auec les Pharisiens, estimans
vn forfaict execrable de manger des viandes souillées ce que Christ certes ne condamnoit pas encores, mais bien enseignoit que telles choses n'estoyent ny bonnes ny mauuaises de leur nature, ains pour les causes suruenantes : & pourtant qu'on n'en deuoit
pas faire si grand cas, que de celles qui tousiours & de leur nature sont sainctes ou prophanes : & que ia le temps estoit que tels commandemens de la Loy, qui estoyent ordonnés pour quelque temps, lesquels n'apportoyent tant de saincteté qu'elles signifioyent
                                                                    comme

commençoyent de s'obscucir & que du tout ils s'esuanoyroyent, soudain que la lumiere Euangelique ietteroit ses rayons. Les disciples n'entendans pas encores cela, s'en
vont à leur maistre & l'amonnestent priuément du peril, disans : Sçais-tu que par ce
tien propos (qui est que la viande ne souille personne) les Pharisiens ont esté offensés,
encores qu'ils n'en facent pas le semblant? Et Iesus voulant monstrer qu'on doit quelque-fois vaillamment mespriser le choppement des meschants, prins des choses de nulle importance, voire & les autheurs du scandale : principalement quand en s'accommodant à eux on ne profite rien autre chose, sinon qu'on nourrit leur malice : & ce à la ruine
des simples, qui se confians en telles legieres obseruations, delaissent cependant l'estude
de vraye pieté : respondit à ses disciples (qui estoyent aussi aucunement scandalizés &
hurtés, en ceste maniere : Toute plante que mon pere celeste n'a plantée, sera du tout arrachée : toute ordonnance que les hommes ont controuuée d'eux-mesmes pour leur profit & honneur, & non pour la vraye pieté, sera abolie. Telles choses sentent leur terre, & sont
charnelles, ordonnées pour vn temps, pour restraindre le bandon des hommes grossiers. La loy Euangelique est spirituelle & celeste, & ne consiste pas en ces choses visibles,
ains és affections de l'ame. C'est doncques des affections du cœur qu'il faut premie-
ment auoir soing. Car sans icelles les choses visibles ne seruent de rien, qu'à vne vaine
monstre. Parquoy puis que vous aués entrepris de suyure ceste philosophie celeste, vous
n'aués plus que faire auec ces masqués Pharisiens, qui promettent vne parfaitte saincteté par telles petites obseruations, esquelles il n'y a point de pieté, ou s'il y en a, c'est
tant peu qu'on sçauroit dire. Ils se vantent d'estre docteurs & guides de la vraye religion, & ils ne sçauent pas eux-mesmes en quoy gist la vraye religion. Dont il appert,
que ce sont aueugles, guides des aueugles. Or-ça, si vn aueugle guide vn aueugle, que
auiendera-il, sinon qu'ils tomberont tous deux ensemble en vne fosse? Ils ne sçauent
qu'ils enseignent, & prennent des sots & lourdaux pour leurs disciples. Aillent doncques ces sots Pharisiens auecques leurs sottes & badines ordonnances. De vous, arrestés vous aux choses, qui vrayement nettoyent ou souillent l'homme : c'est à dire, qui
souillent ou nettoyent l'ame plus tost que le corps. Sur cela, Pierre (qui pour la profonde superstition qu'il auoit puisée de ses ancestres, ne se pouuoit encores ressoudre en
cela, qu'on peut laisser mespriser telles superstitions sans péril) n'osant plus contredire aux propos de Iesus, le prie amiablement de leur vouloir deschiffrer ce qu'obscurément il auoit dict au peuple, touchant les choses qui entrent & sortent par la bouche.
Et Iesus voulant par vne petite reprehension esmouuoir l'estude des siens, qui deuoyent-ia estre plus rusés en l'interpretation des paraboles & deuiner des vnes par les autres, leur dit : Et comment estes-vous encores aussi lourds que les autres? N'entendés
vous pas, que la viande prinse à tout les mains, soyent lauées ou non, entre par la bouche, & descend en l'estomach : puis que le plus terrestre se iette par le bas? Telles choses sont corporelles, & ne touchent que le corps : de l'ame, elles ne luy profitent ne nuysent, si ce n'est qu'on en abuse. Et l'abus qui s'y commet, ne vient pas par la faute des viandes : ainçois de celuy qui en abuse. Mais les choses qui sortent par la bouche, ce sont
les propos que tiennent les hommes. Les parolles ne prennent pas leur nayssance du
corps, mais bien du cœur. Or ce qui est au cœur de l'homme, est ou vrayement net, ou
vrayement souillé. Car là est la source des mauuaises pensées, par lesquelles on dresse
embusches au prochain. Là sont meurtres, adulteres, paillardises, larrecins, tromperies, finesses, faussetés, enuie, arrogance, noises, faux tesmoignages, blasphemes, &c.
Et iaçoit que telles choses ne sortent pas par la bouche, si est-ce qu'elles souillent l'homme, & le rendent abominable deuant les yeux de Dieu. Si elles sortent au dehors, comme d'vn puant retraict sort vn air & vapeur infecte : tout ainsi qu'elles declarent l'homme estre souillé, ainsi souillent-elles aussi les autres par leur contagion & halenement.
Au reste soit qu'on prenne la viande à tout les mains lauées ou non lauées, pourueu qu'
on en prenne pour l'vsage de nature, cela ne souille point l'homme. Boire aussi dans vn
hanap non laué, ne souille point l'homme, moyennant qu'on en prenne sobrement pour
la necessité, & non en superfluité. Semblablement s'asseoir sur vn ord banc, ne souille point l'ame de l'homme : comme aussi le banc laué, ne nettoye point celuy qui est assis dessus. Combien doncques que ces Pharisiens enseignent & gardent superstitieusement telles sottes badineries, ils n'ont pas toutesfois en horreur les choses qui vrayement infectent l'ame. Ils brassent tromperies au bien-faisant : ils subornent faux tesmoignages :
ils diffament la renommée de leur prochain, & pouruoyent tellement à leur honneur

g 4   qu'ils

Laissés les
là, ils sont
aueugles.

qu'ils en portent enuie à la gloire de Dieu : en reprenant les œuures qui se font par son
esprit, & les attribuant à Beelzebub. Ces choses deuoyent-ils auoir en abomination, s'ils
vouloyent apparoistre vrayement purs. Et quelle renuersée maniere de saincteté est-ce là,
d'auoir les mains lauées, & auoir le cœur & la langue ensemble infectés de tant de vices?
Apres que Iesus eut mis fin à ces propos, il laissa ce pays là, & s'en alla aux quartiers de Tire

& de Sidon : comme predisant par ce mesme faict que les Iuifs, pour maintenir la superstition de leur Loy, reietteroyent la doctrine Euangelique : laquelle les Payens receuroyent
par vne simple foy. Car les habitans de Tire & de Sidon, estoyent idolatres. Iesus s'y en alla,
non pas pour y prescher, comme il auoit faict en Iudée (car le temps n'estoit pas encores
venu) mais pour s'y cacher. Pour quoy faire il entra en vne maison, mais le bruit le decela.
Cela fut faict pour l'inuincible malice des Iuifs, à fin qu'ils ne se peusse plaindre que les nations prophanes & idolatres leur auroyent esté preferées. Pourtant est-ce qu'il voulut
qu'on vit que le miracle qu'il fit en ces quartiers là, n'auoit point esté cherche : ains par cas
fortuit presenté & quasiment arraché de luy. Quand donques le bruit fut semé au large
que Iesus estoit venu (duquel le renom en croissant peu à peu estoit passé outre la Iudée)
vne femme Chananée sortit de ses contrées, laquelle n'osoit s'approcher de Iesus, de peur
qu'elle, (souillée qu'elle estoit) ne le souillast, luy qui estoit net : mais de loing fort piteusement s'escrioit: Aye pitié de moy, fils de Dauid. En luy racontant qu'elle auoit chés elle vne
fille miserablement tourmentée du diable. Adonc Iesus de sa nature misericordieux & exorable qui ordinairement s'offre & presente à tous : pour declarer à tous la tres-constante
foy de ceste femme, item ponr reprocher aux Iuifs leur tres-obstinée incredulité, ensemble
pour nous enseigner combien peuuent enuers Dieu les continuelles prieres, iettées d'vn
humble cœur : mesprisast tellement la suppliante & lamentante pour la grand douleur de
son cœur, qu'il ne daigna pas seulement luy respondre : representant par cela vne apparence d'arrogance Iudaique : car les Iuifs ont en telle abomination les Chananeens leur inue-
terés ennemis, & gens idolatres, qu'ils pensoyent se souiller de parler seulement à eux. Et
en ceste affection estoyent encores pour lors les Apostres. La femme ne desista point, pour
refus qu'il luy eut faict : la douleur & la foy la rendoyent importune. Elle le suyt par derriere, & crie à haute & pitoyable voix : Aye pitié de moy, fils de Dauid. Les disciples n'entendans pas encores l'affaire, esmeus de honte plus tost que de pitié, pour l'importun crie-
ment de ceste femme estrangiere, parlerent à Iesus, le prians, non pas d'auoir pitié de la pourette, mais de l'en enuoyer par quelque response comme importune qu'elle estoit. Si luy
fit Iesus vne response plus dure, que la premiere : à fin de rendre de plus en plus admirable
la constance & humilité de ceste estrangiere femmelette, & pour par son exemple reprocher
aux Iuifs leur arrogance. Ie ne suis, dit-il, enuoyé, sinon aux brebis perdues de sa maison
d'Israel. Car en ce titre se plaisoyent aussi merueilleusement les Iuifs, de ce qu'ils estoyent
de la race d'Israel. La-ditte femme fut si loing de se lasser pour tant de refus, qu'elle print
mesme la hardiesse de s'approcher plus pres de Iesus, & luy fit la reuerêce, disant: Seigneur,
ayde moy. Elle ne refutoit pas ce qu'auoit dit Iesus, ains s'efforçoit de le lasser par prieres
reiterées. Elle ne pallie pas le droict, elle ne demande autre chose, que grace. Et Iesus non
content de cela, poursuyt en outre dessayer l'humble importunité de ceste femme. Il n'est
pas beau, dit-il, de prendre le pain des enfans, & le ietter aux chiens : appellant pain le
fruict Euangelique, qui gist en la foy: & fils les Iuifs, qui se glorifioyent d'auoir Dieu pour
pere : & chiens les estrangiers, qui estoyent eslongnés de la religion & du seruice de Dieu.
Et qui eust esté le Iuif, qui ne ce fust courroucé d'vne telle iniure? Mais ceste femme ne refuse pas le nom de chienne, & ne porte point d'enuie au titre honnorable des Iuifs, qui
sont appellés les fils: ains les appellant mesme seigneurs (là où Christ les auoit appellés enfans) elle embrasse la response iniurieuse en apparêce, & de ce mesme qu'elle sembloit estre
du tout refusée, elle prend occasion de ne pouuoir estre repoussée: Ie confesse bien, dit-elle,
que les Israelites sont enfans, & nous chiens: pourtant est-ce que ie ne doibs pas estre du
tout reiettée. Ie ne leur oste pas leur pain delicat qu'ils mangent, assis à la table du Pere : ie
demâde seulement ce qu'ordinairemêt les Seigneurs ne refusent pas aux chiens. La table
de tels est asses chargée: de moy, ie seray prou côtente si ie puis auoir les miettes qui en tombent. Adonc Iesus s'esmerueillât de la tant côtinuelle côstance de ceste estrangiere côme s'il
eust esté vaincu, luy dit: O femme, ie ne puis plus resister à tes requestes: ta foy est grâde par
laquelle tu me contrains. Pourtant, qu'il te soit fait côme tu veux. Et incontinent apres on
trouua que tout à la mesme heure sa fille auoit esté deliurée du diable. Quâd Iesus eut faict
côme par côtrainte ce seul miracle és frôtieres de Tyre & de Sidô, pour esmouuoir sa natiô:
                                                                                        il se

il se retira en la Iudée, pour declarer qu'il estoit plus enclin enuers ceux de son pays, que
enuers les estrangiers, pourueu qu'on les eut peu vaincre par bien-faits. Or vint-il vers le
lac, qu'on dit de Galilee, puis monta là en vne montagne & s'y assit, pour par la retraitte &
difficulté du lieu esleuer petit à petit la foy de ses gens à vne fermeté. Soudain s'amasserent
vers luy maintes troupes de gens qui amenoyent auec eux des muets, aueugles, boyteux,
debiles, & autres detenus de diuerses maladies, qui estoyent en si grand nombre, qu'ils les
iettoyent au pieds de Iesus. Et luy cognoissant assés leur foy de la difficulté du chemin, les
guerit tous tant qu'ils estoyent, & si hastiuement que ceux qui s'estoyent là assemblés s'e-
stonnoyent merueilleusement de voir ceux qui estoyent au parauãt aueugles auoir si tost
recouuert la veue : les muets, parler : les boyteux, marcher : ceux bref qui au parauant e-
stoyent debiles estre remis en leur entier. Et glorifioyent le Dieu d'Israel, de ce qu'il daignoit faire tant de biens à leur nation. Ceste recognoissance & remerciement du peuple
fut cause, que Iesus adiousta bien-faict sur bien-faict. Car sachant bien qu'il y auoit ia trois
iours que ces gens estoyent auec luy (tant estoit grande leur ardeur enuers Iesus) & que
s'ils auoyent apporté quelque prouision, que cela estoit pieça consummé, & que maints
mourroyent de faim: auec cela que le chemin estoit long, & n'y auoit nulles bourgades ou
villages prochains: il appelle à soy ses disciples, & leur dit: Il me faict mal de ces gens : car il
y a ia trois iours qu'ils sont icy auec moy au desert, & n'ont que manger : si ne les veux-ie
point enuoyer ieuns, de peur qu'ils ne defaillent en chemin : lequel est grand, qu'on ne le
sçauroit acheuer en ieun. Par tels propos il ramenteuoit couuertement à ses disciples le precedent miracle, par lequel il auoit repeu certains milliers d'hommes. Mais les disciples encores grossiers, & qui auoyent oublié le passé, comme s'il leur eust esté commandé de repaistre vn si grand nombre de gens, respondent soucyeusemẽt & en doubte. Et d'où pourrons nous auoir tant de pains, pour contenter vn si grand nombre de gens? Ceste simplicité & oubliance des disciples donna lustre à la grandeur du miracle. Ainsi dõcques qu'ils
estoyent au desespoir, Christ acheue l'affaire du miracle . Il leur demande combien de
pains ils ont. Sept, respondent-ils, & quelque peu de petis poissons. Et incontinent il commande à ses gens de s'asseoir à terre. Puis prenant en ses mains les sept pains & la pitance,
leua ses yeux vers le ciel: & apres qu'il eut rendu graces à son pere, les rompit, & les bailla
à ses disciples, & les disciples au peuple. Si en mangerent tous tout leur saoul : & tant s'en
faut, que rien leur ait esté court, qu'on leua sept pleines panerées de la reste des reliefs. Et
ceux qui en mangerent estoyent quatre mille hommes de conte faict, sans les femmes & les
enfans. Or apres que Iesus eut faict tant d'excellens miracles en ceste montagne, de peur
d'enflamber le peuple à l'auoir en trop grande reputation (attendu principalement que
ces bien-faits corporels ne s'employoyent pour autre chose, que pour donner authorité
a la doctrine Euangelique, laquelle guerit & repaist les ames) il donna congé à l'assemblée
& s'en alla par bateau en la terre de Magdala.

Combien auez
vous de pains.

CHAPITRE   XVI.

Endant qu'il estoit là certains Pharisiens & Sadduciens, gens, à vray dire, de
diuerse secte: d'accord toutefois pour dresser embusches à Iesus, vindrent à
luy de-rechef, & luy demandent cauteleusement qu'il leur monstrast quelque signe du ciel: comme estans ia tous prests de croire en luy s'il l'eust faict:
là où ils ne cherchoyent autre chose, qu'occasion de mesdire. Mais voyant
Iesus qu'apres tant de miracles qu'il auoit faits, ils perseueroyent encores en leur malice:
il gemit en son esprit, & dit: O Hypocrites, qui dittes d'vn, & pensés d'autre. Es affaires de
nulle importance, vous sçaués bien par le regard du ciel, predire quel temps il fera le lendemain: Car quand vous voyés coucher le soleil, vous dittes: Il fera demain beau temps:
car le ciel est rouge. Semblablement quand au matin vous voyés leuer le soleil, soudain
vous asseurés qu'il plouura ce iour là: pource que le ciel est rouge & mal-plaisant. Apres
auoir contemplé la disposition & face du ciel, vous deuinés bien s'il fera bon temps pour
cheminer, nauiger, semer, moissonner, & faire autres choses appertenantes à l'vsage du
corps: & vous estes si endormis & nonchalans à cognoistre le temps, qui apporte le salut
des ames? Vous sçaués les escriptures, vous voyés quels miracles se font, vous apperceués renouueller le monde: & si n'entendés pas encores que le temps predit par les Prophetes, & attendu par tant de siecles, est present? D'vn seul signe vous iugés qu'il fera beau
temps, ou pluye: & de tant de signes que vous voyés iournellement, vous n'entendés
pas ce qui est present. Si les miracles vous eussent peu rendre meilleur, vous croyriés
pieça en moy: maintenant vous demandés vn signe, pour en deuenir pires. O peruerse &
bastarde

baſtarde race, & qui forligne grandement de ces anceſtres, du titre deſquels elle ſe vante.
Elle demande cauteleuſement ſigne du ciel, pour le calomnier : mais vn iour il luy en ſera
donné vn, qu'elle ne pourra reprendre, ains le redoutera. Cependant ſigne ne luy ſera pas
donné ſinon de la terre, lequel anneantira toutes leurs forces, aſſauoir, quand ils verront
reuiure celuy, qu'il penſoyent eſtre mort & enſeuely. Ce qui aduint au Prophete Ionas,
leur ſemble merueilleux. Vn ſemblable miracle leur ſera donné, mais plus merueilleux.
Par tels propos couuerts, le ſeigneur Ieſus donnoit à entendre qu'il deuoit eſtre premierement tué & enſeuely par eux (qui ne le tenoyent que pour vn homme) puis que bien toſt
par ſa diuine puiſſance il reſſuſciteroit. Si les laiſſa Ieſus auec leur aueuglement, & paſſa le
lac, ayans les diſciples oublié de faire prouiſion de pain deuant que môter dans le bateau.
Car ils n'auoyent qu'vn ſeul pain dans le bateau. Et Ieſus pour leur eſueiller la memoire,
leur dit : Gardés vous ſur toute choſe du leuain des Phariſiens & des Sadduciens : taxant
obſcurément leur Iudaique ſuperſtition, de ce qu'ils faiſoyent grand cas de manger de telles ou telles viandes : là où ils auoyent eſté deuant enſeignés que les choſes qui entrent par
la bouche ne ſouyllent point l'homme. Quoy oyans les diſciples, combien qu'ils n'entendiſſent point qu'il vouloit dire, ſe ſouuindrêt qu'ils auoyent oublié de mettre la prouiſion
au bateau. Donques Ieſus les voyant ſoucieux de cela, les tance, reprenant leur tardiueté :
entant qu'apres auoir eſté par tant de fois enſeignés par parolles & part faicts enſemble
qu'il failloit entierement chaſſer du cœur le ſoucy de viure, neantmoins ils eſtoyêt encores
detenus de ſoucy de telles choſes. O que vous vous fiés peu à moy : dit il. Pourquoy eſt vo
ſtre cœur tourmenté & en ſoucy, de ce que vous aués oublié le pain: côme ſi quelque choſe
nous deuoit defaillir, encores que n'y ayés point pourueu: Et ne vous ay-ie pas enſeignés
qu'on doit deuât toutes choſes chercher le regne de Dieu, & ietter du tout en arriere telles
choſes: Et n'aués vous pas ia veu par deux fois qu'vn ſi grand nombre de gens n'a pas eu
faute de viures: Vous aués eſté enſeignés & amonneſtés par tant de moyens, & ſi nauês
encore n'entendement ne memoire: Vous aués encores le cœur aueuglé de tels ſoucys: &
reſſemblans les Phariſiens, ne voyés point ce que vous regardés des yeux: & ce que vous
oyés des oreilles, eſt comme ſi vous n'oyés rien. Aués vous ia oublié ce qui fut faict n'ague
res, dont vous fuſtes non ſeulement teſmoings, mais auſſi miniſtres: quãd cinq mille hom
mes furent ſaoulés de cinq pains d'orge, & de deux poiſſons: En vn ſi grand nombre de
gens, & ſi petit appareil, combien remplites-vous de panerées des reliefs de ce banquet:
Douze, luy reſpondirent-ils. Et de rechef, quand vous diſtribuates les ſept pains auec vn
peu de poiſſons, dont quatre mille hommes furent ſaoulés : combien de panerées rem-

pliſtes vous des reliefs: Sept, reſpondirent-ils. Et comment doncques n'entendés vous
pas encores ma maniere de parler, la tirãt au ſoucy des choſes corporelles : là où ma parolle regarde plus l'ame que le corps: Vous deuſſiés ia auoir deuiné par vous meſmes, que
vouloit dire ce propos obſcur que ie diſois, que vous vous dõniſſiés garde du leuain des
Phariſiens & Sadduciens. Ie vous auois ia enſeignés qu'il n'y a nul intereſt, quelle viande
nous mangions. I'auoye ia par maints moyens dit & redit, que ceux qui ſe meſlent de l'affaire Euãgelique doyuêt du tout reietter tels vilains ſoucys. Par ceſte petite remõſtrance les
diſciples furent rendus plus attentifs, & entendirent que Ieſus vouloit dire qu'il ſe deuoyêt
diligemment garder de la doctrine des Phariſiens, laquelle n'auoit rien de pur : ains eſtoit
corrõpue d'ambition, d'auarice, d'enuie & d'autre vices: là où la doctrine Euangelique n'a
nulle telle ſçaueur: & que par leur doctrine l'homme eſtoit plus toſt infecté que repeu: pour
ceſte cauſe qu'ils s'en deuoyent ſongneuſement garder, d'autant qu'ils ont accouſtumé de
tromper les ſimples, ſous vne fauſſe apparêce de pieté, là où c'eſt vne toute pure poiſon de
la vraye pieté. Et quand Ieſus fut venu en la contrée de la cité de Ceſarée, que Philippes

quatrenier appella ainſi en l'honneur de Ceſar, à l'exemple d'Herodes ſon frere, qui auoit
changé le nom de la tour qui s'appelloit au parauant la tour de Stratõ, & l'auoit appellée
Ceſarée: il voulut eſſayer combien ſes diſciples auoyent profité de tant de ſermons qu'ils
auoyent ouy, & de tant de miracles qu'ils auoyent veu: & s'ils auoyent point conceu plus
grande opinion de luy que le menu peuple. Si leur fit vne telle demande : Que diſent les
gens que ie ſuis, moy fils de l'homme: Et ils reſpondirent: Les vns, que tu es Iean Baptiſte:
car Herodes & ſes gens l'ont ainſi ſouſpeçonné : Les autres, que tu es Elie: car pource qu'il
à eſté tranſporté, ils ſouſpeçonnent qu'il apparoiſt maintenant ſelon la Prophetie de Ma-

lachie. Les autres, que tu es Ieremie: pour autant qu'il eſtoit la figure de Chriſt, & qu'il
eſtoit dit de luy: Voicy ie t'ay auiourdhuy eſtabli ſur les nations & roys, pour arracher, eſpardre & planter, leſquelles choſes ſe deuoyent vrayemêt accomplir en Chriſt. Ieſus oyant
                                                                                            ces

ces reſpôſes,pour tirer d’eux vne plus certaine & plus magnificque confeſsion, leur dit:Et
vous(qui me deués cognoiſtre plus parfaittement)qui dittes vous qui ie ſuis: Adonc Siᷓ
mon Pierre,pour la grande amour qu’il portoit à Ieſus, côme celuy qui deuoit eſtre le preᷓ
mier de l’ordre Apoſtolique,reſpondit pour tous:Tu es le Chriſt,le fils du Dieu viuant:ce
qu’il ne dit pas par ſouſpeçon:ains d’vn certain & indubitable ſens confeſſa Ieſus eſtre le
Meſsias promis par les Prophetes,&par vn ſingulier moyen le fils de Dieu.Ieſus print plaiᷓ
ſir à ceſte tant alaigre & tant ferme confeſsion,il dit:Tu es bien-heureux, Simon fils de Ioᷓ
nas.Car l’affection humaine ne t’a pas mis ceſte reſponſe en la bouche,mais mon pere celeᷓ
ſte te l’a miſe en l’entendemêt par ſecrette inſpiration.Car nul ne peut auoir bône opinion
du fils,ſinon par l’inſpiration du pere,lequel ſeul cognoiſt le fils.Et à fin que de ma part ie
te recompenſe du tant magnificque teſmoignage dont tu m’as honnoré,ie t’aſſeure de cela,
que tu es vrayement Pierre,c’eſt à dire,vne ferme pierre ne chancelant ne çà,ne là aux diuerᷓ
ſes opinions du menu peuple:& ſur la pierre & fermeté de ceſte tienne confeſsion ie baſtiᷓ
ray mon Egliſe,c’eſt à dire, ma maiſon royale,laquelle i’appuiray ſur vn ferme & durable
fondemêt,& la muniray en ſorte,que toutes les forces du regne infernal ne la pourrôt vain
cre.Satan vous battra par maints aſſauts,il eſmouuera côtre vous la bâde des mauuais eſᷓ
prits:mais par mon ſecours mon edifice demeurera immuable:tant ſeulemêt que ceſte ferᷓ
me confeſsion demeure.Le regne celeſte c’eſt l’egliſe:le regne du diable eſt le monde:de ceᷓ   Ie te donneᷓ
ſtuy-cy nul n’a que faire de la craindre, moyennant qu’il ſoit Pierre,c’eſt à dire, ſemblable   ray les clefs,
à toy.Et de ce regne celeſte, ie t’en donneray les clefs. Car c’eſt bien raiſon que ceſtuy-là
ſoit premier en authorité,qui eſt premier par confeſsion de foy & de charité. Et eſt bien ce
pendant ce regne celeſte en terre:mais ayant alliance auec le ciel,d’où il depend. Parquoy,
celuy qui eſt encores lié és pechés,il appartient au regne d’enfer,& ne peut entrer au regne
celeſte.Or y entrera-il,ſi en faiſant deuant toy,telle côfeſsion que tu fais,il vient à eſtre deſᷓ
lié de ſes pechés par le bapteſme & lauement: quoy faiſant (toy le conduiſant, & luy ouᷓ
urant les portes) il entrera au regne celeſte. La puiſſance de pardonner les pechés apparᷓ
tient proprement à moy:mais ie t’en feray aucunement participant,afin que ce que tu deſᷓ
lieras en terre enuers les hommes à-tout les clefs que tu receuras de moy, ſoit auſſi deſlié
és cieux enuers Dieu:ſemblablemêt,que ce que tu lieras en terre,ſoit auſſi lié és cieux. Car
Dieu approuuera ton iugement,iſſu de ſon eſprit.Quand Ieſus eut mis fin à ces propos, il
commâda à ſes diſciples de reſeruer encores à part-eux ceſte magnificque opinion de luy,
& de ne deſcouurir à pas vn des autres qu’il eſtoit le Meſsias. Car le ſacrifice de la croix deᷓ
uoit eſtre premierement accompli, & la verité de la nature humaine declarée : puis par la
reſurrection & ſainct Eſprit la diuinité ſeroit manifeſtée.Car combien que le teſmoignage
de Pierre(comme de ceux qui proufitoyent-ia & montoyent petit à petit aux choſes parᷓ
faittes)euſt eſté loué de Chriſt:ſi eſt-ce qu’encores ſongeoyent-ils quelque regne aſſes apᷓ
prochant d’vn regne mondain. Pourtant eſt-ce qu’obſcurément & comme par propos
voilés Ieſus promit à Pierre le droit des clefs,point il ne les luy bailla ſur le champ : car il
n’eſtoit pas encores aſſes ſuffiſant pour en vſer,luy qui n’eſtoit encores bien inſtruict en
la maiſtriſe conduitte du ſainct Eſprit. Et pour ceſte cauſe les r’appelle Ieſus au myſtere de
la croix & de ſa mort,par laquelle ce royaume deuoit eſtre conquis, en ſurmontant le diaᷓ
ble, & aboliſſant les pechés : ce qu’il faiſoit,à fin qu’ils ne ſe troublaſſent point l’eſprit,
quand ils voirroyent les choſes qu’ils ſçauroyent deuoir toſt apres aduenir. Ils aimoyent
mieux de ſe glorifier en ce puiſſant & ſouuerain renommé fils de Dieu viuant: mais nul
ne ſe peut vrayement glorifier en luy,hors mis celuy qui point n’aura eſté offenſé de ſa peᷓ
titeſſe. Si ſe print Ieſus à preparer ſes diſciples à la tempeſte qui eſtoit prochaine : leur   Dès lors Ieſuᷓ
monſtrant qu’il luy failloit premierement aller en Ieruſalem, & endurer maintes affliᷓ   commença à
ctions des Scribes & Phariſiens, & meſmes des principaux ſacrificateurs, & finalement eᷓ   monſtrer,
ſtre mis à mort:mais qu’au troiſieſme iour il reſſuſciteroit.Et combien que les diſciples,
qui eſtoyent encores charnels, n’entendiſſent pas bien ce propos,eſtimans telles choſes
indignes de celuy qui par tant de miracles s’eſtoit declaré le fils de Dieu:ſi n’oſerent-ils
demander à leur maiſtre que vouloit dire, mourir & reſſuſciter. Et Pierre qui par vne ſinᷓ
guliere amour qu’il pourtoit à ſon maiſtre à touſiours eſté rendu plus hardy que les auᷓ
tres,comme s’il euſt eu quelque ſecret à dire à Ieſus, le tira arriere des autres Apoſtres:puis
le tençant & deteſtant la mention de la mort & des afflictions,luy dit: Eſpargne-toy,Seiᷓ
gneur,ia tels malheurs ne t’aduiennent:il eſt en ta puiſſance d’y obuier. Car combien que
Pierre eut plus par l’inſpiration du Pere que de ſon ſens, prononcé que Chriſt eſtoit le fils
de Dieu viuant:il eſtoit neantmoins encores bien loing d’entendre ce myſtere, aſſauoir,
                                                                                que

que Iesus par sa mort rachetteroit le genre humain,& par sa resurrectiõ declareroit au mõ
de la puissance de sa diuine vertu. Voulant donques Iesus corriger ceste affection en ses di,
sciples, se reuira vers eux, & les regardant pource qu'il sçauoit bien qu'ils estoyent tous
ainsi affectiões (cõbien que Pierre seul eust esté teser son maistre) dit à Pierre.Va-t'en apres

moy,Satan:cesse de contrarier à la volonté de mon Pere:à toy appartient de suyure, & non
de preceder. Maintenant tu m'es en combre,en taschant d'empescher vne chose, que pour
le salut du genre humain mon Pere premierement veut estre faitte, & de moy il me la cõ
uient faire. Tu veux bien auoir part au royaume, & tu me retiens : moy qui de plein gré me
haste d'aller à la croix,par laquelle ie cõquesteray se royaume à mon Pere.Par où vous me
voyés aller, par là mesme vous faut–il tendre au regne celeste. Mais toy, tu n'entens pas
encores les choses de Dieu, ains estant mené d'humaines affections, resistes à sa volonté.
Parquoy deporte toy de me porter encombre, conseillier inutile:& en me suyuant par der
riere,porte toy en disciple plustost qu'en maistre. Apres que par tels propos Iesus eut raba,
tu l'importune audace de Pierre, il se reuira vers tous ses disciples, & commença à leur ex,
poser par le menu que signifioit ce qu'il auoit dit à Pierre: Va-t'en apres moy. Quiconque
veut,dit-il, estre mon disciple & participant du regne celeste,suyue mes traces : & comme il
voit qu'apres auoir mesprisé tous les biens de ce monde,i'employe mesme ma vie de plein
gré pour le salut des hommes,& pour la gloire de mon Pere : il faut semblablement qu'il se
despouille de toutes humaines affections, estant appareillé à toute sorte de mort pour l'a,
mour de l'Euangile : & qu'en chargeant aussi luy sa croix, il vienne apres moy,qui vay à la
croix. Ainsi endurer, c'est estre bien–heureux : ainsi estré deshonnoré, c'est vne chose glo,
rieuse:ainsi estre tué,est gaigner la vie.Ie sçay qu'il n'est rien plus cher que la vie:mais si est-
il expedient à vn chascun d'ainsi perdre sa vie,s'il la veut sauuer:& la perdra,s'il refuse de la
perdre. Celuy perd la vie à son profit,qui la perd à cause de l'Euangile. Celuy vrayement &
realement la perd, qui delaisse l'Euangile pour sauuer sa vie tẽporelle, en faisant perte de la
vie eternelle. Nul n'est si sot, qui pour la perte de ceste vie corporelle & briefue, veuille gai,
gner tout ce monde vniuersel. Car à quoy seruiroyent les richesses, si cependant le posses,
seur perit?Ainsi c'est à faire à vn homme insensé, de tant estimer ses affections, richesses,ou
bien son propre corps (lequel, encores que personne ne le tue, ne peut pas beaucoup du,
rer) que pour complaire aux hommes, il en viéne à perdre la vie eternelle:laquelle est telle,
que qui ne là, il ne luy profite rien d'auoir les autres choses.Ainsi personne ne doit riẽ auoir
de si cher,qu'il le voulust gaigner à la perte de son ame. Car quant aux autres choses on en
peut aucunement radouber la perte:mais la perte de l'ame est irrecurable.Qui perd sa vie
pour l'amour de moy, ne l'a perd point : ains me la donne à vsure,pour la reprendre auec
profit, quand la maiesté de mon regne apparoistra. Et n'y a nulle raison, que vous perdiés
courage, de ce que ie vous ay monstré qu'il faut endurer maintes aduersités à cause de l'E,
uangile: ces choses prendront fin en brief,& au lieu du deshonneur temporel,viendra vne

gloire eternelle. Car le fils de l'homme, que vous voirrés fouller aux pieds de tous,& tenu
pour vn petit ver, viendra vn iour en autre maniere, accompagné de ses saincts anges, &
monstrera à tous la maiesté & gloire de son Pere. Adonc celuy qui auoit icy esté iugé & con
damné à mort honteuse, sera iuge de tous tant des vifs que des morts, & payera vn chas,
cun selon ses faits.Ceux seront lors condamnés à mort eternelle,qui auront icy plus estimé
leur vie que moy : & vie immortelle sera donnée à ceux qui pour l'amour de moy, auront
pour vn temps mesprisé la vie corporelle. Maintenant est le temps du combat: adonc sera

le temps de recompense. Et certes ceste felicité s'acheuera, quand il semblera bon à mon
Pere. Car il ne vous appartiẽt pas de cognoistre le temps:& toutefois il vous sera cepẽdant
donné quelque goust de ceste gloire. Car tenés cela pour certain : qu'il y en a en ceste cõ
pagnie,qui point ne gousteront la mort, que premier ils n'ayent veu le fils de l'hõme,mon
strant la maiesté de son regne,selon qu'on la peut voir des yeux corporels . Ils voirront cer,
tes deuant que mourir le regne de Dieu desployer sa vertu, & de là en auant vaincre petit
à petit toute la puissance de ce monde.

C H A P I T R E   XVII.

Ix iours apres,voulans Iesus comme par songe faire quelque montre à ses
disciples de la forme en laquelle il doit vn iour venir iuger le mõde,en choi,
sit trois d'entre eux,assauoir, Pierre & Iacques & Iehan son frere : & les mena
à part en vne fort haute montagne,eslongnée de la veue des hommes:& fut
transfiguré en leur presence. Or reluysit sa face comme le soleil,& ses veste,
mens deuindrent blancs comme neige, tels qu'il n'y a foulon au monde qui en peut faire

de si

de si blancs: item ils virent Moyse auec Elie, qui deuisoyent auec Iesus touchant la glorieuse mort qu'il auoit à souffrir en Ierusalem. Christ trouua bon de ce faire, à fin que par l'authorité de Moyse & d'Elie (lesquels tous les Iuifs auoyent en tresgrande reuerence) les
Apostres se confermassent, & ne souspeçonnassent qu'il vousist abolir ne la Loy ne les Prophetes, veu que Moyse & Elie estoyent auec luy: & ne detestassent point sa mort comme
ignominieuse, veu que si grands personnages la louoyent comme glorieuse. Ces choses
virent les disciples, comme gens tout fraischement esueillés de leur dormir: car ils auoyent
les yeux chargés, entant que la mortelle foiblesse ne pouuoit porter la grandeur de la vision. Donques les disciples tous effrayés & estonnés de ce tant merueilleux spectacle, Pierre non encores retourné en son bon sens, mais tout rauy du plaisir & maiesté de la vision
(laquelle luy sembloit estre fort eslongnée de la mention de la mort) dit à Iesus. Seigneur,
dressons icy trois pauillons, à toy vn, à Moyse vn, & à Elie vn. Cela sembloit meilleur à Pierre, que d'estre mis à mort en Ierusalem. Pierre n'auoit pas acheué son propos, qu'vne clere
nuée ombragea les Apostres, de peur que la grandeur du spectacle ne les abimast. Et voicy
retentir de la nuée la voix du Pere, rendant tesmoignage du fils par semblables parolles,
qu'il auoit tesmoigné de luy, quand il fut baptizé au Iordain : Voicy mon fils bien aymé,
en qui mon ame prend son plaisir, oyés-le. Et oyans les disciples ceste voix, pleine de diuine maiesté, & importables aux oreilles mortelles, ils cheurent sur leur face, plus estonnés &
effrayés que deuant. Car ils auoyent peur de leur vie: d'autant qu'ils sçauoyent que Dieu
auoit dit ceste sentence: L'homme ne me voyrra point, & viura. Et Iesus reprenant sa premiere figure les toucha des mains, de peur qu'ils ne pensassent que ce fust vne fantosme : puis
les consola de sa voix accoustumée & cogneue, disant: Leués vous, & n'ayés peur. Et quād
ils furent reuenus à eux & eurent esleué leurs yeux, ils ne virent personne fors Iesus seulet, tout tel qu'il estoit venu en la montagne. Et en descendant de là, deuant qu'ils fussent
arriués auec les autres disciples, Iesus leur commanda qu'ils ne recitassent à personne les
choses qu'ils auoyēt veues, iusques à tant que le fils de l'homme seroit ressuscité des morts:
Que deuant ce temps là, la parolle n'auroit ne fruict, ne foy. Et ils les garderēt en leur cœur,
en demandant entre eux, que signifioit ce dire de Iesus, ressusciter de mort à vie. Car ils a-
uoyent le cœur tellement enueloppé, que ceste voix tant de fois ouye n'y pouuoit descendre. Mais vn scrupule leur auoit saysi le cœur, de ce qu'ils auoyēt veu Elie auec Iesus : lequel
doute ils luy proposent par chemin, disans: Et que veu dire, que les Scribes en enseignant
la venue du Messias, ont accoustumé de dire selon le tesmoignage de Malachie, qu'Elie
Thesbité doit venir deuant que le Messias vienne ? Or n'a-il point precedé ta venue: mais
à esté auiourdhuy finalement veu en la montagne. Ausquels Iesus respondit, disant : Bien
est vray, qu'Elie doit venir, selon que Malachie à prophetizé, & selon la prophetie il pre-
cedera ma venue, & restablira tout, en reduisant à l'Euangile la reste de la nation Iudaique: à fin que le tout ne soit cōdemné : voire mais ceste venue sera au temps à venir, quand
ie viendray de-rechef à tout la maiesté de mon Pere, pour recompenser vn chascun selon
son faict. Combien qu'vn certain Elie ait aussi precedé ceste mienne venue, duquel ils ont
autant peu tenu de conte, que de moy: & l'ont traitté non pas selon ses merites, ains selon
qu'il leur à semblé bon: & ne sera pas le fils de l'hōme plus doucement traitté d'eux. Adonc
les disciples entendirent qu'il appelloit Elie Iean Baptiste tant pour la ressemblance de vie,
que pour la liberté de reprēdre les Roys. Au reste, cōme Iesus approchoit ia de ces disciples,
il vit vne grande assemblée de gens à l'entonr d'eux, & les Scribes qui disputoyēt auec eux.
Et le peuple, (qui s'esmerueilloit où Iesus pouuoit estre allé) accourut le saluer. Iesus demanda que cest qu'ils disputoyent entre eux. Adonc vn de la compagnie luy respōdit: Maistre,
ie t'auoye amené mon fils, qui est miserablement tourmenté d'vn ord esprit: duquel toutes les fois que l'enfant est saysi, il tombe par terre: quelque fois il le pousse en l'eau, quelque
fois au feu. Il escume, & grince des dents, & seche. Or ne te trouuant pas, i'ay prié tes disciples de chasser hors ce diable: mais ils n'ont sçeu. Et Iesus comme tout courroucé, pour remedier à la mescroyance de tous, s'escria : O nation incredule, iusques à quād hanteray-ie
auec vous, pour neant ? Iusques à quand endureray-ie de voz intraitables meurs. Pour
tant de miracles que ie face, ie ne proufité rien : Et incontinent commanda qu'on luy
amena le garson: à fin de rendre le miracle plus voyable & memorable à tous. Et quand
on l'eut amené, & Iesus l'eut regardé, soudain l'esprit le saisist là deuant les yeux de tous:
& le garson tout deschiré se veautroit par terre en escumant: c'estoit vn miserable spectacle.
Adonc Iesus, pour mieux faire apparoistre la grandeur du miracle, demanda au pere combien il y auoit de temps, que ce mal commença de tourmenter le garson, des son enfance,

h   respondit

Il est bon que
nous soyons
icy.

Exod. 33

Les disciples
luy ont de-
mandé.
Malach. 4

Comme Iesus
s'approchoit
de la multi-
tude.

respondit-il:& non sans le grand danger de sa personne: car pour le perdre, il l'a souuentefois ietté tantost au feu, tantost en l'eau, ie sçay que la maladie est grande: toutefois si tu y
peux quelque chose, aye compassion de nous, & nous ayde. Oyant Iesus qu'il auoit dit:
Si tu y peux quelque chose: en taxant couuertement la foiblesse de la foy du personnage,
(comme s'il y auoit quelque maladie plus puissante que n'est la puissance de Dieu) luy dit:
Ne t'enquier point de ce que ie puis faire: ains considere si tu peux bien croire. Car si tu as
pleine confiance, il n'y a rien de si difficile, qui ne puist aduenir au croyant. A ceste voix, le
pere ayant conceu plus ferme fiance & esperance s'escria en pleurant, & respondit: Ie croy
bien Seigneur,& toutefois s'il y a quelque defaut à ma fiance, supplie-le de ta bôté, & ayde
à mon incredulité. Cependât voyant Iesus que tout le peuple accouroit au spectacle, pour
voir, s'il viendroit bien à bout de ce que ses disciples n'auoyent sceu faire, il tensa l'ord e-
sprit, disant: Sourd & muet esprit, ie te commande que tu sortes hors de ce garson, & que
par cy apres tu n'ayes à y rentrer. Et l'esprit sortit hors du garson en criant: mais il le desci-
ra & tourmenta premier si miserablement, qu'il estoit esterny comme mort: si que plusieurs
affermoyent qu'il estoit mort, tant estoit enracinée la force du mal. Et Iesus print le garson
par la main & le dressa sur ses pieds, & il se leua. Comme le pere croyoit à peine, aussi le fils
a-il esté gueri à peine. Cependant vn chagrin saisit le cœur des disciples, & craignoyent
que par leur faute ils n'eussent perdu la puissance de faire miracles, eux qui au parauant
s'estoyent vantés, que mesme les diables leur estoyent obeissans : bien est vray que deuant
la compaignie ils se taisent de honte: mais quand Iesus fut entré en la maison, ils viennent
à leur maistre, & luy font vne telle demande : D'où vient que nous n'auons sceu chasser ce
diable, veu que tu nous a vne fois donné ceste puissance? Et Iesus pour côfermer aussi bien
la foy de ses disciples, laquelle deuoit estre si grande, que mesme quelque-fois elle peut secourir la mescroyance d'autruy, leur dit : La foiblesse de vostre foy en a esté en partie cause.
Car la force de la maladie estoit grande, & chanceloit la foy du pere:& n'estoit pas la vostre
assés puissante pour pouuoir tenir contre l'vne & l'autre difficulté. Car vostre foy est aucunement brouillée d'humaines affections, & corrumpue du leuain de vaine gloire. Que si
vous aués autant de foy que monte vn grain de moustarde (lequel, tant contemptible &
menu qu'il est, toutefois quand il est broyé, ietté l'aigreur de sa substance:& quand il a esté
caché en terre, sort & deuient vn arbre spatieux) il n'y aura rien tant difficile, de quoy vous
ne veniés à bout, si tost que vous aurés dit le mot. Quand bien vous diriés à vne môtagne:
transporte toy d'icy, & ten va en vn autre lieu, elle obeyra sans delay, à vostre commandement. Au reste, ceste maniere de diables. Dont ce garson estoit detenu, ne se chasse point si
la foy n'est confermée par prieres & ieusnes. La vehemence de la maladie estoit enracinée
& par succession de temps s'estoit ia conuertie en nature. A l'encontre de tels vices, il faut
batailler par ieusnes, qui amattissent la chair & l'assuiettissent à l'esprit:& par la priere, laquelle impetre le diuin secours. Par ces propos, Iesus monstra que les gros vices de l'ame,
& qui sont accoustumés de long temps, doiuent estre repoussés par plus vehemens reme-
Et comme il
conuersoit
auec eux. dés. Et quand ils conuersoyent en Galilée, Iesus pour fortifier tant plus le cœur de ses disciples, de peur qu'ils ne se troublassent pour sa mort, leur repeta & dit de-rechef que le fils de
l'homme seroit liuré entre les mains des hommes, qui le mettroyent à mort: mais qu'il
ressusciteroit au tiers iour. Ce propos tourmenta encores plus le cœur des disciples, qui
aimoyent tellement leur Seigneur (combien que cé fust encores de charnelle affection) que
leurs oreilles ne pouuoyent ouyr parler de la mort. Car il ne pouuoyent encores entendre
que Moyse & Elie auoyent appellé la mort de Iesus glorieuse, & que ceste mort engendreroit salut à tout le monde. Et combien que comme ils se contristoyent oyans faire mention
de la mort, aussi se deuoyent-ils resiouyr oyans parler de la resurrection : si est-ce que leur
cœur auoit en tel horreur la mention du tourment, qu'ils n'entendoyent nullement que
vouloit dire: mourir, puis ressusciter au tiers iour. Car ils estimoyent qu'il valloit mieux
de ne nullement mourir: attendu qu'il se pouuoit bien garder de la mort, puis qu'il pou-
Et quand ils
furent venus
en Caper=
naum. uoit bien ressusciter de mort à vie. Et quand ils furent arriués en la ville de Capernaum,
ceux qui leuoyent les peages pour Cesar, n'osans aborder Iesus à cause de l'authorité qu'il
s'estoit ia acquise par miracles, vindrent à Pierre (lequel ils voyoyent ordinairement prochain de Iesus) & luy dirent: Vostre Maistre ne paye-il pas le didrachme? Or Pierre n'ayant
point d'argent, ne voulant toutefois point desplaire aux peagiers, respondit qu'ouy : (car
Iesus auoit iusques là payé tels peages. Et apres qu'ils furent entrés en la maison (car Iesus
auoit là vn domicile) Pierre estoit soucieux, ayant enuie de parler à Iesus touchant le payement du peage: car il l'auoit promis, & n'auoit de quoy payer. Et bien cognoissant Iesus ce
que

que Pierre ruminoit en son cœur, preuint sa demande, disant : Que t'en semble Simon? Les roys, de qui ont ils de coustume de leuer tribut ou censiue ꝰ de leurs enfans ; ou des estrangiers? Des estrangiers, dit Pierre. Et Iesus : leurs enfans en sont doncques exēps. Mon-strant obscurément qu'il estoit Seigneur de la terre & de la mer & de toutes choses, & qu'il ne deuoit tribut ou censiue à nul prince mortel : & que ses disciples, comme enfans du re-gne, n'estoyent en rien redeuables. Et toutefois voulant monstrer qu'en tels affaires, qui ne sont en rien contraires à la pieté, on doit aucunefois obeir à telles manieres de gens : de peur qu'estans irrités, ils ne pechent plus griefuement, respondit ainsi : Toutefois de peur de leur desplaire, va t'en au lac, & pren le premier poisson qui te viendra en main : puis luy ouure la gorge, & tu y trouueras vn stater, c'est à dire, quatre drachmes. Pren le, & leur baille pour moy & pour toy. Par ce faict Iesus monstra tout ensemble sa puissance ; suyuant la-quelle il n'estoit suiet à personne : & sa modestie, par laquelle il vouloit s'assuiettir à ceux, lesquels ils n'est pas expedient d'irriter pour vne chose de nulle valleur & à mespriser. Car qui peut ainsi donner, est plus grand, que celuy qui le deuroit : & toutefois en donnant ce qu'il ne doit pas, il monstre qu'il vaut quelque fois mieux quitter de son droit, que de de-batre pour le droit auec les meschans : principalement és choses qui amoindrissent biē les richesses, mais n'endommagent point la pieté. Le monde a aussi sa police, laquelle ne doit pas estre du tout confondue, pour l'occasion de la liberté Euangelique.

Les roys de la terre de qui.

C H A P I T R E   X V I I I.

ES choses ainsi faittes, vne charnelle affection & aguillon d'enuie & d'ambi-tion, vint saisir le cœur des Apostres. Ils auoyent ouy parler du regne des cieux : ils auoyent veu que trois d'entre eux auoyent esté menés à part en la montagne : ils auoyent ouy les clefs du regne celeste estre baillées à Pierre, & luy auoit esté dit : Tu es bien-heureux, Simon Bariona, & sur ceste pier-re i'edifieray mon Esglise. Ils le voyoyent parler de certains points plus familierement & hardiment à leur Maistre : mesmes n'agueres auoyent veu qu'il auoit esté preferé aux au-tres Apostres pour payer le tribut, & auoit esté aucunement esgalé à Christ. Dont ils por-toyent quelque enuie à Pierre, à qui la preeminēce du regne celeste sembloit estre destinée, & si estoit le plus ieune. Ils viennent donques demander à Iesus, qui seroit le premier au royaume des cieux. Car ils songeoyent encores à de telles dignités que nous voyons és cours des princes. Et Iesus leur voulant toutallement arracher du cœur ceste affection, ap-pella à soy vn enfant, & le mit au milieu d'eux. Ie di vn enfant petit & eslongné de toutes af-fections d'ambition & enuie : vn enfant simple, pur, & viuant selon la seule conduitte de nature. Tenés vous, dit-il, pour tout asseurés de cela, que qui ne sera du tout changé, & aura toutallement mis bas toutes telles affections, & sera trāsformé en la qualité & simpli-cité de cest enfant, qu'vn tel ne sera pas receu au regne celeste, tant sen faut-il qu'il doyue desirer d'y auoir preeminence. Parquoy qui se humiliera & deuiendra semblable à ce petit enfant, pour cela mesme sera-il le plus grand, qu'il y est le plus petit. Car qui est le plus petit en humilité, est le plus grand en vertu. Les princes ayment leur semblables : & est enuers eux le mieux venu, celuy qui oste tous les autres & prepose soy-mesme à tous. Et moy, ie prens plaisir à mes semblables. Es cours de ce monde, vn prince se tient pour iniurié, si on iniurie quelqu'vn de ses gentils hommes : & le plaisir qu'on leur faict, il le repute faict à soy propre. Mais enuers moy, les hommes vrayement simples & humbles sont les si bien ve-nus, & en tel credit : que qui en receura l'vn de ceux-cy, quel qu'il soit pour l'amour de moy, ie veux qu'il me soit imputé, ne plus ne moins que s'il m'auoit receu. Au contraire, qui nuyra ou scandalizera lequel que ce soit de ces petits cy, qui croyent en moy, & du tout en dependent : il sera plus griefuement puni, que si on luy pendoit vne meule de moulin au col, & le iettoit-on au fin fond de la mer. Car qui a-il de plus meschāt, que de faire desplai-sir à ceux, qui ne veulent mal à nully? qui ne portent enuie à nully? qui ne se preferent à nully? qui ayment vn chascun esgalement? Mais helas que mal en prēdra au monde pour les scandales & encombres faicts à tels petits. La peruersité des hommes est cause, qu'il est impossible qu'il n'aduienne des scādales. Il y en aura qui esmeus d'enuie persecuteront les bien-veuillans : maudiront ceux qui prieront pour eux : tuerōt ceux qui apporterōt le salut eternel. Et certes tels scandales tourneront au profit de ceux qui souffriront, voire bien de tout le monde. Et toutefois mal prendra à celuy, qui aura causé & engendré scandale. Par-quoy que ceux qui desirent d'entrer au regne celeste, euitent diligemment les scandales des petits : ains plus tost profitent les vns aux autres, chascun en son endroit. Et n'est pas as-sés à l'homme de se garder de porter encombre à autruy : mais aussi de ne se point encom-

brer soy-mesme. Car ce sont lors vrayement scandales, quand quelqu'vn porte encombre
à soy-mesme. Parquoy que nul n'ait affection tant chere que soudain il ne l'arrache, si elle
le destourbe de courir au regne celeste : tellement que si ta main, ou ton pied (qui sont les
plus necessaires membres) te destourbent : tu les dois copper & les ietter arriere de toy. Car
mieux te vaut d'estre receu manchot ou boiteux à la vie eternelle, qu'en ayant deux mains
& deux pieds estre ietté tout entier au feu eternel. L'œil est vn membre non seulement necessaire pour l'vsage, mais aussi tresagreable à l'homme : & toutefois si par cas d'auenture
il te porte encombre, arrache-le, & le gette. Il t'est plus expedient d'entrer borgne en la vie
eternelle, qu'à tout les deux yeux sains & entiers estre du tout ietté en la gehenne de feu. Et
par tels propos n'a pas entendu Iesus qu'il faille copper aucun membre du corps : mais
bien toutes les affections, qui nous destournent du soin de l'eternel salut. Car vn tien amy
(de qui bien à grande peine te pourrois-tu passer) te sert comme d'vne main. Ton pere (sur
qui tu t'appuyes) est ton pied : ta femme ou ton fils que tu aymes tendrement est ton œil.
Comme donques l'homme ne doit rien auoir tant precieux ny tant magnifique, qu'il en
doiue estre destourné du regne celeste : ainsi nul, tant soit poure, sans renom, & de basse condition, ne doit estre mesprisé : ains plus tost on le doit ayder, à fin qu'il s'auance aux choses
meilleures. Vous en aués l'exemple. Gardés vous donc bien de mespriser pas vn de ces
petits. Combien qu'ils soyent mesprisés du monde, si est-ce qu'ils sont en grand' estime enuers Dieu. Car ie vous asseure que les anges qui comme seruiteurs les ont en charge, contemplent continuellement la face de mon Pere qui est és cieux. De la peut-on bien estimer
combien Dieu les prise : veu qu'il leur à baillé tels gardiens & pedagogues. Bien est vray
qu'ils sont grossiers : ils peuuent tomber : ils peuuent estre trompés : mais leur simplesse merite secours, & non tourment. Car le fils de l'homme est venu en terre non pas pour perdre
aucun : mais pour sauuer tous, entant qu'en luy est. Mais il y en a maints qui ne veulent pas
estre sauués : ains persecutent celuy qui les veut sauuer. Ce sont ceux que le monde a en reuerêce & tient pour grands personnages : assauoir ceux qui ont les premieres dignités : qui
sont puissants en richesses : qui surpassent (ce semble) en doctrine : & qui se font valloir par
vn merueilleux enchantement & fausse saincteté. Lesquels à dire le vray on ne doit pas de
plein gré irriter, mais lors les faut-il vaillamment mespriser, si en craignant de perdre leur
puissance, ils oppriment la puissance de Dieu : si en pouruoyant à leur gloire, ils portent enuie à la gloire de l'Euangile : si en seruant à leur gaing, ils empeschêt le profit de tous : si en se
vantât de leur vaine doctrine, ils corrompent la doctrine Euangelique : si sous couuerture
de fausse religion ils viênent à estaindre la vraye : s'ils s'effarouchêt & deuiennêt cruels par
bien faicts. Tels doyuent imputer à eux-mesmes leur ruine. Au reste, nous deuons prendre
garde à cecy : c'est que nous ne laissions perir nul de ces petits & foibles qui errent en sorte
qu'ils sont guerissables : ressemblans plus aux brebis qu'aux loups. Pensés en vous-mesmes, combien mon Pere (qui est bon de sa nature) prend soingneusement garde qu'aucun
des hommes ne perisse : lesquels il a créés, à ce qu'ils fussent bien-heureux. Car posés le cas
qu'il y a vn vray & loyal pasteur, seigneur de cent brebis, & que d'vn si grand troupeau vne
seule se soit esgarée : ne laisse-il pas les quatre vingts & dixneuf és montagnes & s'en va
chercher celle qui est esgarée du troupeau. Voire il est si matté du grand desir d'vne brebis
perdue, qu'il expose tout le reste du troupeau au danger. Que s'il aduiêt qu'il la troue, ie
vous asseure qu'il s'esiouyt plus à cause d'vne seule brebis recouurée, que de toutes les autres qui n'estoyêt pas esgarées. Si donques vn hôme pasteur est ainsi affectiôné enuers son
troupeau (duquel il n'est pas createur, ains seulement possesseur) combien plus la volonté
de vostre Pere qui est és cieux, est elle, que nul ne perisse de ces petits, lesquels il a créés : desquels il a tel soin, qu'il les a baillés en garde à ses anges : pour lesquels r'appeller à salut, il a
employé son fils vnique. Parquoy, soyent eslongnés de vous les encombres qui separent
la paix fraternelle : ainçois ayés vne charité mutuelle, moyennant laquelle vous remediés
amiablement aux fautes les vns des autres, s'il en suruient quelqu'vnes. Or le moyen d'y
remedier sera tel. Si ton frere faict quelque chose contre toy, qui soit digne de reprehension,
ne t'auance pas soudain à en faire vengeance : & ne le laisse pas pareillement perir par ton
silence, quand, comme estant enyuré de ces affections il peche sans en estre reprins : mais
essaye-le premierement par vn remede le plus doux qu'il sera possible, & tel qu'il n'apporte à ton frere nul encombre, nõ pas mesme de vergongne. Va-t'en l'aborder seul à seul,
& despeche l'affaire entre toy & luy sans aucun arbitre. S'il ne recognoist point sa faute, re-
pren-le, & luy mets deuant les yeux, combien il s'est esgaré du deuoir de la charité fraternelle. Or soit telle la remonstrance, qu'elle declare que tu ne cherches autre chose que son
salut.

salut,& la reparatiõ de l'amitié premiere. Que s'il est tant guerissable qu'il se viéne à amender par ceste secrette admonition:il ne faut ia que tu te venge de luy,ou que tu le deceles:ce te doit estre assés,que tu as gaigné ton frere.Tu as aussi ce pendant faict ton profit.Car tu y eusses perdu vn ami,& Dieu vne ame.Que si la maladie est trop vehemente,pour estre guerié d'vn si legier remede:il ne faut pas oster toute esperance,n'y venir du premier coup aux extremes remedes. Mais si à toy seul il n'a voulu prester l'oreille, va à luy de rechef & en pren auec toy encore vn ou deux,& ce, ou à fin de le corriger par vne moyenne vergongne qui point ne vienne iusques à diffame:ou bien à fin de le pouuoir conuaincre par deux ou trois tesmoings. Que s'il est si farouche qu'il ne s'esmeuue ny pour la honte, ny pour la crainte du iugement:fais-en le rapport à l'assemblée,à fin que ou par l'accord de l'assemblée,ou bien par l'authorité de ceux qui y president,il s'amende. Que sil est iusque là incurable, qu'il ne veuille s'amender, ny par vne secrette fraternelle correction, ny pour le tesmoingnage & consentemét de deux ou trois, ny pour la honte de la faute decelée,ny pour lauthorité des superieurs : laisse-le auec sa maladie. Qu'il soit osté du nõbre des familiers, & ne soit mis en autre ranc, que s'il estoit vn Payen ou publicain. Voyla la plus cruelle peine que vous aurés entre vous : de laquelle toutefois vous ne deués vser pour autre chose, sinon à fin que le frere se recognoisse de honte, se voyant deietté de tous:ou bien de peur qu'estant meslé parmy le troupeau, il n'infecte les autres de son attouchement. Et ne faut pas que lon me dise:Les iugemens de ton regne sont legiers & foibles.Plustost ils sont tresrigoureux, si on les mesprise obstinément. Car quãd les loix humaines punissent de mort vn gros crime,elles ne tuent autre chose que le corps, & mettent quelque fois à mort celuy que Dieu ne condamne pas,& tuent seulemét,sans corriger,puis que celuy qu'on pouuoit corriger, n'est plus viuant. Mais la condemnation que ie vous baillé, (combien qu'elle ne se haste point de punir de mort) est toutefois pour ceste cause tres-rigoreuse, que si celuy qui est condamné ne s'amende, la mort eternelle l'attend, laquelle il ne pourra nullement euiter. Celuy que Cesar condamne, Dieu quelque fois l'assout: & condamne quelque fois celuy, que le prince assout. Celuy que le prince assout,il le laisse en la compaignie des hommes, à fin qu'il rende les autres semblables à soy: & celuy qu'il faict mourir, il l'oste de la compagnie des hommes, non seulement ne le guerissant point, mais aussi faisant que celuy ne se trouue point qu'on eust peu guerir. Tels sont les iugemens humains, plus necessaires que louables. Mais vostre sentence oste tellement l'homme incurable, qu'il ne peut infecter les purs, & toutefois vit pour se pouuoir amender : pour autant que vostre puissance est de sauuer,& non de perdre. Et ne demoureront pas pourtãt impunis les pecheurs que vous laisserés viure. La punition eternelle les attend au iugement de Dieu : la sentéce duquel ratifiera la vostre, si le condamné ne s'amende. Car qui ne cherche pas vengeance, mais la correction de son frere : qui est appareillé de pardonner l'iniure qu'on luy à faitte, qui est soucieux du salut de son frere : qui estant mesme offensé va de son plain gré vers le malade, pour le guerir : qui apres auoir esté par plusieurs fois repoussé, ne laisse pas pourtant de mediciner : qui ne se fie point à son propre iugement, mais en prent encor vn ou deux auec soy,non pour vser de vengeance,mais de medecine : pour autant que la sentence d'vn tel homme sort d'vn cœur Euangelique,Dieu l'approuuera:& ne l'aneantira iamais, si celuy qui aura esté condamné, ne condamne sa faute. Combien donques que vostre iugement n'ait point en apparence,telle rigueur, qu'ont ceux des Princes : si est-ce que vostre sentence est plus redoutable, que la leur, par laquelle les gens de bien sont souuent punis, & les plus meschãs, assouts. C'est vne chose redoutable, que d'estre condamné de Dieu. Et est condamné de luy, quiconque est condamné de vous, quand vous consentés d'vn cœur entier. Car ce que vous iugés par l'esprit de Dieu, n'est pas vostre iugement, mais bien celuy de Dieu par vous.Que si vous condamnés quelqu'vn par l'esprit charnel: ia ce iugement est des hommes, & non de Dieu : & qui par vostre sentence est ietté hors de vostre communauté, n'est pas soudain eslongné de la communauté du ciel. La force dõques de vostre authorité gist és affectiõs : lesquelles Dieu seul regarde.Certainemét ce sont cy les clefs que ie dois donner à Pierre qui m'a aduoué : Desquelles ce qui sera lié en terre, sera aussi lié és cieux : & ce qui sera deslié en terre, sera aussi deslié és cieux. Et combien que ceste puissance appartiendra principalement aux premiers : si la donneray-ie à tous, pourueu qu'il y ait entre eux vn accord, non pas humain,mais en mõ nõm.Voiré encores vous diray-ie bien dauantage.Vostre consentement sera valable, non seulement pardonnant ou condamnant les fautes,si vous estes d'accord entre vous & auec moy:mais aussi si en terre s'en trouue tant seulemét deux,tels quels,qui soyent vrayement d'accord par mon

En verité ie vous dis.

h 3   esprit,

esprit, c'est à dire, non pousses d'affection humaine, ains aimant d'vn accord les choses qui
appartiennent à Dieu : tels obtiendront de mon Pere qui est és cieux, tout ce qu'ils luy demanderont. Tant grande amour porte mon Pere à l'Euangelique & saincte vision. Puis
doncques que vous aués tel credit enuers ce prince tout puissant, il ne faut ia que vous teniés peu de conte de vostre puissance, encores que vous sembliés foibles & impuissans aux
hommes. On n'obstient point du premier coup de Cesar, ce qu'on demande : & aussi il ne
pourroit bailler tout ce qu'on pourroit demander : Car il ne pourroit ne chasser vne fieure,
ne rendre la langue à vn muet. Mais il n'est rien tant difficile, ou incroyable que mon Pere

**Alors Pierre
s'approchant
de luy, luy dit.** ne le vous doyue bailler, si vous luy demandés d'vn accord. Quãd Pierre eut diligemmẽt
escoutés ces propos, estimant que ce que Iesus auoit traitté (touchãt la puissance de cõdam-
ner & absoudre) luy appartenoit principalement : il conceut quelque scrupule en sa conscience : pource que Iesus en disant : Apres la troisiesme correction tien-le pour Payen & Publicain, sembloit auoir determiné vn certain nõbre : lequel vne fois trespassé, encores que
le delinquant s'amendast, ne deuroit toutefois point estre receu à mercy. Si s'en vient à Iesus, pour estre plus expressement enseigné touchant c'est article, & luy dit : Seigneur, combien de fois pardonneray-ie à mon frere, s'il peche contre moy ? & apres la quãtiesme faute luy refuseray-ie pardõ? Sera-ce apres la septiesme ? Pierre proposoit ce nombre, comme
grand à foison : attendu que Iesus auoit seulement faict mẽtion de la troisiesme correction.
Adonc Iesus, pour monstrer qu'és choses qui sont faittes contre nous, nous deuons estre
tout prets à pardonner, luy dit : Ie ne di-pas qu'on doit pardõner iusques à la septiesme faute, mais iusques à la septante fois septiesme : monstrant qu'on ne doit point determiner de
nombre à l'indulgence chrestienne : mais que toute les fois que le pecheur recognoistra sa
faute, qu'autant de fois la luy doit on pardonner : arrachant totalement du cœur chrestien
tout appetit de vengeance. Et à fin qu'on ne vint à estimer que cela fut dur ou desraisonnable : Iesus vsant d'vne parabole, enseigne qu'il est tresraisonnable : & que ce n'est pas tant
clemence, que recompense. Car comme ainsi soit que quelque fois de nostre costé nous
pechons contre le prochain, mais beaucoup plus souuent & plus griefuement contre
Dieu (contre lequel toutefois & quantes que nous pechons, d'autant plus griefuement
pechons nous, que celuy contre lequel nous pechons est plus grand, & plus grands les benefices que nous auons receus de luy) nous sommes indignes d'obtenir pardon soit du
prochain soit de Dieu (lequel pardonne à celuy qui mille fois l'aura offensé, pourueu qu'il
recognoisse sa faute) s'il nous fasche de pardõner à nostre frere qui nous à tant legieremẽt
offensé : attendu principalement que Dieu nous pardonne noz fautes, soubs ceste condition : c'est qu'estans esmeus par son exemple nous soyons prompts & exortables enuers le
prochain. Pourtãt, dit-il, le regne celeste est accomparé à vn fort riche & puissant homme,
lequel ayant vne grande famille voulut faire cõte auec ses seruiteurs. Et quand il eut commencé de faire conte, il s'en trouua vn, qui luy deuoit dix mille talẽts. Et pource que la somme estoit si grande que le debteur n'auoit de quoy la payer, son maistre commanda qu'on
le vendist, luy, sa femme, & ses enfans, & tout le biẽ qu'il pouuoit auoir : à fin qu'on amassast
vn pris pour le payer. Mais le seruiteur se ietta aux pieds de son maistre, luy faisant la reuerence, & dit : Ie te prie donne moy quelque terme de payement & auec le temps ie te payeray
le tout. Et le maistre eut compassion du seruiteur suppliant & prosterné en terre : si qu'il luy
donna plus qu'il ne luy auoit demandé. Car non seulement il ne le mit pas en procés, mais
aussi luy quitta toute la somme. Mais ce seruiteur là ia mis en liberté, quand il fut party de
deuant son seigneur, rencontra par cas fortuit vn sien compaignõ seruiteur qui luy deuoit
vne petite somme d'argent, assauoir cent deniers : là oublia-il la clemêce de son maistre enuers luy : & soudain luy mit la main dessus, & commença à trainer le poure homme, luy
disant : Paye moy ce que tu me dois. Et le compaignon seruiteur se ietta aux pieds de son
compaignon seruiteur, le priant auec autant de parolles, que luy de sa part auoit prié le
maistre, & disant : vse de patience enuers moy & ie te payeray le tout. Mais le crediteur in-
exorable repoussa le suppliant, & le traina en prison, iusques à ce qu'il luy auroit rendu ce
qu'il luy deuoit. En la parfin les autres compaignons seruiteurs (qui auoyent apperceu la
merueilleuse clemêce du maistre enuers le seruiteur) quand ils veirent vne si grande cruauté de ce seruiteur enuers sondit compaignon, furent esmeus d'vne grande douleur, & vont
raconter tout l'affaire au maistre. Alors le maistre enflambé de courroux r'appella à soy le
seruiteur, auquel il auoit tout quitté, & luy dit : Mauuais seruiteur, ne t'auoy-ie pas moy
qui suis ton seigneur quitté vne si grande somme, non pour autre cause, sinon que tu m'en
prioys humblemẽt? Et n'estoit-il pas raisonnable, que toy seruiteur, tu quittasse à ton com-

paignon

paignon seruiteur vn petit d'argent:& que tu eusses compassion du suppliant,comme i'a-
uoye eu compassion de toy?Certes la clemence dont i'auoye tant freschement vsé enuers
toy,te deuoit enseigner douceur enuers ton cōpaignon.Et alors le Maistre courroucé sans
remede,le liura aux sergents,pour le garder en la prison iusques à ce qu'il luy auroit payé
toute la somme au parauāt quittée.En telle maniere se portera enuers vous vostre pere ce-
leste.Il n'y a celuy d'entre vous qu'il ne luy soit beaucoup plus redeuable,contre lequel il
n'y a celuy qui souuent ne peche.Les hōmes pechent contre les hommes,mais les offenses
sont beaucoup plus legieres.Que si vn chascun ne pardōne à son frere,les offenses legieres
cōmises cōtre soy,voire & ne luy quitte de cœur:nō seulement vostre pere ne vous quittera
pas voz plus griefues fautes cōtre luy,mais aussi r'appellera celles qu'il vo⁹ aura quittées.

CHAPITRE XIX.

Pres que par tels propos Iesus eut instruit ses disciples à bienueuillance enuers
les simples,& à douceur enuers les defaillans : il laissa Galilée,& se retira aux
quartiers de Iudée,dela le Iordain:comme deuançant la mört prochaine,que
les Pharisiens luy brassoyent secrettemēt.Et là aussi le suyuirēt troupes de gens
en grand nombre,portans auec eux diuers malades lesquels il guerit là.Or voyant de-rechef les Pharisiēs tant de miracles,& l'affection du peuple enuers Iesus,leur enuie se renou-
uela:& l'allerēt cauteleusement & finemēt abborder,ayans prins occasion du propos,par
lequel il auoit au parauant enseigné,que point il n'estoit licite de repudier la femme.Si luy
proposent vne question cornue à deux ententes,assauoir-mon s'il estoit licite à l'hōme de
repudier sa femme,pour quelque cause que ce fut.Que s'il eust respōdu qu'il estoit licite,il
eust semblé se cōtredire,veu qu'il auoit enseigné que le diuorce n'estoit point licite.S'il eust
dit que non,il eust semblé cōtrarier à la loy de Moyse,laquelle permet de dōner lettre de diuorce pour quelque cause que ce soit,& d'enuoyer la femme.Mais Iesus moyenne tellemēt
sa respōse,qu'il n'amoindrit point l'authorité de Moyse,ny ne se dedit de sa doctrine : ains
par l'authorité de la Loy ferme la bouche aux Pharisiens docteurs d'icelle. N'auēs vous
pas leu,dit-il,que Dieu,quand il crea le genre humain,ordonna tellement le mariage qu'
vn seul seroit conioinct à l'autre seul par vn lien indissoluble ? Car d'vne mesme matiere il
les forma masle & femelle : à fin que par leur embrassement le genre humain multipliast.
Et pour declarer au vif le lien inseparable du mary & de la femme:le propre createur Dieu,
non Moyse,adiousta cōsecutiuemēt:Pour l'amour de ceste naturelle charité,l'hōme abandonnera pere,& mere,& s'adioindra auec sa femme.Et sera la cōionction tant estroitte,que
ceux deuiendront aucunement vn homme,qui au parauāt estoyent deux. Parquoy,quād
ils sont vne fois conioincts par mariage,lors ne sont-ils plus deux,mais vn corps:tellemēt
que ce seroit autant cōtre nature de separer la femme d'auec son mary,que de retrēcher vn
membre du corps.Doncques ce que Dieu a vne fois lié d'vn lien si estroit,que l'hōme ne le
separe point.Lors les Pharisiens pensans ia auoir occasion de reprendre Iesus,luy dirent:
Si l'intētion de Dieu estoit telle,que tu l'exposes:pourquoy dōcque Moyse a-il permis aux
maris d'enuoyer leurs femmes pour quelque cause que ce fut,pourueu qu'ils leur baillassent lettre de diuorce?De quelle hardiesse a-il osé permettre ce que Dieu ne vouloit pas
qu'on fit?Iesus leur respondit:Cela ne vous a-il pas permis,pource qu'il fut droit de natu-
re:ains cognoissant la dureté de vostre cœur,a permis vn mal legier,de peur que vous ne
vinssiés à en cōmettre vn plus enorme.Car celuy n'approuue pas le diuorce,qu'il a mieux
aymé permettre que le meurtre:& si la lettre de diuorce ne rend pas le diuorce iuste:ains est
vn tesmoing de vostre dureté,qui enchassés voz femmes pour la plus legiere cause qui sur-
uiēne:& les pouruoir de nouueaux maris vous ostāt la liberté de les r'appeller quād vous
les auēs repudiées.Mais du cōmencemēt que la malice des hōmes n'estoit encore accreue,
ne la vie des hōmes infectée de tant de vices(entant que la hayne n'estoit pas si grande,qu'
on eust peur des empoisonnements,ou des meurtres) le diuorce n'estoit pas permis : & ne
sera pas maintenāt relasché le mesme droit,puis que la doctrine Euāgelique renouuelle &
parfait l'entiereté de nature.Moyse souhaitoit bien la mesme chose que i'ēseigne,mais voz
meurs trop enclinées à homicide le destournoyēt d'oser requerit cela de vo⁹. De moy,q n'a-
bolis point la Loy,ains la rēd plus parfaitte,ie vous di tout à plat que ce que ordinairemēt
vous faittes,repudians voz femmes à tout propos ne vous est pas loisible,ains est,& cōtre
l'intētion dē Dieu,& cōtre le vouloir de Moyse. Et n'est pas pour cela droit vostre faict,que
vo⁹ n'en estes repris.Maintes choses sont vicieuses deuāt Dieu,lesquelles les loix humaines
ne punissent point.Parquoy sçachés que quicōque repudie sa femme pour quelque cause
que ce soit,& en prēd vn autre,cōme il cōmet paillardise luy-mesme,aussi dōne-il occasion

à sa femme de paillarder : n'estoit que pour paillardise elle eust merité d'estre repudiée.
Car la femme qui a abandonné son corps à vn autre qu'à son mary, elle n'est ia plus sa fem
me, & s'a osté le droit de mariage en diuisant la chair laquelle Dieu ordonna d'estre vne &
indissoluble. Mais qui repudiera sa femme pour telles causes, que vous les repudiés à chaf
que fois: s'il en prend vne autre, ce n'est pas mariage, ains paillardise. Item qui prend celle
qui pour telles causes seroit repudiée, il ne prēd pas sa femme, ains celle d'autruy : & pourtant ne se marie-il point, ains adultere. Vray est, que le comble de tous ses maux retombe
sur la teste du repudiateur. Car pour le premier, il est rigoreux & mau=piteux, entant qu'il
n'a ny peu supporter, ny voulu guerir le vice de sa femme. Puis pource qu'estant dechaffée
de la maison, elle ne peut viure sans mary, il luy donne occasion d'adulterer. Cela ouy, les
disciples dirent à Iesus: Si tel est le party des marys, qu'ils ne se puissent separer de leur fem
me si elle leur desplait : mieux vaut ne se marier point : car c'est vne dure seruitude d'endurer chés soy vne femme fascheuse, noyseuse, yurongne, ou desplaisante pour quelque autre
vice semblable. Iesus qui pour la predication de l'Euangile desiroit que ses disciples fussent
deliurés de la seruitude de mariage, ne reprouue pas, à vray dire, leur response: mais il mon
stre en passant, qu'il n'est pas seur d'euiter le mariage : sinon qu'on eust le courage si ferme
qu'on se peut du tout abstenir de compaignie de femme : mais qu'il y en à bien peu qui le
puissent faire, d'autant que ceste affection charnelle est tellement commune à tous, qu'il
n'en y à point de plus violente ne de moins aisée à vaincre. Combien doncques que n'estre
point lié en mariage soit vne plus grande liberté : toutefois se contenir entre les bornes de
mariage est vne plus grande seureté, que de se polluer de compaignie incertaine & defendue. Ainsi Iesus monstrant aucunement ce qui estoit souuerainement bon, & y inuitant par
le pris de liberté, n'ose pas toutefois requerir ce qui surpasse aucunement les forces humaines. Tous, dit-il, ne sont pas capables de ceste parolle : mais ceux seulement auquels Dieu
en à faict la grace, lesquels sont enflambés d'vne si grande ardeur de saincteté Euangelique, que de leur plain gré & vouloir ils mesprisent & delaissent bien aussi ceste affection.
Ioinct que le celibat & abstinence de mariage pour chaste qu'elle soit, ne merite point autre
ment louange, sinon qu'il soit entrepris pour l'estude de la pieté Euangelique. Car il y à
trois manieres de chastrés. Les premiers sont ceux qui naissent tels, qui pour le vice de leur
trop froide nature n'ont cure, ne de femme, ne de quelconque autre secrette affection de
nature. Les seconds sont ceux, qui sont chastrés par les hommes : La chasteté de ceux-cy
ne merite nulle louange, d'autant qu'elle vient de necessité, & non d'estude de vertu. Mais
l'Euangile a aussi ses chastrés du tout bien-heureux qui ne sont ny hongres de nature, ny
chastrés des hommes : ains se sont chastrés eux-mesmes pour le regne celeste: non pas
s'ayans couppé le membre du corps, mais bien ayans vaincu pour l'amour de l'Euangile l'affection de se marier. Vous voyés ia le pris proposé à tous : bataille qui voudra, & qui
se fie de ses forces: emporte le pris qui pourra : L'aide du maistre du cōbat ne defaudra pas
à ceux qui batailleront vaillamment & de plein gré. Pour ce que le propos auoit esté d'vne
pureté virginale, & de l'excellence d'vne noble vertu qui aduient à peu: il se presente cōme
par occasiō, vn exēple de parfaitte chasteté, ensemble de souueraine humilité, sans laquelle
Alors luy fu-
rent offers des
petis enfans. la virginité ne merite nulle louange. Il y auoit des peres & meres qui vouloyent presenter
leurs enfans à Iesus, à fin qu'il leur mist les mains dessus, & priast pour eux : estimans que
comme ils auoyent veu fuyr les maladies par son attouchement, qu'ainsi il auiendroit que
le mesme attouchement de Iesus les garantiroit contre maladies, ruines, diables, & autres
maux, desquels perissent souuētefois ceux qui sont de cest eage. Mais les disciples, qui, com
bien qu'ils eussent tant de fois ouy parler de la souueraine humilité, n'auoyēt pas toutefois
encores du tout despouillé les affections humaines, les defendoyēt de venir à leur maistre:
estimās que c'estoit vne chose indigne de son excellence, qu'il fut retenu & lassé de l'importunité de ces meres & de leurs enfans. Quoy voyant Iesus, pour ficher de plus en plus au
cœur de ses disciples l'humilité Euangelique, laquelle ne reiette nully pour petit qu'il soit,
leur dit : Permettés que les enfans me soyent apportés, & ne les engardés point de venir à
moy: car ceux qui leur sont semblables, me sont tresagreables : & quoy que tels soyent mesprisés du monde, toutefois ie n'en reçoy point d'autres au regne celeste. Ce que nature
faict en ceux-cy, cela faut-il que la pieté face en vous, si vous voulés estre receux au regne celeste. Si furent ces enfans amenés à Iesus : sur lesquels il mit ses mains, & par l'attouchement de son sacré corps fit descendre en eux vne vertu secrette pour la simple foy des
peres & meres. Cela faict, il se partit de là, monstrant par ce mesme faict, qu'on doit bien
satisfaire aux petites choses, mais qu'on ne s'y doit pas arrester : ains que plustost on
                                                                                    se doit

ſe doit haſter de venir aux parfaittes. Et les enfans laiſſés, voicy venir vn ieune hõme, qui
tient propos de la perfection. Or comme Ieſus és petits enfans auoit propoſé à ſes diſciples vne image de ſimplicité & d'humilité: ainſi en ce iouuenceau, cõuoiteux à vray dire de
parfaitte pieté, mais chargé de richeſſes, il leur met deuant les yeux combien il eſt mal aiſé
à ceux qui ſeruent aux richeſſes de paruenir à la perfection de la pieté Euangelique: & com
bien ſont plus à deliurés à l'affaire Euangelique ceux qui ne poſſedent du tout rien, ou
le moins qui ſoit des choſes de ce monde: combien toutefois que poureté & richeſſes ne
giſent pas tant és poſſeſſions, qu'és affections. Ce iouuenceau eſtoit doué d'vn deuotieux
cœur: mais pource qu'il auoit ouy parler à Chriſt de quelques nouueaux enſeignemens, il
vient à luy, & en ſe iettant à ſes pieds, le prie, diſant: Bon maiſtre, que feray-ie de bon, pour
obtenir la vie eternelle? Il appelloit Ieſus bon, taſchant d'entrer en ſa grace par flaterie, veu
toutefois qu'il ne ſouſpeçonnoit pas qu'il fuſt autre choſe qu'vn pur homme, plus excellent toutefois que tous autres. Puis en s'enquerant du bien, il n'entend pas d'vn tel quel
bien, mais de quelque excellent bien, qui puiſt meriter la vie eternelle. Et toutefois nul
homme n'eſt parfaittement bon: & n'y a nulle œuure d'homme qui ſoit de telle bonté, qu'
elle merite la recompenſe de la vie eternelle. Or voulant Ieſus pouſſer le iouuenceau à con
cepuoir vne plus magnificque opinion de luy, enſemble le retirer de la confiance de ſes
propres œuures, à ce qu'il mette plus toſt l'eſpoir de vie en la gratuite beneficence de Dieu
(qui de nature eſt bon, & gratuitement bien-faiſant à tous) luy reſpondit en ceſte maniere:
Pourquoy m'appelles-tu bon? ou bien, pourquoy m'interrogues-tu touchant ce qui eſt
bon? Et toutefois ſi tu deſires d'entrer en la vie eternelle, garde les commandemens. Et
quand l'adoleſcent luy eut demandé quels eſtoyent ces commandemens là (car il auoit
ouy dire qu'il enſeignoit que ceux de la loy Moſaique n'eſtoyent pas ſuffiſans pour obtenir le regne celeſte) Ieſus, pour oſter à vn chaſcun la fiance de la Loy, reſpõdit: Ne tue point.
N'adultere point. Ne deſrobe point. Ne porte point faux teſmoignage. Honnore pere &
me, & ayme ton prochain comme toy-meſme. Adonc le iouuenceau tout reſiouy, dit: I'ay
gardé toutes ces choſes dés ma ieuneſſe: Qu'eſt-ce donc qui me faut d'auantage? Il attendoit que Ieſus luy reſpondit qu'il ne luy deffailloit plus rien. Mais le Seigneur, pour monſtrer quelle difference il y a entre la iuſtice Iudaique, & la iuſtice Euangelique: & entre vn
bon Iuif, & vn bon Chreſtien, luy dit: Si tu veux eſtre parfaict, va t'en vẽdre toutes tes poſſeſſions, & en diſtribue l'argent aux poures: tu ne perdras pas tes richeſſes, combien qu'el
les ſoyent deſparties à pluſieurs. Ainſi eſpardre, c'eſt amaſſer. Car pour des richeſſes terriennes tu auras vn meilleur threſor és cieux. Apres que tu auras cela faict, lors vien t'en
à deliure & nud pour me ſuyure, moy qui ſuis nud. Quand Ieſus dit: Si tu veux: il monſtre
que l'affaire eſt difficile, mais il adiouſte le pris: Tu auras vn threſor és cieux. Puis il exhor
te à l'eſtude de parfaitte pieté: Vien me ſuyure. Quand le iouuenceau eut ouy ce propos,
il s'en alla tout deſcouragé & faſché: pource qu'il eſtoit Seigneur de maintes poſſeſſions,
& eſtimoit vne choſe difficile de les delaiſſer toutes entierement pour vne fois. Il deſiroit
d'obtenir la vie eternelle: il pourchaſſoit l'honneur de perfection: mais les eſpines des richeſſes ſuffocquoyent ceſte affection, comme vne bonne ſemence. Si s'en alla tout faſché
chés ſoy: n'entendanr point que Ieſus condamnoit non pas les richeſſes, mais l'affection,
amour & ſoucy d'icelles: deſquels il eſt treſ-que difficile que ne ſoyent detenus ceux qui
poſſedent les richeſſes. Car Ieſus n'a pas touſiours voulu qu'on les abandonnaſt: mais
bien que touſiours on les meſpriſaſt: qu'on les abandonnaſt auſſi, ſi quelque fois elles
nous deſtournent de la pieté Euangelique. L'adoſcent en allé, Ieſus ſe reuira vers ſes diſciples (car pour eux auoit-il dreſſé ce ſpectacle, de peur qu'vn iour il ne ſe faſchaſſent de
leur poureté, ou bien ils ne fuſſent ſaiſis de l'amour des richeſſes, & leur dit: O qu'il eſt
difficile, qu'vn riche entre au regne celeſte. Voulant monſtrer que l'eſtude des riche-
ſes, ne s'accorde gueres bien auec l'eſtude de la philoſophie Euangelique: d'autant que
ceſtuy-cy requiert l'homme total, & ceſtuy là s'en attribue bonnement la plus grande partie. Et pour plus aggrandir la difficulté de la choſe, comme ſes diſciples eſtoyent
tout eſtonnés, il adiouſta: Voire ie vous dy d'auantage, qu'il eſt plus aiſé à vn chameau de
paſſer par le pertuis d'vne aguille, qu'à vn riche d'entrer au regne des cieux. Car la porte
eſt baſſe & eſtroitte, & n'y entrent pas Chameaux chargés de fardeaux de richeſſes. Or ainſi taxa-il les riches auaricieux, à qui les richeſſes ſont plus toſt en charge qu'en vſage: &
leſquelles ils portent pour les autres plus toſt que pour eux. Pource que les Apoſtres
n'entendoyent pas bien ce propos, il leur mit auſſi au cœur quelque faſcherie, eux e-
ſtans marris que pour l'amour des richeſſes tant de gens vinſſent à eſtre forclos du regne

gne celeste.Côme doncques ils s'esmerueilloyent grandement, que vouloit dire ce propos
que Iesus auoit tenu touchant le chameau, & le pertuis de l'aguille, ils luy demanderent:
S'il est ainsi que tu dis,qui pourra donques estre sauué?Car combien trouue-on d'hômes
qui puissent ou laisser les richesses qu'ils ont, ou s'abstenir d'en conuoiter, s'ils n'en ont?
Et les regardant Iesus,pour adoucir la fascherie qu'ils auoyent conceuë en leur cœur, mon
stra qu'il y auoit aussi quelque esperance aux riches de paruenir au regne celeste. Cela est,
dit-il, impossible aux hommes : autant qu'à vn chameau de passer par le pertuis d'vne
aguille : mais à Dieu rien n'est impossible. Luy seul change les cœurs des riches, si que mes
me auec alaigresse ils viennêt ou à renoncer à leurs possessions,ou bien à les posseder com
me communes,& non comme propres & particulieres : estans tousiours appareillés de les
abandonner,là où l'affaire Euangelique le requerroit.Car quel regret auroyent de mespri
ser les richesses:ceux qui ne sont pas greués d'employer leur propre vie? Ce propos que Ie
sus auoit tenu auec ce iouuenceau : Vend tous tes biens, & me suy:donna quelque peu de
bonne esperâce à Pierre,lequel, combien qu'il ne fust pas riche, auoit toutefois alaigremêt
abandonné ce peu qu'il possedoit, assauoir vne nasselle & des rets, & auoit suyui son Mai
stre. Seigneur, dit-il, tu vois que nous auons faict ce que tu requerois du iouuêceau:nous
auons tout abandonné pour te suyure: quelle recôpence doncques nous en reuiendra-ile
Et voulant Iesus monstrer que ceste singuliere louange n'estoit pas seulement appareillée
aux riches, mais aussi aux poures, qui pour l'amour de l'Euangile delaissent volontiers
quoy que ce soit qu'il possedent (comme ainsi soit que ceste vertu prenne plus son loz de
l'affection de celuy qui abandône la chose,que de la qualité & vallue d'icelle)ne reietta pas
le propos de Pierre, comme trop magnifique pour la chose dont il estoit question : ains
monstrant que pour ces choses de nulle valeur, delaissées d'vn cœur alaigre, ils auroyent
vne precieuse recompense,leur dit:Tenés vous pour asseurés de cela, que vous,qui n'aués
rien laissé pour lamour de moy, fors voz nasselles & voz rets (d'vn tel cœur toutefois que
vous eussiés abandonné les plus grandes richesses du monde pour l'amour de moy) &
tout nuds maués iusques à present suyui (moy qui suis nud) si vous perseuerés, au siecle
auenir,quand les morts ressusciteront,& sera vn chascun recompensé selon son faict,& que
le fils de l'homme (ayant despouillé ceste petitesse, qu'à present vous voyés) sera assis au
throsne de sa maiesté : alors vous autres pescheurs estans faicts participans de l'honneur,
qui maintenant participés aux afflictions, vous serés aussi assis sur douze sieges, & iuge
rés les douze lignées d'Israel : & ce d'autât qu'engendrés d'vne mesme race,instruits d'vne
mesme loy, incités par mesmes miracles & bienfaits, que vous, ils n'auront toutefois peu
par raison aucune estre amenés à la foy : là où vous petits & idiots soudain à vn simple
commandement de paroles aués abandonné les choses propres, desquelles vous main
teniés vostre vie. Et n'aurés pas vous seuls ceste recompense, mais aussi tout homme qui
pour la profession de mon nom aura laissé maison, freres ou sœurs, pere ou mere, femme
ou enfans,champs ou autre possessiôs que ce soit,tant s'en faut qu'il doyue perdre ce qu'il
aura laissé pour l'amour de moy,qu'il l'aura (pour mieux dire) baillé à vsure à grand pro
fit. Car pour ce qu'il aura laissé, il en receuera cent fois autant en ce siecle : & en la resurre
ction, il possedera la vie eternelle. Car au lieu de possessions caduques & de nulle valeur,il
possedera mesme durant ceste vie ceste precieuse perle de l'ame Euâgelique : perle à laquel
le nest à comparer nulle marchâdise de ce monde. Pour vne seule maison qu'aurés delais
sée, la doctrine Euangelique vous donnera entrée en maintes maisons par tout le monde.
Pour vn seul heritage , infinis heritages vous seruiront à voz necessités. Pour vn seul pere
ou mere,vous aurés autant de peres & meres, que vous côuertirés de vieillars, ou de vieil
les femmes à la profession Euangelique. Vous aurés autant de freres,de sœurs,de fils & de
filles que vous amenerés de gens de mesme, ou moindre eage que vous à la vie eternelle
par vostre predicatiô.Lesquels par tout,& de plein grévous fourniront de ce qui vous sera
besoin : & desquels les affections surmonterôt les affectiôs de ceux, que la seule accointâce
charnelle vousaura côioincts. Car la côionctiô de la soucieté Euâgelique est plus estroitte,
que l'affinité de la chair : & vo⁹ ayme plus celuy que la pieté vous à assoucié, que celuy qui
vous est côioinct par race. A ceste assés ample recôpense sera encore adioustée ceste-cy qui
est bien la plus grande de toutes les recôpenses:c'est que pour des biês tantost perissables,
vous heriterés la vie eternelle.Cès choses,ne di-ie pas,côme si la profession Euâgelique en
seignoit qu'il fallust mespriser ceux que nature no⁹ à côioincts: mais biê que telles affectiôs
doyuêt estre mesprisées toutes les fois qu'elles no⁹ destournêt de l'affaire du salut eternel.
Ceste tât grâde felicité est ꝓposée à tous esgalemêt. Il n'y a nulle differêce de fortune, d'estat,
d'eage,

d'eage, ou de perſonne. Mais en ceſte priſée que ſera le iuſte iuge, qui eſt Dieu, maints tiendront les derniers lieux, qui maintenant ſemblent tenir les premiers. Au contraire, maints
qui maintenant ſemblent petis, & aneantis aux hommes, ſeront lors les premiers. La paillarde ſera preferée au Scribe, le publicain au Phariſien, le Payen au Iuif, le poure au riche,
le laboureur au roy. Et ceux qui ſembloyêt eſtre tref-prochains du regne celeſte, entreront
les derniers : & ceux qui en ſembloyent eſtre fort eslongnés, y entreront les premiers. Les
Payens deuanceront par foy, & la ſynagogue ſera forcloſe pour l'incredulité.

Mais plu-
ſieurs, pre-
miers ſeront
derniers.

<h3 align="center">CHAPITRE XX.</h3>

T pour autât que le propos que Ieſus auoit tenu touchant les premiers & derniers, ſembloit vn peu obſcur, il l'expoſe par vne parabole: par laquelle il decla
re que par diuers eages les hommes ont eſté appellés au ſeruice de iuſtice, que
tous toutefois ont vne meſme recôpenſe, c'eſt le ſalut eternel: pourueu qu'apres
qu'ils ſont appellés, ils trauaillent diligemmêt en la vigne de iuſtice. Car ceux qui ont eſté
appellés au temps de Chriſt n'ont pas moins que ceux qui auoyêt eſté appellés du temps
d'Abraham, de Moyſe, ou de Dauid: & n'ont pas moindre recompenſe ceux qui en vieilleſ
ſe ſont attirés au ſeruice de l'Euangile, que ceux qui y ſont attirés en ieuneſſe ou adoleſcence. A tous eſt dôné vn meſme denier, qui eſt la vie eternelle. Et toutefois ceux qui vindrent
les derniers ſemblent les plus hônorés en ce que la liberalité du Seigneur les eſgale à ceux
qui eſtoyent venus les premiers. Les Iuifs furent appellés les premiers, & toutefois les Payens, qui furent deſpuis appellés, furent non ſeulemêt eſgalés, mais auſsi prepoſés aux incredules Iuifs. La parabole eſt telle: Le regne de Dieu, dit-il, eſt ſemblable à vn hôme, pere
dê famille, qui ſortit tout au point du iour en la place, pour loer des ouuriers pour trauailler en ſa vigne. Or en trouua-il quelques vns auec leſquels il fit marché à vn denier
pour hôme par iour: ſi les enuoya en ſa vigne. Puis ſortit enuiron les trois heures, & en vit
aucuns qui eſtoyent oyſeux en la place, auſquels il dit: Allés vous-en auſsi en ma vigne: &
ie vous feray telle recompenſe que de raiſon. Il ſortit de-rechef ſur les ſix, & pareillemêt ſur
neuf heures, & fit le ſemblable qu'à vne & trois heures. Item enuiron onze heures, que ia le
iour s'abbaiſſoit, il ſortit, & en trouua encores quelques autres, auſquels il dit: Pourquoy
vous tenés vous icy tout le iour oyſeux? Pource, diſent-ils, que perſonne ne nous a loés.
Et il leur dit: Allés vous-en auſsi en ma vigne. Finalement au ſoir le maiſtre de la vigne cômanda à ſon procureur: Appelle tous les ouuriers, & leur paye leur ſalaire: & ce en cômençât depuis les derniers iuſques aux premiers. Ainſi ceux qui eſtoyêt venus les derniers, c'eſt
à dire, à onze heures, & qui auoyêt trauaillé la moindre partie du iour en la vigne, furêt ap
pellés les premiers de tous, & receurent chaſcun vn denier. Quoy voyant ceux qui auoyêt
eſté appellés de grand matin, pource qu'ils eſtoyent venus tant long temps deuant les au
tres en la vigne, s'attêdoyent de receuoir vn plus grand ſalaire ſelon la meſure du temps.
Mais à vn chaſcun d'eux fut auſsi payé vn denier. Parquoy voyans que ceux qui n'auoyêt
pas eſté eſgaux auec eux en eſpace de temps, leur eſtoit eſgalés en ſalaire, ils s'en alloyent
murmurans contre le maiſtre de la vigne, & diſans: Ceux-cy qui ſont venus à onze heures, n'ont trauaillé qu'vne heure: & ſi tu les fais en ſalaire pareils à nous, qui tout le iour auons pené au trauail, & porté la chaleur du midy: là où ceux là ſont venus ſur le ſoir, que
la chaleur eſtoit ia remiſe. Et le pere de famille reſpondit à l'vn d'eux pour tous: Mon amy,
pourquoy plains-tu mon bien aux autres? La liberalité dont i'vſe gratuitemêt enuers les
autres, ne te porte nul dommage. Ie ne te fay point de tort. N'as tu pas faiſt marché auec
moy, que tu receuroys vn denier, pour le trauail de ta iournée? Tu as employé ton trauail,
& voyla le ſalaire promis: tu n'a plus que faire auec moy. Emporte ce qui t'eſt deu, & t'en
va. Toy mercenaire as icy eſté loé, pour y trauailler, & non pour m'ordonner ce que ie dois
faire. Il m'a ſemblé bon de dôner à ceſtuy, qui eſt venu le dernier, autant de ſalaire, qu'à toy.
Tu ne pers rien du tien, ſi ceſtuy-cy reçoit quelque choſe de ma grace. M'empeſcheras-tu
de faire du mien ſelon mon vouloir? Ton œil eſt-il tourmenté d'enuie, pour ce que tu me
voys liberal enuers ceux qu'il me plaiſt? Ieſus mit en auant ceſte ſimilitude, pretendant de
leur ficher au cœur, que Dieu (qui de nature eſt liberal enuers tous) ne ceſſe d'inuiter tous
hommes par diuers moyens & eages au ſeruice de vraye pieté: en laquelle ceux qui trauailleront diligemment auront le pris de la vie eternelle: de laquelle nul n'eſt forclos, pourueu
qu'il obeiſſe quand il eſt appellé. Comme ce pris n'eſt pas du tout deu à noz merites, ains
plus toſt à la bonté de Dieu: toutefois ſi ne nous auient-il point ſans noſtre trauail. Combien que ce que nous venons à l'exercice de pieté & que nous y perſeuerôs iuſques au ſoir,
nous le deuons auſsi à celuy qui nous appelle. Car ceux qui reſuſent d'aller en la vigne,

quand

quand ils sont appellés, sont frustrés de leur salaire. Et combien qu'entre les saincts il n'y ait n'enuie, ne grondement à l'encontre de Dieu: toutefois par telles manieres de propos il a exprimé le souuerain honneur faict aux derniers, d'auoir esté payés les premiers. Laquelle dignité est tant noble, qu'à bon droit lon en pourroit auoir enuie. Combien que mesme les bons Iuifs grondoyent du commencement à l'encontre des Gentils, de ce qu'yssus d'ancestres idolatres, du tout eslongnés de la loy Mosayque, & incirconcis, ils estoyent tout à coup faicts pareils à eux en la grace de l'Euangile, & receus à vn mesme salut, sans estre chargés de nul fardeau de la Loy: là où les Iuifs qui s'estoyent long temps exercés és obseruations Mosaiques, n'en estoit en rien plus auancés que les Payens, qui d'vne vie n'agueres du tout prophane estoyent receus en la profession Euangelique. Donques plus grand grace à esté faitte aux Gentils: toutefois les Iuifs non pas pour cela de quoy se plaindre de Dieu, veu qu'il leur est aussi loisible de paruenir à la mesme felicité. Que s'ils aiment mieux porter enuie aux Gentils, que les ensuyure: qu'ils s'en prennet à eux-mesmes, entant qu'ils sont reiettés pour leur incredulité: ou ce pendant les Gentils pour leur promptitude de foy reçoyuent ce que les Iuifs pensoyent estre deu à eux seuls. Parquoy que quiconque sera appellé, s'en vienne soudain en diligence: autrement sera-il appellé pour neant, s'il ne met peine, qu'il soit aussi esleu. Et n'y a nul qu'il ne soit appellé, mais peu sont dignes d'estre des esleus. Pourtant est-ce que Iesus mit fin à la parabole par la mesme sentence qu'il l'auoit comencée, disant: Ainsi ceux qui estoyet les derniers, seront premiers: & derniers, ceux qui estoyent les premiers. Car maints sont bien appellés, mais peu sont esleus. Apres cela quand Iesus eut conuersé quelque temps en Galilée, il commença d'approcher plus pres du lieu de sa mort, en s'en venant en Ierusalem. Et pource qu'il auoit ia instruict ses disciples en maintes sortes touchant le mespris des richesses, peres, meres, parens, & amis: touchant chasteté, & singuliere humilité: & touchant les recompenses qui leur estoyent preparées, mesme en ceste vie: il tire secrettement ses douze Apostres à part, comme ceux qu'entre les autres il estimoit suffisans, ausquels pouuoit estre communiqué le mystere de la croix, que la trouppe n'eust encores peu comprendre. Combien qu'en parlant de Ionas, & de desmolir & redifier le temple en trois iours, il eust aussi à vray dire predit sa mort au peuple, mais en telle sorte, qu'ils n'entendirent point son dire qu'apres qu'ils l'eurent veu par effect. A ses disciples comme à ceux qui estoyent plus fortifiés il auoit ia par plusieurs fois descouuert le secret de sa croix, parlant sans couuerture. Mais pource que les hommes oublient aisément ce que point volontiers ils n'oyent: & mal-aisément reçoyuent en leur cœur, ce que leur ame a en horreur: le seigneur Iesus pour fortifier ses gens contre la tempeste prochaine, leur descouure encores plus clairement & plus distinctement que non seulement la mort approchoit, mais aussi moqueries & afflictions: qui sont le plus souuét plus griefues que la propre mort. Or ça, dit-il, nous montons en Ierusalem, & sera le fils de l'homme liuré aux grands prestres & aux Scribes, qui dés long temps luy dressent embusches: & ne cesserōt de l'accuser iusques à ce qu'ils l'auront amené à cōdemnation de mort: & le liureront aux Gentils pour le mocquer, fouetter, cracher, & crucifier: & apres qu'il aura esté mort & enseuely il ressuscitera au troisiesme iour. Cependant Iacques & Iean, enfans de Zebedée, qui auoyent ouy que les clefs du royaume des cieux estoyent assignées à Pierre: item auoyent entendu le propos touchant la dignité des douze sieges: eux encore grossiers & songeans à ie ne sçay quelles mōdanités, estimans que tantost apres la resurrection ce royaume & ces dignités deuoyent aduenir, & que Iesus auoit dict qu'il ressusciteroit au troisiesme iour: à fin de pouuoir aussi impetrer pour eux quelque excellente dignité, vont emboucher leur mere, pour aller supplier Iesus pour eux. Laquelle fit la reuerence à Iesus le priant bien fort de ne luy vouloir refuser ce qu'elle demanderoit. Interroguée qu'elle vouloit, elle luy dit: Commande que ces deux miens enfans soyent assis, l'vn à ta dextre, l'autre à ta senestre, en ton regne. Or Iesus bien sachant que la mere auoit esté embouchée de ses enfans, s'addressa à eux, & leur respondit: Vous ne sçaués que vous demandés. La mention du regne vous plaist, lequel est bien autre que vous ne songés: mais pour le present mieux vaut parler d'affliction & croix qui est le chemin du regne. Vous vous hastés par trop de demander le pris, attendu qu'il faut deuāt batailler. Ie vous ay-ia declaré que c'est qu'il me faut endurer. Pouués vous bien boyre du breuuage que ie doy boyre? Pouués vous bien estre baptizés du baptesme duquel ie seray baptizé & laué? Et eux ne cognoissans point encores leurs forces, pour le desir qu'il auoyét d'obtenir ce qu'ils demādoyent, luy respōdent, à vray dire, plus considerément, que cōstamment, qu'ils le pouuoyent bien. Et print bien Iesus ce qu'ils se disoyent pres de suyure sa croix: mais du pris, pource qu'ils

ne sça

ne fçauoyent qu'ils demandoyent, d'autant que ce n'estoit pas la saison, il leur dit : qu'il
n'est pas en luy de leur donner : mais que telle dignité auiendroit à ceux là seulement, ausquels son Pere feroit la grace, de meriter le premier lieu par quelque singuliere vertu : ce que
certes il disoit pour esguillonner vn chascun de pretendre à la perfection. Mon breuuage,
dit-il, beuurés vous bien : mais que vous soyés assis l'vn à ma d'extre, l'autre à ma senestre,
ce n'est pas à moy de le donner à ceux-cy, ou à ceux là : mais cela sera pour ceux, ausquels
mon Pere en fera la grace. Selon qu'vn chascun aura bataillé, ainsi emportera-il le pris.
Quelque temps apres, les autres dix oyans ces choses se despiterent contre les deux freres,
de ce qu'ils auoyent demandé vne dignité trop grande pour eux. Ils n'auoyent pas encores receu le sainct esprit, ils estoyent encore menés de quelques humaines affections, ambitieux, & portans enuie les vns aux autres. Et endura Iesus que ses disciples fussent long
temps suiets à telles affections : à fin de toutalement les arracher du cœur de tous ceux qui
succederoyent en la place des Apostres. Or pensoyent-ils (& pour cela s'en esiouissoyent)
que la requeste de Iean & de Iaques auoit esté refusée de leur maistre, non pas pource
qu'ils songeassent quelque dignité charnelle, où il estoit question d'vn regne spirituel :
mais bien d'autant qu'ils auoyent demandé vn plus grand honneur qu'ils ne meritoyent : lequel les autres pensoyent estre plus tost deu à eux-mesmes. Comme doncques Iesus rabaissa l'ambition des fols supplians, pource qu'ils ne sçauoyent quelle estoit la chose
qu'ils demandoyent : ainsi reprima-il l'enuie & despit des autres : laquelle enuie sourdoit
de la mesme source d'ambition : leur monstrant qu'il y auoit grande difference entre vn
regne mondain, & le règne Euangelique : entant que là le moindre est foulé de la tyrannie
du plus puissant, & qu'icy le deuoir des princes n'est autre chose qu'vn souuerain estude
de bien faire à tous : que là selon qu'vn chascun est le plus arrogant, ainsi est-il estimé le
plus grand : icy qu'il n'y en a point de plus humble de cœur, que celuy qui merite le plus
d'estre premier. Et à fin de leur imprimer à tous ceste doctrine au cœur, il appella à soy les
autres Apostres, & leur dit : Vous sçaués que ceux qui tiennent les principautés entre les
Payens, exercent vne domination & tyrannie sur ceux qui sont sous leur empire : & que les
souuerains princes exercent vne extreme puissance enuers leurs suiets. Car ils poruoyent à
leur authorité au dommage du peuple : & ont soin non pas des choses qui peuuent profiter au commun, mais bien de ce qui sert à leur bombance & gloire. Mais ce n'est pas raison qu'ainsi soit faict entre vous : ains quiconque voudra estre le premier entre vous, qu'il
soit le seruiteur de tous : portant honneur non pas à soy, ains au peuple sur lequel il preside. Et qui voudra entre vous auoir le premier lieu, qu'il soit le seruiteur & le plus bas de
tous. Car pour autre chose ne prent-il le premier lieu, sinon pour seruir aux commodités
de tous, sans en rien pourchasser, n'honneur ne profit. Que si la chose vous semble dure,
contemplés moy : car combien que ie soye vostre Seigneur & maistre & (comme vrayement vous testifiés) le fils de Dieu : si est-ce que ie ne m'attribue nulle dignité, & n'abuse
point de ma puissance à mon profit : ains suis venu à fin de seruir aux profits de tous : tellement que ie ne fay pas difficulté de despendre ma vie, pour racheter plusieurs ames, par
la perte d'vne seule. Entre ceux qui sont ainsi affectiōnés, personne n'a ne dequoy conuoiter l'honneur, ne dequoy porter enuie à l'autre pour sa dignité. Car qui portera enuie à celuy, qui ne s'addonne à autre chose, qu'a profiter à autruy, au despens mesme de sa vie ?
Combien qu'on porte honneur à tels, si est-ce qu'ils ne se l'attribuent point : ains le ren-   Et cōme ils
dent à Dieu. Et ainsi que Iesus sortoit de Iericho, auec ses disciples, vne trouppe de gens le   sortoyent
suyuit. Or y auo-il deux aueugles assis au pres du chemin, lesquels ayans entendu au   de Iericho.
bruit, qu'il passoit vne grande compagnie, demanderent que c'estoit. Et ayans ouy que
c'estoit Iesus qui passoit par là, pource qu'ils ne le pouuoyent voir, & quand bien il l'eussent veu ne leussent seu approcher pour la presse, ils s'escrierent à haute voix apres luy, disans : Seigneur Iesus, fils de Dauid, aye pitié de nous. Iesus fit semblāt de ne les point ouyr :
à fin que leur foy & ardeur fut plus manifeste à tous. Voyant le peuple que Iesus ne respondoit point à leurs cris, souspeçonnans que cela luy estoit desplaisant, que deux aueugles
mendians publiques, luy crioyent ainsi aux oreilles, les tansoyent & leur cōmandoyent de
se taire. Mais lesdits aueugles d'vne ferme fiance qu'il auoyent en Iesus (lesquels ils auoyēt
entendu estre bien faisant à tous) s'escrioyent encore plus haut, redoublans. Aye pitié
de nous, Seigneur fils de Dauid. Apres doncques que Iesus eut rendu leur foy assés notoire à tous, & nous eut enseignés qu'à leur exemple il faut ardamment & constamment
hurter aux oreilles de Dieu, si nous voulons obtenir quelque chose, il s'arresta (car quand
aux aueugles ils ne le pouuoyent suyure que des cris tant seulement) & commanda qu'on

les fit venir à luy. Si tost qu'on leur eut dit, ils viennent. Iesus leur demande qu'ils vou
loyent dire par ce grand cris, & qu'ils vouloyent qu'il leur fift. Iesus sçauoit bien que cest
qu'ils desiroyent: mais il voulut que la maladie dont ils estoyent detenus, fut cogneue de
tous, par leur propre confession: à fin que la verité du miracle fut plus certaine. Et ils di
rent: Seigneur nous voulons que tu nous ouures les yeux. En disant cela d'vne grande
affection, ils monstrent que l'aueuglement leur estoit tres-fascheux. Et est celuy pres de la
lumiere qui est desplaisant de son aueuglement. Adonc Iesus monstrant en sa face mesme &
en ses yeux vne affection de misericorde, par laquelle tout homme Euangelique doit auoir
compassion des maux d'autruy, leur toucha les yeux. Et soudain leurs yeux furent ou
uerts & y veirent, & auec les autres suyuirent Iesus. Ainsi guerit Iesus par son attouche
ment l'ame aueuglée de mondaines conuoitises: & nous est donnée la lumiere, à fin que
nous suyuions ses trasses.

CHAPITRE　　　XXI.

R sen allant Iesus en Ierusalem, il mettoit toute diligence de ficher au cœur à ses
disciples, que de son sceu & vouloir il alloit à la mort: & que personne ne luy
eust peut nuyre, s'il y eust voulu resister. C'est pour quoy il leur auoit tant de
fois repeté, qu'il luy falloit aller en Ierusalem, & là estre mis à mort, Car quant à
ce que quelque fois il à semblé qu'il se soit retiré du danger, cela ne faisoit-il pas pour
crainte: mais c'estoit pour se reseruer au temps ordonné de son Pere. Lequel temps pour
ce que lors il estoit prochain, non seulement il ne se cache point, mais aussi se presente de
plein gré, voire se presente en sorte que par vne nouuelle pompe il attire à soy les cœurs de
tous ceux de la ville. Et ne laisse pas cependant de faire miracles. Il ne laisse pas non plus
d'annoncer la verité: ains qui plus est, il reprend plus hardiment la vie des Pharisiens, en
chassant les marchans hors du temple. Par lesquelles choses il sçauoit bien qu'ils se despi
teroyent tous tant plus en leur cœur. Lesquels, combien qu'il les ait attirés à soy par bien
faicts, il ne les rendit pas pourtant innocents, mais leur donna le moyen de mettre en exe
cution ce qu'ils auoyent deliberé de faire. Or cõme Iesus approchoit ia de Ierusalem, il vint
en la mõtaigne des oliuiers: là où il voulut preparer vne nouuelle pompe de sa venue, par
laquelle pompe il se mocqua aucunemẽt des bombances de ce monde, & par telle mõstre
bailla quelque soulas à ses disciples (qui estoyent encores foibles) à fin que plus patiem
ment ils portassent la mort de leur maistre. Si enuoya de ceste montaigne deux de ses disci
ples, leur disant: Allés vous-en en ceste bourgade que vous voyès deuant vous: & incon
tinent que vous y serés entrés, vous y trouuerés vne asnesse attachée, & auec elle vn asnon,
sur lequel iamais homme ne mõta. Detachés-les tous deux, & me les amenés icy. Et si quel
qu'vn vous dit rien, en vous demandant pourquoy vous les detachés, où, & à qui vous
les menés: ne respondés autre chose sinon que le Seigneur en a affaire. Cela ouy, on vous
les laissera incontinent amener. Cecy fut faict en partie, à fin qu'ils entendissent que rien ne
luy estoit incogneu, & qu'il auoit le pouuoir de commander à tous ceux qu'il voudroit, &
tout ce que bon luy sembleroit, s'il eut voulu vser de ses forces: en partie, à fin que les Iuifs
cogneussent au moins par ce signe qu'il estoit le Messias, en voyant que ceste belle entrée
auoit iadis esté preditte par le prophete Zacharie. Car ainsi a-il prophetisé: Dittes à la fille
de Sion: voicy venir à toy ton Roy, doux & humble, assis sur vne asnesse & vn asnon pou
lin de celle qui est sous le ioug. Les disciples y allerent & trouuerent tout ce que Iesus leur
auoit predit. Incontinent qu'ils eurent faict mention du Seigneur, on leur lascha les mon
tures: encore que le Seigneur ne fut pas present, & ne monstrassent les disciples nulle au
thorité auant eux. Bien est vray, qu'ils ne le congnoissoyent pas: mais si est-ce qu'ils senti
rent bien que le Seigneur de tous le commandoit ainsi. Les disciples, à fin que le Seigneur
fut assis plus mollement, estendirent leurs habillemens dessus l'asnon: puis assirent Iesus
dessus. Qui estoit la figure de la nation Payenne, nation souillée & villainement abandon
née à toutes mauuaises conuoitises. Laquelle, apres qu'elle fut couuerte des vertus Apo
stoliques, & eut receu sur son dos le Seigneur Iesus, cessa d'estre souillée & de s'addonner à
ses premiers vices, estant deuenue la monture de celuy qui nettoye & sanctifie toutes cho
ses. L'asnesse est la mere de l'asnon: car le salut vient des Iuifs. Mais elle estoit liée à la lettre
de la Loy, elle estoit liée des vertus Euangeliques. Mais par le commandement du Sei
gneur ils ont tous deux esté desliés & couuers des vestemens des Apostres. Ce que n'en
tendoyent pas encore les Apostres, & toutefois se representoit lors pour estre puis apres
entendu. Et comme Iesus estoit ia venu au pied de la montaigne, vne grande compaignie
de gens luy vindrent de Ierusalem au deuant, lesquels luy portoyent bien aussi telle fa
ueur,

Allés en la bourgade.

Zacha. 9.

ueur, que la plus part tapiſſoit le chemin de leurs habillemens. Quelques vns couppoyent des branches des arbres, & les eſpandoyent par le chemin. Et les troupes alloyent deuant & apres pour luy faire feſte, crioyent enſemble ſelon la Prophetie du Pſeaume : Ho-   *Pſal. 117*
ſanna au fils de Dauid : Benit ſoit qu'il vient au nom du Seigneur : Benit ſoit qu'il vient le
regne de Dauid noſtre pere : Et les autres : Benit ſoit qu'il vient le roy d'Iſrael. Et louoyent
Dieu des miracles qu'ils auoyēt veu faire à Ieſus. Le Seigneur Ieſus qui auoit touſiours veſcu ſans aucune pompe, permit qu'on luy feit ceſt honneur, pour demonſtrer qu'il n'euſt
pas eu faute de la gloire de ce monde, s'il n'euſt mieux aymé la reietter qu'embraſſer, à fin
qu'à ceux qui ſe diſent ſes diſciples ce fuſt tant plus grand deshonneur de pourchaſſer ce
qu'il a meſpriſé, luy, di-ie, qui tout ſeul l'a merité. L'honneur ſuſdit toutefois eſtoit conuenable à l'entrée de celuy, qui par ſa mort déuoit racheter tout le monde vniuerſel. Et
quand Ieſus fut entré en Ieruſalem à tout ceſte nouuelle pompe : toute la cité fut eſmeue
du nouueau ſpectacle, & dit : Qui eſt ceſtuy-cy : Et les trouppes qui l'accompagnoyent, re-
ſpondoyent : C'eſt Ieſus, le Prophete nay en Nazareth cité de Galilée. Ce titre leur ſembla
noble, combien qu'il fut fort eſlongné de la magnificence de Ieſus. Car le peuple ne pouuoit encore penſer qu'il fuſt rien fors qu'homme. Et auoit Chriſt de faict à vis ainſi moyenné ſa vie, de peur de manifeſter ſa diuine nature : laquelle il leur euſt perſuadé en vain,
s'il l'euſſent veu puis apres endurer la mort. Si entra Ieſus au temple auec ceſte ſuyte. Et là
commença ſoudain de repreſenter comme vn regne. Car voyant au temple vne façon de   *Il chaſſoit les*
marché & foire, les vns vendant, les autres acheptans, & changeurs aſſis : il fut eſmeu de   *vendeurs &*
la villeine & eſnormité du faict, & ſelon ce dire du Prophete : le bruſle de l'affection que i'ay   *acheteurs.*
à ta maiſon : fit vn fouet de cordes, & en chaſſa tous les vendeurs & acheteurs auec toutes   *Pſa. 68.*
leurs marchandiſes. Il renuerſa les tables des changeurs : reſpandit leur argent par terre :
mit en pieces les ſelles des vēdeurs de colombes, rendant de ſon courroux vne iuſte cauſe,
prinſe d'Eſaye, qui dit en la perſonne de Dieu : ma maiſon ſera appellée maiſon d'oraiſon :   *Eſa. 56*
& vous en aués faict vne cauerne de larrons : Par ce faict Ieſus ſignifioit bien autre choſe.   *Iere. 4*
Car ce temple là prophané de marchandiſes de beufs, brebis, boucs, & de columbes, ne
l'eſmouuoit pas ſi fort : mais il voulut monſtrer que l'auarice & le gaing ſeroyent la mortelle peſte de ſon Eſgliſe, figurée par ledit temple, la religion duquel deuoit bien toſt eſtre a-
bolie. Car le temple qui eſt conſacré à Dieu pour luy immoler ſacrifices ſpirituels eſt lors
conuerty en cauerne de larrons, quand ſous couuerture de religion & preſtriſe, on deſpouille le peuple. Or n'y peut-il rien auoir d'entier & ſainct, là où regne le deſir d'argent.
Et eſt lors ce mal rendu inſurportable, quand on le commet ſous la couuerture du temple :
quand la rapine eſt couuerte de l'ombre de religion. Il n'y a nulle maniere de gens que Ieſus ait plus rigoureuſement repris : Mais il ſe les a reſerués pour les chaſſer quand bon luy
ſemblera. Adonc des aueugles & boyteux vindrent à Ieſus au temple, duquel l'entrée leur
eſtoit defendue par la Loy : mais le temple de Ieſus reçoit tous ceux qui accourent apres la
ſanté. Car les aueugles y vindrent pour recouurer la veuë : à fin de voir Ieſus, duquel ils
oyoyent les louanges. Les boyteux y vindrent : à fin de paruenir au regne des cieux, enſuiuant les traſſes de Ieſus. Tous ceux bref qui venoyent à luy, il les gueriſſoit. Les principaux
ſacrificateurs & Scribes (qui par telles choſes ſe deuoyent à la parfin amender) furent encore plus enflambés d'enuie, voyans le peuple de toute part luy faire la feſte par ſi grande
affection, voyans ſa vertu preſente en gueriſſant boiteux & aueugles, & ſon authorité en
iettant du temple les marchandiſes ſans que nul luy oſaſt reſiſter : voyans auſſi les enfans,
crier : Oſanna au fils de Dauid. Ils eurent deſpit de cela, & aduertirent Ieſus de faire ceſſer ce
cris : autrement, qu'il ſembleroit s'attribuer vn tel honneur, duquel ils l'eſtimoyent indigne : là où c'eſtoit plus toſt à eux affaire de le louer plus magnifiquement, que ne faiſoyent
les enfans. Car entant qu'ils eſtoyent plus eagés & entendus en la Loy & aux Prophetes,
ils deuoyent entendre par tant de miracles qu'ils auoyent veus, qu'il eſtoit le Meſſias
qu'ils auoyent attendu par l'eſpace de tant de ſiecles. Les ieunes enfans naturellement eſmeus, ou plus toſt inſpirés de Dieu, reſonnoyent ce qu'ils ne pouuoyent encore entendre
en ceſt eage. Pour ceſte cauſe leſdits grāds preſtres & Scribes, aueuglés d'enuie, & enyurés
de courroux, dirēt à Ieſus : Oys-tu que ceux-cy diſent : Et Ieſus, pour leur fermer la bouche
par le teſmoignage de l'eſcripture, leur dit : Ne leutes vous iamais : Tu as comblé la louāge   *pſal. 8*
par la bouche des enfans & tettans : Et voulés vous que ie leur ferme la bouche, que Dieu
leur à ouuerte pour louer ſa nobleſſe : Et ie vous di, que tant s'en faut que Dieu doyue ſouffrir qu'on taiſe ſes louanges à cauſe de voſtre enuie, que ſi ceux-cy ſe taiſoyent les pierres
meſmes (qui ſont plus molles que vous) crieroyent. Si les laiſſa Ieſus, eux & leur enuie :

i 2 puis

puis sortit de la ville de Ierusalem,& s'en alla en Bethanie,& y logea. Et au matin en retournant en la ville, la faim le print. Et voyant vn figuier au pres du chemin, il s'y en alla comme esperant d'y trouuer à manger. Mais quand il fut venu à l'arbre, il n'y trouua que des
fueilles. Parquoy, comme mal content d'auoir esté frustré de son esperance, il le maudit,
disant : Que d'icy à iamais personne ne voye de ton fruict. Et comme ils retournoyent par
ce mesme chemin, voyans les disciples que le figuier que Iesus auoit maudit, auoit ia perdu ses fueilles, & estoit seché, s'esmerueillerent, & luy dirent:Voyla le figuier que tu auois
maudit, qui est desia seché. Or auoit Iesus laissé aduenir cela, à celle fin de plus en plus inculquer la foy à ses disciples : pource que si elle ne suruenoit, il sçauoit bien que sa mort
mesme ne seruiroit de rien aux hommes. Car il auoit merueilleusement soif du salut de
l'humain lignage : & desiroit ia que le temps de sa mort approchast.Il trouuoit bien aux
Iuifs vne apparence de religion : mais du fruict de la foy (duquel seul il auoit faim) il ne l'y
trouuoit point. Ainsi doncques que les disciples s'esbaissoyent que ce figuier s'estoit si
soudain seché: Iesus leur respondit en ceste maniere: Comment vous esbaysses vous de
cela, qui n'est pas grand cas, de voir secher vn arbre ? La force de la foy peut bien de plus
grandes choses. Que si vous l'aués puissante & ferme, vous serés non seulement ce que
vous aués veu auenir au figuier: mais aussi si vous dittes à ceste montaigne : Oste toy de
ton lieu, & t'en va en la mer, elle fera soudain ce que luy aurés commandé. Et pour le faire
court, tout ce que vous demanderés en voz prieres (moyennant que ce soit auec fiance)
vous l'obtiendrés. Et quand Iesus fut entré au temple, & enseignoit le peuple, les princi-
páux Sacrificateurs & aucuns senateurs du peuple ne pouuans endurer qu'il regnast là
paisiblement en leur regne, luy allerent dire:De quelle authorité fais-tu ces choses ? Et qui
t'a baillé ceste puissance? Car puis que nul homme du monde ne luy auoit donné ceste authorité, il restoit qu'il dist, que Dieu luy auoit baillée, ou bien Beelzebub. S'il eut dit qu'il
l'auoit de Dieu, il eut bien respondu ce qui estoit vray : mais il n'eut faict autre chose que
les esmouuoir.Car ils ne luy demandoyent pas pour le croire (ce qu'ils pouuoyent bien apperceuoir par l'effect mesme)mais bien pour le calomnier.Et Iesus bien cognoissant cela,re
poussa leur demande par vne autre demande,côme on repousse cheuille par cheuille,leur
disant: Ie vous demanderay aussi vne chose, à laquelle si vous me respondés, ie vous respondray aussi à vostre demande. L'authorité dont Iean a baptizé, d'où luy venoit-elle?
du ciel ? ou des hommes ? Et eux de deliberer entre eux quelle responce ils luy feroyent.
Car ils voyoyent que la demande auoit deux cornes & ententes: de sorte qu'il estoit force de
hurter contre l'vne. Or pensoyent-ils ainsi:Si nous disons,du ciel, il nous dira incontinent:
Pourquoy doncques ne laués vous creu ? Car il a presché le regne de Dieu, & a donné tesmoignage de moy.Si nous disons, des hommes:il y a du danger que le menu peuple ne se
mutine. Car ils tiennent tous pour resolu que Iean estoit Prophete. Ainsi de peur d'estre repris, ils respõdirent qu'ils ne sçauoyent. Adonc Iesus leur dit:Aussi ne vous diray-ie point
d'où me vient ceste authorité. Et pourtant qu'vne simple & manifeste demande ne leur
auoit peu faire confesser la verité : Iesus leur en fit vne autre sous paroles couuertes, à fin
qu'ils se condemnassent eux-mesmes sans y penser.Que vous semble, leur dit-il,de ce que
ie vous proposeray ? Vn homme auoit deux enfans. Il alla dire à l'vn : Mon fils, va t'en auiourdhuy trauailler en ma vigne. Lequel luy respondit rebellement : Ie n'y veux pas aller:
mais il fut soudain touché de repentance,& s'en alla en la vigne. Ledit pere alla semblablement dire à l'autre:Va t'en auiourdhuy trauailler en ma vigne. Lequel luy respondit promptement : Ie m'y en vay, Seigneur. Et toutefois n'y alla pas.Or-ça,lequel des deux,à vostre
auis, fit la volonté du pere? Et eux n'entendant point tels propos, luy respondirent : Ce
premier là qui se repentant soudain alla en la vigne.Adonc Iesus reietta sur eux la parabole, disant:Ie vous dy pour vray que les publicains & paillardes vous precederont au royaume de Dieu. Quant à eux, ils estoyent bien du commencement rebelles à Dieu par leur
vie dissolue:mais ils ont esté soudain touchés de repentãce,& ont obey à la doctrine Euangelique. Et vous, qui de titre & profession estes le peuple de Dieu, & qui dés long temps
aués dit, & dittes encores auiourdhuy:Tout ce que le Seigneur dira nous le ferons. Et qui
aués toûsiours au bec les commandemens de Dieu,& le temple du Seigneur, le temple du
Seigneur, le temple du Seigneur.Vous aués esté inuités par tant de moyens, & si ne vous
pouués vous esmouuoir à repentance. Car Iean est venu vous monstrer la voye de iustice,
que l'ire de Dieu estoit pres:que la cognée estoit mise aux racines de l'arbre,si vous ne vous
amendés bien tost.Vous aués veu que les Publicains & les paillardes,gens selon vostre iugement dissolus, luy ont esté obeissans:Et de vous, ny la singuliere saincteté de Iean, ny sa

saincte

saine doctrine, ny ſes menaſſes, ny l'exemple deſdits publicains & paillardes ne vous ont peu eſmouuoir à repentance & amendement de vie. Dont il auient que par la foy ils vous oſtent le regne de Dieu: Et vous qui confeſſés Dieu de bouche, vous en eſtes forclos pour l'incredulité de voſtre cœur. Il leur propoſa encore vne autre parabole autant obſcure que ceſte-cy: par laquelle il raconte & leur met deuant les yeux leur notable ingratitude de ce qu'apres auoir eſté inuités de Dieu par tãt de biẽ-faicts, nõ ſeulemẽt ne ſe ſont point amendés, mais auſſi les Prophetes qui leur auoyent eſté enuoyés, à fin que finalemẽt ils s'amendaſſent à leur predicatiõ, ils les ont cruellement mis à mort les vns apres les autres. Et non contens de cela, qu'ils meurtriroyent le propre fils de Dieu, & ce en le iettant hors de la vigne: monſtrant en paſſant le lieu où il deuoit eſtre ctucifié. Par lequel propos il declare, qu'ils eſtoyent indignes de la vigne par leur inuincible malice (veu que rien n'auoit eſté obmis pour les pouuoir ramener à amendemẽt de vie) & qu'il ne ſouffriroit riẽ d'eux qu'il ne l'euſt deuant ſceu. La parabole eſtoit telle. Il y auoit, dit-il, vn certain pere de famille, qui planta vne vigne: laquelle il enuirõna d'vne haye, & y fit vne foſſe, où il mit vne cuue pour y recueillir là vin du preſſoir, & baſtit vne tour pour la garde de ladjtte vigne: puis l'ayant ainſi brauemẽt munie, la loa à des labou reurs pour la cultiuer à la bõne foy, & en rẽdre les fruicts au Seigneur. Cela faict, il s'en alla faire vn voyage. Et quãd le temps de recueillir les fruicts fuſt venu, il ẽuoya ſes ſeruiteurs vers les laboreurs pour en receuoir les fruicts: mais leſdits laboureurs non ſeulement ne leur baillerẽt point les fruicts qui eſtoyent deus: mais auſſi mirent la main ſur leſdits ſeruiteurs, & en frapperent les vns, tuerent les autres, & en lapiderent les autres. Cela ſceu, le pere de famille ne les appella pas tout à coup à la mort: mais en attendant qu'ils s'amẽdaſſent leur enuoya des ſeruiteurs en plus grand nombre, qu'il n'auoit faict au parauant: eſperant qu'ils ſeroyent retenus pour la multitude, & feroyent leur deuoir. Mais ils traicterent auſſi rudement ceux-cy, qu'ils auoyent traicté les premiers. Le pere de famille endura encore ceſt outrage. Et en la parfin pour les vaincre par ſa douceur, leur enuoya ſon fils, en diſant à part-ſoy: Bien eſt vray, qu'ils ont cruellemẽt traitté mes ſeruiteurs: mais ils porteront reuerence à mon fils, quand ils le verront venir. Mais les laboreurs tant plus ont les inuitoit à repentãce, d'autãt plus eſtoyent-ils eſmeus à cruauté. Car quand ils veirent le fils, tant furent loing de luy porter reuerence, que ſoudain prindrent conſeil de le mettre à mort, diſant: C'eſt cy l'heritier: Venés-ça, tuons-le, & occupons ſon heritage. Et ſoudain l'empoignerent, & le trainerent hors de la vigne, & le tuerent. Or-ça, leur dit Ieſus. Quand le ſeigneur de la vigne ſera venu, que fera-il à ces laboreurs là? Et les Phariſiens luy reſpondirent: Ils les deſtruira malheureuſement les meſchans, & loera ſa vigne à d'autres laboureurs, qui luy rendront lealemẽt les fruicts en leur ſaiſon. Ainſi deceus de l'obſcurité de la parabole ſe condamnent de leur propre bouche: ſe prononçans dignes de l'eternel tourment, pour leur inuincible peruerſité de cœur: & qu'à vn bon droit les Payens ſeroyent receux en la grace de l'Euangile, pour plus fidelement cultiuer la vigne de iuſtice, qu'eux ne l'auoyent cultiuée. Outre cela, monſtrant Ieſus qu'il ſeroit bien par leur peruerſité condamné & reietté, & qu'il mourroit d'vne mort honteuſe: mais que moyennant la puiſſance de ſon Pere, il ſeroit par ſa reſurrection renommé par tout le monde vniuerſel, & acquerroit vne telle fermeté que quiconques chopperoit contre luy, ſe ruyneroit ſoy-meſme. Pour quoy monſtrer, à fin de leur moins deſplaire, il allegue la prophetie du Pſeaume, diſant: Ne leutes vous iamais és eſcriptures: La pierre que les baſtiſſeurs ont reprouuée, a eſté miſe au principal lieu du coing. Cela eſt venu du Seigneur, & nous ſemble choſe merueilleuſe à voir. Signifiant qu'ils baſtiſſoyent bien la ſynagogue, mais en reiettant Chriſt, ſans lequel nul baſtiment n'eſt perdurable: Et toutefois que ceſte pierre qu'ils reiectoyent, ſeroit en grande reuerence en l'Eſgliſe des Gentils. Pourtant eſt-ce, qu'il leur dit conſecutiuement: pour cela vous di-ie, que le regne de Dieu, que vous meſpriſés quand on le vous preſente, vous ſera oſté & donné à vne autre nation, qui apportera des fruicts conuenables à l'Euangile. Et comme ceſte pierre apportera ſalut à ceux qui obeiront à l'Euangile, ainſi apportera-elle ruine à ceux, qui y reſiſteront par incredulité. Car quicõque hurtera contre ceſte pierre ſera froiſſé. Pareillement ſur qui la pierre cherra, elle le briſera. En la parfin les principaux Sacrificateurs entẽdirent par la concluſion de ce propos, qu'il auoit auſſi dit contre eux les precedentes paraboles, deſquelles ils auoyent eſté deceus, & auoyent pronõcé ſentence contre eux-meſmes. Et eſtoit leur forcenerie allumée iuſques là, que dés lors ils l'euſſent empoigné, n'euſt eſtc qu'ils craignoyeut le populaire, pource que pluſieurs auoyent en grande eſtime Ieſus, & le tenoyent pour vn Prophete.

Il y auoit vn pere de faa mille.

Pſeau. 117

i 3   CHAPI

CHAPITRE   XXII.

T de rechef Iesus leur adiouste vne autre similitude:pour tãt plus leur ficher au
cœur que leur obstinée malice estoit en cause,qu'il seroyết reiettés du salut Euã
gelique: & que les Payens occuperoyent ce,dont ils se feroyết rendus indignes:
& que nul n'est forclos du regne de Dieu : mais que cest hõneur auoit esté faict
à la nation Iudaique,qu'elle à esté appellée deuant toutes, voire cõuiée amiáblemết non à
tristesse ou mespris,ains à des nopces,c'est à dire,à honneurs,plaisirs, & à la liberté Euãge-
lique:Et qu'ils auoyết esté semons nõ seulemết par le prophete Iean,& par le Christ mesme:
mais aussi qu'apres la mort dudit Christ ils seroyết cõuiés par les Apostres : & que les messagiers de l'Euangile ne se retireroyết pasvers les Payẽs,que premier ils n'eussent faict long
temps leur deuoir enuers ceux de leur natiõ, & souffert d'eux maintes mocqueriés & tour-
mens:à fin qu'ils ne s'en puissent prendre à personne, s'ils son apres punis de tãt de calamités,puis qu'ils auront mesprisé la bienueuillãce de Dieu tãt de fois presentée.La similitude
est telle:le regne de Dieu,leur dit–il,est à cause de vous,deuenu semblable à vn roy,qui vou
lant faire le festin nuptial de son fils , enuoya son seruiteur semondre beaucoup de gẽs àux
nopces:mais ils n'y voulurết venir à la premiere semonce.Adonc le roy y enuoya plusieurs
seruiteurs,pour de rechef plus diligemment les conuier de venir aux nopces, qui estoyent ià
appreslées:& pour leur dire en son nom:Voy-là mon disné appareillé:mes thoreaux & be
stes grasses sont tuées,& toutes autres choses prestes.Il ne reste plus,sinõ que vous veniés.
A fin que ces choses ne soyết appareillées en vain. Mais ils mespriserết de rechef celuy q̃ les
conuioit.Et ainsi que les seruiteurs les pressoyết,chascũ amenoit ses excuses.L'vn s'en alloit
vers sa mestairie,qu'il auoit tout freschemết achettée:l'autre alloit regarder des bœufs,qu'il
auoit marchandés:& l'autre auoit n'agueres prins femme, laquelle il ne pouuoit abãdon-
ner.Et estoyết ceux–cy si insensés en eux–mesmes,qu'ils preposerết des ie ne say quels inuti
les & ords soucys des choses caduques à vn tant heureux festin.Mais les autres adiousterết
cruauté auec ingratitude : Car aux seruiteurs du roy, qui les semonoyent vne fois, & deux
fois à vn tel hõneur,ils firent beaucoup d'outrages , & en la parfin les tuerent. Quãd le roy
entẽdit cela,il en fut fort courroucé.Car sa douceur par eux mesprisée : se chãgea en fureur:
si qu'il enuoya destruire ces meurtriers là par sa gendarmerie. Et nõ content de cela,fit mettre le feu en leur ville.Or ces choses leur dit Iesus,predisant couuertemết la ruyne de la ville
de Ierusalem.Et incõtinent apres il declare que les Payens seroyết appellés de toutes parts
à l'Euãgile,cõme gens meilleurs que les Iuifs. Puis le roy dit à ses seruiteurs:les nopces sont
appareillées,mais pour autant que ceux qui estoyent conuiés se sont declarés indignes de
ce bancquet que ie leur auoys toutefois principalemết appresté : courés vous–en par tout,
deçà & de là,par les carrefours & voyes publiques:& sans aucũ choys, tous ceux que vous
trouuerés,dignes,indignes,foibles,manchots,aueugles,boiteux,semonés les aux nopces
iusques à tant que ma maison soit remplie. Si sortirent les seruiteurs & amasserết vne com
paigniée de gẽs de toute sorte, recueillie de toutes parts: & fut le bancquet remply de gens
assis.Apres cela Iesus qui auoit cy dessus monstré que les Iuifs seroyent griefuement punis
pour auoir affligé & finalement tué les Apostres, qui tant de fois les sémonoyent , declare
aussi bien qu'vn grief tourment est aussi preparé à ceux qui ayans faict professiõ de la vie
Euangelique, retourneroyent aux ordures de leur premiere vie. Le roy, dit–il, entra pour
voir ceux qui estoyết assis au bancquet, & en vit vn entre les autres, qui n'estoit pas vestu
de robbe de nopces. Auquel il dit:Mon amy,commết és tu icy entré,veu que tu n'as pas la
robbe de nopces:Et il se teu de honte.Alors le roy commanda aux seruiteurs qu'ils l'ostas-
sent pieds & mains liées loing arriere du bancquet, & le iettassent en tenebres biẽ espesses,
où sont pleurs & grincement de dents.Ainsi fut la dignité & clarté du banquet changée en
vne tres–vilaine prison,& la souueraine voluptẽ en vn extreme tourment. Et combien que
plusieurs soyết appellés,toutefois peu sont esleus.Tout sont appellés de plein gré : mais il
n'y a d'esleus sinon ceux qui estans appellés obeissent, & qui iusques à la fin respondent à
la bien–veuillance de Dieu enuers eux, perseuerãs en l'estude de la pieté Euãgelique. Et les
Pharisiens se sentans taxés par telles parolles,tant furent loing d'estre touchés à repentãce
qu'ils ne pensoyent ià plus à autre chose en leur cœur,que comment ils pourroyent tuer Ie-
sus.Tant est grand le mal d'enuie & d'ambition.Ils auoyent la voulonté de cõmettre meur
tre:mais l'opportunité leur defailloit.Ils ne craignoyết pas Dieu qui faict vengeãce de tels
crimes:ains ils craignoyent le peuple.Ainsi ils s'auiserent d'entrer par vne autre voye,& de
tellement cõduire leur entreprinse par finesse,cõme en minant par dessous terre,que l'indignité du faict s'addressast à Cesar & à ses lieutenãs.Parquoy pour le present ils dissimulent

bien

bien leur courroux, & s'en vont:mais apres auoir tenu conseil ensemble,ils furent d'aduis
de faire à Iesus vne demande par gens attitrés:à fin de le prendre par sa respõse,& le mettre
entre les mains des Princes:à fin qu'ils le missent à mort,comme celuy qui seroit coulpable
de lese maiesté,& autheur de sedition,sans que les Pharisiens fussent rien meslés en la cau/
se.Or la feintise controuuée estoit telle.Pource que la Iudée commençoit-ia d'estre tribu/
taire aux Romains,Auguste auoit ordõné le roy Herodes,fils d'Antipater,pour en recueil/
lir les tributs.Et en cest affaire tous n'estoyent pas d'vn aduis.Car ce sembloit aux vns cho
se indigne,qu'vn peuple dedié à Dieu payast tribut à des Princes idolatres.Et en ceste opi/
nion estoyent ceux de la part des Pharisiens.Au cõtraire,il y en auoit qui fauorisoyent à Ce/
sar,disans qu'il luy failloit payer tribut.Et dit-on que les gens d'Herodes maintenoyent
ceste opiniõ:pour autãt qu'Herodes estoit estably pour recueillir les tributs.Or s'en estoit-
il vn peu deuant trouué deux,assauoir,Theudas & Iudas:lesquels (pource qu'ils mainte/
noyent publicquemẽt que les Iuifs,qui estoyent vn peuple cõsacré à Dieu,ne deuoyent tri/
but à nul Prince prophane)furẽt mis à mort cõme seditieux.Les Pharisiens esperoyẽt que
Christ fauorisant plus à la religion qu'à Cesar,hõme prophane & dissolu,selõ son accoustu
mée liberté prononceroit cõtre les Herodiens,qu'on ne deuoit point payer tribut à Cesar:
& que soudain ils l'accuseroyent à Herodes pour luy faire porter les peines que Theudas
& Iudas auoyẽt deuãt endurées.Que s'il eust dit qu'il failloit payer tribut,soudain ils l'eus
sent accusé qu'il flattoit les Princes prophanes,& qu'il ne portoit point de faueur à la Loy
de Dieu.Ils attirẽt dõcques quelques vns de leurs disciples,pour l'aller par propos fardés
& flatteurs faire trebuscher en la nasse:Et ce en la presence des Herodiẽs,& d'vne grande cõ
paignie de gens,de peur que le faict n'eust faute de tesmoings.Tant estoit grãd leur aueu/
glement,qu'apres auoir esté tant de fois frustrés de leurs entreprinses,ils ne se pouuoyent
tenir coys.Et n'ont point de honte de leur inconstance l'appellãs maintenãt Maistre,là où
ils luy auoyent au parauant reproché qu'il auoit l'esprit de Beelzebub.Ils louent aussi sa
liberté,à fin qu'il ne redoubte d'offenser les Herodiens.Maistre,luy disent-ils,nous sça/
uons que tu es veritable,& ne flattes personne,& ne ments de rien:ains enseignes auec v/
ne grande liberté ce qui est plaisant à Dieu,& non ce qui semble bõn aux hommes.Car tu
ne redoubtes nul homme du monde,& n'as nul esgard aux personnes.Parquoy dy-nous *Est-il licite de*
qu'il t'en semble.Est ce raison que le peuple Iudaique,consacré au seruice de Dieu,paye tri/ *payer tribut*
but à Cesar ou non:Et luy baillerons nous d'orenauant,ou non :Et Iesus pour monstrer *à Cesar.*
qu'il cognoissoit bien leur trõpeuse & flatteuse harengue,modera tellemẽt sa respõce par sa
merueilleuse sagesse,qu'il ne se mõstra affecté n'à l'vne n'à l'autre secte: ains les amonnesta
toutes deux de ce que seruoit plus à leur salut,assauoir qu'ils payẽt le tribut de pieté à Dieu
le souuerain Prince des princes,leur disant:Pourquoy me tentés vous,ô Hipocrites:Mon/
strés-moy la monnoye du tribut.Car ils pretendoyẽt d'attraper Iesus en son parler:& il les
attrape de son cõsté en leurs respõces.Si luy baillerent vn denier où estoit l'image & le titre
de Cesar.Et pour declarer qu'il n'estoit point venu pour donner des loix sur les choses,qui
n'attouchoyẽt point la pieté,& qui selon le tẽps peuuẽt estre ou droittemẽt faittes ou nõ,il
regarde le denier,& cõme ne cognoissant pas bien telles manieres de lettres & images (luy
qui se mesloit des choses celestes)leur demãda de qui estoit ceste escripture & image.De Ce
sar,respõdirent-ils.Alors Iesus leur dit:Rẽdés dõcques à Cesar ce qui peut appartenir à Ce
sar.Mais deuãt toutes choses,rẽdés à Dieu les choses qni appartiẽnẽt à Dieu.Signifiãt que
cela n'epesche rien la pieté,si quelqu'vn cõsacré à Dieu paye tribut à vn Prince prophane,
encore qu'il ne le doyue poit,aymãt mieux luy obeyr,que l'irriter,en vne chose mesmemẽt
qui rend bien l'hõme poure,& non pas meschãt.Autrement s'il vous demãdoit chose qui
vous rendit meschãts,lors ne seroit ce point le tribut de Cesar,mais du diable.Ils s'esbahi/
rent d'ouyr ceste respõce,premierement de ce qu'ils entendirent,qu'il auoit bien apperceu
leur cauteleuse feintise:puis ils s'esmerueillerẽt bien de sa prudẽce admirable,cõtre laquel/
le c'estoit en vain que la finesse humaine dressoit embusches : mais ils ne s'en esmeurent
point.Si le laisserent,& cesserent d'assaillir celuy,qu'ils ne pouuoyent vaincre:mais ils ne
cesserent point de hayr celuy qu'ils deuoyent aymer.Or quand les Pharisiens & les Hero/
diens s'en furẽt allés,les Sadduciens le vindrẽt abborder.Ceste secte est biẽ la plus lourde *Les Sadduciens*
& la moins sçauante qui soit entre les Iuifs,discordãt auec les Pharisiens en ce qu'ils nyent *vindrent à luy.*
la resurrection,iusques à ne point croire qu'il soit des anges,ny que les ames viuent a/
pres qu'elles sont separées des corps: estimans que ce qui est inuisible ne soit rien.Ceux-cy
oyans que Christ faisoit souuent mention de la vie eternelle,& du siecle aduenir,& de la
resurrection des iustes,l'abborderent pour faire l'experience s'il seroit point de l'opinion

des Pharifiēs,ou biē s'il fe cōtrarieroit en fa doctrine:à fin ou de le reprendre, s'il fe cōtredi
foit:ou de le mocquer,s'il s'accordoit auec les Pharifiēs. Si luy ppoferent vne telle queſtiō,
difans : Maiſtre , Moyſe à faict ceſte Loy, que fi quelqu'vn marié vient à mourir fans auoir

Deut.25 enfans,que le frere du deffunct prēne la vefue pour femme:& cōuerfant auec elle, face auoir
generatiō à fon frere.Or y auoit–il fept freres vers nous dont le premier fe maria & mourut
fans enfans. Le premier de fes autres freres fe maria auec fa femme, lequel trefpaffa auffi
bien fans auoir enfans. Le femblable aduint au troifiefme, & au quatriefme,iufques au fe
ptiefme.Car ils moururēt tous fans auoir enfās. Finalemēt mourut auffi la fēme qui auoit
efté mariée à ces fept freres. Or–ça , en la refurrectiō de tous lequel l'aura pour femme ? car
elle ne peut eſtre cōmune à to⁹ : & toutefois tous l'ont efgalemēt efpoufée. Pource que ceſte
demande auoit plus d'ignorāce que de malice:Iefus y daigna bien refpondre. Car qui faur
par ignorāce,merite d'eſtre enfeigné:mais ceux qui s'informent d'vne pure malice, ils fonr
indignes de refpōfe.Vous vous abufés,leur dit–il. Bien eſt vray, que vous lifés les efcriptu
res, mais vous ne les entēdés pas. Puis ne vo⁹ arreſtāt qu'aux chofes corporelles que vous
voyés,vous ignorés la puiffance de Dieu, qui eſt plus merueilleux és chofes inuifibles.En
ce monde où font chāgement des chofes qui naiffent & periffent:on s'y marie,à fin de peu
pler le genre humain.Au reſte,quand la mortalité fera engloutie, & les hōmes feront faicts
fpirituels (ce qui auiēdra en la refurrection,laquelle nous rendra bien nous–mefmes,mais
changés)il ny aura hōme ne femme qui fe marye. Car là ne fera befoin de generation, où il
n'y aura nulle mort.Au reſte,ceux qui ont part en la refurrection des iuſtes , ils viuent ainfi
fans nopces cōme viuent les anges de Dieu au ciel : Et dés à prefent s'exercent de tout leur
pouuoir en ce qu'ils doyuent eſtre en la refurrection. Car ils aiment mieux engendrer des
ames à Dieu,que des corps au mōde.Puis Iefus monſtrāt couuertemēt que ceſte tāt eſtrāge
queſtiō eſtoit née d'vne fauffe perfuafion,felon laquelle ils croyoyent qu'il n'y auoit point
de refurrectiō , ne defdaigna pas de leur arracher auffi du cœur ceſte opiniō:enfeignāt que
la refurrectiō fe recueilloit auffi des liures de Moyfe, de l'authorité duquel ils auoyent af

Exod.5 failly Iefus.Et pourquoy,leur dit–il,ne croyés vous pas la refurrection des morts ? Comme
fi Moyfe ne l'auoit pas enfeigné ouuertement, les efcripts duquel vous lifés affés groffie
rement & nonchalemment. N'aués vous pas leu ce que dit Dieu par ledit Moyfe : Ie fuis le
Dieu d'Abrahā:& le Dieu d'Ifaac,& le Dieu de Iacob.Si ceux–cy fuffent du tout peris par la
mort de leur corps, il ne diroit pas qu'il eſt,mais bien qu'il auroit eſté leur Dieu.Que s'il eſt
leur Dieu,certes leurs ames viuent:voire ils viuent du tout aucunemēt en l'efperance de la
refurrection aduenir.Dieu eſt la vie,& n'eſt pas le Dieu des morts,qui ia ne font plus:ains il
eſt le Dieu des viuans.Ainfi leur mōſtra–il qu'il y auoit bien vne refurrectiō : mais non pas
telle qu'ils fongeoyent,en luy propofant la fotte queſtion touchant les fept freres. Et voyāt
le menu peuple qu'il fermoit la bouche à tous par prudētes refpōfes,s'efmerueilloyēt de fa

Et les Phari- vertueufe & prompte doctrine.Il ne defpleut pas aux Pharifiens qu'il auoit clos la bouche
fiens oyant. aux Sadduciens,principalement en l'article dont ils eſtoyent du tout contraires entre eux.
Voyans doncques les Pharifiens que les Sadduciēs n'auoyent fceu que refpondre : & que
l'ignorance des efcriptures leur auoit eſté reprochée, ils s'affemblerent de rechef comme
ayās reprins courage. Et embouchēt vn certain docteur de la loy pour aller affaillir Chriſt,
d'vne queſtiō,ce leur femble,bien docte:à fin qu'il le reprint d'ignorance, ou bien qu'il rap
portaſt le los de doctrine. Maiſtre, luy dit–il:qui eſt le plus grand & principal commande
ment de la Loy ? Et Iefus voulant monſtrer que ceux qui fe vantoyent de la Loy,eſtoyēt du
tout efloignés de l'obeiffance de ce commandement: entant qu'ils brusloyent entieremēt
d'enuie & de haine contre le prochain,& d'autres vices qui n'ont nulle accointance auec la
vraye charité : & que celuy qui faict tort à fon prochain, n'ayme pas Dieu, luy refpondit:

Deut.6 Ayme le Seigneur ton Dieu de tout ton cœur, & de toute ton ame, & de tout ton entende
ment. Voyla le premier & le plus grand commandement:lequel toutefois perfonne ne gar
de à droit,s'il ne garde auffi le fecond qui luy eſt femblable. Car l'vn depend de l'autre.
Ayme ton prochain comme toy–mefme.Car tout ce qui eſt cōmandé en toute la Loy : tout

Leuit.19 ce qu'enfeignent les Prophetes,eſt entierement comprins en ces deux cōmandemens. Car
quicōque ayme Dieu de tout fon cœur,il ne neglige rien de tout ce que Dieu à cōmandé:&
qui ayme fon prochain cōme foy–mefme, il ne fera point larron:il n'adulterera point : il ne
portera poīt faux tefmoignage:il ne cōuoitera point le biē dautruy:Bref il ne fera à autruy,
que ce qu'il vouldroit qu'on luy fit. Adōc le Pharifiē qui d'efpieur eſtoit ia prefque deuenu
difciple,luy refpōdit:Maiſtre,tu as vrayement & droittemēt dit,qu'il y a vn feul Dieu, & qu'
il n'en y a poīt d'autre que luy:& que luy feul doit eſtre aymé de toutes noz forces:& qu'en
luy feul

luy feul nous faut trãsporter toutes noz affectiõs:& qu'aymer son prochain cõme soy-mef
me,est plus que toutes offrãdes & sacrifices.Voyant Iesus qu'il auoit sagemẽt respondu,&
delaissoit de l'essayer,luy dit:Tu n'es pas trop loing du regne de Dieu : car le Pharisien en
tẽdoit quel estoit le souuerain bien,il luy restoit seulement de suyure d'affection ce qu'il a
uoit en l'entẽdement.Et ce pendant picqua couuertemẽt la conscience d'aucuns Pharisiẽs,
qui brassoyent embusches mortelles à Iesus.Et pour ceste cause là où ils l'auoyent seulemẽt
interrogué du plus grand cõmandemẽt,(duquel ils s'attribuoyẽt faussemẽt l'obeissance)
il y adiousta aussi outre la demãde,le secõd touchant l'amour du prochain : car ils ne pen
soyẽt pas encore que Christ fut Dieu.Certes ils ne pouuoyent nyer qu'il ne fut prochain &
bien-faisant:cõtre lequel toutefois ils brassoyent ce que personne n'eust voulu estre faict à
soy.Et les Pharisiens assemblés en plus grand nombre,Iesus qui auoit esté essayé d'eux par
tant de questiõs,leur en proposa aussi vne à son tõur:mõstrant à vray dire obscurément &
par enigme(ce qu'il reserua pour l'expliquer puis apres à ses Apostres en son temps)qu'en
luy estoit non seulemẽt vne nature humaine,qu'ils võyoyent,& contre laquelle ils exerce
royẽt cruauté:mais aussi vne diuine,laquelle ils pouuoyẽt aucunemẽt apperceüoir par ses
propres faits, si l'enuie,hayne,ambition,auarice, & autres vices ne leur eussent aueuglé le
cœur.Il demanda dõcques à toute ceste assemblée de Pharisiens,que c'estoit qu'il leur sem
bloit du Messias, de qui il estoit fils,c'est à dire,de quelle lignée il estoit yssu,ou deuoit yssir.
Et eux soudain de luy respõdre,qu'il descẽdroit de Dauid.Adõc Iesus leur dit.Que si le Mes
sias est fils de Dauid,que veut donc dire qu'au Pseaume mystique,Dauid inspiré de l'esprit
celeste l'appelle son Seigneur:Car l'escriture dit ainsi:Le Seigneur à dit à mon Seigneur: Pfal.109
Sieds toy à ma dextre,iusques à ce que ie t'aye rẽdu tes ennemis vn marche-pied. Comme
s'entretient cela,s'il est le fils de Dauid, que le pere appelle le fils son Seigneur?Et n'y auoit
nul d'entre eux qui peut ressoudre ceste difficulté,pour autãt qu'ils ne souspeçõnoyent en
core rien de la diuine nature du Messias. Car cõme Christ selon la nature humaine estoit
le fils de Dauid:ainsi selon la nature diuine estoit-il Seigneur, nõ seulemẽt de Dauid,mais
aussi de tous.Et n'y eust plus personne qui de là en auant l'osast assaillir de questiõs:voyãs
que les embusches qu'ils luy dressoyent leur retomboyent sur la teste.

CHAPITRE XXIII.

R apres leur auoir tant de fois fermé la bouche en la presence du menu peuple,
craignãt Iesus que leur authorité ne vint à du tout estre abolie enuers le popu
laire(sur lequel ils estoyẽt establis docteurs)enseigne qu'on doit bien les ouyr,
mais non pas les ensuyure.Car cõbien qu'il soit tref-raisonnable,que celuy qui
entreprẽd la charge d'enseigner acquiere credit & authorité à sa doctrine par vne entiereté
de vie:si ne doit-on pas toutefois pour la meschãte vie du docteur mespriser du tout la do
ctrine,qui autremẽt est salutaire.La reuerẽce que les meurs ne meritent pas,doit estre rẽdué
à l'autheur,duquel il recite les enseignemẽs.Car la Loy de Dieu n'est pas souillée pour estre
pronõcée par la bouche d'vn meschãt docteur.Bien est vray qu'elle luy est inutile,mais elle
profite à celuy qui la reçoit.Iesus dõcques se destournãt des Pharisiẽs(esquels il n'apperce
uoit nulle esperãce de meilleure vie)parle aux assemblées & à ses disciples en ceste maniere:
Ces Scribes & Pharisiẽs-cy, se descouurẽt eux-mesmes à võ,cõbien qu'ils ont le cœur cor
rõpu,cõbien qu'ils sont enuieux,cõbiẽ qu'ils sont auaricieux,cõbien qu'ils sont cõuoiteux Les Scribes &
Pharisiens sont
assis sur la chai
re de Moyse.
de vaine gloire : Si les faut-il toutefois escouter à cause de l'authorité de leur charge.Ils oc
cupẽt la chaire de Moyse,duquel ils enseignẽt la Loy.Les choses qu'ils enseignẽt sõt saictes,
car ils enseignẽt la doctrine d'autruy:mais leur vie est du tout en tout cõtraire à la doctrine.
Parquoy ce qu'ils vous cõmandent selon l'authorité de Moyse,gardés-le, & faites:dõnés
võ garde neantmoins de façõner vostre vie selon leurs meurs.Si leur vie estoit semblable
à leur doctrine,il les faudroit ensuyure du tout:mais ils ne font pas ce qu'ils enseignent. Ils
requierent tref-rigoureusemẽt des autres plus que ne requiert toute la Loy:& d'eux ils s'ef
pargnent.Ils sont rudes enuers les autres:& enuers eux,tref-doux.Car ils amassent des pe
sans & importables fardeaux de cõmandèmens,& les mettent sur les espaules des autres:
& si ne les daigneroyẽt pas attoucher d'vn doigt.Car la Loy de soy mesme assés pesante,ils
l'apesantissent de leurs belles cõstitutiõs:à fin qu'ils s'acquierẽt vn bruit de doctrine & de
saincteté.Que s'ils font quelque chose selon l'ordõnãce de la Loy,cela ne font-ils point de
cœur,ains pour estre loués & prisés du peuple. Ce sont farceurs,qui cõme masqués d'vne
fausse image de religion iouent la farce,pour estre veus des hommes . Or celuy seul garde
la Loy,lequel execute l'intention du Legislateur. Car il requiert principalemẽt le cœur en
tier.Mais tout ce que font ces gẽs là,ils le fõt pour acquerir vne vaine opinion de saincteté

enuers

enuers le menu peuple. Car comme ainſi ſoit que Dieu apres auoir baillé les cõmandemẽs
de la Loy, ait adiouſté. Tu les lieras à ta main, & ne les bougeras iamais de deuant tes yeux:
entẽdãt certes par cela qu'on ne doit iamais oublier les cõmandemẽs de Dieu : ains qu'on
doit former toutes les œuures de la vie ſelon la reigle d'iceux : Ces Phariſiens, encore qu'ils
ne tiennẽt nul conte d'obeir aux ordõnaces de Dieu, ils ſe vantẽt neantmoins d'vne fauſſe
apparence enuers le peuple. Ils vous marchent orgueilleuſement portans à l'entour d'eux
des bords & franges larges & magnifiques, & vous font monſtre des commandemens qui
y ſont eſcripts, là où ils n'apparoiſſent nullement en toute leur vie. Et c'eſtoit és cœurs qu'il
les failloit eſcripre: il les failloit repreſenter en la vie : ainſi plairoyent-ils aux yeux de Dieu,
deuãt lequel ſeul noſtre vie eſt repreſentée, cõme ſeroit vne comedie. Mais ils meſpriſent celuy qui les regarde & pourchaſſent vne treſ-vaine louange enuers les ſimples gẽs. Et là où
le deuoir d'vn docteur eſt de mõſtrer en ſoy en tout lieu vne ſinguliere vertu en ſes faicts &
parolles, meſme en ſon viſage: ceux-cy ne font où qu'ils ſoyẽt, que ce qui eſt treſ-vain & bõnemẽt indigne de l'hõme. Sõt ils appellés quelque part au ſoupper: là ſe plaiſent-ils d'vne
ambition puerile, de ce qu'on leur donne le lieu plus honnorable. Ils aiment l'honneur du
premier ſiege és ſinagogues & aſſemblées publiques. Quand ils ſont és places: ils aymẽt
d'eſtre ſaluès honnorablement. Ils dreſſent les creſtes toutes les fois qu'ils oyent du peuple
ce magnifique titre de Maiſtre, comme s'ils eſtoyent tout ſeuls dignes d'honneur, ou s'ils
eſtoyent ſages tout ſeuls : là où par cela meſme qu'ils s'eſtiment les plus grands, ils ſont les
moindres enuers Dieu. Et en cela meſme ſont ils treſſots, qu'ils peuſſent eſtre les plus entẽdus. L'honneur appartient à Dieu ſeul, qui tout ſeul eſt vrayement grand & honnorable.
A Dieu ſeul appartient la louãge de ſageſſe: & à luy ſeul appartiẽt l'authorité. Si les hõmes
ont rien de ces choſes, ce n'eſt ſeulement qu'vne ombre, ſi on l'accompare à la grandeur de
Dieu : & ſi eſt cela meſme yſſu de ſa largeſſe. Parquoy ſi les hommes font quelque honneur
les vns aux autres à cauſe des graces de Dieu deſquelles ils les penſent eſtre douès, celuy à
qui on faict honneur ne le ſe doit point attribuer, ains le doit entieremẽt rapporter à celuy,
duquel il tient entierement & gratuitement tout ce qu'il peut auoir de bon. Quant à vous
mes diſciples, ne les reſſemblés pas: ains plus toſt fuyés le titre arrogãt de ſageſſe, reduiſans
en memoire mon exẽple & doctrine: & ne vous cõplaiſés pas en vous-meſmes, ſi on vous
appelle Rabbins, c'eſt à dire, noz maiſtres : Car il n'en y a qu'vn à qui ce nom appartienne
vrayemẽt: & ceſtuy là eſt le maiſtre de vous tous en commun. Quant eſt de vous, au regard
de luy vous n'eſtes autre choſe que condiſciples & freres enſemble, entre leſquels la charité
mutuelle rend toutes choſes eſgales. Et n'eſt pas raiſonnable que l'vn ſe prepoſe ſoy-meſme à l'autre, ains le combat eſt bien autre, aſſauoir, que l'vn quitte l'honneur à l'autre : & ſe
deuancé l'vn de faire plaiſir à l'autre. N'appellés doncques auſſi perſonne en terre, maiſtre:
car tout ce que vous auès de ſalutaire doctrine, tout cela deuès vous entierement à Dieu.
Quiconque enſeigne à droit, il enſeigne de par luy. Quioncque profite vrayement, il profite par ſon inſpiration. Item n'attribués plus d'orenauant ceſt honnorable titre de Pere à
hõme qui ſoit ſur la terre : puis que vous auès vne fois aduoue le Peré celeſte auquel vous
deuès vrayement la vie, & tout ce que vous auès : duquel auſſi vous dependés du tout en
tout. Parquoy que nul ne s'attribue l'honneur deu à Dieu ſeul. Que nul ne donne à l'hõme
ce qui appartiẽt à Dieu ſeul. A luy ſeul doit eſtre rapportée toute gloire, hõneur, & actiõ de
graces. Si quelqu'vn enſeigne biẽ: qu'on loue en luy la ſageſſe de Dieu, laquelle ſe mõſtre &
cõmunique par vn tel. Si quelqu'vn faict deuoir de pere par ſoin & ſoucy : en luy ſoit louée
la bonte de Dieu, laquelle pouruoit à nous par vn tel. Or n'a pas dit ces choſes le Seigneur
Jeſus, que ce ſoit ipieté d'appeler maiſtre, celuy qui enſeigne: & pere, celuy q̃ engẽdre : ains
par tel propos s'efforce d'entieremẽt arracher du cœur de ſes diſciples l'ambitiõ des Phariſiens, qui s'attribuoyẽt ce qui appartenoit à Dieu, & demãdoyent hõneur du peuple, pour
la doctrine qui ne leur appartenoit en riẽ, mais à Dieu: cõme s'il en euſſent eſté autheurs, &
nõ pas plus toſt adminiſtrateurs. Puis pour oſter ou la ſimpleſſe, ou la flatterie, du cœur du
menu peuple, qui les esleuoit de louanges demeſurées : cõme s'il eſtoyent plus redeuables
aux hõmes qu'à Dieu. Et pour autãt qu'il cognoiſſoit que de telle maniere d'ãbitiõ s'engen-
drẽt les peſtes & ruines des aſſemblées: pour cela a-il fermé ce, ppos de ceſte cõcluſiõ: Celuy
qui entre vo' eſt le plus grãd, ſera voſtre ſeruiteur. Car ce qu'il a, il l'a receu d'ailleurs, voire
gratuitemẽt. Et pource l'a-il receu, à fin de le departir aux autres. Parquoy, tãt plus qu'il eſt
grãd en graces diuines, il n'en ſera ia plus arrogãt pourtãt : ains d'autant plus ſoucieux de
les cõmuniquer, & d'autãt plus humble, de peur que l'arrogance ne perde pour vne fois ce
qu'a donné la diuine bonté. Qu'il r'apporte toute gloire à Dieu, qui en eſt l'autheur, ſans

s'attribuer

Exod. 13
Deut. 6

Qui eſt le
plus grand
d'entre vous.

s'attribuer rien autre chose qu'vne diligēce d'humble seruiteur. Celuy est vrayemēt grand, qui s'estime le moindre de tous:& commence-ia d'estre le moindre enuers Dieu,celuy qui pense à son iugement estre grand.Que si quelqu'vn se vante & esleue des dons gratuits de Dieu:il en sera despouillé, pource qu'il s'en rend indigne: & de plus grand, deuiendra le moindre.Au contraire, qui s'abbaissera recongnoissant & aggrandissant sa foiblesse,& dissimulant, ou bien desployant au profit des freres les graces de Dieu, desquelles il est grand : pource qu'vn tel par son humilité comme la diuine liberalité, ses dons luy seront augmentés : si que de grand, il deuiendra encore plus grand. Cela dit, Iesus s'addressant aux Scribes & Pharisiens se prent à maudire ouuertement & d'vne grande hardiesse leur malice:les menaçant de la vengeance diuine,à fin qu'ils se repētent de honte : ou bien que ils prennent vn meilleur train,pour crainte des tourmens:& l'hypocrisie & fausse saincteté laissée,se mettent à pratiquer la pieté Euāgelique : Malheur sur vous, dit-il:Scribes & Pha risiens hypocrites,pource que faisans profession de la cognoissance de la Loy, & pour cela tenans aucunement les clefs du regne céleste, non seulement n'y entrés pas vous : mais aussi fermés les portes à ceux qui y veulent entrer, là où vous leur deuiés ouurir: & em/ peschés ceux qui sont d'eux-mesmes prets,là où vous les deuiés esmouuoir s'ils cessoyēt. Car cōbien que vous voyés,que la lumiere Euangelique est ia presente:neantmoins pour l'amour de vostre gloire & profit,vous retenés encores le peuple és ombres de la Loy, & le forcloés de la verité.Malheur sur vous,Scribes & Pharisiens hypocrites:qui sous couleur de religion deuorés les maisons des vefues,lesquelles vous deceués sous fausse apparen/ ce de saincteté. Car vous barbotés par feintise des longues prieres en public : où ce pen/ dant le cœur ne regarde autre part, qu'après la proye des sottes femmelettes, qui pensent ce pendant que vous parlés auec Dieu.Malheur sur vous, Scribes & Pharisiens hypocrites pource que vous trauersés mer & terre pour en attirer vn des Payens à la profession de la Loy.Puis quand il est attiré sous espoir d'apprendre la religion, vous le rendés tel par vo/ stre superstitieuse doctrine & peruerses conditions,que non seulemēt il ne deuient pas pur seruiteur de Dieu & heritier du regne celeste : mais aussi deuient plus meschant Iuif qu'il n'estoit Payen:& plus digne aussi de la gehenne, que vous n'estes.Car il aduient ordinai/ rement qu'en meschanceté souuentefois les disciples surmontent bien leurs meschants maistres.Malheur sur vous guides aueugles, qui vous appellés docteurs,& ne sçauès que vous enseignés:vous destournans certes du but de la Loy, & ne tordans le tout à autre but qu'après vostre gaing. Car vous dittes que qui iure par le temple du Seigneur, n'est obligé de nul serement:mais qui iure par l'or qui est mis au temple, qu'alors est-il obligé par son serement:faisans par vn renuersé iugement plus grand' estime, non pas des cho/ ses qui de leur nature sont les plus sainctes,mais qui sont les plus agreables à vostre aua/ rice.Sinon, respondés moy, sots & aueugles : Lequel des deux est le plus sainct? L'or qui est mis au temple pour l'aorner, & qui se conuertit en vostre profit & matiere de voz ex/ ces:ou bien le temple mesme,la saincteté duquel,faict que l'or soit icy tenu pour sainct: le/ quel mesme seroit prophane en autre lieu?Item vous dittes que qui iure par l'autel,ne faict point de serement:mais qui iurera par l'offrande qui est mise sur l'autel,qu'il est obligé par serement.O docteurs aueugles,car qui doit estre plus reuerée?l'offrande?ou l'autel qui la sanctifie?Car l'offrande n'est pas sacrée d'autre part,sinon entant qu'elle est mise sur l'autel sacré.Icy aussi voulés vous d'vn renuersé iugement,que les offrandes soyent tenues pour plus sacrées,que n'est l'autel,pour ce qu'elles seruent à vostre profit:là où le temple & l'au/ tel sont bastis pour le seruice & gloire de Dieu,dont vous n'auès cure. Par voz tels beaux commentaires, que faittes-vous autre chose, sinon que peruertir la Loy de Dieu, qui de/ fend tout pariurement?Car tout ainsi que par vostre exposition vous peruertissés le com/ mandement qui est d'honnorer pere ou mere : ainsi enseignés vous icy de se pariurer. C'e/ stoit la perfection de ne iurer nullemēt. Voire-mais quicōque iure par quelque chose que ce soit, laquelle celuy à qui on iure estime sacrée,il est vn pariure s'il ne tient son serement. Quiconque iure par l'autel,il iure aussi par les choses qui sont sur l'autel.Aussi quiconque iurera par le tēple, il iure aussi par Dieu qui demeure au temple.Quiconque iure par le ciel, iure aussi par le throsne de Dieu:& par consequent,par celuy qui est assis en iceluy. Quicō/ que iure par la teste d'autruy,iure par vne chose sacrée à Dieu:sur laquelle n'a nulle puissan ce celuy qui iure.Malheur sur vous,Scribes & Pharisiens hypocrites,qui redemandés mes/ mes iusques au fin dernier point deschoses qui appartiēnent à vostre profit,mais ne seruēt de rien qui soit à la vraye pieté:& estes si superstitieux à arracher les dismes que vous les re/ cueillés des herbes,voire des plusviles q̄ soyēt point,cōme de la mēte,de l'anet, & du cumin.

Et ce

Malheur sur
vous Scribes
& Pharisiens.

Et cependant vous ne tenés nul conte des choses, qui sont de tres-grande importance: &
desquelles despend la vraye iustice: c'est, de iugement, misericorde, & loyauté. Le iugement
est, que vous ne faisiés tort à personne. La misericorde, que vous secouriés le souffreteux
& le diseteux. La loyauté, que vous ne trompiés personne par faux serment. Ces choses
commande la Loy si expres, qu'elle veut qu'on en aye le soing deuant toutes autres: là
où elle a pour l'amour de celles cy adiousté ces autres là, comme choses de bien petite importance. Parquoy celles cy, deuant toutes, falloit-il auoit en singuliere recommandation,
s'il vous sembloit retenir ces menus fatras là. Si vous les obseruiés toutes sans exception,
ce pourroit sembler religion: mais puis que laissans les choses sans lesquelles nulle iustice
ne peut subsister, vous auès soin de celles qui sont tres-legieres: c'est hypocrisie, non religion: voire c'est poison de religion. Car deuant que fussent ordonnées les dismes, droiture, entiereté, bien-faisance, & loyauté estoyent commandées, & appartenoyent à la louange de iustice. O guides aueugles, qui d'vne renuersée religion coulés le moucheron, là où
vous engloutissés le chameau: superstitieux en petite chose: & nonchalans en grand cas.
Malheur sur vous Scribes & Pharisiens hypocrites: pource que tout au rebours vous procurés la netteté. Car par continuels lauemens vous nettoyés les couppes, plats & chande-
liers, qui sont choses exterieures. Et pourtant ne souillent point l'ame de l'homme: & ce qui
est au dedans de vostre ame, vous ne tenés nul conte de le lauer. Par boire à tout vne couppe non lauée ne souille point l'ame de l'homme: mais boire du vin acquis par tromperie,
boire par plaisir, boire sans necessité, c'est ce qui souille l'homme. Vous vous lauès à chasque fois le corps & toutes ses appartenances: & l'ame qui est souillée & infectée de rapine,
de paillardise, & d'autres vrayes ordures, vous ne la nettoyés point. Pharisiens, toy, di-ie,
Pharisien aueugle, c'est à toy que ie parle. Tu te vantes de titre & d'apparence estre maistre
du peuple. Aueugle que tu es, aye premierement soin d'vn point, lequel seul appartenoit à
l'affaire. Si la netteté te plaist: nettoye premieremêt ce qui est interieur: apres cela, s'il te sêm-
ble bon, nettoyé les choses exterieures, corps, habillemens, cruches, couppes, plats, selles,
& autre meuble. Autrement, monstrer netteté en ces choses, & laisser celles lesquelles seules
nous rendent nets ou ords enuers Dieu: cela n'est pas netteté, ains hypocrisie & ruïne de
vraye netteté. Car par voz telles belles constitutions vous corrompés les ames des simples: tellement que se fians de telle netteté, ils ne tiennent conte des choses, lesquelles seules ils deuroyent practiquer. Malheur sur vous, Scribes & Pharisiens hypocrites: qui estes
tant eslongnés de netteté que vous ressemblés plustost aux sepulchres blachis, & qui sous
vn blanc couuercle monstrent par dehors vne fausse netteté: là où dedans ils sont plains
dôs de corps morts & de toutes ordures. Vous aussi semblablement par longues prieres,
par larges bords & franges, par blemisseur, & ieusne, & autres semblables fards vous ap-
paroissés au dehors religieux & entiers, là où vous auès l'ame si remplie de feintise, que
elle desborde de tout côsté, & est confite en toute sorte de vices. Malheur sur vous, Scribes
& Pharisiens hypocrites: qui par fausse monstre de saincteté dressés des magnifiques sepulchres aux Prophetes, & ornés les tombeaux des iustes, & lesquels voz ancestres ont mis à
mort: & faisant semblant de fauoriser à la vertu des meurtris, & de detester la cruauté de
ceux qui les ont tués, vous dittes. Si nous eussions vescu du temps de nôz ancestres, nous
n'eussions iamais consenty auec eux en la mort des innocens: là où maintenant vous brassés plus grande cruauté à l'encontre d'vn qui precede les Prophetes: & brasserés cy apres à
l'encontre de ceux qui vous ouuriront la voye de l'eternel salut. Puis que vous auès vn tel
courage, vous vous declarés certes les enfans naturels de ceux qui ont tué les Prophetes,
qui franchement les amonnestoyent: & n'eussiés en rien esté meilleurs qu'eux, si vous eussiés vescu de leur eage. Sus doncques ressemblés à voz ancestres: & ce qui defaut à leur cruauté, à fin qu'il n'y manque rien, comblés-le vous. Ils ont tué les Prophetes: & vous celuy
que les Prophetes auoyent predit. O serpens, race de viperes, meurtriers enfants de meurtriers: puis que vous estes d'vne tant inuincible malice: puis que vous ne vous pouués a-
mender ny pour bien-faits, ny pour miracles, ny pour doux, ny pour rudes propos, ny
pour promesses, ny pour menaces: encore que pour ce temps vous euitiés le iugemêt des
hommes, comment eschapperés vous le iugement de la gehenne? Lequel de tant plus
vous vous aggrandissés que pour l'execrable forfaict mesme de vôz ancestres, vous ne
vous destournés point de l'appetit de meurtrir. Tant de Prophetes vous ont esté enuoyés,
dont vous en auès tués maints. En la parfin ie suis venu en propre personne, contre qui
vous sçaués bien que vous brassés. Et non contens de cela, à fin qu'il soit tant plus notoire à tous que vous estes tres-dignes d'estre condamnés à toute rigueur, sachés que ie vous
                                                                              enuoyeray

enuoyeray d'autres Prophetes,& sages,& lettrés , pour par tref-grande douceur vous reti/
rer de ceste cruauté à vn meilleur train. Et ne vous seront pas contés les meurtres du passé,
si vous vous amendés à leur prescher. Mais vous ne leur pardonnerés ia non plus : ains
d'entre eux, vous en decapiterés les vns : vous lapiderés les autres : les autres crucifierés:
fouëtterés les autres en voz synagogues.Et tãt s'en faudra que vous les deussiés receuoir,
que vous les pourchasserés d'vne ville en l'autre, iusques à tant que par vostre malice incurable vous les ayés contraints d'aller vers les Payens. Par lesquelles choses vous irrite/
rés tellement l'ire de Dieu contre vous : que tous les meurtres que voz peres ont commis
depuis le premier(par lequel Cain tua son frere Abel) iusques à la mort de Zacharie fils de   2.Paral.34
Barachie (lequel vous tuastes entre le temple & l'autel, sans estre destournés pour la deuo/
tion du lieu) tous ces meurtres, di-ie, desquels la punition est delayée, retomberont sur
voz testes : qui aués non seulement remis sus,mais aussi surmonté la cruauté de voz peres. Parquoy vostre calamité sera si notable, que tout le monde entendra combien grande aura esté la cruauté de ceste nation enuers vn chascun homme de bien : & combien
oppiniastre sa rebellion enuers Dieu, qui tant long temps la supportant auec si grande
douceur auec tant grande bien-faisance les semonnoit à amendement de vie. Ces propos
finis,le tres-doux Seigneur Iesus,qui par sa bonté ne vouloit point que personne du monde perist, considerant la miserable ruine apprestée à la ville de Ierusalem (car toutes choses estoyent presentes à ses yeux) ensemble leur inuincible obstination (par laquelle ils
conuertiroyent la douceur de Dieu en fureur) plain & pleure la destruction de la nation
Iudaïque : monstrant couuertement son second aduenement, mais auquel trop tard les
Iuifs se repentiront & aduoueront Christ,lequel ils nyent maintenãt:là où mieux leur vau/
droit l'aduouer maintenant pour leur sauueur,& enuoyé de Dieu,& chãter de cœur la mes/
me chanson, laquelle il leur desplaisoit d'ouyr chanter aux enfans : Benit soit qui vient au
nom du Seigneur. Ierusalem, dit-il, Ierusalem, qui tues les Prophetes , & lapides ceux qui   Psal.117
te sont enuoyés : combié de fois me suis-ie efforcé d'assembler tes enfans, comme la geline   Ierusalem,Ie=
soucieuse creignẽt ses poussins les assemble & garde sous ses aisles: & tu ne l'as pas voulu   rusalem, qui
De ma part ie n'ay rien laissé pour te pouuoir sauuer. Et toy au cõtraire tu n'as rien obmis   tues les Pro=
pour attirer ta ruine & forclorre ton salut.Or celuy à qui a esté vne fois donné son franc ar/   phetes.
bitre,ne peut estre sauué par force.Vostre vouloir deuoit respõdre au mien.Sachés qu'vne
miserable calamité vous est maintenãt prochaine. Vostre maison vous sera laissée deserte.
Vous serés delaissés en vostre aueuglemẽt iusques à ce qui vn iour estans enseignés pour
le moins par si grands maux, vous vous amendiés.Car ie vous di que vous ne me voirrés
plus cy apres, iusques à ce que le temps soit venu , auquel en me voyant des yeux de la foy
vous disiés : Benit soit qui vient au nom du Seigneur : là où maintenant vous me mectés   Psa.117
sus que ie suis venu au nom de Beelzebub.

<h3 align="center">CHAPITRE   XXIIII.</h3>

T Iesus, pour monstrer par quelque figure que tant le temple,que toute la re/
ligion de la Loy Iudaique seroit bien tost abolis, sortit du temple, & se prent
à s'en aller. Mais les disciples (qui auoyent ouy faire quelque mention de
destruction) monstrerent au Seigneur le bastiment du temple, d'vne œuure
tant admirable, qu'il sembloit indigne d'estre ruiné : & d'vne massonnerie si
ferme, qu'il sembloit qu'il ne le pourroit estre. Et Iesus leur respondit, disant: Voyés vous
bien toutes ces choses : Tenés vous pour asseurés de cela, qu'il n'y a rien de tout cela, tant   Il n'y demeu/
soit fort ou beau, ou sainct, qui ne doyue estre demoly, & tellement dissipé, qu'il n'y de-   rera pierre
meurera pierre sur pierre.Cela dit,Iesus s'en alla en la montaigne,ditte des oliuiers. Et com   sur pierre.
me il estoit assis sur ladite montaigne, ayant le temple deuãt ses yeux: les quatre disciples
qu'il auoit appellés les premiers de tous,assauoir, Pierre,Iaqués,Iean, & André vindrent à
luy à part, pour estre plus certenés du temps de ceste tant grande calamité à venir. Car ils
souspeçonnoyent que soudain apres la destruction de la ville de Ierusalem & la ruyne du
temple,Christ viendroit de-rechef auec sa maiesté.Et Christ,pour rendre les siens tant plus
veillans, moyenne tellement son propos qu'il ne veut pas qu'ils sachent le temps du dernier aduenement : & neantmoins les rend soucieux & apprestés cõtre l'assaut des maux
en les leur racontant. Si luy dirent les disciples : di nous quand ces choses que tu predis
aduiendront : & par qu'elle marque nous pourrõs cognoistre que ta venue & la fin du siecle sera pres.Et Iesus ne leur respond point à ce qu'ils demandent:ains destourne plus tost
son propos aux choses qui leur pouuoyent apprester le cœur à la perpetuelle veille de l'E=
uangile,leur disant:Bien est vray, que ie viedray:mais donnés vous garde que nul ne vous
k   abuse

abuse en falsifiant ma venue. Car maints viendront qui s'attribueront mon nom, & se diront estre le Christ, & trouueront des gens sots à croire, lesquels ils tromperont. Les tumultes de toutes choses donneront quelque apparence que la fin du monde sera ia pres. Car vous oyrés des guerres, & des diuers bruits de guerres plus horribles (comme souuent il aduient) que les guerres mesmes. Voire mais que ces choses là ne vous abbatent pas soudain le courrage, que vous en estimiés le dernier temps estre prochain. Il faut bien que ces troubles aduiennent : mais les maux ne prendront pas fin si tost. C'est orage s'estédra plus au large. Car non seulement Ierusalem sera destruicte : mais tout le monde sera remply de guerres & meurtres. Vne nation s'esleuera contre l'autre : & vn regne fera guerre à l'autre. Et la plus grande partie des maux endureront les hommes les vns des autres. Et puis Dieu pour s'en venger y adioustera ses fleaux, pestilence, famine, & tremblemens de terre en diuers lieux. Et ne serés ce pendant exempts de telle maniere de maux. Car les choses ainsi troublées, on vous trainera par diuerses afflictions : & finalement serés mis à mort. Et serés ce pendant hays non seulement des Iuifs, mais aussi de toutes nations : non pas pour voz meffaicts, mais pource que vous aduoués mon nom. Ce pendant mains scandalisés des maux, & vaincus des tourmens, viendront à se reuolter & à desauouer mon nom : Si que l'vn trahira l'autre : le cousin son cousin : l'amy son amy. Et s'entrehayront ceux que nature auoit côioincts des liens de charité. Outre cela, il y aura encore vne plus cruelle

Et plusieurs faux prophetes. maniere de mal : C'est, que faux prophetes & faux docteurs s'esleueront : qui faisant semblant de prescher mon Euangile, pouruoyront à leur gloire, à leur profit, & à leur ventre. Et au lieu de mon esprit, donneront à leurs disciples l'esprit de Sathan ; pour le regne des cieux, enseigneront vn regne mondain. Par les finesses de tels seront attrapés ceux-mesmes que les tourmens n'auront sceu vaincre. Car il n'y a ennemy plus mortel, qu'est l'amy domestique & fardé. Durant ces maux, il ne faudra pas attendre grand soulas, non pas mesmes des freres & amys. Car pour le grand debordement des vices, la charité de mains se refroidira. Non obstant cela vous ne serés en nul danger, pouru[e]u que d'vn constant & vertueux courage vous perseueriés iusques à la fin. Il n'y aura si grand mal, qui puist perdre personne, sinon que le droit courage luy defaille. Et ne vous laisseray pas perir ny venir l'Euangile en ruine : ains par tels tumultes la force de l'Euangile accroistra de plus en plus : & ne pourra rien la tempeste des maux à l'encontre de vous, sinon qu'elle rendra vostre pieté plus notable. Car la fin du monde n'auiendra pas que cest Euangile du regne celeste n'ait esté presché par tous les royaumes du monde : & qu'il n'ait saysi toutes les nations : à fin que ceux qui n'auront voulu obeir ne puisse prendre ignorance. Quand cela sera faict, lors viendra la consommation du monde, de laquelle si vous demandés la marque, rece-

En tesmoignage à ceux. Daniel 9. ués là. Quand vous voirrés l'abominable ydole, qui s'efforcera de ruiner de fond en comble la religion Euangelique (de laquelle ydole Daniel iadis vous prophetisa, disant : Et au milieu de la sepmaine sera osté le sacrifice & les torteaux, & au temple sera l'abomination des desolations ; iusques à la consommation du temps.) Quand vous voirrés, di-ie, ceste abominable ydole, mise au temple, c'est adire, en la forteresse de saincteté. (Qui lit l'oracle du Prophete l'entende : Le propos est mystique, & requiert vn lecteur spirituel) quâd donques cest orage suruiendra, que ceux qui seront és villes de Iudée, les abandonnent & s'en fuyent aux montaignes : & ceux qui seront sur les maisons, qu'ils se iettent à bas, sans descendre en la maison pour emporter quelque chose auec soy : Et ceux qui lors serôt surpris aux champs, qu'ils ne r'accourent pas en la maison pour emporter leurs habillemens : car on n'aura pas lors le loysir de poururoir aux affaires. C'est beaucoup, si par vne subite course on peut sauuer sa vie. Car quand aux autres biens, on les peut recouurer : mais depuis que la vie est vne fois perdue, elle ne se peut recouurer. Parquoy il prendra mal aux

Malheur aux enceinctes. femmes qui seront enceinctes, & qui allaicteront en ce temps là. Car les femmes enceinctes ne pourront ietter là la portée de leur ventre, ne les allaictantes iecter là leurs enfans (lesquelles elles aiment plus tendrement qu'elles mesmes) comme l'on iette argent ou habillemens pour fuyr à deliure. Quant à vous qui ne serés retardés ny de maison, ny de possessions, n'y d'enfans, vous aués seulement à prier que vostre fuyte n'aduiêne en hyuer, ou au sabbath. Car il s'en faut fuyr vistement & loing. Et l'hyuer, pour sa grande froidure & la breueté des iours, n'est pas propre aux voyages. Et au sabbath, l'obseruation de la Loy empesche de fuyr loing. Car l'affliction sera lors plus vehemente qu'affliction qui ait esté depuis que le monde est monde iusques auiourdhuy : & qui doyue aduenir. Que si la calamité deuoit tant durer, qu'elle sera vehemente : nul homme ne pourroit eschapper sauf & entier. Bien est vray, que leur malice meritoit bien vne tuerie & meurtre vniuersel : mais à

cause

cauſe des esleus, pour tant peu qu'ils ſoyent, ces iours là ſeront abbregés. En ceſte confuſion quand on attendra ma venue : il ſe faut bien garder d'eſtre ſeduict par la fineſſe des trompeurs. Car il s'esleuera beaucoup de faux Chriſts qui ſe vanteront d'eſtre le Chriſt, & ne le ſeront point, ains mes aduerſaires : qui ſe diront eſtre Prophetes, & ne le ſeront point, ains (pour mieux dire) maiſtres d'erreur. Leſquels ſeront garnis non ſeulement de fineſſes, & de fauſſe apparence de ſaincteté : mais auſſi contreferont ma puiſſance par miracles & ſignes magiques. Voire ils s'attribueront ma perſonne, par tant & de ſi merueilleux enchantemens : que les esleus meſmes, ſi faire ſe peut, en tomberont en erreur. Vous doncques, qui en eſtes aduertis, gardés vous. Car pour cela vous l'ay-ie predit, à fin que vous vous en gardiés. Et ſi alors on vous dit : Chriſt eſt au deſert, n'y allés pas. Ou le voyla és cabinets, n'y entrés pas. Le voicy ou le voyla, ne le croyés pas. Ce ne ſera vne telle venue que ceſte-cy, tardiue & baſſe : mais ſubite, & qui enuironnera tout le monde de la ſubite esclaire de ſa maieſté. Car tout ainſi comme l'esclair reluyſant du leuant penetre tout à coup iuſques au couchant : ainſi en prendra-il de la venue du fils de l'homme. Et ne fautia que vous ayés peur de ne point eſtre auec moy en vn tel deſarroy des choſes. Car par tout ou il y aura de la charongne, là auſſi s'aſſembleront les aigles. Le chef ne ſera pas ſans ſes membres. Or ſentiront auſſi les corps celeſtes la vehemence de la calamité. Car le Soleil s'obſcurcira : & la Lune ne rendra pas ſa clarté, entant certes que le Soleil (dont elle prent ſa lumiere) ſera obſcurcy. Les eſtoilles tomberont du ciel, & ſeront meſme les forces des cieux esbranſlées, comme ſi elles deuoyent perir de la ruine. Alors en ces treſ-eſpeſſes tenebres, le ſigne du fils de l'hôme esclairera du ciel : le ſigne, di-ie, par lequel il a vaincu Satan, & mis à neant toute ſa tyrãnie : qui eſtoit le ſigne par lequel il ſe glorifioit d'auoir gaigné la victoire. Ce ſigne apperceu, les nations de toute la terre frapperont leur poictrines. Les Iuifs, voyãs celuy qu'ils aurôt picqué : les Payens, voyans la maieſté de la croix dont ils s'eſtoyêt mocqué. Car il verront venir le fils de l'homme (lequel maintenant ils deſpriſent comme abbaiſſé) esleué en haut ſur nuées, accompaigné de treſ-grandes armées d'anges, auec vne ſouueraine & glorieuſe maieſté. Alors, il enuoyera ſes anges, qui auec grand ſon de trompette amaſſeront ſes esleus des quatre vents, depuis vn fin bout du monde iuſques à l'autre. Mais en quel temps ces choſes doyuent aduenir, ce n'eſt à moy de le limiter expreſſement. Et neantmoins par les maux que i'ay racontés, vous pourrés, comme des commencements, deuiner que ce temps là ne ſera pas loing. Tout ainſi comme le figuier predit que l'eſté approche par certains ſignes à ſçauoir quand au ſouffle de Fauonius les rameaux commencent à s'amolir, & iettent boutons, & leurs fueilles : ainſi vous quand vous verrés les choſes que ie vous predi, ſachés que la venue du fils de Dieu eſt à la porte. Ie vous aſſeure que ce ſiecle ne paſſera pas, que toutes les choſes auant-dittes n'aduiennêt. Pluſtoſt ciel & terre periront, que mes paroles ne ſortent leur effect. Ce vous eſt doncques aſſés de cognoiſtre les ſignes qui dôneront à cognoiſtre le iour de ma venue : à fin qu'il ne vous prenne au deſpourueu. Au reſte, ce n'eſt pas à vous de vous enquerir infailliblement du iour ou de l'heure que le fils de l'homme doit venir : veu que la grace n'eſt pas meſme faitte aux anges de ſçauoir ces choſes. Qui plus eſt le fils de l'homme ne le ſçait pas. Et vous eſt ainſi expedient, à fin que vous ſoyés touſiours preparés. Ce iour là viendra ſubitement, & non attendu des autres. Tout ainſi qu'au temps de Noe (combien que le deluge leur euſt eſté annoncé long temps deuant) penſant neantmoins les hommes qu'il n'aduiendroit nullement, ils mangeoyent, ils beuuoyent, ils ſe maryoyent iuſques au dernier iour que Noe entra en l'arche : & ne creurent point que le deluge aduiendroit iuſques à ce qu'ils le virent ia preſent : auquel perirent tous ceux qui ne ſe voulurent à l'exemple de Noe appreſter à l'encontre de ceſte iournée là. Or tout ainſi qu'alors peu de gens, qui furent prins en l'arche, eſchapperent : tous les autres, qui demeurerent dehors, furent ruinés : ainſi en ce temps aduenir, ceux qui periront, ſeront ſubitement ſeparés d'auec ceux qui ſeront ſauués. De deux qui trauailleront en vn meſme champ, compaignons au gaing & au trauail : l'vn ſera pris & l'autre laiſſé. De deux qui moudront en vn meſme molin, l'vne ſera priſe, & l'autre laiſſée. Meſme de deux qui ſerôt en vn meſme lict, l'vn ſera pris, & l'autre laiſſé. Car l'œuure, ou le lieu, ou la maniere de viure ne rendra pas l'homme heureux : mais l'affectiõ. Parquoy puis que ces choſes aduiendront infailliblement, & ne peut on ſçauoir au vray le iour que elles aduiendront : veillés inceſſamment, de peur que ce iour là ne vous ſurprenne au deſpourueu. Si les hommes veillent de peur de perdre leur argent : combien plus deuës vous veiller de peur que voſtre ame ne periſſe ? Car qui eſt le pere de famille ſi endormy, qui ſachant bien que le larron deuroit venir de force entrer en ſa maiſon, pourroit dormir toute

la nuict, & souffrir qu'on enfondra sa maison ? Il vous faut donc veiller toute la vie, puis
que vous estes asseurés que ce iour là viendra que vous n'y penserés pas. Car il faut viure
en sorte, que toutes les fois que ce iour viendra, il vous trouue faisant yostre deuoir : à fin
que soudain vous puissiés estre prins pour receuoir le salaire. Or-ça, vn prudent & loyal
seruiteur à qui son maistre, s'en allant en voyage auroit baillé sa famille en charge, pour
bailler à manger en temps au reste de la famille : ne sera-il pas le semblable ? Le maistre
ne luy determine pas quand il doit retourner en la maison, de peur qu'il ne soit tardif en
Qui est le son deuoir. Or-ça toute les fois que ce pere de famille viendra, ce seruiteur là ne sera-il pas
seruiteur bien heureux, s'il le trouue faisant son debuoir ? Ie vous dy pour certain qu'ayant experi-
fidele. menté, sa loyauté, il luy osera bien donner en main plus grandes choses : & luy baillera la
charge de tous ses biens. Au contraire, si c'est vn meschant & desloyal seruiteur, qui dye en
son cœur : le maistre demeure trop long temps, & possible ne viendra-il iamais. Et sous
ceste esperance se prenne à frapper ses compaignons seruiteurs : & ne tenant conte de la
famille, boyue & mange auec les yurongnes : combien sera-il malheureux, quand le Seigneur viendra au iour qu'il ne l'attendoit pas : & à l'heure qu'il ne souspeçonnoit pas qu'il
deusse reuenir ? Certes non seulement il sera demis de son estat, mais aussi le maistre le
mettra par pieces, & luy baillera son party auec les hypocrites, qui ont le titre de saincteté
Euangelique : là où de leurs propres œuures ils se bandent contre l'Euangile. Là pour les
mau-plaisantes voluptés, desquelles s'estant enyuré, n'auoit point prins garde à la venue
de son Seigneur, il sera puny d'vn tourment importable. Son ris sera conuerti en pleur, &
ses chansons en grincement de dents.

CHAPITRE　　XXV.

E T Iesus, pour ficher à ses disciples au profond du cœur, qu'il ne faut pas estre
oysifs ou endormy en ceste vie : ains que par vn continuel exercice de pieté,
& en bien faisant au prochain faut faire prouision pour la vie aduenir : &
qu'il sera trop tard en la resurrection de la chercher, si nous n'y auons pourueu quand nous en auions le temps : adiousta vne parabole, de dix pucelles
Le royaume qui prindrent leurs lampes, & sortirent au deuant d'vn espoux. Or les cinq d'entre elles
des cieux est estoyent folles, & ne firent point prouision d'huile pour fournir leurs lampes, en attédant
semblable à la venue de l'espoux : pource qu'elles s'estoyent persuadées que l'espoux ne sortiroit point
dix. si subitement, qu'on n'eust bien l'espace de se pouruoir d'huile quelque part. Mais les sages sachant bien que le temps auquel l'espoux deuoit venir estoit incertain : de peur d'e-
stre surprinses au despourueu, porterent quand & elles des vaisseaux d'huile auec leurs
lampes, pour les remplir quand elles s'esteindroyent. Or pource que l'espoux demeuroit
long temps à sortir, ces pucelles se prindrét toutes à sommeiller, & en la fin s'endormirent.
Et à la minuict fut subitement ouy vn cris de seruiteurs semônans d'aller au deuant de
l'espoux, & disant : voicy venir l'espoux, sortés luy au deuant. A ceste voix s'esueillerent tou
tes ces pucelles, & commencerent d'accoustrer leurs lampes : & les folles, voyans qu'il s'en
failloit aller soudain à la minuict, & n'auoyent point d'huile, & s'esteindoyent ia leurs lampes, priarent les sages de leur donner vn peu de leur huile. Mais elles respondirent : nous
craignons que ce que nous auons ne suffise pas pour nous & pour vous. Il vaut mieux
que vous vous en alliés vers les vendeurs d'huile, & vous en acheterés d'eux. Or pendant
qu'elles en alloyent acheter, l'espoux vint : & celles qui estoyent prestes, entrerent auec luy
aux nopces : Et soudain on ferme la porte. En la par fin vindrent aussi les folles pucelles,
& frapperent à la porte, & dirent : Seigneur, Seigneur ouure nous. Ausquelles respondit l'espoux. Certes ie ne vous cognoy point. Vous doncques à l'exemple des sages pucelles, à
l'exemple du loyal seruiteur, & du prudent mesnager veillés : & vous pouruoyés de bonne heure de bonnes œuures. Vous ne sçaués ny le iour, ny l'heure de ceste iournée, laquelle
quand elle suruiendra subitement, alors ne sera-il plus temps de bien faire : alors faudra
qu'vn chascun recoyue le salaire de ses œuures precedentes. Iesus adiousta encore vne autre parabole, pour esguillonner ses disciples au perpetuel estude de bonnes œuures : &
qu'ils se donnassent garde de ne laisser pas leur nonchalance demeurer sterile, la doctrine
& les graces, qu'ils auoyent receu de luy : ains que par leur soing & diligence ils les conuertissent au profit du prochain, & se rendissent capables de plus grands dons : attendu que
ce qu'ils auroyent receu chascun selon son pouuoir & portée, ils l'auroyent employé au
profit de leur Seigneur : qui prend plaisir de s'enrichir de tel gaing. Vn homme, leur dit-il,
voulant faire vn voyage, fit venir ses seruiteurs : ausquels il bailla son bien entre mains :
non pas à fin qu'ils le despendissent pour eux, mais bien à fin qu'ils en rendissent profit à
leur

leur maiſtre, de qui ils auroyent receu le principal. Or bailla–il à l'vn vn talent, à l'autre
deux, & à l'autre cinq. Cela faict, il ſe mit incontinent en chemin. Or celuy qui auoit receu
cinq talents, ne demeura pas oyſif: ains s'en alla incontinent donner à vſure l'argent qu'il
auoit receu. Ce qu'il fit par tant de fois, que l'vſure montoit autant que le principal: ſi que
de cinq talents, il en auoit dix. Le cas pareil fit celuy qui auoit receu deux talents. Il les ma/
nia en ſorte, que le gaing monta autant que le principal. Mais celuy à qui n'auoit eſté
baillé qu'vn talent, s'en alla par nonchalance enfouir en terre le talent qu'il auoit receu: iu/
geant que c'eſtoit bien aſſés s'il rendoit à ſon maiſtre ſon principal. Or long temps apres,
le maiſtre va retourner de ſon voyage, & redemanda à ſes ſeruiteurs le conte de leurs mi/
ſes & receptes. Si vint à luy celuy qui auoit receu cinq talents, & en rapporta cinq autres
auec le profit, rendant ainſi ſon compte: Tu m'auois mis en main vn ſort de cinq talents,
en voicy autres cinq que i'en ay gaignés. Et le maiſtre loua l'induſtrie de ce ſeruiteur, &
luy dit: Et bien bon ſeruiteur & loyal, pource que ie t'ay trouué loyal en vn peu d'argent,
ie te bailleray plus grand bien entre main. Entre en la ioye de ton Seigneur. Apres ceſtuy
cy vint auſsi celuy qui auoit receu deux talents de ſon maiſtre. Et quand il luy fut com/
mandé de rendre conte, il dit: Maiſtre, tu m'auois baillé deux talents de principal, en
voicy autres deux, que i'y ay adiouſtés de l'vſure. Et le maiſtre loua auſsi la diligence de
ceſtuy–cy, & luy dit: & bien bon ſeruiteur & loyal, pource qu'en peu i'ay appérceu ta loyau/
té, ie me fieray en toy cy apres de plus grande choſe. Entre en la ioye de ton maiſtre. Finale/
ment vint auſsi celuy qui auoit enterré le talent, qu'il auoit receu. Et quand il luy fut com/
mandé de rendre conte: non ſeulement il ne recogneu point ſa faute de nonchalance: mais
qui pis eſt, accuſa ſon maiſtre de rudeſſe & d'auarice desbordée: & doubla la faute de ſon
deuoir obmis, diſant: Maiſtre, ie ſçauoye que tu es homme rude, qui moiſſonne là où tu
n'as pas ſemé, & amaſſes le gaing là où tu n'as pas faict les frais. Parquoy creignant que ſi
par cas d'auenture le principal venoit à eſtre perdu, tu ne me traittaſſes rudement: ie m'en
allay enterrer ton talent. I'aimay mieux cela faire, que pourchaſſant l'vſure me mettre au
danger de perdre le principal. Voicy ie te ren ce qui eſt tien. Si ie ne merite los pour le pro/
fit, certes i'ay donné ordre que le principal fut ſauf & entier. Et le maiſtre luy reiecta ceſte
belle harengue au nés, diſant: Mauuais ſeruiteur & pareſſeux, tu ſçauoys, dis–tu, que ie
ſuis conuoiteux du gaing: que ie moiſſonne où ie n'ay pas ſemé, & amaſſe le profit où ie
n'ay pas faict les deſpens: d'autant plus te failloit–il bailler mon argent en bancque. Puis
moy, qui pourchaſſe le profit où ie n'ay point deſpédu, ie fuſſe certes venu pour redeman/
der mon argent auec vſure: c'eſt à dire, i'euſſe moiſſonné où ie n'auoye point ſemé. Le
principal eſtoit mien & non pas tien. Tu deuoys, toy ſeruiteur, ton induſtrie à ton maiſtre.
Adonc le maiſtre s'adreſſa aux autres ſeruiteurs, & dit: oſtés le talent à ce ſeruiteur inuti/
le, & le donnés à celuy qui en à dix. Et comme les ſeruiteurs s'esbahiſſoyent, qu'il comman/
doit qu'on donnaſt à celuy qui ia auoit en abondance, le maiſtre dit: Le cas ſera tel en ce/
ſte maniere de richeſſes. Quiconques a, il merite d'en receuoir dauantage: à fin qu'il ait
abondance. Mais qui par nonchalance n'a faict nul profit, il ſera deſpouillé de ce meſme
qu'il ſembloit auoir: pource qu'il n'en eſt pas digne. Au reſte, oſtés moy de deuant les
yeux ce ſeruiteur inutile, & le iettés en de profondes tenebres. La pour la ioye de ſon mai/
ſtre, laquelle il n'a voulu meriter, ſera–il tourmenté de pleurs & grincemens de dents. Par
telles paraboles, le Seigneur Ieſus esguillonna ſes diſciples par la grandeur des recom/
penſes à l'eſtude de la pieté Euangelique, & à bien faire au prochain: Et par la peur des
tourmens les deſtourna d'oyſiueté, & de bandon à mal faire. Mais le meſme fit–il beau/
coup plus clairement par ſa derniere narration, où il leur met deuant les yeux la magnifi/
cence de ſa venue: la ſeparation des bons d'auec les mauuais, qui durant ceſte vie ſont
meſlés parmy eux: les diuers merites & ſalaires des vns & des autres: bref il met deuant
les yeux toute la figure du dernier iugemét: bien ſçachãt que le iour de ſa mort eſtoit pres,
A fin qu'eſtãs inſtruits par tãt de propos, ils ne perdiſſent pas du tout courage pour l'igno
mineuſe mort de la croix: ains fuſſent conſolés de l'affliction preſente par la contéplation
de la felicité aduenir: & de l'ignominie preſente par la conſideratiõ de la gloire aduenir, ſans
braſſer ou ſouhaitter vengeance aux meſchans, puis qu'ils ſçauroyent bien qu'en ce iuge/
ment tels ſeroyent eternellement punys pour leurs deffautes. Or quand le fils de l'hom/
me, dit–il, (lequel vous verrés d'icy à peu de iours venir bien abbaiſſé & aneanty) ſera ve/
nu auec ſa magnificence, accompaigné de tous les anges, alors il s'aſſerra comme iuge de
tous au ſiege de ſa maieſté. Et deuant luy comparoiſtront toutes les nations de tout le

k 3   monde

monde. Car certes nul homme tant soit-il esleué ou abbaissé ne pourra eschapper ce
iugement là. Lequel ne se fera pas par coniectures humaines, mais selon le rigoreux iugement de Dieu, aux yeux duquel toutes choses sont descouuertes. Et en premier lieu, il
separera les bons des mauuais: tout ainsi que le berger separe les brebis des boucs, quand
il veut conter son trouppeau. Et les brebis, c'est à dire les innocens & bien-faisans, il les
mettra à sa dextre: mais les boucs, c'est à dire, les nuysans & mal-faicteurs, il les mettra à
sa senestre. Puis tout le genre humain ainsi party en deux bandes, luy comme iuste iuge rendra la raison de son iugement à l'vne & à l'autre partie: à fin que les bons cognoissent par quels bien-faicts ils auront merité vne si grande felicité: Et les meschans ouyent

Venés les be- par quelles defautés ils auront merité les tourmens eternels. Or saluant la bande du co-
nis de mon ste d'extre d'vn doux & ioyeux visaige leur dira: Venés mes amys. Bien est vray, que le
Pere. monde vous a eu en mespris & abomination: mais mon Pere vous tient pour honnorables & louables. Pour les maux que vous aués soufferts pour l'amour de moy, receués
maintenant l'heritage du regne celeste, qui par le conseil diuin vous fut preparé de Dieu
(qui preuoyoit toutes choses) deuant que le monde fut monde. Il m'a semblé bon de
recompenser voz œuures de charité enuers moy, de ce salaire tant grand: à fin que ne pensiés les auoir perdues. Car quand par le passé i'ay eu faim, vous maués donné à manger. Quand i'ay eu soif, vous m'aués donné à boyre. Quand i'ay esté estrangier & despourueu de logis: vous m'aués logé chés vous: quand i'ay esté nud, vous m'aués reuestu: quand i'ay esté malade, vous m'aués visité: quand i'ay esté en prison, vous me
estes allé consoler. Vous m'aués donné voz biens tels que ils estoyent: de ma part, ie
vous fais maintenant à mon tour participant du regne celeste que i'ay en commun a-
uec mon Pere. Ces choses ouyes, les iustes (qui exercent tellement les œuures de pieté,
qu'ils le sçauent bonnement s'ils les ont faictes) luy respondront, en disant: Seigneur,
quand t'auons nous veu auoir faim, & t'auons nourry: ou auoir soif, & t'auons donné à boyre? Quand t'auons nous veu estranger, & t'auons logé: ou nud, & t'auons
couuert? Quand t'auons nous visité en ta maladie? Quand sommes nous allés vers
toy en la prison? Alors le Roy confessera ouuertement qu'il veut que luy soit imputé tout
ce qui pourra auoir esté employé enuers le plus petit de ceux que le monde, à vray dire, a en mespris pour leur disette & petitesse: mais de luy, tant s'en faut qu'ils les mesprise, qu'il leur faict cest honneur de les appeller ses freres. Ie vous dy pour certain, dira-il, combien que de ma part ie n'eusse que faire du secours de nully, moy qui suis Seigneur de toutes choses: si est ce que toutes les fois que pour mon regard vous aués faict
tels plaisirs à l'vn de ces miens petits freres, vous me les aués faicts. Puis tournant vn
horrible visage vers ceux qui seront à la senestre, prononcera ceste redoubtable sentence: Despartés vous de moy: le monde vous a bien applaudit: mais deuant mon Pere &
moy, vous estes abominables. Allés vous-en au feu eternel, qui dés le commencement
du monde est appareillé au diable & à ses anges: auec lesquels vous aués mieux aymé
vous adioindre, qu'auec moy. Car quand i'ay eu faim vous ne m'aués pas voulu bailler à manger: quand i'ay eu soif, vous ne m'aués pas voulu bailler à boyre. I'ay esté
esgaré & despourueu de logis, & ne m'aués pas recueilly. I'ay esté nud, & ne m'aués pas
vestu. I'ay esté malade & prisonnier, & ne m'aués pas visité. Alors ceux-cy aussi respondront au iuge par autant de parolles qu'auoyent respondu les iustes: Seigneur, quand
t'auons nous veu auoir faim & ne t'auons pas donné à manger. Quand t'auons nous
veu auoir soif, & ne t'auons pas donné à boyre. Quand t'auons nous veu estranger, & ne
t'auons pas logé: ou nud, & ne t'auons pas reuestu: ou malade, & ne t'auons pas visité:
ou prisonnier, & ne t'auons pas consolé. Et le Roy leur respondra semblablement: Tous
les plaisirs sus-dits qui ont esté refusés au plus petit de ceux-cy qui selon le monde sont
moins que rien (& toute-fois sont mes freres) ie les repute refusés à moy. I'auoye disette en eux: & en eux ie vouloye estre r'assasié. Ceste sentence prononcée (à laquelle il
n'y a point d'appel) ceux qui seront à la senestre s'en iront au feu eternel: & les iustes en
la vie eternelle.

CHAPITRE XXVI.

R quand Iesus eut mis fin à tels propos, par lesquels il auoit par tant de beaux
moyens fortifié le cœur à ses disciples à l'encontre des afflictions prochaines:
de peur qu'ils ne perdissent tout courage, quand bien tost ils verroyent trainer leur Seigneur à vn ignominieux tourment: il s'hasardit en la fin de clairement

rement leur defcouurir le iour & la façon de fa mort: dont il leur en inculque la mention: craignant que quand il la verroyent, ils ne s’en effrayaffent de telle forte, comme
d’vne chofe nullement du monde attendue, qu’ils en perdiffent tout courage: principalement quand ils cognoiftroyent que Iefus feroit allé de fon bon gré à la mort, laquelle il eut bien peu autrement efchapper. Et qu’il n’auroit peu eftre mis à mort deuant que
le iour, que luy-mefme auoit determiné pour fa mort, fut venu. Or eftoit-ce le iour de
pafques, que les Hebrieux folennifoyent auec grande deuotion: fe reduifans chafcun
an en memoire le iour, auquel iadis en Egypte ils arrouferent du fang de l’aigneau,
les pofteaux des huys, & furent deliurés de l’ange deftruifeur, & pafferent la mer rouge
faufs & entiers. En memoyre de quoy, ils immoloyent tous les ans vn aigneau immaculé, & à caufe du paffage de l’ange, & qu’heureufement ils auoyent paffé la mer, ils l’appelloyent la pafque, c’eft à dire, paffage. Au refte, cefte pafque eftoit la figure de Iefus Chrift
qui par fon tref-facré fang viendroit vn iour à r’achepter tout le monde de la tyrannie de
peché: luy, qui feul entre tous, à efté exempt des taches de peché. Iefus aduertiffant fes difciples de ceft affaire, leur dit: vous fçaués que d’icy à deux iours on doit immoler la pafque: auquel iour le fils de l’homme fera liuré, pour eftre crucifié. Lors doncques que ce
iour facré & ioyeux approchoit, pour lequel folennifer il fe failloit preparer par bonnes
œuures: les principaux facrificateurs, & les fenateurs du peuple s’affemblerent: l’authorité defquels deuoit accoyfer la fureur du peuple, s’il s’en fut esleué aucune. Or s’affem-
blerent-ils en la court du principal facrificateur, qui s’appelloit Cayphe. Car tels principalement confpirerent contre Iefus, pour ce qu’ils craignoyent de perdre leur profit &
authorité, s’il demeuroit fauf. Là donc fut arrefté par vn mefchant confeil, qu’ils em-
poigneroyent Iefus & le tueroyent: & ce, non pas ouuertement & de force, mais cauteleufement. Et pource que ces princes entre eux mal d’accord, s’accordoyent-ia quant au
meurtre: ils delibererent du temps. Car combien que ils euffent merueilleufement foif
du fang innocent, gens enragés d’enuie & de hayne: toutefois leur fembla-il bon de delayer le meurtre iufqu’à vn autre temps: d’autant que ce iour eftoit prochain que les
Iuifs ont en finguliere deuotion & folennité entre tous. Car ils craignoyent que s’ils paf-
failloyent ce iour là que le peuple s’affemble ordinairement en tref-grand nombre, il
ne s’esleuaft quelque fedition: pource qu’il en y auoit beaucoup du menu peuple, qui
pour les miracles qu’ils auoyent veus faire, & pour la doctrine admirable qu’ils auoyent
ouye, & pour la douceur incredible des meurs qu’ils auoyent apperceus en luy, telle
qu’on ne fçauroit croire, l’auoyent en finguliere reputation. Ceux craignoyent le peuple, qui ne craignoyent pas Dieu: & ceux ne doubtoyent point de fouiller de meurtre
le iour de fefte, qui n’euffent ofé manger des pains leués. Ce confeil leur fouffla Sathan, tafchant de cacher le facrifice, qui deuoit apporter falut au monde. Mais le confeil diuin fut d’autre aduis. Car il n’eftoit pas raifonnable que fe facrifice fuft decreté
furtiuement: lequel le Pere a voulu eftre immolé, non feulement pour le falut de la nation Iudaïcque, mais auffi de tout le monde. Comme donc Iefus eftoit en Bethanie,
affés pres de Ierufalem, où il deuoit eftre crucifié, & difnoit chés Simon dit le lepreux,
s’en vint à luy vne femme auec vne boyte d’oignement precieux, laquelle elle rompit,
& luy efpancha l’oingnement fur la tefte. Et voyans les difciples vne chofe de fi grand
pris efpanchée tout à la fois, murmurerent entre eux, tout courroucés. Car ils fçauoyent bien que Iefus n’auoit iamais accouftumé d’vfer de telles manieres de delices: & que
il euft prins plus grand plaifir, fi la femme euft baillée la boyte entiere, à fin de vendre l’oingnement pour en foulager les poures. A quoy fert, difent-ils, la perte d’vne chofe tant precieufe? Car on le pouuoit vendre bien cher, & donner le pris aux poures. Cela
dirent-ils, n’entendans point à quelle fin Iefus l’enduroit: Bien eft vray, qu’il ne prenoit
point de plaifir en telles voluptés: mais il voulut que de ceft honneur fut aornée fa mort, la
quelle il deuoit fouffrir, non pas par aucune neceffité, ains de fon plein gré pour le falut de
tout le monde. Car combien qu’il fe foit porté tref-humblemët tout le temps de fa vie: fi eft
ce que fa mort par laquelle il deuoit vaincre le monde, il l’a honnorée de quelque magnificence. Pourtant eft-ce, qu’il fut vne fois porté auec pompe triomphale en Ierufalem. Et
alors comme deuançant l’honneur de fa fepulture, il fut arroufé de baume: & apres fa
mort, il voulut eftre mis dedans vn neuf fepulchre, faict de pierre de taille: & enuelouppé
d’vn linceul net, & enfepuely par les mains d’vn perfonnage d’eftoffe. Or a-on de couftume d’oindre de precieux oingnemens les corps morts des riches & honnorables gens, foit

Vous fçaués
que d’icy à
deux iours
la pafque.

k 4   pous

pour honneur, soit pour les garder de pourrir. Et pour autant qu'il sçauoit bien qu'il ressusciteroit deuant que ses amys luy fissent cest honneur : il endura qu'on luy fit la pompe de
sa sepulture, deuant que mourir:& ce à fin de ficher par tous moyens la mention de sa mort
au cœur de ses disciples : & d'adoucir l'horreur par l'honneur. Comme donc les disciples,
ignorans ces choses, murmuroyent de ceste peste, Iesus les appaisa, disant : Pourquoy fa-
chés vous ceste femme : Elle a faict vne œuure de pieté enuers moy, qui m'en vay mourir.
Vous ne me deués pas plaindre ce dernier honneur. Vous aurés bien tousiours auec vous
les poures ordinaires, ausquels vous pourrés faire bien : mais de moy, vous ne m'aurés

pas tousiours. Ce baume n'est pas perdu : ains ceste femme preuoyant bien que ie mourroye en brief, à deuancé ma sepulture par cest œuure, & a espanché sur le vif ce qu'on a de
coustume d'espancher sur le mort. Parquoy, gardés vous de mesdire de sa pieté. Car elle
est à Dieu tant agreable, que quand cy apres l'Euangile de ma mort se publiera par tout
le monde, on fera aussi ensemble mention de ceste femme-cy : pource qu'elle aura deuancé ma sepulture par vne œuure deuote & saincte. Ce propos r'abbaissa bien le despit des
autres disciples, qui failloyent par simplesse: n'entendant pas ce mystere : mais il n'appaisa
pas Iudas, qui faussement se couuroit du soucy des poures, là où il auoit plus le cœur au
profit. Car il portoit la bourse, & auoit de coustume de desrober quelque portion de ce
que les amis de Iesus, gens aumoniers, donnoyent pour despartir aux poures. Par ce
moyen il augmentoit de petit à petit son reuenu. Or comme il estoit du tout adonné au
tres-enorme vice d'auarice:pour recompenser la perte(qu'il pensoit auoir faitte en l'oignement) par le pris de son Seigneur, il s'en alla vers les principaux Sacrificateurs & magistrats, lesquels il sçauoit auoir conspiré la mort de Iesus par courages obstinés : & quils ne
tenoit plus fors qu'à le prendre sans bruit. Pour quoy executer, personne ne pouuoit estre
plus propre que quelqu'vn des plus familiers du Seigneur, lesquels ne pouuoyent ignorer où Iesus auoit de coustume de se retirer : car il auoit ses retraictes pour prier. Et en ceste
bande d'eslite de ces douze que Christ auoit prins auec soy les premiers de tous, il s'en peu
bien trouuer vn qui ayma plus le gaing, qu'vn tant doux & bien-faisant Seigneur. Tant
est grande peste auarice, apres qu'elle est vne fois entrée au cœur de l'homme. Or a voulu
Iesus demonstrer par ceste figure, qu'il y en auroit à l'auenir qui trahiroyent la parolle
Euangelique, estans corrompus du desir d'argent : Et que ce forfaict viendroit principalement de ceux, qui pource qu'ils sont les principaux de la religion ecclesiastique, semblent
auoir la cognoissance des secrets de leur Seigneur : duquel ils sont si familliers qu'en interpretant mal sa doctrine, ils la liurent aux prophanes & dissolus magistrats, qui ne pourchassent autre chose que la ruine de la verite Euagelique. Quand donc Iudas fut venu aux

magistrats, il leur dit. Quel salaire me donnerés vous, si ie le vous le liure entre voz mains:
Et ils luy accorderent trente deniers. Tant petit salaire le peut induire à commettre vn
tres-enorme forfaict. Tant peu fut estimé ce precieux sang, qui estoit suffisant pour r'acheter tout le genre humain. Iudas conuoytant & bataillant apres l'argent promis, cherchoit
dés lors l'opportunité de liurer Iesus. Et le premier des sept iours que les Iuifs auoyent de
coustume de s'abstenir de pain leué, mesme apres auoir mangé l'aigneau paschal:les disciples vindrent dire à Iesus : Seigneur, en quel lieu veux-tu que nous t'aillons preparer le
bancquet, pour faire la pasque : Tant estoit grande la disette, que ne luy, ne ses disciples
n'auoyet point de domicille proprietaire pour eux retirer. Et Iesus pour monstrer que tout
l'affaire estoit mystique, & qu'il ne se faisoit ny par cas fortuit, ny par necessité : ains que
le tout aduenoit selon la prescience & ordonnance de Dieu, leur respondit : Allés vous-en
en la ville : & incontinent que vous y serés entrés vous r'encontrerés vn homme qui porte
vne cruche d'eau. Suyués-le : & où qu'il entre, entres y, & dittes au sire du logis:le maistre dit
que son temps approche, & qu'il fera la pasque chés toy auec ses disciples. Et il vous monstrera vne grãde salle toute accoustrée:là preparés moy la pasque. Les disciples s'en alleret,
& trouuerent le tout comme Iesus l'auoit predit. Si luy appresteret le bancquet, là où il leur
auoit commandé. Et sur le soir, Iesus se retire là, & s'assit pour soupper auec ses douze disciples. Et ainsi qu'ils souppoyent, Iesus leur dit: l'vn de vous me trahira. Ce qu'il dit, pour demonstrer que rien du monde ne luy estoit caché : ensemble pour toucher la conscience du
traistre à repentance & amendement. Ce propos ouy, vne tres-grande fascherie leur saisit à
tous le cœur. Vn chascũ souspeçonnoit & se defioit de soy:cognoissans bien la foiblesse humaine, desiras dõc d'estre deliurés de ceste fascherie, il cõmenceret à luy dire, l'vn apres l'au-
tre:Seroit ce pas moy, Seigneur:Adonc Iesus, pour fortifier aucunemẽt les autres, presque

morts

morts de faſcherie : pour auſsi plus viuement toucher la conſcience de Iudas, pour voir
s'il ſe pourroit eſmouuoir à repentance : declaira l'autheur du forfaict par vn plus certain
ſigne : & l'aduertit enſemble de la grande familiarité, qui la deuoit deſtourner d'vn ſi forcené mesfaict. Celuy, dit-il, qui a ſaucé auec moy au plat, & qui m'eſt compaignon, non
ſeulement à table, mais auſsi au plat : c'eſt celuy qui me doit trahir, & qui pour le deuoir
de familiarité ſe monſtrera plus que ennemy : là où la communication du pain & du ſel
a de couſtume de conioindre par alliance d'amitié les gens meſmes qui ne s'entrecognoiſ-
ſent pas. Or que cecy d'euſt aduenir au fils de l'hõme, bien eſt vray qu'ainſi de tous temps
l'auoit determiné le Pere, & les Prophetes predit : toutefois malheur ſur l'homme par le
forfaict duquel, le fils de l'homme eſt liuré. Bien eſt vray que la ſageſſe de Dieu vſe de l'impieté d'vn traiſtre au ſalut du genre humain : mais il n'eſt en rien moins coulpable pour
cela, puis que de ſa malice il a eſté induit à commettre ce vice : là où ie n'ay rien obmis de
ce qui pouuoit remedier à ſon ame. Parquoy, pour ce faict tant inhumain l'attend vne
treſ-griefue peine, s'il ne s'amende : ſi qu'il luy vaudroit beaucoup mieux, iamais n'auoir
eſté nay. Pour ce propos, qui pouuoit ou pour la honte guerir le meſchant, ou bien le deſtourner pour la peine : tant fut loing Iudas de ſe corriger, qu'il adiouſta encóre impudence auec ſon forfaict. Et comme s'il n'euſt eſté coulpable de nul mal, demanda au Seigneur : Eſt-ce moy, maiſtre? Et Ieſus retenant encore en ceſt endroit ſa douceur, reſpondit :
Tu l'as dit : ſignifiant plus toſt couuertement, que declarant ouuertement que c'eſtoit luy :
& faiſant ſemblant de le ſouſpeçonner, & non pas de le ſçauoir. Or en ce dernier ſoupper
que le Seigneur fit auec ſes diſciples auant mourir, il ordonna ceſt inuiolable ſacrement
de ſa mort : lequel eſtant renouuellé ſouuentefois ſeruiront entre nous de perpetuel memorial de ſa treſ-grande charité, par laquelle il ne doubta point d'employer ſa vie en rançon pour le genre humain : à fin que iamais ne ſe peuſt eſcouler de noz cœurs la memoire de ce diuin ſacrifice, par lequel le treſpur aigneau (qui eſtoit la nouuelle & vraye paſques) s'eſt offert ſoy-meſme pour nous, ſur l'autel, à Dieu ſon pere : le courroux duquel il
nous a changé en faueur par ſon ſang, en s'ouffrant luy-meſme pour noz defautes les peines qui eſtoyent deues à noz pechés. Or conſacra-il ce diuin memorial ſous deux choſes, moyennant leſquelles l'amytié s'eſt de tous temps conioincte entre les hommes : à fin
que la charité par laquelle Chriſt s'eſt employé ſoy-meſme pour les ſiés, vint auſsi à nous
conioindre : nous, di-ie, qui ſouuent mangerons auſsi d'vn meſme pain, & beuuons tous
d'vn breuuage. Enſemble pour par quelque ſpirituelle figure repreſenter les ceremonies
de la loy Moſaique, en laquelle nul lauemēt ne ſe faiſoit des pechés, ſinon par le ſang du ſacrifice. Outre tout cela, pour ſignifier qu'il conſacroit par tel myſtere la nouuelle alliance
de la profeſſion Euangelique. Car apres que Moyſe eut recité le liure où eſtoyent comprins les commandemens de la Loy : & que le peuple eut reſpõdu : tout ce que le Seigneur
a dit, nous le ferons, & luy ſerons obeyſſans. Il puiſa dans vn hanap vne partie du ſang
des beſtes, qu'il auoit tuées pour le ſacrifice, & en arrouſa le peuple, diſant : Voicy le ſang
de l'alliance que le Seigneur a traicté auec vous, ſur toutes ces parolles. Certainement toutes ces choſes ſous certaines figures & ombres demonſtroyent ceſte inuiolable hoſtie, par
laquelle le Seigneur Ieſus, liurant ſon corps de plein gré à la mort, & eſpandant ſon ſang,
nettoyeroit les pechés de tout le monde : & reconcilieroit auec Dieu gratuitement tous
les hommes generalement, qui adoueroyent ceſte alliance du nouueau teſtament. Lequel ſacrifice & alliance il a voulu imprimer au cœur de ſes diſciples ſous certains ſignes &
memoriaux myſticques, deuant que de mourir : à fin qu'ils entendiſſent que ſa mort n'e-
ſtoit pas vulgaire ny vaine : ains vn ſacrifice d'efficace pour le nettoyement des pechés non
ſeulement des Iuifs, mais auſsi de toutes nations & ſiecles. Au reſte, d'autant que la mort
ne deuoit pas eſtre reitterée, de peur qu'auec le temps vn tel benefice ne s'eſcoula du cœur
des hommes, ou qu'ils oubliaſſent la treſ-ferme alliance vne fois traittée auec l'autheur
de leur ſalut : il ordonna que par la communion du pain & de la couppe ſacrée, la memoire en fuſt ſouuent renouuellée entre les profeſſeurs de la Loy Euangelique. Et a voulu
que ce ſigne fuſt inuiolable entre ſes gens-darmes, & tant ſemblable, que tout ainſi que
ceux qui prendroyent purement & dignement le corps & le ſang du Seigneur recepuroy-
ent beaucoup de grace diuine : ains que ceux qui le prendroyent indignement s'amaſſe-
royent vne griefue damnation. Ieſus doncques print du pain en ſes mains : & apres a-
uoir offert à Dieu le ſacrifice de louange, le rompit & diſtribua à ſes diſciples, diſant : Prenés, mangés : cecy eſt mon corps. Puis print auſsi la couppe en ſes mains, & apres auoir
rendu graces à Dieu, en beut le premier : puis leur bailla, diſant : Beuués tous de ceſte

couppe

Malheur à l'hõ-
me par qui le
fils de l'homme
ſera liuré.

Exod. 24

couppe : car cecy eſt mon ſang de la nouuelle alliance, lequel ſera eſpandu pour pluſieurs, pour le pardon de leurs pechés. Toutefois & quantes que vous ferés cecy, faittes-le en memoire de moy. Car toute les fois que vous mangerés de ce pain, & boyrés de ce breuuage, vous ſignifierés la mort du Seigneur iuſques à ce qu'il vienne, non pas lors pour ſauuer, mais bien pour iuger. Ce pendant on ne doit point attendre d'autre ſacrifice pour les pechés: car ceſtuy-cy eſt ſuffiſant pour effacer les pechés de tout le mõde. Et ie vous dy, que ie ne mangeray plus de ce pain, iuſques à ce que i'en mange du parfaict auec vous, au regne de mon Pere. Ie ne boyray de ce fruict de vigne iuſques à ce que i'en boyue auec vous, du nouueau, au regne de mon Pere. Et ne reiecta pas le ſeigneur Ieſus de ce ſacré ſigne le traiſtre Iudas : à fin que par vne telle douceur il ſe corrigeaſt. Mais dautant qu'il print le ſigne de l'alliance, où il auoit la trahiſon en ſon cœur : il s'en retourna plus ord, qu'il n'y eſtoit venu. Et quand ils eurent rendu graces à Dieu, ils ſe leuerent, & s'en allerent en la montaigne des oliuiers, lequel lieu Ieſus ſçauoit eſtre tref-bien cogneu de ſon traiſtre: à fin qu'il ne ſemblaſt qu'il ſe vouloit cacher, comme craignant la mort : Mais il ſe retira de faict à vis en ce lieu ſolitaire : à fin que comme ſes ennemis pretendoyent, ils le peuſſent prendre ſans eſmouuoir le peuple. Là Ieſus de-rechef aduertit ſes diſciples, que bien toſt ils ſeroyent grandement troublés, voyans la paſſion du Seigneur. Mais de peur qu'ils ne perdiſſent tout courage il les conſole d'vne prophetie, & de la reſurrection qui ſuyuroit incontinent: leur aſſignant & temps & le lieu prochain, où de rechef ils le verroyent. Vous ſerés tous (leur dit-il) troublés en ceſte nuict, à cauſe de moy. Car ainſi l'à predit Dieu mon Pere par la bouche du Prophete Zacharie. Ie frapperay le berger, & les ouailles de la bergerie ſeront eſgarées. Mais il ne faut ia que vous vous en deſeſperiés. Bien eſt vray, que la mort vous troublera les cœurs : mais la reſurrection vous conſolera. Car ie reſſuſciteray au tiers iour, & apres vous deuanceray en Galilée. Là me preſenteray-ie à vous pour me veoir. Et laiſſa tomber Ieſus tous ſes diſciples en troublement, pour les enſeigner en effect, combien eſt grande la foibleſſe de l'humaine nature : & combien l'homme eſt fol, de ſe fier en ſoy : à fin qu'apres auoir eſſayé leurs forces, ils apprinſſent à ſoulager la foibleſſe des autres. Or Pierre ne ſe cognoiſſant pas encore aſſés, meu d'vne humaine & temporelle force, nye que ce que Chriſt auoit predit ſuyuant la prophetie, doyue aduenir. Voire, qui eſt vne plus grande remerité, il ſe prepoſe tout ſeul à tout les autres, diſant : Encores que tous vinſſent à eſtre troublés à cauſe de toy:ſi eſt ce que ie ne le ſeray pas. Auquel reſpondit Ieſus: Que dis-tu, Pierre ? que toy ſeul entre tous ne ſeras pas troublé ? Qui plus eſt, ie te dy pour certain que deuant que le coq chante deux fois ceſte nuict, tu me renonceras trois fois. Et Pierre ne recognoiſſant pas meſme par ce moyen ſa foibleſſe, reſpondit obſtinément : encore que ie deuſſe mourir auec toy, ſi ne te renonceray-ie pas. Et ſuyuirent auſſi les autres Apoſtres la temerité de Pierre, leſquels euſſent auſſi bien renoncé Chriſt, s'ils euſſent eſté enſerrés d'vne telle neceſſité, que Pierre. Adonc Ieſus cognoiſſant que le temps approchoit, auquel deuoit venir la derniere tempeſte, emmena ſes onze diſciples (car Iudas eſtoit ſorty apres ſoupper) en vn village qui s'appelle Gethſemany. La commanda-il à huict de ſe repoſer: leſquels toutefois ſe ſeparoyent bien enuy de leur maiſtre quils aymoyent, à-vray dire, grandement, & neantmoins d'humaine affection. Demourés (leur dit-il) en ce lieu : pendant que ie me retireray au lieu accouſtumé, pour y prier. Car il n'oſa prendre ceux-cy, comme gens trop foibles, pour teſmoings de ſon extremité : de peur qu'ils ne perdiſſent courage. Mais en prend ſeulement trois auec ſoy: Aſſauoir, Pierre & les deux fils de Zebedée : à fin que ceux qu'il auoit prins ſpectateurs de ſa maieſté en la montaigne, luy ſeruiſſent maintenant de teſmoings de ſon extreme foibleſſe. A fin auſſi de nous enſeigner, que toutes les fois que l'orage de tels maux ſuruient plus vehement que les forces humaines ne peuuent porter, nous nous deffions du tout de nous, pour nous mettre entierement en l'aide de Dieu. Or eſt l'horreur de la mort (quand il ſaiſiſt l'homme) plus aigre & faſcheuſe que la mort propre. Ceſt horreur doncques commença lors d'aſſaillir Ieſus : & ſentit en ſon ame vne merueilleuſe faſcherie & douleur. Car il n'a pas voulu cacher le tourment de ſon ame, à ſes amys, Chriſt pour cognoiſtre à plein qu'il eſtoit vray homme, ſuiect aux affections du corps & de l'ame. Mon ame (dit-il) eſt ſi triſte, que ie meurs. Demeurés icy, & veillés auec moy. Car ce temps ne requiert point le dormir : mais la veillante & vehemente priere. Si s'en alla Ieſus vn petit plus auant de ſes trois diſciples: Puis ſe ietta la face en terre, & ainſi proſterné pria ſon Pere, en diſant: Mon Peré, s'il eſt poſſible, fais que i'eſchappe ce breuuage de mort. Car ie ſens l'affection du corps qui à merueilleuſement en horreur la mort. Toutefois ſoit faict, non pas comme ie veux ſelon la

foibleſſe

foyblesse du corps:mais bien ce que tu veux,pour le salut de l'humain lignage. Ceste priere faitte, il retourna vers ses disciples, & les trouua dormans. Si dit à Pierre:Est-ce ainsi;
tu te vantoys n'aguéres que tu mourroys auec moy:& n'as pas peu veiller auec moy vne
seule heure?Et ie veille & prie pour vous ? Veillés vous aussi auec moy, & priés mon Pere,
de peur que vous ne tombiés en tentation, & en soyés vaincus.La victoire n'eschoyt sinon
au veillant.Bien est vray, que l'esprit est prompt:mais la chair est foyble. Et de peur qu'elle
n'accable l'esprit,il faut veiller, & appuyer l'esprit sur l'ayde de Dieu.Apres les auoir ainsi
esueillés,Iesus s'en alla de-rechef,& pria auec autant de parolles que dessus:Mon pere, s'il
n'est pas possible que i'eschappe ce breuuage sans le boyre : ta volonté soit faitte. Puis
retourna de-rechef à ses disciples, lesquels il trouua dormant comme deuant. Car ils a-
uoyent les yeux merueilleusement chargés : puis que la fascherie doubloit l'endormis-
sement:Si les laissa & s'en alla pour la troisiesme fois prier pour ses disciples : pour autant
que la foyblesse de la chair leur couuroit les yeux. Et pria pour la troisiesme fois vne mesme chose que dessus:pour nous enseigner, qu'il faut obstinément & ardamment prier,tou-
tes les fois que la tempeste de tentation nous menace.Car alors sont presens les anges qui
fortifient l'esprit.Puis retourna vers ses disciples, & leur reproucha leur importun endor-
missement : attendu que le temps requeroit vne souueraine veille. Car voicy (leur dit-il)
tout presentement venir la tempeste qui vous trouuera despourueus, & par consequent
trop foybles.Dormés d'orenauãt & vous reposés,Voicy l'heure venue,que le fils de l'homme sera iniustement liuré entre les mains des meschans. Sus donc leués-vous:Allons au
deuant du mal qui vient.Voicy tout aupres de nous celuy qui me trahit. Iesus n'auoit pas
encore mis fin à ce propos,que voicy venir Iudas Iscarioth l'vn des douze : lequel, au lieu
qu'il suyuoit n'agueres le capitaine Iesus, est maintenant deuenu capitaine d'vne bande
de meschans gens,voire & plus meschant qu'eux.Car vne fort grande compaignie de soldats le suyuoyent, auec glaiues & bastons, que les principaux Sacrificateurs & senateurs
du peuple auoyent enuoyés expres, à fin de prendre Iesus sans esmouuoir le peuple.Car
cõbien qu'ils eussent determiné de delayer ce faict pour vn autre temps:toutefois quand
le moyen du traistre se fut presenté,ils changerēt d'aduis.Pour la mesme cause,Iudas auoit
choysi tant la nuyct,que le lieu où il souloit prier auec peu de gens. D'aduantage de peur
qu'ils ne faillissent à cognoistre le personnage, le traistre les auoit instruits par quel signe
ils cognoistroyent Iesus.Celuy(leur dit-il) que ie baiseray, c'est luy : empoignés-le. Si s'a-
uança Iudas Iscarioth:& comme s'il eust voulu saluer Iesus, luy vint dire : Dieu gard Maistre:& quant & quant le baisa. Ce que iadis souloyent faire pour honneur & amitié, ceux
qui s'entresaluoyent.Et Iesus,pour monstrer par tout aux siens vn parfaict patron de douceur,ne refusa pas le baiser du meschant disciple,ny ne luy reprocha pas sa forcenerie:ains
luy toucha la conscience d'vn doux parler, disant:Amy, pourquoy es tu venu ? Car ainsi   Amy, pour-
l'auoit-il abbordé auec vn baiser,comme s'il eust eu quelque chose de nouueau à luy di-   quoy es-tu
re.A ce signe,accourut la bande,& mirent les mains sur Iesus, & l'empoignerent. A ce bruit   venu.
furent grandement troublés les esprits des disciples, lesquels Iesus laissa tomber expressement en telle affliction,pour entierement leur arracher du cœur toute conuoitise de se venger & defendre. Or est-il que Pierre,soit pource qu'il estoit tousiours plus ardãt que les autres, soit pource qu'il auoit faict de belles promesses : de peur qu'il ne semblast defaillir à
son Seigneur,desgayna son espée,& en frappa Malchus seruiteur de Cayphe & luy couppa
l'oreille droitte. Mais Iesus moyenna tellement le coup, que la playe ne fut pas grande:
puis soudain r'adoubba le tout, luy r'attachant l'oreille. Au reste, Pierre auoit failly par
quelque bon zele qu'il pourtoit au Seigneur,& auoit bonnement puisé cest erreur des parolles de Iesus mal entendues. Car il auoit commandé de vendre la robbe pour achetter
des espées.Et quand ils luy respondirent qu'ils en auoyent deux, il leur dit que c'estoit assés. Or pensant les disciples que Iesus parlast du glaiue materiel,là où il parloit du spirituel, auoyent apporté du soupper les deux espées auec eux pour defendre leur Seigneur,
si la chose l'eust ainsi requise, ou bien s'il l'eust commandé. A fin doncques de arracher
du tout en tout ceste affection du cœur de tous les disciples, Iesus tença rigoureusement
Pierre, en luy disant : R'engayne ton espée. Ceux qui demeinent l'affaire par glaiue,peri-   Tous qui
ront par glaiue,& retombera la pareille vengeance sur leur teste. Nous n'auõs pas besoing   prennent.
de telle defense, nous qui vaincquons mieux en endurant, qu'en tuant. Autrement,pen-
se tu que ie deuisse auoir faute d'aydes, si ceste defense me plaisoit ? Ne pourrois-ie pas
prier mon Pere,& il m'enuoyeroit au lieu de douze disciples douze legions d'anges en ayde ? Mais il a pleu ainsi à mon Pere: ainsi a-il esté predit par les Prophetes : & n'y a rien de
tout

tout cecy qui se face d'auenture ou par cas fortuit. Adonc Iesus se retiravers laditte bande
& leur dit : Vous estes maintenant venus armés d'espées & bastons pour me prendre. Et
quand i'estoye iournellement assis parmy vous au temple en enseignant & guerissant les
malades vous ne me mettiés pas les mains dessus : maintenant que ie me tiens en ceste retraitte vous me cherchés de nuict. Mais tout cecy se faict non par vostre violence:mais par
la dispensation du conseil diuin,duquel ont prophetisé dés long temps les escriptures des
Prophetes. Cela ouy, les disciples voyans qu'il n'y auoit nulle esperance : & que Iesus s'offroit soy-mesme à la mort, abandonnerent le Seigneur, & s'enfuyrent. Et lesdits sergeans
n'estant rien addoucis pour la mention de la doctrine & bien-faisance de Iesus,le prindrét
& l'emmenerent en la maison de Caïphe principal Sacrificateur,ou les Scribes & senateurs
du peuple estoyent assemblés. Or Pierre tout seul (car tous les autres disciples s'en estoyét
fuys de peur,l'vn d'vn costé,l'autre de l'autre) combien qu'il n'eust pas eu bonne yssue au
combat,ne pouuoit neátmoins du tout oublier le soing du Seigneur qu'il aymoit ardamment, & n'osoit d'autre part luy assister, le suyuit toutefois de loing du mieux qu'il peut : si
que finalément il entra en cachette en la court de Caïphe, sans estre cogneu. Estant entré
leans, il se mesla parmy les vallets, & s'assit au feu pour se chauffer : à fin que puis qu'il ne
pouuoit defendre Iesus, il vit pour le moins, quelle seroit l'yssue du iugement. Car le courage de Pierre estoit encore soubstenu de quelque esperance. Or les principaux Sacrificateurs, & toute l'assemblée pour donner quelque couleur & apparence de legitime iugement, s'efforçoyent de suborner des faux tesmoings à l'encontre de Iesus : l'innocence duquel estoit si grande, que ce fut mesme vne chose difficile de mentir de luy, en sorte que la
mensonge eust apparence de verité. Et quand plusieurs faux tesmoings se furét presentés,
(mais desquels les tesmoignages se refutoyét eux-mesmes, tát estoyét mal accordés qu'ils
n'estoyent pas trouués suffisans, non pas mesmes enuers tels iuges & vne telle assemblée)
en fin finale se presenterent deux faux tesmoings, qui dirent : Cestuy a dit:Ie puys destruire
le temple de Dieu, & apres trois iours le reedifier. L'occasió de ceste mensonge auoyent-ils
prins des parolles de Christ,qui auoit dit:Defaittes ce temple,& en trois iours ie le leueray.
Entendant de son corps,qui deuoit mourir & ressusciter en trois iours. Les tesmoings per-
uertissoyent les parolles qui nentendoyent pas : à fin que la chose fut plus desplaisante.
Car il n'auoit pas dit : ie le puis destruire. Mais deffaittes-le vous.Et n'auoit aussi dit : ie le
reedifieray.Ains le releueray.Ayant esgard au corps mortel qui deuoit ressusciter.Or d'au=
tant que ce tesmoignage sembloit estre de quelque importáce, ioinct qu'il ne s'en trouuoit
point de plus suffisant:le principal Sacrificateur se leua, & feignant vn visage de iuge droit
turier, comme s'il eut voulu dóner puissance à Iesus de se defendre, luy dit : Ne respons-tu
rien à ces tesmoignages, qu'on produict à l'encontre de toy ? Et Iesus se teut : sachant bien
que tout ce qu'il eut peu dire, eust esté prins à la mauuaise part. Adonc le principal Sacrifi=
cateur desiroit d'arracher quelque chose pour condamner Iesus (car toute attente estoit iá
longue à sa forcenerie) luy dit:Ie te coniure par le Dieu viuant, que tu ayes à me dire, si tu
es le Christ fils de Dieu. Ceste demande du meschant Pontife estoit fallacieuse. S'il eust respondu qu'il n'estoit pas le fils de Dieu : le principal Sacrificateur se fut escrié. Pourquoy
doncques t'attribues-tu ce que tu n'es point ? S'il l'eust affermé, il l'eust accusé de blaspheme. S'il se fut teu estant coniuré : il eust semblé mespriser Dieu, & l'authorité du souuerain
Sacrificateur. Et qui estoit celuy qui le coniuroit ? C'estoit vn meschant Pontife qui auoit
acheté d'Herodes cest honneur pour vn an,à beaux deniers contans. Voire il le coniura de
part Dieu,luy qui faict la guerre au fils de Dieu.Iesus toutefois comme se soubmettant à la
dignité du grand Sacrificateur,qui l'interrogoit s'il estoit le fils de Dieu, luy respondit : Tu
l'as dit.Se confessant estre ce qu'il estoit:tellement toutefois qu'on ne le pourroit taxer d'ar
rogance.Voire il adiousta vn propos qui deuoit retirer le meschant Pontife de sa meschan
te entreprinse,disant : Toutefois ie vous asseure de cela,que cy apres vous voyrrés le fils de
l'homme,assis à la dextre de la puissance de Dieu,& venir auec magnificence és nuées du
ciel. Il signifioit couuertemét que luy qui estoit abbaissé & códamné des meschás,viédroit
vn iour à tout la puissance diuine,pour iuger tout le monde.Par ce propos le principal Sacrificateur fut encore plus courroucé:si que pour rédre le crime de Christ plus enorme,par
vn zele faintif deschira ses habillemens, & dit:Il a blasphemé. Qu'est-il plus besoin de tesmoings? Voicy vous oyés maintenant le blaspheme manifeste. Que vous en semble ? Et
eux de respódre:Il a merité la mort.Adonc comme s'il eust esté códamné en iustice se prindrent à l'outrager de mocqueries. Toutes lesquelles choses Iesus porta tres-doucement,
pour donner aux siens vn parfaict exemple de souffrance ils luy craschoyent en la face:ils

luy

luy couuroyent le visage & le souffiettoyent. Il y en auoit aussi d'autres qui le buffetoyent,
disans : deuine nous, Christ, qui est celuy qui t'a frappé ? Par telles iniures ils luy reprochoyent qu'il auoit voulu estre le Messias : & que le peuple l'auoit honnoré du titre
de Prophete. Ce-pendant Pierre estoit assis dehors en la court, contemplant de loing le
triste spectacle, & attendant la fin de la chose, sans s'oser approcher de plus pres, de peur
d'estre cogneu des vallets. Et vne certaine chambriere l'entrecognoissant luy alla dire :
Toy aussi tu as esté disciple de ce Galileen. Alors Pierre estonné du parler d'vne chambriere, & ayant oublié ce magnificque propos, par lequel il auoit dict à Christ, qu'il mourroit plus tost auec luy que de le renoncer, renonça son Seigneur en presence de tous, disant : Ie ne sçay que tu dis. Et incontinent le coq chanta. Et comme Pierre s'en vouloit
sortir, vne autre chambriere le vit à la porte, & le descouurant aux vallets qui estoyent
presens, leur dit : Cestuy-cy aussi estoit auec Iesus de Nasareth. Et luy de le renoncer de
rechef, faisant serment que iamais n'auoit cogneu l'homme. Et vn petit apres, quelques
vns de ceux qui estoyent là, recognoissant Pierre, luy dirent : Certes toy aussi, tu es de
ce nombre. Car non seulement ta face, mais aussi ton parler te manifeste, que tu es vn
Galileen. Alors Pierre fut encores plus espouuanté, & se print non seulement à renier
Iesus : mais aussi à se donner soy-mesme au diable, s'il cognoissoit le personnage. Et incontinent le coq chanta de rechef. Apres cela Iesus regarda Pierre. Et en luy parlant des
yeux, l'aduertit. Alors finalement Pierre retourna à soy, & se souuint de ce que Iesus luy
auoit predit, quand il se vantoit de ses forces ; deuant que le coq chante deux fois tu
me nyeras trois fois. Et pource qu'estant esperdu de peur, il auoit peché par foiblesse
humaine, & non d'vne certaine malice, il merita misericorde. Cela endura Christ en son
Apostre d'eslite : à fin que personne pour griefue que soit sa cheute, ne desespere point d'a-
uoir pardon, moyennant qu'il se repente, & laue de larmes la tache de son ame. Car Pierre
qui estoit comme desesperé en soy, se repentit soudain quand Iesus l'eut regardé. Si sortit
dehors & ploura amerement.

Et Pierre
à eu sou-
uenance.

C H A P I T R E   X X V I I.

Oncques en tels abominables & cruels faicts passerent toute ceste nuict là,
les piliers de la religion. Et comme le iour approchoit, les principaux Sacrificateurs & les Senateurs du peuple, tindrent de rechef conseil à l'encontre
de Iesus, pour le l'iurer à la mort. Si le l'iurerent tout lié & garroté à Ponce
Pilate, grand gouuerneur, pour le condamner, & en prendre la punition.
Alors Iudas, qui l'auoit trahy, voyant qu'il estoit-ia condamné, & qu'ils
poursuiuoyent de passer oultre, fust touché de repentance, & rapporta les trente deniers
aux principaux Sacrificateurs & aux Senateurs du peuple, disant : I'ay peché d'auoir trahy
le sang innocent. Certes la confession de Iudas deuoit esmouuoir le cœur des principaux
Sacrificateurs. Il confesse qu'il l'a faict par auarice : Et proteste que celuy qu'il a trahy,
est innocent. Mais eux du tout enragés, & n'ayans soif d'autre chose que du sang innocent, luy respondirent. Que nous en chaut-il, si tu as trahy vn mal-faicteur, ou vn innocent ? A toy le soucy. Iudas lors se repentant du gaing, desiroit d'annuller les paches.
Mais leur cruauté ne se peut nullement adoucir. Parquoy Iudas leur ietta leur argent aux
pieds, & s'en retourna combler son meschant forfaict, d'vn autre plus enorme. Il recogneu bien la grandeur de son vice : mais il ne recogneut pas la grandeur de la misericorde de Dieu. Pierre ploura amerement, & trouua misericorde : aussi ploura Iudas, mais
plus d'vn cœur failly, que conuerty. Et pourtant s'en alla-il de là, & s'estrangla, & creua
par le milieu, & furent espandus ses boyaux. De cecy consulterent entre-eux de-rechef
les principaux Sacrificateurs, lesquels à fin que leur cruauté fut mieux cogneue de tous,
n'executoyent rien sans commun conseil. Ils delibererent à quel vsage doyuent estre appliqués les trente deniers que Iudas leur auoit iettés aux pieds : & d'vne renuersée religion (combien qu'ils ne fissent nulle conscience de tuer vn innocent, lequel leur auoit
faict tant de plaisirs) se prindrent à dire : Il n'est pas licite de mettre cest argent au thresor (c'est à dire, auec les offrandes du temple, ausquelles ils vouloyent qu'on portast
grand reuerence) car c'est pris de sang. Or ne faut-il point polluer la saincteté du temple par sang. Et descouurirent ce pendant leur mauuaise conscience, confessans celuy
estre innocent, la trahison duquel ils auoyent acheiée. A fin doncques que le forfaict fut
bien commun à tous, apres auoir tenu conseil ils acheterent dudit argent le champ d'vn

I'ay peché en
liurãt le sang
innocent.

certain

certain potier: & ce, ce semble, pour bons vsages, c'est-assauoir pour y enterrer les estran-
giers:comme voulans payer de ce bien-faict, le forfaict qu'ils auoyent en main. Et toutefois ont ils tref-mal pourueu à leur renommée par ce moyen . Car ils ne pouuoyent par
autre moyen myeux deceler leur impieté : Car la chose est tellement venue en la bouche
du peuple, qu' encore auiourdhuy appelle-on ce champ là en Syriacque , Acheldema,
c'est à dire, champ de sang. Ce qui n'est pas non plus aduenu fortuitement. Car Ieremie l'a-
uoit ainsi predit deuoir aduenir : Et ont prins les trente deniers, le pris de celuy qui a esté
mis à pris (lequel ils ont apres faict achetter des enfans d'Israel) & les ont baillé pour le
champ du potier, comme le Seigneur m'a ordonné. Or ainsi que Iesus comme mal-faicteur se tenoit deuant le gouuerneur, ils l'accusoyent de maintes choses:se taisans ce-pendant du blaspheme de la prophanation du sainct temple, & de la venue du fils de l'homme (car ils sçauoyent bien que Pilate homme esloigné de telle superstition, ne s' esmouueroit pas beaucoup pour telles choses) & luy mettant sus d'autres forfaicts controuués,
par lesquels le cœur dudit gouuerneur peut estre enflambé à l'encontre de Iesus. Si luy dirent: nous auons prins cestuy-cy, qui subuertissoit nostre nation, & defendoit de payer
le tribut à Cesar :& se disoit estre Christ le Roy des Iuifs. Oyant Pilate la mention de Roy,
pource que cela sembloit toucher la personne de Cesar, demanda à Iesus. Es-tu le roy des
Iuifs? Et Iesus de peur de ne ressembler arrogant en ne respondant rien, luy dit: Tu le dis.
Ne nyant pas du tout qu'il fust Roy: adioustant toutefois que son regne estoit spirituel,
& non mondain, tellement que cela n'attouchoit en rien ne Cesar, ne Herodes . Et ainsi
que les grands prestres &les Sacrificateurs accusoyent Iesus, Pilate desirant d'arracher de
luy quelque defense pour le deliurer, luy dit: N'oys-tu pas combien d'esnormes forfaicts,
ils te mettent à sus. Et Iesus ne respondit pas vn mot à cela. Tellement que le gouuerneur
s'esmerueilloit grandement, que vn homme innocent fust si paisible de se taire, estant en
danger de perdre sa vie. Et Pilate voyant bien au visage & maintien mesme de Iesus, qu'
il n'estoit en rien vray semblable qu'il appettast de regner, dict aux principaux Sacrificateurs, & à leur compaignie. Ie ne trouue rien de criminel en ce personnage . Mais tant plus
s'efforçoyent-ils, disans: C'est vn seditieux: il a esmeu le peuple par sa doctrine, en allant
par toute la Iudée, commençant de Galilée iusques icy. Bien cognoissant Pilate que Iesus
estoit innocent, & que tout ce que les Sacrificateurs & Scribes luy brassoyent, ils le faisoyent par enuie, & cherchoit pour cela occasion d'absoudre Iesus: ou bien de l'en enuoyer
de son siege. Et ayant ouy nommer Galilée, demanda d'où estoit Iesus. Et quant il eut entendu qu'il estoit natif de la contrée de Galilée, où Herodes regnoit:il le r'enuoya à Herodes, qui de fortune estoit pour lors venu en Ierusalem. Et quant Herodes vit Iesus, il
en fut fort ioyeux. Pource qu'il y auoit long temps qu'il desiroit de le veoir: à cause que
le bruit auoit semé dudit Iesus choses merueilleuses & incroyables. Pourtant esperoit-il
qu'il feroit aussi quelque miracle deuant luy. Si l'interroga Herodes de plusieurs choses:
mais Iesus ne luy respondit mot. Lequel n'estoit point venu pour plaire à la curiosité des
Princes:Ains pour procurer le salut des hommes. Et estant accusé de plusieurs choses deuant Herodes, & ne respondant rien. Herodes auec ses gendarmes le mesprisa, & par mocquerie le vestit d'vne robbe blanche, & le r'enuoya à Pilate. Et par ce moyen furent faicts a-
mys Pilate & Herodes : là où au parauant il y auoit dissension & inimitié entre-eux. Or Pilate fit venir les principaux Sacrificateurs, les Magistrats, & le menu peuple : puis protesta qu'il n'auoit rien trouué en Iesus, de tant de crimes dont ils l'accusoyent: & mesmes
que Herodes l'auoit renuoyé comme innocent: Ce qu'il n'eust pas faict, s'il l'eust trouué
coulpable de quelque cas pendable. Toute-fois pour rappaiser l'enuie des Iuifs, il leur dit:
ie le chastieray, puis luy donneray congé. Et voyant qu'il ne proufitoit rien par tels propos, il cherchoit autre occasion de deliurer Iesus. Les Iuifs auoyent de coustume que au
iour de la feste pour la solēnité, le gouuerneur leur laschoit vn prisonnier. Or auoit-il lors
en prison vn notable & fameux larron nommé Barrabas, lequel nom il sçauoit desplaire
au peuple . Doncques Pilate ayant assemblé à soy les Iuifs, leur demanda lequel des deux
ils vouloyent qu'il leur laschast, Barrabas ou Iesus. Esperant qu'au pris d'vn tant infame &
cruel larron, ils aymeroyent mieux qu'on laschast Iesus. Et ainsi que le gouuerneur estoit
de-rechef assis en son siege iudicial, sa femme luy enuoya dire, qu'il ne se souillasse point
du sang de cest innocent: & qu'elle auoit esté ceste nuyct tourmentée de visions horri-
                                                                                    bles, à

bles à cause de Iesus. Laquelle chose n'aduint pas pour neant, ains pour la prouiden ce diuine: à fin qu'il n'y euſt rien, dont Iesus n'euſt teſmoignage de ſon innocence. Car c'eſtoit vne choſe fort neceſſaire qu'il fuſt notoire à tous qu'il eſt mort iniuſtement, pour nous racheter. Et comme le menu peuple doubtoit lequel des deux ils aymoyent mieux qu'on leur laſchaſt: les Sacrificateurs & Senateurs feirent tant par leur conseil, qu'ils demanderent qu'on leur laſchaſt Barrabas: & qu'en ſon lieu on miſt à mort Iesus. Tel eſt le iugement: telle eſt la recognoiſſance du peuple. Telle eſt la fardée religion des Sacrificateurs & Senateurs. Ils faiſoyent conscience d'entrer en la court de Pilate, pour manger l'aigneau du paſſage en pureté: & ils ne faiſoyent pas conscience de pourchaſſer par vne telle forcenerie la mort d'vn innocent, approuué par tant de vertus & bien-faicts. Et Pilate leur proposa de rechef, lequel des deux ils vouloyẽt qu'on laſchaſt. Et eut de s'eſcrier: Barrabas. Et Pilate leur dit: Que feray-ie donc de Iesus, ſurnommé Chriſt? Eſperant qu'on les contenteroit de quelque legiere peine. Mais ils s'eſcrierent d'vn merueilleux accord: Qu'il ſoit crucifié. Comme ce genre de mort eſtoit cruel, auſſi eſtoit-il infame ſur tous. Et Pilate leur dit de rechef: Crucifieray-ie l'innocent? Quel mal a-il faict? Ie ne trouue en luy nul cas criminel. Parquoy ie le chaſtieray, puis le laſcheray. Par tel propos s'allumoit tant plus la rage du peuple, & crioit: Au gibbet, au gibbet: Voyant Pilate qu'apres auoir tant eſſayé, il ne profitoit rien: mais que le peuple ſe mutinoit tant plus, iuſtifia Iesus deuant que le condamner. Car il print de l'eau & en laua ſes mains en la preſence du peuple, en diſant: Ie ſuis innocent du ſang de ce iuſte-cy. Vous eſtes autheurs de ſa mort, & non moy. La vengeance de ſang innocent tombera ſur voz teſtes. Mais ces mal-heureux Iuifs furent tant loing d'eſtre deſtournés par ce propos, que tout le peuple s'eſcria d'vn accord: Son ſang vienne ſur nous, & ſur noz enfans. Ils demanderent leur ruine & celle de leur lignée: Mais Chriſt (qui eſt plus doux enuers eux qu'ils n'eſtoyent enuers luy) ne refuſe pardon à nully: pourueu qu'il ſe repente. Car pluſieurs qui pour lors crierent en la preſſe: Au gibbet, au gibbet. Adorerent puis apres la croix de Chriſt. Pilate doncques vaincu par leur obſtinée forcenerie, leur laſcha Barrabas, autheur d'vne mutinerie & meurtrier, & du iugement de tous condamné meſme deuant le iugement. Et de Iesus, il le fit fouetter à la maniere des Romains, puis leur bailla pour le crucifier. Alors les gens d'armes du gouuerneur ayans prins Iesus en la court, aſſemblerent vers luy toute la bande, pour prendre vne tres-cruelle volupté des mocqueries de l'innocent. Et ce en partie obeiſſans à leur naturel: en partie pouſſés des Iuifs. Et pource qu'ils auoyent entendu qu'il ſe diſoit roy des Iuifs, comme pour reprocher à vn homme tant contemptible l'arrogance du regne affecté, ils luy deſpouillerent ſes habillemens, & luy veſtirent vn manteau d'eſcarlate, aſſauoir vne robbe royalle: puis au lieu du dyademe, luy mirent en la teſte vne coronne d'eſpines: au lieu de ſceptre, luy donnerent vn roſeau en la main dextre. Cela faict, comme faiſans la court au nouueau roy, s'agenouilloyent deuant luy, & le mocquoyent, diſans: Dieu gard, roy des Iuifs. Et non contens de telles iniures, crachoyent contre luy. Et du roſeau qu'ils luy auoyent baillé au lieu de ſceptre, luy frappent la teſte coronnée d'eſpines. Et combien qu'ils ne laiſſaſſent nul outrage en arriere: il endura le tout auec vne ſouueraine douceur, pour bailler aux ſiens vn parfaict patron de ſouffrance. Or apres que les gendarmes eurent ſaoulé les cœurs & les yeux de la bande par toute ſorte de mocqueries: ils oſterent le manteau à Iesus, & le reueſtirent de ſes propres habillemens: à fin qu'il fut mieux cogneu de tous. Si le menerent hors de la court, portant ſa croix. Et en allant, ils rencontrerent vn homme Cirenyen, nommé Simon: lequel ils contraignirent de porter la croix de Iesus. Si vindrent au lieu, où il deuoit eſtre crucifié, qui s'appelle en Siriaque, Golgotha, c'eſt à dire, lieu de teſte: pource qu'il eſtoit infecté d'os & de teſte des morts. Là de peur que quelque partie de ſon corps ne fut exempté de tourment ou que quelque riſée ne fut laiſſée en arriere, ils luy baillerent à boyre du vinaigre meſlé parmy du fiel: à fin que fut accomplie l'eſcripture de la prophetie: Ils m'ont donné du fiel à manger: & en ma ſoif ils m'ont abbreuué de vinaigre. Mais quand Iesus en euſt gouſté il ne voulut pas boyre. Et quand ces gens d'armes l'eurent crucifié, ils deſpartirent entre eux ſes habillemens: mais pource que ſa robbe eſtoit tellement tiſſue, qu'on ne l'euſt peu deſcoudre: ils ietterent le ſort, à qui l'auroit: à fin que fut accomply le dict de la prophetie: Ils ſe ſont deſpartis mes veſtemens, & ont ietté le ſort ſur ma robbe. Et s'aſſirent aupres de la croix pour le garder de peur que l'on ne l'oſtaſt. Outre ce on attacha à la croix ceſt eſcripteau en deriſion: C'eſt-cy Iesus, roy des Iuifs. Lequel eſcripteau eſtoit toutefois tant honnorable, que les Iuifs ne le pouuoyent endurer. Car ils dirent à Pilate qu'il le corrigeaſt: & qu'il ne

I 2 miſt

Son ſang vienne ſur nous.

Pſal. 21

mit point : roy des Iuifs : mais bien, cestuy-cy s'est dict roy des Iuifs. Et en ce seul endroict se laisserent-ils vaincre à Pilate. Qui plus est, les Iuifs donnerent ordre qu'on crucifiast auec Iesus deux larrons : tellement que Iesus fust au milieu d'eux, ayant l'vn à dextre & l'autre à senestre : à fin que de tous il fut estimé vain & trompeur, & semblable à ceux ausquels il estoit accouplé. Ces maux si grands ne contentoyent pas encores la cruauté des Iuifs. Ils se mocquent du crucifié : & passant par deuant luy, l'outragent, hochant la teste & se mocquans de luy, & disans : he, est-ce pas toy, qui destruis le temple de Dieu, & en trois iours le releues. Tu promettoys salut aux autres : descend doncques maintenãt de la croix. Semblablement aussi les principaux Sacrificateurs auec les Scribes & Senateurs du peuple, se mocquoyent de luy, & luy reprochoyent : il a sauué les autres, maintenant il ne se peut sauuer soy-mesme. S'il est roy d'Israel, (comme il vouloit estre veu) qu'il monstre maintenant son pouuoir : qu'il descende de la croix, & nous luy croirons. Il s'est confié en Dieu (lequel il disoit son Pere) qu'il le deliure maintenant s'il l'ayme. Et à fin que de tout costé fut iniurié le tres-innocent Iesus, les larrons aussi compaignons du tourment luy reprochoyent telles choses. Toutes lesquelles choses Iesus endura d'vne constante patience : à fin de paracheuer ce sacrifice salutaire à tous. Il retint sa vertu diuine, & exposa toute sa nature humaine à tous tourmens. Et tant fut loing de rendre ou venger vn maudisson tant cruel, & à luy faict à l'article de la mort : voire plus amer que la mort mesme : qu'il pria ce pendant son Pere pour les gens d'armes & pour les Iuifs, qui se mocquoyent. Et receut en son paradis l'vn des larrons qui se repentit. Le Soleil mesme sentit le tourment de l'innocent, & ne peut estre spectateur de ce tant execrable forfaict. Il se couurit la face d'vne noire nuée : & certaines tenebres couurirent tout ce pays là depuis six heures iusques à neuf. Mais les tenebres de l'entendement des Iuifs, ne se peurent ce pendant esuanouir. Et enuiron neuf heures, Iesus cria à haute voix ce verset du Pseaume, disant : Eli, Eli lamasabatani ? C'est à dire, Mon Dieu, mon Dieu, pourquoy m'as-tu abandonné ? Et aucuns qui estoyent là, oyans de loing qu'il crioit : Heli, penserent qu'il appelloit Helie en ayde. Et dirent : Cestuy-là appelle Helie. Voyons s'il viendra & si luy aydera. Alors Iesus, pour monstrer que la mort qu'il enduroit pour tous, estoit vne vraye mort, cria : I'ay soif. Car apres playes & effusion de sang, vient ordinairement vne soif, qui est aucunefois aux patiens vn tourment plus cruel que la mort mesme. Et l'vn d'entre eux accourut à tout vne esponge trempée de vinaigre, laquelle il mit au bout d'vn roseau, & la presenta à la bouche de Iesus pendu, lequel auoit bien vne tres-grande soif du salut des hommes : Mais les Iuifs ne luy presenterent rien fors du fiel & du vinaigre. Parainsi ayant gousté le vinaigre il dit : C'est faict. Signifiant que rien n'estoit obmis de ce qui appartenoit à ce sacrifice. Et incontinent (pour declarer qu'il mouroit de son plein gré) quand il eut recommandé son ame à son Pere, il fit vn grand cris : & enclinant la teste rendit l'esprit. Et soudain toutes choses tesmoignerent que la mort du Seigneur Iesus estoit vertueuse : car le voile du temple, qui separoit le sainctuaire de l'autre partie du temple, se fendit de soy-mesme en deux pieces : monstrant que de la en auant les ombres de la loy Mosaique s'esuanouiroyent aux rayons de la lumiere de l'Euangile. Auec cela la terre trembla, & se fendirent les pierres : reprochans au Iuifs leur inuincible dureté de cœur. Les tombeaux s'ouurirẽt, & ressusciterent maints corps des saincts morts, & sortirent des tombeaux. Et apres la resurrection de Christ vindrent en sa saincte cité de Ierusalem : & estans messagiers & compaignons de la resurrection de Iesus, apparurent à maints. Item le centenier & ses gens, qui estoyent là pour garder Iesus, voyans le tremblement de terre, les tenebres, les pierres se fendre, & autres merueilles, eurent grand peur, & dirent : Cestuy estoit le vray fils de Dieu. Or estoyent aussi là plusieurs femmes, qui regardoyent de loing ce qui se faisoit : lesquelles auoyent suiuy Iesus depuis Galilée, en luy seruant en ses necessités. Entre lesquelles estoyent Marie Magdelaine, & Marie mere de Iaques & de Ioseph. Item la mere des enfans de Zebedée, & plusieurs autres auec elles. Et ainsi que la nuict approchoit vn riche disenier d'Arimathée, nommé Ioseph, qui auoit aussi esté disciple de Iesus, s'en alla demander au gouuerneur qu'il luy donnast le corps de Iesus. Pilate s'esbahissat s'il estoit desia mort (veu qu'il estoit en fleur d'eage, & qu'on ne luy auoit point rõpu les cuysses) incontinent qu'il eut entendu pour le seur du centenier qu'il estoit mort : il commanda que le corps mort luy fut donné. Et quand Ioseph l'eut prins, il l'enuelouppa d'vn linceuil net, & le mit dans vn tombeau neuf, qu'il auoit taillé en pierre : & roulla vne grosse pierre à la bouche du tombeau, puis s'en alla. Ce qui fut aussi faict par le conseil de Dieu : de peur que les Iuifs n'vsassent de cruauté enuers le corps mort :

ou de

õu de peur qu'en fouyſſant le tombeau, on ne l'emportaſt furtiuement.Et combien que les
autres femmes s'en fuſſet allées:il y en eut deux, qui demeurerẽt là iuſques à la fin:aſſauoir,
Marie Magdelaine,& vne autre Marie, la mere de Ioſeph : leſquelles eſtoyent aſſiſes contre
le ſepulchre : & marquoyent le lieu où on ſerreroit le corps, pour aller faire leur deuoir de
l'oindre, quand il en ſeroit temps. La ſongneuſe diligence deſquelles le Seigneur excita
tout expres, à fin que la foy de la reſurrectiõ fut plus certaine. Et le lendemain qui eſt apres
la preparation, les principaux Sacrificateurs & les Phariſiens s'aſſemblerẽt de rechef vers
Pilate, pour confermer la verité de la reſurrection, en taſchant de l'empeſcher. Si dirent au
gouuerneur : Seigneur, il nous ſouuient que ceſt effronteur là dit quand il viuoit, qu'il reſſuſciteroit apres trois iours.Parquoy, cõmãde de garder le tombeau iuſques au troiſieſme
iour:de peur que ſes diſciples ne viennent deſrober ſon corps , puis facent à croire au peuple qu'il ſoit reſſuſcité. Que s'il ſe faiſoit, nous n'aurions rien auancé : ains l'abus dernier
ſeroit pire que le premier.Et Pilate leur dit:Vous aués la garde,allés le garder comme vous
l'entendés.Mais eux taſchans de fermer l'yſſue à celuy qui deuoit reſſuſciter,agrandirent le
miracle & la foy de la reſurrection.Ils garnirent de gardes le ſepulchre,& ſeellerẽt la pierre
qui fermoit la bouche du ſepulchre : à fin qu'il n'y eut nulle tromperie, non pas meſmes
aux gardes.

CHAPITRE   XXVIII.

O R quand fut venue la nuict du ſabbath precedẽt qui finiſſoit au point du iour
ſuyuant (qui eſtoit le premier iour de la ſepmaine ſubſequente) Marie Magdelaine, & l'autre Marie appreſterent des ſenteurs: puis du matin allerẽt de rechef
au ſepulchre,pour voir ce qui eſtoit aduenu,& pour oindre le corps de Ieſus.Et
vn grand tremblemẽt de terre ſe fit. Et comme ces femmes deliberoyent entre elles cõment
elles pourroyẽt oſter la pierre de la bouche du tombeau (laquelle pierre eſtoit ſi groſſe que
forces de femmes ne l'euſſent peu oſter) voicy deſcẽdre du ciel l'ange du Seigneur,qui oſta
ladite pierre, & s'aſſit deſſus. Or le viſage de ceſt ange eſtoit ſemblable à eſclair:& ſes veſte
mens blancs comme neige. Quoy voyant les gardes du ſepulchre, furent eſpouuantés &
tellement paſmés, qu'ils eſtoyent tout eſtonnés & eternis comme morts. Et l'ange conſola
leſdites femmes , diſant:ceux là s'effrayent à bon droit de la gloire de la reſurrection:d'au
tant qu'ils perſeuerent en leur incredulité. Mais de vous, n'ayés peur. Car ie ſçay bien que
vous cherchés Ieſus,qui fut crucifié.Il a ia abandõné le ſepulchre,& faict ce qu'il auoit promis. C'eſt cy la matinée du troiſieſme iour : pourtant eſt ce qu'il eſt reſſuſcité. Approchés
vous:regardés le lieu vuyde du corps. Il y a encores les traces du corps :il y a auſſi les de-
ſpouilles du corps, aſſauoir, le linceul dont il fut enueloppé. Ces choſes vous ſeruiront de
teſmoings,ſi vous ne croyés à moy. Mais allés vous—en viſtemẽt annõcer ce que voꝰ aués
veu aux autres diſciples faſchés de la mort de leur Seigneur, lequel eſt reſſuſcité. Que ſi
vous deſirés le veoir,ſachés qu'il vous deuancera en Galilée,cõme il auoit promis deuant
que de mourir. La vous ſera—il loiſible de regarder vif, celuy que vous aués pleuré mort.
Voila, ie vous l'ay dit deuant le coup.Et voyans le tombeau vuyde (lequel elles auoyẽt au
parauant trouué fermé)ſortirent haſtiuemẽt:partie,eſpouuantées de la grandeur du mira
cle:partie,ſaiſies d'vne grande ioye,pour le deſir & eſperance de voir le Seigneur reſſuſcité.
Si s'en coururent communiquer ceſte ioye aux diſciples de Ieſus.Et en s'en allant,à fin que
elles peuſſent r'apporter nouuelles plus certaines:elles vont r'encontrẽr Ieſus,lequel pour
les r'aſſeurer leur dit : Dieu gard.Et elles voyans & cognoiſſans leur Seigneur, luy allerent
embraſſer les pieds, & l'adorerent. De rechef Ieſus pour leur oſter toute peur : à fin qu'elles
peuſſent mieux comprẽdre ce qu'il vouloit dire,leur dit:Nayés peur. Allés vous—en racon
ter à mes freres ce que vous aués veu : & leur dittes, qu'ils allent en Galilée,& que là ils me
verront.Or quand elles s'en furent allées,aucuns de la garde(à fin que la verité de la reſurrection fuſt auſſi confermée par le teſmoignage des ennemys) laiſſarent le ſepulchre, &
allerent en Ieruſalem , & raconterent aux principaux Sacrificateurs ce qui auoit eſté faict:
comment ils n'auoyent pas trouué le corps dans le ſepulchre clos & ſellé : cõment vn ange
d'vne merueilleuſe figure auoit oſté la pierre: & du tremblement de terre. Comme auſſi ils
auoyẽt eſté paſmés de peur: & cõme ils auoyent ouy deuiſer l'ange auec les femmes.Quãd
les Sacrificateurs eurent entendu ces choſes par ces gardes, ils t'indrent de rechef conſeil
auec les Senateurs.Et pource que la choſe eſtoit ſi manifeſte qu'on n'en eut peu douter : ils
acheterent la menſonge des gardes par argent, comme au parauant ils auoyent acheté le
trauail du traiſtre à deniers contens. Excepté que le trauail des mẽteurs leur couſtra beaucoup plus que celuy du traiſtre.Vous autres(leur dirent—ils)qui aués veu ces choſes,taiſés

Ils donnerent
beaucoup d'
argent aux
gardes.

I 3   VOVS

vous-en : & femés parmy le menu peuple que fes difciples font venus de nuict, & l'ont def-
robé comme vous dormiés. Que fi cefte menfonge vient aux oreilles de voftre gouuerneur, nous la luy ferons accroire, & vous deliurerõs de tout le danger du cas. Et les gendarmes prindrent l'argent & firent comme ils auoyent efté recordés : & cefte menfonge tant
friuole trouua credit enuers le peuple. Car ce bruit eft encores auiourdhuy diuulgué parmy tous les incredules Iuifs. Or les onze difciples eftans aduertis par ces femmes, s'en allerent en Galilée, & montarêt en vne montaigne que Iefus leur auoit affignée. Là fe donna-
il à regarder. Ils virent & cogneurent leur mefme Seigneur, & l'adorerent, comme celuy qui
eftoit ia fouuerain & celefte. Aucuns toutefois doubtoyẽt encore, iufques à ce qu'ils furent
auffi confermés par plufieurs & tref-certains fignes. Combien que leur doubtance à auffi
profité pour la certitude de noftre foy. Or Iefus s'approchãt plus pres d'eux non feulemẽt
fe donna à voir & manier de pres : mais auffi deuifa auec eux en fon langage cogneu & accouftumé : declarant qu'il auoit conqueſté par fa mort le regne & l'authorité tãt au ciel que
en la terre : Au ciel, où il auoit toufiours regné auec fon Pere : en la terre, où il deuoit regner
de la en auant non par forces tyranniques, mais par la foy des croyans : & qu'à fes difciples
qui fuyuroyent fes traffes, il donneroit auffi ce regne Euangelique en gouuernement, en
leur baillant la charge de publier l'Euangile non feulement aux Iuifs, mais auffi à toutes
nations : & l'authorité de louer & pardonner les pechés par le fainct Efprit à tous ceux qui
de cœur entier feroyent profeffion de la vie Euangelique : Item de les inftruire & façonner,
non felon la loy Mofaïque, nẽ felon les conftitutiõs Pharifaïques : ains felon fes commandemens tant qu'ils paruiendroyẽt au parfaict eage de la philofophie Euangelique. Et à fin
qu'ils ne fe deffiaffent de rien, de ce qu'il ne cõuerſeroit plus auec eux iournellement : il leur
promet que leur compaignie ne prendra iamais fin, & qu'il ne defaudra iamais aux fiens :
ains que par fon efprit & puiffance il fera toufiours auec eux, iufques à la derniere fin de ce
monde. Toute puiffance (leur dit-il) m'eft donnée au ciel, & en la terre. Vous m'aués veu
pour la foibleffe de la chair auoir faim, foif, laffe, difetteux, mefprife, prins, garrotté, decraché, condamné, fouetté, crucifié, couuert de toutes fortes d'iniures, & aucunemẽt abbaiffé
plus bas que ne font les plus abbaiffés d'entre les hommes. Pourtant que i'ay porté toutes
ces chofes de mon plain gré & vouloir, pour le falut des hommes mon Pere m'a reffufcité
de mort à vie : & m'ayant donné de la gloire d'immortalité, m'a efleué à la participatiõ de
fon regne, & affubiecti toutes chofes qui font au ciel & en la terre, fous ma puiffance & domination. Vous n'aués pas vn prince, duquel vous vous deuiés deffier. Vous n'aués pas
vn Seigneur, duquel il vous faille repẽtir. Tout ainfi que ie fuis mort pour le falut de tous :
auffi n'y a-il nulle maniere de gens, qui ne foit en ma iurifdiction. Voftre debuoir fera, de
me conquefter tout le genre humain, en tant qu'il vous fera poffible. Or le me gaignerés
vous, nõ par armes, ou guerres : mais par les mefmes moyẽs que ie me fuis acquis ce droit :
par vne facrée doctrine, par vne vie conforme à l'Euangile, par beneficence gratuite, par
Allés vous-en
& enfeignés
toutes gens. fouffrance de maux. Allés vous-en doncques comme bien loyaux ambaffadeurs : & vous
appuyans en mon authorité, enfeignés : & en premier lieu les Iuifs : fecondemẽt les voifins :
puis apres toutes les natiõs du mõde vniuerfel. Enfeignés les que c'eft qu'ils doyuẽt croire
& efperer de moy. Premieremẽt, qu'ils recognoiffent le Pere celefte, createur, gouuerneur, &
reparateur de toutes chofes vifibles & inuifibles : à la puiffance duquel nul ne peut refifter,
attendu qu'il eft tout puiffant : la fciẽce duquel nul ne peut abufer, veu qu'il n'y a rien qu'il
ne voye : le iugemẽt duquel nul n'efchappera : duquel comme d'vne fontaine defcend tout
ce qui peut eftre de bien, ou que ce foit : auquel eft deu tout honneur, louange, & action de
graces. Qu'ils recognoiffent auffi fon fils Iefus : par le moyen duquel felon fon eternel & in-
fondable confeil, il a deliberé de deliurer le genre humain de la tyrannie de peché, & de la
mort : & d'ouurir le chemin de la felicité eternelle par la doctrine Euangelique. Lequel fils
eft pour cefte caufe (felon la volonté du Pere) defcendu en terre, nay de la vierge Marie : &
en conuerfant long temps, homme entre les hommes, a enfeigné la philofophie celefte : laquelle feule rend les hommes heureux. Et luy innocent a efté affligé & crucifié pour les pechés de tout le monde : il a efté mis au fepulchre, eft reffufcité au tiers iour felon les oracles
des Prophetes. Depuis il conuerfa plufieurs iours auec fes difciples, & declara par certains
argumens la verité de la refurrection : puis monta de rechef au ciel : là où comme compaignon du regne & de la gloire paternelle il fe fied à la dextre de fon pere tout puiffant. D'où
il reuiẽdra vn iour au monde : Et non abbaiffé, cõme deuant : ains auec la maiefté de Dieu :
non pas pour fauuer, mais pour iuger tant ceux qui feront viuans ce iour là, que les morts
que la trompe angelique reffufcitera tout à coup. A fin que felon fon ineuitable iugement,
vn chafcun

vn chascun reçoyue tel salaire qu'il aura merité. Qu'ils recognoissent aussi le sainct Esprit: lequel se vous ay ia distribué en partie, & plus abondamment (quand ie me seray retiré au ciel) le vous departiray: la secrette inspiration duquel consolera, enseignera & fortifiera les cœurs de ceux qui se fieront en moy, & espandue és cœurs de tous conioindra & alliera ensemble d'vne mutuelle charité tous ceux qui de cœur aduouerõt la fóy Eugãelique. Et s'il aduient qu'aucun deffaille en quelque chose par foiblesse humaine: il obtiendra pardon de ses pechés, pourueu qu'il ne se separe point de l'alliãce & compaignie des Saincts. Item quiconque s'adioindra à ceste alliance, tous les pechés de la vie passée luy seront gratuitement pardonnés. Brief, à fin que personne, durant ceste vie, ne pense d'attendre recompése des bien-faicts, ou brassé vengeance à l'encontre des mal-faicteurs : qu'ils sachent, qu'vn iour leur aduiendra ce que vous voyés m'estre aduenu. Les morts ressusciteront, & seravné chascune ame remise en son propre corps. Laquelle chose ne sera pas plus tost faitte que tous ceux qui appartiendront à ceste saincte compaignie & auront constammét tenu mon parti, viendront à estre transportés auec moy en la vie éternelle : pour estre participãs de la felicité, puis qu'ils auront esté compaignons à porter les afflictiõs. Quand vous leur aurés enseigné ces choses, s'ils viennét à y croire, s'il se repétent de leur vie passée, s'ils sont appareillés d'embrasser la doctrine Euãgelique: alors laués les d'eau au nom du Pere, & du Fils, & du sainct Esprit: à fin que par ce sacré signe ils s'asseurent qu'ils sont deliurés des souilleures de tous leurs pechés par le benefice gratuit de ma mort, en estãt ia enrollés au nombre des enfans de Dieu. Que personne ne se circõcise: que personne ne se laue au nom de Moyse ou d'autre homme quelcõque. Que tous aduouent celuy auquel il doyuét leur salut, & duquel ils doyuent du tout dependre. Qu'on ne les charge pas non plus de ceremonies Mosaiques ou humaines. Ce signe (qui est aisé par tout à recouurer) suffira pour tous ceux qui s'addonneront à la profession Euangelique. Au reste, à fin que nul ne vienne à penser que ce soit assés pour le salut d'auoir esté vne fois laué, & auoir auoué la foy Euãgelique : il leur faut outre cela enseigner par quels moyens & raisons ils pourront contregarder leur innocence, & paruenir à la perfection de la pieté Euangelique. Quant à moy, ie n'ay rien obmis qui appartint à acquerir le salut eternel. Aussi l'esprit celeste, que vous receurés, ne vous laissera-il pas obuier ce que vous aués appris de moy. Tout ce doncques que ie vous ay commandé baillés leur à garder. Or ne vous ay-ie pas ordonné des ceremonies de la loy Mosaique, lesquelles comme ombres, doyuent d'orenauant esuanoyr à la lueur Euangelique: ne des ie ne sçay quelles constitutions Pharisaiques, mais des choses lesquelles seules donnét vne vraye innocence de pieté, & qui seules vous rendrõt agreables à Dieu, & vrayement heureux. Parquoy, enseignés les à ceux qui aduoueront mon nom, non seulemét de bouche: mais aussi de faict: tout ainsi que i'ay mis en effect tout ce que i'ay commandé. Pendant que vous ferés cela, & que vous retirerés les hommes au ciel, le monde s'esleuera contre vous comme il s'est esleué contre moy. Car mon esprit n'est pas d'accord auec l'esprit du monde : & est ma doctrine du tout en tout contraire aux affections de ceux qui ayment les choses de ce monde: Ceux là s'esleueroni contre vous auec grans troubles. Voire mais il ne faut ia que vous vous deffiés combien que vous soyés abbaissés, combien que vous soyés idiots, combien que vous soyés foibles, combien que vous soyés peu. De moy, i'ay vaincu le monde : vous aussi le vaincrés par mon ayde & à mon exemple. Par ma force, & non pas par la vostre vous surmõterés tout ce que ce monde a de redoutable. Et combien que ie doyue esleuer ce corps au ciel (entant que c'est vostre profit) si est-ce que ie ne vous abbandonneray iamais. Car apres m'estre absenté de vous quand au corps, alors seray-ie auec vous vertuesement par mon Esprit. Or vous assisteray-ie iusques à la fin du monde. Mais quand la fin du monde doit venir, il ne vous est ny necessaire, ny profitable de le sçauoir. Acquités vous ce pendant de vostre charge, & soyés tousiours apprestés pour ceste iournée là. Et en quelque temps que ce soit qu'elle vienne, vous aussi alors despouillerés la mortalité, & serés du tout auec moy participans du royaume paternel, lequel ne prendra iamais fin.

FIN DE LA PARAPHRASE SVR LEVANGILE DE
Iesus Christ, selon sainct Matthieu, Par Didier
Erasme de Roterodame.

I 4　　　　A TRES

A TRESCHRESTIEN ROY DE
FRANCE FRANCOYS PREMIER DE CE NOM,
D, ERASME DE ROTERODAME, S.

E Q V E n'ay vſé iuſques à preſent de la faueur que voſtre maieſté me porte, Françoys roy treſ-chreſtien, il n'a tenu n'a moy ny à vous. Mais pluſieurs cauſes m'ont iuſques à preſent empeſché de ce faire. Et principallement les troubles de noſtre temps, m'ont empeſché de paruenir à vn ſi grand bien. Car i'attendoye touſiours qu'entre ces longues tempeſtes de guerres, ſe monſtraſt quelque trãquillité de paix. Toutefois ſi n'ay ie iamais eſtimé d'eſtre aucunement moins obligé à voſtre benignité, que ſi i'euſſe deſſa receu tout ce qu'elle m'a offert, Auſſi ay ie bonne eſperance que de briefie pour-ray par ſignes plus certains declarer mon cœur enuers vous: Ce pendant que l'oportunité eſt retardée, il m'a ſemblé bon de vous enuoyer comme vn arre de ma promeſſe, qui eſt la Paraphraſe ſur l'Euangile de ſainct Marc. A ce faire m'incitoit (y eſtant ia addonné & de mon bon gré allant au deuant) la conuenance de la choſe: Car comme ainſi fuſt que i'euſſe dedié à Charles mon prince ſainct Matthieu. Et à Ferdinand frere de Charles ſainct Iean, le-quel i'ay expoſé incontinent apres ſainct Matthieu. Et au roy d'Angleterre ſainct Luc, le-quel i'ay faict le troiſieſme. Il me ſembloit que ſainct Marc vous eſtoit reſerué: Comme ſi les quatre Euangeliſtes euſſent eſté conſacrés aux principaux Monarques du monde. Et pleuſt à Dieu que cõme le liure de l'Euangile conioinct fort bien voz noms qu'ainſi l'eſprit Euangelique vniſt enſemble voz cœurs. Il y en a qui attribuent au Pape vne authorité meſ-me ſur l'enfert. Il y en a auſſi qui luy attribuent puiſſance ſur les anges. Et tant s'en faut que nous ayons enuie à vne telle authorité, que meſme nous luy en ſouhaittons auſſi vne plus grande. Mais à la mienne volonté que le monde ſentit ceſte puiſſance à ſon ſalut en faiſant & gardant la paix & concorde entre les roys, leſquels au grand dõmage de la Chreſtienté, combattent enſemble & font des guerres, qui ne ſont point moins vilaines que mortelles. Et ce pendant nous deteſtons & donnons au diable les Turcs. Mais quel ſpectacle plus plaiſant pourroit-on monſtrer aux Turcs, ou à ceux qui veulent encore plus de mal aux Chreſtiens, ſi aucuns y en a, que de mettre diſſentions mortelles entre les treſ-floriſſans Monarques de toute l'Europe. Difficillement puis-ie croire qu'il y ait aucun Turc tant cruel, qui ſouhaitte plus de maux aux Chreſtiẽs, que eux-meſmes ſe font l'vn à l'autre, Et ce pendant nul faiſeur de paix ne ſe treuue lequel par ſon authorité appaiſe tant meſchantes eſmotions: veu qu'il n'y a faute de gens qui les incitent, & qui mettent (comme on dit) de l'huyle au feu. Ce n'eſt point à moy à faire de charger ou deſcharger la cauſe d'vne partie ou d'autre, par mon iuger deuant coup. Ie ſçay bien qu'il ſemble à vn chaſcun que ſa cauſe eſt treſ-iuſte, & confeſſe qu'en tel iugement on a de couſtume de monſtrer plus de faueur à celuy qui ſe defend de l'iniure qu'on luy faict, qu'à celuy qui la luy faict. Mais ce pendant ie deſire fort que tous les princes Chreſtiens, conſiderẽt en eux-meſmes auec vrayes raiſons, combien grand gain aura faict celuy qui aura mieux aymé vne paix deſraiſonnable, que pourſuiure vne guerre treſ-ſaincte. Qui a-il plus fragille que noſtre vie. Qui a-il plus bref, ne plus miſerable? Ie me tais de tant de ſortes de maladies, de tant d'iniures, fortunes, tant de calamités fatales, peſtes, foudres, tremblements de terre, feux, desbordement d'eaux, & autres calamités, deſquelles le nombre eſt infini: Car entre tous les maux deſquels eſt tour-menté la vie des hommes, il n'y a rien plus meſchant, ne plus nuyſant que la guerre, ne qui ameine plus horrible & piteuſe fin aux meurs des hommes, & auſſi à leurs biens & corps. Celuy qui oſte la vie ameine moins de mal que celuy qui oſte le bon entendement. Et ſi n'eſt pas la guerre pourtant moins à deteſter, que la plus grande part des maux tom-be ſur la teſte des petis & de baſſe condition cõme laboureurs, manouuriers, & voyagiers. Ieſus Chriſt le Seigneur de tous n'a pas moins eſpandu ſon ſang pour r'achetter ceux-cy, pour meſpriſés qu'ils ſoyent, que pour les ſouuerains Monarques. Et quand on viendra au throſne iudicial de Chriſt, deuant lequel il faudra qu'en brief comparoiſſent tous gou-uerneurs de ce monde quelque puiſſants qu'ils ſoyent, ce iuge ſeuere ne redemandera point moins diligemment la raiſon de ces poures là, que des gouuerneurs & grands. Par ainſi ceux qui penſent que ce ſoit vne petite perte, quãd les petis & ceux de baſſe condition

ſont

font pillés, affligés, chassés, bruslés, oppressés & tués, tels tiennent Iesus Christ, qui est la sa
gesse du pere, pour vn fol, qui a espandu son sang precieux pour sauuer telles gens. Pour
tant ne pense-ie point qu'il y ait gens plus dommageables que ceux qui baillent aux Mo
narques matiere de guerre, lesquels sont d'autant plus aises à seduire, qu'ils ont les cœurs
plus hauts. Et entre les vertus royalles est fort estimée la sublimité ou hauteur de cœur. El
le fut iadis fort estimée en Iules Cesar, elle est aussi auiourdhuy d'vn grand accord de tou
te nation estimée en François. Or il n'y a plus certain argumēt d'vn cœur vrayemēt haut,
que de pouuoir negliger les iniures. La vertu des capitaines anciens qui debattoyent de
l'Empire & non de la vie, est à louer: mais entre les Payens & des Payens. Mais à vn Prince
Chrestiē c'est vne chose plus excellēte & louable de r'achetter la paix & trāquillité de la Re
publicque en perdāt quelque chose de son pays & domaine, que d'en cōquerre de beaux
& riches triomphes, qui cousté tant aux gens. Parquoy ceux qui ont mis vn desir & estude
aux cœurs des Monarques & princes de dilater & estendre leur Empire, qu'ont-ils trouué
sinōn vne fontaine & source continuelle de guerres? Ceux aussi n'ameinent point moin
dre destruction au mōde, qui mettent aux cœurs des Princes la matiere d'ire & courroux,
& leur persuadent que c'est office de Roy puissant de se venger par armes & guerre, de quel
que parolle, laquelle parauenture on-a faussemēt r'apportée, ou on la r'apportée plus ou
trageusement qu'elle n'a esté ditte. Combien plus grande vertu est-ce de negliger parolles
iniurieuses pour le bien de la Republicque. Que si elles blessent ce n'est qu'en particulier,
voire elles ne blessent point, si on n'en tient conte. En autres choses, peut estre, est-il loysi
ble aux Roys de cesser aucunement: si toutefois il est loysible de cesser & se reposer iamais, à
ceux qui ont à veiller sur tant de gens. Mais en entreprenant la guerre, à cause qu'elle amei
ne vn deluge de grands maux, il faut veiller & diligemmēt prendre garde, qu'on n'entre
prenne rien temerairement. Ie ne dis cecy Roy tres-chrestien, pour oster le glaiue des mains
des Princes. Il est, peut estre, cōuenable à vn bō Prince, de faire quelque foisla guerre. Mais
c'est apres auoir tenté tous les moyens de l'euitter, & que on y est contraint d'vne necessité
extreme. Le seigneur Iesus osta le glaiue à Pierre: mais il ne l'osta pas aux Princes. Paul aus
si approuue leur authorité, commandant à ceux qui auōyent faict profession de Christ à
Rome, que tāt s'en failloit qu'ils d'eussent mespriser l'authorité des Princes mesme Payēs,
que mesme il ne failloit retenir leur peage, tribut, & gabelle qu'on leur doit comme à mini
stres de Dieu. Sçauoir si cestuy là oste le glaiue, qui dit: Il ne porte point le glaiue sans cau
se. Aussi n'enseigne pas autrement Pierre le principal d'entre les Apostres. Soyés, dit-il, su
iets à tout ordre humain pour l'amour du Seigneur soit au Roy cōme au plus excellēt, soit
aux gouuerneurs comme à ceux qui sont enuoyés de luy à la punition des mal-faicteurs,
& à la louange de ceux qui font bien. Il n'a permis à Pierre d'auoir autres armes, que le glai
ue de l'Euangile qui est la parolle celeste, laquelle comme enseigne Paul aux Hebrieux est
viue & efficace & plus penetrāte, qu'aucun glaiue trenchant à deux coustés, & paruenāt ius
ques à la separation de l'ame & de l'esprit: Car qui commāde de r'engayner le glaiue, & ne
l'oste pas, il faict plus que s'il l'ostoit. Car pourquoy commande-il de le r'engayner? C'est
à fin que le pasteur Euangelique ne guerroye. Mais pourquoy est-ce qu'il ne cōmande, ne
deffend de l'oster? C'est à fin que nous eutendiōs, qu'il ne se faut preparer pour se venger
de l'iniure qu'on nous faict, quand bien nous en auons la puissance. Parainsi les pasteurs
Euangeliques ont le glaiue Euāgelique que leur à baillé Christ, par le moyen duquel ils
estranglent les vices, & retrenchent les cōuoytises humaines. Les Roys ont leur glaiue qui
leur a aussi permis, pour effrayer les mauuais & honnorer les bons. Le glaiue n'est point
osté: mais l'vsage en est ordonné. Ils ont pour garder la trāquillité publique non pour de
fendre leur ambition. Il y a deux sortes de regnes. Les prestres ont leur glaiues, & aussi leur
regne: au lieu de coronnes & heaumes, ils ont leurs mittres, & pour leur sceptre vne houlet
te. Ils ont pour leur halecret le baudrier: brief ils ont toute l'armure laquelle ce vaillant chā
pion Paul leur d'escript en plusieurs lieux: Les Roys Euangeliques s'appellent pasteurs.
Mais aussi Homere appelle les Roys prophanes pasteurs du peuple. Ils font tous deux v
ne mesme chose, iaçoit ce que leur office soit diuers, comme en vne moralité, l'vn ioue vn
personnage, l'autre vn autre. Que si l'vn & l'autre auoit tousiours son glaiue prest & appa
reillé, c'est à dire que s'ils vsoyent, cōme il appartient de la puissance qui leur est baillée, ie
pēse que nous qui nous disons plus tost estre Chrestiēs, que nous ne le sommes, ne desgay
nerions pas tant souuent le meschant glaiue contre noz freres. Mais quād tous deux vien
nent à negliger leur office, & à desirer fort celuy qui ne leur appartiēt point, ne l'vn ne l'au
tre ne peut asses defendre, ne sa dignité, ne sa tranquillité. Quand est-ce que le Roy a plus
de maie

de maiesté Royalle, sinon quand estant assis en iugement, il ordōne le droit, & garde qu'au
cun tort ou dommage soit faict à aucun, & accorde les procés & discors, & soulage les oppressés, ou estant assis au conseil, il preuoit au profit de la Republicque. Quand est-ce aussi que l'Euesque a plus de sa dignité, que lors qu'il enseigne en chaire la philosophie Euāge-
liquer là alors est-il vrayement assis en son siege cōme Roy Euāgelique. Autant qu'il estoit
deshonneste à Neron de debatre au theatre auec les chātres & ioueurs de harpes, ou aux
lices auec les charretiers: autant est-il deshonneste à vn Roy de manier les affaires de basse
condition & vilaines qui appartiennent à ses affections priuées, & qui nuysent au salut de
la Republicque. Item, combien seroit-il deshonneste si vn philosophe à tout vne robbe &
barbe longue iouoit vne farce sus vn eschauffaux, ou si en vn tripot à tout vne racquette il
iouoit à la paume. Autant est-il deshonneste à vn Roy Euangelique de guerroyer, ou mar-
chander, ie me tais des choses plus deshonnestes. D'où vient que maintenant on trouue
vn Euesque qui estime plus beau & honneste de mener auec soy trois cens cheuaucheurs
bien garnis d'arbalestes, lances & pistolets, que d'estre accompagné de diacres craignans
Dieu, & sçauās qui portent auec eux les saincts liures: D'où vient cela qu'ils se persuadent
d'estre grands par vne ostentation des choses, par le mespris desquelles leurs deuantiers
ont estés grands: D'où vient cela que les trompettes & cornets leur resonnent mieux en
leurs oreilles, que la saincte escripture: Or sus, si vn Roy prenoit vne mittre & haumusse
pour vne coronne & robbe Royalle, & au contraire, l'Euesque au lieu de sa mittre prenoit
vne coronne, cela ne seroit-il pas semblable à vn monstrer: Que si on trouue tant estrange
que les enseignes & marques soyent ainsi tournées. Pourquoy ne trouue-on plus estrange
quād l'office est tourné: Or si le Roy ou l'Euesque fait quelque chose à part, il ne doit auoir
nul autre but que le salut du peuple, c'est qu'il doit amonnester les errans, corriger les de-
cheans, consoler les desolés, reprimer les esleués, aguillonner les paresseux, appointer les
discordans. Voila l'office des Roys: mais principalement Euāgeliques ausquels il sied mal
d'appetter le regne de ce monde: mais pourtant que Iesus Christ à comprins & enclos en
soy l'vn & l'autre, cōbien qu'il n'ait declaré en terre que le regne Ecclesiastique. Il faut que
l'vn & l'autre s'efforce de sa part d'ensuyure son Prince. Il s'est tout employé pour les siens.
Et de quelle audace vit aucun pour soy, qui se vāte d'estre vicaire de Christ: Lequel en toute sa vie n'a rien fait que sauuer, consoler, & bien faire. Fust qu'il conuersast, ou au temple,
ou aux synagogues, ou qu'il cheminast en public, ou qu'il conuersast à part en la maison,
ou qu'il nauigeast, ou qu'il demourast au desert: il enseignoit là multitude, il guerissoit les
malades, il nettoyoit les ladres, il restituoit les paralitiques, manchots, & aueugles, il chassoit les diables dommageables, il ressuscitoit les morts, il deliuroit ceux qui estoyent en peril, ressasioit les fameliques, refutoit les Pharisiés, defēdoit ses disciples, & la pecheresse prodigue en l'onguent, il consoloit la Cananée pecheresse, & celle qui fut trouuée en adultere.
Consideré toute la vie de Iesus, & vous trouuerés qu'il n'a iamais faict aucun mal à personne, cōbien toutefois qu'on luy fit tant de mal, & qu'il luy fut fort aisé de s'en venger s'il luy
eut pleust. Il se monstroit par tout seruateur & faisant volontiers plaisir & seruice. Il restitua
l'oreille à Malchus que Pierre auoit couppée, & ne voulust qu'on le vengeast nullement. Il
mit d'accord Herode & Pilate. Pendant en la croix il sauua l'vn des brigands. Estant mort
il allia le Centenier à la foy Chrestienne. Cela estoit vrayement faire office de Roy, assauoir,
d'ayder à tous & de ne nuire à nully. Il faut que tous Princes s'approchēt de l'exemple d'i-
celuy, autant qu'il leur est possible. Aussi vous doit, ô Roy Françoys, particulierement ex-
citter & esmouuoir à cecy ce nom de Tres-chrestien, d'ensuyure & representer de toute vostre force Christ le Prince. Combien sont donc impudens ceux qui s'esiouyssent d'estre appellés vicaires de Christ, & toutefois requerent d'estre deffendus auec vne enorme perte
du sang humain, ie ne dis point leur vie ou dignité, mais leur auarice & arrogance: l'escris
cecy, Roy de grād renom, non point pour notter ou taxer aucuns Euesques: Et pleust à nostre Dieu qu'il ne s'en trouuast aucuns contre lesquels à bon droit ces choses peussent estre
dittes: mais ie le fais à fin de monstrer en quelles choses gist la vraye dignité & bonne reputation des Roys & Euesques, à fin qu'ils puissent tous deux viure heureusemēt, quand tous
deux cognoistront & defendrōt leur dignité. Or les pasteurs Euāgeliques sont plus loing
de leur office, lesquels au lieu d'appaiser les Roys esmeus pour faire guerre, fournissent de
flābeaux pour allumer la guerre de leur propre motif. Si est-ce que s'il y eut iamais tēps auquel le bon pasteur deust mettre sa vie pour le troupeau, & ensuyure les pas du Souuerain
pasteur, duquel ils tiennent la place. Icy deuoyent-ils principalement exercer leur office,
là où se desborde en ce mōde vne si grande mer de meschācetés & maux. D'où vient qu'entre vne

tre vne tant grande multitudine d'Abbés, Euefques, Archeuefques & Cardinaux, nul ne
s'auance d'appaifer ces grands troubles & efmotions, voire auec le peril de fa vie. O combien heureufement meurt celuy qui par fa mort garde la vie à tât de milliers d'hommes. Il
n'y a rien plus cruel & inhumain que quand deux fe liurent le combat l'vn à l'autre. Et toutefois les anciens ont autre fois efté fi fols d'vn tel paffe-temps, que ce vilain exemple laiffé des Payens, duraft long temps, mefme entre les Chreftiens, principalement en la ville de
Rome, laquelle n'a peu encore def-apprêdre la vieille Payennerie. Or de ce que laditte couftume de combats fut abolie nous en fommes tenus (côme nous monftre l'hyftoire qu'on
appelle Tripartite à vn Telemachus, qui eftoit du nôbre de ceux qui iadis pour la fimplicité de la vie Chreftienne, & le defir de viure foulitairement, & pour euitter la multitude corrompue s'appelloyent cômunement les moynes, ledit Telemachus eftoit venu du leuant
à Rome pour cecy, & eftant entré au Theatre, & voyant fortir deux qui eftoyent armés, &
qui s'efforçoyent de tuer l'vn l'autre, il s'auança & fe ietta au milieu de ces deux arrages,
criant: Que faittes vous freres. Porquoy courés vous fus l'vn à l'autre pour vous deftruire
comme les beftes bruttes? Que diray-ie plus: Ceft homme craignât Dieu voulant garder
la vie à tous deux, il perdit luy-mefme la vie eftant lapidé du peuple. Tât eftimoit ceft in-
fenfée multitude le cruel plaifir de leurs yeux. Qu'en aduint-il. L'êpereur Honorius ayant
entendu cecy commanda d'abolir ceft maniere de bailler le combat. Penfés ie vous prie
côbien ord & vilain eftoit ce ieu: & combien de milliers d'hômes font miferablement pery
par iceluy, & vous entendrés combien le monde eft tenu & doit à la mort d'vn homme. Et
pour ce faict a iuftement Telemachus efté mis au nombre des faincts. Combien plus iuftement feroit deu ceft honneur à celuy qui auroit accordé ces deux grands Monarques du
monde qui font la guerre l'vn contre l'autre? Car ce n'eft point grande perte, fi vn tel efcri-
meur en tue vn autre, & fi vn mefchant fert de bourreau à vn autre mefchant. Et toutefois
comme les Princes auec le grand mal de tout le monde font la guerre les vns aux autres,
ainfi auec moins de peril & danger on les pourroit appaifer, que ceftuy là n'appaifa ces
combattans là. Premierement ils font Chreftiens, & d'autant plus qu'ils font de cœurs nobles, d'autant plus font-ils traictables & enfeignables, fi quelque Euefque, ou autrement
quelque autre qui ait vne authorité Euangelique, parle auec eux par raifons vrayes & entieres. Que fi d'auenture aucun tombe entre les mains de quelque Prince rude & violent,
le plus grand & extreme mal que pourroit faire le plus mau-piteux du môde ceft la mort.
Mais en quoy, ie vous prie, monftreront vn exemple d'efprit Apoftolicque ceux qui font
fuccedés en leur place fi ne le môftrent icy? Mais aucun dira. Que profiterey-ie, fi ie meurs,
& n'impetre ce que ie defire? Chrift le maiftre du combat ne permettra point que ce champion perde fa peine. Ioinct auffi que fouuentefois la mort obtient ce que n'a peu la vie: car
la mort des gens craigans Dieu eft fort efficace & vertueufe. Ie ne reppeteray point icy les
exemples du temps paffé, qui font innumerables. En Angleterre, fainct Thomas Archeuefque de Cantorbie vfa de liberté Euâgelique côtre le Roy pour vne moindre caufe, auquel
autrefois il auoit feruy & par fa faueur il auoit receu cefte dignité côme le loyer de fon lôg
feruice. Il n'eftoit point queftion de faire paix entre les Princes. Côbien qu'en ce temps là, il
n'y auoit nul Prince qui euft fi ample pays & feigneuries que ceux-cy, qui auiourdhuy par
tant d'années fe faifoyêt guerre les vns aux autres. Et y enuelopêt auffi les autres qui font
moindres. Il eftoit feulement queftion de quelque lieu là où on fe retire à part plus conuenable & propre à vn homme craignant Dieu qu'à vn Roy. Le nom du lieu eft Ortfort. Et
pour certain ce lieu ne m'euft pas fort attiré, auant que Reuerend pere Guillaume Vuaram
Archeuefque de Cantorbie & principal de toute Angleterre, homme pour plufieurs caufes, digne de fucceder en la dignité de ceft homme tresloué, il y auoit là tel edifice, que l'on
diroit qu'il a plus toft edifié tout de nouueau que reftauré le vieil baftimêt: car il n'y a rien
delaiffé d'iceluy, finon les murs de quelque vieille fale & du temple. Parquoy, combien que
le debat fut pour des chofes legieres, & que ceft homme craignant Dieu, eut faict tout fon
poffible fi n'obtint-il rien durant fa vie. Mais fa mort amena vn fi grand credit au clergé
enuers les gens de ce pays là, & leur amaffa tant de richeffes, que maintenant on a pour cela grande enuie fur iceluy. Sainct Iean fut decollé pour auoir librement parlé: mais tous
ne font pas Herodes, ne tous n'ont pas Herodias. Ambroyfe Euefque de Milan ofa bien
exclorre du temple Theodofe Empereur pour la fentence cruelle & inconfiderée qu'il a-
uoit iettée contre les Theffaloniciens, & apres l'auoir feuerement tencé & luy enioinct fa-
tisfaction il l'enuoya au rang des repentans. Et la maiefté d'vn tant grand Prince obeyt
à l'au-

à l'authorité de ce prelat. Babylas Euesque d'Antioche tenta le mesme qu' Ambroyse, enuers le Roy qui s'estoit pollu du meurtre d'vn innocent. Et il fut tué. Mais apres sa
mort il commença à estre redoubte, non seulement de l'Empereur Payen, mais aussi aux
diables, lesquels on adoroit encore alors pour dieux. Mais ie me persuade tant Roy tres-
bon de la nature de Charles Empereur, de la vostre, & de celle du Roy d'Angleterre, que ie
ne doubte en rien qu'il ia long temps que vous eussiés tous obey à sains conseils, s'il y eut
eu quelque amonnesteur, modestement libre, & librement modeste : mais ce pendât il s'en
trouue par tout grâd nombre de ceux là, qui poussent les cœurs des Princes à faire la guerre, assauoir ceux qui font bien leur besongnes quand toutes choses sont troublées. L'vn
dit : vn tel vous mesprise. L'autre vn tel vous à broquardé, vn autre dit si vous pouués aisément ioindre à voz pays ceste piece, vous y pourriés quand vous voudrés adiouster ceste
autre là. O conseiller sans conseil. Pourquoy leur monstres-tu iusques où c'est qu'ils peuuent aggrandir leur pays. Pourquoy ne leur reduis-tu plus tost en memoire, combien par
cy deuant estoit leur pays estroit & petit ? Pourquoy n'amonnestes-tu plus tost comment
c'est qu'il pourra droictement administrer ce qu'il a que d'amplifier & aggrandir. Il n'y a iamais fin de dilatter ses frôtieres & limites. Et il est pl⁹ vray que vray ce qu'escript Senecque :
Plusieurs Empereurs ont osté aux autres leur fins : mais nul n'a mis fin à soy-mesme. Or la
vraye louange des Princes gist en bien gouuernant leur pays. Apres qu'Alexandre le grâd
fust paruenu à l'Ocean, il desiroit vn autre monde à cause que ce monde estoit trop petit
pour satisfaire à son ambition. Hercules n'alla point plus auant que Gades. Mais à present
il n'y a nul Gades, nul Ocean qui puissent satisfaire à nostre ambition. Mais il faut que les
cœurs des Princes Chrestiens soyent deligemmêt munis contre les paroles pestilentieuses
d'iceux, des decrets & ordonances de Christ, comme de vrays remedes, & aussi qu'ils adressent tous leurs conseils à la regle Euâgelique, comme au vray but. Vous demanderés, peut
estre, d'où vient que ie vous chante vne si longue chanson à vous qui estes tant occupé.
Mais ie voudroye que tout le monde ouyt ceste chanson, & non pour autre cause, sinon
que ie suis tourmenté de la calamité publicque de ce monde. Et aussi pource que ie desire
fort que les affaires Chrestiens soyent par tout plus tranquilles & paisibles : mais principallement le pays de France, lequel à esté tel que ie ne sçay s'il en y a iusques icy eu aucun
plus sainct ne plus florissant. Que si ces troubles n'aduenoit guaire souuêt, côme seroit vn
deluge, tremblement de terre, faim enragée, la chose seroit plus portable. Mais maintenant
sans fin & sans cesse le monde est esbranlé par tels discords & noyses. Et quand nouuelles
maladies suruiennêt les medecins du corps s'enquierent diligemment des causes du mal,
lesquelles estant trouuées, on y remedie plus aisément. Et non content de cela, ils cherchent des moyês & raisons, pour puis apres empescher que ceste mesme peste ne reuienne.
D'où vient qu'entre tant de maux qui tant de fois reuiennent, les hommes excellens en
prudence & experience des choses ne cherchent soigneusement les sources de ces troubles,
à fin qu'apres auoir couppé les racines, on puisse suruenir à tant de maux ? D'où vient que
nous sommes tant agus & subtils és choses beaucoup plus legieres & petites, & en vne
chose de tant grande importance nous sommes tant aueuglés ? Il me semble que la plus
grande partie de la guerre vient & s'esleue de quelques titres vains, lesquels ont esté in-
uentés pour nourrir & entretenir la vaine gloire. Iustement comme si entre les hommes
l'ambition estoit trop petite, si nous n'entretenions ce mal de nouueaux titres, lequel de
soy-mesme ne croist que trop en nous. Estans couppées toutes ces racines & sources de
guerres il seroit aisé ordonner les loix & conditions de paix entre les Princes Chrestiens,
lesquels garderoyent que ces troubles ne reuinsent à tous propos. Par ce moyen il aduiendroit que les richesses des Princes augmenteroyent, par amytié estant faictes communes,
& le peuple Chrestien, sous ces florissans Monarques iouyroit auec plaisir de tranquillité
amiable. Et parainsi nous fauoriseroit ce vray Monarque de tout le monde le Seigneur Iesus, & feroit prosperer noz affaires. Ainsi serions nous redoubtés & craincts des ennemis
du nom de Chrestien, à l'encontre desquels difficillement gardons nous maintenant noz
biens, tant s'en faut que les faisions reculer. Combien que i'aymeroye mieux qu'ils fussent
corrigés & amendés que reculés. Mais comment amenderions nous les autres, si nous-
mesmes, sommes quasi plus corrompus qu'eux ? Car ie n'estime point à present les Chrestiens par les articles qu'ils confessent de bouche, ainçoys par les mœurs & vie. I'estime que
par tout là où ambition regne, amour des richesses, orgueil, ire, vengeance, desir de nuyre,
que là n'est la foy Euangelique. Mais encore que ceste peste ait s'aysi ceux mesmes àuquels

appartient

appartient proprement de furuenir aux chofes gaftées, fi ays-ie toutefois quelque bonne efperance, quand ie voys les fainctes efcriptures & principalement le nouueau Teftament entre les mains de tous, mefmes des idiots, de forte que ceux qui font profeffion de
fçauoir la faincte efcripture ne font fouuentefois pareils en difpute. Et la raifon qui m'a-
meine à iuger que plufieurs lifent les liures du nouueau Teftament, eft qu'encores que les
Imprimeurs en imprimêt tous les ans tant de milliers, toutefois tant d'imprimeries ne peu
uent fatisfaire au defir des acheteurs. C'eft vne marchandife qui fe vend fort bien, tout ce
qu'on efcript fur l'Euãgile. Il ne fe pourra point faire que cefte medecine tant efficace apres
eftre vne fois auallée, ne monftre fa vertu & force. Pourtant il me femble que ce monde icy
eft maintenant tout ainfi qu'a de couftume d'eftre le corps humain fubiet à grandes maladies, lequel apres auoir prins de l'ellebore ou quelque autre medecine de grande vertu,
vient à eftre tout troublé & fe debat fouuêtefois cõme vn qui doit mourir. Et pleuft à Dieu
que c'eft ellebore Euangelique, apres auoir vne fois efclaircy & penetré toutes les veines de
noftre cœur, fift ainfi fon effect, qu'apres auoir ietté hors les femences des maux, il nous
reftituaft fains & purs à Iefus Chrift. Et qu'apres de tant grands troubles & maladie du
monde quafi defefperée, il ameine à tous vne ioyeufe & defirée tranquillité. Mais iefpe-
reroye beaucoup plus toft que le defir de tous les bons ne feroit vain, fi les principaux du
monde, auoyent foing comme fideles medecins, de furuenir à ce monde tant trauaillé, c'eft
affauoir fi les Monarques, de la volonté defquels dependent à prefent principalement les
affaires des hommes confideroyent que de brief (car qui a-il de durée en cefte vie) il leur
faudra rendre raifon de l'adminiftration de leur pays à Chrift le fouuerain Prince. De-rechef fi les Euefques, theologiens, & moynes, penfoyent bien qu'ils ne font point fuccedé au
lieu d'Anne & Caiphe, ou des Scribes & Pharifiens, lefquels pendant qu'ils defendoyent
mefchãment leur regne, s'efforçoyent d'opprimer le regne de l'Euangile: & pendant qu'ils
maintenoyent leur gloire, ils s'aftendoyent d'enfeuelir la gloire de Chrift, & tandis qu'ils
s'efforçoyêt d'approuuer leur iuftice, ils faifoyêt Dieu iniufte. Mais bien font fuccedés aux
Apoftres lefquels mefmes auec la perte de leur fang auoyent plaifir de maintenir le regne,
gloire & iuftice de Chrift. Chrift à fouffert vne fois, il eft reffufcité & iamais ne mourra plus.
Mais les mefmes chofes qu'il a fouffert, il les fouffre de-rechef toutes & quantes-fois que
la verité Euangelique eft blafmée, crafchée, frappée, crucifiée, & enfeuelie, finalement il repute luy eftre faict, tous les maux qu'on faict à fes membres. I'ay parauenture Roy tref-
chreftien dit ces chofes plus libremêt & plus au long que ne deuoye : mais la grand amour
a faict que i'ay plus parlé, & plus franchement. Moy Chreftien defire bien à tous Chreftiês.
Mais i'ay vn fingulier defir enuers voftre maiefté & le tref-floriffant royaume de France.
Or ie prie que Iefus le Monarque immortel de tout le monde, auquel eft diuinement donne toute puiffance au ciel & en la terre, veuille eflargir fon efprit tant aux peuples qu'aux
Princes : à fin qu'eux tous enfemble viuent autant paifiblement comme heureufement
fous le commun Prince Iefus, & que les peuples iouyffent de la paix & concorde fous ces
tref-faincts & tref-floriffans Monarques : Et parainfi il aduienne finalement que la pieté
Euangelique bien ordonnée & conftituée entre nous fe publié fort au large, non pas en oc
cupans & rauiffans les pays des autres. Car en ce faifant ils deuiennent plus poures & non
meilleurs. Mais faifant par tout prefcher purement la philofophie Euangelique, par gens
qui ayent l'efprit Euangelique, & tellement viuant que la bonne fenteur de noftre pieté en
attire plufieurs à la mefme foy. Ainfi nafquit, ainfi creut, ainfi fe dilata au large, ainfi s'eftably & conferma la puiffance Euangelique : Mais nous voyons que par moyens contraires
elle eft à prefent eftrecie & quafi du tout chaffée & iettée hors, fi vous cõfiderés la grandeur
de tout le mõde. Parainfi il faut reftituer ce qui eft tombé, dilater ce qui eft eftrecy, cõfermer
ce qui eft esbranlé par les mefmes aydes & remedes, qu'il eft premieremêt & nay, & creu, &
confermé. I'efcris ces chofes Françoys Roy tref-chreftien d'vne affection pure, & fans taxer perfonne, comme ainfi foit que ie veuille bien
à tous: Et auffi fans flatter perfonne, comme ainfi
foit que ie ne pourchaffe rien de perfonne. A Dieu. Lan 1523.

m   LA VIE

LA VIE DE SAINCT
MARC PAR SAINCT
HIEROME.

ARC disciple & truschement de sainct Pierre selon qu'il auoit ouy r'apporter de Pierre. Les freres l'ayāt prie' à Rome, à escript vn brief Euangile. Ce qu' ayant ouy Pierre, l'approuua, & le faict publier de son authorite' pour estre leu à l'Esglise: comme escript Clement au siziesme liure des Ypotiposes. Et Papias Euesque Hierapolitain faict mention dudit Marc. Et Pierre en sa premiere Epistre, sous le nom de Babylonne, signifiant Rome en figure dit ainsi: Celle qui est en Babylonne auec l'esleue vous salue, & Marc mon fils. Ayāt donc prins l'Euāgile lequel il auoit faict, il alla en Egypte. Et fut le premier qui annonçoit Christ en Alexandrie ordonna l'Esglise. Et fut hōme de telle doctrine & continence de vie qu'il attira tous les enseigneurs de Christ à son exemple. Finalement Philo le mieux parlant des Iuifs, voyant la premiere Esglise encore Iudaiser en Alexandrie, comme à la louange de sa nation, il escript vn liure de leur conuersation. Et comme recite Lucas ceux qui en Ierusalem croyoyent auoyent toutes choses communes: Ainsi mit en escript ce qu'il voyoit faire en Alexandrie sous Marc docteur. Il mourut lan huyctiesme de Neron, & fut enseueli en Alexandrie, & Anianus luy succeda.

PARA-

❧PARAPHRASE
SVR L'EVANGILE SELON
SAINCT MARC, PAR DIDIER
Erasme de Roterodame.

CHAPITRE I.

'EST VNE CHOSE ENGRAVEE DE NATVRE EN *Le commen-* tous hommes, d'aspirer à la felicité: Iusqu'à present maints *cemēt de l'E-* personnages douës de quelque grande sagesse mondaine *uangile de Ie-* l'ont bien promise, les vns en publiant des loix, les autres *sus Christ.* en baillant des enseignemens de bien viure: mais par ce qu'ils n'estoyent qu'hommes, il n'ont pas peu mettre en effect ce qu'ils promettoyent. Car aussi ne cognoissoyent-ils pas qu'elle estoit la vraye felicité de l'hōme, ny en quoy elle consistoit. Qui a faict, que pour la vraye felicité ils ont embrassé vne fausse apparence de felicité, & ont espanché leur abus sur les autres. Et estans abusés, ils ont quant & quant abusé les autres. Donc les Legislateurs & les Phi-losophes ont mis en auant quelqu' Euangile leur, mais en partie vain deceuant & abusif, en partie sophistiqué & sans efficace. Or Moyse & les Prophetes en publierēt bien vn plus certain & plus solide, mais à vne seule nation, & pour la raison du temps vn Euangile en-ueloppé de figures & ombres, preparant tant seulement à la cognoissance de la verité, & non d'efficace suffisante pour donner le salut parfaict, & neantmoins auançant à iceluy de quelque degré : en quoy la sagesse diuine ensuyuoit la nature mesme, laquelle par la co-gnoissance des choses visibles, nous meine comme par la main à la cognoissance des inui-sibles. Et toutefois l'Euangile d'iceux contient plus de frayeur, que non pas de promesse & ioye:& a plus descouuert la malice des hommes, que nō pas effacée:& à plus inculqué aux cœurs des hommes la puissance de Dieu, que non pas magnifié la clemence & bonté d'ice-luy:en y enfonsant plustost frayeur que non pas y plantant amour. Car que restoit-il plus, apres auoir entendu par la Loy qu'ils estoyent addonnés à pecher, & qu'ils ne pouuoyent s'en abstenir, sçachans bien quant & quant que nul ne pouuoit eschapper le iugement de Dieu vengeur rigoureux, qu'est ce di-ie, qu'il leur restoit sinon de trembler, d'estre en fra-yeur, & se desesperer ? Et qui pourroit aymer celuy duquel il a horreur ? Outre-plus la fra-yeur de la iustice de Dieu,iaçoit que quelque-fois elle soit le commencement de salut,com-me vne medecine amere esbranlāt tout le corps de l'homme,est commencement de santé, ce neantmoins n'acheue point la felicité de l'homme. La grace & beneficence engendre amour. Amour enuers Dieu, rend l'homme heureux. Apres donc que par les oracles des Prophetes,& les commandemens de Moyse, item par les figures le monde vniuersel à esté tellement quellement preparé, en ces derniers temps-cy à esté publié vn Euangile. Euan-gile vrayement ioyeux & digne d'estre embrassé de tous , lequel de plain gré presente l'a-bolition de tous pechés non seulement aux Iuifs,mais aussi à toutes les natiōs du monde: & à fin qu'aucū ne doubte de la feauté de la promesse,Dieu en est autheur,& non pas quel-que homme. Et n'est pas son embassadeur vn Moyse ou quelqu'vn des Prophetes, ains le propre fils de Dieu Iesus Christ, lequel estant yssu du ciel pour l'amour de nostre salut, a vestu nostre chair mortelle, à fin que par sa croix & mort, luy innocent, il donnast gra-tuitement innocence & vie à tous ceux qui croyans en ses promesses mettroyēt en luy tou-te esperance. Car Dieu de nature clement & bien-faisant, à voulu par ce moyen declarer sa souueraine & inestimable benignité enuers le genre humain,si grande qu'on n'en sçauroit souhaitter, ny n'en doit-on attēdre de plus grāde. Il n'eust peu ennoyer ambassadeur plus hōnorable, que son fils vnicque : il n'a peu exprimer plus grande benignité,sinon que par

m 2   la seule

la seule foy il pardonnoit à tous gratuitement tous pechés pour grand qu'en soit le nombre & tant esnormes fussent-ils:& que par son sainct Esprit ceux qui au parauant autrefois estoyent serfs du diable il les adoptoit en la communauté de son fils, par lequel il nous a donné tout tant qui est, & au ciel & en terre. Ceste nouuelle, pource que rien n'a peu estre de plus ioyeux, à bon droit est appellée Euãgile, à fin que de-rechef vous ne redoubtiés le fardeau de la loy Mosaique. Or quant à l'histoire Euangelique aucuns ont mieux aymé la rechercher de plus loing, encommeçans à la nayssance de Christ:& moy à cause de briefueté ie me suis contenté d'encommencer à la predication de Iean Baptiste : pourtant qu'iceluy non par cas fortuit, ains par la diuine prouidence, ne plus ne moins que l'estoille du iour deuance le Soleil, à semblablement deuancé la predication de Christ, pour esmouuoir les cœurs des Iuifs à l'attente du Messias qui estoit sur le point de venir : & pour monstrer au doigt le Messias venãt, lequel les Prophetes, ia passés tant de siecles, auoyent predit deuoir venir. Car les mesmes Prophetes qui ont prophetisé du Christ à venir, ont aussi propheti-

Malach.3 sé de Iean auantcoureur de Christ. Qu'ainsi soit, par le prophete Malachie. Dieu le Pere parle ainsi à son fils en ceste maniere : I'enuoyeray mon messagier, messagier singulier &

Esa. 40 d'eslite, deuant toy, lequel quãd tu seras pres de venir pour le descharger de la predicatiõ Euangelique, t'apprestera la voye. Semblablement Esaie denotant la predication de Iean, dit:Il y a vne voix d'vn qui crie en vn desert, Appareillés la voye du Seigneur, faittes droits ses sentiers. Ainsi certainement deuant la venue du medecin, aduertit-on le patient, à fin qu'en recognoissant sa maladie il reçoiue en reuerence le medecin à sa venue, & se rende traictable & obeissant à luy. Estans donc ia venu le temps que Iesus Christ le fils de Dieu, (qui en ceste qualité n'estoit encore cogneu du monde) estoit pres d'encommencer la charge, pour laquelle executer il estoit enuoyé du ciel en terre : Iean, selon les oracles des Prophetes, faisoit office d'auantcoureur, en baptisant d'eau en vn desert:nõ pas qu'iceluy nettoyast les pechés, mais lequel par son lauement semonnoit les gens à repentence de la vie passée, à fin qu'en recognoissans leur maladie, ils desirassent la venue de celuy qui seul laue d'esprit & feu, en ostant pour vne fois, par la fiance qu'on met en luy, tous pechés, & espandant de dedans soy comme d'vne fontaine la grace celeste dans les cœurs des hommes, gratuitement deliurant d'iniustice, & mort, gratuitement donnant iustice & vie eternelle. Ceste benignité de Dieu tant plus elle est grande, de tant plus rigoureusement seront punis ceux qui, quand elle leur aura esté presentée, n'en auront tenu conte. Pour à quoy obuier, Iean preceda, pour par son lauement corporel preparer vn chascun au lauement spirituel de Christ : pour en enhortant,& donnãt frayeur, les amener à repẽtance & desplaisir de la vie passée:bref pour aduertir que le Messias & regne de Dieu estoit pres. Celuy Iean n'estoit pas la lumiere, qui illuminast tout homme uenant en ce monde, ains il estoit le messagier de la lumiere qui tantost deuoit apparoistre : iceluy n'estoit pas le medecin qui effaçast les pechés & donnast santé, mais en proposant à vn chascun la grandeur du peril, il effraye les cœurs à tous:& en preschant que celuy estoit pres, lequel seul deliuroit des pechés, il excita les cœurs de tous à desirer le salut eternel. Iceluy n'estoit pas l'espoux, mais l'auantcoureur de l'espoux, pour esueiller vn chascun d'aller au deuant de l'espoux. Iceluy n'estoit pas la parolle de Dieu, mais vne voix auant messagier de la parolle qui tost deuoit estre mise en auant. La loy de Moyse estoit effrayable, de sorte que les enfans d'Israel ne

Exod. 20 pouuoyent porter la voix de Dieu parlant à eux. Iean l'entré-deux de la Loy, & la grace, comme meslé de l'vne & de l'autre, auoit cela de la vieille Loy, qu'il menaçoit de perdition toutes gens, si de bonne heure ils ne faisoyent penitence : il auoit cela de la nouuelle Loy, que point il n'appelloit à sacrifices ou brulages:non à vœux ou ieusnes: ains au lauement & repentance de la vie passée : item qu'il annonçoit que ia estoit pres ce tres-doux Messias, qui gratuitemẽt pardonnoit tous pechés à tous ceux qui mettẽt toute leur fiance en luy. La Loy ancienne fut publiée en vn desert, & en vn desert se publie aussi le cõmencement de la nouuelle Loy. Il faut que celuy abandonne tout, lequel veut estre digne de la grace Euangelique, laquelle en vn instant donne tout. Es villes sont richesses, delices, voluptés, ambition, outrecuidance. Mais sur toutes Ierusalẽ auoit vn temple, duquel elle s'enorgueillissoit, elle auoit des sacrifices corporels, esquels elle se confioit:elle auoit les festes, les vacations, le choix des viandes & autres ceremonies, esquelles elle mettoit la iustice : elle auoit l'arrogance des Sacrificateurs, & l'hypocrisie des Pharisiens. Mais il faut que celuy se depesche de la confiance de toutes telles choses, lequel aspire au lauement Euangelique. Il faut abandonner toute la Iudée auec sa Ierusalẽ, auec son temple, auec ses sacrifices, auec sa sacrificature, auec son pharisaisme:il faut s'en aller au desert, où on ouyra les tres-ioyeuses

nouuelles

nouuelles du Sauueur qui est pres de venir. Pas ne fut inutile le cri de Iean: car plusieurs effrayés de sa predication, abbandonnoyent leurs demeures & accouroyent au Iordain, plusieurs (di-ie) non seulement de tout le pays de Iudée, mais aussi de Ierusalem mesme. Or s'amassoyent à luy à grand foules toutes sortes de gens, gendarmes, publicains,& aussi quelques Pharisiens. Et tant qu'il y en alloyent, Iean les receuoit sans faire discretion des personnes, & les enseignoit, eux se desplaisant en eux-mesmes & confessans leurs pechés, il les lauoit: comme representant par quelque figure l'ordre Euangelique. Car le premier deuoir c'est d'enseigner. Quand par la doctrine celuy qu'on instruit commence d'apperceuoir & sa villenie, & la bonté de Dieu, il se desplait entierement en soy, & voyant qu'en nulle autre chose n'est preparée esperance de salut, il n'a recours qu'à la gratuite beneficence de Dieu. C'est vn grand degré pour paruenir à santé, quand l'homme cognoist sa maladie; c'est vn fort grand aduancement à la lumiere, que de cognoistre ses tenebres. Celuy à beaucoup auancé à la pureté de vie, lequel a son impureté en horreur. La predication de Iean represente le Cathecisme & instruction Euangelique: le lauement de Iean est figure du lauement de Christ. La facilité de Iean à receuoir toutes gens, parle, que comme tous ont faute de la grace Euangelique, qu'ainsi nul n'en sera forclos de quelque nation ou estat soit-il. Les Pharisiens auoyent leurs lauemés: ils lauoyent leurs mains quâd ils vouloyent prendre leur repas: ils lauoyent leurs corps quand ils retournoyent de la place en la maison. Il lauoyent à tous propos les escuelles, les gobbelets, les selles, les chalits, & autres utensiles de la maison, comme si en telles choses gisoit la pureté, laquelle Dieu ayme en nous, ou bien comme si vn peu d'eau des Pharisiens pouuoit rendre l'homme plus pur & net deuant les yeux de Dieu: Tels lauemens ne rendent-ia l'homme plus pur, mais plus arrogant. Heureux ceux, qui abbandonnans les lauemens Mosaiques & Pharisaiques, accourent aux lauemens du Iourdain. Car Iourdain en Ebrieu vaut autant que qui diroit, fleuue de iugement. Or n'est pas iugé du Seigneur celuy qui se iuge soy-mesme. C'est cy le fleuue qui purifie, saillant des deux fontaines, assauoir, de la cognoissance de nostre propre iniustice, & de la recordation de la bonté de Dieu. C'est-cy le lauement de penitence, le fleuue de larmes, iettant des profondes vaines du cœur eaux ameres, mais nettoyant par la force & viuacité du nitre toutes les souilleures de l'ame. Les Pharisiens ont aussi leur confession, mais arrogante: ie ieusne deux fois la sepmaine: ie donne la disme de tous mes biens aux poures: & ie ne ressemble pas aux autres hommes. Les Iuifs confessent les pechés d'autruy, & non les leurs. Mais ceux qui s'apprestent au lauement Euangelique, ils ne leurs souuient pas de leurs bien-faicts, & ne racontent pas les meffaicts d'autruy, ains confessent vn chascun leurs propres pechés. Raconter ses propres bien-faicts, c'est arrogance: reciter les meffaicts d'autruy c'est enuie & malueuillance. Recognoistre sa propre malice, c'est glorifier Dieu. Or Iean, lequel a deuancé la premiere venue de Christ, en la sorte que Helie (selon la prophetie de Malachie, doit deuancé la derniere venue d'iceluy) pour mieux representer Helie, viuoit en vn desert, fuyant la conuersation des hommes contaminée de toute part: il estoit vestu non pas de soye ou de laine, ains d'vne robbe tissue de poils de Chameau, & auoit entour ces flans vne ceincture de cuyr: exprimant (auant la publication de l'Euangile) ie ne sçay quoy d'Euangelique. Et au lien & ornement respondoit aussi sa maniere de viure. Le viure estoit aisé à recouurer, & lequel le lieu mesme luy fournissoit sans main mettre, assauoir, des langoustes & du miel sauuage: en quoy plus fit le heraut de Christ, que la loy Mosaique ne requeroit. Qu'ainsi soit, la Loy auoit reserué certaines sortes de bestes: Iean sans aucun commandement, s'abstenoit toutalemét de manger des bestes à quatre pieds, de volatilles, & de poissons. La Loy defend de ne porter habillement tissu de laine & lin tout ensemble: Iean soy-mesme s'osta l'vsage & de lin & de laine. Certainement telle vie estoit conuenable au messagier de penitence, lequel, iaçoit que du ventre de sa mere il fust sanctifié, menoit neantmoins vne vie austere, de peur que la predication ne fust de petite authorité, si les mœurs n'eussent respondu à la doctrine. Et par tels moyens, il s'estoit acquis tant d'authorité & de gloire enuers les Iuifs, que plusieurs l'estimoyent estre le Messias. Mais luy, iaçoit qu'il fust homme tres-aggreable à Dieu, & doué de maintes graces diuines, neantmoins bien sçachant combien grande lascheté c'estoit à l'homme ou d'vsurper la gloire de Dieu, ou de mettre l'appuy de son salut en vn autre homme, il preschoit tout publicquement à toutes gens, disant: ie ne suis pas tel, que vous me pensses estre. Ma doctrine est basse & maigre, mon lauement n'est point d'efficace. De moy, ie ne suis rien autre chose qu'vn hom-

m 3　　me

me, semblable à vous, né en peché : & ne suis autre chose fors que messagier de celuy, qui
est sur le point de venir pour donner salut à tous. Bien est vray qu'en eage ie le deuance, &
selon l'estimation humaine il a moins d'authorité que moy : mais en vertu celeste il me deuance tres-tant, que moy, homme que vous aués en estime, ie ne suis pas digne de luy rendre vn seruice de varlet du moindre ranc qui soit, c'est de me baisser en terre, & luy desla-
scher la courroye de ses souliers. Celuy là vous faut-il auoir en admiration, celuy là deués
vous pourchasser de toutes voz affections. I'annonce chose terrestre, il enseignera choses celestes. Iusques icy ie vous ay laué d'eau selon le corps, en preparant voz cœurs à penitence. Luy, quand il se sera mis en auant, il vous lauera du sainct Esprit, la secrette vertu duquel sanctifie toutes choses. Car tout ainsi que nul d'entre les hommes n'a de soy la
iustice, aussi ne la peut-il bailler à nully. Il est force que celuy soit plus qu'homme qui puisse faire ce qui est l' œuure de Dieu seul. Cognoisses la difference entre indigne seruiteur &
Seigneur, entre ministre & autheur, entre heraut & Roy. Apres que par telles predications Iehan eut esmeu les cœurs de maints à l'attente du Messias à venir, tout à point & en
son temps Iesus vint ayant laissé Nazareth vne bourgade de Galilée, auquel lieu pource
que Iesus y auoit esté nourry & y auoit conuersé long temps, on pensoit aussi qu'il y eust
esté nay. Et voyla certes la nature des choses Euangeliques, de trespetis commencemens
s'aduancer petit à petit aux choses souueraines : là où tout au contraire les entreprinses
du monde & de Satan, yssues de magnificques commencemens, tombent tout à-coup
du haut en bas. Ainsi Lucifer, quand il assist son siege en Aquilon, affectant vne esgalité
auec le tres-haut, pource tomba-il tout à coup au fin fond d'Enfer. Ainsi Adam, quand
à l'instigation de Satan il affecta d'estre esgal à Dieu, fut dechassé de paradis. Icy donc si on
considere la grandeur de Christ, on s'esmerueillera plus de sa modestie. Il vint d'vne petite bourgade sans renom, de Galilée la plus contemptible de toutes les contrées de la nation Iudaique. Or vint-il en petit estat sans suytte, comme vn d'entre le peuple, entre pecheurs, gendarmes, paillardes & publicains : il vint au lauement de penitence luy qui purifie toutes choses. Ce ne luy estoit pas assés d' auoir esté circoncis selon l'ordonnance de
la Loy, d'auoir esté purifié selon la tradition de Moyse : il a aussi pourchassé le baptesme
de Iean, nous instruisant & enseignant par cela, que celuy qui s'appareille pour faire office de docteur Euangelique, ne doit rien laisser en arriere, qui appartienne à quelque degré de pieté : qu' entierement il doit s'abstenir de tout ce qui pourroit bailler occasion de
scandale & hurt aux foybles. Iean a bien monstré que ce n'est pas par braueté d'habillemens ou pompe de vie qu' vn docteur se doit acquerre authorité, mais bien par entiereté
de mœurs & de vie. Mais c'estoit bien vne chose plus parfaitte & plus eslongnée du Iudaisme, de patron qu'a laissé Christ : lequel ne differant en rien des autres en habillemens
& viures, ce neantmoins par innocence, debonnaireté, & beneficence enuers tous, il obscurcit l'authorité de Iean. Aussi est plus parfaict ce que baille la grace de l'Euangile, que
n'est pas ce que faict l'austerité de la Loy. Or toute l'intention du Seigneur à esté de faire
que le monde le recogneust pour le seul autheur de salut, item de nous pourtraire au vif
vn patron de l'Euangelique & vraye pieté : & touchant le passé confermer la feauté des
Prophetes & de Moyse, touchant l'aduenir en nous en baillant comme les arres nous en
rendre certaine l'attente. Car nous croyons plus volontiers à celuy lequel nos auons en
grande reputation, & touchant lequel les tesmoignages de plusieurs s'accordent. A raisõ dequoy le cõseil diuin a pourueu à ce, que le Seigneur Iesus receust tesmoignage de tou
te part, de toute la Loy, de tous les Prophetes, des Anges, des pasteurs, des Sages, de Simeon & d'Anne, de Iean Baptiste, du Pere, du sainct Esprit, brief de Pilate & des diables.
Item les miracles mesmes le crians fils de Dieu. Or a-il faict maintes choses non pas que
luy en eust besoin, mais pour en sa propre personne nous exprimer vn patron de vie : com
me en ieusnant, en estant tenté, en souuent priant, en allant au baptesme, en obeyssant à
son pere & à sa mere, en patiemment souffrant iniures, finalement en allant à la croix. Il
a faict maintes choses qui auoyent esté predites par les oracles des Prophetes, à fin que
on ne doubta point des promesses qui se doyuent bailler à l'aduenir : comme quand au
baptesme la colõbe se vient asseoir sur la teste d'iceluy, item quand il ressuscite des morts.
Il vint donc à Iean comme vn penitent, il demanda baptesme, & l'impetra. Il fut baptisé au Iordain, où se baptisoyent & conroyeurs, & publicains, & gendarmes, gens les plus
                                                                        sales

fales d'entre tous hommes. N'a pas icy honte l'arrogance des Princes de ce monde, laquelle ne veut rien auoir de commun auec le peuple? Nul Roy, nul Sacrificateur n'alla au baptefme:& s'il leur fuft venu appetit d'eftre baptifé,à peine euffent-ils daigné fe baptizer en vne baignoire d'or ou de pierre precieufe. Iefus la fontaine de toute netteté, Iefus le Roy des regnans, & Seigneur de Seigneurians ne defdaigne pas la mefme baignoire que le populaire: mais quiconque s'abbaiffe enuers les hommes, il eft efleué enuers Dieu. Iefus fut baptizé comme l'vn d'entre le peuple, mais le Pere celefte le fepara d'entre les autres par vne marque finguliere & non ouye. Car fi tres-toft que Iefus fut forty du Iourdain, lequel il auoit confacré par l'attouchement de fon corps, & eut reprins terre, comme il eftoit ententif à la priere, Iehan vid fendre & ouurir les cieux, & le fainct Efperit en auoler fur la tefte du Seigneur Iefus, & y demourer. L'orgueil d'Adam nous auoit fermé le paradis:& l'humilité de Chrift pour le paradis nous à ouuert le ciel. Signe vifible nous a efté prefenté deuant les yeux, mais certes s'a efté pour nous monftrer quels cœurs aymoit celuy efperit celefte, & quels il les rendoit. L'efperit de Satan & du monde rend & ayme les cœurs efleués, enflés,fiers & malings : mais l'efprit celefte ayme les cœurs humbles, debonnaires, & payfibles. Car il n'eft rien de plus fimple que la colombe, ou plus eflongné de noyfes debas & rapines. Il a efté exprimé en la perfonne du Seigneur par figne corporel,que c'eft qui fe faict fpirituellement en tous ceux qui d'vne foy entiere reçoyuent le baptefme Euangelique. Le corps y eft laué d'eau, mais certes l'efperit y eft oinct d'vne grace inuifible. Or touchant ce que la colombe s'arrefta fur la tefte du Seigneur Iefus, cela denotoit qu'aux autres gens craignans Dieu. Il donne bien le fainct Efperit felon la mefure de leur foy autant que la necefité prefente des chofes le requiert, mais qu' en Iefus il y auoit vne perpetuelle fontaine & fource de toute grace celefte. Et de faict la colombe ne luy appourtoit pas pour lors vne nouuelle grace, mais demonftroit en iceluy vne plenitude de grace : & à monftré d'où toute grace decoule fur nous. Eftant Iehan confermé par ce tant euident figne, qu'il auoit receu du Pere, il ne doubta point de l'appeller le fils de Dieu. Le tefmoingnage de Iean touchant Iefus Chrift eftoit de grande importance & confequence enuers les Iuifs : mais le tefmoignage du Pere mefme eftoit bien plus authentique, la voix duquel retentit des cieux, difant: Tu es celuy mon fils bien aymé, en qui mon cœur prend fon plaifir ouyés-le.Et de vray vn fage fils refiouyt fon pere. Pas n'eft ny couard ny languiffant c'eft efperit celefte: il eft ardant, & tout à coup defployé fa force, fi toft qu'il a fayfi le cœur de l'homme: couard & tardif eft l'efprit humain & ne penfe que chofes terriennes & baffes.Et au refte ceux efquels l'efprit de la chair eft ia mortifié, & font menés par l'efperit de Dieu, ils s'efforcent foubdain à chofes magnanimes & fouueraines, au combat contre l'ord efperit, lequel ils ne doubtent point de deffier: fe faifans fors en cela du fecours de l'efperit celefte lequel eft plus fort & plus puiffant que tous ceux qui font la guerre à l'Euangile.Iefus doncques exprimant en fa perfonne ce qu'il vouloit que nous fiffions, incontinent apres fon baptefme, la force de l'efperit le pouffa en vn defert. Là où il fe tint quarante iours & quarante nuicts, perfeuerant en prieres & en ieufne: en eftant ce-pendant tenté par Satan, lequel il nous a baillé tout rompu & vaincu, en nous monftrant quant & quant le moyen de le vaincre & furmonter. Car on le vainc par l'efperit de Chrift, on le vainc par prieres continuelles & ardantes, on le vainc par ieufnes, on le vainc par vne perpetuelle fobrieté de vie,on le vainc à tous les armes de l'Efcripture faincte. Iefus Chrift ce-pendant s'abftenoit de tout foulas des hommes, viuant entre les beftes. Il n'y auoit point de dangier à luy de hanter entre les hommes,mais il a bien môftré qu'au nouueau gendarme eft neceffaire de fe feparer des affemblées mondaines, iufques que par la meditation de la Loy de Dieu, & pures prieres la chair eftant domptée & Satan vaincu, l'efprit ait print force competente & fuffifante. Et de vray c'eft bien le plus feur pour plufieurs de côuerfer auec Iefus Chrift entre les beftes,que non pas entre les hommes plus nuyfibles & dommageables que beftes. Le Seigneur Iefus fe tenoit bien entre les beftes, mais toute-fois luy eftant deftitué du feruice des hommes, les anges luy affiftoyent & le feruoyent. Ceux qui reiettent toutes voluptés de ce monde, ils iouyffent des foulas celeftes. Pour nous Iefus Chrift a efté baptizé, pour nous il a prié, pour nous il a efté honnoré du tefmoignage de l'efperit & du Pere, pour nous il s'eft retiré à part, pour nous il a ieufné, pour nous il a efté tenté de Satan, pour nous le

m 4 fus

ſus a vaincu. O gendarme Chreſtien, conſidere-moy icy l’ordre de ta profeſſion. Le Catechiſme & inſtruction induit vn deſplaiſir de la vie paſſee & vne eſperance de purgation. Sous ces deux guides tu t’en cours au Iordain : là par la foy en Chriſt tu mets ius les ſouilleures de tous crimes. Puis à la requeſte de tes prieres & de celles de l’Eſgliſe t’eſt donné du ciel vn nouuel eſprit : moyennant lequel tu es receu au nombre des enfans de Dieu, en eſtant entré au corps de Ieſus Chriſt, qui eſt le chef de l’Eſgliſe. Ce pendant il ne faut point que le gendarme ſe donne du bon temps. Tu as baillé ton nom à Chriſt ton capitaine, tu as renoncé au diable : tu as receu le guerdon & largeſſe pour arres de ton ſalairè, le ſainct Eſprit, il te faut viſer apres le pris. Or n’eſchoit-il pas aux endormis : il te faut empoigner les armes, de peur que l’ennemy, lequel touſiours eſt aux embuſches, ne te ſurprenne au depourueu & ſans armes. Soudain le monde te liurera l’aſſaut, Satan pareillement & auſſi ta propre chair : il te faut touſiours batailler, pour touſiours vaincre. Car le combat ne prendra pas pluſtoſt fin que la vie : ce neantmoins tant plus ſouuent tu vaincras ton ennemy, de tant plus debilité s’en retournera-il du combat, & toy tant plus renforcy. Quand tu te ſeras porté vaillamment en cela, mect-toy alors apres la publication de l’Euangile, voire ſi l’eſprit de Dieu t’y pouſſe. Le Seigneur Ieſus eſtoit capable pour la predication Euangelique, (charge la plus parfaitte de toutes) meſme des lors qu’il eſtoit petit enfant : mais il nous a monſtré par ſon exemple qu’il ne faut pas de prime face & à la volée ſe ruer & s’auancer à vne charge tant ſaincte. La loy de Moyſe auoit ſon temps : le temps eſtoit-ia, auquel ſe leuant petit à petit la lumiere de la verité Euangelique les ombres de la Loy deuoyent s’eſuanouyr : & la vigueur de l’eſprit, ſe deſployant, la chair luy feroit place. Or comme és tranſmutations des choſes naturelles, à fin que la tranſmutation ſoit plus aiſée, on meſle quelque choſe parmy, qui ait affinité d’vne part & d’autre : entre la loy de Moyſe charnelle, & la loy de l’Euangile ſpirituelle Iehan entreuint moyenneur, à celle fin que plus aiſément les hommes ſe transformaſſent de chair en eſprit. Et de faict la terre ne ſe change pas tout à coup en l’air, mais il entreuient de l’eau entre les deux, moyennant laquelle la terre s’attendroit petit à petit en vn eſlement plus liquide. Pourtant tandis que la predication de Iean floriſſoit, lequel en partie repreſentoit la perſonne de la Loy (car la Loy auſſi conduit aucunement à Chriſt) le ſeigneur Ieſus, de peur qu’il ne ſemblaſt porter enuie à Iehan ou bien abolir la Loy pour laquelle accomplir il eſtoit venu, ne preſchoit pas en public, ny ne monſtroit ſa puiſſance par miracles ou c’eſtoit par bien peu, ny n’amaſſoit point de diſciples : ainçois pluſtoſt ſe portoit luy-meſme comme diſciple de Iehan : nous demonſtrant que nul ne peut à droit faire office de maiſtre, que premier il ne ſe ſoit rendu diſciple obeyſſant. Et au reſte apres que Iehan pour ſon hardy parler, fut mis en priſon, Chriſt luy fut comme ſucceſſeur. Car auſſi eſt-il conuenable que ce qui eſt charnel precede, & que ce qui eſt ſpirituel aille apres. Ce qui eſt imparfaict precede, ce qui eſt parfaict ſuccede. La grace enſuyt la nature. Le froment eſt premierement en herbe que non pas en eſpic : & à l’enfance ſuccede vn eage plus robuſte. Les ceremonies de la Loy, leſquelles auoyent tellement quellement adombré pourtraict Chriſt, tendent à leur fin : la lumiere Euangelique, dont Ieſus Chriſt eſt le ſeul autheur iette ſes rayons. Or s’en va-il d’entrée en Galilée : car il trouua bon de faire leuer ceſte lumiere, de la plus contemptible des contrée de la Iudée. L’arrogance de Ieruſalem ne meritoit pas c’eſt honneur : laquelle combien qu’elle fuſt aueuglée s’eſtimoit toutefois bien voyante, & pour-cela meſme en eſtoit tant plus incurable. Au reſte ſous ces choſes, non par cas fortuit ainſi aduenues, il y a quelque ſecrette demonſtration de ce qui doit eſtre faict. Qu’ainſi ſoit, qu’eſt-ce que nous denote l’empriſonnement de Iean, ſinon que la loy Moſaique ſe doit eſuanouyr à la venue de la treſ-claire lumiere de l’Euangile ? Que veulent dire les liens de Iean, ſinon que ce qui eſtoit charnel en la Loy deuoit eſtre lié, & que par la grace Euangelique la franchiſe ſeroit relaſchée ? Que denote la declaration de Iean ? Certainement elle nous ſignifie que ia eſt preſent le vray chef de toute l’Eſgliſe, qui doit eſtre amaſſée de toutes les nations du monde. Et Ieſus preſchant en Galilée le royaume de Dieu, que nous ſignifie-il ? Sans point de doubte c’eſt vne auant-monſtre que la grace Euangelique viendroit à laiſſer les Iuifs gens irreligieuſement religieux (qui embraſſoit ce vieil chef, lequel eſtoit retranché par l’Euangile, & reiettoyent Chriſt le chef de toute la Loy) pour ſe tranſporter vers les Gentils Payens. Et auſſi Galilée en Syrien vaut autant à dire, que tranſportement. Au parauant la grace eſtoit cachée, les ceremonies auoyẽt la vogue : maintenant icelles oſtées, Ieſus vient en public, Ieſus,

di-ic,

di-ſe, autheur & heraut d'efficace de la grace Euangelique. Parquoy ſelon le ſens myſtique, tous ceux qui veulent ouyr Chriſt preſchant il faut qu'ils ſe deportent de leurs façons
de faire & conuoitiſes accouſtumées, pour pouuoir eſtre capables de la nouuelle & celeſte
doctrine. Que le Iuif mette ius ſa perſuaſion de ſaincteté : que le Phariſien mette ius ſon arrogance, prinſe de la confiance de ſes œuures : que les Pontifes mettent ius la gloire du
temple & des ſacrifices : que les Philoſophes mettent ius les vains appuis de l'humaine ſageſſe : que les Roys tyrans mettent ius leur tres-fole confiance, qui mettent en leurs cheuances : que toutes nations mettent ius toutes impietés & vilaines conuoitiſes, & oyent le
nouueau preſcheur Ieſus enſeignant non pas choſes humaines, mais celeſtes. Il parle eſgalement à tous, que tous eſgalemēt l'oyent. Or nous faut-il conſiderer, par quels moyens il
encommence ſa doctrine. Les Philoſophes de ce mōde propoſent de prime face à leurs auditeurs non les choſes qui leur ſon les plus profitables, mais bien qui à eux-meſmes acquierēt vn renom d'admirable ſageſſe : taſchans ſur tout, pour ſe faire valoir de faire qu'ils
ſoyent diſcordãs auec d'autres docteurs de grand renom. Le Seigneur Ieſus ne voulut pas
abolir l'authorité de la Loy, mais n'eſtant la Loy entendue il l'interprete, & pluſtoſt la parfaict, que non pas la deſtruit. Il ne repudie pas non plus la doctrine de Iean combien que
elle fuſt imparfaicte : ains il encommença ſa predication par vn tout tel commencement
qu'auoit faict Iean. Vous l'euſſiés dit diſciple de Iean, luy qui eſtoit le maiſtre & autheur de
tous. Et qu'eſt-ce qu'il preſche ? Que crie la parolle du Pere eternel ? De la Loy de nature,
que Dieu auoit engrauée és cœurs de tous hommes, on en a abuſé. La ſageſſe des Philoſophes à rendu le monde plus fol qu'il n'eſtoit. La religion des Payens iuſqu'à preſent a eſté Le temps eſt
accomply.
vne ſouueraine impieté. La loy de Moyſe a tout ſes ombres, ſacrifices & effrayemens a faict
des hypocrites. La Loy par ſes figures a eſté cogneue, & les Prophetes par leurs oracles ont
predit qu'il en viendroit vn, qui preſenteroit vn parfaict ſalut à toutes nations. A ceſte promeſſe par ce qu'elle a eſté delayée lōg temps, le mōde eſtoit deuenu cōme ſourd : mais Dieu
n'a pas oublié ſa promeſſe. Le temps qu'il auoit determiné pour ceſte affaire, eſt ia accōpli.
il ne faut-ia que deſormais vous attēdiés d'autres figures, ou autres obſcurités de la Loy : il
ne vous faut-ia attēdre des nouueaux Prophetes, car voicy-ia preſēt le royaume de Dieu.
Au lieu des ombres reluyra la verité : au lieu de la chair, ſuccedera l'eſprit : au lieu des ceremonies corporelles regnera la vraye pieté : au lieu du royaume de Satan, ſe deſployera le
royaume de Dieu. Rien ne vous y profite le delayer, rien n'y ſert à aucun de regarder aux
ſecours de ſa propre iuſtice. A l'eſtime de la loy Moſaique, aucuns peut eſtre, ſont iuſtes deuant les hommes : A l'examen de la loy Euangelique tous hommes ſont pecheurs. Et ne
faut pas toutefois que vous deſeſperiés : recognoiſſés voſtre maladie, & prenés le remede :
tant ſeulement repentés vous de voſtre vie paſſée, & croyés à l'Euangile. Vne ioyeuſe &
ſouhaitable nouuelle ſe preſente, le pardon gratuit de tous pechés. Pas n'eſt beſoin d'offrandes : tant ſeulement recognoiſſés voſtre iniuſtice, & vous confiés en la iuſtice de Dieu,
lequel ſans faute nulle, mettra à effect ce qu'il promet par l'Euangile. Celuy obtiendra la
promeſſe, quiconque croira au prometteur. Apres que par tels preſches le Seigneur Ieſus
eut enflammé les cœurs des Iuifs à la Philoſophie Euāgelique, il ſe print auſſi à l'exemple
de Iean, à amaſſer quelques diſciples, mais biē peu, & iceux groſſiers & gēs de baſſe eſtoffe :
à fin que les nations de tout le monde eſtans vn iour conuertis par leur moyen, il fut vrayement notoire, que c'eſtoit le royaume de Dieu, & non pas du monde. Donc en chemināt
vn iour aupres du lac de Galilée, Ieſus vit Simō & André ſon frere, trauaillans par enſemble à ietter les filés au lac : car ils eſtoyēt peſcheurs, & gaignoyēt leur vie à ce meſtier là. La petiteſſe du meſtier ſeruoit à la gloire de l'Eſgliſe, & la concorde des freres denotoit l'vnité d'i-
celle. La peſcherie eſtoit figure de la charge Euangelique, laquelle, eſtans les hommes plongés és tenebres d'ignorance & és ords ſoucys de ce mōde, les en tire par la parolle de Dieu
à la lumiere de verité & à l'amour des choſes celeſtes. Or furent ces deux peſcheurs les premiers que peſcha Ieſus, diſant : Venés & me ſuyués : & ie vous feray deuenir peſcheurs
d'hommes. A ceſte parolle ces deux freres ſans rien delayer laiſſerent leurs filés tout tels
qu'ils eſtoyent, & allerent apres le Seigneur Ieſus. Auſſi auoit le parler de Ieſus vn enchantement celeſte. Puis le Seigneur tira vn petit plus outre, & en vit deux autres Iaques fils de
Zebedée, & Iean ſon frere : leſquels auſſi eſtoyent en vn baſteau & radouboyent leurs filés,
s'appareillans à la peſche. Ceux-cy auſſi ententifs à autre choſe deſtourba incontinent Ieſus & les appella, & leur commanda de le ſuyure. Or à fin que vous cognoiſſiés des iouuenceaux de fiance Euangelique, ſans rien tarder ils vous laiſſerēt auſſi leur pere Zebedée
au baſteau enſemble auec les ouuriers, & tout à l'heure ſuyuirent celuy qui les appelloit.

De ces

De ces commencemens amaſſa le Seigneur Ieſus les principaux de ſon Eſgliſe, en deſdai-
gnant ce pendant les Sacrificateurs & Phariſiens de Ieruſalem auec leur arrogance. Eſtant
Ieſus accompaigné de telle ſuyte, il s'en alla à Capharnaum:ville autant arrogante & quāt
& quant abominable, comme elle floriſſoit en richeſſes. Là incontinent commença-il à
faire le deuoir d'Euangeliſte. Car vn iour de ſabbat il entra en la ſynagogue & enſeigna
publiquement les Iuifs, non pas des vaines inuentions Phariſaiques, mais expoſant la
vraye intention de la Loy laquelle eſtoit ſpirituelle & non pas charnelle. Le peuple apperceut ſoudain le nouueau docteur, & la nouuelle maniere de doctrine.Ils le voyent homme
de baſſe eſtoffe,accompaigné d'vne petite ſuitte & cōtemptible, mais ils s'eſmerueilloyent
de ſa parolle reſſentante quelque vertu diuine.Car il n'enſeignoit pas comme les Phariſiēs
de telles quelles froides traditions & fables de vieilles touchāt les antiquités:ainçois eſtoit
ſa doctrine d'efficace, & confermoit ſa parolle eſtre veritable par grandeur de miracles.
Toute choſe humaine perd force, toutes les fois que la vertu diuine deſploye ſa puiſſance.
Et voylà tout d'arriuée ſe preſente occaſion de faire miracle. Il y auoit en l'aſſemblée vn perſonnage detenu d'vn ord eſprit, lequel ne peut ſouffrir l'eſprit celeſte qui parloit en Chriſt.
Car il ſe print à gronder contre la doctrine celeſte, en s'eſcriāt & diſant : Qu'as-tu que faire
auec nous Ieſus Nazarien Es-tu venu pour nous perdre deuant le temps Ie ſçay qui tu
es. Tu es ce Sainct (iadis promis par le Prophete Daniel)que Dieu a ſingulierement ſanctifié par deſſus tous autres.Mais le Seigneur,ou pource que le temps n'eſtoit pas encore venu pour publier qui il eſtoit, ou pource que celle confeſſion ne luy plaiſoit point,iaçoit
qu'elle fuſt vraye, mais arrachée par crainte, & yſſue de l'eſprit maling. lequel puis que de
ſa nature il eſt menteur & prend plaiſir a deceuoir le genre humain, encore qu'il diſt verité
ne deuoit toutefois pas auoir audience enuers le peuple, de peur que puis apres quand il
mentiroit on ne vint a adiouſter foy à ſon dire. Le Seigneur dis-ie, le tēſa, diſant : Ne dis
mot, & ſors de ceſt homme : par ce moyen publieras-tu mieux qui ie ſuis. Et ſans delay ſi
toſt que le Seigneur eut dit le mot, l'ord eſprit ſortit du perſonnage, mais en le deſchirant,
& criant à haute voix, ſi qu'il eſtoit tout notoire qu'il s'en ſortoit nō de ſon propre mouuement,ains contraint par quelque force diuine. Or en cela fut repreſenté que c'eſt de l'homme poſſedé de l'eſprit de Satā.Et n'eſt pas detenu d'vn treſ-meſchant diable, celuy qui toutalement eſt poſſedé d'ambition, d'auarice, d'enuie, de hayne, de plaiſir charnel & d'autres
abominables conuoitiſes Ceux qui ſont tels,ne peuuent ſouffrir la parolle Euangelique,
ains s'eſcrient:Ha, qu'as-tu que faire auec nous, Ieſus Nous es-tu venu deſtruire Et de
faict ceux qui ſont poſſedés de l'eſprit de ce mōde, penſant que ce ſoit leur deſtruction toutes les fois qu'ils ſont contraints d'abandonner les choſes, eſquelles ils ont fauſſemēt mis
leur felicité.A raiſon de quoy ils ſe tourmentent & deſchirent, quand d'vn coſté la frayeur
de l'eternel ſupplice les appelle à choſes honneſtes, & de l'autre les embraſſe & retire l'accouſtumance des maux emmielés d'vne mauuaiſe douceur. Mais il n'y a diable tant obſtiné,qu'il ne s'en fuye, ſi toſt que Ieſus ſonne le mot.Or eſt ce vn plus grand miracle de rendre l'ambitieux modeſte, le ſier patient, le paillard chaſte, le rauiſſeur liberal,que non pas
deliurer le corps d'vn homme d'vn mauuais eſprit.Vray eſt que les hommes s'eſmerueillēt
pluſtoſt de l'vn,non pas qu'il ſoit plus miraculeux, mais par ce qu'on le voit des yeux cor-
porels.Et partant les Iuifs alors voyant qu'à vne ſimple parolle l'ord eſprit auoit eſté chaſſé,s'en eſmerueillerent grandemēt,tellement qu'ils ſe debattoyēt enſemble, diſans:Quelle
nouueauté eſt-ce cy Nous ne liſons point qu'oncques Prophete ait riē faict de ſemblable,
qu'à la ſimple parolle il ait chaſſé les diables. Ou qu'eſt celle nouuelle doctrine, accompaignée d'vne ſi grande vertu Il publie le royaume de Dieu,& deſploye la puiſſance de Dieu,
en briſant les forces de Satan. Car ce n'eſt ny par enchantemens, ny par longue priere à
Dieu,ny par aucun autre moyen penible qu'il chaſſe les diables : ainçois comme Seigneur
& victorieux d'iceux à la ſimple parolle leur commāde,& bon gré mal gré ils luy obeiſſent.
Ce miracle fit courir la renommée de Ieſus par toute la cōtrée de Galilée. Or à fin qu'il fut
tout notoire qu'en luy y auoit vne fontaine de puiſſance diuine, inepuiſable,voicy venir
miracles ſur miracles. Car ſi toſt qu'ils furent ſortis de la ſynagogue, ils vindrent chés Simon & André, où auſſi les accompaignoyent Iaques & Iean. Or la belle mere de Pierre giſoit malade d'vne groſſe fieure : & ſi toſt qu'ils en eurent auerty Ieſus, il s'approche du lict,
print la femme par la main,& la leua : & tout à coup la fieure la laiſſa. Et ne fut pas la ſanté
moins parfaitte, que ſubite : car tout ſoudain la femme auoit auſſi recouuré ſa vigueur, ſi
qu'elle meſnageoit comme de couſtume & ſeruoit Ieſus & ſes diſciples. Celuy eſt giſant
en grand dangier, lequel eſt enflammé de l'amour des voluptés charnelles, & qui eſtant
addonné

Et eſtoit en
leur ſynago-
gue.

Daniel 7.

addōné à diſſolutiō meſme vne vie oyſiue. Vne femme giſt malade:& ia dis la premiere fem
me deceue par l'amorſe de la pomme, vint à eſtre tourmentée de telle fieure. Noſtre chair,
qui conuoyte cōtre l'eſperit, eſt noſtre Eue. Mais bienheureux ceux leſquels Chriſt par l'at
touchement de ſon Eſprit esleué à l'amour des choſes celeſtes : de ſorte que là où l'homme
eſtoit au parauāt addonné à oyſiueté, diſſolution ou ſouilleure, il vienne tout à coup à re
couurer vigueur & tout changé il s'addonne à chaſteté, ſobrieté & pureté. Car à telles viā
des prend plaiſir Ieſus Chriſt & s'en repaiſt. Or ſeignés la maiſon de Simon eſtre l'Eſgliſe,
en laquelle point ne doyuent eſtre gens refroidis d'eſprit, ains bouillonnans en vigueur
Euāgelique:& toutefois là eſt quelque fois giſante la belle mere de Pietre, c'eſt à dire, la Sy
nagogue. Car celuy eſt de la Synagogue, lequel à le palais ſi corrōpu qu'il trouue ēcore bō
gouſt en la lettre froide:qu'il trouue en ſaueur l'eau du ſens Phariſaique, & il n'en trouue
point au vin de l'eſprit Euangelique. Ceux qui eſtoyent auec la femme en la maiſon, prie
rent le Seigneur Ieſus de la leuer du lict. Prions-le auſſi nous qui ſommes en l'Eſgliſe que
ſon plaiſir ſoit d'eſtendre ſa dextre vers ces craintifs, attaſchés à la lettre, addonnés aux ce
remonies, & par vn iugemēt corrompu appetans affectueuſement les choſes inuiſibles:au
cōtraire reiettās celles qui ſeules ſont à ſouhaiter, & qu'il eſtēde, di—ie, ſa droitte & les esleue
à la liberté Euangelique:laquelle ne nous deliure pas à ce que plus hardiment nous en pe
chions, ains à ce qu'alaigrement & volontairement nous faſſions œuures de charité Euan
gelique, & refectionnons Ieſus en ſes mēbres. Iamais n'eſt, que le Seigneur ne ſoit tout preſt
pour donner la ſanté de l'ame, ſi quelqu'vn l'en requiert:il ayme bien les requerans, voire
qui l'abordent hors temps & mal à propos. Qu'ainſi ſoit, il eſtoit—ia grand veſpre, & ſoleil
couché, ſi que ce euſt peu ſembler choſe deſraiſonnable d'aborder vn medecin à telle heu
re:mais le deſir de ſanté vaincquit la hōte. On auoit amené à Ieſus à force malades de tou
tes ſortes de maladies, & entr'eux auſſi des gens tourmentés de ords eſprits:auquel ſpecta
cle s'eſtoit aſſemblé toute la ville de Capharnaum à la porte de la maiſon. Et Ieſus ſans au
cun cōtredit, en gueriſſoit maits qui auoyēt diuerſes maladies:& chaſſoit beaucoup de dia
bles. C'eſtoit vn medecin biē prōpt & à deliure, veu qu'à la parolle il chaſſoit les maladies.
Or cōme les diables s'eſcrioyēt qu'il eſtoit le Chriſt, il les en empeſcha reiettāt le teſmoigna
ge de ſes ennemys, & auec leſquels il n'a voulu que ſes gens euſſent aucune accointāce. Des
enfans des Ebrieux. & des peſcheurs s'eſt—il biē laiſſé manifeſter:mais des diables il n'en a
accepté aucun teſmoignage iaçoit qu'il feuſt vray. Car vn desloyal teſmoing deſ—auātage
la verité:& eſt plus dōmageable le menteur, qui par verité s'eſt acquis credit. Or eſt—il bien
vray que cela ſe fit lors, ſelon l'hyſtoire. Au reſte no⁹ en voyōs encor auiourdhuy pluſieurs
s'aſſembler en la maiſon de Simon Pierre, laquelle nous auōs dit eſtre la figure de l'Eſgliſe:
car quāt à Capharnaum, elle eſt la repreſentatiō du mōde vniuerſel. Le ſoleil couché figure
la mort de Chriſt:la porte de la maiſon c'eſt le bapteſme auquel eſt cōprinſe la penitēce de
la vie paſſée, & la cōfiance d'impetrer de Ieſus ſanté. Les malades aſſiegēt la porte : les pea
giers & les pecheurs demādent d'eſtre receus en la cōmunauté de l'Eſgliſe. Or n'obtiēdro
yent—ils point ſanté, s'ils ne croyoyēt que Ieſus a & le pouuoir & le vouloir de dōner ſalut.
La cōmunauté de l'Eſgliſe eſtoit peu hantée du viuāt de Chriſt, qui eſtoit la lumiere du mō
de:mais iceluy mort, à force gēs cōmencerent de s'y aſſembler de toutes les cōtrées du mō
de. Ces choſes ainſi faittes, le Seigneur Ieſus(qui n'eſtoit pas venu expreſſément pour gue
rir les maladies des corps, leſquelles il enuoye quelque fois aux ſiēs, à fin que leur ame s'en
porte bien)voyāt que la multitude cherchoit de grād appetit la ſanté du corps, & ne baail
loyent de pareille affection apres la doctrine celeſte, laquelle guerit les maladies de l'ame,
le lendemain cōme cherchant repos trompa l'aſſemblée, ſe leuāt de graud matin, & ayant
laiſſé Capharnaum s'en alla en vn deſert, & y prioit : remerciant le Pere pour les dons que
par luy il auoit decreté d'eſlargir au genre humain. Or en cecy ce pendant s'appareille
pour nous vn exemple non ſimple qu'apres auoir faict du bien aux autres nous deuons
nous retirer à part, de peur que nous ne ſemblions attendre recōpenſe de ceux auſquels
nous auons faict du bien:item que quelque fois il cōuient pour vn temps entrelaſſer la do
ctrine de ſalut, à celle fin de tant plus prouocquer l'appetit des ames:finalemēt que par fre
quentes retraittes qui s'employēt à la contemplation des choſes celeſtes & non à volupté,
on doit conforter l'eſprit à fin qu'il en reuienne plus alaigre pour ayder aux foibles. Or
s'eſt retiré en vn deſert, non pas quiconque a changé de lieu, mais qui a retiré ſon ame des
ſoucys de ceſte vie à la cōtemplation des choſes celeſtes. Simō Pierre & les autres diſciples
apres s'eſtre apperceu que Ieſus s'en eſtoit allé à la deſrobbée, le pourſuyuirent iuſques
qu'ils eurent trouué où il eſtoit l'ayant trouué le monſtrent aux autres. Eux donc racōtent
au Sei

au Seigneur, qu'il y auoit vn grand tas de Capernaites qui le cherchoyent. Aufquels le Seigneur respond : Pour le present c'est bien assés d'auoir mis ces fondemens entre les Capernaites : au reste il est temps que nous allions aussi és prochaines villettes & villages, à fin que i'y presche aussi le royaume de Dieu. Car ie ne suis pas venu pour prescher à vne seule ville, mais pour annoncer le salut à tous. Si alloit le Seigneur Iesus par les villes & villages de toute la Galilée, preschant en leurs synagogues, guerissant les maladies, & iettant les diables, pour par puissans faicts acquerre credit à sa doctrine enuers le peuple rude. Or auint qu'vn iour apres qu'en vne mõtaigne Iesus eut enseigne maintes belles sentences au peuple touchant la perfection de la profession Euangelique, comme il descendoit vint au deuant de luy vn homme infecté de ladrerie, maladie abominable & quant & quant incurable, à fin qu'en la personne de ce ladre fust representé aux yeux corporels la figure des choses qu'inuisiblement Iesus auoit faittes és cœurs de ceux qui l'auoyent ouy. Ce ladre hayssoit sa maladie, & auoit conceu vne souueraine fiance de Iesus. On voit en cela vn pecheur penitẽt estre prochain de salut. Il ne redoubta pas l'assemblée, iaçoit qu'il sceusse biẽ qu'il luy estoit abominable : tant seulement il a la bonté de Iesus deuant ses yeux: il accour donc à luy, & se prosterne à ses pieds. Que feroit icy l'arrogant Pharisien ? Il crieroit : Ostés moy ce detestable, de peur qu'il ne nous infecte au moins la veue. Et s'en yroit au baing pour se lauer de l'halayne du personnage. Voila que feroit le Pharisiẽ, plus souillé en l'ame, que ladre quelcõque au corps. Et que faict le tres-doux Seigneur, qui seul estoit net de toute tasche? Point il ne le chasse de deuant sa face, ny ne l'oste de deuant ses pieds. Il sçauoit assés que demandoit le personnage, mais il voulut que sa fiance singuliere seruit d'exemple à tous. Ceux qui sont detenus de plaisir charnel, d'auarice, de hayne, d'enuie & autres vilaines conuoitises, sont remplis d'vne ladrerie execrable. Ceux qui sont tels, qu'ils oyent la voix de ce ladre, pour l'ensuyure. Si tu veux, dit-il, tu me peux nettoyer. Il recognoit sa maladie : & ne doubte point de la puissance & bonté du Seigneur. Quant à soy, s'il est digne d'vn tel benefice, il en laisse le iugement au Seigneur: prest a en rendre graces s'il obtient ce qu'il demande: sinon, de n'en point murmurer. Car voicy qu'il pourroit dire: de luy, il peut chasser ma lepre, luy qui outre toute sorte de maladies, chasse aussi les diables: & le vẽt, veu qu'à tout propos il suruient à tous miserables : mais mon indignité est si grande, que moy seul suis indigne d'obtenir ce que tout impetrent. Ceste tant grande confiance accompaignée d'vne souueraine modestie, impetra de Iesus misericorde. Car luy monstrant ouuertement mesme en son visage vne affection de misericorde, pour nous enseigner comment nous nous deuõs porter enuers les pecheurs, il estẽdit sa main & toucha le ladre, & auec les propres parolles que luy-mesme auoit dittes, le nettoya. Le ladre auoit dit : Si tu veux, tu me peux nettoyer. Iesus luy dit: Ie le veux, soys net. Vne foy entiere n'vse point de beaucoup de parolles, & est la charité Euangelique toute preste & alaigre à bien faire. A peine auoit-il dit ces mots (soye net) que toute la maladie laissa l'hõme, si bien & si beau, qu'elle n'y laissa aucunes trasses de mal. La loy de Moyse defend de n'attoucher le ladre, & n'en est pas sans doctrine salutaire le sens spirituel : c'est que nous deuons fuyr la compaignie des souillés de peur que la contagion du mal ne nous infecte. Mais le Seigneur Iesus est par dessus la Loy : & ne peut se souiller par attouchement celuy qui tout tant qu'il touche le rend pur. Il attoucha ce ladre à tout la main, & tout sur le champ il luy guerit le corps. Prions-le que de sa parolle il attouche noz ames, à fin de purifier leur souilleure. Quiconques tu soys, paillard, adultere, & souillé d'autres vices, accours aussi toy à Iesus, (car iceluy te vient au deuant, descendant de sa souueraineté) & sentãt ta souilleure iette toy à ses pieds & te prosterne la face en terre. Crie apres luy, mais crie auec vne souueraine fiãce de cœur : Seigneur si tu veux, tu me peux nettoyer. Et incontinent tu oyras du misericordieux : Ie le veux, soys net. Ce miracle ainsi faict, le Seigneur ne permit pas au personnage de le suyure, ains le contraignit de s'en aller, luy defendãt de ne deceler le miracle à personne. Ainçois t'en va plustost (luy dit Iesus) te monstrer au Sacrificateur, qui selon la coustume de la Loy t'auoit iugé ladre : & s'il te prononce vrayement nettoyé de ladrerie, offre ce que Moyse a ordonné qu'offrissent ceux qui seroyent gueris de leur ladrerie. Par ce moyen là, publieras-tu plus authentiquemẽt le benefice que tu as receu de Dieu, que si tout à coup tu te prenoys à crier deuant tous que tu es nettoyé de ta ladrerie. Car par ce moyen il sera notoire mesme aux Pharisiens (qui calomniẽt les benefices que ie fay) que tu auras esté vrayemẽt ladre, & nettoyé sant secours de Medecins ou de la Loy, au seul attouchement & à la simple parolle: cognoistrõt qu'il en y a vn plus grand que leur sacrificature, lequel sans aucune difficulté oste la ladrerie, tant soit-elle execrable, là où sont biẽ empeschés à iuger d'vne lepre. De la
dre il

dre il s'en retourna net : alla se presenter au Sacrificateur, fut essayé, & iugé pur de toute lepre : cela faict, il ne cela-ia ledit miracle, ainçois le sema par tout en publiant de Iesus tant
cela que maintes autres choses. Quelqu'vn pourra icy dire : Dont vient qu'en vn endroit
il a faict ce qui luy auoit esté commandé, & en l'autre il n'a tenu conte du commandement
du Seigneur? Pour autant que l'vn seruoit à la confirmation de la certitude du miracle, aſ-
ſcauoir que le Sacrificateur non sachãt de qui l'homme auoit esté gueri, prononçast de la
parfaitte santé rendue par Iesus : lequel Sacrificateur eust, peut estre, calomnié le benefice
de Iesus, si deuant que d'en prononcer, l'autheur du benefice eust esté cogneu. Au reste, le
miracle confermé par la sentence du Sacrificateur, cela seruoit à la gloire de Dieu de diuulguer le faict. Pourquoy donc a commandé Iesus de celer, ce qu'il vouloit estre diuulgué?
Cela a-il faict pour nous aduertir que des bienfaicts, lesquels Dieu opere par nous, nous
ne deuons point chercher gloire enuers les hommes, à raison que quãt on la fuyt elle suyt
beaucoup plus braue. C'est vn acte heroique de tellement donner le benefice, que tu n'en
veuilles ia estre remercié par celuy à qui tu le donnes, te contentant d'auoir aydé aux prochains. Au reste d'autant plus songneusement le doit publier enuers tous, celuy qui a receu
le benefice. Christ n'estoit en aucun danger de tomber en vaine gloire : mais pour nous (qui
sommes en grand danger de ce costé là) se preparoit cest exemple. Et ne mesprisa pas celuy
homme les commandemens de Christ, mais vne infinie liesse d'auoir recouuert sa santé, &
vn excessifue amour enuers l'autheur de son salut, ne le laissoit point taire. Or aduient-il
ordinairement qu'auec plus grande foy nous racontons des choses que nous eussions
mieux aymé celer, si la chose ne nous contraignoit de descouurir ce que nous auons sur le
cœur. Et que s'est-il ensuyui de la publication qu'a faitte ce personnage? Tous en conceu-
rent vne telle opinion de Iesus, que ia pour la presse des gens qui s'assembloyent à luy il ne
pouuoit plus entrer ouuertement en la ville, comme il souloit : ains estoit cõtraint de laisser
les villes, & hanter és desers. Ceux qui par enchantemens & miracles magiques se briguẽt
renom & gaing, cherchẽt les villes les plus hantées qui soyent point. Mais Iesus en fuyant à
chasque fois les grandes assemblées de gens, nous enseigne que c'est que nous deuons faire. Celuy qui est puissant en miracles Euãgeliques, ne cherche pas tant de theatre peupleux
qu'ardant. Es villes maints s'y assembloyent tant seulement pour de la nouueauté du spectacle se repaistre les yeux. Es deserts nul ne va apres Christ, n'est qu'il soit embrasé d'vn
affectueux desir d'iceluy. Qui abandonne les delices des villes & par lieux hideux & incheminables va apres Iesus, il le suyt à son grand profit. Or est-ce que ceux qui vrayement
l'ayment, suyuent en tout & par tout celuy qu'il ayment, par ignominie, par faim, par pilla-
ges de biens, par banissemens, par prisons, par tourments, par morts. Ceux-cy estoyent
figurés par ceux là, qui de toutes les contrées de Galilée accouroyent à Iesus qui se tenoit
caché en diuers lieux.

C H A P I T R E I I.

Oire-mais en quelque part que lon fuye, la vertu est tousiours accõpagnée
de sa gloire, ne plus ne moins que le corps l'est de son ombre. Car celuy ne
peut estre dissemblable à soy, qui est vrayemẽt bon. Et comme par tout où se
transporte le corps du Soleil, là aussi est la lumiere : ainsi en quelque part que
fuye la vraye pieté, le lieu y est hanté. Car desia le desert cessa d'estre desert,
apres que le Seigneur la vraye lumiere de ce monde, s'y fut transporté. Et toutefois celuy
qui est doué de la vertu Euangelique, ne cesse, voire en tant qu'en luy est, de fuyr le theatre
populaire (car il cognoit combien c'est vne dangereuse peste qu'appetit de grand renom)
mais voila, l'affectiõ de secourir & bien faire au prochain l'y rameine là, à tout propos bon
gré mal gré. Voila comment quãd vn homme de bien vient a estre chassé de lieu à autre, sa
beneficence paruient à plus de gens. Iesus donc nous baillant vn exemple & d'euiter la
gloire & de continuellement faire bien aux prochains, s'en retourna quelque iour apres à
Capharnaum, d'où il sembloit auoir esté dechassé par l'importunité des gens assemblés à
si grande foule que mesme de nuict la place deuant la maison en laquelle il estoit logé, en
estoit toute plaine. Car comme de sa nayssance il auoit honnoré Bethleem, renommé Nazareth par le sien nourrissemẽt, & rendu heureuse l'Egypte par la sienne fuytte : ainsi par demeure frequente, & par miracles qui fit à chasque fois à Capharnaum, il la s'adoptée pour
son pays. Or y retourna-il comme à desrobée, se cachãt en la maison premier que sa venue
fust cogneue au monde. Or comme le Soleil ne se peut cacher, ainsi le Seigneur Iesus ne se
peut tenir caché le bruit (comme souuent il aduient) esleué de peu de gens estoit ia semé
par toute la ville, que Iesus estoit en la maison. Et sans aucun delay tant de gens s'y assem-
n blerent

blerent à fi grand foule que non feulement toute la maifon eftoit remplie, mais auffi que mefme le porche & la place deuant la porte, n'eftoit pas affés grande pour tant de gens. Bien-heureufe la maifon en laquelle s'eft logé Iefus & de laquelle iamais ne desloge. Celle. eft l'Efglife. Car Capharnaum reprefénte le monde vniuerfel parmy lequel fe tiennent les Payens. En Ierufalem on chaffoit Iefus du temple: entre les Payens le regne des cieux fouffre violence, & comme par force y entrent toutes fortes de gens. Ceux qui demandent inftruction font deuant la porte, pourchaffans auec grand defir d'eftre receus en la maifon du Seigneur, ayans faim & foif de la iuftice du royaume des cieux. Or Iefus ne forclos nully de celle maifon foit poure, foit riche, foit fain, foit malade, pourueu qu'affectueufement il defire d'ouyr Iefus. Le Seigneur donc nous enfeignant en tout qu'on doit auoir premierement foucy des ames, puis apres des corps, departiffoit premierement aux hommes la parolle Euangelique, laquelle guerit les maladies des ames, A raifon de quoy ceux font fagement, qui voulans donner l'aumofne aux mendians, leur font premierement quelque petite remonftrance, qui leur rende les ames milleures, puis leur baillant l'aumofne. Car les hommes ordinairement par vn renuerfé iugement font pouffés d'vne plus ardante affection aux chofes qui concernent le corps, que nõ pas à celles qui feruent au falut de l'ame. Mais le Seigneur nous a monftré par fon exemple que de la plus noble partie de l'homme on en doit auoir le premier foing : en enfeignant premierement puis gueriffant les malades. Or comme Iefus encore enfeignoit, & eftoit embefogné apres la guerifon des ames, en voila venir qui amenoyent quant & eux vn paralitique, qui auoit les nerfs de tout le corps tellement perclus de maladie, qu'on le portoit à quatre gifant en vn lict. Vous aués la reprefentation de l'ame tellement effeminée & diffolue par conuoitifes terriénes, qu'elle ne pourroit fe dreffer pour faire aucuns deuoirs de pieté: ains eftant attachés à des terreftres & ords foucys, ne penfe rien de fouuerain ou celefte. Or pource que la groffe foule des gens qui bouchoit la porte & la place deuant la maifon empefchoyent ces gens de porter l'impotent deuant Iefus : ils porterent leur faix fur le toict, ofterent des tuiles & y firent vn pertuis puis à belles cordes deuallerent l'impotent à tout le lict & le mirent aux pieds de Iefus, ne doubtans en rien que le mifericordieux Seigneur ne deuft fecourir le miferable, fi toft que de ces fiens yeux il auroit regardé l'impotent gifant en vn lict, tout perclus de fes membres, ne plus ne moins que fi viuant il eftoit ia tout mort. Iefus auoit defia veu le patient, & n'ignoroit pas la fiance de ceux qui auoyent amené le perfonnage. Il eut peu fans en'trerompre fon propos leur denoncer par le premier venu: Se leue celuy paralytique, & guerit tout à l'inftant, reporte fon lict chés foy. Mais il voulut monftrer deuant les yeux de tous le miferable fpectacle, & quant & quant declarer combien grande efficacé a enuers Dieu vne entiere fiance en iceluy. La maladie eftoit incurable & ia enuieillie : l'acces importun mal aifé : & neantmoins la bonté du Seigneur, accompaignée d'vne puiffance de mefme leur bailloit vne certaine efperance. Iefus donc voyant la finguliere foy de ces gens, eut de tant plus compaffion du patient, qu'il le vit tourmēté de bien plus grefue maladie de l'ame que du corps. Il n'y auoit nul qui n'euft pitié de fa mifere, de ce qu'il auoit perdu l'vfage de tous fes membres, mais bien plus miferable eftoit fon ame detenue en vices. On n'attendoit rien autre, finon que le corps du poure homme luy fuft reftitué en fon entier, qui eftoit vn acte furpaffant les forces humaines. Mais Iefus tout refiouy d'vne telle excellence de foy, voulant guerir l'homme toutal, fe vira vers le paralytique, & luy dit : Mon fils, tes pechés te font pardonnés. Or y auoit-il là quelques Scribes affis, lequels l'erudition des fainctes efcriptures ne rendoit ia meilleurs, mais pluftoft plus prompts à calomnier. Des liures des Prophetes & de Moyfe ils auoyent appris, que c'eft à Dieu feul de pardonner les pechés. Car le Sacrificateur ne pardonnoit pas les pechés, ains feruoit de moyenneur enuers Dieu pour les pechés des autres, & ce nõ fans facrifice. Ce que bien fçachans les Scribes, penfoyent ainfi tacitement en leurs cœurs : Qùel propos prononce ceftuy, que ny Moyfe, ny Aaron ny pas vn des anciens Prophetes n'ont ofé prononcer: Affauoir : Tes pechés te font pardonnés. Certainement ceftuy s'attribue l'authorité de Dieu, en quoy il blafpheme contre Dieu. Il y a des pechés que la Loy commande de punir de mort, il en y a qui font nettoyés par brulage & autres facrifices, par le moyen du Sacrificateur ceftuy-cy ne fe fouciant rien de telles ceremonies donne pour vne fois en vn mot, pardon plenier de tous forfaicts. Il n'appartiēt pas à l'homme de s'attribuer telle authorité : c'eft Dieu feul qui peut faire ce que ceftuy promet. Or les hurtoit la foibleffe du corps humain, lequel ils regardoyent & partant ne pouuoyēt penfer de Iefus qu'ils fuft rien fors qu'hõme, Et cõbien que le populaire n'euft pas Iefus en plus grande reputation, ce neant-

moins

moins la simplicité leur apportoit ce bien, qu'ils estoyent moins enclins à calomnier. Ces pensées inspiroit l'esprit de cé monde aux cœurs des Scribes, qui retenans à bec & à ongles la lettre de la loy Mosaïque, estoyent eslognés de l'esprit d'icelles:& estoyêt d'autant moins enseignables qu'ils s'estimoyêt bien sages : de sorte qu'en cest endroit aussi eust lieu ce que nous voyons aduenir aux peintres & chantres, qui enseignêt à meilleur marché qui celuy toutalement ignore l'art, que non pas vn qui auroit ia esté mal instruict d'vn autre maistre à raison qu'apres vn ignorât le trauail y est simple : en vn mal instruict comme le trauail de le desaprendre va premier que de l'apprendre, aussi est-il plus penible. Or retenoyent-ils ces abominables pensées en leurs cœurs par vne prudence humaine, craignans le peuple vers lequel ils se faisoyent valoir. Mais Iesus qui a mieux aymé testifier de sa diuinité par effets que non pas la publier de bouche : pour monstrer aux Scribes, qu'il n'y a rien de si chaché és cœurs des hommes pour rusés qu'ils puissent estre, que son esprit (qui sonde & voit toutes choses) ne sçache, se reuira vers eux, & ne plus ne moins que s'il eussent eu pronuncé ce qu'ils pensoyent à par-eux, leur dit : Pourquoy pensés vous & ruminés telles calomnies en voz cœurs? Pourquoy faittes vous plustost iugement de moy de l'infirmité de corps, que par mes propres faicts? Ains que ne recueillés vous plustost des choses que vous voyés de voz yeux,& lesquelles vous ne pouués nyer,celles estre vrayes lesquelles on ne peut voir des yeux.Ce propos (tes pechés te sont pardonnés) vous offense : & le pensés de nul effect, pource que vous ne voyés point l'efficace qui se desploye au cœur. Et vous, encore que vous ayés les yeux du corps sains & entiers, vous aués ceux de l'entendement corrompus. Que sera-ce si ie prononce vn autre tel propos, duquel l'efficace se monstre deuant voz yeux? n'est-ce pas raison, que de ce que vous voyés, vous croyés aussi ce que vous ne voyés? Rien n'est entre les hommes plus aisé,que de dire: & tresmal-aisé d'executer ce qu'on a dit. Mais enuers Dieu il est autant aisé d'executer que de dire. Si le Seigneur n'a iusques icy donné ceste puissance à homme, ce neantmoins la faculté de le donner a qui il voudra,ne luy est pas ostée. Ioinct qu'il promit iadis par les prophetes qu'il enuoyeroit son Messias, qui osteroit les maladies du peuple d'Israel, & effaceroit leurs pechés. Parquoy ne vous amusés-ia à regarder ne ce mié tel quel corps semblable aux vostres, ne ceste robbe qui n'est parée d'aucunes franges ou bords peints, ne ceste voix toute telle en resonnance que celle des autres hommes. Faittes iugement selon l'effect. Il est autant aisé à l'homme de dire à vn detenu en pechés : Tes pechés te sont pardonnés, que de dire à vn paralytique enserré de maladie : Leue toy, pren ton lict & chemine. Vous oyés vne voix,& la calomniés : oyés-en maintenant vne autre,laquelle vous ne pourrés calomnier quand vous verrés deuant voz yeux l'effect accompaigner la parolle.Cela feray-ie,non pas pour me vanter de ma puissance,ains à fin que vous entêdiés que Dieu a baillé au fils de l'homme (lequel maintenant vous semble bas & foible) la puissance de pardonner les pechés par la parolle:laquelle puissance n'eurêt oncques voz Sacrificateurs.Et ceste authorité a-il non seulement en la Iudée, mais aussi par toute la terre : de sorte que tout ce qu'il pardonnera en terre, sera pardonné és cieux : tout ce qu'il n'aura deslié en terre, demeurera aussi lié au ciel. Vous n'aués nulle occasion de calomnier, ains aués de quoy vous en esgayer, si Dieu a augmenté sa benignité enuers vous. Si vous dittes que Dieu n'ait point ce pouuoir,vous admoindrissés sa maiesté:si vous dittes que ce n'est pas son vouloir,vous offensés sa bonté : si vous dittes que point il ne le met en effect, côme ainsi soit qu'il l'ait promis, vous le faittes menteur:si és choses qui concernent l'ame, vous ne le croyés point, comme ainsi soit qu'és choses que tout euidemment vous voyés des yeux corporels,vous n'y trouués que remordre, vous declarés vostre peruerse & obstinée malice. Quand Iesus eut cela dit, & iceux estoyent ententifs apres ce qu'il deuoit faire, il se vira vers le paralytique,& dit: Leue toy, te di-ie, porte ton lict, & t'en va en ta maison. Et à peine auoit-il prononçé la parolle que l'efficace s'en ensuyuoit toute manifeste & souueraine. Car non petit à petit & à peine se print l'impotent à se mouuoir, ains si tost que Iesus eut dit le mot, se leua alaigre, côme s'il n'eust onque senty aucune paralysie : & ayant chargé sont lict sur ses espaules sortit par le milieu de toute la grande foule de gens, monstrant à tous vn spectacle nouueau & non encore veu:en ce que celuy lequel vn peu deuant on portoit à quatre gisant en son lict comme on eust faict vn corps mort,maintenant tout gaillard & alaigre, & seul suffisoit pour porter vn si pesant faix. Place luy fut faitte au sortir, là où elle luy auoit esté deniée au venir.Aussi ces deux choses estoyent-elles ainsi expedientes,à fin que la presse l'empeschât d'entrer rendist manifeste à tous la grandeur de sa foy : & la place qui luy fut faitte de sortir

n 2　　par le

par le milieu de l'assemblée, mist deuāt les yeux de tous le spectacle du miracle. Les Scribes virent ces choses & non seulement ne s'en corrigerent point, mais aussi leur enuie s'en enflamma d'auantange. Mais tout le reste des assistans estonnés du miracle non accoustumé, en glorifierent Dieu : de ce qu'il auoit donné telle puissance à l'homme qu'à la simple parolle il pardonnast les pechés & guerist maladies incurables : confessans franchement qu'entre tous les faicts qu'on racontoit des Prophetes du temps passé, ou bien qu'eux auoyent veu faire par les saincts personnages de leur siecle, ils n'en auoyent point veu de tel. Or-ça comme ainsi soit qu'aux ouurages des entretailleurs ou paintres nous nous arrestions bien quelquefois, côtemplans par le menu toutes parties de l'artifice, & tousiours y apperceuans quelque chose de nouueau, de quoy nous ne nous estions au parauant apperceu : il me semble bien que ce ne sera pas à nous mal-faict, de nous arrester vn petit à ce tant singulier spectacle, pour en saincte curiosité le contempler & esplucher par le menu : attendu mesmement que tout tant que le Seigneur à faict sur terre, il l'a faict, à fin qu'en y philosophāt nous en prenions ce qui nous sert pour la saincteté de vie. Ce qui se fera auec plus grand fruict, si en premier lieu nous considerons ce qui s'est faict par dehors deuant les yeux corporels : puis par telle representation que c'est qui nous est signifié se deuoit faire és ames. Premierement donc considerons la vehemence & grandeur de la maladie que le Seigneur Iesus a guerie à la parolle. Il est certain que la paralysie est telle, que par vne humeur nuysant elle occupe les nerfs du corps (qui sont les instruments du mouuement) & les engourdit en sorte que qui est vexé de ce mal, ses membres luy seruent non pas pour l'vsage du corps, mais bien d'vn fascheux fardeau, si que ce semble bonnement d'vn mort viuant, ne respirant sinon à son desauantage. Ce mal ordinairement ou il emporte bien tost son homme, ou, si cela n'aduient, il le consomme plus cruellement d'vne mort tardiue. Et est la paralysie du nombre des maladies, desquelles comme d'vn mal incurable se deportent volontiers les medecins : ou bien s'ils s'essayent de la vaincre, apres auoir long temps luyté s'en retournent finalement les plus foibles vaincus : mesmement si le mal a occuppé non pas vn ou deux des membres du corps, mais tout le corps entierement. Or combien estoit incurable le mal de cest impotēt, le lict ou il gisoit (à tout lequel on le portoit à quatre ne plus ne moins que si c'eust esté vn corps mort) le monstre. Mesme ce mal oste souuentefois l'vsage de la langue, & rebouche la vigueur de l'entendement. Ce qu'ainsi semble estre aduenu à ce personnage, lequel iaçoit qu'il fust pressé d'vn si grand mal, ne demanda toutefois rien au Seigneur. Et qui est l'hōme si inhumain, qui par vn tel spectacle ne soit esmeu à compassion ? Qui est celuy qui ne iugeast l'homme plus heureux mort, que viuant en tel estat ? Or maintenāt ouure moy vn petit tes yeux spirituèls, & considere côbien plus miserable est la paralysie de l'ame, qui a toutes ses forces tellemēt saysies des soucys des choses caducques qu'elle est toute engordie à tous deuoirs de pieté, de sorte qu'elle n'ait ny mains pour suruenir à la disette des pouures : ny pieds pour s'approcher de Iesus : ny langue pour implorer l'ayde de son Sauueur : ains comme morte à iustice soit portée çà & là à l'appetit des conuoitises comme par des porteurs. Que fera la poure ame, qui estant toute percluse & eneruée de volupté, d'appetit d'honneur & d'argent, n'a de soy nulle puissance de se leuer des ords soucys à l'amour des choses celestes ? Elle estoit toute fichée au mal-heureux lict des conuoitises de la chair, esquelles elles se repose. Certainement il n'y a nulle puissance d'homme qui la puisse secourir : Iesus seul par sa tant puissante parolle peut chasser toute la vehemence de la maladie. A ce medecin donc faut-il aller, auquel toutes maladies sont curables : voire-mais il y faut aller auec vne souueraine fiance, laquelle peut tant enuers le Seigneur Iesus, quāmesme la foy d'autruy a serui à ce paralytique. Vray est qu'eux ne demandent rien par parolles, ce neantmoins en effect ils supplient affectueusement. Or est de tres-grande efficace enuers Christ vne foy suppliante : comme ainsi soit que nous voyons mesme selon les affections humaines vn grand soucy s'engendrer en noz cœurs, quand nous apperceuons quelqu'vn s'attendre de tout son cœur à nous, & y auoit mis sa certaine esperance. Quant à Dieu il ne requiert des pecheurs ny sacrifices, ny offrandes. Tant-seulement recognoy ta maladie & te confie au medecin : combien que cela mesme ne puisses-tu faire, n'est que Dieu, sans autre, t'en face la grace. Car quand par sa bonté il a deliberé de guerir la paralysie de l'ame, il luy enuoye vn merueilleux desplaisir de soy-mesme si bien & si beau qu'elle vient à se hayr, & à se fascher mesme d'estre en vie. Elle vient à considerer en quelles tenebres, en quelles vilenies elle a conuersé : & a horreur de soy-mesme, preste à totalement se desesperer, si celuy qui luy à versé du vin aigre de douleur, n'y aiou-

stoit

ſtoit de l'huyle de bonne eſperance. La iuſtice de Dieu trouble l'ame qui ſe ſent coulpable de quelque mal : elle menace de faire punition des pechés comme ils le meritent:
elle preſente la gehenne : mais la conſideration de la bonté de Dieu (lequel ne cherche
pas la mort du pecheur, mais bien qu'il ſe conuertiſſe & viue) retire de deſeſpoir. Le
Seigneur Ieſus, qui remet la nature en ſon entier, qui point n'abolit la loy de Moyſe,
mais l'accomplit la parfaict, s'eſt meſme accommodé au commun ſens du populaire.
Si vn breuuage ordonné par vn feal medecin, vient à grandement eſmouuoir tout le
corps, principalement en vne maladie mortelle, de tant plus qu'eſt grande l'eſmotion,
tant plus eſpere-on la ſanté. En cas pareil de tant plus qu'eſt prochain de deſeſpoir le
pecheur penitent, tant plus prochain eſt-il de ſalut enuers le medecin Ieſus. Or conſidere moy maintenant la vergongneuſe impudence. Car ſelon meſme le commun parler, inutile eſt la honte à l'homme preſſé de neceſſité : & vne honte chaſſe l'autre, tout
ne plus ne moins qu'vn cloux chaſſe l'autre. Or eſt-ce vne honte inutile que de celer
ſa maladie. La faſcherie de la maladie eſt l'eſperance qu'on a conceu d'obtenir ſanté
chaſſe telle honte: & ceſſe-on d'auoir honte de confeſſer ſa maladie, pource qu'on a hon
te d'eſtre malade. Qui eſt l'homme, qui en vne griefue maladie du corps, ſe ſouuienne
d'eſtre honteux ? Ne vient-on pas à deſcouurir les membres du corps, voire les plus ſecrets & les laiſſer manier au medecin? Or tout ainſi eſt affectionné celuy qui cõmence de
ſentir la vilaine maladie de l'ame. Qu'ainſi ſoit, qu'eſt-il de plus impudent que de mon
ter ſur le toit de la maiſon d'autruy, en oſter des tuiles, y faire vn pertuys, & deualler d'en
haut vn ord & abominable ſpectacle deuant les yeux de tous ? Qu'euſſe dit à cela vn
arrogant Phariſien? Certainement il ſe fuſt eſcrié: O la vilenie, & auec gros outrages euſt
repris l'impudence de ces gens qui cõtre le droit public auroyent percé le toit de la maiſon d'autruy & ſe ſeroyent fourrés dedans, & par vn ord ſpectacle auroyent entrerompu la ſaincte predication & quant & quant ſouillé les yeux des auditeurs. Il commanderoit d'oſter ceſte charongne de paralytique, & ſe laueroit tout d'eau. Mais en ces
gens (eſquels euſt prins deſplaiſir vn oſtentateur de iuſtice Moſaique) le ſeigneur Ieſus,
pource qu'ils mõſtroyent vne foy ſinguliere enuers luy, y print ſi grand plaiſir, que ſans
attendre leur requeſte, il donna ſanté au poure homme. Et tout en premier lieu il oſte
les maladies de l'ame qui ſont les pechés : puis il deliure le corps de paralyſie : car tout
ainſi que certains vices ayans prins leur naiſſance du corps penetrēt iuſqu'à l'ame, auſſi aduient-il bien ſouuēt qu'vne maladie yſſue de l'ame infecte le corps : comme quand
vne paillardiſe yſſue des humeurs de la chair ſouille l'ame, & de l'ame retourne pareillement au corps vn mal qui produit vne paralyſie ou bien vne epilepſie. Ou quand vne enuie prenant ſa force du vice de l'ame, vient auſſi à deſeicher le corps. Or peut guerir toutes les deux parties de l'homme celuy ſeul qui les a crées. Il faut auſsi conſiderer
cela, combien grande à eſté la largeſſe de Ieſus en pardonnant les pechés. Car quand
il dit : Tes pechés te ſont pardonnés : il les relaſche tous. Et ne s'y faict aucune mention
de merites paſſés, ny aucune exaction de ſacrifices ou ſatisfaction : tant ſeulement il
y eſt parlé de la foy. C'eſt aſſés d'eſtre venu aux pieds de Ieſus. Aſſés a ſacrifié, qui s'eſt
monſtré à luy en plaine fiance: il n'y a nul ſacrifice qui plus luy ſoit agreable. Ce paralyticque ſe deſplaiſoit du tout en ſoy-meſme, ſentant & ſa conſcience chargée, & ſon
corps oppreſſé d'vne piteuſe maladie. Toute ſon eſperance eſtoit en la puiſſante bonté de Ieſus : lequel le guerit toutalement, pource que toutalement il s'eſtoit abandonné
entre les mains du medecin Ieſus. Il ne regardoit pas combien la maladie eſtoit incurable : tant-ſeulement il conſideroit combien puiſſant & bon eſtoit le medecin auquel il
s'abandonnoit. Et quelle eſperance peuuent auoir ceux qui flattent leur maladie, refuyent les yeux du medecin, voire qui hayſſent & reiettent le medecin. Si tu as honte deuant vn homme medecin, ou bien ſi tu as quelque defiance que quand il aura cogneu
ta maladie, il ne la te reproche plus toſt, que non pas t'en gueriſſe : ne celle-ia ta maladie à Chriſt lequel ne deſcrie, ains guerit tous, voire les guerit gratuitement : à fin qu'il
t'en prenne ainſi comme il aduint au paralyticque. Et que luy aduint-il ? Il chargea
ſon lict ſur ſes eſpaules, c'eſt à dire que les choſes furent tellement renuerſées qu'il com
manda aux conuoitiſes auſquelles il ſeruoit au parauant : car cela eſt porter ſa croix,
cela eſt crucifier la chair auec les vices & conuoitiſes. Ia n'a-il plus que faire des quatre
porteurs. Il chemine ſur ſes propres pieds par tout où le pouſſe l'eſprit de Chriſt : & ne
va en autre lieu que là où il luy eſt commandé. Et qu'eſt-ce que cheminer, ſinon que par

n 3   accroiſt

accroiſſemens de vertus touſiours s’auancer en mieux ? Qu’eſt-ce que retourner en la maiſon d’où il eſtoit venu ? qu’eſt-ce ſinon recognoiſtre quel il en eſtoit ſorty : & par le benefice il y eſt retourné tout ſoudainement changé ? Car c’eſt à faire aux Phariſiens de ſe tenir és places, carrefours & aſſemblées. Celuy habite en ſa maiſon, lequel cognoit qu’il n’eſt rien : & qui tout tant qu’il a de vertus, il l’attribue entierement à la benignité gratuite de ſon Sauueur. Or te vay-ie enuoyer de ce ſpectable, apres que ie t’auray demonſtré les perſonnages de ce ieu. La foy rend le paralytique & ſes porteurs impudens, & ils impetrent ce qu’ils deſirent. Ieſus prenant plaiſir en leur foy, meſme ſans en eſtre prié leur double de ſon bon gré le benefice. Le populaire gens ſimples & idiots ne diſcernans rien en Ieſus, lequel il tenoyent pour homme, tant-ſeulement s’eſtonnent de ſa puiſſance diuine : Les ſeuls Scribes murmurent tacitement à part-eux. Quant à nous, fuyons l’exemple des Scribes : leſquels pour pourchaſſer leur gloire, s’efforcent d’obſcurcir celle de Chriſt. Soyons du ſimple poupulaire, en glorifiant Dieu, non ſeulement ſi quelque-fois par ſa clemence il nous oſte les maladies de l’ame, mais auſſi quand par la benignité d’iceluy-meſme nous voyons les autres ſe repentir de leur vices paſſés. Ce tant ſingulier miracle faict à Capharnaum, Ieſus pour proufiter à tant plus de gens, deplaça de-rechef, & s’en alla vers le lac. Il ne ſe retira pas du ſalut des hommes, ains en fuyãs les Scribes gens incurables, il prouocque par ſa deſpartie le deſir des gens craignans Dieu. Car vers le lac auſſi s’aſſembloyent à force gens, nous enſeignans que il faut tout abandonner & ſuyure Ieſus où que ſoit qu’il aille. Auſſi n’y a-il lieu où il ne ſoit Sauueur, ſoit qu’il demeure és villes, ſoit qu’il aille par villages & bourgades, ſoit qu’il ſe tienne és deſerts, ſoit qu’il monte ſur les montaignes, ſoit qu’il deſcende és plaines, ſoit qu’il aille aux lacs. Voyans donc Ieſus que tant de gens s’eſtoyent aſſemblés, ſçachant aſſés pourquoy ils y eſtoyent accourus, il les enſeignoit ſur le riuage. Et comme en cheminant par là il paſſoit par deuant vn banc de peage où ſont ordinairement aſſis ceux qui demandent le peage pour le paſſage du lac, il vit là vn nommé Matthieu, autrement dit Leui, le fils d’Alphée, aſſis au banc du peage : car auſſi eſtoit-il peagier. Tels gens comme ainſi que par tout ils ſoyent mal-voulus du peuple, ſi eſt-ce que les Iuifs les tenoyent pour abominables par deſſus toutes autres gens. Car ils achettent bien cherement du Prince vne telle office, & partant le plus ſouuent pour faire tant plus grand proufit, ils arrachent inhumainement peage de tous, & moleſtent outrageuſement les nautonniers & paſſans, leſquels le plus ſouuent n’ont que trop d’incommodité d’ailleurs. Or y en auoit-il pluſieurs entre les Iuifs, qui nioyent que les Iuifs, peuple conſacré à Dieu, deuſſent payer tribut à Ceſar, Prince prophane & idolatre. Qui faiſoit, que les publicains gens qui demenoyent l’affaire de Ceſar pour y gaigner à vſure, eſtoyent en grande deteſtation enuers les Iuifs. Or le Seigneur qui au parauant auoit reproché aux Scribes leur incredulité, de ce qu’ils murmuroyent du miracle (là où le ſimple peuple glorifioit Dieu) pour de rechef monſtrer qu’il n’y a gens plus eslongnés de la vraye religion, que ceux qui s’eſtimoyent religieux par deſſus tous, appella du peage ledit Matthieu, & luy dict : Suy-moy. Et luy tout ſubitement changê, abandonna le banc profiteux, & ſuyuit le poure Ieſus, pour s’enrichir des richeſſes Euangeliques. Nul ne s’eſtonnoit pas autrement de ce faict, lequel neantmoins eſtoit beaucoup plus miraculeux que non pas celuy dont il s’eſtoit eſmerueillé en la gueriſon du paralytique. Car conſidere-moy vn peu cela, de combien grande paralyſie eſt tourmenté celuy duquel l’ame eſt attachée à l’amour de l’argent : ioinct qu’on ſçait aſſés combien ſont embrouillés les contes des publicains. Et toutefois ceſtuy, ſoudainement deuenu tout autre, plus miraculeuſement ſaillit de ſon peage, laiſſa tout & ſuyuit Ieſus : que celuy paralytique n’eſtoit ſailly de ſon lict & retourné en ſa maiſon. Le Phariſien ouyt Ieſus deduyſant maints propos, & le voit faiſant maints miracles : & il ſe deffie & murmure. Vn publicain qui n’auoit rien ouy ou veu de tel, à la ſimple parolle obeit à Ieſus. Et voicy de-rechef occaſion pour tant plus faire apparoiſtre & l’iniquité des Phariſiens, & la benignité de Ieſus. Car Matthieu ia diſciple ferme de Ieſus, pour le priſer enuers tant plus de gens & amener ſes compaignons du ſien premier eſtat à faire proufit Euangelique, print la hardieſſe de prier le Seigneur que ſon plaiſir fuſt de venir prendre ſa refection chés luy. Ieſus accepte la ſemonce de Matthieu, puis que luy auſſi appellé par Ieſus s’eſtoit rendu obeiſſant. Et Matthieu s’eſtimant auoir impetré vn grand heur, appareille vn braue & magnificque bãcquet, qui peuſt ſuffire pour plu-

ſieurs

fieurs, affauoir pour les difciples dont le Seigneur auoit-ia faict quelque amas: item
pour plufieurs autres qui pour lors accompaignoyent Iefus, & qui comme ombres le
fuyuoyent au bancquet: finalement pour maints publicains & gens mal-viuans lefquels Matthieu pour l'accointance & familiarité paffée y auoit aufsi appellés, fans a-
uoir honte auec quels gens il auoit. autre-fois efté affoucié, luy qui ia eftoit entré en v-
ne autre compaignie: car il efperoit que tout ainfi qu'il auoit efté appellé du Seigneur
Iefus, femblablement aufsi plufieurs qui auoyent efté fes compaignons en proufit def-
honnefte & en vices, deuiendroyent fes condifciples en la philofophie Euangelique,
laquelle eslargit les richeffes celeftes. La clemence de Iefus laquelle il auoit apperceue
finguliere enuers tous, luy bailloit cefte efperance. Or eftoit-il conuenable que le bancquet fuft ample, lequel eftoit la figure de l'Efglife qui deuoit eftre amaffée des Payens. Efchars & eftroits font les bancquets des Iuifs, qui fuyuent la chair de la Loy: là
où l'efperit s'eftend tant & plus au large & reçoit toute forte de gens. Tous ayment liberté: tous ont befoing de clemence. Peu de gens ont la iuftice: laquelle n'ayans pas
les Pharifiens, toute-fois la s'attribuoyent. Eux donc voyans que Iefus bancquetoit
auec les publicains & mal-viuans (aufquels les Pharifiens comme gens faincts ne
daignoyent pas feulement parler) vont abborder fes difciples (gens encore lourds
& tels qu'il fembloit que aifément on pourroit les desbaucher de leur maiftre) & les
alleschent par baffes parolles enuenimmées, difans: Que veut dire, que voftre maiftre, lequel, ayans abbandonné Iean, vous fuyuês comme plus fainct, mange & boyt
auec les mal-viuans, attendu que communauté de table eft vne tref-certaine mar-
que de familiarité? N'a-il pas leu ce qui eft efcript: Auec gens faincts tu feras fainct, &   2.Roy 22
auec les peruers, peruers? Ne penfe-il point que par telle conuerfation il renforcift les
mal-viuans, lefquels, fi on les euitoit, fe pourroyent peut eftre, amender? Les difciples
gens encore groffiers n'ayans de quoy refpondre promptement à cela, eux qui d'vne
fimple fiance feulement dependoyent de leur Seigneur & maiftre: Iefus qui n'ignoroit
ny les propos fecrets, ny les penfées cachées des Pharifiens, refpondit pour fes difciples: Pourquoy murmurés vous, Pharifiens, de ce que ie bancquette plus toft auecques
ceux que vous tenés pour prophanes & abominables, que non pas auec les Sacrificateurs, Scribes, & Pharifiens? Certes on prife les medecins, qui eftans fains, vont vifiter les malades, quand on les y appelle, & ie fuis blafmé de ce que ie vifite ceux qui recognoiffent la maladie de leur ame, & defirent le medecin? Ceux qui font en bon point
ne debattent pas auec le medecin, en luy difant: Pourquoy vifites-tu tels & tels, & tu ne
nous vifite point? Et aufsi certes ceux qui font en bon point n'ont pas faute de medecin: mais la medicine doit eftre au commandement de ceux qui fe portent mal. Ceux
qui fentent leur maladie, s'efiouyffent de la prefence du medecin. Or doncques aués
vous veu en la guerifon du paralytique, que la puiffance d'ofter les pechés m'eft baillée. Vous qui vous reputés faincts, en vous attribuant iuftice, vous ne aués nul droit
de murmurer contre le medecin, s'il ne va chés vous. Pour cela fuis-ié venu au monde, à fin d'ofter les pechés du monde. Quiconque recognoit fa maladie, & defire le fecours du medecin, ie ne luy defaudray point. Et au refte qui penfe eftre fans peché, fi
fon oppinion eft vraye, il n'a que faire de noftre ayde: s'il eft mené de fauffe perfuafion, ou bien fi fe fentant coulpable, & neantmoins il diffimule fa maladie, ce feroit
temps perdu au medecin, de l'aller vifiter à caufe qu'il fe rend incurable. Car qui pourroit guerir vn homme mal-gré foy? Partant on faict tort au medecin de le reprendre,
quand il faict ce que l'art requiert: mais c'eft à ceux qui font en bon point d'vne notable inhumanité de plaindre aux malades la prefence du medecin. Et ce que ie fay ne
doit pas fembler nouueau, au moins à vous qui faittes meftier d'enfeigner la Loy.
Car vous lifés en cefte maniere: I'ayme mieux mifericorde que Sacrifice. Ces propos   Ofée 6
a prononcé Dieu par le Prophete, fignifiant que la iuftice charnelle de la Loy (qui
confifte en abftinence des vices manifeftes, & en obferuation de ceremonies) viendroit
à eftre abolie. Qui ne tue point, qui ne paillarde point, qui ne defrobbe point, qui fe
repofe aux Sabbaths, qui ieufne certains iours, qui fe laue, qui Sacrifie, eft iufte deuant les hommes. Mais dieu requiert bien vne autre iuftice, laquelle gift en beneficence gratuite enuers le prochain, en pardonnance & douceur. Et combien font loing de
cefte louange, ceux qui non feulement ne fecourent point leur prochain, mais aufsi
font enuieux & murmurent fi quelqu'vn faict du bien aux indigens & aux necefsi-

teux.Or vous à promis Dieu vn Meſsias, non pas qui en ſacrifices, franges, ieuſnes, &
longues prieres ſurpaſſeroit les Phariſiens (qui par telles choſes ſe font valoir enuers
le peuple) mais qui en bien-faiſant à tous, ſeroit lumiere aux errans, ſecoureur aux
oppreſſés, conſolateur aux affligés, medecin aux cœurs froiſſés, item que ceux qui ſembloyent eſtre fort eslongnés de Dieu, les conioindroit à Dieu : & ceux qui en ſembloyent eſtre bien prochains, les declareroit eſtre fort eslongnés de la vraye pieté. Par ce
propos le Seigneur Ieſus ferma la bouche aux Phariſiens & quant & quant enſeigna les
diſciples, comment ils ſe deuoyent porter enuers les pecheurs. Nous ſommes de beaucoup redeuables à la malice des Phariſiens, laquelle à tous propos prouocque le Seigneur à expliquer la doctrine Euangelique. Voicy de-rechef venir aborder Ieſus, quelques diſciples de Iean aſſouciés aux calomniateurs Phariſiens. Car ces diſciples auoyent auſſi eſté ſayſis de quelque enuie humaine, de ce que Ieſus ſembloit obſcurcir la renommée de Iean, là où la vie & inſtruction de Iehan ſembloit eſtre plus aſpre, que non
pas celle de Ieſus : ioinct que Iehan l'auoit auſſi ſurpaſſé en nombre de diſciples. Eux
doncques s'en vont à Ieſus & luy propoſent vne queſtion calomniatoire, diſans : Que
veut dire que les diſciples de Iean & des Phariſiens ieuſnent ſouuent : & tes diſciples
ne ieuſnent point ? A ceſte demande, le Seigneur Ieſus, pource qu'ils s'attachoyent à
luy & non à ſes diſciples, reſpondit plus doucement qu'il n'auoit faict vn peu deuant,
en maintenant ſes diſciples : nous enſeignant ce pendant que la charité Euangelique
(laquelle és maux qui nommément s'addreſſent à elle, eſt douce) eſt plus ſeuere à repouſſer les maux d'autruy. Et de faict, l'Eueſque Euangelique és iniures ſaittes à ſa
propre perſonne, doit eſtre patient & debonnaire, au reſte ſecourir en toute diligence le troupeau, quand il eſt en dangier. Si leur dit Ieſus : Vous autres qui ſongneuſement
oyés Iean Baptiſte, deués bien vous ſouuenir, qu'iceluy me publia eſtre l'eſpoux, & luy
amy de l'eſpoux. Or eſt-il conuenable que là où l'eſpoux aſſiſte, toute triſteſſe en ſoit
abſentée. Moyſe eſt le ſeruiteur, & non pas l'eſpoux. Les ieuſnes luy eſtoyent conuenables, leſquels apportent triſteſſe, & obſcurciſſent l'alaigreſſe. Ceux ont cauſe de ieuſner, qui demeurent à la Synagogue chambriere, & non eſpouſe : car tels ne hantent
point en la chambre de l'eſpoux. Au reſte, les enfans qui hantent en la chambre nuptia-
le, tandis qu'ils ont l'eſpoux preſent, ne peuuent ieuſner, dautant que la grandeur de
la ioye leur faict oublier toute melancolie. Qui par crainte de ſupplice faict ſon office,
il ne peut eſtre de-hait. Mais les enfans qui ſont abbreués d'vn franc eſprit, bien cognoiſſans qu'ils ſont aymés de l'eſpoux & qu'il a le ſoing d'eux, n'ont point la conſcience tourmentée, de peur qu'ils ayent de pecher és choſes qui pour vn temps ſont
ordonnées pour ceux qui ſont de nature ſeruile : aſſauoir en lauemens, en vacation,
en choix de viandes, en habillements, en ſolennités, en Sacrifices. Car ils ſe confient
en la puiſſance & bonté de l'eſpoux, qui ſans toutes ces choſes peut donner vne iuſtice parfaitte. La fiance ſpirituelle oſte le ſoucy charnel, la charité en addouciſſant le tout,
baille vne allaigreſſe. L'eſpoux a ſa viande de laquelle ne ſe peuuent abſtenir ſes compaignons. La viande de l'ame eſt la parolle celeſte : la viande de l'ame eſt la chair de l'eſpoux propre : le breuuage de l'ame eſt le ſang d'iceluy-meſme. De telle viande touſiours
deſirent de ſe ſaouler ceux qui me ſont conioncts de pres : de ce breuuage touſiours demandent de s'enyurer ceux qui hantent en la chambre nuptialle de l'eſpoux. Au reſte,
comme la viande du corps ne donne pas la iuſtice, auſſi ne la donne pas le ieuſne corporel : voire ſouuentefois il aduient qu'vn qui mange ſoit plus ſainct que celuy qui ieuſne. Triſtes ſon les ieuſnes qu'ordonne la Loy, & par conſequent deſplaiſans à Dieu, qui
aymé vn donneur alaigre. Or ne peut eſtre alaigre celuy qui craint & tremble. Au reſte celuy qui ſe cognoiſſant eſtre libre en telles choſes, & par amour ieuſne de ſon propre
mouuement, vn tel ieuſne ioyeuſement & alaigrement, nõ pas pource qu'ainſi il ſoit ordonné, mais pource que la charité le requiert ainſi. Quand mes diſciples ſeront paruenus à ceſte fermeté (à laquelle ie les façonne maintenant) la charité obtiendra d'eux dauantage, que n'arrache pas maintenant de vous l'ordonnance de la Loy ou de Iean.
Mais ils ne ſont pas encore paruenus à telle vigueur : ils ſont encore douillets. Car la
preſence de ce corps les empeſche. Mais le iour viendra, que la preſence corporelle de
l'eſpoux leur ſera oſtée : alors eſtans deuenus plus robuſtes : abbreués de l'eſprit celeſte, non ſeulement ils ieuſnerõt, & ce de leur plein gré, mais auſſi feront volontairement,
& alaigrement choſes plus difficiles & magnanimes. Ceſte doctrine, pource que elle eſt

ſpiri-

ſpirituelle, ne peuuent comprendre ceux qui ſont enuieillis és conſtitutions Phariſaiques. Et c'eſt pourquoy i'ay choyſi pour moy des iouuenceaux ſimples & groſsiers, d'autant que ie perdroye temps de communiquer vne doctrine ſpirituelle & celeſte à des eſprits ſi fort plongés en la ſuperſtition de choſes charnelles. Aux vieux les vieilles choſes, & les nouuelles aux nouueaux. Que ſi vous venés à les meſler, non ſeulement vous
perdés voſtre peine, mais auſsi ceux que vous taſchés de changer en mieux, vous les rendés pires : comme ainſi ſoit qu'il vaille mieux les laiſſer perſeuerer en leur vieille ſuperſtition, que non pas en taſchant à les amener à la liberté de l'eſprit, leur oſter la crainte de pecher, & les inuiter à vne licence de pecher. Car ne plus ne moins qu'vn qui enſeigne vn
autre abbreué de ceſte fauſſe perſuaſion qu'il entend bien l'art, aſcheue beaucoup plus,
que qui en enſeigne vn qui toutalement ignore l'art: ainſi eſt-il treſ-difficile d'inſtruire en
la iuſtice Euangelique ceux qui pour des charnelles obſeruations ſe font accroire qu'ils
ont obtenu la perfection de iuſtice. Et voila pourquoy ie trouue les peſcheurs, publicains,
pecheurs, putains, & payens plus capables de la philoſophie ſpirituelle, que non pas les
Scribes, Phariſiés & Sacrificateurs, qui colloquent la parfaitte pieté és ceremonies humaines. Iean comme moyenneur entre la vieille Loy & la nouuelle, s'eſt eſſayé de meſler ces
deux ſortes de doctrine. Car il n'a pas oſé communiquer ceſte viue philoſophie à des eſperits foibles. Or eſt foible tout ce qui eſt humain & charnel. Ce qui eſt diuin, ſpirituel & celeſte, il eſt vif & robuſte. Pour ceſte cauſe, touchant mes diſciples, leſquels i'ay expreſſement
choyſi groſsiers pour les façonner à ceſte virile & robuſte Philoſophie, ie ne leur commande rien de tel : Mange de telle viandes, abſtien-toy de telles: ne beſongne point auiourdhuy, trauaille demain, veſt-toy de telle façon, ne touche point cela, ne manie point cela :
& ce de peur que touſiours ils ne demeurent foibles ſi par mon enſeignement ils auoyent
vne fois apprins de ſe fier en telles choſes corporelles. Le meſlange des choſes diſſemblables eſt inutile. Auſsi n'y a-il nul ſi inſenſé que s'il a enuie de r'adoubber vn vieil habillement il y couſe vn morceau de drap tout nœuf. Pourquoy cela? pource certainement qu'il
voit bien qu'en ce faiſant, il perdroit premierement le drap nœuf, & quant & quant feroit plus grande la rompure de la vieille robbe. Car eſtant offenſé de la notable diſſem-
blance du drap couſu & de la robbe mal radoubbée, il oſte iuſtement ce qu'il y auoit
couſu, & par ainſi la rompure de la vieille robbe eſt plus grande & meſſeante que deuant.
Et nul n'eſt ſi fol que de mettre du vin nouueau en vieilles peaux. Pourquoy cela? & pourquoy ſinon qu'il voit qu'il y auroit double perte? Car le vin nouueau à raiſon de la vehemence des eſprits s'ebouillonne & romp les peaux foibles de vieilleſſe, & par ainſi periſſent tout enſemble, & les peaux & le vin. Que faict-il donc, pour donner ordre & au vin
& aux peaux? Le vin nouueau, il le met en nouuelles peaux. En cas pareil ceux qui ſont
accouſtumés à la baſsiere des obſeruations Phariſaiques ne peuuent porter le mouſt de
la doctrine ſpirituelle & celeſte, ains l'ont en horreur & la reiettent, & recouurent apres le
gouſt du mauuais vin auquel ils ſont accouſtumés. Que ce propos de Ieſus ne ſoit point
faux les Phariſiens meſmes l'ont ſouuenteſfois monſtré par leurs faits. Car comme vn
iour il aduint que les diſciples paſſoyent par les bleds, & ce au iour de Sabbath (iour auquel les Iuifs faiſoyent conſcience de faire aucune œuure) eux allans deuant, & Ieſus les
ſuyuant. Et les diſciples preſſés de la faim ſi prindrent à arracher des eſpics, & les froyer
entre les mains & en manger les grains. Oys maintenant les vieilles peaux offenſées du
nouueau vin de la liberté Euangelique, & recouurantes apres la baſsiere du Sabbatiſme. Car les Phariſiens qui comme gens fort iuſtes accompaignoyent Ieſus, voyans ce que
faiſoyent les diſciples, calomnient le Seigneur en ſes diſciples. Car comme la preud'hommie des diſciples redonde à la louange du maiſtre, ainſi les meſfaits on les impute ordinairement aux enſeigneurs. Donc ces Phariſiens aduertiſſent le Seigneur & luy mõſtrent
les diſciples comme cõmettans quelque gros crime en ce qu'ils violoyent le Sabbath : ce
qui faiſoyent à fin ou qu'il les reprimaſt & approuuaſt la ſuperſtition Phariſaique ou bien
s'il ne le faiſoit ils euſſent de quoy le pouuoir accuſer. Et le Seigneur maintint ſi bien ſes diſciples, que les entendans en la loy Moſaique il les refuta par la Loy propre, les enſeignant
(tant débonnaire eſtoit-il) eux qui meritoyent reprehenſion. Qui vous faict ſi hardy (dit-
il) d'accuſer mes diſciples, de ce que preſſés de la faim, ils cueillent quelques eſpics qui rencontrent en leur chemin, pour ſouſtenir leur vie? attendu que la Loy meſme, de laquel-   1.Ro 21
le vous vous dittes docteurs, raconte que Dauid tombé en telle neceſsité, commit vn cas,
en quoy l'obſeruation de la Loy ſemble auoir eſté beau coup plus violée? Car luy eſtant
aſſamé

affamé recourut à la maison de Dieu, & ne fit point de difficulté, luy hômme prophane,
de demander à Abiathar (qui pour lors estoit grand Sacrificateur) qu'il luy baillast les
pains singulierement sacrés, qu'on appelle pains de proposition, lesquels il n'est loisible
de manger sinon aux Sacrificateurs, & ce durant le peu de temps qui se tiennent au templé
pour faire le diuin seruice: Pas n'ignoroit Abiathar quelle estoit l'ordonnance de la Loy:
& si ne fit point difficulté de bailler à Dauid & à ses compagnons les pains sacrés qui doy
uent estre mãgés en lieu sacré. Si vous ne sçaués que cela soit escript, ou si vous ne vous en
souuenés, de quelle hardiesse vous vantés vous de la cognoissance de la Loy: Si vous le
sçaués & vous en souuenés dont vient qu'en cas semblable vous excusés Abiathar & Da
uid, voire mesme les approuués: & mes disciples vous les acculés comme coulpables
d'enorme lascheté: Si la rigueur de la Loy, alors que la Loy estoit en son plus grand re
gne, cela lors à la necesité du prochain: combien maintenant est-il plus raisonnable
que les ceremonies de la Loy cedent, toutes les fois que la charité aduertist qu'il faut sou
lager le prochain: Voire la Loy à faict ce commandement qu'vn chascun doit aymer son
prochain, tout autant que soy-mesme. Comme ainsi soit que ce commandement soit le
principal & le plus grand de toute la Loy: dont vient que d'vn renuersé iugement, pour
des choses de petite importance & temporelles, vous violés ce qui est & principal & perpe
tuel: Le têps fut autrefois, auquel il n'y auoit nulle solennité de Sabbath. Et viendra le têps
qu'aux vrayemês saincts, tout iour sera esgalement sainct. Mais il n'y eut iamais, ny ne sera,
auquel ce n'ait esté, ou doyue estre sainctement faict, que de suruenir à la necesité du pro
chain. La Loy defend le meurtre: or est meurtrier celuy qui quand il peut secourir son frere,
ne le faict point. Ceste Loy est perpetuelle. La mesme Loy commande de se reposer au Sab
bath. Mais n'est ce pas bien vne renuersee religion, si quelqu'vn craignãt de violer la solen
nité, le repos du Sabbath, laisse perir son frere, là où si vn asne tomboit en vne fosse il l'en re
tireroit bien en plein Sabbath, sans en estre retenu par la solênité du septiesme iour: Quãd
par telles claires raisons Iesus eut monstré combien ils estoyent d'vne religion peruerse, il
adiousta vne sentence generale, disant: Le Sabbath est establi pour les hommes, & non pas
les hommes creés pour le Sabbath. Or est venu le fils de l'homme, nõ pas pour perdre les
hommes: ains pour les sauuer. Par ainsi il a puissance d'abolir mesme le Sabbath, toutes
les fois que le salut des hommes le requiert. Ce que i'ay dict du Sabbath, se doit aussi en
tendre de toutes telles constitutions. Elles ont esté ordonnées pour vn temps, à celle fin
que le peuple rebelle s'accoustumast de peu à peu à obeir aux commandemens de Dieu, à
fin que par figures corporelles ils fussent menés comme par la main à l'intelligence des
choses spirituelles. Sainctement viole le Sabbath celuy qui vuide du bruit des mauuaises
conuoitises, viole le Sabbath par estude d'ayder au prochain. C'est vne chose saincte que le
ieusne: toutefois il deuiêt prophane, si ce qui est ordonné pour le salut de l'homme se chan
ge en dommage & du corps & de l'ame. C'est vne chose saincte que le vœu: voire-mais il
perd sa sainctelé toutes les fois que par scrupule de le garder, on est destourné des choses
qui attouchent de plus pres la vraye pieté. Sainctement faict celuy qui presente vne offran
de à l'autel: mais l'offrande est prophane, laquelle on offre sans estre reconcilié auec le pro
chain. En cas pareil on a droit de ne tenir conte de la couleur ou façon de l'habillement,
toutes les fois qu'il est profitable pour l'homme: car l'homme n'a pas esté pour l'habille
ment: mais bien a l'habillement esté trouué pour l'homme. Semblablemêt la viande s'ap
pareille pour l'homme: & l'homme n'a pas esté créé pour la viande. Parainsi il est loisible
de manger de toute sorte de viandes, toutefois & quantes que le requiert la necesité de
l'homme. Et à la verité toutes ces choses corporelles (esquelles vous colloqués la perfaitte
iustice) assauoir le temple, sacrifices, viandes, habillemens, iours de festes, ieusnes, vœux,
offrandes, &c. se obseruent irreligieusement, si pour cela le salut du prochain en est blessé.
Au contraire on les discerne tres-religieusement si pour l'amour qu'on porte au prochain,
les choses corporelles obmises, on garde interieurement au cœur ce qui est figuré par les
ombres des choses corporelles. De telle constitution fut Moyse administrateur, & non pas
autheur: seruiteur & non pas maistre. Ceux qui sont attachés à Moyse, gardent d'vn esprit
seruil ces choses corporelles en grande superstition. Mais ceux qui sont adioints au fils de
l'homme, qui est maistre de toute la Loy & enseigne telles choses deuoir estre obseruées se
lon l'esprit, lesquelles estoyent figurées par tels pourtraits corporels, ils sont affranchis de
telles ceremonies des Iuifs.

CHAP.

CHAPITRE   III.

ET voila cõment au champ par le chemin le Seigneur Iesus par tels propos rem
barra la calõnie des Pharifiens, & quant & quant maintint l'innocêce dé ses di
sciples. Mais à fin que plainement nous sceussions que rien n'est plus calom
nieux qu'vne fausse persuasion de religion:quand Iesus fut entré en la synago
gue,pour selon que de coustume,y enseigner le peuple,vne occasion se presenta de-rechef
au Seigneur de bien-faire,aux Pharifiens de calomnier. Car il y auoit là vn hõme en la cõ
pagnie,lequel estoit à tous vn spectacle miserable:car il auoit vne main seiche & impotête,
portant quant & soy vn membre mort & inutile : d'autant plus miserable & pitoyable que
au trauail de ses mains il souloit entretenir tant soy que sa famille poure & diseteuse. Mais
ô la malice des Pharifiens,bien y voyant pour calõnier les bien-faits de Iesus,aueugle à cõ
prêdre la doctrine celeste.Par les choses qu'ils voyoyêt dès yeux corporels, ils voyoyêt l'hu
maine nature:par les choses qui se faisoyent ils ne voyoyent pas la vertu diuine, ils voyent
vn hõme miserable en piteux estat, & cognoissans la misericorde de Iesus, ils vous võt sou
dain penser à ce qui s'en deuroit ensuyure.Et dés lors vous dressent vne calõmnie non pas
contre les disciples cõme ils auoyent auant faict de l'arrachemêt des espics,mais bien con
tre le maistre mesme qui auoit soustenu ses disciples.Ils se mettêt donc à espier,Iesus enclin
de nature à secourir les souffreteux,pour voir s'il oseroit biẽ mesme en pleine Synagogue,
guerir cest homme le iour du Sabbath:à fin que s'il le faisoit ils l'accusassent d'auoir rõpu
le Sabbath,puis qu'ils auroyêt la multitude pour tesmoing du faict.Or ne faisoit ce poure
homme nulle requeste : mais à l'hõme miserable seruoit assés de priere, de se presenter dé
uant le misericordieux Iesus.Et le Seigneur pour rêdre toute l'assemblée ententiue au mira
cle qu'il vouloit faire, fit venir l'hõme qui auoit la main impotente,luy disant:Leue-toy, &
te tiens au milieu de l'assemblée.Et luy de se leuer,ayant conceu quelque bonne esperance.
Alors Iesus se vira vers les Pharifiẽs desquels il cognoissoit les pêsees,& leur dit:Que vous
en semble ꝰ vous qui faittes profession de la cognoissance de la Loy:Par quelles choses se
viole le sabbath:Est-ce en biẽ-faisant,ou en mal-faisant:en sauuãt la vie à l'hõme,ou bien
en le destruisant:Or n'ignoroyêt-ils pas où c'est que tendant celle demande à deux enten
tes.S'ils eussent respondu que mieux il valloit pour la solennité du Sabbath laisser perir le
prochain,que non pas en mesprisant la superstition oster l'hõme de peril : le peuple n'eust
pas enduré la response absurde & abhorrête du cõmun sens de nature. S'ils eussent respon
du qu'il estoit loysible,ils se fussent osté le droit de le pouuoir calõnier . Et partant furêt-ils
d'aduis de ne dire mot.Et ce nonobstãt ils mõstrent ce pêdant leur cauteleuse malice deuãt
le simple peuple en ce qu'estans par la demãde prouocqués à repêtance & amêdement, ils
persistoyent obstinémêt en leur intention de calõnier.Outre-plus à fin que la response fut
plus aisée,Iesus leur fit vne demande par similitude, assauoir-mon si entre-eux il y auoit
hõme si scrupuleux obseruateur du Sabbath,que si vne brebis tõboit en vne fosse au Sab
bath il la laissast perir, sans l'en oser retirer:Or n'y auoit-il personne en celle cõpagnie,qui
n'entendit bien cõbien on doit auoir en bien plus grande recõmendation le salut de l'hõ
me,que non pas de la brebis:Or quiconque laisse perir ce qu'il pouuoit sauuer, il le tue.Le
Seigneur donc voyant que pour toute respõce les Pharifiens non pas par ignorance de la
verité ains d'vne obstinée malice se taisoyent tous comme gens bêdés par ensemble:il les
regarda à l'êtour,monstrant mesme à son visaige, auec cõbien grãd courroux & marisson
il portoit leur incurable malice,lesquels là où ils se disoyêt guides des aueugles ils auoyent
eux mesmes le cœur aueuglé des cõuoitises terriênes,tellemêt que de leur plein gré poit ils
ne voyoyêt la tresclaire lumiere de verité.Or n'y a-il poit d'aueuglemêt plus incurable que
quãd quelcun est aueugle de son plein sceu & vouloir. Ils voyoyêt bien qu'il estoit loysible
sans violer le sabbath de retirer de la fosse vne beste brutte pour la garder de perir: & ils ne
vouloyêt poit voir qu'il estoit loysible de pouruoir à l'hõme aux sabbaths. Or le tresdoux
Seigneur, pour noꝰ mõstre que pour l'obstinée peruersité des mauuais on ne doit pas lais
ser de secourir le ꝑchain, se reuira(sans se soucier des Pharifiẽs)vers le poure hõme, &,cõme
le peuple baailloit apres l'esuenement de la chose,luy dit:Estêd ta main. A peine eust-il pro
nõcé le mot,que l'hõme estêdit sa main,tout soudainemêt chãgée & autãt à deliure à execu
ter toutes ses actions qu'estoit l'autre main qui onques n'auoit esté impotête.Et ꝗ est celuy
qui par telles raisons n'eust esté retiré d'abus ꝰ Qui est celuy ꝗ par vn tãt euidêt miracle ne
eust esté esmeu à glorifier Dieu:Et toutefois les Pharifiẽs, isectés du leuain d'enuie,par tou
te ces choses sõt poussés à des entreprinses encore plus abominables.Et vela les beaux iuge
mês des Pharifiẽs tousiours faits à la rêuerse. Ils font plus grand cõte d'vne beste que non
                                                                                    pas

pas de l’homme, de l’habillement que du corps, de la viande que de la vie du corps que de l’ame, des choses humaines que des diuines, de la chair que de l’esprit, des hommes que non pas de Dieu. De sorte qu’il n’y a rien plus pestilencieux qu’vne peruerse religion. En, uers les hommes, quand vn homme a la main impotente, c’est vne puissance miraculeu, se que la luy rendre en son entier à la simple parolle : mais beaucoup plus est vertueuse la puissance, & quand le benefice de restaurer les forces à l’ame quand elles sont impotentes & comme mortes. Combien pourement à la main impotente, combien morte, combien destituée de tout sens de misericorde, celuy qui voyt son prochain en necessité, ne luy baille pas seulement l’ausmone, le voyant en abus ne l’enseigne pas : le voyant oppressé ne le soulage pas : le voyant oysif ne l’esueille pas. Tels estoyêt les Pharisiês, qui ayment mieux porter enuie au Seigneur, que par son moyen recouurer santé. La synagogue a de tels im, potents. Mais l’Esglise de Christ ne reçoit ny sourds, ny muets, ny aueugles, ny foibles, ny boyteux. Quiconque est detenu és maux, qu’il se presente à Iesus & il sera gueri. Il nous in, spirera de son esprit, & ce qui estoit debile ce r’enforcera. Ceux qui d’vne simple fiance s’a, bandonnent au Seigneur, ils s’en retornêt sains en la maison. Ceux qui se confient en leur iustice, ils deuiennent pires par les bien-faicts d’autruy, Ceux qui sont enflés d’vn esprit Pharisaïque, ne veulent nul bien à nully sinon à eux-mesmes. Ceux qui sont abreuués de l’esprit de Iesus, ne taschent à autre chose qu’à bien faire à tous. Qu’ainsi soit, les Pharisiens iaçoit qu’en presence du peuple ils n’osassent ouurir la bouche, si trestost qu’ils furent entrés en la synagogue ayans mesme pris auec eux les gens d’Herode à fin que plus ferme en fust la conspiration (car il n’y a gens qui mieux entendent telles demenées que les Pha, risiens)se prindrent à deliberer entre eux par conseils clandestins, comment ils pourroyent deffaire Iesus, entant que comme ils le voyoyent beaucoup plus puissant par ses vertueux faicts, aussi s’apperceuoyêt-ils bien que par parolles on ne pourroit le rembarer. Il y auoit discord entre les Pharisiês & les Herodiês : mais pour destruire l’autheur de salut ils s’accor, doyent. O accord abominable : ô aueuglement digne d’estre deploré. Et qu’auanceront les trainées de la finesse humaine à l’encontre de celuy qui voit tout. Or le Seigneur pour nous enseigner par son exemple que quelquefois on doit pour vn temps ceder à l’incura, ble oppiniastreté des mauuais, de peur qu’estans prouoqués ils n’en deuiennent pires, se retira de là, & s’en alla de-rechef vers le lac. La retraitte de Iesus n’est pas le dommage, ains l’accroissement de l’Euangile. Car si les Pharisiens ne l’eussent chassés il ne fust pas venu vers la multitude des Gentils. Apres donc que Iesus eut abandonné l’enuieuse & estroitte synagogue, & se fut retiré vers le lac, à force gens s’assemblerêt à luy de toutes parts, nõ seu, lemêt de Galilée, mais aussi de Iudée, & mesme de Ierusalem : Item d’Idumée & des côtrées de dela le Iordain, & aussi des lieux circonuoisins de Tyr, & de Sydon. Et c’est vne auant monstre de l’Esglise qui doit estre amassée d’entre les Gentils, puis que la synagogue reiet, toit par son incredulité l’Euangile de Dieu. De tous ces lieux estoit accourue vne grande compaignie de gens, qui estans esmeus de la renommée qui estoit espandue au large tou, chant la doctrine admirable, & les puissans faicts de Iesus, s’estoyent amassés vers le lac. Et le Seigneur bening & riche enuers tous ne reiettoit personne ny de sa doctrine, ny du be, nefice de santé. Or l’ardeur de la multitude estoit si grande pour le grand desir de santé, qu’ils se poussoyent l’vn l’autre, & se iettoyent par force sur Iesus, pour à tout le moins le toucher, puis que mesme par le seul attouchement de sa robbe les maladies estoyent chas, sées. Et n’y auoit nulle difference ny de personne ny de maladies enuers le medecin autant puissant que bening. Quiconque estoit detenu de quelconque maladie, en estoit tout à coup deliuré, pourueu qu’il peut aborder Iesus. Et cela mesme voyõs nous se faire auiour, dhuy selon l’esprit. Combien de gês de toutes les nations du mõde, & detenus de quelques vices, s’en vont à recours à Iesus & sont gueris par l’attouchement de foy. Outreplus mes, me les ords esprits voyans Iesus, ne pouuoyent porter sa tant prompte & souueraine puis, sance, ains se prosternoyent deuant luy, & s’escriõyent disant : Tu es le fils de Dieu. Et Iesus ne prenant pas plaisir d’estre publié par abominables prophanes esprits, leur commanda qu’ils eussent à se taire, & à ne le deceler point deuant le temps. Il s’est voulu donner à co, gnoistre au monde par gens de basse estoffe & petit credit, ausquels il a dit : Qui vous oyt, m’oyt. Mais des esprits malings il ne veut point qu’on leur adiouste foy, non pas mesme lors qu’ils disent la verité. Et ne se demenoit pas cest affaire fortuitement, ains le conseil de Dieu moderoit le tout par certains degrés & accroissemens pour nostre salut. Iesus donc voyant que la presse le fouloit enchargea à ses disciples qu’ils luy apprestassent vne nasselle, pour estre guaranti contre la multitude lourde & tempestueuse qui auoit plus soif de la

santé

santé du corps, que non pas de l'ame, & qui plustost presse Iesus que non pas le touche.
Ceux qui confessans leur maladie vont à luy auec vne foy entiere, ils le touchent & sont
gueris: mais ceux qui estans encore detenus és mondaines conuoitises tempestueusement
se ruent sur luy, luy sont ennuyeux. Pour ceste cause les disciples qui auoyent accoustumé
de familiairemēt hanter auec le Seigneur, luy apprestent vne nacelle d'vne assemblée plus
pure. Or prend Iesus plus de plaisir en peu de purs & paisibles, qu'en vne multitude impe
tueuse. Et toutefois il se retire en sorte, que ce neantmoins estant en la nacelle il enseigne
la multitude. Quand tu vois Iesus enseignant en vne nacelle, pense que c'est vn Euesque
qui presche à vne assemblée de gens de toute sorte, en laquelle soyent gens nouices, demo/
niacles, tant Payens que Iuifs. Bien-heureux sont ceux qui spirituellement touchēt Christ.
Or ne le touchent sinon ceux qui premier sont touchés de luy. Et tous ceux qu'il attouche
guerissent de tous vices. Car de tumultueux estans ia rendus paisibles ils seront receus en
la nacelle de l'Esglise, pour ouurir perpetuelle iouyssance de la compaignie de Iesus, &
tousiours estre assis à sa table. La nacelle en laquelle est Iesus, est estroitte aux impurs, &
tres-ample aux nets. Le Seigneur auoit reietté le tesmoignage des diables, il auoit eschap/
pé la presse impure & impertueuse: & toutefois cela demonstroit que le royaume de Dieu
estoit venu, dans lequel s'efforçoyent d'entrer dignes & indignes. Au moyen dequoy il se
prepare quelques capitaines pour s'en fournir à cōquester le royaume des cieux: itē pour
satisfaire à tant de nations qui bien tost viendroyent à s'assembler de toutes les parties du
monde pour ouyr la philosophie Euangelique. Et c'est la coustume des Mornarques de ce
monde de se choisir certains lieutenans, par leurs moyēs desquels ils puissent & establir, &
amplifier & gouuerner & maintenir leur empire. Or faut-il que tels soyent d'vne feauté
singuliere, magnanimes & industrieux & sur tout cognoissans la volōté royale. Iesus donc
(qui souuentefois s'estoit abbaissé vers la multitude de toutes gens, pour en allescher à soy
plusieurs enseignāt par effect que les docteurs Euangeliques doyuent faire le mesme) inui/
tant-ià les gens à la sublimité de la perfection Euangelique, monta en vne mōtaigne: puis
appella à soy non pas les premiers rencontrés en la compaignie, ains ceux qu'il voulut, &
lesquels il auoit deputés à ceste cōmission. Or appella-il non pas des riches, non des gros
messieurs, non des Sacrificateurs, Pharisiens, ou Scribes, ains des poures gens, ignobles,
& idiots. Car à la verité tels estoyent propres pour suyure Iesus & monter sur la montai/
gne, d'où on regarde tout tant que ce monde a d'admirable: d'où on oyt comme de pres la
voix du Pere celeste, & d'où on contemple la gloire d'immortalité. Ceux qui sont appellés
obeissant, & vont vers Iesus en la montaigne. Et aussi nul ne peut monter celle montaigne,
n'est que Iesus l'y appelle. Car luy-mesme est la montaigne: & ne vient personne vers luy,
n'est qu'il soit attiré de luy. Ce Iesus le roy des regnās & Seigneur des Seigneurians, destria
douze lieutenans, lesquels comme feale sauuegarde iamais ne departitoyent d'aupres de
son costé: à fin que quand l'affaire Euangelique le requerroit il les peust enuoyer comme
ambassadeurs familliers pour publier ce qu'ils auroyent apprins de leur Roy, & pour pro/
mulguer les edits de leur Prince par tout le monde vniuersel. Or pource qu'ils estoyent
gens sans renom, pescheurs, idiots, trupelus, ne monstrās en eux rien de royal, & toutefois
promettoyent le royaume de Dieu: de peur qu'on ne tinst conte de leur authorité, il leur
donna vne puissance telle que nuls Monarques de ce monde ne peuuent la bailler à leurs
ambassadeurs: assauoir de guerir au nom de Iesus toute sorte de maladies, item de chasser
tous esprits impurs. Le premier de ces douze estoit Simon lequel il auoit surnommé Ce/
phas, c'est à dire Pierre, à fin que par ce mot mesme nous cogneussions que le chef de la
philosophie Euangelique est vne immuable constance de foy. Le second estoit Iacob fils
de Zebedée & Iean son frere: ausquels il auoit mis hom Boanerges, mot Syrien qui vaut
autant que fils de tonnerre: pronostiquant clairemēt la signification du vocable, que de
la montaigne Euangelique ils enuoyroyent vn iour parmy tout le mōde vniuersel vn ton/
nerre de predication Euangelique, lequel esmouueroit les cœurs de tous, & les esleueroit
à l'estude des choses celestes. Et de faict, tout comme le tonnerre tonne d'en haut, tout ainsi
ne resonne rien de terrestre ne charnel le prescheur Euangelique, ains toutes choses cele
stes. Faittes penitence, le regne des cieux est pres: c'est vn tōnerre. Car à ceste voix la crainte
de la foudre saisit vn chascun: mais la douce pluye vient apres: Croyés à l'Euāgile, & vous
serés sauués. Le quatriesme estoit André frere de Pierre. Le cinquiesme, Philippe. Le sixies/
me, Bartholomée, le septiesme, Matthieu, le huytiesme, Thomas, surnommé Didyme. Le
neufuiesme, Iaques fils d'Alphée. Le dixiesme, Thadée. L'onziesme. Simon Cananite. Le
douziesme, Iudas Iscariot, lequel trahit le Seigneur. Le bon plaisir du Seigneur fût de re/

o   nouueller

nouueller tout le monde par ce peu de gens de nul credit, idiots & foibles : de peur qu'en
l'affaire celeste, la sagesse ou bien la puissance mondaine ne s'attribuast quelque partie de
la louange. Ces choses acheuées en la montaigne, pour nous enseigner qu'en l'election
des dispensateurs de la parolle Euangelique nous ne deuons pas appeller en conseil les
affections terrestres & particulieres:Iesus descend de la mõtaigne auec ses principaux d'eslite,& s'en vindrêt tous ensemble en la maison,estans-ia familiers & domestiques de Dieu.
Ce patron nous a esté exprimé,à fin que les docteurs ne se greuent pas de s'abaisser de leur
sublimité à la petitesse des foibles, pour en gaigner tant plus à leur Seigneur. Nous aussi
suyuons Iesus en la maison auec intention de cognoistre que c'est qu'on doit attendre, & à
quoy doyuent preparer leur cœur ceux qui entreprennent la charge de purement publier
l'Euangile celeste. La multitude ne monta pas en la montaigne. Car c'estoit à faire à ceux
lesquels le Seigneur auoit choisis à cela. Mais quand ils furent descendu en bas,la multitude de toutes gens s'assembla de-rechef, insistans auec si grande importunité pour ouyr Iesus & estre deliurés des maladies que les Apostres n'eurent pas seulement le loysir de prendre leur refection. Il n'y a aucun autre spectacle qui puist estre plus agreable aux docteurs
Euangeliques, que quand le peuple d'enuie qu'il a d'apprendre, donne fascherie aux ministres, quand à forces nouices bouchent la porte de l'Esglise, quand les temples ne sont
pas asses grans pour l'assembleé de toute sorte de gens, durant que preschent les Euesᵜ
ques. Quand les parens de Iesus (lesquels cognoissoyent la foiblesse de la chair,là où ils ne
pouuoyent rien souspeçonner de sa puissance diuine) lourds qu'ils estoyent) entendirent
toutes ces choses qui se faisoyent, assauoir que Iesus accompaigné d'vne suyte de basse
estoffe & ignoble vaguoit part monts & vaux, traynoit apres soy des assemblées de gens,
enseignoit vne doctrine nouuelle & non ouye, guerissoit les maladies, chassoit les diables:
ils attribuerent cela à forcenerie, par ce que s'arrestans à l'imbecillité de son corps, ils ne
pouuoyent l'attribuer à sa puissance diuine. Ils cognoissoyent son pere & sa mere : ils cognoissoyent sa maison & toute la famille : ils voyoyent qu'és autres choses il ne differoit en
rien aux autres,& si cognoissoyent bien que ce qu'on en rapportoit surpassoit les forces humaines. Au moyen dequoy par ce qu'ils estoyent ses parens ils pensoyêt que selon les loix
humaines c'estoit leur deuoir de le tenir lié comme vn insensé & saysi de quelque esprit.
Car ils disoyent : Il est hors du sens. Et à la verité, ceux qui ne tenant conte des choses terriennes,& mesme de leur vie embrassent de tout leur cœur la philosophie celeste, ils sont tenus pour insensés de ceux à qui rien n'est sauoureux,n'est qu'il soit terrien & caducque. Celuy qui despend son patrimoine pour l'vsage des poures, il est insensé à celuy qui a collo-
qué & appuyé sa vie és richesses. Qui pour l'amour de l'Euangile se plonge volontairemêt
soy-mesme en bannissement,poureté,prisons,tourmens & mort sous esperance de la beatitude eternelle, il est insensé à celuy qui ne croit pas qu'apres ceste vie il y en ait vne plus
heureuse pour ceux qui craignent Dieu. Qui mesprise les honneurs des Princes & du peuple,pour obtenir louange enuers Dieu,il est hors du sens à ceux qui vrayement sont insensés eux-mesmes en brigant par largesse & menées, à tort & à trauers des royaumes & dignités qui soudain leur seront ostées. Et toutefois le Seigneur endura de ses parens ce tant
abominable iugement, à fin que ses disciples ne s'offensent en rien s'il leur aduient d'en
ouyr autant des leurs. Mais l'impieté des Pharisiens qui auoyent veu eux-mesmes la gran
deur des miracles,estoit bien plus manifeste. Car quand aux parens de Iesus ils pechoyent
plustost par vne lourdesse populaire que non pas par impieté. Mais des Pharisiens qui
estoyent venus de Ierusalem, lesquels pour la cognoissance des Prophetes deuoyent cognoistre par tels faicts que ia estoit present ce qu'elles auoyent promis : & qui pour l'excellence de religion de laquelle ils se vantoyent deuoyent reuerer la puissance diuine,laquelle
tous sentoyent en eux salutaire, ils agaçoyent Iesus par propos blasphematoires, disans:
Bien est vray que les choses qu'ils faict surpassent les forces humaines, ce neantmoins il
ne les faict pas par la puissance de Dieu, ains il a quelque puissant & excellent diable, en
la vertu duquel il faict tels miracles. Car il a l'esprit de Beelzebul qui est le prince de tous
les diables,par l'ayde duquel il chasse les diables de moindre puissance. Ce tant impudent
& eshonté blaspheme par ce qu'il ne touchoit pas tant Iesus (lequel ils n'estimoyent rien
fors qu'homme) que Dieu mesme, à la gloire duquel eux portans enuie les miracles qui se
faisoyent en sa puissance d'iceluy, ils l'attribuoyent à l'ord esprit, Iesus le refute viuement,
en y employant aussi des paraboles,à fin de rendre la chose toute euidête aux sens de tous.
Cõme ainsi soit,dit-il, que tout le royaume des diables soit contraire au royaume de Dieu,
comment se peut-il faire, que Satan chasse Satan ? N'est que d'auenture les diables ayent
vne

vne guerre ciuile entre eux-mesmes, & comme si en guerroyant sous vn mesme Prince ils se chaſſoyent l'vn l'autre hors des fortereſſes. Que ſi entre les hommes vn royaume quand il eſt diuiſe par factions inteſtines ne peut pas durer, pour ce que comme concorde eſt vne treſ-bonne gardienne de royaume, ainſi n'y a-il rien tant ſoit ferme & fortifié que diſcorde ne deſmolice, comment pourra tenir bon le royaume de Beelzcbub ſi le diable chaſſe le diable ? Et qu'eſt-ce que ie parle de royaume ? Tant s'en faut qu'il ait rien de ſtable, là où regne ſeditiõ, que meſme vne maiſon priuée ne peut long temps durer, ſi ceux qui y demeu rent ſont entre eux diſcordans par haynes mutuelles. Si donc par l'ayde de Beelzcbub ie chaſſe les diables, comme fauſſement vous me le mettés à ſus, c'eſt vn ſigne tout certain que ſon royaume ira bien toſt en ruyne. Et le royaume des diables vne fois demoly, que re ſte-il, ſinon que le royaume de Dieu s'eſtabliſſe ? Ou bien, ſi en là puiſſance de Dieu (ce qui eſt treſ-vray) ie chaſſe les diables, aduerſaires de Dieu & ennemys du genre humain, certai nement il eſt tout euident que ia eſt venu le royaume de Dieu, à la puiſſance duquel ſont contraints de ceder les diables. Car ils ne cedent pas de leur plain gré, ny par paches. Il n'y peut auoir nulle alliance entre Dieu & les diables. Il y a vne guerre irreconcilliable: com me quand entre deux puiſſants hõmes d'eslite, & qui mortellement s'entrehayent & deſaccor dent, il ſuruient vne guerre, l'vn ne ſe laiſſe pas prendre à l'autre n'eſt que par force & par armes il ſoit vaincu. Car qui eſt le puiſſant & magnanime capitaine qui s'il a ſa maiſon fort bien munie, il y laiſſe entrer le ſien ennemy, n'eſt que premier ſon aduerſaire efforce la maiſõ, le vaincque & le lie ? Cela faict, il pillera la maiſon & emportera le butin. Que ſi vous voyés les diables eſtre chaſſés crians & hurlans, ſi vous en voyés maints qui laiſſans leurs pechés par leſquels ils ſeruoyent au diable, ſe retirer en la franchiſe d'innocence, la gloire de Dieu le vaincqueur, pourquoy la trãsferés vous à Beelzebub le vaincu ? Eſt-il poſſible que Beelzebub ennemy de l'humin lignage ſoit maintenant changé & procure le ſalut des hommes ? N'eſt-ce pas là vn manifeſte blaſpheme contre Dieu ? Tenés cela pour tout cer= tain, que tous autres blaſphemes peuuent bien impetrer pardon enuers Dieu, pourautant qu'en iceux ou l'ignorance ou la foibleſſe de la nature humaine laiſſe place au pardon. Mais qui aura blaſphemé contre le ſainct Eſprit, il n'en obtiendra iamais pardon. Or blaſ pheme contre le ſainct Eſprit celuy qui obſtiné d'enuie, les œuures qui voit ne pouu oir eſtre faittes ſinon par l'eſprit de Dieu, il les attribue à l'eſprit de Beelzebub. Abus & igno rance eſt digne de pardon: vne obſtinée malice contre la bonté de Dieu inuitant à ſalut, comment impetra-elle pardon ? Le blaſpheme qui ſe cõmet contre le fils de l'homme, ſera excuſé pour la foibleſſe du corps. Mais de la puiſſance de Dieu, laquelle en œuures mani feſtes reluyt au ſalut des hommes, l'attribuer à Beelzebub ennemy de Dieu, c'eſt vne eſpece de blaſpheme irremiſſible. Ces prepos leur tint Ieſus maintenant la gloire de ſon Pere, ſans ce pendant tenir conte de la ſienne. Or donnoit-il à entendre, que le peché de ceux qui auõyent mauuaiſe opinion de luy comme ſes parens, qui diſoyent qu'il eſtoit hors du ſens & le vouloyent lier, eſtoit plus excuſable, que non pas celuy des Phariſiens qui les œuures leſquelles ils n'euſſent ſeu nullement du monde calomnier qu'elles ne fuſſent dignes de Dieu, eux comme d'vne malice incurable les attribuoyent à l'eſprit de Beelzebub. Ils ne co gnoiſſẽt pas encore en Chriſt la diuine nature: & auſſi ne vouloit pas Chriſt que cela ſe pu bliaſt encore ouuertemẽt: mais il eſt tout certain que par des gens qui n'eſtoyent rien fors qu'hommes Dieu à ſouuentefois faict des miracles, voulant par iceux eſtre glorifié enuers les hommes. Si quelqu'vn non par abus ains par malice les attribue à l'eſprit de Beelze= bub, la peruerſité d'vn tel eſt du tout incurable. Parquoy ils pouuoyent eſtre excuſables s'il euſſent dit Chriſt n'eſtre rien autre choſe fors qu'hõme, n'eſtre point roy, ny le Meſſias. Mais en calomniant les œuures d'iceluy il blaſphemoyent Dieu meſme, & ſon eſprit com me ainſi ſoit que l'eſprit de Dieu puiſſe ouurer par toutes perſonnes quelconques. Mainte nant apres luy auoir veu faire tant de merueilleux miracles, voyãs le peuple glorifier Dieu, voyans tant de gens gueris, tant de demoniacles deliurés, tant de gens ſe conuertir de leur meſchante vie à l'eſtude de la pieté Euangelique, & ce par le moyen de Ieſus Chriſt, ce ne antmoins ils diſoyent obſtinément. Il a le diable & non pas l'eſprit de Dieu. Ayant le Sei gneur Ieſus par tels & maints autres propos maintenu la gloire de ſon Pere celeſte à l'en contre de la calomnie blaſphematoire des Phariſiens: & reproché aux Iuifs leur obſtinée & inuincible incredulité (comme ainſi ſoit que nuls pechés ne ſoyent pardonnés que par la ſeule foy) il luy ſuruient vne occaſion pour auſsi exempter la gloire Euangelique des affe ctions humaines auſquelles és autres choſes donner beaucoup c'eſt loüangé. Car la mere de Ieſus & ſes couſins vindrẽt, leſquels par ce qu'ils ne pouuoyẽt entrer à cauſe de la grãde presse se tindrent dehors: & la voix baillée comme de main en main paruint à ceux qui estoyent assis aupres de Iesus, lesquels luy dirent que sa mere & ses freres estoyent là qui demandoyent de parler à luy. Or il y en auoit entre ses parens voire les plus prochains aucuns qui auoyent Iesus en bien petite reputation, les autres le tenoyent mesme pour insensé: & toutefois il leur estoit bien aduis qu'a raison du parentage ils auoyēt ceste authorité qu'ils pouuoyent voire à toutes heures le faire venir parler à eux. Mais le Seigneur pour nous monstrer que l'affaire Euangelique qui par l'esprit du Pere se demenoit au salut des hōmes & à la gloire de Dieu, ne deuoit estre destourbé par aucunes humaines affections, respondit comme tout courroucé: Qui est ma mere? & qui sont mes freres & parens? En cest affaire, ie n'y recognoy pas de parentage charnel. L'Euangile a son parentage spirituel, lequel estreint les cœurs de liens beaucoup estroit, que le charnel ne cōioinct les corps. Et ayant ietté ses yeux sur les disciples qui estoyent assis à l'entour de l'enseigneur, il adiousta: Voicy icy mes freres & ma mere. Et comme l'Euangile ameine vne nouuelle natiuité. Ainsi ameine-elle vn nouueau parentage. Car quiconque croira à l'Euangile, & en cela obeira à la volonté de mon Pere celeste, vn tel encore qu'il soit tres-eslongné nō seulemēt de mon parentage domestique, mais aussi de toute ma nation, il est mon frere, & ma sœur & ma mere. Car ce parentage ne depend pas des degrés du sang de consanguinité, mais de l'esprit. Ie ne recognoy personne pour parent, n'est que par foy il renaysse du Pere celeste, & que comme vray fils naturel il obeisse au Pere celeste qui inuite aux choses eternelles. Selon qu'vn chascun s'acquittera le plus parfaittemēt de cela, ainsi autant le tiendray-ie pour mon plus prochain parent.

C H A P I T R E   IIII.

Il laissa Iesus celle maison qui estoit la figure de la synagogue (en laquelle il estoit outragé de propos blasphematoires par les Pharisiens, & destourbé par l'importunité de ses parens) & s'en alla de-rechef vers le lac comme desirant l'amplitude des Gentils. Les Iuifs le chassent à tout propos: à tout propos il signifie auant coup l'Euāgile deuoir estre transporté aux Gentils. Qu'ainsi soit, quand Iesus se tient en la maison c'est à dire, en Iudée peu luy sont adherans lesquels il appelle ses freres, sœurs, & meres: aucuns murmurent, maints l'outragent, plusieurs luy dressent embusches, & ses prochains parens luy entrerompent son presche. Pas n'ayme Iesus telles maisons: il ayme vne assemblée nō pas de gens se complaisans en eux-mesmes comme faisoyent les Pharisiens: non mesdisans tels qu'estoyent ses parens qui eslourdis d'vne charnelle sagesse interpretoyent la sagesse celeste vne forsenerie: non entrerompans l'estude celeste par affections humaines comme faisoit sa mere & ses parens. Il ayme vne compaignie conuoiteuse de la parolle Euangelique, & qui ait toute sa fiance en luy. Quand donc le Seigneur Iesus fut venu vers le lac, & y enseignoit comme auparauant, tant de gens s'amasserent à luy de-rechef, que pour l'importunité de la foule qui le pressoit, il fut cōtrainct de monter en vne nacelle, & comme s'il eust esté assis en vne chaire il enseignoit la compaignie aiancée sur le riuage comme en vn amphiteatre sur des eschafaux. Apprend, ô docteur Euāgelique, que veut dire ce patron de cest exemple, fuy en sorte la tourbe du commun populaire, que tu n'en cesses pas pourtant, de faire ton deuoir d'endoctriner. Quand il y a du danger que les brouillis des affaires ne t'accablent de sorte que plus tu ne puisses enseigner, retire toy en la nacelle Euangelique, laquelle ne sçait que c'est que des desmenées terriènes: de là tu enseigneras à recoy la multitude foible & ignorante. Ne t'eslongne pas beaucoup du riuage, ains t'en tien pres, t'accommodant tant que faire se peut à la capacité du peuple: car il ne te peut pas encore suyure. On doit du commencement accommoder la doctrine à l'ignorance des esprits, iusques qu'ils soyent aduancés. Et quels gens enseignoit Iesus de dedans la nacelle, sinon le lourd & commun populaire? Il leur proposoit des paraboles, c'est à dire, des similitudes prinses de choses tres-notoires à tous. Aussi est ceste maniere d'enseigner tres-simple & fort propre pour les ignorans. Bien est vray que de prime face elle semble puerile & ridicule aux sçauans de ce monde: mais ceste maniere d'enseigner à pleu à l'eternelle sagesse. Les Philosophes par syllogismes tissus de grand artifice offuscoyent leurs auditeurs. Les Orateurs par vne admirable planté de babil forçoyent les cœurs des hommes. Les Pharisiens amassoyent quelques articles obscurs & fort eslongnés de la capacité du peuple. Mais le Seigneur Iesus c'est choysi ceste maniere de doctrine, maniere tres-simple & eslongnée de toute ostentation: à fin que toute la gloire du renouuellement du monde par l'Euangile fust attribuée à la

puissan-

En sa doctrine.

puissance diuine. Il les incita donc par maintes paraboles, de receuoir en simplicité de
foy & pureté de cœur la parolle Euangelique, de laquelle vient le commencement de no‐
stre salut. Et pource qu'il failloit que la chose fust fichée au cœur de tous, auant que d'en
commencer il leur commande d'estre attentifs, disant : Escoutés si quelqu'vn a oreilles
pour ouyr. C'est vne fable, & non pas vne parabole, n'est qu'on escoute attentiuement. Et
n'a pas chascun des oreilles pour ouyr les paraboles Euangeliques, paraboles subtile‐
ment simples, sagement sottes, & obscurement claires. Car sous vne contemptible &
ridicule couuerture elles tiennent cachée vne sagesse celeste. Et n'estoit pas assés à Iesus
qu'ils dressassent leurs oreilles, il voulut aussi qu'ils fussent spectateurs des choses qui
se diroyent. Or bien‐heureux ceux qui à la parolle de Iesus ont & les oreilles nettes, & les *Voila vn*
yeux simples. Voila, dit‐il, vn semeur s'en est allé en son champ pour semer vne sienne *qui est sor‐*
semence d'eslite : & aduint que comme estant conuoiteux de grand reuenu il espandoit *ty.*
sa semence par tout, vne partie tomba aupres du chemin publique qui estoit tout ioi‐
gnant le champ. Or celle semence raison de la dureté du chemin : demeura sur la terre, les
oyseaux de l'air y auolerent qui la cueillirent & mangerēt. L'autre semblablement tomba
en lieu pierreux dans lequel il y auoit des pierres cachées accouuertes d'vn bien peu de
terre : au moyen dequoy la semence sortit en herbe deuant la saison, estant attirée par la
chaleur du ciel. Et incontinent que le Soleil fut en sa grande chaleur, la semence qui estoit
leuée deuant son temps fut attainte de hale, & comme ainsi fust qu'à cause de l'empesche‐
ment des pierres elle eusse faute de racines, qui d'vne terre profonde la fournissent d'hu‐
meur à l'encontre de l'ardeur du Soleil, elle secha, premier que de leuer en espic. L'autre
pareillement cheut en terre, à vray dire, fertile, mais couuerte de buissons & espines. Et
comme les espines en croissant en hauteur & largeur se fussent espessies, aduient que l'her‐
be tendre qui estoit leuée fut auant que sortir à l'air, suffocquée non pas par defaut d'hu‐
meur, ains d'air. Parainsi le semeur n'en retira non plus aucun fruict. Ce neantmoins son
trauail ne fut pas toutalement inutile. Car il y eut vne semence qui cheut en bonne terre.
Dont s'esleua vne herbe, laquelle creut & parcreut iusqu'à maturité. Et n'y eut aucun
grain qui ne rendist son fruict, combien que la monte en fut inesgale. Car aucuns espics
pour vn grain en rendirent trente, les autres soixante, & aucuns cent. Ayant le Seigneur
tenu ces propos, à fin que ce qu'il auoit dit ne se mist en oubly, ains vn chascun ruminast
à par soy que vouloit dire celle parabole, il dit consequemment : Qui a oreille pour ouyr,
oye ; voulant par cela signifier qu'il y en auoit qui point n'auoyent ouy ce qu'ils auoyent
ouy. Voire comme ainsi fust que mesme les douze que le Seigneur Iesus s'estoit choysi, en‐
core grossiers qu'ils estoyent, n'entendissent pas bien le sens de celle similitude, ils n'ose‐
rent pas interroguer Iesus deuant les gens : mais l'ayans trouué à part s'hasarderent de le
supplier que ce fust de son bon plaisir de leur deschiffrer le secret de la parabole. Alors Iesus
nous aduertissant qu'on ne doit pas dire tout à tous, ains que selon la raison des temps &
la capacité des auditeurs se doit dispenser la doctrine Euangelique, il dit à ses disciples :
Les Princes de ce monde ne communiquent leurs secrets qu'à bien peu de gens & iceux
d'eslite & esprouués, ausquels ils puissent seurement communiquer leurs entreprinses :
mais au populas, s'ils ont quelque secret ils le luy cedent. Or à vous que i'ay choysis d'en‐
tre le populaire, il vous est faict la grace de cognoistre le secret du regne des cieux : à vous,
di‐ie, qui estes mes familiers domestiques. Mais au populas & gens qui sont forclos de
la familiarité royale le tout se faict par paraboles soit que ie leur tienne quelque propos,
soit que ie face quelque chose. Car & leurs oreilles & leurs yeux sont incapables, Ce qu'ils
oyent ils ne le croyent point : ce qu'ils voyent ils le calomnient : Parainsi ce que le Prophe‐ *Esaie 6*
te a predit deuoir aduenir : s'accomplit en eux, c'est que combien que fort bien ils y voy‐
ent, neantmoins ils n'y voyent point : & combien que fort bien ils oyent, neantmoins
ils n'oyent pas, pource qu'ils n'entendent point. Or celuy n'entend point, qui ne croit
point. Et ne se pardonnent les pechés, sinon à ceux qui croyent que par l'Euangile les pe‐
chés sont gratuitement pardonnés. Parainsi leur incredulité est en cause que point ils ne
se conuertissent à Dieu, pource qu'eux mesmes se destournent de Dieu : & ne sont point
deliurés des pechés par ce qu'ils reiettent le remede qui guerit les pechés. Par ce propos
Iesus taxa ceux lesquels il auoit naguaire signifiés, par la terre sterile pour diuerses cau‐
ses. Or à fin de rendre ses disciples plus enseignables il les tense de leur lourdesse, disant :
Ne comprenés vous pas encore que veut dire celle parabole, veu qu'elle est aisée à com‐
prendre ? Et comment entendriés vous toutes autres paraboles, comme ainsi soit que ie

o 3

ne die

ne die ou fasse rien, qui n'ayt vne signification de quelque chose plus cachée? Ie vous
deschiffreray ceste-cy, à fin que vous aussi vous accoustumiés à sonder de par vous le
secret du sens plus caché. Le champ est le monde, lequel en a plusieurs incapables de la
doctrine Euangelique. Le semeur est le fils de l'homme qui est descendu du ciel en terre.
La semence est la parolle Euangelique, par laquelle s'annonce aux hommes la volonté
de Dieu. Or ceste est sa volonté, que tous se deffians de leurs forces se fient de tout leur
cœur aux promesses Euangeliques, c'est que par la foy tous pechés sont pardonnés à
tous, pourueu qu'apres auoir cogneu la verité ils se conuertissent à l'estude de la vraye
pieté. La semence donc que ie disoye estre cheutte auprès du chemin denote ceux qui legierement & comme en pensant ailleurs oyent la parolle Euangelique, ne plus ne moins
que s'ils oyoyent quelque fable humaine. Et n'y en a nuls qui oyent auec moins de fruict.
Car si tost qu'ils ont ouy, Satan auole qui leur met dautres pensées en l'entendement &
oste la semence deuant qu'elle soit fichée au cœur, si que mesme ils ne se souuiennent pas
que c'est qu'ils ont ouy. Quant à la semence cheutte en lieu pierreux elle signifie ceux qui
assés affectueusement reçoyuent la parolle Euägelique & la reçoyuent auec ioye, la sentans
veritable & salutaire : mais pource qu'ils ne la resserrent pas en leur cœur en la ruminant
profondement, entant que d'autres affections qui leur occupent le cœur, & ne veulent
ceder à la parolle de Dieu, les en empeschent, ils ne perseuerent pas en ce qu'ils auoyent
alaigrement commencé, & ne portent aucun fruict de pieté Euangelique, sinon vn fruict
de petite durée, pourtant qu'ils n'ont point de racine en eux. Qui faict, que durant la
prosperité ils croyent à l'Euangile & comme leués en herbe donnent de soy vne bonne
esperance : mais si trestost qu'aduersité ou tempeste esleuée à cause de la profession de l'E-
uangile, les assaut, ils s'esbranlent, se hurtent soudain & se debauchent de leur entreprinse.
Touchant la semence qui cheut en lieu espineux elle denote ceux qui oyent voire sogneusement la parolle Euangelique & s'en souuiennent, mais l'amour des trompeuses richesses, & les conuoitises des autres choses alleschantes sous fausse esperance de bien se viennent fourrer en leur cœur, & de iour en iour (comme il aduient) accroissent, & finalement
suffocquent la semence, si qu'elle ne peut sortir pour porter fruict. Finalement la semence qui cheut en bonne terre, denote ceux qui attentiuement oyent la parolle Euangelique, l'ayans ouye y croyent & l'auallent és plus profondes chambres de leur cœur, iusques qu'elle leüe pour porter fruict digne de l'Euangile : & se diuersement selon la varieté de la terre du terroir, & la temperature de l'air celeste : si que l'vn porte vn fruict mediocre, l'autre vn plus plantureux, & l'autre à grande planté, comme si vn grain en produisoit trente, l'autre soixante, & l'autre cent. Celuy qui produit vn fruict plantureux, à occasion de remercier Dieu, il n'a dequoy se complaire en soy-mesme. Qui emporte vn mediocre, n'a dequoy porter enuie au plus riche. Car Dieu qui n'est subiet ne redeuable à nully departy selon sa benignité à vn chascun ses graces, selon son bon plaisir. Tout-tant qui
prouient est deu à celuy qui premier a semé la semence & par qui accroit tout-tant qui
prouient. Or veux-ie que ceste semence vienne à occupper totalement le labourage de
tout le monde, quand le temps sera venu : & que ceste doctrine laquelle maintenant ie
vous departi en secret à ce peu de gens que vous estes, vous la diuulguiés & estendiés
tant & plus au large, à fin que vous-mesmes vous monstriés patron de bonne terre, si ce
que vous aurés receu, vous le communiqués à plusieurs au plus de gens que vous pourrés. Car il n'y a nul fruict plus agreable à Dieu que cestuy. Parquoy donnés vous de garde, que la semence qui est semée en voz cœurs ne peusse par vostre oubliance ou nonchaloir, ains la resserrés diligemment au cœur à fin qu'elle sorte en son temps & porte vn
tres-plantureux fruict. Et à fin que ceste admonition se fichast plus profondement au cœur
des Apostres, Iesus adiousta vne parabole : Ne pensés pas que ce que maintenant ie vous
communique en secret, ie veuille qu'il soit tenu caché pour touliours. Allume-on vne
lampe pour quand elle est allumée la cacher sous vn muid, ou sous le lict? ou plustost à fin
qu'estant mise sur vn chandelier elle esclaire tous ceux qui sont en la maison? La parolle Euangelique est vne semence, laquelle expressement ie seme en vous, à fin qu'elle rende fruict auec grande vsure. C'est vne lumiere, laquelle i'ay allumée en vous, à fin que par
vostre ministere elle chasse les tenebres de tout le monde. Bien est vray que pour le present nous celons maintes choses à la multitude, pource qu'elle n'en est pas encore capa-

ble, &

ble, & quand bien elle le feroit, le temps n'est pas encore venu : mais quand le temps sera venu, il n'y a rien entre nous de si caché, qu'alors il ne doyue estre descouuert : ne rien de si secret, qu'il ne doyue estre tout ouuertement publié à tous. Car il ne faudra pour aucunes choses se destourner de la publication de l'Euangile, ains toutes choses laissées en arriere, s'employer nuyct & iour à cela seul. Et mal-heur à celuy qui ayant receu vne bonne semence ne l'aura faict multiplier & accroistre : & qui aura caché la lumiere qui luy auroit esté baillée. Parquoy si aucun d'entre vous à oreilles pour ouyr, qu'il oye ceste parolle & l'ayant ouye s'en souuienne. De-rechef de peur que ce que Iesus auoit dit ne leur eschappast de la memoire, il adiousta : Auisés que vous ouyés, & mettés peine que vous ne l'ouyés en vain. Car ce ne sont pas fables que vous ouyés, ains vne doctrine celeste qui par vostre moyen doit estre espandue par tout le monde vniuersel. Ce que vous aués receu, baillés-le à la bonne foy, à fin que vous n'enseignés rien de diuers à ce que vous aués receu. C'est à vostre grand profit que vous ouyés ces choses, si ce que vous ouyés vous le retenés, & le communicqués songneusement aux autres : mais vous les ouyés à vostre grand dommage, ou si par crainte humaine, ou si par quelque autre cõmodité de ce monde estant alleschés vous cachés ce qu'aués receu. Ne soyés-ia chiches ou nonchalans dispensateurs de la doctrine, laquelle ie vous ay departy : espandés-la largement : car vostre benignité ne s'en diminuera point, ains augmentera ce que vous aués. Vn thresor d'argent s'espuise bien par benignité : ce thresor celeste tant plus vous en departirés largement, de tant plus il en accroistra. Et ne deuient pas plus indocte celuy qui communique la doctrine Euangelique à plusieurs, comme appourit celuy qui eslargit ses richesses aux disetteux : ains comme celuy qui en esclaire maints n'en a ia moins de lueur, ainsi celuy qui par la doctrine Euangelique ouure la voye à tous pour leur faire cognoistre la verité non seulement ne faict pas perte de la lumiere qu'il a, mais aussi acquiert d'autant plus abondante lumiere qu'il s'efforce de profiter à plusieurs. Ce que vous aués n'est pas vostre, ains est à celuy qui le vous à baillé en charge pour le dispenser. Si vous le dispensés aux autres en leur faisant large mesure, celuy qui vous a baillé le principal vous adioustera accroissemeut en large mesure. Le Seigneur prend plaisir qu'on face largesse de ses graces : si que contre la coustume des richesses humaines tant plus donne l'homme à grande largesse de tant plus s'enrichist-il. Car en ce faisant il obtient que celuy qui luy auoit beaucoup donné, luy adiouste à foison, d'autant qu'il voit que ce qu'il donne s'espand pour l'vtilité de plusieurs. Parquoy qui a, qu'il espande à grande largesse, à fin d'auoir à foison. Nul ne faict sagement de donner des richesses à celuy qui en a à planté : ains ceux-là exercent vne liberalité qui donnent aux disetteux. Icy se faict le contraire. Qui a, & a non seulement pour soy, ains departit aux autres ce qu'il a, à luy comme à vn bon & loyal despensier il sera adiousté à fin qu'il ait en abondance. Mais qui n'a (ores celuy n'a pas, lequel reserue chés soy vn thresor enfouy) non seulement il n'enrichira pas d'auantage, mais aussi cela mesme qu'il pense bien auoir pour soy seul, luy sera osté. Et ne faut-ia que vous deueniés non-chalans à dispenser les dons de foy encore que l'ingratitude des hommes ne responde à vostre diligence. Vostre salaire vous demeurera sauue enuers Dieu : qui d'autant plus qu'vn chascun aura trauaillé en la publication de l'Euangile, d'autant plus abondamment le recompensera-il au siecle à venir. Ioinct que ce-pendant vous ne serés pas toutalement frustrés de vostre salaire, en vous enrichissant de iour en iour des richesses Euangeliques. Le Seigneur adiousta encore vne autre parabole pour enseigner ses gens qu'il ne deuoyent s'employer à aucune autre chose, sinon que de tout leur pouuoir s'estudier à semer l'Euangile par tout le monde vniuersel, que le temps de la moisson viendroit vn iour, quand il plairoit au Seigneur. Il en prend (dit-il) du regne Euangelique, comme quand de iour quelqu'vn iette de la semence en terre. Puis quand la semence est mise en la terre, le semeur s'endort comme asseuré. Et tandis qu'il dort, la semence ce-pendant non obstant cela vient à fructifier tant de nuyct que de iour par secrets accroissemens sans le trauail d'aucun : si sort en herbe & parcroit se hastant de soy-mesme de venir à maturité par vne secrette force de nature. Or a la nature ses degrés, lesquels elle garde sans l'ayde du laboureur, apres que la semence est vne fois iettée. Et premierement quand la semence est pourrie en terre, elle leue en herbe, qui est la premiere esperance de fruict. Puis s'esleuent les chalumeaux & en sortent des eſpics mais tout vuydes : finalement les eſpics ſe rempliſſant de pleins grains de blé. Et la nature procure tellement cela par ſecrets accroiſſemens qu'on ne s'apperçoit pas qu'il accroiſſe, mais ſi faict-on bien qu'il eſt accreu. Quand donc le fruict eſt venu à maturité, celuy qui a ietté la ſemence y met incontinent la faucille pour moiſſonner ce qui eſt creu, pourtant qu'il cognoit que le temps de moiſſon eſt venu. Sous la couuerture de ceſte parabole le Seigneur enſeigna couuertement à ſes gens le commencement, l'accroiſſement, & la conſummation de tout l'Euangile : deſquels trois degrés luy-meſme en propre perſonne acheueroit le premier, & le dernier deuant les yeux de tous : le milieu c'eſt à dire, l'accroiſſement il le diſpenſeroit par la grace inuiſible du ſainct Eſprit. Et de faict, luy le premier comme l'autheur eſpandit la ſemence Euangelique par toute la Iudée. Puis cela acheué, il s'eſt endormy, premierement en mourant, puis en reſſuſcitant en repos eternel. Et iuſqu'à preſent la ſemence Euangelique ſourionne (comme dormant celuy qui l'a ſemée) & par ſecrets aduancement accroit, tant de nuict que de iour, c'eſt à dire, tant en proſperité qu'en aduerſité, par toute occaſion tant des aduancemens que des empeſchemens. Car il ne ſe peut faire que ne fructifie la ſemence qu'a ſemée celuy à la volonté duquel nul ne peut reſiſter. Et iaçoit que rien ne luy ſoit caché, ce neantmoins en ce qu'il laiſſe le monde s'eſleuer à l'encontre de l'Euangile, en ce qu'il laiſſe affliger & tuer ſes Apoſtres, il eſt bien aduis aux incredules qu'il ignore ce qui ſe faict, & qu'aucunement il dort, comme ainſi ſoit que par l'inuiſible force de ſon eſprit il opere encore à preſent plus toſt, tout en tout. Et ne reuiendras pas viſiblement au monde ſinon quand l'affaire Euangelique s'eſtant aduancé à telle meſure que luy-meſme à limité, & la cognoit luy ſeul, il viendra de-rechef viſible à tous en telle eſpece qu'il eſt monté au ciel pour ſeparer les bons d'auec les meſchans, & quant aux bons pour les ſerrer comme vn bon froment au grenier du repos eternel. Or nous voyons de combien petits commencemens eſt yſſu le regne Euangelique, ſi on veut conſiderer la choſe ſelon l'apparence du monde. C'eſtoit comme l'herbe de la ſemence Euangelique fructifiante, laquelle s'efforçoyent de ſuffoquer, les Phariſiens, Scribes, Sacrificateurs, Senateurs, Preuoſts, Princes, Roys, & Philoſophes, à qui mieux à fin qu'elle ne fructifiaſt. Eux s'oppoſans en vain, elle a commencé d'occupper tout le monde, & ne ceſſera de croiſtre iuſqu'à la côſommation du ſiecle iuſque que toute la moiſſon ſoit venue à maturité. Alors on y mettra la faucille de iugement ineuitable, laquelle apres auoir tout fauché, mettra les mauuaiſes herbes au feu, & le pur & net fin froment elle le ſerrera en lieu ſeur. Çeſte parabole combien que principalement elle attouche la perſonne de Ieſus, autheur, promoteur, & conſommateur du royaume Euangelique : ce neantmoins elle attouche auſſi les Apoſtres & à leurs ſucceſſeurs, entant qu'il veut qu'ils ſoyent employés à cela tant-ſeulement, aſſauoir, que la parolle Euangelique ſoit ſemée & eſparſe au large tant que ce ſoit aſſés. Car iuſqu'à la fin du monde c'eſt le temps de ſemaille. Et auſſi iceux comme aydes à Ieſus Chriſt, ſont ſemeurs, excepté qu'il ſement vne ſemence non leur : mais qui leur eſt donnée de Chriſt. Et pourautant qu'içelle eſt celeſte, on ne la peut ſuffoquer. Les Phariſiens auoyent auſſi leur ſemence, auſſi auoyent les Philoſophes la leur : leſquelles meſme leur fauoriſant le monde, n'on peut croiſtre, là où ce pendant la ſemence de la doctrine celeſte, le monde s'oppoſant de toutes ſes forces à l'encontre, và tous les iours en croiſſant de plus en plus. Par ainſi les Apoſtres ſont auſſi aucunement ſemeurs en leur endroit, enuoyés expreſſemens pour ſemer, leſquels en changeant de lieu à tout propos, n'ont autre but ſinon que l'Euangile ſoit ſemé le plus au large qu'il ſera poſſible. Eux dormans, Dieu donne l'accroiſſement. Ceſte ſemence a auſſi en chaſque Chreſtien ſon herbe, ſon eſpic, ſa moiſſon. Les nouices & apprentis en Chriſt ſont vn commencement de blé : ſi toſt que par le Bapteſme ils ſont renays en Chriſt, c'eſt herbe, qui par verdeur d'innocence donne de ſoy bonne eſpérance. Puis quand eſtans aggrandis dauantage ils ſont parcreus par aduancement de pieté Euangelique, ils ont des eſpics : quâd chaſcun ſelon ſa portée eſt meur on y met la faucille. Or la faucille c'eſt la mort, apres laquelle le blé ne croit, ny ne decroit, & ne deuient ne pire ne meilleur. Le grenier c'eſt la vie celeſte. Outre-plus par vne autre parabole le Seigneur Ieſus exprima vn tableau de l'auancement & bonne yſſue de l'Euangile : à fin que là où pour lors ils n'entendoyent pas ce qui ſe diſoit, puis apres ils cogneuſſent par l'euenement de la choſe, que la choſe ne ſe demeine pas fortuitemêt, ne par conſeil humain, ains par la prouidence du conſeil diuin. Et à fin de rendre les auditeurs plus attentifs, comme eſtant en bransle à quoy principalement il pourroit accomparer le royaume des cieux, il dit : A quoy dirons nous qu'eſt ſemblable

le royau

le royaume des cieux?ou quelle cōparaison employerons nous par laquelle no⁹ declariōs
la nature & force d'iceluy à ceux qui ne sentēt autre chose sinon ce qu'ils voyent des yeux?
Il est semblable(dit-il)à vn grain de moustarde, lequel quand on le seme, c'est la plus petite de toutes les semences de iardinage qu'on seme en terre,de sorte que vous consideres la
grandeur ou apparence vous n'attendrés-ia fruict d'aucune grāde chose . Mais apres qu'
il sera leué,& se sera vne fois poussé hors de terre il tend à deuenir arbre,s'endurcissant depuis la plante & estendant ses rameaux au large par dessus toutes autres herbes tellement
qu'il baille moyen aux oyseaux de se nicher dessous son ombre. Par telles & maintes autres paraboles le Seigneur Iesus proposoit au lourd & simple peuple la figure du fruict qu'
à l'aduenir deuoit porter l'Euangile, appropriant son parler selon leur capacité.Et ne leur
tenoit lors aucuns propos,que par couuertures de paraboles,par ce qu'ils n'estoyent pas
encores capables de ppos ouuert.Et de faict s'il eust dit qu'en brief il deuoit estre meurtry
par les Iuifs,mais qu'incōtinent il ressusciteroit & espandroit sa gloire parmy tout le monde vniuersel,de sorte que là où pour lors il sembloit le plus abbaissé d'entre tous les hommes,on le cognoistroit estre le Prince de tout le monde,& qu'homme du monde tant souuerain fust-il,n'auroit repos ou seure retraitte,s'il n'alloit à recours sous ses rameaux, si,
di-ie,il eust tenu tels propos,nul ne l'eust ne porté ne creu. Et toutefois il leur estoit expedient d'auoir ces choses en la memoire,comme par songe,à fin que puis apres ils cogneussent par effect,que c'est que vouloyent dire telles paraboles . Or declaroit-il aux Apostres
par deuis secrets,quel estoit le sens mysticque de toutes les paraboles qu'il auoit dittes. Et
ainsi s'est passé ce iour là. Et comme la nuyct s'approchoit il dit aux disciples : Trauersons
outre le lac. Pourautant que le commencement de l'accroissement de l'Euangile est la foy
enuers Christ, & enuers Dieu par Christ cognoissant le Seigneur que mesme ses disciples
gens encores grossiers & foibles,ne se confioyent és choses qu'il auoit enseignées,il s'efforce par tous moyens d'engendrer, & confermer en eux ceste confiance.Or sur tout il est besoing d'vne robuste & immuable fiance enuers Christ, toutes les fois que la nuyct,c'est à
dire la tempeste des aduersités nous menace. Si obeyrēt les disciples, & ayans donné congé à la multitude qui ne pouuoit les suyure, ils se prindrēt à passer Iesus(à tout la mesme
nacelle en laquelle il enseignoit pour lors)outre le lac, accompagnés aussi de quelques autres nacelles.Les Apostres transportent Iesus, toutes les fois que de lieu à autre ils auancent la parolle Euangelique. Or sçauoit-il bien que quād ils s'employeroyent à cest affaire,maintes & d'horribles tempestes s'esmoueroyent vn iour par ceux qui ayment mieux
les choses de ce mōde que celles qui concernent le salut eternel.Doncque pour confermer
ses disciples à l'encontre de tels troubles,& les enseigner qu'il n'y a nulle tempeste tant horrible soit-elle, que doyuent craindre ceux qui de tout leur cœur ont fiāce au Seigneur Iesus,il laissa tomber ses disciples en dangier iusques au desespoir. Car comme ils estoyent
assés auant au lac, il se leua vn orage si impetueux que les ondes esmeues la vehemence
des vents poussoit les flots en la nacelle,& commençoit à se remplir d'eau en dangier d'en-
foncer. Iesus ce-pendant dormoit au basteau ayant sa teste appuyée sur vn oreillier. Ce
n'estoit pas vn somne contrefaict. Il dormoit de faict vrayement, lassé de trauaux & veilles, car il portoit vn corps humain subiet à toutes les mesmes affections ausquelles sont
subiets les nôstres.Vray est qu'il n'ignoroit pas ce qu'il deuoit aduenir,il sçauoit bien que
l'orage se leueroit. Il sçauoit bien que les Apostres effrayés de peur l'esueilleroyent. Il ne
pouuoit les enseigner auec plus grande efficace,que ceux qu'ils se fient en Iesus ne se doyuent de rien espouuanter. Eux donc tirerent le dormant puis l'ayans esueillé luy dirent:
Maistre , dors-tu ainsi sans soucy tandis que nous perissons,& ne t'en chaut si nous nous
noyons? C'est vn signe de fiance que les menaçant le peril, ils se retirent vers Iesus : mais
c'estoit vn acte d'imparfaicte fiance, de ce qu'ils se tenoyent peu asseurés dormant le Seigneur. Et quand Iesus fut esueillé,pour par effect se declarer seigneur de tous elements,il
tensa le vent, & luy commanda de se tenir coy : puis dit au lac:Appaise-toy & te tient coy.
Ces deux qui n'obeyssent à homme du monde,recogneurent la voix de leur createur.Car
soudain s'appaisa le vent,se rassirent les flots si y eust vne grande tranquillité. Puis le Seigneur s'addressa à ses gens & leur reprocha leur incredulité,disant : Pourquoy estes vous
si poureux?Vous aués veu tant de miracles,& si n'aués pas encore fiance en moy?Et les
disciples & les autres qui estoyent en la nacelle, voyans la nouueauté du miracle comment la mer qui est vn element muet & indomptable,comment le vent qui est aussi vn element violent,soudain à la parolle & tensement de Iesus s'appaisoyent,congnoissans que
la chose surpassoit la condition humaine, disoyent entr' eux : Mais qui est cestuy-cy? veu
que non

que non feulement les maladies & les diables luy cedent, mais auſsi les eslemens mu ets
obeiſſent à ſon commandement. Le fils de l'homme ſelon la conuoitiſe des hômes, n'a uoit
pas en ce monde ſur quoy repoſer ſon chef. Car meſme en mourant en la croix, luy n'ayāt
ſur quoy repoſer ſon chef, baiſſa la teſte & rendit l'eſprit. Au reſte en ce lieu non feulement
il s'y repoſa, mais auſsi il s'y repoſa ſur vn oreiſlier, & ſoudain ſe leua vn orage, à fin que
nous cognoiſsions en combien grand peril eſt l'Eſgliſe, toutes les fois que Ieſus dort en
nous. Or dort-il, toutes les fois que les paſteurs eſtans confits és commodités de ce monde ſont aſſoupis de profond ſomme, tellement que pour fort qu'on les picquotte, pour
fort qu'on les eſcrie, ils ne ſe peuuēt eſueiller. O combien profondement dorment les Eueſques, qui addōnés aux voluptés, qui enyurés de conuoitiſe de regner, qui attachés à amaſſer de l'argent n'ont aucun ſoucy du troupeau qui leur eſt baillé en charge, ny ne ſe ſou-
uiennent de leur ſalut, ny ne s'eſmeuuent tant ſoit peu, du commun peril, qu'ils viennent
à s'eſueiller & ruminer à part-eux: Que fay-ie moy poure ſot ? Le troupeau du Seigneur
m'eſt baillé en charge pour le paiſtre. Et de brief il faudra comparoiſtre deuant le ſiege iudicial du iuge eternel, lequel a eſpandu ſon precieux ſang pour les brebis qui m'a baillées
en garde. Que luy reſpondray-ie ? Ie deuoye par exemple de vie irreprehenſible porter la
torche deuant mes brebis à ſalut eternel: & par ma vie diſſolue ie leur ay ſeruy de guide à la
gehenne. Ie les deuoye paiſtre de la doctrine Euangelique: ie ne les ay pas repeu, ains leſ ay
eſcorchées, deſpouillées, & maſſacrées. Pour pere ie me ſuis porté en tyran: pour Eueſque,
loup & voleur. Et ce pendant la tempeſte renuerſe toutes choſes ce deſſus deſſus. Or Ieſus
qui eſt le vray paſteur és Eſgliſes, dort, diſsimulāt & laiſſant ſe leuer l'orage : mais il dort en
ſorte, qu'au cri des ſiens il s'eſueille tout à coup. Il y a vne nacelle qui porte Chriſt ſelon le
corps, mais elle a pluſieurs compaignes. Il y a vne Eſgliſe catholique, item maintes autres
Eſgliſe. En toutes eſt Chriſt eſgalemēt, & toutes en adherāt à vn meſme chef ne ſont qu'vne
Eſgliſe. Nulle nacelle n'enfonſe pourueu qu'elle ſuyue Chriſt: pour fort qu'elles ſoyent tem-
peſtées des flots, pour grād que ſoit le dangier, elles paruiennent à port ſauues & entieres.
Cependant toutefois l'orage & la nuict nous demonſtre qu'en noz forces n'ous n'auons
aucune ayde, que toute l'eſperāce de ſalut giſt en vn ſeul Chriſt, ſi de tout noſtre cœur nous
nous fions en luy. Souuentefois & à chaſcun particulierement en ſon cœur eſmeuſt Satan
de telles tempeſtes. Mais quand la nuict detient noſtre ame en abus, quād la lumiere de foy
defaut, quand la vigueur de l'eſprit Euangelique dort comme aſſoupie, alors ſe leuent les
vents des mauuaiſes conuoitiſes qui troublent la tranquillité de l'eſprit, l'ame meſme eſt
en danger, il n'y a aucun ayde en la rame ny aux voiles : vne certaine ruine nous pourchaſſe de pres n'eſt que par prieres ardātes & importunes nous eſueillons Chriſt. S'il ne reſpōd
pas ſoudain qu'il eſt eſcrié, n'en ceſſe-ia, ains le picque & picquotte iuſques qu'il ſoit eſueillé. Par ſon moyen retournera ſoudain la tranquillité.

C H A P I T R E   V.

O R comme celle tempeſte a demonſtré que tous les troubles que ce monde viendroit à eſmouuoir à l'encontre de l'Euangile, il faut vaillamment les ſouſtenir
moyennant l'ayde de Chriſt, & qu'a ſon commandement elles ſeront vn iour
changées en vne ſouueraine tranquillité : ainſi conſecutiuement luy ſucceda
vne repreſentation pour ſignifier qu'en quelques lieux il y auoit des nations barbares &
inhumaines, qui pour la felonnie de leur nature reietteroyent bien de prime face la doctrine Euagelique, ce neantmoins qu'à l'aduenir elles auſsi par ſucceſsion de tēps s'appriuoy-
ſeroyent, & apres auoir cogneu d'eux le ioug du Seigneur elles le receuroyent. Donc l'orage des Princes accoiſé, Ieſus & ſa compaignie arriuerent dela le lac, au pays des Geraſeniēs,
ainſi appellé de Geraſa ville de renō, qui eſt en Arabie, aboutiſſant contre le mont Galaad
en la lignee de Manaſſes, aſſés pres du lac nommé de Tiberiades. En quoy certainement le
Seigneur Ieſus commēce d'auant monſtrer la forcenée barbarie de certaines nations, deſquelles on pourroit douter, aſſauoir-mon ſi elles ſeroyēt dignes d'eſtre nōmées hommes.
Et toutefois il n'y a nulle ſi enragée ſauuageté qu'il en faille deſeſperer. Si toſt que Ieſus fut
ſorty du baſteau & eut mis le pied audit pays, voicy ſe preſenter à luy vn ſpectacle qui ex-
primoit au vif les mœurs & le naturel de la natiō. Car il y eut vn homme (qui eſtoit detenu
d'vn treſ-ord & cruel diable) lequel ſi toſt qu'il eut ſenty la venue du Seigneur ſe ietta im-
petueuſement en campaigne. Iceluy refuyoit la conuerſation des hommes & faiſoit ſa demeure és lieux deſerts, ſe tenāt caché és ſepulchres des treſpaſſes, leſquels eſtoyent aupres
du chemin. Et n'y auoit perſonne qui plus eſſaya de le lier, pourautant qu'il auoit-ia ſouuentefois eſté attaché, & auoit rompus ſes chaines & mis ſes ceps en pieces. Il n'y auoit force aucune

ce aucune qui le peuſt dompter & empeſcher que tout à l'aiſe il ne s'enfouyt (n'eſtant pas
maiſtre de ſoy) ou que le diable le trainaſt. Qui faiſoit que tout deſlié il vaguoit nuict &
iour par les cemitieres & montaignes incheminables, hurlant & ſe deſchirant contre les
pierres. Si ce ſpectacle ſemble à aucun (comme de vray il-eſt) miſerable & hideux, qu'vn
tel rumine combien c'eſt bien vn ſpectacle plus miſerable aux yeux de Dieu, d'vn homme
qui, excepté le nom, n'a plus rien d'homme, perdu en diſſolution, rageant apres les paillardiſes, forcené apres les ieux, inſenſé d'yurognerie, noiſeux, voleur, batteur, violent, outrageux, qui ne peut eſtre reprimé par aucune loix ſoit diuines ſoit humaines, ny retenu
par vergõgne, reuerence, ne crainte : executant tout ce qui luy vient en fantaſie, qui à l'appetit d'vn tref-petit ſalaire ſe loue pour aller à toutes guerres, pour tuer des hommes incogneus & innocens, pour bouter le feu en des villes & villages, pour piller temples, pour
renuerſer toutes choſes tant ſacrées que prophanes. Adiouſtés à cela pariuremens, blaſphemes, & inceſtes, vices familliers à telle maniere de gens: item trahiſons & empoiſonnemens, enchantement, & vous verrés combien la rage dudit demoniacle eſtoit moindre
que cele d'vn tel diſſolu. Mais quoy? faut-il pourtant deſeſperer d'vn tel homme? Rien
moins, pourueu qu'il puiſſe voir Ieſus, lequel ſe voit par foy. Car quand ce poure demoniacle ouyant le bruit des paſſans eſtrangiers ſaillit hors de ſes cauernes pour ſe ietter im-
petueuſement ſur eux, comme ſa couſtume eſtoit: ſi toſt qu'il vit Ieſus de loing, eſtant attiré
par vne force celeſte & ſubittement changé il luy courut au deuant & luy fit la reuerence.
Si ſe print incontinent le diable à s'eſcrier à haute voix par la bouche du demoniacle: Que
as-tu que faire auec moy, Ieſus fils du ſouuerain Dieu? Ie te cõiure de part Dieu que tu ne
me tourmentes point. Car la parolle de Ieſus (qui luy auoit dit: Sors hors de ceſt homme,
ord eſprit) luy eſtoit vn tourment. Tant eſtoit grãde la malice de ce diable, que ce luy eſtoit
vn tref-grief tourment, que ſi plus il ne luy eſtoit loyſible de tourmenter ce poure homme.
Et ſi auoit ſenty la voix de Ieſus voix d'efficace & tout puiſſante, à laquelle bon gré mal gré
il eſtoit contraint d'obeir. Conſidere-moy maintenãt s'il n'y a pas vne toute telle affection
és hommes qui ont-ia attaint le dernier degré de malice, leſquels prennẽt plaiſir à mal-faire aux autres voire meſme à leur deſauantage: & ſi on veut leur reprimer la licence de mal-
faire, ils en ont le cœur griefuement gehenné. Or Ieſus demandoit à l'ord eſprit: Comment
as-tu nom? Lequel luy reſpondit: I'ay nom Legion, car nous ſommes pluſieurs. Tu recognois le mot de guerre, vn ord amas de pluſieurs conſpirés pour la perdition des hõmes:
mais il n'y a nulle force de grande multitude qui puiſſe rien à l'encontre de la puiſſance de
Ieſus. Il vient autant aiſémẽt à bout d'vne legion, que d'vn ſeul. Adõc ce capitaine qui parloit pour tous prioit bien fort Ieſus, lequel il recognoiſſoit vaincqueur, qu'il ne les enchaſ-
ſaſt point hors du pays. O la peruerſe malice du diable. Il ne demande pas pardon, ny auſſi aucun autre benefice, dont il ſe puiſſe mieux porter: il tient pour grande grace, s'il luy eſt
loyſible de viure en lieu où il y ait à force occaſions de nuyre. Tout ainſi cõme ſi vne bande
de meſchans gendarmes quand la puiſſance plus grande du Prince les preſſe & leur commande de s'en aller de la garniſon, faiſoyẽt vne telle demande: Nous ne demandons point
de gages, tant ſeulement qu'il nous ſoit loyſible de courir les champs & briganer à noſtre
peril. A ceſte demande ne fit point de reſpõſe le Seigneur Ieſus. Or y auoit-il là aupres d'v-
ne montagne vn grand troupeau de porceaux, qui paiſſoyẽt és champs. Vous recognoiſſés vne beſte abominable aux vrays Iuifs, & tref-agreable aux Payẽs idolatres. Si prierent
Ieſus les diables que pour le moins il leur fuſt loyſible d'entrer és porceaux : Et ſi ne nous
eſt loyſible (luy dirẽt-ils) de perdre l'hõme lequel tu recoux d'entre noz mains, qu'il nous
ſoit à tout le moins loyſible d'aucunemẽt ſaouler noſtre malice par la ruine d'vne beſte impure. Et Ieſus, qui ne ſe ſoucyoit pas du ſalut des porceaux, mais des hommes, leur ottroya
aiſément ceſte requeſte: mõſtrant que meſme pour le ſalut d'vn ſeul homme, on ne doit tenir conte de la perte des autres choſes pour grãde qu'elle ſoit. Doncque la legion d'eſprits
impurs laiſſa l'hõme pour eſtre nettoyé par l'eſprit de Chriſt, & entra dans le troupeau de
porceaux: leſquels tout à coup par la deſcẽte s'en vont fourrer de grãde roideur au lac (or
ils eſtoyẽt enuiron deux mille) & s'y noyẽrent. Que les hommes ſe dõnent de garde, qu'ils
ne ſoyent trouués ſemblables aux porceaux. Car en tels cœurs prennent les diables plaiſir
d'entrer. Or les porchiers ayans veu ce merueilleux miracle, ne donnerent nul ſecours aux
porceaux, ains tous eſpouentés s'enfuyrẽt en la prochaine ville & par les villages & racõte-
rẽt à tous le cas qu'ils auoyẽt veu. Ieſus le bõ paſteur des brebis, ſecours le troupeau quãd
il eſt en dãgier. Mais quãd le troupeau deſeſperé & perdu a des paſteurs de meſme, le troupeau eſt malſacré iuſques à vn, & les paſteurs tous effrayés n'y trouuent autre remede que
la fuy-

la fuyte. A ces nouuelles les gens fortirent de la ville & des châps, defirans de voir des yeux
ce qu'ils auoyẽt ouy des oreilles. Car le cas que les porchiers leur auoyẽt raconté sembloit
incredible. Ils vindrẽt donc iusqu'à Iesus & celuy personnage qu'eux tous sçauoyent auoir
esté auparauant demené d'vn tref-cruel diable, & par fureur excessiue accoustumé de rom
pre toutes fes chaines & ceps, defchirer fes veftemens, fe tabutter contre les pierres, courir
fus aux passans, & remplir tout de hurlemés enragés, ils le voyẽt maintenãt assis aux pieds
de Iesus, tout coy, vestu & en son bon fens. D'auãtage ceux qui auoyent assisté au spectacle
leur raconterent encore de point en point comment tout le cas s'estoit demené, touchant
la legion chassée dehors, & des porceaux noyés au lac. Dont apres que par s'estre sogneu
sement informé du cas il apparut que le rapport estoit veritable, ils furent tous estonnés
de peur, & se prindrẽt à prier Iesus qu'il deslogeast de leurs marches. Abominable & lour
de nation, qui ne cognoissoit pas du tout Iesus : elle auoit bien veu sa puissance, mais elle
ne confideroit pas sa bonté en l'homme rẽdu en bon fens. Et la perte des porceaux esmou
uoit plus leurs cœurs, que non pas le salut de l'homme. Ils auoyent peur de leurs beufs,
afnes, & porceaux, soucieux du ventre, ne fe foucians de l'ame. Et toutefois c'est quelque
commencement de falut, craindre tellemeut quellement la puissance de Dieu. Le Seigneur
monstrant par effect qu'il ne faut pas femer les roses de la parolle Euangelique deuant les
porceaux, s'en retourna vers le lac, & s'embarqua. Ce pendant celuy qui auoit esté deliuré
du diable, voyant que l'auteur de fanté s'en alloit, se print à le prier de luy tenir compai
gnie. Mais le Seigneur aymá mieux l'auoir trompette que non pas compaignon, & que
cela estoit plus expedient pour le falut de plusieurs. Plustost va-t'en chés toy (luy dit Iesus)
& vers tes parens & familliers, & leur annonce, combien font les benefices que Dieu t'a
faicts, & comment il a compassion de toy, lors que tu estois miserable à tous, mais aban
donné de tous. Celle contrée contenoit dix villes, dont aussi elle a nom Decapoli. Si s'en
alla cest homme obeissant au commandement de Iesus, & par toutes ces villes alla difant,
& quel il auoit esté & quel il estoit deuenu par le benefice de Iesus. Et son rapport trouua
foy enuers vn chascun, par ce que plusieurs du pays l'auoyẽt cogneu au parauant, & main
tenant ils voyoyent euidemment que Iesus l'auoit remis en son bon fens. Il n'eut pas hon
te de fa calamité passée, pour en magnifier la gloire de Dieu. Escoute cecy ô idolatre, bor
deleur, ioueur, gourmand, prodigue, rauisseur, voleur, boutefeux, guerroyeur, empoi
fonneur, meurtrier, &c. ne defespere point, tant feulement accours à Iesus. Ne considere pas
la multitude & grandeur de tes crimes : tant feulement pense Iesus estre tel qu'il est venu
pour fauuer les hommes, luy qui par son feul vouloir peut tout. Quand vne legion de dia
bles fera fortie hors de toy, quãd tu feras retourné en ton bon fens, publie & ce principale
ment entre tes familliers, la misericorde que Dieu t'aura faitte. Et n'aye point de honte de
ta vie passée. Cela aussi feruira à la renommée de la misericorde de Iesus, quand plusieurs
entendront combien tu estois au parauant abominable. Recognoy & confesse quel tu as
esté : & ce que maintenant tu es tout à-coup deuenu tout autre, ne l'attribue pas à tes me
rites, ains à la gratuite misericorde de Dieu, lequel a compassion de tous ceux que bon luy
femble, luy qui n'est redeuable ny fubiet à personne. Ce miracle ietté côme vne feméce en
tre les Gerafeniẽs, le Seigneur Iesus repassa le lac. Changes à chafque fois de lieu fert pour
l'auancement de l'Euangile, & la varieté des miracles monstre qu'vn docteur Euangelique
se doit par toute occasion efforcer d'attirer à falut tous ceux qu'il peut. Or quand il eut re
passé le lac, vne fort grande compaignie de gens s'assembla de-rechef vers luy. Car comme
l'aymant attire à foy le fer, ainsi est vn chascun alleshé par beneficence. Comme donc Ie
fus estoit au pres du lac, voicy venir à luy vn des principaux de la fynagogue, nommé Iair,
lequel ayant ouy la renommée de Iesus, estoit là venu quant & les autres de la compaignie.
Car il auoit qui grandement luy anguoissoit le cœur, & en quoy il defiroit la presence de
Iesus. Partant quand il vist que Iesus estoit repassé le lac, il en fut bien aise : & comme font
humbles ceux qui grandement defirent vne chose, combiẽ qu'il fust archifynagogue, c'est
à dire le premier d'entre les hautains, il fe ietta aux pieds de Iesus, & le pria affectueufemẽt,
difant : Seigneur, ma fille eagée de douze ans, en laquelle i'ay mis le principal foulas de ma
vieillesse, est en tref-grand danger de fa vie, & ia trauaille à la mort. Vien luy mettre la main
dessus, à fin que par ton attouchement elle guerisse & viue. Et Iesus entendant assés par la
requeste du personnage combien sa fiance estoit encore bien loing d'estre folide & ferme,
veu qu'il faifoit mention de l'extremité du danger, côme si Iesus ne l'eust pas bien peu resu
fciter quand bien elle eust esté morte : item qu'il requiert la presence de Iesus & l'attouche
ment de fa main, côme s'il ne pouuoit pas bien & absent & de son feul vouloir guerir ceux

qu'il

qu'il luy semble bon, Iesus, di-ie, cognoissant cela luy promet d'y aller, & s'en va quant &
lair qui se hastoit:nous baillant en cela vn patron combien vn pasteur doit estre tout prest
& au commandement de tous, soyent Grecs soyent Barbares, nobles & vilains, poures &
riches, sçauans & idiots, pour procurer le salut de l'ame. Et en cheminant voicy s'offrit vne
occasion, pour corriger l'imperfectiõ de la foy du maistre de la synagogue, & ce par l'exemple d'vne femmelette, la deffiance de laquelle eust esté d'autant plus excusable, que moins
elle cognoissoit Christ par la cognoissance dē la Loy. Or s'en allant Iesus chés le maistre dē
la synagogue, vne fort grosse compaignie de gens alloit quant & luy, partie pource qu'ils
ne pouuoyent abandonner Iesus, partie pour estre spectateursde ce qui se feroit, ioinct que
la noblesse du suppliant esguisoit le desir d'aller voir. Dont comme vn chascun taschoit
d'estre le plus pres de Iesus, il estoit tourmenté de la presse qui le fouloit. Or y auoit-il vne
femme qui auoit depuis douze ans vne maladie autant vileine & honteuse comme incurable, assauoir vn flux de sang : outre ce ayant encore ce malheur, que ce pendant qu'elle
auoit mis l'esperance de santé és medecins promettans monts & merueilles, & deceu de
l'vn s'estoit retirée vers vn autre plus asseuré prometteur, puis de là à vn autre, & tousiours
menée & entretenue de belle vaine esperãce, elle auoit despendu tout son auoir apres eux :
& tant s'en failloit que l'art des medecins luy eust apporté aucũs remedes, que mesme elle
estoit en plus mauuais point, que si elle n'eust point suyui le conseil des medecins, lesquels
luy faisant de belles promesses & sous couleur de faire le deuoir tourmentant la poure femme, la maladie premiere s'estant ennaigrie y en aduoyent adiousté vne nouuelle, assauoir
poureté auec le flux de sang. Tels sont ordinairement ceux qui font mestier de la medecine
corporelle. Mais le plus souuent il aduient que la santé est n'esperer aucune santé. Quand
elle eut commencé de se deffier des medecins, & eux apres auoir entendu qu'elle n'auoit
plus que leur donner, eurent alors finalement prononcé qu'il n'y auoit plus d'esperance,
elle commença d'estre plus prochaine de santé. Car il n'y a personne à qui Dieu subuienne
plus volontiers, qu'à celuy qui est destitué des secours des hommes. La femme auoit tant
seulement ouy parler de Iesus, & soudain ayant conceu de luy vne fiance admirable, elle se
mesle parmy vne grosse foule de gens. La vergogne du sexe & la vilenie de la maladie l'empeschoit de faire comme auoit faict le maistre de la synagogue:elle vint par derriere, & finalement s'estant fourrée de force par le trauers de la foule de gens s'entrepoussans, elle toucha la robbe de Iesus. Car elle auoit conceu vne si grande esperance de Iesus qu'elle disoit à
part soy : Si ie puis seulement toucher le bord de sa robbe, ie seray deliurée de ma maladie.
Estant abandonnée des medecins, desquels elle auoit esté grandement tourmentée à ses
grans despens, elle auoit trouué vn autre medecin, qui gratuitement & tout à l'heure donnoit pleine santé. Et ne fut pas la femme deceue par sa fiance : si tost qu'elle eust touché la
robbe du Seigneur, son flux de sang s'estancha, estant subitement reprimée la liqueur, qui
souloit descouler cõme d'vne fontaine perpetuelle. Qui plus est elle sentit en tout son corps
qu'elle auoit recouuré la vigueur, qu'elle auoit eue deuant qu'elle eust commencé d'estre
tourmentée de celle maladie. Ceux qui par les bombãces, voluptés & delices de ce monde
sont effeminés, qu'ils n'aillent autre part à recours qu'à Iesus. S'ils se confient aux Philosophes, si aux legistes, si aux magiciens, si aux ceremonies Pharisaiques, quand ils y auront
consumé & leur eage & les forces de leur entendement, ils n'auront faict autre chose sinon
qu'ils auront augmenté la maladie & gaigné poureté, sinon que d'auenture ce fust vne legiere poureté que perte d'eage & d'entendement. La femme s'esiouyssoit d'auoir comme
desrobbé ce benefice à Christ, duquel elle auoit telle opinion que comme homme il pourtoit l'ignorer, ou s'il ne l'ignoroit, elle esperoit que selon sa bõté il quitteroit cela à la vergõ
gne du sexe. Mais le Seigneur ayant plus d'esgard à la gloire de Dieu & au salut de maints,
que non pas à la honte d'vne seule femme, bien sçachant qu'on l'auoit touché, sentant semblablement que de cest attouchement la femme auoit recouuré le benefice de santé, il se reuira vers la foule qui le pressoit par derriere, & dit : Qui est-ce qui a touché mes habillemens? Et les disciples ne songeans rien moins qu'à ce qui estoit aduenu, respondent à leur
maistre : Tu vois que la foule te presse de tout costé, & si demandes qui t'a touché? Ceux
qui lisent l'Euangile, touchent Christ : ceux qui consacrent ou bien qui mangent le corps
consacré, touchent Christ : oy mais tous ceux ne guerissent pas qui le touchent. Vne seule
femme qui le toucha auec vne souueraine fiance en fut guerie. Or Iesus pour toute recompense de son benefice ne demande autre chose, fors que confession du mal, & recognoissance de la clemence diuine. Comme donc la femme se tailloit de honte, esperant qu'elle ne
seroit pas decelée, Iesus iettoit ses yeux à l'entour sur la foule, comme taschant d'entreco-

P

gnoistre

gnoiſtre la femme qui l'auoit touché.Ce regard eſtoit ciuilement requerir la confeſſion du
benefice receu. Il ne vouloit pas la deceler , de peur qu'il ne ſemblaſt luy reprocher le benefice. La femme ſe taiſoit de honte feminine, & non par ingratitude. Il luy bailla vn aguillon
pour luy ſecouer la honte inutile, & en tirer vne confeſſion ſalutaire. Car qu'eſt-ce que ne
peut le regard de Ieſus ? En ce point regarda-il Pierre , & il ſe repentit. Or la femme ſentant
en ſa conſcience quelle eſtoit venue vers Ieſus & quel benefice elle auoit receu de luy, n'oſa
faire ſemblant de rien:ains iettant bas la vergõgne feminine, s'alla preſenter deuant Ieſus,
toute eſpouuantée & tremblante : car elle auoit peur d'eſtre tenſée de ſon importunité ef-
frontée:ſe ietta à ſes pieds & luy raconta le cas de point en point cõme il alloit tous l'oyans
ſans rien diſſimuler, ſans rien farder & obſcurcir touchant la lõgueur de ſa maladie, touchant la trõperie des medecins, touchãt la robbe touchée à la deſrobbée,touchãt la fiance
conceue, En telle maniere de cõfeſſion prend plaiſir le Seigneur Ieſus : laquelle faict & que
le pecheur ſe recognoiſſe ſoy-meſme, & que de la reſtitution de ſanté il en rende toute la
gloire à Dieu,& en eſmeuue maints à ſemblable fiãce: aduertiſſant que d'vn ſeul Ieſus prouient le ſalut gratuit, & que rien n'emporte en combien ou quels vices tu ayes eſté detenu,
mais combien tu t'es confié en la puiſſance & bonté du Seigneur. Si ta maladie eſt cachée
au cœur,ce neantmoins confeſſe la à Ieſus,qui ne decele ny ne reproche, ains guerit la maladie. S'il eſt publicque confeſſe-le publicquement , à fin que comme à ton exemple tu en
auois pouſſé maints à pecher, ainſi eſtant conuerti tu en eſmeuues ſemblablement moints
à faire penitence.Il faut ietter bas la honte,laquelle plaint & à Dieu ſa gloire,& au prochain
ſon ſalut.Tu ſeras bien aiſe de l'auoir miſe ius, apres que de ta confeſſion tu auras ſenty vn
plus grand repos de conſcience, comme quand tu auras ouy du Seigneur Ieſus, ce qu'ouy
celle femme.Et qu'ouyt-elle? Fille (luy dit-il) la foy que tu as eue en moy,ta rendu la ſanté,
laquelle les medecins ne t'on peu donner. Va-t'en en ioye & paix de conſcience : ie veux
que ce benefice demeure tien à iamais. Ne vois-tu, n'oys-tu pas ces choſes, ô maiſtre de la
ſynagogue ? C'eſt pour toy & tes ſemblables que ſe faict tout cecy. Celle femme eſtoit tourmentée d'vne maladie incurable, & eſtoit allée de mal en pis:par vne foy exquiſe qu'elle a
miſe en Ieſus elle a recouuré ſanté : & toy tu fais venir chés toy Ieſus comme vn medecin,
tu le requiers qu'il mette ſa main deſſus le patient, & le preſſes de ſe haſter. Ce pendant que
Ieſus reſpondoit à la femme, il ſuruint des meſſagiers de chés le maiſtre de la ſynagogue,
qui luy dirent:Ta fille eſt treſpaſſée.Qu'as-tu que faire de plus donner faſcherie au maiſtre
pour rien ? Ces nouuelles ouyes,le maiſtre de la ſynagogue (qui au parauant auoit vne eſperance douteuſe & meſlée de beaucoup de crainte) comme deſeſperant n'oſe plus prier
le Seigneur.Les meſſagiers luy annoncerent deſeſpoir,diſans : Elle eſt morte. Ainſi font ordinairement pluſieurs touchant ceux qui tombent en quelque gros forfaict, comme en
adultere, inceſte, ou larrecin, ou meurtre : C'eſt faict, il n'y a nulle eſperance de ſalut. Mais
Ieſus ne laiſſe venir perſonne en deſeſpoir,ſinon celuy qui refuſe de ſe confier en luy. C'eſt à
faire aux Iuifs de deſeſperer:le Chreſtien qui cognoiſt la bonté du Seigneur eſgale à ſa puiſſance, ne deſeſpere iamais. Doncque l'eſperance du principal de la ſynagogue s'en allant
tresbucher, le Seigneur la ſouſleue par vn ꝓpos amiable : N'aye ia peur,encore que ta fille
ſoit morte.Tant ſeulemẽt aye confiance.Rien n'emporte cõbien grand ſoit le mal de la fille,
mais combien ferme eſt ta foy. Cela dit, il arriua en la maiſon du maiſtre de la ſynagogue,
& y entra : mais il laiſſa toute la multitude dehors, ſans meſme y laiſſer entrer ſes diſciples,
excepté Simon Pierre , & Iaques & Iean le frere de Iaques. Accompaigné de ces trois il entra en la maiſon du maiſtre de la ſynagogue:là où il trouua vn bruit & bombance de funerailles, aſſauoir vn tas de parens & parentes qui menoyent vn dueil pitoyable deplorans
la trop haſtiue mort de la fillette. Car les hommes ordinairemẽt portent plus grand dueil
de la mort des ieunes que non pas des vielles gens:comme ainſi ſoit que rien neſt plus ſou-
haittable qué de mourir alors que la vie eſt treſ-douce, deuant que l'ame ſoit contaminée
de beaucoup de maux de ceſte vie. Et n'en chaut rien combien longue, mais cõbien bonne aura eſté ta vie. Or voulant Ieſus enſeigner qu'on ne doit pas deplorer les morts par
vaines lamentations & dueils, il fit ceſſer le bruit du dueil, leur diſant : Pourquoy rempliſ-
ſés vous en ce point la maiſon de bruit,& plourés ? La fillette n'eſt pas morte, ains dort. Et
de vray elle dormoit quant au Seigneur, qui à la parolle la pouuoit beaucoup plus aiſément eſueiller,qu'vn homme n'eſueille vn autre homme de ſon ſomme.Auſſi eſt le ſomme
vne vraye image & meditation de la mort. Qu'ainſi ſoit, il aſſoupit les forces de l'ame &
oſte le ſentiment : que ſi le ſomme eſtoit perpetuel ce ſeroit vne vraye mort. Au reſte, ceux
qui auoyẽt aſſiſté à la mort de la fille, n'entendãs pas que vouloit dire ce propos de Ieſus,

ils ſe

ils se mocquoyent de luy, de ce qu'il pensoit qu'elle fust encore en vie, là où il estoit notoire qu'elle auoit rendu l'ame. Iesus chassa toutes ces gens dehors, lesquels remplissoyent la maison d'vn tumultueux, mais vain brayement: & non seulement ils n'apportoyent aucun salut au tres-passé, mais aussi rengregeoyent la douleur du pere & de la mere, & quant & quant se mocquoyent de Iesus l'autheur de salut. On n'a que faire de tel bruit, quand il est question de reuocquer en vie d'innocence l'ame qui seroit morte par peché. Voyla que fit lors Iesus en vne maison priuée & d'autruy. Que seroit-il donc, s'il voyoit les funerailles d'aucuns pompeuses iusqu'à forcenerie? On loue des gens, qui font semblant de plourer, qui iettent des hurlemens, qui deschirent leurs cheueux quelquefois vne fausse perruque, qui frappét leur poictrine, qui s'egraffinent le visage, qui debagoulent des mots plus que forsenés & pleins de deffiance. Ils mettét du laict aupres du trespassé, pour allescher l'ame errante. Ils crient & recrient apres le trespassé l'appellans par son propre nom: Retourne Philippes, reuien Philippes, Philippes, retourne vers nous. Ils tensent le corps sans ame: Pourquoy nous as-tu abandonné? pourquoy nous as-tu voulu meurtrir de dueil? Tu n'auois de rien faute pour viure à ton aise: tu n'auois pas faute de richesses, ne de noble race, ne d'honneurs, ne de beauté, ne d'eage. O toy cruel! ô nous miserables: Adioustés à cela les trompettes qui chantent à vn sourd: adioustés-y les chantres, qui chantent en vain chansons de dueil à vn mort qui n'a nul sentiment: qui point n'ostent la douleur aux viuans, ains l'augmentent. Adioustés-y les longues processions des porte-torches, & quant & quant les bandes des portans dueil. Aucuns aussi y en a qui en telle pompe y introduisent des cheuaux bardés en dueil, qui portent les armoiries du trespassé, & qui ayans le col lié aux iambes, panchent la teste & semblent quasi rechercher leur maistre, qui seroit descen du aux enfers. Ie me tay des bancquets & festins funeraux, des magnificques & somptueux bastimens de monumens: comme s'ils n'auoyent esté prou ambitieux & bombanceux durant leur vie, sans qu'il se declarent encore tels apres la mort. Ces choses comme ainsi soit que mesme les Payens, qui ont quelque peu de sagesse, les estiment des sottises, combien doyuent elles estre plus eslongnées des mœurs des Chrestiens: lesquels tous plustost s'endorment que non pas meurent, pour deuoir estre esueillés au son de la trompette de l'ange au dernier iour. Doncque pour retourner au fil du propos, tout cela chassé dehors, Iesus print auec soy le pere & la mere de la fille (car il voulut qu'eux en fussent tesmoings) & entra au cabinet où gisoit le corps mort. Lors le Seigneur print la fille par la main, & côme la voulant esueiller de son somme, luy dit: Talitha cumi: qui en Syrien vaut autant que qui diroit: He fille, leue toy. Ceux qui son pressés de profond somme, quelquefois ne peuuent pas s'esueiller, encore qu'vne fois, voire deux on les escrie & piquotte: & apres qu'on les a esueillés ils ne veillent pas tout à coup, ains long temps demy-endormis & baaillans estédans les bras, enclinent la teste, quelque fois aussi frappent le menton à la poictrine, & si on ne les presse ils se rendorment. Celle trespassée se leua tout à coup à la voix de Iesus l'appellant, & chemina non seulement de-rechef viuante, mais aussi toute alaigre. Car la poure ame qui chassée par maladie auoit laissé le corps, recogneut bien la voix de son crea teur, & sans aucun delay elle retourna au domicile dont elle estoit sortie. Tant plus lamentable auoit esté la mort pour le ieune tendre eage de la fille (car elle n'auoit pas plus de douze-ans) dautant plus fut grande la ioye de sa resurrection. La nouueauté de ce spectacle estonna fort le pere & la mere de la fille. Et Iesus ne requerant d'eux aucun salaire, ne remerciément, tant seulement leur commanda, pour plus grande confirmation de la resurrection de la trespassée, qu'ils luy donnassent à manger. Car le manger est vn signe non seulement de vie, mais aussi de bonne santé. Item il leur defendit que ce qui auoit esté faict entre peu de tesmoings & en priué, ils ne le diuulgassent: soit qu'il ayma mieux que ce qui estoit aduenu se diuulgua par ceux qu'il auoit chassé dehors, que non pas par le maistre de la synagogue, lequel eust bien esté la trompette du benefice du Seigneur auec plus grande hayne, mais c'eust esté à moindre foy: soit qu'en leur commádant de celer ce dont il sçauoit bien qu'eux ne se tairoyent pas, il nous a voulu enseigner qu'en tous bien-faicts on doit euiter la gloire mondaine. Que si quelqu'vn veut profondement regarder quelle secrette doctrine pourroit estre cachée en ce miracle (puis que les faicts de Iesus sont aussi paraboles) la fille eagée de douze-ans & à peine sur le point de deuenir femme, trespassée signifie l'homme qui pour la premiere fois & par foiblesse seroit tombé en quelque peché secret, & partant (à raison que celuy qui a commis le crime n'est pas encore eshonté, ny n'en a encore faict coustume & habitude) se pourroit aisément amender par honte. En tels pechés les pasteurs doyuent ensuyure la ciuilité de Iesus, qui sans grande difficulté leua la fille en

la maison y ayãt prins peu de tesmoings. Car à ceux qui se sont ainsi forfaicts suffit la repre-
hensiõ priuée, de peur que le forfaict vne fois diuulgué ils ne viennent ou à mettre ius toute honte, ou à estre accablés de trop grande tristesse. La première cheutte si elle aduient par
foiblesse, il est tres-aisé de la corriger. Plus mal aisée est la cure de celuy duquel la malice est
desia semée en public: tresmal-aisée de celuy qui par longue accoustumance de pecher, est
ja endurci. Et voyla pourquoy à vne seule parolle Iesus leue la fille en son priué, y admet-
tant bien peu de gens. Au reste, le iouuenceau que les porteurs portoyent en terre, il le ressuscite auec vn peu plus grande peine. La mere pleure & quãt & elle tous ceux du conuoy.
On emporte le iouuenceau. Premierement la mere oyt: Ne pleure point. Puis le cercueil
touché, & les porteurs s'arrestent, si crie Iesus apres le iouuenceau: Leue toy, te di-ie. Premieremẽt il se leue & se sied sur le cercueil, puis se prend à parler. Finalement il sort & est rendu à sa mere. Item touchant le tombeau du Lazare Iesus comme ne le sçachant le se faict
monstrer: vne fois voire deux il se met à larmoyer, & troublé il fremit en son esprit, il commande d'oster la pierre, il crie à haute voix, le mort sort, mais tout lié. En la fin on le deslie,
puis il mange. Quant à Christ il ne luy estoit pas plus mal aisé de ressusciter vn mort de
quatre iours, qu'vn mort de fraits: veu qu'au dernier iour les corps de tous les hommes
du monde enseuelis deuant tant de mille ans, il les ressuscitera par la voix de l'ange: mais
par telle figure il nous a voulu monstrer combien à grand peine s'amendent ceux qui de
long temps sont accoustumés aux vices: non pas à fin que nous desesperions de tels, mais
à fin que de bonne heure nous taschions de nous amender, & que tant plus sogneusement
nous nous efforcions de faire que tels aussi retournent à amendement de vie. Voire ie pense que cecy aussi merite d'estre annoté, c'est que comme ainsi soit que Iesus ait voulu estre
publié par le demoniacle Gerasenien, il a enioinct silence au maistre de la synagogue. Et de
faict l'enuieuse synagogue s'est efforcée d'enseuelir la gloire du Seigneur Iesus, laquelle synagogue, puis apres fouetta mesme les Apostres & leur defendit de faire mention du nom
de Iesus. Mais leur enuie n'a rien aduancé. Tant plus qu'eux se sont efforcés de supprimer
le nom de Iesus, de tant plus est-il publié & espars entre les Payens. Les Sacrificateurs le
tansent: les Pharisiens contredisent: les Scribes l'outragent: Herode sen rit: mais les idolatres le louent, item les rauisseurs, incestueux, adulteres, &c. estans par la grace Euangelique
soudainement deliurés de leurs pechés passés, comme de tres-cruels diables.

C H A P I T R E   V I.

EN quelque lieu ou à quelconque occasion que se transporte ou se retire le
Seigneur Iesus, il est par tout tout vn: il apporte salut pour cependant aduertir ses disciples qui l'accompaignent que iamais on ne doit cesser en l'affaire
Euangelique, ains tousiours par toute occasion mettre peine que de mauuais nous rendions bons les gens, & de bons meilleurs, soit que nous viuions chés nous, soit qu'on voyage, soit en public, soit en priué. Voire & en nauires, & chariots, en deuis familliers, en bancquets, bref mesme en propos ioyeux & recreations, qui
vrayement est doué d'vne bonté Euangelique, tousiours en enuoye meilleurs quelques
vns, Iesus donc qui s'estoit essayé d'aller vers les Geraseniẽs, de peur qu'il ne semblast plus
affectionné aux estrangiers, que non pas aux siens laissa le lieu voisin du lac & se retira en
son pays. Car Nàzareth a merité ce titre d'honneur, d'autãt que là à esté nourri le Seigneur
& y a hanté longuement. Les disciples luy tindrent compaignie, deuenus ses ensuyueurs à
iamais. Or quand le Sabbath fut venu, auquel d'vne coustume fort louable les Iuifs ont
de coustume de s'assembler, non pas pour par sots spectacles, ou vaines fables, ou recreations prophanes, ou chansons superflues passer, c'est à dire, perdre le sacré temps, ains ou
pour par sainct deuis apprendre ou enseigner la Loy du Seigneur: Iesus aussi entre en la
l'assemblée, pour recommander cest exemple aux siens, à fin que tous entẽdissent combien
ce nous seroit chose messeante, comme ainsi soit que les Iuifs ayent esté si songneux d'apprendre de bout à autre vne Loy charnelle, Loy qui n'est ny parfaitte, ny durable à tousiours-mais, item publiée par Moyse, combiẽ, di-ie, il nous messerroit si par vn tout tel ou
plus attentif soing nous ne nous estudions de cognoistre la philosophie Euangelique,
baillée par le propre fils de Dieu. Comme donc Iesus enseignoit en la synagogue, cela luy
diminua son authorité enuers maints en ce que selon la chair il estoit cogneu. Ils cognoissoyent les poures parens, & maison ignoble dont il estoit yssu: du Pere celeste, & de la maison eternelle dont il estoit descendu pour nostre profit, ils n'en pensoyent rien, nõ pas mesme par songe. Il cognoissoyent le mestier paternel (mestier que Iesus propre auoit aussi
exercé en sa ieunesse) moyennant lequel, Ioseph entrenoit sa famille. Or estoit-il charpentier

tier, meftier certes conuenable à celuy par qui le Pere celefte baftit iadis ce mõde vniuerfel.
Par vn charpentier fut crée le genre humain, aufsi a-il efté conuenable que par vn charpentier il fuft remis en fon entier. Pour cela ceux qui cognoiffoyent bien Iefus (lequel iufques enuiron l'eage de trente ans auoit vefcu auec fes parens, fans faire monftre d'aucune
doctrine Pharifaique) luy oyans enfeigner auec grande authorité chofes que iamais ils
n'auoyent ouyes des plus fçauans Pharifiens, ils s'en eftonnoyent grandement, difans
l'vn a l'autre : D'où eft ceftuy tout foudain deuenu tout autre ? D'où luy viennent toutes
ces chofes ? Et quelle nouuelle maniere de doctrine eft ce-cy, qui luy a efté donnée? Et d'où
luy vient vne fi fouueraine vertu à faire miracles, plus grande que nous ayons ouye en pas
vn des Prophetes ? Veu qu'il n'a efté abfent que bien peu de moys, comment retourne-il
vers nous tant foudainement changé ? Et n'eft-ce pas Iefus le charpentier, le fils de Iofeph
charpentier & de Marie, poure femme & de nulle eftoffe ? Ne le cognoiffons nous pas bien
luy & toute fa parenté ? Et fes prochains parens, freres & fœurs, ne viuent-ils pas icy entre
nous ? Si portoyent quelque enuie à Iefus, qui là où naguaires ils l'auoyent cogneu petit
compaignon, eftoit maintenant tout à coup deuenu grand perfonnage. Car la foibleffe
de la chair à eux par trop cogneue, leur portoit encombre. Ce que cognoiffant le Seigneur
Iefus, il fe print à leur dire : Il n'y a lieu ou vn Prophete foit moins eftimé qu'en fon pays, &
entre fes parens & domeftiques. Et de vray l'affaire fpirituel s'accorde mal auec les affections de la chair. Et n'eft nullement conuenable qu'vn Prophete vrayement Euangelique, qui enfeigne le mefpris de ce monde, promet les ioyes du pays celefte, enfeigne qu'il
faut par le baptefme renaiftre en Iefus Chrift, & mortifier noz membres qui font fur terre,
à fin que par l'efprit nous viuions és cieux, cognoiffe icy aucun pays, maifon, familliers,
ou parens, ou amys. Et n'eft pas de merueille, fi les citoyens terriens ne recognoiffent celuy
qui eft ia deuenu citadin d'vn autre pays. Par ainfi Iefus, iaçoit qu'il fuft tout puiffant &
defiraft d'en fauuer tant & plus, ne peut là entre fes gens faire beaucoup de miracles, & ce
à caufe de l'incredulité de ceux qui le cognoiffoyent & de fes parens. Car comme ainfi fuft
que vers d'autres il en auoit aifément guery plufieurs de toutes maladies, chaffés des diables, & guery les ladres, il ne guerit là que biẽ peu de malades, & ce en leur mettãt les mains
deffus. Dont Iefus cõme s'es bayffant de la fi grande incredulité des fiens, fe partit de là, s'en
allant çà & là par tous les villages d'à l'entour, en femant par tout la femẽce Euangelique.
Ce faict aduertiffoit les difciples qu'en l'affaire Euangelique ils ne fe fiaffent point aux affections humaines (car ce qui aduint à Iefus en fon pays, leur deuoit aduenir en Iudée)
ains fe tranfportaffent par tout où il verroyent efperance de grand profit. Or le fruict de la
predication Euangelique eft là à grand planté par tout où il y a prompte croyance. Icelle
n'eft ny entre les parens, ny entre les Pharifiens, ny entre les roys. Les parens mefprifent,
les Pharifiens portent enuie, les roys fe mocquent de la folie de la croix. Or eftoit-il ia le
temps, que les Apoftres lefquels il auoit deputés à la charge Euangelique & qui auoyent-
ia quelque temps efté affiduels compaignons de Iefus, fiffent le coup d'effay de leur charge, & monftraffent à leur capitaine quelque chef d'œuure de leur induftrie & feauté. Il appelle donc à foy les douze qu'il auoit triés comme les plus excellens pour cefte charge, &
quand ils furent amaffés enfemble il leur recorda à tous vne mefme leçon, à fin qu'entre
eux n'y euft aucun contredit, enuoyés d'vn mefme precepteur, & obligés à mefmes cõm-
mandemens. Et à fin que le fruict en fuft plus plantureux, il les enuoya deux à deux (par
l'accouplement nous aduertiffant de l'amour fraternelle, fans laquelle l'Euangile ne faict
aucun fruict) & cõme à des gouuerneurs de pays afsigna à chafcũ fa prouince. Car il eftoit
ainfi expedient pour l'amplification du royaume de Dieu. Or les enuoya-il tous fans armes & defnués, à fin qu'en tel affaire celefte les fecours mondains ne s'y peuffent rien attribuer. Et à fin que l'authorité de gens pefcheurs & idiots ne vinft à eftre mefprifée, il leur
adioufta ce que les Monarques de ce monde ne peuuent donner à leurs lieutenans & gouuerneurs. Car il leur bailla puiffance d'ofter les maladies, & de chaffer les diables. Qu'eft-
ce que Cefar peut faire de femblable? Bien peut-il bailler à force or, gendarmeries, glaiues
& artilleries, abondant qu'il eft en cela: au refte il n'y a nul lieutenant de Cefar qui ait fi
grande puiffance que de pouuoir à l'inuocation du nom de Cefar remedier feulement à
vne chafsieure d'yeux. Mais Iefus bailla celle puiffance à fes gẽs voire en forte que tout
pour rien il en aydoyent à tous ceux qui en auoyent befoing. Et à fin qu'ils fuffent tant
plus à deliures pour executer leur charge, laquelle requiert vn adminiftrateur diligent &
non pefant, il leur commanda qu'en ce voyage ils ne fe chargeaffent d'aucunes hardes fuft
de viures fuft d'armes, excepté tant feulement d'vne verge : non pas d'vne beface pour

P 3

mettre

mettre leur prouision, ny pas mesme de pain qu'on puisse porter tout sans beface, ny de ceinctures chargées d'argent : item qu'ils ne s'armassent les iambes à tout des bottes, ains seulement par souliers semelés se contregardassent les plantes des pieds à l'encontre des incommodités des cailloux & espines : & se contentassent d'vne seule robbe. Telle instruction de Iesus tendoit à ce que d'inculquer par quelque lourde maniere aux disciples encore noueeaux, que celuy qui entreprend la charge Euangelique doit estre vuyde & deliure de tout soucy des choses corporelles, à fin que rien ne suruienne, qui puisse retarder l'auancement de la doctrine celeste. Comme l'affaire estoit fort different des affaires de ce monde : aussi est nouuelle la forme de la commission. Ils reçoyuent vne forme de doctrine, à fin qu'ils ne soyent si osés que d'enseigner chose que leur maistre ne leur eust baillée. Cela auoyent-ils de commun auecques les ambassades humaines, esquelles c'est cas pendable d'outrepasser le contenu des commissions & mandemens. Vn seul les enuoye tous esgaux en puissance, à fin que nulle enuie ne s'esleuast entre-eux. Il les enuoye deux à deux, à fin qu'ils se souuinssent de la concorde fraternelle, & l'vn frere soulageast l'autre. Il les enuoye en diuers lieux, à fin que le fruict de la doctrine Euangelique s'estendist plus au large. Auec-ce il leur dône puissance de guerir les maladies, mais au nom du Seigneur Iesus, à fin que comme ils entreprenoyent la doctrine d'autruy pour la dispenser à la bonne foy, semblablement ils seussent que la vertu, moyennant laquelle ils gueriroyent les maladies, estoit du Seigneur, & non la leur. Il leur defendit de ne porter beface, ne pain, ne monnoye, ne deux robbes, à fin que de toute leur fiance ils s'attendissent à la promesse de leur maistre, que moyennant son appuy ils se confiassent d'estre asseurés à l'encontre de toute la violence des aduersaires : que moyennant sa prouidence ils seussent que rien ne leur defaudroit touchant ce qui concerne la necessité temporelle du corps. Or comme ainsi soit que rien ne puisse contenter la volupté, bien peu de cas contente la necessité de nature. Et aussi l'intention du Seigneur Iesus en tenant ces propos n'a pas esté telle que iamais il ne deust estre licite à ceux qui demeinent l'affaire Euangelique, de porter quant & soy quelques necessaires hardes ou argent, attendu que mesmes auiourdhuy les Apostres ne font nulle difficulté de ce faire. Voire celuy pourroit bien meriter estre digne de plus grande louange qui enseigneroit l'Euangile à ses propres despens. Mais par telles hyperboles il a voulu toutalement arracher à ses disciples gens encore grossiers & nouueaux, le soucy des choses qui coustumierement retardent vn cœur qui entreprend quelque chose celeste. Autrement il sçauoit bien que telle pensée leur viendroit en l'entendement ; Tu nous enuoye en contrées incogneues : tu nous exposes tout nuds & sans armes à diuers dangiers. Mais qui nous nourrira, si la faim nous suruient : qui nous defendra contre la violence : qui nous vestira, si la froid nous suruient : Tu veux que nous enseignions pour rien : & veux que nous guerissions pour rien. Ouy-mais celuy à faute de prou de choses, lequel uit en pays estrange. Ce chagrineux & ord soucy, par ce que le plus souuent il procede de deffiance, Iesus s'est efforcé de l'arracher du cœur de ses disciples comme soucy indigne de la grandeur d'vn tel affaire. Outre-plus vn propos allegoricque est de telle efficace, que ce qui est enseigné s'imprime plus profondement és cœurs grossiers. Car si vn docteur Euangelique entre les Getes au pays des Getes portoit des souliers, ou deux robbes, il ne pecheroit pas : ou bien si ayant à faire vn voyage en Lybie ou en vne nation inhumaine, il portoit quât & soy quelques viures & argent aussi. Mais tout ce qui retarde l'auancement de l'Euangile, on le doit reietter. Or considere moy maintenant de combien grand fardeau sont chargés ceux qui s'acheminans apres l'affaire Euangelique, portent quant & soy les richesses royalles, les dignités & voluptés de ce monde : item vn appetit de vengeance s'il leur aduient quelque fascherie. Le fardeau gist plustost au cœur que non pas aux besaces & habillemens. Qui ne met ius toutes telles hardes & fardeaux, il n'est pas suffisant ambassadeur de Iesus Christ. Semblablement il y a allegorie és choses qu'il permet. Il permet vne verge & dès sandales. Or est-ce vne chaussure fort legiere, que sandales, & lesquels defendent tellement contre l'incommodité qu'ils n'en empeschent pas la hastiueté. Parainsi celuy donne vn mesme aduertissement, qui permet les sandales, & defend les souliers : car il defend retardement, & enhorte a hastiueté. Semblablement c'est vn mesme aduertissement que de permettre vne verge & que de defendre vn baston. Car vne verge soulage celuy qui chemine & ne retarde point le chemin, ains l'auance. Mais vn baston auec ce qu'il est pesant, on a aussi coustume de le porter pour repousser la violence. Parainsi celuy qui permet vne verge sans aucune autre chose, & qui defend vn baston, il veut que le messagier Euangelique soit asseuré à

l'encon-

l'encontre des assauts des maux en la seule force & ayde de Iesus Christ & non en autre.
Au voyagier conuient la verge,& le baston au guerroyant. Or celuy qui manie l'affaire
Euangelique,doit tousiours s'aduancer aux choses plus parfaittes:il doit estre fort eslon‐
gné de l'appetit de vengeance.Dōc ce soucy arraché du cœur des Apostres, Iesus poursuyt
de leur monstrer par quel moyen à l'aduenir ils n'auroyent‐ia que faire de se tourmenter
du soucy de telles choses.Ne soyés(leur dit‐il)en soucy ne du logis ne du viure.Mais quãd
vous entrerés en vn village ou ville, quelle que soit la maison qui vous receura encore qu'
elle soit poure & abiette,demourés‐y iusques que vous en voudrés departir,appellés au‐
tre‐part pour l'auancement de l'Euangile. Estans en petit nombre & vous contentans de
peu,vous ne serés en charge à aucun chés qui vous logés.A peine se pourra‐il faire qu'en
aucun lieu il y ait ville si desesperée,qu'en icelle il ne se trouue quelqu'vn qui doyue tres‐vo
lontiers recepuoir tels hostes, attendu qu'il s'en trouue qui donnent grand salaire à vn
medecin & le font venir de pays loingtain. Que s'il se trouue maison ou ville si mes‐co‐
gnoissante,qu'elle vienne à vous refuser logis,à vous, di‐ie, qui sans estre requis leur por‐
tés vn don celeste, pour le salut & des corps & des ames, ne veuillés pour la dureté de
quelques vns vous deporter de la charge entreprinse,mais laissés‐là pour vn temps vne
telle ville, & vous transportés à d'autres : ouy apres auoir premierement reproché leur
forsenerie à ceux qui ne vous auront voulu recepuoir.Sortés és places, & secoués la pou‐
dre de voz pieds,à fin qu'ils se souuiennent & entendent que vers eux seront venus gens
qui auront presenté le salut pour rien & la plus ioyeuse nouuelle du monde : & qu'vn si
grand bien ne pourroit estre recompensé par aucun salaire,item qu'vne si precieuse mar‐
chandise ne doit estre presentée à aucun mal‐gré soy ou qui n'en faict conte:que ceux s'im
putent leur ruyne,lesquels auront mieux aymé perir,là où ils pouuoyent estre gueris:
quãt à vous,qu'enuers eux vous n'aurés pourchassé autre chose fors le salut du prochain
de maniere que vous ne les aurés pas voulu endommager de la seule poudre qui se seroit
attachée à voz pieds.Telle hautesse est conuenable à mes ambassadeurs à l'encontre des
rebelles & degoustés.Toutefois en vous en allant iectés‐leur le ce seul mot au nés bon gré
mal‐gré, leur disans : Sçachés que ia est prochain le regne de Dieu,soit que vous le rece‐
ués,soit que non:si vous le receués, il vient pour vostre bien : si vous le reiettés,ce neant‐
moins il viendra,mais à vostre grand dommage. Les ambassadeurs de Iesus garnis de ce
ste prouision se partirent d'auec leur maistre,& selon que le portoit leur commission, ils
inuitoyent vn chascun à faire penitence de sa vie passée : & que ia estoit venu le regne de
Dieu, lequel par foy Euangelique apportoit à tous vne parfaitte iustice. Car le chef & le
commencement de la predication Euangelique est croire ce qu'on oyt & se fier aux pro‐
messes. Apres que par maints tels propos le Seigneur Iesus eut diligemment muny ses di‐
sciples, ces douze Princes du regne des cieux s'en allerent & se porta bien l'affaire : ils an‐
nonçoyent à tous de faire penitence des maux passés,& que personne ne se fiast en ses pro‐
pres œuures, mais seulement és promesses Euangeliques. Et ils trouuerent gens qui fu‐
rent prompts à escouter leur predication.Aussi ne defaillit pas la puissance de faire mira‐
cles tout sur le champ,pour bailler credit aux parolles de gens les plus abiets du monde
& de nul renom.Ils oingnoyent d'huyle les malades & les guerissoyent. Ils commãdoyent
aux diables de sortir au nom de Iesus, & ils sortoyent. Ledit huyle n'estoit pas vne me‐
decine(car qui est celuy qui à tout vne mesme medecine puisse guerir toutes maladies?)
mais vn mystere. Ils oingnoyent d'huyle visible la peau du corps & le corps guerissoit:
mais l'huyle de la grace Euangelique deuoit par Iesus Christ nostre Oingt oingdre les
cœurs, lesquels viendroyent à estre gueris des maladies des vices. Doncques ce n'estoit
pas par inuocations magicques par lesquelles ils chassoyent les diables, mais bien par
parolles Euangeliques, vertueuses par foy. Voyla quell'estoit la puissance du regne ce‐
leste. Qu'estoit‐il de plus abiet & contemptible qu'estoyent les Apostres ? Mais tant
moins de pouuoir ils auoyent, d'autant plus voyoit‐on clerement que ce qui se faisoit
partoit d'vne puissance diuine. Ils n'auoyent ne cheuances, ne sciences, ne Magistrat, ne
sauuegarde, ne noblesse de race, ne renom, ne authorité. Ils n'auoyent rien autre chose
qu'vne simple fiance enuers Iesus lequel leur estoit encore bien peu cognue. Par ces cho‐
ses la renommée du Seigneur Iesus s'espandoit tous les iours de plus en plus,de sorte que
le bruit en vint aussi iusqu'au roy Herodes. Car les roys qui sur tous deuoyent cognoistre
Iesus ce sont ceux qui le cognoissoyent les derniers & auec plus grand mal‐heur que nuls
autres.Comme dõc ainsi fust que les miracles de Iesus fussent si frequens & si euidens que
nul ne les eust peu dire estre contrefaicts,si salutaires que nul n'eust peu cauiller iceux estre

faicts par les diables : comme aussi maints prononçassent diuerses sentences touchant le
Seigneur Iesus, finalement Herode prononça aussi la sienne, disant : Iean est ressuscité des
morts, & partant a-il maintenant pouuoir de faire miracles. D'autres semblablement prenans coniectures sur la prophetie de Malachie, disoyent Iesus estre Helie, lequel est promis
deuoir reuenir deuant ce grand & redoutable iour du Seigneur. Il en y auoit qui nioyent
qu'iceluy fut Helie l'authorité duquel est souueraine entre les Iuifs : mais bien que c'estoit
quelqu'vn des menus Prophetes lequel estoit ressuscité. Les sentences desquels ouyes, Herode persista en la sienne, disant : Non, c'est ce Iean auquel ie trenchay la teste. Il est ressuscité,
& maintenant deuenu Dieu, il faict choses surpassantes les forces humaines. Nul d'entre
ces gens n'estoit qui ne creut la resurrection des corps. Et toutefois auiourdhuy il en y a
maints qui nyent que Christ soit ressuscité. Et à fin qu'icy vous entendiés combien les iuge
mens des meschans sont faicts à la renuerse, Iean, qui n'auoit reluit par aucuns miracles,
ils croyent qu'il soit ressuscité : Iesus, la puissance diuine duquel à esté declarée par tant de
moyés, ils nyent obstinément qu'il soit ressuscité. Outre-plus considerés moy la bestialité
des meschans roys : Herode confesse Iean estre ressuscité, il confesse que ressuscité il a plus
grande puissance que non pas auant son trespas : & toutefois il se vante de l'auoir tué, estāt
bonnement pres de le tuer de-rechef, s'il eust peu. Il ne sera que bon d'ouyr l'occasion d'vn
tel forfaict. Or Herode à la suasion de son incestueuse femme commāda d'empoigner Iean
& le mettre en prison non pour forfaict aucun, mais à cause d'Herodias fille du roy d'Aret,
laquelle auoit esté premierement baillée pour femme à Philippes quatrenier d'Iturée & de
Trachonitis : mais le pere pour quelque picque qui s'esleua entre-eux, osta sa fille à son gēdre (auquel elle auoit enfanté vne fille) & la bailla en mariage à cest Herode frere, mais ennemy dudit Philippes. Et Iean pour tant mieux representer la personne d'Helie, qui auec
vne grande hardiesse reprint Achab & Iezabel, ne peut porter ce mariage si incestueux. Si
dit à Herode : Il ne t'est pas loisible d'auoir chés toy la femme de ton frere : attēdu qu'il n'est
pas sterile & est encore en vie. Or Herodias qui auoit ia decheu de son premier mariage,
craignant que par le moyen de Iean elle ne vinst aussi à estre forclose du secōd, elle dressoit
embusches audit Iean cherchant occasion de le tuer, & n'en trouuoit point. Car Herode,
iaçoit qu'il n'aymast pas Iean de cœur, l'auoit neantmoins en reuerence & le craignoit. De
telle efficace est la vraye vertu, que mesme aux roys elle est redoutable. Car sçachant bien
que c'estoit vn homme iuste, & sainct, il le reueroit, & en maintes choses suyuoit son conseil,
& l'oyoit volontiers. Vela qui empeschoit ceste abominable Herodias de pouuoir exterminer Iean. Elle auoit bien le courage mauuais, mais l'occasiō luy deffailloit, le seul defaut
de laquelle retient les meschans de nuire : Or le iour de la nayssance d'Herode aduint, tout
propre pour telle abominable lascheté. Car il failloit bien que la nayssance de l'abominable roy, fust polluée par la mort du tres-sainct personnage, & que le fin cœur des bombances & delices royalles fust souillé par la cruelle mort de l'innocent. Comme donc le roy faisoit le bancquet de sa nayssance appareille en grande pompe & magnificence, aux Princes
& capitaines & principaux de Galilée, à fin qu'il eust tant plus de tesmoings de sa cruauté,
la fille de laditte Herodias qu'elle auoit eu de Philippes, entra au bancquet pour par vn
deshonneste & lasciue danser, resiouyst les conuiés au festin. Tant plus infamement elle
dansa, d'autant plus pleut elle aux conuiés, & au roy ia deux fois infensé, qui outre l'a-
mour qu'il portoit à sa femme incestueuse, estoit aussi eschauffe de vin. Donc d'vne magnificence royale il dit à la fille : Demāde moy tout ce que tu voudras, car rien ne te sera refusé.
Et pour bailler à la fille plus grande hardiesse de demander tout ce bon luy sembleroit, il
conferma par serment sa sotte promesse : Tout ce que tu demāderas & fust-ce bien la moytié de mon royaume, ie le te donneray. O voix digne d'vn tressot & yure roy. Et la fille, comme elle auoit commencé de iouer ceste farce par la suggestion de sa mere (car elle auoit
espié le iour, le lieu & l'héure, elle auoit apposté la danserelle) n'osa pas si tost dire que c'est
qu'elle demandoit : mais elle sortit du bancquet & se conseilla à sa mere, disant : Le roy m'a
promis par son serement qu'il me donnera tout ce que luy demanderay. Qu'es-tu d'aduis
que ie demande. Il y auoit la iuste occasiō de pourpenser, de peur qu'vne si grande opportunité ne perist. Mais l'incestueuse femme sans rien delayer, & ne desirant rien plus que la
mort du tant sainct personnage, respondit : Demande la teste de Iean Baptiste. Et, ô l'enseignable & obeissante fille à meschanceté. Elle s'en retourna soudain en la sale. La mere l'a-
uertit aussi de se haster, deuāt que celle challeur du cœur du roy se refroidist. Elle donc s'en
va au roy, & luy demande le salaire de sa danse incestueuse, disant : Ie ne te demande qu'vn
seul mets. Ie veux que tout-maintenant tu me donnes en vn plat la teste de Iean Baptiste.
Conside-

Confiderés moy icy la renuerfée religión du roy abominable irreligiéux. Cóme ainfi foit qu'il ne foit rien de plus vfité à telles gens que d'enfraindre tous liens d'alliances & religions, ceftuy faict grand fcrupule & confcience de violer vn tref-fot ferement, attendu mefmement qu'il l'auoit faict en prefence de tant de tefmoings. Pourtant de peur d'eftre tenu pour vn homme de petite feauté, fi ce que peut eftre il auoit iuré par fa couronne royalle, ou par fon ange, ou par la tefte de la danferelle, il venoit à le refufer: & que peu courtoys il ne vinft ou à enuoyer la fille toute trifte, ou à offufquer de quelque brouillas de fafcherie là ioye des gens du bancquet lefquels la fille auoit refiouys. (O foy & religion, ô ciuilité & courtoyfie digne d'eftre enregiftrée és Chroniques) fans riens tarder il enuoye vn bourreau, lequel apporte la facrée tefte du tref-innocent perfonnage, cóme vn mets en vn plat. Il la baille à la fille, & la fille la bailla à fa mere, don plus cher que la moytie d'vn royaume. Par ce tant hydeux fpectacle le fot & infenfé roy cópleut à fa inceftueufe femme, & en honnora le iour de fa naiffance. Le roy meurtrit, le bourreau apporte la tefte, la fille l'impetre, & à la mere, caufe de ces maux, reuient le falaire tout fanglant. Et, ô les gens du bancquet dignes d'vn tel feftoyeur. Il n'y en eut pas vn tant amy du roy, qu'il le retinft de commettre vn acte tant abominable. Et puis nous nous esbahiffons fi les roys font quelques fois chofes abominables, veu qu'ils ont de tels courages, addonnés à paillardifes inceftueufes & au ventre, & font accompagnés de gens qui font ou craintifs, ou fauteurs de la cruauté. Quand les difciples de Iean entendirent ce faict, ils allerent prendre fon corps & l'enfeuelirent honnorablement. Combien qu'en ces chofes foit caché vn fens plus fecret. Iean, iaçoit qu'il reprefentaft la Loy, ce neantmoins comme auant-coureur de l'Euangile fut remuneré d'vn don Euangelique, affauoir d'vne glorieufe mort, diuerfe toutefois de celle du Seigneur. Car à Iean fut trenchée la tefte en fecret apres auoir demouré quelque temps enchainé en prifon. Chrift fut crucifié deuant tout le monde. Les tenebres des prifons conuiennent aux ombres & figures de la Loy, il failloit qu'icelles cedaffent à la lumiere Euangelique qui ia fe leuoit. Et eftoit conuenable que les ceremonies charnelles decreuffent, à fin que la liberté fpirituelle accreuft: & failloit que fuft enferré la crainte qui y pouuoit eftre, à fin que plus au large s'efpandift la fiance & charité Euangelique. Finalement il failloit que fuft coppé le chef humain, à fin que deformais l'Eglife ne rceogneuft aucun autre chef hors mis Iefus. Parainfi la Loy aucunement meurtrie, & honnorablement enfeuelie, dóna au Seigneur Iefus lieu de publier la philofophie fpirituelle. Car ce que nous nous fions à l'Euangile, nous le deuons pour la plus part au vieil teftament, lequel, ia paffés tant de fiecles, nous a pourtrait Iefus Chrift par ombres & figures, & par les oracles des Prophetes le nous a promis & depeint. Sur ces entrefaittes, voicy reuenir les Apoftres d'exploitter leur commiffion, & tous enfemble s'affemblent vers Iefus, le chef de tout l'affaire. De luy prouuiennent toutes chofes, à luy-mefme faut que foyent rapportées toutes chofes. Ils s'eftoyent tous d'vn accord partis d'auecques luy ayans receu leurs commiffions, pour au nom de luy feul faire d'vn accord, tout ce qu'ils feroyent: vers luy auffi ils retournent tout d'vn accord, defirans que ce qu'ils auoyent faict fuft approuué. Ils luy expofent donc l'hyftoire de toute leur ambaffade, racontans auec grande alaigreffe point par point les chofes qu'ils auoyent enfeignées & faittes, & comment l'affaire s'eftoit porté à fouhait. Et le Seigneur approuuant leur foy entiere, reprimant ce-pendant leur gloire, les emmena en vn lieu folitaire au defert de la ville de Bethfaida, à fin qu' apres de fi grands trauaux ils fe recreaffent vn peu & reprinffent leur halayne. La retraitte ne leur fut pas donnée à fin qu'ils s'abbandonnaffent aux voluptés, mais bien à fin que par fecrette priere ils renforciffent & renouuellaffent la vigueur de l'efprit pour foudain retourner de nouueau aux trauaux. Et auffi le docteur Euágelique ne fe doit foucier que bien legierement du corps. Or celuy qui exerce l'office d'Apoftre, pource qu'il luy eft force d'auoir à faire auec foibles & forts, auec doctes & indoctes, auec bons & mauuais, il ne fe peut bonnement faire que quelque fois il ne foit vn peu defuoyé de celle parfaitte tranquillité de l'ame. Toutefois & quátes que cela aduient, il faut ramener l'efprit à fecrettes & ententiues prieres, & à vne pure contemplation des chofes celeftes, à fin que s'eftant renforcy il retourne foudain pour ayder au prochain. Et de faict là où ils trouuerent pour lors le Seigneur Iefus tant de gens venoyent vers luy que ce fembloyent comme iets d'abeilles des venans & retournans lefquels eftoyent fi loing de permettre aucun repos aux Apoftres, laffés du chemin, qu'ils n'auoyent pas feulement le loyfir de prendre leur repas. Ayans donc donné congé aux trouppes ils monterent en vn bafteau & allerent en vn riuage prochain de Bethfaida & de là fe retirerent en vn lieu defert auec le Seigneur. Mais ils ne peurent

Et les Apoftres fe raffemblerent vers Iefus.

pas

pas là non plus se cacher long temps. Car la lumiere de la verité Euangelique ne peut estre cachée. Celle retraitte ne fit autre chose que prouocquer & aguiser l'appetit des gens. Car aucuns cogneurēt bien où ils s'estoyent trāsportés, assauoir au desert qui estoit vis à vis de la ville de Bethsaida : & si tost que le bruit fut espandu qu'ils estoyent là, à force gens indifferemmēt de toutes les bougardes voisines, s'y en allerent à pied, si bien & si beau que maints arriuerent là à pied deuant le Seigneur mesme & ses disciples qui alloyent par basteau. Vous diriés que le temps estoit venu, auquel ils se deliberoyent d'entrer par force au royaume de Dieu. Quand Iesus entendit qu'vn si grand nombre de gens s'estoyent là amassés de toute part à beau pied & par vn chemin fort fascheux, tant s'en faillit qu'il se cachast d'eux, ou les enchassast comme importuns, que de sa retraitte il leur sortit comme au deuant: ce que certes il faisoit pour par diuers moyens façonner ses disciples & les instruire à vne promptitude continuelle d'auancer l'affaire Euangelique. Estant donc sorty le doux Iesus, quand il eut veu vne assemblée fort grande, à dire le vray, mais cōfuse & sans ordre, d'enfans d'hommes & de femmes, il en eut compassion & à ses yeux mesmes, à son visage, & (comme l'on dit) à sa propre face monstra vne vraye douleur de cœur, façonnant & formant l'affection du docteur Euangelique. Ces gens auoyent soif de la doctrine de salut. Ce que mōstroit assés tant la difficulté que la hastiueté de leur chemin. L'amour auoit baillé des ailes aux pieds, mais ils estoyent comme brebis errātes çà & là par faute de bon pasteur. Car les Sacrificateurs, les Pharisiens, & les Scribes ne tenoyent conte du troupeau, ains se paissoyent eux-mesmes. A raison de quoy Iesus ayant compassion de la multitude simple & ignorāte, se print à faire office de feal pasteur. Premieremēt il leur repeu les cœurs en abondāce de la pasture de la saincte doctrine: puis ils guerissoit les malades qu'ils auoyent admenés quāt & eux. Quand en ces choses il eut consumé vn grand espace de temps, & ia l'experience mesme demōstroit qu'il failloit repaistre de viande corporelle la multitude, les disciples ensuyuant la clemence de leur maistre, luy vont dire : Seigneur tu voy vn fort grand nombre de gens estre icy venu sans prouision. Or ce lieu est desert, & est-ia passée l'heure de prendre le repas corporel. Ces gens s'oublient, baaillant apres tes parolles, & ne peuuent s'en separer. Parquoy donne leur congé, à fin qu'ils s'en aillent par les villes & villages d'alentour & s'achetent des viures pour menger. A cela Iesus pour monstrer aux siens comment il faut repaistre la multitude, leur respondit : Mais plustost vous qui deués estre pasteurs à l'aduenir apprenés maintenāt à vous porter en pasteurs, & leur baillés à manger du vostre. Et les disciples n'entendans pas encore où tendoit ce prepos de Iesus, selon leur lourde capacité, respondirent : Tu nous commandes vne chose impossible, car tu sçais combiē mince est nostre prouision. Voudrois-tu que nous allissions acheter à deux cēs deniers de pains pour ceste multitude, cōbien que tant s'en faudroit qu'ils deussent suffire pour les rassasier, qu'à grand peine en pourroit gouster chascun vn peu. Alors Iesus preparant de peu à peu leur cœur au miracle, leur dit : Combien aués vous de pains? Comme ils n'auoyent dequoy respondre sur le champ: Allés (leur dit-il) & voyés combien grande prouision vous aués. Ils y allerent voir, puis luy rapporterent qu'ils auoyent cinq pains & deux poissons. Le Seigneur n'ignoroit pas la quantité de leur prouision, mais il voulut que les Apostres cogneussent biē le peu qui y estoit, à fin que tāt plus ils recōgneussent au miracle la puissance diuine. A fin aussi que mieux ils s'aduisassent combien grand estoit le nombre de gens, il leur commanda de les faire tous asseoir sur l'herbe verde, & tellement les arrenger par compaignies qu'en chasque bande il s'assissent par centaines & cinquantaines. Les Apostres obeirent au Seigneur, & le peuple aux Apostres, tant grande fiance auoyent-ils en Iesus leur pasteur. Si print Iesus les cinq pains & deux poissons, puis selō sa coustume il esleua les yeux vers le ciel & rēdit graces au Pere, par le benefice duquel s'auançoit en la sorte l'affaire Euangelique. Puis il rōpit les pains & les bailla aux disciples pour les presenter à la compaignie. Semblablement les poissons il les despeça & les bailla aux disciples pour les departir à tous. Ils mangerent tant tout leur saoul, & tant s'en faillit que pas vn eust defaut de rien, que le bācquet acheué, les Apostres par le cōmādement du Seigneur remplirēt douze panerées du relief. Or le nombre de la compaignie, qui aisément se pouuoit recueillir par les tablées arrāgées sur la verdure, estoit de cinq mille hommes sans les femmes & les petits enfans. Par ce miracle Iesus bailla à ses Apostres la forme de repaistre la multitude de la pasture de la parolle Euangelique, & quant & quant leur arracha le chagrineux soucy de se pouruoir de viures. Quiconque donc tu sois Euesque & pasteur du troupeau du Seigneur, garde toy bien de faire à part toy ces discours: De moy ie suis professeur de la foy de Dieu, ie suis tres-sçauant expositeur des sainctes Escriptures:

i'ay

ſay ſuffiſamment de quoy enſeigner & puiſer du riche & plein grenier de mon erudition
pour raſſaſier le peuple tant affamé ſoit-il. Regarde pluſtoſt & recognoy combien petite
prouiſion tu as chés toy:laquelle meſme, tout petite & grande qu'ell'eſt, tu la dois au Sei-
gneur.Mais ce peu d'auoir que tu as, mets-le entre les mains de Ieſus, & le prie qu'il le manie & rompe:puis ce qu'il aura baillé, preſente-le au peuple tout ainſi qu'il te'aura baillé,
comme viande du Seigneur & non tienne:& le preſente ſans rien doubter, ſans faire aucune difference, ſans te confier nullement en tes forces, & ainſi ſera finalement le bancquet E-
uangelique:& ſeront les cœurs des croyãs pluſtoſt par vn idiot refectionnés & remplis de
la viande de ſalut, que non pas ſi vn ſuperſtitieux Phariſien, ou vn arrogant Philoſophe,
ou vn eloquent orateur par vne harangue preparée meditée & bien affilée ſe faiſoit valoir
deuant l'aſſemblée.Au reſte par ce qu'au parauant Ieſus auoit commandé à ſes Apoſtres
de ſe mettre apres l'affaire Euangelique ſans aucunement ſe ſoucier de la prouiſion, il a declaré maintenant par effect, qu'à ceux qui de tout leur cœur ſont tellement ententifs apres
le royaume de Dieu & ſa iuſtice qu'ils ne tiennent conte de ces choſes temporelles, du ſoucy deſquelles ſe tourmente grãdement la plus part des hommes, rien ne manquera, pourueu qu'ils ayent vne ſimple fiance enuers le Seigneur Ieſus. C'eſtoit vn petit benefice d'a-
uoir ſaoulé des affamés, au pris des choſes que le ſeigneur tresliberal faiſoit ordinairemẽt,
C'eſt bien vn plus grãd bienfaict d'auoir repeu l'ame que non pas le ventre.Et toutefois ce
qui eſt le plus vil du mõde, le peuple groſſier, ſelon qu'il eſt d'vn iugemẽt renuerſé, l'a ordinairement en tresgrande eſtime. Pourtant bien cognoiſſant Ieſus que le cõmun populaire
eſtãt ſaoulé viendroit à deliberer de le faire roy, il cõtraignit ſes diſciples(leſquels ſe departoyent enuy d'vn tant amyable maiſtre)de s'embarquer & trauerſer le lac pour l'aller deuãcer en Bethſaida, tandis qu'il dõneroit congé à l'aſſemblée. Et apres leur auoit dit à dieu, il
ſe retira ſecrettement en la montaigne pour tout ſeul y prier le pere, que tel qu'auoit eſté le
cõmencement de l'affaire Euangelique, tel auſſi en fuſt l'accroiſſement.Ce pẽdant la nuict
s'auançoit, & ſi les diſciples nauigeoyent ſans leur maiſtre au fin milieu du lac.Or ſe vient
eſleuer vne tẽpeſte. Et cõment ne ſeroit-il nuyct là où n'eſt pas ce ſoleil & lumiere du monde, aſſauoir Ieſus?Cõment ne ſeroit en dãgier la nauire en laquelle n'eſt Ieſus?Cõment ne
ſeroyẽt troublés les Apoſtres quand celuy cõſolateur de tous aſſauoir Ieſus n'eſt preſent?
Cõment les vents eſtans contraires ne retarderoyent-ils l'intention & yſſue de l'induſtrie
humaine, ſi Ieſus ne l'auãce?Or eſt-il ainſi qu'il s'abſente bien quelque fois, mais il n'abbãdonne pas finalement les ſiens. Il ſemble bien quelque fois les delaiſſer pour vn temps,
mais c'eſt pour les accouſtumer aux aduerſités, c'eſt pour les façonner à auoir vne ferme
fiance en luy.Car il eſtoit-ia deſcendu de la montaigne, il eſtoit-ia ſur le riuage, mais ſeulet. Les diſciples ne l'apperceuoyent pas, mais luy toutefois les voyoit bien. Et pourtãt ne
faut-il pas perdre courage en tant grand trouble & branſle que puiſſent eſtre les affaires;
retenant ceſte confiance certaine au cœur, que iaçoit que le Seigneur n'apparoiſſe en nul
endroit, toutefois il aſſiſtera aux ſiens quand le temps le requerra.Et de faict il eſt-ia ſur le
riuage, & voit qu'ils ahenent à gacher:Car le vent leur eſtoit contraire. Apres donc qu'ils
eurent ainſi luicté quelque temps contre les ondes & vents de ce monde, ſi qu'ils eſtoyent
preſts de deſeſpoir, enuiron la quatrieſme vẽille de la nuyct, qui eſt ſur le point du iour, Ieſus vient vers eux, non pas porté ſur baſteau, mais marchant coyement ſur l'eau. Car l'element recogneut ſon createur, & Ieſus portoit la mine de les vouloir paſſer.Et de faict il laiſſe bien quelque fois les ſiens tremper és calamités comme s'il n'en tenoit conte, combien
que iamais il n'en oſte le ſoing.Et quand les Apoſtres l'entreuirẽt marcher ſur l'eau, ayans
oublié tant de miracles qu'ils auoyẽt veu, ne croyans pas qu'il ſe peuſt faire qu'vn elemẽt
liquide peuſt ſouſtenir vn corps d'homme qui eſt vne choſe maſſifue & peſante, cuiderent
que ce fuſt vn fantoſme tout vuide, qui leur esblouyſt les yeux d'vne vaine apparence.
Dont eux tous effrayés s'eſcrierẽt de peur.Car ils voyoyẽt bien tous la reſſemblance de Ieſus, ce nõobſtant ils ne croyoyẽt pas que fuſt-il. Eſpouëtable eſt le Seigneur à ceux qui le
croyent eſtre vẽgeur, & ne le tiennent pas pour ſauueur.Ioinct auſſi qu'on ne peut le recognoiſtre parmy les tenebres de ce monde, n'eſt que luy-meſme ſe deſcouure à nous. Or ne
peut-il plus laiſſer ſes diſciples ſe mourir de peur, ains ſoudain les aborda d'vn parler qui
leur eſtoit cogneu, diſant:Ayés bon courage:c'eſt moy, n'ayés peur. Si entra au baſteau &
s'arengea auec ſes diſciples, & ſoudain la tẽpeſte s'appaiſa.Lors à la frayeur ſucceda admiration, cõment ſe pouuoit faire qu'vn corps humain marcha ſur vn elemẽt fluide. Tant tardifs, tãt lourds, tant oublieux eſtoyẽt les diſciples qu'ils ne ſe ſouuenoyẽt pas ſeulemẽt du
miracle qu'il auoyẽt veu vn peu auãt, par lequel tant de mille hõmes auoyẽt eſté refectionnés

Et inconti-
nent il con-
traignit.

nés de cinq pains & de deux poiſſons. Et auoyẽt le cœur tellemẽt engourdy qu'ils s'eſmer-
ueilloyẽt de ce que Ieſus marchoit ſur l'eau, là où c'eſtoit vne bien plus grãde merueille de
ſaouler à toũt ſi peu de viures vn tant grand nõbre de gẽs. Le Seigneur laiſſa ceſte tardiue
té demourer en ſes diſciples, à celle fin qu'eux auſsi apprinſent à ſupporter la lourdeſſe des
foibles, iuſques qu'ils ſeroyent aduancés. Or vindrent-ils à port au matin, & prindrent
terre au pays de Geneſareth, au port pretendu. A peine Ieſus eut-il prins terre, que voyla
des gens du pays qui le recogneurent. Car le Soleil eſtoit-ia leué, & s'en eſtoit allée la nuict
qui auoit ſayſi les cœurs des diſciples. Ioinct que Ieſus eſtoit eſpiés de maints quelque part
qu'il allaſt. Car il eſtoit-ia cogneu de pluſieurs, meſme de face : mais le renom de ſes miracles & doctrine s'eſtoit bien eſpandu plus au large. Or ceux qui le virent & recogneurent,
tout ne plus ne moins que s'ils fuſſent eſté venus pour l'eſpier, tout à coup le laiſſerent là,
& coururent par tout le pays rapporter que Ieſus eſtoit venu. Ces nouuelles ouyes, pluſieurs ſe prindrent à apporter és licts ceux qui eſtoyent en mauuais point. Et où que Ieſus
allaſt, fuſt bougarde, fuſt ville, ou village, là ſe trouuoit l'importune multitude, plus ſongneuſe d'oſter les maladies corporelles que non pas les ſpirituelles : & mettoyent parmy
les places hideux ſpectacles de gens detenus de diuerſes maladies, & quand Ieſus paſſoit,
ils le prioyent qu'au moins il leur laiſſaſt toucher le bord de ſa robbe. Car la foule eſtoit ſi
grande qu'a grand peine cela pouuoit-il eſtre permis à chaſcun. Car la difficulté ne venoit
de Ieſus, qui ne deſdaigna pas meſme de toucher le ladre : mais il prenoit plaiſir à exemples de fiance, leſquels il a voulu eſtre recommandé à chaſcun. Et pourquoy ne les au-
roit-on en recommendation ? Tous ceux qui touchoyent Ieſus, gueriſſoyent, de quelconque maladie qu'ils fuſſent detenus. Iceux en confiance touchoyent le bord de la robbe de
Ieſus (laquelle par apres eſcheut à ceux qui le crucifierent) & gueryſſoyent des maladies
corporelles : combien plus ſe doit efforcer vn chaſcun de toucher Ieſus de cœur, & guerit
des maladies ſpirituelles ? Rien ne ſert l'attouchement ſans foy. Ceux ont touché le corps
de Ieſus à nud, qui l'ont buffeté, qui l'ont garotté, qui l'ont fouetté, qui l'ont crucifié : & ſi
à pas vn d'eux n'a de rien ſeruy l'auoir touché. Lis-tu l'Euangile ? bien tu touches Ieſus,
mais tu le lis, pour le refuter, ou bien tu le lis comme par coruée, pour rien tu touches Ieſus.
Lis-le d'vne foy entiere, & ſoudain tu gueriras. Mais il te faut prier Ieſus à ce que tu puiſſes
le toucher. Pour rien le touche, qui n'eſt touché de luy le premier. Si tu ne peux attaindre
celle profonde ſageſſe que Paul parle entre le parfaicts, le ſeul touchement du bord, & tu
recouureras gueriſon, pourueu que tu ayes vne foy entiere. Rien de tel ne peuuent bailler
les franges des Phariſiens pour larges qu'elles puiſſent eſtres, le Seigneur Ieſus n'a rien de
ſi bas qui par foy ne baille ſalut.

C H A P I T R E   VII.

T voyla quelle fut la chance de l'Euangile enuers les ſimples gens & croyans.
Mais enuers les Scribes & Phariſiens qui s'eſtimoyent les piliers de toute la
religion & doctrine, ne tenãs quaſi pas pour hommes le peuple idiot, elle ne
fut pas telle. Et quant aux Sacrificateurs il ne s'en faict bonnemẽt nulle mention, ſinon quand il eſt queſtion de la ruyne de Ieſus. Pourtant comme és co-
medies il ſe faict changement de ſcenes, à fin que de la comparaiſon de la varieté des perſonnes & matieres le tout apparoiſſe tant mieux par le menu : ainſi en l'affaire Euãgelique
le Seigneur Ieſus a tellement diſpoſé les changemens & varietés de tout ce qui s'y faiſoit
qu'apres auoir bien apperceu la croyãce des ſimples gens & meſme des Payẽs, il ſeroit notoire à chaſcun combiẽ eſtoit incurable la peruerſité de ceux par leſquels l'incredulité des
autres deuoit eſtre corrigée. Aux idiots & ſimples gens ſuffit pour le ſalut l'attouchement
du bord de la robbe de Ieſus : des Phariſiens il ne ſe corrigent ny pour auoir entendus les
oracles des Prophetes, ny pour auoir tant de fois ouy la doctrine celeſte de Ieſus, ny pour
tant de miracles qu'ils auoyent veus. Doncques en ces entrefaittes, bien à point, s'aſſemblerent vers Ieſus certains Phariſiens & Scribes, gens fort venerables & admirables, & encore ſurpaſſahs en ce qu'ils venoyent de Ieruſalem, auquel lieu il eſtabliſſoyent la fontaine
de la pieté & ſacrée doctrine : là où c'eſtoit la fontaine & ſource de toute ambition, d'hypocriſie & impieté. Ces gens par ce qu'en eux-meſmes ils s'eſtimoyent iuſtes & ſages, ne venoyẽt pas pour apprendre, ne pour eſtre gueris, mais pour calomnier. Et voyla tout ſur le
champ vne occaſion de calomnier toute preſte. Ils la cherchoyent & vne ſuperſtition de ceremonies (dont vient ordinairement toute calomnie entre les hommes) la leur bailla. Les
Iuifs appellent commun tout ce qui eſt prophane & ſouillé : gens ayans en abomination
toute ſouilleure, & s'employans à ce qu'en nul endroit ils ne ſoyent veus auoir aucune
impureté

impureté. Et celle impureté, ils ne la mettoyent pas en la syncerité du cœur (qui est la seule
& vraye pureté enuers Dieu) mais en ceremonies corporelles. Dont la loy de Moyse en
auoit ordonné aucunes, non pas à fin qu'on les gardast à perpetuité & à bon essient:
mais partie à fin que pour vn têps le peuple grossier & intraictable s'accoustumast à obeir
aux commandemens de Dieu, partie à fin que par tels pourtraits & apprentissages ils se fa-
çonnassent petit à petit aux choses qui côcernent la vraye pieté, qui gist au cœur. Mais aucuns non contens des ceremonies ordonnées par la Loy y auoyent adiousté du leur vne
infinité de constitutions, lesquelles les Pharisiens plus estroittemêt enchargeoyent au peu
ple, que non pas les choses que Dieu auoit commandées pour à tousiours & enuers tous
deuoir estre obseruées. Par telles friuoles fariboles ils s'acqueroyent vn loz de saincteté,
& mettoyent le peuple en vne sotte persuasion de saincteté : & (qui est bien pire) pour choses qui ne seruoyêt de rien à la vraye pieté, ils dressoyent embusches au prochain le calomniant d'impieté. Qu'ainsi soit, ces Pharisiens voyans qu'aucuns des disciples de Iesus prenoyent leur repas les mains sales, c'est à dire (comme ils parlent) communes & impures, ils
les taxoyent comme gens peu religieux, & quant & eux leur maistre qui peu sainctement
instruisoit ses disciples. Et ne les blasment pas, par ce que la chose soit ou vicieuse de soy, ou
defendue de Dieu, mais bien par ce qu'elle contreuenoit à leur coustume. Or est-ce à toy
vne reigle de iugement tres-meschante, de condamner expressement vne chose, par ce que
tu n'as pas accoustumé de la faire. Car le plus souuent il aduient que les choses les plus
sottes tournent en coustume publicque laquelle il ne faut pas faire reigle de pieté, veu que
la pureté doit estre estimée de la verité des choses & de l'ordonnance de Dieu. Tout au rebours les Scribes & Pharisiens, voire presques tous les Iuifs, iugeans tressottement la pureté de l'ame estre colloquée es choses corporelles, obseruoyent si superstitieusement la
coustume qu'ils tenoyent de leurs ancestres & non de Dieu, que quâd bien ils seroyent en
dangier de perir de faim, ils ne prendroyent pas leur repas, sans premierement auoir laué
les mains. Que s'il leur faut faire plusieurs repas le iour, ils lauêt autât de fois leurs mains,
& pensent par ce moyen se presenter purs & nets pour prendre leur refection. Qui plus est
si de la ville ils retournent en la maison, comme si pour auoir attouché les gens ils s'estoyêt
attiré quelque impureté, ils ne prennent point leur repas que premieremêt ils ne se soyent
laué tout le corps : là où ayans cependant le cœur toutalement souillé de hayne, d'enuie,
d'ambition, d'auarice, d'hypocrisie & autres pestes, ils ne se soucient de s'en lauer. Ces choses & autres semblables leur ont esté baillées des ancestres outre les ordonnances de la
Loy, côme ainsi soit toutefois que la Loy defende de ne rien adiouster ou diminuer outre
les choses qui sont ordonnées de Dieu. Et ne se contentoyent pas de souuent lauer le corps
pour estre venus plus nets : souuentefois aussi ils lauoyent les pots, & la vaisselle d'erain &
aussi les conches. Or celle peste de calomnier estoit bien telle és Pharisiens qu'ils ne la pouuoyent dissimuler : ils ne querelent pas auec les disciples, mais comme si c'estoit vn cas e-
norme ils abordent le Seigneur mesme, disans ; Pourquoy tes disciples qui te suyuent, &   Pourquoy
dependent de ton instruction n'obseruent-ils la coustume instituée des ancestres ; ains   tes disciples
prennent leur repas les mains sales & impures. Et Iesus nous voulant enseigner qu'il n'y a   n'obser-
nulle calomnie plus pestilencieuse que celle qui sous couuerture de pieté enuahit les bien-   uent-ils.
faicts du prochain, rembarra asprement leur malice & fausse iustice. Vous monstrés (leur
dit-il) par voz faicts que iustement & à bon droit Esaie a prophetisé de vous hypocrites,   Esaie 29.
qui au dehors auès vne apparence de saincteté, là où au dedans vous estes remplis d'iniquité. Car en Esaie Dieu faict vne telle complainte ; Ce peuple m'honnore des leures, mais
leur cœur est bien loing de moy. Et telle qu'est leur conuersation, telle instructiô baillent-ils
aux autres. Ie n'ay que faire de telle netteté de corps & d'vtensiles, ie demande vne netteté
de cœur. C'est bien à eux temps perdu de m'honnorer par tel fard de pieté, en ce faisant la
monstre comme de quelque grande chose, & en laquelle sont assisse la perfection de pieté,
enseignans des constitutions d'hommes lesquelles ne rendêt personne aggreable à Dieu,
& pour la superstition de telles choses ne tenans conte des commandemens de Dieu. Autant qu'il y a à dire entre l'homme & Dieu, autât faut-il qu'il y ait de distance entre les constitutions des hommes & les commandemens de Dieu. Dieu est esprit: & ce qui est spirituel
est perpetuel, & en faut tousiours tenir grand conte. Tout ce qui est corporel, est temporel.
S'il est loisible de mespriser les ceremonies ordonnées de Dieu, toutes les fois que la charité du prochain le requiert, combien est-il moins conuenable de violer les commandemês
de Dieu pour des constitutions humaines ; C'est vne pieté renuersée, & vne irreligieuse religion, d'este superstitieux en l'obseruation des choses que voz ancestres ont ordonné de

q   leur

leur cerueau,& ce pendant ne tenir conte des commandemens de Dieu. Vous autres met
tés le nerf de la pieté en lauemens de mains, de goubelets, de pots, & maintes autres choses
semblables: en quoy vous vous faittes valoir enuers le peuple par vne fausse apparence de
religion: & faitte plus grand cas de tel fard de louäge que de l'authorité de Dieu. Car vous
vous aymés vous-mesmes & ne cherchés point la gloire de Dieu, ny le salut du peuple, du
quel vous vous dittes les guides & docteurs. Pourtant n'est ce point de merueilles si ce qui
est ordonné de Dieu pour estre gardé à perpetuité & de tous, vous l'anichilés, à fin que du
re l'authorité des constitutions humaines, laquelle vous apporte authorité & profit.

Exod.20 Quoy? vostre faict n'est-il pas tout notoire & manifeste? Dieu n'a-il pas promulgué par
Deut.5 Moyse ceste Loy: Hõnore ton pere & ta mere? Et qui maudira son pere ou sa mere, qu'il soit
mis à mort? Ce n'est pas en vn seul passage que Dieu faict ce commandement, mais le repe
te à tout propos, & l'imprime aux cœurs de tous, & ce à fin que les peres & meres rompus
de vieillesse, ou disetteux, ou pressés de quelque autre necessité, leurs enfans les soulagent
selon leur pouuoir, & leur rendent le deuoir de nourrissement. La Loy de nature ordonne
le mesme, laquelle est naturellement engrauée voire en aucuns animaux, comme seroit és
cigognes. Mais vous en cherchant vostre profit vous renuersés le commandemẽt de Dieu
par vostre doctrine sophistique: & voulés que la chose que Dieu a voulu estre tant expres
sement recommandée, face place à vostre sophistique doctrine. Dieu mesme crie: Honnore
ton pere & ta mere. Vous osés bien dire au contraire: N'hõnore ne pere ne mere. Vous ne
le criés pas de parolles, mais bien realement & de faict: & est vostre impieté d'autant plus
abominable, que vous la couurés du manteau de pieté. Qu'ainsi soit, pour remplir vostre
thresorerie, dont voz bombances & magnificences sont entretenues, vous alleschés par fi
nesses & tromperies ceux que vous pouués à apporter le plus d'offrandes qu'ils pourrõt,
voire au grand dommage de leurs peres & meres, à la necessité desquels ils deuoyent sur
uenir selon que le porte le cõmandement de Dieu: & leur mettés en teste que par ce moyen
est accompli le commandement, entant que ce qui est voué & consacré au temple, se don
ne à Dieu, qui est le vray pere de tous. Parainsi quãd quelqu'vn a mis de l'argent au tronc,
vous luy dittes qu'il n'a plus que faire de rien eslargir à son pere ou à sa mere pour le se
cours de leur necessité, pourautant que le commandement est accomply: & ce pendant
vous effrayés & embabouynés les peres & meres de telle superstitiõ, qu'ils n'osent deman
der à leurs enfans ce qu'vne fois semble estre dedié à Dieu, de peur qu'ils ne commettent
sacrilege. Or est-ce que Dieu n'a que faire de vostre argent: ioinct que tel argẽt ne s'appli
que pas à la gloire de Dieu, mais à vostre vtilité: & quand bien on l'employeroit à la fabri
que & reparatiõ du temple, ce neantmoins Dieu n'a nul temple en telle sain>cteté, que pour
iceluy il veuille que les peres & meres soyent destitués de leurs enfans. Or-ça, quand par
telles fausses doctrines vous seduisés les enfans à ce qu'ils ne soulagent leurs peres & me
res, & destournés les peres & meres d'estre si osés que d'attoucher ce qui est dedié au tem
ple: ie vous demande en establissant voz ordonnances, ne renuersés vous pas celles de
Dieu? C'est par maniere d'exemple que ie vous ay mis au nés ce faict, lequel vous ne sau
riés nyer. Toutefois ce n'est pas tant-seulement en cecy que vous faillés, vous faittes de
mesme en maintes autres choses: tesmoing le faict dont nous sommes maintenant en que
stion. Le commandement de Dieu est: Ayme ton prochain comme toy-mesme. Et vous
pour des lauemens de nulle importance ordonnés des hommes, vous dressés calomnie &
à moy & à mes disciples: & ce par ne tenir conte du commandement de Dieu. Estans les
Pharisiens par ce propos particulier reprimés plus tost que gueris, Iesus appella de-re
chef toute la compaignie, par ce qu'il vouloit icelle estre aduertie de ces choses, à fin que
desormais plus ils ne fussent destournés de la pureté Euãgelique par les traditions Phari
saiques. Si leur dit: Escoutés moy tous, & entendés. Vous aués veu qu'on m'a taxé d'im
pieté, pourtant qu'aucuns de mes disciples ont prins leur repas sans lauer leurs mains,
comme si ces viandes ordinaires souilloyent deuant Dieu celuy qui en mange. La pureté
ou impureté de l'homme ne gist pas és choses exterieures, mais bien és interieures. Et ne
peut le cœur de l'homme estre souillé par choses corporelles. Parainsi il n'y a chose qui de
dehors l'homme entre au corps d'iceluy, qui le puisse souiller deuant Dieu: mais les choses
qui sont au dedans de l'homme & en sortent, ce sont celles qui declarent l'impureté de
l'homme. Par ceste parabole le Seigneur Iesus bailla à la cõpaignie occasion de s'enquerir
que vouloyent signifier les propos qui auoyẽt esté tenus. Et pour tant plus leur aguiser le
desir, il adiousta: Qui a oreilles propres pour ouyr, oye: signifiant que pour rien se chãtoit
ceste chanson à ces sourds Pharisiens. Au reste, quand la compaignie se fust retirée chascun
chés

chés foy, les difciples prierent Iefus à part de leur expliquer la parabole touchant la difference des chofes qui entrent en l'homme & de celles qui en fortét. Et Iefus reffemblant à vn
feal & diligent precepteur, leur refueilla premierement les efprits par vne petite reprehen-
fion, & puis leur defchiffra le myftere de la parabole. Comment (leur dit-il) vous que i'ay
choifi pour enfeigner les autres, eftes vous fi defporueus d'entendement? Et toutefois
par tant de paraboles que ie vous ay expofées, vous deuiés bien aufsi recueillir le fens de
cefte-cy. N'entendés vous pas que par les chofes qui entrent en l'homme on ne peut apperceuoir la pureté ou impureté d'iceluy? Car ce qui entre par la bouche ne deualle pas au
cœur, mais en l'eftomac puis au ventre, & de la s'il y a quelque impureté elle fe iette au retrait, tellement que toute viande eft pure à qui en mange, entant que nature nettoye & iette
l'impureté qui y eft. Mais les chofes qui fortent des plus profondes parties de l'homme, ce
font celles qui font & declarent l'impureté de l'homme. Au cœur eft le fiege de l'ame. Et en
l'ame eft la vraye pureté ou impureté. L'homme donc n'eft pas incôtinent pur pour auoir
laué fes mains, mais bien s'il a le cœur laué & net. Par ainfi les chofes qui fortent du cœur
declarent vrayement fi l'homme eft pur ou impur. Car des plus profondes chambres du
cœur fortent mauuaifes penfées, adulteres, paillardifes, meurtres, larrecins, auarices, trom-
periés, malice, luxure, mauuais & enuieux œil, blafphemes, orgueil, folie. Rien de tout cela
n'eft porté dans l'homme par la viande prinfe fans lauer les mains, ains fortent ces chofes
du dedans de l'homme, c'eft à dire, du corps: & quand elles en fortent elles declarêt l'homme eftre vrayement impur, veu qu'il a le cœur fouillé de tant de vilenies. Bien que ces chofes fe tiennent cachées au cœur, ce neantmoins l'hôme en eft fouillé deuant Dieu, qui voit
au fin fond des cœurs: mais fi outre cela elles viennent à fortir en parolles ou en faicts, non
feulement elles teftifient ceux eftres impurs, du dedans defquels elles fortêt mais fouuentefois fouillent aufsi les autres, en entrant par les yeux & oreilles és cœurs de ceux qui les
voyent ou oyent. Parquoy en premier lieu ayés foing d'auoir le cœur net, & il n'y aura nul
intereft comment vous preniés voftre repas, ou les mains lauées ou les mains fales. Ces
chofes ainfi faittes, Iefus fe retira de là (fignifiant mefme par ce changement de lieu combien il eftoit faoul de la pieté Iudaique, laquelle confiftoit prefques toute en de telles quelles obferuations corporelles & eftoit enferrée dans les bornes de Iudée fort eftroittes: combien aufsi il auoit foif de la largeur des Payens, entre lefquels il deuoit eftre adoré en efprit
& en verité) & fe partant de là s'en alla aux confins de Tyr & de Sidon, mais ce fut comme
eftrangier en cachette à caufe de la hayne des Iuifs qui, par ce qu'ils tenoyent les Tyriens &
Sidoniens pour chiens & abominables, n'euffent peu fouffrir à Iefus de transporter à tels
gens la doctrine Euangelique. A raifon dequoy il ne conuerfa pas là en public, comme il
faict ordinairement entres les Iuifs: mais entra en vne maifon, comme ayant enuie de fe cacher, combien qu'il ne le peut faire : fi tref-loing s'eftoit efpandue la renommée de fes parolles & faicts mefme outre les limites de Iudée, comme pourpenfant dés lors de s'eftendre parmy le monde vniuerfel. En ce point tref-bien fe diuulgue la gloire de la pieté Euangelique, fi fans eftre cherchée elle fuyt de fon plein gré celuy qui la fuyt. Et de faict, vne femme Chananée, fi toft qu'elle ouyt parler de Iefus, fortit de fes contrées, & auec vne tref-
grande confiance qu'elle auoit conceue de Iefus, accourt à luy, & apres auoir auec grande
difficulté trouué acces, fe ietta à fes pieds. Elle n'eftoit point de la religion Iudaique, mais
Payenne: ny de nation Iuifue, mais Syropheniffienne. Vous voyés vne figure toute expref-
fe de l'Efglife, qui peu apres deuoit eftre affemblée des Payens. Les Iuifs chafferent Iefus:
vne Syropheniffienne laiffa fes contrées & alla au deuant de Iefus. Pour neant vas-tu à Iefus, n'eft que premierement tu ayes laiffé tes pefchés paffés qui t'eftoyent comme domefticques. Il te faut fortir hors de ta maifô, pour venir en celle où fe fied Iefus. La ditte femme
auoit chés foy vne fille, vexée d'vn mauuais efprit. Cela fignifie vn peuple addonné à l'i-
dolatrie. La mere donc pria Iefus qu'il chaffaft le diable hors de fa fille. Combien eft plus
parfaitte la fiance de cefte femme Payenne, que non pas celle du maiftre de la fynagogue.
Or Iefus pour faire tant plus apparoiftre à chafcun la fiance de la ditte femme, comme
d'vne affection Iudaique luy refpondit : Laiffe premier faouler les enfans. Il n'eft conuenable de leuer le pain des enfans, & le ietter aux chiens. Car les Iuifs fe glorifient d'eftre eux
feuls enfans de Dieu. Quant aux nations qui ne tiennent la religion Iudaique ils les tiennent pour chiens. Et Iefus appelle pain la vertu Euangelique laquelle par celefte doctrine
& foy entiere guerit toutes maladies & chaffe hors des cœurs toute forte de diables. Or la
femme fans rien eftre marrie de l'outrage qui fembloit auoir efté dit pour l'en enuoyer, s'en
fert pour impetrer fa requefte, difant : C'eft à toy bien dit, Seigneur. Nous ne plaignons

Et fe leuant
de là s'en
alla.

pas aux Iuifs cest honneur que comme enfans ils soyent assis à la table de leur tout riche
Pere, & se remplissent & saoulent à leur gré des pains sacrés : ce neantmoins toutefois on
permet aux chiens de manger des miettes qui de la table des enfans tombent en terre.
Alors Iesus comme vaincu de la tant grande foy, patience, humilité, & perseuerance de la
femme, luy respondit : Par ceste tienne responce tu arraches la chose, n'estant pas encore
venu le temps de la donner. Va-t'en en ta maison : ta fille est ia deliurée du diable. La femme creut, & s'en alla alaigre, si trouua la chose tout ainsi que Iesus luy auoit ditte, assauoir
sa fille couchée au lict, ia deliurée du diable qui la tourmentoit. Veritablement la fiance de
la mere auoit arraché à Iesus la santé de la fille. Le mauuais diable estant chassé, le repos de
l'ame s'en ensuyt. Car innocêce à tranquillité pour compaigne. En cas pareil auiourdhuy
l'Esglise des gens craignans Dieu va aussi abborder Iesus, luy presente requeste pour ceux
qui sont tourmentés d'idolatrie, d'ambition, de cholere, d'auarice, d'vn appetit enragé de
faire guerre, &c. Ie dy tourmentés comme de quelque diable infaict. Et quant aux Iuifs ils
estiment chose indigne que ceux qui n'agueres estoyent trainés à toute sorte de vices à l'appetit des diables, soyent tout à coup par la grace Euangelique receus en la dignité & communauté des enfans de Dieu : par faute d'entendre que tel honneur ne se doit pas mesurer
selon l'accointance de consanguinité, mais d'vne ardeur & foy côstante enuers le Seigneur
Iesus. Aux enfans d'Israel & à la posterité d'Abraham estoit promis le Christ mais tous
ceux sont la posterité d'Abraham, qui ensuyuent la foy d'iceluy. Tous ceux sont enfans
d'Israel, non pas qui par la vantance de leurs merites demandent qu'on leur œuure le regne des cieux, mais qui par violence de la foy Euangelique s'esuertuent d'y entrer par force. Et c'est ce qu'en Ebrieu signifie Israel, assauoir homme tenant bon contre Dieu. Et de
faict, les Payens qui au parauât estoyent infectés de toute sorte de maux, sans auoir nulles
bonnes œuures, en vertu desquelles ils peussent s'vsurper le droit du regne des cieux, veu
que par la iustice de Dieu ils estoyent forclos, ils s'y fourrerêt par la fenestre de misericorde,
& auec vne obstination de foy comme à tout quelque engin de guerre, rompirent les murailles du royaume des cieux & s'y baillerent ouuerture & entrée. Le temps n'estoit pas encore venu, qu'on deust appeler les Payens à la cômunauté du regne celeste : ce neantmoins
le Seigneur à tous propos en faict l'auant-monstre, comme ayant enuie d'anticiper ce dequoy il auoit si grand desir. Or ceste semence iettée comme à l'emblée, entre les Tyriens, Si-
doniês, & Cananéens, Iesus reprint son chemin & s'en alla de-rechef vers le lac de Galilée,
laissant là Sidon, & cheminant entre les quartiers de Decapoly, auquel lieu il auoit parauât
guery vn demoniacle. Quand il fut là arriué, on luy amena vn spectacle bien piteux, assauoir vn homme qui estoit & sourd & muet. Car il est force que celuy soit muet, qui de nature est sourd. Mais celuy est bien plus piteusement sourd, qui n'a point les oreilles capables
pour ouyr la parolle de Dieu : celuy est bien vn pire muet, qui n'a point de langue pour confesser sa villenie, & magnifier la misericorde de Dieu. Par l'ouye de la foy vient le commencement de salut : par la confession de la bouche, est la perfection du salut. Les Iuifs, iaçoit
que iournellement ils ouyssent parler Iesus, l'oyent toutefois sans l'ouyr : pour ce qu'à
l'exemple de l'aspic qui estouppe ses oreilles contre la voix de l'enchanteur rusé, ils ne vouloyent point croire aux propos qu'ils oyoyêt. Qui faisoit, qu'ils auoyent bien langue pour
detracter, mais pour faire confession de foy à salut, ils n'en auoyent point. Qui sera le poure homme, qui n'a point de langue pour pouuoir demander salut au Seigneur : qui n'a
point d'oreilles pour ouyr la voix de Iesus, voix qui faict mesme reuiure les mors ? Ceux
qui auoyent langue & oreilles, donnent secours au pouret. Ils l'ameynent à Iesus : prient sa
clemence, que son plaisir soit de luy mettre la main dessus. Tel a esté le bon plaisir du tres-
doux Seigneur, que mesme la foy d'autruy aydast aux pecheurs. On ameine à Iesus vn
pour estre instruit au Christianisme : iceluy à cessé de mal faire, à cessé de mal parler : mais
il n'a pas encore apprins à bien faire, il n'a pas encore apprins à magnifier la bonté Euangelique. Et comment pourroit-il ce faire, n'est que Iesus luy mette la main dessus ? Pour
neant trauaillent les hommes, n'est que la secrette efficace de Iesus y suruienne. Le Seigneur
eust peu aisémêt, mesme à sa seule parolle donner santé au sourd & muet : mais telles representations se font pour nous. Car comme bien souuent le propos de Iesus est parabole,
ainsi ce qu'il faict, est souuent parabole. Il prend ledit homme & le meine à part hors de la
compaignie. Sauue est tout homme que Iesus aura empoigné, tout homme qu'il aura mené hors des tumultes de ce monde. Il luy mit ses doigts és oreilles, & de sa saliue luy toucha
la langue. Ia est prochain le salut, toutes les fois que Iesus par la vertu du sainct Esprit, qui
est le doigt de Dieu, nous daigne toucher les oreilles de l'entendement : toutefois que de la

saliue

faliue de la fageffe celefte, qui eft luy-mefmè; yffant de la bouche du Pere tref-haut, il daigne toucher la langue de noftre ame, pour nous faire prendre gouft aux chofes diuines.
Car fans cefte humeur il n'y a point de gouft: & la faliue de l'homme laqu'elle eft corrompue, a le iugement peruerti. Cefte faliue non feulement deslie la langue, mais auffi ouure
les yeux de l'aueugle né, toutes les fois qué meslée parmy de la terre on en frotte les yeux:
là où la faliue des Philofophes & des Pharifiens rend les gens plus aueugles. Le femblable
qu'à faict Iefus font auffi aucunement les docteurs Euangeliques. Ils prennent les gens &
les meinent hors de la preffe, quand de la voye large par laquelle plufieurs cheminent en
perdition, ils les rameinent en la côpaignie du petit troupeau. Ils leur mettent leurs doigts
és oreilles, quãd ils les retirent de la fiance des chofes caducques, & les enhortét à receuoir
la doctrine celefte. Ils crachent & leur touchent la langue, quand ils les exhortent à faire
profeffion de la foy Euangelique: ils leur mettent les mains deffus, quand en les lauant ils
leur eslargiffent le fainct Efprit, par lequel s'aboliffent les pechés, & eft donnée innocence.
Vray eft que pour neãt faict vn docteur toutes ces chofes au dehors, n'eft que Chrift befongne au dedans, & enuoye des cieux vne puiffance diuine. Voulant Iefus en monftrer quelque figure, quand il eut prins l'homme, luy eut mis fes doigts és oreilles, luy eut touché la
langue de fon crachat, il leua les yeux vers le ciel, & fouspira. Ce fouspir ne partoit pas de
deffiance, mais bien d'vne defploration de la calamité humaine. Car qu'eft-il de plus miferable que font ceux qui ont les oreilles du cœur fi bouchées des conuoitifes terriennes,
qu'ils ne peuuent ouyr la parolle de Dieu? qui font ceux qui ont la langue fi empefchée, &
infectée de vicieufes affections, qu'ils ne prennent nul gouft aux chofes celeftes, qu'ils font
muets pour côfeffer leur malice, muets à magnifier la mifericorde de Dieu? Parainfi le fou-
fpirement de Iefus nous remet au deuant quels nous auons efté, mais fon regarder vers le
ciel nous ofte le defefpoir, nous monftrant d'où eft le fecours tout appareillé, & à qui nous
deuons rendre grace de ce que là où par le paffé nous auions les oreilles ouuertes aux detractions, aux propos deshônestes, aux fottes fables, à doctrine Pharifaique, aux enfeignemens Philofophiques, aux fuggeftions de Satan, maintenant nous les auons ouuertes
pour receuoir la celefte doctrine de l'Euangile: là où auparauant nous auions la langue tellement infectée de la faliue de la chair, que nous ne trouuions nul gouft à l'hypocrat la
framboife de la philofophie celefte: là où nous l'auions tellemét attachée aux liens de Satan qu'elle ne pouuoit ny confeffer fes pechés, ny magnifier la gloire de Dieu, maintenant
nous confeffons que pour tous noz merites rien ne nous eft deu fors la gehenne, & que ce
que nous fommes adoptés au titre & heritage des enfans de Dieu, le tout vient de la liberalité de Dieu. Parquoy que le miniftre auffi fouspire plus toft que non pas exerce rigueur
contre les pechés d'autruy: qu'il fe dueille plus toft que nõ pas fe courroucer: & que point
il ne s'attribue la puiffance d'abfoudre, ainçois regarde vers le ciel, en proteftant & teftifiãt
que ce qui fe faict fous ceremonies de Sacremês eft acte de vertu diuine & non de puiffance
humaine. Or luy dit Iefus: Hephphethah, c'eft à dire, ouure toy. Et toute à l'heure la parolle
fortit fon effect. Car foudain les oreilles du patiét furent ouuertes, & fut le lieu de fa langue
detaché, fi qu'il parla bien à deliure. Ceux auoyent les oreilles ouuertes, lefquels (quand le
Seigneur leur eut dit: Suyués moy) laifferent tout & le fuyuirent. Ceux auoyent la langue
bien à deliure, lefquels après auoir receu le fainct Efprit raconterent les merueilles de Dieu
en diuerfes langues, & qui quand le Magiftrat leur defendit de ne plus prefcher le nom de
Iefus, refpondirent: S'il eft raifonnable de pluftoft obeir à Dieu que non pas aux hommes,
foyés-en les iuges. Ce miracle fe fit à part hors de la compaignie. Car auffi ne faut-il point
faire les premieres inftructions de l'Euãgile deuant la multitude prophane, de peur qu'elle
ne fe rie de ce qu'elle ne croit pas encore. Or leur defendit Iefus qu'ils ne diffent à perfonne:
non pas qu'il ne vouluft que fuft cognu le miracle qui auoit efté faict, mais par ce que la
chofe propre declare mieux la vertu celefte, que ne faict la publicatiõ des hômes. Chafcun
fçauoit bien que c'eft homme eftoit fourd & muet. Maintenãt il ouyoit & parloit à deliure:
par ce moyen il publioit, mefme fans en fonner mot, le benefice de Dieu. Outre-plus Iefus
en cela fe portoit en homme, pour inftruire les hômes. Tout ce que l'homme faict de beau,
qu'il le taife volõtiers, à fin que foye celée la gloire de l'hôme, & celle de Dieu publiée. Il y a
dãgier à louer l'homme: mais c'eft à bon droit qu'eft publiée la puiffance & bôté de Dieu.
Combien que la gloire de l'hôme (fi toutefois à l'homme appartiét quelque gloire) ne foit
ia celée: ainçois le plus fouuent tant plus on l'euite, tant plus elle fuyt. Toutefois l'affection
de l'hôme Euangelique doit eftre telle, que quãt à foy, il fe contente d'eftre cognu de Dieu
feul. Et en cela eft-il tant plus digne d'eftre renômé enuers chafcun. Car quiconque pourchaffe loz enuers les hômes, en cela mefme il eft indigne de louange. Pour cela ce que Iefus

defendit à ceux qui auoyēt amené le muet, qu'ils ne diſſent à perſonne de ce qui auoit eſté
faiſt, leur bailla tant plus grande enuie de le publier à chaſcū:& auoyent en tant plus gran,
de admiratiō l'excellēce de Ieſus, que iaçoit qu'il peuſt & fiſt de tels miracles, ce neātmoins
non ſeulemēt il n'en demandoit nul ſalaire, mais ne vouloit pas meſme iouyr de la gloire
d'vn ſi excellent miracle. Mais cōme le deuoir d'vn homme vrayement liberal eſt de ne de,
mander loz pour le benefice, ainſi eſt le deuoir d'vn non ingrat, de tant plus amplemēt ren
dre graces, que celuy qui a donné le benefice, n'en attend nul remerciement. Ainſi ces gens
alloyent–ils publiant Ieſus par tout, diſans:Il a tout bien faiſt:il a rendu l'ouye aux ſourds,
& le parler aux muets. Ce loz conuient à Dieu ſeul. Il n'y a nul homme mortel qui bien faſſe
tout. Tous les miracles de Ieſus, eſtoyent autāt de benefices pour nous. Entre leſquels, ſi on
veut les conſiderer ſelon l'apparence des choſes corporelles, il en y auoit bien de plus ex,
cellens que celuy, par lequel il a faiſt ouyr vn ſourd, & parler vn muet. Mais ſi on les exami,
ne ſelon le ſens ſpirituel, le comble de felicité giſt en cecy, aſſauoir que l'homme de ſes oreil,
les oye la parolle Euangeliquē, & ce qu'il a apprins & creu qu'il le parle.

<h3 align="center">C H A P I T R E　　　V I I I.</h3>

O R par diuers exemples enhorte le Seigneur Ieſus ſes diſciples, à vne perpetuelle
bienfaiſance, de laquelle la principale partie eſt de repaiſtre le ſimple peuple de
la doſtrine Euāgelique. Pourtant il reitere l'exemple de repaiſſement, à fin qu'il
ne peuſſent oublier ce que tāt de fois leur auroit eſté inculqué. Aduint donc vn
iour qu'vne fort grāde cōpaignie de gēs s'amaſſavers Ieſus en vn deſert, apportāt auec eux
à force gēs tenus de diuerſes maladies. Et le treſ–doux Seigneur gueriſſoit toutes maladies
corporelles, mais les ames il les paiſſoit de la parolle celeſte. Par telle prōptitude de biēfai,
re, il gaignoit tellemēt les cœurs du ſimple peuple, qu'ils ne pouuoyent l'abandōner. Et cō,
ment ils eſtoyēt de tout leur cœur ententifs au royaume de Dieu, ils ne s'eſtoyēt point ſou,
uenus de ſe pouruoir de viures, de ſorte que leurs corps guerys, & leurs ames nourries, ils
eſtoyent en dangier de mourir de faim. Or eſt–ce auſſi vn fort grand aſſaut principalemēt
enuers le ſimple peuple. Et Ieſus voulant monſtrer par effeſt à ſes Apoſtres, que riē toutale,
mēt ne deuroit defaillir à ceux qui d'vne foy entiere s'arreſteroyent à luy, leur dit:I'ay pitié
de ces gens:car voicy–ia le troiſieſme iour qu'ils m'accōpaignent, & n'ont que māger. Quē
ſi ie les enuoye tous ieuns qu'ils ſont, il y a dāger que deuant qu'ils ne viennent chēs eux, le
cœur ne leur faille en chemin: car il en y a qui ſon venus de loing. Par ce ꝓpos Ieſus eſucilla
le cœur de ſes diſciples à l'attēte d'vn miracle. Mais les diſciples gens lourds & ayās–ia ou,
blié que de cinq pains & deux poiſſons il auoit parauāt repeu vne grande compaignie de
gens, luy font telle reſpōce : Cōment pourroit–on raſſaſier de pain en ce deſert, vne ſi grāde
cōpaignie de gēs, ieuns & affamés de deux iours, encore que nous euſſions argent ꝰ Vous
ouyés vne voix d'oubly & deffiance. Et Ieſus repliqua : Combien aués vous de pains ꝰ Et
apres auoir viſité leur prouiſion, ils reſpondirent:Sept. Certainemēt c'eſtoit le pain vraye
ment Euangelique, pain de froment & non pas d'orge comme eſtoyent les pains cy deſſus
mentionnés, pain duquel ſont nourris les enfans, ſans en ietter aux chiēs. L'orge a bien ſa
moelle, mais couuerte d'vne eſcorce ripilleuſe. Auſſi ont bien les cinq liures de Moyſe vn
ſens ſpirituel, mais caché ſous vne couuerture de figures. Le nōbre des pains eſt multiplié,
mais la couuerture eſt oſtée, pource que la grace eſt accreue : & ſont diminuées les ceremo,
nies. Or iaçoit que ſi petite prouiſion ſemblaſt eſtre inſuffiſante pour la refeſtion d'vne ſi
grande compaignie, ce neantmoins Ieſus leur commanda qu'ils s'aſſiſſent tous à terre.
Heureux le bancquet, auquel la compaignie affamée s'aſſiet au commandement de Ieſus.
Ce qui ſe faiſt, toutefois & quantes que le peuple cōuoiteux de la parolle Euangelique s'aſ
ſemble au temple, pour ouyr Ieſus parlant par la bouche d'vn bon preſcheur. Car tant il en
y a qui viennent au preſche non pour autre intention, que communemēt on s'aſſemble en
vn theatre pour voir iouer vne prophane fable. Qui veut eſtre ſaoulé des pains de Ieſus,
faut qu'il s'aſſeoye, voire qu'il s'aſſeoye à terre. Il y faut aller les affeſtiōs attrempées:& ſont
indignes de ceſte viande qui demeure couché le vētre au haut és liſts de la doſtrinē Phari,
ſaïque & Philoſophique. Qu'as–tu à t'en orgueillir ô terre & cendre꞉Qu'as–tu à t'enfler de
vaine philoſophie꞉Pourquoy te cōfies–tu és choſes eſquelles il n'y a point de ſalut ꞉ Reco,
gnoy toy toy–meſme:iette toy en terre dōt tu es ſorty. Soyēt en toy accoiſées les cōuoytiſes
de la chair, & tu ſeras raſſaſié de la viande de Chriſt. Ce que ie cōſeille eſt faiſt. La multitude
eſt–ia aſſiſe à terre. Cōſiderés moy maintenāt que c'eſt que faiſt Ieſus. Il prīnt les ſept pains,
& pour monſtrer que tout ce qui ſert au ſalut de l'hōme, viēt de Dieu, il leua les yeux vers le
ciel (car là demeure le Pere, d'où il nꝰ a cōmādé de iournellemēt demāder ce pain) & loua
Dieu, ne s'attribuāt point l'autorité de ce benefice, à fin que l'hōme pur ne s'attribue rien.

Car

Car quāt à luy, il pouuoit se l'attribuer cōme esgal au pere,(cōbiē que mesme selō la diuine nature,tout ce qu'il est ou a,il le doit au pere)mais l'exēple qu'il a baillé estoit plus cōuena ble pour nostre instructiō.Ayāt loué Dieu,il rōpit les pains,& les bailla à ses disciples pour les mettre(cōme ils les auoyēt receu)deuāt la cōpagnie.La parolle de l'hōme n'est poit d'ef ficace,que premieremēt elle ait esté maniée des mains de Christ.As-tu eloquēce,as-tu phi losophie,as-tu entēdemēt,as-tu cognoissance des sainctes Escriptures,des loix,du droit canon,tout tāt que tu as dōne le premier à Christ entre les mains,que luy le consacre,luy le rōpe:& lors presente-le au peuple,nō cōme tien,mais cōme l'ayāt receu & prins des mains de Christ.Car il y en a qui rōpent le pain de la saincte Escripture,non cōme il appartient,la tordāt aux cōuoitises des hōmes & non à la volonté de Iesus. Car Iesus la rōpt en sorte que la multitude affamée en est rassasiée,& nō pas pour seruir à l'ambition ou auarice des prin ces.Quicōque enseigne l'Euāgile pour gaing,pour gloire mōdaine, ou autres conuoitises humaines,il ne prend pas les pains rōpus des mains de Christ.Donc en preschant la parol le de Christ,ensuyuons les disciples. Selon qu'il leur auoit esté cōmandé ils mirent deuant le peuple les pains rōpus.Mais quoy?(dira quelqu'vn)N'y a-il point de pitāce? Est-ce vn bancquet de seul pain? Il ne faut pas faire grāde addition aux pains Euāgeliques.Il n'y a rien de plus grande efficace,rien de plus sauoureux.Et toutefois de la liberalité du maistre du festin on faict addition d'vn peu de petits poissons.Les Apostres peut estre,adiousterōt quelques Epistres:mais cela est bien petit,& de bien petite importāce,au regard de l'appa reil Euāgelique.Ce surcroist a esté baillé pour le degoust d'aucuns,mais il ne faut rien re querir d'auātage.Ceste pitāce doit suffire,de peur que si quelqu'vn poursuyt d'y adiouster du sien à son plaisir,il ne deuiēne bācquet d'hōmes & non de Iesus Christ.Car ces poissons cōbien qu'il y en eust peu & fussent petits,Iesus les cōsacra aussi,& cōmanda qu'on les pre sentast que s'il ne l'eust cōmandé,on ne les eusse pas mis deuāt le peuple. Ne te plain point de la trop grāde abstinence de pitance. Autremēt,si tu y laisses apporter les friandises des Orateurs,les magnificques mets des Philosophes , les mal-sauoureux brouets des Phari siēs:ià il y a dāgier que le palait estāt infecté de tant de pitāces ne prenne nul goust au pain Euāgelique.Or à fin que du bācquet Euangelique nous nous partions rassasiés,facent les docteurs cōme firent les Apostres:face aussi le peuple cōme fit celle multitude.Et que firent les Apostres?Tels mets qu'ils auoyēt receus du Seigneur,tels les mettēt-ils deuāt la cōpai gnie,sans riē chāceler,sans rien disputer.La cōpaignie semblablemēt toute coye, les reçoit sans riē murmurer,& prēd à la bōne part ce qu'ō luy presente. Parainsi nō seulemēt aduint qu'ils furēt tous rassasiés,mais aussi que des reliefs qui estoyēt demourés apres qu'ils furēt saouls on en rēplit sept corbeilles.Et q faict la chose encore plus admirable c'est que ceux q en māgerent tout leur saoul, estoyēt enuiron quatre mille.Voyla quelle est l'opulence de la parolle Euāgelique.Toutes les fois que se presēte vn hautain docteur,fourny d'vn grād ap pareil de disciplines,de lettres,de loix & cōstitutiōs,si bien & si beau qu'il redōde de toutes pars,criāt qu'il n'aura pas assés tēps pour dire: que l'assemblée n'est pas capable de matie res si hautes:que l'abōdāce l'accable & ne sçait par quel bout il doit cōmēcer:ne voyōs nous pas aduenir,que l'assemblée s'en part tout affamée? Tāt s'en faut qu'il y demeure aucū re lief.Mais du sobre &chiche bācquet de Iesus il en reste sept corbeillées.Car l'abōdāce & ma gnificēce du bāquet Euāgelique ne gist en multitude de disciplines,cōme en toutes diuersi tés de viādes iusqu'à rēdre la gorge, ou en sauces & assaisonnemēs cōposés du meslāge de toutes les sciēces humaines:ainçois gist en l'efficace de la parolle prise de la main de Dieu, puis loyalement dispēsée. Ces gēs ainsi repeus,Iesus leur dōna cōgé.C'est encore quelque chose,se partir du bācquet de Iesus auec sa benedictiō.Or s'envōt auec tel cōgé,ceux q le re merciēt:ceux q resserrēt au cœur ses benefices,&digerēt ce qu'ils ont māgé:ceux qui estāt re tournés en la maison,cōme ayās le corps plꝰ robuste: mettēten effect ce qu'ils ont apprins. Ces choses ainsi faittes,Iesus s'en va incōtinent autre part.Vn pasteur ne doit pas cōuerser auec la multitude,sinō quād elle a besoing d'ayde.Iesus auoit guery les malades,il auoit en seigné & repeu la multitude q mouroit de faim.Apres cela y demourer, semble à faire à vn q attēd quelque recōpēse.Biē doit-on par toꝰ moyēs soulager la poureté de la multitude, soit que corporelle,soit que spirituelle necessité la presse:mais voila le peuple est de telle na ture,que pour les plus petis benefices il en rēd tresgrādes graces.C'est vn benefice trespetit que nourrir le corps : plꝰ grād est le guerir:tresgrād d'instruire & repaistre l'ame de la saicte doctrine.Pour la doctrine & la guerison des maladies, psonne ne presenta le royaume à Ie sus:mais pour la repeue on le luy presenta biē.Dōc à fin que cela n'aduit derechef,Iesus lais sa incōtinēt la multitude:s'embarqua auec ses disciples lesquels ils s'estoit choysi pour luy faire cōpagnie perpetuelle, & s'ē alla aux marches de Dalmanutha,autremēt Magedan. Et

Et incōtinent
il monte en la
nacelle.

q 4   à fin

â fin que tant plus souuent se descouure l'incredulité des Pharisiens, ils y allerêt aussi, non
pas pour estre guéris, mais pour calomnier. Car ils auoyent despit des miracles de Iesus: ils
estoyent aussi despités côtre le peuple pour tant de benefices qu'il receuoit. Si se prindrent
à debattre contre Iesus, comme maintenans que les miracles qu'il faisoit, ne se faisoyent
pas par puissance celeste, par ce qu'ils estoyent terrestres bas & uulgaires. Pourtant s'il vouloit que les Pharisiens, gens bien haut esleués par dessus le peuple & quasi celestes, creussent en luy, ils demandoyent de luy quelque signe du ciel, comme Moyse auoit impetré la
manne du ciel, comme aussi Helie par ses prieres fit subitement descendre du ciel vn feu,
qui consomma & sacrifice & boys, item l'eau qui estoit en la fosse contre l'autel. Mais sçachât bien le Seigneur que quoy qu'il fist ils y trouueroyêt à redire (car si quelque signe fust
apparu d'enhaut là où habitent les Princes des tenebres, ils pouuoyent auec plus grande
apparence l'attribuer à Beelzebub: attendu mesmement que c'est chose vsitée aux magiciens de subitement faire plouuoir, exciter tonnerres & foudres, esmouuoir gresle & tempeste: que non pas les miracles qu'ils voyoyent de leurs yeux, oyoyent de leurs oreilles, &
manioyent à tout les mains) il gemit en son esprit, demonstrant qu'il estoit marry de leur
tant obstinée incredulité. Et comme se despitant à part soy, il dit : Que veut dire ceste tant
peruerse nation, qu'apres auoir veu tant de miracles, encore demande-elle signe, comme
si elle n'en auoit onc veu? Puis il se retira vers les Pharisiens & dit : Ie vous dis certainement qu'à ceste nation ne sera pour le present baillé le signe lequel pour m'essayer elle demande du ciel: ainçois luy en sera baillé vn (lequel elle n'attend pas) du fin fond des abys-
mes. Ce sera le signe de Ionas: lequel apres auoir esté englouty par l'espace de trois iours,
lors qu'on l'estimoit estre exterminé, fut rendu de dedans le ventre de la Balaine & ce contre l'esperance de tous: ainsi le fils apres auoir esté caché par trois iours dans le cœur de la
terre, en sortira viuant de-rechef. Les Pharisiens n'entendans point ce propos, il les laissa
comme gens incurables & retourna vers la nauire & passa le lac. Voyla comment le Seigneur Iesus conuoiteux du salut des hommes, change de lieu à toutes hurtes, non pas
cherchant des sacrifices, (car il en estoit saoul dés long temps) mais la foy. Or la trouua-il
bien mal aiséement en terre, mais en tout autre lieu plus tost qu'enuers les Sacrificateurs,
les Scribes, les Pharisiens, & les principaux d'entre le peuple. Tant mal aiséement s'accorde la foy Euangelique auec ceux, qui sont remplis des commodités de ce monde. Or en nauigeant les disciples ne s'aduisoyent point qu'ils auoyent oublié de faire prouision de
pains : car ils n'auoyent qu'vn pain auec eux au basteau. Et Iesus sçachant bien que tel
nonchaloir leur venoit d'oubliance, & non de fiance qu'ils eussent vers luy, leur fit reuenir
le soucy en les en-aduertissant: combien que tel soucy ne venoit pas tant de deffiance, que
d'vne nonchalance & oubliance humaine. Ils estoyent si entêtifs à ce que Iesus disoit & faisoit, qu'ils en oublioyent le pain: puis c'estoit le profit de nous autres que souuentesfois ils
oubliassent comment vne grande compaignie auoit esté rassasiée des cinq pains, à fin que
tant plus profondement cela s'enracinast en noz cœurs, que rien ne defaudroit à ceux qui
d'vn cœur entier s'adioingnêt à Christ. Là nauire est suffisammêt proueuee, laquelle a vn
seul pain, qui est Iesus Christ. Iesus donc voulut tirer d'eux leur soucy pour remedier: si leur
fit vne telle defense, disant: Aduisés songneusemêt de vous garder du leuain des Pharisiês,
& du leuain d'Herodes. Celle voix ouye mais ce sans estre entêdue, rauisa les disciples d'vn
soucy tardif de faire prouision de viures. Si se prindrent à suciller entre eux, disans : Nous
n'auôs pas des pains. Car vne chose les faisoit souuenir de l'autre. Ouyâs parler de leuain,
ils se souuiennent des pains obmis: qui est la cause qui sucillent à part-eux, pensans auoir
failly par oubliance, de ce qu'ils n'auoyent acheté des pains. Mais l'oubliance est agreable
à Iesus, toutesfois & quâtes que pour l'ardeur des choses celestes nous oublions les corporelles. Ils auoyêt peur d'estre tensés pour leur nôchalance, & Iesus les tense pour leur soucy
superflu. Que debattés-vous entre vous (leur dit-il) en vous souciât de ce que vous n'aués
pas dés pains? Instruis par tant d'enseignemês, apprins par tant d'exêples, aduertis par tât
de fois, n'apperceués vous pas encore? & n'entêdés vous point? Aués vous encore le cœur
engourdy? & aués des yeux sans y voir? & des oreilles sans ouyr? Et ne vous souuiêt-il pas
au moins de ce que naguères fut faict deuant voz yeux? Vous aués veu naguères les cinq
pains que ie rôpi, & lesquels vous distribuastes auoir esté suffisans pour le rassasiement de
cinq mille hômes. Et côbien de pannerées des reliefs en leuastes vous lors? Douze, luy disent-ils. Et quâd en cas pareil les sept pains suffirêt pour les quatre mille, côbien de corbeillées du relief en leuastes vous? Sept, luy disent-ils. Alors Iesus: Que veut dôc dire, que par
tant de fois & en tant de manières enseignés, vous n'entêdés pas encor que ce soucy du viure est superflu, & que l'aduertissemêt que i'ay faict de vous garder du leuain des Pharisiês
                                                                                    & d'He-

& d'Herodes, ne s'entend pas de se garder de leurs pains, mais de leur doctrine : à fin que vous aussi n'en soyés seduits, comme ils en seduissent maints. Vn peu de leuain faict leuer toute la paste: que si le leuain est corrompu, toute la paste aussi se corromp. Ils sont monstre d'vne apparence de pieté, là où ils sont fort eslongnés de la vraye pieté : & sont entre-eux d'opinions contraire, là où tous les deux sont villainement abusés. Car touchant les Herodiens, ils errent souuentefois par ignorer les sainctes Escriptures, ne croyãs pas la resur-rection à venir des corps, pourautant qu'il ne croyent sinon ce qu'ils voyent. Les Pharisiés combien qu'ils entendent les Escriptures, ce neantmoins aueuglés des mauuaises cõuoy-tises, ils resistent à la vraye pieté. De la doctrine de ces gens donnés vous en songneusemẽt garde, de peur que vous mesmes n'en soyés infectés, & que puis apres vous n'infectiés les autres par vostre contagion: mais m'embrassés le pain assaisonné du leuain Euangelique, à fin que vous le distribués aussi aux autres en sa syncerité. Cependant ils prennent terre & viennent à Bethsaida : & voyla de toute part occasion appareillée pour desployer la mise-ricorde. Estant là en quelque village, on luy amena vn aueugle, & le pria-on qu'il le tou-chast. L'aueugle ne demande rien, mais est recommandé au Seigneur par les prieres d'au-truy. Nul ne demande salut au Seigneur Iesus, que premierement il ne soit touché de luy. Car le premier attouchement faict que l'homme se recognoit soy-mesme. Ce poure hõme n'estoit pas vn bigle, ou moyennement aueugle, ains il estoit accouuert d'vn tres-profond aueuglement. Ceux qui sont aueugles en ce point, ont besoing d'estre amené à Iesus par d'autres gens, qui par prieres luy obtiennent le vertueux attouchement de la main sacrée. Or Iesus qui à son vouloir, pouuoit guerir tout aueugle quelcõque, ne guery le personna-ge tout à coup, pour monstrer à ses disciples, combien il faut trauailler deuãt que puissent estre amenés à la cognoissance de verité ceux qui sont ia enuiellis en leurs abus : tel que estoit l'aueuglement des Payens, qui par tant de siecles auoyent embrassés l'idolatrie pour vne grande pieté : tel qu'estoit celuy des Iuifs, qui s'estans-ia accoustumé tant d'ans à la superstition qu'ils tenoyent de leurs ancestres, ne la pouuoyẽt quitter. Si donc vn tel aueu-gle se rencontre, comment est-ce qu'vn Apostre s'y doit conduyre ? Auise comment Iesus s'y est porté. Tout premierement il prend l'aueugle par la main. O l'heureuse guide ? mais où à-il mené le personnage? Il l'a mené hors du village. Celuy qui suyt la multitude se pro-pose vn tres-mauuais patron. Et est à l'homme vn mauuais applaudissement, de dire : ie ne suis pas tout seul qui fay telle chose: tout le monde faict le mesme. I'ayme mieux radou-ter auec la multitude, que d'estre de bons sens auec peu de gens. Ceux qui ne voyent gout-te, sont exposés à maints dangers s'ils se fourrent parmy la presse : ils sont mocqués, hur-tés, ils choppent, on les pousse, ils tombent à toutes hurtes. Premierement donc il faut me-ner l'aueugle hors de la multitude. Or chemine-ia en asseurãce celuy qui a vne telle guide. Et que faict dauantage le Seigneur ? Il luy crache aux yeux, puis luy mist les mains dessus: & si ne s'en ouurent-ia encore ses yeux, tant estoit profond l'aueuglement. Alors Iesus luy demanda s'il voyoit rien. Si tost que Iesus eut cela dit, ledit aueugle comme ayant prins quelque lunette, leue les yeux & dit: Ie voy des hommes cheminer comme des arbres. Ceux qui n'ont encore receu vne plaine lumiere de l'Euangile, tout ce qu'ils voyent en ce monde leur semble plus grand, qu'il n'est en effect reallement. Voyent-ils vn riche homme, ce leur semble vn planier: voyent-ils vn magistrat ou vn Prince, il leur semble qu'ils voyent vn põmier ou cypres: voyẽt-ils vn Stoicque barbu, ou vn Pharisien aorné de ses larges bords & franges, ils pensent que ce soit vn figuier. Que s'ils auoyent les yeux nettoyés & les cho-ses se monstroyent à eux telles qu'elles sont, alors verroyent-ils comment rien n'est tout ce-la qui semble estre tres-grand à celuy qui y voit mal. Mais le Seigneur, qui n'esteint point la meche fumante, & ne abandonne point l'aueugle que premierement il n'y voye parfait-tement : de-rechef luy mist les mains sur les yeux & soudain il commença d'y voir plus clerement, & auança tant qu'il voyoit clerement toutes choses. Bien-heureux qui est illu-miné de Christ des yeux du cœur : car à vn tel semblent tres-petites les choses que le mon-de trouue tres-grandes : à vn tel semblent tres-vilaines les choses qui au monde semblent tres-belles : vn tel trouue tres-grandes les choses qui au monde semblent estre rien. Qui-conque tu sois, ô docteur Euangelique, ne mesprise pas l'imbecillité de ceux, qui font leur apprẽtissage en la philosophie Euãgelique. Du cõmencement c'est assés d'estre mené hors du village, c'est à dire, s'estre retiré des maux passés: puis on leur doit proposer la doctrine Euangelique, pour leur esclarcir les yeux: & tout premierement leur faut bailler les appren-tissages de la profession Euangelique, puis quãd ils y seront instruits les baptizer. En apres leur faut communiquer la doctrine plus celeste mystique & plus solide, qui leur fera voir

clerement

Et ils vien-nẽt à Beth-saida.

clerement toutes choses. Tout cela feront bien les miniftres de Iefus Chrift, mais Iefus par
vne vertu cachée daignera toucher les yeux de l'aueugle, pour luy faire recouurer la veue.
Quand le Seigneur eut faict ce bien à l'aueugle il l'enuoya chés luy, en luy defendãt de ne
deceller à perfonne ce qui auoit efté faict. Toutes les fois que le Seigneur commande de
taire ce qui eft faict, il monftre aux miniftres qu'ils ne doyuent pourchaffer aucune gloire
enuers les hommes, fi en la charge Euangelique ils ont faict quelque bel acte. Et fi quelque
fois il cõmande de le diuulguer, il aduertit celuy qui a efté guery de fes pechés, de recognoi
ftre fa villenie, & d'anoncer la bonté de Dieu: auquel il doit fon changement. Quant au re
tour chés foy c'eft apres auoir receu la grace celefte n'oublier point quel on a efté au para
uant, & où on pourroit retomber fi on n'eftoit contregardé par le benefice de Dieu. Que fi
en retournant chés foy, on vient à entrer en quelque village, c'eft à dire en vne multitude
prophane qui pluftoft s'en mocqueroit que non pas croyroit, il ne faut pas là legierement
femer les myfteres de noftre profeffion. Iefus luy dit: Va t'en chés toy, & fi tu entre au villa
ge n'en fonne mot à perfonne. Au parauant Iefus auoit guery vn homme fourd & muet
lequel ouyt la parolle Euangelique & parla droittement. Maintenant il a guery vn aueu
gle auquel, apres qu'il voit clair, il commande de s'en taire entre les impurs. Car apres
qu'il fera venu chés foy, la chofe mefme parlera enuers ceux qui l'auoyent cogneu aueu
gle. Car il y a temps, auquel il eft conuenable de diuulguer le myftere de l'Euangile. Et y a
temps, auquel il vaut mieux le celer. Or ce que par figures a efté faict corporellement és
autres, il fe met à l'effayer en fes difciples pour voir combien grand auancement ils ont
Et Iefus eft
forty auec
fes difci=
ples. faict felon l'efprit. Il laiffa Bethfaida, & s'en alla auec fes difciples en vne petite bourgade
de Cefarée, ditte de Philippes. Et en chemin ils s'enqueftoit de fes difciples quelle opinion le
peuple auoit de luy: car apres l'exhibition de tant de miracles, le peuple deuoit bien auffi
auoir conceu quelque admirable opinion de Chrift. Non pas que Iefus ignoraft en quel
eftime l'auoit le peuple, mais il nous a voulu declarer quelle eft la foy Euangelique qui
fauue les croyans, & combien elle eft eslognée de l'inconftance & vain foufpeçon du com
mun. Si leur dit: Que difent les hommes que ie fuis? Ce que les difciples en auoyent en
tendu ils le refpõdent à la bonne foy, difant: Les vns foufpeçonnent que tu fois Iean Bap
tifte qui foit reffufcité: les autres que tu fois Helie Tesbite, la venue duquel eft promife par
le prophete Malachie: les autres finalement que tu fois quelqu'vn des Prophetes qui foit
reffufcité des morts. Voyla l'opinion des hommes qui pour lors auoyent Iefus en eftime
tref-magnificque: car les hommes ne pouuoyent penfer de luy qu'il fuft plus qu'homme.
Ils l'eftimoyent vn grand perfonnage. Ils ne croyoyent pas encore qu'il fuft le Meffias, fils
de Dieu, & fauueur du monde. Cela toutefois eftoit vn tel quel commencement de profef
fion Euangelique, de laquelle il ne failloit pas encore diuulguer le myftere: & iceluy diuul
gué, nul ne pourra obtenir falut, finon qu'il croye Iefus eftre autheur de tout falut. Or la
fource du falut Euangelique eft vne fiance en Chrift fils de Dieu, infpirée d'enhaut. Pour
tirer des Apoftres cefte profeffion, il leur dit: A ce que ie voy, les hommes chancellent,
n'ayant nulle conftante opinion de moy: fi m'ont-ils toutefois en bien plus grande repu
tation que n'auoyent ceux qui me difoyent eftre autre chofe que le fils du charpentier: que
ceux qui difoyent que i'eftoye hors du fens, & me pourchaffoyent pour me lier: que ceux
qui maintenoyent que iauoye l'efprit de Beelzebub. Or-ça vous qui me cognoiffés do
mefticquement, qui aués efté tefmoings perpetuels de tout ce que i'ay faict & enfeigné, que
dittes vous que ie fuis? Alors Pierre prince de la profeffion Euangelique refpondit pour
tous & dit: Tu es ce Meffias iadis promis par les Prophetes, le fils de Dieu viuant, par le
quel feul le falut eft promis au monde. Et le Seigneur apres auoir grandement approuué
cefte proteftation, comme infpirée de Dieu, apres l'auoir aornée du titre de beatitude, &
prononcée le fondement de l'affemblée & cité Euangelique, tel que nulle violence de Sa
tan ne pourroit iamais l'esbranler: leur defendit que ce qu'ils fçauoyent par reuelation du
Pere, ils ne le decellaffent deuant le temps. Il eftoit bien expedient qu'on attendift le Mef
fias & que lon creu qu'il eftoit fur le point de venir: mais il n'eftoit pas encore expedient
que Iefus fuft recogneu pour le Meffias. Car cela feruoit à noftre inftruction, que d'humi
lité s'engendrera gloire. Les difciples menés d'affection humaine prenoyẽt defplaifir aux
incommodités de leur Seigneur, defirans que tous le tinffent pour grãd perfonnage: mais
à l'eternelle fageffe à pleu vn autre ordre. Pourtant Iefus fe print à leur montrer les fouf
frances qu'il auoit a endurer, premier que vouloir fa grandeur eftre cogneue par le mon
de. Le fils de l'homme (leur dit-il) lequel vous aués en fi grande reputation, à beaucoup
à fouffrir d'ignominie & tourmens, à eftre condemné des Scribes, des Sacrificateurs & des
principaux

principaux du peuple cõme malfaicteur, finalement d'estre mis à mort d'vne mort si tref-
hontenfe, qu'enuers le monde rien ne peut estre plus abiect & defefperé. Mais il ne faut-ia
que vous en perdiés courage: retenés fort & ferme au cœur voftre profefsiõ laquelle vous
aués proteftée deuant moy. Apres auoir efté mis à mort ie reffufciteray & reuiuray au troifiefme iour. Comme ainfi fuft que Iefus euft autrefois couuertement aduerty fes difciples
de ces chofes, il les leur defcouurit tout à plein, lors qu'ils fembloyent les pouuoir porter, veu qu'ils auoyent faict vne si magnificque proteftation de leur Seigneur. Mais leurs
oreilles ne peurent pas porter la mention de la mort, combien que l'efperance de la refurrection les deuoit confoler. Ils aymoyent bien Iefus d'vne grãde affection, mais qui eftoit humaine. Car aufsi n'auoyent-ils pas encore receu l'Efprit celefte, pour parfaire en eux l'imperfection qui y eftoit. Parquoy quand Pierre entendit ce propos de telle cruauté de condemnation, d'affliction, & de mort, s'ingera de prendre Iefus à part, cõme ayant à l'aduertir
en particulier de quelque chofe pour fon profit. Et de faict telle eft la fageffe humaine, qu'elle pourpenfe maintefois de deuancer celle de Dieu. Il ofe bien aufsi tenfer fon Seigneur,
comme celuy qui ne faict pas fagement de vouloir mourir, veu qu'il peut bien efchapper
la mort. Et s'il croyoit qu'au troifiefme iour il deuoit reffufciter, ce neantmoins il eftimoit
bien que mieux ualoit ne mourir nullemẽt, que puis apres reffufciter des morts. Cefte importunité de Pierre, cõbien qu'elle procedaft de quelque excefsiue amour qu'il põrtoit à
Iefus, eft toutefois & ouuertement & afprement rembarrée par le Seigneur: à fin que nous
apprinfsions à fuyure la volonté de Dieu en toutes chofes, & à ne deuancer point le decret
de Dieu par noftre iugemẽt. Car ce n'eft pas à faire à l'homme de prendre Iefus & le tenfer à
fin qu'il ne face ce qu'il a determiné de faire: ains faut l'adorer, à fin qu'il daigne nous prẽ-
drẽ pour nous mener où il voudra. Iefus donc pour toutalement arracher ce mal du cœur
de tous, premierement il fe deftourne de Pierre, & fe reuire vers fes difciples, & les regarde,
fçachãt biẽ qu'il n'eftoyẽt pas d'autre aduis que Pierre (iaçoit que luy plus audacieux que
les autres, fe fuft enhardy de dire ce qu'il auoit fur le cœur) puis cõme il auoit efté premierement tenfé de Pierre, luy femblablement le tenfe, difant: Pourquoy m'encombres-tu, ô Satan: (c'eft vn mot Syrien qui fignifie aduerfaire) pourquoy t'effayes-tu de deuãcer tõ maiftre, toy difciple: de deuãcer Dieu, toy hõme: Plus toft va derriere moy. Ce n'eft pas-cy vn
affaire humain que i'ay entre mains: ton affection eft encore charnelle, & ne fens põint les
chofes de Dieu. Si tu veux eftre mon difciple, tu dois enfuyure ma mort, & non pas l'empefcher. Et n'eft pas cela cõuenable à toy feul (combien qu'à toy principalement & aux autres
d'eflite) mais aufsi à tous ceux qui fe voudront renõmer de mes difciples. Quãd il eut finy
ces propos, il fit venir toute la compagnie auec fes difciples, à fin que perfonne ne penfaft
que le propos n'appartinft feulemẽt qu'à fes difciples d'eflite. Puis tous eftans affemblés
en vn, Iefus parla à haute voix: Maints me fuyuent plus toft de pieds que non pas d'imitation. Et ne viennent pas tous pour vne mefme fin: la nouueauté des miracles en attire les
vns, l'amour de fanté les autres, & les autres la faim de la doctrine. Au refte quicõque voudra eftre mõ vray imitateur, s'il veut eftre en felicité & gloire, qu'il appareille fon ame pour
eftre compaignon és afflictions & mort. Qu'il fe renonce foy-mefme, ne fe referuãt rien en
ce monde, ainçois qu'il abbãdonne tout, iufqu'à ne tenir conte de fa vie: & qu'vn chafcun
porte fa croix, & me fuyuẽ. Que le difciple n'ait point de honte de fuyure fon maiftre: ny le
feruiteur de fuyure fon Seigneur. Que nul aufsi ne pretende de paruenir à la gloire par autre voye, que par où il m'y aura veu paruenir. Quicõque mettra en foy l'appuy de fon falut,
il perira: quicõque fe deffiant de toutesfes forces s'abbandonnera du tout en tout à mõy, il
fera fauué. Car ce n'eft pas affés de ne tenir cõte de fon chãp, maifon, pere & mere, femme
& enfans à caufe de moy: il faut aufsi mefprifer la vie mefme, pour laquelle cõtregarder, les
hommes abbandonnent toutes autres chofes. Ayés bon courage, ce qu'on employe pour
moy, ne perit pas: ainçois en perdãt la chofe vous la fauuerés, là où en la fauuãt mal, vous
la perdriés de vray. Par la foy Euangelique la vie eternelle eft donnée à tous. Pourtãt celuy
qui faict plus grand cas de cefte vie que de la grace Euangelique, iaçoit que pour vn temps
il femble fauuer fa vie, ce neantmoins de faict & de vray il la perd. Car nul ne peut icy prolonger fa vie outre le iour prefix: ioinct que ce pendant celuy feul vit vrayement, lequel vit
fainctemẽt. Et apres cefte vie qui eft trefcourte à chafcun, celuy qui n'a vefcu fainctemẽt eft
adiugé à la mort eternelle. Au refte qui pour l'amour de moy, & pour maintenir la profeffion Euãgelique, expofera fa vie au dangier de la mort, il la fauuera par mon nom: laquelle
autremẽt periroit de vray. Parquoy, fi perfonne n'a chofe tant chere, laquelle il ne perde võ-
lontiers pour rachetter fa vie, faifant ainfi fon cõte à part foy: Que profitera d'auoir fauué
maifon,

Et le print
à part.

Et quand il
eut appellé
à foy.

maiſon,châps,cheuãces,ioyaux,fêmes, enfans,&c. ſi ie vié à perir ſans qu'il me ſoit loiſible
de iouyr de mon auoir ꝛ Cariaçoit que toutes ces choſes demeurêt ſauues, ce neantmoins
elles periſſent pour moy, ſi ie vié à mourir ꞉ car quelle choſe peut eſtre tãt chere qu'il ne faille la meſpriſer pour gaigner la vie eternelle ꞉ Si quelqu'vn luy offroit les richeſſes de Midas
& de Creſus, la beauté d'Abſalon, la monarchie de tout le monde, & toutes ſortes de voluptés, & luy diſoit : Pren ces choſes, & meure꞉ne refuſeroit-il pas tout ſur le champ vne telle
offre, & diroit : Ma vie ſeule m'eſt plus chere que tout cela ꞉ Comme ainſi ſoit (di-ie) qu'vn
chaſcun ſçache bien peſer ces choſes à part ſoy, toutes les fois que le dangier de la vie corporelle ſe preſente꞉pourquoy n'eſt-on plus ſongneux à faire ſon conte, toutes les fois qu'il
eſt queſtion de celle vie ineſtimable꞉Maintenant on t'offre la vie eternelle de l'ame, & pour
icelle tu ne bailleras-pas en eſchange la vie du corps briefue & miſerable꞉ attendu meſmement qu'vn chaſcun doit recouurer ſon propre corps, rendu lors à vne vie plus heureuſe꞉
Or tous ne mourront pas pour la profeſſion Euangelique, ce neantmoins tous doyuent
auoir le cœur appareillé à cela, ſi la choſe le requiert, qu'ils meſpriſent auſſi la vie corporelle, pour ſauuer la vie de l'ame. Toutes les fois que la tempeſte de perſecution ſe preſentera,
il faudra charger la croix : combien qu'en la proſperité auſſi nul ne doyue eſtre exêpt de ſa
croix, ſinon que ce ſoit choſe aiſée de renoncer à toutes les affections de nature, à toutes les
voluptés & alleſchement de ce monde, chaſtrer la chair, brider la diſſolution, reprimer les
plaiſirs charnels, dompter la cholere, ſe deporter de vengeance. Car au temps de tranquilité auſſi bien qu'en aduerſité vn chaſcun ſe doit acquitter de ces choſes, s'il veut eſtre mon
diſciple. Au reſte le monde s'esleuera en toute puiſſance à l'encontre de ceux qui feront
profeſſion de mon nom, il les aſſaillera par reproches, par baniſſemens, par priſons, par
tourmens, par proſcriptions & par morts. Car ceſte nation eſt mauuaiſe, & aura touſiours
plus de meſchãs gens que de bons, entre leſquels ſe renõmer de moy ſera tenu pour le plus
grand crime des crimes. En tel eſtat, ſi quelqu'vn a honte de m'aduouer pour maiſtre ſe reclamer mon diſciple en ceſte meſchante & fauſſe nation, ou apres vne affection de nulle
durée vient vne felicité eternelle, le fils de l'homme luy rendra le pareil, & le deſauouera à
ſon tour pour diſciple, quand il viendra de-rechef non pas abiect & contemptible comme
à preſent, mais admirable en la gloire du Pere : & nõ pas accompaigné de peu de diſciples
& de baſſe eſtoffe, mais enuironné d'innombrables compaignies de ſaincts anges.

C H A P I T R E   IX.

E celle gloire pas ne ſeront participãs ceux qui maintenãt refuſent de porter
l'ignominie de ma croix. Le peuple Iudaïque attendoit quelque royaume
admirable pour le peuple d'Iſrael, lequel ils penſoit deuoir ſe monſtrer ſi toſt
que le Meſſias ſeroit venu. Et partant ne pouuoyent-ils croire que Ieſus fuſt
le Meſſias à raiſon qu'il eſtoit venu à tout vne ſi grande abaiſſance & humilité : mais la mention de la croix & de la mort les hurtoit bien dauantage. Or
n'entendoyent-ils pas qu'il y auoit deux venues du Meſſias, l'vne ſelon le monde abiecte
& ignominieuſe : l'autre pleine de maieſté & gloire, qui ſe fera en la fin du monde, pour
exempter de tous maux tout ſon corps vniuerſel, & le s'adioindre en la gloire du Pere : &
quant à Satan & tous ſes membres, les ietter en la gehenne. Touchant du iour de celle venue il l'a voulu eſtre incertain à tous, cependant toutefois il a voulu que chaſcun fuſt tout
appareillé pour celuy iour. Donc comme ainſi fuſt qu'il en y euſt en la trouppe qui pouuoyent ainſi penſer a part ſoy : Quand pourra venir ce temps de gloire lequel il promet꞉
aucuns auſſi, peut eſtre, ne croyoyêt que iamais il deuſt venir꞉Ieſus les confermoit & aſſeu-
roit par tel propos꞉Tenés pour infaillible le propos que ie vous ay dit, aſſauoir que le fils de
l'homme lequel maintenant vous voyés contemptible & bien toſt le verrés abaiſſé par
deſſous tous hommes, doit apparoiſtre en la maieſté paternelle, accompaigné de tous les
anges & de ſes diſciples d'eslite. Et n'eſt pas celuy temps ſi loing qu'on diroit bien. Car il en
y a en la compaignie qui ne mourront pas que premier ils n'ayent veu le royaume de Dieu
eſtre ia venu auec puiſſance. Partant, que chaſcun s'appareille à fin d'eſtre trouué digne du
regne celeſte. Ce propos du Seigneur n'entendoyent pas meſmes les Apoſtres pour lors,
d'autant que le ſens en eſtoit obſcur. Mais appres la mort, reſurrectiõ, & aſcenſion de Ieſus꞉
item apres l'enuoy du ſainct Eſprit enuoyé du ciel celle vigueur de ce grain de mouſtarde,
c'eſt à dire, de la doctrine Euangelique encommença de ſe deſployer. Or à fin que les diſciples ne vinſſent à douter que touchant ce qu'il promettoit de la maieſté de ſa ſeconde venue, il ne le deuſt mettre vn iour en effect : il voulut biê meſme deuant que mourir leur exhiber quelque gouſt de la maieſté aduenir, entãt que la nature mortelle le pouuoit porter꞉

Donc

Donc six iours apres, Iesus d'entre les douze d'eslite n'en print que trois auec soy, com-
me les plus singuliers, ausquels il deust communiquer ce spectacle, lequel il auroyent a
celer iusques à ce que fust venu le temps de le deceler. Ces trois estoyent Pierre, Iaques, &
Iean : lesquels seuls il mena en vne fort haute montaigne. Aussi faut-il que ceux soyent
grandement eslongnés du soucy des choses basses, ausquels Iesus faict la grace de voir
vn tel spectacle. Car encore auiourdhuy faict-il bien ceste grace à certains de ses esleus,
quand ils sont esleués en la montaigne de pure contemplation, de leur bailler par se-
crettes inspirations quelque goust de l'eternelle felicité. Cecy n'entend pas le peuple se te-
nant és lieux champestres, & si on leur raconte ils ne le croyent pas. Quand ils furent ve-
nus au sommet de la montaigne, la premiere chose qu'ils firent, fust de vacquer à prie-
res & oraisons. Car sur toutes choses la priere est celle qui prepare les yeux du cœur à tel-
les visions. Et ainsi que le Seigneur Iesus prioit, il fut transfiguré tout à coup. Car son vi-
sage, qui au parauant ne sembloit en rien different de la beauté commune, resplendissoit
comme le soleil. Puis ses habillemens reluisoyent, plus blancs que neige, tellement qu'il
n'y a foulon au monde qui à tout son art sceust ainsi blanchir. Et ne fut pas Iesus veu tout
seul en tel estat, ains auec luy fut aussi veu Elie & Moyse deuisans ensemble. Car cela estoit
commun à Moyse, de deuiser auec Dieu : & lit-on qu'Elie auoit esté rauy au ciel en vn cha-
riot de feu flamboyant, & pourtant le deuis d'iceux auec Iesus demonstroit le consente-
ment de la Loy & des Prophetes. Car la Loy auoit adombré Christ par figures mystiques:
& les Prophetes par leurs oracles & propheties auoyent predit Christ deuoir venir tel,
qu'est venu Iesus : & toutefois n'y ont point voulu croyre les Iuifs. L'argument du deuis
estoit, le glorieux departement que Iesus deuoit en brief paracheuer en la croix en Ierusa-
lem, à fin qu'en cest endroit aussi la mention de la mort temperast la grandeur de la volu-
pté, de laquelle n'estoit capable nul entendement humain. Or Pierre rauy de la vision indi-
cible, & non asses maistre de soy, va entrerompre le deuis encommencé de la mort, & dit:
Maistre, laissons là Ierusalem, il est bon que nous soyons icy. Parquoy, faisons cy trois pa-
uillons, à toy vn, à Moyse vn, & à Elie vn. Celle voix de Pierre proceda, partie de l'horreur
de la mort, qu'il auoit viuement apprehendé, partie du plaisir de la vision, lequel l'auoit
comme enyuré. Car estant cõme rauy hors de soy, il ne sçauoit qu'il disoit: si grãde frayeur
auoit estonné les cœurs des hommes mortels, non encore capables de la maieste diuine.
A raison dequoy à fin que les Apostres ne fussent accablés de la grandeur de la lueur, il
vint vne nuée, qui les ombragea & modera la lueur qui leur estoit importable. Ce goust
de maiesté fut donné aux yeux corporels : semblablement aux oreilles en fut donné vn
tantinet. Car de la nuée sortit vne voix du Pere, & icelle pareillement remplie de maiesté,
disant : Cestuy est mon fils bien aymé, escoutés-le. Comment sont les Iuifs si audacieux de
contredire encore à Christ, veu que Moyse & Elie, lesquels ils ont en grande reuerence, ont
rendu tesmoignage à Christ : veu que la voix du Pere, (le sainct seruice duquel ils vouloy-
ent estre veus obseruer) a remis toute son authorité en son seul fils: La gloire plaisoit bien,
mais celuy qui y voudra paruenir qu'il oye Iesus appellant Pierre à l'imitation de la croix:
O Pierre, cesse desormais de tenser ton Seigneur & d'anticiper le conseil de Dieu. Tu as ouy
la voix du Pere, disant : Escoutés cestuy, car c'est mon fils, mon fils bien aymé. Iusqu'à pre-
sent vous aués ouy Moyse & les Prophetes prophetiser de Christ, ils se sont acquités de
leur charge. Voicy present celuy qu'ils promettoyent : desormais n'oyés plus ceux qu'ils
promettent choses à venir, ains ouyés cestuy qui est present & qui parle de part moy : per-
sonne ne prononcera propos plus veritables. Tout ce qui ne s'accorde au parler de cestuy,
reiettés-le. Or la voix du Pere ouye, tout soudain l'eschaffaut se changea, & retournerent
les choses en leur premier visage. Car quand ils regarderent à l'entour, comme estans re-
ueillés d'vn dormir, ils ne virent plus rien de tout ce qu'ils auoyent veu parauant excepté
Iesus tout seul, qui se retrouuoit auec ses disciples, tout tel que de coustume. Il leur auoit
monstré sa magnificence tant seulemẽt en nuée & brouillas, & encore ne la pouuoyent-ils
porter. Qu'eussent-ils faict, s'il leur eust descouuert sa vraye sublimité? Iesus donc de-re-
chef s'abbaissa à la petitesse de ses gens, & laissant le sommet de la montaigne, descendit
vers les autres disciples & le populaire. Ce pendant souuienne toy, ô docteur Euangeli-
que, combien plus il est conuenable que tu t'abbaisses à la capacité des foibles, toy, di-ie,
qui autrefois as aussi esté tel : & si tu as quelque chose de souuerain, cela est à Christ & non
à toy. Or en descendant de la mõtaigne, auant qu'arriuer vers la compaignie, le Seigneur
Iesus defendit à ces trois disciples qu'ils ne racontassent à personne ce qu'ils auoyent veu,
sinon quand le fils de l'hõme seroit ressuscité de mort à vie. Les autres gens quand on leur

r   comman-

Et six iours
apres.

Et comme
ils descen-
doyent de
la montai-
gne.

commandãt de celer les choses, de tant plus ils les deceloyent. Mais ces trois, pource qu'ils
auoyent ouy celle voix du Pere. Oyés cestuy, ils obeissent & se, taisent tellement de ce qu'ils
auoyent veu, qu'ils ne le decelerent pas mesme aux autres Apostres deuant le temps prefix. Ils croyent que c'estoit pour iuste cause (combien qu'ils ne l'entendissent pas) que Iesus
ne vouloit que cela fust diuulgué deuãt que sa resurrection fust cogneuë. Car quel aduancement eussent-ils faict en le racontant, sinon qu'ils eussent encouru la mocquerie des incredules ? Et qui eust peu croire Iesus estre apparu vrayement tel, lequel ils eussent veu
tantost apres chargé de tant d'ignominies ? & finalement mourir en la croix? Mais ce pendant les disciples, qui apres auoit ouy la voix du Pere n'osoyent pas se deffier des paroles
de Iesus, eux n'entendans point que vouloit dire ce propos (assauoir, quand le fils de
l'homme sera ressuscité de mort à vie) disputoyent entre-eux, pensans que tantost apres
la resurrection, viendroit la gloire de ce regne laquelle ils auoyent-ia commencé de gouster. Mais vn scrupule leur empeschoit ce souspeçon, à raison que la mort de Iesus estoit
prochaine, comme ia souuente fois il les en auoit aduertis, & promis que trois iours apres
sa mort qu'il ressusciteroit. Or auoyent-ils apprins de la prophetie de Malachie qu'Elie
deuoit venir, deuant que vinst le grand iour du Seigneur. Eux donc ne pouuans pas bien
entre eux s'en demesler de ce scrupule, ils en font à Iesus vne telle demande : Seigneur tu
nous as tenu promesse : nous auons veu la clarté de ton regne. Parquoy quand tu ressusci-
teras nous esperons que tu viendras en telle forme, que nous t'auons veu. Mais que veut
dire, ce que les Pharisiens ameinẽt de la prophetie de Malachie, c'est que ce iour là ne vien-
Malach. 4
dra pas que premierement ne vienne Elie Thesbite pour preparer le peuple pour la venue
de celuy iour, de peur que le Seigneur ne foudroye tout le monde ? Si est-ce qu'encore
n'est pas venu Elie, lequel nous auons veu auec toy en la montaigne : & n'a iceluy encore
mis la main à chose quelconque. Il faut donc dire ou que ce ne sera pas tantost apres ta resurrection que viendra le royaume de Dieu, ou que le sens de la Prophetie est autre, que
ne l'interpretent les Pharisiens. A ceste demande des disciples, le Seigneur fit vne response
ambigue, parce qu'ils n'estoyent pas encore capables de tout le mystere. Car sans tenir
conte des choses qui les touchoyent de plus pres, ils ne faisoyent que songer à la gloire du
royaume, lequel ils auoyent-ia gousté: n'entendans pas ce aussi estre le royaume de Dieu,
quãt par la propagation de l'Euangile l'esprit celeste accable toute la puissance de ce mõde
& de Satan. Laquelle chose auoit-ia encommêcé d'apparoistre quand les boyteux cheminoyent droit, les aueugles y voyoyent, les muets parloyent, les ladres estoyent nettoyés, &
les diables chassés. Et quant à la venue du royaume duquel ils auoyent-ia eu quelque
goust, le Seigneur n'a pas voulu qu'ils la sceussent: ce neantmoins à fin que plus patiemment ils portassent la mort de leur Seigneur, lequel ils aymoyent outre mesure, il les laissoit
songer pour vn temps qu'en brief deuoit venir la clarté du royaume, duquel la monstre
auoit esté faitte en la montaigne. Il modere donc tellement sa response, qu'il approuue la
Prophetie, & ne condamne pas toutalement l'interpretation des Pharisiens, ains seulemêt
refute leur abominable ratiocination, moyennant laquelle ils concluoyent le royaume de
Dieu n'estre pas encore venu, attendu qu'Elie promis par Malachie n'estoit pas encore apparu au monde. Et ia auoit commencé de venir le royaume spirituel de Dieu, ce que n'entendoyent pas les Pharisiens: ia estoit venu Elie selon le sens mystique. Si leur dit Iesus:
Et ce que Malachie à dit d'Elie, & ce qui a esté predit par les Prophetes touchant le fils de
l'homme, aduiendra sans faute nulle. Vous lisés d'Elie qu'en deuançant le grand & redoutable iour du Seigneur il doit conuertir le cœur des peres aux enfans, & le cœur des
enfans aux peres : à fin que la posterité cognoisse exhibition auoir esté faitte de ce qu'a-
uoyent attendu leurs deuanciers. Donc cest auantcoureur Elie, restablit toutes choses, &
corrige les choses deprauées : de peur que le Seigneur ne vienne au grand dommage de
tous s'il les prenoit au despourueu. Mais comme la prophetie de Malachie touchant l'a-
uantcoureur Elie est veritable, ainsi semblablement est vraye la Prophetie touchant le reste, laquelle predit deuoir aduenir que le fils de l'homme deuant qui descouure sa maiesté souffrira beaucoup, & sera mesprisé & mocqué & finalement mis à mort. Mesmes ce
qui est predit touchant la venue d'Elie, est-ia accomply: ce que pas n'entendent les Pharisiens, mais moy le vous descouure à vous (di-ie) qui estes mes amys. Car quant à celuy Elie il est-ia venu, lequel a annoncé le royaume de Dieu estre pres, & a semond les gens
à se repentir de leur vie passée. Et toutefois ceux qui se vantent d'auoir l'intelligence de la
Prophetie, ne l'ont pas cogneu : ains luy ont faict, non pas selon qu'il le meritoit, mais
tout ce que bon leur a semblé, gens qui ayment mieux leur royaume que celuy de Dieu.
                                                                                    Car

Car il est venu selon les Propheties d'Esaie & de Malachie, criant au desert la grande & redoutable iournée du Seigneur estre pres: la coignée estre-ia mise en la racine de l'arbre, qu'vn chascun s'auançast d'eschapper la vengeance aduenir du Seigneur. Mais iceluy reprenant tout publicquement les vices de chascun sans acception de personnes, ils l'ont mesprisé & mis à mort. Et ne traitteront pas plus doucement le Messias, qu'ils ont traitté l'auant coureur. Par ce propos Iesus donnoit à entendre Iean auoir esté Elie, non selon le corps, mais par ressemblance d'esprit: lequel en n'espargnant ny les Pharisiens, ny les roys, fut mis en prison & puis decapité. Comme ils ont faict à l'auantcoureur, ainsi feront-ils au Seigneur. Le mesme feront-ils à ceux qui viendront apres, assauoir aux Apostres. Car tout hõme qui rondement a annoncé le royaume de Dieu venir à deuoir enduré beaucoup des meschãs: & quicõque publie synceremẽt iceluy estre ia venu, il faut qu'il souffre les mesmes choses. Par tels propos Iesus destourna ses disciples de leur songe de gloire, à la tempeste aduenir qui ia pendoit sur leur teste, c'est à dire des choses plaisantes aux necessaires. Ce- *Puis estant* pendant ils vont arriuer vers l'assemblée. Car vne fort grande compaignie de gens s'estoit *venu à ses* ia amassée entour les disciples qu'il auoit laissé en la plaine. Il vit aussi les Scribes qui *disciples.* auoyent quelque dispute auec ses disciples. Et tout le peuple si tost que contre esperance ils apperceurent Iesus, qui s'estoit retiré auec peu de disciples, en furent estonnés & luy coururent au deuant luy faire la reuerence. Or n'ignoroit pas Iesus la dispute des Pharisiens, ce neantmoins il s'enqueste de quoy s'estoit qu'ils disputoyent, à fin que ce qui se feroit fust notoire à tous. Et comme les disciples se taisoyent de honte pour s'estre essayés en vain de chasser vn mauuais esprit: se taisoyent aussi les Scribes qui enuers les disciples calomnioyent le nom de Iesus, comme nom de nulle efficace: vn de la compaignie, lequel auoit donné occasion à la dispute, va exposer la chose à Iesus cõme elle alloit. Maistre (luy dit-il) I'auoye icy amené vers toy mon enfant, detenu d'vn esprit muet, lequel l'afflige miserablement. Car toutes les fois qu'il le saisit, il le deschire & iette par terre, si que l'enfant escume, grince les dens, & crie, qui luy est vn tourment qui le faict secher. Or parce que n'estois pas present i'ay prié tes disciples qu'ils deschassent cest esprit & en deliurassent mon fils. Eux s'en sont bien mis en deuoir, mais ils n'ont peu venir à bout. Cela ouy, le Seigneur pour monstrer que foiblesse de foy auoit esté en cause, que l'enfant n'auoit pas esté deliuré, il se *O nation* print à dire à part soy comme en se courrouçant. O nation incredule, qui pour tant de mi- *incredule.* racles faicts, ne peut estre encore amenée à auoir foy? Iusqu'à quand viuant sur terre batailleray-ie contre vostre obstinée deffiance? Iusques à quand vous endureray-ie? Quand vous aduancerés vous aux choses spirituelles? Quand croirés vous les choses que point vous ne voyés? veu que point vous ne croyés celles que vous voyés des yeux corporels? Amenés-le moy. Et ils luy amenerent. C'est vn mal qui tient fort que celuy auquel est accoustumé le pecheur dés son enfance. Et quand l'enfant fut mené à Iesus, il est encore plus tourmenté, le combat s'estant esleué entre l'esprit desirant de s'amender, & la conuoitise rappellant aux choses accoustumées. Car si tost que l'esprit eut apperceu Iesus, il sentit vne force qui luy estoit contraire: si saisit & tourmête l'enfant lequel estant abbatu par terre se veautroit en escumant. C'estoit vn piteux spectacle à tout le peuple: mais c'est bien vn plus piteux spectacle quãd vn pecheur souffre le mesme en l'ame, estant detenu en de grãs maux & enuiellis. Mais à Iesus nul mal n'est incurable. Or à fin que tous cogneussent la grandeur du mal, le Seigneur demanda au pere combien de temps il y auoit que ce mal auoit commencé de tourmenter son fils. Dés son enfance, respondit le pere. Et non seulement l'esprit (dit-il) le tourmente en la façon que tu vois, mais aussi le iette souuentefois tantost au feu, tantost en l'eau, pour le faire mourir. Vous ouyés vne maladie conuertie en nature, & vehemente, qui faict auoir peur au pere qu'elle ne soit incurable. Car il adiousta: Toutefois si tu y peux quelque chose ayde no⁹ & nous regarde en pitié. C'est à luy sagemẽt faict d'implorer la misericorde de Iesus, puis qu'il ne pouuoit alleguer aucũs merites, mais ouyés vne foy chãcelante, quand il dit: Toutefois si tu y peux quelque chose. Et Iesus corrigeant luy dit: Ne soye en doute de mon pouuoir. Car si tu peux croyre, il n'y a chose que n'impetre vne ferme confiance. A ceste parolle soudain le pere ayant conceu vne esperance plus certaine, testifia & de cri & de larmes le grand desir de son cœur, & dit: Ie croy, ô Seigneur: & s'il y a quelque defaut en ma fiance, supporte mon imbecilité. Ce pendant la trouppe accourt de toutes pars pour voir le spectacle. Et quand Iesus vit qu'ils estoyent-ia presens (car il vouloit qu'ils fussent tesmoings du miracle) il desploya celle voix tout puissante moyennant laquelle, quand il veut, il ressuscite mesme les morts. Car il menaça l'ord esprit, s'il ne sortoit sur le champ, & luy dit: Esprit sourd & muet, ie te commande que tu

fortes de ceſt homme, & que n'y entres iamais plus. Ieſus ſe courrouce contre l'eſprit, pour
auoir compaſsion de l'homme : nous monſtrant vn exemple comment il ſe faut conduire
en la gueriſon des pecheurs. Il nous faut tellemēt deteſter les vices, que lon voye que nous
aymons le ſalut de l'homme. Or à fin que vous entendiés que l'ayde de l'hōme eſt inutile,
n'eſt que Chriſt tacitement y entremesle ſa voix, les diſciples auoyent commandé à l'eſprit
de ſortir, mais en vain, d'autant que Ieſus eſtoit abſent. Or eſt-il abſent, toutefois & quan,
tes que la foy (moyennant laquelle il veut que nous impetrions toutes choſes) eſt froide &
chancele. Et qu'aduint-il de la voix & commandement imperial de Ieſus ? Tout à coup l'e,
ſprit ſortit, mais à fin qu'on entendiſt qu'il ſortoit enuy, ce fit-il en s'eſcriant & en moult
griefuement deſchirant le poure perſonnage. Car il giſoit-ia comme mort, de ſorte que
maints le diſoyent eſtre mort. Vous voyés l'image d'vn homme penitent & qui ſe retire de
grans & accouſtumés vices. Or eſt-ce que hayne de peché l'a ia deliuré de peché, mais ce,
luy eſt tout pres de ſe deſeſperer, lequel apperçoit ſa vilenie, & quant & quant conſidere la
iuſtice de Dieu. Tant y-a toutefois que celuy giſt tout mort à la bōne heure, lequel eſt mort
à peché : car il ne luy reſte plus que de ſe mettre à viure à iuſtice. Et ce benefice le tref-liberal
Ieſus (ſans lequel il n'y a aucūs ſalut) l'adiouſte aux autres. Car il empoigne la main du gi,
ſant & le dreſſe tout paſmé qu'il eſtoit : & ſoudain luy qui ſembloit eſtre mort, reprint force
& ſe leue ſain & alaigre par le benefice de Chriſt, luy, di-ie, qui en vain eſtoit deliuré du dia,
ble par la foy de ſon pere, ſi Ieſus ne luy euſt adiouſté vne nouuelle grace pour viure ſain,
ctement. Maintenant ouyt le ſourd, qui au parauant auoit les oreilles eſtouppées des con,
uoitiſes terriennes à l'encontre de la parolle Euangelique. Maintenant parle le muet, qui
au parauant auoit la langue empeſchée des affections charnelles. Maintenant eſt coy &
paiſible celuy qui au parauant eſmeu d'vne fureur tantoſt de paillardiſe, tantoſt d'ambi,
tion, tantoſt de courroux, tantoſt d'enuie, tantoſt d'auarice, eſtoit demené comme de l'im,
petuoſité d'vn ord & violent diable. Tout cela regardoyent les Apoſtres ſans ſonner mot,
n'oſans aborder le Seigneur. Les Scribes pareillement ſe taiſoyent, voyans par effect que
la gueriſon du perſonnage n'auoit eſté retardée par defaut d'efficace qui fuſt au nom de
Dieu, ains par imbecilité de croyance & fiance. Car ce qui ſe fit en la perſonne du iouuen,
ceau ſelon le corps, ſe faiſoit auſsi és Phariſiens ſelon l'eſprit. La cauſe pourquoy ils ne gue,
riſſoyent point, eſtoit qu'ils ne croyoyent pas à la parolle, par laquelle ſeule ils pouuoyent
guerir. Au reſte quand Ieſus fut entré en la maiſon, les diſciples l'interroguerent à part,
dont pouuoit eſtre aduenu qu'eux n'auoyent peu chaſſer hors ce diable, attendu qu'au
parauant ils en auoyent chaſſé maints au nom de Ieſus. Ce qu'ils demandoyent par ce
qu'vn ſoucy humain leur auoit ſaiſi les cœurs, de peur qu'ils auoyent d'auoir par inauer,
tence en quelque cas offenſé leur Seigneur, & conſequemment perdu la puiſſance de faire
miracles, laquelle il leurs auroit baillée pour vne fois. Or Ieſus qui n'a pas de couſtume
d'oſter ce qu'il a vne fois donné, ains de l'augmenter, ce neantmoins ne veut pas qu'on
manie ſes dons nonchalammēt & en paſſant : & qui en la perſonne du pere du guery auoit
ia aſſés donné à entendre que foibleſſe de foy (laquelle n'eſtoit pas encore ſi grande és
Apoſtres qu'il appartenoit) auoit eſté en cauſe que le diable n'eſtoit pas ſorty, reſpondit
qu'il y auoit vne certaine maniere de diables, qui ne ſe pouuoyēt chaſſer, ſinon qu'on vſaſt
de priere & ieuſne. Car ce ſont deux baſtons qui peuuēt beaucoup à l'encontre de l'impie,
té des diables. Et de faict, en la priere ſe renouuelle & ragaillardit la vigueur de la foy, com,
me il aduint au pere qui dit : Sire, ſupporte mon incredulité. Par le ieuſne (lequel contient
vne abſtinence de toutes vouluptés charnelles) eſt domptée la rebellion de la chair. Or
doit auoir l'eſprit pur celuy qui s'eſuertue de chaſſer les ords eſprits hors des autres. Quāt
à Ieſus il reuenoit de prier tout de frais auec les trois. Les autres diſciples en hantant auec
la multitude ne ieuſnoyent ne prioyent, & partant eſtoyent trop foibles pour chaſſer vn
diable ſi acharné & ſi familier. Tant plus qu'accroiſt en nous la confiance de nous-meſ,
mes, de tant plus decroiſt la puiſſance de faire miracles : d'autāt plus qu'en nous ſera amor,
tie la puiſſance de la chair, de tant plus ſe r'enforce l'eſprit celeſte, par lequel ſont chaſſés les
ords eſprits. Parquoy il faut ſouuent prier, à fin qu'en nous s'augmente la force de la foy :
il faut touſiours mortifier la chair à fin qu'en nous viue l'eſprit de Ieſus Chriſt. Brief Ieſus
des lors preparoit ſes diſciples pour celle heure qu'il leur ſera commandé de veiller & prier
de peur de tomber en tentation. Mais par ce qu'ils ſommeilloyent apres le ſoupper la foi,
bleſſe de la chair emporta la victoire. Ces choſes ainſi acheuées, Ieſus auec ſes diſciples ſe
print à aller en Iudée, en traſuerſant la Galilée, & ce en allant comme à l'auēture non pour
crainte qu'ils euſt de la mort (laquelle tref-ardamment il deſiroit) mais de peur qu'il ne
                                                                                    ſemblaſt

femblaft auoir incité deuant le temps les cœurs des Sacrificateurs & Pharifiens à cõmettre meurtre. Il print celle apparence de craintes fur foy, pour exêpter les fiens de toute crain
te, pour aufsi monftrer en effect l'imbecillité de la nature qu'il auoit prinfe. Or en cheminant il inculque de-rechef à fes difciples cé qu'ils auoyent-ia ouy par plufieurs fois. Car il
difoit : Sans point de faute ce que tant de fois i'ay dit, aduiendra. Le fils de l'homme fera
liuré entre les mains des hommes pour eftre prins, condamné, mocqué, fouetté, & mis à
mort. A l'encontre de ces chofes, lefquelles fans nulle doute nous attendons de bien pres,
il eft befoing d'y preparer le courage. Or n'y fera-il ia preparé, n'eft que deliuré de toutes
humaines affections, il foit conforté par la vigueur de l'efprit. Ie fçay bien que la mentiõ dé
la mort vous trouble : mais il faut auoir bon courage. Ie ne vous abandonneray pas pour
long temps : car au troifiefme iour ie reffufciteray. Mais vn fi grand engourdiffement auoit
faifi les cœurs des difciples, que iaçoit que ce propos fuft clair & euident, toutefois ils ne
l'entendoyent point, fe doutans qu'il y auoit quelque obfcurité cachée, à raifon qu'il leur
fouuenoit que par tels propos defguifés ils s'eftoyêt quelque fois trouués deceus, comme
fero it quand il leur fuft enioinct qu'ils euffent à fe garder du leuain des Pharifiens. Et ne
pouuoyêt encore cõprendre le myftere de la croix, ne s'aduifer quel befoing il auoit d'eftre
mis à mort, fi foudain il deuoit reffufciter, veu que qui peut reffufciter quand bon luy femble, peut bien aufsi fi bon luy femble, ne mourir point. Pourtant iaçoit que ce propos les
fcandalifaft grandemêt, ce neantmoins ils n'ofoyent interroguer Iefus, effrayés par l'exemple de Pierre, qui s'eftoit affés mal trouué d'auoir deftourné le Seigneur touchant cefte
matiere. Car ils auoyent ouy qu'il luy fuft refpondu : Va apres mõy Satan. Ils auoyent encore leurs fens apres les chofes humaines. Car l'intention de Dieu eftoit que par le facrifice de l'aigneau immaculé, Dieu fuft reconcilié auec le genre humain, en pardonnant tous
pechés par la foy. Et les difciples fongeoyent apres vn regne mondain. Au moyen dequoy
en chemin il s'efmeut entre-eux vne queftion, affauoir-mon qui feroit le premier au regne de Dieu, lequel ils efperoyent bien toft apparoiftre. Vn peu deuant ils auoyent veu les
trois difciples auoir efté preferés aux autrs à monfter en la montaigne : ils auoyent veu
Pierre auoir efté preferé à tous aux bail des clefs du royaume des cieux : & toutefois il y en
auoit aucuns plus eagés que luy, voire qui en confanguinité & parentage attouchoyent le
Seigneur. Or quand ils furent venus à Capharnaum, le Seigneur leur demanda en priué, Et vint à Ca-
de quóy c'eftoit qu'ils auoyent debatu enfemble fecrettement par le chemin. Et eux fe tai- pharnaum.
fans de honte, d'autant qu'ils fe doutoyent bien que le Seigneur (docteur de toute modé-
ftie) n'approueroit pas telle affection d'ambition : Iefus pour toutalemêt arracher du cœur
des fiens celle affection peftilentieufe par deffus toutes, s'afsift, comme celuy qui auec authorité auoit à traitter d'vne matiere d'importance, & fit venir fes douze Apoftres, & dit :
Si quelqu'vn veut eftre le premier au royaume des cieux, iceluy fera le dernier d'entre tous,
& le varlet de tous : tant s'en faut qu'il faille mefurer le royaume des cieux à la guife des royaumes de ce monde. Puis pour tant mieux ficher cefte doctrine au cœur de fes difciples, il
faict venir à foy vn petit enfant, & le met au milieu des difciples. Puis apres l'auoir embraf-
fé, fignifiant combien luy defplaifoyent les orgueilleux, au contraire combien il aymoit les
humbles d'efprit & modeftes : Voyés vous (dit-il) ce petit enfant ? Y a-il chofe plus abiecte
ou plus baffe felon le monde ? Et toutefois ceux qui en modeftie de cœur, fimplicité & innocence font tels que ceftuy eft d'eage, ce font ceux que i'ay en tref-grande eftime. Car c'eft
raifon que ceux me foyent les plus chiers, lefquels me reffemblent de plus pres. La dignité
ne fe mefure pas icy felon les richeffes, reuenu, puiffance, pompe, & violence. Car ceux qui
font tels, comme toutalemêt ils reffemblent aux princes Payens, ainfi obtiennent-ils grãd
credit enuers eux. Or tout ainfi que les roys fe reputent eftre ou honnorés ou deshonno-
rés en la perfonne de leurs officiers principaux, tout ne plus ne moins moy au royaume
Euangelique, me tien pour honnoré ou pour deshonnoré en tels petits enfans, defquels
le monde, à raifon de leur innocence, rondeur & modeftie, ne tient conte. Si vous en cognoiffés quelqu'vn qui me paffe en petiteffe & humilité, tenés-le pour fouuerain au royau
me des cieux. Que fi vous n'en trouués aucun, ayés mõy pour fouuerain : & felon qu'vn
chafcun s'approchera de moy, de plus par le mefpris des chofes apres lefquelles briguent les gros qui hantent les cours des Princes, ainfi le iugés grand perfonnage. Quiconque donc receura l'vn de ces petits que ie dy en mõn nom, il me reçoit. Car ie pren plaifir d'eftre receu en ceux lefquels i'ayme comme femblables à moy. Dauantage qui me receura, moy qui felon le monde fuis le plus abiect de tous il ne me reçoit pas, ains reçoit celuy qui m'a enuoyé. Car comme vn maiftre eft honnoré ou deshonnoré en fes difciples,

r 3   ainfi

ainſi vn pere eſt ou meſpriſé ou loué en ſon fils. Or par ce propos Ieſus n'a pas priué d'authorité ceux qui ont le gouuernement du troupeau du Seigneur, ains leur a oſté toute ambition. Car l'humilité des petits enfans ne ſe meſure pas ſelon la proportion ou force du
corps, mais ſe prend de la modeſtie du cœur, laquelle ne s'attribue rien de hautain en ce
monde, & iamais ne ſe confie en ſes propres forces, mais en ſimple fiance s'attend à Chriſt.
L'occaſion de ce propos engendra vn autre ſcrupule aux diſciples, lequel Iean propoſa en
telle maniere: Maiſtre quand tu nous eu enuoyés pour preſcher le regne de Dieu, nous
trouuaſmes vn quidam qui iettoit les diables en ton nom, lequel toutefois n'eſtoit pas du
nombre des douze, ny auſsi des ſoixante, leſquels puis apres tu esleus & enuoyas, brief
qui n'eſtoit aucunement du conte des diſciples qui nous ſuyuent. Pourtant l'auons-nous
empeſché, comme celuy qui n'a nulle accointance auec toy: ſi ç'a eſté à nous bien faict ou
non, nous ne ſçauons. Et Ieſus reſpondit: N'empeſchés point telles gens, leſquels en quelque ſorte que ce ſoit ſeruent à l'aduancement & publication de l'Euangile. Car il ne faut
pas faire des difficiles à receuoir ceux qui par quelque affection que ce ſoit, taſchent d'auancer l'affaire Euangelique. Il ne faut pas regarder s'il nous ſuyt, mais bien s'il publie noſtre nom. Que ſi à l'inuocation de mon nom il chaſſe les diables, il ne viendra pas aiſément à mal parler de moy. Que s'il vient à le faire, ſon faict le cõuaincra. Car on luy demandera: Comment oſes-tu meſdire du nom, duquel tu as experimenté la puiſſance & efficace en faiſant miracles? Ne ſoyés pas ſi prompts à ſouſpeçonner que qui faict vne œuure de
pieté, la faſſe d'vne mauuaiſe intention. Celuy qui ne reſiſte point à l'Euangile, ayde l'Euangile en ce qu'il ne tient pas pour la partie aduerſe. Quiconque ne nous contrarie, il
faict pour nous. Vne choſe nouuelle ſe doit aduancer par toute occaſion: de quelle rondeur de cœur cela ſe faſſe, ne vous en chaille, pourueu que par quelque moyen que ce ſoit,
il profite à l'affaire que vous demenés. Car non ſeulement ceux qui auront chaſſé les diables en mon nom, ſeront ſalariés pour auoir aduancé l'affaire de l'Euangile: mais auſsi
ceux qui ſelon leur pouuoir s'y ſeront employés & fuſt-ce en la plus petite choſe du mõde.
Car qui vous dõnera vn ſeul verre d'eau froide en mon nom, c'eſt à dire, pour ce que vous
eſtes mes diſciples, & faittes mon affaire, tenés vous pour aſſeurés, qu'vn tel ne ſera pas
fruſtré de ſon ſalaire. Que ſi aucun reſiſte à ceux par le moyen deſquels s'aduance l'affaire
Euangelique (or s'aduãce-il non par ceux là que le monde tient pour grans perſonnages,
mais par des petits, ſimples & humbles) ſi aucun (di-ie) apporte encombre à quelqu'vn
de ces petits qui ont mis leur fiance en moy, tant s'en faudra qu'il doyue eſchapper la punition, que meſme il ſeroit plus legierement puni, ſi on luy attachoit vne meule de moulin au col, & le iettoit-on en la mer. Les Princes de ce monde puniſſent griefuement ceux
par leſquels ſont empeſchés les affaires qu'ils ont enchargés à leurs lieutenans: ils le pendent à vn gibbet: quelques fois auſsi ils les mettent en quatre quartiers, ou ils les font ietter en vn abyſme, ou ils leur lient vne pierre au col (à fin qu'ils n'en puiſſent ſortir) & les
plongent en la mer. Tant leur deſplait qu'on porte encõbre à leur officiers ou gentils hommes, du ſeruice deſquels ils vſent pour le maintient de leur tyrannie, c'eſt à dire, pour oppreſſer le peuple. Mais Dieu punira bien plus griefuemẽt ceux qui empeſcheront ſes petits (par leſquels il a voulu que fuſt conduit l'affaire du royaume celeſte pour le ſalut de
tous hommes) les empeſcheront, di-ie, d'executer les mandemens de leur roy. Car iaçoit
que pour vn temps il ſemblera qu'ils faſſent tels empeſchemens ſans en deuoir eſtre punis, ce neantmoins ils n'eſchapperont pas le ſupplice de la gehenne. Or eſt-ce que les tyrans de ce monde n'ont peu excogiter aucune ſorte de mort, qu'on puiſſe comparer à ce
ſupplice, par lequel le corps & l'ame mourront tous enſemble d'vn perpetuel tourment,
ſans qu'il leur doyue eſtre loiſible de mourir. Parquoy ne penſés pas à vous venger: acheués voſtre charge: Dieu punira ceux qui vous feront empeſchement. Que ſi l'encombre
vient non de la part du perſecuteur, mais de ceux qui ſemblent eſtre amis, nulle choſe ne
doit eſtre ſi chere, que pour icelle on vienne à delaiſſer la charge Euangelique. Poſes le
cas que ce ſoit la main dextre, c'eſt à dire, ton pere ou quelqu' autre de tes plus grans amis:
poſes le cas que ce ſoit ton œil dextre, c'eſt à dire, ta femme bien aymée & tes doux enfans:
poſes que ce ſoit ton pied, c'eſt à dire, vn tien varlet ou procureur, du ſeruice duquel tu ne
puiſſes te paſſer és affaires de ceſte vie: couppe ta main, arrache ton œil, retrenche ce pied
qui te retarde de l'affaire Euangelique. Si tu peus quant & toy amener au ſalut Euangelique ton pere & ta mere, tes freres & ſœurs, fais-le: mais ſi l'amour d'iceux te retire de l'Euangile, & vois que tandis que par ton moyen ils refuſent d'eſtre ſauués, il aduiendra finalement que toy-meſme periras quant & eux, deſpouille moy lors l'affection naturelle, &

ſoit

foit vaincue la pieté humaine par la pieté Euangelique : & te porte tel quand ton ame est
en peril, que tu ferois si ton corps y estoit. Si la necessité te pressoit en sorte, qu'il faillust
où que on te tuast, ou qu'on te sauuast la vie à la perte de ta main, tu ne ferois nulle difficulté de te coupper la main, & à la perte d'vn membre pour necessaire qu'il fust, racheter ta vie. C'estoit chose plus souhaittable d'estre gardé par l'Euangile auec tes parens &
amys, toutefois si cela ne se peut faire, il te vaut bien mieux en abbandonnant pere &
mere (lesquels non seulement ne veulent pas estre sauués, mais aussi taschent à te tirer
en ruyne) entrer comme manchot en la vie eternelle, qu'auec pere & mere & amys estre
ietté en la gehenne, c'est à dire, en vn feu inextinguible : là où le ver qui par regret ronge
la conscience des miserables, ne meurt point. Car ils viuent tant seulement pour souf- Esa. 66
frir peines. Là le feu qui les tourmente, iamais ne s'esteint. Toy & eux vous repentirés,
mais trop tard & pour neant : toy d'auoir folement compleu aux affections de tes pere & mere pour ta ruyne : eux de n'auoir obey à celuy qui les semoignoit à salut. Et leur calamité ne te soulagera point, & ton tourment ne diminuera de rien leur peine. Semblablement la ruyne de celuy qui aura refusé d'estre sauué, soit pere, soit mere, ne sera point
reputée au fils qui songneusement se met apres l'affaire del'Euangile. En façon semblable retrenche-toy le pied, faisant ton conte que mieux te vaut boyteux ou manchot paruenir à la vie eternelle, qu'à tout tes pieds estre ietté en la gehenne, où le feu ne se peut e-
steindre, & où le ver ne meurt point. L'homme n'a rien de plus cher que les yeux, ne rien
de plus doux que sa femme, ou de plus sauoureux que ses enfans. Ce neantmoins si la
necessité requiert qu'il faille ou pour l'amour de ces choses placquer là l'Euangile, & perir ensemble auec icelles, ou pour l'amour de l'Euangile abbandonner les choses qui te
sont les plus cheres selon l'affection humaine : ne fais nulle difficulté de t'arracher l'œil &
le ietter bas, faisant conte qu'il te vaut beaucoup mieux entrer borgne au royaume des
cieux, où la vie est eternelle, que à tout tes deux yeux estre ietté en la gehenne. Ne te chaille en cecy des larmes de ta femme, ne des amadouemens de tes enfans. Ceux font follement de plourer qu'on les abbandonne, lesquels pourroyent suyure, s'ils vouloyent. Il
faut laisser en arriere toutes les affections humaines toutes fois que le commandement de
Dieu le requiert. Toutes pertes de choses corporelles doyuent estre contées pour gaing,
toutefois & quantes qu'il est question d'acquerir la vie eternelle. Ce n'est pas chose delicate que la profession de mon nom. Encombres s'esleueront de toutes pars pour vous retirer de vostre entreprinse, comme sera persecution, affections humaines : voire-mais il
faut que ceux surmontent toutes ces choses, lesquels entreprennent l'affaire Euangelique.
Il faut que celuy qui veut estre suffisant administrateur de la doctrine Euägelique, se dedie
& consacre du tout en tout à la volonté diuine, à fin que nulles frayeurs de persecutions,
n'aucuns alleschemens d'affections charnelles ne le corrompe, puis se desbauche de la Vn chascun
pureté de la verité Euangelique. Car comme nul sacrifice suyuant l'ordonnance de Moyse sera salé par
n'est legitime, sinon qu'il soit salé ou de feu, ou de sel, ou de tous les deux : ainsi quiconque feu.
voudra faire profession de la philosophie Euangelique, il est necessaire que par feu il soit
nettoyé de toutes affections humaines, & consit en sel, à fin qu'il ne puisse estre corrompu
par contagion de maux. La sagesse de ce monde est sans saueur : elle ne guarantit point
l'homme contre la corruption de ce monde, ny n'en peut guarantir les autres. Si est-ce
qu'vn docteur Euangelique doit faire l'vn & l'autre, c'est qu'il soit luy-mesme sans corruption, & qu'il deliure les autres de corruption. Pas n'a ceste efficace la sagesse des Philosophes, non n'a pas la doctrine des Pharisiens, mais la seule Philosophie Euangelique,
laquelle par la force & pointe de verité ronge & consomme tout tant qu'il y a en l'homme
de subiect à corruption. Le semblable faict le feu de l'esprit de Dieu, en consommant & nettoyant les cœurs de toutes affections charnelles, & aucunement transformant en Dieu
tout ce qu'il saysit, de sorte que ceux qui au parauant estoyent attachés aux soucys des
choses terriennes, desormais ils les mesprisent & sont rauis apres les choses celestes. Quiconque est saul-poudré de ce sel, il ne pourra par tels alleschemens estre corrompu de la
pureté de l'esprit Euangelique : quiconque est nettoyé par ce feu, il ne tiendra conte d'aucun effort que puisse faire le persecuteur. Il n'y a rien de meilleur que le feu, si on en vse comme il faut : il n'y a rien de plus vtile que le feu. Mais si le feu refroidit, si le sel vient à perdre sa force & s'esuenter, que restera-il pour assaisonner ceux qui sont sans saueur ? Si ceux
qui font profession de l'esprit Euangelique, estans effrayés des menaces des hommes, abbandonnent leur entreprinse, & de crainte applaudissent à la sottise des Princes, laquelle
ils deuoyent courageusemẽt rembarrer, quel espoir reste-il ? Si ceux qui font profession du

sel Euangelique non seulement ne guerissent point par la pointe & vehemence de la verité
les corrõpues affections des autres, ains eux-mesmes en faueur de leurs pere, mere, parés
& amys, pour choses terriennes decheent de l'esperance du royaume celeste, & gaignent la
gehenne, & ce qui est bien la plus grande meschanceté de toutes, la doctrine mesme Euangelique ils l'interpretent & tordent selon leurs affections & conuoitises humaines, que reste-il pour sau-poudrer la sottise mondaine ? apres que ceux par le moyen desquels cela se
deuoit faire, sont corrompus: & est corrompue la chose laquelle seule reste au monde, pour
finalement l'amener à amendement? Parquoy à fin que vous puissiés & surmonter la cru-

Ayés en vous
du sel.

auté des persecutions, & pour l'amour de l'Euangile ne tenir conte de toutes affections humaines: à fin que vous puissiés & pouruoir à vostre salut, & en amener tant & plus à salut,
qu'vn chascun de vous ait en soy le sel Euangelique, & ayés paix & amitié mutuelle entre
vous. Le sel vous rendra sans corruption: la concorde vous fera robustes & puissans. Où il
y-a des dissensions, là n'est point le sel Euangelique. Où est la maladie d'ambition, là il n'y
a ne paix ne sel. Et là cause pourquoy les Philosophes s'entrebattêt, c'est qu'ils n'ont point
ce sel: la cause pourquoy les Pharisiens, Sadduciés, & Herodiens ne s'entre accordêt point,
c'est par ce que corrompus de mauuaises affectiõs ils ont faute du sel Euangelique. Vostre
doctrine assaisonnera la sottise du monde, si les gens apperçoyuent qu'en voz affections il
n'y ait rien de corrompu ou pourry ou par appetit d'honneur, ou par amour de deniers,
ou par conuoitise de vengeance, ou par crainte de mort, ou par desir de viure, ou par aucune autre humaine affection : & si comme vostre vie respondra à la doctrine, ainsi vous
vous accorderés entre vous. Or serés vous d'accord, si en reiettant loing tout vice d'ambition, dont sont entachés toutes gens qui cherchent de regner en ce monde, vous departirés syncerement aux autres la doctrine celeste, laquelle vous aués receue de moy.

CHAPITRE   X.

Pres que par tels aduertissemens le Seigneur Iesus eut assés muny les cœurs
de ses disciples à l'encontre de la tempeste toute prochaine, il se partit de Galilée, en s'en alla en la contrée de Iudée, qui est dela le Iordain, où Iean, auoit
premierement enseigné. La renommée de Iesus estoit-ia tellemẽt diuulguée
par tout, qu'il n'y auoit lieu où il peust plus se cacher. Tantost donc s'assemblent là aussi les troupes, comme elles auoyent accoustumé de faire aux autres lieux : & Iesus ne se lassoit iamais de biẽ faire à tous, en guerissant les corps, & endoctrinant les ames.

Et les Pha-
risiens vont
à luy.

Là aussi n'y a pas faute de Pharisiens, gens tousiours tels que de coustume, ressemblans à
eux-mesmes. La multitude cherche santé, & aussi doctrine. Les Pharisiens ayment mieux
dresser embusches, qu'estre guerys, tenter que apprendre. Ce pendant toutefois ils couurêt
leur malice d'vne apparence de religion, & leur finesse ils lauoilent d'vn desir d'apprendre.
O sagesse mal enseignable, de corps ils s'approchent de Iesus, de qui ils estoyent fort eslongnés de cœur. Ils luy proposent vne demande captieuse, disans : Que t'en semble nostre
maistre ? est-il loisible à l'homme de repudier sa femme ? Ils auoyent entre-eux songé ceste
question cornue, esperans qu'en respondant il hurteroit ou contre l'vne ou contre l'autre
corne. Il auoit prononcé bien-heureux ceux qui se chasttoyent pour le regne de Dieu.
Pourtant veu qu'il recommandoit la chasteté, s'il fust venu à pronõcer qu'il estoit loisible
de donner congé à sa femme pour en prendre vne autre, comme ordinairement faisoyent
les Iuifs, il sembleroit se contredire en sa doctrine : s'il eust respondu qu'il n'estoit loisible,
ils luy eussent mis en barbe la violation de l'authorité de la Loy, laquelle permet au mary le droit de repudiation. Et le Seigneur pour bien attrapper les fins en leur propre finesse (car ils auoyent preparé le las prins de la Loy) leur demanda : Qu'est-il besoing que
vous m'interroguiés, veu que vous-mesmes faittes profession de la cognoissance de la

Deut.24

Loy ? Quel commandement vous a baillé Moyse touchant ceste matiere ? Et ils respondirent : Moyse à permis au mary, s'il trouuoit à redire en sa femme, de l'en enuoyer en luy
baillant vn instrument de refus : & d'en prendre vne autre si bon luy sembloit. Ceste permission de la Loy, les Pharisiens l'interpretoyent en sorte comme si ceux qui pour occasions les plus legieres du monde repudioyent leurs femmes, & en prenoyent des autres
eussent bien faict : n'entendans pas l'intention du legislateur, laquelle il pouuoyent comprendre du cõmencement de Genese. Iesus donc leur dit: En ce que Moyse à permis le droit
de repudiation, il n'a nullement du mõde fauorisé au diuorce, mais a obtemperé au plaisir des marys, & a mieux aymé de permettre vn petit mal-legier, que d'ouurir la fenestre à
des bien enormes. Il a mieux aymé vn diuorce desraisonnable, que non pas vn homicide,
empoisonnement, ou mesme parricide. Car il cognoit biẽ la dureté de vostre cœur, pour laquelle

quelle à esté donnée ce remede, de peur qu’on ne vinst à plus grandes enormités. Au reste, en paradis deuant que la nature humaine cheust en ceste malice, l’institution du mariage ne fust pas telle, qu’à l’appetit du mary le diuorce se feist, ains fut le mariage institué pour estre vne perpetuelle & indissoluble conionction : entre le mary & la femme.
Qu’ainsi soit, du commencement Dieu en coniognit vn seul auec vne autre seul, assauoir le
masle auec la femelle, entre lesquels il a voulu qu’il y eust telle amour, que nulle desionction
n’y peust entreuenir. Pour ceste cause (dit-il) l’homme abandonnera pere & mere & s’ad-   Gene.ɪ
ioindra auec sa femme, & seront deux reduits en vne chair, de sorte qu’estans conioincts ensemble & de corps & d’esprit, desia ils ne soyent plus deux hômes, ains vn seul, à fin qu’entre-eux il y ait vne communauté de toutes aduersités & ioyes. Ces parolle demonstrent
ouuertement qu’à Dieu n’a pas pleu le diuorce, autrement il aboliroit ce que du commencement il auoit estably. Mais Moyse en permettāt le diuorce contre la volonté de Dieu, eut
esgard pour vn temps à vostre dureté, estimant moindre le vice d’adultere, que non pas de
parricide. Que si la dispense de Moyse vous plaist tant, entendés aussi la cause qui l’a contraint à telle dispense. Pourtant que ce que Dieu mesme dés le commencement à conioinct
en sorte qu’il deust estre indissoluble, que l’homme ne le separe pas. Iettés bas la dureté de
vostre cœur, & il ne sera plus besoing d’vser de diuorce. Par telle moderatiō de response Iesus maintint le commandemēt de Dieu sans toutefois condamner Moyse, sans amoindrir
le loz de chasteté, sans aussi s’enlacer és filets des Pharisiens : ains plustost il print ceux
qui estoyent allés pour le prendre. Au reste quand Iesus fut arriué en la maison & les Apostres l’eurent interrogué en priué touchant ceste mesme matiere, il condamna tout à plat le
diuorce. Quiconque (dit-il) repudie sa femme & en prend vn autre, il commet adulteré
enuers elle. Semblablement si vne femme ayant laissé son mary se marie à vn autre, elle
commet adultere à l’endroit de son premier mary. Car il messeroit à professeurs de l’Euangile d’auoir vne dureté de cœur, iusqu’a ne pouuoir porter ne vouloir corriger amiablement les complections de leurs femmes, mais en conceuant vne hayne pour quelconques
occasions, ils machinent meurtre, si que leur femme ne se retire. Tel courage est Iudaïque,
lequel doit estre loing arriere de mes disciples. Vn Iuif pour vne mauuaise allaine, ou vne
chassieure d’yeux, ou quelque autre vice semblable repudie sa femme: là où entre les Euangeliques vne seule cause separe le mariage, assauoir, rupture de la loyauté de mariage. Car
vne femme quand elle a abandonné son corps à autruy qu’à son mary, encore que point
elle n’en soit repudiée, desia elle cesse d’estre femme de son mary: Item vn mary qui s’est a-
bandonné à vne autre que sa femme, desia deuant le diuorce il cesse d’estre mary. Tout
comme le feu n’est pas feu, sinon qu’il soit chaut : ainsi mariage n’est plus mariage n’est que
deux deuiennent en vn. Trois ou quatre ne peuuent estre faicts vne chair. Ces propos
acheués, voicy arriuer gens amenans des petits enfans à fin que Iesus leur mist les mains
dessus & les benist. Ils auoyent veu qu’à son attouchement les maladies guerissoyent : ils
se confioyent qu’aux enfans aussi profiteroit tel attouchement à l’encontre de beaucoup
d’incommodités ausquelles est ordinairement suiette l’eage d’enfance. Mais les disciples,
pensans qu’il ne failloit pas importuner & tourmenter leur Seigneur de tel menus affaires
luy estant occuppé apres de plus grans, empeschoyent les petits enfans de s’approcher de
Iesus, & tençoyent ceux qui les amenoyent, comme gens qui par leur importunité donnoyent fascherie au Seigneur. Et toutefois vn peu auant le Seigneur leur auoit recommandé les petits enfans. Parquoy s’apperceuant Iesus que ses disciples ayans oublié les propos qui leur auoit tenus, empeschoyent les petits enfans de venir à luy, il les tença, disant:
Laissés venir à moy les petits enfans. & ne les empeschés pas de m’attoucher. Car à tels appartient le royaume des cieux. Iceux seruent de patron d’innocence & simplicité, selon laquelle il faut refondre l’orguilleuse malice des hommes, s’ils veulent estre admis au royaume des cieux. Qu’aucū ne pense qu’iceux soyent à mespriser à cause de la foiblesse de leurs
forces, ou de leur simplicité. Tenés vous pour tous asseurés de ce point : N’est que l’homme naisse de-rechef, & iettant bas toute finesse, auarice, ambition, hayne, courroux, vengeance, enuie, il deuienne tel de cœur que ces petits enfans sont d’eage, il ne sera pas receu
au royaume des cieux. Et pourtant plus recommander à tous vne simple innocence, il les
embrassa vn par vn, leur mit les mains dessus, puis les benit, demonstrāt que les Euesques
ne doyuent pas reietter les idiots & lourdaux ignorans, ou gens les plus abbaissés & abiects selon le monde, ains les contregarder par tous moyens, iusques qu’ils profitent en
mieux. Mais il faut tout en premier lieu prier le Seigneur Iesus, qu’il luy plaise leur mettre
les mains dessus & les benir. Luy-mesme baillera aux petits enfans finesse moyennant la-

quelle

quelle ils puissent eschapper les laqs du diable; il baillera langue aux enfans, à fin que
par la bouche des enfans & tetans la louange de Dieu soit parfaitte. Quand apres ces
choses faittes en la maison le Seigneur Iesus fut sailly en la rue, voicy venir vn iouuenceau à fin qu'apres auoir recommandé l'enfance cest eage aussi fust amené de bons commencemens à plus grande perfection. Ce iouuenceau se prosterna aux pieds de Iesus, &
dit: Bon maistre que doy-ie faire pour obtenir la vie eternelle ? Telle demande n'estoit
pas du tout vuyde de quelque vice de complaisance de soy-mesme. (Mais tel vice s'il est
petit, la douceur des docteurs a de coustume de le dissimuler en telle eage sous esperance d'auancement) car ce n'est pas tant son desir d'apprendre du Seigneur que c'est qu'il
est tenu de faire, que c'estoit d'estre loué pour les choses qu'il auoit faittes : puis il appelle bon celuy lequel il ne tenoit pour autre qu'homme, comme si l'homme auoit en soy
aucun bien de soy-mesme. Or Iesus comme se desplaisant de ce titre arrogant, luy dit:
A quoy faire m'appelles-tu bon? Ce titre est trop grand pour l'homme: car nul n'est vrayement bon, sinon vn seul Dieu. Comme donc l'homme qui s'attribue ce titre est vn arrogãt,
ainsi celuy qui l'attribue à l'homme luy attribue plus qu'il n'est conuenable. Par ceste preface Iesus rembarra l'esprit du iouuenceau lequel se pensoit bien n'estre pas beaucoup eslongné du loz de ce titre. Cela faict Iesus adiousta. Sçay-tu pas les commandemens? Et interrogué du iouuenceau qui estoyent ces commandemens, il luy respondit que c'estoyent
ces accoustumés par l'obseruation desquels les Iuifs s'attribuoyent vn loz de bonté & iustice. Ne soye point adultere, Ne tue point, Ne desrobbes point, Ne dy point faux tesmoignage, Ne deçoy point ton prochain, Honnore ton pere & ta mere. Sur cela l'adolescent,
ayant conceu vne esperance de receuoir vne grande louange, desia tout ioyeux & alaigre,
respõdit à Iesus: Maistre, i'ay gardé toutes ces choses dés mon enfance. Et Iesus apres auoir
auisé que c'estoit vn iouuenceau de bonne nature & d'esperance delectable, en ce qu'il ne
controuuoit pas tel propos, & ne se complaisoit pas malicieusemẽt en soy-mesme comme
les Pharisiens, demonstra qu'il prenoit aussi plaisir au zele de cest eage. Au moyen dequoy
il monstra visage qu'il prenoit plaisir à la saincte affectiõ du iouuenceau, iaçoit qu'elle fust
imparfaitte, comme baisant l'esprit d'vn naturel Euangelique (car comme en tel eage est
rare l'estude de pieté, aussi y est-il louable) nous aduertissant ce pendant que par tout ou
nous verrons quelque inclination & esperance de pieté Euangelique, nous n'accablions
& estrangions pas les tendres esprits par rigoureux tensemens (comme font aucuns trop-
fascheux maistres d'escoles, qui par leur rudesse apprenneut à hayr les lettres aux esprits
bien nés) ains que par courtoysie nous les aduancions à meilleures choses, en approuuant l'affection, mais monstrant ce pendant où c'est qu'il faut s'auancer. Voyla comment
Iesus modera la liesse du iouuenceau s'esgayant deuant le temps, luy disant: Quãt à ce que
tu as gardé ces commandemens, ie t'en loue. Au reste, la parfaitte iustice ne gist pas en ces
choses (comme tu le penses) ains as encore defaut d'vne chose. Luy s'esmerueillant & demandant qu'estoit celle chose, le Seigneur respondit: Retourne t'en en la maison, & vend
toutes tes possessions & l'argent que tu en receura, baille-le aux poures. Tu ne perdras pas
ce que tu auras ainsi dissipé, mais au lieu de possessiõs terriẽnes tu amasseras vn thresor és
cieux. Puis tout franc & à deliure vien-t'en & me suyt: alors certes te recognoistray-ie pour
disciple de l'Euangile. Maintes choses defailloyent au iouuenceau, mais en touchant ceste
playe Iesus voulut monstrer combien il estoit encore eslongné de la perfection Euangelique. Cela ouy, le iouuenceau s'en alla tout triste, comme celuy qui estoit frustré du loz de
iustice qu'il auoit esperé. Car il auoit beaucoup de possessions, & de les abbãdonner tout
à coup, celuy sembloit vne chose fort dure. Or s'en alla-il non toutalement desesperé. Car
il ne se despita, ne murmura pas, mais s'en alla sans dire mot & tout triste. Il fut loué pour
l'affection de pieté: ce qu'il est contristé, vient d'vne infirmité humaine. Mais il n'entendoit
pas la parolle de Iesus. Car l'entente de Iesus n'estoit pas tant de l'abbandonnement des
possessions, que des affections. Quiconque est appareillé de tout abbandonner, quand la
chose le requiert, il a tout abbandonné. Par cest exemple Iesus destournoit ses gens de conuoiter des richesses. Pourtant le iouuenceau s'en estant allé tout triste, Iesus ietta les yeux
sur ses disciples (car à eux s'addressoit celle farce) & dit: Voyla nostre homme en voye.
O qu'il est difficille que gens pecunieux entrent au royaume de Dieu. Ceste parole estonna
merueilleusement les disciples, estimans qu'à grand peine s'en pourroit-il trouuer vn, qui
deust tout à coup ietter là de grandes possessions pour le royaume de Dieu, cõbien qu'eux
mesmes neussent abbandonné quelque petit auoir. Pour ceste cause Iesus reitere ce qu'il
auoit dit, addoucissant par alleschement l'appreté de son propos, & interpretant l'obscurité

rité non entendue. Mes petits enfans(dit-il) qu'il est bien difficile que ceux qui ont à force possessions,& en icelles mettent leur confiance,(comme font ordinairement les hõmes)
entrent au royaume de Dieu.Et à fin que ce propos ne semble trop dur,ie diray qui est encore plus dur,mais tres-vray:Il est plus aisé à vn chameau d'entrer par le pertuis de l'aguil
le,qu'à vn riche d'entrer au royaume de Dieu.Ces propos ouys,les disciples furent encore
plus troublés en leurs esprits,ratiocinãs entre eux en ceste maniere:Si nul ne peut estre sauué n'est qu'il entre au royaume de Dieu : & si nul n'y peut entrer n'est qu'il iette en voye
ses richesses:comme ainsi soit que nousvoyõs que tous hõmes portent telle amour à leurs
richesses,qu'ils ne semblent les vouloir deuoir abbandonner, qui sera le riche qui pourra
estre sauué?Ce soucy des disciples ressentoit la pieté de leur Seigneur:car ils desiroyêt qu'à
force gens entrassent au royaume de Dieu,mais ils n'entendoyent pas encore la vigueur
de la profession Euãgelique,laquelle nous enioinct de ne tenir conte ne de femme, ne d'enfans,ne de pere & mere,nõ pas mesme de la vie,si la necessité le requiert ainsi.Or est-ce chose tres-facile que de ne tenir conte des richesses,qui voudra peser la chose : mais qui considerera la façon ordinaire des hommes, c'est la plus difficile chose qui soit point au monde. Voyant donc le Seigneur ses disciples en soucy & contristés de ce propos,voire prochains de desespoir,il leur donne courage,mais en iettant premierement les yeux sur eux,
ce qu'il auoit de coustume de faire, toutes les fois qu'il vouloit dire quelque chose de sin-
gulier.Pourquoy desesperés vous (dit-il)du salut des riches:les choses que ie requier sont
difficiles,mais encore faut-il faire de plus difficiles.Il n'y a chose plus difficile,que de ne tenir conte de la vie pour l'amour de l'Euangile.En cela ie voꝰ feray capitaines & guides. S'il
se trouue gens qui feront plus de côte de l'Euãgile que de leur propre vie : desesperés vous
qu'il s'en doyue trouuer qui feront moins de cas des richesses que de l'Euangile? Ces choses semblent impossibles aux affections humaines : mais cela se faict par puissance diuine.
Dieu commande choses difficiles, & surpassantes les forces humaines : mais luy-mesme
donne aux hommes force pour pouuoir ce qui leur est commandé. Dont il aduient que
ce que l'homme ne peut de soy il le peut auec l'ayde de Dieu qui peut toutes choses.Qui de
tout son cœur se fie en luy,il n'y aura chose que par luy il ne puisse.Celuy donc qui mesprise
les richesses pour le royaume de Dieu, ne faict point de perte, mais gaing. Mais pour faire
entendre cela à l'homme,ce n'est pas à la prudence humaine,mais à la foy qui luy est espan
due du ciel.Car quiconque croit de tout son cœur que pour auoir abbandonné les richesses qui le destournoyent de faire son salut,la recompẽse en sera faicte de cent fois autant en
ce monde,& qu'en l'autre siecle sera dõnée la vie eternelle,il acceptera volontiers & de bon
cœur vn tel eschange.De ce propos qui ostoit le desespoir aux disciples le courage leur accreut plus grand qu'il ne failloit. Car des-ia Pierre par comparaison du iouuenceau qui
s'en estoit allé tout contristé, commença à se complaire vn petit en soy-mesme, disant:
Or-çà,nous auons tout abbandonné pour l'amour de toy, & t'auons suyui. Nous auons   *Et Pierre cõ-*
faict ce que requerois du iouuenceau : tu luy promettois vn thresor au ciel, nous donc   *mença à luy*
quel salaire deuons nous esperer?Si on balance l'auoir des Apostres,ils n'auoyent pas ab-   *dire.*
bandonné grand cas,principalement Pierre qui estoit pescheur,& gaignoit sa vie à grand
peine au iour la iournée : mais à chascun le sien luy est tres-grand . Et abbandonner vne
tres-grande cheuance celuy qui tout ce qu'il possede il le delaisse en sorte, qu'il ne songe ny à le recouurer,ny à l'augmenter.Celuy qui s'est toutalement despouillé de l'affection
des richesses,il en a laissé,non pas autant qu'il en auoit en son domaine,mais autant qu'il
en peut souhaitter. Or le Seigneur mesurãt selon ceste reigle les choses que les Apostres a-
uoyent delaissées,lesquels auoyent alaigremêt abbandonné ce qu'ils auoyêt de plus cher,
assauoir,pere & mere,femmes,parens & amys &c.leur respond en ceste maniere:Ie vous dy
pour tout certain que non seulement vous ne serés pas frustrés de vostre salaire mais il n'y
aura nul qui si pour le zele de l'Euangile & pour l'amour de moy delaisse maison,freres,ou
sœurs,ou pere,ou mere,ou enfans,ou chãps,ne doyue point chasque chose delaissée en receuoir cent fois autãt,voire en ceste vie pour cruelles que puissent estre les orages de persecutiõs. Car l'accroissemêt sera de beaucoup plus grand de la part de la charité Euãgelique
que ne sera le decroissemêt par la cruauté des persecuteurs. Pour vn frere ou vne sœur delaissée selõ la chair,il viendra a auoir autant de freres & de sœurs qu'il aura de cõpaignons
en la profession Euangelique. Or sont de plus grande efficace,voire aussi plus douces les
affectionsspirituelles que ne sont les naturelles.Pour vn pere & vne mere,il aura autant de
peres qu'il aura de docteurs:pour vne maison abbãdonnée, il n'y aura lieu où il n'aye mai
sõ,par tout où la charité Euãgelique sera en vigueur,laquelle faict toutes choses cõmunes.
Pour

Pour peu de poſſeſſions abbãdonnées il viendra a auoir part à toutes les poſſeſſions que
tiennent les vrays profeſſeurs de l'Euangile. Et ores que tels biens n'aduiendroyent ce neantmoins la perte des choſes corporelles ſeroit recompenſée par ſpirituelles graces de l'eſprit, de ſorte qu'on aymeroit cent fois plus les choſes recouurées que les delaiſſees. Car il
n'y a nulle comparaiſon des choſes caducques & tantoſt periſſables encore que nul ne les
rauiſt, auec les richeſſes de l'ame leſquelles nul ne peut eſlargir, ſinon vn ſeul Dieu, nul ne
peut les rauir ſinon celuy qui les eſlargit. Et ſi ce gaing ſemble encore peu de choſe, on y
adiouſtera pour cõble la iouyſſance de la vie eternelle en l'autre ſiécle. Par ces propos Ieſus
conforta les cœurs de ſes diſciples encore debiles, de peur qu'il ne vinſſent ou à ſe repentir
d'auoir delaiſſé ce qu'ils auoyent delaiſſe, ou à retõber vn iour à faire cas des richeſſes corporelles:& que par ce moyen en s'eſtudiant à deuenir riches des biens abiects, ils n'appou-
uriſſent miſerablemẽt des biens de l'ame. Or eſt-le changemẽt des choſes malencõtreuſes,
quand des biens ſpirituels, quelqu'vn retourne aux corporels, quãd des vrayes il retombe apres des vaines & trompeuſes richeſſes, quand des commodités eternelles il ſe reuolte
apres les caducques & periſſables. Pourtant de peur de rẽdre ſes diſciples aſſeurés & nonchalans, de ce qu'ils auoyent de leur Seigneur pour auoir delaiſſé leurs biens & ne tenu
conte de leurs affections il adiouſta ceſte concluſion: Vray eſt que maints qui maintenant
ſemblent les premiers, ſeront vn iour les derniers:& ceux qui maintenant ſemblent les derniers ſeront vn iour les premiers. Ceux ne doyuent pas ſe deſeſperer, qui ne peuuent encore mettre en effect, ce que requiert la vigueur Euangelique: ceux auſſi ne doyuent pas ſe
confier en eux-meſmes, leſquels ſont ia aduãcés à quelque degré. Car il y en a qui ont faict
le meſme que vous, qui toutefois retomberont à vne auarice plus abominable. Item il y
en a qui pour le preſent ne peuuent meſpriſer leurs richeſſes (comme eſt ce iouuẽceau)
leſquels cy apres ſurpaſſeront ceux qui ſembloyent auoir tout abbandonné. Brief ceux
qui ſelon l'aduis du monde auront eſté tenus pour treſ-riches, ſe trouuerõt auoit eſté treſ-
poures : & ceux qui en apparence auront ſemblé meſpriſer toutes choſes mondaines, ſe
trouueront en auoir eſté treſ-conuoiteux. Car ce n'eſt pas és choſes que conſiſte ceſte louange, mais és affectiõs. Celuy qui du bien qui luy eſt eſcheu par fortune, le poſſede comme
ne le poſſedant point, preſt à le donner toutes les fois qu'il faut ſoulager le prochain, ſans
treſſaillir de ioye, s'il ſe faict quelque accroiſſement, ſans auſſi à ſe cher de triſteſſe ſi quelque rauiſſement luy ſuruient, celuy, di-ie, qui iouyt de ſon auoir en telle façon, eſt plus poure que celuy qui ce tant qu'il a, en faict grand eſtime, ſans iamais faire fin de l'augmenter.
Par ces parolles il ſembloit taxer Iudas, lequel, comme ainſi fut que luy auſſi euſt tout abbandonné, & ſuyui Ieſus, ce neantmoins ſe trouua puis apres vn auaricieux plus deteſtable que ceux qui ſelon le monde ſont des plus opulents. Par tel propos Ieſus façonnoit &
duiſoit petit à petit les cœurs de ſes diſciples à l'encontre d'vne tempeſte la plus horrible
de toutes, laquelle eſtoit-ia prochaine & de laquelle ils ne vouloyent ouy parler que bien
enuis. Dés lors il ſe print à monter en Ieruſalem, ville laquelle les diſciples ne vouloyent
ouyr nommer, à raiſon qu'ils auoyent entendu que là le Seigneur ſouffriroit choſes indignes. Autre part les diſciples alloyent quelque fois deuant, comme ſeroit quand eſtans affamés ils froiſſoyent les eſpics. Mais en ce chemin ils ne pouuoyent aller deuant. Et de
faict c'eſt vn chemin difficile que de monſter en Ieruſalem. C'eſt à faire à gens forts & robuſtes, & eſquels ce monde n'a rien qui ſoit ſien. Pourtant Ieſus va deuant, & les diſciples le
ſuyuent, mais tous contriſtés & grondans de ce que de ſon plein vouloir ils s'alloit ietter
en vn manifeſte dangier de ſa vie. Ils s'eſmerueilloyent de ſon courage, & quant & quant
auoyent peur que par luy eux auſſi ne vinſſent à tomber au meſme dangier. Tels diſciples
tant lours & debiles ſupporta Ieſus:& nous qui ſommes debiles, auons ennuy de ſupporter la tardiueté des foibles ꝛ Ils beçoyent tous apres le royaume, ils deſiroyent d'auoir part
à la gloire, & debattoyent du premier lieu. Au reſte, touchant la choſe la plus neceſſaire
d'entre toutes ils n'auoyent veyne qui y tendiſt. Ieſus donc nous monſtrant exemple comment en inſtruyſant le prochain nous ayons à luy enſeigner plus toſt les choſes neceſſaires
que non pas celles qui ſont plaiſantes: & les ſalutaires pluſtoſt que les douces : il appella à
ſoy les douze (leſquels il a voulu auoir non ſeulemẽt pour teſmoings, mais auſſi aucunement pour compaignons de ceſte tempeſte) & ce qu'au parauant il leur auoit couuertement, puis auſſi apres tout ouuertement predit, il leur ficha en l'entendement, diſant:
Or-ça le temps, duquel ie vous ay-ia ſouuentefois tenu propos, eſt venu. Nous montons
en Ieruſalem à fin que vous entendiés que ce que ie viendray à ſouffrir ie le ſouffriray de
mon ſceu & vouloir. Car il ne faut point fuyr quand le tẽps limité de Dieu, eſt venu. Ce ſa-

crifice

érifice se fera en Ierusalem: c'est le lieu ordonné pour estre victime. Et le fils de l'homme sera
liuré és mains de ceux qui tiennent les premiers sieges entre les Sacrificateurs, & Scribes, &
Pharisiens, & Senateurs du peuple. Iceux le condamnetont comme malfaitteur & exécra-
ble prophane, & apres luy auoir imposé diuers crimes l'adiugeront à la mort: puis le liureront aux Gentils comme vn malfaicteur publié, pour estre par eux mocqué & decraché.
Brief on le fouettera & mettra-on à mort, mais le tiers iour il ressuscitera. Il vous conuient
sçauoir ces choses & quant & quant vous en souuenir, & ce pour deux causes principales:
l'vne à fin que vous ne pensiés que toutes ces choses se fassent fortuitement ou sans mon
seu ou outre mon gré, mais selon le conseil de Dieu: l'autre de peur que quand l'orage s'esleuera elle ne vous prene au despourueu & vous trouble outre mesure. Car il n'est pas bien
conuenable que vous portiés si impatiemment, ce que i'endureray de mon plein vouloir,
& pour vostre profit & ce de l'ordonnance de mon Pere: & n'est pas beau que vous veniés
à perdre courage comme à vn cas venant à l'improuueu, veu que tant de fois ie vous en
ay aduerty auant coup. Au son de tel propos, les Apostres ayans les cœurs comme engourdis sans toutefois qu'ils en osassent destourner Iesus, deux des disciples, assauoir Iaques &
me, que Christ auoit tant de fois promis. Ils n'auoyēt pas encore toutalement despouillés
l'affection d'ambition. Car ils auoyent embouché leur mere, pour par elle demander pour
eux à Iesus quelque principale dignité en ce royaume, mais auant que de proposer leur
dessein de leur requeste, ils s'efforcent d'obliger le Seigneur à leur faire promesse, à fin qu'il
ne luy fust licite de leur refuser, ce qu'ils demanderoyent. Et luy, comme tout prest à leur ottroyer tout ce qu'il demanderoyent quoy que ce fust, leur commande qu'ils ayent à declarer quelle grande dignité ils requeroyent. Car ils sembloyent vouloir demander quelque grande chose. Seigneur (disent-ils) nous demandons qu'en ton royaume cest honneur nous soit faict, nous soyons assis aupres de toy, l'vn à ta dextre, & l'autre à ta senestre.
Iesus par interrogation descouurit leur lourdesse. Car ils songeoyent encore apres quelque royaume corporel, ils pensoyent encore à la primauté: mais le temps n'estoit pas lors
de les tenser de leur lourdesse: ce pendant touchant la mention de la mort dont ils ne vouloyent ouyr parler, il les y rappelle, disant: Pourautant que vous n'entendés pas quel est le
royaume de Dieu, pour cela ne sçaués vous que vous demādés. Vous cherchés vne vaine
gloire, & ne considerés pas par quels moyens on paruient à la vraye gloire de mon royaume. Ie vous en monstreray la voye: si elle vous aggrée, esperés la gloire souhaittée, mais
vraye gloire, & non pas telle que vous songés. Pouués-vous bien boire du breuuage, duquel ie m'appareille maintenant de boire? Pouués-vous bien estre baptizé du baptesme
duquel ie seray bien tost laué? Et eux d'ardeur qu'ils auoyent d'obtenir ce qu'ils desiroyēt,
comme ils auoyent faict vne sotte demande, font semblablement (ne se cognoissans pas
encore asses bien eux-mesmes) temerairement promesse de soy, disans: Ouy, nous le pouuons. Et toutes fois le Seigneur tout clement ne reiecta pas par outrage la sottise des disciples: car le temps n'estoit pas encore venu qu'ils fussent capables de ces choses. Ils ouyēt
encore comme en songeant, tout quant qu'ils oyent: ce neantmoins il n'est de riens moins
soigneux à les façonner & instruire, appropriant son parler à leur imbecillité: à fin qu'à
l'aduenir estans comme reueillés par la verité vrayement cogneue, apres auoir clerement
cogneu la verité par le moyē du sainct Esprit, ils en aymassent tant plus le Seigneur: lequel
iaçoit qu'il fust tel, supportoit toutefois tant doucement de tels disciples: qu'eux aussi semblablement apres estre deuenus plus parfaicts pour supporter l'imbecillité de leurs prochains qu'ils auroyent à instruire, ils ensuyuissent la douceur de leur Seigneur & ce en souuenant combien eux-mesmes auroyēt aussi autres fois esté lourdaux, oublieux & tardifs.
C'estoit vne voix ambitieuse de dire: Que nous soyons assis les plus prochains de toy en
ton royaume. C'estoit vne parolle temeraire, que, Nous le pouuons: de gens qui de peur
viendroyent tantost apres à renoncer leur Seigneur. Mais vn erreur procede nō de malice,
ains de simplicité, on doit ou y remedier, ou pour vn temps le supporter. Iesus donc fit telle
response: Mon breuuage beurés vous bien, & serés baptizés du baptesme duquel ie dois
estre baptizé: mais cy apres. Car vous ne pouués pas encore ce dont vous faittés forts:
pourtant preparés y voz cœurs. Au reste, touchant la recompense laissés en tout le iugement à Dieu le pere: de vous, mettés seulemēt peine de m'ensuyure. Le Pere a arriere soy les
salaires tout appareillés pour chascun, lesquels il departira selon son aduis. Car au royaume du ciel cest affaire ne se demeine pas comme aux cours des Princes: où celuy n'est pas
s

tousiours

toufiours premier en dignité,lequel eft premier en merite, ains celuy auquel le Prince pôr-
te le plus de faueur : or fauorife-il quelquefois au plus meschât. Mais enuers mô Pere il n'y
a nul regard des perfonnes. Et n'eft pas à vous de pefer voz merites, veu que de vous-
mefmes vous ne pouués rien : ny de regarder de combien vous furpaffés les autres : tant
feulement felon les forces qui vous font données de Dieu,vous deués vous efforcer de me
fuyure. Vous ne ferés ia fruftrés de voftre falaire, encore que ne penfiés rien au falaire. Car
celuy qui pour le regard du falaire combat, n'ayant nulle enuie de combatre s'il ne fçauoit
qu'il en deuft receuoir falaire, iceluy fruftre foy-mefme du falaire. Que nul ne iuge de foy,
mais en employant tout fon effort,en laiffe tout le iugement à Dieu.Et voyla d'vn mal s'en
engendre vn autre. La fimplicité des deux difciples fufdits defcouurit la lourdeffe des autres, encore plus grande. Car apres qu'ils eurent entendu que c'eft que les deux auoyent
brigué enuers le Seigneur,fans toutefois l'auoir impetré:les autres comme enuieux fe def-
piterent contre eux, de ce que ne recognoiffans pas bien leur petiteffe, auoyent efté fi hardis de demander le premier lieu, lequel eftoit mieux deu aux autres. Or n'y auoit-il nul
qui ne l'efperaft pour foy, felon qu'vn chafcun fe complait en fes dons & merites . Telles
font à la verité les affections de ceux qui hantent és cours des Princes:chafcun fe complait
en foy, chafcun fe promet les premieres dignités, & porte enuie aux autres quand ils font
preferés;excepté qu'auec l'ambition des courtifans eft meflé vne malice: l'ambitiô des difciples, eft vne toute pure fimplicité. Et ce pendant quant au propos que Iefus auoit tenu
touchant du plus petit & du plus grand du royaume des cieux, item de l'imitation du petit enfant, ils l'auoyent toutalement mis en oubly. Que fi quelqu'vn demande, pourquoy
c'eft que le Seigneur à fi long temps laiffe croupir vne fi grande lourdeffe en fes difciples,
par lefquels il auoit deliberé de publier la philofophie Euangelique par tout le monde:ça
efté principalement à fin que petit à petit il leur arrachaft toutalement ces affections du
cœur qui eft auffi la caufe pourquoy il les laiffe tant de fois retomber en la mefme affectiô.
Ne plus ne moins que fi quelqu'vn vient à eftre tout à coup deliuré d'vne fieure, il oublie
incontinêt & la maladie & le benefice : fi quelqu'vn a accouftumé de retomber à tout coup
en maladie, vient finalement à en eftre deliuré à peine, il en hait plus fa maladie, & en recognoit mieux le benefice de la fanté recouurée,& fçaura mieux remedier aux autres detenus de la mefme maladie . Donc Iefus voyant que la fotte requefte des deux, & le defpit
des autres prouenoyent d'vne mefme fontaine, les appelle à foy tout emfemble, à fin de
les medeciner tous auec vne mefme medecine & remede. Toutes les fois (dit-il) que vous
ouyés parler du royaume des cieux,lequel certainement eft fpirituel,& non moins differêt
du royaume du monde, que la terre differe d'auec le ciel : ne vous imaginés pas vne telle
face des chofes que vous la voyés és royaumes terriens. Car vous fçaués que ceux qu'on
voit tenir la principauté entre les gens de ce monde, ils exercent domination fur les peuples qui leurs font fubiets : & ceux qui font entre-eux les fouuerains,ils exercent leur puiffance fur ceux qu'ils ont en gouuernement. Prenés garde qu'entre vous n'y ait rien de tel.
Icy l'affection d'ayder rend l'homme le plus grand,& non l'ambition.Pourtant côme defia
ie vous ay enfeigné, quiconque voudra entre vous eftre vrayement grand perfonnage,
qu'il foit voftre varlet: qu'il ne s'efleue pas foy-mefme pour dominer, ains fe foubmette
foy-mefme pour profiter à tous. Et quiconque voudra eftre entre vous le premier, qu'il
foit faict le feruiteur de tous : & qu'il ne s'atttribue point la dignité ains procure l'vtilité de
tous,fans nullement chercher fon honneur, ains en attribuë toute la gloire à Dieu auquel
il fert és mêbres d'iceluy. Ne foyés fafchés d'enfuyure ce qu'en moy vous voyés exprimé.
Car le fils de l'homme n'eft pas venu au monde pour feigneurier, ny preffer les autres de
feruitude, mais pour feruir au falut de tous:& non feulement pour feruir aux profits de
tous, mais aufsi pour s'employer foy-mefme pour par la perte affranchir les ferfs, à fin
qu'au defpens d'vn feul, plufieurs fuffent fauués. Voyla quel eft la principauté Euangelique, que qui voudra y afpirer, il faut que ce foit fuyuant mon exemple : & qu'il attende le
falaire, non pas tel que luy-mefme fe le feroit afsigné, mais tel qu'il femblera bon au Pere
de luy eslargir : comme moy fimplement i'obtempere aux commandemens paternels
iufqu'à la croix, en luy laiffant le iugement du falaire. Or feroit-ce vne impudêce de pourchaffer à la façon des Princes terriens vne dignité, & en demander falaire au Pere celefte.
Ou pourchaffés le royaume celefte, & attendés vn falaire celefte : ou bien fi vous briguės
vn royaume de ce monde, ne demandés pas le falaire du royaume des cieux. Par tels aduertiffemens auife-on ceux qui auec Chrift vont en Ierufalem. Et de faict, d'autant plus
qu'vn homme eft nettoyé de toutes affections charnelles, de tant plus eft-il muny pour le

combat

tombat de la croix. Or estoit-il ia arriués en la ville de Iericho, laquelle n'est pas autrement   *Et viennent*
loing de Ierusalem. Iericho est vn mot Syrien qui vaut autant que diroit Lune. Icelle est si-   *à Iericho.*
gure de ceste vie, laquelle n'est autre chose qu'vn perpetuel changement de choses qui naif-
sent & meurent, sont malades & retournes en santé, deuiennent ieunes & enuiellissent, de
choses ioyeuses & tristes. Pour nostre profit Iesus est descendu de celle celeste tranquillité:
toutefois il n'a pas icy seiourné, ains s'en va en diligence en Ierusalem, conuoiteux du salut
des hommes. Et iusqu'à present ses disciples le suyuent & quant & eux vne grande compaignie de gens. Ce pendant voyés moy qu'en nul endroit Iesus ne cesse d'estre ce que porte
son nom: Où il enseigne, où il guerit, où il viuifie. Ce que sa mort deuoit faire par la foy
qu'on auroit à la predication Euangelique, il le presente par figure corporelle. Le genre humain estoit aueugle, ignorant la verité: il estoit mendiant, desnué de toute vertu. Si Iesus
n'eust passé parmy nous, il n'y auoit nul espoir de clarté. Qu'ainsi soit, aupres du chemin
estoit assis vn certain mendiant non incogneu, aueugle, nommé Bartimée fils de Timée:
iceluy quand il entendit venir Iesus, print à s'escrier & dire: Iesus fils de Dauid aye pitié de
moy. Premierement le bruit de l'Euangile nous faict assauoir que Iesus passe. Puis soudain
la fiance que nous côceuons de luy, ne permet point qu'il passe outre en nous taisant, ains
en recognoissant sa misere elle crie le misericordieux. Celuy est prochain de la clarté, lequel
recognoit la grandeur de son aueuglement. Ceste voix (Aye pitié de moy) n'est pas des
Pharisiens (qui s'estiment bien voyans) mais est vne voix Euangelique: ny aussi ceste: fils
de Dauid. Car ils disent: N'est-ce pas le fils du charpentier? Cest aueugle voyoit plus par
le trauers des tenebres, qu'au iourdhuy ne voyent les Iuifs, qui se vantêt de la cognoissance
de la Loy, & se disent guides des aueugles. Mais la multitude empesche le poure homme de
crier. Car que peut autre chose vne troupe que troubler? Sa conscience luy contrecrie non
par vne seule voix, ains par autant de voix que le cœur se sent coulpable de fautes commises. Qu'as-tu que faire auec Iesus, toy qui es souille de tant de pechés? La Loy contrecrie:
C'est en vain que tu cries, Dieu est iuste: attend la punition de tes pechés. Les magistrats de
la synagogue contrecrient, qu'aucuns ne publie ce nom de Iesus, qu'aucuns ne le nomme.
Le salut ne gist pas en Iesus, mais en Moyse. Les Philosophes aussi contrecrient & les princes Payens. Mais à fin que vous recognoissiés en l'aueugle vne confiance vrayement Euangelique, il ne cede pas au contrecri de la multitude, voire t'ant s'en faut qu'i lcede qu'apres
auoir esté tensé, & receu commandement de se taire, il s'escrie encore plus puissammêt: fils
de Dauid aye pitié de moy. La troupe s'offense du cry du mendiant, Iesus seul ne s'en offense pas, ains s'est attesté, & a commandé qu'on luy fist venir l'aueugle. Iesus en passant auoit
bien ouy le cry, mais il faisoit semblant que nô. Non pas qu'il prinst desplaisir, mais c'estoit
pour faire paroistre la singuliere confiance de l'aueugle pour seruir d'exemple aux autres:
& par l'aueugle il a voulu monstrer à tous par quel moyen on peut arracher la lumiere à
Iesus. La premiere esperãce c'est que Iesus s'arreste à nostre cry. La secôde estre appellé à luy
par les docteurs Euangeliques ou mesme par inspirations secrettes. Car l'aueugle ne pouuoit aller vers Iesus, sans la guide de la doctrine saincte, laquelle nous ne deuons pas reietter, iaçoit que l'homme en soit administrateur. Or les hommes Apostoliques appellent à
la bonne heure l'aueugle, toutes les fois que par le commandement de Iesus ils l'appellent
à Iesus. Mais auiourdhuy sans le commandement de Iesus ils l'appellent non pas à Iesus,
mais aux secours de la philosophie humaine, à l'obseruatiõ de la loy Mosaique, aux cômo-
dités de ceste vie. Chose toute asseurée aussi que tels gens le rendent d'aueugle encore plus
aueugle. Mais les Apostres obeissans au commandemês du Seigneur, appellent l'aueugle
vers Iesus: & tant s'en faut qu'ils contrecrient comme faict la trouppe, qu'ils donnent courage au bien esperant, disans: Aye bon courage, leue toy, Iesus t'appelle. A ces parolles l'a-
ueugle conceu vne si grande esperãce, qu'en iettant mesme son manteau lequel le guaran-
tissoit à l'encontre du froid, il se print à se leuer, & courir à Iesus. Ie m'arresteray icy vn petit,
amy lecteur, pour te faire contempler l'alaigresse de cest aueugle & mendiant. Toutes les
fois qu'on t'appelle à Iesus, & tu ne iettes ton manteau, ny te leues, ny accours à celuy qui
t'appelle, ains tires l'espaule arriere, delayes, doutes, & ameines excuses: tu t'engourdis en
tes ordures & tenebres, aymant mieux en ord & sale habillement cagniarder & mendier en
ce monde, que de receuoir de Iesus vne lumiere qui comprend la somme de toute felicité.
Combien est resplendissante la robbe d'innocence. Combien salement est emmantelé celuy qui est couuert de paillardise, d'auarice, de dissolution, & d'ambition. Combien est
abiect mendiant celuy qui pour vn vile profit corporel faict le petit deuant ce monde.
Combien pouremêt est aueugle celuy qui ne cognoit ne soy, ne Dieu. Et toutes les fois que

S 2   de

de ceste miserable calamité, on t'appelle à Iesus, y estant attiré par la lecture ou ouye de la doctrine Euangelique, ou par quelque inspiratiõ de l'esprit: à quoy tient-il que tu ne iettes en arriere tout ce qui à de coustume de retarder l'homme d'vne si grande felicité, & te leues apres l'esperance d'vne meilleure vie: à quoy tient-il, qu'auec vne souueraine fiance tu ne cours à Iesus, qui seul peut donner la lumiere, & veut la donner à chascun. Iesus vient à toy, il t'appelle: & tu te sens greué de luy venir pareillemẽt au deuãt? Tu assechis en tes tenebres iusques à la mort: ouy mais tu n'auras pas tousiours Iesus passant. Pour le seur apres la mort, il n'appelle personne à salut, mais en iugemẽt. Tandis qu'ils passe icy, il ouyt celuyqui crie: Aye pitié. Icy il s'arreste, icy il appelle, icy il illumine. Ce mendiãt à faict hõte à ta nõcha-lance, car luy estãt venu à Iesus, le Seigneur luy dit: Que veut dire ce tien cry? Que veux-tu que ie te fasse? Quoy? Et Iesus ignoroit-il la cause pourquoy l'aueugle s'estoit escrié? Igno-roit-il ce qu'il auoit à faire? Rien moins. Mais ceste chose se faisoit pour nous. Plusieurs pen soyent que l'aueugle attendoit du Seigneur vne aumosne, d'autant qu'il estoit mendiant. Car encore auiourdhuy plusieurs criẽt en ce point apres Iesus: Seigneur, aye pitié de moy. Interrogués que c'est qu'ils demandent: qu'est-ce que finalement ils pretendent? L'vn dit, Fay que ie deuiẽne riche: l'autre, Fay que ie soye magistrat: l'autre, Donne moy vne femme qui ait bon douaire: l'autre, Donne moy vn corps robuste: l'autre, Donne moy longue vie: & l'autre, Donne moy de me venger de mon ennemy. Et telles choses le plus souuent Iesus les oste à ses amis, pource qu'il leur est expedient à salut. Rien de tout cela ne demanda le mendiant Euangelique: car il sçauoit bien que c'est qu'il failloit demander à Iesus. Oyons donc l'aueugle, & l'ensuyuons. Rabboni: c'est à dire: mon maistre, fay que i'y voye. Ne se souciant rien de toutes autres choses, il ne demande rien autre fors la lumiere moyennant laquelle il puisse voir Dieu, & Iesus son fils: lequel auoir cogneu, est la vie eternelle. Car l'a-uoir cogneu est l'auoir veu. O priere vrayement Euangelique. Combien peu de mots con-tient-elle, mais beaucoup de fiance. Vrayement c'est-cy celle briefue priere, laquelle passe à trauers des cieux. Or luy respondit Iesus: Va-t'en, ta fiance t'a sauué. Celuy n'est pas sou-dain perdu lequel n'y voit riẽ des yeux corporels: mais qui ne voit point des yeux de l'ame il ne peut estre sauué. Auoir recouuert les yeux est le salut eternel. Escoute ceste voix, qui-conque tu sois Pharisiẽ qui dis: l'attribue mon salut à frequẽtes ieusnes, à longues prieres, à mes aumosnes à mes sacrifices. Et pourtant ne cries-tu pas: Aye pitié de moy: mais, rend moy le salaire qui m'est deu. Tout au contraire, Iesus attribue le salut à la foy, & non aux œuures. Tout à coup l'aueugle recouura la veue, non pource qu'il l'eust merité, mais par ce qu'il croyoit. Et ayant receu commandement de s'en aller, il suyuit Iesus. La lumiere veue luy fut donnée pour rien, & l'aueuglement osté pour rien. De là en auant on te laisse en ta liberté, si tu veux bien ou mal vser du don Dieu. On ne te contraint point de suyure Ie-sus, tant-seulemant t'est faitte la grace de le voir. Va où bon te semble, mais à ton propre dangier. Et que fit ce bien-heureux aueugle? Il ne retourna pas apres le manteau, ny à sa mendicité accoustumée, mais oubliant toutes choses, alla apres Iesus. C'est peu de chose que d'auoir cogneu Iesus, n'est que tu t'efforces de ensuyure celuy que tu vois. Iesus va tout droit à la croix, là te faut-il le suyure apres auoir recouuert la veue. Tandis que tu es aueugle, tu peus crier: O Iesus, aye pitié de moy: mais deuant qu'auoir recouuert la veue tu ne peus suyure Iesus en ceste voye. Car qui auroit le courage de suyure vn hom-me liurant de son bon gré son ame à la mort, sinon que par foy il vist que par ignominie temporelle on paruient à gloire eternelle: par tourmens corporels à ioyes eternels, par mort à vie eternelle? Cela ne peuuent voir les mieux voyans de ce monde, lesquels non seulement de tous leurs yeux beent apres empire, richesses, honneurs, voluptés, & longue vie: mais aussi y aspirent par le conseil des Astrologues, deuins & magiciens. Cecy voyent ceux seulement qui croyent ce qu'enseigne l'Euangile: qui se confient de receuoir ce qu'a promis l'Euangile.

CHAPITRE   XI.

CE que par figure Iesus auoit exprimé en l'aueugle, n'estoit pas encore para-cheué és cœurs des disciples. Ils ne voyoyent pas encore bien combien heu-reuse est la mort de ceux qui ensuyuent la mort de Christ. Ils songent encore apres vn royaume de ce monde. Donc Iesus pour tant plus leur ficher au cœur combien doyuẽt estre loing d'aspirer à tel royaume ceux qui veulent suyure Iesus: il leur presente deuant les yeux vn certain spectacle pour se rire de la gloire de ce mon-de, comme d'vne chose temporelle & tantost perissable: mais par vn mesme moyen il a de-claré que tout ce que bon luy eust semblé il pouuoit le commander à quiconque luy eust

pleu,

pleu, n'eust esté qu'il a mieux aymé obeir à la volonté du Pere. Brief il a voulu que tous sceussent qu'il estoit celuy lequel les Iuifs suyuant les oracles des Prophetes passés-ia tant de siecles attendoyêt deuoir venir pour le salut de tout le monde. Estant donc ia assés pres de Ierusalem, assauoir vers Bethphage & Bethanie, qui sont deux petites bourgades au mont des Oliues, qui auoit le regard sur Ierusalê : il enuoya de là deux de ses disciples auec telle commission:Allés vous-en(leur dit-il)en celuy village qui est vis à vis de vous : & incontinent que vous y serés entrés, à la porte vous trouuerés vn asnon attaché, encore rude, & lequel iamais homme ne cheuaucha. Destachés-le & me l'amenés icy. Que si quelqu'vn vous demande pourquoy vous destachés l'asnô:dittes que le Seigneur en a affaire, & incontinent il le laissera venir icy vers nous. Si s'y en allerent les disciples comme il leur estoit commandé:arriue là, ils trouuerent vn asnon attaché deuant la porte en vn chemin fourcheu,& le destacherêt. Et quelques vns de ceux qui estoyent là,voyâs que gens incongneus destachoyent l'asnon,leur dirent : Que faittes vous? pourquoy destachés vous l'asnon? Les disciples ne respondent autre chose que ce que le Seigneur leur auoit cômandé: Le Seigneur en a affaire. Et les autres ne sçachant dequel Seigneur ils parloyent, leur laisserent emmener l'asnon sans les interroguer plus outre. Et les disciples l'ayant destaché, ils l'amenerent à Iesus. Icy veux-ie vne fois & deux t'auertir, ô lecteur, que non seulement les propos qu'a tenu Iesus, mais aussi tout tant qu'il a faict toute sa vie, n'a pas esté faict fortuitement,mais par le conseil de Dieu pour l'instruction du genre humain. Car il n'y a rien qui ne contienne en soy, ou vn patron exprimé pour nous seruir à pieté, ou vne representation de la prophetie ancienne, ou vne exhibition des figures, par lesquelles côme par certains enygmes la Loy auoit figuré Christ, ou vne significatiô de choses encores à aduenir. Or iaçoit qu'en tous ses faicts il faille y chercher cela, si est-ce que tant plus pres qu'il s'est approché du iour de la mort laquelle principalement il luy failloit paracheuer l'affaire de nostre salut, de tant plus sacrés mysteres sont remplis tous ses faicts. Car alors prochain estoit le temps, duquel (ayant grande soif du salut de tous) il auoit predit : Quand ie seray haussé de terre, ie tireray tout à moy. Car la Iudée estoit trop estroitte pour la charité de Iesus : & là le fruit de l'Euangile ne respôdoit pas au trauail & soing du laboureur.Pour ceste cause on faict venir vn asnon, nouueau qu'homme du monde n'auoit cheuauché. Iceluy est le peuple des Payês, peuple qui n'obeyt à la Loy de nature, ny ne sert à la loy Mosaique. Car touchant le dos de l'asnesse, c'est à dire, de la synogogue, Moyse l'auoit pressé, aussi auoyent les Prophetes. Mais pour appeller les Payens,aucûs des nouueaux disciples y sont enuoyés pour les faire venir non à Moyse,mais à Iesus. A cela n'y deuoit pas auoir faute de gens pour s'opposer : Que faittes vous? pourquoy destachés vous l'asnon? Car l'asnon estoit à plusieurs maistres, & iceux incertains & estoit attaché, & estoit en vn chemin fourcheu.Qui n'obeyt pas à la Loy de Dieu,il a autant, de Seigneur qu'il y a de vices auquels il sert. Et est tellement attaché,qu'il n'a point de maison,ains est au descouuert en vn chemin fourcheu pour le premier venu qui en veut vser. Mais quand Iesus l'appelle il n'y a nul qui puisse resister. Les Iuifs crioyent:Ce nous a esté promis;à quoy faire mesle-ôn parmy nous les nations idolatres? Auquels on a faict response que le Seigneur de tous en a affaire de tels asnons. Il est desormais las de trauailler en vain entour les Iuifs ; il a enuie de se reposer sur vn asnon tout rude.La rudesse ne desplaist point,pourueu qu'il y ait vne obeyssance de foy. A nouueau cheuaucheur nouuelle monteure. Les Apostres aydent au mystere, n'entendans pas encore ce qui se faisoit.Ils mirent leurs robbes sur l'asnon,à fin que Iesus ne luy monta sur le dos tout nud. Ensuy la diligence des disciples, quiconque tu sçois docteur Euangelique.Par tout où tu verras vn asnô rude attaché en vn chemin fourcheu ignorant la loy Euangelique, addonné à maints vices, mais par folie plustost que par malice : qui toutefois seroit pour obeir si on l'amenoit,destache-le : ameine-le à Iesus,& luy estend dessus le manteau de saine doctrine. Et Iesus le Seigneur de toutes choses daignera bien monter dessus. Ensuy aussi la diligence des autres qui entendant la venue de Iesus, tapisserent le chemin de leurs habillemês, c'est à dire, d'exemples de pieté Euangelique.Aucuns aussi couppoyent des branches des arbres & en tapissoyent le chemin:principalemêt des branches de palmes qui sont figures des vierges & matyrs. Cheminer par vn tel chemin auec vne telle monteure, Iesus le Seigneur de toutes choses le tient pour magnificque & royale. Confronte-moy vn peu auec ce spectacle (ô lecteur) quelqu'vn des principaux Sacrificateurs Iudaiques:& tout en premier lieu côsidere moy quel & côbien grãd est le personnage qui cheuauche l'asnon.C'est le fils de Dieu,à qui le Pere a baillé toute puissance au ciel & en terre. C'est le sauueur & gouuerneur de tout le monde. C'est l'autheur, Seigneur & Roy de

S 3   toutes

Et comme ils approchoyent de Ierusalem.

toutes creatures : c'est le Sacrificateur eternel selon l'ordonnance de Melchisedech, qui par
signe pouuoit faire tout ce qu'il vouloit : la maiesté duquel adorent tout tant qu'il y a de
bandes d'anges : lequel est assis à la dextre du Pere tout puissant. Auec la dignité de cestuy.
Confronte moy le Pontife d'vn temple, qui moyennant vn pris deshõneste ait arenté d'vn
roy prophane la sacrificature pour vn an. Confronte moy le chef tout nud de Iesus auec la
mitre de cestuy reluysante d'or & pierreries. Confronte moy ce modeste & bening visage
de Iesus, auec la face de cestuy enflée d'orgueil, le front terrible, les sourcils esparpillés, les
yeux esleués, la bouche picquante. Cõfronte moy les mains nues de Iesus, auec les doigts
de cestuy chargés d'aneaux & pierreries. Confronte moy la robbe de Iesus, simple & telle
que la porte le commũ, auec l'aornemẽt tragique de cestuy, ou la moindre estoffe est pourpre & or. Confronte moy les robbes des disciples, auec les selles d'or & la housse de hyacin-
the, auec le harnessement d'argent d'oré. Confronte moy la monture de Iesus assauoir vn
asnon public, auec tant de mules couuertes de soye, veloux, & or, auec tãt de magnificques
cheuaux, auec tant de grands cheuaux achetés bien cher, auec tant de chariots, tant de lit-
tieres, tant de chariots branlans preparés pour porter vn homme seul. Confronte moy
les disciples de Iesus qui sont peu & de basse estoffe, auec vne plus que royale pompe d'a-
uant coureurs, de lacquais, de trompettes, de croches, de stafiers, de satellites, auec les bandes de gens de cheual & de pietons, entre lesquels quiconque est le plus superbe c'est celuy
qui est le plus prochain & le plus grand mignon du Pontife. Confronte moy les accla-
matiõs des petits enfans qui allant deuant & apres Iesus, inspirés de l'esprit de Dieu, chantoyent celle louange prinse de la prophetie du Pseaume : Hosanna, c'est à dire, sauue nous :
Benit soit qui vient au nom du Seigneur. Benit soit le regne de Dauid nostre pere qui viẽt :
Hosanna és tres-haux lieux : cõfronte moy (di-ie) ces chants de ioye auec les acclamations
prophanes dont l'assemblée des flatteurs vse à l'entour du Pontife Iudaique & dissolu :
Viue le sanctissime Pontife : Vainque le souuerain Sacrificateur de Dieu : Regne le beatissi-
me prince de la religion. Combien Iesus à tels pontifes en execration, on le peut voir en ce
qu'il a commandé de destruire toute celle fardée & superbe sacrificature auec son temple.
Et de faict, ce sont ceux par lesquels encores auiourd'huy Iesus (qui veut estre seul prince
de la sacrificature) est mis à mort en ses membres. Or demande-il tels ministres qui ameinent l'asnon : qui le couurent de leurs habillemens : qui tapissent le chemin de branches de
palmes : qui par acclamations sainctes recognoissent le regne Euangelique, promis par les
Prophetes, estre venu. Et n'oyt point les grondemens des Pharisiẽs (ausquels desplait telle
acclamation) leur disant que mesme les pierres crieroyent plustost que la gloire de Dieu ne
vinst à estre publiée. En telle pompe entra le roy Iesus en la cité royale de Ierusalem : entra
au temple le Sacrificateur celeste, & la comme il est conuenable à vn roy & sacrificateur, enseigna le peuple, guerit les malades, remit en leur entier les foibles, comme occupant vne
tyrãnie en royaume d'autruy. Ce pendant ces Sacrificateurs & Pharisiens, gens meschãs &
les principaux d'entre le peuple en creuẽt de despit : mais la trouppe, simple & enseignable
faict acclamations d'esiouyssance. Et Iesus cõme s'il eust voulu restablir la religion du tẽple

Psal.117

Et quand
il eut tout
regardé.

tombée (laquelle pour lors sembloit biẽ florir principalemẽt aux Pharisiẽs) & reuisita tout
le temple : en regardant s'il ne faisoit pas là queque chose indigne du temple de Dieu : non
pas qu'il se souciast beaucoup qu'il se fist en iceluy temple, lequel il sçauoit biẽ deuoir estre
demoli bien tost apres : mais a voulu par la figure d'vne chose corporelle declarer quelle il
vouloit que fust son Eglise laquelle il bastissoit de pierres viues. En icelle se doit pourmener le Põtife, & regarder çà & là qu'il n'y ait quelque chose pour prophaner le tẽple dedié à
Dieu. Or la prophane ambitiõ, gaing deshõneste, auarice, tromperie. Telles abominatiõs,
le Seigneur Iesus ne le peut souffrir en son temple. Et cõme le iour s'abbaissoit, il s'en retour
na à Bethanie, par ce qu'en vne cité tant riche & tant superbe, Iesus n'y trouuoit point de
logis. O le beau sustentacle de la religiõ qui ne peut souffrir le chef de toute religion. O faus
sement appellée Ierusalem, qui aueuglée des terriẽnes conuoitises, ne recognoit point son
pacificateur. O heureuse Bethanie, qui sans les œuures de la Loy, par la seule obeissance de
foy, se trouue digne de loger Iesus. Le lendemain de grand matin s'en retournant de Betha
nie à Ierusalem. Iesus (vrayemẽt affamé du salut des hommes) eut faim en chemin : & ce luy
estoit vn pain de tres-grand saueur que de racheter le genre humain selon la volonté du
pere : combiẽ aussi que selon la nature humaine qu'il auoit prinse, il auoit vrayement faim,
& sentoit la fascherie d'icelle faim, comme la sentent les autres hommes par la secheresse du
corps. Voyant donc de loing vn figuier par la verdeur de ces feuilles promettant quelques
fruict : il y alla pour voir s'il y auroit de quoy remedier à sa faim. Grandissime douleur
quand

quand on a faim, ne trouuer que mãger, mais la douleur est bien plus vehemête que les hõ
mes penfent par leur incredulité, quand on a faim de les fauuer. Et quand il fut arriué au fi
guier, & deceu par l'allefchement des feuilles il n'y trouuoit aucun fruict, il l'a maudit, di/
fant: Que iamais plus de toy perfonne ne mange fruict. Les difciples fans fonner mot s'ef/
merueillerent à par foy de ces chofes qu'il auoit maudit l'arbre, attêdu mefmement que la
faifon n'eftoit pas encore, que tels arbres ont de couftume d'auoir des fruicts. La faim cor/
porelle a bien fa cholere, mais la faim Euangelique en a bien vne plus afpre. Tout retarde/
ment & delay de falut eftoit long à Chrift. Et ont les arbres leurs faifons limitées pour ren/
dre leurs fruicts, de màniere qu'il pourroit fembler defraifonnable, de maudire de fterilité
perpetuelle l'arbre qui n'a pas porté fruict deuãt fon temps. D'auãtage qu'auoit que faire.
Iefus de courir au figuier pour voir s'il y auroit des fruicts, veu qu'il fçauoit bien qu'il n'y
auoit rien: Voire-mais telle abfurdité felon l'apparêce corporelle rêdoit les Apoftres plus
attentifs, & les renuoyoit au recherchement du fens myftique. Le Seigneur Iefus du tout af
famé du falut des hõmes a trouué du fruict és arbres infructueux qui ne donnoyent aucu
ne efperãce de foy, és putains, és publicains, és diffolus, és Payens, en la Cananée, és Sama
ritains, és Sacrificateurs feulement, és Scribes & Pharifiens qui mõftroyent de foy vne fou
ueraine efperance d'vn trefdoux fruict Euangelique, il n'y a trouué aucun fruict du mõde.
Ils eftoyent les arcs-boutãs & piliers, de la religion, ils frequêtoyent les têples, ils fçauoyêt
la Loy & les Prophetes, ils eftoyêt pafles de ieufnes, ils faifoyent les longues prieres, don/
noyent des aumofnes, qui plus eft mefme leurs robbes longues & larges, & leurs franges,
promettoyent quelque merueilleux eftude de pieté. Ces chofes certes eftoyent les feuilles,
promettãs du fruict haftif, mefme deuãt le têps. Mais le Seigneur par cela a voulu mõftrer
qu'il n'y a rien plus defefperé qu'vne impieté, fardée d'vne fauffe apparêce de religion. Vn
tel figuier merite la malediction de Iefus, à fin que aucun deceu de la pompe des feuilles ne
vienne deformais à efperer de cefte maniere de gens aucun fruict de charité Euangelique
treffauoureufe. Laiffans donc là le figuier qui n'eft coulpable en rien, ils vindrent en Ierufa
lem, qui eftoit le figuier moral tant long temps nourry & fermé en vain & ne rendant autre
fruict que des feuilles. Et quãd Iefus fut entré au têple, il fit de-rechef exhibition d'vne figu
re, qui aduertift quelle pureté eft requife à l'Efglife Euãgelique, quelle pureté a vn cœur cõ
facré à l'efprit de Chrift. Car il fit vn fouet d'efcourgées, il en chaffa hors tu têple la multitu
de des achetteurs & vêdeurs: item il rêuerfe les tables des changeurs, & les chaires des ven
deurs de colõbes. Et ne laiffoit perfõne porter aucun vaiffeau prophane par le têple. Il alle
gua le tefmoignage d'Efaie à fin qu'il ne femblaft s'eftre defpité fans caufe, leur difãt: N'eft
il pas efcript que ma maifon fera appellée maifon d'oraifon à toutes natiõs: Et vous en a/
uès faict vne cauerne de brigãs, en faifant par fineffe & trõperie fous prætexte de feruice de
Dieu le mefme que font les brigans par les chemins. Le Seigneur ne fe foucyoit pas beau/
coup de la pureté de ce têple là, lequel il vouloit eftre aboly auec toutes fes ceremonies: aïs
nous recõmandoit la finguliere pureté du noũeau temple, duquel il deuoit eftre le mai/
ftre maffon: dõnant auffi ce pêdant couuertemêt à entendre vne chofe, affauoir qu'à iufte
caufe la principauté de la religion feroit oftée aux Sacrificateurs, aux Scribes & Pharifiês,
veu que mefme qu'ils auoyent contaminé & prophané celle vieille & figurée religion par
leur auarice, trõperie, faintife, & par toute forte de fouilleure. Or ne lit-on point que iamais
Iefus aît efté autãt efmeu, que iamais il aye vfé de telle rigueur. Que feroit-il, s'il voyoit fon
efpoufe l'Efglife (laquelle il a lauée de fon propre fang, pour ce la rêdre pure, exêpte de tou/
te tache & ride) eftre prophanée, violée, & fouillée de toute forte devilenie par les Euefques
gouuerneurs de l'Efglife: qui ont expofé en vente non feulemêt les groffes beftes & les co/
lombes, mais auffi tous facrifices, qui ne fe peuuent ny vendre ny achetter: Sans point de
doute il le voit bien, iaçoit qu'il n'en faffe le femblãt: & tels n'efchapperõt-ia fans eftre pu/
nis, iaçoit que la benignité de Dieu les attêde à repentance, Vn iour, vn iour fe fera ce fouet
terrible, qui iettera en la gehenne les prophanateurs du facré temple. Or à fin que vous en/
tendiés combien c'eft vne grande perte que l'auarice des Sacrificateurs & Pharifiens: fi toft
que les principaux d'être les Sacrificateurs & Scribes, au profit defquels retournoit la plus
grãde partie du gaing, ils cherchoyêt le moyê de pouuoir ruyner Iefus. O figuier vrayemêt
fterile & execrable. Ils fe faifoyêt valoir cõme piliers de la pure religiõ, & ils fe defpitent que
on les chaffe hors du têple eux cõtaminateurs du temple. L'impieté de courage eftoit bien
route prefte & preparée à cõmettre parricide, mais ils cherchêt l'occafion moyennãt laquel
le ils puiffent feuremêt mettre en execution leur fouhait & deffein. Ils eftoyent feuls ne pou
uans aymer ce Iefus amyable qui ne nuyfoit à nully, furuenoit à chafcun. Tant feulemêt ils

Efa.58
Iere.7

s 4

le crai

ſe craignoyẽt pour autant que le peuple auoit ſa doctrine en reuerence,& que pour les miracles qu'ils auoyent veus ils l'auoyent en grande reputation . O la renuerſée religion en profeſſions de religion. Ayans conceu vne ſi execrable laſcheté, ils ne craignent pas la vengeance de Dieu,à qui rien n'eſt caché,& ils redoubtent le peuple. Pourquoy à tout le moins ne craignent-ils Ieſus ? Ils auoyent veu & ouy qu'il auoit faict tant de miracles, leſquels teſmoignoyent amplement que en luy reſidoit vne puiſſance de Dieu toutes les fois qu'il vouloit. Qui peut chaſſer les diables, il en peut bien plus aiſément faire venir. Qui à la parolle reſſuſcite les morts, certes il peut bien plus aiſément oſter la vie. S'ils croyent qu'il ſoit ſi doux, qu'il ne vueille nuyre à perſonne, encore qu'il le puiſſe, pourquoy machinent-ils la mort à vn tel homme? S'ils croyent que ce qu'il peut, il le veut ſemblablement, pourquoy au moins pour crainte de ſa vengeance ne ſe deſpartent-ils d'vne ſi abominable entreprinſe ? Voila certainemẽt quelle eſtoit le deſeſperé aueuglement de ces gẽs, qui penſoyent eſtre tous ſeuls qui y viſent. Or comme la nuict s'approchoit de-rechef, ayãt Ieſus demeuré au temple tout le iour à ieun, il ſortit de Ieruſalem. Tant de fois il laiſſe la ville, offenſé de leur obſtinée incredulité: tant de fois il y reuient, pour trouuer quelque fruict en vne ſi magnificque pompe des feuilles. Mais à la mienne volõté que le figuier execrable euſt ſeulement eſté ſterile, & n'euſt point produit mortel venin. Ieſus, s'approchant-ia le temps de ſa mort, ne laiſſe eſchapper nul temps ſans fruict : le iour, il le conſomme au temple : la nuict, il l'employe à prieres, & à encourager ſes diſciples en priué. De-rechef eux s'en retournans au matin de Bethanie en Ieruſalem, les diſciples, en paſſant par deuãt le figuier, s'aduiſerẽt que ceſt arbre eſtoit-ia ſeché depuis les racines iuſques au fin ſommet. Et Pierre ſe ſouuenant de ce que Ieſus auoit faict le iour precedent, recogneu que c'eſtoit le figuier que Ieſus auoit maudit : & s'eſmerueillant que ſi viſtement il auoit eſté toutalement ſeché depuis les racines, il dit au Seigneur : Maiſtre, voila le figuier que tu maudis, qui eſt-ia ſeché. Pierre s'eſmerueilloit de cela, & ſi auoit veu ſouuentefois de bien plus grandes merueilles : mais il auoit oublié qu'il n'y a choſe tant difficile, que la foy ne puiſſe. Tout fruict Euangelique prouiẽt de la foy : & pource qu'en la ſynagogue y a faute de foy, nous voyons comment elle eſt ſechée. L'Egliſe des Gentils florit & germe par tant de coronnes de martyrs, par tant de boutons de vierges, par tant d'exemple de vertus : mais touchant le peuple Iudaïque, qui a-il plus deſeſperé, de plus vile, ou de plus ſterile? Où eſt l'authorité de la Loy ? où eſt celle eſmerueillable apparence de religion ? où eſt le temple ? où eſt l'orgueil des Scribes & Phariſiens ? Le figuier n'eſt-il pas toutalement ſeché. Vous donc (dit Ieſus à ſes diſciples) ſi vous voulés florir, ayés fiance, nõ pas en voz forces, mais en Dieu. Ie vous aſſeure bien pour tout certain, que qui ayant conceu vne certaine cõfiance de Dieu, commandera à vn figuier de ſecher (qui eſt vn faict dequoy vous vous eſmerueillés) non ſeulement cela ſe fera tout à l'heure : mais auſſi s'il dit à celle montaigne. Oſte toy de ton lieu, & te iette en la mer, iaçoit que la choſe ſemble bien impoſſible, ce neantmoins pourueu qu'il le die ſans rien douter en ſon cœur, mais ayant conceu au cœur vne certaine confiance que tout ce qu'il dit, aduiendra: tout tant qu'il commandera, ſe fera. Telle fiance enuers Dieu, fera qu'il ne vous refuſera rien de ce que luy demanderés. Pourquoy aſſeurés vous ſur ma promeſſe, que tout ce que vous demanderés au Pere, ſans nullement douter qu'il vous doyue eſlargir ce que vous demandés, vous l'obtiendrés : pourueu que vous ayés le cœur vuyde d'appetit de vengeance, pourueu que vous demandiés choſe ſalutaire. Qui eſt deffiãt n'impetre rien. Car qui eſt tel, il croit, ou que le Pere n'a pas le pouuoir de le faire (là où il peut toutes choſes au ſeul vouloir) ou qu'il n'a pas le vouloir d'ottroyer ce qu'on luy demande à droit. Item celuy n'impetre rien (& s'il ſe confie, c'eſt impudemment qu'il ſe confie) qui prie le Pere qu'il luy pardonne les fautes que contre luy il a commiſes : veu que luy-meſme ne veut point pardonner à ſon frere le tort qu'il luy a faict. Pourtant quãd vous vous mettrés à prier, ſi quelqu'vn vous a faict tort en quelque choſe, pardõnés luy de bon cœur: en ce faiſant, voſtre Pere qui eſt és cieux, vous pardonnera voz pechés. Que ſi vous ne voulés pardonner au prochain la faute qu'il aura commiſe contre vous: voſtre Pere celeſte ne vous pardonnera pas non plus les fautes que vous aurés faitte contre luy. Ces choſes faittes par le chemin, ils arriuent de-rechef en Ieruſalem : & Ieſus ſelon ſa couſtume s'en alla au temple. Ieſus au temple, eſt le ſalut en l'Egliſe. Et ne doyuent ceux qui tiennent la place de Chriſt, en aucun autre lieu pluſtoſt hanter qu'au temple. Or ceux conuerſent au temple, leſquels manient les affaires de Dieu, & non de ce monde. Que font les Eueſques és chaſteaux & au cãp? que font-ils és theatres & eſchaffauts ? que font-ils és cours des princes ? Selon le corps, les Phariſiens, les Scribes, les Sacrificateurs, & les Senateurs conuer-

ſoyent

Et viennent
de-rechef en
Ieruſalem.

ſoyent au tẽple:ſelon l'eſprit ils en eſtoyent bien loing.Dont les principaux Sacrificateurs,
accompaignés des Scribes & des Anciens, à fin que la choſe fuſt veue eſtre demenée par
conſultation legitime, voyans Ieſus au temple, entretenant par ſa doctrine les oreilles du
populaire, & regnant par miracles comme en royaume d'autruy (car il en auoit chaſſé les
marchans,& auoit defendu de ne porter vaiſſeaux par le temple)le vont abborder & s'a-
raiſonner à luy,renouuelant la vieille calomnie,& diſans:Mais de quelle authorité fais-tu
ces choſes?Et qui t'a baillé telle puiſſance?Touchant la doctriue ils ne pouuoyent contredire,des miracles,ils ne pouuoyent non plus les nyer,tant grãd en eſtoit le nombre & tant
manifeſtes ils eſtoyent:ne auſſi les calomnier,veu qu'il n'en à employé pas vn que pour la
cõſeruation des hõmes, & ce gratuitement.Ils cherchent occaſion de le calomnier touchãt
l'authorité:car ils ne vouloyent que ceſte gloire fuſt attribuée à Dieu,ainçois que leur authorité euſt par tout toute puiſſance.Si Ieſus lequel ils n'eſtimoyẽt autre choſe fors qu'hõme,ſe fuſt attribué l'authorité de Dieu,ils auoyẽt vne calomnie de blaſphème toute preſte:
ſinon, ils auoyent en la main vne calõnie de ſedition,de ce que d'authorité priuée il entreprenoit au temple telle choſe ſans la permiſſion des Sacrificateurs & Anciens . Mais qu'e-
ſtoit-il beſoing d'eſmouuoir queſtion touchant l'authorité,veu que les faits propres crioyent que ce qui ſe faiſoit,ce faiſoit par l'authorité de Dieu : veu que la verité meſme diſoit
Ieſus eſtre celuy que Dieu auoit iadis promis par les Prophetes deuoir venir: veu qu'apres
qu'il fut baptiſé le pere auoit declaré de ſa propre bouche celuy eſtre ſon fils bien aymé,au
quel ils deuroyẽt obeyr?Deſia l'authorité des Sacrificateurs,laquelle ils employent à mau
uais vſage,ne valoit plus à autre choſe fors qu'à empeſcher la gloire de Dieu:mais leur vo
lonté peruerſe ſeruoit auſſi pour l'illuſtration de la bonté & puiſſance de Dieu.Ieſus donc
bien voyant ce qu'ils pretendoyent:(car quelque reſponſe qu'il euſt ſceu faire, ſi l'euſſent-
ils calomnié)& que le temps n'eſtoit pas encore venu que luy declaraſt qu'il eſtoit, il rembarra leur demande trompeuſe par vne prudente, diſant:Par tel ſi, ie reſpondray à voſtre
demande:ſi premierement vous reſpondés à la mienne.Or-ça,le bapteſme de Iean eſtoit-
il du ciel,ou des hommes?Demeſlés moy ceſte queſtion . Combien aiſément la diuine ſageſſe attrape la fineſſe humaine,braſſant toutes fineſſes à l'encontre du conſeil de Dieu:Ils
auoyẽt le cœur remply de fineſſe humaine,ils amaſſent au cœur toutes tromperies:& ceux
qui taſchoyent de ſurprendre,ſentent des lacs qui leurs ſont tous tendus. Car voicy qu'ils
penſoyent à part ſoy:Si nous diſons,du ciel:il reſpondra:Pourquoy dõc ne luy aués vous
creu,quand il portoit teſmoignage de moy?Si nous diſons,des hommes:il y a du dangier
que le peuple ne nous coure ſus.Car Iean eſtoit en ſouueraine authorité & quant & quant
de ſaincte memoire enuers le peuple:car perſonne ne doutoit qu'il ne fuſt vn vray prophé
te.Pourtãt tout ſuperbes qu'ils eſtoyent,ce neantmoins ils aymoyẽt mieux s'en retourner
tous honteux,que d'eſtre ou repouſſés ou lapidés. Parquoy Ieſus les preſſant de reſpondre,ils diſent:Nous ne ſçauons.Et Ieſus de leur rendre ſemblablement la pareille,& leur di
re:Si ce que vous ſçaués vous ne le ſçaués pas pour moy:ie ne vous diray pas non plus de
quelle authorité ie fay ce que ie fay.Cõfrontés mes faits auec ceux de Iean,& aduiſés cõme
ainſi ſoit qu'on a point douté de ſon authorité,s'il eſt raiſonnable de douter de la mienne.

CHAPITRE   XII.

Stans les Sacrificateurs,Scribes & principaux du peuple tellemẽt quellement
eſchappés de ceſte queſtion, fleuré les embuſches, le Seigneur Ieſus ſous propos couuert leur en propoſe vn autre,à laquelle quand ils reſpõdent par inaduertance,ils condamnent leur propre impieté,& quant & quant cõfeſſent que
l'authorité de laquelle ils ſe vantoyent iuſqu'à preſent,viendroit à bon droit à eſtre tranſ-
ferée à d'autres.Or la parabole eſtoit telle:Il y eut vn homme qui planta vne vigne, & l'en-
uironna d'vne haye à fin quelle ne fuſt abbandonnée aux deſgaſts,& y tailla vn preſſoir
pour receuoir le mouſt,brief y baſtit vne tour pour garder la vigne. Et apres l'auoir ainſi
munie de tout point,la loa à des laboureurs, puis s'en alla ſur les champs. Et quand le
temps des vendenges fut venu, il enuoya à ces laboureurs auſquels il auoit loé ſa vigne,
vn ſien ſeruiteur pour receuoir d'yceux le fruict que la vigne auroit rapporté . Mais eux
d'vn commun accord, empoignerent le ſeruiteur, le battirent & le renuoyerent tout vuyde. Et le maiſtre,homme doux,leur enuoya vn autre.Mais eux empirés de la douceur du
maiſtre,ietterent des pierres contre le ſeruiteur & luy froiſſerent la teſte, l'outragerent
à grande force, &l'en enuoyerent tout vuyde de fruict, mais chargé d'outrages. Toutefois pour cela le maiſtre treſdouce perſonne,n'en court-ia encore apres la vengeance,
ains pour la troiſieſme fois leur enuoya encore vn ſeruiteur:lequel auſſi ils meurtrirent.

Vn homme
plante vne
vigne.

Item

Item quand il leur en euſt enuoyé d'autres & puis d'autres, ou ils les batirent tous, ou ils les tuerent. Il luy reſtoit, vn ſeul fils, ſon bien aymé. Parquoy à fin que ſon admirable bonté ne laiſſa rien en arriere, il l'enuoya pour le dernier à ces laboureurs, faiſant ſon conte à part ſoy en telle maniere : Iaçoit qu'ils n'ayent tenu conte de mes ſeruiteurs, ce neantmoins ils porteront pour le moins reuerence à ce mien fils. Mais la malice des laboureurs ſurmonta toute la bonté du maiſtre. Si toſt qu'ils voyent venir le fils, & eux de conſpirer d'vn plus meſchant complot, diſans : Voicy l'heritier : ſus tuons-le, & l'heritage ſera noſtre. Si luy mirent les mains deſſus, & le ietterent hors de la vigne, puis le tuerēt. La parabole finie, le Seigneur demanda aux Sacrificateurs & Scribes : Que ſera donc le maiſtre de la vigne à tels laboureurs ? Eux de prime face ne voyans pas où tendoit la ſimilitude, vont reſpondre : prononçans la ſentence contre eux-meſmes : Il ira luy-meſme en propre perſonne, & fera la punition de ces laboureurs, & loera la vigne à d'autres plus loyaux. A ceſte reſponſe (apres l'auoir approuée) Ieſus adiouſta le teſmoignage du Pſeaume, leur en demandant l'interpretation, comme à gens qui faiſoyent profeſſion de la cognoiſſance de la Loy. Et ne

Pſal. 117 leuſtes vous onques (dit-il) ce paſſage de l'Eſcripure : La pierre que les baſtiſſeurs auoyēt reprouée a eſté pour le chef du coing : laquelle choſe eſt venue du Seigneur & nous ſemble eſmerueillable à veoir. Sur cela ils s'eſueillent, & entendent que Ieſus n'ignoroit pas leurs abominables ētrepriſes, & que ſous la couuerture de la parabole auoit eſté depeinte leur malice incurable. Dieu leur auoit enchargé ſon peuple, pour la cultiuer par excellence ne plus ne moins qu'vne vigne garnie de toutes choſes qui concernent la diſcipline de pieté. De luy comme s'il eſtoit ſur les champs, il les a laiſſé faire ce que bon leur a ſemblé. Mais ils ont cultiué la vigne pour eux, & non pour le Seigneur, qui en deuoit receuoir le fruict. Eux ſe donnans du bon temps, il les amonneſtes de leur deuoir par diuers Prophetes : mais ils ſont touſiours allé de mal en pis : en la parfin ils viendront a ietter hors de Ieruſalem le fils vnicque de Dieu, aſſauoir Ieſus, & a le tuer, faiſant leur conte que luy vne fois deſpeché la proprieté & Seigneurie perpetuelle de la vigne leur demourera. Mais tout le contraire deuoit aduenir, aſſauoir que par vne tres-iuſte vengeance de Dieu tant de fois meſpriſé, le temple & la preeminence de la religion leur ſeroit oſtée & ſeroit baillée aux Apoſtres : puis Ieſus, lequel comme vne pierre reprouuée ils reiettoyent du baſtimēt de la ſynagogue, & a, par le vouloir de Dieu, contre leur eſperance, eſté esleu pour eſtre chef & fondement du coing au baſtiment de l'Eſgliſe, qui doit eſtre baſtie tant de Iuifs, que de Gentils, à fin que moyenneur & immuable il conioingne en vne foy Euangelique tant vn peuple, que l'autre comme deux parois enſemble. Ils entendent bien la parabole : ils recognoiſ-

Et l'ayant
laiſſé, s'en
allerent. ſent la prophetie : & toutefois pour cela ne ſe retourne pas à leur bon ſens gens aueuglés de malice : mais pour crainte du menu peuple qui là aſſiſtoit ils laiſſerent Ieſus & s'en allerent, pour par trainées & fineſſes paracheuer ce qu'ils ne pouuoyent ouuertemēt. Or eſt-ce vne ſorte de meurtre tres-lâſche, laquelle ſe couure du fard de ſainĉeté & iuſtice. Eux cōme tous appaiſés n'en ſçachant plus par où prendre, vous attirent aucuns des Phariſiens & des Herodiens d'vne impieté non pareille, gens entre-eux diſcordans en opinions, mais il s'accordoyent en hayne à l'encontre de Ieſus. O folle la ſageſſe de ce monde. Tant de fois vaincus, ils recommencent à tous propos, à fin qu'il fuſt tout notoire qu'en toutes façons ils eſtoyent vaincus, & que par le conſeil de Dieu il s'en retournoyent tous camus. Car il eſtoit ia grand temps que Satan, qui ayant dés deuant abbordé le Seigneur s'en eſtoit retournê inferieur, deſployaſt toutes ſes forces par ſes ſatellites. Donc ces gens maſqués & appoſtés s'en vont abborder Ieſus, pour en luy propoſant vne queſtion fallacieuſe, recueillir de ſes parolles occaſiõ de pouuoir l'accuſer enuers le lieutenant de Ceſar. Ils vſent d'entrée d'vne preface fort blandiſſante, comme ſi par blandiſſement & flatterie pouuoit eſtre deceu celuy, qui par tant de fois auoit demonſtré que rien ne luy eſtoit incogneu. Maiſtre (luy diſent-ils) nous ſçauōs que tu es veritable & ne te chaut de nully, ains que ſans auoir eſgard aux perſonnes tu dis franchement la verité. Car tu ne te ſoucies de la dignité ou ſouueraineté d'homme quelconque, comme font pluſieurs qui flattent les gros Seigneurs : ains en ne tenant conte des hommes, enſeignes franchement l'ordonnance de Dieu. Parquoy auſ-ſi dy nous : Eſt-il loiſible de payer tribut à Ceſar : ou non ? Les Phariſiens maintenoyent que le peuple cōſacré à Dieu, ne deuoit point eſtre tributaire aux Empereurs prophanes & idolatres. Au contraire les Herodiens defendoyent le droit de Ceſar. Et Ieſus n'ignorant pas leurs fineſſes, ſe faſchant qu'il eſtoyent venus non pas pour apprendre, mais pour tenter & ſurprendre leur dit : Pourquoy me tentés vous ? Apportés moy çà vn denier que ie le voye. Et ſoudain luy fut baillé vn denier. Car bien voulontiers ils aydent à la caption, eux

qui

qui estoyent venus pour l'attrapper. Et quand Iesus eut regardé le denier, il leur dit: De qui
est ceste ymage & l'escripteau? De Cesar, respondent-ils. Que veut dire cecy? Iesus, auquel
rien n'est caché, ne cognoissoit-il point l'ymage ou titre de Cesar? & les Pharisiens & Herodiens la cognoissent? Il la cognoissoit bien, mesme deuant l'auoir regardée, mais il cherchoit occasion pour faire responfe pertinente à la demande captieufe. Vn exemple fe preparoit combien l'intelligêce des affaires & trafficques des princes est mal feante à ceux qui
fe difans lieutenans de Christ, doyuent enfeigner chofes celestes. Maintenant ouyés la refponfe digne de Christ. Payés (dit-il) ce qui est de Cesar, à Cesar: & ce qui est de Dieu à Dieu.
Il n'a pas condamné fi ceux qui font confacrés à Dieu, payent à Cesar, pour prophane qu'
il foit, ce qui luy est deu pour fa charge publicque: ou ce qu'il leue par force s'il faict quelque extorfion, l'argent ne nous apporte aucune impieté: ainçois par occafion il admonne
fte de ce qui estoit plus expedient, affauoir qu'on rendist à Dieu, ce qui luy est deu. Ce vil
denier portoit l'ymage & titre de Cesar: Si tu la recognois, & payes à Cesar ce qui luy est
deu: combien plus doit on payer à Dieu, duquel tout hôme porte l'ymage? Au baptefme,
l'ymage de Dieu fut imprimée en ton ame: pourquoy l'abbandonnes-tu au diable? Tu te
glorifies du titre de Chrestien: pourquoy ne rends-tu à Christ ce que tu luy dois-par profeffion? Tous furent estonnés de la prudence de ceste responfe. Vne feule fentence ferma la bouche à deux des fectes des Iuifs. Apres ceux cy fucceda la fecte des Sadduciens,

gens qui nyent qu'il y ait vne refurrection des corps, ains afferment que l'hôme toutal perit en la mort: & ne croyent point qu'il y ait aucun efprit, difcordans en ces points auec les
Pharifiens. Tous lourds & groffiers qu'ils font, ils ont pareillement leur demande captieufe, pour tenter la fageffe diuine. Or pour lors Iesus fouftenoit la perfonne d'vn idiot: mais
ce qu'en luy estoit de tresbas, estoit plus fouuerain que ce qu'est de tref-haut és hommes.
Or l'abborderent-ils ainfi: Maistre, Moyfe au Deuteronome nous a laiffé ceste Loy, que fi

quelqu'vn apres auoir prins femme vient à deceder fans enfans, le plus eagé frere du defunct prenne la vefue pour femme & en engêdre lignée, qui porte le nom du defunct. Que
fi luy auffi vient à mourir fans enfans, le plus eagé frere fuccede en la place du mort. Or
est-il aduènu, que de fept freres le premier nay a prins femme: & est decedé fans enfans. A
luy a fuccedé felon l'ordônance de la Loy celuy qui le fuyuoit en eage, & a prins la laiffée à
femme & l'a menée chés foy. Celuy auffi decedé fans enfans, le troifiefme frere luy a fuccedé: & femblablement apres luy les autres iufques au feptiefme. Tous l'vn apres l'autre l'a-
uoyent prinfe pour femme: & tous font morts fans enfans. En la parfin est auffi trefpaffée
la femme. Or-ça, quand le temps de la refurrection fera venu, & ces fept freres feront reffufcités auec la femme, lequel d'entre eux la dira fa femme? Car de fon viuant elle a esté mariée à chafcun d'eux efgalement. Par l'abfurdité de ce cas ces Sadduciens penfoyent bien
rendre la refurrection des morts ridicule & abfurde, fi à raifon de la femme à tous ces freres, il s'en esleuoit debat entre eux. Ce nonobstant, Iesus ne defdaigna pas de leur remonstrer leur lourdeffe, difant: Ceste vostre demande ne monstre-elle pas bien que
vous estes toutalement efgarés du chemin, en erreur, pource que vous n'entendés pas
les Efcriptures, ne la puiffance de Dieu? l'Efcripture est fpirituelle: & Dieu qui à crée l'hom
me de rien lors que l'homme n'estoit rien, peut bien quand il voudra, de mort le rendre viuant. Or non feulement il reffufcitera les morts à vie, mais auffi il les douera d'immortalité. Et quant au mariage il a esté instituté entre les hommes à celle fin, que ce qui de foy n'est
perpetuel, fe vienne à continuer, l'vn defcendant de l'autre. Au reste où il n'y a nuls changemens des chofes naiffantes & mourantes, qu'est-il befoing de mariage? Car quand on fera reffufcité des morts, nul ne prendra femme, nul auffi ne mariera fa fille à homme: ains
comme les Anges de Dieu és cieux (pource qu'entre-eux il n'y a point de mortalité) il ne
vfent point du mariage: ainfi feront ceux qui reffufciteront à la refurrection, ia deuenus femblables aux anges, ayans le corps fpirituel & immortel. Au reste que les morts ref-
fufitent, quelle abfurdité y voyés-vous? N'aués vous point leu és fainctes Efcriptures
(l'authorité defquelles vous est inuiolable) de quelles parolles vfast Dieu, du buiffon en
parlant à Moyfe? Ie fuis (luy dit-il) le Dieu d'Abraham, le Dieu d'Ifaac, & le Dieu de Iacob.
Ces perfonnages estoyent-ia morts, & toutefois il s'appelle leur Dieu. Les morts donc viuent auffi, à raifon de leurs ames furuiuâtes. Que fi elles furuiuêt, quelle difficulté y a-il de
les reduire dans le domicile de leurs corps accouftumé? Que fi toutalement ils font peris,
c'est fottife de l'appeller le Dieu des morts. Tout ainfi comme perfonne ne fe glorifie d'estre
roy de gens qui ne font point: femblablement Dieu est le Dieu des viuans & non pas des
morts. Parquoy vous vous abufés, vous autres Sadduciens, fongeâs que rien autre chofe
ne fera

ne sera en l'autre vie, que ce que vous voyés en la presente. Plus vrayes & plus heureuses sont les choses qui point ne se voyent, que celles qui se voyent des yeux corporels.
Qu'ainsi soit, y a-il chose qui plus vray soit en estre que Dieu ? & toutefois on ne le voit
point en ceste vie, vray est qu'on le sent. Encore n'est-ce pas la fin de tenter. Aux Sadduciés
succedent les Pharisiens & Scribes. Ils auoyent prins courage de ce qu'aux Sadduciens
auoit esté reproché l'ignorance de la Loy. Car les Scribes & Pharisiens se vantent de la
cognoissance de la Loy par dessus tous, discordans des Sadduciens en ce, qu'ils croyent
qu'il y a des Anges & esprits, item croyent que les ames des hômes apres la mort du corps,
demeurent suruiuantes : finalement ils croyent qu'il y aura resurrection. Eux tous ioyeux
que les Sadduciens auoyêt esté rembarrés, & que Iesus auoit respôdu selon leur sens, comme gens bien sçauans, proposent par vn certain Scribe attitré pour ce faire, vne singuliere
question puisee des plus profondes entrailles de la Loy. Ils luy demandent qui estoit le
principal & le plus grand cômandement de la Loy. Et Iesus sans aucunement delayer, leur
respônd du liure de Deuteronome : Escoute, Israel, Le Seigneur ton Dieu, est vn seul Dieu.
Parquoy, tu aymeras le Seigneur ton Dieu de tout ton cœur, & de toute ton ame, & de tout
ton entendement, & de toute ta force : voila le principal commandement & le plus grand.
Et le second est tel : Ayme ton prochain comme toy-mesme. Il n'y a point d'autre commandemens plus grans que ces deux cy : car en iceux est sommairement comprise toute la Loy.
Cela ouy, le Scribe va dire : Tu as droittemêt & vrayement respôdu, qu'il n'y a qu'vn Dieu,
& n'en y a point d'autre que luy : & que l'aymer de tout son cœur, & de tout son entendemêt
& de toute son ame, & de toute sa force, c'est plus que les victimes & tous autres sacrifices.
Et Iesus voyant que le Scribe auoit gentimêt respondu, luy dit : Tu n'est pas loing du regne
de Dieu. Car la pieté Euangelique ne gist pas és victimes de bestes, mais en pureté d'esprit.
Or de ceste intelligence cestuy n'est pas loing, lequel propose ce qui est spirituel & simple à
tous autres commandemens : qui sont plustost figure d'vne vraye pieté qu'ils ne sont pas
la chose mesme. Au contraire la plus part des Iuifs colloquoyêt la souueraine pieté és choses visibles, comme sont lauemens, obseruation de Sabbath, chois de viandes, offrandes,
sacrifice, iours de festes, ieusnes, longues prietes. Qui de tout son cœur ayme Dieu pour
l'amour de soy, qui iamais ne peut estre assés aymé : & le prochain pour l'amour de Dieu, il
a sacrifié à suffisance. Apres que la sagesse de Christ eut vaincu par tout, ils se deporterêt de
le tenter, de peur de receuoir encore plus de deshôneur, present le peuple. Ils tenoyent Iesus
pour vn idiot : eux par leurs titres magnificques & ornemês tragiques ils se môstroyêt plus
Et nul ne l'o-
soit plus in-
terroguer. que dieux enuers le simple populaire. Mais la sagesse Euangelique ne consiste pas en auoir
à force de sciences, mais en vne sincerité d'esprit. Tel qu'estoit Iesus entre les Scribes & Pha-
risiens, entrés les Sacrificateurs & principaux du peuple, tels par apres ont esté les Apostre gens grossiers entre les Philosophes & les Princes. Iaçoit donc qu'eux cessassent de tenter Iesus, luy toutefois ne cessoit point d'enseigner. Et de faict, quand en plaine assemblée il
eut proposé à tous vne demande, assauoir de qui seroit fils le Messias qu'ils attendoyent,
& que selon les Propheties ils eurent respôdu, de Dauid : il meut vn scrupule indissoluble à
tous, disans : Commêt peut-il estre que le Messias soit fils de Dauid : veu que Dauid mesme
Psal. 109 inspiré du sainct Esprit, parlé ainsi au Pseaume : Le Seigneur a dit à mon Seigneur : Sied toy
à ma dextre : iusques que i'aye faict de tes ennemis vn marche-pied ? Comme ainsi soit que
l'authorité des peres soit plus grande que n'est pas celle des enfans : comment est-ce que
Dauid appelle son Seigneur vn qui doit naistre de luy ? comme si vn pere appelloit son fils
son Seigneur ? Les Scribes & Pharisiens (qui auoyent vn esprit charnel) n'entendoyent pas
encore ce mystere : mais Dauid inspiré de l'esprit celeste voyoit en Christ non encore né,
quelque chose plus grand que l'homme, là où luy n'estoit rien fors qu'homme. Se taisans
les Scribes & Pharisiens, la plus part de la compaignie portoit faueur à Iesus, & volontiers
escoutoyent son discours. Luy les voyant guerissables : & quant aux Sacrificateurs, Scribes
& Pharisiens que d'vne malice deliberée ils tendoyent à leurs entreprinses : il se print à publiquement les descouurir enuers le peuple : non pas pour detracter d'eux, mais à fin que
desormais ils ne trôpassent plus le peuple, il leur osta la masque de leur fausse pieté & saincteté. Car ainsi le requeroit le têps : pourtant en desployant celle sienne doctrine, c'est à dire,
Gardés vous
des Scribes. doctrine franche & qui n'espargne personne, il disoit : Donnés-vous garde que la belle apparence des Scribes & Pharisiens ne vous deçoyue : ils ne cherchêt point vostre salut, mais
leur gloire. Car il ayment bien d'estre tenus pour grans personnages, de cheminer à tout
robbes longues iusques au talon, & pourchassent qu'on les salue par les places, & cherchêt
l'honneur des premiers sieges és assemblées, & d'estre assis les premiers aux bancquets.

Ils vsent

Ils vſent de longues prieres, à fin d'eſtre veus plus religieux que les autres. Par tels fards ils
deçoyuent les bonnes femmes vefues: mais ſimples aiſées à deceuoir pour diuers regards:
aſſauoir ou par ce que c'eſt vn ſexe infirme: ou d'autant qu'elles ſont vefues, deſnuées de
ſecours de marys: ou par ce qu'elles ſont riches: ils ſe fourrent à elles comme defenſeurs
& tuteurs, & ſous ombre de religion ſainte deuorent entierement les maiſons d'icelles
vefues. Tant s'en faut que telle faintiſe & apparence de religion leur doyue profiter, qu'ils
en ſeront griefuement punis de Dieu, voire d'autant plus qu'ils auront couuert leur malice du fard de ſainĉteté. Parquoy donnés vous garde qu'ils ne vous deçoyuent. Cela paracheué, Ieſus ſe tranſporta en celle partie du temple, où eſtoit le tronc, auquel on gardoit
les ſainĉtes offrandes: & aſsis vis à vis du tronc, il contemploit ceux qui mettoyent des
dons dans le tronc. Et pluſieurs riches y mettoyent de fort grans dons. Les Phariſiens vouloyent qu'on tinſt tels gens pour plus ſainĉts que les autres, meſurans leur pieté ſelon la
quantité du don. Entre autres s'auança auſsi vne poure femme vefue: laquelle y mit deux
des plus menues monnoyes qui montent à vn quadrin c'eſt à dire vn liard. Il n'y auoit celuy qui ne preferaſt ces riches à ceſte poure femmelette: mais le iugement de Ieſus eſt different d'auec le iugement des Scribes & Phariſiens: ce qu'il n'a pas voulu eſtre caché à ſes
diſciples. Si leur dit: Ie vous dy pour tout certain, que ceſte vefue toute pourette qu'elle
ſoit, à plus mis au tronc, que tous les autres qui ſemblent auoir donné en tref-grande
abbondance. Car les autres ont donné de ce qui leur reſtoit d'abondant. Ils ont donné
beaucoup, mais ils s'en ſont reſerué dauantage. Mais ceſte-cy a de ſa diſette eslargy tout
ſon auoir entierement, ſans s'en rien reſeruer. Car Dieu n'eſtima pas le don ſelon la quantité de la choſe, mais ſelon l'affeĉtion du cœur. Ieſus prend plaiſir à telle vefue, & daigne
bien eſtre ſon eſpoux & conſolateur. La ſynagogue comme arrogante matrone ſe vante
de l'opulence de ſa iuſtice: elle faiĉt monſtre de ſon riche cabinet de bonnes œuures: elle
ſe glorifie de ſon mary Moyſe, auquel elle ne s'eſt iamais rendue obeiſſante: elle ſe faiĉt
forte de ſes enfans les Prophetes: & elle parricide execrable, les a treſtous ou tués, ou pour
le moins bien affligés. Elle a touſiours en la bouche: Le temple du Seigneur: La Loy de
Dieu, les Patriarches, Abraham, Iſaac, Iacob, Iſrael: elle ſe marche accompaignée des
Sacrificateurs, Scribes, & Phariſiens. Mais l'Eſgliſe comme poure vefue n'a rien de quoy
faire monſtre: elle recognoit ſa diſette de bonnes œuures: & toutefois: ce peu qu'elle a
elle le dedie tout à Dieu. Or-ça que peut-il eſtre de plus poure qu'vne telle vefue, laquelle ne ſe laiſſe rien de reſte? Elle ne recognoit point Moyſe pour mary, d'autant qu'elle ne
ſçait que c'eſt que circonciſion, d'autant qu'elle a en abomination les ſacrifices des beſtes, ſe contentant de s'eſtre immolée ſoy-meſme. Or pour ce que le Seigneur ſon eſpoux
a laiſſé la terre & eſt retourné au ciel, il ſemble auoir abbandonné ſa vefue: laquelle maintenant comme deſtituée de tout ſecours eſt deſpouillée par les Iuifs, & les Gentils, elle eſt
bannie, miſe en priſon, affligée & oppreſſée: on luy dit iournellement: Où eſt ton eſpoux?
Il ſemble bien qu'elle doyue perir de faim, veu qu'elle a ſi peu de bien: & ce meſme qu'elle auoit, elle l'a quitté: il ſemble qu'en brief elle doyue mourir auec reproche de ſterilité,
veu qu'elle a perdu ſon mary. Mais ceſte vefue deſolée ſelon le monde, Eſaie la conſole,
diſant: Crie triomphamment, ſterile, qui n'enfantes point: iette vn chant triomphant
& t'eſcrie, toy qui ne faiĉt point d'enfant: car la deſerte aura plus d'enfans que la mariée.
Ne voyons-nous pas ceſte prophetie s'accomplir? La ſynagogue à faim & ſe meurt.
l'Eſgliſe ſe peuple & amplifie, triomphante en martyrs, floriſſante en vierges, s'eſiouyſ-
ſante en tant de milliers de confeſſeurs. Elle n'a pas vn quadrin de tout ſon auoir: des
richeſſes de ſon eſpoux, elle a de l'or prouué de touche & pur: elle a des pierreries ineſti-
mables. Car par vne ſimple foy enuers ſon riche eſpoux, elle a tout ce que luy a. La ſynagogue, iaçoit qu'elle ſemblaſt beaucoup donner à Dieu, s'en reſeruoit neantmoins plus
qu'aſſes. Voulés vous voir la largeſſe de la ſynagogue? Oyés la priere du Phariſien: Ie te
remercie ô Seigneur, de ce que ie ne ſuis pas tel, que les autres hommes. Voyés maintenant combien il ſe reſerue: Ie ieuſne deux fois la ſepmaine: ie donne la diſme de tous mes
biens aux poures. Au contraire contemple moy l'apparence de la vefue. Elle frappe ſa poi-
ĉtrine: elle n'oſe leuer les yeux au ciel: tant-ſeulement elle crie: O Dieu ſoit propice à mes
pechés. La ſynagogue en ſe vantant de ſa iuſtice, n'a ny ſa iuſtice ny celle de Dieu. L'Eſgliſe en ſe deſpouillant de toute gloire de iuſtice, & recognoiſſant ſon iniuſtice, elle s'enrichit
de la iuſtice de l'eſpoux.

‡ CHAP.

CHAPITRE XIII.

EN ce temple là, où il n'y auoit autre chose fors vn ombre de religion. Iesus ne trouua rien qui luy pleut sinõ celle poure vefue. Nous aussi, qui nous disons disciple de Christ, sortons hors du temple Iudaique: mettons bas la fiance des œuures charnelles, & embrassons la iustice qui vient par la foy Euangelique. Iesus donc sort de là, pour nous dresser vn autre temple vrayemẽt sainct & spirituel, vn bastiment solide & ferme, à l'encontre duquel ne pourront rien non pas mesme les portes d'enfer. Et quãd il en fut sorty, quelqu'vn de ses disciples luy va dire : Maistre voys-tu de combien grande estoffe sont les pierres de ce temple, & combien le bastiment en est ferme ? donnãt sourdement à entendre que c'estoit vn ouurage par trop ferme, pour pouuoir estre ruiné par aucun enuieillissemẽt. O les yeux Iudaiques ? Au dehors ils ont en admiratiõ des pierres assemblées par main d'hommes, comme si Iesus prenoit plaisir à tel bastiment. Et Iesus luy respõdit: Vois-tu bien ce grand & magnificque bastiment ? Vn tẽps viendra qu'il n'y demeurera pierre sur pierre qui ne soit demolie : tant s'en faut que ce bastiment doyue durer à tousiours. Ia Iesus du desir qu'il a au temple spirituel reiette & mesprise toutes choses qui se voyẽt des yeux corporels. Or comme il estoit assis en vn endroit au mõt des Oliues, ou pour lors il auoit choisi son giste, vis à vis du temple, les disciples se vont souuenir du propos qu'il auoit tenu predisant que le temple viendroit à estre ruiné de fond en comble. Car ils faisoyent leur conte que le tẽple vne fois ruyné, le regne de Dieu viendroit, apres lequel ils ne cessent de songer. Iesus donc estant ainsi assis, quatre de ses disciples Pierre, Iaques, Iean, & André le vont abborder à part, se pensant que comme il auoit communiqué à peu & à part le mystere de sa transfiguratiõ : en cas pareil touchãt le temps du regne aduenir, qu'il en communiqueroit à peu, ce qu'il n'eust pas voulu communiquer à tous les autres. Si luy dirent : Dy nous, quand ces choses se feront, & par quel signe nous pourrons appercevoir que ce temps sera-ia pres. Or le Seigneur qui auoit osté à ses disciples le soucy du viure, l'appetit de vengeance, & la pouruoyance de la vie : voulut aussi leur oster la curiosité de cognoistre ce qui ne concerne point le salut. Pourtant il modere tellement son propos qu'il demonstre deuoir vn iour aduenir la ruyne de la ville de Ierusalẽ, & qu'apres son despart s'esleueroyent de griefues tempestes de persecutions à l'encontre des prescheurs de l'Euangile, & qu'en la parfin viendroit la fin du monde. Mais comme il est expediẽt que tous sçachent qu'vn iour ils fineront ceste vie presente, à fin que tousiours ils se preparent pour celle iournée : aussi vouloit-il que ses disciples fussent tous resolus qu'il viendroit vn temps auquel il reuiendroit pour iuger les vifs & les morts : au reste quand ce temps deuoit aduenir, il n'a pas voulu qu'il fust sceu pource qu'il n'estoit pas expedient. Donc touchant ces matieres Iesus se print à en parler en ceste maniere : Auisés que quelqu'vn ne vous abuse. Car il en viendra maints, qui vsurperont mon nom, lesquels vn par vn se diront estre le Christ, & par tel enchantement deceuront maintes simples personnes. Les grans tumultes qui aduiendront au monde demonstreront quand sera pres ma vẽnue & la fin du monde. Au reste il ne faut pas qu'aux premieres esmeutes de guerre, ou aux cruels bruits des esmotions aduenir vous vous troubliés tout à coup en sorte comme si ia estoit venu celuy temps. Bien est vray que ces choses aussi aduiendront, mais tout quant & quant la fin du monde n'en aduiendra-ia. Ces choses seront seulement auant-monstres de la fin du monde : tout ne plus ne moins que frequentes maladies en vn corps eagé signifient que de brief il s'en ira en ruyne. La temperature des qualités est gardienne du bon portement : au reste si tost qu'elles s'entrecombattent & esbrãlent le corps, c'est signe que la fin du monde est pres. Car il s'esleuera nation contre nation, & royaume cõtre royaume, & par grosses armées se precipiteront en ruyne mutuelle. Qui plus est, la terre mesmé cõme se despitant de soustenir & nourrir gens si abominables, sera esbranlée par tremblemens. Parainsi la terre refusãt de bailler nourriture, il y aura famine en plusieurs lieux. Mesmé aussi l'air comme despité contre les meschãs, indignes de viure & respirer, sera pestilentieux & mortel. Quand vous verrés s'esleuer maintes telles choses n'en attendés pas pourtant la fin du monde. Car ce ne seront que les commencemens & entrées de la calamité aduenir. Vous-mesmes ne serés pas exempts de ces maux : parquoy gardés vous bien que ne soyés accablés au despourueu. Car on vous trainera comme mal-faitteurs és conseils & synagogues, & serés presentés deuant les Roys, & messieurs de la iustice pour estre sententiés & condamnés à la mort, non pour aucun malefice vostre, ains seulement pour la profession de mon nom : à fin qu'il soit tout notoire ceux auoir esté à bon droit reiettés du royaume de Dieu, puis qu'ils auront en ce point affligé les herauts du royaume. Toutefois,

que

que voz esprits n'en soyët en rien troublés. La cruauté des meschans ne pourra rien à l'encontre de l'auancement de l'Euangile : & si nul ne pourra vous destruire deuant le temps. Car la fin du monde ne viendra pas, que premierement l'Euangile n'ait esté presché par toutes les nations du monde. Parquoy il n'est ia besoing que vous prepariés aucunes munitions de ce monde à l'encontre de la violence des persecutions : ou que vous soyés en soucy comment vous pourrés eschapper de leurs iugemens. Quand vous serés appellés en iugement, allés-y, de peur qu'il ne semble que vous mesprisiés l'authorité publicque: car cela aussi aduancera la propagation de l'Euangile : Au reste, quand vous aurés a comparoistre, ne soyés en soucy, en songeant que vous dirés ou comment (vous ignorans les loix, & l'vsage des repliques des parlemens) comme font ordinairement les hommes qui pour demener leurs causes y employët des orateurs, aduocats, & procureurs: mais tout ce que pour lors vous viendra en l'entendemët, dittes-le. Car vous ne serés pas autheurs du propos, ains seulemët instrumës: mais le sainct Esprit parlera par vous, choses profitables pour l'affaire Euägelique. Au reste, ces persecutions que ie dy, il les faut attendre de la part non seulement des estrangiers & ennemis, mais aussi des familliers & parens. Car le frere Le frere
liurera le
frere
trainera le frere en iugement, & le pourchassera à la mort, sans tenir conte de l'affection naturelle: & le pere le fils, contre la pieté naturelle. Mesme aussi les enfans s'esleueront contre peres & meres, & les mettront à mort. Et iaçoit que vous ne nüysiés à nully, ains presentiés à tous le message de salut, ce neantmoins vous serés mal-voulus de tous ceux qui ayment ce monde, pour la hayne de mon nom, lequel vous annoncerés. Au reste, durás ces maux il sera besoing d'auoir vn courage perseuerät. Car quiconque perseuerera en sa bonne entreprinse iusqu'à la fin, il sera sauué: d'autant qu'il n'y a aucune calamité qui puisse perdre celuy qui d'vn ferme courage se fie à l'Euägile. Que si vous demädés vn signe des approches de la calamité derniere, quand vous verrés la desolable abomination estre en lieu où elle ne doit pas estre, qui lit les propheties de Daniel apperçoyue. Car alors il sera temps que Daniel 9.
toutes choses laissées vn chascun gaigne à la fuyte, & cherche salut non pas és forteresses, mais en habillité de course. Alors, ceux qui serőt en Iudée qui est la fleur & l'endroit le plus renommé de toute la contrée, qu'ils s'enfuyent és deserts des montaignes. Que si la calamité surprend quelqu'vn sur la maison, qu'il ne descende point en la maison & n'entre en cabinet ou chambre pour en emporter quelque chose quant & soy, ains seulement s'enfuye en tout tel estat qu'il sera trouué. Et si quelqu'vn alors se trouue nud trauaillät és champs, qu'il ne retourne point en la maison pour prendre sa robbe, ains de ce mesme pas s'enfuye quelque part. Tant chassera de pres la calamité. Pourtät, malheureuse les femmes qui pour lors seront enceinctes & allaiteront: car quät aux premieres la nature ne leur permet de ietter bas leur fardeau : aux autres la pieté le defend. Et si le seul moyen de salut sera s'enfuyr sur le champ. Pourtant priés Dieu que celle calamité ne vienne point en hyuer ou vn iour de Sabbath. Car ce ne sera pas assés de s'enfuyr vistement, mais aussi faudra s'enfuyr bien loing. Or l'hyuer à cause de la briefueté des iours n'est pas propre pour longue fuyte : & au Sabbath de faire long chemin la solemnité du iour le defend. Iusques icy tous les propos que le Seigneur a tenus, il les a dits en sorte qu'en partie ils semblent appartenir a la destruction de la ville de Ierusalem : partie aux temps des persecutions, lesquelles se sont rengregées principalement apres la lapidation d'Estiëne: partie à la derniere fin du mőde. Et toutefois il ne laisse pas d'y auoir vne allegorie cachée, laquelle nous aduertit qu'estans deliurés de tous empeschemens humains, il nous faut tousiours attëdre celle iournée laquelle nous preséntera deuät Dieu pour estre iugés. Pour ce iour là, ne peut estre preparé celuy qui ou pour l'amour des choses temporelles, ou pour les affectiős de la chair, c'est à dire, pour l'amour de ses pere & mere, de sa femme ou ses enfans, vient à estre reuoqué au danger du salut eternel. Celuy a vn vaisseau sur ses espaules, lequel empesché des richesses cesse de faire les choses qui concernent le salut eternel. Celuy est chargé d'vne robbe, lequel pour le soucy du corps met à nonchaloir la vie de l'ame. Celuy porte vn enfant & en est retardé lequel pour les affectiős de nature ne se retire point des choses, lesquelles il sçait deuoir estre euitées par tous moyens : & ne se haste point d'aller apres les choses, lesquelles il cognoit estre à desirer & pourchasser en rompant tous retardemens & empeschemens. L'hyuer detient ceux qui fuyent, voire ceux qui pour la petitesse de lueur, que baillé la foy : & pour la charité qui en eux est refroidie ne poursuyuët pas vaillämēt de paruenir au but pretëdu. Puis la superstitieuse obseruatiő du Sabbat met en dägier ceux qui d'vn iugemët renuersé tremblent de crainte, là où il n'y a point de crainte: & ils ne craignent point les choses, qu'il failloit redouter sur toutes : cőme si quelqu'vn de peur de violer vne cőstitutiőn d'homme met à nonchaloir les cőmandemens de Dieu. Car touchät le Sabbath des Iuifs, le Seigneur

t 2   mesme

mefme à enfeigné tout publicquemēt que pour le falut de l'hōme on peut à bon droit n'en
tenir conte.Au refte,ce qu'il dit confequēmēt,femble plus appartenir à la fin du mōde, laquelle vn grand tumulte de toutes chofes deuancera, à caufe de la venue de l'Antechrift.
Ces iours là (dit-il) ferōt tant pleins de toutes calamités que depuis que le mōde eft mōde
iufqu'auiourdhuy il n'y euft vne femblable afflictiō, ny ne fera apres. Que fi celle affliction
cōme elle fera cruelle,eftoit femblablemēt de longue durée,perfonne du mōde n'en efchap
peroit fain.Mais la clemence de Dieu à voulu que ce tēps là fuft accourcy, pour l'amour de
ceux qu'il a choifis à vie eternelle. Car d'êtr'eux il n'en laiffera pery pas vn, quelque tēpefte
de maux qui s'efleue. Parquoy il n'eft ia befoin qu'acun ait peur, pourueu qu'il perfeuere
en la foy Euāgelique,cōme à vn ancre affeuré.Nulle violence n'accablera ceux qui cōftam-
ment fe fierōt en moy. Tant-feulemēt gardés vous bien qu'au lieu de moy vous n'embraffiés vn autre Chrift. Le dāgier fera plus grād de la part des impofteurs que nō pas des per-
fecuteurs.Car en ces tēps là il s'efleuera des faux Chrifts,qui fauffemnet s'attribuerōt mon
nom & ma perfonne.Itē s'efleueront des faux prophetes, qui par fauffe apparence de fain-
ácté fauffemēt fe diront prophetes:& qui par merueilles magiques & par miracles contrefaicts parart diabolique cōtreferont les Prophetes & moy, fi bien & fi beau que par tels en-
chātemens les efleus mefmes (s'il y auoit violēce qui peut rien cōtre Dieu)en pourroyent
Et fi quel=
qu'vn vous
dit.
eftre deceus.Parquoy fi quelqu'vn vous dit:VoicyChrift,ne le croyés pas.Ou fi quelqu'vn
en vous rappellāt autre part,vous dit:Le voicy,quelque lieu,quelque apparence,ou deuotion qu'il vous monftre, ne le croyés pas. Car apres que Chrift aura vne fois laiffé la terre,
on ne pourra le monftrer au doigt,ains fera caché és cœurs,& les marques pour le cognoiftre ferōt quād la vie de l'hōme reprefētera la doctrine de Chrift. Au refte,en la fin du mōde
Chrift ne viendra en tel eftat que maintenē il eft venu: ains tout à coup contre l'attente de
tous il fe monftrera d'enhaut cōme l'efclaire,terrible aux mefchans qui feront iettés au feu
eternel : amiable aux bons qui ferōt appellés à la participation du royaume celefte. Vous
dōc,le cas aduenāt que vous vous trouuiés en ces tēps là, gardés qu'au lieu de moy, vous
n'embraffiés quelque fauxChrift.Voila,ie vous ay predit le tout:il refte que vous l'ayés en
memoire.Or apres que ces calamités de guerres,perfecutions, famine, peftilence, & trem-
Ioel 2.
blemens de terre,feront aduenus:d'autres fignes auffi leur fuccederōt yffus du ciel,cōme fi
tous les elemēs s'eftoyent defpités pour faire vēgeance des mefchās.Car le Soleil,fontaine
de lumiere,s'obfcurcira,cōme reprochant aux mefchans leur aueuglemēt, de ce qu'il n'aurōt voulu regarder ce foleil eternel:itē la lune (qui a de couftume de chaffer les tenebres de
la nuict)ne rendra pas fa clarté laquelle elle emprōte du foleil. Outre-plus on voirra auffi
des eftoilles du ciel tōber en terre,lefquelles par tāt de fiecles auoyēt efté la fichées pour l'v-
fage de l'humain lignage. Mefme auffi les puiffances des cieux (par la vertu defquelles ces
corps admirables depuis la fondation du mōde ont gardé leurs cours & charges limitées
de Dieu)s'esbrāleront.Tant grande fera la frayeur des approches du dernier iugemēt. Ces
chofes ne ferōt plus toft paracheuées,que tous ceux qui ferōt envie,verrōt le fils de l'hōme
(qui maintenant eft bas & contēptible) reluyfant en de tref-hautes nuées,auec grāde puiffance & gloire du Pere,& auec innombrables armées d'anges. Alors il enuoyera fes anges,
qui ne laifferont pas abfenter vn feul des efleus : ains de toute part les amafferont tous,
foit vifs, foit morts (pour fubitement les reffufciter) à fin d'affembler tous les membres du
corps myfticque auec leur chef: à fin que ceux qui auront efté participans des affections
à caufe de l'Euangile, foyent auffi participans de la felicité eternelle . Et n'en chaut où s'en
puiffent eftre enuolées les ames des gens craignāt Dieu, ne où ayent efté iettés leur corps:
les anges les retrouueront bien & les amafferont des quatre coings du monde, item d'vn
bout du ciel iufques à l'autre:vne chafcune ame fe ioindra à fon propre corps,& tous les efleus s'affembleront auec leur chef. Or à fin que ce temps là ne vous prenne toutalemēt au
Au figuier
cognoiftrés.
defpourueu,vous pourrés par certaines coniectures deuiner quand il fera pres,ne plus ne
moins qu'au figuier on peut voir la venue de l'efté.Car quād les brāches de ceft arbre com
mencent à deuenir tendres comme preft à ietter des figues , & que ia les feuilles en fortent,
vous cognoiffés que l'efté n'eft pas loing.Mais c'eft biē chofe plº certaine que celle iournée
doit venir, qu'il n'eft certain que l'efté fuccede à l'hyuer.Ie vous affeuré bien de cela,que ce
fiecle ne paffera,que toutes ces chofes ne fe faffent. Entre les chofes corporelles il n'y a rien
plus ferme que le ciel : ne rien plus immuable que la terre : toutefois pluftoft & le ciel & la
terre changerōt leur nature, que mes parolles ne fortent leur effect. Or touchant celuy dernier iour,vous n'aués que faire devous foucier de le fçauoir pour certain,comme ainfi foit
que de le fçauoir la grace n'en eft pas faitte ny aux anges, ny au fils propre:mais le pere par
ce qu'il voyoit qu'ainfi il eftoit expedient pour voftre falut, s'eft referué ce fecret à luy feul.

Tenés

Tenés pour tout asseuré, qu'il viendra:ne demandés point quand, de peur qu'vne asseurance ne vous saisisse : soyés tousiours sus voz gardes, tousiours veillés, tousiours priés, ne sçachans le temps auquel celle terrible iournée doit venir. Vous serés sur voz gardes, si point vous ne vous fiés en aucuns secours de ce monde, n'en aucune creature humaine, ains vous dependiés du tout de moy & de mes commandemés. Vous veillerés, si en vous abstenant des bombances, & toutes voluptés du corps, vous vous addonnés de tout vostre cœur à la saincteté de l'Esprit. Vous prierés, si de cœurs ardãs vous desirés affectueusement apres les promesses qui sont faittes à ceux qui perseuerent en la profession Euangelique. Satan à ses ruses, pour deceuoir mesme les mieux voyans : à l'encontre d'icelles il faut vser d'vne prudence de serpent. Le monde & la chair ont aussi leurs alleschemens, par lesquels il emmielle si bien & si beau les cœurs des nonchalans, qu'vne asseurance & oubliãce des choses eternelles les vous saisist comme vn somme, dont s'engendre ou mespris, ou desespoir du royaume celeste. Dieu n'abbandõnera pas ses esleus, mais il ayme les veillans & attentifs : ce neãtmoins en sorte qu'apres auoir faict tout ce que peut l'effort humain, ils n'en prient pas moins soigneusement : bien sçachans que & le commencement, & l'accroissement & le comble de la felicité eternelle est don de Dieu. Veillés en sorte, comme si Dieu vous auoit destitué pour vn temps:priés en sorte, comme si tout vostre effort n'estoit en Dieu, s'en alloit en fumée. Le Seigneur Iesus pour plus auant ficher ceste doctrine au cœurs de ses disciples, y adiousta encore vne similitude fort propre pour la matiere. Apres que ie vous auray laissés, portés vous ne plus ne moins, que feroyent des seruiteurs loyaux & prudens, ausquels leur maistre ayãt à aller sur les champs, a donné puissance de gouuerner sa famille, & a taillé à chascun son œuure & sa charge:item à l'encontre du larron de nuict a en chargé au portier de veiller. Ces seruiteurs, pour ce qu'ils sont incertains quand c'est que leur maistre doit estre de retour, ils mettent peine d'estre tousiours en leur deuoir, à fin qu'en quelque temps que vienne le retour du maistre, il les trouue veillans. Or estes vous plus certains que ie dois retourner, qu'eux ne sont de leur maistre. Car il peut suruenir tel cas qu'il mourra sur les champs : mais de moy il est plus que certain que ie reuiendray, iaçoit que le iour vous soit incertain. Pourtant, portés vous comme font les bons vaillans seruiteurs, veillés attendans tousiours mon retour. Car vous ne sçaués quand le maistre viendra,au soir, ou à la minuict, ou au coq chantãt, ou au matin : de peur que s'il vient au despourueu, comme il viendra, il ne vous trouue dormans & ne faisant point vostre deuoir. Or ce que vous dy, par vous ie le dy à tous ceux, qui naystront d'icy à la fin du monde.Veillés.Quiconque veut estre sauué,il faut qu'il veille.Chascun se doit acquiter du deuoir que le Seigneur luy a enchargé : mais au portier sur tous appartient de veiller, par ce qu'il veille pour toute la famille. Encore que quelquefois le peuple s'endorme,il n'est pas loisible au pasteur de dormir.Or toute ceste vie (en laquelle il n'y a point de certaine difference des biens& des maux, & où il y a à force ignorãce,bien peu de lumiere) est vne nuict,si on l'accompare à la vie aduenir.Et iaçoit qu'en la fin du monde le Seignenr viendra pour vne fois à tous, ce neantmoins il vient à vn chascun, quand vient l'heure de la mort.Donc pour ce iour là, puis qu'il est autant incertain que l'autre, chascun doit veiller à part.Car à aucuns il vient au soir, comme en la ieunesse:à aucuns à la minuict, comme en fleur d'eage:à aucuns au coq chantant, c'est à dire, en la vieillesse. Il ne faut se fier ny aux forces,ny à l'eage:le iour de la mort est esgalement incertain à tous.

CHAPITRE   XIIII.

R estoit–ia bien pres ce tres-sacré iour de Pasques,c'est à dire du Passage,auquel le sacré sainct sang de l'aigneau immaculé nous deuoit guarantir contre la vengeance du destruiseur, & apres nous auoir retirés hors d'Egypte, par le trauers de la mer rouge & par le desert de ce mõde, nous mener en la Ierusalé celeste, en vne terre coulante lait & miel.Car le Passage des Iuifs lequel ils solennisent d'an en an auec vne souueraine deuotiõ,n'estoit rien autre chose,fors vne ombre de ceste victime. Comme aussi cela,qu'en ces iours là les Iuifs s'abstenoyét de mãger des pains leués,nous enhortãt à vne syncerité de pureté Euangelique. Or deux iours apres deuoit estre le iour qu'il appellent,de preparation.Mais autant que deuottement s'appareilloyent les principaux Sacrificateurs, & Scribes pour solenniser le Passage corporel : autant irreueremment se hastoyent-ils (sans le penser) d'immoler ce vray Aigneau, lequel celle solennelle & annuelle victime auoit figuré par tãt de siecles. Car ils auoyent–ia entreprins & arresté pour certain de tuer Iesus:mais par ce qu'ils n'osoyent pas ce faire publicquement pour crainte du peuple,il leur sembla bon de luy mettre cauteleusement les mains dessus, & le tuer. A ce conseil

t 3   estoit

estoit merueilleusement conuenable ce iour là, à fin que la verité du nouueau Testament respondist à la figure du viel. Eux n'auoyent pas choisi ce iour là, ains auoit esté destiné à ceste victime par le conseil eternel du Pere. Qu'ainsi soit, & en deliberant entre-eux de mettre Iesus à mort, ils disoyêt qu'il ne le failloit pas faire en la feste, de peur que le peuple ne se mutinast. Voila la religion des Iuifs craindre les hômes, là où ils ne craignent pas Dieu. Et bien sçachant Iesus que lê têps estoit venu, auquel il auoit pleu au Pere que ce sacrifice eternel s'ascheuast, il ne s'eslongne point de Ierusalem, de peur de ne se trouuer au lieu prefix.

Et comme il estoit en Bethanie. Comme donc il bancquettoit à Bethanie auec ses bons amys chés Simon, surnommé le lepreux, Lazare estoit l'vn du bancquet. Vous voyés en vne mesme maison vne compaignie de gens d'vn mesme cœur & amys, qui est l'Esglise, laquelle estant immonde, Christ l'a nettoyée en son sang: laquelle estant morte à cause de ses pechés, Christ par sa mort la viuifiée. Auec tels gens prend Iesus plaisir de manger & boire, plustost qu'auec les Sacrificateurs & Pharisiens, lesquels s'estimoyent bien purs & vifs, là où ils estoyent au cœur, ce que ledit Simon & aussi Lazare auoyent estés. Or comme ils estoyent à table, vne femme va entrer, à tout vne boyte pleine d'vn exquis & precieux baume de fin aspic: si rompit la boyte & le respandit sur la teste du Seigneur assis à table. Iesus ayme bien d'estre arrousé de tel oignement selon l'esprit: luy qui iamais n'a prins plaisir aux delices de ce monde. Aussi l'Esglise en elle prodigue enuers son espoux bien aymé. Tout tant qu'elle a de precieux, elle ne le se garde pas, mais l'espand sur le chef de Iesus, auquel est deue toute gloire. La maison de l'Esglise s'estend au large à merueilles par le môde: & si la bonne odeur de ce baume la remplie entierement. Par cest odeur sont attirés maints à desirer d'estre receus en celle maison, où Iesus bâcquette auec ses amys. Mais il y en a prou qui plaignêt à Iesus ses dilices & en murmurent: ce sont les Iuifs qui cherchent plustost leur commodité que celle de Iesus Christ. Car quelqu'vn de ses disciples sentans encore leur chair, mais entre tous Iudas Iscariot se print à en gronder, en se despitant à part-soy & murmurant ainsi: Qu'estoit-il besoing de perdre vn baume si exquis: car on pouuoit le vêdre plus de trois cens deniers, & de ce pris en secourir beaucoup de poures. Et tant les tourmentoit la perte de ce baume qu'ils grinçoyent les dents contre la femme deuotement prodigue. Bonne est la perte de ce qui est employé à la gloire de Christ: voire rien n'est moins perdu. La synagogue est chiche enuers Christ, & prodigue à soy. Au contraire, l'Esglise ne poise pas ce qu'elle a de Christ: ains brise son vaisseau & ce qu'elle a, elle sans y viser l'espand tout sur la teste de son espoux. Or plaisoit celle poure vefue: qui mist vn quadrin, c'est, vn liard, au tronc: ceste-cy aussi plaist: laquelle à faict perte d'vn baume precieux. La vefue sentant sa poureté, ce peu qu'elle auoit elle l'espandit tout: ceste-cy ia enrichie de liberalité de son Seigneur non seulement à employé pour Iesus ce qu'elle auoit, mais aussi a perdu le vaisseau. Celle là employa son viure: celle-cy a employé & corps & ame, voire si ce qu'on employe pour Iesus, pouuoit perir. Où sont maintenât ceux qui murmurent côtre vne largesse aggreable à l'auteur de grace? Iceluy donne du sien à largesse, à fin que l'odeur de sa liberalité s'en espande plus au large. Il n'en demande nul salaire, en cecy seulement il est ambitieux: il veut qu'on recognoisse sa beneficence, non pas qu'il ait faute de ceste louange, mais par icelle il luy a pleu nous eslargir ses richesses. Mais à l'encontre du grondemêt des disciples, le Seigneur (de qui seul estre approuué est biê assés) defend la saincte diligêce de la femme, leur disant: Pourquoy faittes vous fascherie à ceste femme? Laissés la accomplir son desir: elle a faict vne bonne œuure enuers moy. Car quant à l'auarice que vous couurés sous le titre de soulager les poures: ce qui s'employe pour moy, est employé à vn poure. Et de ces poures ordinaires, vous en aurés tousiours auec vous, auxquels vous pourrés faire du bien toutes les fois que vous voudrés: mais moy, vous ne m'aurés pas tousiours, pour dire que vous me puissiés gratifier par tels seruices & plaisirs corporels. Cest hôneur m'a esté employé vne fois: & ce qui a esté faict, n'a pas esté faict pour seruir d'exêple à en embaumer plusieurs selon la chair: mais à fin que tous fassent le semblable selon l'esprit. Ceste femme ne sçait pas qu'elle faict: si estce que ce qu'elle peut, elle le faict d'vne saincte diligence à la bonne intention. Ma mort est pres, elle aura lors enuie d'oingdre mon corps pour l'enseuelir. Et pource que lors il ne sera pas loisible, elle l'anticipe: & l'honneur qu'elle ne pourra m'employer quand ie seray mort: elle le m'employe moy viuant. Au reste, certes tant s'en faut que la pieté de ceste femme, contre laquelle vous murmurés, doyue estre frustrée de sa louange, que quand par l'Euangile, ma mort viendra estre publiée par toutes les contrées du monde, le renom de ceste femme se publiera quant & quant, car auant que ie fusse mort elle a honnoré ma mort d'vn tel present. Par ces propos le Seigneur rabaissa le grondement de ses disciples.

Toute

Toutefois Iudas Iscariot l'vn des douze, lequel dispensoit à la male-foy l'argent com-mun, ne peut endurer la perte de cest onguent: mais s'en alla vers les principaux Sacrifica-teurs pour leur trahir Iesus. Car il n'ignoroit pas, qu'iceux estoyent apres pour chercher de prendre Iesus cauteleusement. Cela ouy, ils en furent bien aises. L'autheur de la lascheté, domesticque de Iesus leur pleut: ils accorderent du pris. Et en vn si abominable conseil se trouue foy mutuelle: laquelle est bien rare és paches honnestes. Iudas creut à la simple pro-messe des Sacrificateurs, sans scedule ne sans pleige ne respondant. Il songe à part soy par quel moyen il pourra liurer Iesus aux Sacrificateurs & Scribes selon leur souhait, c'est à di-re, en temps & lieu opportun, de peur de quelque mutinerie. Car ceste condition estoit en-treuenue en l'accord. Or ce pendant que Iudas & les Sacrificateurs deliberent de la mort de Iesus: iceluy Iesus demeine l'affaire du salut des hômes. Desia estoit venu le premier iour des pains sans leuain, iour auquel on auoit de coustume d'immoler l'aigneau de Pasques. Pourtant les disciples se prennent à dire à Iesus: Où veux-tu que nous t'allions apprester le soupper de Pasques? Et Iesus enuoye deux de ses disciples pour preparer le soupper, leur disant: Allés vous-en en la ville, & en y entrant vous rencontrerés vn homme portant vne cruche d'eau: suyués-le: & où qu'il entre dittes en mô nom ces propos au maistre de la mai-son: Le maistre te mande que tu nous monstre la sale où il mangera la Pasque auec ses disci-ples. Et sans tarder il vous monstrera vne fort grâde sale tapissée & ia toute preparée pour le bancquet futur: là appareillés nous le soupper Paschal. Aduisés icy la simple obeyssance des Apostres, telle qu'ils auoyent-ia auant môstrée quand il les enuoya chercher l'asnon. Aduisés aussi ce point, c'est qu'il n'y a rien du monde que le Seigneur ne sache: à fin qu'il soit tout notoire que tout tant que pour l'amour de nous il a souffert, il l'a souffert le sça-chant auant, & voulant. Outre-plus aduisés l'authorité. Si tost qu'on oyt le nom du Sei-gneur, on laisse emmener l'asnon: semblablement au nom du Seigneur, soudain on mon-stre la sale, à fin qu'on voye euidemmêt qu'il estoit en sa puissance de faire tout ce qu'il eust voulu. Par le seul vouloir il pouuoit reprimer les Sacrificateurs & Pharisiens gens machi-nans cruautés. Les disciples se departirent & allerent en la ville, rencôtrerent vn hôme qui portoit vne cruche, le suyuent, entrent en la maison, & declarent leur commission au mai-stre du logis: lequel sans aucun delay leur monstra la sale. Et les disciples d'y appareiller la Pasque, c'est à dire, ce soupper dernier & mysticque, soupper qui premierement deuoit re-presenter la figure de la Loy ancienne, & quant & quant exhiber par signes mysticques la victime Euâgelique. Et au soir Iesus s'y en alla aussi auec ses douze disciples, lesquels seuls, comme triés des autres, il a voulu qu'ils fussent tesmoings de ce sainct & sacré bancquet. Et comme ils estoyent-ia tous à table, & mangeoyent, Iesus leur dit: Ie vous dy pour certain, que l'vn de vous me trahira, qui mange auec moy. A ceste parolle, onze des apostres furent saysi d'vne fort grande tristesse: car nul, fors vn seul Iudas, ne se sentoit coulpable: ce neant-moins ils n'osent se confier à la fragilité humaine. Dôt eux desirans d'estre deliurés de sou-cy par l'indice du Seigneur, luy vont dire vn par vn: Seroit-ce bien moy? Iudas mesme qui se sentoit coulpable n'eut pas honte de dire auec les autres: Maistre, Est-ce moy? Mais Iesus pour môstrer aux siens vn parfaict exemple de douceur, ayma mieux que pour vn temps ils fussent en tristesse, que de deceler le traistre ne laissant rien en arriere à fin qu'il se repen-tist de son abominable entreprinse. Si leur dit: Ce sera l'vn des douze: celuy qui m'est tant familier, qu'il meêt la main auec moy en vn mesme plat: & pour cest honneur voyla beau salaire qu'il me rendra. Iudas sentoit bien que le Seigneur ne ignoroit pas son entreprin-se, & neantmoins apperceuoit vne douceur incredible. Celuy par qui Iesus deuoit tantost apres estre tres-desloyallement liuré à la mort, Iesus ne veut pas le deceler aux autres disci-ples, lesquels pour l'amour du Seigneur luy eussent peut-estre, couru sus. Mais ô desespe-rée malice. Quelle pierre, quel aymant ne seroit amolly par vne si grande douceur d'hom-me, qui du seul vouloir pouuoit nuyre? Mais telle douceur encourage encore plus le mal-heureux à cômettre le malefice. En apres le Seigneur poursuit ainsi son propos: Mais quât à moy, rien ne m'aduiendra contre mon dessein: mais comme les Prophetes ont predit du fils de l'homme, ainsi luy aduiendra. Il est expedient pour beaucoup de gens que le fils de l'homme soit liuré à la mort: mais malheur à l'homme par la malice duquel le fils de l'homme sera trahy. Car vn tel homme procure bien vne chose qui sera salutaire aux au-tres, mais ce sera à sa propre destruction. Il luy eust mieux valu de iamais n'estre nay. Ne pour la si grande douceur du Seigneur, ne pour la frayeur du supplice donné ne se cor-rigea le cœur de Iudas. Tant est vne grande peste l'amour des deniers. Apres cela, Ie-sus recommanda à ses disciples ce sacré-sainct symbole de sa mort & de la perpetuelle al-

t 4

liance

liance auec ceux qui perfeuereroyent en la foy Euãgelique. Il print donc du pain,& quã d
il eut rendu graces à Dieu fon pere, rompit le pain, & le defpartit à chafcun d'eux, difant:
Prenés, mãgés : cecy eft mon corps. Item il print la couppe, puis loua Dieu, & la leur bailla:
fi en beurent tous. Puis il leur dit : Cecy eft mon fang de la nouuelle alliance, qui fera refpandu pour plufieurs. Tenés pour tout certain, ce que ie vay dire. Ie ne beuray plus deformais du fruict de la vigne, iufqu'à celle iournée que ie le beuray nouueau au regne de Dieu.
Le foupper acheué, & grace rendues à Dieu comme de couftume, ils fe partirent de Ierufalem celle mefme nuict & s'en allerent au mont des Oliues. Il faut toufiours rendre graces
à Dieu, toufiours faut luy chanter louanges, foit que foyons en profperité, foit qu'auerfi-
tés nous oppreffent. En ceft endroit, n'ignorant pas Iefus l'imbecillité de fes difciples, il
les prepare à patiemment porter la tempefte prochaine, difant : Vous ferés troublés tous
encore cefte nuict. Ce qu'aufsi Zacharie à predit, difant : Ie frapperay le pafteur, & les brebis
feront efcartées. Voire-mais ne perdés pas courage. Comme ma mort vous troublera &
efcartera, ainfi ma refurrection vous remettra en bon point & vous r'affemblera en vn.
Car ie reffufciteray au troifiefme, comme i'ay dit, & de-rechef viuant vous deuanceray en
Galilée : là m'ayãs veu vous mettrés bas toute trifteffe du cœur. A ces parolles, Pierre ne fe
cognoiffant pas encore affés bien, fit vne refponfe, courageufe, à dire le vray, mais temerai-
remẽt, difant : Quant bien tous tant qu'ils foṇt feroyent fcandalizés de ta mort certainement ie n'en feray iamais troublé. Et Iefus defirant de toutalemẽt arracher de noz cœurs la
fiance de nous-mefmes, luy dit : Comment Pierre ? ce que la prophetie à predit deuoir aduenir, & aufsi mõy (auquel tu deuois-ia croire, & non contredire) nyes-tu qu'il doyue aduenir ? Ains pluftoft, ô prometteur temeraire que tu es, tu feras d'autant plus notablemẽt
troublé que les autres, que tu t'eftimes plus vaillant qu'eux. Car ie t'affeure biẽ pour tout
vray que deuant que le coq ait chante deux fois, tu me renonceras par trois fois. Par ce
propos, tant s'en faut que l'audace de Pierre en fuft reprimée, que de tant plus hardiment
& magnifiequemẽt il promettoit de foy, difant : Voire fi ie deuoye mefme mourir auec
tõy, fi ne te renonceray-ie iamais. Le femblable dirent aufsi tous les autres difciples, à fin
que faillans tous par enfemble, ils fuffent enfemblement corrigés : & recogneuffent comment ils n'eftoyent rien de leurs propres forces, & cõment aufsi rien ne pouuoit eftre faux,
de tout ce qui fortoit de la bouche de Chrift. Ils auoyent confenty au parauant auec Pierre
en la profeffion dés long temps: & en Pierre fut louée l'opinion de tous. Icy ils confentent,
en la temeraire cõfiance de foy, & en vn feul Pierre eft rembarrée la temerité de tous. Pierre feul renonça Iefus, ce que tous les autres aufsi euffent faict, fi l'occafion fe fuft prefentée.
Car s'ils ne s'en fuffent fuys, ils euffent renoncé. La force de Pierre plus cõftante que celle
des autres, le fit trebufcher au dangier. Mais aux difciples rien de tout cela ne leur aduenoit de malice deliberée, comme à Iudas : ains de l'imbecillité de la nature humaine. Qui
fut caufe, que de l'obftinée malice de Iudas. Iefus s'en feruit pour noftre falut : l'imbecillité
des Apoftres il a expreffement voulu qu'elle fuft notoire à plufieurs, à fin que par eux il
enfeigna à tous que nul n'euft à fe promettre aucune chofe de fes propres forces, ains que
venant la tempefte d'auerfité, il dependift du tout du fecours celefte : lequel afsifte de tant
plus prefentement que plus l'homme fe deffie de fes propres forces. Les Apoftres ne pouuoyent encore eftre cõuaincus par parolles : mais le temps deuoit venir, que par experience il fe cognoiftroyent finalement eux-mefmes. Or arriuerent-ils en vne meftairie qui
s'appelle Gethfemani, qui eft vne valée au pied du mont des Oliues. Nul ne peut monter
à la croix de Iefus, n'eft que premierement il defcende en celle valée : n'eft qu'il s'abbaiffe
foy-mefme en renonçant à tous fecours de l'arrogance humaine. Iefus fit là affoir les huict
difciples, & des autres trois affauoir Pierre, Iaques, & Iean, il les print auec foy, & fe retira
vn peu arriere pour vaquer à prieres. Recognoy les munitions Euangeliques à l'encontre
de la violence des perfecuteurs. En la perfonne de Iefus il y auoit deux chofes du tout diuerfes entre elles : la maiefté diuine outre laquelle rien n'eft de plus fouuerain : & l'imbecil-
licité humaine, fous laquelle rien n'eft de plus abiect. Or pourautant qu'a ces trois il auoit
baillé quelque gouft de la fouueraineté, il a voulu qu'iceux aufsi fuffent tefmoings de fon
abiection & humilité extreme : à fin qu'en vne mefme perfonne ils apprinffent que c'eft
qu'il failloit enfuyure, que c'eft aufsi qu'il failloit efperer. Point n'y a icy de vifage tref-luy-
fant comme le foleil : point de robbe plus blanche que neige : point de Moyfe ne d'Elie auec
qui deuifer : point de voix paternelle du Pere : ains comme homme toutalemẽt deftitué de
tous fecours commença à fe troubler de peur, à auoir le cœur angoiffé & perdre tout courage. Et n'eft pas de merueille, car il eftoit vray homme, & a finguliérement exprimé en fa
perfonne,

Zacha.13

Et ils vien-
nent au lieu,

personne, ce que, s'approchant vne telle tempeste, aduient ordinairement à ceux qui ne
sont rien autre chose fors qu'homme. Et ne dissimula pas l'anxieté de son esprit entre ses
amis. Ie sens (leur dit-il) vne tristesse de cœur, toute semblable à vne mort. Il cherchoit de
toute part soulas, & n'en trouua point. Encore est-ce quelque sorte de soulas se plaindre de
sa calamité enuers les amys, iaçoit qu'ils n'y doyuent aucunement secourir. Or faict-il là
aussi asseoir ces trois, & veiller. Puis s'en alla vn peu auant: & côme estant toutalement destitué de tout soulas d'homme, & du tout desesperé, quant aux secours humains, il se retire au secours du Pere, enuers lequel non plus il ne trouuera pas de prime face soulagemêt
de son mal. Donc en se prosternât à terre & baissant sa face en terre, il prioit le pere que si aucunement faire se pouuoit, il eschappast le temps de ce côbat. La nature du corps, auoit en
horreur le tourment & la mort prochaine. Abba pere (dit-il) tout t'est possible: destourne
de moy ce breuuage que ie ne le boyue, Toutefois ce que ta volôté (qui ne veut rien que ce
qui est tresbon) en-a determiné, se fasse: & non pas ce que veut l'imbecillité de ce corps. Ceste priere faitte, il retourne vers les trois Apostres qu'il auoit laissés, & les trouua-ia dormans: & appella Pierre (qui nagueres promettoit de soy tant de vaillantises) & luy dit : Simon, dors-tu n'as-tu pas peu veiller auec moy, au moins vne heure ? Ce têps ne requiert
point oysiueté. Car celuy ne dort pas qui machine nostre ruyne. Veillés & priés, de peur de
tomber en tentation : car si elle vous prend au despourueu, il y a du dangier que ne soyés
vaincus. Le peril est commun: ie veille pour vous, & prie pour vous: vous semblablement
veillés & priés auec moy, à fin qu'auec moy vous vaincquiés. L'esprit est bien prôpt, mais
la chair est foible. A fin que la chair ne vaincque, il faut conferer l'esprit par veilles & prieres. Cela dit: Iesus s'en-va de-rechef dont il venoit, & par mesmes parolles que dessus pria
le pere, qu'il ne beust du breuuage qui ia estoit tout prest. Puis retourna vers ses disciples,
& les trouua de-rechef dormans. Ils sommeilloyent en la vision de la maiesté, & ne sçauoit
Pierre qu'il disoit. Maintenant aussi ils dorment au spectacle en la vision de l'infirmité, &
ne sçauent pas bien qu'ils respôdent à Iesus les tensant. Iesus pour la troisiesme fois retourna de la priere vers ses disciples: & pour la troisiesme fois il les trouua dormâs pour la troisiesme fois. Ils estoyent perdus quant & nous, si Iesus n'eust veillé & prié pour nous tous. Il
les esueille donc & les tense, à fin que par eux il resueille l'oysiueté de tous : Dormés desormais (dit-il) & vous reposés. C'est assés dormy. Le sentiment de la chose vous esueillera,
veuillés ou non. Nous sommes sur le point de la tempeste. Voila, le fils de l'hôme sera tout
maintenant trahy, peut estre liuré entre les mains des meschans. Leués-vous, allons-leur
au deuant. Car le Seigneur auoit-ia par la priere print force & courage à l'encontre de
la prochaine tempeste d'afflictions: & de là en auant ne donna plus aucun signe de frayeur
ou fascherie, ains nous bailla iusqu'à la mort vn exemple de patience tresconstante. Il n'a-
uoit pas encor finy ce propos, que voicy venir Iudas Iscariot, l'vn des douze d'eslite, & qui
auoit esté reputé des principaux d'entre eux, lequel amenoit quant & soy vne grande com
paignie de gens, tous armés d'espées & bastôs à l'encôtre de Iesus sans armes. Et n'auoyêt
pas faute d'authorité. Celle compaignie estoit enuoyée de par les souuerains Sacrificateurs, par les Scribes & les principaux du peuple. Côtemple moy icy, ô lecteur, le singulier
combat de la pieté Euangelique à l'encontre de la fausse religion. Ainsi iournellement est
assaillie la verité Euangelique: ainsi tousiours elle emporte la victoire. Nul n'est plus
propre pour la trahyr, que celuy qui sous profession de verité Euangelique enseigne
choses charnelles. Le peril est bien plus grand du costé de la fausse doctrine, que des espées
& bastons des gendarmes tout ouuertement meschans. Et ce pêdant Iudas ne se fie pas assés à soy-mesme pour trahyr le Seigneur Iesus, il y employe vne compaignie de gendarmes auec l'authorité de toutes les deux cours, tant seculiere que Ecclesiasticque. Item cela se faict de nuyct, & quant & quant l'opportunité du lieu est espiée. Il faut que les tenebres soyent merueilleusement espesses, là où on lie & prend Iesus. C'estoit la puissance
des tenebres : & pour vn est permis à Satan qu'il semble auoir vaincu Christ. Mais quel
plus grand aueuglement, que de dresser embusches par conseils humains à celuy, qui
n'ignore rien, que d'assaillir à tout espées & bastons celuy qui au seul commandement
peut tout ce qu'il veut? Or Iudas ne se monstra pas ouuertement guide de la bande maligne: ains leur bailla deuant le mot du guet, disant : Celuy que ie baiseray, c'est Iesus. Mettés luy les mains dessus, & l'emmenés finemêt, de peur qu'il n'eschappe. Les Sacrificateurs auoyent enioinct qu'on ne deliurast point l'argent, qu'ils ne tinssent Iesus entre les
mains. Puis Iudas commença à s'auancer d'vn peu deuant la bande, comme s'il eust
pensé à autre chose : tellement toutesfois qu'ils le pouuoyent voir. Si tost qu'il eust abbordé Iesus, il le salua, en le baisant côme de coustume. N'en telle lascheté Iesus ne restrai-
gnit

gnit point ſa douceur enuers ſon traiſtre:tant-ſeulement il luy poind la conſcience, diſant:
Amy, pourquoy es-tu venu? Il ſçauoit que Iudas ne ſe repentiroit point:& toutefois il n'y
a choſe que Ieſus ne faſſe pour le corriger : nous enſeignãt que nous ayons à vſer de ſouueraine douceur enuers les pecheurs, d'autant que nous ne ſçauons, ſi vn iour ils viendront
point à s'amender. S'ils s'amendent nous auons gaigné le ſalut de noz prochains:s'ils ne
s'amendẽt, noſtre douceur ne ſera pas fruſtrée de ſon ſalaire. Le baiſer eſt vn ſigne d'amour
mutuelle. Or eſt-ce qu'amour nous declaire eſtre diſciple de Ieſus. Dõt ſenſuyt qu'il n'y
a rien plus ennemy qu'vn baiſer feintif. Et c'eſt le baiſer qu'encore auiourdhuy les faux
Apoſtres donnent à Ieſus : leſquels ſous couleur de pieté Euangelique ſeruent à leur ventre, pourchaſſent vne gloire humaine, & au lieu de la liberté de l'eſprit, enſeignent vn Iudaiſme. Au ſigne du baiſer enuenymé, les gendarmes mirent la main ſur Ieſus, & le lierent.
A ce tumulte le cœur des diſciples s'enflamme : ſi que Pierre, ayant-ia mis en oubly ce que
le Seigneur auoit predit, penſa le temps eſtre venu, qu'il deuoit faire quelque coup de ſa
main, reſpondant à ces magnificques promeſſes. Si tira ſon eſpée, & en frappe le ſeruiteur
du grand Sacrificateur, nommé Malchus, pource qu'iceluy comme le plus hardy de toute
la bande, s'auançoit le premier de mettre la main ſur Ieſus : toutefois le Seigneur modera
tellement le coup, que Pierre abbatit ſeulement l'oreille droitte audit ſeruiteur. Mais le
Seigneur treſ-doux tenſa ſon diſciple, & tout à l'heure guery la playe peu dangereuſe, &
luy reſtitua l'oreille. Tant & tant liberal & bien-faiſant à eſté Ieſus à tous, à fin que nous
ayons honte de nous venger d'aucun, beaucoup plus de nuire au bien-faiſant. Au reſte,
comme Ieſus ne veut eſtre defendu par autres forces, que par le glaiue de la parolle Euangelique, lequel penetre iuſques au plus profondes entrailles des cœurs: ainſi a-il voulu
que celle bande de gendarmes entendiſt, qu'on ne l'euſt peu prendre par aucune force, ſinon que voulant & ſçachant il ſe fuſt baillé pour eſtre prins. Pourtant il ſe reuira vers eux,
& leur dit : Dont vient que de nuict vous eſtes icy venus apres moy à tout eſpées & baſtõs,
comme apres vn larron, qui ſe deuſt defendre à tout ſemblables armes? l'eſtoye iournellement en Ieruſalem, non en cachette, mais en plein iour, & en vn lieu le plus hanté de tous,
aſſauoir, au temple, gueriſſant les malades, & enſeignant la verité. I'ay touſiours eſté ſans
armes, auec vne bien petite ſuyte de diſciples auſſi ſans armes. Que ne m'auès vous là empoigné? Certainement ſi vous lauſés ainſi arreſté, vous pouuiés lors le faire auec moinſde
Eſaïe 53 difficulté. Mais ce temps cy eſt voſtre, que par la permiſſion de Dieu il vous ſoit loiſible de
faire tout ce que bon vous ſemble. Et qu'ainſi il aduiendroit, les Eſcriptures, qui ne peuuẽ
mentir, l'ont predit ia long temps. Quand Ieſus eut acheué ces propos, ils l'aſſaillent par
trouppe & luy mettent les mains deſſus. Et incontinent les diſciples, craignant auſſi de
leur coſté, tant qu'ils eſtoyent, abbandonnerent leur Seigneur & s'enfuyrent l'vn çà, l'autre là. Aux infirmes eſt loiſible de fuyr, qui ne ſont pas encore ſuffiſant pour porter les
tourmens : combien que le temps peut ſuruenir, auquel s'enfuyr, eſt renoncer : alors ne
faut-il point s'enfuyr, mais de plein gré s'en aller au deuant de la mort. Quant ta mort ſeroit plus dommageable à l'Euangile, que profitable fuy-t'en, cache toy: quand le fruict eſt
grand ſi tu meurs:& vn fort grand dommage ſi tu te retires, va au deuant du bourreau.
Or entre les douze il y auoit vn certain iouuenceau qui pourtant pluſgrãde amour à Ieſus
que tous les autres, le ſuyuoit comme on l'emmenoit ia tout lié & garroté. Iceluy iouuenceau n'auoit qu'vn ſeul linge à l'entour du corps nud. Il fut cogneu & quant & quant empoigné : mais il laiſſa ſon linge & eſchappe de leurs mains, en ſauuant ſa vie à la perte de ſa
robbe. Qui ſelon l'eſprit s'en eſt ainſi fuy, il a faict vne fuyte heureuſe. Car qu'eſt-ce autre
choſe de ce corps ſinon le veſtemẽt de l'ame? Toutes fois & quãtes que Satan met la main
ſur ton ame iette là ton linge & t'en fuy. Maintenant contemple moy, en quelle façon eſt
maniée la verité Euangelique, apres qu'elle eſt liurée par le diſciple abominable. Elle toute liée eſt menée par gẽdarmes violens aux principaux de toutes les deux iuſtices, qui ont
conſpiré la mort d'icelle. Et tout premierement eſt menée au ſouuerain Sacrificateur. Il n'y
a nul ennemy plus mortel à Ieſus, qu'eſt vn Pontife abominable. Or pour faire apparoiſtre
que la cauſe ſe demenoit auec authorité plus grãde, tous les Sacrificateurs s'aſſemblerent
en vn auec les Scribes & Phariſiens. Voila l'authorité de ce mõde, laquelle à faict complot
à l'encontre de la verité, à vray dire, abbaiſſée, ce neãtmoins inuincible. Pierre n'auoit pas
encore perdu tout courage, mais ſuyuoit Ieſus de loing : ia en diſciple diſſimulé, comme
celuy qui eſtoit ſur le point de tout renoncer. Car la force de l'homme de ſoy ne ſert à autre
choſe, ſinon pour le faire pecher plus griefuemẽt. Il ſe fourra donc dans la court du ſouuerain Sacrificateur, là où il s'aſſit meſlé parmy vne meſchante bande de ſeruiteurs, & ſe
chauffoit à vn braſier, pluſtoſt pour eſtre ſpectateur de la ſouffrance & patience de ſon
Seigneur

Seigneur, que non pas imitateur. Cependant ceux qu'entre les Sacrificateurs tenoyent les premieres dignités, (d'entre lesquels selon que chascun precedoit en dignité, autāt surpassoit-il les autres en impieté) Item auec eux le reste du conseil de peur que plustost homicides, que vengeurs de la pieté blessee & enfrainte, ils cherchēt quelque tesmoignage à l'encontre de Iesus, pour l'adiuger à la mort. Ils n'auoyent autre soif que de la mort d'iceluy, qui gratuitement offroit à tous vie eternelle. Mais il ne se trouua aucun tesmoignage asses suffisant. Car Iesus estoit seul, contre lequel la finesse humaine n'eust peu trouuer suffisant tesmoignage. Et de faict, plusieurs s'estoyent-ia presentés, qui auoyent porté tesmoignages contre Iesus, mais si friuoles, que mesme ces gens, gens iniques tout outré ne les trouuoyent pas suffisans pour condamner celuy, que ia ils auoyent condamné à par-eux, auant qu'il fust amené en iugement. En la parfin comparurent gens pour porter quelque tesmoignage autentique à l'encontre de Iesus, disans : Nous apportons choses certaines. Car nous luy auons ouy dire de noz propres oreilles tel propos : Ie destruiray ce temple manouuré, & trois iours apres i'en restabliray vn autre non manouuré. Ils vouloyent que cela fust tenu pour vn blaspheme contre le temple du Seigneur. Le tesmoignage desquels non plus que des autres, iaçoit qu'il adioustast à la verité quelque chose, pour aggrandir l'enormité du crime, ne fut pas trouué asses suffisant. Vous diriés proprement que là il y a conscience & equité de iugemens & qu'on fauorise à l'accusé : mais toute la diligence des Sacrificateurs ne tend à autre but, sinon que par nul moyen Iesus ne leur puisse eschapper. On ne conclud rien : pour perdre Iesus il est besoing du souuerain Pontife. Voyant donc iceluy que le cas ne venoit pas bien à souhait, il se leua au milieu du conseil, & commença à appeller Iesus, taschant de luy faire dire chose dont il peust estre cōuaincu. Si luy dit : Oy-tu pas quels crimes on te mect au deuant ? N'as-tu que respōdre à cela ? Mais Iesus se teut, & ne respondit rien. Et aussi qu'estoit-il besoing de respondre aux choses qu'eux-mesmes auoyent iugé friuoles ? Donc le souuerain Sacrificateur poursuyt de l'interroguer, & luy faict vne telle demande : Es-tu ce Christ le fils de Dieu, Dieu auquel appartient louange à tout iamais ? Et Iesus confessa que c'estoit luy : car aussi ne deuoit-il pas nyer vne chose, laquelle il estoit expedient que tous sceussent. Bien sçachant toutefois que point ils ne le croiroyent, ou pour le moins n'en tiendroyent conte à cause de son imbecillité humaine, il adiousta, qui leur deuoit donner frayeur, disant : Vous verrés le fils de l'homme assis à la dextre de la maiesté de Dieu, & venir auec vne grande magnificence, & compaignie d'Anges, esleué és nuées du ciel. Or Iesus entendoit de la venue seconde, en laquelle il doit reuenir non-ia en abbaissance, mais en maiesté diuine iuge des vifs & des morts. Les Sacrificateurs gens abominables n'entendoyent point la Loy, mais ils pouuoyent apprendre des Pharisiens les deux venues du Messias auoit esté predittes par les Prophetes, l'vne mesprisable & contemptible, l'autre magnificque & redoubtable. Mais ils n'ont pas le loysir de confronter les faits de Iesus auec ceux que les Prophetes auoyent predits : tant seulement ils s'efforcent de faire qu'ils puissent ruyner Iesus. Celle response ouye, le souuerain Sacrificateur couurant son impieté du manteau de pieté, pour rendre ce blaspheme plus enorme se prend à deschirer ses habillemens, & dire : Qu'auons-nous plus que faire de tesmoings ? Vous-mesmes aués ouy le blaspheme tout manifeste. Le Pontife homme abominable, & cherchant sa gloire, ne peut porter que la gloire de Christ se publie, faisant son conte que tout ce qui est attribué à Christ, soit autant de rogneure de la sienne maiesté Pontificale. Vne rage l'auoit n'agueres transporté hors de son siege, & toutefois ce pendant il faict honneur deuant le fils de Dieu : maintenant il deschire ses habillemens, prophetisant de uoir aduenir que regnant le vray Pontife, assauoir Iesus, le Pontificat charnel seroit aboly. La gloire de la Synagogue est despecée, la robbe de Christ demeure en son entier. Quelle chose est plus eslongnée de blaspheme, que de publier la gloire du fils de Dieu ? que de testifier qu'aduiendra ce que les Prophetes ont predit deuoir aduenir ? Et toutefois le Pontife abominable trouue que c'est vn blaspheme tel qu'il n'est-ia besoing de tesmoignages. Que vous en semble ? dit-il. Et tous d'vn commun accord iugerent que le cas estoit digne de mort. A tel Sacrificateur estoit propre tel conseil. Il faut maintenant considerer, en quelle façon est traittée la verité Euangelique en telles courts, où le Sacrificateur hōme abominable qui veut estre tenu pour vn Dieu, ne peut souffrir que la gloire du fils de Dieu soit publiée : Courts, où les Scribes taisent ce qu'ils ont apprins des Prophetes : Courts, où les principaux du peuple conspirent auec les principaux du temple : Courts où assistent vn tas de varlets & gendarmes loés, & de leur propre malice tous appareillés à toute meschanceté. Qu'ainsi soit, cōme si Iesus eust-ia esté legitimemēt cōdamné, aucuns de ces gendarmes se
prindrent

prindrent à cracher contre luy : les autres à luy couurir le visage & le souffleter & luy dire:
Deuine qui t'a frappé, luy reprochans par telles mocqueries qu'il s'estoit laissé tenir pour
vn Prophete. Et les varlets des Sacrificateurs luy bailloyent des buffes. Ces outrages
estoyent plus cruels que la mort : mais c'estoit vn exemple qui se preparoit pour nous. En
matiere d'endurer iniures nul n'a surmonté Iesus : à faire miracles aucuns l'ont surmonté.
Tandis qu'on manie Iesus en ce point, Pierre spectateur paoureux estoit assis en bas en la
court, meslé parmy la gendarmerie du Pontife abominable. Ce lieu luy estoit propre, puis
qu'il auoit à renoncer Iesus. Il vint là vne des chambrieres du grand Sacrificateur : laquelle
apres auoir aduisé Pierre qui se chauffoit auec les autres en vn brasier, le côtempla vn peu
diligemment & s'apperceut qu'il portoit la mine d'vn disciple : si luy dit : Et toy, tu estois
auec Iesus Nazarien. Et Pierre effrayé de ceste voix, le nya, disant : Ie ne cognoy le personnage, ny ne sçay que tu dis. Il appartenoit à vn prometteur si magnificque, à fin que tant plus
il recogneust son infirmité, d'estre effrayé d'vne femmelette : à fin que côfessant sans frayeur
par apres le nom de Iesus deuant les magistrats & les roys, il entendist que telle force ne venoit pas des forces de la nature humaine, mais de l'esprit de Dieu. Pierre donc ainsi effrayé,
& ne se fiant bien en ce lieu, sortit hors de la court, sans toutefois se departir du logis du
grand Sacrificateur. Tandis qu'il se tient là, le coq va chanter. Pierre l'ouy bien, & toutefois
ne luy souuint point, de ce que Iesus luy auoit dit : tant grande frayeur auoit saisi le personnage. Et de-rechef vne chambriere le voyant, commença de le deceler aux assistans, disant
qu'il estoit de la bande de ces gens. Et Pierre de-rechef eschappa par mensonge, nyant qu'il
fust du nombre des Apostres. Item vn peu apres les varlets qui estoyent presens quand la
chambriere le recogneut, quand ils eurent aussi vn peu plus curieusement contemplé le
visage & maintien du personnage, commencerent à le recognoistre, & luy dire : Vrayement
tu en es, car tu es Galileen. Le premier qui le descouure c'est vne femme. Et combien grand
dangier est-ce à vn disciple de Christ d'estre cogneu és cours des Pontifes & princes ? N'est
qu'il se despouille de toute apparence de disciple, il est en dangier de sa vie. Mesme pour le
langage, Pierre est en dangier. Telles cours ne peuuent souffrir aucune pure verité. En fin
finale Pierre deuiendra vray courtisant : car il se print à maugreer & iurer qu'il ne cognoissoit nullement ce Iesus duquel ils parloyent : & de-rechef le coq chanta. Et si Pierre ne retourna pas à soy, que premier Iesus ne l'eust regardé. Ainsi finalement se souuenant du
propos que Iesus luy auoit tenus : Deuant que le coq chantast deux fois, tu me renonceras
trois fois, il sortit hors de la maison de Caiphe, & se print à plourer. Et toutefois ne s'en va
pas pendre comme Iudas : car il n'estoit pas tombé par malice, mais par fragilité humaine
& ce par la permission du Seigneur, à fin que la cheute de Pierre nous seruist d'instructiôs.
Mais ce ruisseau de larmes esteint la foudre de l'ire de Dieu. Or ne pleure-il point que
premier il ne soit sorty du palais de Caiphe. Car là tant plus l'homme est meschant, d'autant plus se complait-il.

CHAPITRE   XV.

Toute ceste nuict au logis de Caiphe fut employée à la destruction & mocquerie de Iesus. Et au matin les grans Sacrificateurs, & les Senateurs, & Scribes &
tout le conseil, tindrent de-rechef vn conseil, & lierent Iesus & l'emmenerent
& le liurerent à Pilate pour le iuger, celuy qu'eux-mesmes auoyêt-ia côdamné par leur preiudice. Maintenant de iuges, ils deuiennent accusateurs. Pilate apres auoir ouy leurs accusations, demande à Iesus l'accusé : Es-tu celuy roy des Iuifs?
Et il luy respondit : Tu le dis, confessant tacitement qu'il l'estoit. Iaçoit que celle response ne
tourmentoit pas beaucoup Pilate, d'autant qu'en Iesus il n'y auoit nulle apparence qui
môstrast qu'il aspirast à vn royaume môdain. Or les souuerains Sacrificateurs, de peur que
Iesus n'eschappa par quelque moyen, luy mettent à sus diuers articles de crimes : à fin que
de plusieurs il s'en trouua finalemêt pour le moins quelqu'vn, qui esmeust le iuge homme
nô autremêt desraisonnable. Mais s'apperceuât Pilate que l'affaire se demenoit par haynes
particulieres, il cherchoit occasion d'absoudre Iesus. Pourtant quand il eut de-rechef abbordé Iesus, & il ne respondoit rien, il luy dit : Ne respons-tu rien en vn si grand dangier de
ta vie ? Regarde combien d'articles ces gens te chargent. Mais de là en auant Iesus ne respondit plus rien, n'ayant cure d'eschapper de ce iugement, de peur que l'vtilité de sa mort
ne fust empeschée : sçachant bien aussi que la malice des Sacrificateurs ne se reposeroit
point, encore que par ce moyen ils n'auançassent rien. Pourtant il voulut mourir en sorte,
qu'il fust notoire qu'il mourroit de son plain vouloir. Et le president quelque Payen qu'il
fust, ayant toutefois en horreur de meurtrir vn homme lequel il pensoit estre innocent,

essaye

essaye tous les moyens de le deliurer, attendu mesmement qu'il voyoit que Iesus, de son
costé ne fornissoit aucun secours moyennant lequel on le peust deliurer. Les Iuifs auoyent
vne coustume qu'a la feste de Pasques on leur laschoit quelqu'vn de ceux qui estoyent prisonniers pour cas pendable, celuy qui plaisoit au peuple de demander qu'on leur laschast. Or tenoyent-ils pour lors en prison vn mal-faitteur non pareil, nommé Barrabas, qui auoit esmeu vne sedition en la ville, & en la mutinerie, auoit faict meurtre : Pilate auoit deliberé de se seruir de celle occasion pour sauuer Iesus. Parquoy quand le peuple se fust assemblé selon la coustume pour demander qu'on leur laschast quelque malfaicteur : en recognoissant par ce faict qu'ils estoyent eschappés d'Egypte sains & sauues,
Pilate leur fit vne telle offre : I'en ay d'eux, Barrabas que vous cognoissés, & Iesus lequel
ont dit estre le roy des Iuifs. Voulés vous donc que ie vous lasche Iesus ? Pilate auoit apperceu qu'és Sacrificateurs il n'y auoit nul secours : pourtant a-il son recours vers le peuple, esperant que par leur faueur Iesus seroit deliuré. Et l'eust aussi esté, si la malice infatigable de ces Pontifes n'eust incité la multitude, de plustost demander qu'on leur laschast
Barrabas que non pas Iesus. Estant cela aduenu contre l'attente du preuost (car il auoit
entendu dire que Iesus estoit bien venu enuers le peuple) il ne laisse pas pourtant d'ayder à Iesus de tout son pouuoir. Que voulés vous donc (leur dit-il) que ie face du Roy
des Iuifs ? attendant du peuple vne plus douce sentence contre Iesus. Mais à cela auoit diligemment veillé la cautelle des Pontifes : ils auoyent espanché leur impieté dans les
cœurs du menu peuple. Et ne vaut à autre chose l'authorité de tels Pontifes sinon pour
esmouuoir les Princes & les peuples à l'encontre de la verité Euangelique. Le peuple donc
s'escrie de-rechef : Crucifie-le. Cela aussi leur auoyent mis en teste les Pontifes, que d'entre tous les genres de mort on eust à choisir le plus ignominieux : à fin que le nom de Iesus fut rendu execrable enuers tous les Iuifs : d'autant que la Loy prononce maudit quiconque est pendu au gibbet. Et non seulement ils cherchent d'oster la vie à Iesus, mais
aussi de luy abolir sa bonne renommée, qui est vne cruauté plus enorme que meurtre.
Ils ne peuuent souffrir que le nom d'aucun soit tenu pour autenticque, excepté le leur. Encore Pilate ne cede-il pas icy à leur fureur : ains contre crierie : Ie suis lieutenant de Cesar : ie
n'ay nul droit de mettre aucun à mort, s'il n'est legitimement conuaincu. Et qu'est-ce que
cestuy a commis digne de mort ? Rien ne profite en cela le Preuost, ains s'escrioyent, encore plus furieusement : Crucifie-le. Et toutefois la constance du Preuost ne s'abbat
point, que premierement on ne luy ait obiecté que la maiesté de Cesar y est interessée.
Aussi n'estoit-il pas conuenable que Iesus fust mis à mort, si l'authorité de Cesar n'eust
presté la main à la rage des Pontifes. Or voyant Pilate que d'vn costé il estoit en dangier
de la part de Cesar : de l'autre, d'vne mutinerie ciuile : iaçoit qu'il sceust bien que Iesus
estoit innocent, ce neantmoins pour complaire à la hayne implacable des Pontifes, Scribes, & Senateurs du peuple, il ietta la sentence de mort contre Iesus : mais par la mesme
sentence deschargeant de crime l'innocent, & condamnant les Sacrificateurs & le peuple.
Qu'ainsi soit, il prononça innocent celuy qu'il liuroit pour estre crucifié. La verité Euangelique aura tousiours de tels Pilates : & à la mienne volonté qu'il ne s'en esleu point de
plus meschans, que ces Pontifes mesmes. Ainsi estant Iesus condamné, d'entrée on le
fouetta. Voyant que ce tourment ne saouloit point les cœurs des Iuifs, il fust liuré entre
les mains de la bande pour estre crucifié. Il a ainsi semblé bon au conseil de Dieu, que
Iesus la fontaine de toute gloire fust exercé en toute sorte de mocquerie par toutes manieres de gens, à fin que nous ne perdions courage pour quelconque sorte de maux.
Iudas le trahissoit : les Pontifes, Scribes, & principaux du peuple auoyent tenu le conseil : les gendarmes l'auoyent prins : Caiphe le souuerain Pontife (la source de toute ceste tragedie) la condamna : le conseil & les varlets se mocquerent de luy, comme d'vn
condamné : le peuple se mutine par cris insensés : le nom de Cesar effraye : Herode le mesprise : le Preuost lieutenant de Cesar iette la sentence. Et en iceux tous estoit Caiphe, en
Caiphe estoit Satan. Reste que la bande prophane de gendarmes ioue son personnage.
Et en iceux aussi estoit Caiphe. Toute l'ignominie, toute la ruyne de Iesus, s'il luy en suruient aucune, vient de Caiphe, qui non sçachant à faict vne chose tres-saincte. Car il a-
cheua ce sacrifice, sans lequel nul ne pouuoit estre sauué. Donc les gendarmes de Pilate
menerent Iesus qui estoit sentencié, dedans la court du parquet. Car les Iuifs gens qui
vouloyent estre tenus pour religieux, n'osoyent entrer au parquet d'vn homme Payen,
à fin que purs ils s'approchassent à celebrer leur belle pasques. Et ce pendant leur cœur,

Deut. 21

u estoit

estoit au beau milieu du parquet, il estoit és mains des gendarmes, lesquels (qui de leur propre volonté estoyent tous enclins à mal-faire) ils auoyent incités à ce faire. Apres que Pilate eut vne fois liuré Iesus, il n'estimoit pas qu'il y eust grand interest comment ont le fist mourir. Ainsi fauorise Herodes à la vertu de Iean, que ce neantmoins à la requeste d'vne garse, il luy abbatit la teste. La faueur de Pilate fut plus constante, mais en fin finale il liura Iesus pour estre crucifié: à fin que nul professeur de la verité Euangelique ne mist son appuy sur ce monde. Or ces gendarmes pour tant plus se saouler les cœurs d'ignominies contre Iesus, ils assemblent toute la bande, & par mocquerie vestent Iesus d'vne robbe de pourpre, comme d'vne dignité de Roy: & en lieu de diademe luy mettent sur la teste vne couronne d'espines entremeslées. L'ayans paré en ce point, ils se prennent à le saluer, disant: Dieu te gard Roy des Iuifs. Mesme d'vn roseau, qu'ils luy auoyent baillé en la main en lieu de sceptre ils luy en frappoyent la teste, & luy crachoyent dessus, & flechissoyent les genoux & luy faisoyent la reuerence. Et Iesus sans dire mot se presentoit à tout outrage, transportant sur soy l'ignominie deue à noz maux, pour nous esleuer à sa gloire. Ces choses acheuées ils luy deuestent la robbe de pourpre, & le vestent de ses propres habillemens, à fin qu'en portant sa croix entre mal-faitteurs, il peust estre cogneu de tous. Ce qu'aussi auoit procuré la malice des Sacrificateurs: à fin de tant plus estranger les cœurs de tous. En allant ils rencontrerent vn nommé Simon Cyreneen, qui reuenoit de sa mestairie. Iceluy estoit pere d'Alexandre & de Ruffe. Ce personnage iaçoit qu'il fust homme renommé & riche, toutefois d'vn audace de gendarme ils le contraignirent bon gré mal gré de porter la croix de Iesus, non pas pour l'espargner, mais à fin de plus vistement se despescher de tout ce mal-sacre. La necessité en contraint aucuns à embrasser la croix: mais heureuse est la necessité, qui pousse à salut. Les Apostres ne contraignent personne à Christ, mais si font les gendarmes. La violence des malings à profité à plusieurs. Or menerent-ils Iesus au lieu du supplice, qui en Syrien s'appelle Golgotha, c'est à dire en Latin le lieu de Calice, & là luy baillerent à boire du vin meslé auec de la mirre (car c'est la coustume d'offrir du vin aux gens qui vont mourir) mais Iesus n'en print point d'autant que c'estoit vin corrompu par l'armertume des Iuifs. Car il auoit ia beu auec ces disciples, sans plus deuoir boire du fruict de vigne, iusques à ce qu'il le beuroit nouueau au royaume de son Pere. il hayssoit le vin aigre que luy auoit produit la vigne

Esaie 5

de la synagogue des Iuifs, vigne conuertie en amertume contre son Seigneur & cultiueur: laquelle au lieu de douces grappes, auoit rendu des lambrusques. Il hayssoit le vin des meschans gens. Il auoit soif d'vne autre sorte de vin: assauoir du moust de l'esprit Euangelique, lequel il espandit apres sur ses disciples, luy estant retourné au ciel. Or quand Iesus

Et quand ils leurent crucifié.

fut mis en croix, ceux qui l'auoyent crucifié, despartirent ses habillemens entre-eux, & ietterent le sort sur sa robbe (laquelle estoit tissue en sorte qu'on n'eust peu la despecer) pour sçauoir qui l'emporteroit toute. Considere la poureté de Iesus, qui ia n'auoit plus rien en terre. Il est pendu entre ciel & terre. Ainsi nud, ainsi à deliure, ainsi souleué doit estre celuy qui veut combattre contre l'ennemy du salut des hommes. Dauid ayant à combattre iette bas les armes de Saul contre Goliad, qui plus le chargent qu'elles ne l'aydent. Or estoit-il trois heures quand ils le crucifierent. On mit au bout du gibbet le dicton de sa cause: LE ROY DES IVIFS, en trois langues en Hebrieu, en Grec, & en Latin. Et auec luy crucifierent deux brigands, en sorte que l'vn estoit pendu à la dextre de Iesus & l'autre à la senestre, estant Iesus enclos au milieu d'eux deux. Ce qu'ainsi auoit esté procuré par ces Sacrificateurs abominables, pour rendre le nom de Iesus ignominieux. Ainsi l'auoit predit deuoir aduenir la prophetie d'Esaie, disans: Et a esté conté entre les

Esaie 53

meschans. Encore ces maux si grands ne pouuoyent-ils saouler la hayne des Pontifes, & Scribes. Car pour le premier, les Iuifs qui passoyent par deuant la croix, outrageoyent le pendu, & comme reprochans à celuy qui ia estoit comme vaincu, par maniere de mocquerie hochoyent la teste encontre luy, & disoyent: Fy, qui demolis le temple de Dieu, & en trois iours le refais: monstre donc maintenant que tu peux: & desploye ces belles forces dont tu te vantois: sauue-toy, si tu peux, & descend de la croix. Et ne l'outrageoyent pas moins les souuerains Pontifes, auec les Scribes, s'en mocquans entre-eux, & disans: Il a bien sauué les autres, & ne se peut pas sauuer soy-mesme. Il s'est faict le Christ: il s'est faict le Roy d'Israel: si ces promesses sont vrayes, qu'il descende maintenant de la croix, & que nous le voyons puis nous croyrons en luy. Ce reproche des Sacrificateurs tendoit à ce, que tous fussent toutalement alienés de la fiance de Iesus.

En cas

En cas pareil auiourdhuy on court souuent sus à vn martyr au supplice corporel : ainsi
les incredules courent sus à la verité Euangelique : laquelle bien souuent trauaille en sorte, qu'elle semble toutalement oppressée. Encore n'est-ce pas la fin des outrages contre
Iesus. Ceux qui auoyent esté crucifiés auec luy, du gibbet disoyent outrages contre l'innocent : mais en c'est endroit aussi Iesus respond à son nom : il sauue l'vn des brigans.
Et quand il fut six heures, il deuint tenebres sur toute la terre, qui durerent iusqu'à neuf
heures. Alors Iesus destitué de tout soulas mortel, se print à escrier au Pere à haute voix,
recitant vne prophetie preditte touchant luy, prinse d'vn Pseaume : Eloi eloi lama sabac-   Psal. 21
thany : qui vaut autant que qui diroit : Mon Dieu, mon Dieu, pourquoy m'as-tu laissé ?
Aucuns des assistans ayans ouy ceste voix, par ce qu'il n'entendoyent pas bien l'Ebrieu,
disoyent qu'il appelloit Elie. Il en y a auiourdhuy beaucoup de tels, & tousiours y aura
des faux Prophetes qui n'interpreteront de rien mieux les parolles de Iesus, que ces mocqueurs les interpreterent. Apres cela ayant Iesus crié de-rechef qu'il auoit soif, il y en eut
vn qui courut tremper vne esponge en du vinaigre & la ficha sur vn roseau, & la luy bailla,
disant : Laissés faire : voyons si Elie viendra pour l'oster de la croix. Et Iesus ayant de-rechef gousté le vinaigre, n'en voulut point boyre. Il auoit soif d'vn autre vin, lequel ne luy
vouloyent pas bailler gens qui point ne vouloyent croire à l'Euangile. Et Iesus ayant tout
acheué, fit vn grand cry, & rendit l'ame. Et soudain le voile du temple, qui separoit de la
veue du peuple, les choses que les Iuifs tenoyent pour du tout sacrées, se fendit en deux,
du haut en bas. Les ombres s'esuanouyssent si tost que la verité vient en auant. Aussi n'y
auoit-il plus de necessité qu'à l'aduenir aucun Sacrificateur entrast au sainct Sanctuaire,
la victime estant vne fois pour toutes immolée, qui seule suffisoit pour purifier les pechés
de tout le monde. Or le Centenier, qui estoit vis à vis de Iesus, executeur & tesmoing de la
mort, homme qui en auoit veu maints mourir au supplice, voyans que contre la façon
des autres, soudain apres auoir faict vn si puissant cry il auoit rendu l'ame, il dit : Vrayement cest homme estoit fils de Dieu. Considerés les premices des Gentils confessans la
puissance de Christ. Qui le confesse homme & fils de Dieu, il le confesse homme & Dieu :
iaçoit que pour lors par fils de Dieu, le Centenier entendoit dire vn homme singulierement aymé de Dieu. Considerés aussi ce point c'est que le sauueur, par tout est sauueur.
Estant au gibbet à l'article de la mort il sauua l'vn des deux brigans : fut-il mort, il attira
soudain le Centenier à la profession Chrestienne. Or y auoit-il aussi des femmes qui regardoyent de loing tout le mystere, lesquelles estoyent Marie Magdelaine, & Marie mere
de Iaques le petit, & de Ioseph, & Salome : lesquelles quand Iesus estoit & enseignoit en
Galilée, le suyuoyent & luy seruoyent de leur auoir : & auec elles plusieurs autres lesquelles, finalement estoyent montées auec luy en Ierusalem. Et quant il fut desia tard, à cause
que c'estoit le iour de l'apprest, iour ainsi appelé à cause qu'il precedoit celuy grand Sabbath, il vint vn homme nommé Ioseph d'Arimathée, noble dizenier, lequel attendoit
aussi le regne de Dieu. Iceluy, pour ce qu'il auoit bonne opinion de Iesus, se faisant fort
de sa noblesse, osa bien aller chés Pilate & luy demander le corps de Iesus. Et Pilate de s'esmerueiller si Iesus homme ieune estoit-ia mort : comme ainsi fut que plusieurs, voire apres
auoir les cuisses rompues, viuent bien deux ou trois iours. Si appella le Centenier, qui
auoit assisté au supplice, & luy demanda si Iesus estoit-ia mort. Et ayant entendu de luy
pour le seur qu'il estoit-ia trespassé, il donna le corps à Ioseph. Car Iesus tandis qu'il
estoit en vie s'a laissé frapper & decracher, voire aux meschans : mais si tost qu'il est mort
il se reserue sa dignité, & ne veut estre manié que par gens honnestes & craignans Dieu :
non pas mesme estre veu que de ses disciples destinés à la vie eternelle : nous enseignãt par
telle figure, que personne n'ait à pretendre sa dignité en ceste vie : tant seulement que par
honneur & contumelie, par gloire & ignominie il acheue l'affaire Euangelique. Apres la
mort la dignité commence à florir. Ioseph donc tout ioyeux, d'vn si precieux don, ache-
ta vn lange & en enueloppa le corps de Iesus & le mit en vn tombeau tout neuf qui estoit
taillé en pierre viue : puis roula vne pierre à l'huys du tombeau, de peur qu'aucun ne
desrobba aisément le corps. Au reste, de ces femmes qui auoyent regardé mourir le Seigneur, il y en eut deux qui le suyuirent iusqu'au monument, assauoir Marie Magdelaine, & Marie mere de Ioseph, contemplant où on mettoit le corps : à fin que quand elles
pourroyent, selon que le porte la coustume de celle nation, elles luy rendissent le deuoir &
honneur de sepulture.

u 2   CHAP.

CHAPITRE XVI.

R pourautant qu'au iour de l'appreſt, que le Seigneur fut enſeuely ſur le veſpre, depuis que le Soleil eſtoit vne fois couché, la ſolennité du Sabbath defendoit d'ouurer, ces femmes laiſſerent ce qu'elles auoyent encommencé touchant la prouiſion du baume aromaticque, & attendirent l'yſſue du l'endemain : & ſi tref-toſt que le Soleil fut efconſé, & la faculté d'ouurer fut de retour, Marie Magdelaine, & Marie mere de Iaques, & Salomé, acheterent des baumes aromaticques, pour s'en aller oingdre Ieſus. Et de grand matin au premier iour apres le Sabbath, qui eſtoit le troiſiefme apres l'appreſt, ces ſainctes femmes arriuerent au tôbeau, à Soleil leuant. Or diſoyent-elles entre-elles : Qui nous roulera la pierre de la porte du tombeau ? Car la pierre eſtoit fort grande, & n'eſtoit pas en forces de femme de l'oſter. Si regarderent à l'entour ſi elles pourroyent trouuer quelqu'vn de qui elles ſe peuſſent ſeruir à cela. Et en regardant elles virent que la pierre eſtoit-ia roulée. Entrées à la porte du tombeau, elles virent vn iouuenceau à la main droitte, veſtu d'vne longue robbe blanche. A ce ſpectacle combien qu'il fuſt ioyeux & portaſt bon heur, toutefois pource qu'il eſtoit ſubit & non attendu, elles furent eſpouuentées. Et ſoudain l'ange les conſole d'vn deuis amiable, diſant : Vous n'auès nulle cauſe de vous eſpouuenter. Vous cherchés Ieſus Nazarien crucifié : il eſt reſſuſcité : il n'eſt pas icy. Le lieu où on auoit mis ſon corps, le voicy tout vuyde. Pourtant l'honneur que vous luy auès preparé eſt vn deuoir ſuperflu. Mais pluſtoſt allés vous-en rapporter à ſes diſciples, merueilleuſement eſperdus pour la mort de leur Seigneur : mais ſur tous à Pierre, duquel la triſteſſe eſt doublée pour auoir renoncé trois fois le Seigneur : allés, di-ie, leur dire que Ieſus va les deuancer en Galilée : que là ils le ſuyuent : & que là ils verront viuant celuy qu'ils pleurent comme mort. Mais elles eſtonnées, partie pour la ioye non accouſtumée, partie pour la nouueauté du ſpectacle, s'enfuyrent du tombeau, ſans tenir là aucun propos : tant effrayées eſtoyent elles. Or Ieſus ne s'eſtoit encore monſtré à perſonne : mais apres qu'il fut reſſuſcité de matin, au premier iour apres ce grand Sabbath, il ſe monſtra premierement à Marie Magdelaine, de laquelle il auoit chaſſé ſept diables. Et ce qu'elle auoit veu, elle toute à l'heure l'alla raconter aux diſciples de Ieſus qui ſe lamentoyent & pleuroyent. Mais eux luy ouyant dire que Ieſus viuoit & qu'elle l'auoit veu & ouy viuant, ne la creurent pas, tant ils auoyent mis en oubly ce que tant de fois il auoit promis, qu'au troiſiefme iour il reſſuſciteroit. Ce meſme iour il ſe monſtra deſguiſé en pelerin & voyagier à deux diſciples comme ils alloyent de Ieruſalem au champs. Et iceux apres auoir finalement recogneu le Seigneur, s'en retournerent en Ieruſalem, & ce qu'ils auoyent veu l'allerent raconter aux autres : mais il y en eut pluſieurs qui ne les creurent point. A la fin, eſtant ſur le point de s'en retourner au ciel, il ſe monſtra aux onze Apoſtres (car quant à Iudas, il eſtoit pery) comme il eſtoyent à table, & leur reprocha leur incredulité & dureté de cœur, de ce qu'ils n'auoyent creu à ceux qui l'auoyent veu reſſuſcité. Car il ne failloit pas que le ſpectacle de la mort & de la reſurrection fuſt monſtré à tous : ains ſuffiſoit pour la foy Euangelique que la choſe fuſt vne fois approuuée par teſmoings ſuffiſans. Autrement, comment les Payens croiroyent-ils les choſes qui ont eſté faittes, s'ils croyoyent auſſi peu au rapport des Apoſtres, que fit Thomas & quelques autres d'entre eux au commencemêt ? Or Ieſus leur dit : Puis qu'à la parfin toutes ces choſes vous ſont prouuées & acertenées par maints & certains argumens, allés vous-en par tout le monde, & preſchés ceſt Euangile à toutes les nations du monde. Car ie ſuis mort pour tous : ie ſuis reſſuſcité pour tous. Deſormais il n'eſt plus beſoing de l'obſeruation des ceremonies anciennes : il n'eſt plus beſoing de victimes & bruſlages pour la purgation des pechés. Quiconque croira à l'Euangile par lequel la remiſſion gratuite de tous pechés par ma mort, eſt offerte à tous ceux qui croyent en moy : & prendra le ſigne de ceſte grace en ſe lauant d'eau, il ſera ſauué. Mais qui ne croira à l'Euangile, il ne gaignera rien de ſe fier en l'obſeruantion de la Loy, ou de philoſophie, il ſera condamné. Ce chemin eſt bien ouuert à tous pour ſalut : mais il n'y en a point d'autre. Or à fin qu'on adiouſte foy à voſtre predication vous aurés auſſi puiſſance de faire miracles, pourüeu qu'il y ait vne foy Euangelique & que la choſe requiere miracle. L'efficace principale de la grace Euangelique giſt és cœurs, ce neantmoins à cauſe des incredules & foibles ces choſes ſeront auſſi toutes preſtes, toutes les fois que l'aduancement de l'Euangile requerra miracle : c'eſt que ceux pui croyront en moy, chaſſeront les diables, non pas en leur nom, mais au mien : ils parleront nouuelles langues : ils oſteront les ſerpens : & s'ils boyuent quelque poiſon mortel, elle ne leur portera nul dommage. Ils mettront les mains ſur les malades, & ils ſe

porteront

Allés vous-en par tout le monde.

porteront bien: Quand ces choses se font és ames, le miracle qui se faict est plus grand,
vray est qu'il est caché: Auarice, paillardise, ambition, hayne, courroux, enuie, ce sont
poisons & maladies mortelles à l'ame. Or les chasseront-ils en mon nom, & ce feront-ils
à iamais. Mais à raison des foibles, & de ceux qui sont tardifs à croire, les autres miracles se
feront aussi quelque fois: à fin que les gens grossiers voyent en telles gens y auoir vn esprit
surpassant les forces humaines. Et le Seigneur Iesus apres auoir tenu ces propos & autres
tels auec ses disciples, se retira au ciel, & là est assis à la dextre de Dieu le Pere. Or les disciples apres auoir receu l'esprit celeste, prescherent selon qu'il leur estoit commandé, non
seulement en la Iudée, mais aussi par toutes contrées: & eut la chose bonne yssue, iaçoit
que le monde y contrariast, car le Seigneur Iesus par son esprit desployoit sa force par ses
Apostres: & ce qu'ils promettoyent par parolles, il le ratifioit par miracles preparés à
toutes hurtes.

FIN DE LA PARAPHRASE
sur sainct Marc.

A HENRY HVICTIESME DE

CE NOM, INVINCIBLE ROY D'ANGLETERRE,

seigneur d'Hybernie, defenseur de la foy catholique,
D. Erasme de Roterodame. S.

E VOVS enuoye sainct Luc le medecin, Roy tres-noble, non autre
que vous l'auiés au parauant, mais parlant plus clairement & plus
amplement à ceux qui entendent Latin. Et pense qu'il ne me faut icy
prendre la peine d'appaiser ceux qui coustumierement nous alleguent, que la sentence des gens sçauans fut fort bien ditte, assauoir:
qu'en donnant les presens il faut sur tout auoir esgard que les choses que nous donnons soyent conuenables. Nous le fismes dernierement quand nous dediasmes S. Matthieu à Charles l'empereur.
Et deuant nous les gens de sçauoir ont donné à cognoistre que suy-
uant la coustume ancienne, toute sorte d'escript est fort bien dedié aux Princes. Car encore
que nous sçachons que iamais ne les liront, toutefois ce profit en reuient que par leur nom,
les gens studieux ont plus d'affection à l'œuure, ainsi que Pline escript, non mal à propos:
Que certaines choses sont en plus grand pris, par ce qu'elles sont dediées au temple. Or
aucuns sont si mal affectionnés enuers certains liures nouuellement mis en lumiere, que
premier ils les regettent que d'y auoir rien leu: à cause de quoy l'autheur y pert le fruict qu'il
esperoit, & le lecteur son profit. Le nom des grans Princes mis au commencement du liure
obtiendra pour le moins de tels qu'ils ne le condamneront, regetteront, ne decracheront
premier que de l'auoir leu. Combien que sans cela la pieté de certains Princes mostre assés,
que celuy qui enuoye à vn Roy l'Euangile en don, ne faict rien qui soit estrange. Car gens
veritables mont raconté que Charles l'empereur employe volontiers le peu de loisir qu'il
peut auoir au milieu de tant de troubles & empeschemens, à lire l'Euangile: Et que le noble Prince Ferdinand son frere a souuent entre mains la paraphrase sur sainct Iean, que luy
dediay dernierement: Et que Christerne Roy des Dannois, de grand renom (ce que vous
pouués bien sçauoir) manie souuent par grande affection nostre paraphrase sur sainct
Matthieu. Pourquoy donc semblera-il que ce soit sottement faict, denuoyer l'Euangile à
ceux qui manient & ayment l'Euangile. Lequel certes doit estre manié de tous ceux qui se
souuiennent estre Chrestiens. Et iaçoit que selon la raison humaine, cela principalement
doit estre donné dequoy sur tout a besoing celuy à qui on enuoye le don: toutefois selon la
reigle de l'Euangile, il faut donner à celuy qui a, à fin qu'il abonde. Pourtant m'estoit-il
aduis que ie ferois chose bien seante, si vous enuoyoye ce medecin Euangelique, qui estes
tant loing de dedaigner les sainctes lettres, que mesmes (ainsi que voz escripts tesmoignet)
y aués grandement profité, de sorte que qui vous faict vn tel don, semble plus tost faire
ce qu'il doit, que vous presenter vn don. Mais quoy, que vostre noble femme, en ce temps
cy seul exemplaire de vraye pieté, reiettant toutes les vanités des femmes, employe la meil-

u 3   leure

leure partie du iour apres les sainâs liures, en quoy elle admoneste en partie les autres
Princesses, (lesquelles mettent la plus grand part du temps apres le fard & le ieu) de leur
deuoir : & en partie nous reproche nostre paresse ou plustost lascheté, qui consumons la
plus grâde partie de la vie apres les sciences prophanes. Or si maintenant cela est sur tout
en recommendation, qu'il y ait és courts des grands Princes medecins exquis en sçauoir
& feaux en leur art, qui ayêt le soing du corps du Roy, combien plus est-il conuenable que
sainâ Luc le medecin y soit lequel non auec Scammonée ou Elebore, entretienne la santé
du corps, mais auec vne celeste medecine preserue l'ame des maladies qui mainent à la
mort eternelle : qui sont ignorâce de bien, deffiance de Dieu, amour de ce môde, ambition,
auarice, dissolution, hayne, & enuie. Car toutes la vie des humains est subiette à ces maladies là, ainsi que dit l'Apostre sainâ Iean se complaignant que tout le monde est mis à mal,
& que rien ny regne sinon concupissance de la chair, conuoitise des yeux, & pompe de vie.
Desquelles maladies les Princes sont en plus grand dangier, tant à cause des biens qu'ils
ont à commandement, que du grand bandon de faire tout ce qu'il leur plait. Mais il me
semble que ie ne perdray point ma peine si ie vous môstre briefuement l'excellence tant de
ce medecin que de la medecine qu'il nous apporte. Combien que sans doute vous aués
l'vn & l'autre en grande estime, c'est ce Luc là qui estoit du lieu d'Antioche. Or Antioche
fut iadis vne ville tant renommée & puissante, qu'elle baille le nom à la partie de Syrie qui
touche à la Cilicie : & en cela plus heureuse que Rome, que sainâ Pierre principal des Apostres, y eut premierement son siege, & que sainâ Paul & sainâ Barnabas y receurent la dignité de la charge apostolique. Iceluy fut famillier de tous les Apostres & principalement
de sainâ Paul, l'accompaignant, sans iamais le quitter, en tous ses voyages. De ce qu'il viuoit ordinairement auec les Apostres, il escripuit l'Euangile : & des choses faittes par sainâ
Paul (dont il estoit luy-mesme tesmoing) il escripuit vn liure qu'il nomma les faiâs des
Apostres : laquelle histoire il continua iusqu'à la seconde année de la demeurance de Paul
à Rome, c'est à dire iusqu'à la quartiesme année de l'Empereur Neron, qui faiâ dire que le
liure fut escript en la mesme ville. Les gens de sçauoir aussi sont biê d'accord que cestuy-cy
est celuy duquel sainâ Paul faiâ tânt de fois mention en ses Epistres, comme en la seconde
aux Corinth. Nous auons enuoyé auec luy nostre frere, duquel la louange est en l'Euangile par toutes les Esglises. De-rechef escripuant aux Colossiens : Luc le medecin nostre bien
aymé, vous salue. Et en l'Epistre seconde à Timôthée : Car Demas (dit-il) ma laissé aymant
ce monde, & est allé à Thessalonique, Crescens en Galatie, Tite à Dalmatie : Luc est seul a-
uec moy. Et qui plus est les anciens ont dit, que toutes les fois que sainâ Paul appelle son
Euangile, comme à Timothée : Ayés souuenance que le Seigneur Iesus est ressuscité des
morts, lequel est de la semence de Dauid selon mon Euangile : qu'il entend de l'Euangile de
sainâ Luc, & que comme sainâ Marc a par l'authorité de sainâ Pierre escript l'hystoire de
l'Euangile, aussi a sainâ Luc faiâ le mesme par l'authorité de S. Paul. Sainâ Ierosme pense,
qu'iceluy estoit sçauant és lettres Grecques par dessus les autres, & qu'à ceste raison il a assemblé le recit de l'hystoire Euangelique commençant à la conception de Iean Baptiste,
racontant ce pendant plusieurs choses de la nayssance, enfance & ieunesse de Iesus, auec certaines similitudes & miracles, que les autres à cause de briefueté auoyent obmises. Et combien que nul des autres ne soit allé outre le temps que le Seigneur monta au ciel, cestuy-cy
seul en vn autre liure a poursuiuy l'hystoire de l'Esglise nayssant & venant en auant. Ils adioustent d'auantage que comme sainâ Matthieu escripuit son Euangile, & sainâ Pierre ses
Epistres principalement aux Iuifs, pareillement sainâ Luc escripuit son Euangile principalement aux Payens, luy disciple de sainâ Paul, lequel estant enseigneur des Payens, aussi
escripuit-il toutes ses Epistres aux Payês, hors-mis celle aux Hebrieux, dôt on a tousiours
doubté qui en estoit l'autheur. Il escripuit apres sainâ Marc, mais deuant sainâ Iean, & par
ainsi le disciple est mis deuant l'Apostre. Finalement on dit (ce qui conuient bien à bon medecin) qu'il vesquit longuement : Car suyuant le conseil de sainâ Paul escripuant qu'il est
bon à l'homme de ne toucher point femme, il vesquit sans iamais se marier, quatre vint &
quatre ans. Apres qu'il fut mort ses os furent transportés d'Achaye à Constâtinoble, auec
le reste de ceux de sainâ André l'Apostre, l'an vgintiesme de Constantin. Vous aués donc
icy le medecin, estimé par l'accointance des Apostres, loué par plusieurs tesmoignage de
l'Apostre sainâ Paul, & en fin approuué du consentement de toutes les Esglises. Car lors
que les Euangiles de plusieurs furent reiettés, cestuy-cy par l'aduis de tous fut receu pour
accomplir ce sainâ & sacré nombre de quatre, que iadis Moyse nous figura, descripuât les
quatre riuieres qui sourdoyent d'vne seule fontaine de paradis, & arrousoyent toutè la
terre,

2. Cor. 8
Coloss. 4
2. Tim. 4

2. Tim. 2

terre. Lequel aussi puis apres Ezechiel vit, quant il nous depeignoit les quatre animaux pleins de mysteres, & les quatre roues en vne. Maintenant s'il vous plaist, nous parlerons briefuement de la medecine qu'il nous a baillée. Il auoit accoustumé predre d'Hyppocras remedes pour par lesquels il donnoit allegement aux maladies du corps : mais quant au reste il a prins ceste medecine des Apostres, qui auoyent veu & ouy Christ : voire il a prinse du S. Esprit mesme, ce breuuage, pour mediciner noz ames. Les anciens medecins auoyent vne certaine sorte de mediciné de grande vertu, composée par art de diuerses choses exquises, laquelle ils appelloyent les mains des Dieux : mais les medecins n'ont encore iamais sceu trouuer medecine qui guerist toutes les maladies du corps : combien qu'ils fissent grand cas d'vne certaine herbe qu'ils appellent Panacée, c'est à dire, toute guerissante, mais nul ne la cognoit. Certes vieillesse est vne maladie qui surmonte toute medecine, mais ceste-cy est vrayement la main de Dieu, laquelle par vne entiere foy oste vne fois toutes les maladies de l'ame, & se donne (ce qui est à faire à vn seul Dieu) immortalité. Aussi n'a-il pas esté dit mal à propos és prouerbes Grecs : la parolle estre le medecin de l'ame malade. Et s'en est trouué qui croyoyent que les maladies du corps pouuoyent estre chassées par le moyen de certaines parolles conceues, lesquelles auoyent quelque vertu d'enchanterie. Le Seigneur Iesus estoit vn medecin, lequel lors qu'il viuoit en terre chassoit de parolle, les maladies corporelles quelques horribles ou enracinées quelles fussent : de parolle il r'appelloit les morts en vie : Car ce n'estoit point parolle d'enchanterie, mais la puissante parolle du Pere tout puissant. Le mesme chasse de parolle les maladies de l'ame quant il dit : Fils tes pechés te sont pardonnés. Et, Va ta foy t'a sauuée. Et pourtant la Prophetie auoit-elle promis Christ medecin : car elle dit ainsi au liure de Sapience : Il n'y a herbe ny emplastre qui les ait gueris, mais ta parolle Seigneur qui guerist tout. Voyla sans doubte la vraye Panacée. D'auantage le Pseaume mysticque dit ainsi : Il a enuoyé sa parolle & les a gueris de leur perdition. Christ est la parolle viue du Pere. Il auoit enuoyé Moyse & les prophetes, par lesquels la nation Iudaique a esté medecinée, mais non guerie. La seulle parolle du Pere a eu la vertu de guerir les maladies des hommes, non seulement les legieres maladies, mais les mortelles. Tu cognois les maladies mortelles à ce que dit le Prophete : De leur perdition. Quand l'estomach est tant abbatu qu'il refuse & reiette toute viande, le malade tend à la mort. Tout le monde estoit en telle maladie auant la venue du celeste medecin. Ce que le Prophete auoit vn peu au parauant dit : Leur ame auoit eu en horreur toute viande, ils estoyent venus iusques aupres des portes de la mort. Les Philosophes, Pytagoricques, Academicques, Stoicques, Epicuriens, Peripateticques ont faict diuerses compositions de medecines & breuuages, promettans la santé de l'ame, voire & felicité. Moyse aussi fit plusieurs compositions, ordonnant diuerses ceremonies en la religion. Ce que firent aussi les prophetes : mais pource que les maladies s'empirent, la medecine n'a rien seruy, sinon qu'elle a accreu & descouuert la maladie. L'estomach de l'ame corrompu de meschantes conuoitises (ainsi que d'humeurs mauuaises & miserables) dedaigne les songneux commandemens des Philosophes. Et par les ordonnances de Moyse le peuple deuenoit plus superstitieux & non meilleur, l'aigre reprehension des prophetes, n'auoit point de goust en leur endroit : & si n'ont point creu à leurs promesses. Ce que voyant le Pere celeste, ne voulant point que rien de ce qu'il auoit crée fust perdu, il a enuoyé sa parolle laquelle par vne celeste doctrine nous deliureroit tous de toutes maladies de l'ame, pourueu que seulement nous recognoissions nostre maladie, & que nous eussions fiance au medecin. Or tout ainsi que les amys medecins lesquels ne peuuent tousiours assister aux malades ont accoustumé de laisser quelque drogue ou medecine, à fin que par ce moyen les malades se puissent mediciner eux-mesmes si la necessité le requiert. Pareillement le Seigneur Iesus retournant au ciel, nous a laissé par ses apostres la medecine Euangelique, de vray aisée, & proposée à vn chascun, mais de grande vertu à ceux qui la recoyuent ainsi qu'il appartient. Et pour la receuoir auec profit, il faut sur tout auoir fiance au medecin. Et ne suffit la gouster ou mascher, mais il la faut aualler, à fin que l'estomach enuoye la vertu de ce qu'il a receu, par toutes les veines. Alors orprimés la medecine commence d'esmouuoir tout l'homme, auec vne hayne de la vie passée, mais de telle esmotion sensuyt vn grand repos d'esprit. Les medecins du corps, ont gens experimentés & apotycaires, seruiteurs de leur art. Ce pendant ils ordonnent ce qu'il faut bailler aux malades. Pareillement Christ seul est qui a ordonné le remede du salut eternel : les Apostres, & les Euesques leurs successeurs qui sont sans plus ministres, font les compositions,

Sap. 16

Psal. 106

u 4   ils

ils broyent & meslent non leurs medecines mais celles de Christ. Ils baptisent d'eauc, mais Christ laue l'ame. Ils enseignēt ce que Christ leur à baillé, mais Christ faict que leur parolle est vertueuse. Les medecins du corps varient souuent aux iugements des maladies & és ordonnances, aucunes fois pour remede ils ordonnent du venin, comme dit le Poete: Il y auoit à force medecines les vnes bonnes les autres mauuaises. Or il y-a vne seule ordonnance de la medecine Euangelique, laquelle ne doit estre corrompue ou changée de nul des hommes. Brief elle est simple tellement que si ceux là sont negligents, qui deuoyent bailler ceste medecine, vn chascun la puisse prendre de soy-mesme, moyennant que le cœur soit cõsiant, pur & desirant le salut. Car ce grand medecin, qui peust seul guerir tout l'homme, donnoit aucunefois santé de soy, aucunefois aussi par les Apostres & disciples. Maintenant tout l'art des medecins a principalement deux buts: premierement, qu'il deliure les corps des maladies & des choses qui engendrent les maladies, & appellent ceste partie guerissante: en apres pour contregarder la bonne santé, & donner force ils la mettēt au regime de viure. Car les medecins ne bruslent pas ou couppent tousiours, il n'ordonnēt pas tousiours la scammonée, pour purger le corps quasi en le tuant à fin de le viuifier, ains aucunefois ils baillent pour resiouyr le cœur, & mesme nourrissent doucement. Aussi le breuuage de la foy nous est premierement baillé, lequel trouble le cœur par penitence, & en nous vuydant il nous descharge des pechés. Apres on adiouste la medecine de consolation, d'exhortation & de parfaitte doctrine. Car si le medecin apres qu'il a vuydé le corps, abandonne incontinent le malade, il y a danger que quelque plus grande maladie ne le suprenne estant vuyde & affoibly, comme paralisie, apoplexie, ou phthisie. Apres aussi que penitence nous a abbatus, & que le baptesme ayant esbranslé la maladie nous a rendu vuyde de tous pechés, on applicque les choses lesquelles remplissent le cœur sain & sauue estant desia bien vuydé. Apres qu'on a purgé orgueil, on baille douceur & benignité. Apres qu'on a purgé enuie, on met en sa place debonnaireté. Rauissement estant mis hors, liberalité suruient. L'ardeur de batailler estant sorty, l'amour de paix suruiēt. Apres que l'amour des voluptés de la chair est mis dehors, l'amour des choses celestes suruient. Veux-tu ouyr la scammonée Euangelique? Faittes penitence. La coignée est desia mise à la racine de l'arbre. Tout arbre qui ne porte point bon fruict, est couppé. Pareillement Paul: Mortifiés voz membres qui sont sur terre, paillardise, souilleure, volupté, mauuaise concupiscence, & auarice. Et vn peu apres: Despouillās le viel homme auec ses faicts. Il a vuydé, comment de-rechef remplist-il: vestés vous, dit-il, comme saincts & esleus de Dieu les entrailles de misericorde, benignité, humilité, attrempance, patience, supportans l'vn l'autre, & vous pardonnant l'vn à l'autre, si quelqu'vn a querelle contre l'autre, comme le Seigneur vous a pardonné. Et sur toutes ces choses ayés charité, qui est le lien de perfection, & que la paix de Christ regne en voz cœurs. Le mauuais esprit n'occupera pas de-rechef vne telle maison nettoyée de balais & remplie de toutes pars de tels ornemēts, retournant auec sept autres pires que soy. La medecine donc de l'Euangile a son vin, pour mordre la pourriture de noz playes. Va derriere moy Satan, tu n'entens point les choses qui sont de Dieu, mais les choses qui sont des hommes: voila le vin. Voy maintenant l'huyle: Ayés confiance, car i'ay vaincu le monde. Vn cheueu de vostre teste ne perira point. Ne craingnés point petit troupeau, car à vous est le royaume des cieux. Paul a la viande, delaquelle il entretient les noueaux conuertis en Christ, de peur qu'estants encore foibles ils ne retombent en maladie: Il a aussi la viande ferme, laquelle fortifie tousiours ceux qui profitent iusques à la mesure de la plenitude de Christ. Ceux là estoyent rēforcés, desquels il est escript és Actes des Apo

Act.5

stres: Ils s'en alloyent ioyeux de deuant le conseil, pource qu'ils auoyent eu c'est honneur de souffrir opprobre pour le nom de Iesus. Celuy estoit fortifié, qui dit: Ie peux toutes choses auec celuy qui me rend fort. Parquoy le Seigneur Iesus exhorte en l'Euangile de manger le pain qui est venu du ciel, duquel le manger donne immortalité. Il exhorte qu'on mange sa chair, & qu'on boyue son sang: entendant à sçauoir de sa doctrine, laquelle rend l'esprit, comme le pain, sainct, alaigre & fort, comme le vin vigoureux enyure iusques au contemnement de ceste vie, comme la chair elle a vn ferme nourrissement, comme le sang elle a vne vertu pleine de vie. Et combien que toute l'Escripture saincte aye vne vertu medicinable, elle n'a toutefois nulle medecine plus vertueuse que l'Euangile. Le S. Esprit est semblable en tous, mais il a voulu estre en ceux, ausquels principalement il monstroit sa vertu, à fin qu'il y eust difference entre les seruiteurs & le Seigneur, entre les marets & la fontaine. Or est-il vtile de considerer, combien est grande la vertu de ceste medecine. La republicque est vn corps. La peste & les maladies d'icelles, ce sont les mauuaises meurs. Aus-

quelles

quelles en diuerses regions,les hommes sages ont opposé les loix comme certains remedes, comme Solon entre les Atheniens, Lycurgus entre les Lacedemoniens, Minos entre les Cretes, les dix hommes entre les Romains. Nul d'eux neantmoins n'a sceu faire,
que les autres nations receussent aussi les loix qu'ils auoyent faittes. Et nul certes d'entre eux ne tente cela, de peur qu'en perdant leur peine ils ne fussent appellés imprudents.
Solon pour le bannissement de dix ans a presenté ces loix à vne cité. Plato non moins
sçauant que eloquent, n'a iamais persuadé aux Atheniens de receuoir ses loix. Et est certain toutefois, qu'ils se sont tous persuadés, que les loix qu'ils auoyent faittes estoyent
veritables, & qu'ils ont desiré, que tout le monde, s'il eust esté possible, les eust receues.
Les loix de Moyse mesme, n'ont esté qu'en vne seule nation, iaçoit que les Pharisiens a-
uec grande ambition, desirassent les estrangiers. Brief l'authorité violente des Empereurs n'a peu certes faire, que leurs loix fussent en estime entre toutes les nations. De ce
que ceux-cy ont trauaillé en faisant leurs loix, les philosophes ont faict le mesme par
leurs commandemens, lesquels ils ont mis en auant auec grand soing & iugement. Desquels nul n'a esté tant eloquent ou sçauant, qu'il aye peu persuader à vne seule nation.
Tant foyble & sans vertu estoit la medecine qu'ils apportoyent. La seule verité de l'Euangile en peu d'années a occupé, persuadé & vaincu les regions de tout le monde : attirant à soy les Grecs & les Barbares, les sçauans & ignorans, le populaire & les roys. La
medecine de ceste verité estoit de telle vertu, que tant de milliers d'hommes, laissans les
loix de leurs peres, laissans la religion de leurs ancestres, laissans les voluptés & vices, esquels ils estoyent accoustumés dès leur ieunesse, pour receuoir vne nouuelle & estrange
doctrine, & pour consentir de diuerses langues & ordonnances en vne humble Philosophie : iaçoit que nul eage n'aye esté mieux instruict de l'ayde de la doctrine & eloquence, ou de la puissance des Monarcques : & combien que le monde par tous ses efforts bataille contre la verité de l'Euangile desarmée, il n'a peu toutefois faire, qu'icelle ayant premierement occupé la Grece, n'aye aussi saysi la ville & la court de Neron, & incontinent
apres ne se soit espãdue par toutes les prouinces de l'Empire Romain, iusques aux Gades
& Indes, iusques à ceux d'Aphricque & les Scythes, & iusques aux Angloys eslongnés de
tout le mõde. Ces nations estoyent fort differẽtes entre-elles des langues, loix, coustumes,
meurs, ordonnances, dieux, religion, & forme. Incontinent d'vne si grande discorde estans
venus d'accord, ont commencé à chanter vne mesme chanson, louans Iesus Christ le seul
Seigneur & sauueur du monde. Ce pendant le rauissement des biens, les bannissemens, les
prisons, les tourmens, la mort, n'estoyent autre chose que l'auancement de l'Euangile. Qui
fut iamais celuy, qui aye voulu mourir pour les loix de Solon, ou pour les ordonnances
de Zenon? Combien y a-il eu de milliers de vieux & de ieunes, de matrones & de vierges,
qui pour la simple doctrine de Christ sont morts? Et toutefois, combien sont plus merueilleuses & estranges du sens commun les choses qu'enseigne l'Euangile, que les Paradoxes des Philosophes? Nul des princes n'a empesché leur doctrine, & toutefois elle s'est esuanouye d'elle mesme, ainsi comme les loix, la magie, & les ceremonies des sacrifices. Qui
est celuy, qui maintenãt sacrifie és Dieux des Payens, ou qui tue les sacrifices des Iuifs. Qui
cognoit maintenãt Zoroastes? Qui prise les Enygmes de Pythagoras? Qui lit maintenant
la vie d'Apollonius Tyaneus autrement que quelque songe? Qui plus est, qui est celuy qui
la daigne lire? Car ce qu'Aristote est auiourdhuy renommé aux escoles, les Chrestiens en
sont cause & non les siens : il fust pery aussi s'il neust esté meslé auec Christ. Le monde s'esleua incontinent contre la philosophie Euangelique encore foible & nayssante, auec tous
ses efforts : par les Iuifs bataillans sous le titre de la religion, contre la fontaine de toute religion, par les Philosophes sçauans en toute sorte de doctrine, par les Sophistes inuincibles, par disputation obstinée, par les Rethoriciens admirables, par les forces d'eloquẽce,
par les tyrans armés de toute maniere de cruaute, par les roys, lieutenants, magistrats, magiciens, & maistres enchanteurs, par les diables seigneurs de ce monde. La vertu de la verité de l'Euangile a receu, soustenu, rompu, vaincu tous ces troubles comme vne mer
flottante de maux. Car il estoit raisonnable, que tous les images de la puissance humaine, s'esuanouyssent deuant la lumiere de l'Euangile. Cest Euangile simple & humble
s'est esleuée, laquelle tous taschoyent d'opprimer. Les liures de ceux qui ont escript d'vn
grand esperit, d'vn sçauoir si admirable d'vne eloquence si exquise, contre l'Euangile se
sont esuanouys volontairement comme songes, en sorte qu'il ne s'en trouua plus, sinon
aucuns fragmẽts que les Chrestiens ont gardés. Les roys adorent, ce qu'au parauãt ils op-
pugnoyẽt : la vertu magicque s'est esuanouye, les diables en criant ont esté chassés dehors.

La phi

La philofophie a confeffe fon ignorance, & delaiffant la fageffe folle des hommes, a em/
braffe la fage follie de la croix : Les Rethoriciens efcripuãt les louanges de Iefus Chrift:Les
Poetes fe mocquent des Dieux anciens,& louent hautemẽt au lieu d'vn nombre infini, vn
feul Iefus Chrift.Cefte fi grande mutation du monde a cõmencé par tout le monde vn peu
apres la mort de Chrift,& fans l'aide des hõmes a toufiours creu de plus en plus, iufques à
ce que le leuain meslé parmy les trois mefures de farine,fift leuer toute la pafte:iufques à ce
que le grain de mouftarde enfouy par l'Afie, par l'Affricque,& l'Europe efpandift fes branches au l'arge. Il y a dauantage, que ceux qui refiftoyent à la verité de l'Euangile, auoyent
non feulement des diuers efpouuentemens, par lefquels les courages mefmes des hõmes
pouuoyent eftre abbatus, les ordonnances,les fieges iudiciaux, les confifcations, les pro/
fcriptions, banniffements, les prifons, les geynes, les fouets, les haches, les croix, les feux,
les beftes, les morts:& mefme aufsi diuers allefchements, defquelles vn cœur mefme con/
tinent pourroit eftre corrompu. Cefar difoit:renye Chrift, & fois le premier entre mes gou/
uerneurs : fi tu ne le fais, tous tes biens feront confifqués, ie tourmenteray ta femme & tes
enfans,& tu feras iecté aux beftes. Qui a perfuadé à tant de milliers d'hommes de receuoir
les honneurs oftés auec ioye, les richeffes prinfes, tellement que voyans ceux, lefquels ils
aimoyent fur tout apres Dieu,rauir aux cruels tourments, rendoyent graces, & eux finale/
ment combien qu'il leur fut libre d'efchapper, & de iouyr de fi grandes commodités, fe
l'aiffoyent volontairement tourmenter ? Nulle vertu de l'eloquence humaine n'euft peu
faire cela, mais la vertu diuine de la verité la peu, laquelle eftoit cachée au grain de mou/
ftarde.La doctrine des Philofophes n'a point eu faute de blandiffemẽt.Les Stoicques pro/
mettoyent les vrayes richeffes, la fanté, le regne, & autres chofes magnificques à dire.Les
Epicuriens louoyent aux oreilles des hommes volupté. Les Peripateticiens conioingnoy/
ènt les biens auec la vertu. Mais comme la doctrine de l'Euangile ne tiroit nul par efpou/
uantements humains:aufsi n'auoit elle rien qui femblaft fauorable,au contraire elle auoit
des chofes du tout incroyables . Elle annonce vn Iefus attaché en la croix, qui a deliuré
par fa mort le genre humain : lequel eft Dieu & homme, nay de la vierge, qui eft reffufcité
des morts & eft afsis à la dextre de Dieu le Pere,lequel enfeignoit qu'il y a des biẽ-heureux,
lefquels pleurent icy à caufe de la profefsion de fon nom, ont foif, faim, font affligés, hays
& tués,qui doyuent tous reffufciter: & par fon iugement les bons doyuẽt receuoir immortalité,& les mauuais les tourments eternels de la gehenne.Lequel des Philofophes euft ofé
propofer ces chofes tant merueilleufes & fi peu aggreables ? Et neãtmoins la parolle hum/
ble de l'Euangile les a tellement perfuadés, que celuy eft tenu pour infenfé qui ne les croit
point,telleẽmt que plufieurs milliers d'hommes abandonnerõt pluftoft la vie,que la pro/
fefsion de la verité de l'Euangile. Et par qui ce pendant cefte fi grande mutation s'eft elle
faitte ? par peu de difciples incogneus, humbles, petits, idiots. Qu'eft-il befoing de parler
des autres, veu que Pierre le premier d'eux eftoit vn pefcheur idiot,Paul vn conroyeur,nul
d'eux n'eftoit riche, puiffant ou noble. Ils n'auoyent rien de ce monde, ou s'il en auoyent,
ils le laiffoyent. Et commẽt telles gens ont-ils peu faire vne fi grande chofe? Ils apportoyẽt
certes la medecine en vne bouete de petit pris, mais puiffante & efficace par la vertu diui-
ne.La parolle de l'Euangile eft fimple & non aornée,laquelle fi quelqu'vn la confere à l'hy/
ftoire de Thucidides, ou de Tite Liue, il y defirera plufieurs chofes & fera offenfe de plu/
fieurs chofes. Combien de chofes obmettent les Euãgeliftes, combiẽ de chofes traictent-il
en peu de parolles, en combien de lieux l'ordre ne conuient point ? en combien de lieux
femble-il qui fe contredifent ? Ces chofes pouuoyent eftranger le courage du lecteur, &
faire qu'il n'y creuft point. Au cõtraire ceux qui ont efcript les hyftoires humaines, en quel
grand foucy commencent-il leur affaire, de peur qu'ils ne racontent quelque chofe non
feante, ou fafcheufe à croire, ou mal conuenante & eftrange ? En apres en quelle euidence
mettent-il la chofe deuãt les yeux, par quelles delices traictent-ils doucement & retiennẽt
l'efprit du lecteur,à fin qu'il ne s'ennuye aucunement? Or toutefois les chofes qu'ils auoy/
ent laiffées pour memoire,ne font plus pour la plus part: & celles qui reftent ne font point
leues de tous,ne auec foy. Car qui eft celuy fi credule, qui affermera qu'il n'y a rien de faux
en Tite Liue?Toutefois plufieurs milliers d'hõmes fe font trouués,qui aimoyẽt mieux dix
fois mourir, que d'admettre qu'il y euft vne feule fauffe fentence és fainctes Efcriptures.
Ne cognoiffons nous point apertement par ces chofes, que la chofe ne vient point de la
puiffance ou prudence des hommes, ains de la vertu diuine ? Il y a vne vertu cachée en la
medecine laquelle vne fois mife dedans le corps, s'efpand par toutes les nations du monde, comme par tous les membres. Nous auons la caufe pourquoy la verité de l'Euangile
                                                                                        en fe

en si peu d'années, par des hommes bas s'est espandue par tout le monde, les mondains
toutefois y resistans par toutes manieres de cruautés. Maintenant quelqu'vn se pourra esbahir, pourquoy il est aduenu qu'au temps passé quand le monde auoit des princes Chrestiens, des sçauans Euesques, riches, & de grande authorité, que l'authorité de Christ à esté
si petite. Car si on en trouuoit la cause, possible que plus tost on en trouueroit le remede.
Mais m'estant desia asses long temps oublié, i'outrepasse les bornes de preface. Ie retourneray maintenant à nostre medecin Luc, lequel comme ie ne doute point, que vous l'aurés pour recommandé: aussi voudroys-ie que tous l'eussent par vous en plus grande recommendation. Le sage Ecclesiasticque dit: Honnore le medcin à cause de la necessité. Cōbien faut-il plus honnorer ce medecin, qui a baillé vne si vertueuse medecine, laquelle est
à tous necessaire, s'il n'y a quelqu'vn sans peché, & qui n'a point besoing de deuenir meilleur qu'il n'est. Elle sera aussi vertueuse, si estant ennuyés de nóz maladies, nous prenons
souuent ceste medecine, si nous la maschōs assiduellement, si nous la iettōs en l'estomach,
au profond de la poictrine, si nous ne vomissons point ce que nous aurons prins, mais si
nous le retenons en l'estomach de l'entendement, iusques à ce qu'elle aye faitte son operation & nous conuertisse du tout à soy. I'ay experimēté cela en moy-mesme, qu'il y a peu de
fruict en l'Euangile, si quel'qu'vn la lit negligemment & par acquit. Mais s'il si addonne en
la méditant continuellement & diligemment, il sentira vne autre vertu, qu'en nuls autres
liures. Maintenant à fin de obuier au soupçeçons des hommes, pource que nous auōs dedié les Paraphrases des Euangiles aux Princes, ce n'est point ambition, ains il est ainsi aduenu. Car le mesme nous est aduenu icy, qu'aux Epistres des Apostres. Quant nous escri-
uions sur sainct Matthieu, nous n'esperions rien moins, que ce qu'on demandast sainct
Iean, & incontinent sainct Luc. Maintenant à fin qu'il n'y aye rien vuyde entre les Euangelistes, nous adiousterōs aussi sainct Marc. Combien que qui dedie à plusieurs diuers Euangiles, il semble qu'il ne faict rien plus estrange, que ce qu'a faict sainct Hierosme, qui a aussi
dedié les petits Prophetes à plusieurs. Nous auons autrepart aduerty le lecteur & de-rechef l'aduertissons, qu'il n'attribue point plus à nostre Paraphrase, qu'il attribueroit aux
commentaires des autres. Car nous n'escriuons point les Paraphrases, à fin d'oster de la
main des hommes l'Euangile mais à fin qu'elle soit leue plus commodément & auec plus
grand fruict: ainsi comme on assaisonne lesviandes, à fin qu'on les prenne plus volontiers
& plus plaisammēt. Voire-mais il me faut de ce aduiser le lecteur non subtil, que ie ne parle
nulle part en la Paraphrase, à fin que ce qui est modestement & vrayement dict sous la personne de l'Euangile, il ne semble estre arrogammēt dict sous la mienne. Le Seigneur Iesus, roy tres-renommé, vous donne son esprit à fin que sous vn Prince vrayemēt Chrestien, la verité de l'Euāgile regne & florisse tous les iours
de plus en plus.　　A Basle ce xxj. d'Aoust.
M.　D.　XXIII.

LA VIE DE SAINCT

LVC PAR SAINCT HIEROME.

v c Medecin d'Antioche, comme ses escripts le monstrent, estoit sçauant en la langue Grecque, sectateur de Paul l'Apostre & compaignon de tout son voyage, à escript l'Euangile:duquel Paul mesme dit: Nous auons enuoyé auec luy le frere, duquel la louange est en l'Euangile, par toutes les Esglises. Et aux Colossiens:Luc medecin tresrenommé vous salue.Et à Timothée: Luc est auec moy seul. Il a faict aussi vn autre liure excellent, lequel est intitulé:Les actes des Apostres, duquel l'hystoire est paruenue iusques à la seconde année de Paul demeurant à Rome, c'est adire, iusques à la quatriesme année de Neron. Dont nous entendons, que le liure à esté composé en la mesme ville. Nous tenons donc les voyages de Paul & de Theclas. & toute la fable de Leon baptizé, entre les liures Apocryphes.Quelle chose seroit ce, que le compaignon assidu de l'Apostre entre les autres choses d'iceluy, auroit seulement ignoré cela? Tertulian aussi prochain de ce temps là, raconte que vn prestre en Asie addonné à Paul l'Apostre, fut cõuaincu chés Iean, qu'il estoit autheur du liure & qu'il auoit confessé auoir faict cela pour l'amitié qu'il portoit à Paul, à cause de quoy il ne se trouue point. Quelqu'vn suspeçõne, qu'à toutes les fois que Paul dit en ses Epistres,selon mon Euangile, qu'il entend du liure de Luc. Et que Luc non seulement à apprins l'Euangile de Paul l'Apostre, lequel n'auoit esté present auec le Seigneur, mais aussi des autres Apostres, ce que luy-mesme aussi declare au commencement de son liure, disant: Comme ceux là vous ont baillé, qui dés le commẽcement l'ont eux mesmes veu & ont esté ministres de la parolle. Il a donc escript l'Euangile comme il auoit ouy, & composé les actes des Apostres comme il les auoit veu. Il a vescu quatre vingt quatre ans sans femme.Il a esté enseuely à Constantinoble, à laquelle l'an vingtiesme de Constantius les os d'iceluy auec les relicques d'André l'Apostre furent transportés d'Achaie.

PARA-

PARAPHRASE
SVR L'EVANGILE SELON
SAINCT LVC, PAR DIDIER
Erafme de Roterodame.

ES HYSTOIRES HVMAINES, A CAVSE Q_VE DE la cognoiffance des matieres reuiét ou plafir ou profit non petit, il eft requis fur tout, que le difcours contiene verité: Mais par bien plus forte raifon fe doit faire en l'hyftoire Euangelique, veu que non feulement elle apporte delectation aux efprits de loyfir, ou bien vtilité pour cefte vie temporelle: mais aufsi eft neceffaire pour la vraye pieté, fans laquelle perfonne n'obtiendra l'eternel falut & felicité de vie immortelle, felicité qui iamais ne prendra fin. Car le dommage ne feroit pas autrement grand, encore que quelqu'vn ignoraft qui fut Hannibal, ou Alexandre: quels beaux geftes, à faicts Epaminondas, ou Scipiõ, qu'a efcript

Pourtant que plufieurs ont entreprins.

Solon, Lycurgus, ou Draco: qu'a enfeigné Socrates, Platon, ou Ariftote, combiẽ que felon la portée de la condition humaine la cognoiffance de ces chofes ait aufsi fon fruict & vtilité: Mais quiconque ignorera le Pere, le Fils, & le fainct Efprit: quiconque n'aura apprins que c'eft que le fils de Dieu, Iefus Chrift, à faict en terre pour le falut du genre humain: que c'eft qu'il a enfeigné: quelles promeffes il a faittes à ceux qui conftamment s'arreftoyent à la doctrine Euangelique: quelles menaces à ceux qui n'en tiendroyent conte, ou mefme la reietteroyent: vn tel ne pourra efchapper que forclos de la compaignie des bons, forclos des ioyes de la vie celefte, il ne vienne a eftre condamné auec les mefchans aux tourmens de la gehenne pardurable à iamais au grand iamais. Or eft-il ainfi que par les Apoftres choyfis à ce, de par le Seigneur mefme, & par les autres difciples infpirés de l'efprit de Dieu, l'Euangile commença premierement à eftre femé de bouche feulement, toutefois auec tou te verité, par toutes les contrées du monde, voire tous les iours s'eftend au large de plus en plus. Toutefois par ce que la rondeur & verité d'vne hyftoire, qui de bouche à autre quafi baillée de main en main paruient à plufieurs, plus aifeement fe corrompt, que non pas celle qui feroit couchée par efcript: pour cefte caufe Matthieu Apoftre l'vn des douze, lefquels le Seigneur Iefus auoit particulierement deftinés & choifis à ceft affaire, lors qu'il conuerfoit encore en terre: item Marc difciple de Pierre Apoftre, furent aduertis par l'infpiration de l'efprit de Dieu, de coucher par efcript vn fommaire de l'hyftoire Euangelique, non pas tendans à ces fins, que d'ofter aux autres la liberté d'efcripre des mefmes matieres, mais bien à fin qu'aucun, eftant feduit par faux Apoftres, ne vinft à fuyure vn Iudaifme ou de fottes fables en guife de l'Euangile. Or comme ceux qui prefchoyent l'Euangile, ne le faifoyent pas tous d'vne mefme fyncerité: ceux femblablement qui efcripuent l'hyftoire Euangelique, ne la manient pas tous d'vne pareille feauté. Car plufieurs fe font effayés de compofer le difcours de l'hyftoire Euãgelique à la façon que font les autres efcripuains des faicts des hommes, meflant fouuent la menfonge auec la verité, & racontans pour certitude chofes qu'ils auoyent humées des rapports incertains du commun: quelques fois aufsi cõtrouuans d'eux-mefmes que raconter, gens corrompus ou d'vn appetit de mentir, ou de quelque autre affection. Et felon que les chofes humaines font naturellement enclinées à corruption, il s'en pourroit bien aufsi efleuer par cy apres, qui en mentãt touchant les faicts & la doctrine de Chrift & de fes difciples, feroyent caufe que mefme on n'adioufteroit pas foy aux chofes vrayes. Au moyen dequoy l'efprit de Iefus m'a aufsi infpiré & encouragé à ce qu'apres Matthieu & Marc, qui en toute fidelité ont bien enregiftré ce que pour lors leur fembloit eftre affés: mais de propos deliberé ont laiffé aux autres

x

quelques

quelques points à escripre : faisant ce pendant leur deuoir de supplier de bouche ce qui
manquoit en l'hystoire escripte: item apres d'autres qui ont entreprins le mesme, mais non
d'vne pareille fidelité : dont les vns y ont meslé maintes choses merueilleusemenr contreuenantes à la doctrine Euangelique : les autres ont eu plus d'esgard à remplir de fables indignes de la grauité Euangelique, les discontinuations & defauts de l'Hystoire, que de reciter les choses que le sainct Esprit a iugé estre profitables pour la felicité eternelle : l'Esprit,
di-ie, de Iesus Christ m'a poussé à ce qu'apres tous ceux là ie redigeasse en certain ordre
l'hystoire Euangelique, en suppliant & fornissant premierement les choses obmises par les
vns, & forcloans quant & quãt l'authorité des autres, qui pour choses certaines & auerées
ont mis ou pourroyent mettre par escript choses ou controuuées par eux-mesmes, ou con-
gneues par le bruit commun, desloyal autheur des choses. Car de nous, nous ne bastis-
sons pas le fil de l'hystoire en sorte, que nous n'obmettiõs toutalement rien de tout ce qui
a esté faict : ains racontons celles seulement lesquelles nous cognoissons appartenir à la
pieté Euangelique, & à l'auancement de la vie eternelle. Et aussi d'escripre de bout à autre
tout ce que Iesus a ou faict ou dit, ce ne seroit iamais faict. Or y a-il des choses qui sans endommager le salut ne peuuent estre ignorées : il en y a aussi dont la cognoissance apporte
vne fort grande vtilité pour l'estude de pieté : il y en a finalement qui sans peril de salut,
sans grosse perte de pieté peuuent estre ignorées, comme nous voyons qu'ès choses diuines ce que nous en sçauons, accomparé à ce que nous ignorons, ne monte rien. Parquoy
En nous sont
accomplies. nous ne poursuyurons pas le tout, ny ne raconterons choses incertaines, ains tant seulement celles qui nous ont esté amplement confermées & a certenées par les Apostres & disciples tesmoings irrefragables : lesquels en propre personne non seulement auoyent veu
de leurs propres yeux, ouy de leurs oreilles, manié de leurs propres mains vne bonne partie des choses qui nous racontoyent : mais aussi auoyent esté eux-mesmes quelque partie
du conte. Et de vray, ils ont faict maintes choses par le commandement du Seigneur, &
pour l'amour de luy en ont enduré maintes, eux qui en toutes choses ont tenu cõpaignie
inseparable à Iesus. Et ne faut-ia que l'on m'adiouste moins de foy, si l'escry chose que ie
n'ay veu de mes propres yeux, mais les ay ouy dire aux autres. Vne chose tant inaccoustumée, tant nouuelle & incroyable, auoit besoing premierement du tesmoignage & approbation de tous les sens du corps : puis d'estre confermée par signes & miracles euidens.
Mais tels tesmoignages ne peuuent tousiours durer. Qu'ainsi soit, Christ ne s'est pas rendu voyable long temps : & des miracles ils se donnent pour vn temps à l'incredulité des
hommes, ayans aussi à cesser vn iour. C'est bien assés que de ces commencemẽs sont yssus
les rudimens de la foy. Thomas vit, ouyt & mania, puis il creut: mais le Seigneur pronõce
bien-heureux ceux qui iaçoit que point il n'ayent veu les faicts, ce nonobstant ne croyent
pas moins à la parolle Euangelique que s'ils eussent esté presens quand les choses se faisoyent. Autrement, s'il ne failloit adiouster foy qu'a ceux là seulement qui racontent ce
qu'eux-mesmes ont veu : ceux mesme qui ont conuersé corporellement auec le Seigneur
racontẽt maintes choses qu'il n'ont point veues, mais les ont ouy dire à d'autre de bonne
foy: comme seroit de la nayssance & genealogie de Christ: des Sages: de la fuytte en Egypte:
de la tentation de Satan. Quant à nous iaçoit que nous n'ayons pas veu les commencemens des choses, nous en auons au moins veu les yssues. Nous auons veu ès Apostres,
tout ce que le Seigneur auoit promis en l'Euangile. Nous auons veu qu'iceux inspirés de
l'Esprit celeste, ont aussi par l'imposition des mains departit le sainct Esprit aux autres baptisés : qui plus est nous auons experimenté en nous-mesmes celle vertu & efficace dũ
S. Esprit. Nous auons veu au nom de Iesus chasser les diables, guerir les malades : nous
auons veu les poisons rendues inuincibles. Nous auons veu la maiesté de l'Euangile res-
plendir par tout le monde, en peu d'ans, par gens de basse estoffe, abiects & idiots, les Princes du monde s'y opposans en vain. Et c'est bien ce que le Seigneur auoit predit, que quãd
il seroit haussé de terre, il tireroit tout à soy. Tels autheurs, telles yssues des choses font que
nous ne doutons nullemẽt ny de ce qui a precedé nostre eage, ny de ce qui est promis pour
les siecles aduenir. Tout-ce que iadis auoit esté predit par les Oracles des Prophetes. Iesus
à sa venue l'a mis à effect : tout ce qu'en s'en allant il auoit predit deuoir aduenir à ses Apostres, est aduenu : & n'y a nulle doute qu'il ne doyue aussi fidellement s'acquitter du reste
Apres auoir
le tout du
commence-
ment. qu'il a differé de bailler à sa venue seconde : assauoir touchant la resurrection des corps, &
les salaires des bons & des meschans. Nous auons donc songneusement recherché des au-
theurs tres-certains tout le discours de l'affaire Euangelique : & en auons choisi les choses
qui sembloyent profiter & seruir à la foy & pieté Euangelique, non pas en les attouchans

puis

puis cy puis là, & en passant, selon que les matieres se sont rencōtrées:ains auons diligemment disposé l'hystoire suyuans l'ordre du temps & la suyte des matieres : commençans
mesme l'affaire d'assés loing, comme de la conception de celuy qui comme en nayssance il
deuança la venue du Sauueur, le preceda aussi en predication & mort. Puis de celle nouuelle conception de la vierge : de la nayssance de l'enfant : de la circoncision:de la purifica-
tion:des propheties faittes sur l'enfant : d'aucuns indices de diuine nature qui comme petites estincelles reluysirent dés lors en l'enfant:desquelles choses, les autres qui auec autho
rité ont escript premiers que nous, n'ent ont bonnement rien touché. Consecutiuement
escriprons du baptesme & predication de Iean : puis du lauement de Iesus, de sa tentation,
de sa doctrine, de ses miracles, de sa mort, de sa sepulture, de sa resurrection, de son retour
au ciel. Ces choses enregistrées par ordre, nous y adiousterons vn autre liure comment il a
enuoyé le sainct Esprit : item quels ont esté les rudimens de l'Esglise nayssante & qui tousiours va croissant de plus en plus : que c'est que les principaux d'entre les Apostres, Pierre, Iaques, Paul, & Barnarbas ont faict : que c'est qu'ils ont enseigné, par quels miracles,
item par quelles afflictions ils ont glorifié le nom du Seigneur Iesus. Non que ie pense que
ces choses te doyuent estre nouuelles, (ô mon bon Theophile) mais partie à fin que les
choses que tu as apprinses des autres piece apres autre, tu les recognoisses par ordre : partie à fin qu'en plus grande certitude tu voyes par nostre escript,ce que pieça tu as ouy de la
propre bouche d'autres : en reiettant les fables d'vn tas de gens, lesquelles maintenant se
font valoir sous faux titre d'Euangile. Et non seulement toy, (car aussi n'est-ce pas pour
vn homme seul que nous escripuons ces choses)mais aussi tous ceux qui ou dés à present,
ou à l'aduenir sont ou seront tels que ton nom le porte, c'est à dire, tous Theophile, qui renoncent à Satan, & d'vne prompte croyance & sainctes affections & efforts, pourchassent
l'amitie de Dieu : & qui mesprisans les maux & les biens de ce monde, bataillent apres les
biens perpetuels & celestes.

<h3 style="text-align:center">CHAPITRE　I.</h3>

Stant finalement venu le temps,i'entens ce temps determiné par le conseil de Dieu, predit par diuers oracles des Prophetes, & ia par tant de
siecles attendu de saincts & deuots personnages : auquel le fils de Dieu
deuoit prendre chair humaine, pour par sa mort rachetter le genre humin : pour par sa doctrine & ses faicts nous instruire à la cognoissance
de la verité & à l'estude de la pieté Euangelique : brief pour par ses promesses nous esleuer à l'esperance d'vne vie celeste : pour autant que
tout l'affaire qui deuoit estre demené, estoit nouueau, & tel qu'onques on n'en auoit ouy,
la sagesse diuine modera le tout par raisons secrettes, en sorte que nul argument ne fust
laysse en arriere, qui peust acquerir credit enuers les hōmes à vne chose de soy incroyable.
Car qui ouyt iamais parler que sur terre vn homme ait esté nay d'homme, qui tousiours re
gnast Dieu au ciel ? Les hystoires des Payens sont bien toutes plaines de merueilles. Es
liures du viel Testament, nous lisons bien du feu auoir esté enuoyé du ciel : la mer mipar-
tie : l'eau tiré d'vne pierre à vn coup de verge : & les morts ressuscités. Mais qui ouyt oncques parler qu'vne vierge ait enfanté sans compaignie d'homme ? Or le fondement de
nostre salut gisoit en ce, qu'a tous fut persuadé que Iesus estoit le Messias, la venue duquel
auoyent promise les oracles de tous les Prophetes : lequel toute la loy de Moyse auoit
pourtraict : de qui seul tous deuoyent esperer salut. Pour ceste cause, le conseil diuin prepara vn homme qui deuançast l'enfantement celeste de la vierge, estant aussi luy-mesme
nay d'vne façon admirable : lequel s'estant acquis pour sa noble race, pour sa nompareille saincteté de vie, pour ses dons & graces singulieres authorité enuers tous, baillast à Iesus non encore cogneu, la premiere entrée de cognoissance & credit enuers les Iuifs incredules :ne plus ne moins que la philosophie Euangelique (de laquelle Christ estoit chef &
autheur) fut premierement authorisée enuers le monde par le tesmoignage de la Loy ancienne, dont Zacharie & Iean estoyent figure. Tantost apres, les choses estant changées
au rebours, comme Christ en desployāt ses vertus obscurcit la gloire de Iean : ainsi la lueur
de la maiesté Euangelique, si tost qu'elle se descouurit au monde, annulla bonnement
l'authorité de la loy Mosaique. Et de faict, quand Iacob ce Patriarche estant pres de la
mort, inspiré d'vn esprit prophetique, se mit à predire maintes choses à venir maints siecles apres, & il fut venu à predire de Iuda, de la lignée duquel deuoit descendre le Seigneur Iesus selon la chair, il desploya vne telle prophetie : De Iacob sceptre ne sortira, ne
gouuerneur d'entre ses iambes iusques que celuy qui doit estre enuoyé,vienne : iceluy sera

Au temps
d'Herode
il y auoit.

x　3　　　　l'attente

 l'attente des nations. Ceste prophetie monstroit assés euidemment qu'à lors viendroit le
Messias quand la nation Iudaique, qui toussiours auoit esté gouuernée par Ducz, Iuges,
Roys, & Sacrificateurs de sa nation, seroit assubiettie à vn Prince d'estrange nation : monstrant aussi quant & quant la mesme prophetie que la grace Euangelique reiettée des Iuifs
se transporteroit vers les Payens. Or tout le fin premier, qui fut Herode fils d'Antipater,
comme ainsi fust qu'il n'estoit point de la race des Iuifs, ioinct qu'il estoit homme sans religion, non seulement fut receu en la cōmunauté de la nation, mais aussi en faueur de Cesar
obtint le royaume entre les Iuifs. Au moyen dequoy par ce seul indice les Scribes & Pharisiens, qui se disoyent auoir vne parfaitte cognoissance de la Loy, pouuoyent coniecturer
que ia estoit venu le temps, auquel naystroit celuy qui abolissant les regnes terriens, mettroit en auant vn regne celeste : & qui au lieu des tyrans feroit des pasteurs, & en lieu des
Seigneurs, des Peres. Outre-plus comme ainsi fust que la dignité de la Sacrificature Iudaique estoit souueraine & admirable enuers tous : le sainct Esprit auoit predit par les Prophetes, qu'elle seroit aussi abregée quand celuy seroit venu, lequel non pas oinct d'huyle
materiel par les hōmes, ains oinct de Dieu d'huyle celeste selon l'esprit, effaçast par vn seul
sacrifice, toutefois de tres-grande efficace, tous les pechés du monde, & par la foy Euangelique & largesse du sainct Esprit sanctifiast tout l'vniuers. Car Daniel auoit predit, qu'apres
 les sepmaines d'ans limitées de Dieu, aduiendroit que seroit oinct le Sainct des Saincts, &
que de la en auant cesseroyent les hosties & sacrifices de la Loy ancienne. Les choses eternelles venues, les temporelles cesseront, venues les spirituelles, les charnelles cesseront : la
verité venue, les figures cesseront : la lumiere apparue, les ombres s'esuanouyront : Christ
ayant commencé de parler, la Loy grossiere ne dira mot, iusques qu'elle mesme vienne à
aduouer publicquement celuy lequel par le passé elle a par certaines figures comme par signes plus tost guigné que non pas deschiffré. En ce temps donc lors qu'Herode, homme
premierement estrangier, puis sans religion, & contaminé de plusieurs meurtres & parricides regnoit sur les Iuifs, non de l'authorité de Dieu, ains par la faueur de Cesar Auguste :
item que la deuotion du temple des Iuifs, laquelle consistoit en figures & ceremonies corporelles, florissoit à merueilles enuers les hommes, là où enuers Dieu, sous fausse couuerture de deuotion regnoit entre les Scribes, Pharisiens, Senateurs, & Pontifes, vne extreme
impieté : la venue du Seigneur Iesus commença premierement de se manifester au monde
par tels commencemēts : Il y auoit sous ce Roy prophane, vn Sacrificateur craignant Dieu
(assauoir les reliques de l'ordre ancien non encore corrompu de tant de vices) qui auoit
nom Zacharie : lequel pour lors, le requerant ainsi le sort & son tour, assistoit à l'administration des sacrifices. Car Dauid auoit ainsi distribué toute la bande des Sacrificateurs en
deux familles principalles, assauoir d'Eleazar, & d'Ithamar. Et les autres familles dependantes de ces deux, il les distingua en vingt & quatre rancs, à ce que tour à tour chasque
famille s'employast apres les sacrtfices par huit iours : en s'abstenant ce pendant de toutes
les choses, qui selon les ceremonies Mosaique sembloyent souiller l'homme, s'abstenant
aussi d'auoir affaire à leurs femmes. Ne mettans pas non plus le pied en leurs maisons,
ains se tenans continuellement au temple, pour plus chastement & purement manier les
choses sacrées : aux autres familles, ce pendant estoit licite de s'occupper apres leurs femmes, enfans & autres choses prophanes & seculieres, toutefois necessaires. Or en disposant
cest ordre par sorts, entre les vingt & quatre familles le huittiesme lieu escheut à Abe, de
qui estoit yssu Zacharie, auquel aussi il succeda. Et iaçoit que cela semblast biē aduenir par
cas fortuit, ce neantmoins rien ne s'y est faict sans la dispensation du conseil de Dieu, si que
mesme le nōbre n'y est pas oysif. Car cōme la septaine, pour plusieurs causes estoit figure de
la Loy anciēne, ainsi la huytteine conuient à la grace Euangelique, veu que gratuitemēt s'y
dōne la felicité eternelle, nō pas pl⁹ par les œuures de la Loy, mais par la foy. Or auoit ledit
Zacharie vne femme nōmée Elizabeth nō tant louable pour la noblesse de sa race (car elle
estoit yssue d'Aarō premier Sacrificateur de la natiō d'Israel) que venerable pour l'entiereté de ses meurs, à fin qu'elle ne fust messeāte pour femme à tel mary. Car c'estoit vn mariage
vrayemēt sainct, allié nō tant par cioncniōtō de corps que par ressemblāce d'esprit & communauté de pieté, car il estoyēt tous deux vrayement iustes, nō pas d'vne iustice des Pharisiēs, qui sous vne fausse apparēce de sainctteté se faisoyēt valoir aux yeux des hōmes, pour le
pfit & gloire, ternissās leurs visages, faisās leurs ausmones au son de la trōpette, cherchāt vn
bruit de deuotiō par faire de lōgues prieres és coings des places, là où cepēdant ils auoyēt
le cœur tout confit en toute souilleure & puātise de meschāchetés : ainçois de cœurs entiers
gardoyēt si estroittemēt tout tāt que le Seigneur auoit cōmādé par la Loy, que mesme ils ne
donnoyent

donnoyent aux hommes aucune occasion de reprehension, voire qui est chose tres-diffi-
cile, se rendoyét aussi aggreables aux yeux de Dieu par vne entiere pureté de vie:chose pareillement procurée par le conseil diuin,non pour autre cause,sinon à fin que celuy qui à la
venue de Christ luy deuoit porter tesmoignage, fust luy-mesme en tout & par tout le bien
venu enuers le peuple des Iuifs : premierement pour la noblesse sacerdotalle, tant du coste
de la mere comme du pere, & par la vie irreprehensible de l'vn & de l'autre : puis pour ses
vertus singulieres & admirables : finalemét pour la mort glorieuse endurée pour la verité.
Tel heraut & auantcoureur estoit propre & conuenable à celuy qui estoit venu pour alle-
cher à soy tout le monde vniuersel par odeur de bonne opinion. Qui plus est la prouidence diuine a aussi donné ordre à ce que la nouueauté de la nayssance de Iean excitast les
esprits des hommes en son admiration : & à n'attendre rien de vulgaire de celuy qui seroit
nay non selon le cours ordinaire de nature,mais par grace celeste.Car iaçoit que la saincteté de Zacharie & Elizabeth, fust tres-louable enuers tous, ce neantmoins leur pieté sembloit peu fortunée en ce qu'ils auoyent tous deux passé leur eage sans enfans: comme ainsi
soit qu'entre les Iuifs comme c'estoit vne chose magnificque qu'vn mariage fertile, ainsi
sterilité tournoit sur tout en reproche, & le tenoit-on pour l'vn des principaux maux de la
vie. Car la plus part tenoit ceux estre reiettés de Dieu, lesquels nauoyent eu bon-heur
d'enrichir au moins de quelque enfans le peuple dedié à Dieu. Ce que faisoyent les Iuifs à
cause qu'eux estans charnels, ils n'entendoyent pas encore le peuple estre spirituel, l'accroissement duquel Dieu vouloit que tous les iours se fist de plus en plus par generation
celeste : ils n'auoyent pas encore ouy que ceux estoyent bien-heureux, lesquels se seroyent
chastrés pour le regne de Dieu. Cela tourmentoit grandement le cœur à tous deux, mais
principalemét à Elizabeth,laquelle auoit-ia ce surnom de reproche enuers le mōde qu'on
l'appelloit la sterille : & comme femme d'vne sterilité incurable estoit mise au ranc des matrones mal-heureuses, entant qu'ayās passé plusieurs années entres les bras de son mary,
elle n'auoit toutefois porté aucun fruict de mariage. Et de faict le reproche de sterilité s'addresse ordinairement aux femmes. La vieillesse de l'vn & de l'autre leur auoit augmenté le
desespoir d'auoir lignée : mais ce que les forces de nature denioyent a la conionction des
corps, la benignité diuine le donna de grace aux deuots souhaits des esprits.Qu'ainsi soit,
comme Zacharie faisoit l'office de Sacrificateur selō l'ordre de son ranc, qui estoit (comme
ia nous auons dit)le ranc d'Abie,& en se tenant au temple deuant Dieu,s'employoit apres
les Sacrifices purs & chastes:le tēps venu que selon la coustume, il en failloit choisir vn par
sort, lequel entrast au cabinet le plus secret du temple , qu'on dit le sainct sanctuaire : le sort
cheut sur luy & fut choisi pour entrer au sainct Sanctuaire(où il n'estoit licite d'entrer à personne fors au grand Sacrificateur, ou à son vicaire)pour mettre du parfum sacré (composé
des senteurs ordonnées, assauoir, de stacte, onicha, galbanum & de peur encens) à l'autel
qui estoit au secret cabinet du temple . Car ceste sorte de sacrifice estoit tenue entre les Iuifs
pour la plus saincte de toutes, si que les seculiers & gens lais n'estoyent pas admis pour la
voir,non pas mesme aucun des Leuites:ains demouroit tout le reste dehors, le voile estant
entre deux (prians ce pendant que l'offrande qui se faisoit pour le salut du peuple, Dieu de
sa grace le voulsist accepter) iusques que le Sacrificateur apres auoir acheué leans le sacrifice, sortist vers le peuple & paracheuast ce qui restoit concernant les ceremonies legitimes
du sacrifice. Or le Sacrificateur prioit non tant-seulement pour le peuple , mais aussi pour
soy selon l'ordonnāce de la Loy,comme mortel qu'il estoit aussi luy-mesmes, & subiet aux
erreurs & infirmités humaines. Mais comme ainsi fust que Zacharie par le passé,auoit souuent sollicité Dieu par requestes de luy deliurer sa femme du reproche de sterilité, & luy de
la fascherie d'estre sans lignée : toutefois ayant dés long temps conceu desespoir de lignée,
pour lors il faisoit requeste à Dieu comme s'il eust esté present, par tres-ardens desirs pour
la redemption publicque du peuple, attendue ia par tant de siecles. Et touchant le perfun
il se leuoit de l'autel & s'espandoit par l'air. Au reste,le desir de ce deuot Sacrificateur pene-
troit iusques à Dieu, les Anges l'y portans, l'office & deuoir desquels est de porter les prieres des fidelles iusques à la maieste celeste, & semblablement d'en rapporter vers nous la
largesse d'icelle. Donc l'Ange enuoyé du ciel estoit au costé droit de l'autel, où se faisoit le
parfum, comme celuy qui auoit a annoncer bonnes nouuelles, car la dextre signifie bon-
heur. Et quand Zacharie apperceut soudainement l'Ange reluysant d'vne lumiere celeste:
car il n'entra pas à la façon des hommes, ains subitement se rendit voyable, il fut certes
troublé en l'esprit & surprins de peur : Non pas que l'Ange monstrast en soy rien d'espouuentable,mais par ce que l'infirmité du corps humain ne peut porter la presence de la ma-

X 3

iesté

iesté des esprits celestes. Voire-mais cōme c'est le propre de l'imbecillité humaine de s'effrayer à la presence soudaine de l'Ange : ainsi la benignité des Anges est d'oster nostre frayeur par quelque deuis amiable. Et pourtant l'Ange à tout vn visage & propos amiable abborda Zacharie, luy disant: Tu n'as pas cause de t'espouuenter Zacharie, mais bien de mener ioye. Car i'apporte tant pour toy que pour tout le peuple pour lequel tu fais réquestès moyennes enuers Dieu, vne ioyeuse nouuelle. Dieu t'accorde tes saincts desirs & souhaits. Ce Messias promis de si long temps, attendu-ia par tant de siecles, deliureur & sauueur de son peuple viendra. Et non seulemēt tu as impetré ta demande, mais aussi la bōté diuine à adiousté pour comble à tes souhaits, vne chose que n'osoys demander, pource que tu desesperois qu'elle se peust faire. Tu as demandé le redempteur, reçois aussi le heraut du redempteur. Elizabeth ta femme la fertilité de laquelle à esté differée par le conseil diuin, t'apportera des ioyes en fort grande abondance & sera la liesse solennelle de tout le peuple, conioincte auec la resiouyssance particuliere de ta maison. La fertilité non esperée profitera à ce que tous entendront que ce ne sera pas vn enfantement vulgaire, mais que ce qui naistra, Dieu en sera l'autheur. Bien est vray que ta femme te fera vn enfant, maisnon pas à toy seul : elle le fera à tout le peuple, elle le fera à Dieu, la prouidence duquel conduict tout l'affaire. Tant plus miraculeusement enfantera-elle, qu'elle le fera sur le tard: auec tāt plus grande occasion de resiouyssance qu'elle le fera contre l'esperance: auec tant plus grãd heur, qu'elle enfantera vn fils, non tel quel, mais qui sera grand heraut & auant-coureur de ce Messias tout puissant auquel il seruira comme de fourrier pour luy preparer la voye. Dieu par faueur gratuite l'a choisi à cest office tant excellent : & pourtant tu luy mettras en nom Iean : à fin que mesme par ce moyē le peuple soit aduerty qu'iceluy deuoit estre tres-aggreable à Dieu, & abbondamment remply de ses graces. Parainsi la fascherie que iusqu'a present la sterilité de ta femme t'a apportée, sera recompēsée de ioye & largesse & grande resiouyssance: laquelle ne se tiendra pas enclose entre les parois de la maison.

Et plusieurs
en sa natiuité. Plusieurs de tes amys se resiouyront de ta ioye, lesquels au parauant estoyent contristés de ta tristesse. A la naissance de ton fils, tous ceux ce tressailleront de ioye, lesquels ont soif de la venue du Messias. Car comme l'estoille du iour deuance le Soleil, ainsi ton fils deuancera celuy Messias, pour à tout vne lumiere admirable signifier celuy estre pres de leuer, lequel dissipera les tenebres de tout le monde. Bien est vray que ce Messias sera d'vne grandeur & dignité incomparable, mais ton fils aussi, comme il luy sera inferieur, cestuy surmontera semblablement en dignité tous les autres Prophetes, qui furent oncques. Car il sera vrayment grand non seulement selon l'opinion des hommes, mais aussi en la presence de Dieu: enuers lequel nul n'est grand, sinō à raison des graces que luy-mesme eslargit. Il sera donc grand non en richesses ou bombance de vie ou en regne mondain, ains plus tost en ne tenāt conte de ces choses, lesquelles rendent aucuns grands personnages deuāt les hommes : & d'autant moins qu'il conuoitera les commodités de ce mōde, de tant plus abondāment sera-il comble des dons celestes. Or il sera tant eslongné des somptuosités &

Il ne boira
ne vin ne
ceruoise. autres tels plaisirs corporels, que mesme iamais il ne boyra ne vin ne ceruoyse, c'est à dire, chose qui puist oster la sobrieté à l'homme. Car ces ordes & sales voluptés n'ont point de demeure en celuy, au cœur duquel s'est logé le sainct Esprit, lequel remplira tellement l'entendement de tonjenfant voire dés le ventre de sa mere, que de maintien il se mōstrera Prophete, deuant qu'il sçache parler. Puis si tost qu'auec l'eage les dons du sainct Esprit seront accreus il fera merueilles, soit en exemple de vie tres-saincte, soit en predication admirable.

Malach. 3 Car suyuant la prophetie de Malachie, plusieurs d'entre les enfans d'Israel estrangés de Dieu, lesquels s'appuyans sur la Loy chārnelle, ne tiennent conte des choses signifiées par les figures de la Loy, il les conuertira au Seigneur leur Dieu, preschant auec grande hardiesse & liberté le regne des cieux estre pres : enhortant à faire penitence de la vie passée: faisant par baptesme auāt-monstre de l'abolition des pechés, laquelle doit aduenir par le Messias : brief demonstrant à tous celuy que Dieu doit expressement enuoyer, à ce que par luy seul le salut eternel aduienne à tous. Ce Messias viendra la premiere fois en abbaissance, pour gratuitement donner salut eternel à tous ceux qui se fieront en luy. Puis il viendra de-rechef en maiesté pour salarier vn chascun selon ses œuures: aux bons vie eternelle aūx

Malach. 4 incredules & meschās mort eternelle. Or comme selon la prophetie de Malachie, Elie doit deuancer la venue seconde, pour par sa predication preparer les cœurs des hommes pour celle grāde & effrayable iournée du Seigneur: ainsi ton fils sera l'auāt-coureur de la venue premiere, à laquelle Dieu par le Messias son fils descendra en terre pour par sa predication se allescher tout homme à le cognoistre & aymer. A raison dequoy plusieurs le tiendront

pour

pour Elie. Et non fans caufe on le dira Elie, veu qu'en vn efperit & vertu d'Elie il deuancera   *Le cœur des*
la venue du Seigneur: pour conuertir, comme il eft efcript par Malachie, les cœurs des pe-   *peres aux*
res aux enfans, à fin que les Iuifs qui fe font fi vilainement desbauchés de la religion & pie-   *enfans.*
té de leurs anceftres, fe repentent & retournent à amendement: & croyans aux parolles du
Mefsias par lequel Dieu parlera auec eux, ils foyent vrayemét dignes d'eftre nommés enfans d'Abraham en enfuyuant la foy d'Abraham: item pour aufsi conuertir ceux qui s'at-   *Conuertir les*
tachans à l'efcorce de la Loy n'entendent point le but & efficace d'icelle, les côuertir, di-ie,   *incredules.*
à la prudence des iuftes qui cognoiffent que fous la côuuerture de la Loy eft caché quelque chofe de plus haut & plus fainct, qui de brief fera manifefté par la predication du Meffias, lequel parfera la Loy. Mais ton fils en deuáçant la predication celefte du Mefsias, pre-
parera les cœurs des hommes, à fin qu'à fa venue il luy baille le peuple non toutalement
grofsier & ignorant, ains ia preparé & inftruit par la cognoiffance de leurs pechés, par l'attente du regne celefte, & par le defir du Mefsias à venir. Car tel a efté le confeil de Dieu, de
mettre premierement des commencemens & apprentiffages & de degré en degré auancer
de petit à petit les hommes à la perfection, lefquels eftoyent tombés en vne ignorâce & impieté extreme. L'Ange tenant ces propos, Zacharie auoit-ia mis bas la peur, mais pource
que les promeffes qu'il luy faifoit eftoyent magnificques & felô le cours de nature, incroyables, à la façon des Iuifs & aufsi figurât en ce la Synagogue, il requiert quelque figne pour
la confirmation des promeffes, de forte qu'vn miracle donna credit & authorité à l'autre.
Si refpôdit à l'Ange en cefte maniere: Par quel figne prefent pourray-ie cognoiftre ce eftre
vray que tu me promets pour l'aduenir? Car autrement le fens naturel y côtredit: Qu'ainfi
foit, de moy ie fuis-ia tout vieux, & fi ma femme eft par trop eagée pour deuoir efperer d'elle aucun enfantement. Comment aduiendroit à vieilles gens & amortis, ce qui ne nous eft
aduenu quâd nous eftiôs ieunes & robuftes? A quoy l'Ange dit: Si vn hôme enuoyé d'vn
autre hôme te faifoit ces promeffes, tu n'aurois pas tort d'en doubter. Car ie côfeffe que la
promeffe que ie fay furpaffe les forces humaines, & qu'elle eft contre le cours ordinaire de
nature. Mais vn Ange de Dieu ne peut apporter fauffes nouuelles: ne n'y a rien tât incroyable enuers les hommes, que Dieu aifémét ne le mette en main à ceux qui croyent à fes pro-   *Ie fuis*
meffes. Or de moy, ie fuis l'Ange Gabriel, (iadis enuoyé vers le prophete Daniel) qui entre   *Gabriel.*
les fept principaux miniftres du ciel toufiours afsifte deuant Dieu, preft à toute obeiffance
de la volonté diuine: pour le prefent delegué de Dieu nomméement à ce, qu'en ceft affaire
fi grand & merueilleux qu'oncques ne s'en fit de tel, ie fers de truchement & meffagier entre Dieu & les hommes. Donc à fin que tu oftes toute deffiance, touchant cefte promeffe
Dieu en eft l'autheur, & moy meffagier enuoyé de par luy pour t'en faire le recit, & t'apporter ioyeufes nouuelles. Toutefois puis qu'ainfi tu le demandes il te fera donné vn figne lequel feruira enfemblement & de confirmation de la promeffe qui doit eftre exhibée à l'aduenir, & de peine de la deffiance prefente. Saches que dés à prefent tu deuiendras foudainement muet fans pouuoir aucunement parler, iufques que le fils eftant nay m'ait affranchy de ma promeffe, de laquelle il ne failloit point doubter. Aufsi le têps eft pres qu'il faut
que la Synagogue incredule fe taife, & n'ayent langue finon ceux qui d'vne prôpte croyan-
te obeyront a la predication Euangelique. Tandis que ces propos fe tiennêt au plus fecret
tabernacle du temple, entre Zacharie & l'Ange, tout le peuple eftoit attendant que felon la
couftume le Sacrificateur fortift pour acheuer le refte deuant le cômun peuple. Or s'efmer
ueilloyêt-ils de ce qu'il demouroit au tabernacle plus que de couftume. A la parfin Zacharie va fortir vers le peuple, monftrant bien à fon vifage vne lieffe inaccouftumée, mais ne
pouuât parler. A quoy le peuple cogneut que quelque vifion luy eftoit apparue leans. Car
la compaignie de Dieu & des efprits celeftes change ordinairement le maintien du corps
humain, côme aufsi il eft autrefois aduenu à Moyfe. Au refte qu'il ne pouuoit dire de la langue, il le declaroit par fignes: affauoir que le facrifice s'eftoit porté heureufement, qu'ils ren
diffent graces à Dieu, qui auoit exaucé les prieres de fon peuple. Et Zacharie fe tint au temple faifant fon office en l'adminiftratiô des facrifices, iufques que le nombre des iours fuft
complet. Ce pendant le peuple Iudaique auoit vn Sacrificateur muet, indice que la Loy a-
uoit à ceffer bien toft & a faire place à celuy qui en publiant la verité oftoit les ombres des
chofes. Finalement le temps legitime de la charge eftant accomply, Zacharie fe retira en fa
maifon: là fe faifant fort des promeffes de l'Ange il embraffa Elizabeth la fterile fa vieille,
& ne faut pas penfer qu'en tel acte ils feruiffent à paillardife, mais defiroyêt & cherchoyent
lignée, qui par fa vie & predicatiô deuft illuftrer la gloire de Dieu, & eftre auât-coureur de
celuy qui apres auoir efté attêdu long têps, apporteroit à la parfin falut entier à to°. Les em

x 4   braffe-

braſſemēs de mariage ſont chaſtes,quād la promeſſe diuine les accouple,& nõ paillardiſe.
La copulation charnelle eſt ſaincte,quād elle ne cherche autre choſe que lignée.Saincte eſt
la cõuoitiſe de lignée,laquelle ne s’engendre pas pour nous,mais pour le ſalut public. Or
apres que ſelon la promeſſe de l’Ange Elizabeth eut conceu,elle ſe tint cachée ſans ſe mon
ſtrer au gēs par l’eſpace de cinq moys,bien aiſe,à dire le vray,d’auoir cõceu, toutefois hon
teuſe(cõme la preud’hõmie eſt volontiers vergongneuſe)pour ce que ceux qui ne ſçauoyēt
pas encore que Dieu fuſt autheur de tout l’affaire,pouuoyēt penſer qu’elle deſia hors d’ea
ge auroit encore prins ſes plaiſirs. Car elle n’ignoroit pas combien les gens ſont ordinaire
ment enclin à ſouſpeçõner mal & quant & quant à meſdire.Elle auſsi diſcrette qu’elle eſt,re
gardoit à ce qu’il ne failloit pas faire ſes mõſtres du don de Dieu deuant le peuple,iuſques
que la choſe ſeroit toute certaine, de peur que le cas aduenant qu’elle euſt eſté deceuë,le
blaſme de ſterilité ne vinſt à luy eſtre redoublé,à cauſe de la lignée qu’elle ia hors d’eage
auroit attendu en vain.Mais ſi toſt que par certains ſignes elle ſe fut cogneue enceincte,elle
ſe reſiouyt tellement de ſon bon-heur,que le tout quoy que ce peuſt eſtre,elle le rapportoit
à la bõté de Dieu. Si ſe print à dire: Iuſqu’a preſent i’ay eſté deſcriée & blaſmée de ſterilité
enuers le peuple d’Iſraël, auquel deſplait plus la ſterilité corporelle, que non pas laſcheté
de cœur. Mais à ce que ie voy, le Seigneur a expreſſement differé ma portée, à fin que non

Car le Sei=
gneur m’a
ainſi faict.

ſeulement il me deliura du blaſme de ſterilité,mais auſsi que l’enfant nay contre eſperance
apportaſt tant plus grande abandonce de ioye.Car à la verité c’eſt don de Dieu qui quād
bon luy a ſemblé, à bien daigné regarder ſon ancelle, que deſormais pour vn ſeul enfant
tardif à dire le vray,mais ſingulier &excellēt lequel i’engēdreray à Dieu,ie ſeray tenue pour
mere plus heureuſe que maintes qui enrichiſſent leur marys d’vn grands tas d’enfans.
Ces choſes ainſi faittes, il reſtoit que la partie la plus ſaincte & plus grande de ce myſtere
fuſt procurée par l’Ange: aſſauoir que (choſe qui iamais depuis que le monde eſt monde
n’auoit eſté ouye, ny ne ſeroit à l’aduenir) le fils de Dieu, Dieu immortel,nayſtroit d’hom
me vierge, homme mortel. Donc s’approchant le temps, le temps (di-ie) limité de toute
eternité, auquel Dieu auoit à deliurer par ſon fils tout le monde vniuerſel de la tyrannie de
la mort & de peché, il enuoya le meſme Ange Gabriel pour ſeruir comme de Paranymphe

Au ſixeſme
moys.

& moyenner de l’embraſſement diuin auec la vierge. Ce qui ſe fit le ſixieſme moys apres la
conception d’Elizabeth. Or il y auoit vne ieune pucelle choyſie pour ceſt affaire celeſte,
pucelle bien renõmée non pas en auoir, nobleſſe,grande bombance & autres telles choſes
que ce monde à ordinairement en grande admiration, mais d’vn eſprit doué des graces
ſingulieres qui rendent l’homme aggreable deuant Dieu, par pureté, modeſtie, & pieté.
Icelle ſe tenoit en vne petite bourgarde de Galilée, nommée Nazareth, d’vne nation contemptible entre les Iuifs. Or eſtoit la vierge mariée à vn homme de nul renom ſelon l’eſti-

La vierge
mariée à vn
homme.

mation du monde,mais bien renommé enuers Dieu pour ſes vertus ſpirituelles:charpen-
tier de ſon meſtier, nommé Ioſeph, yſſu de la race de Dauid, de qui eſtoit auſsi yſſue ſon
eſpouſe, à fin que la choſe s’accordaſt à la Prophetie qui auoit promis le Meſsias de la lignée du roy Dauid. Et le nom de la vierge eſtoit Marie. Dieu les choyſit gēs de baſſe eſtoffe,
à fin qu’en ceſt affaire celeſte le monde n’euſt que s’y attribuer. Il les choyſit gens d’vne vie
du tout irreprehenſible & treſpure, à fin qu’on n’euſt que leur pouuoir mettre à ſus. Il les
choyſit conioints par mariage chaſte, à fin que le ſecret de l’enfantement virginal fuſt celé
iuſqu’en ſon temps,item à fin qu’il n’y euſt faute de teſmoings ſuffiſant,pour vne choſe autrement incroyable,aſſauoir vne vierge auoir enfanté ſans compaignie d’homme.Or com
me la vierge eſtoit en ſon cabinet, vacquãt à la contemplation des choſes celeſtes (cõmme
la virginité ayme la ſolitude) l’Ange Gabriel reluyſant en grande clarté, entra à elle, & la
ſaluant d’vne façon nouuelle l’abborda, diſant: Dieu gard: reſiouy-toy pucelle gracieu-
ſe & agreable. Le Seigneur t’eſt fauorable & propice: par laquelle cauſe tu ſeras ſingulierement celebrée & renommée par deſſus toutes femmes. Et la vierge au ſoudain regard
de l’Ange, item ouyant celle nouuelle & inaccouſtumée maniere de ſalutation, comme
ainſi fuſt qu’elle n’euſt ſa perſonne en aucune reputation, elle fut aucunement troublée en
ſon eſprit. Or ce qu’elle s’eſpouenta de voir entrer en ſurſaut vn iouuenceau, venoit d’vne
honte vrayement virginale & tendre:ce qu’elle ne ſe haſtaſt pas de reſpondre,ains conſideroit à part ſoy que vouloit dire vne ſi nouuelle & magnificque ſalutation,en partie luy partoit de prudence, en partie de modeſtie. Et ſçachant bien l’Ange que c’eſt qu’elle penſoit à
part ſoy il ne luy laiſſa pas dauantage ſon eſprit en doute,ains auec vn deuis amiable il luy
oſta premierement la peur, & quant & quant luy expoſa la cauſe de la ſalutation nouuelle,
diſant:Tu n’as que faire d’auoir peur, Marie: ce tien threſor de virginité que tu aymes ſi

cherement

cherement, est en sauueté. Et ie ne t'amadoue point par salutatiõ qui soit vaine. Ie suis icy pour
t'annõcer vne nouuelle & tresioyeuse & tresgrãde. Ne t'arrestes-ia à balãcer tes merites. Ce
que ie te presente viẽt de la grace de Dieu, & nõ de tõ merite. Pour cela plais-tu au Seigñr,
en ce que tu desplais à toy-mesme cela te doit biẽ cõtenter tu as trouué grace & faueur enuers Dieu. Escoute vne chose qui ne fut oncques ouye, toutefois vraye. C'est que tu seras en
ceincte & enfanteras vn fils que tu nõmeras Iesus, car il sauuera son peuple. Et iaçoit qu'il
naystra de bas lieu & d'vne pucelle de basse estoffe: ce neãtmoins il sera en toutes façons si
tres-puissant en vertus diuines, qu'apres qu'il se sera baillé à cognoistre au mõde, il sera ap
pellé non pas Prophete, mais fils du Souuerain. Son nom surpassera la mesure humaine:
par ce que ce qui naystra de toy, sera d'vne sublimité plus grãde que n'est la cõditiõ humai
ne. Car aussi sera ce celuy en qui le Seigneur Dieu mettra à effect la ꝓmesse de celle ꝓphetie
que tu sçais assés: yssu de la race de Dauid, il se seerra sur le throsne de sõ pere. Il n'occupera
pas par force mõdaines vn regne tẽporel du mõde: mais luy dõnera le Pere celeste le regne
celeste de Dauid & regnera sur les Israelites à tout iamais si biẽ & si beau que sõ regne ne prẽ
dra iamais fin, cõme aussi la predit la ꝓphetie d'Esaie: De ces ꝓmesses de l'Ange tãt magni   *Esa.7*
fiques, l'esprit de la pucelle n'en deuit de riẽ plus hautain, ny pour la sublimité & difficulté
des choses ne cõceut aucune deffiãce: elle ne presuma point en son cœur que son fils regnãt
elle regneroit quant & luy: & n'ignoroit pas qu'il n'y a chose si difficille que Dieu ne puisse
par son seul vouloir: tãt seulemẽt elle est en esmoy de ce thresor de virginité tãt aymé. Voila
pourquoy elle ne demãde point de signe à l'Ange cõme auoit faict Zacharie: tant seulemẽt
elle demãde à l'Ange en toute prudẽce & modestie de cognoistre & sçauoir par quel moyẽ
la chose se deuoit faire, respõdant en ceste maniere: Cõmẽt dõc se fera cela que i'enfante vn
fils, attẽdu que ie suis espouse telle du mary auec lequel ie vy pour l'heure, que ce neãtmois
ie n'ay point d'accointãce charnelle de mariage auec luy? Car noꝰ prenons tous deux plaisir à chasteté, & voudriõs s'il estoit possible, que ce bõ-heur noꝰ fust perpetuel. Dõc l'Ange
declare la façon, à la pucelle, & luy oste le scrupule touchãt sa virginité, disant: Riẽ en cecy, õ
vierge, ne se fera selõ le cours ordinaire de nature. Ce sera vn enfantemẽt celeste, qui aussi se
parsera par vn ouurier celeste: tu pseuereras d'aymer d'vne amour chaste tõ chaste espoux.
Tu deuiẽdras enceincte d'vne portée tresheureuse, sans aucun dõmage de ta virginité. Car
tõ espoux ne t'a pas esté baillé, à fin que luy te fist mere, ou toy luy pere: mais par ce moyẽ la
diuine prouidẽce a voulu pourueoir d'vne trãquilité deue à ta vie, ta renõmée & virginité.
Elle a voulu qu'il y eust vn tesmoing trescertain du nouueau enfantemẽt. Elle n'a point vou
lu qu'il y eust faute d'vn q en chaste cõpaignie & loyaux seruices ministrast a toy & à l'ẽfant
qui doit naistre. Finalemẽt elle a par ce moyẽ voulu que ce mystere fust celé aux incredules,
ité aussi aux esprits malings. Ce sainct embrassemẽt de la nature diuine auec l'humaine ne
violera poĩt ta pudicité, ainçois la cõsacrera. Le Pere a determiné d'engẽdrer de toy son fils
derechef par vne façõ toute nouuelle. Et ne sera de besoing pour telle cõceptiõ diuine d'au
cune semẽce d'hõme mortel: ains le S. Esprit se glissera du ciel en toy, & en tõ vẽtre cõme en
vne bouticque celeste, fera l'ouurage de la portée sacrée: & en lieu d'embrassemẽt corporel
de mari, le Souuerain t'õbragera, appropriãt tellemẽt sa vertu infinie à la portée de ta natu
re humaine, que tu pourras porter la copulation. Ou paillardise entreuiẽt en la copulatiõ,
ce qui en nayst, nayst souillé & subiect à peché. Mais ce qui naystra de toy, par ce qu'il sera
conceu de la tressaincte copulation du Souuerain, de l'operation du S. Esprit, qui sanctifie toutes choses: d'vne vierge trespure, laquelle seule Dieu a expressément choysie exẽpte
de toute souilleure de vices, si tost qu'il sera cõceu, sera Sainct. Et à raison du corps humain   *Ce qui naÿ-*
qu'il aura prins de la substance de ton corps, à bon droit il sera appellé fils de vierge & fils   *stra de toy*
d'hõme: au reste quãd le mystere de ceste nayssance, sera cogneu il ne sera plus appellé fils   *sera sainct.*
de Ioseph, ains fils de Dieu: & ce non à la façon ordinaire selon laquelle les iustes nettoyés
de leurs pechés & iustifiés par la grace de Dieu sont appellés enfans de Dieu par adoptiõ:
ains il sera pour vn regard singulier appelé fils de Dieu, de luy vrayemẽt nay par deux fois:
vne fois sans cõmencement eternel d'eternel: & maintenãt en temps, mortel de mere mor-
tele, hõme d'homme. Or tout ainsi qu'en ceste copulation la diuine nature s'agglueraauec
l'humaine, semblablemẽt la portée retiendra la nature & du pere & de la mere. Ce mystere
du cõseil diuin est de telle sublimité que mesme les Anges ne peuuẽt pas le cõprendre: quãt
à toy c'est assés que tu bailles vn esprit credule & prompt à tout seruice. Le reste celuy selon
son bon plaisir le fera, lequel peut tout ce qu'il veut. Or à fin que ta ioye soit tant plus abon
dante, & ta fiance plus certaine, prens vn exẽple tout de frais. Saches qu'Elizabeth ta cousi
ne, celle vieille, dés long temps d'vne sterilité du tout irremediable, a contre toute esperãce
cõtre les forces de nature, à mon message cõceu vn fils, qui sera l'auãt-coureur de ta portée.

La conception en eſt pieça toute certaine, elle eſt enceincte, l'enfant vit, & ſe meut. Car il y a
deſia ſix moys qu'elle à conceu:elle, di-ie, ordinairemét appelée la ſterile voire dés deuant
qu'elle vinſt en eage:& maintenant par trop eagée pour en pouuoir eſperer lignée, encore
qu'au parauant elle n'euſt point eſté ſterile. Il a ainſi ſemblé bon à Dieu, à fin que chaſcun
entende qu'il n'y a choſe ſi incroyable enuers les hommes, que la vertu diuine ne puiſſe faire, ſi elle veut. Il donnera auſſi aiſément à vne vierge de conceuoir, qu'il l'a donné à vne
ſterile: excepté qu'il luy a pleu que tu ſeruiſſes d'exemple vnicque & ſingulier, à raiſon que
ta portée ſera ſinguliere. Aucunes ſteriles ont bien enfanté par le benefice de Dieu, mais
elles n'ont enfanté autre choſe qu'hommes. Par cy deuãt nulle vierge n'a enfanté, & apres
toy nulle n'enfantera : par ce que celuy ne nayſtra qu'vne fois lequel ſeul comprent en ſoy
la nature diuine & humaine. A ces propos de Gabriel, la vierge reſpondit en peu de parolles, mais qui teſtifioyent vne ſouueraine modeſtie d'eſprit, accompaignée d'vne fiance &
Eſaie 7pieté de meſme, diſans:Ie ſçay qu'Eſaie à promis qu'vne vierge cõceuroit & enfanteroit vn
fils, & ne doute point que Dieu puis qu'ainſi eſt que tout ce qu'il veut il le peut, ne doyue
tenir promeſſe. Que ſi ſon plaiſir eſt tel de me choyſir moy qui ſuis la moindre de toutes
les pucelles, pour l'aminiſtration de ce myſtere, ie n'ay nulle occaſion de m'en attribuer aucun merite, ne loz:le tout viendra de la bonté de Dieu, le tout viendra de la vertu diuine:
tant-ſeulement ie m'offre pour chambriere au Seigneur, auquel ie me ſuis vouée pour vne
fois, preſte à tout ſeruice. Ie croy à ta promeſſe, & ſouhaitte que bien toſt m'aduienne ainſi
que tu le promets. Et tout à l'inſtant celle conception celeſte ſe fit inſenſiblement : elle portoit au ventre le fils de Dieu, elle fut remplie du S. Eſprit. Cela faict, l'Ange ſe partit d'auec
elle. A ce ſainct deuis de la vierge auec l'Ange. Dieu voulut commencer l'affaire de la reſtitution du genre humain: puis que le premier deuis peſtifere de l'autre vierge auec le ſerpét
auoit apporté au monde la ſemence de perdition. Peu de iours enſuyuans, Marie deuient
plus modeſte & ſeruiable par le benefice de Dieu (par ce qu'elle auoit entendu du propos
de l'Ange que ſa couſine Elizabeth eſtoit-ia enceincte de ſix moys) ſe partit de ſa maiſon
& s'en alla aux montaignes & en grande haſtiueté arriua en vne ville de Iudée, où demeuroit Zacharie chés lequel elle entra & ſalua ſa couſine ſe reſiouyſſant auec elle du bon-heur
qu'elle voyoit luy eſtre aduenu. Et de faict, la vraye pieté s'eſiouyt pluſtoſt de la felicité
d'autruy qu'elle ne s'auance de faire monſtre de la ſienne. Virginité ayme le lieu ſecret, elle
ne ſort point hors des cabinets de la maiſon ſinon que le deuoir l'en appelle : ſur le chemin
public, elle ſe haſte:au deuoir elle y eſt plus raſſiſe. Par tout le chemin Marie ne ſalua perſonne iuſques qu'elle fut arriuée chés Elizabeth. Et ne faut pas penſer que celle ſalutation
ait eſté vulgaire. La felicité accreut à toutes deux de la congratulatiõ mutuelle, l'efficace de
l'Eſprit diuin leur multiplia. Marie portoit quant & ſoy la ſource de toutes graces ſpirituelles, & par l'inſpiration de ſa portée elle de toute part reſpiroit Dieu. Qui fit, que ſi toſt que
la ſalutation de la vierge eut frappé les oreilles d'Elizabeth, l'enfant que la vieille portoit
au ventre treſſaillit de ioye. Iean non encore nay ſentit la vertu diuine de ſon Seigneur nagueres conceu : & enſerré dans le ventre de ſa mere, annõce par geſte celuy lequel il deuoit
par apres annoncer de bouche. Et ne fut pas ſans fruict qu'Elizabeth ſentit le ſainct remue-
ment de ſon enfant, par la portée inſpirée de Dieu inſpire auſſi la mere:bref tous ſont ſayſis
d'vne contagion heureuſe. Par la voix de Marie la vertu celeſte va penetrer iuſqu'a la portée d'Elizabeth par l'enfant ſayſi de l'inſpiration eſt auſſi inſpirée la mere, de maniere que
elle auſſi remplie du ſainct Eſprit, ne peut plus contenir les ioyes de ſon cœur (elle qui au
parauant s'eſtoit tenue coye & cachée, diſſimulant qu'elle fuſt enceincte, tant honteuſe
eſtoit-elle)ainçois print à s'eſcrier à haute voix qu'vne fort grande affection luy forniſſoit,
& dire choſe par inſpiration diuine qu'elle ne pouuoit coniecturer par l'enfleure du ventre
ny ne les auoit apprinſes d'homme du monde:& tout ne plus ne moins que ſi elle euſt ouy
l'Ange deuiſer auec Marie, commence ſa reſiouyſſance vſant des parolles de l'Ange, en ceſte maniere: Que tu es vne vierge bien-heureuſe: tu emporteras le loz entre toutes les
Benit eſt
le fruict.femmes d'honneur. Bien-heureux eſt auſſi le ſainct fruict de ton ventre virginal, duquel
ſortira celle fleur admirable, qui par la bouche de toutes gés ſera publiée par tout le monde (duquel les Prophetes ont long temps y-a prophetiſé) & obtiendra le premier hõneur
par deſſus tout ce qui eſt & au ciel & en la terre. Ie voy bien que ce que tu as enclos au ventre eſt plus qu'homme : Si donc en nous on a ſeulement eſgard à l'eage, la choſe n'eſt pas
meſſeante qu'vne ieune pucelle vienne vers vne femme d'eage : mais ſi conſidere la dignité & excellence des portées, c'eſtoit à moy à courir vers toy. Et de moy, i'eſtoye aſſés heureuſe par le benefice de Dieu : en ce que ie ſuis enceincte d'vn enfant qui doit vn iour eſtre
quelqué

quelque grand personnage:mais pour quel mien merite m'aduient vne si grande felicité,
que la mere aduenir de mon Seigneur vienne vers moy de son plein gré ? Car i'ay par vn
signe indubitable senty la venue de mon Seigneur:entant que dés incõtinent que la voix
de ta salutation a retenty en mes oreilles, i'ay senty mon enfant tressaillir en mon ventre,
comme desirant d'aller au deuant de son Seigneur & luy rendre le deuoir d'honneur qu'il
luy doit.Certainement tu es mere qui ressemble à ton fruict.Le Seigneur daigne bien visiter son seruiteur,pour le sanctifier & remplir du sainct Esprit toy qui tant me surpasses en di
gnité n'a pas desdaigné de venir voir ton inferieur, te portant de tant plus humblement
que plus tu surpasses en graces diuines,en quoy tu fais sagemẽt de ne te le attribuer point
à tes merites,veu qu'elles viennent de la beneficence gratuite de Dieu.Tu es en ce nommée
ment heureuse que tu n'a pas doubté des promesses de l'Ange quelques incroyables que
elles fussent.Tu as conceu sans compaignie d'homme,& n'y a nulle doubte que d'vne mes
me seauté ne se doyue faire la reste des promesses que l'Ange t'á faittes au nom du Sei-
gneur.Apres qu'Elizabeth poussée d'esprit Prophetique eut tenu ces propos, Marie (qui
d'vne honte virginale auoit iusques là tenu cachées les ioyes de son cœur) rauie aussi du
sainct Esprit,dont elle estoit remplie long temps auoit,ne se peut cõtenir qu'elle ne desgoy-
se vn chant de ioye à la louange de Dieu,à la bonté duquel faut rapporter tout le bien qui
aduient aux hommes.A bon droit(dit-elle)tu te resiouys de mon bon-heur ô Elizabeth: Mon ame
mais le tout vient de la beneficence gratuite de Dieu:& pourtant n'y a-il rien que ie puisse loue Dieu.
attribuer à mes merites. Pour ceste cause mon ame chante louange au Seigneur & ce non
seulement de langue mais des plus profondes entrailles de mon cœur:admirant d'autant
plus merueilleusement la grandeur du benefice de Dieu, que moins il recognoit de merites enuers soy,l'ay bien matiere de le remercier, & de quoy magnifier sa benignité : ie n'ay
de quoy m'applaudir.Si est-ce que mon esprit inspiré de l'Esprit celeste s'esiouyt & tressaut
de ioye indicible,non en soy-mesme,mais en Dieu,qui m'est & à tous autheur de tout mõ
salut. Qu'ainsi soit, moy estant la plus abiecte d'entre toutes, ce n'eantmoins il a, pour sa
bonté, eu esgard à la petitesse de sa seruãte,& m'a de sa grace mis en telle dignité,que desormais selon ton dire & de l'Ange,non seulement les Iuifs de ce siecle,mais aussi à iamais au
grand iamais toutes les nations de tout le monde,à qui mon fils sera sauueur,me diront
la plus heureuse d'entre toutes les femmes. Et de vray nous pouuons estre dittes vrayement heureuses en ce qui nous est donné non pour nostre industrie, non pour noz meri-
rites,mais de la faueur gratuite de Dieu.Donc toute la louange de ceste bien-heurance re-
dondera à la louange de celuy qui l'a donnée en pure grace.Bien seray-ie renommée bien
heureuse, mais de la beneficence d'iceluy. Mais quel sera le renom qu'aux siecles aduenir
me donnerõt toutes les nations du mõde? Assauoir que celuy qui par sa vertu infinie peut
toutes choses a faict en moy pucelle de tres-basse estoffe,vne chose si admirable & qu'onc
on n'ouyt parler de telle.Et pourtant mon nom sera mis au ranc des bien-heureuses.Mais
le nom d'iceluy en tout lieu sera sainct & venerable,auquel se fleschira tout genoil, de ceux
du ciel,& de ceux de la terre,& de ceux de dessous terre : nom par lequel seul aduiendra sa
lut à tout le monde. Car la professin de ce nom apportera salut & saincteté à tout le mon
de.A l'inuocation de ce nom maladies seront gueries,venins amortis, diables chassés,les
morts ressuscités. Laquelle chose aussi sera gratuite, & non deue : venant de misericorde
& non de merite. Il s'estendra en toute largesse non seulement sur la nation Iudaique, qui
nomméement l'attendoit, non seulement sur vn ange, ainçois s'estendra au large de nation à autre iusques aux derniers bouts du monde, de siecle à autre iusques au dernier
iour de ce monde. Il est bien vray que les seuls Israelites attendoyent ce salut promis des
Prophetes:mais quicõque, en quelconque nation que ce soit, laissera ses pechés & se mettra à craindre Dieu,il sera mis au ranc des Israelites. Car ce salut paruiendra à ceux qui
se desplaisans à eux-mesmes se soubmettront par foy au Seigneur, soyent Grecs, soyent
Françoys,soyent Bretons, soyent Scythiens. Au contraire ceux qui se confians en leurs
propres œuures s'esleueront à l'encontre de la grandeur de Dieu, ils seront repoussés de
la participation de ce benefice, ores qu'ils fussent yssus d'Abraham-mesme ou de Dauid. Car ce don de Dieu ne se donne pas ny pour reuenu de grand auoir ny par l'estimation de race, ny pour œuures esgales, ou autres merites ou secours humains : mais
pour le regard du cœur contrit, se repentant en soy-mesme & qui d'vne fiance entiere
depend de la misericorde de Dieu. Car Dieu voulant abbattre l'arrogance de la sagesse &
puissance mondaine, a abbaissé son fils & par luy a desployé la force de son bras & a affo-
ly la sagesse de ce monde:a abbatu & rompu la puissance de ce monde, demonstrant bien
que

que lors mesme qu'il s'abbaisse le plus du monde, il est neantmoins plus puissant que la hautesse de toute la puissance humaine: & que ce qu'en luy semble estre folie, est plus sage que la plus admirable sagesse qui soit point en ce monde. Au reste, ceux qui se faisans forts de leur sagesse, qui se confians de leurs forces dressent leur col à l'encontre de Dieu, il les a merueilleusement dessipés par leurs propres entreprinses, côme parauant il l'auoit promis par le Prophete: I'attrapperay les sages en leur sagesse. Car en combattāt par finesse humaine contre le côseil de Dieu, ils ont en cela descouuert leur folie, & quant & quant sans y penser ont donné lustre à la sagesse diuine: & en taschans par forces mondaines accabler l'entreprinse de Dieu, ils ont monstré comment ce monde ne peut rien que soit à l'encontre de la puissance diuine, laquelle ils ont confermée par leur rebellion. Par ainsi les choses ont esté tellement changées & renuersées, que ceux qui au parauant estoyent assis sur les sieges souuerains, enflés de sagesse humaine, redoutables en puissance & authorité mondaine, il les a rués du haut en bas: & ceux qui selon le môde estoyent abbaissés, la benignité diuine les a esleués en haut. Ceux qui sembloyent les pilliers de la religion, ont esté trouués gens sans religion: ceux qui sembloyent estre eslongnés de Dieu, sont subitement deuenus enfans de Dieu. Ceux qui recognoissans leur iniustice auoyent faim de la iustice de Dieu, Dieu les a remply de ses biens: au contraire ceux qui sembloyent estre fort riches & auoir abondance de bonnes œuures, & pourtāt n'auoyent point faim de la grace Euangelique, Dieu les a repoussés de soy tous affamés. La circoncision est conuertie en prepuce: & le prepuce a succedé à la gloire de la circoncision. L'Israelite se fiant en soy-mesme à esté forclos du regne de Dieu: & les Payens ont esté receus à l'honneur des enfans d'Abraham. L'arrogant Pharisien a esté reietté, les putains & le poure publicain sont receus. Ceux qui estoyent de bout & esleués, il les a mis ius: les atterés & gisans au danger, il leur a baillé la main de misericorde & les a sousleués. Ceux qui y voyoyent, il les a aueuglés. Ceux qui se contristoyent de leur aueuglement, il leur a ouuert les yeux. Ceux qui recognoissoyent leur maladie, il leur a rendu santé. Ceux qui s'estimoyent sains, il les a laissés en leur maladie. Ceux qui se glorifioyent d'estre enfans d'Abraham, il les a declarés estre enfans du diable. Ceux qui selon la chair n'auoyēt nulle affinité auec Abrahā, il les a par la foy Euangelique rendus vrays enfans d'Abraham. Ceux qui se vantoyent du glorieux titre d'Israel, il les a deboutés de l'heritage des promesses faittes à Israel. Au reste, quiconque de quelconque nation soit-il, soit serf, soit franc, s'offrira au seruice spirituel de Dieu, Dieu l'a ia accepté pour soy, & en luy a faict exhibition de sa misericorde tant long temps delayée, laquelle il auoit promise par les oracles des Prophetes au peuple d'Israel, lequel és sainctes Escriptures il appelle son fils, comme celuy qu'il ayme d'vne amour singuliere. Il n'auoit pas mis en oubly sa promesse, mais pour le long delay, ne plus ne moins que s'il l'eust eu oubliée estoit suruenu vn desespoir. Maintenant il a demonstré qu'il n'a nullement mis son peuple en oubly. Car c'est-cy celle vraye posterité d'Abraham. C'est-cy celuy vray Israelite, qui est aggreable à Dieu, non par affinité charnelle, mais par vne syncerité de foy, moyennant laquelle seule on voit Dieu. Ce-cy ne se faict pas fortuitement ou par cas d'auanture: ains maintenant se faict exhibition de la promesse que iadis Dieu fit à noz peres Abraham & ses successeurs. Car il fut dit à Abraham: Toutes nations seront benites en ta semence. Item il fut dit à Dauid: Ie mettray du fruict de ton ventre sur ton siege. Ces promesses faittes long temps y a, attendues des gens de bien, deseseperées de maints, il a maintenant pleu à Dieu de les accomplir pour la vraye posterité d'Abraham, la race duquel durera tousiours iusques à la consommation du môde. Ces propos pronôça Marie poussée de l'esprit prophetique, comme si ia eust esté accomply ce qui estoit à venir. Or demeura-elle auec Elizabeth sa cousine pres de trois moys, soulageant la vieille par saincts deuis & seruices amiables: mais estant la cousine sur le point de son enfantement, Marie s'en retourna en sa maison. Car aussi ne sied-il pas bien aux pucelles de seruir de sages femmes: ioinct que elle euitoit la grand compaignie qui bien tost deuoit là arriuer. Et le temps accomply qu'Elizabeth deuoit faire l'enfant, elle enfanta vn fils qui ratifia la verité de la promesse diuine. Car le bruit en fut semé par les voisins & parens, lesquels comme parauant ils estoyent contristés de la sterilité d'Elizabeth, semblablement furent tous resiouys, de ce qu'ayant enfanté vn fils par vne grande misericorde de Dieu, elle vieille femme d'vne sterilité incurable, auoit obtenu ce nom de mere: laquelle se fut bien reputée bien-heureuse d'auoir enfanté vne fille, mais ce luy estoit vn bien plus grād bon-heur d'auoir enfanté vn fils. En quoy aussi fut aueree la promesse de l'Ange qui auoit dit deuoir auenir que maints s'esiouyroyent à la nayssance de l'enfant. Car il y courut à forces gens qui se resiouyssoyent

auec

auec l'accouchée. Côme ainsi il appartenoit bien que plusieurs s'esiouyssent à la nayssance
de celuy qui estoit nay pour le grand bien de plusieurs. Or venu le huictiesme iour apres
l'enfantement, auquel il failloit selon l'ordonnance de la Loy circoncir l'enfant & luy im-
poser le nom: les parens y allerent pour donner ordre, comme le deuoir de parentage le
requeroit, que l'enfant fust deuement circoncis. Et pourautant que le pere(qui est ordinairement celuy qui met le nom à l'enfant) estoit muet : les parens se pensans qu'iceluy voudroit ce qu'est tref-agreable à la plus part des gens, appellerent l'enfant selon le nom de
son pere Zacharie. Mais la mere au contraire, ce qu'elle ne pouuoit apprendre du mary
muet, enseignée par l'inspiration du sainct Esprit, maintint qu'il failloit l'appeller Iean &
non pas Zacharie: denotant par cela le sainct Esprit que l'enfant qui estoit nay, deuoit
estre heraut d'vne nouuelle Loy, laquelle aboliroit les traditions des anciens, & conuerti-
roit le seruice corporel en vne grace spirituelle. Et de faict, en Hebrieu Zacharie vaut autant
à dire que memoratif du Seigneur. Iean est dit de grace. La iustice de la Loy consistoit en
œuures ordonnées: la iustice de l'Euangile consiste en grace par la foy. Les parens ne céde-
rent pas à l'authorité de la mere : ains maintenoyent au contraire que plustost l'enfant deuoit auoir en nom Zacharie, attendu qu'en tout le parentage de Zacharie, il n'y auoit nul
qui eust nom Iean : là où toutefois la coustume est qu'és enfans par l'imposition du nom
on renouuelle la memoire ou du pere, ou du grand-pere, ou de l'oncle, ou de quelqu'autre
parent. Mesme encore auiourdhuy en y a ausquels plaist plus le nom de Zacharie que de
Iean, comme sont ceux qui ne peuuent encore souffrir que la circoncision s'abolisse, les
nouuelles lunes, les lauemés, les iours de festes, les ieusnes, choix de viandes, sacrifices, &c.
crians certes en effect : Nous ne voulons point le nom de Iean : nous voulons l'ancien Zacharie. Donc ne s'accordans pas entre-eux l'accouchée & les parens, il estoit besoing de
l'authorité du pere pour les mettre d'accord. Iceluy n'auoit pas encore la langue à deliuré,
lors toutefois qu'il estoit besoing de sa parolle. Si luy demanderent tellement quellement
par signes comment il vouloit que son fils eut nom. Quoy entendant, il se fit bailler des tablettes pour signifier par lettre muettes ce qu'il ne pouuoit declarer de bouche. Et quand
on luy eut baillé des tablettes, il y escripuit que l'enfant auoit nom Iean : demonstrant que
ce nom luy auoit esté imposé par l'Ange deuant la conception. Dequoy tous s'esmerueillerent, tant de ce qu'vn nom nouueau leur aggreoit, que de l'accord de la mere & du pere
muet touchant le nom. Or s'approchoit-ia le temps auquel la loy Mosaique deuoit commencer de parler: laquelle par le passé auoit par figures & rudimens muets tellement quel-
lemét pourtraict la grace de l'Euangile. Il estoit temps que la bouche qui selon la promesse
de Gabriel, auoit esté close par incredulité, vinst à estre ouuerte par credulité. Si tost donc
qu'il eust escript, la langue luy fut aussi desliée. Et n'employa d'entrée la parolle recouurée
à autre chose qu'aux louanges de Dieu, par la gratuite beneficence duquel vn si grand
monceau de ioyes luy estoit escheu. N'est que la langue Iudaique, laquelle va preschant
obseruatiôs charnelles, & s'attribuant vne iustice humaine, se taise: la langue Euangelique
ne peut parler, laquelle presche la grace, la foy, la charité, & non les œuures de la Loy: langue (di-ie) qui n'attribue pas à l'homme le loz de iustice par ces propres œuures, ains publie la iustice de Dieu, d'vne innocence conferée gratuitement par la foy. Toutes ces choses
assauoir de la vieille accouchée, de la nouueauté du nom, de l'enfant nay par la promesse
de l'Ange, du pere premierement deuenu muet, puis de-rechef ayant recouuert la parolle
à louer Dieu, furent semées & diuulguées non seulemét entre les parens & voisins comme
au parauant, mais aussi par toute celle contrée de Iudée, ditte les montaignes : si bien &
si beau que non seulement vne admiration, mais aussi vn estonnement & horreur conceu
de tant de miracles inaccoustumés saisit les cœurs à tous. Car de telles auant-monstres ils
recueilloyent que l'enfant nay feroit vn iour de grandes choses & non ouyes, veu que sa
conceptiô & nayssance estoit dés lors illustrée de miracles. Ils voyoyent le pere d'vne vieillesse amortie, vne vieille de sterilité incurable : ils consideroyent le miracle de la langue
tout à coup ostée & renduë: ils auoyent entendu que le ministere de Gabriel y estoit entreuenu: ils apperceuoyent & au pere & en sa mere l'inspiration de l'Esprit celeste: qu'il n'y
auoit rien qui ne fust contre la façon ordinaire : rien qui ne monstrast à soy vne vertu diuine : tellement que les gens considerans chascun en son cœur, ces choses disoyent en eux-
mesmes : Que sera-ce que de cest enfant ? Il n'y a nul d'entre les Prophetes qui soit nay si
miraculeusement. Et de faict les miracles mesmes des choses demonstrent que le tout se
faict par vne vertu diuine, qui assiste à l'enfant choysi pour choses souueraines. Et n'estoit

y

pas à

pas à fausses enseignes qu'ils faisoyent tels discours. Car de vray la main de Dieu desployoit sa vertu celeste en l'enfant, & par l'enfant sur le pere & la mere, ayant à desployer choses plus merueilleuses en leur temps. Et à fin qu'il n'y eust rien qui ne redondast en miracles, & abondast en ioyes, Zacharie, aussi le pere de Iean, saysi de l'esprit de Dieu se print à desgoiser ceste chanson, disant: Il faut chanter & esleuer en toute sorte de louange la bonté de Dieu, lequel iaçoit qu'il soit Dieu de tout le monde, a neantmoins voulu estre appellé particulierement le Dieu d'Israel: non pas qu'il ne fust Seigneur des autres nations, mais par ce que tel fust son vouloir que le peuple Israelitique fust figure de ce peuple celeste, qui sans tenir côte des choses terriènes aspirent à celle eternelle Ierusalem, où Dieu est seruy & honnoré en choses iuuisibles. Tels gens en quelque contrée du monde qu'ils soyent, de quelque nation qu'ils soyent yssus, doyuent loüer Dieu, lequel par vne noüuelle façon a finalement daigné visiter son peuple, peuple ia foulé & trauaillé d'vne fascherie de seruage miserable & de longue durée, iusques à estre pres de se desesperer: sur lequel Satan, le peché & le monde auoit tellement obtenu puissance, qu'il ne luy restoit esperance ny és Pharisiens, ny és Philosophes, ny és ceremonies de la loy Mosaique. Il a regardé son peuple en pitié, & l'a gratuitement racheté de tous ces maux. Le tyran, qui accompaigné d'vne grande gendarmerie regnoit sur tous le genre humain, estoit puissant, d'entre les mains de qui la liberté & franchise des Israelites ne pouuoit estre repoussée par forces humaines. Dieu seul plus puissant que l'ennemy a donné force aux foibles, leur ayant enuoyé vn conducteur inuincible: qui à tout vne corne de la puissance de Dieu vinst à abbatre les forces des aduersaires, & la mort vaincue, a gratuitement conferé par foy le salut eternel à chascun. Laquelle forteresse de salut, il nous a dressée en la famille de Dauid son deuot seruiteur, auquel il auoit promis ce benefice, lequel paruiendroit de luy, à tous ceux qui selon l'esprit seroyent trouués estre enfans de Dauid, en ne forlignant point de la pieté de leur pere. Iceluy bataillera vaillamment & heureusement à l'encontre des estrangiers & ennemys du peuple d'Israel. Sous la conduitte de cestuy, il faut batailler contre de plus pernicieux ennemys, qui tuent les ames, ces ennemys sont Satan auec l'armée des esprits malings: ce sont les mauuaises affections, nous sollicitans aux choses desplaisantes à Dieu: brief ce sont les hommes aymans plus les choses de ce monde que celles qui sont de Dieu, par lesquels comme par instrumens le diable desploye sa force & puissance. Et n'est pas par cas d'auenture que cecy aduient en ce point: ains ce que Dieu met à present en effect, il l'auoit-ia passé long temps promis par la bouche de tous les Prophetes lesquels il auoit inspirés de son esprit, gens qui ont prophetisé depuis que le monde est monde. Car il auoit promis que finalement il enuoyeroit vn puissant Duc par lequel nous serons guarantis de noz ennemys, & deliurés des mains de tous noz malueillans qui taschoyent à nous entrainer en la mort eternelle. Et n'est pas venu de nostre merite qu'il nous a donné vn si grand benefice: ny de celuy de noz peres, ausquels il auoit promis ce qu'il nous a baillé. Il a ainsi pleu à sa bonté d'eslargir vne chose si grande à gens qui point ne le meritoyent: il a ainsi semblé bon à sa iustice de mettre en son temps sa promesse à effect: à fin que chascun entendist que non seulement il est misericordieux & bien-faisant, mais aussi veritable & tenant promesse. Car non seulement il fit promesse, mais aussi fit alliance auec noz peres. Et de faict Dieu print grand plaisir en la fiance admirable qu'Abraham nostre premier pere auoit enuers luy, de ce que se faisant fort de la promesse diuine. Il ne fit point de difficulté d'immoler son seul fils Isaac, qu'il luy iura par soy-mesme, disant: Ie iure par moy-mesme (dit le Seigneur) que pour ce que tu as cela faict, & que pour l'amour de moy tu n'as pas espargné ton fils vnicque, ie te beniray & multiplieray ta posterité comme les estoilles du ciel, & l'areine qui est au riuage de la mer. Ta semence iouyra des portes de ses ennemys, & en icelle seront benites toutes les nations de la terre pour autant que tu as obey à ma parolle. Et de vray la vraye posterité d'Abraham sont ceux qui par obeyssance de foy, & non par les ceremonies de la Loy obeyssent à Dieu, qui parle au monde par l'Euangile. C'est à tels que la victoire des ennemys, se baille selon la promesse: desquels est-ia deliurés de la tyrannie de peché, deliurés de tous erreurs, deliurés du ioug de Satan, reçoyuent ce bien que de renoncer à leur vie passée, à fin que nous qui au parauant seruions à ambition, à plaisir charnel, à auarice, & au diable, desormais seruions à celuy seul à qui nous deuons tout: & luy seruions non en sabbatismes, nouuelles lunes, abstinence de viandes, immolation de bestes bruttes (qui sont choses qui ont apparence de religion enuers les hommes)

commé

comme iufqu'à prefent l'ont feruy noz anceftres, ains en pureté de confcience, en rondeur de vie, qui eft vn feruice tref-agreable aux yeux de Dieu, lequel regarde non pas
les victimes corporelles, ains vne pieté de cœur, prenant plaifir qu'on luy facrifie de fes
propres dons. Et ne faut rendre à Dieu ce feruice en certains iours, comme on a faict
iufqu'à prefent, mais toute noftre vie. Car il ne faut iamais ceffer de faire tels facrifices
ains la pieté qu'on a vne fois receue de don gratuit, il faut touffiours la faire croiftre de
plus en plus par faincts efforts. Donc nous fommes bié-heureux par le don de Dieu de ce
que felon les oracles des Prophetes, nous eft donné vn puiffant redempteur & fauueur
inuincible. Mais toy, enfant, tu és femblablemént bien-heureux par la grace d'iceluy-
mefme Dieu, d'eftre choyfi pour auant-coureur d'vn fi grand conductéur. Car tout ne Et toy
plus ne moins que l'eftoille de l'aube du iour deuance le Soleil leuant, pour efueiller les enfant.
hommes tous engourdis du dormir à l'attente de la lueur prefte à venir: ainfi toy s'approchant la venue du Seigneur, qui par fon fils vnicque a determiné de vifiter ce monde, tu
iras deuant, pour preparer les cœurs des hommes à la receptió d'vn fi grand falut: de peur
que fi celle venue trouuoit les cœurs des hommes oyfifs & deftournés, le falut offert nefe
conuertiffe en vn comble de perdition. Pourtant tu feras par ton baptefme & lauement,
item par ta predication, que les hommes fe recognoiftront pecheurs, à fin qu'ils entendent qu'ils ont befoing du medecin, & fçachét celuy eftre-ia prefent lequel feul entre tous
eflargira à tous le falut eternel par la foy Euangelique: & ce en nous pardonnans gratuitement noz pechés qui font mourir l'ame: puis en gratuitement nous conferant fa iuftice.
Lequel lieu aduiendra à tous croyans, nó par aucuns merites d'hommes, ains par l'abondante mifericorde de noftre Dieu, lequel n'a pas voulu perdre ceux qu'il auoit crées. Nous
fumes crées par fa puiffance fouueraine: par fa mifericorde fouueraine nous fommes refti-
tués en noftre entier. C'eftoit faict que de nous, fi luy felon fa bóté naturelle n'euft eu compaffion de nous: & fi luy comme vn Soleil nous eftás leué du ciel n'euft chaffé les tenebres
de noftre ignorance, & faict efuanouyr l'obfcurité de noz pechés, brief s'il n'euft embrafé
du feu de charité les cœurs refroidis. Nous gifions en tenebres, fans pouuoir efleuer les
yeux vers luy. Il s'eft abbayffé iufqu'a nous & en enuoyant fes rayons en noz cœurs, nous
eft leué ferain & falutaire, à nous (di-ie) qui au parauant gifions en tenebres de pechés &
defefpoir de falut, comme fous vne ombre de mort qui aueuglés d'idolatries, & obfcurcis
des módaines couuoitifes courions d'vne impieté à l'autre, taftonnans en obfcurité tref-
efpeffe, embraffans pour les chofes celeftes les terriennes, pour la verité les ombres, pour
les chofes celeftes les charnelles, pour les falutaires les mortelles. Et voicy en telle noyre
nuict de defefpoir nous eft leué ce Soleil eternel pour addreffer les pieds de noftre cœur au
chemin Euangelique, qui eft le chemin de paix laquelle par foy & charité affemble les
chofes humaines auec les diuines, en oftant l'inimitié qui eftoit entre Dieu & les hommes:
en conioignant toutes les nations du monde fous la profeffion d'vn mefme nom & d'vne
mefme foy: brief en appaifant toutes affections tumultueufes & racointant vn chafcun
auec foy-mefme. Ces propos defployoit d'vn cœur propheticque ce fainct vieillard, & à
l'exemple des Prophetes les predifoit deuoir aduenir, ne plus ne moins que s'ils euffent-
ia eftés accomplis. Et aux chofes commencées en telles merueilles refpondoit vn aduance
ment de mefme. Car l'enfant nay miraculeufement comme felon l'eage il aggrandiffoit de
corps, ainfi par l'infpiration de la puiffance de Dieu, l'efprit luy croiffoit touffiours de plus
en plus ferme & puiffant. Et ne fe tint pas long temps chés fes parens, ains dés fon enfance
il fe retira de la compaignie des hommes, de peur qu'en hantant parmy le commun, il n'attiraft à foy tant foit peu de fouilleure, luy qui auoit efté fanctifié au ventre de fa mere. Il ne
beut iamais ne vin ne ceruoife, il ne gouftaft iamais rien, ny des voluptés, ny des honneurs
de ce monde. Mefprifant toutes humaines affections, il viuottoit de langouftes & de miel
fauuage entre les beftes fauuages: il eftoit veftu de poils de chameaux & non de drap de
foye: & eftoit ceinct d'vne ceincture de pellice: il parloit inceffamment auec Dieu. Certaine=
ment telle vie eftoit conuenable à celuy qui eftoit deftiné pour prefcher penitence. Mefme
le lieu choyfi conuenoit à la Prophetie, qui l'appelle la voix d'vn qui crie en vn defert.
Là il fe tenoit caché pour beaucoup d'ans, là il fe taifoit pour en fon temps fe mettre en
auant & parler auec tant plus grande authorité. Il ne s'ingera pas à l'office de heraut, mais
quand l'efprit luy pouffa le cœur à propofer la lumiere & monftrer au peuple d'Ifrael
combien grand perfonnage il eftoit, alors fe print-il à faire deuoir de precurfeur auec
grande authorité.

y 2   CHAP.

CHAPITRE II.

Et se fit vn edit par Cesar Auguste.

TV entens la nayssance admirable de l'auant-coureur: entēs maintenant celle de Iesus Christ plus merueilleuse, lequel deuoit estre seul Prince de tout le monde, & inciter non par menaces ou frayeurs, ains par bien-faicts & doctrine salutaire, toutes les nations de tout l'vniuers à la profession de son nom. Pour ceste cause le conseil de Dieu pourueut à ce que sous Auguste Cesar (qu iouyssoit d'vne grande partie des contrées du monde, & les choses pacifiées de toutes parts au long & au large administroit l'ēpire des Romains) fussent enregistrées toutes les Prouinces qui recognoissoyēt l'empire Romain: à fin qu'il apparust combien la Seigneurie de Christ auoit plus grande estendue que celle de Cesar : & combien plus paisible est le royaume de celuy qui n'oste aucun bien, ains en eslargist mesme de celeste, que n'est pas le regne de Cesar, lequel iaçoit qu'il ne puisse eslargir les biens celestes, ce neantmoins rauist les terriens, & contraint les gens par force à s'enroller, là où l'Empereur celeste les attire par bien-faicts. Ceux qui s'enrollent sous Cesar, que font-ils autre chose sinon qu'ils protestēt vne seruitude & en trouuent leur train domesticque amoindry: Ceux qui s'enrollent sous ce nouueau Prince, auec ce qu'ils sont mis en franchise ils ont aussi la largesse de salut eternel. Brief iaçoit qu'entre tous Cesar Octauian fust des plus adroits pour le gouuernement de ses affaires, ce neantmoins il y eut maintes contrées qu'il ne peut subiuguer par armes : là où sans violence, & sans secours & forces de ce monde, nostre Empereur a congregé en vne Esglise, comme en vn royaume toutes les contrées de tout le monde tant de langues, tant de ceremonies, tant de nations barbares & eslongnées. Donç pour exploitter ce denombrement, en Syrie Quirinius gouuerneur de celle prouince, y fut enuoyē de l'authorité de Cesar Auguste & de l'ordonnance du Senat. Et fut ce denombrement le premier qui se fit en Syrie sous ce gouuerneur : sous lequel s'en firēt biē d'autres par apres. Or l'edit de Cesar, publie par Quirinius, chascun s'en alloit en sa lignée & ville pour estre denombré selon la coustume : Ioseph l'espoux de la vierge, (qui iaçoit que tous deux fussent de la lignée de Iuda demouroyent toutefois en Nazareth petite bourgade de Galilée) se partit de sa maison & s'en alla en sa lignée, assauoir en Iudée, en vne ville que bastit Dauid qui s'appelle Bethleem: à raison que Ioseph & sa femme la vierge non seulement estoyent de la lignée de Iudas, mais aussi estoyent yssus de la lignée & race de Dauid, de la semēce duquel estoit promis le Christ. Or riē de cecy n'aduint par cas fortuit: ains fut le tout procuré par le conseil diuin, à fin que les euenemens des choses s'accordassent auec les oracles des Prophetes, en ce que la gloire d'vn si grand mystere, ils le despartissoyent à ces deux villes : tellement que selon la Prophetie le Roy du monde fust conceu & esleué en Nazareth, & à naystre en Bethleem. La vierge Marie enceincte & ia prochaine de son enfantement, accompaigna là son espoux : sans refuyr ce trauail elle vierge preste d'accoucher: sans fuyr les yeux des hommes, elle ne se sentant coulpable de rien: sans refuser tout seruice à son mary, elle qui tantost deuoit enfanter Dieu : brief sans desdaigner d'estre appellée la femme d'vn charpentier, elle qui du tout en tout estoit dediée & consacrée à Dieu. Or eux seiournans quelques iours en la ville de Nazareth, il aduint par ceste occasiō que les moys legitimes reuolus (à fin que tant plus il fut notoire celuy estre vray homme qui viendroit à naystre) son tēps d'enfanter fut venu. Le Seigneur du ciel & de la terre s'estoit choysi vne petite bourgade de peu de renom, en laquelle, neantmoins il n'auoit nulle demeure, item son pere & sa mere de basse estoffe : brief, il voulut naystre chés autruy, à fin que nous eussions honte tant de nostre orgueil que de nostre auarice, & qu'au moins à son exēple nous apprinsions que la felicité de l'homme ne doit pas estre mesurée selon ces biens communs, lesquels si point ne viennent à nous estre ostés, nous finalement le sommes à eux: ains qu'on la doit estimer selon les biens eternels, & qu'en celuy pays faut amasser des thresors, desquels nous veniōs à iouyr à tousiours-mais. Et de vray, si nous voulons estimer & iuger la chose selō la veriré, il y auoit en celle tant abbaissée nayssance de Christ, plus de sublimité, plus de puissance, & plus de maiesté, qu'en toutes les pompes & triōphes de tous les Empereurs. En Bethleem donc qui s'appelle maison de paix, la sacrée pucelle nous a produit ce pain celeste, tel que quiconque en mangera ne mourra iamais. Et cest enfantement de vierge fut vnicque sans auoir eu aucun exemple ny deuant ny apres. A sa mere il

Elle a enfanté son premier nay.

estoit fils vnicque, à nous y estoit premier nay, à nous (di-ie) lesquels il s'est rendu frere conioinct & compaignon de l'heritage eternel : à fin qu'il n'allast pas seul vers le Pere, ains que luy comme premier nay, emmena quant & soy plusieurs freres, pour estre participans de l'eternel salut. Quand le petit enfant fut nay, la mere ne le baille pas aux nourrices,

d'autant

d'autãt qu'à raisõ de sa pureté elle n'en vouloit point : à cause de sa poureté, elle n'en auoit
point : ains elle mesme l'enueloppa delanges. Et pourautant qu'au logis à cause de l'af-
fluence des hostes, il n'y auoit point de place pour la nouuelle accouchée, elle coucha l'enfant en vne cresche. Escoute-ça ô riche orgueilleux, qui amasses amples possessiõs sur amples possessiens, qui en tout lieu ne cesses de bastir maisons, mestairies & palais. Celuy qui
est, & Seigneur & facteur du ciel & de la terre, auquel tu as baillé le serment au baptesme,
nayst sur les champs & n'a point de place au logis. Si tu recognois pour ton Prince celuy
auquel tu as faict le serment : ne soit greué d'ensuyure son exéple, & ayes honte de ton dessein. Escoute maintenãt combien celle abbaissée nayssance est pleine de magnificence.
Assés pres de Bethleem estoit la tour Ader, c'est à dire en Hebrieu, du troppeau, à raison
que là pour les champs pasturables y auoit abondance de bercail. De laquelle tour aussi
bien que de Bethleem a faict aussi mention le prophete Michée. Or y auoit-il des pasteuts
en ce pays là, qui veilloyent de nuict sur leurs trouppeaux : enseignans par ce faict que c'est
qu'à l'exemple du principal pasteur doyuent faire les Euesques pour le salut du peuple
qui leur est baillé en charge. Et de nuict nasquit ce Soleil de iustice pour dechasser les tenebres du monde. Luy petit & pasteur ayma mieux de premierement se bailler à cognoistre
aux petits & pasteurs, que non pas aux Empereurs, Roys, Gouuerneurs, Pharisiens, Scribes, & Pontifes. Et voicy tout à coup l'ange Gabriel qui d'enhaut apparut sur ces pasteurs :
& quant & quant vne clarté toute nouuelle, qui n'estoit ny du Soleil, ny de la Lune, ny de
lampe, leur reluysit à l'entour. Laquelle chose combien qu'elle fust signe de bonnes nouuelles, ce neantmoins à cause du miracle non accoustumé & soudain, vne grande frayeur
les saysit. Mais l'Ange les en deliura soudain par propos doux & amiable, leur disant :
N'ayés peur : vous n'aués nulle cause de vous effrayer : ie suis pour annoncer nouuelles
tres-ioyeuses : car i'apporte vne ioye si grande qu'oncques n'en fut ouy de telle, & l'apporte non seulement à vous, mais aussi à tout le peuple d'Israel. Dés long temps les oracles
des Prophetes vous auoyent promis vn sauueur : dés long temps on a attendu le Messias.
Iceluy est nay ceste nuict, & est nay pour vous tous. Cestuy est ce Messias le Prince & Seigneur de tous, Roy & semblablement Sacrificateur, oinct d'enhaut. Or est-il nay selon que
portoyent les oracles des Prophetes en la ville de Dauid, appellée Bethleem : & est nay ceste
propre nuict presente. Allés vous-en enquerir. Ie vous bailleray des entreseignes pour
pouuoir le cognoistre. Addressés vous au logis, & vous y trouuerés le petit enfant emmailloté, couché en vne creche. Si tost que Gabriel eut annoncé ces nouuelles, il fut ouy quant
& luy vne grande compaignie de gendarmerie celeste, assauoir d'Anges qui sont ministres
du Seigneur puissant en guerre, & qui pour nous bataillent côtre les Princes de ce monde.
Iceux d'vne melodie celeste & indicible chantoyent louanges à Dieu, en racontans & ma-
gnifians son amour indechiffrable enuers le genre humain, & s'esiouyssans auec les hommes du si grand bon-heur qui par la grace de Dieu leur estoit escheu. Or la chanson que
chantoit celle compaignie d'Anges, estoit telle : Gloire la haut à Dieu, & en terre paix, en-   *Bonne vo-*
uers les hommes bon vouloir. Lequel chãt angelicque nous signifie qu'en effect touchant   *lonté.*
ceste affaire nulle gloire n'en est deue ny aux Anges, ny aux hômes : ains que toute la gloire entierement en est deue à la bonté diuine, laquelle apres nous auoir créés, pourueoit à
nous du ciel par vn conseil admirable : à fin que nous cognoissions que c'est de là que viêt
vers nous tout ce qui nous eschet de magnificque & salutaire : qu'en terre il ne faut desirer
autre chose que paix, laquelle, les pechés estans abolis, nous vnisse auec Dieu : puis nous
conioigne tous l'vn auec l'autre par mutuelle amour. Car vela la paix non pas du monde,
mais de Dieu : laquelle surpasse tout sens, & vaut plus que toutes les felicités du monde
amassées ensemble. Icelle est presentée gratuitement par le moyêneur de Dieu & des hommes, non par le moyen de noz merites : mais de la beneficence naturelle de Dieu enuers
nous, auquel il a semblé bon de procurer par ce moyen admirable le salut du genre humain. Quand les Anges eurent en harmonie tres-ioyeuse chanté ce chant de nayssance deuant les Pasteurs, ils s'en retournerent au ciel. Ces choses ainsi faittes, ces pasteurs simples
gens delibererent entre-eux, non qu'ils doutassent des propos des Anges, mais desirans
d'auoir plus ample cognoissance des nouuelles qu'ils auoyent ouyes. Si dirent entre-eux.
Suyuons le conseil de l'Ange : allons nous-en iusqu'a Bethleem, pour voir de noz propres yeux en presence ce que nous auons ouy de noz oreilles estre aduenu : à fin que ce que
le Seigneur nous a bien daigné annoncer par ses Anges, nous le racontions aux autres,
auec plus grande certitude. Ce sainct conseil pleut à tous. Ils s'en vont en diligence : (car la
pieté leur donnoit courage) paruenus à Bethleem vont au logis : où selon la promesse de

y 3   l'Ange

l'Ange ils trouuent Marie l'accouchée, & Ioseph tesmoing de l'enfantement virginal, & aussi l'enfant emmailloté & couché en la cresche. La poureté de la pucelle, l'espoux abiect selon le monde, le petit enfant couché en vne cresche par faute de lieu plus commode (choses qui eussent aliené les orgueilleux Pharisiens) ne scandalisa nullement ces bons pasteurs: ains tout cela pour plus grande confirmation de leur foy & croyance, apres auoir veu de leurs propres yeux que les nouuelles que l'Ange leur auoit apportées estoyent veritables. Or és hommes tant abiects soyent-ils, la pieté a aussi sa prudence. Car ils ne diuulguerent pas tout à coup ce qu'ils auoyent ouy: mais apres qu'il eureut vne certaine cognoissance de la chose, ils ne firent point de difficulté de le raconter aux autres. Par tels herauts ayma Christ d'estre diuulgué premierement, la simplicité desquels ne pouuoit estre soupeçonnée de mensonge ou tromperie. Ils ne sçauoyent pas la ruse de rien controuuer d'eux-mesmes: ils ne sçauoyent adiouster à ce qu'ils auoyent veu: mais ce qu'ils auoyent veu ne plus ne moins qu'ils l'auoyent ouy & veu, ils le racontoyenr en toute verité aux hommes de bon vouloir: si que maints creurent au recit des Pasteurs, & donnerent envie à plusieurs d'aller voir l'enfant. Or me considere icy la modestie prudente de la saincte pucelle. Elle entend des Pasteurs les nouuelles que l'Ange auoit apportées: la chanson de la bande de la gendarmerie celeste: elle seule se taist: en gardant à part soy tout ce qu'au parauant & maintenant estoit aduenu, & le ruminant en son cœur par songneuses contemplations. Et tient secret le mystere de la conception virginale iusqu'en son temps: sans se vanter enuers les autres de sa felicité. Elle s'estoit promise chambriere pour l'ouurage diuin: aussi se monstre-elle telle: elle contemple à part soy sans dire mot la nouuelle façon de faire du conseil diuin: elle considere le tout estre plein de miracles nouueaux: elle voit par tout vne abbaissance souueraine auec vne sublimité souueraine. Vn enfant se conçoit en son ventre, mais c'est moyennant le message de l'Ange, par l'operation du sainct Esprit: vn enfant nayst, mais c'est d'vne mere vierge. Il est couché en vne cresche, mais les Anges s'en resiouyssent & chantent des cieux. Il est bloty & caché en vn lieu obscur, mais le ciel adore la sublimité de l'enfant. Ces choses paracheuées en ce point, les Pasteurs s'en retournent vers leur trouppeau, en glorifiant & louant Dieu de tout ce qu'ils auoyent ouy des Anges, & de ce qu'ils l'auoyent trouué comme il leur auoit esté dit. Au reste, le huictiesme iour apres l'enfantement, que la loy de Moyse commande de circoncir l'enfant masle, en luy rognant la pellicule qui couure le bout de la verge, (car estant ce premierement sorty d'Abraham. Dieu voulut que ce fust vne marque de son peuple) ils obeirent aussi en cest endroit à la Loy, veu qu'aussi bié n'estoit-il pas venu pour rompre la Loy, mais pour l'accomplir. Et ne desdaigne pas, comme s'il eust esté entasché des pechés de ses pere & mere, prendre remede, luy qui seul exempt de toute contagion de peché, deuoit effacer tous les pechés du môde, & s'acquerir vn peuple nouueau, qui eust vn cœur nettoyé de toutes conuoitises de la chair: & ce non par cousteaux de pierre, ains par le glaiue de la parolle Euangelique nettoyant toutes choses par la foy. Outre-plus on luy bailla vn nom comme la coustume le portoit: car il fut nommé Iesus, qui est vn mot Hebrieu signifiant autant que Sauueur: lequel nom ne luy fut pas imposé par cas fortuit, ou par volonté humaine, ains du commandement de Dieu luy fut donné par Gabriel, deuant qu'il fut conceu au ventre de la vierge, à fin qu'au moins par le nom mesme les hommes fussent de prime face aduertis, qu'il estoit celuy qui bailloit le vray salut à chascun, & qui ressemblant le vray capitaine conducteur Iosué, nettoyant ses gens de toute souilleure de vices & conduyre iusqu'en la terre celeste abondante de ioyes eternelles. Iusqu'icy il a esté monstré sous certaines figures que l'Euangile deuoit estre premierement presché au peuple Iuif. Le cinquiesme iour apres la circoncision voicy venir trois Sages, attirés de loingtain pays par l'indice d'vne estoille à venir voir l'enfant: iceux adorerent le nouueau Prince du monde, & l'honnorerent de presens mysticques, signifians par quelque figure des choses que la grace Euangelique reiettée de ces murtriers Iuifs, les Gentils viendroyent à l'embrasser. De-rechef quâd ce vint au quarantiesme iour, que la Loy ordonne de presenter au Seigneur tout masle ouure-ventre, item de faire offrande pour la purification de la mere & aussi de l'enfant nay: la vierge tres-humble ne refuyt pas non plus en cest endroit, de faire comme les accouchées ordinaires, iaçoit qu'en cest enfantement il n'y eust rien de souillé, ne rien qui ne fust remply de pureté & saincteté celeste. Et de faict, qu'elle impureté pourroit auoir vne accouchée, qui de l'embrassement d'vne puissance diuine, moyennant l'operation du sainct Esprit, auoit côceu sans compaignie d'homme: Ou bien pouuoit-il auoir quelque chose de souillé en l'enfant qui nay d'enhaut estoit expressement venu pour seul nettoyer tout le
genre

genre humain de toutes souilleures de uices: Mais par ces tant singuliers exemples de mo
destie Dieu a voulu rompre l'orgueil humain: ioinct qu'il est conuenable que celuy qui e
stoit venu pour conioindre les deux parois, c'est à dire, les Iuifs & les Gentils en vne mes
me profession de l'Euangile, satisfist en tout & par tout à toute la loy Mosaique de qui l'E=
uangile deuoit premierement prendre credit & autorité. Donc la mere & Ioseph qui par
certain conseil de Dieu estoit encore tenu pour pere de Iesus, porterent leur enfant en Ieru=
salem pour au temple le presenter au Seigneur, auquel il estoit dedié & consacré: non qu'il
ait chose qui ne soit au Seigneur, mais à fin que par figure mysticque nous fussions en=
seignés, qu'entre les courages ceux sans point de doubte sont tres-aggreables au Sei=
gneur lesquels d'vne force virile d'esperit ayans vaincu les conuoitises de la chair ressem=
blant à vne effeminée, tendent apres les choses celestes & eternelles. Quoy signifiãt la loy
Mosaique, elle auoit ordonné que tout masle ouure-ventre si tost qu'il seroit nay fust con
sacré au Seigneur, fust-il nay d'hommes, fust-il nay de bestes bruttes, à fin qu'en cest affai= *Nomb.18*
re les premices en reuinssent aussi aux Sacrificateurs: tellemẽt toutefois que le premier nay *Leuit.12*
d'homme se peust rachetter des Sacrificateurs, sinon que ce fust vn enfant de la lignée de *Exo.13.34*
Leui. Or est-ce que celle mesme Loy deliure à pur & à plein de son obligation ceste saincte
accouchée, quand elle dit au Leuiticque: La femme si apres auoir conceu semence vient à
enfanter vn masle &c. Car touchant l'accouchée dont il est question, elle n'estoit pas fem=
me, veu qu'elle n'auoit eue nulle cognoissance d'homme, & si n'auoit conceu semence d'ail
leurs qu'elle eust enfanté. Item quand elle dit: Tout masle ouure-ventre, elle monstre assés
qu'elle entend parler de l'enfantement ordinaire des meres, lesquelles ayans esté premie=
rement depucelées par hõme n'enfantoit point sans souilleures ne sans deshonneur. Mais
ceste portée celeste n'a n'en entrant n'en sortant rõpu les clostures du ventre virginal, ains
plustost la cõsacre & seelle, à celle fin que par apres mesme ne son corps comme vn temple
vne fois dedié à Dieu: ne son cœur, bouete du sainct Esperit fust ouuert à aucunes souilleu=
res humaines. Donc comme subiect à la Loy ils le presenterent au temple, luy qui estoit Sei
gneur de toutes choses celestes & terrestres. Et fut racheté à vil pris, celuy qui par le pris de
son propre deuoit racheter tout le monde vniuersel. Car l'ordonnance de la Loy por=
toit que le pere & la mere rachetassent leur masle premier-nay à tout vn aigneau d'vn
an, qu'on donnoit pour bruslager: puis qu'on adioustast vne colõbe ou tourterelle pour
la purgation du peché, le cas aduenant qu'en la copulation charnelle ou apres il eust quel
que souilleure. Car ce qui se offre au Seigneur doit estre net de toutes pars. Que si la po=
ureté estoit si grande qu'on ne peust donner vn aigneau, on donnoit vne tourterelle en
lieu, ou bien vn pigeon pour le rachat de l'enfant: Et pour la purgation du peché on don=
noit vn autre tourterelle ou pigeon. Or ils firent offrãde de poures: & ne faut pas doubter
qu'ils ne l'eussent faict plus grãde, si la poureté ne les eust engardé: ils auoyent vn cœur ri=
che en pieté, mais pour nous seruir d'exẽple vne recognoissance de poureté estoit plus uti=
le. Et se firent toutes ces choses pour la dispensation du conseil diuin en sorte pour main=
tes raisons: mais entre autres nomméement à fin que ce fussent autant d'argumens pour
demonstrer en l'enfant vne verité de nature humaine. Au logis la mere fut veue enceincte:
puis elle accouchée l'enfleure de son ventre luy abbaissa: les pasteurs trouuerent l'enfant
nouueau nay: les Sages l'adorerent: il fut circoncy solennellement. Item fut aussi porté au
temple & presenté publicquement aux Sacrificateurs. Par ces choses aduint que personne
ne peut doubter de l'enfantemẽt, & que petit à petit il se bailla à cognoistre à plusieurs, mais
nomméement aux petits & craignans Dieu tant seulement. Et aussi estoit conuénable que
par plusieurs argumens & iceux non uulgaires fust confermée la chose, laquelle receue en
foy, apporteroit en tous siecles salut eternel: & non receue mort eternelle. L'Ange en est le
messagier: Ioseph qui est l'espoux y sert de tesmoing. Elizabeth la sterile enfante: Zacharie
muet, parle: tous deux sont saysis de l'esprit Prophetique. Iean tressaut au ventre de sa
mere: la vierge engendre: les Sages estrangiers accourent adorer l'enfant: les pasteurs le
publient. Par tant de signes & merueilles fut illustrée & ennoblie la nayssance fresche de
l'enfant. Maintenant à fin qu'il n'y eust sexe, eage, ny estat & profession aucune, qui ne luy
portast tesmoignage, & personne du monde de quelconque qualité ne fust laissé en arriere, *Et voicy il*
qui ne se promist salut de part luy: il y auoit lors vn homme en Ierusalem nommé Simeon: *y auoit vn*
homme ia tout froid de vieillesse, mais bouillant d'esprit: amorty de corps, mais alaigre de *homme.*
cœur, fletry d'eage, mais florissant en innocence de vie: vn homme certes vrayement iuste,
& d'vne vraye pieté & deuotion: homme non cherchant gloire & profit des hommes com=
me les Pharisiens, ains conuoiteux du salut public: homme qui n'estoit retenu en ceste

vie d'aucune autre volupté, sinon pour voir de ses yeux celuy, lequel les oracles des Prophetes auoyent promis deuoir venir, expressement pour consoler le peuple d'Israel merueilleusement affligé. Ce Simeon homme de bien qu'il estoit, auoit apperceu par inspiration du sainct Esprit, que le temps predit estoit-ia venu. Et comme il eust par prieres tresardantes faict requeste au Seigneur, que ce bien luy fust faict de voir, au moins vne fois, de ses yeux corporels, le Messias, ia par tant de siecles attendu: il auoit eu reuelation du sainct Esprit au cabinet de son cœur deuot, que point il ne passeroit le pas de la mort que premier il n'eust veu de ses yeux corporels, celuy qu'il auoit veu des yeux de foy passé long temps, à fin qu'il peust testifier celuy estre venu, de la venue duquel il ne doutoit pas, assauoir ce bien-heureux enfant, celuy que Dieu auoit oinct par dessus tous hommes mortels, pour

Le Chriſt du Seigneur.

iouyr d'vne sacrificature eternelle & à iamais perdurable. Côme donc on estoit sur le point de porter l'enfant Iesus au temple, comme dit a esté, ce bien-heureux vieillard, aduerty par l'instigation de l'esprit, s'en alla lors au temple. Et quâd Marie la mere de l'enfant & Ioseph (qui pour lors encore tenu pour le pere) l'apporterent au temple pour en faire selon que la ceremonie solennelle de purification le requeroit: apres que le Sacrificateur eut embrassé & benit l'enfant presenté, la pieté du vieillard Simeon ne se peut abstenir que luy aussi ne print entre ses bras le petit enfant souhaité: & tout quant & quât la voix diceluy (qui estoit sur le point de defaillir) se print à desgoiser louange à Dieu, & desployer comme vne chan-

Maintenant tu laiße.

son de signe, & dire: O Seigneur, i'ay tout ce que ie demandoye. Maintenant mourray-ie volontiers & ioyeusement: car tu laiße ton seruiteur en cœur tranquile & paisible, si loing de regretter rien autre chose en ceste vie, que mesme i'ay grand desir de sortir de ce mienviel corps en la compaignie des gens craignant Dieu, qui ont attendu apres ce iour-cy, sans auoir eu ce bien de le voir, excepté des yeux spirituels de la foy. Tu s'atisfais plus qu'abondamment à mes desirs, de m'auoir faict ce bien que de voir aussi de mes yeux corporels, & embrasser de ces bras de vieillard ton fils vnicque, par lequel il t'a pleu de donner le vray salut, non seulement au peuple d'Israel, mais aussi à toutes les nations de tout le monde. Ie recognoy bien ta puissance en ce petit corps abbaissé. Ie recognoy cestuy estre la lumiere du monde promise par les oracles des Prophetes: cestuy estre le Soleil, lequel tu as faict leuer, pour dechasser les tenebres de toutes nations, & faire auoir à ton peuple d'Israel de quoy se pouuoir à bon droit glorifier, i'entens le peuple vrayement tien nôn selon la chair seulement, (d'où est sorty le commmencement de salut) mais selon la parenté spirituelle, laquelle s'acquiert par foy Euangelique. Car celuy est Israelite, quicôque dressera des yeux deuots vers ceste lumiere, & par violence & impetuosité se ruera au royaume des cieux. Par le passé le peuple Iuif, s'est glorifié d'Abraham, d'Isaac, & de Iacob: item de Moyse, du temple des Prophetes. Desormais l'Israelite spirituel qui est espandu partout le monde, se glorifiera de ton fils, lequel apres tous tu as bien daigné enuoyer comme le plus grâd que tous. Bien est vray qu'a present il est comme caché & cogneu de peu, mais cy apres sa lueur resplandira, & esclairera de ses rayons toutes les côtrées du monde. Or la mere de l'enfant & Ioseph, ouyans tenir ces propos à ce vieillard poussé de l'esprit de Dieu, les confrontans ce pendant auec ce qui auoit precedé, s'esbaissoit tacitement à par-eux que vouloit dire le parler dudit vieillard. Au reste, quand Simeon eut benit l'enfant, item le pere & la mere, il

Il dit à Marie.

s'addressa à Marie, & luy dit: Ce tien fils, iaçoit que Dieu l'ait dôné expressemêt, pour conferer salut à tous: ce neantmoins la faute des hommes sera, que comme mâints embrassans le don de Dieu seront par luy redressés à l'esperance de salut eternel, ainsi plusieurs de la nation Israelite, refusans la presente beneficence de Dieu, seront iettés en perdition eternelle: car la verité par luy desployée, ceux tomberont qui au parauant sembloyent estre de bout, & se leueront ceux qui sembloyent estre tombés. Il a esté attendu de tous les Israelites, mais il ne sera pas receu de tous. Car il sera proposé à tous pour vn estandart, tel qu'on

Ceſtuy-cy eſt mis pour la ruyne.

n'en fut proposé depuis que le monde est monde: auquel toutefois plusieurs côtrediront. Les Pharisiens, Scribes & Pontifes se banderôt contre luy. Les incredules & heretiques luy contrediront: brief vn si grand tumulte s'esleuera de toutes pars, que mesme toy ne seras pas exempt de la participation des maux. Car leur cruauté ne paruiendra pas tant seulement à ceux qui croyrôt à ton fils, mais aussi à toy-mesme vne espée de douleur te tres-percera le cœur. Il a semblé bon à Dieu de proposer aux yeux d'vn chascun vn tel estandard, à fin que la lumiere de verité clerement desployée, les pensées des hommes cachées en leur cœur fussent descouuertes: & les choses toutes renuersées, fust declairé en effect iceux auoir estés fort eslongnés de la vraye iustice, lesquels enuers les hommes sembloyent estre les arcs-boutans & pilliers de iustice: fussent trouués prophanes & en impieté ceux qui s'e-

ſtoyent

ſtoyent attribué la doctrine de pieté.Et au contraire,ceux qui au parauant eſtoyent tenus
pour alienés de la religion,fuſſent demonſtrés auoir eſté beaucoup plus prochains de la
vraye religion: brief à fin que ceux qu’on auoit eſtimés, reiectés & reprouués, vne ſimple
foy & croyance les introduiſt les premiers au royaume des cieux.Les Scribes & Phariſiens
ont touſiours le Meſſias,la Loy & la iuſtice en la bouche : ils hantent ſouuent au temple:
font de longues prieres:ieuſnent ſouuent:ſe pourmeinent monſtrans leurs larges franges.
mais ils ont bien vne autre choſe cachée au cœur, que ce dont ils font monſtre en apparence les trompeuſes & abominables penſées ſeront deſcouuertes ſi toſt que la lueur de la
verité Euangelique ſe monſtrera.Les publicains,putains,& gens mal-viuans ſont forclos
des ſacrifices par tels Hypocrites & ſimulateurs de religion:mais ce ſerõt les premiers que
Dieu receura au royaume des cieux. Les Payens gens addonnés à idolatrie,changeront
ſoudain leur vie & d’ardans deſirs embraſſeront la doctrine de vraye pieté. Les Phariſiens
& Pontifes,qui tenoyent par deuers eux le comble de la Loy & religion,perſecuteront l’au
theur de la Loy,& s’oppoſeront obſtinéement de tous les efforts côtre la vraye religion.La
nuict n’a point de certain iugemẽt,& ſouuẽtefois en lieu des choſes n’en propoſe aux yeux
que les ombres & vains ſimulacres.Le ſoleil eſt-il leué,il dechaſſe tous esblouyſſemens, &
rend à chaſque choſe ſa propre face & couleur. Ces propos deſgoyſa ce ſainct vieillard
inſpiré de Dieu,en treſſaillant de ioye en ſon cœur.Or auoit-ia le Seigneur Ieſus receu teſmoignage des Anges,de la vierge,de l’eſpoux chaſte,de Zacharie Sacrificateur, de Iean en
fant non encore nay,d’Elizabeth femme mariée, des paſteurs, des Sages, des Scribes qui
ſelon la prophetie prononcerent où c’eſt que le Chriſt deuoit nayſtre,& d’Herode qui craignoit que nul ne luy vint,de Symeon qui n’eſtoit ne Sacrificateur ne Leuite,ains tant ſeule
ment eſtoit vn hõme iuſte:il reſtoit qu’il receuſt auſſi teſmoignage d’vne vefue.Tant eſtoit
d’efficace la puiſſance de l’enfant non encore deſployant toutes ſes vrayes forces,qu’il ſay-
ſiſſoit tout de l’eſprit de Dieu inſpirãt les humbles. troublant & effrayant les orgueilleux,ſi
que par tels coups d’eſſay il eſtoit aiſé à recueillir quel ſeroit le changemẽt des choſes quãd
ia hõme fait il deſployeroit publiquemẽt celle voix celeſte,reluyroit en miracles, mourroit
& reſſuſciteroit,brief quand des cieux il eſpandroit en abõdance le S.Eſprit ſur tous croy-
ans.Donc au vieillard non marié, ſucceda vne qui eſtoit vefue. Car il y auoit Anne femme   *Et il y auoit*
qui auoit tel nom de l’effect, aſſauoir de grace,(car elle auoit l’Eſprit de Prophetie) fille de   *Anne pro-*
Phanuel,hõme de renom de la lignée d’Aſer,lignée qui entre douze eſtant huyctiéſme de-   *pheteſſe.*
note par vne figure ſecrette la bienheurance de la reſurrection,(cõme auſſi Aſer vaut autãt
à dire que Bienheureux)laquelle la doctrine Euãgelique a apres adiouſtée au Sabbatiſme
des Iuifs.Laditte Anne,eſtant-ia fort eagée,ne ſembloit auoir eſté delayée pour autre cauſe,ſinon à fin que cõme elle auoit ſouhetté par prieres treſardantes, elle viſt en ſa vieilleſſe
l’efant promis,qui deuoit apporter ſalut au peuple Iſraelite. Or le S.Eſprit luy auoit reuelé
que ledit enfant eſtoit nay.Elle dõc pouſſée du meſme Eſprit qu’auoit eſté inſpiré Simeon,
ſuruint tout à l’heure, que les choſes que nous venons de racõter,ſe faiſoyent au tẽple.Icel-
le lors qu’être les Iuifs la virginité n’eſtoit encore en hõneur,auoit veſcu auec ſõ mary ſept
ans depuis ſon pucelage.Ce peu de temps fut employé pour eſtre mariée & auoir lignée:
mais la reſte de ſa vie,fut conſacrée à pieté.Car elle perſeuera en ſon vefuage enuiron quatre vingts & quatre ans.Ayant vne fois gouſté du mariage,iaçoit qu’elle fut encore d’eage
vigoureuſe,elle ne penſa pas à ſe remarier:ains cõme morte au mõde, & deſormais dediée
à Dieu ne bougeoit du temple,luy ſacrifiant aſſiduellement en victimes Euangeliques,&
ce non ſeulement de iour,mais auſſi de nuict immolant toute ſa perſonne entierement au
Seigneur, en hoſtie viuante, raiſonnable,& aggreable. Car touchant ſon corps elle l’immoloit par ieuſnes frequens,ſon cœur elle l’offroit par ſaincts deſirs & prieres. Donc comme la ſolennité de la purification ſe faiſoit au temple : comme Simeon prophetiſoit comme tout redondoit en ſainctes reſiouyſſances , tout à point ſuruint auſſi Anne pour rendre auſſi teſmoignage de l’enfant nay & conioindre les affections de ſon cœur auec les
ioyes des autres en magnifiant & louant la benignité de Dieu, d’auoir daigné regarder
ſon peuple. Et ne ſe teuſt point enuers les autres de ce qu’elle auoit veu de ſes yeux & apprins par inſpiration, ains parloit de l’enfant à tous ceux qui attendoyent la deliurance de la nation Iſraelite en Ieruſalem. Ce fut bien aſſés pour vne vefue, de publier ſeulement au temple que le Chriſt eſtoit venu, & l’enſeigner à peu qui en eſtoit conuoyteux.   *Elle louoyt*
Car encore n’eſtoit pas venu le temps, qui eſtoit reſerué aux Apoſtres,remplis de l’E-   *le Seigneur.*
ſperit de Dieu,deſquels il eſt dit:Leur bruit eſt allé par tout pays, & leurs parolles iuſ-   *Pſal. 18*
ques au bout du mõde. Finalement quand ils ſe furent deuement acquittés de tout
ce que

ce que la Loy ordonnoit pour la purification, ils s'en retournerent à Nazareth, où l'enfant auoit esté conceu. Mais quãd le roy Herode aduerty par les Sages qu'il estoit nay vn nouueau Roy de la nation Israélite, eut faict commandemẽt de tuer tous les enfans qui estoyẽt nays en Bethleem,& en tout le terroir de Bethleem, de deux ans en bas:Ioseph aduerty par l'Ange en son dormir,emmena & la mere & l'enfant en Egypte, où ils demourerent iusque apres le trespas du meschant Roy : mort lequel, de-rechef aduerty par l'Ange, ils retournerent non pas à Bethleem à fin de ne donner au fils d'Herode (qui par succession paternelle tenoit vne des parties du royaume) occasion d'exercer cruauté: mais bien en Galilée en la ville de Nazareth, où l'enfant auoit esté conceu. Car il ne se vouloit tenir caché pour vn temps. Et là le maintien de la personne pouuoit bien aisément deceuoir ceux qui craygnoyent la venue d'vn nõuueau Roy. Voyla comment iusques là le Prince celeste, nostre Prince qui pour l'amour de nous s'estoit abbaissé iusques aux langes, berceau, brayemẽs, & imbecillité corporelle d'enfance, a esté diuulgué par le tesmoignage & voix d'autruy. Au reste, faict à faict que l'eage luy accroissoit luy augmentoit la proportion & les forces du corps, dans lequel cõme en vn domicile reluysoit vn naturel admirable, faisant monstre de quelque chose plus qu'humaine. Il deuenoit semblablement fort d'esprit, lequel tous les iours de plus en plus se desployoit en son visage, en son marcher, en son parler, & en ses faicts,en quoy il n'y auoit rien, qui ne sentit sa modestie, chasteté, douceur, & pieté. Car il n'estoit point addonné aux vices,dont tel eage est ordinairement entaché, assauoir de badinerie, dissolution, d'inconstance & sottise: mais la sagesse celeste dont il estoit remply, sans attendre le temps, se monstroit dés lors en sorte que là où au parauãt il auoit esté recommãdé par le tesmoignage d'autruy, desormais ses propres graces & icelles singulieres & nompareilles le rendoit à tous & admirable & amiable. Vne sagesse, saincteté, entiereté, attrempance plus grande qu'on ne trouueroit en aucun vieillard, le rendoit admirable à chascun. Item vne douceur de meurs, courtoysie & modestie le rendoit amiable à tous.Ce n'estoit pas vne faueur vulgaire ou de peu de durée,telle que cest eage s'acquiert quelquefois à raison de quelques graces humaines, cõme seroit beauté de visage, ou bien quelque docilité hastiue : ains en luy reluysoit vne grace diuine & admirable qui attiroit

chascun à l'amour de vertu. Et iaçoit que Nazareth fust assés loing de Ierusalem, ce neantmoins le pere & la mere de Iesus, estoyent si deuots que tous les ans ils s'y transportoyent: & ce au iour de la feste de Pasques : iour qui se celebroit en fort grande solennité entre les Iuifs,& auquel l'Aigneau immaculé deuoit estre immolé en son temps: Or l'enfant sous la cõduitte de sa mere & son nourricier s'accoustumoit à pieté dés lors nous seruant d'exemple, aduertissant tous peres & meres de leur deuoir, lesquels doyuent tout incontinent & dés le berceau, par maniere de dire, destourner leurs enfans de tout bandõ, & les accoustumer à sainctes mœurs & estudes de vraye pieté : tandis que l'eage est encore tendre tandis que le naturel est encore mol & menable à toute instruction de vertu.L'enfant Iesus n'auoit pas besoing de pedagogue, mais aux autres peres & meres a esté dressé vn exemple de chaste education, & à tous enfans monstre vn patron,commẽt ils se doyuent rendre obeissans à leurs peres & meres, quãd ils les exhortent à choses sainctes. Or cõme auec l'accroissement des ans il fut aussi deuenu plus robuste approchant de l'adolescence eagé de douze ans, sa mere & Ioseph allerent en Ierusalem à la feste de Pasques selon la coustume, & le menerent auec eux.Et quand ils se furent acquittés de ce qui cõcernoit la solennité de la feste, & furent accomplis les iours ausquels on vacquoit apres le seruice diuin, la mere & Ioseph s'en retournerent en la maison : & l'enfant Iesus (ia dés lors comme fretillant de s'employer apres les mandemens de son pere,pour lesquels il estoit enuoyé au monde) demoura en Ierusalem:sans que son pere & sa mere en sceussent rien:Mais voyans finalement qu'il ne retournoit point à Nazareth, comme peres & meres sont ordinairement en soucy de leurs enfans, s'esbahirent que c'est qu'il pouuoit estre aduenu. Or pensoyent-ils qu'il se fut amusé en la compaignie de ses pareils & parens, à raison dequoy il retardoit tant à retourner. Qui fit qu'ils cheminerent enuiron vn iour le cherchant entre les parens &amys, entre lesquels ieunes garsons prennent souuent plaisir de s'arrester, les retardant ainsi vne affection de parenté. Mais ils ne trouuerent pas là Iesus, qui dés lors enseigna que celuy doit renoncer à pere & mere & parens, lequel qui veut entreprendre la charge d'enseigner la doctrine celeste. Alors le pere & la mere se voyans frustrés de leur espoir, s'en guementerent & tourmenterent tant plus : si s'en retournerent en Ierusalem, cuidans qu'il pourroit bien estre aduenu qu'il se fust là aresté auec quelque sien amy ou familier. Et quand ils l'eurent là aussi cherché entre les parens & amys sans l'y trouuer, il aduint que trois iours
apres

apres,ſans y penſer ils le trouuerent au temple,non pas oyſif ou baguenaudant, ains aſsis
au milieu des Docteurs deſquels il oyoit la doctrine & quant & quãt les interroguoit:ſem-
blablemẽt interrogué d'eux leur reſpondoit : non pas qu'il euſt eu neceſsité de s'enquerir
des hommes pour apprendre mais pour en prudemment interrogant les enſeigner, eux
qui faiſoyẽt eſtat d'enſeigner la Loy là où ils en ignoroyẽt la force : enſemble nous enflam-
mant ce pendãt à vn deſir d'apprendre, & mõſtrant que nul eage ne ſçauroit trop ſe haſter
d'apprendre les choſes qui ſeruent à la pieté.Car il y a bien des arts pour leſquels apprendre tout eage n'y eſt pas propre:la pieté ſeule ſe doit dés incontinẽt apprẽdre, & n'en faut
iamais laiſſer l'eſtude,iuſques au dernier ſouſpir de la mort:car il y a touſiours de quoy ,pſi
ter toute la vie.Or touchant Ieſus iaçoit qu'il fuſt incogneu aux Docteurs & aux aſsiſtans,
ce neantmoins il les rauiſſoit tous en l'admiration de ſoy, en ce qu'vn enfant ſi ieune par
ſes dits & reſponſes demonſtroit vne ſageſſe admirable & plus que conuenable à vn hom
me d'eage. Ils voyoyent ſon eage du corps imbecille & non encore capable de ſageſſe, &
oyoyent vn enfant, deduiſant auec vne ſingulière modeſtie choſes que Docteurs fort eagés,& qui ſembloyent-ia tenir le comble & perfection de ſageſſe, euſſent deu eſtre bien aiſes d'apprẽdre.Et ce pẽdant toutefois il n'y auoit point d'arrogãce, de crierie,ny de ventan
ce,leſquels vices ſe trouuẽt ordinairement és enfans d'entẽdemẽt haſtif deuãt le temps.Il
les interroguoit cõme ayãt enuie d'apprẽdre:interrogué, il reſpõdoit auec toute prudence
& auſsi toute modeſtie:& parainſi les enſeignoit ſans aucune mõſtre d'arrogãce.Dõt il aduint, & que les Docteurs auec leſquels il diſputoit,& que ceux qui aſsiſtoyẽt teſmoigs de là
diſpute,s'eſtõnerent grandement nõ ſeulement pour la ſageſſe nõpareille de l'ẽfant laquel
le il demõſtroit en interrogant & reſpõdant : mais auſsi pour la ſinguliere modeſtie de ſon
viſage, maintien & parler,laquelle donnoit grace à ſa prudence.Et n'eſt pas ce pẽdant cecy
toutalemẽt vuyde de myſtere profitable,que luy qu'on ne peut trouuer entre ſes parẽs & fa
miliers ſelon la chair,ſe trouua en Ieruſalẽ au tẽple. Car celle ville renõmée pour le bruit de
religion eſtoit figure ou de l'Egliſe militãte en terre ou de la triõphante au ciel.Et de faict le
ciel eſt noſtre pays vers lequel nous ſouſpirõs, ſçachãs que nous ſommes icy en vn exil,n'y
ayãt point de cité pardurable.Par tout dõc où la choſe ſe demeine par affectiõs humaines:
par tout où on s'arreſte apres les choſes qui periſſent auec ce monde,là n'eſt point Ieruſalẽ
(lequel mot Hebrieu vaut autãt à dire que viſion de paix)ny ſemblablement le tẽps dedié
à Dieu:& par conſequent n'y faut pas chercher Ieſus,qui eſt toutalemẽt celeſte.Au cõtraire,
par tout où ily a vn cœur qui ne tenãt conte de choſes qui ſont de la chair & du ſang,aſpire
apres celle biẽheureuſe trãquilité d'eſprit,laquelle la benignité diuine baille icy par la foy
Euãgelique,& la paracheue en la Ieruſalem celeſte:là eſt Ieruſalẽ,là eſt le tẽple auquel Ieſus
prẽd plaiſir:là propoſe-on & reſpõd-on tour à tour,nõ pas de la quarreure d'vn cercle, ne
de la matiere premierè ou du moteur premier,choſes que l'on peut ignorer ſansle dõmagé
de ſalut:ains de la cognoiſſance des ſainctes lettres,par leſquelles Dieu no⁹ mõſtre la voye,
moyennãt laquelle no⁹ puiſsiõs paruenir à ſalut eternel.Là on ſacrifie à Dieu victimes treſ-
aggreables,aſſauoir,plaiſir charnel,enuie,courroux,ambitiõ,auarice:là par ſaicts deſirs &
pures prieres on allume au Seigneur vn parfum treſ-aggreable.Parquoy vn chaſcun doit
mettre peine,d'auoir Ieruſalẽ au cœur,pour y preparer vn tẽple digne du S.Eſprit,à fin d'y
pouuoir loger Ieſus.Or tãdis que par tels cõmencemẽs ceſt enfant admirable s'eſſaye à s'ẽ
ployer apres l'affaire celeſte touchãt la reſtitutiõ du ſalut deshõmes,pour lequel il eſtoit de
ſcẽdu du ciel:voicy ſuruenir ſon pere & ſa mere,leſquels ne cognoiſſoyẽt pas encore à plein
le myſtere du cõſeil de Dieu.Encore reſtoit-il en eux ie ne ſçay quoy d'affectiõ humaine,ia-
çoit que par vn ſaict ſoucy ils le cherchaſſent.Ioſeph ſçachãt biẽ en ſa cõſciẽce qu'il n'auoit
nul droit ſur la portée de ſõ eſpouſe,ſe tait, la mere ſelõ ſon authorité,le tẽſe,diſant:Mõ fils
pourquoy no⁹ traittes-tu en ce poĩt:pourquoy t'es-tu retiré de no⁹en cachette:Tõ pere &
moy t'auõs ia cherché par quelques iours en eſmoy, craignãs de toy tout ce que bõs peres   Et ſa mere
& meres craignẽt ordinairemẽt de leurs enfans aymés.A ce ,ppos de Marie, puenãt d'vne   dit.
affectiõ,à vray dire,ſaincte,toutefois humaine,pour laquelle il ne failloit-ia entrerõpre vn
affaire diuin apres lequel on eſtoit lors employé,Ieſus reſpõdit aſſés rudemẽt: nõ pas que
il ſe deſpitaſt cõtre ſõ pere & ſa mere,mais pour mõſtrer qu'ẽ l'affaire Euãgelique pour le
quel il eſtoit enuoyé du Pere celeſte aucune authorité humaine n'y auoit lieu. L'authorité
deſperes & meres à ſes bornes,à laquelle il faut renõcer toutefois qu'il eſt quæſtiõ de l'affai
re du ſalut eternel.Car c'eſt biẽ la raiſon que les choſes humaines faſſent place aux diuines
& doit-on l'affaire de Dieu(auquel nous deuons & corps & ame:& de la benignité duquel
nous

nous attendons l'heritage de la vie immortelle) auoir en plus grande recommendation
que celuy de ceux defquels nous fommes engendrés & esleûés quant au corps, pour fucceder en quelque portion de biens terriens. Vray eft qu'a ceux-cy auffi nous fommes beaucoup redeuables:mais nous le fommes bien plus à Dieu, auquel nous deuōs auffi noz
peres & meres. Ainfi femblablement par apres il refpondit peu amiablement à fa mere,
quand aux nopces elle luy parloit du vin, & d'vne authorité maternelle requeroit vn miracle qui ne fe deuoit defployer que pour la gloire du Pere. Ainfi pareillement fit-il vn affes rude refponfe à ceux, qui à la requefte de fa mere & de fes coufins l'appelloyent du prefche Euangelique.Icy donc au tenfement de fa mere il fit telle refponfe : Qu'auiés vous que
faire de me chercher en fi grand foucy & efmoy ? Ne vous venoit-il pas en l'entendement
qu'il me faut eftre és affaires de mon Pere, toutes les fois qu'il m'appelle à la charge deleguée? Et ils n'entendirent pas bien que ceft que vouloit dire ce propos de Iefus. Car il demonftroit en foy ie ne fçay quoy plus qu'humain, principalement en ce ieune eage. Or iaçoit que par les chofes precedentes il n'attendiffent de l'enfant rien de vulgaire ou medio-
cre:fi n'entendoyent-ils pas toutefois encore à plein la fublimité de la puiffance diuine:
ils ne cōgnoiffoyent pas encore comment Dieu par vn confeil admirable auoit decreté de
rachetter le genre humain par fon fils. Ils oyent nommer fon pere, eux qui fçauoyent bien
qu'il n'a point de pere en terre : ils ouyent l'affaire du pere, dequoy il ne s'eftoyent encore
auifés. Ce pendant toutefois ils fe taifent, & reuerent le propos non entendu. Quoy voyāt
Iefus, il s'abbaiffa & fe rendit obeiffant à fa mere & à fon nourricier Iofeph, non pas qu'en
l'affaire Euangelique il leur deuft obeyffance, mais de fa bonté il obtempera pour vn tēps
à leur imbecillité : & quant & quant donna à tous enfans vn patron & exemple combien
fongneufement & en quelle reuerence ils doyuent obeir à leurs parens, veu que l'enfant
Iefus qui ne deuoit hommange à perfonne fors à fon pere celefte,fe rendit auffi obeiffant à
fon pere putatif & à la mere qui l'auoit engendré fans auoir fouffert dommage en fa virgi-
nité.Il fembla bon ainfi au Seigneur Iefus, de moderer tous fes dits & faicts, en forte que
tantoft il defployoit comme quelques eftinçelles de fa puiffance diuine, tantoft au contrai
re il s'abbaiffoit à vne petiteffe humaine. Ce qu'ainfi nous eftoit expedient,à fin qu'en tou
tes manieres il fut perfuadé au genre humain la verité de la nature diuine & de l'humaine
eftre tout à la fois conioincte en vne mefme perfonne. La communauté d'vne mefme nature luy feruoit pour entrer en amitié.Car chofes accointées & familieres,nous les aymons
plus ardamment & de meilleur cœur, fuyuant mefme le prouerbe ancien, qui dit : qu'vn
femblable toufiours s'adioinct à fon femblable. Puis nous nous confions plus affeuremēt
en Dieu, entant que puis qu'il ne fçait mentir & qu'il n'y a rien qu'il ne puiffe, on ne peut
ramener en doute, que s'il faict quelque promeffe il ne puiffe bien la tenir. Par ainfi donc
l'amour prend bien fa fource de la communauté de race : mais de ces commencemens elle
marche à l'amour des chofes plus foouueraines. Car comme les hommes ordinairement
pour auoir veu la beauté d'vne perfonne, font de prime face embrafés à bien-veillance,
puis apres auoir vefcu & deuifé enfemble ils ont apperceu en ce beau corps les graces fin-
gulieres de l'efprit qui y eft caché plus beau, commencent à plus vrayement & plus ardamment aymer ce que point ils ne voyent, que ce qu'ils voyent : tout ne plus ne moins la
communauté de l'humaine nature à feruy comme d'vn alleichement pour conceuoir vne
amour enuers le Seigneur Iefus:mais de là nous montons iufqu'à l'amour de la puiffance
diuine. Soit donc qu'il s'abbaiffe à noftre imbecillité, foit qu'il s'esleue à fa fublimité il
procure noftre falut. Iefus donc laiffe le temple & Ierufalem, & en obeiffant à fon pere & à
fa mere s'en retourne à Nazareth. Ayés honte enfans & adolefcens qui ne tenés cōhte des
aduertiffemens de voz peres & meres, vous enhortans à honnefteté : veu que Iefus pour
vn temps à laiffé l'affaire de fon pere de peur de dōner tant foit peu d'apparence d'enfant
defobeiffant. Ayés honte gens idiots, qui vous rebellés contre voz Euefques, voz peres
fpirituels : veu que Iefus fuperieur rendoit obeiffance à fes inferieurs, Dieu aux hommes.

Et fa mere gardoit tou-
tes ces chofes.

Vray-eft que fa mere femblablement luy obtempere, voyant de luy faillir vne vigueur diuine : & fe fouuenant de la prudente modeftie d'iceluy,ne defcouuroit rien encore,comme
font femmes babillardes, ny n'affermoit des chofes qu'elle admiroit plus toft qu'elles ne
les entendoit:mais tout tant que dés le commēcement eftoit aduenu entour l'enfant, tout
ce qu'il difoit ou faifoit, elle l'amaffoit en vn & le ferroit en fon cœur, par les commencemens admirables des chofes faifant coniecture des yffues : & ne faifoit rien fans le noter,
que puis apres elle peuffe, auec plus grande certitude raconter le tout aux difciples, qui

deuoyent

deuoyent annoncer la vie de Iesus par tout le monde. Ce pendant Iesus n'estoit encore cogneu que de bië peu, se tenoit en Nazareth petite bourgade, viuant cõme sous la puissance
& maistrise de son pere & de sa mere, iusques que le temps ordonné du Pere, vinst, auquel il
se deuoit manifester au monde par miracles & predications: nous aduertissant ce pendant
à son exemple, que personne ne soit si temeraire & importun que de s'ingerer soy-mesme
à la charge Euangelique, que premier par accroissement d'eage, par mœurs irreprehensi-
bles, par doctrine saincte, & par vocation celeste il ne se soit acquis l'authorité d'enseigner.
Car Iesus iusques enuiron le trentiesme an de son eage, n'a pas faict chose de trop grande
excellence, excepté que comme il profitoit en stature de corps, en force & accroissement
d'eage, par dessus la portée & capacité humaine: ainsi plus abondamment se desployoit
en luy celle sagesse celeste & autres graces diuines, pour lesquelles comment ils estoit tres-
agreable à Dieu, ainsi en entroit-il tous les iours de plus en plus en la grace des hommes:
dissemblable en cela aux Scribes & Pharisiens, lesquels par fausse apparence de saincteté &
sagesse, se faisoyent valoir aux yeux des hommes, là où au yeux de Dieu, ils estoyent remplis de toute souilleure de vices. Et non seulement pour le salut du genre humain, qui deuoit estre racheté par vn conseil tout nouueau & non ouy, mais aussi pour l'instruction de
nostre vie, il estoit aussi expedient que Iesus petit à petit & cõme de degré à autre pas à pas
baillast à cognoistre aux hommes les graces diuines dont il estoit remply, & ce pour nous
enseigner (apres auoir aprins les rudimens de iustice, de laquelle on doit estre abbreué
dés l'enfance) de tirer par perpetuel auancement à la perfection. Car comme le corps a ses
accroissemens iusqu'à vne certaine mesure de stature, & certaines forces, s'auançanst dés
l'enfance à adolescence: d'adolescence à ieunesse, de ieunesse à eage virile: ainsi pareille-
mént la pieté a ses accroissemens, iusques que nous paruenions à vne parfaitte fermeté du
plein eage de Christ. Car Christ agrandit en nous & y accroist quand és rudimens de la
foy nous profitions en sagesse & plus grans mysteres de la saincte Escripture: quand laissans le laict de la chair, nous appettons la viande solide de l'esprit: quand laissans la lettre
de nulle saueur, nous auons soif du sens mystique, quand ne tenans conte des choses terriennes nous nous enuolons apres les celestes. Car il n'y a point d'ordre que le corps selon
le cours de nature tousiours s'aduance en mieux, & que l'ame par nostre nõchalance tousiours retombe de mal en pis. Et de faict nous la voyons ordinairement ainsi aduenir. Les
adolescens degenerent de la pureté d'enfance à lasciuité: de-rechef la ieunesse s'aduance à
noises & debats: & l'eage viril à ambition & auarice. Dont il aduient que tant plus que
l'homme vient sur l'eage, d'autant plus il s'eslogne d'innocence. Au reste, ceux qui ont vne
fois vestu Iesus Christ, il faut qu'à son exemple tousiours ils tirent de mieux en mieux, à fin
que premierement ils se rendent aggreables à Dieu par pureté d'esprit, & quant & quant
par syncerité de vie s'acquierent vn bien enuers les hommes.

C H A P I T R E   I I I.

Vouys, mon bon Theophile, par quels commencemens Iean l'auant-coureur, & le Seigneur Iesus ont faict leur monstre pour l'office de la predication
Euangelique. Entens maintenãt, par quel moyen, & bon-heur ils ont entreprins l'affaire à fin que tu voyes que rien du monde n'y a esté faict fort vistement, ou par prudence humaine: ains le tout par la prouidence diuine, mo-
derãt son affaire par façon toutes nouuelles. Or estoit-ia venu le temps, que le regne cele-
sté estant desployé le regne terriã deust decroistre: la sacrificature spirituelle mise en auant,
la figuratiue, dont les Iuifs s'estoyent compleus iusques à lors, vinst à s'esuanouyr. Ia estoit
mort Cesar Auguste, suyuant l'edit duquel s'estoit faict vn registre de tout le monde, & sous
lequel nasquit Iesus Christ. Ia estoit allé de vie à trespas ce meschant Herode, qui auoit
cherché l'enfant pour le mettre à mort: & son fils Archelaus pour ses mœurs par trop paternelles estoit enuoyé en exil. A Auguste succeda Tybere Cesar, lequel estoit-ia au quin-
siesme an de son Empire souuerain. Ponce Pilate Romain estoit preuost de Iudée: & Herode, frere d'Archelaus, Cesar luy assigna le gouuernement de Galilée. Philippes auoit obtenu l'administration de celle partie de Syrie, ditte Iturée, & Trachonite pour l'asperité des
montaignes: car elle prend son estendue depuis le Liban & les montaignes d'Idumée iusqu'à la contrée occidentale de Syrie. Et à Lysannias estoit escheute la contrée ditte Abilene,
ainsi nommée d'Abila mere ville d'iceluy quartier, à laquelle Lysanias puis apres changea
le nom en Lysenion. Car Auguste pour dompter ce royaume l'auoit departir à quatre freres, à Herode, à Philippes, à Antipater, & à Lysanias, lesquels pour ceste cause furent appellés quatreniers, le nom de roy aboly. Qui seruoit aussi d'indice que le royaume Iudaique

z   auoit

auoit à perir en brief, selon la prophetie. Mais la contrée la plus saincte de Iudée, où estoit Ierusalem & le temple, & d'où estoit natif le Seigneur de tous. Pilate Romain en auoit le gouuernement, denotant par cela que le royaume celeste reietté des Iuifs, les Payens s'y viendroyent fourrer. Semblablement aufsi la sacrificature, comme celle qui deuoit bien tost prendre fin, estoit vague & mercenaire, dont la primauté estoit lors par deuers Anne & Caïphe, deux personnes d'vne impieté nompareille. Donc les choses decoupées & troublées en ce point entre les Iuifs, le regne celeste & vne nouuelle sacrificature s'esleua pour lequel publier estoit choisi Iean fils de Zacharie. Iceluy apres auoir iusques là demeuré caché entre les bestes sauuages, & mené vne vie d'vne austerité incredible, en vn desert vestu de poils de chameau, ceinct d'vne ceinture de pellice, viuant de miel sauuage & de langoustes, n'attouchant nullement ne vin ne ceruoise, à celle fin qu'il peust estre suffisant pour prescher repentente : & qu'il preschast de vie premier que de parolle : & fust exempt de tout crime, pour en toute hardiesse reprendre les autres vices : finalement fust inspiré & aduerty par l'esprit de Dieu, & sortit des cauernes du desert, & se transporta non pas au temple (lequel lieu estoit assigné à Christ) mais par toute la contrée d'entour le Iourdain, à fin qu'il y eut moyen plus prompt de baptiser. Or preschoit-il que le regne des cieux estoit pres, enhortant les gens à se preparer au salut qui deuoit aduenir en s'amendant de leur vie passee : & que par le baptesme, d'eau lequel il donnoit, comme auant-coureur, ils se rendissent idoynes pour le baptesme de l'esprit que donneroit celuy qui estoit sur le point de venir. Cela se faisoit lors que l'inspiration du sainct Esprit

Esaie 40

de Dieu, qui dés long temps par la bouche d'Esaie le prophete l'auoit predit deuoir ainsi aduenir. Car touchant la predication de Iean, voicy qu'il en dit : Il y a vne voix d'vn qui crie en vn desert : Apprestés son chemin, & faittes droits ses sentiers, de peur qu'il ne prenne desplaisir en la mauuaistie de voz complexions & se recule de vous. Il vient à tous : il faut que tous luy aillent au deuant. Il faut tout applanir. Toute valée sera remplie : & toute montaigne & tertre sera abbaissé. Ceux qui estoyent haussés entre les hommes pour vn bruit de iustice en sagesse, mettront ius leur hautesse à fin d'estre capables de la iustice & sagesse diuine. Ceux qui comme idiots & gens dissolus gisoyent contemptibles enuers les hommes, seront tout à coup par obeissance Euangelique redressés pour auoir communauté du royaume des cieux : ce aufsi qui au parauant estoit tortu & courbe, sera soudainement applany selon la regle Euangelique : brief, ce qui par halots de vices & maux estoit raboteux sera changé en chemin applany & tout vny. Car tels cœurs ayme le Seigneur, pour y cheminer. Les choses seront tellement renuersées ce dessus dessous à la venue d'iceluy, que ceux qui desesperoyent, seront redressés en esperance : ceux qui se confioyent en eux-mesmes, seront reiettés pour iamais n'estre remis sus. Ceux qui au parauant estoyent estimés sages deuiendront fols : ceux qui sembloyent fols, vne sagesse celeste leur sera donnée. Ceux qui au parauant estoyent idolatres, deuiendront adorateurs du Dieu viuant : ceux qui sembloyent adorer Dieu, seront trouués auoir esté idolatres. Ceux qui au parauant estoyent coleres, deuiendront paisibles & bien-faisans : ceux qui au parauant seruoyent à paillardise, embrasseront desormais chasteté. Ceux qui au parauant rauissoyent l'autruy, maintenant eslargiront le leur. Par

Et toute charite voirra.

quoy, apprestés vous pour la venue de ce reformateur des choses. Voicy bien tost arriuer le Seigneur, & le verront non seulement les Iuifs, mais aufsi toutes les nations de tout le monde verront des yeux de foy, le commun autheur de salut, par qui Dieu offre vne felicité gratuite à tous ceux qui en saincte croyance & amendement de leur vie passee le recueilleront en sa venue. Ces choses auoit prophetisé Esaie tant de siecle auant, touchant la personne de Iean, & si respond l'euenement en tout & par tout à la prophetie. Qu'ainsi soit, si tost que Iean se fut mis à prescher, vne grande trouppe de gens, laissoyent leurs maisons (demonstrans par cela que celuy qui aspire à salut doit abbandonner les affections domesticques) & s'amassoyent vers le riuage du Iourdain, pour se faire lauer par luy : non pas que Iean pardonnast les pechés, ains par tels commencemens il preparoit les cœurs des hommes au salut aduenir. Car vne bonne partie de santé, c'est cognoistre sa maladie : & qui est capable du remede, il en est plus prochain de salut. Or pourautant que le premier degré de repentance prouient de la crainte de Dieu, à fin que premierement on craigne le supplice de sa iuste vengeance, puis qu'on ayme la liberalité de sa beneficence : Iean crioit auec grande hardiesse à l'encontre de ces hautains Pharisiens & Scribes, qui iusqu'à present auoyent suyui l'impieté de leurs peres à la trasse, gens enflés d'vne fausse persuasiõ de iustice, ennemys de la vraye religiõ, mesprisans mesme les autres hõmes

& se

& se complaissans en eux-mesmes, pour ceste seule raison que selon la chair ils estoyent
yssus d'Abraham : comme si Dieu faisoit estime des hommes pour la race, & non pas plus
tost pour les vertus de l'ame. Race de viperes (leur disoit Iean) qui de peres tref-mauuais
estes enfans remplis de malice : comment aués vous senty s'approcher la vengeance de
Dieu, n'est que de bonne heure vous vous amendiés? Qui vous a aduertis de fuyr la rigo-
reuse vengeance de Dieu ia prochaine, laquelle n'espargnera n'eage, ne natiõ, n'estat quelconque? Tout ainsi que le remede est offert à tous ceux qui se rendent guerissables : ainsi
vne punition attend tous ceux sans exception qui ne se veulent amẽder de leur vie passée.
Pourquoy ne vous à attirés vne amour enuers Dieu, là où maintenant vous pousse vne
crainte du supplice? Vostre cœur n'est pas encore changé. Parquoy, si vrayemẽt vous vous
repentés de la vie passée, changés de complections & demonstrés par effects que vous
soyés amendés. Iusqu'à present vous aués comme arbres sauuages, porté des mauuaises
œuures, aigres & pernicieuses, orgueil, colere, auarice, enuie, hypocrisie, debats. Maintenãt
si vrayement vous estes conuertis en bons arbres, portés de bons fruicts pour tesmoings
du changement de vostre cœur en vn autre. Il n'est-ia besoing de changer d'habits, ne de
sorte de viandes, il faut changer les mauuaises conuoitises des ames. C'est-cy la racine de
l'arbre laquelle estant d'vn suc amer & pestilentieux, les rameaux portent de mauuais
fruicts, au cõtraire si la racine baille vn suc doux & salutaire, les rameaux portẽt ces fruicts
de l'esprit dignes de Dieu : assauoir en lieux de hayne, charité : en lieu d'amertume, ioye : en
lieu de discord, paix : en lieu de felonnie, souffrance : en lieu de rapacité, bien-faisance : en
lieu d'impudicité, chasteté : en lieu de trischerie, simplicité : en lieu d'arrogance, modestie : en
lieu de superstition, pieté. Ce sont ces choses qui demonstrent les vrays & naifs Iuifs, les
vrayement circoncis & enfans d'Abraham. En tels sacrifices, prend Dieu plaisir. Maintenant s'approche la lumiere : s'en aillans les ombres : voicy venir la verité, qu'hypocrisie luy
fasse place : mettés ius la vaine confiance, en laquelle iusqu'à present vous ont entretenus
les figures des choses spirituelles. Ierusalem la saincte cité : le temple du Seigneur : boucherie de bestes, lauemens de corps, Sabbatismes & vocation, nouuelles Lunes, choix de viandes, larges frãges, tristes ieusnes, & autres telles obseruations lesquelles la Loy a ordõnées
pour vn temps pour seruir de figures des choses de l'ame, ou bien les Pharisiens les ont
controuuées pour vaine apparence de saincteté : toutes telles choses auec la circoncision
mesme prendrõs fin. Desormais celuy sera tenu pour Iuif, quicõque confessera & aduouera
celuy qui est sur le point de venir. Celuy sera circoncis, quiconque par foy aura le cœur
nettoyé des mauuaises conuoitises. Pourtant, gardés vous de dire en vous-mesmes :
Nous sommes enfans d'Abraham : c'est à nous qu'est promis l'heritage de salut : le Seigneur n'abbandonnera point son peuple. Ainçois comme l'impieté de voz peres si vous
vous amendés, ne nuyra de rien : ainsi la saincteté d'Abraham vostre pere ne vous profitera de rien, si vous perseuerés en vostre malice accoustumée. N'est que toutalement vous
vous changiés & portiés fruicts dignes de l'Euangile : vous serés reiettés, vous serés desherités, brief vous perirés du tout. Et ne sera-ia Abraham sans posterité, ne Dieu sans vn peu
ple de qui il soit seruy & adoré, auquel il baillera l'heritage promis, encore que vous vous
reuoltiés de luy. Car ie vous asseure bien de ce-cy c'est que Dieu peust bien, mesme de ces
pierres dresser des enfans à son amy Abraham, auquel il a promis autant de semence qu'il
y a d'arene en la mer & d'estoilles au ciel. Desormais les enfans d'Abraham seront estimés
non de l'affinité charnelle, mais de l'imitation de foy. Abraham aduouera pour enfans
mesmes les Sogdiens, les Goths, & Scythes, qui embrasseront le Messias : & vous, n'est que
vous croyés il vous tiendra pour estrangiers. Iusqu'à present Dieu vous a supportés, vous
qui aués porté vn tel quel fruict de la Loy, victimes, vœus, ieusnes, lauemens, vocations,
choix de viandes, la pellicule rognée & circoncie. Ces choses auoyent vne apparence de
religion, mais seulement au dehors. Ce sont les feuilles de l'arbre, execrable deuant Dieu,
n'est que les fruicts de l'esprit y soyent quant & quant les accompaignant. Mais desormais
vn chascun sera estimé selon les vrays biens ou maux de l'ame. Voicy venir vn plus rigoreux iugement de Dieu : voicy venir celuy qui voit mesme les plus profondes cachettes
des cœurs. Et de faict, la coignée est-ia mise à la racine de l'arbre, arbre long temps supporté : Le peuple d'Abraham sera couppé de dessus la souche, & y seront entés des Payens ressemblans à Abraham en croyance. Vous n'aués point presté l'oreille à Moyse, ny aussi aux
Prophetes, d'entre lesquels vous en aués mesme tués plusieurs : vous aués faict la sourde
oreille à la parolle de la Loy. Maintenant en voicy venir vn si grand que plus grand n'en
pourroit-on enuoyer, & apres lequel n'en faut point attendre d'autre. Toute la nation

z z   Israelite

Race de
viperes.

Iſraelite s'en va eſtre ruynée, n'eſt que de bonne heure vous vous changiés en mieux.
Car tout arbre qui ne porte bon fruict de foy, ſera couppé & ietté au feu. Il n'y a point d'entre-deux, il n'y a nul delay: il faut ou par vraye pieté s'en aller haſtiuement à l'eternel ſalut,
ou ſi on ne veut cela faire, toutalement perir & ſans remede. Par ce propos de Iean, tant
aſpre & plein de menace, le commun peuple des Iuifs, fut effrayé & dit: S'il eſt ainſi que tu
dis, qu'es-tu donc d'auis que nous faſsions pour eſchapper le courroux de Dieu, & obtenir ſalut? Ia commençoyent-ils d'eſtre gueriſſables, puis qu'ils recognoyſſent leur maladie, & demandent remede. Pour ceſte cauſe, Iean leur monſtre vn remede d'efficace par
tout à tout. Car il ne les inuite pas à victimes de beſtes, & autres purifications Iudaïques,
mais à œuures de charité. Il n'y a victime qui pluſtoſt appaiſe Dieu, que bien-faiſance entiers le prochain. Dieu n'a pas faute de noſtre bien-faict: mais il ſe laiſſe imputer, tout ce
que pour ſon regard eſt donné au prochain neceſſiteux. Donc Iean leur dit: Qui a deux
robbes, qu'il veſte de l'vne ſon frere qui eſt nud. Et qui a des viures pour deux, qu'il en de-
parte la moytié à qui à faim. Par ces deux exemples Iean demonſtra groſſierement au
peuple que c'eſtoit vn moyen de fort grande efficace pour appaiſer le courroux de Dieu, ſi
en toutes façons nous faiſons du bien au prochain neceſſiteux & diſetteux dequoy que ce
ſoit, d'habillemens, de viures, de boiſſon, de logis, de ſecours, de ſoulas, d'enſeignement,
d'exhortation. Et non ſeulement de ce qui nous reſte d'abondant, nous en deuons ſecourir la neceſſité preſente de noſtre frere, auſi des choſes qui nous ſont beſoing, nous en faut
retrêcher quelque choſe toutes les fois que la neceſſité du prochain requiert ſecours ſur le
champ & à l'heure. Donc ce remede commun à tous, fut donné au commun peuple. Les
peagiers auſi y allerent, effrayés de la predication de Iean, gens autrement addonnés à
rapine & qui au dommage du commun font leur profit, contempteurs de religion, & ob-
temperans pluſtoſt aux edits des Princes, qu'au commandemens de Dieu: gens qui comme ainſi ſoit qu'enuers toutes nâtiôs ils ayent mauuais bruit, nommêement entre les Iuifs
ils eſtoyent pour abominables. Et toutefois la predicati ôrigoureuſe de Iean auoit donné
vne telle frayeur à tous, que ceux-cy auſi allerent à luy demandans d'eſtre laués & deſiras
d'apprendre, par quel moyen ils pourroyent appaiſer le courroux de Dieu. Et Iean, vray
auant-coureur de celuy qui ne deuoit reietter nully pour grans que peuſſent eſtre les pechés dont l'homme ſeroit infecté, fit auſi aux peagiers vne reſponce douce & amiable.
Si vous ne pouués encore eſlargir du voſtre, pour le moins que ce vous ſoit vn premier
degré pour amendement de vie, de vous abſtenir de rauir l'autruy. Voſtre ſalaire vous eſt
aſsigné de Ceſar: il eſt limité que c'eſt que vous deués leuer du peuple. Ne faittes nulle ex-
torſion pour voſtre profit, outre ce qui eſt limité. Apres les peagiers y allerent auſi les gendarmes, gens de violence & impieté, contempteurs des loix, ſoudain à frapper, ayans leur
ame en vente, aymans rapine, ſe laſchans la bride à felonnie & inſolence. Et toutefois eux
auſi effrayés de la vengeance diuine, s'en vont vers Iean, recognoiſſent leur malice, demandent d'eſtre laués, & s'informent par quels moyens ils pourroyent appaiſer le courroux de Dieu. Certainement c'eſtoit à tels gens vn grand auancement, de recognoiſtre
leur maladie, & eſtres touchés d'vn deſir de meilleure vie. Pourtant eſt-ce que Iean n'oſe
pas leur encharger vne bien-faiſance enuers le prochain, ains ſe penſa que ce ſeroit vn degré aſſes grand pour le premier auancement, s'ils s'abſtenoyent de mal-faire. Or eſt-ce
que gendarmes ſont ordinairement nuiſibles principalement en trois ſortes, en calomnie,
en violence, & en rapine. Car ſouuentefois les armes leſquelles données de part le Prince,
pour la defenſe de tranquilité publicque à l'encontre des ennemys, ils les tirent contre les
citoyens meſmes: & ce dont le ſalut public deuoit eſtre maintenu, ils en vengent leurs haynes particulieres. Parainſi ſouuentefois ils pillent, boutent le feu, robbent, violent femmes,
rompent portes, chaſſent hors leur hoſte & le battent. Et par ce que ſouuent ils font telles
choſes ſans en eſtre punis, ils penſent qu'elles leur ſoyent licites. Item il en y a les vns qui
enuers les Princes ou Capitaines calomniêt à tort les innocens, à fin que pour recompenſe
de la calomnie ils emportent vne partie de la confiſcation. Et à telles laſchetés quelquefois
les Princes font ſemblant de n'y voir goutte, voulans gratifier à leurs gendarmes. La plus
part entant qu'ils deſpendent en paillardiſes, ieux de dets & yurôgnerie les gages qui leur
ſont aſsignés du Prince, remediêt à la perte par rapines & larrecins, & tant s'en faut qu'ils
payent ce qu'ils doyuent, que meſme ſans aucun adueu ils arrachêt aux paſſans ce qui ne
leur eſt deu, ſe faiſant accroire que tout leur eſt loiſible ſous ce nom de guerre: là où la guerre a auſi ſes loix & n'eſt pas toutalement à condamner pourueu qu'on l'entreprenne
pour iuſte cauſe, c'eſt à dire, pour la defenſe de la tranquilité publicque, ſi c'eſt en ſorte
qu'on

Que ferons nous donc?

Maiſtre que ferons nous.

Ne faittes in-iure à per-ſonne.

qu’on ne peut l’euiter, si c’est par Princes craignans Dieu : si c’est auec le consentement de
ceux qui y ont interest : si c’est que la guerre soit denoncée par solennités legitimes : si c’est
qu’on la maine auec moyés raisonnables & moderés, assauoir auec la moindre effusion de
sang humain qu’il sera possible ; auec le moins de dommage qu’on pourra de ceux qui ne
sont point cause de la guerre : si c’est que la temerité des gendarmes soit reprimée par Capitaines : si nuls gendarmes n’entrent au combat sans auoir presté le serment : s’ils ne le font
que premier le signe de chocquer soit baillé par le cōmandement des Capitaines : si on cesse de combatre si tres-tost qu’on aura sonné la retraitte : si le plus tost que faire se pourra, on
met fin à la guerre. Iean donc mōstre à telles gens que c’est qu’ils ont de costume de faire, &
puis que c’est qu’ils doyuent desormais euiter, s’ils veulēt eschapper la vengeance de Dieu.
Si leur dit : Ne foulés personne : n’accusés personne à tort pour en auoir profit : ains soyés
contens de voz gages. Or ces choses fit Iean auec si grande authorité, que le peuple commença à penser, chascun en son cœur, qu’iceluy pourroit bien estre le Messias : & y en auoit
plusieurs qui tacitement le pensoyent ainsi & le ruminoyent en leurs cœurs, combien que
Iean par vne singuliere modestie de cœur dissimulast sa grandeur. Et vela la legiereté du
simple peuple de plus attribuer que de raison à ceux qu’il a en admiration : ceux qu’il hayt,
de calomnier tout en iceux. Mais telle affectiō du peuple fit paroistre la parfaitte modestie
du tres-sainct personnage, qui fut si loing de s’attribuer & vsurper la louange d’autruy,
que quand elle luy fut offerte de plein gré, il la reietta vaillamment : & à cela seruit l’erreur
du commun peuple que la dignité de Christ nō encore cogneue que de bien peu de gens,
fut verifiée par vn tesmoignage autenticque & public. Car si tost que par l’inspiration du
sainct Esprit Iean eut descouuert les secrettes pensée du peuple, il leur parla en ceste maniere : Vous faittes cas de moy pour le regard des choses visibles, comme sont viures, habillement, & lauement : mais les choses inuisibles sont bien de plus grande efficace. Comme en
l’homme la vertu de l’ame qui ne se voit point, est bien plus excellente, que celle du corps
qu’on voit à l’œil. De moy, bien que ie vous laue d’eau, neantmoins ie ne remets pas les
pechés, ains vous prepare à vn lauement de plus grande efficace, lequel vous receurés de
celuy duquel ie vous denonce la venue, estant à vray dire, plus grand que luy quant à l’eage, & premier quand à l’ordre des predications, mais bien plus inferieur que luy en puissance. Car celuy qui viēt apres moy, me surpassera en tel degré, que moy, de qui vous faittes
quelque grande estime, ne suis pas digne de luy destacher la courroye de ses souliers. Ie suis
son seruiteur, & non son compaignon : ie suis son auant-coureur, mais c’est comme l’estoille de l’aube du iour deuance le Soleil, pour estre incontinent obscurcie par vne plus grāde
lumiere. Et ce mesme que i’ay, ie l’ay de sa benignité. Ma doctrine est de petite importance,
si on l’accompare à la sienne : mon lauement est de nulle efficace, si on le confronte auec le
sien : car luy estant celeste donnera choses celestes : moy terrestre parle choses terrestres &
basses. De moy, ie vous laue le corps d’eau : cestuy là vous lauera les cœurs, du sainct Esprit
& de feu. De tant que l’esprit est plus penetratif que l’eau, de tant que le feu est de plus
grande efficace que l’eau, d’autant plus sera puissant son lauement que le mien. I’a qu’a
present on n’a sceu qui estoyent les vrays executeurs de pieté. C’est chose aisée que de se lauer d’eau, d’assommer vne victime, & de ne manger point de chair de pourceau. Maintenant vne doctrine se desploye telle & est le temps à la porte, qu’on ne pourra plus ignorer
qui seront les vrayement gens de bien, & qui non. Car cestuy viendra pour executer les
menaces tant de fois faittes par les Prophetes, pour par vn iugement rigoureux metre difference entre les gens de bien & les meschans. Et de faict, il aura vn van en sa main, comme
celuy à qui a esté baillée toute puissance tant au ciel qu’en la terre. Il nettoyera son aire à
tout ce van ineuitable, vannāt vn chascun & l’examinant par le van de croix & affliction.
Ceux qui seront paille, coulouré d’vne apparence de religion, mais au dedans vuydes de
vraye religion, ils s’esparpilleront par tout où là conuoitise humaine les portera. Mais
ceux qui seront bled, ayans au dedans vne solide ferme & vraye pieté, il ne seront pas esparpillés du vent, ains la paille estant sescousse, monstreront l’immuable force de leur courage. Celle tempeste ne fera pas meschans les gens : mais descouurira quels ils estoyent
voyre lors qu’on ne les voit point : ne plus ne moins que la lumiere quand elle est leuée, ne
rend pas les hommes aueugles ou difformes & laids, mais declare qui estoyent les difformes ou aueugles. Or la verité Euangelique est vne lumiere, laquelle ne pourront endurer
ceux qui au parauant se faisoyēt valoir par vne fausse apparence de saincteté, là où enuers
Dieu, ils estoyent abominables. Ceux l’embrasseront, lesquels estant tenus pour abiets,
selon le monde, neantmoins auoyent vne affection de pieté au cœur. Ceux qui apres auoir

Mais vn plus
fort que moy
vient.

Et son van
sera en la
main.

ouy la vigueur de la doctrine celeste, seront incités à malefice & meurtre, ne commēceront
pas seulement alors à deuenir meschans, mais ce sera vne occasion baillée pour faire paroistre quels ils estoyent au parauant. Et de faict l'occasion ne faict pas les meschans, mais
elle les descouure. Celuy qui quand perte de biens luy sera proposée & le dāgier de croix &
de mort mis au deuant, se desbauchera de la profession de verité, il ne commencera pas
orprimes lors à estre meschans, ains declarera quel il estoit au parauant. Si l'homme a esté
laué d'eau, ce n'est pas pourtant à dire qu'il en doyue tenir bon en cest examen: mais celuy
qui aura esté abbreué de l'esprit celeste, qui aura conceu vn feu de charité inuincible, vn
tel ne sera esbranlé pour aucune tempeste de maux, ains en deuiendra de tant plus net &
ferme, ne plus ne moins que l'esuentement de l'air nettoye le bled & la force du feu espuire
l'or. Parquoy que chascun s'appreste pour celle rigoureuse & viue secousse, sans rien se confier n'a noblesse de race, n'a saincteté d'ancestres, n'a ceremonies corporelles de la loy Mosaique: ains en se munissant l'esprit de secours plus solides. Il emporte beaucoup pour
chascun, quel il sera trouué. Salut eternel, & eternelle perdition sera la difference entre les
Israelites massifs & les vuydes, entre les legitimes & les bastars. Car il nettoyera le bled &
l'amassera au grenier de la vie celeste & la paille il la brulera en vn feu qui iamais n'esteinct.
En ceste vie le iugement se prolonge aucunement: mais apres ceste vie les meschans sont
punis d'vne peine eternelle. Par tels & plusieurs autres propos Iean enhortoit le peuple à
amendement de leur vie passée, & à desirer le Messias qui tantost deuoit venir, & les enhortoit en les menaçant du peril, les esguillonnant par salaires, & par ioyeuses nouuelles de
salut esueillant les cœurs populaires à l'estude de pieté Euangelique. Et ceste franchise de
parler, le commun peuple le porta à raison de la saincteté nompareille du personnage:
item les peagiers & aussi les gendarmes l'endurerent, estans reprins, ils recogneurent leur
maladie, & effrayé chercherent le remede. Voire-mais Herode ne peut l'endurer, voulant
par vne audace royalle que tout ce qu'il luy viendroit à plaisir, luy fut loysible. Tant y-a
toutefois qu'il aymoit Iean, il voyoit & approuuoit l'entiereté nompareille de la vie d'iceluy, & en prou de choses suyuoit le conseil du personnage. Mais en ce en quoy principalement il eust deu croire aux parolles de Iean, non seulement il ne se rendoit pas obeissant,
mais aussi l'homme qui l'aduertissoit de son biē, il le mit en prison, & celuy qui le retiroit de
perdition, il le mit en perdition. Telles sont le plus souuent les affections des Princes, lesquels la sagesse Euangelique n'a encore affranchis de la maistrise des vilaines conuoitises.
Ils maistrisent les autres, là où eux-mesmes seruent à leurs affectiōs violentes: & pour cela
mesme se reputent estre Roys, qu'ils sont esclaues de vilenie sans en estre punis. Ils s'accompaignent quelquefois de personnages renōmés en saincteté de vie: deuisant quelquefois
auec eux: font quelque choses selon le cōseil d'iceux: non qu'ils ayent la vraye pieté à cœur,
mais à fin que par tel fard ils acquierent bruit d'entiereté, & addoucissent l'indignité de
leurs mal-faicts: comme quand ils pillent le peuple, esmeuuent des guerres illicites: exercent cruauté sur ceux qui procure le bien de la republicque: on viēne à penser qu'ils fassent
aussi ces choses par le conseil de tels personnages bien approuués. Ainsi des poils de chameaux dont Iean estoit vestu, de la ceincture de pellice dont il estoit ceinct, de sont viuré
assés maigre, de l'innocence de toute sa vie, de l'authorité qu'il auoit enuers le peuple, Herode s'en seruoit pour maintenir sa tyrannie. Qui est aussi la cause que puis apres le Seigneur Iesus l'appelle renard. Car telle est la ruse des Princes de ce monde, chés lesquels si
quelquefois il aduient que personnages Euangeliques soyent appelés, il faudra ou que
tels s'abstiennēt de viure auec eux auec lesquels plustost ils se corromproyent, qu'ils ne les
fleschiroyent à amendement: ou qu'ils apprestent leurs courages à vne telle recompense
qu'a eue Iean pour auoir dit la verité sans la desguiser. Car comme ainsi fut qu'Herode retenans les complections de ses peres & ayeuls, perpetrast beaucoup d'impietés & tyrānies,
en pillant le peuple, foulant la liberté, punissant és autres ce que luy-mesme commettoit,
ayant les offices de Magistrats & la Sacrificature en vente, & tenant publicquement chés
soy Herodias la femme de Philippes le frere d'iceluy, laquelle il auoit rauie à son frere de
son viuant, auec vne sienne fille: ce sainct personnage (assauoir Iean) ne pouuant souffrir
ces tant incestueuses nopces en vne maison de Roy, dont principalement deuoit sortir le
patrō d'obeir aux loix, l'aduertit qu'il eust à s'abstenir d'vne lascheté si abominable. Mais
enuers ce Roy prophane la requeste abominable d'vne garse danserelle, & l'instigation
d'vne femme execrable, furent de plus grāde importance, que non pas l'aduertissement salutaire de ce tant entier personnage: car il fut si loing de s'en amender, qu'aux meschācetés
du passé il y adiousta encore ceste-cy la plus abominable de toutes, c'est qu'il mit Iean en

prison

Mais Herode
quatrenier.

prison & finalement vint à telle forcenerie, qu'il fit trencher la teste du personnage du tout
innocent & la bailla à la garse pour le salaire de sa villaine danse. Mais pour reuenir au fils
de l'hystoire, le Seigneur Iesus premier que d'encommencer l'office de predication laquelle il auoit à despecher en peu de temps pour accōplir toute perfection de modestie & iustice, il ne desdaigna pas d'aller quāt & les autres au lauement, nōn qu'il eust besoing d'estre
purifié, mais pour en ce lauant, nous consacrer le lauement de salut eternel. Bien est vray,
que quant à luy il s'abbaissa : mais il fut recommādé deuant tous par la propre bouche de
Ieā, & par vn tref-clair tesmoignage de son Pere eternel, à fin que de face tous cogneussent
celuy, de qui les Prophetes auoyent prophetisé, & Iean en auoit porté tesmoignage. Donc
comme vn fort grand nombre du cōmun peuple se faisoit lauer, & entre autres Iesus Christ
comme l'vn de la troupe se fut presenté & ne plus ne moins que s'il eust esté detenu en pechés, eut faict requeste à Iean d'estre laué, Iean le refusa, recōgnoissant en luy vne excellence
de pureté, & que plustost il deust estre laué de luy. Voyla le premier tesmoignage qu'enuers
le peuple Iean porta touchant la dignité de Iesus qui estoit present : mais le Pere distingua
son fils d'auec les autres qui se lauoyent, par vn signe plus euident. Car quand les autres furent baptisés, nul signe n'apparut : mais quand le Seigneur Iesus fut baptisé, & ia prioit
(nous enseignant par cela que l'innocence recouurée par le lauement, soudain nous nous
addonnions aux estudes qui sont de l'esprit, entre lesquels la priere obtiēt le premier lieu)
le ciel s'ouurit, lequel ayant esté cloz iusques lors le lauement de Iesus nous l'a ouuert. Et
en descendit le sainct Esprit de soy bien inuisible, mais pour lors enuirōné d'vne forme visible, pour pouuoir estre veu des hommes. Or la forme estoit d'vne colombe, à raison que
cest oyseau, comme figure d'innocence reporta iadis le rameau d'oliue en l'arche pour signe que le courroux de Dieu estoit appaisé & pour arrets que le deluge s'en alloit prendre
fin. Et touchant ce deluge là par lequel le monde fut nettoyé pour lors, il estoit figure de
nostre lauement, auquel se nettoyent noz pechés les corps & les ames sauues. Donc en ceste forme le sainct Esprit descendit dessus la saincte teste du Seigneur Iesus, le declarāt à pur
& à plein estre celuy lequel le Pere auoit oingt de toutes graces celestes en abōdāce, lesquelles il viendroit à espandre sur tous ceux qui croyroyent en luy & par le lauement seroyent
entés en la cōmunauté de son corps. A cecy fut adiousté vn euidēt tesmoignage de la voix
paternelle, desployé non pas plus par les Prophetes, ne par Moyse, ne par Anges, ains publié par le Pere mesme. Non que le Pere, tel qu'il est, puisse estre ou ouy, ou veu, ou apperceu
par aucun sens corporel : mais comme le S. Esprit qui est inuisible, s'est manifesté aux yeux
des hommes par vn signe visible, ainsi le Pere frappa les oreilles des hōmes enuoyant d'en
haut vne voix par elemēs. Or la voix qui vint d'enhaut retētit en ceste maniere : Tu es mon
fils bien aymé, en qui ie prend mon bon plaisir. Il n'y a nul sainct d'entre les anciēs à qui ait
esté baillé vn tel tesmoignage. La colombe en precedant denotoit à qui s'addressoit laditte
voix, à fin que nul n'eust occasion de penser Iean auoir esté honnoré de ce titre là : car plusieurs l'auoyent en si magnificque reputation qu'ils le tenoyent pour le Messias. Par tous
ces tesmoignages Christ voulut estre authorisé enuers le monde, premier que d'entreprendre la charge de la predication Euangelique : nous aduertissant ce pendant à son exemple
que personne n'ait à s'ingerer soy-mesme à vne si grāde charge, tout à coup & sans se lauer
les pieds. En partie il auoit receu tesmoignage des Anges, d'Elizabeth, de Simeon, d'Anne,
des Magiciens : en public, de Iean, l'authorité duquel estoit de fort grande importance enuers les Iuifs : ité du S. Esprit, & du Pere mesme : auec toutes lesquelles fut adioincte l'authorité de l'eage. Car lors que le Seigneur Iesus alla pour estre laué il approchoit de trente ans :
non que l'eage vienne en conte enuers Dieu : mais qu'il estoit conuenable que celuy qui attire à soy vn chascun, satisfist en tout & par tout à tous deuoirs, en sorte qu'en luy personne
ne peust trouuer que pouuoir probablement calōnier. Pour ceste cause l'eage mur fut choysi
& attēdu, d'autāt que l'adolescence est d'espourueue d'authorité pour opiniō commune
qu'on a qu'elle est sans vsage imprudente : la vieillesse n'a pas grāde authorité à raison des
forces de l'esprit defaillātes, & le souspeçō de radoutemēt. Et pourautāt que semblablemēt
imperfection de race amoindrist grandemēt l'authorité enuers le simple peuple : cecy aussi
fut procuré que Iesus seroit tenu pour fils de Ioseph iusqu'à ce que par miracles & predication, l'Euangile seroit suffisamment renommé. C'est bien la dignité de Christ qu'il nasquist
d'vne vierge : mais pource qu'il n'estoit-ia besoing que cela fust soudain cogneu & eust esté
fort difficile à persuader, il se seruit de l'abus du peuple, à fin que rien ce pendant n'amoindrist l'authorité du prescheur, si probablement on l'eust dit estre nay d'adultere. Il voulut
biē naystre d'vne basse famille, mais qui n'auoit esté notée d'aucune souilleure de mauuais

Il estoit entre
eux reputé
fils de Ioseph.

bruit.

bruit. Car à la verité vn docteur Euangelique doit éuiter non seulement tout crime, mais aussi toute apparence d'iceluy:& doit estre non seulement renommé pour ses vertus, mais aussi eslongné des choses, par lesquelles le populas a de coustume de conceuoir souspe, çon de mal. Or la commune opinion des hommes est telle, que à grand peine de mauuais peres & meres nayssent iamais de bons enfans. Pourtant celuy qui n'a pas refuy l'oppro, bre de pouureté,& petitesse de famille, à bien euité la calomnie d'eage & de race. Iaçoit que Ioseph n'ait point esté le pere de Iesus selon la chair, mais seulement selon la Loy, entant qu'il estoit l'espoux de Marie mere de Iesus : ce neantmoins par ce qu'il auroit prins sa fem, me d'vne mesme lignée & famille, i'ay trouué bon d'encommencer à Ioseph la geneologie de Iesus, à fin que tant plus il apparut iceluy auoir esté vray homme, quant à la chair yssu de ceux, desquels les oracles des Prophetes l'auoyent predit deuoir naystre. Car quant à la nature plus souueraine, le pere mesme la recogneu & aduoué pour son fils. Donc Ioseph mary de la vierge Marie, mere de Iesus, selon la Loy estoit appellé fils d'Ely son oncle, selon la verité de propagatiõ fils de Iacob, qui parce qu'Ely son frere germain vterin estoit dece, dé sans enfans, luy fit vn fils assauoir Ioseph de la femme qu'il auoit laissée. Ely estoit fils de
Matath, fils de Leui, fils de Melchi, fils de Ianna, fils de Ioseph, fils de Mathalie, fils d'A, mos, fils de Naum, fils d'Elsi, fils de Naggé, fils de Maath, fils de Mathathie, fils de Semei, fils de Ioseph, fils de Iudas, fils de Iohanna, fils de Resia, fils de Zorobabel, fils de Salathiel, fils de Niry, fils de Melchy, fils d'Addy, fils de Cesam, fils d'Elimadam, fils de Her, fils de Ieso, fils d'Eleazar, fils de Ioram, fils de Mattha, fils de Leui, fils de Simeon, fils de Iudas, fils de Ioseph, fils de Ionam, fils d'Eliacim, fils de Melea, fils de Menam, fils de Mathatham, fils de Nathan, lequel le roy Dauid engendra de Bersabée, par lequel fut restablie la lignée de Salomon qui estoit faillie en Ocozie. Or Dauid estoit fils de Iesse, fils d'Obed, fils de Booz, fils de Salmon, fils de Nasson, fils d'Aminadab, fils d'Aram, fils d'Esron, fils de Phares, fils de Iudas, fils de ce grand pere Iacob, fils d'Isaac, qu'Abraham homme ancien selon la promesse de Dieu engendra de Sara vieille femme. Abraham estoit fils de Thara, fils de Nachor, fils de Saruch, fils de Ragau, fils de Phalee, fils d'Eber, fils de Sala, fils de Cainan, fils d'Arphaxat, fils de Sem, fils de Noé, fils de Lamalech, fils de Mathusala, fils d'Enoch, fils de Iareth, fils de Malaleel, fils de Caman, fils d'Enos, fils de Seth, qu'Adam en, gendra eagé de cent & trente ans. Or Adam estoit le premier commencement du genre humain, n'ayant autre pour pere fors Dieu, de qui fut crée du limon de la terre, comme mere. Mais pourautant que par le peché de ce pere terrien tout le genre humain estoit cor, rompu, & en se ressentant du naturel de son pere s'estoit abbãdonné à toute sorte de vices, le Seigneur Iesus a esté enuoyé pour restaurateur & redépteur du genre ruyné: à fin que ce qui par la dessobeissance d'vn qui auroit esté ruyné vinst à estre reconcilié par l'obeissance d'vn : & comme tous ceux qui ont suyui les trasses du pere terrien, ont esté redeuables à la mort, aussi ceux qui estans par le baptesme exempts de l'accointance du pecheur seroyent entés en l'Adam celeste qui est Iesus Christ en le suyuant à la trasse ils obtinssent la vie eter, nelle au ciel. Or les commencemens de la cheutte du genre humain & de la restitution d'i, celuy s'entre—accordent en maintes manieres. Car en cest endroit rien n'a esté faict fortui, tement, ains toute la suyte des choses a esté moderée par le conseil de Dieu. Le deuis d'Eue vierge auec le Serpent fut le commencement de la perdition : le deuis de Marie vierge auec Gabriel a esté le commencement du salut. Eue corrompue par l'alleschement de la pomme blandissante perdit son mary & apporta la mort au monde: Marie tousiours vierge imma, culée ayant constamment mesprisé les alleschemens de la chair, en se resignant en simple foy à la volonté diuine, a enfanté vn homme qui a apporté salut au monde. Adam a esté tenté & vaincu : Christ estant tenté a vaincu le tentateur. Adam en obtemperant à sa fem, me corrompue fut deschassé de paradis : Christ en obeissant au pere iusqu'a la mort a ou, uert le chemin au ciel. Adam pour le plaisir d'auoir gousté de la pomme deuint serf du diable : Christ mesprisant tous les royaumes & delices du monde nous a donné l'ennemy en main pour le vaincre. Adam par vn morceau de pomme perdit sa posterité : Christ par s'abstenir de viandes a restauré ceux qui estoyent perdus. Adam fut deschassé de paradis en vne terre calamiteuse & deserte : Christ du desert à basti vne voye au ciel. Adam par vne conuoitise de science arrogante attira toute sa posterité en la mort : Christ par vne humble obeissance de foy a rendu la vie. Brief, d'vne part & d'autre il y a du bois. Là par le bois le serpent vainquit & trompa : icy par le bois Christ a trompé & vaincu. Par vn arbre vint la mort : par vn arbre est venue la vie. L'autheur de perdition fut crée de terre vierge:& le Prince de salut est nay de Marie vierge. Adam fut faict à l'image de Dieu : Christ l'image de

Dieu

Qui fut Ely.

Dieu a prins & l'image & la nature de l'hôme.Adam fut deceu par son espouse:Christ a re
tiré d'erreur diabolique son espouse l'Esglise.Là vne femme desployast le cômencement de
folie en cherchant de deuenir sage:icy vne femme en ne s'attribuant rien nous produit la
fontaine de sagesse. Adam en aymant mieux estre sage qu'obeyssant, appo rta la folie au
môde:le noueeau Adam estant la sagesse du Pere est deuenu fol pour nous à fin qu'en luy
nous fussions rendus sages.Par orgueil la cheute:par humilité le redressement.Adam des
nués des dons de l'ame par le serpêt se couurit des feuilles d'arbre:Christ enrichy de dons
celestes,ne conuoita rien de ce monde.Les figures aussi du vieil testamêt s'accordent auec
l'hystoire Euâgelique.Moyse tira les Israelites hors d'Egypte:Christ a deliuré des tenebres
d'ignorance & du seruage de peché. Ceux là passoyent par l'eau:icy par le baptesme on va
à salut & liberté.Là estoit colomne de nuée & de feu:icy le Pere retêtit d'vne nuée,& l'Esprit
baptise en feu.Par la loy premiere, occasion de mort: par la loy Euangelique, reduction à
salut.Et la Loy ancienne effraye par tonnerres & esclairs:la loy Euangelique semond à sa
lut par douceur & benefice.Moyse estoit d'vn regard effrayable qu'il luy estoit force de voi
ler sa face.Christ est paisible & courtoys & meslé parmy le cômun peuple.Moyse monta en
vne montaigne pour parlementer auec Dieu:Christ est descendu à nous,à fin que par luy
Dieu deuisast auec nous.Le premier Adam en affectant d'estre esgal à Dieu,est deuenu sem
blable aux bestes sans sens:le second Adam en se demetât de sa diuinité à l'humilité de na
ture humaine il nous a èsleué (voire nous qui estions plus abiects que les brutes mesmes)
à la participatiô de la diuinité.Côclusion,par Iesus fils de Naué fut le retenir en la terre cou
lât laict & miel:par Iesus le fils de Marie est le retour en paradis. Parquoy retirons nous du
naturel de noz premiers peres,& en obseruât la vie du Seignr Iesus embrassôs de cœurs en
tiers son benefice,& de sainctes affectiôs nous efforçôs d'ensuyure son exêple : luy-mesme
qui nous a baillé l'exêple nous fournira aussi d'ayde.Embrassons l'autheur paisible de la
loy Euâgelique. Suyuôs nostre capitaine,qui seul peut mener toutes les nations de tout le
monde en celle terre qui tousiours abonde en toutes sortes de ioyes.   CHAP. IIII.

R Iesus (sur lequel s'estoit assise la colombe signe non vuyde) rêply du S.Esprit
auant que de se mettre apres la charge de la predication Euâgelique,à fin de ne
s'en approcher sans estre en tout & par tout approuué,laissa le Iordain, de
monstrant que depuis qu'on est baptisé on doit s'employer à plus souuerains
estudes de pieté:& se retira d'auec le peuple la côuersation ordinaire duquel bien souuent
souille le docteur & amoindrit son authorité:& par l'Esprit duquel il estoit toutalemêt raui
fut mené en vn desert(dôt Iean estoit sorty)côme pour deffier l'ennemy du genre humain
à exploitter ses ruses & forces:& ce pour nous môstrer que celuy qui par le passé auoit vain
cu le genre humain,estoit vincible, & quât & quant nous monstrer le moyen de le vaincre.
Le lieu fut choysi tout propre pour le têtateur:& luy fut dônée l'occasion par la faim. Car
Iesus ayant a publier au monde vne loy nouuelle & Euangelique,pour en cela ressembler
à Moyse ieusna quarante iours côme luy,durant lesquels iours il ne mangea aucune vian
de,ains employa tout ce temps là en sainctes prieres à Dieu,en louanges diuines & actions
de graces. Or estoit-ce la môstre de quelque singuliere vertu. Et n'ignoróit pas les ruses de
Satan estre telles qu'il n'y a endroit ou plus il employe tous ses lacqs que quand il voit l'e
sprit de l'hôme tendre par vn singulier effect à la vie celeste. Or auoit-il bien entendu que
non celuy qui luy deuoit rompre les forces estoit sur le point de venir, & en estoit doubte
s'il n'estoit pas encore venu:mais qui il estoit,il ne sçauoit.Car il failloit en cest endroit de
ceuoir par ruse diuine celuy qui par ses finesses auoit trôpé le premier le genre humain.Il a
uoit ouy faire à Iean protestation publicque qu'il n'estoit pas le Christ. Pourtât auoit côsi
deré maintes choses en Christ qui surpassoyêt la portée de la puissance humaine, quâd de
rechef il le vit auoir faim & estre affligé de disette côme ainsi soit qu'on ne list poit que Moy
se n'Elie apres auoir ieusné tout autât de iours ayêt eu faim:il pêsa Christ n'estre rien autre
chose fors hôme,voire hôme qu'on peut par cautelle deceuoir.Or ceste trôpeuse entreprin
se du têtateur tendoit à ce ou de vaincre ou pour le moins de descouurir s'il estoit ce fils de
Dieu,pmis par les Prophetes.Que s'il eust trouué ainsi,alors d'êployer toutes ses forces &
finesses à empescher par quelque moyê la redêption du gêre humain.Mais il n'y a nulle fi
nesse qui riê puisse à l'encôtre de la sagesse de Dieu,laquelle a tellemêt têpcré toutes ses en
treprises que nô seulemêt elle a vaïcu nostre tât rusé ennemy,mais aussi l'a deceu par la for
ce de l'Esprit & ayde de la saincte Escripture l'a vaincu,voire en sorte telle que vilainement
vaïncu il fut rechaissé & s'en retourna mois certain touchât le fils de Dieu,qu'il n'y estoit au
parauât venu.Or Satâ employa ce premier & vertueux bastô à tout lequel il auoit abbatu

les

les premiers peres du genre humain:excepté que quant à ceux là il le follicitoit feulement
par l'alleschement d'vne pôme blandiffante:mais icy la faim auffi, qui eft vn mal intolera
ble,aydoit l'effort du tentateur.Efau preffé de faim,vendit le droit de fa primogeniture.Or
le Seigneur Iefus prouuoit biê par fa diuine puiffance ou empefcher la faim corporelle de
l'affaillir ou l'enchaffer apres:mais il voulut préfenter vn appat au veneur, dont luy-mef,
me vint à eftre vené & attrappé.L'imbecillité du corps humain luy fut mife au deuant cô,
me vne amorce,mais le têteur s'empeftra en l'ain de la puiffance diuine.Il voyoit vn corps
d'hôme fecher de faim eftre affligé en dangier de mourir.Or tient-on que c'eft bien la plus
cruelle mort d'entre toutes.Il voyoit qu'il eftoit en vn defert fort eflongné de villes & villa
ges dont il peuft auoir des viures.Le maling efprit s'appuyant fur ces chofes va abborder
le Seigneur Iefus remply du S.Efprit il affaut celuy de qui il deuoit eftre vaincu:il fe prend
à plus fort que luy:il tafche à furprendre plus fin que luy.Si luy dit : Qu'eft-il befoing que
tu fois tourmenté de faim:Si tu es le fils de Dieu commande que cefte pierre te foit conuer
tie en pain:par ce figne tu te declareras fils de Dieu.Or le pere ne fera pas la fourde oreille
à fon fils en dangier de mourir de faim.Et comme ainfi foit que de rien il ait crée toutes cho
fes,ce ne fera pas grande difficulté au fils de Dieu de conuertir vne pierre en pain. Et Iefus
n'ignorant pas que c'eft que pourchaffoit Satan modera fa refponfe en forte que fans ob,
temperer au confeil d'iceluy,& fans defcouurir fa diuine nature à l'ennemy,qui d'vne fa,
çon nouuelle deuoit eftre & trôpé & vaincu par l'infirmité de la chair.Iefus ne luy nye pas
que le fils de Dieu n'ait bien la puiffance de chãger les pierres en pains, & n'approuue pas
d'appaifer la faim corporelle par viande:ains de l'authorité de la faincte Efcripture il de,
môftre qu'il y a vne vie de l'ame,dont il faut auoir plus grand foing que de celle du corps:
qu'il y a vne viande fpirituelle plus à fouhaitter que cefte-cy qui pour vn peu de temps
prolonge la vie du corps:qui nonobftant tout cela ne laiffera pas tantoft apres perir par
maladie,vieilleffe ou autre inconuenient.Et la viande de l'Efprit d'eflargir la vie eternelle.
Or cefte viande eft la parolle de Dieu.Donc ce premier affaut du diable,Iefus le deftourna
Deut. 8 par telle refponfe:Il eft efcript au Deuteronome que l'homme ne vit pas feulemêt du pain,
mais de toute parolle procedante de la bouche de Dieu.Au refte,la caufe pourquoy le Sei
gneur s'appuye fur le tefmoignage de la faincte Efcripture,c'eft à fin premieremêt de nous
enfeigner vne modeftie à nous,dy-ie,qui ne deuons affermer aucune chofe fans l'authori
té de l'Efcripture baillée de Dieu:fecondement il nous a declaré qu'à l'encôtre de tous les
inftigations des efperits malings il n'y a nul dard de plus grand efficace, que l'authorité
des fainctes Efcriptures.C'eft là qu'il faut prêdre la viande de l'ame,qui veut viure à Dieu:
auquel qui ne vit,eft mort,encore qu'il femble viure.Les premiers peres mãgerent & mou,
rurent.Que s'ils euffent faict telle refponfe au tentateur,que fit le Seigneur Iefus, & euffent
eu plus d'efgard au cômandement diuin,l'execution duquel baille vie eternelle, qu'à l'ap,
petit d'vne pomme portant la mort,il ne fe fuffent point rendus fubiets à la mort, eux ne
leur pofterité.Outre-plus l'exemple du Sauueur nous enfeigne qu'il ne faut-ia defployer
les miracles,finon quand la gloire de Chrift ou bien la charité fraternelle le requiert ainfi,
& non l'appetit des hômes.Et auffi c'eft à faire à magiciens & enchanteurs,de faire ou bien
de feindre pour vaine oftentation,pour côplaire à la curieufe volupté des fpectateurs cho
fes merueilleufes dont la gloire de Dieu n'eft illuftrée,ny n'en reuient aucune vtilité au pro
chain pour exemple,foit,quãd vne torche ardante eft plongée en l'eau fans s'eftaindre:ou
quand vn vifage hydeux d'vn Hercules ou Achilles eft monftré aux yeux:ou quand vn
chalumeau femble fe trainer côme vn ferpent.Iefus ne fit iamais miracle qui ne feruift & à
illuftrer la puiffance du pere,& fecourir à la necefité des hômes.Quand il fut queftion de
refectionner les trouppes il multiplia vn bien petit nombre de pains en vne abôdance qui
pouuoit fuffire pour beaucoup de miliers.Tant s'en faut qu'il ait daigné repaiftre les yeux
d'Herode d'vn miracle,qu'il ne daigna pas feulement luy parler.Pour mefme intention il
refufe miracle à Satan.En ce combat le diable eftant vaincu ne quitta pas du premier coup
les armes:& ce à fin que quand nous aurôs vne fois emporté la victoire nous ne nous'dô,
nions pas du bon temps:ains nous ayons le courage toufiours appareillé & muny à nou
ueaux affauts.Ceux qui ont faict quelque mediocre auancement en la philofophie Euan,
gelique n'ont pas grand peine à mefprifer le mal de gourmãdife & diffolution,pource que
c'eft vn vice falle & brutal.Combien que laditte tentation n'eftoit pas fans lacqs d'arrogã,
ce:Si tu es le fils de Dieu.Car ceux qui de nature font arrogans & côuoiteux de gloire,afpi
rent fouuentefois aux chofes qui furpaffent leurs forces de peur de faire la moindre perte
de leur reputation,& par hypocrifie s'attribuent ce qu'ils n'ont pas, pourchaffant gloire
enuers

les hommes.En ce point maints s'attribuēt par ruses le don de prophetie,lequel ils n'ont
point:en ce point maints se vātent des visiōs d'Anges,lesquelles ils n'ont pas veucs.Au cō
traire le Seigneur Iesus,biē qu'il fust le plus grād d'être tous,dissimule sa grādeur,mōstrāt
en soy vne imbecillité de corps,& iamais ne desploye sa vertu,sinon quand il est aussi expe
diēt pour le salut des hōmes,à fin que la gloire du Pere soit illustrée par le fils. Dōc Satan
selō qu'il est d'vne malice desesperée,armé d'vn mésme dard,mais en obiect diuers redou
ble sur le Seigneur,pour essayer si celuy qui n'auoit peu estre accablé par famine pourroit
pas estre corrōpu par les richesses & hōneurs de ce mōde.Car ambition est vn mal pestilen
tieux & bōnement inuincible qui se glisse mesme parmy les plus souueraines vertus,se lan
çant és cœurs qui s'efforcēt de mōter aux plus hauts degrés:si bien & si beau que tels pour
ront bien estre abbatus & rēuersés par l'appetit d'honneur,lesquels ny auersités,ny poure
té,ny maladie n'auroyent peu esbranler,ny dissolutiō ou paillardise les amolir.Et de faict,
qui a-il de si inique & abominable que les hōmes ne fassent & endurent pour obtenir vn
empire?Ne voyons nous pas que souuētefois on achette le royaume par poisons,parrici
des,nopces illicites,& autres vilenies non à raconter? Auec cōbien de meurtres affrāchit-
on quelquefois la seigneurie d'vne seule cité? C'est chose douce que l'hōneur,c'est belle
chose que seigneurier,c'est chose magnificque que de surpasser les autres.Et pour le dire en
vn mot vn regne semble quelque diuinité entre les hōmes.Par tel blandissant venin furent
deceūs les premiers peres.Il est bienvray que l'aleschemēt de la pōme blandissante plaisoit
à leur yeux.Mais plus plaisoit à leur cœur la sublimité de science faussemēt promise,& la di
gnité comparable aux dieux.Donc le tentateur muny de ce bastō abborde Iesus : lequel ne
refuit pas l'importunité d'iceluy à fin qu'il le nous vainquit, & quāt & quāt nous mōstrast
le moyen de le vaincre. Or le diable mena Iesus en vne haute mōtaigne,& de là cōme d'vne
centinelle soudain en vn momēt luy mit deuāt les yeux tous les royaumes de tout le mōde
(car l'esprit maling peut bien par la permissiō de Dieu representer la remembrāce des cho
ses aux yeux des hōmes par quelque façon nouuelle) item tout tant que la bombance des
grands Roys a de magnificque au monde,il les luy fit voir par ie ne sçay quel enchantemēt
richesses,gros train,palais,gendarmeries,trompettes,reuerences,pompes,triomphe,am
bassades, commandement tout-puissant, & maintes autres choses pour lesquels l'adula
tion des peuples hommes Princes gens quelquefois sots & abominables, pour le moins
fragiles & tantost pensables, & qui ce pendant esleués pour la bonne yssue des choses ca
duques s'estiment eux-mesmes plus que dieux. De toutes telles choses cest enchanteur en
mit tout à coup vn merueilleux spectacle deuāt les yeux du seigneur Iesus,qui ne peut estre
deceu par enchantemēs,veu que rien ne luy est caché. A ceste magnificque representation
des choses Satā le mēteur & malheureux qu'il est y adiousta vn propos plus magnificque,
disant:Vois-tu bien toutes ces choses tant nobles, tant riches,tāt magnificques elles sont
mises en ma puissance pour les eslargir à quicōque il me plaira:car ie suis le Prince & Dieu
de ce mōde.Que si tu veus recognoistre mon authorité,& en te prosternāt à mes pieds m'a
dores,toute la puissance de tous ces royaumes que tu vois ie te le mettray entre les mains.
Vois-tu cōbien Cesar est renōmé par tout, & cōbien de contrées du mōde le recognoissent
pour leur seigneur?Toy seul iouyras de tout cecy,& sur terre seras hōnoré cōme Dieu,pour
ueu que tu me recognoisses autheur d'vne si grande felicité. Tu recognois, ô lecteur Chre
stien, la voix du tout mēteuse & arrogāte de celuy qui iadis tint à ces malheureux peres tel
propos:Vous n'en mourrés-ia pourtant,ainçois vous serés cōme dieux,sçachans bien &
mal.Or le Seigneur Iesus rēbatra l'abominable voix de Satan par parolles de la saincte E
scripture,disant:Va-t'en Satan auec tes promesses trōpeuses.Dōmageable est le gaing qui
s'achette par perte de pieté. Ta demāde est execrable, & ta promesse vaine.Car il est escript
au Deuteronome:Tu adoreras le Seignr tō Dieu,& à luy seul seruiras.Dieu ne peut souffrir   *Deut.6*
qu'on trāsporte sa gloire à autruy ny que personne l'ait en cōmun auec luy.C'est luy qui est
le vray Dieu & Seigneur de toutes choses q sont au ciel ou en terre. Iceluy ꝓmet à ceux qui
l'hōnorēt l'heritage du royaume celeste.Mieux vaut obeir à sa voix, qu'a la tiēne:qui cōme
meschāmēt tu demādes pour toy l'hōneur deu à Dieu seul,ainsi promets-tu choses nō seu
lemēt vaines & tātost perissables,mais aussi d'autruy. Le Seigneur Iesus pouuoit luy respō
dre:Pourquoy me promets-tu ce qui est miē?Cōmēt es-tu si osé de requerir de moy que ie
me prosterne deuāt toy, veu que ie suis Dieu,qui t'ay crée,q pour tō orgueil t'ay deietté dū
ciel pour te ietter aux enfers quād bon me semblera? Tu n'as aucū droit sur ces royaumes
presens,si l'abus & impieté des hōmes ne le te bailloit. Leur folie est cause de ta puissance.
Que la pieté viēne à reuiure,ou sera lors tō royaume?Iesus,dy-ie, luy pouuoit respōdre en
ce point,

ce point : mais pour lors il falloit deceuoir Satan & non l'enseigner. Et ne merita d'estre
amonnesté puis qu'il estoit incorrigible. Ce spectacle se faisoit pour nous, en nous enseï-
gnant que d'vn courage magnanime il faut reietter tout ce qui emporte quant & soy impieté. Non que de soy les richesses soyent mauuaises, ou le royaume mauuais de soy, ou vn
office de magistrat public : mais par ce qu'à telles choses nul ne peut bonnement paruenir sinon par mauuaises trafficques, par ce aussi que ce n'est pas sans grand dommage de
pieté qu'on les possede, pour les perils innombrables auquels elles sont subiectes. Or quiconque estant corrompu par la conuoitise d'icelles, ne tient conte des commandemens
de Dieu, trompe, rauit, se pariure, confond le droit auec le tort : vn tel a ia adoré le Prince de
ce monde & renonce Dieu, ayant faict alliance auec l'aduersaire d'iceluy. Donc toutefois &
quantes que le cœur de l'homme Chrestien est sollicité à abbandonner la verité, & commettre vne impieté pour augmenter ses richesses, ou obtenir vn empire ou acquerir gloire :
il doit à l'exemple de Christ son capitaine respondre hardyment : Va Satan toy & tes promesses fallacieuses : Dieu seul doit estre adoré. Et quiconque est en sa grace, il a auec luy la
seigneurie de toutes choses. Or l'importunité & malice de Satan pour estre en ce point repoussé ne se desporta pas pourtant de tenter. Il y retourne pour estre plus souuent vaincu :
à fin que nous entendions qu'en ceste vie nous auons vn perpetuel combat à l'encontre
de l'aduersaire : & qu'il n'y a abomination si miserable à laquelle il n'ose bien solliciter les
seruiteurs de Dieu : mais les fidelles, ne s'en doyuent point effrayer, attendu que Christ a ia
vaincu pour eux & sont fournis de dards de fors grande efficace és sainctes Escriptures
pour rembarer l'importunité & malignité du tentateur. Car il ne faict autre profit en tentant
sinon qu'en presentant l'occasiõ il en rend la vertu des bons plus excellente & approuuée.
Or ce Satan mena de celle haute montaigne le Seigneur Iesus en Ierusalem, & le met sur le
fin sommet du temple, & de-rechef le prouocque à ce ou que vaincu de gloire il se iette du
haut en bas & perisse : ou par ce signe il se declare estre le fils de Dieu. Et la couuerture &
defence de sa tromperie il l'emprunte des sainctes Escriptures, mais mal entendues, & ap-
propriées mal à propos. Et c'est commẽt aussi quelquefois les meschans & les hereticques
abusent des sainctes Escriptures, & deçoyuent les simples, en tordant la regle de la parolle
Iette toy
en bas. de Dieu à leurs affections. Si luy dit Satan : Monstre icy maintenant si tu es le fils de Dieu,
ou non. Iette toy du haut en bas : Et si nul mal ne t'en aduient, il sera notoire à tous que tu
es le fils de Dieu. Et ne faut-ia que tu craignes qu'aucun mal t'en aduienne : car touchant le
Psal.90 fils de Dieu, il en escript és Pseaumes que Dieu a enchargé à ses Anges de te cõtregarder &
te soustenir sur leurs mains, de peur que tu ne hurte des pieds contre les pierres. Desia ceste
prophetie n'a pas esté nomméement prononcée pour la personne de Christ : ains de tout
homme fidelle, qui se faisant fort de l'ayde de Dieu, ne doit craindre aucuns maux de ce
monde : comme aussi le Seigneur mesme a commandé à ses Apostres d'estre constans &
asseurés : & qu'vn seul poil de leur teste ne perira contre la voulonté du Pere celeste. Mais
Iesus dissimulant ce pendant qu'il fut le fils naturel de Dieu, ne fit autre responce que telle
que tout homme craignant Dieu pouuoit faire, & le passage de l'Escripture faussement al-
leguée, il le repoussa par vn autre passage bien approprié, comme on chasse vne cheuille
Deut 6 par vne autre cheuille, disant : Il est aussi escript au contraire en Deuteuronome : Tu ne tenteras pas le Seigneur ton Dieu. Son ayde t'assistera quand quelque inconuenient ou la
cause de la religion t'aura mis en dangier, non pas quãd pour vaine gloire tu imploreras
la puissance de Dieu. Car la bõté de Dieu ne s'assubiettit pas à la gloire ou plaisir des hommes : ains en demonstrant sa gloire és hommes elle suruient, quand bon luy semble, à ceux
qui sont destitués d'ayde. Or est indigne de secours diuin, celuy qui pour sa propre gloire
se iette soy-mesme de son bon gré en vn manifeste dangier de sa personne. Et n'appartient
à gens craignans Dieu de luy limiter quand & par quels moyens il nous doit deliurer des
dãgiers, veu que nous sommes certains que soit qu'il nous deliure soit que nõ, qu'il faict ce
qui nous est tres-salutaire. Quelquefois c'est chose plus heureuse d'estre malade, qu'en bon
point : mourir, que viure : estre affligé qu'auoir les choses à souhait, de dependre de Dieu
d'vn simple cœur, c'est pieté : essayer par curiosité humaine que c'est qu'il peut, c'est impieté.
Car il peut bien toutes choses, mais il ne veut que les bonnes. Par tels & autres moyens Iesus nostre prince & maistre, s'est laisser tenter de Satan tantost apres auoir esté baptisé, à
fin que nous ne pensions que ce fust assés que noz pechés nous sont pardonnés au sainct
baptesme : ainçois qu'il faut entreprendre vne forte guerre à l'encontre de l'ennemy qui
essayera tous moyens pour nous retirer de nostre seruitude premiere. Au baptesme nous
prestons le serement à nostre Capitaine pour sous son enseigne faire la guerre à l'encontre
des forces

des forces de Satan. Car nous n'auons à guerroyer contre les hommes, veu que Christ
commande d'aymer mesme noz ennemys : mais contre les esprits malings qui nous battent d'enhaut à tout les dards enflammés & grande ruse : mais les forces desquels nostre
Capitaine a pour vne fois rompues, & pourtant les a baillées vincibles : lesquels il vaincra de-rechef en nous, pourueu que nous ensuyuions le moyen de batailler par lequel
les a vaincus Christ. Or nous assaillent-ils quelquefois de part eux, en nous baillant de
meschantes cogitations en l'entendement : quelquefois par mauuaises personnes, comme par ses satellites, en subornant gens pour nous solliciter à voluptés, & pour par noises & outrages nous prouocquer à courroux & meurtre. L'appast pour nous attraper,
quelquefois ils le prennent en ce monde, les honneurs, richesses, & pompes duquel il
nous mettent deuant les yeux : quelquefois aussi ils le prennent en nous mesmes. Car il
y a en nous, certaines affections naturelles nées auec nous lesquelles nous ne pouuons
ietter en voye, n'est que toutalement nous nous despouillons de la nature humaine, comme sont appetit de manger & boire, desir de copulation charnelle, de puis que l'eage d'a-
dolescence a remply d'humeurs les membres seruans à procreation. Car iaçoit que auoir
à faire auec sa femme moderéement ne soit pas mal-faict, ne chose illicite d'appaiser la
faim & la soif, par manger & boire : toutefois si est-ce que l'ennemy fin & rusé nous espie
en cest endroit, à celle fin de faire ou que nous obtemperions à ces affections plus que de
necessité, ou que nous les appaisions par autres moyens qu'il n'est licite. Comme seroit,
si quelqu'vn auoit à faire auec la femme d'autruy, ou mesme auec la sienne outre mesure: ou par moyens illicites : ou bien auec le scandale de son frere il mangeoit des choses sacrifiées aux idoles, là où autremeut il soit bien licite en euitant tout scandale suruenir à la
necessité du corps. Or est-ce que les corps & les ames ont de peculieres machinations à
certains vices, soit que de pere & mere nous les ayons attachées en nous, soit que par accoustumance nous les ayons amassées, soit qu'elles soyent venues d'ailleurs: comme nous
voyons l'vn plus enclin à auarice, l'autre à dissolution, l'autre à paillardise, l'autre à
courroux, l'autre à ambition. Nostre ennemy espie toutes ces complexions, pour ietter
en ruyne & perdition. Mais à l'encontre de toutes ses embusches, il faut nous monstrer
& vaillans & veillans. Contre toutes ses machinations l'esprit de Christ nous fournira
de force & entendement, & d'armeures la saincte Escripture. Celuy qui nous laisse estre
tentés, ne permettra pas que soyons vaincus : ainçois moderera tellement le combat, que
l'issue d'iceluy nous tournera à bien. Quand l'ennemy aura esté vaincu, il ne laissera pas
de porter enuie, mais en fin finale il cessera de nous assallir : & tant plus souuët il redouble-
ra, tãt plus debile il s'en retournera. Ce qui deuoit nous aduenir, Christ l'a exprimé en soy.
Qu'ainsi soit, quand le diable eut exploitté toutes ses ruses contre le Seigneur, sans auoir
profité de rien, il s'en alla & vaincu & trompé: mais ce fut pour vn temps, pour apres auoir
cherché quelque autre occasion, retourner pour le tenter. Car n'ayant peu tirer de luy qu'il
fut le fils de Dieu (car il ne peut le corrompre par aucune apparence) il s'efforça puis apres
de le tuer par les Pharisiés, Scribes, & Sacrificateurs ses satellites. Mais en cest endroit aussi
Christ par finesse diuine trompa la finesse de l'ennemy. Ce que l'ennemy machina pour nõ
stre perdition, Christ le nous tourne à salut. Et finalement sentit Satã sa tyrannie estre mise
à bas, lors qu'il se promettoit la victoire tres-certaine. Le baptesme preceda, lequel baille
l'innocence. Le desert succeda, la priere assiduelle, le ieusne, & par mesme moyen le combat
auec Satan, à l'encontre duquel nous fortifie sur tout la fuyte de la multitude, en laquelle se
trouue tousiours chose qui sollicite à vices les esprits debiles. La priere nous fortifie, le ieusne affloiblit le corps, & renforce l'esprit. Restoit qu'il se mist à faire le deuoir d'enseigneur.
Or cest office appartient proprement aux Euesques, lequel personne ne peut entreprendre
à droit, n'est qu'en beaucoup de sortes il soit examiné & esprouué vainqueur de toute
mauuaises conuoitises, qui corrompent & deprauent la parolle de Dieu : à fin qu'il puisse
enseigner les autres cõment ils pourront resister à Satan. Car ce n'est pas assés à vn docteur
Euãgelique d'estre exẽpt de tous vices : mais aussi faut qu'il soit magnanime, & tant loing
de pouuoir estre gaigné & corrompu, que ne pour gaing, ne pour aucune volupté corporelle, ne pour ambition, ne pour crainte de maux, on ne puisse le destourner de la droitture
de la verité Euangelique, laquelle Satan ne cesse d'assaillir en tout temps par ceux qui plus
ayment ce monde que la gloire de Dieu. Ce que nous voulant enseigner le Seigneur Iesus,
apres tout cela, en grande force d'esprit dont il estoit-ia remply: il s'en retourna en Galilée.
Car par la tentation il auoit amassé vne force d'esprit: non pas qu'il luy fust suruenu aucun
accroissement de nouuelle force, mais par ce que ce qu'il auoit au cœur se desployoit & des-

A   couuroit

Ayant ache-
ue toutes ten
tations.

Et Iesus s'en
retourna en
vertu.

couuroit dauantage: en nous demonstrant par cela que c'est que le docteur Euangelique
doit procurer & attendre. Or il luy pleut d'encommencer la predication Euangelique en
Galilée, la plus contêptible du pays de Iudée: partie à fin de respõdre à la prophetie d'Esaie
qui auoit predit qu'és frontieres de Zabulon & Neptalim, c'est à dire, en la Galilée des Payens, se deuoit leuer vne lumiere de verité diuine: partie à fin que l'yssue & bon heur de
l'Euangile ne fust aucunemêt attribué aux aydes de ce monde, si d'auêture la publication
s'en fust faitte par gens sçauans, riches & puissans: & s'il fust yssu d'vn pays de renom. Car
Dieu a choysi toutes choses contemptibles selon le monde, à fin que toute la gloire d'vne
chose tant admirable retournast à luy. Or des lors Iesus estoit en grand renom enuers les
Galileens, pour auoir faict entre-eux quelques miracles en priué, dont il s'estoit donné à
cognoistre à plusieurs mesme auant son baptesme: où il s'amassa ce pendãt vn petit nombre de disciples, lesquels il voulut estre tesmoings de toute sa vie & doctrine. Tandis qu'il
fut là il se retiroit petit à petit des affections de ses parens, demonstrant qu'icelles aussi endommagent souuent la syncerité de doctrine. Au reste, si tost que Iean fut mis en prison:
Iesus, qui durant qu'iceluy preschoit, n'auoit bonnement sonné mot, de peur que quelque
enuie ne s'esleuast entre leurs disciples, se met à publicquement enseigner d'vn grand courage. Car aussi estoit-il bien temps que la Loy enserrée, dont estoit la figure, la liberté Euan
gelique se mist en auant. A la Loy ombrageuse & obscurcie d'enigmes de figures, est fort
propre vne prison. Mais la loy Euangelique il failloit l'esleuer bien haut, à fin que toutes
les contrées du monde la vissent, grands & petits, sçauans & idiots. Donc si tost que le Seigneur fut de retour en Galilée, par la vertu de l'esprit, dont il estoit remply, ia descouuerte
en partie par doctrine & miracles: la renommée qui parauant auoit couru entre peu, fut
lors semée & espandue par toute celle contrée. Comme c'est chose bien seante à vn docteur
Euangelique d'auoir grand renom: non qu'il faille qu'il pourchasse gloire enuers les hom
mes, mais par ce que quand vn docteur est en reputation honneste, cela le met en credit &
authorité. Toutefois comme on ne doit point affecter vn tel bruit, aussi ne faut-il l'acque-
rit par quelques moyens que ce soit. Que le docteur à l'exemple de Iesus viue en sorte, que
iaçoit que de soy il ne cherche pas sa propre gloire, ce neantmoins il soit recommandé par
le tesmoignage du Pere par la vertu du sainct Esprit, par la voix de Iean, c'est à dire, de tout
homme de bien. Que sa conuersion soit telle, que par vne entiereté de mœurs il conuertisse à soy les yeux de tous. Brief, qu'il ait vne fiance telle enuers Dieu, que mesme par miracles, si la chose le requiert, il glorifie Dieu: Combien qu'en ce siecle ce soit vn prou grand
miracle de ne se destourner tant soit peu ne par richesses, ne par voluptés, ne par honneurs, ne par effrayemens de tormens, ne par crainte de mort, de la pureté & vertu Euangelique. Or les Iuifs auoyent vne coustume de souuentefois, mais principalement aux
Sabbaths & iours de festes, s'assembler au temple ou és Synagogues, à fin que la vacation
que la Loy leur commande de cesser de leurs œuures sales & prophanes, ils l'employaſ-
sent non en ieux de dets, paillardises, yurogneries, noises, & autres meschancetés, ains
aux œuures de l'ame. Là on deuisoit non des fables humaines, mais de la Loy de Dieu, du
Messias futur, lequel estoit tres-ardammêt souhaitté & attendu de toutes gens craignans
Dieu. Et vn chascun de quelqu'estat qu'il fust mettoit en auant ce qu'il pouuoit. Au reste,
à celuy qui sembloit auoir de quoy enseigner le peuple, on luy bailloit le liure de la Loy
diuine dont le docteur Euangelique deuroit prendre de quoy repaistre les ames du peuple, & non des resueries des hommes. Or ce que là se disoit & faisoit, quoy que ce fut, il ne
pouuoit estre celé, à raison que tout le peuple, pesle mesle, s'y trouuoit. Iesus donc à fin de
notifier sa doctrine à tous, alloit par les villes de Galilée, & selon la bonne coustume des
Iuifs frequentoit leurs Synagogues, desployãt par tout celle admirable & vertueuse doctrine du regne celeste, doctrine d'autant plus puissante que celle des Pharisiens, qui enseignoyent l'escorce de la Loy ou de constitutions d'hommes, que le vin est de plus grande
efficace que l'eau. Aussi y auoit-il bien entre les Galiléens des esprits enseignables qui
s'esmerueilloyent de celle nouuelle maniere de doctrine, & qui s'estonnoyent du docteur
admirable, & le louoyent. Et iusque là l'affaire de l'Euangile se porta assés bien, iusque
la cognoissance en paruint à ses parens & domesticques: à fin que nous entendissions
que celuy qui enseigne choses celestes doit tant qu'il est possible, estre eslongné de toute consanguinité charnelle. Car quand il eut vn peu esté par quelques villages & bourgades de Galilée, il alla finalement à Nazareth, lieu auquel pour ce que Iesus auoit esté
nourry, & y auoit vescu long temps auec son pere & sa mere & ses parens, plusieurs l'en
pensoyent estre natif: qui fut mesme la cause qu'ordinairement on l'appelloit Nazarien.
                                                                                      Or à

Or à fin qu'eux aussi n'eussent dequoy se pleindre qu'il auroit mesprisé son pays & ses parens, aymant mieux pourchasser gloire enuers gens estrãgiers, il alla aussi là ayant-ia bon
renom, lequel il n'auoit point eu en son pays. Et à fin de declarer qu'il auoit-ia renõce aux
affaires domesticques, il alla selõ sa coustume en la synagogue. Car il n'y a lieu où soit plus
tenu de hanter celuy qui est dedié aux profits du public. Apres donc auoir escouté les autres discourir de la Loy, luy aussi se leua, demonstrant par ce maintien que de luy, il estoit
semblablement inspiré de Dieu, & qu'il auoit quelque propos à tenir au peuple. Qui est
vne coustume, qui encore auiourdhuy se continue par les Esglises selon l'ordonnace de
Paul, de parler & escouter chascun en son tour : & si a quelqu'vn est reuelé quelque chose
digne d'estre cogneu, que celuy qui parloit le premier se taise & fasse place à celuy qui luy
succede à fin que tumulte, trouble & confusion ne s'esleue en la saincte assemblée, en laquelle se doyuêt faire toutes choses en paix & trãquilité. On bailla le titre à Iesus, & ce selon
la coustume, à fin que fussions apprins que la doctrine de salut doit prouenir non des resueries des hommes ne des preceptes des philosophes: ains des saincts liures qui nous ont
esté baillés par l'inspiration du sainct Esprit. Le Seigneur Iesus n'auoit pas affaire de liure,
veu qu'en luy estoyêt cachés tous les thresors de cognoissance & sagesse: ce neãtmoins il le
print pour noûs recommander l'estude des sainctes Escriptures. Le ministre de la synagogue baille bien le liure, mais il le baille clos. Iesus qui seul a la clef, & descouure ce qui est caché en vielle Loy, prend le liure & l'ouure & feuillette. Car Iesus luy-mesme estoit caché &
mucé en la Loy : & failloit que les Iuifs baillassent eux-mesmes de quoy estre incontinent
cõuaincus. Or luy bailla-on non pas vn tel quel liure, mais celuy d'Esaie qui est vn Prophete qui a le plus clairement & euidemment prophetisé de Christ & de la doctrine Euangelique, que pas vn des autres. Et n'aduint pas cela fortuitement, ains par la prouidence
diuine qu'ayant ouuert & feuilleté le liure il tomba sur le passage qui sur tout parloit tout
ouuertement de Christ, en quoy le Christ mesme par la bouche du Prophete parle de soy
en ceste maniere: L'esprit du Seigneur est sur moy puis qu'ainsi est qu'il m'a oinct, il m'a en-   *Esaie 61*
uoyé pour annoncer bonnes nouuelles aux poures, pour guerir ceux qui ont le cœur rom-
pu : pour apporter deliurance aux captifs & veue aux aueugles : pour mettre en franchise
les foulés, pour publier l'année agreable & desirable du Seigneur, & le iour de recompêse.
Le Seigneur Iesus apres auoir prononcé de sa bouche ces propos du liure, estant de bout,
il plia le liure comme il l'auoit prins & le rendit au seruiteur : demonstrant par ce faict l'obstinée incredulité d'aucuns Iuifs, qui se reposans sur la lettre de la Loy, ils n'entendoyent
ny recognoissoyent le Christ qui est l'ame de la Loy. Cela faict, il print la personne de docteur & s'assit pour declarer le passage qu'il auoit leu. Ce qu'il leut debout, il le fit pour
l'authorité de l'Escripture saincte, à qui toute dignité humaine doit honneur & reuerence:
ce qu'il enseigna assis, il demonstre qu'vn expositeur de la saincte Escripture doit estre
vuyde de tumulte de toutes conuoitises moindaines. Au reste, la fresche renommée qu'on
auoit-ia commencé de semer touchant Iesus : puis l'authorité de docteur prinse de nouueau: finalement vne grace celeste qui reluysoit en sa face faisoit que tous ceux qui estoyent
en l'assemblée ietterent les yeux sur luy. Et ce sont tels auditeurs que demande le Seigneur   *Et les yeux*
Iesus, gens qui solennisent le Sabbath se reposans des tumultueuses cõuoitises de ce mon-   *de tous en la*
de : qui d'vn accord mutuel sont assemblés en vn, qui n'ont les yeux du cœur fichés autre   *synagogue.*
part que sur Iesus que sur le salut eternel. Car il parle iournellement auec nous és sainctes
Escriptures. Il parle par les Prophetes Euangeliques, c'est à dire, par les expositions des
liures saincts. Bien-heureux ceux qui sont ainsi attentifs à la parolle du Seigneur Iesus: car
à tels il leur faict ce bien que de leur descouurir le secret du sens caché. Qu'ainsi soit, si tost
qu'il vit que tous eurent ietté & fichés leurs yeux sur luy seul: il se print à leur dire : Vous
aués ouy Esaie qui par l'inspiration du sainct Esprit vous promet quelque docteur d'eslite
& de grande efficace, vn docteur qui enseigne non pas d'vn esprit humain constitutions
humaines ou fables inutiles: ains qui abondamment oinct & remply du sainct Esprit doit
estre enuoyé de Dieu, à fin qu'a ceux qui sont debonnaires & poures d'esprit, & partant capables de la doctrine de salut, il leur apporta les ioyeuses & agreables nouuelles de salut,
& qui eust le pouuoir de bailler ce qu'il annonceroit, estant doué d'vne puissance celeste:
& qui annonçast salut gratuit à tous ceux qui se sentãs coupables de leurs maux le souhai-
teroyent : qui en gratuitement pardonnant tous pechés medecinast ceux qui auroyent le
cœur corrompu de diuerses maladies de vices & mauuaises cõuoitises: qui annõçast franchise à tous ceux qui ou estans addonnés à idolatrie seroyent detenus captifs du diable:
ou seruans à la superstition de la Loy ne pouuoyêt aspirer à la liberté & frãchise de l'esprit:

A 2   qui

Esaie 9

qui aux aueugles d'entendement & plongés és profondes tenebres d'erreur, ouurit les yeux, par la foy, à tous lesquels ils regardassent la lumiere eternelle de verité selon que se porte la prophetie qu'en vn autre passage prononce le mesme prophete : Le peuple qui gisoit en tenebres a veu vne claire lumiere : qui remist en leur premiere franchise ceux qui sembleroyent toutalement rompus & brisés de toute sorte de maux par Satan : brief qui publiast le vray iubilé du Seigneur estre venu, qui comme il est à tous souhaittable, doit aussi estre accepté de tous en toute ardeur & alaigresse. Moyse publia vn Sabbath de iours par lequel il commanda que de sept iours en sept iours on cessast des œuures prophanes. Il a publié vn Sabbath d'ans par lequel il commanda que de sept ans en sept ans, on eust à se repouser du labourage de la terre, & ne requerir d'elle autre chose que ce qu'elle produiroit d'elle-mesme. Il publia aussi l'an restaurateur de la premiere franchise, lequel pour ceste cause fut appellé en Hebrieu, le Iubilé : lequel apres sept sepmaines d'ans reuolus faisoit le cinquantiesme. C'estoit vn an souhaitté de tous Israelites qui estoyent oppressés de seruage ou endebtés. Voïre-mais comme le Sabbath de Moyse recreoit les corps seulemēt leur donnant repos, ainsi le septiesme an ne donnoit repos qu'à la terre. Maintenant s'annonce vn Sabbath perpetuel, auquel l'esprit estant à deliure, & vuyde de tout tumulte de mauuaises conuoitises doit vacquer à vn estude trāquille des choses celestes, & desormais ne se tourmenter & soucier des choses terriennes, comme ainsi soit qu'à ceux qui ayment Dieu rien ne leur manque. Qui plus est le Iubilé de Moyse ne suruenoit qu'aux Israelites, & la franchise qu'il bailloit n'estoit ne gratuite, ne parfaitte : ioinct que ce mesme qu'il bailloit estoit corporel & temporel. Mais cestuy an du Seigneur est tel, qu'à tous ceux qui par leurs pechés redeuables au diable, qui sont esclaues des esprits malings, qui sont aueugles & ignorans la verité, qui sont perdus en tous maux, & inutiles à toute bonne œuure, il leur apporte parfaitte & gratuite remission, franchise, veue, santé, & entiereté. Pourtant est-ce que tant plus deués vous tant que vous estes promptement & alaigrement embrasser ce qui vous est presenté. Car la promesse que vous aués ouye faitte par la prophetie, vous pouués en sentir l'effect. Vous l'aués bien ouy des oreilles, mais vous aués besoing de courages prōpts & ardans pour pouuoir estre capables d'vne si grande felicité. Le bien est souuerain qui gratuitement est offert : mais malheur sur ceux qui n'auront tenu conte de la benignité de Dieu tant appareillée. C'est l'an Iubilé, offrant gratuitement franchise & salut à ceux qui par douceur & credulité se rendent dociles & guerissables : mais à cestuy succede l'an de recompense & vengeance qui punira de peines eternelles ceux qui auront mesprisé la benignité de Dieu. Par ces propos le Seigneur Iesus signifioit modestement qu'il estoit celuy dont s'entendoit la promesse de la prophetie d'Esaie, là où plusieurs pensoyēt que ce passage fut dit non pas touchāt le Messias, mais d'Esaie mesme. Or est-ce que au baptesme de Iesus Christ, le sainct Esprit descendant du ciel en forme visible & s'asseant sur luy amonnestoit le peuple que c'estoit celuy de qui auoit entendu la prophetie : L'onction denotte quelque chose de doux & paisible. Car il n'y a rien plus doux qu'huyle, de quoy vient le nom de Messias, qui en Grec signifie Christ, c'est à dire l'oinct. Or la predication de Iean estoit austere & menaçante : Christ par douceur & courtoysie & bien-faisance sollicitoit & inuitoit chascun à salut. Iesus deschiffrant ces choses auec vne authorité soueraine : mais d'vne douceur de mesme, plusieurs l'auoyent en admiration & s'estonnoyent de son parler bien autre que celuy des Pharisiens, paisible, doux, amiable, de tant bonne grace, n'ayant rien de hautain, rien de tortu ou arrogant, toutefois qui ce pendāt auoit quant & soy son authorité. Car touchant les propos des Pharisiens, d'autant qu'ils procedoyent d'vn cœur corrompu d'ambition, d'auarice, d'enuie, & d'autres mauuaises conuoitises, ressentoyent souuentefois leur source. Mais le parler qui sortoit de la bouche de Iesus Christ, pource qu'il procedoit d'vn cœur remply de l'Esprit celeste estoit à toutes gens de biē & amiable & d'efficace à salut. Toutefois il en y auoit entre-eux enuers lesquels la petitesse de race & famille amoindrissoit aucunement l'authorité de la doctrine celeste. Car par ce qu'ils estoyent encore tous en ceste opinion que Iesus estoit le fils de Ioseph & de Marie, aussi que la poureté de son pere & de sa mere & de ses parens & affins, & que par plusieurs ans dés son enfance, il ne luy auoyēt veu apprendre autre chose que le mestier de son pere, sans auoir onc hanté les escoles des Pharisiens & docteurs de la Loy, qui en grande presomption enseignoyent les mysteres des saincts liures : estans, di-ie, en telle opiniō de Iesus, s'esbahissoyent d'où luy pouuoit soudain estre suruenue vne si grande vertu, laquelle il auoit au parauant desployée en d'autres villes par diuers miracles : item vne si admirable cognoissance des sainctes Escriptures, & vne eloquence accompaignée d'vne si grande authorité.

authorité. Or n’entendoyent-ils pas encore combien plus valoit l’onction de l’esprit que la doctrine des Pharisiens. Pourtant estimans de luy selon les choses qu’ils auoyent cogneues en luy selon la chair, ils disoyent: N’est-ce pas le fils de Ioseph le charpentier ? Car il ne cognoissoyent point le pere celeste, qui besongne par le fils. Or par ce que Iesus faisoit beaucoup moins de miracles en Nazareth, qu’il n’auoit faict aux autres villes dont quelques vns de ses parens se despitoyent, ils murmuroyent contre luy comme d’vn homme qui n’auroit pas la puissance en main par tout:ou bien qui la plaignoit à ceux de son pays, pretendans ce pendant ie ne sçay quelle gloire mondaine, d’vn affaire dont toute la gloire en estoit deue à Dieu. Auquels Iesus rabaisse le grondemēt meschant par tel propos: Pour-autant, dit-il, que vous aués entendu dire qu’entre d’autres i’ay guery toutes sortes de maladies, certainement vous me diriés ce qu’ordinairement on dit: Medecin guery toy toy-mesme. Nous auons ouy dire que tu as faict certains miracles en Capernaum, où tu estois estrangier, & n’y as personne qui soit de ta consanguinité & parentage. Si est-ce qu’il est conuenable que sur tout tu fasses du bien aux tiens. Ce que tu bailles à ceux de ta ville & à tes parens, fais-le pour toy-mesme. Pourtant si ceste vertu t’est propre & perpetuelle, tout ce que tu as faict entre les Capernaites & autres gẽs fais-le aussi icy entre les tiens qui te sont tres-conioints, & en ton pays. Leur meschant grondement descouuert, le Seigneur leur faict telle response: Quant à moy, ie suis vn medecin tout appareillé pour guerir toutes les maladies d’vn chascun, pourueu qu’on se rende guerissable. Car il n’y a nul medecin pour sage & bening soit-il, qui puisse remedier aux malades s’ils reiettent la medecine quand on la leur presente & se deffient de la feauté du medecin. Or les hommes ordinairement sont de telle affectiō, que si vn medecin vient incogneu d’vn pays loingtain il l’en estiment tant plus, là où on ne l’estime pour autres choses que pour son art: & de vray quant en l’art lequel il porte quant & soy, tousiours & en tout lieu il est tout-vn: mais au lieu où il trouue des deffians & contempteurs, il ne peust autrement porter grand profit de son art à grād gens : nō pas que là il veuille ou puisse moins de soy, mais par ce que ceux ausquels il vouloit suruenir, eux-mesmes se sont denié le benefice de salut. Ce qui aduiet aux medecins, aduiet beaucoup plus aux Prophetes. Car l’art des medecins suruient bien quelquefois à gens voire malgré eux. Mais vn Prophete, par ce que principalement il medecine les ames, il ne peut nullement du monde secourir ceux, qui refusent le salut offert. Or le refuse qui se deffie. Et la cause pourquoy plusieurs se deffient des Prophetes c’est par ce qu’ils les estiment non pas de la vertu de Dieu, besognante par eux, mais de l’imbecillité corporelle qu’ils voyent en eux, aussi bien qu’és autres hōmes. Recherchés les hystoires touchant les Prophetes du temps passé, & vous trouuerés que ce que ie vous dy est plus que vray, assauoir que nul Prophete ne fut iamais en estime en son pays & entre ses parens : non pas ou que moins il puissent ou veuillent bien-faire aux leurs qu’aux estrangiers, ainçois à cause que les parens par leur incredulité se rendent indignes du benefice de Dieu. Car les dons de Dieu se donnent non pas à la parenté, mais à l’affection : non à l’affinité charnelle, mais à la promptitude de cœur : non à la nation, mais à la foy. Et de faict, ie vous asseure bien de cela, que du temps d’Elie le prophete lors que par trois ans & six moys entiers, il ne tomba point de pluye, dont s’ensuyuit vne si grande sterilité de la terre, qu’il y eut vne fort grande famine par tout le pays, il y auoit en la nation Israelite maintes vefues, & toutefois le Prophete pressé de faim, ne fut enuoyé à pas vne d’elles pour estre repeu, sinon à vne vefue de Sareptha, au pays de Sydon. Pourquoy ne fut-il plustost enuoyé vers les vefues de Ierusalem pour y multiplier la fariniere & la bouteille d’huyle ? pour enuers quelcune d’elles faire quelque excellent miracle, en luy ressuscitant son enfant ? Certainement pour ce qu’entre les Israelites il n’y en auoit nulle qui en fiance entiere esgalast ceste vefue Payenne & barbare. Requise de bailler de l’eau, elle le fit promptemēt, le Prophete luy promettant que ny la farine ne defaudroit pas en la fariniere, ny l’huyle en la bouteille, elle creut & appareilla du tourteau comme il luy auoit esté commandé. C’estoit là vn courage Israelitique en vne femme non Israelite : tant a enuers Dieu plus d’importance le courage que la race. Le semblable n’aduint-il pas au temps d’Elisée le prophete successeur d’Elie ? Car il n’y a nulle doute qu’entre les Israelites, il n’y eust à force ladres qui pouuoyent desirer santé. Pourquoy donc nul d’entre-eux ne fut-il nettoyé par Elisée, mais seul Naaman Syrien, idolatre & estrangier de la nation Israelite ? Le prophete ne pouuoit-il pas enuers ceux de son pays, ce qu’il pouuoit enuers vn estrangier & Payen ? Auroit-il esté bien plus prompt à bien faire à gens prophanes & estrangiers qu’à ceux de son pays ? Nullement du monde: mais la foy du personnage obtint le benefice de Dieu. Car il creut que Dieu par ses

A 3   seruiteurs

N’est-ce pas icy le fils de Ioseph.

Medecin guery toy toy-mesme.

3. Roy. 17

4. Roy. 5

feruiteurs pouuoit cela faire : & quand il luy fut commãdé de se plonger par sept fois dans le Iordain, il le fit. Si les ladres Israelites eussent eu vne semblable fiance, ils eussent aussi senty la beneficence de Dieu. Ayant le Seigneur Iesus par tels propos reproché à ceux de sa ville leur incredulité, à raison de laquelle ils se rendoyent indignes du benefice de Dieu, donnoit ce pendant à entendre qu'il aduiendroit que le don de la vertu Euangelique se departiroit non seulement d'auec ceux de son pays, mais aussi d'auec tous les Iuifs pour se transporter vers la vefue Sidonoise, c'est à dire, vers l'Esglise des Payens, item vers Naamam Syrien, c'est à dire, vers les Payens au parauant idolatres : le murmure enuieux se conuertit en vn despit manifeste. Car de la hardiesse qu'il auoit prinse de dire tels propos en pleine Synagogue, en preferant à la nation Israelite, les Sydoniens & Syriens gens abominables enuers les Iuifs, ils en eurent tout si grand despit qu'ils s'en mutinerent & ietterent Iesus hors de la ville de Nazareth : & non contens de cela, ils le menerent sur le fin sommet d'vne montaigne sur laquelle celle ville estoit située pour le ietter du haut en bas. O citoyens abominables ? ô faueur de populas immuable soudain conuertie en grande forsenerie ? Et puis ils s'esmerueille si le salut ne vient pas vers eux, veu qu'ils bannissent l'autheur de salut: Ils ont despit qu'on loue la simple foy des Payens, & ne corrigent pas ce pendant leur abominable incredulité. Ils demandoyent le medecin, & si ne veulent pas aualler la pillule salutaire de la verité amere, ils veulent qu'on leur guerisse les corps, ne tenans conte des maladies de l'ame. Or la medecine d'vne ame malade, c'est vn parler veritable, & par consequent mordant. Ils ayment mieux vn venin doux, mais mortel, que vne medecine amere & salutaire. Ils requierent pour vne vaine gloire qu'on leur fasse des miracles, lesquels Christ ne faisoit pas sinon pour le salut des hommes à la gloire de Dieu. Et n'estoit pas venu pour mediciner les corps autrement tantost perissables, mais aux ames qui ont à viure à tout iamais. Or me considere maintenant la religion renuersée des Nazariens. Il estoit le Sabbath, & estimoyent chose illicite de radouber vn soulier à tel iour, & ils ne tiennent pas pour illicite de ietter du haut en bas vn citoyen qui les semonnoit à salut. Certainement c'estoit Satan qui par eux s'efforçoit de mettre à effect par eux, que de soy au parauant il auoit conseillé : & il trouua des satellites pires que luy n'estoit. Car touchant luy il n'osa rien autre chose faire que de conseiller à Christ de se ietter du haut en bas. Ceux-cy s'amasserẽt à l'entour d'vn citoyen cogneu & bien-faisant & le tirerẽt au precipice, & en tant qu'en eux fut le precipiterent. L'impieté abominable paracheuast tout tãt qu'elle peut, mais puissance ne fut pas baillée à la volonté deprauée. Car le temps n'estoit pas encore venu, auquel il nous estoit expedient que Iesus mourut, lequel estoit venu pour mourir pour nous, mais en son temps que le Pere luy auoit borné, & de telle sorte de mort qu'il auoit choysie. Tout Sabbath ne luy estoit pas aggreable, mais le Sabbath de Pasques, auquel deuoit estre immolé l'Aigneau le Sauueur du monde : le precipice ne luy aggreoit pas, mais la hauteur de la croix. Lucifer fut precipité à cause de son orgueil, & pourtant est-ce qu'il sollicite les autres à se precipiter. Le fils de Dieu s'estoit de soy-mesme abbaissé iusqu'en terre, à fin qu'estant haussé en la croix il attirast tout à soy, & à son exemple par humilité il esleua au ciel ceux qui ce prince d'orgueil taschoit de precipiter aux enfers par arrogãce & incredulité. Et pour faire vn tel sacrifice la ville de Nazareth n'estoit pas propre, ains Ierusalem. Iesus donc se laissa chasser dehors, à fin de ne prescher à gens indignes : (ayant aussi enseigné à ses Apostres de faire le mesme) il ne s'est pas voulu laisser precipiter, luy qui eust biẽ voulu mourir de sa franche volonté. Quoy donc ? Il ne se transforma pas en vn oyseau, ou serpent, ou en quelque autre enchantement pour ainsi eschapper, ains sans sentir aucun mal passa par le beau milieu de ceux qui l'auoyẽt trainé pour le precipiter : declarant manifestement que la malice des hommes ne pouuoit rien contre luy, sinon que de son bon gré il se bailla pour estre prins & mis à mort. Et voyla la vengeance dont se contenta le doux Seigneur Iesus, assauoir de laisser là les gens qu'il auoit trouué incurables. Autrement il pouuoit par son seul vouloir les precipiter eux-mesmes qui l'auoyent trainé pour le faire trebuscher au precipice. Mais il ayma mieux les laisser viure à fin qu'auec le temps ils se recognoissent, & de mal-faicteurs deuiennẽt innocens, que de perdre gens mal-faicteurs. Car quelquefois la subtractiõ du moyen de recourrer le bien-faict, faict qu'on desire celuy qui est appareillé de bien-faire. Er sans point de faute ils pouuoyent estre incités par ce miracle ou à admirer là, la puissance de Iesus, à l'encontre duquel n'a rien peu le complot d'vn peuple forsené, ou à aymer sa bonté, veu que ceux qui luy brassoyent la mort, il a mieux aymé les garder à penitence que non pas de les

pet

perdre à souffrance. Iesus donc laissa là Nazareth l'orgueilleuse & rebelle, à l'encontre
de la parolle Euangelique,& descendit pour tirer vers Capernaum ville de Galilée,ville a-
bondante en richesses, & pourtant perdue en dissolution, voluptés, ambition,orgueil &
autres vices qui coustumierement accompaignent les richesses.Mais là n'y auoit point de
familiarité charnelle,qui a de coustume d'engendrer mespris.Or estant là il alloit au Sabbath selon sa coustume à la congregation & les enseignoit. Car l'impieté meurtriere des
Nazariens n'eut pastant d'efficace enuers luy,qu'estant irrité de leur lascheté enorme il en
delaissast le pays de Iudée & soudain transportast le benefice vers les Payens:ains il monstra en effect,ce que puis apres il enseigna à ses disciples:assauoir qu'estans dechassés d'v-
ne ville ils s'enfuyssent en vne autre sans penser à se venger, mais à diuulguer l'Euangile à
fin que la malice de ceux qui les chasseroyent seruist mesme à haster la diuulgation de la
profession Euangelique. Or iaçoit que les Capernaites fussent gens addonnés au monde,& assés approchans des mœurs des Payens à raison des trafficques qu'ils auoyent ensemble,ce neantmoins Iesus les trouua plus gratieux & courtoys que ses Nazariens, ausquels il deuoit estre plus cher à cause d'vne perpetuelle integrité de vie bien cogneue & approuuée. Car les Capernaites auoyent en merueilleuse admiration la doctrine de Iesus,
pourautant qu'elle n'estoit rien brouillée ne fardée comme celle des Pharisiens, des lauemens,de dismer la Mente & la Rue,de mettre offrades au tronc & d'autres semblables choses qui plustost contenoyent superstitio que pieté,& bailloyent loy au simples pour la gloire ou profit des Pharisiens,là où ce pendant eux-mesmes qui enseignoyent telles choses,
ne gardoyent pas les principaux commandemens de la Loy : ains estoit la doctrine de Iesus Christ solide & authenticque. Car en premier lieu les choses qu'il enseignoit estoyent
tres-vrayes & accordantes au sens naturel.Puis elles seruoyent à la vraye pieté & au salut
eternel . En outre vne singuliere entiereté de vie donnoit lustre à sa doctrine. Auec toutes
ces choses estoit adioustée vne inaccoustumée vertu de miracles qui declaroit que ce que
il enseignoit,procedoit de Dieu,& non d'vn esprit humain.Car le Seigneur Iesus ne faisoit
pas miracles pour gaing ou vaine ostentation:mais premierement par iceux secouroit à
la necessité des calamiteux,pour en bien-faisant se mettre en grace : secondement les miracles estoyent baillés pour vn temps aux yeux corporels, à fin que par telles choses ils
apprinssent à croire celles qui iaçoit qu'on ne peust le voir,estoyent toutefois plus à sou-
haitter.Finalemēt c'estoit vne figure & representation des choses qui se faisoyent és cœurs
d'yceux. Or c'estoit vn iour de Sabbath, auquel le peuple par grande deuotion se reposoit des œuures defendues, qui toutefois de soy n'estoyent point mauuaises:comme sont
voyagier,ou faire du feu,moudre,presser du vin, ou radouber vn habillement descousu,
Parainsi c'estoit vn Sabbath par dehors, mais au dedans és cœurs il y auoit de grans tumultes que l'esprit de Satan y esmouuoit, tempestant leurs entendemens de mouuemens
diuers d'auarice, d'orgueil, de courroux, de vengeance, d'enuie &c. Car là vrayement
est le vray Sabbath, où l'esperit du Seigneur mect l'ame en repos de toutes mauuaises
conuoitises. Donc pour figure de cecy voicy en la Synagogue vn homme, qui auoit le
corps detenu d'vn ord esperit aduertissant couuertement combien plus mal-heureux e-
stoyent ceux desquels les ames estoyent detenues de maux encores plus abominables.
Car qui est l'esperit plus impur ou nuysible, qu'est plaisir charnel, courroux, ambition,
desir d'en auoir, enuie, & qu' hyppocrisie ? Or les Iuifs pour la plus part estoyent vexés
& tourmentés de tels esperits, eux qui hantoyent en la Synagogue, qui n' auoyent pas
encore receu l'esperit de Christ, ains estoit demenée d'autant d'esperits qu'elle auoit de
vices ausquels elle seruoit . Et ne pouuoyent estre capables de ce tant doux esperit E-
uangelique, si le Seigneur Iesus n'eust premierement chassé hors d'eux l'esperit de Satan, esprit maling & vindicatif. Donc ce demoniacle susdit ne pouuant souffrir là vertu nouuelle de Iesus,laquelle secrettement aussi se desployoit, se print à s'escrier à haute
voix, disant: Et puis, qu'as-tu que faire auec nous, Iesus Nazarien ? Es-tu venu pour
nous perdre deuant le temps ? Nous sçauons bien quels tourmens nous sont preparés pour celle derniere iournée. Mais maintenant ta presence nous fasche & tourmente deuant le temps. Nous ne te demandons pas salut,ny ne prions d'eschapper la peine,
ains requerons delay. Nous ne sentismes onc le semblable de la presence des autres prophetes. Qui faict que nous n'ignorons pas que tu es.Car tu es ce singulier sainct de Dieu
qui dois desconfir toute impieté,& chasser toute impureté.La Loy a sa saincteté, & sa pureté : mais tu es celuy là seul, que Dieu a sanctifié de saincteté celeste. Le Seigneur Iesus ne
voulut pas estre publié par le maling esprit, combien qu'il voulsist rapporter toute ceste

A 4   gloire

gloire au ſeul Pere : ſçachant bien que la confeſſion de ce diable procedoit non d'vne entiereté de foy, ains d'vne volonté malicieuſe. Car la confeſſion qu'il en faict eſt à fin d'en tirer de luy ce qui en eſt, ne tendant à autre but par la bouche de l'homme, qu'à ce qu'auparauant Satan le tentateur auoit pretendu par ſoy-meſme. Il faict confeſſion finement non
pas à fin d'obtenir ſalut pour ſoy, mais bien d'empeſcher celuy ou les autres. Et n'eſt pas
amour qui le faict parler, mais la crainte du ſupplice. Et c'eſt pourquoy comme vn eſclaue
mal-heureux & toutalemét endurci qu'il oyt, de Chriſt : Tais-toy, ord eſprit : & ſors de ceſt
homme lequel tu poſſedes par tyrannie. Ie ſuis venu pour ſauuer les hommes. A ceſte vertueuſe & tant puiſſante voix de Ieſus l'eſprit maling iette le perſonnage par terre & le cha-
boule, puis s'en ſort, ſi bien & ſi beau qu'en l'homme del iuré ne reſta bleſſeure aucune. Ce
qu'il ietta l'homme par terre, eſtoit vn ſigne euident de volonté peruerſe, c'eſtoit vn indice
qu'à grand regret il abbandonnoit ſa poſſeſſion. Ce qu'il le laiſſa ſain & ſauue demonſtre
que les eſprits malings ne peuuent nuyre à ceux qui ſe reſigneront du tout en tout au Sauueur. Car la bonté d'vn ſeul Ieſus vaut plus pour le ſalut, que pour la perdicion la malice
d'vne infinité de diables. Or ceux qui s'efforcent de deliuer les corps des eſprits nuiſibles
ont de couſtume d'vſer de tout remede, à fin de repouſſer le mal, de prieres limitées de certains mots, de perfums, d'aſperſions, d'herbes d'efficace, & autres ceremonies aſſés prochaines des magiciennes : & ſi pour toutes ces choſes nous voyons peu ſouuent aduenir
que l'eſprit ſoit chaſſé. Que ſi quelquefois il ſort il y laiſſe toutefois les traſſes de ſa malice,
ou en luy oſtant quelque membre, ou en luy laiſſant quelque maladie incurable. Au reſte,
quand le peuple vit qu'au ſimple & rude commandement de Ieſus, l'eſprit eſtoit ſorty de
l'homme ſi ſoudain, & en ſorte que la ſanté du perſonnage demouroit entiere ſans aucune
traſſe du mal precedent, vn esbayſſement & admiration ſayſit tous ceux qui auoyét veu ce
faict, ſi qu'entre-eux ils tenoyent tels propos de Ieſus. Quelle nouueauté eſt-ce cy que
nous voyons, qui ne fut onc ne leue, ny ouye? Car il commande de ſa ſeule parolle aux
ords eſprits, & ſes commandemens ont telle force & authorité que tout à coup, comme le
recognoiſſant plus puiſſant qu'eux, ils ſortent de l'homme voire en ſorte qu'apres qu'il en
ſont ſortis la ſanté retourne toute parfaitte. Par ainſi le ſpectacle de ce miracle ſi admirable
fut cauſe que la renommée de Ieſus fit courir non ſeulement en Capernaü, mais auſſi par
tout ce pays ce auoir eſté à la confuſion de la ſynagogue des Iuifs, laquelle eſtant deſnuée
de l'eſprit de Chriſt, eſtant demenée de l'eſprit de Satan à l'encontre de la verité Euangelique, à l'inſtigation duquel Satan les Nazariens auoyent machiné perdicion au Sauueur.
Ieſus donc laiſſa la Synagogue & entra en la maiſon de Simon, qui fut ſurnommé Pierre, la
belle mere duquel eſtoit vexée d'vne forte fieure. Or les parens & affins d'icelle firent requeſte à Ieſus qui luy pleuſt, luy qui ſans en eſtre requis auoit bien chaſſé vn diable hors
d'vn homme, de faire tant pour la priere des amys que de guerir de la fieure la parente du
diſciple qu'il eſtimoit le premier d'entre tant qu'il en auoit. Et Ieſus pour ſe monſtrer & en
particulier, & en public, bien-faiſant enuers cogneus & incogneus, enuers tout eage,
ſexe, eſtat, &c. ſe mit au deſſus de la femme & commanda à la fieure de s'en departir. Et il
n'eut pas ſi toſt dit le mot, que la maladie laiſſa la femme, non pas retournant la vigueur
corporelle petit à petit, comme ordinairement il aduient à ceux qui ſont gueris par le moyen des medecins : ainçois tout à coup la maladie chaſſée, toute la vigueur & alaigreſſe luy
retourna, ſi bié & ſi beau qu'elle ſe leua du lict & appareilla à ſouper à Ieſus & à ſes diſciples,
& leur ſeruit à table. Or eſtoit le Seigneur ſi prompt à bié-faire à tous, que meſme il ne s'ef-
cuſoit point de l'importunité du temps, enuers ceux qui en ſimple fiance requeroyent ſon
ayde. Qu'ainſi ſoit quand le bruit en fut ſemé par toute la ville, tous ceux qui auoyent chés
eux des malades vexés de diuerſes maladies les luy amenoyent à la porte de la maiſon où
il eſtoit. Et le doux Seigneur ne s'excuſa pas ſur le repos priué à luy deu, ne ſur la nuict mal
cõmode pour vacquer aux affaires, ainçois mit ſes mains ſalutaires ſur tous ceux qui luy
furent preſentés, & ſans aucune difficulté gratuitement les guery tous de toute leurs maladies : demonſtrant par telle figure que quiconque auroit enuie d'eſtre deliuré des maladies de l'ame, ne deuoit auoir ſecours ailleurs qu'à Ieſus propre, qui eſt tout appareillé de
gratuitement pardonner à tous toutes leurs fautes, s'entend à tous ceux qui d'vne ſimple
confiance ſe retirent vers luy comme au ſeul autheur du vray ſalut. Car il n'y a ſorte de maladie tant incurable, tant enracinée, tant mortelle laquelle ne s'enfuyſt à l'attouchement &
commandement de Ieſus. Et en cela ce pendant ſe dreſſoit vn exemple aux Eueſques & paſteurs ſucceſſeurs de Chriſt, auec combien grande debonnaireté ils doyuent receuoir les
pecheurs qui ont enuie de ſe retirer de leurs pechés. Car s'ils eſt ainſi, que le Seigneur Ieſus
auquel

auquel n’y a pas vne feule traffe de maladie ou uice, n’a pourtant efté defcouragé pour au
cune puanteur de maladies, qu’il n’ait receu, touché & guery les malades : combien plus
doyuent faire le femblable ceux, lefquels la benignité de Iefus a auant nettoyés des mala=
dies, & n’en font-ia ce pendant vuydes de toute faute : attendu mefmement que ce ne font
ils pas qui oftent les maladies, ains font feulement adminiftrateurs du don celefte : en les
enhortant qu’il ayent a defirer la fanté & les amenãt au medecin d’efficace, item follicitant
fa mifericorde par prieres, qu’il luy plaife de toucher les ames diceux de fes mains. Et non
feulement les maladies s’enfuyoyent au commandement de la voix, & à l’attouchement
des mains de Iefus : mais auffi les diables ne pouuans porter la vertu diuine de Iefus, s’en
fuyoyent de leur plein gré hors des corps des miferables que long temps ils auoyent poffe
dés. Tant grande partie de felicité eft de s’approcher de Chrift, Or s’en approche celuy qui
fe defplaifant en foy-mefme, defire de deuenir meilleur : & qui a conceu vne certaine fiance
que tous fes pechés pour enormes qui foyent, luy feront pardonnés par l’indechiffrable
cleméce de Iefus. Or y-a il és corps diuerfes fortes de maladies : mais les ames n’en ont pas
moins & font plus pernicieufes, n’eft que parauanture il y ait moins de fortes d’intempe=
rance que de fieures : ou bien que le dangier ne foit plus grand au corps de brufler de fie=
ure, qu’à l’ame d’enrager de plaifir charnel. Defia entre les maladies du corps il y en a de fi
ordes que mefme les plus prochains amys redoutent d’y affifter, comme eft la maladie de
poux : item de fi contagieufes que ce n’eft faict feurement de s’en approcher, comme eft fur
toutes la ladrerie ou peftilence : côbien qu’à grand peine y a-il aucune maladie qui ne foit
contagieufe aucunement. D’autre part il y en a quelques vnes tellemét ou vehementes ou
naturelles qu’elles furmontent le fecours & art des medecins. Mais trop grande eft l’effica=
ce de noftre medecin pour dire qu’il foit inferieur à la grandeur d’aucune maladie : & fa pu
reté trop grande pour pouuoir eftre fouillé d’aucune malice d’hommes : & trop grande fa
mifericorde pour fe reculer d’aucune puanteur. Il eft fi tref-bon qu’il reçoit chafcun, fi tref=
pur qu’il touche chafcun, fi tref-puiffant qu’il guerit chafcun. Or n’y a-il nulles maladies
corporelles fur lefquelles les medecins ayent moins de puiffance que fur celles qui depra=
uent le domicille de l’ame : côme font frenefie & affopiffement de fens, côbien qu’encore les
demoniacles foyent plus incurables, entãt que les efprits malings, plus puiffans que la na
ture humaine leur tourmentent à leur beau plaifir & les ames & les corps. Et auffi n’eft-ce
point la couftume d’amener telles gens aux medecins de ce monde, ains de les laiffer en la
garde de Dieu. Car c’eft vn mal de fi grãde uehemêce, que mefme regarder tels malades eft
chofe pitoyable. Mais ceux font biê plus miferables, iaçoit qu’ils ne le femblêt pas, lefquels
pour vne côuoitife de regner font attirés à empoifonner, à meurtrir pere & mere, à cômet=
tre facrileges & autres lafchetés plus enormes : ceux qui font trãfportés de courroux à pil=
ler les innocês, à tuer gens qui n’ont faict le pourquoy, à efmouuoir guerres, à bouter feu, à
troubler tout le monde. Car quel mal eft ce qu’vn demoniacle peut ou faire ou endurer du
corps, fi on veut faire comparaifon de combien grandes tempeftes eft demené, combien
grande ruyne apporte aux chofes humaines tout Prince infenfé & tranfporté d’vn efprit
tyrannique ? C’eft vn mal de telle vehemence qu’il furmonte les forces humaines, mais en
core eft plus puiffant l’efprit de Chrift : duquel ayant vne fois fayfi l’efprit de l’homme,
il eft force que tout tant qu’il y a d’ efprits impurs en vn tel, s’enfuyent. Quoy faict, fou=
dain l’homme deuiendra de tyrant, pere : de cruel, tref-doux : de pilleur de peuple, foula=
geur des oppreffés : de guerroyeur furieux, fectateur de paix : de voleur, bien-faifant : de
glorieux gendarme, prince raffis & difcret. Refte feulement de l’amener à Iefus & le retirer
du monde. Car alors au foleil couchant il eftoit venu en la maifon de Simon, c’eft à di=
re, à l’Efglife Euangelique, à force gens hors defquels par la puiffance & vertu de l’efprit de
Chrift fortoyent efprits malings, confeffans celuy eftre prefent de qui la verité eftoit plus
puiffante que non pas leur malice. Or en fortant ils crioyent : Tu es le fils de Dieu. Mais
le temps n’eftoit pas encore venu, auquel le Seigneur a voulu qu’il fuft à tous notoire que
il eftoit le Meffias le fils de Dieu : & ores qu’il l’euft voulu, il n’a pas voulu que les efprits
impurs fuffent meffagiers de fa gloire : fuft-ce que leur confeffion n’eftoit fimple, mais
trompeufe : fuft-ce qu’il y auoit du dangier que fi leur tefmoignage euft commencé d’a=
uoir authorité en vn cas de telle importance, ils ne trouuaffent auffi credit és autres cho=
fes, efquelles ils prendroyent plaifir de tromper par menfonges. Car combien que Satan
eft menteur, bien que quelque fois il dye verité, toutefois il ne le faict à autre intention fi=
non pour tromper & deceuoir. Et c’eft de luy que aucuns ont apprins ce meftier de mefler
les chofes fainctes auec les prophanes, & le vray auec le faux, comme adiouftãs à viandes

Les diables
auffi for=
toyent.

falubres

falutaires vne poifon mortelle, à fin d'attirer tant plus de gens à perdition. Or Iefus pour
nous enfeigner combien ceux qui fe font vne fois confacrés au S. Efprit fe doyuent gar=
der d'auoir aucune accointance auec les efprits prophanes, fit ceffer les cris de ces diables
Et les repre= & leur impofa filence auec menaces. Car ils fentoyent fortir de luy vne vertu admirable,
nant afpre= qui les faifoit penfer qu'il eftoit ce Meffias promis le fils de Dieu. Et Iefus qui n'eftoit pas
ment venu pour medeciner les corps, ains les ames: & ce non pour vne ville, mais pour toutes
les nations de tout le monde: apres auoir faict ces miracles en Capernaum, & femé par do=
ctrine falutaire vne bonne femaille de philofophie Euangelique, de grand matin auant
que le peuple (qui plus admiroit & cherchoit la fanté du corps que le falut de l'ame) fuft
reuenu de-rechef vers luy, il fe partit de Capernaum & fe retira en vn lieu defert, comme
fuyant la trouppe populaire: nous enfeignant ce pendant qu'on ne doit faire les miracles
ny par oftentation, ny à l'appetit du peuple: ains entât qu'il eft expedient pour le falut des
hommes à la gloire de Dieu: au refte que toufiours il faut euiter tout foufpeçon de vaine
gloire. Car ce qu'il les auoit guery tous, c'eftoit vn exemple de benignité appareillée pour
tous: ce que fecrettement il fe retira c'eftoit exemple de modeftie, refuyant louange & often
tation de foy. Et quand le iour fut venu vne fort grande compaignie de gens pefle mefle,
s'affembla de-rechef, pour la grandeur des miracles du iour precedent. Mais quand ils
eurent entendu que Iefus s'eftoit-ia abfenté, plufieurs allerent apres luy, & l'ayans trouué
s'efforcerent de le retenir qu'il ne fe departift de leur ville, mais qu'il s'y choifift vn domici=
le pour toufiours. Telle affection n'eftoit pas autrement mauuaife: mais ceux font bien
plus heureux qui ne laiffent pas le Seigneur Iefus fe defpartit du domicile de leur cœur,
que quand il veut s'en partir, le retiennent par prieres. Or pour lors la difpenfation de la
chair qu'il auoit veftue requeroit qu'en changeât de lieu à toutes hurtes, il femaft au loing
& au large la doctrine de l'Euangile qui eftoit encore toute nouuelle & frefche. Car c'eftoit
le femeur enuoyé au monde pour efpandir au large la femence de la parolle Euangelique,
femence qui ne fructifieroit pas enuers tous en pareille felicité. Eux donc le rappellans, il
leur refpondit gratieufemét en cefte maniere: Le benefice qui gratuitement vous a efté con
feré prenés-le à la bonne part. Ie ne reiette pas voftre hofpitalité, mais il faut que i'anonce
auffi aux autres villes le regne de Dieu. Car le pere m'a enuoyé, non pas à prefcher à vne
Il me faut feule ville, mais bien à fin que i'inuite chafcun à la communauté du royaume celefte. En
aller aux au ce que Iefus fit pour lors, il donna vne leçon à fes difciples, à ce qu'en randiffant par tout
tres villes. le monde ils enfeignaffent toutes nations. Ce n'eftoit pas à luy vice de legiereté & inconf=
ftance, mais vne enuie de bien-faire à tous. Ainfi errer, n'eft pas legierete humaine, ains
charité Apoftolique. Au refte, où il y a prou de doctrine Euangelique, le pafteur vigilant
ne laiffe pas pourtant d'aller çà & là, foucieux du troupeau qui luy eft enchargé, à fin de re=
dreffer ce qui fe feroit efgaré: ce qui feroit malade le guerir: ce qui eft expofe au loups, le re=
couurir: ce qui eft nauré, le curer: ce qui eft tendre & foible, le côtregarder. Car auffi n'efta=
blit on pas vn pafteur pour fecourir à vne ou deux familles, mais à fin qu'il veille fur tou=
tes. Les Capernaites contentés de cefte excufe, Iefus alloit par les villes & villages de Ga=
lilée, prefchant felon fa couftume: en leurs Synagogues, acquerant foy & credit à fa do=
ctrine enuers les Iuifs en faifant miracles: enuers les Iuifs, di-ie, qui fans miracles ne
pouuoyent rien croire.

C H A P I T R E   V.

R comme la renommée de Iefus s'eftendoit de iour en iour tant plus au large
enuers tous, on venoit vers luy à fi grâde foule, que defia il ne fuffifoit pas qu'il
fe trouuaft és Synagogues villes & villages, mais auffi en quelcôque lieu qu'il
fe retiraft, vne grande compaignie qu'hommes que femmes pefle mefle cou=
royent tous à luy. Le defir de fanté y en allefchoit plufieurs, la nouueauté des miracles y en
femonnoit maints: & l'efficace de la doctrine celefte en attiroit tant & plus. Il n'y auoit de=
fert fi hydeux, ny montée de montaignes fi difficile, qui les en empefchaft: ny honte de for=
cer vne maifon priuée fi par cas d'auenture il fe cachoit, qui les fit reculer. Or en fin finale
ils vindrent à vn eftang, & encore qu'il fuft tout preft à fe mettre fur l'eau, tant y a qu'ils ne
pouuoyent le laiffer. Ils venoyent à luy à grande foule, luy couroyent fus, s'arreftoyent à
luy & le preffoyent. Mais ie prie, ô mon bon Theophile, ouure moy icy les yeux de ton en=
tendement, à fin de voir en la narration de la chofe faitte felon la chair, la figure de l'Efglife
nayffante & croiffante. Iefus fe tenoit debout fur le riuage du lac de Genezareth, que les
Hebrieux appellét quelquefois mer, à raifon qu'en long & en large il eft d'vne grâde eften=
due, & en engendrant de foy vn vent eft fouuét agité de vagues & flots. Il fembloit vouloir
                                                                                      paffer

passer outre le lac, mais l'importunité des gens venans à grande foule le pressoit & se iettoit sur luy, desirans d'ouyr de luy la parolle de Dieu. Car il en y auoit-ia plusieurs qui
estoyent degoustés de la parolle des Pharisiens, d'autant qu'elle ne sentoit autre chose que l'homme. Telle importunité ne fascha pas le doux Seigneur Iesus, mais comme
contrainct & serré d'vn costé de la foule du peuple, & de l'autre du lac prochain : ayant
aussi le lieu mal propre pour vn prescheur Euangelique, à cause qu'vne grande compaignie de gens s'entrepoussans ne peust aisément se contenir en vn lieu pendant, item
que la voix prononcée d'embas paruient à peu de gens, ioinct qu'il faut qu'vn docteur Euangelique soit à recoy & asseuré contre les tumultes de la multitude du populas, il se retira en vn lieu plus paisible. Or de bonne heure il y auoit là au mesme riuage deux basteaux de pescheurs. Et les pescheurs estoyent sortis qui lauoyent leurs filets, comme s'appareillans à la premiere pesche. Iesus voyant ces deux basteaux, entra
en l'vn qui appartenoit à Simon Pierre, & luy dit qu'il l'eslongnast vn peu arriere de terre. Quoy faict, retiré par ce moyen de la presse du peuple, se faisant fort de la nauire,
comme d'vne chaire, il enseignoit le peuple qui estoit au riuage. Le Seigneur auoit appellés des pescheurs à l'office de la predication Euangelique : & ce mesme qu'il faisoit de
dedans la nauire, estoit pescher des hommes. Le lac estoit le monde flottant ce dessus
dessous par diuers mouuemens des choses. La nacelle de Simon c'estoit l'Esglise, premierement ramassée de Iuifs, sur laquelle Simon Pierre deuoit estre estably. Or est-ce
que Simon signifie obeissant. Aussi les Iuifs demandoyent des miracles, & mettoyent
la fiance & esperance de leur salut aux œuures de la Loy. D'autre part les Philosophes
touchant le souuerain bien, en quoy ils colloquent la felicité de l'homme, ils en disputoyent par raisons humaines : là où la doctrine de l'Euangile promet à tous salut par
le moyen de la foy. Or la foy est obeissance. Car celuy obeit, qui quand il luy est commandé de croire, croit sans rien chanceler, sans rien disputer : que quand on luy commande d'esperer, espere, dependant du tout & en tout de celuy en la sauuegarde duquel il
s'est vne fois resigné. Voila les rudimens de l'Esglise : escoute maintenant le reuenu qui
se doit ensuyure de la pesche Euangelique. Le sermon Euangelique acheué, le Seigneur
parla à Simon conducteur de la nacelle : Retire la nauire plus loing de terre, & l'ameine
en l'eau profonde, & y lasches noz rets pour pescher. Alors Simon, respondant à son
nom, luy faict telle responce : Maistre, nous auons trauaillé toute la nuict apres la pesche,
& si n'auons rien prins : & pourtant ayans perdu toute esperance nous sommes mis à lauer & mettre en point noz filets : toutefois à ton commandement ie lascheray le filé.
A moy sera le seruice, & à toy l'euenement. On obeit donc aux parolles du Seigneur
Iesus : la nacelle fut menée en eau profonde, on estend le filé au large : dans lequel se
enueloppa soudain vne si grande multitude de poissons, que le filé des disciples ne pouuant soustenir vn si grand faix de poissons, se rompoit, tellement qu'vne nacelle seule ne
suffisoit pas pour tenir la pesche. Simon auoit ses compaignons en vn autre basteau, ausquels ils signifierent de loing nompas de bouche, mais par signes, qu'ils eussent à sin-
gler & nauiger vers eux pour leur ayder à descharger leurs rets. Ils y allerent, & leur ay-
derent : si trouuerent tant & tant de poissons, que toutes les deux nacelles furent rem-
plies de la pesche d'vn seul filé : de sorte qu'il s'en failloit de bien peu qu'elles n'enfon-
çassent, tant chargées estoyent-elles. Tu as en la personne de Simon la forme & image
d'vn docteur Euangelique : duquel le propre & peculier deuoir est de lascher le filé de
la predication Euangelique, filé tissu nompas des lacqs des Pharisiens, ny des subtilités
des Philosophes, mais bien des enseignemens des Sainctes Escriptures, des faits & dits
de Christ en façon telle, qu'il en enueloppe tant & plus, & les ayans enfilés ne les laisse
pas eschapper. Ce monde-cy a aussi ses rets : aussi a Satan ses pescheurs, qui par amadouemens amorsent les poures ames, & les font tresbucher en la nasse d'infelicité, &
les trainent en perdition eternelle. Mais bien-heureuses celles lesquelles le veruueil A-
postolique enueloppées & d'vne mer de vices & erreurs les retire à vn air plus libre, des
tenebres à la lumiere : d'vn vilain bourbier à vne pureté de vie : des conuoitises errantes à vn ferme & constant estude d'innocence perpetuelle. Telles ames sont tellement enueloppées, qu'elles n'ont nulle enuie d'eschapper, & si elles en eschappent, elles perissent,
elles sont de toutes pars enuironnées des liens de la verité Euangelique, elles recognoissent leur calamité, & sont bien aises d'estre tirées à la nauire de l'Esglise. Or pource que le
veruueil de la predication de l'Euãgile, tire quelquefois & enueloppe de toutes pars diuerses sortes de poissons, il n'est possible qu'il n'en y ait des mauuais meslés parmy les bons

Parainsi

Parainſi les mauuais ſont en cauſe que le filé ſe rompt:mais les bons poiſſons n'en eſchap-
pent-ia pourtant. Les hereticques font bien tout leur effort de rompre la doctrine Euan-
gelique:mais Chriſt enuironnſit les ſiens de toutes pars, conuertit les meſchans s'efforçãs
dés ſuſdits en auancement de la partie entiere.Aucuns par leurs tumultes outragẽt & troublent la nacelle,gens peſans & chargés des conuoitiſes de ce monde, & deſirans de retourner au bourbier laiſſé:mais elle n'en enfonce-ia, depuis que Chriſt a vne fois daigné ietter
ſes yeux ſus elle. Et combien que par toute la terre il n'y ait qu'vne ſeulé Eſgliſe: ce neantmoins la figure eſt de deux nacelles, à fin que nous entendions l'Eſgliſe de Chriſt eſtre a-
maſſee de deux peuples. Des Iuifs eſt yſſu le commencemẽt de ſalut. Or apres Chriſt, Pierre fut le premier de tous qui laſcha le filé de la predication Apoſtolique, & à vne ſecouſſe
tira de toute ſorte de gens peſle meſle iuſqu'à trois mille,ſe portãt en cela peſcheur d'hommes. Et n'eſtoit pas ſa harangue tiſſue par art de Rethorique, ny entrelacée de ſubtilités &
ergots Philoſophicques, mais puiſſante & d'efficace par la vertu du ſainct Eſprit. Car auſſi
n'auoit-il pas laſché le filé, en ſe confiant aux forces humaines : mais tant ſeulemẽt au
commandement de Chriſt, par l'eſprit duquel il eſtoit lors pouſſé & conduit. Autrement
c'eſt en vain qu'on le laſche,n'eſt que Chriſt face proſperer le iect de l'homme.Mais comme
dés Iuifs eſt venu le commencement de ce reuenu:ainſi des Gentils eſt ſuruenue vne abondance ſi grande, que les premiers, qui auoyent laſché le filé, furent contraints de demander ſecours & ayde à leurs compaignons.Car par apres ſe fourrãs de toute part les Gentils
en la communauté du ſalut Euangelique, Pierre & Iaques toucherent les mains à Paul &
Barnabas en ſigne de ſocieté Euangelique: ſi s'efforcerent d'vne part & d'autre de tout
leur pouuoir de remplir toutes les deux nacelles,& proſpera l'affaire à merueilles.Or pour

Ce que vo-
yant Simon. continuer le propos,voyant Pierre que l'affaire ſe demenoit non par forces humaines, ou
par cas fortuit, ains par la vertu diuine qui eſtoit en Ieſus, il monſtra de-rechef par effect
que c'eſt que doit faire vn docteur Apoſtolique,ſi quelquefois l'yſſue de la predication apporte bon-heur. Car iaçoit que la nacelle fuſt bien à Pierre, iaçoit qu'ils euſt laſché le filé,
iaçoit que luy ſur tous l'euſt tiré hors, ce neantmoins il ne s'en attribue aucune louãge,
mais eſtant deuenu plus modeſte de la grandeur du bon-heur,il ſe proſterne aux piéds de
Ieſus,& luy attribue toute la gloire de ce faict,ne ſe recognoiſſant quant à ſoy,autre quẽpeſ-
cheur, indigne d'eſtre miniſtre & inſtrumẽt de la vertu diuine. Seigneur (dit-il) c'eſt maintenant que ie recognoy mon indignité, quãd ie conſidere ta hauteſſe. Depart-toy de moy:
car ie ne ſuis pas digne que tu ſois auec moy. Ce ne fut pas l'enuie que Pierre euſt de ſe departir de la compaignie du Seigneur (lequel ſingulierement il aimoit) qui le fiſt ainſi parler : mais vne vehemente admiration de la vertu de Chriſt plus qu'humaine. Et n'eſtoyent
pas les compaignons de Simon d'autre affection que luy-meſme: Car vne incroyable admiration de ce faict ſuſdit auoit ſaiſi les cœurs de tous, & toutefois pas vn d'entre-eux ne
s'en attribua rien qui ſoit. Bien eſt-il vray qu'ils recognoyſſoyent le trauail eſtre leur:mais
la peſche eſtre de celuy qui auoit faict le commandement. Et qui ne s'eſtonneroit en conſiderant qu'à la predication de peu de gens, abiets & idiots, en peu d'ans a eſté perſuadé à
tãt de mille hommes de toutes les nations du monde, de ne tenir conte des affections de
parentage,de perte de ſon auoir,des menaces dés Princes,des ſupplices, briefne tenir cõte
de la mort meſme, ains ſuyure la ſimple doctrine de Chriſt, en croyant choſes qui par raiſons humaines ne peuuent eſtre prouuées:en eſperant choſes,qui ſelon les forces de nature ſont du tout deſeſperables.Il faut donc que l'Eueſque ſoit prompt & tout deliberé pour
laſcher le filé, à fin de s'eſtudier de gaigner à force gens à Chriſt: ce pendant le laſchera-il
non pour ſa gloire, non pour gaing, non à l'appetit des Princes, non pour quelque conuoitiſe mondaine: ains au bon plaiſir & commandement de Chriſt, lequel ne commande
pas de le laſcher, ſinon pour le ſalut de ceux qui viennent à eſtre prins, & pour la gloire de
la bonté de Dieu. Et voyla la peſche vrayement Apoſtolique: iaçoit qu'elle ſe face par miniſtere de voix & induſtrie humaine, neãtmoins toute la louãge en doit eſtre renduë à vn
ſeul Chriſt, par la faueur duquel ſe deſlie la langue pour parler: l'eſprit duquel inſpire le
cœur du preſcheur:la ſecrette vertu duquel attire les cœurs des auditeurs . Et bien que le
docteur euſt droit de s'en attribuer quelques cas:toutefois c'eſt le plus ſeur de rapporter le
tout à celuy ſans l'ayde duquel l'effort humain ne proſpere en rien en matiere de ſalut.Il eſt
bien tel, qu'il ne ſçait oſter ce qu'il a donné, ny reprocher ce qu'il a eslargy: tãt plus voudra-il la choſe eſtre tienne,ſi ce qu'aucunement pouuoit ſembler eſtre tien, tu auras voulu
qu'il fuſt ſien. Il t'en laiſſera bien l'vtilité, mais la gloire il ne ſouffrira qu'elle en ſoit renduë à autre qu'a Dieu ſeul : & s'il nous ſemble bon de nous glorifier, ce nous ſera plus ſeur
de nous

de nous glorifier en luy. Or comme ainsi fust que de ce faict tous ceux qui auoyēt esté auec
Pierre en la pesche, entre lesquels estoyent Iaques & Iean fils de Zebedée, compaignons de
Simon, fussent tellement estonnés, que des merueilles qu'ils auoyēt d'vne vertu tant diuine, ils ne s'osoyent ioindre à Iesus, le Seigneur les consola, disant à Pierre, auquel il a autrement accoustumé de proposer la forme laquelle il vouloit estre imprimée au cœur de tous
les autres. Tu n'as point cause de craindre, Simō tu recognois ta foiblesse, & as experimēté
vne vertu diuine, laquelle il faut aymer, nō craindre. Car elle employe sa puissance nō pour
accabler la foiblesse des pecheurs, mais pour la soulager : tant seulement obey à mon commandement, & ne regarde pas que c'est que peut ta force, mais que c'est que ie veux estre
faict. Tout ira biē si tu te fies en moy. Tu t'esmerueilles d'auoir faict vne si bōne pesche, mais
c'est peu de cas, il se fera bien choses plus merueilleuses, quand tu viendras à pescher des
hōmes, à laquelle pesche i'ay esleu toy & tes cōpaignons. Pour le present c'est assés pesché.
Desormais tu mettras peine, non de remplir de poissons vne nacelle : mais de remplir mon
Esglise de gens qui facent professiō de la doctrine Euāgelique. Ces propos que le Seigneur
dit à Pierre, tous les autres entendirent bien qu'ils s'addressoyent aussi à eux. Si tirerent incontinent les batteaux à terre, & placcans tout suyuirent Iesus, sans auoir aucun soucy des
choses corporelles, applicans du tout leur entendemenr à deuenir pescheurs d'hōmes. Or
pour vne charge tant excellēte il les failloit façonner de cōmandemens, & instruire d'exem
ples mysticques. Doncques pour monstrer qu'il n'y a vice si vilain & mortel, qui ne soit incontinent pardonné à qui confesse sa maladie, & par foy Euangelique requiert remede du
celeste medecin Iesus, il aduint que en vne ville il y auoit vn hōme ladre, voire d'vne ladrerie dont il auoit tout le corps plein de tres-vilaine roigne. Or estoit telle sorte de gens entre
les Iuifs en si grāde horreur, que on les separoit de la cōpaignie des autres, & estoit defendu
par la Loy qu'on n'eust à les toucher, de peur d'en estre infecté. Mais la lepre de l'ame est
bien plus vilaine & detestable, que celle du corps. Les Iuifs, comme ainsi fust, qu'ils estoyent
tous pleins d'apostumes interieures, toutefois ils detestoyent tellement les Payēs, fermiers
& pecheurs publicques, que si quelquefois il aduenoit qu'ils eussent parlé à eux, cōme s'ils
eussent prins leur maladie, quand ils estoyent de retour en la maison, ils lauoyent tout leur
corps. D'vne tant arrogante netteté des Iuifs, Christ voulut que les siens fussent bien loing.
Parainsi ce fust le ꝓfit de ce poure hōme d'auoir veu Iesus. Il recogneut sa soilleure, & se tint
pour indigne de leuer sa face abominable par les vilaines taches q y estoyēt, vers le Seignūr :
ains ayāt honte de soy-mesme, se ietta la face à terre, & ietta vne voix pleine de modestie, &
aussi de cōfiāce. Ce qu'il couurit sa face, c'estoit signe qu'il recognoissoit son mal : & ce qu'il
prioit d'estre n'ettoyé, c'estoit signe qu'il se fioit à la bōté de IesusChrist, laquelle estoit toute
puissante, & au cōmandemēt de chascun. Sire, dit-il, ie sçay biē que mon mal est incurable :
& peut estre que ie ne suis pas digne que tu me faces bien, tāt y a que ie croy que tu me peus
nettoyer si tu veux. Tu vois la cōfiance, que i'ay en ta puissance : il reste que ta bonté iuge si
elle veut daigner faire misericorde à ce poure souffreteux & incurable. Il n'y eust sceu auoir
cōfiāce plus grāde au Seigneur, que en recognoissant sa puissance, se recōmander à sa bōne
grace & bon plaisir, luy qui sçait que quelquefois c'est nostre profit d'estre affligé par quelque mal de corps, & que prosperité des choses tēporelles ne sert de riē. Iesus estāt ioyeux de
vne si platte cōfiāce de ce poure souffreteux, nō seulemēt ne le reboutta pas deuāt ses yeux :
mais mesme le leua de terre, & estēdant sa main, luy toucha la face disant : Si tu supplies ma
bōté, ie le veux : & puis que tu aduoues ma puissance, sois net : & si tost qu'il eut dit le mot, la
ladrerie dōt le poure hōme auoit esté reply, se departit de tout le corps. Ce pendāt les disciples apprenēt cōmēt il ne faut auoir en abominatiō personne quelcōque, pour enormes &
detestables que soyēt les pechés dōt l'hōme seroit entaché : pourueu qu'en recognoissāt sa
maladie, il attēde en soy remede de la bōté de Christ. Car si le Seigneur qui seul estoit net de
toute ladrerie de vices, ne faict point de difficulté de toucher vn hōme abominable enuers
chascū : cōbiē est-il moins seāt que les disciples (lesquels la bōté du Seigneur a nettoyés de
leurs pechés, q ne sont pas toutalemēt exēpts de coulpe, & peuuēt tresbucher en toute mes
chāceté) desdaignēt de s'employer à guerir les maladies des autres? Telle maniere d'attou
chemēt ne souille point celuy qui attouche : ains nettoye celuy qui est touché. Celuy qui est
attouché, en deuiēt net tout à l'heure : & n'en est pas moins net celuy q faict l'attouchemēt,
veu que par la main des Apostres Iesus daigne attoucher. Or pource que la Loy remettoit
le iugement de discerner de la ladrerie nō à tous indifferēment, ains seulemēt aux Sacrifica
teurs, le Seignūr ne s'est pas cōtenté que ce miracle fust diuulgué par le simple bruit cōmun :
mais à fin que la verité en fust acertenée, il commanda au guery de ne diuulguer pas soudain le benefice qu'il auoit receu, ains que selō l'ordōnāce de la Loy, il s'allast premieremēt

B   presenter

Et il luy
cõmanda.   presenter au Sacrificateur,par le iugemēt duquel il auoit esté condãné ladre,& separé de la cõmunauté des hõmes. Que si apres auoir consideré ton corps(luy dit Iesus)il te iuge estre vrayement net,fais l'offrande que la loy Mosaique ordonne de faire à ceux qui viennent à guerir de ladrerie.En ce faisāt il aduiēdra que les Sacrificateurs n'aurõt de quoy se cõplain dre que par moy leur gaing se decroit,ne de dire que i'aye enfraint ou mesprisé la Loy pour laquelle accõplir ie suis venu,& non pour l'abolir:ny de quoy calõnier mon benefice,pour pouuoir ou nyer que tu ayes esté ladre, ou iuger que tu n'ayes esté guery. Car sur le champ l'effect mesme les dementira.S'il n'estoit point ladre,pourquoy vous,qui vous attribués la discretion d'en iuger, l'aués vous prononcé ladre, & l'aués separé de la communauté des hõmes:Et s'il n'est point net, pourquoy aués vous prins de ses mains cõme d'vn nettoyé, l'offrande ordõnée en la Loy ? Ces choses luy enchargea si songneusemēt le Seigneur Iesus expressemēt à fin qu'il fust notoire à tous, qu'il en estoit venu vn plus grãd que la Loy, qui sans l'ayde de la Loy, à son seul attouchement, à sa seule parolle, à son seul cõmandement, selõ son bon plaisir,pouuoit dõner vne parfaitte netteté,& qui effaçoit en sorte la souilleu re de tous ceux qui par foy se presentoyent pour estre gueris,que la cõtagiõ de nully ne l'en souilloit:& qui se couroit chascun pour rien, là où les Sacrificateurs n'eussent pas seulemēt pronõcé pour riē de la pureté du corps recouurée.Car touchãt le sacrificateur Mosaique,il ne faisoit pas venir ny oster la ladrerie:ains seulemēt iugeoit si la lepre estoit ou formée, ou ostée.Mais Iesus seul oste à tous toute sorte de maladies, sans demãder aucū autre sacrifice qu'vne simple & pure fiãce enuers luy, c'est que nous recognoissions en luy vne puissance diuine,moyēnant laquelle il peut tout ce qu'il veut:qu'en luy nous adoriõs vne bõté & mi sericorde ineffable,selõ laquelle il desire que tous pecheurs soyēt sauués gratuitemēt,payãt du sien ce qui deuoit estre imolé pour la purgatiõ de leurs pechés.Au reste,ce que le Seignr Iesus defendit au nettoyé de ne dire à personne ce qui luy estoit aduenu, veu qu'il sçauoit bien qu'il ne s'en tairoit pas,il dressa vn exēple pour ses disciples,que pour leurs biē-faicts ils n'eussent à pourchasser aucune vaine gloire enuers les hõmes.Car aussi ne sont pas no stres les choses que le Seigneur besongne par no⁹, & ne seroit pas cõuenable d'en chercher quelque louãge, cõme pour salaire & recõpense,ains nous resiouyrons tacitement du pro chain à q aura esté fait le benefice,& en rapporterõs toute la gloire à Dieu: estãs si eslõgnés de nous en attribuer riē qui soit,que quãt à nous,nous souhaitiõs mesme que chaseũ igno re que le benefice de Dieu soit aduenu au prochain par nostre ministere. Mesme celuy qui a receu le benefice, n'en doit pas rendre la louãge à celuy par lequel il a receu le bien-faict ains en remercier Dieu qui en est l'autheur,qui par ses seruiteurs daigne eslargir tãt de biēs aux hõmes.Or la gloire suyt auec plus grãd heur celuy qui la fuit,& est plus belle quãd elle aduiēt sans estre affectée. Et de faict,la gloire est lors vraye, quãd la vertu mesme l'acquiert à l'hõme maugré soy & la fuyant,& laquelle n'est pas baillée par vne adulation populaire, ny cherchée par ambitiõ:mais bien laquelle celuy mesme ne recognoit pas qui l'a merité, & que gẽs entiers qui ne sçauēt flater,baillēt de leur plein gré. Par tels merueilleux faicts la

Et il che-
minoit.   renõmée du Seigneur Iesus s'espãdoit tous les iours de plus en pl⁹,tãdis que ce que les vns auoyēt veu & ouy,le racõtēt aux autres,& ces autres pareillemēt à d'autres cõme faisãs cou rir de bouche à autre ce qu'il auoyēt ouy racõter.Qui faisoit que le simple l'accroissoit tous les iours à plus grãde foule : partie pour ouyr celle doctrine d'efficace qui guerissoit toutes les maladies des ames:partie,à fin que ceux q estoyēt detenus en maladies corporelles,fus sēt gueris par la vertu de Iesus.Car le peuple grossier faict plus grãd cas des choses visibles que nõ pas des inuisibles.Ils estimoyēt chose fort grãde & plus qu'humaine,d'auoir rendu la peau nette à vn ladre par l'attouchemēt de la main : là où c'est biē vn pl⁹ excellēt & diuin benefice d'auoir par la medecine de la parolle Euãgelique dechassé du cœur vne fieure de puante paillardise,vne hydropisie d'auarice,vn diable d'ãbitiõ, & d'autres telles mortelles pestes des ames. Or Iesus par son ppre faict nous mõstre qu'on ne doit faire les bõnes œu ures ny pour ostētatiõ populaire,ny iusqu'à satieté,se retira en vn desert:auquel lieu, estant eslõgné de la cõpaignie des hõmes, il vacquoit à prieres,en rēdant graces à Dieu, des bene fices qu'il eslargissoit aux hõmes par son fils. Car tel chãgemēt est cause qu'en premier lieu l'intermissiõ de bien-faisance forclost la sacieté,& esmeut vn appetit: puis celuy qui s'est re tiré d'auec les hõmes pour deuiser auec Dieu, reuiēt plus fortifié & alegre pour s'acquitter de la charge entreprinse.Quãt au Seignr Iesus,il a tellemēt cõpassé toute sa vie,que souuēte fois nous voulãt mettre en main vne façõ de viure,il se portoit en hõme:quelquefois aussi il desployoit quelques marques & iõdices de sa diuinité. Or est-ce qu'il n'y a riē qui rēde pl⁹ alegre vn docteur Euãgelique, ne rien qui plus le munisse & fortifie à l'encontre de toute la corruption de ceste vie, que se retirer souuēt d'auec la multitude:de se retirer, di-ie, nõ pas pour

pour s'addonner à oysiueté, à ieux, ou aux voluptés, comme se font ordinairement les re-
retraittes des riches de ce monde, mais pour vacquer à la lecture des saincts liures, pour
vacquer à la priere pure, à action de graces, à la contemplation des choses celestes, brief,
pour vacquer à la purgation de l'ame: si de cas d'auenture on auoit attiré quelque souilleure par auoir conuersé auec le peuple. Christ n'auoit nul besoing de telles choses, mais il
a voulu en sa persone nous depeindre vn patron. La continuelle conuersation du pasteur
auec le peuple, engendre souuent mespris: & ne peut profiter celuy qui pour tousiours se
separe de la communauté des hommes. Parquoy l'homme Euangelique se mettra en place, toutes les fois que le peuple a besoing de la viande de la parolle Euangelique, toutes les
fois que les maladies se r'engregent, & requierent le secours du medecin. De-rechef, apres
qu'ils sont rassasiés, apres qu'on a suruenu aux maux de plusieurs, de peur que familiarité
n'engendre mespris, & abondance degoustement & desdain, qu'il se retire en son cabinet,
à fin que des estudes sainctes comme d'vn deuis auec Dieu tousiours il retourne plus excellent & meilleur qu'il n'y estoit allé, pour ayder à ses prochains. En cas pareil le Seigneur
Iesus s'en retourna de la retraitte à Capernaü, & s'alla rendre à gens tous lesquels auoyent
ia les desirs enflammés. Et comme là il enseignoit en vne maison priuée, estant assis (car
par tout où Christ enseigne estant assis, là est l'Esglise) au mesme lieu s'amasserent non seulement le simple peuple, mais aussi des Pharisiens, gens enflés d'vne apparēce de saincteté,
& auec eux des Docteurs de la loy Mosaique, qui incités de la renōmée des faicts de Iesust
estoyent là venus non seulement de toutes les bourgades de Galilée (entre lesquelles estoit
aussi Capernaum) & de la Iudée prochaine, mais aussi de la propre ville de Ierusalem, qui
arrogamment s'attribuoit la perfectiō de toute religion & sagesse. Et Iesus qui estoit la fontaine de tout salut, en tout soy ne faisoit mōstre d'autre chose que d'vne vertu diuine pour
le salut des hommes, pour l'amour de quoy il estoit venu en terre: & employāt son premier
soing apres la principale partie de l'homme, il guerissoit les maladies des ames par sa parolle. Ayant donc premierement enseigné, & ce estant assis, vsurpāt à bon droit l'authorité
de docteur, restoit la guerison des maladies corporelles, laquelle par ce qu'elle est exposée
aux yeux de tous, confermast les choses qui se faisoyent és ames auec plus grand fruict &
vertu: mais non tant euidēment. Et voyla se presenter matiere pour exercer sa vertu & puissance. Car voicy venir vn paralyticque que quatre hommes portoyēt en vn lict. Tant estoit
grande la maladie, que tous les nerfs de tout le corps estans perclus, le poure homme ne
pouuoit autre chose faire que gesir, & le portoit-on ne plus ne moins qu'vn corps mort.
Auec ce que sans cela ceste sorte de maladie est bien telle, que les medecins bataillent ordinairement à l'encontre sans grande yssue. Or les porteurs auoyent si grande foy enuers
Iesus, qu'ils ne doutoyent nullement (sçachās bien que nulle sorte de maladie ne luy estoit
incurable) que quand il auroit veu ce nouueau spectacle de calamité, il en auroit compassion, & y remedieroit. Seulement ils estoyent en peine, comment ils pourroyent presenter
l'impotent aux yeux de Iesus. Car celuy est-ia prochain de santé, lequel ayant laissé les cachettes de peché, comme miserable se presente soy-mesme à la veue de Iesus, en recognoissant sa calamité & attendant la benignité de Iesus. Mais ce qu'ils ne pouuoyent le mettre
aux pieds de Iesus, la presse des gens en estoit en cause, laquelle en empeschoit plusieurs
qui autremēt couroyent apres le salut. Mais iaçoit que tel empeschement leur bou-
cha l'entrée, toutefois il donnoit lustre au grand desir, & quant & quant à la grande fiance tant des porteurs que de l'impotent. Car combien que Dieu soit de nature enclin à faire misericorde à tous, ce nonobstant il delaye quelquefois sa beneficence, à fin de tant
plus aguiser nostre desir, & pour nous enseigner que nous ne deuons laisser nul moyen en
arriere pour estre deliurés des maladies de l'ame. Il prend plaisir à nostre importunité, &
par icelle est comme poussé à ce à quoy il est tout prompt de sa nature. Pourtant considere
moy l'audace qui fut en ces porteurs, ou plus tost que c'est que le paralyticque arracha
d'eux. Ils portent leur charge sur le toict de la maison, & l'ayant percé, deuallent l'impotent
à tout des cordes comme par vne fenestre, tout gisant qu'il estoit en son lict, au milieu de la
compaignie, deuant les pieds de Iesus. Quelle plus grande impudence, que de descouurir
la maison d'autruy, & ietter vn spectacle si abominable en vn tel theatre? Icy la multitude qui refusoit de faire place au poure hōme par la porte, est contrainte de luy ceder quand
il descēd d'enhaut. Et que faict en tout cecy le tres-doux medecin? Il ne leur reproche point
leur impudence & importunité: il ne se despite point de ce que son propos est entrerompu
par vn spectacle abominable. Les porteurs regardans du toict ne luy demandent rien, rien
ne luy demande l'impotent, à qui la maladie auoit aussi osté l'vsage de la langue. Et en

B 2 ce

ce qu'il ne pouuoit parler, il parloit tant plus au medecin misericordieux. Il n'estoit-ià besoing de prieres, le spectacle miserable requeroit misericorde : & ce que les porteurs auoyēt faict, monstroit asses que c'est qu'il esperoit du Seigneur. Iesus donc voyant leur fiance admirable, leur fit plus qu'ils n'attendoyent. Leur plus grand souhait & desir estoit, que le paralyticque fust deliuré de la maladie du corps. Mais Iesus monstrāt que c'estoit chose plus diuine & plus à desire, restre deliuré des maladies de l'ame, se vira vers l'impotēt, & luy dit: Homme, tes pechés te sont remis. Ceste voix pourtant qu'elle resonnoit à plein vne puissance diuine, esmeut les cœurs des Scribes & Pharisiens, gens tousiours tous prests à calomnier. Car les Sacrificateurs qui offroyent les victimes pour les pechés, ne remettoyent point quant à eux, les pechés, mais seulement moyennoyent par prieres enuers Dieu qu'il leur pardonnast leur fautes. Et Iesus sans sacrifices & offrandes sacerdotales, sans prieres, comme d'vne authorité propre & perpetuelle, dit: Tes pechés te sont pardonnés, comprenant pour vne fois d'vn mot general la somme & le corps de tous pechés, là où les Sacrificateurs ne nettoyoyent pas par trois victimes & sacrifices tous les pechés vniuersellement, ains certains forfaits seulement. Ils auoyent apprins d'Esaie, qu'il n'y auoit que Dieu seul qui pardonnast les pechés aux hommes gratuitement. Car ainsi parle le Seigneur par la Esaie 43 bouche de son prophete: C'est moy, c'est moy-mesme qui efface tes iniquités pour l'amour de moy, & n'auray plus souuenance de tes pechés. Or iaçoit qu'en Iesus ils apperceussent des indices de vertu diuine, toutefois ces Scribes & Pharisiens, offensés de l'imbecillité du corps qu'ils voyoyent en luy, partie aussi aueuglés d'enuie, aymerēt mieux calomnier que croire. Qu'ainsi soit, ils se prindrent à pourpenser & parler en leurs cœurs, voire en couurāt (qui est le propre d'vne calomnie Pharisaique) leur extreme impieté du manteau de pieté & zele de la gloire de Dieu (qui est bien la plus pernicieuse impieté qui soit point) disans en eux-mesmes : Qui est cestuy, qui ainsi blaspheme, en s'attribuant ce qui est le propre de Dieu? Car qui est-ce qui peut pardonner les pechés sinon Dieu seul? Et le Seigneur Iesus pour en cest endroit aussi declarer qu'il participoit de la diuine nature, respond à leurs secrettes pensées, en ceste maniere: Pourquoy faittes vous tels discours en voz cœurs? lequel des deux, à vostre aduis, est le plus aisé, de dire à vn detenu en pechés : Tes pechés te sont pardonnés, ou de dire à ce poure homme, lequel vous voyés tant perclus de paralysie, Leue-toy & chemine? Que si vous voyés qu'à la simple parole la santé corporelle vienne a estre tout à coup restituée à ce malade incurable, croyés que par mesme facilité l'ame est semblablement restituée en sa santé. Par les choses que vous voyés à l'œil, croyés celles qui ne se peuuēt voir. Ne vous offensés point de l'infirmité de ce mié corps: ains des faicts que vous voyés de voz propres yeux recognoissés la puissance diuine. Or prenés vn indice visible, comment le fils de l'homme a en soy puissance perpetuelle & sienne en terre de pardonner les pechés à tous ceux qui d'vne foy entiere vont à luy à recours. Et quant & quant eux estans tous attētifs, le Seigneur va dire au paralyticque : Leue-toy, te di-ie, charge ton lict, & t'en va en ta maison. Et tout à coup au commandement de Iesus, le paralyticque se leua deuant les yeux de tous, & chargea son lict sur ses espaules, & s'en alla à beau pied en sa maison : ayant soudain recouuré les forces corporelles, en sorte qu'au lieu qu'au parauant on le portoit à quatre en vn lict, maintenant est mesme suffisant pour porter son lict. Or s'en alla-il tout guery & en l'ame & au corps, tout ioyeux & alegré en glorifiant Dieu, par la bonté duquel il auoit recouuré santé, là où il n'eust peu esperer des hommes aucun salut. Et le peuple esmeu de ce nouueau spectacle, en fut merueilleusement estonné : si que plusieurs glorifioyent Dieu de ce qu'il auoit donné vne si grande puissance aux hommes: car ils n'estimoyent encore Iesus rien autre qu'homme. Aucuns aussi se sentans capables en leur cōscience, furent saysis de peur, n'entendans pas bien que Christ estoit expressémēt venu, non pas pour perdre les pecheurs : mais bien pour les iustifier. Si disoyēt entre-eux: Nous auons auiourdhuy veu des merueilles qui onques ne furēt faittes, que nous ayons ouy ou leu. Le simple peuple s'estōne & a peur, qui est quelque degré à salut: mais les PhaApres ces risiens grondent & portent enuie. Et Iesus s'estant party de là, apres qu'il eut enseigné pres choses il se d'vn lac, nous monstrant ce pendant qu'en tout lieu il faut espandre la semence de la papartit. rolle Euangelique, il vit en passant vn peagier nommé Matthieu, autrement dit Leui, fils d'Alphée, assis au banc des peages. Cela n'aduint pas de cas d'auēture, ains l'auoir regardé estoit l'auoir choysi. Or il choysit vn peagier pour le mettre au ranc des Apostres, à fin d'enseigner aux siens que nulle maniere de gens ne doyuent estre reiettés de la profession de l'Euangile, pourueu qu'en laissant leur complection de leur vie passée ils se consacrent du tout en tout à pieté, Iesus donc dit à ce peagier : Suy-moy. Et luy à la voix de Iesus,
comme

comme ſi par quelque enchantement d’efficace il euſt eſté transformé en vn autre homme,
ſe leua, quitta tout, & tout tel qu’il ſe trouua ſe print a ſuyure le Seigneur. Or vn homme
addonné à vn gaing deshonneſte, & enueloppé en des affaires inexplicables, le transformer tout à coup en vn autre homme, c’eſtoit bien vn miracle plus notable, que de remettre
vn paralytique en ſes forces. Et dés lors cela faiſoit bien creuer de deſpit les Phariſiens,
qu’en ne tenant conté d’eux il s’aſſocioit des Publicains, par la frequentation deſquels les
Iuifs penſoyent ſe ſouiller : mais vn autre cas ſuruint qui les côtraignit de mettre hors leur
deſpit. Car Matthieu ia deuenu diſciple de Ieſus, prepara chés ſoy vn banquet magnificque : Ieſus ne deſdaigna pas de ſe trouuer auec ſes diſciples. Or y eſtoit auſsi ſemont vn
grand nombre de Publicains, leſquels Matthieu, comme il les auoit eu compaignons du
premier eſtat, deſiroit d’auoir ſectateurs du nouueau. Voyans cela les Phariſiés & Scribes,
ils ne peuuent plus contenir le meſchant grondement de leur cœur, & toutefois n’oſent
abborder le Seigneur, mais s’attachent aux diſciples, enuers leſquels ils detractent le maiſtre pour les deſtourner de luy, par tels propos : Veu qu’ils appartient aux ſaincts de conuerſer auec ſaincts, dont vient que non ſeulement vous tenés propos auec les Publicains
& mal-viuans, gens du tout diffamés, mais auſsi beuués & mâgés familierement auec eux
en leurs propres maiſons, & ne faittes point de difficulté d’vſer d’vne meſme table, qui eſt
vn tref-euident ſigne de grande accointance ? Et Ieſus bien voyant où tendoit l’abominable grondement des Phariſiens, leur reſpondit pour ſes diſciples, en ceſte maniere : Qu’eſt-
ce que vous calomniés que ie hante auec les Publicains & pecheurs ? Comme s’il y auoit
quelques autres gens, auec leſquels il me fuſt plus conuenable de conuerſer. Car vers qui
doit pluſtoſt aller le medecin, que vers les malades ? Ie ſuis expreſſement venu pour medeciner les ames detenues en pechés. Et ces pecheurs publicques, recognoiſſans leur maladie, & partant appellans le medecin, ſont plus gueriſſables que les autres qui ſe penſent
bien ſains, faiſans môſtre d’vne apparence de iuſtice enuers les hommes, où au dedans ils
ſont detenus de plus griefues maladies, & ſont plus incurables, que ceux dont la maladie
eſt toute patente & au dehors. Parquoy, puis que ie ſuis le medecin, c’eſt choſe meſſeante à
gens iuſtes, aumoins qui s’eſtiment tels, de ſe deſpiter contre moy, ſi ie ne les hante point,
veu que ceux qui ſe portent bien n’ont que faire de medecin. Et ceux qui vrayement ſont
iuſtes ne doyuent point porter enuie aux pecheurs qui taſchent à s’amender, & mener vne
meilleure vie. Que s’ils en ont deſpit, ils ne ſont pas moins à condamner, que ſi vn qui ſeroit en bon point venoit à ſe deſpiter contre vn medecin qui viſiteroit vn malade pour le
guerir de ſa maladie. Car en l’affaire de l’ame celuy ne ſe porte pas bien, lequel plaint & refuſe ſanté à vn malade, & eſt celuy detenu en maladie, qui, quand il peut, ne deliure point
de maladie ſon prochain. Par ceſte tant courtoiſe & receuable reſponſe, le Seigneur Ieſus
guarantit premierement ſes diſciples, qui n’eſtoyent pas encore aſſés inſtruits pour rembarrer les ſurprinſes malicieuſes des Phariſiens & Scribes : item monſtra que la douceur
dont il vſoit enuers les pecheurs, eſtoit miſericorde, & non pas faueur qu’il portaſt à l’iniuſtice : finalement taxa tacitement, aſprement toutefois, l’arrogance de ces calomniateurs,
qui audacieuſement meſpriſoyent les autres hommes, là où eux-meſmes eſtoyent en cela
meſme meſchans ſans remede, qu’ils ſe côplaiſoyent en eux-meſmes ſous vn faux titre de
religion. Mais vne calomnie ſuyuit l’autre, qui en partie vint de ceux qui auoyent eſté diſciples de Iean. Car Iean, entant qu’il eſtoit l’entre-deux de la Loy qui tantoſt auoit à ceſſer, &
de la liberté Euangelique qui ſoudain ſe deuoit monſtrer, bailloit quelques enſeignemens
qui n’eſtoyent pas toutalement diſcordans des ordonnances des Phariſiens : là où Chriſt
qui ſelon l’opinion de pluſieurs eſtoit tenu pour moindre que Iean, traittoit toutefois plus
mignardement & delicatement ſes diſciples, mais ſeulement és choſes qui concernent les
obſeruations corporelles, comme ſont ieuſnes & prieres. Car par telles choſes principalement les Phariſiens s’acqueroyent vn renom de ſainčteté enuers le peuple. Et Chriſt, iaçoit
que quant à luy, ſouuentefois il priaſt, ce neantmoins il a apprins à ſes diſciples de prier &
en brief & en ſecret : ſans requerir d’eux aucun ieuſne, laiſſant meſme paſſer beaucoup de
choſes par leſquelles les ordônances de la Loy ſembloyêt eſtre meſpriſées, tandis que par
moyen il les façonnoit à choſes plus heroicques qui proprement appartiennent à la force
Euangelique. Et de faict c’eſt bien vne plus grande magnanimité de pardonner de bon
cœur vne iniure : faire bien meſme aux meſchans : employer ſa vie pour le ſalut du prochain : que de ieuſner iuſqu’aux eſtoilles au ciel, ou barboutter quelques Pſeaumes à tout
la langue. Les choſes viſibles, & ce qui par hypocriſie ſe pouuoit faire, les Phariſiens en faiſoyent grande eſtime, & des choſes qui emportoyent vne vraye & parfaitte vertu, ils n’en

B 3

tenoyent

tenoyent conte. Mais ceux-cy sont en cecy plus impudens que les Pharisiens, qu'ils osent
bien aborder le Seigneur mesme, disans : Que veust dire que les disciples de Iean ieusnent
souuent, & font de longues prieres : & les tiens boyuent & mangent à leur discretion, & ne
les voit-on pas autremēt assidus en prieres? Si en tout & par tout tu approuues la saincteté de Iean, pourquoy ne suys-tu son train? A ceste calōnie, pource qu'elle touchoit principalemēt la personne du Seigneur, il y fit vne courtoise & douce response, disant : Ie ne condamne ne les prieres ne les ieusnes, mais en cest endroit ie dispense mes disciples pour vn
temps, pour par vn autre moyen les auancer petit à petit à choses plus heroicques. Es choses corporelles & qui approchent des ceremonies de la Loy, nostre regle est à vray dire,
plus large : mais és choses qui concernent l'ame, elle est beaucoup plus estroitte. Quant à
ces choses que vous aués en si grande admiration comme si c'estoit le comble de saincteté,
mes disciples le feront de leur plein gré, quand la chose le requerra. Ce pendant ne leur
plaignés pas ceste liberté. L'yssue des choses monstrera laquelle des deux institutions aura esté de plus grande efficace. Iean se tenoit bien fier d'estre amy de l'espoux, mais non
pas d'estre l'espoux. Or il n'est pas bien seant que ceux qui se tiennent familierement auec
l'espoux, & hantent en sa chambre de nopces, où tout doit estre plein de liesse, soyent contraints à ieusnes. Ils sont encore delicats, & dependent toutalement de l'espoux. Mais ce
bon temps ne leur durera gueres. Car vn temps viendra, que l'espoux leur sera osté : alors
estans fors & robustes, non seulement ils ieusneront de plein gré & vouloir, mais aussi
iront en prison & à la mort, toutes les fois que la charité le requerra. Le ieusne de soy n'est
ne bon, ne mauuais. Parquoy ceux qui ieusnent, non pour autre fin que pour ieusner, ne
font ia chose de grande louange : mais ceux qui peuuent, selon que le porte mon institution, mespriser la gloire du monde, ne tenir conte des voluptés, reietter les richesses, renoncer à toutes affections, refrener courroux, enuie, souhaiter bien aux mal-veuillans, bien
dire des mesdisans, prier pour les persecutans : brief, n'espargner point sa propre vie pour
le salut du frere, ceux qui pourrōt cela faire, ie les adoueray pour disciples dignes de moy.
La presence de ma chair les rend foibles pour vn temps : mais ce mien corps leur sera osté,
& quād ils auront esté abbreués de l'esprit Euangelique, alors ils seront tellement fortifiés
de graces spirituelles, qu'ils seront inuincibles. Ceux qui mettent la louange de iustice és
obseruations corporelles, pourtant qu'ils se confient en leurs œuures, se trouuent foibles
quand ce vient à endurer les choses ausquelles ie prepare mes disciples : mais ceux qui se
deffians de leurs œuures mettent tout leur appuy és graces de l'esprit, lesquelles ils se recognoistront tenir de moy, tels ne sont esbranlés d'aucune aduersité. L'institution de Iean
& la mienne sont diuerses, pour tant que le but est diuers. Ces deux choses ne se peuuent
mesler ensemble. Qui veut estre mon disciple, il faut qu'il soit tout spirituel, sans mettre
aucune confiance és choses corporelles, esquelles est assise toute la iustice des Pharisiens:
& pourtant ie ne commande à mes disciples rien de ces choses qui ayent aucune affinité
auec l'obseruation charnelle de la Loy, de peur que si i'y en meslois tant soit peu, ils s'en
retournassent toutalement apres ce dont ie veux qu'ils soyent du tout en tout eslongnés.
Or voulant le Seigneur Iesus monstrer quelle distance il y auoit entre Iean : qui instruisoit
ses disciples à vn goust puisé de la Loy accoustumée : & entre luy, qui par vn tout autre
moyen façonnoit ses disciples à choses plus parfaittes, il leur proposa vne telle similitude,
disant : Nul n'est si sot que s'il a enuie de repetacer vn vieux habillement, il y employe vne
piece d'vn neuf. Car s'il le faisoit, il s'en ensuyroit double incommodité. En premier lieu,
il deschire vn habillement neuf, pour en radouber vn vieil : puis vn drap neuf appliqué
à vn vieux habillement, pour la dessemblance monstre la deformité du repetacement.
Semblablement nul n'est si despourueu de sens qu'il aille mettre du vin nouueau en des
vieux barils : autrement la force du vin nouueau s'esbouillonnant romproit les vieux
barils, si s'en ensuyroit double perte. Car & les barils seroyent gastés, & le vin s'espanche-
roit. Qu'est-il donc question de faire? Qu'on ne face nul meslange de choses qui ne s'entre-
accordēt. Vn vieux habillemēt, qu'on le radoube d'vn vieux drap : à vn neuf habillement
qu'on n'y mesle point de vieux drap. Le vin nouueau, qu'on le mette en nouueaux barils : ce faisant & les barils & le vin seront contregardés. Ie sçay combien il est mal-aisé
de faire trouuer de bon goust ceste nouuelle & spirituelle doctrine à gens qui de long
sont accoustumés à vne vieille. Car bien à grande peine personne prend-il plaisir à chose qui soit diuerse à ce qu'il a accoustumé de long temps : ainçois s'offense au premier
goust d'vne chose non accoustumée, ne plus ne moins qu'vn homme qui a beu long
temps du vin vieux, ne prendra pas incontinent plaisir au nouueau. Car il recherche

le goust

Nul ne met
vne piece.

le gouft accouftumé, & dit ainfi que le vieux eft meilleur, non pour autre caufe finon que
il l'a accouftumé. En cas pareil ceux qui font enuieillis au Iudaifme, ils reculent quand
ce vient à goufter la doctrine fpirituelle, & recherchent ces chofes grofsieres aufquelles
ils font accouftumés, la circoncifion, feftes, vacations, choix de viandes, habillemens,
ieufnes, Ierufalem, le temple, facrifices, lauemens, vœus, les traditions Pharifaiques & autres chofes femblables. Que dy-ie les recherchent, mais mefme les preferét aux chofes qui
font beaucoup plus excellentes, comme font, vn cœur circoncis de mauuaifes conuoitifes : vn cœur qui toufiours ceffe de tous foucis mondains : vn cœur appaifé de tout tumulte de mauuaifes affections : vn cœur ayant en horreur l'attouchement de tout ce qui
peut fouiller la pureté de l'ame : vn cœur paré de foy, charité, modeftie & pureté : vn cœur
toufiours s'abftenant de tout mal : vn cœur inceffamment afpirant au pays celefte : vn
cœur qui foit le temple & logis du Sainct Efprit : vn cœur toufiours s'offrant foy-mefme
à Dieu en facrifice agreable & fainct : vn cœur nettoyé de toute tache par la foy Euangelique : vn cœur deueloppé de toutes chofes mondaines , & entierement fe confacrant
aux diuines : brief vn cœur roidde obferuateur de ce que la doctrine Euangelique commande & requiert. Or elle requiert foy, & commande charité. Et voyla le vin de ma doctrine, vin nouueau lequel ne peuuent tenir ces barils accouftumés au ripaupé Mofaique : ains veut ce vin eftre mis en de nouueaux barils & bien nets, fors & fermes en graces fpirituelles.

CHAPITRE VI.

E T voyla tout à point vne occafion fe prefenter pour defchiffrer qui eftoit le
vin nouueau, & qui les vieux barils. La folennité du Sabbath, c'eftoit le vin
vieux : & vne charité appareillée à toute occafion, de fecourir le prochain, eft
vin nouueau. Or aduint qu'vn iour de Sabbath appellé des Iuifs Second-
premier (pour autant qu'efcheant entre deux Sabbaths il femble auoir double folennité, d'autant qu'il eft & la fin du Sabbath precedent, & le commencement du fuyuant) Iefus cheminoit par les blés : & fes difciples, furprins de la faim, arrachoyent des
efpics, & les froyent à tout leurs mains, & en mangeoyent les grains. C'eftoit vn foulas ordinaire contre la faim. Et en tel cas, là où la charité Euangelique fans en eftre requis, euft fourny de viande gens affamés : ces Pharifiens, vieux barils, recherchent le ripaupé de la fuperftition ancienne, difans : Pourquoy faittes vous chofes qu'il n'eft pas loifible de faire aux
Sabbaths? A quoy le Seigneur defendant de-rechef fes difciples, refpondit : Et vous qui
faittes eftat de la cognoiffance de la Loy, n'aués vous iamais leu que fit Dauid en cas
femblable, vne fois qu'il eut faim luy & fa compaignie, comme vous voyés maintenant
mes difciples auoir faim ? Non feulement il print la hardieffe, eftant preffé de la faim, de
faire ce que font maintenant mes difciples, mais aufsi il entra au temple de Dieu, luy homme prophane, & ne fit point de confcience de manger des pains facrés, qu'on appelle
pains de propofition ou deuantmis, defquels il n'eft pas loyfible de manger, finon aux facrificateurs feulement. Et non feulement il en ofa bien manger luy, mais en repeut aufsi
fa compaignie, fans faire cas ny de la faincteté & veneration du temple, ny de la defenfe de
la Loy, defendant à tout homme d'attoucher ces pains facrés, hors mis aux Sacrificateurs, & ce durant le temps qu'ils demeurent au téple faifans le feruice diuin. Mefme le Sacrificateur ne fit point de difficulté de les bailler, bien fçachant telles obferuations n'eftre
point ordonnées pour la perdition des hommes, ains pour leur falut, & pourtant qu'elles
ceffoyent toutes fois & quantes que quelque caufe de plus grande importãce le requeroit
ainfi. Et quand le Seigneur Iefus eut faict vn long difcours touchant cefte matiere, il mit
fin à fon propos par vne telle fentence : Ie vous affeure de ce, que le fils de l'homme, entant qu'il eft Seigneur de tout, eft aufsi maiftre du Sabbath. Et en effect, celuy qui a infti-
tué le Sabbath, peut bien l'abolir. Et qui eft venu pour donner falut à tous, ne peut eftre
retardé de fon deuoir par la folennité du Sabbath. Encore fe prefenta vn autre exemple,
combien les vieux barils font incapables pour tenir le vin nouuean de la liberté Euange-
que. Car il aduint qu'vn autre iour de Sabbath Iefus felon fa couftume entra en la Synagogue & y enfeigna : ce que les Pharifiens portoyent tellement quellement, pource que la couftume & ordonnance de la Loy le portoit ainfi. Mais il y auoit là en toute la compaignie vn
homme en fort piteux eftat, portant fa main (par le moyen de laquelle il auoit de couftume
de nourrir & foy & fa famille) feiche, & tellemét impotéte, que mieux luy euft valu n'auoir
point de main, que d'eftre chargé d'vne morte. Et ce pendant les Scribes & Pharifiens le

Et aduint au
iour de Sab-
bath.

I. Roy 21

Et là eftoit
vn homme.

B 4   deuoit

deuoir defquels euft efté d'auoir compaffion du poure homme, de folliciter Iefus pour le
guerir, prenoyent tacitement garde à Iefus, pour voir s'il luy guetiroit la main. Car ils fçauoyent que la clemence du Seigneur eftoit toufiours prompte pour furuenir à chafcun. Et
de là ils cherchoyent occafion de le calomnier, d'auoir violé le Sabbath, fi ce iour là, que la
Loy defendoit de trauailler, il venoit à reftituer la main à ce poure calamiteux. Or Iefus,
bien fçachant les penfées des Scribes & Pharifiens, appelle l'homme qui auoit la main hy-
potéquée, & à fin qu'il fuft mieux veu de tous, il luy commanda de fe tenir debout, au milieu de toute l'affemblée. Et le perfonnage, à fin que d'arriuée tu entendes qu'il fut digne
de receuoir le benefice de Iefus, obeit & fe leua, & fe tint au milieu de tous, monftrant le fpectacle de fa calamité. Alors Iefus fe reuira vers les Scribes & Pharifiés, fans toutefois defcou
urir leurs malicieufes penfées au peuple, leur poignant la confcience par vne telle demande: Ie fçauroye volontiers de vous, qui faittes meftier de la fcience de la Loy, affauoir-mon
s'il eft loifible de faire bien au prochain le iour de Sabbath, quand on peut le fecourir, ou
biê s'il vaut mieux laiffer le prochain en fa calamité. Et lequel vaut mieux des deux, de fau
uer la vie à l'hôme au Sabbath, ou bien la perdre? Car celuy perd la vie d'autruy, qui quãd
il peut la fauuer, toutefois ne le faict pas. Et quand le Seigneur eut ietté fes yeux à l'entour,
& qu'il n'y auoit perfonne qui refpondift, il dit au poure homme: Eftens ta main. Et tout à
coup il eftendit fa main, laquelle au parauant eftoit hypotequée, retraitte & fans mouuement. Tant auoit d'efficace la puiffance de celuy qui auoit faict le commandement. Que
pouuoyent faire à cela les Scribes & Pharifiens? Le miracle eftoit trop euident, pour pouuoir le nyer: le fens cômun approuoit que c'eftoit œuure fainote, de fecourir en tout temps
au falut des hommes. Mais il ne trouuent nul mouft au nouueau vin de la charité Euangelique, tant font accouftumés, au vin pouffé de la loy Mofaique. Au lieu que pour tels faicts
ils deuoyent recognoiftre la puiffance diuine, & l'autre de la Loy, ils en deuiennêt enragés.
Et dés lors fe prindrent à tenir entre-eux vn confeil de meurtre abominable, par quel moyen ils pourroyent ruyner Iefus. Cela eftoit bien loifible au iour de Sabbath à tels pilliers
de religion, lefquels faifoyent confcience de donner fanté à vn poure homme au iour de
Sabbath. De-rechef, le Seigneur Iefus, laiffant là les villes & la compaignie des hommes, fe
retira en vne montaigne pour prier, & y paffa toute la nuict en priant Dieu: nous enfeignã
ce pendant, que fi nous voulons commencer chofe dont nous defirions auoir bonne &
heureufe yffue, nous la commencions par la priere, à fin que Dieu fe monftre propice & fauorable à noz entreprinfes. Et quand il fut iour, il appella à foy fes difciples, lefquels il
auoit là pour toufiours luy faire compaignie & eftre tefmoings de tout ce qu'ils faifoit.
D'entre lefquels il en tria quelques vns des principaux, lefquels il nomma expreffément
Apoftres, pourtant qu'il deuoit les enuoyer par tout le monde, comme ambaffadeurs
de l'Euangile, pour faire ce feulement qui leur feroit enioinct. Senfuyuent leurs noms.
Simon, qui puis apres fut furnommé en Syrien Cephas, en Grec Petros, en Latin Petrus,
en François Pierre, & ce pour la ferme confeffion par laquelle (chancelant le peuple) luy
comme la voix de tous les Apoftres, il prononça Iefus eftre le fils de Dieu viuant: la compaignie de Pierre, fut André fon frere. Item Iaques & Iean, Philippes & Bartholomée, Matthieu & Thomas, Iaques fils d'Alphée, & Simon furnommé Zelotés, Iudas frere de Iaques,
& Iudas Ifcariot qui trahit Iefus: lequel Iudas il ne choifit pas par imprudence, ains par
prouidence, pour par l'exemple d'iceluy enfeigner chafcun combien c'eft vne chofe horrible d'abufer de la douceur du Seigneur enuers nous. Et en toute la trouppe des Apoftres, il
n'y en auoit pas vn puiffant, ou riche, ou fçauant, ou Pharifien, ou Scribe, ou Pontife. Il les
choifit tous groffiers, à fin de mettre le vin nouueau en des nouueaux barils. Iceux auffi
choifis, il defcendit de la montaigne, pour venir en vne pleine où fe peuft trouuer le fimple
peuple. Car des chofes qui requierent vne pureté parfaitte, il les faut faire en la montaigne.
En icelles la priere y tient le premier lieu: puis le choix de ceux aufquels fe doit commettre
la difpenfation de la parolle Euãgelique. Or là eftoit auffi le refte des autres difciples, item
vne fort grande compaignie de toutes fortes de gens, qui s'eftoyent là affemblés de toute
la Iudée, & mefme de Ierufalê, item de Tyr & de Sidon villes maritimes. Car le grand defir
d'ouyr la parolle Euangelique y en auoit attiré maints, & maints l'efpoir de recouurer fan
té. Car il les deliuroit tous de toutes les fortes de maladies dont ils eftoyent detenus. Mefme ceux qui eftoyent vexés d'ords efprits, il les gueriffoit. Et faifoit tout cela auec telle facilité, que fubitement il rendoit la fanté aux vns par la feule parolle, aux autres par le feul
attouchement de fa robbe. Car en luy il y auoit vne fource & planté de puiffance diuine,
qui procedoit de luy, ne plus ne moins que la lumiere procede du Soleil, la chaleur du feu,
vne

Vne puiſſance,dy-ſe,qui apportoit ſalut à chaſcun.Car il eſtoit ſauueur,& eſtoit venu pour
ſauuer chaſcun.Apres cela il ſe print a eſpãdre le vin nouueau de la doctrine Euangelique,
pour laquelle il en auoit choyſi aucuns des plus forts pour nouueaux barils.Si leur dit:
Vous eſtes bien heureux, qui n'aués rien l'eſprit eſleué, & vous deſplaiſés en vous-meſ
mes:cariaçoit que ſelon le monde,vous ſembliés cõtemptibles,& meſpriſables, ce neant
moins le regne de Dieu eſt a vous, regne beaucoup plus magnificque que n'eſt pas tout
le regne du monde.Vous voyés guerir les maladies,s'enfuyr les diables, & les pechés s'a
bolir.Qu'à la hauteſſe de ce mõde,qu'on puiſſe accõparer auec ceſte ſublimité? Et n'eſt-ce
point vn regne magnificque,ne ſeruir à aucun vice:n'eſtre addõné à aucunes conuoitiſes,
auoir foulé aux pieds Satan & toute ſa force:auoir vaincu le monde & toutes ſes frayeurs
& alleſchemens:eſtre receus en la cõpaignie de Dieu:eſtre enregiſtrés au royaume celeſte?
Vous eſtes bien-heureux,qui maintenans diſetteux aués faim & ſoif:& qui contens d'vne
mediocrité,meſpriſés les richeſſes & bõbance de ce monde:ie dy qui aués faim de la vian
de de l'eſprit,c'eſt de la parolle de Dieu:& ſoif de l'eau viue de l'eſprit Euãgelique:car vous
ſerés finalemẽt raſſaſiés de ces delices ſalubres,que vous deſirés. Vo⁹ eſtes bien-heureux,
qui de voſtre plein gré vous eſtes deſſayſis vous-meſmes des voluptés de ce monde,pour
l'eſtude de la pieté Euangelique,en preferãt les choſes qui par afflictions temporelles cõ
duiſent aux ioyes de la vie eternelle:car vn temps viendra que les choſes renuerſées ce deſ
ſus deſſous,voſtre douleur ſe cõuertira en ioye,& voſtre dueil en ris.On appelle ordinaire
ment bien-heureux ceux à qui le peuple faict la cour,ceux qui ſont eſleués aux honneurs,
& qui ſont aornés de titres magnificques.Mais moy ie vous dy bien-heureux, quand les
hõmes ſe mocqueront de vous,quand ils vous deſchaſſeront de leur cõpaignie cõme exe
crables,quand pour l'amour de moy ils diront à force outrages cõtre vous, quand voſtre
nom meſme & memoire ils taſcherõt ou de l'abolir du tout,ou de la rendre abominable à
la poſterité,& ce non pour aucun voſtre faute,ains pour la hayne du fils de l'hõme, la do
ctrine & gloire duquel vous annõcerés.Ne vous chagrinés en rien pour cela,ains pluſtoſt
vous reſiouyſſés quãd telles choſes vous aduiendrõt,& vous en eſgayés.Car encores que
l'ingratitude des meſchãs ſoit ſi grande que de ne recognoiſtre point voz merites,ce neant
moins vn fort grand ſalaire de voz bien-faits vous attẽd au ciel.Les hõmes ne pourrõt a
bolir voz noms,car ils ſont eſcripts au ciel:ils ne pourrõt auec tous leurs outrages obſcur
cir voſtre gloire,veu qu'elle ſera touſiours auec la mienne.Ainçois tant plus qu'ils diffame
ront voſtre nom & bon bruit,d'autant plus luy baillerõt-ils grãd luſtre.Car auoir deſpleu
aux meſchans,eſt ſouueraine louange.L'exẽple n'eſt pas nouueau.Es autres la vertü ſingu
liere a touſiours eſté mal-voulue.Ce que les hõmes de ce ſiecle ferõt cõtre vous, leurs pre
deceſſeurs l'ont auſſi faict contre les ſaincts Prophetes,non pour autre cauſe,ſinon pour
ce que ſelon la volonté de Dieu ils diſoyẽt franchemẽt la verité,qui touſiours eſt mal-vou
lue des meſchãs.Leur exẽple vo⁹ ſeruira de cõſolatiõ.Le nom de ceux qu'ils ont taſché d'a
bolir,la memoire en eſt maintenãt ſaincte & ſacrée enuers tous.Ce pendant toutefois com
bien que vous ſoyés aſſeurés de voſtre innocẽce,il ne vous faut pas penſer de vous vẽger.
Car il ne demourerõt pas impunis des choſes qu'ils ferõt cõtre vous,iaçoit que ce pẽdant
ils ſemblent bien-heureux & floriſſans des biens de ce mõde.Car ils ſont reſerués pour les *Malheur ſur*
ſupplices eternels.Parquoy mal-heur ſur vo⁹ riches,qui ce pẽdant vous cõplaiſés en vous *vous riches.*
meſmes,prenãs voz paſſetẽps és richeſſes,hõneurs & alleſchemẽs de ce mõde,ſans penſer
qu'en brief telle vaine felicité vous ſera oſtée,& luy ſuccedera vne infelicité eternelle. Mal
heur ſur vous qui maintenãt riés,amadoués de la proſperité des choſes caducques, & eny
urés de la douce fortune:car biẽ toſt la chãce ſera tellemẽt reuerſée, que vo⁹ menerés dueil
& plourerés,& ſera la volupté tẽporelle changée en vn tourmẽt eternel.Ne vous cõplaiſés
pas,quãd pour vne fauſſe apparẽce de felicité les hõmes ignorãs que c'eſt que vraye felici
té vo⁹ font la cour,& vous applaudiſſent:quãd ils vous louent de voz actes vilains & pro
phanes,appellãs zele de la Loy vne pſecutiõ inhumaine cõtre la veritéEuãgelique:& pieté
vne affection & boucherie des gẽs de bien.Telle fauſſe louange ne vous deliurera pas de la
vengeance de Dieu,ains vous rẽdra dignes de ſupplices tant plus griefs,que non ſeulemẽt
vous n'aurés point eu hõte de commettre laſchetés abominables , mais auſſi aurés pour
chaſſe louange de voz meffaits. Ceux qui vous louerõt pour meſchans actes, leurs prede
ceſſeurs en cas pareil applaudiſſoyẽt iadis aux faux Prophetes q̃ s'oppoſoyẽt aux Prophe
tes du Seigneur,& eſmouuoyẽt les princes & le peuple à les faire mourir.Les Prophetes du
Seignũr ne chercheront point de vẽgeance contre les perſecuteurs & toutefois aux gens de
bien ne mãquera point leur ſalaire,ny aux meſchans leur punicion. Trop tard ſe repenti
ront de leurs forfaits, ceux qui maintenant ne tiennent conte d'eſcouter qui les aduertit.

Ceux qui rendent le mal pour le bien, ie leur laiſſe à penſer que c’eſt qu’ils meritent. Mais à vous qui preſtés l’oreille à mes parolles, ie vous baille ce nouueau commandement pour vin nouueau de l’alegreſſe Euangelique. Non ſeulement ne rendés point mal pour mal, mais auſsi aymés voz ennemys, faittes bien à ceux qui vous font mal. Contre les outrages & blaſmes vſés de propos amiable & ſalutaire. Priés pour ceux qui vous blaſment, à fin que par voz prieres ils ſoyent reconciliés à Dieu, en pardõnant leurs vrays crimes, à ceux qui ſous faux crimes vous accuſent enuers les hommes. Et ſoyés ſi eſlongnés de rendre iniure pour iniure, que ſi quelqu’vn vous frappoit ſur vne ioue, pluſtoſt vous luy preſentiés l’autre pour la frapper, que de vous en venger. Et ſi quelqu’vn s’eſſaye d’oſter le manteau, laiſſe luy pluſtoſt emporter auſsi ton ſaye, que de venir en debat du tort. Celuy vrayement à ſouffert l’iniure qui l’a faitte : au contraire qui au dommage de ſon bien a pourueu à paix & tranquilité, il a faict profit, & non pas perte. Voſtre eſtude ſoit de bien faire à tous, ne nuyre à perſonne. Si quelqu’vn vous faict tort, Dieu en fera la vengeance. Si vous faittes quelque bien, Dieu vous en recompenſera. Laiſſés luy le ſoing de l’vn & de l’autre. Sois prompt à donner, ſi quelqu’vn te demande : c’eſt par ce moyen que s’engendre & entretiẽt l’amour mutuelle. Que ſi quelqu’vn t’oſte le tien par tromperie ou violence, quitte le luy pluſtoſt que d’entrer en debat. Mieux te vaut perdre ton argent, logis ou poſſeſsions, que pour recouurer tels biens, en quitter de meilleurs. Que toute voſtre vie ſoit eſlongnée de triſcherie, ains ce qu’vn chaſcun veut que les autres luy faſſent ſi la choſe le requiert, qu’il leur faſſe le cas pareil. Et ce que tu ne voudrois point qu’on te fiſt, ne le braſſe cõtre autruy : car cela eſt aymer ton prochain comme toy-meſme. Vn chaſcun s’ayme ſoy-meſme, ſans ſe demander aucun ſalaire de l’amour qu’il ſe porte. Que donc en cas pareil la charité ſoit ſimple & gratuite enuers le prochain, appareillée à bien-faire toute les fois qu’ils en ſera beſoing, ſans aucun regard de ſalaire qui t’en puiſſe reuenir : mais pour ceſte ſeule cauſe qu’il eſt ton prochain, encore que iamais il ne le doyue recognoiſtre, non pas meſme en t’aymant de ſon coſté. Et de voſtre charité & de voſtre bien-faict, attendés-en la recompenſe de Dieu ſeul. Car ſi vous aymés ceux qui vous ayment, quel ſalaire en demanderés vous à Dieu ? L’amour eſt recompenſée par amour. Qui de ſa part porte amour à qui l’ayme, eſtant pres de s’en deporter ſinon qu’il ſoit auſsi aymé, il eſt bien loing de la charité Euangelique, laquelle embraſſe les ennemys auſsi bien que les amys. Mais qui de ſon couſté ayme celuy de qui il eſt aymé, que faict-il de ſingulier & digne de la ſublimité Euãgelique ? Ceux qui ayment ce monde, & qui au reſte ſont pecheurs, toutefois par vne condutite de nature n’ayment-ils point qui les ayme, & reiettent celuy qui ne leur reſpond par amour mutuelle ? Item ſi vous faittes du bien à ceux qui vous en font, quel ſalaire vous en eſt-il deu ? Ce n’eſt pas là vne beneficence Euangelique, ains eſt vne permutation de bien-faicts. Car & les pecheurs & ceux qui ſont eſlongnés de la ſublimité de la profeſsion Euangelique, par la cõduitte de nature recognoiſſent vn benefice receu, & ont l’ingratitude en execration. Ne faire point telles choſes, eſt vne pure vilenie : les faire, n’eſt pas grand hõneur. Outre-plus, ſi vous preſtés à gens de qui vous eſperés retirer le principal, que faittes vous digne de l’alegreſſe Euangelique ? Les meſchans ne preſtent-ils point, & ſatisfont l’vn à l’autre ? C’eſt vn ſeruice vſité de preſter à la foy, pour la pareille. Le ſeruice n’eſt pas pur ſeruice, qui ſe faict ſous eſpoir d’en retirer ſeruice. Si le prochain a affaire de ton ſecours, & te demande quelque argent à emprunter, preſte le luy, encore que tu n’ayes nulle eſperance qu’il le te doyue rendre : mais preſte luy à telle intention, que s’il ne le te rend, tu entendes luy auoir donné, & non pas preſté. Et voſtre charité & voſtre beneficence ſoit gratuite. Souhaités bien à ceux meſmes qui vous veulent mal. Faittes bien à ceux meſmes ou qui ne recognoiſtront point le bien-faict, ou qui rendrõt mal pour bien. Et preſte auec tel cœur, que bien que tu n’en doyues rien retirer, toutefois tu ſois ioyeux d’auoir aydé à ton prochain. Et ne faut-ia auoir peur que le ſalaire n’en ſoit perdu pour vous. Car Dieu vous en fera la recompenſe tant-plus plantureuſe, que moins vous en aurés receu ou eſperé des hommes. Et ce faiſant le Souuerain vous recognoiſtra pour ſes enfans legitimes, ſi de tout voſtre pouuoir vous aués enſuyui ſa bonté. Car quant à luy il eſt de nature tellement bien-faiſant, qu’il exerce liberalité non ſeulement ſur les bons, mais auſsi ſur les mauuais. Qu’ainſi ſoit, il donne vie à tous. Puis il a garny le ciel & la terre de tant d’ornemens, de tant de richeſſes, & de tant de commodités pour l’vſage voire des meſchans, prouoquant par ſa douceur & benignité les mauuais à repentance, & eſguillonnant les bons à remerciement. Vne telle bienfaiſance de voſtre pere, large & expoſée à tous, vous comme enfans naturels la deués repreſenter, de ſorte qu’à ſon exemple, entant qu’en vous ſera,

vous

vous vous estudiés par tous moyens de profiter à tous, & aux bons, à fin qu'ils en deuiennent meilleurs, & aux mauuais, à fin que par vostre benignité ils soyent prouocqués à vn
amendement de vie. Si Dieu qui cognoit les cœurs de tous hommes, toutefois de l'infinie
bonté de sa nature est tant bien-faisant enuers vn tas qui en sont indignes, ausquels il
sçait bien que la largesse ne seruira de rien : combien plus deuôs nous faire le mesme, veu
que bien souuent nous ne sçauons si ceux à qui on faict le bien, en sont dignes ou indignes, & ne sçauons quelle en doit estre l'issue. Car bien souuent il aduient, que ceux qui
de prime face sembloyent meschans, se trouuent bons : au contraire, que ceux qui maintenant sont tres-meschans, seront soudain conuertis à vne meilleure vie, attendu mesmement qu'vn chascun trouuera Dieu tel enuers soy, qu'il se sera porté enuers le prochain.
Or est-ce aussi l'office de la debonnaireté & simplicité Chrestienne touchant les dits &
faits du prochain, de les interpreter à la meilleure part, quand on doute de l'intention.
Car vn cœur simple est tousiours plus enclin à bien iuger, qu'à souspeçonner mal. Et aux
vices manifestes, comme sont detraction, vilain propos, rapine, adultere, ce sera le deuoir de vostre bonté de remedier aux vices, entât qu'en vous sera, sans porter hayne aux
personnes, ne s'en venger. Ne iugés donc personne du monde : & en ce faisant vous aussi ne serés point condamnés. Si on faict quelque faute contre vous, quittés là, & Dieu pareillement vous quittera voz pechés. Soyés liberaus & bien-faisans enuers le prochain,
& vostre benefice retournera vers vous auec grande vsure. Car on vous rendra en vostre
giron vne bône mesure, pressée, & entassée, & tant comble qu'elle versera par dessus, encore
que les hômes ne vous donnent aucune recompense de vostre bien-faict. Car de la mesure que vous aurés mesuré vostre liberalité enuers le prochain, la recôpense vous en sera faittes. Si vo° estes estroits & chiches enuers le prochain, vous aussi en receurés semblable recompense. Or pour mieux ficher ces propos au cœur de ses disciples, le Seigneur Iesus vsa
aussi d'vne similitude : Vn aueugle peut-il guider vn autre aueugle ? Que s'il s'essaye de le
faire, n'aduiendra-il point que tous deux tomberont en la fosse ? Celuy qui veut conduire
les autres, il faut qu'il soit net de tout crime. Comme vn homme enseigneroit-il à l'autre
qu'il doit faire, si luy-mesme est en abus ? Voire-mais c'est chose bien griefue d'êdurer l'obstinée malice d'aucuns. Pourquoy seriés vous greués d'endurer, ce que moy-mesme i'êdu-
re ? Est-il raisonnable que le disciple ait meilleur party que le maistre ? Il aura bien de quoy
se contenter, s'il est esgalé à son maistre ? Mais pourquoy te monstres-tu iuge desraisonnable à ton prochain, toy qui es entasché de plus grans maux ? Pourquoy vois-tu si clair aux
vices d'autruy, & tu ne vois goutte aux tiens propres ? Pourquoy vois-tu vn festu en l'œil
de ton frere, & tu ne contemples point vne poutre qui est au tien ? Mais auec quelle audace peux-tu dire à ton frere : Frere, laisse-moy tirer vn festu que tu as en l'œil, veu que toy-
mesme ne vois pas vne poutre fichée au tien ? Vne vraye bonté est iuge plus doux contre
les autres : contre soy elle exerce toute rigueur. Au contraire vne saincteté côtrefaitte pour
chasse par ce moyen vn bruit d'entiereté, si en passant ses propres fautes sans faire semblât
d'y voir, elle s'escarmouche à toute rigueur contre les cheuttes humaines des autres. Tu
condamnes ton frere pour le manger ou pour le boyre, & toy tu brasses la mort à ton prochain ? Vien-ça toy qui contrefaits de l'homme de bien : Si tu veux estre vrayement iuste,
tire premierement la poutre hors de ton œil, puis s'il te semble bon, tu aduiseras les moyens d'oster le festu de l'œil de ton frere. Mais d'vn iugement renuersé tu esleues tes propres bien-faits, & abbaisses ceux des autres : contre tes propres mesfaits tu es doux & lasche, côtre ceux des autres tu es rigoureux. Pourquoy vous attribués vous vn loz de saincteté par des choses, qui peuuent estre communes tant aux mauuais qu'aux bons ? Ce ne *L'arbre qui*
sont ne l'habillement, ne la viande, ne les longues prieres, ne les larges franges, qui decla- *n'est point bô.*
rent la bonté de l'homme. Car on ne iuge pas de l'arbre aux feuilles, mais aux fruits. Or
le fruict tire son suc de la racine : que si le suc est amer, l'arbre ne peut produire fruict qui
soit doux : mais si le suc est bon, l'arbre ne peut produire autre fruict que respondant à
son suc. Les fueilles & l'escorce se voyent & abusent : le suc & la racine ne se voyent point.
Si le cœur est corrompu, tout ce qui en sort est mauuais : s'il est entier, tout ce qui en sort
est entier. Tout arbre a ses fruits, lesquels il ne peut dissimuler. Car on ne cueille point des
figues és espines, & ne vêdengent-on point des raisins és esglâtiers. Tout ce qu'vn bon hôme aura faict, est bon : quoy qu'il mâge, cômment qu'il se habille, ou quoy qu'il fasse des choses qui de soy ne sont ne bonnes ne mauuaises, ains ont plustost vne apparêce de pieté que
nô pas vne vraye pieté. Vn bon hôme mange-il, il faict bien : ne mâge-il point, il faict bien.
Car

Car tant l'vn que l'autre procede d'vne bonne affection. Au contraire tout tant qu'vn mauuais homme faict,est mauuais,pour autant qu'il procede d'vn cœur corrompu:comment qu'il soit habillé,soit qu'il ieusne,soit qu'il mange,soit qu'il prie,soit qu'il ne prie point. Voulés vous bien cognoistre les fruicts de l'arbre Euangelique,la racine duquel est remplie du tres-doux suc de foy & charité? Il ayme chascun,ne hait personne : il veut bien mesme aux ennemys, tant s'en faut qu'il fasse tort à personne. Il benit ceux qui le maudissent. Il prie pour le salut de ceux qui l'accusent à tort. Il s'essaye de sauuer ceux-mesme qui le mettent à mort:il s'essaye de bien-faire à chascun gratuitement,attendāt salaire de Dieu. Il ne souspeçonne mal de personne: tout ce qui est douteux, il l'interprete à la bonne part. Il ne condamne personne, ains en remettant le iugement à Dieu, s'estudie seulement de bien faire. Il attend en patience les meschans,à fin qu'ils s'amendent.Si son prochain tombe en faute,il l'aduertit en amy:à qui l'offense il pardōne yolōtiers, sans se souuenir de l'offense. En qui tu verras ces fruicts, recognois y vn arbre Euangelique, puis qu'ils porte fruicts dignes de l'Euangile.Or maintenant entens le fruict de l'arbre,la racine duquel soit infectée du suc amer d'orgueil, enuie, & auarice Pharisaïque. Il ne veut bien à personne,sinon à soy-mesme:& n'ayme ses amys, sinon pour l'amour de soy-mesme : il prefere sa propre gloire à celle de Dieu:il se venge de l'iniure, voire il faict iniure sans estre prouoqué: il se complait mesme en ses meffects : les bien-faicts des autres il les calomnie. Il pouruoit à son profit particulier au dommage de ses prochains. Il dit d'vn & pense d'autre, & ne se fie point en Dieu,ny n'ayme le prochain:il se vante,il condamne les autres. Il se flatte,il reprēd rigoureusement la faute de son frere. Et iaçoit qu'il produise tels fruicts,toutefois il contrefaict le bon arbre en feuilles & escorce.Il se pourmeine en larges franges, se laue souuent,se repose au Sabbath,fuyt la frequentation des Publicains, s'entretient des vefues riches :rigoureux aux poures, flatteur aux riches:ieusne souuent, mais publiquement, gourmande chés soy:faict de longues prieres:a en la bouche la Loy,& le tēple de Dieu. Mais quand l'occasion se presente, il iette hors ce qu'il auoit de caché au cœur,où le thresor des biens & des maux est caché. Parainsi toutes les fois que la chose le presse , alors celle apparence de sainctté fardée s'esuanouyt,& se manifeste ce qui estoit caché au dedans.Faict-on quelque iniure à l'homme bon, l'outrage-on à tort, le meine-on en prison, le despouille-on de son auoir:alors il tire du bon thresor de son cœur chose bonne. Il ne rend point iniure pour iniure, mais ou il la souffre, ou mesme il la recompense par bien-faict. A qui l'outrage il respond auec vn parler doux & paisible. Mené en prison,il rend graces à Dieu,& porte la perte de ses biens auec ioye. Mais contre toutes ces choses, cest arbre Pharisaïque produit de bien diuers fruicts,quand l'occasion se presente.On ne peut tromper Dieu,qui regarde les plus profondes cachettes du cœur, & ne s'arreste point aux ceremonies qui souuentefois deçoyuent les hommes sous fausse apparēce de sainctté.Ils parlent hōnorablement,mais ils braffent ignominie. Et à quoy faire m'abbordés vous auec vn titre d'honneur, m'appellans à tout propos Monsieur, veu que vous ne tenés conte de ce que ie commande? Si vous me recognoissés pour Seigneur, obeïssés à mes commandemens. Si vous ne me recognoissés,que veut dire ce titre de Seigneur que vous me baillés? Quād la chose requiert seruice, alors il faut monstrer par effects l'honneur deu au Seigneur. Ce ne sont pas les beaux titres d'hōneur que le seruiteur baille à son maistre,qui le monstre fidelle; mais faire ce que luy est commandé. Apres cela, ce que le Seigneur auoit enseigné par la comparaison du bon arbre & du mauuais, dont le fruict doit estre estimé selon la racine, il le repete vsant d'vne similitude d'vn edifice qui viendroit à tresbucher, & d'vn qui tiendroit bon contre les tempestes qui suruiendroyent. Car telle que la racine est en l'arbre, tel est le fondement en vn bastimēt:telles que sont les feuilles en l'arbre, telle est la beauté de l'edifice, laquelle allesche ceux qui la contemplent par dehors. Iesus donc leur dit : Quiconque viēt à moy d'vn cœur entier, & preste tellement l'oreille à mes parolles, que quand la chose le requiert,il tire du thresor d'vn tel cœur,les signes d'vne vertu parfaitte,ie vous monstreray à qui il est semblable. Il est semblable à vn homme prudēt, qui bastit vne maison non pas pour vaine ostentation,ne pour vn vsage de peu de durée,mais pour la fonder de telle fermeté,qu'elle ne s'esbranle pour aucune tempeste. Et pourtāt caue-il bien profond, & met vn fondement ferme sur vne roche, quoy faict, il surbastit l'edifice. Puis s'il suruient vne mondation, ou quelque violente tempeste de vents, quelque impetuosité de rauage qui hurte, quelque violence de vents qui souffle contre celle maison, elle ne peut estre esbranlée, car elle est appuyée sur vn ferme fondement. Mais au contraire qui vient à moy en sorte,qu'il preste bien l'oreille à ma doctrine, mais ne faict point deualer mes commandemēs au profond de son cœur, il est semblable à vn bastisseur mal sage, qui faict son bastiment

comme

comme si iamais nulle tempeste ne se deuoit esleuer. Vn tel pource qu'il n'a nul soucy de mettre vn ferme fondement: mais faict monter son bastimēt bien haut pour ostentation, si tost que ou vne inodation d'eaues, ou vne tempeste de vents, viendra hurter contre vn tel edifice, il tresbuchera tout à coup, voire tombera auec d'autāt plus grande ruyne qu'il aura esté plus magnificquement basty pour vaine ostentation. Or tout ce qui est appuyé sur ceremonies, sur constitutions Pharisaiques, sur obseruatiōs de choses corporelles, c'est vn edifice qui tresbuchera, toutefois & quātes qu'iniures, pertes, ignominies, morts, ou quelque autre griefue tempeste d'aduersité viendront hurter contte.

<h2 style="text-align:center">C H A P I T R E   V I I.</h2>

APres que le Seigneur Iesus eut tenu ces propos, par lesquels il instruisoit ses disciples & le peuple à la sublimité de la philosophie Euangelique, il retourna à Capernaum, qui estoit vne ville où souuent il hantoit. Et voyla de-rechef occasion diuerse pour faire miracles, à fin que par la sublimité des faicts l'authorité de la doctrine en fust tant plus confermée. Il y auoit là vn certain Centenier qui auoit chés soy vn seruiteur qui d'vne paralysie estoit en tel dāgier de sa vie qu'il estoit-ia à l'article de la mort. Cela tourmentoit l'esprit du Centenier, qui faisoit estime de son seruiteur, non pas en considerant l'estat, mais la fidelité & entiereté de mœurs qui estoit en luy: taxāt aussi en cela l'inhumanité d'aucuns, qui ne tiennent pas plus de conte des seruiteurs, que des cheuaux ou des beufs. Donc quād ce Centenier entendit que Iesus estoit entré à Capernaum, il attira quelques principaux des Iuifs pour aller en son nom prier le Seigneur, qu'il luy peut venir en sa maison pour guerir son seruiteur. Ce que le Centenier, homme qui premie remēt Payen, puis homme de guerre, abborde le Seigneur par personnes interposées, c'est vergōgne & modestie & non pas deffiance. Or quand ces anciens des Iuifs furent arriués vers Iesus, eux se pensans que ce seroit à grande difficulté qu'il impetreroit vn si grand benefice & ce pour vn seruiteur, voire seruiteur d'vn Payen, & iceluy Centenier, ils le priēt fort affectueusement, disans: N'aye point esgard que le personnage est Payen, & gendarme, & que c'est vn seruiteur de gendarme qu'on te demande ce benefice. Car autrement il est bien digne que tu luy fasses ce plaisir: car il ayme nostre nation & nous a basty vne synagōgue. Et Iesus pour monstrer qu'il n'a nulle personne en desdain pourueu qu'elle soit aornée de foy, se print à s'en aller où il estoit appelé. Et comme il approchoit du logis, où gisoit le malade, le Centenier aduerty de la venue du Seigneur, dit à quelques siens amys qu'ils luy allassent au deuant, luy dire: Seigneur il n'est-ia besoing que tu prēnes tant de peine que de venir iusqu'à mon logis. Ta benignité peut plus, que ie n'osoye demander. Ie recognoy ta dignité & n'ignore pas qui ie suis: ie suis vn Payen centenier, & n'est question que d'vn seruiteur. Ie ne me repute pas digne que tu entres sous mon toict: & c'est pourquoy ie n'ay osé prendre la hardiesse de venir vers toy. Car les Iuifs se reputēt souillés pour hāter auec nous pourtāt que nous sommes eslōgnés de religion & seruice de Dieu, & gens addonnés à diuers pechés. Toutefois la grande destresse de mon cœur, & la souueraine fiance que i'ay en toy, a faict que i'ay prins hardiesse de te demander secours pour vn mien seruiteur qui est en grād dāgier. Tu peus le secourir en disant le mot, La chose est trop basse & de trop petite importance pour estre faitte par toy-mesme en personne. I'en fay iugemēt de par moy. Car ie suis homme suiet à la puissance d'autruy, aux cōmandemens duquel i'obey, ayant aussi sous moy des gendarmes, qui font ce que ie leur cōmande. Et n'est pas besoing que ie fasse tout en propre personne. Mais s'il y a quelque cas par trop meschant que ie dy à l'vn. Va là, & il va, & à l'autre: Vien çà: & il vient, brief, ie dy à qui bon me semble de mes seruiteurs: fay cela, & il obeit & le faict. Si mon commandement a telle authorité, que, me reposant, mon vouloir s'execute & accomplit par gens qui me sont suiets: combien plus toy cessant, s'executera ce qu'il te plaira encharger aux tiēs, à vne simple parolle? Et Iesus tout ioyeux de ce propos du Centenier, plein d'affection enuers son seruiteur, & d'vne opinion modeste de soy, & d'vne fiance admirable enuers le Seigneur, il s'arresta, & monstra la face d'vn hōme esbahy: non pas que ce qu'il oyoit luy fust nouueau, veu qu'il cognoissoit le cœur du Centenier, auant qu'ouyr ces propos: mais il faisoit cela pour par son esbayssement il recommanda aux Iuifs la fiance enuers Dieu: & par l'exemple d'vn homme Payen & gendarme, il leur reprocha leur incredulité. Donc deuant que faire response, le Seigneur se va reuirer vers les Iuifs qui le suyuoyēt, & leur dit: Ie vous asseure pour tout certain, que mesme entre les Israelites, ie n'ay pas encore trouué de si grande foy. Car les anciens des Iuifs ne l'auoyēt pas si grande, veu qu'ils requeroyent la presence du Seigneur, & qu'ils pensoyent qu'il ne gueriroyent point le seruiteur d'vn Payen, s'ils n'eussent mis en auant la bonne affection

C   qu'il

qu'il portoit à la nation d'Israel, comme si vn Seigneur dõnoit ses benefices aux humaines
affections, ou à la dignité de la personne, & non pas plustost à la fiance qui faict la requeste.
Or quand Iesus leur eut affermé qu'il aduiendroit que les Payẽs & gens pecheurs selon le
iugemẽt des Iuifs, seroyẽt pour le regard de la foy receus en la dignité de la natiõ des Israelites, & ceux reiettés qui là où de nature, ils estoyent enfans d'Abraham se rendroyent indignes d'vn tel pere par leur incredulité: quand, di-ie, il leur eut confermé cela, il dit au Centenier, qui finalemẽt estoit aussi venu luy en persõne: Va-t'en, car ce que tu crois se pouuoir
faire, est ia faict. Ton seruiteur est guery. Et comme il retournoit chés soy, il entendit par des
seruiteurs qui luy venoyent au deuant, que son seruiteur auoit esté guery à la mesme heure
que le Seigneur luy auoit dit: Ton seruiteur se porte bien. Certainemẽt c'estoit là vne figure
des Gentils qui par pure foy, sans l'obseruation de la loy Mosaique, deuoyent venir en la
communauté de la grace Euangelique, & toutefois par quelque recõmendation de la Loy.
Car la Loy seruoit de pedagogue pour aller à Christ, & des Iuifs est yssue la predication de
l'Euangile aux Payens. En signe dequoy les anciens des Iuifs recommandẽt à Iesus l'affaire
du Centenier, chés lequel ils le mainent, luy qu'ils deuoyent chasser hors de leur temple.

Il aduint
puis apres.

Or cõme le Seigneur (à fin que la semence de la doctrine Euangelique s'espandist tant plus
au large) alloit souuẽt d'vn lieu à l'autre, aduint que s'estãt party de Capernaum, il passast
par vne ville, appellée Naïm: laquelle est enuiron deux mille pas pres la montaigne Tabor
vers le midy, assés pres d'Endor. Ses disciples, dont il auoit-ia vn assés bon nõbre le suyuirent là, & auec eux vne grosse trouppe du menu peuple. Et cõme le Seigneur estoit-ia pres
de la porte de la ville, voyla occasion de nouueau miracle. On portoit en terre vn mort, accompaigné d'vne fort grande cõpaignie de gens: car aussi estoit-ce chose lamentable. Premierement que c'estoit vn iouuẽceau qui estoit mort, & en fleur d'eage allé de vie à trespas:
puis que c'est le fils vnicque d'vne femme vefue, laquelle estant destituée de solas de mary,
auoit mis toute son esperãce de sa vie en son fils. Icelle donc & par larmes & par cris lamentable qu'vne douleur excessiue a de coustume de faire sortir, demonstroit le tourment de
son cœur. Le pleur de la vefue, & le trespas du iouuenceau deuant le temps esmeut aussi à
pleurs, les autres qui par honneur accõpaignoyent le mort. Quãd Iesus le doux Seigneur
eut veu ce spectacle, il eut compassion de la vefue, & pource qu'elle estoit destituée de consolateur, il se monstra enuers elle consolateur d'efficace, pour la secourir & en paroles & en
faict. Si luy dit: femme, ne pleure point. Et cela dit, il s'approcha du cercueil dans lequel
on portoit le trespassé, & le toucha de la main. Et soudain ceux qui portoyẽt le mort s'arre-
sterent. Là comme les deux trouppes de gens, tant de ceux qui accompaignoyent la vefue
que de ceux qui tenoyent cõpaignie à Iesus, estoyẽt ententiues apres l'euenement, Iesus addressa son propos au iouuenceau mort, & luy dit: Iouuẽceau leue toy, te di-ie. A ceste parole, le iouuẽceau comme resueillé d'vn dormir, s'assist soudain au cercueil: & pour plus seul
argument de la vie recouurée, il se print à parler. La parole demonstroit aussi la vigueur de
l'ame. Et quand le iouuenceau fut sorty du cercueil, & en se tenant auec Iesus, pãr le moyen
duquel il sçauoit bien que la vie luy auoit esté rendue, il le remercioit, le Seigneur le donna
à la mere pour remener chés elle viuant, & cheminant à ses beaux pieds, celuy qu'elle en
auoit apporté à quatre. Et voyla bien comment la chose a esté faitte selon l'hystoire, non
sans vne signification de doctrine spirituelle. La mere vefue figure l'Esglise. Et de faict c'est

Esaie 54

celle vefue laquelle le Prophete Esaie console, disant: Crie triomphamment, ô sterile, qui
n'enfantes point: iette vn chant triomphant, & t'escrie, toy qui ne fais point d'enfant: car
la delaissee aura plus d'enfans que la mariée. La Synagogue se confie en son espoux Moyse: elle se vante de ses enfans d'Abraham aussi drus que l'arene qui est au riuage de la mer.
L'esglise selon le monde semble estre destituée de son espoux, qui s'est retiré au ciel: & d'arriuée elle sembloit sterile & sans espoir d'auoir posterité, les Iuifs & les Princes de ce monde tendans à ce, que toute memoire de Iesus, lequel ils estimoyent pery, fust toutalement
abolie. Ceste vefue engendre tous les iours non pas des enfans de ce siecle, mais des
enfans de lumiere: & engendre non pas à Moyse, qui enseigne choses terrestres: mais à
Christ, qui enseigne & promet choses celestes. Brief, elle engendre non à mort, mais à immortalité. Vray est que iournellement elle enfante des enfans non encore bien formés, &
imparfaits, iusque qu'ils soyent abbreuués de l'esprit Euãgelique, & que Christ soit formé
en eux. C'est vne vraye mere, & qui d'vne amour singuliere ayme ses enfans: les façonne &
monstre fort songneusement, iusques qu'ils aggrandissent & soyent fortifiés en hommes
parfaicts. Car la pieté a aussi son enfance, elle a ses accroissemens d'eage. Que si quelquefois il aduient que quelqu'vn de ses enfans luy meure, elle le pleure sans se vouloir
consoler

consoler:voire elle s'en deult ne plus ne moins que si celuy qu'elle a perdu luy eust esté seul
& vnicque. L'innocence qui se baille par la foy Euangelique, est vie : peché est mort : Nous
voyons les meres fort affectueusement pleurer les corps morts : mais beaucoup plus tendrement l'Esglise pleure l'homme, qui apres auoir esté baptisé, retombe en peché mortel,
& se tourmête plus pour la mort d'vn seul pecheur, que la Synagogue ne s'esiouyt de quatre vints & dixneuf iustes. Or est porté le mort par quatre porteurs, c'est à dire, par les conuoitises de ce monde, lesquelles, apres que l'homme est destitué du sainct Esprit, & est sans
sentimêt de soy, & endormy en ses vices, le porte au sepulchre d'eternel desespoir. Et l'Esglise a ses portes par lesquelles elle iette hors les morts, de peur que de la puanteur du mort
les autres n'en soyent semblablemêt infectés : elle a ses portes par lesquelles elle reçoit ceux
ausquels le Seigneur a rendu la vie. Comme elle n'enfante nul à vie, sinon par le moyen de
l'esprit de Christ: ainsi ne reçoit-elle nul à vie, sinon que Christ le ressuscite. Les porteurs ne
s'arrestent point qu'ils ne soyent paruenus au sepulchre. Aussi celuy qui a vne fois asis
son plaisir en ce monde, celuy qui s'est vne fois abbandonné aux conuoitises pernicieuses,
il ne cesse d'auancer tousiours en malheur & aller de mal en pis, iusque qu'il soit venu au
fin fond de tous maux, & soit mis en sens reprouué. Ce pendant la mere ne faict que pleurer: les gens de la ville pleurent aussi, estans marris qu'on iette hors vn mort, lequel ils sou-
haiteroyent en vie. Et voyla les souhaits de la mere l'Esglise, voyla les larmes, voyla les gemissemens des gens craignans Dieu, dolens de la mort du pecheur. C'estoit faict du iouuenceau non encore fortifié de l'esprit Euãgelique, & en ce tant plus digne de misericorde,
que là où leur espoir estoit que móyennant l'esprit de Christ, il deust paruenir au plus haut
degré de la pieté Euangelique, maintenant ils le voyent tout mort & sans esprit emporter
au sepulchre, par de tres-cruels porteurs. Et toutefois ce pendant la mere l'accompaigne,
aussi font ceux de la ville (car la charité ne desespere que bien à grande peine) ils l'accompaignent (di-ie) declarans par larmes, gemissemens, & lamentations que c'est qu'il souhaitent: mais ce qu'ils desirent, ils ne peuuent pas le donner. Ils ne peuuent ne retenir le mort,
ny le ressusciter. Aux hommes il est mort sans aucun remede. Mais le cas va bien. Iesus vient
au deuãt des larmes de son Esglise. O tousiours heureuse la rêcôtre du Sauueur. Il regarde
sa vefue, tousiours heureux, le regard de clemêce. Il ne regarde point encore le mort, lequel
pource qu'il ne se sentoit pas miserable en soy, ne sembloit pas encore digne de la misericorde de Iesus : mais l'affection de l'Esglise impetre ce que mesme ne demande pas le pecheur
abominable. Le Seigneur faict cesser le dueil, donnant esperance de le conuertir en ioye.
Il touche le cercueil, & les porteurs s'arrestent. La premiere esperance pour innocence d'vn
qui se repent, c'est ne poursuyure plus au mal. Celuy qui commêce d'estre moins mauuais,
donne de soy esperãce qu'vn iour il pourra deuenir meilleur. Et n'aduient pas mesme cecy,
n'est que Iesus de sa main puissante daigne toucher le cercueil. Celle main faict cesser les
mauuaises conuoitises, iusqu'à faire laisser le mal, celuy qui estoit porté au sepulchre. Bien
est vray que l'Esglise prie, requiert, enhorte & tente les pecheurs à fin de les amener à repentance & à les faire cesser de leurs vices. Mais tout cela ne sert de rien, n'est que Iesus par vne
secrette puissance touche l'ame morte du pecheur. Car Iesus est la vie de tous, mesme des
morts. Il y a bonne esperance de recouurer vie, quand Iesus touche le cercueil : mais la vigueur de vie n'est pas encore recouurée, n'est que le Seigneur parle au mort. C'est à sa seule
voix & nõ d'autre, les morts retournêt en vie, encore qu'ils eussent-ia demeuré en la fosse,
voire quatre iours: à fin que personne ne pêsast qu'il y eust aucûs pecheurs si abbãdonnés
que la charité de l'Esglise doyue desesperer de leur salut. Lazare estoit emporté & enterré,
il puoit-ia au tombeau: ce pendãt toutefois on le pleuroit, & à la voix de Iesus l'appellant,
il sortit du sepulcre. Bien est vray que Lazare fut ressuscité auec plus grande difficulté : car
alors Iesus fremit en son esprit, & larmoya, & se troubla, nõ pas qu'il luy fust plus mal-aisé
de ressusciter vn mort êseuely de quatre iours, qu'vn mort tout de frais: mais pour môstrer
combien mal-aisément se repentêt, ceux qui de long temps auront esté accoustumés aux
vices. Iesus regarda la vefue, & elle cesse de pleurer: il regardera aussi le mort, & il commencera de viure. Donc le doux Seigneur se reuira vers celuy qui gisoit mort, & luy dit. Iouuenceau, leue toy, te di-ie. Celuy qui ouyra la parolle de Iesus, il ne peut qu'il ne reuiue, biê qu'il
fust mort. Car ses parolles sont esprit & vie. Et que s'ensuyuit-il: Celuy reuesquit à innocence, qui estoit mort és pechés: il se dressa, luy au parauant gisoit n'ayant nul sentimêt de soy:
& ce qui est vn tres-certain enseignement de cœur repentant, il se prent à parler, confessant
ses pechés, & rendant graces à la clemence diuine. On le rend viuant de-rechef, à sa mere
& là où au parauant on le portoit au sepulchre, auec vn fort grand dueil de plusieurs, on le

C 2
remeine

remeine maintenant en la maison auec vne plus grande ioye de tous. Car la vraye pieté a
bien cela,que ceux,entre tous,luy sont les plus chers, lesquels de grãds crimes se sont con/
uertis à vne estude de meilleure vie:pourtant qu'en tels, la bonté de Dieu reluyt dauãtage
que non pas en ceux qui oncques ne tomberent en aucun crime.La mere s'esiouyt d'auoir
recouuré son fils : ceux aussi s'esiouyssent qui au parauant pleuroyent le mort : & non seu/
lement s'esiouyssent,mais aussi tous ceux qui assistoyent au spectacle,furent espouuentés.
Car ceux qui sont ouuertement meschãs & incurables,l'Esglise les iette comme charõgnes,
hors de sa communauté & ce expresséement, à fin qu'à l'exemple d'vn, plusieurs redoutét
de pecher. Mais les mesmes spectateurs glorifient la misericorde de Dieu, par la vertu &
puissance duquel ressuscitent les morts. Car ce peuple là,ayãt veu vn miracle si admirable,
disoit qu'vn grand Prophete s'estoit esleué entre-eux,& que Dieu auoit regardé son peu/
ple. Car les Iuifs n'auoyent point encore de plus grande opinion touchant Christ,sinon
qu'il estoit quelque Prophete nompareil.Si en creut la renommée du Seigneur Iesus quãd
le bruit du faict fut semé,non seulement par toute la Iudée, mais aussi par toute la contrée
d'alentour le Iordain ,où Iean auoit au parauant baptisé, voyre baptisé Iesus propre. Or
aucuns des disciples de Iean portãs quelque enuie à la si bonne yssue des choses que Iesus
faisoit,& à son nom s'esclarcissant tous les iours de plus en plus,& comme obscurcissant la
gloire de Iean,lequel ils auoyét en grande reputatiõ,ils allerent rapporter à Iean qui estoit
Et annonce/
rent à Iean. prisonnier,toutes les choses que Iesus faisoit & disoit. Et Iean,pour remedier à telle affectiõ
de ses gens,fit venir à soy deux de ses disciples , & les enuoya à Iesus, pour luy faire telle de/
mande.Es-tu celuy qu'on disoit deuoir venir,ou bien si nous en attendons vn autre:Iean
auoit-ia par tãt de fois tesmoigné de Christ,lequel aussi il auoit demõstré au doigt,disant:
Voyla l'Aigneau de Dieu, voyla celuy qui efface les pechés du monde. Or seroit-ce la plus
grande absurdité du mõde de penser, qu'vn si grand Prophete, desia voisin de la mort,eut
commencé de douter. Car le tesmoignage qu'il portoit à Christ n'a point esté lié n'empri/
sonné, & n'obscurcissoit point l'obscurité de la prison le iugement qu'il auoit de Christ. Il
recogneut bié en la prison,celuy qu'il auoit cogneu au ventre de sa mere.Mais l'homme de
bien qu'il estoit fut d'aduis qu'il estoit ainsi expedient,à fin que par ce moyé il baillast com
me en la main ses disciples à Iesus. Or quand les disciples eurent à Iesus la demãde en mes/
mes termes que Iean leur auoit enchargé : d'arriuée le Seigneur Iesus ne leur fit point de
response:mais apres auoir faict en leur presence maints miracles,guery à force maladies &
maux incurables,chassé les ords esprits à sa parolle,rendu la veue à maints aueugles,fina/
lement il leur fit telle respõse : Qu'est-il besoing que de moy-mesme ie die qui ie suis:Il n'y
a nul plus certain tesmoignage que l'effect. Allés vous-en rapporter à Ieã ce que vo⁹ aués
veu de voz yeux,& ouy de voz oreilles:que les aueugles recouurét la veue:les boyteux che
minent:les ladres sont nettoyés:les sourds oyent:les morts ressuscitent:les poures & petits
Esaie 61 embrassent les ioyeuses nouuelles de salut selon que le porte la prophetie d'Esaie , disant:
Il m'a enuoyé pour annõcer bonnes nouuelles aux poures.Iean a presché que le regne des
cieux estoit pres.Considerés vous-mesme si ces choses,que vous voyés, sont dignes du ro
yaume des cieux. Que bien-heureux celuy qui ne se cõuertira point en occasiõ de choppement, ces choses que ie fay c'est pour le salut des hõmes. Car cõme la grandeur des œuures
esmouuera les vns à enuie: ainsi l'imbecillité de ce mien corps en fera chopper plusieurs.
Par ce propos Iesus taxa tacitemét l'enuie des disciples de Iean, en donnant quant & quãt,
couuertement à entendre que l'ignominie de la croix par laquelle principallement le mystere du royaume des cieux auoit à estre acheué, viendroit a estrangier maintes gens de la
doctrine Euãgelique : & que bein-heureux seroyent ceux qui ne porteroyent nulle enuie à
sa gloire,ny pour l'ignominie de sa mort, ne se reculeroyét de la doctrine de salut. Or quãd
les disciples de Iean s'en furent allés pour luy rapporter la response de Iesus , le Seigneur se
print à dire au peuple les louanges de Iean, à fin que par la demande de ses disciples on ne
pensast qu'il fust en brãsle,& que du tesmoignage que luy-mesme auoit au parauãt rendu
de sa propre bouche,il en doutast aucunemét ayant puis apres changé d'aduis.Au moyen
dequoy il exempte Iean de tout souspeçon d'inconstance, en approuuãt & authorisant le
tesmoignage qu'il auoit rendu de Iesus, magnifiant toutefois tellement les vertus d'iceluy
que c'est sans l'honnorer du titre de Messias, lequel,quelque temps fust, quelques vns luy
auoyent voulu attribuer. Or parla Iesus en ceste maniere:Si vous pensés que Iean, qui n'a
gueres a porté tesmoignage de moy,soit maintenãt en bransle en son esprit:pourquoy ces
iours passés , laissiés vous les villes pour courir ainsi en des lieux deserts pour voir le personnage: estoit-ce pour voir vn roseau demené à tout vent, sans demourer ferme en soy:
Or-ça

Or-ça donc,qu'allastes vous finalement voir:Vn homme vestu somptueusemēt,pour dire qu'il ait peu estre corrompu par delices ou ambition ? Mais il n'y a nulle raison d'auoir
tel souspeçon d'vn homme, qui estoit vestu de poils de chameau, qui se ceignoit les flancs
d'vne ceincture de pellice,qui viuotoit de langoustes & de seule eau,voire qui maintenant
sa vie auec tel viure,ieusnoit outre cela bien souuent. Ceux qui prennent plaisir aux habillemens somptueux, ceux à qui plaisent les viandes delicates, hantent les cours des Roys,
Tels gens qui pourchassent ces choses, pourroit-on bien souspeçonner d'estre de iugemēt
corrompu, inconstans, ou flatteurs. Mais Iean prefera le desert aux cours des Princes, les
poils de chameaux au veloux,& habillement d'or & de pierrerie:le miel sauuage & les langoustes aux delices des Roys: brief l'eau pure il l'a prefera à l'auoir des riches. Or combien
Ieā est loing de sçauoir flatter,son emprisonnemēt le crie assés. Parquoy il ne faut-ia qu'au
cun souspeçonne de luy qu'ayant par cy deuant rendu de moy vn tant magnificque tesmoignage pour gratifier à quelqu'vn,il soit maintenant d'autre aduis.Et toutefois ie voudroye bien sçauoir pourquoy vous allastes au desert:fut-ce pour voir vn Prophete:Luy-
mesme a protesté ouuertement qu'il n'estoit point le Messias . Toutefois ie vous asseure
bien de ce point, que si vous allastes expressément au desert pour voir vn Prophete,vous
n'aués pas esté frustrés de vostre attente. Car à la verité vous aués veu vn Prophete,voire
& plus que Prophete. Et de faict,c'est celuy,de qui passés long temps, Malachie prophetisa   *Malach.3*
qu'il seroit le precurseur du Messias . Voicy (dit-il) i'enuoye mon Ange deuant ta face,
pour preparer la voye deuant toy . Car touchant les Prophetes ils predisoyent iadis sous
parolles couuertes quelques choses futures : cestuy-cy à monstré au doigt la chose qui venoit. Pourtant ceux qui ont Iean en grande reputation, ont raison. Car ie vous asseure de
ce-cy qu'onc de femme ne nasquit homme, ny en ce siecle ny és passés, qui fust plus grand
Prophete que Iean. Le tesmoignage de Iean que ie rend de luy est assés ample. Au reste, ce
qu'aucuns luy attribuent,luy-mesme ne le recognoit pas. Car il en y a vn plus grand que
luy en vertu & en dignité, qui toutefois selon l'estimation du peuple est moindre que luy
au royaume de Dieu.On admire l'austerité & retraicte de Ieā, on mesprise la familiarité de
cestuy: on reuere la dignité de Iean, on porte enuie à la gloire de cestuy, on embrasse la doctrine de Iean,celle de cestuy on la calomnie,Il a presché le baptesme pour faire auoir repen
tance, & que le royaume des cieux estoit pres:& le simple peuple & gens de basse estoffe luy
ont presté l'oreille, item les Publicains, les gendarmes & des putains, en s'en allant au baptesme de Iean, se confessans estre pecheurs, & demandans d'estre laués de leurs pechés.
Par ainsi ils magnifierent la iustice de Dieu, en recognoissant leur iniustice (cõme ainsi soit
que nul ne soit sans crime sinon Dieu seul)& embrassans la bonté de Dieu,lequel a promis
de pardonner toutes les fautes de la vie passée,à ceux qui d'vne foy entiere iront à luy à recours. Au contraire les Pharisiens,Scribes,& docteurs de la Loy, ont eu honte de confesser
leur iniquité,en quoy ils ont mieux aymé faire Dieu menteur que d'embrasser la verité : &
partant ont-ils desdaigné le baptesme de Iean, à leur ruyne & perdition, gens mesprisans
la benigne entreprinse de Dieu,qui par ce moyen tant aisé auoit determiné d'abolir les pechés des hommes. Et de faict, y a-il chose plus aisée, que de confesser ses fautes, & se faire
lauer? Non pas que Iean baillast l'innocence, mais bien par ce que son baptesme & predication y preparoit les hommes, à fin que tant plus de gens fussent conduits à salut par la
predicatiõ de celuy de qui Iean estoit l'auant-coureur,s'ils trouuoit les cœurs ia preparés.
Or rien de tout cela n'est aduenu à l'auenture, ains a la diuine prouidence dispensé le tout
pour le salut de l'humain lignage. Et les idiots,les petits,& les pecheurs mal-viuans(gens
qui sembloyent estre du tout eslongnés de la vraye pieté, & toutalement forclos de la cognoissance de la Loy) ont embrassé la benignité de Dieu.Au contraire,ceux qui par dessus
tout deuoyent entendre ces choses,promises par les oracles des Prophetes , & qui sembloy-
yent les pilliers de la religiõ, ont reietté la benignité de Dieu qui leur estoit presentée, sans
auoir esté esmeus à repentance ny par la predication de Iean ny par la mienne. Iesus donc
leur reprochant vne telle malice obstinée,vsa d'vne telle comparaison:Que doy-ie dire de
ceste peruerse race de gens:& à quoy les accompareray-ie: Ils sont semblables aux enfans   *A qui donc*
que nous voyons en la place,qui en se iouans criēt les vns aux autres & disent:Nous vous   *compare-*
auons fleutés chansons ioyeuses,& si n'en aués pas esté esmeus à danser : Nous vous auõs   *ray-ie.*
chanté complaintes, & si n'aués pas plouré. Ce prouerbe vsité és places, le Seigneur Iesus
l'vsurpa,l'accommodāt aux obstinés Iuifs, qui n'ont esté ny par l'austerité de Iean incités
à craindre la vengeance de Dieu , ny par la courtoisie & bien-faisance de Christ alleschés à
amour. Car Iean Baptiste(leur dit-il) est venu auec vne austerité non pareille de vie, pres-

C 3   chant

chant la repentance, & d'icelle donnant exemple, sans manger pain, ne boire vin, viuant
au desert, vestu de poils de chameau, ceinct d'vne courroye de cuir. Et pour tout cela vous
aués esté si loing de vous esmouuoir à repentance que mesme ce qui s'est faict, pour vostre
amendement, vous laués conuerty en calomnie, disans : Il n'est pas en son bon sens: il a le
diable. Le fils de l'homme est venu taschant par diuers moyés de vous amener à salut, hom
me exposé à receuoir chascun, ne monstre auant-soy aucune nouuelle austerité, sans me
nacer de peine : ains alleschant chascun à amour par bien-faicts, mangeant & beuuant
comme les autres hommes, hantant auec tout homme, sans differer d'auec les autres, n'en
viande n'en habillement. Et sa ciuilité laquelle vous deust auoir esmeus à amendement de
vie, vous la conuertisses en occasion de calomnie, disans : Voicy vn gourmand & beueur,
amy des peagiers & meschans. Mais la malice des hommes n'a rien peu contre l'entrepri
se de la sagesse de Dieu. Car par ce moyen la iustice de Dieu fut illustrée enuers tous ses en
fans addonné à la sagesse Euangelique, depuis qu'il a esté notoire, rien n'auoit esté obmis
pour sauuer tous hômes, mais que les mauuais & orgueilleux mesprisant le don de Dieu,
ont par leur propre faute esté reiettés & condamnés : & que les Publicains, les putains,
les mal-viuans, & les Payens ont à bon droit esté receus à la participation de salut. Il estoit
predit deuoir ainsi aduenir, & ainsi il est aduenu: il estoit raisonnable qu'ainsi fust faict, & il
a esté faict. Ceux qui se vantoyent d'estre saincts & gens iustes, ont à cause de leur incredu
lité, esté reiettés du benefice de salut Euangelique. Au contraire, ceux qui par foy & cœur
entier se sont parforcés de venir vers le Seigneur pour prophanes, abominables & pe
cheurs qu'ils peussent estre, ont esté receus en la communauté du royaume des cieux. Et
voila suruenir vn cas en quoy la chose mesme & l'effect leur mit deuant les yeux, ce que le
Seigneur auoit enseigné par parolles, touchant la reiection des gens iustes, & la reception
des pecheurs. Les Pharisiens entre tous estoyent enflés d'vne cognoissance de la Loy &
d'vne reputatiô de sainctetê. Il y en eut vn d'entre-eux qui côuia le Seigneur de bancque
ter chés luy: ce que luy accorda Iesus, qui ne refusoit sa presence à nully. Et luy entré chés le
Pharisien & assis à table, voyla vne femme qui estoit en ceste ville là, desbauchée public
que, laquelle si tost qu'elle eust entendu que le doux Iesus qui ne reiettoit personne de soy,
qui remedioit promptement à tous les maux de tous, estoit là, se va toutalement desplaire
en soy-mesme, & conceuoir vne si grande côfiance en la benignité de Iesus, qu'elle se four
ra en la maison du Pharisien. L'ardeur du cœur luy auoit secoûé toute honte : car elle n'i
gnoroit pas combien arrogamment les Pharisiens auoyent de coustume de reietter les dis
solus, là où eux-mesmes au dedans estoyent farcis de vices plus enormes. Or porta-elle
quant & soy ses delices, assauoir les souuenances de sa vie passée de laquelle elle se repen
toit : auec affection d'espandre sur Christ, de l'amour duquel elle estoit embrasée, tout ce
en quoy elle auoit au parauant mal-heureusement compleu à soy & au monde. Elle ap
porta donc vne precieuse boyte d'onguent, laquelle pour la grâde douceur qui empesche
de la pouuoir empoigner s'appelle albastre. Or estoit l'onguêt fort exquis & qui luy auoit
cousté bien cher. Iadis ceux qui seruoyent aux voluptés de la chair prenoyent vn plaisir
excessif aux onguents, principalement és bancquets. Or me considere la saincte importu
nité de celle dissolue : non seulement elle a prins la hardiesse d'entrer chés le Pharisien sans
y estre appellée : mais aussi elle se fourra au bancquet, en tout tel ornement qu'elle estoit.
Et pourautant que les licts du lieu où ils mangeoyent l'empeschoit de se prosterner de
uant les pieds de Iesus, elle se tint par derriere, & selon qu'elle peut, se print à luy arrouser
les pieds de larmes, en souillant profitablement les yeux lesquels par le passé elle auoit or
dinairement teints de fard pour faire vilenie. Apres luy auoir laué les pieds d'vn randon
de l'armes, elle luy tourcha nõ pas de quelque linge, mais des cheueux de sa teste, lesquels
au parauât elle auoit accoustumé d'oindre, teindre, attifer, & entortiller de doreures pour
volupté charnelle. Et non contente de cela, la merueilleuse amour de celle pecheresse apres
qu'elle luy eut laué & essuyé les pieds, elle les luy baisoit : conuertissant au seruice de celuy
qui seul doit estre aymé, tout ce dont elle auoit par le passé seruy aux voluptés deshonne
stes. Tu vois vne image de pecheur, par vne impetuosité d'ardeur & obstination de foy, se
fourre au royaume des cieux. Maintenant au contraire, contemple la figure du Iuif, qui
par arrogance & incredulité se rend indigne de la benignité de Dieu, à luy presentée. Voyãt
ces choses le Pharisien qui auoit côuié Iesus, au lieu qu'il eust deu louer la femme qui d'vne
si grande affection se presentoit, en si grande modestie s'abbaissoit, & par tant de signes re
stifioit la repentence de sa vie passée : au lieu qu'il eust deu aymer la douceur de Iesus, qui
ne repoussoit nul homme de soy: est incité à les calomnier tous deux. Car voicy qu'il pen

soit en

soit en son cœur:Si cest homme estoit Prophete,comme on le tient pour tel,certainement il
sçauroit biē qui & quelle est la femme qui le touche:car elle est vne desbauchée publicque,
& d'vne impureté notoire.Et s'il le sçauoit,il ne se laisseroit point contaminer par l'attou/
chemēt d'vn corps souillé.Car ce Pharisien estimoit que les hommes saincts se polluoyent
si seulement ils venoyent à deuiser auec vn pecheur. C'estoit l'arrogance de fausse iustice,
de laquelle se complaisoyent les Iuifs,gens desplaisans à Dieu.Et Iesus pour par tant plus
certain signe se declarer estre Prophete,respondit à la secrette pensee du Pharisien,en ceste
maniere:Simon,i'ay quelque chose à te dire.Et il luy dit:Maistre,dis-là.Iesus dōc le voyant
si entētif,à fin de ne manifester la meschante pensee d'iceluy aux autres du bancquet(car
gens de l'Euangile doyuent aussi auoir la ciuilité en recommendation)luy proposa vne
telle parabole:Il y auoit deux hommes qui estoyent redeuables à vn mesme creancier:l'vn
de cinq cens deniers,& l'autre de cinquāte.Et pour autant qu'ils n'auoyent ne l'vn ne l'au/
tre de quoy payer,il les quitta tous deux de toute la debte.Or-çà,lequel d'eux doit plus
aymer le creancier tant liberal:Et Simon n'entendant pas encore où tendoit la parabole,
respondit simplemēt:A mon aduis,celuy doit le plus aymer à qui on a quitté le plus.Alors
Iesus va descouurir à quelle fin il auoit proposé la parabole,& dit à Simon:C'est bien iugé
à toy:mais ce pēdant tu applicques mal ton iugemēt.Puis se tourna deuers la femme & dit
à Simon:Vois-tu ceste femme cy,laquelle tu appelle desbauchée:La vois-tu pas couuer/
te de larmes,les cheueux espars,prodigue de son onguent,prodigue de ses baisers,proster
née,brief exprimant en soy par tout le manteau de son corps l'image d'vn penitēt:Ce sont
là argumens de quelque sienne bien grande amour enuers moy.Tant plus grande hayne
elle porte à soy-mesme,d'autant plus excessiuemēt elle m'ayme.Elle est venue pecheresse:
mais elle a esté guerie si tost quelle a attouché le medecin.Tu la mesprises cōme pecheresse
& desbauchée,& tu te complais en toy-mesme comme homme iuste:mais la pieté de ceste
pecheresse surpasse de beaucoup ta iustice.Ie suis venu chés toy conuié & semond à banc/
quetter,& si ne m'as pas baillé de l'eau pour lauer mes pieds,qui est toutefois le deuoir de
vne courtoysie ordinaire:mais ceste cy m'a arrousé les pieds de ses propres larmes,puis les
a tourchés de ses propres cheueux.Tu ne m'as pas donné vn baiser,ce que ordinairement
tout amy faict à son amy:& ceste cy depuis qu'elle est entrée n'a cessé de me baiser les pieds,
tant est vehemente son affection.Tu ne m'as pas mesme d'huyle ordinaire oinct le chef,qui
est vne ciuilité que ordinairement on rend à toutes gens conuiés aux bancquets : ceste cy
m'a oinct les pieds qui est l'endroit le plus abiect de toute ma personne,d'vn onguent pre
cieux. Ne calcule point combien elle a peché,mais considere combien elle ayme. Car cha
rité couure vne multitude de pechés.Et t'asseure bien d'vne chose,c'est que maints pechés
luy sont pardonnés, non pas pour auoir beaucoup ieusné ou prié, ou obserué beau/
coup de constitutions Pharisaiques : mais pource qu'elle a beaucoup aymé,pource que
de tout son cœur elle s'est confiée en moy. Tant plus griefuement elle auoit peché, d'au
tant plus elle s'en desplait en soy & m'en ayme tant plus ardamment,moy par la gratuité
clemence duquel elle a esté deliurée de ses pechés.Par ainsi la grandeur de ses pechés luy
a seruy à bien.Vous cuidés bien estre iustes en vous-mesmes à cause de l'obseruation de
la Loy,& n'auoir pas beaucoup pourquoy Dieu vous doyue pardonner,& c'est pour/
quoy vous aymés tant froidement celuy qui pardonne. Quand le Seigneur eut tenu tels
propos à ce Pharisien,il dit à la femme:Tes pechés te sont pardonnés.Elle n'auoit faict au
cune prière,ny aucune confession de bouche:mais elle auoit vne confession plus euidente
par effects,elle auoit prieres de plus grande efficace par larmes.Voyla la cōfession tres-ag
greable à Christ:& par telles prieres il est fort aisément esmeu à misericorde.Heureuses les
larmes,heureuse la perte de l'onguent,heureux les baisers qui peuuent tirer ceste voix à Ie
sus:Tes pechés te sont remis.Car il ne pardonne pas les vns, & reserue les autres : ains les
pardonne tous pour vne fois,sans nullement du monde imputer rien qui soit de la vie pas
sée à celuy qui se repent de bon cœur.Maintenant au contraire considere moy la saincteté
Pharisaique.La vraye pieté se resiouyt autant des cōmodités d'autruy comme des siennes
propres.Mais les Pharisiens qui estoyent aussi assis à table,plaignant la clemence & dou/
ceur de Iesus à la pecheresse se prindrent à gronder en eux-mesmes par secrettes pensées, Et commence
rent à dire en
eux-mesmes.
disans : Qui est cestuy cy, qui presume tant de soy, que de son authorité propre il remect
aussi les pechés, ce que personne des Prophetes ou Patriarches ne s'est encore attribué :
Mesme les Sacrificateurs ne s'attribuent pas autre chose sinon que de prier pour les pe/
chés du peuple. Et Iesus cognoissant leurs pensées, pour tant plus confermer le cœur de
la femme, & de contristée la renuoyer ioyeuse en la maison, luy dit : La foy que tu as en
moy,

moy, t'a sauuée : va t'en en paix. Les Pharisiens estoyent tous resolus, que par sacrifices &
lauemens, les pechés estoyent pardonnés. Et de vray, ces choses auoyent bien vne figure des choses spirituelles. Mais le Seigneur Iesus leur monstra bien, que par la foy Euangelique tous les pechés se pardonnent pour vne fois à ceux qui se repentent. Or en ces choses que nous racontons a esté pourtraitte vne figure des deux peuples, assauoir des Iuifs,
& des Gentils, dont l'vn auoit inuité chés soy Christ ia passés maints siecles, crians:
Vien ô Seigneur, sans point tarder. Et quand il est venu, eux-mesmes ne l'ont point receu
comme ils deuoyent, se faisant fort d'vne fausse persuasion de saincteté conceue pour l'obseruation de la Loy, & si quant les autres ont voulu embrasser le salut presenté ils se sont
bandés contre eux. Car en voulant establir leur propre iustice de l'oblation des choses corporelles, il ne se font point assuiettis à la iustice de Dieu, laquelle est donnée gratuitement
par la foy. Mais le peuple des Payens, vers lequel n'estoit pas venu Iesus, gens qui outre ce
qu'ils estoyent idolatres, estoyent addonnés à toute sorte de vices, sans auoir aucune fiance des œuures de la Loy, laquelle ils ignoroyent : si tost qu'ils ouyrent parler de Iesus, ils
vindrent comme de force vers luy, & par vne simplicité de foy obtindrent remission de
tous pechés, & le don de Dieu, dont les Iuifs ne tindrent conte, ou bien l'embrasserent froidement, ils l'accolerent tres-ardammêt. Combien qu'à tous generalement est proposee la
forme de penitence en ceste femme, à quiconque viendra à se repentir, à fin qu'il n'ayt à se
conuertir ny à Moyse, ny aux Pharisiens, ny aux Philosophes, tant seulement qu'il s'encou-
re à Iesus. Rien n'est plus doux que luy, ne plus prompt à pardonner. Que le penitent espande sur luy, ce qu'auparauant il auoit de coustume d'employer & espandre en voluptés
vilaines. Qu'il consacre au seruice d'iceluy tous les membres, qui au parauant seruoyent
aux puantes conuoitises. Son attouchement ostera tous pechés. Si le penitent ne luy peut
toucher la teste, qu'il luy empoigne les pieds. Il n'y a en Iesus endroit si abiect, qui n'oste les
pechés. Vne femme pour luy auoir seulement touché le bord de son habillement, fut guerie du flux de sang. Tout le seruice qu'on aura employé pour les prochains, voire les plus
petits, il le repute faict à soy-mesme. Il recognoistra le benefice qu'on aura faict à ses membres. Parquoy, que le pecheur ne considere pas combien il a peché : qu'il ne conte pas ses
bien-faicts, comme voulant faire teste à Iesus, comme faisoyent les Pharisiens : tant seulement qu'il se desplaise de cœur, & se confie de tout son cœur en Iesus, qu'il commence à
hayr ce que malheureusement il auoit aymé : & à aymer ce que meschamment il auoit mesprisé. La foy impetrera du Seigneur tant doux, ce que les merites ne pouuoyent esperer.
Or ce pendant (mon bon Theophile) considere moy icy, ie te prie trois personnes en ce
bancquet, la pecheresse, le Pharisien, & le Iuge. Le Iuge seul est vrayement net de toute souilleure de vices, voire il est la mesme fontaine de toute pureté. La pecheresse ne faict autre
chose que pleurer, arrouser, torcher, baiser, oindre. Tu recognois en cela les deuoirs de charité enuers le prochain. Le Pharisié, enflé d'vne iustice Iudaïque, calomnie la benignité du
Sauueur, mesprise la pecheresse, voire luy porte enuie, luy entaché de vices plus enormes.
Telle est bonnement la persuasion de iustice qui procede dés habillemens, des choix de
viandes, de la discrettion des iours, des lauemens des corps & de la vaisseille, de longues
prieres, & d'autres choses semblables qui ont bien apparence de pieté enuers les hommes,
mais esquelles n'est pas assise la pieté Euangelique. Ceux qui se fient en tels fatras, ils ont
de coustume de folement se complaire en eux-mesmes, & de mespriser le prochain, & de
porter enuie, & de calomnier la bonté gratuite de Iesus. Et de faict, si ceste femme eust touché le Pharisien, auec quelle arrogance l'eusse-il reietté, de quels lauemens se fusse-il nettoyé de l'attouchement d'icelle ? Voyla comment il reiettent vne poure miserable, eux qui
sont entachés d'enuie, d'arrogance, & du vice de mesdisance, en ce de tant plus incurables
qu'ils ne pensent pas estre malades. Car souuentefois il aduient que les hommes se repentiront plustost des vices notables & manifestes, que non pas de ceux qui se couurent
d'vne apparence de saincteté. Vn adultere, vn yurogne, vn dissolu, vn idolatre, vn gendarme sera plustost conuerty à repentence, que non pas vn Pharisien, vn enuieux, vn qui
se complait en soy-mesme, vn detracteur, vn dissimulateur. Or tel qu'est le maistre du
bâcquet, tels aussi sont ceux qui sont à la table du Pharisien. Qui est cestuy (disent-ils) qui
pardonne les pechés ? Mais le Iuge, qui seul cognoissoit les cœurs de tous, qui seul pouuoit leuer les sourcils à cause de saincteté corrige courtoisement l'arrogance du Pharisien,
defend la pecheresse, elle recognoissant ses fautes, l'absout & côsole. Pour ceste cause le deuoir du pasteur Euangelique, sera de fuyr l'exemple du Pharisien, & en la reception des pecheurs, ensuyure la douceur de Iesus.

CHAPI.

CHAPITRE VIII.

OR la benignité de Iesus enuers les pecheurs pour abiets qu'ils fussent, estant si grande que non seulement il permit que la pecheresse susditte luy tourchast les pieds, mais aussi il en menoit aucuns quant & soy auec ses Apostres, & se laissoit soulager luy & ses gens par la liberalité & seruice d'icelle. Car comme Iesus touliours accompagné des douze disciples, à fin que la semence de la doctrine Euangelique s'estendist plus au large, changeoit de lieu à toutes hurtes, s'en allant par toutes les villes & villages: à fin que rien des choses necessaires ne defaillist à gens qui continuellement alloyent çà & là, & estoyent attentifs à vn seul affaire, il y auoit certaines femmes qui suyuoyet aussi Iesus, lesquelles il auoit ou deliurées des esprits impurs, ou gueries des maladies. Il y auoit Marie surnõmé Magdelaine, de laquelle le Seigneur auoit chassé sept diables: item Ieanne femme de Cuze procureur d'Herode, femme qui de courtisane estoit deuenue disciple de Christ: item Susanne & plusieurs autres qui en souuenãce du benefice receu, en ce qu'elles pouuoyent, auançoyent à l'affaire de l'Euangile, en suruenant à Iesus & à ses disciples de ce qu'elles auoyent. Car Christ auoit choysi pour Apostres poures gens, luy poure & ne pouuoit pas par tout estre praiste la prouision à gens qui à tous coups changeoyent de logis & alloyent de lieu à autre. Or estoit-il conuenable pour ce temps là, que par gens de basse estoffe, poures, & idiots se iettassent les cõmencemens de la Philosophie Euangelique. Au reste, Paul, lequel i'ay suyui, a mieux aymé trauailler de ses mains, que viure de l'autruy. Pour bien plus forte raison ceux qui ont bien dequoy chés eux, & sont suffisans pour prescher l'Euangile, doyuent despartir gratuitement à leurs freres ce qu'ils ont. Et toutefois le mesme Paul a enseigné que c'estoit bien la raison, que ceux qui semeroyent la viande spirituelle de l'ame fussent, toutes les fois que besoing seroit, soulagés du secours des choses corporelles par ceux pour lesquels ils trauailleroyent: mais Christ pour enseigner que telle liberalité doit estre volontaire & non pas forcée, il receut bien en sa compaignie certaines femmes, mais qui le suyuoyent de leur plein gré. Au reste, il n'en appella pas vne, & ne lit-on point qu'il ait iamais rien demandé à personne, pour faire tant plus grande honte à l'impudence de ceux, qui combien qu'ils ne trauaillent pas en l'Euangile, ce neantmoins sous le titre de l'Euangile arrachent par force aux gens non seulement ce qui leur faict besoing pour la necessité, mais aussi tant qu'ils en ont à superfluité. Et iamais la liberalité volontaire des gens de bien ne defaudra à celuy qui du cœur entier s'employe du tout apres l'affaire Euangelique. Mais comme Iesus a receu toutes gens pour ayder à l'affaire de l'Euangile: aussi ne receuoit-il ne sa mere, ne ses freres, cousins, pour empescher la bonne yssue d'iceluy. Or comme vn iour pour la multitude des gens qui s'assembloyent à luy, il sortit de la maison & s'en alla aupres d'vn lac, & là assis sur le riuage il enseignoit le peuple: tant de gens de toutes les villes circonuoysines accouroyent vers luy pour l'ouyr que la foule des trouppes le contraignirent d'entrer en vne nacelle, & comme s'il eust esté assis en vne chaire, se print à enseigner la compaignie meslée de toutes sortes de gens, en leur tenant beaucoup de propos sous couuerture de comparaisons, à fin que tant plus il excitast en eux le desir d'apprendre, & fust planté plus profondemēt au cœur, ce qui leur auroit fiché sous propos couuers. Premierement donc il leur proposa vne similitude pour par icelle aduertir chascun de receuoir tres-affectueusement la parolle Euangelique, & qu'ils ne se contentassent point de l'auoir ouye, que ils ne vinssent a employer à l'vsage de pieté ce qu'ils auroyent apprins. Vn semeur (leur dit-il) s'en alla semer sa semence, & luy, ne laissant nul endroit où il ne iettast sa semence, y pretendant vne fort grande moisson, tout ne tomba point en terre de mesme bonté: car vne partie de la semence cheut aupres du chemin public, si fut en partie foulée aux pieds des voyageurs, & le reste, pource qu'il n'estoit point couuert de terre, les oyseaux de l'air le mangerent. Et l'autre cheut en vn endroit pierreux, & receue en ce peu de terre qui couuroit la pierre elle leua bien, mais pource que dessous il y auoit faute de terre pour la fournir d'humeur iusqu'à vne maturité raisonnable, si tost que l'ardeur du soleil se monstra, elle seicha, & perit comme elle commençoit seulement d'estre en herbe. Et l'autre cheut entre les espines, & leua fort bien, mais quant et-elle se leuerent aussi des espines qui par ce qu'elles croissoyent plus hastiuement & s'estendoyent à plus grand tas & en plus grande hauteur, suffocquerent l'herbe de la bonne semence, & l'empescherent de sortir pour iouyr de l'air à son aise. Et toutefois tout ne tomba point sans faire fruict. Car il y eut de la semence qui cheut en bonne terre, & leua & fit son fruict à cent pour vn.

Ce propos

Et aussi quelques femmes.

Vn semeur s'en alla semer.

Ce propos tenu,pource que le Seigneur ſçauoit bien que tous n'entendoyent pas ce qu'il auoit dit, voulant toutefois qu'a l'aduenir, ils ſe ſouuinſſent de la parabole entant qu'elle concernoit le ſalut de tous, crioit diſant : Qui a oreille pour ouyr la ſageſſe Euangelique, qu'il oye ce que ie vien de dire. Car ce ſont propos qui ne demãdẽt point vn auditeur lourd ou oyſif. Ils appartiennent à vn chaſcun de vous. Il y a des gens qui reſſemblẽt aux ſtatues, ils ont bien des oreilles, mais c'eſt ſans ouyr, dreſſans les oreilles aux cõſtitutions Phariſaiques, mais ſourds à la doctrine de vraye pieté. Et les diſciples qui eſtoyent familliers de Ieſus le prierent de leur deſcouurir le ſecret de la parabole : auſquels il reſpondit ; A vous cõme à familliers domeſticques eſt faitte la grace de cognoiſtre le ſecret du regne de Dieu. Les courts des Princes ont leurs ſecrets, leſquels on cele au menu peuple & à ceux qui ne ſont point de la court. Le regne de l'Euangile a auſſi ſes ſecrets, leſquels il ne faut point deſployer à la volée, ains les propoſer en ſorte, que ceux ſeulement les voyent qui ſont des domeſticques de la court:aux autres,ſous couuertures de paraboles, à fin que ceux qui en ſont indignes, en voyant, ne voyent point, & en oyant nentendent point. Or le ſens ſecret de la parabole eſt tel. Le ſemeur eſt le fils de l'homme : la terre, eſt le cœur de l'homme: la ſemence eſt la parolle Euangelique. Ce n'eſt pas vne ſemence terrienne, mais celeſte:& non yſſue d'homme,mais de Dieu, & pourtant eſt appellée parolle de Dieu. Ceſte ſemence,il n'y a endroit où le fils de l'homme ne la ſeme : mais la malice de Satan & le vice des hommes, eſt en cauſe qu'en peu de gens elle faict fruict. Car la ſemence qui cheut aupres du chemin, ſignifie ceux qui legierement & en paſſant oyent la parolle de Dieu, & ſoudain deuant qu'elle prenne racine en leurs cœurs le diable vient, & en leur faiſant auoir diuerſes penſees, leur oſte du cœur ce qu'ils auoyent ouy, & ce d'enuie qu'il porte à leur ſalut, les empeſchãt par ſuggeſtiõs diaboliques d'y paruenir. Car tout ainſi que le fils de l'homme ne laiſſe riẽ en arriere pour amener à ſalut les pecheurs,ainſi le diable n'obmet riẽ pour tirer, tous ceux qu'il peut en perdition. Iceluy donc apres que la ſemence de la parolle Euangelique eſt ſemée, y auole ſoudain & la recueille deuant qu'elle prenne racine au cœur de ſorte que rien ne profite lors de l'auoir ouye. Et la ſemence qui tomba en terre precieuſe, denote ceux que quand ils ont ouy la parolle la reçoyuent auec ioye, & la ſerrẽt en leurs cœurs, de ſorte que comme leués en herbe,ils donnent d'eux quelque eſperance de pieté,en certaine choſes de dehors:mais pource que ce qu'ils ont ouy n'a pas eſté profondement fiché ny prins racine par maniere de dire,aux plus profondes affections de leur cœur,ils obeiſſent pour vn tẽps à la parolle de Dieu, mais ſi toſt qu'vne tempeſte de maux s'eſleue, ils perdent courage & delaiſſent leur bonne entreprinſe. Or eſt-il bien aiſé de garder la doctrine de l'Euangile durant la proſperité:au reſte,n'eſt qu'on faſſe deſcendre au profond du cœur l'affection de vraye pieté, ſi toſt que l'aduerſité requiert celle magnanimité de courage Euangelique, alors s'eſuanoyt celle temporelle apparence de ſainteté. Et touchant la ſemẽce qui cheut entre les eſpines, elle denote ceux qui apres qu'ils ont receu la ſemence de la parolle Euangelique, n'en rapporte aucun fruict de vraye pieté, pourautant l'affection d'amendement de vie eſt ſuffoquée & accablée des ſoucys de ce monde, des richeſſes & voluptés de la vie preſente. Finalement la ſemence qui cheut en la bonne terre, ſignifie ceux qui d'vn cœur entier, attentif & à deliure reçoyuent la parolle de ſalut, l'ayans receue, la reſſerrent en la memoire, & la font deſcendre au plus profond de leurs plus profondes affections, ſi bien & ſi beau, que quelque aduerſité qui ſuruiennent, ils ne peuuent eſtre deſtournés de l'eſtude de pieté vne fois entreprins. Voyla comment Ieſus daigna expliquer la parabole à ſes diſciples en priué: partie à fin qu'ils apptinſſent par vne ſaincte curioſité de rechercher ſemblablement és autres paraboles le ſens plus caché : partie à fin que ce que pour lors ils oyoyent en priué, ils le publiaſſent ouuertement à tous en ſon temps. Et de faict l'intelligẽce de la doctrine ſaincte c'eſt vne lumiere:& celuy qui la depart ne le faict pas à fin qu'on la retienne cachée:mais bien à fin qu'elle luyſe à pluſieurs. Il n'y a nul (leur dit-il) qui allume vne lampe pour puis apres la couurir d'vn vaiſſeau, ou bien la mette ſous le lict:ains la met en vn chandelier, à fin que ceux qui entrent en la maiſon, voyent la lumiere. Pourtant rien ne vous eſt maintenant baillé en priué, ou enueloppé de paraboles, qu'ils ne doyuẽ eſtre par cy apres manifeſté à tout le mõde, & n'y a pour le preſent choſe ſi obſcure & eſloignée de l'intelligence des groſſiers, laquelle auec le temps ne doyue eſtre par vous miſe en euidence, manifeſtée & notifiée à tous. Pourtant eſt-ce à vous à faire de prendre ſongneuſement garde, que ce que vous oyés, vous le fichiés en grande ſolicitude en voz cœurs, à fin que rien ne s'eſuanoyſſe ou periſſe. Qui affectueuſement reçoit l'intelligence d'vn propos myſticque, & ſongneuſement le ſerre comme vn threſor en ſon cœur, il ſe declare digne

qu'on

qu'on luy en fasse plus grande communication: attēdu que ce qu'on luy baille il le garde
fort songneusement. Car qui aura, il luy sera donné : mais qui par sa nonchalance aura
perdu ce qu'il auoit, non seulement il ne luy sera rien donné d'abbondant, mais aussi ce mesme qu'il sembloit auoir, or luy sera osté, pour auoir nonchalamment possedé le thresor de l'Euangile, duquel d'autant plus qu'on est enrichy, de tant plus doit
—on conuoiter d'en enrichir. Et sur telles choses le Seigneur Iesus proposa maintes autres paraboles au peuple lesquelles toutes il deschiffra à part à ses disciples. Or voulant
le Seigneur declarer combien c'est vne chose precieuse que la doctrine de l'Euangile &
en combien grande diligence & sollicitude elle doit estre baillée & ausi receue, aduint
vn iour que comme Iesus enseignoit le peuple, sa mere & ses freres vindrent pour parler
à luy touchant quelques affaires familieres : mais pour autant qu'ils ne pouuoyent a-
uoir acces à cause de la ttop grande presse, on luy fit assauoir par d'autres que sa mere &
ses freres estoyent à la porte qui luy vouloyent parler. Et Iesus, pour monstrer que la parolle de l'Euangile est vne chose trop precieuse, pour deuoir estre entrerompue pour
aucunes affections humaines, ou soucy des choses domesticques, respondit à ceux qui
luy auoyent apporté telles nouuelles. Ma mere & mes freres sont ceux qui oyent la parolle de Dieu & la mettent en effect : enseignant par cela que toutefois & quantes qu'on
est apres à procurer le salut des ames il faut oublier le parentage charnel. Outre-plus le
Seigneur Iesus voulut aussi monstrer par effect aux siens, qu'en tous tumultes desquels
ce monde viendroit à s'esleuer à l'encontre de l'auancement de l'Euangile, personne ne
deuoit ne perdre courage, ne se confier en ses propres forces, ainçois despendre de l'ayde d'iceluy : & qu'en perils quelconques son secours ne nous deffaudroit point, pourueu que la fiance ne nous defaillist, & que de cœur nous fissions prieres pour implorer son ayde. Car aduint vne fois que Iesus apres auoir enseigné le peuple tout le long
du iour, entra en vn batteau auec ses disciples & leur commanda de passer le lac, & s'approchant la nuyct. Et comme ils voguoyent Iesus s'endormit, & ce pendant vn orage
se va leuer qui esmeut tellement le lac que les flots entroyent en la nacelle, si que les disciples estoyent en dangier. Dont eux effrayés allerent esueiller Iesus & luy dirent : Maistre, tu dors, & nous allons perir. Et il se leua, & tença le uent, & les vagues, & leur commanda de s'appaiser. Si recongneurent les elements leur Seigneur : car soubdain à son
commandement se fit vne grande tranquillité. Quoy faict, il se reuira vers ses disciples
& en les tençant de ce qu'en sa presence ils auoyent esté en si grand esmoy & tremblement, attendu que tant de fois ils auoyent entendu que rien ne leur nuyroit pourueu
qu'ils eussent vne fiance certaine & durable enuers luy, il leur dit : Et où est vostre belle fiance ? Certainement c'est le deffaut d'icelle qui a esmeu tous ces tumultes. Or ceux
qui estoyent en la nacelle, voyans qu'à son tencer toute la tempeste s'estoit soubdain appaisée, apperceuans aussi en luy ie ne sçay quoy plus que humain furent espouuantés
& quant & quant s'esbahyrent, disans : Mais qui est cestuy-là ? veu que non seulement
il commande aux esperits de sortir, mais aussi aux elements insensibles inanimés, &
sourds à la mer & au vent, & ils luy obeyssent. En cas semblable toutes fois & quantes
que nous viendrons en quelque dangier, toutes fois & quantes que le Seigneur Iesus
dormira en noz cœurs, poussons-le par saincts desirs, esueillons-le par prieres continuelles, & soubdain la tempeste se conuertira en tranquillité. C'est vn mauuais vent
qu'ambition : c'est vn dangereux orage, que courroux & hayne : ce sont d'horribles
ondes que les mauuaises conuoitises, voire qui sont pour renuerser la nacelle de nostre entendement : mais il faut esueiller le Seigneur à ce qu'il commande à telles esmotions, & la tempeste cessera. Or la trauquillité recouurée, ils allerent abborder au pays
des Gerseniens, qui est à l'endroit de Galilée, de la basse Arabie. Et quand il fut sor-
ty en terre, il va rencontrer vn homme, vexé dés long temps d'vn diable tref-cruel, de
sorte qu'on ne pouuoit le vestir, ne le retenir en la maison par aucuns liens, ains se tenoit és cemetieres, & souuentefois se ruoit sur les passans. Iceluy ouyant le bruit des e-
strangiers qui abbordoyent, sortit au deuant & uit Iesus pour son bien. Car Iesus en eut
compassion & commanda au mauuais esperit qu'il eust à sortir du personnage. Et le
demoniacle se ietta aux pieds de Iesus : attiré pour quelque efficace secrette de la puissance diuine : Et l'esperit impur crioit par la bouche du poure homme : Qu'as-tu que
faire auec moy, Iesus fils de Dieu Souuerain ? Ie te prie, ne me tourmente point. Certainement le commandement de Iesus le pressoit de laisser le personnage, lequel il auoit
vexé long temps. Il le saysissoit souuent, & miserablement le tourmentoit auec vne si
grande

grande cruauté qu'il rõpoit tous fers, chaines, & liés,& le menoit le diable par les deferts,
Voyla pourquoy ceft efprit abbandonnoit enuis fa poffeffion ancienne: mefme il craignoit que ia fuft venü le iour, auquel ils deuoyent eftre adiugés aux fuplices eternels, pour
eftre punis de tous les maux dont ils affligent icy les hommes. Ce n'eftoit la repétance des
meffaicts qui auoit arraché à l'efprit telles prieres, mais la crainte du fuplice. Et Iefus à fin
que la grandeur du miracle fuft plus notoire à tous, demanda au mauuais efprit, commēt
il auoit nom, lequel refpõdit: Legion, fignifiant par vn mot de guerre, que le poure n'eftoit
pas detenu d'vn feul diable, mais d'vne innombrable multitude de diables. Car auffi n'y
a-il point de grand peché, fans vne grande fuyte de vices. Mais il n'y a nulle maladie fi
cruelle de l'ame, ne nulle fi grande multitude de crimes, qui ne s'en aille au commandement du Seigneur Iefus. Quoy craignant toute celfe legion de diables,prioyent que s'il ne
fe pouuoit autrement faire qu'ils ne vinffent à eftre chaffés, pour le moins qu'il ne leur
commanda point d'aller au gouffre de l'enfer,lequel lieu ils fçauent leur eftre deftiné pour
le dernier iour. Or il y auoit affés pres de là, vn fort grãd trouppeau de porceaux qui paif-
foyent en vne montaigne, au pied de laquelle il y auoit vn lac, à fin que de là mefme nous
entendions que ce pays eftoit Payen, & addonné à impieté. Car quant aux Iuifs, ils ne
mangeoyent point de chair de porc. Or les diables prioyent le Seigneur qu'il donnaft permiffion d'entrer en ces porceaux: tant grande enuie de nuyre auoyēt ces mauuais efprits.
Et Iefus à fin que le miracle fuft plus euident & plus effrayable, leur ottroya leur demande.
Et foudain les diables ayãt laiffé l'homme entrerent és porceaux: puis tout fur le champ
tout le trouppeau d'vne grande roideur fut porté par la defcente au lac, & y furent fuffoc-
qués & perirent. Quoy voyans les porchiers, furent effrayés & s'enfuyrent par les villes &
villages, & rapporterent ce qui auoit efté faict. Et les gens ne croyans pas bien au rappor
des pafteurs,fortirēt pour aller voir les euidences d'vne chofe tant incroyable. Or virēt-
ils qu'vn trouppeau, qui auparauant eftoit fort grand, eftoit pery. Et l'homme qui auparauant eftoit detenu des diables, & pour nompareille vexation eftoit cogneu à tous, ils le
trouuerent tout paifible & en fon bon fens, veftu & affis aux pieds de Iefus. Car foudain
d'hofte de diables,il eftoit deuenu difciple de Iefus: & là où auparauant il eftoit pouffé des
efprits impurs à toute lafcheté, maintenant par le paifible & doux efprit du tref-doux Seigneur eft façonné à toute eftude de pieté. Or ceux qui auoyent efté prefens & qui de leurs
propres yeux auoyent veu l'homme auparauant demoniacle & entendu qu'il y auoit vne
legion de diables, maintenant eftre guery racontoyent aux autres ce qui eftoit aduenu.
Et par tout vne certaine crainte les fayfit to⁹, au lieu qu'ils deuoyēt pluftoft glorifier Dieu,
& embraffer fa puiffance pour auoir rendu la fanté à vn miferable abbandonné. Ils defirēt
donc que Iefus s'en aille, craignãt fa puiffance, mais ignorans fa bonté: & font plus efmeus
de la perte des porceaux, que non pas de la fanté rendue à l'homme. Toutefois les Gerfeniens n'ofent pas l'en enchaffer, mais ils le prient en commun qu'il s'en allaft de leur pays:
tant grande peur auoyent-ils tous. Et Iefus de peur de bailler la chofe faincte aux chiens,
s'en retourna au batteau. Au refte, celuy qui eftoit deliuré des diables prioit Iefus qu'il luy
permift de luy tenir compaignie, veu qu'il luy deuoit fa fanté. Mais Iefus ne luy voulut
point permettre: ains retourne-t'en (luy dit-il) chés toy, à fin que par tõ recit & en te voyãt
tous cognoiffent pour certain quel tu eftois au parauant, & quel maintenant tu es par le
benefice de Dieu. Ceux de ton pays me refufent logis, pour le moins fois tefmoing enuers
eux, quel mal ils fe font acquis en me chaffant. Ce perfonnage obeiffant au commandement du Seigneur s'en alla en Decapoly, & publia par toutes les villes enuers chafcun
combien grand benefice il auoit receu de Iefus. Cela feruoit de quelque rudiment de predication Euangelique,enuers gens groffiers & fans crainte de Dieu, & reffemblãs du tout
aux porceaux efquels entrerent les diables. Et ne fut pas toutalement vaine la predication
du demoniacle: car plufieurs y creurent & s'en efmerueillerent. Certainement par telle figure le Seigneur Iefus, nous enfeigna que pour infideles & abominables que foyent les
gens,on ne leur doit offrir la grace de l'Euangile,fans toutefois la ietter au nés au contredi-
fans & la refufans: ce pēdant fe departit d'eux en forte, que nous y laiffions quelque eftin-
celle de vraye pieté, qui peut eftre, à l'aduenir fe mõftrera par occafiõ. Iefus donc retourna
au lieu d'où il eftoit venu, affauoir en Galilée: où il eftoit-ia renommé & admirable à chafcun. Et à fon retour vne fort grande compaignie de gẽs luy fit la bien venue, gens qui auec
grands defirs auoyent attendu fon retour du pays des Gerfeniens: & voyla de-rechef occafion pour demonftrer, combien Iefus eftoit appareillé à furuenir à tous, tant aux poures
qu'aux riches, aux bons qu'aux mauuais: & combien auoyent moins de fiance ceux qui
                                                                                        entre

Aduint que
quand Iefus
fut retour-
né.

entre les Iuifs sembloyent estre les piliers de la religion, que ceux qui estoyēt tenus pour les plus cōtemptibles en tout le menu peuple. Car vn des principaux de la Synagogue, nommé Iaire, qui auoit chés soy sa fille, eagee d'enuiron douze ans, laquelle tiroit-ia à la mort, alla abborder Iesus, & se prosterna au pieds d'iceluy, le priāt qu'il luy pleust venir en sa maison & secourir sa fille qui s'en alloit mourir. C'est la coustume qu'on a d'appeler le medecin: Vien voir que tu pourras faire. Combien estoit plus puissante la foy du Centenier, qui dit qu'il n'estoit-ia besoing de la presence corporelle de Iesus, & qu'a sa simple parolle il pouuoit guerir qui il vouloit. Iesus obtempera à Iairus, & alla chés luy. Et en y allant les gēs l'enuironnoyēt de tous coustés à si grande foule, qu'ils le pressoyēt: tant auoit chascū grande soif de voir & ouyr. Parmy la presse s'estoit fourrée vne certaine femme qui estoit vexée desia douze ans durans, d'vne maladie orde & abominable, assauoir d'vn flux de sang, & qui d'enuie qu'elle auoit de recouurer santé, auoit employé tout son auoir apres les medecins, qui tousiours luy faisoyent de belles promesses: mais ils ne luy auoyēt apporté aucun secours, excepté qu'à la maladie ils auoyent adiousté vn autre mal, assauoir poureté. Sur cela la femme sage, destituée de l'ayde des hommes, se retira vers l'ayde diuine, ayant conceu vne merueilleuse fiance de Iesus, qu'il aduiendroit qu'elle seroit guerie, si elle pouuoit attoucher quelque chose de luy. Or la honte l'empescha de se presenter deuāt les yeux de Iesus, & luy descouurir sa maladie honteuse: mais cōme si elle luy eust voulu desrobber le benefice de santé, elle s'auança par derriere, & luy toucha le bord de sa robbe, qui en la foule de la multitude estoit tirée çà & là. Et sans delay, tout à l'heure elle sentit la maladie s'en estre allée, & s'estancher le flux de sang. Et Iesus non pour pleindre la santé à la poure femme, mais voulant proposer au principal de la Synagogue & autres Iuifs vn patron de fiance sans reditte, dit: Qui m'a touché? Et comme les autres qui estoyent aupres de luy nioyēt qu'ils l'eussent touché, Pierre & les autres disciples qui accoustoyēt Iesus de pres, luy disoyēt: Maistre, vne grāde foule de gens te presse & inquiete de tous coustés: & si ne plus ne moins que s'il n'y en auoit qu'vn ou deux aupres de toy, tu demandes qui t'a touché? Et Iesus donnant couuertemēt à entendre qu'il ne parloit pas de l'attouchemēt ordinaire qu'entendoyent les Apostres, respōdit: Quelqu'vn m'a touché d'vne façon extraordinaire: quiconque s'ayt esté, sa conscience luy en rend bon tesmoignage. Car moy aussi au toucher, ay senty vne vertu sortir de moy vers celuy qui m'a touché. Or comme personne ne respondoit, & Iesus iettoit les yeux çà & là, comme cherchant qui estoit celuy qui vouloit embler ce benefice: la femme cognoissant que Iesus n'ignoroit pas ce qu'elle auoit faict à l'emblée, s'alla en grand tremblement presenter deuant la face de Iesus, & en se prosternāt à ses pieds, confessa deuant toute l'assistance pour quoy elle l'auoit touché, & commēt elle auoit soudainement esté guerie d'vne maladie dont elle auoit esté vexée douze ans durans, les medecins s'y employās en vain. Le doux Seigneur tira d'elle ceste confession non pas pour deceler la poure femme, mais pour monstrer aux Iuifs combien peust vne fiance asseurée. Et Iesus consolant la femme qui trembloit & s'attendoit d'estre bien tencée, luy dit: fille, ta foy ta apporté salut. Va-t'en en paix, & ce mien benefice soit tien à perpetuité. Par ces parolles il toucha les Pharisiens & Scribes, qui mettoyent plus d'esperāce en leurs propres œuures qu'en la bonté de Dieu. Le Seigneur Iesus n'auoit pas encore mis fin à ces propos, que voicy accourir vn messager de chés le principal de la Synagogue, qui luy dit: Ne dōne point de peine au maistre, qui perdra tēps de venir, car ta fille est-ia morte. Celuy qui faisoit ce rapport, n'estimoit riē de plus magnifique de Iesus que d'vn medecin exquis qui peust bien suruenir à vne malade: mais non pas ressusciter vne morte. A ces nouuelles, voyant Iesus que Iairus auoit perdu courage, il le consola, disant: Ne crains point, seulemēt aye fiance, & la fille sera sauuée. Quand ils furēt arriués chés le principal de la Synagogue, Iesus ne laissa entrer auec luy personne de la trouppe excepté Pierre, Iaques, & Iean, & auec eux le pere & la mere de la fille. Entré au dedans, il rēcōtra vne maison pleine de dueil. Car tous les amys & parens pleuroyent la trespassée, ce qu'aussi ordinairemēt par ambition, se faict en la mort des riches. Car on y employe gēs, pour lamēter, pour chāter chāts de dueil & cōpleintes, pour tesmoigner par pleinte leur douleur. Toute ceste pompe Iesus la fit cesser, disant: Ne pleurés point: car la fille n'est pas morte, ains elle dort. Mais ils se moquoyēt de Iesus, sçachāt pour le seur que la fille estoit morte. Et Iesus auec peu, entre en la chambre où gisoit le corps mort de la fille, & cōme s'il l'eust voulu esueiller d'vn somme, il luy print la main, & haut & clair luy dit: Fille leue toy. Et qu'en aduint-il? Personne ne s'esueille plus aiséemēt, à la voix d'vn l'esueillant, que la fille retourna en vie à la voix de Iesus l'appellāt. Car non seulement l'ame retourna au domicile, d'où elle estoit sortie, mais aussi elle se leua

Comme il parloit encores.

D   toute

toute alaigre & robuste,& marchoit.Et pour pl'certain tesmoignage de vie recouurée,Iesus
cōmanda qu'on luy baillast à manger.Et le pere & la mere voyāt cela, en furent grandemēt
estōnés.Or Iesus leur défédit qu'ils ne dissent à personne ce qui estoit aduenu,côme desirāt
que le miracle fust cogneu de peu: fust-ce pour noûs monstrer qu'on ne doit point pourchasser gloire enuers les hommes pour les bien-faicts:fust-ce pour signifier par telle figure
qu'en fautes legieres suffit vne correction secrette: Car la fille morte denote l'hōme tōbé en
faute par foiblesse. La mort estoit encore toute fresche, & n'estoit pas encore le corps mort
sailly en public. Pour ceste cause la trouppe chassée dehors fut l'affaire demené entre peu
de tesmoings. Que bien-heureux sont ceux lesquels Iesus daigne prendre par la main.

CHAPITRE   IX.

Vsques icy Iesus a conduit l'affaire de l'Euāgile, luy-mesme en personne, façonnant ce pendant & instruisant par diuers moyens ses douze Apostres, comme
ceux qui apres auoir receu le S.Esprit deuoyent estre ses successeurs en l'office de
predication : qui fut la cause pourquoy il voulut qu'ils fussent perpetuels tesmoings de ces faicts & parolles. Toutefois à fin qu'eux aussi en attendant fissent quelque
coup d'essay pour mōstre d'vne si grande charge , & que viuāt encore le Seigneur ils fissent
l'experiēce de leurs forces:il les fit venir tous ensemble, à fin qu'ils ne discordassent en predication. Et à fin que la predication de gens de basse estoffe.& idiots ne fust toutalemēt des-
garnie d'authorité, il leur dōna vertu & puissāce de chasser toute sorte de diables, & guerir
toute sorte de maladies. Et de faict il estoit bien cōuenable que ceux qui auoyēt a prescher
le regne de Dieu,eussent puissance sur les mauuais esprits les ennemys de Dieu:& qui auoyent a publier vne doctrine qui gueriroit toutes maladies des ames, eussent puissance de
guerir les maladies des corps:item il appartenoit bien qu'a la profession de l'Euangile,les
hommes fussent alleschés plustost par biē-faicts,que nō pas par frayeurs. A mon exemple
(leur dit Iesus) suruenés de vostre puissance aux maladies & calamités de tous,volōtiers &
pour rien,à fin que vous ne corrōpiés la syncerité de la predication Euāgelique par aucun
soupçon de gaing. Or il leur limita ce qu'ils auroyēt a enseigner. Car il ne leur enchargea
pas qu'ils enseignassent les ceremonies de la Loy,qui biē tost deuoyēt estre abolies : ne des
traditiōs humaines telles que les Scribes & Pharisiens ont accoustumé d'enseigner, trauer
sans mer & terre pour en gaigner vn au Iudaisme:ainçois leur enchargea d'ēseigner que le
regne de Dieu estoit pres : regne qui point ne cōsistoit és choses corporelles, mais en esprit
& efficace.C'estoit bien assés pour lors de prescher cela aux gēs grossiers,pour preparer les
cœurs des hommes à vne doctrine plus souueraine.Or à fin que soucy des choses necessaires pour l'entretenement de ce corps ne les retardast de l'affaire de l'Euangile,il leur dit:Ne
portés nulles hardes auec vous en chemin , ne baston pour vostre defense , ne besace pour
mettre vostre viure, ne ceincture pour porter argent,ne chascun deux robbes:asseurés que
rien de tout cela ne vous defaudra iamais,si de cœurs entiers suyuāt mon mandemētvous
procurés l'auancement de l'Euangile.Car il n'y aura lieu où vous ne trouués gens,la benignité volontaire,desquels vous fornira à suffisance de ce qui faut à gēs qui viuēt au iour la
iournée,& sont cōtēs de peu.Et ne faut-ia que vo⁹ soyés en soucy de logis.Pourtāt où vous
trouuerés gens dignes du regne de Dieu,logés chés eux, de peur qu'en changeant souuēt
de logis vo⁹ ne soyés trouués auoir cherché les delices : ains vous cōtentās de ce que vous
aurés trouué chés telles gēs,demourés auec eux iusque que l'aduācemēt de l'Euāgile vous
aduertira d'aller autre part. Que s'il aduiēt qu'en quelque lieu personne ne vous reçoyue,
recognoissés la dignité de vostre charge, & ne veuillés bailler aux gēs mal-gré eux,ce que
doit estre souhaité de chascū:soudainemēt sortés de ceste ville estās si loing de prēdre chose
aucune de ceux qui reiettēt vostre predicatiō, que mesme la poudre qui pourroit estre attachée à voz pieds,vous la secoués cōtre eux, en testifiāt que gratuitemēt vous leur aués annoncé le regne de Dieu,& qu'eux-mesmes se sont rēdus indignes d'vn si grād benefice gra-
tuitemē presenté. Apres que par tels & beaucoup d'autres ppos Iesus eut instruit ses Apostres,ils s'en allerēt deux à deux,& allans par les villages, preschant le regne de Dieu:& par
tout où ils trouuerēt des demoniacles,ou malades,ou gēs detenus d'autre imperfectiō corporelle,ils les guerissoyēt au nō de Iesus.C'estoyēt là le premiers rudimēs de la predication
des Apostres.Par ces choses la renōmée de Iesus se publia en sorte que le bruit de tout ce q
faisoit,paruint à Herode quatrenier. Et pource qu'il ne cognoissoit point Iesus & toutefois
entēdoit dire qu'il y auoit vn personnage qui à la parolle chassoit les diables,guerissoit les
maladies:remettoit en leur ētier les māchets & impotēs, nettoyoit les ladres,ressuscitoit les
morts:il estoit en perplexité & doute, q pouuoit estre cestuy qui soudainemēt s'estoit leué.

Or les

Et les enuoye
prescher.

Or Herode
ouyt.

Or les vns difoyent que Iefus eftoit ce Iean (lequel Herode auoit tué nagueres) qui eftoit retourné en vie : & partant qu'eftant-ia deuenu demy Dieu , il faifoit tant de miracles. Les autres difoyent que c'eftoit ceft Elie qui fut rauy en vn chariot de feu flamboyant, & lequel les Iuifs attendoyẽt deuoir reuenir felon la prophetie de Malachie. D'autres qui auffi penfoyent que ce fut quelqu'vn des anciens Prophetes, dont la memoire eftoit fainéte & facrée entre les Iuifs. Or Herode fe craignant fi Iean (qu'il auoit tué) euft efté reffufcité : tenant d'autre part pour incroyable qu'vn homme vne fois mort, peuft retourner en vie, difoit Si eft-ce que i'ay decolé Iean, lequel ofté ; ie faifoye mon conte qu'il ne reftoit plus perfonne qui ofaft entreprendre rien de grand. Qui peut donc eftre ceftuy là ; duquel on me racōté des chofes beaucoup plus grandé que iamais Iean n'a faittes? Pour cefte caufe il cherchoit l'occafion de voir Iefus , non pas pour en deuenir meilleur , mais pour fatisfaire à fa curiofité : ou bien, fi bon luy fembloit, pour le traitter de mefme qu'il auoit traitté Iean. Et Iefus bien cognoiffant ces chofes, ne fe prefenta pas à luy. Car auffi n'eftoit-il pas venu, pour de fes miracles repaiftre les yeux des mefchans Princes, mais bien à fin d'amener les fimples à falut : ioinct qu'il ne vouloit point eftre decapité, luy qui s'eftoit defigné le beau eftandard de la croix. Apres cela les douze Apoftres retournerent vers Iefus , & luy racōterent auec grande alaigreffe la bonne yffue qu'auoit eue la predication de l'Euangile , & combien de miracles eux auffi auoyẽt faicts en fon nom. Mais Iefus les ramena à vne modeftie, à fin qu'ils ne vinffent à s'enorgueillir pour le bon euenement de telles chofes. Que les miracles fe font par la puiffance de Dieu, & non des hommes : voire que quelquefois ils fe font par hommes non deftinés à la vie eternelle : mais que la feule pieté de l'ame rend l'homme bien-heureux, foit que puiffance de faire miracles luy foit dōnée pour l'exigēce du temps, foit que non. Iefus donc pour en effect leur enfeigner comment ils deuoyent re-paiftre le peuple de la viande de la parolle Euangelique, qu'ils auroyent apprins de luy, fe retira à part auec eux en vn defert, à fin qu'ils fe peuffent vn petit repofer du trauail du chemin. Car il y auoit là du monde à fi grande foule qu'ils n'auoyent pas feulement le loyfir de prendre leur refection. Pour cefte caufe Iefus mena fes difciples en vn defert prochain de Bethfaida ville de Galilée, qui eftoit le pays de Pierre, d'André & de Philippes. Or celle retraitte ne s'employa pas aux voluptés illicites , ou à dormir : ains à vne tranguilité de priere & de rendre grace à Dieu : comme auffi l'esbat des gens Apoftoliques doit eftre tel. Au refte, quand le bruit fut efpandu, en quel lieu Iefus s'eftoit retiré , vne fort grande compaignie de gens qui de toutes pars s'amaffoyent fans nombre, le fuyuirẽt au defert. Et Iefus voyant leur grãd defir, forty des cauernes efquelles il s'eftoit retiré: & tant s'en failloit qu'il les reiettaft, que de fon plein grẽ il leur alloit mefme au deuant : enfeignant ce pendant par cela fes difciples que de la retraitte il s'en failloit foudain retourner à la charge Euangelique. Iefus donc eftant forty quand il vit qu'vn nõbre infiny de gens, hommes, femmes, & enfans de diuers lieux eftoyent venus à pieds de fi loing au defert, comme brebis errantes çà & là, fans pafteur, il fut touché de compaffion, & en premier leur repeut les ames, en leur tenant beaucoup de propos du regne de Dieu : puis gueriffant ceux qui eftoyent detenus de maladies & autres maux corporels. Tandis que ces chofes fe font la nuict va venir. Or les Apoftres confiderans la compaignie eftre innombrable, la nuict s'approcher, le lieu eftre affés eflongné des villes & villages, fans aucune prouifion, ils aduertiffent Iefus. difans: Donne congé de bonne heure, à ces gens, à fin qu'ils s'en aillent par les bourgardes & villages d'alentour & s'achettẽt des viures : Car ce lieu eft defert. Et Iefus, pour monftrer que viures ne leur defaudroit point à ceux qui de tout leur cœur, vacqueroyent apres la doctrine Euangelique, tendant quant & quant à ce que le miracle qu'il auoit deliberé de faire, fut euident, refpondit à fes difciples : Il n'eft-ia befoing que pour cela ils s'en aillent par les bourgades & villages, ains vous-mefmes donnés-leur à mẽger : dōnant à entẽdre que c'eft auffi quelquefois le deuoir de la charge Apoftolique de foulager la neceffité de fon trouppeau de fa propre fubftance tant petite foit-elle. Non que les Apoftres euffent faute de bon vouloir, mais ils leur faict mal que la puiffance leur defaut. Pourtant refpondent-ils: Nous n'auons nuls viures, excepté cinq pains & deux poiffons. Ce peu de prouifion ne fuffira que bien peu pour le foupper de nous autres, qui ne fommes grands gens finō que tu vouluffes que nous alliōs és villages, prochains pour achetter des pains pour raffafier & contenter vne fi grande compaignie de gens. Or pour ce faire il feroit befoing de beaucoup de deniers, & nous n'auons pas grand argent auec nous. Car ils eftoyent enuiron cinq mille hommes. Sur quoy Iefus : faittes les tous affoir en ranc, de forte qu'ils s'affoyent par cinquantaines. Car c'eft la couftume de ceux qui font vn bancquet à plufieurs,

Lors Iefus
les print.

D 2   de lés

de les mettre en certain nombre par chaſque table, à celle fin que les deſpenſers & maiſtres
d'hoſtel ſceuſſent, combiē grand appareil ils doyuent faire. Or les Apoſtres combiē qu'ils
ne viſſent aucun appareil, toutefois au cōmandement du Seigneur firent aſſeoir le peuple
par rangées, ne plus ne moins que ſi on eut eſté pres de mettre les viandes ſur table. En pareille ſimplicité obeit auſſi le peuple. Ieſus donc nouueau faiſeur de bancquets, print les
cinq pains & deux poiſſons, & leuant les yeux au ciel loua Dieu, & conſacra premierement
la viande, puis la rompit & la deſpartit aux diſciples pour la ſeruir à la cōpaignie. Si en furent tous raſſaſiés tout leur ſaoul : & tant s'en faillut que rien leur deffaillit, qu'apres qu'ils
furent tous repeus, les diſciples recueillirēt douze corbeilles de reliefs. En ces choſes auſſi
eſt cachée quelque figure de doctrine myſticque. Les Apoſtres ont biē quelque prouiſion
de viures, mais de Ieſus. Icelle comme elle eſt vile abiecte & vulgaire, ainſi eſt elle mince. Car
de la doctrine de Moyſe elle eſt diuerſe: & ample eſt l'eruditiō des Philoſophes: mais ſimple
& briefue eſt la parolle Euangelique, que toutefois eſt ſuffiſante pour repaiſtre les ames de
toutes gens, pourueu qu'elle ſoit & baillée, & receue comme il appartient. La parolle dont
ſe nourriſſoyēt les ames, a bien eſté commiſe aux Apoſtres: mais ils ne la propoſent point
au peuple, que premier elle ne ſoit rompue & cōſacrée de Chriſt. Car alors finalemēt vray
eſt le fruict de predication de l'Euangile, ſi le docteur ne s'enorgueilliſt point de ce que le
don d'erudition luy eſt commis : & s'il ne le propoſe pas temerairement comme ſon propre, ains le rend à Chriſt pour le conſacrer: autrement de rien ne ſeruira le trauail de l'enſeigneur, n'eſt que Chriſt beniſt la parolle, la rompe & la baille de ſes propres mains pour la
diſtribuer. Car tout ce qui procede des mains d'iceluy eſt d'efficace. C'eſt luy qui repaiſt,
qui refectionne, qui ſaoule. Les Eueſques ne ſont rien autre choſe que miniſtres & diſpen-
ciers de la liberalité d'autruy. Le peuple ce pendant s'aſſiet à terre, ſans douter, ſans murmurer: ſignifiant qu'en vne aſſemblée eccleſiaſtique doit eſtre vne modeſtie, & ſimple fiance de cœur, & que tout diſcord & tumulte en ſont loing. Outre-plus conſidere moy encore
ce myſtere, le Seigneur Ieſus premierement enſeigna & guery, puis il repeut. Or eſt-il ainſi
que la parolle de Dieu eſt auſſi la viande de l'ame : mais quelque portion d'icelle ne ſe refuſe pas meſme aux infidelles & gēs qui ſont encore à eſtre inſtruits. Car c'eſt la medecine
des ames, & la refection des foibles. Et de faict, la parolle de ſalut faict le meſme és ames
des pecheurs, que Ieſus par ſa parolle & attouchement faiſoit és maladies des corps. Mais
il y a le pain myſticque, qui ne ſe baille ſinon à ceux qui ſont-ia inſtruits & gueris. Et c'eſt ce
pain celeſte du corps du Seigneur, lequel on ne baille point à ceux qui ne ſont point incor-
poré en l'Eſgliſe par le bapteſme : n'a ceux deſquels l'ame eſt encore detenue de quelque
peché enorme, comme d'vne maladie mortelle. Semblablement celle viande ſolide de ſageſſe plus cachée, laquelle Paul ne propoſoit ſinon entre les parfaicts, ne ſe doit pas mettre
deuant toutes ſortes de gens. Or pourautant que le Seigneur Ieſus auoit tellement tem-
peré tous ſes dits & faicts que tātoſt il deſployoit les indices d'vne puiſſance diuine, tātoſt
il monſtroit la verité d'vne nature humaine, les gens auoyent diuerſes opinions de luy. Et
par ce qu'il failloit qu'entre ceux par leſquels il auoit deliberé de renouueller le monde, il y
euſt accord & cōſentement de profeſſion touchant Chriſt: comme il eſtoit ſeul priant auec
ſes diſciples, il ſe print à leur demander quelle opinion les gens auoyent de luy, & qui ils le
diſoyent. Sur quoy les diſciples luy reſpondirent: Les vns penſent que tu ſois Iean Baptiſte
qui ſoit reſſuſcité: les autres que tu ſois Elie, lequel les Iuifs penſent deuoir retourner deuāt
que le Meſſias vienne : les autres finalement te tiennent pour quelqu'vn des Prophetes
anciens qui ſoit reſſuſcité de mort à vie. Alors Ieſus: Le commun chancelle à ſa façon & n'y
á point en luy de tenue & fermeté. Mais vous, qui me cognoiſſes de plus pres & domeſtic-
quement, que dittes vous que ie ſuis? A quoy Pierre le plus ardant de toute la trouppe, reſpondit au nom de tous : Nous ſçauons que tu es le Meſſias lequel Dieu a oinct de toutes
graces celeſtes. Et Ieſus accepte bien leur confeſſion pour droitte : mais il leur defend auec
menaces de ne dire à perſonne ce qu'ils ſentoyent : diſant que le temps n'eſtoit pas encore
venu de deſcouurir ce myſtere à tous ouuertemēt, & que premier il failloit acheuer le ſacrifice de la mort, & par maints outrages paruenir à la gloire de ce titre. Car le fils de l'homme
(leur dit-il) a beaucoup à ſouffrir, & à eſtre reprouué des Senateurs, & Scribes, & grands
Sacrificateurs, & finalement eſtre mis à mort, & au troiſieſme iour reſſuſciter. Parquoy il
faut craindre que ſi la gloire de ce titre eſtoit maintenant diuulguée, à cauſe de l'affliction
& mort de ce corps, elle ne ſoit point receue en foy, & empeſche ma mort. Et quãd il eut tencé Pierre (qui ayant ouy faire mention de la mort heriſſonnoit, & l'enhortoit d'y aller par
autres moyens) il ſe print à enhorter auſſi ſes diſciples à enſuyure ſa mort, diſant: Il a ainſi
ſemblé

Et aduint
que comme.

femblé bon au Pere qu'on aille par ce chemin à la gloire. Qui veut eftre mon difciple, s'il veut eftre participant de ma felicité, il faut qu'il foit imitateur de ma mort. Ce n'eft pas affes qu'on me fuyue des pieds:il faut qu'il m'enfuyue par faicts autrement ie ne l'ad/uoueray point pour difciple. Car quiconque voudra s'appliquer à la predicatió de l'Euan gile, faut qu'il s'aneantiffe toutalement, & renonce pour vne belle fois à tous foucys de cefte vie, aux richeffes, voluptés, honneurs, parens, affections, brief à fa propre vie, & porte fa croix iournellement, ayant toufiours le cœur appareillé à toutes les chofes que vous me voyés fouffrir. Moy maiftre iray deuant, qui voudra eftre difciple mien, faut qu'il me fuyue. Et ne faut pas que ayés peur de perdition. Ainfi perir, eft eftre fauué. Car quiconque per/dra, fa vie à caufe de moy, il l'aura mife en feureté. Au contraire, qui fe deftournant de l'af/faire Euangelique, voudra fauuer la vie du corps, il perdra la vie de fon ame, vie certes qu'on doit tenir pour vraye, & pour laquelle contregarder c'eft fageffe d'en faire perte de toutes chofes. Car que profitera à l'homme d'auoir gaigné tout tant que ce monde a de fouhaitable, s'il faict perte de foy-mefme? Quand l'homme meurt, les chofes auffi qu'il auoit acquifes, periffent. Or perit toutalemét celuy qui a perdu la vie eternelle. Que le difci/ple n'ait point de honte de fouffrir les chofes, que i'ay a fouffrir. Qu'il n'ait point de honte de maintenir & aduouer ma doctrine enuers tous. Car celuy qui eftant fcádalifé de l'igno/minie de la croix, aura eu honte de moy & de mes parolles deuant les hommes: le fils de l'homme femblablement aura honte d'vn tel, quand apres auoir defpouillé l'infirmité de la chair, il viendra de-rechef, defployant à tout le monde fa maiefté, celle de Pierre & des faincts Anges. Et à fin que vous ne douties point que ce que ie dy, n'aduienne finalement: ie vous affeure bien pour tout certain:il y en a qui afsiftent icy entre-vous, qui ne fortiront point de cefte vie, que premierement il n'ayent veu en partie la maiefté du regne de Dieu: qui pour le prefent eft cachée, vn iour il fera defcouuert à tous. Or Iefus à fin de tenir pro/meffe, enuiron huict iours apres ces propos:d'entre les douze il en tria trois, Pierre, Iaques & Iean, & monta felon fa couftume, en vne montaigne pour prier là. Et tandis qu'il eftoit en prieres fon vifage fut foudainement changé en vne autre efpece, pleine de maiefté & de gloire, & reluyfoyent fes habillemens comme neige. Or voyoit-on auffi quant & luy deux hommes, deuifant auec luy en maiefté de mefme, dont l'vn eftoit Moyfe, & l'autre Elie. Et auffi la Loy auoit defpeint Iefus par figures, & les Prophetes l'ont noté. Le deuis qu'ils ont auec Iefus, qu'eft-ce autre chofe, finon vn confentement du vieil & du nouueau Teftament? Or deuifoyent-ils du genre de la mort, laquelle, felon la prophetie par eux-mefmes auttefois reuelée, le Seigneur deuoit accomplir en Ierufalem, à fin que de-rechef la douceur de la gloire fuft moderée par la mention de la mort. Vray-eft que les Apoftres n'apperceuoyent point ces chofes plainement, d'autant qu'ils auoyent les yeux appefan/tis de fomme:au refte, eftans efueillés ils virent tout à plein la maiefté du Seigneur, & quát & quant les deux hommes qui eftoyent auec luy. Et iceux fe voulant partir d'auec Iefus, Pierre craignant que tout ce plaifant fpectacle ne s'en allaft quant & eux, dit à Iefus : Mai/ftre, il ne faut-ia bouger d'icy pour aller en autre lieu quelconque. Laiffons là celle Ierufa/falem qui te menace de mort. Ainçois pluftoft faifons en cefte montaigne-cy trois pauilló à toy vn, à Moyfe vn, & à Elie vn. Voyla les propos que tenoit Pierre, comme enyuré de la douceur de celle vifion, ne fçachant qu'il difoit. Car il cherchoit le triomphe deuant la vi/ctoire, & le pris deuant le combat. Ce pendant que Pierre difoit cela, il vint fubitement vne nuée, qui ombrageoit les difciples, lefquels ne pouuoyét-ia plus porter en leur corps mor tels vn fpectacle de fi grande gloire. Et quand Moyfe & Elie furent entrés en la nuée, s'efua/nouyffant des yeux des difciples (car auffi eftoit-ce bien la raifon, que fe monftrant la lu/miere de la verité Euãgelique les ombres & obfcures couuertures des figures fiffent place) la voix du Pere retentit de la nuée, difant:Iufqu'à prefent les Iuifs ont regardé vers Moyfe & Elie, qui ont prophetifé de mon fils:ils ont bien efté grãds perfonnages, mais feruiteurs miens. Mais ceftuy-cy eft ce mien fils le bien aymé de mon cœur:& pourtãt oyés-le. Quãd cefte voix retentiffoit, Iefus s'eft trouué feul, à fin que les difciples ne penffaffent que le tef/moignage de cefte voix s'addreffaft à autre qu'à luy. Au refte, ces trois difciples fe teurent, comme le Seigneur leur auoit commandé:& ne raconterent à perfonne le fecret de celle vi/fion, iufque qu'il fut reffufcité de mort à vie. Car le Seigneur ne voulut pas que deuant fa mort fuft publiée fa diuine maiefté : ou de peur que quelque chofe n'empefchaft ce facrifi/ce par le moyen duquel le genre humain deuoit eftre reftably : ou de peur que ce ne fuft que perdre temps de publier ce qui n'euft efté creu de nully. Nous ayant quant & quant enfeigné par ce faict, que s'il y a en nous quelque magnificence, il faut pluftoft le celer, que

Or aduint qu'il print Pierre.

D 3   non

non pas nous en vanter: & si Dieu nous a donné quelque vertu, il faut plustost la declarer
par effect que non pas par babil. Le lendemain quand Iesus auec ses trois disciples fut descendu de la montaigne, il trouua vne fort grande côpaignie de gens à l'entour des autres

disciples qu'il auoit laissés, quand il monta en la montaigne. Et si tost que le peuple vit Iesus reuenir, il luy courut au deuant: car ils l'auoyent desiré. Et en estoit venu vn de frais,
pour l'amour duquel ils requeroyét sa presence. Car il y en auoit vn en la troupe, qui crioit,
disant: Maistre, ie te prie, aye compassion de la calamité de mon fils: car ie n'en ay que cestuy. Or est-il detenu d'vn diable tres-cruel, qui à tout coup le saysit, & miserablement le
tourmente, auec grand cry, le froissant contre terre, le deschirant & faisant escumer. Et toutes les fois qu'il le prend, à peine se part-il de luy qu'il ne luy ait desrompu tout le corps.
I'ay prié tes disciples de le chasser. Ils ont bien tasché de le faire, mais ils n'ont peu. Or cognoissans Iesus ce estre aduenu par l'incredulité du pere, qui demãdoit salut pour son fils,
item à cause de la foiblesse qui estoit encore en la fiance des Apostres, il s'escria disant:
O natiõ mescroyante, & d'vn cœur non simple, iusques à quand seray-ie auec vous, & endureray ces choses? N'ay-ie peu encore faire, que vous vous fiés en moy? La foiblesse de ce
mien corps vous donne-elle si grand empeschement. Puis se vira vers l'homme, & en premier lieu l'ayant requis d'vne fiance plus ferme, luy dit: Ameine çà ton fils. Et quand il fut
amené à Iesus, le diable le saysit de-rechef, le froissant par terre: & soudain Iesus le guery, &
le rendit sain à son pere, lequel l'auoit amené incurable. Tant plus miserable auoit esté le
spectacle du mal, de tant plus chascun admira l'efficace subite de la puissance diuine. Or

s'espandant tout les iours par tels faicts la renommée de Iesus s'esclarcissoit, vne gloire
humaine tentoit les cœurs des disciples, de ce qu'ils auoyent vn tel Seigneur, au nom duquel eux aussi faisoyent des miracles. Mais Iesus les rappelle de ceste affection à contempler la petitesse laquelle puis apres viendroit à les scandaliser. La gloire des miracles (leur
dit-il) vous plaist: mais il vous est plus profitable que vous fichiés ces propos en vóz
cœurs, ces propos, di-ie, lesquels vous aués en horreur. Car il faut sur tout auoir en la memoire, ce que tous doyuent imiter. De la gloire i'y pouruoiray. Ce que ia l'ay dit, & de-rechef, le-dy, aduiẽdra: c'est que le fils de l'homme, la gloire duquel vous plaist maintenant,
viendra à estre prins, & liuré entre les mains des hommes, & despiteusement affligé, & finalement mis à mort. Ce propos, iaçoit que les disciples l'eussent-ia ouy par plusieurs fois,
n'estoit toutefois pas entré en leurs cœurs. Et quand tout est dit, ils ne pouuoyent se souuenir d'vne chose qui point ils n'oyoyent volontiers. Ils ne faisoyent conte d'ouyr parler de
la mort, estans ententifs à la gloire de Iesus, sans ce pendant entendre que la gloire du Seigneur doit principalement estre illustrée par l'ignominie de la croix. Bien oyoyent-ils parler de mourir, mais c'estoit comme par songe, sans nullement s'apperceuoir, que voloyent
dire tels propos: & toutefois ne luy en oserent demander le sens, se souuenans que quand
s'estoit voulu ingerer, auoit ouy: Va apres moy Satan: tu n'entens pas les choses de Dieu,
mais des hommes. Quelque temps apres Iesus alloit à Capernaum, & comme les disciples
estoyent encore charnels, pour ce qu'ils veoyẽt la gloire des miracles, pour ce qu'ils auoyẽt
ouy que la maiesté du regne de Dieu auoit esté promise, pource qu'eux-mesmes aussi
auoyent faict des miracles au nom de Iesus, vne pensée humaine les va saysit, laquelle finalement monta à tant, qu'ils vont deuiser entre-eux par le chemin, lequel d'eux auroit le
premier lieu au regne de Dieu. Car ils songeoyent qu'au regne de Dieu il y auroit quel-

que chose de tel qu'ils auoyent veu és courts des Princes, ou chés les riches, où est le plus
grand celuy qui est le plus esleué & le plus fier. Et Iesus iaçoit qu'il n'ignorast pas de quoy
ils auoyent debattu entre-eux, neantmoins quãd il fut entré en la maison, il leur demãda
quel estoit le propos qu'ils auoyent tenu en chemin. Et eux se taisans de honte, pour leur
monstrer qu'il n'ignoroit point leurs pẽsées & propos tenus en cachette, il print vn enfant
& le mit aupres de soy, puis appella les douze & leur dit: Vous debattés de la grandeur.
Enuers moy ceux sont les plus grands qui sont les plus petits. Qui a-il de plus simple,
qui a-il de plus petit que cest enfant? Il faut que vous deueniés tels, si vous voulés estre
les premiers au regne de l'Euangile. Le regne de foy & charité ne sçait que c'est d'ambition, de dominatiõ, ne de tyrannie. Qui receura cest enfant en mon nom, il me reçoit: & qui
me reçoit, il reçoit celuy qui m'a enuoyé. Si vous voyés que i'aye exercé domination sur
vo°, debattés aussi vo° de la primauté: mais si plustost i'ay seruy aux cõmodités de tous, en
fuyant toute la gloire de ce monde, sçachés que celuy sera le plus grãd entre vous tous, lequel par mespris de gloire, par modestie, par vn estude de seruir à tous, sera le moindre de
tous. Or pourtãt qu'ils auoyẽt entẽdu qu'il failloit aussi receuoir les petits enfans au nom
                                                                                        de Iesus

de Iesus,Iean se va souuenir qu'ils auoyent forclos aucun de la cõmunauté de l'Euangile.Il
doubtent donc,si comme tous deuoyent estre receus en la cõmunauté du salut Euangeli-
què,tous aussi semblablemẽt deuoyent estre admis à la charge de la predication de l'Euãgile,& à faire miracles.Or y auoit-il aussi sous ce doubte quelque secrette affection d'ẽuie.
Car le Seigneur Iesus n'auoit donné qu'aux douze la puissance de chasser les diables & de
guerir les maladies.Ils faisoyent leur conte que ceste dignité ne deuoit estre cõmuniquée à
autres.Iean donc luy dit:Maistre,cõme nous enuoyés de par toy,exploittõs la charge Euãgelique,nous auons veu vn qui chassoit les diables en tõ nom,& si n'est toutefois point
du nombre des douze,& mesme ne te suyt point : pourtant nous l'en auons gardé entant
qu'il ne suyt point nostre cõpaignie : Et Iesus qui pour rien iamais, tant soit peu ne se laisse
publier par les diables,demonstre que les hõmes quels qu'ils puissent estre ne doyuẽt estre
engardés de publier l'Euãgile:encore qu'ils le fassent d'vn cœur bien peu entier,pourueu
que ce qu'ils font (leur dit-il) ils le fassent en mon nom:& fassent le mesme que vous . Car
qui ne nous contrarie point,en cela mesme faict-il pour nous qu'il ne faict pas cõtre nous.
A vne chose nouuelle & qui en toutes manieres doit estre diuulguée,toute faueur luy pro-
fite.Le miracle n'est pas de celuy qui le faict,mais bien de celuy qui desploye sa vertu par le
ministere de l'hõme.Parainsi qui faict miracle en inuocquant mon nom, il donne lustre à
ma gloire,& se priue de la licence de mal parler de moy de là en auant, apres auoir experimenté la tant grande efficace de mon nom.Or il aduint que s'approchãt le temps auquel   Or aduint
Iesus laissant la terre se retireroit au ciel,le Seigneur se mit en chemin,monstrant assés à son   quand les
visage qu'il alloit en Ierusalem, comme pour aller au deuant de l'occasion de la mort. Si   iours de son
enuoya des messagiers deuant soy,aucuns de ses Apostres,pour luy aller preparer logis en   esleuation
quelque ville de Samarie par où il auoit à passer. Et quand ils y furent arriués, ceux de la   s'accõplis-
ville leur fermerent leurs portes, d'autant qu'au maintien mesme & visage ils voyoyent   soyent.
assés que leur chemin tiroit cõtre Ierusalem.Car les Samaritains pour ce qu'ils adoroyent
en la montaigne ils hayssoyent & auoyent en abomination tous ceux qui alloyent en Ierusalem pour faire leur deuotion.Or Iaques & Iean,qui auoyent esté enuoyés,voyans l'inhumanité de ces citoyens là si grande que de leur fermer mesme les portes de leur ville, en furent esmeus & dirent au Seigneur:Seigneur,veux-tu que nous commandions qu'vn feu
descende du ciel,qui les consomme,comme fit Elie.Et Iesus pour monstrer combien grande doit estre la douceur d'vn docteur de l'Euangile il les tença & reprima leur colere, disant : N'amenés-ia le faict d'Elie en exemple pour faire vostre cause bonne : luy mené de
l'Esprit,desfit les meschans de ce temps là. Mais vous, vous ne sçaués encore de quel esperit il faut que vous soyés.L'Esprit de l'Euangile est bien d'vne autre douceur.Vn iour viendra le temps de vengeance: ce pendant le fils de l'homme est venu, non pas pour perdre
les amys, mais pour les sauuer. Ceux qui maintenant nous ferment la porte, nous receurons peut estre cy apres . Pourtant faut-il les reseruer, à fin qu'ils soyent pour pouuoir
s'amender. Si laisserent celle bourgade & s'en allerent en vne autre . Par ce propos Iesus
arracha du cœur de ses disciples tout appetit de vengeance:& leur enseigna d'vser de douceur enuers ceux qui de prime face reietteroyent la doctrine Euangelique & que c'estoit
assés de les laisser pour vn temps, attendant que par occasion ils recogneussent leur faute. Outre-plus il aduint en chemin que quelcun de son plein vouloir vint dire à Iesus:
Ie te suyuray par tout où tu iras. Et Iesus voulant monstrer que touchant la communauté de la charge de l'Euangile il n'y failloit pas receuoir ceux qui n'apporteroyent vn courage pareil à tel affaire : & que mieux valoit n'entreprendre point la charge, qu'apres l'a-
uoir prinse,la quitter,il luy dit : Les regnards ont leurs cauernes en terre, & les oyseaux de
l'air leurs nids sur les arbres:mais le fils de l'hommt n'a pas où reposer son chef.Parquoy
celuy n'est pas propre pour le suyure,lequel a quelque chose en ce monde, en laquelle il
prenne son plaisir, ou en quoy il mette son appuy. Il faut que qui me voudra suyure, renonce à tout. Il en vit semblablement vn autre,auquel il dit; Suy-moy. Mais cestuy là luy
respondit:Seigneur donne-moy licence d'aller premierement enseuelir mon pere.Et Iesus
demonstrant couuertemẽt que l'affaire du salut doit estre preferé à tous deuoirs charnels,
luy dit: Laisse les morts enseuelir leurs morts : & toy, va-t'en annoncer le regne de Dieu.
Par cest exemple le Seigneur à forclos l'excuse de ceux qui sous couleur de pieté humaine
delayent le soucy & estude du salut eternel . Encore sont pires ceux qui s'excusans sur
leurs affaires domesticques prolongent & remettent à demain l'affaire de salut, lequel
se doit depescher à la belle premiere occasion qui se presente. Qu'ainsi soit,ils en rencontrerent vn autre, lequel quand Iesus luy eut commandé de le suyure, luy respondit:

D 4   Seigneur

Seigneur, ie te fuyuray: tant feulement donne moy congé de dire adieu à ceux de ma maiſon. A quoy Ieſus: Qui apres auoir vne fois mis la main à la charrue, regarde puis apres en arriere, n'eſt pas propre pour le regne de Dieu. C'eſt-cy vn affaire d'vne merueilleuſement grande importance & difficulté, & tel que quand on s'eſt vne fois mis apres, il faut d'vn continuel eſtude s'aduancer à la perfection, ſans deſtourner ſon cœur aux vilains ſoucys des choſes caducques.

CHAPITRE X.

E T apres cela, le Seigneur Ieſus en choyſit encore autres ſoixante du nombre des diſciples, comme il en auoit parauant tiré les douze Apoſtres: leſquels il enuoyoit deux à deux par toutes les villes où il auoit deliberé d'aller, à fin que par leur predication ils preparaſſent les cœurs pour la venue du Seigneur: & les inſtruyſit touchans la charge de la predication Euangelique, comme parauant il auoit inſtruit les douze. Or rendit-il la cauſe pourquoy il auoit augmenté le nombre des preſcheurs, diſant: La moiſſon eſt grande, mais il y a peu d'ouuriers. Parquoy, priés le maiſtre de la moiſſon, qu'il enuoye des ouuries en ſa moiſſon. Le bruit de l'Euangile s'eſtend au large: & ſont pluſieurs enflammés de deſir de la doctrine celeſte, le cœurs ſont ia tous preparés: il n'y a faute que de gens pour amaſſer les hommes s'auançãs de leur plein gré au regne des cieux. Allés donc, vous appuyans ſur l'ayde de moy ſeul. Les puiſſans & malings fremiront contre voſtre doctrine: ie vous expoſe tous nuds & ſans armes à telles gẽs. Auſſi ne vous enuoye-ie point à fin que vous nuyſiés à aucũ, mais bien à fin que ſimples & innocens vous taſchiés de profiter à tous. Parquoy, ne cherchés point les ſecours humains, pour vous en armer à l'encontre de la violence des meſchans: & meſme du viure, n'en ſoyés point en ſoucy. Allés vous-en à deliuré à l'affaire de l'Euangile ſans porter auec vous ne bourſe, ſac, ne beſace, ne ſouliers. Iamais vous n'aurés faute de ce qui eſt neceſſaire pour le contentement de nature. Meſme de logis, ne vous en tourmentés point, il y aura gens qui vous receuront: tant ſeulement monſtrés vous purs & entiers miniſtres de la predication Euangelique. En quelque maiſon que vous entriés, deuant toutes choſes ſouhaités paix à toute la famille. Et s'il y a là fils de paix, c'eſt à dire, homme debonnaire & conuoiteux d'vne doctrine de douceur, voſtre priere luy profitera, & ſi receura l'hoſte luy ſouhaitant bien: ſinon, ne vous repentés point de voſtre priere. Car vous ne perdrés pas le ſalaire du ſeruice preſenté. Et ne faut pas que vous preſentiés requeſte à perſonne pour eſtre logés: ou qu'impudemment vous vous ingeriés à perſonne. Car vne choſe ſi excellente ne ſe doit ny bailler aux gens contre leur gré, ny auſſi le refuſer à perſonne. Et s'il y a homme qui voulontiers & promptement vous reçoyue, demeurés chés luy, ſans affecter viandes delicieuſes, ains mangeans en la maiſon. Car c'eſt bien la raiſon que qui trauaille en l'affaire de l'Euãgile, viue de la liberalité de ceux pour leſquels il trauaille, n'eſt qu'ils ayent d'ailleurs de quoy viure. Il faut auſſi que vous vous gardiés de desloger de maiſon en maiſon, comme ſi vous eſtiés deſgouſté du premier logis pour en chercher vn plus gras & mieux garny. Contentés vous du premier qui ſe ſera preſenté. Que s'il aduient que vous entriés és villes, & les citoyens vous reçoyuent, mangés & beuués indifferemment, ſans rien reietter, ce qu'on vous mettra deuant. Et à fin que vous ſoyés les mieux receus, & qu'auec tant plus grãd credit vous annonciés le regne de Dieu, gueriſſés les maladies qui ſeront en celle ville, remettés en leur entier les debiles & manchéts, deliurés les demoniacles: & tout cela faittes le gratuitement & promptement, ſans reietter perſonne, non plus le poure que le riche. Et puis leur dittes: Vous voyés les ſignes de la puiſſance diuine: diſpoſés voz cœurs à l'eſtude d'innocence. Car voicy arriuer vers vous le regne de Dieu. Les maladies des corps ſont maintenant chaſſées: bien toſt le ſeront auſſi celle des ames, qui ſont les pechés. Que ſi vous entrés en quelque ville où il ne ſe trouue perſonne qui vous reçoyue: n'y cherchés point de logis par prieres, ains ſortés en la place de la ville, & là publicquement & tout à plat leur dittes: Nous vous auons preſenté gratuitement les nouuelles de ſalût eternel: mais pour ce que vous refuſés noſtre ſeruice nous ne voulons de vous aucun bien-faict. Qu'ainſi ſoit, meſme la poudre qui s'eſt attachée à noz pieds, nous la vous ſecouõs, en teſmoignage des treſ-heureuſes nouuelles par nous preſentées, mais par vous meſpriſées, leſquelles on ne doit pas faire receuoir aux gens maugré qu'ils en ayent. Toutefois ſçachés que ſoit que vous les receuiés, ſoit que non: le regne de Dieu eſt pres de vous. Si vous le receués, il viendra pour voſtre bien: ſinon, il viendra pour voſtre mal. Contentés vous (dit Ieſus à ſes diſciples) de ceſte vengeance, ſi quelque part on vous refuſe. Ils en ſeront punis en leur temps. Car ie vous aſſeure bien de cela, qu'en ceſte

iournée

iournée du grand iugement ceux de Sodome seront plus doucement traittés, que la ville qui aura refusé vne si grande benignité de Dieu gratuitemét offerte. Tous s'esmerueillent de la rigoureuse végeance de Dieu côtre les Sodomites: mais cecy les soulage, qu'ils n'ont pas esté prouocqués par tant de moyens à penitence. Et les Iuifs se complaisans en eux-mesmes ont en abomination la memoire de ceux lesquels le courroux de Dieu à toutalement rasés par vne horrible vengeance : mais vne bien plus redoubtable les attend eux-mesmes, si prouocqués par tant de bien-faits & miracles, ils mesprisent & refusent la bonté de Dieu. Malheur sur toy, Chorozain : malheur sur toy, Bethsaida, villes d'Israel : car si en Tyr & en Sidon, villes de Payens (lesquels vous aués en abomination) eussent esté faits les miracles qui ont esté faits en vous, ils se fussent pieç'a amendés, & en haires & cendre fussent assis faisans penitence de leurs pechés: là où vous ce pendant dressés le col à l'encontre de Dieu & vous complaisés en vous-mesmes. Malheur aussi sur toy Capernaum, qui maintenant enflée de richesses, & redondante en delices, sembles estre esleuee iusques au ciel: en ce iour là tu seras abbaissée iusques en Enfer. Car combien que vous soyés ambassades bien petits, (vous mes Apostres) ce neantmoins pource que vous irés en mon nom, & annoncerés vn don inestimable de Dieu, la côdemnation de ceux qui vous reietteront, ne sera pas petite. Qui vous escoute, m'escoute, veu que ie parle par vous: item, qui vous refuse, me refuse. Et qui me refuse, refuse celuy qui m'a enuoyé : Car de moy ie ne dy rien que ie ne l'aye receu du Pere: vous aussi ne dirés rien qui soit que vous ne l'ayés apprins de moy. Parainsi, comme ma doctrine n'est pas mienne, mais du Pere: ainsi vostre predication sera mienne, & non vostre. Les septante disciples instruits par tels propos, le Seigneur Iesus les enuoya pour faire leur coup d'essay en la predication de l'Euangile. Et l'affaire se estant porté à souhait, ils retournerent en ioye, disans: Seigneur, non seulement nous guerissons les malades, mais aussi les diables nous obeyssent en ton nom. Et Iesus pour fortifier le cœur de ses disciples à l'encôtre du vice de vaine gloire, qui ordinairement suruient finement sans qu'on y pense mesme és saincts, leur propose l'exemple de Lucifer, qui à cause de son orgueil fut soudainement deietté d'vne si grande dignité. Si leur dit: Ie voyoye Satan tresbucher du ciel comme foudre. Sa dignité estoit excellente és cieux, & toutefois par son outrecuidance & arrogance il fut soudain deietté du haut en bas. Combien plus deués vous vous garder d'orgueil, vous qui estes enuironnés de corps mortel, exposés à tous perils ? Il est bien vray, que la puissance que ie vous ay baillée est grande : mais ie la vous ay baillée, non pas à fin que vous vous en esleuiés, ains que par miracles l'Euangile fust receu en foy. Mon intention n'est pas de vous despouiller de ce que ie vous ay baillé, pourueu que vous n'en abusiés point . Car voyla , ie vous donne puissance de marcher sur serpens & scorpions, & sur toute autre chose en quoy l'ennemy Satan à puissance de nuyre. Rien de tout cela ne vous nuyra. Toutefois, il ne faut point que vous vous glorifiés en cela: que les esprits vous sont absuiettis: telles choses se feront bien aussi par les reprouués : Mais esiouysses vous de ce que voz noms sont escripts és cieux. Car d'où Lucifer est tresbuché par arrogance, là vous esleuera vostre modestie & vraye simplicité, si vous perseuerés en vostre entreprinse. Ces propos tenus, le Seigneur se print à s'esgayer au Sainct Esprit, & a remercier le pere pour la bonne yssue de l'Euangile : nous instruisant ce pendant par son exemple, que si quelque cas vient à souhait de noz efforts, nous nous en esgayons non pas d'vne affection humaine, mais en ioye spirituelle : sans nous attribuer aucune portion de la gloire, mais nous esiouyssans que la gloire de Dieu soit illustrée, nous esiouyssans brief de l'auancement du prochain. Ie te remercie (dit-il) ô pere, Seigneur & createur du ciel & de la terre, de ce que tu as caché ces choses si souueraines, à ceux qui selon le monde sont tenus pour sages & entendus: & les a reuelées aux petits: abbaissés, idiots, & selon le iugement du monde, mesentendus. Certainement ainsi s'est faict, ô pere: pource qu'ainsi il a pleu à ton conseil eternel, en reiettant les esleués, esleuer les hommes par abbaissance à la vraye excellence. Il n'y a point d'authorité que mon pere ne m'ait baillée, à fin que n'ayés point peur du monde, sçachans que vous aués vn puissant seigneur. Car entre mon pere & moy, il y a vn souuerain accord, & communauté de toutes choses. Voire personne ne cognoist plainement le fils, qui & combien grand il est, sinon le pere qui l'a engendré : semblablement personne ne cognoit qui & combien grand est le pere, excepté le fils qui est nay de luy, & a qui le fils le voudra reueler. Or ne le reuele-il, sinon aux modestes, benings & gens croyans. Apres cela, il se reuira vers ses disciples, & leur faict la feste de leur bon-heur, qui auoit esté denié aux plus souuerains. Si leur dit : Heureux les yeux qui voyet ce que vous voyés. Car

ie vous

Et les septante reuindrêt,

En la mesme heure.

ie vous dy pour tout certain, que maints Prophetes & Roys ont voulu voir ce que vous au
tres petits regardés, & si ne l'ont point veu: & ouyr ce que vous oyés, & si ne l'ont point ouy.
Recognoissés vostre bon-heur: mais fuyés toute outrecuidâce. Prenés moy vne saincte ar
rogance contre toutes les choses que ce monde-cy admire pour souueraines, là où toute
fois elles sont minces & ordes au pris de celles qui vous sont données. Or vn iour, que Ie
sus disputant auec les Iuifs, eut clos la bouche aux Sadduciens, qui pour l'essayer auoyent
proposé vne question de la femme mariée à sept marys, lequel d'entre tous la deuoit auoir
en la resurrection: vn certain Scribe, legiste, l'alla abborder, comme ayant a luy proposer
vne questiô de la plus profonde cognoissance de la Loy. Maistre (luy dit-il) qui est le principal commandement de Dieu, par l'execution duquel ie puisse obtenir la vie eternelle:
Et Iesus respondit: La demande que tu me fais, les autres la deuoyent apprendre de toy.
Car tu fais profession de la cognoissance de la Loy. Qu'est-il escript en icelle: ou comment
lis-tu ce qui y est escript? Et il respondit: Ayme le Seigneur ton Dieu de tout ton cœur, & de
toute ton ame, & de toutes tes forces, & de tout ton entendement, car on ne peut assés l'ay
mer. Et en second lieu, ayme ton prochain côme toy-mesme. Lors Iesus approuuant la res
ponce, luy dit: Tu cognois le souuerain bien: il ne reste plus, sinon que tu mettes en effect ce
que tu entens. Si tu le fais, tu viuras: car ce n'est pas la cognoissance de la Loy qui dône vie,
ains l'execution d'icelle. Ie Pharisien touché de ceste responce du Seigneur, luy qui sçauoit
les mots de la Loy, & si n'executoit point le principal de la Loy: pourautant qu'il estoit en
flé d'vne vaine gloire, ne voulut point recognoistre son vice, mais ne plus ne moins que
s'il eust-ia abondamment executé le commandement touchant l'amour de Dieu, il meut
vne question touchant le prochain, disant: Et qui est mon prochain? comme si l'homme
aymoit Dieu, quand il est inhumain & mal-faisant contre le prochain. Or les Iuifs, par ce
mot de prochain, ils entendoyent quasi ordinairement ceux de leur nation, faisans leur
conte qu'il leur estoit licite de hayr les estrangiers: & ne leur faire aucun bien. Iesus donc
cognoissant bien le cœur du personnage, luy respond par vne similitude, en depeignant &
mettant deuant les yeux tout l'affaire sous quelque exemple mysticque, & monstrant que
le commandement de Dieu touchant l'amour qu'on doit au prochain, ne se doit point en
serrer en des estroittes bornes de parenté & nation, ains qu'on doit l'estendre au large vers
tous hommes, veu que souuêtefois il aduient, que celuy est prochain qui de race, sera plus
eslongné d'affection qu'vn ennemy. Vn homme (luy dit Iesus) s'en alloit de Ierusalem à Ie
rico, & cheut entre des brigans, qui despouillerent le poure homme, & non contens de cela
le naurerent en maints endroits & le laisserent à demy mort en la voye, pour là perir si per
sonne ne l'eust secouru: cela faict, il s'en allerent. Or de cas d'auenture vn Sacrificateur pas
soit par ce chemin là: lequel iaçoit que à raison de la religion dont il faisoit profession, il
deust sur tous faire le commandement de Dieu, toutefois (luy Iuif & de Ierusalem) vit le
poure homme Iuif & de Ierusalem, tout despouillé, nauré & à demy mort, & sans estre tou
ché de compasson aucune, passa outre. Apres luy, passa pareillement par là vn Leuite: de
qui on eust peu à bon droit attendre l'execution du commâdement de Dieu, veu qu'estant
consacré au temple, il vacquoit souuentefois apres le seruice diuin. Mais luy semblablemêt
quand il eut veu le nauré, tira outre, sans faire secours aucun à son frere, & tout d'vn pays.
Apres ces deux va passer par là vn Samaritain, lequel aduisoit le poure hôme d'espouillé
& à demy mort, & s'esbahissant que c'estoit s'approche de plus pres, & ayant cogneu la ca
lamité du personnage, eut pitié & compassion d'vn Iuif, luy qui estoit Samaritain. Or les
Iuifs ont les Samaritains en vne fort grande detestatiô. Et non seulement en eut compas
sion, mais ne tenant conte de la perte du chemin, s'approche du poure homme, luy mit du
vin & de l'huyle en ses playes, & les luy benda. Puis non contens de ce deuoir, le mit sur sa
monsture & le mena en l'hostelerie, & là le pensa encore plus sogneusement. Et pourautant
que la necessité du voyage le pressoit, il tira deux deniers & les bailla à l'hoste pour la des
pense pour penser le nauré iusques qu'apres auoir acheué son voyage il fust de retour, &
luy dit: Voyla de quoy, pense cest homme à mes despens: & si tu y employes quelque chose
outre ceste somme, tu n'y perdras rien: mets-le sur mes contes, & quand ie seray de retour,
ie te rembourseray le tout. Apres que le Seigneur eut mis fin à ce propos, il dit au Legiste:
Lequel de ces trois te semble auoir esté le prochain de celuy qui estoit cheu entre les bri
gans? A quoy le Legiste: Celuy (dit-il) qui en a eu compassion & l'a secouru. Et Iesus re
plicque: C'est encore bien respondu à toy: fais que ta vie responde à ta parolle & choysis
plustost de ressembler au Samaritain qu'au Sacrificateur ou Leuite. Par ceste parabole le
Seigneur Iesus taxa l'arrogance des Iuifs, qui s'estimoyent aymer Dieu plus qu'assés, de ce
                                                                                  qu'ils

qu'ils frequentoyent son temple,immoloyent sacrifices,portoyent ses cõmandemens aux
franges de leurs robbes,auoyẽt tousiours Dieu & le Seigneur en la bouche, là où Dieu n'a
cure de telle maniere de seruice, ains plustost prend plaisir à vne secrette affection de cœur
pur & entier.Au reste,touchãt le prochain ils n'estoyent touchés d'aucune affection de cha
rité enuers luy:gens ne viuans qu'à eux seulement, voire mesme portans enuie à ceux lesquels ils deuoyent secourir.Que s'ils faisoyent quelque plaisir,ils ne le faisoyent qu'à ceux
de leur nation:là où tout homme doit estre le prochain de l'autre,si quelque fois la necessi
té requiert secours.Le Sacrificateur & le Leuite estoyent de nation le prochain du nauré:
mais le Samaritain ennemy de nation,luy estoit prochain de charité.La religion Iudaique
mect difference entre nation:la pieté ne sçait point telles manieres de differencc:ains s'estu
die de bien faire à tous sans aucun esgard de personne.Comme le Seigneur mesme est venu pour sauuer chascun,luy que les Iuifs ont quelque fois appellés Samaritain par outra-
ge:mais l'ignominie du nom n'offense en rien les nations de tout le monde,lesquelles tou
tes experimentent la chose signifiée leur estre salutaire.Car Samaritain en Syrien vaut autant que gardien.Aussi estoit-ce le vray pasteur, qui ne laissoit rien perdre de son trouppeau, pour maladiues, ou desmembrées, ou esgarées que fussent les brebis : ains desiroit
que toutes vinssent à estre participantes de salut eternel, aumoins entant qu'en luy a esté.
Estant tout le genre humain despouillé par l'astuce de Satan, des habillemẽs d'innocence,
nauré de toutes sortes de vices,abiect,abandonné,à demy mort, & prochain de desespoir,
Iesus en descendant du ciel a bien daigné le visiter : & pour plus aiséement le secourir il a
prins la nature humaine,& s'est approché de l'homme,luy voyãt & veu, oyant & ouy, maniant & manié:& ayant compassion de nostre calamité,a porté noz pechés sur son corps,
a payé du sien ce qu'auiõs merité:& nous a pensés,luy qui n'a reietté nul pecheur tãt fust-
il abbaissé ou abiect:là où ce pendant le Sacrificateur arrogant, passe outre le demy mort:
là où le Leuite ne tient conte de l'abbandonné, ains tire outre son chemin, de peur de receuoir perte és choses de ce monde,en soulageant le prochain.Or à ce Samaritain ses hostes
auxquels,en s'en allant au ciel,il a baillé le nauré à penser,leur ayant promis payement au
ciel,si par abondance de charité ils faisoyent quelque despence pour la guerison du poure
homme,outre ce qui leur auroit esté enchargé. Ces hostes sont les Apostres & leurs successeurs, par lesquels il pense encore auiourdhuy le gẽre humain,& le recueille de la violence
dès brigans en l'hostelerie de l'Esglise,où les playes des pecheurs sont gueries. Cõme ainsi
soit donc que selon la doctrine Euangelique,il faille aymer mesme nostre ennemy:& selon
la sentence du Scribe, le Iuif doit aussi aymer le Samaritain s'il en reçoit du bien:ce neantmoins les Iuifs, qui sçauoyent tout par cœur:Ayme ton Dieu sur toutes choses,& ton prochain comme toy-mesme:trespassoyent en vn mesme Christ l'vn & l'autre cõmandement,
premierement outrageans Dieu en ne croyant à ses parolles(car le pere Dieu,estoit en son
fils Dieu) & calomniant ses miracles estre faicts en la vertu de Beelzebub:puis hayssans le
prochain bien-faisant,en machinant la ruyne à celuy qui gratuitement apportoit salut à
tous.Or celuy a accomply tous les deux commandemens,qui en Christ ayme & Dieu sur
toutes choses,& l'homme bien-faisant comme soy-mesme.Or l'ayme-on en ses membres,
esquels aussi il est endommagé. Apres que par ceste parabole Iesus eut enseigné combien
on doit aymer ceux,qui vacquans apres la doctrine Euangelique,ne pretẽdent autre chose sinon d'apprendre de Iesus la doctrine de salut,pour la departir à tous:& qui laissans là
les deuoirs corporels,vacquent toutalemẽt apres ceux de l'ame:vn cas se va presenter,par
lequel cest enseignemẽt fust semblablemẽt fichés en noz cœurs.Car par ce moyen se façõn
nent auec plus grãde efficace les cœurs des lourds & ignorãs. Cõme dõc Iesus n'ayãt autre
chose à faire s'en alloit son chemin auec ses disciples qui ayãs laissé tous soucys des choses
terriennes ne vacquoyẽt qu'apres l'Euãgile:aduint qu'il entra en vne petite bourgade où
il y auoit vne femme nõmée Marthe qui le receut en sa maison.Celle femme auoit vne sœur
nõmée Marie.Toutes deux auoyent vne mesme deuotion enuers le Seignr:mais la manie- Et vne femme nommée
Marthe.
re de viure estoit diuerse, & diuers l'exploit de leur deuotion : cõme en vn mesme corps les
mẽbres ont diuers vsages, & au corps de Iesus,qui est l'Esglise,les dons de l'Esprit y sont di
uers. Car Marie laissant les affaires domesticques s'assit aux pieds du Seignr Iesus,& escou
toit ses parolles,desquelles elle estoit tellemẽt rauie qu'elle ne pouuoit s'en distraire, toutes
autres choses oubliées.Marthe au cõtraire soucieuse d'appareiller le bãcquet,couroit haut
& bas,se tourmẽtoit mettãt peine que rien ne defaillist de tout ce qui appartiẽt à faire bõne
chere au Seignr & à ses disciples.Toutes deux auoyẽt vne mesme charité enuers le Seignr:
mais laquelle charité ne laissoit poĩt partir Marie des pieds de Iesus:& de Marthe la tenoit
                                                                              tellement

tellement occupée haut & bas, cà & là, qu'elle ne laiſſoit point s'adioindre au Seigneur.
Par ce moyen deux ſœurs aymans Ieſus d'vn commun accord, vne meſme pieté les pouſſoit à diuerſes choſes. Et Marthe ne pouuant aiſément venir à bout de tout ce qui appartenoit à l'appareil, & voyant que ſa ſœur ſe repoſoit aſſiſe aux pieds de Ieſus, ne debat point
auec elle (car auſſi ſçauoit elle bien qu'on ne pourroit l'en diſtraire) mais accuſe aucunement Ieſus de ce que par ſes parolles il la retardoit du deuoir neceſſaire. Seigneur (luy dit-
elle) ne te chaut-il rien que ma ſœur me laiſſe ſeruir toute ſeule ? Di-luy donc qu'elle m'ayde : autrement ie ſçay qu'elle ne te laiſſera point, n'eſt que tu luy commandes : tant grande
eſt la douceur de tes propos. Ce pendant toutefois il faut appreſter le bancquet, & ſi ne puis
toute ſeule fournir à tout. Alors le Seigneur prenant plaiſir à l'affection de toutes deux, ne
reiette point la diligence de Marthe, & ne la tance point comme celle qui gronde contre ſa
ſœur, mais ſoulage Marie, diſant : Marthe, Marthe, vray-eſt que tu es en ſoucy & tourment
d'appareiller le bancquet, & te troubles & empeſche apres beaucoup de choſes : Au reſte, il
n'y en a qu'vne neceſſaire ſur toutes, apres laquelle il failloit touſiours eſtre, s'il eſtoit poſſible. Toy, acquitte toy de ta charge, quel que puiſſe eſtre l'appareil : quant à Marie, elle a choyſi vn bien meilleur party, quand en oubliant les choſes corporelles, elle s'employe toutalement apres celle de l'ame. Or n'eſt-ce pas raiſon de la diſtraire du bon party qu'elle a
choyſi, & l'employer aux ſeruices moindres. Ta pieté m'eſt aggreable, laquelle pour vn
temps m'appareille le bancquet à moy & aux miens : mais ie ſuis bien mieux repeu de ceux
qui auallent mes parolles és entrailles de leurs ames, à fin d'eſtre ſauués. Car c'eſt-cy la
viande, qui me repaiſt ſur tout : c'eſt-cy le breuuage qui me raſſaſie ſur tout. Qui s'occuppe
apres les choſes du corps, il eſt diſtrait en diuers ſoucys : & tels ſeruices prendront fin, lors
que quand l'immortalité ſe monſtrera, ceſſeront les neceſſités, deſquelles eſt maintenant
tourmentée l'imbecillité de la nature humaine. Ce pendant celuy abbrege ſon chemin,
prend auantage, qui laiſſant telles manieres de ſoucys, eſt toutalement rauy apres les
choſes celeſtes, employe tous ſes cinq ſens apres vne ſeule choſe, mais qui eſt ſi excellente
par deſſus toutes autres : que la felicité n'en ſera point oſtée, ains augmentée quand l'imperfection s'abolira, & ſe môſtrera la perfection. Et toutefois il ne faut pas murmurer comme contre gens oyſeux, contre ceux qui ſe repoſans des ſeruices corporels, vacquent expreſſément apres la doctrine celeſte, s'arreſtans à mes traſſes, en mettant long temps à apprendre choſe pour enſeigner, & auallat aux profondes affectiôs de l'ame choſes qui puiſſent ordonner aux autres, à celle fin de pouuoir profiter à pluſieurs pour leur faire auoir
ſalut eternel. Combien que ce pendant ceux ne ſeront pas fruſtrés de leur ſalaire, leſquels
d'vne bonne affection comme tu fais, ſuruenant pour le temps aux neceſſités corporelles de ceux qui manient l'affaire Euangelique : repaiſſent les affamés, veſtent les nuds, viſi-
tent les malades, vont voir les priſonniers, logent les eſtrangiers & gês qui n'ont où loger.
Tels auſſi auront part au ſalaire Euangelique : mais comme au corps l'œil oyſif faict plus
que la main qui aſſiduellement s'employe à diuers ſeruices : ainſi ceux qui toutalement
vacquent apres les choſes qui touchent de plus pres l'eternel ſalut, ores qu'ils ſemblent ſe
repoſer des œuures corporelles, ſi eſt-ce qu'ils font prou, entant qu'ils font vne choſe neceſſaire ſur toutes. Et ne faut pas que les vns murmurent contre les autres, attendu qu'vn
chaſcun ſelon le don qu'il a receu de Dieu, me faict ſeruice en mes membres.

CHAPITRE   XI.

Yant le Seigneur Ieſus par celle parabole enſeigné que ceux font vne gran-
de œuure, qui du tout en tout vacquent à la doctrine celeſte, laquelle nul ne
peut purement manier, n'eſt qu'il ſe deueloppe de toutes côuoytiſes & ſoucys de ce monde : il reſtoit qu'il leur baillaſt auſſi vn formulaire de prier. Car
la priere eſt côme vn ſacrifice treſpur de la religion Euâgelique, pour quoy
faire Ieſus s'eſt ſouuêtefois retiré à part, & y a accouſtumé ſes diſciples : item
la priere eſt ce collocque ſecret, par lequel l'eſprit de l'homme en chaſſant tous ſoucis &
phantaſies des choſes terriennes, comme eſleué au ciel, deuiſe auec Dieu. Or prioyent &
ſouuent & longuement les Phariſiens, mais triſtes & en public : Prioyent auſſi les diſciples
de Iean. Prioyent ſemblablement les Samaritains en leur montaigne. Auoit finalement
ſes prieres la religion des Payens. Mais pourautant que tous n'auoyent pas vne meſme
façon de prier, ny ne demandoyent pas meſmes choſes : les Apoſtres deſirent que Chriſt
leur ordonne vn formulaire qu'ils deuſſent ſuyure. S'eſtant donc Ieſus, ſelon ſa couſtume,
retiré à part auec ſes diſciples pour prier, vn des diſciples qui luy dit : Seigneur, puis que
nous ſommes tes diſciples, c'eſt bien raiſon que nous faſſions tout ſelon ton ordonnance.
Pour-

Pourtant apprend nous la forme de prier, comme Iean quand il estoit en vie, l'apprint à ses disciples. Et Iesus apres auoir par maintes parolles monstré à ses disciples, que la prie-re des Chrestiens ne doit estre ny longue, ny appareillée pour ostentation, ny de toutes choses qui viennent au deuant, il leur dicta vn formulaire, que iaçoit qui soit commun à tous, toutefois conuient peculierement à gens Euangeliques, lesquels comme gens reti-rés de ce monde, mettent tout leur effort à ce qu'entre les gens de bien soit illustrée la gloi-re de Dieu, & tous les iours de plus en plus se fortifie son regne, estant celuy de Satan mis en ruyne. Et comme au ciel, d'où Lucifer auec ses coniurés fut ietté du haut en bas, il n'y a nulle rebellion à l'encontre de la volonté diuine, ainsi entre les enfans de Dieu, qui doyuent estre successeurs des Anges deiettés, toutes choses se fassent selon la volonté du Pere celeste, qu'il repaisse les siens du pain de la doctrine & grace celeste, qu'il fortifie & en-graisse les ames pour leur faire auoir vie eternelle : & si par infirmité humaine quelque cas se commet contre sa volonté, que luy comme Pere propice, le pardonne benignement à ses enfans, comme entre-eux semblablement ils se pardonnent, si l'vn cognoit quelque cas contre l'autre. Et pourautant que tandis qu'ils demeurent en ce corps mortels, com-me ils peuuent auancer en mieux, ainsi peuuent-ils tresbucher en pis (attendu mesme-ment que par tous moyens ce tyran Satan les y sollicite) qu'ils soyent munis du secours de leur pere à l'encontre des machinations d'iceluy Satan, & qu'ils viennent ou à ne tom-ber point en tentation : ou s'il y tombent, à s'en retourner vainqueurs, par l'ayde de celuy qui est puissant. Or le formulaire de prier est tel. Nostre Pere celeste, qui par ta bonté nous Nostre Pere.
à faict ceste grace que nous appeller tes enfans, nous qui habitons la terre, nous te prions que nostre doctrine, & conuersation, ta puissance, sagesse & bonté soit de plus en plus co-gneue des hommes tellement qu'ils entendent que toute gloire est deue à ton nom, de qui sert tout tant qu'il y a d'excellent soit au ciel, soit en terre, à fin que nous, tous abiects que nous sommes, puissions nous glorifier en toy. Iusqu'à present Satan a regné par tout le monde par le peché, auquel les hommes ont seruy alleschés des meschantes conuotises; fais que les pechés ostés & ton Esprit espandu sur eux, chascun obeisse à ta volonté : & que, en nous eslargissant iournellement la nouriture celeste de ta grace, tousiours nous profi-tions en mieux iusques que soyons paruenus à la perfection de la pieté Euangelique. Et pource que nous sommes hommes, si par ignorance ou infirmité nous t'auons offensé, ne laisse pas pourtant d'estre propice à tes enfans, ô pere ains nous pardonne par ta cle-mence : attendu mesmement que nous pardonnons l'vn à l'autre, s'il aduient que par mesme infirmité vn frere offense l'autre à celle fin que nous viuions en paix entre nous, & ayons paix auec toy. Mais pourautant que nous cognoissans la malice & les forces de ce meschant tyran, dont ta bonté paternelle nous a rachettés, ne permets point que nous soyons de-rechef vaincus par luy : ainçois si pour preuue de nostre patience tu permets que soyons affligés ou par luy, ou par ses satellites qui sont les meschans nous vainquions par ton support, & ses assauts nous seruent à bien. Au reste, pour tant plus esmouuoir ses disciples à prier instamment, & leur donner confiance d'impetrer leur requeste, il vsa d'vne telle parabole, disant : Combien Dieu est exorable, & donne facillement ce qu'on Puis il leur
luy demande, luy qui de nature est bien-faisant à ses enfans, faittes-en le iugement par dit.
vous-mesmes. Si quelqu'vn d'entre vous a faute des choses necessaires, & il a vn amy, il prendra bien la hardiesse d'aller vers luy voire à la minuit, frapper à sa porte, & luy dire : Amy, preste moy trois pains : car vn mien amy en passant son chemin m'est venu trouuer ce soir à depourueu, & n'ay chés moy rien pour luy bailler à menger. Et pourra bien aue-nir, que ce tien amy ne t'ottroyera du premier coup ta demande, ains se greuant de t'ou-urir la porte te respondra de dedans par la fenestre : Laisse moy sans me tant tourmenter par tes requestes de nuict : la porte est ia close, & mes enfans sont auec moy au lict : ie ne puis me leuer pour te bailler ce que tu demandes. Que si cestuy qui a faute de pain, ne s'en va pas soudain pour celle premiere excuse, ains poursuyt à frapper la porte de son amy : ie vous dy pour certain qu'ores qu'ils ne s'esmeust pour le regard de l'amytié : si est-ce que vaincu par l'importunité du suppliant, il se leuera & luy donnera non seulement trois pains, mais autant qu'il en aura faute. Or-ça si la priere importune vaut tant à l'homme enuers vn autre homme : combien plus vaudra-elle enuers Dieu, qui prend plaisir à tel-le importunité, tant s'en faut qu'il en soit offensé. Et si quelquefois il delaye de donner ce qu'on demande, chicheté n'en est pas cause ou la difficulté : mais par ce moyen il en-flamme nostre desir, à ce que plus abondamment il donne ce que nous demandons, &

E que

que tenions plus cher ce qu'auons impetré par prieres importunes. Ce donc qu'vn amy souffreteux fera enuers vn sien amy homme: qu'vn chascun de vous le face beaucoup plus hardiment enuers son Pere bening, & Dieu à qui est aggreable vne telle importunité, & qui en donnant ne se peut espuiser. Parquoy, si vous aués besoing de quelque cas, demandés par prieres, & il le vous donnera. Si vous ignorés quelque chose, cherchés, & vous trouuerés par l'inspiration de l'esprit parternel, ce qui ne pouuoit estre comprins par entendement d'homme: hurtés par prieres en y adioustant aumosnes enuers les prochains, & on vous ouurira. Voyla l'importunité, par laquelle Dieu est comme vaincu & gaigné. Enuers les hommes c'est quelquefois perdre temps de les prier, ou par ce qu'ils ne peuuent ou ne veulent donner ce qu'on leur demande. Mais enuers Dieu: quiconque demande, obtient: quiconque cherche, trouue: quiconque hurte, on luy ouure. Or vostre Pere cognoist bien les choses qui seruent à l'eternel salut: telles donne-il volontiers quand il en est requis. Que si par alleschement on luy demandoit choses nuysibles,

il estimeroit benefice de refuser ce qui seroit mal demandé: & au lieu de la demander, il donneroit choses salutaires. La pieté des peres de ce monde enuers leurs enfans a bien tant d'efficace, qu'ils ne peuuent esconduire ceux qu'ils ont engendrés, s'ils demandent chose qui concerne le salut du corps. Rapportés en à vous-mesmes. Car qui est celuy d'entre vous, qui si demande du pain à son pere, il estime qu'il luy doyue donner d'vne pierre en lieu de pain? ou s'il luy demande du poisson, il pense qu'il luy doyue donner vn serpent en lieu de poisson? ou s'il luy demande vn œuf, il estime qu'au lieu d'vn œuf, il luy doyue donner vn scorpion couuert d'vne cocque? Que si vne pieté naturelle peut tant enuers les hommes, autrement mauuais, qu'ils sont benings enuers leurs enfans quand ils demandent choses profitables: combien plus vostre Pere, Pere des esprits, qui est bon de nature, vous departira-il du ciel son bon esprit, qui vous eslargira tous biens si vous les luy demandés? Satan a aussi son esprit, il inspire aux siens, esprit sollicitant à tous maux: le monde à son esprit, esprit alleschant à l'amour des choses caducques: auec tel esprit n'a nulle accointance l'esprit du Pere celeste: il faut que l'vn sorte à fin que l'autre entre au cœur. Et voyla se presenter vn cas, pour mettre deuant les yeux, quelle efficace auoit le mauuais esprit és cœurs des Iuifs, contredisans au sainct esprit. On amena à Iesus vn homme possedé du diable: lequel n'estoit pas simple, ains estoit & muet & aueugle, de sorte qu'il ne pouuoit ny regarder, ny appeller Iesus. Et Iesus eut compassion du poure homme, & commanda au diable de sortir, si sortit. Or y auoit-il là certains Iuifs assistans, desquels l'esprit de Satan, plus dangereusement possedoit les cœurs, que cest esprit mesme n'auoit saysi le corps de ce poure homme: dont les vns calomnioyent le miracle auoir esté faict de part le diable, disans qu'ils faisoit ces choses non par puissance diuine, ains par l'ayde de Beelzebub prince des diables. D'autres aussi qui apres auoir veu tant de miracles, toutefois estoyent encore mescroyans, luy demandoyent quelque signe excellent du ciel, par lequel il fut pleinement notoire qu'il auoit accointance auec Dieu qui habite au ciel, & non auec les esprits impurs les enchantemens desquels naissent ordinairement en terre. Or cela disoyent-ils pour tenter & essayer le Seigneur, n'estant de rien plus appareillés de croire, encore qu'il eust faict ce qu'ils demandoyent, ains l'eust-il faict ou non, ils auoyent leur calomnie toute preste. Iesus donc voyans bien leurs mauuaises pensées, respondit à leur calomnie & impieté en ceste maniere: Comment peut consister vostre calomnie? Car nous voyons que nul royaume ne peut demeurer ferme, s'il a debat contre soy-mesme par dissensions intestines. Quoy aduenant, il est force qu'il soit desolé, & par vne ruyne commune il tresbuche maison sur maison. Que si ce que pensés est vray, assauoir qu'en la vertu de Beelzebub prince des diables, ie chasse les diables (qui sont ses compaignons & satellites) il sensuyt de là que les esprits malings sont en discord & ont debat contre eux-mesmes, & s'entrechassent l'vn l'autre. Si donc Satan combat à l'encontre de Satan, comment pourra subsister son royaume? Vous voyés chasser les esprits, & confessés que ceux que ie chasse sont esprits malings: dont est-ce donc que vous recueilliés que ces choses se font en la vertu de Beelzebub plustost que de Dieu? Beelzebub a-il de coustume de pouruoir au salut des hommes, & de chasser de ses possessions ses satellites par lesquels il exerce sa tyrannie? Et toutefois s'il aduient ainsi, c'est vn signe euident que le regne de Satan doit bien tost perir, & que le royaume de Dieu est prochain. Ie les chasse à la seule parolle, & les chasse tout pour rien: ie n'y vse d'aucune sorcelerie, magicque, ou enchantemens. Vous ne pouués im-

prouuer

*Car quicon-
que deman-
de.*

*Et Iesus iette
hors vn dia-
ble.*

prouuer le faict: dont vient que vous aymés mieux attribuer la gloire d'vne bonne œuure
à Beelzebub que non pas à Dieu ? Que si la hayne que vous me portés, vous le persuadés ainsi qu'en la puissance de Beelzebub ie chasse les diables : ces ieunes gens qui sont
voz enfans, lesquels vous aués veu faire le mesme, en la puissance de qui chassent-ils les
diables ? Ce sont simples gens, & idiots, & qui ne sçauent point les arts malicieux des
Magiciens : & toutefois ils chassent les diables en mon nom. Ce qu'ils font, ils le font par
vne simple fiance qu'ils ont enuers Dieu : & pourtant seront-ils les iuges qui condamneront vostre incredulité. Leur simplicité a creu : là où vostre finesse combat à l'encontre de la gloire de Dieu. Puis donc que c'est absurdité de dire qu'vn diable chasse vn autre
diable, il est ainsi que voz enfans ne chassent point les diables, en la vertu d'autre que de
qui ie les chasse, il est tout euident que ie chasse les diables en la puissance de Dieu qui est
bon. Car aussi est son esprit plus puissant que tous les esprits malings : ioinct qu'il ne s'accorde nullement du mõde auec eux : car l'esprit de Dieu ayme le salut du genre humain, &
les diables en cherchent la ruyne. Que s'il est tout notoire qu'en la puissance de Dieu ie fay
les miracles que vous voyés, il n'y a point de doute que le regne de Dieu, que Iean predisoit estre prochain, est-ia venu. Parquoy c'est raison que vous vous rengiés à celuy, & que
vous abbandonniés le regne de Satan, regne prest de perir. Vous ne pouués estres participans de tous les deux. Il y a guerre mortelle entre Satan & Dieu. La chose ne pourra s'appaiser par conditions aucunes. Ou Satan vaincra, ou par force il sera chassé. Il ne se rendra
iamais : & ne le receura-on point à condition. Iusqu'à present il a en son regne : mais voicy
presente vne force plus puissante que la tyrannie d'iceluy. Car vn seul doigt de Dieu a plus
de force pour sauuer le genre humain, que n'a toute l'armée de Beelzebub pour le perdre.
Pourtant il aduiendra en ce-cy comme ordinairement il en prend à deux Capitaines, tous
deux puissans, tous deux fiers, & qui ont toute leur fiance aux armes. Or tandis qu'vn puissant armé garde sa forteresse, ce qui possede est en tranquilité. Mais si vn plus puissant que
luy le vient assaillir & le vainque, il ne fera nulle alliance auec luy, ains le chassera & occupera sa maison. Les armes esquelles il se fioit, il les luy ostera : luy pillera son auoir & tout son
meuble, & le departira à ses souldals. Maintenant c'est à vous à faire d'aduiser, lequel des
deux partis vous aymés mieux tenir : le party de Dieu le puissant, ou celuy de Satan qui
n'attend que l'heure d'estre chassé. Si on a paix auec Satan, on est en guerre contre Dieu.
Si on a paix auec Dieu, on n'a nulle accointance auec Satan. Il faut guerroyer au champ de
l'vn des deux. Ce temps ne demande pas gens oyseux. Qui ne tient mon party, m'est aduersaire : & en cela il me nuist que là où il me deuoit fauoriser, il ne le faict pas : & qui n'a-
masse auec moy, il espard. Or pourautant que les Iuifs s'attribuoyent vne opinion de iustice, en confiance de quoy ou ils ne tenoyent conte de la doctrine Euangelique, ou mesme
la reiettoyent : il leur proposa vne parabole pour signifier que ceux qui apres auoir faict
quelque aduancement en iustice, s'ils venoyent à retourner aux iniquités accoustumées,
receuroyent plus griefue condemnation, que ceux qui sans auoir oncques cogneu la lumiere de la verité Euangelique, perseueroyent és tenebres de leurs pechés. Car touchant
les Iuifs, c'est bien vn peuple que la Loy separe d'auec les Payens idolatres : mais retombãs
à toutes hurtes à leurs accoustumés vices, ils sont venus à tel degré d'impieté, que tous les
pechés que pouuoyent auoir commis leurs ancestres en tuant les Prophetes & conspirant
contre Moyse, ils l'ont sept fois plus meschamment renouuellé contre le fils de Dieu, & ses
disciples. Combien qu'à vray dire, la parabole appartient aussi à tout homme que ce soit
qui vne fois laué de ses pechés passés par le baptesme, vne fois deliuré du mauuais esprit
de ce monde par la parolle Euangelique, ne tient cõte du don de Dieu, & ne s'estudie point
de tousiouts s'auancer à plus grande perfection : vn tel s'il retourne à viure comme deuãt,
le baptesme & la cognoissance de la doctrine saincte ne luy seruira d'autre chose, sinõ qu'il
en attirera sur soy vne plus griefue condemnation au iour du iugement : entant qu'aux
abus passés il adioustent d'abondãt ingratitude & malice. Or la parabole est telle : Quand
vn ord esprit est sorty d'vn homme, chassé par la puissance de Dieu, pourautant qu'il a vne
volonté obstinée de nuyre, il s'en va par lieux deserts & secs, cherchant repos. Et n'en trouuant point en aucun lieu, dit à part soy qu'il s'en retournera en sa maison d'où il estoit sorty. Si s'en y retourne, & la trouue, à dire le vray, bien balliée, mais toute vuyde. Quoy voyant, il s'en va & prend auec soy sept autres esprits pires que soy-mesme, & aussi accompaigné s'en va en sa maison, bien accoustrée, quand tout est dit, mais sans garnison, & desarmée de tous secours de vertus Euangeliques. Car quand aux paruis des ceremonies, il
donnoit bien quelque apparence de pieté, mais pource que s'il n'y a autre chose ce ne sont

que vains simulacres des choses, elles ne repoussent point l'assaut des esprits malings, ains
font occasion de plus grande impieté. Ainsi en prend-il a l'homme qui apres auoir esté
deliuré de la vexation d'vn diable, vient à estre vexé de sept pires que le premier. Et quand
il tenoit tels & maints autres propos, à toute la compaignie, vne femme s'esmerueillant de
ces parolles tant sages & de si grãde efficace, va s'escrier du milieu de la compaignie, & dit:
Et aduint. Bien—heureux est le ventre de la femme qui ta porté, & les tettins de la nourrice qui t'a allaitté. Ceste femme qui estoit figure de l'Esglise, s'escria ainsi à l'encontre des calomnies de
la Synagogue. Iesus donc ne reietta point telle proclamation, mais la paracheua, disant:
Mais bien—heureux font ceux qui ouyent la parolle de Dieu, & la gardent en leur cœur de
peur qu'il ne leur eschappe, à fin qu'en temps il porte fruict d'eternel salut. Ceste felicité est
bien plus grande que d'auoir porté vn corps en vn corps, ou l'auoir allaitté. Vne seule l'a
Et comme la peu porter ou allaitter : mais ceste beatitude est commune à tous. Et comme à ces propos
multitude s'a les gens s'assembloyent encore à plus grande foule, Iesus se print à respõdre à ceux qui luy
massoit. auoyent demandé signe du ciel, comme si ce qu'auoit faict Iesus iusques là, eussent esté ab-
jects, sans auoir rien digne d'vn grand Prophete, & que c'estoit pour le populas, au reste
qu'aux Pharisiens, gens sçauans & souuerains il failloit bailler quelque signe peculier du
ciel. Or ne luy disoyent-ils pas cela d'vn cœur simple, ains le tentans, à fin que s'il ne leur
en monstroit, ils peussent dire les autres auoir esté faicts en la puissance de Beelzebub: s'il
leur en monstroit, alors ils trouuassent quelque autre chose à calomnier en luy. Si se print à
dire. Ceste nation est mauuaise & feintiue. Elle a veu tant de miracles & si demande vn signe, non pas pour y croire, ains pour le calomnier : or n'obtiendra elle pas ce que cauteleusement elle demande, ains luy sera baillé vn signe tel qu'elle le merite : il ne luy sera pas
baillé qu'elle puisse calomnier, mais qui la conuaincra. Car ce sera le signe de Ionas le Prophete. Au presche de Ionas les Niniuites firent penitence de leurs pechés, sans qu'il fist entre-eux aucun miracle. Ceste nation ne peut s'amollir à penitence ne par miracles, ne par
bien—faicts: & toutefois en voicy vn plus grand que le prophete Ionas, di-ie, lequel ces gẽs
cy ont en admiration, pour ce que receu d'vne balaine il vesquit au ventre d'icelle par trois
iours & trois nuicts, puis ayant esté tenu pour mort, soudainemẽt se monstra viuant. Signe
semblable, mais plus merueilleux sera, que le fils de l'homme sera enseuely au cœur de la
terre par trois iours, mais contre l'attente de tous les meschans la terre au troisiesme iour
rendra vif celuy qu'elle auoit prins mort. Et pourtant au dernier iugement ceste nation,
qui ne tient côte de toutes les autres au pris de soy, qui s'estime l'arcboutant de la religion,
sera condamnée de maintes nations qui sembloyent estre du tout eslongnées de religion.
La Royne de Saba s'eslera en iugement auec les hômes de ceste nation, & les condemnera:
en ce qu'elle est femme, & eslongnée de la doctrine de la Loy, toutefois elle vint du fin bout
du monde vn tant long chemin en Ierusalem pour ouyr la sagesse de Salomon. Et en voicy
vn qui est plus que Salomon. Et ce pendant vous n'en tenés conte. Ceux de Niniue gens
sans Loy, & idolatres debattront auec ceste nation au iugement, & la condamneront: pour
ce qu'ils firent penitence de leurs pechés au prescher d'vn homme incogneu & estrangier,
homme qui ne se faisoit valoir par aucuns miracles ne bien—faicts. Et en voicy icy vn qui
est plus que non pas Ionas, & toutefois ils ne s'esmeuuent point à repentance. Or combien
qu'entre les Iuifs, il y en eust plusieurs ausquels la lumiere de l'Euangile n'apportoit autre
profit sinon de tant plus leur aueugler les entendemens, toutefois qu'ils ne faudroit pas à
l'aduenir supprimer la verité, veu que la cognoissãce d'icelle en ameneroit plusieurs à salut
eternel. Et de faict l'obstinée malice des incredules ne doit pas nuyre aux bons. Pourtant
faut—il desployer la verité en public, à la grande ruyne des meschans, & au salut des bons.
Nul n'allu= Iesus donc leur dit : Nul n'allume vne lampe pour la mettre en lieu caché, ou la musser des-
me la lampe. sous vn muid : ains la met sur vn chandelier, à fin qu'elle esclaire ceux qui voudront entrer en la maison. Comme vne maison sans lampe, comme vn corps sans yeux, telle est l'á-
me sans la cognoissance de verité, laquelle aduient par la foy simple. Si ton œil est simple,
& non corrompu d'aucune conuoitises de ce monde, il receura la lumiere d'eternelle verité, & tout ton corps iouyra de ceste lumiere, sans chopper nulle part. Mais si l'œil du corps
est corrompu, tout le corps sera subiect aux tenebres. Or est-ce que de la foy vient le iugement & les reigles de viure. C'est-cy la fontaine de tous biens : laquelle vne fois corrõpue,
il est force que tout le reste ce corrompe. Aduisés donc que cest œil, à tout lequel tu regardes la verité, soit en toy dur & entier, de peur que ce mesme membre, lequel seul est capable
de lumiere, & luyt à tout le corps, vienne à estre subiect aux tenebres. Car ce mẽbre vne fois
corrompu, qui est le chef & la racine de toutes les bonnes œuures, celles mesmes qui sem-
bient

blent bonnes, ne le font pas. Au contraire, les œuures que les Pharifiens tiennent pour
mauuaifes, ne le feront pas, fi la fontaine, dont elles partent, eft entiere. Comme la lampe
eft à vn œil purgé, ainfi eft la parolle de Dieu à l'ame qui par vne fimplicité de foy eft nettoyée des mauuaifes conuoitifes. Tout ce qui ne procede point de foy, eft peché. Que fi cependant l'œil de ton corps eft entier, efclairé par la lampe de la verité Euangelique, il departira fa lumiere à chafque membre, à fin qu'en aucun endroit du corps il n'y ait nulles
tenebres, affauoir vne œil pouruoyant à tous. Parquoy quoy que faffe la main, quoy que
le pied, quoy que les autres membres faffent, il ne fera point fubiect aux tenebres, ains tout
le corps fera lumineux: ne plus ne moins que toute la maifõ eft lumineufe quãd vne lueur
d'vne lampe luyt à tous. Or apres cela furuint vne chofe pour verifier ce que le Seigneur
auoit enfeigné. Car comme ainfi fuft que les Pharifiens euffent l'œil corrompu, & en cõ-
ftituant la iuftice és ceremonies corporelles ne tinffent conte des chofes qui ne fe voyent
finon à tout des yeux purs, yeux efclairés de la lampe de la verité Euãgelique, ils eftimoyẽt
la lumiere eftre où eftoyẽt les tenebres: & alors principalement tresbuchoyent-ils, quand
ils s'eftimoyẽt bien cheminer: & iugeoyent y auoir vn peché enorme, où il n'y en auoit
du tout point: & où il y auoit vne lourde faute, il n'y en trouuoyent point. Car ils auoyent
les yeux corrompus de la fuperftition de la Loy, d'ignorance, d'arrogance, d'enuie, d'auarice, d'hypocrifie, & autres maux. Donc vn Pharifien pria Iefus de difner chés foy. Et Iefus
l'accepta, Iefus, di-ie, qui s'expofoit à tous, à fin d'attirer chafcun à foy. Or s'eftant Iefus
mis à table fans fe lauer, & ce contre la couftume des Pharifiens, le Pharifien fe print à penfer & s'efmerueiller tacitement à par foy, que vouloit dire que Iefus ne s'eftoit point laué,
deuant que fe mettre à table. Et foudain d'vne chofe qui ne faict l'homme ne bon, ne mauuais, va naiftre vne chofe qui toufiours eft vrayement mauuaife. Or les ceremonies Pharifaiques qui confiftent en chofes corporelles, ont cela de propre & fpeciale, qu'elles en gen-
drent detractions, foufpeçons mauuaifes, iugemens peruers, diffenfion, hayne, & noyfes.
Parquoy voyant Iefus que c'eftoit là la principale pefte de la pieté Euangelique, il reprend
aigrement la fuperftition Pharifaique, difant: Moyfe ordonna bien iadis quelques manieres de purifications, lefquelles toutefois auoyent vne figure & reprefentation de la purgation à venir de l'ame. Car là fe rapporte tout ce que la Loy a adombré par fes figures. Mais
maintenant là où s'eftant leuée la verité la raifon veut que ces ombres de la Loy ancienne
petit à petit s'efuanouyffent: vous autres Pharifiens qui faittes profeffion d'vne parfaitte
cognoiffance de la Loy, vous n'embraffés feulement de la Loy que celle partie, laquelle n'a
pas grande importance à la vraye pieté. Et ne pechés non feulement en ce que vous embraffés la chair de la Loy, en ne tenãt conte de l'efprit d'icelle, mais auffi qu'en y adiouftãt
des ceremonies charnelles en voz belles conftitutions vous voulés eftre tenus pour plus
faincts que les commandemens de Dieu. La vraye pureté gift en l'innocence de l'ame.
Mais vous autres à tous propos, voꝰ laués le corps, vous laués les couppes & les plats, les
chofes de dehors & qui ne feruent de rien à la vraye pieté de l'ame. Et cependant le dedans
& plus excellente partie de voftre perfonne eft falle, pleine d'ordure abominables deuant
Dieu, affauoir de rapine & iniquité. Vous penferiés eftre fouillé fi vous auiés beu dans
vne couppe mal nette ou mangé dans vn plat mal efcuré, & vous vous eftimés purs, quãd
& la couppe & le plat & tout ce qui eft dedans vient de rapine & tromperie: O fots, &
gens de peruers iugement: Celuy qui a crée le corps, n'a-il pas crée l'ame: Parquoy fi tant
vous plait la pureté, vous deuiés purifier l'homme toutal. En quoy il failloit premierement auoir foing de la partie la plus noble. Mais cependant vous vous complaifés en
vous-mefmes comme fi vous n'eftiés que trop purs, fi vous vous laués d'eaue le corps à
tout propos, la vaiffelle: & fi ayans le cœur fouillé de tromperies, rapines, hayne, enuie, ambitiõ, & autres peftes, vous le nettoyés par aufmone, laquelle vous faittes pour eftre veus,
& fi penfés qu'elle foit fuffifante pour vne parfaitte netteté de l'ame. Mais malheur fur
vous Pharifiens qui fous couleur de religion faittes voz befongnes, en difmant mefme le
plus abiect du iardinage, la mente & la rue comme fi Dieu n'auoit en recommendation
que les Sacrificateurs & Leuites. Et ce pendant contre l'intention de Dieu vous vous portés cauteleufement auec le prochain, & ne foulagés point le difetteux, ainçois vous portés
enuie aux riches, & opprimés les foibles. O iugement vrayemẽt renuerfer: Les chofes que
la Loy a commandé de faire felon la chair pour vn temps, on deuoit bien les faire & ne les
laiffer pas: mais il failloit tout en premier lieu faire celles que Dieu veut eftre faittes fur
tout, & qui toufiours font bõnes & luy font aggreables. Ce qui cõcerne voftre profit, vous
le gardés voire fuperftitieufement: ce qui fert à foulager le prochain, vous n'en tenés côte

E 3   Malheur.

Malheur sur vous Pharisiens, qui au dehors monstrés bien en vostre maintien vne appa
rence de saincteté, mais au dedans estes enflés d'ambition, pourchassans les plus honno
rables lieux és Synagogues, & oyés bien volōtiers ces magnificques titres, Rabby, Rabbo
ny, c'est. Nostre maistre, de ceux qui saluent par les places : & ne cherchés autre chose sinon
de contenter les yeux des hommes, ne faisans cependant nul conte de ce que par souilleu
res de l'ame vous desplaisés aux yeux de Dieu. Parquoy malheur à vous, auec toutes vo
stre hypocrisie, qui ressemblés aux tombeaux des trespassés, qui par dehors sont blanchis
& reluysent en descriptions & diuerses peinctures, là où au dedans ils sont farcis de toute
puantise. Et cependant ce qui apparoit repaist les yeux des passans : mais ce qui est caché
au dedans, les deçoit. Or on peut bien deceuoir les hommes, mais Dieu regarde les plus
profondes cachettes de dedans le cœur. Pendant que le Seigneur tenoit ces propos & au
tres auec grande rigueur contre la fardée saincteté des Pharisiens : vn Legiste taschant de
reprimer la hardiesse de Iesus, luy va dire : En tenant tels propos contre les Pharisiens, tu
nous outrages aussi. Vne conscience mal nette ne peut souffrir vn propos franchemēt pro
noncé, & vn exemple de hardiesse contre autruy, elle a peur qu'il ne retombe sur elle. Mais
Iesus l'eternelle verité, qui ne sçait flatter, qui seule est irreprenable, & qui toutefois ne tēce
pour autre fin sinon à fin de remedier aux mauuais, respōdit au Legiste : Si les propos que
ie tiens, s'addressent aussi à vous comme tu le confesses : à vous aussi Legistes sera malheur
qui non contens de redemander des idiots toutes les obseruations de la Loy, y en adiou
stés encore beaucoup du vostre & ce cōtre l'authorité de la Loy : & en adioustāt ainsi char
ge sur charge mettés sur les espaules des simples gens, vn fardéau importable : & ce pendāt
vous vous dispensés, & tant s'en faut que vous attouchiés les choses dont vous chargés
les autres, que mesme vous ne gardés pas les choses principales, sans lesquelles tout le re
ste ne sert de rien. Malheur sur vous qui pour faire paroistre vostre entiereté bastisses les
sepulcres des Prophetes, dont la plus part ont esté mis à mort par voz peres. Par ainsi en ce
mesme que vous taschés de cacher vostre malice, vous la descouurés. Car en aornāt les se
pulcres des Prophetes, vous protestés ceux auoir esté detestables qui ont tué ceux des
quels la memoire est saincte & sacrée enuers vous les successeurs. Puis quand contre les
Prophetes de ce temps beaucoup plus excellens que ceux du temps passé, vous brasses de
plus grādes laschetés que n'ont faict voz peres contre les Prophetes anciens, ne monstrés
vous pas bien qu'estans aueuglés de profit, ambitiō, enuie, & hayne, vous approués à vo
stre sceu, les meschans faicts de voz peres, lesquels non seulemēt vous ensuyués, mais aussi
taschés de les surmōter. Tant de fois la bonté de Dieu vous a appellés à repentāce, & tous
iours vous aués vsé de cruauté & impieté enuers ceux qui vous proposoyent la verité, ve
rité, di-ie, à vous desplaisante & non pour autre cause, sinon qu'elle cōtrarioit à voz mau
uaises conuoitises. Pourtant la sagesse de Dieu, laquelle par vn cōseil indicible modere tou
tes choses, auant que punir la malice obstinée de ceste nation, a deliberé de ne rien laisser
en arriere, dont ils puissent estre amendés. Au reste, apres que & l'infinie bonté de Dieu, &
leur peruersité inuincible aura esté declarée à chascun, ils seront tant plus griefuemnt pu
nis, qu'ils auront esté supporté plus long temps, & prouoqués à repentance par tant plus
grands benefices. Parquoy la sagesse de Dieu dit ainsi à par-elle : Que feray d'auantage à
ceste nation intraittable : Ie leur ay enuoyé Moyse, & à force Prophetes anciens, & finale
ment Iean Baptiste. On s'est bandé contre Moyse : quant aux Prophetes, on les a ou tués
ou malmenés : mesme Iean qui estoit plus que Prophete, ils ne luy ont pas presté l'oreil
le, & pour les auoir bien amōnestés il en a porté la peine. Le fils de l'homme est venu, & ils
luy machinent la mort. Ie leur enuoyeray pour les derniers de tous des Prophetes, qui in
terpreteront la Loy selon l'esprit : ie leur enuoyeray des ambassadeurs, qui seront puissans
en miracles, qui gratuitement feront du bien à chascun, qui presenteront le salut à tous,
salut tres-aisé à acquerir, assauoir par le moyen de la foy. Et tant s'en faut qu'ils les doyuent
escouter, qu'ils les persecuteront, tourmenteront & chasseront, voire ils en tueront plu
sieurs. Tant leur malice surpassera la bonté de Dieu. Finalement estant leur malice accreue
à tel degré, que non seulement ils esgaleront les iniquités de tous eages, mais aussi les sur
passeront, alors la vengeance de Dieu les enuahira, & leur fera-on rendre conte du sang
de tous les Prophetes qui a esté espandu depuis la fondation du monde, assauoir de
puis le sang d'Abel, qui a esté tué le premier de tous par son frere enuieux, iusqu'au sang
de Zacharie le Sacrificateur, fils de Ioiada, qui voulant retirer le peuple à amendement,
fut lapidé par vne mutinerie populaire entre le temple & l'autel. Et en mourant, pour
testifier & son innocence & leur impieté, il dit : Le Seigneur y aduise, & en fasse la ven
geance.

Gene. 4
2. Paral. 24

geance. Or le temps de celle vengeance approche. Vne seule nation sera comme punie
pour tous les forfaits de ses peres, pour auoir surpassé toute la malice qui peut auoir esté
en tous. Et ce que la sagesse de Dieu a predit deuoir venir, il n'y a nulle doubte qu'il ne
aduienne. Les Iuifs de ce temps, pourautant qu'ils surmontent la rebellion, peruersité,
& cruauté de tous les anciens, ils seront autant rigoureusement punis, comme si eux seuls
auoyent faict tout ce que leurs peres peuuent auoir meschamment commis en diuers siecles. Malheur, malheur sur vous Legistes, qui faittes biē estat de la cognoissance de la Loy,
qui est spirituelle, & vous attribués la clef de science qui deuoit ouurir l'entrée au royaume
des cieux : mais vous-mesmes non seulement n'y estes pas entrés, ains aussi en auès forclos les autres qui vouloyēt y entrer. Car en interpretant faussement la Loy vous faittes la
guerre à ce qui est le principal de toute la Loy. A ces propos, aspres, à dire le vray, à raison
de la liberté de verité : mais salutaires (s'ils eussent voulu receuoir la medicine) les Pharisiēs
& Legistes furēt grādement irrités : toutefois pourautāt qu'à part eux, ils recognoissoyent
tacitement ces propos estre tref-veritables, ils font bien semblant de rien enuers le peuple,
ce pendant toutefois ils espient toute les parolles de Iesus, pour voir s'il sortiroit rien de sa
bouche, dōt ils puissent luy dresser quelque calōnie, à fin qu'ils ne fussent trouués le poursuyure par quelque hayne particuliere : mais par zele de religion & pieté. Car l'hypocrisie
Pharisaique a aussi cela qu'elle ne brasse rien tant soit-il plein d'impieté, qu'elle ne le couure du fard de pieté.

CHAPITRE XII.

O R voyant le Seigneur Iesus que la malice des Pharisiens, Scribes & Legistes e-
stoit incurable, il vouloit descouurir & publier leur hypocrisie, de peur que par
imprudence quelcun ne vinst à estre seduit par leur faintise. S'estant dōc amassé vn si grand nombre de gens, qu'il se fouloyent l'vn l'autre, il se print à dire à
ses disciples : Gardés vous du leuain des Pharisiēs, qui est hypocrisie. Estudiés-vous à estre
tels, que vous voulés qu'on vous estime. Desormais rien de fardé ne pourra estre tenu caché long temps. Vn temps viendra, qui manifestera vostre innocence & leur malice. Or n'y
a-il maintenāt rien si couuert, qui tantost ne doyue estre descouuert, ny rien tant caché qui
cy apres ne doyue venir à la notice des hommes. Parquoy aduisés que toute vostre vie soit
sans fard, & que vous ne disiés ne faisiés rien, ou mesme ne pensiés vous seuls, chose que
vous ne veuilliés estre sceue de chascun. Car tout ce que maintenāt vous dittes en cachette en tenebres, se racontera vn iour en pleine lumiere : & tout ce que maintenāt vous dirés
à l'oreille au cabinet, se publiera vn iour par dessus les maisons. La verité offensera les hōmes d'impieté, fardés d'vne apparence de pieté : mais qu'il n'y ait crainte d'aucun mal qui
vous retire de l'entiere predication de la verité Euangelique. Le plus extreme mal qu'ils
puissent faire, c'est de tuer, mais le corps seulemēt. Mais ie vous dy, à vous mes amys estans
appuyés de mon secours ne vous effrayés aucunement de la cruauté de telles gens, qui o-
res qu'ils y employent tous leurs efforts, peuuēt bien tuer le corps : mais cela faict, ils n'ont
plus que pouuoir nuyre. Et celuy ne meurt point, lequel est mis à mort pour mō nom. Que
s'il semble bon d'admettre la crainte en deliberation, c'est raison que la moindre fasse place à celle de plus grande importance, c'est que plustost celuy soit craint, qui au seul vouloir
peut perdre l'hōme testu. Demandés vous qui c'est : iceluy est Dieu, qui seul a puissance a-
pres qu'il aura tué le corps, de ietter aussi l'ame en la gehenne. Ne vous effrayés nullement
de la cruauté des meschans, qui ne peuuent nuyre que bien legierement, que dy-ie legierement : mais qui ne peuuent nuyre : ce qu'encore ne peuuent-ils sinon par la permission
de Dieu. Que si par la frayeur des hōmes vous vous desbauchés de la syncerité de la predication Euangelique, cuidans eschapper les maux legiers & temporels, vous tomberés
és eternels. Que si donc vne cheuille pousse l'autre hors, ainsi la crainte de Dieu chasse la
crainte des hommes. N'ayés peur de mourir deuant le temps. Il faut que tous sans aucune
exception meurent vne fois : & n'en chaut combien longue, mais combien bonne vie on
aura menée. Et celuy se part de ce monde à la bonne heure, qui endure la mort pour mon
nom : laquelle chose n'aduiendra pas deuant le temps qui vous est limité du Pere : tellement que vous n'en viuriés de rien d'auantage, encore que la crainte de la mort vous
tourmente tant & plus. Vostre pere donnera ordre à cela, qu'vn chascun de vous mourra en son temps. Et combien que ces choses semblent aduenir par cas fortuit, toutefois
rien ne vous aduiendra sans la permission de vostre Pere, qui à tous voz affaires en recommendation. Y a-il chose plus vile ou contemptible qu'vn passereau : N'en a-on pas
cinq pour deux liards : Et toutefois Dieu a tel soing d'eux : que pas vn des plus abiets

E 4 ani-

Gardés vous
du leuain des
Pharisiens.

Ne vend-on
pas cinq petis
passereaux.

animaux qui foyent, ne periſt ſans le ſceu de voſtre Pere . Et vous, qui d'entre tous eſtes
choyſis par luy en ſi petit nombre, pour illuſtrer la gloire de ſon nom : tant s'en faut qu'il
vous ait en nonchaloir, que meſmes les cheueux de voſtre teſte luy ſont contés . C'eſt impieté de vouloir combatre contre ſa volonté : veu qu'il ne voudra rien, ſinon ce qui cognoiſtra eſtre ſouuerainement bon. Parquoy quant à la vie, laiſſés luy en tout le ſoucy. Celuy qui a ſoing des paſſereaux ne vous mettra pas en oubly, vous qui valés beaucoup plus
que tous les paſſereaux du monde. Pourtant, ne veuillés pour crainte des maux que les hõmes peuuët faire aux hommes, deſaduouer mon nom, ains vous ſouueñés que par ces afflictions temporelles on va à la felicité eternelle . Car celuy ne me ſera pas compaignon en
ioye, qui aura refuſé de l'eſtre en douleur : ny participant de gloire, celuy qui maintenant refuſe de participer à l'ignominie. Combien qu'à vray dire , ceſte ignominie & honte enuers
les hommes, eſt vne vraye gloire enuers Dieu . Car ie vous dy pour certain, que quiconque aduouera icy mon nom deuant les hõmes, nom qui ſera maluolu & execrable enuers
le monde : ie l'aduoueray auſſi deuant les anges de Dieu, lors que la maieſté du fils de
Dieu ſe deſployera. Au contraire, qui me deſaduouera icy deuant les hommes, ie le deſad-
uoueray auſſi deuant les Anges de Dieu. Ie ſçay que l'imbecillité de ce mien corps en ſcan-
daliſera pluſieurs : mais vne faute qui vient ou de quelque abus humain, ou de quelque infirmité de nature. pour enorme qu'elle ſoit, toutefois ſera aiſément pardonnée. Et partant,
ce qui m'appellent Samaritain, yurõgne, amy des Pablicains, & Ieſus le fils du charpentier,
ils en auront aiſément pardon, pourueu qu'ils ſe repentët. Car c'eſt vn outrage qui a prins
ſon occaſion de l'imbecillité de ce mien corps. Au reſte, qui blaſphemera contre le ſainct
Eſprit, par qui Dieu faict ces miracles, pourautant que d'vne deſtinée malice, de plein ſceu
& vouloir il contredit à la gloire de Dieu, il ne trouuera pardon ny en ce ſiecle ny en l'autre.
Ne plus ne moins qu'aux mauuais Anges n'eſt reſerué aucun retour à repentance pourautant que d'vne obſtinée malice & non de quelque infirmité ils ont reſiſté à Dieu : ils ne
s'amenderont iamais, ny n'ont acune eſperance de pardon. En tel eſtat ſeront les hommes
qui auront enſuyuy leur peruerſité. Ils me voyent homme, dormir & auoir faim : ils me verront auſſi mourir : s'ils diſent quelque choſe contre moy, qui puiſſe eſtre attribué à l'homme, il leur eſt à pardonner. Mais quant à ce que corrompus d'enuie ils attribuent à l'eſprit
de Beelzebub les faicts qu'ils ſçauent appartenir à la vertu diuine, en fruſtrant Dieu de ſa
gloire, & attribuant aux diables ce qui appartient à Dieu. C'eſt certes vne malice diabolique laquelle n'obtiendra point pardon de Dieu, iaçoit qu'il ſoit tout prompt à miſericorde, pource qu'elle ne ſçait ſe repentir. On s'oppoſera donc en maintes ſortes contre voſtre
predication. Car les vns vous perſecuteront ou par ſimple abus, ou par malice meſlée parmy l'abus. Les autres contre leur propre conſcience feront la guerre à la verité cogneue
& entendue, non pour autre fin, ſinon qu'elle contrarie à leurs meſchantes affections. Par
telles gens l'eſprit de Satan, mauuais, ſe rebellera contre le bon eſprit de Dieu : & par ſes ſatellites inuentera toutes ſortes de machinations contre vous . Or combien que vous
ſoyés gens idiots, minces, & abiects, il ne faut-ia que vous craignés des tumultes que fera le monde contre vous. L'eſprit de Dieu, eſprit bening & ſimple eſt ſuffiſant contre toutes les ruſes & violence du monde. Quand donc on vous trainera en leurs Synagogues
accuſés de grands crimes, quãd on vous trainera deuant les Magiſtrats & Princes, ne faittes pas comme font ordinairement les accuſés qui ſont en ſoucy que c'eſt qu'ils doyuët reſpondre ou alleguer à fin de pouuoir ſe purger du faict. Vous concederés cela à la puiſſance publicque, qu'eſtans appellés vous comparoiſtrés. Au reſte, il ne faut pas que vous redoutiés leur preſence, ou ſoyés en ſoucy comment vous pourrés vous defendre par harangue meditée : vous aurés touſiours en main la ſimple parolle de verité. Et toutefois que
beſoing ſera, le ſainct Eſprit vous la fournira. Telle qu'eſt voſtre vie, telle ſera auſſi voſtre
parler. Et il n'y a rien de plus grande efficace que la verité toute ſimple. Or cõme la frayeur
des iugemens en renuerſe pluſieurs & les deſtourne de la ſyncerité de la profeſſion Euangelique, ainſi l'amour de l'argent en corrompt maints. A fin donc que le Seigneur arracha
auſſi toutalement ceſte affection du cœur de ſes diſciples, comme affection terreſtre & meſſeante à ceux qui ſe veulent mettre apres, vne occaſion ſe va preſenter pour ce faire. Car
Et quelqu'vn comme il y auoit à force gens à l'entour de Ieſus, & iuſques là perſonne ne luy euſt encore
de la trouppe oſé requerir d'vne choſe ſi abiecte, quelqu'vn luy va dire : Maiſtre, i'ay mon frere qui oc-
luy dit. cuppe vn heritage où i'ay part comme luy & ne voulant venir à raiſon en prolonge le partage : ton authorité me veuille ſecourir en cela. Dy luy qu'il faſſe auec moy partage. Et Ieſus·
comme ſe faſchant que d'vn affaire celeſte on le ramenoit à des ſoucys charnels & ords,
enſeignant

enfuyuant auſſi les ſiens par meſme moyen que celuy ne ſe doit point enuelopper parmy les affaires prophanes & ſales, lequel exerce l'office d'Apoſtre, luy reſpõdit: Homme, qui te faict ſi hardi de m'appeller à l'encontre de ton frere touchãt le partage de voſtre heritage? Qui m'a cõſtitué iuge ſur vous qui debattés d'vne choſe de petite importance, & ſoudain periſſable? Ou qui m'a ordonné ſur vous partiſſeur d'heritages? Ce monde n'a-il pas des iuges pour demeſler les differens de ſi peu d'importance? Ma charge ne porte point que ceſtuy-cy ou ceſtuy-là ſois enrichy d'heritage: ains que chaſcun paruienne à l'heritage de la vie immortelle. Puis Ieſus ſe reuira vers ſes diſciples & les autres aſſiſtans, & par l'exemple de ce deſtourbeur ſe print à les enhorter de ne s'affectionner point apres les richeſſes: non pas que de ſoy elles ſoyent mauuaiſes, mais pource qu'en icelles collocquer le principal appuy de la vie, & pour le ſoucy d'icelles ſe deſtourner des choſes qui concernent l'eternel ſalut, c'eſt vne ſottiſe. Si leur dit: Aduiſés, aduiſés (vous dy-ie) de vous garder de toute accointance d'auarice: car ſouuentesfois ſous couleur de neceſſité & prouidence ſe gliſſe vn meſchant vice, lequel vne fois commis, emporte l'homme en toute vilenie. Et de faict, à peine pourroit-on l'euiter, n'eſt que legierement & ſans grand conte nonchalamment nous poſſedions les choſes, voire les choſes leſquelles nous auons droit de poſſeder. Au reſte, ceux qui mettent telle fiance en leurs richeſſes qu'en icelles ils collocquent quelque grand appuy de felicité humaine, ils s'abuſent grandement. Car l'abondance ne rend pas l'homme heureux, ains pluſtoſt le rend ſoucieux, & quant & quant contempteur des choſes qui ſeules doyuent eſtre cherchées: ioinct que la neceſſité naturelle ſe contente de peu. Or pour plus profondement ficher ce propos au cœur de ce peuple groſſier, le Seigneur propoſa vne parabole, à laquelle vn chaſcun pourroit ſonder & examiner ſon affection. Il y eut (leur dit-il) vn homme riche, duquel les poſſeſſions fructifierẽt à planté, cõme les ſaiſons ſont meilleures vne fois que l'autre. Et luy ſans ſe ſoucier ce pendant de ſoulager la neceſſité du ␣pchain: ains ne plus ne moins que ſi ce qui eſtoit creu, euſt eſté creu pour luy ſeul, eſt en ſoucy de le ſerrer & non de le deſpartir. Si dit à part-ſoy: Que feray-ie? I'ay des fruits à ſi grãde foiſon, que mes greniers ne ſont pas ſuffiſans pour y ſerrer mes reuenus. Si bruſlant en tel diſcours, il euſt appellé charité en cõſeil, elle luy euſt dit: Regarde de tous couſtés cõbien de gens ont faute de ce que tu as trop. Recognois à q tu dois (cõme toutes autres choſes) la grãde abõdance de ceſte année. Dieu t'a mis en main le principal, pour en recueillir vne vſure d'œuures celeſtes. Change les biens periſſables aux eternels, les terriens aux celeſtes, les humains aux diuins. Et en ce faiſant ta liberalité t'apportera profit. Mais pourautant qu'il a mieux aymé appeller en cõſeil ſottiſe & inaduertãce, elle l'a pouſſé à dire à part ſoy: I'abbatray mes vieux greniers, & en baſtiray de plus grans, & y amaſſeray tout le reuenu de ceſte année, & tout le reſte de mes biens, à fin que rien ne ſe perde. Et quãd i'auray affermy & mis tout en ſeureté. alors deliuré de tout ſoucy, ie diray à mõ ame: Ame, tu as à force biens ſerrés pour pluſieurs ans: repoſe-toy mange, boy, fais bonne chere. Ce ſonge de felicité de longue durée, pendant que ce riche le ruminoit en ſon eſprit, voyla Dieu qui ſoudain luy va dire en ceſte maniere: O ſot, veu que ceſte vie t'eſt incertaine, pourquoy amaſſes-tu pour pluſieurs ans? attẽdu que tu ne peux iouyr de ton amas, ſinon en ceſte vie, laquelle n'eſt certaine à perſonne, non pas meſme d'vn ſeul iour? Comment te promets-tu pluſieurs ans? Encore ceſte nuyct on te redemander ton ame. Et ce que tu as acquis, à qui ſera-il? Ce ne ſera pas pour toy. Il eſt force que tu le laiſſe à ton heritier, ou bien que quelque autre s'en ſayſiſſe. Au reſte, les richeſſes ſpirituelles leſquelles tu pouuois acquerir en faiſant part de tes biens, t'euſſent tenu compaignie meſme apres ta mort. Voyla l'exemple & eſtat de l'homme qui s'amaſſe des richeſſes de ce monde, & n'eſt riche qu'à ſoy-meſme, & non enuers Dieu, enuers Dieu (dy-ie) qui veut eſtre ſecouru en ſes membres pour ceux qui ont de quoy en abondance. Et ceux ſont bien plus heureuſement riches, leſquels appouriſſent en ce faiſant. Ayant le Seigneur Ieſus tenu ces propos â toute la compaignie, il ſe reuira ſoudain vers ſes diſciples, auſquels appartenoit non ſeulement d'eſtre eſlongnés de toute auarice, mais auſſi eſtre vuydes de tout ſoucy de ceſte vie, à fin que rien du monde ne leur retardaſt les cœurs de l'affaire Euangelique, puis leur dit: C'eſt pourquoy ie vous ay-ia auant dit, & maintenant de-rechef vous en aduiſe: ne ſoyés pas en ſoucy de la vie de voſtre corps, craignans que vous n'ayés faute de viande ou breuuage, ny auſſi des incommodités de corps, ayãs peur que vous n'ayés dequoy le couurir. Voſtre pere celeſte qui vous a dõné ce qui eſt plus excellent, vous dõnera bien auſſi ce qui eſt le plus vil. L'ame eſt plus que la viande: (combien que ſans viande elle ne peut ce pendant demener au domicile de ce corps) & le corps plus precieux que l'habillemẽt. Et pẽſes vous que voſtre pere, pere autãt riche que bon, doyue ␣pmettre, que veu qu'il vous a dõné la vie, vous venés à auoir faute de viande pour l'entretenir ꝛ Ou luy qui a donné le corps, permette qu'il ait faute dequoy se couurir. Si la prouidence de Dieu ne cesse point ès bestes brutes & viles: cessera-elle en vous, lesquels il a choysis à vne si grāde chose ꝛ Considerés les corbeaux, qui ne sement ny ne moissonnēt, qui n'ont ne cellier ne grenier: & toutefois Dieu a aussi soing de les nourrir, & ne met en oubly aucune de ses creatures. N'aura pas vostre pere beaucoup plus grād soing de vous: vous (di-ie) qui luy estes tant chers par dessus les corbeaux ꝛ Quoy ꝛ que se tourmenter trop soucieusement du soucy de telles choses, non seulement c'est deffiance, mais aussi sottise ꝛ Et de vray, c'est sottise de se tourmenter d'vn soucy de rien profitable. Il n'y a nul qui par son soucy puisse allonger sa vie d'vn seul iour. Quoy ꝛ que mesme la grandeur & façon de vostre corps n'est pas en vostre puissance: Dieu donne au corps telle façon que bon luy semble aussi luy donne-il semblablement la vie tant longue qu'il luy plait. Et qui est celuy d'entre vous qui auec tout son soucy puisse adiouster à la stature de son corps vne coudée ꝛ Ou bien, qui est celuy qui auec tout son soucy puisse changer vn cheueul de sa teste de blanc en noir, ou de noir en blanc ꝛ Si donc en ces choses qui sont de si petite importance, vostre soucy n'y profite de rien, qu'aués-vous que faire d'estre en soucy de la vie ꝛ Et pour n'estre point en soucy touchant vostre vie, considerés moy les lys qui croissent aux prés sans que les hommes y mettēt la main, commēt sans que nul s'en soucie ils croissent à vne moyenne hauteur. Ils ne trauaillent, ne filent, ny ne tissent, toutefois tant s'en faut que la prouidence de vostre pere leur laisse auoir faute d'habillemēt que mesme le tres-riche Salomon, ie dy alors au beau milieu des mōstres de pompe & bombance, n'estoit pas si bien vestu, que l'vn de ces lys qui sont ès prés, & d'vne si petite durée. Que si vne herbe qui croist sans main mettre, & tantost perissable, & laquelle auiourdhuy est verdoyante aux champs, demain estant sechée on la met au four, Dieu la vest auec vne si grande prouidence: combien moins vous laissera-il nuds ꝛ ô mesfians ꝛ Et de vray, vn tel soucy ne peut venir d'ailleurs que d'vne deffiance enuers vostre Pere lequel est & tout puissant, & tout liberal, & tout prouoyāt. S'il nourrist, s'il vest, s'il gouuerne tout ce qu'il a crée, vous aussi mettés ius le soucy de ces choses basses de la viāde, du breuuage, & des habillemens. Ne soyés abbatus par le defaut, ny esleués par vne abbondance de ces choses. Et n'ayés pas tousiours les yeux pendus au ciel, en espiant tout les presages des saisons, à demy morts toutes les fois que les astres menacent de maigre année & disette.

Aussi vous autres, ne demandés point. Car s'enquerir aussi pour long temps de ces choses, c'est à faire à Payens, qui addonnés au monde, n'ont nulle cognoissance de Dieu: mais vous qui sçaués que vous aués au ciel vn pere tant bening, pourquoy tourmentés vous voz cœurs de vain soucy ꝛ Car vostre Pere sçait bien que vous aués besoing des choses, qui appartiennent à la nourriture & vesture du corps. Et n'est pas si dur, que veu que vous faittes son affaire, il vous laisse perir par disette de ces choses: ainçois soit plustost vostre premier soucy d'auancer le regne de Dieu, dont ie vous ay choysis les herauts & ministres. Donc deuant toutes choses cherchés sa iustice, laquelle ne gist pas en ceremonies Iudaiques, ains ès choses que ie vous ay deuant enseignées: & vous appliqués de tout vostre cœur apres ce-cy, qui est le principal de toutes choses, les autres de petite importance Dieu les vous donnera de surcroist, & ne vous laissera de rien auoir faute. *Ne craignés point petit trouppeau.* Ne vous estonnés de rien, petite bergerie: vous n'estes à dire le vray, qu'vne bien petite poignée de gens, abiects & idiots, destitués de tout auoir, puissance, armes & gendarmerie à l'encontre de ce malheureux monde qui se ruera sur vous par tous efforts: mais pour tout cela vous n'aurés que faire de craindre. Car le bon plaisir de vostre Pere a esté tel, de reietter les puissans, les sages & les orgueilleux, & à vous, gens du tout abiects selon le monde, donner ce royaume, royaume inuincible tant en secretes richesses spirituelles, qu'en guarnisons celestes. Parquoy estant choysis à la tant grande dignité de ce royaume celeste, laissés moy là ces choses terrestres: destinés aux biens perpetuels, oubliés ceux qui n'ont point de durée. Que si les possessions terriennes vous retardent des biens sans comparaison plus excellentes: vendés vostre auoir, & l'argent que vous en retirés, employés-le à soulager la necessité des poures. On ne sçauroit collocquer les richesses en plus grande seurete, ny les bailler auec plus grande vsure & plus certaine. Qui faict aumosne, il preste à vsure à Dieu qui ne peut tromper, & selon qu'il est riche & liberal, pour ces biens de petite value il en rendra de tres-precieux: pour des terriens, des celestes: pour des transitoires, & qui tost seront ostés, il en rendra des eternels. Parquoy efforcés vous d'enrichir de telles richesses. Faittes vous des bourses qui n'enuieillissent point: mettés vostre thresor ès cieux, qui iamais ne faille, & qui vous soit asseuré contre les larrons & les tignes. Car nous voyons ordinairement aduenir cela, que là où chascun a son thresor, là il a aussi

son

son cœur : entant que ce que grandement on ayme on ne peut l'oublier. Qu'ainsi soit, vn
riche, qui a des richesses cachées, ou enfouyes chés soy, iaçoit qu'il aille dehors, toutefois son cœur est tousiours en la maison, en soucy qu'vn larron ne luy pille & desroube,
ou que quelque inconuenient ne descele ou corrompe son thresor. En cas semblable gens
qui ayment, ont tousiours leur esprit ententif sur la chose qu'ils ayment. Or vous faut-il
tousiours auoir vostre cœur au ciel. Ce qui se fera tousiours, si vous n'aués rien en terre
que vous ayés en admiration, ou que vous aymiés : ains ayés tout vostre thresor caché
au ciel. Le temps est brief. Il faut employer tout vostre effort à cecy, c'est que vous amas-
siés au ciel le plus que vous pourrés des bonnes œuures. Le iour approche, auquel vn
chascun pour la semence des choses temporelles, moissonnera la vie eternelle. Ce iour-
là, pourautant qu'il vous est incertain, il vous y faut tousiours estre tous appareillés &
esquippés. Or le serés vous, si vous n'estes retardés par aucuns empeschemens des choses mondaines : si vous ne laissés passer aucune occasion de bien-faire. Ayés donc tousiours les flans troussés pour ce iour là, & les chandelles allumées en voz mains, si que
vous soyés semblables aux sages & loyaux seruiteurs, lesquels estans incertains quand
c'est que leur maistre doit retourner des nopces, sont tousiours debout, tous appareillés
auec torches, à fin que si tost qu'il reuiendra & frappera à la porte, il luy ouurent soudain.
La diligence de tels seruiteurs ne sera point desagreable au maistre, ains ils seront bien-
heureux, si le maistre soudain qu'il viendra, les trouue veillans. Car ie vous dy pour certain, que le deuoir auquel toutefois ils estoyent tenus, le maistre les recompensera fort
amplement. Car luy a son tour se troussera, & le fera assoir à table : puis viendra à considerer l'appetit d'vn chascun d'eux & les seruira. Et n'en chaut à quelle heure de la nuict il
vienne (car il a voulu que cela fust incertain) mais en quelque veille de la nuict qu'il vienne, soit à la seconde, soit à la trosiesme, ou mesme à la belle minuict, bien-hureux sont les
seruiteurs si le maistre les trouue prets. Par ainsi il ne faut iamais cesser durant ceste vie, ains
faut viure ne plus ne moins que si ce iour là deuoit venir au iourdhuy. Car il viedra qu'on
ne s'en donera garde. Parquoy il faut tousiours se garder d'en estre surprins à desprouueu.
Car ce iour vne fois venu, il sera trop tard pour il remedier à la nonchalance du passé. Nul
pere de famille n'est si nonchalant, que s'il sçauoit à quelle heure doit venir le larron, deust
laisser crocheter sa maison, par le larron de nuict. Que si ce pere de famille veille, de peur
d'estre despouillé des biens terriens : combien plus deués-vous veiller de peur de perdre
la felicité eternelle ? Et comme le larron suruient à l'heure qu'on est profondement endormy, & qu'on n'attend rien moins que le crocheteur : ainsi le fils de l'homme viendra soudainement à vne heure que vous ne penserés pas. Parquoy puys que ce temps là
vous est incogneu, & toutefois il est certain qu'il aduiendra : soyés tousiours appareillés, garnis de bonnes œuures, & deliurés de tous empeschemens des choses mondai-
nes. Quand Pierre eut entendu ces propos, il dit au Seigneur : Seigneur entens-tu que Et Pierre
luy dit.
celle parabole s'addresse à nous particulierement, ou bien qu'elle appartiénne à tous ?
Et le Seigneur modera tellement sa responce, qu'il ne nye pas la ditte parabole appartenir aucunement à tous ceux qui cherchent le salut eternel, donne toutefois à entendre qu'elle attouche principalement ceux ausquels est commise la dispensation de la parolle Euangelique. Or adiousta-il encore vne autre parabole, pour tant plus enflammer ses disciples à estre incessamment apres leur deuoir : proposant & recompense à ceux
qui s'en acquiteroyent, & tourment à qui seroit nonchalant en son deuoir. Entre les
hommes (leur dit-il) c'est vne chose fort precieuse que de trouuer vn loyal & discret despensier d'vn mesnage, qui pendant que le maistre est aux champs, ait soing de la famille
qui luy est enchargée, non pour y exercer vne tyrannie, ains pour du bien du maistre
donner à chascun sa pension, autant qu'il en est besoing & en temps. Bien-heureux
sera ce seruiteur là, lequel le maistre toutes les fois qu'il viendra, trouuera faisant son
deuoir. Car ayant experimenté sa loyauté & diligence és penssions, il luy donnera en
charge tout son auoir, & luy fera cest honneur de le tenir comme compaignon en toutes choses. Au contraire, si ce seruiteur là n'est ny loyal, ny discret, ains s'esleue en l'absence du maistre & pour la charge qui luy est baillée vienne à dire en son cœur : Mon
maistre demeure long temps à reuenir, & peut estre, ne reuiendra-il iamais, ce pendant
ie me donneray du bon temps. Et sur cela il se prend à vser de cruauté sur ses compaignons seruiteurs, & chambrieres, non seulement ne les nourrissant point du blé de leur
commun maistre, mais aussi les frappant & battant : & vsurpant sur eux vne tyrannie :

luy

luy ce pendant mange, boyue, gourmande, yurõgne, deſpẽdant les biens de ſon maiſtre en vilaines voluptés & diſſolution. Que penſes vous que doyue aduenir a vn tel deſpenſier? Certainement le maiſtre reuiendra vn iour qu'on n'attẽd pas, & à vne heure qu'on ne ſçait pas: puis ce ſeruiteur là faiſant tout ce que bon luy ſemble en toute licence, il le ſeparera & retranchera de la famille, & ne daignera plus le tenir en ſa maiſon: ains le mettra au ranc des autres desloyaux, pour eſtre puny de ce qu'il n'aura pas tenu conte de s'acquitter de ſon deuoir. Il n'y a point de meilleur moyen, par lequel vn deſpenſier de l'Euangile puiſſe mieux gaigner la grace de ſon Seigneur, ſinon qu'en repreſentant enuers le prochain la benignité de ſon Seigneur abſent, ſans ſe penſer eſtre Seigneur, ains ſe ſouuenir qu'il n'eſt que compaignon ſeruiteur. Or tant plus parfaitte aura eſté la cognoiſſance de la verité Euangelique tant plus griefue ſera la condemnation, ſi ce qu'il aura cogneu eſtre droit, il ne tient conte de le ſuyure. Et de faict les Payens auſquels n'a eſté annoncée la verité ny par la Loy, ny par l'Euangile, ſeront plus legierement punis, que non pas les Iuifs: leſquels ont eſté inſtruits par la Loy à quelq́ue auancement de pieté. Item d'entre-eux les Phariſiens & Legiſtes ſeront plus griefuement punis, que non pas les idiots. Mais ceux entre tous ſeront les plus griefuement punis, leſquels ne la cognoiſſance de la verité Euangelique, ne la veue de tant de miracles, ne mon exemplé n'aura peu eſmouuoir à l'eſtude de vraye pieté. Voyla ie ne vous ay rien celé. Tout tant que le Pere celeſte a voulu que par moy vous ſceuſſiés, ie vous l'ay communiqué. Gardés vous donc de faire cõme le ſeruiteur nonchalant. Car ſi le ſeruiteur que le maiſtre aura eſtimé excellent par deſſus tous, auquel il aura encharge la diſpenſation de tout ſon auoir, communiqué les ſecrets de ſon cõſeil duquel brief il ſe ſera fié en s'en allant en voyage: ne faict ce qui luy a eſté commandé, & ſe diſpoſe à executer le vouloir du maiſtre comme il le ſçauoit, il ſera battu à bon eſcient. Mais qui ſera du nombre des ſeruiteurs à quiſle maiſtre n'aura pas declaré le vouloir de ſon cœur, s'il commet cas qui ſoit digne de reprehenſion, il ne ſera guere battu. Il ne faut donc pas que la diſpenſation de la parolle Euangelique qui vous eſt enchargée vous rende plus outrecuidés, mais plus toſt plus ſoucieux. Et de faict, qui entreprend vne charge eccleſiaſtique, il entreprend pluſtoſt vn fardeau que non pas dignité. Ceſtuy-là prend pluſtoſt charge qu'honneur, qui prend charge eccleſiaſtique expreſſément, à fin de le diſpenſer à l'vſage de toute la famille. Comme les maiſtres demandent conte auec plus grande rigueur à qui ils ont baillé plus grande charge: ainſi à qui aura eſté donné de Dieu plus grand dõ de cognoiſſance & authorité, on luy demandera plus qu'aux autres: & à qui on ſe ſera fié de plus grãde charge & maniement, à tant plus il deuoit profiter, tant plüs luy ſera-il demandé. Tant plus tu es ſage, tant plus volontiers dois-tu enſeigner: tant plus tu es riché, d'autant plus dois-tu ſoulager les poures: d'autant que tu es puiſſant, d'autãt plus en dois-tu attirer à l'Euangile par ton authorité. Ce que tu as, vient d'ailleurs: le maiſtre veut qu'on faſſe part de ce qu'il a encharge. I'ay ſoif du ſalut des hommes, & pour cela ſuis venu au monde, & eſt mon deſir tel, que deſia tout delay m'eſt long. La doctrine que i'ay apportée du ciel n'eſt ny brouillée ny humaine: c'eſt vn vray feu, qui eſt ou pour purger l'hommé ou pour le bruler. Et ſuis expreſſément venu à fin que ce feu s'allume en terre. Car que deſireray-ie autre choſe? S'il eſt vne fois allumé, il embraſera au large tout le monde vniuerſel.

Ie ſuis venu mettre le feu.

Mais ce feu n'eſtincelera pas, n'eſt que ce cailloux, aſſauoir mon corps ſoit martelé en la croix. Il reſte encore ce bapteſme, que le Pere m'a ordonné, pour eſtre laué de mon propre ſang, pour par ma mort porter la punition des pechés de tout le monde. Alors finalement celle eſtincelle de charité Euangelique reluyra entre les hommes, quand ils verront l'innocent auoir de ſon plein gré ſouſtenu vne mort ignominieuſe pour les mal-faicteurs. Et de vray, c'eſt là l'eſtincelle de parfaitte charité. Et tant s'en faut que ie refuye ce bapteſme là, que pour l'amour que i'ay du ſalut humain, ie ſuis en grande deſtreſſe, s'il ne s'acheue bien toſt. La nature du corps le refuyt, mais la charité du cœur le deſire. Vray eſt que ce feu, quãd il ſera allumé, eſmouuera de grands troubles au monde. Car ce ſera vn feu vehement & celeſte, chaſſant & ſecouant toutes affections humaines. Penſés-vous que ie ſoye venu apporter paix en terre, telle que demande ce monde: lequel tient pour paix, quand on a ſatiſfaict à ſes conuoitiſes, & quãd les meſchants ſont d'accord auec les meſchans? Non certainement: Ie ne ſuis pas venu pour aſſembler telles vnités, mais pour mettre diſcord. Tous n'obeiſſent pas à l'Euangile, & faut pour l'amour de l'Euangile meſpriſer toutes choſes. Qui fera, qu'en vne meſme maiſon en laquelle parauant y auoit vne mauuaiſe paix, il s'eſleuera vn diſcord ſalutaire. Car cinq eſtroittement conioincts de nature, ſeront pour l'amour

mour

mour de moy en debat entre-eux trois contre deux, & deux contre trois. Et de faict, y a-il
plus grande conionction que du fils auec le pere ? Et toutefois le pere pour l'amour de
l'Euangile aura debat auec le fils : & le fils à cause de l'Euangile mesprisera le pere, semblablement la mere aura debat auec la fille, mais la fille preferera la charité Euangelique à l'affection des parens. Pareillement aussi la belle mere prendra noise contre sa belle fille: mais
l'vne estimera plus le salut eternel, que non pas l'affinité charnelle. Car les liens de l'esprit
estrenoyent plus estroittement, que ne font ceux de nature. Apres cela Iesus se retira vers
le commun peuple, & dit : Que veut donc dire, que vous ne preparés voz cœurs au regne
de Dieu, qui est prochain ? Ne le sentés vous point approcher, par tant de figures & choses *Puis disoit au peuple.*
que vous voyés ? Dont vient que vous estes en cest endroit tant poures deuins, veu que
és choses plus petites de beaucoup, vous estes si prudens à deuiner ? Car quand vous
voyés vne nuée se leuer du couchant, vous deuinés incontinent qu'il viendra vne pluye:
& comme vous le dittes, il aduient. Item quand vous voyés que le vent du midy souffle, vous deuinés soubdain qu'il fera chaut, & ne vous deçoit pas vostre presage. Or il n'y
a pas grand interest qu'il tombe de la pluye ou non : mais si a bien que par la foy Euangelique vous obteniés salut eternel. O vous hypocrites, que tant vostre cas est fardé ? Telle qu'est vostre saincteté, telle aussi est vostre prudence. Es choses qui concernent ceste
vie, vous estes sages : en ce qui appartient à l'eternité vous n'y voyés goutte. Vous con-
teplés la face du ciel & de la terre, & en recuillés presages des choses que sont à aduenir. Et
que veut dire que ce temps-cy, qui apporte à chascun ou salut eternel, s'il est receu:ou ruyne eternelle, s'il est reietté, vous ne vous apperceués pas qu'il approche, par tant de signes
que vous voyés ? Vous sçaués que ont promis les Prophetes : vous voyés & ouyés tant
de choses qui se disent & font entre vous, vous voyés se renouueller le monde & ne pouués encore deuiner de vous-mesmes, que le temps promis est à la porte ? C'estoit la seule chose, apres laquelle il vous failloit mettre tous voz efforts, & ne vous doit chose aucune estre tant chere, que pour icelle vous en perdiés l'auancement de l'Euangile. Si c'est
cheuance, & elle t'empesche, vend-la : si quelqu'vn te faict quelque tort ou iniure, pardonne luy plustost que de poursuyure ton droit. Que si le different vient iusque là, qu'il
en faille aller en iustice, pour le moins en chemin met peine de te despecher de ton aduer- *Or quand tu vas au magi-strat.*
se partie. Il vaut bien mieux finir le proces entre vous, soit par pasches desraisonnables,
que d'experimenter l'incertaine yssue des iugemens, veu que celuy ne gaigne pas tousiours qui a le meilleur droit. Autrement tu te mets en danger, que le iuge ne te liure au
Sergent, & le Sergent te mette en prison. Que s'il aduient ainsi, ie te dy pour certain, que
tu n'en sortiras point, que tu n'ayes satisfaict à la demande iusqu'a vn liard. C'est vne
grande fascherie que de playder, & n'a pas le temps de s'amuser à telles baguenaude-
ries, celuy qui tend vers le but de la perfection Euangelique. Considere donc en premier
lieu, combien plus de profit il y-a à pardonner l'iniure, qu'à la poursuyure, à abbandonner son bien, qu'a le maintenir. Premierement tu gagneras l'amitié, laquelle si tu entre-
prens proces, est en dangerpuis tu sauues beaucoup de temps, qu'il t'eust faillu mettre
en ton proces. Item tu gaignes la trancquilité & repos de l'ame, lequel les proces ont de
coustume d'oster. Finalement tu euites tous les incoueniens que la malheureuse yssue des
proces peut apporter.

C H A P I T R E   XIII.

Endant que Iesus tenoit tels & autres maints propos au cōmun peuple, les
inuitant par salaires au deuoit de pieté, & les effrayans par supplices & peines, brief vsant de tous moyens, pour enflammer les cœurs des auditeurs à
l'estude d'vne meilleure vie, voyla de bōne heure suruenir quelques vns qui
raconterent vne chose nouuelle & horrible à ouyr, touchant certains Galileens mal-faitteurs, desquels Pilate le preuost auoit faict punition par vn nouueau supplice, de sorte qu'il auoit mellé le sang de ces mal-faitteurs auec le sang des bestes lesquelles
ils sacrifioyent à la façon des Iuifs. Et pourautant que le cas qu'ils auoyent commis estoit
enorme, ils furent punis par vn supplice horrible à fin de donner frayeur à tous. Or les
hommes ordinairement ont en execration ceux qui sont ainsi condamnés, & se flattent de
ce qu'eux n'ont rien commis de tel, là où le plus souuent vn tel qui se flatte est plus malheureux & meschant, que ceux desquels le forfaict manifeste a esté puny par supplice solennel. Iesus donc voulant qu'à tous apparust la frayeur de cest exemple, laquelle ils esti-
F   moyent

moyent n'appartenir à personne sinon à ceux qui auroyent commis les mesmes crimes,
Cuidés vous que ces Ga-lileens. leur fit telle response : Pensés vous que ces Galileens là soyent eux seuls mal-faitteurs entre tous les Galileens, pourautant que sur eux seuls, s'est desployée la rigueur du iuge?
Ce n'est pas assés que vous ne commeties pas les choses qu'ils ont commises : il faut se repentir de tous pechés. Que si vous ne le faittes, combien que ce pendant la douceur de
Dieu vous supporte attendant que vous vous conuertissiés, en fin finale vous perirés
tous par vne semblable vengeance de Dieu. Et à fin que le delay de la vengeance ne fasse
penser que vous en demeurés impunis : n'est que de bonne heure vous vous amendiés,
elle viendra tout à coup vous accabler, comme n'aguere ses dix-huit furent accablés en
Siloa , d'vne tour qui leur tomba dessus. Ores que vous eschappiés la punition des
hommes, si est-ce que celle de Dieu ne peut nullement du monde estre euitée. A vous
tous appartient l'exemple de peu. Pensés que lors la tour tomba & accabla ces gens là,
il n'y eusse pas maints encore plus meschans en Ierusalem ? mais lesquels la clemence
de Dieu laisse viure en attendant qu'ils s'amendent. Les pechés des vns sont manifestes, ceux des autres sont cachés : & vn chascun se flatte en ses vices, mais il n'y en a pas
vn bon entre vous, & ne demeurera la malice de nully impunie. Ainçois ie vous dy pour
tout certain, que si vous ne vous amendés de voz maux passés , la punition diuine
vous accablera tous semblablement. Aduisés donc que vous n'abusiés de la douceur
de Dieu, à plus grande licence de pecher, en vous souuenant que la punition sera tant
plus griefue, qu'elle viendra plus tard, Dieu vous inuite en maintes sortes à repentance, maintenant vous alleschant, maintenant vous effrayant. En fin finale quand il voit
que l'obstinée malice des hommes ne se peut amender par aucuns moyens, il ruyne toutalement l'homme pour vne belle fois, à fin qu'aux autres serue d'exemple profitable
celuy qui n'a voulu profiter à soy-mesme. Or pour plus profondement enraciner ce
propos au cœur du simple peuple, il amena vne comparaison conuenable à la matie-
Quelqu'vn auoit vn fi-guier. re proposée, disant : Vn homme auoit vn figuier planté en sa vigne, & en la saison il y
alla pour chercher le fruict auant promis par l'abondance des fueilles, mais il n'y trou-
ua rien que les fueille. Si fit venir le vigneron & luy dit : Voicy-ia la troisiesme année que
ie vien chercher du fruict en ce figuier, & ne trouue que des fueilles. Coppe-le : car à quoy
faire empesche-il la terre, endommageant la vigne de son ombre, & attirant à soy le suc
dont les autres arbres fructueux pouuoyent estre nourris ? Et le vigneron luy respondit : Maistre, tu l'as bien enduré trois ans : laisse le là encore ceste année, iusques que i'ay
experimenté le dernier remede. Car il pourroit bien estre que sa sterilité viendroit du
vice du terroir. Pourtant ie le deschausseray & fumeray : que si esmeu par telle fomenta-
tion il vient a produire fruict, tu auras sauué l'arbre : mais si tu vois qu'il soit d'vne sterilité incurable, tu viendras à la derniere rigueur, & le coupperas, à fin que pour le moins
il n'endommage point ta vigne. Par celle parabole le Seigneur aduertit bien chascun en
general de ne mespriser Dieu inuitant à repentance : mais particulierement denota que
la nation Iudaïque, qui tant de fois prouoquée à amendement par les Patriarches, par
Moyse & la Loy, par les Prophetes, par Iean Baptiste, brief par tant de miracles, & par
la predication Euangelique, neantmoins persisté en son obstinée malice, viendront à
estre toutalement rasée par les Romains. Et voyla soudain se presenter vn exemple du
figuier sterile, à fin que ce que la figure de la parabole auoit representé, l'effect mesme,
le mist deuant les yeux. L'obseruation des ceremonies de la Loy, estoyent comme fueil-
Or comme il enseignoit en leur Synago-gue. les de la Synagogue, qui sembloyent comme promettre vn tres-doux fruict & fort a-
greable à Dieu, vn fruict de vraye pieté & de charité enuers le prochain : là où non seu-
lement elle n'a rien produit de tel, ains aussi a rendu fruicts amers, d'enuie, de hayne,
de detraction, de blaspheme, & de meurtre. Car vne fois Iesus selon sa coustume enseignoit en la Synagogue vn iour de Sabbath, il y auoit vne femme desia dixhuit ans durans vexée d'vne maladie incurable & miserable : car elle auoit le corps tellement retrait,
qu'elle ne pouuoit leuer la teste ny regarder en haut. Il y auoit matiere de monstrer le
bon fruict, si le figuier n'eust esté toutalement sterile. Celle femme representoit les Payens
& de ceux qui estans ouuertement meschans & dissolus monstroyent en eux leur calamité,
gens toutalement attaché aux choses terriennes, sans penser seulement aux eternelles & celestes. Au côtraire, le Iuif se tenoit de bout la teste leuée en la vigne du Seigneur assauoir en
la Synagogue, aorné des parolles de la Loy, & des ceremonies corporelles côme de fueilles, qui ne sçait autre chose faire sinon porter enuie & calomnier. Or le Seigneur en premier
lieu

lieu regarda la femme de ses yeux tãt amiables. Et c'est-ia vn bon presage que le salut s'en
doit soudain ensuyure. Et non content de cela, sans en estre requis il l'appella à soy. Que
bien-heureux celuy que Iesus appelle à soy, & bien-heureux qui l'oyt quand il appelle.
La femme va vers luy, pleine de bonne esperance. La maladie estoit vieille & incurable:
mais il n'y a nulle si grãde impieté ou iniquité qui ne vienne a estre effacée par la foy Euangelique. Voyans donc le fruict d'vn bon arbre, que le Seigneur requeroit en la Synagogue.
Car il dit à la femme: femme, tu es deliurée de ta maladie. Et ne dedaigne pas de l'attoucher
de son sacré corps. Si luy mit les mains dessus, & quant & quant elle deuint droitte, & en
recognoissant le benefice celeste glorifia Dieu. En cas pareil l'Esglise des Payens soudainement conuertie quitta ses idoles, quitta son auarice, quitta les vilaines conuoitises ausquelles tant de temps elle auoit esté tellement attachée qu'elle ne pouuoit aspirer à la cognoissance des choses celestes, & se print à louer la clemence de Dieu, par le benefice gratuite duquel estoit pour vne fois deliurée de tous ces vices, esquels estant detenue elle auoit esté
esclaue miserable de Satan. Or considere moy maintenant au contraire, le mauuais fruict
du mauuais arbre. Voyans cela le maistre de la Synagogue, c'est à dire, ce figuier sterile &
qui par les seules fueilles de la Loy faisoit belle monstre aux yeux des hommes, il eust despit que Iesus auoit guery la femme au Sabbath, & comme s'il eust eu quelque grand cas à
dire se vira vers la compaignie. Escoutés maintenant vne voix vrayement Pharisaique, &
d'icelle fais iugement de toute leur doctrine. Ce sainct homme, craignant que le peuple par
l'exemple de Iesus ne tomba en impieté, pouruoir à leur salut, disant auec grande authorité: Il y a six iours, durant lesquels il est loisible de faire son œuure. Parquoy si quelqu'vn
veut estre guery, qu'il vienne durant ces six iours. Mais violer le Sabbath, c'est impieté.
Ce tant sot propos, le tres-doux Seigneur ne le laissa pas passer: luy qui auoit institué le
Sabbath non pas à fin qu'on cessast d'ayder au prochain, mais bien à fin qu'il y eust vn
perpetuel repos des mauuaises œuures, lequel repos estoit figuré par ces vacatiõs & iours
de Sabbaths. Et pourautant que celle parolle du maistre de la Synagogue, auoit esté prononcée selon le sens de tous les Pharisiês, Scribes, & Legistes, Iesus respondit à tous par vn,
disans: O hypocrites que vous estes, qui laissãs là, la force de la Loy, ne vous arrestés qu'a
la seule escorce, & faittes monstre d'vne apparence de iustice, là où vous estes tant loing de
la vraye pieté: voyés combien vous estes iuges desraisonnables: Qui est-cestuy d'entre
vous, qui soit si scrupuleux, que pour la solennité du Sabbath, il en laisse de deslier son
beuf ou son asne de la cresche pour l'abbreuer? Si vous tenés que le Sabbath ne soit pas
violé du bien-faict employé à vne mõture muette: m'osés vous bien blasmer comme d'vn
cas execrable de ce que i'ay guery au Sabbath ceste fille naturelle d'Abraham, voire entant
qu'elle ressemble à son pere en syncerité de foy? Vous faittes tant de cas d'vne commodité
particuliere que vous ne faittes nulle cõscience de descheuestres l'asne au Sabbath de peur
qu'il ne meure de soif: & vous vous despités, que ceste femme de vostre nation, laquelle
Satan auoit tenue enchaînée par l'espace de dixhuict ans, ie l'ay deslié au Sabbath? S'il est
defendu d'ouurer au Sabbath, lequel des deux faict plus grande œuure, ou celuy qui des-
cheuestre l'asne & le va abbreuer, ou moy qui à la seule parolle & attouchement ay guery
vne femme entieremêt? Estes vous plus benings enuers vn beuf on vn asne, qu'enuers vne
sœur ou frere vostre? Ou obserués vous la Loy auec telle superstitiõ, que vous en mettiés
à nonchaloir ce qui est le principal de toute la Loy? Ce propos de Iesus, pource qu'il contenoit vne verité toute patente, & mesme accordant au sens cõmun de la nature de l'homme, fit auoir hõte à ses detracteurs. Car ils estoyent marris que leur gloire s'en allast amoin-
drissant enuers le peuple, enuers lequel ils s'estoyent faict valoir iusque là. Mais Iesus pour
monstrer que toute celle vaine ostentation des Pharisiens, qui auoit vne magnificque apparence de saincteté, s'esuanouyroit en brief: au contraire, que la vigueur de l'Euangile, de
tres-petits commencemens sortiroit en vne si grande estendue, qu'elle attireroit à soy tout
le monde, & ce par la mort, par Apostres abiets & idiots: il leur proposa deux paraboles
d'vn mesme argument, disant: Vous voyés que le regne de la Synagogue faict la guerre au
regne de Dieu: si est-ce que le plus fort l'emportera. Donc le Seigneur comme inspiré d'vn
nouueau esprit, à fin de rendre la compaignie plus attentiue va dire: A quoy diray-ie que
ressemble le regne de Dieu? & à quoy l'accompareray-ie, à fin que de quelque chose toute
notoire à chascun de vous, vous cognoissés quel il est? Et comme ils estoyent-ia tous attendans apres quelque comparaison magnificque, prinse du Soleil ou esclaire, il ayma mieux
deduire vne parabole d'vn legument le plus cõtemptible d'entre tous les grains. Il est semblable (leur dit-il) à vn grain de moustarde, lequel tandis qu'il est entier comme il est des

A qui est
semblable
le royaume
de Dieu.

F 2   plus

plus menus aussi est-il des plus abiets, sans resiouyr les yeux n'en couleur n'en odeur: mais s'il a quelque vigueur, il l'a au dedans. Quelque homme sage l'ayant trouué ne le mesprisa pas, ains le sema en son iardin. Et ceste semence tant contemptible leua, creut & deuint vn si grand arbre, que mesme les oyseaux se pouuoyēt mettre en ses branches, pour vn grain en rendant mille. En cas pareil le regne de Dieu, quand il semblera estre du tout esteint, ce sera alors qu'il s'estendra au long & au large. Et à quoy encore accompareray-ie

Il est sembla-ble au leuain.

le regne de Dieu? Il est semblable à vn petit morceau de leuain, qu'vne femme prudente cache en trois mesures de farine pestrie, & l'y laisse comme enseuely, iusques que de peu à peu, il fasse leuer toute la farine pour grand qu'en soit le monceau: ainsi la doctrine de l'Euangile qui est abiette, occupera vn iour toutes les nations du monde. Ces propos tenus, Iesus s'en alloit où ce grain deuoit estre enfouy en terre, & où le leuain deuoit estre caché en la farine. Car il tiroit vers Ierusalem, où il sçauoit qu'il deuoit estre mis à mort. Mais par le chemin il enseignoit chascun par toutes les villes & villages, de peur que l'Euangile ne perdit le moins du monde de temps. Or pourautant qu'il auoit baillé quelques enseignemens souuerains, de vendre son auoir, de viure au iour la iournée, à la façon des corbeaux & des lys: de ne debatre point auec l'aduerse partie quelqu'vn luy alla demāder: Maistre, y en a-il peu de sauués? Car ie pense que bien peu de gens embrasseront la doctrine que tu mets en auant. Et d'autre part, la parabolle du grain de moustarde & du leuain semble promettre le contraire, assauoir que la vigueur du regne de Dieu paruiendra à plusieurs. Et Iesus pour monstrer que le renom & cognoissance de la doctrine Euangelique, item la puissance de faire miracles paruiendroit bien à plusieurs: au reste, que personne ne seroit sauué s'il ne mettoit ius toutes conuoitises de ce monde, & suyuoit l'abiection de Christ, il dit: Efforcés

Efforcés vous d'entrer.

vous d'entrer par la porte estroitte. Ce n'est pas chose qui aduienne aux endormis. Il faut s'y esuertuer: L'entrée est estroitte, mais laquelle meine à la largeur du royaume des cieux. Par ceste porte ne peuuent passer gens chargés de richesses, comblés d'honneurs, farcis de bombāces appesantis d'auarice, enflés & esleués d'arrogāce. Tels gens choisissent la voye large, spacieuse & plaisante de premiere entrée, mais laquelle meine à la mort. Parquoy efforcés vous maintenant d'y entrer, tandis que l'entrée est ouuerte: secoués tous fardeaux, à fin que puissiés passer par l'entrée estroitte. Car ie vous asseure bien d'vn cas, qu'il y en aura vn iour plusieurs qui voudront entrer & ne pourront, apres que l'entrée sera vne fois close. Car depuis que le pere de famille sera entré & aura vne fois fermé l'huis, que maintenant est ouuert à tous ceux qui s'efforcent: alors, mais trop tard, vous repentirés vous, & recognoistrés vostre faute, si que portāt enuie à ceux qui seront entrés, vous vous mettrés à assieger l'huys & à frapper à la porte, disans: Seigneur, ouure nous. Mais luy alors comme au parauant il n'aura pas esté ouy vous semounāt d'enstrer, ne vous ouyra point aussi, ains vous fera telle response: I'ouy bien le nom de Seigneur, mais ie ne vous trouue point mes seruiteurs: cherchés celuy à qui vous aués seruy. Alors vous commencerés à dire: Seigneur, que veut dire que maintenant tu ne nous recognoys pas? Tu as prins naissance entre nous, nous auons beu & mangé auec toy: & as enseigné en noz places. Nous sommes tes disciples, & mesme nous auons guery les malades en ton nom, & ietté les diables. A quoy respondra le pere de famille: Les choses que vous racontés ne font pas que ie soyés vrays disciples. Qui me suyura à la trasse, celuy là recognoistray-ie pour disciple mien. Vous, ie ne sçay dont vous estes. Departés vous de moy: rien ne vous profitera d'auoir eu cognoissance de la Loy, rien de m'auoir ouy, rien l'accointance de nation, ou la familiarité & hantise, ne rien tout les miracles que pourriés auoir faict en mon nom. Quiconque porte enuie ou hayne à son frere, quiconque pouruoit à sa propre gloire au dommage de celle de Dieu, quiconque prefere l'argent à la charité qui doit au prochain: vn tel de quelque nation qu'il soit, n'est pas des miens. Allés vous en donc, receuoir le salaire qu'aués merité, de celuy auquel vous aués seruy. Mes seruiteurs d'autāt que quant & moy & pour l'amour de moy ils ont enduré: ils iouyront quant & moy de la resiouyssance du bācquet eternel. Mais vous qui aués preferés les voluptés de ce siecle a la felicité eternelle, allés vous-en où il en aura bien à pleurer & grincer les dens. Ce sera vn accroissement de vostre calamité quād vous verrés la felicité des autres, lesquels vous aurés icy persecutés. Car vous verrés voz peres Abraham, Isaac, & Iacob, & tous les Prophetes lesquels ont esté ou affligés ou mis à mort par voz ancestres: vous les verrés di-ie, bancquetter au royaume de Dieu, & vous leurs enfans estre chassés dehors, sans que la prerogatiue de race & parenté vous profite de rien du monde: rien ne vous aura seruy l'obseruation de la Loy, rien de m'auoir ouy, ne riē d'auoir faict des miracles: il failloit entrer par foy à ceste felicité.

Auec

Auec tout cela, il y aura encore vne autre chose, qui vous poindra bien plus viuement les cœurs. Vous estans repoussés, vous qui pensiés qu'autre que vous seuls ne deussent estre receus: il en viendra de toutes les nations de tout le monde, de toutes contrées de la terre, pesle mesle sans aucune difference, qui n'ont eu nulle affinité auec Abraham, Isaac, & Iacob, nulle cognoissance de la Loy, ne nulle familliarité auec moy, & tout à coup par foy seront adoptés enfans d'Abraham, & bancquetteront au royaume de Dieu. Par ainsi la chose ira tout autrement que vous n'aurés pensé. Ceux qui sembloyent estre les plus prochains du salut, en seront les plus loing reiettés. Et ceux qui selon vostre iugement estoyent du tout eslongnés de Dieu, idolatres, centeniers, publicains, gendarmes, putains, auront les premiers lieux au royaume de Dieu. Or pourautant que Iesus par tout où il se rencontroit, enseignoit auec grande hardiesse ces choses, lesquelles les Iuifs n'oyoyent pas volontiers, quelques Pharisiens pour l'intimider & empescher la predication de l'Euangile, luy allerent dire: Sauue toy, & t'en-va de Galilée. Car Herode le roy de ceste prouince te veut mal, & ne cherche que l'occasiõ de te tuer. Que si tu n'aduise à toy, il ne t'en fera pas moins qu'a Iean. Mais Iesus pour monstrer qu'homme du monde ne luy pouuoit faire aucune nuysance, si luy mesme ne le vouloit: & qu'il ne mourroit, sinon au temps qui luy estoit ordonné, non par autre genre de mort, ny en autre lieu, qu'il estoit conclu & arresté, leur respondit: Allés-moy dire à ce regnard, qui par vne finesse humaine se pense bien pouuoir quelque chose contre le conseil de Dieu, allés, di-ie, luy dire que ce n'est pas vn affaire humain que ie manie, & qu'il ne m'est pas loysible de cesser deuant le temps limité de Dieu, Herode n'a que voir en cest affaire. Car comme son authorité ne peut bailler à homme de faire ces choses: ainsi ne peut-il empescher personne, de mettre à chef ce qu'il a entre mains. Mais pourquoy m'empescheroit-il, si ce que ie fay est bon? Ie chasse les diables, & guery les maladies. Ces choses fais-ie tout pour rien, & ne les feray pas long temps. Le temps est brief, & lequel plusieurs desireroyent plus long: mais mon Pere & moy l'auons ainsi arresté, que pour le salut des hommes ie fasse ces choses auiourdhuy & demain, & au troisiesme iour ie mettray mes œuures à chef. Il ne faut pas donc qu'en ce peu de temps ie cesse de m'acquitter de l'office qui m'est enchargé: ains me faut executer ma charge auec tant plus grande diligence, que l'espace & briefue. Et pourtant il ne faut-ia que ie me cache d'Herode, ains m'en faut aller en Ierusalem, où i'ay à mourir, à fin que l'impieté de celle ville qui se vante du nom de religion, soit notoire à tout le monde. Car aussi est-elle la vieille meurtriere des Prophetes. Et n'est pas conuenable qu'aucun Prophete perisse hors de Ierusalem. Et ce pendant le pitoyable Seigneur, qui pour sa bonté desiroit que tous hommes fussent sauués: preuoyant la ruyne extreme appareillée à celle ville incurable, qui apres auoir tant de fois mesprisé la bonté de Dieu, l'appellant à amendemẽt, auroit merité la puniton derniere, se prend à la deplorer en ceste maniere. O Ierusalem, Ierusalem, vieille meurtriere des Prophetes, qui lapides ceux qui te sont enuoyés: combiẽ de fois me suis-ie essayé d'assembler tes enfans & me les conioindre, ne plus ne moins que faict vne geline ses possins sous ses aisles, de peur qu'il ne perissent: mais ton obstinatiõ a vaincu ma bõté. Et comme si tu estois destinée à perditon, tu reiettes tous remedes, qui te peuuent guerir. Parquoy, puis que tu ne veux mettre nulle fin à ton impieté, vne griefue calamité t'attẽd. Car vostre maison vous sera laissée deserte, & tellement deserte, qu'a peine restera-il aucune apparence de ville en celle qui maintenant se vante estre le chef de la religion. Toute vostre gloire vous sera ostée & s'en ira vers les Paysns. Vous-mesmes donnerés la sentence cõtre vous. Il est biẽ vray que vous me tuerés: mais ie vo⁹ dy pour certain, que vous ne me verrés, que premier le temps ne viẽne que vous dirés: Benit soit qui vient au nom du Seigneur. Voyla le tesmoignage que la verité tirera de vous: ce nonobstant vous retournerés soudain au naturel de voz ancestres, & tuerés celuy que vous aués magnifié.

En ce mesme iour vindrẽt.

Ierusalem qui tué.

CHAPITRE   XIIII.

Duint quelque temps apres qu'estant inuité d'aller bancquetter chés vn des principaux Pharisiens, il y alla: & y print son repas. Or estoit-ce vn iour de Sabbath. Et estoyent aussi à table plusiours autres Pharisiens, qui selon leur coustume espioyẽt Iesus s'il diroit point ou feroit quelque chose, dont ils peussent le calomnier. Et voyla toute preste vne occasion de calomnie. Car il y auoit là vn homme hydropicque, maladie presque incurable, qui le rendoit tout pasle & enflé: mais à qui profitera beaucoup d'estre venu en la presence de Iesus. Et malheureux le pecheur, qui se retire de la veue de celuy, qui desire que tous soyent sauués. Or Iesus bien cognoissant ce

Il y auoit vn homme hydropique.

F 3   que

que les Pharisiens,& Legistes pensoyent à part eux, leur demanda s'il estoit licite de guerir
au Sabbath vn homme, qui s'en alloit perir. Et comme ils ne disoyent mot, Iesus appella à soy l'hydropicque, le toucha & le guery, & l'enuoya. Et toute à l'heure la couleur luy
changea, & s'abbaissa son enfleure. Ce faict combien qu'il fust admirable, toutefois cela
desplaisoit aux Pharisiens, que la solennité du Sabbath en estoit violée: Et Iesus pour
monstrer que leur religion alloit à rebours, qui s'offensoyent en la guerison d'vn homme,
& en celle d'vn asne non, il respondit à leurs secrettes pensées & dit: Si l'asne, ou beuf de
quelqu'vn d'entre vous autres estoit tombé en vn puis au Sabbath assauoir-mon si vous
attendriés que le Sabbath fust passé, ou plustost si sans aucun delay dés le mesme iour
vous ne l'en tireriés pas, de peur qu'il ne vinst à perir? Si la vie d'vn beuf ou d'vn asne
vous est chere, que vous ne pensés que le Sabbath en soit violé: pourquoy vous scandalisés vous qu'au Sabbath i'ay guery ce poure homme, qui s'en alloit perir d'hydropisie?
Si on veut considerer l'œuure, il y a plus d'œuure à tirer vne monture, qu'à guerir ce poure homme. Ie l'ay regardé, ie l'ay attouché, ie l'en ay enuoyé. Si vous aués esgard à la
personne, le salut d'vn seul homme vous doit estre en plus grande estime, que la vie d'vne
infinité de beufs & asnes. A ce propos se teurent tous coys les Pharisiens,gens qui auoyent
les cœurs si corrompus & depraués, que combien qu'ils n'eussent que respondre à la verité manifeste, neantmoins ils ne pouuoyent trouuer bon, chose qu'ils vissent faire à Iesus. Que s'ils eussent peu faire quelque chose de tel, ils eussent employé toutes les trompettes à publier leur gloire. Au contraire,pour ce que le Seigneur Iesus vouloit que la gloire de toutes ses œuures retournast vers Dieu son pere, par tout où il se rencontroit, il decouuroit la saincteté fardée des Pharisiens: qui auoyent par trop long temps abusé le
simple peuple. Car ils pourchassoyent leur propre gloire enuers les hommes, & pourtant
portoyent-ils enuie à la gloire de Dieu. Et c'estoit là vne vraye hydropisie de l'ame, procedante d'vn entendement & iugement corrompu, comme d'vn foye interessé. Car en
mettant la gloire és choses esquelles il ne failloit chercher nulle gloire, il estoyent enflés
d'vne vaine ostentation au dehors : au dedans auoyent toutes les entrailles toutalement corrompues & pourries. Pour ceste cause le Seigneur qui au toucher auoit guery
l'hydropicque, tasche aussi de guerir la maladie des Pharisiens, à tout le remede de la parolle de salut. Car quoy que fissent les Pharisiens, ils le faisoyent par orgueil & vaine
ostentation. Ils se pauonoyent à tout leurs larges franges, prioyent és carrefours, donnoyent l'ausmone le faisant crier à son de trompe, ieusnoyent, se ternissans le visage par
art, cherchoyent és places les salutations magnificques, és bancquets briguoyent les
places les plus honnorables. Tant estoit grande leur soif d'vne tres-sotte gloire, tant
grande leur enfleure & arrogance, & au dedans, il n'y auoit rien d'entier. Or fut aisément guery l'hydropicque car il recognoissoit sa maladie & en desiroit guerison. Mais vne
maladie de l'ame ne peut estre guerie, si on ne la recognoist. Iesus donc voulut taxer
l'arrogance de ceux, lesquels ce principal Pharisien auoit semons, non pour courtoisie
qui fust en luy: mais pour ostentation, les voulant, di-ie, taxer qu'estans appellés aux
bancquets ils demandoyent le lieu le plus honnorable, se complaisans s'il leur escheoit
d'estre assis honnorablement: se desplaisant, si autrement leur aduenoit. Comme encore auiourdhuy nous voyons presque estre les pompes solennelles de messieurs noz maistres, toutefois & quantes que de la Synagogue on va droit aux festin. En la Synagogue ils sont assis és sieges eminents, comme d'enhaut regardans les autres par mespris:
prests à ietter du coude celuy qui seroit assis aupres d'eux, plustost que de quitter leur
place à homme du monde. Quand ils entrent, le bedeau leur faict faire voye, repetant
par plusieurs fois ce titre d'honneur: Si on ne se leue deuant eux, quand ils passent, ils
s'en offensent. Item si on ne leur oste le bonnet,& on ne s'ose s'asseoir que premier ce Rabbi
qui entre, ne soit assis. Cependant le temps s'en va si bien apres telles sottes ceremonies,
qu'on n'a pas le loysir de rien apprendre. Et aussi ces messieurs noz maistres n'y vont-ils
pas pour apprendre, ou enseigner: mais bien pour pourchasser gloire enuers le peuple.
Ils y vont en bien grande pompe, mais encore en retournent-ils en plus grande. On diroit que ce sont ieux solennels, ou l'enterrement & obseque de quelque riche homme.
Là de-rechef il y a debat du lieu. Il n'y a celuy qui n'estime que grand tort luy est faict, s'il
est à la senestre d'vn, qui luy semble inferieur. Finalement quand ce vient aux bancquets,
il y a vn merueilleux combat touchant les places. Qu'est-il besoing de tant de parolles? Tout tant qu'ils font n'est qu'hydropisie, ce n'est qu'vn pourchas de vaine gloire:
là où cependant enuers le peuple ils veulent estre tenus pour dieux. Iesus donc desirant
d'enseigner

d'enseigner à gens qui sont entachés de telle maladie, que ce n'est pas vne vraye gloire que
celle qu'on pourchasse, mais bien celle qui quãd on l'a bien meritée, s'en fuyt: proposa vne
parabole, touchant courtoisement la conscience d'vn chascun, en sorte toutefois qu'il ne
nomma personne. Quand tu seras (leur dit-il) conuié à quelques nopces, garde toy bien
de te saisir toy-mesme du plus haut lieu de la table de peur qu'apres que tu seras assis, il
ne suruienne quelqu'vn plus honnorable que toy, puis celuy qui a inuité & toy & l'autre,
vienne te faire leuer, & faire place au plus honnorable: & alors au lieu de la gloire pretendue tu receuras ignominie, & te faudra honteusement prendre la derniere place. Ainçois
plustost quand tu seras conuié à quelque bancquet honnorable, va t'asseoir au plus bas
de la table à fin que quand viendra celuy qui t'a conuié, il te die: Mon amy, monte en vne
place plus honnorable, alors ta modestie te tournera en gloire ãuers les autres conuiés.
Ils cognoistront ta modestie, en ce que tu te seras choysi la derniere place: & ta dignité par
celuy qui t'a conuié. Ainsi en prend-il en la vie de l'homme: Tant plus vn homme est
grand, de tant plus se doit-il abbaisser, iusqu'à ce que vienne celuy qui esleue en vraye &
perpetuelle gloire les abiets selon le monde, & abbaisser les hautains & esleuès. En cas
pareil au regne de Dieu le populaire a esté receu iusqu'a auoir monté à la dignité Apostolique: les sacrificateurs, Scribes, Pharisiens & legistes en ont esté reiettes. Les Payens recognoissans leur petitesse, ont esté haussés iusqu'à la participation de la gloire eternelle. Les Iuifs qui tous seuls vouloyent regner en ce bancquet, maintenant ou ils n'y ont
point de place, ou ils ont la derniere. Et touchant celle parabole, elle s'addresse aux hautains Pharisiens. Le Seigneur en proposa vne autre qui touchoit particulierement le principal Pharisien qui l'auoit conuié. Car les riches quand ils veulent estre vͤs hospitaliers,
ils n'appellent pas les gens pour les refectionner: mais bien pour estre pareillement inuités d'eux, ou pour s'en pourchasser gloire. Et cela certes n'est pas hospitalité, ains ambition, ou auarice, ou tous les deux. Car liberalité c'est celle qui volontiers faict bien à toute personne sans esperance d'en retirer aucune recompense. La parabole est telle: Si tu
veux bien employer ton bancquet, si quelque fois il te vient à cœur de faire quelque
disner ou soupper, n'y conuie pas tes amys qui n'ayent que faire de ta liberalité, ou à
qui tu soyes redeuable, de peur que tu ne sembles ou leur rendre la pareille, ou pourchasser recompense, ou les conuier de honte, de peur d'estre veu ingrat: ny tes freres ou voysins, de peur que le bien-faict ne semble estre baillé à laffection: ny les voysins riches, de
peur que la recompense du bancquet baillé ne soit perdue pour toy. Or sera-elle perdue, si eux te rendent la pareille, & te font vn bancquet ou esgal, ou mesme plus plantureux. Car le benefice ainsi recompensé, ils ne seront de rien tenus à toy: mais si tu veux
bien employer ton bancquet, dont tu puisses retirer vne fort ample recompense, non
des hommes mais de Dieu, conuie les poures, foybles, aueugles & boyteux. En refection-
nant telles personnes, refectionne Dieu. Tu me diras: En telles gens on y pert la peine
& la despense: car ils n'ont dequoy rendre la pareille & sont tousiours disetteux. Pour cela seras-tu heureux qu'ils n'ont de quoy te recompenser. Il est vray, qu'ils n'ont dequoy:
mais ils ont vn tres-riche defenseur, qui mettra sur ces contes, tout le bien qu'on leur
aura faict, iceluy pour des biens temporels t'en rendra des eternels. Ne soys point trop
hastif à demander le salaire. Celuy à qui tu prestes est seal. Et de faict, il te recompensera sans faute nulle, sinon en ceste vie (combien qu'icy aussi il le doyue faire) pour le
moins il le fera en la resurrection des iustes. Or celle parabole du Seigneur ne s'entendoit pas seulement de refectionner & bancquetter les poures, mais aussi de soulager le
prochain en toute necessité, soit qu'il ait besoing ou d'estre enseigné, ou aduerty, ou
consolé, ou par quelque autre deuoir de charité auancé à salut. Et ces choses faut-il
faire à Dieu, & non à l'homme.   Ayant Iesus tenu ces propos touchant le bancquet
nuptial & la resurrection des iustes: quelqu'vn des conuiés, touché, comme par songe,
du desir de ce bancquet celeste, va dire: Bien-heureux celuy qui mangera du pain au
regne de Dieu, comme voulant donner à entendre, qu'il y en auroit peu à qui escherroit
ce bon heur, comme aussi si toutes gens ne deuoyent pas estre receus à ce banquet:
ains seulement les Iuifs, ou mesme les principaux d'entre eux. Et le Seigneur Iesus proposa vne parabole monstrant que lesIuifs ont bien esté appellés des premiers, à fin qu'
ils ne pensent se plaindre qu'on les eust mesprisés: mais puis qu'addonnés aux choses
mondaines ils refusent de venir estans appellés, en preferant les biens perissables à la

F   4   vie

vie eternelle, que toutes nations indifferemment viendroye à estre appellées, pour remplir
la compaignie de l'Esglise. La parabole estoit telle : Il y eut vn homme fort riche qui se deli-
Vn homme bera de faire vn soupper magnificque, & y conuia à force gens. Or s'approchant l'heure
fit vn grand de soupper il enuoya signifier par vn sien seruiteur à tous les semons, que le temps du soup-
soupper. per estoit venu, qu'ils se hastassent. Il les auoit semons iadis par les Prophetes, maintenant
il leur denonce par Iean & le fils de l'homme. Venés, dit-il, car tout est-ia prest. A ceste semonce lors qu'ils pouuoyent iouyr du soupper long temps attendu, il se prindrent tous
d'vn accord, à s'excuser, l'vn sur cecy, l'autre sur cela. Car le premier ententif à l'augmenta-
tion du bien de sa maison, & preferant le gaing d'vne possesion terrienne à celuy de la felicité eternelle respondit au seruiteur qui le pressoit de venir. I'ay acheté vne mestairie au
champ, & m'est force d'y aller pour voir quel achet i'ay faict. Ie te prie que ton maistre me
tienne pour excusé. Il s'en alla à vn autre : lequel malade d'vne semblable maladie que le
premier, respondit : I'ay acheté cinq iougs de beufs. Il me faut aller les essayer, pour voir si
i'ay esté bon marchant. Ie te prie, fais tant enuers ton maistre, qu'il me tienne pour excusé:
& que i'yroye volontiers si i'auoye le loysir. Le seruiteur alla vers le troisiesme : lequel aussi
s'excusa, disant : I'ay prins femme : & tu sçays combien la chose est penible, combien de
soucys elle traine quant & soy : & pourtant ores que i'eusse bien grannde affection dy venir, si ne puis-ie pour le present. Apres que par telles & autres deffaittes tous se furent excusés, le seruiteur retourna le rapporter à son maistre. Adonc le maistre despitant qu'eux
appellés de plein gré à vn si honorable & heureux bancquet, s'excusoyent tous pour choses de neant : pour le donner vn plus grand creue-cœur à l'aduenir, si tost qu'ils enten-
droyent & combien grand est le bien qu'ils auoyent mesprisé & quels gens seroyent puis
succedé en la communauté de la felicité reiettée, il dit à son seruiteur qui les auoit inuités.
Va-t'en vistement par les places & rues de la ville ; & tous ceux que tu rencontreras, manchets, aueugles, & boyteux, ameine les à mon bancquet. I'ay faict cest honneur aux autres
de les appeller les premiers: ils n'ont dequoy ce plaindre: leur dedaing ne perdra pas mon
bancquet. Ils s'en trouuera qui en iouyront, encore que ceux là refusent l'honneur qui
leur est presenté. Ie feray que ceux qui s'estiment grands personnages porteront enuie aux
aueugles, manchets, & boyteux, & aux plus abiects du monde. Le seruiteur ayant executé se que le pere de famille luy auoit enchargé, retourna luy dire : Maistre, i'ay amené tous
ceux que i'ay rencontrés, mesme ceux des carrefours, & si reste encore de la place vuyde en
ton bancquet. Car aussi l'as-tu appareillé fort ample & pour receuoir vne infinité de gés
inuités ? Et le maistre desirant que le bancquet appareillé fust profitable à plusieurs, dit au
seruiteur : Va-t'en de-rechef, va (di-ie) mesme hors la ville par les chemins & hayes, &
amasse gens de toutes pars, mendians, estrangiers voyre les plus incogneus : que s'il leur
greue de venir, importune les iusqu'à les contraindre de venir chés moy, tellement que finalement ma maison soit pleine. Et ie vous dy pour certain que pas vn de ceux là, à qui
cest honneur auoit esté faict d'estre appellés les premiers, & n'en ont tenu conte, ne gou-
stera de mon soupper. Ils s'en pourront bien repentir vn iour, quand ils verront les delices & magnificence du bancquet, & porteront enuie à ceux ausquels leur desdaing aura
donné place : mais ce sera alors temps perdu à eux de vouloir entrer, veu que quand ils
pouuoyent, ils se sont excusés. Quand Iesus eut tenu ces propos au bancquet des Phari-
Et se retour- siens, il poursuyuit son chemin en Ierusalem : où l'accompaignent vne fort grande troup-
nāt leur dit, pe de gens. Mais le suyuoyent des pieds, qui n'eussent peu le suyure par exemple de vie.
Car il alloit à la croix, à laquelle il faut estre tout appareillé de la porte quiconque veut
estre de ses disciples. Il se reuira donc vers ceux qui le suyuoyent & leur dit: Ce n'est pas quiconque me suyt des pieds du corps, qui vrayement est de mes disciples. Que nul ne s'adioingne à moy, n'est qu'il soit appareillé aux mesmes choses ausquelles ie me haste d'aller.
Il faut que celuy renonce à toutes humaines affections, lequel voudra estre mon disciple
perpetuel. Et de faict, qui vient à moy, sans hayr son pere, sa mere, & femme, & enfans, &
freres & sœurs, voire, qui plus est, sa propre personne, il ne peut estre mon disciple. Et à qui
greue de porter sa croix, & ainsi me suyure : il ne peut estre mon disciple. Autrement si quelqu'vn vient à moy, estant addonné aux affections humaines des richesses, honneurs, voluptés, peres & meres, parens, alliés, à l'amour de ceste vie, à crainte de mort & autres telles
vn tel à toute occasion placquera là son entreprinse. Parquoy deuant que te mettre apres
vn qui n'est en rien delicat, prepare toy à toutes les difficultés qui sont à endurer, Autrement il vaudroit beaucoup mieux n'auoir rié entreprins, que de quitter là son entreprinse.
Tout pour le moins il faut en cest endroit vser de telle prouidence, qu'on faict ordinairement

mentés choses de beaucoup moindre importance. Car qui est celuy d'entre vous tant deCar qui est
prouueu de sens, qui s'il a enuie de bastir vne tour, se mette, incontinent & à la volée apres celuy d'en-
la besongne. Non seulement il dit à part soy: I'auray vne tour, mais deuant que mettre les tre vous.
fondemens, il s'assied & pouriette à part soy par le menu, combien il faut faire de despense
pour acheuer la tour. Que s'il trouue que son auoir est par trop mince pour pouuoir porter les frais necessaires, il s'en deporte: de peur que si apres auoir vne fois mis les fondemens, il venoit puis apres à tout quitter, d'autant qu'il n'auroit pas la puissance de la paracheuer, tous les passans qui verroyent l'œuure entreprinse & puis laissée, se prennent à
le mocquer, disans: Cest homme là a commencé de bastir, & n'a peu acheuer. Que si la honte est de si grande importance euuers les hommes, que nul n'ose commencer vn bastiment
sans auoir consideré de son pouuoir: combien plus deués vous sonder la force de vostre
cœur deuant que vous sassiés profession de me deuoir suyure: veu que si vous venés vne
fois à vous en reculer, ce vous sera grande ignominie enuers les Anges de Dieu. Ce n'est
pas chose delicate que me suyure. Et n'est pas assés d'auoir beau babil, n'est que la force
se responde à l'affaire. Et qui est le Roy si peu prouuoyant, qui si veut aller faire guerre contre vn autre Roy, auant que rien entreprendre, ne s'assie premierement & considere tout
à loysir les forces de son royaume, assauoir-mon s'il est expedient d'aller à tout dix mille
hommes au deuant de l'ennemy qui vient contre luy à tout vint mille? Que s'il se trouue trop foible pour pouuoir faire teste à l'ennemy, auant qu'iceluy fasse ses approches,
il luy enuoye des ambassadeurs, pour traitter paix. Et aussi c'est bien le meilleur, que d'experimenter la chance de la guerre sans auoir de quoy pouuoir tenir bon. Car il est plus
honneste d'aduiser, auant que d'entrer en guerre, de moyenner & pacifier les affaires,
qu'apres auoir esté deffait, accepter la paix voyre auec conditions plus des'honnestes.
Que si en telles choses les hommes sçauent bien calculer quel est leur pouuoir, auant
que rien entreprendre combien plus vous conuient-il faire le mesme en cest affaire, veu
qu'il n'en est point ne de plus grand, ne de plus fort? Quiconque donc est celuy d'entre vous qui me suyt sans auoir renoncé d'affection à tout ce qui possede: il ne peut estre
mon disciple. Il faut estre ou franc disciple, ou du tout rien. Car il n'y a rien de plus abiect qu'est celuy qui apres auoir faict la profession de suyure l'Euangile s'en recule estant
vaincu des conuoitises charnelles. Or il faut que celuy qui est mon disciple ressemble
au sel. Le sel s'il a vigueur, sert pour contregarder & confite toutes viandes. Que s'il cesseLe sel est bon
vne fois d'estre sel, & celle vigueur naturelle s'esuanouyt, de sorte que le sel ait besoing de
estre salé luy-mesme, il ne se peut nullement faire qu'il serue à aucun vsage. Car il ne
peut rien assaisonner, & ne peut estre assaisonné d'vn autre sel. Toutes autres choses, ores
qu'elles se corrompent, seruent toutefois à quelque vsage: comme le vin quand il est poussé, on en faict du vinaigre. Le sel, de sa nature apporte bien vn grand profit, mais vn seul:
s'il perd vne fois sa saueur, desia il ne sert plus de rien aux hommes, en quelque vsage que
ce soit: tellement qu'il n'est pas mesme bon pour vn fumier, où on iette toutefois les choses plus corrompues. Car il cause sterilité estant meslé parmy le fient, & tant s'en faut que
il apporte nulle part aucune vtilité, qu'il endommage mesme tout ce qu'il attouche. Par
ce propos le Seigneur Iesus amonnesta la temerité d'aucuns qui vouloyent estre veus
ses disciples, là où il sçauoit bien que mesme en ce petit nombre qu'il auoit choysi d'entre
tous perdroyent courage de l'horreur de la croix. Mais à fin que ce propos se fichast en
leurs cœurs pour estre entendu puis apres, il dit consecutiuement. Qui a oreilles capables pour ouyr tels propos, les oye. Car tous n'ont pas les oreilles pour pouuoir porter
tels propos.

C H A P I T R E   X V.

R comme tout le commun peuple s'assembloit vers Iesus, sans qu'il reiettast
ou desdaignast personne il y eut aussi des publicains & mal-viuans qui prindrent la hardiesse de s'approcher de luy de plus pres: gens que les Pharisiens ont ordinarement en grande abomination, pour ostentation de saincteté:
là où le tres-certain signe de saincteté soit, ne desdaigner point le pecheur, ains chercher
tous les moyens de lamener à repentance, & s'il se repent s'en resiouyr. Donc les Pharisiens combien qu'ils fussent au dedans pleins d'arrogance: d'enuie, de hayne, d'auarice, &
d'orgueil, toutefois s'estimoyent estre iustes, voyans que le Seigneur Iesus ne desdaignoit
de se communicquer aux publicains, & autres diffamés pour leurs pechés manifestes:
comme sont macquereaux & putains, ils murmurent à l'encontre de sa clemence, disans:
Cestuy

Cestuy-cy faict profession d'vne nouuelle saincteté,& toutefois il ne fuyt point la compaignie des meschãs,ains les pecheurs, ie dy les pecheurs manifestes il les reçoit & deuise auec
eux:& tant s'en faut qu'il fuye leur accointance,que mesme il mange auec eux, ne considerant point que de la frequentation des meschans les bons en sont souillés. Et Iesus pour
toutalement arracher du cœur des siens, ceste arrogance inhumaine, proposa trois paraboles d'argumens dissemblables, tendantes toutefois à vn mesme but : assauoir à vser de
souueraine clemence enuers le pecheur penitent : lequel non seulement on ne doit point
reietter quand il vient a s'amender,mais aussi le faut par tous moyens inuiter à repentãce.
La premiere parabole est telle : Combien Dieu est loing (dit-il) de reietter le pecheur penitent, vn chascun en peut faire iugement de soy-mesme. Y a-il personne entre vous qui ait
vne centeine de brebis ? Or chascun ayme son bien, & voudroit n'en rien perdre. Et que fera-il donc si des cent brebis l'vne vient a s'esgarer ? Ne sera-il pas tellement touché de la
perte d'vne seule, qu'il en laissera les quattre vints & dixneuf au desert, & tout soucieux
s'en courra apres la perdue,pour ne se dõner aucun repos, que premier il ne l'ait trouuée?
Et quoy s'il aduient qu'il trouue la brebiette esgarée ? Certainement il la chargera sur ses
espaules tout ioyeux,& s'en ira la ioindre au trouppeau, faisant plus grãd feste d'vne seule
recouuréc, pour laquelle il auoit esté en crainte, que du bon portement de tout le trouppeau, dont il n'estoit en soucy. Or la ioye est bien si tref-grande, qu'il ne se peut pas tenir
qu'il ne la communique aussi aux autres . Car estant de retour en sa maison, ne plus ne
moins que s'il estoit augmenté de quelque gaing singulier, il appelle ses amys & voisins,&
leur dit : Resiouysses vous auec moy, & comme amys soyés participans de ma ioye, puis
qu'ainsi est qu'entre amys tout doit estre commun, car i'ay trouué ma brebis perdue. Si vn
bon pasteur porte vne telle affection à son trouppeau, quelle affection pensés vous que
Dieu porte au genre humain, lequel il a crée, lequel il nourrit, lequel il a destiné à felicité
eternelle pour la gloire de son nom? Ne se souciera-il riẽ du pecheur, esgaré du trouppeau
par Satan? Mais plustost,selon qu'il est misericordieux, & aymant ses creatures n'y aura-il
chose qu'il ne fasse pour recouurer vne creature perdue ? ne receura-il pas auec grãde ioye
le penitent pour la perte duquel il auoit esté en tristesse ? Ie vous dy pour tout certain que
comme ce pasteur là pour vne brebiette recouurée se resiouyt auec ses amys & voisins: sem
blablement tous les Anges du ciel meneront plus grande ioye d'vn pecheur qui s'amende, que de quatre vints & dix neuf iustes, qui n'ont que faire de s'amender ? Cest exemple
conuenoit specialement au Seigneur Iesus, qui seul est ce pasteur souuerainement bon, lequel a reconcilié au Pere, le genre humain qui estoit perdu, en payant du sien ce que nous
auions desseruy, & portant noz pechés en son corps. Et combien qu'il n'ait trouué nulle
nation, qui ne fust detenue en beaucoup de pechés, ce neantmoins les Iuifs accomparés
aux autres nations sembloyent auoir vne apparence de iustice, en ce qu'il adoroyent vn
seul Dieu,& obseruoyent la Loy baillée de Dieu.Et y en auoit entre les Iuifs,qui estans plus
addonnés aux ordonnances de la Loy, pensoyent n'auoir que faire de penitence. Mais la
iustice de telles gens apporta moins de ioye au sainct Pasteur, que nõ pas les Payens ce re-
titãs de vices fors enormes & manifestes,des idolatries, des adulteres, & voluptés hydeu-
ses.Et entre les Iuifs Paul a plus illustré la misericorde de Dieu,en deuenant de persecuteur
Apostre,que si tous coyement il eut meslé Christ auec son Iudaisme:ce que plusieurs firent
pour lors. Or generalement la parabole s'addressoit aux Apostres & aux Euesques leurs
successeurs.Car tels doyuent representer l'affection de Christ principal Euesque enuers son
trouppeau, ouy s'ils ne sont pas pasteurs mercenaires . Car il aduient souuent que ceux
qui des pechés enormes & manifestes se conuertissent à la vraye pieté,deuancent de beaucoup en estude de pieté ceux qui iamais ne tomberent en telles enormités . Tels doncne
desdaignera pas le pasteur Euangelique,ains essayera tous moyens iusques qu'il les ait ramenés en la bergerie de l'Esglise. Les repentans, il les receura en grande & solennelle ioye.
Grondent les Pharisiens, qui s'appuyans sur vn fard de iustice, ne peuuent comprendre
combien plus est aggreable à Dieu misericorde,que nõ pas sacrifice? Ceux qui sont vrayement iustes, & amys du bon pasteur, meneront plus grande ioye de la brebis recouurée,
que d'vn grand tas, se confians en leur froide iustice. Car ils ne mettent point en conte les
fautes passées,lesquelles Dieu à pour vne fois gratuitement pardonnées & oubliées, mais
applaudissent à celuy qui retourne à vne estude de nouuelle vie. Il ne pouuoit retourner,si
le pasteur ne l'eust rapporté sur ses espaules : & pourtant la compaignie des saincts se refiouyt de la bonté de Dieu , sans porter enuie à autruy pour la chose qu'vn chascun a experimentée en soy, ains estiment commun à tous ce qui aduient à chasque membre soit
                                                                                        bien

blé ſoit mal. Or eſt-ce choſe raiſonnable que la ioye ſoit cõmune à toute l'Eſgliſe puis que
la triſteſſe & ſoucy a eſté commune à tous. Voyla donc quelle eſtoit la premiere parabole
par laquelle le Seigneur taxe la iuſtice Phariſaique & arrogante, laquelle touchant les pecheurs les hayſſoit & fuyoit ſeulement : là où l'office de vraye pieté ſoit de procurer le ſalut de tous les pecheurs, les reduire en toute douceur à amendement de vie : les penitens,
les receuoir auec vne ſouueraine affection de charité : Si Chriſt, qui ſeul a eſté ſans peché,
a vſé de telle clemence : combien plus l'homme, qui eſt luy-meſme ſubiect à peché, doit-
il faire le meſme enuers ſon prochain ? La ſeconde parabole eſt telle : Qui eſt, dit-il, la
femme d'entre vous, laquelle ſi de dix drachmes qu'elle a vient à en perdre l'vne, ne faſſe nul conte de la perte d'vne piece d'argent, pourautant qu'elle en a neuf ſauues & entieres ? Que fera-elle donc ? Certainement elle allumera la chandelle, & balliera toute la
maiſon, fouillera tous les anglets & coings, remuera tout, brief elle ne ceſſera de chercher
que premier elle n'ait trouuée ſa drachme perdue. Que s'il aduient qu'elle la trouue,
elle a vne ſi grande ioye pour vne ſeule drachme recouurée, qu'elle ne peut ſe tenir que
elle ne la communique auſſi à ſes amyes & voyſines, leſquelles elle appelle, & leur dit :
Reſiouyſſés vous auec moy de ce que i'ay trouué la drachme que i'auoye perdue. Elle
ne ſe vante point des neuf drachmes qui point n'auoyent eſté perdues : elle ſe glorifie d'vne ſeule recouurée, pour le regard de laquelle elle s'eſtime plus riche que de ces
autres neuf. Si vne femme porte telle affection enuers ſes deniers, qu'elle ſoit marrie d'
en perdre tant ſoit peu, item s'eſiouyſſe grandement de recouurer ce qu'elle auroit perdue pour petit qu'il fuſt : combien moins Dieu voudra-il perdre pas vn des hommes,
pour leſquels ſauuer il s'eſt employé ſoy-meſme, leſquels auſſi il a crées à ſon image ?
Il adiouſta la troiſieſme parabole, laquelle iaçoit qu'en general elle appartient auſſi à
tous pecheurs, s'amendant apres auoir commis de grandes laſchetés, toutefois con-
ſideré le temps, auquel elle a eſté ditte, elle denotte ſpecialement les Payens receus à
la grace de l'Euangile : & les Iuifs, qui s'eſtimoyent iuſtes, portans enuie à la felicité
d'iceux. La parabole eſt telle : Il y eut (dit-il) vn homme qui auoit deux enfans, dont le
puiſné s'eſtant conſeillé à ieuneſſe & folie, alla dire au pere : Pere, donne moy la part
qui m'appartient des biens : & i'eſſayeray à ma guiſe quel profit i'en pourray retirer.
Le pere, facile qu'il eſtoit, partit la cheuance à ſes enfans, & bailla à chaſcun ſa part
auec liberté d'en vſer à leur volonté : toutefois non ſans eſperance de profit. Et touchant l'aiſné, il ne s'en partit point de la maiſon du pere. Mais le puiſné peu de iours a-
pres, vendit tont ſon bien & amaſſa quelque argent content, puis s'en alla en pays loin-
taing. Que pourroit faire ceſt adoleſcent, viuant en pays eſtrange, ſans conduitte, &
ſeparé d'auec ſon pere ? Or ſe ſepare d'auec Dieu pere treſ-bening, quiconque s'en va
faire au monde la demeure. Ceſte ſeparation ne giſt pas aux lieux, ains aux affections.
Mauuais propos corrompent bonnes mœurs. Les Iuifs auoyent receu la Loy, par la
conduitte de laquelle ils pouuoyent ſçauoir, que c'eſt qu'il falloit & ſuyure & fuyr. Les
Payens ont auſſi leurs dons, vigueur d'entendement, cognoiſſance des choſes crées,
par leſquelles ils pouuoyent cognoiſtre le createur, comme auſſi ils l'ont cogneu. Meſme
touchant la maniere de bien viure, ils en ont eſcript des liures, où n'y a que redire : mais
ſans ſe ſouuenir qu'ils tenoyent ces richeſſes-là, de la benignité du pere : leſquelles il
ne leur a pas deſparties, à fin que follement ils en abuſaſſent : mais bien à fin qu'ils en
ſeruiſſent le pere bien-faiſant, & pour leur ſeruice le prouocquaſſent à plus ample beneficence. Et combien loing s'eſtoyent eſgarés de Dieu, ceux qui pour dieux adoroyent le
boys & les pierres, chiens, beufs, ſinges, ſerpens, oygnons, & porreaux ? qui ſe ſont abbandonnés aux vilenies, deſquelles ſont deſtournées voyre les beſtes bruttes, par ſens naturel ? Or mal-heureuſe la liberté, qui n'eſt moderée par la preſence du pere. Car qu'aduint-il au iouuenceau mis en liberté ? Entre les eſtrangiers il deſpendit toute la ſubſtance, non pas la ſienne, veu qu'il n'auoit rien qui fuſt ſien, mais bien de ſon pere. Or la
deſpendit-il par diſſolution, en ieux, paillardiſes, & bancquets. Car diſſolution eſt tout
ce qui outre la neceſſité, s'employe apres les conuoitiſes de la chair. Et les conuoitiſes,
ſont celles qui corrompent & gaſtent les graces naturelles tant ſoyent-elles excellentes.
Or quand il eut deſpendu tout ſon bien, en viuant en tout & par tout ſelon ſon plaiſir,
il vint vne fort grande famine au pays où il eſtoit eſtrangier : Auſſi n'y a-il rien en ce
monde qui puiſſe ſaouler le cœur de l'homme, hors mis ce ſouuerain bien, qui n'eſt
qu'en la maiſon du pere. Que pourra faire l'adoleſcent eſtrangier entre gens incogneus,

tout

tout nud, & en dangier de mourir de faim: Luy qui s'eſtoit trouué greué d'obeir aux commandemens de ſon pere tant humain, fut cõtraint de ſe mettre à ſeruir vn de ceux du pays,
homme eſtrãgier & inhumain. Quand les hommes refuſent a accepter le doux ioug du
Seigneur, il leur eſt force de porter le treſdur ioug de Satan. Or veux-tu entendre combien
la ſeruitude eſt miſerable de ſeruir aux conuoitiſes mondaines: l'homme ſuſdit enuoya
l'adoleſcent en ſa meſtairie, pour là paiſtre ſes porceaux. En combien grande contumelie
d'vne ſi grande dignité eſtoit tombé, ce poure adoleſcent par ſa folie: D'heritier d'vne maiſon fort opulãte, il eſt deuenu ſeruiteur voyre porchier. Et ce pendãt ce cruel maiſtre ne luy
donnoit que manger. Qu'eſt-il beſoing de long propos: Il y auoit vne ſi grande famine de
verité & grace diuine (qui eſt la ſeule qui peut cõtenter le cœur de l'homme) qu'il euſt bien
voulu ſe remplir le ventre de quoy que s'euſt eſté, voyre des ſiliques, dont on engraiſſe les
porceaux. Mais il n'y auoit perſonne qui luy en baillaſt: de ſorte qu'il eſtoit plus malheureux que les porceaux, leſquels ils ſeruoit pluſtoſt que non pas les conduiſoit. Deſia les
biens meſmes de nature auoyent abbandonné le iouuenceau. Toute la liberté du franc
arbitre eſtoit perdue, & neantmoins l'eſtomach de l'ame tout corrompu qu'il eſt, demãde
quelque cas à manger. Toutes voluptés de ce monde vain, blandiſſantes pour vn peu de
temps, ſans ſouler n'engraiſſer l'ame, ce ſont ſiliques des porceaux: auxquels les diables
prennent plaiſir, & ceux qui leur ſont addonnés ils les en amorſent pluſtoſt, que non pas
les ſaoulent. Ie me tay, qu'on en a pas touſiours l'vſage: ou ſi on l'a, il eſt corrompu de beaucoup de fiel & douleurs. L'adoleſcent donc eſtoit-ia venu en vne extreme calamité: mais
heureuſe la calamité qui induit à repentance. Car le premier degré de ſalut, c'eſt ſe ſouuenir dont on eſt deſcheu, & recognoiſtre où on s'eſt plõgé en forlignant. Et c'eſte attraction
venoit du pere. Bien eſt vray qu'il eſtoit abſent du pere, mais le pere aſſiſte par tout. Parauant le iouuenceau eſtoit ſans entendement, abbruty par les enchantemens de ce monde:
fuyant les choſes qui ſeules deuoyẽt eſtre pourchaſſées: pourchaſſant celles qui ſeules deuoyent eſtre fuyes. Mais le cas va bien, quãd le pecheur par vne ſecrette inſpiration du pere
bening reuient à ſon bõ ſens. Finalemẽt dõc ce iouuenceau retourna à ſoy, & ſe print à dire
en ſoy-meſme: D'où ſuis-ie tombé, & d'où ſuis-ie venu miſerable que ie ſuis: De mõ pays
en vn exil: d'vne maiſon opulante en vn pays de famine: de liberté, en ſeruitude: d'vn pere
treſ-amiable, en vn maiſtre treſ-cruel: de la dignité de fils de famille, en vne condition du
tout vilaine: d'vne communauté de frere & de ſeruiteurs, ie ſuis tombé en des porceaux.
O qu'il y a maints ouuriers en la maiſon de mon pere, qui ont du pain à grand foiſon de
la benignité d'iceluy: & moy fils de famille ie meurs icy de faim. Pluſieurs Iuifs ſont mercenaires, obſeruans tellement quellement les commandemẽs de la Loy, non d'vne affection
de pieté: mais pour crainte ou pour le ſalaire de choſes tẽporelles. Et neãtmoins c'eſt quelque choſe d'eſtre voire mercenaire chés vn pere de famille tant opulant, & quant & quãt
liberal, & ne ſe ſeparer point d'vne maiſon tant bõne. Car de mercenaire on deuiendra fils:
ſi on veſt l'affection de fils. Or l'enuie eſt ſaincte, qui prouocque l'adoleſcent à eſperance de
pardon. Car apres auoir deploré ſon malheur, auquel il eſtoit tout giſant, il ſe prẽt à
s'eſuertuer, & dire: Ie me leueray, & m'en iray vers mon pere. Mais auec quelle hardieſſe:
As-tu dequoy te purger vers luy: Il a vſé de toute clemence enuers toy: tu luy as demandé
ce qui t'appartenoit: Il ne le t'a pas refuſé. De ton propre mouuement tu l'as abbandonné,
luy qui te portoit amour & faueur: tu as malheureuſement deſpẽdu ta ſubſtance paternelle, non baillée à c'eſte fin. De c'eſte tienne calamité tu ne peux t'en prendre à autre qu'à toy
ſeul. En la defenſe de mon faiсt, il n'y a nulle aſſeurance: vne ſeule eſperãce me reſte, comme
ainſi ſoit, que i'ay cogneu mon pere vrayemẽt pere doux de nature & exorable, peut eſtre
y-a il encore en ſon cœur quelque reſidu de l'amour paſſée, encore que i'aye deſpouillé
toute nature de fils. Ie n'externueray ny ne nieray ma faute commiſe. Vne ſimple cõfeſſion
& vn cœur vrayement ſe deſplaiſant ſera de plus grand poix enuers luy, que non pas vne
ſoigneuſe purgation. En tant plus grande ſimplicité ie me hayray moy-meſme, tant plus
aiſeement ie r'enflammeray ſon amour enuers moy: & pour le faire court, eſtant en deſeſpoir extreme, à qui me retireray-ie plus toſt qu'à mon pere: C'eſt luy ſeul qui me peut redreſſer & remettre en mon entier. Et s'il y a ame qui le veuille, ce ſera luy. Ie n'attendray pas
que ma faute & ma calamité luy ſoyent rapportées par autres, qui facilement le pourroyẽt
inciter à vengeance: ie l'appaiſeray pluſtoſt, ſi moy-meſme luy cõte l'affaire tel qu'il eſt.
Il en ordonnera ſelon que bon luy ſemblera. C'eſt mon pere, ie ſuis à luy: & tout le mal que
i'ay faict, c'eſt contre luy que ie l'ay faict. Voicy que ie luy diray: Pere, i'ay grandemẽt peché,
& deuant

& deuant les Anges de Dieu, & deuant toy:& desormais me repute indigne d'estre appellé
ton fils. Ce me sera bien asses, si tu as compassion de moy:& me mets au ranc de tes merce-
naires:tant seulement ottroye moy de demeurer en quelque coing de ta maison. Certainement, il n'y auoit nulle harangue plus conuenable pour esmouuoir le bon pere à misericorde. Tant plus rondemét il confesse sa faute, laquelle ne pouuoit ny se celer ny s'excuser,
tant plus grãde desplaisance il a en soy, tant plus il s'humilie, tant plus il proteste qu'il n'a
aucune autre esperance qu'en la seule cleméce de son pere:& tãt plus il attire le cœur de son
pere ce qu'il pretéd.Et telle maniere de harãgue ne vint pas au iouuéceau d'artifice,ou eloquence qui fust en luy:mais de sa consciéce toute desplaisante en soy,qui toutefois n'auoit
pas autremét mauuaise opinion de la bonté du pere. Le iouuenceau donc ayãt cõceu telle
confiance, se va leuer.Et c'est-cy,comme i'ay dit, le premier degré à salut, assauoir se redres-
ser.Il retourna donc par où il estoit allé,il retourna,di-ie, en pleurant & lamentant, luy qui
fier & insensé s'estoit party d'auec son pere.Tu as la forme d'vn homme s'amendant d'vne
vie du tout dissolue. Maintenant considere-moy le pourtrait de la clemence diuine.Le iouuenceau n'estoit pas encore arriué en la maison paternelle que le pere le va voir venir de
loing:tant la pieté à bonne veue. Celuy vit le premier qui aymoit plus tendremét. Or vit-
il retourner en piteux estat celuy, quis'en estoit allé tout fier & outrecuidé.Il le voyoit tout
deschiré,mort de faim, crasseux,se decellant & lamentant. Ce spectacle esmeut incontinent
le courage du pere, & son iuste courroux le tourna à misericorde. Si s'en va au deuant de
son fils,& sans attendre les prieres d'iceluy,vaincu d'vne pieté naturelle,se iette à son col,&
le baise. Et iaçoit que ce fussent là argument d'vn cœur enclin à faire pardon, toutefois le
iouuenceau encore courroucé en soy-mesme, va dire : Pere i'ay peché outre mesure, & deuant les Anges de Dieu, & deuant toy : & si prend hardiesse de me presenter deuant toy:
moy qui desormais ne suis plus digne d'estre appellé ton fils, attendu que i'ay violé tout
droit de pieté. Or en cest homme qui d'vn instruict naturel, est ainsi affectionné enuers
son fils, considere moy la bonté de Dieu, qui est beaucoup plus clemét enuers le pecheur
(pourueu que vrayement de cœur il se repente) & se desplaise en soy-mesme, que pere
quelconque pourroit estre enuers son fils, qu'il aymeroit singulierement. Encore n'a pas
acheué le fils tout ce qu'il auoit pourpensé de dire, pour les souspirs qui luy entrerompo-
yént le propos. Mais les larmes disoyent plus que non pas la parolle. Et ce pendant que
faict le pere? Luy vse-il de grosses parolles? Le menace-il du fouet? ou de le desheriter?
Luy reproche-il la benignité sienne enuers luy? sa fuyte? sa dissolue vie & autres vilenies?
Il ne faict nulle mention de tout cela : tant seulement il meine ioye pour son fils recouuré. Le iouuenceau se demet du droit de fils : le pere le remet en son entier : le fils se condamne soy-mesme, le pere l'absout. Le fils s'abbaisse iusqu'au ranc des mercenaires,
le pere le remét en sa premiere dignité. Car il se reuira vers les seruiteurs, & leur dit : Apportés luy vistement sa premiere robbe & l'en vestés, & luy mettés vn aneau en la main,
& des souliers és pieds. Outre-plus amenés moy de la prarie ce veau d'eslite & gras, &
le tüés. Preparons vn bancquet, & faisons bonne chere : car ce mien fils estoit mort, &
il est ressuscité : il estoit perdu, & il est retrouué. Tant peust enuers Dieu vn cœur vrayement penitent. Il n'est point question de supplice, le pere aymant, se contente d'vn seul
repentir. Celuy qui s'estoit rendu indigne des yeux paternels, le pere l'a regardé venir,
voire de bien loing. Celuy qui auoit merité d'estre perpetuellement forclos de la maison paternelle,veu que de son propre meu il l'auoit abbandonné par vilaine ingratitude : le pere mesme luy va au deuant à son retour : le pere (di-ie) qui chés soy n'a nulle personne plus douce que luy. Celuy qui s'estoit rendu seruiteur a de tres-vilains maistres, le pere ne desdaigna de l'embrasser. Il auoit merité le fouet, & on luy baille le baiser : signe d'amour & de paix. Que bien-heureux est le pecheur, lequel le Seigneur daigne embrasser & baiser. A celuy qui confesse sa faute & qui pour les pechés qu'il sent, sa
conscience refuse le titre de fils, on luy baille toutes les enseignes de la dignité premiere.
Tous les habillemens qui conuiennent à vn fils, il les auoit perdus:on luy apporte la
premiere robbe de l'innocence premiere, laquelle il auoit perdue. Toute la dignité de
fils de famille, il l'auoit perdue par vne seruitude volontaire:l'aneau luy est rendu. Et à
fin qu'à l'aornement rien ne deffaillist, on luy chausse aussi les pieds. Rien de tout cela n'a-
uoit osé esperer le iouuenceau : & tant moins il espere, tant plus il obtient. Et à fin qu'en
la maison nul ne le desestimast pour la faute de son adolescence, le pere tue vn veau &
conuie toute la famille à vne commune liesse, & rend bonnes raisons de la ioye, disant:
G   Tout

Tout tel qu'il pouuoit estre il estoit mon fils. Il auoit esté mort, & il est ressuscité. Car le peché est la mort de l'ame. Et s'en va soudain à la mort, quiconque delaisse l'autheur de
vie. Or le delaisse celuy, qui ayme les choses de ce monde : car les voluptés du monde
sont toutalement eslongnées de la discipline de Dieu. Et celuy ressuscite, qui s'amende.
Il estoit perdu pour iamais quant à luy, & toutefois il à esté trouué se departir de la famille du pere, c'est perir : car hors icelle, il n'y a nul salut. Et n'y point de retour, n'est que le
pere s'ingere soy-mesme en la memoire à son fils reduit en toute extremité. L'assistence
est le benefice du pere : mais ce que le fils ne reiette point l'ayde salutaire, luy est conté pour
merite : la confession de la faute sert de satisfaction : il estoit perdu par sa propre folie, il est
trouué par l'amour paternelle. Et pourautant qu'il s'est repenty de tout son cœur, & toutalement despleu en soy-mesme, la clemence du pere est si grande que non seulement elle
le remet en sa premiere dignité, mais aussi fit vn festin, pour tant plus recommander son
fils à la bonne volonté de toutes ses gens. Or tel que s'est monstré le pere en la parabole en la reception de son fils : tel se doyuent porter les Pasteurs & Euesques enuers le pecheur penitent. Mais de cest exemple sont fort eslongnés ces arrogans Pharisiens, qui se
dispensans de leurs vices, ne font autre chose que s'escarmoucher contre les cheutes des
autres. Et voyla pendant qu'en la maison de ce pere, c'est à dire, en l'Esglise, ceux qui sont
vrayement saincts, tout y retentissoit en bonne chere & resiouyssance commune : le frere
Pharisaique est seul, qui luy porte enuie. Car tandis que ces choses se faisoyent, le fils aisné
n'estoit pas en la maison, ains estoit és champs de la loy Mosaique, trauaillant à porter les
fardeaux des commandemens, & ahanan apres les œuures pesantes de la Loy : là où cependant le puisné chargea le ioug tres-doux du pere. Or quand l'aisné fut pres de la mai-

Or estoit
son fils.

son paternelle, il va ouyr vn retentissement non extraordinaire de la resiouyssance des
menestriers & danses. Car attaché à la lettre non sauoureuse de la Loy, il ne cognoissoit
les grandes ioyes qu'a l'esprit Euangelique. Pendant que le Iuif n'en tient conte, ne faisant autre chose que fossoyer & porter aux champs de la Loy : les Payens ont esté receus
en grande ioye en la maison du pere : pere n'ayant autre soif, que du salut de tous les
siens. Or s'esmerueillant ce sectateur de la vieille Loy, que c'est qu'il pouuoit estre suruenu de nouueau, ou quelle estoit la cause de la resiouyssance non accoustumée, il ne
daigna entrer, pour aussi participer à la liesse commune, ce que toutefois le pere grandement souhaittoit. Car les Payens ne sont pas receus en sorte, que les Israelites en soyent forclos : toutefois encore à present ils se tiennent à la porte se despitans de ce que
l'Esglise se resiouyt touchant la reception des Payens au salut Euangelique. Il appella
donc vn des seruiteurs du pere, & luy demanda que vouloit dire celle nouuelle resiouyssance. Lequel luy fit telle response : Ton frere est venu, du retour duquel ton pere a
esté si ioyeux, qu'il a tué ce veau tant excellent, lequel il auoit tenu long temps en graisse, pourtant que celuy qu'il pensoit auoir perdu, il l'auoit recouuert sain & sauue. Considere moy icy vn cœur vrayement Iudaique : au lieu qu'il deuoit faire la bonne chere
à son frere, qui estoit recouuert, & magnifier la clemence de son bon pere, il ayma mieux
porter enuie à son frere, & se despiter contre son pere. Si se tint dehors tout grondant
& se despitant. Ce qu'ayant entendu le pere tant amiable, qui auoit enuie que la reiouyssance de sa maison fust commune à tous, il sortit vers luy & se print à le prier a-
miablement, que tout despit laissé, il s'adioingnist au festin commun, & se rendist participant de la ioye paternelle. Et pour la si grande courtoisie du pere tres-bening, ce fils
aisné ne s'en addoucit-ia, ains arrogamment querelle contre son pere, & meschant-
ment accuse son frere, par tel propos : Voicy il y a desia tant d'ans que ie te sers, sans
auoir onc trespassé ton commandement, & toutefois tu n'as eu nul esgard au seruice
que tant long temps ie t'ay rendu. Car tu ne me baillas oncques vn seul chéureau, dont
ie peusse faire bonne chere auec mes amys : & quand ce tien gentil fils, qui a gour-
mandé ta substance auec les paillardes, est retourné en la maison, tu luy as tué ce veau
d'eslite & gras. Or-ça ne te semble-il pas proprement que tu vois ce fils aisné entrer en
se despitant & murmurant ce que dessus à l'encontre de son pere, quand tu lis que
les Pharisiens calomnient Iesus Christ, de ce qu'il mange auec les publicains & mal-viuans : que les Iuifs se despitent à l'encontre des Grecs, de ce qu'on les reçoit au ministere des Apostres : se colerant de ce que les Payens venans de l'idolatrie sont receus à
la grace de l'Euangile par la seule foy, sans le fardeau de la Loy, sont baptisés, & con-
firmés du sainct Esprit : portent enuie de ce qu'eux ne participant point au bancquet,
l'Esglise

l'Esglise des Payens auec vne indicible ioye de l'esprit, mange ce veau d'eslite, lequel le pere
à commandé de tuer pour le salut de tout le monde. Combien toutefois que la benignité
de ce bon pere est bien si grande, qu'elle s'essaye d'appaiser ce grõdeur: Mon fils (luy dit-il)
si t'vse de douceur enuers ton frere, tu n'y pers rien. Car tu es tousiours auec moy, & tout
mon auoir est tien. Et vne felicité qui va tousiours son train, sans estre entrerompue, n'est
pas autrement de grande ioye: ains comme la maladie precedente vous faict trouuer bonne la santé corporelle quand elle est recouuerte, ainsi la calamité precedente nous a augmenté la liesse pour la recouurance de mon fils. Or est-ce aussi ton deuoir de faire la feste à
ton frere, & ne t'absenter point de la resiouyssance de ce festin: car ce tien frere estoit mort, &
il est ressuscité. Pourtãt penses que ce n'est pas luy-mesme, qui est de retour: mais que pour
vn galebontemps, il est de-rechef n'ay homme de bien. Il ne faut pas aduiser quel il a esté,
mais bien s'esiouyr, qu'il est tel que nous le souhaittõs. Par ces trois paraboles le Seigneur
Iesus a enhorté ses disciples d'vser de douceur & facilité à receuoir les pecheurs. Car iamais
la gloire de Dieu n'est mieux illustrée, que quand vn qui a esté meschant tout outre, vient
soudain à estre changé par inspiration de Dieu & deuient autre: d'idolatre, seruiteur de
Iesus Christ: de rauisseur, soulageant les poures: de paillard, pudic: d'ambitieux, modeste:
de vindicatif, patient & doux. Or le puisné trouua en ce le cœur du pere plus prompt à pardonner, que les Payens, qui n'auoyent point de cognoissance de Dieu, ont plus tost failly
par ignorance que d'vne malice deliberée. Et de faict, folie & inaduertance sont ordinairement compaignes de la ieunesse. Et c'est pourquoy nous pardonnons plus volontiers à
ceste eage. Au reste, le Iuif qui s'estimoit estre iuste, se complaisant pour l'obseruation de
la Loy, peche plus griefuement en portant enuie à son frere, que n'auoit faict son frere
en s'esgarant.

<h2 style="text-align:center">CHAPITRE XVI.</h2>

R tout ce qui a esté dit iusqu'icy touchoit specialement les Pharisiens, gens se
despitans de ce que le Seigneur Iesus comme ayant oublié sa dignité, receuoit
en sa compaignie les peagiers & mal-viuans. Maintenant il s'addresse à ses disciples & les conuie à vne clemence si abondante que non seulement, ils s'abstiennent de gronder contre la bonté de Dieu, ains aussi eux-mesmes ayent à l'ensuyure
par tous moyens: en s'estudiant à toute occasion de bien-faire au prochain, le soulageant
du secours des choses corporelles, le consolant, l'enhortant, l'enseignant, l'admonestant,
luy pardonnant ses fautes, à ce (di-ie) inuite Iesus ses disciples, enseignant que nostre benignité ne sera pas perdue pour nous, ains que tous ce que nous employons pour le prochain, nous est mis & reserué pour la vie à venir: laquelle sentence il proposa sous vne telle
parabole : Il y eut vn homme riche, qui bailla son auoir à son despensier pour en dispenser.
Ce despensier fut accusé enuers sont maistre de trop grande despense & qu'il dissipoit son
auoir. Si l'appella le maistre & luy dit: Pourquoy oy-ie tel rapport de toy? Rens conte de ta
despense : car desormais ie ne te veux plus pour despensier de mon auoir. Et ayant le despensier entendu que de brief il seroit deposé, de sa despense, il ne tarda rien de finement
prouuoir à son affaire. Les vns ont des richesses : les autres erudition, les autres vne experience des choses, les autres ont d'autres graces. Or ce qu'vn chascun a de quoy pouuoir
profiter au prochain, est la cheuance de ce riche maistre, de laquelle il faut largement departir au prochain. Car nul n'est seigneur des graces dont il est doué, ains seulement despensier. On est tantost demis de ceste despêse, car toute vie en ce monde est briefue, & apres
ceste vie il n'y a plus de moyen de bien-faire. Or dissipe l'auoir du maistre: quiconque employe pour ses affections ce qu'il a, sans en soulager le prochain. Ce despensier donc ayant
à bien tost estre demis de son office, va deliberer à part soy, disant: Que feray-ie, depuis
que mon maistre m'oste mon office de despensier ? Ie n'ay de quoy viure. Car ie n'ay rien
amassé pour moy, quand i'en auois le moyen. Il reste ou que i'aille fouyr la terre és champs
à mes iournées, ou que ie mendie mon pain de porte en porte. De fossoyer ie n'en ay pas la
force: & ay honte de mendier. Mais vn moyen fort commode me vient en l'entendement
pour bien tost pouruoir à mon cas. Ie m'acquerray des amys de l'auoir de mon maistre,
lesquels, quand ie seray deposé de mon office, se souuenans de la mienne liberalité enuers
eux, me receuront chés eux. Si fit venir vn par vn les detteurs de son maistre, & dit au premier: Combien dois-tu à mon maistre ? lequel respondit: Cent mesures d'huyle. Alors le
despensier: Prens ta cedule, & t'assied vistement, & pour cent en escrips cinquante. Mon
maistre est prou riche, ie veux que par mon moyen tu gaignes la moytié de ta dette: Cela
faict, il dit à l'autre: Et toy, combien dois-tu ? lequel respondit: Cent mesures de froment.

G 2   Alors

Il y auoit vn
hõme riche.

Alors le deſpenſier:Prens ta cedule,& en eſcrips quatre vints.Pour ces vint meſures oſtées, mon maiſtre ne s'en ſentira point : & à toy poure elles te feront grand bien. Il en fit de meſ me auec le reſte des detteurs. Celle fineſſe ſi ce riche homme s'en fuſt apperceu, le deſpen, ſier n'en fuſſe pas demeuré impuny:ce neantmoins le Seigneur Ieſus pour exemple de bien-faiſance loua enuers ſes diſciples le conſeil trompeux, à vray dire toutefois prudent & enhorta ſes diſciples à ſuyure ledit conſeil,taxant noſtre nonchalance,de ce que les hom mes qui ſeruent à ce monde ſont plus prouidens & attentifs à prouuoir à eux touchant le viure corporel , que ceux qui ayant dit adieu au monde pourchaſſent les choſes eternelles ne le ſont a faire prouiſion pour la vie celeſte. Or il n'eſt pas beau, que ceux là en leur en, droit ſoyent entendus & prouidens, veu qu'il n'eſt queſtion que de choſes de petite impor tance & tantoſt periſſable:& nous ne tenons conte de nous appareiller munitions pour la vie immortelle en faiſant ſeruices & plaiſirs au prochain : attendu meſmement que pour l'incertitude du terme de ceſte vie,vn chaſcun ne doit attendre que l'heure que le Seigneur luy die, ce qu'il fut dit à ſe deſpenſier: Deſormaïs tu ne pourras plus deſpenſer. Or pour autant que ce temps eſt & incertain à chaſcun, & autrement brief à tous, il faut nous dili, genter de deſpartir de noz richeſſes terriênes aux poures,& faire prouiſion de bonne heu re pour la vie eternelle. Car par ce moyen il aduiendra que des bien-faicts qu'auront faict les autres, nous auſſi en ſerons participans, qui les auront ſoulagés de noz richeſſes.Et de faict, qui de ſes biens ayde à celuy qui maine l'affaire de l'Euangile, il ſera pareillement au royaume des cieux ſoulagé des bien-faicts de l'Euangile. Le Seigneur donc leur dit:Vous auſſi prouuoyés à vous de bonne heure à l'exemple de ce ſage deſpenſier. Acquerés vous des bons amys d'vne choſe mauuaiſe à fin que quand par le commandement du maiſtre, il vous faudra desloger du domicile de ce corps , yceux vous reçoyuêt és tabernacles eter, nels. L'eſchange eſt heureux quâd les choſes caducques ſont changées auec les eternelles. Et qui a-il de plus abiect,ou de plus eslongné de vertu que ſont les richeſſes de ce monde? A grand peine les amaſſe-on iamais ſans tromperie : & n'y a pas autre moyen de les con tregarder & augmenter, que de les amaſſer. C'eſt vn peſant fardeau que richeſſes : ioinct qu'elles ne ſont pas cependant aſſeurées, ny pour durer touſiours. Car elles ne ſuyuêt pas leur maiſtre quand il s'en va de ce monde. Ce neantmoins elles ſont telles qu'on peut en acheter choſes eternelles & qui peuuent profiter en la vie à venir.Dont il aduiendra que ce qui eſtant ſerré rend l'homme iniuſte & enueloppé en maints ſoucys,quâd il ſera employé en aumoſnes il deuiendra inſtrument de iuſtice Euangeliqué, entant que celuy premiere ment qui ſert à l'Euangile eſt ſoulagé en ſes neceſſités,& en reuient le ſalaire auec fort gran de vſure à celuy qui donne. Celuy qui diſpenſe les richeſſes d'vn homme, eſt alors trouué deſpenſier loyal ,s'il deſpenſe le plus eſcharcement qu'il pourra ce qu'il luy baille en char, ges. Au contraire, Dieu qui eſt riche enuers tous, prend plaiſir qu'on departiſſe à grande largeſſe ce qu'il baille pour deſpenſer : & tient pour desloyal celuy qui tient comme ſon propre ce que le Seigneur a voulu eſtre commun, toutes fois & quantes que la neceſſité du prochain le requerroit.Pourtant qui en deſpenſant vne choſe tréſ-abiecte ſe portera autremêt que ne l'entend le maiſtre du tout liberal,ne ſera-il pas indigne à qui le Seigneur commette la deſpenſe de choſes plus excellentes? Tout ce que nous auons , vient du Sei, gneur: les richeſſes corporelles & tout ce qu'engendre ce monde-cy, eſt vne benignité de Dieu. La doctrine Euangelique & autres graces de l'eſprit ſont dons de Dieu : nô données à ces fins que nous ſeuls en ayons la iouyſſance, mais à fin que nous les diſpenſions à l'v, tilité du prochain.Mais voïcy la difference qui y eſt, c'eſt que les choſes qui ſeruent au ſou, lagement du corps (pource qu'elles ſont hors nous) ne ſont ne propres ne perpetuelles: plus toſt elles ſont richeſſes du monde, que non pas noſtres. Outre-plus pour autât qu'el, les ont vne apparence de felicité ſelon le monde, là où en effect elles nuyſent grandemêt à la vraye felicité de l'homme:elles ne ſont pas meſme ce qu'on les nomme. Car on les ap, pelle biens, là où en effect ce ſont celles qui rendent l'homme mal-heureux. Pourtant les richeſſes de l'ame ſont vrayement richeſſes & noſtres: nô pas que nous ne les tenions auſ, ſi de Dieu,mais pource qu'elles n'abbandônent iamais leur poſſeſſeur non pas meſme en l'autre vie, pourueu qu'en ceſte-cy on en vſe comme il appartient. Or comme en vne Re, publicque nul ne paruient à la dignité de Conſeiller, n'eſt que premierement il n'ait dônê vne preuue de ſon entiereté en la dignité d'Echeuin, ou de Preuoſt, ou de quelqu'vn autre des magiſtrats interieurs : item qu'en vne famille on ne dône point la deſpenſe des choſes precieuſes en charge à vn homme que premier il ne ſe ſoit declaré loyal és choſes viles:en cas pareil le Seigneur enſeigne qu'on ne doit point bailler la diſpenſation des richeſſes
Euangeli,

Euangeliques lesquelles, à proprement parler, sont les vrayes richesses, à celuy qui se seroit
monstré desloyal à despenser vn auoir temporel, qui entre toutes choses est la plus vile, &
quant & quant d'autruy. Car quiconque ne peut mespriser les richesses terriennes, il ne
despensera pas en rondeur les richesses de l'ame. Le Seigneur inculcât ces propos au cœur
de ses disciples, leur disoit : Qui en peu est loyal, il est à presupposer, qu'il sera semblablement loyal en beaucoup. Item qui en peu est desloyal, iceluy aussi sera desloyal en beaucoup. Et de faict celuy qui par le maniement d'vne chose tres-vile se laisse esmouuoir à pecher, il sera par vne occasion plus grande beaucoup plus aiseement attiré à pecher. Que si
en vn Mammon d'iniquité, c'est à dire, és richesses fausses, & comme ordinairement il aduient, acquises par tromperies, vous ne vous portés loyaument enuers le Seigneur qui les
vous a données pour les dispenser : qui se fiera en vous des vrayes richesses de l'ame ? Et si
en l'auoir d'autruy qui ne peut estre perpetuel à personne, vo'n'aués esté loyaux, qui vous
baillera en main ce qui fust tousiours demeuré vostre ? Le dõmage que faict celuy qui des-
loyaument manie les richesses de ce monde, n'est pas si grand, que de celuy qui est desloyal
és richesses Euãgeliques. Le royaume de Dieu requiert l'homme toutal. Il requiert vn cœur
deliure de l'amour de toutes choses mõdaines. Et ne faut-ia que personne s'essaye de mesler le monde auec l'Euangile, qui est le regne des cieux. Car si nul ne peut estre seruiteur
commun à deux maistres, à raison qu'à peine y a-il entre nuls hommes tel accord, qu'vn
mesme seruiteur puisse par son seruice satisfaire à tous les deux, ains luy sera force de ce tenir à l'vn & mespriser l'autre : combien moins pouués-vous seruir à Dieu & à Mammon,
maistres tellement discordans, qu'entre-eux n'y a nulle conuenance. Or sert à Mammon,
celuy qui met vne grande partie de la felicité és richesses, & pour cela trauaille de tout son
effort à posseder à force biens, item à garder & augmenter ce qu'il a d'acquis. Il se resiouyt
quand son bien accroit, se torumente quand il luy est osté. Ceux seruent à Dieu, lesquels en
reiettant les biens de ce monde, ou bien en les possedant nonchalamment, procurent en
toute diligence les choses qui concernent l'eternel salut. Ces propos combien qu'ils s'ad-
dressassent à ceux qui se pensoyent pouuoir estre disciples de Christ, tous chargés du soucy
des richesses, toutefois les Pharisiens les oyoyent aussi, mais desquels les cœurs ressemblãs
aux vieux barils ne pouuoyent tenir ce moust de la doctriné Euangelique. Car ils estoyent
auaricieux non seulement d'argent, mais aussi de gloire : gens esleués, fiers & vindicatifs.
Pour ceste cause ils se mocquoyêt de la doctrine du Seigneur Iesus, doctrine prouocquât à
beneficence, à quitter vengeãce, gloire voire la propre vie. Or ce monde a, & tousiours aurá
ses Pharisiens, qui se faisant forts de leurs appuys se mocquent de la doctrine de modestie,
clemence, douceur, & liberalité. Vn goust accoustumé au ripaupé de la prudence mondaine a en dédaing ce moust celeste. Le Seigneur Iesus de sa grace veuille aussi rembarer les risées d'iceux. Luy qui reprint aspremetn les mocqueurs Pharisiens, leur disant : Vous estes
enflés de vains simulacres de biens, & vous faittes valoir enuers les hommes, qui fõt estime de l'homme selon les richesses, selon les habillemens, selon l'obseruation des ceremonies, par lesquelles vous vous acquerés aussi vn los de saincteté, là où à dire vray, vous
n'estes ne riches, ne saincts, n'heureux, ne grands. Car Dieu faict estime de l'homme selon
les biens de l'ame, luy qui seul voit bien voz cœurs. Celuy donc est vrayemment riche qui
l'est enuers Dieu : celuy est iuste qui l'est enuers Dieu : celuy est grand, qui se sentant petit
en soy, est grand au iugement de Dieu. Car il aduient ordinairemêt que ce qui semble aux
hommes estre quelque cas de souuerain & admirable, est abominable deuant Dieu. Vous
autres tenés encore à bec & à ongles l'escorce de la Loy, & vous glorifiés aux ombres : là où
il faut maintenant cerner le noyau, à fin que la lumiere de la verité Euangelique se leue &
& chasse les ombres. Il faut desaccoustumer ce ripaupé de la loy Mosaique, & boyre du
moust de doctrine plus solide. Les figures de la Loy ont eu leur temps, en attendant ce que
promettoyent les oracles des Prophetes : mais les figures cessent, puis que la verité est ap-
paruë : & n'attend-on plus la promesse des Prophetes, depuis que l'exhibitiõ de leurs promesses se faict. Il faut s'auãcer des ombres à la verité. De la foy qu'on auoit aux promesses,
il faut s'auancer à l'amour de la chose ia exhibée. Iean a esté vn entredeux separant la Loy
auec toutes ses figures, & les Prophetes auec toutes leurs promesses d'auec l'Euangile, qui
faict exhibition reale de ce & que la Loy auoit desiné par ses ombres, & que les Prophetes inspirés de Dieu auoyent predit deuoir aduenir. Iean a presché que le regne de Dieu
estoit pres. Et c'est bien ce que la Loy a adombré, c'est ce que les Prophetes ont predit. Or
vous voyés que l'effect respond à la prédication de Iean. Car depuis le temps de Iean le regne de Dieu s'annonce à tous, & maints embrassent en grande liesse l'heureuse nouuelle.

G 3   IIs

Qui en peu
est loyal.

Or les Phari-
siens oyoyent
toutes ces
choses.

Ils boyuēt du mouſt nouueau, ils puiſent la doctrine celeſte:ils meſpriſent les biẽs terriẽs, & s'enrichiſſent des celeſtes. Ils renoncent à l'argent, mais ils font des miracles : ils n'ont point d'armes, mais ils gueriſſent les maladies.Ils ne ſont Magiſtrats, mais ils chaſſent les diables. Ils ne ſont ne riches,ne puiſſans, n'hōnorables enuers le mōde:mais en modeſtie, debonaireté, patience, bien—faiſance, & autres biens de l'ame ils ſont vrayement & riches, & puiſſans, & honnorables enuers Dieu. Ceſte felicité eſt ouuerte à tous ſans que nul en ſoit forclos. Que ſi vous autres Phariſiens ne daignés y entrer, d'autres s'en ſayſiront:les Payens y entreront,voire toutes nations de tout le monde. On ne peut les en forclorre,de puis que la porte eſt vne fois ouuerte : ſi on ne les y reçoit ils s'y fourrent par force. Vous voyés accourir peagiers, gendarmes, mal—viuans, putains,iceux ſans tenir conte de tout leur auoir ne de toutes les voluptés de ce monde, ſe fians aux promeſſes Euangeliques, cherchent de tout leur cœur les vrays biens de l'ame : & par vne ardeur de foy & promptitude de courage veuillons ou non entrent de force, pendant que vous demeurés à l'huys, vous, di—ie, qui deuiés entrer les premiers & y induire les autres qui s'y efforcent.Or le regne de Dieu prend plaiſir à telle maniere de violence. Et ne faut—ia que les amateurs de la Loy aillent crians qu'on aboliſt la Loy, qu'on annulle les Prophetes : ainçois c'eſt—cy non pas l'abolition,mais l'accompliſſemēt de la Loy. Car vne mere ne pleure point ſon enfant comme perdu quand d'enfant il eſt deuenu homme faict. Ce ſeroit vne tref—grande ſottiſe d'embraſſer l'image & pourtrait d'vn homme, quand on peut embraſſer l'homme meſme qui eſtoit pourtrait : & crier apres celuy qui a faict la promeſſe, quand on peut iouyr de ce qui eſt promis.Il faut confronter la choſe auec l'image,que s'ils ſe rapportent,recognois ce qui eſtoit adombré, & embraſſe ce qui eſt exhibé. Si l'euenemēt des choſes s'accorde auec les promeſſes des Prophetes, quitte—les de leur promeſſe, & embraſſe ce qui c'eſt preſenté. Item ſi tu vois maintes choſes eſtre—ia aduenues, leſquelles auoyent eſté figurées par les ombres de la Loy (car la Loy eſt ſpirituelle) ſi en pluſieurs points l'yſſuē des choſes reſpōd aux anciens oracles des Prophetes:crois qu'en pareille feauté ſe fera auſsi finalement exhi bition de tout ce que la Loy & les Prophetes ont predit deuoir aduenir. Ce qui eſtoit de charnel & lourd en la Loy, faict place aux choſes plus parfaittes : mais ce qui y eſt de ſpirituel,tāt s'en faut qu'on l'aboliſſe que meſme on le parfaict.Qu'ainſi ſoit: la Loy permet au mary de repudier ſa femme en luy donnant l'inſtrument de refus,& de ſe marier à vn autre. Mais ſelon la loy Euangelique,quiconque repudie ſa femme & en prend vne autre,il commet adultere:& qui en prend vne repudiée, il commet adultere . Car ne l'vn ne l'autre n'a ſa femme:ne l'vne ne l'autre ſon mary. Et le ſens de nature, & la ſyncerité de l'Euangile requiert vne amitié perpetuelle & conionction indiſſoluble, nō ſeulement en mariage, mais auſsi en toute amitié. Et ne faut pas que perſonne m'allegue que la doctrine Euangelique contreuient aux ordonnances de Moyſe. Car Moyſe à cauſe de voſtre dureté n'oſa pas requerir de vous ce qu'il ſouhaittoit pluſtoſt qu'il n'eſperoit:& maugré ſoy accorda le diuorce, de peur que s'il l'euſt refuſé, voſtre hayne ne ſe fuſt desbordée à laſchetés enormes. Celuy donc accōplit & non pas abolit,qui requiert plus grande perfection.Ne plus ne moins qu'vn pere ne ſe contredit en rien, qui ayant eſté par le paſſé aſſés facile à ſon fils de tendre eage, puis apres quãd il eſt deuenu homme faict, requiert plus de luy qu'il ne faiſoit au parauant. Et ie vous dy pour tout certain, que plus toſt ciel & terre, choſes plus durables que nulles autres, paſſeront, qu'vn ſeul point de la Loy doyue perir, que ce qui eſt predit ne s'accompliſſe, tant s'en faut que ie ſoye venu pour abolir la Loy. Or pourautant que le Seigneur Ieſus par la parabole du ſage deſpenſier,cy deſſus propoſée,auoit enhorté à faire aumoſnes aux diſetteux,à fin qu'apres ceſte vie ils noꝰ receuſſent aux tabernacles eternels lors que toutes choſes changées & renuerſées,iceux abonderont en tous biens,au cōtraire les riches ſeront tourmentés en tous maux:il en depaint icy comme vn pourtrait,à fin que plus fermemēt il demeure imprimé au cœur des hommes. Il y auoit(dit—il) vn homme fort riche, à qui rien ne ſembloit deffaillir pour vne parfaitte felicité de ce monde:homme de grand renom enuers les hommes,enuers Dieu ſans renom & incogneu. Iceluy ſe veſtoit de pourpre & de fin lin, non moins delicattement que noblement. Et à fin que rien ne luy deffalliſt pour la delectation corporelle, il faiſoit iournellement grande chere ſeruant & à ambition & à exces & aux voluptés. Il y auoit d'autre part vn homme fort diſſemblable à ceſtuy, vn mendiant, ſans renom & incogneu enuers les hommes, mais bien renommé & noble enuers Dieu.Car il auoit vn nom prins de la choſe, appellé Lazare, pource qu'eſtās deſtitué de tous ſecours du monde, il s'appuyoit ſur l'ayde de Dieu ſeul. Ceſtuy n'auoit ne maiſon,n'habillemēt,ne viures,voire il n'eſtoit pas en bon point de ſon corps. Car il eſtoit

plein

plein d'vlceres & playes, comme on lit de Iob. Or gisoit-il à la porte de ce riche, attendant
qu'on luy enuoyast quelque chose des miettes qui tomboyēt de la table du riche, pour appaiser son estomach criant à la faim. l'hōme plein d'vlceres & playes ne fut pas admis chés
le riche, de peur que par vn spectacle hydeux il ne contristast ceux du bancquet exquis en
tout & par tout. Tu oys vn orgueil des richesses: mais en vne si grande bombance & despé-
se, il y auoit vne si grāde chicheté qu'on ne donnoit pas mesme des miettes au mendiant, là
où les chiens y estoyent saouls de pain, voyre & les chiens reprochoyent au riche se donnant du bon temps son inhumanité. Car ils vēnoyēt lescher les vlceres & playes du Lazare. Qui est-ce qui n'eust iugé celuy riche vn parfaict patrō de felicité, & ce Lazare vn miroir
d'infelicité extreme? Mais ce n'est pas sur les choses qui escheent en ceste vie qu'il faut ba-
lancer la felicité de l'hōme. Tout à coup les choses se vōnt renuerser ce dessus dessous. Car
la mort appareillée à chascun, comme au riche elle est la fin de toutes voluptés, ainsi aux
affligés c'est la fin de toutes douleurs. Qu'ainsi soit, le mendiant va mourir, & en lieu que
les hommes n'auoyent tenu conte de luy quād il viuoit, apres qu'il fut mort, les Anges de
Dieu le porterent au sein d'Abraham. Dieu de sa grace luy fit cest honneur, & le riche n'a-
uoit daigné le receuoir chés soy. Or en mesme temps va mourir aussi celuy riche. Car la
mort commune à tous, est celle seule qui enseigne les riches qu'ils sont hommes ne plus ne
moins que les autres. Et à Lazare on ne luy fit point cest honneur que de l'enseuelir. Mais
le riche on l'enterra en magnificque pompe d'obseques. Or estans-ia tous deux en l'autre
monde, le riche se sentant en de griefs tourmens, où il n'estoit pas moins asprement traitté par vn defaut de choses plaisantes, & par vne abondance de tous maux, combien delicattement il s'estoit traitté soy-mesme durant sa vie: il esleua finalement ses yeux au ciel
& vit Abraham de loing au sein duquel il recogneut aussi Lazare (duquel au parauant il
n'auoit tenu conte) qui iouyssoit d'vn souuerain repos & soulas entre les doux bras de ce
sainct pere. Car iceluy Abraham recogneut pour son fils celuy que le riche n'auoit pas voulu recognoistre pour hōme. Le tourmēt du riche s'augmentoit par voir la felicité d'autruy.
Alors le riche deuenu, mais en vain, courtoys & mendiant, se va prendre à crier fort piteu-
semēt: Pere Abraham ayes pitié de moy, & enuoye Lazare qui se mouille le bout du doigt
en l'eau, pour m'e refraichir la langue, au moins d'vne seule goutte: tant suis tourmenté en
ceste flamme. A qui Abraham dit: Mon fils le refraichissement que maintenant tu demandes trop tard, tu deuoys, quād tu estois en vie, le te preparer en refectiōnant ton prochain:
mais alors amadoué de la felicité presente ne daignois non pas mesme des miettes de ta
table, soulager Lazare perissant. Recognoys la chance estre tournée & à bon droit. Or te sera-il force de le recognoistre, si tu veux te souuenir que quand tu viuoys, tu as receu tes
biens: Lazare au contraire a porté ses maux quand il estoit en vie. Maintenant la chance
tournée, apres auoir patiemment porté ses afflictions il est à son aise: & toy apres les delices esquelles tu as malheureusement prins tes plaisirs, tu es à bon droit en tourment. Tu
desdaignois l'homme vlceré & plein de playes toy pleins de perfums & onguens : maintenant il est entre mes bras tout reluysant. Tu ne daignois pas le receuoir chés toy : & ie daigne bien le receuoir en mon sein. Tu ne luy as baillé ny à manger ny à boyre en sa necessité:
maintenant il est recrée d'vn repos eternel, qui ne sçait que c'est ne de faim ne de soif. Et
auec quelle hardiesse demandes-tu maintenant refraichissement à celuy qui par-cy deuāt
n'en a peu impetrer aucun de toy? Si quand il estoit nud, tu l'eusses vestu: si quand il auoit
eu faim & soif tu luy eusses donné à manger & à boyre: si quand il gisoit à ta porte tu l'eusses receu en ta maison: si quand il estoit plein de playes tu l'eusses guery: iceluy maintenant
à son tour t'impetreroit soulas & relasche de tes tourmens, & te receuroit semblablement
en ceste compaignie. Mal-heureux que tu es, où est maintenant ton fin lin & ta pourpre?
où sont tes perfums? tes bancquets? tes danses? où sont tant d'ambitieuses voluptés?
Quand tu estois en vie tout vin te puoit au nés, tant tu auois le palais delicat, & ce pendant tu ne donnois pas de l'eau à cestuy en sa soif: maintenant aussi tu ne peux impetrer
vne goutte d'eau pour refraichir le feu de ta langue. Pour maisons magnificques, tu as
vn enfer: pour delices, vn tourment eternel: pour sornettes & chansons, vne lamentation
perpetuelle. Outre-plus vostre calamité est en cecy plus incurable, qu'entre nous & vous
il y a vn grand creux qui nous separe: de sorte que quand bien quelques vns d'icy voudroyent aller vers vous & vous soulager, ils ne pourroyent: semblablement si quelqu'vn
d'entre vous taschoit de monter icy, il ne pourroit: depuis que Dieu par son iugement
immuable a assigné à chascun sa demeure. Durant la vie il y auoit temps de soulager
le prochain par seruices mutuels, & pareillement d'estre soulagé de luy: maintenant il

G 4   est trop

est trop tard de vouloir icy ce qui est impossible à faire. Es delices tu as voulu estre tout seul auec tes semblables lesquels maintenãt sont tes compaignons au tourment. Lazare & ses semblables tu ne les a daigné receuoir en ta cõpagnie. Maintenant on te rend la pareille. Apres qu'Abraham eut tenu ces propos, le riche forclos de l'esperance d'estre soulagé, de sire pour le moins de pouruoir à ses freres, lesquels estoyent encore en vie, de peur que si en menant vne telle vie que luy, ils venoyent au mesme lieu le sentimẽt du mal n'accreust encore au poure miserable par telle compaignie. Mais maintenãt il fait requeste en vain, luy qui à repoussé le prochain en sa requeste. Si le creux (dit-il) empesche qu'on ne me puisse soulager: pour le moins ie te requier vne chose, pere Abraham, c'est que tu enuoyes Lazare en la maison de mon pere, à fin qu'il amonneste mes freres (car i'en ay cinq suruiuans) de peur que s'ils tiennent vn tel chemin que moy, ils ne viennent en la cõmunauté de ceste calamité: ainçois que plus tost il soulagent de leurs richesses la necessité des disetteux: que ils vsent de leurs biens non pour complaire à la volupté de la chair, mais pour la pieté de l'ame: qu'ils ne s'affectionnent point aux choses qui pour vn temps delectent durant la vie mais bien à celles qui engendrent vn eternel repos. Voyla que disoit le riche, lequel l'experience de la calamité rendit lors, mais trop tard, & suppliant & docteur. Mais depuis qu'on est vne fois mort, il n'y a plus temps de prier, ne moyen d'amonnester. Car les morts n'ont nulle accointance auec les viuans. Abraham donc respondit: Il n'est-ia besoing pour cela de tirer le Lazare hors de son repos. Si tes freres ont enuie d'estre gens de bien, ils ont Moyse & les Prophetes, qu'ils les escoutent. Car ils parlent à tous en leurs liures. Alors le riche importun en prieres mais trop tard, va dire: Ils n'orront ne Moyse ne les Prophetes, pere Abraham: mais bien si quelcũ des morts retournoit vers eux, qui leur portast de certaines nouuelles des grans tourmens qu'endurent icy ceux qui passent là leur vie à mon exemple, ce que font presques tous les riches, & s'amenderont & se disposeront à vne meilleure vie. A quoy Abraham: Ce sont là les conuertures de ceux qui iamais ne veulent quitter ce que follemẽt ils ayment. L'authorité de Moyse & des Prophetes est plus grãde enuers eux, que ne seroit celle de Lazare mendiant. Que s'ils n'oyent ceux là, autant peu oyront-ils si quelcun ressuscite de mort à vie. Ils diront que ce sera vne fantosme ou vn esperit mauuais. Par ce propos le Seigneur taxa tacitement l'incredulité de la nation Iudaique, laquelle ce qu'elle n'a pas creu vrayement à Moyse & aux Prophetes, contredit encore auiourdhuy à Christ ressuscité & assis à la dextre du pere: lesquels pour vray croiroit ce qui est aduenu s'ils eussent creu à Moyse & aux Prophetes qui predisoyent la chose deuoir ainsi aduenir. Par ceste parabole le Seigneur Iesus consola ses disciples qui pour l'amour du royaume ce leste auoyent à souffrir maintes afflictions en ce monde: item il effraye les Pharisiens, Scribes, Legistes, Sacrificateurs, les principaux, les riches, les hautains, les fiers & gens viuantã eux-mesmes, à fin qu'au moins pour crainte du supplice ils amẽdassent leur abominable vie, autrement qu'il aduiendroit que ceux qui icy se mocquoyent de Iesus inuitant à repentance, seroyent là semblablement mocqués.

CHAPITRE XVII.

OR le pere l'auoit ainsi arresté & ainsi estoit expedient pour le salut de l'humain lignage, que pour l'imbecillité du corps humain que le Seigneur auoit vestu, les orgueilleux Pharisiens s'en scandalizassent, à fin qu'ils affligeassent & missent à mort l'abiect & humble: pour ne deuoir pas estre plus doux enuers ses disciples suyuans leur maistre à la trasse. Or comme la meschanceté des incredules afflige les bons, ainsi la patience des bons est aux mauuais occasion de plus grande ruyne: ce neantmoins Dieu se sert de leur maladie pour le bien de tout le monde. Iesus donc dit à ses disciples, entre lesquels estoit Iudas qui deuoit estre l'autheur de l'encombre, & liurer Iesus à la mort, Iesus, dy-ie, petit & humble selon le monde. Mais l'impieté d'iceluy à auancer le salut du monde, & sa ruyne a seruy à tous d'exemple salutaire. Il ne peut estre autrement (leur dit il) qu'il n'aduiẽne des encombres, ce neantmoins cela n'excuse point celuy par qui l'encõbre aduiendra. Car il luy seroit plus expedient auoir vne grosse meule de moulin attachée au col, & estre ietté au fin fond de la mer que de porter encõbre à l'vn de ces petits selon le mõde. Car Dieu en fera la vengeance lequel se repute estre blessé en eux. Or endurer icy vn supplice tant soit-il amer c'est vn mal legier au pris que pour auoir porté encõbre à ces petits que Dieu ayme, acquerir les tourmens eternels. Parquoy soyès sur voz gardes, il n'est pas en vostre puissance d'empescher qu'encõbres n'aduiẽnent, mais il est bien en vous de vo⁹ garder qu'ils ne viennẽt par vostre faute. Or le moyẽ pour faire que l'encõbre ne vous puisse estre imputé, ce sera si non seulement vous ne baillés aucune occasion d'encombre

par

par voſtre faute à nully, mais auſſi quand les autres vous auroyent faict encôbre vous ve/
nés ou à l'oſter par voſtre douceur, ou à le porter par voſtre patience, & non pas à rendre
bille pour bille. Car non ſeulement les meſchans vous exciteront des troubles, mais auſſi
entre vous, attendu que vous eſtes hommes, s'eſleueront quelquefois des offenſes, auſ/
quelles il faudra remedier par fraternelle admonitiõ, laquelle ne decele point le delinquãt
s'il eſt curable, & a le pardon tout preparé pour le penitent. Si donc de cas, d'aduenture il
aduient, que ton frere commette quelque cas côtre toy, ne diſſimule point la faute, de peur
que par faute d'eſtre puny il n'en prenne vn bandon: ainçois fais office de bon medecin, &
par vne ſecrette reprehenſion luy monſtre ſa maladie, à fin qu'il en aye honte & s'amende.
Il ouyra plus volõtiers vn aduertiſſeur amy, que non pas vn accuſateur mutin, ains le tien/
droit pour ennemy. Car tel eſt quaſi le naturel de l'homme, qu'il accorde plus volontiers
aux conſeils, qu'il ne ſuccôbe à l'iniure. On ne peut eſtimer que ce ne ſoit fait plaiſir, quand
quelqu'vn amonneſte en ſecret. Qui accuſe en public & demãde que punition ſoit faitte,
ne ſemble pas vouloir remedier au mal de ſon frere, ains le deſcrier. Que ſi ton frere, amon/
neſté par toy, vient à s'amêder & recognoiſtre ſa faute, ſoit le pardon tout appareillé pour
amiablement & courtoyſemêt receuoir le penitent: & ſois ſi eſlongné de penſer de t'en ven
ger, que meſme tu ayes tant que faire ce pourra, eſgard à ſa honte. Que ſi par infirmité hu/
maine il retombe en faute, encore qu'il t'offenſaſt ſept fois pour vn meſme iour, & ſept fois
le iour il ſe repête, & taſchant de t'appaiſer, il dye: I'ay failly, ie m'en repens, pardonne moy,
pardonne luy de bon cœur ſa faute. Telle facilité de pardon contregardera mieux entre
vous la paix & concorde, que ſi vous rendiés les vns aux autres offenſe pour offenſe.
Ces propos tenus, pource que les Apoſtres entendoyent que la ſource de toutes les ver/
tus Euangeliques eſtoit la foy, laquelle le Seigneur ſi ſongneuſement redemandoit en fai/
ſant miracles, laquelle tant de fois il a approuuée en pluſieurs voyre eſtrangiers, laquelle
impetroit tout, & par laquelle les Apoſtres meſmes auoyent guery les maladies, & chaſſé
les diables: & n'ignoroyent pas que ce auoit eſté faute de foy qu'ils n'auoyent peu deliurer
vn demoniacle muet. Combien qu'vn homme n'eſt pas non plus idoyne pour les autres
enſeignemens de l'Euangile, n'eſt qu'en ſon cœur il aye conceu vne certaine confiance. Car
quand eſt-ce que meſpriſera les voluptés de ce monde, deſpartira ſes richeſſes aux po/
ures, pardonnera l'iniure à ſon frere, fera bien aux mal-faiſans, endurera patiemment pri/
ſons, fouets & morts celuy qui ne croit pas bien reſoluemêt que le ſalaire en eſt tres-ample
au ciel: pour ce, dy-ie, que les Apoſtres entendoyent cela, ils diſent au Seigneur: Seigneur,
puis que nous n'auons rien de bon ſinõ de par toy, nous te prions de nous augmenter la
foy. Et le Seigneur ſçachant bien que ſes Apoſtres eſtoyent encore lourds & imparfaits, &   *Et les Apo=*
que ce qu'ils demandent accroiſſement de foy, eſt principalement à fin qu'ils ſoyent plus   *ſtres dirent*
puiſſans en miracles: il conferme bien la force & vigueur de la foy, ſi elle eſt pure : mais c'eſt   *au Seigneur.*
en monſtrant qu'elle doit eſtre conioincte auec vne ſouueraine modeſtie, & que point il ne
faut la deſployer pour vaine oſtentation, mais bien toutefois & quãtes que le ſalut du pro/
chain ou la gloire de Dieu le requiert. Or il leur dit par ſimilitude: Si vous aués de foy la   *Si vous*
montance d'vn grain de mouſtarde qui eſt vn grain menu & abiect & qui ne môſtre point   *aués foy.*
ſa force s'il n'eſt broyé ou maſché: vous dirés à ce figuier ſauuage: (qui a les racines eſten/
dues ſi au large qu'il ſemble impoſſible de le pouuoir arracher par force quelconque) De/
plante-toy & te plãte en la mer, & il vous obeyra. Et par le grain de mouſtarde le Seigneur
a ſignifié ſoy-meſme, lequel iaçoit qu'il ſe monſtraſt le plus humble du monde toutefois
il cachoit au dedans vne ſecrette force de nature diuine, laquelle s'eſt alors vrayement deſ/
ployée, apres que le grain a eſté broyé en la croix, & enſeuely en la mort. L'efficace de ce
grain beſongnoit és diſciples, dont ils ne s'en deuoyent rien du monde attribuer: attendu
qu'ils n'eſtoyent pas autheurs des choſes qu'ils faiſoyent. Ains ſeulement miniſtres, & qui
euſſent eſté punis s'ils euſſent ceſſé de mettre à chef ce qui leur eſtoit enchargé : au reſte
ils ſont tenus de rendre à toute louange s'ils font quelque choſe d'excellent & magnific/
que. Et Ieſus pour ficher ceſt enſeignement au cœur de ſes gens, vſa d'vne telle parabo/
le: Qui eſt entre vous le maiſtre paſteur, luy die incontinent qu'il eſt reuenu des champs:
Va-t'en aſſoir? & qu'il ne luy die pluſtoſt: Appreſte-moy à ſoupper, & te trouſſe, & me
ſers tant que i'aye mangé & beu: & puis apres tu mangeras & beuras. Et toutefois ce ſer/
uiteur là s'eſt loyallement acquitté de ſon deuoir aux champs & le maiſtre l'en remer/
cie-il pourtant encore qu'il aye faict ce qu'il luy eſtoit commandé? Ie penſe bien que
non: mais bien il l'euſt puny s'il n'euſt faict ſon deuoir . Pourquoy? Non pour autre
choſe, ſinon pource que tels ſont ſeruiteurs, & doyuent tout leur trauail à leur maiſtre

à qui

à qui auſſi eux-meſmes appartiennent. Mais la louange de tout ce qui ſe faict, le Seigneur qui le faict, le s'attribue, quoy qu'il faſſe par eux, leſquels ſans luy ne peuuêt faire nul bien qu'il ſoit. En cas pareil auſſi vous, ne vous attribués pas la gloire des biens faicts, tant ſeulement portés vous loyallement au trauail. Et quand vous aurés faict tout-ce qui vous eſt enioinct, dittes : Nous ſommes ſeruiteurs inutiles, nous auons faict ce que nous deuions faire. Car ceſte modeſtie contregardera en vous le threſor de foy. Le reſte, laiſſés-le entre les mains de voſtre maiſtre. Que nul ne s'attribue l'honneur : que nul n'anticipe le iugement du Seigneur. Il cognoiſt bien la ſaiſon, & ne fruſtrera perſonne de ſon ſalaire. Ce pendant ſouuenés vous que vous n'eſtes autre choſe ſinon ſeruiteurs tenus de trauailler. Or aduint que comme le Seigneur tiroit vers Ieruſalem, il paſſa par Samarie & Galilée. Car il prend plaiſir de ſouuêtefois mettre le pied par occaſion, en Samarie & Galilee, à fin de reprocher aux Ieroſolimitains leur incredulité : gens qui auoyent en plus grande abomination les Samaritains, que non pas les Payens, & tenoyent les Galileens pour demy Payens. Or en entrant en vn petit village, il va rencontrer dix hommes ladres. Vous diriés que par iceux auroyêt eſté ſignifiés gens hereticques, tous depraués de mauuaiſes affections au dedãs, au dehors ayãs la peau bigarrée, comme d'vne doctrine inſyncere meſlant le faux auec le vray. Ce ſont gens contagieux & abominables, & pourtant les reiette-on loing de la communauté des hommes. Mais il n'y a nulle ſorte de maladie, que Ieſus ne gueriſſe, pourueu qu'on vienne en ſa preſence, pourueu qu'on luy deſcouure la maladie, & ce auec confiãce. Ces ladres recogneurent leur maladie, & pourtant ne s'approchent-ils pas plus pres, ains ſe tiennent de loing, crians à haute voix au Seigneur : Ieſus maiſtre aye pitié de nous. Ieſus ouyt le cry teſmoing de leur fiance, dont il les regarda, heureux le cry, qui rend le Seigneur attentif : heureux le regard, qui eſmeut à compaſſion. Or Ieſus ne leur reſpõdit autre choſe ſinon qu'ils s'en allaſſent ſe monſtrer aux Sacrificateurs : car iceux auoyent l'authorité de diſcerner entre le lepreux & le net. Ils luy obeiſſent & s'y en vont rêplis de bonne confiance. Et en y allant, ils furent ſoudainement changés. Ils eſtoyent bien tous eſgaux en foy, mais ils ne l'eſtoyent pas en recognoiſſance. Car le ſeul Samaritain quand il ſe ſentit plainemêt deliuré de ſon mal, fut celuy qui ne cela pas la diuine beneficence enuers luy : ains ſoudain retourna vers Ieſus, en glorifiant Dieu à haute voix, ſe proſternant ſur ſon viſage deuãt les pieds de Ieſus, luy faiſant la reuerence, & le remerciant. Et Ieſus non ignorant, que tous dix auoyêt eſté nettoyés, voulant toutefois taxer leur ingratitude, d'auoir voulu derobber le benefice de Dieu, ſe print à dire : Les dix n'ont-ils pas eſté nettoyés? & où ſont les neuf? Car le Seigneur ne recognoiſt point les ingrats : & monſtre ceux eſtre indignes du benefice receu, leſquels ne remercient point le bien-faiſant. Car Dieu ne peut ſouffrir que ces beneficers ſoyent celés. Comme le Samaritain ſe taiſoit, non ſeulement recognoiſſant, mais auſſi modeſte, qui eſtoit venu pour s'acquitter de ſon deuoir, & non pour accuſer les autres : Ieſus ſe reuira vers les aſſiſtans, & dit : De dix nul ne s'eſt trouué qui ſoit retourné pour glorifier Dieu, fors ceſtuy ſeul d'eſtrange nation. Si eſt-ce que c'eſtoit bien plus le deuoir des autres, veu qu'ils ſont Iuifs & ſe vantent d'eſtre les ſeruiteurs de Dieu : & toutefois en effect ce Samaritain ſurmonte la religion d'iceux. Ces propos tenus, le Seigneur appella le Samaritain proſterné à terre, & luy dit : Leue toy, & t'en va, t'aſſeurant que ce mien benefice, lequel ta foy t'a impetré, te ſera perpetuel. Or pourautant que Ieſus auoit ſouuent le regne de Dieu en la bouche, les Phariſiens qui n'entendoyent pas encore le regne Euangelique

Et eſtans in=
terrogués. eſtre vn regne ſpirituel : mais ſongeoyent quelque autre royaume, auquel la nation des Iuifs deuſt Seigneurier les autres nations, luy allerent demander, quand viendroit le regne de Dieu. Et Ieſus, qui toutes les fois qu'on faiſoit mention du dernier iour, auoit de couſtume de reſpondre douteuſement, leur dit : Le regne de Dieu ne viendra pas à la façon d'vn royaume mondain, de ſorte qu'on puiſſe en obſeruer ou le temps ou le lieu. Car ce n'eſt pas vn regne ſur les corps, mais ſur les ames : & ne cõſiſte pas en fortereſſes viſibles, mais inuiſibles. Parquoy on ne vous dira : Le voicy, ou le voyla. Et defaict qu'eſt-il beſoing d'obſeruer le lieu, veu que le regne de Dieu eſt dedans vous? Pourquoy attendés vous au dehors, ce que vous aués au dedans & portés quant & vous, ſi vous voulés? Pourquoy attendés vous deuoir aduenir ce que ia eſt preſent? Par tout où il y a vn cœur cõmandant aux richeſſes, voluptés, & honneurs du monde, & contempteur de la vie, par tout où il y a vn cœur robuſte en foy, brulant de charité, remply de l'eſprit celeſte, là eſt le regne de Dieu. Reſte que ce qui ſe preſente, vous l'embraſſiés, de peur que quand viendra ſoudainement celle iournée qui paracheuera & deſployera ce royaume, elle ne vous prenne à depourueu. Ce pourautant que meſme les diſciples, qui ſongeoyent auſſi bien que les autres, que de

brief

briefle royaume d'Ifrael auoit à fe defployer, n'entēdoyent pas bien ce propos, Iefus fe reuira vers eux & moderᴀ tellement fon parler, qu'il les rendoit toufiours appareillés pour celle derniere iournée, & leur oftoit la curiofité de s'enquerir du temps: les armant pluftoft contre la prochaine tempefte de la croix. Affeuréement (leur dit-il) le temps viendra, que vous aurés enuie d'auoir vn feul iour la iouyffance de voir le fils de l'homme (duquel plufieurs ne tiennent maintenant conte en prefence) & ne iouyrés pas de voz fouhaits. Et toutefois il n'y aura pas faute de gens, qui cōplaifans à la cōuoitife des hommes, tafcherōt de monftrer fa venue, difans: Il eft icy. Il eft là. Mais gardés vous bien de croire à tels Prophetes. S'ils vous difent: Le voicy chés nous, ne le fuyués pas. Et s'ils difent: Le voyla là loing, n'y allés point. Les chofes predittes par les Saincts Prophetes lefquelles vous voyés s'accomplir, croyés-les. Ce point feul, Dieu l'a voulu cacher aux hommes, & pourtant n'a pas voulu qu'on en fceuft l'heure: pourautant qu'il eft ainfi expedient pour le falut des hommes, lefquels il veut eftre appareillés pour tout temps. Parquoy tout ainfi que l'efclair fe monftre tout à coup & reluyt d'vn bout du ciel iufqu'à l'autre, deuant que vous vous apperceuiés de fa venue: en cas pareil le fils de l'homme viendra bien en grande gloire, mais fans eftre attēdu, vn iour que luy feul fçait, & lequel il a voulu eftre incogneu à vous. Mais il ne defployera pas fa maiefté, que premier il n'aye accōply la difpenfation de fon abbaiffance. Car il faut premierement monftrer le chemin de la clarté du regne celefte, & premier ouurir la porte dudit regne, à fin qu'on puiffe y entrer. Autremēt la venue du royaume de Dieu n'apporteroit pas grand heur à ceux qui point ne s'y font appareillés. Donc auant que fe defployer la maiefté laquelle vous pourchaffés deuāt le temps, le fils de l'homme a à endurer beaucoup & à eftre reprouué de cefte nation: à fin que cōme la flamme reluyt apres la fumée, ainfi apres l'ignominie, la gloire de Dieu fe defploye auec plus grāde clarté. Or pour faire que ce iour là ne furprenne perfonne, il y a vn remede bien ayfé: c'eft fi chafcun fe tient preft ne plus ne moins que fi ce iour là eftoit toufiours prochain: mais les hōmes addonnés au monde fe promettrōt delay, ou mefme que ce iour là ne viendra du tout point, & s'affeurans fur cefte efperance feruiront à leurs conuoitifes. Parainfi il en prendra des iours du fils de l'homme cōme il en print iadis des iours de Noé. On fe marioit, & marioit-on comme fi le deluge qui fe delayoit n'euft deu toutalemēt point venir. Mais le mal les furprint, qu'il ne s'en dōnoyent garde. Noé feul auec peu de gens fut fauué par le moyē de l'arche: tous les autres perirent. En tout tel eftat eftoyent les chofes au temps de Loth. Pourautant que la vengeance de Dieu fe prolongeoit, ils faifoyēt leur conte de demeurer impunis pour pechés qu'ils fiffent. Et pourtant en toute affeurance ils mangeoyent & beuuoyent, achetoyent & vendoyent, plantoyent & baftiffoyent: mais eux auffi en leur trop grande affeurance furent accablés de la vengeance au defpourueu. Car le iour que Loth fortit de Sodome il pleut du ciel feu & fouphre qui les deffit tous en vn inftant. En tel eftat feront les chofes au monde, quand le fils de l'hōme defployera foudain fa maiefté. Quand ce iour là fe monftrera, qu'on mette ius tout foucy de chofes mondaines: tant feulement qu'vn chafcun en vn dangier fi fubit fe fauue cōme il pourra. Parquoy celuy que ce iour là fe trouuera fur le toict, qu'il laiffe fon meuble en fa maifon, fans defcendre pour en emporter le bien qu'il y pourroit auoir: tant feulement qu'il penfe de fe fauuer. Semblablement fi quelqu'vn eft trouué aux champs qu'il ne retourne pas chés foy: car le dangier fera fi grād & fi haftif, qu'il ne peut fouffrir aucun delay. Qu'vn chafcun comme il fera trouué tafche de fe fauuer la vie en s'enfuyant haftiuement. Souuenés vous de ce qui aduint à la femme de Loth: elle ne fit que regarder en arriere, & en perit: tant haftif eft le mal, qu'il ne porte aucun delay. Celuy fera le plus à fauueté, qui fera le plus habille à la fuytte. Or alors chercher les chofes, moyennant lefquelles nous auons de couftume de pouruoir à noftre vie pour l'aduenir: comme font habillemens, argent, maifon, ou autres telles chofes, ce fera perdre fa vie. Mais qui mettant ius tous empefchements, ne tiendra conte des fecours de cefte vie, vn tel fauuera fa vie. Car on n'aura pas lors le loyfir de penfer de la vie du corps, quand la vie de l'ame fera en dangier. Ne cheuāce, ne lieu, ne qualité de vie ne fauuera l'hōme en ce dangier là: mais bien l'affection toute preparée à departir. Car de deux eftroittement conioincts, tout à coup l'vn fera prins pour auoir vie, & l'autre fera laiffé en perdition. Ie vous dy pour certain qu'en celle nuyct que viendra le fils de l'homme, deux feront en vn mefme lict, lefquels feront fubittement diuifés par diuerfité de falaire: car l'vn fera prins pour auoir iouyffance de felicité eternelle: & l'autre fera laiffé en ruyne eternelle. De deux qui moudront enfemble en vn mefme moulin, l'vn fera prins, & l'autre laiffé.

De deux

Et cōme il aduint és iours de Noé.

De deux qui laboureront en vn mefme champ, l'vn fera prins, & l'autre laiffe. Les difciples ouyans ces propos fans les entendre, vont dire à Iefus : Où, Seigneur ? Ils fongent encore apres la chair, & defirent de fçauoir le lieu du royaume. Mais Iefus voulant fous parolles couuertes fignifier que les fainds, en quelque lieu qu'ils puiffent eftre trouués, ne feroyent pas feparés du Seigneur, leur refpondit : Par tout où fera le corps, là auffi s'affemblerôt les aigles. C'eft tout-vn où vous foyés, pourueu que vous foyés auec moy : qui repaiftray voz ames de ma propre perfonne, qui fuis la nourriture de la felicité eternelle.

CHAPITRE XVIII.

R pourautant que fur la fin du monde, vne fort grande perfecution s'efleuera à l'encôtre des fideles, fi grande (di-ie) que mefme les efleus fi faire fe pouuoit, en feront feduits (encore que iamais la malice des mefchans ne ceffe de tourmenter les bons) le Seigneur Iefus enfeigne fes difciples qu'és maux, ils n'ayêt à demander fecours d'ailleurs que de Dieu : fans ce pendant braffer aucune vengeance, ne repouffer iniure par iniure. Que fi Dieu ne deliure pas foudain de l'afflictiô, ce neâtmoins qu'il n'en faut pas pourtant defifter de la priere. Car il n'y a nulle doute qu'il ouyra les prieres des fiens, quand il en fera temps, & feruira le delay au bien des fideles : & tant plus griefuement feront accablés les mefchans, que plus il fe feront perfuadés qu'ils demeureroyent impunis de ce qu'ils faifoyent. Ceft enfeignement, le Seigneur le ficha au cœur de fes difciples fous vne telle parabole, difant : Il y auoit vn iuge en vne ville, homme prophane & eshonté, qui ne craignoit point Dieu, & ne fe foucyoit d'homme du monde. Son impieté faifoit qu'il ne craignoit point Dieu : fa puiffance, qu'il ne fe foucioit de perfonne. Or en la mefme ville il auoit vne vefue, laquelle eftant oppreffée de fon aduerfe partie, alla trouuer ce iuge fouuerain, qui auoit en foy toute l'authorité, & luy demãda fecours à l'encontre de la violence de fa partie aduerfe. En ma bonne caufe (luy dit-elle) ie fuis accablée par les richeffes & faueur de mon aduerfaire. Ie fuis vefue, & effeulée maintiens mon bon droit à l'encontre de la violence de ma partie aduerfe. Eftant en ce point fouuentefois importuné de la vefue, ce neantmoins il le diffimula long temps, fans vouloir la fecourir. Et toutefois la principale intention pourquoy grande puiffance eft donnée à certaines perfonnes, à fin qu'à l'encontre des puiffans & feditieux ils foulages les orfelins, mineurs, vefues & poures gens. En fin finale voyant ce iuge là, que la vefue ne ceffoit de l'importuner, il fe print à faire à part foy tels difcours : Combien que ie ne craignes point Dieu, & ne me foucie de perfonne : toutefois pource que cefte vefue-cy me donne de la fafcherie par fon importunité, ie la foulageray de la violence de fon aduerfe partie : non pour bien que ie luy veuille, mais biê de peur qu'elle ne retourne, & plufieurs fois reiettée, elle ne me diffame par fes outrages, de ce que tenãt en cefte ville le fiege de iuge fouuerain, i'aye toutefois obftinément refufé affiftence à vne vefue oppreffée. La parabole recitée, le Seigneur confecutiuement leur dit : Oyés vous biens que dit ce iuge prophane & mefchant ? Vaincu par importunité de prieres, il donne fecours à la vefue : & Dieu qui eft tout iufte, & mifericordieux enuers fes efleus, eftant importuné par leurs prieres & cris iour & nuiȼt, leur bouchera les oreilles & ne les deliurera pas de la violence de ceux qui les oppreffent : ains par vne longue attente & douceur defprit laiffera les affliger fans en faire la vengeance ? Et ie vous dy pour le feur, qu'il ne l'endurera pas : ains, ou il conuertira les cœurs des mefchans à fin que leur vouloir change, ils ceffent d'affliger : ou il leur oftera la puiffance de nuyre : ou il deliurera fes efleus de tous maux pour vne fois, & les tranfportera en repos eternel. Certainement quand viendra en celle iournée, alors ne Satan, ne fes inftrumens affauoir les mefchans, ne pourront rien du monde à l'encontre de ceux que Dieu a choyfis pour eftres participans de fon royaume. Car quand l'impieté des mefchans fera accreue en fon comble, alors viendra le fils de l'homme tout à coup, & bien pluftoft que ne penfent les mefchans. Mais quand le fils de l'homme viendra, penfés vous qu'il doyue trouuer foy en terre ? Car & le nombre & la malice des mefchans fera fi grande qu'il il y en aura bien peu, efquels la foy demeure en fon entier. Toutefois en tous ceux que fe trouuera celle côftante fiance enuers Dieu, ils ferôt deliurés par la iuftice que Dieu en fera. Et celle parabole eftoit bien pour effrayer ceux qui eftans tout ouuertemêt mefchans, affligent les bons. Au refte, il y auoit vne maniere de iuftes à la Pharifaïque gens fe confians en leurs propres œuures, & s'en attribuant loy de iuftice, côme ainfi foit qu'enuers Dieu, homme du monde ne foit vrayement iufte : & non feulement ils fe complaifoyêt fottemêt en eux-mefmes, mais auffi au pris d'eux mefprifoyent les autres comme pecheurs, defquels toutefois la modeftie eft

plus

plus agreable à Dieu, que ne sont les œuures de tels iusticiers. A l'encontre de tels iustes
Pharisaiques, & à la consolation des pecheurs qui de bon cœur se desplaisent en eux-mesmes, le Seigneur proposa vne telle parabole. Il y eut deux hommes qui monterent au temple pour prier, l'vn Pharisien, & l'autre Publicain. Le Pharisien se tenant aupres du propi-
tiatoire, comme homme digne de deuiser de pres auec Dieu, prioit ainsi à part soy: O Dieu
ie te remercie de ce que ie ne suis pas comme les autres hommes, viuans de rapine, aug-
mentans leur bien par fraude, souillans les couches d'autruy d'adulteres, ou mesme qui
exerçans vne charge deshonneste font en la faueur des Princes, des extorsions sur le
peuple de Dieu, comme faict ce Publicain. Ie ne m'abbandonne point aux exces comme
faict ordinairement le commun, ains ie ieusne deux fois la sepmaine : & tant s'en faut que
ie fraude personne, que mesme de tous mes biens i'en baille la dixiesme partie aux poures.
Telle estoit la priere de l'enflé Pharisien, lequel iaçoit qu'il recitast choses vrayes & rendist
graces à Dieu, toutefois desplaisoit aux yeux de Dieu en cela qu'il se complaisoit en soy-
mesme : se flattant, & outrageux contre son prochain. Le Publicain au contraire, se desplaisant toutalement en soy-mesme à cause du sentiment de ses pechés, se tenoit loing du sanctuaire, si confus & peneux en soy, qu'il n'osoit pas seulement leuer les yeux au ciel : ainsi
frappoit sa poictrine, disant : O Dieu aye mercy de moy pecheur. Le Pharisien rendoit seulement grace à Dieu, estimant que rien ne luy defaudroit pour vne parfaitte pieté : & ne
confesse point ses fautes, & si en priant mesme il pechoit tres-griefuement se vantant de ses
vertus, & mesprisant le penitent : vanteur arrogant de soy-mesme, & temeraire accusateur
de son prochain. Au contraire, le Publicain ne raconte nul sien bien-faict. Tant seulement
en recognoissant ses maux il se frappe la poictrine coupable, & implore la misericorde de
Dieu. Voulés vous sçauoir l'yssue des deux prieres diuerses ? Le Publicain qui estoit venu
pecheur au temple, s'en retourna chés soy, plus iuste deuant les yeux de Dieu que celuy
Pharisien qui s'estimoit tres-iuste. Car quiconque se hausse soy-mesme à part soy, il sera
abbaissé deuant les yeux de Dieu. Et quiconque s'abbaissera en son cœur, il sera esleué deuant Dieu. Or voicy autre occasion au Seigneur pour nous recommander vne modestie
conioincte auec vne simplicité. Les meres apportoyent leurs enfans à Iesus, à fin qu'il les
touchast & leur baillast sa benediction, faisans leur conte que par ce moyē ils seroyent plus
asseurés contre les inconueniens & maladies ausquelles tel eage est ordinairement subiet.
Quoy voyās les disciples, les tensoyent de ce que pour telles choses de petite importāce ils
dōnoyēt de la fascherie au Seigneur, qui auoit, ce leur sembloit, assés d'autres occupatiōs.
Mais Iesus iaçoit qu'il n'ignorast pas que ses disciples ne fissent cela pour quelque deuoir
d'honnesteté, toutefois pour nous exprimer vn patron & exemple de simplicité, modestie, & innocence, ensemble pour enseigner aux pasteurs qu'il ne faut mespriser personne,
pour abbaissé ou foible qu'il soit, il appella ses disciples à soy, & leur dit : Laissés les enfans
venir à moy, & n'engardés point de les amener à moy : car à tels est le royaume de Dieu.
Que ce soit vn exemple proposé à tous, à fin qu'on entende à quel degré il faut s'auancer.
Enfans ne sçauent que c'est que fard, n'arrogāce ne rendre coup pour coup, outrage pour
outrage, ne que c'est d'auarice, n'ambition : c'est pure innocence & simplicité. Ie vous dy
pour tout certain, que le regne de Dieu ne peust receuoir sinon ceux qui sont trans-formés
selon ceste image. Parquoy n'est que l'homme s'approche de la doctrine Euangelique en
telle simplicité que sont ces enfans, il n'entrera point au regne de Dieu. Item vn des messieurs alla à Iesus comme expliquer par effect, que vouloit dire le propos qu'auoit tenu Iesus touchant les enfans. Or il luy dit : Bon maistre, que feray-ie pour obtenir vie eternelle ?
Et Iesus pour monstrer que ce nom de bon, ne conuient à personne excepté à vn seul Dieu,
qui de sa nature est bon, luy respondit : Pourquoy m'appelles-tu bon ? Nul n'est bon sinon
Dieu seul. Non pas que le Seigneur n'aduouasse biē ce titre de bon, entāt qu'il estoit Dieu,
mais par ce que ce riche là donnoit ce titre à Iesus comme hōme, prest aussi peut estre de le
s'attribuer si l'occasion se fust presentée. Parainsi n'auoit pas raison de l'appeller bon, puis
qu'il ne le tenoit pas pour Dieu. Et la cause pourquoy le Seigneur refusa pour lors l'honneur de ce titre, fut pource qu'il cognoissoit que le personnage qui l'abbordoit n'estoit pas
toutalement exempt d'arrogance, de ce qu'il s'estimoit auoir beaucoup de bōnes œuures
en abondāce. Or pour descouurir la maladie du personnage, Iesus luy dit : Sçais-tu pas les
commandemens de la loy Mosaïque, assauoir ceux-cy : Ne tue point. N'adultere point. Ne
desrobbe point. Ne dy point faux tesmoignage. Honnore ton pere & ta mere ? A quoy le
riche, comme celuy qui auoit à emporter le loz de iustice parfaitte, va dire : I'ay gardé toutes ces choses dés ma ieunesse. Ce parler n'estoit pas beaucoup different de celuy-là du

H   Pharisien

Or les meres
apportoyent
à Iesus.

Et l'interro-
gá.

Pharisien, mais il estoit fort eslongné d'vne simplicité d'enfans. Voyla donc vn vice descouuert, mais il en auoit encore vn autre caché, qui le rendit mal propre au regne de Dieu:
pour lequel mettre aussi en euidēce, Iesus va dire:Il te faut encore vne chose. Que si tu veux
entrer au regne Euangelique, va vendre tout ce que tu as, & le baille aux poures, & ce faisant tu t'amasseras vn thresor au ciel. Cela faict, vien-t'en tout franc & à deliure apres'moy.
Et luy ouyant tels propos, en fut contristé: car il estoit fort riche. Il n'estoit pas encore reduit en enfant, pource que l'amour des richesses luy auoit saysi le cœur. Et Iesus le voyant
s'en aller tout triste, luy qui pourchassoit tellement la felicité du regne celeste, que toutefois il ne pouuoit mespriser les richesses de ce monde, il se vira vers ses disciples, cōme tout
esmerueillé, & dit: O qu'à grande peine ceux qui son chargés de richesses, entrerōt-ils par
la porte estroitte au regne de Dieu. Car il est plus aisé à vn chameau de passer par le pertuis
de l'aguille, qu'à vn riche d'entrer au royaume de Dieu. Et les disciples troublés de ce propos se prindrent à dire:Si nul riche n'y entre qui pourra donc estre sauué ꝛ Car on en trouuera bien peu qui n'ayent des richesses ou qui n'en voulsist bien auoir. Mais Iesus consola
de-rechef le trouble de ses disciples, disant: Ce qui est impossible enuers les hommes, est
possible enuers Dieu. Ce n'est vn acte des forces humaines de mespriser les richesses & les
cōmodités qui s'en ensuyuent. Mais ceste magnanimité de cœur, Dieu la depart à ceux qui
par simple croyance se rendent idoynes des graces d'iceluy. Or enuers Dieu celuy à cessé de
deuenir riche quiconque à placqué là l'amour de l'argent, & qui l'a en sorte que volōtiers
il l'abbandonneroit, toutefois & quantes que le salut eternel le requerra ainsi. De ce propos conçoyuent bonne esperance les Apostres, dont plusieurs auoyent abbandonné tout
ce qu'au parauant ils possedoyēt. Donc au nom de tous Pierre va dire. Or-ça nous auons
tout laissé pour te suyure: nous auons faict ce que tu requerois en ce riche là. Et iaçoit que
c'estoit bien peu que ce qu'auoyent laissé Pierre & André, qui en eussent laissé d'auantage
s'ils l'eussent eu:toutefois le Seigneur loue leur prōptitude,& à fin qu'ils né se repentent de
ce qu'ils auroyent laissé,il leur mōstre qu'il y a grād gaing d'auoir faict perte de son auoir à
cause du royaume de Dieu. Car pour des biēs caducques & de nulle vallue qu'on a laissés.
L'ame en est & en ceste vie enrichie des biens celestes,& en l'autre monde on a pour recompense felicité eternelle. Or le Seigneur respondit en ceste maniere:Ie vous asseure pour tout
certain que non seulement vous tournera à grand profit d'auoir quitté ce peu d'auoir vostre pour l'amour de moy: mais aussi quiconque pour l'amour du regne de Dieu, aura
laissé ou maison, ou pere & mere, ou freres, ou femme, ou enfans, il en receura en ceste vie
des biens beaucoup de fois autant & de meilleurs que ce qu'il aura laissé, & outre cela au
siecle à venir vie eternelle. Apres auoir par tels propos encouragé ses disciples, il print auec
soy les douze Apostres, lesquels ne deuoyent rien ignorer de ce qui se faisoit pour le salut du genre humain. Or il se print de-rechef à plus ouuertement inculquer à ceux-cy, la
mort que de son sceu & vouloir il auoit à souffrir en Ierusalem, selon les oracles des Prophetes. Car il sçauoit bien qu'ils seroyent grandement troublés de la mort de leur Seigneur,
& c'est pourquoy il reitere plus souuent ce propos, à ce qu'en la parfin il leur demeure au
cœur, & que petit à petit ils s'accoustume à porter ce dont ils ne vouloyent nullement du
monde ouyr parler. Laquelle chose certes ne leur partoit pas d'incredulité, mais biē d'vne
vehemente amour qu'ils pourtoyēt à leur maistre. Il leur declara donc à part que le temps
de sa mort estoit pres. Or-ça (leur dit-il) nous montons en Ierusalem, & tout ce qui est
escript par les Prophetes touchant le fils de l'homme sera accomply. Car il sera liuré aux
Payens,& sera mocqué d'eux & fouetté & craché. Mesme apres l'auoir fouetté, & luy auoir
faict tous les outrages du monde, ils le mettront à mort: mais au troisiesme iour il ressuscitera. Mais pour ce que ce propos ne plaisoit pas aux Apostres, il ne leur entroit point au
cœur:comme mal aiséement nous croyons les choses que nous voudrions n'estre pas
vrayes. Or ils ne pouuoyent encore comprehdre le mystere de la croix, dont par vn nouueau conseil de Dieu, le salut du monde deuoit sortir. Il ne croyoyent pas volontiers que
par mort violante deust mourir vn personnage tant chery:& ne pouuoyent croyre que celuy deust estre mis à mort par gens meschans, lequel estoit si puissant en faicts admirables,
& qui tant de fois estoit eschappé d'entre les mains de ses poursuyuans:brief, ils ne faisoyēt
nulle doute, qu'il ne luy fust plus aisé deschapper la mort, que de ressusciter de mort à vie:
ioinct qu'il estimoyent qu'il estoit plus expedient de ne mourir nullement, qu'apres estre
mort retourner en vie. Et iaçoit qu'ils ne peussent douter de la feauté de leur Seigneur toutefois ils blandissoyent en ce point à leurs affections, & interpretoyēt que sous ces propos
de Iesus, il y auoit quelque allegorie cachée, comme le Seigneur singulierement a de cou-
                                                                                        stume

Puis Iesus
print les
douze.

ſtume d'en vſer, trompant par ce moyen quelquefois non ſeulemēt le peuple, mais auſsi les
Apoſtres meſmes: comme quand il leur commandoit de ſe garder du leuain des Phariſiēs:
quand il reſpondoit qu'il auoit vne viande dont il auoit faim : quand il enſeignoit qu'vn
chameau paſſeroit plus toſt par le pertuis de l'aguille, qu'vn riche n'entreroit au royaume
des cieux: quād en ſignifiant qu'il failloit auáller ſa doctrine, tout au plus profond des entrailles de l'ame, il nyoit que l'homme deuſt auoir vie, s'il ne māgeoit la chair & beuuoit le
ſang d'iceluy : quand il promettoit qu'apres que les Iuifs auroyent deffaict le temple, aſſauoir ſa perſonne, il le remettroit ſus en trois iours. Par telles ſouſpeçons ils blandiſſoyent à
leur affection ils oyoyēt bien la parolle, mais c'eſtoit comme en dormant, de l'efficace de la
parolle ils n'en auoyēt pas pleine intelligence : & ce pour la raiſon du temps, par la permiſſion du Seigneur, à fin que petit à petit il s'accouſtumaſſent à la choſe qui leur deuoit eſtre
fort amere, & deuant le temps ne s'enfuyſſent de leur maiſtre, par le deuis duquel ils deuoyent encore eſtre inſtruits de maintes choſes. Ils ne pouuoyent encore comprendre les ſecrets du conſeil de Dieu, à raiſon qu'ils auoyent encore les yeux de l'entendement couuers
d'vne grande obſcurité. Mais encore y voyoyent moins les autres, qui n'auoyent point ſi
grande familiarité auec le Seigneur. Or la ſource de ſalut c'eſt la cognoiſſance de Ieſus. Car
cognoiſtre c'eſt voir. La lumiere c'eſt la foy : les tenebres ſont les mauuaiſes conuoitiſes. Et
voyla ſe preſenter matiere pour nous mettre deuant les yeux comment nous pouuõs voir
Ieſus: & en vn aueugle ſe propoſa le moyen, cōment l'aueuglement de l'entendement peut
eſtre oſté à pluſieurs. Vn aueugle des yeux corporels venoit au denant: mais combien de
gens ſuyuoyent Ieſus qui y voyoyent beaucoup moins de l'entendemēt, puis que meſ- Il y auoit
vn aucugle
aſſis pres.
me les douze auoyent encore les yeux ſi chargés des tenebres d'ignorance, qu'ils n'enten-
doyent pas le propos du Seigneur, qui eſtoit tout ouuert. Aduint donc que comme Ieſus
s'en allant en Ieruſalem s'approchoit de Ierico, vn aueugle eſtoit aſsis aupres du grād chemin & demandoit l'aumoſne : lequel s'apperceuant par le bruit du parler & du marcher,
qu'vne grande preſſe de gens paſſoit, demanda que c'eſtoit: (comme telles gens ſont d'autant plus curieux qu'ils ſont deſtitués de la veue) auquel on reſpondit que c'eſtoit Ieſus
N'azarien qui paſſoit. Et luy tout à coup ayant conceu vne fiance du recit qu'il auoit ouy
faire de Ieſus, ſe mit à crier, diſant: Ieſus fils de Dauid, ayes pitié de moy. Auec l'importunité
il vſa de parolles alleſchantes, comme ſont ordinairement les mendians. Or ceux qui alloyent deuant Ieſus, tenſoyent l'aueugle, luy commandant de ſe taire, penſans qu'ils demandoit l'auſmone comme de couſtume, & ayans peur que luy homme ſale & mendiant
public ne fiſt de la faſcherie au Seigneur. Mais tant plus les gens empeſchoyent l'aueugle,
tant plus il s'efforçoit de crier, vſant des meſmes propos : Ieſus fils de Dauid, ayes pitié de
moy. Pourautant qu'il ne pouuoit voir Ieſus, tant plus hauſſoit-il ſa voix, ne ſçachāt combien eſtoit loing celuy apres lequel il prioit. Et Ieſus apres l'auoir laiſſé crier par pluſieurs
fois ſans faire ſemblant de l'ouyr, pour rendre la foy du perſonnage tant plus euidente,
s'arreſta à la fin, & commanda qu'on luy amenaſt l'aueugle, pour prouocquer les yeux de
tous à la conſideration du miracle. Quand il fut venu à Ieſus il luy demanda ainſi : Que
veux-tu que ie te face? Il n'ignoroit pas que demandoit l'aueugle, mais il demandoit la recognoiſſance de la maladie, à fin que le miracle en fuſt plus euident. Car il s'en trouue qui
cōtrefont l'aueugle, pour auoir tant plus d'aumoſne: & peut eſtre en y auoit-il en la cōpaignie qui n'euſſent oſé eſperer autre choſe que l'auſmone. Car le Seigneur tout poure qu'il
eſtoit ſelon le monde, auoit toutefois de couſtume, des dons que luy faiſoyent ſes amys,
d'en eſlargir quelque choſe aux poures. Et l'aueugle luy dit auec grande fiance : Seigneur
fay que ie recouure la veue. Ce qu'vn homme n'euſt peut donner, il le demande en trois
parolles, ne doutant nullement que ſoudain Ieſus ne le peuſt comme tout puiſſant, & ne
le vouſiſt comme tout bon. Ieſus donc reſpondant à la promptitude de foy de l'aueugle,
luy rendit la veue à vne ſeule parolle, diſant : Reçoy la veue. Ta foy t'a ſauué. Par foy auoit
veu Ieſus, deuant que le voir des yeux corporels. La foy auſſi eſt celle qui impetre toutes
choſes du Seigneur tout clement: la foy eſt celle qui en pleines tenebres de vices, toutefois
crie de loing apres Ieſus, à ce qu'il vſe de miſericorde. La conſcience & remors des vices
empeſche le cry, mais l'ardeur de foy en hauſſe tant plus viuement la voix. Le Seigneur Ieſus prend plaiſir à tels mendians, & ſi quelquefois il delaye d'ottroyer la demande, c'eſt à
fin que le mendiant obtienne tant plus grande aumoſne. Ceux ſont en de treſ-profon-
des tenebres, leſquels honnorent les pierres & le boys pour Dieu: qui font de l'argent & de
leur ventre leur Dieu, qui ſeruent à ambition, à plaiſir charnel, qui ſont enragés apres les
guerres. Ceux qui ſont tels, s'ils ne peuuent encore s'approcher de Ieſus, pour ce qu'ils ne

H 2   peuuent

peuuent le voir : au moins qu'au retentiſſent de ceux qui annoncent la gloire de Ieſus
par tout le monde, ils demandent : Qui eſt-cela ? Donques quand ils auront entendu
que c'eſt Ieſus qui paſſe, qu'ils ne laiſſent pas eſchapper l'occaſion preſente, ains luy
rompent les oreilles par crys lamentables : & ſi remors des maux paſſés leur impoſe ſilence, que tant plus inſtamment le cry du cœur ſe confiant frappe les oreilles de Ieſus.
Certes le Seigneur Ieſus n'eſt ſourd à perſonne ſi on luy demande en foy : il peut à la parolle donner ce qu'on luy demande. Bien eſt vray qu'il paſſe : mais il n'ira pas loing ſi
tu hauſſes ta voix. Or heureux eſt le mendiant depuis que Ieſus s'eſt arreſté à ſa voix.
Et quelle merueille ſi à la voix de qui l'appelle il s'arreſte, luy qui a daigné faire vn ſi
long chemin apres la brebis eſgarée ? Encore plus heureux il eſt l'aueugle, depuis que
on l'ameine à Ieſus. Car il eſt-ia prochain de ſon ſalut. Et ne peuſt eſtre long temps a-
ueugle, celuy qui s'eſt approché de la fontaine de toute lumiere. Le Seigneur ne reiette point le mendiant, le Seigneur (di-ie) fontaine de toute gloire : & l'homme pecheur
deſdaigne ſon prochain ? Quand tu ſeras venu deuant Ieſus, quand tu te ſeras delaiſſé, il n'eſt-ia nul beſoing de longues prieres : tant ſeulement dis que c'eſt que tu veux,
mais dys-le auec fiance conceue non de tes propres merites, mais de la puiſſance & bonté d'iceluy : & quant & quant la veue te ſera rendue enſemble auec la ſanté. Car ſi toſt que
Ieſus eut dit : Voy-y. L'aueugle y vit : & de mendiant il deuint ſectateur de Ieſus, & publieur de la bonté diuine. Meſme auſſi le peuple apres auoir veu vn miracle ſi excellent,
donna louange à Dieu.

CHAPITRE XIX.

EST aueugle à qui le Seigneur rendit la veue figure aſſés propremét le peuple Payen. Car la Loy donnoit quelque lumiere aux Iuifs. Des Payens, ils
eſtoyent en de ſi profondes tenebres d'ignorance qu'entre-eux il y en auoit
pluſieurs qui croyoyent qu'il n'y auoit du tout point de Dieu, les autres croyoyent qu'il y en auoit ſans nombre, mais qu'ils eſtoyent plus meſchans que
non pas les hommes. Item il en y auoit d'autres qui penſoyent que Dieu n'auoit nul ſoucy
des choſes humaines. Meſme il y en a eu qui tenoyent pour dieux le Soleil, la Lune, les
beufs, les chiens, les ſinges, voyre les porreaux & oignons. Entre-eux il y en auoit que ne
ſçauoyêt que c'eſtoit de mariage legitimes, ains à la maniere des beſtes vſoyêt indifferemment de toutes femmes. Il en y auoit qui tenoyent pour acte de pieté d'auoir tué leurs pere
& mere en leur vieilleſſe D'autres entre leſquels il eſtoit loyſible de manger de chair d'homme. D'autres entre leſquels c'eſtoit deuotion de ſacrifier leurs chiers enfans au diable.
Qu'eſt-il de plus incurable qu'vn tel aueuglement ? Et toutefois ceſt aueugle vuyde de toutes vertus, à ſenty paſſer Ieſus, lequel la nation des Iuifs a repouſſé quand il eſt venu vers
elle. Ceſt aueugle hauſſe la voix de foy : fils de Dauid aye pitié de moy. Il a côtraint Ieſus de
s'arreſter. Il eut ce bien que Ieſus luy demanda qu'il vouloit. Il confeſſa ſon aueuglement :
il declara ſon vœu : Seigneur que i'y voye. Il obtint ce qu'il demandoit en ſimplicité. D'a-
dorateur de monſtres, il eſt deuenu adorateur de Ieſus : d'eſclaue de diables & de tous vices il eſt deuenu diſciple & ſectateur de Ieſus : de mendiant public & demandeur de poure
aumoſne eſt deuenu heraut de la puiſſance diuine. Or tels exemples ſont ſouuentefois
preſentés aux Iuifs, à fin ou qu'ils s'amendent de leur incredulité, ou qu'ils manifeſtaſt dé-
ſormais qu'à bon droit, ils auront eſté reiettés pour n'auoir pas voulu receuoir gueriſon.
Et ceſte figure fut exhibée à l'entrée de la ville de Iericho. Mais tantoſt apres en la ville ſe
preſenta bien vn plus euident exemple. Car le Seigneur eſtant entré, comme il s'en al-
*Et voicy vn
homme ap-
pelé Zachée.* loit parmy la ville, enuironné de toutes pars d'vne grande foule de toutes gens peſle
meſle, il auoit vn homme nommé Zachée, ayant ſon nom de l'effect, bruslant d'vn zele
de iuſtice, luy qui eſtoit premier entre les publicains, & quant & quant fort riche, duquel ne la qualité de ſon eſtat, ne la bonne chance de ſa fortune n'eſtoit pas fort conuenable à vne telle affection. Or auoit-il vn fort grand deſir de voir Ieſus, à fin de pouuoit
auſſi cognoiſtre de viſage, celuy de qui on auoit faict courir vn bruit tant admirable.
Il croyoit & aymoit ce qu'il auoit ouy, & pourtant ſuyuant le veu de Simeon & des Patriarches, treſſailloit d'vn ſainct deſir de contenter auſſi ſes yeux du ſpectacle bien-heureux eſtant preſt d'entreprendre plus, s'il n'euſt eſté retenu par ſa petiteſſe : & pourtant
eſtoit tant plus digne de voir Ieſus tout à ſon aiſe. Herode auoit auſſi eu long temps
deſir de voir Ieſus. Il le vit & n'en tint conte. Auſſi eſt-ce en vain qu'on voit Ieſus Chriſt,
ſi on n'eſt pareillement veu de luy. Ieſus auoit veu Zachée deuant qu'il fuſt veu de luy.
Herode

Herode deſiroit de le voir, à fin qu'en faiſat quelque miracle il delectaſt les yeux curieux du
Roy. Zachée deſiroit de le voir, à fin de cognoiſtre qu'il eſtoit, aſſauoir le fils vnicque de
Dieu, autheur de tout ſalut à tous ceux qui ſe fient en luy. Ce n'eſt pas grand cas de voir
Ieſus ſelon la chair, des yeux que iournellement le voyoyent les Phariſiens & s'en mocquoyent. Mais les yeux des diſciples ſont prononcés bien-heureux, d'auoir eu ce bien de
voir ce qui auoit eſté denié à maints Princes de la terre. Simon fils de Ionas eſt dit bien-
heureux d'auoir veu qui eſtoit Ieſus, quand il fit celle proteſtation:Tu es celuy Chriſt, le fils
de Dieu viuant. Les Iuifs n'auoyent pas veu qu'il eſtoit, quand ils diſoyent:N'eſt-ce pas le
fils du charpentier? Mais vne hőte empeſchoit le ſainct deſir de Zachée, qu'il ne pouuoit
penetrer iuſqu'a Ieſus, la multitude de gens enuironnant Ieſus de toutes pars l'en empeſchoit, l'en empeſchoit auſſi la petiteſſe de ſon corps. Car il eſtoit de petite ſtature. Ceux ſont
petits leſquels ſont attachés aux choſes ſales & caducques. Car tout ce qu'a ce mőde eſt pe
tit, ſi on le confronte auec la maieſté Euāgelique. De telles gens ne peut eſtre veu Ieſus, n'eſt
qu'il s'eſleue en haut. Ieſus eſleué, ne ſera veu que des petits. Ieſus meſlé parmy la preſſe
baſſe & populaire, ne ſe voit point, ſinon de ceux qui fouleront aux pieds la hauteur des
choſes mondaines. Et auſſi à fin que tous petits de toutes nations le peuſſent voir il monte
puis apres ſur le haut boys de la croix. Donc Zachée petit homme, non ſeulement de ſtatu
re corporelle, mais auſſi de modeſtie de cœur:à fin de voir d'enhaut le petit Ieſus, il courut
deuant prédre place, par où Ieſus deuoit paſſer. Son eſchaffaut fut vn arbre appellé figuier
ſauuage, pour ce qu'il engendre des figues de meſme, dont il eſt auſſi appellé figuier d'E-
gypte, mais qui de fueille retire à vn meurier. Ieſus eſtoit enclos au milieu d'vne trouppe de
Iuifs. La Loy & les Prophetes auoyent precedé:ceſt eage là, l'accoſtoit d'vne part & d'autre.
Encore auiourd'huy le ſuyt la nation des Iuifs:elle apprend ce que Ieſus a faict & enſeigné:
& ſi ne peut encore voir qui eſt ce Ieſus, dont il faut eſperer le ſalut. Zachée court deuant
occuper ceſte felicité, en quoy certes il figure les Payens. Et à quoy tient-il que les Iuifs ne
le voyent? Pourautant que les Iuifs demeurent encore à terre, & ſon attaché à la chair de la
Loy. Or Ieſus ne ſe voit point ſinon de ceux, qui de la lettre baſſe de la Loy s'eſleuent au
ſens ſouuerain de l'eſprit. De ceſt eſchaffaut on peut voir qu'eſt Ieſus, & où il eſt. Autrement
ſi on demeure preſſé parmy la preſſe, c'eſt à dire, ſi tu ne ſens rien d'excellent, tu oyras ſouuentefois celle voix fallacieuſe: Voicy icy Chriſt, le voyla. Les Phariſiens crient: Voicy icy
Chriſt. Les Sadduciens crient: Le voicy. Les Ebionites crient: le voicy. L'vn monſtre quelqu'vn de la ſecte Phariſaique, veſtu de noir, & dit:Regarde, voyla Chriſt. Vn autre en monſtre vn autre veſtu de blanc, & dit: Voyla le Chriſt. Vn autre vne diuerſité de couleurs &
formes d'habillemens, & crie: Voyla le Chriſt. Vn autre en monſtre vn qui ne mange que
du poiſſon, & dit: Voyla le Chriſt. Vn autre monſtre vn chaſtré, & dit: Voyla le Chriſt.
O race Iudaique & incredule. Viens-tu voir Ieſus? Monſte ſur l'arbre, prend les yeux de
Zachée. Iceluy ne demande pas de voir la robbe de Ieſus, ains deſire de cognoiſtre ſa face:
laquelle eſt voilée des ſainctes eſcriptures. Oſte le voile:dreſſe ton entendemét aux ſens interieurs, & tu verras Ieſus : tu verras dont procede à tous le vray ſalut. Le Phariſien ſe marche eſleué & hautain, ſe complaiſant en ſoy-meſme, s'attribuāt loz de iuſtice, & la cognoiſſance de la Loy:& en ce reputant bien prou grãd & prochain de Chriſt, il ne daigne vſer du
ſecours de l'arbre. Mais Zachée petit deuant ſes yeux, monte ſur l'arbre, & voit ce qui deſire. Peut eſtre que ce figuier reſſembloit à celuy que le Seigneur auoit maudit, pource que
par vne veſture de fueilles, il luy promettoit du fruict en ſa faim, & ſi n'en portoit point : &
eſtoit-ia le temps qu'apres les figures de la Loy, apres les oracles des Prophetes, il vinſt à
produire fruict de pieté Euāgelique. C'eſtoit celuy figuier, que le Seigneur auoit commandé de coupper iuſqu'à la racine, ſinon qu'en y mettant du fiem il euſt ceſſé d'eſtre ſterile, lequel eſtoit bonnement ſterile, ſi Zachée ne fuſt monté deſſus. C'eſte ſouche de figuier Iudaique, produiſoit des figues ſans ſaueur & non meures : mais ſi toſt que Zachée a eſté
monté ſur le figuier, ſi toſt que le peuple Payen y a eſté enté, il a commécé à produire fruict
tel que le Seigneur Ieſus ayme. Il auoit eſté par maints ſiecles attédu des Iuifs, en fin finale
il eſt venu vers eux, il a cheminé meſlé parmy eux, & n'a pas eſté cogneu. Le peuple Payen
ne fit qu'ouyr parler de Ieſus, & enflamé du deſir de cognoiſtre celuy que les Iuifs ont pendu au boys, à couru deuant par ardeur de foy: & recognoiſſant ſon iniuſtice, s'eſt abbaiſſé,
& a meſpriſé la lettre de la Loy, a meſpriſé les ceremonies & figures, leſquelles encore auiourd'huy les Iuifs embraſſent pour la verité, & par foy Euangelique regarde des yeux ſpirituels Ieſus paſſer & ſes Apoſtres, & le cognoiſt : & reçoit ce bien ſans le requerir, d'auoir
pour hoſte celuy que l'incredulité des Iuifs a chaſſé. Ce pendant s'aſſied ſur l'arbre le petit

H   3

Zachée

Zachée attendant à yeux ouuers la venue de Iesus : non encore instruict par quel signe il puisse le cognoistre, excepté qu'il esperoit ce que grandement il desiroit. Mais quand Iesus fut arriué au figuier sauuage, il vit bien que plusieurs Iuifs se rioyent de Zachée que luy homme riche & publicain estoit iouché sur vn arbre, pour auoir la veue d'vn seul homme. Car il n'auoit enuie de voir autre personne fors vn seul Iesus. Et Iesus prend tel plaisir, au singulier desir du personnage, singulier, di-ie, comme bien le monstroit le faict, son visage & ses propres yeux dudit Zachée: que combien qu'il eust-ia veu Zachée au parauant, toutefois pour monstrer aussi aux Iuifs vn exemple de prompte croyance, il esleua ses yeux en haut & le regarda. Or attend moy quelque singulier salut, toutesfois & quantes que Iesus daigne ietter ses yeux sur quelqu'vn. Car ses yeux ont enchantement salutaire. Zachée desiroit de seulement voir Iesus, mais on perd temps de le voir, si on n'est semblablement veu de luy. Leue toy de ces choses basses & ordes, & Iesus leuera ses yeux vers toy. Son regard porte bien quelque bon heur : mais c'est bien plus grande felicité d'ouyr sa voix. Qu'ainsi soit, comme Zachée ne faisoit autre chose que le regarder, le Seigneur Iesus, de son propre mouuement l'appella, voire par son propre nom comme bien cogneu, & luy dit : Zachée haste toy de descendre, car auiourd'huy il me faut loger chés toy. Nous auons entendu dire que souuentefois le Seigneur est allé aux bancquets, quand on l'en a semond : mais que de son propre mouuemét sans estre inuité, il s'y soit ingeré, no⁹ n'en oysmes iamais parler. Et aussi c'est vn acte qui ordinairement est estimé peu ciuil. Mais le Seigneur auoir veu au dedans l'affection du personnage, qui faisoit tant grand cas d'auoir veu passer Iesus. Il se fust essayé de plus grande chose, si la cōscience & remors de sa propre indignité ne l'en eust empesché. Il faisoit à part soy tel discours : O que ceux sont heureux, à qui ce bien eschoit d'estre auec vn si grand personnage, de le voir face à face de l'ouyr parler de pres. Ceste felicité appartient aux Iuifs. De moy, ie suis vn peagier. C'est à moy beaucoup de l'auoir veu passer. Nulle voix de semonce ne luy estoit eschappée : mais telle affection estoit vn semonneur tres-gratieux. Le Seigneur Iesus ayme d'estre semond en ce point. Celuy qui pour le sentiment de son imbecillité n'ose demander ce que tacitement il desire à part soy, impetre plus que celuy qui comme s'il vouloit obliger Iesus pour luy faire plaisir, l'appelle chés soy. Qu'ainsi soit, iamais Iesus n'approcha plus pres de Pierre, que quand il luy disoit : De part toy de moy, Seigneur, car ie suis vn homme pecheur. Celuy aussi estoit vn semonneur d'efficace, qui disoit : Seigneur ie ne suis pas digne que tu entres sous mon toict. Et Iesus estoit-ia en la maison de cestuy-là, quand son garson fut guery. Car partout est le salut là est Iesus. Iesus auoit soif du salut des Payens, & pourtant commāde-il à Zachée de descendre vistement. Car le temps estoit-ia venu que le salut auoit à se departir d'auec les Iuifs pour aller vers l'Esglise des Payens : car il faut bien que Iesus demeure là iusqu'à la consommation des siecles, puis qu'il n'a point trouué de demeure entre les Iuifs. Par foy il auoit regardé Iesus d'enhaut : il descend aux deuoirs de pieté. Car ce n'est pas tout de regarder Iesus toutes les fois qu'il a faute de logis : or en a-il faute, toutes les fois que le prochain en a faute. Et que faict ce pendant Zachée? Il ne respond rien du monde (car aussi la grande affection a de coustume d'oster la voix) mais sans rien songer il obeit. Il descend hastiuement. Car aussi n'est-il pas conuenable de delayer, quand Iesus nous appelle. On a appellé les Iuifs, & ils se sont excusés : Zachée s'esgaye & resiouyt à receuoir Iesus chés soy. O miserable la Synagogue d'auoir perdu vn tel hoste. O bien-heureuse la maison de l'Esglise, laquelle par sa prōptitude a prouocqué de loger chés soy Iesus l'autheur de tout bō-heur. Tu vois le commencemēt de l'Esglise amassée des Payens. Maintenant considere moy le tableau de l'enuie Iudaïque. La compaignie voyās Iesus si prompt enuers vn Publicain que de son propre mouuement il s'estoit semond soy-mesme d'aller chés luy, murmuroit de ce qu'il estoit allé loger chés vn homme de mauuaise vie. O iustice contaminée & desplaisante à Dieu, d'aymer mieux dedaigner la guerison que non pas la receuoir : porter enuie au prochain que communier auec luy. Chés vn homme de mauuaise vie, disent-ils. Comme s'il y auoit vn plus grand peché que de porter enuie au prochain, & cōme si celuy pouuoit estre bon, qui est marry du salut de son frere. Pourquoy te tiens-tu hors l'Esglise, enuieux Iuif? Tu y peux aussi entrer. Que si tu le refuses : ce nonobstant Iesus a determiné de demeurer chés Zachée. Les Payens se glorifient d'auoir vn tel hoste, lequel ils n'attendoyent pas. Et la chose est de tant plus agreable qu'elle est aduenue non seulement sans l'auoir meritée, mais aussi sans l'auoir attendue. Comme lors on murmura contre Iesus à cause de Zachée, ainsi murmura-on apres contre Pierre à cause de Corneille le centenier. Pourquoy es-tu entré chés gens ayans le prepuce? Mais que faict ce pendant Zachée?
Sans

Sans tenir conte du grondement du peuple Iuif, il se tient deuant Iesus, desirât d'estre aussi
enrollé au nombre de ses disciples, monstrant quel auancement il auoit-ia faict. Car il dit *Or Zachée*
à Iesus:Or-çà, Seigneur, ie donne la moytié de mes biens aux poures : & si i'ay faict tort à *estant là.*
quelqu'vn, i'en rend quatrefois autant. Oys-tu Pharisien? Zachée ne raconte pas des Sacrifices, ne choix de viandes, ne ieusnes, ne iours de festes, ne vacations, ne Sabbath, ne lauemens, il ne faict pas ostentation d'habit ou de race, ains met en auant les œuures de charité. En icelles le pecheur surmonte les iustes : & precede le publicain ceux qui se glorifient
de leur propre saincteté. Et de faict celuy Pharisien trompeteur de ses bien-faits ne dônoit
que la dixiesme partie de ses biens aux poures: cestuy Zachée en donnoit la belle moytié,
& ne la donnoit pas de pillage: ains s'il auoit acquis quelque chose par fraude, il en faisoit
restitution de quatre fois autant: puis du bien acquis il en donnoit la moytié aux poures.
O merueilleux changement: Ce qui estoit au dedans és Pharisiens, estoit plein de rapine &
de fraude: & nous auons Zachée iuste & liberal, non seulement riche homme, mais aussi
peagier, voire le principal de toute la trouppe, qui le faisoit estre de tant plus abominable
aux Iuifs. Mais le Seigneur n'a point esgard aux titres, il regarde le cœur, & en iuge selô les
œuures, i'entend les œuures qui precedent de foy & charité. Et ne faut pas penser que Zachée publiasse de soy telles choses par vantance, comme celuy Pharisien publier de sa propre iustice enuers Dieu, & mocqueur du publicain. Zachée ne prefere point sa iustice à celle
d'autruy: mais comme poure pecheur & peagier declare simplemêt qu'il a eu vn estude de
iustice, mesme deuant qu'auoir veu Iesus, duquel il desire d'apprendre s'il a bien-faict, ou
non: & que c'est qu'il faudroit y adiouster d'auantage pour obtenir vie eternelle. Car il e-
stoit ainsi expedient que celle voix de Zachée fust ouye des enuieux Iuifs, & approuuée de
Christ eux l'oyans. Et de faict il ne pouuoit auec plus grande efficace leur reprocher leur
tromperie, auarice & rapacité, lesquels non seulement ne dônoyent au prochain necessiteux, mais aussi sous pretexte de pieté frustroyent les peres & meres du secours qui leur e-
stoit deu de leurs enfans. Iesus donc se reuira vers le Iuif grôdant, & dit: Ie vous asseure que
auiourdhuy salut est escheu à ceste maison, car elle appartient au pere Abraham, duquel
vous vous glorifiés comme de l'autheur de vôstre race. Car quiconque par foy & entiereté de vie & pieté retire à Abraham, iceluy est fils d'Abraham participant de la benediction
iadis promise à Abraham. Rien n'empesche à celuy qui est yssu d'vne autre race que d'A-
braham: rien son estat & qualité de vie passée iusques là empesches. Quicôque se repétant
de la vie passée embrasse la doctrine Euangelique, quiconque suyt Abraham à la trasse &
pourchasse la vraye iustice, il est fils & heritier d'Abraham. Car vn tel ne sera pas reietté du
fils de l'homme, veu qu'expresséement il est venu au monde, pour chercher ce qui estoit esgaré, & sauuer ce qui estoit perdu. Tels pecheurs sont plus agreables à Dieu, que ceux qui
sont enflés d'vne fausse opinion de iustice. Par ce propos Iesus demôstroit que desormais *Eux oyans*
il ne faut plus se glorifier en l'obseruation de la loy, mais que tout tant qu'on aura de gra- *ces choses.*
ces de la liberalité diuine, il le faut tout employer à attirer tant & plus de gês à salut. Car tel
gaing plaist sur tout à Dieu qui auoit enuoyé son fils expresséement à fin qu'il s'amassast
toutes les nations du monde en leur pardônant gratuitemêt leurs pechés. Or il y en auoit,
voire entre les disciples, qui faisoyent leur conte que si tost que seroit arriué en Ierusalem,
laquelle ils cômençoyent-ia d'approcher, le regne celeste: duquel il auoit tant de fois faict
mention, se monstreroit, songeans ie ne sçay quel royaume semblable à ceux de ce môde: là
où Christ l'entendoit du regne spirituel de l'Euâgile par lequel est accablée la tyrannie des
pechés. Or ce royaume ne côsiste pas en gendarmes, armes, ou violence: mais en fiance enuers Dieu, en bien-faisance enuers le prochain, & clemence, en pure alaigre dispêsation de
la parolle Euangelique. Et quant à la maiesté de ce royaume, laquelle aornera les fideles
de gloire immortelle, & adiugera les infideles aux peines eternelles: elle ne sera pas desployée tout soudain, ains sera publiée en son temps à nous incogneu. Ce pendant il faut
que chascun employe tous ses efforts à cela, que la grace qu'il a, il se souuienne premierement que c'est le bien du Seigneur, à qui nous deuons tout tant que nous auons: & ce que
nous auons receu il faut à la bonne foy l'employer à son profit, non pas qu'il a faute d'aucune chose, mais pource que pour l'amour qu'il porte au gêre humain, il a soif du salut de
tous: & s'estime augmenté d'vn grand gaing, quand l'homme par le moyen de l'hôme s'a-
mende & laisse ses vices & se côuertit à vne estude de pieté Euangelique, à fin qu'il aye que
recompenser en tous deux tant en celuy qui faict plaisir, qu'en celuy qui le reçoit. Et ne
pouuons de là pretendre aucune louange ou recompense. Tous sommes seruiteurs, nous
deuons nostre trauail au Seigneur. Tout le fond principal est sien: comme aussi nous-mes-

H 4   mes

Vn homme
noble.

mesmes hômes siens:tant seulement le deuoir d'vn chascun est de s'essayer de tout son pou
uoir d'augmenter le bien du Seigneur:& du salaire,s'en remettre à sa volonté,qui quand il
en sera temps recompensera en toute abondance nostre prompte volonté & trauail loyal.
La parabole est telle : Il y eut vn gentil-homme homme fort riche qui s'en alla en vn pays
loingtain,pour r'entrer en vn royaume qu'vn autre occupoit par tyrannie,& cela faict s'en
retourner chés soy. Mais deuant que se mettre en chemin,il fit venir dix de ses seruiteurs,&
leur bailla dix marcs,de sorte qu'entre tous l'vn n'en auoit pas plus que l'autre,& quant &
quant leur enchargea en telle maniere:Ie vous baille(leur dit-il)cest argent,non pas en ces
fins que vous le despendiés ou laissés musir en voz coffres : mais bien à fin qu'en le traffi,
quant il multiplie, & par ce moyen ie trouue à mon retour le bien de ma maison accreu.
Ayant ainsi disposé de sa maison,il s'en alla. Or les citoyens de la ville dont il auoit le gou
uernement, le hayssoyent. Pourtant quand il fut en voye, ils se prindrent à consulter de
changer les choses, tendans à ce, tandis qu'il prend possession de l'autre royaume, de le
forclorre de celuy dont il iouyssoit. Si enuoyerent vers luy, apres qu'il fut party, vne am,
bassade luy dire, que ses citoyèt auoyèt deliberé de ne le vouloir plus auoit pour leur Roy,
& que plus il ne retournasse d'où il estoit party. Or apres qu'il eut prins possession du ro,
yaume pour l'amour duquel il auoit faict ce voyage, il va retourner : & tout d'arriuée faict
appeller ses seruiteurs ausquels il auoit baillé les dix marcs, à fin de leur faire rendre leurs
contes & sçauoir quel gaing chascun auroit faict. Si vint le premier qui quand on deman,
da son conte, va dire:Seigneur, ton marc est accreu de dix. Et le maistre, louant l'industrie
& loyauté du seruiteur, luy respondit:Et bien, bon seruiteur, pourtant que lors que mon
train estoit asses mince,tu t'es en si peu d'argent monstré loyal & seruiable enuers ton mai,
stre, maintenant que mon bien est augmenté, c'est raison que tu sois participant de l'ac
croissement de la chance. Prend la charge de dix villes. Apres cestuy vint le secod seruiteur
qui requis de rendre son conte, dit ainsi:Sire, ton marc que tu m'as baillé pour principal
m'en a acquis cinq. Et l'industrie de cestuy combien qu'elle fust moindre que du premier,
le maistre le loua aussi,disant:Et toy, selon la portée de ton industrie : tu auras la charge de
cinq villes.Quand en ce point tous les autres apres auoir rendu leurs contes, eurent receu
leur dignité vn chascun selon sa capacité : finalement vint vn seruiteur le plus nonchalant
d'entre tous , & de tref-male foy, qui quand son maistre luy eut demandé le conte, luy res
pondit : Sire, voicy ie te rens ton marc lequel tu m'auois baillé. Ie l'ay iusqu'icy tenu caché
en vn drappeau, à fin de le te garder sauf & entier côme tu le m'auois baillé. Tant s'en faut
que ie l'aye despendu, que mesme ie ne l'ay pas attouché. I'ay mieux aymé faire ainsi que
de me mettre en dangier: de peur que le cas aduenant que la chance de la trafficque eusse
mal dit,ie n'eusse eu debat auec toy. Car ie te craignoye,sçachant bien combien tu es hôme
rigoureux & conuoiteux du gaing, tellement que non seulemèt tu ne quittes rien du tien,
mais aussi tu prens où tu n'as rien mis , & moissonnes où tu n'as pas semé. Et le Seigneur,
non seulement desplaisant de la nonchalance du seruiteur, mais aussi de ce qu'il reiettoit
sa faute sur les complections de son maistre,va dire tout esmeu:Seruiteur paresseux, & des,
loyal,qui outre tout cela reiettes la faute sur ton maistre, tu t'es condâné de ta propre bou,
che. Tu sçauois (ce dis-tu) que ie suis homme rigoureux & côuoiteux de gaing, qui prend
où ie n'ay rien mis, & moissonné où ie n'ay pas semé : & cela mesme te deust auoir excité à
industrie de bailler mon argent à la bancque. Puis ie fusse venu sans y faire faute & te l'eus,
ses redemandé auec l'vsure, car ie m'en estoye fié en toy, à fin que par ton moyê il accreust.
A ceste voix du maistre, comme ce seruiteur inutile se taisoit, le maistre dit aux autres ser,
uiteurs assistans : Ostés-luy le marc, & le donnés à celuy qui en a dix. Et les seruiteurs s'en
esmerueillans luy dirent:Sire, qu'est-il besoing d'en donner d'abondant à cestuy-là ? Il est
prou riche. Car il a dix marcs. Alors le Seigneur:Ne vous chaille qu'il ait, mon plaisir est
tel, & est cela raisonnable en ceste trafficque que quicôque par industrie loyale augmente
ra le bien de son Seigneur,ma benignité luy baille quelque accroissement, à fin qu'il ait de
quoy en abondance. Au contraire, qui par nonchalance n'aura faict nul gaing, tant s'en
faut que ma liberalité doyue suruenir à la disette d'vn tel,que mesme ce qu'il a luy sera osté.
Le principal estoit mien, à moy en estoit deu le gaing, vostre deuoir estoit de bailler vostre
trauail. Maintenant ie vous donne & le principal & le gaing. Iusqu'icy le Seigneur Iesus a
sous parabole enseigné ses disciples,qu'en l'affaire de la predication Euangelique chascun
se montrast le plus loyal & industrieux qu'il luy seroit possible : du salaire, qu'il l'attendis,
sent en l'autre venue du Seigneur,lors qu'il apparoistra puissant & souuerain, apres auoir
restably le royaume de l'Esglise & remis entre les mains du Pere. Car du commencement
n'estoit

n'estoit cogneu qu'en Iudée,& ne sembloit qu'vn petit Roy d'vne seule ville,pêdant que le
diable regnoit à son aise,en l'autruy par diuerses nations du môde. Or voulât par la predi
cation de l'Euâgile,r'entrer en possessiô,de ce que Satan auoit occupée par tyrânie,il a laissé la terre des Iuifs,& s'en est allé au ciel:mais ayant premieremêt instruit ses disciples à la
charge de la trafficque Euâgelique,ausquels il a enchargé la dispêsation de la parolle Euâgelique,côme vn marc,dôt par leur moyen deust sortir vn grand profit à leur Seignr tres-
côuoiteux de tels gains:qu'ils attirassent au regne Euâgelique tous ceux qu'ils pourroyêt,
publicains,paillardes,gendarmes,Grecs,Romains,Scythes,Frâçoys,Goths, Sarmates. Et
que cela ils fissent iusqu'au retour du Seignr, qui sera en la fin de ce môde pour distribuer
les salaires eternels à chascun selon ses œuures.Or ne viendra-il point que premieremêt il
n'aye assuietty le môde sous l'Empire Euâgelique, & que toutes les natiôs de tout le môde
s'assemblent tout en vne Esglise. Mais tandis qu'il tasche de faire cela par ses disciples, les
Iuifs sur lesquels seuls Dieu sembloit regner iusqu'à present à cause de cognoissance de la
Loy & authorité de la religiô,ses citoyês,desquels & autres lesquels il estoit nay,au lieu que
sur tout ils deuoyêt l'aymer & luy assister par tous moyens recouurer & restablir le royaume,& non seulemêt ils ne luy ont point dôné d'ayde,mais aussi s'y sont opposés en criant
apres le preuost:Nous n'auons point de Roy excepté Cesar. Le mesme ils firêt aussi apres,
denôçans aux Apostres apres les auoir fouettés que desormais ils n'eussent à faire mêtion
du nom de Iesus.Ils vouloyent Moyse pour Roy,de Christ ils n'en vouloyêt point:car ils le
hayssoyent de ce qu'il contrarioit à leurs mauuaises conuoitises . Or nous voyons encore
auiourdhuy cômet la nation des Iuifs s'est retirée du regne Euâgelique:& de quelles obstinées haynes elle a côspiré à l'encôtre de celuy à qui le pere a dôné toute puissance au ciel
& en terre.Nous ne voulôs pas(disent-ils)que cestuy soit nostre Roy.Et refusans de seruir
à Christ,ils seruêt à tous les tyrâs de ce môde:ils seruêt à Satan qui est vn tyrant tres-cruel:
& iaçoit que cômunément par tout le môde vniuersel ils voyent les Chrestiens iouyr de la
liberté de l'esprit:ce neantmoins ils tiennent encore auiourdhuy à bec & à ongles la lettre
sans saueur,à laquelle ils seruent côme gens attachés à la terre.Mais non obstant l'opposi-
tion de tels le regne de l'Esglise se côqueste & conferme,en la conqueste establissement duquel ceux qui y auront fidelement employé leur trauail,selon la quâtité du fruict lequel ils
ont apporté en la vigne du Seignr,ils serôt couronnés de gloire & d'hôneur au regne cele-
ste.Et les Iuifs obstinés en leur incredulité,quel salaire auront-ils?Le Seigneur l'a aussi declaré au residu de la parabole.Car apres qu'il eut faict punitiô du seruiteur desloyal, il ad-
iousta:Mesme aussi ces miês citoyês,tels de nation,mais d'affectiô ennemys,qui m'ont enuoyé vne ambassade de sedition en me refusant pour Roy:amenés-les çà qu'ils soyêt mis à
mort en ma presence, & les punisse de leur rebelliô.Ceste est la mort eternelle,preparée à toⁱ
qui n'obeissent à l'Euâgile du fils de Dieu.Car alors & à bô droit ceux l'experimêteront im
placable,qui l'aurôt obstinéemêt mesprisé en sa douceur & clemence.Ces propos tenus,le
Seignr poursuyuoit son chemin en Ierusalem,où il deuoit paracheuer ce singulier sacrifice
pour le salut du genre humain,& qui côme vn auaritieux Roy,esleué en la croix viendroit
à attirer à soy toutes choses.Car côbien que par tout il y en aye eu maints & aura, qui criêt
par leurs faits:Nous ne voulôs que cestuy soit nostre Roy,ce neâtmoins il n'y a nulle natiô
tât eslôgnée de Iudée,dôt il n'en doyue attirer tât & plus à soy. Pour ceste cause il inculque
de rechef par effet ce qu'au parauât il auoit denoté en la psonne de Zachée ce que puis a-
près il a declaré par vne lôgue parabole.Ce pêdant le Seignr pcure ce qu'il a ia parauât tât
de fois pcuré,c'est de faire clairemêt paroistre à tous que c'est de son ppre mouuemêt,vou
loir & sçauoir qu'il souffre tout ce qu'il a à souffrir:autrement qu'il peut tout ce qu'il veut.
Or paurautât que par vne ignominie & aneantissemêt extreme il auoit determiné de s'acquerir vne souueraine gloire enuers les hômes, & que ses disciples non encore toutalemêt
capable de ce mystere,attêdoyêt du Seignr ie ne sçay quelle magnificêce & braueté:il auou
lu deuât sa mort,pour vn temps côplaire à leurs affections,ou pour mieux dire,s'en iouer,
& se mocquer de la gloire de ce môde:monstrant côbien c'est vne chose vaine & peu stable,
veu qu'apres de si grans applaudissemês,& escriemens tant honnorables & vne si grande
affection du peuple,est soudain s'ensuyuie la croix. Quâd dôc Iesus fut pourueu au mont
des Oliues,assés pres de deux petites bourgades assises à costé dudit mont,d'où il pouuoit-ia descouurir Ierusalem il enuoya deux de ses disciples auec tel mandemêt: Allés
vous-en(leur dit-il) au village qui est vis à vis de vous,en entrant vous trouuerés vn as
non attaché à la porte,encore tout nouueau pour monteure & que iamais homme ne cheuaucha : destachés-le & me l'amenés . Que si quelqu'vn s'y oppose en vous demandant

pourquoy

Ces choses
dittes il s'en
alloit.

pourquoy deſtachés vous l'aſnon:faittes luy reſpōſe que le Seigneur en auoit faire. Si allerent ces deux diſciples & trouuerent l'aſnon attaché.Et eux apres à le deſtacher. Ce pendāt il y en eut qui comme pour les engarder,leur demanderent pourquoy ils le deſtachoyent, Et eux ſelon qu'il leur eſtoit enchargé,reſpondirēt que le Seigneur en auoit affaire. Ceux là ouyans parler du Seigneur,leur laiſſerent emmener l'aſnon. Parainſi les diſciples l'amenerent à Ieſus. Et quand ils virent que le Seigneur vouloit monter ſus, choſe que toutefois il n'auoit encore accouſtumé de faire , ils ietterent leurs habillemens ſur la monture de peur qu'il ne fuſt aſsis mal à ſon aiſe ſur l'aſnon ſans harnois.Or Ieſus eſtant monté & s'en allāt, il y en eut auſsi qui tapiſſerent le chemin de leurs habillemens ou pour luy faire honneur, ou de peur que l'aſnon encore tendre & non ferré ne ſe hurtā la corne contre les pierres. Quand ils furent ia pres de la deſcente de la montaigne,tirans droit en Ieruſalem, vne merueilleuſe affection va ſayſir les cœurs de tous,dont les vns auoyent accompaigné Ieſus,les autres luy eſtoyent venus au deuant de Ieruſalem. Car à l'enuie l'vn de l'autre ils couppoyent de toutes pars les branches des arbres, & en tapiſſoyent le chemin par où paſſoit le Seigneur:& en grande ioye & à haute voix ſe prindrent à louer Dieu, de tous les benefices & miracles qu'ils auoyent veu & ouy auoir eſtés faicts par Ieſus. Les voix retentiſſoyent de toutes pars , de gens faiſans la feſte au Seigneur, comme à celuy qui ont faict triomphe, & s'eſcriant:Oſanna là haut. Benit ſoit qui vient au nom du Seigneur,paix au ciel & gloire là
Pſal.117

haut. Tel eſtoit le cry du commun peuple, & principalement des enfans, qui comme inſpirés de Dieu,ſans tenir conte de l'enuie des Phariſiens rendirent publicquemēt teſmoignage du Seigneur Ieſus.Or y auoit-il en la trouppe, aucuns Phariſiens qui auoyent deſpit dé ceſt eſcriement emportant quant & ſoy ie ne ſçay quoy plus qu'humain. De ces Phariſiens eſtoyēt ceux qui amonneſterēt Ieſus, que de ſon authorité il euſt à faire ceſſer tels eſcriemēt pleins d'impieté,qui ne pouuoyēt proceder que d'vne d'eſmeſurée affection que ces gens portoyent à leur maiſtre, & pourtant eſtoyent deſplaiſans voyre au maiſtre meſme, qui ne receuoit point telle excellence de louanges.Maiſtre (luy dirent-ils) tenſe tes diſciples.Mais Ieſus ne reprima pas la ſaincte proteſtation du ſimple peuple, ainçois taxa couuertement l'aueuglement des Phariſiens, qui n'auoyent point de honte d'attribuer à Beelzebub prince des diables, les faicts magnificques du Seigneur. Si leur reſpondit : Auec quelle audace feray-ie taire ſes gens, qui à bon droit chanētt, gloire à Dieu,& qui maintenāt par ſainctes voix reſonnent ce que iadis auoit eſté predit par les Prophetes? Ie vous dy pour certain, que tant s'en faut,que Dieu veuille que ceſte ſienne louāge ſoit ſupprimée, que ſi les hommes ſe taiſoyent, les pierres meſmes crieroyent. Et de vray ceux ſont plus durs que pierres, leſquels eſtās prouocqués par tant de benefices & miracles, ne peuuent eſtre eſmeus à magnifier la gloire de Dieu. Voyla donc en quelle pompe triomphante, & à tout quelle ſuyte le Seigneur Ieſus alloit en Ieruſalem. Car il luy pleut ainſi de gouſter vn tantinet de la gloire de ce monde,deuant que d'eſtre mis en croix:& arracha la proteſtation ſuſditte de la nation, par laquelle il deuoit tantoſt apres eſtre mis à mort treſ-cruelle : à fin que les Iuifs fuſſent condamnés par leur propre bouche, pour auoir mis en croix leur Meſsias & Sauueur. Or le myſtere qui eſt caché ſous l'hyſtoire de ces choſes,n'eſt pas petit. L'aſneſſe eſtoit là auec ſon aſnon. L'aſneſſe eſtoit-ia toutē duitte au cheuaucheur, accouſtumée de porter le ioug de la Loy : aſſauoir la nation des Iuifs. Son aſnon c'eſt le peuple Payen (car le ſalut prend ſon commencement des Iuifs) eſtoit encore tout nouueau, & non foulé du ioug de la Loy, ny portant Ieſus ſur ſon dos par l'obeiſſance Euangelique. Toutes ces deux montures eſtoyēt attachées:car la Synagogue ſeruoit à la chair de la Loy, ſans aſpirer à la liberté de l'eſprit:& les Payens eſtoyent aſſuiettis aux decrets des Philoſophes, & au ſeruice des idoles.Ils auoyent lors de communs maiſtres & en non petit nombre : car & entre les Iuifs, & entre les Payens il y auoit la plus part qui ſeruoyent à auarice, à plaiſir charnel, à ambition,à enuie, & à d'autres puās & inhumains Seigneurs. Or deux Apoſtres, aſſauoir Pierre docteur des circoncis, & Paul docteur des Payens, les deſtachent par le commandemēt du Seigneur, quand par la foy Euangelique & le bapteſme, ils pardonnent à tous les deux peuples tous les pechés de la vie paſſée, à fin qu'eſtans d'eſliés, ils ſoyēt deſormais idoynes pour porter Ieſus.Car il a baillé celle puiſſance à ſes diſciples,non ſeulement entre les Iuifs, mais auſsi entre les Payens, que tout ce qui deſlieroyent en terre, ſeroit auſsi deſlié au ciel. Et quelle merueille,ſi ces premiers Seigneurs là ne peuuēt empeſcher le deſliemēt,puis que ceux qui deſlioyent le faiſoyent par le commandement du Seigneur, à la volonté duquel nul ne peut reſiſter. Il a affaire de telles montures, il prend plaiſir d'eſtre porté de tels, qui obeiſſent en ſimplicité, qui volontiers reçoyuent le doux ioug de la doctrine Euāgelique,
qui

qui ne tempestent point à l'encontre de leur cheuaucheur, qui d'vn pas paysible portent
& glorifient le Seigneur Iesus en leurs corps, iusques qu'ils soyent arriués en la saincte cité,
& au temple du Seigneur, non en celle meurtriere des Prophetes, mais en la celeste, qui ne
sçait que c'est que rebellion. Les princes du monde ayment de fiers cheuaux, item nays &
duits à la guerre: le Seigneur Iesus ayme tels asnes, qui estant debonnaires, portant le Seigneur debonnaire: & qui ne iettent bas leur cheuaucheur. Les arrogans princes de ce monde, les orgueilleux philosophes, & les enflés Pharisiens se mocquent de tels fardeaux: & se
reputent bienheureux de ce qu'ils portent sur leur dos vn tres-inhumain cheuaucheur le
diable, de ce qu'ils seruent à tant de maistres du tout inhumains, là où la felicité gist à seruir à vn seul Seigneur. Il n'y a rien de plus heureux, que ces petits & simples, depuis qu'ils
sont vne fois destachés de seruitude, depuis qu'ils ont vne fois receu le Seigneur Iesus sur
leur dos. Selon le monde les idiots & simples gens qui ne sçauent que c'est que tromperie,
ressemblent à des asnes: mais ils ont le Seigneur pour conducteur, qui ne laisse point les
esgarer: qui non seulemét daigne bien s'asseoir sur leurs dos, mais habiter en leurs cœurs,
lesquels il modere par son esprit. Ces monteures estoyent nues du commencement: mais
les Apostres les vestent de leur habillemens, les preparans par leur doctrine & exemples
de saincte vie à porter Iesus, qui ce qu'il a pour vne fois faict selon la chair, iamais n'est que
il ne le fasse selon le sens spirituel: le chemin estoit difficile, mais les disciples l'amolissent,
aussi le tapissans de leurs habillemens, móstrans le chemin de pieté estre aysé, si quelqu'vn
cheminant par les exemples des saincts personnages se soubmet au Seigneur Iesus. On va
par les rameaux de palmes, par les verdoyantes fueilles des arbres par la tousiours florissante, & verdoyáte memoire des martyrs, des vierges & des côfesseurs. Et de faict combien
est grande la multitude des exéples, qui se presentent de toutes pars à ceux, qui sont entrés
au chemin de pieté: Les liures des Iuifs en fournissent à grande force voire mesme aux
Payens. Tous ceux qui recognoissent Iesus Christ pour Seigneur, se resiouyssent auec tel asnon. Or il y a encore auiourduy des Pharisiens, voyre & tousiours y en aura à qui le cœur
creuera de despit de la gloire de Christ. Car ils aymeroyent mieux qu'on leur fist ses escriemens: Osanna là haut. Benit soit qui vient au nom du Seigneur: c'est donc qu'ils ne viennét pas en leur nom, mais au nom du Seigneur. Mais puisque les Iuifs taisent auiourdhuy
la gloire de Christ, de laquelle ils sont enuieux, les pierres crient estans-ia deuenus enfans
d'Abraham. Ceux de Ierusalem crient: Oste-le, oste-le, crucifie-le. Les Hollandoys, Escos-
sois, Angloys, Françoys, Sarmates, Allemás crient: Benit soit qui vient au nom du Seignr.
Ceux qui en procurant leur gloire, taschent d'obscurcir celle de Christ: ceux qui pour leur
profit particulier foulent & deprauent la pureté de la saincte Escripture, voulans que leur
magnificence soit publiée par les hommes, & la gloire de Christ supprimée: tels à la verité
iouent les personnages de ces Pharisiens là, qui s'efforçoyent de fermer la bouche aux enfans Ebrieux, lesquels Dieu auoit inspirés pour chanter la gloire de son nom, & de son fils:
lequel il auoit donné pour sauueur au monde. Cela aussi n'est pas sans quelque signification salutaire, qu'il y a la descente de la mótaigne, puis le chemin par la plaine, & de rechef
la montée au mont Sion: car sur iceluy estoit basty le temple du Seigneur. Si la montaigne n'auoit de luy pour l'entretenement de la lumiere de la foy, il n'y auoit nulle descente
de la fiance de la Loy, de laquelle sont enflés les Iuifs: ny de la fiance de la Philosophie, en
quoy se complaisent les Payens. Car le commencement de l'auancement vient de la foy.
Or il faut s'approcher de Bethphagé, c'est à dire maison de bouche, car le mot Syrien signifie cela. Car aussi est-ce la bouche qui n'est pas enflée d'arrogance, ains faict confession de ses fautes. Il ne faut pas s'eslongner de Bethanie qui signifie maison d'obeissance.
Or tous ne obeissent pas à l'Euangile. Et voyla d'où le salut prend son commencement.
Depuis la descente le chemin est par la plaine, tapissé de toutes pars de rameaux de bons
exemples, iusques que de-rechef on monte au mont Sion: qui signifie guette. Et aussi
c'est là le comble de vertu, d'où comme d'vne haute centinelle on dit sy de toutes choses,
dont ce monde-cy faict monstre, comme souueraines: & d'où l'esprit ia prochain du ciel
contemple les choses eternelles, & qui surpassent tout sens humain. Or quand le Seigneur Iesus eut tant auancé chemin, qu'il pouuoit voir Ierusalem de bien pres, voyant
celle ville magnificque & pompeuse en bastimens, florissante en peuple, en auoir, & en o-
pinion de religion, hautaine pour la prosperité presente, trop asseurée pour l'ignorance
de la calamité à venir: meu de pitié & compassion, il en ploura: & souspirant de grande
douleur, deploura la ruyne d'icelle s'escriant de grande affection en la maniere qui s'ensuyt: O si tu cognoissois aussi bien que moy ceste tienne iournée, en laquelle paix t'est

Et voyant la
ville il ploura.

presen-

presentée, & la remission de tes péchés passés, tu tascheroys d’embrasser ce qui t’est presenté. Car c’est-cy ton iour, auquel tu es prouocquée à amendement, & que la bonté de Dieu
t’inuite à repentence: t’inuité (di-ie) par vne benignité si grande, que rien plus. La clemêce
de Dieu tant de fois reiettée de toy, daigne bien par vn tout nouueau moyen te visiter, à fin
que pour le moins par ce moyen tu t’addoucisses. Il viendra vn autre iour, non pas tien,
mais des Romains, & de la vengeance diuine, auquel tu seras punie de tous tes péchés, lesquels tu as mieux aymé combler que les deplorer. Mais maintenant tu ne cognois cestuy
tien iour, ny ne preuoys cestuy-là non rien; pour ce que l’vn & l’autre est caché à tes yeux
esblouys & enchantés de la felicité presente. Tu ne te souuiens des maux passés, que tu
as commis, ny preuoys ceux qui sont à venir qui te pendent-ia sur la teste: ny ne recognois
la presente bonté de Dieu enuers toy, & pourtant que tant obstinéement tu la mesprises, ô
cité incurable & meurtriere de ceux, qui t’apportent les nouuelles de salut: gens estranges
viendront à l’encontre de toy, qui t’apporteront ta ruyne. Tu tourneras le doz à ton Messias, & prendras Cesar pour ton Roy. Pour ceste cause tu sentiras les roys venir à toy en biê
autre appareil, que ne vient maintenant ton Roy, Roy salutaire & paisible. Tu ne reçois
point celuy qui vient pour te donner salut: mais il te sera force de receuoir gens, qui viendront pour te donner ruyne. Car les princes Romains viendront, gens que tu auras preferé à ton Roy, ils viendront (di-ie) ennemys pour Roys auec gendarmeries esquipées: &
premierement t’enuironneront de rempars à fin que tu n’ayes par où eschapper: puis te
ceindront de gens & bombardes tout à l’entour, & si estroittement t’assiegeront, que tu auras bien à souffrir, si que finalement ils raseront tout ce tien beau bastiment & auec le temple. Et non contens de cela, tes enfans desquels tu t’en orgueillis maintenant, & quant &
quant leur faict leuer la creste par ta pompe, ils les tueront: brief, ils mettront toute ceste
tienne gloire en telle ruyne qu’il n’y demeurera pierre sur pierre, à fin que de toy ne reste
aucune trasse, ny aucune esperance de ton restablissement. Certainement ce seront là des
calamités pitoyables, mais lesquelles t’aduiendront pour ton merite, pour ce que tant de
fois prouoquée, le temps passé par tant de Prophetes, & maintenant par Iean & par ton
Messias, tu auras neantmoins refusée obstinéement la misericorde de Dieu. Parquoy tu
sentiras le temps de vengeance, toy qui n’auras pas voulu cognoistre le têps de visitation.
Tu pouuois bien aussi embrasser le salut presenté. Maintenant pour le moins par ta ruyne
tu seruiras d’exemple salutaire aux autres, à fin qu’en cas semblable ils ne mesprisent la
bonté de Dieu les inuitant à amendement. Cela dit, Iesus va arriuer à Ierusalem, & entra
au temple, d’où il chassa ceux qui y vendoyent & achetoyent, disant: Dieu dit és escriptures: Ceste mienne maison n’est pas dediée à trafficques, mais à oraison: & vous en aues
faict vne cauerne de larrons, en despouillans les estrangiers, & par cautelles abominables
procurans vostre gaing au dommage d’autruy. Par ce faict le Seigneur Iesus declara combien grande ruyne apportent à l’Esglise, ceux qui sous couleur de pieté pourchassent vn
gaing deshonneste: & qui sous titre de religion font leurs besongnes, non repaissant le
trouppeau: ains l’escorchans & par vne doctrine non entiere tuans les ames, lesquelles ils
deuoyent viuifier par vne entiere. Ces choses acheuées, le Seigneur comme estant en son
regne enseignoit iournellement au temple, sans tenir plus de conte de la malice incurable
des Pharisiens. Les grans Sacrificateurs, les Scribes, & les principaux du peuple en eurent
si grand despit, qu’ils ne cherchoyent qu’occasion de mettre à mort le Sauueur. Ils n’auoyent pas faute de mauuais courage, mais l’esperance de mettre en execution leur meschant vouloir ne leur apparoissoit point. Ils auoyent ouy les acclamations du peuple, ils
voyoyêt aussi au temple tout le menu peuple, attentif apres sa doctrine: tant estoit grande
& l’efficace & la grace de la parole diuine. On estoit desgousté de leur froide doctrine, comme de vin poussé touchant les lauemens, le tronc, la disme de la mente & la rue, apres auoir
vne fois gousté du moust de la vigueur Euangelique. Voyla pourquoy ils auoyent peur
de perdre leur authorité, leur gaing, & leur regne. Or ce que pour lors aduint selon l’hystoire, aduient encore souuent selon le sens spirituel: car toutes les fois que ceux qui sont
les pilliers de la religion, & sont en eminence pour la profession de la saincte Escripture,
conspirent auec les Princes prophanes à l’encontre de Iesus: alors vne fort grande ruyne se
prepara pour le peuple. Ce qui se faict toutes fois & quantes que l’authorité des Sacrificateurs & professeurs des sainctes lettres flattent les Monarques de ce monde, & qu’ils font
seruir leur eminence aux affections d’iceux, la puissance desquels il failloit reprimer par
saincts & libres aduertissemens, que les Monarques en cas pareil soustiennent & fortifient
par leurs forces les mauuaises conuoitises, assauoir l’ambition, l’auarice, & la tyrannie des

Euesques

Euefques & Theologiens : & iaçoit qu'ils ne s'entreueullent point de bien les vns aux autres, ce neantmoins par vn complot abominable s'entre-aydent pour renuerfer la verité
Euãgelique. La mefchante cõfpiration de telles gens, apporte plus grande ruyne au monde, que n'apportoit alors celle des Pontifes, Scribes, Pharifiens, & principaux du peuple.

CHAPITRE   XX.

ILs cherchent donc l'occafiõ, à fin que iaçoit que l'enuie de le mettre à mort fuft
du tout iniufte, toutefois enuers les hommes ils fuffent venus le faire pour zele
de iuftice. Aduint donc que comme vn iour Iefus enfeignoit le peuple au temple & leur inculquoit ces ioyeufes & defirables nouuelles de falut eternel : s'y
trouuerent les grands Sacrificateurs confpirés enfemble, les Scribes, les Pharifiens, & les
principaux du peuple, à fin qu'au moins par leur authorité ils peuffent reprimer Iefus de
publier la fainête doêtrine. Ils ne pouuoyent cõdamner fes œuures admirables, lefquelles
il auoit faittes en fi grand nombre en la prefence du peuple. Ils ne pouuoyent refuter fa doêtrine, veu qu'elle s'accordoit auec la Loy & la volonté de Dieu. Voicy donc d'où ils preten
dent de l'accufer, affauoir qu'il auoit entreprins de foy-mefme l'authorité d'enfeigner le
peuple, laquelle il deuft auoir prinfe d'eux : tendans à ce ou de transferer à eux la gloire à
Dieu, ou d'ententer accufation cõtre Iefus d'auoir meu fedition, de ce que fans l'authorité
publicque des Princes il amaffoit & retenoit le peuple. Ils s'en allerent donc par enfemble
au temple dire à Iefus : Si tu veux que nous aufsi croyons à toy, dy nous de quelle authorité tu fais ces chofes. Tu baptifes, tu prefches, tu gueris aux Sabbaths, tu enfeignes au temple, tu amaffes des difciples, tu deftournes & retiens le peuple. Nous ne fçauons qui tu es,   *Dy nous de*
& n'és authorifé d'aucune puiffãce publicque. Qui t'a donc dõné cefte authorité? Et Iefus   *quelle au-*
cognoiffans que cefte demande procedoit d'vn mauuais cœur, affauoir pour le calomnier   *thorité.*
& non pour apprendre: il ne s'efforça pas de les enfeigner, ains rembarra leur malice comme vne cheuille pouffe l'autre. Ils auoyent faiêt grande eftime de Iean Baptifte, & eftoyent
allés à grande foule à fon baptefme. Et toutefois il auoit aufsi amaffé des difciples, & prefchoit le peuple au defert & entour le Iordain que le regne de Dieu eftoit pres: il cõdamnoit
franchemẽt les vices de toutes perfonnes, & les inuitoit à repentãce. Et fi l'authorité ne luy
en auoit pas efté baillée des Sacrificateurs, Pharifiẽs, ou principaux du peuple, ains eftoit
forty du defert comme homme incogneu, infpiré & enuoye de Dieu felon la prophetie
d'Efaie. Au refte la captieufe interrogation de ces meffieurs tendoit là, que fi Chrift venoit
à refpondre que cefte authorité luy auroit efté baillée de Dieu, de l'accufer de blafpheme,
de ce qu'eftant hõme il fe feroit vanté d'auoir eu deuis ou accointãce familiere auec Dieu.
Or ne l'auoit-il pas receu des Pontifes, Pharifiens, & Scribes. Il reftoit donc felon le recüeil qu'ils en faifoyent, que la puiffance qu'il s'attribuoit eftoit feditieufe, & de l'inftruiêt
de Satã. Car ils maintenoyẽt que toute puiffance diuine leur eftoit remife entre les mains,
& que rien ne fe faifoit fainêtement, excepté ce qui fe faifoit de par leur authorité. Et cependant eftans aueuglés de hayne ne fe fouuenoyent pas que Iean faifant les mefmes chofes
fans aucune authorité d'hommes, ils l'auoyent eu en telle admiration, qu'ils maintenoyẽt
que c'eftoit le Mefsias, excepté que Iean ne faifoit point de miracles. Et pour cela tãt moins
deuoyent-ils s'oppofer à Chrift. Mefme il ne leur venoit pas en memoire que dés long
temps Dieu auoit baillé telle puiffance parlant par fes Prophetes. Ils receuoyent bien l'authorité des Prophetes, & les chofes predittes par iceux, ils les reiettoyent. Pourtant le Seigneur pour fe mocquer de leur malicieufe prudence & fotte fineffe, leur fit telle refponce:
Deuant que refpondre à voftre queftiõ, ie vous en feray aufsi vne laquelle vous pourrés
defpecher en vn mot. Quand vous m'aurés refpondu, ie refpõdray aufsi à voftre demãde.
Dittes moy: Le baptefme de Iean eftoit-il du ciel, ou des hommes? Et de par quelle authorité baptifoit-il de celle qui luy eftoit baillée du ciel ou de vous? La confcience maligne des
Iuifs fentit foûdain que c'eftoit vne queftion à deux ententes. S'ils euffent voulu refpõdre
ce qui en eftoit, la parolle de verité eftoit fimple & toute prompte : mais il fe fentent pourchaffer au mefme trebuchet qu'eux tendoyent. Pourtant fe mettent-il à faire vne confulta-
tion cauteleufe. Car il n'y a rien plus penible que feintife, & vne fineffe attire l'autre, & vne
cautelle l'autre. Ils deliberent donc entre-eux: Que c'eft qu'ils refpondront à cefte queftion
cornue? Si nous difons que l'authorité de Ieã luy a efté baillée du ciel, il nous replicquera
quant & quant, & dira: Pourquoy donc n'aués vous adiouftés foy au tefmoignage qu'il a
rendu de moy? Il s'eft recogneu eftre moindre & indigne de me porter les fouliers. Il a pro-
tefté que luy terrien & abbaiffé parloit de chofes terreftres & baffes: & que ce eftoit yffu du
ciel, & eftoit plus grand que tous. Comment receués vous fon authorité comme yffue de

I
Dieu

Dieu:& la mienne de laquelle il a testifié,vous la calomniés tout ouuertemēt? Que si nous disons Iean n'auoir rien faict de l'authorité de Dieu,ains seulemēt d'vn esprit humain,tout le peuple nous courra sus à belles pierres, car tous tiennēt pour tout resolu que Iean estoit Prophete, & que tout tant qu'il a faict ç'a esté par inspiration celeste. Ils ne se soucioyēt pas de respondre la verité,mais bien ce qui faisoit pour eux.Ainsi respōdent les faux docteurs, non pas comme enseigne l'Escripture, mais interpretans ce qui sert à leurs affections. S'ils eussent respondu la verité,leur authorité eust esté en danger enuers le peuple:s'ils eussent respondu mensonge,ils craignoyent leur peau:ils redoutoyent les hōmes, eux qui auoyēt secoué toute crainte de Dieu.Parainsi ils respondent qu'ils ne sçauent d'où.Il ne leur restoit plus que cest eschapatoire,mais en eschappant ils deliurent quant & quant le Seigneur de leur respōdre.Car il leur dit:Puis que vous tournés à l'entour du pot,sans vouloir respondre ce que sçaués: ie ne vous diray pas non plus de quelle authorité ie fay ces choses que vous voyés:combiē qu'à vray dire,vous n'ignorés pas la question que vous faittes.Or les Sacrificateurs,Pharisiēs,Scribes,& principaux du peuple en ce point rēbarrés,le Seigneur mit consecutiuement en auant vne parabole,pour mettre deuant les yeux leur malice incurable digne de perdition,qui prouoqués de Dieu par tant de moyens à repentance auoyēt tousiours auancé de mal en pis,sans tenir conte de la Loy, ayans battu & meurtry les Prophetes,estans encore tout appareillés de tuer apres ceux-là, le souuerain remede desmaux assauoir le fils Dieu,& iceluy mesme de-rechef souuentesfois affliger en ses Apostres & martyrs.La parabole est telle:Il y eut vn homme (dit-il) qui planta vne vigne,laquelle il eut en vn homme planta vne vigne. singuliere recommendatiō, ne laissant rien en arriere à fin d'en recueillir vn iour du fruict. Car il l'encloyt diligemmēt d'vne haye, y bastit vne tour pour la garder,y caua vne cuue,& y adiousta vn pressoir.L'ayant ainsi garnie de toutes choses,la loua à des laboureurs pour la labourer & en recueillir les fruicts. Cela faict, il s'en alla en voyage & demoura long tēps dehors.Certainemēt c'est-cy la vigne du Seigneur des armées,laquelle le Seigneur a transporté d'Egypte, l'a plantée en la terre promise, l'a close du circuit de la Loy, la guarantie par sa garde,l'a aornée d'vn tēple,y a adiouste des Sacrificateurs,Iuges,Ducs,& docteurs, brief, il n'a rien obmis du soing qu'il appartenoit d'en auoir. Or la vie mise en bon ordre apres qu'on a eu prou attendu qu'elle produisist des raisins, elle a finalement, par la faute des laboureurs,produit des lambruches. Ce pendant le Seigneur qui iamais n'est sans assister par tout, sembloit toutefois estre bien loing pource qu'il demeuroit au ciel. Or quād la saison fut venue que le peuple d'Israel deuoit finalement rendre vn fruict digne d'vne telle benignité de Dieu, le personnage qui auoit planté la vigne enuoye vn sien seruiteur, quelqu'vn des Prophetes vers les laboureurs, c'est à dire, vers les principaux, vers les Sacrificateurs, & Scribes qui auoyent le gouuernement des choses, à fin qu'il baillassentle fruict de la vigne. Les laboureurs qui auoyent labouré la vigne pour eux-mesmes & non pour le Seigneur, frappent le seruiteur, le battirent & le repousserent & renuoyerent tout vuyde. Et qui est celuy des Prophetes qui n'ait esté cruellement traitté? Ce nonobstant, la douceur du Seigneur fut si grande, que tel outrage ne l'esmeut point à vser de rigueur contre ces laboureurs : mais enuoya vn autre seruiteur pour essayer s'il pourroit les reduire à faire le deuoir; Mais ils ne le traitterent pas moins cruellement que l'autre: Car ils le battirent & outragerēt & renuoyerent tout vuyde vers son Seigneur,vuyde,di-ie,du fruict attendu,mais chargé d'outrage. Et où se retireroyent-ils aussi sinon vers le Seigneur qui à dit: A moy la vengeance & i'en feray la recompense? Ne pour tout cela,la douceur du Seigneur ne peut estre prouocquée à s'en venger: mais y enuoya le troisiesme seruiteur. Mais Ezech.9 Deut.32 encore le naurerent-ils & le renuoyerent tout vuyde au Seigneur. Car la clemence du Seigneur qui les inuitoit à repentance, ne fit que tant plus irriter leur malice. Or comme ainsi fust que tout l'outrage qu'ils auoyent faict aux seruiteurs enuoyés, attouchoit à bon droit le Seigneur qui les auoit enuoyés, & ia les laboureurs en deuoyent de droit estre punis, veu que tant de fois prouocqués, ils auoyent tousiours auancé à laschetés plus enormes: toutefois pour sa douceur singuliere, il en delaya la vengeance, aymant mieux essayer le dernier remede, que d'vser de rigueur contre ses laboureurs. Si dit à part soy : Que doy-ie faire pour reduire ces meschans laboureurs à amendement, par la faute desquels ie pers de tout temps le fruict de ma vigne? I'y ay enuoyé tant de seruiteurs, & n'ay rien auancé. Vn seul remede me reste duquel i'vseray.I'y enuoyeray mon fils vnicque & bien aymé. Eux qui n'ont tenu conte de mes seruiteurs, peut estre que quant ils auront veu ce mien fils, s'ils ne l'ayment,pour le moins ils le craindront, m'hōnorans en luy. Gens mauuais de nature, sont bien quelquefois par honte retenus de mal-faire. Ceste deliberation du Sei-

gneur,

gneur, de pourchasser le salut de ses laboureurs au dāgier de son fils luy pleut, tant il estoit
doux, luy conuoiteux de sauuer & fort tardif à vengeance. Le fils obeit au pere & y alla.
Mais quand les laboureurs le virent, ils furent tant loing de le craindre que mesme l'impieté de leur courage fut telle qu'ils se mirent apres des deliberations de forcenerie extreme, disans à part eux : Iusques icy nous auons chassés les seruiteurs. Voicy le fils & heritier
qui pourroit vn iour venger l'outrage faict à son pere. Tuons-le, puis nous nous saysirons
de l'heritage de ceste vigne, sans tenir aucun cōte du Seigneur. Ce mal-heureux conseil fut
trouué bon entre ceux qui estoyent de ce complot : si chasserent le fils hors de la vigne, & le
tuerent. Ayant le Seigneur Iesus par telle parabole, descouuert aux Sacrificateurs, Scribes
& principaux du peuple leur conscience, qui pour lors brassoyent ce que tantost apres ils
executerent, menant Iesus hors de la ville, & le crucifians : il se vira vers eux & leur demāda :
En tel cas, que fera le Seigneur de la vigne à ces laboureurs là ? Et eux ne voulans entendre
à luy respondre, il adiousta : Le Seigneur viendra en propre personne, & deffera mal-heureusement ces laboureurs-là, qui n'ont peu estre vaincus par aucune douceur : puis les
ayant destruits selon qu'ils le meritēt, louera sa vigne à d'autres. Par ce propos le Seigneur
donnoit à entendre, que la religion des Iuifs viendroit à toutalement s'abolir, & que par
les Apostres le fruict de l'Euangile seroit transporté aux Gentils. Et les Pharisiens eurent
cela en abomination, & respondirent : la n'aduienne. Car ils entendoyēt bien que toute ceste parabole estoit ditte contre-eux : & ores qu'ils n'eussent point en abomination vne si
mal-heureuse entreprinse, ce neantmoins ils detestoyent la iuste vengeance d'icelle. Or Iesus pour monstrer que ce mesme qu'ils nioyent deuoit aduenir, auoit esté predit par les
Prophetes, les regarda, & comme leur poignant la conscience, va dire : Si vous ne croyés à
ma parabole, que veut dōc dire ce que vous lisés és Pseaumes : La pierre que les bastisseurs
auoyent reprouuée, a esté pour le fondement du coing ? Quicōque tombera sur celle pierre, sera froissé : & sur qui elle tombera, elle le brisera. Christ donne à entendre qu'il est la pierre celeste de Dieu, laquelle les Iuifs ont reprouuée en bastissāt leur Synagogue sans Christ :
mais Dieu l'a faict la pierre du coing, pour conioindre & entretenir les deux parois & vnir
en vne mesme Esglise, deux peuples par la foy Euangelique, sans les ceremonies de la Loy.
Et ceste pierre est vn tres-asseuré secours à l'encontre de tous les assauts du monde & de Satan, à ceux, qui par foy s'arrestent & s'appuyent sur elle. Au reste, elle est massiue & inuincible contre les rebelles. Car il n'y a puissance de ce monde qui ne soit froissée, s'elle vient à
chopper contre celle pierre : or celuy y choppe, qui y contredit, & la reiette. Pareillement celuy aussi sera brisé, sur qui elle tombera. Or tombe-elle sur ceux, lesquels la vengeance de
Dieu, apres les auoir long temps supportés, surprend au depourueu. Car celle mesme pierre est salut à ceux qui s'y appuyent, & perdition à ceux qui luy contrarient. Ces paraboles
du Seigneur enaigrirent tellement les cœurs des principaux Sacrificateurs, & Scribes, que
tout à l'heure ils voulurēt mettre les mains dessus : mais la crainte du peuple enuers lequel
ils voyoyent que Iesus estoit encore en fort grande estime, les reprima d'vne lascheté si
abominable. Car se sentans coupables en leur conscience auoyent apperceu que la parabole susditte s'addressoit à eux : laquelle auoit esté expressement mise en auant, à fin que
par l'intelligence d'icelle ils fussent reduits de leurs mal-heureuses entreprinses : mais ce
qui les deuoit destourner de malice c'est ce qui les enfelonne tant plus à mal faire. Pourtāt
estant forclos pour la crainte du peuple, d'executer publicquement leur lascheté, laquelle
ils auoyent-ia executée en leur cœur, depuis qu'ils l'auoyent ainsi deliberé à par eux : ils se
mettent apres à le faire par trainées, eux en cela d'autant plus abominables, qu'auec malice ils adioustent finesse : ne plus ne moins que celuy est plus lasche qui tue par poison, que
celuy qui tue par glaiue. Escoute maintenant, ô Theophile, les finesses & ruses de ces meschans Sacrificateurs, qui demandent expressement la ruyne de Iesus : c'est à dire, taschent
de supprimer la verité Euangelique, pourautant que par icelle leur est osté le labourage de
la vigne, la domination de laquelle, ils s'estoyent promise perpetuelle & hereditaire. Ils ne
font nul semblant de leur despit, & espient toute occasion de tuer. Or ils enuoyent gens
apostés, qui feroyent semblant d'estre gens de bien (or n'y a-il chose plus pernicieuse
qu'vne preud'hommie contrefaitte) à fin d'espier quelque chose en ses propos, dont on
peust l'accuser enuers les Preuosts de Cesar, & enuers Pilate le grand gouuerneur, qui pour
lors estoit gouuerneur general pour Cesar en Iudée, à celle fin que l'indignité du faict fust
reiettée sur ceux, par la sentence desquels il eust esté occis, & eux comme innocens fussent
trouués s'estre abstenus d'espandre sang. Mais de tant plus qu'ils taschent de dissimuler
par finesse humaine, d'autant de plus en plus descouurent-ils leur malice non pareille.

I 2   Donc

Donc ces fattelites mafqués des Pontifes vont abborder Iefus, & luy dire : Maiftre, ton entiereté nous eft toute cogneue, tu parles franchement, & enfeignes droittement tout, & n'a
point efgard aux perfonnes, pour dire que tu fois pour vouloir mentir en faueur d'aucun,
tant puiffant foit-il : mais as toufiours vn feul Dieu deuant les yeux, & ce qui luy eft agreable, tu l'enfeignes rõdement & franchemẽt. Dy nous donc, qu'il te femble d'vn point, dont
plufieurs font en debat, affauoir-mon fi nous deuõs payer tribut à Cefar, ou non ? Et Iefus
s'apperceuãt bien où tendoyẽt leurs flatteries trompeufes, & demande captieufe, affauoir
là que s'il euft refpondu, comme ils s'y attendoyent, qu'il n'eftoit pas licite qu'vn peuple
confacré à Dieu, feruift & payaft tribut à vn Prince prophane & idolatre (laquelle opinion
approuuoyent les Pharifiẽs, mais ils n'ofoyent la publier) ils appofteroyẽt de-rechef gens
qui enuers Pilate, le grand gouuerneur de Cefar, l'accuferoyẽt de lefe maiefte : s'apperceuãt
(di-ie) de cela, il repouffa fi bien leur fineffe par vne prudence Euangelique qu'il leur ofta
l'occafion qu'ils cherchoyent de nuyre, & quant & quãt les aduertit quel eftoit leur deuoir
en vne chofe laquelle hõme du mõde ne fçauroit omettre fans le certain peril de falut. Car
Chrift n'eftoit pas venu, pour enfeigner combien on deuoit payer de tribut aux Cefars, ou
à leurs lieutenãs : mais comme de cenfe fpirituelle on deuoit payer à Dieu, qui eft Seigneur
de tous. Si leur dit : Pourquoy me tentés vous ? Monftrés moy vn denier ? Car il ne cognoift
pas l'image de Cefar, luy qui n'a rien en terre. Quand ont luy eut baillé le denier, il demanda de qui eftoit l'image, & l'efcripteau qu'il auoit. Ces chofes nõ plus ne cognoit pas celuy
qui vrayement eft Chreftien. Ceux qui les cognoiffoyent, affauoir gens addonnés au mõde, luy difent : De Cefar. Et Iefus replicqua : Rendés donc à Cefar ce qui appartient à Cefar.
Car il ne me chaut gueres des tributs, que leuent les Princes de ce monde. Au refte, cecy
m'attouche de plus pres, que vous rẽdiés à Dieu, ce que vous luy deués. Recognoiffés fon
image imprimée en voz ames : recognoiffés fon titre & efcripteau. Toute l'ame luy eft deue,
& ne doit feruir qu'à celuy, qui a crée & le corps & l'ame. Et pourquoy baille-on au diable,
chofe qui porte l'image de Dieu ? Ces cauteleux efpieurs s'emerueillerent d'vne refponfe fi
prudẽte. Car la fimplicité Euangelique a auffi fa prudẽce : & toutefois ils ne recognoiffent
pas en luy la diuine fageffe, ains fon marris qu'il n'y a rien en fon parler qu'ils puiffent reprendre. Ceux-là retirés, voicy venir les Sadduciens, gens qui fe faifoyent valoir fous faux
titre de iuftice : comme les Pharifiens eftoyent ainfi appellés pour l'eminence dont ils fem-
bloyẽt furpaffer les autres de beaucoup. Or la fecte des Sadduciẽs a cecy de peculier, qu'ils
ne croyent point qu'il y ait de refurrection des corps, ne que rien de l'hõme demeure apres
la mort, ne qu'il y ait aucuns Anges. Ces Sadduciens firent au Seigneur vne telle demande :
Maiftre, Moyfe nous a baillé vne Loy telle, que fi quelqu'vn apres auoir prins femme, va
de vie à trefpas fans enfans, que le frere du defunct prenne à femme la vefue, & fuccedant à
fon frere luy en face auoir generation. Or eft-il aduenu qu'il y a eu fept freres, dont le premier a prins femme, & eft decedé fans auoir enfans. Le plus eagé apres luy a prins à femme
la delaiffée, & eft auffi trefpaffé fans en auoir enfans. A ceftuy fucceda pour mary à la femme le troifiefme frere, felõ que le portoit le degré de l'eage, qui mourut femblablemẽt fans
enfans. Et pour le faire court, tous efpouferent la femme iufqu'au feptiefme fans qu'elle ait
faict pere, pas vn d'eux. Finalement mourut auffi la femme. Or-ça en la refurrectiõ, lequel
fera-ce des fept freres qui l'aura pour femme ? Car elle a efté mariée à tous, & ne peut toutefois eftre cõmune à tous. Par cefte abfurdité, les Sadduciens penfoyent bien que l'opinion
des Pharifiens pourroit eftre refutée, qui maintenoyent que les ames furuyuoyent apres
les corps, & que les corps des morts reuiuroyent auffi en la fin. Or pourautant que leur
demande auoit plus de fottife, que de malice : Iefus ne fe defdaigna de les enfeigner, difant :
Vous vous abufés (leur dit-il) fongeans en voftre cerueau l'eftat des chofes deuoir eftre
tel en la vie aduenir, que vous le voyés en cefte-cy. Ceux de ce monde, ont les chofes par
alternation, meurent & nayffent, il leur eft force de chercher des femmes pour leurs fils, & de
marier leurs filles, & auffi eft-il impoffible que le genre humain s'entretienne par autre
moyen. Et pourtant le mariage entre-eux n'eft pas felicité mais neceffité. Mais ceux à qui
eft donné ce bon-heur de participer à la refurrectiõ des iuftes, & de celuy fiecle qui ne fçait
que c'eft que mortalité, ils ne chercheront-ia des femmes à leurs fils, & ne bailleront point
de marys à leurs filles. Car que fera-il befoing de nopces & copulation charnelle, depuis
que perfonne ne mourra plus ? ils auront lors ceffé d'eftre charnels, & fuiets aux incommodités de ce corps, ains ayant recouuert leur corps immortels, meneront vne telle vie que
font les Anges, lefquels s'abftiennent expreffémẽt de fe marier, pourautant qu'ils ne font
point fuiets à mourir. Icy ceux qui d'hommes mortels naiffent auffi mortels, fe feruent du

mariage

mariage pour pouruoir à la posterité. Mais ceux-là, estans lors renays par la vertu du sainct Esprit, & deuenus enfans de Dieu viuant pour tout iamais, ils n'auront que faire de se marier, pource qu'ils ne sçauront plus mourir : estans-ia restitués à vne vie immortelle par la resurrection. Or pourautant que celle question auoit esté expressemét proposee des Sadduciens pour se mocquer de la resurrectiõ des morts, pource qu'ils ne croyoyét point qu'apres la mort du corps les ames suruequissent : le Seigneur ne dedaigna pas d'enseigner leurs lourds entendemens touchant ce point par l'authorité de l'Escripture, laquelle ils approuuoyent bien, mais ils la lisoyent assés nonchalamment. Et que les morts (leur dit-il) puissent ressusciter, & que les ames ne meurent point quant & les corps. Moyse mesme le vous enseigne. L'authorité duquel vous ne deués point reietter en cest article, attendu que vous l'approuués bien aux autres. Car iceluy a laissé par escript, que de dedans l'esglantier, lequel il auoit veu en flamme sans s'endommager, Dieu a parlé à luy en ceste maniere : Ie suis le Dieu de ton pere, le Dieu d'Abraham, & le Dieu d'Isaac, & le Dieu de Iacob. Or Abraham, Isaac, & Iacob estoyent enseuelis : que si selon vostre opinion l'homme quãd il meurt perit toutalement & sans pouoir iamais reuiure, comment est-ce que Dieu s'appelle le Dieu des gens qui ne sont point ? Car attendu que Dieu est le Dieu viuant, voire il est la vie mesme : il n'est pas conuenable qu'il s'appelle le Dieu de gens qui ia seroyent toutalement peris par la mort. Mais ceux ne sont pas peris, desquels la partie plus noble suruit, assauoir celle partie, moyennant laquelle nous viuons. Es autres animaux la mort est vn abolissement : car & le corps tombe destitué de vie, & l'ame qui en iceux n'est autre chose, qu'vn accord des qualités du corps, s'esuanouit, apres la dissolution du temperament. Es hommes la mort n'est autre chose qu'vne separation de l'ame d'auec le corps, telle que la meilleure partie de nous demeure en son entier, seulement le corps se corrompt pour vn temps, mais il ne perit point. Or qu'en la resurrection il doyuent estre restitués par la puissance de Dieu, vous ne le deués pas trouuer estrange, veu que iournellement vous voyés d'vn grain sec de semence ietté en terre, & là putrefié, se leuer vn arbre nouueau & vigoureux qui estoit caché en ce petit grain ia êterré & amorti. Pourtãt ceux qui sont morts, il est vray qu'ils sont morts quant à vous, qui ne pouués les ressusciter : mais à Dieu, tous viuent, voire ceux mesme qui sont morts, car il est en sa puissance, quand bon luy semblera, de remettre les ames, qui sont separées, chascun en son propre corps. N'ayans les Sadduciens que respondre à cela, aucuns des Scribes approuuerent le propos de Iesus, pour ce que touchant ce point les Pharisiens, & Scribes s'entre-accordoyent à l'encontre de la secte des Sadduciens. Mais comme en cest endroit l'opinion des Scribes, & Pharisiés estoit plus saine que celle des Sadduciens, aussi auoyent le courage de tant plus lasche. Car là où il y a plus de lourdesse, là il y a moins de malice. Apres donc auoir esté tenté en vain de diuerses sectes de Iuifs (car il auoit aussi respondu aux Pharisiens touchant le plus grand commandement de la Loy) sans que personne fust venu au dessus de son attente, nul n'osa plus le tourmenter de questions. Pourtant eux tous amassés ensemble, Iesus de son propre mouuement les va assaillir d'vne questiõ non captieuse, mais laquelle cõcernoit leur salut. Il leur demãda, de qui seroit fils celuy que l'Escripture pronõçoit deuoir estre le Messias. Et eux sçachans bien qu'il estoit predit qu'il deuoit naystre de la lignée de Dauid, luy respondirét tout sur le chãp : qu'il seroit fils de Dauid. A quoy replicqua Iesus. Et toutefois Dauid inspiré de l'Esprit de Dieu, parle du Messias és Pseaumes en ceste maniere : Le Seigneur a dit à mõ Seigneur : Assied toy à ma dextre, iusques que ie te face de tes ennemys vn marche pied. Commét s'accorde cela, que Dauid appelle son Seigneur celuy qu'il recognoist pour fils ? Car le fils est moindre que le pere : & est plus conuenable que le fils par honneur appelle son pere Seigneur, qu'au contraire. Personne ne pouuoit respondre à celle question : & pour lors c'estoit bien assés à Iesus d'auoir sous parolles couuertes denoté sa diuine nature, selon laquelle il estoit plus grand que tous les Patriarches, assauoir esgal à Dieu son pere : combien que mesme selon sa nature humaine, il surpassoit tous hommes. Là memoire de Dauid estoit bien entre-eux saincte & sacrée : & celuy que Dauid recognoissoit & pour fils & pour Seigneur, ils le reiettoyent, non par ignorance de la Loy, mais par leur iugemét aueuglé des mauuaises affections. Or pourautant que leur malice estoit du tout endurcie & toutalement incurable sans aucun remede, il restoit d'auertir le simple peuple ignorant de se garder d'estre seduit par le fard & finesse de ceux là, qui iaçoit qu'ils fussent vuydes de toute religion, toutefois monstroyent vne apparence de souueraine pieté, ne regardans à autre but, qu'a leur gloire & profit particulier, & pour cela s'opposans par tous moyens à la gloire de Dieu, & au salut du prochain. Car la vraye pieté n'a nuls ennemys plus mor-

I 3   tels,

Et seront fils de Dieu.

Exod. 3

Comment dit-on que le Christ est. Psal. 109

tels, que gens qui par vne saincteté feinte se mettent en credit, de quoy se faisans forts destournent le simple peuple de la vraye pieté. Ceste maniere de farceurs sont principalement entachés de ces deux vices: d'ambition qui se conuertit en tyrannie: puis d'vne auarice insatiable. Iesus les depeignoit de leurs couleurs à ses disciples, l'ouyant tout le peuple à fin que ceux fussent euités lesquels estoyent incorrigibles: & cessassent de tromper puis qu'ils ne vouloyent s'aměder. Cela n'estoit pas descrier le bon renom d'autruy, ains estoit pouruoir au salut des simples. Escoute maintenant (mon amy Theophile) de quelles couleurs le Seigneur les depeint, à fin qu'apres les auoir cogneus, tu les euites. Donnés vous garde (leur dit-il) des Scribes, quels sont ceux que ia par tant de fois vous voyés m'aborder pour me surprendre. Ils font estat de la cognoissance de la Loy, & ce pendant s'opposent en toute obstination à l'encôtre de l'intention de la Loy. Ils ont Dieu en la bouche, mais ils contrarient à la gloire d'iceluy. Ils se disent auoir l'affaire du peuple en recommandation: & ils font toutes choses par feintise pour leur profit particulier. Ils ne hantět point auec les mal-viuans, & le cas aduenant qu'ils tombent en leurs compaignies, ils s'en purifient par lauemens: & eux-mesmes sont au dedans tout confits de plus enormes vices, d'appetit de vaine gloire, d'orgueil, d'enuie, & sur tout d'auarice, qui est idolatrie. Et pour autant qu'ils sçauent bien que le peuple s'esmeust principalement des choses visibles, ils se mettent par tels esblouyssemens en authorité enuers les simples. Ils se font valoir par nouueauté d'habillemens, prenans plaisir de se pourmener & se monstrer en robbes magnifiques trainantes iusqu'aux talons, portans la trôgne de gens de grauité, ils se trouuent souent és places & assemblées à fin d'y estre honnorés & salués, Messieurs noz maistres. Item és Synagogues & consistoires ils briguent les premiers sieges & dignités, & és bancquets ils ayment le lieu plus honnorable, à fin d'estre veus grans personnages enuers les hommes, là où deuant Dieu ils sont execrables. On les eust peu seulement tenir pour vains & sots, si outre le bruit populaire & les fumées de caresses, ils ne pourchassoyent autre chose. Mais ce sont les plus grands pillars du monde. Ils n'exercent point l'vsure, ils ne sont point bāquiers, mais leurs praticques sont plus detestables que nō pas ceux là. Ils pourchassent les simples pour les piller: ils sont apres pour surprendre les vefues deuotes & destituées du secours de leurs marys. C'est vn sexe aisé à tromper, & semble vn acte de pieté d'assister aux vefues. Pourtant est-ce qu'aiséement ils les seduisent sous couleur de saincteté. Ils portent la trôgne de gens fort graues, chascun les honnore: mesme leurs habillemens de toutes pars mōstrět vne saincteté. Outre-cela ils vsent de lōgues oraisons, & ce en public. Bien est vray que c'est vne chose que Iean & les anciens Prophetes ont faitte aussi, mais ç'a esté en secret. Ceux-cy ne prient point, ains chassent. Est-ce donc de merueille si par tant de fars les vefues sont deceues? Depuis qu'ils se sont vne fois mis le pied chés elles, il deuorent leurs maisons: & celles qui deuoyent guarantir ils les pillent: ce aussi qui deuoit estre employé pour les necessités des poures, ils l'applicquět à leur profit. Voyla quels estoyent les Scribes & Pharisiens de ce temps là, gens qui incessamment resistoyent à l'Euāgile. Combien qu'encore auiourd'huy il y a, & tousiours y aura des Scribes, qui en cherchăt leur profit particulier, ils contrarient aux commodités du peuple, & resistent à la gloire de Iesus: & ce sous faux pretexte de religion, sous ombre de deuotion, titres, longues oraisons pourchassans vn bruit de saincteté enuers le simple peuple, qui n'entend pas encore en quoy gist la vraye religion. Et que feront ils à l'encontre de telles gens les disciples de Christ, qui ne sçauent nuyre, veu qu'ils sont doués d'vne simplicité colombine? Certainement ils employeront aussi en cest endroit la finesse de serpent. Si apres auoir esté amonnestés, ils ne s'amendent, il les faut euiter comme incurables qu'ils sont: & faut auertir les simples qu'ils se donnent garde de leurs embusches. Leur punition les attend. Car quand on sera deuant le siege iudicial de ce iuge qui point ne iuge selon les choses qui se voyent des yeux corporels, mais selon les secrettes affections des cœurs, alors ils seront condamnés à plus griefues punitions que ceux qui tout à plat & sans feintise sont dissolus, gens en cela tant moins nuysibles qu'ils mōstrent ouuertement leur maladie.

CHAPITRE   XXI

R le Seigneur Iesus, à fin de tant mieux ficher au cœur du peuple, qu'enuers Dieu les hommes n'estoyent pas estimés selon les choses visibles, mais selon la pureté de cœur: à fin aussi de taxer l'auarice des Scribes, & Pharisiens & Sacrificateurs, gens qui faisoyent accroire aux simple peuple, mais sur tout aux femmellettes vefues, i'entend aux deuotes, que c'est vne souueraine saincteté, si elles mettoyent

toyent tant & plus de leur auoir au tronc, laissans ce pendant les poures en arrieré, quelquefois aussi les propres enfans & peres & meres : vn iour estant assis au temple, il esleua
ses yeux vers le lieu qu'on appelle la Thresorerie où lon gardoit les offrandes. Cest argent
les Sacrificateurs vouloyent qu'il fust tenu pour si sacré, que iaçoit que la Loy commandast
en premier lieu d'honnorer pere & mere, qu'ils enseignoyent qu'il valoit mieux abbadon-
ner son pere, que n'augmenter point le tronc:là où ce pendant cest argent par la faute des
Sacrificateurs se conuertissoit-ia pour la plus grāde partie, en leurs dissolutions. Or comme à force riches gens eurent mis beaucoup d'offrandes au tronc, & que les Sacrificateurs
& Pharisiens applaudissoyent à telles gens comme à gens de bien : vne poure vefue s'approcha aussi qui y mit deux petites monnoyes qui sont deux liards. Et comme nully ne
luy applaudissoit & ne la cherissoit, Iesus ce pēdant voulut que la deuotion de ceste poure
femme fust cogneue de tout le peuple. Si dit:Ceste vefue semble au iugement des hommes
auoir mis moins que tous au tronc : Mais au iugement de Dieu elle y a plus mis que ces
riches là,qui y ont mis tant & plus. Car touchant eux ils font leurs offrandes de ce qu'ils
ont d'abondant chés eux : mais ceste-cy mere de deuotion,a faict offrande de sa disette,&
a mis au tronc tout l'auoir de sa maison. Pourtant est-ce qu'enuers Dieu qui ne regarde
point la quantité de la chose mais l'affection, elle a plus offert que ceux là. Voyla comment Iesus a tousiours par toute occasion retiré ses disciples de la confiance des choses visibles (ausquels les Iuifs estoyent par trop attachés) à l'estude de pieté Euangelique, laquelle gist en entieres affections du cœur. Et les Iuifs mettoyent leur principale gloire au
temple de Ierusalem, lequel estant somptueusement basty & par grand artifice, puis enrichy d'offrandes magnificques,se visitoit par grande deuotion non seulement de tous les
Iuifs,mais aussi des estrangiers. Or estoit-ia venu le temps que la deuotion de ce temple
là cessast auec toutes ses offrandes, & qu'on preparast à Dieu le temple de l'ame, consacré
au S.Esprit,auquel on luy immolast iournellement des sacrifices tres-agreables, non de bestes brutes,mais de prieres & actions de graces. Car vn cœur net, voyre de quelque poure
homme que ce soit,est vn temple plus sainct & magnificque à Dieu, que ce temple là tant
somptueux,basty en tant d'années.Pudicité,modestie, & charité,ce sont aornemens beaucoup plus precieux aux yeux de Dieu, que le marbre,l'yuoire, le cedre, l'or, l'argent & les
pierreries desquelles s'enorgueillissoyent les Sacrificateurs & Pharisiens.Comme donc aucuns monstroyent à Iesus le merueilleux bastiment du temple, de ce qu'il estoit basty de
pierres d'eslite,polies & taillées d'vn grand artifice:item qu'il estoit aorné d'offrandes magnificques,il respondit:Apprestés à Dieu vn temple spirituel qui ne vienne à estre ny consumé par vieillesse,ny abbatu par tempeste, ny bruslé de feu, ny demoly par aucune violence d'homme. Car tout cecy que vous auès en admiration comme vne chose digne de
Dieu, le temps viendra qu'il sera toutalement ruyné, voyre en sorte qu'il n'y demeurera pierre sur pierre, qui ne soit abbatue. Quoy oyans les disciples, & de mesme là faisans
coniecture que le regne des cieux estoit pres,lequel ils estimoyent deuoir aduenir auec vn
grand changemēt des choses,eux cōuoiteux de sçauoir le temps que ces choses deuoyent
aduenir,ils dirent au Seigneur:Ce que tu dys touchant le demolissement du temple,de la
destruction de Ierusalem, quand se fera-il ? ou à quel signe pourrons nous cognoistre la
venue de ce temps là? Et Iesus voulant que les siens fussent tousiours appareillés à tous assauts de maux,les tint tous suspens par parolles doubteuses, entre-meslant de longs discours touchant les afflictions qu'ils auroyent à souffrir pour la predication de l'Euangile:
item de la destruction & miserable desconfiture de la ville de Ierusalem:du definement du
monde,dont il a voulu le temps estre incogneu à tous, à fin que tousiours ils soyent prests.
Les disciples songeoyent au regne, mais le Seigneur ayme mieux qu'ils sçachent ce qui
les attouche de plus pres, & dont ils ne vouloyent ouyr parler,tant foybles ils estoyent.Ils
aymoyent mieux ouyr parler des choses ioyeuses que salutaires . Touchant ce bien-heureux royaume, il viendra vn iour, & en son temps:le plus expedient c'est d'en remettre
tout le soucy à Dieu. Cependant nostre deuoir est de nous porter en sorte, que nous ne
soyons trouués indignes du royaume. Car on ne paruient à la gloire d'iceluy, sinon par
diuerses afflictions : à l'encontre desquelles il nous faut auoir les cœurs armés. Iesus donc
leur dit:Sans point de faute ie viendray, & monstreray la maiesté du royaume Euangelique. Mais aduisés que vous ne soyés seduits, en embrassant vn autre Christ pour
moy. Car deuant le temps,auquel ie doy venir,il en viendra maints, qui usurperont mon
nom, & diront d'eux:Ie suis le Christ: Le temps approche. Ne vous esmouués nullement pour les propos de tels:& si vous appellent à cecy ou à cela, n'allés point apres eux.

I 4   Et quand

Et quand vous orrés dire tout estre en confusion de mutineries & guerres, il y en aura
plusieurs, qui diront la fin du monde estre pres. Mais ne vous effrayés point pour tels
bruits, comme si le dernier iour estoit pres. Bien est vray que ces choses se feront: mais la fin
du monde ne sera pas incontinent. Car tout cela ne seront que quelques auant-monstres
de celle calamité derniere, qui destruira les meschans, & esprouuera & purifiera les bons.
Comme les signes d'vn corps prochain de mort sont maladies violātes, engendrées d'vne
vitieuse temperature des qualités : ainsi les horribles troubles desquels les hōmes induits
de leurs mauuaises conuoitises s'enuelopperont eux-mesmes, prediront la fin du monde.
Leur peruersité sera si grande que mesme la nature des choses, comme detestant la malice
des hommes & s'esleuant pour faire punition de leurs forfaicts, en sera esbranlée. Il se leuera en grands troubles nation contre nation, & royaume cōtre royaume. Et comme ainsi
soit qu'il n'y ait nulle plus grande calamité que de guerre, ce neantmoins les hommes attirent & font venir sur eux telle misere par ambition, folie, auarice, par haynes & autres sem
blables affections vitieuses. A tout cela la nature adioustera des horribles tremblemens
de terre en plusieurs lieux, comme si l'vniuers se despitoit de ce qu'il luy est force de soustenir de si meschans gens. Il y aura aussi des pestilences qui par leur infection en consomme-
ront tant & plus, comme si l'air estoit armé pour faire vengeance des meschans, luy qui
expressement est baillé pour par vne respiration salutaire conferer vie à tous & l'entrenir.
Outre-plus les recueilles seront si pietres qu'il y aura famine, comme si la terre refusoit leur
nourrissement à enfans si abominables cōtre Dieu, auquels obeissent voire les elemens insensibles. La mer s'esmouuera par orages nouueaux & non accoustumés, elle qui ordinairement sert aussi aux necesités des hommes. Mesme au ciel il y aura des signes, tesmoings
de l'ire de Dieu : car soudain le Soleil se conuertira en tenebres, la Lune en sang, nouuelles
formes de comettes se montreront, & autres signes non accoustumés & admirables. Voire
mais comme le corps de l'homme encore que quand maladies violentes le battent, n'en
meure point incontinent, toutefois quand elles reuiennent coup sur coup c'est signe que
le iour de la mort est prochain, ainsi quand les maux susdits viendront à souuentefois esbranler le monde, ce sera signe de l'enuieillissement du monde & de sa ruyne prochaine.
Mais deuant que ceste calamité publicque saysisse le mōde, vne nompareille peruersité du
monde la deuancera, qui esmouuera la bonté de Dieu à courroux. Car quand vous pu-
blierés mon nom par lequel ils pouuoyent estre sauués, ils vous mettront les mains dessus, & vous feront tous les maux du monde, ils vous traineront en leurs consistoires, comme gens coupables & mal-faicteurs. Ils vous mettront en prison, & poursuyuront vostre
condemnation deuant les sieges iudiciaux des royaux & gouuerneurs, non pour aucun
malefice vostre, ains pour vn fort grand benefice, assauoir pour la professiō de mon nom,
lequel ils tascheront d'abolir par tous moyens, nom par lequel ils pouuoyent gratuitemēt
obtenir salut eternel. Or ces choses vous aduiendront, à fin & que vostre constance soit approuuée, & qu'on entende que leur malice aura esté à bon droit condamnée. Mais vous
appuyés de mon ayde, & de vostre innocence, vous n'auès que faire de redouter leurs parlemens, ne de pourpenser soucieusement à part vous, comment vous pourrés debattre
vostre cause, vous idiots, deuant le consistoire des grands messieurs & deuant les Princes.
Et ne faut-ia que vous vous seruiés d'aucūs orateurs pour defenseur, ou de Iurisconsulte
pour aduocat. Ie vous assisteray pour patron defenseur & aduocat inuincible, par mon
esprit qui vous fournira & d'eloquence & de sagesse, à laquelle tous voz aduersaires ne
pourront ne resister ne contredire, tant soyent-il cruels ou eloquens de sagesse mondaine.
Or endurerés vous ces choses non seulement de gens incogneus & estranges, mais aussi
de ceux qui sont de voz prochains parens, & de voz plus grāds amys & familiers. Le pere
persecutera le fils, les freres affligeront leur frere, le cousin accusera son cousin, vn amy sera
venir l'autre en iugement. Or y en aura-il d'entre vous qui par eux seront mis à mort de
hayne qu'on me portera. Tant grande hayne conceura tout le monde contre vous à cause
de la profession de mon nom. Pourtant tout ce qu'ils oseront entreprendre contre vous,
ie le reputeray faict à mon deshonneur. Parquoy il ne faut pas penser de vous en venger.
C'est moy qui en vous seray outragé, c'est moy qui en vous seray mis à mort. Ce sera à moy
à faire & de vous assister, & de punir leur malice. Et quoy que vous tourmentent les orages des persecutions humaines, ne craignés rien: puis que vous m'auès pour protecteur
& defenseur. Car ie ne permettray point que mesme vn seul poil de vostre teste perisse: tant
s'en faut que ie doyue vous defaillir. N'ayes point vostre refuge aux secours humains, aux
gendarmeries, aux armes, aux bombardes, & pistolets: par la seule patience vous guaran-

tisses

tisses voftre vie.Celuy ne peut perir,lequel on met à mort pour la profeſſion de mon nom. Vous ne mourrés point deuant le temps.Car ie ne donneray point tant de permiſſion à la violence humaine.Or celuy ſauuera vrayement ſon ame,lequel endurera la mort conſtam ment pour l'amour de moy.Et que ceſte cité cy riche, de laquelle s'enorgueilliſſent mainte nant les Iuifs, & en laquelle il leur eſt bien aduis qu'ils regnent, elle ſera renuerſée de fond en comble par les Payens. Quand donc vous verrés Ieruſalem aſſiegée, alors ſçachés que *Et quand* ſa deſolation approche : & qu'il ne reſte plus rien,ſinõ qu'vn chaſcun aduiſe de ſe ſauuer & *vous verrés.* le gaigner au pied le plus viſtement qu'il luy ſera poſſible. Car és guerres chaſcun a de cou ſtume de ſe flatter ſous vne eſperance de victoire : gardés vous bien que telle eſperance ne vous deçoyue : ainçois qui pour lors ſera és lieux circonuoiſins de Iudée. qu'il ſe retire és montaignes & lieux inhabitables:& ceux qui habiterõt au milieu d'elle, qu'ils en delogét. Et ceux que celle calamité ſurprendra és nations eſtranges,qu'ils ne ſe retirét pas en Iudée. Qu'ils quittent & abbandonnent tout : tant ſeulement que chaſcun aduiſe de ſe ſauuer la vie. Car ces choſes n'aduiendront par fortuites mutineries des hommes, mais ce ſera la vengeance diuine qui de long temps prouoquée par l'obſtinée malice des hõmes ſera par les nations eſtranges punition de ceſte-cy,laquelle de ſi long temps ſe rebelle contre Dieu. Ainſi l'ont predit les Prophetes long temps a, & principalement Daniel. Or il eſt neceſſaire que tout ce que l'Eſcripture a predit deuoir aduenir,aduiẽne : car elle ne peut faillir,entant qu'elle eſt eſcripte par l'inſpiration du S. Eſprit. Et toutefois celle calamité aduiendra non pas pour ce que les Prophetes l'ont ainſi predit deuoir aduenir: ains eux l'ont ainſi predit, pource que Dieu a preueu l'obſtinée impieté des hommes par laquelle ils prouoqueroyẽt la vengeance diuine à l'encontre d'eux.Or l'orage des maux ſera fort vehemẽte à raiſon de la precedente malice longue & obſtinée de ceſte nation, laquelle par tant de moyens pro uoquée à repentance, s'eſt touſiours auancée de mal en pis. Et ſera la tempeſte telle, que elle accablera & les mauuais & les bons. Mais ceux ſeront moins mal-heureux, leſquels celuy orage de maux,quand il tombera,trouuera tous preſts à la fuyte.O qu'il y aura grãd pitié és femmes enceinctes & allaictantes,pourtãt que chargées de leur portée, laquelle ne voudront, ny ne pourront mettre ius, elles ne ſeront point à deliurés pour le gaigner au pied. Et ſi n'y aura point d'eſperance de ſauueté ſinon par la fuyte . Car ce ne ſera pas vne affliction ordinaire & accouſtumée : ains vne horrible vengeance de Dieu ſayſira toute ce ſte region & ce peuple-cy rebelle par tant de ſiecles. Car les villes ſeront renuerſées & quãt à eux ou ils ſeront meurtris,ou on les emmenera eſclaues,pour eſtre eſpards parmy toutes les nations des Payens:à fin que la chance tournée, ils ſeruent aux Payens, leſquels ils ont eu iuſqu'icy en deteſtation comme abominables : à l'humanité deſquels ils ſeront rede uables de ce que de ceſte abominable nation, il en reſtera encore quelques reliques. Qui plus eſt meſme ceſte Ieruſalem orgueilleuſe, & en richeſſes & en opinion de ſainteté ſera foulée aux pieds par les Payens,elle & ſon temple : le baſtiment duquel ils eſperent deuoir eſtre pardurable, iuſques que les temps ſoyent accomplis, durant leſquels Dieu ſouffri ra que la nation des Iuifs ſoit oppreſſée & affligée par les nations incirconciſes, en at tendant que les Iuifs s'eſtans corrigés de leurs maux accouſtumés de long temps, fina lement ils ſe repentent, & s'aſſemblent auec les Payens en vne communauté d'vne pro feſſion Euangelique : car cela aduiendra auant que vienne le dernier iour du monde. Or il y aura maints ſignes, qui prediront la venue de ce iour là, deuant qu'il vienne : car ce ſera vn iour horrible à ceux principalement, qui ne tiennent conte de mon temps qui eſt paiſible, & inuité de plein gré par benefices à vn meilleur train . Pourtant les elemens *Il y aura ſi* des elemens auront comme horreur à la venue d'iceluy iour. Le Soleil meſme fontai *gnes au So-* ne de lumiere, qui ordinairement reſiouyt la face des choſes de ce monde, s'obſcurci *leil.* ra ſoudainement, & cachera ſon viſage. Meſme la Lune n'aura plus ſa lumiere mutuelle pour la vous departir. Les eſtoilles deuiendront toutes rouges de ſang, & tomberont du ciel en terre:tant grande l'angoiſſe des cœurs, & deſeſpoir des choſes, ſaiſira toutes na tions, la mer s'enflant & les ondes bruyantes d'vn bruit fort effrayable. Ces ſignes & au tres ſemblables, qui ſe deſployeront de toutes les parties du monde, declareront la ve nue prochaine de l'horrible vengeance de Dieu : tellement qu'on ſechera & mourra-on de la peur, & attente de ce qui toſt apres deura aduenir à tout le monde. Car tout l'v niuers ſera eſbranlé, & non ſeulement la terre & la mer s'eſmouueront, mais auſſi ces corps tant ſolides du monde, qui iuſqu'icy ont eſté exempts du changement qui ſur uient aux elemens, & qui ſeulement ont accouſtumé d'auoir leur operation ſur les corps inferieurs, & non point d'eſtre gouuernés ſemblablement par eux, ils ſeront eſmeus.

Ceux

Ceux qui maintenant ont reietté le fils de l'homme, paisible, debonnaire & bien-faisant,
alors ils le verront, ils le verront (di-ie) à leur grand malheur, venir d'en haut en vne nuée
auec grande puissance & gloire souueraine. Or quand ces choses commenceront à ce faire,
regardés en haut, & leués voz testes vers celle ville de Ierusalem, car le royaume de Dieu
sera pres: auquel il n'y aura plus nulle affliction de maux, ains vne perpetuelle tranquillité,
& felicité eternelle. Voyla les signes trescertains, que la derniere iournée sera pres. Encore le
Seigneur vsa-il puis d'vne comparaison. Prenés (leur dit-il) exemple aux arbres, lesquels

Voyés le figuier.

par certains signes aduertissent les hommes du fruict aduenir : car vous voyés le figuier &
autres arbres, quand ils cōmencent à boutonner, & ietter hors leurs fueilles, de vous-mesmes vous cognoissés que l'esté est-ia pres, & commencés d'esperer les fruicts. Et vous semblablement, quand vous verrés ces auant-mōstres de la transformation, qui est à aduenir
au monde, esperés asseurement que le royaume de Dieu est bien pres de se desployer : &
que plus les mauuais ne pourrōt affliger les bons: ains que les meschans seront punis des
peines eternelles, & les bons iouyront des ioyes perpetuelles. Quand vous verrés aduenir
ce qui vous a esté iusqu'icy predit par les Prophetes & par moy : croyés qu'infalliblement
aduiendrōt aussi les choses que ie vien de vous predire. Ie vous dy pour tout vray, que cest
eage ne passera, que premieremēt toutes ces choses ne soyēt aduenues. Il n'y a rien de plus
stable que le ciel & la terre : mais ciel & terre plus tost s'esuanouyront, que mes paroles passent sans sortir leur effect. Parquoy estans asseurés de la venue de ce temps effrayable, preparés vous pour sa venue, de peur qu'il ne vous suprenne au depourueu. Or le ferés-vous
si vous vous gardés que voz cœurs ne soyent assoupis de dissolution, & yurōgnerie & autres soucis de la vie presente, ainçois plus tost, viués en sorte, comme si d'heure en heure
deuoit venir ce iour là, n'aymans rien en ce monde, ains estans toutalemēt ententifs apres
les celestes. En ce faisant, ce iour-là ne vous surprendra iamais au depourueu. Mais aux
autres, qui viuent en sorte, comme si ce temps-là ne deuoit iamais venir, celle iournée leur
viendra comme vn piege finement tendu par le chasseur, & empiegera tous ceux qui n'ont
les cœurs & les yeux esleués au ciel : ains habitent sur la face de la terre, où nous n'auons
point de siege eternel, ains courons apres vn eternel. Et aussi ces gens-là en se donnant du
bon tēps se sentirōt surprins, deuant qu'auoir veu le piege, à fin que le semblable ne vous
aduienne, gardés vous de nonchalance : ne vous endormés point aux voluptés & soucys
de ce monde, ains veillés incessamment apres les choses celestes, en priant continuellemēt,
à fin que Dieu de sa grace vous mette au ranc de ceux qui pourront eschapper ces tant
grands dangiers là, & tenir bon deuant ce iuge ineuitable, le fils de l'homme, qui comme
maintenant il inuite chascun en grande douceur à repentāce, ainsi alors iugera en grande
rigueur & les vifs & les morts. Que personne ne s'appuye sur ses forces: nul ne pourra soustenir ce iugement-là, n'est qu'il soit auant muny de la faueur de Dieu. Mais iceluy n'assistera sinon à ceux qui ce pendant s'employent de tout leur effort à se rendre dignes de celle
faueur. Car d'implorer alors la clemence d'iceluy, il sera trop tard pour ceux qui maintenant abusent de sa douceur. Or quand le temps de la mort du Seigneur Iesus fut prochain,
il enseigna ses disciples à son exemple, qu'alors principalement faut-il veiller apres tous
desirs de pieté, quand le dernier iour de la vie est pres. Car quelle est au mōde celle derniere
iournée, de laquelle ie vous ay ia predit tant de choses: tel est à vn chascū le iour de son trespas. Pourtant de iour le Seigneur enseignoit le peuple au temple, sans cesser de bien-faire
à gens qui, comme bien il sçauoit, le deuoyent mettre à mort: & sur la nuict se retiroit au
mont des Oliues, à fin de tant plus vacquer à la priere, par laquelle il sollicitoit incessamment le Pere pour le salut du monde, n'employant que le moins du monde de temps à dormir. Et au matin le peuple venoit à luy au temple pour ouyr sa doctrine.

C H A P I T R E   X X I I.

Or le iour approchoit.
Exod. 12

MAis tant plus le peuple estoit ententif à ouyr le Seigneur Iesus, de tant & tant
plus les Sacrificateurs, Scribes, & Pharisiens, qui auoyent conspiré auec les
principaux du peuple, estoyēt-ils incités à le mettre à mort. Or approchoit-
ia le tēps auquel il estoit arresté, & ainsi estoit-il cōuenable que celle victime
fust immolée pour le salut de tout le genre humain. Car pour l'execution de
cest arrest, il y auoit vn iour choysi le plus solennel qui soit point entre les Iuifs, appellé par
eux la feste des pains sans leuain, pour ce qu'il n'estoit pas licite, durant les iours de celle feste de māger du pain leué. Ce iour là est aussi appellé en Syrien Phase ou Pasques, qui vaut
à dire comme Passage, à raison de l'aignau d'vn an du sang duquel furent arrousés les posteaux & lindaux des maisōs, à fin que l'Ange du Seigneur destruiseur de tous les premiers

nays

nays, passast outre les maisons qui auoyent ceste marque en leurs portes. Ce iour n'estoit pas propre à l'appetit des Sacrificateurs & Scribes qui eussent mieux aymé que la mort de Iesus eust esté comme enseuelye, & telle qu'au supplice ordinaire de gens mal-faiteurs. Mais Iesus a voulu qu'elle ait esté renommée & solennelle & en tout & partout accordante, respondante aux figures du viel testament, & aux oracles des Prophetes. Car il estoit celuy aigneau exempt de toute tache, de la chair duquel sont rassasiés les vrays Israelites par tout le monde: & par le sacré sang duquel estans nettoyés, nous sommes retirés de perdition, & deliurés de la tyrannie de peché: & iournellement nous retirant & eslongnans d'Egypte, nous tirons vers celle terre celeste, abondante en toute sorte de biens, en nous abstenant ce pendant de pains leués, & nous portant en simplicité & rondeur d'esprit Euangelique. Ce iour là donc combien qu'il despleut aux Pharisiens, a esté choysi de Dieu pour la solennité de ce vray Sacrifice. Car le Seigneur Iesus n'est pas mort à la fantasie des Iuifs, mais bien selon la volonté de son Pere & la sienne, quand il a voulu, où il a voulu, & comme il a voulu. Car en cest endroit rien, n'est aduenu par cas fortuit. Iusques icy la malice des Pharisiens machinans à tous coups la mort au Seigneur, n'auoit rien peu: pource que combien qu'ils eussent bien vn mauuais vouloir, Dieu ne leur auoit pas encore baillé la puissance de mettre leur desseing en execution. Ce pendant toutefois ils communiquent & consultent ensemble comme si par leurs forces ils pouuoyent venir au dessus de leur entreprinse. Car la malice des Pharisiens & Sacrificateurs estoit irritée par tant de moyens qu'elle ne cherchoit autre chose sinon de mettre les mains dessus au Seigneur, & le trainer à la mort: mais la crainte du populaire les en gardoit, car ils voyoyent bien que Iesus par ces miracles & bien-faits, auoit tellement gaigné le peuple, qu'ils estoyent ententifs à l'ouyr. Pourtant auoyent-ils peur que si s'essayoyent de luy mettre les mains dessus en presence du simple peuple, il ne se leuast vne mutinerie & le leur ostast d'entre les mains: Et parainsi leur effort tourna à neant, entant que apres auoir esté vne fois rescoux d'entre leurs mains, il se fusse de là en auant tenu sur ses gardes. Ils mettoyent ce pendant en oubly que par tant de fois il estoit eschappé sauf & entier des mains du peuple insensé. Le iour aussi les empeschoit, estant asses incommode pour executer tel affaire à cause de la solennité & grande assemblée: mais contre leur esperance l'occasion leur fut presentée d'ailleurs accordante auec leur meschant vouloir, laquelle leur osta le scrupule de la feste. Car Satan, qui par soy-mesme auoit au parauant tenté Iesus, le poursuyuant maintenant par ses ministres & organes, se saysit du cœur de Iudas Iscarioth, qui fut l'vn de ces douze d'eslite, lesquels le Seigneur Iesus auoit appellé Apostres. Ce Iudas par vne seule conuoitise d'argent (lequel il auoit manié) fut poussé à telle forcenerie que de son propre mouuement il alla trouuer les principaux Sacrificateurs & les magistrats (car les Sacrificateurs auoyent aussi main forte mais non pas baillée à ces fins) pour traitter auec eux de leur liurer Iesus entre leurs mains: car il sçauoit qu'ils estoyent apres cela. Or n'y a-il plus propre ministre pour trahir Iesus, que celuy qui est de ses plus familiers en titre & profession, & d'affection de cœur luy est ennemy. Iudas n'auoit pas mauuaise opinion du Seigneur, & n'auoit esté en rien offensé de luy pour dire qu'il eust iuste occasion de luy vouloir mal, mais la peste d'auarice luy auoit saysi le cœur. Les Sacrificateurs furent bien ioyeux d'auoir rencontré personnage propre pour iouer le premier rolle de ce ieu. Ce conseil pleut à Iudas, il accorda du pris: lequel il demanda asses petit, à fin que la chose ne faillist de s'accorder à ce qui en auoit esté predit. Ils luy promirent argent: luy leur promit son trauail. Ce pendant il cherchoit occasion de leur liurer Iesus selon qu'ils l'entendoyent, assauoir eslongné du populaire, de peur que ses fauteurs ne fissent quelque mutinerie. Or sçauoit ce traistre les retraittes du Seigneur. Et ia estoit venu le iour des pains sans leuain, iour de fort grande deuotion aux Iuifs, auquel selon l'ordonnance de la Loy il failloit tuer l'aigneau, que les Iuifs, comme i'ay dit, appellent la Pasque & ce à raison du Passage: Or la vraye Pasque c'estoit le Seigneur Iesus, celuy aigneau du tout immaculé, qui selon l'eternel conseil du Pere deuoit estre immolé, pour le salut du monde. Iesus donc pour ficher aux siens au profond du cœur la memoire de sa mort, & enseigner que preuoyant & voulant il enduroit toutes ces choses: au dernier soupper qu'il auoit à faire auec eux, il voulut par signes mysticques representer deuant eux ce que le lendemain, il deuoit mettre à chef en la croix, n'ignorét pas combien ils viendroyent a estre troublés de sa mort. Pourtant est-ce qu'il anticipe le temps, pendant que leurs entendemés estoyent encore capables d'aduertissemens. Cest affaire, il le baille à deux de ses disciples les plus aymés d'entre tous, à Pierre & à Iean, leur disant: Allés vous-

en nous preparer l'aigneau de Pasques, pour le manger tous ensemble. Tu oys le commen
cemēt de l'Esglise, & la fin de la Synagogue. Et pource que le Seigneur iaçoit qu'il fust crea=
teur & Seigneur de tout l'vniuers, n'auoit point de domicile proprietaire ou certain: les disciples luy demāderēt où c'estoit qu'il vouloit qu'on luy apprestast le soupper de Pasques.
Or estoyent les disciples tellement nouueaux: & estrāgiers en la ville, qu'à peine auoyēt-ils
certaine cognoissance d'vne seule maison. Et aussi doyuent estre tels les vrays disciples de
Christ, tandis qu'ils sont en ce monde. Mais Iesus pour monstrer que de ce qui tantost luy
deuoit aduenir, il n'y auoit rien qu'il ne cogneust bien, il leur dit: A telles enseignes que
quand vous serés entrés en la ville vous rencontrerés vn hōme portant vne cruche d'eau.
Allés luy apres iusques au logis où il entrera: & puis dittes au pere de la maison: Le maistre
nous encharge de te demāder en son nom assauoir-mon où est la sale où il mangera l'aigneau de Pasque auec ses disciples. Et il recognoistra le titre de maistre, tout ainsi que l'autre recogneut le titre de Seigneur quād vous destachastes l'asnon: si que sans aucun refus
il vous mōstrera vne grāde sale toute tapissée pour y faire bācquet: là vous m'appresterés
la Pasque. Or considere moy cecy en passant, mon bon Theophile. C'est vn hoste incogneu
q preste la sale: & vn porteur d'eau est celuy qui cōduit à la maison où Christ celebre la Pasque. Et aussi est-ce par le Baptesme & la sacrée doctrine qu'on entre en l'Esglise: L'eau viue
de la parolle Euāgelique purge: aussi purge l'eau du Sacremēt. Le maistre de la maisō n'est
point nōmé, car par tout est l'Esglise de Christ: laquelle estant premieremēt yssue de cōmen
cemens obscurs, s'estend tous les iours au large de plus en plus partout le mōde. Or pour
autāt que le cōmencement de salut c'est la foy: les disciples croyent au Seigneur & luy obeis
sent. Il s'en vōt en la ville, ils trouuēt vn hōme portant vne cruche, ils luy vont apres: ils rap
portent au maistre de la maison ce qui leur estoit enchargé. Iceluy leur monstre vne grande
sale. Car aussi faut-il biē que le lieu soit ample pour pouuoir tenir toutes les natiōs de tout
le monde. Car touchant la Synagogue des Iuifs elle est trop estroitte. Et qui veut māger la
viande celeste, il faut qu'il soit esleué par dessus les choses terriennes. Là donc les disciples
preparent la Pasque, faisans en cela office de pasteurs. Et quand l'heure de soupper fut venue, Iesus s'en alla audit lieu & s'assit auec ses douze disciples d'eslite, à raison que les autres n'estoyent pas encore capables d'vn si haut mystere, lequel il a voulu estre communiqué par ses Apostres à ceux qui ia seroyent accoustumés aux Sacremens de l'Euangile. Or
eux assis à table quand la viande & le boyre leur fut mis deuant, le Seigneur pour toutalement ficher aux cœurs des siens que ce n'estoit par aucune necessité, ains par grande affection de racheter le genre humain qu'il porteroit le supplice de la croix, il leur dit: l'ay eu
grand desir de manger cest aigneau de Pasque auec vous deuant ma mort: & suis ioyeux
l'heure d'icelle estre venue, car i'ay soif du salut des hōmes. Car ie vous dy que desormais
ie ne mangeray plus auec vous ceste Pasque selon l'ordonnance de la Loy: mais vne autre
plus parfaitte Pasque selon l'esprit s'acheuera au royaume de Dieu. C'est aigneau que les
Iuifs tuent tous les ans en grande solennité, il a esté figure de ma mort. Maintenant est venue la verité, & cessera l'ōbre: desormais vous me celebrerés vne Pasque spirituelle & d'efficace, dont le manger vous rendra immortels. Et quand chascun eut gousté de la chair de
l'aigneau, Iesus print vne coupe & remercia son pere, puis quand il eut beu baîlla la coupe à ses disciples & leur dit: Prenés cecy & le departés entre vous. Ie vous dy que ie ne beuray plus desormais du fruict de vigne pour la necessité corporelle: mais bien tost viendra
le regne de Dieu. Toutes ces choses que la Loy a eu charnellement se bailleront spirituellement. Icy prennent fin les figures de la Loy. Apres cela voulant le Seigneur Iesus par vn signe mysticque consacrer le nouueau testament, il print du pain, & remercia son pere, puis
le rōpit de ses propres mains & le bailla à ses disciples, leur disant: Cecy est mon corps qui
sera liuré à la mort pour vous. Ma mort ne sera point reiterée. Car vn seul sacrifice est ba-
stant pour les pechés de tous siecles. Mais vous renouuellerés souuentefois la memoire.
de ceste miēne charité enuers vous: en faisant entre vous ce que maintenāt vous me voyés
faire. Car ce sera cy vn signe inuiolable de l'alliance cōtractée entre moy & vous. Et le soupper acheué il print semblablement la coupe & la leur bailla, disant: Cecy est la nouuelle alliance consacrée au sang non de genisse ou de bouc, ains par mon sang, lequel sera espandu pour vous sauuer. Vous aués le principal signe & gage de l'amour que ie vous porte.
Or l'amour deuoit bien estre reciprocque & mutuelle: & toutefois il y en a icy vn auec vo'
à table qui me liurera à ceux qui me cherchent pour me faire mourir. Et n'aduiennent pas
ces choses à l'aduenture: il est ainsi arresté par le conseil de Dieu, ainsi l'ont predit les Prophetes, que par ce moyen le fils de l'homme racheteroit le genre humain. Bien est vray que
                                                                                         celuy

celuy là sert au salut de tous: mais pource qu'il le faict d'vn meschãt vouloir, ce que apportera salut aux autres luy tournera en perdition. Ce n'est pas le decret de Dieu qui le pousse
à ceste lascheté abominable: ains y est mené par sa mauuaise conuoitise. Ce propos de Iesus troubla si fort les cœurs de tous qu'ils se prennent à demander entr'eux qui pouuoit
estre celuy duquel il auoit parlé. Personne ne sentoit coupable, excepté vn seul Iudas Iscarioth: & toutefois personne ne s'ose fier à soy. Iesus ce pendant ne manifesta pas son traistre, mais luy poignit par plusieurs fois la conscience, à fin qu'il se recogneust & estrangeast
de propos. Et si sçauoit bien que ce nonobstãt il perseuereroit en sa forcenerie: Iesus ce pendant nous enseignãt que nous vsions d'vne souueraine douceur enuers les pecheurs, attendu mesmement que nous ne pouuons sçauoir au vray, si quelquefois ils retourneront
point à amendement. Or pour autant que durant le soupper le Seigneur auoit faict mention du regne de Dieu, ce debat se va derechef leuer entre les disciples encore infirmes &
sentans leur chair en partie, qui seroit celuy qui auroit le premier lieu apres la mort du Seigneur au royaume de Dieu. Car en leur baillãt le pain & la coupe il les a semblé faire tous
esgaux, disant: Departés-le entre vous. Et Iesus encore que ia d'autre fois il les eust retirés
de ceste affection: maintenant estant prest de mourir il leur repete & inculque, disant: Gardés de vous imaginer au royaume des cieux rien de tel, que vous voyés és royaumes du
monde. C'est bien vne autre sorte de royaume lequel consiste par benefices & non par force: lequel s'obtient & maintient par secours spirituels & non par violence: lequel s'estend
au large par persuasion & non par contraincte. Car des princes de ce monde ils exercent
domination sur ceux qu'ils maistrisent: car il ne leur persuadent pas qu'ils ayent a aymer
le bien, ains par crainte des supplices les destournent des malefices & se font honnorer de
leurs subiets encore qu'ils en soyent indignes: voyre de tant plus ils approchent pres de
tyrannie, de tant plus se font-ils honnorer de leurs gens, & ce pendant sont honnorés du
peuple par titres magnificques. On les appelle Princes, Peres du pays, sauueurs, Consuls,
pour ce que de leur puissance ils foulêt leurs subiets. Voyla bien quel est le regne des gens:
mais entre vous, lesquels ie façonne & instruy pour le regne de l'Euãgile, il y aura bien vne
autre police. Tant plus grand sera quelqu'vn entre vous, tant moins vsurpera-il de puissance violente ou de gloire. Car son but ne tendra pas là, de fouler les inferieurs de ses graces qu'il aura receùes de Dieu, mais bien de leur en profiter & secourir: & ne s'en attribuera point la louange, ains la rendra toute à Dieu: non pas qu'il ne doyue point auoir d'ordre en ce royaume là, mais celuy qui sera choysi pour tenir le premier lieu, pour conduire
les autres à pieté, seruira tellement aux cõmodités de tous, qu'il semblera plustost estre seruiteur que prince. Il ne pourchassera pas d'honneur, mais le cœur tout prompt à bien-faire à tous l'emportera: vne entiereté de vie maintiendra l'authorité, & non arrogance ou
pompe. Or que cela ne vous soit grief de vous porter les vns enuers les autres en telle modestie que ie me suis porté enuersvous, moy qui pouuoye, vsant de mon droit, vsurper domination sur vous. Car ie vous laisse à penser lequel est le plus grand des deux, celuy qui
sert ou celuy qui est assis à table: N'est ce pas celuy qui est à table: Nõ pas que de faict soit
plus grand quiconque est à table: ainçois celuy qui bancquette les autres, est en cela plus
grand qu'il faict du bien à plusieurs. Et toutefois par ciuilité tandis que les autres qu'il a
inuités sont à table, il tournye à l'entour prenant garde que rien ne defaille au bancquet,
& le soucy d'vn seul, pouruoit à la volupté de tous. Et moy, ne me suis-ie pas porté tel en
vostre endroit: N'ay-ie pas conuersé entre vous ne plus ne moins que si i'eusse esté seru-
teur de tous vous, en vous seruãt du mien, & estant moy seul en soucy pour tous: Par combien plus forte raison deués vous estre eslongnés de toute tyrãnie & ambition, vous qui
estes esgaux en qualité, qui seruès du mien, & qui auès tous vn mesme Seigneur: Vous a-
ués receu ce symbole inuiolable de concorde Euangelique: à fin que de telle charité que
ie vous ay embrassés, vous vous embrassiés aussi l'vn l'autre. Or est-ce que là ne peut cõ-
sister concorde où ambition regne. Ce pendant faut meriter l'honneur, mais non pas l'v-
surper. Car les princes de ce monde, ores que deuement ils s'acquittent de leur charge: ce
neantmoins pource qu'ils se font honnorer de leurs subiets, ils n'aurõt nul salaire enuers
Dieu. Mais vous estans asseurés de la recompense, pensés seulemẽt à vous acquitter de vostre charge. Ce sera à moy à faire, de pouruoir de la dignité. Si vous estes imitateurs de mõ
humilité, vous serés semblablement participans de gloire: si vous estes compagnons des
afflictions, vous le serés aussi de l'immortalité. Or vous auès bien iusqu'icy tenu bon en
mes afflictions, par lesquelles le pere celeste a voulu examiner & approuuer mon obeissance. Ne la petitesse, ne la poureté, ne les trauaux de la vie, ne les detractiõs des hommes,

Il aduint vne
contention
entre eux.

K   ne les

ne les embusches des Pharisiens, ne les menaces des puissans ne vous ont distraits de ma côpagnie, là où les vns se sont reuoltés, les autres n'ont osé s'aduouer pour mes disciples. Que si vous venés à perseuerer en ce courage, sans ce pêdant vous fascher d'esuyure mon humilité, pour tant mieux profiter à tous, ie feray pareillemêt qu'vn iour vous serés participãs de la gloire de mon regne. Car le Pere a voulu que telle fust la voye au regne celeste. Celle voye là vous ay-ie iusques icy ouuerte, & par ma mort la vous ouuriray. Par humilité le Pere me haussera à la gloire du royaume: par afflictions temporelles à des ioyes eternelles. Or tout ainsi que le regne m'est appareillé du Pere, pour ce qu'icy ce pendant ie me porte en seruiteur selon sa volonté, & non pas en Seigneur: en cas pareil quand ie seray haussé à la dignité du royaume si vous suyués mes trasses, ie vous prepare la participatiõ du royaume: à fin que vous qui n'aurés point icy cherché hõneur, ains vous serés portés cõme seruiteurs de tous, en dispensant loyaument la doctrine Euangelique, soyés assis à ma table en mon regne non ia comme seruiteurs, ains cõme hõnorables enfans de Dieu & puis que maintenãt pour l'amour de moy vous estes tenus pour les plus cõtemptibles du monde entre les Iuifs, alors cõme les principaux vous soyés assis sur douze throsnes, en iugeãt les douze lignées d'Israel. Car alors apparoistra la petitesse de ceux là qui maintenant semblent occuper les plus hauts degré d'honneur: alors apparoistra vostre hautesse, qui maintenant semblés les balieures du monde. Ces propos tint le Seigneur Iesus sous parolles couuertes, accommodant son parler à la rudesse de ses disciples, laquelle il a expressement laissé long temps resider en eux: partie à fin qu'auec plus grande efficace il arracha en nous les affections humaines ausquelles les disciples estoyent addõnés pour lors: partie, à fin qu'en grande douceur nous supportions l'imbecillité des autres iusques qu'ils s'auancent à plus grande perfection. Il restoit qu'il armast les cœurs des siens à l'encontre de la tempeste prochaine & qu'il leur ostast la confiance d'eux mesmes. Car il n'y en a point que l'orage des afflictions abbatte plustost que ceux là qui se confient en leurs propres forces, Mais ceux qui se deffians de leurs forces c'est à dire, des secours humains dependent du tout en tout du secours celeste, ceux là seulement tiennent bon à l'encontre de tous les troubles de ce mõde. Iesus donc addressa son propos à Pierre à fin qu'en la personne de celuy il les instituast & chastiast tous. Car il sçauoit que cestuy là est d'vn zele pp ardant que tout le reste, & qu'il se confioit beaucoup en soy-mesme, & ce d'vne affection saincte, à dire vray, mais laquelle estoit humaine. Et aussi n'auoit-il pas encore receu ce Simon, voicy Satan. luy distributeur de toute vertu, assauoir le Sainct Esprit. Iesus donc luy dit: Simon, Simon, sçache que Satan a bien tasché de vous pourchasser pour vous vaner & cribler cõme lon crible le blé, pour vous dissiper s'il luy estoit possible. Et de faict il en fust venu à bout, si vous eussiés esté laissés en vostre imbecillité. Mais i'ay prié le Pere pour toy, Pierre, à fin que iaçoit que ta foy vienne à chanceller, elle toutefois ne defaille pas. Il a semblé bon de monstrer cest exemple en ta personne, qui te confies beaucoup en toy-mesmes à fin que quand apres la cheute, tu seras reuenu à toy, tu puisses par ton exemple conforter tes freres quand ils seront tresbuchés par fragilité semblable: à fin que tous entendent qu'il n'y a personne qui par ses propres forces puisse faire teste à la malice de Satan, n'est qu'il soit appuyé de mon secours. Ces propos ouys, Pierre se confiant encore de ses propres forces, respondit: Seigneur, de quel reuoltement ou de quelle cõuersion me parles-tu? & ie te dy que tu me trouueras cõstant & inuincible en la foy. Et cõme iusques icy ie ne t'ay point abandõné, ainsi d'orenauant ne t'abbãdonneray-ie iamais, voyre que ie suis tout prest de mettre ma vie en hazard quand & toy, soit qu'il faille aller en prison, soit qu'à la mort. Ceste voix de Pierre, yssue d'vn cœur sainct & rõd, à dire vray, mais qui ne se cognoissoit pas encore assés bien soy-mesme, le Seignr la rembarra soudain pour vne telle response: Que dis-tu, Pierre? que tu iras auec moy & en prison & à la mort? Et ie te dy au cõtraire qu'encore annuit deuãt que le coq chãte deux fois, tu me renõceras par trois fois, & iureras que tu ne me cognois point. Tãt sera impetueux l'orage d'afflictiõs. Apres leur auoir osté la cõfiãce qu'ils auoyêt en eux-mesmes, il leur inculque derechef ce que par plusieurs fois il leur auoit enseigné, assauoir qu'ils ne se munissent poït de viures à l'encõtre de la necessité: ny aussi s'armassent de secours humains à l'encõtre de la violence des mauuais: & qu'il faut qu'vn ministre de l'Euãgile celeste soit deliure des ords soucys de ceste vie, & cõtre tous les assauts des meschãts il ne soit muny d'autres armures que du glaiue de l'Esprit q est la parolle de Dieu. Si leur dit Iesus: Quãd ie vo° enuoyay par maniere d'essay prescher entre les Iuifs, que le regne de dieu estoit pres, sans vo° garnir d'aucune puisiõ, si que vo° n'auésne bourse pour mettre argêt, ne besace pour serrer les viures, ne souliers pour vo° cõtregarder

les pieds

les pieds, eustes vous de rien faute? Nenny, respōdirent-ils. Alors Iesus pour toutalement leur arracher du cœur tout appetit de vengeance, il les deçoit pour vn temps par vn propos couuert, mais ce qu'il les laisse errer, c'est pour en plus grande certitude & efficace les despouiller de toute affection de vēgeance. Car il sçauoit bien qu'ils seroyent enflammés à se mettre en defense quād ils verroyent gens armés se ruer auec telle alarme sur leur Seigneur lequel tref-ardammēt ils aymoyent, mais c'estoit d'vne affection humaine. Laquelle affection si le Seigneur ne l'eust euidemment reprimée, nous eussions faict nostre conte qu'il nous eust este loysible de nous defendre par armes à l'encōtre de la violence des meschans, & de repousser force par force. Maintenāt puis que Pierre a esté reprins d'auoir tiré son espée cōtre gens prophanes & meschās pour defendre le Seigneur tref-innocent: quelle occasion pourra desormais pretendre l'hōme Chrestien de repousser iniure par iniure? Or leur dit le Seigneur: A la premiere predicatiō de l'Euāgile, vous y estes allés à deliures, & sans estre garnis d'aucune prouision, & si n'aués eu de rien faute, estās secourus de moy: cela suffisoit pour vous, lors que nulle griefue tēpeste n'estoit prochaine, desormais il faut auoir le courage appareillé à de plus grādes difficultés. Et de faict, tant plus impetueux sera l'orage de persecution, de tant plus vous faut-il estre à deliures des empeschemēs terriēs. Maintenāt nous n'attēdons que l'heure d'auoir vne fort grāde guerre, & est besoing d'espée. Parquoy si quelcun a d'auēture bourse ou besace, qu'il la prenne & en achette vne espée. Et qui n'a ces choses lesquelles on peut laisser, & desquelles vous vous estes passés sans incōmodité, qu'il vende sa robbe & en achette vne espée. C'est cy vne guerre à laquelle il faut venir fort à deliure, & sans auoir aucune autre armure qu'vne espée. Ce sera à tout rōpre. Car nō seulemēt il viendrōt sur moy auec main forte mais aussi faut que s'accōplisse ce que iadis Esaie a predit deuoir aduenir de moy: Et a esté mis au rāc des meschās Esa. 53 Si c'est chose griefue d'estre mis à mort: cōbien est-il plus grief d'endurer vn supplice ignominieux, & ce entre des malfaitteurs? Et toutefois c'est vne infamie qui attend le fils de l'homme. Car voicy s'approcher l'heure que tout ce que les Prophetes ont predit touchāt ma personne, sera accōpli. Et les Apostres n'entēdans point ce propos, ains se pensans que le Seigñr les auoit aduertis que chascun tint son espée toute preste pour repousser la violēce qui les attēdoit, respōdirent simplemēt: Seigñr voicy desia deux espées: estimans que toutalemēt les armes faisoyēt besoing, mais ne craignās qu'vne seule chose, c'est que deux espées ne puissent satisfaire à vn tel cōbat. Ils mōstroyēt l'affection qu'ils auoyēt de bataîller pour le Seigñr, sçachās bien qu'il pouuoit supplier du sien, si leurs secours n'estoyēt suffisant: tant cōme au parauāt il auoit tellemēt multiplié les cinq pains & les deux poissons, qu'ils suffirēt pour beaucoup de milliers d'hōmes. En ceste tant lourde affection laissa Iesus ses disciples pour lors, à fin que (cōme i'ay dit) leur infirmité nous seruist d'instruction à vne patience parfaitte. Iesus donc leur respōdit: C'est assés. Laquelle response ils interpreterent comme à tout les deux espées qu'ils auoyent lors toutes prestes, ils peussent soustenir le premier cōbat, là où Christ entēdoit du cōbat spirituel à l'encontre du monde & de Satan: où la victoire s'acquiert par vn courage à deliure de toutes cōuoitises terriēnes, armé de la seule espée de la doctrine celeste. Icelle cōsiste en l'Escripture irrefragable du vieil & du nouueau testamēt, tellemēt qu'ō pourroit les dire ces deux espées, mais baillées par vn mesme Esprit. Or pourautant que les gendarmes qui ont a entrer en bataille, ont de coustume de se renforcer les corps & exciter les courages à l'encontre du prochain cōbatant auec l'ennemy: le Seigñr voulant mōstrer à ses disciples quelle chose principalement les pourroit renforcer pour soustenir tels combats quād ils se presenteroyent, il sortit de Ie- Puis se partit & s'en alla. rusalem, & selon sa coustume se retira au mont des Oliuiers, estant accōpagné de ses disciples. Et quand ils furent arriués en la retraitte, où il auoit accoustumé de prier, il leur dit: A fin que vous puissiés tenir bon à l'encontre de la tēpeste prochaine, veillés & priés, de peur que si elle vous surprend oysifs & endormis, elle ne vous attrappe au despourueu & vous accable. Cela dit, le Seigñr s'eslōgna d'eux enuirō vn iect de pierre, pour prier pour tous luy seul, cōme luy seul deuoit souffrir pour tous. Mais cōme sa mort n'a de rien profité aux oysifs, ainsi sa priere ne doit valoir sinō pour ceux qui s'estudiēt aussi de prier pour eux-mesmes. Et pour nous enseigner qu'il faut s'humilier toutefois & quantes que nous nous deliberons de parler auec Dieu, il se mit à genoux en terre & pria le Pere, disant: Pere, si ta volonté est telle, destourne de moy ce breuuage. Ie sens la nature que i'ay vestue auoir horreur de la mort, mais en cecy il faut que le salut des hommes l'emporte: & que se fasse ce que ta volonté immuable en a determiné, & non ce que l'imbecillité de ce corps cōseille. Le Seigneur sçauoit bien le vouloir du Pere, & luy mesme auoit enuie de boire la coupe

K 2   de mort

de mort pour le salut du mõde:mais il a prins sur soy l'affectiõ de son corps, & s'est estudié de prescrire aux siés vn formulaire de prier.Et de faict quãd vn martyr est sur le põit d'estre depesché,ceste priere luy seroit fort biẽ seãte:Ta volõté & nõ la miẽne,soit faitte,soit que tu veuilles que ie viues,soit que tu veuilles que ie meure.Or ceste redoutãce qui est en nostre nature,Christ l'a prinse sur soy,pour l'arracher aux siés.Au reste à fin de no⁹ enseigner qu'a lots nous seriõs aydés d'enhaut de par le Seigñr,apres que nous nous seiõs toutalement resignés à la volõté de Dieu,fust-ce à viure,fust-ce à mourir,vn Ange luy apparut du ciel pour le cõforter.Cõme pour nous il est troublé à cause de la mort prochaine,ainsi est-il cõ forté pour nous par l'Ange.Apres cela vne vehemẽte destresse le saisit,qui suruiẽt ordinai remẽt à ceux qui ia cõtẽplent la mort en leur esprit.Or est ceste affectiõ là quelquefois plus griefue que n'est pas la mort mesme.Et si Iesus n'a põit desdaigné de porter encore ce tour mẽt là pour l'amour de nous,luy qui pour l'amour de no⁹ n'a pas refusé de mourir:en no⁹ enseignãt ce pẽdant à qui nous deuõs aller à recours,toutefois & quãtes que ceste horreur là saisit nostre imbecillité.Car estãt prosterné en terre il prioit tant plus ardamment.Et c'est aussi de là que depẽd toute l'esperãce de nostre victoire.Dauãtage à fin qu'és supplices no⁹ en fussiõs plus fermes,vne si grãde destresse saisit Christ,que de toute les parties de sõ corps gouttes de sãg en decouloyẽt à terre.Et quãd il se fut leué de prier,il retourna à ses disciples lesquels il trouua endormys de tristesse.Cela ne leur ꝑcedoit pas de trop grãde chere,ains estoit vne imbecillité de nature:si que la grãde tristesse du cœur les auoit endormys:mais il faut par vigueur d'esprit cõbatre cõtre ceste ifirmité là,qui voudra en tel cõbat emporter la victoire.Iesus dõc tense ses disciples,& les excite de-rechef à prier,leur disant:Pourquoy dormés vous maintenãt en vn si grãd dangier?Leués vous & priés,de peur que la tẽpeste qui va tõber ne vo⁹ accable au despourueu,car le tẽps est-ia venu.Le Seigñr Iesus n'auoit pas encore mis fin à ce propos,que voicy arriuer vne bãde de meschãts gẽdarmes,que les Sacrificateurs & Pharisiẽs gens encore plus meschãts auoyent enuoyés pour empoigner Iesus.Or ce malheureux Iudas,nagueres sectateur de Christ & viuant à sa table,maintenãt guide d'vne mauditte cõpagnie,les precedoit de quelque interualle,mais leur ayant pre mieremẽt baillé le mot du guet(car on a de coustume de faire ainsi en la guerre)que celuy qu'il baiseroit,ils se tinssent pour asseurés que c'estoit Iesus.Et quãd il se fut approché plus pres de Iesus,estant-ia prest de luy presenter le baiser selon la coustume:le Seigneur,tant il estoit debonnaire,ne refusa pas le baiser voyre d'vn traistre,ce pẽdant il luy poignit de re chef la cõscience,à fin qu'estant esmeu au moins de la si grande douceur de son Seigneur il s'amendast,il luy dit:Iudas,trahis-tu le fils de l'hõme par vn baiser?Iudas s'apperceuoit biẽ que son cas estoit descouuert,il cognoissoit l'innocẽce du Seigñr,vne debõnaireté non ouye le prouocquoit par tant de fois à changer d'aduis:mesme vne pierre se fust bien peu amolir,si Satan ne luy eust-ia saysi tout le cœur du vice d'auarice.Or quãt à l'impieté de Iu das,il est bien vray qu'elle n'a apporté ruyne qu'à luy seul,au reste ceux là qui maintenant par semblable trahison liurent la verité Euãgelique aux princes de ce monde,apportent vne plus griefue ruyne & sõt dignes d'vn plus grãd supplice que celuy que le malheureux Iudas,à luy mesme faict de sa personne en se repẽtant trop tard.Si tost que le baiser fut bail lé,la bãde de gendarmes accourut pour mettre les mains sur Iesus,qui ne vouloyent le co gnoistre pour autre intẽtion sinon à fin de le prendre.Mais bienheureux sont ceux là qui cherchent expressẽmẽt de cognoistre la parolle Euangelique,à fin qu'ils ensuyuent Iesus. Or les autres disciples voyãs qu'õ vouloit faire effort au Seigñr,amour les fournissant de hardiesse,luy dirẽt:Seigñr,veux-tu que nous frappiõs d'espée?Ils se souuenoyẽt bien du ꝓpos qu'il leur auoit tenu d'achetter des espées:mais pource qu'en luy ils auoyẽt veu vne perpetuelle debõnaireté,ils doutoyẽt s'ils les laisseroit vser de glaiue.Au reste,Pierre q̃ ay moit plus ardãment que les autres,& qui entre to⁹ les autres auoit ꝓmis de belles prouef ses,sans attẽdre la respõse du Seigñr il tira vn coup d'espée cõtre vn des seruiteurs du priti cipal Sacrificateur,lequel s'auãçoit de mettre le premier la main sur Iesus,ensuyuãt en cela la cruauté de son maistre:mais la douceur du Seigñr modera le coup,en sorte qu'il ne luy abbatit que l'oreille droitte.Biẽheureux sont ceux là ausquels est abbatue l'oreille qui ius qu'à present a escouté les Sacrificateurs ꝓphanes:& la loy charnelle:& qui estant restituée par Christ cõmẽce d'escouter les choses qui seruẽt à salut eternel.La playe estoit plus igno minieuse que perilleuse,& toutefois incurable,pource qu'vne cartilage estãt vne fois coup pée ne se reunit plus.Mais Iesus à q̃ nulle playe n'est incurable,tẽsa son disciple de ce quẽcõ tre la douceur Euãgelique mais se ressentãt encore de la vieille loy,il auoit mis la main aux armes,& puis restitua à Malchus son oreille,voyre en sorte qu'il n'y apparoissoit aucune

trasse

Et comme
il parloit.

traſſe de playe. Car le peché des gendarmes & ſeruiteurs eſtoit moindre, l'ignorance deſquels ſeruoit à la malice des Sacrificateurs, Phariſiens, & Scribes:contre leſquels il failloit
pluſtoſt prendre les armes, s'il n'auoit ainſi ſemblé bon à Dieu que la victoire Euangelique ſoit coloquée en patience. Et Ieſus pour demonſtrer que c'eſtoit de ſon plein vouloir
qu'il ſouffroit tout, ſe retira vers ceux là que les abominables Sacrificateurs & Scribes
auoyent enuoyés,& leur dit: Dont vient,que maintenāt armés deſpées & long boys eſtes Lors Ieſus, dit à ceux qui.
ſortis de nuict de la ville & accourés icy, comme ſi vous auiés a combatre vn brigand
violeur & qui feroit reſiſtance ? I'eſtoye iournellement parmy vous au temple, expoſé à
tous, ſans armes,& ſi perſonne ne m'a mis les mains deſſus. Certainement voſtre vouloir
eſtoit bien lors tout tel que maintenant il eſt: mais la volonté de celuy à qui perſonne ne
peut reſiſter,vous retenoit.Car le temps n'eſtoit pas encore venu, auquel i'auoye determiné de ſouffrir: mais c'eſt-cy voſtre heure,heure de nuict, c'eſt-cy la puiſſance des tenebres
permiſe de Dieu. Cela dit,le Seigneur Ieſus ſans faire reſiſtance aucune ſe bailla pour eſtre
lié.Et ils le prindrēt & le menerent chés Caiphe qui pour lors eſtoit le grand Sacrificateur,
la plus meſchante partie de tout le peuple Iuif. En la court d'iceluy grand Sacrificateur ſe
ſtoit aſſemblé le conſeil des Sacrificateurs, Scribes,& Phariſiēs, & des principaux du peuple,& toute celle multitude de gens qui ou par crainte, ou par affection, ou par erreur ob-
temperoyent à la malice de ces gros meſſieurs. Ce pendant les diſciples eſtonnés de peur
s'enfuyrent l'vn d'vn coſté, l'autre de l'autre. Et Pierre à qui l'eſſay du combat n'auoit pas
bien dit, n'ayant toutefois pas encore mis ius toute eſperance de ſalut, ſuyuoit Ieſus de
loing. Voyre il print bien la hardieſſe d'entrer parmy ces tenebres en la court du grād Sacrificateur, & ſe fourrer parmy la trouppe des ſeruiteurs, luy incogneu. Or cōme ainſi fuſt
qu'au milieu de la court il y euſt vn feu allumé à cauſe de la froidure de la nuict, Pierre s'aſſit parmy les ſeruiteurs, & ſe chauffoit auec eux au braſier. Et vne chābriere le voyant aſsis
en ſorte qu'il auoit le viſage expoſé à la lueur,elle le regarda de pres & le recogneut:& à fin
de monſtrer que de tel maiſtre telle chambriere,elle ſe print ſoudain à s'eſcrier,tous les autres l'oyans. Ceſtuy auſsi eſtoit auec celuy priſonnier. Cela n'auoit pas eſté faict fortuitement,ains il pleut ainſi à la diſpenſation diuine, pour tant mieux rabattre la confiance de
Pierre, lequel ayant auparauāt faict de ſi belles promeſſes au Seigneur qu'il iroit auec luy
fuſt-ce bien à la mort: maintenāt à la voix d'vne femmelette il renonce ſon Seigneur. Car
Pierre effrayé de ceſte voix de la femme,reſpōdit laſchement:femme ie ne le cognoy point.
Ainſi en eſchappa Pierre pour la premiere fois, mais ſoudain retourna le peril. Car quelqu'vn d'entre les ſeruiteurs commença à le cognoiſtre de-rechef: ſi luy dit:Toy auſsi es de
ces gens là, dōt nous auons prins le capitaine. Et Pierre de-rechef tout eſperdu à ceſte
voix,va dire-Homme, ie n'en ſuis point, & iura qu'il ne cognoiſſoit point Ieſus. Si eſchappa pour la ſeconde fois en ſe periurant. Et ſi ce pendant ne luy vint point en memoire ce
que le Seigneur luy auoit predit, ne la promeſſe que luy meſme auoit faitte au Seigneur.
Ce pendant le meſchāt conſeil examinoit Ieſus, & le buffettoit-on contre la couſtume des
iugemens : Pierre regardant de loing quelle en ſeroit l'iſſue. Mais enuiron l'eſpace d'vne
heure apres,vn autre des ſeruiteurs, couſin de celuy à qui Pierre auoit abbatu l'oreille, regarda Pierre, ſi le recogneut, & dit: Vrayement ceſtuy auſsi eſtoit auec Ieſus au iardin. Et
comme Pierre le nyoit,il adiouſta:Ce que ie dy eſt vray,meſme ſon langage le mōſtre aſſés.
Car il eſt Galiléen. Alors Pierre eſperdu de peur ſe print à iurer & maugreer, ſi meſme il ſça
uoit ne de quel Ieſus , ne de quel iardin, ne de quel Galiléen il parloit. Tant s'eſtoit oublié
celuy qui deuoit eſtre le premier de l'Eſgliſe.Et ce pendant qu'il renie, qu'il iure, qu'il maugrée & ſe donne au diable, le coq chanta pour la ſeconde fois (qui eſtoit le ſigne que le
Seigneur luy auoit baillé) & ſi pour cela Pierre n'en retourna pas à ſoy. Et n'euſſe iamais
faict fin de treſbucher,ſi le Seigneur par le trauers des meſchans n'euſt tourné ſes yeux ſur
Pierre & l'euſt regardé.Pierre donc touché de l'œillade de ſon Seigneur,ſe ſouuint du propos qu'il luy auoit tenu vn peu auant : Deuant que le coq ait chanté deux fois ceſte nuict,
tu me renieras par trois fois. Et toute à l'heure eſtant touché d'vne fort grande douleur, il
ſortit dehors,& pleura amerement. Ce que fit Pierre,auſsi bien l'euſſent faict les autres diſciples s'ils fuſſent tombé en ſemblable neceſsité : mais Ieſus a voulu en la perſonne d'vn
ſeul Pierre enſeigner tous,à fin que perſonne ne ſe cōfie en ſoy-meſme, à fin que perſonne
ne ſe meſle parmy la compagnie des mauuais. Il eſtoit-ia nuict la charité eſtoit refroidie
en luy, il ſe chauffoit au feu des meſchans: il eſtoit aſsis parmy les meſchans en la maiſon
de Caiphe le grand Sacrificateur,luy qui deuoit eſtre grand Sacrificateur:mais bien autre
que ceſtuy-là. A-il laſcheté qui ne ſe cōmette là:Là les Sacrificateurs, Phariſiens, Scribes,

K 3   Senateurs

Senateurs du peuple conspirerent la mort de Iesus. De là sont enuoyés gendarmes apres luy, là il est lié, battu, voylé, mocqué & accusé. Là Pierre iure & maugrée. Peché horrible, si l'infirmité ne l'excusoit. Car il ne pechoit point de malice deliberée, comme Iudas, mais par pusilanimité de courage. Et de faict, il n'estoit pas là venu, pour renoncer, mais pour voir l'yssue du iugement, luy n'estant pas encore assés fort pour mourir auec Christ. Car son temps n'estoit pas encore venu. Tous ceux donc qui sont tombés en peché enorme, qu'ils prient le Seigneur Iesus qu'il daigne retourner ses yeux vers eux, & soudain ils re-cognoistrôt d'où & où ils sont tombés : qu'ils se retirent de la compaignie des meschans, & lauent leur faute par larmes qui soyent tesmoings de leur côuersion. Ce pendant toute celle nuict se passa en mocqueries contre Iesus. Car les hommes qui auoyent prins Iesus le mocquoyent & outrageoyent & auec ce le battoyent. Et pourautant qu'ils auoyent ouy dire que le peuple l'honnoroit pour prophete, ils luy banderent les yeux & luy frappoyêt le visage, luy demandans ainsi : Deuine qui t'a frappé. Et par maintes autres risées & outra-ges celle bande de meschans gens se gaboit de la source de toute gloire : à fin que personne d'entre nous ne prenne à despit si pour l'amour de la parolle Euangelique on le charge d'outrages, s'il est affligés de maux par ceux qui obtemperent à l'affection des Sacrifica-teurs prophanes, des Pharisiens fardés, des sots Princes. Et quãd il fut iour, les principaux Sacrificateurs, Scribes & principaux du peuple, comme s'ils eussent voulu monstrer vne forme de conseil legitime, s'assemblerent en assés bon nombre, & firent amener Iesus en leur conseil, puis l'examinerent taschans de tirer de ses propos de quoy pouuoir l'accuser. Estans-ia en iugement ils s'informent du faict, & apres auoir deliberé de le faire mourir, cherchent sous quel titre ils pourront pretendre cause de mort. Pourtant luy disent-ils: Si tu es celuy Christ, que nous attendons selon les oracles des Prophetes, di-le nous. Et Ie-sus sçachant bien que ce qu'ils s'enquierent n'est pas pour apprendre la verité, ains pour chercher occasion de l'accuser, leur respondit : Si ie vous dy qui ie suis, vous ne me croy-rés pas : que si ie vous demãde quel Messias est promis selon les tesmoignages de l'Escrip-ture, vous ne me respõdrés pas ce que vous en pensés, car vous n'aués enuie d'apprendre ne d'enseigner la verité. Et ores que ie vous declare mon innocence, vous ne m'en iustifie-rés ia pourtant. Pourquoy, ie ne vous diray-ia ce que sçachãt vous ne voulés pas sçauoir: mais ie vous diray vne chose que vous experimenterés estre vraye. Le fils de l'homme qui maintenant à cause de l'infirmité de son corps, & son abbaissance, n'est pas recognu de vous autres esleués, sera-cy aprés esleué & assis à la dextre de la maieste de Dieu. Ces pro-pos tint expresséement Iesus à fin que puis qu'ils aymerent plustost tuer Christ en son hu-milité, par lequel ils pouuoyent estre sauués, que non pas l'embrasser : ils sceussent qu'ils verroyent iuge & vengeur de leur impieté, celuy qu'ils n'ont point voulu recognoistre pour sauueur promis & attendu par tant de siecles. Ce propos sembla à tous vne iuste oc-casiõ de le calomnier, pourueu que tout à plat il protestast qu'il estoit le fils de Dieu. Si luy disent : Es-tu donc celuy fils de Dieu, duquel font mention les oracles des Prophetes? A cela Iesus modere tellement sa response, qu'il ne nye point quil estoit, ny ne leur baille point d'occasion de calomnier, ny ne monstre point en soy d'apparence d'arrogance. Car partout le Seigneur a mieux aymé declarer sa nature diuine par effets, que de la publier par parolles. Voicy donc qu'il respondit : Vous dittes que ie le suis, dõnant modestement à entendre que par les mesmes parolles se pouuoit affermer la demãde qu'il auoyent fai-te comme douteuse, si seulement on vouloit changer la prononciation. Et eux iugeans que c'estoit là vne occasiõ assés suffisante pour l'accuser de blaspheme, qui est vn cas pen-dable par dessus tous entre les Iuifs, se prindrent à dire : Qu'auons nous plus besoing de tesmoignage. Nous mesmes auõs ouy le blaspheme manifeste de sa propre bouche. Tous condescendirent aiséement en ceste opinion, car aussi bien auoyent-ils determiné sous quelque couleur que ce fust, de mettre à mort Iesus.

CHAPITRE XXIII.

Pres auoir trouué, comme biê leur sembloit, cause assés suffisante, pour le faire mourir, il restoit encore d'en reietter la faute sur les autres. Si furent d'aduis de remettre l'accusé entre les mains de Pilate le grand preuost, à fin qu'il semblast auoir estés mis à mort par les mains des Payens, & non pas des Iuifs. Par ainsi se leua tout le conseil auec la bande qu'ils auoyent attirée en la communauté de ce mal-heureux acte, & menerent Iesus à Pilate le grand preuost de Iudée. Car il estoit là magistrat pour Cesar, combien qu'il ne fust pas Iuif. Icy premierement la nation des Iuifs liure aux Payens & en enuoye son Messias qui luy estoit enuoyé. Les Payens embrassent celuy qui
leur

leur eſt commis & l'adorent. Or le Seigneur auoit ia eſté condamné par preiudice au conſeil des Iuifs, vers leſquels la plus petite couuerture du mõde eſtoit ſuffiſante, car c'eſtoyẽt gens enragés apres la mort de l'innocent. En la court du iuge prophane, pour ce qu'il y auoit plus d'equité, il eſtoit beſoing de teſmoings ſubornés qui intentaſſent beaucoup de grans crimes à l'encontre de celuy qui ſeul entre tous eſtoit exempt de tout crime. Or le commencement de l'accuſation fut tel: Nous auons trouué ceſtuy-cy ſubuertiſſant noſtre nation, en defendant de payer tribut à Ceſar, & ſe diſant eſtre le Meſſias roy. Ils faiſoyent leur conte qu'ils auoyent forgé ces deux crimes fort bien à propos, pour tres-aiſément eſmouuoir le preuoſt, d'autant que l'vn & l'autre attouchoit & bleſſoit la maieſté de Ceſar: Voyla comment ils font la guerre à la verité Euangelique ces impudens controuueurs de menſonges. Car qui a-il de plus impudent que ſont ces menſonges là. Ieſus quãd on luy monſtra le denier, auoit reſpondu: Rendés à Ceſar ce qui appartient à Ceſar: & à Dieu ce qui eſt à Dieu. Meſme quand les Iuifs luy preſenterent le royaume, il s'enfuyt. Il s'eſtoit declaré eſtre le Meſſias par effets: pourtãt quãd bien il ſe fuſt dit le Meſſias, il ne failloit point luy obietter pour crime, ſinon qu'ils declaraſſent que ce que les Prophetes auoyent predit du Meſſias, ne luy conuenoit pas. Ils mettoyent l'eſperance de la victoire au grand nõbre des conſpirés & en ce que l'accuſé eſtoit deſtitué ſeulet, brief que le iuge eſtoit, comme ils penſoyent, homme prophane. Or Pilate, tout idolatre qu'il eſtoit, homme toutefois beaucoup plus raiſonnable que les Sacrificateurs des Iuifs, touchãt le premier crime qui eſtoit de ne payer tribut à Ceſar, il n'en fit point de ſemblãt, fuſt-ce qu'il s'apperceuſſe bien que c'eſtoit choſe cõtrouuée, fuſt-ce que ce n'eſtoit pas choſe nouuelle que celle queſtiõ ſe debatiſt entre les Iuifs, attẽdu que toute la ſecte des Phariſiens eſtoit de ceſt aduis que ce n'eſtoit pas raiſon qu'vn peuple cõſacré à Dieu payaſt tribut aux Payens: touchãt le regne il examine Ieſus, auquel il ne voyoit aucune apparence de vouloir regner. Il eſtoit ſeulet: en ſa parure, en ſon viſage brief en tout le maintien de ſon corps il monſtroit vne modeſtie & ſimplicité. Le preuoſt donc apres auoir ouy les accuſateurs, demanda à Ieſus à part, s'il eſtoit le roy des Iuifs. lequel luy reſpondit: Tu le dis. Car voyla cõment par tout le Seigneur modera ſes reſponſes qu'il prouuoit ſon innocence, ſans toutefois taſcher d'eſchapper le iugemẽt, luy qui auoit deliberé de mourir. Il eſtoit roy des Iuifs: cela ne deuoit-il pas nyer, mais c'eſtoit vne autre ſorte de royaume lequel il conqueſtoit à ſoy & à ſon pere. Il eſtoit bien roy de tout le monde ſelon ſa nature diuine, à laquelle Pilate ne ſongeoit nullement. Il n'entẽdoit point du royaume Euãgelique, hõme qui ignoroit la loy & les prophetes, excepté qu'il auoit ouy dire que les Iuifs attẽdoyent vn Meſſias, vn roy ie ne ſçay quel, mais il n'adiouſtoit pas grande foy à tel bruit, hõme qui ne faiſoit ſcrupule de rien. Iaçoit donc qu'il n'entẽdiſt pas la reſpõſe de Ieſus, ce neantmoins cognoiſſant biẽ la malice des Iuifs, & ayãt apperceu vne modeſtie en Ieſus, meſme par ſon maintien, il ſort vers les principaux Sacrificateurs des Iuifs & amaſſe le menu peuple, ſi leur dit: I'ay examiné ceſt hõme ſur les crimes dõt il eſt accuſé, mais ie ne trouue point de crime en luy. Mais eux, ſçachãs bien en leur cõſcience qu'il ne pouuoyẽt les cõuaincre par raiſons, ſe prennẽt à crier, amaſſant crimes ſur crimes & mẽſonges ſur mẽſonges. Ainçois outre cela (diſent-ils) c'eſt vn ſeditieux il mutine le peuple par ſa doctrine par toute la Iudée en cõmençãt depuis Galilée iuſques en ceſte ville. Voyla certainemẽt le crime peculier à la verité Euãgelique, qu'elle mutine le peuple & eſmeut ſeditiõ, entãt que les meſchãs s'eſleuẽt à l'ẽcõtre de la verité mal-voulue. Mais telle mutinerie ne doit pas eſtre imputée aux preſcheurs de l'Euãgile, aïs à la malice incurable des hõmes qui ayment mieux que la verité apportãt ſalut ſoit enſeuelie que de mettre ius la maladie de l'ame. Et de fait la doctrine Euãgelique ne trouble pas autremẽt le peuple, qu'vne medecine eſbranle le corps. Car s'il n'eſt eſbranlé il faut que toutalemẽt il periſſe. Pourtãt que ce crime là n'eſmouuoit gueres Pilate, car il voyoit que tout l'affaire ſe demenoit par les principaux cõſpirés, & par quelques vns du peuple ſeruãs à la malice de ceux là: il s'eſſaye de renuoyer & l'accuſé & les accuſateurs par deuant vn autre pour en cognoiſtre, à fin que s'il ne peut deliurer Ieſus, luy pour le mois ſoit deliuré de la cauſe. Il prit occaſion ſur ce ſeul mot Galilée, qui eſtoit vne cõtrée ſous la iuriſdiction d'Herode qui en eſtoit tetrarche. Il demãda dõc ſi Ieſus eſtoit Galileen. On luy reſpõdit qu'ouy, entãt que la cõmune opiniõ tenoit que Ieſus eſtoit Nazarié, pource que là il auoit eſté nourry & s'y eſtoit tenu. Si toſt dõc que Pilate entẽdit que la cognoiſſãce de l'accuſé appartenoit à Herode, il le rẽuoya par deuãt Herode, lequel de fortuit eſtoit pour lors en Ieruſalẽ. Cõbien que toutes ces choſes ſont aduenues par la diſpẽſation du conſeil de Dieu, à fin que de toutes cours le Seignr Ieſus rapportaſt teſmoignage de ſõ innocẽce, & fuſt tãt plus deſcouuerte la

malice

K 4

Et commence
rent à l'accuſer

malice des grans Sacrificateurs, Scribes & principaux. Quand Herode vit qu'on luy amenoit Iesus, il fut ioyeux de ce spectacle. Car il auoit dés lõg temps vn grãd desir & enuie de voir Iesus, duquel il auoit ouy dire tant de choses. Et desia esperoit qu'il feroit aussi en sa presence quelque miracle tel, que ceux qu'il auoit entẽdu auoir esté faits par luy en grand nõbre. Il interrogoit donc Iesus de maintes choses, taschant de tirer quelque chose de luy, nõ pas pour en deuenir meilleur, mais pour satisfaire à sa curiosité. Car il ne faisoit pas autre demãde à Iesus qu'il eust faict à vn magicien. Et Iesus qui estoit expressémẽt venu pour procurer le salut de tous, & non pour complaire au plaisir d'vn prince prophane, ne luy respondit rien: nous enseignant par cela que quelquefois il faut se deporter d'auançer la parolle Euangelique, quand il est notoire que les auditeurs en sont indignes. Ce pendant les grans Sacrificateurs & Scribes pressent & accusent asprement Iesus par deuant Herode, si grãd peur ils auoyent qu'il n'eschappast par quelque moyen. Mais Herode quelque roy prophane qu'il fust, toutefois ne fut rien esmeu de leurs accusations, entendant bien certes que tout ce qui se demenoit procedoit d'enuie: mais se contentant de mespriser celuy qui l'auoit mesprisé, pour se mocquer de Iesus il le vestit d'vne robbe blanche (car tel estoit l'aornement des roys & Empereurs) & le renuoya à Pilate. Ceste ignominie là emporta le Seigneur Iesus d'vn roy lourd & brutal & de ses gendarmes, à fin de verifier le prouerbe: Tel maistre tel varlet. Et à la verité enuers telles gẽs quelque danseur sur cordes ou bateleur sera bien plustost le mieux venu, qu'vn vray prescheur de la verité Euãgelique. Car ou ils veulent qu'on leur donne du passetemps, ou bien veulent ouyr choses qui seruent à leur tyrannie. Ce pendant toutefois la ciuilité d'Herode condamnoit l'impieté des grans Sacrificateurs & Scribes, & iustifioit l'accusé veu que combien qu'on l'accusast & que mesme il ne respondit point aux crimes qu'on luy obiettoit, toutefois il ne le cõdemna point. Cela cependant estoit aggreable à Herode que Pilate luy auoit faict cest honneur que de luy faire voir Iesus. Pourtant en ce iour là Herode & Pilate furent faits amys l'vn de l'autre, là où au parauant ils estoyent en picques.   Or voyant Pilate qu'on luy auoit renuoyé l'accusé, & qu'il n'estoit pas venu au dessus de son desseing, de iuge il deuint aduocat de Iesus. Si fit venir les grans Sacrificateurs, les Scribes & les principaux & le populaire qui les accõpaignoit & leur parla en ceste maniere: Vous m'aués amené cest homme, cõme vn qui destourneroit vostre peuple de l'obeissance de Cesar & de voz loix: & moy en vostre presence me suis efforcé par diuerses interrogatiõs de tirer de luy la verité, mais ie ne le trouue coupable de pas vn des crimes dont vous l'accusés. Autant en a-il prins à Herode, qui en plus grande certitude que moy pouuoit iuger de ces affaires, luy qui a la cognoissance de voz loix: càr pour ceste cause luy en ay-ie remis la cognoissance: que s'il l'eusse trouué coupable, il ne l'eust pas laissé eschapper. Mais n'ayãt trouué en luy aucũ crime digne de mort, il s'est contenté d'vne peine legiere, & s'est seulement mocqué du personnage en quoy il l'a absout du supplice de mort: pourtant il vaut mieux que nous aussi ensuyuions l'equité d'Herode. Ie le chastieray de quelque peine non de mort, puis le lascheray. Cela faisoit le preuost, esperãt que quand les Iuifs verroyẽt Iesus chargé de tant de mocqueries & fouets, leur fureur s'appaiseroit. Mais voyant que ne par ce moyen là il n'auoit rien auancé, ains que la forcenerie des Iuifs s'en irritoit tant plus, il songea vn autre eschappatoire pour absoudre Iesus. Or les Iuifs auoyent vne coustume que le preuost à cause de la solennité de la feste leur deuoit lascher vn malfaitteur lequel qu'ils voudroyent demãder. Le preuost dõc deuançant leur requeste leur demanda lequel des deux ils vouloyent qu'on leur laschast à cause de la feste, Iesus ou Barrabas. Or ce Barrabas estoit vn brigand renõmé & fameux pour ses forfaits, qui auoit esté mis en prison pour auoir faict quelque mutinerie en la ville, où il auoit meurtry vn citoyen. Pourtant que le preuost sçauoit bien que toute la ville en cõmun vouloit mal à ce brigãd là, il esperoit qu'ils laisseroyẽt plustost lascher Iesus qui auoit faict du bien à plusieurs, que non pas vn homme ennemy de la tranquilité publique. Mais la forcenerie des Pontifes & de leurs adherans estoit excessiue qu'ils demandèrent qu'on leur laschast Barrabas: & de Iesus qu'il fust mis en la croix: laquelle maniere de mort qui comme elle estoit trescruelle à raison du long tourment, estoit aussi tenue pour la plus ignominieuse de toutes les morts. Si grande fut la cruauté des Iuifs qu'ils ne laissèrent rien en arriere. Il sembla bon ainsi au conseil diuin que Iesus source & autheur de toute gloire, vinst à tel mespris qu'il fust postposé à vn mutin & meurtrier: à fin que nous ne perdions courage si quelquefois à cause du nom & doctrine de Christ nous sommes vilipendés de ceux qui ayment ce monde. Quãd Pilate vit que ny par ce moyen là on n'auançoit rien, il les abborda de rechef, essayant si par quelque moyen il pourroit point leur adoucir

doucir les meurs par parolles, & deliurer Iesus innocēt. Et eux de-rechef de s'en irriter da∕
uantage, & hurler celle châson enragée: Crucifie-le, crucifie-le. Et ny encore pour tout cela
Pilate ne ceda à leurs huées, ains tascha pour la troisiesme fois de leur rabatre le caquet.
disant: Ie suis iuge, ie n'ay nul droit contre l'innocent, ie ne puis condamner a mort celuy
en qui ie ne trouue point de crime digne de mort. Et qu'est-ce que cestuy-cy a commis de
pendable? Ie l'ay examiné, & si ne trouue en luy aucun cas criminel. S'il a commis quel∕
que faute legiere, voicy que i'ottroyeray à voz affections, ie le chastieray, puis le lascheray.
Mais à l'encontre de celle equité du iuge, ils insistoyent obstinéement non par probatiōs,
mais par force de grands cris, requerans qu'on laschast Barrabas, & de Iesus qu'il fust cru∕
cifié. Et voyant le preuost qu'apres auoir essayé tous moyens, leur cry haussoit de plus en
plus, il demanda de l'eau puis ayant testifié de l'innocence de Iesus & condamné l'obsti∕
née malice des Iuifs, il prononce la sentence de mort à l'encontre de Iesus non pas selon
son sens, ains à l'appetit des Iuifs qui pourchassoyent à mort l'autheur de vie & de salut: &
leur lascha Barrabas mutin & meutrier lequel ils auoyent preferé à Iesus. Touchant Iesus
il le leur bailla pour en faire à leur beau plaisir. Apres qu'ils eurent exercé sur luy toute
sorte de mocquerie, pour saouler leur hayne, il le vestirent de-rechef de ses habillemens à
fin qu'il fust tant mieux cogneu du peuple, & l'emmenerent au lieu du supplice chargé de
sa croix selon la coustume. Et en allant il vont rencōtrer d'auanture vn Simon Syreneen,
qui venoit de sa mettairie, auquel bon gré maugré ils chargerent la croix du Seigneur,
pour la porter apres Iesus, non pas pour espargner Iesus, mais pour plustost despecher ce
qu'ils auoyent entre mains. Mais le conseil diuin procura en cela vne figure de l'Esglise
qui deuoit estre amassée des Payēs, laquelle a embrassé la croix de Iesus, & le suyt à la traſ∕
se. Or le suyuoit vne grande compaignie du peuple & de femmes, lesquelles (tandis que
les Sacrificateurs, & Scribes s'esiouyssoyent) plaignoyent & lamentoyēt la mort de l'inno∕
cent: Car autre chose ne pouuoyent poures femmellettes impuissantes à l'encontre de la
conspiration & impieté des gros messieurs. Mais Iesus qui a voulu que sa mort fust vne
mort de gloire & non de dueil: item qu'elle fust adorée & non pas deplorée, entant que de
son propre mouuement il la portoit leur fit cesser leur lamentation malseante, procedan∕
te toutefois d'vne saincte affection. Femmes de Ierusalem (leur dit-il) ne plourés pas de
moy, ains deplorés la misere de vous autres & de voz enfans. Car il ne faut pas plourer
de la mort d'vn innocent, ains faut deplourer de la perdition de ceux là qui pour leurs
forfaicts seront icy affligés de miseres mortelles, & apres la mort condamnés aux peines
eternelles. Car pour tout le sur vne si grande calamité attend ceste nation, que les gens
diront que bien-heureuses sont les sterilles, & les ventres qui n'auront point enfanté,
& les mammelles qui n'auront point alaitté. Et de faict la pieté des meres se sent plus
griefuement tourmentée és maux de leurs enfans qu'és leurs propres. Maintenant on
s'esiouyt cōme si le cas se portoit le mieux du monde, mais alors que sera venu celle iour∕
née de la vengeance diuine, vne si grāde frayeur des maux suruenans saisira les cœurs aux
gens, qu'ils diront aux montaignes: Tombés sur nous, & aux tertres: Accablés nous. Car
si à l'arbre verd on faict ce-cy, que fera-on au sec? Par telle parabole le Seigneur Iesus te∕
stifioit de son innocence souueraine, & qu'il estoit seul entre les hommes qui n'estoit at∕
taint d'aucune vermolure de vices ou conuoitises, ains tout florissant & perpetuellement
germant en toute sorte de vertus. Que si leur malice a vsé de telle cruauté contre vn hom∕
me du tout en tout irreprehensible: de quelle rigueur conuient-il vser cōtre gens qui tou∕
talement corrompus des mauuaises conuoitises, n'ont peu estre amenés à aucun amen∕
dement? Voyla en quelle pompe Iesus nostre Prince & Roy, marcha à son triomphe.
Or menoit-on aussi quant & luy deux autres malfaitteurs, qui estoyent condamnés au
mesme supplice que luy, mais non pas pour mesme cause. Les Iuifs procurerent encore
cela, pour rendre Iesus tant plus infame enuers le populaire, de ce qu'il seroit ainsi bien
associé. Le lieu aussi fut choysi infame & pollu des supplices des malfaitteurs, qui de l'ef∕
faict s'appelloit Golgotha, à raison qu'il estoit tout blanchi des tests de testes & oz, de gēs
qui là auoyent esté deffaicts. Iesus donc fut crucifié en ce lieu là, au milieu de deux brigans
comme s'il eust esté compaignon au crime, puis qu'il estoit compaignō au supplice. Mais
tout tant qu'a peu songer la malice des Iuifs pour faire ignominie au Seigneur Iesus, il l'a
cōuerti à sa gloire & à nostre salut. Et de faict puis que luy estant innocent s'est abbaissé de
son bon gré pour sauuer les hommes, il est d'autant plus digne de gloire & enuers Dieu &
enuers les hommes, qu'il s'abbaisse soy-mesme à vne plus grāde ignominie. Il a ainsi sem∕
blé bō à la diuine sagesse, à fin qu'au moins par vn cxēple si notable & singulier il rompist

nostre

noſtre orgueil, qui pour noz mesfaicts encore en demandons nous louange des hômes.
Or eſtant Ieſus esleué & hauſſé en celle centinelle dont il deuoit retirer tout à ſoy, voulant
monſtrer vn patron treſparfaict de patience ſouueraine, pour tant de maux, pour tant
d'ignominie, & pour tant de mocqueries qu'il enduroit, luy innocent & qui par tant de
moyês auoit monſtré ſa benignité:eſtant auſsi pendu en la croix(laquelle choſe faict ordinairemêt qu'on a meſme pitié des meutriers) pour tout les outrages amers qu'on luy faiſoit,leſquels il ſeroit(plus grief à l'hôme de porter,que non pas la mort)tant s'en faut qu'il
s'en venge,ne qu'il rêde outrages pour outrages,qu'il prie meſme le Pere pour ceux là qui
le traittoyent ſi vilainemêt. Pere (dit-il)pardonne leur:car ils ne ſçauent qu'ils ſont.Certai
nement c'eſtoit là la ſaincte priere de noſtre grand Sacrificateur immolant vne fois pour
toutes l'aigneau paſchal ſur l'autel de la croix, pour le ſalut de tout le môde. Auſsi n'a pas
eſté infructueuſe la priere. Car maints de ceux qui par ignorance crucifierent le Seigneur,
apres auoir cogneu la verité par la predicatiô des Apoſtres, ſont venus à faire profeſsion
du crucifié.Combien que la malice auſsi des Phariſiês n'ait pas toutalemêt eſté ſans ignorance,mais laquelle ne les deliure pas de crime.Car ils pouuoyêt n'auoir point d'ignoran
ce,ſi les mauuaiſes côuoitiſes auſquelles ils ſeruoyêt,ne les en euſſent empeſchés.Mais il y
auoit auſsi d'être-eux qui perſecutoyêt Ieſus de telle affectiô que Paul perſecutoit l'Eſgliſe
de Dieu.Or-ça, mon bon Theophile,ſi tu côſideres icy celle ſouueraine innocêce de Ieſus,
celle ſouueraine biê-faiſance enuers tous, les graces ſouueraines de ſon eſprit telles qu'il
eſtoit incomparable:puis à l'oppoſite tu contêples la hayne,les outrages,les reproches,les
embuſches,les accuſatiôs,les ignominies,les tourmês,le genre de mort dont l'impieté des
Iuifs l'a faict mourir:& ce pendât tu viens à ouyr Ieſus en la croix,au beau milieu de ces ou
trages priât le Pere qu'il ne faſſe point de vêgeance des autheurs d'vne ſi grande laſcheté,
ains leur pardonne : celuy là ne te ſemble-il fort impudent qui ſe diſant diſciple de Chriſt,
braſſe toutefois vengeâce luy pecheur contre pecheur, tant grâd tort luy puiſſe-on auoir
faict.Et de combien ſe foruoyêt de ceſt exêple de Chriſt, ceux qui pour vn outrage de rien
tirent l'eſpée contre la perſonne du prochain:& qui ne pouuans digerer vne parolle ditte
contre-eux en cholere,eſmeuuent toute vne ville,& tout vn royaume par guerres mortelles,& côtraignent tout vn monde à vne mutuelle effuſion de ſang: Nous donc ne deſtour
nons point noz yeux de ceſt exemple, & enſuyuôs noſtre Roy deſtruiſant en la croix toute
la puiſſance de ce tyran Satan,vainquant la puiſſance vniuerſelle de ce monde,triôphant
de toutes les puiſſances qui ſe dreſſent à l'encontre de la verité Euangelique, laquelle ne
doit point autrement vaincre n'autrement triompher, que ſous l'enſeigne de ſon Prince
contêplons,noſtre ſouuerain Sacrificateur nettoyant par vn ſacrifice d'efficace les pechés
de tout le monde, & payant pour tous la peine de toutes nations & ſiecles, pourueu que
d'vne foy entiere nous embraſsions ce qu'il offre gratuitement, en recognoiſſant noſtre
iniuſtice,& accolât ſon indicible bonté enuers nous. Où te detournes-tu toy-meſme mal
heureux pecheur? Le Seigneur crie:Pere, Pardonne leur. Et toy deſeſperant de toy, ou tu
prepares vn licol comme Iudas, ou tu entaſſes pechés ſur pechés? Il ne faut plus que deſormais tu craigne la puiſſance de Satan.Chriſt l'a vaincu,voire l'a vaincu pour toy. Il t'in
uite esleué en la croix,voyable à toutes natiôs : ces trois cornes de la croix inuite de loing
& l'Aſie & l'Europe & l'Afrique à la participation de l'eternel ſalut. Or Ieſus pendoit tout
nud en la croix,â fin que celuy qui faiſoit ce ſacrifice celeſte n'euſt rien de ce monde: mon
ſtrant par cela combien il eſt neceſſaire que les Eueſques Euangeliques ayent les affectiôs
eslongnées de la conuoitiſe de toutes choſes terriennes. Ce pendant les gendarmes qui
l'auoyent crucifié,côme s'il n'euſt point deu reuiure, ietterêt le ſort & departirêt entre-eux
les habillemens du Seigneur. Car cela eſtoit comme le ſalaire de leur ſeruice malheureux.
Ceſte ſienne deſpouille, Ieſus a voulu qu'elle demeuraſt par deuers les gêdarmes. Par deuers nous,qui faiſons profeſsion de ſon nom,il n'a rien voulu laiſſer de charnel de ſa perſonne à fin que deſormais nous l'aymiôs ſelon l'eſprit. Semblablemêt auſsi auiourd'huy
ſes habillemens ſont encore vers nous, côme il nous eſt iournellement pendu en la croix.
Car tout le ſien eſt noſtre,mais ſelon l'eſprit.Ieſus donc ainſi pendu en croix, côme vaincu
& deſtitué de toute eſperance,les Sacrificateurs,Scribes, Phariſiens & principaux du peuple,enſemble les gendarmes qui l'auoyent crucifié, le brocardoyent: luy reprochant que
luy qui auoit eu le bruit d'auoir ſecouru tant de gens par ſes miracles, maintenant il ne ſe
pouuoit ſecourir ſoy-meſme.Il a bien ſauué les autres(diſoyent-ils)qu'il ſe ſauue maintenant ſoy-meſme,voire s'il eſt celuy Chriſt: s'il eſt celuy fils biê aymé & esleu de Dieu, qu'il
s'eſt dit eſtre. Voyla les brocars que luy iettoyent les principaux ouyât le peuple (qui ſouloit

loit admirer les miracles de Christ)à fin de les estrãger de luy. Voire q est pl⁹ ils le despouillent de toute authorité,cõme le cõuainquans par effect qu'il n'est ny le Messias,ny le fils de
Dieu cõme il s'estoit vanté,s'il ne descend de la croix.Mais nõ en la descẽte, mais en la perseuerance gisoit le salut du mõde:lequel salut a esté de plus grãd poix enuers Iesus, que les
outrages de ces gros messieurs. Et les gẽdarmes gens brutaux,& qui estoyẽt ou ignorans
ou cõtempteurs de la religiõ Iudaique se mocquoyẽt de Iesus de ce qu'õ luy auoit baillé ce
bruit qu'il auoit vouluvsurper le regne sur les Iuifs,ce que certe ils faisoyẽt prouoqués par
l'exẽple des principaux de la nation Iudaique.Si luy presenterent du vinaigre,& par mõc-
querie luy disoyent:Si tu es le Roy des Iuifs,desploye ta puissance,& te deliure de ce dãger.
Mais en tout cela Iesus mõstra vn tresparfait exẽple de douceur,se taisant à tous outrages.
Or il y auoit aussi vn escriteau attaché au sommet de la croix dessus la teste de Iesus,escript
en lettres Grecques Latines & Ebraiques à fin que tãt mieux il peust estre leu de toutes na-
tions:Cestuy est le roy des Iuifs.Et pẽsoit en cela aussi auoir esté fait par mocquerie. Encor
n'estoit-ce pas assés de cela.L'vn des malfaiteurs pẽdu à costé de Iesus,l'outrageoit du gibbet,disant:Si tu es celuy Christ le sauueur du mõde,sauue toy toy-mesme & no⁹ aussi quãt
& toy.Mais l'autre brigãd cõsiderant la tant admirable douceur de Iesus,tẽsoit son cõpaignõ en forfait & supplice,luy disant:Si toy pres du pas de la mort ne te soucies pas des hõmes,pour le moins tu dois craindre Dieu,de te mocquer d'vn qui va mourir, attẽdu mesmemẽt que tu luy es cõpaignõ en supplice:ce seul poĩt là te deuoit retenir de l'outrager encore qu'il fust cõpaignõ en forfaict.Mais sa cõditiõ est autre que la nostre.De nous,no⁹som-
més punis pour noz mesfaicts, mais luy,il meurt innocẽt. Or vne c'est double ihumanité
d'outragervn q est presde rẽdre l'ame,& inocẽt.Ce tesmoignage rẽdit vn brigãd ẽ la croix
à Iesus en la croix,à fin que son innocẽce eust approbatiõ de toute part.Puis se reuira vers
Iesus,& luy dit:Seignr aye memoire de moy quãd tu sera ven⁹ en tõ royaume.O la merueilleuse foy de ce brigãd,qui voyãt Iesus pendu & mourãt en la croix,luy aussi pres de passer
le pas,luy demãde salut cõme à son Roy. Et Iesus qui estoit muet & sourd à tous outrages,
n'est ne sourd ne muet à celuy qui l'implore auec fiãce.Ie t'asseure(luy dit Iesus)qu'auiour-
d'huy tu seras auec moy en paradis:luy ,pmettãt certes repos & rafreschissemẽt si tost que
le supplice seroit paracheué.O que cest vn grãd heur de tousiours estre cõioinct à Iesus r il
sauue par tout pourueu qu'il trouue vne foy Euãgelique.Or estoit-il ia quasi six heures de
iour,qui estoit enuirõ midy. Depuis ceste heure là lors le Soleil est ordinairemẽt en sa plus
grande chaleur,tenebres se firent soudainemẽt sur toute celle terre de Ierusalẽ iusqu'a neuf
heures.Car le Soleil detestãt vne si grãde impieté des hõmes, retira sa clarté mourãt celuy
qui estoit la lumiere de tout le monde:la terre trẽbla,les pierres se fendirent, brief il n'y eut
nulle partie de la nature qui ne hirsonnasse d'vne lascheté si abominable. Mesme le voile
du temple qui separoit le sainct sanctuaire de tout le costé du tẽple, se fendit en deux, sans
que personne le touchast, declarãt ouuertemẽt que desormais cesseroyẽt les ombres & ceremonies des Iuifs,depuis que le sacrifice estoit paracheué,lequel seul suffisoit pour la purgation de tous siecles.Et Iesus apres auoir crié à haute voix,& dit : Pere, en tes mains ie recõmande mon esprit,il rendit l'ame,à fin qu'il fust notoire à tous qu'il n'estoit pas deffailli
comme font ordinairement les autres laissant petit à petit la vigueur corporelle,mais que
soudain apres auoir faict vn puissant cry, & pronõcé certains mots distinctement, il auoit
rendu l'ame cõme de plein gré.Or le Cẽtenier qui se tenoit expressemẽt aupres de la croix,
de peur que quelqu'vn n'ostast les pẽdus deuãt qu'ils fussẽt morts,voyãt cela testifia aussi
de l'innocẽce de Iesus. Car il glorifia Dieu de la si grãde puissãce qu'il auoit declaré en luy,
& dit : Vrayement cest hõme estoit iuste, condãnant en cela tout aplat l'iniustice des Iuifs.
Car quicõque prononce innocẽt vn qui est condãné,il dit malfaitteur celuy qui a cõdãné.
Or toute la cõpaignie de gens qui selon la coustume estoyent venus pour regarder le sup-
plice(or y auoyẽt esté attirés plusieurs ou par la bonne affectiõ ou par la hayne qu'ils portoyẽt à Iesus) voyans ce qui estoit aduenu, s'en retournoyẽt en se frappant la poictrine:les
vns de douleur de ce qu'vn homme si innocẽt & bien-faisant auoit souffert telle vilenies:
les autres de crainte de la vengeãce diuine,laquelle se sentans coulpables, ils attendoyent
bien tost selõ les signes qu'ils auoyẽt veus. Car celuy qu'il auoyẽt veu abiect & contẽptible en sa vie, il le virent puissant en sa mort, voyre en sorte que tous les elemens de nature
s'en esbranloyẽt.Considere-moy icy de-rechef, ô mon bon Theophile, que tousiours és
Payẽs se trouue plus de bon vouloir que nõ pas és Iuifs qui par dessus tous autres s'attribuoyent vne louange de pieté & saincteté.Le Centenier glorifioit Dieu les Iuifs craignant
seulement la vengeance espouantés des merueilles, gens qui n'auoyent peu estre vaincus

Et tenebres
furent faittes
par toute.

partant de bien-faicts. Or ceux qui estoyent de la parenté de Iesus, ou auoyent esté ses familiers durant sa vie, se tenoyent loing, regardans ce qui se faisoit, ne s'osans approcher plus pres de peur qu'ils auoyent: entre lesquels estoyent aussi les femmes qui l'auoyent suyui de Galilée pour luy seruir & à ses disciples: estoyent (di-ie) là tesmoings oculaires de tout ce qui se faisoit, lesquelles destituées ia de toute esperance ne faisoyent autre chose que lamenter. Apres donc que par maints signes la mort du Seigneur fut cogneue certaine, à fin que personne ne peust alleguer, ou qu'il n'auroit pas esté vray homme, ou qu'il ne seroit pas vrayement mort: voicy se presenter vn homme pour rendre au Seigneur le deuoir de sepulture, laquelle Iesus a voulu estre nette & honnorable. Sa vie auoit esté de bonnaire & humble, sa mort vertueuse, sa sepulture magnificque, & sa resurrection glorieuse. Tout à point donc se presenta pour lors vn personnage nommé Ioseph d'vne ville de Iudée ditte Arimathée, homme de bien & iuste, du nombre de ceux qui attendoyent le regne de Dieu. Iceluy iaçoit qu'il fust des principaux du peuple (car il estoit vn honneste conseiller) toutefois n'auoit iamais consenti aux entreprinses & menées des Sacrificateurs, Scribes, & principaux du peuple: combien que à cause de la puissance de ceux qui vouloyent mal à Iesus, il n'osast declarer l'affection de son cœur. Car le sainct esprit n'auoit point encore donné celle force aux hommes de pouuoir mespriser tout & faire profession du nom de Iesus. Donc les autres disciples effrayés de peur le seul Ioseph accompaigné de Nicodeme osa bien entreprendre le deuoir de sa sepulture: soit pour qu'apres la mort s'augmenter l'affection enuers les gens de bien, soit que l'enuie des Iuifs seroit maintenant soulée par la mort. Si alla chés Pilate (duquel il estoit cogneu à cause de sa noblesse) & luy demāda le corps de Iesus. Ce que luy ottroya bien Pilate, mais ce fut apres qu'il eust entendu du Centenier que Iesus estoit-ia mort. Ioseph donc print le corps & le deualla de la croix, puis l'oignit & l'enueloppa d'vn linceul, n'esperant rien ce pendant de la resurrection, laquelle Iesus n'auoit signifié qu'à bien peu de ses disciples: mais c'auoit esté en sorte, que pour lors ils s'en souuenoyent plus qu'ils ne le croyoyent. Toutefois pourtant qu'ils estimoyent Iesus auoir esté vn homme de bien, & qu'il auoit esté mis à mort sans l'auoir merité, ils vouloyent honnorer sa memoire par vne sepulture magnificque. Ils mirent donc le corps en vn tombeau qui estoit au prochain iardin, entaillé en pierre viue, tout neuf, là où nul n'auoit encore esté mis. Or combien que pour lors il fust aduis que ces choses se fissent fortuitement, certainement tout s'est faict selon le conseil diuin, à fin que les Iuifs ne peussent alleguer qu'on auroit percé le tombeau, & emporté ou chāgé le corps. Ces choses se faisoyent le iour de l'appareil, ainsi appellé pour ce que ce iour là, ils appareilloyent ce qui faisoit besoing pour la celebration du Sabbath, à fin que rien ne les contraignist de rompre la solennité du Sabbath. Or les femmes qui auoyent regardé Iesus de loing en la croix, le suyuirent aussi au tombeau pour estre asseurées où seroit mis le corps de Iesus, en quel lieu & en quel appareil, à fin de le recognoistre quand elles y retourneroyent. Ces choses diligemment considerées, elles retournerent en la maison, & appresterent des senteurs & baumes, pour en oingdre le corps du Seigneur, combien que par Nicodeme il eust esté ia tellement quellement frotté de myrrhe. Mais la deuotion des femmes vouloit adiouster au deffunct quelque chose de plus precieux. Or le Seigneur auoit expressement laissé espandre sur soy la boitte d'oingnement precieux, pourautant qu'il n'attendoit pas les senteurs de ces femmes, la saincte diligence desquelles à ce neantmoins profite pour conformer la verité de la resurrection. Car en cherchant le mort pour l'oindre, elles le trouuerēt viuant. Or depuis le Soleil couché iusqu'au soir du iour suyuant elles se repouserēt selon que le cōmandement de la Loy le portoit, pource qu'il n'estoit pas licite de besongner au Sabbath: puis quand ce vint de-rechef apres le Soleil couché elles se mettent à parfaire ce qu'elles auoyent commencé touchant l'apprest des senteurs & baumes. Ce mesme temps là le Seigneur celebra son Sabbath, se reposant au sepulchre, apres auoir mis à chef l'œuure du salut le iour de l'apprest, à fin que nous entendissions le genre humain auoir esté restitué par celuy là mesme par qui il auoit esté crée. Il acheual bastiment du monde le sixiesme iour, & au septiesme se reposa de son œuure. Luy-mesme a aussi acheué la redemption du monde le sixiesme iour, qui est le iour de l'apprest, & se reposa de son œuure au tombeau selon le corps humain iusques que le huyttiesme iour vinst à luyre, iour incogneu aux Iuifs, mais reueré des Chrestiens. C'est le iour d'immortalité auquel plus ne succederont l'vn à l'autre repos & lassitude, trauail & vacation, ains y aura vne liesse eternelle: ne la nuict ne succedera plus au iour, ny aussi le iour à la nuict, ains vne lumiere eternelle esclairera les yeux des gens craignans Dieu.

CHAPI-

Et voicy vn homme nommé Ioseph.

CHAPITRE XXIIII.

E que les femmes susdittes cesserent la besongne, se fit à cause de la solennité du Sabbath. Au reste, si tost qu'il leur fut loisible de retourner à l'œuure, le Soleil ne fut pas plus tost leué qu'elles, tant estoyent songneuses, se mirent apres vne œuure qui estoit bien saincte, mais inutile. Car le premier iour apresle Sabbath, qui est le huyctiesme apres la solennité du Sabbath du tout acheuée, elles s'en allerent de grand matin vers le tombeau, portans quant & elles les senteurs qu'elles auoyēt apprestées, & ce pour employer ce dernier honneur à celuy, lequel ils auoyent aymé viuāt, iaçoit toutefois qu'elles n'esperassent point qu'il deust ressusciter. Or la porte du tombeau estoit bouchée d'vne si grande pierre, qu'il eust fallu beaucoup d'hōme pour la rouler & auec grande difficulté. Outre cela elle estoit seelée, & ce par la diligence des Pharisiēs & Scribes, à fin qu'ō ne peust desrobber secrettemēt le corps mort, puis faire courir vn faux bruit qu'il seroit ressuscité depuis qu'il ne se trouueroit nulle part. On y auoit aussi mis des gardes de la bande du preuost. Or cōme ces femmes estoyent en esmoy & regardoyent les moyens de pouuoir oster la pierre: soudain elles la voyent roulée, & l'entrée du tombeau ouuerte. Elles oserēt bien y entrer, car la pieté auoit baillé hardiesse au sexe. Entrées, elles ne trouuerent point le corps du Seigneur Iesus. Cela les ayant grandement effrayées, pour ce que la pierre ostée tout à coup, elles auoyent conceu quelque bonne esperance: elles de-rechef s'esmerueilloyent comment se pouuoit faire que le tombeau fust vuyde, veu que nagueres elles l'auoyēt veu clos & seelé. Et voicy tout à coup deux Anges se presenter à elles en forme de iouuenceaux, d'vn visage ioyeux & amiable, en robbe reluysantes comme l'esclair. Ceste vision d'Anges dēmōstroit en soy le triomphe de la resurrection. Or comme les femmes effrayées du nouueau spectacle, baissoyēt le visage & les yeux en terre, sans oser regarder droit la maiesté de celle vision surpassant la nature humaine, lesdits Anges par vn deuis gracieux & amiable soulagerent les poures femmelletes estonnées, leur disant: Comment, poures femmes, celuy qui vit le cherchés vous és tombeaux des morts? Il est bien vray qu'il estoit icy caché quand il estoit mort: maintenant pour ce qu'il est retourné en vie, il n'est pas au tombeau où reposent les morts, ains est ressuscité & luy viuāt se tient entre les viuans. Il auoit predit qu'il mourroit, voire il auoit predit & le temps & le gēre de mort: mais il auoit aussi predit qu'il ressusciteroit au troisiesme iour. Vous croyés qu'il est mort pour ce que vous l'aués veu, croyés aussi qu'il est ressuscité. Car il ne vous trompera pas en cest endroit, veu qu'en l'autre il vous a predit la verité. L'ennuy & le trouble d'esprit, vous a-il faict oublier tout ce qu'il a predit? Souuiēnés vous que de tout ce qui est aduenu il n'y a rien qu'il ne vous ait predit, dés lors qu'il estoit encore en Galilée. Car il a predit que le Pere l'auoit ainsi determiné en son conseil, que pour le salut du genre humain le fils de l'homme fust liuré entre les mains des maluiuans, qu'il fust accusé, battu, & exposé à toutes mocqueries, brief qu'il fust haussé en la croix & mis à mort, mais qu'aussi il ressuscitast au troisiesme iour. Recognoissés le temps. Sur le vespre de l'apprest il fut deualé de la croix, & mis en ce tombeau. Cela est conté pour le premier iour apres sa mort. Tout le Sabbath il a reposé au sepulchre. Maintenant est le matin du troisiesme iour, lequel Christ a voulu, en se leuant quant & luy d'entre les morts des enfers du tombeau, estre iour de ioye & bon heur à tout le monde. Cela dit, les Anges s'euanóuyrēt de deuant les yeux des femmes. Et elles aduerties des Anges, vont reduire en memoire les parolles du Seigneur Iesus, par lesquelles il auoit predit à ses disciples & sa mort & sa resurrection. Si laisserent le tombeau & s'en coururent vers les vnze Apostres & tous les autres disciples, qui pour crainte des Iuifs s'estoyent amassés de toutes pars & se tenoyent cachés, ayans aussi eux-mesmes bonnement mis en oubly tout ce qu'auoit dit Iesus, & sur le point d'en desesperer: si leur raconterent ce qu'elles auoyent veu, ce qu'aussi elles auoyent ouy des Anges. La premiere femme deceue par le serpent poussa l'homme à peché: ces sainctes femmes enseignées par les Anges inuitent les hommes à croyance. Pourtant à fin que ce sexe n'eust à tousiours ce mauuais bruit d'auoir espandu la mort sur les hommes, d'où l'occasion de mort estoit premierement sortie, de là mesme sont aussi les tres-ioyeuses nouuelles de la vie recouurée. Or les femmes qui porterent ces nouuelles aux Apostres estoyent Marie Magdelaine seur du Lazare, & Iehanne femme de Chusa procureur d'Herode, & Marie mere de Iaques le mineur, qui fut aussi surnommée seur de Marie la mere du Seigneur, & quelques autres qui auec elles auoyent de coustume d'accompagner Iesus. Mais pource qu'elles annonçoyent chose incroyable, attendu aussi la trop grande foiblesse du sexe, les Apostres n'en creurent rien: lesquels le Seigneur a ex-

L

presse-

Mais le premier iour du Sabbath.

preſſement laiſſé eſtre tardifs à croire, à fin que par tant plus d'argumēs fuſt confermée
la verité de la reſurrectiō du Seigneur. Pourtant ce qu'elles racontoyent touchant la ſoudaine viſion des Anges, & touchant la pierre tout à coup oſtée de la porte du tombeau, les
Apoſtres & diſciples penſerent que c'eſtoit vne reſuerie de femme, à cauſe que ce ſexe là
ayant pour l'imbecillité de l'entendement l'imagination viciée penſe quelquefois voir
ce que point il ne voit, & ouyr ce que point il n'oyt. Et combien qu'il ne creuſſent point
que fut vray ce que ces femmes racontoyent, ce neantmoins leur confirmation profita
iuſques là que Pierre ſe leua & courut au tombeau : ſi mit la teſte dedans & regarda, mais
il ne trouua point le corps, ains n'y vit que les lincieux dont le corps de Ieſus auoit eſté
enueloppé qui giſoyent là tous ſeuls. Et ſi pour cela encore ne creut-il point que le Seigneur fut reſſuſcité: en ſi profond oubly auoit-il mis les propos qu'auoit dit Ieſus. Ainſ ſe
partit du ſepulchre en s'eſmerueillant à part ſoy qu'il pouuoit eſtre aduenu, doutant ſi
quelqu'vn auroit pas leué le corps du tombeau, & faiſant diuers diſcours, par qui & à
quelle fin cela auroit eſté faict, attendu que le corps oſté il voyoit les lincieux laiſſés, comme ſi on les euſt oſtés à grand loyſir, leſquels toutefois ne ſe pouuoyent deſuelopper que
auec grande difficulté, ioinct qu'il n'eſtoyent pas là eſpars à la legiere, ains propremens
mis en leur lieu, & le ſuaire mis à part dont la teſte de Ieſus auoit eſté couuerte. Or il aduint
ce meſme iour que deux des diſciples auſquels ces femmes auoyēt faict le rapport touchāt
le tōbeau vuyde, mais à la parolle deſquelles on n'auoit point adiouſté de foy ſe partirent
de Ieruſalem & s'en allerent en vne bourgarde appellée Emaus, qui eſt loing de Ieruſalem la diſtance de ſoixante courſes. Et en allant ils meſloyent diuers propos comme ordinairement on faict, meſmement quand on a quelque triſteſſe au cœur. Et de faict il e-
ſtoyent fort troublés de la mort du Seigneur, & auoyēt ia bonnement perdu tout courage, & ietté bas toute eſperance. Or tout leur deuis eſtoit de Ieſus & de toutes les choſes
qu'ils auoyent veues & ouyes les iours paſſés. Car ils l'auoyent aymé comme quelque
homme excellent & bien-faiſant : & combien qu'ils euſſent comme du tout mis en oubly
celle magnificque eſperance touchant la reſtitution du regne d'Iſrael, ce neantmoins encore prenoyent-ils plaiſir de raffreſchir la memoire du defunct par deuis mutuels. Car
leurs eſprits eſtans confus en ſomme, par maniere de dire, s'y eſtoit gliſſé, tellement qu'ils
aymoyent par ſonge celuy lequel ils ne pouuoyēt oublier. Et cōme ils tenoyent entre-eux
maints propos de Ieſus & en diſputoyēt d'vne part & d'autre, voyla finalement leur aduenir ce que l'ont dit en cōmun prouerbe, Que qui parle du loup, il en voit la queue. Car Ieſus qui auoit promis que par tout où il en trouueroit voire deux deuiſans de ſoy il ſe trouueroit au milieu, fit pour lors exhibition meſme ſelon la preſence du corps de ce que iamais il ne ceſſe de faire ſelon l'eſprit. Il s'adioignit à eux comme voyageur & ſe mit à cheminer en compaignie auec eux, mais en viſage incogneu, non pas qu'il n'euſt le meſme
corps qu'il auoit deuant ſa mort, mais pour ce Ieſus le voulant ainſi, leur veue eſtoit tellement empeſchée qu'ils ne cognoiſſoyent point celuy qui voyoyent. O la compaignie
heureuſe toutes fois & quantes que deux ne deuiſent & s'enquierent d'autres choſeſque
de Ieſus. Heureux ceux en la compagnie deſquels Ieſus daigne bien s'adioindre. Mais
comme Ieſus prend plaiſir d'aſſiſter auec ceux qui deuiſent de luy, ainſi Satan ayme bien
de ſe trouuer auec ceux qui mettent en auant des propos pour corrompre les bonnes
meurs, aſſauoir propos de paillardiſe, de tromperie, de vengeance, d'orgueil, de gaing,
du deshonneur du prochain. Or pour ce que ces deux eſtoyent tellement embraſé de l'a-
mour de Ieſus que ce neantmoins à cauſe de l'infirmité humaine, ils doutoyent de ſes
promeſſes, le Seigneur leur eſblouyſſant les yeux pour vn temps, tire d'eux quelle opinion ils auoyent de luy, non pas qu'il ignoraſt quelque choſe, mais pour remedier à leur
incredulité pour la confirmation de noſtre foy. Si leur dit : Que ſont ces propos que vous
tenés enſemble en chemināt monſtrans ce pendāt en voſtre viſage vne triſteſſe & faſcherie
d'eſprit? Car cela a de couſtume d'addoucir noſtre triſteſſe, quand nous trouuons au ſein
de qui pouuoir eſpandre noz doleances. Or l'affectiō humaine a cela, que chaſcun quādil
a quelque choſe fort à cœur, ne pēſe qu'elle ſoit incogneue à perſonne, & qu'il n'y ait celuy
qui ne s'en ſoucie. Selō ceſte affection l'vn de ces deux diſciples qui auoit nom Cleophas,
reſpond à Ieſus: La choſe eſt toute notoire à tous ceux qui hantent en Ieruſalem : & puis
que tu en viens auſſi bien que nous comme ſe peut faire cela, que toy ſeul cōme tout nōu-
ueau eſtrāgier ne ſaches ce qui s'eſt faict là ces iours paſſés, veu que perſonne ne l'ignore?
Alors Ieſus comme s'il euſt eu enuie d'apprendre, luy qui eſtoit venu pour enſeigner, reſpondit : Et quoy? Si luy raconterent ſommairement tout l'affaire à la bonne foy comme
                                                                                    à vn

à vn estrangier & ignorant de ce qui seroit aduenu : protestant franchement combien ils
estoyent encore loing d'auoir de Iesus opinion digne de son excellence, & comment ils
auoit-ia bonnement mis bas toute esperance de la resurrection. Nous parlions (dirent-
ils) de Iesus Nazarien qui a esté homme excellent, & Prophete, puissant en dit & en faict
non seulement deuant Dieu de qui il estoit bien aymé : mais aussi deuant tout le peuple,
enuers lequel il s'estoit acquis vne souueraine authorité par ses miracles, doctrine, & bien
faicts. Cestuy, les grands Sacrificateurs, & principaux du peuple l'ont faict condamner à
mort par deuant le preuost, & finalement l'ont crucifié. Or auions nous conceu vne merueilleuse esperance de luy que ce seroit celuy qui deuoit deliurer le peuple d'Israel, estans
persuadés qu'il estoit le Messias iadis promis par les Prophetes. Mais sa mort certaine &
ignominieuse nous a osté ceste esperance. Et ce nonobstant, encore auions nous quelque esperance qu'au troisiesme iour il ressusciteroit : mais depuis qu'il a esté condamné,
crucifié & enseuely, auiourd'huy reluist le trosiesme iour depuis que cela a esté faict: & si ne
se presente aucune plus grande certitude d'esperance, excepté que quelque femmes de la
compaignie de ses disciples, nous ont encore rendus plus estonnés en nous racontant
choses toutes nouuelles & incroyables, c'est qu'estans allées deuant Soleil leué au tombeau elles disent qu'elles n'ont point trouué son corps, adioustans qu'elles auoyent veu
vne vision d'Ange, qui leur ont dit qu'il vit. Et comme personne n'adioustoit foy à leur
rapport, aucuns des nostres sont allés au sepulchre, pour voir si le recit desdittes femmes
contiendroit quelque verité. Et quant au tombeau ils trouuerent que le cas alloit tout
ainsi que les femmes l'auoyent raconté. Car ils trouuerent le sepulcre tout ouuert & vuyde, les linceux & toutes les autres despouilles du corps mises à part au tombeau : mais
quant au corps ils ne l'y ont point trouué. Or ayans les disciples par ceste deduction simplement declaré combien ils auoyent l'esprit chancelant & combien peu d'esperance ils
auoyent aux promesses du Seigneur : bien est vray qu'encore alors Iesus ne se laisse-il pas
cognoistre, mais comme l'vn des plus sçauãs disciples de Iesus les tense de leur tardiueté,
& chastie leur incredulité, leur disant : O peu enseignables à comprẽdre les Escriptures, &
pesans & tardifs de cœur à croire à tant d'oracles que les Prophetes ont testifiés de Iesus.
Pourquoy maintenant trouués vous ces choses nouuelles apres qu'elles sont faittes, veu
que les oracles des Prophetes tãt de siecles auãt ont predit tout cecy deuoir aduenir? Que
ne confrontés vous leurs Propheties auec ce qui est aduenu? N'est-ce pas ce qu'enseignẽt
les Escriptures diuinement inspirées, que le conseil diuin l'auoit ainsi determiné, que
Christ endurast tout ce qu'il a enduré, & qu'ainsi par vn tout nouueau moyen par la mort
il reparast la vie, par la croix il establist son royaume, & par ignominie il entrast en sa gloi=
re? Ce monde a bien sa gloire, mais elle n'est ne vraye ne pardurable. Et ceux qui l'acquie-
rent, l'acquierent par vaines armoiries, par titres, par forces, par largesse, par arrogance, | *Et qu'il en-*
par gros train, mesme quelquefois l'arrachent aux gens par force. Mais la gloire de Christ | *trast en sa*
laquelle il auoit dit deuant que le monde fut monde, ce sera bien par tous autres moyens | *gloire.*
qu'il la se conquestera enuers les hommes: à fin de monstrer à tous hommes quel chemin
il faut tenir pour paruenir à la vraye gloire & laquelle iamais ne prendra fin . Et comme
ainsi soit que Moyse a enseigné cecy si amplement, & que les Prophetes en ont predit tant
de choses : estes vous encore d'vn si lourd entendement d'attendre vn Messias capitaine
qui par chariots, cheuaux, elephans, gendarmeries bien equippées, bombardes, canons,
brulemens, malsacres, brief qui par effusion de sang se saisisse d'vn royaume mondain:
N'entendés vous point encore que l'Escriture est spirituelle & que la puissance du Messias ne gist pas és moyens, desquels les princes de ce monde ou s'acquierent leurs royaumes, ou les delattẽt mais biẽ en la vertu celeste? Et que n'espluchés vous plustost les Escriptures qui de si long temps ont predit tant de choses de Christ, & les confrontés auec les
choses que Christ mesme a predittes à ses disciples de sa personne & qui sont aduenues selon qu'il les auoit predittes? En ce faisant vous ne trouuerés rien de nouueau en ce qui est
aduenu, & touchant ce qu'il a promis pour l'aduenir vous n'aurés nulle occasiõ de vous
en deffier. Apres que par ceste petite reprehension le Seigneur les eut rendu vn peu plus
attentifs, il leur deschiffra tous les passages de l'Escriture, qui touchant ce qui estoit-ia
aduenu en Christ, auoyent ouuertement predit ce luy deuoir aduenir : demõstrant qu'entre les Propheties, les figures & les euenemẽs il y a vn si merueilleux accord, que c'est l'acte
d'vne lourdise singuliere de ne s'appercevoir point de ces choses, ou d'vne incredulité
nõpareille de ne les croire point. Or commença-il son propos à Moyse & aux Prophetes,
tirant puis de tous les liures de l'Escriture saincte, quelque chose pour la confirmation

des chofes ia aduenues, & pour preparer la foy à ce qui eftoit à aduenir. Or confronta-il
toutes ces chofes enfemble en forte que la chofe eftoit toute claire. Bien-heureux ceux là à
qui fut faict ce bien d'ouyr le docteur celefte racontant les mefmes chofes qu'au parauant
il auoit publiées par les Prophetes infpirés de fon efprit. De nous nous racôterôs certains
points(puis que tous nous ne pouuons) extraits de ceft heureux deuis. Et à la mienne vo
lonté que pour le moins maintenât les Iuifs les efcoutêt, & ceffent d'attendre leur Meffias
mais par fainctes affections embraffent celuy lequel eft le feul fauueur & redêpteur donné
au monde. Et qu'ils foyent affranchis non de la puiffance de Cefar. Mais bien de la tyrânie
du diable qui eft pour certain vne chofe beaucoup plus heureufe. Les Iuifs (leur dit-il) ne
portent pas moins de reuerence à Moyfe qu'à vn Dieu, de ce qu'il a mené le peuple d'Ifrael
hors d'Egypte, & a baillé la Loy au defert, par l'obferuation de laquelle ils pourroyent ob
tenir falut, & paruenir en vne terre coulanté laict & miel. Et toutefois ce Moyfe là, qu'a-il
efté autre chofe finon vne ombre de Chrift aduenir: Car quant à Moyfe il n'a pas efté fils,
ains feruiteur de Dieu : & fi luy n'a pas vrayement deliuré le peuple, veu que puis apres ils
ont feruy au roy de Babylone: item il n'a pas toutalement efté exêpt de tout vice: & mefme
en la terre en laquelle il auoit mené le peuple il n'y eft pas entré : & ores qu'il y fuft entré, ce
n'eftoit rien de grâd, veu qu'en celle mefme terre habitêt encore auiourd'huy gens idola
tres. Toutes ces chofes entendues felô la chair, n'ont rien d'excellent. Mais Chrift eft celuy
vray Moyfe qui en fa propre puiffance nô feulement les Hebrieux, mais auffi toutes les na
tions qui fe fient en luy, il les deliure de la vengeâce de Dieu, de la tyrânie du diable, des té
nebres d'erreur, de la vileine feruitude des pechés, & les ayât nettoyés en fon fang les mei
ne en la liberté de l'efprit, toufiours & côducteur & côpaignon, iufques que par le trauers
de tous les dâgiers de cefte vie il les introduife en celle terre celefte redôndâte de toute for
te de felicité: qui a ordonné vne Loy fpirituelle & Euangelique, non pas Loy qui par cere
monies & facrifices de beftes bailla vne iuftice corporelle, mais qui par foy & charité côfe
raft vne vraye & parfaitte iuftice. Et qu'il deuft fe leuer, Moyfe luy-mefme l'a predit. Car
voicy cômment il en parle au Deuteronome : Le Seigneur ton Dieu te dreffera vn Prophete
de ta nation & d'entre tes freres femblable à moy: auquel tu prefteras l'oreille. Et vn peu a
pres le Seigneur côferme la promeffe de Moyfe, difant: Ie leur drefferay vn Prophete d'être
leurs freres femblable à toy, & mettray mes parolles en fa bouche fi leur dira tout ce que ie
luy cômanderay. Vous oyés la prophetie de Moyfe. Confrontés maintenant l'euenement.
Depuis Moyfe nul ne s'eft leué qui l'ait nullemêt du monde efgalé en authorité, excepté le
feul Iefus Chrift, qui en tout & par tout a tellement reprefenté Moyfe qu'en toutes manie
res il l'a furpaffe. Il a efté autheur d'vne alliâce nouuelle, mais laquelle eft eternelle: laquel
le il a dedié & ratifié non en fang de geniffe, ains en fon propre fang. Il a efté autheur d'vne
Loy nouuelle, mais laquelle apporte falut parfaict. Moyfe n'a efté que feruiteur: ceftuy
eftât fils eft defcêdu du ciel, & a anfeigné ce qu'il auoit veu chés fon Pere, ayant en foy puif
fance perpetuelle de faire tout ce qu'il veut. Moyfe en la môtaigne a parlamêté auec Dieu
en la nuée : Chrift eft yffu de la lumiere du Pere. Moyfe n'a baillé que les ombres des cho
fes, Chrift en a baillé la verité. Moyfe a tellement moyenné pour les pechés du peuple que
luy-mefme auffi à eu befoing de moyenneur pour fes pechés: Chrift exêpt de tout peché,
a nettoyé les pechés de tous fiecles. Moyfe a ieufné quarante iours, Chrift a faict le mefme
à fin qu'au moins par cefte marque là vous le recog noiffiés vn autre Moyfe. Moyfe bailla
la Loy de la montaigne : Chrift en la montaigne a enfeigné la perfectiô de la Loy, pronon
çant ces nouuelles & incroyables beatitudes. Il a auffi fouuentefois enfeigné au temple fi
tué fur le mont de Sion, & ce fuyuant la prophetie d'Efaie qui dit : De Sion fortira vne loy,
& de Ierufalem parolle du Seigneur. Mais quâd Moyfe bailloit la Loy, tout eftoit rêply de
frayeurs, pour reprimer la dureté du peuple : Chrift eft venu paifible & amiable pluftoft
qu'effrayable, conuainquât par raifons, prouoquât par bien-faicts, allefchât par douceur
tout preft & expofé à tout hôme pour luy bailler falut vainquâs par patiêce. Et auffi l'auo
yent pmis telles oracles des Prophetes. Car vous aués leu ce qu'en a efcript Efaie: I'ay mis
mô efprit fur luy: fi fera droit aux gês. Il ne criera point: il ne fe raillera de pfonne : & ne fera
point ouyr fa voix dehors. Il ne froiffera point vne canne caffée, & n'efteindra point vne
mefche fumâte, il menera le droit à la verité, il ne fera ne lafche ny eftourdy, qu'il ne mette
le droit en terre: & les Isles s'attendrôt à fa Loy. Itê en vn autre paffage le mefme Prophete
faict parler le Meffias ê cefte maniere: I'ay fur moy l'efprit du Seignr, pourtât que le Seignr
m'a oinct: il ma enûoyé pour apporter bônes noüuelles aux affligés: pour medeciner ceux
qui ont le cœur rompu: pour denôcer aux efclaues franchife, & aux prifonniers deliurâce
                                                                                    pour

pour crier l'année fauorable du Seigneur,& la iournée de vengeance de noſtre Dieu,pour
conſoler tous ceux qui meinent dueil : pour faire auoir & donner force à ceux qui lamen-
tent Sion,en lieu de poudre, baume de plaiſir en lieu de dueil, affulure de louange en lieu
d'eſprit triſte. Vous auès ouy quel l'a promis la ᵱphetie:cõſiderés maintenãt à part vous
s'il n'eſt pas venu tel. Quel ſexe,quel eage, quel eſtat a-il iamais reietté de ſa biẽ-faiſance⸴
non les enfans,non les femmes,non les publicains,non les mal-viuans, non les putains.
Quelle ſorte de malice a-il eu en abomination ⸴ non les ladres,non les demoniacles, non
les vexés du flux de ſang,non les paralyticques.Et qui a-il de plus gracieux que celle voix
que vous auès ouye de luy: Venès à moy, tous vous qui trauaillés &eſtes chargés, & ie   *Matth.11.*
vous ſoulageray:car mon ioug eſt doux & mon fardeau legier⸴Apprenés de moy qui ſuis
debonnaire, & humble de cœur, & vous trouuerés repos à voz ames ⸴ Et y eut-il iamais
mere qui ait ainſi aymé,porté,& nourry ſes enfans, cõme luy ſes diſciples⸴ Outre tout cela
la loy de Moyſe n'eſtoit pas baillée à tous peuples ny à tous ſiecles : La loy de Chriſt,cõme   *Loy nouuelle.*
elle eſt promulguée pour toutes nations,auſſi ne ſera-elle changée en nuls ſiecles iuſqu'à
la fin du monde. Conſiderés cõment auſſi en ceſt endroit le tout s'accorde:premierement   *Iere.4*
combien clairement Ieremie vous a predit que la circonciſion corporelle viendroit à ceſſer enſemble les ſacrifices,vacations,differences de iours,choix de viandes,ieuſnes,vœus,
& autres ceremonies ordõnées pour vn temps pour ſeruir de figures des choſes ſpirituelles aux Iuifs lourds & charnels.Deffrichés vous vn friche & ne ſemés pas entre les eſpines.
Soyés circoncis au Seigneur,& oſtés le prepuce de voſtre cœur, vous autres Iuifs & habitans de Ieruſalem.Item en quelqu'autre paſſage, le meſme Prophete dit : Le iour viendra,   *Iere.31*
dit le Seigneur, que ie feray auec la maiſon d'Iſrael & la maiſon de Iudas vne alliance nouuelle, non pas telle que fut celle que ie fy auec voz anceſtres. Et quant & quant adiouſte la
difference manifeſte entre celleLoy aſpre & importable,laquelle à bon droit fut eſcripte en
pierres,repreſentantes par leur dureté la dureté du cœur des Iuifs : & entre la loy Euangelique,par laquelle eſt gratuitement offerte l'innocence par la foy. L'alliance (dit-il) que ie
feray auec la nation d'Iſrael apres ces temps là, ſera telle, dit le Seigneur, que ie leur mettray ma Loy aux entrailles, & la leur eſcripray au cœur. Puis il monſtre que les ombres de
la Loy ceſſeront auſſi quand la lumiere de verité eſclairera : Et ne s'enſuyuront plus entre
eux l'vn l'autre,diſans:Cognoiſſés le Seigneur.Car il me cognoiſtront tous depuis le plus
petit iuſqu'au plus grand,dit le Seigneur:car ie leur auray pardonné leur faute, & n'auray
plus ſouuenãce de leur peché.Et ne vous ſouuenés vous point Chriſt auoir dit & faict choſes accordantes à cela, quand il eſtoit encore en vie ⸴ N'a-il pas denoncé tout à plat l'abo-
liſſement de la Loy ancienne, quand il diſoit : La Loy & les Prophetes ont duré iuſques à   *Iean 4*
Iean ⸴ Les Iuifs adoroyent en Ieruſalem. Mais que diſoit Chriſt à la Samaritaine ⸴ Le tẽps
viendra, & eſt ores, qu'on n'adorera le Pere ny en Ieruſalem ny en ceſte montaigne, ains
on l'adorera en eſprit. Ne commença-il pas tacitemẽt d'abolir la Loy, quand il gueriſſoit
aux Sabbaths s'y oppoſans en vain les Phariſiens:quand contre leur calomnie il maintenoit ſes diſciples arrachans des eſpics au Sabbath: quãd auſſi il les ſouſtenoit de ce qu'ils
ne ieuſnoyent point⸴ Mais ce faiſoit-il bien plus ouuertement quand il gueriſſoit le ladre
ſans ceremonies, & que contre la defenſe de la Loy il attouchoit vn condamné de lepre:
quand au paralyticque,quand à celle pechereſſe qui ſe fourra au bancquet,& quãd à tout
plein d'autres il pardonnoit les pechés ſans l'ayde de la Loy ⸴ Car la Loy commandoit de
faire offrandes pour les pechés, & par certains ſacrifices & dons nettoyer la faute cõmiſe.
Mais Chriſt renouuateur de la vieille Loy, au lieu de l'offrande a mis charité. Ses pechés
(dit-il) qui ſont en grand nombre luy ſont pardonnés, car elle a grandement aymé. Pour
le ſacrifice il mit la foy, diſant : Aye confiance, mon fils, tes pechés te ſont pardonnés. En-   *Luc 7*
core vous diſtingua-il bien plus euidẽment vn iour la difference de l'vn & de l'autre Loy: *Matth.9*
en defendant le diuorce que la loy de Moyſe auoit permis : defendant de iurer, ce que n'a-
uoit pas faict la premiere Loy,commandant meſme d'aymer les ennemis, là où la Loy ancienne permettoit & de hayr & de ſe venger de ſon ennemy. N'oſta-il pas vne fois pour
toutes,toute authorité aux Sacrificateurs,Scribes,& Phariſiens gens qui tenoyent encore
à bec & à ongles la lettre de la Loy ⸴ Laiſſés les (dit-il) ce ſont aueugles guides d'aueugles.   *Matth.15*
Et les Prophetes ne l'ont-il pas auſſi predit que les choſes charnelles feront place aux ſpirituelles ⸴ Ne vous ſouuient-il pas de ce qu'en a eſcript le prophete Daniel⸴ Pour acheuer   *Daniel 9*
(dit-il) le peché, pour clorre les forfaicts, pour pardonner la faute, & pour amener iuſtice
eternelle, & pour clorre viſion & prophetie & pour oingdre le ſainct des ſaincts. Quand
vous oyés que les propheties prennent fin, certes vous voyés que c'eſt deſormais folie

L 3   d'atten-

d'attendre ce qui est-ia accomply : quand vous oyés parler de iustice eternelle, vous cognoissés la iustice temporelle de la Loy estre abolie : quand vous oyés parler d'oindre le
Messias qui est le sainct des saincts, qui seul sanctifie tout, vous entēdés que l'onctiō corporelle a à cesser, & que la sacrificature legale auec to⁹ ces sacrifices doit estre abolie. Et de faict
iamais Iesus ne fut oinct de ceste onction là que la Loy a songneusemēt enseigné de composer, en menaçant de mort ceux qui la contreferoyent, ou l'employeroyent à vsages prophanes. Et aussi ne sert de rien l'onction corporelle à l'office des Sacrificateurs, sinon que

Esaie 61 c'estoit le signe de l'onction spirituelle dont Christ a esté oinct:comme ie l'ay n'agueres re-
Psal.44 cité de ceste prophetie:L'esprit du Seigneur est sur moy:car il m'a oinct. A quoy s'accorde
le Psalmiste, parlant du Messias:Pourtant t'a oinct Dieu ton Dieu d'huyle de liesse plustost
que tes compaignons. Ce que le Prophete auoit predit, vous l'aués veu s'accomplir quād
Iesus fut baptisé au Iourdain. Car l'Esprit en forme visible descendit sur luy, & fut ouye la
voix du Pere, qui auoit oinct son fils d'huyle de liesse par dessus les Prophetes & Patriarches, voire par dessus tous hommes qui oncques furent, sont ou seront. Ceste onctiō celeste & spirituelle mit fin à la sacrificature Mosaïque, ce qu'aussi Daniel met clairement tan-

Daniel 9 tost apres, disant:Et demy la sepmaine cessera l'hostie & sacrifice. Et c'est bien cela mesme
qu'a voulu dire Dieu, parlant par Esaie, comme desgousté de ces corporels sacrifices.

Esaie 2 Qu'ay-ie à faire de tant de vóz sacrifices ? dit le Seigneur. Ie suis saoul des holocaustes de
moutons, & de la graisse des bestes engraissées, & ne prend nul plaisir au sang de toureaux, d'aigneaux, & de boucs. Or-ça Daniel n'a-il point predit ouuertement la destruction de la ville de Ierusalem auec son temple? Et Christ n'a-il pas predit le mesme à ses disciples, en larmoyant & desplorant la calamité de celle ville & de la nation ? Car dés lors
Dieu qui est esprit, se faschoit de demeurer en temple manouuré : il ne prenoit point de
plaisir aux sacrifices de bestes brutes, il demandoit vne autre ville à laquelle vrayement
s'appartinst le nom de Ierusalem : il desiroit vn autre temple digne de luy, basty par luy-
mesme, & dedié par son esprit : d'autres sacrifices, vn autre peuple circoncis de cœur à qui
vrayement conuinst le nom d'Israel. Or rien de visible aux yeux corporels n'est perpetuel.
Les choses inuisibles sont eternelles, & partant conuenables à Dieu qui est la mesme eternité. Et toutefois ces ombres de choses visibles ont esté baillées pour vn tēps à vn peuple
grossier & lourd, à fin que par tels rudiments ils s'auançassent finalement aux choses qui
concernent l'ame. Au reste, celuy qui estoit desgousté & de la ville, & du temple, & de la
nation & des sacrifices de la Loy ancienne : quelles choses il demandoit desormais, il l'a
euidemmēt declaré par ses Prophetes. N'aués vous point leu ce qu'a escript Esaie de la

Esaie 1 Ierusalem spirituelle ? Apres cela (dit-il) tu seras appelée ville de iustice, cité loyale. Sion
sera rachetée par droitture, & ses bannis par iustice. Vous oyés vn nouueau bastiment de
cité qui est l'Esglise, bastie de pierres viues : dont la pierre angulaire & le fondement est

Psal.117 Christ mesme. Laquelle pierre a esté designée par la prophetie du Pseaume mysticque:La
pierre que les bastisseurs auoyent resprouuée a esté pour le fondement du coing. Et aussi vous aués ouy Christ mesme obietter ce tesmoignage d'Escripture aux Pharisiens qui
s'efforçoyent de reprouuer la pierre que Dieu auoit esleue. Il y a eu vn autre Prophete
qui en a aussi faict mention : Ie mettray és fondemens de Sion vne pierre, vne pierre fer-

Esaie 28 me, angulaire, precieuse, bien fondée. A laquelle prophetie s'accordoit tres-bien le propos de Christ quand en son viuant il proposoit la parabole de la maison bastie sur la pierre ferme, laquelle nulle impetuosité de vents ou flots n'a peu esbranler de son lieu : desi-
gnant certes en cela le fondement de l'Esglise, à l'encontre duquel mesme les portes d'enfer ne peuuent rien, comme vn iour il promettoit à son disciple Pierre. Salomon edifia
vn temple en Ierusalem selon l'ordonnance de Moyse : Mais comme celuy Roy pacificque
estoit figure du Messias, qui a moyenné paix perpetuelle entre Dieu & les hommes:ainsi
ce temple là basty de main d'homme, a-il esté figure d'vn temple dont le bastisseur a esté
Christ mesme, comme iadis le Seigneur par Nathan parla à Dauid, selon que vous lisés

3.Roy.7 aux liures dés Roys:Tu ne me bastiras point de maison pour m'y tenir, mais leueray tā
semence apres toy, yssue de ton ventre. Iceluy bastira vne maison à mon nom:& establiray
son siege royal à iamais. Or que ce que le Prophete à predit, ne conuienne point à Salomon, ce seul point le monstre tant ouuertement, qu'au siege royal de Salomon sont à present assis les estrangiers, & qu'en brief toute la nation des Iuifs sera escartée parmy toutes
les nations. Celle maison que Salomon bastit en Ierusalem, estoit embesongnée en bou-
cheries, fumées, lauemens, & tumultueuse en perfums. Mais ceste maison-cy que Christ a
basty, est renommée d'vne foy & fermeté inuisible qui iamais ne prend fin. Car au mesme

passage

passage le Prophete parle ainsi:Et te demourera ta maison & ton regne fidele & ferme à iamais,deuant moy:ton siege sera stable à iamais. Ces promesses sont du tout vaines, si on
les entend de Salomon ou de Daniel selon la lettre.Car quant à Dauid, il a pollué son regne par vn adultere accompagné d'homicide : & Salomon par aymer les femmes en a e-
sté poussé iusqu'à faire honneur aux idoles.Considerés maintenant comment les parolles de Nathan se rapportent à celles d'Esaie,disant:Tu seras appellée ville de iustice,cité fi- *Esa.i*
dele.Or n'y eut-il iamais homme,excepté Christ, qui ait peut estre appellé purement tou
talement iuste:non seulement exempt de toute souilleure de peché, mais tel que par luy
tous sont iustifiés.Et qu'est ce que Christ requiert autre chose des siens sinõ la foy ? Et c'est
pourquoy son Esglise qui ne sçait que c'est des œuures de la Loy, il l'a appellée ville fidele,laquelle se fie toutalement en luy seul. Quand vous oyés qu'elle doit estre rachettée en
iugement, vous voyés là fiance de ceremonies legales ostée. Car Dieu ne iuge pas selon
les œuures,ains selon la foy:il ne iuge pas selon la viande ou breuuage,ne selon l'habillement on vacation,ains selon la pieté de l'ame.Or est en cecy le iugement que ceux qui auront creu à Christ, ils seront par sa mort (car il a porté la peine pour tous) deliurés de
leurs pechés:& par sa iustice seront iustifiés en suyuant les trasses de leur prince. Vous a-
ués la ville & le temple spirituel, qui ne se peut monstrer au doigt, comme aussi ne s'en *Matth.13*
peut monstrer le roy qui en est le bastisseur luy mesme,comme aussi il l'a enseigné quand
il viuoit:Quand on vous dira : Voicy le Christ.Le voyla, ne le croyés pas. Les Iuifs se glorifient de la montaigne de Sion,qui soustient le temple:desormais il y aura vne Sion spirituelle qui esleuera les cœurs des croyans de la conuoitise des choses terriennes à vn desir
des choses celestes,dequoy Esaie vous a prophetisé,disant:Il aduiendra és derniers iours, *Esa.2*
que la montaigne de la maison du Seigneur sera fichée au sommet des montaignes, & sera la plus haute des montagnettes : & toutes nations y afflotteront, & viendront maints
peuples qui diront:Or sus montons en la mõtagne du Seigneur en la maison du Dieu de
Iacob,& il nous apprendra ses voyes,si cheminerons en ses sentiers:car de Sion sortira v-
ne Loy,& de Ierusalem parolle du Seigneur.De ceste montagne spirituelle souuentefois a *Psal.124*
aussi faict mention Dauid : Ceux qui se fient au Seigneur sont comme le mont Sion, qui
tousiours demeure sans estre esbranlé.De ce temple duquel s'enorguellissent maintenant
les Iuifs,comment il doit de briefestre demoly, Christ aussi l'a predit, disant:Vostre maison vous sera laissée deserte. Et parauant Dieu auoit menacé Salomon qu'ainsi il en ad- *Matth.23*
uiendroit:comme vous lisés au troisiesme liure des roys:Et le temple que i'ay consacré à *3.Roy 9*
mon nom,ie le deboutteray de deuant moy:tellemẽt que les Israelites seruiront de sornette & de fable par toutes nations,& ceste maison sera monstrée au doigt:de sorte que tous
ceux qui passeront auprès, en seront estonnés & siffleront, & demanderont pourquoy le
Seigneur a ainsi traitté ce pays & ceste maison : Ausquels on respondra que c'est pourtant qu'ils ont laissé le Seigneur leur Dieu. Et de faict c'est là ceste maison de rebellion a-
uec laquelle le Seigneur a si souuent debat en ses prophetes : laquelle s'est tellement reuoltée de son Dieu, qu'elle a crucifié son fils vnicque. En outre pour ce peuple charnel
& testu, le Prophete promect vn peuple paisible & obeissant iusqu'à la mort. Car voicy
qu'en dit Esaie : Ils forgeront de leurs espées des coutres, & de leurs lances des faucilles: *Esa.2*
& ne prendront point les nations les armes l'vne contre l'autre, & n'apprendront plus
à guerroyer . O maison de Iacob, or sus, cheminons en la lumiere de nostre Dieu. Or-
ça celle prophetie ne s'accorde-elle pas auec ce que Christ a promis que des pierres
il en fera leuer des enfans à Abraham ? item quand il s'est appellé la lumiere du monde, & que qui le suyuroit, ne chemineroit point en tenebres ? item quand il allegua contre les Iuifs ce passage d'Esaie : Ce peuple-cy m'honnore des leures : mais leur cœur est *Esa.29*
bien loing de moy. Or il se promect vn peuple nouueau par Osée, non pas vn peu- *Osée i*
ple se vantant de ses œuures, ains vn peuple recognoissant la misericorde de Dieu : Et
au lieu qu'il leur aura esté dit qu'il ne sont pas mon peuple, ils seront appellés enfans
du Dieu viuant. Et en vn autre passage : I'auray compassion d'Incompassionnée,deno- *Esa.2*
tant le peuple Payen, qui là où au parauant il a seruy aux idoles, viendra bien tost a
receuoir la doctrine Euangelique, reiettée des Iuifs, dequoy a prophetisé ie Psalmiste: *Psal 17*
Gens que ie ne cognoy pas sont mes subiets, & m'obeissent à la simple parolle. Et le pro- *Ioan.10*
pos de Christ ne s'accordoit-il pas à celle prophetie quand il disoit : Et i'ay des autres ouailles, qui ne sont point de ceste bergerie, lesquelles il m'y faut aussi amener ?
Certainement Sacrificature nouuelle, & royaume nouueau, renouuelle tout. Or les *La synago-*
oracles des Prophetes auoyent promis vn Sacrificateur nouueau . Car voicy que en *gue reiettée*

L 4   dit le

Pfal.117 dit le Pfeaume myfticque:Le Seigneur iure & ne châgera point de propos,que tu es Sacri/
ficateur à iamais,felon l’ordre de Melchifedech.Melchifedech Sacrificateur & roy:Sacrifi/
cateur de Dieu fouuerain,non ordonné felon la Loy:roy de Salem,c’eft à dire de paix,de/
notant Chrift qui n’à point de cômencement,ny n’aura point de fin.Iceluy Chrift entre au
fainct fainctuaire non par fang de toureaux ou de boucs,mais par fon propre fang,pour
moyenner pour les péchés de tout le monde.Ce facrifice,il l’a acheué en l’autel de la croix,
offrant vne trefpure hoftie qui eft foy-mefme à Dieu fon pere.Et c’eft auffi le Sacrificateur
1.Roy 2 que Dieu promit iadisà Hely fur la fin de ces iours.Ie me pouruoiray(luy dit-il)d’vn loyal
grand Sacrificateur,qui fera à mon appetit & à ma guife,& luy feray auoir vne generation
Matth.28 durable,& fi cheminera à toufiours deuant mes oingts.Et c’eft bien cela que Chrift mefme
vous a promis.Et voicy,ie fuis auec vous toufiours iufques à la confommation du mon/
de.Or quel genre de facrifice doit fucceder au lieu de celle boucherie des Sacrificateurs de
Pfal.49 la Loy.Le Prophete ne s’en eft pas teu:Car le Pfalmifte infpiré de Dieu,dit ainfi:Sacrifiés à
Dieu facrifice de louange,& rendés vœus au Souuerain.Inuocque moy quand tu feras en
tribulation,& ie t’en deliureray,fi m’en glorifieras.Et là mefme:Qui facrifie remerciement
m’honnore:& qui tiendra cefte voye,ie luy feray auoir falut de Dieu.Et en vn autre Pfeau/
Pfal.4 me:Sacrifiés facrifice de iuftice,& efperés au Seigneur.Vous aués ouy trois fortes de facri
fices:Sacrifice de prieres ou vœus,dont Chrift vous a enfeigné:Tout ce que vous demâde
rés à mon Pere en mon nom,il le vous donnera.Sacrifice de louâge,lequel ordinairemêt
il faifoit,comme il eft affés notoire en ce que fouuentefois il rêdoit graces à Dieu fon pere.
Sacrifice de iuftice,lequel baille vne innocêce de vie,& les deuoirs de charité enuers le fouf
freteux.De ce dernier facrifice,luy-mefme vous en a baillé vn parfaict patrô en employât
fon ame pour fauuer fes brebis,qui entre les hômes s’eft trouué feul en qui n’y auoit poit
Matth.9 de tromperie.Et c’eft bien auffi ce qu’il a enfeigné felon le Prophete,difant:Allés appren/
dre que veut dire:I’ayme mieux mifericorde que facrifice.Donc au temple fpirituel,fous
Chrift fouuerain Sacrificateur,on ne fera point de tuerie de toureaux,de boucs ou d’a/
gneaux,ains du precieux corps & fang de Iefus Chrift,lequel corps il a vne fois pour tou/
tes immolé,à fin que les fiens Chrifts le puiffent prendre fpirituellement toutes les fois
qu’ils voudront,en fe renouuellant aucunement la mort de leur grand Sacrificateur par
vne remembrance de recognoiffance.Et certainement c’eft le facrifice qui bien toft s’offri/
ra par tout le môde par facrificateurs nouueaux,lefquels Dieu a oingts,de laquelle offrâ
Malach.1 de Malachie en a prophetifé:Ie ne vons fçay point de gré de l’offrâde de voz mains dit le
Seigneur des armées:& ne prendray nul prefent de voz mains.Car depuis le Soleil leuât,
1.Roy 2 iufqu’au couchât,mon nom eft grand parmy les natiôs,& en tout lieu fe faict à mon nom
facrifice & offrande nette.C’eft auffi ce qui fut predit à Hely facrificateur qu’vn temps viê
droit que quiconque iroit comparoiftre au temple nouueau,diroit:Conftitue moy,ie te
prie,en quelque facrificature,pour manger vne bouchée de pain.C’eft le facrifice qu’à ce
foupper de Pafques Chrift bailla à fes difciples,leur diftribuât le pain qu’il difoit eftre fon
corps:la coupe qu’il difoit eftre de fon fang par lequel il leur confacra vn teftament nou/
ueau,c’eft à dire,vne alliance d’amytié à iamais pardurable.Ce que ie dy,fi vous ne l’aués
veu de voz propres yeux,pour le moins vous pouués l’auoir ouy de ces douze,par lef/
quels il a voulu que ce qui s’eft faict,paruienne à tous. Or côme Chrift yffu du ciel a con/
uerty toutes chofes charnelles en fpirituelles,ville,temple,facrificature, offrandes,ainfi a-
il auffi voulu que le regne fuft nouueau:& c’eft pourquoy il auoit de couftume de l’appel
ler le regne celefte à fin que vous n’attêdiffiés rien de tel que ce que vous voyés és regnes
du monde.Car côbien qu’il fuft Seigneur de toutes chofes,voyre dés deuant qu’il defcen
dift en terre,ce neantmoins fon regne eftoit fpirituel,pour lequel conquefter à fon pere,il
s’eft rendu obeiffant à luy iufqu’à la mort de la croix.Et voyla comment il a vaincu fes ad/
uerfaires,voyla comment il a deliuré fon peuple, voyla comment il a affranchy, amplifié
& a eftably le royaume à fon pere.Auffi certes le prophete promect vn Meffias aorné du
titre de roy & conducteur, mais denotant deux venues d’iceluy.La premiere,vous-mef/
mes l’aués veue,baffe & paifible.Car il eft venu pour guerir, & non pour faire vengeance.
Mais en la fin du monde il viendra en maiefté, accompaigné de beaucoup de miliers
d’Anges,pour iuger les vifs & les morts. Et maintenât pour tant que fa venue a efté hum/
ble & paifible, plufieurs s’en font offenfés de forte que mefme ces douze lefquels il auoit
choifis d’entre tous comme tref-loyaux, ont efté fi effrayés de peur qu’ils l’ont abban/
donné,voyre l’vn l’a renoncé.Si eft-ce que fi vous confrontiés diligemment ce que vous
aués veu aduenir auec les efcripts des Prophetes,vous n’auriés nulle occafion de vous
fcanda

scandaliser, ains auriés iufte caufe de recognoiftre celuy qui eft venu tel qu'il auoit eftê promis. Aduifés qu'en dit le prophete Zacharie: Voicy ton roy qui vient à toy, lequel eft iufte & victorieux, poure & cheuauchant vn afne, & vn poulain fils d'vne afnefle. Celuy qui vient en tel equipage, il ne vient pas pour guerroyer, ains pour diffiper les guerres du monde, qui fe font fous l'eftandard de Satan. Car le prophete dit confecutiuement: Si deftruyray les chariots du pays des Ephraimites, & les cheuaux de Ierufalem, & feront deffaits les arcs d'armes, & parlera paix aux nations, & aura feigneurie d'vne mer à autre. Vous luy aués veu faire fon entrée en Ierufalem en telle pompe, pour fe mocquer des royaumes du monde, & pour vous reduire en memoire la prophetie. Or confiderés moy fi Efaie l'a promis autre. Et comme ainfi foit que toute bataille fe face auec vacarme & touillement d'habillemens en fang, cefte là fe fera par vn bruflement de feu ardant. Car vn enfant nous naift, vn fils nous eft donné, qui porte feigneurie fur fes efpaules, qui a nom, Merueilleux confeillier: Dieu puiffant: Pere de iamais: Prince de paix, pour amplifier la feigneurie, & pour faire paix fans fin au fiege & regne de Dauid, pour le mettre fus, & eftablir par droit & iuftice, deformais à iamais, ce que le zele du Seigneur des armées fera. Quand vous oyés qu'il porte fur fes efpaules regne & feigneurie, n'ouyés vous pas pleinement le regne de la croix, laquelle Chrift a portée pour combattre les puiffances fpirituelles: quand vous oyés qu'il a nom Prince de paix, vous entendés par cela vn roy allefchant par bien-faits, & non contreignant par force & crainte. Quand vous oyés le Pere de iamais, vous voyés que il eft diffemblable aux princes mortels. Et ne le defpeint pas autrement le Prophete en vn autre paffage, difant: Il battra la terre à tout le bafton de fa bouche, & mettra les mefchans à mort par l'efperit de fes leures, & aura les reins & les flancs ceints de la ceincture de iuftice & loyauté. Si fe tiendra le loup auec l'aigneau, & le leopard fe couchera auec le cheureau, & toutes les autres chofes qui s'enfuyuent beaucoup diffemblables aux armes de guerres des princes. Maintenant efcoutés que c'eft que luy mefme dit de foy au Pfeaume myfticque: Si fuis-ie conftitué roy de par luy fur Sion fa faincte montaigne, & y raconteray fon ordonnance. N'a-il pas ouuertement exprimé le regne de la parolle Euangelique? Et cefte parolle eft l'efpée dont faict mention en vn autre Pfeaume: Cein ton efpée fur ta cuiffe, ô puiffant champion, qui fera ton honneur & ta magnificence. Et auec ton honneur cheuauche heureufement, à caufe de verité, doucceur, & iuftice. Et qui eft celuy qui ait ouy que vn roy ait heureufement triomphé par beauté de corps, ou qui par courtoyfie & douceur fe foit acquis vn royaume? Mais telle eftoit la grace de la parolle de Dieu, moyennant laquelle vous aués veu Iefus attirer à foy les gens à grand foule: telle eftoit la verité, à laquelle les Pharifiens fe font en vain tant de fois efforcés de refifter. Telle eftoit l'efpée, laquelle fur l'heure de fa mort il confeilla à fes Apoftres de s'achetter: de laquelle auffi il auoit parauant parlé, difant: qu'il n'eftoit pas venu en terre pour y mettre paix, mais le glaiue. Telles font auffi les flefches agues du puiffant champion, à tous lefquelles il tranfperce les mauuaifes conuoitifes des hommes, à tout lefquelles il tue l'auaricieux, & le reffufcite liberal & bien-faifant: meurtrift l'idolatre & le faict reuiure profeffeur de la pieté Euangelique: faccage le fier & vindicatif, & le remect fus debonnaire & doux: à tous lefquelles il abbat l'orgueil & le redreffe modefte. Voulés vous fçauoir la qualité de fon royaume? Voyés quelles gens il a choyfi pour miniftres & amplificateurs de fa feigneurie. Poures gens, de baffe eftoffe, idiots, fans les munyr ne de richeffes, ne d'armes, ne de prouifion, ne d'aucunes forces mondaines à l'encontre de la trompeufe malice des Pharifiens, à l'encontre de la puiffance des princes & à l'encontre de l'arrogance des Philofophes. Et neantmoins par tels capitaines il defconfira tous les royaumes du monde: non pas à tout autre equipage d'armes, qu'à tout le heaume de falut qui euft vne droitte intelligence de la Saincte Efcripture: à tout la rondelle de foy, moyennant laquelle, aydant Dieu, ils feront affeurés contre tous les affauts des mefchants: à tout le hallecret de iuftice, tiffu de toutes les vertus Euangeliques: à tout le baudrier de chafteté, à tout la chauffure Euangelique, qui eft vn cœur pur de toutes terriennes affections: mais fur tout, à tout l'efpée de l'efperit qui eft la vraye parolle de Dieu. Il auoit ainfi pleu à Dieu, de monftrer par la foybleffe de fon feul fils fa puiffance: par vne fotte predication declarer fa fageffe: par l'ignominie de la croix donner a cognoiftre fa gloire & magnificence. Doncques en ces chofes ce pendant eft affis le regne Euangelique, iufques qu'en du monde la maiefte de Chrift, & toute infirmité ou petiteffe mife bas, fe defployera.

& la

Zach.3

Au mefme.

Efa.9

Efa.11

Pfal.2

Pfal.44

Pfal.119

& la felicité des gens craignans Dieu, felicité qui ne fera entrerompue d’afflictions aucunes. Et toutefois ceste imbecillité là a vne puissance spirituelle, d’efficace & suffisante pour
abbattre toutes forteresses qui se dressent à l’encontre de la gloire de Dieu. Et auès vous
rien de plus doux que Christ, rien de plus abiect, rien de plus poure, rien de plus debonnaire, rien de plus populaire, brief rien de plus eslongné de toute apparence de regne? Et
toutefois qui a-il de plus royal, que chasser les mauuais esperits à la parolle? & à la parolle appaiser les vents & les ondes? au toucher guerir les ladres? & au simple cõmandement
guerir toute sorte de maladies? Combien de fois a-il eschappé par le milieu des Iuifs luy
machinans la mort? Bien est vray qu’il s’est laissé prendre, mais à vne sienne parolle les satellites tomberent par terre tous armés qu’ils estoyent. Il est mort en la croix, mais qui a-
il de plus puissant que ceste mort? laquelle a esbranlé les elemens du monde, a obscurcy
le soleil, a fendu les pierres, a ouuert les tombeaux, a ressuscité les morts? Il n’y a rien de
plus bas que sa naissance, ce neantmoins en cest endroit aussi se monstrerent incontinent
des signes d’vne hautesse dissimulée. Il naist d’vne pucelle, mais c’est par l’operation du
Sainct Esprit. Il repose en vne cresche, mais les Anges chantent: Gloire à Dieu là haut. Il
brait au berceau, mais le roy Herode tremble: les Sages l’adorent. Ces choses ne sont encore cogneues que de peu de gens, mais vn iour elles seront diuulguées par tout le monde.
Et ce sera de telles forces qu’il munira aussi ses Apostres. Que si vous lisés attentiuement
les Escriptures, & les cõfrontés auec ce que vous aués veu & ouy, vous ne pouués douter
que Christ ne soit celuy qui a esté promis, Sacrificateur, roy, & sauueur de tout le monde,
apres lequel il ne faut point attendre d’autre. Considerés ie vous prie tout le cours de sa
vie, laquelle en partie vous aués veue de voz propres yeux, en partie vous l’aués peu sçauoir de ses parens & familiers: vous n’y trouuerés rien qui n’ait esté & denoté par les figures du vieil testament, & predit par les Prophetes. Il auoit esté promis de la race de Dauid,
de la lignée de Iuda, de la ville de Bethlehem, Quãt au lieu de sa naissance, voyés si le Pro-
Mich.3 phete Michée n’en parle pas bien clairemẽt: Et toy Bethlehem Ephrata, qui es le moindre
des bailliages de Iudée: de toy me sortira vn qui sera gouuerneur des Israelites, duquel l’yf-
sue sera ancienne de tous temps. Que cecy deust aduenir, les Scribes le sçauoyent deuant
qu’il fust aduenu: car quand Herode le leur demanda, ils respondirent sans muser, que le
Messias naistroit en la ville de Bethlehem. Or il est notoire que Christ auoit esté nay en ce
lieu là par l’occasion du denombrement que fit faire Cesar. La cruauté d’Herode donna
bruit à la chose. Or vous sçauésqu’ordinairemẽt on ne l’a pas appellé Bethlehemite, mais
Nazariẽ pource qu’il a esté nourry à Nazareth iusques qu’il est venu en plein eage, & que
là il a demouré long temps auec son pere & sa mere, de sorte que mesme l’escripteau de la
croix a esté, Iesus Nazarien. Et certes c’est bien vne chose que les prophetes n’ont pas non
plus laissée en arriere: veu qu’à tous propos ils l’appellẽt le Sainct & le Sainct des saincts:
entant qu’il estoit singulierement consacré au Seigneur non seulemẽt selon la Loy qui cõuient à tous premiers nays masles, selõ laquelle luy aussi a esté porté au temple de son pere & mere, & consacré au Seignũr, mais aussi par vne peculiere prerogatiue par dessus tous
hommes. Ce Nazarien, Iacob le voyoit n’y voyant rien des yeux corporels, mais y voyant
bien clair des yeux de foy, quãd il benit Ioseph qui estoit figure de Christ. Ces benedictiõs
Gen.49 (dit-il) viendront sur la teste de Ioseph & sur le sommet du Nazarien d’entre ses freres. Car
tout ce que la loy Mosaique ordonne selon la chair touchant la consecration des Nazariens: il a esté accomply en Christ selon l’intelligence spirituelle. Or Dieu parle à Dauid és
Psal.131 Esa.11 Pseaumes en ceste maniere: Ie mettray du fruict de ton ventre sur ton siege. Item Esaie deuant luy: Or sortira vn ietton du tronc de Iesse, & bourgeonnera vn surgeon de sa racine,
sur lequel reposera l’esprit du Seigneur. Or il appert que Marie a esté de la lignée de Iuda
& de la maison de Dauid: ce qu’aussi n’ont pas ignoré les Pharisiens, qui interrogués de
Iesus, deuant qu’il souffrit de qui deuoit estre fils le Messias, respondirent sans se feindre,
qu’il seroit fils de Dauid. Le Prophete a predit qui naistroit de la vierge. Car voicy qu’en à
Esa.7 prophetise Esaie: Pour cela le Seigneur vous donnera vn signe. Sçachés qu’il y a vne fille
enceincte, laquelle enfantera vn fils, & le nõmera Emanuel, Le mesme a predit Daniel mais
Dan.2 plus couuertement declarãt que vouloit dire la pierre couppée d’vne mõtagne sans main
mettre, qui a brisé celle statue monstrueuse faicte d’or, d’argent, d’erain, de fer & de terre:
puis soudain est deuenue vne montaigne si grande que de son estendue elle a remply toute la terre. Et de faict, Christ nay d’vne vierge sans operation d’hõme, brisera tous les roy-
Ezech.44 aumes du monde, & par sa doctrine occupera toute la terre. C’estoit bien aussi ce que sentoit Ezechiel inspiré de Dieu, quãd il descriuoit la porte orientale du temple, par laquelle
est entrée

est entrée la maiesté du Seigneur, dont il en parle en ceste maniere: Ceste porte sera fermée, & ne sera point ouuerte, & n'y entrera homme: car le Seigneur Dieu d'Israel est entré par elle, & pourtant sera-elle close. Quand vous voyés le temple de Dieu, vous recognoissés le ventre de Marie consacré au Sainct Esperit. Quand vous oyés nommer la porte du leuant, ne recognoissés vous point la closture d'vne vergongne virginalle, laquelle ny homme en y entrant, ny le fils de Dieu en y entrant & en sortant n'a violée? Or est-ce cy la porte du leuant, dont est sortie vne lumiere pour illuminer tout le monde. Ce mystere encore qu'il ne soit point diuulgué entre les Iuifs, ce neantmoins il n'est point incogneu à ceux qui ont familiairement vescu auec Marie la mere de Iesus & auec Ioseph son espoux. Car celuy Ioseph luy fut adioinct pour tesmoing tres-certain de ce secret, lequel en son temps sera diuulgué par tout le monde vne vierge sans aucun exemple, auoir par l'inspiration du Sainct Esperit, enfanté vn enfant participant de deux natures diuine & humaine. Que si vous trouués incroyable, que Dieu naisse d'homme: considerés que c'est que le Prophete Baruch a predit touchant son fils, *Baruch 3* lequel Dieu ayant compassion du genre humain, il a enuoyé expressément en terre, pour monstrer aux errans & aueugles la voye de salut. Cestuy (dit-il) est nostre Dieu hors lequel il n'en faut point penser d'autre: qui a trouué toute la voye de science, & l'a baillée à Iacob son seruiteur, à Israel son bien aymé, dont elle a depuis esté veue en terre, & a conuersé entre les hommes. Et certes Daniel aussi bien monstre le temps de la naissance conté par sepmaines, qui voudroit vn peu curieusement l'esplucher. Mais long temps deuant luy, Iacob le patriarche estant pres du pas de la mort & saisi de l'esperit prophetique, prophetisa en ceste maniere: De Iuda sceptre ne sortira ne gouuer- *Gen. 49* neur d'entre ses iambes, iusques que celuy qui doit estre enuoyé, vienne: & iceluy sera l'attente des gens.   Or tout le pays des Iuifs seruoit-ia aux Empereurs Romains. Iudée auoit Herode pour roy, homme estrangier, argument assés euident que le Messias estoit sur le point de venir, qui eust voulu rechercher les Prophetes. Et quant à ce qu'il a adiousté, qu'à celuy seroit l'attente des gens: combien qu'à l'aduenir cela sera plus euident, ce neantmoins il apparut dés lors qu'il fut nay. Car si tost que la vierge eut enfanté voyla par la conduitte d'vne estoille accourir trois Sages auec presens pour adorer le nouueau roy. Ce qu'aussi la voix des Prophetes n'auoit pas passé sans predire: car voicy qu'en dit le prophete Esaie: C'est qu'auant que l'enfant sache reietter le *Esa. 7* mal, & eslire le bien, il prendra les despouilles de Samarie & de Damas à l'encontre du roy des Assyriens. Et de faict quand n'estant encore qu'enfant, il attire à soy par la conduitte d'vne estoille les trois Sages, & d'idolatres qu'ils sont les faict adorateurs du roy des regnans, n'a-il pas prins la despouille de Samarie, qui estoit toute infame pour son idolatrie? Et Damas estoit autrefois contrée du pays d'Arabie, deuant que par la separation des Syriens elle fust assignée à Syropheniße. Or le leuant abonde en odeurs aromaticques, donc les Sages luy presenterent de leurs cheuances, assa-uoir encens & myrrhe: luy presenterent aussi de l'or, dequoy ne s'est pas teu non plus la prophetie. Car le prophete Esaie parle en ceste maniere: Tous ceux de Saba viendront, *Esa. 60* apportans or & encens, & publians les louanges du Seigneur. La prophetie du Pseaume en a aussi faict mention: Il sera fourny d'or d'Arabie. Item en vn autre passage: *Psal. 31* Les roys d'Arabie & de Saba luy payeront des dons. Car en ces regions là le plus souuent les Sages en estoyent les gouuerneurs. Dauantage par le roy des Assyriens a esté denoté Herode roy prophane, qui quand on luy eut apporté les nouuelles de la naissance du Messias fut troublé, & deceu des Sages. Le meurtre des enfans s'en ensuyuit au pays de Bethlehem, ce qu'aussi les propheties n'ont pas sceu taire: car voicy qu'en a predit le prophete Hieremie: On oyt en Rama vne voix lamentable, d'vn *Hier. 31* pleur amer de Rachel qui pleure ses enfans, sans s'en vouloir consoler, à cause qu'ils sont tous perdus. Voyla comment il a exprimé les lamentations des meres, deplorans le massacre de leurs propres enfans. Et quant au lieu il a denoté obscurément par le nom de Rachel, le sepulchre de laquelle n'est pas loing de Bethlehem. Par l'aduertissement de l'Ange il a esté transporté en Egypte, & de là aussi ramené par l'aduertissement du mesme Ange. Et la prophetie d'Osée ne l'auoit-elle pas aussi predit, disant: I'ay appellé mon fils d'Egypte?   Or-ça deuant qu'il se mist apres l'office de *Osée 11* predication que son pere luy auoit enchargé: Iean son auant-coureur ne testifia-il pas qu'iceluy deuoit bien tost venir, iusques à le monstrer du doigt (comme-ia il venoit) au peuple Iuif? Et n'estoit-ce pas bien aussi ce qu'auoit clairement predit Esaie: Vne voix *Esa. 40*

d'vn

d’vn qui crie au defert:Preparés la voye du Seignr faittes les fentiers de noftre Dieu droits
au defert.Certainement vous aués veu Iean prefchãt au defert,vous l’aués ouy recognoiftre cefte prophetie auoir efté preditte de foy. Et mefme de fon baptefme la prophetie ne
l’a pas non plus laiffé en arriere.Or quant à ce qu’il a commencé fa predication non pas
Efa.9 en Ierufalem mais en Galilée:Efaie ne l’a-il pas predit affes clairement:difant:Au pays de
Zabulon & de Nephthalim,tirant cõtre la mer,dela le Iordain, à la Galilée des Payens,le
peuple qui cheminoit en tenebres,verra vne grande lumiere:& ceux qui habitoyẽt en vn
pays de hydeufe nuict,la lumiere leur efclaireta. Or nous fçauons que Capernaum,où habitoit Iefus quãd il commença de prefcher,eft ville maritime,és limites de Zabulon & de
Nephthalim.Mefme la maniere d’enfeigner dont fouuentefois enuers le peuple,enuelop-
pant la fentence fous vne obfcurité de paraboles:les prophetes ne l’ont pas laiffé en arrie-
Pfal.77 re.Qu’ainfi foit voicy qu’en dit le Pfeaume d’Afaph:I’ouuriray ma bouche pour dire pa-
raboles:ie mettray en auant propos obfcurs du temps paffé. Dauantage qu’il y en auroit
Efa.6 qui s’oppoferoyent à fa doctrine,calõnians tous fes dits & faits.Efaie l’a predit:Oyés fans
entendre,& regardés fans cognoiftre:eflourdy le cœur de ce peuple, & affotty fes oreilles,
& efblouy fes yeux,à fin qu’il n’y voye des yeux, & n’oye des oreilles, & n’entẽde du cœur,
& qu’il ne fe conuertiffe & foit guery.Dequoy il fe complaint aufsi en vn autre paffage:Sei-
Efa.53 gneur qui croit à noftre dire?Outreplus mefme des miracles que vous luy aués veu faire,
les oracles des Prophetes ne l’auoyent-ils pas predit ouuertemẽt ? Efaie n’en parle-il pas
en cefte maniere?Vrayement il a fouftenu & porté noz douleurs, & maladies. Et y a-il eu
forte de mal,qu’il n’en ait deliuré les affligés ? De-rechef le mefme Prophete le dit encore
Efa.35 plus ouuertement:Dittes à ceux qui ont le cœur haftif:Prenés couraige, ne craignés rien.
Voyla noftre Dieu vengeur qui viendra:le Dieu recompenfeur viendra, & vous fauuera.
Lors feront ouuers les yeux des aueugles,& les oreilles des fourds feront defferrées: lors
fauteront les boyteux comme cerfs,& les langues des muets triompheront de crier. N’a-
ués vous pas bien veu de voz propres yeux Iefus faire ces chofes, voyre & encore de plus
grandes?Vous l’aués ouy recognoiftre cefte prophetie auoir efté ditte de foy,quand Iean
enuoya de fes difciples luy demander s’il eftoit celuy Mefsias attẽdu, ou s’il en failloit attendre vn autre, aufquels il fit telle refponfe : Allés rapporter à Iean ce que vous oyés &
Matth.11 voyés.Les aueugles y voyẽt,& les boyteux cheminẽt:les ladres font nettoyés,& les fourds
Luc 11 oyent:les morts reffufcitent & les poures reçoyuent l’Euangile. Or que pour ces benefices
fi grands les principaux de la fynagogue s’en enaigriroyent tant plus : Efaie ne l’a-il pas
fort biẽ defpeint fous la parabole de la vigne,laquelle eftant prouocquée par tant de biẽ-
Efa.5 faits,n’a pas rendu la pareille à fon laboureur ? M’attendant qu’elle deuft porter des rai-
fins,elle a porté des lambrufches.I’efperoye droitture, & voicy bleffure:I’efperoye iuftice,
& voicy complaincte.Or-ça la parabole que vous aués ouyé de Iefus mefme touchant la
vigne enclofe,garnie de tours,de preffoir & de foffe à receuoir le vin, laquelle par la faute
des laboureurs ne rendit point le fruict à fon Seigneur, ne refpond-elle pas à l’oracle du
Prophete?Le mefme figuroit ce figuier là,q ne fe mift-ia à porter fruict quelque defchauf-
fer qu’on luy fift.Et ne vouloit non plus autre chofe dire la parabole, de la femence iettée
Efa.65 en mauuaife terre.C’eft ce aufsi dequoy il s’eft plaint autrefois par fes Prophetes:I’ay tout
le iour eftendu mes mains à vn peuple mefcroyant & contredifant. Quant à fa vertu,les
puiffans luy en portoyẽt enuie,calomnians que les miracles qu’il faifoit c’eftoit en la puiffance de Beelzebub.Au refte l’imbecillité de fon corps la petiteffe de fa qualité, & les afflictions qu’il a endurées,ont fcandalifé les infirmes,encore qu’ils nẽ fuffent pas mauuais.
Car quand il fut prins des Iuifs,mefme ces douze d’eflite s’enfuyrẽt.Voyés aufsi fi le Prophete Zacharie s’eft teu de cela:Ie frapperay(dit-il)le pafteur, fi ferõt efparfes les ouailles
Zach.9 du trouppeau.A ceftuy s’accorde le Pfeaume 88.Et as eslongné mes familiers de moy, en
leur faifant auoir defdaing de moy.Et Pierre n’a-il pas auec maugréemẽt renoncé fon Sei-
gneur:ce qu’aufsi euffent faict to⁹ les autres,fi fe fuffent trouués au mefme dãgier?il a efté
trahy de Iudas, qui eftoit l’vn des douze. Confiderés fi le Pfeaume prophetique ne l’auoit
Pfal.54 pas aufsi predit,difant:Car ce n’eft pas vn ennemy qui m’outrage,pour dire que ie le doyue fouffrir:ce n’eft pas mon aduerfaire qui m’ẽuahit,pour me pouuoir cacher de luy.Mais
toy hõme de mon eftat mon conducteur, & mon grand familier.Or-ça s’il vous fouuient
que Chrift,quand Iudas vint à luy pour par vn traiftre baifer liurer fon Seigneur aux gendarmes,luy vfa de tel propos:Amy,pourquoy es-tu venu?Trahis-tu le fils de l’hõme par
vn baifer?ne luy reprocha-il pas ouuertement la prophetie du prophete? Il l’appelle conducteur,pour ce qu’il fembloit auoir le gouuernemẽt fur les Apoftres,à raifon qu’il auoit
le manie-

le maniement des affaires entre mains.Item vn autre Pseaume le dit bien encore plus clai Psal.17
rement:Mesme mon amy,en qui ie me fiois,qui mangeoit à ma table,me baille des coups Psal.54
de pied.Et voyés combien à ceste prophetie s'accordent les parolles que Christ tint à ses
disciples touchant son traistre,le dernier soupper:Celuy(dit-il)qui mange à ma table,le-
uera son talon côtre moy.Item vn autre Pseaume:Mes amys & familiers se reculent de ma
playe,& mes prochains se tiennent loing.Item vn autre:Ses parolles sont plus coulantes
qu'huyle,& ce sont coups d'estoc.Et n'est-ce pas vne parolle plus coulâte qu'huyle,Dieu
te gard maistre,dit-il auec vn baiser:N'estoit-ce pas vn coup d'estoc,infecté de mortel ve
nin,de dire:C'est luy,empoignés-le?Vous l'aués peu ouyr de ses Apostres:& si vous ne l'a
ués encore ouy,vous pourrés vous en enquerir.Iudas se fit promettre des Pontifes &prin
cipaux,trente pieces d'argent,& de cest argent poullu fut soudain acheté vn champ pour
enseuelir les poures.Le Prophete a predit l'vn & l'autre.Touchant le pris quelqu'vn des
Prophetes en a prophetisé en ceste maniere:Ils peserent mon pris assauoir trente pieces Zach.11
d'argent.Et le Seigneur me dit:Iette-les pour le potier,le gentil pris dont i'ay esté prisé par
eux.Si prins les trente pieces d'argent,& les iettay au temple du Seigneur pour le potier.
Ces choses ainsi acheuées:Iudas se repentant mais trop tard,s'alla pendre,diminuant le
nombre des douze esleus,& faisant place pour vn autre Apostre en son lieu.Ce qu'aussi
n'ont pas teu les Prophetes.Car voicy qu'en dit le Pseaume mysticque:Ses iours soyent Psal.108
courts,&vn autre prenne son office.Et touchant ce malheureux conseil de tuer Iesus,tenu
chés Caiphe le grand pontife,par les Scribes,Pharisiens,principaux,& par le populas cô
iuré auec eux:voyés si cela n'a pas aussi esté predit par la prophetie du Pseaume,qui dit:
Pourquoy bruyent les gens,& font les peuples vne folle entreprinse?Les roys de la terre Psal.2
se bendent,& les seigneurs s'amassent ensemble contre le Seigñr & contre son oinct.Vous
ouyés qu'il dit des Gens,&vous sçaués que la bande de Pilate l'a crucifié.Vous ouyés ce
qu'il dit des peuples,&vous voyés que le populaire des Iuifs ont crié:Crucifie-le,cruci-
fie-le.Vous ouyés faire mention de roy:&vous sçaués que Pilate est gouuerneur de la Iu
dée pour Cesar,lequel Pilate a prononcé sentence de mort contre Iesus.Vous ouyés nommer les princes de la terre,&vous entêdés les principaux du peuple Iuif,qui n'entendans
pas la Loy estre spirituelle,cherchoyent les choses terriennes:&en ne voulant les laisser,
ont tué le roy des cieux.Aussi les menace Esaie,disant:Malheur sur eux,& à bon droit:car Esa.3
ils ont brassé vn couplet contre eux-mesmes,disant:Attrappôs le iuste,puis qu'il nous est
dômageable.On l'a trainé en iustice côme malfaitteur:Le Seigñr est en point pour iuger
les proces,& est pres pour iuger les peuples.Le Seigñr viendra en iugemêt entre les Senateurs & principaux de son peuple.Il a esté côdamné chés Caiphe,des pricipaux Sacrifica
teurs,Scribes,Pharisiês,& principaux du peuple.Derechef au parquet du grand gouuerneur,il fut côdamné par le cry du peuple:Ostes-le,ostes-le,crucifie-le.Mais quâd on cô
damne le Seigneur,on les condamne eux-mesmes,estant en toutes manieres descouuerte leur iniquité detestable.Pilate pronôce la sentence contre eux-mesmes:Ie suis innocent Matth.27
du sang de ce iuste,aduisés y.Et eux de pronôcer la sentence côtre eux-mesme,& crier:Son
sang soit sur nous,& sur noz enfans.Ces abominables machinatiôs à l'encôtre de Christ. Thren.3
Ieremie aussi les deplore,disant:Tu vois Seigneur le tort qu'on me faict:vuyde mon pro-
ces.Tu vois côbien ils taschent de se venger de moy,& de me iouer d vn mauuais tour.Tu
oys cômêt ils m'outragêt,Seigñr,& côbien ils taschêt de me faire vn mauuais tour.Tu oys
les propos de mes aduersaires,& leur entreprinse ordinaire contre moy.Soit que tu les regardes assis,soit que debout,ils font de moy leur châson.Ne depeint-il pas là tout clairement la côsultation des Sacrificateurs & principaux cômment il pourroyent cauteleusemêt
mettre à mort Iesus,cherchans de faux tesmoignages pour accabler l'innocent,luy mettâs
sus d'auoir blasphemê,le condamnant par preiugement,s'asseans côme iuges,puis se le-
uans pour l'accuser par deuant le grâd gouuerneur.Lasches assis,encore plus lasches de
bout.Or que leur hayne ne se soit point côtentée d'vne mort la premiere venue,ains ait e-
sté choysie la plus ignominieuse & quât & quât la plus aspre de toutes les morts.Ieremie
le testifie portât la personne de Christ:Le Seigñr m'a si bien donné à cognoistre & môstré Iere.11
les menées que ie les cognois biê.Et de faict,i'estoye côme vne brebis de la bergerie,qu'on
meine à la boucherie & n'entêdoye pas qu'ils me brassassent telle chose,disans:Gastôs &
l'arbre & son menger,& le racle de la terre des viuans,si qu'il n'en soit iamais plus parlé.
Sans point de faute l'entreprinse des Pharisiens tendoit bien là,que Iesus estant accusé,
côdamné,& pêdu entre les malfaitteurs renômés,son nom vinst ou à s'abolir du tout,ou
à estre mis au renc des maudits &detestables.Reduisés maintenât en memoire,que Christ
auant sa mort vous a predit ces choses,qu'il seroit liuré entre les mains des Payens,qu'il

M   seroit

seroit reprouué,mocqué,fouetté,crucifié:& vous recognoiſtrés que rien dé tout cecy n'eſt
aduenu temerairemēt,ne par cas fortüit. Chés Anne & chés Caiphe les Iuifs par faux teſ
moings l'accuſerēt de blaſpheme,qui eſt bien le plus enorme de tous les crimes.Cela fut fi
guré en Ioſeph,côtre lequel ſes freres côiurerent par enuie & l'accuſerent d'vn treſenorme
crime.Deuāt les iuges ou il ne reſpôdit rien,ou ſa reſponſe fut bien courte(côbien qu'il n'y
euſt que reprēdre en luy)car il auoit deliberé de mourir pour le ſalut du môde. Vo⁹ pourriés pêſer ce auoir eſté faict fortuitemēt,ſi Eſaie ne l'auoit predit ouuertemēt:Il a eſté offert
pour ce qu'ainſi il l'a voulu, & ſi n'a pas ouuert ſa bouche: côme vne brebis qu'on meine

Eſa.53

à la boucherie,côme vn aigneau qui ſe taiſt deuāt ſon tôdeur, il n'a pas ouuert ſa bouche.
A quoy côuient fort proprement la ꝓphetie du Pſeaume:Et ie n'oy nô plus qu'vn ſourd,&
& n'ouure ma bouche non plus qu'vn muet.Et ſuis côme vn hôme qui n'oyt goutte &n'a
point d'excuſe en ſa bouche:car en toy Seignr,i'ay eſperāce.Et de faict,le têps eſtoit ia venu
qu'il s'expoſaſt ſoy-meſme à toute ignominie,pour bailler aux ſiens vn patron de patiēce
où il n'y euſt que redire:il a eſté lié,il a eſté battu de ſoufflets & buffes,fouetté & decraché.
Par mocquerie on l'a veſtu d'vne manteline d'eſcarlate,courôné d'vne courône d'eſpine:
meſpriſé d'Herode,& par ignominie renuoyê en robbe blāche,on l'a expoſé au peuple en
vn piteux eſtat:vn Barrabas a eſté preferé à luy.Toutes ces choſes pource que volontaire
mēt il les a ſouffertes pour le ſalut du môde ſelô les oracles des Prophetes:elles ne vo⁹ de
uoyēt point engēdrer de deſeſpoir,mais pluſtoſt vous dôner eſperāce.Et Ieremie ne deplo

Pſal.37

re-il pas cela diſant:L'eſprit de noz narines,l'Oinct du Seignr a eſté prins par ces gēs dô-
mageables,ſous l'ôbre duquel no⁹ auiôs dit que nous viuriôs parmy les natiôs eſtrāges.
Eſcoutés derechef le meſme Prophete ſe lamentant & diſant:Qu'il pare la ioue pour eſtre
ſoraffleté endurāt outrageſtout ſon ſaoul. Au côſeil des Iuifs il fut ſoraffleté par le ſeruiteur
du grād Sacrificateur:la bande de Pilate le ſoraffleta & buffeta & le frappa d'vn roſeau,&ſi
ne fit nulle reſiſtence.Or eſcoutés qu'en dit la prophetie du Pſeaume:Laboureurs m'ont
labouré le dos,en menāt longues rayes.A quoy s'accorde Eſaie,diſant:Le Seignr m'ouure
l'oreille & ie ne ſuis pas deſobeiſſāt,ie ne recule pas arriere.Ie pare le dos à ceux qui me veu
lent battre,& les ioues à ceux qui me veulent arracher la barbe:ie ne cache point mô viſa
ge qu'il ne ſoit vilenné & craché.Deſia quād vous liſés l'oracle du meſme Prophete en vn
autre paſſage:ne vous eſt-il pas aduis que vo⁹ voyés Chriſt meſme,fouetté,craché,courô
né d'eſpines,veſtu d'vn māteau,expoſé en riſée au peuple Iuif:Car voicy qu'il en eſcript:Il
eſt ſans forme & ſans beauté,tellemēt que no⁹ ne voyôs en luy nulle forme pour le deſirer.
Meſpriſé,& moins qu'hôme:vn hôme qui ſçait que c'eſt de douleurs & tourmēt & tel qu'ô
ſe boucheroit le viſage pour ne le voir pas : tāt meſpriſé que no⁹ ne pēſions pas que ce fuſt
luy.Vrayemēt il a ſouſtenu & pôrté noz douleurs & maladies,& no⁹ l'auôs tenu pour nâ-
uré,battu de Dieu & matté.Et il a eſté occis & moulu pour noz pechés & fautes,& a ſouf-

Thren.4

Thren.3

Pſal.128
Eſa.50

Eſa.53

fert peine pour noſtre grād bien,& par ſa batture auôs eu gueriſon. Voyla pourquoy luy
meſme parle de ſoy au Pſeaume myſticque en ceſte maniere:Mais moy ie ſuis vn ver,& nô
pas hôme,la hôte des hômes,& le meſpris du peuple.Et meſme de la courône d'eſpine les
Eſcriptures prophetiques ne s'en ſont pas teues. Car au premier Adam il fut dit : La terre
ſera mauditte pour toy:tu māgeras d'elle peniblement tout le temps de ta vie,& elle te ſeu
tera chardons & eſpines.Telle qu'au premier Adam eſtoit la terre,tel au ſecôd Adam a eſté
le peuple Iuif,vne terre laquelle eſtāt cultiuée de toutes rayes,& prouoquée par tāt de biē
faits à ce qu'elle produit vn bô fruict à ſon laboureur,luy a produit des eſpines. Or Chriſt
côme vous l'aués meſme ouy teſtifier à Iean,eſtoit l'eſpoux de l'Eſgliſe,& fils de la Synago
gue meurtriere des ſiens.Et pourtant au myſticque chant nuptial,le pere appelle chaſcun
pour voir le cruel ſpectacle de l'eſpoux courôné d'eſpines. Sortés & regardés(dit-il)fem
mes de Sion,Salomon couronné d'vne courône,dont ſa mere l'a accouſtré au iour de ſes
eſpouſailles & plaiſir de cœur. Vrayement c'eſtoit l'eſpoux ſayſi d'vne amour vehemente,
qui de ſon propre ſang a laué ſon Eſgliſe, & là s'eſt adioincte d'vn lien indiſſoluble.Et c'e
ſtoit là le iour des eſpouſailles,iour qu'il auoit deſiré de ſi grād deſir que toute attente luy
eſtoit longue,ſi grāde eſtoit ſon amour.Là où le grād gouuerneur cherchoit tous moyens
d'abſoudre Ieſus : les principaux des Iuifs auec le menu peuple,meurtriers & enragés qu'
ils eſtoyent ne faiſoyent que crier. Oſtes-le,oſtes-le,crucifie-le, crucifie-le.Aduiſes com
ment Ieremie ne s'en eſt pas teu,parlant en la perſonne de Chriſt:I'ay abbādonné ma mai
ſon:i'ay laiſſé mon patrimoine:i'ay abbandonné ce que ie cheriſſoy le plus en la main de
mes ennemys.Mon patrimoine m'eſt côme vn lion ſauuage:il crie contre moy. Or tout ce
qui luy a eſté en ignominie,il le conuertira en ſa gloire. Herode le renuoya à Pilate, ve
ſtu d'vne robbe blanche:auſſi le peuple Payen l'embraſſera vn iour pour ſacrificateur.La

Pſal.22

Gen.3

Cant.3

Iere.12

bande

bande des gendarmes le vestit d'vn manteau d'escarlatte, luy baillerent vn roseau en lieu
de sceptre, luy tresserent vne couronne d'espines & luy mirent sur la teste: les fideles le recognoistront & l'adoreront pour leur roy, voyre leur roy vainquant & triomphant en ce point.
Herode & Pilate iouent ensemble à la pelotte s'entrenuoyans Iesus comme vne paume:
mais ce pendant ils en deuiennet amys eux qui parauant estoyent en picques mutuelles:
recommandans encore en cela le moyenneur & appaiseur de tout, tant au ciel qu'en la terre, dont a prophetisé Iob: Le Seigneur reconcilie les cœurs des princes de la terre. Or re-
duysés vous de-rechef en memoire ce spectacle là, lequel n'agueres vous aués veu de voz
propres yeux, assauoir, Iesus s'en allant au lieu du supplice, & porta sa croix sur ses espaules. N'auoit-il pas signifié cela deuoir aduenir, quand tant de fois il disoit à ses disciples & Luc 14
au menu peuple: Qui ne porte sa croix, & me suist, il n'est pas digne d'estre des miens. Et
voyla, tel estoit le sceptre du roy des Iuifs, c'est à dire de tous confessans. C'est le sceptre que
Esaie luy vit iadis sur les espaules, quand il disoit: Qui porte seigneurie sur ses espaules. I-　Esa. 9
saac en fut la figure tant de siecles auant, portant le faisseau de boys pour estre luy-mesme
sacrifié en offrande. Isaac nous est demouré sauué, tant seulement vn mouton a esté sacrifié, c'est à dire le corps de Iesus, car le corps seul estoit mortel, mais pour bien tost reuiure.
Or a-il esté hors la ville. C'estoit ce que Christ mesme auoit signifié deuoir aduenir par la
parabole des laboureurs, qui chasserent le fils hors de la vigne, puis le tuerent. Mais long
temps auant, Moyse l'auoit signifié, qui comme vous lisés au Leuitique, commanda que
le toureau qu'on immoloit pour les pechés du peuple, fust porté hors du fort, & là bruslé.
Et selon le sens spirituel, Iesus n'a-il pas esté bruslé hors de Ierusalem, lequel estant touta-
lemet enflammé d'vn indicible feu de charité enuers le genre humain s'est soy-mesme employé tout entier? Quand vous voyés Iesus pendant en vn boys esleué, ne vous remet-
tiés vous pas au deuant ce serpent mysticque, que Moyse pendit iadis en vne perche, pour
la guerison de tous ceux qui seroyent mordus des serpens, pourueu qu'ils iettassent leurs
yeux sur iceluy? Or l'œil de l'homme c'est la foy. Quiconque iettera cest œil sur Iesus Christ
crucifié, sera sauué. Or Moyse auoit predit qu'il aduiendroit que les Iuifs voyant Iesus pendu en la croix (lequel par sa mort donneroit la vie à tous) ce neantmoins ne croyront point
à luy. Car il dit ainsi en Deuteronome: Vostre vie sera perdue deuant voz yeux, & serés ef-　Deut. 28
frayés nuict & iour & en doute de vostre vie. Vous laués veu pendu au milieu d'entre deux　Esa. 53
larrons: & vous ne recognoissés pas la prophetie qui dit: Et il a esté côté auec les meschâts:
Vous aués veu en plein midy deuenir nuict tout à coup, depuis six heures iusques à neuf.
Christ luy mesme s'est dit estre la lumiere du monde, & a donné à entendre que la nuict e-
stoit prochaine, quand on viendroit, à l'oster du monde. N'est-ce pas ce qu'Amos a clairement prophetisé? En ce iour là, dit le Seigneur, ie feray coucher le soleil à midy, & couuri-　Amos 8
ray la terre de tenebresen clair iour. Zacharie ne s'est aussi teu de cecy disant en ce iour là il　Zach. 14
n'y aura pas de lumiere, ains froid & gelée & sera vne iournée, qui est cogneue du Seignr,
& ne sera ne iour, ne nuict, & au temps du vespre sera lumiere. C'estoit vn iour cogneu du
Seignr, lequel les Iuifs n'ôt pas cogneu. Il n'estoit point iour: car entour le midy il fit nuict,
il n'estoit point nuict, car depuis neuf heures la lumiere retourna. Or la froideur & gelée e-
stoit au cœur des disciples qui s'enfuyoyet côme desesperés entre lesquels estoit Pierre, lequel renya aussi le Seigneur & estant saysi de froid se chauffoit au feu des meschants. Confrontés ce qui s'est faict quand Christ estoit pendu en la croix, en sa soif on luy a presenté
du vin brouillé, & du vinaigre, côme aussi quâd on voulut le mettre en croix on luy auoit
presenté du vin meslé. Et n'est-ce pas ce que tout clairemet a predit la prophetie du Pseaume? Mesme pour mon manger on me donne du fiel, & en ma soif on m'abbreue de vinai-　Psal. 63
gre. Vous aués ouy les Pharisiens & les gros comme vaincqueurs se mocquer du pendu,
& entre autres outrages luy faisâs tel reproche: Il s'est dit fils de Dieu, il s'est fié au Seignr,　Matth. 27
qu'il le deliure maintenant, s'il veut. Voyés comment la prophetie du Pseaume non seulement a predit la chose, mais aussi a recité les propres parolles des meschants, disant: Mais　Psal. 21
moy ie suis vn ver, & non pas homme, la honte des hommes, & le mespris du peuple. Tous
ceux qui me voyent, se mocquent de moy, en faisant la moue, & hochant la teste. Il est appuyé sur le Seigneur, qu'il le deliure, qu'il le face eschapper puis qu'il est en sa grace. Vous
aués veu l'aigneau predit par Esaie, se taire à tous outrages, voyre prier pour les autheurs　Psal. 108
de sa mort, quand il crioit: Pere pardonne-leur, ils ne sçauet qu'ils font. Or voyés-mon si
le Pseaume n'a pas aussi predit cela? On parle contre moy d'vne langue menteuse. Ie suis
enuironné de parolles mal-veuillantes, & assailly à tort. Pour l'amour que i'ay porté, on
m'est contraire, & si ay faict priere. Vous l'aués veu encloué en la croix, pendu tout nud, le

M　2　　corps

corps estendu:oyés maintenant la prophetie toute claire:Ils m'ont percé mains & pieds:
ie nombreroye bien tous mes oz. Vous aués veu les gendarmes partir entre eux les habillemens de Iesus crucifié, C'est aussi ce qui s'ensuyt en la prophetie du mesme Pseaume:
Ils ont departy entre eux mes habillemens, & ont ietté le sort sur ma robbe. Les autres

Psal.22

habillemens ils les ont departis entre eux: pour la robbe sans cousture pource qu'elle
ne pouuoit se descoudre, ils ont ietté le sort à qui l'auroit. Vous l'aués ouy quand il fut
pres de rendre l'esprit, comment il cria à haute voix: Pere, en tes mains ie recommande
mon esprit, demonstrant que la prophetie du Pseaume auoit parlé de sa mort. Vous aués
veu qu'aux brigands furent rompues les cuisses, & à Iesus non : à fin qu'encore par ce signe il mõstrast qu'il estoit le vray aigneau paschal, le sang duquel deliure de mort eternelle tous ceux qui croyent, dequoy il y a vn cõmandement en l'Exode: Ne luy rõpés aucuns

Exo.12

oz. Vous vous estes bien peu aussi apperceuoir, comment par diuers moyens il a vaincu
les forces du monde & de Satan : il a par simplicité vaincu finesse, par debonnaireté surmonté fierté: par humilité, gloire: par douceur, orgueil : semblablement par foyblesse il a
vaincu la puissance de Satan. Car qu'est-il plus foyble, qu'vn qui s'en va mourir? Et toute
fois vous aués veu combien grande puissance a eu ceste imbecillité. Vous aués veu le so
leil se obscurcir, la terre trembler, les pierres se fendre, tombeaux s'ouurir, le voyle du temple se mypartir: ces choses certes demonstroyent bien que sa principalle force auec laquelle il a vaincu le diable & le monde, auoit esté desployé en sa mort. Et le prophete Aba-

Aac.3

cuc l'auoit bien ainsi predit : Or il y auoit vne clarté reluysante, & auoit des cornes en sa
main, là où estoit la cachette de sa puissance. Deuant luy alloit la peste & sortoit mortalité
à ses pieds. Vous oyés faire mention des cornes de la croix, la foyblesse de laquelle a deceu
le prince de ce monde. Car le Seigneur Iesus auoit là caché sa vertu celeste, pour accabler le
diable. Il triomphoit de la mort, a mis Satan à honte & confusion deuant tous . Luy-mes-

Iean 12

me l'auoit bien ainsi predit auant que mourir: Quãd ie seray haussé de terre, ie tireray tout
à moy. Cela mesme, Moyse estant pres de mourir l'a signifié, vray est que ç'a esté sous propos assés obscurs. Car en benissant chasque lignée, quand il vint à la lignée de Ioseph qui

Gen.49

estoit la figure de Christ, il dit: Sa maiesté est cõme le premier nay d'vn toureau, & ses cornes comme cornes de licornes, auec lesquelles il hurtera les peuples iusques au bouts de
la terre. Il a ainsi semblé bon à la sagesse diuine, que Christ par les cornes de la croix'assu-
iettisse tout le mõde vniuersel. Mesme de sa sepulture ne se sont pas teu les prophetes. Car

Iere.3

voicy qu'en escript Ieremie representant la personne de Christ : Ils ont mis ma vie en vne
fosse & ont mis vne pierre sur moy. Et de faict, vous sçaués qu'il a esté enseuely en vn tombeau de pierre, & que la porte du tombeau a esté bouchée d'vne fort grande pierre, de
peur que quelqu'vn n'emportast le corps du deffunct . Le iour de l'Apprest sur le vespre il
fut mis au tombeau, là il s'est reposé au Sabbath : car aussi estoit-ia accõply l'œuure du salut humain. Cõsiderés si la prophetie n'a pas encore dit cela. Le iuste (dit-il) est reduit arrie-

p.57

re du mal: à fin qu'il vienne en paix. Iusqu'à la mort il s'est laissé manier des prophanes:
depuis sa mort, il ne s'est voulu laisser manier de personne sinon que de ses amys, & desormais ne se baillera à voir à personne sinon à ses amys. De cecy, l'ancienne prophetie du patriarche Iacob en a donné vne signification, mais obscure lequel estant pres de la mort

Gen.49

prophetisa de Iudas, que dy-ie de Iudas ? mais de Christ en ceste maniere: Tu t'es tapy &
couché comme vn lion : qui est celuy qui l'osast faire leuer? Dauantage comme il a voulu mourir & estre enseuely, que semblablement il ne pourriroit point au sepulchre, mais
qu'apres y auoir demouré bien peu de temps, il ressusciteroit, les prophetes ne l'ont-ils
point dit tout ouuertement? Au Pseaume seziesme le Sainct Esperit ne parle-il pas ainsi:
Tu ne laisseras point mon ame en Enfer, & n'endureras point que ton debonnaire souffre corruption. Il n'y a senteurs, ne baume qui puisse engarder vn corps mort de iamais
ne pourrir: attendu que mesme les senteurs & aussi les sepulchres, fussent-ils bien de marbre, le temps les consomme : mais la resurrection a ceste efficace, qu'elle donne immortalité. Au reste, toute la figure de cecy, le prophete Ionas ne la representa-il pas iadis ? La tempeste luy fut acoulpée, & à fin que tous ne perissent, il fut ietté en la mer, à
fin que par la perte d'vn seul, s'appaisast la tempeste qui menaçoit de ruyne tous ceux
du nauire. Christ est mort pour le salut de tous, à fin de purger les pechés de tous. Ionas fut englouty de la balaine, du ventre de laquelle il sortit le troisiesme iour contre
l'esperance de tous: Christ a esté caché au tombeau, dont il a promis de deuoir sortir
le troisiesme iour. Car les Iuifs luy demandans signe du ciel il leur promit le signe de Ionas le prophete, & qu'à l'exemple d'iceluy ils se leueroit de dedans la terre au troisiesme

iour

iour.Et combien de fois a-il inculqué cela à ses disciples,qu'il mourroit & que trois iours
apres il reſſusciteroit:C'eſt ce que le prophete Oſée auoit predit, diſant: Il nous fera reui/ *Oſée 6*
ure apres deux iours:le troiſieſme iour il nous reſſuscitera.Comme ainſi ſoit donc,que iuſ
ques icy,vous ayés veu tout s'accorder les figures de la Loy,les oracles des Prophetes,les
predictions de Christ meſme,brief les euenemens des choses:comment ſe faict cela mainte
nant que comme ſommeillans & endormis vous ſoyés deffians,& que pluſtoſt par le paſ/
ſé vous ne ſaittes côiecture de l'aduenir:Il auoit predit qu'il ſeroit liuré aux Payens,qu'il
ſeroit lié,fouetté,mocqué & crucifié.Il n'y a rien de tout cela qui ne ſoit aduenu.Vous l'a/
ués veu,& le croyés.Mais luy—meſme a predit qu'il reſſusciteroit au troiſieſme iour, & que
durans quelques iours il ſe monſtreroit non pas au monde,mais à ſes diſciples.Dôt vient
donc que vous ne croyés à ces femmes qui diſent qu'elles ont entendu des Anges qu'il eſt
reſſuscité:La foibleſſe du corps mort vous a-elle tellement ſcandaliſés, que maintenant
vous en perdiés courage,comme ſi c'eſtoit faict de toutes ces magnificques promeſſes du
royaume,de la puiſſance du ciel & de la terre qui doit eſtre baillée au fils, de ſon monter
au ciel,de ſon retour vers le Pere,de l'aſſiette à la dextre du Pere,de la publication de l'Euâ
gile par toutes les nations du monde,de ſa glorieuſe venue ſur la fin du môde,de l'immor
talité des ſaincts, des ſupplices des meſchans ? Voyre à la maieſté de ces choses, la mort a
baillé paſſage & entrée.Côme vous l'aués veu mourir & eſtre enſeuely, auſſi le verrés vo⁹
de rechef viuant,vous le verrés monter au ciel.Vous receurés l'Eſprit celeste, vous verrés
la vertu celeste ſe deſployer en des hommes abiets & idiots : vous verrés auſſi par tels la
lumiere Euangelique en bien peu de temps ſaiſir tout le monde de ſes rayons. Et celuy Ie
ſus qui a eſté icy meſpriſé,decraché, & mocqué,tout le monde l'adorera côme eſgal à Dieu
ſon pere , & participant d'vn meſme regne.Finalement tout le monde vniuerſel le verra en
la maieſté du pere,accompagné de tous les Anges iugeant les vifs & les morts.Ce iour là,
il a voulu qu'il fuſt incertain à tous . Ce pendant il veut que les ſiens n'ayent autre ſoucy
que du regne Euangelique. Toutes ces choses ont eſté preditte par les Prophetes, deſi/
gnées par les figures de la loy Moſaique,accomplies de la plus grande part,& ne faut pas
douter que le tout ne ſe doyue accomplir en ſon temps. Ce propos du Seigneur Ieſus, nô
ſeulement frappant les oreilles de ces deux diſciples,mais auſſi leur penetrant iuſques au
dedans du cœur,les ſaiſit tellement qu'ils ne ſentoyent pas le trauail du chemin, ny ne re/
cognoiſſoyent Ieſus à ſa parolle:& ne leur venoit point en l'entendement de penſer à part
eux:Qui eſt ceſt homme-cy,qui a ſi bien en main les ſainctes Eſcriptures,toute la doctrine
& vie de Ieſus,& qui par vn parler de ſi grâde efficace nous rauiſt & touche le cœur? Nous
ne le viſmes iamais entre les diſciples,& toutefois il n'y a choſe qu'il ne ſçache. Tant ſeule/
ment ils l'aymoyent côme en ſongeant,& prenoyent plaiſir d'apprêdre Ieſus de Ieſus meſ
me.Et de vray,on ne l'apprend iamais plus heureuſement que quand luy—meſme daigne
nous enſeigner ſoy-meſme. En deuiſant de telles choses ils ſe trouuerent au bout de leur *Et ainſi appro/*
chemin,ſi qu'ils eſtoyent-ia pres de la bourgade, ditte Emaus. Mais Ieſus pour tant plus *cherent de la*
leur enflammer le deſir,faiſoit ſemblât de ne vouloir point ſeiourner en Emaus, ains tirer *bourgade.*
outre.Car quant à eux côme ayans perdu toute eſperance ils auoyent abbandonné Ieru/
ſalem,& ſe retiroyent en leur pays : là où ceux qui ont vne fois vrayement creu en Chriſt,
n'ont point icy de cité pardurable, ains tirent d'vn chemin continuel vers la cité celeste.Et
ces diſciples ne pouuans laiſſer vn compaignon de ſi bon propos, le prient, ſupplient &
obteſtent,brief l'importunerent tant par prieres & en le tirant par la robbe que pour re/
fus qu'il en fiſt ils le côtraignirent de loger ceſte nuict là auec eux, l'appellâs-ia Seigneur,
non pas qu'ils cogneuſſent que ce fuſt Ieſus,mais pource que du deuis admirable ils ap/
perceuoyent aſſes que ce n'eſtoit pas vn paſſant couſtumier.Si luy diſoyent : Seigneur,tu
nous as iuſques icy tenu compagnie ſi plaiſante & amyable en chemin:tiens-la nous auſ/
ſi au logis.Pourquoy te mets tu en chemin plus long? Il eſt deſia ſur le veſpre, & le ſoleil
s'en va bas. A bon droit hayſſent la nuict,ceux qui ayment Ieſus : & ce neantmoins ceux
ne doyuent point craindre la nuict de ce monde,leſquels ſont accompagnés de Ieſus. Or
il eſt bien aiſe qu'on le prie de faire ce que volontiers il faict:partie à fin qu'il donne le be/
nefice à gens qui le meritent & en ſoyent dignes,partie pour nous enſeigner que quand le
prochain eſt en neceſſité nous luy deuôs meſme ietter le benefice en ſon ſein maugré luy.
Car il y en a qui offrent leur benefice en ſorte qu'il ſembloit auoir peur que celuy à qui il
le preſente,ne le refuſe point:& qui donnent d'vn viſage tel,qu'ils le ſemblent dôner à re/
gret.Ieſus donc entra en la bourgade,& ne deſdaigna pas de loger chés eux.Et eux ioyeux
d'auoir vn tel hoſte quand ils luy eurent faict toutes les honneſtetés qu'on a accouſtumé

M　3　de

de faire aux hostes qui sont les bien venus, ils luy preparent aussi la table & selon leur petite puissance luy seruirent de ce qu'ils auoyēt. L'appareil n'estoit pas grand, mais deuant
toutes choses il luy mōstrerent vn bon visage respondant à vn cœur tres-entier. Et quand
Iesus fut assis à table auec eux, il print du pain, & loua Dieu, puis rompit le pain & le leur
bailla. Or pource qu'ils sçauoyent que ceste coustume estoit peculiere à Christ de rendre
graces à son pere deuant le repas, puis de rompre le pain à tout ses mains & le distribuer à
ses disciples, ces deux disciples comme s'esueillans se prindrent à penser à Iesus. Si fut soudain osté l'empeschement qui les auoit iusques là engardé de cognoistre que c'estoit Iesus, & cogneurent que c'estoit luy. Et comme vn soudain rauissemēt leur saisissoit le cœur,
Iesus s'esuanouyt de deuant eux. Car il ne faisoit que petit à petit & bien chichement exhibition de son corps apres qu'il fut ressuscité : fust-ce par ce que l'imbecillité humaine ne
pouuoit porter la maiesté de son corps de-rechef viuant, fust-ce à fin que petit à petit ils
s'accoustumassent de se passer de la presence du corps, qui bien tost deuoit les laisser, à
fin que desormais ils l'aymassent selon l'esprit. Au reste il ne cognoissent Iesus sinon en la
maison, qui est l'Esglise : ils ne cognoissent sinon quand il leur distribue le pain de la parolle Euangelique : car aussi est-ce celle qui ouure les yeux, desquels on cognoit Iesus. En
chemin il leur auoit bien rompu & distribué celuy pain mysticquement quand il leur declaroit les Escriptures : & ce qu'il auoit là faict selon l'esprit, il le renouuella puis apres par
le signe corporel. Le corps de Iesus s'estant absenté, ils commencerent de mieux le cognoistre, que non pas lors qu'il estoit present de corps. Leurs yeux estoyent couuers, pource
qu'ils estoyent mescroyans. Maintenant qu'il est absent, ils le voyent des yeux de la foy.
Apres que Iesus se fut absenté, ils ne laissent point de deuiser entre eux de Iesus, disans :
Comment s'est faict cela, que nous ayōs tant demeurés à recognoistre le Seigneur ? Nous
estions bien endormis : l'action de graces, le rompement & departissement du pain nous a
premieremēt resueillés, mais si nous n'eussions esté endormis, nous pouuions aussi bien
par le seul deuis qu'il nous a tenu, cognoistre que luy-mesme estoit Iesus, qui de Iesus faisoit tant & de si merueilleux discours. Qu'ainsi soit, quand par maniere de deuis familier il
nous deschiffroit par chemin les obscurités des figures & propheties qui sont en l'Escripture : ne sentions nous pas vne merueilleuse ardeur de cœur, voyre telle que la parolle des
Scribes & Pharisiens n'a pas de coustume d'engendrer au cœur des auditeurs ? Mais telle
estoit ordinairement la parolle du Seigneur Iesus à ceux qui l'escoutoyent en simplicité. Il
poignoit, il esmouuoit, il rauissoit, il brusloit, il enflammoit, il laissoit des estincelles & a-
guillons és cœurs des auditeurs. Or apres qu'ils eurent tous deux confessés l'vn à l'autre
qu'ils auoyent esté touchés de mesme, aussi bien l'vn que l'autre, & qu'ils n'estoyent plus
en doute que ce ne fust Iesus ressuscité de mort à vie, il se partirent d'Emaus tout à l'heure,
quelque abbaissé que fust-ia le iour, & en grāde diligēce s'en retournerēt en Ierusalē, pour
d'vne si grāde ioye rendre aussi participās tous les autres disciples, & que par vne mutuelle collation la foy de tous fust cōfermée. Car le Seignr veut que par ce moyē ses dons soyēt
diuulgués entre les hommes, à fin que par mutuels seruices croisse entre eux la charité, &
aussi les bienfaits pour puis apres estre recompensés de Dieu. Au departir de Ierusalē, il a-
loyēt plant : à cause que le deuis de Iesus leur ostoit & la fascherie du chemin, & le desir d'e-
stre au logis. Mais au retour la grāde enuie & de raconter ce qu'ils auoyēt rencontré, & de
cognoistre pareillemēt ce qui estoit aduenu aux autres, leur bailla des aisles aux pieds.

<table>
<tr><td>Et se leuant
à l'heure
mesme.</td><td>Quand ils furent arriués en Ierusalem, ils trouuerent les onze Apostres (car Iudas s'estoit
ia departy du nombre des douze) auec lesquels il y auoit aussi plusieurs autres disciples,
lesquels de grande ioye qu'ils auoyent, sans attendre le rapport des deux, leur racontarēt</td></tr>
</table>

de leur propre mouuement qu'apres l'esperance incertaine que les femmes leur auoyent
baillée les premieres, touchant la resurrection du Seigneur, il auoyent trouué de faict qu'il
estoit ressuscité : & que mesme il s'estoit monstré à Simon Pierre : la parolle duquel, pour ce
qu'il estoit le premier des Apostres, auoit plus grand credit enuers les disciples que non
pas la parolle des femmes. Ioinct que ce fut le premier que le Seigneur Iesus voulut consoler & conforter de sa presence, pour ce qu'il sçauoit qu'outre le cōmun mal de mescroyance, il se sentoit encore la conscience chargée d'auoir renoncé son Seigneur. Les deux disciples tous ioyeux de ces nouuelles, se mirent aussi à racōter pareillement, comment en s'en
allant à Emaus s'estoit adioinct à eux vn homme incogneu, en forme de passant, qui par
occasion leur auoit recité beaucoup de choses de Iesus, repetant des escriptures tant de
Moyse que des Prophetes, tout ce qui auoit esté predit de Iesus : racontant quant & quant
ce qui estoit aduenu, & deuoit aduenir par apres : & comment ils ne l'auoyent premierement

ment recogneu, que de sa coustume peculiere de louer Dieu, de rompre & departir le pain.
Tandis que par tels saincts deuis ils s'entreconsoloyent & resiouyssoyent, les vns croyans,
les autres encore doutans: le Seigneur Iesus va entrer tout à coup, les portes closes, & ne le
vit-on pas venir, mais tout soudain se trouua au milieu d'eux. Car les Anges ont ceste cou
stume de se monstrer subitement, visibles, quand ils veulent: itē subitement s'esuanouyr,
quand bon leur semble. Or comme les bons esprits quand ils se monstrent, de peur que
l'imbecillité de nature humaine n'en soit troublée, ont de coustume d'oster toute frayeur
par vn parler amyable: ainsi le Seigneur pourtant que & subitement, & qu'il estoit-ia tou
te nuict, se rendit visible, il les abborde auec vne salutation amyable, disant: Paix soit auec
vous, c'est moy, ne craignés point. Ceste salutation deuoit bien à bon droit chasser toute
frayeur: mais voyla l'imbecillité d'aucuns disciples estoit si grande, qu'estans effrayés &
comme à demy morts de peur, qu'ils ne croyoyent point que ce fut Iesus, ains pensoyent
voir vn esprit. Il l'auoyent veu vn peu auant, mort & enseuely: il voyent maintenant qu'il
n'est pas entré par l'huys, mais que subitement il leur est apparu. Pourtant ne peurent-ils
se persuader que ce fust le corps de Iesus qu'ils voyoyent, mais son esprit. Car on raconte
communement telles fables, que les esprits des trespassés se monstrent quelquefois à qui
ils veulent, & qu'ils monstrent bien quelque apparence de corps aux yeux des hommes,
ce neantmoins qu'ils n'ont point de corps solides & vrays. De ceste opiniō estoit Thomas,
qui auoit dit qu'il ne croyroit point aux disciples racōtans qu'ils auoyēt veu le Seigneur,
qu'il n'eust premieremēt mis ces doits en sō costé, & reuisité toutes les marques des cloux
& de la lance, & il semble que les autres disciples estoyent de mesme opinion. Iesus donc
pour les acertener tous & qu'il estoit viuant, & qu'il portoit vn vray corps, ie dy le mesme
corps qu'au parauant il auoit porté, il leur dit: Pourquoy vous espouantés vous encore
de moy comme d'vn fantosme, veu que vous me voyés de voz propres yeux & recognois
fés ma force, veu di-ie, que vous oyés ma voix qui vous est cogneue & familiere. Et toute
fois pensées de mescroyance s'esleuent encore en voz cœurs, comme il en vient ordinai
rement en l'entendement. Contentés tous voz sens, contemplés mes mains & mes pieds,
pour voir si les marques manifestes des cloux n'y sont pas. Maniés mon costé, voir s'il n'a
pas le coup de lance, tastés mon corps, esparpillés voz yeux, & cessés de penser que ie soye
vn esprit. Car vn esprit n'a ny chair, ny os, comme vous me voyés auoir. Ce que ie suis en
tré les huys cloz, ce que ie me fay visible quand ie veux, & quand ie veux aussi inuisible, ce
n'est pas enchantement, ains le priuilege & excellence de mon corps ia deuenu immortel.
Tels aussi seront voz corps apres la resurrection. Apres que par tels propos Iesus leur eut
osté la frayeur, & les eut encouragés, il leur bailla ses mains & pieds à regarder: il leur ou
urit son costé à fin qu'ils luy maniassent les marques manifestes des playes. Car ces mar
ques voulut garder le Seigneur pour par tels argumens asseurer les siens de la verité de
son corps humain: ensemble pour aussi au dernier iour aduenir, reprocher aux Iuifs leur
incredulité, suyuant la Prophetie qui dit: Ils verrōt celuy qu'ils auront poinct. Or comme
il y en auoit encore qu'ils ne croyoyent pas plainement que ce fut le mesme corps qu'ils
auoyēt veu mort: ains vn ie ne sçay quel transportemēt de liesse leur auoit tellement saysi
le cœur, qu'ils ne se fioyēt pas bien ny de leurs yeux, ny de leurs oreilles, ny de leurs mains
(car ce que grandement nous souhaittons estre vray, nous faisons quelquefois difficulté
de le croire, de peur que nous ne nous mettions en vne fausse ioye, dont il nous faille estre
soudain frustrés) Iesus ne desdaignant pas de remedier par tous argumens à leur incre
dulité, à fin qu'en eux ne demeurast nul residu de mescroyance, leur dit: Aués vous icy rien
à menger? Car le plus certain argument pour monstrer que l'homme est viuant, c'est le
manger. Et ce fut aussi pourquoy le Seigneur Iesus quand il eut ressuscité la fille il luy fit
bailler à manger: semblablement aussi au Lazare. Non pas que nous deuions auoir faim
quād nous serons ressuscités a immortalité, mais à fin que pour le temps il prouuast à ses
disciples la verité de son corps humain. Il y auoit là à force disciples, & toutefois leur pro
uision estoit bien petite. Pourtant ce qu'ils auoyent ils luy baillerent, assauoir vn morceau
de poisson rosty, & de la raye de miel. Et Iesus deuant les yeux de tous mangea de ce
qu'on luy mit deuant. Apres que Iesus eut verifié à tous leurs sens qu'il n'estoit point vn
fantosme, ains vn vray homme & viuant, voire celuy là mesme qu'ils auoyēt veu & en vie
& mort: il reuient aux sainctes Escriptures, ausquelles il failloit adiouster foy, encore que
les sens humains y contredisent. Il ne faut pas (dit-il) vous esmerueiller de ce que vous
voyés estre aduenu. L'escriture dictée par l'inspiration de l'Esprit celeste, ne peut mentir.
Tout ce qui est aduenu iusques icy, il auoit esté predit & prefiguré és liures de Moyse, és

M 4   Prophe-

Et comme ils disoyent ces choses.

Zacha.12

Prophetes & és Pseaumes. Car ie suis celuy là que denotoyent les figures de la loy Mosaïque. Ie suis celuy là, touchãt lequel les saincts Prophetes ont faict tant de promesses. Ie suis
celuy là de qui les Pseaumes mysticques descriuent la naissance, l'accroissemẽt, & la cõsom-
mation. Et aussi certainement s'accompliront aussi toutes les autres choses qui sont predittes és mesmes Escriptures, du retour au ciel : de l'enuoy de l'Esprit celeste, qui quand ce
mien corps vous sera osté, vous rendra plus fermes de la publication de l'Euangile par
tout le monde : du dernier desinement de ce mõde. Ce sont les propos que tant de fois ie
vous ay inculqués, estant encore auec vous, mortel entre mortels. Pour lors ils ne prindrent pas place en voz cœurs : maintenãt vous ne pouués douter depuis que vous voyés
qu'auec les sainctes Escriptures, s'accorde mes parolles, & les euenemens des choses auec
tous les deux. Iusques icy selon la portée du temps ie me suis accommodé à l'imbecillité
de vostre chair, & par lourds argumens ie vous ay ingeré la verité de la chose. Desormais
auancés vous à l'intelligence spirituelle des Escriptures : ce sera là que d'oren auant vous
me trouuerés, ce sera là que vous m'oyrés. Or pourautant que les sainctes Escriptures ne
s'entendent point n'est que Dieu nous ouure l'entendement, Iesus leur ouurit les yeux
du cœur, pour pouuoir lire, croire & entendre les Escriptures. Car nul ne les entend, qui
n'y croit. Si leur dit : Il a pleu au Pere de restituer par ce moyen le genre humain, & ce qu'il
auoit determiné a esté enregistré és saincts liures par son inspiration. Le mesme a esté predit par moy deuant qu'il aduinst, & n'en a peu aduenir autrement, car les arrests de Dieu
sont immuables, & les sainctes Escriptures ne sçauent nõ plus mentir que le mesme Esprit
par l'inspiration duquel elles sont couchées par escript. Il failloit par la mort & ignominie
de la croix aller à la gloire, il failloit ressusciter au troisiesme iour, à fin que vous sceussiés
que vous aués vn Seigneur & defenseur viuant desormais immortel : lequel quand il sera
retourné au ciel, vous enuoyera de là l'Esprit celeste. Alors il faudra au nom de Iesus Christ
prescher repentance de la vie passée, & remission de tous pechés sans l'obseruation de la
loy Mosaïque. Ce pendant ce donnera à tous, par la seule foy Euangelique. I'ay porté la
peine pour tous, tant seulement qu'ils croyent & gratuitement ils obtiendront innocẽce.
Or faudra-il prescher ces choses, non seulement aux Iuifs, mais aussi à toutes les nations
du monde, en sorte toutefois que vous commenciés en Ierusalem. I'ay esté nay en Iudée,
& là ay faict miracles : I'ay enseigné en Ierusalem, & là ay souffert la mort : vous trouuerés
là des cœurs grandement preparés à la foy : vous leurs reduirés en memoire ce que vous
aués veu & ouy. Ma doctrine laquelle i'ay receu de mon Pere & vous l'ay baillée, vous la

Et voicy, i'en
uoyeray la
promesse de
mon Pere.
Ioel 2
Psal. 103

leur communiquerés. Le monde s'opposera à vostre tesmoignage, comme tousiours il
s'est opposé à moy. Mais comme i'ay dit, quand ie seray vers le Pere ie vous enuoyeray
l'Esprit lequel iadis par les Prophetes il a promis d'enuoyer, parlãt par la bouche de Ioël :
Puis apres i'espandray mon Esprit sur toutes sortes de gens, tellement que voz fils & filles
prophetiserõt. Cest Esprit, mesme ce sainct personnage Dauid l'a souhaitté, disant : Enuoye
ton Esprit & les choses seront de-rechef crées, si renouuelleras la face de la terre. Cest Esprit
vous rendra fors & inuincibles à l'encontre de tous les effrayemens du mõde : iceluy mesme vous donnera vne eloquẽce telle que personne n'y pourra cõtredire : il vous dõnera
aussi puissance pour faire miracles, à fin que vostre tesmoignage de moy soit d'efficace.
Ce pendant tenés vous coys, & estans assemblés ensemble demeurés en ceste ville de Ierusalem, y commençant la concorde de l'Esglise qui est à naistre : & vous enhortés les vns
les autres par saincts deuis, en priant, & rẽdans graces à Dieu, iusques que d'enhaut vienne cest esprit là, qui vous munyra de vertu & force celeste. Apres donc que par diuers argumens Iesus eut confermé la verité de sa resurrection, il emmena ses disciples à Bethanie, &
estant pres de s'en aller au ciel, il leua les mains & les benit, ensuyuãt encore en cela l'exemple des patriarches & de Moyse. Et en les benissant, il fut esleué de la terre, & en la presence
de tous estoit porté au ciel. Et les disciples en se prosternant adorerent le Seigneur, le con-
duysans des yeux si loing qu'ils peurent. Mais ils le cõduysirent bien plus du cœur, apres
que le corps leur fut osté de deuant les yeux. Ces choses faittes, ils s'en retournerent en Ierusalem, cõme le Seigneur leur auoit cõmandé. Or y retournerent-ils en grande ioye. Car
la foy auoit lors chassé toute tristesse, & vne certaine esperance des promesses les rendoit
alaigres. Ce pendant ils hantoyent ordinairemẽt au temple, immolans dés lors sacrifices
Euangeliques, en louãt la bonté de Dieu enuers le genre humain, & remerciant celuy qui
auoit determiné de gratuitement par son fils eslargir de si grans benefices aux hõmes.

Fin de la Paraphrase de D. Erasme de Roterodame sur l'Euangile de S. Luc.

A FERDINAND PRINCE
TRESRENOMME, SOVVERAIN CORONAL
d’Auſtriche, frere de l’Empereur Charles
D.Eraſme de Roterodame. S.

’Auois entreprins Ferdinand prince treſ-entier, l’an paſſé. la pa=
raphraſe ſur l’Euangile ſainct Matthieu, plus par l’authorité de
R. Matthieu Cardinal de Sion, que du iugement de mon entende=
ment: pour ce qu’en partie la maieſté de l’œuure retiroit mon cou=
rage de y mettre la main, & en faiſois conſcience,& qu’auſſi en par=
tie pluſieurs & diuerſes difficultés eſpouuãtoyent mon imbecillité,
qui ſe ſentoit nõ ſuffiſante pour la commencer.Et me ſembloit que
ie fuſſe deſia du tout deſchargé de reſcripre telle choſe. Toutefois
l’yſſué de la paraphaſe de ſainct Luc, m’a ie ne ſçay quellement de-
rechef la pouſé, auec l’authorité auſſi de treſ-grands perſonnages, à la volonté deſquels
ce me ſeroit choſe fort inhumaine de non ſatisfaire, & ferois certes mal d’y deſobeir : à fin
que ie declaraſſe meſmement l’Euangile de ſainct Iean.Ie n’eſtois pas auſſi ignorant,com=
bien la maieſté de ceſt argument eſtoit beaucoup plus haute, entant qu’il conſiſte la plus
part en la declaration de ces myſteres cachés de la nature diuine,& en l’accointance admi=
rable d’icelle auec la noſtre. Car qui eſt ce des hommes qui pourroit penſer, commẽt Dieu
le pere engendre touſiours Dieu le fils, ſans commencemẽt & ſans fin, auquel il s’eſpand
du tout tellement en l’engendrãt, que toutefois il ne perd rien du ſien : duquel le fils nayſt
tellement,qu’il ne ſe depart iamais de celuy qui le produit: de-rechef comment le S.Eſprit
procede de tout les deux,en ſorte qu’il y a vne parfaitte compaignie entre tous,d’vne meſ=
me nature,ſans cõfuſion de la proprieté des perſonnes ? Qui pourroit de ſon entendemẽt
comprẽdre,par quel bien ceſte nature treſ-ſouueraine & ineffable, s’eſt adioincte l’hõme:
tellement que le meſme qui auoit touſiours eſté vray Dieu, naſquit vray homme de hom=
me ? Où ſera la liberté de paraphraſe, à declarer telles choſes,és quelles c’eſt peché mortel
de changer aucunefois vn mot?D’auantage,ie voyois bien,qu’il me failloit paſſer par des
lieux pleins de pluſieurs & diuerſes difficultés, entrelaſſés de foſſés inacceſſibles à cauſe
des foreſts eſpeſſes, & des amas deaues, rõpus de deluges deaues & de gouffres. Car il n’y
a nul Euangile, duquel il ſoit ſorty plus de queſtions de la foy ne plus difficiles:ou auquel
les plus exquis eſprits des anciens ayent plus trauaillé : finalement en la declaration du=
quel les interpreteurs ayent plus varié, laquelle choſe certes i’attribue plus à l’obſcurité
du parler, ou à la difficulté des choſes, qu’à leur tardiueté ou ignorance. Et qui plus eſt,
que les difficultés ordinaires à c’eſt affaire,à ſçauoir,que la plus part du parler,que l’Euã=
geliſte attribue au Seigneur Ieſus, eſt remply de ſentences obſcurés : leſquelles ſi tu decla=
res par paraphraſe, elles ne s’accordent point aux reſponces de ceux, qui n’entendoyent
point, ce qui eſtoit dit. D’autant que pluſieurs choſes ſont dittes du Seigneur tellement,
qu’il ſçauoit qu’on ne les entendroit point,& vouloit qu’elles ne fuſſent point entendues,
deuant que l’yſſue des choſes declaraſſent, ce qui auoit eſté dit.Et veu que c’eſt le propre
de celuy qui declare,de dire amplement,ce qui eſt dit briefuement,il ne m’a eſté certes poſ=
ſible de garder la meſure du temps. Car veu qu’on lit que le Seigneur fit ſon dernier ſoup=
per de nuiĉt auec ſes diſciples, & que ce pendant en ſouppant il laua les pieds des ſiens, ce
neantmoins il tint vn ſi long propos apres ſouper auec les ſiens, que ceſt de merueilles
qu’il eut aſſés de temps pour ſi longs propos, & principalement veu qu’il eſt certain par
le dire des autres Euangeliſtes,qu’en ceſte meſme nuiĉt,il y eut pluſieurs autres choſes dit=
tes & faittes. Il ne m’a pas donc eſté poſſible de garder la meſure du temps, auquel il fail=
loit declarer plus au long toutes ces choſes. Finalement Iean a ſa certaine maniere de par=
ler,ioingnant ſes propos comme à tous des petis liens qui s’entretiennent:aucunefois de
choſes contraires,aucunefois de ſemblables, aucunefois de meſmes choſes ſouuent repe=
tées,tellement que la paraphraſe ne peut rendre toutes telles elegances de parler.Comme
eſt:La parole eſtoit au cõmencement,& la parolle eſtoit auec Dieu, & Dieu eſtoit la parole.
En ces trois ſentences,la parole eſt miſe apres la parole,& Dieu apres Dieu : & incontinent
apres auoir repeté le commencement il acheue le diſcours : Elle eſtoit au commencement
auec Dieu.Et de-rechef:Toutes choſes ont eſté faittes par elle, & ſans elle, rien n’a eſté faiĉt
de ce q eſt faiĉt.En elle eſtoit la vie,& la vie eſtoit la luimiere des hõmes,& la lumiere luyt és
tenebres:

tenebres : & les tenebres ne l'ont point cōprinse. Il apert en ces choses, cōme vne chascune
partie de l'oraison, attaint tousiours ceile de deuāt, tellement que la fin de la premiere est le
cōmencemēt de celle qui sensuit, de sorte que lon diroit que c'est vn retintemēt de voix, des
quelles choses nous auons aucunemēt parlé és arguments. I'entendoye bien que ceste sin
guliere grace de parler seroit souuēt perdue de moy en la parapharase. Parainsi doncques
voyāt plusieurs telles difficultés & de semblables à icelles, i'ay prins neātmoins ceste charge, à cause que tant & de si grands personnages à ce m'incitoyēt par leur aduertissement, &
me contraignoyent par leur authorité : me confiant principallement de l'yssue du seruice
precedent plus au vray que de la hardiesse. Car il ne m'a seulement bien succedé iusqu'à
present, de ce que de toutes pars les benings lecteurs me remercient de ce deuoir, mais
aussi que Charles le plus grād des Empereurs qui ayēt esté en ce mōde depuis huyt cens
ans, si tu consideres ses grandes Seigneuries: & le meilleur aussi, si tu regardes entre ses autres vertus vrayement Imperialles, principalement son estude de religion & pieté, a tesmoigné que ce mien labeur luy estoit tres-agreable, non seulemēt de gestes & de parolles,
mais de lettres aussi, lesquelles il m'a escriptes non moins honnorables qu' amyables.
Parquoy il m'a semblé fort conuenable, que puis que S. Matthieu auoit esté consacré à
Charles, que S. Iean fust dedié à Ferdinand comme à vn second Charles. Et certes mon
cœur a bonnne esperance, se promettant, que tout ainsi que cestuy-là a eu bonne yssue par
l'authorité de l'Empereur Charles, que ce mien labeur succederoit aussi par l'authorité de
Ferdinand. Ce sont les tres-heureux deux noms de nostre temps, ce sont deux freres les
plus heureux de ceste eage. Et ne doubte point, que Dieu ne face prosperer les bonnes entreprinses de tels saincts Princes. Car il me semble qu'il est loysible, de bien esperer de ceux,
auxquels le grand auancement des vertus estoit encore en leur ieunésse, respond à l'esperance magnificque, qu'elle donnoit de soy de leur premier eage comme l'herbe. D'autant que la premiere & admirable apparoissance de ton enfance, lors) desia monstroit
les estincelles d'vne telle prudence, attrempance, douceur, integrité, religion & pieté, tellement que tous se promettoyent quelque Prince où il n'y auroit rien à redire. Or maintenant veu que iusques à present tu n'as point trompé l'esperance publicque du monde, tu
fais d'auantage, qu'on croit, que tu satisferas tres-amplement quand tu seras eagé, non
seulement à lesperance, mais aussi aux desirs de tous. Tu as iadis en ta ieunesse mis en estime le liuret du prince Chrestien tel qu'il est enuers tous les escholiers, apres que tu las hon
noré par ta lecture. Et tu recommanderas cestuy-cy doncques, qui est proprement desdié
à ton nom, veu que tu es le plus florissant iuuenceau de ce siecle & tres-agreable au mōde,
pour plusieurs causes : & non pource, qu'il t'aduienne quelque gloire, ou à moy quelque
proffit: attendu que l'excellence d'vne telle fortune, ou la modestie d'vn tel entendement,
ne desire ne n'affecte la louange humaine : & ce cœur ne desire rien, que la faueur de Christ:
ains à fin qu'il apporte grand fruict à ceux pour lesquels on a prins peine de ce faire, ora
on prins peine pour tous en cōmun. Pour ce que les choses, qui de soy sont bonnes, apportent finalement grand proffit, si ayant surmonté enuye elles gaignent la faueur publique. Si tu donnes à entendre que ce present labeur t'est agreable, cela auancera beaucoup
c'est affaire. Et me semble qu'il ne faut point craindre, que ta prudence estime, qu'il faille
prester l'oreille à ceux, qui parauanture diront, quant ils voirront que la paraphrase de
l'Euangile est desdiée à Ferdinand : qu'elle conuenance y a il à vn Prince prophane, à vn
iuuenceau auec l'Euangile: & me brocarderōt selon le prouerbe ancien. Que cela ne vient
non plus à propos que magnificat à matines. Comme si ceux la presentoyent seullement
dons conuenables aux Princes, qui offrent des liures escripts en quelque langue barbare,
de la chasse, de la maniere de nourrir des chiens, d'auoir des cheuaux, des engins de guerre, ou peut estre du ieu de dets : au contraire i'estime que la philosophie Euangelique est
vtile sur tout à tous les grands, petits, & mediocres, & quelle est toutefois plus necessaire
aux puissants Monarques du monde qu'à tous autres. Car d'autant que la charge des affaires qui supportent est grande, tant plus la tempeste des affaires est dangereuse, qui
doyuent moderer : & de tant plus qu'ils ont plusieurs occasions, lesquelles ont accoustu=
mé de corrompre les esprits droits, bien nays & bien enseignés : tant plus faut il diligemment qu'ils soyent instruits & munis de tres-saincts & tres-certains preceptes de la doctrine de l'Euangile, veu qu'ils ne pechent qu'auec le grand dommage de tout le monde.
Le propre deuoir des Euesques est, de nourrir le peuple de la despence abondante de la
sapience Euangelique, à cause dequoy ils sont appelés pasteurs. Ie le confesse bien. Homere toutefois n'est pas loué sans cause des hommes entre les Chrestiens mesmes fort loués,

de ce

de ce qu'il appelle les Roys pasteurs des peuples. Combien faut-il plus que ce surnom conuienne à vn prince Chrestien ? Le Prince n'enseigne point l'Euangile, mais il le met en effect, aussi l'enseigne vn chascun, qui le met en effect. Au reste comme le mettra-il en effect s'il ne le sçait ? Comme le sçaura-il, s'il ne le lit diligemment & souuent, si auec grãd soing il ne l'imprime du tout en son entendement? Qui doyuent mieux croire, que le gouuerneur de ce mõde est vn Roy celeste, qui voit tout, duquel nul ne peut tromper les yeux, à la puissance duquel nul ne peut resister, qui doit iuger vn chascun selon ses œunres, que les souuerains Princes, lesquels à cause de leur puissance ne craignent personne, & trompent s'ils veullent, facilemẽt: & s'ils pechent aucunement, non seulement ils ne sont point appellés deuant le siege d'vn homme, mais mesmes on les loue de leurs pechés ? En l'entendement desquels doit estre plus profondement imprimé, qu'il y a vne vie apres cestecy qui ne finira iamais (laquelle vie n'est pas certaine aux Roys de la longueur d' vn iour, & ne peut estre longue à nul: en laquelle sans aucun esgard de condition ou dignité, sinon que la cause sera plus difficille de ceux, qui auront eu icy plus grande puissance que les autres, vn chascun moissonnera ce qu'il aura-cy semé, selon la sentence ineuitable du iuge qui ne peut estre corrõpue : & nul ne n'eschappera, qu'il ne reçoyue la couronne de la vie eternelle pour ses bien-faicts, ou qu'il ne soit mis aux peines eternelles de la gehenne pour ses mesfaicts) que de ceux, qui ont leurs affaires à souhait, & ausquels l'applaudisse= ment des hommes font aymer les choses presentes, & oublier celles aduenir, ausquels appartient-il de mieux entendre, ce dire de Christ : Malheur à vous riches qui aués vostre soulas en ce monde : sinon à ceux qui ont l'abondance de toutes les choses, lesquelles ont de coustume d'effeminer les esprits des hommes ? Ausquels est-il plus raisonnable d'entendre, que le talent est baillé à vn chascun, pour songneusement estre dispensé au proffit du Seigneur lequel en demandera la raison à tous, sinon à ceux lesquels à cause de la puissance qui leur est baillée de Dieu, peuuent grandement nuyre ou profiter aux hommes ? Ausquels doit estre plus certainement persuadé, que les hommes tant grands & esleués qu'ils soyent, ne peuuẽt rien d'eux-mesmes, ains que toutes choses vrayement bõnes procedent de Christ à tous, & qu'il luy faut demander, tout ce que les Chrestiens peuuent desirer, & qu'il luy faut attribuer la gloire de toutes choses bien faittes : sinõ à ceux ausquels le mõde applaudit, cõme aux bien-heureux pour les biẽs que Christ a enseigné qu'il failloit mespriser, lesquels le commun populaire adore & honnore comme Dieux pour quelques semblãces vaines des biens ? Quels faut-il qui cognoissent mieux, qu'arrogance est haye de Dieu: qu'il ne faut point rendre mal pour mal: qu'il n'est rien meilleur que la paix, qu'il n'est rien plus plaisant à Dieu que douceur & benignité: sinon ceux là lesquels tant d'affaires, les sollicitent tous les iours à troubles, à guerres & à vengeance ? En l'esprit desquels conuient-il destre plus profondement imprimé, qu'il ne se faut point destourner des choses bonnes & honnestes, pour desir de la vie, ne pour crainte de la mort : & qu'il ne faut que nul en ceste vie espere salaire pour ses bien-faicts, veu qu'au siecle aduenir le salaire ne defaudra à nul : que des Princes, lesquels tant de voluptés, tant de troubles d'affaires, tant d'occasions sollicitent le plus souuent à choses deshonnestes. Il faut certes qu'vn tel courage soit garny de grands & fermes enseignements de philosophie, duquel toute la felicité ou calamité publicque de tout le monde despend, à fin qu'il puisse tenir bon sans s'esbranler, contre toutes les entreprinses de ce monde. Or tels preceptes lesquels comme le cõtrepros ne laisse point esbranler le nauire: aussi ne laissent-ils point flotter le courage par les flots de fortune & de richesses, ne sont point prins d'autre part meilleurs, plus certains ne de plus grande efficace, que du sainct Euangile. Que si le Prince prophane, à cause que le plus souuent il est occupé és affaires grossieres, & que pour defendre la tranquillité publicque, il ne peut pas tousiours obtenir les choses, qu'il apperçoit estre tresiustes : toutefois la cognoissance de l'Euangile qu'il aura vne fois receue à bon escient le rendra certes tel, qu'il taschera au plus pres qu'il pourra de s'addonner aux commande= ments de Christ, & qu'il s'en d'estournera le moins qu'il pourra. Et combien que nous desirions ces choses à tous ceux qui gouuernẽt les affaires de ce monde: si est-ce qu'en toy Ferdinand nous les esperons grandement aussi, d'autant que dés t'a ieunesse nous t'auõs cogneu enclin merueilleusement à lamour de la lecture de l'Euangile, veu que ce pendant que le prestre dit la messe, tu n'as pas de coustume d'employer le temps a prieres superstitieuses ou à parolles vaines, comme plusieurs Princes font coustumierement, mais de regarder auec reuerence dedans le nouueau Testament ce qu'enseignoit l'Epistre ou l'Euangile du iour. Et ne doutons point que l'eage où tu es, n'ait donné grand accroisse= ment à vne telle monstre de ieunesse. Et l'esperance n'est pas petite, que plusieurs par tout

n'ensuyuent

n'enfuyuent vn tel tien exemple. Car comme plufieurs facilement enfuyuent les vices des Princes, aufsi l'exemple de vertu eft fubitement tenu en grand eftime de tous, quand il prouient de grands perfonnages. Combien grande fut iadis la maiefté de la doctrine de l'Euangile, les ceremonies du temps paffé que nous auons des anciens, lefquelles l'Eglife retient encore, nous en peuuent enfeigner. L'Euangilier eft paré d'or, d'yuoire, & de perles : on le garde deuotemét auec les chofes fainctes, on ne le prend, ne le ferre-on qu'auec reuerence. On demande puiffance au preftre de chanter l'Euangile, on l'encence auec myrrhe, gomme & encens : on faict le figne de la croix fur le front & la poictrine, en baif fant la tefte on faict la reuerence au Seigneur : tout le monde fe leue tout droict la tefte nue, efcoutant diligemment & en regardant auec honneur & reuerence. A toutes fois qu'on nomme le nom de Iefus, on ploye le genouil : puis mettant l'Euangilier fort deuotement contre la poictrine, on le porte à fin qu'vn chafcun luy porte honneur des yeux, en la fin on le ferre reueremment auec les chofes fainctes. Que veullent dire ces ceremonies, que nous enfeignent-elles, finon que les Chreftiens ne doyuét auoir rien plus cher ne en plus grand honneur, que cefte philofophie celefte, que Chrift a laiffée à tous : laquelle defia par fi long efpace de temps d'vn commun accord tout le monde a approuuée laquelle feulle nous rend inuincibles contre ce monde, & le prince diceluy ? Or comme à bon droit on re prend la vaine & defordonnée religion des Iuifs, qui font vn merueilleux honneur à leur Bible, la mettant deffus vn linge tref-net, s'agenouillent, l'adorent & ne la maniét qu'auec les mains nettes, & neantmoins mefchamment obmettent ce que la Loy principalemét enfeigne : aufsi nous faut-il mettre peine que ne foyons trouués autant prophanant en n'obferuant point l'Euangile comme nous fommes foigneux d'obferuer deuotemét les ceremonies d'icelle. Car dequoy fert que l'Euangilier eft orné d'yuoire, d'argent, d'or, de velours, de perles : fi noftre vie eft fouillée de pechés lefquels l'Euangile detefte : fi noftre cœur ne reluyt nullemét des vertus de l'Euangile ? De quoy fert de mettre l'Euangilier con tre la poictrine, fi ce qu'il enfeigne eft loing de noftre poictrine : fi ce qu'il condamne regne en noftre poictrine ? De quoy fert l'encencement odoriferant, fi fa doctrine nous eft vile, fi noftre vie eft vne odeur mortelle ? De quoy nous fert de nous baiffer deuât l'Euangilier, fi noz conuoitifes bataillent à teftes leuées contre fes commandements. De quoy nous fert de nous eftre leués debout à tefte nue, fi toute noftre vie eft telle, qu'elle mefprife patem ment la doctrine de l'Euangile ? Auec quel front baife l'Euangilier celuy qui en feruant à fon plaifir, à fon auarice, à fon ambition, à fa gueulle, à fa cholere, reiette les aduertiffe ments de l'Euangile ? En quelle hardieffe baife l'Euangilier n'enfeignant autre chofe que paix, douceur & charité, celuy qui en mefprifant la doctrine de Chrift, maigrit d'enuie, fue de hayne, bouft de cholere, eft tranfporté & rauy du defir de vengeance, & eft enragé contre fon prochain, lequel obeiffant à fon courage, il renuerfe le monde s'en deffus def fous de guerres furieufes. Auec quel honneur embraffe & adore l'Euangilier, celuy qui eft du tout allié auec ce monde, lequel la doctrine de l'Euangile a en horreur comme fon en nemy, manions nous deuotemét auec les mains nettes l'Euägilier, en defprifant de cœurs impurs les commandements de l'Euangile ? Que ne les mettons nous contre noftre poi ctrine, que ne les baifons nous, que ne les honnorons nous ? Aucuns aufsi portent pendu au col vn billet de l'Euangile de fainct Iean côtre maladies, ou pour vn remede côtre tous inconueniens. Que ne portons nous plus toft la doctrine de l'Euangile en noftre cœur, pour vn remede contre tous les pechés. Ie ne reiecte point les ceremonies, ie ne efbranle point la deuotion du fimple peuple. Mais ces chofes ne nous feruiront, finon que nous mettôs en effect, ce de quoy les fignes vifibles nous admôneftent. Si nous fommes vraye ment Chreftiens, c'eft à dire, fi nous fommes vrays profeffeurs de la doctrine de l'Euangile, que tous ce qui ce faict par dehors en ceft endroict, foit mis en effect en noz cœurs. I'ay ouy dire que c'eft la couftume en quelque pays, que le Prince tient fon efpée toutenue quant on lit l'Euangile & que le peuple met la main fus la poignée. Comment defendra l'Euangile celuy duquel le cœur eft ennemy de l'Euangile : qui eft tout mondain : qui ne mefprife rien plus, que cefte noble marguerite de l'Euangile, qui ne hayt rien plus, que ce que Chrift a enfeigné qu'il failloit feulemét defirer ? Celuy qui deftruit le peuple : qui foulle les poures : qui trouble les chofes diuines & humaines par guerres : qui eft caufe de tant de maux : pour l'ambition duquel, tant de fang humain eft refpandu : branfle-il l'efpée pour defendre l'Euangile de Chrift ? Qu'il fe reconcilie premierement à l'Euangile : qu'il couppe premierement de fon cœur du glaiue de l'Euangile fes mauuaifes conuoitifes : & alors fi bon luy femble qu'il defgaigne fon efpée terrible contre les ennemys de l'Euangile. Et ces chofes tref-illuftre Prince, foyent dittes feulement pour aduertiffement & non pour l'ou

trage

trage d’aucune personne. Nous demonstrons seulement la chose, nous ne tençons point
les personnes : & tant plus librement escripuons nous que nulle suspicion des tels pechés
ne conuient nullement à vostre integrité. La religion de l’Euangile apres les euesques
n’appartiēt à nul mieux qu’aux Princes. Mais leur simplicité est souuēt deceue soubs couleur de religion. Pour ce que croyant à ceux qui ont le bruit d’auoir la parfaitte religion,
ils pensent que la souueraine crainte de Dieu consiste, à dire tous les iours leurs heures:
si tous les iours ils oyent la messe. Et comme ie confesse que ces choses en vn prophane &
ieune Prince sont argument d’vn cœur craignant Dieu : aussi y a-il plusieurs autres choses, qui appartiennent de plus pres à l’office d’vn Prince Chrestien. Car s’il se donne
garde que la tempeste de la guerre ne suruienne, que la liberté publicque ne soit violée,
que le poure peuple n’endure famine, qu’on ne mette en la iustice des gens corrompus, il
offre à Dieu chose plus agreable, que s’il disoit ses heures six ans. Ce que toutefois ie
loue aussi, moyennāt qu’on n’obmette le principal. Au reste, si le Prince pense que rien ne
luy defaille de la vraye pieté, s’appuyant sur l’obseruation de telles choses, en delaissant
les autres choses qui appartiennent proprement à vn Roy de faire: alors ce sera vne vraye
peste de la religion, ce sera la ruyne de la republicque : & ceux qui font accroire telles choses, ne font le profit ne des Princes, ne du peuple. C’est vne chose bonne d’aller à l’Esglise, si
quelqu’vn y va d’vn cœur pur. Mais cōment iray-ie ouyr la memoire de ce vray & souue=
rain Prince, qui a dōné sa vie pour le salut des siens: si tāt de milliers d’hōmes sont affligés
ou perissent pour mō ire, ambitiō, ou parasse? Ie n’ose ce pendāt dire, que les Princes n’ont
iamais moins affaire & sans moins de soucy, que lors qu’ils vont à l’Esglise. Est ce grande
chose à vn Prince de dire ses heures à vn certain temps, auquel il n’y a nul tēps assés grand
pour pouruoir aux affaires de la republicque? Il aura assés prié, s’il dit iournellement, &
qu’il dise de cœur l’oraison de ce tres-sage iuuenceau : Seigneur, donne moy sagesse &
intelligence, pour entrer & sortir deuant ton peuple. Ou vne semblable à ceste-cy, laquelle
ce me semble, il dit au liure nommé la sagesse: Donne moy la sapiēce qui se tient assise pres
de tes throsnes, à fin quelle soit auec moy, & quelle laboure aupres de moy, pour sçauoir ce
qui t’est agreable. Car elle sçait & entend toutes choses, elle me conduira sagement en mes
faicts, elle me gardera en sa puissance, de sorte que mes œuures seront bien receues, & gou-
uerneray iustement ton peuple & seray digne des sieges de mon pere. Car que pourra sçauoir ton conseil, si tu ne luy donne sapience, & ne luy enuoye ton S. Esprit des lieux tres-
hauts, & par ce moyen les sentiers de ceux qui sont en terre soyent dressés, & que les hommes apprennent ce qui t’est agreable? Or peut-on fort bien trouuer ceste sapience que desire ce tres-sage adolescent és Euāgiles, si quelqu’vn la cherche de cœur & d’vn vray soing.
Autrement d’où vient que les meurs des Chrestiens son deuenus pires en partie que ceux
des Payens, & en partie que ceux des Iuifs, sinon du mespris de la doctrine de l’Euangile?
Combien que il y a eu en tout temps (à vray dire) des gens qui ont honnoré l’Euangile,
toutefois durant ces quatre cens ans passés la vigueur en estoit bien refroidie enuers plusieurs. A cause de quoy il se faut tant plus efforcer, qu’vn chascū r’allume ce petit feu selon
son pouuoir, que la verité eternelle nostre Seigneur Iesus Christ a enuoyé en terre: & ne desire autre sinon qu’il brusle grandement, & qu’il attaigne fort au large toutes choses. Entre
les meurs de ce mōde tant corrompues, entre tant d’opinions diuerses, à cause desquelles
maintenant toutes choses sont en troubles : où faut-il auoir plus tost son recours, sinon
comme bien admōneste sainct Hilaire, qu’aux purés fontaines de la saincte Escripture, desquelles la plus pure & plus entiere partie est l’Euangile. Et ne doit point l’Euangile estre
suspect aux Princes pour ce que, comme aucuns vont disant, elle rend seditieux ceux quils
faut estre obeissants aux Princes: au contraire elle faict, que pour des tyrans ils sont vrays
Princes, & que le peuple obeyt plus volontiers au bon Prince, & qu’il endure plus volontiers quelques oppressions. Finalement on ne doit blasmer l’Euangile, si quelqu’vn n’vse
point bien d’vne chose tres-bonne. Il est appelé l’Euangile de paix, pource que premierement il nous reconcilie à Dieu, puis apres nous conioinct les vns auec les autres. Il n’y a
violence d’hommes, n’entendement ne complot qui puisse accabler la verité de l’Euangile, laquelle tant plus on presse tant plus se mōstre. Si quelqu’vn choppe à ceste pierre, qu’il
s’en prenne à soy-mesme & non à l’Euangile. Mais ie crains que ie n’aye tenu trop long
propos de ces choses. Maintennnt à fin qu’il soit leu auec plus grand fruict, apres auoir vn
peu parlé de l’entreprinse de l’autheur, ie feray fin. Apres que la vie & la doctrine de nostre
Seigneur Iesus Christ fut par la predicatiō des Apostres & par les escripts des autres Euan
gelistes fort diuulguée par le monde, ce Iean qui fut renommé par lamour de Iesus entre-

N print

print le dernier de tous d'escripre cest Euangile, non pas tant pour composer l'hystoire de
l'Euangile, que pour supplier aucunes choses obmises des autres Euãgelistes, entant quel
les estoyent dignes d'estres cogneues. Or on pense que la principale cause pourquoy il a
escript cest Euangile, que ç'a esté à fin de maintenir la diuinité de Christ côtre les heresies,
lesquelles lors desia sordoyent comme font mauuaises herbes parmy de bons blés : mais
principalement des Cerinthiens & Ebionites, qui entre autres erreurs enseignoyent, que
Christ n'auoit esté autre chose qu'homme : & qu'il nauoit esté nullement deuant qu'il na,
quist de la vierge Marie. Or estoit-il expedient deuant toutes choses que le monde creut
& sceut que le mesme Christ a esté vray Dieu & vray hõme. Desquels le dernier aide grãde
ment à pousser les hommes à l'aymer : d'autant que nous aymons plus volontiers les cho
ses qui nous ressemblent : en apres elle nous esmouuent plus asprement à les ensuyures.
Car qui s'efforceroit d'ensuyure, ce qu'vn Ange n'auroit pas faict vrayement, mais seule
ment par feintise? Or pource qu'ainsi que les choses sont difficiles qu'il commande, aussi
celles qu'il promet sont souueraines, il ne failloit pas ignorer la nature diuine d'iceluy : à
fin que nous ayons confiance, que pour certain il secourra ceux, lesquels il a ainsi aymés :
& ne faudra de promesse, à cause que tout ce qu'il veut, il le peut accomplir si seulement il
veut. Les autres Euangelistes n'auoyẽt quasi point parlé de la diuinité de nostre Seigneur
Iesus. Car i'estime que c'est ceste sapience, de laquelle sainct Paul parloit entre les parfaicts :
faisant profession entre les autres de ne rien sçauoir, sinon Iesus Christ & iceluy crucifié.
Parauanture le temps ne portoit pas, qu'on mist en escript vulgairement vn mystere tant
ineffalable, à fin qu'il ne fust mocqué des meschants, pour ce qu'ils ne le pouuoyent ne
croyre n'entendre. Iaçoit que neantmoins tous les anciens parlent des choses diuines
fort sobrement & deuotement, & des choses qui proffitent à la pieté bien amplement.
L'Apostre donc a esté contraint à cause de la temerité des hereticques, de maintenir aper
tement la nature diuine de Christ : ainsi comme l'audace des Arriens a contraints les bons
peres de diffinir aucunes choses certaines de ces mesmes choses, combien qu'ils eussent
mieux aymé se contenir de diffinir de telles choses, lesquelles surmontent grandement la
capacité de l'entendement humain & ne les diffinit-on, qu'auec grãd dangier. Et par ainsi
à bon droict ceste partie a esté laissée à sainct Iean cher & biẽ aymé de Iesus, lequel comme
luy qui est la fontaine de toute sapience l'a plus aymé que tous les autres : aussi faut-il
croire, qu'il a plus amplemẽt inspiré certains secrets à son mignõ (par maniere de parler.)
Concernons donc tous en nostre esprit cest aymé de Christ, à fin que nous puissionsestre
aussi faicts amateurs d'iceluy, seulement veux-ie bien que le lecteur sçache, que i'ay voire
ensuiuy en ceste œuure les plus approuués docteurs de l'Esglise : mais non pas par tout,
ne en toutes choses, pour ce que bien souuent ils ne sont pas d'accord entre eux : toutefois
i'ay tousiours dit à la bonne foy, ce qui me sembloit estre le vray sens, voyant que les an
ciens autheurs debatans contre les opinions des hereticques, tordoyent aucunefois l'e
scripture. Ie ne veux pas neantmoins qu'aucun attribue plus à ceste paraphrase, qu'il eust
attribué à vn commentaire, si ie l'eusses escript : combien que la paraphrase est vne espece
de commentaire. I'ay traicté sobrement & non pas plus (selon mon iugement) qu'il ap
partenoit les allegories esquelles ie voyois aucuns des anciens estre trop superstitieuse
ment diligens. A Dieu Prince tres-hõnorable, & auance de tout ton pouuoir
la gloire de l'Euangile, à fin que pareillement nostre Seigneur
Iesus Christ soit fauorable à tes desirs.
A Basle l'an 1523. le 5.
de Ianuier.

LA

LA VIE DE SAINCT
IEAN PAR SAINCT HIEROME.

AINCT Iean l'Apoftre, que Iefus a tant aymé, fut fils de Ze-bedée, frere de Iaques l'Apoftre, lequel Herode decolla apres la paffion du Seigneur, a efcript l'Euangile le dernier de tous, eftant prié des Euefques d'Afie contre Cerinthe & les autres heretiques, & fur tout contre la doctrine des Ebionites qui s'ef-leuoit, lefquels afferment que Chrift n'a point efté deuant la vierge Marie. A caufe de quoy il a efté contraint de publier la natiuité diuine d'i-celuy. On dit auffi vne autre caufe de fon efcript, qu'apres qu'il eut leu les liures de fainct Matthieu, Marc, & S. Luc, il approuua bien le tefte de l'hyftoire, & affer ma qu'ils auoyent dit chofes veritables, mais qu'il a feulement efcript l'hyftoire d'vn an apres l'emprifonnement de S. Iean, auquel il fouffrit mort & paffion. En laiffant donc l'année, de laquelle les trois auoyent declaré les faicts, il a declaré ce qui auoit efté faict au temps deuant lequel fainct Iean fut mis en prifon: comme manifeftement pourront voir ceux qui liront diligemment les liures des quatre Euangeliftes. Laquelle chofe ofte la difference qui femble eftre, entre fainct Iean & les autres Euangeliftes. Il a auffi efcript vne epiftre, de laquelle le commence-ment eft: Ce qui eftoit dés le commencement, ce que nous auons ouy, ce que nous auons veu de noz yeux, ce que nous auons regardé, & noz mains ont touché de la parolle de vie: laquelle eft approuuée de tous les gens fçauants de l'Efglife. Mais les deux autres, qui fe commencent: L'Ancien a la dame efleue & à fes en-fans, & de celle qui fenfuyt: L'Ancien à Gaie bien aymé, lequel i'ayme en verité, font attribuées à Iean l'Ancien, duquel on monftre auiourd'huy vn autre fepul-chre en Ephefe, & aucuns pefent qu'il y a eu deux memoires de ce mefme fainct Iean Euangelifte, de laquelle chofe nous parlerons par ordre, quand nous ferons paruenus à Papie fon auditeur, Domitian perfecutant pour la feconde fois apres Nero, eftant cofiné en l'Isle de Pathmos, il efcripuit l'Apocalypfe laquelle Iuftin martyr & Irenée interpretent. Or apres que Domitian fut tué, & que fes faicts furent annichiléspar le fenat à caufe de fa trop grade cruauté, il retourna à Ephe-fe fous le prince Nerua, & perfeuera là iufques au prince Trayan, fonda & rei-gla toutes les Efglifes d'Afie, & eftant confommé de vieilleffe mourut l'an 6 8. apres la paffion du Seigneur, il fut enfeuely aupres de la mefme ville.

N 2   PARA-

PARAPHRASE
SVR L'EVANGILE SELON
SAINCT IEAN, PAR DIDIER
Erasme de Roterodame.

CHAPITRE I.

OVR AVTANT QVE LA NATVRE DI
uine surpasse infiniement la foiblesse de l'entendement hu
main (autrement heureux & agu au possible) nous ne la
pouuons, telle qu'elle est, perceuoir de noz sens, ne conce
uoir de l'esprit, ne faindre par imagination, n'expliquer
par parolles. Bien est vray que quelques trasses de la puis
sance, sagesse, & bonté de Dieu reluisent aucunement és
choses creées : dont il aduiét que comparaisons tirées des
choses que nous côprenons tellement quellement par les
sens & l'entendement, nous ameinent à quelque mince &
ombrageuse cognoissance des choses incomprehensibles,
de sorte que nous venons à les contempler tellemét quel
lement comme en songeant & parmy le brouillart: ce nonobstant on ne peut tirer nulle si
militude d'aucune des creatures, soit des Anges, soit du bastiment des cieux, soit de ces
corps inferieurs, à noz sens tellement familiers, que neantmoins nous ne les pouuons
pleinement comprendre, laquelle en tout & part tout soit conforme à la substáce & nature
des choses, pour desquelles bailler la cognoissance on vse de telles côparaisons. Parquoy
c'est le deuoir de l'homme d'applicquer tout l'effort de son entendemét à aymer la bonté
de Dieu, plus tost que de vouloir sonder, ou comprendre sa grandeur, laquelle les cheru
bins mesmes & Seraphins ne côprennét pas à plein. Et iaçoit que Dieu ne puisse faire, qu'il
ne soit merueilleux en toutes ses œuures, si est-ce qu'il a mieux aymé se rédre enuers nous
amyable pour sa bonté, que redoutable pour sa grandeur. Au reste, plus grande cognois
sance de la nature diuine est reseruée pour le siecle aduenir à ceux qui auront icy nettoyé
les yeux du cœur par pieté & innocence de vie. Nul ne cognoit le pere, tel qu'il est, sinon le
fils : & celuy, à qui le fils le voudra reueler. Parquoy de sonder la cognoissance de la diuine
nature par raisons humaines, c'est outrecuidãce : parler des choses qu'on ne peut exposer
par nulles parolles, c'est forcenerie : & en determiner, c'est impieté. Que si ce pédãt la grace
nous est faitte d'en voir quelque chose, cela se côprend plus vrayemét par vne simple foy
que par les moyés de la sagesse humaine. Et suffit durãt ceste vie pour obtenir salut eternel,
croire de Dieu ce que luy-mesme a plainemét descouuert de soy és sainctes lettres, par gés
choisis à cest affaire, inspirés de son Esprit : & ce que luy-mesme côuersant puis apres en ter
re a declaré à ses disciples, & finalemét l'a bié voulu descouurir par le sainct esprit á ses mes
mes disciples esleus à cela. Croire ces choses d'vne simple foy, est la philosophie Chrestiéne :
les reuerer d'vn cœur net, est la vraye religion : par icelles tendre à la contéplation de la vie
celeste, est pieté : en la perseuerance d'icelle gist la victoire : & par icelle auoir vaincu est le
comble de la felicité. Au reste, de s'enquerir outre cela des affaires de Dieu par raisons hu
maines, c'est à l'homme vne perilleuse & sacrilege audace & arrogance. Or combien qu'il
semblast bien que ce fust assés de ce qui auoit esté & fidelement publié par parolle, & cou
ché par escript par les autres Euangelistes, lesquels en descriuãt par ordre la naissance de
Iesus Christ selon la chair, la vie & la mort, ont monstré pour le seur qu'il auoit vne vraye
nature humaine : puis en racontant ses propos, en ramenteuant ses miracles & sa resurre
ction des morts, ils ont aussi declaré par ce moyé (selon que ce temps là le requeroit) sa na
ture diuine, se taisans ce pendant de sa naissance diuine : par laquelle il descend dù Pere
sans

fans commencement par vn moyen indechiffrable:s'abftenans aufsi de le nommer mani
feftement Dieu, à fin que la verité ne fuft pas cachée aux deuots & enfeignables : & qu'oc⸗
cafion ne fuft donnée aux foibles & groffiers Iuifs de fe reculer de la doctrine Euāgelique:
lefquels s'eftoyēt du tout refolus fuyuāt la couftume de leurs peres & felō les faincts liures
de Moyfe, que c'eftoit impieté d'attribuer ce vocable Dieu à autre qu'au feul Dieu, lequel
ils auoyēt toufiours feruy:& qu'aux Gentils aufsi qui feruoyēt à vn nōbre infini de dieux,
voyre à Dieux faicts d'hommes, ne fut baillée occafion de perfifter en ce facrilege erreur,
s'ils euffent entendu qu'és efcripts mefmes Euangeliques le nom de Dieu eftoit commun
à plufieurs : ce que les oreilles des Iuifs incapables de ce myftere n'euffent peu nullement
porter du commencement, eftimans que ce nom ne fe puiffe nullement du monde com⸗
muniquer : & les Gentils abbreuués de l'opinion qu'il y auoit plufieurs Dieux,on ne leur
pouuoit de plein faut mettre du tout en l'entendement que trois eftoyent diftingués par
proprieté de perfonnes, d'entre lefquels vn chafcun eftoit vrayemēt Dieu, & toutefois n'y
auoit qu'vn feul Dieu,à raifon d'vne mefme nature diuine efgalemēt commune au trois.
Et a femblé bon à Dieu,à fin que la foy Euāgelique fut plus acertenée, de la difpenfer ainfi
au genre humain felon l'auancement des temps & capacité des hommes. La nation Iudai
que honnora ainfi par longues années religieufement Dieu le pere, ne fçachāt rien du fils
ne du S.Efprit.Et le propre fils de Dieu,quand fur la terre il eftoit enuironné de corps mor
tel, & en noftre prefence auoit faim & foif: dormoit, fe deulloit, plouroit, fe corrouçoit, &
auoit compafsion,endura long temps de n'eftre tenu que pour homme,mefme de fes pro
pres difciples. Voyre & apres fa refurrection ne voulut pas qu'ils cogneuffent certaines
chofes. Mefme par le fainct Efprit n'a pas tout defcouuert,ains feulemēt les chofes qui fer⸗
uoyent à la perfuafion de la doctrine Euangelique,& au falut du genre humain.Car com⸗
me ainfi foit que la nature des chofes diuines foit incōprehenfible,mefme aux fouuerains
entendements & des hommes & des Anges : & que la profefsion Euangelique appartient
efgalement à tous hommes, le Pere celefte nous a autant declaré des chofes diuines par
fon fils qu'il a voulu eftre affés pour obtenir falut. Par ainfi c'eft vne dangereufe temerité,
de rien affermer de la nature diuine, outre les chofes que nous a declarées ou Chrift mef⸗
me,ou le S.Efprit.Toutefois pourautant qu'en ces temps,comme le blé de la parolle Euan
gelique eft creu és cœurs des gens craignans Dieu, ainfi font aufsi furcreues les mauuai⸗
fes herbes des mefchans,defquels la deteftable hardieffe s'eft iufques là desbourdée, qu'⸗
aucuns n'ont point eu honte d'ofter à Iefus Chrift la nature du corps humain, fuppofans
vne vaine femblance & enchanterie d'homme au lieu d'vn homme : au contraire aucuns
luy ont ofté la diuine nature baillans fauffemens à entendre qu'à lors feulement il auoit
commencé d'eftre,qu'il naquit de la vierge Marie:pour ce qu'eftans aueuglés des terrien⸗
nes affections, ils ne pouuoyent comprendre le fecret du diuin confeil, comment le vray
Dieu s'eft veftu d'vn vray homme,pour eftre luy-mefme & Dieu & homme, fans que rien
ce pendāt fe diminuat de l'immuable nature diuine, & que la nature humaine demeuraft
femblablement en fon entier:ie declaireray plus clairemēt quelques points par c'eft Euan
gile, felon que l'Efprit de Chrift nous les a daigné defcouurir,& autant qu'il a eftimé eftre
affés pour obtenir falut par la foy Euangelique. Dauantage comme i'auoye commencé
de dire, pour donner quelque cognoiffance des chofes qui ne font ny comprehenfibles,
ny dechiffrables à perfonne, il nous faut abufer des mots des chofes qui font familieres à
noz fens,attēdu qu'il n'y a rien du tout entre toutes les creatures,dont on peuft tirer com⸗
paraifon,qui cōuienne fans redire à la verité de la diuine nature.Doncques tout ainfi que
les fainctes lettres appellent Dieu ce fouuerain Efprit, apres lequel on ne peut rien penfer,
ny de plus grād,ny de meilleur:ainfi fon fils vnicque elles l'appellent fa parolle. Car com⸗
me ainfi foit que le fils ne foit point celuy-là mefme qu'eft le Pere, fi eft-ce que par reffem⸗
blance il reprefente quafi le Pere, tellement qu'on les peut contempler tous deux en l'vn
ou l'autre:affauoir le Pere au fils, & le fils au Pere. Mais la femblance de celuy qui engēdre
& de celuy qui eft engendré (laquelle reffemblance eft en maintes fortes imparfaittes en
l'humaine generation) eft trefparfaitte en Dieu le pere & en fon fils. Or n'y a-il chofe qui
reprefente plus plainement & euidemment la fecrette image de l'ame, que la parolle non
fainte. Car telle parolle eft le vray miroyr de l'ame, laquelle on ne peut voir des yeux cor⸗
porels.Que s'il nous prent enuie de donner à cognoiftre la volonté de noftre cœur à quel
qu'vn, cela ne ce peut faire plus certainement, ou fubitement pour autre moyen, que par
la parolle, laquelle eftant tirée des plus profonds fecrets de l'ame, paffe par les oreilles de
l'auditeur par vne vertu cachée, & luy tranfpofe au cœur, le cœur de celuy qui parle.

Aufsi n'y a-il chofe plus vertueufe entre les hommes pour efmouuoir les cœurs à toute
affection, que la parolle. Que fi l'authorité y eft, nous ordonnons en brief par la parolle,
ce que nous voulons eftre faict. Chrift eft doncques appellé fils, pour ce qu'eftant en toutes autres chofes efgal à celuy duquel il prend nayffance, eft diftingué par feule proprieté
de perfonne. Il eft appellé Parolle, pourautant que Dieu qui en fa propre nature eft par
tous moyens incomprehenfible, s'eft voulu donner a cognoiftre à nous par luy: & ne s'eft
voulu bailler à cognoiftre pour autre caufe, finon à fin que par fa cognoiffance nous vin-
fions à iouir de la beatitude eternelle. Cefte nayffance n'eft pas temporelle, ny cefte parolle femblable à la parolle humaine. Il n'y a rien de corporel en Dieu, ne rien qui s'efcoule
auec le temps ou qui foit limité de lieu: ny rien du monde qui foit fuiet à commencement,
à accroiffement, à vielleffe ou à autre changement. Il eft tout entier & toufiours en foy: &
tel qu'il eft, tel aufsi nayft toufiours de luy le fils: affauoir eternel de l'eternel, tout puiffant
du tout puiffant, tref-bon du tref-bon, brief il nayft Dieu de Dieu, fans eftre pofterieur ou
inferieur à celuy qui l'engendre: c'eft la parolle eternelle, de l'eternel Efprit, par laquelle
comme par fecrettes penfees le Pere parle toufiours à part foy, voire deuat que ce monde
fut monde: cogneu de nully finon de foy feul & de fon fils. Iamais ne fut qu'il ne s'engen-
draft fon fils, iamais ne fut qu'il ne fe tiraft la tout puiffante parolle. Il n'auoit pas faute
des chofes creées, luy à la felicité duquel on ne peut rien adioufter, mais de fa naturelle
bonté il a crée ce baftiment vniuerfel du mode, & en iceluy les efprits angeliques, & le genre humain comme vne chofe moyenne entre les Anges & les beftes, à fin que des chofes
merueilleufement creées, voire d'eux mefmes les hommes vinffent à recognoiftre la puiffance, pieté, courtoifie, & bonté de l'ouurier. Or tout ainfi comme s'il y auoit quelque Roy
qui fut tout puiffant, tout ce qu'il commanderoit feroit foudain mis en effect: ainfi le Pere
qui eft vrayement tout puiffant à crée tout l'vniuers par fon fils & fa parolle. Et en cefte façon tira-il premierement fa parolle, pour fe donner à cognoiftre à nous, comme nous
ayans parlé: & pour fe lancer en noz affections quand nous l'aurions cogneu par l'efmer-
ueillance de ce tant beau baftiment. Ceux doncques font fort efgarés de la verité, qui efti-
ment que la parolle de Dieu foit ainfi pofterieure à celuy qui la parle, comme entre nous
l'ame eft plus ancienne que la parolle: item ceux qui arrenchent la parolle de Dieu (par laquelle Dieu le pere crea tout l'vniuers) auec les chofes creées. Mais encores eft plus lourd
l'erreur de ceux, qui eftimêt que le fils & parolle de Dieu ait lors feulemêt comencé d'eftre,
quâd il nafquit corporel de la vierge Marie. Tout ce qui eft crée à prins commencement en
temps. Mais le fils de Dieu eft nay deux fois: vne fois du Pere deuant têps, ou pour mieux
dire fans temps, & vray Dieu de vray Dieu: vne autrefois au temps qui eftoit deftiné dés
l'eternité, & eft vray de la vierge Marie, affauoir vray homme d'homme. Car Dieu a trou-
*Au commen-
cement eftoit
la parolle.* ué bon de nous propofer de-rechef fa parolle par ce moyen, à fin que plus groffierement
& familierement on le peut cognoiftre. C'eft doncques impieté de maintenir que Iefus
Chrift n'a rien efté fors qu'homme, ou qu'il a efté crée auec les autres creatures. Le Pere
engendré fon mefme fils en diuerfes fortes: il a mis hors fa mefme parolle en diuerfes manieres: vne fois en temps, mais toufiours hors tout temps. Car deuant que toutes ces
chofes terreftres & celeftes fuffent creées, ia eftoit la parolle eternelle auec le Pere eternel:
& defcendoit du Pere cefte parolle, en forte qu'elle ne fe partoit iamais d'auec le Pere. Elle
eftoit d'vne nature tellemêt indiuifible auec le Pere, que felon la proprieté de la perfonne
elle eftoit auec le Pere: fans eftre toutefois ainfi attachée au Pere comme eft l'accident à la
fubftance: mais eftoit Dieu de Dieu, il eftoit Dieu en Dieu, & eftoit Dieu auec Dieu à raifon de la diuine nature commune à tous deux. Tous deux eftoyent en tout & part tout
efgaux, fans eftre nullement feparés, finon par proprieté de l'engendrant & de l'engendré, du parlant & de la parolle prononcée. Tout ainfi qu'il eftoit fils vnicque d'vn feul
Pere, ainfi eftoit-il l'vnicque parolle du feul parlant. Et combien que cefte parolle fut
Dieu tout-puiffant defcendant du tout-puiffant, toutefois eftant diftinguée par proprieté de perfonne & non par diffemblance de nature, eftoit auec Dieu le Pere: non pas
prononcée en temps, ains yffant toufiours deuant tout temps de l'Efprit du Pere de forte que toutefois elle ne le laiffoit iamais. Et n'a pas efté creée du Pere, ains le Pere par
cefte fienne parolle coeternelle auec foy a crée toutes creatures entierement, tant vifibles qu'inuifibles: par laditte parolle gouuerne toutes chofes: par icelle a reftably
toutes chofes: non pas vfant comme d'inftrument, ou varlet, mais comme de fils de
pareille nature & puiffance auec foy: à fin que toutes les chofes qui font, fortiffent du
Pere comme de leur fouuerain autheur, mais par le fils, lequel il auoit dés l'eternité
engendré

engendré pareil à foy en tout & par tout, & l'engendrera à iamais. Et eſtoit en ceſte parol‐
le de Dieu non ſeulement la force de créer ſelon ſon plaiſir toutes choſes viſibles & inuiſi‐
bles, mais auſsi en icelle meſme eſtoit la vie & vigueur de toutes les choſes qui furēt créés,
à fin que par icelle parolle vne chaſcune creature veſquit de ſa naturelle force & vigueur,
& moyennant l'efficace vne fois entée ſe maintinſt en ſon eſtre par cõtinuel peuplement.
Car il n'y a rien d'oyſif ou inutile en ce tant grand nombre de creatures. A chaſcune herbe
& arbre a eſté engrauée ſa force naturelle, chaſqu' animal a ſon propre naturel. Mais tout
ainſi comme par ſa prouidence elle a imprimé és choſes qu'elle a créés vne force naturel‐
le, moyennant laquelle il les a toutes duittes à faire l'œuure propre & particuliere à cha‐
ſcune, & à continuer chaſcune ſon eſpece : ainſi n'a‐elle point laiſſé ſans lumiere le tant
beau baſtiment de ce monde. Car comme celle parolle eſt fontaine de vie à tous, ainſi eſt‐
elle auſsi, fontaine de lumiere : entant que le Pere par ſe moyen de l'eternelle naiſſance eſ‐
pand ſur icelle vne plante de la diuine nature, de ſorte qu'elle ſeule reſtitue la vie, voire aux
morts : & de ſa lumiere chaſſe la nuiſt des nuées pour eſpeſſe qu'elle puiſſe eſtre. Tel donc‐
ques qu'eſt le ſoleil aux choſes corporelles, telle eſt la parolle de Dieu (qui eſt Ieſus Chriſt)
aux cœurs des hommes : auſquels, pource qu'ils eſtoyent par le peché tõbés en de treſpro‐
fondes tenebres & mort, il s'eſt efforcé de ſuruenir par vne indechiffrable charité. Car les
hõmes viuoyent au parauant en ignorance, eſtans és tenebres de peche, ſeruans aux ima‐
ges muettes au lieu de ſeruir le Dieu viuant, plongés vilainement és aueuglées conuoiti‐
ſes de l'ame, ſans auoir les yeux du cœur par les moyens deſquels on regarde l'eternelle ve‐
rité. Dieu auoit bien eſpandu és cœurs des hommes quelque petite eſtincelle d'entende‐
ment agu, mais les affections charnelles & tenebres des vices l'auoyent obſcurcie. Et à di‐
re le vray l'obſcurité de ce mõde eſtoit ſi grande, que ny la philoſophie humaine, ny la reli‐
gion de la loy Moſaique, ny les falots des Prophetes, ne l'ont peu dechaſſer. En la parfin eſt
venu noſtre ſoleil, ce ſoleil eternel, à l'inuincible lumiere duquel il n'y a obſcurité aucune
qui ne face place. Or eſt‐il venu pour rendre la vie à tous hõmes, non ſeulement aux Iuifs,
ains auſsi à toutes les nations du mõde : & apres auoir oſté l'obſcurité des pechés, rendre
les yeux à tous, à fin que par la lumiere de foy ils cogneuſſent que Dieu le Pere doit eſtre
ſeul ſeruy & aymé, auec ſon fils vnicque Ieſus Chriſt. Ce ſoleil corporel ne luyt pas à tous,
car il a ſes changemẽs : mais ceſte lumiere par ſa force naturelle luyt, voyre parmy les plus
eſpeſſes tenebres du monde : ſe preſentant à tous, à fin qu'ils reprennent vie, & voyent la
voye de l'eternel ſalut, laquelle eſt ouuerte à tous ſans exception par la foy Euangelique.
Et combien que le monde aueuglé des ordures de peché & de l'obſcurité de vilaines con‐
uoitiſes ne veuille pas regarder ceſte lumiere, ſi n'a elle peu eſtre ſouillée de nulles tene‐
bres de ce monde tant eſpeſſes ayent‐elles peu eſtre. Car luy ſeul eſtoit net de toute ſouil‐
leure de vices : & n'eſtoit autre choſe qu'vne lumiere nette & entiere de toutes pars. Or eſt‐
ce que les tenebres de ce monde bataillent continuellement à l'encontre de la lumiere (la‐
quelle le monde hait comme celle qui deſcouure ſes œuures) & eſteignent ou bien obſcur‐
ciſſent les rayons de pluſieurs : mais elles n'ont rien peu à l'encontre de ceſte viue & eter‐
nelle lumiere. Les Iuifs, les philoſophes & les puiſſans : item ceux qui ſe ſont du tout addõ‐
nés aux choſes caducques, ſe ſont mutinés, mais la lumiere ſurmõte ces choſes là : elle luyt
encore és pleines tenebres du monde, & luyra touſiours ſans ſe cacher de nully, pourueu
qu'on ſe rende capable de lumiere. Et que pourroit‐on faire à ceux qui de leur ſceu & vou‐
loir dechaſſent d'eux la lumiere preſentée : qui eſtans inuités à voir la lumiere ferment les
yeux de leur plein gré, de peur d'y voir : Certes il n'y a rien que luy n'ait faict, à fin que tous
fuſſent participans de ſa lumiere. Car il ne s'eſt pas ſubittement preſenté aux yeux des hõ‐
mes, de peur de les aueugler encore plus à cauſe de l'incredulité. Et qui euſt peu croire v‐
ne choſe ſi merueilleuſe s'il n'euſt petit à petit par pluſieurs moyens preparé les cœurs
des hommes à croyre : Pour ceſte cauſe, non content de auoir declaré aux hommes
par ce merueilleux baſtiment du monde & ſa ſouueraine puiſſance & ſageſſe, & ſon in‐
finie bonté & ſinguliere charité enuers le genre humain : non content auſsi d'auoir faict
comme monſtre de ſa venue par tant d'oracles de Prophetes, & par tant de ſemblan‐
ces & figures de l'ancienne Loy, a finalement enuoyé vn homme nommé Iean plus ex‐
cellent que tous les Prophetes, lequel combien qu'il ait eu le premier loz de ſainĉeté
entre les hommes qui auoyent eſté nays iuſques à ce temps là, & ait eſté appellé Ange
à raiſon de ſa grandeur plus que prophetique, ſi eſt‐ce qu'il n'eſtoit rien autre choſe fors
qu'homme, homme, à dire le vray, richement aorné de pluſieurs dons de Dieu, mais qui
venoyent de la liberalité diuine, & non d'vne nature à luy pour vn coup eslargie. Ceſt

N 4   homme

En elle eſtoit
la vie.

Vn homme
eſtoit enuoyé
de Dieu.

homme fut neantmoins nomméement choyſi & enuoyé de Dieu,pour dõner teſmoigna∕
ge(ſelon la prophetie qui auoit eſté preditte de luy)de ceſte lumiere diuine laquelle eſtoit
au monde deſguiſée ou cachée ſous vn corps humain:non pas que luy qui eſtoit Dieu, &
a eſté publié par la voix du Pere,euſt beſoing du teſmoignage d'homme,mais à fin de ſe la
lancer par tous moyens en la creance des hommes,il a trouué bon d'enuoyer Iean auant
la lumiere(comme l'eſtoille du iour va deuant le ſoleil annoncer ſa venue au mõde)pour
par ſa predication preparer les cœurs des hommes à receuoir la lumiere qui deuoit ſou∕
dain venir. Or pourautant que les pechés empeſchent les hommes de receuoir la lumie∕
re celeſte,Iean les inuita à repentance, en criant que le regne celeſte eſtoit prochain.Car le
premier degré pour venir à la lumiere eſt de hayr ſes tenebres.Or auoit le dit Iean tãt d'au∕
thorité enuers les Iuifs à raiſon d'vne ſinguliere ſainⅽteté de vie, que pluſieurs le tenoyent
pour le Chriſt:qui fut la cauſe que pour ce temps là il voulut tant plus eſtre recommandé
aux Iuifs par ſon teſmoignage,à fin de ſe gliſſer petit à petit à la façon humaine és cœurs
des hõmes.Autremẽt la couſtume eſt, que le moindre ſoit recõmandé par le teſmoignage
d'vn plus grãd.Or auoit promis Eſaie qu'à la venue de Chriſt ſe mõſtreroit vne ſinguliere
lumiere à ⅽeux qui eſtoyẽt és tenebres &ombre de mort.Pour ceſte cauſe,deuãt que Chriſt
ſe fuſt dõné à cognoiſtre par miracles,pluſieurs ſouſpeçõnoyent que Iean eſtoit la lumiere
que le Prophete auoit ,pmiſe:mais de luy, il n'eſtoit pas la vraye lumiere, ains en eſtoit ſeu∕
lemẽt meſſagier. Chriſt dõcques ſelon la diſpenſation du tẽps ſe ſeruit de l'erreur des Iuifs,
& de l'authorité de Iean pour preparer les cœurs de tous à la foy Euãgelique.Bien eſt vray
que Iean eſtoit quelque lumiere,aſſauoir, vne lampe ardãte & luyſante, ardante de pieté,
& luyſante par ſainⅽteté de vie:mais il n'eſtoit pas ceſte lumiere là qui apporte vie à toute
mõde:ains la parolle de Dieu,dont nous tenons maintenant propos,eſtoit ceſte vraye lu∕
miere,deſcẽdante touſiours de Dieu le Pere,qui eſt la fontaine de toute lumiere,dont em∕
prunte ſa lumiere tout ce qui luyt au ciel & en la terre . Soit entre les hõmes ſoit entre les
Anges s'il y a quelque eſtincelle d'entẽdement,s'il y a quelque cognoiſſance de verité,s'il
y a quelque lumiere de foy,le tout deſcend de ceſte fontaine.Et tout ainſi cõme ſans le ſo∕
leil ce monde eſt aueugle:ainſi ſont toutes choſes en tenebres ſans ceſte lumiere. Or eſtoit
le mõde tout couuert de tenebres,pour les pechés & abominables erreurs qui regnoyent
par tout.Et en ces tenebres ſont apparus à chaſque fois gẽs reluyſans en ſainⅽteté,leſquels
comme petites eſtoilles en de treſ-eſpeſſes & obſcures nuicts, & comme parmy le brouil∕
lart ont monſtré quelque lumiere,mais aux Iuifs ſeulement ou aux circõuoiſins de Iudée:
mais ceſte vraye lumiere donne lumiere non ſeulemẽt à vne nation, mais à tous hommes
venans és tenebres de ce monde,les Iuifs ont taſché d'vſurper & s'approprier ceſte lumie∕
re,entant qu'il ſembloit qu'elle leur euſt eſté particulierement promiſe,& que d'eux & en∕
tre eux elle eſtoit ſortie ſelon la chair: mais elle eſtoit venue, pour illuminer les cœurs de
toutes les nations de tout le monde par la foy Euãgelique. Le Scythe n'en eſt pas forclos,
ne le Iuif,ne l'Eſpaignol,ne le Goth,ne le Breton,ne les Roys,ne les ſerfs. Ceſte lumiere eſt
venue pour eſclairer tous hommes,entant qu'en elle eſt.Que s'il y en a qui perſeuerent en
leurs tenebres,ce n'eſt pas la faute de la lumiere,ains de celuy qui meſchamment ayme les
tenebres,& hayt la lumiere.Or luyt-elle à tous,à fin que nul ne puiſſe pretendre excuſe, cõ
me ainſi ſoit que de ſon plein gré & ſceu il periſſe par ſa faute,comme ſi quelqu'vn treſbu∕
choit en plein midy,par faute de vouloir leuer les yeux. Ceſte parolle de Dieu a touſiours
eſté au mõde:non que celuy qui eſt infiny puiſſe eſtre enclos d'aucun circuit de liens:mais
elle eſtoit ainſi au monde, comme l'engin de l'ouurier eſt en l'œuure:comme vn gouuer∕
neur eſt en la choſe qu'il regiſt.Ceſte lumiere luyſoit dés lors au monde par les choſes qui
furent merueilleuſement creées,declarant tellemẽt quellement la puiſſance, ſageſſe & bõ∕
té diuine,& par ce moyen dés lors meſme parloit aucunemẽt auec le genre humain.Mais
la plus grand part mettans leur felicité és choſes viſibles de ce monde(leſquels pour ceſte
cauſe le Seigneur Ieſus, qui enſeignoit choſes eternelles, a de couſtume d'appeller à bon
droit le monde)aueuglés des cõuoitiſes terriennes n'ont pas recogneu leur createur.L'ob∕
ſcurité des entendemens eſtoit ſi grande,que le monde ne recognoiſſoit point le createur
du monde:ains adoroyent des ſerpents,beufs,boucs,pourreaux,& oignons,voyre boys
& pierres qui ſont choſes encore plus contemptibles,ſans ſe ſoucier de celuy, duquel ils
auoyent receu tout ce qu'ils eſtoyent ou auoyent.Ils eſtoyent tant accouſtumés aux tene∕
bres qu'ils auoyent en dedain la lumiere : & aueuglés de pechés embraſſoyent la mort
pour la vie. Qui plus eſt quand il s'eſt plus familierement preſenté au monde, en cõuer∕
ſant & viuant auec les hommes à tout vn corps humain,il n'a pas eſté cogneu de ceux qui
                                                                                          ſe ſont

se sont du tout addonnés à ce monde. Et n'est pas trop grande merueille, que les Gentils qui seruoyent aux idoles, & rapportans toutes choses aux profits de ceste vie, ignorans les Prophetes & la Loy, ne l'ayent pas cogneu viuant en forme d'homme. C'est bien plus grande merueille, que comme ainsi soit qu'il soit venu particulierement apres sa nation, à laquelle auoit esté promis le Messias par tant d'oracles des Prophetes : à laquelle il a uoit esté pourtrait par tant de figures : laquelle l'auoit attendu par l'espace de tant de sie‑ *Il est venu és choses qui e‑ stoyët siênes.*
cles : laquelle l'a veu faire miracles : laquelle l'a ouy prescher : & neantmoins tant s'en faut qu'il ait esté receu de ceux de sa nation (pour lesquels sauuer il estoit nomméement venu) que d'vn courage enragé l'ont ruyné, & ont brassé la mort à l'innocent, qui ap‑ portoit la vie pour rien aux malfaitteurs & mal‑viuans. Certes en voyant ils ne voyoy‑ ent pas : & en oyant ils n'oyoyent pas : & en entēdans ils n'entendoyent pas : veu que d'vn peruers zele de la Loy ils s'esleuoyent contre celuy, que la Loy auoit promis par les ora‑ cles des Prophetes. Leur malice doncques a esté en cause, que la lumiere, qui apportoit vie eternelle aux vrays croyans, leur a esté occasion de plus grand aueuglement. Mais leur peruersité n'a peu empescher le salut des croyans. Ains au contraire l'aueuglance de la nation Iudaique a donné entrée aux Gentils à la lumiere de la loy Euangelique. Donc‑ ques ceux qui auoyent esté tenus par le passé pour le peuple de Dieu, & qui tout seuls se glorifioyent du seruice du vray Dieu, de la religion de la Loy, de l'affinité des peres, des promesses de l'alliance diuine, ont reietté le fils de Dieu quand il est venu : & pourtant à bon droit ont esté reiettés les Iuifs rebelles à l'Euangile : & la grace Euangelique a esté transportée aux Gentils, à fin que par tel changement des choses, ceux là qui au para‑ uant estoyent enflés d'vne fausse apparence de religion, vinssent à declarer tout ouuer‑ tement leur impieté, en reiettant le fils de celuy qui seruoyent pour leur Dieu : & que ceux qui estans au parauant du tout estrangés de la vraye religion honnoroyent be‑ stes bruttes, & boys pour leurs Dieux, vinssent a embrasser la pieté Euangelique par la foy. Combien que par ceste occasion les Gentils ayent esté tellement receus au sa‑ *Mais tous ceux qui l'ont receu.*
lut Euangelique, & que l'entrée n'en a esté bouchée ny au peuple Iudaique, ny à aucu‑ nes nations du monde : pourueu qu'ils mettent bas leur rebellion & se rendent obeys‑ sans à la foy Euangelique, qui est la premiere & seule porte de l'eternel salut. Et com‑ bien que la plus part tant des Gentils que des Iuifs, lesquels aymoyent plus le monde que Dieu, n'ayent daigné regarder ceste lumiere, si est‑ce que sa venue n'a pas esté in‑ utile. Premierement le mal‑heur de ceux là a esté descouuert, qui par leur propre fau‑ te se sont priués d'vn si grand bien, qui leur estoit presenté de plein gré. Et ne pou‑ uoit‑ia plus personne doubter, que par le iuste iugement de Dieu, ils ne fussent abban‑ donnés à vne eternelle ruyne. Puis il est aduenu, qu'au contraire il appert plus euidem‑ ment combien grande est la bonté de Dieu enuers ceux là qui reçoyuent la parolle E‑ uangelique d'vne simple & prompte foy. Car la cause pourquoy le fils de Dieu, & Dieu mesme s'est abbaissé iusques à nostre petitesse, a esté à fin de nous esleuer par la foy à sa hauteur : & la cause pourquoy il a prins sur soy le deshonneur de nostre mortalité, a esté à fin de nous faire participans de la gloire diuine : la cause pourquoy il a voulu naistre d'homme homme corporel a esté, à fin que nous vinssions a renaistre de Dieu spirituels : & la cause pourquoy il est descendu en terre, a esté à fin de nous esleuer au ciel. Les arrogans Scribes & Pharisiens, les hautains Roys & les puissans, les enflés phi‑ losophes ont esté reiettés pour leur mescroyance : & a ceste souueraine dignité, ont esté admis les petits, les pouures, les gens sans renom, les idiots, les serfs, les barbares, les pecheurs, gens dont le monde ne tient nul conte : desquels on ne requiert rien fors qu'vne foy non faincte, non erudition, non noble race, non la religion de la loy Mo‑ saique : mais tous ceux, de quelque nation & estat soyent‑ils, qui ont receu ceste pa‑ rolle, elle leur a aussi de son cousté donné ceste dignité, c'est que estans entés en Iesus Christ par la foy & le baptesme, & ayans faict profession de son nom, ils deuiennent aussi eux‑mesmes enfans de Dieu, & sont faits par adoption, ce que Christ est par na‑ ture. Et y a‑il chose plus souueraine que cest honneur, de dire, que ceux qui estoyent au parauant enfans du diable, & heritiers de la gehenne, deuiennent par la seule foy enfans de Dieu, freres de Iesus Christ, coheritiers du regne celeste ? Selon la chair nous naissions tous enfans de courroux, d'Adam premier autheur de nostre lignée : mais la parolle de Dieu nous deliure du mal‑heureux parentage du pecheur, & selon l'esperit renaissons heureusement de Dieu par le moyen de Iesus Christ. Car Dieu aduoue pour ses enfans, non pas ceux qui par semence corporelle, ou plaisir de conionction naissent

enfans

enfans d'Abrahã, mais bien ceux qui naiſſent de Dieu par foy. Adam le premier autheur de noſtre race nous auoit malheureuſement engendrés car il nous auoit engendré à la mort & à la gehẽne. Et ſi ceux qui naiſſent ſelon la chair, ne naiſſent pas d'vne meſme conditiõ. Car aucuns naiſſent pour regner, aucuns pour ſeruir. Mais Ieſus Chriſt l'autheur de la nouuelle generation r'engendre tous egalement à vne meſme dignité, c'eſt qu'en leur oſtant la ſeruitude de peché & mettant bas la foybleſſe de mortalité, ils deuiẽnent par foy & grace fils du Dieu viuant. Et n'eſt pas de merueille que l'homme ſoit aucunemẽt tranſformé iuſques à participer de la diuine nature, veu que la cauſe pourquoy la parolle de Dieu s'eſt abbaiſſée, a eſté à fin de prendre noſtre chair, c'eſt à dire, vn corps mortel de la vierge: en conioignant enſemble deux choſes du tout diſſemblables, aſſauoir, Dieu & l'hõme. Or-ça, y a-il choſe plus fragile, ou contẽptible que la chair humaine? Y a-il choſe plus puiſſante & plus ſouueraine que Dieu? Ne t'eſmerueilles point cõment ces choſes ont peu eſtre conioinctes. C'eſt Dieu qui les a conioinctes: & ne doutes point que les hommes ne puiſſent deuenir enfans de Dieu, veu qu'il noʹ a tãt aymés, qu'il a voulu deuenir fils d'hõme pour l'amour de nous. Car il n'a pas prins vn corps fantaſticque. (Car qui eſt-ce qui pourroit aymer vne vaine ſemblance, ou faux enchantement?) ains a prins en effect vn corps humain, c'eſt à dire, toute la nature de l'homme, ſans reietter la partie, par laquelle nous ſommes ſubiets à la mort, & differõs bien peu d'auec les beſtes bruttes. Et ne l'a pas prins pour vn temps, pour s'en deſpouiller incontinent: ains pour acertener la verité de ſon humaine nature, & qu'il ne l'auoit pas prinſe en apparence, a demeuré long temps ſur terre, a eu ſoif & faim, a eſté affligé, eſt mort, on l'a regardé des yeux, on l'a ouy des oreilles, on l'a manié à tout les mains. Et à fin que ceſte dignité demeuraſt à touſiours au genre humain, la diuinité demeure encore en nous, portant la chair humaine: & en icelle, qui ia eſt glorifiée, eſt aſsis à la dextre du pere tout puiſſant. Et n'auoit pas neantmoins faute de la diuine maieſté lors qu'il eſtoit enuironné de corps mortel ſur la terre. Car nous, qui auõs familierement veſcu auec luy, ſommes teſmoings de ſon humanité & de ſa diuinité. Nous l'auons veu auoir faim, ſoif, dormir, pleurer, affligé & mourir. Nous l'auõs ouy parler par voix humaine, nous l'auons manié à tout noz mains, & par tous ſignes l'auons trouué vray homme. Mais nous auſsi auons veu ſa diuine gloire, gloire du tout conuenable au fils vnicque de Dieu, plus grande que gloire qui fut oncques baillée ny à pas vn des Anges, ny à aucun des Prophetes, ny aux Patriarches: de laquelle Dieu le Pere a voulu aorner ſon fils vnicque. Or auons nous veu ceſte gloire quand il faiſoit miracles, quãd il propoſoit la celeſte doctrine: & en la viſion du mont Thabor, où il fut transfiguré en noſtre preſence, où auſsi la voix du Pere enuoyée du ciel proteſta qu'il eſtoit ſon fils bien aymé: comme ledit pere magnifia ſon fils au bapteſme par ſa voix & le ſigne de la colombe: item quand le fils auant mourir luy fit requeſte de l'honnorer de la gloire, laquelle il auoit eue deuant que le monde fut mõde, il recogneut ſon fils par vne voix enuoyée du ciel, diſant: Ie l'ay glorifié, & le glorifieray. Brief nous auõs veu ceſte gloire en la reſurrection, en ce que lors de-rechef viuant il nous monſtra vn corps qui eſtoit bien palpable, mais du tout deliuré de tous incõueniens, & en ce qu'il fut esleué au ciel, nous le regardans. Et ne nous eſt pas ſa gloire apparue par ces choſes ſeulemẽt, mais auſsi ſa mort meſme porta teſmoignage de ſa diuine puiſſance, quand le voyle du temple ſe mypartit, la terre trembla, les pierres ſe fendirent, les ſepulchres s'ouurirent, les morts reſſuſciterẽt, le ſoleil fut couuert & enuoya vne ſubite nuict parmy le monde: quand ſoudain apres auoir faict vn grãd cry il rendit l'ame, comme de ſon bon grẽ, & non par faute de forces. Par ceſte mort tant admirable il glorifia le Pere, tellement qu'vn larron qui fut crucifié auec luy, & vn centenier confeſſerent qu'il eſtoit le fils de Dieu. Et combien que quãd il eſtoit ſur terre faiſant les choſes requiſes à noſtre ſalut, il ait mieux aymé nous monſtrer exemple d'humilité, de douceur, & d'obeiſſance, que de nous faire monſtre de ſa grandeur: ſi eſt-ce que tous ſes propos, tous ſes faits, voire ſon propre maintien & face declaroyẽt qu'il eſtoit remply de toutes diuines graces, & de l'eternelle & irrefragable verité. Car cõbien que Dieu departiſſe auſsi à d'autres ſaincts perſonnages des dons de ſa grace & verité à grãd foiſon, ſi auoit-il neãtmoins eſpãdu toute la fontaine des dons celeſtes ſur ceſtuy-cy, comme ſur ſon fils vnicque, à fin qu'il y eut en luy, dequoy raſſaſier tous. Et tel l'auons nous veu iuſques qu'il mõta au ciel. maintenant nous declarerons comment il s'eſt premierement baillé à ce monde, comme ainſi fut que au parauant ſes parens meſmes ne l'eſtimaſſent rien, fors qu'homme. Car il a voulu eſtre cogneu petit à petit, de peur qu'vne tant nouuelle choſe ne fuſſe pas creüe des hõmes, ſi elle ſe fut monſtrée tout à coup. Or eſt-il bien vray, que maintes choſes auoyent

precedée

precedé,qui pouuoyent aucunement preparer les cœurs des hômes à croyance,aſſauoir,
l'authorité des Prophetes les ombres de la Loy,le chant desAnges en ſa naiſſance,la pieté
des paſteurs,la guide de l'eſtoille,la deuotion des Sages,le trouble d'Herode & de toute
la ville de Ieruſalem pour la naiſſance du nouueau roy:les Propheties de Simeon & d'An-
ne:brief certaines choſes qu'il auoit faittes,qui ſurmontoyent l'humaine nature,dont ſa
mere & Ioſeph s'eſmerueilloyent à part eux qu'elles vouloyent dire : neantmoins quand
le temps fut venu,qui luy eſtoit ordôné dés l'eternité pour ſe mettre en ſon deuoir de preſcher publicquement le regne celeſte,il trouua bon,comme nous auôs dit,d'eſtre auſſi au
thoriſé pour vn têps par le teſmoignage de Iean:non qu'il euſt faute de teſmoignage d'hô
me,mais d'autant qu'il eſtoit ainſi expedient,tant pour attirer la croyance des Iuifs,entre
leſquels il n'y auoit celuy qui n'euſt merueilleuſement bône opinion de Iean:que pour cô
uaincre la meſcroyance des meſchants,entant qu'ils n'auroyent pas adiouſté foy au teſmoignage que rendoit de Chriſt,celuy là meſme lequel ils auoyent autremêt en ſi grande
reuerence qu'ils ſouſpeçonnoyent qu'il fuſt le Meſſias promis par les oracles des Prophe
tes,pour deliurer la nation d'Iſrael.Apres dôcques que Iean eut amaſſé vn aſſés bon nom
bre de diſciples,& en baptiſoit iournellement pluſieurs,& fleuriſſoit en ſouueraine authorité enuers tous,en preſchant que le regne de Dieu eſtoit prochain(où au contraire les hômes auoyent mauuaiſe opinion de Ieſus)il ſe print à inculquer & redire ouuertement aux
aſſemblées le teſmoignage qu'il auoit ſouuêt porté dudit Ieſus : & ſelon la prophetie d'E-
ſaie,qui auoit predit que Iean ſeroit vne voix d'vn qui crie au deſert : Preparés la voye du
Seigneur:de là en auant crioit à pleine voix non pas en ſecret à ſes diſciples, ains indifferemment à toute la multitude de gens, qui s'aſſembloyent iournellement à luy à grande
foule pour eſtre baptiſés,& ouyr ſa doctrine:qui venoyent auſſi de propos deliberé pour
ouyr au vray quelle ſeroit l'opinion d'vn ſi grand perſonnage touchât Ieſus,& diſoit:C'eſt
icy celuy,duquel ie vous ay ſouuent parlé par cy deuât:auquel vous me prepoſés en vous
abuſant,veu que ie vous ay dit qu'il y en auoit vn,qui me ſuyuoit d'eage & temps de predication,& qui ſeroit inferieur à moy ſelon l'opinion du peuple : ceſtuy là maintenant va
deuant:& cômence d'eſtre premier,qui ſembloit eſtre dernier : & n'eſt pas merueille, veu
que dés lors meſme il eſtoit plus excellent & premier que moy en toutes graces, combien
qu'au iugement des hommes il ſemblaſt eſtre inferieur.Ceſtuy eſt la fontaine de toute verité & grace.De nous,que vous aués en ſi grande admiration,nous ne ſommes rien autre
choſe,que ruiſſeaux.Car cela meſme que nous auôs chaſcun ſelon ſa meſure, nous l'auôs
puiſé de ſa plenitude, de laquelle coule ſur tous,tout ce q appartiêt à l'eternel ſalut. Toute *Et auons tous*
la iuſtice qui a eſté és Patriarches,& és Prophetes,& en Moyſe,eſt yſſue de la fontaine de ce *receu de ſa*
ſtuy. Quât à moy,ie ne ſuis rien autre choſe que l'auant-coureur de celuy qui vient. Quât *plenitude.*
à ceſtuy,il eſt le vray meſſagier & autheur de la grace Euâgelique, laquelle donne à tous le
vray & eternel ſalut par la foy.Nous ſommes redeuables à ceſtuy de ce meſme, que no⁹ a-
uôs eſté inſtruits à pieté par la parolle des Prophetes:& que par l'ordônâce de la Loy no⁹
auôs eſté deſtournés des malefices,& qu'auôs receu côme vn'ombre de la vraye religion.
Maintenât par ſon meſme moyê eſt preſentée à to⁹ vne plus abôdante grace,laquelle par- *Et grace*
dône to⁹les pechés pour riê par la foy Euâgelique:&dônevie eternelle à ceux,q auoyêt me *pour grace,*
rité la mort.Car quât à Moyſe,l'autorité duquel vous eſt inuiolable,il n'eſt en nul endroit
à côferer auec ceſtuy.Moyſe eſtoit ſeulemêt publieur de la loy,& nô autheur,& a baillé vne
loy de nulle efficace, ſeuere & rude,laquelle par ombres & figures ſeroit côme la môſtre de
la lumiere Euâgelique qui deuoit venir apres:& laquelle Loy deceloit pluſtoſt les pechés,
qu'elle ne leſoſtoit:&preparoit pluſtoſt les hômes à receuoir ſanté,qu'elle ne la dônoit,en
les attirât par ,pmeſſes.Mais maintenât au lieu de la rigueur de la loy eſt preſentée la grace
par Ieſus Chriſt:lequel pardône pour rien to⁹ les pechés à to⁹ moyênât la foy Euâgelique.
Au lieu des ôbres eſt baillée la lumiere de la verité:de laquelle il eſt nô ſeulemêt meſſagier,
mais auſſi auteur,côme celuy à q dieu le pere à baillé toute puiſſâce.Or ſôt ce cy les ſecrets
de Dieu le pere,ce ſôt cy les côſeils cachés en l'Eſprit de Dieu par leſquels il a trouué bô de
faire de Dieu vn hôme,& des hômes les faire aucunemêt dieux:de meſler les choſes ſouue
raines auec les plus baſſes,& d'eſleuer les plus baſſes auec les ſouueraines.Il n'y a nul des
ancîés à q il ait pleinemêt deſcouuert ces ſecrets:côbien que quelquefois par anges,ſônges,
& viſiôs il leur ait deſcouuert quelques eſtincelles de ſa lumiere. Car nul hôme du môde,
pour grâd qu'il ait eſté,ne vit iamais Dieu, tel qu'il eſt:ains ſeulemêt en obſcurité.Et côbiê *Nul ne vit*
qu'il ait aucunemêt manifeſté quelque portiô de ſes ſecrets à Moyſe, aux Patriarches, aux *oncq Dieu.*
Prophetes,neâtmoins ſô filsvnicque a receu tout ſeul ceſte plenitude de grace & verité, lequel

quel est tellement descēdu vers nous, estant faict hōme, qu'il est tousiours au sein de Dieu le Pere à raison de sa diuine nature. Ce qui auoit esté signifié aux autres tellement quellement en partie, en couuertures & comme par songe, ledit fils nous l'a plus grossierement & clairement declaré, assauoir tout ce qui est necessaire pour obtenir salut eternel. Comme ainsi fut que Iean eust souuentefois à part aorné Christ de tel tesmoignage, il declara lors ouuertement quel il estoit: en faisant le deuoir d'vn vray seruiteur, en ce qu'il ne voulut pas vsurper la gloire de son Seigneur quand les Iuifs luy presentoyent, ny frustrer son dit Seigneur de son honneur: combien qu'il sceust bien que cela luy apporteroit non seulement, perte de l'authorité dont il auoit iouy iusque là, mais aussi vne grande hayne enuers les Iuifs, lesquels eussent mieux aymé luy dōner cest honneur, qu'à Christ. Car la naissance dudit Iean auoit esté solennisee entre les Iuifs: il estoit aussi renommé à raison de la noblesse de sa race, luy qui estoit fils de Sacrificateur: & auoit esmeu le peuple à l'auoir en reputation à raison d'vne nouueauté de viure, à raison des poils de chameaux, du desert, du lauement, & du grand nombre de disciples: là où Christ estoit encore pour ce temps là mesprisé pour l'obscurité de sa race, & qu'en son viure & vesture il ne differoit en rien d'auec le peuple. Comme doncques ce Christ ainsi humble deplaisoit aux orgueilleux Pharisiens, lesquels auoyēt-ia conceu quelque hayne cōtre Iean, de ce qu'il disoit biē de Christ, ils enuoyerent de Ierusalem gens d'authorité, des prestres & Leuites, pour demander à Iean en presence du peuple qu'il estoit, luy, de qui la multitude auoit diuerse opinion. Car les vns disoyent qu'il estoit le Christ deliureur de la nation Iudaique: les autres souspeçōnoyent que c'estoit Elie, pensans qu'il fust retourné en vie selon la prophetie de Malachie, pour estre l'auant-coureur du Messias à venir. Quant à Christ, il y en auoit bien peu qui eussent bonne opinion de luy à cause de la petitesse de sa race, & maniere de viure, encore qu'aucuns cōmençassent de luy porter enuie. Et dés lors taschoit la finesse des Pharisiens, d'accommoder Christ à leurs conuoitises: ce qu'à leur aduis aduiendroit si Christ n'estoit approuué que de leur propre authorité. Que s'il eust enseigné choses contreuenantes à leurs affections & vices ils l'eussent reprouué, & luy eussent osté l'authorité vers le peuple, quād ils se fussent apperceu que sa doctrine eust esté dommageable à leurs profits. Tel est la sotte prudence de la mondaine sagesse. Mais Christ, duquel la doctrine est toute celeste, n'a pas voulu que rien d'authorité humaine ait esté meslé auec sa doctrine Euangelique. Aucuns aussi esperoyent que combien que Iean, encore qu'il ne fut point le Christ, neantmoins aduouerent vn tant honnorable titre, quand il luy seroit presenté de plein gré. Ils sçauoyent bien, eux qui estoyent du tout addonnēs au seruice de gloire, que ceste peste assaut mesme les plus saincts personnages: ils sçauoyent bien combien grande seroit la reiouyssance du monde, si Iean eust receu le nōm de Messias, lequel la plus grand part des Iuifs luy donnoit-ia de plein gré. S'il l'eust aduoué en la presence du peuple, ils auoyent dequoy reietter Christ hay pour sa petitesse: s'il l'eust refusé, ils auoyent vn reproche tout prest. Ces gens dōcques en l'authorité des prestres & Pharisiens l'interroguerēt en presence du peuple, disans: Qui es-tu? Car ils cōmençoyent-ia de se fascher aussi de l'authorité de Iean, & de porter enuie à sa gloire. Et Iean sçachant bien qu'ils faisoyent ceste demande par hayne qu'ils portoyēt à Christ, ne descouurit pas soudain l'opinion qu'il auoit de luy: mais reietta la fausse souspeçon qu'on auoit de luy, laquelle eust peu empescher la gloire de Christ enuers le peuple: & d'vn franc courage mesprisa la gloire du titre que faussemēt on luy vouloit bailler, confessant qu'il n'estoit pas le Messias cōme plusieurs l'estimoyent: sans nyer de luy qui il estoit, prest d'enseigner qui estoit celuy à qui appartenoit la gloire dudit titre. En la premiere responce estoit la perte de son propre renom: & en l'autre le dangier de tomber en la hayne des Pharisiens. Mais Iean homme d'vne entiereté inuiolable, sans se soucier ne de l'vn ne de l'autre dangier, confessa ouuertement qu'il n'estoit point le Messias promis par les oracles des Prophetes & par la parolle de Moyse, sans nyer neantmoins que le Messias estoit-ia venu, mais ce n'est pas moy, leur dit-il, signifiant que ce titre estoit deu à vn plus excellent, lequel neantmoins ils auoyent en moindre reputation. Or ne profita ceste malicieuse diligence des Pharisiens à autre chose, qu'à confermer la verité de l'Euangile. Eux doncques, se voyans frustrés de ce degré poursuyuirent de luy demander: Si ce souuerain honneur de Messias que plusieurs te donnent ne t'appartient point, est neantmoins sans l'adueu des Scribes & Pharisiens, tu vsurpes vne nouuelle authorité, & rauis le peuple en ton admiration, & ce au grād dommage de la publicque authorité des prestres & des Pharisiens, tu dois certes estre quelqu'vn prochain du Messias. Nous lisons en la prophetie de Malachie que deuāt que le Messias vienne, doit venir Elie

Thesbi-

Thesbite,pour reftablir toutes chofes.Serois–tu point ceft Elie là:Et Iean leur dit que nõ:
non pas qu’il ne fuft aucunement Elie,entant qu’auec vn tel Efprit qu’Elie il eftoit auant–
coureur de Chrift,mais d’autãt qu’il n’eftoit pas ceft Elie Thesbite qui fut rauy en l’air dãs
vn chariot de feu,lequel le Prophete a eftimé eftre referué,pour eftre l’auãt–coureur de la
feconde venue de Iefus Chrift.Ils auoyent bien leu la Prophetie,mais ils ne l’auoyent pas
entendue:& n’eftoyent pas digne de cognoiftre le myftere duquel ils s’enqueftoyẽt d’vne
malicieufe intention.Or pource qu’ils fçauoyẽt que Moyfe auoit promis qu’vn Prophete
s’efleueroit de la nation Iudaique,auquel il auoit cõmandé qu’on obeift:& n’ignoroyent
pas aucuns que ce Prophete feroit le propre Meffias:outre cela aucuns femoyent le bruit
que quelqu’vn des anciens Prophetes eftoit reffufcité,& foufpeçonnoyent que Iean eftoit
ceftuy là:ils luy demãderent s’il n’eftoit point le Prophete que Moyfe auoit ‚pmis,ou bien
quelqu’vn d’entre les Prophetes,qui derechef viuãt s’attribuaft cefte authorité.Et il cõfef-
fa franchement qu’il n’eftoit en rien tel que maints le foufpeçonnoyent.Or apres que ma-

tiere de l’interroguer leur fut faillie,ayãs employé toutes les opiniõs que les gens auoyent
de Iean,ils le prefferent de rendre luy–mefme, tefmoignage de foy,& de dire qui il eftoit:&
pour le faire venir biẽ toft au point,ils le prefferent de l’authorité des preftres,à fin de luy
faire au moins pour crainte de la puiffance cõfeffer qui il eftoit.Nous voyõs,difoyent–ils,
que tu t’vfurpes vne authorité par deffus les Pharifiens,& les preftres,& les Scribes.Nous
auõs aloué tout noftre deuinemẽt,& nous faut neantmoins rapporter quelque refponce
à ceux qui nous ont enuoyé vers luy.Si tout le peuple entieremẽt en ayãt diuerfe opinion
de toy s’abufe,dy toy–mefme qui tu es:certes tu te cognois biẽ,qui dis–tu que tu es:Alors
Iean qui parloit à gens entẽdans la Loy,de peur qu’il ne femblaft que d’vne humaine hardieffe il s’attribuoit ce mefme qu’il eftoit,enfeigna tout à la fois par la Prophetie d’Efaie co
gneue aux Pharifiens,qu’il n’eftoit rien autre chofe,qu’auant–coureur de Chrift, & que le
Seigñr(lequel il failloit receuoir d’vn cœur net) eftoit–ia venu en propre perfonne:lequel
ils crucifieroyẽt eftans aueuglés d’enuie,d’ambition & orgueil.Quant à moy,leur dit–il,ie
ne fuis ny le Meffias,ny Elie,ny aucun des Prophetes retourné en cefte vie:& n’ay pas toutefois prins cefte charge de ma propre authorité,cõme ainfi foit que dés deuant plufieurs
années i’y aye efté deftiné de l’authorité de Dieu.Car ie fuis celuy duquel Efaie a efcript,af

fauoir,La voix d’vn qui crie au defert:Dreffés la voye du Seigneur. Vous voyés le defert,
vous oyés la voix d’vn qui crie.Au refte,mettés bas voz mondaines conuoitifes,& preparés voz cœurs pour fa venue,à fin qu’elle vous foit falutaire. Moyfe vous l’a pourtrait,&
ont les Prophetes dés lõg temps prophetifé qu’il viẽdroit.De moy,ie le vous mõftre ia ve
nãt.Or ceux qui furẽt enuoyés vers Iean,eftoyẽt de la fecte des Pharifiẽs : lefquels eftoyẽt
pour lors en plus grãde authorité & credit que to⁹ autres pour l’intelligẽce de la Loy,& le
bruit de fainéteté.Et n’eftoyẽt pas trop loig de la doétrine Euãgelique,veu qu’ils croyoyẽt
mefme l’immortalité des ames,& qu’il reftoit vne autre vie apres cefte–cy.Mais ambition,
auarice & enuie leur auoyẽt corrõpu le cœur.Cõbien qu’en ce temps là l’enuie des hõmes
n’eftoit pas encore tant embrafée,qu’ils cõtreuinffent ouuertemẽt à Chrift:mais incontinent qu’ils s’apperceurẽt que fa doétrine cõtrarioit à leur gloire,profit,& credit,ils deuindrent du tout enragés,& crucifierẽt leur Meffias,lequel ils auoyẽt promis au peuple felon
les propheties,& de la cognoiffance duquel ils s’eftoyẽt vantés.Tant eft peftilẽcieufe chofe,la cognoiffance mefme des fainétes efcriptures,fi on n’a le cœur deliuré & vuidé de con
uoitifes terriennes.Mais la diuine prudence,qui eft plus fage que les entẽdements des hõ
mes fe fçait bien feruir de la malice des mefchãts pour le falut des gens de bien. Cefte tant
enuieufe & cauteleufe demãde des Pharifiens,a cõfermé noftre croyance. Eux dõcques a-
lors encore plus courroucés,& ‚portãs enuie nõ feulemẽt à Chrift(lequel ils auoyẽt toufiours mefprifé)mais auffi à Iean(lequel ils auoyẽt eu iufques là en reuerẽce)fe prindrent à
l’iniurier difãs:Pourquoy dõcques vfurpes–tu la puiffance de baptifer le peuple,fi tu n’es
ny le Chrift,lequel,cõme enfeignent les propheties,doit abolir les pechés du peuple:ny E-
lie auãt–coureur du Meffias:ny ce tãt excellẽt Prophete,qu’a promis Moyfe:ny aucun autre d’entre les Prophetes:D’où prens–tu cefte authorité d’abolir les pechés,veu que tu ne
l’as ny de Dieu,ny de l’ordõnance des preftres,l’authorité defquels tu obfcurcis par nouuelles ceremonies:Iean refpõdit doucemẽt à cefte calõnie,en forte neãtmoins que frãche
mẽt il aduoua fa petiteffe,& publia la dignité de Chrift.Mon baptefme,dit–il,eft tel, qu’eft
ma predication.Car cõme ma predication n’eft pas parfaitte,ains prepare feulement voz
cœurs à la philofophie Euãgelique:ainfi mon lauemẽt,qui n’eft que d’eau,ne laue pas les
ordures des cœurs,ains par vne femblãce du vray lauemẽt prepare les groffiers, à fin que

O   eftans

eſtans diſpoſés par la repentance de leur vie paſſée, ils ſoyent rendus capables du laue‐
ment, par lequel le Meſſias par le ſainct Eſprit lauera toutes les ſouilleures de tous ceux,
qui croiront à ſa celeſte doctrine. Et n'eſt plus ce Meſſias gueres loing, ains eſt‐ia en ceſte
aſſemblée, & comme vn d'entre le peuple conuerſe au milieu de vous. Et la cauſe pour‐
quoy il eſt meſpriſé & ignoré de nous, eſt, qu'il eſt de baſſe eſtoffe & ſans renom ſelon l'eſti‐
me du monde, ne ſe monſtrant & faiſant valoir par aucune pompe des choſes, pour leſ‐
quelles les mondains font eſtime de l'homme. Il n'a pas encore trouué bon de mon‐
ſtrer ſa puiſſance & grandeur, mais en effect il eſt bien autre, qu'il ne ſemble. De moy,
qui ait eſté eſtimé du peuple eſtre quelque grande choſe, ie ne fais rien au regard de ſa
grandeur. C'eſt ceſtuy propre, duquel i'ay dit, qu'il eſtoit bien apres moy ſelon l'opinion
des hommes, mais me precedoit en dignité. Et tant s'en faut que ie luy ſoye ſemblable en
nobleſſe que ie ne me repute pas digne de luy ſeruir de plus petit varlet, non pas meſme
de luy detacher les courroyes de ſes ſouliers. Tant ample & magnificque teſmoignage
rendit Iean de Chriſt aux Phariſiens, preſtres & Leuites, en la preſence du peuple aſſem‐
blé en grand nombre, & ce en vn lieu renommé, aſſauoir, en Bethabara, qui eſt vn lieu
aſſés pres de Ieruſalem, outre le Iordain, propre à celuy qui baptiſe & qui preſche peni‐
tence, à raiſon de l'abbondance de l'eau toute preſte & du deſert prochain : auquel lieu
s'aſſembloyent iournellement gens à grande foule de diuerſes contrées de la Iudée
pour eſtre baptiſés. Car là preſchoit & baptiſoit Iean. Et iuſques là porta tellement teſ‐

Voyla l'ai‐ moignage du Chriſt, qu'il ne le nomma (combien qu'il fuſt en la trouppe) ne monſtra
gneau de Dieu. au doigt, à fin de moins eſmouuoir l'enuie des Phariſiens contre luy, & d'enflamber
dauantage les cœurs des ſimples du deſir de cognoiſtre celuy, qui auoit eſté ſi magni‐
ficquement baptiſé d'vn ſi grand perſonnage. Comme doncques pluſieurs d'entre le
peuple s'informoyent‐ia curieuſement, qui pouuoit eſtre ce tant grand perſonnage, à
la dignité duquel Iean (homme que tous auoyent en ſouueraine reputation) ſe ſoub‐
mettoit ſi fort, Ieſus retourna le lendemain audit lieu, & ne ſe tinſt plus lors meſlé par‐
my la trouppe, ains s'en tria à part & vint abborder ledit Iean : en partie pour rendre
le deuoir d'honneſteté en ſaluant ſon couſin : en partie pour le recognoiſtre pour ſon
laueur : & ſur tout pour luy bailler occaſion de porter encore plus euident teſmoignage
du Chriſt deuant le peuple : à fin qu'on ne penſaſt que luy (qui eſtoit encore incogneu)
venoit à Iean pour meſme fin que les autres, aſſauoir, pour eſtre baptiſé, ou pour confeſ‐
ſer ſes pechés. Car ce qu'il a eſté baptiſé de Iean, a eſté pour donner exemple d'humili‐
té. Au reſte, à fin que aucun ne ſouſpeçonnaſt qu'il auroit beſoing d'eſtre laué, ou qu'en
luy y auroit en quelque tache, que l'eau du Iordain auroit lauée, il ſe ſepara de la troup‐
pe & vint à Iean : lequel amonneſté de l'Eſprit de ce qu'il denoit faire. Ieſus, qui venoit à
luy, ſe tourna vers le peuple & le leur monſtra du doigt : à fin, qu'apres l'auoir auſsi co‐
gneu de face, ils s'accouſtumaſſent à l'eſtimer & aymer : & à aller apres luy plus toſt qu'a‐
pres ſoy : & a chercher ſon bapteſme plus toſt que celuy de Iean. Car la netteté d'vn cœur
remply du Sainct Eſprit, reluyſoit meſme és yeux & en la face de Ieſus, & ſe monſtroit en
ſon alleure : & en tout le maintien de ſon corps : comme au contraire vn cœur furieux &
couuert de vices ſe deſcouure par l'image du corps. Or‐ça, dit Iean, voicy celuy que plu‐
ſieurs d'entre vous m'ont veu lauer, combien qu'à vray dire le Iordain ne l'a pas net‐
toyé, ains il a plus toſt ſanctifié l'eau du Iordain. Car il eſt luy ſeul exempt de toute tache &
Eſa. 53 de tous pechés. Ceſtuy eſt l'aigneau ſans tache, que Dieu ſelon la prophetie d'Eſaie, s'eſt re‐
ſerué pour treſ‐agreable ſacrifice, pour nettoyer les pechés de tout le monde, infecté de
toute ſorte de vices. C'eſt ceſtuy, que l'aigneau Moſaïque figuroit, duquel l'innocent ſang
ſauua les enfans d'Iſrael du glaiue par lequel l'ange fit punition. Et tãt s'en faut qu'il ſoit
detenu d'aucun peché, que luy ſeul eſt ſuffiſant pour effacer tous les pechés de tout le mõ‐
de. Il eſt ſi chery de Dieu, que luy ſeul luy peut changer ſon courroux, en miſericorde. Il
eſt ſi doux, & tant amoureux du ſalut des hommes, qu'il eſt preſt de porter la peine pour
les pechés de tous, & de prẽdre ſur ſoy tous noz maux, pour nous donner ſes biens. C'eſt
ceſtuy, duquel ie vous ay par cy deuant dit & redit, comme par parolles couuertes, qu'il
y en auoit vn, qui viendroit apres moy, lequel me deuãçant en dignité & puiſſance, me laiſ‐
ſeroit derriere : pourautãt que cõbien que de naiſſance humaine, & tẽps de preſcher & auſ‐
ſi d'authorité il ſemblaſt eſtre apres moy, il me paſſoit nẽãtmoins de beaucoup en graces
diuines. Meſme ne ſçauoy‐ie pas moy‐meſme par cy deuãt pour le ſeur, cõbien excellent il
eſtoit & qui il eſtoit. Car il eſt ſi noble, que moy, que vous auès en admiratiõ, ie ne ſuis nul‐
lemẽt du monde à cõparer à luy. Il eſt le Seignr & autheur de tout ſalut : & ie ne ſuis que ſon
ſerui‐

seruiteur & auant-coureur:& n'est mon baptesme & ma predication autre chose, qu'vne
monstre de la celeste doctrine & puissance, qu'il vous doit apporter. Et ne suis enuoyé du
commandement de Dieu,que pour prescher la repentance des pechés passé, & annoncer
que le regne celeste est pres:Item pour vous lauer d'eau,à fin que quand il viendroit il eust
plus aiséement entrée en voz cœurs ia preparés par tels rudimēts,apres que par certains
signes il m'auroit esté aussi monstré du Pere.Il conuersoit entre les hommes, portant petit
estat,& sans estre en rien que soit renōmé,& estoit meslé auec la trouppe comme seroit vn
d'entre le menu peuple:il est venu pour estre baptisé,cōme s'il eust esté entaché de peché.
Ie n'ay doncques peu cognoistre au vray par l'accoustrement du corps, ne par humaines
cōiectures,qu'il fust le fils vnicque de Dieu:& l'aigneau trespur lequel par la foy aboliroit
tous les pechés du mōde:ains ay cogneu par vn euident signe enuoyé du ciel, qu'il estoit
celuy,auquel ie seruoye d'auāt-coureur.Et quel estoit ce signe,Iean le declara ouuertemēt
deuant toute l'assemblée,disant:Comme pour monstrer exemple d'humilité au mōde, en
se meslant parmy la trouppe des pecheurs,il venoit pour estre laué,le pere l'a honnoré de
vn signe celeste. Car i'ay veu de mes propres yeux le Sainct Esprit en forme de colōbe descēdre sur sa teste & demourer sur luy.Iusqu'à present ie n'auoye pas cogneu au vray celuy,
de qui i'estoye auant-coureur:d'autant que la petitesse de son corps cachoit sa hauteur ce-
leste.Car le temps n'estoit pas encore venu,auquel le pere le vouloit bailler ouuertement
à cognoistre au peuple.Or cōme ainsi fut que ie sceusse bien par l'inspiration du pere que
le Messias estoit-ia venu,de peur qu'on ne s'abusast en la personne,& que l'humaine coniecture n'y trouuast quelque doubte,celuy qui m'a cōmandé d'entreprendre la charge de
vous baptiser d'eau,m'a declaré par vn certain signe, cōment ie pourroye cognoistre qui
estoit celuy qui vous deuoit baptiser d'vn baptesme d'efficace, & qui par le Sainct Esprit
duquel il est plein dōneroit pour rien remission de tous pechés,à tous ceux qui auroyent
fian ce en luy.Car deuant que Iesus vinst à moy pour estre baptisé, le pere celeste m'auoit
aduerty ainsi:Par ce signe cognoistras-tu mon fils sans faillir.Entre plusieurs que tu laue-
ras celuy sur lequel tu verras le Sainct esperit descendre en forme de colombe,& y demourer,sçache que c'est luy qui a la puissance de lauer du Sainct Esprit.Car l'hōme laue d'eau,
luy seul d'vne puissance celeste oste les pechés & donne iustice. Ce signe ay-ie veu au laué
tout ainsi que le pere l'auoit promis,& la cause pourquoy il m'a faict la grace de le voir a
esté à fin que par ma publicatiō vous cogneussiés aussi l'autheur deuostre salut.Parquoy
cōme i'ay par cy deuant tesmoigné,ainsi aussi le tesmoigne-ie maintenant tant ouuertement,que cestuy est le fils de Dieu,duquel cōme d'vne fontaine celeste vous deués puiser
tout ce qui appartiēt à iustice & à l'eternel salut. Car ie ne souffriray pas que voꝰ ayés plus
grāde opinion de moy,qu'il ne m'appartiēt:ne que vous ignoriés celuy,en la cognoissance duquel gist le salut. Par tels tesmoignages dōnoit souuēt Iean loz & bruit à Iesus encore
incogneu du peuple,& luy remettoit(cōme à son superieur)toute son authorité:à fin que
de là en auant ils le laississent pour suyure la doctrine dudit Iesus : & ce pendant la prouidence diuine regarda de nous preparer & en l'vn & en l'autre vn salutaire exemple de docteur Euangelique.Car quant à Iean, il n'a pas esté corrompu par l'alleschement d'vne si
grande gloire qui se presentoit de plein gré,si qu'il se soit attribué la louange d'autruy : &
n'a pas pour l'enuie des prestres & des Pharisiens(desquels l'enuieuse ambition, & ambitieuse enuie ne peuuent souffrir que personne qu'eux fut estimé)laissé de publier la gloire
de Christ: ny n'a pas eu esgard à son profit,ains à ce qui estoit expedient pour le peuple,
monstrant certes qu'vn messagier de l'Euangile doit estre d'vn asseuré & vaillant courage non seulement à l'encontre d'exces & auarice,mais aussi cōtre toute ambition iusques
à mespriser sa vie.Puis Iesus Christ,en venant au lauement comme vn d'entre le menu populaire,& se portant entre les disciples de Iean cōme disciple de luy,iaçoit qu'il fust le Seigneur de tous,nous a declaré que le chemin pour paruenir à la vraye gloire est vne souueraine abbaissāce & humilité de cœur:& que nul n'est suffisant maistre,sinō qu'il ait esté bō
disciple:item que nul ne se doit ingerer de prendre la charge de prescher, qu'il ne soit par
tous moyens bien cogneu & approuué, & à ce comme diuinement appellé.Or à fin que la
singuliere entiereté de Iean apparoisse mieux,il ne s'est pas cōtenté d'auoir destourné de
soy l'affection du peuple sur Christ:il s'efforce aussi d'estrāger de soy ses disciples qu'il s'e-
stoit particulieremēt choysis pour les bailler à Christ.Car le lendemain que ces choses que
nous auons nagueres racontées furent faittes en presence du peuple,Iean s'arrestoit là de
rechef,& auec luy deux de ses disciples.Or se pourmenoit Iesus assés pres de là. Ce qui n'a
pas esté sans secrette signification de la chose. Car Iean representoit la Loy Mosaique, &

O　2　　　Christ

Mais à fin qu'il
soit manifeste
à Israel.

Car i'ay veu
l'Esprit.

Le iour ensuy-
uant, de rechef
Iean s'arresta.

Chrift eftoit autheur de la profeffion Euangelique. La Loy doncques qui ia eftoit paruenue à la derniere ligne, s'arreftoit, comme celle qui ne deuoit pas paffer plus outre,
ains foudain ceffer, & quitter la place à Iefus Chrift qui venoit, & luy donner fes difciples:
tefmoignant neantmoins ce pendant conftamment de Chrift, & comme baillant la fynagogue au vray efpoux, pour eftre fon Efglife. Chrift chemine çà-&-là comme celuy
qui doit toufiours aller en croiffant, & amaffe de tous couftés difciples de la doctrine
celefte. Comme doncques Iean eftant arrefté vit Iefus Chrift cheminant, & fçauoit tref-
bien qu'il auoit foif du falut de l'humain lignage, & qu'il cherchoit des difciples capables de haute doctrine, fe tourna vers fes difciples qui eftoyent aupres de luy, & pour
les donner à Iefus meilleur maiftre que luy n'eftoit, leur monftra du doigt ledit Iefus,
marchant, & dit: Voyla l'aigneau de Dieu, duquel ie vous ay tant de fois tefmoigné, lequel feul ofte tous les pechés de tout le monde. Ie vous ay preparés à luy. Quiconque
defire le vray & vertueux baptefme: quiconque ayme la vraye innocence : quiconque
fouhaitte le vray & parfaict falut, il faut qu'il fe mette en l'efcolle de ceftuy-cy. Car ceux
qui auoyent efté vrays executeurs de la loy Mofaique, felon le tefmoignage de la mefme Loy, s'eftoyent auancés iufques à la perfection Euangelique, c'eft, de foy en foy: là
où les Pharifiens par vn peruers zele de la Loy ont perfecuté celuy que la Loy leur auoit
recommandé. Outre cela les difciples de Iean ne fe rebecquent point contre leur maiftre, ains obeiffans à fa parolle laiffent Iean auant-coureur de l'Euangile, & fe prennent
à fuyure Iefus autheur du falut Euangelique. Or le fuyuoyent-ils fans mot dire enflambés du defir d'vne plus haute doctrine de laquelle ils auoyent conceu vne efperance
par le tefmoignage de Iean : mais ils n'ofoyent nullement interroguer celuy auec qui
ils n'auoyent nulle familiarité. Iefus Chrift doncques cognoiffant de quelle affection ils
le fuyuoyent, pour declarer combien il eft pres de ceux qui de cœur entier defirent la doctrine Euangelique, n'attend pas qu'ils l'interroguent, ains de fon plein gré les fuppor-
ta & allefcha pourtant qu'ils eftoyent honteux fi fe reuira vers eux, & apres auoir veu
qu'ils le fuyuoyent (non qu'il ignoraft qui ils fuyuoyent, ou de quelle intention ils le
fuyuoyent, mais pour monftrer aux autres leur affection digne de l'Euangile) leur parle & demande qu'ils cherchoyent, à fin que quand leur defir feroit congneu, il enflam-
baft le cœur aux autres. Et eux de declarer par le beau premier mot qu'ils auoyent defir
d'apprendre, difans : Rabbi, (lequel mot, en langage Syrien fignifie maiftre) où demeu-
res-tu ? Car en l'appellant maiftre, ils proteftent qu'ils font fes difciples : & en luy demandant où eft fon domicille, ils declarent qu'ils veulent entendre de luy priuéement
quelques fecrets, qu'il n'euft pas parauenture voulu dire, publicquement. Alors le Seigneur Iefus refiouy de leur faincte ardeur d'apprendre ne s'excufa pas que la nuict approchoit: il ne leur dit pas qu'ils reuinffent le lendemain, ny ne leur monftra pas fon
logis par addreffes, fi quand l'opportunité fe prefenteroit ils le vouloyent venir voir:
ains les femond courtoyfement & amyablement de venir deuifer chés foy, difant: Venés
y voir. Car il s'apperceuoit bien que toute attente feroit fafcheufe à leur ardant defir.
Et eux refiouys de cefte tant defirée refponce, y allerent, & non feulement veirent le domicille où habitoit Iefus, mais aufsi demourerent tout ce iour là auec luy, & furent par
fon fainct deuis tellement enflambés, que non feulement ils s'en refiouyffoyeut en eux-
mefmes, mais aufsi inuitoyent les autres à la participation de ce bon heur. Dauantage quand ils allerent chés Iefus il eftoit bien pres de dix heures, & ia s'en alloit coucher le foleil . Certes tous temps, & lieux font conuenables pour apprendre les chofes, qui concernent l'eternel falut, & doit vn docteur de l'Euangile eftre toufiours preft
à tous temps & à toutes heures. Car tel doit eftre celuy qui fe dit maiftre de la Philosophie Chreftienne , laquelle feule n'a nulle accointance auec l'arrogance. Or l'vn de
ces deux qui par l'exhortation de Iean, fuyuirent Iefus, eftoit André frere aifné de Simon Pierre, auquel Pierre (combien que il fut le puifné) à caufe d'vne grande ardeur
de foy, promit puis apres Iefus les clefs du regne celefte: auquel aufsi (apres qu'il eut
faict par trois fois profeffion de fon amour enuers Iefus Chrift)il bailla fes brebis pour
les paiftre. La pieté Euangelique a cela fort differente de la nature des mondains, que
fi elle trouue quelque fingulier threfor, elle ne le cele point, pour le refufer aux autres
(car plufieurs y en-a, qui ne penfent pas auoir vne chofe quant autres que eux l'ont
aufsi) ains treffaute de defir de communicquer fon bien aux autres. André doncques
s'efiouyffant de ce tant grand bien d'auoir trouué par l'addreffe de Iean, mais beaucoup plus par le domeftique deuis de Iefus, que fans faillir ledit Iefus eftoit l'aigneau cele-

fte

Et André
eftoit.

seul efface les pechés du monde:qu'il estoit le fils de Dieu,& le seul moyenneur du gere hu
main:qu'il estoit le Christ promis des Prophetes,& ia par tant de siecles attendu,incõtinet
qu'il eut trouué Simon Pierre son frere,(la presence duquel il desiroit grandement,à fin de
cõmunicquer ceste tant heureuse & certaine cognoissance à celuy, lequel, cõme bien il sça
uoit,auoit auec vne tresgrãde ardeur attẽdu la venue de Christ)il luy dit:Nous auõs trou
ué le Messias,que les Prophetes auoyẽt promis redẽpteur au mõde.Or Messias en langue
Syrienne signifie Chtist, c'est à dire, Oinct,pource que l'onction appartiẽt aux roys & aux
prestres.Mais Christ seul a esté oinct de Dieu:à luy seul a esté baillée toute puissance tãt au
ciel qu'en la terre:luy seul est prestre à iamais,selon l'ordre de Melchisedech,qui par le sacri
fice de son corps à recõcilié Dieu auec tout le gere humain. Et Simon,ioyeux des nouuel
les tant desirables,non content de les auoir ouyes,desire aussi luy-mesme de voir Iesus.Et
André qui ia auoit experimẽté la courtoysie & debõnaireté du Seigneur Iesus, l'y ameine
incõtinent.Or quãd Iesus eut regardé Pierre, & nõ seulement cõtemple la face du person
nage(en laquelle toutefois reluysoit vne rõdeur de cœur)mais plustost sõ cœur doué d'v
ne colombine simplicité,& pourtãt capable de la grace Euãgelique,resiouy de l'entiere af
fectiõ dudit Pierre,luy dit d'arriuée le nom de son pere,declarãt-ia dês lorsque rien ne luy
estoit caché,& loua la deuote simplicité de son cœur,en prenãt occasion dudit nom pater
nel:& en luy chãgeant le nom predit couuertemẽt, qu'il y auroit en luy vne inuincible fer
meté de foy.Car Iona signifie colõbe, ou grace:& Simon vaut autãt à dire qu'obeissant. Et
aussi est l'obeissãce de la loy Mosaique vn degré pour venir à la foy Euãgelique.Iesus dõc
ques ayant regardé Pierre loue sa presente simplicité,& signifie cõme par parolles couuer
tes sa fermeté aduenir,disant:Tu es Simõ fils de Iona,&q mesme represẽntes en toy le nom
de ton pere.Mais quãd ceste foy aura prins force pour pouuoir sans s'esbranler tenir bõ à
l'encõtre de tous les efforts de Sathan,tu auras nom Cephas,c'est à dire,Pierre ou caillou.
Et voyla le cõmencement de l'assemblée de Christ:voyla la naissance de l'escolle Euangeli
que.Le lendemain il print enuie à Iesus d'aller en Galilée,qui estoit bien la plus cõtempti
ble contrée qui fust en la Iudée,d'autãt que iamais n'en estoit sorty personnage de renom,
vers laquelle neantmoins la lumiere Euãgelique deuoit ietter ses premiers rayõs,selõ que
l'auoit prophetisé Esaie.Et ainsi le trouua bon le cõseil de Dieu,de cõmencer son Esglise de
gẽs sans renom,idiots & grossiers,& descẽdus d'vn sterile & cõtemptible pays.Car & Pier
re & André qui ont suyui Iesus sans estre appellés,estoyent Galiléens.Et quand à ce qu'vn
frere attira l'autre à Iesus,c'estoit vn bon-heur pour l'Esglise naissante,laquelle est cõposée
de fraternelle charité & mutuelle cõcorde.Iesus dõcques voulant aller en Galilée, accõpa
gné ia de deux disciples,pour y aller vn petit mieux accõpagné, en appella encore autres
deux,de mesme natiõ & estat.Or rencõtra Iesus vn hõme nõmé Philippes nay en vne ville
de Galilée,nõmée Bethsaida:laquelle est le lõg du lac de Genesareth, du pays d'André &
de Simõ,qui fut surnõmé Pierre.Ceste cõmunauté de pays a aussi quelque presage d'Euã
gelique cõcorde,& que diuersités de toutes nations s'assembleroyent tous en vne Esglise,
cõme en vne cité.Il sembloit bien qu'il eust rencontré Philippes par cas d'auenture, mais
tout l'affaire se demenoit par la prouidẽce de Dieu,lequel auoit-ia dés l'eternité ordonné
qui y vouloit faire les premiers de l'Esglise.Iesus dõcques ayant trouué Philippes luy dit,
Viẽs apres moy.Et Philippes sans rien differer se print soudain à aller apres Iesus , duquel
il auoit-ia entẽdu dire maintes choses tant du tesmoignage de Iean,que du cõmun bruit.
La parolle de celuy qui parloit estoit vertueuse,& estoit de soy-mesme prompt,le cœur de
l'oyant. Or aduint-il que cõme André auoit attiré Simon son frere, ainsi Philippes desia
resiouy d'estre en l'escolle de Iesus,quãd il eut trouué Nathanael,pource qu'il sçauoit biẽ
qu'il auoit vn merueilleux desir de voir le Messias q deuoit venir,& que pour cela il auoit
de coustume d'aduiser soigneusemẽt és oracles de la Loy & des Prophetes, d'où il deuoit
venir,& quãd, pour luy cõmuniquer la ioye dont il estoit tout remply,luy dit:Nous auõs
trouué le vray Messias,duquel Moyse a escript,qu'vn Prophete deuoit sortir de la nation
d'Israel,& duquel les Prophetes ont prophetisé tant de choses. C'est Iesus,le fils de Ioseph
Nazaréen.Car alors tous pẽsoyẽt encore que Iesus fust fils de Ioseph, & le cognoissoit-on
plustost par le nom dudit Ioseph,que de sa mere Marie. Puis on l'appelloit cõmunement
Nazarien,non qu'il eust esté nay en Nazareth(car Bethlehem fut cõsacrée de sa naissance)
mais d'autãt que dés son enfance il auoit là cõuersé auec ses parens, & y auoit esté nourry.
Quand Nathanael eut ouy cela,il se resiouyt bien de ces tant ioyeuses nouuelles, mais vn
doubte le retenoit,que luy esmouuoit secrettement la prophetie, laquelle promet ouuer
tement que le Christ doit sortir de Bethlehem . Desirant dõcques d'estre plus asseuré du

O 3   cas,

Le lende-
main Iesus.

cas,il dit à Philippes:Est-il possible que de Nazareth sorte quelque chose qui vaille,veu
que les oracles des Prophetes n'en ont faict nulle mētion ? Pourautāt que Philippes mes
me(qui estoit encore grossier & qui n'auoit rien hors-mis vne simple foy)ne pouuoit soudre ceste difficulté, il inuita Nathanael de venir à la propre fontaine, estant tout asseuré
que quand il auroit veu & ouy Iesus, il le croyroit incontinent. Si tu fais difficulté de me

croyre,luy, dit-il, viēs toy-mesme le voir.Et Iesus qui ne s'estoit pas encore baillé à cognoi
stre par miracles,pour monstrer ancunement sa diuine puissance par la cognoissance des
choses cachées,quand il eut apperceu Nathanael venant vers luy,auāt que Philippes l'en
eust aduerty,ne qu'il luy eust mesme parlé, il se reuira deuers ses disciples & leur monstra
Nathanael & dit:Voyla vn vray Israelite,en qui n'y a nulle tricherie. Par ces parolles loua
Iesus la simple croyāce de Nathanael,& son vray desir de cognoistre:là où ceux qui se van-
toyēt faussement d'estre Israelites,auoyent coustume d'estre curieux pour auoir occasion
de mesdire.Et voyant Nathanael que Iesus par ces parolles vouloit monstrer qu'il n'igno
roit pas le deuis,qu'il auoit tenu de luy auec Philippes s'esmerueilla comment cela estoit
paruenu à sa cognoissance(car il n'auoit point encore d'autre opinion que Iesus fust rien
qu'homme)& luy dit:A quoy me cognois-tu?Et Iesus declarāt encore plus euidemment
qu'il cognoissoit bien les pensées des hōmes tant cachées puissent-elles estre,luy dit:De-
uant que Philippes t'appellast,quand tu estois sous le figuier,ie t'auois-ia veu.Le deuis a-
uoit esté de deux,& si persōne n'auoit esté present,q le peust auoir rapporté. Le lieu est par
expres declaré,& pour mystere le figuier annoté en passant, lequel fut tesmoing de la pre
micredesobeissance,dōt se doyuēt departir ceux,qui veulēt cognoistre Christ. Par ces mar
ques il estoit tout notoire que Iesus sçauoit bien le sommaire de tout le deuis:la memoire
duquel neātmoins il ne renouuelle point, de peur qu'il ne semblast reprocher sa mescroyā
ce à celuy qui simplement l'interroguoit.Ces choses ouyes,Nathanael,qui estoit tout reso
lu en cela que Dieu seul cognoissoit les secrets des cœurs, & que ce qu'il oyoit estoit plus
qu'humain,sans plus estre empesché du scrupule qu'il auoit touchāt le nom du lieu de la
naissance,rēdit d'vne parfaitte foy tesmoignage de Christ,disant:Rabbi,c'est,maistre,tu es
le fils de Dieu par qui le pere a determiné de deliurer son peuple:tu es le roy d'Israel,iadis
promis par les oracles des Prophetes.Et Iesus embrassant volontiers la tant prōpte & alai
gre foy de ce personnage,& vne tant Euangelique profession,cōferme dauātage l'opinion
que Nathanael auoit de luy;& monstre encore plus euidemment sa diuine nature,disant:
Tu as creu que ie suis le Messias promis,& le roy d'Israel,pourautant que ie t'ay dit que ie
t'ay veu lors que tu estois auec Philippes sous le figuier, & est la cause pourquoy tu m'as
en si grande estime.Tu verras vn iour de plus euidens signes:lesquels feront croistre l'opinion que tu as de moy.Puis soudain Iesus se reuira aussi,vers les autres disciples (entre les
quels nul n'auoit encore telle opiniō de luy que sa dignité le requerroit)& dit:Tenés vous
pour tous asseurés de cela, que vous verrés vn iour les cieux ouuers, & les anges de Dieu
monter & descendre vers le fils de l'hōme . Par tel propos couuert excitoit le Seigneur Ie
sus la foy de ses disciples(qui estoit simple & entiere,& neātmoins encore grossiere & fort
eslongnée de la parfaitte cognoissance de la souueraineté de Christ)à vne attente de plus
grans miracles,& par cōsequent à la cognoissance de choses plus hautes. Car cōbien que
les disciples estimassent comme par songe qu'il y eust quelque chose plus qu'humaineē
Christ,neantmoins ils ne croyoyent pas encore plainement qu'il y eust en luy vne plenitude de diuinité:Nathanael fit la mesme profession que fit puis apres Pierre:mais pource
qu'il ne la fit point d'vne telle intētion,pourtāt est-ce qu'il n'ouyt pas ce que Pierre ouyt,
assauoir,Sur ceste Pierre ie bastiray mon Esglise,& te dōneray les clefs du regne des cieux.
Car és sainctes escriptures les hōmes de singuliere saincteté sont appellés fils de Dieu:& si
quelque fois aucuns estans inspirés de l'esperit de Dieu preuoyēt bien aussi les choses ad
uenir,tellement que ce n'est pas chose autrement admirable, si Christ a cogneu quelques
choses secrettement faittes entre deux disciples.Dauantage quand on vouloit hōnorer Ie
sus comme d'vn magnificque titre,il l'a appellé roy d'Israel, il a signifié qu'il songeoit en
core d'vn regne terrien.Or est-ce vne chose terrienne & basse d'auoir vn royaume au mō
de:mais c'est vne chose beaucoup plus souueraine d'estre roy de tout le monde, & mesme
ment des anges.C'est ce qu'il veut bailler à entēdre,quand il dit que les Anges cōme vaillans seruiteurs monteront & descendront vers le fils de l'homme pour le seruir. Et com
bien que les disciples n'entendissent pas encore pour lors ce propos de Iesus, il le serra
neantmoins cōme vne semence en leur cœur,pour germer en sa saison. Car nous auōs par
apres cogneu que les Anges luy ont souuent rendu obeissance le recognoissans pour roy
                                                                              de

de toutes choses:quãd Gabriel annonça sa cõception:quãd ils chantèrent en sa naisance:
Gloire soit a Dieu la haut:quãd à chasque fois ils apparoissoyẽt à Ioseph pour procurer la
vie de l'enfant:quãd apres l'effort de Satan,ils luy seruoyẽt:quãd lorsqu'il trauailloit a la
mort ils le consolerẽt:quãd en la resurrectiõ ils apparurẽt par plusieurs fois.Itẽ quãd il fut
esleué au ciel noº tous regardãs,les anges y cõparurẽt,pleiges du retour promis.Mais cela
se fera principalemẽt quãd il viẽdra en nuée à tout la magnificẽce du Pere,accõpaigné de
toute la bãde des anges,pour iuger les vifs & les morts,& bailler le regne à Dieu & au Pere.

C H A P I T R E   I I.

R ne fit-il pas long seiour en Galilée, sans commencer à declarer par vn miracle qu'il fit, que le tesmoignage que Iean auoit porté de luy n'estoit pas vain.Ie
sus estoit à vray dire plus cogneu en Galilée, qu'és autres, cõtrées de la Iudée,
neantmoins ils ne l'auoyent encores en aucune reputation, comme ainsi fust
que ses freres mesmes,& cousins eussent encores mauuaise opinion de luy. Or faisoit-on
des nopces à Cana,(qui est vn bourg en Galilée)le troisiesme iour apres qu'ils furent la
arriués : auxquelles la mere de Iesus estoit inuitée à raison du parentage : qui fut occasion
que ledit Iesus il fut aussi semon,& auec luy les quatre disciples qu'il auoit nagueres assem
blés. Et quand le festin fut eschauffe, comme l'espoux estoit en dangier, à cause que le vin
estoit failly, de tomber en honte, pour auoir appresté trop maigres nopces:& craignoit-
on auec cela que le bancquet n'en deuint triste, chose qui chagrinoit les gens du festin:
Marie mere de Iesus,menée d'vn soucy feminin,voulant remedier à cest incõuenient, com
me ainsi fut que desia par mains signes, & aussi par le tesmoignage de Iean elle cogneust
bien la puissance de son fils,s'auança de l'importuner, disant : Mon fils, le vin defaut à ces
gens. Ce qu'elle l'ose abborder, vient d'authorité maternelle : & ce qu'elle ne limite point
ce qu'elle veut qu'il fasse, est reuerence qu'elle porte à son fils.Mais Iesus qui ia estoit prest
de se mettre apres l'affaire celeste de l'Euangile,duquel il vouloit que le Pere fut seul autheur,ne peut souffrir qu'aucune humaine authorité y soit meslée.Car la cause pourquoy
il faisoit miracles,n'estoit pas pour complaire aux affections de ses parẽs, ains estoit pour
par signes corporels mettre en credit sa doctrine spirituelle vers la mescroyãte nation.
Au moyen de quoy il respondit assés rudement à sa mere : non qu'il ne l'aymast singulierement (veu qu'elle estoit telle) luy qui portoit tant d'amour à tout le genre humain en-
tierement:mais à fin de retirer des humaines affections l'authorité des miracles, & en remettre toute la gloire à la puissance de Dieu. Ce qui estoit ainsi expedient pour le salut des
hommes, duquel Iesus auoit soif. Non doncques pour desauouer sa mere, mais pour declarer qu'elle n'auoit nulle authorité en l'affaire qu'il deuoit demener,il respõdit: Qu'ay-
ie que faire auec toy, ô femme ? Le temps m'est ordonné de mon Pere, quand & par quels
moyens ie doy faire l'affaire du salut humain : ce temps là n'est pas encore venu. I'ay iusques icy obey à ta volonté.Ce qui reste maintenant doit estre faict selon le vouloir de mon
Pere, & non par commandement humain. Autrefois t'ay-ie recogneu pour mere, mais
dorenauant ie ne te tiendray que pour vne femme,tandis que ie seray empesché aux affaires de mon Pere. Quand il sera temps de seruir à sa gloire,ie n'ay que faire de ton aduertissement. Ie feray de mon plein gré, ce que la chose requerra:i'ay mon temps ordonné du
Pere.Telle remonstrance auoit-il faict au parauant à sa mere, quãd il estoit encore enfant,
de ce qu'elle l'auoit destourbé quand il disputoit au temple.Ainsi de-rechef la reprint-il,
quand elle le fit appeller lors qu'il enseignoit le peuple. Or ne se despita Marie mere de Iesus,de la rude responce de son fils,ny ne se deffia de la bonté & puissance d'iceluy : si ne luy
respondit pas vn mot : au reste elle fit appeller les varlets,& leur dit secretemẽt en l'oreille,
qu'ils feissent tout ce qu'il leur commanderoit. Certes le sainct soucy de la mere de Iesus
tendoit à donner ordre,que la mescroyance,ou nonchalance des varlets n'empeschast de
suruenir à la necessité du sainct bãcquet. Au reste, elle se teut & laissa en la puissance de son
fils le temps & la chose qu'il doit faire.Lesquelles choses ne sẽ faisoyent pas par cas fortuit,
ains Iesus de faict auis differoit le miracle,à fin que le defaut du vin fut mieux cogneu de
tous, & qu'on veit: qu'il le faisoit par necessité,& non pour se monstrer. Car ainsi a faict le
Seigneur tous ses miracles, qu'on pouuoit veoir qu'ils n'estoyent pas affectés pour receuoir louange des hommes,ains employés pour suruenir aux maux des hommes : & auec
l'ordre des choses tellement disposé, qu'on ne les eust peu faire auec plus grande & certaine foy. Cõme donc les semons au bancquet attendoyent-ia & estoyent en esmoy pour
le vin qui leur defailloit, cognoissant Iesus que le temps se presentoit auquel il pourroit
estre cogneu de ceux de son pays, il commanda aux varlets d'emplir d'eau six cuues de

On faisoit
des nopces.

O 4   pierre

pierre, qui là estoyent dressées à fin que si quelqu'vn selon la coustume des Iuifs se fut voulu baigner pour se nettoyer, il eust là à force eau toute preste: d'autant que ce pays là est
sec, & n'y a fontaines ne fleuues en guere d'endroits dõt il soit arrousé. Certes aussi seruoit
cela pour verifier le miracle que l'vsage desdittes cuues estoit ordinaire & qu'on n'y auoit
iamais mis autre liqueur que d'eau. Mesme la grandeur des cuues seruoit à la cõfirmation
du miracle: car chascune d'elles tenoit deux ou trois ceilles, tellement qu'on ne les pouuoit aisément bouger de leur lieu. Les varlets obeirēt, & comme il leur auoit commandé,
emplirēt les cuues bord à bord pleines d'eau. Cela faict, pour auoir tãt plus de tesmoings
du miracle, il leur dit qu'ils puisassent dans ces cuues & presentassent ce qu'ils en puiseroy-
ent au maistre d'hostel:& ce en partie pour ce qu'il estoit sobre, car celuy qui a la charge du
bancquet a de coustume d'en boire du vin, ou les autres boyuēt d'autant: en partie pour
ce qu'estant entendu à gouster le vin, & rusé quant au iugement du palait, il pouuoit auec
plusgrāde authorité iuger d'vnvin, que les autres du festin, les palaits desquels pouuoyēt
sembler estre assoupis de tant de vin. Et tout incontinent que le maistre d'hostel eut tasté
du vin faict d'eau, ne sçachant d'où il auoit esté tiré, ains pensant que par la faute des varlets vn si grand vin auoit esté reserué pour la fin du bancquet, contre la coustume des autres, il appelle à soy l'Espoux pour sçauoir l'occasiõ pourquoy ceste faute auoit esté commise, & luy dit: Quand les autres font vn festin solennel, il seruent au premier mets tout du
meilleur vin qu'ils ayēt: apres quāt ia tous entrebus ils iugēt mal du palait & boyuēt plus
excessiuement, ils seruent le pire qui soit. Toy au cõtraire, ce vin qui est bien le plus exquis
que vin qu'on ait pas encore seruy, tu l'as reserué iusques à la fin du bancquet. Et par ceste
occasion le miracle de la chose fut petit à petit diuulgué à plusieurs: & puis apres quand
on se fut entierement informé des varlets touchãt l'affaire, on cogneut que l'eau auoit esté
muée nõ seulemēt en vin, mais aussi en tres-bon vin. Quant aux cuues on ne doutoit nullemēt qu'elles ne fussent dediées à tenir seulemēt de l'eau. Les varlets auoyent mis eau sur
eau iusques aux bords: eux-mesmes puiserent de ce qu'ils y auoyent ietté & le presenterent au maistre d'hostel, qui estoit sobre, l'Espoux recogneut qu'il n'auoit pas appresté de
tel vin: on alla aux cuues, & trouua-on qu'elles estoyent pleines de vin de mesme excellence. Par ce faict commença Iesus à monstrer des miracles en Cana de Galilée, lequel deuoit
petit à petit monstrer au monde les signes de sa diuine puissance. Car quand à ce premier
miracle, il fut faict en priué & en vne chose qui n'estoit pas autrement d'importance: voire
il fut bonnement ottroyé aux affections de la mere & des parens de Iesus: lesquels l'auoyent en moindre reputation, d'autant qu'ils luy estoyent conioincts par consanguinité.
Or ne fut pas pour lors ce miracle cogneu de beaucoup de gens, mais la chose fut puis a-
pres diuulguée à plusieurs auec plus grande approbation. Ce pendant neantmoins furēt
confermés les disciples qui là estoyent en l'opinion qu'ils auoyent touchant Iesus: qui,
comme il leur auoit promis choses plus grandes, leur fit selon sa promesse. Et ne fut pas
pourtãt inutile ce miracle qu'il bailla comme pour mõstre des autres: car pour le premier,
il voulut faire honneur aux nopces de sa presence, preuoyant bien qu'vn iour s'esleueroyent gens, qui les reietteroyent cõme salles, là où l'honneste mariage & couche sans macule, est vne chose tres-agreable à Dieu. Secondement Iesus nous fit comme vne figure &
pourtrait de ce que lors il accommençoit. Car il estoit desia temps qu'au lieu de la mal-
sauoureuse & brouillée lettre de la loy Mosaique, nous beussions de ce francvin de l'esprit
Euangelique: & que Christ nous changeast en mieux ce qui nous estoit inutile & sans efficace. Car la Loy sans Christ est aux Iuifs non seulement sans saueur, mais aussi leur est mortelle. Ceux qui ne croyent point à l'Euangile, boyuent encore au iourd'huy l'eau de la loy
Mosaique: Ceux qui croyent à Christ, s'eschauffent & fortifient heureusement d'vn vin de
spirituelle doctrine apres l'amour de la vie celeste. Ce qui n'a pas esté faict deuant que
Christ se ioignit à l'Esglise son espouse. Aussi estoit là la mere de Iesus, laquelle representoit
la synagogue, l'authorité de laquelle s'amoindrit: elle faict bien souuenir du vin, mais elle
ne le donne point. Elle nous a toutefois engendré celuy, qui du vin de son Esprit nous ra-
guillardit le cœur. Les noms mesmes des lieux s'accordent auec le mystere du faict. Car
Cana de Galilée vaut autant à dire que, possession de transmigration, c'est à dire, changement de lieu en autre. Car ia estoyent assemblés les commencemens du nouueau peuple,
qui deuoit passer de la lettre de la Loy à l'esprit Euangelique, du monde au ciel. Et voyla

<table>
<tr><td>Apres cela il
descendit en
Capernaum.</td><td>le miracle, par lequel commēça Iesus de declarer sa vertu en vne ville de nul renom & en-
tres ses parens, puis descendit en Capernaum: qui est vne ville de laditte Galilée des Gen-
tils, pres du lac de Genezareth, prochaine de Zabulõ & de Nephthalin, dissolue en excés</td></tr>
</table>

quand

& enflée d'orgueil pour l'abondance des richesses. Or selon la philosophie Euangelique,
ce qui est haut enuers le monde, est bas enuers Dieu. Auec Iesus descendit aussi sa mere, ses
cousins, & ses disciples, là où ils se tindrent bien peu de iours, & n'y fut faict aucun miracle.
Mais cela fit-il, ce semble, par honnesteté pour satisfaire à l'affection de sa mere & de ses
parens, lesquels il ne vouloit plus mener auec luy (entant qu'il se vouloit mettre apres
choses de plus grande importance) à fin que l'affection humaine ne s'appropriast rien, de
ce qui se feroit à la gloire du Pere celeste. Iesus doncques laisse ses parens à Capernaum,
& cherche temps & lieu propre pour declarer publicquemēt sa vertu & authorité, laquelle
il auoit receue du Pere celeste, & non des hommes. Car ia approchoit le iour tant solennisé
des Iuifs, nommé la Pasque, qui en Ebrieu signifie passage : Lequel iour ils solennisoyent
par chascun an, en memoire de l'ancienne hystoire, de ce que leurs peres estoyent passés
hors d'Egypte sains & sauues, pour aller en la terre que Dieu leur auoit promise. Or ce
qu'ils solennisoyent en figure, cela mesme ce faisoit vrayement par Christ, l'intention duquel estoit que les hommes delaissassent les tenebres d'erreur, & l'obscurité des vices par
la foy Euangelique, pour passer à innocence, lumiere & immortalité. Voyant doncques
Iesus qu'il y auoit pour lors en Ierusalem à force gens, qui s'y estoyent assemblés de toutes
les contrées de la Syrie pour solenniser la feste, s'y en alla, monstant-ia pour faire la beson
gne de son Pere, là où il estoit descendu en Capernaum pour complaire à ses parens. Puis
entra au temple, qui est vn lieu ordinairement hanté de plusieurs à raison de la religion.
Or estoit Christ le maistre de la vraye religion. Et quand il fut entré au temple, qui estoit
dedié à la religion & seruice de Dieu, il y trouua vne espece de foyre, & non de temple. Car
il en trouua là plusieurs, qui au sainct lieu exerçoyēt vn vilain gaing, voire & iniuste, & qui
tournoyent l'occasion de religion en rapine. Car à fin que les estrangiers eussent de quoy
faire leurs offrandes, ils leur vendoyent bien cherement des brebis, beufs, colombes, & au
tres choses, lesquelles selon la coustume des Iuifs, on a accoustumé d'offrir ou donner aux
prestres: mais ayans ce pendant les vēdeurs faict paches auec les prestres & Leuites qu'a-
pres auoir receu les bestes de ceux qui les offriroyent, ils les retourneroyent reuendre aux
propres vendeurs d'icelles, mais à moindre pris: à fin qu'ils les peussent vendre de-rechef
à d'autres estrangiers auec profit: dont il aduenoit que les estrangiers estoyent desnués: &
partissoyent les marchās & les Leuites entre eux le vilain gaing, qu'ils retiroyēt à chasque
fois d'vne mesme beste. Et à fin que la foyre fust plus preste, il y auoit aussi au temple, com
me en vn marché prophane, des changeurs, pour changer grosse monnoye en menue,
ou l'or en argent, ou la monnoye estrange en monnoye dudit lieu: dont se retiroit aussi vn
gaing deshonneste, & assés approchant d'vsure. Et Iesus pour mōstrer dés lors en effect
combien de vilain soucy du gaing est dommageable à l'Esglise, & combien doyuent estre
eslongnés de ce vice ceux qui se disent les premiers de la religion Euangelique, se fit comme vn fouet descorgées, comme s'il eust voulu chasser les chiens de la maison de Dieu, &
d'vne grāde cholere, & authorité chassa tous ces traficqueurs hors du temple, & ietta auec
eux leurs marchandise. Car il ne chassa pas seulement les hommes, mais aussi les brebis
& beufs, à fin que telle souilleure n'y demeura. Mesme espancha par terre l'argent des chan
geurs, & renuersa leurs tables, mōstrant, que les obseruateurs de la vraye religion doyuēt
fouler aux pieds toutes telles choses. Puis dit tout courroucé à ceux qui vendoyent les colombes: Ostés moy ces choses d'icy, & ne me faittes pas de la maison de mon Pere vne mai
son de marchandise. Et les disciples voyans Iesus autrement paisible & doux, chasser lors
auec vne telle rigueur ceux qui prophanoyent la religion du temple par gaing deshonne
ste, se souuindrēt de la prophetie qui est au pseaume soixāte huictiesme: Le zele que ie porte à ta maison, me ronge. Et cognoissant les Iuifs qu'en nōmant le temple la maison de son
Pere, il se declaroit par vne raison particuliere fils de Dieu : voyans aussi tout clerement,
qu'auec telle authorité il vsoit de rigueur enuers ceux qui sembloyent auancer l'affaire
des prestres & de la religion, s'esmeuuent contre luy, disans : Si Dieu est ton Pere, & tu fais
la vengeance de l'iniure qu'on luy faict, fay quelque miracle, dont nous puissions cognoistre que tu fais ces choses de l'authorité. Si tu les fais de ton authorité, c'est presomption:
si tu és authorisé de Dieu, quel signe mets-tu en auāt, pour nous faire croire à toy? Et Iesus
bien sçachant qu'encore qu'il fist quelque miracle pour se monstrer, ils y trouueroyent à

redire (comme ainsi soit qu'il n'ait iamais faict aucun miracle que pour suruenir à la necessité des souffreteux, à fin que ce qui estoit argument de sa diuine puissance, fut aussi vn
bien-faict pour l'humaine necessité) leur promit vn signe sous parolles deguisées, lequel
il n'eussent pas lors creu, s'il leur eust declaré ouuertemēt: attendu qu'ils ne l'ont pas creu,

quand

quand il a esté baillé. C'estoit le signe de sa mort & resurrection. Tel estoit le signe de Ionas,
lequel il leur promis, quand apres auoir faict tant de miracles, ils luy demandoyent encores
res vn signe du ciel. Or leur promet-il maintenant le mesme miracle encore plus couuertement, combien qu'ils soyent encores grossiers. Le temple auquel il estoit, duquel les
Iuifs se glorifioyent outre mesure, bailloit l'occasion du propos. Defaittes ce temple, leur
dit-il, & ie le leueray en trois iours. Ce propos couuert n'entendoyent pas mesmes les
Apostres pour lors. Mais apres auoir cogneu la resurrection, ils trouuerent le sens du parler par l'effect. Car Iesus l'entendoit du temple de son corps, lequel ils deuoyent defaire
par leur malice en le faisant mourir, mais il le ressusciteroit en trois iours par puissance diuine. Ce propos ne sembloit pas seulement estrange aux Iuifs, mais aussi l'estimoyent vn
blaspheme. Car commander de defaire vn temple de tant grande religion, estoit vne impieté : & leuer en trois iours vn bastiment de si grande œuure, sembloit chose estrange à dire.
Et tel qu'estoit leur intelligence, telle aussi fut leur responce. On a trauaillé, disoyent-ils,
quarante six ans apres ce temple pour le faire depuis la captiuité de Babylonne, & tu le
leueras en trois iours? A ceste responce ne replicqua rien Iesus, sçachant bien qu'il n'eust
rien profité en expliquant l'obscurité de son propos, attendu que les disciples mesmes instruits par tant de signes, & predications qu'il fit puis apres, ne peurent porter la mention de la mort, ny croyre le mystere de la resurrection. Ce propos neantmoins demoura
fiché, comme vne semence és cœurs des auditeurs : mais il produisit és vns autre fruict,
qu'és autres. Car les Iuifs s'en souuenans, luy reprocherent ce propos comme vn cas criminel deuant les prestres vuydes de crainte de Dieu. Quand aux disciples, ce qu'ils ne pouuoyent comprendre, ils le cachoyent neantmoins en leurs cœurs s'esmerueillans qu'il pouuoit signifier iusques qu'apres la resurrection paracheuée. Le sainct Esprit les enseigna,
que Christ en nommant le temple auoit signifié son propre corps : lequel estoit beaucoup
plus sainct que le temple que les Iuifs honnoroyent deuotement : entant qu'audit corps
de Christ habitoit vne plenitude de diuinité. Et toutefois ce leur estoit vn sacrilege de prophaner ce temple de pierre : mais ils n'ont point eu honte de demolir le tres-sainct temple
du tres-sainct corps de Christ. Mais le mesme Salomon qui de la vierge Marie s'estoit basty, ce temple apres qu'ils l'eurent demoly, le remit en son entier en trois iours, selon les
propheties des prophetes. Alors doncques confronterent les disciples les escriptures auec
la parolle de Christ, & cogneurent que ce signe estoit tres-grand pour declarer sa diuinité
aux Iuifs. Car combien que nous lisions qu'aucuns personnages sont retournés viure,
personne neantmoins ne s'est ressuscité soy-mesme à la vie fors le seul Seigneur Iesus. Car
luy seul auoit le pouuoir de laisser son ame, & de la reprendre, quand bon luy sembleroit.
Et voyla les commencemens par lesquels Iesus rauit à soy l'attente de toute la nation Iudaique, estant-ia prochain le iour de la feste. Or apres que Iesus eut demeuré en Ierusalem

*Et luy estant
en Ierusalem.*

durant quelques iours de la Pasque, & eut tant par signes que par doctrine espandu quelque semence de la foy Euangelique, maints adiousterent foy à son dire, & creurent qu'il
estoit le fils de Dieu, comme il se disoit, esmeus plus tost des miracles qu'il faisoit que de sa
parolle. Car les Iuifs ne s'esmeuuent tant de raison, que s'ils voyent des signes. Mais Iesus
nous monstrant dés lors vn patron & image de docteur Euangelique, la prudece duquel
est de ne point soudain communiquer tous les mysteres d'vne souueraine doctrine aux
entendemens des rudes : à la douceur duquel appartient de supporter ceux qui sont encore foibles & imparfaicts, iusques à ce qu'ils s'auancent aux choses parfaittes : d'autant
qu'il sçauoit bien que leur foy estoit encores grossiere & douteuse, & que leurs entendemens n'estoyent encores capables des mysteres de la philosophie Euangelique, ne se fioit
pas à toute l'assemblée indifferemment de peur que les opinions du peuple subitement
changées, quelque sedition s'esleuast. Car il y en auoit plusieurs qui auoyent grand despit
de ceste authorité : ceux là principalement qui estimoyent que la doctrine & gloire de Iesus empeschoit leur profit & authorité. L'enuie des Pharisiens & des Scribes ne s'estoit
pas encores desbordée en manifeste calomnie : ils retenoyent neantmoins l'ennie &
mal-veuillance au cœur, cherchans occasion de nuyre. Au moyen dequoy Iesus, ne pouuant encores profiter, se retira d'eux, de peur de leur donner matiere de plus grand mal :
car il cognoissoit les secrettes pensées de tous : & n'auoit pas besoing que personne luy
tesmoigna de l'homme. Car il sçauoit bien de soy-mesme (luy à qui rien n'estoit caché)
ce qui estoit mussé au profond du cœur d'vn chascun. Et ne faisoit pas ce pendant cela
Iesus pour sauuer sa vie, luy qui de son plein gré estoit venu pour endurer la mort pour le
salut du monde : ains estoit à leur malice l'occasion de pecher.

CHAP.

CHAPITRE   III.

ꝺR entre ceux qui pour auoir veu les miracles de Iesus auoyent conceu quelque opinion de luy, il y en auoit vn nommé Nicodeme, de la secte Pharisaique, de la bande de ceux qui estoyent les premiers entre les Iuifs. Lequel Nicodeme sçachant bien qu'il y en auoit plusieurs de sa bande & secte, qui portoyêt enuie à Iesus & l'espioyent, sen alla à luy, mais de nuict, declarant de faict qu'il estoit encore foible & chancellant en l'amour dudit Iesus: lequel il auoit eu iusque là en admiration, tellement toutefois qu'il ne vouloit pas pour l'amour de luy hasarder sa gloire deuāt les hommes, ny encourir la hayne de ceux de son estat à cause de luy. Or estoit-ce plus tost crainte, qu'impieté: & honte humaine plus tost que peruersité. Et est ceste honte tant enracinée ès cœurs d'aucuns, que là où ils peuuent mespriser biens & vie, ne peuuent neātmoins vaincre ceste affection, laquelle est de nature principalemēt fichée ès hommes de noble cœurs. Car il auoit honte, luy qui estoit l'vn des principaux de la nation Iudaique, d'estre tenu pour disciple de Iesus homme sans renom: il craignoit d'estre banny de la Synagogue, luy qui auoit le premier lieu en la Synagogue. Et Iesus tres-doux docteur, qui ne rompt pas le roseau cassé, ny n'esteint pas la mesche fumante, ne reietta celuy qui le saluoit, auec crainte & hors heure: ains receu courtoysement l'homme, à vray dire foible, mais exempt de malice: au moyen dequoy il meritoit d'estre petit à petit auancé aux choses plus hautes. Or declara-il tout d'arriuée combien il auoit profité à voir les miracles de Iesus, en vsant de telle preface pour entrer en la grace d'iceluy: Rabbi, dit-il, c'est à dire, Maistre, nous sommes-ia tous resolus de cela, que ceste tienne doctrine n'est pas telle que celle des Pharisiēs. Car la chose mesme dit, que ceste authorité d'enseigner ne t'est pas baillée des hommes, ains de Dieu. Car il n'y a nul qui peust faire des miracles que tu fais, s'il n'a Dieu auec soy pour ayde. Ceste opinion proposa Nicodeme comme magnificque & noble opinion qu'il auoit de Iesus, laquelle toutefois ne respõdoit pas à sa dignité. Car il ne pensoit pas que Iesus fut autre chose fors que quelque prophete, à qui Dieu portast faueur, & luy aydast à faire miracles, cõme s'il ne les eusse pas faicts en sa propre puissance, Iesus neantmoins ne reiette point l'imparfaitte opiniõ que ce personnage auoit de luy, & ne se vante pas soudain de sa grande puissance, ains ameine petit à petit auec vne douce courtoysie l'homme enseignable aux profonds mysteres de la doctrine Euangelique. Les Iuifs qui n'auoyent encore beu que de l'eau de la loy Mosaique qui ne cognoissoit rien outre le baptesme de Iean, qui n'auoyent encores tasté du vin de la doctrine Euangelique, & qui n'auoyent encore esté baptisé en Esprit & feu, n'entendoit rien que chose charnelle, au moyen de quoy ils estoyent fort nouueaux à la philosophie Euangelique, laquelle est du tout spirituelle. Qui fut la cause, pourquoy le Seigneur ne luy reprocha pas son ignorance, ny son cœur clochât des deux coustés, & se partissant à Dieu & au mõde: il ne luy proposa encore ce, qu'il redemande puis apres des disciples plus auancés: Qui me desauouera deuant les hommes, ie le desauoueray aussi deuant mon Pere: ains tire lignorance du personnage par propos obscurs, à fin de l'instruire peu à peu, & le faire passer de l'affectiõ charnelle, à l'intelligence spirituelle, disant: Tien toy Nicodeme pour tout asseuré de cela, que qui ne renaystra de-rechef cõme en nouuel hõme, ne peut voir le regne de Dieu. Tant est nouuelle la doctrine que tu desires apprendre de moy. Et trouuant Nicodeme ce propos estrange à dire, respondit assés lourdement mais à la bonne foy, disant: Comment se pourroit-il faire, qu'vn homme d'assés bon eage, comme ie suis, vint à naystre de-rechef? Est-il possible, qu'il rentre au vêtre de sa mere, & que de la il naysse & sorte de-rechef? Ceste tant lourde responce ne depleut pas tant à Iesus, qu'il en laisse de volontiers exposer que c'est, que naystre de-rechef, où d'en haut. Ce que ie t'ay dit est tres-vray, dit-il, ô Nicodeme: Il faut que celuy renaysse, qui veut estre capable de la doctrine Euangelique: mais il est icy question d'vne nouuelle façon de nayssance. Car ceste nayssance n'est pas charnelle, ains spirituelle & n'est pas en peuplemēt de corps, ains en transformation d'ames. Et ne sommes pas faicts de-rechef enfans d'hommes, par ceste renayssance, ains deuenons enfans de Dieu. Parquoy tiens cela que i'ay dit nagueres pour tout vray: que qui ne naistra derechef par eau & par le Sainct Esprit, & de charnel deuiendra spirituel, ne pourra entrer au regne de Dieu, lequel est du tout spirituel. Vn semblable engendre son semblable. Ce qui naist de chair, n'est autre chose que chair: semblablement ce qui naist d'Esprit est Esprit. Or est la generation de laquelle ie parle, d'autant plus noble, que celle qui de corps engendre corps, qu'est grande la difference entre chair & esprit, entre corps & Dieu. Ceux qui sont nays selon la chair, n'entendent rien que chose charnelle: ils ne croyent qu'autres choses

soyent

Or il y auoit
vn humme.

soyent en estre, sinon celles qu'ils apperçoyuent à tout les sens. Or est-il que les choses inuisibles sont les plus nobles, & de tresgrande efficace: là où la chair est foyble & impuissante. Parquoy veu qu'il y a diuerses manieres de naissance, tu ne te dois esmerueiller, s'il faut que l'homme qui naist d'homme, pour estre fils d'homme, renaisse inuisiblemēt selon l'Esprit, à fin qu'il puisse estre fils de Dieu, qui est Esprit: & soit idoine pour le regne des cieux, lequel est spirituel, & non charnel. Que si tu ne cōprens encore mon dire, escoute vne semblance des choses, qui ont quelque accointāce auec les spirituelles, & s'apprehēdent neātmoins des sens corporels. Dieu est vn tres-simple Esprit, & du tout esloigné de tous sens corporels: mais cest air, qui nous donne vigueur, & lequel nous experimentōs de si grande efficace & utilité, est appellé esperit, pour ce qu'estant cōfronté auec noz corps, il se trouue plus subtil. Et n'y a vouloir d'homme qui puist retenir cest esperit, ains de son impetuosité se porte où bon luy semble, s'espandant parmy toutes choses, & mettant és choses corporelles vne merueilleuse force: apportant quelque fois la vie, quelque fois la mort: maintenant paisible & coy, tantost apres plus violent: soufflent quelquefois du couchāt, quelquefois du leuant: quelquefois de diuers coustés du monde: voire il se monstre par effect, & oys sa voix, sans voir nul corps, ny chose que tu puisses empoigner à tout les mains: le sens quand il est present, mais tu ne le vois pas venir, ny ne vois pas où il se lance quand il s'en va. Ceste naissance spirituelle a quelque chose de semblable. L'esprit de Dieu rauit & transforme les cœurs des hommes par secrettes inspirations. On sent vne puissance indechiffrable par effect: & ne voit-on pas neātmoins, ce qui se faict. Et ceux qui sont renays en ceste faço, ne sont plus poussé d'humain & charnel esperit ains de l'esprit de Dieu, qui viuifie & regist toutes choses. Nicodeme encore grossier ne cōtredit en rien à Iesus, mais ne cōprennāt pas l'intelligēce du propos, & desirāt d'auoir encore plus claire exposition de ce qu'il auoit ouy, luy dit: Par quel moyen se peut faire cela, qu'vn hōme corporel renaisse en esprit, & de Dieu naisse diuin? Et Iesus mōstrāt que les points de la doctrine celeste ne se cōprennent point par raisons humaines, ains se cōprennent plus tost par foy: & que d'iceux sont incapables les Philosophes enflés d'humaine sagesse: itē les Pharisiēs qui enseignoyēt la Loy auec grande arrogance, là où ils ignoroyent l'esperit d'icelle: mais que c'estoit cy la sagesse, que le pere celeste cachoit aux entendus de ce monde, & la descouuroit à ceux qui selon le monde estoyent petits, & idiots, respōdit à Nicodeme: Tu es tenu pour maistre en Israel, & te dis docteur du peuple, & les points qu'il failloit sçauoir sur tous tu les ignores? Combien doncques le peuple est-il loing de la doctrine spirituelle, si toy si grand docteur du peuple, n'entens pas ces choses? Mais ce pendant ce sera ton profit de croyre, ce que tu ne peux comprēdre de l'entendement. La foy te fera sentir ces choses, encore que tu ne les voyes. Car si ton entendement ne peut comprēdre la nature & impetuosité de cest air, encore que tu le sentes: comment comprendrois-tu ces plus hautes choses, & eslongnées de tout sens corporel? Car puis qu'elles sont diuines, elles surpassent de beaucoup l'entendemēt de l'hōme, s'il n'est aussi inspiré de l'Esprit de Dieu. Mais fies-toy hardimēt à moy, qui ne sens ny oys pas ces choses celestes par seule inspiration comme les Prophetes, (au nombre desquels tu me mets) les ont senties: ains nous parlons choses experimentées & certaines, & vous tesmoignons en terre ce que nous auons veu au ciel. Mais d'autāt que n'estes pas encore renays par l'esperit, vous ne croyés pas ces choses spirituelles. Vous croyés à l'hōme qui porte tesmoignage de ce qu'il a veu des yeux corporels: & vous ne croyés pas à celuy, qui estant luy-mesme celeste a veu choses celestes de ses yeux spirituels. Tout ainsi que plus veritablement sont les choses celestes, que les terrestres: ainsi se voyēt-elles plus certainemēt de celuy qui a des yeux celestes. Or disoit le Seigneur Iesus ces choses couuertement, signifiant que combien qu'il fut enuironné de corps mortel, il auoit neantmoins en luy vne nature diuine: & que la louange que Nycodeme luy auoit baillée cōme magnificque, (assauoir qu'il estoit enuoyé de Dieu) selon le sens de celuy qui l'auoit prononcée, estoit de beaucoup inferieure à sa dignité. Car quant à Nicodeme il n'auoit encore nulle plus haute opinion de Iesus, sinon qu'il l'estimoit enuoyé de Dieu, cōme on lit que les autres Prophetes ont esté enuoyés de Dieu: item cōme Iean auoit esté enuoyé de Dieu. Mais le fils estoit bien plus hautement enuoyé de Dieu, luy qui deuant qu'estre enuoyé auoit tousiours esté auec le pere, voyre il estoit lors auec le pere selon sa diuine nature, moyennant laquelle il ne se depart iamais du pere. Et pource que ce que le Seigneur Iesus auoit iusques là dit touchāt la renaissance q se faict par eau & Esprit, pouuoit sembler trop lourd pour la hautesse de ce mystere, assauoir comment la nature diuine pouuoit estre conioincte auec l'humaine en vn mesme personnage, de sorte que ce mesme peut viure en terre hō-

me

me mortel:& vers le Pere eſtre Dieu immortel,il dit côſequêmét: Si le ſens charnel de l'ame
vous empeſche de me croyre quâd ie vous dy choſes q ne ſont encore que terreſtres, côment
me pourriés vous croire,ſi ie vous diſois choſes du tout celeſtes : leſquelles neantmoins i'ay
veües moy-meſme,& plus certainemêt cogneues,que celles que vousvoyês des yeux corpo
rels:Et qui a eſté ſi grand entre les hômes & entre les Anges, qu'il ait peu môter au ciel pour
contêpler les choſes celeſtes,& regarder face à face la nature diuine telle qu'elle eſt:Perſonne
du môde n'a monté audit ciel,excepté le filsde l'hôme,qui eſt deſcêdu du ciel en terre, & qui
maintenât meſme eſt au ciel:ſans iamais eſtre forclos de la contêplatiô de la diuinité,côbien
que ce pendât on le voye bas & ſans renô en terre.Mais tel a eſté le côſeil diuin,de manifeſter
la gloire de Dieu au môde par vne ſouueraine ignominie & petiteſſe,à fin que les hômes laiſ
ſent la fauſſe gloire & par ce meſme chemin ſe haſtêt d'aller apres lavraye gloire & eternelle.
Que ſi on demâde,quelle neceſſité a pouſſé le fils de Dieu de deſcêdre des cieux pour côuer-
ſer petit & abieƈt en terre:il n'y a point eu d'autre que la ſouueraine charité deDieu le pere en
uers le gêre humain,pour lequel ſauuer, il a liuré ſon fils vnicque à la mort,voire à vne honteuſe mort,ſelô l'opiniô du môde. Il en a voulu liurer vn ſeul pour le ſalut de tous.Et ne dois
pas trouuer cecy ſubit ou nouueau, ô Nicodeme. C'eſt ‚ppremêt ce que Moyſe figura deuoir
aduenir, lors que le peuple mourât de la morſure des ſerpêts, il pêdit le ſerpent d'erain en la
perche,à fin que tous ceux qui dreſſeroyêt là leurs yeux fuſſent garâtis de mortelle morſure.
Tout ainſi dôcque que ledit ſerpêt d'erain auoit bien vne apparêce de beſte venimeuſe,eſtât
neâtmoins tellement vuidé de venin, qu'il gueriſſoit ceux qui eſtoyent touché de venin,fut
pêdu au deſert, à fin qu'il fut veu de to⁹ pour leur ſalut : ainſi faut-il que le fils de l'hôme ſoit
eſleué,à fin que tous ceux,qui par foy leueront les yeux vers luy,ſoyêt deliurés du mortel ve
nin de peché:& que nô ſeulemêt les Iſraelites, mais auſſi tout hôme ſâs aucune exceptiô qui
d'vn vray cœur mettra ſa fiance en luy,ne periſſe point eſtant redeuable à peché qui apporte
la mort eternelle, ains par la mort d'vn ſeul innocêt obtiêne la vie eternelle. Par tels propos
couuerts deſcouurit Ieſus le myſtere de l'humanité qu'il auoit prinſe,&de la redemption du
môde q ſe feroit par la croix,côbiê queNicodeme ne fut pas encore capable de tels myſteres:
declarât auſſi ce pêdant côbiê grâde differêce il y auoit entre ceux, qui liſent charnellemêt,la
Loy, n'y côſiderans rien autre choſe,que l'hyſtoire:& ceux qui par l'inſpiratiô de l'eſprit,dôt
il auoit faiƈt mention,apperçoyuêt le ſens myſtique caché ſousla couuerture de l'eſcripture.
Voire-mais le Seignr Ieſus ſema lors ces cômêcemês de foy au cœur de Nicodeme, à fin que
puis apres il cogneuſt que ceſt affaire n'auroit pas eſté fait par cas fortuit , ains par le conſeil
de Dieu:& que par ce moyê la ſemêce eſpâdue ſur la bône terre produiſit le fruiƈt de foy en ſa
ſaiſon,nô ſeulemêt au cœur de celuy qui auroit ouy ces choſes,mais és cœurs de tous ceux q
les pourroyêt ouyr par la relatiô dudit Nicodeme.Car qui euſt peu croire que la charité que
Dieu portoit au môde rebelle à Dieu,& enlacê en tât de vices,euſt eſté ſi grâde,que non ſeule
mêt il ne le puniroit point des fautes cômiſes,mais auſſi enuoyeroit meſme ſon fils vnicque
du ciel en terre,& le liureroit à la mort,voire à la mort de la croix,la plus ignominieuſe d'être
les morts:à fin que tout hôme q croiroit en luy fut Iuif,fut Grec,fut Barbare, ne periſſêt poit,
ai ns obtinſſent la vie eternelle par la foy Euâgelique ꞏ Car côbien que le Pere doyue vn iour
iuger tout le monde,vniuerſel en la derniere venue, neâtmoins durât ce têps preſent, qui eſt
dôné à la douceur,Dieu n'a pas enuoyé ſon fils pour côdâner le môde à raiſô de ſes forfaits,
mais pour par ſa mort dôner ſalut pour riê au môde par foy:& à fin que nul periſſant de ſon
bon gré n'euſt dequoy couurir ſa malice,l'êtrée a eſté ouuerte à tous aiſée pour paruenir au
ſalut.Car on ne demâde point ſatisfactiô pour les pechés paſſes:ne l'obſeruâce de la Loy:ne
la circonciſiô. Qui ſeulemêt croit en luy,eſt garâty de la côdênation:entât qu'il a embraſſé la
choſe,par le moyê de laquelle l'eternel ſalut eſt dôné à to⁹,tât ſoit gros le fardeau des pechés
dont ils ſont chargés,pourueu qu'apres auoir faiƈt ‚pfeſſiô de l'Euâgile il delaiſſe les pechés
de la vie paſſee, & s'efforce,côme le porte la doƈtrine de celuy,duquel il porte le nom,de s'a
uâcer à la parfaitte pieté.Mais quicôque ne croit à l'Euâgile ains meſpriſant vne ſi grâde cha
rité que Dieu luy porte,reiette de ſoy le ſalut q luy eſt preſêté pour riê:vn tel n'a que faire que
perſonne le iuge, veu qu'il ſe côdâne ſoy-meſme tout à plat, & s'oblige aux peineseternelles,
reiettât de ſoy la choſe,moyênant laquelle il pouuoit obtenir ſalut eternel. Dieu a preſenté le
ſalut à tous par ſon fils vnicque,& ce moyênant la foy:à fin que no⁹ le recognoiſſiôs & hôno
riôs pour l'autheur du ſalut, & qu'en luy no⁹ mettiôs la fiâce de toute noſtre felicité. Qui refuſe cela,& reiette la bôté deDieu,qui ſe preſête à nous & deshônore le fils,à qui le Pere a vou
lu qu'ô portaſt tât d'hôneur,& ne tiêt côte de ſa mort qu'il a enduré pour no⁹,certes par cela
il ſe declaire digne du tourmêt eternel. Car q eſt-ce qui ne cognoiſt biê que celuy perit à bon
droit & par ſa ‚ppre faute,lequel de ſô vouloir & ſceu embraſſe ce,pourquoy il perit:& reiette

*Et comme
Moyſe eſ-
leua le ſer-
pent.*

*Car Dieu a
tant aymé
le monde.*

la chose,moyennant laquelle le salut luy pouuoit estre restitué.L'erreur & les pechés sont les
tenebres des ames:& les pechés engēdrent la mort eternelle.Le fils de Dieu est la lumiere du
mōde.Car verité est lumiere. Croire en luy est le salut. Or cōme ainsi soit que par la liberalité
de Dieu,la lumiere soit venue au mōde obscurcy de l'ignorāce de verité & de vices infinis,à
fin que les hōmes cogneussent la verité & s'amēdassent & fussēt sauués, ils ont mieux aymē
leurs tenebres,que la lumiere enuoyée du ciel.Si vn malade meurt,pource qu'il celle au medecin sa maladie de peur d'en guerir,vn tel ie vous prie ne pronōce-il pas de soy,qu'il perit
par sa faute.D'vne semblable façō les hōmes adōnés au mōde se destournoyēt de la lumiere
presentée,pour autāt que leurs œuures estoyēt mauuaises. Car tout ainsi que celuy qui faict
quelque acte deshōneste,ayme la nuict,& fuyt le Soleil, de peur que ses œuures ne soyēt des-
couuertes:ainsi ceux qui se sentēt coupables en leur cōscience,hayent la lumiere de la verité
Euāgelique,laquelle manifeste les choses deshōnestes pour les corriger. Car on ne peut guerir celuy qui ayme sa maladie.Il faut que le pecheur se desplaise en soy-mesme,s'il veut plaire
à Dieu.Au cōtraire celuy duquel les œuures sont droittes,ayme le Soleil,à fin d'estre loué de
ses bōnes œuures:en cas pareil celuy qui a vn bō tesmoignage de sa consciēce,ou biē q desire
d'estre guery & ne celle point ses pechés(car c'est aussi vne verité de cognoistre le mal qu'ō a,
& desirer le biē dont on a faute)il se presente de son plein vouloir à la lumiere Euāgelique,à
fin que ses œuures soyēt publiées:& que les bōnes soyēt louées,d'autāt qu'elles ne sōt point
yssues de l'esprit du monde,ains de Dieu:& que les mauuaises soyēt corrigées.Au reste,ceux
qui s'attribuēt vne parfaitte iustice par l'obseruatiō de la Loy,là où ils ont le cœur tout farcy
de vices au dedās:ceux qui mettēt la felicité és aydes de la philosophie : itē és cōmodités de
ce mōde,sont ou en de grādes tenebres,s'ils ont ceste opinion en leur cœur:ou mesme en de
plus espesses,si estāt aueuglés de leurs cōuoitises ils retiēnēt à bec & à ongles ce q cognoissēt
estre mauuais,& reiettēt obstinémēt ce qu'ils voyēt estre salutaire. Quelques semēces de tels
mysteres cacha Iesus au cœur de Nicodeme.Et fut ce Nicodeme,q à tout sō authorité desēdit
puis apres Iesus à l'encōtre des fausses accusatiōs des Pharisiēs,disant que psonne ne deuoit
estre cōdāné sinō qu'ō eust plaine cognoissāce de ses œuures:ce fut aussi luy q apres q Christ
fut mort,fit son deuoir de l'eseuelir.Iesus dōcques ayāt mis ces fondemēs de la gloire Euāge-

Apres ces
choses Iesus
vint.

lique en Galilée,& en Ierusalē,pour la faire peupler de plus en pl's'en alla au pays de Iudée,
& là demeura quelque temps auec ses disciples,cōmençant la predicatiō Euāgelique par les
mesmes cōmēcemēs qu'auoit cōmécé Ieā. Car il exhortoit à pénitēce, & baptisoit.Or lauoit
Iean nō pas pl' au Iordain,cōme il souloit,ains en vn lieu sans renō,dit Enō,assés pres de Sa-
lim:q en Siriē vaut autāt que sources,dont sourdoit à force eau pour ceux qui là se vouloyēt
lauer.Là se trāsportoyent maits,lesquels Iean baptisoit:aucūs alloyēt à Iesus,& estoyēt lauès
par ses disciples. Dōt il aduint que certains disciples de Ieā cōceurēt vne enuie à l'encōtre de
Iesus,de ce que luy qui nagueres auoit esté baptisé par Ieā,& s'estoit porté cōme son disciple,
& auoit esté mis en creditvers le peuple par le tesmoignage dudit Ieā,maintenāt tout à coup
s'egaloit,voire se ppofoit à luy, entāt que ses disciples s'vsurpoyēt ce que Ieā auoit iusque là
faict tout seul.Et en premier lieu tascherēt de destourner le peuple du baptesme dēs disciples
de Iesus,s'efforçās de luy persuader que le baptesme de Ieā estoit de plus grāde efficace pour
nettoyer les pechés,que n'estoit celuy de Iesus.Et voyās qu'ils ne le pouuoyēt mettre en teste
au peuple,s'en allerēt à Ieā,& luy rapporterēt la querelle,estimās qu'il en seroit mal contēt,&
qu'il rabbatroit aucunemēt ceste presomptiō.Mais cest-humaine affectiō des disciples de Ieā
auāça la gloire de Christ, & tira de Iean encore pl' manifeste tesmoignage de luy.Or luy rap-
portent-ils le tout en ceste maniere:Maistre,cestuy q vint nagueres à toy quand tu baptisois
au fleuue du Iordain,& fut baptisé par toy,& lequel tu hōnoras de ton tesmoignage deuāt le
peuple,où il estoit incogneu de to',cestuy là mesme prēt auiourd'huy la mesme dignité que
toy,en baptisāt publicquemēt si que tous vont à luy:par ainsi sera ton authorité par luy ob-
scurcie.Cela dirēt les disciples de Ieā mœus de quelque humaine affectiō desirās que la gloire de leur maistre accreust de iour en iour,& pour ceste cause portoyēt-ils euie à Christ,qu'il
sembloit que son authorité nuyroit à la renommée de Iean.Quād Iean eut ouy ces propos,il
tascha de guerir la mauuaise affection de ses disciples,en sorte qu'il mōstra que nō seulemēt
il n'estoit point marry que la gloire de Iesus croissoit de iour en iour & obscurcissoit la siēne,
mais aussi estoit grādement ioyeux:de s'estre acquité de la charge qui luy auoit esté baillée,
& que le temps de Christ estoit-ia venu lequel feroit des choses beaucoup plus souueraines.
Si leur respōdit en ceste maniere : Pourquoy vous voulés vous glorifier en moy par humaines affectiōs : Voulés vous que ie me fasse plus grād que ie ne suis:L'hōme ne peut rien qui
soit vsurper,s'il ne luy est donné du ciel. Ces choses ne se demeinent pas par forces humaines,ains Dieu en est l'autheur.I'ay acheué à la bonne foy ce qu'il m'auoit enchargé selon
ma mesure.I'ay seruy d'auant-coureur,i'ay enhorté à faire pénitēce,annonçant que le regne
de Dieu

de Dieu estoit pres. I'en ay preparé maints par le baptesme d'eau au baptesme de l'Esprit
& feu:i'ay monstré qui on deuoit suyure, & de qui on deuoit demander le parfaict salut. Si
mon authorité peu beaucoup enuers vo⁹, pourquoy n'adioustés vo⁹ foy à mes parolles?
Vous estesvous mesmes tesmoings que i'ay par plusieurs fois publicquemēt confessé que
ie n'estoye point le Christ, comme maints l'estimoyēt: & que ie n'estoye enuoyé pour autre
chose, que pour aller deuant luy pour preparer la voye à sa vénue. Ie suis son seruiteur:il est
le Seignr de tous. Que s'il cōmence à estre cogneu du mōde, & sa gloire obscurcit la miēne,
ie me resiouy que mon tesmoignage est vray. Car ma seule intentiō estoit, que mon seruice
luy seruist à cela. Car tout ainsi que l'espouse appartient à celuy qui vrayemēt est l'espoux:
& que qui n'est point l'espoux ains seulement son amy, n'est point marry du bon-heur de
l'espoux, & ne luy rauit point son espousé, ains se resiouit de luy entāt qu'il luy fauorise de
bon cœur, & se tient aupres de luy sans mot dire, escoutāt d'vn cœur fort ioyeux la voix de
l'espoux deuisant auec son espouse : Ainsi moy qui n'auoit nul plus grand desir, que qu'il
fust cogneu pour aussi grād, qu'il est : & ie cessasse d'estre estimé plus grād que ie ne suis, ie
suis tout rēply de ioye, quand ie voy que la chose vient selon mon desir. Il faut que luy, qui
a esté iusqu'à present estimé moindre qu'il n'est, croisse : de moy, qui ay esté plus grād, que
ie ne suis, c'est raison que ie descroisse. Il est ainsi expedient pour le salut des hommes, que
mō bruit s'obscurcisse, & que sa gloire s'accroisse de iour en iour:& que mes disciples se destournent de moy & aillent vers luy:à la puissance duquel la mienne est impuissante & de
nulle efficace, & mō baptesme autāt inferieur au sien, que le feu est plus puissant que l'eau.
C'est raison que les choses terrestres facent place aux celestes, les humaines aux diuines, &
les imparfaictes aux parfaictes. Qui est yssu de la terre, est terrestre, & parle choses terrestres
& basses. Car que pourroit l'hōme autre chose faire, que de parler choses humaines ? Mais
celuy qui est descendu du ciel, surmonte tous hommes, voyre pour grands qu'ils puissent
estre. De nous, nous auons puisé vne petite inspiratiō des choses celestes, & cōme pouuōs
en tesmoignons. Mais de luy, il rend tres-certain & vray tesmoignage aux hommes de ce
qu'il a veu & ouy au ciel vers le Pere. Et m'ont les hommes (iaçoit que ie luy soye de beaucoup inferieur) en grande reputation, de sorte que son tesmoignage, à peine y a-il hōme
qui le reçoyue:ils me requierent, moy qui suis seruiteur, que ie rēde tesmoignage de luy, &
ils reiettent le tesmoignage que le Pere en rend. Et toutefois si on se meffie de moy, on ne se
deffie que d'vn hōme, mais qui ne croit en luy, qui est le fils vnicque, ce que le Pere a testifié par sa voix, il faict Dieu menteur. Les Iuifs adorent le Pere, le fils qu'il a enuoyé, ils le des-
honnorent:mais tout le deshonneur faict au fils, retombe sur le Pere. Quiconque donc reçoit le tesmoignage du fils, il certifie pour le seur, en croyant au fils, que Dieu est veritable,
lequel parle en son fils. Car le fils qui est enuoyé du Pere ne parle pas ppos humains, ains
parle parolle de Dieu. Dieu a bien parlé par les Prophetes, & a departy son Esprit à chascun selon sa mesure : mais à ce sien fils vnicque Dieu n'a pas donné son Esprit en certaine
mesure, mais a espandu sur luy vne plenitude entiere de son Esprit, de sorte que le Pere n'a
rien, qui ne soit en cestuy fils: & tout ce que la mescroyance des hommes luy ostera, le Pere
l'estimera estre osté à soy-mesme. Car le Pere ayme singulierement son fils vnicque, & luy a
baillé toutes choses entierement en main, sans se despouiller neantmoins de sa puissance,
ains luy cōmuniquant la mesme puissance qu'il a. Or est-ce que tout ce que Dieu a voulu
donner au genre humain, il luy a pleu l'eslargir par le fils. Or presente-il à tous vne chose
qui n'est pas de petite importāce : car il presente la vie eternelle, mais c'est par celuy, qui est
la seule fontaine de la vie eternelle. Mais de ce tant singulier present se rend indigne celuy
qui refuse de le prendre. Or le refuse, qui ne croit que le fils peut eslargir ce qu'il promet, &
auec ce accuse le Pere de mensonge, de ce qu'il promet choses vaines par le fils. Par ainsi
grand est le salaire de la foy, & grand est le dōmage qui prouient d'incredulité. Car quicon
que met sa fiance au fils, a ia le fils: & quiconque a le fils, a la vie eternelle. Au contraire, qui
ne se fie au fils, pour ce qu'vn tel se ferme luy-mesme les yeux de peur de voir la lumiere, il
ne verra point la vie, car ceste lumiere est la vie des hommes:ains en perseuerans en ses pechés demeure redeuable à la vengeance diuine, c'est adire, à la mort eternelle.

CHAPITRE   IIII.

T par tels propos modera Iean la trop excessiue affection que ses disciples
luy portoyent, & la maligne opinion qu'ils auoyent de Iesus, les admon-
stant couuertement de le laisser, pour de là en auāt suyure ledit Iesus, duquel
tous doyuent puiser toutes choses, Incontinent donc que Iesus (à qui rien
du mōde n'estoit caché) entendit que ce qui a de coustume d'aduenir entre
les hommes (c'est qu'enuie accōpaigne gloire) luy estoit aussi escheu : & que les Pharisiēs

P 2   estoyent

estoyent-ia mal contens, qu'il attiroit à soy plus de disciples,& que plus de gens alloyēt à son baptesme, qu'à celuy de Iean: combien que Iesus ne baptisoit point (monstrāt-ia dés lors que la charge d'Euāgeliser est plus excellēte,que de baptiser)ains ses disciples:& d'autant plus brusloyent lesdits Pharisiés de despit,que ses disciples s'attribuoyēt autant d'authorité,qu'à peine en pouuoyent-ils supporter en Iean,lequel ils auoyēt en grāde reueren ce:apres auoir semé les cōmencemens,de la doctrine Euāgelique en Iudée, il s'en partit,& se mit à retourner en Galilée, dont il estoit venu:ce qu'il fit en partie de peur d'enaigrir dā uātage leur enuie, si cōme en les mesprisant il eut là faict plus long seiour: en partie pour monstrer dés lors cōme par figure qu'vn iour la grace Euāgelique seroit reiettée des Iuifs, & seroit trāsportée aux estranges natiōs. Or luy failloit-il ce pendant passer par Samarie, dont les nations prophanes auoyēt de long temps chassé les Israelites,& s'en estoyent sai sies en y ayant faict venir des estrāgiers ramassés de toutes parts: lesquels,apres auoir esté diuinemēt instruits par maintes afflictions,embrasserent finalemēt la religion des Iuifs en partie:ils cōmencerent à honnorer vn seul Dieu,mais en diuerses ceremonies:& si se disent estre descendus de Iacob petit fils d'Abraham, d'autant que ledit Iacob demeura iadis en Caldée.Ils ne receuoyēt que les liures de Moyse. Des Prophetes, ils ne les approuoyēt pas Quand au pays il auoit prins son nom du mōt Samor.Or leur portoit la nation Iudaique vne mortelle hayne & publicque à raison de la souuenāce du pays qu'ils auoyent occupé par force,& des habitans qu'ils auoyent chassés de leurs lieux: item pour la diuersité des ceremonies en plusieurs choses.Car ils auoyent tellemētreceu la loy de Moyse,qu'il leur re stoit maintes trasses de l'ancienne superstitiō. Quand doncque Iesus fut arriué pres d'vne ville de Samarie,nōmée Sichar,despourueu de viures (car les disciples ne baaillans qu'a pres leur maistre,auoyent oublié la prouision) il n'entra pas quāt à luy dedans la ville, de peur de donner aux Iuifs probable occasiō de le calomnier, qu'il auroit laissé les Israelites pour se transporter aux prophanes nations (cōme ils l'ont puis apres appellé Samaritain & demoniacle pour grāde iniure) mais laissa aller ses disciples en la ville pour acheter des viures.Il demeura là tout seul,en partie pour attēdre le retour de ses disciples: en partie de peur de laisser passer l'occasion de miracle.Car il sçauoit ce q̃ deuoit aduenir.Or y auoit-il là vn heritage que Iacob auoit dōné à son fils Ioseph. Et estoit ce lieu sainct & fort renōmé entre les Samaritains,pour la souuenance de l'anciēne hystoire, de ce que Leui & Simeon auoyent là faict, auec vne grāde tuerie des habitans, la vengeance de l'iniure faitte à Dina qui auoit esté efforcée. En cedit lieu y auoit aussi vne fontaine, hantée de ceste nation,à raison que Iacob, duquel les Samaritains se glorifient, cōme de l'autheur de leur race,l'a uoit cauée.Iesus donc lassé du lōg chemin, qu'il auoit faict à pied,& nō à cheual & chariot (nous monstrant dés lors par exēple, quel doit estre vn prescheur de l'Euangile)s'assit là, se penchant sur laditte fontaine & cōme cherchant de se rafrechir de l'air d'icelle fontaine. Or estoit-il pres de six heures selon la supputatiō des Iuifs,lors que le Soleil approchāt-ia Et vne femme de Samarie vint. vers le midy double par son ardeur la fascherie du trauail.Et par tels signes declaroit Iesus qu'il estoit vray homme, suiet aux mesmes affectiōs, que sont les corps des autres hōmes. Ce pendāt entra vne femme Samaritaine pour puiser d'eau du puits,aupres duquel estoit assis Iesus. Pour à laquelle bailler incōtinent matiere de deuis,& de l'œuure mesme qu'elle auoit en main l'attirer à salut,Iesus luy dit: femme dōne moy à boyre. Or de bōne fortune s'en estoyēt allés les Apostres,d'autant que Iesus luy deuoit dire quelques secrets,lesquels s'il luy eust dit en presence d'autres gens,on eust peu pēser que cela fust venu d'vne effron tée mauuaistié de mesdire.En quoy certes Iesus a baillé vn patrō de ciuilité& douceur aux docteurs Euangeliques:veu que tant s'en faut qu'il ait dedaigné de parler à vne pecheres se, voire à vne femme qui s'estoit abbandonnée à plusieurs, que mesme par la solitude il soulagea la honte de l'impudicque. Cognoissant la femme à l'habit & parler de Iesus qu'il estoit Iuif, sçachant bien aussi que les Iuifs ont coustumierement l'accointance des Sa maritains en tel dedain, que de leur rancontre mesme & deuis ils s'estiment estre souillés, esmerueillée qu'il parloit sans estre requis,& luy demandoit à boyre, luy respondit: Dont vient,que veu que tu es Iuif, cōme i'aperçois par ton parler & accoustrement, tu me de mandes à boyre,à moy qui suis femme Samaritaine:contre vostre coustume,attendu que vous autres Iuifs desdaignés l'accointāce des Samaritains, & estimés que ce soit vne abo mination si vous aués tant peu que soit de familiarité auec nous? Et Iesus qui n'auoit point tant de soif de ceste eau là (combien que selon la nature humaine il eust vrayement soif) que du salut des ames, attire petit à petit la femmelette à la cognoissance de la grace Euangelique,luy respondant par parolles couuertes (à fin d'enflamber dauantage en elle le desir d'apprendre) en ceste maniere:Si tu sçauois combien est excellent le don que Dieu

vous

vous preſente maintenãt,& ſi tu cognoiſſois qui c'eſt,qui te demande maintenant de l'eau
à boyre, toy-meſme luy en euſſe demandé la premiere, & il t'euſt donné d'vne eau beaucoup meilleure que ceſte là:car il t'euſſe baillé de l'eau viue. Or attendu que cela eſtoit dit
de l'eſprit,que deuoyent puiſer ceux qui croyroyent à l'Euangile,ce n'eſt pas de merueille,
ſi vne femmelette Samaritaine ne l'entendit pas : veu que Nicodeme qui eſtoit & Iuif &
Rabin,n'auoit peu comprendre ce que Ieſus auoit vn peu plus clairement dit de la renayſ-
ſance d'enhaut. Voyre il reſpondit encore plus lourdement que ceſte femme, diſant:Eſt-il
poſſible qu'vn homme,quand il eſt vieil,puiſſe rentrer au ventre de ſa mere,& nayſtre de-
rechef? Mais ceſte femme ayant-ia conceu quelque choſe de magnificque, de ce que Ieſus
auoit dit : Si tu ſçauois le don de Dieu ;&, Si tu cognoiſſois qui c'eſt : &, Il te donneroit de
l'eau viue:ne ſe facha poĩt d'ouyr meſpriſer le puits de Iacob,lequel elle auoit en reuerẽce:
elle ne ſe mocqua point du magnificque propos d'vn eſtrangier,& incogneu, & Iuif : ains
deſirant d'apprendre que ce pouuoit eſtre ce, dont il faiſoit monſtre cõme d'vne nouuelle
choſe & belle, en ſigne d'honneur l'appella Seigneur, comme celle qui auoit-ia cõceu vne
grande opinion de luy.Et fut ce pendant procuré ceſt exemple de ceſte femmelette Samá-
ritaine par la conduite du diuin conſeil,pour conuaincre & deceler la peruerſité des Iuifs,
qui eſtoyent ſi loing de ſe rendre enſeignables au Seigneur Ieſus,qu'ils calomnioyent meſchamment ſes bien-faiĉts meſmes,& ſa ſalutaire doĉtrine:là où ceſte poure femme reſpondit courtoiſement & doucement à tout,deſirant d'eſtre inſtruiĉte, de ſorte que demeurant
en la chaleur & ayant oublié ce pourquoy elle eſtoit là venue, eſcoutoit attentiuement les
propos d'vn homme incogneu & eſtrangier,duquel elle n'auoit encore ouy parler par aucune excellẽce.Seigneur (luy dit-elle) tu me promets d'vne eau plus exquiſe que ceſte-cy.
Or n'as tu pas ſeulemẽt dequoy tu puiſſe tirer d'eau,& ſi le puits eſt profond.Dont te peut
donc venir ceſte eau viue,que tu promets?Serois-tu plus grand que noſtre pere Iacob,le-
quel vous auſſi aués en reuerence ? Il nous a donné ce puits comme vn noble don:& tant
s'en faut qu'il ait meſpriſé ceſte eau, qu'il en a beu ordinairement, luy & toute ſa famille,&
auſſi ſon beſtial ? Voyant Ieſus que ceſte femme eſtoit enſeignable, laquelle ne l'eſtimoit
pas magicien ny enchanteur,ains quelque grand perſonnage,qu'on pouuoit(à ſon iugement) accomparer auec Iacob, lequel elle auoit en grand eſtime:ne deſdaigne pas de l'attraire petit à petit à l'auoir en plus grande reputation, luy donnant à entendre que l'eau,
dõt il parloit,eſtoit ſpirituelle:qui ne raſſaſieroit point le beſtial, mais les ames:Qui boyra
(luy dit-il) de ceſte eau, que le patriarche Iacob vous a dõné, il eſtãchera la ſoif corporelle
pour vn petit de temps ſeulement,laquelle retournera ſubitement.Mais pour te donner à
cognoiſtre cõbien ce don de Dieu,dont i'ay parlé, eſt plus riche, que n'eſt le don de Iacob:
& combiẽ meilleure eſt l'eau que ie promets, que ceſte-cy, qui coule des veines de la terre:
Qui boyra de l'eau, que ie luy donneray,s'il en a ſoif, n'aura iamais ſoif: & ne ſera iamais
puis apres en dangier de ſoif,& ne luy faudra pas à chaſque fois aller chercher d'eau autre
part : mais quand ceſte eau ſera vne fois tirée, elle demeurera en celuy qui la boyra, & engendrera en luy vne fontaine coulante ſans ceſſer iuſques à la vie eternelle. Ces choſes diſoit Ieſus par parolles couuertes, ſçachant bien que la femme n'eſtoit encore capable du
myſtere de la foy,par laquelle ſe dõne l'eſprit,lequel eſtant vne fois receu,ne defaut iamais
ains croit touſiours,iuſqu'à ce qu'il ait mené l'homme à la vie eternelle.Or tãt eſtoit grande la ſimplicité de ceſte femme, qu'au lieu que les Iuifs auoyent de couſtume d'interpreter
telles paraboles à la mauuaiſe part,elle n'entendãt point ce qui auoit eſté dit,neantmoins
le croyant & aymant,ſe print à dire:Seigneur departy moy ie te prie de ceſte eau, à fin qu'à
chaſquefois que la ſoif retourne, ie ne ſoye contrainte de venir tirer d'eau en ce puits-cy.
Cõbien que ceſte reſponce fut lourde,elle demonſtroit neãtmoins vn cœur prompt à cro-
yance.Parquoy voyant Ieſus qu'elle auoit-ia conceu vne grande opiniõ de luy,il l'eſmeut
par plus grãds ſignes de ſa diuinité,à l'auoir encore en plus grande admiratiõ.Ieſus donc
comme s'il ne luy euſt pas voulu communiquer ſi grande choſe que ſon mary ne fut preſent,luy dit qu'elle l'aille appeller & qu'acompagnée de luy elle retourne incontinẽt à luy:
Cela ouy la femme eſtimant que celuy à qui elle parloit n'eſtoit rien fors qu'homme, &
voulãt par vne feminine vergõgne celer ſa vilenie,luy dit: Seigneur ie n'ay point de mary:
confeſſant qu'elle n'eſtoit point mariée,celant neantmoins ſa paillardiſe. Lors Ieſus declarant ſa diuinité & reprenant cortoiſement la vie de la femme,dit:C'eſt bien dit à toy,de dire que tu n'as point de mary. Car comme ainſi ſoit que tu ayes eu cinq hommes pour ſatiſ-
faire à ton plaiſir,neantmoins tu n'en as nul vrayement legitime:& celuy meſme que tu as
maintenant, n'eſt pas ton mary legitime. Tu n'as donc de rien menty en cecy. Quand la

femme entendit que ses domesticques vilenies n’estoyent pas cachées à Iesus, estrangier
& Iuif, qui ne pouuoit sçauoir par le recit d’autruy, ce qui racõtoit:ne s’en alla pas arriere
de luy de honte, ny ne luy reietta point d’iniure par courroux : ains en fut d’autãt plus en-
flambée à l’auoir en admiration:là où les Pharisiẽs (s’il leur eust dit quelque chose de semblable)se fussent prins à crier:C’est vn magiciẽ:Il a le diable.Mais que faict ceste deuote pe-
chereffe Samaritainer Seigneur, dit-elle, Tu es (a ce que ie vois)prophete. Iusques à ce degré monta la croyance de la femme. Premieremẽt elle l’appelle seulement Iuif:elle s’esmerueille qu’il n’est pas autrement obstiné à maintenir la religiõ Iudaique, dautant qu’outre
la coustume des autres,il demãde à boyre à vne Samaritaine. Puis elle l’appelle Seigneur,
Maintenant elle l’honnore du titre propheticque, pourtant que de soy-mesme il cognoissoit les secrets des autres. Et soudain cessant de parler des choses basses & desirãt d’appren
dre d’vn Prophete quelques points plus hauts,propose vne question indechiffrable,tou-
chant la maniere d’adorer Dieu, entant que les Iuifs & les Samaritains estoyent d’opinion
fort diuerse en cest article. Car comme ainsi fust que toutes ces natiõs adoroyẽt vn mesme
Dieu,neantmoins les Iuifs maintenoyent qu’il ne failloit adorer Dieu en nul autre, qu’au
temple de Ierusalem,cõme si Dieu n’oyoit pas autre part les vœus des desirs des suppliãs.
Au contraire les Samaritains par vne mesme superstition, mais diuerse, disoyẽt que Dieu
ne deuoit estre adoré en autre lieu, qu’au mont Garizim, d’autãt que ce lieu auoit esté ordonné de Moyse,où les patriarches beniroyẽt le peuple, qui garderoit les cõmandemens
de Dieu. Or pourautant que l’vne & l’autre nation se plaisoit tellement en ses ceremonies,
que l’vne mesprisoit la religion de l’autre,ceste femme desire d’entendre comme d’vn Prophete bien cognoissant telles choses,laquelle des deux natiõs vsoit de plus sainct seruice,
comme estant preste de suyure ce qu’elle cognoistroit le meilleur. Si luy dit:Noz peres adoroyent ordinairemẽt en ceste mõtagne, & pensons nous qu’il ne soit pas loysible de seruir
Dieu en autre lieu:là où au contraire vous autres Iuifs tenés pour abominatiõ de sacrifier
és montaignes & boys de deuotion : disans qu’il n’est pas loysible d’adorer Dieu en autre
lieu, qu’au temple de Ierusalem,duquel les Iuifs se tiennent fiers,comme si on pouuoit enclorre Dieu en vn bastiment faict de main d’hõmes. Pour ce que la demande de ceste femme tendoit à la cognoissance de la vraye pieté,Iesus luy declare qu’apres que le vray & spirituel seruice de Dieu seroit manifesté par la doctrine Euãgelique,la superstitieuse religion
des Gentils enuers les dieux & diables, viendroit du tout à s’abolir:item le diuin seruice
des Samaritains, entant qu’il n’auoyent point telle opinion de Dieu, qu’il appartenoit,
ains croyoyẽt que ce fut comme le principal d’entre les Dieux, & auec le seruice duquel ils
mesloyent celuy des faux dieux, confondans l’execrable superstition des Gentils auec le
seruice de Dieu,comme on confondroit l’eau auec le feu:sacrifians aussi à leur exemple és
montagnes & boys de deuotiõ : item que la religion des Iuifs,laquelle auoit iusque là esté
grossiere & charnelle selon que le temps le requeroit, & laquelle auoit plus tost quelques
ombrages seulement de la vraye pieté que la pieté mesme, seroit changée en mieux:si que
de là en auãt Dieu estant plus à plein cogneu par le fils & sainct Esprit, on l’adoreroit non
seulement en la Iudée,mais aussi par toute la terre vniuerselle : & ce en de plus sacrés temples que n’estoit celuy de Ierusalem,assauoir és purs cœurs des hommes, que Dieu propre
se consacreroit par son Esprit : & qu’on ne le perfumeroit plus d’odeur de bestes, ains de
sainctes prieres, de deuotieux vœus, & de chastes affections. Mais auant que luy declarer
ce mystere de la pieté Euangelique,il demande la foy, sans laquelle nul ne peut deuement
ouyr la doctrine Euangelique ny garder la religion Euãgelique.Car la seule foy purifie les
cœurs & les rẽd capables de receuoir les secrets de la Philosophie celeste:Femme, dit Iesus,
si tu m’estimes vray Prophete, croy moy que le temps est-ia prochain, auquel est l’impur
seruice des Samaritains sera aboly, & la charnelle religion des Iuifs sera chãgée en mieux:
si que cy apres vous n’adorerés plus le pere n’y en ceste montagne, veu qu’il & non seulement Dieu de ceste montagne,ains de tout le monde:ny en Ierusalem : mais par tout où il
y aura assemblée de gens de bien là sera Ierusalem. Or auons nous cependant sur vous
cest auantage, que nous adorons Dieu cogneu par la Loy, lequel nous cognoissons
pour Seigneur de toutes choses & nations : & n’embrouillons point le seruice de celuy,
qui seul doit estre adoré, du seruice des autres dieux. Quand à vous, vous ne sçaués
que vous adorés, estimans que Dieu ne soit que le Dieu des Iuifs & le vostre : & tel qu’il
souffre l’accointance des faux dieux, luy à qui seul appartiennent les diuins honneurs.
La Loy a enseigné ces choses aux Iuifs, & pour le seruice d’vn seul Dieu bastit-on par
son propre commãdement vn temple en Ierusalem qui representeroit le temple spirituel.

On y

On y ordonna des prestres:item certaines façons de sacrifices signifians comme par ombres la pieté Euangelique. Nous donc Iuifs nous passons en cela, que nous auons plus saine opinion de Dieu, que vous: que nous n'embrouillons nullement son seruice d'aucun impur seruice des faux dieux:que nous l'adorons au lieu par luy-mesme ordonné & en la façon qu'il nous a enseigné. Et combien que ceste religion soit encore, à vray dire, imparfaitte: c'est neantmoins vn degré pour monter à la parfaitte pieté. Et c'est pourquoy le commencement du salut vient des Iuifs, qui tiennent des Prophetes les promesses du Messias aduenir: qui de la Loy tiennent les figures & ombres de la pieté Euangelique. Il est desormais temps que la fausse religion des Gentils quitte la place: que le seruice corporel fasse place au spirituel: & que les ombres donnent lieu à la lumiere Euangelique. Car le temps est-ia prochain, voire il est-ia venu, que les vrays adorateurs adoreront le pere non en temples, non en bestes,non en choses corporelles:ains en esperit, non en ombres, ains en verité. Car comme ainsi soit que Dieu est esperit, il ne prend point plaisir en pureté corporelle, n'és parois de temples, n'en sacrifices de bestes, ains ayme des adorateurs spirituels, desquels il soit adoré en Esprit & verité. On a iusques icy assés seruy aux ombres & figures de la loy Mosaique. D'orenauant par tout où il se trouuera cœur nettoyé de vices par la foy Euangelique, là y aura-il temple conuenable à Dieu: par tout où y aura vœus celestes, pures prieres, sainctes pensées, là y aura sacrifices par lesquels on appaise Dieu. Par ce propos de Iesus la simple & patiente croyance de la femme profita tant, que celuy qu'elle auoit de prime face appellé Iuif: puis Seigneur: & apres Prophete, elle souspeçonne maintenant qu'il soit luy-mesme le Messias. Car les Samaritains attendoyent aussi selon les promesses de Moyse le Prophete d'eslite qui deuoit sortir des Iuifs. Si luy respond la femme en ceste maniere:Ie sçay que le Messias viendra, lequel les Iuifs attendent, duquel on bruit-ia entre les Iuifs. Quand il sera venu il nous declarera tout ce que tu as dit du nouueau seruice de Dieu: & ne nous-en cachera rien. Voyant Iesus la menable croyance de la femme, & son ardant desir de cognoistre la verité, tel qu'il n'en auoit pas trouué de semblable aux Iuifs mesmes, luy faict ce bien de luy declarer qui il est, disant:Tu attens le Messias qui doit venir, sçache qu'il est venu, & que ia tu le voys:car ie suis le Messias, moy, qui parle à toy. Cela ne fut pas plus tost dit, que voicy approcher les disciples, qui retournoyent de la ville: lesquels deuant que s'approcher de Iesus, voyans qu'il auoit tenu propos à vne femmelette de Samarie, s'esmerueilloyent de sa grande courtoysie. Nul toutefois ne luy osa demander qu'il demandoit à la femme, ne pourquoy il auoit tenu propos auec elle. Or la femme estonnée du propos du Seigneur Iesus, ne respondit pas vn mot, mais laissant sa cruche aupres du puits (car elle auoit-ia passé sa soif de ceste eau apres auoir gousté de celle que Christ luy auoit promise) s'en va vistement en la ville, & de Samaritaine pecheresse, deuint subittement apostre. Elle fit le recit publicquement à tous (à fin de confermer sa foy par le tesmoignage de plusieurs,) & dit: Venés voir vn homme fort admirable, & qui cognoit les choses cachées: lequel (combien qu'il soit estrangier, & celuy que ne m'auoit iamais veu) m'a neantmoins raconté tout ce que ie ay faict en cachette:peut estre que il seroit le Messias.Ne vous fiés pas à mes parolles,faittes-en plus tost vous-mesmes l'experience, & certes vous trouuerés que ie ne suis pas menteuse. Ce-pendant que la femme seme ce bruit entre les citoyens de Sychar, les disciples semonnent Iesus pensans qu'il auoit grande faim, à menger des viures, qu'ils auoyent achettés. Et Iesus prenant par tout occasion d'esleuer les hommes du soucy des choses corporelles au desir des spirituelles: tout ainsi que du propos de l'eau il auoit attiré la femme à la cognoissance de la foy Euangelique, ainsi de l'occasion de la viande pousse-il ses disciples encore lourds au desir d'annoncer l'Euangile. Et peut estre que lors n'auoit-il pas soif de l'eau du puits: & s'il en auoit soif, il auoit plus grande soif du salut des hommes: & neantmoins l'occasion du sacré deuis fut prinse de l'affection de la femme qui estoit venue pour puiser de l'eau: Ainsi combien qu'alors il eut faim selon sa nature humaine, si est-ce qu'vne plus grande faim le tenoit de sauuer le genre humain, car pour cela estoit-il descendu du ciel. Comme donc ses disciples le semonnoyent de prendre la refection du corps, il leur dit: I'ay vne autre viande à manger, & qui m'agrée plus que ceste-cy que vous apportés.Et s'esmerueillans les disciples que vouloit dire ce propos, n'osans neantmoins interroguer,pour la reuerence qu'ils portoyēt à leur maistre,de peur de le fascher,disoyent ainsi entre eux: Que veut dire cela?Quelcun autre luy auroit-il apporté à viure, pendant que nous auons esté absens?

P 4   Et Iesus,

Ie sçay que le Messias doit venir.

I'ay à manger d'autre viāde.

Et Iesus, pour mieux leur ficher au cœur ce qu'il auoit auant dit obscurément, leur redit plus ouuertemēt: Ceste viande corporelle, dit-il, ne me tourmēte pas beaucoup: il y a vne autre viande, dont f'ay principalemēt soing: c'est à sçauoir, de parfaire ce, pourquoy le pe re celeste m'a icy enuoyé: voylà ma faim, voyla ma soif d'accomplir ce qu'il m'a enchargé. Le temps presse, & si les cœurs des hômes enclins à la foy Euangelique demandent le tra uail des prescheurs. Si vous, qui aués soing des affaires corporels, cognoisses que le tēps de moisson approche, puis qu'il y a quatre moys passé que semailles sont faittes: combien plus faut-il prendre garde au temps de nostre moisson spirituelle? Or tout ainsi que les champs ia iaunissans semblent demander la fau & trauail des moissonneurs: ainsi si vous voulés esleuer voz yeux, & cōsiderer les champs des cœurs humains accourans apres la doctrine Euangelique tant Samaritains que Payens, vous cognoistrés de toutes pars les pays semblet blanchir pour la moisson Euangelique, & requierent nostre trauail & soing. Que si l'esperance du fruict esmeut aisément le moissonneur au trauail, combien plus de uōs nous estre alaigres à recueillir ceste moisson au pere: laquelle apprestera au moisson, neur, tres-grande recompense ès cieux: & amassera à Dieu, non du bled pour serrer en gre, niers, ains des ames d'hommes pour mettre en la vie eternelle. Par ainsi aduiendra-il, que tant le semeur que le moissonneur s'esiouyront par ensemble. Car ce qui se dit en cōmun prouerbe, vous est aduenu: Que celuy qui seme, ne recueille pas. Il y a plus à suer en semail le qu'en moisson. Il faut cultiuer la terre, il faut rompre les mottes à tout vn rasteau & sar, cloir, il faut fumer le champ de bon fumier, il faut semer la semence, il la faut herser & cou urir, il la faut contregarder, il faut arracher les mauuaises herbes. Mais quand le blé est-ia meur, on le moissonne sans grand trauail: d'autāt que le fruict preparé addoucit la fasche rie du trauail. Dauantage il n'en prend pas ainsi en la moisson spirituelle, qu'en la corpo, relle. Car en la corporelle moisson toutefois & quantes que, comme il est au commun pro, uerbe, le fruict de la moisson reuient à vn autre, qu'à celuy qui auoit faict la semaison, le moissonneur s'en esiouyt bien, mais le semeur s'en tourmente. Icy se faict tout le contraire. Car aussi biē se resiouy celuy qui a faict la semaison, que celuy qui faict la moisson: car l'vn n'est nō plus frustré de son fruict, que l'autre. Ie vous ay enuoyé moissonner les blés, pour lesquels vous n'aués point trauaillé. Les Prophetes ont labouré les champs par leur tra uail, & par leur doctrine ont preparé le mōde, qui estoit encore intraictable, à receuoir l'E, uangile: vous maintenant succedés à leur trauail, & entreprenés vne besongne aisée, car le monde se presente-ia de soy-mesme à la celeste doctrine, & s'efforcēt les hommes d'entrer mesme par force au regne celeste. Pendant que par tels propos le Seigneur Iesus pousse ses disciples à se mettre apres la besongne Euāgelique: la chose mesme declara que ce qu'il a, uoit dit touchant la moisson ia blanchissante, estoit vray. Car maints Samaritains de Si char croyoyent que le Messias estoit venu, & si n'auoit la femme porté autre tesmoignage de Iesus, sinon qu'il luy auoit descouuert toutes les secrettes vilenies qu'elle auoit faittes en sa vie. Au reste, ils n'auoyent point ouy parler ledit Iesus, ny ne luy auoyēt veu faire au cun miracle. Tant prompte estoit la croyance de ceux mesmes, qui sembloyent estre eslon, gnés des promesses des Prophetes. Si sortit vne grande trouppe de Samaritains de la cité & accourutent pour regarder des yeux, celuy que la femme auoit publié d'vne si grande affection. La presence ne leur amoindrit pas l'opinion: ils ne se scandaliserēt point du bas estat & petit train des disciples poures & idiots, là où les Iuifs apres auoir veu tant de mira cles, ouy tant de presches, & receu tant de bien-faits, ou le reprenoyent, ou l'outrageoyent, ou bien le iettoyent hors à coups de pierre. Brief les Samaritains au recit d'vne femmelet te accourent au deuant d'vn homme estrangier, lequel ils n'auoyent pas encore ouy par, ler, duquel ils n'auoyent veu nul faict louable: & le semonnent auec prieres de leur faire ce bien de se venir loger en leur ville. Et que fit le tresdoux Iesus? Il sçauoit l'enuie des Iuifs, il sçauoit leur hayne cōtre les Samaritains: & n'estoit pas encore venu le temps, que les Iuifs estans reiettés pour leur inuincible mescroyance, la predication de l'Euangile seroit trans portée aux Gentils. Au moyen dequoy il moyenna tellement l'affaire qu'il ne donna pas aucune probable apparēce ou occasiō à ceux de sa nation de se pleindre qu'il les eust mes prisés en mettant deuāt eux les Samaritains, où la prophetie promect que le Messias doit venir aux Iuifs: ny n'abbandonna pas du tout la simple croyance des Samaritains. Car quant à ce qu'il auoit cheminé par Samarie c'estoit necessité: & quant à ce qu'à leur reque ste il demoura là seulement deux iours, c'estoit vne courtoysie que personne n'eust peu à bon droit reprēdre. Or incōtinent qu'ils eurent ouy Iesus, il y eut beaucoup plus de gens qui creurent: & fut confermée la croyance de ceux qui aux parolles de la femme auoyent
conceu

conceu vne bonne opinion de Iesus. Si qu'ils se prennent à porter ample tesmoigna⸗
gé de Iesus, & digne d'vn vray Iuif, disans à la femme: Tu n'auois pas tant dit de bien
de luy, qu'il y en a. Car par ton recit ne sommes nous ia plus attirés à croyre que ce⸗
stuy est le Messias, ains nous-mesmes tenons pour tout vray de ses merueilleux pro⸗
pos, qu'il est le vray Messias attendu: lequel apportera salut non seulement à la nation
Iudaique, mais à tout le monde. Par ce tant alaigre & ample tesmoignage declarerent
les Samaritains leur croyance, & condamnerent la meschante mescroyance des Iuifs.
Iesus donc, de peur de donner matiere de plus grande hayne & enuie aux Iuifs, ne fit nul
miracle entre les Samaritains: ny ne logea chés eux sinon en passant, & estant requis de
ce faire: ny ne demoura auec eux que deux iours: ains soudain se mect à acheuer son
chemin accommencé & s'en-va en Galilée. Or combien qu'il eust là son pays pro⸗
chain, si n'y alla-il pas: non qu'il le mesprisast, mais pour ce qu'il n'y esperoit nul fruict
Euangelique, à raison du mespris & mescroyance de ceux de son pays, ausquels il estoit
cogneu, & cousin selon la chair: & si la predication eust doublé le crime de mescroyan⸗
ce. Car auant la predication leur faute estoit plus legiere de se deffier de la doctrine de
Iesus. Or estant le Seigneur Iesus interrogué pourquoy il n'alloit vers ceux de son
pays, pour monstrer combien grand il estoit, il vsa de ce prouerbe qu'on dit ordinai⸗
rement: Qu'vn Prophete n'est nulle part mesprisé sinon en son pays, & entre ses parens.
Car les hommes sont de telle nature que familiarité engendre mespris: & n'ont pres⸗
ques toutes choses en estime, non pour autre raison, que pour autant qu'elles vien⸗
nent de loing. Or d'autant qu'en Galilée couroit-ia vn assés honneste bruit de Iesus
tant pour le tesmoignage de Iean, que pour le miracle que ledit Iesus y auoit faict na⸗
gueres, quand il fut là arriué, les Galiléens le receurent & luy firent assés bon racueil:
à cause principalement qu'ils l'auoyent veu en Ierusalem chasser les vendeurs & achet⸗
teurs hors du temple, & autres choses qu'il fit lors de grande authorité en la presen⸗
ce du peuple. Car les Galiléens, dont il est question, s'estoyent aussi lors assemblés
en Ierusalem pour comparoistre au iour de la feste. Certes toutes ces choses-cy condam⸗
nent la mescroyance des Pharisiens, & predisent aucunement que la grace Euangeli⸗
que passeroit aux Gentils. Au presche d'vne femmelette les Samaritains croyent: ils
contraignent Iesus homme estrangier de loger chés eux: ils confessent qu'il est le Mes⸗
sias & sauueur du monde, & si n'auoit Iesus faict aucun miracle entre eux. Les Galiléens
nation lourde & mal entendue en la Loy, d'autant que là n'y auoit iamais eu aucun
Prophete, apres auoir veu des miracles se prindrent à croire. Et ceux de Ierusalem, pre⸗
stres, Pharisiens, & Scribes, qui sembloyent auoir le comble de la religion, & qui estoyent
les plus entendus en la Loy, trouuoyent tousiours à redire & aux faits & aux propos de
Iesus. D'autant plus donc que quelqu'vn s'estimoit iuste & religieux, d'autant estoit-il
plus eslongné de la pieté Euangelique: au contraire, d'autant plus sembloit quelqu'vn
eslongné de l'intelligence des Prophetes & de la Loy, laquelle promettoit le Christ: & e⸗
strangé de la religion, d'autant estoit-il plus enclin à receuoir Christ (lequel la Loy auoit
promis) & plus capable de la doctrine Euangelique. Or quand Iesus fut entré en Gali⸗
lée, il se retira à Cana où il auoit depuis peu de temps changé l'eau en vin: lequel mi⸗
racle du commencement cogneu de peu de gens, fut puis apres diuulgué par le com⸗
mun bruit, si qu'il auoit acquis vn bon renom à Iesus, tel toutefois qu'il ne respondoit
pas à sa dignité. Car bien peu de gens croyoyent qu'il estoit le Messias: plusieurs pen⸗
soyent que c'estoit vn Prophete. Iesus doncques retournoit à Cana, non pour chercher
quelque louange de miracle que là il auoit faict: ains pour faire quelque moisson de
la semence, qu'il y auoit secrettement semée. Car c'estoit ce dont il auoit soif, assauoir
que les hommes eussent vne foy digne de l'Euangile. Là aussi se presenta autre occa⸗
sion de reprocher aux Iuifs leur mescroyance. Car il y auoit pour lors en Galilée vn pe⸗
tit roy qui tenoit quelque prophane dignité au nom de Cesar: lequel roy n'estoit ny
Iuif ne Samaritain, ains Payen, & du tout estrangé de la religion des Iuifs. Or auoit-
il vn fils qu'il aymoit singulierement, lequel fils estoit malade & en danger de mort
en la cité de Capernaum. Ayant ledit roy ouy dire que Iesus auoit laissé la Iudée & s'e⸗
stoit retiré en Galilée, sortit luy en propre personne de la cité de Capernaum, laissant
son fils en la maison, & s'en vint abborder Iesus, le sollicitant par prieres que son plai⸗
sir fust de venir auec luy à Capernaum, pour luy guerir son fils. Car la maladie estoit si
grande & violente, qu'on n'eust peu apporter le malade à Iesus. Et estoit-ia à l'article de la
mort quãd le petit roy se partit de la maison. Et Iesus voulant monstrer que la foy du petit
roy estoit encore imparfaitte (entant qu'il ne croyoit pas encore que son fils peust guerir, si

Iesus

Iefus n'alloit là,comme s'il appelloit le medecin,ou côme fi Iefus ne luy pouuoit rendre la vie quand bien il feroit mort)mais accufant dauantage la mefcroyance de quelques Iuifs, qui ne croyoyent pas mefmes ayans veu des miracles,dit au petit roy en cefte maniere:La fiance de ceux qui croyoyent à ma fimple parolle fans qu'elle foit côfermée par aucun miracle,m'eft tref-agreable.Vous ne me croyés point fi vous ne voyés des fignes & miracles. Ce petit roy eftoit tellement & du tout ententif au peril de fon fils tendant à la mort,qu'il ne refpôdit rien à ce propos du Seigneur Iefus,d'autant qu'il eftimoit que le temps fe paffoit par tels deuis,où la maladie requeroit remede tout à l'heure. Si preffe Iefus d'aller en diligence à Capernaum,deuât que fon fils meure,comme fi c'eftoit temps perdu à luy d'y venir apres qu'il auroit vne fois rendu l'ame,où il eftoit neantmoins autant aifé à Iefus de r'amener l'âme au corps apres qu'elle feroit vne fois fortie,que de l'y retenir quand elle eft prefte d'en fortir.Iefus donc monftra en effect au petit roy(fans toutefois le reprêdre de fa foy)qu'il pouuoit beaucoup plus,qu'il ne croyoit.Il n'eft-ia befoing(dit Iefus)que pour cela ne me transporte en Capernaum:vaten:ton fils qui trauailloit à la mort quâd tu l'as laiffé,eft defia viuant & en bon point.Cefte parolle fortifia aucunemêt la foy du petit roy: car il s'en alla haftiuement en la maifon s'affeurant en la parolle de Iefus.Or comme il s'y en alloit,fes feruiteurs luy vindrent au deuant,pour annoncer au pere ioyeufes nouuelles de fon fils,que nagueres eftât prochain de la mort,eftoit en vn inftant retourné en fanté: & qu'il ceffaft de folliciter Iefus,entant qu'on n'auoit-ia befoing de fon ayde. Car ils penfoyent que l'enfant eftoit retourné en conualefcence par quelque cas fortuit,nô fçachans ce qui auoit efté faict entre le petit roy & Iefus.Or la deffiâce du petit roy meflée auec fiance,auera lors le miracle.Car defirant de fçauoir pour le feur fi fon fils auoit recouuré fa fanté par cas fortuit,ou par la puiffance de Iefus,il s'enquefta des feruiteurs à quelle heure il auoit commencé de fe porter mieux.Et ils luy refpondirent ainfi:Hyer à fept heures la fieuré le laiffa foudain,& il fut guery tout à l'heure.Le pere fe fouuint que ç'auoit efté à cefte heuré là que Iefus luy auoit dit:Vaten en la maifon,ton fils fe porte bien.Et dés lors tenoit pour le feur que l'enfant eftoit retourné en fanté non par fortune,ains par la puiffance de Iefus.Et ne fut pas ce miracle infructueux,combien qu'il fuft faict à vn homme Payen. Car non feulement ce petit roy creut que Chrift eftoit le Meffias,mais auffi à fa perfuafion & exemple le creut toute fa famille entierement:laquelle deuoit eftre fort peupleufe,comme la famille d'vn homme riche,& magiftrat:là où Iefus apres auoir faict maints miracles entre ceux de fon pays & de fes parens en gaigna peu & à peine à l'Euangile.Ce fecond miracle fit encore Iefus,eftant retourné de Iudée en Galilée,pour de rechef confermer le premier miracle qu'il auoit faict à Cana d'vn autre plus grand miracle,& pour attirer ceux de fon pays à la foy à l'exemple d'vn homme prophane:comme predifant dés lors que par occafion les Iuifs feroyent reiettés pour leur mefcroyance,& les Gentils receus en la grace Euangelique par la foy.

CHAPITRE V.

Pres auoir mis ces fondemens en Samarie & en Galilée,Iefus s'en retournade rechef en Ierufalem & ce comme le iour de la fefte de Pentecofte approchoit,à fin certes de manifefter fon authorité à tant plus de gens pour la grande affemblée du peuple,pour reprocher leur mefcroyance aux Pharifiens enflés d'vne fauffe opinion de fainéteté & fcience,lefquels les Samaritains & les Payens furpaffoyent d'vne tant grande diftance.Or y auoit-il en Ierufalem vn certain baing,dit en Grec probatique,c'eft,de brebis,ainfi appellé à raifon du beftail,d'autant que les preftres lauoyent là ordinairement les hofties qu'ils deuoyent immoler:lequel eft pour vne mefme raifon appellé en Ebrieu Bethefda,qui eft côme fi on difoit,maifô de beftail. Aupres duquel baing y auoit cinq galleries:éfquelles eftoit couché vn grand nombre de gens detenus de diuerfes maladies du corps:outre ce y auoit des aueugles,des boyteux & des manchets à grâd force,attendans le mouuement de l'eau.Car l'Ange du Seigneur en certain temps defcendoit au baing & quant & quant fe troubloit l'eau:& apres que l'Ange auoit troublé l'eau, le premier qui y defcêdoit,gueriffoit,de quelque maladie ou tache de corps fut-il detenu. Et dés lors eftoit ce baing vne image du baptefme par lequel les ordures & maladies de l'ame fe nettoyent pour vn coup,pour mortelles qu'elles foyent,toutefois & quantes que le fecours du baptefme & la diuine puiffance vient du ciel auec l'eau elemêtaire. Et ne faut pas douter que pour cefte occafion il n'y euft lots en ce lieu là à force gens,tât de ceux qui y eftoyent venus pour regarder,que de ceux qui gardoyent les malades couchés és cinq galleries.Entre tous lefquels Iefus en choifit vn(à fin que le miracle fut plus fingulier)qui fur tous eftoit le plus defefperé:car il eftoit detenu d'vne dangereufe maladie,& prefques

incura

Or y a-il en
Ierufalem.

incurable, & fort inueterée, finalement qui auoit tresgrand besoing de l'ayde d'autruy: & estoit le malade si poure, qu'il n'auoit dequoy auoir vn homme pour estre ietté en temps & en lieu au baing. Et si de toute la bãde n'en guerissoit qu'vn, assauoir, qui addressoit de descendre le premier en l'eau. La calamité dudit malade estoit pour seruir à la grandeur du miracle, & seruoit sa foy d'exemple. Car il estoit paralyticque ia trente ans y auoit: à fin de nous faire entendre qu'il n'y a nulle maladie spirituelle tant soit mortelle ou inueterée, que le baptesme & foy en Iesus Christ n'oste aiséement. Quand donc le tres-pitoyable Iesus eut regardé ce paralyticque abbandonné de tous, gisant priué de ses membres par la maladie, & eut cogneu que la maladie estoit incurable, attendu qu'elle auoit ia detenu le poure homme par lespace de trente ans entiers, meu de pitié, luy dit: Or-ça, veux-tu estre guery: voulant certes monstrer la foy & patience du malade aux assistans, & faire voir à tous la grandeur de la maladie: monstrant aussi ensemble couuertement que nul ne peut estre guery des vices de l'ame, qu'il ne haye premierement sa maladie, & desire le salut. Car il ne failloit pas douter qu'il ne desirast santé, luy qui d'vne obstinée esperance de recouurer la santé auoit tant d'années assiegé le baing, & tant de fois frustré de son attente n'auoit pas perdu courage. Le paralyticque donc ne respond point à la demande de Iesus, & neantmoins conceuant quelque bonne esperance d'vne tant cordiale interrogation mõstra que le vouloir ne luy defailloit pas, & qui ne desesperoit pas pour la grandeur & vieillesse de la maladie, qu'il ne peust guerir s'il pouuoit estre porté dans le baing, mais respõd qu'il auoit faute de l'ayde d'vn homme par qui il y peust estre porté à temps, soudain que l'eau estoit troublée: & qu'incontinent que les autres apperceuoyent troubler le baing, vn chascun selon son pouuoir se hastoit d'entrer le premier, à fin d'emporter tout seul le benefice de salut: quant à luy qu'il estoit tardif à raison de sa maladie, & destitué de porteur, & qu'en vain il se iettoit dans le baing, apres qu'vn autre y estoit descendu deuant luy. Or tendoyent à ce les parolles du paralyticque de modestement requerir Iesus comme celuy qui estoit robuste & (comme il sembloit par la salutation) misericordieux, de le porter au baing quand il en seroit temps. Bien est vray que telle requeste ne luy osoit-il faire ouuertement, si est-ce qu'en declarant sa necessité il monstroit que c'estoit qui empeschoit sa santé. Car le malade ne cognoissoit pas Iesus. Et Iesus resiouy de la patience de l'hõme, qui ne tempestoit point (comme faict ordinairement la plus part des souffreteux) ny ne se dõnoit pas soy-mesme au diable, ny ne maudissoit point le iour de sa naissance, ny ne crioit point apres Iesus (estant marry de sa demãde qu'il luy auoit faitte, disant: Veux-tu estre guery?) qu'il se mocquoit de luy: auec ce le Seigneur esmeu de la tant obstinée esperance de recouurer santé: finalement voulant monstrer, que ceux aussi qui guerissoyent par le trouble-ment du baing, guerissoyent par sa puissance, & qu'il pouuoit à toute heure oster par son seul commandement toutes maladies tant de l'ame que du corps, Luy dit: Leue toy: charge ton lict, & t'en va. Cela n'eut pas plus tost dit Iesus, que l'homme fut guery, & tellement guery que non seulement il estoit deliuré de la maladie, au reste langoreux & foyble, tels que sont ordinairement ceux qui guerissent par le moyen des medecins: mais aussi que sans ayde d'homme il se dressoit luy-mesme sur ses pieds, chargeoit son lict sur ses espaules, & ainsi robuste marchoit chargé de son lict, & reportant en sa maison, tous le voyans, le memorial de sa longue maladie. Or estoit-il le Sabbath le iour que le paralyticque faisoit ces choses, dõt prindrent les Pharisiens occasion de calomnie, lesquels maintenoyent superstitieusement les choses charnelles de la Loy, & qui n'estoyent ordonnées que pour vn temps, là où ils ne tenoyent nul conte des choses principales & à iamais pardurables. Auoir violé le Sabbath, estoit vne abominatiõ enuers eux: & auoir trõpé son prochain le iour du Sabbath, n'estoit riẽ estimé. Ils vouloyẽt qu'õ iugeast que c'estoit impieté d'auoir chargé vn lict, & plaindre la santé au malade, n'estoit pas vice. Ils cognoissoyẽt le paralytic que, ils sçauoyẽt qu'il auoit esté couché maintes années: on voyoit euidẽment qu'il estoit retourné en bõne santé, si qu'il ne mõstroit en soy aucunes trasses de maladie. Ils deuoyẽt d'vn tant grãd miracle glorifier Dieu, & se resiouyr de la santé du guery, s'ils n'eussent esté vrays mespriseurs de Dieu, & enuieux du prochain. Ils abborderent donc celuy qui auoit chargé son lict, & le tanserẽt les gens de peruerse religion, disans: Il est iour de Sabbath, auquel on ne doit point besongner. Il ne t'est pas loysible de porter ton lict. Et l'hõme ne se taisant point du biẽ-faict qu'il auoit receu destourna de soy la grãdeur du crime par l'authorité de Iesus, leur signifiãt que celuy qui auoit peu faire vne tant grande chose par la parolle, luy sembloit plus grãde & que l'hõme & que le Sabbath. Si respõdit aux calomniateurs Iuifs: Cestuy qui à sa simple parolle m'a guery, m'a dit que ie chargeasse mon lict, & cheminasse. Cela ouy, là où ils deuoyẽt croyre à raison du miracle, nõ seulemẽt ils portoyẽt enuie au guery, mais aussi dressent embusches cõtre celuy qui luy auoit restitué la santé. Qui est

l'hom-

l'homme qui t'a dit que tu chargeasse ton lict & marchasse : Car ils le vouloyent accuser
d'auoir violé le Sabbath, ce qu'ils ont aussi par apres faict par plusieurs fois. Mais le guery ne cognoissoit pas Iesus de nom, seulement de face le pouuoit-il cognoistre, mais si ne
le pouuoit-il monstrer pour lors, entant que Iesus ayāt parlé au paralyticque s'estoit soudain retiré de la presse, en partie de peur d'en aigrir dauantage l'enuie des Pharisiens par
sa presence: en partie à fin qu'en son absence, le miracle fust plus certainement cogneu par
le moyen de celuy, qui auoit recouuert le benefice de santé. Or apres que le miracle fut cogneu & aueré, voulant Iesus que l'autheur d'iceluy fust aussi cogneu, comme il rencontra
celuy à qui il auoit rendu la santé, luy dit: Or-ça tu as recouuert ta santé, & est la maladie
de ton corps chassée, laquelle t'estoit suruenue de la maladie de l'ame: ie t'ay guery de toutes les deux maladies. Garde-toy bien qu'en retombant par cy apres en tes premiers pechés, tu n'encoures vn plus grief mal. Apres donc que celuy qui auoit recouuert sa santé
eut cogneu que c'estoit cestuy là mesme qui au parauant luy auoit dit qu'il chargeasse son
lict, qui maintenant apres auoir declaré qu'il l'auoit guery, l'aduertissoit de ne pecher de
rechef de peur de retōber en quelque maladie plus griefue, & qu'il s'appelloit Iesus, il s'en
alla aux calōniateurs Iuifs, & leur denōça que c'estoit à Iesus, qu'il deuoit sa santé, estimāt
que c'estoit le pfit de maints que tous cogneussent celuy qui à la parolle pouuoit tāt aisement guerir vne maladie incurable. Et en cest endroit aussi bien se descouure la damnable
peruersité des Iuifs. Car là où les Samaritains receurent honnorablement Iesus au tesmoignage d'vne femmelette: où les Galiléens mesprisés de la plus part des Iuifs, à raison de
leur basse condition, & de l'ignorance de la Loy, creurent à Christ: où le petit roy homme
Payen & toute sa famille pour vn seul miracle confessa que Iesus estoit le sauueur du monde: & les Ierosolymitains enflés tant de la noblesse de la ville que de la sainété du temple:
& se vantans d'vne parfaitte cognoissance de la Loy, brassent calomnie à Iesus, d'vne si certaine malice, que voyās que le miracle estoit si euident, qu'on ne le pouuoit nyer, & si sainct
qu'on ne le pouuoit reprendre: (car qui a-il de plus sainct, que de dōner la santé du corps
à vn homme malade?) ils mettent sus à Christ qu'il auoit violé le Sabbath en cōmandant
de porter le lict: comme si l'homme auoit esté crée pour le Sabbath, & non pas plus tost le
Sabbath institué pour l'homme: ou comme si les ceremonies de la Loy ne deuoyent pas
quitter partout la place aux commandemens & œuures plus sainctes. Et cōbien est grand
cest aueuglement, se courroucer cōtre Iesus pour auoir guery au Sabbath vn poure malade, là où eux-mesmes, qui s'estimoyēt les plus grans obseruateurs de la Loy, ne faisoyent
nulle difficulté de releuer vn asne s'il tōboit en vne fosse au iour de Sabbath? Pour auoir
soulagé vn homme, ils causent que Dieu est offensé sans l'ayde duquel l'homme ne pouuoit estre guery. Pour auoir sousleué vn asne ils n'estimēt pas que la solennité du Sabbath
soit violée. Voyla la renuersée religion des Iuifs, embrassans vne apparence de religion, &
pour ceste cause renuersans le principal de la religion, retenās de bec & ongles les ombres
de la Loy, & persecutās d'obstiné courage celuy pour l'amour duquel la Loy auoit estée
scripte. Car non seulement ils blasmoyent Iesus, mais aussi le persecutoyent, non pour autre raison, sinon qu'il auoit faict vne saincte œuure & deuotte au iour de Sabbath. Et Iesus
voulant monstrer qu'il estoit maistre & non seruiteur: autheur & non subiect du Sabbath:
pour declarer aussi par ensemble que le blasme que les Iuifs mettoyēt sus au fils (qui tout
ce qu'il faisoit, le faisoit de l'authorité du pere) retomboit sur le pere mesme, tascha de rab-

Mon pere œu-
ure iusques à
maintenaut.

baisser le blasme des Iuifs par tels propos: Mon pere celeste, leur dit-il, duquel vous voulés estre veu religieux seruiteurs, & qui vous a esté autheur du Sabbath, quād apres auoit
crée le monde en six iours, il cessa de besongner au septiesme, ne s'est pas tellemēt assubie-
ty au repos, que toutefois & quantes que bon luy semble, il ne fasse tout ce qu'il veut. Car
cōme ainsi soit que son Sabbath dure encore si est-ce qu'il ne cesse point la besongne, par
laquelle il regit tout ce qu'il a crée, par laquelle il engendre à chasque fois des choses, les
vnes des autres: par laquelle brief il redresse les choses qui sont abbatues. Tout ainsi donc
que nonobstant la solennité du Sabbath, moyennant lequel il est dit qu'il s'est reposé a-
pres auoir crée le monde il ne cesse pas de bien faire iournellement aux hommes & autres
creatures: ainsi moy qui suis son fils, ayāt de luy & puissance & exemple de besongner aux
choses qui concernent le salut du genre humain, la deuotion du Sabbath ne me peut empescher que ie n'acheue la besongne que mō pere m'a enchargée. Que si vous me blasmés
pour auoir violé le Sabbath, par vn mesme vous blasmés mon pere, que i'ay pour exemple & autheur en faisant ces choses. Que si vous le iustifiés, & le glorifiés à raison de la santé rendue à vn homme abbādonné, pourquoy m'accusés vous d'auoir violé le Sabbath,
& ne recognoissés plus tost la puissance plus grāde que la solennité du Sabbath? I'ay rendu la

du la vie à vn poure homme & à raison d'vn tel bien-faict vous me machinés la mort.
Or tant s'en faut que par ces tant sacrés propos de Iesus la fureur des Iuifs se soit addou/
cie, qu'estans mesmes dauantages enaigris se sont mutinés contre luy, cherchans occa/
sion de le tuer : pourautant que non seulement il violoit le Sabbath, mais aussi s'vsur/
poit ce droit d'appeller Dieu son pere comme à soy propre & particulier, en s'egalant à
luy en œuures, & en authorité de faire ce qu'il vouloit. Et le Seigneur Iesus cognoissant
leur malice, poursuyt, en leur declarant plus clairement la puissance qu'il auoit receue
de Dieu son pere, de les destourner de leur abominable cruauté, moyennant tellement
son propos, que tantost il parle de choses hautes, pour declarer sa diuine nature qu'il a/
uoit en commun auec le pere, tantost il y mesle choses basses pour testifier de sa nature
humaine : à fin que si l'affinité qu'il auoit auec l'homme ne les poussoit à l'aymer, pour
le moins la hautesse de sa diuine puissance les retirast de leur execrable hardiesse. Et s'at/
tribue en sorte la mesme puissance qu'a son pere, qu'il luy quitte neantmoins l'autho/
rité. Or leur parla-il en ceste maniere : Vous trouués estrange que ie me suis attribué
la communauté de besongner auec mon pere. D'vn cas vous ose-ie bien asseurer en ve/
rité, c'est, que le fils qui depend du tout du pere, ne peut rien faire de soy, veu qu'il
n'est pas de soy, mais ce qu'il voit faire à son pere, il le faict aussi luy-mesme. Bien est vray
que c'est vne mesme volonté & puissance, mais l'authorité est vers le pere, dont puise le
fils tout ce qu'il est, ou peut. Tout ce doncques que faict le pere, cela mesme faict aussi
pareillement le fils à raison de l'equalité de puissance qu'il luy a esté communicquée
par la naissance. Entre les hommes les fils forlignent souuentefois des peres, & n'est
pas tousiours tout vne la volonté du pere & du fils, ny la puissance semblable. Icy la
chose va autrement : Car le pere ayme singulierement son fils, & l'a engendré du tout
semblable à soy, & a transmis en luy vne esgale puissance de besongner, & enseigne
son fils à faire toutes les choses que luy-mesme faict. Le patron vient du pere, au reste,
ils besongnent tous deux par ensemble. Il a crée le monde, & luy-mesme regist aussi
le monde les iours de Sabbath. Il a crée l'homme, & luy-mesme aussi garde l'homme
les iours de Sabbath. Par ainsi quiconque blasme les œuures du fils, blasme aussi le
pere. Ces œuures-cy que vous me voyés faire és iours du Sabbath, ie les fay suyuant
le patron & ordonnance de mon pere. Que si guerir vn paralyticque par la parolle,
vous semble vne chose merueilleuse & qui surpasse les forces humaines : le pere, selon
l'ordonnance duquel faict le fils tout ce qu'il faict, declarera qu'il a monstré à son fils
des œuures encore plus grandes, dont vous serés encore plus esmerueillés. Car c'est
bien vne plus grande puissance de ressusciter les morts à vie, que de rendre santé au
malade. Et toutefois le pere a encore baillé ceste puissance au fils.   Or la luy a-il bail/
lée à iamais & pour en faire son propre, si que comme le pere ressuscite les morts par
son seul vouloir : le fils aussi semblablement rend l'ame à ceux qu'il veut. Car tout ce que
le pere faict, il le faict par le fils. Et tout ce que faict le fils, il le faict de la volonté du pe/
re. Or est la volonté du pere & du fils tout vne, comme est aussi leur puissance esgale. La
souueraine & principalle authorité de Dieu est de iuger le monde : car il est Roy & Sei/
gneur de tout l'vniuers. Et toutesfois il a aussi baillé toute ceste puissance au fils : car
il luy a donné toute puissance de iuger tout ce qui est au ciel, & en la terre, & dessus la
terre. Tout ainsi que le pere a crée toutes choses par le fils, regist toutes choses par le
fils : restablit toutes choses par le fils : ainsi ne iuge-il rien sinon par le fils, à fin que tous
deux glorifient & honnorent l'vn l'autre. Le pere se donne à congnoistre par le fils, par
le moyen duquel il besongne : le fils de sa part declare la maiesté du pere duquel il a tout
ce qu'il faict, à fin qu'estans congneus tous deux par l'vn l'autre, tous se mettent à hon/
norer le fils, comme ils honnorent le pere. Car c'est raison que l'honneur soit commun
entre ceux, qui ont vne mesme puissance & volonté. Ne pensés pas, que vous puissiés
auoir le pere propice, si vous estes eslongnés du fils. Quiconque honnore le pere beson/
gnant en son fils, il honnore aussi le fils besongnant de par le pere : & quiconque ne
honnore le fils tres-aymé & du tout semblable au pere, il n'honnore pas non plus le
pere, qui pour cela a enuoyé son fils, à fin d'estre par luy honnoré. Car il n'y a rien qui
ne soit commun entre eux, soit honneur, soit blasme. Qui se deffie du fils, il se deffie du
pere, lequel a enuoyé le fils au monde, & selon la volonté & ordonnance duquel le
fils faict tout ce qu'il faict, & par lequel le pere parle au monde. Et tout ainsi que le
croyant n'aura pas petit salaire, ainsi la peine ne sera petite pour le mescroyant. Car
ie vous dy pour tout seur, que quiconque oyt ma parolle, & croit à celuy qui m'a en/

Q   uoyé,

Pour ceste cau/
se taschoyent
tant plus.

Car le pere ne
iuge personne.

Qui n'honno/
re point le fils.

uoyé, & qui parle par moy, cestuy là a-ia la vie eternelle. Car quiconque est iustifié de
ses pechés, & par iustice vit à Dieu, il a Dieu & la vie eternelle: & n'aura que faire vn tel
de craindre la condemnation de mort eternelle, qui attend, voyre tient-ia les incredules: ains estant nettoyé de ses pechés passés, passe par foy de mort à vie. C'est plus de
ressusciter l'ame morte pour le peché, que de rendre la vie à vn corps mort. Mais le pere a donné puissance au fils de faire l'vn & l'autre. Tenés cecy pour tres-certain que le
temps est prochain, voyre est-ia que les morts oyront aussi la voix du fils de Dieu: &
ceux qui l'oyront viuront. Car comme estans esueillés du dormir ils sortiront des sepulchres, & vous declareront que vrayement ils viuront, dont vous vous esmerueille-
rés. Ainsi reuiuent aussi les ames mortes, quand elles oyent la voix du fils de Dieu. Or
ne l'oyt point celuy qui l'oyt sans y croyre. Les corps morts de tous retourneront aussi
en vie vn iour à la voix du fils de Dieu: pour le present en rendant la vie à aucuns pour
faire monstre de la resurrection aduenir, nous pretendons au principal, c'est qu'à la voix
dudit fils, les ames viennent a ressusciter. Tout ainsi qu'il n'y a rien plus precieux que la
vie: ainsi n'y a rien plus diuin, que donner ou rendre la vie. Il ne faut-ia que personne
se deffie de la puissance du fils, s'il se fie à la puissance du pere. Nul ne doute, que Dieu
soit la fontaine de toute vie, dont puisent leur vie toutes choses tant celestes que terrestres. Mais comme le pere a en soy-mesme la vie eternelle, si qu'il la baille ou rend à ceux
qu'il veut: ainsi l'a-il aussi donnée au fils, si qu'il a en soy la fontaine de vie entierement:
& luy a pareillement baillé le droit de iuger les vifs & les morts. Car par sa sentence de
dernier ressort, ceux qui obeyront à sa doctrine passeront à vie eternelle: au contraire
ceux qui n'y voudront obeyr, seront condamnés aux peines eternelles. Ne vous esbahis-
sés point qu'vne si grande puissance soit donnée à l'homme, attendu qu'il est aussi fils de
Dieu. Ce qui luy a esté donné, il l'a tousiours eu en commun auec le pere. Ce pendant mettés peine de vous rendre dignes de vie par croyace. Car vn temps viendra que tous ceux
qui sont morts & enseuely oyront la tout puissante voix du fils de Dieu, & tout a coup ressusciteront les corps: si que ceux qui auront esté morts & enterrés sortiront des cauernes
de la terre, pour receuoir diuers salaires de croyance ou mescroyance. Car ceux qui auront bien faict en ceste vie reuiuront lors & heriteront la vie eternelle: item ceux qui auront faict mal reuiuront pour estre punis de mort eternelle. Or la source de tous maux
est l'incredulité, comme la foy est la fontaine de tous biens. Et ne doit personne blasmer le iugement du fils comme desraisonnable. Si le iugement du pere ne peust estre
desraisonnable, aussi ne faict celuy du fils, entant que le iugement du fils est tout vn a-
uec celuy du pere. Car le fils ne iuge autre chose, fors ce que le pere a dicté. Qui craint
le iugement du pere, doit aussi craindre le iugement du fils. Ie ne puis rien faire de
moy-mesme. Ainsi que i'oy du pere, ie iuge, pourtant est mon iugement iuste: car ie n'ay
point d'autre volonté que celle du pere, si que la volonté aucunement corrompue engendre vn iugement corrompu. Enuers les hommes la foy de celuy qui donne tesmoignage
de soy-mesme est de petit poix: & tient-on pour vn presumptueux celuy qui de sa propre bouche se attribue grande authorité. Que si ie suis seul portant tesmoignage de
moy, tenés mon tesmoignage pour vain. Mais il y a qui a porté tesmoignage de moy,
& duquel vous faittes grand cas és autres choses: en cest endroit vous vous monstrés
peu constans de ne croyre pas, attendu que ie sçay que son tesmoignage est vray, d'autant qu'il ne l'a pas prononcé de soy, ains par l'inspiration du pere. Vous ne pouués
contredire que le tesmoignage de Iean ne soit de grand poix enuers vous. Vous-mesmes aués enuoyé gens d'authorité vers luy, comme pour vous informer à vn tres-loyal
tesmoing par gens de credit, s'il seroit point le Messias. Il ne s'attribua point la fausse
louange que vous luy vouliés donner, ains confessa la verité tesmoignant publicquement qu'il n'estoit pas le Messias, comme lon pensoit qu'il fust, ains que c'estoit moy, qui
estoit le Messias effaçant les pechés du monde, & luy donnant vie. Certes le tesmoignage de celuy lequel vous aués en telle reputation, que vous croyés qu'il estoit le Messias, deuroit auoir lieu enuers vous, attendu mesmement que ie ne l'ay point procuré,
mais vous-mesmes l'aués exprimé. Quant à mon esgard ie n'ay que faire d'estre honnoré par tesmoignage d'homme, mais ie vous mets au deuant le tesmoignage de Iean
non à fin que ie soye plus estimé enuers vous, moy qui ne me soucies point de la gloire humaine: mais à fin que vous qui estimés tant l'authorité de Iean, croyés à celuy,
duquel il a tesmoigné, & euitiés la condemnation d'incredulité, & obtenés salut par
croyace. Bien est vray que Iean estoit grand personnage, mais il n'estoit pas la lumiere promise

mife au monde: c'eſtoit ſeulement vne lampe ardante, de noſtre feu, & luyſante de noſtre lumiere. Maís vous où vous deuiés ſelon ſon iugement courir apres la vraye lumiere
qui touſiours illumine tout homme venant en ce monde, auès mieux aymé vous glorifier
en ſa lumiere pour vn peu de temps, que d'embraſſer la vraye lumiere: laquelle eslargit v-
ne gloire eternelle, & ne s'obſcurcit iamais ny s'eſconſe. Iean a de ſa lueur deuancé le Soleil
pour incontinent luy quitter la place, & s'obſcurcir aux rayons de la vraye lumiere. Vous
vouliés qu'il fuſt le Meſsias, luy qui ſe diſoit indigne de deslier la corroye des ſouliers au
Meſsias. Dont vient maintenant que vous ne receuès pas le teſmoignage qu'il a rendu de
moy, veu qu'autrement vous l'auès en ſi grande eſtime: Ie ne depend point du teſmoignage de Iean, ie voudroye bien toutefois qu'il euſt lieu entre vous, à fin que ne periſsiés par
incredulité. Et toutefois ſi vous n'adiouſtés foy à ſon teſmoignage, I'en ay vn plus certain
chés moy, aſſauoir, le teſmoignage de mon pere, qui eſt plus grand que Iean, & le teſmoignage duquel ne peut eſtre refuté. Il n'eſt nul teſmoignage plus certain, que les propres
faits. Que ſi vous les voyés dignes de Dieu, ſi vous me les voyés faire, ils rendent aſſés
ſuffiſant teſmoignage de moy, que ie ne fay rien de moy-meſme, ains par le moyen de
celuy qui pour l'amour de voſtre ſalut m'a ɘnuoyé au môde. Vous n'auès donc dequoy
excuſer voſtre incredulité, & reietter mon teſmoignage, en ce que ie ſuis moy-meſme ſeul
teſmoing de moy, lors que ie m'attribue de grands honneurs. Vous auès vn treſ-veritable teſmoignage par deuers vous, le teſmoignage de Iean, côbien que Iean a plus toſt faute de mon teſmoignage à fin qu'il ne ſoit trouué ſans teſmoing. Vous auès le teſmoignage de mes œuures, ſi qu'il n'eſt-ia neceſſaire de croyre au dire de nully, attendu que vous
voyés les propres faits. Que ſi cela ne contente pas encore voſtre incredulité, vous auès
ouy aupres du Iordain la voix du Pere rendant teſmoignage de moy d'enhaut. Or comme ainſi ſoit que le pere eſt eſperit, il n'a point de voix qui puiſt eſtre ouye d'oreilles d'hôme: ny de figure, qui puiſt eſtre veue des yeux corporels. Car il n'apparut pas à Moyſe, ny
ne fut ouy de luy, tel qu'il eſt de ſa propre nature, comme vous eſtimés. Le ſeul fils l'a ainſi veu & ouy: & ſi s'eſt-il neantmoins lancé en voz ſens par quelque voix, & figure. Il a
parlé aux Prophetes, & par les Prophetes à vous: il a parlé à Iean, & par Iean à vous:
mais à moy il a parlé tout tel qu'il eſt de ſa propre nature: & par moy il parle à vous.
Que ſi ne pouués contredire que le teſmoignage de Iean n'ait eſté publicquement rendu, pourquoy n'y croyés vous? Si vous eſtimés que Dieu ait parlé à Moyſe & aux Prophetes & leur ſoit vrayement apparu, à quoy tient-il que vous ne croyés aux choſes,
que par eux il a dittes? Or croyés vous que les eſcriptures viennent de Dieu: & comme
ainſi ſoit que vous vous addonniés ſongneuſement à les ſonder, & en icelles mettiés
l'eſperance de vie & la felicité, neantmoins comme vous ne vouluſtes adiouſter foy à
Iean teſmoignant de moy, auquel Iean toutefois vous auès porté grande reuerence és
autres choſes, ainſi ce qui eſt le principal de tout és eſcriptures vous ne le croyés pas.
Car elles promettent la vie, mais c'eſt par moy. Le pere teſmoigne de moy en icelles, &
promect qu'il enuoyera ſon fils, par lequel ſalut doit eſtre donné aux hommes. Mais
comme vous auès ouy Iean, & ne le croyés pas: comme vous auès ouy le nom du pere
& n'y croyés pas. Ainſi meſme ne demeure pas en voz cœurs le teſmoignage de la Loy
& des Prophetes, & combien que vous ayés touſiours les liures en la main & les ſentences touſiours en la bouche, neantmoins vous reiettés celuy que les eſcriptures promettent: vous ne croyés pas à celuy que le pere a enuoyé ſelon les promeſſes des Prophetes:
& comme ainſi ſoit qu'il n'y a point d'entrée à la vie ſinon par moy, approuué par tant
de teſmoignages, neantmoins vous les meſpriſés tous, & ne voulés venir à moy, pour a-
uoir vie ſans aucun trauail. Car croyre au fils, que le pere a enuoyé, c'eſt la porte de ſalut. Ie n'ay pas beſoing de pourchaſſer vers vous vne gloire moderée par le teſmoignage ou de Iean ou des Prophetes, mais i'ay pitié de voſtre ruyne, qui vous vous denyés à
vous-meſmes la vie eternelle par voſtre incredulité: & vous oſtés enſemble toute excuſe ſi vous ne croyés. I'ay produit tant de teſmoings, auſquels vous donnés grande authorité és autres choſes, en moy ſeul, pour l'amour de qui toutes choſes ſont eſcriptes
& dittes, vous les recuſés. Vous monſtrés en vous l'honneur & amour de Dieu: vous a-
ués en reuerence les prophetes, par leſquels il a parlé: & neantmoins vous reiettés celuy que Dieu a promis, & par œuures declaré qui il eſt. C'eſt certes vn euident ſigne, que
vous honnorés Dieu d'vne feinte deuotion: & n'aymés point vrayement Dieu lequel la
Loy commande d'aymer de tout le cœur & courage, attendu que vous meſpriſés ſon fils.
Voſtre incredulité donc ne vient point par faute de teſmoings, ains par faute de chari-

Q 2   té

té enuers Dieu. Vous aymés la gloire mondaine, vous aymés l'argent, vous aymés les voluptés : vous aymés les choses terriennes : pour lesquelles choses auoir vous abuſés d'vne feinte apparence de religion. Et perſecutés vous le fils de Dieu, partant qu'il vous enſeigne choses contreuenantes à ces meſchantes conuoitiſes qui vous tiennent, combien que ſa doctrine accorde auec la volonté du pere. Tels faits demonſtrent que vous n'aymés point de bon cœur le pere. Car qui ayme, croit auſsi & obey : & qui ayme le pere, ne peut hayr ſon fils bien aymé : & qui ayme celuy qui enuoye, ne peut reietter l'enuoyé : veu meſmement que ie ne pourchaſſe ny gloire, ny regne, ny richeſſes enuers les hommes. Seulement ie cherche la gloire de mon pere : voyre ie le cherche à fin que ſoyés ſauués. Vous voyés des œuures dignes de Dieu, & toutesfois ie ne m'en attribue point la gloire des hommes, ains l'attribue au pere celeſte, à qui ſont les œuures que ſ'ay faittes. Combien doncques que vous vouliés eſtre veus religieuſement adorer le pere, neantmoins vous ne me receués point, moy qui ſuis venu en ſon nom, & qui ne fais que ce qu'il a ordonné. Et autant malicieuſement vous vous deffiés de moy, qui venant au nom du pere preſente la vie & le ſalut pour rien, autant ſottement ſerés vous croyans, ſi quelqu'vn venant en ſon nom s'attribuant la gloire de Dieu, & faiſant ſa beſongne non celle de Dieu, vous annonce choſes qui vous traineront en la mort eternelle. Si vous aymés Dieu, pourquoy murmurés vous contre celuy qui cherche la gloire d'iceluy ? Si vous aymés la vie eternelle, pourquoy doncqnes reiettés vous l'autheur de vie ? Si c'eſt impieté à l'homme de s'attribuer la gloire de Dieu, pourquoy receués vous celuy qui fauſſement s'attribue la gloire de Dieu ? Mais que reſte-il doncques ſinon que vous confeſſiés, que voſtre pieté eſt feinte enuers Dieu ? Vous honnorés Dieu de bouche, de reuerence & ceremonies, & de faict certes vous l'aués en hayne. Vous aués touſiours en la bouche : Le temple de Dieu, le temple de Dieu, le temple de Dieu : & au cœur eſt auarice. Vous aués touſiours en la bouche la Loy, & les Prophetes : & au cœur eſt vne ambition & conuoitiſe de louange humaine. Vous aués touſiours en la bouche ſes parolles de la Loy : Ayme le Seigneur ton Dieu de tout ton cœur & de toute ton ame, & ton prochain comme toy-meſme : & au cœur eſt enuie & hayne & meurtre & larrecin. La vraye louange eſt, d'acquerir louange enuers Dieu. La vraye pieté eſt d'attribuer à Dieu toute gloire. Comment doncques pourriés vous croyre à moy, qui n'annonce autre choſe que la gloire de Dieu, attendu que meſpriſans la gloire qui vient de Dieu, vous pourchaſſés vne fauſſe gloire enuers les hommes, en vous flattant les vns les autres & denyant la gloire à Dieu : cherchans vne fauſſe apparence de religion enuers les hommes & ne tenans conte d'vne droitte conſcience laquelle Dieu regarde ? En pourchaſſant vn vilain gaing de ce monde, vous perdés la vie eternelle. Ce n'eſt doncques pas de merueille ſi Dieu eſt tant courroucé contre vous, veu que vous luy reſiſtés ſi obſtinéement. Ne penſés pas que deſirant vengeance de mon meſpris, ie vous doyue accuſer enuers le pere. Il n'eſt certes ia de beſoing que ie vous accuſe : Moyſe meſme, l'authorité duquel vous feignés tenir pour inuiolable, & en qui vous mettés toute voſtre fiance, tenans pour oracle tout ce qu'il a eſcript, vous accuſera. Mais comme vous honnorés Iean par feintiſe, ne croyans pas au teſmoignage que il a porté de moy : & comme par vne hypocriſie vous honnorés les oracles des Prophetes, en pourſuyuant maintenant celuy que ils ont dés long temps promis : comme tout ainſi que vous honnorés Dieu par feintiſe, ne recognoiſſans point ſes œuures, & hayſſans ſon fils : Ainſi certes honnorés vous Moyſe par feintiſe, l'authorité duquel vous eſt de nulle importance en ce, qu'elle deuoit ſur tout eſtre de poix. Car il a v ſcript de moy. Car quand voz peres effrayés de la terrible voix de Dieu, & du mortel feu, prierent de n'ouyr plus la voix de Dieu, n'experimenter l'effrayable feu, Dieu exauça leur priere, & promit a Moyſe qu'il vous dreſſeroit d'entre voz freres vn Prophete d'eſlite ſemblable audit Moyſe, la voix duquel paiſible & douce (qui n'effrayeroit pas par menaces, ains attireroit à ſalut) il faudroit ouyr. Au reſte, ceux qui n'obeyront à ſes parolles, Dieu les a menacés de mort eternelle, diſant : Et qui n'obeyra à ſes parolles, leſquelles il prononcera en mon nom, i'en feray pour le ſeur la vengeance. Item : Qui eſcoutera vn Prophete venant en ſon nom, & parlant choſes que Dieu ne luy a pas commandées, Dieu certes commande qu'il ſoit tué. Perſonne doncques ne vous accuſera tant enuers Dieu, que Moyſe voſtre amy, les eſcripts duquel vous meſpriſés. Il m'a promis paiſible, dons & parlant tout ce que Dieu voudra. Me voicy tel, & vous me deboutés. Il commande de tuer celuy qui viendra en ſon nom, & parlera de ſon

Eſprit.

Ie ſuis venu au nom de mon pere.

Esprit. Vn tel en despit de moy, embrasserés vous comme plus cōuenable à voz meschantes conuoitises. Par ainsi ce n'est pas cōtre moy seul que vous estes rebelles, mais aussi contre Moyse, des promesses duquel vous vous déffiés. Car si vous croyés à Moyse, certes vo°
croyrés aussi à moy, qu'il a promis, & aux parolles de qui il a cōmandé de croyre. Ce n'est
donc pas de merueille, si vous ne croyés à mon dire, ains me mesprisés ouuertement pour
mon petit train: veu que n'adioustés pas mesme foy aux escripts de Moyse, l'authorité duquel vous voulés estre tant estimé entre vous, & lequel vous aués en si grāde reputation.
Par tels propos le Seigneur Iesus lumiere & verité reprint & descouurit la feinte religion
des Iuifs, qui est vne chose la plus cōtraire qu'on sçauroit dire à la pieté Euangelique: à fin
que puis qu'on ne les pouuoit esmouuoir par tant de si grands tesmoignages de luy, n'at
tirer par biē-faits & douces parolles, n'effrayer par menaces, ne pousser à la foy par le desir de la vie eternelle, ne retirer d'incredulité par crainte de la gehenne, il fut aumoins notoire à tous qu'ils perissoyēt par leur faute. Et si le Seigneur Iesus eust tenu ces propos aux
Samaritains ou Payens, principalement si le parler eust esté confermé par miracles, ils se
fussent retournés à penitence: Mais les Ierosolymitains, les Scribes, Pharisiens & prestres,
combien qu'ils ne respondent rien aux propos qu'on ne pouuoit refuter: neantmoins ils
perseuerent en leurs meurtrieres entreprinses, & brassent menées de mort à celuy qui leur
offre le benefice de vie eternelle.

C H A P I T R E   VI.

R quitta Iesus la place pour vn temps à leur forsenerie & se retirāt d'auec gens
enflés d'opinion de feinte religion, & d'vne ignorante cognoissance de la Loy,
se va rendre auec les simples retournant derechef en Galilée: non pas plus à
Cana, mais en la partie de Galilée qui est outre le lac de Tyberiade, ainsi appel
lé à raison d'vne ville qui luy est prochaine nommée Tyberiade, bastie par Tybere Cesar.
Et là le suyuit vne grāde trouppe de gens: les vns attirés du desir de voir miracles, partant
que par vne puissance non accoustumée ils luy auoyent veu oster les maladies des hommes: les autres pour receuoir de luy guerison des maladies incurables dōt ils estoyent detenus: les autres baaillans apres sa doctrine.   Or voyant Iesus que l'ardeur de la compagnie meslée de toutes gens estoit si grande, qu'ayans oublié leur prouision venoyent a-
pres luy loing en lieux deserts, preparant-ia ses disciples au miracle, ausquels disciples il
vouloit que ce qu'il feroit fust bien cogneu & enraciné (car ils estoyent encore grossiers) se
retira en vne montagne & auec luy ses disciples, declarant de ce mesme faict que combien
que celuy qui est pasteur du peuple se mesle souuentesfois parmy les choses basses pour
profiter aux siens, il doit neantmoins quelquefois esleuer l'esprit aux choses plus hautes,
toutefois & quantes que par sainct estude ou priere le cœur doit estre poussé à la contemplation des choses celestes. La trouppe demeure en bas, les seuls disciples accompagnent
Iesus, partant que les Euesques doyuent estre vuides de ords soucys des choses temporelles: & comme d'enhaut regarder & mespriser les choses basses que le peuple grossier a en
admiration. Estant doncques Iesus vn petit retiré de la multitude, s'assit en la montagne
& auec luy ses disciples: en sorte toutefois qu'ils pouuoyent voir la trouppe. Car les Euesques ne se doyuent pas eslongner de Christ, encore que le peuple s'arreste aux choses basses. Et se faut seoir en la montagne, c'est à dire, on se doit reposer en l'estude des choses celestes: és basses que lon manie quelquefois par affection de charité, on y doit plus tost cheminer, que s'y seoir. Et ne faut pas tellement recréer l'esprit de la contemplation des choses celestes, que le soing du menu peuple nous en eschappe. Car la cause pourquoy les E-
uesques se doyuent retirer à part, est à fin qu'ils en retournent plus alaigres & prompts à
procurer le salut du peuple. Et ne doyuēt les vicaires de Christ se retirer à part pour mieux
yurongner à leur aise, pour paillarder, pour iouer, pour chasser, ou suyure telles autres voluptés: ains se doyuēt retirer à fin que l'esperit estant amatty des pesans affaires, ils le puissent estans à recoy renforcir par purs vœus, par continuelles prieres, par saincts estudes &
deuis à faire le deuoir Euangelique. Or quād ces choses se faisoyent en Galilée, le iour de
Pasques approchoit, qui est vn iour fort solennisé des Iuifs. Et fut esté lors à Iesus plus
cōuenable d'estre-ia en Ierusalem, s'il se fust voulu acquerir vn bruit d'estre deuot. Mais
pour signifier par quelque figure des choses qu'vn temps aduenir la maison de ceux de
Ierusalem qui estoyent rebelles contre Dieu leur seroit laissée deserte pour leur incredulité: item que quānd la pieté Euangelique seroit cogneue tout le seruice exterieur des Iuifs
cesseroit, & que là finalement se solenniseroit purement la Pasque, par tout où le cœur laissant les mōdaines affectiōs se transporteroit à l'amour des choses celestes: il ayma mieux

Q 3   estre

Et le iour de
Pasque estoit
prochain.

estre auec les Galiléens au desert qu’en Ierusalem au temple. Et quand Iesus eut ietté ses
yeux sur le peuple & veu que la compagnie estoit peupleuse outre mesure, il prepare tellement les cœurs de ses disciples à vne certaine verité de miracle, qu’il leur veut premierement faire entendre & considerer qu’ils ont faute de viures, & que la compagnie qui est
deuant leurs yeux, est inombrable, item que les pains qu’eux mesmes bailleront à Iesus
de leurs propres mains, & les departiroyent au peuple, estoyent en trespetit nombre: finalement que les corbeilles qu’eux aussi recueilleroyent des reliefs du bancquet estoyent
maintes & pleines, à fin qu’il n’y eust rien qu’ils n’entendissent, ou considerassent, ou bien
dont par apres ne se souuinssent. Car il sçauoit que ses disciples auoyent encore l’esperit
lourd & oublieux. Si dit à Philippes pour essayer quel estoit son cœur, & le façonner
peu à peu à croyre le miracle aduenir: D’où achetterons nous dés pains pour donner à
manger à ce tant grand nombre de gens? Ceste demande fit le Seigneur Iesus, non qu’il
ne sceust bien combien il y auoit de pains ou de pitance: mais partie à fin, cõme nous disions maintenant, de rendre ses Apostres attentifs à la consideration du miracle: partie à
fin que tous entendissent, combien les disciples qui suyuoÿt Iesus estoyent peu soucieux
de la mangeaille, & de combien basse & legiere viande ils se sont contentés. Et Philippes
n’attendant pas encore de miracle (combien qu’aux nopces il luy auoit veu tourner l’eau
en vin) apres auoir consideré qu’ils n’auoyent pas grand argêt pour se secourir, item qu’il
y auoit vne merueilleusement grande compaignie de gens, respondit à Iesus: Seigneur
que parles-tu d’achetter des pains? Quant bien nous achetterons à deux cent deniers,
de pains, à peine suffiroyent-ils, ie ne diray pas pour saouler ces gens qui sont-ia affamés de longue diete, mais pour en gouster chascun vn bien petit pour pouuoir eschapper de perir de faim. Quand Philippes eut mis fin à ce propos. André frere de Simon
Pierre, vn petit plus discret que Philippes auoit-ia tellement quellement dressé le cœur
à l’esperance d’vn miracle, mais non encore d’vne pleine fiance. Car il auoit veu l’eau
changée en vin, & ne se desfioit pas du tout que les pains ne peussent aussi croistre, mais
à vne quantité raisonnable: tellement que peu de pains accreussent vn peu & plus accreussent plus: là où Iesus n’auoit que faire d’aucune matiere pour faire des pains, luy-
mesme qui dé rien faict ce qu’il veut, & quand il veut. André doncques luy dit: Il y a
bien icy vn garson, qui a cinq pains d’orge & deux poissons: mais qu’est-ce pourtant
de gens affamés? Et quand le Seigneur Iesus veit que ses Apostres auoyent apperceu
la disette du viure, & consideré le grand nombre des gens, pour leur esleuer le cœur
à l’attente d’vn miracle, il leur dit qu’ils feissent asseoir le peuple sur l’herbe, car il y a-

uoit là pour lors de l’herbe à grande force. Or ne luy respondent pas icy les disciples:
Qu’est-il besoing de les faire asseoir, attendu qu’il n’y a rien pour leur seruir? car ce
que nous auons icy, à peine suffira-il pour nous: ains obeissans simplement aux parolles de Iesus, partissent le peuple en certaines ranges, & les font seoir comme pour
bancquetter. Mesme le peuple estoit aussi de simple fiance, d’obeyr à la parolle dés A-
postres, sans y voir aucun appareil.　Or y en eut-il enuiron cinq mille qui s’asseirent.
Iesus doncques print les cinq pains d’orge, & ainsi selon sa coustume remercia le pere,
puis les rompit, & les bailla à ses disciples, pour les distribuer à ceux qui estoyent assis: les façonnant & formant dés lors par vne figure corporelle, à fin qu’il s’accoustumassent à se porter en pasteurs: & à repaistre les cœurs du trouppeau Chrestien de viande spirituelle estans despensiers de la parolle Euangelique. Car c’est le pain, qui descend
du ciel, & donne vie eternellement à ceux qui en mangent par appetit. Ce pain donnent bien & dispensent les Euesques au peuple, mais ils ne le prennent d’ailleurs que
des mains de Christ: & rendent premierement grace au Pere celeste, à qui on se doit tenir redeuable de tout ce qui concerne le salut de l’humain lignage: à qui aussi comme
à la source le Seigneur Iesus rapportoit tout ce qu’il auoit faict de merueille en terre,
nous admonestant par ce moyen, s’il y a en nous quelque acte de singuliere vertu, que
nous n’en vsurpions point la louange, ains remettions toute gloire à Dieu, dont sort
tout ce qui vrayement merite louange. Puis comme il auoit faict des cinq pains ainsi
fit-il des deux poissons, les baillant aux disciples, & en les despartissant là viande luy
croissoit entre les mains selon sa volonté, autant qu’il cognoissoit qu’il en failloit pour
les saouler tous, voyre iusques à vne grande redondance: à fin que la verité du miracle
fut tant plus acertenée. Finalement quand la compaignie eut mangé tout son saoul, Iesus procurant la certitude du faict par vn autre argument, à fin que personne n’eust de
quoy dire que c’estoit enchanterie ou imagination, dit à ses disciples, qu’ils amassassent
les

les reliefs du bancquet, à fin que rien ne se perdit. Or trouua-on tant de reliefs de reste a-
pres que tous furêt saouls, qu'on en remplit douze corbeilles. En si grande quantité auoit
la liberalité de Iesus augmenté la petite prouision de cinq pains & deux poissons, nous
enseignant en passant, que la liberalité ne doit pas estre chiche enuers les poures: mais encore plus aduertissant que celuy qui a prins la charge de paistre le trouppeau du Seigneur
doit fournir abbondamment du riche grenier de l'Escripture saincte tout ce qui sert à instruire, à aduertir, à consoler, à encourager ceux, qui ont besoing de ceste viâde. En la parfin sçachant bien ceux, qui auoyent esté saoulés, qu'on n'auoit trouué que cinq pains,
voyre pains d'orge & deux poissons, & voyans qu'encore y auoit-il tant de corbeillées de
reste, se prindrent à hautement louer Iesus, disant: C'est-cy vrayement le Prophete tant
long temps attendu, qui deuoit venir au monde. Tel est le naturel du peuple, qu'il sent
plus tost le bien-faict du ventre, que de l'ame. Ils auoyent veu de plus grands miracles, &
neantmoins ne luy auoyent oncques baillé louange si magnifieque. Le saoulement peut
bien arracher d'eux ce propos. Et dés incontinent (comme ils estoyent encore lourds &
grossiers, attendans le Messias à telle intention qu'il se conquesteroit vn regne mondain)
deliberent entre-eux de rauir Iesus, pour en faire leur Roy, s'asseurans d'auoir les choses
en abondance, viures à grand foison, cheuances, liberté, & toutes autres telles commodités
de ce môde, s'ils auoyent vn tel Roy. Et Iesus qui cherchoit tvn tout autre regne, & qui estoit
venu à celle fin de nous enseigner de mespriser les richesses, vouluptés, & gloire mondaine, cognoissant bien leurs deliberations se retira de-rechef en la montaigne, dont il estoit
descendu pour les paistre. Or s'y retira-il tout seul secrettement, si bien qu'on ne s'apperceut point qu'il s'en fust enfuy. Il se retira en cachette de ceux qui l'appelloyent pour le faire regner, il se presenta de son plein gré à ceux qui le rauissoyent pour le faire mourir, baillant vn euident patron à ceux qui deuoyent estre ses vicaires. Car celuy ne peut dispenser
adroit la parolle Euangelique, qui ayme regne & gloire enuers les hommes: qui sont choses que les pasteurs doyuêt fuyr quant bien on les leur presenteroit de plein gré, tant s'en
faut qu'il leur soit loysible de les pourchasser. Car le regne celeste ne se peut accorder auec
le regne mondain: non plus certes que la lumiere auec les tenebres. Or quand les disciples eurent tant attendu le Seigneur en la montaigne, que la nuict estoit-ia pres, de
peur que la nuict ne les surprint au desert, ils descendent au lac pour passer en la ville
de Capernaum (car Iesus auoit là vn domicile) esperant qu'en nauigeant ils le rencon- Or quand le
treroyent en vn autre batteau, ou bien le trouueroyent en la ville. Or estoit-ia nuict soir fut venu.
quand ils se prindrent à nauiger, & ne vint pas ce pendant à eux Iesus qu'ils auoyent
fort long temps attendu : non qu'il ne cogneust bien combien ses disciples estoyent
tourmentés de son desir, mais il leur voulut encore plus enflamber le desir par son absence, & par ensemble nous monstrer en combien grand dangier nous sommes, de
combien grandes tenebres & tempeste de ce monde nous sommes assaillis, toutes fois
& quantes que nous sommes separés de Christ. Or se preparoit ce pendant matiere
de plus grand miracle. Le lac estoit fort grand, tellement qu'ils l'appelloyent vne mer,
auec lequel la nuict adiousta frayeur : & de peur que le peril ne fust pas asses grand,
grands vents, voyre vents contraires esmouuoyent & tourmentoyent merueilleusement
ledit lac : & nonobstant cela les disciples pour le desir de leur maistre s'hasardent de nauiger. Et comme ils estoyent-ia loing du riuage, ayans remé enuiron vingt cinq ou trente
courses, & estans presques hors de tout espoir, le Seigneur Iesus suruint non attendu.
Car ils le virent parmy la nuict marchant à pied par dessus les ondes du lac, nô plus ne
moins que s'il eust marché sur vne ferme terre: à fin de se declarer Seigneur nô seulemêt de
la terre, mais aussi de tous les elements. Or ne perd pas la charité Euangelique la veue au
milieu mesme des tenebres: & là n'est pas la nuict où Iesus assiste: ny là n'est point mortelle
la tempeste, où celuy est prochain, qui accoyse toutes choses. Et quand le Seigneur se fut
approché du batteau les disciples s'espouenterent souspeçonnâs (partant qu'à raison de
la nuict il n'y voyoyent pas bien) que c'estoit vn fantosme de nuict, comme les nautôniers
en voyent souuent de nuict selon l'opinion du commun. Et Iesus pour leur oster toute
crainte par sa voix qui leur estoit-ia cogneue & familiere, leur dit: C'est moy, n'ayés peur:
demonstrant que ceux auec lesquels est le Seigneur Iesus ne se doyuent effrayer de quelconque tempeste de ce monde pour horrible qu'elle soit. Or est-il auec tous les siens iusqu'à la fin du siecle, pourueu que d'vne simple & ferme fiance ils s'attendent à luy. Et les
disciples ayans reprins courage à la voix du maistre, le vouloyent mettre dans le batteau,
ayans encore quelque peur comme leur foy estoit foible & chancellante. Mais voulant le

Q 4   Seigneur

Seigneur Iesus monstrer à ses disciples que le tout se demenoit par la puissance de Dieu: & que ceste tépeste, n'auoit point esté appaisée par cas fortuit, le batteau qui nagueres estoit loing du riuage de costé & d'autre, abborda soudain au riuage, où ils tiroyent. Par ces argumens les disciples (la croyance desquels il failloit former & façonner par tous moyens) ficherent soigneusement ce miracle en leur cœur. Au reste, la trouppe mesme n'ignora pas du tout ledit miracle. Car le lendemain que ces choses furent faittes, la trouppe qui estoit demeurée dela le lac, ayant veu qu'il n'y auoit point là d'autre batteau que celuy seul auec lequel les Apostres estoyent passés: lesquels ils auoyent veu partir du riuage, & estoyent bien asseurés que Iesus ne s'estoit point embarqué auec eux, ains s'en estoyét les disciples allés tout seuls: si s'esmerueilloyent où il se pouuoit estre retiré, attendu que mesme le matin on ne le trouuoit nulle part, & tant & tát desiré du peuple, qu'il auoit repeu le iour precedent. Et souspeçonnians qu'il ne seroit pas long temps absent de ses disciples, qui estoyent allés deuant, ils se delibererent aussi de passer pour voir si par cas d'auanture ils le pourroyent trouuer au riuage de delà le lac. Or y auoit-il ia là quelques batteaux, qui estoyét venu non de Capernaum, ains de Tyberiade, qui est aussi vne ville de riuage, assez prés du lieu où ils auoyent esté repeus des cinq pains d'orge, & où apres auoir esté bien saoulés auoyent remercié Dieu, de ce qu'il auoit enuoyé vn tel Prophete à son peuple. Voyans donc que ces batteaux estoyét là pour passer la compaignie & qu'on ne trouuoit Iesus en aucun lieu apres qu'on l'eut cherché long temps, ils s'embarquerent pour passer & tirer en Capernaum, pour là chercher Iesus, partant qu'il y auoit vn domicille, & qu'ils sçauoyent que les Apostres y estoyent passés. Et quand ils eurent là trouué Iesus, & voyoyent qu'ils auoyent passé le lac, bien sçachant qu'il n'y auoit là eu nul batteau dans lequel eust peu estre passé, ils s'emerueilloyent comment il auoit peu passer, & luy demanderent: Maistre, quand es-tu venu icy? taschant de recueillir du temps mesme comment il auoit passé. Car ils souspeçonnoyent que cela s'estoit aussi faict par miracle, comme le iour precedent il auoit repeu vne innombrable cópaignie. Or estoit-ia refroidie l'ardeur du iour de deuant, qu'ils taschoyent de le rauir par force pour le faire Roy. Et Iesus de peur qu'il ne semblast vouloir faire móstre de sa puissance, ne leur respond rien à cela, à fin qu'auec plus grande certitude ils entendissent le miracle par le moyen des disciples, & par euidens argumens. Au reste, il corrige & tanse rigoreusement l'affection du peuple, non seulément comme inconstante, mais aussi comme lourde & indigne de la doctrine Euangelique, entant que combien qu'ils eussent veu de plus grands miracles, monstrant euidemment sa diuine puissance, neantmoins le saoulement d'vn bancquet les auoit plus esmeus que le desir de l'eternel salut: & estimoyent plus la pasture du corps, par laquelle on suruenoit à chasque fois & pour vn temps à vne chose qui tantost apres doit perir, & n'auoyent point plus tost faim de la viande, sans laquelle l'ame est perie à tout iamais. Item qu'ils auoyent de luy si lourde opinion, de penser qu'il faisoit miracles à celle fin de receuoir pour recompense vn regne mondain & de la main d'vn peuple mutin: là où il n'auoit pour autre intention faict quelque monstre de sa puissance par miracles pour le regard du temps, que pour les choses qu'on apperceuoit des sens corporels donner credit à sa doctrine, laquelle promettoit chose qu'on ne pouuoit apperceuoir des sens corporels: & par ce moyen les esleuer (eux qui estoyent encore rudes & foibles) à plus hautes choses par certains degrés. Car tout ainsi qu'vn loyal precepteur souhaiteroit, si faire se pouuoit, que le disciple fut tout à coup capable de tout l'art, neantmoins il luy façonne & forme de peu à peu son rude entendement par quelques commencemens, iusques qu'il l'ait auancé à vne exquise cognoissance de l'art, si qu'il n'ait plus que faire de tels rudiments. Et combien que ce ne soit pas sans fascherie que celuy qui enseigne s'occupe à enseigner les rudiments, il deuore neantmoins ceste fascherie par l'esperáce du profit s'efforçant par tous moyens de consommer le moins de temps qu'il est possible, en tels elemens. Iesus donc pour declarer aussi sa diuinité en ce, qu'il cognoissoit bien leurs pensées, voyant que la compagnie s'assembloit à luy derechef, baaillant apres semblables miracles, qui plus tost remplississent le ventre, qu'instruisissent l'entendemét: de l'occasion de la viáde qu'vne fois leur auoit baillée, leur enseigne quelle viande principalement ils doyuent attendre. Si leur parla en ceste maniere: Certes ce que ie vay dire, est bié vray. Vous m'appellés maistre, non que vous soyés couuoiteux de ma doctrine, laquelle est du tout spirituelle, ains partant que vous pourchasses módaines & vaines commodités: lesquelles vous aués en plus grande estime, que les choses qui sont beaucoup plus precieuses. Et maintenant vous me cherchés tres-affectueusement non pas autrement pour les signes, qui vous deuoyent auoir esmeus à plus

hautes

hautes choſes,mais le ſaoulement d'hier vous eſmeut plus,que l'admiration de la diuine
puiſſance:& eſtimés pour grand bien, ſi quelqu'vn vous fournit pour rien de viande cor=
porelle. Ce n'eſt pas grand cas de repaiſtre ce corps lequel auſsi bien perira : & n'auront
point faute de viande ceux qui baailleront apres la doctrine Euāgelique. Trauaillés plus
toſt de tout voſtre pouuoir apres la viande,laquelle eſtant mangée ne perit point par con
coction ny ne prolonge point pour vn peu de temps la vie du corps, comme faict la viāde
de pains par tant que ſoudain retourne la faim, ains dure à iamais en l'hōme nourriſſant
l'ame d'vne paſture ſpirituelle & luy donnant vie eternelle. Ce tant noble pain vous don=
nera le fils de l'homme s'il apperçoit qu'en ayés appetit & en ſoyés affamés. Car voulant
Dieu eſlargir ſalut eternel au genre humain, a pour cela nommémēt ſeelé ce fils de l'hōme
(luy donnant le pouuoir & le mettant en credit par miracles) à fin qu'il departiſſe la viāde
ſpirituelle à tous ceux qui auront faim de vie eternelle. Car la cauſe pourquoy il eſt venu
au monde n'eſt pas ou pour s'acquerir l'honneur de ce ſiecle, ou pour donner aux autres
des biens de ce monde, ains eſt bien plus toſt ſa principale beſongne d'eſleuer les hōmes
de ces ords ſoucys au ſoucy des choſes celeſtes.Et la compaignie pour ſa lourdeſſe n'enten
dant point ces propos,voyre ne les conſiderant point tant ſeulement, du tout entētiue au
profit du ventre, luy reſpondit en ceſte maniere : Puis que tu nous aduertis de trauailler
apres vne viande qui demeure en nous & nous donne vie eternelle que ferons nous pour
faire œuure agreable à Dieu,& qui meritēt vie eternelle,pour leſquelles tu te dis eſtre venu
au monde:Ieſus n'eſtant rien offenſé d'vne tant lourde reſponce pourſuyt de les attirer pe
tit à petit à plus grande perfection, leur diſant : Si vous cherchés quelle eſt l'œuure par la
quelle vous puiſſiés entrer en la grace de Dieu, qui eſt eſprit, & prend plaiſir aux choſes
ſpirituelles:ce n'eſt pas le ſacrifice des victimes,ny la ſolennité du Sabbath,ny les lauemēs
ny le chois des viandes,ny la ſuperſtition des habillemēs,ny toutes autres choſes qui ſont
miſes és ceremonies corporelles:ains l'œuure que Dieu requiert de vous eſt, que vous
croyés en ſon fils,lequel il a enuoyé,& par lequel il parle à vous, à fin qu'il ne ſemble vous
eſlargir la vie eternelle,à vous di−ie gēs du tout ingrats,ou pour mieux dire, indignes d'i=
celle.Alors l'aſſemblée qui s'approprioit vne merueilleuſe religion de l'obſeruation de la
loy Moſaique,fit vne reſponſe non ſeulemēt lourde, mais auſſi pleine d'ingratitude & im=
pieté diſant:Si tu t'attribues vne authorité particuliere par deſſus tous noz peres,l'autho=
rité deſquels nous auons ſuyuie iuſqu'à preſent,fais nous monſtre & enſeignemēt de l'au=
thorité que Dieu t'a donnée : à fin qu'apres l'auoir veu nous croyons à tes faicts & non à
ta parolle.Car ce n'eſt pas raiſon que ſans miracle noꝰ croyōs à toy,qui de par tes parolles
t'vſurpes ceſte authorité. Et n'euſſiōs pas creu à la legiere noz peres,s'ils ne nous euſſent
baillé approbation de leur authorité diuine par celeſte miracle. Noz peres ont mangé la
manne au deſert ſous la conduite de Moyſe. Ceſtuy pain eſtoit certes le pain de Dieu , & le
pain celeſte, qui ne pourriſſoit point : comme il eſcript au Pſeaume : Tu nous a donné du Pſal.77
pain celeſte à manger. Le peuple doncque eſmeu de ce tant grand miracle obeït à Moyſe.
De toy, ſi tu peux faire quelque cas pareil, ou encore plus grand nous croirons pareille=
ment à tøy. Ceſte tant lourde, tant ingrate, & tant prophane reſponce du peuple ne de=
ſtourna pas encore la douceur de Ieſus de les attirer à la cognoiſſance des choſes ſpiri=
tuelles. Premierement ils demandēt ſigne,comme ſi parauant ils n'auoyent veu nul mira=
cle:& ne reçoyuent point toute ſorte de miracle, mais comme luy allans au deuant luy de
terminent quelle maniere de miracle ils veulent qu'il leur faſſe : finalement entre tant de
miracles qu'on lit auoir eſté baillés aux anciens Ebrieux, ils esliſent principalement ce=
ſtuy là qui concerne la paſture, tant ſont−ils ſoucieux du ventre. Or Ieſus diſſimulant la
lourdeſſe du peuple les ameine ainſi petit à petit à l'intelligence des choſes ſpirituelles,
diſant: Si l'authorité de Moyſe a pour ceſte cauſe lieu entre vous, qu'il vous bailla de la
manne du ciel, & vous aués ceſte viande en admiration comme viande celeſte, partant
qu'elle eſt deſcendue du ciel, la louange en appartient plus toſt à Dieu, d'où la manne eſt
yſſue, & auquel eſt deue la gloire de tous miracles. Car Moyſe ne pouuoit pas bailler cela
de ſoy, luy qui n'eſtoit autre choſe,que ſeruiteur de Dieu.Ce pain là non plus, cōbien que
le pſalmiſte l'ait appellé pain du ciel, n'eſtoit pas vrayement le pain celeſte. Car il n'eſtoit
pas venu du ciel, ains tomboit de l'air comme pluye:comme les oyſeaux qui viuant en
l'air,ſont appellés oyſeaux du ciel : ains eſtoit ſeulement la figure du pain vrayement ce=
leſte. Or tout ainſi que Dieu par Moyſe ſon ſeruiteur terreſtre donnoit du pain corpo=
rel au peuple charnel : ainſi à preſent mon Pere par ſon fils celeſte donne au peuple
ſpirituel, c'eſt à dire, à vous le pain vrayement deſcendu du ciel : & qui ne raſſaſie pas
le corps

le corps tant seulement & pour vn temps, mais donne à ceux qui en mangent l'immortalité de l'ame. Ce pain là estoit corporel, & prolongeoit tant seulement la vie corporelle pour vn temps:& si ne profita tout le bien qui y pouuoit estre, qu'a vn seul peuple. Mais le pain dont ie parle n'est ny corporel, ny ne tombe point de l'air comme pluye, ains descend de Dieu propre : & a tant d'efficace qu'il donne vie non au corps, mais à l'ame:& non à vn seul peuple, mais à tout le monde. Que si vous faittes cas de l'autheur, au lieu de Moyse, duquel vous vous glorifiés, vous aués Dieu autheur de ce don: pour le seruiteur de Dieu, vous aués le fils de Dieu. Si vous aués esgard au don, il y a autāt à dire qu'entre le corps & l'ame:qu'entre ceste vie tantost perissable, & la vie qui dure à iamais és cieux. Ces choses ouyes, les Iuifs pour tout cela ne s'en esleuent point à l'amour des choses celestes, ains songeans encore apres l'affaire du ventre disent : Seigneur, donne nous tousiours de ce pain. Ils aymoyent plus saoulemēt, que sauuement:& cherchoyēt plus tost vn saouleur, qu'vn sauueur. Iesus donc pour leur oster le songe de la viāde corporelle, leur expose plus clairement qu'il ne parloit pas du pain qui se mange à tout les dents, & qui estant passé de la bouche en l'estomach accoyse la faim du corps pour vn temps : ains du pain celeste, qui est la parolle de Dieu, leur dit : Ie suis le pain qui donne vie eternelle. Qui ayant faim de ce pain viendra à moy, & par foy l'auallera és entrailles de l'ame, il n'aura plus faim par apres, & ne retournera pas apres le saoulemēt la fascherie de la faim, ains demeurera ledit pain en celuy q en māgera iusqu'à la vie eternelle:itē ma parolle à vne fontaine d'eau spirituelle, laquelle on tire de l'ame par foy, & nō du corps. Au moyē de quoy qui croit en moy, non seulement il n'aura pas faim, mais aussi n'aura mesme iamais soif. Ce pain ne prend-on point par ouuerture de bouche, mais par croyāce de cœur. La cause pourquoy ie vous ay tenu ces ꝑpos est pour vous faire entēdre que perirés par vostre faute, si vous vous opiniastrés en vostre incredulité. Mō Pere ne refuse ce pain à nully, & vous a esté presenté deuāt tous autres : mais le soucy du pain perissable vo⁹ attouche de plus pres. Vous m'aués veu faire de plus grādes choses, que si ie vo⁹ eusse repeu de mane ie vo⁹ ꝑmets encore choses meilleures, & toutefois ne croyés pas. Et n'aura pourtāt le Pere enuoyé en vain ce pain au mōde, encore que vo⁹ n'y preniés nul goust par vostre incredulité. Car il s'en trouuera tousiours aucūs, à qui ce pain apportera vie eternelle, encore que toute la natiō Iudaique reiette le fils:laquelle en cela se mōstre aussi rebelle enuers Dieu qu'elle reiette le fils, qu'il a enuoyé pour le salut de tout le mōde. Car mon pere est Dieu non seulemēt des Iuifs, mais aussi de toutes natiōs. Ie n'ay rien de moy-mesme:mais tout ce qui me dōnera de quelque nation que ce soit, viendra à moy par foy, encore qu'il soit estrangé de la loy Mosaique. Et quiconque viendra à moy, ie ne le chasseray point dehors:& à la miennevolonté que tous y vinssent. Car le Pere, entant qu'en luy est, veut que tous hommes soyent sauués par foy. Et si suis de ma part descendu du ciel, non pour faire ce que ie veux, comme discordant du Pere, mais bien pour faire ce que veut le Pere, qui m'a enuoyé, à la volonté duquel iamais ne contrarie la mienne, attendu que c'est vne mesme volonté. Or la volonté du Pere, qui m'a enuoyé, est, que rien de tout ce qu'il m'aura mis en main par foy ne perisse, ains ie le garde:de peur que le mōde ne rauisse à la mort, ce que le Pere auroit baillé pour auoir vie. Et bien que le corps meure selon la Loy de l'humaine nature : neantmoins la meilleure partie de l'homme assauoir l'ame, demeure suruiuante : voire & à fin que l'homme total viue de-rechef par moy, le vouloir du Pere est encore qu'au dernier iour ie ressuscite aussi les corps morts. Car la volonté de mon Pere qui m'a enuoyé, est de despartir vie eternelle à tous par le fils:& ce non par le moyē de la loy Mosaique, ains moyennant la foy Euangelique. Le Pere ne faict rien, sinon par le fils. Parquoy qui desauoue le fils, desauoue aussi le Pere:& qui resiste au fils, resiste aussi au Pere. Le Pere est bien inuisible, mais on le voit au fils. Par ainsi quiconque voit le fils & l'auoue & croit à sa parolle, le fils ne le laissera pas perir : ains bien qu'il fut mort quant au corps, il le ressuscitera par la volonté du Pere au dernier iour, à fin que lors il viue du tout & de corps & d'ame auec le fils, auquel il aura creu. Ceste puissance a baillé le Pere au fils, qu'aux morts mesmes il peut rēdre la vie. Apres que Iesus eut dit cela, le peuple qui auoit iusque là tellement quellement enduré ces propos, mais apres qu'ils voyent qu'esperance dé pasture corporelle leur est ostée, se mettent à le blasmer:& celuy qu'eux estans saouls ils vouloyent faire Roy, ils le mesprisent maintenant comme homme de nul credit, & l'accusent d'arrogance, non pas encore ouuertemēt, mais murmurans entre eux & principalement du propos qu'ils deuoyent embrasser sur tous, assauoir : Ie suis le pain viuifiant, moy qui suis descendu du ciel. Car ils baailloyent apres la viande corporelle, & pensoyent par ce propos estre deceus, là où il leur presentoit chose

beau

beaucoup plus precieuse, que ce qu'ils attédoyent. Or les scandalisoit la foiblesse du corps
humain, lequel ils regardoyent des yeux corporels tant seulement, où ils pouuoyent des
propos & faicts apperceuoir la diuine puissance, s'ils eussent eu des yeux de foy. Et n'est-il
point fils de Ioseph charpentier ꝶ disoyent-ils : Et cognoissons nous pas bien de face mesme son pere & sa mere, gens poures & sans renom ꝶ En outre attédu qu'il est icy né en terre
entre nous n'a pas long temps, homme d'hommes, côme nous, qui le faict si hardy de dire
qu'il est descendu du ciel ꝶ Et de quel autre pere nous parle-il ꝶ Comme ils murmuroyent
ainsi entre eux, Iesus declarant à chasque fois qu'il cognoissoit bien les pensées des hommes, expose & conferme son propos precedent, disant : Il ne faut-ia que vous murmuriés
entre vous des propos que ie vous ay tenus. Car mon parler ne peut demeurer en voz
cœurs, pourautant que vostre incredulité l'en empesche. Voyans vous ne voyés point,
ouyans vous n'oyés point, & estans presens estes absens. Si est-ce que quiconque viendra
à moy, obtiendra vie eternelle : mais c'est par foy qu'on vient à moy. Elle n'aduient point
d'auanture, ains par l'inspiration du Pere : lequel, comme par le fils il attire à soy les cœurs
des hommes, les attire aussi au fils par secrettes inspiratiõs de foy, si que par l'vn on vient
à l'autre. Il ne departit point vn si grand don, sinon à ceux qui le veulent & cognoissent.
Et quiconque par sa prompte volonté & sainct desir obtiédra d'estre attiré du Pere, il aura
par moy vie eternelle. Car bien qu'il soit mort, ie le ressusciteray (comme i'ay ia dit) quand
viendra le dernier iour, que la felicité des gens craignant Dieu, & la ruyne des meschàns
sera comblée. Qui croit en moy, reçoit vn grand bien, mais le tout est deu au Pere, sans lequel personne ne peut croire. Et ne sont pourtant ce pendant excusés de pechés, ceux qui
ne croyent, de ce qu'ils n'ont esté attirés. Car le Pere, entant qu'en luy est, veut attirer vn
chascun. Qui n'est point attiré en est luy-mesme en cause, d'autant qu'il se retire de celuy,
qui le veut attirer. On apprend choses humaines par humaine estude : ceste celeste philosophie ne peut estre entendue d'homme, n'est que la secrette inspiration du Pere luy rende
le cœur enseignable. Et c'est certes ce que les Prophetes auoyent dés long temps predit deuoir aduenir. Et que tous seroyent enseignés de Dieu. Mais les conuoitises de ce monde
en rendent mains indociles : lesquelles en plongeant l'esprit és choses terriennes, l'empeschent de s'esleuer aux choses celestes. C'est à Dieu à donner, à vous de trauailler, &
vous efforcer. Il ne sert de rien à l'homme d'ouyr mes parolles des oreilles corporelles,
n'est qu'il oye premierement au dedans la secrette voix du Pere, laquelle inspire l'ame
d'vne insensible grace de foy. Parquoy tous ceux qui se rendent digne de ceste inspiration, le Pere les attire ainsi : & vient finalement à moy, celuy qui est ainsi attiré. Car Dieu
est esprit, & n'est ouy, ne veu, sinon des spirituels. Et ainsi l'ouyr, ainsi le voir, est le salut.
Maints verront & orront le fils à leur dommage. Et combien que vous vous glorifiés
que Dieu a esté veu & ouy de Moyse & des Prophetes : nul homme mortel n'a veu, ny
ouy Dieu, tel qu'il est. Cela a esté donné au seul fils, qui seul est yssu du Pere : vers lequel
il à tousiours esté dés deuant qu'il vint en ce monde. Parquoy chassés hors de voz cœurs
les ords soucys de ceste vie corporelle, & vous efforcés d'acquerir vie eternelle par conuoitise des biens spirituels. Mettés en oubly le pain qui rassasie le corps : ayés faim du
pain celeste, qui donne vie eternelle. On le mange par foy, & la foy faut-il impetrer de
Dieu mon Pere. Tenés cecy pour tout vray, que quiconque a fiance en moy, il a ia vie e-
ternelle, attendu qu'il a la fontaine d'immortalité. Ie suis le pain, qui donne vie non corporelle & temporelle, ains spirituelle & eternelle. Combien que vous m'ayés present, neantmoins vous regrettés la manné, comme chose merueilleuse. Si est-ce que la manné,
de laquelle voz peres ont mangé, quelque temps au desert, combien qu'elle fust tombée du ciel, comme vous pensés, neantmoins ne leur à rien faict dauantage, que faict le
pain de bléd ou d'orge. La manne leur chasse la faim du corps pour vn peu de temps,
pour soudain retourner, & demander à manger de-rechef, mais elle ne leur a pas baillé immortalité. Car quoy qu'ayent esté heureux voz peres, tous ceux d'entre-eux qui
ont mangé de la manne, sont morts. Ce pain-cy est vrayement descendu du ciel, & a
de Dieu ceste force & efficace que qui en mangera, viura du tout de corps & d'ame à
tousiours, sans iamais estre subiect à mourir. Partant n'est-il ia besoing que vous demandiés aucune manne du ciel, puis que vous aués le pain vrayement celeste, deuant vous
tout appareillé, qui donne vie eternelle, pourueu que par foy vous en vouliés manger.
Car ie suis moy-mesme le pain donnant vie immortelle, moy qui seul suis descendu du
ciel, & si vous, estàs scandalisés de la foiblesse de ce corps, ne m'estimés autre chose, que fils
de Ioseph & de Marie. Si est-ce que ie suis la parolle du pere Dieu, à laquelle quicõque croi

ra aura vie immortelle.Si quelqu'vn aualle ce pain celeste dans les entrailles de son ame,il
prendra vigueur & aggrandira iusqu'à auoir vie eternelle. Que si vous ne pouués encore
comprendre les choses spirituelles, partant qu'estes charnels, ie diray encore quelque propos plus grossier & approchant de la chair.Ceste chair est aussi le pain viuifiât, ceste chair,
di-ie, que vous voyés, laquelle i'employeray & liureray à la mort pour racheter la vie de
tout le monde. Croyés, mangés, & viués.Par ce propos le Seigneur Iesus leur descouurit
obscurément les mysteres de sa diuinité, selon laquelle il a tousiours esté vers le pere Dieu:
item de sa mort moyennant laquelle il deuoit deliurer le monde de la tyrannie de la mort:
Finalement du corps mysticque, auquel qui n'est enté par foy, & y demeure, comme le sep
demeure en la vigne, il n'a pas vie en soy. Et n'ignoroit pas Iesus que les Iuifs n'estoyêt pas
encore pour lors capables de tels propos, mais aussi sçauoit-il bien que ces commencemens de mysteres estans vne fois cachés ès cœurs des bons viendroyent vn iour à sortir &
apporteroyent fruict à foison. Comme donc ils trouuoyent ces propos estranges à dire,
& n'osoyent importuner le Seigneur, diuerses opinions s'esleuerent entre-eux, les vns interpretans le propos en vne sorte, les autres en vne autre. Car comme Nicodeme n'entendoit pas la parolle de Iesus, touchant la renayssance celeste:ny la femme Samaritaine le
propos couuert de Iesus quant à l'eau saillante en vie eternelle: ainsi debattoit le peuple
grossier comment se pouuoit faire qu'vn homme baillast sa chair aux autres à manger, de
sorte qu'elle peust suffir à tous pour auoir vie eternelle. Car il auoit inuité vn chascun à
manger le pain celeste, & dit finalement que sa chair estoit ce pain. Comment mangerons
nous, disoyent-ils, la chair d'vn homme vif? Iesus de-rechef cognoissant bien de quoy ils
debattoyent, ne leur monstre pas encore, par quel moyen la chair se peust prendre en lieu
de pain, mais ce qu'ils trouuoyent estrange & impossible à faire, il conferme maintenant
qu'il est necessaire, disant: Tenés cecy pour tout certain, que si vous ne me prenés entierement, c'est à dire, si vous ne mangés la chair du fils de l'homme en lieu de pain, & beuués
son sang en guise de vin, vous n'aurés pas vie en vous. Au contraire, quiconque mange
ma chair, & boit mon sang, a vie eternelle par son mâger & boyre. Et non seulement viura
l'ame heureusemêt par ceste viande & breuuage, mais aussi ressuscitera le corps, & iouyra
l'homme total auec moy de vie eternelle. Car tout ainsi que la viande humaine auallée en
l'estomach, & distribuée par les membres, se change en la substance du corps, tellement
qu'elle deuient lors tout vn auec l'homme qui la mange:ainsi par contraire changemêt,
qui me mangera sera transformé spirituellement en moy. Outre-plus puis que ie suis
moy-mesme autheur & prince de resurrectiô, ie ne souffriray pas que mes membres soyêt
separés de moy:Ains quiconque par ceste viande & breuuage sera enté en moy, ie le ressusciteray au dernier iour, à fin que puis que tout entier il aura creu en moy, il viue aussi tout
entier auec moy à tout iamais. Cecy ne peut donner la viande corporelle, ny la manne,
dont vous vous glorifiés, mais bien le peust faire la viâde de mon corps, & le breuuage de
mon sang. Pourtant est-ce que ma chair est vrayement la viande qui donne immortalité,
& est mon sang vrayement le breuuage, qui donne vie eternelle, non seulement au corps,
mais à tout l'homme entieremêt. Or tout ainsi que la vie du corps, lequel se nourrist de la
viande iournelle, à fin de ne mourir deuant le temps, est commune à tous les membres du
corps, à cause de la liaison indiuisible, qui est entre toutes les parties si bien que combien
que les membres du corps soyent diuers, neantmoins ne font qu'vn corps, partant qu'il
sont subsentés d'vne mesme ame:ainsi qui mâge ma chair & boyt mon sang s'accouple &
vnist tellement auec moy, qu'on ne me peut separer d'auec-luy, ny luy d'auec-moy.Car ie
suis en luy par mon esprit, par le moyen duquel ie luy donne vie: & il est en moy, comme
vn membre est au corps, ou le sep en la vigne, par conionction indissoluble. Le Pere, qui
m'a enuoyé, est la principale fontaine de toute vie. Quiconque s'adioinct à luy, participe
de la vie.Tout ainsi donc que le Pere est en moy, & me donne vie, & puissance de la donner
aux autres:ainsi qui me mange, & par vn mysticque manger & boyre s'adioinct tellement
à moy, qu'il deuienne vn auec moy, ie luy donneray aussi vie, non durable pour vn peu
de temps, mais vie eternelle. Toute chose terrestre, est aussi temporelle & de petite efficace.
La manne qui vous tomba du ciel sous la conduite de Moyse, d'autant que ce estoit viande corporelle, n'a peu donner vie eternelle à voz peres. Car bien qu'ils en mangeassent
tous, neantmoins ils sont morts, sans qu'il en soit resté pas vn d'vn si grâd nombre:voyre
plusieurs sont morts quant à l'ame, partant que par tous moyens ils enflamberent la cholere de Dieu.Mais ce pain-cy, qui est vrayement descendu du ciel, est d'vne efficace celeste,
& donne vie eternelle à celuy qui en mange.Par tels propos instruisoit le Seigneur Iesus la

multitude

Le pain que
ie donne.

Et ie le ressu-
sciteray au
dernier iour.

multitude lourde & grossiere, taschant de les esleuer de l'amour des choses visibles & corporelles, au desir des celestes & eternelles. Ces propos tint Iesus en la Synagogue, faisant
deuoir de docteur, où le peuple s'estoit assemblé en grand nombre: combien que tant s'en
failloit que le peuple grossier fust capable de tels mysteres celestes, que mesme plusieurs
des disciples estant scadalisés se delibererent d'abandõner leur maistre murmurãt entre-
eux: Ce propos est dur, de manger la chair & boyre le sang d'vn homme vif. Qui pourroit
prester l'oreille à telle doctrine? Et cognoissant Iesus de quoy ils murmuroyent, tascha de
remedier à leur scandale, en leur predisant qu'ils verroyent de leurs propres yeux choses plus grandes, qu'ils ne luy auoyent ouy dire de soy: item que le propos qu'il auoit tenu de manger sa chair & boyre son sang, n'estoit rien estrange, n'abominable, ains amyable & salutaire, si on le prenoit non selon leur lourde intelligence, mais selõ le sens spirituel.
Si se reuira vers ses disciples (qui pour la conuersatiõ qu'ils auoyẽt eue auec Iesus, & pour
les miracles qu'ils auoyent veus, deuoyẽt estre entendus par dessus le cõmun populaire)
& les tança de leur lourdesse en ceste maniere: Ce propos vous deplaist-il aux oreilles, si
i'ay dit que i'estoye le pain descendu du ciel, pour donner vie au monde? Lequel des deux
est plus difficile selon le lourd entendement du sens humain, ou estre descendu du ciel, ou
monter au ciel? Et que sera-ce si vous voyés vn iour ce fils de l'homme (que vous voyés
maintenant vestu de corps humain) monter au ciel, où il estoit deuant qu'il descendit,
auãt qu'il eust ce corps mortel? Cela a esté ottroyé à voz sens, nõ à fin que tousiours vous
sentiés la chair, mais bien à fin que de la chair vous vous auanciés à l'esprit. L'esprit est descendu du ciel & a prins corps humain: la chair estant faitte spirituelle sera esleuée au ciel,
à fin que vous n'aymiés pas tousiours la chair, ains instruits par icelle vous montiés aux
choses celestes. Car la chair de soy ne profite de riẽ, l'esprit est celuy qui viuifie. Car à quoy
sert la masse d'vn corps humain sans ame? En cas pareil ma parolle entendue selon la
chair ne donnera point vie, n'est que comme elle est celeste vous l'entendiés spirituellement. Par ma chair & mon sang i'entens ma doctrine, laquelle si vous mangiés de bon appetit par croyãce, & l'aualliés és entrailles de l'ame, elle recréera voz ames & vous fera vn
auec moy, tellement que par mon esprit vous viures à iamais: tout ainsi que les membres
d'vn mesme corps viuent tous d'vn esprit, tandis qu'ils s'entretiennent. Et de ceste conionction vous laisseray vn signe mysticque ma chair & mon sang: & si ne vous profitera
rien d'vser dudit signe, sinon que vous en vsiés spirituellement. Parquoy gardés vous de
reietter mes propos, si entant qu'estes encore charnels, ne les entendés pas encore comme
il appartient: ains mettés plus tost peine de les pouuoir entendre. Car les propos que ie
vous ay tenus, ne sont point charnels, comme vous les interpretés: ains son esprit & vie:
partant qu'entendus spirituellement ils donnent vie à l'ame. Qui les reçoit deuemẽt, cestuy là mãge ma chair & boyt mon sang, & estant accouplé auec moy gaigne vie eternelle.
Mais qui les reiette, il perseuere en la mort pour les delits de la vie passée, & à raison de son
incredulité, il se double la condemnation de mort. Or reiette ce pain presenté, celuy qui ne
croit à mes parolles. Ie sçay bien que c'est en vain que ie tiens ces propos à daucuns, & n'i-
gnore pas qu'il en y a quelquesvns entre vous, qui n'adioustẽt pas foy en mon dire, & qui
refusans la vie presentée se mettent en la mort. Cela dit le Seigneur Iesus partant qu'il sçauoit bien, voyre dés deuant qu'il tinst ces propos, qui seroyent ceux qui croyroyent d'entre les disciples. Qui plus est encore sçauoit-il bien qu'entre les douze disciples, lesquels
il honnora du titre Apostolique, & lesquels il se tria particulierement comme ses tres-
loyaux amys, il y en auroit vn qui le liureroit au Iuifs pour le faire mourir. Iesus doncques
taxant ceux là, que bien qu'ils ouyssent les mesmes propos que les autres, & qu'vn d'entre les douze deust manger du mesme pain, & boyre d'vn mesme breuuage que les autres, neantmoins n'obtiendroit point la vie, partant qu'ils mangeoit le pain celeste
charnellement & non spirituellement, adiousta: Pour ceste cause vous ay-ie dit n'agueres,
que nul ne peut venir à moy, s'il ne luy est donné diuinement de mon Pere. Rien ne sert
d'auoir ouy ceste voix: rien ne sert d'auoir veu & manié ce corps, n'est que le Pere celeste
donne des yeux de foy par lesquels ie suis veu à salut: n'est qui donne des oreilles celestes
au cœur par lesquelles ie suis ouy auec profit. Ces propos de Iesus pleins de salutaire doctrine, n'entrerent point és cœurs de ceux qui auoyent l'entendement bouché de terriennes conuoitises, & qui n'entendoyent rien de celeste fors que la lourde religion de la loy
Mosaique. Qui fut cause que ce propos finy, plusieurs non seulement du populaire, mais
aussi des disciples de Iesus, qui l'auoyent iusqu'à lors suyui, abbandõnerent leur maistre:
& de ce dont ils deuoyent faire leur profit, s'ils l'eussent bien interpreté, en deuindrent

*Car la chair
ne profite
rien.*

R   pires

pires, de sorte qu'ils se retirent mesme de la compaignie & table de Iesus, comme condamnant sa doctrine par ce mesme faict. Et Iesus baillant dés lors vn patron aux docteurs Euangeliques, ne se tourmente pas trop de les retenir, de peur qu'il ne semble auoir besoing de suyte comme ont ordinairement les autres: & ne les outrage point de ce qu'ils s'en vont, de peur qu'il ne semble auoir plus tost cherché sa gloire, que leur salut: ny ne les estrange pas ce pendant du tout luy entant qu'ils pouuoyent à l'auanture puis apres se recognoistre & repentir, mais comme ils s'en alloyent, Iesus voulant monstrer qu'ils s'en alloyent estans scandalisés par leur propre scãdale, & que le propos ne seroit point du tout infructueux, encore qu'aucuns se rendissent indignes du don celeste par incredulité, se reuira vers les douze qu'il auoit prins auec soy pour peculiers tesmoings & messagiers de tout ce qu'il faisoit, & tira d'eux leur confessiõ, en sorte, qu'il ne les retint pas par beau parler, comme cherchant son profit plus tost que le leur: ny ne les effraya pas de menaces ou tançon, de peur qu'il ne semblast qu'ils suyuoyent plus tost Iesus par contrainte que par persuasion. Car on ne doit contraindre nully à la foy Euangelique, & ayme Iesus mieux vn qui se reuolte ouuertement, qu'vn qui le suyt par hypocrisie & feintise. Comme donc ques les autres s'en alloyent Iesus dit à ces douze: Et vous, ne vous en voulés vous pas aussi aller? Il vous est loisible de vous en aller, si vous ne voyès que ce soit vostre profit de demeurer iusqu'à la fin. Bien est vray que de ma part ie desire que ce don celeste aduienne à tous par moyen: mais il ne faut pas dõner à ceux qui le reiettent, car ils en sont indignes: & ne le peut personne receuoir s'il n'en a appetit. Or que quelqu'vn en ait appetit, c'est aussi vn don du Pere. Alors Simon Pierre tousiours d'vne simple & ardante foy enuers Iesus, representant la personne de toute l'Esglise, & au nom de tous les autres respondit d'vne grande gayeté: Ia n'aduienne Seigneur, que nous t'abbandonnions: autremẽt veu que nous sommes conuoiteux de l'eternel salut & n'ignorons point combien est froide la doctrine des Pharisiens, & auons ouy Iean rendant tesmoignage de toy, apres quel autre irions nous? Car toy seul tiens propos, qui donne vie eternelle. Tu ne nous chassera pas, puis que tu nous a vne fois receus, toy qui ne refuse personne: & ne demandons pas de changer de maistre, entant que changerions en pire, qui que nous puissions choysir. Car de nous nous croyons non seulement nous fians de ta parolle, mais aussi par tes propres faicts nous cognoissons & apperceuons que tu es le Christ fils de Dieu, de qui seul tous doyuent attendre l'eternel salut. Iesus ne fit pas grand cas de ceste tant magnificque louange que Pierre luy bailloit, à fin qu'il ne semblast estre mené de louange humaine: ny ne la reietta pas, de peur de nyer ce qui estoit vray: mais les exhortans tous de perseuerer en la confessiõ que Simon auoit faitte au nom de tous, il signifia qu'entre-eux qui estoyẽt tant peu en y auroit vn, qui non seulement l'abbandõneroit, comme auoit faict les autres disci ples: mais aussi feroit paches auec les aduersaires de son maistre & le leur liureroit pour le faire mourir. Ce que Iesus ayma mieux signifier couuertemẽt, pour ne point deceler Iudas, à fin que personne ne peust penser qu'il se seroit à bon droit vengé de son maistre, estant esmeu de cest outrage: item pour les rendre tous soucieux, à fin que qu'ils se prinssent garde de tõber par leur faute en vne si abominable lascheté. De quoy vous esmerueillés vous dit-il, si quelqu'vn d'entre les disciples m'ont-ia abbandõné? Et ne vous ay-ie pas choy sis comme les plus excellens d'entre tous? Et toutefois entre tant peu de gens & choys à l'eslite l'vn est diable, qui trahira celuy, duquel il aura mangé le corps & beu le sang selon la chair, & non selon l'esprit, duquel il aura ouy la parolle, duquel il aura veu les miracles. Parquoy gardés vous de vous reculer des choses qu'auès entreprinses, comme ont faict ceux, que vous auès veu s'en aller, ains perseuerés profitãs tousiours de mieux en mieux, iusqu'à ce qu'en mangeant spirituellement de la viande de ma celeste doctrine, & que par icelle estans transformés en moy: vous deueniés dignes d'auoir vie eternelle.

C H A P I T R E   VII.

APres cela voyant Iesus que par tels propos resonnans choses celestes, & plus qu'humaines, & par miracles qu'il auoit faict, il auoit encouru vne grãde enuie enuers les siens, auxquels il estoit d'autant plus contemptible, qu'il cognoissoit aussi sa maison (la petitesse de laquelle & de ses parens enaigrissoit l'enuie) il hantoit en Galilée. Car il ne pouuoit-ia plus viure en asseurãce en Iudée, d'autant que les habitãs d'icelle contrée luy machinoyent-ia embusches de mort: non que Iesus redoutast la mort, ou qu'il ne fust bien en sa puissance d'eschapper du beau milieu des embusches toutefois & quãtes qu'il luy eust semblé bon: mais tenãt la personne d'homme, il presenta à ses disciples vne figure des choses aduenir, lesquelles pour la malicieuse icredulité de la

nation

Ne vous en voulés-vous point aussi aller.

nation Iudaique, seroyent contrains à l'aduenir de se transporter aux Gentils. Or estoit prochain vn iour de feste grandement solennisé des Iuifs, que les Grecs appellent Sceno=pegie, c'est, feste des tabernacles, en memoire des anciens Patriarches, qui viuoyent dans des pauillons, changeans à chasque fois de lieu, pourtrayans dés lors par certaine figure *Et le iour estant prochain.* qu'elle doit estre la vie de ceux qui font profession de la doctrine Euangelique. Et comme ainsi fust qu'à ce iour de feste venoyēt ordinairement gens à grand force de toute la Syrie, & des côtrées voisines en Ierusalem pour la renommée du temple, la saincteté duquel les Payens mesme auoyent pour lors en reuérence, les cousins de Iesus encore grossiers, & me-nés d'humaines affectiōs, se confians du droit de parentage, incitent plus audacieusemēt que de raison ledit Iesus, comme celuy qui estoit bien cōuoiteux de gloire, mais aucune-ment craintif, & de courage petit outtre mesure, que s'il s'asseuroit de ses forces, il ne se ca-chast plus entre les Galiléens estrangiers, ains vinst en Ierusalem en pleine veue & multi-tude de gens faire les choses, dont il s'estoit si hautement vanté. Nous sommes pres, di-sent-ils, d'vn iour solennel, laisse la Galilée où tu t'es-ia par trop caché, & te transporte en Iudée la plus florissante partie du royaume, & en Ierusalé le chef de toute la nation Iudai-que. Là pourras-tu assembler plus de disciples, quand tous verront les choses que tu fais. Car nully qui pretend grand renom ne faict les choses en cachette par lesquelles on peust acquerir bruit enuers les hommes. Si tu es descendu du ciel, & as pouuoir de faire choses si grandes comme tu te vantes, fay toy cognoistre au mōde. Or ne se doit personne esmer-ueiller si ce propos des parens du Seigneur Iesus est charnel, arrogāt, & mesme prophane. Car pour lors ceux là mesmes qui luy estoyent freres, & alliés d'estroitte familiarité ne croyoyent pas en luy: d'entre lesquels neantmoins quelques vns estans puis apres mis au nombre des Apostres, ont tres-constamment annoncé la gloire de Christ. Iesus doncques suyuant sa singuliere douceur corrigea doucement l'audace de ses parens, remonstrant qu'en ce qu'il faisoit en terre concernant le salut du genre humain, la consanguinité char-nelle n'y auoit nul droit: mais que tout c'est affaire, d'autant qu'il estoit celeste, deuoit estre cōduit par l'authorité du Pere celeste: quant à soy qu'il ne craignoit point la mort, laquel-le il deuoit souffrir de son plein gré pour le salut du genre humain: ny ne cherchoit point la gloire de ce monde, la hayne duquel il auoit esmeu à l'encontre de soy pour auoir tenu propos veritables & contraires aux affectiōs mondaines. Mon temps, leur dit-il, n'est pas encore venu. Quand mon temps m'y incitera, il ne sera-ia besoing de voz aduertissemēs. Commēt & quand ie dois estre cogneu du monde, cela depend de l'ordonnance du Pere celeste, & non du conseil des hommes. De moy, qui suis venu par le vouloir du Pere, i'ay mo̅ temps. Mais vous qui poussés d'humaine affection cherchés la gloire de ce mōde, & voulés que ie me glorifie selō le sens mōdain, vostre tēps est tousiours prest. Vous pouués aller en asseurance où bō vous semble, puis que le mōde vous ayme comme ceux qui luy ressembles. De ma part ie ne pourchasse point gloire enuers le monde d'vne telle intētion que vous la pourchassés: car ie cherche la gloire de mon Pere, & pourchasse le salut des hommes. Or tant s'en faut que ie pretende gloire ou louange enuers le monde, que plus tost ie le prouoque à hayne contre moy, en contrariant à ses conuoitises, & tesmoignant ouuertement que ses œuures sont mauuaises: esquelles neantmoins il met vne feinte pieté & fausse felicité. Les Iuifs ont leurs iours de feste, lesquels Dieu a dés long temps en abo-mination. Car ils sacrifient des victimes desagreables & desplaisantes à Dieu, entant que ce pendant ils ont les mains pleines de sang: & és iours mesmes qu'ils veulent qu'on tien-ne pour purs & saincts, ils machinent la mort des innocens. De moy i'ay vn vray iour de feste que ie doy solenniser spirituellement, auquel le Pere prend plaisir. Ce iour n'est pas encore venu, quand il sera venu, ie me presenteray de plein gré. Vous, qui estes encore charnels & sentés vostre monde, montés à ce iour de feste. De moy ie n'y monteray auec vous, partant que mon temps n'est pas encore accomply. Par ces propos se depescha Ie-sus de ses cousins selon la chair, l'authorité & affection desquels il souloit tousiours de-bouter, toutes fois & quātes qu'il failloit traitter de l'affaire Euangelique: lequel il ne vou-loit point souffrir estre souillé des choses humaines, entant qu'il le vouloit entierement rapporter à la volonté du Pere. En ceste façon retrancha-il l'authorité de sa mere aux nopces: item il se fascha d'estre appellé dehors par sa mere & ses cousins quād il preschoit l'Euangile: item apres auoir demeuré quelque temps en Cana auec ses parens, il les laissa & se mit à prescher, finalement pendant en la croix il appella sa mere femme, comme ne la recognoissant pas pour mere en tel affaire. Qui plus est estant encore enfant eagé de douze ans, il semble s'estre depité de ce que l'authorité de ses parens le destournoit des affaires

de son Pere. Estimans doncques les coufins de Iefus qu'il ne viendroit point au iour de fe
ste pour la crainte des Iuifs, s'y en allerent tout seuls. Et comme ils y montoyent, il demeu
ra en Galilée : conduisant & dispensant tellement toutes ses actions, qu'ores il bailloit ar
guments d'humaine nature, de peur qu'on ne pensast qu'il ne fust pas vray homme : ores
monstroit signes de puissance diuine, de peur qu'on ne creut qu'il n'estoit qu'homme.
Mais apres que ses freres s'en furêt allés au iour de feste, il y alla aussi, à fin qu'on cogneust
clairement qu'il ne s'estoit pas tant abstenu de l'assemblée solênelle pour crainte des Iuifs,
que pour fuyr la côpaignie de ses coufins, lesquels il ne vouloit pas mesler parmy l'affaire
Euangelique, partant qu'ils estoyent encore charnels. Or vint-il en Ierusalem non pas en
faifant monstre de sa personne, mais comme furtiuemêt & en cachette, pour par ce moyen
efmouuoir dauantage le desir de son attente, & pour se monstrer publicquement en son
temps auec plus grand fruict. Car il cognoiffoit bien les cœurs des Pharifiens, que dés
long temps ils taschoyent par secrettes menées d'auoir occasion de luy mettre la main
deffus en iour de feste. Comme doncques il estoit en Ierusalem, mais ne côparoiffoit point
en la compaignie publicque des hommes, comme il souloit, les Iuifs se prenoyent garde
s'il estoit venu à la feste : & voyans qu'il ne s'y trouuoit point demandoyent entre eux, où
il pouuoit estre. Et comme s'il eut esté absent le peuple commençoit-ia de semer de luy di
uers propos, d'autant que tous n'auoyent pas vne mesme opinion de Iefus, ny n'estoyent
pas tous de semblables affections. Car aucuns du populaire qui auoyent esté presens aux
miracles qu'il auoit faicts, qui auoyent ouy ses presches, qui auoyent experimenté sa dou
ceur par l'auoir hanté, disoyent que Iefus estoit vn homme de bien, & qui ne meritoit
point qu'on luy fist aucun mal. Au contraire les prestres & les Pharifiens qui estoyent dés
long temps grandement tourmentés de la gloire de Iefus, nioyent qu'il fust hôme de bien
entant que comme mutin il attiroit à foy le peuple, le destournant de la reuerence des pre
stres, Scribes, & Pharifiens. Bien est vray que tels propos se semoyent touchant Iefus se
crettement & en fusillant, à raison que personne n'osoit ouuertement bien dire de luy,
encore qu'il y en eust maints, qui l'auoyent en bonne reputation. Car ils craignoyent les
principaux des Iuifs, desquels ils sçauoyent bien que Iefus estoit fort hay, pourautant que
par ses dits & faicts il sembloit amoindrir leur authorité. Dauantage quant à ce que pour
vn temps Iefus s'est tenu caché, s'a esté sa douceur & modestie, à fin qu'il ne semblast point
prouocquer à son escient l'œuure des Pharifiens qui ne cherchoyent qu'occafiô de le tuer.
Ce qu'il s'est mis en place ç'a esté en faueur de ceux lesquels il sçauoit bien que sa doctrine
profiteroit à salut, attendu qu'il n'ignoroit pas que les Pharifiens & Scribes ne feroyent
que deuenir tant plus enragés des choses qu'il diroit ou feroit pour le salut du monde.
Car le Seigneur tres-conuoiteux du salut des hommes eust bien voulu, s'il se fut peu faire,
que sa doctrine eust apporté salut à tous : neantmoins il ne failloit pas tant auoir esgard à
la peruersité d'aucuns, que la doctrine Euâgelique en fut ostée aux simples. Comme dôc
Et comme la
feste estoit-ia
demy passée.
que la feste estoit-ia à demy paffée, Iefus entra publicquemêt au temple & là enseignoit au
peuple, non des ordonnances Pharifaiques ou les ceremonies de la Loy qui bien tost de
uoyent estre abolies, mais bien la philofophie Euangelique. Et les Iuifs voyans qu'ils ne
pouuoyent calomnier sa doctrine, taschent de luy oster l'authorité enuers le peuple, s'es
merueillans, qu'attêdu qu'il estoit idiot & ignorant les lettres (car il n'auoit iamais esté in
struit en la doctrine Pharifaique, de la profeffiô de laquelle ils estoyêt enflés) où il pouuoit
auoir trouué les choses, qu'il puifoit des saincts liures par vne grande sageffe, côme l'accu
fât qu'il auoit vn diable, ou que par quelque autre art magicque il auoit apprins la scièce
des lettres, veu qu'il ne les auoit pas apprinses des hommes. Côment, disoyent-ils, ce char
pentier fils de charpentier entend-il les lettres, veu qu'il ne les a pas apprinses. Et Iefus
pour nous monstrer exemple de douceur & modestie, deboute doucement ceste tant
meschante foufpeçon, en monstrant que sa doctrine n'est pas yffue d'homme, ny fembla
blemêt d'aucun diable, ains de Dieu, lequel eux-mesmes feruoyêt & duquel ils deuoyent
procurer l'hôneur s'ils vouloyent estre tenus pour gens vrayement craignans Dieu, mais
quâd à soy il ne s'attribuoit, ny la doctrie laquelle ils auoyêt en admiratiô, ny la gloire à la
quelle ils portoyêt enuie : mais bien il attribuoit le tout au Pere celeste duquel il demenoit
l'affaire, outre côme ainsi fut qu'ils s'attribuaffent la parfaitte cognoiffance de la Loy baf
lée de Dieu, & mesprifaffent les autres côme ignorans & idiots, il deuoyent par raison, s'ils
euffent eu la vraye intelligêce des escriptures, recognoistre la doctrine q estoit yffue de ce
luy-mesme, dôt estoit yffue la Loy, si enuie & hayne pour raison de l'appetit de gloire, itê le
defir du gaing & côuoitifes semblables n'aueugloyêt le iugemêt de l'entêdemêt depraué.

Car

Car Dieu n'eſtoit point contraire à ſoy-meſme pour enſeigner ores par le fils autre choſe
qu'il n'auroit parauant declarée par la Loy. Ieſus doncques cognoiſſant tous ſecrets reſpondit à leur ſecret murmure, en ceſte maniere: Ma doctrine, de laquelle vous vous
eſtonnés d'où elle me peut eſtre eſcheue, attendu que ie n'ay pas apprins les lettres par les
hõmes, n'eſt pas mienne(car ie ne vous apporte pas quelque nouuelle doctrine humaine,
differente à la volonté de Dieu & intention de la Loy baillée de luy) mais eſt de mon Pere,
qui m'a enuoyé au monde, à fin que le monde, ſeduit par diuerſes doctrines d'hommes, &
aueuglé de meſchantes conuoytiſes, cognoiſſe par mon moyen la volonté d'iceluy, l'ayãt
cogneue la ſuyue: & la ſuyuant obtienne vie eternelle. Or eſt-ce la volonté du Pere, que
croyans aux parolles du fils, par lequel il vous enſeigne & parle, vous parueniés à ſalut
eternel. Quant à ce que maints n'en tiennent conte, enuie, hayne, ambition, auarice, & autres mauuaiſes conuoitiſes en ſont cauſe. Que ſi aucun deiettant ſa malice veut obeir d'vn
ſimple cœur à la volonté du Pere, plus toſt qu'a ſes mauuaiſes affections, il cognoiſtra aiſé-
mént que ma doctrine n'eſt pas de nouueau controuuée par homme, ou par diable: ains
qu'elle eſt yſſue de Dieu: & que ce que ie parle ie ne le parle pas ſelon le ſens humain, mais
bien ſelon l'intention du Pere, duquel ie ſuis ambaſſadeur. Les hommes qui cherchent
plus leur gloire que la gloire de Dieu, pour eſtre plus eſtimé du monde, ils prepoſent des
nouuelles doctrines & les leurs à la doctrine de Dieu. Car ils ayment mieux eſtre eſtimés
autheurs d'vne humaine doctrine dont toute la gloire leur retourne entiérement, que
d'eſtre tenus pour meſſagiers de la doctrine de Dieu, & ayment plus enſeigner choſes, qui
leur apportent gloire & gaing, que choſes qui apportent gloire & hõneur à Dieu, ou ſalut
au prochain. Mais celuy qui ne cherche pas ſa propre gloire, ains cherche la gloire de celuy qui l'a enuoyé, il eſt veritable en tous ſes propos: & n'eſt la doctrine d'vn tel entachée
d'erreurs, ny corrompue des conuoitiſes d'ambition, auarice, enuie, hayne, &c. Quant à
moy, ie ne vous enſeigne autre choſe, que ce que Dieu vous à enſeigné par laLoy, pourueu
qu'on entende à droit l'intention de la Loy: & ne fay autre choſe que ce que la Loy a ordonné. L'authorité de Moyſe eſt enuers vous, qui me meſpriſés inuiolable. Or-ça la Loy
qu'il vous a baillée, ne l'a-il pas receu de Dieu? Vous vous vãtés de l'intelligence & obeiſſance d'icelle, & neantmoins n'y a nul d'entre vous, qui vrayement garde la Loy ſelon la
volonté de Dieu qui l'a baillée: ains ſous couleur de la Loy, faittes des choſes que la Loy
punit & deteſte treſ-grandement. Vous m'enchargés de blaſpheme d'autant que ie cherche plus la gloire de Dieu, que la gloire des hommes. Vous me reprochés d'auoir rompu
le Sabbath, partant que i'ay guery vn homme au Sabbath: & la deuotion du Sabbath ne
vous deſtourne point de taſcher à mettre à mort l'innocent, & non ſeulement l'innocent,
mais auſſi le bien-faiſant. Eſt-ce la magnifier Moyſe, lequel vous prepoſés à moy. Eſt-ce
la porter reuerence à Dieu autheur de la Loy, lequel vous honnorés d'vne feinte deuotiõ?
Or-ça la Loy ne maudit-elle point celuy qui eſpand vn ſang innocent? Elle ne permet le
droit de tuer, ſinon contre les malfaitteurs: & contre ceux malfaitteurs ſeulement, qui ſont
legitimement conuaincus & condamnés. Mais à moy, qui eſtant enuoyé de Dieu, vous
annonce la volonté d'iceluy ſelon l'intention de la Loy: qui cherche la gloire d'iceluy &
non la mienne, qui ne conuoitte pour moy regne, ou richeſſes, ains preſente ſalut à tous
pour rien: qui ne fay tort à nully, ains fay bien à tous, pourquoy me braſſés vous la mort
contre l'intention de la Loy? Ce propos de Ieſus troubla le cœur des Phariſiés pour deux
raiſons: premierement en ce qu'ils apperceuoyent que leurs entreprinſes encore qu'elles
fuſſent ſecrettes eſtoyẽt neãtmoins cogneuẽs de luy, lequel à leur aduis ils euſſẽt peu plus
aiſément mettre à mort, s'il euſt ignoré leurs entreprinſes: puis en ce qu'eux qui vouloyẽt
eſtre tenus pour les plus grãds obſeruateurs de la Loy, il les conuainquoit deuant le peuple d'auoir prophané & violé la Loy. Ils ne redoutoyent pas la conſcience de Dieu en dreſ-
ſant embuſches au ſang innocent, mais craignoyent la conſcience du peuple. Dont pour
nettoyer leur conſcience, enuers le peuple d'vne ſi grande laſcheté, ils recourent aux ma-
nifeſtes iniures: qui eſt la maniere des meſchans quand ils ſont ſurprins en vn meſfaict
qu'ils ne peuuẽt excuſer. Tu as le diable, luy dirẽt-ils, de te vanter que le pere Dieu ſoit autheur de ta doctrine. Dieu eſt veritable, quãt à toy, tu mens par l'inſtinct du diable. Et qui
taſche à te faire mourir? Cõtre vn tant forcené blaſpheme le Seigneur Ieſus ne rẽdit point
d'iniure, de peur d'adiouſter fureur aux furieux: mais nous baillans exemple de douceur,
rendit courtoiſement raiſon de ſon faict, lequel ils calomnioyent. Car comme ainſi fuſt
qu'eux-meſmes violaſſent la Loy en toutes choſes, neantmoins ils accuſoyent Ieſus d'a-
uoir violé la Loy pour auoir guery vn paralyticque au iour de Sabbath. I'ay faict, dit-il,

R 3   au iour

Moyſe ne vous
a-il pas donné
la Loy.

au iour de Sabbath vne œuure qui n’eſt ny mauuaiſe ny ſouillée, ains vne œuure par laquelle i’ay rendu la ſanté à vn poure malade:laquelle œuure vous-meſmes ſeriéſcõtrains
de louer s’elle n’auoit eſté faitte au Sabbath.Voire-mais ceux là prophanent plus le Sabbath,qui font au Sabbath choſes qui ſont prophanes quelque iour qu’elles ſoyent faittes.
La ſolennité du Sabbath n’eſt pas ſi grande qu’elle ne doyue quitter la place aux choſ-
ſes qui ſont de plus grande importance, & qui ſont ſainctes quelque iour que ce ſoit. Si
Moyſe meſme,lequel vous aués en ſi grande reuerence, a baillé deuant moy ceſt exemple:
ſi la Loy meſme enſeigne qu’on peut beſongner, ſans rompre le Sabbath, il eſt neceſſaire
ou que vous approuuiés mon faict,ou qu’auec moy vous condamniés auſsi Moyſe,voire
la Loy propre, ſi tout ce que Moyſe a enſeigné eſt Loy. Car Moyſe vous a baillé la circonciſion: non que la circonciſion ait prins nayſſance quand & la Loy, mais a eſté baillée de
Dieu aux Patriarches auant la Loy: & partant ſemble que la circonciſiõ ſoit de plus grãde
importance,que le Sabbath:d’autant qu’elle a deuãcé la Loy, & eſt comme chef de la Loy.
Or Moyſe qui a commandé la circonciſion, a auſsi luy-meſme commandé le Sabbath.
Vous circonciſés l’homme au Sabbath, ſans qu’il vous ſemble que rompiés le Sabbath,
à raiſon de la dignité de la circonciſion, à laquelle vous penſés que par droit la ſolennité
du Sabbath doit quitter la place:comme auſſi les Leuites & les preſtres font les choſes au
temple qui cõcerne le diuin ſeruice,ſans qu’ils penſent rompre le Sabbath:d’autant qu’ils
eſtiment que ce qu’ils font eſt trop ſainct pour deuoir eſtre obmis à raiſon du Sabbath.
Que ſi vous circonciſés l’homme au Sabbath,de peur que par ſon prepuce il ne ſoit different d’auec vous:& ne penſés pas que par ceſte œuure le Sabbath ſoit rompu, pourquoy
criés vous tous courroucés que le Sabbath eſt violé par mon œuure, ſi i’ay guery non ſeulement vne partie d’vn homme, ains ay ſauué tout vn homme au Sabbath ? Bien que la
circõciſiõ ſoit premiere que la Loy, & aucunemẽt chef d’icelle, ſi n’eſt-elle pas perpetuelle.
Car les hommes deuant que la circõciſion du prepuce, il y auoit des hommes aggreables
à Dieu : & viendra vn tẽps,que Dieu reiettera ceux qui ſeront circoncis en la chair, & incirconcis au cœur.Mais donner la ſanté du corps & de l’ame au poure prochain,comme c’eſt
vne œuure plus grãde & ſaincte,que de circoncir vn homme : ainſi eſt-elle touſiours bonne deuant la Loy,en la Loy,& apres la Loy,d’autant qu’elle eſt bonne de ſa propre nature.
D’où vient qu’en ſemblable faict, voyre qu’en vn faict qui m’appartient, vous reuerés
Moyſe, & moy, vous me condamnés comme coupable d’vne deteſtable laſcheté:Or ne

debas-ie point maintenãt lequel des deux ſurpaſſe l’autre. Tenés Moyſe pour vn excellẽt
perſonnage comme il eſt.De moy,tenés moy pour tel que ie vous ſemble,vil & abiect:tou-
tefois ſi vous voulés conſiderer le faict,il vous faut ou condamner l’vn & l’autre,ou aſſoudre l’vn & l’autre.Car la Loy meſme vous enſeigne auſſi de conſiderer le faict en iugement
& non la perſonne:& eſt maudit qui fauoriſant au riche,faict tort au poure. Au moyen de
quoy gardés vous de iuger ſelon la qualité de la perſonne,mais bien faittes iuſte iugemẽt
ſelon la choſe, ſi vous voulés eſtre tenu pour obſeruateurs de la loy Moſaïque. Comme le
Seigneur Ieſus tenoit ſes propos & maints ſemblables ſi doucement, qu’ils pouuoyent
addoucir vn cœur pour felon qu’il euſt peu eſtre:ſi vrays, que nully pour eshõté qu’il fuſt
n’y pouuoit contredire,les Phariſiens ſe teurent bien, perſiſtans neantmoins en leur malice : ſans rien diminuer de la cruauté de leur cœur, à raiſon que Ieſus auoit oſé deuant le
peuple tellement repouſſer de ſoy le crime d’auoir violé le Sabbath, qu’il reiettoit ſur eux
vn crime beaucoup plus meſchant.Tant eſtoit hautaine l’arrogance des Phariſiens,qu’ils
vouloyent que cela fuſt encore permis à leur authorité, qu’vn innocẽt eſtant accuſé delaiſ-
ſaſt plus toſt la cauſe de la verité, que le peuple fuſt en rien deſtourné de leur authorité, &
qu’on ſe teuſt de la gloire de Dieu, de peur que la leur ne deſcreuſt.Et neãtmoins ceſte maniere de gens en trouua maints entre le peuple, qui aymerent mieux ſeruir à ſa peruerſe
ambition, que d’obeir à la volonté de Dieu. Car aucuns de Ieruſalem diſoyent:Et n’eſt-ce
pas ceſtuy-cy que les Phariſiens & Scribes taſchent de mettre à mort,& duquel on penſoit
n’agueres qu’il ſe tenoit caché pour leur crainte, & ne venoit point à la feſte ? Or-ça il
leur parle ouuertement & franchement en barbe au temple, & ſi ne luy reſpondent rien
qui ſoit. Que veut dire leur ſilence ? Meſsieurs croytoyent-ils bien que ceſtuy eſt le Meſſias, & conferoyent maintenant par leur ſilence, ce à quoy ils contrediſoyent au parauant ? Si eſt-ce qu’il n’eſt pas vray ſemblable que Meſsieurs ayent ceſte opinion : attendu
que nous cognoiſſons tous d’où ceſtuy eſt yſſu. Nous cognoiſſons ſon pere & ſa mere
gens ſans credit & idiots : nous cognoiſſons ſon pays,ſes couſins & autres parens. Mais
quand le Meſsias ſera venu, il viendra en ſorte, que perſonne ne ſçaura dont il ſera ſorty.
Et

Et voyant Iesus leur si grand aueuglement, que combien que la Prophetie eust predit que
le Messias viendroit de Bethlehem, auquel lieu Iesus auoit esté nay, & que les autres signes des Propheties luy conuenoyent, neantmoins aueuglés de malice disent qu'ils ne
le cognoissoyent point, en cela mesme qu'ils le cognoissoyent: & partant disoyent en mon
strant que le Christ viendra en sorte que nul ne sçauroit d'où il viēdroit, de peur qu'ils ne
fussent cõtrains de l'aduouer: Iesus, dy-ie, qui cognoit tous les secrets des hõmes, pour reprendre ceste ignorance du menu peuple corrõpu des affections des gros, lequel peuple i-
gnoroit de guet à pēsée ce qu'il pouuoit sçauoir si leur mauuais cœur ne leur eust ēpesché
le iugemēt. Lors Iesus se print à crier haut & clair tellemēt qu'il pouuoit estre entendu non Iesus dõc crioit
au temple.
seulemēt de ceux qui estoyēt pres de luy, mais aussi de tout le peuple qui estoit au tēple, enseignāt ouuertemēt quel il estoit & de par q il estoit enuoyé, & qu'il ne pouuoit estre mesco
gneu de nully sinõ qu'ils aymassent mieux ou ignorer de plein gré, ou par malice de cœur
nyer ce qu'ils sçauoyent: mais aduertissant ce pēdant par son faict que cõme il est quelque
fois bõ de faire place à la malice des hõmes, de peur qu'estāt esmeue dauātage elle ne cõ-
mette de plus enormes pechés, & prouocque vn tant plus rigoureux iugement de Dieu à
l'encõtre d'elle, ainsi apres qu'on a essayé tout moyen pour les corriger qu'on les doit laisser, comme desesperés, en leur maladie & que pour leur obstinée impieté on ne doit point
celer la gloire de Dieu, ne mespriser le salut du prochain. S'il vous semble, dit-il, que ie ne
soye pas le Messias que vous attendés selon les oracles des Prophetes, à raison que vous
sçaués d'où ie suis yssu, cela mesme vous pouuoit enseigner que ce suis-ie, qui suis venu
en telle façon, & ay prins naissance au lieu dõt les Prophetes ont predit le Messias deuoir
venir. Vous aués ouy le tesmoignage que Iean a rendu de moy, vous voyés dés miracles,
vous m'oyés rendre tesmoignage de la verité, & ne chercher autre chose que la gloire de
Dieu & vostre salut. Partant vous ne pouués faire que ne me cognoissiés, si vous ne voulés de faict aduis ignorer ce que sçaués. Et qui vous meut de dire, que le Messias viendra
en sorte que personne ne sçaura d'où il viendra: attendu que les Prophetes assignent & sa
race & son pays? La cognoissance desquelles choses vous pouuoit seruir à l'intelligēce de
la Prophetie, combien qu'il est plus profitable de sçauoir d'où ie suis enuoyé, que d'où ie
suis nay. Ce qu'aussi ne vous pouuoit estre incogneu, si vous me contēpliés auec des yeux
purs & nets. Car ie ne suis pas yssu du monde tant seulement, comme vous calomniés,
mais de celuy qui m'a enuoyé au monde, à fin qu'il se conuertisse & soit sauué. Car ie suis
enuoyé de la part d'vn qui vous est incogneu, d'autant qu'il ne se voit point des yeux
corporels, ny n'est ouy d'oreilles, ny apperceu par aucun sens humain: mais ie suis enuoyé de part luy, à celle fin que par moy vous eussiés sa cognoissance, entant qu'il peut
estre cogneu de l'homme. Iaçoit-ce que vous ne le pourriés cognoistre nullemēt du
monde, n'est que par pieté vous mettiés peine de vous rendre dignes qu'il vous departisse sa cognoissance. Car ceux ne le cognoissent point, qui n'obeissent point à sa volonté. Et n'est pas asses de cognoistre Dieu de bouche, si de faict vous le reno nçés. Si vous
voulés vrayement cognoistre le Pere, il faut que vous l'appreniés du fils. Moy tout seul
vrayement ie le cognoy, d'autant que ie suis yssu de luy, & ay esté vers luy auant que
ie vinsse au monde, & de luy i'ay esté enuoyé au monde: à fin que par moy vous ayés
sa cognoissance & soyés sauués par vostre croyance. Car ie ne suis pas venu de part
moy-mesme, comme font les autres qui cherchent plus leur gloire que celle de Dieu,
enseignans leurs songes & inuentions, & nõ la doctrine de Dieu. Car celuy qui m'a
enuoyé, est veritable, & pourautant que tout ce que ie parle, ie le parle de part luy, mes
propos aussi sont vrays. Par ces parolles les principaux estans irrités, en grondoyent
encore plus en leurs cœurs, de ce qu'il acqueroit vne telle authorité vers le peuple, &
qu'il les reprenoit publicquement d'vne prophane peruersité, taschoyent de luy mettre les mains dessus. Car la cholere muée en rage, ne pouuoit plus attendre ce tardif
conseil, moyennant lequel ils auoyent deliberé de le faire mourir en cachette. Or combien qu'ils eussent le vouloir tout deliberé d'vn meschant malefice, neantmoins personne ne luy mit la main dessus pour l'heure, ainsi le voulant Christ à raison que le temps
ordonné du pere qu'il deuoit par sa mort conquester le salut du monde, n'estoit pas encore venu. Car comme de plein gré, il est mort, aussi n'a-il peu estre empoigné que de
son vouloir. Il auoit le pouuoir de reprimer les cœurs des hommes, pour felons qu'ils
puissent estre: & n'eut aucune puissance d'hommes rien peu à l'encontre de luy, s'il
n'eut semblé bon à l'infinie amour qu'il portoit aux hommes d'estre ainsi crucifié pour
le salut du monde. Et les prestres, Scribes, Pharisiens & principaux du peuple, qui pour la

profession de la religion & la cognoiſſance de la Loy deuoyent les premiers recognoiſtre Chriſt, perſeuerans en leur meſchāt conſeil pour les corrōpues affections de leurs cœurs, aucuns du menu peuple & ignorans la Loy, leſquels, comme ils auoyent moins d'authorité & de ſçauoir, auoyent auſsi plus de bonté de cœur, creurent tellemēt quellement aux propos & miracles dū Seigneur Ieſus, n'eſtās pas encore à vray dire, bien reſolus que Ieſus fut le Meſsias, toutefois par la grandeur des faits de Ieſus amenés iuſques à ce point qu'ils ſembloyent eſtre pres de croyre. Si diſoyent: Si ceſtuy n'eſt le Chriſt, comme l'eſtiment les Phariſiens, c'eſt nèantmoins merueille dont luy peuſt venir vne ſi grande puiſſance de faire miracles. Car quand le vray Meſsias viendroit en propre perſonne, pourroit-il faire de plus grans miracles, que ceſtuy-cy ne faict? Mais les Phariſiēs & Senateurs qui deuoyent attirer le ſimple peuple à Chriſt, apres qu'ils eurent apperceu qu'il y en auoit maints en la compagnie, qui ſembloyent porter bonne affection à Ieſus, vindrent à vne telle forſenerie, qu'ils delibererent de le deſtruire par quelque moyen que ce peuſt eſtre, pource qu'il leur ſembloit qu'il obſcurciroit leur gloire. Tant grande peſte eſt l'ambition fardée d'vne couuerture de religion & doctrine. Voyre-mais cependant ce n'eſt pas honte ou pieté, mais la crainte du dangier qui les retient de manifeſte laſcheté. Partant eſt-ce qu'ils attirent des ſergeants publicques pour aller empoigner Ieſus en preſence du peuple & l'amener priſonnier comme malfaitteur. Et Ieſus bien cognoiſſant ce qu'ils luy braſſoyent en cachette & nèātmoins ne pouuoit eſtre prins ſi luy-meſme ne le vouloit, leur ſignifie ſous certains propos deſguiſés que luy-meſme de plein gré ſe preſenteroit vn iour à la mort laquelle pour lors on luy braſſoit pour neant. Ce-pendant qu'ils vſaſſent de luy d'autant plus ardamment, durant qu'il eſtoit preſent, pource qu'vn temps viendroit qu'en vain ils le regretteroyent quand il ſeroit abſent puis qu'ils l'auroyent perſecuté quand il eſtoit preſent: attendu meſmement qu'ils n'auroyent pas la commodité de le ſuyure là où il ſe deuoit retirer. Car il alloit à la mort, là où ils ne pouuoyent pas encore le ſuyure. Il retournoit au ciel, ou point ne le pouuoit ſuyure vn corps mortel. Or parla-il en ceſte maniere: Reſte encore vn peu de temps que i'ay a hanter auec vous, puis m'en retourneray vers celuy qui m'a enuoyé. Alors moy eſtant abſent vous me chercherés, & ne me trouuerés pas: & n'aurés pas le moyen de me ſuyure là où ie vay. Ces propos tint le Seigneur Ieſus couuertemēt, comme ſa couſtume eſtoit de dire maintes choſes en ſorte qu'on ne les entēdiſt point que premier elles ne fuſſent accomplies. Or eſt-ce que l'obſcurité du propos eſmeut vne diligence de s'en enquerir: & trouue la parolle vne plus certaine foy quād les choſes ſont exhibées. Finalement le propos ſeruoit à ce qu'il fuſt notoire à tous que tout ce que le Seigneur a ſouffert il l'a ſouffert pour nous, de propos deliberé, non par cas fortuit: il l'a enduré de plein gré, non par neceſsité. Et iaçoit-ce que ce propos ait eſté dit à tous, neantmoins il picqua principalement les ſergeans enuoyés de par les Phariſiens pour empoigner Ieſus à l'encontre duquel ils ſe ſentoyent bien n'auoir nul pouuoir, ſi luy-meſme ne l'euſt voulu. Et en touchant tacitement le ſecret de leur conſcience, il declare qu'il cognoiſt tout ce qui eſt és cœurs des hommes tant caché puiſt-il eſtre, & ce pendant gaigne leurs cœurs par vne courtoiſie, en ce qu'il ne manifeſte pas au peuple leurs meſchantes entreprinſes. Or le menu peuple n'entendant point que vouloit dire ce propos, diſputoyent entre eux, diſans: Que veut dire ce qu'il dit: là où ie vay, vous ne pouués venir? Se pourroit-il derobber ſecrettemēt, & s'en aller en quelque loingtaine region des Gentils? Pourroit-il bien abbandonner ceſte ſaincte terre, & ce ſe ſainct peuple, pour viure parmy de maudittes & prophanes nations, là où il penſe que nous ne le deuſsions point ſuyure? ou bien ira-il ça & là outre des natiōs bien loing deſtournées en ſorte que nous ne le puiſſions trouuer? Autrement que veut dire, Vous me chercherés, & ſi ne me trouuerés pas, &

Or en la der=
niere iournèe. là où ie ſuis, vous ne pouués venir? Or quand ce vint au dernier iour de la feſte, lequel on a de couſtume de ſolenniſer à grande foule & d'vne ſouueraine deuotion, lequel acheué chaſcun prēd plaiſir de s'en retourner chés ſoy: Ieſus ſe tenoit au temple comme celuy qui eſtoit pareillement preſt de delaiſſer la religion Iudaique, conſacrant le principal iour de la grande feſte d'vn excellent propos, & appreſtant pareillement la prouiſion de la foy Euangelique à ceux qui ſe vouloyent mettre en chemin. Et ia plus ne parloit ſeulement ouuertement mais auſsi crioit à haute voix, declarant que la choſe eſtoit de telle conſequence que c'eſtoit le treſgrād profit de tous de l'ouyr, telle qu'elle deuoit ſur tout eſtre ouye de tous. Les Phariſiens abbrutiſſoyent le ſimple peuple par vne feinte & froide religion, & le tenoyent enlacé en des conſtitutions humaines. Et quant à Ieſus, le ſimple peuple n'admiroit preſques rien en luy fors les miracles. Au reſte, pource qu'ils n'auoyēt pas encore re

ceu

ceu l'Esperit Euangelique, ils ne faisoyent pas grand auancement. Iesus doncques appelle tout clerement vn chascun à soy, de la froide doctrine des Pharisiens : promettant vn esperit, lequel vne fois receu, non seulement ils en obtiendront la vraye & E-
uangelique doctrine, mais aussi espandront sagesse en grande abondance sur les autres
par leurs predications. Ie suis, dit le Seigneur Iesus, la fontaine de toute sagesse salutaire.
Qui a soif, ia ne faut qu'il aille vers Moyse, ou vers les Pharisiens & Scribes ou aux prestres. Qu'il vienne à moy, & boyue de ceste fontaine. Or en boit, quiconque croit à ma
parolle. Parquoy quiconque croyra en moy, & auallera de grand courage mes parolles comme le commande l'Escripture portant tesmoignage de moy, point il ne seiche-
ra par incredulité, ains le breuuage du diuin esperit produira en son cœur vne fontaine perpetuelle & abbondante, de sorte que du milieu de son cœur viendra à couler,
ie ne dy pas vn petit ruisseau, mais aussi de grans fleuues, pour en arrouser la secheresse des Gentils pour les faire fructifier & profiter en l'Euangile. Sous cest enigme Iesus signifioit cest abondant & copieux esprit que deuoyent puis apres receuoir ceux qui croyroyent en luy : lequel receu, soudain les Apostres se prindrent à publier auec grande fiance, en diuerses langues la philosophie Euangelique par tout le monde, & à respandre
dans les cœurs de tous croyans, l'esperit qu'ils auoyent receu du ciel. Car iaçoit que
en ce temps là aucuns eussent conceu quelques rudiments de foy, neantmoins nully
n'auoit encore obtenu ceste efficace & abondance d'esperit, à raison que Iesus n'estoit
pas encore glorifié par mort & resurrection, ny n'estoit aussi monté au ciel, pour se seoir
à la dextre du pere, d'où il deuoit enuoyer cest esperit aux Apostres. Or il failloit deuant acheuer le mystere de la croix, ce que ne se pouuoit faire, sinon en dissimulant
la gloire pour vn temps : ioinct qu'ils ne pouuoyent estre capables de ce diuin esperit, que premierement ils n'y fussent duits & façonnés par beaucoup de miracles & par
beaucoup de dits & faits. Doncques le Seigneur Iesus semond vn chascun à ceste fontaine d'eau viue, sans contraindre personne qui refuse de venir, sans aussi en forclorre
pas vn, pourueu qu'on y vienne auec soif. Ayant le Seigneur Iesus tenu ces presens &
maints semblables propos, combien qu'on ne les entendist pas encore bien à plein, si
est-ce qu'ils affectionnoyent le menu peuple en diuerses sortes. Car les vns apres auoir
veu & consideré tant de miracles & des propos de si grande authorité, disoyent : Cestuy est vrayement Prophete. D'autres pareillement auoyent encore vne plus grande
opinion de luy, & disoyent : Voyre cestuy est le Messias que les Prophetes ont promis
par leurs oracles. D'autres au contraire corrompus du leuain Pharisaique s'efforçoyent
de refuter l'opinion de ceux là par les parolles mesmes des Prophetes qui auoyent predit que le Messias deuoit sortir de la lignée de Iuda, & de la bourgade de Bethlehem.
La commune opinion estoit que Christ auoit esté nay en la cité de Nazareth : & ce d'autant que là il auoit esté nourry, & y auoit des parens : d'autant aussi qu'il auoit commencé sa predication en Galilée, & y hantoit bien souuent. Or les Ierosolymitains & les
Iuifs de la lignée de Iuda tenoyent les Galiléens voysins & meslés parmy les Gentils,
pour demy Payens : d'autant qu'ils estoyent ignorans en la Loy, & que iamais n'auoyent eu prophete, duquel ils se peussent à bon droit glorifier. Qu'à la lignée de Iuda a-
uoit esté promis le Messias, non aux Galiléens, voyre & de la semence de Dauid, qui a-
uoit eu son palais en Ierusalem & par ainsi se glorifioyent que le Christ sortiroit d'eux,
lequel venu, ils le persecutoyent tous corrompus d'enuie qu'ils estoyent. Or ils disent :
Il n'est pas vray-semblable que cestuy soit le Messias, si bien vous examinés les Prophetes. Et quand le Christ viendra, nous doit-il sortir de Galilée, & comme cestuy en
sort luy qui est Nazarien ? L'escripture prophetique ne dit-elle pas tout à plat, le Messias deuoir sortir de la semence de Dauid, qui fut de la lignée de Iuda ? Voyre elle a mesme adiousté le nom de la bourgade de la naissance, enseignant que il naistroit en Bethlehem, qui est la cité de Dauid, de la lignée de Iuda. Et puis doncques que la Prophetie manifestement declare que iceluy deuoit sortir de semence royale, de la plus saincte lignée de toute la Iudée, & d'vne bourgade royalle, comment peust cestuy sembler
estre le Messias, qui nous sort de parens de basse estoffe & sans renom, & d'vn village
incongneu de nulle estime de Galilée region ignoble ? En ceste façon par varieté d'o-
pinions disputa-on de Iesus entre le menu peuple. Et point ne se mesla Iesus en ceste
dispute, portant qu'ils ne disputoyent de telle syncerité, qu'ils meritassent d'estre enseignés : & n'estoit pas encore venu le temps, auquel il deuoit declarer quant grand il e-
stoit. Car s'ils eussent eu vrayement soif de sçauoir qui il estoit, eux-mesmes eussent peu
enten

entendre des couſins de Ieſus,qu'il auoit eſté nay non en Nazareth cōme pluſieurs eſti/
moyent,ains en Bethlehem,& qu'il eſtoit deſcendu de la lignée de Dauid, car il y en auoit
maints qui ſçauoyent ces choſes.Mais par ce que Ieſus n'apportoit rien de cōuenable à
leurs conuoitiſes,ils aymerent mieux ſeruir à leurs affections que de l'aduouer.Que s'ils
euſſent eu le cœur ſimple & entier,ils pouuoyent apprendre de Ieſus propre, en l'interro/
gant,ce dont ils debattoyēt entre eux.Or y en auoit-il aucuns en l'aſſemblée, leſquels l'en
uie & hayne auoit tellement aueuglés,qu'ils ſe deliberent à part-eux d'empoigner Ieſus.
Mais la malice des hommes ne pouuoit rien à l'encontre de celuy en la main duquel ſont
toutes choſes.Au moyen dequoy les ſergeans que les Phariſiens auoyent enuoyés pour
eſtre executeurs de leur forcenerie & prendre Ieſus, chāgent d'aduis & s'en reuiennēt vers
leſdits Phariſiens:qui d'vn courage enragé eſtoyent attendans qu'ils l'amenaſſent priſon
nier,à fin de pouuoir finalement ſaouler leur hayne ſur luy.Or a ce pendant eſté merueil/
leuſemēt pourueu à cela par le conſeil diuin, qui ſurmonte infiniement toute fineſſe hu/
maine,que tout ce que machinoyent les Phariſiens,leur retomboit ſur la teſte,& auançoit
la gloire de Dieu.Le ſimple peuple,Galiléens groſſiers,Samaritains, Cananéens, Payens
eſmeus des propos & miracles de Ieſus,croyoyent en luy:Les ſeuls Phariſiens,Scribes,Se/
nateurs,& preſtres,auſquels appartenoit la profeſſion de toute la Loy & religion,non ſeu
lement ne s'eſmouuoyent point à repentance,mais deuenoyent en toute maniere plus
cruels.Or reſtoit-il encore que les ſergeans,maniere de gens inhumains,& mercenaires à
toute meſchanceté,vinſlent & à porter honneſte teſmoignage de Ieſus,& à condamner l'a/
ueuglance incurable des Phariſiens.Ils n'auoyent point veu faire de miracle à Ieſus,ſeule/
mēt l'auoyent ouy parler quelque peu, & chāgeans de propos, ne tenans conte du com/
mandement des Phariſiens, retournent vers eux ſans amener Ieſus. Les tenſans les Phari
ſiens de ce qu'ils n'auoyent obey aux cōmandemens,ils ne s'excuſent point ſur la crainte
du peuple,ils n'alleguent point d'autres defaittes qu'ils euſſent peu controuuer,ains con
feſſent franchement, que bien s'en eſtoyent-ils allé vers Ieſus pretendans de le prendre
& amener, mais que d'vn propos brief mais d'efficace, ils auoyent eſté comme enchan/
tés & transformés de telle ſorte, qu'ils n'auoyent peu (leur volonté y reſiſtant)mettre
à execution leur deliberation & entreprinſe.Iamais, dirent-ils nous n'ouyſmes homme
ainſi parler que parle celuy-là.Qui pourroit vſer de mains fortes enuers tels perſonna
ges?Quel teſmoignage euſt peu eſtre porté en la ſynagogue,qui plus aggrauaſt &decelaſt
l'obſtinée malice des Phariſiens?Ils employoyent toutes leurs forces a du tout ſubuertir
la doctrine de Ieſus, mais leur effort venant à deſſain contraire en taſchant par tous mo/
yens de l'eſteindre,ils la conferment & anōbliſſent.Ce neantmoins ils diſſimulent enco/
re la fureur de leur cœur & parlans aux ſergeans plus toſt doucement que ſelon leurs for/
cenées entreprinſes,leur diſent:Qui a-il de nouueau? Qu'eſt-il aduenu? Vous auroit-il
bien ſeduit auſſi vous qui eſtes des noſtres,& n'appartenés en rien au ſimple populaire?
Et ne voyés vous pas qu'il eſt vn impoſteur? S'il eſtoit homme veritable penſés qu'il n'y
euſt point eu des perſonnes d'eſtoffe excellés en doctrine & authorité,qui euſſent approu
ué ſa parolle?Maintenant en voyés vous tant ſeulement vn des principaux (qui ſont les
piliers de la religion) ou des Phariſiens,(qui ont vne exquiſe cognoiſſance de la Loy)qui
ait creu à ſes propos?Vous eſmouués vous de l'exemple de quelquesvns qui ne ſont que
la pure eſcume du menu peuple?Ce menu peuple qui eſt groſſier & n'entēd point la Loy,
ce ſont gens maudits de Dieu.Ces choſes furēt ainſi demenées par la prouidence de Dieu,
à fin que nous cogneuſſions pour tout le ſeur qu'il n'y a rien qui plus obſtinéement ſe bā
de contre la vraye religion, que la malice de ceux qui ſont maſqués d'vne apparence de
fauſſe religion:item que la doctrine Euangelique n'a point de plus mortel ennemy,que
celuy qui peruertit les ſainctes lettres à ſes mauuaiſes affections:brief,qu'il n'y en-a point
de plus deſeſperemēt meſchans,que ceux qui ſont garnis & emparés d'vne apparence de
pieté,d'vne opinion de doctrine,& d'vne authorité publicque à l'encontre de la verité E/
uangelique.Mais quoy que ce monde auec toutes ſes forces puiſſe braſſer à l'encontre de
la doctrine celeſte, il tourne à la gloire de Ieſus Chriſt noſtre Seigneur. Conſidere-moy
maintenant cecy,ō prudent lecteur,c'eſt que iamais il n'y a plus grande rarité de gens qui
de cœur fauoriſent à la verité Chreſtienne,qu'entre les principaux de la religion & docti
ne.En vne ſi groſſe aſſemblée de Phariſiens,Scribes,Senateurs,& preſtres,il n'y auoit per
ſonne qui en de ſi laſches entreprinſes ſouſtint l'innocence du Seigneur, hors mis vn ſeul
Nicodeme.Iceluy eſtoit l'vn des premiers de la bande des Phariſiens, homme aſſés groſ/
ſier & moins ſçauant que tous les autres, mais d'entendement moins corrompu : lequel
pour

Et aucūs d'eux
le vouloyent.

Nicodeme
leur dit.

pour la crainte qu'il auoit des Iuifs, auoit esté, còmme nous auons desia dit cy dessus, de
nuict trouuer le Seigneur Iesus, par priué & familier deuis auoir de luy plus certaine cognoissance de quelque point. Or auoit-il tellement profité par ce seul acces, qu'il tenoit Iesus pour homme de bien, iaçoit qu'il n'eust pas pleine cognoissance du mystere de la parolle. Luy doncques voyant que d'vn mortel courage le conseil tendoit à faire mourir Iesus fauorisant aussi tellement à l'innocence d'iceluy, qu'il craignoit neantmoins la malice des autres, qui estoit armée d'authorité, il modera sa deffense & sa faueur, allegant pour Iesus ce qu'on eust peu dire mesme pour vn meschant mais non encore conuaincu : Nous faisons, dit Nicodeme, profession d'vne Loy, laquelle ne condamne pas mesme vn malfaitteur, sans premierement l'ouyr, & debattre, & eplucher les
faits de celuy qu'on a accusé. Au moins donnons à cest homme le droit qui est commun à tous, & qui par la Loy propre est mesme concedé aux malfaitteurs. Eux n'ayant
que respondre à ceste tant raisonnable & ciuile defense de Nicodeme, non seulement
ils se repentent ou ne s'appaisent point, ains mesprisans mesme l'authorité dudit Nicodeme se mettent à l'outrager, disans : Et toy, es-tu aussi de Galilée ? Au menu peuple & aux idiots pouuoit-on bien pardonner : mais toy qui es des premiers & docteur
de la Loy, n'as-tu point de honte d'estre disciple de cest affronteur Galiléen ? auquel
nul ne s'adioinct sinon qu'il soit & tres-abiect enuers les hommes & execrable enuers
Dieu ? Epluche les escriptures, toy qui fais profession de la cognoissance de la Loy, &
si iamais tu y trouues que quelque Prophete soit sorty ou ait a sortir de Galilée, nous
croyons cestuy estre Prophete. Ceste responce des Pharisiens estoit non seulement meschante, mais aussi sotte. Car Nicodeme n'auoit pas affermé que Iesus fust Prophete,
mais quelque qu'il fust, que neantmoins selon la Loy publicque on ne le deuoit nullement condamner, sans premier auoir cogneu sa cause. Mais il n'y a point de iugement, apres qu'enuie & hayne ont vne fois occupé l'entendement. Ces propos tenus
d'vne part & d'autre. Le conseil se leua, & s'en alla-on chascun chés soy, leur abominable sacrilege volonté non changée mais deslogée, car le temps de Iesus n'estoit pas
encore venu.

CHAPITRE VIII.

E T s'approchant la nuict, Iesus s'en alla en la montaigne des oliues, où estoit
Bethanie, logis aggreable au Seigneur, puis qu'en Ierusalé il ne pouuoit demeurer en paix : nous enseignant ce pendant que la retraitte est propre aux
prescheurs Euangeliques & qu'il n'y a vn lieu où la verité soit moins receüe
qu'és riches villes & bien fortunées : & toutefois qu'en icelles aussi se trans-
portera quelque fois le prescheur de la philosophie Euangelique, non pas pour en rapporter richesses ou honneurs, mais pour profiter aux autres, voyre au dangier de sa vie.
Doncques le lendemain au matin Iesus retourna en Ierusalem, & enseignoit au temple
non pas plus se tenans debout, comme le iour de deuant, mais assis, monstrant euidemment par ce faict, qu'il ne craignoit en rien les abominables complots des Pharisiens. Si
s'amassa à luy tout le peuple, les vns l'ayans en admiration pour les miracles & propos precedens : les autres pour l'espier, & prendre occasion à l'encontre de luy. Or pource
qu'ils auoyent apperceu en luy vne merueilleuse clemence & douceur enuers les simples, petits, & affligés : de cecy, pourquoy ils le deuoyent aymer, ils pourchassent occasion
de le blasmer. La loy de Moyse auoit establi punition rigoureuse à l'encontre d'adultere : a sauoir, que si vne femme estoit trouuée auoir eu compaignie illicite auec autre que
son mary, elle vinst à estre lapidée du peuple. Et ce pendant les hommes s'espargnans,
& flattans-en eux-mesmes, vsoyent de cruauté enuers les femmes : comme s'ils eussent
esté innocents deuant Dieu, ou eussent deu eschapper les peines eternelles, si en pechant plus griefuement, ils estoyent exempts des peines de la Loy. La Loy ne punit que
les crimes publicques. D'orgueil, arrogance, enuie, hayne : la Loy ne les punit point,
mais Dieu a eu plus grande detestation de tels vices que ceux là que la Loy punit. Doncques les Scribes & Pharisiens amenerent à Iesus qui estoit assis pour lors au temple, vne
poure femme surprinse en adultere : ouy vrayement comme s'ils estoyent roides obseruateurs de iustice, & pour le zele de la Loy rigoureux enuers les criminels, là où eux,
au dedans, estoyent farcis de vices beaucoup plus enormes. Si mettent la femmelette au milieu, à fin que si Christ venoit à prononcer sentence & la condamner. La bonne affection que le menu peuple luy portoit en vint a aucunement decroistre, entant

que Iesus par sa douceur & debonnaireté auoit principalement gaigné la grace du peu/
ple:s'il venoit à l'absoudre,ce qu'ils attendoyent deuoir aduenir comme ils s'attēdoyent
qu'il feroit,ils eussent dequoy le pouuoir accuser,comme celuy qui contre l'ordōnance de
Moyse n'auroit esté si hardy que d'assoudre vnē adultere: esperans qu'il s'esleueroit vne
mutinerie,de sorte qu'au lieu de la femme,Iesus mesme seroit lapidé.Or accusent-ils la pe
cheresse deuant le iuge Iesus(eux beaucoup plus grans pecheurs)en ceste façon:Ceste fem
me-cy,disent-ils,a esté nagueres surprinse en adultere.Or nous a Moyse donné vne Loy
de lapider telles femmes.Partant liurōs nous ceste-cy au peuple pour la lapider,si tu n'es
d'autre aduis.Toy dōcques que t'en semble?Et Iesus qui cognoissoit les secrets des cœurs,
& l'entendement duquel apperceuoit toutes choses du monde pour cachées qu'elles fus
sent,deceut tellemēt leur malice par sa diuine sagesse,qu'il deliura la pecheresse d'entre les
mains de ceux qui la vouloyent lapider,sans toutefois l'absoudre,de peur qu'il nesem/
blast abolir la loy Mosaique,necessairement ordonnée pour reprimer les malefices,veu
qu'il estoit venu pour accomplir la Loy,& non pour l'abolir:sans aussi la condamner,à
raison qu'il estoit venu au mōde non pas pour perdre les pecheurs,mais pour les sauuer.
Et de faict en ces constitutions que mesme le monde est contraint de garder pour la con
seruation de la tranquillité publicque,Iesus moyenne toūsiours son parler en sorte,qu'il
ne les aduoue ny aussi desaduoue pas par trop:aduertissant toutefois par occasion & en
passant qu'on se doit abstenir de toutes meschancetés & non seulement de celles que les
loix des princes punissent.Qu'à la verité enuers le iuge qui est Dieu il y a biē de plus enor/
mes pechés que ceux-cy lesquels ne sont point punis par les loix,& ce neātmoins ne peu
uent eschapper la peine du iugement de Dieu.Iesus doncques ne refusa pas le iugement
presenté,luy qui est le iuge de tous,ny ne liura pas l'accusée entre les mains des lapideurs
ia tous appareillés,ny ne iustifia aussi celle qui auoit merité punition,mais en se taisant sa
uorisa à celle qu'on trainoit au supplice:& ce à fin qu'elle fust reseruée pour faire peniten/
ce,& s'amendast pour obtenir salut.Bien est vray qu'il ne respondit rien de bouche,mais
il parloit asses de ce propre faict.Il sçauoit biē que la femmelette accusée estoit pecheresse,
mais aussi cognoissoit-il bien que les accusateurs,qui vouloyent estre tenus pour iustes,
estoyent beaucoup plus meschās qu'elle n'estoit pas.Il n'abolissoit point la loy Mosaique,
ains monstra la clemence de la loy Euangelique,de laquelle il estoit l'autheur. Il aduertis
soit ceux qui trainoyent l'accusée à vn cruel supplice,de descendre en eux-mesmes,& d'e
xaminer & eplucher leur conscience selon la Loy diuine,& qu'vn chascun se portast tel en
uers le prochain delinquant,qu'il vouloit experimenter & sentir Dieu iuge enuers soy:au
moyen dequoy nous enseignāt le Seigneur Iesus se baissa,dōnant à entendre qu'vn chas
cun en abbaissant la hautesse & arrogance dont il se complaisoit en soy-mesme & d'vn
cœur esleué mesprisoit le prochain,vinst à descēdre en soy-mesme:Et s'estāt baissé escriuit
en terre:& ce pour nous aduertir de la loy Euangelique,selon laquelle Dieu auroit à iuger
d'vn chascun. La loy escripte en tables rēdit ceux là orgueilleux & enflés d'vne faussē iusti
ce:la Loy escripte en terre rend vn chascun(par le sentimēt de son infirmité)modeste & pi
toyable enuers le prochain.Or les Iuifs pressans Iesus d'en dire sa sentence,cōbien que de
faict il l'eust-ia prononcée,il se dressa.Puis eux n'entēdans point ce qu'il faisoit,il leur de
schiffra, disant:S'il y a aucun entre vous qui soit sans peché,qu'il iette la première pierre
sur elle.Par ceste sentēce il ne iustifia pas l'accusée,mais frappa la cōscience de tous.Or vn
chascun se sentāt coupable en sa cōscience,auoit peur de soy,craignāt que Iesus(car ils sça
uoyēt bien que mesme les choses cachées luy estoyent descouuertes & cognēues)ne vinst
à deceler & publier leurs meschancetés.Cest aguillon dardé en leurs consciences,Iesus se
baissa derechef & escriuoit en terre,demōstrant par son faict que cest qu'il vouloit qu'ils fis
sent. Il taxoit leur arrogāce,de ce qu'ils s'attribūoyēt vne saincteté,là où ils estoyent beau
coup plus vicieux que ceux que la Loy punissoit de tres-grief tourment. Car la femme qu'
ils auoyēt mise au milieu pour estre lapidée de tout le peuple,n'auoit point tué son mary:
mais par l'infirmité de la chair auoit abbādōné son corps à vn autre que son mary. Et eux
remplis d'enuie,de hayne,de mesdisance,d'auarice,d'ambition, de trōperie, ils pourchas
soyent à la mort le Seigneur de toute la Loy,lequel seul entre tous estoit frāc & net de tout
peché.Dōcques à ceste respōce du Seigneur,vn chascun se sentant coupable en sa cōscien
ce:& craignant d'estre decelé,se print à sortir du temple:les Senateurs,Pharisiens, Scribes,
Sacrificateurs & autres principaux sortās les premiers,& les autres allans apres eux. Car
ceux qui entre eux estoyent estimés les piliers de la religion & de la iustice, ils estoyent au
dedans tout farcis de tres-enormes vices.Eux sortis,entre lesquels nul n'estoit sans peché.
Iesus

Iefus demeura feulet,qui tout feul eftoit exēpt de toute faute. Et alors la femme pechereſſe
experimēta iuge bening celuy qui iamais n'auoit faict aucun peché,là où elle euſt rencon
tré ou trouué bourreaux cruels ceux qui eſtoyent eux-meſmes detenus en de plus grans
pechés.Redoutāt dōcques la poure pechereſſe la cruauté d'iceux, elle demeura feule auec
Iefus feulet:la periſſable auec le ſauueur, la pechereſſe auec la fontaine de toute ſaineteté.
Elle trembloit en ſa conſcience,mais la clemence de Iefus laquelle ſe manifeſtoit meſme en
ſon viſage,luy donnoit bōne eſperance.Et ce pendant le Seigneur comme penſant à autre
choſe,eſcriuoit en terre,à fin qu'on peuſt dire ceux là auoir eſté non pas effrayés par mena
ces du Seignr,ains cōdamnés par leur propre cōſcience s'en eſtre enfuys.Finalemēt le Sei
gneur Iefus ſe dreſſa, &voyant qu'il n'y auoit perſonne hors mis la femme toute ſeule &
trēblante & effrayée il l'abborda par douces parolles,diſant:Femme,où ſont ceux qui t'ac
cuſoyent?Y a-il qui t'ait condamnée?Nenny,Seigneur,Luy reſpondit-elle.Alors Iefus:Et
moy,ie ne ſeray point plus rigoureux qu'eux,veu que ie ſuisvenu pour ſauuer tous,ie viē
ne à condamner celle qu'eux ont laiſſée ſans condamner.La rigueur de la Loy vſe de puni
tion pour donner frayeur:la grace de l'Euāgile ne cherche point la mort du pecheur, mais
plus toſt qu'il ſe cōuertiſſe &viue.Parquoy,va-t'en,&deſormais ne peche plus.Par ceſt exē
ple le Seignr Iefus a enſeigné ceux q ſe diſent paſteurs du peuple,& docteurs Euāgeliques,
de combien grande douceur & debonnaireté ils doyuēt vſer enuers ceux qui par infirmi
té tresbuchēt en pechés.Car puis que celuy en qui n'y a eu nul peché du monde s'eſt mon
ſtré ſi bening enuers vne pechereſſe publicque:combien grāde doit eſtre la douceur & be
nignité des Eueſques enuers les delinquans ?veu qu'eux-meſmes ont quelquefois plus
de beſoing de la clemēce de Dieu,que n'ont ceux deſquels ils puniſſent les pechés:ou bien
s'ils ne ſont coupables de pareils vices,certainement ils n'ont point la vie toutalemēt pu
re de toute tache:certainement ils peuuent par imbecillité humaine tresbucher en toute
ſorte de vices.Dōques les accuſateurs enchaſſés, & les pechés d'vn chaſcun decouuers &
la pechereſſe renuoyée,Iefus par ceſte occaſion pourſuyt d'acheuer le propos encommen
cé.Tenebres ſont pechés.Ceux qui vont rondement & ſimplement en beſongne, & qui ne
veulent eſtre tenus que pour tels qu'ils ſont, viennent en lumiere,& ſont deliurés des te
nebres:comme la femme pechereſſe alla à Iefus:Laquelle,pource qu'elle confeſſa ſon pe
ché,s'en retourna iuſtifiée.Au cōtraire,les principaux & les Phariſiens,pource qu'ils vou
loyent eſtre tenus pour gens de bien,là où ils eſtoyent meſchans & desloyaux,fuyrent la
lumiere,de peur que leur maladie ne vinſt à eſtre deſcouuerte & à guerir .Iefus donques
exhorte vn chaſcun que quiconque eſt couuert de pechés,aille vers luy,pourueu qu'il ail
le en ſe repentant: qu'il le ſuyue plus toſt que les Phariſiens, qui eſtoyent aueugles ,gui
des d'aueugles:&à fin que nul ne faſſe difficulté de s'approcher pour pechés qu'il ſente en
ſa conſcience,il a nagueres monſtré en l'adultere combien il eſt loing de reietter de ſoy qui
que ſoit qui ait enuie d'eſtre guery.Tel,dit-il,qu'eſt le ſoleil à tout l'vniuers,tel ſuis-ie non
ſeulemēt à la Paleſtine,mais auſſi à tout le mōde vniuerſel.Le ſoleil oſté,toutes choſes ſont
quant & quāt en tenebres.Le ſoleil eſclaire les corps,& moy ie reluy aux ames pures. Le ſo
leil dōne vie & vigueur à tous corps,& moy ie dōne le meſme beaucoup plus preſentemēt
aux ames.Celuy qui chemine ſous la conduitte du ſoleil, ne tresbuche point en tenebres.
Qui me ſuyt,& croit à ma doctrine ne demeurera plus attaché és tenebres d'erreurs & de
pechés:ains eſtāt nettoyé de vices, & illuminés de la doctrine Euāgelique,aura la vraye lu
miere q dōne vie à l'ame.Et c'eſt à faire aux morts d'eſtre cachés en tenebres,l'office des vi
uās eſt de cōuerſer en la lumiere.La cognoiſſance de moy eſt la vie de l'ame.Au cōtraire,pe
ché & ignorāce de moy eſt mort eternelle.Ceſte magnificque louāge que Chriſt ,ppre pro
nōça de ſoy-meſme,cōbien qu'elle fuſt tref-vraye,l'enuie des Phariſiens ne la peut por
ter,par ce principalemēt qui ſe ſentoyent ouuertemēt taxés:& que tout l'accroiſſemēt q ve
noit à la gloire de Iefus,ils l'eſtimoyēt eſtre autāt derogué à la leur.Iceux dōcque ſe mettēt
tout à coup à luy cōtredire tout deuāt le menu peuple,de peur qu'il ne vinſt à les abbādō
ner pour ſuyure Iefus.Et pour mettre Iefus horsde credit,ils l'accuſent de mēſonge,diſans:
Tu rens toy-meſme teſmoignage de toy,& te loue magnificquement toy-meſme:mais on
ne doit adiouſter foy à nully qui teſmoigne de ſoy-meſme.C'eſt l'acte d'vn arrogāt,& non
pas d'vn veritable,que de ſe vāter de ſa gloire.Et partāt ce teſmoignage là que tu rens toy-
meſme de toy,n'eſt pas veritable.A ce tāt horrible outrage,qui toutefois pouuoit plus toſt
empeſcher le ſalut du menu peuple,qu'endommager la gloire de Iefus,il y reſpōdit rigou
reuſement,diſant:Il eſt bien vray qu'entre les hōmes n'a point d'authorité le teſmoignage
que rēd de ſoy-meſme celuy qui peut & eſtre trōpé & trōper.De moy ie ne ſuis pas ſeul qui

Ie ſuis la lumiere du monde.

ſ   rens

rens tefmoignage de moy-mefme,ains puis produire le tefmoignage que Ieã,la Loy,&les
Prophetes ont porté de moy:& toutefois encore que nul hõme n'euft tefmoigné de moy,
qui n'ay befoig du tefmoignage de nully.& que moy feul ie tefmoignaffe de moy-mefme,
neãtmoins fi vous fçauiés qui ie fuis,& d'où ie fuis venu,vous ne pourriés refuter mõ tef-
moignage.Le tefmoignage de ceux là doit-on ramener en doute,lefquels,cõme ainfi foit
qu'ils ne foyêt riẽ fors qu'hõmes & tefmoignẽt d'eux-mefmes felõ le fens humain,peuuẽt
eftre abufés,& aufsi mẽtir de guet à pẽfée.En moy telles chofes n'ont point de lieu.Car ie
ne parle rien de part moy-mefme ains de par celuy qui m'a enuoyé:& ne tend à autrebut,
qu'à magnifier la gloire d'iceluy.Iceluy ne peut mẽtir,&eft le tefmoignage de luy feur,plus
veritable que tous les tefmoignages humains.Or celuy qui eft yffu de luy,& tient tous ces
propos felõ le vouloir d'iceluy,ayãt bien toft à retourner vers celuy-mefme dõt il eft yffu
n'a que faire de tefmoignage d'hõme,veu qu'il peut fur le chãp declarer quel il eft par fes
propres faits.Mais vous aueuglés d'enuie,ignorés de voftre plein vouloir ce que vo' pouués fçauoir:& par ce que vo⁹ faittes de moy iugemẽt peruers en cõfiderãt les chofes qu'en
moy vous voyés communes auec les autres,vous ne vous apperceués ny d'où ie vien,
ny où ie vay.Car cela ne fe peut apperceuoir n'eft que les mefchantes affections oftées,les
ames viẽnent à iuger felon l'efprit:& que de mes faits & propos en les cõfrontant auec les
oracles des Prophetes les entẽdemens credules voyent que c'eft chofe celefte & non pas
humaine.Mais vous,gens corrompus d'affections mondaines,vousiugés felon la chair,
condemnans mefchamment à voftre propre ruine,ce que vous deufsiés embraffer pour

falut eternel.Parquoy voftre iugemẽt,entant qu'il ne vient point de Dieu,ains d'humaines conuoitifes,il eft corrompu & faux.Ce pẽdant ie ne iuge perfonne.Car le temps de iugement n'eft pas encore,mais de donner falut.Et toutefois fi ie vous iugeois,mon iugement feroit vray,par ce qu'il ne differe point du iugemẽt de Dieu.Car ie ne prononceroye
pas fentence moy feul,mais moy & mon pere,qui m'a enuoyé,prononcerions enfemble
vne mefme fentence,veu qu'en tout & par tout nous auons vn mefme vouloir.Es differens humains le iugement de plufieurs à plus d'authorité,que celuy d'vn feul:mais le iugement de Dieu feul emporte le iugement de tout le genre humain entierement.Encore
que vous mefprifés mon iugement cõme d'hõme,certainement vous ne pouués reietter
le iugemẽt de Dieu,quãd biẽ tout feul il iugeroit.Que fi vous receués le iugemẽt de Dieu,
vo⁹ ne pouués dõcque reietter le mien,veu qu'en tout & par tout il s'accorde au fien:n'eft
que d'vne cõmune iniure vous ne vouliés tout à la fois outrager l'vn & l'autre:tãt luy qui
m'a enuoyé,que moy qui fuis enuoyé de luy.Ie ne dy ne fay riẽ autre chofe que ce qu'il m'a

enchargé.Semblablemẽt entre les hõmes le tefmoignage de plufieurs eft plus graue que
de peu:& mefme felõ voftre loy,les iuges ne reçoyuẽt point vn tefmoignage s'il n'y a deux
tefmoings.Auec ce fi quelcun porte tefmoignage d'autruy,il a plus d'authorité que s'il tefmoignoit de foy-mefme:& toutefois il ne fe peut faire,que fouuẽtefois entre les hõmes les
iugemẽs ne foyẽt faux,& aufsi les tefmoignages,quãd bien mille hõmes(qui feulemẽt feroyẽt hõmes)s'accorderoyẽt enfemble:foit par ce qu'eftans abufés ils peuuent ignorer la
verité,foit que corrõpus d'affections,ils viennẽt à ietter fentẽce non pas felon le droit iugemẽt de l'ame,ains felõ les mauuaifes cõnuoitifes du cœur.Mais quãd vn,voyre tout feul
iuge de foy-mefme,pourueu que le tefmoignage qu'il rend de foy,il le prononce non pas
de fa tefte,mais de part Dieu:pourautãt que Dieu ne peut eftre ny abufé ny corrõpu,il ne
fe peut faire que le iugemẽt & tefmoignage d'vn tel ne foit vray.Quant eft de moy,ie porte
tefmoignage de moy-mefme,mais c'eft de l'authorité de mõ Pere,lequel tefmoigne aufsi
luy-mefme de moy:& ne rẽd autre tefmoignage de moy que tel qu'a tefmoigné celuy qui
m'a enuoyé au mõde à fin que ie tefmoigne de la verité laquelle luy feul cognoit.Si vo⁹ reiettés mon tefmoignage,il eft force aufsi que vous reiettiés le fien.Si vous annullés mõ iugement,il eft quant & quant neceffaire que vous luy contredifiés aufsi.Vray eft que nous
fommes deux,mais le tefmoignage & iugemẽt de tous deux eft tout vn.Mais de ces deux
il y en a l'vn tel que quãd bien il feroit tout feul,neãtmoins fon iugement feroit irrefraga-
ble.Que fi vousdemandés quãd c'eft que le Pere a tefmoigné de moy,il en a tefmoigné en
voftre Loy,la parolle duquel vous recognoiftriés,fi de cœurs fimples & entiers vous entendiés ce qui eft efcript:il en a tefmoigné au Iordain:il en tefmoigne par ces propres faits
que vous me voyés faire de part luy:finalement quãd il en fera temps,il me glorifiera par
plus euidens tefmoignages.Ces propos finis,les Iuifs,par ce qu'ils luy auoyẽt ouy à chaf-
quefois faire mention du pere qui l'auoit enuoyé,& de l'authorité duquel il s'emparoit,
s'esbahiffoyent s'il parloit fi magnificquement de Iofeph le charpẽtier,duquel pour lors
tous

tous bõnement l'eſtiment fils.S'il n'entendoit pas de Ioſeph, ils voudroyẽt ſçauoir de luy,
qui pourroit eſtre ceſt autre pere là,dont luy,duquel il ſeroit venu,& vers lequel il va. Si di
ſent à Ieſus.Où eſt ce tien Pere,duquel tu parles ſi noblement?Et Ieſus pour monſtrer couuertement qu'ils ne le cognoiſſoyẽt pas encore ſelon ſa diuine nature, veu qu'ils ne penſoyent pas qu'il fuſt autre choſe fors qu'hõme,& que neantmoins cõme hõme ils l'euſſent
creu & aymé,s'ils n'euſſent eu le iugemẽt corrompu d'affections charnelles:au reſte qu'on
ne peut cognoiſtre vrayement le pere,ſinon par le fils:ny le fils à plein,n'eſt qu'on cognoiſſe le Pere:entant que le fils ne peut eſtre veu d'yeux corporels,mais par foy:ne le Pere eſtre
monſtré aux ſens humains,mais ſe gliſſe ſpirituellement és ſimples cœurs:leur reſpondit
en ceſte maniere:Vous ne cognoiſſés ne moy ne mon pere:& ce pendant que vous ne me
voulés point cognoiſtre,vous ne pouués non plus cognoiſtre mon Pere. Croyés en moy,
& vous cognoiſtrés & moy & mon pere. Vous dittes que vous me cognoiſſés,parce que
vous ſçaués mon pays,maiſon,pere & mere,& autres miés parês.Mais cela n'eſt pas vrayement cognoiſtre le fils,lequel ſi vous cognoiſſiés à plein,vous ne demanderiés pas qu'on
vous monſtraſt le pere,car le fils cogneu,vous cognoiſtriés auſſi quant & quãt mon Pere.
Par tels propos non entendus,cõbien que le Seigneur Ieſus cõcitaſt à l'encontre de ſoy les   Ces parolles
cœurs des Phariſiens,en enſeignant publicquement au temple : & ce au lieu le plus hanté   dit Ieſus.
du temple,lieu appellé la Threſorerie,à raiſon que là on faiſoit les offrandes, & y eſtoyent
gardés les dons qu'on faiſoit au temple,toutes leſquelles choſes neantmoins comme conſacrées à Dieu,reuenoyent à la bombance & gaing des Sacrificateurs & Phariſiens:perſon
ne toutefois ne luy mit les mains deſſus,non pas que meſchãte volonté leur defaillit,mais
par ce que du vouloir de Dieu la puiſſance ne leur en eſtoit pas faitte.Auſſi n'eſtoit pas encore venu le temps,auquel Ieſus auoit determiné de ſouffrir:& ne le vouloit pas faire ſouffrir,ſinon qu'il euſt mis fin à la doctrine,que ſon pere luy auoit baillée à diſpenſer pour le
ſalut des hõmes.Eux doncques ſe taiſans,ruminans neantmoins en leurs cœurs impietés
& meurtrieres entreprinſes,Ieſus pourſuyuit ſon propos,leur picquant ſecrettemẽt la con
ſcience,à fin qu'au moins par ce moyen ils vinſſent à ſe repẽtir, quand ils apperceuroyent
rien ne luy eſtre incogneu,choſe qui iamais ne fut donnée à vn pur homme. L'impieté de
nully,dit-il,ne peut empeſcher ce que ie fay par le cõmandement de mon pere. Cela acheué,ie vay vers celuy qui m'a ennoyé:& alors vous me chercherés, mais en vain,& me deſi-
rerés abſent,que m'outragés preſent & portés enuie.Alors entẽdrés vous par l'euenemẽt
qui ie ſuis:vous regretterés ma preſence,& ne l'aurés pas. Au demeurãt ſi vous,qui maintenãt perſecutés le heraut d'eternelle verité,perſiſtés en voſtre incredulité,vous mourrés
en voſtre peché.Car celuy perit par ſa propre faute,lequel opiniaſtremẽt reiette le ſalut gra
tuitement offert: & ſe cauſe la mort celuy,qui refuſe la fontaine de vie.Ie m'en vay,non pas
où voſtre impieté me pouſſe,ainçois ie vay de plein vouloir où vo᷒ ne pouués me ſuyure.
Sous ceſt enigme le Seignr Ieſus ſignifia maĩtes choſes:premieremẽt que de ſon plein gré
il iroit à la mort:puis que par ſa mort & reſurrection il ſeroit esleué au ciel,où nul ſage du
monde ne pourroit eſtre esleué.Les Iuifs,cõbien que de ce propos ils fuſſent aucunement
effrayés,ſans toutefois entẽdre quel en eſtoit l'intelligence,neantmoins n'oſerent l'interroguer,mais murmuroyent entre eux:Que veut dire que ceſtuy-cy nous menace-ia par
tant de fois de s'en aller où nous ne le pourrons ſuyure?Se pourra-il tuer & meurtrir ſoy-
meſme,& par ce moyen ſe retirer d'auec nous?A ce tant lourd & abominable grõdement,
Ieſus qui cognoiſt toutes les penſées,modere tellemẽt ſa reſponce,que ſon dire ne peut e-
ſtre entendu,iuſques apres ſa mort,reſurrection & aſſention au ciel.Car eux ne tenans Ieſus pour rien autre choſe qu'hõme,n'en pouuoyẽt rien pronoſticquer fors cecy, c'eſt qu'il
iroit à la mort & par ce moyen viendroit à eſtre deliuré des faſcheries des perſecuteurs : là
où Ieſus vouloit dire qu'il eſtoit venu du ciel quant à ſa nature diuine,& qu'en brief apres
auoir vaincu la mort,il retourneroit d'où il eſt yſſu.Vous,dit-il,gens yſſus du monde,ſen-
tés voſtre monde, & parlés ſelon le charnel ſens du mõde. De moy,ie ne ſuis point yſſu de
ce monde, & parle propos ſi hauts que vous n'y pouués attaĩdre:& iamais ne les attaĩ
drés n'eſt qu'en abbãdonnant l'incredulité vous vous rẽdiés enſeignables.Et c'eſt pourquoy ie vous ay dit,& de rechef ie vous dy & redy que ſi vous ne poſés bas voſtre malice,
vous mourrés en voz pechés.Il n'y a qu'vne voye pour eſchapper les tenebres des pechés,c'eſt que vous receuiés la lumiere:il n'y a qu'vne voye à la vie,c'eſt ſi vous recognoiſſés celuy,qui ſeul par la foy Euãgelique deliure de la mort.Que ſi vous opiniaſtrés à refuſer de croyre que ie ſuis celuy,par qui le pere veut que tout obtiẽnẽt vie & ſalut,vo᷒ mourrés par voſtre faute en voz pechés.Ce propos du Seigneur Ieſus ne deſcendit point non

S z   plus

plus és cœurs des Pharisiés, tant leur auoit aueuglé les entendemés la trop grãde amour
de ce mõde. Et partant ne plus ne moins que s'ils n'euffent iufque là ne veu n'ouy rien dõt
ils peuffent fçauoir qui il eftoit, ils difent malicieufemēt à Iefus. Qui es tu, toy? Et Iefus pre
uoyant bien que quelque refpõce qu'il fit ils la calõnieroyent, veu que d'vn cœur peruers
ils l'interrogoyēt, pour leur mõftrer enfemble qu'ils eftoyent plus dignes d'ouyr qui ils e-
ftoyēt eux-mefmes, que qui il eftoit luy, il leur fit telle refpõce: Defirés vous fçauoir qui ie

fuis? Or ne croyrés vous point, n'eft que vo⁹ iettiés bas ces lourdes & mõdaines affectiõs,
autremēt quãd bien ie vous diray qui ie fuis, ie le diray à voftre dõmage: car nõ feulement
vous n'en deuiēdriés pas meilleurs, ains cõme ainfi foit que vous foyés mefchans en plufieurs fortes, vous en deuiēdriés encore pires. Mefme ce propos que maintenãt ie vo⁹ tiens
accroiftra voftre cõdemnation. I'ay foif du falut des hõmes, & nõ pas de leur ruyne. Autrement i'ay beaucoup à parler de vous, & à vous cõdamner pour maintes raifons: mais ce
n'eft pas le vouloir de mõ pere, lequel m'a enuoyé au mõde, nõ pas à fin que les mefchans
en deuiēnent pires, mais bien à fin que ceux qui font mauuais s'amendent pour auoir falut. Le pere qui m'a enuoyé, eft veritable, auquel fi vous voulés croyre vous ferés fauués.
Or luy croyrés vous, fi vous croyés en moy. Et pouués en affeurãce croire en moy, qui ne
vous dy autre chofe que ce que i'ay ouy de mon pere, vers lequel i'eftoye deuãt que ie vinf
fe au mõde. Il m'a enchargé de dire verité, mais verité qui ferue pour fauuer les hõmes, &
non pour les perdre. Que fi quelqu'vn viēt à perir, il perit par fa faute, pour n'auoir voulu
receuoir le falut prefenté. Mais tãt eftoit lourd l'aueuglemēt des Iuifs, que iaçoit que Iefus
euft tãt de fois faict mētiõ de fon pere, de qui il eftoit enuoyé: & vers lequel il alloit, & d'où
il auoit tefmoignage, & duquel il auoit ouy les propos qu'il tenoit, neantmoins ils n'ēten-
doyent pas encore qu'il parlaft du pere celefte, à raifon qu'ils ne pouuoyent encore enten
dre qu'il y euft autre chofe en luy que l'humanité. Auffi ces propos, cõme femences, s'en-
racinoyēt lors en la memoire des auditeurs, pour finalement apporter fruict apres que les
chofes que les Prophetes auoyēt efcript touchãt Iefus feroyēt toutes accõplies. Il eftoit encore expediēt qu'on le tinft pour hõme, iufqu'à tant que ce fouuerain facrifice s'achenaft
fur l'autel de la croix pour le falut du mõde. Car tel eftoit le plaifir du pere, que par la mort
fuft magnifiée & cogneue la gloire de Dieu. Quoy voulant ce pēdant fignifier le Seigneur
Iefus, il pourfuyuit fon propos (en mõftrant couuertemēt qu'il aduiēdroit que de fon vou
loir il viendroit à eftre par eux pendu au gibbet) en cefte forte: Quand vous aurés, dit-
il, efleué le fils de l'hõme, alors finalement entendrés vous qui ie fuis: apres que vous me
penferés ruiner, alors finalement cognoiftrés ma puiffance. Car vous entendrés que l'affaire fe demeine nõ pas par moyen humain, mais par la puiffance de mon pere, par le vou
loir duquel ie fay tout tant que ie fay en terre pour le falut des hõmes: & ne parle rien qui
foit que felon fa volonté. Or combien que de part luy ie foye enuoyé au monde, ce neantmoins ie ne fuis point abbãdonné de luy, ains il eft toufiours auec moy, parlant à vous &
befongnant par moy. Car il y a entre luy & moy vn fouuerain confentement. Il eft glorifié
par moy, & moy pareillemēr par luy: mais luy il eft l'hauteur, & moy ie fuis l'ambaffade:
au demeurant ie me defcharge loyaument de ma cõmiffion, en forte que ce qu'il m'a enchargé, & ce qu'il a determiné ie le fay toufiours. Quãt à Moyfe & Dauid perfonnages que
vous reuerés, ils ont dit & faict maintes chofes felon la volonté de Dieu: mais ils l'ont auffi quelquefois offenfé par leurs faits. De moy, ie ne difcorde iamais du bõ vouloir de mon
Pere. Iaçoit que pour lors nul n'entendit à plein ces propos, neantmoins il y en auoit en la
trouppe non petit nõbre, qui les trouuoyent fainctemēt dits, fi qu'il y en eut plufieurs qui
conceuans vne bonne efperance des promeffes que Iefus faifoit, creurent en luy, non pas,
à vray dire parfaittement, car ils eftoyent encore groffiers, mais felon que pour lors ils e-
ftoyent capables de la doctrine Euangelique. Car il y auoit-ia quelque degré affis pour
monter à la foy, encore qu'ils ne fuffent pas encore paruenus où ils deuoyent puis apres
eftre auancés. Ceux-cy doncques le Seigneur Iefus les enhorte de perfeuerer en ce tel quel
cõmencemēt qu'ils auoyent, iufques à tãt qu'ils feroyēt paruenus à vne parfaitte cognoif
fance d'iceluy. Car la foy des bons croit bien auffi les chofes que point elle n'entend. La
malice des Pharifiens s'eftoit trainée pour encore s'auancer & deuenir pire. De vous, dit
Iefus, ne vous esbranlés point pour l'exemple de ceux qui periffent de plein gré. Vous a-
ués tref-bien commencé de tellement quellement croyre à mes parolles, que fi l'incredulité des autres ne vous vient à deftourner d'icelles ains perfeuerés en ce voftre commencement, ie vous recognoiftray pour mes nayfs & vrays difciples moy qui enfeigne la verité celefte, & nõ pas des doctrines Pharifaiques: & auec le temps cognoiftrés toute verité,

vous

vous qui iusqu'à present auès embrassé les ombres de la loy Mosaique pour vrayes au
lieu de verité:puis icelle verité cogneue vous affranchira. Et les Iuifs n'entédans point que
Iesus entédoit de la franchise & liberté de la doctrine Euāgelique,laquelle ne change point
la qualité de la cōdition,en deliurāt le corps de la puissance du maistre,mais deliure l'ame
de peché,des mauuaises & mondaines conuoitises,de la tyrannie du diable,de crainte de
mort,de la seruitude des cōstitutions Pharisaiques,du ioug de l'obseruation de la Loy selon la chair:respōdent tous depités(car ils estoyent enflés de la noblesse de leurs ancestres
selon la chair)disans:Nous sommes la posterité du patriarche Abraham,francs yssus de
francs,& non seulemēt francs,mais aussi nobles,& ne fusmes iamais subiets à nully.Quel-
le franchise doncque nous promets-tu,cōme si nous estions serfs prests pour deuoir estre
mis en franchise ? Ceste responce declare la lourdesse de la nation Iudaique,qui mettoit sa
fiāce & gloire en choses charnelles,sans tenir côte des spirituelles qui nous rendēt aggrea
bles à Dieu.Ils mettoyent la pureté és lauemēs du corps,des hanaps & vaisselles,là où ils
auoyēt le cœur souillé de vices.Ils mesprisoyēt les autres au pris d'eux,par ce qu'ils auoyēt
la pellicule du prepuce couppée,là où ils auoyēt le cœur incircōcis.Ils s'estimoyent saincts
de ce qu'ils portoyent quant & eux la Loy escripte à l'entour des frāges de leurs robbes,là
où enuers Dieu ceux saincts qui ont la Loy escripte en leurs cœurs,& l'expriment par ces
œuures & non pas és franges.Icy semblablement ils s'esleuent orgueilleusemēt de ce que
selon la chair ils estoyēt yssus d'Abraham:comme si c'estoit grand cas d'estre descendus de
saincts personnages,là où enuers Dieu ceux soyēt nobles, qui d'où qu'ils soyēt yssus, sont
de telles mœurs que les saincts.Dōcque cōme ainsi fust que Iesus les euft taxés pour deux
raisons,premierement de ce qu'ils ignoroyent la verité,puis en ce qu'ils estoyent serfs,ils
dissimulent le premier point,& à ce qui est le plus legier & de moindre importāce,ils se des
pitent.Car ignorance de verité est vn vice de l'entédement du cœur:& estre serf,est vn mal
de fortune & non pas de l'ame. Pour ceste cause le Seigñr Iesus demōstre clairement quelle seruitude il entend,disant:Vous vous despités de ce que ie vous promets frāchise,là où
ce vous semble,vous estes francs, assauoir vrays & legitimes enfans d'Abraham. Voyre-
mais il y a vne autre maniere de seruitude beaucoup deshonneste & miserable:de laquelle
ne peut estre affrāchy nully par la noblesse de ses ancestres tant grande & noble puist-elle
estre.Vous n'auès pas vn hōme pour Seigñr,dont vous ayès a estre mis en franchise:mais
ie vous asseure biē de cela pour tout certain,que quicōque faict peché, se rend soy-mesme
serf à peché,& cesse d'estre en sa liberté.Celuy est vrayemēt franc & noble,qui n'est addōné
à aucun vice.Ceste est la vraye noblesse,de laquelle vous vous pouués à bō droit glorifier
enuers Dieu.Mais quicōque est addonné aux pechés,a le Diable pour maistre & Seigñr:à
l'appetit duquel il est cōduit & poussé,encore qu'il soit descendu de peres tres-saincts. Car
la saincteté d'autruy n'oste point de seruitude la posterité : ains est vn chascun estimé par
ses propresfaits. Ceste liberté,vn seruiteur ne la peut departir à son compagnon seruiteur,
veu qu'il est aussi luy-mesme detenu en peché serf de peché:mais cestuy là seul rend les hō
mes frācs & nobles,qui tout seul est exempt de tout peché.Car vn serf combien que pour   *Et le serf ne de-*
vn temps il fasse quelque besongne en la maison, neantmoins par ce qu'il est serf, & non   *meure point*
pas heritier,n'a point droit perpetuel en la maison,ains vient a en estre chassé quād il sem-   *à tousiours.*
ble bon au maistre . Mais vn fils, par ce qu'il est heritier & Seigñr de la maison, il y a droit
perpetuel:& nō seulement luy est vrayemēt franc de toute seruitude, mais aussi peut mettre les autres en liberté & franchise.Parquoy,si vous desirés ceste liberté,point ne faut que
vous l'attēdiés de Moyse,ou des Patriarches,ou de voz Sacrificateurs,l'administratiō desquels a seruy pour vn temps:& n'y a eu personne d'entre eux qui ait esté toutalemēt exēpt
de tout peché:& n'a eu personne le droit d'abolir lespechés,ny n'a nully eu pleine cognois
sance de la verité.Mais quiconque s'arrestera au fils, à qui est baillée entiere & perpetuelle
puissance de la maison,vn tel de qui qu'il soit descēdu quant à la chair,pourra esperer vne
vraye liberté.Abrahā doncques ne vous a pas engendrés francs,Moyse non plus, ny aussi les Sacrificateurs ne vous rendent point francs par leurs Sacrifices.Si le fils vous affran
chit & deliure d'erreurs & pechés,vous serés vrayemēt & du tout francs . Vous vous complaisés de ce titre de ce que vous estes enfans d'Abraham.Ie sçay bien que vous estes yssus
d'Abraham selon la chair,mais telle gloire est de petite importance & vulgaire & commune à tous Iuifs.Si vous voulés estre tenus pour vraye posterité d'Abraham, & de ce tres-
sainct personnage enfans non forlignans : declarés par faits que vous estes enfans d'iceluy. Car c'est le propre d'vn franc & naturel enfant,que de representer le naturel du pere.
Abraham creut tellement à Dieu,qu'au cōmandement d'iceluy il ne redoubta pas de tuer

S 3   Isaac

Iſaac ſon fils vnicque,& par le moyen duquel vne poſterité peupleuſe luy auoit eſte promiſe.Voyés maintenãt cõbien vous eſtes loing des mœurs de voſtre pere,voꝰ qui me braſſés la mort,nõ pour autre choſe,ſinõ qu'aueuglés des cõuoitiſes de la chair & du mõde,vous n'entendès pas mon parler,qui eſt ſpirituel.Abraham ſans rien douter des promeſſes,cõbien que nature y repugnaſt,neantmoins creut à l'Ange,par le moyẽ duquel Dieu parloit à luy.A moy,que vous voyés,& par qui Dieu parle à vous,vous promettant de plus grandes choſes,qu'il ne fit iadis à Abraham,non ſeulement vous n'y croyés point:ains qui eſt pis me machinés la mort par malicieux conſeils.Parquoy ne vous vantés point qu'Abrahã ſoit voſtre pere.Enuers Dieu vn chaſcun eſt fils de celuy,de qui ils enſuyt les mœurs & œuures.Car l'exemple des peres & meres tel qu'il eſt veu en la maiſon,paſſe és mœurs des enfans.De moy,i'enſeigne & de parolle & de faict que ie ſuis fils de celuy qui m'a enuoyé. Car ce que i'ay veu & ouy chés mon pere,ie le dy:Vous ſemblablemẽt les choſes que vous aués veues chés voſtre pere,vous les faittes.Or ne pouuans les Iuifs patiemmẽt porter ce propos,luy reſpõdent en ſorte,qu'ils taſchent de tirer de luy quelque outrage à l'encontre d'Abraham:que s'il aduenoit ainſi,ils euſſent eſmeu le peuple à le lapider.Car depuis que publicquement il auoit atteſté leurs œuures eſtre mauuaiſes,& adiouſté qu'ils faiſoyẽt les choſes qu'ils auoyẽt veues chés leur pere,& qu'eux ne recogneuſſent autre pere qu'Abraham:le Patriarche ſembloit eſtre taxé par tel propos,d'auoir eſté tel qu'eſtoyẽt ſes enfans. Mais Ieſus ne dit rien qui ſoit outrageux contre Abrahã,ſeulement il diſpute de la diuerſité,aſſauoir les Iuifs n'eſtre point enfans d'Abraham,à raiſon qu'ils eſtoyẽt du tout diſſemblables à iceluy Abrahã.Si vous voulés,dit-il,eſtre tenus pour vrays enfans d'Abraham: reſſemblés d'œuures à voſtre pere:croyés à la parolle de Dieu.Car de luy,pour ſon excellente fiance enuers Dieu,il merita le loz & titre de iuſtice.Maintenãt en vous vãtant inceſſammẽt de voſtre pere Abrahã,neãtmoins voꝰ me voulés tuer,hõme,encore qu'autre choſe ie ne fuſſe qu'hõme,toutefois innocẽt:& la cauſe pourquoy vous me voulés tuer,eſt que ie vous ay dit verité,nõ pas verité que ie forge de moy-meſme,mais bien que i'ay ouye de Dieu,tellemẽt que quicõque ſe meffie de moy,il eſt force qu'il ſe meffie auſsi de Dieu.Mais Abraham ne vous recognoiſtra pas pour ſes enfans,puis que vous braſſés vne impieté,& eſtes fort eslongnés des mœurs d'iceluy.Que ſi vn chaſcun eſt fils de celuy,de qui il enſuyt les œuures,& voz œuures ſont du tout contraires à celles d'Abrahã,il faut que vous ayés vn autre pere,quicõque ſoit-il,le naturel duquel voꝰ exprimés & mõſtrés. Par ces propos les Iuifs eſtãs encore deuenus plus indignés,cõme-ia pronoſticãs où tẽdoit le propos du Seigñr Ieſus,& quel pere il leur aſsignoit,reſpõdẽt:Quel autre pere nous aſsignes-tu,toy qui noꝰ oſte noſtre pere Abrahã?Nous ne ſommes point nays de paillardiſe:qu'il noꝰ ſoit loyſible de nous glorifier de ce qui eſt cõmun à tous Iuifs,c'eſt que nous ſommes nõ ſeulemẽt la poſterité d'Abrahã,mais auſsi enfãs de Dieu,lequel appelle Iſrael ſõ premier nay.Et nous ſõmes Iſraelites.Que ſi tu noꝰ oſtes noſtre pere Abrahã,& noꝰ en dõnes vn autre fors Dieu qui eſt pere vniuerſel de toute noſtre natiõ,tu outrages nõ ſeulemẽt nous,mais auſsi toute la natiõ vniuerſelle des Iuifs.Par ce que ceſte reſpõce cõtenoit vne abominable impudence(car qu'eſtoit-il de plus impudẽt,que de ſe vãter d'eſtre enfans de Dieu,veu qu'ils ſe ſentoyẽt coupables de telles laſchetés,& qu'ils pourchaſſoyẽt le fils de Dieu à la mort.Ieſus la repouſſa aſſés rudemẽt,diſant:Si Dieu eſtoit voſtre pere,c'eſt à dire,ſi voꝰ eſtiés vrays & naturels Iſraelites,ſans point de doute vous m'aymeriés,cõme frere,& engẽdré de meſme pere,& cõme enſuyuant les mœurs d'iceluy,cõme auſsi vn fils naturel eſt tenu de faire. Et de faict ie n'exprime autre choſe que le pere Dieu:& ne fay autre beſongne que celle du pere,de q ie ſuis yſſu & venu en ce mõde.Car ie ne parle,ne fay riẽ qui ſoit de moy-meſme:& auſsi ne me ſuis-ie point enuoyé moy-meſme,ains celuy m'a enuoyé,lequel vous dittes eſtre voſtre pere vniuerſel.Que ſi vous dittes verité,pourquoy cõme enfans de meſme pere ne recognoiſſés le langage de celuy,qui eſt vray fils:& eſtoit vers le pere auãt que venir au monde:& ne dy rien que ſelon l'ordõnance du pere?Dont vient cela,que vous ne pouués porter ma parolle,veu que par moy,Dieu parle à vous?Si vous tenés Dieu pour veritable,bien-faiſant,ſauuant,amy des gens de bien,ennemy des meſchans,veu qu'en mes parolles & œuures vous ne voyés rien qui forligne de telles vertus,pourquoy ne recognoiſſés les mœurs & le naturel de voſtre pere?Que ſi vous deſirés d'ouyr le nom de voſtre pere,duquel vous enſuyués le naturel & les œuures:vous n'eſtes nays,ny d'Abraham,ny de Dieu,ains du Diable.Vous eſtes ſes naturels enfans,veu que vous reſſemblés le naturel & la complexion d'iceluy,& obeiſſés à ſa volonté.Car vous hayſſés la verité,& braſſés la mort à l'innocẽt.Ceſt exemple eſt de voſtre pere le Diable.Car il a eſté le premier

autheur

Abraham eſt noſtre pere.

autheur & de mensonge & de meurtre : luy qui par sa mensonge a attiré à la mort les premiers autheurs de l'humain lignage, n'estant esmeu à ce faire pour autre raison, que pour
l'enuie de la felicité d'autruy : & c'este mesme maladie vous pousse aussi à brasser la mort,
à vn homme innocent & bien-faisant. Le diable porta enuie à l'homme crée à felicité : &
vous portés enuie à l'homme qui doit estre restitué en la felicité dont il est decheu. Le diable par son orgueil est decheu de la verité : voyre est tellemēt decheu, qu'il n'y a point d'esperance qu'il se doyue retourner à amendement : ains perseuere en mal & adiouste pechés
sur pechés, oppugnant maintenant par vous la verité de Dieu : & faisant par vous le mesme tour qu'il feit du commencement du monde, quand il tira les autheurs de l'humain
lignage à la mort. Doncque quicōque hait la verité & ayme la mensonge, il monstre assés
de quel pere il est yssu. Quiconque parle mensonge, il parle de part celuy, qui est la fontaine de toute mensonge. Quoy que die le diable il dit mensonge, & parle de soy-mesme : car
il est non seulement mensongier, mais aussi pere & autheur de mensonge. Comme aussi
au cōtraire, Dieu est fontaine de toute verité, & quiconque parle verité à la gloire de Dieu,
ne parle point de part soy, ains de part Dieu. Que si vous estes enfans de Dieu, autheur de
verité, plustost que du diable, pere de mensonge : que veut dire (veu que ie vous parle verité receue du ciel diuinemēt de la main de Dieu) que vous, enfans d'Abraham ne croyés
à Dieu ? que veut dire, que voꝰ enfans de Dieu ne recognoissés & aymés la verité de Dieu ?
Si vous trouués aucune mensonge en mes parolles : si en mes faicts vous trouués aucun
crime, n'adioustés foy en mō dire. Mais qui est celuy d'entre vous tous, qui me puist reprocher aucun peché ? Quels vous estes, vous mesmes le sentés en vostre conscience. Que si
tout ce qui est droit & vray vient de Dieu, & ne me pouués conuaincre de rien qui soit discordant de droiture & verité, pourquoy en vous mesfiant de moy, vous mesfies vous de
Dieu, attendu mesmemēt que vous vous vantés d'estre enfans de Dieu ? Que si vostre ven-
tance estoit vraye, vous recognoistriés la parolle de Dieu : mais si elle est fausse, vous ressemblés à vostre pere mensongier. Quiconque est nay de Dieu, il ouyt, comme naturel fils,
les parolles de Dieu son pere. Et à cela voit-on euidemment que Dieu n'est point vostre
pere, point vous n'estes nays de Dieu, que vous ne pouués ouy la verité yssue de luy. Par
tels propos les Iuifs de tant plus indignés (comme la malice des hommes cōuaincue par
raisons, a de coustume de recourir aux insensés maudissons) respondent : Ne disons nous
pas de toy à bon droit (ce qu'aussi maintenant toy-mesme declare en effect, & approuué
nostre sentence) que tu es Samaritain, & as le diable, toy qui veux estre tenu pour Iuif, &
te vante que Dieu est ton pere ? A vn si forcené outrage, que respondit le tres-doux Iesus ?
A l'outrage de Samaritain, combien qu'ordinairement on le tenoit pour grand blasme,
toutefois pour ce que cela n'estoit autre chose, qu'vn maudisson yssu d'vne excessiue cholere, ne plus ne moins que s'ils l'eussent appellé souche ou hiais, il ne respondit rien du
mōde : mais quant à ce qu'ils luy auoyēt mis sus qu'il auoit le diable, il y respond, mais en
sorte, que point il ne leur reiette le maudisson, lequel a bon droit pouuoit estre retourqué
contre eux, ains le destourne doucement de soy, nous enseignant ce pendant, que toutes
fois & quantes qu'il est question de la gloire de Dieu, toutefois & quantes que ce vient à
soustenir la verité Euangelique à l'encontre des meschans, nous soyons vehemens & aspres : mais quand nous mesmes venons à estre outragés, nous monstrions telle douceur,
que point nous ne respondions à vn chascun outrage, ains repoussions de nous ce seulement, à quoy nous ne pourrions nous taire sans le peril & dommage du fruict Euangelique. Or concernoit cecy le fruict Euangelique, que le peuple entendit que tout tant que
Christ faisoit, qu'il le faisoit non pas par l'instinct du diable, mais par le conseil & conduite de Dieu son Pere. Si leur dit Iesus : Ie n'ay nulle accointance auec aucun diable : & ne me
vāte pas que Dieu soit mon Pere, pour par mēsonge m'acquerir gloire, mais à fin que par
moy, le Pere soit glorifié entre les hōmes. Et vous qui vous glorifiés que Dieu est aussi vostre Pere, neantmoins vous m'outragés, moy qui ne cherche autre chose que la gloire d'i-
celuy duquel vous voulés estre veus les venerateurs. Ie ne pourchasse point ma propre
gloire enuers les hommes : & ne me blesse pas vostre outrage, mais plustost vous apporte
vostre ruyne. Car comme Dieu veut par moy estre glorifié entre les hommes, il veut aussi
semblablement que par luy ie soye glorifié : non pas qu'ou luy ou moy ayons besoing de
telle gloire, mais par ce que tel est vostre profit, à fin que vous euitiés la mort, & obteniés
salut. Quant est de moy, comme ie ne cherche pas ma gloire (combien que ma gloire soit
la gloire du Pere) aussi ne suis-ie point vengeur de l'iniure à moy faitte : & toutefois n'en
estimés pas pourtāt que vous deués demeurer impunis de l'outrage que vous me faittes.

S 4   Car

Qui est celuy d'entre vous qui me re-prendra.

Car il y a & qui cherche ma gloire, & qui vange l'iniure n'eſt que vous vous amendiés.
Rien ne vous profitera Abraham autheur de voſtre race, rien Moyſe, riē les Sacrificateurs,
ou Phariſiens, rien Dieu voſtre pere comme vous vantés de bouche. Tenés cela pour tout
certain que ſi quelqu'vn obeit à mes parolles, comme ſouuentefois i'ay dit, il ne verra iamais la mort. La ſeule foy eſt la vòye & entrée à l'immortalité. Les Iuifs au lieu que par ceſte tant douce reſponce ils deuoyent s'appaiſer : au lieu que par vn ſi grand pris ils deuoyent eſtre inuités à credulité, neantmoins ſelon leur lourdeſſe ce que ſelon l'eſprit eſtoit dit
de la vie de l'ame, ils l'interpretent de la vie des corps : & ce qui eſtoit dit pour leur inſtruction, ils le deprauent ſeditieuſement pour outrage faict aux Patriarches, cherchās de tous
coſtés matiere de mettre le Seigneur Ieſus en la hayne du peuple. Or reſpondēt-ils en ceſte
maniere : Par ce tien propos nous auons encore plus certainement cogneu que tu es demoniacle, & inſenſé, & trāſporté : veu qu'à ceux qui garderōt ta parolle tu promets ce que
n'ont pas obtenu meſme les plus nobles Patriarches, auſquels Dieu a parlé luy-meſme.
Dieu a parlé à Abraham, comme auſsi aux Prophetes. Ils ont obey aux parolles de Dieu,
& toutefois tous n'en ont pas laiſſé de mourir pourtant : & tu promets immortalité à ceux
qui gardent ta doctrine? Qui te faict ſi hardy de promettre aux-autres, ce que toy-meſme
n'as pas. Toy mortel promets immortalité aux autres. Serois-tu plus grand que noſtre
pere Abraham, qui eſt mort ? Meſme auſsi les Prophetes ſont tous morts. Ils n'ont oſé

Es tu plus
grand que
noſtre pere
Abraham.

faire telle promeſſe à perſonne. Que t'attribues-tu ? Quel te fais-tu ? Tu te preferes aux
Prophetes & à Abraham, & en promettant ce qui appartient à Dieu, tu te fais Dieu. A ces
forſenés outrages des Iuifs le Seigneur Ieſus tempera ſeulement ſa reſponce, que par ce
qu'ils n'eſtoyent pas encore capables d'vn ſi haut myſtere, il monſtra bien aucunement
qu'il outrepaſſoit les Prophetes & Abraham meſme, & que luy ſeul pouuoit par puiſſance
diuine donner ce qu'il promettoit, au reſte enuers gens groſſiers il euita l'apparence d'arrogance. Mais de peur de les irriter encore plus, eux qui ia eſtoyent eſmeus, il addoucit
ſon parler, diſant : De moy, ie ne m'attribue rien fauſſement. Car ſi à la maniere des hommes ie pourchaſſoye gloire enuers les hommes, ma gloire ſeroit fauſſe & vaine. Et quand
ie demanderoye gloire, ia ne ſeroit beſoing de la pourchaſſer enuers les hommes. Car il y a
le pere, de qui procede toute vraye gloire, lequel me glorifie. Qui de luy eſt glorifié, les outrages des hommes ne le peuuent deshonnorer. Que ſi vous deſirés de ſçauoir qui eſt ce
mien pere, c'eſt celuy-meſme, lequel vous dittes eſtre auſsi voſtre Dieu & pere : duquel ſi
vous eſtiés vrays enfans, ſans point de doute vous cognoiſtriés ſon ambaſſade : ſi vous
eſtiés vrays venerateurs d'iceluy, vous aduanceriés ſa gloire : & n'outrageriés point celuy,
qu'il a enuoyé en ce monde pour voſtre ſalut. Mais quoy, comme vous l'honnorés d'vne
fauſſe deuotion, ainſi vous attribués vous fauſſement la cognoiſſance d'iceluy. De luy, il
eſt ſpirituel, & vous n'entēdés rien que choſes charnelles. Mais moy qui ſuis ſon vray fils,
ie le cognoy, ce que point ie ne m'attribue à fauſſes enſeignes, ains dy ce qui eſt vray : & ſi ie
venoye à dire que ie ne le cognoy point ie ſeroye autant menteur que vous eſtes vains en
vous diſant cognoiſtre Dieu, lequel vous ignorés. Ie ſuis enuoyé de part luy, & ay eſté vers
luy deuant que ie vinſſe au monde. Auſsi le cognoy-ie, & tout tant qu'il m'a enchargé, ie le
garde. Or quiconque reiette ma parolle, il reiette Dieu, pour lequel ie ſuis ambaſſade, &
ce a la bonne foy. Et quiconque refuſe la parolle de Dieu, il ne cognoiſt point Dieu, voyre
il ne le tient point pour Dieu. Dauantage, quant à ce qu'inceſſamment vous vous vantés
de voſtre pere Abraham, duquel vous eſtes du tout diſſemblables, & me rendés odieux
de ce que ie me prefere à luy, certainement ie ne me vante point de mon excellence, ny n'a-

Abraham no-
ſtre pere a.

moindri non plus la gloire d'iceluy Abraham. D'vn ſeul point vous aduertiray-ie, c'eſt
qu'Abraham, lequel vous admirés pluſtoſt que ne l'enſuyués, tant grād qu'il ait peu eſtre,
neantmoins il s'eſt eſgayé & s'eſt eſtimé deuoir eſtre bien-heureux s'il luy pouuoit aduenir de voir mon iour. Or a-il veu ce qu'il auoit ſouhaité, & s'eſt grandement reſiouy ce
grand perſonnage, d'auoir veu mon iour, lequel vous refuſés. Par ceſt enigme Ieſus ſignifia Abraham, quand il ſe deliberoit d'immoler ſon fils Iſaac, auoir veu par eſprit prophetique le Seigneur Ieſus eſtre liuré du Pere à la mort de la croix pour le ſalut du monde, &
neantmoins n'auoir point à perir pour la mort, ains au tiers iour deuoir reſſuſciter à immortalité. Les Iuifs n'entendans pas encore ce myſtere, le calomnient de-rechef ſelon le
ſens charnel, penſans Ieſus n'eſtre rien autre choſe qu'homme, & n'auoir point eſté auant
que nayſtre de Marie. Tu n'as pas, diſent-ils, encore eage de cinquante ans, & as veu Abraham lequel eſt mort paſſés tant de ſiecles? En fin finale le Seigneur Ieſus comme eſmeu de
leurs outrages, deſcouure quelque eſtincelle de ſa diuine nature, ſelon laquelle il ne cognoiſt

gnoift ne temps ne fiecles, ains a toufiours efté tout vn deuant tous fiecles, comme aufsi
le pere Dieu qui ne fçait nul temps, eft toufiours femblable à foy. Car il parle ainfi à Moyfe:
Ie fuis qui fuis. Significant vne eternelle & immuable nature. Doncque le fils en vfant du
parler paternel, leur dit: Ie vous certifie bien de cecy, iaçoit qu'encore ne le croyés vous
point, que deuant qu'Abraham fuft nay, ie fuis. A cefte parolle comme à publicque blafpheme, de ce qu'homme mortel il fembloit s'attribuer eternité, laquelle conuient à Dieu
feul, ils ne fe peurent plus côtenir les mains, ains prindrent des pierres & fe mirent à le lapider. Mais Iefus qui s'eftoit faict Dieu, pour fe monftrer homme aufsi, quitta la place à
leur fureur: non pas qu'il craignift leur violence, laquelle il pouuoit reprimer, mais nous
enfeignant par cela que quand le temps le requiert, on doit vaillamment & conftamment
annoncer la vérité Euangelique: item quand nous nous fommes acquités de noftre deuoir, nous ne deuons pas fans fruict conciter la forcenerie des mefchans. Car le Seigneur
Iefus fçauoit bien, qu'il n'euft peu perfuader ie ne dy pas au menu peuple, qui eftoit grof-
fier, mais non pas mefme à fes difciples, s'il fe fuft à pur & à plein pronôcé Dieu & homme:
& que luy tout vn eftoit tout enfemble & mortel felon le corps humaine, & immortel felon
la nature diuine: felon la chair nay en temps homme d'homme, felon la diuine puiffance
deuât tous temps auoit toufiours efté Dieu de Dieu. Car ce tant haut myftere deuoit plus-
toft par miracles, par mort, par refurrection, par afcenfiõ au ciel, par l'infpiration du fainct
Efprit, eftre perfuadé au monde en fon temps, que deuant le temps eftre tout ouuertemêt
ingeré à gens qui point ne l'euffent creu. Iefus doncque fe retira de leur fureur, & fortit du
temple à l'emblée, comme predifant par ce mefme faict qu'à l'aduenir la lumiere Euange=
lique eftant reiettée des Iuifs gens abominables & de leur plein gré aueugles, fe retireroit
vers les Payens:& qu'a ceux qui tout feuls s'eftimoyent obferuateurs de religion, leur mai
fon feroit laiffée deferte, Iefus s'en allant autre part, qui tout feul eft l'autheur de la vraye
religion & pieté.

<h3 style="text-align:center">CHAPITRE IX.</h3>

Oncque le Seigneur Iefus euita pour vn têps la fureur des Iuifs (lefquels ils
voyoit encore incurables) & fe print à declarer fa puiffance diuine par miracles, laquelle il ne pouuoit êcore perfuader par parolle. Et voicy tout à coup
fe prefente matiere non trop eslongnée des chofes qui auoyent efté faittes
au temple. Car là il auoit eu debat auec des aueugles, aueugles, di-ie, non
pas de corps, mais d'efprit, qui eft bien le plus malheureux aueuglement qui foit point, &
en ce eft il encore plus malheureux, que là où ils eftoyêt plus qu'aueugles ils s'eftimoyent
bien clair voyans, ce qui faifoit qu'ils eftoyent non feulement miferables, mais aufsi incurables. Et de faict l'aueugle que Chrift veit en paffant, eftoit moins miferable, eftant feulement priué des yeux corporels, & ce dés fa nayffance, tellement que ce mal eftoit bien incu
rable, mais c'eftoit aux medecins, & non pas à Chrift. Il auoit les yeux de l'entendement.
Quand doncque Iefus l'euft regardé comme en ayant compafsion de la mifere du perfon
nage, les difciples (qui fe fouuenoyent que Iefus auoit dit au paralyticque guery: Va, &
deformais ne peche plus, de peur que plus grief mal ne t'aduienne) penfans que toute
imperfection corporelle procedoit de l'imperfection de l'ame, demandent à ce propos
femblablement fur cela touchât ceft aueugle par la faute de qui il luy eftoit aduenu d'ainfi
nayftre aueugle. Car comme ainfi foit que nul n'ait peu pecher deuant que nayftre, quiconque vient à nayftre auec maladie ou imperfection de corps, femble eftre puny pour la
faute d'autruy, chofe qui fembleroit eftre deraifonnable. Maiftre, difent-ils, dont vient vn
fi grand mal à ceft homme, qu'il foit nay aueugle? Cela luy aduient-il par fon propre peché ou bien par le peché de fon pere & de fa mere? Ce n'eft pas par fon peché, refpondit Iefus, que ceftuy ait merité de nayftre aueugle luy qui n'a peu pecher: ny aufsi par le peché
de fes pere & mere. Car Dieu ne punit point les enfans pour les pechés de leurs pere & mere, comme aufsi l'enfeigne la Loy, n'eft que les enfans enfuyuent les vices d'iceux. Ains
eft ceftuy nay aueugle, non pas par le peché de perfonne, ains par quelque cas d'auêture,
comme maintes chofes ont de couftume d'aduenir à maints en cefte vie mortelle. Mais la
caufe pourquoy le malheur de ceftuy n'a efté empefché & retardé, c'a efté à fin que par iceluy la puiffance & bonté de Dieu (à laquelle les Iuifs aueuglés refiftent fi obftinément)
vinft à eftre declarée aux hommes. D'autant plus qu'eft le mal incurable, de tant plus eft
noble & excellente la gloire du mal dechaffe. Et la caufe pourquoy ie fuis enuoyé au monde eft à fin que ie procure la gloire de Dieu par faicts de telle efficace, que les incredules en
viennent à croire que ie parle verité, à fin que ceux qui croyront foyent deliurés de leur
aueugle-

aueuglement. Ce mandement me faut-il songneusement executer tandis qu'il est iour.
Car les hômes, s'ils ont quelque besongne à faire, ont de coustume de besongner de iour:
entant que la nuict n'est pas propre pour le trauail. Cependant dôcque que le iour present.
donne le moyen de besongner, en ce qui concerne le salut eternel, il ne me faut pas cesser.
Car la nuict viendra, qu'en vain les hommes voudront lors besongner, & ne pourront.
Tandis que ie suis au monde, ie suis la lumiere du monde. Si les hommes se hastent pour
acheuer deuant le Soleil couché, la besongne qu'ils ont entre mains pour quelque vsage
de ceste vie: combien plus se doit vn chascun efforcer, pendant qu'il m'a present, de mettre
fin à la besongne de son salut eternel, pour l'amour duquel se faict tout ce que ie fay pendant que ie besongne en ce monde? Car quelle autre chose fay-ie, sinon que tous par les
yeux de la foy voyent & cognoissent Dieu, & son fils, lequel il a enuoyé au monde? Ie m'en
doy aller en brief, alors en vain regretteront la lumiere, ceux qui maintenant refusent de
besongner. Par ce propos le Seigneur Iesus amonnesta couuertement ceux qui là assistoyent, qu'en posant bas l'incredulité ils se hastassent de croyre au fils de Dieu, lequel selon
la chair il ne verroyent pas long temps: au reste que ceux qui autrement ne pouuoyent
estre amenés à croyance, sinon en ouyant ses presches & en regardant ses miracles, en vain
regretteroyent absent celuy, qu'ils ont mesprisé present, & à la lumiere duquel presentée
aux yeux de tous, ils ont clos les leurs: item que ceux qui d'obstinés courages persistoyêt
en vn volontaire aueuglement d'entendement, viendroyent, comme gens desesperés &
incurables, à estre vn iour abbandonnés en leur mal pour estre ruyné eternellement, & ce
les suprenant vne miserable calamité, laquelle les perdroit plus tost que gueriroit: Finalement outre tout cela, à l'aduenir viendroit l'horrible iugemêt, auquel temps les meschans
voudront bien, mais en vain, se mettre apres la besongne de leur salut, & ne pourront.
Car ceste nuict là ne le permettra pas, puis qu'ils auront mesprisé le iour, auquel ils le pouuoyent faire. Or est-il qu'vn chascun, pendant qu'ils est en ceste vie corporelle, iaçoit que
le corps de Christ soit esleué au ciel, a toutefois la lumiere d'iceluy par les Apostres & sainctes lettres, qui donnent pouuoir de besongner l'œuure qui concerne le salut. Au reste, le
corps vne fois expiré, desia son iour luy est esconsé, si que plus il ne peut besongner, ains
luy faut attendre le salaire de ses œuures precedentes. Ces choses dit lors obscurément le
Seigneur Iesus en aguillonnant par la frayeur du iugement les hommes tardifs à croyre.
Or les disciples attendans-ia le miracle, Iesus cracha en terre, & ayant meslé son crachat
auec la poudre en fit de la boue, puis en emboua les yeux de l'aueugle, representant en
cela l'ouurage de son pere & voyre, pour mieux dire, le sien, par lequel il auoit formé le
premier homme à tout de l'argille destrempée d'humeur. Or de restablir ce qui estoit pery, c'estoit à faire à celuy mesme autheur qui auoit crée ce que point n'estoit. Et est vn acte
de plus grande vertu, de radouber vne chose corrompue, que d'engendrer ce qui point
n'est nay. Cependant la nouueauté de ceste emplastre rendit à tous l'esprit attentif & suspens pour apres la consideration du miracle qui en aduiendroit: & monstra ensemble la
constante fiance de l'aueugle, qui ne murmure point contre celuy qui l'emboue, ains luy
obeit simplement en tout ce qu'il luy plaist de faire, sans nullemêt douter du benefice, par
quelconque moyen fust-il donné. Et ne recouura pas l'aueugle les yeux tout à coup: ains
tout emboué qu'il estoit, Iesus luy commâda d'aller au baing de Siloé & que là il nettoya
d'eau la boue qu'il auoit aux yeux: & ce à fin que la fiance de l'aueugle (lequel ne refusoit
en rien de faire ce qui luy estoit commandé) fust de tant plus notoire à tous: & que la nouueauté du spectacle, item la longueur du chemin amassast à forces tesmoings du miracle.
Car l'aueugle estoit ordinairement assis aupres du temple, sur le chemin & mendioit: & la
soürce de Siloé d'où vient le baing, est au pied du mont Sion, desquelles eaues faict aussi
mention Esaie, en se complaignant icelles auoir esté mesprisées, non pas que de ces eaues
personne ait obtenu salut, mais par ce qu'elles sont figures des eaues de la saincte Escripture. Lesquelles, iaçoit que sans bruit & bombance de môdaine eloquence elles coulent
paisiblement & doucement, ce neantmoins par ce qu'elles sourdent des profondes cauernes de la sagesse diuine ont vne force celeste de dechasser l'aueuglement de l'entendement
humain, tant enuieilly puist-il estre, & d'ouurir iceux yeux, par lesquels on voit Dieu,
lequel auoir veu est la souueraine felicité. Auec ce Siloé en langage Syrien vaut autant à
dire qu'Enuoyé. Aussi y en a-il vn singulierement enuoyé du Pere, voyre vn qui tout seul
illumine les entendemens des hommes. Car ceste fontaine là representoit Christ mesme,
qui maintenant caché aussi en vertu és sainctes Escriptures ouure les yeux des aueugles,
pourueu qu'ils recognoissent leur aueuglance. Et faut que celuy deuienne plus qu'aueugle

ble qui de Christ veut recouurer la veue. Qui est sage selon le monde, est trop eslongné de
l'espoir de sagesse celeste: qui en soy-mesme est bien voyant, & refuse que ses yeux luy soyèt
fermés de boue de Iesus, vn tel n'a que faire d'esperer la lumiere Euãgelique. Or quand l'a-
ueugle (qui pour raison de sa mendicité estoit bonnement cogneu de tous, d'autant qu'il
estoit venu tel sur terre) s'en alloit audit lieu, comme il luy estoit cõmandé: il n'y a point de
doute qu'à force gens ne l'accõpagnast, non sans risée, attendu qu'il auoit les yeux embo-
ués, & que deux fois aueugle il s'en alloit à vne eau qui n'estoit renõmée d'aucun miracle.
Arriué à l'eau, il y laua la boue de ses yeux, & s'en retourna en la maison, les yeux ouuers,
& voyant clair. Dont les voisins, & autres qui au parauant l'auoyent cogneu (car il ne se
pouuoit faire qu'il ne fust cogneu de maints, luy qui estoit mendiant public) recognoissant bien le visage de l'homme, neantmoins luy voyans les yeux changés, disoyent: N'est-
ce pas celuy que nous auons veu assis deuant le temple pres du chemin, & mendiant?
Aucuns disoyent que c'estoit celuy mesme: les autres au contraire, que ce n'estoit point
luy, mais vn qui luy ressembloit. Et comme ils estoyent entre-eux en discord, luy-mesme
leur dit: Si suis-ie celuy mesme mendiant & aueugle dés la nayssance, lequel vous aués
veu souuent. A fin que la voix recogneue aussi confermast le miracle. Et toutefois, disoyent-ils, nous t'auons veu aueugle: maintenant nous te voyons auoir les yeux ouuers,
& y voir. D'où vient que les yeux qui t'estoyent au parauant clos, te soyent maintenant
ouuers? Cest homme, dit-il, qui s'appelle Iesus, à faict de la boue, & m'en a frotté les yeux:
Cela faict, il m'a dit que ie m'en allasse au baing de Siloé, & là me lauasse les yeux. I'y suis
allé, & m'y suis laué, & ay recouuert la veue. Eux alors cherchans occasion de calomnier
le Seigneur Iesus (en ce qu'ayãt frotté des yeux à tout de la boue qu'il auoit detrempée, il
auroit fait quelque petite œuure au Sabbath) se prennent à luy demãder où pouuoit estre
cest homme, qui luy auoit faict cela. Quand il leur eust respõdu qu'il ne sçauoit qui c'estoit
(car il ne cognoissoit Iesus fors que de nom, & non pas de face) ils amenerent celuy qui
d'aueugle estoit deuenu bien voyant, vers les Pharisiens, à fin qu'en leur contant simplement le faict, il declarast Iesus d'auoir violé le Sabbath. Car il estoit iour de Sabbath, quãd
Iesus ouurit les yeux de l'aueugle. Doncque les Pharisiens interroguẽt de-rechef le person
nage. Car ils cognoissoyent bien que d'aueugle il estoit deuenu voyant. Et luy sans rien
craindre, raconta simplement le cas comme il alloit, & dit: Il a destrempé de la fange à tout
sa saliue, & m'en a frotté les yeux: & cõme il me l'auoit cõmandé, ie me suis laué, & y voy.
Cela ouy, aucuns des Pharisiens, disoyent: Ce Iesus là n'est pas de part Dieu, iaçoit qu'il
ait tousiours en la bouche le pere Dieu. Car s'il estoit yssu de Dieu, il ne violeroit point le
Sabbath par telles œuures, veu que Dieu a commandé de le garder. Cest impieté que de
prophaner vn sainct iour. Auec telles gens Dieu n'a nulle accointãce. Voyla comment ces
peruers & incredules ne pouuãs nyer vn faict tant manifeste, ne condamner vn hõme tant
bien-faisant: empruntent calomnie de la solennité du iour. Item les autres plus guerissables, disoyent: Si cest homme n'estoit aggreable à Dieu, ains estoit detestable pour auoir
violé le Sabbath, comment pourroit-il faire tels miracles? La chose mesme monstre que
ces merueilles se font par la puissance de Dieu? Car ce n'est pas cy le premier miracle qu'il
a faict. Parainsi ils furent entre-eux d'opinion diuerse touchant Iesus. Dont les Pharisiens
qui de tous costés cherchoyẽt occasion de calomnie, font de-rechef venir celuy qui auoit
esté aueugle, & luy disent: Et toy, que te semble de cest homme, qui t'a ouuert les yeux?
Ceste demande luy faisoyent-ils, à fin (s'il venoit à dire mal de Iesus, ce qu'il sçauoit bien
qu'ils vouloyent) d'auoir dequoy rembarer ceux, qui auoyent assés bonne opinion de
Iesus: que s'il en disoit bien, ils le puniroyẽt luy-mesme en le dechassant de la Synagogue.
Mais le mendiant dit simplement & sans frayeur ce que luy sembloit de Iesus. Il me semble, dit-il, que cest vn Prophete. Signifiant par tel titre quelque grand & excellent personí-
nage, duquel il auoit ouy le renom, & la vertu duquel il auoit experimentée en soy. Or y
auoit-il maints Iuifs, qui ne pouuoyent croyre que ce fust celuy là mesme, qui parauant
estoit assis à la porte du temple, mendiant, aueugle dés sa nayssance, là où par apres il
estoit notoire iceluy auoir les yeux ouuers & voir clair. Qui fut cause, qu'on feit venir son
pere & sa mere, lesquels pouuoyent cognoistre leur fils par marques plus peculieres. Et en
cest endroit la malicieuse curiosité des Pharisiens seruoit à la confirmation, & aussi à la
gloire du miracle. Si firent au pere & à la mere telle demande: Est-ce cy vostre fils, qu'ordinairement vous dittes auoir esté nay aueugle? Et d'où vient cécy, que maintenãt il y voit?
Iceux (comme sont craintifs ceux qui n'ont pas grand bien chés eux) voyans que les
Pharisiens cherchoyent occasion de calomnie, respondent finement, disant: Ce que nous

cn

en auons de certain nous le pouuons attester. Nous sçauõs bien que cestuy est nostre fils,
nous sçauons bien qu'il est nay aueugle:mais comment, ou par qui, il a recouuré la veue,
nous ne sçauons. Luy-mesme rendra de cela plus certain tesmoignage, que nõ pas nous.
Car il n'est pas enfant pour ne sçauoir qu'il luy est aduenu. Il est d'eage, plus tost demandés luy:luy mesme die de soy ce qu'il en sçait.Cela disoyent le pere & la mere, nõ pas qu'ils
ne sceussent bien ce qui estoit aduenu à leur fils : mais ils aymerẽt mieux que luy seul tombast en dangier que d'estre enueloppé auec luy d'vn commun peril. Car desia les Iuifs
auoyent arresté que qui seroit si hardy de dire que Iesus fust le Messias, seroit chassé de la
Synagogue : chose qui estoit tenue pour grande ignominie entre les Iuifs. Dont vient
qu'aussi entre ceux qui font profession de l'Euangile la plus rigoureuse peine est, que si
quelqu'vn en forlignant de sa profession vient à tomber en quelque notable faute, il soit
banny de la compaignie des autres, à fin qu'estant debouté, se recognoisse de honte, qui
n'a peu estre corrigé par salutaire aduertissemẽs. Mais ceste punition fut vn patrõ de forcenée cruauté, car ce qu'elle deuoit estre employée enuers ceux tant seulement, qui par leurs
propres vices se rendoyent execrables & pestilencieux, les Iuifs s'en seruoyent pour l'establissement de leur tyrannie: comme aussi de toutes autres bonnes ordonnances, ils en
abusoyent à leur profit & ambition. Car le dard qui ne deuoit estre dardé que contre les
mauuais tant seulement, & ce plus pour les guerir que pour les perdre, ils le dardoyent
contre ceux qui confessoyent Christ.Quoy craignans le pere & la mere,reiettoyent sur leur
fils le maltalent du tesmoignage, disans:Il est d'eage, demandés le luy. Si fut rappelé celuy
qui auoit esté aueugle, pour estre tesmoing & aduocat de soy-mesme, item pour estre heraut de la gloire de Christ.Et de faict toute la malice des Pharisiens,Iesus a de coustume de
la faire seruir à la gloire de Dieu. Car comme ainsi fust que le faict fust tant euident, partie
par le tesmoignage du pere & de la mere, partie par l'effect mesme, qu'on ne l'eust peu ne
dissimuler,ne nyer:neãtmoins pour destourner de Christ (lequel ils hayssoyent)la louange du faict,ils disent au mendiant : Que d'aueugle tu es deuenu voyant,garde toy bien de
l'attribuer à Iesus (à qui tu n'es redeuable dé riẽs) ains rens à Dieu la gloire de ce benefice.
Car nous sommes asseurés que ce Iesus est vn meschant homme, lequel n'a nulle accointance auec Dieu. Les Pharisiens s'efforçoyent de separer ce qui ne se pouuoit separer,assa-
uoir, la gloire du pere d'auec la gloire du fils : voyre & couurent leur impieté d'ombre de
souueraine pieté, comme s'ils auoyẽt grand peur que Dieu ne vinst à perdre sa gloire, eux
qui en toute chose cherchoyent leur propre gloire, sans se soucyer de celle de Dieu. A cela
l'aueugle respond & constamment & prudemment, disant : S'il est homme meschant, les
autres y prennent garde:ce n'est pas à moy d'en iuger. Vne chose puis-ie vrayement attester, laquelle i'ay trouuée en effect, c'est que là où au parauant i'estoye aueugle, maintenãt
i'y voy. Alors les Pharisiens ne trouuans nulle assés idoyne occasion ny de calomnier Iesus, ny de punir le personnage qui auoit sagement & finement respondu, retournent aux
premieres demandes, cherchans de toute part mòyen de despouiller Iesus de sa gloire, &
disent : Que t'a-il faict ? ou par quels moyens t'a-il ouuert les yeux ? esperant qu'il racon-
teroit autrement le faict,& qu'ils en retireroyent quelque cas, dont ils persuaderoyẽt ceste
louange n'estre deue à Christ. A l'encontre de la tant impudente malice des Pharisiens, le
mendiant ia deuenu plus asseuré, respondit : Ie vous ay nagueres clerement raconté la
chose cõme elle alloit: vous l'auès-ia ouye vne fois.Qu'est-il besoing de la redire vne autrefois ? Si vous la demãdés d'vn cœur entier,ie l'ay ia recitée, & par mon tesmoignage ay
satisfaict à la demãde à moy faitte : si autremẽt,ce seroit mal faict de redire la mesme chose.
Ce que tant diligemment vous vous enquerés de la maniere du faict, est-ce par ce que la
chose cogneue au vif, vous ait donné enuie de deuenir disciples d'iceluy (par lequel Dieu
faict de si grandes merueilles) comme moy apres auoir experimenté sa vertu & aussi plusieurs autres sommes deuenus ses disciples ? Les Pharisiens irrités de ceste si grande asseurance du mendiant, ne luy font point de responce, mais l'outragent, luy souhaytant comme pour tres-grand mal ce qui seul les pouuoit aussi eux-mesmes rendre bien-heureux:
& reiettans arriere d'eux par detestation,ce que sur tout ils deuoyent souhaiter, s'ils n'eussent esté autant aueugles d'entendement, que ce mendiant Euangeliste auoit esté au parauant de corps. Si luy dirent : Toy mal-viuant sois disciple de ce mal-viuant.Nous dete-
stons vn tel maistre, nous qui sommes disciples de Moyse, auec lequel ce Iesus là n'est pas
à comparer. Car nous sçauons pour le seur que Dieu parla à Moyse, & que tout tant qu'il
nous enseigne, il l'enseigne de part Dieu. Mais de ce Iesus là à quoy faire l'oyrions nous,
veu que nous ne sçauons d'où il est yssu? Qu'il enseigne & nous monstre son authorité,&

peut

Nostre
maistre.

peut estre croyrons nous à luy. En disputant la fiance du mendiant accreust:& iaçoit qu'il
s'apparust bien que par toutes ruses ils brassoyent de ruyner Iesus, neātmoins mesprisant
vaillamment tous perils, maintient la cause d'icelluy, en recueillant & cõuainquant par le
miracle de la veue rendue, qu'il estoit aisé à voir, d'où Iesus estoit yssu: Ie m'esmerueille,
dit-il, cõmēt vous pouués dire que vous ne sçaués d'où est Iesus, veu que cecy ne peut-on
nyer, que par lùy les yeux ne m'ayent esté ouuers, lesquels i'auoye fermés, lors mesme que
ie nasquis. Certainement ce point est toutalement hors de doute, & n'y contredisés point,
c'est que Dieu n'exauce point les prieres des pecheurs. Mais si quelqu'vn le reuere sain=
ctement, en obeissant à la volonté de celuy qui reuere, vn tel oyt-il. Que si Dieu m'a osté
l'aueuglance par Iesus, combien que le principal honneur en soit deu à Dieu, neantmoins
si faut-il bien dire que celuy soit deuot seruiteur de Dieu, & son amy, par les prieres du
quel il m'a donné vn tant singulier benefice. Car le miracle que vous voyés faict en ma
personne, n'est pas vulgaire ou moyen. On faict mention de maints miracles que Dieu fit
iadis par noz peres, saincts toutefois, & non pas pecheurs. Et toutefois si nous voulons ra
conter depuis la fondation du mõde, qui est-ce qui iamais ouyt parler qu'il y ait eu homme, qui ait ouuert les yeux à vn aueugle nay, & en dechassant la perpetuelle obscurité, y ait
mis la lumiere ? Que si cestuy Iesus n'estoit yssu de Dieu, si la vertu de Dieu ne luy assistoit,
il ne pourroit toutalement rien faire de soy-mesme. Car le faict que nous voyõs n'est pas
vn acte de forces humaines. Par ceste asseurance du mendiant les Pharisiens du tout enragés, voyans qu'il n'y auoit-ia plus desperance qu'õ corrompu, ou effrayé de crainte il se
deportast de magnifier Iesus, ils viennent aux extremités. Ils luy reprochēt son premier a-
ueuglement passé: ils luy reproche la petitesse de sa qualité: comme si telles choses luy eussent esté diuinement enuoyées pour ses pechés, & comme si celuy nayssoit meschant qui
nayt poure, ou aueugle, ou auec quelque autre tache corporelle. Tu es, dirent-ils, du tout
nay en pechés:& nous enseignes, nous qui sommes les piliers de la religiõ, & les docteurs
de la Loy ? Et toy qui n'agueres demandois l'aumosne, tu oses icy philosopher deuant si
grands personnages ? Or ne le laisserent-ils plus parler, & auoyent honte qu'vn poure
hõme & idiot leur auoit fermé la bouche. Si ietterent le personnage hors de la Synagogue,
comme vn abominable disciple de maistre abominable. Mais ceux que l'arrogance Pharisaïque a deiettés de la Synagogue, Christ les reçoit en son Esglise. Car estre forclos & ex-
communié de la communauté des meschans, c'est estre cõioinct à Christ: estre condamné de par ceux qui en establissant leur fausse iustice, abbatent la vraye iustice de Dieu, c'est
estre approuué: estre outragé de par ceux qui cherchans leur propre gloire, s'efforce d'ob=
scurcir celle de Iesus, c'est vn souuerain hõneur: & estre execrable aux execrables, c'est estre
aggreable à Dieu. Or entendit Iesus combien le heraut de sa gloire s'estoit vaillamment
pourté entre les Pharisiens. Car ia le bruit estoit semé parmy le peuple, qu'iceluy estoit dechassé. Iesus doncque l'ayant rēcontré, pour faire mieux apparoistre la foy d'iceluy à tous,
luy dit: Vien-ça, croys-tu au fils de Dieu ? Car il auoit-ia attesté deuant les Pharisiens celuy estre de Dieu yssu, lequel auoit faict vn si grand miracle. Ce que point n'ignoroit le Seigneur Iesus, mais à cause des assistans il tire le tesmoignage de l'hõme, pour donner exem
ple aux autres. Or celuy qui auoit esté aueugle, combiē que de visage il ne cogneust point
Iesus, neantmoins d'vne grande affection qu'il desiroit de cognoistre aussi pour tel celuy
que Iesus appelloit fils de Dieu, luy dit: Et qui est-il, Seigneur, à fin que si ie le viens à le cognoistre, ie croye en luy? Il auoit creu en luy, voyre sans l'auoir veu:& n'est pas c'este parolle d'vn mesfiant, ains d'vn qui desire de voir l'autheur d'vn si grand benefice. Iesus doncque se monstrant par parolles modestes estre celuy duquel il parloit, luy dit: Celuy que tu
desires de voir, tu l'as-ia veu: & qui maintenant parle à toy, est celuy en qui il faut croyre.
Sur cela, sans rien douter, il protesta d'vne grande alaigresse qu'il y croyoit:& quant &
quant la parolle il s'approche des genoux de Iesus, il se prosterna deuant Iesus & l'adora:
declarant certes par ce mesme faict, quelle opinion il auoit touchãt Iesus. Dont Iesus pour
par l'exemple de cestuy enflammer de tant plus les cœurs des assistans, dit: Moy qui suis   *Ie suis venu en*
la lumiere du monde, suis pour ceste cause venu en ce monde, à fin de changer & renuerser   *ce monde pour*
les choses, en descouurant l'image de la fausse saincteté & fardée cognoissance, & ce par la   *iugement.*
lumiere Euangelique: tellement que ceux qui par cy deuant ne voyoyent point, y voyent:
& ceux qui maintenant voyent, deuiennent aueugles. Par ce propos Iesus taxa le peruers
iugement des Pharisiens, lesquels, iaçoit que tous seuls ils s'estimassent sçauoir que c'estoit
que religion, que c'estoit que Loy, que c'estoit que iustice: neantmoins estoyent plus vilainement aueugles que le moindre d'entre le menu peuple, par ce que les conuoitises du
T   monde

monde leur offufquoyent le iugement de l'ame : là où ce poure aueugle homme de baffe
eftoffe, & idiot, comme il auoit recouuert la veue corporelle, ainfi y voyoit-il fi clair de l'a,
me, qu'il furpaffoit en verité l'affemblée d'iceux Pharifiens. Or fentirent bien l'aguillon
de ce propos aucuns des Pharifiens, qui pour lors fuyuoyent Iefus non pas d'vn cœur en,
tier, ains pluftoft cherchant de tout couftés occafion de calomnier. Iceux demeurans en
leur arrogance, à fin ou d'arracher du Seigneur quelque magnificque tefmoignage d'eux
ou d'auoir dequoy le pouuoir accufer vers l'ordre des Pharifiens, luy dirent : Et fommes
nous auffi aueugles, nous? Mais à cefte tant traitreufe & quant & quāt arrogante deman,
de Iefus refpond en forte, qu'il monftra qu'eux qui s'eftimoyent auoir de fort bon yeux,
eftoyent plus qu'aueugles : entant qu'ils eftoyent aueugles non pas de corps, mais d'ame :
& d'autant plus incurables aueugles qu'ils fe penfoyent mieux voyās. Si vous eftiés, leur
dit-il, vrayement aueugles, & recogneufiés la fottife de voftre entendemēt, on auroit pi,
tié de vous & pardonneroit-on à la fimplicité. Mais puis que maintenant vous eftans en
effect aueugles, neantmoins vous vous attribués enuers le peuple louange d'erudition,
voftre aueuglement eft incurable. Tout ainfi que ceftuy aueugle, par ce qu'il a recogneu le
mal de fon corps, a recouuert la veue : ainfi pour ce qu'aueuglés des conuoitifes de voftre
chair vous eftes aueugles de voftre plein vouloir, vous ne pouués eftre gueris, ains perfe,
uerés aux pechés d'incredulité : là où les idiots, qui au parauant ignoroyēt la verité, apres
auoir veu mes miracles, & ouy mes prefches, l'obfcurité oftée, embraffent la lumiere de ve
rité. Celuy qui s'attribue la cognoiffance de la Loy, & faict la guerre à celuy qui eft la fom,
me de toute la Loy, il eft plus qu'aueugle & eft du tout hors de chemin. Iufqu'à prefent
tous ont efté fous ombres, & ne peut-on par autre chemin aller à la lumiere, que par la foy
Euangelique. La caufe pourquoy le fimple peuple recouure plus aifemēt la veue, eft qu'il
ne s'eftime pas autrement voyant : & s'il y a quelque esblouyffement en luy, c'eft pluftoft
lourdeffe, que malice. Mais ceux qui eftans eux-mefmes deux fois aueugles, neantmoins
fe difent docteurs du fimple peuple, c'eft à dire, guides d'aueugles, leur aueuglement eft
plus dangereux & incurable. Car d'eux ils ne viennent point à la lumiere, & fi en deftour,
nent les autres par vne fauffe opinion & apparence de doctrine & faincteté.

<h3 style="text-align:center">CHAPITRE   X.</h3>

ET toutefois iaçoit qu'ils fuffent tels, ils fe defpitoyent & portoyent enuie au
Seigneur Iefus, de ce qu'il attiroit à foy le peuple & le deftournoit de l'obeïf
fance des Pharifiens & Sacrificateurs : lefquels ne pouuans plus maintenir
leur authorité par moyens honneftes, ils s'efforçoyent de fouftenir leur ty,
rannie, par fars, par frayeur, par embufches, par menaces, & abominables
complots, non pas en feruant aux cōmodités du peuple, comme deuoyent faire gens qui
fe difoyent docteurs, guides, & pafteurs du peuple, mais aux defauantage du peuple, cher
chans leur auantage. Doncque Iefus qui par maintes fimilitudes auoit au parauāt inuité
à foy vn chafcun, maintenant s'appellant pain celefte, tel que qui en mangeroit, viuroit à
iamais : maintenant eau viue, que qui en boyroit, engendreroit dans foy-mefme vne fon,
taine d'eau faillante pour auoir vie eternelle : maintenant lumiere du monde, laquelle il
lumine les entendemens de tous, maintenant fils & ambaffadeur du pere Dieu, fi que
qui croyroit en luy obtiendroit falut eternel : par vne autre parabole faict encore le mefme
à fin que tant plus profondement demeure imprimé au cœur de tous, ce qui eft le prin,
cipal de tout le falut humain, affauoir, perfonne ne pouuoit eftre guide & pafteur du
peuple, que premier il ne foit luy-mefme brebis de Chrift, moy pafteur de toutes les bre,
bis, qui doyuent eftre mifes à la dextre au dernier iour. Or n'eft-on point brebis de
Chrift, fi on n'eft membre d'iceluy : & n'eft point membre de Chrift celuy qui prefere ce
monde & fa propre gloire à la gloire de Chrift. Et les Pharifiens, pour ce que fans Chrift
ils vouloyent eftre pafteurs, eftoyent brigans & larrons. & non pas pafteurs : iaçoit
qu'ils s'attribuaffent titre & dignité de pafteurs. Iefus doncques les taxant, leur dit :
De cecy vous affeure-ie bien, que qui entre és bergeries des brebis non pas par l'huys,
ains s'y fourre de force par autre part, foit en paffant par deffus les cloyes foit en rom,
pans les parois, vn tel n'eft point pafteur, ains larron & brigand. Le larron, pour par
finneffe y rauir quelque chofe : le brigand pour par force le perdre. Mais celuy qui en,
tre par l'huys, par ce qu'il ne braffe point de fineffe contre les brebis, iceluy eft pa,
fteur, & quand il veut entrer par l'huys, celuy luy ouure, qui tout feul a droit le pou,
uoir d'ouurir. Vn tel pour ce qu'il eft vray pafteur, les brebis recognoiffent & oyent fa
voix : là où à la voix du brigand & larron, laquelle leur eft incogneue, elles s'effrayent.
                                                                                      Car

Celuy qui
n'entre par
l'huys.

Car iaçoit que la brebis soit vne beste simple & dependãte de l'ayde d'autruy, neantmoins elle cognoit la voix du pasteur, duquel elle sent l'vtilité, & a en horreur la voix des loups, par lesquels elle craint la mort. Doncques le pasteur qui entre és parcs par l'huys, n'effraye point les brebis, ains est cogneu d'icelles, & luy semblablement recognoist ses brebis, tellement qu'il les sçait biẽ appeller voyre vne par vne par leur nom, & icelles appellées obeissent à luy qui les appelle. Car il les appelle pour les mener au pasturage, & non à la boucherie. Voyre & les appelle d'vne voix amiable & familiere, point il ne les iette dehors, ains de leur plein gré obeissantes il les maine aux pasturages : & quand ia menées hors des cloisons esquelles elles estoyent encloses, elles sont venues en plein champ, de peur qu'elles ne s'esgarẽt, ce vray & familier pasteur va deuant son trouppeau, & le trouppeau le suyt pied à pied. Car il ne les precede pas muet, ains de sa voix incite & semõd à chasque fois les brebis de le suyure, & les retirer d'erreur. Or cognoissent-elles la voix de leur pasteur, vers laquelles elles se dressent. Mais vn pasteur d'autre trouppeau elles ne le suyuẽt poĩt : ains ont en horreur & refuyẽt l'incogneu, par ce qu'elle ne recognoissent que la voix de leur propre pasteur. Par ceste parabole le Seignr Iesus taxa les Pharisiens, les Scribes, les Sacrificateurs, & les principaux d'entre le peuple, lesquels se despitoyẽt de ce que maints aymoyẽt mieux s'adioindre à Christ qu'à iceux, qui s'estimoyent les conducteurs du peuple. Or ceux qui estoyent truyes, ou boucs, escoutoyent la voix d'iceux. Mais ceux qui estoyent vrayes brebis vuides de tromperie, simples & innocentes, ils entendoyent la voix du Seigneur Iesus, qui estoit le vray pasteur : à qui le pere huyssier auoit ouuert l'huys à celle fin que les brebis qui luy obeiroyent, il les amenast aux pasturages de vie eternelle. Au reste, n'entendãs point les Pharisiens que vouloit dire ceste enigme & parabole, Iesus leur daigna bien deschiffrer, ce qu'il leur auoit dit assés obscurément, à fin de les rendre plus attentifs, & que plus profondemẽt residast au cœur des auditeurs, ce qui par similitude y auroit esté fiché. En verité, dit-il, ie vous asseure que ie suis cest huys, duquel i'ay parlé, par lequel il faut que les brebis entrent & sortent, si elles veulent estre sauuées & entieres. Par cest huys faut qu'entre celuy, qui veut faire office de pasteur. Car ce n'est pas assés de s'estre fourrés dans les cloisons de l'Esglise par quelconque chemin : ce n'est pas assés d'estre patuenu au titre & dignité de pasteur par quelconque moyen. Tout tant qu'il y en a eu de tels, qui par moyens peruers se sont fourrés en la bergerie du peuple de Dieu, auec intention non pas de paistre, mais de despouiller : par ce que tels ne sont pas entrés par moy, qui suis l'huys, ils ne sont point pasteurs, ains sont larrons & brigans : gens conuoiteux de gaing, & violens en tyrannie & cruauté. Mais de tous ceux là, les truyes & les boucs qui ayment ce monde, ont ouy leur voix. Au reste, les brebis qui sont destinées aux pasturages de la vie eternelle, & conuoiteuses de la pasteure Euangelique, n'ont point ouy la voix de tels, par ce qu'ils n'estoyent point vrays pasteurs, & qu'en iceux elles ne recognoissoyent point la voix Euangelique. Car leur voix ne resonnoit rien son pasteur, mais plus tost retentissoit son brigand & loup. Ie suis doncque l'huys, moy. Il n'y a point d'entrée salutaire en l'Esglise & royaume des cieux, sinon par moy, soit qu'on veuille estre pasteur, soit que brebis. Qui par moy entrera, trouuera salut eternel : & ne sera point au danger des larrons & brigans : ains asseuré de cestuy pasteur, entrera és bergeries pour auoir iouyssance de l'heureux temps de contemplation : & sortira és pasturages, pour s'employer aux deuoirs de charité : & n'aura iamais faute de pasturage, ains par tout trouuera matiere de bien faire, à fin qu'ensemble il puist & profiter aux autres, & luy-mesme tetourner és bergeries plus temply de bien-faicts. Vous aués dõcques vne marque moyennant laquelle vous pourrés discerner entre la brebis & le bouc, entre le vray pasteur & le faux. Qui sans croyre en moy se faict toutefois pasteur du peuple, d'vn tel se doit-on garder. Or descouurira lors la voix quel il est, si sa parolle tend non pas à la gloire de Dieu, ny au salut du peuple, mais à la propre gloire d'iceluy, au gaing, à finesse humaine, à tyrannie, d'vn tel se doyuent garder les brebis, car il est vn larron & brigand, & non pasteur : & en ce plus pernicieux, qu'il contrefaict la personne de pasteur. Que si la voix ne vous est vne marque assés euidente, prenés garde à leurs œuures. Vn larron ne vient pour autre fin, sinon pour desrobber, & au desauantage du trouppeau d'autruy, s'acquerir vn gaing deshõneste. Vn brigãd ne vient pas pour autre intention, que pour tuer & gaster, & exercer tyrannie sur le trouppeau, auquel il deuoit profiter. Dõcque par ces trois signes vous pourrés discerner le vray pasteur d'auec le larron ou brigand : assauoir, s'il entre par autre part que la porte, c'est si point il m'aduoue, moy par qui seul il y a esperance de salut eternel : si sa parolle contreuiẽt à la doctrine Euangelique : s'il tend à autre but, qu'aux choses qui concernent la gloire de

T 2   Dieu.

Dieu, & le salut du peuple. Si nulle de ces marques ne se trouue en moy, si le pere m'a ouuert l'huys : si ie dy choses qui s'accordent auec la volonté de la Loy & du Pere: si en rien ie
ne pourchasse ny le gaing ny ma gloire, ains obey au vouloir du Pere sans auoir soif d'autre chose que du salut de tous, entendés que ie suis le vray pasteur, & recognoissés mon
autheur, ma voix, & ma diligence. Ceux qui se vantent d'estre pasteurs, s'estudient à s'enrichir de noz pertes : & alors se trouuent fort bien à leur aise, quand le trouppeau est en
tref-mauuais point. Moy qui suis entré par la porte, ne suis venu pour autre intention,
sinon à fin que les brebis maladiues viennent à se guerir, les mortes à viure, & les viues à
s'engraisser de toutes sortes de vertus. Celuy est tenu pour vn bon pasteur, qui viuant luy
du reuenu de son trouppeau, rameine loyaument à la bonne foy les brebis en la bergerie,
les remaine aux pasturages : rien ne desrobbe, rien ne tue. Mais vn pasteur Euangelique
surpasse de beaucoup ceste integrité. Car nõ seulement il ne despouille point le trouppeau
comme faict vn larron: non seulement il ne le tue point comme faict vn brigand, ains aussi
employe sa propre vie pour garantir ses brebis: tant s'en faut que pour le gaing il endommage le trouppeau qui luy est baillé en charge, ou qu'il gaste ce qu'il a prins en garde. Par
ainsi les autres qui se disent pasteurs, sont loups & non pasteurs. Que si vous demandés
vn exemple & patron de bon pasteur: ie suis vn bon pasteur, moy qui non seulement ne
cherche pas mon auantage au desuantage du trouppeau, ains aussi leur donne gratuitement mes biens, & à l'encontre de ceux qui vexent le trouppeau i'employe ma propre vie.
Ce qu'vn amy ne faict pas pour l'autre, ie le fay pour mes brebis. Nul ne peut estre vray
pasteur, n'est qu'il soit exempt de toute conuoitise de commodité particuliere, n'est aussi
qu'il abbandonne sa propre vie, si quelquefois le trouppeau vient en dangier. Car il y a
maintes choses qui nuysent au salut du trouppeau. Partãt celuy qui est vray pasteur, & de
cœur se soucie du trouppeau, non pour autre raison, sinon qu'il arme le trouppeau en o-
beissant à celuy qui luy a baillé en garde, & non pas pour le despouiller ou tuer, vn tel contregarde le salut des brebis, mesme aux despens de sa vie. Au cõtraire, vn mercenaire & qui
pour son profit a prins la charge du trouppeau, iaçoit que durant la tranquilité il se porte
loyaument & ait soing du trouppeau, neantmoins si le dangier de la vie suruient, c'est à
dire, s'il voit venir le loup, il placque là les brebis, & s'ẽfuyt pour sauuer sa vie, & du trouppeau, il l'abbandonne à dissiper & despecer au loup. Et qui en est cause? Rien autre chose,
sinon qu'il est mercenaire, & non pasteur. La vraye charité ne regarde point au salaire.
Car là où il y a esgard au salaire, là n'y a point de charité, ou bien elle y est imparfaitte: & s'il
s'y faict quelque deuoir, il ne se faict d'vn cœur de vray pasteur. Et quand ce vient que la
chose a principalement à faire d'vn vray & nayf pasteur, alors s'abbandõne le trouppeau,
& s'enfuyt le pasteur mercenaire. Et pourquoy? Pourautant qu'en faisant son conte selon
le sens humain, il estime mieux valoir que le trouppeau d'autruy perisse, que si luy-mesme
venoit en dangier de sa vie. Or est-il bien vray que cestuy est vn peu meilleur que ceux qui
contrefaisans les pasteurs se portent en loups enuers le trouppeau. Car il s'en trouue, qui
durant la prosperité font assés bonne & loyale garde du trouppeau, mais quand vient
quelque grand dangier, ils laissent le trouppeau au loup à escarter & mettre en pieces. Le
mercenaire dit à part soy: Que m'en chaut-il, si les brebis perissẽt? De moy ie n'y perd rien.
Mon salaire est en seureté : & si i'y perds de mon salaire, i'ayme mieux faire ceste perte, que
pour brebis d'autruy batailler auec le loup. Si ce trouppeau vient à estre perdu pour son
Seigneur, il s'en trouuera quelque autre, qui me sera baillé en charge auec salaire. Car la
perte du trouppeau ne tourmente point le cœur d'vn mercenaire. Qui faict qu'ensemble
le Seigneur perd ce que singulierement il ayme, & vient à estre ruyné le trouppeau, qui
pouuoit estre sauué. Ce n'est doncque point merueille, si les brebis Euangeliques ne recognoissent point la voix de tels pasteurs. Les brebis n'en sont point en cause, mais la malice
des pasteurs. Et ne faut-ia se despiter si ceux que le Pere a attirés, me suyuent, en abbãdonnant les pasteurs mercenaires, larrons & brigans. Car ils apperçoyuẽt qu'en toutes sortes
ie suis bon pasteur, iusqu'à despendre ma vie. Ie cognoy mes brebis comme celles qui me
sont baillée du Pere, tout le bien duquel est mien: & semblablement les brebis attirées par
l'inspiration du Pere cognoissent leur pasteur, l'ayment & suyuent, comme celles qui entendent bien qu'il ne leur reste aucun espoir de salut que par moy. Le Pere me cognoist
comme son fils naturel & obeissant en tout & par tout à sa volonté: & moy pareillement ie
cognoy le Pere, qui veut que tout homme soit sauué. Par son commandement ie despens
ma vie pour le salut de mes brebis, lesquelles il m'a baillé en garde : & feray en sorte, que
tandis que i'en seray pasteur, rien ne pourront à l'encontre d'icelles ny ce monde ny le
prince

prince d'iceluy le diable: ainçois à fin que les miens foyent gardés en leur entier, ie me liureray moy-mefme à la mort, pour par ce moyen rompre les forces du loup & luy retirer
de la gueule les brebis qui me font obeiffantes. Et n'eft pas affés à la volôté du Pere, n'auffi à ma charité que ie contregarde ces brebis: que du peuple Ifraelitique le Pere m'a en premier lieu baillées à garder: ma charge s'eftend plus au large. Il y a aufsi és autres nations
des brebis efparfes qui font expofées aux embufches de loups larrons & brigans:& ne re-
poferay point que ie ne les aye aufsi ramenées en la commune bergerie. Et iaçoit qu'elles
n'oyent la voix ny de Moyfe ny des Prophetes, neâtmoins s'il y a aucune deftinées à falut,
elles entendront & ouyront ma voix. Car la nation ne forclos point du falut. Quiconque   *Et elles orrõt*
oyt la voix du fils de Dieu, lequel eft le vray pafteur, fera fauué. Iufqu'à prefent le troup-   *ma voix.*
peau de Dieu a efté efpars pour la multitude des faux Prophetes. Tous promettent falut
& à vn chafcun fa voix,& tous appellent, l'vn à cecy, l'autre à cela. Ce pendât le trouppeau
eftant deftitué s'efcarte çà & là, & perit en diuerfes manieres. Mais tout incontinent que
les brebis ouyront ma voix, elles cognoiftront la voix du vray pafteur, & s'affembleront
de toutes les contrées du monde. Et parainfi fe fera vne mefme bergerie pour tous: & n'y
aura qu'vn feul pafteur. Qui fera hors de cefte bergerie, ne pourra eftre fauué. Qui ne re-   *Et fera faitte*
cognoiftra ce pafteur, ira en perdition. Et à fin que cela n'aduienne par faute, ie fay office   *vne bergerie.*
de bon pafteur iufqu'à la perte de ma vie. Le pere ne perd rien, encore que tout ce qui eft
crée perit:car il n'a faute de rien:toutefois pour l'amour gratuite qu'il porte enuers le gêre
humain il a enuoyé fon fils au monde,à fin qu'à tous fi faire ce peut,il donne falut eternel.
Or pourautant que ie fuis de mefme vouloir qu'eft le Pere,pour cefte caufe m'ayme-il fin-
gulierement,comme celuy qui fuis fils & non pas mercenaire, d'autant que de mon plein   *Pour cefte*
vouloir i'employe ma vie pour le falut du trouppeau paternel: tant s'en faut que ie cher-   *caufe mon*
che d'auancer mon profit au dommage du trouppeau. Entre les hommes fi furuenant le   *Pere m'ay-*
dangier,quelqu'vn tient bon fans s'enfuyr, c'eft vne fouueraine charité. Et moy ie fay d'a-   *me.*
uantage, qui de plein gré & vouloir me liure à la mort. Il y en a qui machinent ma mort:
leur malice n'auroit nul pouuoir contre moy, fi moy-mefme n'auoye determiné d'endurer la mort de mon propre mouuement pour le falut des miens. Tels ont bien le vouloir
de me meurtrir, mais fi ne pourroyêt-ils me tuer fans mon vouloir.Ils ne m'ofterõt donc
que point la vie, ains moy-mefme de plein vouloir la defpendray pour mes brebis, pour
par ma mort leur racheter la vie eternelle. Ne croyés point que de mõ plein vouloir ie me
liures moy-mefme à la mort,finon qu'apres auoir laiffé ma vie de plein gré,ie la reprenne
par ma vertu quand bon me femblera.En cecy dont gift la louange d'vn vray pafteur,que
de fon propre mouuement il s'expofe foy-mefme à la mort pour le falut du trouppeau,
lors qu'il pourroit bien efchapper la mort s'il vouloit. Il n'y a force d'hõmes qui me peuft
ofter la vie mal gré moy: mais moy-mefme l'employe de mon vouloir pour le falut du
trouppeau. Les autres meurent, malgré eux, & eftans morts ne retournent point en vie.
Et iaçoit qu'vn chafcun fe puiffe tuer foy-mefme & perir d'vne malheureufe mort abominable,il ne peut neâtmoins remettre de-rechef au corps la vie qui en eft vne fois fortie.
De moy i'ay l'vn & l'autre en ma puiffance, affauoir, & de mettre cefte ame hors du corps,
& de la remettre de-rechef en iceluy mefme corps. Que fi la chofe vous femble incroyable,
que quelqu'vn de fon gré peuft par fa mort racheter la vie d'autruy:il a ainfi femblé bon à
mon Pere qui m'a enuoyé au monde, que par tel moyen ie pouruoye à l'affaire du falut
humain.I'obey volontairement & alaigrement aux commandemens de celuy,auec lequel
i'ay vne mefme volonté, lequel aufsi m'a baillé cefte puiffance que ie puis ce que ie veux.
Quand Iefus eut tenus ces propos,nouueaux, nõ ouys, & furpaffans de beaucoup le fens
commun des hommes. Il y eut de-rechef diuerfes opinions entre le peuple. Car plufieurs   *Adonc diffen-*
difoyent ce que ia ils auoyent deuant dit par plufieurs fois (fi quelque fois il venoit à de-   *tion fut faitte*
fcouurir leurs fecrettes entreprinfes,ou bien s'il difoit ou faifoit quelque chofe qui furpaf-   *de-rechef.*
faft les forces humaines.) C'eft vn demoniacle : &, Il eft hors du fens. Car fes propos contreuiennent au fens commun.Quel profit y a-il à l'ouyr:Au contraire les autres difoyent:
Ces propos ne font point d'vn qui foit demené du diable. Car ils fentent leur vertu diui-
nè:attendu mefmement, que le faict refpond au dire, & que telle qu'eft la parolle, telles
font aufsi les œuures. Il tient propos furpaffant le fens humain, mais aufsi faict-il chofes
furpaffantes la force humaine. Vn infenfé & endiablé peut-il ouurir les yeux des aueugles : Aueugler vn voyant, c'eft l'acte des diables:mais ouurir les yeux d'vn aueugle nay,
c'eft vne œuure de vertu diuine. Puis donc qu'il eft notoire ce auoir efté faict par iceluy,
fon parler ne peut fortir du diable malfaifant,veu qu'euidemment onvoit que fes œuures

T 3　　　fortent

sortent de Dieu bien-faisant. A ce different rien ne respondit le Seigneur Iesus: nous enseignant par cela, qu'il n'est pas tousiours bon de debattre auec les meschans, ains que
mieux vaut demonstrer par œuures que c'est que nous pouuons, que non pas par parolles, & faut quelque fois faire place, à la fureur des meschans, sans iamais oublier la debonnaireté Euangelique. Apres cela le iour de feste apporta nouuelle matiere de dispute. Car
lors se faisoit la feste des Renouailles & dedicasse, ainsi appellée à cause du temple refaict
& renouuellé en Ierusalem, apres le retour de Babylone. A ceste feste comparut Iesus, le
renouateur de la Loy, & l'architecte & maistre masson du nouueau temple, qui est l'Esglise.
Or estoit-il hyuer, temps certes conuenable au cœur des Iuifs, qui pour le zele d'vne froide Loy, estoyent destituéz d'ardeur & charité Euangelique. Et ne se tenoit-ia plus Iesus
dedans le cœur du temple, mais se pourmenoit en l'allée, surnommée, de Salomon: à fin
que le lieu mesme declarast celuy pacifique estre present, lequel deuoit tout appaiser tant
au ciel qu'en la terre. Or se pourmenoit l'autheur de la loy Euangelique, ayant la Mosaique à bien tost cesser. Iesus donc se pourmenant là, les Iuifs, à fin qu'il ne peust eschapper,
l'enuironnerent, irritéz pour plusieurs siennes parolles & œuures, & assés mal d'accord
entre-eux, les vns malicieusement calomnians le tout, les autres par ces mesmes faicts &
parolles admirans en luy quelque chose plus souueraine que force humaine. Or l'abborderent-ils par telles parolles: Pourquoy tiens-tu tant nostre cœur en doute par propos
ambigus: & fais mutiner le peuple? Si tu es le Messias que nous attendons, di-le nous
tout à plat. Et Iesus, iaçoit qu'il n'ignorast pas que d'vn cœur peruers ils luy demãdoyent
vne chose laquelle ils auoyent souuentefois ouye, & pouuoyent l'apperceuoir par ces propres œuures, neantmoins respond gratieusement, aymant mieux les instruire, qu'irriter
Qu'est-il besoing, dit-il, que tant de fois ie proteste de moy-mesme, qui ie suis: attendu
mesmement que si ie le fay, le tesmoignage de verité vous l'interpreterés arrogance? Si
vous croiés en moy, i'ay-ia dit qui ie suis: si vous n'adiousliés point foy à mõ dire, neantmoins vous ne pouués ignorer la chose dont vous m'interrogués. Il n'y a point de plus
certain argument que par les faits. Vous voyés mes œuures, lesquelles ie fay deuant voz
yeux par la volonté de mon Pere, & non pas du diable, comme calomnient aucuns. Si elles semblent dignes de Dieu, croyés que ie suis enuoyé de part luy. Mais vous ne croyés
ny à mes œuures, ny à mes parolles: laquelle chose ne vient point par ma faute, mais par
vostre malnet & double cœur. Ceux qui ont le cœur simple & nullement entaché de la malice de ce monde, croyent à mes parolles, & comme brebis cognoissent là voix du bon pasteur: & moy semblablement les aduoue pour miennes, pour trupelues qu'elles soyent selon le monde. Mais de vous, pour cela ne cognoissés vous point ma voix, que vous n'e-
stés point du nombre de mes brebis, la simplicité desquelles est enseignable, là où vous
aués les cœurs enfléz d'ambition, esleuéz de hayne, corrompus d'enuie, infectéz d'auarice, & entachéz de diuerses conuoitises de ce mõde: que si vous nettoyés voz cœurs de tels
maux, sans point de doute vous aussi ouyrés ma voix, & n'y perdriés pas vostre temps.
Pour le premier vous euiteriés la ruyne, appareillée à tous ceux qui se rebbellét à l'encontre du fils de Dieu: & auec ce obtiendriés la vie eternelle. Car à la verité les brebis miennes
pour simples & idiotes qu'elles soyent selon le iugement du mõde, neantmoins en me
recognoissant pour pasteur, & en me suyuant comme guide & conducteur obtiennent de
ma beneficence vie eternelle: là où ce pendant ceux qui sont estiméz grands & heureux au
monde s'en vont en perdition. Les brebis sont simples, innocentes, foibles, & destituées

de tous secours de ce monde. Contre icelles le monde dressera toutes ses embusches ma-
chines & forces. Mais il n'y a nulle puissance de Sathan qui doyue estre si grande, que de
me les pouuoir rauir d'entre les mains. Le monde â l'authorité des Pharisiens, la dignité des prestres, il a Roys armés, preuost, iuges, parquets, prisons, cheines, liens, verges,
haches, tortures, banissemens, morts, & tout ce qui ordinairement apporte frayeur voire
aux gens de bon courage. Il a d'autre part les richesses, les voluptés, les honneurs & dignités, & tout ce qui a de coustume de corrompre les cœurs pour entiers qu'ils puissent
estre. De toutes ces forces se sert le monde pour m'arracher mes brebis d'entre les mains,
mais tandis que ie les defendray nul ne me les pourra oster. Tout tant que le monde bras-
sera, tournera au profit des brebis, & à la gloire de mon Pere. Nous ne nous reuangerons
pas par armes ne par poisons, ny ne rẽdrõs pas iniures pour iniures, mais sans telles forte-
esses nous emporterõs neantmoins la victoire par vne nouuelle maniere. La seule defense que le Pere m'a baillée pour garãtir mes brebis, est plus forte & puissante que toutes celles à tout lesquelles le mõde s'esleuera contre moy & les miẽs. Et ne me destituera point le
pere,

pere.Moy aussi n'abandõneray point mes brebis.Car ce qui est entre mes mains, est aussi entre les mains de mon Pere.Or pour autant que le monde n'a nulle puissance si grande, qu'elle puist rien qui soit arracher d'entre les mains de celuy qui de son vouloir peut toutes choses:aussi nulle chose ne pourra m'arracher d'entre les mains ce qu'iceluy m'a baillé en garde.Tout ainsi cõme entre le Pere & moy il y a vne parfaitte cõmunauté de puissance,ainsi y a-il vn souuerain cõsentement de volonté.Nous sommes tout vn, egaux en puissance,semblables en vouloir & non vouloir.Les Iuifs irrités de ces propos,ne pouuãs porter que tant de fois il eust en la bouche son pere,par l'ayde duquel il promettoit si grandes choses,chargerent de-rechef des pierres pour en lapider Iesus. Nul toutefois ne le frappa, par ce que le temps n'estoit pas encore venu,auquel il auoit determiné d'endurer la mort pour le salut du genre humain.Mais Iesus par douces parolles tasche de rabattre leur fureur,disant:Le peuple a de coustume de s'armer les mains de pierres pour se venger des malfaitteurs publicques.Et moy ie vous ay eslargy tãt de benefices de la liberalité de mõ Pere.I'ay enseigné les defaillans,i'ay consolé les affligés,i'ay nourry les affamés, i'ay restitué les manchets,i'ay nettoyé les ladres,i'ay guery les malades,i'ay deliuré les demoniacles,i'ay redressé les paralyticques & retraits,i'ay chassé les fieures,i'ay chassé toutes sortes de maladies & maux,i'ay ressuscité les morts:brief toute ma puissance & authorité que le Pere m'a baillée ie l'ay employée pour vous ayder & ce gratuitement.En toutes ces choses qui est celle pour laquelle vous me iugiés auoir merité d'estre lapidé? Si on lapide le bié-faisant,que fera-on aux dissolus & malfaisans?Les Iuifs finalemẽt amenés iusque là qu'il failloit ou qu'ils declarassent le crime,duquel ils accusoyent Iesus,ou qu'ils recogneussent leur forcenerie,eux à fin de couurir leur rage,dirent:Nostre coustume n'est pas de lapider personne pour ses bien-faits:mais nous t'estimons digne d'estre lapidé à raison du crime de blaspheme,qui est bien le plus enorme d'entre tous les forfaits:& en cecy nous suyuõs l'authorité de la Loy,qui cõmande que tels soyent lapidés.Car qui pourroit plus endurer que toy qui es hõme,te fay Dieu toy-mesme,ayant à chasque fois Dieu ton pere en la bouche,cõme si tous nous n'estions point fils de Dieu,& que toy par vne houuelle & peculiere raison soys fils de Dieu,tellement qu'auec le Pere tu sois participãt de toutes choses? N'est pas cela s'attribuer vne diuinité?Or cõme ainsi soit qu'il n'y ait qu'vn Dieu, tout homme quiconque d'entre les hommes s'attribue la participation de la diuine puissance,il est iniuste,inique & rebelle enuers la maiesté de Dieu.A ce crime qu'ils luy mettoyẽt à sus,le Seigneur Iesus y respondit par si bon moyen qu'en premier lieu il se purgea du tout du crime de blaspheme,puis à fin que plus il n'irritast leur rage par picquans & outrageux propos, toutefois s'attribua auec toute modestie ce que point il ne deuoit nyer,par ce qu'il vouloit qu'il nous fust cogneu:Vous m'accusés,dit-il,du crime de blaspheme,de ce que ie dy que Dieu est mon pere.N'y a-il pas quelque chose de plus haut escript en vostre Loy, assauoir és Pseaumes:Ie vous ay tous appellés Dieux,& enfans du tres-haut.Si doncque Dieu mesme eslargit la dignité de son nom à ceux ausquels s'addressoit la parolle de Dieu, & en les appellant nõ seulemẽt enfans de Dieu,mais dieux,sans toutefois que la maiesté de Dieu en soit amoindrie, & ne peut estre faux ce qui est couché és sainctes escriptures:comment m'accusés vous de blaspheme pour m'estre dit fils de Dieu,veu que le Pere m'a entre tous sanctifié & enuoyé au monde,à fin que par le fils tous obtinssent saincteté?Si le deuis de Dieu auec les hommes faict les hõmes dieux & fils de Dieu,la chose vous semble-elle intolerable,si ie me dy fils de Dieu,moy qui suis la parolle de Dieu, & qui ay esté vers luy,deuant que ie vinsse au monde,& qui ay auec luy egale cõmunauté de toute choses?Ce que ie m'attribue en parolles est modeste,attendu que suyuant l'authorité de l'Escripture il cõuient aussi à plusieurs autres.Au reste il vaut mieux considerer par mes propres faits quel titre me peut estre deu.Si mes œuures ne sont trouuées plus qu'humaines,si elle n'ont vne mõstre de vertu diuine,ne croyés point,que ie soye fils de Dieu, & qu'en tout & par tout ie soye vn auec luy.Que si en moy voꝰ voyés Dieu le pere desployãt sa vertu, & vous ne voulés adiouster foy à mes parolles au moins croyés aux œuures que vous voyés deuãt voz yeux, & m'estimés vn arrogant,si ie ne monstre beaucoup plus par œuures que ie ne m'attribue par parolles. Si vous les voulés considerer d'vn cœur entier,il en aduiendra que vous croyrés aussi à mes parolles,sans plus deuoir douter que le pere ne soit en moy,& moy au pere,d'autant que tous deux sommes conioints l'vn à l'autre d'vne communauté indiuisible en ce que luy par moy faict tout tant qu'il veut, & moy ie ne me destourne iamais de son patron & cõmandement,tellement que qui croit en moy croit aussi en luy, & luy contredit qui me contredit.Ces propos ouys,les Iuifs quis'en deuoyent corriger,en furent

T 4 rent

Marginal notes:

Adonc les Iuifs prindrent derechef.

Psal.82

Et l'escripture ne peut estre enfrainte.

rent indignés dauantage, & taſcherēt d'empoigner Ieſus, pour executer ce que ia ſouuente
fois ils auoyent attenté en vain. Mais Ieſus pour monſtrer par tous moyens que volontai
rement il endureroit la mort, quand le temps ſeroit venu, eſchappa de leurs mains. Doncques apres auoir là aſſés enſeigné, il ceda pour vn temps à l'incurable forcenerie des meſchans, & de rechef paſſe le Iordain & s'en alla au lieu, où Iean commença premieremēt de
baptiſer. Car cōme nous auons dit, il chāgea apres de lieu, & baptiſa aux eaux de Sichem.
Ieſus dōc demeura là en lieu deſert, comme hayſſant l'impieté des villes. Là auſſi l'allerent
trouuer maints des lieux voyſins, leſquels auoyent les cœurs enflammés pour auoir entē
du le renō, ouy les preſches, & veu les miracles de Ieſus. Or le lieu meſme incita tout à coup
ces gens d'accomparer Ieſus, (qui ia auoit faict monſtre de ſoy) auec Iean lequel ils auoyēt
cognu au parauant. Et ſe ſouuenās bien que Iean auoit eſté en ſouueraine authorité, ſans
touteſfois auoir faict autre choſe que preſcher le bapteſme de penitence, & ſans auoir faict
aucun miracle s'eſtre acquis vne telle opiniō enuers le menu peuple, qu'on le tenoit pour
le Chriſt: au cōtraire, Ieſus par tant de miracles auoir declaré ſa puiſſance ſurpaſſer les forces humaines, & par prudentes & vertueuſes reſponces auoir par tant de fois clos la bouche aux Scribes & Phariſiens: finalemēt que Iean meſme auoit tant de fois ſi magnificquement teſmoigné de Ieſus, en proteſtant tout publicquement que de luy il n'eſtoit point di
gne de deslier les corroyettes d'iceluy, eux dy-ie, ſe ſouuenans de tout cela, diſoyent entre
eux: Combien que Iean n'ait faict nul miracle, les Iuifs creurent bien en luy: combien plus
toſt doit-on adiouſter foy à ceſtuy qui conferme & authoriſe ſon dire par tant de merueilleux miracles ? Et encore que par cy deuant on euſt adiouſté peu de foy au teſmoignage
qu'a rendu Iean de ceſtuy, neantmoins l'effect meſme declare maintenant, le teſmoignage
de Iean auoir eſté vray, veu que les œuures de ceſtuy ſont plus grandes que ne portoit la
promeſſe que Iean en auoit faitte. Parainſi il y eut maints qui partie pour le teſmoignage
de Iean homme de grāde authorité entre les Iuifs: partie pour les propos remplis de diui
ne ſageſſe: partie pour les faits teſmoignans d'vne diuine vertu, creurent que Ieſus eſtoit le
Meſſias: les Phariſiens, Scribes & Sacrificateurs perſeuerans en leur malice.

C H A P I T R E   XI.

ET ſoudain ſe preſente l'occaſion pour donner treſ-grand bruit à la gloire de
Chriſt & du pere, enſemble pour irriter à meurtre la malice des Phariſiēs. Car
pendant que Ieſus ſeiournoit pres du Iordain, il aduint qu'en vn petit village dit Bethanie giſoit malade vn nommé Lazare. C'eſtoit le pays & du malade, & de ſes deux ſœurs Marie & Marthe. Or eſtoit Marie celle qui en ſingulier teſmoignage de l'amour qu'elle portoit à Ieſus vne fois qu'il eſtoit aſſis à table en vn
bancquet luy auoit oinct le chef d'vn precieux baume, & arrouſé les pieds de ſes larmes &
torché de ſes cheueux. Qui faiſoit que le Seigneur Ieſus portoit vne ſinguliere amytié à ce
ſte famille. Et pourtant le Lazare detenu d'vne griefue maladie, ſes ſœurs ſe faiſans fortes
de la familiarité qu'elles auoyent eues auec Ieſus, luy enuoyerēt ſignifier la maladie de ſon
amy, toutes aſſeurées qu'attendu l'humanité dont il vſoit enuers tous il ſuruiendroit au
dangier & peril de ſon amy: Sçache, luy manderent-elles, que celuy que tu aymes eſt malade. Car elles penſoyent bien que c'eſtoit aſſés à l'aymant, & pourtāt ne font-elles point de
requeſte. Et Ieſus leur reſpōdit: Ceſte maladie n'eſt pas mortelle, mais pour ceſte cauſe eſt-
elle aduenue, à fin qu'à l'occaſion d'icelle la gloire de Dieu ſoit cogneue & renōmée, & que
par la vertu d'icelle la maladie eſtant chaſſée, le fils de Dieu ſoit glorifié d'vne gloire mutuelle. Or aymoit Ieſus Marthe & Marie & Lazare leur frere, & toutefois il le laiſſa tomber
en maladie, voyre meſme en la mort, à fin que nous ne trouuions pas eſtrange ſi quelque
fois les bons ſeruiteurs de la vraye pieté viennent à eſtre affligés des calamités de ce mon
de, Dieu comme le diſſimulant, ſoit qu'ainſi il ſoit expedient pour ceux qui endurent, ſoit
que cela ſerue à magnifier la gloire de Dieu: non pas que Dieu cherche d'auancer ſa gloire par les maux des hommes, mais par ce que les maux qui ſelon la condition de la nature humaine, ou par cas fortuit nous ſuruiennent, il a de couſtume pour l'amour des hommes de les faire ſeruir, ou à noſtre ſalut, ou à ſa gloire. Il n'ignoroit pas la maladie de ſon
amy, deuant meſme qu'on luy euſt ſignifiée, mais il eſtoit expedient que les cœurs des diſciples fuſſent preparés à la grandeur du miracle qui s'en enſuyroit. Apres dōcques que
Ieſus eut entendu la maladie de ſon amy, il ne s'en mit pas ſoudain en chemin, mais demeura encore deux iours en ce meſme lieu, non pas que point il ne ſe ſouciaſt du dangier de ſon amy, mais il attēdoit plus ample matiere de faire miracle, à fin qu'il eleuaſt, luy
qui de là à peu de tēps auoit auſſi à mourir, les cœurs de ſes diſciples gens encore foibles,
à l'eſpoir

à l'espoir de la resurrection. Et les disciples se taisans de peur, par ce que Iesus n'agueres eschappé des mains des Iuifs sembloit estre en plus grãde seureté au desert, il leur dit: Allõs
derechef en Iudée. Les disciples oyans nõmer Iudée, se souuenãs combien outrageusemẽt
les Pharisiens le hayssent, & combien de fois ils auoyẽt chargé des pierres pour le lapider,
combien de fois ils l'auoyent voulu empoigner, ont crainte non seulement pour leur seigneur, mais aussi pour eux-mesmes. Car ils n'auoyent pas encore receu le Sainct Esperit,
& aymoyent Iesus d'vne humaine affection, eux aussi redoutans la mort pour leur imbecillité. Doncques ils le destournerent de retourner en Iudée, disans: Seigneur, aurois-tu ia
oublié, que là n'agueres les Iuifs t'eussent lapidé, si tu ne t'en fusses retiré? Et de rechef tu y
veux aller, & t'exposer toy-mesme en vn peril tout manifeste? Et Iesus consola leur frayeur
par vne parabole, leur donnant à entendre que ceux ne doyuent rien craindre, qui se tiennẽt à Christ, qui est la lumiere du mõde. Car la nuict a de vaines frayeurs: le iour n'a point
tels effrayemens. Le iour, leur dit-il, n'a-il pas douze heures? La nuict ne viendra pas deuant son temps. Ce pendant quiconque chemine de iour, ne choppe point: car le regard
du soleil luy faict ce bien, qu'il voit les choppemens & les euité. Mais, qui, le soleil esconsé,
chemine de nuict, il choppe, par ce qu'il n'a point de lumiere. Ie suis la lumiere du monde, Ie suis la lumie-
re du monde.
c'est à vous à faire de suyure ma conduitte, & non pas d'aller deuãt la lumiere. Ne vous ef-
frayés pas deuãt le temps. Tandis que ie vous esclaire, vous n'aués que faire de rien craindre. La nuict viendra, quãd estans separés d'auec moy, vous serés troublés. Par tel propos la frayeur des Apostres appaisée, Iesus leur declare la cause de son aller, disant: Lazare
nostre amy dort: & partant m'en vay-ie, pour l'esueiller de son somme. Les disciples tous
troublés de crainte, pensans que Iesus parlast non pas de la mort, mais du somme naturel, respondent: Seigneur, s'il dort, tu n'as que faire d'y aller: car aux malades le dormir est
vn signe ordinaire que leur santé doit retourner. Les disciples redoutoyent de retourner
en Iudée, & pour ceste cause retrenchent-ils, entant qu'ils peuuent, les causes du voyage.
Mais Iesus preparoit petit à petit le cœur de ses gens à la consideration du miracle aduenir. Et de prime face ayma-il mieux dire que Lazare dormoit, que non pas qu'il estoit
mort, à fin que suyuant la coustume de la saincte Escripture, il monstroit l'esperance de la
resurrection. Car ceux sont mieux dits dormans que morts, lesquels reposent pour reuiure. Et n'y a nully d'entre nous qui peust si aisément esueiller vn qui dormiroit, qu'il estoit
aisé au Seigneur de ressusciter vn mort. Doncque les disciples n'entẽdans point ce propos
touchant le dormir, & l'esueillement, Iesus pour leur dõner à entendre qu'il n'y auoit rien
de caché qu'il ne sceust, leur dit plus ouuertement: Lazare est mort, sans y adiouster ce qui
estoit lors plus magnificque à dire, touchant de le ressusciter. Car il ayma mieux signifier
cela, que de l'explicquer: & l'ayma mieux faire, que non pas promettre, nous preparãt par
tout vn patron de modestie. Or pourautant qu'à ceux qui luy auoyent signifié la maladie
de son amy, il auoit faict responce qu'elle n'estoit pas mortelle, ains estoit aduenue à celle
fin que par icelle la gloire de Dieu & de son fils fust manifestée, il signifie quelque chose de
semblable aux disciples, disant: Ie suis bien aise que ie n'y ay pas esté pendant qu'il a estẽ
malade & est trespassé: & ce pour l'amour de vous, à fin que vostre foy laquelle i'apperçoy
encore foible, soit cõfermée par plus euident miracle. Car si en ma presence moy present le
malade fust retourné en cõualescence, on eust peu dire que c'eust esté vn cas fortuit: si soudain qu'il fut trespassé ie l'eusse ressuscité à la requeste de ses sœurs: les Pharisiẽs qui calomnient tout eussent peu dire que ce auroit esté vn assoupissement & non pas vne mort. Et de
faict cela aduient quelquefois en certaines maladies, que les corps apres auoir esté assés
long temps assoupis, viennent à reuiure. Maintenant puis que la mort est acertenée, elle
seruira pour plus ample argument de croyance. Parquoy allõs vers luy. Le voyage ne plaisoit pas aux disciples, pour la peur des Iuifs laquelle estoit enracinée au fin pfond de leur
cœur, & toutefois ils ne pouuoyẽt refuter la cause du voyage, laquelle estoit saincte & d'importance. Combien à vray dire que Iesus sçachant bien que c'estoit qui troubloit le cœur
des disciples, eust aussi addoucy leur crainte par cest argument en ce qu'il se disoit aller à
Bethanie & non pas à Ierusalem: neãtmoins par ce qu'ils estoyent foybles, le voysinage du
lieu redouté les effrayoit aussi. Doncques les disciples tous soucieux & contristés, qui toutefois n'osoyent conrreuenir au commãdement du Seigneur, Thomas (qui en Grec est appellé Didyme, & en Françoys Gemeau,) comme le plus foyble de toute la bende, dit à ses
cõpaignons disciples: Allons quant & luy, si bon vous semble pour mourir auec luy: puis
qu'ainsi est qu'il a mis cela en sa teste de precipiter & luy & les siens en vn tout manifeste dangier de la vie, là où il seroit loysible de pouruoir au salut des vns & des autres. Or

s'en alla Iesus & ses disciples quant & luy en Bethanie, où il trouua Lazare qui auoit ia esté quatre iours au tombeau enseuely. Or estoit Bethanie pres de Ierusalem enuirõ quinze courses. Et de là venoit ceste frayeur aux disciples, de là aussi vint l'occasion qui fit que le miracle eut tãt plus de tesmoings & spectateurs. Car plusieurs de Ierusalem, à cause que ce lieu en estoit pres, s'y estoyent assemblés, & ce pour l'honnesteté & deuoir, pour cõsoler Marie & Marthe touchant le trespas de leur frere. Laquelle maniere de deuoir se rend ordi nairement mesme aux riches en signe d'honneur. Si tost que Marthe (qui pour quelq̃ ue d ligence qu'elle auoit, alloit & venoit çà & là) eut entendu de quelqu'vn que Iesus appro choit, elle luy alla au deuant: & Marie se tenoit en la maison. Quand doncques Marthe fut venue deuant les yeux de Iesus, elle conceuant quelque bonne esperãce que son frere vien droit à estre ressuscité, se print à luy dire en pleurant: Seigneur, si tu eusses esté icy mon fre re ne fust pas mort, car par ta parolle tu eusses aisément dechassé la maladie. Cõbien qu'en core maintenãt la chose ne soit pas totalement hors d'esperãce. Car ie sçay bien que quoy que tu veuilles demander à Dieu, il ne te deniera rien qui soit, quand bien tu luy demande ras de rẽdre la vie à vn mort & enseuely. Ces propos dit Marthe, d'vn cœur non pas se des fiant, mais non pas aussi toutalement se cõfiant. Iesus doncques pour confermer la fiance d'icelle, luy dit: Aye bon courage ton frere ressuscitera. Ceste promesse ne contenta pas le cœur de Marthe: laquelle, par ce que pourement elle esperoit que son frere deust ressusci ter, ne peut garder d'auoir peur. Or craignoit-elle, que cõme en respõdant aux messagiers que la maladie n'estoit pas mortelle, il les auoit deceus par vne responce à deux ententes: maintenant semblablement il n'y eust en son dire quelque chose de caché, pour la frustrer de son esperance. Ie sçay bien, dit-elle, que mon frere ressuscitera, ouy au dernier iour que nous ressusciterons tous. Car maints Iuifs, principalemẽt ceux qui estoyent de la secte des Pharisiens, croyoyent que ceste resurrection se feroit. Iesus dõcques pour de peu à peu aug menter la fiance & opinion que Marthe auoit conceue de luy, & pour se declarer estre ce luy, qui non seulement peust impetrer de Dieu par prieres de rẽdre la vie à vn mort, ce que aussi on lisoit auoir esté faict par d'autres saincts personnages, mais aussi que luy-mesme estoit à tous & la source & l'autheur de la vie tant donnée que rendue: & que ceux qui au royent mis leur fiance & esperance en luy, ne deuoyent craindre aucune mort, pourautant qu'encore que la mort suruinst, elle ne pourroit neantmoins endõmager celuy qui se tiẽ droit à la fõtaine de toute vie, respõdit à Marthe en ceste maniere: Croys-tu, õ Marthe que ie puisse impetrer de mon Pere de rendre la vie à ton frere mort? Croys-tu que tõ frere res suscitera quant & les autres en la derniere iournée? Voyre-mais tu dois aussi croyre cecy, que ceux qui ressusciteront au dernier iour, ressusciterõt par mon moyen: & qu'il n'y a per sonne du mõde qui viue, que de ma liberalité: qu'aussi personne ne ressuscitera, sinon par moy: & ce non seulement selon la mort du corps, laquelle on ne doit pas autrement redou ter mais aussi selõ la mort de l'ame, qui est vne mort que sur tout on doit redouter qui est tres-grandemẽt à craindre. Et l'ame qui vit, vit par moy: & celle qui ressuscite, ressuscite par moy. Car ie suis la propre fontaine de resurrection & vie. Qui mettra sa fiance en moy, com bien qu'il meure au corps, neantmoins il viura. Et ne pense pas que cecy soit dit pour ton frere tant seulement: mais quicõque soit l'homme qui croyra en moy, ne mourra pas à ia mais, encore que son corps repose sans ame pour vn temps. Or-çà Marthe, croys-tu mon dire? Marthe ia du tout entẽtiue à son frere qui deuoit reuiure, ne respondit pas trop bien à propos à Iesus, & toutefois protesta en general cõbien magnificque estoit l'opiniõ qu'el le auoit cõceue de luy, disant: Ie le croy Seigneur. Ie croy que tu es ce Messias le fils de Dieu viuant, qui promis des Prophetes, & attendu ia passés maints siecles, es venu au monde. Cela dit Marthe ayant receu commandement de retourner en la maison, & de faire venir Marie sa sœur, le dueil ia appaisé, elle ia alaigre & pleine de bonne esperanee, laissa Iesus, s'en va hastiuement en la maison, & tire secretement sa sœur à part, d'entre la trouppe de ceux qui estoyent assis à l'entour d'icelle, l'enuironnoyent, & luy sussilla tout bellement à l'oreille la ioyeuse nouuelle, disant: Le Maistre est venu, & t'appelle. Et tout incõtinent que Marie entendit que Iesus venoit, & vit sa sœur plus alaigre, elle conceut aussi quelque peu de bonne esperance: iaçoit que Iesus semblast-ia venir trop tard, lequel elles n'auoyẽt vou lu plus souuent importuner par message, pensans que c'estoit bien assés, s'il cognoissoit le peril de son amy, en luy remettant tout le reste à sa volonté. Elle doncques pensant que ce n'estoit pas sans cause que Iesus venoit, se leua sans tarder tout à l'heure pour luy aller au deuant, premier qu'il entrast en la maison. Car ainsi estoit il expediẽt pour la dispensation & publication du miracle. Car il estoit bon qu'il y eust beaucoup de Pharisiens presens, les
quels

quels iaçoit que pour le deuoir ils fuſſent venus viſiter Marie à cauſe de la priuée amytié, hayſſoyent toutefois Ieſus. Et à la verité, ils n'euſſent pas accompaigné Marie, s'ils euſſent ſceu qu'elle alloit au deuant de Ieſus. Doncques les Iuifs qui eſtoyent chés Marie pour la conſoler, voyans que ſi haſtiuement elle s'eſtoit leuée & ſortoit de la maiſon, la ſuyuirent, ſe doutans que pour la vehemence de la douleur qui la preſſoit, elle allaſt au tõbeau pour la ſaouler de larmes la faſcherie de ſon cœur. Or ſortit-elle & tira-elle auant & trouua Ieſus qui n'eſtoit pas encore entré dans le village, mais ſe tenoit au meſme lieu, où n'agueres Marthe luy eſtoit venue au deuant, Marthe l'auoit vn peu auant rencontré. Car là il attendoit Marie, laquelle il auoit faict appeller, choyſiſſant vn lieu commode pour faire le miracle: car le tombeau eſtoit aſſés pres de là, cõme c'eſtoit la couſtume pour lors, de mettre les tombeaux des morts pres des chemins publicques. Marie arriuée là, ſi toſt qu'elle eut regardé Ieſus, comme remplie de dueil qu'elle eſtoit, ſe proſterna aux pieds de Ieſus, & d'vne voix lamentable dit les meſmes parolles qu'auoit dittes ſa ſœur: Seigneur, ſi tu euſ-ſes eſté icy en temps, mon frere ne fuſt pas mort, & ne porteriõs ce miſerable dueil. Et Ieſus voyant Marie toute remplie de dueil, voyant auſſi pleurer quant & elle les Iuifs qui l'ac-compagnoyent, ne raiſonne pas auec elle comme il auoit-faict auec Marthe ſa ſœur, auec laquelle il auoit deuiſé hors de la trouppe: ny ne luy faict aucune promeſſe, veu que ia le lieu & le temps requeroit qu'il miſt en execution ce qu'il auoit promis à Marthe. Premiere-mẽt il fremit en ſon eſperit, & ſe troubla ſoy-meſme, mõſtrant par cela en ſoy vne verité de nature humaine, luy qui tout ſoudain à l'heure auoit à monſtrer vn indice de diuine ver-tu. Ce n'eſtoyent pas affectiõs feintes, ce qu'il fremit en ſon eſperit, & fut troublé: mais voi-cy le different, c'eſt qu'il print en ſoy ces affections non pas par foybleſſe de nature, mais par l'aduis de la raiſon : & n'y auoit pas vne meſme raiſon entre le pleur des autres & du troublemẽt de Ieſus . Les autres mœus de quelque affection humaine, deploroyẽt la mort du corps: Ieſus ſe deſpitoit plus cõtre les pechés des hommes, dont venoit la ruine de tant d'ames: il ſe troubloit à cauſe de l'inuincible incredulité des Iuifs, qui plouroyent la mort du corps en leur amy, là où eux-meſmes ſelon l'ame eſtoyent coupables de mort eternel-le, & ne ſe depleuroyent pas eux-meſmes. Ieſus deſiroit que de ceſte mort tous hõmes reſ-ſuſcitaſſent, & luy faiſoit mal qu'en maints periroit ſa doctrine, ſes miracles & ſa mort. Dõc ques apres que par fremiſſement d'eſperit & troublement de cœur, par ſon viſage, yeux, & toute maintien de ſon corps il eut faict vne toute manifeſte mõſtre d'humaine nature, enſeignant auſſi ce pẽdant qu'on ne doit point ſuccomber ſous telles affections ou ſe de-ſtourner des choſes qui cõcernent la vertu, il reprima le troublemẽt de ſon cœur, & dit: Où l'aués vous mis: nõ pas qu'il l'ignoraſt, mais à fin de forclorre du miracle tout ſouſpeçon de fard. Seigneur (luy reſpõdent les amys) vien-le voir. Ceſte reſpõce denotoit que le tom-beau n'eſtoit pas loing de là, & lors Ieſus comme ſi le regard du ſepulchre luy euſt renou-uellé la douleur, ſe print à larmoyer. Le fremiſſemẽt auoit precedé & la perturbation, qui eſtoit l'indice d'vne douleur preſte à ſaiſir le cœur. Les larmes ſont cõme le ſang d'vn cœur ia nauré & vaincu: mais ces larmes cy ne ſortent point d'vn cœur vaincu. Car icelles ne s'ẽ ployẽt point pour la mort de Lazare, mais pour no⁹, à fin que nous creuſſions Ieſus auoir eſté vray hõme: item que nous cogneuſſions cõbien la mort de l'ame eſt miſerable & à de-plorer: laquelle toutefois les hõmes n'ont pas autremẽt en horreur ny la deplorent. Et les Iuifs croyans que Ieſus n'eſtoit ainſi affectionné pour autre cauſe, ſinõ pour la mort de l'a-my auec lequel il auoit eu familiarité, diſoyent: Regardés cõbien ſingulieremẽt il aymoit Lazare, duquel il deplore aiuſi la mort, & toutefois il n'eſt põit de ſa parẽté. Or y en auoit-il auſſi qui tournoyẽt cela en calomnie, de ce que de larmes il teſtifioit la ſinguliere amour qu'il portoit à Lazare, & diſoyẽt: Ceſtuy cy n'a-il pas n'agueres ouuert les yeux de l'aueu-gle mẽdiant, auec lequel il n'auoit nulle familiarité: Que n'a-il dõc tãt faict, qu'vn ſi grãd amy ne luy mouruſt: S'il n'a voulu le faire, pourquoy maintenãt mõſtre-il par larmes ſon amour trop tardiue: S'il n'a peu faire cecy qui eſt plus aiſé, cõment a-il peu faire ce qui eſt pl⁹ difficile: Souuẽtefois vn medecin ſauue la vie à vn malade: à vn aueugle nay nul n'ou-urit iamais les yeux. Et Ieſus ia prochain du tõbeau, pour pleinement monſtrer que l'eſtat de l'homme ia enuieilly en ſes pechés, doit eſtre effrayable: & cõbien grãde penitence, com bien de larmes ſont de beſoing à ce que par la miſericorde de Dieu, il retourne à la vie d'in nocẽce, il fremit derechef & ſe troubla ſoy-meſme: exprimãt certes en ſa perſonne le patrõ de la choſe, laquelle il nous monſtre en nous, ſi nous voulons nõus repehrir & retirer des maux, auſquels nous ſommes accouſtumés de long temps. Finalemẽt on eſt venu au tõbe au. Or y auoit-il vne foſſe, ſur laquelle eſtoit vne pierre dõt elle eſtoit bouchée: choſe auſſi

qui

qui seruoit à la confirmation du miracle,& à forclorre le souspeçon d'enchantement.Mes/
me à fin que se faict fust de tant plus acertené,s'il se demenoit & excutoit par les mains nõ
pas d'iceluy Iesus ou de ses disciples,mais par celles des parens,qui ne pouuoyẽt estre sou
speçõnés d'aucun enchantemẽt,Iesus se reuira d'iceux,leur disant:Ostés la pierre.La sim
plicité aussi de Marthe sœur du defunct aggrandissoit la certitude du miracle. Car elle ne
se souuenant-ia plus de ce que Iesus luy auoit promis, à cause des larmes & de la tristesse
de Iesus,auoit reprins sa premiere affection,ayant-ia bõnement conceu vne deffiance. Or
craignoit elle,que,la pierre ostée,la puanteur du corps mort n'entrast aux narines des as/
sistans : ne considerant point que celuy qui en la resurrection doit ressusciter les corps de
tous,reduits en cẽdres passés-ia tant de siecles,pouuoit aussi ressusciter vn corps mort,&
pourry de frais.Seigneur,dit-elle,il put desia.Car il y a-ia quatre iours qu'il est mort.Iesus
doncques par vne petite reprehẽsion reueille la foy de la femme vacillante, luy disant:Au/
rois-tu oublié ce que n'agueres ie t'ay dit:assauoir que si tu croyois,il aduiẽdroit que par
la mort de ton frere la gloire de Dieu seroit manifestée & renommée? Tous doncques en/
tentifs apres le miracle d'vne nouuelle chose, on osta la pierre par le commandement du
Seigneur Iesus.Consequemment les cœurs & les yeux de tous en suspẽd, le Seigneur Iesus
pour nous enseigner que tout ce que nous faisons de magnificque doit estre rapporté à
Dieu qui en est l'autheur,pour aussi ensemble demonstrer aux assistans que tout ce qu'il
faisoit il le faisoit par puissance diuine,regarda vers le ciel,& dit:Ie te remercie, ô pere, de ce
que tu as ouy mon vœu : non pas que ce me soit chose nouuelle ou accidẽtaire. Car ie sçay
que puis que ta volonté & la mienne est toute vne,tu ne faux iamais de m'ouyr,si ie te fay
quelque requeste.Car aussi ne veu-ie chose que tu ne veuilles:mais à cause de la compai/
gnie qui est à l'entour,i'vse de tel propos,à fin qu'en voyant le miracle,ils croyent que tout
ce que ie fay en terre,ie le fay selon ta volonté:& que tu m'as enuoyé au monde, pour ma/
gnifier la gloire de tõ nom entre les hõmes. Ces propos tenus auec le pere, il s'escria à hau/
te voix appellant le mort par son nom,disant:Lazare,viens dehors.Il pouuoit bien mes/
me par son seul vouloir faire tant,que l'enseuely ressuscitast & vinst dehors : mais la voix
est l'indice d'vne haute puissance & vertu qui puist faire que l'ame pecheresse, qui est fort
eslongnée du regard de Dieu, enseuelie és tenebres de peché, & putrifiée des ordures
des forfaits,reuiue & sorte en la lumiere de verité. Et sãs delay,quãt & le cry de Iesus,se pre
senta aux yeux de tous celuy qui auoit esté mort & enseuely.Or est-il bien vray qu'il sortit
ayant le corps sain,mais auec tout son aornement de sepulture:à fin que tous cogneussent
tant mieux que c'estoit celuy-mesme,qu'ils auoyent eux-mesmes enseuely auec tel aorne/
ment ia passés trois iours.Car il auoit suyuant la coustume des funerailles les pieds & les
mains liées de bandes & liens funeraux, & le visage enueloppé d'vn suaire. Ia c'estoit là
vne chose merueilleuse, vn trespassé auoit respiré non pas de peu à peu en faisant mon/
stre de retour de vie (comme ordinairement souloit aduenir és autres que nous lisons a/
uoir esté ressuscités par de saints personnages)mais que tout à coup au commandement
de la voix celuy ressuscita qui estoit dés quatre iours:& ce que aggrandit le miracle, il sor/
tit soudainement du fin fond des cauernes de la fosse, tout lié & enueloppé. Alors Iesus,
pour du tout en tout parcombler la certitude du miracle,dit aux amys.Desliés-le & le laif
sés aller.Et ce à fin que le mouuement & alaigre marcher mõstrast que le personnage non
seulement viuoit,mais aussi se portoit bien.Iesus pouuoit bien faire que les bandes se de/
liassent de leur propre mouuement.Mais en ce que tout l'affaire s'acheue par leurs mains,
ils forcloent premierement tout souspeçon d'enchantement,de fard,puis conferma la ve/
rité & certitude du miracle. Les sœurs enuoyent gens à Iesus absent pour luy signifier la
mort de leur frere.Iesus absent,il mourut,fut enseuely,& gardé iusqu'à puir. Vne solennel/
le assemblée de maints le pleure.Les sœurs propres racontent le trespas:les assistans mon
strent le tombeau:la pierre s'oste par mains tierces : par mains tierces fut deslié celuy qui
sortit dehors.En cecy rien ne fut laissé aux incredules,qu'ils peussent calomnier. Et toute/
fois Iesus,apres auoir faict vn tant notable miracle,ne dit pas de soy vn seul mot de ma/
gnificence.Il ne reproche pas aux assistans que souuentefois il ont de coustume de calom
nier ses miracles:il ne demande nul remerciemẽt au Lazare n'a ses sœurs. Par ainsi maints
qui pour le deuoir estoyent venus voir vers Marthe & Marie les sœurs de Lazare, apres
auoir veu vn tant singulier miracle,creurent que Iesus estoit le Messias, s'appuyans en la
doctrine d'iceluy,la vertu duquel ils auoyent veue de si grande efficace. Et aucuns d'eux
retournoyent en Ierusalem raconter aux Pharisiens ce que Iesus auoit faict pres de Betha/
nie.Au recit doncque de ce tant singulier & merueilleux miracle, les Pontifes & Pharisiens
qui

Lazare vien
dehors.

qui pour vne tant euidente declaration de vertu diuine deuoyent reuerer Iesus & remer
cier Dieu furent picqués & aguillonnés d'enuie, si que ia plus ne se peuuent contenir, ains
conuoquẽt vn abominable conseil & à fin que l'affaire semblast estre demené par moyens
legitimes, deliberẽt entre eux par quel moyen on pourroit obuier à de si grans perils. Car
iaçoit que le regard du profit particulier, & vne maladie d'ame les poussast à vne rage à l'ẽ
contre de Iesus bienfaisant à tous, toutefois ils veulent qu'on estime que cest affaire cõcer
ne le salut de tout le peuple. Que vous semble-il qu'on doyue faire? disent ils. Cest hõme
faict maintes merueilles, & en faisant miracles se surpasse tous les iours soy-mesme. Si no°
le laissons poursuyure cõme il a cõmencé, il aduiendra que cõme maintenant maints d'en
tre le peuple ont vne magnificque opinion touchant luy, ainsi en brief tous le viendront
a tenir pour le Messias. Que s'il aduiẽt, & le bruit en vient iusqu'aux oreilles des Romains,
que la nation Iudaique en abbãdonnant Cesar se soit reuoltée vers son nouueau roy, veu
qu'ils sçauent bien que les Iuifs ia long temps attendent vn roy qui doit deliurer sa na
tion, ils viendront à nous faire la guerre, & par ainsi prophanes nations occuperont ce
sainct lieu, & en tuant toute la race Iudaique en aboliront la memoire. Ceste consultation
combien qu'elle tendoit à ce que sous pretexte du salut publicque l'autheur de tout salut
Iesus Christ fust mis à mort, sembla neãtmoins trop froide & lasche à Cayphe. Iceluy estoit
grand Pontife de ceste année là. Car desia ceste dignité comme celle qui de brief deuoit ces
ser, auoit laissé d'estre perpetuelle: & arrestoit-on des princes pour chascun an la sacrifica
ture mise en vente. Iceluy donc, qui se disoit le principal pilier de la religion, homme plus
abominable que tous les autres, leur reproche leur tardiueté, de ce que par tardifs cõseils
ils estoyent encore à deliberer, s'il failloit mettre à mort Iesus, là où, toutes autres choses
obmises, cela se deuoit depescher le plustost qu'il seroit possible. Vous autres qui estes as
sis (leur dit-il) & consultés, si cest homme là qui faict telle chose doit estre mis à mort, vous
ne semblés nullement considerer la chose comme elle va: & n'aduisés pas que c'est le pro
fit de tous que cestuy seul meure pour le peuple, plus tost que cestuy sauué, toute la nation
en vienne a perir. Ce propos ne procedoit du cœur du grand Pontife qui est homme abo
minable & remply de parricide & meurtre: mais à cause de la dignité de sacrificature, qu'il
exerçoit, l'esprit prophetique par la bouche d'vn prophane publia vne saincte prophe
tie, assauoir que Iesus par sa mort viẽdroit a rachetter le salut de la nation Iudaique: & que
non seulement il feroit que ceux qui croyroyẽt d'entre les Iuifs, iceux obtiendroyent salut:
mais aussi que ceux qui estoyent entre les Payens, viuans en diuerses cõtrées parmy tout
le monde, destinés toutefois à cela qu'vn iour par la foy Euangelique, ils deuiendroyent
enfans de Dieu, viendroyent à estre ramassés ensemble, & qu'en la cõmunauté d'vne com
mune & mesme Esglise s'assembleroit l'Indien, le More, le Grec, le Scythe, l'Angloys. Les
Pharisiens confermés par telle harangue du meschant Põtife, ce qu'au parauant ils auoy
ẽt souuentefois attenté par occasion, maintenant deliberent d'vn certain propos & ar
rest de cœur d'oster la vie à Iesus par quelque moyen que ce soit, comme gens pouruoyãs
au salut de la Republicque: & à fin que rien n'y defaillist, le forfaict abominable ils le cou
urent d'vn fard de pieté, s'estimans-ia auoir trouué vne cause qui peust esmouuoir mes
me tout le peuple vniuersel a publicquement & legitimement meurtrir Iesus, comme hom
me pernicieux à toute la natiõ Iudaique: sans auoir besoing d'aucun crime pour luy met
tre à sus, ne d'aucune nouuelle occasion. Or Iesus qui n'ignoroit rien, encore que le bruit
du peuple ne luy eust pas rapporté l'obstinée malice des Pharisiens & sacrificateurs, se por
toit en homme, & tandis qu'il conuersoit en Iudée, s'absentoit des assemblées public
ques, à fin de n'adiouster rage sur rage. Il se retira doncques vn peu plus loing du voysi
nage de Ierusalem, ville meurtriere de Prophetes, & s'en alla en vne ville, ditte Ephraim,
pres laquelle y auoit vn desert: denotãt par ce mesme faict, qu'aux abominables Iuifs vien
droit à estre delaissée & abbandonnée leur synagogue, & qu'vn nouueau peuple qui s'ap
puyeroit non pas sur infructueuses œuures de la Loy Mosaique, mais sur la foy Euangeli
que seroit amassé en vne Esglise & assemblée: & lequel selon le presage du mot Ebraicque
de commencemens bien petits croistroit en vne infinité. Car Ephraim en Ebrieu signifie
croissant. Si seiourna là Iesus auec son petit nombre de disciples, lesquels iaçoit qu'ils eus
sent peur aussi de leur peau, neantmoins n'osoyẽt abbandonner leur Seigneur. Or estoit-
ia prochain le temps que le Pere auoit determiné auquel Christ seroit sacrifié pour le sa
lut de tout le genre humain. Car c'estoit bien pres de ce iour là tant solennel aux Iuifs le
quel ils appellent Pasques, c'est à dire, Passage: ce mot leur reduysant en memoire que ia
dis le sang d'vn aigneau, espandu sur les lindaux & soubatemens des huys, garantit les

V   Ebrieux

Dõc les prin
cipaux ils
conseils.

Or la Pasque
estoit pro=
chaine.

Ebrieux à l'encontre du glaiue de l'Ange qui destruisit les Egyptiẽs, passant outre les maisons tant seulement, qui auoyent les posteaux marqués du sang de l'Aigneau. Doncque
vn peu deuant la feste, qui estoit-ia bien prochaine, maints de diuerses contrées de la Palestine se transportoyent en Ierusalem, pour y solenniser en pureté le sainct iour suyuans
les ceremonies de la Loy. Et à fin que nous entendions qu'il n'y a rien de plus irreligieux,
qu'est la religion Iudaique, qui consiste en choses visibles, en se gardãt auec grande superstition de rien obmettre de ce qui estoit ou ordonné par Moyses, ou adiousté par les Pharisiens, au iour le plus sainct d'entre tous ils ne font point de difficulté de cõmettre la plus
grande de toutes les impietés & abominations, c'est assauoir d'espãdre le sang d'vn homme innocent. Quand dõcque il y eut beaucoup de gens assemblés dont plusieurs cognoi-
soyẽt-ia Iesus, qui auoit de coustume de se trouuer à telles festes, ils s'esmerueilloyẽt, qu'a-
lors il ne comparoissoit point:& estans au temple deuisoyent entr'eux, pourquoy ce pouuoit estre, que Iesus contre sa coustume ne comparoissoit point à vne si grande solennité:
Et toutefois il n'auoit garde d'y faillir, mais à fin que sa venue fust tant plus desirée & atte-
due, il la differa iusqu'à son temps. Or les Sacrificateurs & Pharisiens soufpeçonnans qu'il
se tenoit caché de peur en quelque lieu, auoyent donné commission & aussi enchargé expressement auec authorité, que s'il y auoit quelqu'vn qui sceust où Iesus estoit caché qu'il
leurs decelast, à fin de le pouuoir prẽdre. Par telles sainctes ceremonies les Sacrificateurs
& Pharisiens les piliers de la religion & maistres de la Loy se preparoyent pour celebrer la
feste, mais ce pendant sans le sçauoir ils procuroyent le salut de tout le monde.

CHAPITRE XII.

Regardés en
Teophylacte.

Oncque Iesus bien sçachant qu'ils auoyent conclud & arresté pour le seur
de le tuer, & que ia le temps estoit tout pres, auquel il auoit volontairement
determiné d'estre immolé luy l'aigneau immaculé, pour le salut du monde,
il ne se voulut plus tenir caché, mais comme se venant presenter au sacrifice,
le septiesme iour auant la feste de Pasques (iour auquel les Iuifs ont de coustume de faire vn soupper magnificque & quasi comme auãt gouster l'Aigneau Paschal)
retourna à Bethanie tant pour raffraichir la memoire du recent miracle, qu'aussi pour imprimer au cœur des disciples l'esperance de la resurrection, d'autant qu'il sçauoit que sa
mort les troubleroit grandement. Or là demeuroit Lazare, lequel passés peu de iours, il
auoit ressuscité de mort à vie. Auec ce que le lieu, à cause de Ierusalem qui en estoit pres, e-
stoit tant plus solennel. Là donc fut faict vn soupper à Iesus où Marthe luy seruoit à table.
Et Lazare estoit l'vn de ceux qui estoyent assis au bancquet, à fin qu'il fust tant plus noto-
re à tous, que ce n'auoit pas esté vne fantosme, ce qu'on l'auoit veu puis n'agueres saillir
du tõbeau & aller en la maison:veu qu'il auoit-ia vescu maints iours depuis son trespas,
& qu'auec les autres il deuisoit & mesme prenoit sa refection. Alors Marie, qui d'vn singulier amour brusloit apres le Seigneur Iesus, tant pour le benefice que de frais il auoit faict
à son frere, que pour maints autres, s'en vint au bancquet à tout vne grande quantité d'oignement de grand pris, composé de fin aspic, iusqu'à vne liure, qu'elle espandit sur la teste
de Iesus assis à table, de sorte que la senteur de l'oingnemẽt remplit toute la maison. Et nõ
contente de cela l'incroyable amour d'icelle femme, elle l'oignit de l'oignement & luy arrousa les pieds de larmes, & les torcha de ses cheueux. Non pas qu'elle pensast que Iesus
(de l'attrempance & sobrieté duquel luy estoit cõgneue) prinst plaisir à telles delices, mais
l'amour excessiue obtemperoit à son affection, non sçachant certes que c'est qu'elle faisoit: tant y a toutefois que par tel deuoir, honnesteté, & plaisir elle predisoit la mort & sepulture de Iesus, & figuroit l'Esglise, laquelle viendroit a embrasser le Seigneur reietté de
la Synagogue, & l'honnoreroit comme Dieu. La perte de cest oingnement esmut le cœur
des disciples, mais principalement de Iudas Iscarioth:car par ce qu'à luy, comme au plus
meschant d'entre tous les meschans, la bourse luy auoit esté baillée en charge, & que comme tres-meschant qu'il estoit, il estoit despensier d'vne tres-mauuaise chose assauoir de
l'argent, il auoit de coustume suyuant la maniere de ceux qui manient vn argent public, d'entirer à soy furtiuement quelque portion:ne dependant ia plus d'vn droit & simple cœur de l'enseignement de Iesus, mais faisant dés lors sa main pour auoir dequoy viure quand il se seroit retiré de la compaignie d'iceluy. Iudas donc se despita contre Marie, & dit : Quel besoing estoit-il, de perdre vne chose tant precieuse ? Car le Seigneur ne
prend pas de plaisir en telles delices, & puis telle magnificence ne conuient pas bien à
nostre bancquet. Que si elle auoit deliberé de donner vne chose de si grand pris, apres
qu'elle eust esté donnée, on l'eust peu vendre, & puis en donner le pris aux poures.
Certai-

Certainement l'œuure euſt eſté plus ſaincte,& plus côuenable au maiſtre & à nous. Biẽ eſt
vray que les autres Apoſtres tenoyent auſſi ces propos à la bonne intention,mais Iudas,
combien qu'il fuſt ſemblable en propos,auoit neantmoius vn tout autre cœur. Car il ne
ſe ſoucioit nullemẽt de l'affaire des poures:mais il auoit la bourſe, & ce que la volontaire
benignité des amis donnoit,il le gardoit desloyaumẽt,& en derobboit quelque peu,mon
ſtrant dés lors en ſoy l'exemple,combien eſt mal propre pour diſpenſer la doctrine Euan/
gelique,celuy duquel le cœur eſt ſayſi de conuoitiſe de deniers.Et Ieſus rabbaiſſa tellement
le caquet à ſes diſciples,qu'il n'en decela pas pourtant la malice de Iudas:& fauoriſa à Ma/
rié en ſorte,qu'il ſignifia qu'il mourroit de ſa propre volonté.Car le Seigneur Ieſus a vou/
lu que ce point ſur tous fuſt perſuadé à tous,aſſauoir,que non pas par violence humaine,
mais que de ſon propre conſeil il a enduré la mort pour le ſalut des hommes,quand, & cô
me il a voulu.Ne murmurés point(leur dit--il) contre l'œuure & ſeruice que m'a faict ceſte
femme.Ceſte deſpenſe n'eſt pas perdue,mais à ma ſepulture eſt deu ceſt honneur, lequel
ceſte femme preuient dés à preſent : par ce qu'alors il n'y aura pas moyen de m'oingdre.
Vous aués bonne opinion de moy que durãt ma vie i'ay touſiours refuſé telles delices:ce
nonobſtant ie veux que ma mort & ſepulture ſoit honnorable.Ne me plaigniés point ceſt
honneur,qui ſe faict à celuy qui a bien toſt à paſſer.Quant à ces poures mẽdians cõmuns,
vous en aurés touſiours prou par tout preſts à la diſette deſquels vous pourrés ſuruenir:
quant à ma perſonne,vous ne m'aurés pas long temps.Or pourautant Bethanie à raiſon
qu'elle eſtoit pres de Ieruſalem,eſtoit hantée des Ieroſolymites,& que Lazare pour ſa no/
bleſſe & cheuãce,mais encore plus pour le bruit du miracle faict de frais, on ſceut biẽ que   Adonc gran-
Ieſus eſtoit à Bethanie:& incontinent pluſieurs de la ville s'y en allerent,partie pour voir   de multitude,
Ieſus le renom duquel auoit eſté merueilleuſement aggrãdy par ce tant ſingulier miracle,   cogneut.
partie auſſi pour voir ledit Lazare lequel ils entendoyent auoir eſté reſſuſcité de mort à
vie.A cela les pouſſoit vne curioſité qui de nature eſt enracinée en la nature des hommes.
Dauãtage l'enuie & la hayne que les Sacrificateurs & Phariſiens portoyent à Ieſus leur a/
uoit tellemẽt aueuglé l'entendement,que ia leur malice ne ſe contentoit pas de tuer Ieſus,
mais deliberoyent auſſi de faire mourir Lazare,contre lequel ils ne pouuoyent pas inten
ter vne ſeule apparẽce de crime.L'aueugle qui en leur barbe auoit vaillamment ſouſtenu
la gloire de Ieſus,ils l'auoyent dechaſſé de la ſynagogue : maintenant leur enuie eſtoit ac/
creue à vne ſi grande malice, que le Lazare,hôme noble & puiſſant, qui n'en faict n'en dit
iamais ne les auoit irrités,& côtre lequel ils ne pouuoyent meſme rien côtrouuer, ils l'ont
voulu tuer:& ce non pour autre choſe,ſinon que maints eſmeus d'vn tant euident mira/
cle ſe desbauchoyent de la conſpiration des Phariſiens,& croyoyent à Ieſus.Le lendemain
vne grande compaignie de gens qui eſtoyent venus en Ieruſalem pour ſolenniſer la feſte,
entendans que Ieſus laiſſoit Bethanie & s'en venoit en Ieruſalẽ,luy allerẽt au deuant pour
luy faire honneur,& coupperẽt des rameaux de palmes pour en tapiſſer la voye où il mar/
choit.Auſſi eſtoit ceſt arbre la coronne & triõphe des vaincqueurs, touſiours verdoyant,
haut & d'vn monter mal aiſé,mais de treſ--doux fruict,& de quelque nayſue force de natu
re s'eſleuant côtre le fardeau.Or cria--on (comme le peuple a de couſtume de teſtifier vne
ioye publicque)ce qui eſt és Pſeaumes:Hoſanna,loz & honneur ſoit à celuy qui ſouhaitté   Pſal.117
& attendu vient à nous au nom du Seigneur.Ieſus auſſi qui par le paſſé auoit touſiours e/
ſté abbaiſſé & contempteur de toute gloire mondaine,voulut lors en nouuelle pompe ve
nir en Ieruſalem.Car il auoit trouué vn aſnon,ſur lequel il eſtoit aſſis, là où iuſque là il a/
uoit accouſtumé de cheminer à pied:partie pour enſeigner aux ſiens combien vaine eſt la
gloire de ce mõde:partie pour verifier la prophetie d'Eſaie touchant ſoy. Car il eſt eſcript: Eſa.62
N'aye peur,fille de Sion:voicy venir à toy ton roy debõnaire,aſſis ſur vn poulain d'aſneſ/
ſe : vne telle pompe eſtoit certes toute propre au roy de Ieruſalem ſpirituelle, qui eſt l'Eſgli
ſe.Cela pour lors ne cogneurẽt point les Apoſtres,penſans qu'il aduenoit par cas fortuit:
mais apres que par la mort,reſurrection,& enuoyemẽt du S.Eſprit Ieſus fut glorifié, alors
en côfrontant le faict auec les parolles du Prophete,ils cogneurẽt que l'acclamatiõ du peu
ple,& que le faict de Ieſus touchãt ceſte entrée,auoit eſté eſcrit pour iceluy.Car il y en auoit
pluſieurs qui attẽdoyẽt vn tel roy,que ſont les roys de ce mõde.Ieſus s'eſt voulu mocquer
de l'attẽte d'iceux,demõſtrant que le regne Euãgelique cõſiſte en debõnaireté & celeſte do
ctrine,& non pas és forces de ce mõde.Le peuple fut eſmeu à ceſte tant ſinguliere affection
par maints,qui vn peu deuãt eſtoyent pres de Bethanie quand le Seigneur Ieſus fit ſortir   La compai-
Lazare hors du tõbeau:& ce qu'ils auoyẽt veu de leurs propres yeux ils l'auoyẽt raconté   gnie en rendoit
aux autres.Qui fit qu'à ſi grãde compaignie de gens ſortit au deuãt de Ieſus,par ce que de   teſmoignage.

V 2   ceux

ceux qui luy auoyẽt veu faire ce miracle tãt singulier,ſçauoyẽt qu'il ne s'eſtoit parlé de tel
miracle depuis que le mõde eſtoit mõde.Et par ce que ce fait mõſtroit auãt ſoy à veue d'œil
vne diuine vertu,auſſi luy fit-on vn hõneur tel qu'on n'a faict à nully des Prophetes.Cela
amena bõnemẽt le cœur des Sacrificateurs & Phariſiẽs à vn deſeſpoir:ce neãtmoins ils ne
deſiſtẽt & ſe repẽtent point de leur abominable entreprinſe,mais murmurent entre eux,di
ſans:Voyés voꝰ pas,que pour toutes embuſches que noꝰ luy dreſſiõs noꝰ ne gaignõs rien
cõtre luy,ains que tãt plus nous noꝰ oppoſons d'autãt plus s'eſclarcit ſon authorité,& s'en
flãme l'affectiõ du peuple?Par cy deuãt il n'auoit qu'vn petit nõbre de diſciples,voꝰ voyés
maintenãt que tout le mõde ſe desbauche de noꝰ pour aller apres luy,tellemẽt que ia noꝰ
n'oſeriõs en aſſeurãce luy mettre publicquemẽt les mains deſſus.Tel propos tenoyent ces
abominables Phariſiens pour s'eſmouuoir les vns les autres à aſſaillir le Seignr Ieſus par
plus grãdes forces & ruſes:& auſſi n'ont-ils iamais peu executer ce forfaict,ſinon auec vn
grãd accord des Phariſiẽs,Scribes,Sacrificateurs & Senateurs:le peuple auſſi,(cõme il eſt
legier & incõſtant)allumé de la meſme rage:itẽ en y adiouſtant l'authorite de Pilate Preſi
dẽt:& nõ ſans trahiſon que Iudas le traiſtre y adiouſta.Or pour lors le peuple portoit telle
faueur à Ieſus que meſme les Payẽs,qui par deuotiõ eſtoyẽt venus en Ieruſalé pour y ado
rer,auoyẽt enuie de voir Ieſus.Car la reuerẽce de ce tẽple eſtoit ſi grãde,que meſme de loig
tain pays maints y venoyẽt par deuotion.Or dés lors ſe mõſtroit vne figure de l'aduenir,
quã l'Egliſe dõt ce tẽple de Ieruſalé eſtoit vne figure,s'aſſembleroyent les Payẽs idolatres,
& Ieſus reietté des Phariſiẽs,l'embraſſeroyẽt d'vne deue deuotiõ. Ceux cy doncques ayãs
grãde enuie de voir Ieſus,de qui ils auoyẽt ouy dire tant de merueilles(mais ils eſtoyẽt hõ
teux de l'abborder:car ils deſiroyẽt nõ ſeulemẽt de le voir en paſſant parmy la preſſe,mais
de le ſaluer de pres & deuiſer auec luy)s'addreſſent à Philippes,qui pour le voyſinage du
pays(car il eſtoit natif de la ville de Bethſaida,q̃ eſt en la Galilée des Payẽs)les cognoiſſoit,
le priãs à fin qu'il leur baillaſt acces vers Ieſus.Car ils donnoyent à entẽdre qu'ils auoyẽt
grãd deſir de le voir. Philippes cõmuniqua à André ſon cõpaignõ d'vne meſme ville. Car
André auoit plus grand credit enuers le Seignr,par ce que d'entre tous il auoit eſté appellé le premier.Dõcque ces deux s'en võt abborder Ieſus,luy ſignifiãs qu'il y auoit quelques
gẽs nõ pas Iuifs,mais Payẽs,qui neãtmoins deſiroyent ardãmẽt de le voir,s'il luy plaiſoit
les admettre. Et quãd Ieſus ẽtẽdit de ſes diſciples que meſme les Payẽs deſiroyẽt de le voir,
là où ſi abominablemẽt les Phariſiẽs & Sacrificateurs le meſpriſoyẽt : il print de là occaſiõ
de deſcouurir ſa mort à ſes diſciples,& quelle vtilité elle apporteroit nõ ſeulemẽt à la natiõ
Iudaique,mais auſſi à tout le monde:& que cõme le miracle d'vn ſeul Lazare reſſuſcité a
uoit attiré à ſon amour nõ ſeulemẽt pluſieurs Iuifs,mais auſſi les Payẽs,ainſi ſa mort & re
ſurrectiõ attireroit toutes les natiõs de tout le mõde.Ces diſciples dõcques declarans à Ie
ſus la ſaincte affectiõ des Payẽs,il leur reſpõdit:Voꝰ aués ouy les Iuifs crians:Benit ſoit qui
viẽt au nom du Seignr.Vous voyés accourir les Payens d'vn ſemblable deſir:d'autãt que
maintenãt eſt pres le tẽps que quãd les Phariſiẽs penſerõt que le fils de l'hõme ſoit totalemẽt ruyné & eſteint,alors principalemẽt viẽdra-il à eſtre glorifie entre toutes les nations
du mõde.Ceſte ſorte de gloire eſt nouuelle,auſſi la faut-il cõqueſter par moyen nouueau.
Durãt ma vie,i'en ay attiré peu:apres ma mort,mõ renom s'eſtẽdra plus au loing & en atti
ra plus,que ma preſence corporelle n'ẽ aura attirés.Voꝰ ne voulés ouyr parler de la mort:
tenés toutefois cela pour tout aſſeuré que ſi le grain de fromẽt ne viẽt à eſtre ietté en terre,
& n'y eſt enſeuely,n'y pourriſſe & meure,il ne ꝓduira nul fruict,ais tout ſin ſeulet demeure
ſauue & entier. Que s'il meurt,& ſoit caché en terre,il ſort de rechef auec grand fruict,rap
portãt cent grains pour vn,& lors le beau bled occupe de grans chãps,& enrichit le pays
d'vn grãd reuenu.Ce doit eſtre le plus ſouhaitté,q̃ profite à pluſieurs:& le ſalut de maints
ſe doit rachetter par la mort de peu.Aiſi deſpẽdre ſa vie,n'eſt pas cela pẽrdre la vie,mais la
ſauuer.Car l'ame ne perit pas,laquelle ſe ſepare du corps:& ne perit pas totalemẽt le corps
veu qu'vn iour il reuiura plꝰ heureux & immortel.Quicõque dõc ayme ceſte vie en ce mõ
de,en la gardãt mal,il la perd.Au cõtraire,quicõque hayt ſa vie en ce mõde,& pour l'auãce
mẽt de l'Euãgile l'expoſe aux dãgiers & morts,point il ne perd la vie qu'il employe,ains la
ſauue,& pour vne mortelle,briefue & miſerable vie,en receura vne à iamais pardurable &
heureuſe en la reſurrection.Pourquoy il ne faut-ia que vous voꝰ troubliés pour ma mort,
laquelle vn iour il voꝰ faudra auſſi enſuyure,à fin que ſoyés participãs & de la gloire & de
l'immortalité,voꝰ qui aurés enſuyuis ma mort.Moy cõme autheur de l'affaire Euãgelique
i'eployeray volõtairemẽt ma vie pour le ſalut du mõde,& pour la gloire de mõ pere.Vous
ſerés miniſtres de la meſme charge,& par voſtre predication eſpãdrés parmy le monde
tout tant ce que i'ay faict & dit. Ce que maintenant me braſſent les Pontifes & Phariſiens,

L'heure eſt ve-
nue que le fils
de l'homme.

cela mesme vous brasseront les meschans qui ayment plus ce monde que Dieu : lesquels
pendant que sottement ils gardent ceste vie, perdent la vie eternelle, & se precipitent en la
mort eternelle. Si quelqu'vn se dit mõ disciple: si quelqu'vn se dit mõ seruiteur, il faut qu'il
me suyue cõme son maistre & Seignr. Car ce n'est pas raison que le seruiteur abbãdõne son
Seigneur, soit en prosperité, soit en aduersité. Ceux qui auront estés mes alliés & compaignons en afflictiõs, ie ne les forclorray point de la cõmunauté de felicité : ains par tout où
ie seray, là aussi sera mõ seruiteur. Pour reietté que ie soye du mõde, neantmoins le pere me
esleuera en gloire. Que si quelcun me sert loyaumẽt se mõstre seruiteur loyal enuers moy,
vn tel pour les maux tẽporels & pour le deshõneur qu'il aura receu des hommes, le Pere
l'aornera d'eternelle felicité & de vraye gloire. Car le Pere recognoistra non seulemẽt moy,
mais aussi les seruiteurs de son fils vnicque: & recõpensera de semblable salaire, ceux qu'il
cognoistra auoir enduré choses semblables. Biẽ est vray que l'afflictiõ presente a son tourmẽt, à cause de la foyblesse du corps humain: mais la cõsideration du salut de maints, la cõ-
sideratiõ de la felicité d'vne vie perpetuelle (lesquelles choses se rachetẽt parvn brief tourmẽt) doit vaincre cest effrayemẽt de l'humaine nature. Que si à l'aduenir vous sentés la nature redouter les frayeurs de supplices & morts dõt on vo' assaillira, ne soyés pas si lasches
que de vous reculer tout à coup de l'affaire Euãgelique, ains que la force de courage tousiours s'appuyant sur les forces du pere celeste, vaincque la foyblesse de l'humaine nature.
Mesme aussi moy pource que le iour de mort est prochain, ie sens mõ ame troublée. Ie voy
venir vne fort griefue tẽpeste. Que diray-ie? ou bien, de quel costé me vireray-ie? Doy-ie
obeir à la foiblesse du corps qui redoute la mort? doy-ie recourir aux secours du monde?
doy-ie pour l'amour de ma vie, ne tenir conte de la vie du monde? Nenny. Ie me rangeray
à la volonté du Pere. L'infirmité de nature, troublée de l'horreur de la mort, luy dira: Pere,
si faire se peut, sauue moy de ce prochain dangier de mort. Mais la charité conuoiteuse du
salut humain adioustera cõsequemment: Mais plus tost, si ainsi est expediẽt, viene la mort
souhaittée, puis que volontairement & sciemment fuyant la volonté de l'esperit, laquelle iamais ne contreuient à la tienne, ie me suis offert moy-mesme à la mort. De ta part fay
que ma mort & resurrection clarifie ton nom enuers toutes les nations du monde : à fin
qu'apres t'auoir cogneu ils te glorifient & obtiennent salut eternel. Si tost que le Seigneur
Iesus eut faict ceste priere, en leuant les yeux vers le ciel, la voix du pere vint du ciel, disant:
I'ay-ia glorifié mõ nom, & cy apres le glorifieray encore plus. Car il auoit-ia par plusieurs Lors vne voix
miracles, esté glorifié entre les hommes par son fils, mais principalement par Lazare res- vint du ciel.
suscité, & bien tost deuoit amplifier la gloire de son nom enuers toutes les nations du mõde par la croix, par la resurrection, par l'ascension au ciel, par l'enuoy du Sainct Esperit, &
par la predication des Apostres. Et la compagnie, qui n'estoit pas loing de là, oyant la
voix enuoyée du ciel, par ce qu'ils n'estoyent pas trop attentifs & qu'on ne sçauoit pour
le seur à qui s'addressoit ceste voix, estoyent de diuerses opiniõs. Car les vns disoyent que
ce qu'on auoit ouy auoit esté vn tonnerre: car la voix estoit sortie des nuées. Les autres
au contraire l'interpretoyent plus gratieusement, disans que quelque Ange auoit parlé à
Iesus. Et Iesus pour de tant plus les rendre attentifs, & destourner de soy le soupçon de
gloire, dit: Ceste voix, qui n'est ne de tonnerre, ne d'Ange, mais du Pere, qui a ouy mes prieres, n'est pas venue pour moy, qui cognoy l'affectiõ du Pere enuers moy, mais pour vous,
à celle fin que vous entendiés que ie suis d'accord auec le Pere: & que tout ce que ie fay par
son mouuemẽt: ie le fay pour vostre salut. Vous aués ouy que c'est qu'a promis le Pere touchãt ma mort. Ores s'approche la derniere luitte de Sathã, qui est le prince, ou pour mieux
dire, le tyrant de ce mõde : car par le peché il a iusqu'à present detenu en la mort, tous ceux
qui ayment ce monde. Ores se met en iugement la cause du monde. Mais la fausseté conuaincue, la verité s'esclarcit: & ce prince du monde, l'autheur de mort, quand il se pensera
victorieux, il sera par la mort deietté de sa tyrannie. Car les pechés serõt pardonnés à tous
par la foy Euangelique. Le peché osté, les forces du tyrant qui n'a sa puissance qu'en ce seul
baston, sont rompues: & cõme celuy qui semblera auoir vaincu, sera subitement deietté de
son regne, ainsi moy, qui sembleray esteint, esleué de la terre ie tireray tout à moy de toutes
pars: m'vsurpant à bon droit ce qu'il a iusqu'à present occuppé par tyrãnie. Or par ce que
le propos que Christ auoit tenu (assauoir, Quand ie seray haussé de terre) estoit ambigu, &
toutefois fort propre pour exprimer la chose, il voulut signifier le gẽre de mort qu'il auoit
à endurer. Car ceux qu'on fiche en la croix, pendent en haut, à fin que de tous ils soyent
veus de loing: auec ce il reduisit en memoire l'hystoire ancienne, qui raconte le serpent d'e-
rain (qui estoit la figure de Christ) qui fut pendu à vne haute perche, auoir apporté present

V 3   reme

remede contre les mortelles playes de serpents à tous ceux qui iettoyēt leurs yeux vers icē
luy,pour loing qu'ils en fuſſent.Et toutefois il y en auoit en la compaignie,leſquels, par cé
qu'il auoit au parauant faict mention de la mort,deuinoyent qu'il auoit parlé du ſupplice de là croix.Et de là s'efforcent de prouuer iceluy n'eſtre point le Meſſias,pnis qu'il ſe diſoit deuoir mourir,veu que l'Eſcripture donne puiſſance & regne eternel au Meſſias. Car
Daniel 3.4   ainſi eſcript Daniel:Sa puiſſance eſt vne puiſſance eternelle,laquelle ne luy ſera poīt oſtée:
Mich.5   & ſon regne auſsi,qui ne ſera point ruiné.Item le Prophete Michée dit ainſi : Et ſon entrée
Eſa.9   eſt dés le commencement dés les iours d'eternité.Item Eſaie : Et ſa paix ne prendra point
              fin.Meſme auſsi la prophetie des Pſeaumes luy promet vne ſacrificature eternelle,diſantː
Pſal.109   Tu es Sacrificateur à iamais,ſelõ l'ordre de Melchiſedech.Ils ſe prennent dõc à dire : Nous
              entēdons de la Loy que le Meſſias quãd il ſera venu,ne prēdra iamais fin. Que veut donc
dire que tu dis qu'il aduiendra que le fils de l'hõme ſera hauſſé de terre?Que ſi eſtre hauſſé de terre eſt mourir:& ſi toutes les fois que tu nõmes le fils de l'hõme,tu veux qu'on l'entende de toy-meſme,il faut dire ou que tu ne mourras pas,ou que ce fils de l'homme n'eſt
pas le Meſſias,aumoins ſi la prophetie dit vray.A cela,pource qu'ils le diſoyent d'vn mauuais cœur,Ieſus ne reſpondit rien.Car il pouuoit reſpondre qu'il eſtoit nõ ſeulement homme,mais auſsi Dieu:& que bien auroit-il à mourir ſelõ le corps humain,mais que tantoſt
apres il reſſuſciteroit:& que ceſte mort n'empeſchoit en rien la perpetuité du regne,lequel
n'eſtoit pas mondain, mais ſpirituel. Mais ils n'eſtoyent pas capables de tels myſteres,&
n'eſtoit pas encore le temps de les deſcouurir.Seulement il les enhorte qu'en laiſſant l'a-
ueuglement de leur entēdement ils ceſſent de s'oppoſer à la lumiere de verité,attēdu principalement qu'elle deuoit eſtre ſi toſt oſtée.Non pas que la lumiere Euangelique deuſt iamais eſtre abolie,mais par ce que deſormais cy apres ils n'oyroyent plus la doctrine de Ieſus Chriſt de la propre bouche d'iceluy:& ne le verroyent plus faire miracles, qui les pou-
Encore pour   uoyent eſclairer à repētance & amēdement de vie.Si leur dit:Encore vn bien peu de temps
vn petit de   conuerſe la lumiere entre vous.Partant pendant que vous aués ceſte lumiere,cheminés &
temps.   profités en mieux,pēdant que l'occaſion ſe preſente,de peur que bien toſt la lumiere eſcõ-
ſée,la nuict ne vous viēne accabler & lors en vain vous regrettiés la choſe oſtée qui maintenant la refuſés quãd elle vous eſt offerte. Qui ſuyt les aueuglées affections de ſon cœur,
chemine en tenebres & ne ſçait où il va:& en penſant faire ſainctement & iuſtement,il treſ-
buche en la mort.Ie ſuis la lumiere du monde.Qui croyra en moy,ne ſe fouruoyera pas de
la verité.Ceux qui ſont enfans de la nuict, refuyent la lumiere. Vous doncques,pendant
que vous aués la lumiere auec voʳ,croyés à icelle lumiere,à fin qu'on voye que vous eſtes
enfans de lumiere.Qui croit,voit:qui ne croit,en y voyãt eſt aueugle. Pour lors Ieſus ceſſa
de leur parler, de peur de tãt plus irriter leur fureur,laquelle il cognoiſſoit eſtre toute prõpte à tout forfaict:mais s'en alla & s'eſconſa d'eux, comme pour par ſon abſence & ſilente
appaiſer leur enragée forcenerie:auec ce nous aduertiſſant auſsi en paſſant par ſon exemple,que toutes les fois que nous auõs queſtion auec des obſtinés, & qu'il n'y a aucune eſperance d'auancement,que nous cedions pour vn tēps,de peur que non ſeulement nous
n'en reportions aucun fruict,mais auſsi nous rēdions plus meſchans les autres.Et de faict
qui auoit-il de plus obſtiné que le cœur de ces Iuifs là ? Car là où par tant de ſi euidens &
ſinguliers miracles, faits deuant leurs propres yeux, le Seigneur Ieſus deuoit auoir verifié & du tout confermé ſa parolle, neantmoins ils perſiſtoyent en leur incredulité: aueuglés certes d'enuie, de hayne, d'ambition, d'auarice & d'autres mauuaiſes affections de
Eſa.53   l'ame. Et auſsi ia paſſé long temps, Eſaie inſpiré de l'eſprit de Dieu, auoit predit qu'vn
              iour y en auroit de tels, diſant:Seigneur, qui a creu à noz parolles ? & le bras du Sei-
              gneur,à qui a-il eſté deſcouuert ? Et certainement la cauſe pourquoy ès faits de Ieſus ils
              n'apperceuoyent pas la vertu de Dieu, eſtoit qu'aueuglés de leur malice,ils ne croyoyent
              point. Or ne pouuoyent-ils croyre, par ce qu'ils ne vouloyent pas reietter d'eux leurs
Eſa.6   mauuaiſes affections. Ce qu'auſsi auoit predit Eſaie: Il leur a aueuglé les yeux, & endurcy le cœur, à fin qu'ils n'y voyent des yeux, & entendent de cœur, & ſe conuertiſſent,
& que ie les gueriſſe. Car en voyant ils ne voyoyent pas, & en entendant n'entendoyent pas,& au dommage de leur propre ſalut ont braſſé toutes choſes à l'encontre de celuy duquel ſeul il failloit eſperer ſalut. Cela predit iadis Eſaie,quand inſpiré de l'eſprit
celeſte, il vit par yeux Prophetiques la gloire du fils de Dieu, laquelle iceluy deuoit vn
iour auoir en corps humain:& ce qu'il vit, il le prophetiſa:& ce qu'il a prophetiſé, nous
croyons qu'il a eſté faict.Et toutefois l'incredulité de ceux cy n'a pas forclos le ſalut des
autres qui creurēt.Car maints non ſeulement du menu peuple,mais auſsi des principaux
                                                                                      auoyent

auoyent creu à Iesus:& toutefois les gros principaux n'en osoyent faire profession publique, pour crainte des Pharisiens, qui auoyent faict vn edit, que quiconque se diroit disciple de Iesus, seroit ietté de la Synagogue. Or est-il que ceux qui ont les premieres dignités
enuers le môde ne peuuêt endurer le deshôneur. Car leur foy n'estoit pas encore ferme &
parfaitte:& toutefois pour lors c'estoit-ia quelque cômencement d'entendémêt Euangelique, d'auoir bonne opinion de Iesus, iaçoit que la crainte & la honte les empeschast de le
môstrer ouuertemêt. L'enuie empeschoit lesvns, l'auarice les autres, l'ambition les autres,
de s'arrester de tout leur cœur à Christ, pour l'amour duquel il faut mespriser toutes choses. Mais pour ce que le sainct Esprit n'estoit pas encore donné, lequel baillast vne pleine
force Euangelique, maints croyoyent mais froidement, aymans encore la gloire des hommes plus que la gloire de Dieu. Auoir lieu honnorable en la Synagogue est chose magnificque entre les hommes : mais estre deietté de la Synagogue des meschans pour l'amour
de Christ, eust esté gloire enuers Dieu. Or és hômes de foible nature, la crainte & foiblesse
impetre aisément pardon. Mais ceux qui estoyent tellement aueuglés de mauuaises conuoitises, que d'vne meschante conscience ils s'opposoyent à Christ, en destournoyent le
peuple, luy dressoyent embusches, brief luy machinoyent la mort, il leur a esté force de perir par ce qu'il n'ont pas voulu estre sauués. Item vne autrefois, que ia la fureur des Iuifs
deuoit estre addoucie, Iesus se presenta à eux & pour tant plus enhorter vn chascun à croyre, & ne laisser nulle excuse à ceux, qui viendroyent à perir de leur propre malice, leur mon
strant combien grand seroit le profit des croyans, & combien grande la ruyne de ceux qui
persistoyent en leur incredulité, s'escria & dit: Vous vous vantés tous de croyre en Dieu:
or est ce que puis que ie suis yssu de Dieu, & que ie ne dy ne fay rien qui soit sinon de son Lors Iesus
mouuement, quiconque croit en moy, ne croit point en moy (veu que ie ne fay rien de s'escria, &
part moy) mais à celuy, qui m'a enuoyé au monde. Le monde est tout remply des tenebres dit.
d'erreurs & pechés. Or pour ceste cause suis-ie du Pere, qui est la fontaine de toute lumiere, comme du Soleil le rayon descendu au monde, à fin que les erreurs deschassés & les pechés ostés, ie fusse lumiere au monde. Or s'ouurent les yeux des aueugles par la foy, à ceste
fin qu'ils voyent la lumiere, & que plus ils ne tresbuchêt és tenebres. Le but donc de toute
ma doctrine, le but de mes miracles, le but de tout ce que i'ay faict ou feray, tend à ce, que
qui croit en moy, & met en moy toute sa fiance, point ne demeure en tenebres, mais illuminé de la cognoissance de la verité, & nettoyé de tous les vices de sa vie passée, guide de
la lumiere par la pieté Euangelique il paruienne en la vie eternelle. Que si quelqu'vn oyt
mes parolles, sans toutefois y obeir, tant s'en faut qu'a vn tel profite de rien à salut de les
auoir ouyes, que pour cause de l'incredulité il en encourra mesme vne plus griefue ruyne:
non pas que ie le doyue condamner. Car pour le present ie ne suis pas venu, pour côdamner le monde à cause de ses forfaits, mais pour par foy purifier & sauuer le monde. Et toutefois n'eschappera pas l'horrible iugement celuy qui apres auoir ouy mes parolles les
reiettera & mesprisera. Maintenât certes n'obmes-ie rien, à fin d'attirer vn chascun à salut
eternel, & ne perira nully par ma faute. Mais si quelqu'vn vient a reietter le salut offert, la
propre parolle que maintenant ie prononce, condamnera vn tel, & le conuaincra au dernier iour qu'il sera pery de sa propre malice. I'ay semond par salaires & recompenses, i'ay
estonné & effrayé par supplices : i'ay attiré par bien-faicts : i'ay esmeu par miracles : ie ne
repousse nully du salut : l'entrée à la vie ie l'ouure aisée à chascun. Quelle excuse dôc pourra pretendre au dernier iour, celuy qui apres auoir esté par tant de moyens prouocqué à
croyance, aura neantmoins persisté en son aueuglement? Si vous estes seruiteurs de Dieu
tel que vous vous estimés: si vous portés reuerence en la Loy, vous ne pouués reietter ma
parolle. Car ie n'ay pas parlé de part moy-mesme, comme font ceux qui pour leur gloire
ou profit controuuent ce que bon leur semble: & n'enseigne pas choses côtraires à la Loy,
mais ce que la Loy a adombré sous figures, & promis par propheties, ie le mets à effect,
mais le Pere qui est autheur de la Loy, & celuy de par qui ie suis venu en ce monde m'a limité que c'est que ie doy dire, & comment. Puis donc qu'ainsi est qu'en tout & par tout
i'obey à ses mandemens, comment est-il possible que vous l'honnoriés, veu que vous
mesprisés son ambassade? Or ce qu'il m'a enchargé il ne le m'a pour autre chose enchargé, sinon pour l'amour qu'il vous porte: à fin qu'en croyant aux propos que par moy il
vous tient, vous obteniés vie eternelle. Comme le Pere a soif du salut de tous, sans chercher la perdition de pas vn, ainsi aussi moy i'ay soif du salut de tous, & ne laisseray perir
personne entant qu'en moy sera. Parquoy pource que ie suis asseuré que tout ce qu'il a
voulu que ie parle, appartient à vostre salut, pour ceste cause ie ne cele rien de tout ce qu'il

V 4 m'a

m’a commandé de parler. Donnés vous garde qu’à ceſte affection du Pere enuers vous,
qu’à ceſte mienne affection ſemblable s’accordant en tout & par tout à celle de mon Pere,
vous ne deffaillés vous-meſmes, en procurãt voſtre ruyne de voſtre plein gré, là où vous
pourriés obtenir ſalut eternel.

CHAPITRE XIII.

Ar tels propos enhorta le Seigneur Ieſus, le meſchant populaire de pouruoir à
leur ſalut & de ſe deporter de meſchãtes entreprinſes, attẽdu qu’il auoit eſſayé
tous les moyens ſans exception par leſquels on les peuſt ramener à repẽtance
& amendemẽt. Il reſtoit en apres, que ſes diſciples leſquels il auoit particulieremẽt choyſis, leſquels il auoit bien toſt à laiſſer, & leſquels il ſçauoit deüoir eſtre grandemẽt
eſtonnés pour la mort de leur maiſtre, il les fortifiaſt à l’encõtre de la tempeſte prochaine,
& toutalement leur arrachaſt du cœur ces peſtes de la pureté Euangelique, aſſauoir enuie,
hayne, arrogance, ambition, pour y planter les affections cõtraires à icelles, en produiſant
les indices d’vne parfaitte charité, à fin qu’ils enſuyuiſſent le patron en s’entre aymãt l’vn
l’autre, item en baillant vne forme & monſtre de debonnaireté & humilité non ouye, à fin
qu’ils ſe deuançaſſent ſemblablement l’vn l’autre par plaiſirs mutuels. Donc la veille de
Paſque (lequel mot en Ebrieu comme dit a eſté ſignifie paſſage) ſçachant bien le Seigneur
Ieſus (auquel rien n’eſtoit caché) que ia eſtoit venu le temps, auquel luy auſsi, reſpondant
au nom que portoit la feſte, paſſeroit de ce mõde & retourneroit vers le Pere, d’auec lequel
il eſtoit yſſu: comme ainſi fuſt que touſiours il euſt aymé ſes Apoſtres, leſquels il s’eſtoit peculierement choyſis pour domeſticques & amys, & leſquels n’auoit point encore à ſortir
du monde, mais à ſouſtenir vn grand & long combat auec le monde, il declara ſa perpetuelle charité enuers eux. Et la prochaine tempeſte de la mort, ne luy ſecoua pas l’affection
qu’il leur portoit, ains quand il eſtoit ſur le point de s’en aller: alors principalement mon-
ſtra-il des indices d’vne nompareille amour: non pas qu’au parauant il les euſt moins
aymés, mais à fin que les choſes qu’il leur auroit imprimées au cœur ſur ſon depart, y de-
meuraſſent mieux fichées. Apres dõcques que ce dernier & myſticque ſoupper, fut appareillé, ou Ieſus en donnãt le ſacré ſigne de ſon corps & de ſon ſang, deuoit laiſſer vn perpetuel memorial de ſoy, & auoit deliberé de cõfermer vne alliãce d’amytié à iamais au grãd
iamais pardurable, qui iamais au grand iamais par nul moyen du monde ne viendroit
à eſtre abolie, comme ainſi fuſt qu’il ſceuſt fort bien que par la ſuggeſtion du diable, Iudas
Iſcariot cherchoit les moyens pour le liurer entre les mains des Iuifs, lequel Iudas auoit le
cœur tellement ſayſi & infecté de la peſte d’auarice, que la tant grande douceur & courtoiſie de ſon maiſtre enuers luy, ne pouuoit le deſtourner de ſa meſchante entreprinſe: combien auſsi qu’il ſceuſt que le Pere ne deuſt rien laiſſer perir de tout ce qu’il luy auoit baillé
en garde, ſe tenant auſsi pour tout aſſeuré en ſa cõſcience que bien toſt il auoit a s’en aller
vers le Pere, d’où il eſtoit party: neantmoins à fin de toutalement arracher du cœur de ſes
diſciples l’affection d’ambition, il ſe leue du ſoupper ia appareillé & pour ſe monſtrer vray
patron de miniſtre, mit ius ſes habillemens, & print vn linge dont il ſe ceignit. Puis mit
luy-meſme de l’eau en vn baſsin, & ſe mettant apres le plus vil deuoir & ſeruice qui ſoit
point ſelon le monde, ſe print à lauer les pieds de ſes diſciples. Bien eſt vray que la couſtume des Ebrieux eſt d’vſer de telle humanité & courtoiſie enuers les eſtrangiers & amys;
mais cecy que fit Ieſus contenoit non ſeulement vn exemple de parfaitte modeſtie & humilité, mais auſsi vne figure de myſticque & ſpirituelle intelligence: aſſauoir qu’il failloit
que ceux qui entreprendroyent la charge de preſcher l’Euangile, que ceux auſsi qui voudroyent communiquer à la table du Seigneur, fuſſent tout vuides & purs de toutes terriennes affections: mais que ceſte pureté n’eſchoit à nully, n’eſt que le Seigneur Ieſus (qui
tout ſeul a eſté exempt de toute tache, & qui homme, a tellement conuerſé entre les hommes, que de la communauté de vie il ne s’eſt entaché d’aucune ſouilleure humaine) ne torche toutes les ſouilleures de noſtre infirmité. Doncque quand en tel habit le Seigneur de
toutes choſes tant au ciel qu’en la terre, preuoyant toutes choſes, & ayant tout en ſa main
& puiſſance de part le Pere, eſtãt habillé en ſeruiteur, nud, portant vn baſsin, vint à Simon
Pierre, & ſe proſterna deuãt luy, pour luy lauer les pieds. Pierre fuſt effrayé du nompareil
exemple d’humilité, en conſiderant d’vn coſté ſon infirmité, de l’autre, la dignité du Seigneur, laquelle par ſes miracles & admirable doctrine il auoit tellement quellement apperceue, iaçoit qu’il n’euſt pas encore cogneu en luy vne diuine nature: car il ne l’auoit
pas encore veu reſſuſcité, ne monté au ciel, n’aſsis à la dextre du Pere celeſte, n’eſtre reueré
& adoré pour Dieu par tout le mõde, mais ces choſes puis apres cogneues ont dõné plus
grand

grand luftre à l'exemple de tant finguliere modeftie. Or Pierre refufant d'eftre laué de fon
maiftre, d'vne telle affection que Iean Baptifte auoit refufé de le baptifer & lauer. Luy dit:
Seigneur, qu'eft-ce que tu veux faire? Que tu me laues les pieds? Ie cognoy & qui ie fuis, &
qui tu es. Et luy le refufant, Iefus refpondit: Pierre, laiffe moy faire ce que ie fay. Ce que ie
fay, n'eft pas de petite importance, ne fuperflue. Que c'eft que cecy veut dire, bien eft vray
que tu ne l'entens pas encore, mais tu l'entendras cy apres, & alors tu cognoyftras que ce
que ie fay maintenant t'aura efté neceffaire. Et Pierre n'eftant pas reprimé pour cefte refponce, par ce qu'il ne l'entendoit pas, le refufe de tant plus, difant: Iamais ie ne permettray
qu'vn fi grand perfonnage que tu es laue les pieds à vn fi petit compaignon que moy.
Et le Seigneur pour repouffer ce tant vehement refus (prouenant toutefois d'amour)
comme on repouffe force par force, puis que Pierre n'eftoit pas encore docile, le reprima
par menaces, difant: Pourquoy te rebelles tu contre moy, Pierre? Si ie ne te laue, tu ne peux
auoir part auec moy. Il faut ou que ie te laues, ou que tu fois forclos de la communauté de
ma table & de mon alliãce. Il faut que celuy foit pur, lequel ie receuray en ma compagnie.
Or tint Iefus ce propos non pas du lauement des pieds corporels, mais de l'enfuyuement
de cefte tant finguliere modeftie, de la pureté du cœur, laquelle doit eftre fouueraine en
ceux qui enfeignent la doctrine Euangelique & entreprennent la charge du trouppeau
Ecclefiaftique. Et Pierre qui bouilloit d'amour enuers le Seigneur (car la mention de diuorce eft aigre à l'aymant) iaçoit qu'il n'entendift pas encore que vouloit dire le propos
de Iefus, neantmoins quand il ouyt dire qu'il feroit forclos de la compagnie de celuy qu'il
aymoit finguliere ment, deuint fubitemét encore plus vehement à l'admettre qu'il n'auoit
efté à le refufer, & dit: Seigneur, pluftoft que ie viéne à eftre feparé d'auec toy, ie te permets
(puis qu'ainfi te plaift) de me lauer non feulement les pieds, mais aufsi & les mains & la
tefte. A quoy le Seigneur : Qui eft vne fois laué, n'a point befoing d'eftre laué de-rechef.
Car ia il eft net en tout le refte du corps, il ne luy refte plus finon de lauer les pieds, lefquels
par l'attouchement de la terre s'amaffent à chafque fois quelques petites fouilleures. Certainement par tel propos couuert, le Seigneur Iefus fignifioit qu'a vn prefcheur Euangelique ne fuffit pas cefte commune pureté, que le baptefme & la profefsion de la foy Euangelique baille à tous, n'eft que les pieds, c'eft à dire, les affections du cœur foyent à chafque
bout de chãp nettoyés de toutes les fouilleures de ce monde, defquelles toutefois à grand
peine perfonne peut-il eftre pur, n'eft que d'heure en heure continuellement par la mifericordé
corde de Chrift il s'efforce de nettoyer & lauer la cõtagion attirée par hanter auec les hommes. A vous doncque ne laue-ie point la refte du corps (dit le Seigneur) mais feulement
les pieds. Car vous eftes nets combien que non pas tous. Par cefte exception le Seigneur
Iefus picqua la cõfcience de Iudas Ifcarioth : car aufsi fçauoit-il bien qui c'eftoit qui le deuoit trahir & liurer aux Iuifs. Tant eftoit grande la debonnaireté de Iefus, que cognoiffant
le traiftre, il ne le defcouuroit point aux autres, ny ne le forclouoit du lauement des pieds,
ny ne le reiettoit de la communion de fon corps & de fon fang : feulement il touche la confcience de celuy qui luy eftoit cogneu, lequel fe fentoit coupable : à fin qu'au moins par ce
moyen il fe recogneuft & vinft à repentance & amendement apres qu'il auroit entendu
qu'il eftoit defcouuert du Seigneur, lequel il auoit deliberé de trahir. Pour ceftuy donc
auoit-il dit: Bien eft vray que vous eftes nets, mais non pas tous. Or quand Iefus eut faict
tel ce deuoir enuers fes douze Apoftres, il reprint fes habillemens, & s'afsit à table auec fes
gens pour foupper. Mais ce pendant le patron d'humilité qu'il leur auoit monftré, il leur
fiche de-rechef en l'entendement & au cœur, de peur que par oubliance n'en vinft à fortir
ce que fur tout eftoit neceffaire. Or leur dit-il: Entédés vous bien que veut, qu'à tous vous
f'ay laué les pieds? Vous m'appellés maiftre & Seigneur, & à bon droit le faittes-vous. Car
ie fuis vrayement tel que vous m'appellés. Que fi moy, qui vrayement fuis vray maiftre &
Seigneur, vous ay laué les pieds, par plus forte raifon vous qui entre vous eftes freres &
cõpaignons feruiteurs, ne ferés point greués de faire feruice l'vn à l'autre par mutuels feruices. Car pour cefte caufe moy tant excellent vous ay-ie baillé ceft exéple, à fin que vous
n'ayés hõte entre femblables & efgaux d'enfuyure ce que f'ay faict à difciples & feruiteurs:
& que le frere ait honte d'vfurper vne tyrannie arrogante contre le frere, & le feruiteur contre fon compaignon feruiteur, atteudu que moy qui de droit me pouuoye attribuer la
fouueraineté de telle dignité, me fuis demis iufqu'à vous lauer les pieds. Et ne faut-ia que
perfonne me die que ce que ie fay eft vil, abiect & feruil. Tant plus grand eft vn chafcun, de
tant plus fe doit-il abbaiffer la pefte d'ambition fe glandrit & fourre aufsi dans les vertus
Euãgeliques. Quand en mon nom vous ferés miracles, chafferés les diables, reffufciterés

Saués vous
bien que ie
vous ay faict.

les morts, brief quand vous prophetiſerés, alors principalement vous faudra-il ſouuenir
de ce qu'auiourd'huy ie vous ay faict. Point ne vous faudra ſouſtenir l'authorité Euangelique par hauteſſe, arrogance, ou violence. Elle vous aduiendra par autres moyens. Certainement vne choſe ne peut-on nyer, laquelle eſt meſme treſ-notoire au ſens commun:
c'eſt que le ſeruiteur n'eſt pas plus grãd que ſon Seigneur, n'vn embaſſadeur enuoyé pour
faire la beſongne d'autruy, plus grand que celuy qui l'a enuoyé. Vous me récognoiſſés
pour Seigneur, & par cy apres le ferés encore plus. Vous eſtes mes Apoſtres & ambaſſadeurs, & ie ſuis l'autheur de l'ambaſſade. Partant ce vous ſeroit deshõneur de vous enfler
d'arrogance, d'vſer de cruauté & violence enuers le trouppeau qui vous doit eſtre baillé
en charge, ou bien meſme les vns entre les autres, veu que vous m'aués experimenté Seigneur & maiſtre tant debonnaire & tant modeſte. Puis que maintenant vous entendés
cecy, ſi par apres vous le mettés en effect, vous ſerés bien-heureux comme le porte ma doctrine laquelle ie vous ay ſouuentefois reiterée & redite, à fin que ne la peuſſiés nullement
oublier. Mais ceſte beatitude n'eſcherra pas à tous vous. Bien eſt vray que ie vous ay tous
eſleus à l'honneur & titre Apoſtolique, mais tous ne reſpondront point à la dignité de
ceſte commiſſion. Bien-heureux ſeront ceux, qui en ſuyuant mon exemple, s'acquitteront
de la charge Apoſtolique. Mais il y en a vn d'entre vous, lequel tãt s'en faut qu'il ſe doyue
porter tel enuers ſes freres & compaignons ſeruiteurs, auquels il a eſté eſgalé iuſqu'à preſent, que meſme à l'encontre de moy ſon Seigneur & maiſtre il dreſſera les cornes, à l'encontre de moy, di-ie, qui ſuis tel & ſi grand perſonnage. Mais la prophetie du pſeaume
Pſal. 40 auoit dés long temps predit cecy deuoir aduenir, diſant: Vn qui mange mon pain leuera
ſon talon contre moy. Dés à preſent, deuant que cecy aduienne, ie le vous predy deuoir
aduenir: à fin que quand vous aurés veu aduenir ce que l'eſcripture auoit predit, vous
croyés que ie ſuis celuy duquel elle a prophetiſé: & que rien ne m'aduient d'auenture, ains
eſt tout ceſte affaire moyenné par le conſeil de Dieu. Or comme celuy eſt bien-heureux, lequel enſuyura mon exemple, ainſi ſera malheureux celuy qui aymera mieux enſuyure ce
traiſtre là, qui que ce ſoit. Car il aura auſſi à l'aduenir maints enſuyueurs de ſa malice, auquels l'argent ſera plus agreable que la gloire de mon nom: & leſquels ſous l'honnorable
titre d'Apoſtre, ſe monſtreront traiſtre de la charge Apoſtolique. Or tant plus grande eſt la
dignité de ceſt Apoſtolat, tant plus enorme eſt le crime, d'abuſer de l'honneur de la profeſſion pour faire trahiſon. Car de cecy vous aſſeure-ie pour tout le ſeur, que quiconque
reçoit celuy que i'enuoye, me reçoit moy-meſme. Et quiconque me reçoit, reçoit celuy qui
Qui reçoit
celuy que
i'enuoyeray. m'a enuoyé. Car comme moy qui ſuis ambaſſadeur du Pere, ne ſay rien que ſelon la võ-
lonté d'iceluy: ainſi vous, qui eſtes mes ambaſſadeurs, ſi vous executés à la bonne foy loyaument de voſtre commiſſion, vous ſerés receus de toutes gens de bien, comme moy
parlant par vous, ne plus ne moins que mon Pere parle par moy, qui n'enſeigne que ce
qu'il a ordonné. Quand Ieſus eut tenu ces propos en conſolans les cœurs des ſiens, conſequemment pour tant plus les deſtourner de l'exemple du traiſtre, & pour tant plus vehe-
mentement preſſer le traiſtre à repentance, il fut troublé en ſon eſprit comme redoutant la
ruyne de celuy qui de ſa propre malice s'efforçoit de ſe pourchaſſer la mort eternelle. Et ce
que ia il auoit dit, de-rechef auec aſſeurance il le teſtifie deuoir aduenir, diſant: En verité,
en verité ie vous dy, que l'vn d'entre vous (qui icy en petit nombre eſtes aſſis auec moy en
vne meſme table) me doit trahir. Ce propos tant de fois reiteré eſueilla le cœur des diſciples, leſquels autremẽt eſtoyent ſayſis d'vn fort grand chagrin à cauſe de l'auãt-ditte deſpartie du Seigneur. Ce qu'vn ſeul eſtoit noté de deuoir eſtre traiſtre, vn chaſcun de tous les
autres s'en conſoloit en ſa conſcience, mais ce qu'il auoit adiouſté (d'entre vous) les troubloit: & ſi ne doutoyent point que ce que le Seigneur auoit predit deuoit aduenir, & toutefois nul ne pouuoit ſouſpeçonner de ſon compaignon vne ſi grande laſcheté (eſtimant
tous les autres de ſon courage) ſinon vn chaſcun tenoit pour ſuſpecte la foibleſſe de l'humaine nature. Le ſeul Iudas ſe ſentant coulpable n'eut ny horreur, ny vergogne, ny ne ſit
point de difficulté de comparoiſtre au ſainct bancquet, & peut bien ce pendant porter le
regard de ſon Seigneur, à qui il ſçauoit biẽ n'eſtre pas incogneu ce qu'à part ſoy il braſſoit
en ſon cœur. Tant eſtoit grande la peſte d'auarice, & tant luy pleut abuſer de la douceur
du Seigneur ia cogneue. Par ainſi les autres diſciples tous triſtes & ſoucieux ſe regardoyẽt
l'vn l'autre, pour voir ſi du viſage ils pourroyẽt point recueillir quelque indice, qui c'eſtoit
que ce propos de Ieſus pouuoit auoir taxé, ſans point de doute eſtans tous appareillés de
tout à l'heure malſacrer celuy qui en ſon cœur auroit conceu ceſte laſcheté. Simon Pierre
qui aymoit le Seigneur plus ardammẽt que ne faiſoyent tous les autres, auoit bien l'eſprit
eſchauffé

eschauffé apres cela : mais iusques là l'audace que l'amour qu'il portoit à son maistre luy souloit suggerer, luy auoit souuent apporté assés poure yssue. Il auoit ouy au parauant: Va apres moy Sathan : tu n'entens pas les choses de Dieu. Il auoit ouy nagueres : Tu n'auras point part auec moy. Combien donc que Pierre eust grãde enuie d'estre deliuré de ce scrupule & soucy, & de sçauoir pour le seur qui estoit l'autheur d'vne telle lascheté, pour ne permettre nullemét qu'il s'approchast du bancquet, n'osa neātmoins luy-mesme demander au Seigneur qui estoit le traistre qu'il notoit : mais fit signe à vn disciple (que le Seigneur aymoit plus familiairement par dessus tous, & lequel pour lors se reposoit sur la poictrine du Seigneur, estant à l'occasion de tel credit & familiarité tout contristé & pasmé à raison de la tant prochaine mort d'iceluy qui le consoloit & cõfortoit) de s'informer de Iesus qui pouuoit estre celuy dont il auoit parlé. Doncque ce disciple comme lors il estoit assis au giron de Iesus, luy dit secrettement : Seigneur, qui est celuy qui osera commettre vne telle lascheté ? Iesus luy respondit tout bellement : C'est celuy à qui ie bailleray vn morceau saussé. Puis il trempa du pain en la sausse & en donna vn morceau à Iudas Iscarioth fils de Simõ. Et pour tout cela ne rougit ny ne se repẽtit le malheureux traistre: aint tout effronté, mesprisant la conscience & si grande douceur de son Seigneur, print le signe d'amitié de la main du Seigneur, lequel il deuoit tost apres trahir pour vn vil pris. Et le morceau prins, Sathan luy saisit tout le cœur, & de meschant le rendit incurable. Et Iesus voyant l'obstinée malice de Iudas qu'elle ne se fleschissoit & changeoit ny par honte, ny par frayeur (car il estoit-ia bonnement descouuert, & n'eust pas esté en dangier si Iesus l'eust manifesté) l'enuoye du bancquet, & luy baille la puissance d'executer la lascheté laquelle il auoit-ia commise de volonté conceue & deliberée. Ce que tu fais (luy dit Iesus) fay-le bien tost. Iudas seulet se sentant coulpable entendit ce propos : nully des autres qui estoyent assis à table ne s'apperceurẽt pourquoy Iesus auoit cela dit. Car comme la preud'hommie n'est point souspeçonneuse, ce souspeçon ne pouuoit descendre au cœnr de pas vn, que celuy à qui Iesus auoit monstré tant de signes d'amour, & lequel en luy ayant baillé la bourse commu ne en garde, il auoit semblé aucunement preferer aux autres, & lequel luy estoit assis des plus prochain, & à qui le Seigneur auoit maintenant baillé le morceau saussé, deust oser commettre vn tel forfaict que de liurer son Seigneur à la mort. Et les vns interpretoyent ce propos de Iesus (ce que tu fais, fay-le vistement) que par ce qu'ils sçauoyent bien que Iudas auoit la bourse en garde, le Seigneur l'auoit aduerty ou d'acheter les choses qui faisoyent besoing pour celebrer la feste, ou de donner quelque chose aux poures. Car Iesus auoit souuent de coustume de luy encharger telle chose : nous instruisant & aguillonnant ce pendãt à bien faire aux poures. Et Iudas apres auoir prins le morceau, dissimula le dire du Seigneur, & tout quant & quant sortit de l'assemblée. Car aussi n'estoit-ce plus la raison que celuy qui s'estoit du tout abbandonné à Sathan, & qui tant de fois s'estoit rendu incurable à Iesus, demeurast dauantage en la compaignie des saincts. Or estoit-il nuict, temps demonstrant qu'il auoit l'entendement aueuglé des tenebres d'auarice, veu qui se cachoit de la lumiere, & s'en alloit si hastiuemẽt à la besongne du prince des tenebres, que mesme l'importunité du temps ne l'esmouuoit point à prolonger le forfaict entreprins. Au parauant le mauuais vouloir ne luy deffailloit pas, mais Iesus ne luy auoit pas encore dõné le pouuoir: à fin qu'en cest endroit aussi il fust tout notoire, que personne n'eust rien peu à l'encontre d'iceluy, s'il n'eust donné luy-mesme au meschant vouloir & la puissance de mettre en effect ce que de cœur il auroit destiné. Par ainsi celuy la osté de la compaignie lequel s'en estoit rendu indigne, Iesus se print à tenir maints propos à ses disciples, partie pour les consoler & corroborer: partie pour les armer à l'encontre de la tempeste prochaine, en les leur fichant tout au profond du cœur, lesquels propos les disciples, qui premierement estoyent grossiers, puis appesantis de fascherie & de sommeil, ne pouuoyent pas pour lors comprendre à plein, ce neantmoins viendroyent puis apres à les entendre. Et tout en premier lieu, il leur signifia que sa mort estoit-ia prochaine : laquelle iaçoit que selon le monde elle semblast remplie de honte & d'ignominie, viendroit neātmoins a esclarcir la gloire tant du Pere que la sienne. Maintenant, dit-il, se brasse principalement cela, pourquoy vous m'aués ouy prier qu'il n'aduint. Car ores est venu le temps, auquel le fils de l'homme, qui iusqu'à present a semblé & abiect & contẽptible, est par vne nouuelle maniere glorifié entre les hommes & par iceluy sera quant & quant magnifiée la gloire du Pere. Car tout ainsi que le fils n'a pas cherché sa gloire, mais par son infirmité a magnifié & esclarcy la gloire du Pere, ainsi pareillemẽt le Pere, qui est la fontaine de toute vraye gloire, glorifiera pareillement son fils enuers les hommes : en declarant au monde non pas

par

Fay bien tost
ce que tu fais.

par Anges ou Archanges, ne par aucune autre creature, mais par soy-mesme que la gloire du Pere & du fils n'est qu'vne, à fin que par le moyen mutuel de tous deux elle vienne
à estre semblablement cogneue des hommes : non pas que ne le Pere ne le fils en peussent
en rien accroistre, mais à fin que les hommes apres auoir cogneu la gloire de l'vn & de
l'autre, obtiennent la vraye gloire. Or glorifiera le Pere tout son fils entierement vn iour

Et incontinĕt
le glorifiera.

à la derniere venue deuant tous les habitans tant du ciel que de la terre : mais ce pendant
il le glorifiera aussi bien tost par la mort mesme, laquelle surmontera toute la puissance
vniuerselle des hommes, par la resurrection & ascension qui soudain s'en ensuyura. Parquoy, mes enfantons, que ma mort ne vous estonne point, laquelle, iaçoit qu'elle semblera venir de foiblesse, sera neantmoins plus puissante que ma vie : iaçoit qu'elle doyue sembler honteuse, magnifiera toutefois la gloire & de moy & de mon Pere, tant de mon Pere
que la mienne : iaçoit qu'elle semblera mon abolissement, ce neantmoins apportera salut
& à vous & à tout le monde vniuersel. Que cela console la fascherie de vostre cœur. Car
c'est vostre grand profit que ce mien corps mortel vous soit osté de deuant les yeux : & desia est venu le temps, que cela se doit faire. Ce pendant iouysses de moy comme de celuy
qui a biē tost à s'en aller : & ce que ie vo⁹ encharge, imprimés-le en voz cœurs. Autremĕt,
comme i'ay dit aux Iuifs, quãd ie vous seray osté, vous me chercherés en vain. Car ie m'en
vay tãtost, en vn lieu auquel pour le present vous ne me pouués suyure. Reste dõcque que
vous porties vaillãment mon departir, & de ma doctrine & souuenãce que vous la teniés
imprimée en voz cœurs. C'est ce qui vous rendra bien-heureux plustost que la presence
de ce corps mortel. La loy Mosaique a beaucoup de commandemens : moy me voulant
departir ie vous en charge vn seul & nouueau commandement : c'est que comme ie vous

Ie vous don-
ne vn nouueau
cõmandement.

ay aymés, ainsi vous vous entr'aymiés l'vn l'autre. Ie n'ay point exercé de tyrannie sur
vous, ie n'ay cherché ne gloire, ne profit, ny n'ay moissonné de vous aucune commodité
humaine. I'ay aymé vostre salut, & ce gratuytement, voire ie l'ay aymé iusqu'à en souffrir la
mort. Car volontairement i'employeray c'est ame pour vous : vous pareillement aymés
ainsi l'vn l'autre. Les disciples des autres sont distingués & cogneus par titres, par seruice
exterieur, ceremonies, & par certaines obseruations d'ordonnances. Mais vous n'aués
aprins de moy nullé telles choses. Par vne seule marque cognoistront les hommes que
vous estes mes vrays & naifs disciples, c'est si vous aués entre vous vne mutuelle charité
telle que i'ay monstré à vous tous. Cecy est clair semé entre les hommes : mais c'est-cy le
fruict par lequel on cognoist le bon arbre. Or Pierre qui estoit du tout embrasé de l'amour
de son Seigneur, combien qu'il fust fort desplaisant de la mort d'iceluy, neantmoins pour
ce qu'il auoit vne fois ouy. Va apres moy Sathã, n'osoit de-rechef l'interroguer d'vne mesme chose. Toutefois cela tourmentoit le cœur de l'aymant, que iaçoit que le Seigneur se separoit de ses amys, le pouuoir de le suyure leur estoit denié. Car quand on ayme vrayement quelqu'vn, c'est vn fort grand solas d'aller apres luy en quelque estat qu'il soit & en
quelque pays qu'il aille. Pierre donc luy demande : Seigneur, où vas-tu, que nous ne te
puissions suyure? A cela Iesus : Où ie vay, dit-il, vous ne m'y pouués suyure pour le present : mais tu me suyuras cy apres. Pierre n'entendãt point encore que vouloit dire ce propos de Iesus lequel parloit de la mort, pour laquelle endurer ils n'estoyent pas encore suffisans, luy dit : Seigneur, pourquoy ne te puis-ie suyure? Quels dangiers pourroy-ie
refuser d'endurer pour toy, veu que ie suis prest d'employer mesme ma propre vie pour
toy? Ce propos prononça Pierre par dessus ses forces, d'vne amour, à vray dire, entiere,
mais encore humaine, & ne se cognoissant pas assés bien. Dont Iesus pour petit à petit façonner son successeur, & pour toutalement arracher du cœur des siens la fiance des forces
humaines, cõme au parauant il l'auoit chassé & repoussé quand lors que trop hardyment
Pierre le destournoit d'endurer la mort : item fut reprins lors quand il se ietta en l'eau, &
puis chancella : finalement auoit esté reprimé n'agueres quand, il refusoit d'obeir à Iesus
qui luy vouloit lauer les pieds : ainsi maintenant est enseigné de ne se fier point en ses propres forces, ne de croyre à ses affections, mais en se deffiant de soy-mesme dependre des
secours de Christ, luy dit : Que dis-tu, Pierre? que tu nous fais de magnificques promesses
de toy? que tu employeras ta vie pour moy? Mais plustost l'experience te monstrera, combien est vraye la parolle que i'ay auant ditte, à laquelle tu n'as pas creu. Doncque là où ie
vay, vous ne pouués maintenãt m'y suyure : & n'en est pas loing l'experience. Car tien toy
pour tout asseuré de cela, que premier que le cocq chãte ceste nuict, c'est à dire, au premier
chant des cocqs, tu me nyera trois fois, tant s'en faudra, que par ta vie tu puisses rachetter
la mienne. Par ces parolles le Seigneur reprima la grande vantance de Pierre, laquelle
toutefois

toutefois procedoit d'vne grandeur d'amour : & quant & quant aduertit tous les autres
de ne se fier point en leurs forces és dangiers, mais que s'ils venoyent à faire quelque telle
vaillantise ils entēdissent que ce seroit de la puissance & grace de Dieu. A cela Pierre se teut,
non encore à asses à deliurer du soucy de trahison, dont Iesus auoit mention.

C H A P I T R E   X I I I I.

D E ce propos, qui demonstroit qu'vne nouuelle & horrible tempeste estoit
prochaine, laquelle pousseroit mesme Pierre qui estoit le plus fort de tous, à
vn si grand erreur, qu'en la nuict suyuant il viendroit à trois fois renoncer le
Seigneur, les disciples estant grandement estonnés & effrayés en leur cœur,
vn chascun d'eux se doutant de soy à l'exemple de Pierre, eux tous troublés
& contrites le tres-doux precepteur les console par vn plus doux parler, disant : Bien est
vray que tout ce que i'ay predit aduiendra : mais il ne faut-ia pourtant que vous en perdiés courage, ou en soyés troublés. Grāde est la cruauté dont on vsura cōtre moy, & aussi
contre vous par apres : & sçay fort bien quant grande est la foiblesse de la nature humains
toutefois si vous venés à mettre toute vostre fiance en Dieu & en moy, vous n'aurés que
faire de redouter aucuns assauts des meschans : Car Dieu est tout puissant, & luy tout sin
seul peut plus que tous ceux qui vous font la guerre. Certainement vous vous fiés en luy,
mesme selō la doctrine Mosaique. Que si vrayemēt & de faict vous vous y fiés, vous deués
aussi vous fier en moy. Quāt à moy ie vaincray par luy : & de vo⁹, vous vaincrés par moy,
pourueu qu'en vous deffiant de voz forces, vous fichés toute vostre fiance & esperance
en moy. Mesme la mort dont il est question ne pourra pas nous separer. Tout ainsi qu'vn
iour aduenir vous serés participans des afflictions, ainsi semblablement le serés de la couronne. Moy tout le premier monstreray le patron & exemple de batailler & de vaincre. Par
moy vous sera donnée force : par moy vous sera donnée participation de gloire. Tant seulement fiés vous en moy. Or en la maison de mon Pere, il a maintes demeurances appareillées aux victorieux. Car ce n'est pas à moy seul que sont preparés les salaires (Pierre aus
si n'est pas seul qui me suyura) mais à tous ceux qui par charité & foy Euangelique s'arresteront à moy, à vn chascun sont appareillés leurs salaires. Que si ie n'estoye asseuré que re
paires vous sont-ia appareillés, lesquels en brief, que vous serés deliurés des bruits de ce
mōde, vous receuront pour vous faire auoir la felicité de vie eternelle, ie vous eusse pieça
aduertis que pour ceste cause ie vay deuēt vous vers le Pere, à fin (car ie n'edureray iamais
que vo⁹ vous separiés d'auec moy) de vous y apprester aussi place. Maintenāt par ce que
ie sçay pour le seur qu'a vn chascun est preparée sa demeure au regne du Pere, il n'est-ia
besoing que vous vous souciés du salaire : seulement il vous faut donner ordre a batailler
vaillamment. Et quand bien ie m'en iroye pour vous apprester place, si ne vous en deuer-
rés vous pas pourtant estimer estre destitués : car ie reuiendray vers vous pour vous retirer entierement auec moy sans que iamais vous en deuiés estre separés, de sorte que lors
ia par tout ou ie seray, vous aussi y serés. Il ne vous faut-ia deffier que vous ne deuiés paruenir là où maintenant ie vous precede. Car vous sçaués où c'est que ie vay, & en tenés le
chemin. Or sous tel propos obscur le Seigneur monstroit couuertement qu'il alloit bien
vers le Pere, mais que c'estoit par le moyen de la mort de la croix. C'estoit chose desirable
vers laquelle il failloit aller, mais le chemin en sembloit estre odieux. Cela ne pouuoyent
ignorer les disciples, veu que tant de fois ils l'auoyent ouy du Seigneur : mais la fascherie
& l'obliance leur faisoit ignorer ce qu'ils sçauoyent. Dont Thomas desirāt de sçauoir pour
le seur où pourroit aller le Seigneur, luy dit : Seigneur, veu que nous ne sçauōs où c'est que
tu vas, comment pourrions nous sçauoir la voye ? Plustost nous ignorons l'vn & l'autre :
& tu dis que nous les sçauōs tout deux. Par tel vehement propos, rude toutefois, Thomas cōtraignoit quasi le Seigneur de dire plus ouuertement où c'estoit qu'il deuoit aller :
ce que tous dés long temps auoyent tres-grande enuie de sçauoir. Et Iesus instruisant &
façonnant de peu à peu les siens leur declare bien ce qu'ils desiroyent de sçauoir, mais encore plus couuertement, à fin que plus profondement s'enracinast ce qu'en la fin ils auroyent apprins auec peine : assauoir, qu'il deuestoit la mortalité & s'en retournoit vers le
Pere d'où il estoit venu, deuant qu'il eust prins corps mortel : mais que vers le Pere n'auroit nully entrée ny acces sinō par le fils, lequel seul ouure la voye pour aller au ciel, lequel
seul instruit la foy des hommes par la cognoissance celeste, lequel seul est la fontaine d'immortalité, auquel quiconque s'arreste, celuy n'a que faire de redouter la mort. Dont
vient, ô Thomas (dit Iesus) que tu te die ignorer la voye ? n'estoit que par cas d'auentu-

X   re tu

Vostre cœur
ne soit point
trouble.

re tu m'ignoraſſes encore du tout ꝗ Car ie ſuis la voye, la verité & la vie. I'ay ia dit que ie
m'en reuay vers le Pere vers lequel i'ouure moy ſeul l'entrée & acces à tous. Et pourtant
que le moyen de paruenir ſont les œuures dignes de Dieu, vous en aués en moy l'exemple: puis auſſi item par ce que ſans foy nul ne paruient au Pere, vous aués apprins de
moy la verité. Que ſi ce pendant la frayeur de la mort vous trouble le cœur, ſçachés que
l'immortalité vous eſt aſſeurée, puis qu'ainſi eſt que ie ſuis la vie. Tant ſeulement ſuyués
moy, là où ie vous precede: ce que ie vous ay enſeigné, croyes-le, & le retenés: ce que ie
vous promets, eſperés-le pour le ſeul. Demandés vous où ie vay ꝗ ie vay vers le Pere. Deſirés vous de ſçauoir la voye, pour m'y pouuoir ſuyure ꝗ nul ne va vers le Pere, ſinon par
moy. Et partant vous ſçaués & l'vn & l'autre, tant là où ie vay, que le chemin par où on y
va: n'eſtoit, peut eſtre, que toutalement vous m'ignoraſſiés. Et de faict ſi vous me cognoiſſiés, certainement vous cognoiſtriés auſſi mon Pere. Si eſt ce que vous aués-ia aucunement cogneu mon Pere, lequel vous penſés vous eſtre incogneu: & non ſeulement
l'auès cogneu par l'inſtruction de la Loy, maìs auſſi l'auès veu. Or par ce propos couuert le Seigneur Ieſus aduertit ſes diſciples que le Pere eſtoit, à vray dire, inuiſible: inuiſible, di-ie, non ſeulement aux yeux corporels, maìs auſſi que ſelon ſa nature il eſt in-
comprehenſible à l'ame: ce neantmoins qu'il auoit eſté aucunement veu en la perſonne
du fils, quand en iceluy ils le voyoyent commander aux vents & à la mer, & aux diables,
guerir les maladies pour incurables qu'elles fuſſent: reſſuſciter les morts par la parolle:
maìs les Apoſtres eſtoyent encore trop lourds pour comprendre tels myſteres. Et toutefois ne plus ne moins que ſi le propos du Seigneur, qu'eux n'auoyent point entendu,
n'euſt point eſté vray, ils deſirent de voir le Pere: s'imaginans que le Pere ſe pouuoir
ainſi voir, comme ils voyoyent le fils: tant grande eſtoit encore leur ſimplicité, combien
que ceux n'auoyent pas meſme veu le fils, leſquels l'auoyent regardé des yeux corporels.
Dont Philippes plus conuoiteux de ſçauoir que les autres, luy dit: Seigneur, tu dis que
nous auons veu le Pere. Maìs à la mienne volonté que tu nous fiſſes tant de bien, que de
nous faire voir ton Pere: noz ſouhaits ſeroyent accomplis, & ne deſirerions plus rien.
Nous auons bien ouy prou parler de luy, il ne nous reſte plus que d'en auoir la veue.
Ceſte tant lourde requeſte de Philippes, le Seigneur la corrige, diſant: Philippes, il y a ſi
tant de temps que ie conuerſe auec vous, & tu ne me cognois pas encore ꝗ La cauſe pourquoy tu me cognois n'eſt pas par ce que tu vois mon viſage, maìs bien pourautant que
entens ma puiſſance & ma verité: laquelle ſe voit non pas des yeux corporels, mais de
l'ame. Or puis que ie ſuis l'image du Pere, le reſſemblant en tout & par tout, & que ia tu
deurois m'auoir cogneu tant par mes œuures que par mes parolles (or m'auoir cogneu
eſt m'auoir veu) comment oſes tu me dire: Monſtre nous le Pere ꝗ comme ſi celuy qui m'a
veu, n'auoit pas auſſi quant & quant veu mon Pere: non pas que le Pere ne ſoit vn autre,
maìs en tant qu'entre nous deux n'y a nulle diſſimilitude quant à la nature diuine. Si par
raiſon tu ne peux comprendre mon dire, celuy auſſi le voit, qui le croit. Tu m'as ouy parler: tu m'as veu faire miracles. En ces choſes certes as tu ouy & veu le Pere. Et ne crois-tu
pas encore que par vne inſeparable participation de nature, de volonté, & de puiſſance
le Pere eſt en moy, & moy pareillement au Pere ꝗ Tout ce que ie dy, ie le dy ſelon ſon vouloir: tout tant que ie fay, ie le fay de ſon conſeil. Par ainſi ie ſuis touſiours en luy à raiſon
de l'indiſſoluble communauté de nature & volonté: & luy touſiours en moy, en partant
par moy, & par miracles declarans ſa puiſſance par moy. Car ie ne parle rien de moy-
meſme, que luy-meſme ne le parle auſſi par moy: & ne fay rien de moy-meſme, que
par moy il ne le face quant & quant. Comment donc ſepares-tu choſes inſeparables ꝗ
& apres auoir l'vne demandes de voir l'autre, & apres auoir cogneu l'vne, penſes ignorer l'autre ꝗ Et vous autres auſſi ne croyés vous pas encore que tout ce que ie dy & fay
vient de mon Pere, & qu'entre nous deux, luy & moy n'y a nulle difference ꝗ Cela deués
vous croyre quand tant de fois ie l'ay enſeigné: & que ſi vous ne croyés à mes parolles,
certainement les œuures que vous auès veues dignes de Dieu, & plus qu'humaines
vous deuoyent faire croyre que tout ce qui vient de moy, vient du Pere. Si le Pere propre, meſme en propre perſonne vous parloit, il ne vous tiendroit autres propos que ceux
que ie vous tiens: ſi le Pere en propre perſonne beſongnoit, il ne feroit autres œuures que
celles que ie fay. Nous auons vn meſme eſprit, vne meſme volonté, vne meſme force &
Qui croit
en moy. nature. Parquoy croyés cecy, retenés-le, & l'ayés fiché en voz cœurs. Que ſi vous le faittes,
la preſence de ce corps, quand elle vous ſera oſtée, ne vous apportera nul dommage.
Vous

Vous me verrés plus aisément des yeux de la foy quand ie seray absenté : & ce que maintenant vous voyés faire au Pere (auec lequel ie suis du tout en tout conioinct) besongnant par moy, cela mesme feray-ie aussi par vous, pourueu que vous soyés vnis auec
moy par foy & charité. Voyre encore desployeray-ie plus pleinement la force de ma diuinité, apres que i'auray retiré d'auec vous ceste apparence d'infirmité. Qui plus est, quicon
que par la foy Euangelique s'adioindra auec moy, comme de ma part selon la nature ie ne
suis iamais separé de la nature du Pere, vn tel fera mesme par moy de plus grandes choses que ie ne fay, toutes fois & quantes que la gloire de Dieu requerra miracles. Car ie besongneray par vous, comme le Pere besongne maintenāt par moy. Or par ce qu'il est ainsi
expedient pour le salut des hommes, que ie retourne vers le Pere, vous serés mes successeurs & lieutenans en l'affaire Euangelique. Et non seulement cela se fera, mais aussi tout
ce que vous demanderés au Pere en mon nom, pourueu qu'il concerne la gloire du Pere
& de mon nom, ie le feray : à fin que par vous ie soye glorifié aussi enuers les hommes, com
me iusqu'à present le Pere a esté glorifié par le fils. Que doncque ma departie ne vous
trouble point, attendu mesmemēt qu'elle vous apportera grand gaing. Alors principalement vous assisteray-ie en toutes choses, qui seruent au vray salut, quand i'auray retiré ce
corps d'auec vous. Tant seulement demandés ce que vous voudrés, le Pere ouyra voz
souhaits, & moy aduocat continuel vers luy, ie feray tant que vous impetrerés tout tant
que vous demanderés. Car tout ainsi qu'il ne refuse rien, par ce que ie ne fay chose qui ne
serue à la gloire d'iceluy, ainsi ie ne vous refuseray rien, pourueu que vous faciés choses
cōcernantes à la gloire de mon nom. Car mō esprit vous aduertira de ce que vous deurés
demander. Se tourmenter pour ma departie, n'est pas vn signe de charité Euangelique.
Car en ce point se troublent les hommes pour la departie d'vn amy, lequel tantost ils vien
dront à mettre en oubly. Si vrayement vous m'aymés, comme i'ayme le Pere, declarés en
effect la charité que vous me portés : or la declarerés vous, si vous gardés mes commandemens. Dont il aduiendra, que cōme le Pere m'ayme, & ne me refuse rien, ainsi aussi vous
aymera-il pour l'amour de moy, si vous obeissés à mes commandemēs, qui sont aussi les
miens. Il est ainsi expedient pour le salut de tout le mōde que ie retire d'auec vous ceste pre
sence, & toutefois en m'en allāt ie ne voꝰ laisseray point desolés. Mais plustost si vous per-
seue rés en mon amour, si vous gardés mes commandemens : apres que ie seray retourné
vers le Pere ie le prieray, & luy qui ne me refuse rien, m'exaucera & vous enuoyera vn autre
consolateur, lequel vne fois enuoyé ne vous abbandonnera iamais (cōme maintenant ie
me separe d'auec vous, quant à la presence du corps) ains perseuerera auec vous à iamais.
Ce sera l'esprit de mon Pere & le mien, lequel de charnels vous fera spirituels, & ceste affection humaine laquelle vous me portés maintenant, il la changera en amour celeste : item
par secrettes inspiratiōs il vous ramenteura la verité de tout ce que maintenāt vous enten
dés cōme par songe & parmy le broillas. Ce vous sera vn gage speculier de ma personne.
Car pour ce temps ie me suis presenté à mauuais & a bons indifferemment, à fin que nul
ne peust alleguer qu'il n'auroit point esté semond à salut. Au reste quant a cest esprit par ce
qu'il est celeste & veritable, ce monde, qui est du tout en tout addonné aux biens terriens
& faux, ne le peut receuoir. Et à quoy tient-il ? Parce qu'entant qu'il a les yeux espais, qui
n'ayment que choses espesses & terriennes, il ne voit ne cognoit cest esprit. Car il se glissera
secretement és profonds sens interieurs de l'ame, où il trouuera demeure conuenable.
Mais vous si en mesprisant les esblouyssemens de ce monde, vous venés a pourchasser les
vrays biens, vous le cognoistrés : car non seulement il viendra vers vous, comme i'y suis
venu visible, mais aussi y demeurera à tousiours : & ne conuersera pas auec vous, ainsi que
faict l'aduocat auec celuy duquel il demeine la cause, ains habitera dans les plus profondes cachettes de voz cœurs, & s'aggluera auec vostre esprit, de sorte qu'il deuiendra vn
mesme esprit en tous. Or parce qu'il sera enté dans voz entrailles, il vous accompaignera
en tout & par tout. Et sera d'icy à peu de temps que ce mien lieutenant consolateur viēdra
vers vous. Parquoy, il ne faut-ia que vostre cœur s'estonne, mes enfantōs, veu que ie vous
ay aucunemēt engēdrés par la parolle celeste, & iaçoit que vous soyés grossiers, & foibles,
neātmoins ie vous entretiens iusqu'à ce qu'accroyssiés en vne force Euangelique. Cōbien
que pour vn temps ie m'en aille, & plus ie ne doyue viure mortel entres les hommes mortels, neantmoins ie ne vous laisseray pas ce pendant orphelins, ne destitués de soulas. Car
deuant que de retourner vers mon Pere, ie reuiendray vers vous, & me presenteray deuāt
voz yeux, à tout mon corps, à vray dire, propre & naturel, mais non ia plus mortel, à fin
que petit à petit de l'amour de la chair ie vous attire à l'esprit. Et aussi ce ne seroit point

Si vous
m'aymés.

X 2   grand

grand cas, quand bien ie vous bailleroye ce corps à contempler à tousiours, veu que mesme les meschans le voyent à leur propre perdition. Donc d'icy à peu de temps ce monde ne me verra plus. Car la mort & le sepulchre m'osteront de deuant leurs yeux: ce nonobstant ie vous reuerray, & me monstreray à vous de-rechef viuant. Et ne nous separera-ia ceste mort, ny ne m'empeschera point de reuenir vers vous. Car ie viuray de-rechef encore pres la mort, & non seulement viuray moy, mais aussi vous donneray vie eternelle. Et ce apendant quand ie reuiedray, moy vif ie vous trouueray viuans, & employeray si bien ma vie pour vous, que vous demeurerés sauues & entiers. Alors entendrés vous pleinement que côme il n'y a nulle chose qui puisse separer le Pere d'auec moy, ne moy d'auec le Pere, qu'ainsi aussi ie suis tellement conioinct auec vous par mutuelle charité, & vous semblablement auec moy, que mesme la mort ne nous pourroit desassembler. Tant seulement gardés vous que par vostre faute vous ne veniés a en estre separés. L'obeissance de mes commandemens declarera vne vraye charité & amour. Car celuy n'ayme point de cœur, lequel mesprise les commandemens de son Seigneur. Et n'est pas assés d'auoir receu les commandemens, si on ne s'en souuient: & ne suffit pas non plus de s'en souuenir, si on ne les met en effect. Celuy qui les garde m'ayme vrayement. Car se tourmenter pour ma departie, n'est pas vn signe de vraye amour. Moy qui vrayement ayme le Pere, garde tous ses commandemens, & les garderay, voyre iusqu'à la mort de la croix. Et ne faut-ia que mes cômandemens vous effrayent comme s'ils estoyent trop rigoreux touchant d'endurer iniures, de porter la croix: la charité addoucyra tout cela, & ne vo⁹ delayray-ia despourueus de soulas. Car quiconque m'ayme, sera aussi aymé de mon Pere, & l'aymeray aussi moy, & ne l'abbandonneray iamais, ains le viendray reuoir, & me bailleray à veoir à luy tout à plein, à fin que la chose soit tant plus certaine que ie ne seray pas pery par le supplice de la croix. Mais ie me donne à regarder à tous: alors nul ne me verra, sinon celuy qui aura perseueré en mon amour. Or tint le Seigneur Iesus ces propos assés couuertement, non seulement signifiant que ressuscité de mort à vie il se bailleroit souuent a regarder à ses amys, mais aussi que par son esprit il se glisseroit en leurs cœurs, & que finalement il viendroit à tout la gloire du Pere, & seroit veu de tous. Et Iudas, non pas Iscarioth (lequel n'assista pas à ce propos) mais l'autre, dit Lebbée, n'entendant pas bien le propos de Iesus, mais tout troublé de fascherie & frayeur, soupeçonnant que le Seigneur se deust ainsi manifester à ses amys, comme luytons & phantosmes apparoissent quelquefois de nuict: ou bien comme en songeant se presentêt quelques visions plustost pour dôner frayeur que soulas, luy dit: Seigneur dont vient, que veu que maintenant tu es voyable à tous, alors tu ne te manifesteras pas au monde, mais tant seulement à nous ? Et comment pourras-tu estre visible à nous, si aux autres tu es inuisible ? Et bien sçachant Iesus que ses disciples n'estoyent pas encore capables de ce mystere (comment c'est que peut ressusciter le corps mesme, qui auroit esté mort & mis en terre & enseuely, mais puis apres seroit deuenu spirituel & en sa liberté) ne respond point directement à la demande, mais destourne le propos à ce que plus ils deuoyent auoir fiché au cœur, à fin de commencer à se preparer à la presence spirituelle du Seigneur: attendu mesmement que mesme celle qui apres la resurrection leur deuoit estre monstrée, ne pouuoit durer long temps. La cause (dit Iesus) pourquoy ie ne me manifesteray pas au monde, est par ce qu'il ne m'ayme point, ny ne garde mes commandemens. Qui vrayement m'ayme, declarera son amour non pas par tristesses, mais en obeissant à mes commandemens, & moy pareillement ie l'aymeray: & celuy que i'aymeray, mon Pere aussi l'aymera, & iamais ne nous separerons d'auec vn tel, & non seulement ie viendray reuoir celuy qui sera memoratif de mes commandemês, mais aussi mon Pere & moy par vn commun esprit viendrons à luy, & n'y viendrons pas tant seulement pour tantost nous en partir, mais aussi ferons demeure chés luy, pour iamais ne nous en departir. Ce qui se faict en esprit, est & perpetuel & d'efficace. Il faut que la conionction corporelle prenne fin: à fin qu'en mesprisant les choses temporelles & caducques vous vous accoustumiés à aymer les eternelles: si vous ne pouués encore venir vers nous, nous viendrons à vous par vn moyen inuisible, toutefois d'efficace, pour demeurer au temple de vostre cœur. Nous sommes trois, mais tellement conioincts, que qui en ayme l'vn, il est force qu'il nous ayme tous trois: & qui en a l'vn, n'a faute de pas vn des trois. Tant seulement ayés amour, & gardés l'alliance, que i'ay maintenant traittée auec vous. Cela vous assemblera tellement auec nous, qu'il n'y aura ne vie, ne mort qui nous puisse desassembler. Si les membres se peuuêt separer de leur chef, on pourra nous separer. Il en y a maints qui se disent aymer Dieu le pere, & semblent garder les commandemens de la Loy, mais nul

Iudas luy dit.

Et ferons de= meurace auec luy.

nul n'ayme vrayement Dieu, s'il hait ou mesprise le fils. Or le mesprise celuy qui ne garde
mes commandemens.Et qui mesprise mes commandemens, mesprise les commandemés
de Dieu. Car la doctrine que ie vous ay enseignée n'est pas tellement mienne, qu'elle ne
soit aussi la doctrine de mon Pere:voyre elle est plustost mieux sienne que non pas miéne,
attendu que d'iceluy descend tout ce que ie puis ou enseigne : car ie ne fay rien que par
l'authorité de celuy qui m'a enuoyé au monde, pour enseigner ce que i'enseigne. Or vous
ay-ie tenu ces propos,moy mortel encore conuersant entre mortels, ayant esgard à vostre
capacité : ie vous reuerray bien tost, pour hanter quelques iours auec vous, moy immortel auec mortels, à fin de vous consoler, enseigner, & remonstrer. Bien suis-ie asseuré que
touchant les propos qu'à present ie vous tiens, & que tantost apres ma mort ie vous tiendray, vous n'en aurés pas là pleine intelligence, d'autant que vous estes encore charnels
& grossiers : ce neantmoins ie ne les dis pas en vain.Car quãd i'auray retiré ce mien corps
d'auec vous,vn autre consolateur,vous le demandans en mon nom,viendra à vous, non   *Mais le con-
pas corporel,comme vous me voyés maintenant, mais ce sainct Esprit, sanctificateur des   solateur.*
esprits & entendemens,lequel le Pere enuoyera pour estre mon lieutenant, si vous luy de=
mandés en mon nom. Et n'aurés plus que faire par cy apres de ma presence corporelle,
laquelle pour vn temps a esté baillée à la lourdesse des hommes, à fin que par degrés ils
s'auançassent à choses plus parfaittes. Car tous les propos que ie tiens à vous gens encore grossiers & peu capables & auec ce oublieux, c'est esprit là (entant que ce sera l'esprit de
mon Pere & le mien) vous les reduyra en memoire : & ce qu'au parauant vous n'aurés
entendu, il fera que vous l'entendrés bien : & ne vous laissera rien oublier, n'ignorer de
chose qui appartienne au salut. D'oublieux il vous rendra memoratifs : de tardifs, enseignables : d'endormis, veillans : de tristes, alaigres : de terrestres, celestes. Tant seulement
perseuerés en charité,vous souuenant de mes cõmandemens. Et ne faut-ia que cependãt
vous trouble le bruit de ce mõde,que vous verrés s'esleuer contre moy. Et qui a l'aduenir
s'esleuera contre vous.Contêtés vous,qu'en me departant ie vous laisse paix,que ie vous
donne ma paix.Qui a ma paix,nulle têpeste du mõde ne le peut renuerser.Le mõde a bien
aussi quelque paix siéne,laquelle il donne à ceux qu'il ayme : mais ceste paix est traistresse.
Ma paix,que ie vous donne,vous allie auec Dieu.Et qui pourroit nuyre à celuy qui a Dieu
pour defenseur.La paix que ie vous laisse,vous conioindra tellement ensemble d'vn mutuel accord, qu'elle rendra vostre assemblée inuincible à l'encontre de tout ce que peut le
mõde ou Sathã prince d'iceluy.Quelle raison donc y peut-il auoir pourquoy vousdoyue
tant troubler ma departie, attendu mesmement qu'elle vous apportera quelque profit?
Que donc vostre cœur ne se trouble point, ny ne soit esbrãlé de peur. Ia vous aués ouy,&
à fin que plus vous le croyés, ie le vous dy encore & redy de-rechef,que ie m'en vay,à dire
vray, pour vn temps, mais que bien tost ie reuiendray vers vous : ce pendant ie feray en
sorte que ie vous retrouueray sains & sauués. Pour le present ceste tempeste se deschargera
sur moy seul. Tantost apres que ie seray retourné vers le Pere, ie vous assisteray de-rechef
par l'esprit consolateur, par lequel vous assistera aussi le Pere:& iamais ne nous separerõs
d'auec vous, iusqu'à ce que soyés toutalement auec nous au regne des cieux. Vous vous
contristés de ce que ie m'en vay. Et toutefois si vrayement vous m'aymiés, certainement
vous vous esiouyriés,tant pour l'amour de vous que pour l'amour de moy:d'autant que
ie ne m'en vay pas ie ne sçay où, ains ie retourne vers le Pere, pour vers luy vous impetrer
de plus grandes choses,car le Pere est plus grand que moy,& de luy procede tout tant que
ie vous departis.Si vous craigniés pour le regard de ma personne, si vous vous côtristiés
pour l'amour de moy, vous deuiés plustost vous en resiouyr, d'autant que ie vay estre retiré des maux de ce monde, & m'en retourner en la compaignie du Pére. Mais que si vous
vous contristés pour l'amour de vous, ma departie vous apportera vne grande vtilité.
ie sçay bien que ie tiens ces propos à gens qui ne sont pas beaucoup attêtifs,ne beaucoup
entendus. Mais pour cela le reitere-ie & inculque, à fin que quand l'yssue des choses aura   *Et mainte-
approuué mon dire, alors vous croyés aussi que toutes les autres choses, lesquelles i'ay   nant ie vous
preditles deuoir aduenir, se trouueront vrayes en leur temps. Desormais moy mortel ne   l'ay dit.*
tiendray pas grands propos auec vous mortels. Car le temps est pres, que ie seray retiré
d'auec vous de corps.Car voicy venir ce Sathan le prince du monde par ses satellitespour
m'assaillir de tous ses efforts, pour toutalemêt m'abbattre & ruyner. Mais il ne me sçauroit
apporter aucun dommage. Car il n'a nul pouuoir sur moy, & alors principalement qu'il
s'asseurera de la victoire, il se trouuera vaincu & accablé. Il n'a puissance que sur ceux qui
sont detenus en peché. Or pourtant que le monde est enueloppé és vices, il exerce vne ty-

X 3   rannie-

rannie côtre les seruiteurs d'iceluy. Car ie ne meurs malgré moy, ne par côtrainté, ne pour aucun forfaict, mais pour par ma mort rachetter mes membres de la tyrannie de peché & de mort. Cecy m'a enchargé mon Pere, & la charge qui m'a esté baillée ie m'en acquitte selon sa volonté. Partant nous auons-ia assés demeuré à table. Il est desormais temps, que puis que volontairemêt i'execute les cômandemens du Pere, nous allions au deuant dela mort prochaine. Sus dôcque leués vous, & nous partôs d'icy. Voyant le Seigneur Iesus ses disciples auoir le cœur grandemêt abbatu, partie de fascherie, d'autant qu'ils voyoyêt approcher la mort du Seigneur, lequel ils aymoyent d'vn amour, à vray dire humaine, mais tres-ardante, partie pour la crainte des maux, qui côme bien ils voyoyent leur estre preparés quâd il se seroit departy : item les voyât appesantis d'vn somme, auquel la nuict les induysoit, & lequel la fascherie leur augmentoit, ioinct que le seoir leur apportoit vn engourdissement de cœur, Iesus, di-ie, voyant cela leur commande de se leuer, à fin qu'au moins par ce moyen ils secouassent cest engourdissement & deuinssent plus alaigres pour ouyr les propos qu'il leur vouloit tenir, & quant & quant les aduertit couuertement que desormais le temps requeroit que des affections terriennes ils esleuassent leur cœur aux choses celestes : des corporelles aux spirituelles : des mortelles aux immortelles : des temporelles aux eternelles. Il voulut que cela fust aussi imprimé en leur entendement, que tout ce qu'il viendroit a endurer, & souffrir, il l'auroit souffert le preuoyant & de son plein gré, le Pere, à vray dire, le voulant ainsi, mais de la volonté duquel le vouloir d'iceluy n'estoit discordât en nul endroit. Il voulut que ses disciples entant que la foiblesse humaine le pouuoit porter, fussent tesmoings & spectateurs de sa mort, & partant en ce propos faict souuentefois mêntiô de sa departie, à fin que petit à petit ils s'accoustumassent à souffrance : & toutefois il y mesle ce pendant beaucoup de consolation, pour addoucir l'amertume de la douleur : qu'à dire vray il s'en alloit, mais que bien tost il les viendroit reuoir : qu'il s'en alloit vers le Pere, d'où il leur enuoyeroit vn autre consolateur, qui paracheueroit ce que luy-mesme auoit cômencé : que luy-mesme aussi & le Pere viendroyent, & feroyent demeurance auec eux : que ceste têpeste ne les abymeroit point. Qui plus est il les emmeine en vn autre lieu, par ce que celuy où pour lors ils estoyent, estoit cogneu : & d'autant qu'ils auoyent entendu, que ia s'auançoit le prince de ce monde, ils craignoyent de perir tous par ensemble. Il les emmeine, di-ie, en vn autre lieu comme plus seur pour eux, à fin que plus hardiment & courageusement ils oyent le residu. Finalement il leur predit, qu'eux aussi en la parfin le suyuroyent au lieu auquel maintenant il les deuançoit. Maintenant il retourne ou reprêd en main le propos lequel ils deuoyent auoir enraciné au fond de leurs cœurs, par lequel il les auoit aduertis de perseuerer en charité, & en l'obeissance de ses commandemens, de peur que par leur faute ils ne se separassent de la côpaignie du Pere, du Fils, & du S. Esprit, (de laquelle Iudas s'estoit-ia retranché) ains qu'en perseuerant en l'alliance ils obeissent aux parolles de leur Seigneur, & selon leur pouuoir ils ensuyuissent ses œuures. Laquelle chose ne se pourroit bien faire, sinon qu'ils perseuerassent en la spirituelle conionction du fils, sans toutefois se fier ce pendant en eux-mesmes, ou attribuer quelque chose à leurs forces : car iamais ils n'auroyent force aucune, que de la grace du Seigneur, dont descoule sur vn chascû tout ce qui concerne le vray salut. Et à fin que tant mieux ils entendissent ce propos & le fichassent plus profond en leur memoire, il deschiffre la chose en vsant d'vne similitude tirée d'vne chose tres-notoire, assauoir, de la vigne & des seps.

CHAPITRE XV.

AFin, dit-il, que tout plainement vous entendiés, que vous ne deués redouter aucun peril, si vous perseuerés en ma conionction & alliance : au contraire en combien grands dangiers vous tomberés, si en vous reuoltant de l'alliance que i'ay côtractée auec vous, vous vous en destournés, souuiennés vous que ie suis vne vraye vigne, & vous les seps, & mon Pere en est le vigneron. De moy, ie suis ou la racine, ou la souche de la vigne : & vous mes membres comme seps produits de la souche. Le Pere m'a planté, car c'est luy qui m'a engendré. D'iceluy est yssue la souche, & vous yssus d'icelle souche. Au Pere comme a la fontaine retourne le loz de tout le benefice : car tout tant qu'il vous eslargit, il le vous eslargit par moy & par son esprit. Or le suc de la souche, qui baille vie aux seps & quant & quant force de fructifier, c'est l'esprit, commun au Pere & à moy. Tout ainsi qu'iceluy me conioinct auec le Pere, ainsi vous liera-il aussi auec moy. Parainsi tout sep qui estant vny & côioinct à moy & viuât de mon esprit, apportera fruict digne & conuenable à la souche, mon Pere l'esmondia, en retranchant les conuoitises superflues

perflues

Leués vous, partôs nous d'icy.

Il osté tout sep qui ne porte point de fruict.

perflues,à fin qu'il rende vn fruict plus abondant & meilleur.Mais celuy qui combiē qu'il
demeure en moy par professiō de foy,ne rendra toutefois point de fruict de charité Euangelique,le Pere le retranchera de la vigne,comme vn membre qui ne sert que de fardeau &
est inutile. Car celuy ne sert de rien en la vigne, lequel ne porte nul fruict, mais des fueilles
tant seulemēt.Quāt à vous,biē est vray que iusqu'icy vous estes seps esmōdés & nets par
ma parolle à laquelle vous aués creu,mais desormais aués encore à estre purgés d'abon-
dāt,à fin que vo⁹ produisiés du fruict en plus grāde abōdance,vn tant plus ample fruict.
Pour le present c'est asses que vo⁹ soyés entés en la souche,pour par la foy en puiser la vie.
Mettés peine que vous demeuriés en moy,& de moy ie feray le semblable ie besongneray
en vous,qui depēdrés de moy . Car comme le sep,s'il vient à estre retranché de sa vigne,ne
peut de soy faire aucun fruict,d'autant que tout tāt peu qu'il a de suc,il le tire de la souche:
en cas pareil vous ne pourrés produire fruict d'aucune bōne œuure,n'est que par foy & a-
mour vous vo⁹ teniés en moy,de qui il faut que vous tiriés tout ce qui appartient au vray
& eternel salut:pourtant que ny Moyse, ny pas vn des Prophetes ne sont la vigne : mais
moy suis ceste seule vigne,en laquelle il faut que demeure enté celuy, qui voudra produire fruict de salut.De ceste vigne vous en estes les seps:vous y estes gratuitemēt entés, vous
estes gratuitemēt esmōdés,ce neantmoins vous en pouués deschoir par vostre faute. Parquoy vous deués dōner ordre que vous me soyés perpetuellemēt cōioints.Car quicōque
[de]meure cōioinct à moy,en m'ayant pareillemēt conioinct à soy & viuant de mō esprit,vn
[...] [p]ar l'inspiratiō du pere,produit fruicts en abōdance,acquerāt & à soy salut eternel,& à
[...] pour l'amour de qui se faict tout)gloire enuers les hōmes. Or la gloire d'iceluy est la
[mien]ne:car par moy il luy a pleu eslargir,tout ce qu'il eslargit aux hōmes pour obtenir sa
lut eternel. Doncque souuiennés vous de cecy,que sans moy vous ne pouués faire aucun
biē.Que si quelque sep vient par sa faute à se retrancher soy-mesme de moy qui suis la sou
che,nō seulement vn tel ne portera nul fruict,mais aussi comme vn sep inutile retranche à
tout la serpette vient à seicher,puis on l'amasse quāt & les autres sarmēs retrāchés & le iet-
té-on au feu pour brusler,ainsi vn tel destitué de mō suc & esprit,vient à mourir quāt à l'a-
me,encore qu'il viue quāt au corps:& apres ceste vie est irrecuperablemēt separé de la vigne & ietté au feu eternel,pour tousiours ardre à son tourment,puis de ce qu'il n'aura vou
lu demeurer en la vigne pour produire fruict de felicité eternelle.Or demeurerés vous en
moy,si mes parolles demeurent en vous:si ce que vous croyés,vous le retenés : & si ce que
vous retenés vous l'executés & mettés en effect.Si vous faittes cela,vous n'aués que faire
de craindre aucunes tēpestes d'hommes : & iaçoit que lors ie ne soye auec vous de corps,
ce neantmoins le pere vous oyra,ie vous oyray aussi moy(si vous quād bien vous demā-
derés tout ce que vous voudrés)& tout ce que vous demanderés,vous l'obtiendrés . Or
tout ainsi que de vous-mesmes vo⁹ n'aués de quoy pouuoir fructifier,aussi ne deués vo⁹
pas vous attribuer la gloiredes bonnes œuures. Car cōme ie n'ay pas cherché ma gloire,
ains celle du pere,de qui ꝓcede tout ce que ie suis ou puis:ainsi toute la recognoissance &
gloire des biēfaits,vous la deués rapporter au pere & à moy.En cecy sera magnifiée la gloi
re du Pere entre les hōmes quand ils vo⁹ verront apporter à force fruicts Euāgeliques.Car
toute la gloire qui me reuiēdra par vostre moyen,redondera à la gloire du Pere, lequel acquerra loz enuers les hommes,s'ils vous voyent estre vrays disciples du fils:non pas que
nous ayōs à faire de la gloire humaine,mais qu'ainsi il est expedient pour le salut du genre humain,duquel nous auōs soif.Ce que le Pere demande d'ainsi estre glorifié enuers les   *Ainsi que mon*
hōmes,viēt d'amour de charité,& non d'ambition.Tout ainsi que le Pere m'a aymé moy   *pere m'a aymé*
la souche,semblablement aussi moy ie vous ayme qui estes mes seps.Ce tant excellēt bien
qui vous est gratuitement donné,gardés-le bien soigneusement,de peur que par vostre
nonchalance vous ne le perdiés.Or ne perirés vo⁹ pas,pourueu que cōme iusqu'à la mort
i'ay perseueré en l'amour du pere,en tousiours cherchāt sa gloire,en cas pareil vous perseueriés en mon amour.Vous y perseuererés si vous gardés non pas les cōmandemens des
Pharisiens,ou des Philosophes,mais les miens:& n'y aura aucune chose du mōde soit gra
tieuse,soit redoutable,qui vous en puist distraire,cōme vous voyés que cōstamment iusqu'à la mort ie garde les cōmandemens de mon Pere,sans me reculer de son amour, mais
en declarant par effect que d'vne amour mutuelle ie respond à l'amour qu'il m'a portée &
me porte.Cōme doncque se sera hōneur au pere d'auoir vn tel fils naturel,naif & digne de
soy:ce sera semblablemēt hōneur & à luy & à moy,que ie vo⁹ aye disciples obeissans à mes   *Ie vous ay dit*
parolles,& ensuyuās mes œuures. Ces choses cōbien qu'elles ayent quelque fascherie mes   *ces choses.*
lée parmy,ce neantmoins ie les vous inculque par beaucoup de parolles,à fin que cōme

X 4   ie

ie n'ay pas cherché la ioye de ce monde, mais en cecy ie m'esiouy qu'enobeissant aux commandemens paternels ie suis aymé du pere: ainsi vous ne demandiés pas consolation au
monde, mais vous esiouyssiés en ma ioye, si vn iour en suyuant mes trasses, vous venés à
estre affligés, & que ceste ioye demeure en vous, tousiours deuenant plus grande & meilleure iusque qu'elle soit coblée pour auoir perpetuelle felicité de vie immortelle. Au beau
milieu des maux ce vous sera vn grand soulas que la mutuelle amour & charité. Les Pharisiens ont diuerses sortes de comandemens, aussi en a Moyse maints: ce seul commandement (lequel comprend toute ma doctrine, & lequel addoucira tout ce qui pourra suruenir de tristesse) est propremét mien: assauoir, que d'vne telle amour que ie vous ay embrassés, vous vous embrassiés l'vn l'autre. Ie testifie de mon amour nó seulemét par parolles,
mais aussi par œuures, & monstre vne amour non pas telle quelle, mais exquise & singuliere, & telle qu'il ne s'en pourroit trouuer de plus grande entre les hommes: entre lesquels
n'y a nul plus grád indice & signe d'amour & charité que si quelqu'vn vient a employer sa
vie pour son amy. Car vn chascun n'a rien de plus cher que sa vie. On en trouueroit, peut
estre, maints, qui employeróyent argent ou trauail, mais qui employent leur vie pour l'a-

my, ils sont bien clair semés. Ie fay dauantage, car ie despénd ma vie voyre pour mes ennemys, pourueu qu'ils deuiennét amys. Et ce pendant ie leur fais cest honneur de les appeller amys, lesquels à bon droit ie pourróye nommer seruiteurs. Et toutefois ie vous tiédray
pour amys & non pas pour seruiteurs, si come volontairement i'obey aux comandemens
paternels, ainsi vous accomplissés alaigrement & ioyeusement ce que ie vous commande.
Ceux qui sont addonnés au seruice de la Loy, sont à bon droit appellés seruiteurs: d'autant qu'ils dependent de diuers comandemens, & ce qui est comandé ils le font plus tost
par crainte, que de bon cœur. Mais vous, lesquels i'ay appellés de la seruitude de la Loy a
la liberté Euangelique, desormais ie ne vous dy plus seruiteurs, mais amys, comme ceux
que mutuelle amour me cóioinct, & non pas necessité. Car le seruiteur n'entéd pas l'intention de son Seigneur: tant seulement ce qui luy est comandé de faire, il le faict, sans esperer
autrement grand salaire, s'il le faict: & attédant grande punition s'il met les comandemés
à nóchaloir. Et à chasque deuoir, il est besoing de nouueau comandement: Va, reuien, fais
cecy, laisse cela. Et de faict vn maistre ne comunique pas ses entreprinses à ses seruiteurs,
pour ce qu'ils sont desloyaux, car ils craignent plus qu'ils n'ayment. Or pour ceste cause
vous ay-ie appellés amys, par ce que ie vous ay pour vne fois comuniqué tout ce que i'ay
sur le cœur, de sorte qu'il ne sera-ia besoing à tous coups de nouueaux commandemens
d'hómes. Tout ce que le Pere a voulu que vous sceussiés par mó moyen, ie vous l'ay comuniqué comme à mes loyaux amys. La doctrine que ie vous ay enseignée est vraye & certaine: car aussi ne vous ay-ie enseigné autre chose que ce que i'ay óuy de món Pere. Mes commandemés sont les comandemens d'iceluy: que si vous les gardés, de seruiteurs vous luy
serés aussi amys. Et à fin que tant plus vous entendiés combien grande est la loüange de
ceste dignité à vous conferée, vous ne m'aués pas par voz seruices donné occasion de vo°
aymer tellement que ie soye tenu de vous r'aymer: ny n'estes pas venus de vostre propre
mouuemét à m'aymer, tellemét que par courtoysie ie doyue r'aymer gés q m'aymét: mais
moy lors que vous estiés seruiteurs de la Loy, & esloignés de l'amytié de Dieu, de mó vouloir & plein gré, vous ay choysis d'entre tous, sans que vous eussiés rien merité. Et pource
la vous ay choysis, à fin qu'estans entés en moy par amour mutuelle, laquelle vous ne me
porteriés, si ie ne vous eusse aymés le premier, vous profités tousiours de bien en mieux:
& que come le sep en peuplant & s'estendant au large est tousiours alimenté & nourry du
suc de la vigne, ainsi semblablement vous espandiés vn ample fruict Euangelique parmy
toutes les contrées du monde, & profitiés tellemét aux autres, que vostre fruict aussi vous
demeure sauue & entier. Car quát à la vigne naturelle elle produit fruict pour autruy, voyre vn fruict qui tost apres vient a perir: & la cause pourquoy les seps d'icelle produisent vn
fruit de petite durée, est pour ce qu'ils sont entés en vne vigne perissable. Mais pource que
vous estes entés sur vne immortelle souche, vous apporterés vn fruict qui iamais ne perira, mais vous demourera sain & entier pour vous faire auoir vie eternelle. Et ne faut-ia ce
pendant que vous disiés: C'est vn grand trauail que d'aller par tout le móde, enseigner les
natiós, endurer les haynes des mauuais. Quel salaire, quel secours, quel recompense nous
en est ordonnée? S'en aillent loing ces secours mondains. Cecy vous soit pour toutes re-

compenses & secours, que tout ce que vous demáderés à mon Pere en mon nom, il le vous
donnera. Qu'est-il de plus facile, que le demander? Et qui a-il que le Pere ne puist dóner?
Qui a-il aussi qu'il ne veuille pour l'amour de moy? Et ne sont pas aspres mes commandemens

demens.Car qui a-il de plus doux que d'aymer l'vn l'autre?Qui sont les gês tant foybles qu'vne amour mutuelle ne les rende forts robustes & courageux? Qui a-il de si triste,qu' vne mutuelle charité ne l'addoucisse?Et ne vous doit pas cela esmouuoir, si pendant que vous aués amytié auec moy,pendant que par mutuelle charité vous estes conioints l'vn à l'autre,vous serés en la malegrace & hayne du monde.Qui plus est cela mesme vous de-ura consoler le cœur:car par ceste marque vous cognoistrés que vous este vrayement mes disciples & amys,assauoir quâd vous serés eslôgnés du monde,lequel est du tout plongé en malice,là où vous estes destinés au ciel.Ne trouués pas estrâge que vous enduriés au monde,ce que i'ay enduré premier que vous.Le môde m'a aussi hay:non pas que ie le me-rite, mais par ce que ie reprens & descouures ses meschancetés,en ensuyuant choses con-treuenantes aux mondaines affections.Il cognoit les gens de sa sequelle,& les embrasse & exalte:côme vn semblable ayme son semblable,& vne mauuaise rongne ayme qui le grat-te à point.Parquoy malheureux sont ceux à qui le monde porte faueur & amytié. Car cela monstre euidemment que tels sont estrangés de l'amytié de Dieu, laquelle seule rend les hommes vrayement heureux.Que si le monde vous hayt, recognoissés mon exemple, & vous resiouyssés en vous-mesmes,de ce que vous estes esloignés de la communauté du monde,vous tenans en ma compaignie & alliance.Car par la hayne du monde vous en-tendrés que vous estes de mon party.Et de faict si vous apparteniés au monde si vous ay-miés les choses mondaines:si vous enseigniés choses conuenables aux conuoitises mon-daines, le monde vous recognoistroit, & vous aymeroit comme siens : mais par ce que vous ne pourchasses pas les choses charnelles,mais les spirituelles,que vous n'estes pas addonné aux biens terriens, mais bien aux celestes, pour ceste cause vous hayt le mon-de,non pas que vous meritiés d'estre hays, mais par ce qu'estes dissemblables aux mau-uais & dissolus.Par cy deuant que vous mettiés la parfaitte iustice és lourdes ceremonies de la Loy:qu'estans ententifs apres les choses perissables vous n'estiés detenus d'aucu-ne amour des choses celestes, le monde vous aymoit: mais apres que de ceste façon de faire ie vous ay retiré à l'Euâgelique & celeste doctrine & qu'en moy ie vous ay entés com-me seps en vne vigne,le monde a commencé à vous hayr,non pas pour autre chose,sinon par ce que vous estes miens.Et toutefois non pour autre raison vous serés heureux sinon par ce que vous estes miens.Ne vous esbahissés-ia, si vostre innocence ne vous garantit pas contre la hayne du monde.Souuiennés vous du propos que ie vous ay tenu : Le par-ty du seruiteur n'est pas meilleur que celuy du maistre. Mon innocence (laquelle surpasse la vostre) ne m'a peu garantir de la hayne du monde : ils n'ont point eu honte de reietter ma doctrine:mes bien-faits ne les ont peu addoucir,ne retirer de leurs cruelles entreprin-ses.Ce qu'ils ont osé à l'encontre de moy(qui suis le Seigneur & maistre)ils l'entreprêdont beaucoup plus tost contre vous.Si par tant d'embusches ils m'ont persecutés iusqu'à là mort voyre tres-ignominieuse:si par tant de fois ils m'ont outragé & agacé, ils vous per-secuterôt aussi qui estes mes disciples,voyre pour mieux dire ils me persecuterôt en vous. S'ils ont obey à mes parolles,ils obeirôt aussi aux vostres.Mais côme ils n'ont peu porter ma doctrine,ils ne porteront non plus la vostre, par ce que vous enseignerés vne mesme chose que moy.Or toutes les iniures & outrages qu'ils vous mettront à sus,ie le reputeray faict à moy.Car tout tant qu'ils vous feront d'outrages,ils le ferôt en hayne de mon nom. En vous maudissant ils me maudiront:en vous reiettant ils me reietteront:en vous perse-cutant & frappant ils me persecuteront & frapperont en vous tuant ils me tueront. Car tout ce qui se faict contre les mêbres est au deshonneur du chef.Et à moy-mesme feroyent ces choses s'ils m'auoyent present.Mais par ce qu'ils ne pourront contre moy descharger leur rage,ils la deschargeront sur vous.Or tout ainsi que tout outrage faict à vous attou-che ma personne,en cas pareil tout ce qui se faict à l'encôtre de mon nom,vient au deshon-neur de mon pere:lequel si vrayement ils cognoissoyent,côme ils s'estiment le cognoistre, ils n'outrageroyêt iamais le fils en telle sorte.Ils se vantent d'auoir la crainte de Dieu,& ils font impieté côtre le fils.Ils demâdent salut à Dieu:& ils brassent ruine à son fils.Ils vont di sans qu'ils gardêt les cômandemens de Dieu:& les cômandemês du fils (lesquels il baille de l'authorité du Pere)il les reiettêt.Il se vantent de la cognoissance de la Loy, & celuy que la Loy annôce,ils ne le reçoyuêt point.Ils adorêt celuy qui enuoye,& celuy qui est enuoyé, ils le persecutent. Dont il sensuyt qu'ils ignorent Dieu, de la cognoissance duquel ils se glorifient,iaçoit qu'ils se glorifient d'en auoir la cognoissance.Et toutefois ceste ignoran-ce ne les excusera pas au iour de la vêgeance.Bien est vray qu'ils sont ignorans,mais pour cela sont-ils ignorans qu'ils n'ont pas voulu apprendre. Et la cause pourquoy ils n'ont

voulu

voulu apprendre,c'eſt qu'ils ont plus aymé leur gloire que celle de Dieu.Ils ont tenu plus.
grand conte de leur profit que du gaing du ſalut Euãgelique.Parainſi ce que le Pere auoit
faiĉt pour leur ſalut,ils le ſe cõuertiſſent par leur propre obſtination,en comble d'eternelle damnation.Et en effeĉt pour cela ſuis-ie venu,pour cela ſuis-ie enuoyé à fin de departir à to⁹,ſi faire ſe pouuoit,vie eternelle.Si ie ne fuſſe pas venu moy-meſme en propre perſonne qui ſuis le fils,& plus grand que nul qui euſt peu eſtre enuoyé,ſi ie ne leur euſſe pas
declaré,tout ce qui les pouuoit ramener à meilleur train & amendement de vie:ſi ie n'euſſe
pas faiĉt choſes qui pouuoyẽt eſmouuoit meſme des cœurs de pierre à croyre,certainemẽt
leur ruyne en ſeroit plus legiere:car ils ſeroyent exempts de ce crime d'incredulité,lequel
par ſon accroiſſement aggrauera grandement leur perdition.Mais maintenant puis que
ie n'ay rien obmis de ce qui faiſoit à leur ſalut:puis qu'eux-meſmes par haynes obſtinées
ont faiĉt la guerre à celuy qui preſente à tous ſalut gratuit,ils n'õt dequoy excuſer leur in-

<table><tr><td>Qui me hayt,
il hayt auſſi
mon pere.</td><td>

credulité.Si quelqu'vn hayſſoit vn incogneu,on luy pourroit aucunement pardonner,de
vouloir mal,s'il veut mal à vn que iamais il n'auroit veu.Ils m'ont & veu & ouy.Ils m'ont
veu faire bien à tous:ils m'ont ouy tenir propos dignes de Dieu:& toutefois ils m'ont hay
pour les choſes meſmes pour leſquelles ils me deuoyent aymer.Or quiconque me hayr,
il ne peut qu'il me hayſſe mon Pere,de l'authorité duquel ie tiens les propos que ie tiẽs:&
en la puiſſance duquel ie fay tout tãt que ie fay.Car ie n'ay pas parlé à eux par parolles tãt
ſeulement,mais auſſi par œuures.Eux aueuglés n'ont creu ny à mes parolles,ny à mes œu-
ures.Et ce ſera ce qui leur aggrauera le ſupplice de leur damnatiõ,en ce qu'ils auront ſi ob-
ſtinément abuſé de la bonté de Dieu à eux preſentée.Si ie n'euſſe faiĉt miracles entre eux,
que oncques Prophete ne fit,ſoit qu'on en conſidere l'excellence,ſoit que le nõbre,& iceux
tous,non pour leur donner frayeur,mais pour ſuruenir aux affligés,ils ne ſeroyent pas te-
nus de ce peché plus enorme que tous autres.Mais maintenant ils m'ont & ouy & veu,&
ſi en hayſſent de tant plus non ſeulement moy(qui ay parlé & faiĉt)mais auſſi mon pere
qui par moy a parlé,& par moy a deſployé ſa puiſſance.Ils ne virent iamais Moyſe,& tou-
tefois ils l'ont en admiration:ils croyent aux Prophetes,leſquels iamais ils n'ouyrent.Ils
m'ont veu de pres,ils m'ont ouy parler,ils m'ont experimenté tant & tant liberal,& neant-
moins ils me reiettent:& non contens de cela,ils me mettent à mort.Et ce pẽdant ils ſe cou-
urent de la reuerence qu'ils ont enuers le pere Dieu:là où celuy qui vrayement ayme le Pe-
re,ne peut hayr le fils.Or n'aduient pas cecy par cas fortuit:car ce qu'ils font,les Pſeaumes

</td></tr><tr><td>Pſal.34</td><td>

prophetiques qu'ils maniẽt & liſent,l'ont iadis predit deuoir aduenir:aſſauoir,que pour
les bienfaits,auſquels eſtoit deu remerciement,ils rendroyent malegrace & maluueillan-
ce.Car ie parle là par la bouche du Prophete en ceſte maniere:Que ceux ne s'eſiouyſſent
pas ſur moy,leſquels me contrarient à tort,leſquels me hayſſent ſans cauſe.C'eſt choſe to-
lerable,ſi quelqu'vn eſtant prouocqué hayt vn autre:on peut aucunement pardonner,ſi
quelqu'vn hayt vn incogneu:mais à vn qui hayroit celuy qui non ſeulement luy ſeroit co-
gneu,mais auſſi luy auroit faiĉt du bien,qui eſt-ce qui luy pourroit pardõner?Mais l'in-

</td></tr><tr><td>Mais le cõſola=
teur ſera venu.</td><td>

credulité de tels n'aneantira pas le fruiĉt de ceux,qui ſe tiendront à moy.Car quand ſau-
ray paracheué tout ce que le Pere m'a enchargé,& que ce conſolateur(lequel,comme-ie ie
vous ay promis,ie vous enuoyeray procedant du Pere,aſſauoir c'eſt l'eſperit rememora-
teur & docteur de toute verité ſuggerant & enſeignant toute verité)ſera venu,il declarera
tout tant que i'ay & dit & faiĉt:dont on cognoiſtra euidemment & ma bonté & leur obſti-
né aueuglement.Ceſt eſperit monſtrera que rien n'aura eſté faiĉt contre moy qu'il n'ayt e-
ſté auant predit en leurs liures leſquels ils liſent ſans les entendre.Meſme vous auſſi,qui
pour le preſent eſtes foybles & debiles,eſtans lors deuenus plus robuſtes par l'inſpiration
de mon eſperit vous teſtifierés de moy enuers tous d'autant que vous aués veu mes œu-
ures,& ouy ma parolle ce que i'ay faiĉt & ouy ce que i'ay dit.Tout ainſi que ie vous ay ra-
conté choſes certaines aſſauoir leſquelles i'ay & veues & ouyes de mon pere:item comme
l'eſperit ne vous ramenteura rien d'incertain,car il procede auſſi du pere,vous auſſi ſem-
blablement ſerés teſmoings des choſes non pas doubteuſes mais experimentées de tous
voz ſens.Or en y aura-il qui n'adiouſteront point foy à voſtre teſmoignage:mais pour
ceux,qui par leur propre faute periſſent,le ſalut des autres n'en doit pas eſtre abbãdõné.

</td></tr></table>

CHAPITRE   XVI.

T ne faudra pour aucuns perils ſe deſtourner de la profeſſion de la verité Euã
gelique:contre laquelle le monde ſe bandera bien par tous effors,mais il ne la
pourra accabler,entant qu'elle eſt appuyée ſur Dieu qui en eſt l'autheur.Vous
voyés les choſes que le monde braſſe cõtre moy à cauſe de la profeſſion de la
verité

verité paternelle. Il faut que vous prepariés voz cœurs à endurer les semblables. Or vous predise telles choses vous deuoir aduenir, à fin que ne pensiés que ce soit chose delicate que la profession Euāgelique, & qu'alors vous perdiés courage si tels assauts vo⁹ suruenoyēt nō attēdus. Car les maux lesquels on a preueus & contre lesquels on est fortifié auāt qu'ils suruiennent, en blessent tant moins. Ie ne vous deceuray point, ny és maux qu'il est necessaire d'endurer pour l'amour de l'Euangile: ny és salaires, qui sont preparés à ceux qui se seront veillamment acquittés de leur deuoir. La premiere rencōtre que vous aurés en cōmençant la predication de l'Euāgile, sera telle. Ceux qui semblent estre les piliers de la religion, & font professiō de la cognoissance de la Loy, vous chasserōt, cōme si vous estiés gēs prophanes & execrables, hors de leurs synagogues: qui est entre eux vne soueueraine igno- ils vous chasseront hors de la synagogue. minie. Puis non cōtens de cela, ils vous emprisonnerōt & fouetterōt. Finalement la chose viendra iusques là, que quicōque vous tuera, s'estimera immoler vne victime tres-agreable à Dieu. Car ils couuriront leur impieté du māteau de pieté: & cōme docteurs de vraye pieté, vous accuserōt d'impieté. Qui fera que non seulemēt vous endurerés choses aspres, mais aussi les souffrirés cōme prophanes & malfaitteurs. Mais ne vous souciés point, cōment le monde iuge de vous: consolés vous sur mon exemple, vous souuenans qu'auec moy & pour l'amour de moy & de mon pere vous endurerés ces choses. Cest outrage touche nostre personne: ce sera à faire à nous & de vous fournir de force quand vous combatrés, & de vous eslargir les pris & ioyaux quand vous serés victorieux, & de resister à voz aduersaires & punir les rebelles: à fin que vous ne sōgiés rien à vous en venger. Car cela ne vous feront-ils pas, pour ce que vous soyés larrons, ou mesdisans, ou autremēt dignes de tels maux: mais par ce qu'ils n'ōt pas encore cogneu à plein ny moy, ny mon pere. L'erreur meslé parmy la cruauté sera qu'ēcore aura-on pitié d'eux: & n'estimés plus tost qu'il Mais ie vous ay dit ces choses. les faut sauuer par doctrine, que les perdre par supplice. Car le zele de la pieté & religiō en concitera contre vous plusieurs faillans plus tost par iugemēt que par affection. Tels se recognoistront si tost que par vous mon Pere sera declaré au monde: si tost que par vostre predication ils aurōt cogneu ma doctrine & la vertu du Sainct Esprit. Ie sçay que vo⁹ estes contristés à cause de ma departie: & qu'il ne failloit-ià adiouster tristesse sur tristesse, dueil sur dueil: mais il estoit expedient que fussiés aduertis de cecy, à fin que quand ces maux vous suruiendront, vous les portiés vaillāment & d'vn fermé courage en vous reduisant en memoire que i'auray predit tout cela deuoir aduenir, qu'à mōn exemple, que de gens prophanes, & ignorans la verité, qu'à cause de moy & de mon pere vous endurerés. Et ne vous chaille quel iugement les hommes fassent de vous: contentés vous d'vne droitte cōscience. Voyre plus tost suyuāt ma doctrine reputés vous les bienheureux, quand les hommes vous persecuteront, & diront tout outrage à l'encontre de vous en mentant, à cause de mon nom. Ils vous ietterōs hors de leur Synagogue: mais cela mōstrera que voz noms Pource que i'estoye auec vo⁹. sont escripts au ciel. Ie sçauoye que toutes ces choses vous deuoyent aduenir: & toutesfois du cōmencement, que ie vous prins en ma cōpaignie, ie les vous celay, nō pas pour vous trōper, mais par ce qu'il n'estoit pas encore temps de les dire: car toutes choses ne sont pas de saison en tout temps. La presence de ce corps a, pour vn temps, soustenu vostre foyblesse. Maintenāt pource que le temps est tout prochain que ie seray retiré d'auec vous, il a fallu que fussiés tout ouuertement aduertis de ce que vous aués à souffrir, à fin que de peu à peu vous accoustumiés à vous passer du soulas de ceste presence corporelle & qu'en oubliāt l'affectiō humaine vous preniés vn plus robuste courage & plus virile: sans estre semblables aux enfans qui tousiours sont pendus au sein de leurs meres, tout pasmés & presque morts, si quelque fois il leur aduiēt d'estre priués de la veue de leurs parēs. Ie n'ay pas voulu vous entretenir de fausse esperāce: aussi n'ay-ie voulu en autre temps vous effrayer & estonner. Ce qui estoit expediēt pour vostre foyblesse, ie l'ay baillé, & pour vn temps me suis porté en cōsolateur & defenseur. Maintenāt il faut que ie m'en aille, & cōme ainsi soit que pour vostre profit principalemēt ie m'en aille, à fin que la presence de ce corps retirée vous vous auāciés à choses plus fortes: neātmoins ce propos vo⁹ a tellemēt estonnés, que nul ne demāde ou pēse où ie vay: cōbien toutefois que vous ne deussiés pas vous tourmēter de ce que ie m'en vay, mais plus tost vo⁹ en resiouyr d'autāt que ie m'en vay vers le Pere, d'où ie suis yssu: & que point ie ne m'absēteray de vous, iaçoit que d'vne autre façon ie cōuerseray auec vo⁹. Or n'estoy-ie pas ignorāt quelle chose vous eussiés mieux aymée & desirée. Vo⁹ aymiés mieux perpetuellemēt iouīt de ceste miēne cōpaignie: mais i'ay mieux aymé vous dire choses pfitables que plaisantes: i'ay mieux aymé qu'en cognoissant la verité vous fussiés cōtristés pour vn temps. Et voyla pourquoy ie vous predy maintenant

tout

tout ouuertemēt ce qui doit aduenir,c'est que ie vous laisseray,& que mōy retiré,vous endurerés maintes choses.Pour lesquelles porter à fin que vous soyés suffisans,c'est vostre profit que pour vn temps ce pendant ie soye retiré de deuant voz yeux.Car n'est que le regard de la chair osté,vo⁹ deueniés spirituels,cest esprit cōsolateur qui vous fortifiera & rendra inuincibles,ne viēdra pas vers vous.Or vous ay–ie preparés à luy:ce que i'ay cōmencé en vous,il le paracheuera.Brief,par luy ie seray tousiours auec vous,& y seray plus presentement & vertueusement en mon absence que maintenant ie n'y suis en presence.Aussi ne suis–ie pas venu à ceste fin que tousiours ie conuerse auec vous en terre:mais biē pour ceste cause ie me suis demis à vostre foyblesse,à fin de vous esleuer au ciel.Il a ainsi semblé bon au conseil paternel,de petit à petit par certaines reuolutiōs de temps comme par degrés vous auācer & esleuer aux choses parfaittes.Or est–il raisonnable que de vostre part vous accōmodiés voz cœurs à la dispēsatiō & ordōnance paternelle.Toutes choses vous aduiendront de nostre grace : mais vostre deuoir est de mettre peine,que soyés capables d'icelle grace.Car si tousioursvous demeurés en ceste affection où maintenant vous estes, ce cōsolateur celeste ne viēdra pas à vous:entāt que vous n'estes encore capables de sa grace & charge.Que si ie m'en vay,& en delaissant ceste presence corporelle vo⁹ preparés voz cœurs à plus souueraines graces lesquelles cest esprit vous apportera,alors ce cōsolateur lequel i'enuoyeray de par mon pere,viendra à vous pour iamais ne vous laisser ne destituer soit en la vie soit en la mort:& ne sera pas cest esprit sans efficace,ains quand il sera venu,il fera plus par vous,que maintenant ie ne fay : non pas que la puissance ne soit toute vne,mais par ce qu'il est ainsi expédient pour le salut du genre humain,qu'vne chasque

Il reprendra
le monde. charge de l'affaire ait son temps.Quant à moy i'ay reprins le monde:ce consolateur le reprendra plus pleinement & euidemment.Car il conuaincra le mōde en sorte,que n'est qu'il se repente & amende en croyant à l'Euangile,il n'aura nulle excuse du monde.Or tout ainsi que maintenant l'imbecillité de mon corps,baille au mōde quelque achoppement, ainsi semble–il donner aucunement de quoy pouuoir couurir & excuser son incrédulité. Ils m'ont veu las,ils m'ont veu auoir fain & soif:ils m'ont veu petit,abbaissé & contemptible:bien tost ils me verront affligé,captif,battu,& finalement ils me verront mourir.Mais apres que tout ce qui concerne le deuoir & dispensation de la chair sera paracheué,me verront reuiure,ils me verront esleué au ciel:ils verront que l'Esprit enuoyé vous serés tout à coup deuenus asseurés messagiers de mon nom : qu'à l'inuocation de mon nom reluyront de merueilleuses vertus:les diables sortirōt,les boyteux seront redressés,les malades gueris,les morts reuiurōt,brief quand ils verrōt que de tout ce que les Prophetes auoyēt predit,il n'y aura rien qui ne soit aduenu,il ne restera nulle excuse aux meschāts abomina bles & incredules.Car alors le mōde sera cōuaincu sans aucun remede pour trois raisons.

De peché. En premier il sera cōuaincu de peché,en apres de iustice,puis de iugement.Du plus enorme de tous les pechés & lequel en soy cōprend tous les autres,le monde en sera cōuaincu: car quand ils auront veu les oracles des Prophetes s'accorder auec les euenemens,quand ils auront veu tant de miliers d'hōmes faire profession de mon nom,quand ils aurōt veu que ceux qui croyront en moy en receuant le S.Esprit parlerōt langues incogneues,reluyront en miracles,abbandōneront la superstition de la loy Mosaïque,embrasserōt la pieté Euāgelique,detesteront le seruice des idoles qu'ils tenoyēt de leurs ancestres,& par pieté de vie honnorerōt & seruiront de pere celeste,ne ferōt nul conte des biens terriens ains seront du tout en tout rauis aux celestes:qu'aura lors le mōde,pour couurir & excuser son obstinée incredulité?Si le Pere qui m'a enuoyé,n'a rien obmis:si moy q suis enuoyé pour sauuer tous,n'ay rien obmis:si le Sainct Esprit lequel tous deux nous enuoyerōt,n'obmet rien:si vous(desquels cōme d'instrumēs se seruira cest esprit celeste) n'obmettés rien,que restera–il,sinon que ton entendent qu'ils perissent par le vice de leur incredulité?Itē quād ils verront que les Payens par le lauemēt d'eau toute pure & par la professiō de mon nom viendront à estre lauès des pechés de leur vie passée,& à recouurer innocence,il verront euidemment que sçachans & voulans ils demeurerōt en leurs souilleures & adioustērōt pechés sur pechés.Or sera aussi cōuaincu le monde de s'auoir faussement attribué iustice.

De Iustice. Car maintenant ils se couurent tellement quellemēt de l'obseruation de la Loy baillée de Dieu:ils se vantent d'auoir gardé les constitutions des ancestres:ils se font fors de la religion qu'ils tiennent de leurs peres:assauoir,ieusnes,sabbaths,prieres,aumosnes,seruice diuin & choses semblables qui ont apparence de iustice:mais quand ils verront que l'effi cace admirable de cest esprit n'aduiendra qu'à ceux qui feront profession de mon nom: mesme qu'elle sera donnée aux idolatres sans l'obseruation de la Loy,que dirōt lors ceux
qui

qui s'attribuent vne iustice par l'obseruation de la Loy. En vain se glorifierõt de fausse iustice enuers les hõmes, ceux qui auront reietté celuy par lequel seul aduient la vraye iustice. Qu'ainsi soit alors le mõde le cognoistra euidêment quand cest esprit aura declaré que
moy qu'ils auoyêt crucifié, qu'ils auoyêt enseuely, ne seray pas mort, ains retourné vers le
Pere d'où i'estoye venu, que vers iceluy ie viuray & lors ia deuenu inuisible & esleué de deuãt les yeux des hõmes ie feray par vous, inspirés de mon esprit, œuures plus grãdes que
ie n'auray faittes quand en present ie conuersoye sur terre. Ces choses feront que leur iustice sera conuaincue, de ce qu'autre part qu'en moy ils auront mis l'espoir de leur iustice:
que d'ailleurs que de moy ils aurõt esperé iustice:& que la iustice de Dieu en sera cogneue
& magnifiée, pour auoir loyaument baillé au genre humain, ce que iadis il auoit promis
par ses Prophetes. Or cecy doit bien tost aduenir. Car ie m'en vay vers le Pere par la mort,
& ne conuerseray plus gueres auec vous à tout ce corps visible:& toutefois vous me senti-
rés vif & puissant, & faisant tout ce que i'auray promis sans aucune exception. En outre le
monde sera aussi conuaincu de iugement en te qu'ordinairement par tout les hommes se   *De iugement.*
retournans de leurs pechés à vne innocence de vie, se destournans de lourdes ceremonies
de la loy Mosaique à la pieté Euãgelique:toutes les nations de la terre se retirans du seruice des diables & idoles vers le seruice du pere, du fils & du sainct Esprit, on verra clairemêt
que le prince de ce monde, qui iusqu'à present a exercé vne tyranuie par le peché sera lors
vaincu, deietté & condamné par ses propres armes, pour auoir procuré ma mort, de moy,
di-ie, par qui sont effacés les pechés du monde, par qui est donnée l'innocence, la liberté
Euãgelique & l'immortalité. Alors verra-on ce auoir esté triomphe ce qu'on tenoit pour
ignominie, & victoire ce qu'on estimoit ruyne. Car quand en tout lieu les diables viendrõt
à estre iettés hors des temples, quãd au signe de la croix ils hurleront, quãd à l'inuocation
de mon nom ils sortirõt hors des corps qu'ils occupoyêt dés long têps, ne sera-il pas tout
notoire que leur prince est cõdamné? Ne verra-on pas à l'œil qu'à bon droit aussi deurõt
estre cõdamné ceux q aurõt mieux aymé aller apres ce dãné & vaincu en la mort eternelle,
que nõ pas apres moy, lequel cõme victorieux, Dieu aura esleué en la cõpaignie de son royaume, pour estre à tous autheur d'innocêce & de vie? Il y a beaucoup d'autres choses, que   *Ie vous ay à di-*
vous pouuoye dire, mais ce n'est pas maintenant le temps de les descouurir:car vous n'en   *re encore plu-*
estes pas encore capables à cause de vostre foyblesse, & que la charge de ceste mienne am-   *sieurs choses.*
bassade n'est pas encore paracheuée:partãt ie les reserue à l'esprit qui doit venir. Iceluy, lequel, quãd il viêdra, vo⁹ trouuera plus capables de plus ample cognoissance:entãt que la
dispêsation de ma mort, resurrection & ascêsion sera acheuée. Ce ne sera pas vn esprit vain
ou humain, ains ce sera mõ esprit, c'est à dire, l'esprit de verité. Yceluy vous enseignera toute verité, laquelle vous ne pouués pleinemêt cõprendre pour le present. Iceluy aussi parlera à vous, mais ce sera par inspirations mysticques & secrettes. Il ne touchera pas les oreilles du corps par l'esmotion de l'air, mais par vne force occulte esmouuera les plus profon
des affections des cœurs. Et ne dira pas choses incertaines:ains cõme ie n'ay rien dit que
ie ne l'eusse ouy de mõ pere, ainsi il ne suggerera rien hors mis ce qu'il aura ouy de mõ pere
& de moy. Et non seulement il vous descouurira toute verité touchant les choses passées,
mais aussi toutefois & quantes que la chose le requerra, les choses qui sont aduenir, il les
vous predira auãt qu'elles aduiennent. Car il est non seulement tout-puissant, mais aussi
tout sage. Il publiera par vous la gloire de mon nom, cõme par ma mort & resurrection ie
magnifieray la gloire de mon pere. Car tout ainsi que ce que ie fay, auance la gloire du pere, duquel ie suis yssu, & duquel i'ay receu toutes choses:ne plus ne moins tout ce que cest
esprit fera par vous, auãcera ma gloire. Et ce d'autant qu'il ne vous inspirera rien de cõtrai
re aux choses que i'ay receues du pere, & lesvous ay baillées. Il n'y a rien entre nous, qui ne
soit cõmun à tous trois. Du pere procedêt toutes choses:mais riê n'est sien, qui aussi ne soit
mien:& n'est rien ne sien ne miê qui ne soit cõmun à l'esprit. Dõcque par iceluy ie parleray
à vous, cõme le pere a parlé par moy, Qui croit en moy, croit au pere:q croit à l'esprit, croit
& à mon pere & à moy. Cõfortés vous sur toutes ces choses cy & prenés bõ courage à l'encontre de la tempeste prochaine, & en afflictiõsreseruués vous à la prosperité qui s'en ensuy
ura. D'icy à peu de têps vous serés destitués de ma presence, mais cela ne sera pas pour lõg
temps. Car apres vne biê petite espace de têps, ie me presenteray derechef à voz yeux:à fin   *Vn petit de*
que petit à petit vous aprenïés à vo⁹ passer du regard de ce corps, lequel ne vous sert de   *têps & vous*
rien. Ie retourne vers le pere, pour vo⁹ eslargir de plus grãdes choses, quãd i'auray cessé de   *ne me verrés.*
vo⁹ estre visible. Or vne si grãde falcherie a pour lors saysi le cœur des disciples qu'ils n'en-

Y   tendoyent

tendoyent ne mettoyent en leur memoire de ces propos tant de fois reitterés. Car comme ainsi fust que par telles parolles le Seigneur Iesus signifiast & ce non trop obscurement que par sa mort & sepulture il seroit osté de deuant les yeux de ses disciples: mais que de-rechef apres le troisiesme iour ils le verroyent de-rechef en son mesme corps, à dire vray, mais ia immortel, pour durant quelques iours confermer le cœur à ses disciples puis se retirer au ciel: à fin que la presence du corps ostée qui les empeschoit d'estre spirituels, ils se rendissent capables de cest esperit celeste, sans plus attendre la presence corporelle du Seigneur sinon iusques au dernier iour qu'il se monstrera vne fois à toutes les nations de tout le monde, pour iuger les vifs & les morts: ce neantmoins les disciples n'entendans point ce propos du Seigneur Iesus, sussilloyent entre eux: Que veut dire ce propos? D'icy à peu de temps vous ne me verrés point. Item, Le temps, auquel vous me verrés, sera brief, car ie m'en vay vers le Pere. Comment le verrons nous s'il se retire vers le Pere? ou que veut dire ce peu de temps, auquel il s'absentera de deuant noz yeux? item, cest autre peu de temps, auquel il se presentera à noz yeux? Ce propos est obscur, nous n'entendons point qu'il veut dire. Or doncques comme le Seigneur Iesus eut entendu qu'ils auoyent enuie de luy demander que vouloit dire son propos, il deuance leur demande, & pour monstrer, comme il a de coustume, que les pensées des hommes pour secrettes qu'elles soyent, luy sont cogneues: Comment (leur dit-il) cela vous trouble-il aussi le cœur, de ce que i'ay dit que pour vn peu de temps ie vous seray osté de deuant les yeux? Item: Que pour vn peu de temps ie me representeray deuant voz yeux: par ce qu'il n'est pas expedient que ie demeure tous iours auecques vous, en la façon que maintenant, ains que ce sera mieux vostre profit que ie m'en aille vers le Pere? Ce que i'ay dit, est tres-vray. Le temps est desia à la porte, que pour ce que vous serés frustrés de ceste nostre conuersation, vous serés assommés de dueil, de fascherie & de larmes, en perdant du tout courage comme destitués de tout secours. Au contraire le monde comme victorieux s'esiouyra, sautera & dansera: mais en brief les choses seront toutes changées & renuersées. Car ainsi que la ioye du monde se conuertira en dueil, & vostre dueil se conuertira aussi en ioye. Et comme ma mort vous contristera, & resiouyra les Iuifs: ainsi ma resurrection vous resiouyra, là où elle troublera les Iuifs. Parquoy portés constamment ce dueil de peu de durée, sous l'esperance de la ioye qui bien tost s'en doit ensuyure. Tout ainsi qu'vne femme enceincte qui trauaille à enfanter souffre de griefs tourments, lesquels neantmoins elle porte d'vn courage magnanime, par ce qu'elle sçait qu'ils seront de petite durée, & que tantost s'ensuyura vne ioye quand l'enfant sera nay. Car si tost qu'elle a mis sa portée elle est si tres-ioyeuse d'estre deuenuë mere d'vn nouueau enfant, que plus elle ne se souuient de la douleur qu'elle a endurée en enfantant: mais plus tost elle s'esiouyt bien ayse d'auoir par vne briefue douleur achetté vne longue liesse. En cas pareil vous aussi pour ce peu de temps qui est prochain, serés grandement tourmentés

Et en ce
iour là.

en voz cœurs, voyre dés à present estes en grande fascherie: mais apres peu de iours que ie me presenteray à vous vaincqueur & de-rechef viuant, vostre cœur sera remply d'vne grande ioye, & en voyant que celuy que vous aurés lamenté mort, sera rendu immortel. Le dueil sera brief, mais la ioye sera perpetuelle. Car la mort passée, l'immortalité demeure & est pardurable. Maintenant il y a maintes choses, dont vous auriés grande enuie de m'en interroguer. Alors vous aurés le cœur & les yeux tellement rassasiés, que vous ne daignerés plus interroguer de rien. Car la ioye excessiue chassera toute fascherie du cœur: & rien plus ne souhaitterés ne desirerés, quand vous verrés plus auoir esté donné que vous n'aurés esperé, ou que n'eussiés osé desirer. Et toutefois apres que d'auec vous ie seray esleué au ciel, rien ne vous defaudra. Car qu'est-il plus facile que de demander au Pere? Or tout tant que vous demanderés au Pere en mon nom, vous sera donné. Qu'aués vous que faire d'autres secours? Le Pere seul peut toutes choses: & à mes amys il ne refusera rien de ce qu'il luy demanderont en mon nom. Iusqu'à present la presence de mon corps vous a empeschés que ne luy aués rien demandé digne de mon nom. Car vous ne dependés pas encore du tout du secours celeste, mais bien vous arrestés à ce corps comme à vne affection humaine. Demandés desormais en esleuant voz cœurs au ciel, car sçachés que là ie seray tout prest pour estre vostre aduocat: & tout ce que vous demanderés vous l'obtiendrés, à fin que lors vostre ioye, laquelle apres ceste tristesse en laquelle vous estes, vous escherra, pour

auoir

auoir recouuert ma presence, demeure plaine & pardurable. Car alors il n'y aura plus
de changemens de tristesse & de ioye pour ma presence ostée ou rendue quant à l'infirmité de ce corps:ains vous confians du secours celeste tousiours tout appareillé pour
vous, en ayant tousiours auec vous l'esperit consolateur & conseiller, iouyrés d'vne perpetuelle ioye de conscience en rendant graces à Dieu tant en aduersités qu'en prosperité.
Or ce pendant ie vous ay tenu ces propos assés obscurément & comme par paraboles,
par ce que vous n'entendés pas encore mon dire.Et de faict il failloit en ce point s'accommoder à vostre foyblesse à fin que pareillement vous apprenés a supporter la foyblesse
des autres.Mais vn temps viendra, qu'apres auoir osté ce corps mortel, & que ia vous serés plus fortifiés ayans posé le dueil, & plus attentifs ie vous parleray de mon Pere tout
ouuertement,& sans couuertures de paraboles.Car maintenant tout propos voyre clair
& euident vous est comme parabole à cause que vous aués l'esprit debile & saysi de sou-
cis.En fin finale ie vous declareray aussi pour le seur par mon esprit que est le vouloir de
mon pere. Car il ne faut pas que soyés ignorans du vouloir paternel.Alors ie parle tacite-
ment.Mais ie dis choses certaines, voyre claires, pourueu que vous le demandiés. Mais a-
lors l'esperit celeste vous inspirera aussi cecy, que cest qu'il faut demander ou comment il
faut demãder en mon nom.Que si vous le faittes,encore que la chose fust haute & difficile
ce neãtmoins le pere ne la vous refuseroit pas si vous la luy demãdiés en mõ nom.Or cecy
ne dy-ie point,quasi que par mon intercessiõ vous deuiés l'impetrer,à la façon que quelquefois les hommes impetrent d'vn prince mortel par la faueur de quelcun qui soit en la
grace du prince:ce qu'autrement il n'ottroyeroit pas n'estoit qu'il le donne à la faueur de
celuy qui recommande la requeste du suppliant. Mais plus tost le pere, combien qu'il est
bien aisé qu'on le prie par le fils par lequel il a voulu elargir toutes choses aux hommes,
neantmoins exaucera volontiers voz requestes autrement & en sera bien aise : non seulement à cause de l'amour qu'il porte au fils, mais aussi pour l'amour qu'il a enuers vous.
Car il n'ayme pas le fils en sorte qu'il ne vous ayme aussi:ains tous ceux que le fils ayme,
le pere les ayme aussi.Parquoy il vous ayme non pas à cause de voz œuures,mais par ce
que vous m'aymés mutuellement,& que croyés que ie suis yssu de luy.Car aymer le fils est
aymer le pere:& croyre au fils est croyre au Pere.Or ne croit pas au fils celuy qui nye qu'il
soit yssu du pere,item qui nye qu'en l'authorité d'iceluy il disse & fasse tout. Deuant que ie
vinsse au monde en prenant ce corps mortel que vous voyés,i'estoye-ia vers le pere:mais
pour l'amour de vous ie suis venu au monde pour vous esleuer au ciel.Maintenant de rechef aymant exploitté la cõmission que le pere m'auoit enchargée,pour l'amour de vous
ie laisse(quant à la presence corporelle)le monde pour vostre profit,& m'en retourne vers
le Pere.Or tout tant qu'icy se faict ou fera, se faict & fera à cause de vostre salut.Les disciples
ayans reprins courage par ces propos,se prennent à se cõplaire aucunement en eux-mesmes & cõme si de leurs propres forces ils eussent peu soustenir la prochaine mort de leur
Seigneur,luy respõdent en ceste maniere:Or-ça ce que tu promets de faire à l'aduenir, tu
le fais desia dés à present.Car maintenant tu parles ouuertement sans couuerture de para
bole que c'est que tu dois faire:& n'est-ia besoing,que plus nous te fassions de demande.
Car rien ne t'est caché : & par ces propos tu nous as osté la fascherie du cœur, & n'aurons
plus à faire d'autres propos.Et ne doutons en rien,que ce qui est prochain, nous ne le deuions soustenir vaillamment & courageusement sous l'esperãce de la ioye aduenir.Itẽ cecy finalement croyons nous vrayemẽt que tu es yssu de Dieu,que tu cognois entierement
les secrets de noz cœurs.Or le Seigneur Iesus(la coustume duquel estoit,s'il s'apperceuoit
que quelque humaine arrogãce,ambition,ou fiance s'esleuast au cœur de ses disciples, de
tousiours aigrement la reprimer,à fin que du tout ils apprinssent à se deffier de leurs forces,desquelles ils ne pouuoyent rien, & que toutalement ils dependissent du secours de
Dieu son pere)il rabbatit leur arrogance de ce que là où ils n'entendoyent pas encore son
dire,là où ils ne croyoyẽt pas encore à droit,là où ils n'estoyẽt pas encore assés forts pour
porter les tempestes prochaines,neantmoins ils s'attribuoyent ce qu'ils deuoyent demãder au pere par prieres.Si leur respondit ainsi:Qu'est-ce que i'oyrCe que ie vous promets
pour l'amour lors que vous serés deuenus plus forts par ma doctrine & par l'inspiration
du Sainct Esprit vous le vous attribués maintenant arrogamment deuant le semps comme si par l'ayde des forces humaines vous pouuiés rien du monde. Mais bien dés ores
est le temps auquel vous declarerés combien vous estes foybles de vous-mesmes. Car
non seulement vous ne porterés pas vaillamment la tempeste prochaine, ains aussi m'ab

Y 2   bandon-

donnerés tout ſeulet entre les mains des gendarmes gens qui me traineront au gibbet de
la croix, & vous enfuyrés l'vn ça, l'autre là : ayans le cœur tellement quellement troublé
de crainte & frayeur, que non ſeulement vous ne me tiendrés pas compaignie, mais
meſme ne demeurerés pas enſemble pour vous entre ayder & ſoulager de compaignie
mutuelle, ains aura vn chaſcun de vous peur pour ſoy, craignant d'eſtre decelé ou de
tomber en dangier par l'indice de ſon compaignon, combien que quant à moy ie n'auray nullement beſoing de voſtre ayde. Bien eſt-il vray que ie ſeray du tout deſtitué de
tous mes amis, ce neantmoins ie ne ſeray pas deſolé : car mon Pere ne me delaira iamais. Ces propos vous tiens-ie, à fin qu'en vous deffians de voz forces, vous vous re-
poſiés en moy. Le monde s'eſleuera & concitera de grands troubles contre vous, comme maintenant il faict contre moy. Mais ayés touſiours bon courage, & vous ſoue-
nés que i'ay vaincu le monde. De moy vous prendrés exemple, de moy vous atten-
drés ayde. Vous vaincrés auſſi, mais par moy : vray eſt que de voſtre propre nature vous
eſtes foybles, mais mon Eſprit vous rendra forts & inuincibles quand le temps & la choſe le requerront.

CHAPITRE XVII.

Pres que par tels propos Ieſus eut en partie conſolé, en partie inſtruict &
muny ſes diſciples à l'encontre de la prochaine tempeſte de maux, par
ce qu'il les auoit aduertis qu'ils ne deuoyent pas mettre leur fiance és
forces humaines mais au ſecours celeſte, il voulut auſſi leur monſtrer par
ſon propre faict que quand les affections du monde les menaceroyent ils
ne regardaſſent autre part que vers le pere celeſte, duquel doyuent toutallement dependre ceux qui ont enuie de pouuoir porter & ſouſtenir les perſecutions. Leuant donc les yeux vers le ciel, & ce pour par la contenance meſme du corps enſeigner
où on deuroit dreſſer le cœur, il dit en ceſte maniere : Pere, maintenant eſt venu le temps
que touſiours i'ay deſiré de glorifier ton fils enuers les hommes par mort & reſurrection, à fin que pareillement ton fils te glorifie enuers tous hommes, & que tous deux ſoyons cogneu l'vn par l'autre. Car il eſt ainſi expedient pour le ſalut du genre humain que
Pere l'heure
eſt venue. par toy le monde cognoiſſe le fils, & que ſemblablement par le fils il cognoiſſe le Pere.
Et de faict ton plaiſir a eſté de donner au fils la puiſſance de tout le genre humain : & ne
luy as baillé ceſte puiſſance pour autre choſe ſinon à fin que tous vinſſent à eſtre ſauués,
& deliurés de la mort obtinſſent vie eternelle. Car tout ce que eſlargis aux hommes il
t'a pleu de l'eſlargir par le fils, par la mort duquel tu donnes vie eternelle à tous, s'ils
veulent. Or doncques la fontaine de vie eternelle giſt en ce que, nous deux glorifians
l'vn l'autre, par ſoy ils cogneuſſent & l'vn & l'autre : aſſauoir toy, qui es ſeul vray Dieu,
non ſeulement de la nation Iudaique, mais de toutes les nations du monde, de qui
prouient tout tant qu'il y a de bien où que ce ſoit : puis celuy lequel pour le ſalut du
genre humain tu as enuoyé au monde, c'eſt Ieſus Chriſt, par lequel tu donnes tout ce
que ta bonté a voulu donner aux hommes : à fin qu'ils nous en remercient tous deux,
toy comme ſouuerain autheur de toutes choſes, & moy de ce que volontairement & a-
laigrement i'execute ceſte charge ſelon ta volonté. Et à la verité celuy ne peut obtenir
ſalut, lequel honnore le pere en meſpriſant le fils : ou qui reuere le fils en ne ſe ſouci-
ant du Pere, veu que la gloire de l'vn & de l'autre eſt tout vne. Iuſques à preſent i'ay
par mes miracles & par ma doctrine glorifié ton nom en terre, iuſques à preſent ie me
ſuis acquité de la charge que tu m'auois baillée, eſtant preſt & appareillé à ce qui reſte : ie n'ay pas cherché ma gloire, mais la tienne, voyre ie me ſuis abbaiſſé moy-meſme à vne extreme humilité & ignominie, à fin de magnifier la gloire de ton nom entre les hommes. Car quant à ta gloire elle ne ſe change iamais en ſoy, & n'as pas faute
de gloire entre les hommes, mais eux en ont beſoing à fin que tu leur ſois cogneu. Et
maintenant ô mon pere, fay ſemblablement que le monde cognoiſſe que ie ſoye toutalement receu en celle gloire laquelle i'auoye vers toy deuant que ce monde fuſt monde. Les hommes à cauſe de la foybleſſe de mon corps ont encore vne petite opinion
de moy : mais de toy ils en ont vne magnificque opinion. Comme ta gloire n'a de ſoy
ne commencement ny fin, ainſi ne peut-elle ne croiſtre ne diminuer. La foybleſſe de
ce corps que i'ay prins ne diminue pas non plus ma gloire, laquelle touſiours i'ay eue
eſtant

touſiours i'ay eue, eſtāt touſiours nay de toy: mais tu as baſti le monde par moy, à fin qu'il y euſt gens qui cogneuſſent, admiraſſent & aymaſſent ta puiſſance, ſageſſe & bonté. Maintenant derechef eſt le temps, que ce que tu as crée, ta bōté le remette par moy en ſon entier. Or y ſera-il remis, ſi le monde vient à cōgnoiſtre combien grande eſt ton amour enuers le genre humain, pour lequel ſauuer tu auras baillé ton fils vnicque à la mort: cōbien grande ta puiſſance d'auoir rompu la tyrannie du diable: combien grande ta ſageſſe que par vn conſeil tant admirable le monde qui s'eſtoit eslongné de toy, tu l'ayes conuerty à toy. De ceſt œuure les fondemens en ſont mis. I'ay faict que ton nom ait eſté cogneu de ceux, leſquels par ton inſpiration tu as retirés du mōde, & me les à baillés. Car ils ne pouuoyēt eſtre retirés du monde, ils ne pouuoyent eſtre entés en moy, ſinon que ta bonté gratuite leur euſt inſpiré le cœur. Ils eſtoyent tiens, veu que tu les à crées: ils eſtoyent tiens, veu qu'à ceſt affaire tu les auois deſtinés, & me les as baillés pour les enſeigner & façonner. Or en eux n'a pas eſté vainé & inutile ne ta bonté, ne mon trauail. Ils ont creu à ma doctrine par laquelle ie t'ay manifeſté & publié: & nō ſeulemēt y ont ſceu, mais iuſqu'à preſent ont perſeueré en leur croyance, en obeiſſant à mes parolles. Car ce que les Iuifs n'ont voulu croyre, ils le cognoiſſent & en ſont tous reſolus, c'eſt que tout ce que i'ay enſeigné & faict, eſt yſſu de toy qui en es autheur, & s'eſt faict par ta puiſſance. Et auſſi ie ne leur ay baillé autre choſe que i'auoye receu de toy pour le bailler, & meſme tout ce que ie ſuis, ie le ſuis de part toy, & rien n'eſt tien, qui auſſi ne ſoit mien. Donc ma parolle que les Phariſiens ont reiettée, ceux-cy l'ont receue comme celle qui eſtoit yſſue de toy, & en y croyant ont vrayement cogneu que ie ſuis deſcendu de toy, & qu'enuoyé de part toy ie ſuis venu en ce monde. Iuſques icy i'ay faict ceſt auancement en eux qu'ils croyent fermement que ie ſuis le Meſſias l'Oinct, attendu par tant de ſiecles, lequel tu as enuoyé au mōde pour le ſalut de tous croyans. Maintenant, par ce que ie les laiſſe, quant à la cōuerſation corporelle, ie te les recō mande derechef & les mets en la ſauuegarde dē ta bōté, à fin qu'ils ne ſe desbauchent ains touſiours, pfitēt de biē en mieux. Ils ſçauēt à qui ils ſont redeuables de leur ſalut. Ils ſçauēt és forces de qui ils ſe doyuēt appuyer. Or s'appuyent-ils en toy. Partāt ie te prie pour eux (puis que tu les as retirés du mōde & les as voulu faire tiēs) à fin que ce que tabōté a cōmē cé en eux, elle leur faſſe perpetuel & propre. Maintenāt ne prie-ie poit pour le mōde, lequel aueuglé de mauuaiſes conuoitiſes contredit obſtinémēt à ma doctrine en ſe deniant luy-meſme & refuſant le ſalut gratuitement offert. Ie prie pour ceux leſquels tu m'as baillés en garde car ilsne ſont point de ce mōde, ains ſont tiens, & ne peuuēt eſtre aſſeurés à l'encōtre de la malice du Diable, ſinō par ton perpetuel ſecours. Ie te recōmande dōc les tiēs, ō Pere, à ce que tu faſſes que touſiours ils ſoyent tiens, cōme à touſiours ie ſuis tien. Or entāt qu'ils ſont tiens, ils ſont auſſi miens, d'autre qu'entre nous y a cōmunion de toutes choſes. Car tout ce qui eſt mien eſt auſſi tien, & tout ce qui eſt tien eſt auſſi mien. Or cōme par ma doctrine tu as eſté glorifié enuers les hommes, ainſi moy ay eſté glorifié par leur croyāce entant que conſtamment ils ſe ſont tenus à moy, là où les Phariſiens & Scribes m'ont obſtinément cōntredit. Ils ſuccederont aucunement en place & ſeront mes lieutenās, & moy oſté de deſſus la terre glorifieront ton nom & le mien par tout le monde. I'ay exploitté la charge dé ma predication, en laquelle ils ſuccederont. Et ie ne ſuis plus au monde, lequel ie dois tantoſt laiſſer: mais en mon lieu ceux cy demeurent encore au monde pour ſemer par toutes les natiōs du mōde ce qu'ils ont apprins de moy. Mais moy ie les laiſſe, & m'en vay du tout vers toy. Sainct Pere, garde-les en la predication de ton nom (eux leſquels tu m'as baillés pour les inſtruire) à celle fin qu'ils enſeignēt les choſes que tu m'as cōmandé d'enſeigner, & leſquelles i'ay enſeignées en obeiſſant en tout & par tout à ta volonté: à fin que comme ie ne me ſuis iamais deſtourné de tes commandemens, ains en toutes choſes me ſuis rendu obeiſſant à ta volonté, ainſi pareillemēt leur doctrine & leur vie ne ſoit nul-lement diſcordāte d'auec la mienne. Et de faict par tel moyen ſera glorifié noſtre nom par eux, ſi tout ainſi qu'en nous accordant entre nous deux auons glorifié l'vn l'autre, ſembla blement auſſi ſans rien diſcorder d'auec nous ils viennent à publier & magnifier noſtre nom par toute la terre. Car tout ce qu'ils enſeigneront & feront, d'autant qu'on entendra ce eſtre yſſu de nous, ſera rapporté à noſtre gloire. Tādis que ſelon ce corps i'ay hanté & cō uerſé auec eux, i'ay taſché meſme par plaiſirs & ſeruices corporels à les garder cōme ceux qui eſtoyent tiens & leſquels tu m'auois baillés en charge, & iuſqu'à preſent les ay retenus en noſtre alliance. Tous ceux que tu m'as baillé ie les ay gardés loyaument: & ne s'en eſt point perdu de ceſte bande fors vn, lequel iaçoit qu'il veſquit auec moy, neantmoins n'e-ſtoit pas mien, ains eſtoit nay à perdition, laquelle luy-meſme de ſon plein gré a attiré ſur

Ie prie pour eux.

Quand i'e-ſtoye auec eux au mon de.

Y 3   ſoy

ſoy par ſa propre faute.Car quant à moy ie n’ay rien obmis de ce qui le pouuoſt ramener
à penitence & à ſon bon ſens. Ce qu’auſsi n’eſt pas aduenu à l’auãture, ains ia paſſé long
temps l’eſcripture auoit predit deuoit aduenir:aſſauoir,qu’vn cõmenſal amy & domeſtic-
qué,viẽdroit à prẽdre argẽt pour trahir ſon ſeigneur & maiſtre à la mort.Mais par tõ ſainct
cõſeil il aduiẽt que la perdition auſsi de ceſtuy ſert à l’vniuerſel pour le ſalut de toute le mõde,quãd par le moyẽ d’iceluy ſe pcure la choſe ſans laquelle le ſalut ne pourroit aduenir
ité en ce qu’vn exẽple s’appareille pour aduertir vn chaſcun de perſiſter en ſon entreprinſe,de peur que ce que la bõté de Dieu aura gratuitemẽt eſlargy pour obtenir ſalut eternel,
il ne le ſe cõuertiſſe par ſa faute en vne perdition eternelle.Or cõme iuſqu’à preſent ces choſes ſont accõplies par tõ eternel cõſeil,ſelõ que l’as voulu,ainſi ayãt acheué ce que tu m’as
enchargé ie laiſſe le mõde & viẽs vers toy.Mais cepẽdant ayãt à m’en aller,ie tien ces ppos
auec toy:nõ pas que ie doute de tõ vouloir,mais à fin qu’ẽ ce parler ie cõſole & cõfermeles
miẽs à fin qu’ils entẽdent que tu as ſoing d’eux apres qu’ils ſerõt deſtitués de la preſence
de ce corps miẽ:& ceſſent de ſe cõtriſter entẽdãs que ie reuiuray:puis s’eſiouyſſent quãd ils
me verrõt derechef viuãt.Finalemẽt quand ils me verrõt eſleué au ciel,& auront receu ceſt
eſprit celeſte,ton lieutenãt & le mien,ils reçoyuẽt vne ioye non pas tẽporelle,qui procede
du regard de ce corps reſſuſcité:mais perpetuelle & parfaitte,que noſtre eſprit habitãt en
leurs cœurs,leur baille à touſiours,en ſorte que plus ils ne s’appuyẽt en autre choſe qu’en
noſtre cõfiance & en vne droitte & ſimple cõſcience.Le monde eſmouuera de groſſes tẽpe-
ſtes de perſecutiõs à l’encõtre d’eux,pourautãt que ma doctrine ne s’accorde pas auec les
cõuoitiſes de ce mõde.Car les hõmes baaillẽt apres les biens terriẽs & periſſables,& moy
ſ’enſeigne choſes celeſtes.Ceſte doctrine ay-ie receue de toy,& la leur ay bailiée,le monde
l’a reiettée,& ce tãt petit nõbre l’a embraſſée,& pat ce les hait le monde cõme ceux qui l’õt
abbandõné pour ſe venir rẽdre à nous,& les hait non pour autre raiſon ſinõ par ce qu’ils
s’adioignẽt à nous en renonçant au mõde.Ce monde a ſes alleſchemẽs blandiſſans pour
vn temps:il a ſes effrayemens & menaces,moyẽnant leſquelles il rompt meſme vn magnanime courage.Par tels moyẽs il maintiẽt ſa ſecte,& faict la guerre à la noſtre. Parquoy c’eſt
raiſon & auſsi noſtre benignité le requiert,que ceux qui en abbãdonnant le party du mõde ſe ſont rendus à nous & totalement mis en noſtre ſauuegarde,ſi que du tout en toutils
depẽdent de nous,tu en ayes ſoing:à fin que le mõde cognoiſſe,que ceux qui ſe fiẽt en noſtre ſecours ſont plus aſſeurés,que ceux qui s’appuyent ſur les forces du mõde. La ſimple
fiãce qu’ils ont en no’,eſt digne d’vne celeſte grace & faueur:& la hayne du mõde laquelle à cauſe de nous s’eſt eſleuée à l’encõtre d’eux,nous prouocque a liberalité enuers eux.
Car la cauſe pourquoy ils ſont hays du mõde n’eſt pas qu’ils ſoyent larrõs,ou meurtriers,
ou rauiſſeurs,ou trõpeurs,mais bien eſt par ce qu’ils ſont vuydes des vices de ce monde,
d’ambitiõ,d’auarice,d’enuie de trõperie,ſophiſterie,Phariſaique,d’idolatrerie,de vilẽnie
deshonneſteté & autres vices dont le mõde eſt ordinairement entaché.Brief le monde les
hait par ce qu’en reiettãt la doctrine Phariſaique.& la ſotte Philoſophie du mõde ils obeïſ-
ſent d’vne ſimple croyance à mes ordõnances,ne plus ne moins que le mõde me hait par
ce que i’obey à ta volonté.Et non ſeulemẽt le monde me hayt,mais auſsi il hayra mõ nom
& ma memoire,& à cauſe de moy il portera hayne à tous ceux qui en meſpriſant les enſeignemens des hommes ſuyuront la ſimple & pure doctrine de l’Euangile,& ce pourautant
qu’elle contreuient grandement aux conuoitiſes de ceux que de toutes leurs affectiõs embraſſent les choſes de ce mõde.Maintenãt m’eſtant acquité de ma charge,ie laiſſe le mon-
de:car il eſt ainſi expediẽt.Or ne voudroy-ie pas encore qu’ils me tinſſent compaignie:il
n’eſt pas encore temps qu’ils ſoyẽt auſsi oſtés du mõde,iuſques à tant qu’eux ſemblablement ſe ſoyẽt acquités de la charge qui leur doit eſtre baillée. Tant ſeulement voicy que ie
demãde:c’eſt qu’en viuãt au mõde ils ne ſe ſouillent des vices du mõde,& en ſe deſtournãt
de nous ils ne ſe reuoltẽt vers le party du monde. Car ſans ton ſecours ils ne pourrõt cela
euiter,eſtãs pourſuyuis de tant d’aſſauts. Ils ſe tiẽnent à moy,ils ſont mes ſeps,ils ſont mes
membres.Qui faict que comme ie ſuis eſlongné du monde,d’autant que ie me tien à toy
ainſi pareillement eux ſont eſlongnés du monde par ce qu’ils ſe tiennent à moy. Cõme ie

me ſuis cõtregardé de m’entacher des ſouilleures de ce mõde,ainſi ceux-cy garde les purs
& entiers de toute contagion du monde.Ce qui ſe fera,ſi par ton ayde ils perſeuerent en la
verité.La ſageſſe du monde eſt meſlée & brouillée de beaucoup de fauſſeté. La loy Moſaique eſt couuerte des ombres des choſes : mais ta parolle laquelle i’ay enſeignée,eſt toute
pure verité : elle n’a point de fard:elle n’a point des fumées d’ombres. Or l’ay-ie puremẽt
& ſynceremẽt baillée,de ſorte qu’il n’eſt-ia plus beſoing de tant d’iuterpretations,de tant
de conſ

de constitutions Pharisaiques, ne de tant d'artificielles & d'ingenieuses cauillations Philosophiques. Ma doctrine toute seule, laquelle est simple & deuance vn chascun est aisée à tous, est suffisante (pourueu qu'on y adiouste foy) pour auoir felicité eternelle. Côme moy ton ambassade me suis à la bonne foy acquité de ton affaire, en estant enuoyé de part toy au monde sans estre nullement corrompu de la contagion d'iceluy, ains plustost attirant le monde à ta pureté, ainsi eux, ie les enuoye au monde en mon lieu, à fin que la doctrine qu'ils ont receue de moy ils l'enseignêt là purement & syncerement: sans chercher ne leur gaing ne leur gloire, mais ta volôté, si que par leur tesmoignage plusieurs soyent attirés à nous, & soyêt separés du monde lequel est tout remply de vices. Pour ceste cause ie m'offre moy-mesme victime & sacrifice, à fin qu'eux aussi nettoyés de leurs pechés perseuerent purs en la predication de la verité Euangelique. Car celuy ne peut purement prescher ma doctrine au monde, qui est addonné aux affections mondaines. Or ne prie-ie pas seulement pour eux, qui sont peu, mais pour tous ceux qui par ma doctrine par eux publiée, renonceront au monde & mettront toute leur fiance en moy. Car cela sera que comme en m'arrestant à tes parolles ie ne suis point separé d'auec toy: comme aussi eux en s'arrestant à mes commandemens ne seront point desioints d'auec moy, ains comme seps viuront en nous, comme noz membres seront animés & soustenus de nostre esprit: ainsi semblablement les autres qui s'arresteront à la doctrine d'iceux qui l'ayans receüe de moy la bailleront au monde, soyent entés en moy & par moy soyent conioincts auec toy: à fin que tout le corps assemblé s'entretienne, dont tu sois la racine, moy la souche, l'esprit espandu par tous les membres, item ceux-cy qui par leur moyen viendrôt à croyre soyent les seps, espâdus au long & au large par tout le monde vniuersel. De moy ie ne puis rien sans toy: eux ne pourront rien sans moy. Ce que i'ay receu de toy, ie le trâsmets en eux par l'esprit commun à tous: à fin que comme en moy tu desployc ta force, & qu'en toy ie me tiens sans en estre desioints, ainsi pareillement nous desployons nostre vertu en eux & nous sont conioints sans desionction, à fin que le môde estant esmeu par l'accord de leur doctrine, par leurs miracles, par leurs chastes mœurs croyent que ie suis yssu de toy, & que tout ce que i'ay faict par ton moyen retourne à la gloire de ton nom: & que le monde cognoisse nostre esprit estre en iceux demôstrant son efficace par miracles & autres diuers signes. Car comme ie n'ay point approprié la gloire que les miracles que i'ay faicts m'ont acquise enuers les hommes, ains l'ay transporté au Pere lequel i'ay tousiours recogneu pour autheur: ainsi la gloire que par faicts magnificques ceux-cy s'acquerrôt à l'aduenir, par ce qui ne feront rien en leur nom, ains rapporteront le tout en la gloire de nostre nom, sera toute nostre. Parainsi le monde cognoistra qu'il y aura entre moy & eux vn tout tel accord, comme il y a entre toy & moy. Ie besongneray en eux par mon esprit, comme en moy tu as desployé ta verité: dont il aduiêdra qu'eux aussi comme membres d'vn corps, conioincts auec vn seul chef, & entretenus d'vn mesme esprit s'entretiendront ensemble d'vn accord mutuel, à fin qu'en tout & par tout l'accord soit accomply & parfaict, au ciel & en terre. Diuersité d'opinions oste le credit à la doctrine. Si tout d'vn accord ils publient la mesme doctrine que i'ay enseignée, si leur vie respôd à la doctrine, certainement le monde cognoistra la doctrine n'estre pas humaine, ains yssue de moy, lequel tu as enuoyé au monde. Il cognoistra aussi que tu les a aymés, gês obeissans à ta volonté, tout ainsi que tu m'aymes, moy qui iamais ne me destourne de ton vouloir. Pere, ie desire que ceux que tu as retirés du monde & me les as baillés doyuent estre imitateurs de mes afflictions & de ma croix, ils soyent pareillement participans de ma gloire: que comme ils ont esté specta-teurs de ma petitesse, & seront tesmoings de ma mort, ainsi semblablement ils soyent spectateurs de la gloire laquelle tu me dois aorner apres que i'auray porté ces maux: à fin qu'eux aussi apprennent à aller par afflictions aux ioyes eternelles, & par deshonneur & ignominie à la gloire immortelle. Car ce n'est pas vne nouuelle gloire laquelle tu me bailleras, & n'est pas nouuelle l'amour laquelle tu me portes: mais enuers les hommes tu fais monstre de l'amour que tu as en moy, à fin que ceux qui veulent estre miens, pourchassent ton amour par vne semblable voye, & par semblables œuures tendent à la gloire celeste. Ceux à qui tu dois communiquer ton amour & ta gloire, tu les as aymés dés deuant que le monde fust monde. Pere iuste, ie n'ay rien laissé en arriere à fin que tu fusses cogneu de tous: mais la plus part du monde aueuglée de ses vices ne t'a pas voulu cognoistre, d'autant qu'il n'a pas voulu croyre à ma doctrine. Et toutefois moy pur du monde, t'ay cogneu, & t'ayant cogneu t'ay publié. Or n'a pas esté toutalement inutile ma predication. Car par moy ont aussi cogneu que ie suis yssu de toy ceux que tu auois choysis à cela: ia-

Pere ie veux que ceux les quels tu m'as donnes.

Y 4   çoit

çoit que les Pharisiés criaſſent que ie ſuis yſſu de Beelzebub prince des diables.Mais comme ta bonté m'auroit enuoyé pour ſauuer tous, s'ils euſt eſté poſsible de ce faire: ainſi ta
iuſtice n'endurera pas que pour l'incredulité d'aucuns les croyans ſoyêt fruſtrés de leurs
requeſtes. Les ſçauans, les puiſſans, les piliers de la religion ont reietté ta doctrine: mais
ces groſsiers, petits, abbaiſſés & non ſçauans ont receu par mon moyen la cognoiſſance
de tõ nom, & feray que de plus en plus ils le cognoiſtrõt: à fin que de la ſouueraine amour
dont tu m'as embraſſé, tu les embraſſes auſſi eux, & qu'iceux pareillement eſtans plus à
plein enſeignés par mon eſprit, viennent à nous r'aymer & à s'entretenir, contregarder
enſemble d'vne amour mutuelle. Car par ce moyen ils ſeront inuincibles à l'encontre de
tous les tumultes de ce monde.

CHAPITRE   XVIII.

Pres que par tel propos le Seigneur Ieſus eut fortifié & redreſſé le courage de
ſes gens, & recommandé ſon trouppeau à ſon Pere, pour pleinement declarer
à ſes diſciples que de ſon plein vouloir & bon gré il enduroit les choſes qu'il
auoit à endurer, il s'en va de ſon propre mouuement au deuant de ceux qui le
deuoyent prendre. Car la nuict eſtoit incommode, ſi qu'on ne l'euſt peu prendre, ſi on ne
l'euſt trouué en vn lieu cõgneu: Il ſe partit donc du lieu, où il tenoit ſes propos à ſes diſci-

ples, & paſſa de la le torrent, que pour cauſe les Ebrieux appellent Cedron, & s'en alla accompaigné de ſes diſciples en vn iardin, bien ſçachant que Iudas deuoit là venir à tout
vne armée de gendarmes: car Iudas qui le trahiſſoit ſçauoit bien que le Seigneur Ieſus
auoit de couſtume de ſouuent ſe retirer audit iardin en pleine nuict pour y prier auec ſes
diſciples. Or à ce fut eſpiée la nuict, de peur que le peuple ne ſe mutinaſt: & y employa-on
gens armés de peur que les diſciples de Ieſus n'empeſchaſſent de le prendre. Car Iudas de
diſciple eſtant deuenu traiſtre, & de compaignon du redempteur, capitaine de larrons, accompaigné d'vne bande que les grands Sacrificateurs & Phariſiens (auec leſquels il auoit
faict paches de leur liurer Ieſus entre les mains) luy auoyent baillée, s'en vint au iardin où
le Seigneur prioit auec les diſciples. Or à fin de le pouuoir cognoiſtre en la nuict, ils apportent quant & eux torches & chandelles non ſans glaiues & lances pour rembarrer les
diſciples ſi d'auenture quelqu'vn ſe fuſt efforcé de defendre ſon Seigneur. Et Ieſus, auquel
rien de tout ce qui ſe demenoit n'eſtoit caché, qui ſçauoit toute la demenée, pour mõſtrer
tout euidemment que ce qu'il enduroit il l'enduroit en le preuoyant, & de ſon vouloir,
n'attendit pas leur venue, ſans attendre qu'ils fuſſent arriués s'en alla les deuancer comme ils venoyent, en leur demandant luy-meſme qui c'eſtoit qu'ils cherchoyent: de peur
qu'en s'abbuſant ils ne miſſent les mains ſur quelqu'vn des diſciples. Eux ayans reſpondu qu'ils cherchoyent Ieſus Nazarien, il leur dit d'vne parolle ferme & aſſeurée: Ie ſuis celuy que vous cherchés. Or auec la bande aſsiſtoit auſſi Iudas Iſcarioth, qui ſous le ſigne
d'vn desloyal baiſer auoit vn peu auant trahy Ieſus, quand le Seigneur tenoit ces propos
ſans deceler cependant celuy qui le deceloit, ſans auſſi vſer de groſſes parolles à l'encontre de la bande de gendarmes loés à ceſt affaire, à fin de monſtrer iuſqu'à la fin à ſes diſciples exemple & patron de douceur. Si toſt que le Seigneur eut dit, Ce ſuis-ie, les gendarmes furent effrayés & s'en allerent à la renuerſe & cheurent à terre, ne pouuant ſouffrir la
force de la parolle du Seigneur. Apres qu'ils eurent reprins courage & de-rechef ſe vouloyent mettre à aſſaillir Ieſus, le Seigneur de-rechef leur demanda qui c'eſtoit qu'ils cherchoyent. Et quand ils leurent reſpondu comme nagueres ils auoyent faict, qu'ils cherchoyent Ieſus Nazariē, il leur dit de-rechef auec vne parolle aſſeurée: Ie vous ay ià dit que
ie ſuis celuy que vous cherchés. Que ſi vous me cherchés, ie vous baille puiſſance ſur moy
ſeul: de ceux laiſſés les aller: ie ne vous baille nulle puiſſãce ſur eux pour le preſent. Cela fit
Ieſus, pour monſtrer par ſigne tref-euident, qu'il ne pouuoit eſtre prins par aucune force
s'ils ne ſe fuſt laiſſé prendre: puis que par pluſieurs fois à ſa ſeule voix il auoit repouſſé &
ietté par terre vne bande de gendarmes furieuſe & armée auec vn impudent traiſtre. Outre ce comme il ſe laiſſa prendre auſſi ne leur donna-il pas telle puiſſance ſur ſes diſciples:
d'autant qu'il auoit predit que pour ce temps celle tempeſte ne ſe deſchargeroit que ſur
luy tout ſeul: que les autres à vray dire ſeroyent abbatus, neãtmoins demeureroyẽt ſauues
& entiers, iuſqu'à ce qu'ils les reuerroit: auec ce baillant cependant vn patron de bon paſteur, en ce qu'aux deſpens de ſa propre vie, il a racheté ſon trouppeau. Or Simon Pierre,
qui bruſloit d'vne ſinguliere amour de ſon maiſtre, par ce qu'il auoit faict de ſi magnifiques promeſſes, qu'au deſpens de ſa vie il racheteroit celle de ſon Seigneur, quand il vit
que ces gendarmes mettoyent les mains ſur Ieſus, ne ſe ſouuenant plus des propos que le
Sei.

Seigneur luy auoit dit, fut esprins d'vne soudaine chaleur & tira son espée, & sans attendre le commandement du Seigneur, en frappa vn nommé Malchus le seruiteur du principal Sacrificateur : mais le coup fut rompu, & luy abbatit tant seulemeut l'oreille dextre, car le Seigneur modera tellement la main de Pierre, que la playe ne fust pas grande : auec ce que sa benignité fut si grande que soudain il luy rattacha l'oreille. Or le Seigneur laissa tomber en cest erreur celuy qui deuoit estre le premier de son Esglise (combien qu'il y tomba d'vne deuote affection) à celle fin qu'à l'aduenir tant plus asseurément & auec plus grande efficace il leur arrachast tout appetit de vengeance & leur secouast entierement des mains le droit des armes, puis qu'il auroit tansé mesme celuy qui sans auoir entendu la defense deuant que defense luy en eust esté faitte, meu d'vne bonne saincte affection se mettoit en deuoir de garentir, & defendre, son bon Seigneur à lencontre des meschans. Iesus donc par puissance diuine rechassa bien arriere de Pierre la violence des gendarmes : ce neantmoins il tanse ce pendant son disciple (lequel estoit-ia enflambé à poursuyure la bataille) & luy dit : Que fais-tu Pierre? As-tu ia oublié, que par cy deuãt quand tu me destournois de la mort, ie t'appellay Sathã, & te cõmanday d'aller apres moy? A quoy faire desguaines-tu ton espée? Est-ce pour empescher ma mort, à laquelle ie me soubmets de plein vouloir & de l'authorité du Pere. Ton deuoir est d'ensuyure ma croix, & non pas de la repousser. Parquoy remet ton espée en sa gainne. L'affaire de l'Euangile ne se demeine par telles forteresses. Si tu veux succeder en ma place, il ne te faut batailler à tout autre glaiue, que de la parolle Euangelique laquelle arrache les vices & sauues les hommes. Ne boiray-ie pas ce breuuage de mort, lequel mon Pere m'a baillé à boyre? Commēt se pourra-il faire que nous tous soyons vn, comme n'agueres ï'en ay prié mon Pere, n'est que comme ï'obey à la volonté paternelle iusqu'a la mort, vous aussi pareillement obeissiés à mes commandemens? Par ce propos les disciples estans destournés de batailler, la bande des soldats & leur capitaine, item les ministres que les grands Sacrificateurs & Pharisiens y auoyent adiouštés, ietterent leurs abominables mains sur Iesus, & l'ayant lié & garotté comme malfaitteur l'ameinent premierement à Anne grand Sacrificateur, beau pere de Cayphe, puis de là fut enuoyé audit Cayphe. Or estoit ce Cayphe le souuerain Sacrificateur de ceste année là, duquel ï'ay dit cy dessus que les autres doutãs que c'est qu'õ deuoit faire de Iesus, il donna conseil (estant inspiré d'esprit prophetique à cause de la dignité pontificale) que toutalement il le failloit oster du milieu, & qu'il estoit ainsi expedient pour le commun, à fin de rachetter par la mort d'vn seul homme le salut de tout le peuple. Doncque Iesus fut premierement mené par deuant le beau pere dudit Cayphe, pour luy repaistre les yeux du spectacle desiré, à fin que chés iceluy on examinast Iesus pour veoir si en luy on pourroit point trouuer quelque apparence de crime. Car iaçoit que leurs cœurs fussent meurtriers, neantmoins pour crainte du peuple & du preuost, ils taschoyent de se couurir de quelque apparence de iustice. Mais de l'abominable finesse des hõmes la prouidence de Dieu la conuertit à la gloire de son fils. Car quãd il est prins en ce point, quand en ce point on le meine d'Anne à Cayphe, de Cayphe à Pilate, de Pilate à Herode, & d'Herode de-rechef à Pilate, quand plusieurs l'examinent, & l'accuse lon de plusieurs crimes, il les rend tous, mesmes ses ennemys, tesmoings & publieurs de son innocēce. Or n'a l'innocent nul plus certain tesmoignage, que celuy que la verité arrache de l'ennemy. O combien ont-ils esté loings de garder quelque apparence de iustice pontificale? Il ont acheté à beaux deniers contens la trahison d'vn innocent, par le moyen d'vne bande de gens armés loés à cela il l'ont prins tout desarmé, ne resistant point, ains seulement de sa vertu, s'il en eust voulu vser : celuy qui se presentoit de son bon gré il l'ont lié ils le meinent non pas deuant le iuge mais à son ennemy, comme luy monstrans le butin : & là finalement cherche lon crime pour luy obietter, là où mesme selon l'equité des loix prophanes on ne met les mains sur nully, n'est que premierement l'indignité vehemēte du crime le charge. Or pendant qu'on menoit Iesus à Cayphe, Simon Pierre, combien qu'il luy a esté defendu de combatre, s'appuyant neantmoins encore vn petit sur ses propres forces alloit apres Iesus luy & vn autre disciple qui vn peu auant durant le soupper s'estoit reposé sur la poictrine de Iesus. Iceluy disciple par ce qu'il estoit cogneu du grand Sacrificateur se faisant fort de ceste cognoissance s'hasarda d'entrer iusque dedãs la court auec Iesus. Et Pierre, par ce qu'il estoit incogneu, n'osa entrer dedans apres eux, ains demoura dehors deuãt la porte, se forlignant moult en cela de ceste grande vantance. Ï'employeray ma vie pour toy. Et neantmoins il luy restoit encore quelque virilité de courage. Car c'estoit acte d'amour

mour

mour d'auoir ofé fuyure Iefus iufqu'à la porte, là où tous les autres s'en eftoyent fuys l'vn çà, l'autre là. Mais ce qu'il n'ofa entrer eftoit vn figne de frayeur, & vn preparatif du renoncement qui bien toft s'en deuoit enfuyure. Or voyant ceft autre difciple que Pierre ne les fuyuoit pas, il aduertit la chambriere portiere de faire laiffer entrer Pierre ceft homme qui eftoit deuant la porte. Ce qu'elle fit, puis en regardant Pierre & le recognoiffant côme par fonges pour l'auoir autrefois veu en la compaignie de Iefus, attendu mefmement qu'elle fçauoit bien que celuy qui auoit dit qu'on fit entrer Pierre eftoit difciple, elle dit à Pierre : N'es-tu pas aufsi des difciples de ceft homme, lequel nagueres on amenoit prifonnier ? A cefte parolle d'vne femmellette de nulle eftime (combien que telle demâde ne monftroit auant foy rien de cruel ou d'effrayable, en ce qu'elle accomparoit Pierre (lequel elle fçauoit eftre difciple de Iefus) auec celuy lequel elle n'outrageoit pas, & appelloit tellement Iefus homme qu'elle auoit pluftoft compafsion d'iceluy, qu'indignation & defpit) tout à coup Pierre ayant mis en oubly tout ce que Iefus luy auoit inculqué par tant de parolles : ayans mis en oubly cefte tant magnificque promeffe ny a qu'il fuft difciple de Iefus. Voyla certes la premiere profefsion de ceux qui veulent fuyure les courts des Princes, de renoncer Chrift, c'eft à dire, la verité. Quand par tel moyen Pierre fut entré, il fe mefla parmy les officiers & feruiteurs du grand Sacrificateur, lefquels eftoyent là deuant vn brafier, & à caufe de la froidure de la pleine profonde nuict fe chauffoyent, auec lefquels fe chauffoit aufsi Pierre, efperant que par ce moyen il feroit incogneu, attendant cependant quelle yffue pourroit auoir l'affaire de Iefus. Car il n'auoit pas encore perdu toute efperance d'efchapper la mort : combien qu'il eftoit tellement esbranlé de peur, que ce mefme que le Seigneur auoit nagueres predit deuoit aduenir, ne luy venoit pas en memoire : affauoir, que ce vaillant prometteur renonceroit fon Seigneur. Or Cayphe grand Sacrificateur, pour monftrer quelque forme de legitime iugement, mais à la verité tafchant à extraire des diuerfes refponfes de Iefus quelque chofe qu'on luy peuft mettre fus en lieu de crime, fit plufieurs demandes à Iefus touchant fes difciples, quels gens c'eftoyent : où il les auoit prins : à quoy faire il les auoit amaffés : & quelle doctrine il leur auoit baillée en cachettes. Et voyant bien Iefus que point il ne l'interroguoit d'vne affection de iuge equitable pour cognoiftre la verité : mais que trompeufement il cherchoit de quoy le pouuoir accufer : pourchaffant ce pendant occafion à l'encôtre des difciples, lefquels Iefus vouloit laiffer en affeurance, ne refpondit rien aux trompeufes demandes du grand Sacrificateur, mais de fon tefmoignage & des fiens le renuoye au tefmoignage public du peuple, voyre de fes ennemys qui eft bien le plus certain tefmoignage que puift auoir l'innocent. Pourquoy (dit-il) me demandes-tu que c'eft que i'ay enfeigné à mes difciples en cachetes ? Ma doctrine n'a efté ne feditieufe, ne cachée. I'ay parlé publicquement au monde. Ce que i'ay enfeigné ie l'ay toufiours enfeigné en voz Synagogues l'ay enfeigné au temple les iours de fefte, en lieu & temps fort folennel, quand de toutes les contrées de la Syrie les Iuifs s'affemblent de toute part : & n'ay rien dit en fecret que ie ne l'aye enfeigné hardiment en public. Le peuple m'a ouy tant de fois, & tant de fois les Pharifiens. Pourquoy m'interrogues-tu maintenant comme d'vne furtiue & clandeftine doctrine ? Que n'interrogues-tu pluftoft ceux qui m'ont ouy enfeigner publicquement, leur tefmoignage fera plus authentique d'autant qu'ils n'ont nulle familiarité auec moy, voyre la plus part me hayffent. Que ceux là voyre mes ennemys rapportent que c'eft que i'ay enfeigné. Car maints le fçauent, fi qu'il ne fera-ia mal aifé de trouuer des tefmoings de ma doctrine. Quand Iefus eut cela dit, enfeignaît ce pendant, que quelquefois bien doit on refpondre hardiment pour la verité, mais fans outrage : vn des officiers feruiteur du grand Sacrificateur, lequel de fortune eftoit pres de luy, reffemblant à fon maiftre, pour maintenir la dignité de fon Pontife à l'encontre de la liberté & hardieffe de Iefus (ainfi que Pierre vouloit maintenir fon maiftre en fon entier à l'encontre de la violence des gendarmes) fans attendre le commandement de fon Seigneur attacha vn foufflet à Iefus en la ioue, adiouftant vn outrage digne & du Pontife & de luy fon feruiteur : Refpons-tu ainfi au Pontife ? Le Seigneur Iefus pouuoit & deftruire ceft abominable Pontife, & reprimer ceft attache foufflet, n'euft efté qu'il vouloit bailler exemple aux fiens, combien font renuerfés, combien font peruers les iugemens du monde. Car Pierre eftoit là afsis fpectateur de ces chofes, lequel ne pouuoit fouftenir le parler d'vne maloftrue chambriere, là où fon Seigneur eftoit battu par vn feruiteur. Dauantage le Seigneur Iefus qui s'eft porté paifiblement & homblement à l'encontre de toutes iniures, ne fe monftrant iamais plus afpre que

que contre ceux qui sous titre & apparence de religion combattoyent contre la vraye religion, ne porta pas vn soufflet sans s'en plaindre, luy qui endura bien la mort de la croix
sans sonner mot. Le grand Sacrificateur presidoit, & examinoit Iesus prisonnier: c'estoit
vne forme de iudicature. Mesme deuant vn iuge Payen l'accusé est ouy à son tour & interrogué deuant le Pontife pour toute response on donnoit vn soufflet, voyre on le donnoit
à celuy qui vn iour doit iuger les vifs & les morts. Iesus donc respondit bien franchement,
mais tres-humblement: Ie parle deuant le iuge, & luy respõd estant interrogué à sa demande. En tel affaire, mesme entre les Payens on procede par raisons & non par soufflets. Si
i'ay mal parlé, monstre-le: mais si ie n'ay rien dit de mal, pourquoy toy officier du iuge me
frappes-tu en iugement, le iuge se taisant, sans rien refuter? Cela se demenoit chés Cayphe
grand Sacrificateur, vers lequel, comme i'ay dit, Anne son beau pere auoit enuoyé Iesus
tout garotté. Or pendant que ces choses se faisoyent, Pierre regardant de loing, lequel
(comme i'auoyé commencé de dire) estoit là meslé parmy la trouppe des officiers & se
chauffoit à vn brasier, il y en eut en la bande qui par les marques entrecogneurent tellement quel lemét Pierre, & luy dirent: N'es-tu pas aussi des disciples de cest homme, que le
Pontife traitte en ce point? Pierre voyant vn si cruel spectacle, en fut effrayé dauantage, &
nya de-rechef qu'il fust disciple de Iesus. Car il s'apperceut-ia que suyuant l'interrogation
du Pontife ils se deliberoyent d'empogner aussi les disciples. Par ce renoncement Pierre
pensoit bien qu'il eschapperoit le dangier, comme il s'estoit depestré d'auec la portiere.
Mais à fin que tãt plus il experimétast cõment il ne pouuoit du tout rien de sa propre vertu, estant separé de la compaignie de son Seigneur, il estoit parmy la trouppe des officiers:
dont vn qui estoit parent de celuy, qui nagueres au iardin (quand pour le plus hardy de
tous il s'essaya de mettre le premier la main sur Iesus) auoit esté frappé par la main de Pierre, & y auoit laissé l'oreille, fut suscité par le conseil diuin pour se vanger de l'iniure de son
cousin, mais à la verité ce fut pour corriger la temeraire fiance que Pierre auoit en soy-mesme. Car cestuy non content d'vn seul renyement de Pierre, par ce que le combat, combien
qu'il eust esté faict en tenebres, l'auoit rendu notoire, il luy dit: Comment nyes-tu que tu
sois du nombre des disciples de cest homme? Ne t'ay-ie pas veu nagueres de ces propres
yeux au iardin auec luy? A ceste parolle, Pierre du tout en tout estonné se donna au diable
s'ils cognoissoit l'homme. Et tout à l'heure le coq chanta. Et pour ce signe que le Seigneur
auoit predit à Pierre, il ne se recogneut pas ny ne fust recogneu, si le Seigneur par vn sien
vertueux regard d'efficace ne l'eust faict reuenir à soy, & par vne secrette inspiration l'eust
prouocqué à larmes & repentance. Par tant de moyés faillut-il enseigner celuy qui deuoit
estre le premier de toute l'Esglise, à fin qu'ẽ tout & par tout il se defiast de soy & s'appuyast
sur la seule forteresse de son Seigneur tant seulement. Apres que chés Cayphe Iesus eut
esté examiné toute la nuict iusqu'au point du iour, sans auoir trouué en luy aucun crime
pourquoy on le peust pourchasser à la mort, ils le meinét de chés Cayphe le grand prestre
vers Pilate le preuost, pour reietter sur luy l'indignité du sang innocent. Et Iesus tout lié Apres mei-
qu'il estoit, fut mené au parquet du preuost par ces gendarmes loés. Mais les Iuifs n'en- nent Iesus.
trerent point au parquet, de peur de se souiller, pourtãt qu'il leur failloit manger l'agneau
paschal pour lequel manger ils s'en vouloyent approcher nets, gens de peruerse religion,
qui pensoyent que la maison indommageable du preuost par ce qu'il n'estoit pas Iuif, les
deust polluer, là où eux-mesmes brassoyent par tant de moyens la mort à vn homme qui
n'auoit commis aucun mal, ains au contraire auoit faict du bien tant & plus. Voyant dõc
que Pilate vne nouuelle forme de iugement, assauoir vn homme prisonnier & enchaîné
deuant qu'auoir esté ouy du Iuge: item vne bande de gendarmes, sortit dehors pour deuoir estre souillé par le deuis de gens qui ia s'estimoyent nets. Or sortit-il, à fin d'appaiser,
si faire s'eust peu, la rage dés Iuifs & deliurer l'innocent. Vous m'enuoyés (leur dit-il) cest
homme pour le condamner à mourir. Or la coustume Romaine n'est point de faire mourir aucun, sinon qu'il soit cõuaincu de cas pendable. De quel crime donc enchargés vous
cestuy-cy? Et les Iuifs de respondre: Contente toy de l'authorité des Pontifes & Pharisiens.
S'il n'estoit vn malfaitteur, nous sommes de si bonne conscience, que nous ne le t'eussions
pas liuré entre les mains. Et Pilate se doutant qu'il y auoit quelque hayne priuée (comme
de vray il y auoit) à cause de la superstition de la Loy, leur dit: Si c'est chose qui n'appartienne pas à ma iurisdiction cõme seroit s'il auoit violé le Sabbath, s'il auoit mangé de la
chair de pourceau, s'il auoit parlé vn peu hardiment contre Moyse, contre les Prophetes,
contre le temple, contre vostre Dieu, ou bien s'il auoit commis quelque autre semblable

cas

cas que noſtre Loy a commandé de punir, lequel ne ſeroit pas autrement defendu par les loix Romaines, prenés vous meſmes le perſonnage par deuers vous, & le iugés ſelon voſtre Loy. Ie ſuis gouuerneur au nom de Ceſar. Si ceſtuy a commis quelque cas à l'encontre des loix de Ceſar, mettés-le en ieu:& apres qu'il aura eſté legitimement côuaincu de mort ie le feray mourir. Mais des queſtions de voſtre Loy ie ne m'en mesle. Et les Iuifs iaçoit que côment que ce fuſt ils taſchaſſent à exterminer Ieſus, neantmoins de crainte ils ſe couurent de religion, de peur d'eſtre ſoudain punis par le iuge, pour auoir tué vn homme innocent & ſans eſtre condamné:auec ce ils taſchoyent à le faire mourir d'vn nouueau gêre de mort le plus ignominieux qui pour lors fuſt point entre les Iuifs. Il ne nous eſt pas (dirent-ils) licité de tuer perſonne. Ces propos diſoit ceſte impudente nation, qui auoit tué tant de Prophetes, ſe flattant comme ſi elle euſt eſté exempte de meurtre, là où par tant deſortes ils pourchaſſoyêt l'innocent à la mort:ou bien comme ſi le ſeul bourreau eſtoit homicide, qui de ſes propres mains le pend à la croix. Ils auoyent le cœur meurtrier, & les langues meurtrieres:ils auoyêt loés le traiſtre, ils auoyêt loés les gendarmes & les faux teſmoings, & auoyent controués de faux crimes : ils preſſent & effrayent le iuge, & s'eſtiment purs & nets de meurtre & capables de mâger l'agneau Paſchal, non pour autre choſe, ſinon qu'ils s'eſtoyent abſtenus d'entrer au parquet. Or s'eſt cela faict, à fin qu'il fuſt tout notoire qu'il n'y a rien de plus meſchant qu'vne peruerſe religion : item à fin que fuſt accomply ce que Ieſus auoit predit deuoir aduenir, en ſignifiant couuertement de quelle mort il denoit mourir, quand il diſoit:Quand ie ſeray hauſſé de terre, i'attireray tout à moy, à fin que tou talement nous cognoiſſions que non ſeulement la mort luy eſtoit limitée : mais auſsi le genre de mort eſtoit choyſi. Apres donc que Pilate eut ouy les criemêt des Iuifs & entêdu qu'entre autres choſes on n'obiectoit à Ieſus qu'il aſpiroit au royaume, & qu'au maintien de Ieſus ne ſe monſtroit rien qui peuſt conſermer ce crime, il entra de-rechef au logis du gouuerneur, & laiſſa la multitude dehors : puis ayant faict appeller à ſoy Ieſus à part, pour ſans bruit ſçauoir de Ieſus, homme (comme meſme ſon viſage le monſtroit) de bien & pru dent, que c'eſtoit, luy dit:Es-tu ce roy des Iuifs lequel ils ſe diſent attendre. De ce ſeul point s'informe diligemment Pilate, pourtant que tout le reſte ne concernoit point la republic que : mais ce crime qu'il ſembloit attoucher & la maieſté de Ceſar & la tranquilité publicque. Or s'en informe-il non pas partant qu'il le croye, mais à fin que l'accuſé le fourniſſe dequoy refuter les Iuifs. Et Ieſus iaçoit qu'il ſceuſt bien qu'à tort les Iuifs luy auoyent mis à ſus qu'au deshonneur de Ceſar il affectoit le royaume, neantmoins pour deſcouurir leur malice & ſoulager l'equité de Pilate, de beaucoup meilleur que les Pontifes & Phariſiens, bien qu'il fuſt prophane & contempteur de la religion Iudaique, luy reſpondit: Deuines-tu cela de part toy, que i'aſpire au regne : ou bien les Iuifs m'ont-ils accuſé de cela par deuant toy. Pilate deſcouurant, & ſon innocence & la malice des Iuifs, Nenny (dit-il) ie ne le diuine pas de moy-meſme, & ne voy rien en toy qui s'accorde à ce crime là. C'eſt vne fable des Iuifs touchant le roy aduenir. Penſerois-tu que ie fuſſe Iuif. Ta pro pre nation, nation meſdiſante, & tes Pontifes t'ont mis entre mes mains, demandans à toute force qu'on te mette à mort. Mais par ce que la couſtume Romaine ne porte pas de faire mourir vn homme ſans eſtre condamné, ſi ce crime d'auoir aſpiré au regne eſt faux controuué qu'as-tu donc commis. Pourtant que Pilate s'informoit ſimplement de cela, pour deliurer l'innocent, Ieſus daigna bien luy reſpondre couuertement, enſeignant qu'il y a vn autre genre de regne dont les Prophetes auoyêt parlé, beaucoup plus excellent que le regne mondain qui conſiſte en loix & fortereſſes humaines, & qui n'auoit nul pouuoir que ſur les corps : mais que c'eſtoit vn regne celeſte, qu'il n'affectoit pas le regne du môde, ains le meſpriſoit:qu'il ne l'endommageoit pas, ains l'auançoit & amelioroit. Mon regne (dit-il) n'eſt pas tel qu'eſt celuy de Ceſar. Ceſtuy eſt terreſtre, & le mien celeſte. Partant ie n'aſpire à rien, qui puiſt endommager la maieſté de Ceſar. Si mon regne eſtoit de ce môde, le monde ne me feroit pas cecy ſans en eſtre puny:car i'aurois auſsi moy comme les autres roys ma gendarmerie:i'aurois des gardes & ſtafiers : i'aurois des armées bien equippées: ces fortereſſes combattroyent pour moy, de ſorte que les Iuifs ne demeureroyent pas impunis de ce qu'ils me braſſent. Maintenant i'ay vn peu de diſciples, gens de nulle defenſe & foibles chetifs, moy deſnué & debile, m'appuyant certes ſur d'autres fortereſſes d'autant que mon regne n'eſt point terrien. Or Pilate homme prophane n'entendant pas bien ce propos couuert, ouyant neantmoins que Ieſus ne refuſoit pas toutalement le titre de roy, ains diſtinguoit le genre de regne, luy dit : Eſt-il donc vray que tu ſois roy quelque part,

quel

quel que ſoit ce genre de regne, qui ne nous attouche en rien : Sur cela alors Ieſus interrogué à bon eſcient du iuge aſſauoir-mon s’il eſtoit aucunemēt roy : il confeſſa modeſtemēt
ce qui en eſtoit, diſant : Tu dis que ie ſuis roy. Car quiconque interrogue, la prononciation changée, celuy afferme. Auſsi n’eſt-ce point mon propre de nyer ce qui eſt vray : attendu meſmement que pour cela ſuis-ie nay, & pour cela ſuis venu au monde, non pas
pour tromper par menſonge, mais bien pour teſmoigner de la verité. Qui a le cœur ſimple & entier & non aueuglé des conuoitiſes de ce monde recognoit ma voix & l’oyt. Et
Pilate n’entendant pas non plus ces propos, ſinon qu’il penſoit que ce faict n’appartenoit rien à ſa cognoiſſance : & toutefois Chriſt ne luy donnoit pas ſuffiſante reſponſe, par
laquelle il peuſt ou appaiſer ou enchaſſer les Iuifs : apres auoir demandé à Ieſus que c’e-
ſtoit que ceſte verité de laquelle il parloit & pour laquelle teſmoigner il eſtoit venu en ce
monde, il ſortit de-rechef dehors aux Iuifs. Qu’eſt-il beſoing (dit-il) de ſi long proces :
i’ay examiné le perſonnage, mais ie ne trouue en luy aucun crime, qui ſoit digne de mort.
Et ne preſide pas icy moy pour Ceſar, pour par ma ſentence condamner les innocens.
D’autre part encore qu’il vous ſoit dommageable, ce que ie ne trouue point, neantmoins c’eſt la raiſon que ſi vous ne luy voulés faire grace comme à vn innocent, au moins
à cauſe de la deuotion de la feſte, vous le laiſsiés viure comme malfaitteur. Car vous aués
ceſte couſtume entre vous, qu’à ceſte feſte de Paſques laquelle vous ſolenniſés plus ſainctement que toutes, ie vous laſche quelque malfaitteur à voſtre requeſte. Parquoy vous
pourrés choyſir de deux l’vn, aſſauoir Barrabas, larron renōmé, & perturbateur de la tranquilité publicque : ou bien ceſtuy Ieſus, homme (à mon aduis) innocēt lequel aucuns appellent roy des Iuifs. Car il vaut mieux que ceſtuy, encore qu’il ait commis quelque forfaict, ſente le benefice de voſtre ſolennité. Voulés vous donc que ie le vous laſche : Or n’attendoit pas le gouuerneur vne ſi grande rage des Iuifs, qu’à Ieſus homme treſ-debonnai-
re & innocent ils deuſſent preferer vn pendart public & brigād d’vne renommée cruauté.
Mais les Iuifs ſe prindrēt tous à crier d’vn grand conſentement de voix : Nous ne voulons
point que ceſtuy nous ſoit laſché, mais Barrabas.

C H A P I T R E   X I X.

E gouuerneur apres auoir eſſayé tous moyens (car par occaſion il auoit auſſi renuoyé Ieſus à Herodes, ne laiſſant rien en arriere, à fin, ou de ſe deuelopper ſoy-meſme de l’accuſé, ou d’aſſoudre l’innocent) voyant qu’il n’auāçoit
rien enuers le furieux peuple des Iuifs, ordonna ſuyuant la couſtume Romai
ne que Ieſus fuſt fouetté. Or les gendarmes qui eſtoyent en la court (dont les
Iuifs en auoyent loé la plus part pour exercer celle cruauté) adiouſterent de leur inuention vne grande cruauté au ſupplice ordinaire. Car apres qu’ils l’eurent ſoucetté, en deriſion ils luy veſtirent vne robbe de pourpre, & treſſerent vne couronne d’eſpines qu’il luy
mirent ſur la teſte, & luy baillerent en ſa main vn roſeau en guiſe de ceptre & baſton royal :
puis comme reprochans à Ieſus homme ignoble & contemptible qu’il auoit aſpiré au regne, venoyent deuant luy, & flechiſſans les genoux diſoyent : Dieu gard roy des Iuifs.
Qui pis eſt, ils luy crachoyent au viſage, & le buffetoyent, le Seigneur de toutes choſes
receuant treſ-paiſiblement ſur ſoy toute ſorte de mocquerie, pour par cela nous apprendre douceur, patience, & ſouffrance és maux, à nous, di-ie, qui là où nous ne ſommes rien,
neantmoins auons le cœur esleué, hautain & bien fier. Or endura Pilate qu’on fit ces outrages à Ieſus pour par telle affliction de l’homme appaiſer l’indignation des Iuifs. Car la
fureur du peuple (apres qu’elle s’eſt aucunement deſchargée ſur luy auquel elle court ſus)
a de couſtume de s’accoiſer ſoudain : principalement ſi à la calamité & ſouffrance a eſté
adiouſté mocquerie qui pour mal voulu & hay rēde miſerable celuy qui a ſouffert. Doncques le grand gouuerneur ſortit de-rechef dehors, pour eſſayer s’il pourroit addoucir la
rage du peuple. Voicy (leur dit-il) ie vous ameine l’homme dehors, à fin que du ſpectacle
d’iceluy vous raſſaſiés voz yeux, & cognoiſſiés comme il a eſté traitté pour vous complaire, combien qu’en luy ie ne treuue aucun crime. Si ſortit Ieſus par le commandement
de Pilate tout ainſi accouſtré qu’il eſtoit, lié, battu, fouetté, decraché, couronné deſpines &
& veſtu de pourpre : & Pilate en le preſentant, dit : Vous voyès icy l’homme. Mais par tel
ſpectacle, dont la cruauté de gens barbares pour grande qu’elle fuſt, s’euſt peu addoucir,
les cœurs des Iuifs furent ſi loing de s’en addoucir, que meſme ils s’en enflammerent de
tant plus dauantage à mettre à fin ce qui leur eſtoit iuſque là venu à ſouhait. Car les grāds
Sacrificateurs craignoyēt, ſi apres auoir ſouffert de ſi griefs tourmens on le laſchoit, que le
peuple qui pour lors eſtoit enflambé ne changeaſt puis de courage, & que par ce moyen

Pilate de-re-
chef ſortit
hors.

Z   l’indil'indignité de ceste cruauté ne tombast sur leurs testes. Pour ceste cause les Pôtifes & leurs officiers crioyent comme gens incensés : Crucifie-le, crucifie-le. Voyant Pilate que quand à la misericorde pretendue, il n'y auoit nulle esperance, il s'essaye de reprimer leur fureur par crainte. Ie suis (dit-il) administrateur de iustice, & non vengeur de hayne d'autruy : ie puny les malfaitteurs par l'authorité des loix, point ie ne suis bourreau de l'innocence. Iusques icy on a serui à vostre hayne : ie n'exerceray plus nulle inhumanité contre l'inno-cent. Que si vous aués determiné de le crucifier, ie ne voudroye pas que ma court fust souillé du sang d'vn homme innocent. Vous autres emmenés l'homme à vostre peril, & si bon vous semble, crucifiés-le : de moy, ie ne punis que les malfaitteurs. En cestuy ie ne trouue aucun crime digne de mort. Car quant est du crime dont vous l'accusés touchant le regne, il ne conuient à vn tel homme. Et n'est pas assés d'obietter crime à l'accusé, si ce qu'on obiette n'est confermé par certaines raisons, principalement quant il est question de la mort d'vn homme. Tout c'est affaire se demeine non par moyen legitime, mais par tumulte. Voyans les Iuifs que le grand gouuerneur portoit si grande faueur à Iesus, & n'e-stans nullemêt d'aduis de faire que Iesus leur eschappast des mains, ils controuuerent vn crime, lequel peust sembler enorme au iuge ignorant la Loy. Quand bien (dirent-ils) il n'auroit rien commis contre les loix de Cesar, ce neantmoins nous auons vne Loy baillée de Dieu, laquelle Cesar aussi nous laisse, & selon ceste Loy il a merité la mort, pour ce qu'il s'est faict fils de Dieu : & en s'attribuant vne diuinité il a blasphemé contre Dieu. Quand Pilate eut ouy cela, n'ayant sur le champ dequoy leur pouuoir respôdre, il remena Iesus en la court du grand gouuerneur : & y estant entré il parla de-rechef à Iesus taschât de sçauoir de luy que vouloit dire ce qui luy obiettoyent, & comment on le pourroit refuter. Premie-rement donc il l'interrogue d'où il est, à fin qu'apres cogneu de quelle famille il estoit issu il peust refuter que Iesus eust attenté d'estre tenu pour fils de Dieu : combien que pour lors entre les Payens les fables des Poetes racontoyent, ce qu'ainsi le commun croyoit, qu'au-cuns estoyent nays de Dieu & d'homme lesquels on tenoit pour demidieux. Et Iesus sça-chant que Pilate essayoit tous ces moyens pour finalement luy sauuer la vie : item n'igno-rant point qu'apres auoir tout essayé il cederoit à l'obstinée fureur des Iuifs : de peur qu'il ne semblast auoir mis tous ses efforts pour eschapper, refusant d'estre mis à mort il ne res-pondit rien du monde au grand gouuerneur. Car ce qu'il auoit respôdu iusque là, c'auoit esté pour tesmoigner de son innocence : mais de la mort il auoit determiné de l'endurer de son pur & plein vouloir. Pilate s'emerueillant du silence de l'homme qui estoit en danger de sa vie, veu qu'il auoit vn iuge tant fauorable, pour l'esmouuoir à respondre, luy dit : Pourquoy ne me responds-tu veu que tu es au dangier de perdre la vie ? Ne sçais-tu pas que i'ay sur toy puissance de vie ou de mort ? Car ie suis grand gouuerneur de ce pays, à fin que tu le sçaches : & depend de mon vouloir que tu sois mis en croix, ou que tu sois assous. A cela Iesus ne respodit rien de ce que le grãd gouuerneur attêdoit, lequel desiroit d'estre instruit pour la defense de la cause, voulant pour iuge deuenir aduocat. Voyre-mais pour ce que cela eust donné apparence qu'il n'enduroit pas volontairement, il ne respôdit rien de tel à cela, ains tant seulement de la puissance que Pilate s'attribuoit : monstrant couuer-tement qu'il n'estoit pas en la puissance de Pilate de l'assoudre, veu que sa puissance estoit côtrainte de seruir à la fureur des Iuifs : itê qu'iceux ne luy non plus n'eussent eu nulle puis-sance du mõde sur luy, si de son plein gré & vouloir il n'eust enduré. Il est bien vray (dit-il) que tu as vne puissance selon les loix humaines : mais sur moy tu n'aurois aucune puissan-ce, s'il ne t'estoit permis de celuy, la puissance duquel surmonte toute humaine puissance. Et iaçoit que tu fauorises à l'innocêce, ce neantmoins la meschãceté des autres te vaincra & fera chãger d'aduis. Pourtãt le peuple Iuif, qui est autheur de ceste mort, & par sa violêce pousse le iuge à condãner vn hôme innocent, peche plus grieuement. Cela ouy, Pilate & la modestie & l'innocêce de l'hôme, & que tant la malice des Iuifs, que l'equité du iuge estoit descouuerte à l'accusé, auquel il portoit d'autant grande faueur, qu'il le voyoit ne s'esmou-uoir point mesme pour le peril de la mort, il essayoit toutes les voyes pour par quelque moyen assoudre Iesus. Dont s'apperceuãs les Iuifs que le grãd gouuerneur ne tenoit côté de ce premier crime obietté suyuant la Loy : & qu'il ne cessoit de procurer par tous moyens que de relascher Iesus, ils retournêt au premier crime, remonstrans qu'au iuge mesme ce en seroit pas seuremêt faict de le passer nonchallãmêt. S'il ne te touche en riê (disent-ils) qu'il a peché côtre nostreDieu, aumoins cecy t'appartiêt-il qu'il a peché côtre Cesar. Quicõque s'vsurpe le regne, sans le cõmandemêt de Cesar, blesse la maiesté d'iceluy. Or cestuy c'est dit roy, de sorte que si tu l'assous, tu n'est pas amy de Cesar, veu que tu fauorises à son ennemy.

Quand

Quand Pilate eut ouy ces coïurés Pótifes & Pharisiens, & toute la multitude crier tels propos: iaçoit qu'il n'ignorast pas que le crime qu'il mettoit à sus à Iesus ne fust du tout faux, neantmoins par ce qu'il apperceuoit euidemment l'implacable hayne des Sacrificateurs & Pharisiens enuers Iesus, & le merueilleux accord des principaux & du menu peuple en la mort d'vn homme: item voyant que Iesus, homme, à dire vray innocent, mais de basse estoffe & de nulle defense, defailloit à soy-mesme: reduisant aussi cependant en memoire que pour le mauuais bruit de crimes du tout faux, maints estoyent tombés en dangier enuers les Cesars: estimant finalement qu'il s'estoit-ia assés efforcé à l'encontre des coniurés principaux de toute la nation, & du menu peuple pour maintenir l'innocence d'vn homme ignoble, il se delibera d'obtemperer à leur hayne & enuie, de sorte toutefois qu'en condamnant Iesus il le iustifioit, & en protestant prealablement de l'innocence d'iceluy reietta l'indignité du faict abominable sur la teste des Iuifs. Iesus donc fut mené dehors comme coupable, là où combien qu'en le condamnant on n'eust obserué aucune forme de legitime iugement. Pilate s'assit au siege iudicial en vn lieu haut esleué, à fin d'estre veu de tous, lequel lieu pour ceste cause s'appelle en Ebrieu Gabbatha, & en Grec Lithostrotos, c'est Paué, d'autant que ce lieu estoit paué de pierre. Or failloit-il que la códemnation de Iesus fust en ce point solennelle & publicque, à fin que nul n'ignorast son innocence. Car estre ainsi condamné, c'estoit estre assout. Iesus fut condamné à estre pendu, mais le iuge ietta sentence contre les Iuifs. Or approchoit-ia le temps que selon la solennité de la feste ce sang innocent deuoit estre immolé pour le salut du monde. Car c'estoit l'appareil de Pasques, & estoit enuiron six heures, qui faisoit que les Iuifs le pressoyent de tant plus, seruans en cela sans y penser à la diuine prouidéce, à fin que de bon heure & en son temps s'acheuast ce sacrifice. Pilate donc reuestu de robbe iudiciale & veu du peuple, du siege iudicial leur monstre l'accusé à fin qu'au moins à la trogne il fust tout notoire combien le crime d'auoir aspiré à tyrannie messeoit à celuy qui traitte en ce point monstroit neantmoins quant & soy vne si grande tranquilité & debonnaireté de cœur. Voicy vostre roy. Mais les Iuifs n'estans alteré d'autre chose que de sang innocent, se prindrent à crier: A mort, à mort: pen-le. L'ignominieuse mort plaisoit aux Iuifs, esperans qu'à l'aduenir l'ignominie de la croix rendroit toutalement abominable la memoire de Iesus, & que de là en auant nul ne s'esleueroit qui fist profession du nom d'vn hôme qui ainsi seroit mort. Pilate se riant de leur obstinée forcenerie, leur dit: Quoy? feray-ie vne telle honte à vostre roy, que de le pendre au gibbet? Ce deshonneur retombera sur la honte de la nation, de ce qu'elle aura crucifié son roy. Ceste voix de Pilate, iaçoit qu'elle ne profita de rien à Iesus, descouurit neantmoins la malice des Iuifs, & les fit aduouer publicquement la seruitude odieuse. Il y auoit maints siecles, qu'ils attendoyent leur Messias, c'est à dire, leur roy promis par les prophetes: quant au regne de Cesar dónt ils estoyent oppressés, ils le hayssoyét outrageusement: ce neantmoins enragé de haynes ils desaduouent publicquement leur Messias, & recognoissoyent Cesar pour leur Seigneur, disans: Nous n'auons autre roy que Cesar. Tant estoit grand leur appetit de vengeáce que de leur plein gré ils s'obligeoyent à perpetuelle seruitude, à fin pour exterminer Iesus autheur de liberté. Parainsi voyát Pilate qu'on perdoit temps à essayer tous moyens, il leur bailla Iesus en leur arbitre, pour le crucifier. Les Iuifs prindrent Iesus hors de la cour, & le menerent au lieu du supplice, hors la cité, à fin que le lieu respondit aussi à la figure. Car la victime dont on consacroit le testament, s'immoloit hors l'enclos & tentes du peuple. Là alloit Iesus vestu de ses habillemens, portant luy-mesme sa croix humblement, à fin qu'il fust en plus grande derision à tous: car cela procurerent aussi les Iuifs, à fin qu'il n'y deffaillist nulle honte. Qui plus est vn lieu infame fut choysi où ordinairemét on executoit les malfaitteurs, lieu tout triste hideux & execrable pour les oz des morts executés gisans çà & là, móstrans certes quant & soy à quoy il estoit dedié, ayant aussi son nom de mesme. Car en Ebrieu on l'appelloit Golgotha, en Grec craniő topos, c'est à dire, lieu de craigne. Et à fin que nul honte ne fust laissé en arriere, les Iuifs procurerét aussi qu'auec Iesus fussent aussi crucifiés deux autres malfaiteurs publicques: à fin qu'estant accompaigné de malfaitteurs, on l'estimast tel, & que le crime semblast estre commun à qui le supplice estoit commun. Voyre & à fin que toutalement Iesus semblast estre de telle bande, les Iuifs ordonnerent les croix & gibbets en tel ordre, que Iesus estoit au milieu, enuironné des brigands l'vn deçà l'autre de là. Voyre mais tant s'en faut que la fontaine de toute pureté ne peut estre souillée des souilleures humaines, que mesme des blasmes des hommes la fontaine de toute gloire en est anoblie. La croix auparauant ignominieuse, a esté par luy rendue estádart de triomphe, à laquelle

ils prindrent donc Iesus & l'emmenerent.

Z z le

le monde enclinent le chef, les Anges l'adorēt, & les diables la redoutent. Or à fin que rien ne deffaillist à la forme du iuste supplice, on bailla selon la coustume à chascun son tillet, pour denoter & la personne & le crime. Quand donc Pilate eut baillé leurs escripteaux selon qu'ils l'auoyent merité, il commanda qu'a la croix du Seigneur Iesus fust fiché cest escripteau : IESVS NAZARIEN, ROY DES IVIFS. à fin certes que par ce mesme escripteau il testifiast aussi & la malice des Iuifs, & l'innocence du pendu, auquel ce tillet ne conuenoit pas selon l'accusation des Iuifs : & toutefois selon ce que luy-mesme auoit protesté deuant le gouuerneur il luy conuenoit tres-proprement. Car en Ebrieu Iuif vaut autant à dire que confessant. Or estoit & est Iesus vrayement roy & deliureur de tout ceux qui font profession de son nom, en les faisant participant du regne celeste. Ce tillet à fin qu'il fist tant plus grand despit aux Pontifes & Pharisiens, Pilate ordonna qu'il fust escript en trois langues, en Ebrieu, en Grec, & en Latin : dont la premiere estoit propre & peculiere à celle nation, les autres deux à cause de la frequente accointance des Grecs & Romains y estoyent tellement vsitées que maints Iuifs sçauoyent aussi Grec & Latin. Or le grād gouuerneur pourueut à ce que nully, fust du pays, fust estrangier ne pouuoit ignorer le tillet. Car d'autant que le lieu estoit hanté, attendu que Golgotha estoit ioignant la ville, & voyable, voyre mesme à ceux qui par cas fortuit y passoyent, maints d'entre les Iuifs leurent cest escripteau desplaisant aux Pharisiens, & recognoissoyent plusieurs le nom de Iesus Nazarien. Mais combien il auoit esté loing d'aspirer au regne, plusieurs qui quand on le vouloit rauir pour le faire roy l'auoyent veu se cacher, le sçauoyent bien. Or les Iuifs pour la plus part attendoyēt le roy promis par les Prophetes, lequel il appellēt Messias l'Oinct. Dequoy ne se souciant Pilate, neantmoins sans y penser dicta vn titre, qui facilement declaroit à tous qui estoit le pendu. Lequel à la verité estoit ce vray roy des roys, qui par sa mort destruisoit la tyrannie du diable. Vous nommeriés mieux plus proprement cela vn triomphe, qu'vn gibbet & croix. Or combiē qu'aux Scribes & Pharisiens le tout semblast remply d'ignominie, neātmoins ce tillet les fascha de ce qu'il estoit plus hōnorable qu'ils n'eussent voulu : tant estoyent conuoiteux les meschans d'abolir le nom, auquel seul estoit deue toute la gloire de tout le monde. Il sollicitent donc le grand gouuerneur de changer le tillet, de sorte qu'on n'escriuist point Roy des Iuifs, mais bien qu'il s'estoit vsurpé ce titre. Mais le grand gouuerneur faisant dés lors (combien que ce fust sans y penser) vn auant monstre qu'a l'aduenir la profession du nom portant salut lequel les Iuifs, ainsi faussemēt appellés, desauoyoyent, seroit transporté aux nations croyātes, c'est à dire aux vrays Iuifs, apres auoir iusque là compleu aux haynes des Iuifs, en tout le reste refusa de changer l'escripteau, disant : Ce que i'ay escript, ie l'ay escript. Car c'estoit le profit de tous que Christ fust occis, mais aussi estoit-ce le profit de tous que la gloire de son nom, par la profession duquel le salut estoit presenté à tous, fust espandue & tres-renommée par tout le monde. Quād donc auec ce tillet le Seigneur Iesus fust attaché en la croix, tout nud, comme la coustume le portoit, les gendarmes qui l'auoyent crucifié diuiserent entre-eux, suyuant la coustume, les vestemens de Iesus. Car cela leur escheoit comme pour recompēse de leur peine. Or comme ainsi fust qu'ils fussent quatre, tous les habillemens de Iesus qui estoyent cousus de diuerses pieces ils les descousirent en sorte qu'vn chascun d'eux en emporta sa part : mais de la casaque qui restoit, assauoir la robbe interieure & plus prochaine du corps, d'autant qu'elle n'estoit pas cousues, mais tellement tissue du haut en bas que descousue elle eust esté inutile, les gendarmes s'aduiserent de ne la point diuiser, mais bien que toute entiere elle seroit à celuy à qui le sort escherroit. Et combien que les gendarmes fissent cela de cœurs prophanes, ce neantmoins sans y penser ils executoyent la prophetie des Prophetes, de sorte que par ce faict on pouuoit aussi cognoistre Christ estre celuy duquel le S. Esprit a predit és pseaumes : Ils se sont departy entre-eux mes habillemēs, & sur ma robbe ils ont ietté le sort. Voyla que firent les gēdarmes, le Seigneur estant encore en vie pendant en la croix. Or estoyent aupres de la croix de Iesus Marie sa mere accompaignée de sa sœur la file de Cleophas, auec Marie Magdelaine. Dont Iesus regardāt de la croix sa mere, ensemble le disciple qu'il auoit familierement aymé par dessus les autres, à fin qu'il ne laissast nulle affection humaine en terre, comme ses habillemens distribués il n'auoit laissé aucun bien, se vira vers sa mere, & dit : Femme, voyla ton fils, en demonstrant le disciple par le signe de la teste & des yeux. Puis se reuirāt vers le disciple, il dit : Voyla ta mere. Et dés ceste heure là, ce disciple print vne affection de fils enuers la mere de Iesus, en ayant soing d'icelle en tout & par tout. Ces choses acheuées, bien sçachant Iesus qu'il ne restoit plus rien qui appartinst à la legitime hostie, à fin aussi qu'il suruinst ce que la prophetie auoit predit,

predit:Ils m'ont baillé du fiel à manger:& en ma soif ils m'ont abbreué de vin aigre,il s'eſ *Pſal.68*
cria de la croix:I'ay ſoif. Or ceux qui meurent de ce genre de ſupplice ont de couſtume
d'eſtre merueilleuſemēt-tourmentés de ſoif, eſtant le ſang eſpāché par les playes du corps.
Certainemēt cela ſeruit pour auſſi declarer la verité de l'humaine nature,& que le ſupplice
n'eſtoit pas feint. Or y auoit-il là vn vaiſſeau plein de vinaigre, duquel on ſouloit donner
à ceux qui auoyent ſoif pour haſter la mort. Dont les gendarmes empliſent de vinaigre
vne eſponge & la fichèrent en vne gaule d'yſope, & la luy preſenterent en la bouche. Mais
ſi tóſt que Ieſus eut gouſté le vinaigre, il dit:C'eſt faict(ſignifiant que le ſacrifice eſtoit deue,
ment paracheué ſelon la volonte du Pere) puis ſoudain baiſſa la teſte & rendit l'eſprit. Or
eſt-il icy beſoing d'ouyr de-rechef la renuerſée & peruerſe religiō des Iuifs.Vn innocent &
bienfaiſant,mœus de maudite hayne & enuie,ils le mirent en croix par moyēs deteſtables,
ſans eſtre deſtournés,pour la ſolennité du iour de la feſte,de commettre vne ſi cruelle & inhumaine laſcheté: au reſte d'oſter les corps du gibbet ils y trauaillent ſuperſtitieuſement.
Ils vont abborder Pilate à celle fin qu'a ſon commandement les cuiſſes ſoyent rompues
aux pendus, pour haſter leur mort, puis que leurs corps morts fuſſent oſtés du milieu, à
fin que par leur preſence ils ne ſouillaſſent le iour de feſte. C'eſtoit ce iour tant ſolennel qui
de l'appareil des ſacrifices eſt dit preparation. Car ia ces gens religieux & deuots,apres
auoir acheué vn ſi cruel forfaict, ne plus ne moins que s'ils euſſent eu faict vn bel acte,
s'eſſayoyent de puremēt celebrer la victime Moſaique, ignorans que ce vray agneau Paſchal eſtoit-ia immolé. Tant eſt vne peſtilentieuſe choſe que pieté aſſiſe en choſes corporelles laquelle n'eſt conioincte auec la pieté de cœur. Doncque par le commandement de
Pilate les gendarmes rompirent les cuiſſes aux deux brigands, leſquels ils auoyent encore trouué en vie. Mais ce vint à Ieſus par ce qu'ils le trouuerent-ia mort, eſtimans que ce
ſeroit choſe ſuperflue,ils ne luy rompirent point les cuiſſes. Car pour cela les rompoit-on,
à fin que pluſtoſt en mouruſt celuy qui eſtoit pendu. Or entre les gendarmes il y en auoit
vn qui, à fin que la mort du Seigneur Ieſus fuſt tant plus certaine, luy perça le coſté à tout
vne lance: & tout incontinent de la playe ſortit ſang & eau, declarans par grand myſtere
que ſa mort nous lauoit les pechés, & quant & quant nous donnoit vie eternelle. Car le
bapteſme giſt en eau:au ſang eſt la vie de l'homme. Or eſt-ce cōtre nature que d'vn corps
vulneré & nauré ſorte de l'eau. Mais celuy qui l'a veu de ces propres yeux,l'a teſtifié & ſçauons que ſon teſmoignage eſt veritable. Ieſus meſme ſçait auſſi, que ce teſmoing dit la verité, à fin que nul d'entre vous ne faſſe difficulté de croyre ce qui autrement ſembleroit in-
credible.Or iaçoit qu'il fuſt auis que cela ſe fiſt de cas d'auāture, aſſauoir qu'au lieu de luy
rompre les cuiſſes le coſté luy a eſté percé, neantmoins ces choſes ſe ſont faittes par la diſpenſation du conſeil de Dieu, à fin qu'en ceſt endroit auſſi l'euenement des choſes reſpondit aux oracles des Prophetes. Car entre les autres ceremonies que Moyſe en l'Exode enſeigne deuoir eſtre gardée en la celebration de la Paſque, il auoit nommément faict auſſi
ceſte ordonnance qu'on tuaſt ceſt agneau en ſorte que nul os d'iceluy ne fuſt briſé.Certai-
nement par ceſte marque il demonſtroit Ieſus eſtre là ceſte vraye Paſque dont ceſt agneau
Moſaique en eſtoit la figure.Car le ſang de Ieſus deliure de mort les croyans: la myſticque
manducation d'iceluy nous affranchit de l'Egyptienne ſeruitude, c'eſt à dire, des conuoitiſes du monde & de la tyrannie de peché,& nous tranſmet en la terre celeſte. Item par Za- *Zacha.12*
charie l'eſprit parle en ceſte maniere:Ils regarderont celuy qu'ils auront percé.Car vn iour
il doit venir à tout le meſme corps, mais ia glorifié, qu'il a eſté pendu en la croix, & neantmoins monſtrera à tous la cicatrice de la playe & reprochera aux incredules la fontaine
ouuerte en vain,du ruiſſeau de laquelle ils pouuoyent eſtre gueris.Or doncques eſtant-ia
la mort certaine & cogneue par l'experience & eſſay de pluſieurs, il reſtoit que la ſepulture
confermaſt par maints moyens la foy & verité de la reſurrection. Or comme Chriſt a voulu que toute ſa vie fuſt petite & baſſe, ainſi a-il voulu ſa ſepulture eſtre magnificque:non
pas pour nous enſeigner d'auoir ſoucy des ſepulchres,mais bien à fin que les choſes acheuées qui concernoyent la diſpenſation de la petiteſſe, il fiſt-ia auantmonſtre de la gloire
de la reſurrection.Auec ce que l'honneur qu'on faict à vn qui eſt en vie n'eſt point ſans ſouſpeçon ou dangier : mais celuy qui de plein gré on faict a vn mort, eſt vn treſcertain & infallible teſmoignage de vertu.Pourtant Ioſeph noble homme & puiſſant,d'Arimathée de
nation, lequel auoit auſſi eſté diſciple de Ieſus, mais ſecret pour la crainte des Iuifs, qui
auoyent faict vn edit,que quiconque ſe diroit diſciple de Ieſus,ſeroit banny de la Synagogue, s'en alla trouuer Pilate duquel il eſtoit cogneu, & luy demande qu'il luy fuſt loyſible
de deſpendre le corps de Ieſus. Pilate apres s'eſtre informé s'il eſtoit mort, le luy permit.

Z　3　Si

Si s'en alla Ioseph à la croix, & en dependit le corps. Ce pendant suruint aussi pour adiuteur du deuoir de sepulture ce Nicodeme, homme de singuliere excellence entre les Pharisiens, luy aussi secret disciple de Iesus, lequel (comme cy dessus nous auons recité) estoit au
parauāt venu à Iesus de nuict, pour euiter l'enuie des Pharisiēs. Ceux-cy sçachāt qu'apres
la mort l'enuie a de coustume de cesser, se faisans forts de la faueur du grand gouuerneur,
osent bien rendre l'honneur souuerain au mort, lequel ils n'auoyent osé abborder publicquemēt en son viuant. Or apporta Nicodeme vn oignement cōposé de mirrhe & aloe pesant pres de cent liures tant qu'il en faisoit besoing pour oindre magnifiquemēt vn corps.
Eux deux donc d'vn commun accord emporterent le corps, & de toute part l'oignirent de
bonnes senteurs, puis l'enuelopperent de lincieux, à fin que l'oignement ne s'escoulast.
Car la coustume des Iuifs est d'eseuelir les corps en ceste façon, pour les garder de pourir.
Or faisoyent-ils cest hōneur au Seigneur Iesus, comme à vn grand & sainct personnage &
homme de bien, à fin que nul n'estimast que pour ses mesfaicts il eust esté executé. Car ils
n'auoyent encore nulle opinion plus excellente touchant Iesus, sinon qu'il auoit esté vn
innocent & bien renommé, & aymé de Dieu: à la memoire duquel estoit deu cest honneur,
d'autant qu'il estoit mort estant oppressé de l'enuie qu'on auoit de sa vertu, ce qu'ordinairement aduient aux grands personnages. Et en ce mesme lieu se parfit cest appareil, à fin
que nul ne peust souspeçonner le corps auoir esté changé. Là mesme aussi fut enseuely le
Seigneur en vn iardin, qui est soignant le lieu du supplice. Au iardin y auoit vn sepulchre
tout neuf, taillé de nouueau en vne ferme pierre, auquel nul corps n'auoit encore esté enseuely. Et iaçoit qu'il semblast que ces choses se faisoyent par cas fortuit, elles seruoyent
neantmoins pour la confirmation de la resurrection. Car on ne pouuoit dire que le sepulchre eust esté enfondré par dessous veu qu'il estoit taillé en ferme roc: & ne pouuoit-on
penser qu'aucun en fut ressuscité, attendu que luy seul y auoit esté mis. Et toutefois l'intention de Ioseph & Nicodeme n'estoit telle: car ils n'esperoyent point qu'il deust ressusciter, ains estoyent esmeus de deuotion Iudaïque à cause de la feste. Car c'estoit la preparation des Iuifs, du iour auquel il n'estoit licite de trauailler. Pour ceste cause craignans que
le corps ne demeurast sans estre enseuely, ou qu'il fust enseuely sans grand honneur, pour
le plus abbregé ils le mirent dans le prochain monument. Mesme la diligence des Iuifs
seruit aussi à la confirmation de la resurrection aduenir. Car iceux impetrerēt de Pilate des
gardes, & donnerēt ordre d'enuironner le sepulchre, de peur que quelqu'vn n'emportast
secrettement le corps: & non contens de cela, seellerent la grand pierre dont le monument
estoit bouché, de sorte qu'en tout & par tout la malice des Iuifs seruoit à la gloire de Christ
le renom duquel ils s'efforçoyent d'abolir.

CHAPITRE   XX

Et le premier
iour du Sab-
bath.

O R les autres disciples effrayés, partie de crainte, partie de desespoir, n'auoyent
nul soing des funerailles. Au reste certaines disciples estoyent menées du mesme soucy, qu'auoyent esté tenus Ioseph & Nicodeme: mais la solennité de la
feste les auoit retenues de besongner à preparer des oignemens & senteurs.
Doncque si tost que le Sabbath fust passé, Marie Magdelaine ayant preparé de nuict des
oignemēs, alla au sepulchre le premier iour du Sabbath suyuant, deuant qu'il fust encore
bien iour. Laquelle, quand elle eut veu que la pierre dont le monumēt auoit esté bouché
estoit ostée, & le sepulchre ouuert, ne pensa autre chose, sinon que le corps auoit esté emporté de nuict pour estre deuement enseuely. Car le corps n'auoit esté mis là que pour vn
temps, comme pour puis apres deuoit estre honnoré de deue & conuenable sepulture.
Or estoyent-ils tous tellement estonnés de la mort certaine du Seigneur qu'ils en auoyēt
perdu l'esperance de la resurrection. Marie donc auant qu'auoir regardé le monument
s'en recula, & s'en alla courant à Simon Pierre auec lequel estoit aussi le disciple que Iesus
aymoit, & dit: On a osté du monument le Seigneur, & ne sçay où l'ont transporté ceux qui
l'ont osté. A ceste voix ces deux disciples furent esmeus & sortirent dehors. Bien est vray
qu'ils auoyent vne bien mince esperance, ce neantmoins ils estoyent ainsi saysis d'vn grād
desir de leur maistre qu'ils aymoyent. Doncque tous deux se prindrent à courir ensemble
vers le monument, mais le disciple, aymé de Iesus, courut plus viste que Pierre, & vint le
premier au sepulchre. Et ayant trouué l'huys ouuert, il n'entra pas au monument, mais en
se reuirant le regarda, pour voir s'il estoit vuyde, & vid qu'il n'y auoit aucun corps, ains
seulement les lincieux là laissés oincts de senteurs desquels le corps auoit esté enueloppé,
ensemble le suaire dont la teste de Iesus auoit esté couuerte, n'estant point meslé parmy
les

les lincieux, mais entortillé & mis à part : tellement qu'il estoit aisé à voir que le corps n'auoit pas esté prins des larrons, qui plus tost eussent emporté tout le corps ainsi qu'il estoit enueloppé auec les senteurs, les lincieux, & le suaire, sinon pour la value de ces choses, au moins par ce qu'ils n'eussent pas eu asses de temps pour oster les oignemens du corps, lesquels estoyent attachés plus fermement que glu quelconque, & les failloit disposer chascun en leur lieu. Ceste estoit la premiere telle quelle esperance offerte de resurrection. Soudain arriué aussi Pierre, qui quand il eut entendu le tout de Iean, comme il auoit esté le plus tardif en la course, fut aussi pareillement plus hardy & curieux en l'enqueste. Car non content d'auoir regardé dans le monument, il y entra aussi. Et cest autre disciple regardeur le suyuit : lequel n'y auoit osé entrer seul, mais la compaignie luy osta vne partie de la frayeur. Alors virent-ils pour le seur de pres ce que l'autre auoit veu comme par l'ombre, assauoir qu'en tout le monument n'y auoit aucun corps, mais bien les despouilles du corps, tellement ostées & mises à part, qu'on ne pouuoit penser que cela eust esté faict par des larrons à la haste, mais par loysir. Ce neantmoins si ne croyent-ils pas encore qu'il fust ressuscité, seulement ils croyoyent ce estre vray que auoit dit Marie, le corps estre osté du monument. Car combien qu'ils eussent ouy dire à Iesus qu'il deuoit ressusciter, toutefois ces propos n'auoyent pas bien prins racine dans leurs entendemens, & si quelque chose y estoit entré, la crainte & frayeur de la croix l'en auoit poussé hors. Et de faict ils n'entendoyent pas encore en son fond l'escripture prophetique, qui auoit predit pour le seur deuoir aduenir que Iesus mourroit & ressusciteroit au tiers iour. Or les deux disciples s'en allerent d'où ils estoyent venus. Mais Marie pour vne incroyable amour & desir qu'elle auoit vers le Seignr ne s'esloignoit point du sepulchre cherchant le mort, qu'elle auoit aymé vif, & desirant de rendre le deuoir au corps mort, puis qu'elle ne le pouuoit auoir viuant. Or se tenoit-elle dehors aupres de l'entrée du monument, ne faisant autre chose que plorer & regarder à l'entour, pour voir si quelque esperance se presenteroit point de trouuer le corps. Et en plourant, par ce qu'elle n'osoit entrer dans le monument, elle vira sa teste & y regarda & vit deux anges d'vne amyable & ioyeuse apparence assis separement, l'vn vers le chef, & l'autre vers les pieds du lieu où auoit esté mis le corps. Desia ce regard ioyeux, alaigre & plaisant ostoit aucunement en partie la frayeur du sepulchre, de la nuict & de la solitude. Puis aussi les anges pour consoler la tristesse de la plorante l'abbordent de leur plein gré, luy disans : Femme, pourquoy plores-tu ? A quoy elle enyurée d'vne vehemence d'amour, respondit : Pource qu'on a osté mon Seigneur, & ne sçay où on l'a mis. Elle l'appelle son Seigneur, & combien qu'il soit mort encore l'ayme-elle, n'esperant encore rien de la resurrection. Tant seulement cela la tourmente, que la fruition du corps luy est ostée. Pendant qu'elle tenoit ces propos, elle conceut du visage des Anges qu'il y auoit quelqu'vn derriere elle, & sans attendre la responce des Anges elle y regarda. Et soudain elle vit Iesus qui estoit là, à qui les Anges auoyent faict la reuerence, mais toutefois elle ne recognent pas que ce fust Iesus. Car il se monstroit en apparence basse, de peu qu'estant subitement apperceu en sa propre semblance il n'espouuentast la femme. Partant pour la r'encourager il l'appelle amyablement par mesmes parolles que les Anges : Femme, pourquoy pleures-tu ? qui est-ce que tu cherches, regardant çà & là ? Elle pensant que ce fust vn iardinier, laboureur & gardien du lieu, où estoit le monumét (or estoit-il en vn iardin) d'vne simplicité de femme luy dit : Seigneur, si l'as osté dy moy où tu l'as caché, & ie l'emporteray. Car elle se pensoit que pour crainte des Iuifs quelque amy eust emporté le corps à l'emblée, de peur qu'il ne vinsse entre leurs mains, & le traittassent autrement qu'elle ne voudroit. Iesus donc print plaisir au si grand desir de la femme, & d'vne voix ia cogneue & familiere, l'appella Marie. A ceste voix cogneue la femme se reuira subitement, car elle s'estoit-ia retournée vers les Anges (tant subitement le poussoyent çà & là les affections) & recognent Iesus, & elle tout à coup rauie de ioye, du titre accoustumé salua (elle escholiere) son maistre Rabboni (qui en Syrien vaut autant à dire que Maistre) & quant & quant en se prosternant elle luy voulut baiser les pieds, se souuenant encore de l'ancienne familiarité. Mais Iesus bien sçachant qu'elle n'auoit pas encore grande opinion de luy, combien que vrayement elle l'aymast ardemment luy defendit de ne luy attoucher le corps. Car Marie le voyoit derechef viuant mais elle ne pésoit pas que pour autre cause il fust ressuscité, sinon à fin qu'à la maniere accoustumée il hantast auec ses amys de mort viuant, ne sçachát pas que ia il auoit vn corps immortel, lequel il failloit manier auec plus grande reuerence : veu que le Seigneur ne l'a iamais manifesté aux meschans, ne laissé ma-

Mais Marie se
tenoit dehors
aupres du se-
pulchre.

nier à vn chaſcun,pour de peu à peu le deſtourner entierement de l'amour de ſon corps.
Ne m'attouche point(dit-il)c'eſt le meſme corps qui a pendu en la croix, mais lequel eſt
maintenant honnoré de la gloire d'immortalité.Or ton affection ſent encore la chair, par
ce que ie ne ſuis pas encore monté vers mon pere:quand i'auray cela faict,ie vous enuoye
ray l'eſperit conſolateur,qui vous rendra parfaits & capables de ma compaignie ſpirituel
le.Ce pendant ton deſir ſe doit contenter de ce que tu m'as veu & ouy parler:va-t'en plus
toſt vers mes freres,deſolés à cauſe de ma mort, & ceſte ioye que tu as receue de mon re
gard,la leur departy,& en mon nom leur annôce que pour cela ſuis-ie reſſuſcité, à fin que
apres auoir demeuré quelques iours auec eux, ie laiſſe la terre, & montes vers mon pere
qui eſt auſsi le voſtre,& lequel meſme eſt mon Dieu & le voſtre. Partant qu'ils iettent bas
les terriennes affections,& dreſſent le cœur vers les ſpirituelles & celeſtes. Or obeit Marie,
& eſtant retournée vers les diſciples leur raconta qu'elle auoit veu le Seigneur: & ce qu'il
luy auoit enchargé de reciter en ſon nom,elle le recita:à fin certes qu'ils receuſſent vn ſou
uerain ſoulas de ce que ia il les appelloit freres:item qu'ils preparaſſent leurs cœurs au de
ſir des choſes eternelles & celeſtes,d'autant que la iouyſſance du corps ne ſeroit pas ia de
longue durée.Apres que par ces apparitions & quelques autres le Seigneur Ieſus eut pe
tit à petit redreſſé les cœurs des ſiens à alaigreſſe & eſperãce de la reſurrection paracheuée
ce meſme iour,(qui eſtoit le premier du Sabbath,qui ſuyuoit le Sabbath de Paſques qu'il
eſtoit-ia veſpre,& eſtoyent les diſciples aſſemblés en ſecret,leſquels qui pour crainte des
Iuifs ne s'oſoyent aſſembler de iour) Ieſus entra,les portes cloſes,& ſe tenant au beau mi
lieu de toute la compaignie,pour leur oſter toute frayeur,les ſalua amyablement & d'vne
voix accouſtumée,diſant:Paix ſoit auec vous.Et à fin qu'ils ne penſaſſent que ce fuſt vne
phantoſme ou vn autre corps,il leur monſtra en ſes mains les traſſes des cloux,& en ſon
coſté la cicatrice de la lance du gendarme. Par ceſte ſalutatiõ,par ce ſpectacle fut côformée
la foy des diſciples,la triſteſſe oſtée,& leurs cœurs reſiouys.Ce qu'auſsi leur auoit promis
le Seigneur Ieſus deuoir aduenir,aſſauoir qu'en dedans peu de iours il les reuerroit,& qu'
apres leur auoir rendu ſa preſence,la triſteſſe s'effaceroit,& ſe reſiouyroit leur cœur. Auec
ce il leur ramente le propos qu'il leur auoit tenu, qu'à l'aduenir ils auroyent faſcherie au
monde,mais en luy paix.Or les Apoſtres ainſi ragaillardis, pour tant plus les conſermer
il les ſalue de rechef du ſouhait de paix diſant : Paix ſoit auec vous & quant & quant leur
encharge auec authorité ſouueraine la publication des choſes qu'ils auoyent veues,di
ſant:Comme mon Pere m'a enuoyé,ie vous enuoye auſsi moy. I'ay loyaument glorifié le
nom du Pere,vous en vous accordans en ſemblable loyauté,publieres le nom du Pere &
le mien . Preparés voz cœurs à ceſte charge : car puis que ie me ſuis acquitté de mon am
baſſade,ie m'en reuay vers le Pere,d'où ie vous enuoyeray le Sainct Eſprit en plus grande
abondance.Ce pendant ie vous departis auſsi le Sainct Eſprit ſelon voſtre capacité : & ſi
toſt qu'il eut cela dit,il leur ſouffla contre le viſage,& leur ayant departy l'eſprit leur bailla
auſsi quant & quant authorité & puiſſance de remettre les pechés à tous hômes, qui par
la profeſsion Euangelique & le bapteſme s'adioindroyent à eux,& par repentance de la
vie paſſee vrayement ſe conuertiroyent.Ceux à qui vous remettrés leurs pechés(dit-il)ils
leurs ſeront remis:& à qui vous ne les aurés remis,ceux là demeureront obligés à leurs pe
chés.Quand ces choſes ſe firent, tous les diſciples eſtoyent aſſemblés en vn, excepté Tho
mas(lequel nom en Grec ſignifie Didymus,c'eſt à dire Gemeau) lequel ſeul eſtoit abſent.
Car iceluy eſtoit l'vn des douze leſquels le Seigneur auoit particulierement choyſis pour
les enuoyer preſcher l'Euangile. Quãd donc il fut reuenu, les diſciples treſſaillans de ioye
luy racontent qu'ils auoyent veu le Seigneur.Et Thomas eſtimant qu'ils auoyent eſté de
ceuſ par quelque phantoſme,dit qu'il ne le croyroit,ſinon auec le teſmoignage de ſes pro
pres yeux,voyre que meſme à ſes yeux n'adiouſteroit-il foy,ſinon qu'il euſt veu és mains
de Ieſus les traſſes recétes des cloux,& qu'apres auoir mis la main au coſté d'iceluy, il euſt
recogneu la playe de la lance. Et ceſte incredulité de l'Apoſtre par la diſpenſation diuine
profita à la confirmation & fermeté de voſtre foy.Car huict iours apres, s'eſtans derechef
les Apoſtres furtiuement aſſemblés en vn,& que Thomas, qui iuſque là auoit eſté incre
dule,eſtoit auſsi auec les autres,le Seigneur y entra auſsi les portes cloſes, & ſe tenant au
milieu de ſes diſciples les ſaluoit à la façõ ia accouſtumée & cogneue:Paix ſoit auec vous,
puis s'addreſſant à Thomas,l'incredulité duquel il cognoiſſoit luy qui n'ignoroit rien:la
quelle,pour ce qu'il ſçauoit bien qu'elle procédoit non par de malice (comme celles des
Phariſiens) mais de foibleſſe humaine, il daigna bien la guerir : Puis que tu ne te conten
tes pas (dit-il) Thomas d'auoir ouy de tant de gens qui m'auoyent veu & ouy, n'eſt que
tous

Or quand le ſoir fut venu.

tous tes sens soyết certifiés & asseurés, mets icy tõ doigt és playes des cloux, & regarde les
vrayes trasses du fer:met ta main en mõ costé & manie la playe de la lance:& desormais ne
soye ainsi incredule és autres choses,ains croy à mes promesses,pour incroyables qu'elles
soyết selõ le cõmun sens des hõmes,puis que tu as veu ce estre vray, ce q te sembloit icroya
ble.Quand Thomas eut veu & manié, recognoissant & la face & la voix accoustumée du
Seigñr,il cõceut lorsvne pleine foy & s'escria:Mõ Seigñr & mõ Dieu.Et cõme il auoit esté le
pl° tardif à croire,aussi nul ne cõfessa-il plus clairemết Iesus Dieu & hõme.Car l'attouche-
mết du corps,qui n'agueres auoit esté mort & pẽdu en la croix,tesmoignoit qu'il estoit res
suscité vray hõme:& la cognoissance des choses cachées demõstroit vne vertu diuine.Or
Iesus receut bien la cõfession de Thomas, au reste il taxa sa mescroyance,disant:Thomas,
pourtất que tu m'as veu,pourtất que tu m'as ouy & manié,tu crois.Mais biẽheureux ceux
qui sans auoir veu,croyrõt.Or par maints autres indices qui ne sont point escripts en ce li
ure,demõstra le Seigñr Iesus sa diuine puissance deuất ses disciples:mais les autres Euãge
listes en racõtent aucũs,aucũs ont esté racõté de bouche par ceux qui les ont veus & ouys.
Car ie n'ay pas voulu tout enregistrer,pource que c'eust esté vne chose infinie,& toutefois
il m'a semblé chose profitable de coucher quelques choses par escript à fin que par icelles
vo° croyés Iesus auoir esté le fils de Dieu.Que si vous le faittes,vo° obtiẽdrés ceste beatitude,laquelle le Seigñr Iesus a ɔpmise à ceux qui sans auoir veu,neantmoins aurõt creu.Car
tout ainsi qu'il a enduré la mort,& vit immortel,vo° aussi en cas pareil par la ɔpfession de
son nom,obtiendrés vie eternelle.   CHAP. XXI.

O R Iesus pour de plus en plus confermer la foy de ses disciples, il s'est manifesté
souuentefois à eux, en deuisant, & quelquefois mangeant auec eux, à fin que
nulle souspeçõ ne peust prẽdre place en leurs cœurs que ce fust vn enchãtemết
ou phãtosme qu'ils eussent veu:& toutefois il ne cõuersoit ce pẽdant auec eux
cõtinuellement,cõme il souloit deuất sa mort,& n'vsoit point de mesme familiarité enuers
eux,& n'estoit pas veu d'vn chascũ,car il auoit predit qu'il se manifesteroit aux siens, & nõ
pas au mõde:mesme des siens n'estoit-il pas veu,sinõ quãd il voulut.Car ia l'immortalité
mõstroit auất soy quelque apparẽcevenerable & pleine de maiesté,à fin que quãd leur foy
cõfermée,il leur ostast totalemất le regard de son corps, & lors cõuersa spirituellemết auec
les siẽs.Iesus dõc se bailla derechef à regarder à ses disciples aupres du lac dit deTyberiade.
Or se mõstra-il en ceste maniere.Les disciples q au parauất s'estoyết tenus cachés en Ierusalẽ,pour estre pl° asseurés cõtre les Pharisiẽs s'estoyết retirés en Galilée,& y estoyết ensem
ble assés bon nõbre,assauoir Simõ Pierre & Thomas appellé aussi Didyme,itẽ Nathanael
qui estoit de Cana en Galilée,où Iesus auoit chãgé l'eau en vin:plus les deux enfans de Ze
bedée,Iẽ & Iaques le grãd,& auec eux deux autres disciples.Or par ce qu'ils estoyết destitués du secours du Seigñr,par le moyẽ duquel ils auoyết accoustumé d'estre nourris de la
liberalité volõtaire des amys,Pierre retourne à sõ premier mestier,pour par ses mains gaigner de quoy viure,à fin de ne charger psonne,ou biẽ de viure en oysiueté de la liberalité
d'autruy. Car il ne luy estoit pas loysible de prescher,& n'estimoit pas chose raisonnable
que celuy q point ne seruoit à l'Euãgile,vesquist de l'Euãgile.Dõc sur le vespre,pource que
il ne faisoit pas encore trop seur de sortir de iour en public. Pierre dit:Ie m'en vay pescher.
Et les autres:Nous allõs aussi auec toy pour pescher ensemble. Si sortirết to° ensemble de
la maison & mõterết en vn basteau,& toute ceste nuict là ils trauaillerết en vain à pescher.
Car ils ne prĩdrết riẽ:à fin que lieu fust dõné au miracle:à fin aussi que fust signifié cõme
par enigme & obscurémết que l'Euãgeliste trauaille en vain, n'est que Christ fasse ɔpsperer
le trauail de l'hõme.Or quãd le iour fust venu,Iesus se tint debout au riuage,mais les disci
ples ne le cogneurết point,partie pour la trop lõgue distãce,partie pour le iour encore obscur,partie que le Seigñr nevoulut pas estre cogneu du premier coup.Iesusdõc parla à eux
du riuage,disant:Enfãs,n'aués vo° point de viãde.Et eux ne recognoissans pas le Seigñr,
nõ pas mesme au parler,ains pẽsans que ce fust quelcun autre qui fust venu au lac pour a-
chetter du poisson,respõdirent qu'ils n'auoyết que luy vẽdre, & qu'ils n'auoyết riẽ prins.
Alors Iesus pour petit à petit declarer q il estoit,leur dit:lettés la rets au costé droit du basteau,& vous trouuerés ce que vous n'aués peu trouuer iusqu'à present.Ils obeirết au cõ-
mãdemết:car la fascherie du trauail prins en vain,& le desir de prẽdre quelque chose leur
dõnoit esperãce.Et soudain ils prĩdrẽtvne si grãde multitude de poissons,que la rets estoit
si pleine qu'õ ne la pouuoit attirer à la nasselle.C'estoit certes la figure de la multitude des
gẽs,qui de toutes les lãgues & cõtrées de tout le mõde deuoyết par apres estre adioustés
à l'Esglise par la predication des Apostres. Estãt le disciple que Iesus aymoit, deuenu plus
attentif

attentif par la nouueauté de la chose, le recogneut:& soudain aduertit Pierre(qui estoit du
tout ententif à attirer la rets)que, celuy qui du riuage leur auoit commandé de lascher la
rets, estoit le Seigneur. Pierre non dissemblable à soy, si tost qu'il eust entendu que c'estoit
le Seigneur, oublia & rets & poissons, empoigna sa chemise (car au parauant il estoit nud)
& sans aucun delay se iette dans le lac, & parainsi vint le premier vers le Seigneur. Et les autres disciples le suyuirent à nasselle(car ils n'estoyent loing du riuage, qu'enuirō deux cent
coudées)trainant quant & eux la rets chargée de poissons. Estans dy-ie descendus sur terre, ils virent au riuage vn brasier ardant, & vn poisson dessus, & auec cela du pain. Or Iesus
leur commanda qu'eux aussi apportassent de leurs poissons qu'ils venoyent de prendre.
Dont Pierre retourna à la nasselle & attira sur terre la rets, pleine de grans poissons iusque
au nombre de cent cinquante trois. Cecy aussi augmenta le miracle, que combien qu'il y
eust si grande multitude de poissons, voyre & fort grans, neantmoins la rets n'auoit point
esté rompue du fardeau. La chose figuroit que l'Esglise basse, & selon le monde, foyble &
estroitte, viendroit neantmoins a embrasser toutes les nations du monde, par la conduitte & faueur du Seigneur Iesus. Or pour leur donner encore plus certain tesmoignage qu'il
estoit vray hōme, & non pas vn phātosme, luy qui auoit approuué la verité de son corps,
ayant esté veu des yeux, ouy des oreilles, & manié à tous les mains, il voulut aussi manger
auec eux. Il les inuita donc au disner appareillé. Les disciples s'assirent, mais sans parler.
Car la maiesté du corps ia immortel leur auoit osté l'accoustumée hardiesse. Ils recognoissoyent bien le Seigneur, mais qui estoit-ia d'vne qualité plus noble & excellente. Parainsi
nul ne luy osa demander qui il estoit, d'autant que de faict ils sçauoyent que c'estoit le Seigneur, iaçoit que la forme du corps fust changée. Iesus donc s'approcha du bancquet, &

selon sa coustume leur departit le pain, rompu de ses propres mains, & semblablement du
poisson, par ce faict enseignāt les siens (lesquels il auoit choysis pour estre pasteurs de l'Esglise)à repaistre le trouppeau Euangelique de saincte doctrine, mais receue de ses mains.
Ce fut là le troisiesme iour que Iesus se manifesta à ses disciples par interuales: car il ne hantoit point auec eux ordinairemēt. Le disner acheué, le Seigneur Iesus comme voulant expliquer ce que par tel faict il auoit denoté, il remet ses brebis à Pierre pour les paistre, mais
ce fut apres luy auoir demandé par trois fois s'il l'aymoit:à fin d'inculquer à ses disciples
au cœur nul n'estre idoyne pasteur du trouppeau Euangelique, sinon qu'il portast telle a-
mour enuers ceux qui luy seroyent baillés en garde, que Christ auoit-ia monstrée enuers
ses disciples, pour lesquels il auoit employé sa vie. Or parle-il principalemēt à Pierre, à fin
d'abolir la memoire du renyement, signifiant qu'au ministere Euangelique celuy auroit le
premier lieu, lequel porteroit plus d'amour que to' les autres enuers le trouppeau du Seigneur. Donc par cestuy, lequel par dessus tous les autres, il sçauoit estre d'ardant courage
il voulut depeindre à tous les Apostres & leurs successeurs vn patron & miroir de vray
& parfaict pasteur. Or est ordinairement, non seulement icy Pierre comme la bouche des
Apostres, & par cestuy le Seigneur a voulu que fust ouye la protestation que faisoyent aussi tous les autres. Et de faict la profession de toute l'Esglise, prononce par la bouche d'i-
celuy, auoit-ia deuant obtenu la promesse des clefs du royaume celeste. Pareillement aussi à ceste fois le Seigneur voulut que la protestation d'vne souueraine amour enuers soy
fust prononcée par la bouche d'iceluy Pierre, à fin que par vn les autres entendissent
quels ils deuroyent estre pout prendre la charge du trouppeau du Seigneur. Simon (dit-
il) m'aymes-tu plus que ceux cy? Le Seigneur ne luy faisoit pas telle demande, qu'il i-
gnorast que Pierre l'aymoit grandement, mais il vouloit que cela fust fiché au fin fond du
cœur de ses disciples, assauoir souueraine amour enuers Iesus estre necessaire à celuy, qui
voudroit entreprendre la garde de la bergerie du Seigneur, pour laquelle le Seigneur mesme a souffert la mort. Or Pierre ia deuenu plus aduisé que de coustume, combien les autres aymoyent le Seignr, il n'en respond rien, d'autāt qu'il ne cognoissoit pas leurs cœurs:
seulement il respond de sa seule conscience, de laquelle il ose bien faire tesmoing mesme le
Seigneur:Des autres combien t'ayme vn chascun, ie ne sçay:de moy ie t'ayme, Seigneur: &
toy qui le demandes, n'en es pas ignorāt. Toy qui cognois les secrets des cœurs humains,
tu sçais que ie t'ayme. A cela Iesus:Si tu m'aymes, comme tu en faits profession(dit-il)pais
mes agneaux, qui me sont treschers, & pour lesquels i'ay employé ma vie: & te porte tel enuers eux, comme ie me suis porté enuers vous. Cela sera vn argument de parfaitte amour
enuers moy. Derechef le Seigneur Iesus l'interrogue par autant de parolles ; Simon fils de
Iean m'aymes-tu? Pierre luy respondit auec autant de parolles que dessus:Ie t'ayme, Seigneur: toy-mesme sçais, que ie t'ayme. Alors derechef Iesus:Si vrayemēt tu m'aymes, pais
mes

mes aigneaux lesquels ie tien treschers.Le Seigneur interrogua Pierre pour la troisiesme
fois:Simon fils de Iean, m'aymes-tu? La demande du Seigneur tant de fois repetée,en-
gendra scrupule & tristesse à Pierre. Car combien que sa conscience luy tesmoignast
que grandement il aymoit le Seigneur, ce neantmoins ce qu'apres de si magnificques
promesses, il auoit renoncé le Seigneur par trois fois, faisoit, qu'il se deffioit aussi de
soy-mesme. Car il estoit aduenu à Pierre que la cheutte luy seruant à salut, d'autant
qu'elle luy auoit apprins modestie, & desapprins la fiance de soy, qui est la plus mortelle peste qui soit en la pieté Euangelique.Il respondit donc,à vray dire,syncerement,mais
auec crainte & modestie, ayant-ia reietté toute sa fiance en celuy, auquel seul on se doit
fier : Seigneur, pourquoy m'interrogues-tu tant de fois, veu que rien ne t'est caché?
Toy-mesme sçais que ie t'ayme. Alors Iesus : Pais donc mes brebis, & monstre enuers i-
celles combien tu m'aymes.Tu prendras de moy le patron de bon pasteur.I'ay employé
ma vie pour mes brebis : toy semblablement te monstreras pasteur loyal de mes brebis
iusqu'à y laisser perdre la teste & la vie. Les brebis sont miennes, car ie les ay rachettées
par mon sang : maintenant que ie m'en retourne vers le Pere, ie les te remets pour les
paistres. Parquoy tu te porteras en pasteur, non en seigneur & maistre : & les paistras
pour les conseruer : point ne les tueras ny escorcheras & despouilleras pour les perdre.
Si trois fois ie te suis cher, celles te seront cheres lesquelles ie tiens les plus cheres. Le Seigneur Iesus voulut en telle diligence ces propos estre inculqués au cœur de ses disciples,pourautant qu'il sçauoit bien qu'il s'en esleueroit qui non pour l'amour de Iesus,
mais pour leur profit entreprendroyent,où pour mieux dire,brigueroyent la charge du
peuple Chrestien, qui au lieu de pasteurs seroyent tyrans & rauisseurs. Mesme aussi le
Seigneur Iesus daigna bien explicquer que vouloit dire la protestation d'amour par trois
fois reitterée. Qui pour le salut du trouppeau du Seigneur mesprise son propre auoir,
ne tient conte des honneurs de ce monde, abbandonne ses affections, il monstre bien
en soy vn grand argument d'amour entiere.Mais qui pour le salut du trouppeau ne
faict point de difficulté de mettre sa vie en dangier,vn tel a baillé vn tres-certain indice d'amour parfaitte. Voulant Iesus signifier qu'vn iour Pierre feroit cela, disoit : En verité, en verité ie t'asseure, Pierre, qu'vn iour tu mettras en effect ce que maintenant tu
protestes. Or la profession n'est pas delicatte. Car quand tu estois plus ieune & selon les
forces corporelles homme pour mieux endurer les maux, tu estois doucement traitté:
parce que toy-mesme te ceingnois ou desceingnois à ton plaisir, & marchois à deliure
par tout où bon te sembloit. Mais quand tu seras enuieilly, & affoibly selon les forces
corporelles, alors seras-tu plus rudement traitté,estant-ia deuenu de courage plus robuste. Car tu estendras tes mains, & vn autre te ceindra pour te mener où tu ne voudras. Sous ce propos couuert Iesus demonstroit de quelle mort Pierre deuoit vn iour
glorifier Dieu. Car estant fort vieil il fut mené à la croix : laquelle comme il l'a volontiers endurée pour l'infinie amour qu' il auoit enuers son Seigneur, neantmoins l'imbecillité de la nature humaine l'a en horreur. Ceja dit, Iesus se print a cheminer & dit à
Pierre : Suis-moy. l'inuitant derechef a ensuyure sa charité & mort. Et Pierre ayant regardé, vit aussi le disciple que Iesus aymoit, & qui au dernier soupper s'estoit appuyé
sur la poictrine du Seigneur, quand il luy demanda qui estoit son traistre. Or comme
ainsi fust que Pierre aymast singulierement cestuy & sceust bien que le Seigneur l'auoit
tousiours aymé par dessus tous les autres, & maintenant toutefois ne luy commandoit
point de suyure, & si estoit prochain de Pierre, il demanda au Seigneur que c'est qu'il
deuiendroit. Car ayant-ia entendu sa mort, il desire de sçauoir s'il auroit point aussi
cestuy pour compaignon de son supplice. Et de faict estimoit que ce luy estoit vn honnorable & souuerain indice de l'amour du Seigneur enuers soy, que d'auoir a ensuyure
la mort de Iesus. Mais Iesus pour corriger ce soucy superflu que Pierre auoit de la mort
de l'autre, luy dit : Si ie veux que cestuy demeure iusques que ie vienne,qu'en as-tu que
faire? Il est mien, & determineray de luy à mon appetit comme il en sera bon : quant
à toy soucie toy de ce qui concerne ta personne, c'est que tu me suyues. Or de l'occasion de ce propos il se leua vn bruit entre les disciples, que ce disciple, aymé de Iesus,
roit point a mourir de mort violenté, ains demeureroit en vie iusques que le Seigneur
reuiendroit pour iuger les vifs & les morts:laquelle chose tous pour lors estimoyent n'au
deuoit aduenir en brief : combien que Iesus n' auoit pas dit qu' il ne mourroit point,
mais pour rabbattre la curiolité de Pierre, nya que ce fust à luy à se soucyer,encore que
bien il eust voulu cestuy demourer iusques à sa venue.Et ce disciple est celuy propre qui

rend

rend tefmoignage, ces chofes auoir efté ainfi faittes : & les a efcriptes à fin que plus cerʾ tainement & au large elles foyent femées & viennent à la notice de tous. Or fçauons-nous que fon tefmoignage eſt vray. Car il n'a pas efcript chofes qu'il ait ouy dire aux autres : mais chofes aufquelles luy-mefme s'eſt trouué. Et toutefois n'a pas recité tout ce que Iefus à dit & faict : car fi quelqu'vn le vouloit raconter par le menu, il s'en enſuyuroit vne infinie multitude de liures : or en a-on autant couché par efcript, qu'il en eſt de befoing pour obtenir falut. Refté donc qu'en croyant à ces cho-ſes, & enfuyuant les traffes de Iefus, nous tendrons au falaire de la vie immortelle.

FIN DE LA PARAPHRASE SVR L'EVANGILE
felon Sainct Iean, par D. Erafme de Roterodame docteur en Theologie.

❧PARAPHRASE
SVR LES ACTES, C'EST A
DIRE, SVR LES FAITS DES APOSTRES
Par Didier Eraſme de Roterodame.

CHAPITRE I.

'AY TENV VNE PARTIE DE MA PROɑ
meſſe,ô Theophile:Car quant au liure precedent, i'ay en iɾ
celuy comprins la vie de Ieſus Chriſt commençant l'affaiɾ
re de plus loing que les autres,aſſauoir à la conception de
Iean Baptiſte qui fut l'auãt-coureur du Seigneur,d'autant
qu'en ceſte narratiõ auſsi ſont reuelées les propheties qui
promettent le meſsias prochain à venir. En apres nous aɾ
uons amplement racõté certains cas obmis par les autres
eſcriuains,aſſauoir touchant la cõception de Chriſt, la naɾ
tiuité,la circoncifion & purification:nous auons auſsi tou
ché quelque point du naturel diuin dont il fit quelque
eſpreuue en l'eage de douze ans.I'ay penſé qu'il failloit faiɾ
re mention de ces choſes,& ce à fin qu'il apparuſt par plus d'argumens qu'il eſtoit celuy
que les oracles des prophetes auoyẽt aſsigné & que meſme ce premier eage de IeſusChriſt
n'auoit point eſté ſans teſmoignages d'hommes craignans Dieu,& inſpirés de l'eſprit ceɾ
leſte.Or cõbien qu'il ne faille faire doute que toute la vie de Ieſus Chriſt ne ſoit vn patron
exquis de pieté parfaitte, laiſſans ce qui a eſté faict au milieu nous auons faict vn ſaut iuſɾ
ques au temps que Iean cõmença par ſa predication & ſon bapteſme à prattiquer l'office
de l'auãt-coureur de Ieſus Chriſt,d'autãt que le Seigneur Ieſus cõmença principalement
depuis ce temps là a mener l'affaire du ſalut des hõmes ſelon les figures & enigmes de la
loy Moſaique,& ce qui auoit eſté predit par les prophetes, la ſomme de ceſt affaire giſoit
en deux choſes:premierement en faits c'eſt à dire à faire des miracles,à endurer le ſupplice
de la croix & en la reſurrectiõ eſquelles choſes tout ce qui auoit eſté ou figure en la loy, ou
promis par les prophetes a eſté par luy mis à chef.Puis en parolles par leſquelles il a bailɾ
lé au monde vne philoſophie nouuelle & euãgelique,à fin que cherchiſsions en luy-meſɾ
me tant la maniere que l'exẽple de viure ſelon Dieu.I'ay faict par ordre vn diſcours de ces
choſes iuſques à ce iour là auquel il fut receu au ciel d'où il eſtoit venu,apres qu'eſtant reɾ
uenu de mort à vie il eut commandé à ſes douze Apoſtres & aux autres ſeptante diſciples
leſquels auant ſa mort il auoit peculierement choyſis pour ceſte charge que receu qu'ils
auroyent le Sainct Eſprit lequel il leur departit alors ſoufflant contre leurs faces & depuis
leur enuoya du ciel plus largement qu'ils s'en allaſſent par tout le monde & preſchaſſent
l'Euangile non ſeulemẽt aux Iuifs,mais auſsi à toutes les nations de tout le mõde. Or failɾ
loit-il premierement cõfermer en toutes ſortes la foy de ceux par leſquels il auoit deliberé
de faire croyre à tous les hõmes des œuures admirables d'icelles:le ſommaire tendoit à ce
que chaſcun creuſt que Ieſus eſtoit vrayemẽt mort,& le troiſieſme iour vrayemẽt reſſuſcité
nõ pas auec vn corps phãtaſtique,mais auec ce meſme corps là ia immortel lequel il auoit
porté mortel eſtãt ſur la terre,lequel auſsi auoit eſté mis ſans ame au ſepulchre.Parquoy il
ne ſe cõtenta pas de ſe preſenter à ſes diſciples vne fois tant ſeulemẽt apres qu'il fut reſſuſci
té,mais leur apparut par pluſieurs fois non cõme ſont les fantoſmes,mais declarãt par diɾ
uers & euidens argumens qu'il auoit recouuré ſon corps vif, à raiſon de quoy il ſeiourɾ
na ſur la terre quarante iours durant leſquels il ne voulut eſtre apperceu de nul que des
ſiens,&ne ſe preſenta pas ſeulement à eux pour eſtre apperceu des yeux,eſcouté des oreilɾ

Aa   les

les & taftonné des mains, mais aufsi viuant auec eux priuément il mangea en leur compagnie qui eft le plus certain figne d'vn corps viuant. Ce pendant il deuifa fouuent auec
eux du royaume de Dieu, leurs raméteuant les chofes par luy faittes & enfeignées auāt fa
mort, à fin que finalemēt ils recogneuffent que tout ce qu'il auoit predit eftoit aduenu, les
aduertiffant quant & quant de ce qu'ils auroyent à faire ou attendre à l'aduenir. Car combien qu'il leur euft-ja donné l'authorité de prefcher l'Euangile, toutefois il leur cōmanda
qu'ils ne fe fourraffent incōtinent à la prattique d'vne fi haute charge & s'eflōgnaffent de
Ierufalem, ains qu'eftans là affemblés & vacans enfemble à ieufnes, hymnes, & prieres, ils
attendiffent le Sainct Efprit, lequel auāt qu'il mouruft il leur auoit promis pour vn autre
conforteur que fon pere deuoit enuoyer. Ie le vous ay promis de ma bouche (dit-il) & ne
faittes point de doute que mon pere ne tienne entieremēt ce dont ie vous ay faict promeffe en fon nom: car ceft tout vn de la volonté de mō pere & de la miénne. L'affaire que vous
entreprenés eft celefte & non humain & n'enfeignerés pas chofes charnelles comme ont
faict les Pharifiens iufques à maintenāt, mais fpirituelles, & s'efleuera à l'encōtre de vous,
à raifon de la predication de l'Euangile, vne perfecution qui ne fera pas petite. Parquoy il
eft befoing que foyés fortifiés d'vne vertu enuoyée du ciel, à fin que puiffiés fournir à vn
affaire de fi grande importance, lequel s'acheuera non par forces humaines, mais par le
fecours du Sainct Efprit. Iufques à prefent on a feulement donné les coups d'effay & certains cōmencemens dreffés pour le miniftere Euāgelique. Iean a baptifé d'eau, mais il n'a
point donné le Sainct Efprit: car il n'y a homme qui le puiffe donner, & n'a prefché autre
chofe que penitence d'autant que le royaume des cieux eftoit prochain: il faut maintenāt
vne puiffance plus forte pour mettre en euidence la vigueur de la doctrine Euāgelique &
fouftenir les alarmes du monde aduerfaire. Pour tel cas ce n'eft pas affés que foyés nets de
pechés, mais il faut pour publier vne doctrine nouuelle vn nouueau efprit, vn efprit foi-
fonnant, vn efprit celefte, vn efprit de feu. D'iceluy ferés vous baptifés d'icy à peu de iours:
c'eft-ce baptefme que Iean n'a peu donner, mais a predit que ie le donneroye: car rendant
tefmoignage de moy il difoit ainfi: Ceftuy là vous baptifera au Sainct Efperit & feu. Iadis
aufsi Dieu departit fon Sainct Efprit aux prophetes & hommes de bonne vie. Et ay fouf-
flé le Sainct Efprit en vous. C'eft vn mefme efprit: Mais maintenant il fera efpandu tref-a-
bondamment par tout le monde pour renōuueller toutes chofes. Appareillés voz cœurs
pour fa venue par fobrieté & vœus de deuotion, principalement par foy entiere, à fin
que foyés inftruments conuenables de l'efprit lequel ouurira fon chemin pour vous. A-
pres que Iefus eut tenu ces propos à fes difciples amaffés enfemble, à fin qu'il ne laiffaft
entre eux aucun difcord, d'autant qu'ils n'auoyent point encore mis ius cefte fantafie
qu'ils auoyent de l'aggrandiffement du royaume d'Ifrael, ils s'enquierent du Seigneur
comme s'il d'euft incontinent partir, s'il rendroit le royaume au peuple d'Ifrael bien toft
apres qu'il auroit enuoyé le Sainct Efprit, & fi de brief il manifefteroit fa maiefté au monde: car ils n'entendoyent pas encore quel feroit ce royaume fpirituel. Pierre defiroit que
le royaume fuft eftably en la montaigne. Les autres aufsi oyans parler de la refurrection
s'enqueftoyent du royaume. De-rechef apres qu'ils eurent entendu le propos de l'efprit
qui deuoit eftre enuoyé, encore leur fouuient du royaume: car ils efperoyent qu'il aduiendroit que l'Empire dé tout le monde feroit tranfportée au peuple des Iuifs. Aufsi fans
faillir deuoit venir le temps auquel Ifrael regneroit, non pas ceft Ifrael charnel, mais
celuy qui vrayement en auroit merité le nom, c'eft à dire, celuy qui feroit vrayement
vaillant enuers Dieu: car Iacob gaigna ce nom en luyttant contre l'Ange. Pendant que
tout le monde fe fioit en fes œuures il ne pouuoit attaindre à la iuftice diuine. Chafcun
eftoit conuaincu d'iniuftice, & de faict en portoit la punition. Mais apres qu'il eut
commencé à fe deffier de foy & fe fier aux promeffes Euangeliques, alors il conquift
par maniere de dire la iuftice de Dieu & obtint à force mifericorde. Iefus Chrift a reftably par l'Euangile ce royaume venu par tout en decadence & principalement entre
les Iuifs. Les difciples n'entendans point cecy fongeoyent vne felicité, laquelle les deliureroit de toutes les perfecutiōs des mefchās, mais cela ne deuoit pas eftre auant la fin du
monde. Or vouloit le Seigneur que ce temps là fuft incogneu aux fiens, pour autant qu'
il n'eftoit pas de befoing qu'ils le fceuffent. Pour cefte caufe il rembarra leur conuoitife inutile auec telle refponce. Ne demandés pas ce qui n'eft pas neceffaire de fçauoir.
Ayés feulement bon courage & paracheués ce qui vous eft enchargé. Vous ne ferés
que les miniftres de ceft affaire: Laiffés-en l'auancement & l'yffue à voftre pere celefte,

Il ne

Il ne vous appartient donc pas de cognoiſtre en quel an, quel moys, ou quel iour & heure
s'eſtablira le royaume d'Iſrael qui ſont choſes ſemblables à celles que s'efforcẽt de ſçauoir
les Aſtrologiens follemẽt curieux. Ie vous ay cõmuniqué tout ce que mõ pere vouloit que
vous ſceuſſiés. Ie ne vous ay reuelé ce temps là, pource que mõ pere s'eſt reſerué pour luy
ſeul le diffinitif d'iceluy à fin que vo⁹ veilliés touſiours en voſtre office. Pource le royaume
de Dieu viẽdra auquel les bons & mauuais receurõt les guerdõs de leurs œuures, pour la
venue duquel faut que touſiours on ſoit preſt: combien que ce pendant le royaume ſpirituel ſe manifeſtera pour lequel maintenir Dieu ſe veut ſeruir de voſtre labeur, quant aux
guerdons il y pouruoyera. Parquoy laiſſés le deſir de cognoiſtre ce qui n'eſt neceſſaire &
vous appreſtés à ce qui eſt prochain. A quoy d'autant que de voſtre puiſſance ne pouués
fournir, le S. Eſprit ſera eſpãdu ſur vous du ciel cõme ie vous ay promis, lequel adiouſtera
force à voz courages & vous fera ſouuenir de tout ce que ie vous ay enſeigné, & meſme
s'il eſt beſoing que ſçachés quelque choſe d'auantage, il vous en fournira. Eſtans donc inſtruits par ſon recollement & fortifiés par ſon ſecours vous me ſerés teſmoings premierement en Ieruſalem ſuyuant le prophete qui dit: La Loy ſortira de Sion, & la parolle du Sei-   Eſa.2
gneur de Ieruſalem. Tãtoſt apres par toute la Iudée: puis apres par Samarie limitrophe de
Iudée. Finalement par toutes les nations du monde quelque endroit que ce ſoit de terre
habitable: car ie ſuis egallement venu pour tous, ie ſuis mort pour tous, à tous ſera offerte
la grace de l'Euangile. La Loy a regné iuſques à maintenant entre les Iuifs. Mon pere veut
que le regne de l'Euangile ſoit autant eſlargy que l'eſtendue du rond de la terre eſt large.
Voyla les dernieres parolles que le Seigneur Ieſus diſt à tous ſes diſciples aſſemblés à Bé-
thanie. Apres leſquelles les ayant benits il eſtoit porté en haut, tant qu'vne nuée blanche
leur fit perdre la veue du corps de Ieſus: car il eſtoit temps qu'ils ne s'attendiſſent plus à la
preſence du corps, à fin que de tant plus ils cõmençaſſent à eſtre ſpirituels, & ne regardaſſent plus Ieſus ſinon des yeux de la foy. Tandis que le Seigneur s'eſleuoit en haut couuert
d'vne nuée, les diſciples s'arreſtoyent fichans leurs yeux au ciel. Tant leur eſtoit impoſſible d'eſtre ſeparés de celuy qu'ils aymoyent ſingulieremẽt, iaçoit qu'ils fuſſent encore foybles. Or attendoyent-ils pouruoir ſi quelque cas nouueau ſe monſtreroit d'enhaut à eux.
Parquoy voicy arriuer deux meſſagiers celeſtes en faces d'hõmes & robbes blãches: la face engardoit que nul ne s'effrayaſt, la blãcheur de la robbe eſtoit bien ſeante au meſſagier
de celuy qui s'en alloit en gloire. Iceux appaiſoyent par parolles amyables le dueil que ſes
diſciples auoyẽt conceu, à cauſe du depart du Seignr, & du regard qu'ils gettoyẽt en haut,
les rappelloyẽt vers leur deuoir. Hõmes de Galilée, diſent-ils, pourquoy vo⁹ arreſtés vo⁹
icy les yeux fichés au ciel: Ce Ieſus haut eſleué arriere de vous eſt retourné au ciel dont il
eſtoit venu, cõme ſouuent luy aués ouy dire qu'il eſtoit venu d'auec ſon pere, & que vous
ayant laiſſés au mõde, il retourneroit vers ſon pere. Il n'eſt pas rauy en l'air comme Helie,
mais eſt receu au palais royal de ſon pere pour eſtre auec luy aſſis à ſa dextre cõme compagnon du royaume celeſte. Vous l'aués veu s'en aller au ciel en corps viſible & tout immortel, ainſi reuiendra-il cy apres à fin que ceux qui n'ont point voulu recognoiſtre la face du
ſauueur, recognoiſſent la face du iuge. Il ne reuiẽdra pas en bas eſtat, mais ſe mõſtrera d'en
haut aux yeux de tout le mõde moult glorieuſement. Vous eſtes peu qui l'aués veu s'en aller, tous les hõmes le verrõt reuenir. Mais il ne faut pas que vous attẽdiés maintenant ce
retour là, vous aués apprins de luy qu'il faut que l'Euangile ſoit premieremẽt preſché par
le monde vniuerſel. Soyés maintenãt ententifs à cecy principalemẽt: car il ne vous eſt pas
cõmandé de vous arreſter icy: mais de ſeiourner en Ieruſalem, à fin que receu qu' aurés illec l'eſprit celeſte, vous cõmenciés heureuſemẽt vne beſongne celeſte. Les diſciples obeirẽt
à ces parolles, & laiſſant le mõt des oliues (auquel le Seignr auoit prins plaiſir de loger deuãt ſa mort, & ſur lequel il engraua ſes derniers pas eſtant preſt à retourner au ciel) ils retournerent en Ieruſalẽ. Or eſt ce mont là arriere de Ieruſalem le chemin d'vn Sabbath, c'eſt
à dire enuiron de deux mille pas. De ce mont alla Ieſus à l'infamie de la croix. D'iceluy meſme il s'en alla en gloire. De ce mõt on voit Ieruſalem, & Ieſus ſeant ſur iceluy auoit predit &
deploré la ruine de la ville. Le Seignr voulut que la lumiere Euãgelique eſclairaſt premieremẽt en ceſte meurtriere des prophetes, ou pource qu'il auoit eſté ainſi predit par les prophetes, ou à fin que toute couleur d'excuſe leur ſoit oſtée, à eux dy-ie leſquels ſans cela deuoyẽt toutalemẽt perir pour leur incredulité. Les Apoſtres aymoyẽt mieux regarder cõtre
le ciel, là où le Seignr eſtoit allé deuant eux, mais pour le profit du prochain, il faut ſouuẽt
plus toſt s'abbaiſſer aux choſes neceſſaires que celles qui nous ſont plaiſantes. Quand ils
furent venus en Ieruſalẽ, ils entrerent en vne ſale en laquelle demeuroyẽt les diſciples qui

Aa   2   auoyent

auoyēt estés plus familiers que les autres, assauoir Simon Pierre & Iean, Iaques & Andrē, Philippes & Thomas, Barthelemy & Matthieu, Iaques d'Alphée & Simon Zelotes qui est nōmé Cananeen en Ebrieu & Iudas surnōmé Thaddée ou Lebée frere de Iaques puisné. Il y auoit vn nōbre de femmes qui demeuroyēt en la mesme sale, lesquelles par bonne affection auoyēt suyui le Seignr quand il vint en Ierusalem, & luy auoyent administré de leurs biens. Entre celles-cy estoit Marie mere de Iesus auec quelques vns de ses cousins que les Ebrieux appellent freres. Cōtemple-moy vn petit icy le cōmencement de l'Eglise naissante: la ville de Ierusalem leur plait qui vaut autant à dire en Ebrieu que visiō de paix. Ceux là ne demeurent point en Ierusalem, lesquels ont ce mōde pour leur patrie, & ne pretēdent point la trāquillité de la vie celeste. Ceux là ne demeurent point en Ierusalem, lesquels ont l'entēdement troublé de cupidités mōdaines. Le S. Esprit ne se lance point en tels cœurs. La sale pleut, laquelle est au haut estage de la maison, car les boutiques & ouuroirs sōt coustumierement és parties basses de la maison. Or faut-il que cestuy là soit eslongné de tous soucys d'auarice, qui s'appreste pour logis à l'esprit de Dieu. Voyla ceste saincte assemblée que le Seigneur Iesus auoit choysie entre toutes. Voyla la sale qui fut le premier repaire de l'Eglise Euangelique. Voy maintenāt que cest qui se faict icy. On n'y passe pas le temps en querelles, ou fables oysiues, mais ils perseueroyent tous d'vn mesme courage en sainctes prieres. Il n'y a point là d'Eglise de Christ, où les cœurs ne soyent point vnis. Les prieres ne sont point agreables à Dieu, où il n'y a point de concorde fraternelle. Et ne merite pas d'estre ouy celuy qui ne prie cōstamment: vne assemblée Euangelique demande vne mesme chose. Il n'y a point de priere Ecclesiastique là où l'vn demāde des richesses, l'autre souhaitte la mort de son ennemy, l'vn desire lōgue vie, l'autre vn royaume, vn autre vn'autre chose. Or les autres disciples se retiroyent ensemble en la sale des Apostres. Et aussi c'est force que quicōque veut estre disciple de Iesus s'assemble en la compaignie de l'Eglise. Ia s'estoit amassée vne cōpaignie d'enuirō six vingts hōmes, tant petit estoit le nōbre de ceux qui aymoyent Christ de tout leur cœur. Alors Pierre lequel comme vn pasteur fidele desiroit fort que le trouppeau Euāgelique accreust, eut soing du nombre des Apostres, lesquels Apostres le Seigneur Iesus auoit esleus douze en nōbre, car Iudas Iscarioth qui estoit mort de douze en auoit faict vnze. Considere icy ō Theophyle la forme d'vne cōsultation Ecclesiastique. En la presence d'vn tres-grād nombre de disciples Pierre faisant l'office d'Euesque se lieue au milieu de l'assemblée des disciples assis, à fin que d'vn consentement vnanime on ordōnast ce qui sembloit cōcerner la reparation de l'entier de l'ordre Apostolique. Il cōmence par l'escripture diuine. Car il faut qu'vne harēgue Ecclesiastique cōmence par là, & ne cōclud-on rien que premier on n'ait faict priere d'vn cœur vny. Or parla-il en ceste maniere: Freres, il ne faut pas que suyuāt les conseils des hommes vous entrepreniés rien de nouueau, mais est necessaire que ce que le S. Esprit pphetisa iadis par la bouche de Dauid de mettre quelqu'vn en la place de Iudas soit accōply: car cecy auoit esté predit és Pseaumes, assauoir qu'il aduiendroit que cestuy là se reuolteroit cōtre son maistre & laisseroit sa place vuide à vn qui luy succederoit: car le Seigneur Iesus auoit entre tous peculierement choysi douze Apostres lesquels il vouloit estre tesmoings de tout ce qu'il faisoit & enseignoit. Vo' voyés que to' ceux là sont icy present, hormis Iudas Iscarioth: car le Seignr Iesus l'auoit aussi esleu du nōbre des douze & a voulu qu'il fust cōpaignon de l'office Apostolique: mais il a abādonné la cōpaignie de son maistre & la nostre aussi & à mieux aymé estre la guide des meschās gēdarmes qui pridrēt Iesus Christ que suyure Iesus pour sa guide ou estre cōpaignō des Apostres. Or de meschāte entreprinse malheureuse fut la fin: car estant aueuglé d'auarice il vendit trente deniers & trahit son maistre innocēt: puis se repētant du faict il reporta le pris inique & les ietta aux pieds des Sacrificateurs par lesquels il auoit esté soudoyé, & ayant plus grande souuenance de son meffait que de la clemence de Iesus, fut bourreau de soy-mesme: car il garrota son col d'vn cheuestre, & estant pēdu creua par le milieu & furent espars tous ces boyaux: mais ceste malheureuse pecune laquelle il getta aux pieds des Sacrificateurs fut employée par l'aduis d'eux mesmes en l'aschet d'vn chāp auquel seroyēt enseuelis les estrāgiers pource qu'ils estimoyēt que ce n'estoit pas chose raisonnable que le pris du sang innocēt trahy fust porté dans le trōc. Ceste meschāte cōscience des Sacrificateurs & Pharisiens a esté cause que le forfaict de Iudas & leur impieté a d'auātage esté cogneue de tous ceux qui pour lors demeuroyēt en Ierusalem, tellemēt que ce chāp a esté appellé en langue vulgaire des Iuifs Archedema, c'est à dire, chāps de sang. Par quoy no' voyōs qu'en ce que le S. Esprit auoit predit au Pseaume 68. des Iuifs lesquels ont persecuté Iesus Christ auec haynes obstinées ne se sont voulus remettre à biē-faire incités

par

par tant de bienfaits, est maintenãt accomply en Iudas, & en son temps s'accomplira és autres: car la prophetie est telle: Leur repaire deuiẽne desert, & qu'il n'y ait celuy qui y habite. Le malheureux Iudas a perdu le lieu de l'office Apostolique. Pareillement cy apres seront aneantis le temple, la prestrise, l'authorité des Scribes & Pharisiens & Ierusalem aussi: Les meschans Iuifs seront chassés & en leurs places seront mis les vrays Iuifs qui seront circoncis de cœur non de corps & recognoistront le Messias que ceux là ont crucifié. Cecy a esté semblablement predit par maintes propheties des prophetes, & nous mesmes auons ouy le Seigneur Iesus prophetisant auec larmes ces choses de la cité de Ierusalem. Il reste maintenãt que quelqu'vn soit mis en la place de Iudas, le Pseaume cent dixhuit a pareillement predit cecy. Or prendra vn autre son office: car nostre office ne requiert autre chose sinon que nous ayõs soing du trouppeau du Seigñr & le pouruoyons de la pasture de la doctrine Euãgelique. Cestuy là a laissé sa place. Il ne faut pas pourtãt que le trouppeau soit à cause de ce priué de ses pasteurs, & ne faut appetisser le nombre que le Seigneur a estably auãt toutes choses, adioustant vn surnom propre, assauoir les nommant Apostres: car il a voulu que ceux là fussent tesmoings perpetuels de ses dits & faits, lesquels ont esté ses cõmensaux ordinaires & domesticques. Il faut qu'en la place de Iudas soit mis quelqu'vn d'entre ceux qui nous ont cõtinuellement hanté tout le temps auquel le Seigñr Iesus depeschant l'affaire de salut des hõmes a voulu que fussions ses familiers & le suyuissions tousiours par tout où il iroit, assauoir depuis le baptesme de Iean, auquel il succeda tãtost iusques au iour qu'il remõta au ciel, à celle fin qu'il puisse auec noꝰ estre tesmoing suffisant de tout ce que le Seigñr a enseigné & faict & sur tout de la resurrection : car il n'est pas souuent apparu à tous disciples, mais à ceux là tant seulement qu'il auoit peculierèmẽt choysis. Approuuée que fut ceste harengue de la compaignie, ils choysirent deux hõmes d'entre les septante, assauoir Ioses, autrement nommé Barsabas qui pour l'excellente rõdeur de ses mœurs fut surnommé Iuste, & Matthias, en intention que ces deux qui estoyẽt aussi religieux l'vn que l'autre, cestuy là qui seroit le plus agreable à la compaignie prẽdroit la charge d'Apostre. Toutefois se deffians de leur iugement, ils prierent le Seigneur en cõmun disans : Les hommes qui iugent des choses qu'ils voyent & oyent peuuent bien mal iuger : mais toy Seigñr qui seul cognois les cœurs par lesquels les hommes sont vrayement bons ou mauuais veuille declarer par quelque signe à tes seruiteurs lequel de ces deux tu as esleu pour parfaire le nõbre des douze Apostres & succeder à l'office d'vne charge si haute de laquelle Iudas est descheut pour aller au lieu auquel tu sçauois bien qu'il iroit, comme ainsi soit que tu voyes toute choses: car il ne s'est pas reuolté de ta compaignie par ta faute, veu que tu cherchas tous moyens pour le faire venir à amendement. Et cõbien que rien ne soit aduenu cõtre ton iugement, si ne l'auois-tu receu à fin qu'il se reuoltast. Mais ta sagesse diuine auoit apperceu qu'il nous estoit bon que par la trahison de cestuy là, ton fils fust immolé pour nous, & que le traistre nous seruist d'exemple, pour noꝰ duire à ne nous acquitter nonchalãment & sans soucy de la charge qui nous est enioincte. Apres ceste priere on vint à getter le sort selon la coustume des Ebrieux, car ainsi fut Ionas par sort plongé en la mer, ainsi trouua-on que Ionathas auoit tasté du miel, ainsi les Sacrificateurs exerçoyent leurs saincts offices par sort: car le Sainct Esprit n'estoit pas encore venu, & auoyent encore les Apostres quelques reliques de Iudaïsme: Combien toutefois que les sorts ne soyent point dangereux: car auquel des deux qu'ils fauorisent, ils tombẽt sur vn homme de bien. Et ne fut pas tout l'affaire cõmis au sort: on esleut à plus de voix deux des plus estimés. Le sort determiné entre eux le doute de l'election, lequel sort ne peut auoir aucun hasart, veu que la priere gouuernoit son yssue. Ce sort donc qui ne fut autre chose qu'vne declaration de la volonté diuine esleut Matthias, cõbien que Ioses outre la louange de son surnom fust à estimer de ce que son visage rapportoit à celuy de Iesus Christ, ce neãtmoins Matthias fut preferé à luy, à fin que fussions apprins qu'en eslisant des Euesques ausquels faut donner la charge de dispẽser la doctrine Euãgelique, tant s'en faut qu'il faille lascher quelque chose aux affections humaines qu'entre ceux qui sont egaux, il faut plus tost fauoriser à celuy qui n'est à priser pour quelque chose humaine, de peur que chose faitte par occasiõ ne soit tirée en exemple pernicieux. Il y a aussi sous ces noms quelque doctrine secrette. Matthias qui est vn mot qui signifie en Ebrieu don du Seigneur est preferé à Iuste, pourautant que les Pharisiens s'approprioyent ce surnom par œuures: Mais il n'y a gens moins propres à la predication Euangelique. Celuy qui recognoit & confesse publicquemẽt par foy le don gratuit de Dieu est digne de succeder aux Apostres. Et ne s'est point marry Iuste de ce que son pareil estoit preferé à luy, & ne s'est point enorgueilly Matthias estant ioinct aux vnze

Apostres à fin qu'il remplist ce sainct membre là, & que luy qui estoit tres-homme de bien fust mis en la place d'vn tres-meschant.

CHAPITRE II.

PASSÉS que furent en telle sorte quarāte iours apres la resurrection du Seignr ce desiré iour de la Pentecoste c'est adire cinquantiesme estoit venu, lequel estoit pareillement plaisant & venerable aux Iuifs, ou à ceux de l'an du Iubilé qui reuenoit de cinquāte ans en cinquante ans, ou à cause que la Loy fut baillée sur le mont Sinai cinquāte iours apres que l'aigneau fut occis, par le sang duquel ils estoyent sortis d'Egypte à sauueté, la Loy anciēne escripte en tables de pierre fut baillée sur vn mōt, la Loy nouuelle escripte ès cœurs des croyans par le Sainct Esprit fut baillée en vne sale. L'vn & l'autre lieu estoit haut, & y eut du feu en l'vn & l'autre lieu: Mais il n'y a là qu'vn mont, voyre que le peuple est engardé d'attoucher. Peuple grossier & terrestre, & qui ne peut comprendre les choses spirituelles. En ce mōt icy y a vne maison, à fin que tu aperçoyues l'vnion de l'Eglise. Là est le mont Sinai propre pour y faire la Loy laquelle à force de cōmandemens deuoit refraindre le peuple rebelle: car Sinai prend son nom du cōmandement. Icy est le mont de Sion qui signifie eschauguette en Ebrieu, duquel on voit en bas toutes les choses terriēnes, & regarde-on de loig par foy les choses celestes cōme de pres. Là estoit vn feu terrible, vne fumée, vn embrasemēt, des esclairs & tōnetres: Icy vn fort vēt qui toutefois porte vne gayetté de cœur & nō pas vne frayeur & vn feu qui en peut brusler les corps, mais esclarcit les entēdemēs & enrichit les lāgues des idiots d'eloquēce celeste. Là grōde le peuple mutiné: Icy gens paisibles & d'vn mesme courage priēt en vne mesme sale attēdans le dō celeste. Ce iour là estoit assigné pour vn affaire celeste ne plus ne moins que le lieu auquel ils auoyēt-ia accoustumé de venir souuēt par l'espace de quarāte neuf iours. Or estāt-ia venu le cinquātiesme iour ils s'estoyēt tous trouués ensemble par grād accord en vne mesme sale pour receuoir l'esprit celeste. Là n'est poīt le S. Esprit où il y a vn cœur saysi de soucys bas & vilains: il faut qu'il soit en la sale. Il n'y a point là de place pour le S. Esprit où est vn esprit mutiné par discors, haynes & querelles. Eux to⁹ donc amassés ensemble en vn mesme lieu, voyre en vn haut lieu, croyēt, priēt, & attēdēt d'vn mesme accord. Et voicy venir d'enhaut incōtinēt le don de Dieu: car vn son vint soudainemēt du ciel, cōme s'il eust couru vn roide vent, & rēplit toute la sale où ils estoyēt assis en tranquilité & repos. Ce n'estoit pas la bise qui souffle la froidure du dedās des nuées: ce n'estoit pas aussi le vēt de midy q apporte aux corps, & lieux marescageux vne moysteur pestilētieuse. C'estoit vn souffle celeste venāt là où Iesus Christ estoit allé inspirāt aux ames vie eternelle & adioustāt aux foybles & debiles force & alaigresse. Ce son n'effraya personne, mais resueilla les cœurs de tous en l'attēte de l'esprit ꝓmis. Ce signe fut dōné aux oreilles, vn autre fut dōné aux yeux: car ces deux sens sont les plus excellēs en l'hōme. Il leur apparut des lāgues cōme en figure de feu qui se departirēt sur vn chascun disciple & pour nous dōner à entēdre que le dō dureroit tousiours, & demeurerēt posées quelque tēps sur la teste de chascun d'eux. Vn mesme esprit inspira les entēdemēs de tous: vn mesme feu embrasa le cœur & la lāgue d'eux tous, & quāt & quāt la vertu du don celeste ensuyuit le signe visible. Tous ceux q estoyēt là furēt en vn instāt cōme trāsmués en hōmes celestes & rēplis du S. Esprit, & se prindrēt à parler diuers lāgages, nō ceux qu'ils auoyēt apprins en deuisant auec les hōmes, mais ceux que l'esprit auoit entōné en eux du ciel. Il n'y a mēbre d'hōme plus pestilētieux que la mauuaise lāgue, ne plus salutaire que la bōne. Or pour semer ça & là la doctrine celeste parmy les gēs de toutes lāgues, il failloit des lāgues abbreuuées de doctrine celeste, & flāboyantes du feu de charité. Cecy dōc estoit le signe principal de la foy Euāgelique, que le Seignr leur auoit ꝓmis, disant: Ils parlerōt nouuelles lāgues, ceux qui accusent faussemēt, qui mesdisent, q disent iniures à leur prochain, qui se pariurēt, qui tiēnent de vilains ꝓpos, ont vne langue enflāmée non du feu celeste, mais du feu d'enfer. Ceux qui disputēt des choses basses de ce monde, n'ont pas encore receu vne langue celeste. Les Apostres disputoyent au parauāt des pains oubliés, d'agrādir le royaume d'Israel, du premier siege de la principauté. Ceste langue estoit humaine nō conuenable encore pour prescher l'Euangile, ils ne disent maintenāt rien de tel. Tout ce qui part de leur bouche & tout ce qu'ils disent est spirituel, celeste & de feu. La voix ne peut estre prōnōcée sans lāgue & esprit. Or l'esprit celeste rēd vne voix celeste, & la lāgue de feu enflāme les cœurs des auditeurs, la lāgue des Pharisiēs est froide quoy que soit docte la lāgue des philosophes, & quoy que soit diserte la lāgue des orateurs si est ce qu'elle n'esmeut personne. Ce don part des cieux. Les disciples ne sont que les fleutes par lequel le S. Esprit met hors sa voix. L'hōme ne peut dōner ce don

Exo.19

Et soudainement se fit vn son du ciel.

ee don à l'hôme & ne peut aucũ s'en faire part, mais Dieu les depart à chascun côme il luy
plait.Celuy auquel il le depart à plus grãde foison, n'a pas dequoy mespriser autruy,mais
à cause de ses vertus doit plus alaigremẽt profiter à plusieurs.L'espritest vne chose puissan
te.Le feu est vne chose vigoureuse & sans arrest.Les Apostres ne sommeillent plus comme
ils sommeilloyent deuant la mort du Seigneur.Ils ne se cachent plus côme ils faisoyent a
pres la resurrection.Ils se iettent en pleine rue & preschẽt çà & là, & publicquement à chas
cun le salut gratuit par la foy en Iesus Christ, lequel peu de temps au parauant auoit esté
crucifié. Or estoit ceste cité vn theatre idoine pour commencer se spectacle. Car à cause de
la renommée de la ville & de la Pasque, qui auoit precedé & de la solennité de la Penteco
ste, plusieurs se tenoyent pour lors en Ierusalem qui estoyent nòn seulement de tous les
quartiers de Syrie, mais aussi de tous les pays en quelque endroit que ce fust que la tem
peste de la guerre,les auoit dechassés,ou que quelque cas fortuit les auoit emmenés:entre
lesquels estoyẽt plusieurs qui auoyẽt la pieté à cœur. Quand donc la noueauté de ce cas
fut venue à la notice de chascun,le commun s'assembla pesle mesle demandãt tout eston
né comment se pouuoit faire vne chose si estrange, que nonobstant qu'ils fussent recüeil
lis de pays de langues si diuerses, neantmoins vu chascun deux les entendoit parler tout
ainsi que s'ils n'eussent pas parlé vn certain langage à tous, mais à chascun d'eux à part
son langage maternel : Car le langage des Ebreux a ses differẽses selon ses separations des
pays, à cause du voysinage des nations diuerses, ou quelqu'autre accident. Et mesme vne
femme Samaritaine aperceut à la proprieté de la langue que Iesus estoit Iuif & manifesta
le son de la langue que Pierre estoit Galileen. Pareillement la langue des Grecs estoit diui
sées en cinq sortes. Et n'y a pas moins de difference és autres langues des Gentils. Pour le
faire court la plus.part des Iuifs ne sçauoyent point d'autre langage que celuy du pays où
ils estoyent nays. Parquoy ils s'esbahissoyent tous grandement & debattoyent entre-eux
comment se pouuoit faire ce qu'on n'auoit iamais ouy dire ny trouué par escript. Or di
soyent-ils ainsi.Voicy chose nouuelle. Tous ceux-cy qui parlent ne sont ils pas natifs de
Galilée.Dont vient donc cela,que tant de gens de langues differentes, que nous sommes
toutefois & quãtes que nous ouyons parler l'vn deux nous l'entendõs ne plus ne moins
que si chascun oyoit langage du pays où il a esté nay, combien que la compaignie soit a
massée de si diuers pays & aye des Parthes,des Medes,des Elamites,& des habitans de Iu
dée departie en plusieurs contrées & qui plus de Capadoce, de Ponte & d'Asie ainsi pro
prement nommée,de Phrygie, de Pamphylie, d'Egypte, & des marches de la Lybie qui est
vers Cirene. Item de ceux qui ont leur demourance à Rome tant Iuifs naturels que Prose
lites, c'est à dire receus à la religion Iudaique. Outre-plus des Creteins & des Arabes.
Nous qui sommes ramassés de tant de pays & langues si differentes les oyons & entendõs
parler nõ de choses vulgaires ou humaines,mais hautes magnificques & dignes de Dieu,
Voyla comment tant qu'ils estoyent d'hommes craignans Dieu s'estonnoyent de la nou
ueauté du cas & raisonnoyent disans. Que veut dire ce miracle? Ils ne repreignent point
ce qu'ils ne peuuent comprendre, comme ont accoustumé de faire les Pharisiens,mais
s'enquierent & desirent apprendre ce qu'ils ne sçauent pas. Au contraire ceux qui en iu
geoyent iniustement & à l'estourdie disoyent en se mocquans:Ils sont pleins de vin.Il sem
ble que ceux-cy soyent disciples des Pharisiens qui disoyent de Iesus : Il a le diable. Car a
dire vray,vne fort grande ebrieté ressemble bien à vne rage.Or peut-il parauanture adue
nir qu'aucun parlera par furie langues diuerses lesquelles ils n'apprint iamais.Mais il n'y
a furie qui face tant que chascun entende ce que tu dis. Bien est vray que ceux là parloyent
ainsi par mocquerie:mais rien n'engarde qu'on ne die bien aucunefois la verité en se moc
quant.Ils estoyent toutalement remplis de ce vin nouueau que le Seigneur ne voulut lais
ser mettre en vieilles peaux:car le vieux vin de la loy Mosaique estant failly aux nopces de
l'Esglise & auoit esté le sens de la Loy-froid & sans saueur,mué par Iesus Christ en vin nou
ueau. Tout ce qui est charnel est sans saueur & brouillé & tout ce qui est spirituel est vigou
reux, puissant & saoureux. Or beuuoyent-ils tous largement de la couppe celeste de la
quelle le Psalmiste dit : Ma couppe est toute pleine.Et s'il est licité de faire comparaison en Psal.22
tre choses de toutes sortes grandement differentes. Ceste yurongnerie commune engẽdre
quatre choses principalement és hommes:Elle descouure ce qui estoit caché au cœur, elle
faict oublier les maux passés, & resiouist le cœur d'esperance plaisante, elle donne vn tel
courage qu'on vient a mespriser la vie. Finalement elle rend eloquents ceux qui n'ont
grace aucune de parler. Regarde moy maintenant si ce nouueau vin de l'esprit de Dieu,
n'a point engendré quelque chose telle és Apostres. Ils descouurent maintenãt en public

ce qu'ils auoyent celé par crainte & ce qu'ils auoyent apprins en secret, & selon la prophetie du Seigneur preschét sur les toits. Ils oublient le vieil Iudaisme, & comme s'ils estoyent
noüueaux nays ne leur souuient plus de la vie precedente ne des afflictions, desquelles
espouuentés ils auoyent abandonné le Seigneur. Bien qu'ils ne soyent garnis de forces
humaines, si est ce qu'ils ne craignent ne presidens, ne Roys, ne consistoires, ne prisons, ne
mort, ne tourmens, tousiours estant gays & ioyeux par les promesses Euangeliques. Brief
ceux qui estoyent pescheurs & lourdaux reprenent incontinent auec vne eloquence celeste le cœur hautain des Pharisiens. Ils rembarent les conclusions des Philosophes, & accablent la grace des orateurs. Or n'est-il rien plus difficile que parler deuant vn peuple
qui est tousiours vne beste à plusieurs testes, voire alors principalement qu'ils est amasse
de nations de langues diuerses. Considere moy en cest endroit Simon Pierre deuenu soudainement orateur de pescheur qu'il estoit. Le peuple ce mutinoit. Ce qui fut faict alors se
fera tousiours iusques à la fin du monde. En tel cas appartient à vn bon pasteur de se mettre courageusement en la foule: non pour refraindre les mutins par violence, ou rendre
iniure pour iniure, mais pour repousser la calomnie, & maintenir la gloire de Dieu par tesmoignages de la saincte Escripture auec vn courage plustost constant que fier. Pierre donc
qui s'estoit au parauant leué en la sale pour parfaire le nombre des Apostres se lieue maintenant de-rechef entre le peuple estonné pour enseigner ceux qui auoyent dit. Que veut
cecy dire? & ferme la bouche à ceux qui auoyent dit: Ils sont pleins de vin: non pas qu'il
soit necessaire qu'vn pasteur se tienne tousiours debout parlant au peuple, côme ainsi soit
que Christ mesme ait enseigné estant assis: Mais il faut que quiconque entreprent vne
charge Apostolique ait l'esprit droit. Or ce pendant prend garde icy à la dignité de Pierre.
Il est le premier prest a harenguer, quand le cas requiert vn orateur Euangelique. Il auoit
rengaine le glaiue qui ne pleut pas à Christ, il tire le glaiue de l'esprit, tel doit estre vn pasteur principal. Pierre se leue, mais non pas seul, ains en la presence des vnze Apostres qui
estoyent debout, depeur qu'il ne fust aduis qu'il vsurpast vne tyrannie. Il parla seul, mais
ce fut en la personne de tous, comme il auoit auparauant publicquemét confesse au nom
de tous que Iesus Christ estoit le fils de Dieu viuant. D'où vient vne si grande asseurance à
vn pescheur, idiot, & petit qu'il ose voire seulement regarder vne si grande assemblée. Les
grands orateurs qui apportét vne harengue labourée & bien pensée par plusieurs veilles,
perdent souuent la couleur, la voix leur faut & s'estonne leur entendemét quand ils ont à
parler deuât vn gros peuple ou des Princes. A la verité ceste ebrieté celeste faisoit cela, ceste
sobre yurongnerie en estoit cause. Il se tint debout en la presence d'vne si grâde assemblée,
il print auec soy les vnze Apostres non pour defence, mais pour compaignie. Il ietta ses
yeux sur le peuple, luy qui estoit incognéu sur vn peuple à luy incogneu, il haussa sa voix &
n'ayant rien premedité parla à eux, monstrant-ia par effect, ce que le Seigneur auoit enseigné. Et ne parle pas pour soy, mais luy qui est pasteur soustiét son trouppeau, voyre sans se
seruir de subtilités humaines, mais de l'ayde de l'escripture diuine. Le peuple attetif attet-
ia la harangue, soyons aussi attentifs, côme ainsi soit que ces choses ayent esté dittes pour
chascun. Premierement apres que leuant la main, Il eut appaisé le bruit du peuple, il commença par vne preface, qui les rendoit attentifs sans aucune flatterie Rethoricienne.
Hommes Iuifs (dit-il) qui ne deués pas ignorer la Loy ne les Prophetes, & principalemét
vous qui demourés en ceste ville de Ierusalem, où est la source de la religion & cognoissance de la Loy. Vous poures auoir cause de vous esmerueiller, mais nul n'a cause de calomnier. Parquoy vous tous qui estes icy escoutés moy vn petit attentiuement, & vous cognoistrés la chose comme elle va. Car cecy vous touche, tous les Galileens que voyés debout aupres de moy ne sont pas yures, comme aucuns pensent, veu qu'il n'est encore que
trois heures de iour. Or nul n'a coustume d'estre yure au point du iour. Mais vous voyés
qu'en eux est accomply ce que Dieu promit iadis par le prophete Ioel. Oyés la prophetie
& confessés que la promesse est accomplie. Ne mettés rien faussement à sus de ce que vous
voyés vne chose non accoustumée, mais embrassés plus tost la grace qui diuinemét vous
est offerte. Car Ioel inspiré de l'esprit de Dieu entendant que Dieu, lequel auoit donné son
esprit en diuers temps à Moyse & quelques Prophetes pour vostre salut, enuoyé qu'il auroit son fils vnicque, espandroit finalement en tres-grande largesse le mesme esprit, nô sur
vn hôme ou deux (comme voyés qu'il y a eu peu de Prophetes en tant de cents ans) mais
sur toutes les nations de tout le monde qui auec vne foy pure, receuroyent ceste ioyeuse
nouuelle laquelle nous apportons à tant que vous estes par son commandement, prononça en telle sorte la prophetie celeste. Et au dernier temps aduiendra, dit le Seigneur,
                                                                                        que

que i'espandray largement de mon esprit sur toute chair, & voz fils & voz filles prophetiseront & voz iuuenceaux verront visions, & voz vieilles songeront songes. Et certes en ces iours là, i'espādray de mon esprit sur mes seruiteurs & sur mes seruantes & prophetiserōt, & feray des choses merueilleuses au ciel en haut & signes en terre en bas, sang & feu & vapeur de fumée. Le Soleil se conuertira en tenebres & la Lune en sang, deuant que ce grand & notable iour du Seigneur viēne. Et aduiendra que quicōque inuoquera le nom du Seigneur sera sauué. Le prophete Ioel vous a predit cecy auant tant de cents ans: Vous voyés que ce qu'il a prophetisé de l'espanchement de l'esprit est accomply. Et ne faut pas douter que cela aussi que le mesme a prophetisé de l'affliction à venir n'aduienne autant certainement. Mais il ne faut pas que desesperiés car le Prophete qui faict à sçauoir le dangier, enseigne la seure voye de salut. Reclamés le nom du Seigneur, & voyla vostre salut prest. Mais ouyés maintenant hommes Israelites comment il faut reclamer le nom du Seigneur, & escoutés diligēment la reste de ma harangue. Vous cognoissés tous Iesus Nazarien homme iadis promis par les oracles de tous les Prophetes que Dieu vous a presenté, & prisé par plusieurs & grands miracles & merueilles, qu'il a faicts par luy en vostre presence. Car Dieu estoit en luy, ie ne vous dy pas vne chose qui vous soit incogneue, car la renommée de ces miracles s'est espandue non seulement par toute Iudée, mais aussi iusques à certaines cités voisines. Or dautant qu'il a cheminé par toute ceste contrée guerissant par tout les malades par sa parole, renforceant les debiles, illuminant les aueugles, nettoyant les ladres, chassant les diables, vous auès tous veu ce que ie racōte. Et n'y a pas vne de ces choses qui soit aduenue sans le conseil de Dieu : car il a pleu à Dieu d'ainsi sauuer le mōde. Comme ainsi fut donc qu'euſsiés receu vn tel personnage liuré pour le salut du peuple Israelites, non par hazard ou aduenture, mais par le definy conseil & preuoyance de Dieu, vous l'auès pēdu & mis à mort par les mains des gēdarmes meschās. Car les gendarmes n'estoyent sinon les ministres de vostre meschanceté, brief parler, quiconque la poussé à la mort, aussi l'a tué. La chose est si claire que nul ne la peut nyer. Vous l'auès dōc mis à mort ainsi le voulant Dieu qui l'auoit liuré pour estre mis à mort, lequel aussi comme portoyēt les oracles des prophetes, l'a ressuscité au troisiesme iour, à fin que tous ceux qui croyront à l'Euangile esperassent que cela mesme qui estoit aduenir à cestuy-cy par la vertu diuine, leur aduiendroit. Car obeissant à la volonté de son Pere, il endura patiemment l'infamie de la croix, mettant toute asseurance de salut non pas en supports humains, mais en la misericorde de Dieu. A raison de quoy il a esté deliuré par luy des douleurs de la mort & des enfers, lesquelles entant qu'homme il a peu goûter : mais entant qu'il estoit franc de tout peché, il n'en a peu estre en aucune maniere tenu ny lié. Car mort & enfer n'ont point de droit qui dure tousiours sinon sur ceux qui sont subiets à pechés. Parquoy la mort ne la peu tenir englouty, comme elle a peu l'aualler, ains a esté contrainte de le mettre hors le troisiesme iour, comme la Baleine mit hors Ionas, Dieu donc a voulu que l'innocent souffrist toutes ces choses, à fin que par luy il nous rachetast tous de peché & de la puissance de la mort, voyre si nous mettons toute nostre fiance en Dieu suyuans l'exemple de Iesus Nazarien. Il ne faut pas Israelites que ce que ie vous conte vous semble incredible, apres que Dauid inspiré de l'esprit celeste la prophetisé. Car voicy comment il parle au pseaume quinziesme, de Iesus Nazarien lequel nous vous annōçons. Ie contemploye tousiours le Seigneur en ma presence, car il est à ma dextre, à fin que ie ne bouge. Pource mō cœur s'est resiouy & ma langue en a eu liesse, & outre plus ma chair reposera en esperance : Car tu ne delaisseras point mon ame en enfer, & ne permettras point que ton sainct voye corruption. Tu m'as faict cognoistre les voyes de vie, tu m'empliras de liesse auec ta face. Vous voyés combien clairement le roy & prophete Dauid nous a depeint ce que sçauès qui est aduenu à Iesus Nazarien. Il auoit mis tout son appuy en Dieu, & se confiant en l'ayde d'iceluy seul souffrit volontiers & de son bon gré toutes les choses que vous sçauès qu'il a souffertes il endura d'vn cœur ioyeux les douleurs du corps, pour cela s'esgaya sa langue ne taisant iamais ou recelant la volonté de Dieu. Il s'est laissé enseuelir, ne faisant point de doute que son Pere ne le deust ressusciter au troisiesme iour, & ne laisseroit point pourrir cestuy là au sepulchre qui ne se sentant coupable de mal quelcōque, auoit posé toute son esperance en Dieu. Car quiconque met l'esperance de son salut en ces œuures ou ès supports de ce monde, ne pourra pas soustenir les douleurs de la mort, & estant vne fois saisy par elle ne se pourra depestrer soy-mesme. Mais quiconque a sans cesse les yeux fichés en Dieu qui est misericordieux vers tous, cestuy là cognoist les chemins de vie, & si quelque fois il semble que Dieu aye pour quelque temps destourné sa face de luy, toutefois il se re-

monsttera

monstrera à luy peu apres & pour tourments temporels luy rendra ioyes eternelles: pour mort, immortalité, pour infamie terriéne, gloire celeste. C'est par luy donc que la voye qui meine à la vie eternelle, nous a aussi esté monstrée. Possible qu'il y en aura ausquels sera aduis que ceste Prophetie appartient à Dauid mesme, & non à Iesus. Ie sçay combien grand de opinion vous aués du patriarche Dauid, & n'aués pas tort d'en auoir telle opinion. Car il a esté vn sainct personnage & bien-aymé de Dieu. Mais pour dire autrement la veu-té entre vous hômes freres, il ne faut pas tant estimer le patriarche Dauid, qu'on luy don-ne ce qui appartient au Messias. Car reste vne chose toute manifeste que ceste prophetie ne conuient point à Dauid, ny a aucun autre patriarche ou prophete. Attendu que Dauid côme il n'y a celuy d'entre vous qui l'ignore, est trespassé & enseuely & ne ressuscita iamais, comme ainsi soit que son tombeau est entre nous iusque à present, n'enserrant autre cho-se que les oz tresallés & secs d'vn trespassé. Parquoy Dauid n'a point faict ceste prophetie de soy-mesme, veu qu'il sçauoit bien qu'il seroit enseuely à la façon des autres, & que quât a son corps il pourriroit au tôbeau. Mais estant inspiré de l'esprit de prophetie, & sçachant que ce que Dieu luy auoit promis par son seruiteur aduiendroit, c'est à sauoir que Christ descendroit de ses reins selon la chair & selon le sens spirituel, se serroit sur son siege pour regner à iamais, il prophetisa par prescience les choses que voyés maintenant accomplies en Iesus Nazarien, lequel pour certain est descendu selon la chair de la lignée & rasse de Dauid. Outre-plus veu que cela est arresté que Iesus ne briga onques royaumes môdains en ceste vie, & ne s'assit iamais au siege de Dauid, ains fut tres-ignominieusement traitté, il appert qu'il quelque autre royaume a esté promis, lequel comme sont à sçauoir les ora-cles des prophetes ne prendra iamais fin. Il n'eut peu s'asseoir au siege de Dauid, si estant vne fois mis à mort, il ne fust iamais ressuscité. Il est donc ressuscité, & se sied maintenant au siege de Dauid, c'est à dire de son Pere eternel, estant Seigneur de toutes les choses qui sont au ciel & en la terre. A la verité restoit que Dauid remply de l'esprit prophetique predit, & ce qu'il predit est aduenu. Car iaçoit que l'ame de Iesus descendist aux enfers, elle n'y de-meura pas pourtant, ains plus tost deliura celles qui y estoyent retenues. Pareillement combien que son corps fust enclos mort au tombeau, si est-ce qu'il n'y pourrit pas: Mais Dieu qui tient ses promesses la retira des enfers & la remit au corps. Nous tous que voyés icy presens, qui auons priuément vescu auec luy, qui souuent luy auons ouy dire, qu'il de-uoit estre crucifié selon les prophetes, pour ressusciter au tiers iour, sommes les tesmoings de cecy. Nous auons veu & ouy sa mort, nous sommes tesmoings de sa resurrection, nous di-ie ausquels il est par plusieurs fois apparu & n'a pas seulement esté veu & ouy, mais aussi tattonné à tout les mains. Nous auons recogneu sa voix & sa face, nous auons veu & manié les trasses de ses playes. Brief il a mangé auec nous, à fin que sceussions que cè-stoit le vray & le mesme corps, qui auoit esté enserré au tombeau. Et pourtât luy qui estoit debouté des hommes le plus infamement du monde, a esté esleué de Dieu au couppeau de la gloire eternelle, laquelle il descouurira à tous hommes à l'aduenir en la fin du môde, monstrant ce pendant maintenant entre vous qu'elle est diuine par la vertu secrette du sainct Esprit, laquelle il l'auoit promis de la part de son Pere, du temps qu'il demeuroit en-core en terre. Luy remonté au ciel, il a de là espanché sur nous à grande foison le S. Esprit, selon la prophetie de Ioel. Et de là vous vient le miracle qui vous est estrange, d'autant que vous voyés & oyés parler des langues que vous qui estes amassés de pays de langa-ges differents entendés esgalement. Au surplus comme la prophetie de la resurrection ne se peut entendre de Dauid, comme nous auons enseigné: ainsi ce qui a esté predit de mon-ter au ciel & se seoir à la dextre de Dieu le Pere, & du royaume pardurable â iamais, ne peut appartenir à Dauid, comme les Pharisiens mesme l'ont confessé, disputant contre le Sei-gneur. Car Dauid ne monta iamais au ciel estant ressuscité. Et toutefois il parle ainsi au Pseaume mysticque, estât inspiré de l'esprit de prophetie. Le Seigneur dit à mon Seigneur sieds toy à ma dextre, iusqu'à tant que ie mette tes ennemys pour la scabelle de tes pieds. C'est donc vne chose toute manifeste qu'en ce Pseaume sont les paroles de Dieu le pere qui a esleué au ciel Iesus fils de Dauid selon la chair, & Seigneur selon l'esprit, & luy a com-mandé de s'assoir aupres de luy comme compaignô du royaume. Parquoy sçaches pour certain toute la nation d'Israel que Dieu a esleué au royaume celeste, ce Iesus Nazarien que vous aués crucifié, & a exhibé ce Seigneur de toutes choses & Messias, c'est à dire cest oinct promis par tant de cents ans par les prophetes, que vous attendés sous le nom de Messias. Ceste harãgue de Pierre effraya les cœurs des auditeurs. Ils se sentoyêt coupables d'auoir crié chés Pilate crucifies-le, crucifies-le, crucifies-le, & apperçoyuent par la pro-phetie

Pseau. 190

phetie qu'eſgale cõmunication du royaume à la dextre du Pere, luy a eſté baillée en attendant que tous ſes ennemys ſeroyent mis ſous l'eſcabeau de ſes pieds. Ils craignent le vengeur ia regnant lequel ils auoyent occis bien faiſſant. Or voicy le commencement du ſalut, recognoiſtre ſa faute, & craindre la punition deſeruie. Iceux donc ayans le cœur picqué
diſent à Pierre & aux autres Apoſtres : Que ferons nous hommes freres ? L'affaire ſe porte
bien, quand l'ame qui ſe ſent coupable ne deſeſpere point, ains cherche remede. Que faict
là Pierre repreſentant l'image d'vn bening paſteur ? Il n'iniurie cruellement perſonne, il
n'amplifie point le meſfaict, il ne repouſſe aucun & ne remet rien au lendemain, il n'ordonne pas des victimes & brulages, mais enſeigne vne medecine toute appreſtée à ceux qui ſe
ſentoyent touchés en leur conſcience, ne faiſant point de difference entre ceux qui auoyẽt
crucifié Ieſus, & ceux qui ne s'eſtoyent point accordés à ſi enorme meſchanceté. Car il n'y
auoit nul qui fuſt ſans peché, il leur dit donc ainſi. Amendés vous, & qu'vn chaſcun de
vous ſoit baptiſé d'eau au nom de Ieſus Chriſt, & le pardon de tous voz pechés vous ſera
donné par ſon benefice gratuit, puis quand vous ſerés purs & nets vous receurés le don
du ſainct Eſprit, que vous voyés eſpandu ſur nous. Que nul ne poiſe ſes merites, tout ce
qui ſe donne en ceſt endroit, vient de grace, il ne faut que la foy. La prophetie de Ioel appartient peculierement à vous & à voſtre poſterité, qu'il appelle fils & filles, ſeruiteurs &
ſeruantes, croyés en Dieu qui eſt le prometteur, & receués pour neant ce qui a eſté promis.
Et n'appartient pas la promeſſe de la prophetie à vous tant ſeulement qui eſtes de la nation d'Iſrael, mais à toutes gens fort loing, tant du parentage de la race d'Iſrael, que de la
cognoiſſance de Dieu, qui que ſoit que le Seigneur noſtre Dieu daignera appeller par ſa
bonté à la communication de ce don. La prophetie mõſtre cela auſſi diſant apres : Et quiconque inuoquera le nom du Seigneur ſera ſauué. Or ne l'inuoquent pas tous ceux qui
diſent Sire Sire, mais ceux qui poſent en ſa miſericorde toute l'eſperance de leur ſalut. Cela
meſme a eſté auant dit par des autres Prophetes, aſſauoir que l'Euangile paruiendroit iuſques au bout du monde. Pareillement le Seigneur Ieſus, nous a ordonné d'annõcer ceſte
grace à vous premieremẽt, puis apres d'appeller les Gentils à icelle meſme. Car ceſt appel
ne vient pas du merite des hommes, mais de la benigne grace de Dieu. Par telles & pluſieurs autres paroles Pierre leur teſmoigna de Chriſt, produiſãt les teſmoignages des Prophetes, & les comparans aux choſes ia aduenues, il adiouſta vne exhortation à la doctrine pour plus eſguillonner ceux qui eſtoyent entre deux. Or ſus freres (dit-il) embraſſés
vne excellente & ſi prompte benignité de Dieu enuers vous. Vous ſçaués les complaintes
de tous les Prophetes, touchant la peruerſité & dureté de la nation Iudaique laquelle s'eſt
touſiours monſtrée rebelle au Seigneur ſon Dieu, & ſes miniſtres enuoyés pour le ſalut
d'elle. Quantes fois a-elle tenu contre Moyſe ? Combien de Prophetes a-elle meurtry?
Quãtes fois a-elle faict courroucer le Seigneur par ſes meſchãcetés. C'eſt donc à bon droit   Ezech. 2
qu'elle eſt appellée maiſon rebelle, & vigne tournée en amertume qui en lieu de raiſins   Eſaie 5
doux, a donné des lambruſces à ſon vigneron. Iean s'eſt plein de la meſme choſe l'appellant raſſe de viperes. Souuent auſſi s'eſt pareillement pleint le Seigneur Ieſus, offenſe de
l'indoutable peruerſité de pluſieurs, qui voyãt ne voyoyent point, oyans n'oyoyent point,
& entendans n'entendoyent point, ils reiettoyent la doctrine de ſalut, & attribuoyent le
bien-faict des miracles à l'eſprit de Beelzebub. Et pource l'appella-il nation peruerſe &
incredule, & plourant l'aduertit de ſon malencontre: attẽdu qu'elle frappoit, qu'elle meur-
triſſoit, qu'elle lapidoit & crucifioit tous ceux qui eſtoyent enuoyés de Dieu. Freres tirés
vous arriere de la vengeance de Dieu qui eſt prochaine, & deſpouillés la peruerſité de la
nation Iudaique, laquelle defendant ſa iuſtice, ſe rebelle meſchamment contre la iuſtice
de Dieu. Le ſalut eternel vous eſt appareillé par foy & ſimple obeiſſance. Alors ſerés vous
vrays Iſraelites, alors ſerés vous vray enfans d'Abraham, alors ſerés vous vrays Iuifs,
quand vous recognoiſtrés Ieſus pour voſtre Roy. Oſtés vous arriere de ceſte generation
charnelle qui ayme mieux perir par ſon incredulité qu'eſtre ſauuée. Renaiſſés en nation
ſpirituelle & celeſte, qui eſt ſauuée par foy miſe en Ieſus. Voyla l'eloquence d'vn peſcheur
non acquiſe par les preceptes des Rethoriciẽs, mais eſpandue du ciel, à raiſon dequoy elle
eſt puiſſante & effectueuſe. Voyla ce glaiue qui perce iuſques à ſeparer l'ame & l'eſprit, de
la pointe duquel furent picqué les cœurs des Iuifs. Voyla le premier iect de rets par lequel
le peſcheur des hommes attire vne fort grande aſſemblée. Voyla la ſemence de la parolle
Euangelique qui doit eſtre ſemée par tout, laquelle comme porte la doctrine de Ieſus ne
deſcendit pas és cœurs de tous, & toutefois elle trouua incontinent icy de la bonne terre

quã

qui a porté fruict. Car il y eut enuiron trois mille hômes baptisé, & ioinct au nombre des disciples qui pour lors estoyêt bien peu. Voyla certes les heureuses premeroges du reuenu Euangelique. La chose du nouueau Testament s'accorde aussi en cest endroit auec la figure de l'ancien, Moyse commanda qu'on fist la feste des premeroges le cinquantiesme iour apres Pasque. Icy les premeroges non d'espis, mais d'ames sont consacrées au Seigneur le cinquantiesme iour. L'eau les auoit-ia nettoyés de tous pechés au moyen de la doctrine & de la foy, & ia estoit receu cest esprit celeste. Considere maintenât que faict en eux l'esprit de Dieu, car il n'est pas oysif: attendu qu'il est de feu. Innocêcê leur fut donnée pour neant, pour neant leur fut donnée la grace du sainct Esprit. Reste qu'ayons soing de ne perdre par nostre nonchallance ce que Dieu nous a donné de grace par sa bonté. Voicy les apprentissages de la pieté Euâgelique, voicy côme l'enfance de la nouuelle renaissance en Christ. Ce qui a esté baillé iusqu'à maintenant est le laict de la doctrine, il faut prouffiter pour digerer la grosse viande. Les pasteurs Euangeliques doyuent auoir l'vne & l'autre viande preste. Car ainsi leur auoit enchargé le Seigneur. Allés instruire toutes gens les baptisans & apprenans à garder toutes les choses que ie vous ay commandées. Enseignés les apprentissages de la philosophie Euangelique à ceux qui sont à baptiser, ausquels si quelqu'vn ne croit il est en vain baptisé d'eau. Enseignés les baptisés, à viure selon ma doctrine & s'aduancer tousiours en perfection. Ceux donc qui s'estoyent mis du nombre des disci

Et estoyent perseuerant en la. ples vacquoyent à la doctrine des Apostres (car de la vient vn tres-grand proufit) & à prendre le signe de l'alliance à iamais inuiolable qu'ils appelloyent communiô. Ceste ordonnance du Seigneur estoit telle que sensuyt: On rompoit du pain & en donnoit-on vn morceau à chascun, & faisans telle chose en memoire de la passion du Seigneur. Ils rendoyent grace à la benignité de Dieu, qui auoit nettoyé leurs pechés par le sang de son fils vnicque, & par telle mort non deue leur auoit donné droit en l'heritage de la vie eternelle. Ils adioustoyent des prieres pures supplians que le royaume du Seigneur Iesus s'augmentast de iour en iour, que sa gloire reluysist par tout le monde, qu'on se rengeast par tout à sa volonté, que ceux qui auoyent vne fois faict profession de la foy Euangelique s'aduançassent en choses meilleures par saincte doctrine & grace celeste, & qu'aussi ils vesquissent entre-eux par bon accord, ayans paix auec leurs freres, pardonnant le tort qui par fragilité humaine pourroit auoir esté faict, ayans paix vers Dieu qui se monstre misericordieux vers ceux, qui se monstrent misericordieux vers leur prochain, à fin qu'estans fortifiés par le continuel secours de la puissance diuine, ils tinssent bon contre tous les assauts de Sathan, iusques à ce qu'apres longs combats le loyer eternel leur fust donné. Telles estoyent pour lors les victimes des Chrestiens. Le miracle des langues. La tant vigoureuse exhortation de Pierre, le changement soudain de tant d'hommes, & si grande nouueaute de vie, estoyent cause qu'vne crainte saisissoit les ames de tous ceux qui se sentoyent couplables de pechés. Car ils voyoyent que ce n'estoit pas vn cas qui se feist par conspiration humaine, ains par vertu celeste. Car les Apostres ne parloyent pas seulement toutes langues, mais aussi faisoyent tout plein de miracles inuoquê qu'ils auoyent le nom de Iesus en Ierusalem, en guerissant les malades, chassant les diables, & ressuscitant les morts. Ceste grande crainte enuahit encore dauantage les meurs de tous. Cela estoit quelque commencement d'vn peuple venant à amendement de vie. Mais sur tout cest esprit celeste engendroit en tous ceux qu'il auoit inspiré vne amytie & concorde mutuelle. Et aussi Iesus auoit commandé qu'on recogneust à ce signe peculier ses disciples, s'ils estoyent vnis ensemble par charité mutuelle. Car tous ceux qui auoyent creu à l'Euangile, s'amassoyent souuent en vn mesme lieu, & se consoloyent & exhortoyent deuisant l'vn auec l'autre. Ils estoyent beaucoup & tous y estoyent receus sans esgard des personnes ieûnes, vieux, femmes, hommes, serf, franc, poures, riches. Mais si grande charité de Christ entrée en leurs cœurs les assembloyent tant dissemblables qu'ils estoyent, qu'ils auoyent tout commun, qui est vne chose qui ne se faict guere souuent, mesme entre freres germains. Et à fin que le moyen de donner fut mieux à la main entre tous, ceux qui auoyent des metairies & autres possessions les vendoyent & departoyent du pris recueilly à tous selon que chascun en auoit besoing, de sorte que ceux qui ne possedoyent rien n'auoyent point de disette, & ceux qui auoyent beaucoup possedé, n'auoyent rien trop. Or faisoyent-ils leur largesse non comme du leur, mais comme du commun. Car vne vraye charité n'a rien de propre à soy, & n'y a nul qui semble estre maistre de son bien entre ceux qui sont d'vn mesme courage. Or à grande peine peut la disette eschoir, où chascun est content de peu, &

qu'on

qu'on diſtribue à chaſcun du commun non pour viure à plaiſir, mais pour ſatisfaire à la
neceſſité. Les Apoſtres ne commandoyent rien de cela, mais charité faiſoit plus de ſon
plein gré que loy quelconque de Moyſe ne contraignit onc de faire. Et qui plus eſt, ils per=
ſeueroyent tous les iours de prier au temple par grand accord, de rendre graces a Dieu, &
de s'enhorter eux-meſmes, deuiſans les vns auec les autres. Et aleſchāt tous ceux qu'ils
pouuoyent à l'alliance Euangelique. En apres paſſé qu'eſtoit tout le iour en tels exercices
ils rompoyent le pain par chaſcune maiſon, & prenoyent leur repas enſemble, louans
Dieu, le plus ioyeuſement du monde, & d'vn cœur treſpur & fort ſimple, lequel leur auoit
faict ce bien d'acquerir vne grace ſi excellente. Or àuoyent-ils la faueur & la grace de tout
le peuple. Car qui n'aymeroit gens ne faiſans tort à perſonne & preſts de bien faire à tous
eſquels ils voyoyent vne ſi grande vertu de Dieu, vnie auec ſi grande modeſtie & dou=
ceur? Tu noteras icy Theophile que l'Eſgliſe primitiue commença heureuſement par con
corde & ioye, il ne ſe peut faire que concorde ne ſoit là, où eſt ceſt eſprit qui appaiſe toutes
choſes. Il ne ſe peut faire que ioye ne ſoit là, où il y a vne conſcience pure & vne fiance cer
taine des promeſſes de l'Euangile. Au reſte, comme pour exterminer Ieſus, il y a par tout
des prelats, des Phariſiens, des Scribes, & des principaux du peuple, ainſi icy en l'heureux
commencement de l'Eſgliſe primitiue n'eſt faitte aucune mention d'iceux. Nul ne vient
par contrainte en ceſte compaignie. Il n'y auoit force aucune qui les entretint en paix.
Ceux qui y eſtoyent venus perſeueroyent de leur bon gré:& le Seigneur en attiroit de iour
en iour des autres tant & plus leſquels il auoit deſtiné à ſalut, & ainſi croiſſoit petit à petit
le grain de ſeneue qui deuoit eſtandre ſes branches au large par tout le monde.

CHAPITRE   III

R Pierre & Iean montoyent au temple enſemble auec les autres, ſur les neuf
heures du iour qui s'abbaiſſoit-ia, à laquelle heure combien que les autres
ayent accouſtumé de iouer eſtant yure ou dormir, toutefois ceux là auoyēt ac=
couſtumé de vaquer à ſainctes oraiſons, ieuſnans iuſques au veſpre. Deux des
principaux de l'eſtat Apoſtolique marchoyent ſans cheuaux ou mules & ſans garde ro=
yale, mais eſcoute vne brauade Apoſtolique. Il y auoit vn mendiant fort bien cogneu du
peuple aſſis deuant la porte du temple, qui auoit eſté boyteux dés le ventre de ſa mere.
Or eſtoit-il ſi intereſſé de ſon corps qu'il y auoit des porte-faix qui le portoyent. Sa cala=
mité comme il aduient couſtumierement eſtoit cauſe que pluſieurs eſtoyent nourris. Car
pour auoir moyens de gaigner, ils le mettoyent iournellement deuant la porte du temple
nommée en commun langage la Iolye, à fin que d'autant qu'elle eſtoit fort hantée, il de=
mandaſt l'aumoſne à ceux qui entroyent au temple. La mendicité à vne ſubtilité propre
à ſoy, elle cognoit ou que ceux qui entrent au temple ſont tellement affectionnés qu'ils
donnent volontiers l'aumoſne, ou qu'ils veulent qu'on les repute eſtre ainſi affection=
nés. Quand iceluy eut veu Pierre & Iean, qui entrent au temple (or leur ſuyte monſtroit
qu'ils eſtoyent en quelque eſtime, & leur face monſtroit vn ſigne de liberalité) il leur de=
mandoit l'aumoſne. Alors le ſainct Eſprit aduertiſſoit ſecrettement les Apoſtres, qu'il
eſtoit temps de faire vn miracle. Parquoy Pierre fichant ſes yeux ſur le boyteux auec Iean,
luy dit: Regarde nous. Le mendiāt faict plus alaigre à regarder, quand il eut ouy ceſte pa=
rolle, les regardoit attentiuement s'attendant qu'il receuroit quelque choſe d'eux. Il
auoit demandé la bribe, il attendoit la bribe, il n'oſa mendier la bonne diſpoſition de
ſes membres, pource qu'il n'eſperoit point qu'ils la peuſſent donner. Et toutefois ſon
cœur l'aduertiſſoit de ie ne ſçay quelle bonne choſe. Adonc Pierre mit hors ceſte voix ma=
gnificque, & vrayement digne d'vn ſouuerain lieutenant de Chriſt, diſans: Ie n'ay pas
l'argent & l'or que tu attens, content. Mais ce que i'ay en main non pas de mon propre,
ains de la liberalité celeſte, & de quoy tu as plus grand beſoing, ie le te donne au nom de
Ieſus Chriſt Nazarien, leue toy & chemine. Et quant & quant empogné qu'il eut la main
droitte du boyteux il le ſouſleua. Et incontinent ſes plantes & talons deuindrent fermes,
de ſorte qu'il n'auoit point de peine à ſe tenir droit, ains ſautant ſe ſouſtenoit ſur ſes pieds
& alloit par tout où il vouloit. Or iceluy reſiouy pour ce benefice tant hors de ſon eſpe=
rance entra au temple auec les Apoſtres, cheminant alaigrement & ſautant de ioye & fre=
teillant, & louant Dieu, duquel il auoit cogneu que ce bien luy eſtoit venu. Celer les be=

Et vn hom
me boyteux
eſtoit.

B b   neficcs

nefices de Dieu eſt à faire à ingratitude, les attribuer à l'homme eſt à faire à impieté. Or
tout le peuple qui aſsiſtoit au temple en grand nombre apperceut l'homme qui auoit
accouſtumé d'eſtre porté par des porte-faix, lequel cheminoit à ceſte heure là, gayement
ſur ſes pieds, & louoit Dieu. Or recognoiſſoyent-ils tous qu'iceluy eſtoit ceſt homme
meſme qui faiſoit meſtier tous les iours de ſe ſeoir à la porte Iolye pour mendier. Ils le voyent ſoudainement changé. Ils oyent qu'il rend graces à Dieu. Pour leſquelles choſes
vn fort grand esbahiſſement & eſtonnement ſaiſit les cœurs de tous. Outre-plus comme ils regardoyent Pierre & Iean, leſquels pour lors eſtoyent cogneu de la plus part
comme les principaux d'entre les Apoſtres (car celuy qui auoit eſté boyteux eſtoit aupres d'eux, & diſoit publicquement qu'il auoit eſté guery par eux) tout le peuple courut vers eux. Or eſtoyent-ils en l'allée qu'on appelle de Salomon, en laquelle auoit couſtume d'eſtre ſouuent Ieſus le vray Salomon, & en laquelle il auoit quelque fois diſputé
auec les Phariſiens. La nouueauté de la choſe auoit touché le cœur de chaſcun. Quand
Pierre voit l'amas du peuple d'autant qu'il n'eſtoit pas ignorant de la cauſe, il ſe print
de-rechef à dire en ceſte ſorte: Hommes Iſraelites pourquoy vous eſmerueillés vous ſi
fort de cecy, comme ſi véoir des miracles vous eſtoit vne choſe non accouſtumée & peu
ſouuent aduenuë, ou comme ſi vous n'en euſſiés point veu de plus grands ces iours
paſſés? Mais pourquoy nous regardés vous comme ſi par noſtre puiſſance ou pieté il
eſtoit aduenu que ce boyteux que vous cognoiſſes tous, chemine maintenant? L'affaire
qui ſe maine n'eſt pas humain, ny ce que vous voyés nouueau: mais promis iadis de
Dieu par voz Prophetes Vous adorés deuottement le Dieu d'Abraham, le Dieu d'Iſaac,
& le Dieu de Iacob, deſquels vous vous glorifiés que les tenés pour Patriarches & chefs
de voſtre race. Mais vous auès outragé iuſques au bout le fils de ce Dieu là adoré par
les Patriarches, lequel vous auoit eſté enuoyé pour voſtre ſalut en forme vile, faiſt
ſemblable à vous, à fin que l'ambraſſiſsiés plus toſt. Ce neantmoins iceluy a glorifié
par ſa puiſſance, comme en pluſieurs autres manieres ainſi par ceſte œuure auſsi, ce
ſien fils debouté par la malice des hommes, il a faict par luy des miracles ſans nombre
deuant voz yeux, & enſeigné la doctrine celeſte. Vous n'eſtans en rien eſmeus pour ces
benefices ſi grands, apres pluſieurs outrages, vous l'aués finalement liuré entre les mains
des meſchans pour eſtre mis à mort. Et nonobſtant que Pilate homme Payen & forclos de la cognoiſſance de la Loy, & parenté des Patriarches, eut prononcé qu'il deuoit eſtre abſous comme voſtre Roy, comme vn homme ſainct & iuſte, vous qui le deuiés aduouer ſelon les Prophetes, le deſaduouaſtes publicquement & opiniaſtrement
au pres du pretoire du Preſident, diſans: Nous n'auons point d'autre Roy que Ceſar.
Et vſaſtes de cruauté enuers luy, par vne hayne ſi grande, que vous aymaſtes mieux
que la vie fuſt à voſtre requeſte, donnée à Barrabas brigand & ſedicieux, qui auoit oſté
la vie aux autres, qu'à Ieſus qui apportoit la vie à chaſcun. Vous auès impetré la vie
à vn meurtrier, & aués mené violentement à la mort, l'autheur & prince de vie eternelle. Mais Dieu autheur de toute vie, a faict vn don d'immortalité à ceſtuy-cy qu'auès
occy, l'ayant reſſuſcité des morts. De laquelle choſe ſommes teſmoings nous auſquels
il s'eſt monſtré eſtant reſſuſcité pour eſtre veu, ouy, & manié, lequel auſsi nous auons
veu monter au ciel. La baſſe condition laquelle il auoit prinſe, à cauſe de vous tous
a precedé. Maintenant eſtant esleué en gloire par ſon Pere, il met en euidence ſa puiſſance, par nous qui ne ſommes autre choſe que les teſmoings des choſes qu'auons veus
& ouyes. Et par la fiance qu'auons en ſon nom, Dieu a du tout guery les pieds de
ceſtuy-cy que vous voyés cheminant, & qu'aués cogneu auoir eſté nay boyteux. Nulle
louange ne nous eſt deue en ceſt endroit, & ne doit eſtre attribuée à noz merites, ny
de celuy qui a eſté guery: mais comme i'ay dit Dieu a voulu, que le nom de ſon fils
fut renommé entre tous, auquel il veut que chaſcun mette ſa fiance, & l'eſperance de
tout ſalut. Ceſte fiance a rendu à ceſtuy-cy qui eſtoit debile, dãs ſa nayſſance l'entiere ſanté de ſes membres en la preſence de vous tous. Ces choſes prouuent non ſeulement que
celuy que vous reputés mort, eſt viuant, mais elle declare auſsi que c'eſt en luy qu'il faut
poſer toute eſperance de ſalut. Et ne faut pas, freres, que perdiés eſperance, car il eſt ainſi
aduenu par la permiſsion & le conſeil de Dieu. L'ignorance humaine excuſe aucunement
voſtre peché. Car la debilité du corps vous empeſchoit de cognoiſtre ſa diuine puiſſance,

laquelle

laquelle voz Princes mesme ne cognoissoyent pas parfaittement. Que s'ils l'eussent par‑
faittement cogneue, ils n'eussent iamais entreprins de crucifier le prince de toute gloire.
Ainsi estoit‑il requis pour le salut du genre humain, ainsi l'auoit Dieu eternellement or‑
donné, ainsi l'auoit‑il predit par la bouche de ses Prophetes, assauoir que le Messias qu'il
vous enuoyeroit finalement souffriroit la mort, Dieu n'est point menteur. Il a enuoyé ce‑
luy qu'il auoit promis qu'il enuoyeroit, celuy qu'il a voulu qu'il fut occy a esté occy en telle
sorte qu'il a voulu. Il a voulu que ceste victime fut imolée pour purger les pechés de tout
le monde. Vous l'aués immolée non sans qu'il y ait eu de la faute de vostre costé, mais la‑
quelle vous sera pardonnée, pourueu que vous vous repentiés de vostre erreur. Ainsi ad‑
uiendra que le peché qu'aués cõmis pour le bien de chascun, vous tournera aussi en bien.
Or est vostre pardon aisé & appareillé. Repentés vous tant seulement de voz meffaicts,
non de cestuy‑cy seulement, mais de tous, & vous adonnés à nouueauté de vie. Mainte‑
nés pour Roy & prince de toutes choses, celuy qu'aués parcy deuant desauoué. Reco‑
gnoissés pour source & donneur de toute innocence celuy qu'aués condamné cõme mal‑
faitteur. Croyés que celuy qu'aués tiré à la mort, est l'autheur d'immortalité. Maintenant
est le temps de pardon, courés ce pendant à penitence & vous trouuerés misericorde,
à fin que quand il viendra de‑rechef pour iuger les vifs & les morts, & que le Pere enuoye‑
ra derechef cestuy là esleué en haut sur les nuées, qu'il a vne fois enuoyé estant abaissé à
cause de vous, vous puissiés durer auec bonne asseurance deuant sa face, laquelle sera ter‑
rible & intolerable à ceux qui n'auront point faict penitence. Au reste ceux, qui croyans
ce temps pendant au nom de Iesus (lequel les Prophetes vous ont presché auãt plusieurs
années, duquel aussi nous rendons tesmoignage selon les propheties des Prophetes) se
soumettrõt à luy par foy apres que leurs pechés seront effacés par penitence, ils trouuerõt
soulagement de par le iuste iuge lequel a promis salut à tout le monde, moyennant la pe‑
nitence & la foy en iceluy. Iusques à maintenant ont esté accomplyes toutes les choses
que les Prophetes auoyẽt predittes deuoir estre accomplies. Or ne faut point douter que
Dieu ne fasse aussi fidellement toute la reste qu'il a promise. Iesus Christ reuiendra, mais il
ne reuiendra pas incontinent. Car il faut que l'Euangile de Dieu premier soit presché par
tout le monde. Ce pendant il vit glorieusement. Il est assis & regne és cieux iusques à ce
temps là duquel Ioel & Malachie ont prophetisé, auquel toutes choses seront restaurées &
accomplies, desquels Dieu a parlé par la bouche de tous ses saincts Prophetes, qui ont
iamais esté. Car ils ont tous prophetisé de luy, Moyse a eu moult grande authorité entre
vous. Car sous sa conduitte vous laissastes Egypte, cheminastes sous sa conduitte par les
deserts receustes la Loy. Or voꝰ a‑il promis ce Iesus Nazariẽ qu'aués meurtry, ainsi parlãt
au liure du Deuteronome. Le Seigneur vostre Dieu vous dressera vn Prophete de vostre
parentage, tel que moy auquel vous obeyrés en tout ce qu'il vous dira. Et toute ame qui
n'obeyra audit Prophete viẽdra à estre defaitte d'entre le peuple. Cognoissés la prophetie
de Moyse. Cognoissés le vray Moyse, cognoissés Iesus Christ, nay de la lignée de Dauid, du
parentage de Iudas en la cité de Bethlehem, suyuant les oracles des Prophetes, Dieu vous
appelle à vne liberté eternelle, sous la conduitte de cestuy‑cy, par cestuy‑cy il vous baille
vne nouuelle Loy spirituelle & Euangelique, par cestuy‑cy il vous presente la remission
de voz pechés & le salut eternel. Il veut que cestuy‑cy soit obey de chascun. Or quicõques
croit luy obeyt. Quiconques croyra sera sauué, quiconques refusera de croyre sera ietté
hors de la compaignie, & du nom des Israelites, & perira irremissiblement. Car il n'y a
point d'esperance de salut hors de Iesus. Si vous croyés Moyse, embrassés Iesus lequel il
vous a recommandé par sa prophetie. Et n'a pas iceluy tant seulement prophetisé de Ie‑
sus, mais aussi tous les prophetes qui ont reuelé leur Propheties depuis le temps de Sa‑
muel, iusques à Iean Baptiste, descriuant sa natiuité, sa doctrine, ses miracles, ses afflictions
ses outrages, sa croix, sa sepulture, sa resurrection, son ascension au ciel, le sainct Esprit
enuoyé par luy sur tous les croyans, desquelles choses il n'y en a pas vne qu'on ne voye
estre faitte, l'accroissement de l'Euãgile par toute la terre, & le glorieux retour du Seigneur,
& la consommation du monde. Que si vous estes enfans des Prophetes, de laquelle
vous ne vous vantés pas à tort, ne vous deffiés point de leurs promesses. Si vous estes en‑
fans des Patriarches, entendés qu'à vous appartiẽt l'alliance que Dieu a faitte auec Abra‑
ham, disant: Et par ta semence seront benites toutes les nations du monde. Il n'a point
monstré ceste benediction en Isaac, lequel est mort & n'est point ressuscité: mais en Iesus
Nazarien duquel Isaac estoit la figure, s'offrant soy‑mesme de son plein gré au sacrifice,
comme Christ obeissant à son Pere a esté sacrifié en la croix. Voicy la sentence d'Abraham,

Bb 2   par

R'epetés vous
donc & vous
conuertissés.

Deut.18

Gene.22

par laquelle non seulement tous les Israelites : mais aussi toutes les nations de tout le monde, seront deliurées de la malediction de peché, & acquerrôt ceste benediction pour-ueu qu'il croyent à l'Euangile, à fin qui receu qu'ils auront l'Esprit celeste. Ils soyent appel-lés les enfans du Dieu viuant. Parquoy bien est vray que la promesse de Dieu appartient à toutes les nations du monde : mais toutefois il a bien voulu que cest honneur vous fut faict ce qu'elle vous fut offerte auant tous autres, & que selon la Prophetie de Moyse, il delaissa vostre parentage & vous enuoyast non tout Prophete quelconque, mais son seul fils Iesus, lequel apporteroit la benediction promise de Dieu à Abraham. Or en cela gist la benediction, qu'vn chascun se deporte de sa malice obeissant à la parole Euangeli-que, & aduoue Iesus pour l'autheur de salut.

C H A P I T R E   IIII.

Andis que Pierre orateur celeste, & Iean son compaignon exhortoyent le peuple par telles & semblables parolles à receuoir l'Euãgile, ne flattans per-sonne, s'efforceans d'induire par le tesmoignage des Prophetes, effrayans par la crainte du iugement à venir. Puis au contraire l'appaisans & alleschãs par la facilité du pardon appareillé, & la certitude du salut promis, les pre-stres & le maistre du temple accompaignés des Sadduciens, venans sur ces entrefaittes, entrerompirent ce tant salutaire deuis. Les prestres & le maistre estoyent malcõtents, de ce que gens idiots estoyët en authorité au temple & enseignoyent le peuple, auquel ne deuo-yent parler que les Rabbis, les Pharisiens, & Scribes, & de ce qu'ils preschoyent si magnifi-quement de Iesus, lequel il auoyent faict mourir comme vn malfaitteur, duquel ils desi-royent que le nom fut aboly. Mais cela tourmentoit singulierment les Sadduciens, d'au-tant qu'ils preschoyent que Iesus estoit ressuscité des morts, & promettoyent la resurre-ction à chascun par iceluy. Car les Sadduciens ne croyent point qu'il soit des Anges ny que les ames viuent apres la mort du corps. Parquoy ils n'endurêt point qu'on face men-tion de la resurrection. Adonc se leue de-rechef vn combat des grands prestres gens sans crainte de Dieu à l'encontre de l'Euangile, laquelle chose Iesus auoit dit auparauant à ses disciples qu'elle aduiendroit. Mais comme de tant plus resista leur malice, de tant plus elle anoblit la gloire de Iesus : ainsi tant plus qu'ils se rebellent à l'encontre de ceux qui pu-blient l'Euangile, tant plus fort se lance en auant la force de la parolle Euangelique, Qu'aduient-il ? On ne dispute point : mais on met la main sur les Apostres. On les tire en prison pour estre produit le lendemain. Car il estoit-ia vespre. Les Sacrificateurs auoyent bien ce meschãt vouloir de tuer incontinêt les disciples de Iesus en la place : mais la crainte qu'ils auoyent du peuple empesche, & cherche-on vne couuerture à vne execrable mes-chanceté, à fin qu'ils semblast qu'ils auoyent droit de faire ce qu'ils feroyent. Mais comme leur malice n'eut point de puissance à l'encontre de Christ, sinõ qu'il voulut mourir : ainsi n'aura point de puissance leur conspiration à l'encôtre des disciples de Christ, auãt que ce iour là que le Pere celeste auoit limité à vn chacun soit venu. Car Christ estoit és Apostres. Si est-ce toutefois que la predicatiõ des deux Apostres, ne fut point sans fruict, bié qu'elle eut esté entrerompue par les Sacrificateurs. Car plusieurs de ceux qui auoyent ouy la pa-role Apostolique, tindrent la chose pour toute certaine & creurent. Le veruieu croist, le grain de moustarde s'eslargit, la terre du leuain Euangelique s'espard. Car le nombre des croyans montoit-ia iusques à cinq mille hommes. Considere que l'Euangilé est vne chose populaire, auec laquelle s'accordent peu souuent les grans de ce monde. Considere l'a-uancement Euãgelique. On meine les principaux en prison & ne font point resistêce, ny le peuple qui n'estoit enseigné sinon d'obeyr & se fier en Christ, ne se mutine point. Le lende-main s'assemble le conseil meschant nulle part d'accord sinon pour perdre Iesus & oppri-mer la verité. Les Sacrificateurs s'amassent auec les Magistrats du temple, & quant & quãt les anciens du peuple auec les Scribes de Ierusalem. Dauantage Anne le grand Sacrifica-teur & Cayphe l'accompaignant à cause de l'affinité qui estoit entre-eux. Outre-plus Iean & Alexandre qui pour lors estoyent des premiers entre les prestres. Brief tous ceux qui estoyent de la race sacerdotale. En laquelle de tant plus estoit vn chascun plus esleué en authorité, de tant plus estoit-il meschant. Or ceste diligence des superieurs pleine de si grand soing mõstre assés que ce n'est pas vne chose de petite importance, pour laquelle re-fraindre ils sont si soliciteux. Qu'ont-ils à faire de peu de gens, de basse condition, igno-rans, & disciples d'vn homme condamné & crucifié ? On ameine Pierre & Iean hors de la prison, puis on les met en place comme gens coupables. Qui est l'homme idiot qui ne s'e-

stonneroit

stonneroit voyant vne assemblée de tant de gens & si magnificque. Les principaux Sacrificateurs & les prestres maistre de la religion. D'auantage les magistras, puis apres les anciens du peuple, estoyent assis ensemble en grand pompe & n'y manquoit point l'authorité. Or auoyent-ils ia veu la rigueur & iniquité de leur iugemés contre leur maistre Iesus.
Et toutefois ils se tiennent là debout auec vne face gaye & asseurée. Pour certain le Seigneur Iesus leur auoit predit que toutes les choses aduiendroyét, & auoit aorné leurs courages à l'encontre de telles aduentures. Qu'il te souuienne icy de-rechef de la forme du
iugement par lequel Iesus fut condamné. Il fut prins par vne interrogatió. Parquoy ceux
cy aussi les interroguent touchant le boyteux qui a esté gueray. Par quelle vertu ou par
quel nom faittes vous cela? Il se pouuoyent enquerir de cecy au temple auant qu'ils les
menassent en prison, ils le pouuoyent cognoistre auec le peuple mesme: car Pierre rendit
clairemét la raison de se faict. Mais ils aymerent mieux commencer par outrage. Et ne
cherche-on pas puis apres la verité, mais pourchasse l'occasion de nuyre. Cela estoit vn signe euident que la prestrise faudroit incontinent apres, veu qu'estans remplis de vices ils
n'auoyént rien dont ils peussent defendre leur authorité sinon des assemblées pleines de
conspirations, des prisons, & des morts. Que faict à ceste heure là Pierre qui-desaduoua
trois fois son Seigneur aux menasses d'vne femmelette seruante? S'espouuante-il? Se ston-
ne-il ne voyant goutte? Sa voix s'attache-elle à son palais? Rien moins? Pourquoy? Pource qu'il estoit deuenu autre. Alors estant mené d'vn esprit humain, il promettoit grande
chose, & tantost apres ayant oublié ce qu'il auoit promis à la volée s'enfuyt & se pariura.
Mais estant pour ceste heure remply du sainct Esprit, il plaida sa cause depuis vn bout iusques à l'autre vaillamment & promptement, assaisonnant sa harangue d'vne prudence
admirable, de sorte que sa liberté ne se façonnoit point en parole iniurieuse, ny sa douceur
ne sentoit point sa flatterie ou crainte, mais tendoit à l'appareil de tout son dire que salut
aduint à chascun par Iesus Christ, Pierre donc parla comme il s'ensuyt: Princes du peuple
& anciens escoutés. Pour vray ie m'esbahissoye fort pourquoy il auoit esté commandé Gouuerneurs
que fussions menés en prison, veu que nous n'estions coupables d'aucun meffaict: car les du peuple &
Princes n'ont point coustume de mener les gens en prison sinon pour leurs meffaicts. Si vous anciens
maintenant comme ie voy nul crime ne nous est mis à sus, ny nul malefice reproché, mais d'Israel.
sommes examinés sur le bien qui a esté faict à cest homme, qui parcy deuant estoit debile
& non puissant, & maintenant sain & entier. Ie ne refuseray point de vous en rendre la
raison. Car cecy touche nostre office, assauoir rendre gratieusement à chascun raison de
la foy Euangelique, si aucun a desir de l'apprendre. Parquoy qui vous soit à tous notoire,
& non à vous seulement qui estes les principaux: mais à tout le peuple d'Israel: car ce que
nous enseignons appartient au salut de tous, tant des Princes que du commun: assauoir
que cestuy-cy que voyés debout auec nous entier & sain de ses membres, nonobstant que
chascun sçaches qu'il auoit accoustumé d'estre par cy deuant porté par des porte-faix, a
obtenu ce bien nó par art magicque, ny par puissance humaine, ny par noz merites: mais
par l'inuocation de nostre Seigneur Iesus Christ Nazarien, lequel depuis peu de iours
vous aués faict crucifier par Ponce Pilate. Mais Dieu la ressuscité des mors, & le faisant immortel luy a donné la superintédence de toutes choses. Parquoy la vertu de son nom faict
la mesme chose en guerissant & sauuant les hommes, qu'iceluy auoit accoustumé de faire
quand sa presence estoit sur la terre. Pour certain c'est ce que la prophetie du Pseaume a Pseau.117
predit touchant la pierre reiettée des hommes, laquelle Dieu deuoit esleuer, car c'est ceste
pierre là qui a esté mesprisée par vous batissans la Synagogue, de laquelle vous l'aués ietté hors cóme reprouuée, mais Dieu la employée au sommet du coing pour accoller à tout
sa force tout l'edifice de l'Esglise qui deuoit estre bastie de l'vn & de l'autre peuple, assauoir
des Gentils & des Israelites. Le Pere celeste presente salut à tout le monde par luy, & ny a
aucune esperance de salut sinon par Iesus. Ie sçay bien que l'authorité de Moyse, des Patriarches, & des Prophetes est entre vous authenticque & inuiolable. Mais il a pleu au Pere que salut fut appareillé à tous par son seul fils, qui est la cause pourquoy il a voulu qu'il
fut appellé Iesus. Car il n'y a point d'autre nom dóné sous le ciel, & n'en sera point donné
d'autre par lequel nous deuions estre sauués, il ne faut donc pas que vous vous esmerueillés de ce que communication de son nom à eu si grande efficace en ce boyteux, veu
que par sa vertu le salut eternel est appareillé à tous ceux qui l'inuocquent. Quand Pierre
eut dit ces choses, apres que tous ceux qui estoyent audit conseil, eurent bien apperceu la
liberté & constance de Pierre & de Iean, laquelle se monstroit mesme en leur face, & cogneu
que c'estoyét gens sans lettre & mechanicques, Ils s'esmerueilloyent d'où tát de hardiesse,

Bb 3   d'où

d'où tant d'eloquence, d'où la cognoiſſance des Prophetes leur pouuoit venir. Finalemẽt ils commencerent à les recognoiſtre d'autant qu'ils auoyent eſtés diſciples de Ieſus, lequel ils ſçauoyent bien contre leurs conſciences qu'ils auoyent mis à mort par enuie. La liberté de gens mechaniques & ſans lettres, leſquels ny le ſupplice de leur maiſtre, ny l'apatence & authorité d'vn conſeil de tant de gens, ne les eſmouuoit peu ne point, mettoit leur eſprit en grande doute. Ils voyoyent là en preſence l'homme cogneu de tout le peuple, lequel nonobſtant qu'il eut eſté nay notablement boyteux cheminoit dés lors alaigrement. La choſe auoit eſté depeſchée ſoudainement, & non en cachette: mais deuant la porte du temple, non par arts magicques : mais par l'inuocation du nom de Ieſus, lequel ils penſoyent eſtre-ia eſteint. Le faict eſtoit ſi euident qu'on ne l'euſt peu nyer. Et n'y auoit point d'occaſion de calomnier. Car qu'eſt-il de plus fauorable que donner ſanté pour neant à vne perſonne miſerable ? Voyla pourquoy ils ne reſpondent rien aux Apoſtres, car ils n'auoyent auſſi que reſpondre, comme ainſi fut qu'ils ne pouuoyent contredire à ce qui auoit eſté faict, ny prouuer ce qu'ils vouloyent. Parquoy commandé qu'ils euſſent aux Apoſtres de ſe retirer hors du conſeil, quant & le guery, ils deliberent entre-eux & donnent leur aduis leur diſans : Que feront nous à ces gens combien qu'ils ſoyent idiots & mechaniques ? Car que ce miracle notoire ait eſté faict par eux, il eſt ſi manifeſte à tous les habitans de Ieruſalem, que nous ne le pouuons nyer. Si nous diſons qu'il n'a point eſté faict, nous ne gaignerons autre choſe qu'vn impudence : ſi nous les condamnons & puniſſons nous ſerons veus rigoureux & iniques, & agacerons de tant plus le peuple à l'encontre de nous. Il ne reſte rien ſinon qu'vſans d'vn conſeil plus doux, nous tenions la main à ce que le mal comment qu'il ſoit venu, ne s'augmente de plus en plus & ſe publie entre le peuple. Car ces manieres de peſtes vne fois leuées ont couſtume de ce renforcer plus fort ſi on les irrite que ſi on n'en tient compte. Parquoy il ſemble bon que nous nous gardions d'en faire punition, mais eſpouuantons les par groſſes menaſſes de peur que cy apres ils ne tiennent propos à perſonne du nom de Ieſus, ny à Iuifs, ny à hommes d'autre nation. Ceſte ſentence plus folle qu'on ne ſçauroit dire, pleut à tout le conſeil & fut approuée d'vn grand conſentement. Ils auoyent-ia veu la conſtance & le vaillant cœur des Apoſtres. Ils voyoyent que la choſe eſtoit cogneue de tout le peuple. Ils l'entendent que le nom de Ieſus eſt de ſi grande vertu & ſi ſalutaire. Auec quelle hardieſſe donc eſt-ce qu'ils commandent ou qu'ils eſperent qu'il peut eſtre aboly, veu principalemẽt qu'ils gaignent ſalut eternel par le meſme nom ? Certes tels ſont les conſeils des Princes & principaux Sacrificateurs, des preſtres & plus eſtimés toutes fois & quantes que par l'eſprit humain on aſſemble le conſeil. Il y en a là auſſi quelquefois qui cognoiſſent bien ce qui eſt droit, mais s'ils le ſuyuent ils voyent que la ruyne de leur gloire eſt toute preſte, pareillement la perte de leurs biens ou autre inconueniẽt ſemblable. Approuuées que fut ceſte ſentẽce par l'aduis de tous on rappelle les Apoſtres. On leur faict ſçauoir au nom de toute l'aſſemblée qu'ils n'ayent à enſeigner à homme viuant la doctrine de Ieſus, ou faire mention de ſon nom en façon que ce ſoit, ou en cachette, ou manifeſtement, ou publicquement, ou en priué, ou en leurs logis, ou dehors. O la folle ſageſſe du monde. Ils ne l'ont peu retenir mort dedans le ſepulchre, & ils s'efforcent d'enſeuelir le nom lequel a touſiours couſtume d'eſtre renommé apres la mort. Apres que l'arreſt du conſeil fut prononcé auec grande authorité, Pierre & Iean reſpondirent courageuſement, toutefois cela ſe fit ſans outrage. Vous qui ſçaués les commandemens de la Loy, iugés ſi la choſe eſt iuſte deuant Dieu, d'obeyr pluſtoſt à voz commandemens qu'à Dieu. Dieu a predit par la bouche de ſes Prophetes, qu'il aduiendroit ainſi. Le Chriſt fils de Dieu le nous a auſſi commandé, l'Eſprit celeſte, lequel iceluy nous auoit promis d'enuoyer de par ſon Pere, l'ordonné & ramentoit ainſi, aſſauoir que pour le ſalut de chaſcun nous preſchions le nom du Seigneur Ieſus Chriſt, rendans teſmoignage des choſes qu'auons veues & ouyes. Si vous iugés ſelon le droit, vous vous ſoumettrés auſſi au iugement diuin. Mais autrement quoy que vous concluyés touchant nous nous, ne nous pouuons tenir de dire ce qu'auons veu de noz yeux & ouy de noz oreilles, & ce que Dieu, lequel doit eſtre plus priſé que tous les hommes du monde veut qu'on preſche par tout. Apres auoir entendu ceſte reſponce ſi magnanime & ſi libre : ces deliberans là ne font autre choſe que les menaſſer & taſchent les effrayer. O le deſeſperé cõſeil, ils n'ont nuls arguments pour attirer à leur opinniõ, ils n'ont nulles raiſons pour conuaincre. Ils n'ont nuls teſmoignages des eſcriptures pour enſeigner. Toute l'authorité giſt en menaſſes. O conſcience des meſchans touſiours craintiue. Ils deſiroyent punir des innocẽs, la volonté peruerſe eſtoit en ieu : mais les pauces craignent le commun:les officiers, ceux qui sont sans office:si grāde multitude, peu de gens:les armés,ceux qui sont sans armes:les sçauans, les idiots. Les Apostres n'ont nuls garde-corps ny les estats des dignités bandés ensemble: mais ils ont quelque chose que nulle puissance du monde peut dōner.Leue-toy au nom de Iesus & chemine.Ils sont puissans pour bien-faire,ils n'ont nulles armes pour nuyre.Les Apostres donc furent alors laschés du conseil bien fort menacés. Car les princes n'auoyent pas mis ius la malice de leur cœur:mais ils delayoyent ayans intention de chercher vne autre occasion. Car ils ne trouuoyēt point de raison pour les punir,voyre mesme à cause du peuple lequel ils craignoyēt & cependant ne tenoyent compte de Dieu. Car chascun louoit ce qui auoit esté faict en la guerison du boyteux.Et estoit ce faict plus manifeste par tout d'autant que l'homme sur lequel auoit esté faict ce miracle auoit plus de quarante ans.Il estoit nay tel, & estant mendiant auoit par tant d'années mis son aduersité en la veue des hommes que nul ne pouuoit dire par calomnie que l'imperfection estoit simulée ou petite. Or apres que Pierre & Iean furent laschés du cōseil ils retournerent vers leurs gens amassés en la sale estans-ia en soucy de l'yssue,& leur raconterent tout l'affaire par ordre,assauoir ce que les princes leur auoyent proposé,& ce qu'ils auoyent respōdu.Adonc la charité mutuelle consola la ioye. Les disciples se resiouyssoyēt de ce que les principaux d'entre les Apostres estoyēt laschés. Les Apostres se resiouyssoyent de ce que ceste ioye estoit aduenue aux disciples par la benignité du Seigneur.Ainsi le Seigneur assaisonne toutes choses à ses seruiteurs de sorte qu'il mesle choses ioyeuses parmy les tristes,à fin qu'ils puissent tenir bon,& à fin qu'ils remercient le Seigneur des choses ioyeuses à tour,& luy fassent oraison pour les tristes.Parquoy apres que la cōpaignie eut ouy le recit des Apostres,elle esleua d'vn plein accord sa voix vers le Seigneur par la grace duquel l'affaire Euāgelique auoit commencé à prosperer, disant:Seigneur Dieu tout-puissant qui as créé par ta parolle le ciel,la terre,& la mer, & tout ce qui y est, à la tressaincte volōté duquel nulle force d'homme ne peut resister,duquel les ordonnances eternelles,nulle conspiration d'hommes ne peut destruire,le Sainct Esprit a iadis prophetisé par la bouche de nostre patriarche Dauid ton seruiteur que ce que voyōs maintenant aduenir aduiendroit,disant:Pourquoy bruyent les gens & entreprennent les peuples choses vaines:Les roys de la terre se bādent,& les seigneurs s'amassent ensemble contre le Seignr & contre son oinct.Nous apperceuons la certitude de la prophetie.Nous voyons que ce qu'il a veu estre à venir estant inspiré de ton esprit a esté faict & se faict encore à la verité.Car de vray les roys de la terre Herode & Ponce Pilate auec les gēs & peuples d'Israel se sont bandés en ceste cité qui à la mōstre de pieté,à l'encontre du maistre & capitaine de toute pieté ton sainct fils Iesus,lequel tu auois oinct d'onction celeste,faisans tout ce qu'ils ont peu par leurs meschātes entreprinses pour faire les choses que par ta puissance inuincible & conseil eternel tu auois arrestées deuoir estre faittes pour le salut de la race des hommes. Or quiconque se bande à l'encontre de ton fils Iesus lequel tu as enuoyé,il se bande contre toy.Et voicy de-rechef l'assemblée des seigneurs qui s'amasse à grande foule à l'encontre du sainct nom de ton fils Iesus:cōme donc tu as ressuscité des morts ton fils Iesus occis par eux & l'as esleué au ciel pour luy cōmuniquer ton royaume te mocquant de leurs cōplots:ainsi regarde maintenāt leurs menaces de peur qu'elles ne soyēt les plus fortes:mais donne à tes seruiteurs force & hardiesse de parler auec vne cōstance excellente ta parolle Euangelique laquelle est à toy & non aux hōmes:car elle nous a esté apportée au monde de par toy & ton fils Iesus.Et comme le miracle du boyteux guery a attiré plusieurs gens à faire profession du nom de Iesus, & as donné terreur aux seigneurs qui s'estoyent bandés à l'encontre de la gloire de Iesus:ainsi leur soit en ayde ta main toute puissante,à fin qu'en guerissant aussi & faisant des miracles & signes semblables par le sainct nom de ton fils Iesus,la gloire de ton Euangile reluyse plus clairement & plus au large,& que ce pendant grōdent en vain ceux qui se rebellent à l'encōtre de toy & de ton fils.Quād ils eurent ainsi prié to⁹ d'vn accord,le lieu où ils estoyent assemblés trēbla,or le Seignr mō stroit par ce signe que leurs prieres estoyent exaucées & qu'il leur seroit faict selon leur desir.Car il n'est rien si fort que la priere d'vne Eglise qui est d'vn mesme cōsentement. Cōme ainsi soit qu'il faut que la force soit grande laquelle esbranle la terre qui est immobile.Ce signe n'estoit pas vain,soudain fut renouuelé & augmenté en eux to⁹ la vigueur du Sainct Esprit,tellement que non seulement ils ne celoyent point la doctrine Euangelique,à cause des menasses des seigneurs : mais aussi preschoyent le nom du Seignr Iesus plus franchement & hardymēt & mesme estoyēt en plus grand nōbre qui n'estoyēt au parauāt : car telle est la nature du profit Euāgelique que comme le saffran & quelques autres choses croissent

Et quand il les eurent ouy.

Bb 4   sent

sent plus abondamment quand on les foule:ainsi l'Euangile s'eslieue & gaigne la victoi=
re à force par dessus le monde qui le foule.Ia estoit creu en peu de iours vn fort grand nõ=
bre de ceux qui franchement confessoyent le nom de Iesus.Et à fin qu'on entende que reste
opinion n'estoit pas humaine,en si grande multitude n'y auoit nulle ambition, nulle en=
uie,nulles noyses,nulles contentions,mais y auoit vn si grand accord & vne si grãde paix
qu'on eut dit qu'ils n'auoyẽt tous qu'vn cœur & vn aduis.Car chascun d'eux auoit-ia cest
se d'estre mené par son esprit,lequel est si variable és hõmes qu'à peine pourroit-on trou
uer deux freres germains qui soyent d'accord entre eux. Mais ils sont tous guidés par le
seul esprit de Christ.De là vient ceste si grãde vnion de tant d'hommes,lesquels autrement
estoyent dissemblables de sexe,d'eage,& d'auoir:en sorte que non seulement ces choses là
estoyẽt communes entre eux desquelles on peut faire part sans le dommage de celuy qui
les depart comme doctrine,conseil, admonition,consolation, exhortation:mais aussi les
richesses qui se cõmuniquent aux autres au dommage de celuy qui les possede,& pource
ste cause à peine trouueras-tu gens qui soyent liberaux en cest endroit.Mais entre ceux cy
y auoit si grande cõmunauté de ces choses aussi,qu'il n'y auoit celuy qui mesme appellast
sienne aucune chose de son auoir. Parquoy celuy qui donnoit de ses richesses ne deman/
doit point que ceux ausquels il en faisoit part luy en sceussent gré: d'autant qu'il estimoit
que ce qui estoit dõné,appartenoit à celuy qui en auoit affaire,& se reputoit larron & ini
que s'il eust tenu riere-soy quelque chose de laquelle la poureté de son frere auoit mestier.
Or les Apostres qui estoyent comme les princes de ceste nouuelle cité, princes poures de
biens,mais riches des dons du Sainct Esprit augmentoyent iournellemẽt de plus en plus
la multitude rendãs, auec vne magnanimité excellente & grande puissance, tesmoignage
de la resurrection par nostre Seigneur Iesus Christ.Car il failloit auant toutes choses faire
croyre ce point par le tesmoignage des miracles:car la pluspart l'auoyent veu mourir & a=
uoyẽt sceu plusieurs qu'il auoit esté enseuely. Parquoy ce peuple nouueau viuoit tres-heu
reusement sous des forts vaillans capitaines,tandis que l'amytié recompensoit ce qui de
failloit des richesses.Car bien qu'ils fussent plusieurs poures,si est-ce qu'il n'y auoit celuy
d'entre eux qui eust disette pource que tous ceux qui possedoyẽt champs ou maisons les
vendoyent & apportoyent le pris des choses vendues & les mettoyẽt aux pieds des Apo/
stres,à fin que l'auoir commun fut departy par ceux qu'ils auoyent pour peres.Dauanta=
ge autant qu'estoit grande la simplicité de ceux qui apportoyẽt le pris de leurs possessiõs
autant grande estoit la loyauté de ceux qui les departoyent. La loyauté est rare entre les
despensiers d'argent:Icy se faisoit la despence sans aucune exception de personne selon la
necessité d'vn chascun.En ceste multitude estoit Ioses,qui fut par les Apostres surnõmé
Barnabas qui signifie en Syrien fils de cõsolation Leuite de race,natif de Cypre. D'autãt
que cestuy estoit fort estimé entre les autres, à cause qu'il estoit doué de grãs dons,& pour
ce fut-il nõmé Barnabas à raison de la ioye qui estoit aduenue à la multitude pour sa ve
nue,il monstra l'exemple à plusieurs d'ensuyure la liberalité Euangelique.Car cõme ainsi
fut qu'il eut vne mestairie en Cypre il l'a vendit & apporta le pris & le mit aux pieds des
Apostres cõme vne chose de petit pris & contemptible.Or estoit grande la saincteté des
Apostres qu'ils n'en prenoyent rien pour eux sans les autres.

CHAPITRE V.

Ais comme la simplicité de Barnabas donna enuie à plusieurs d'estre libe
raux:ainsi fut appresté vn exemple pour donner terreur à chascun à fin que
nul ne brouillast de tromperie l'affaire spirituel.Car l'esprit ayme la simpli
cité du cœur,& hait tout fard & feintise.Ainsi fut appareillé l'exemple de Iu
das entre les douze Apostres,à fin que nul ne se fiast en soy,mais perseuerast
à faire son deuoir auec toute solicitude.Or y auoit-il en ceste multitude vn homme nom

mé Ananias peu ressemblant de vie à son nom,pourautant qu'il ne monstroit gueres qué
il eust la grace de Dieu. Cestuy-cy auoit vne femme nommée Sapphyra semblable à son
mary. Ananias donc voyant que la simplicité & liberalité volontaire, des autres estoit
louée entre tous,comme ainsi fut qu'il eut plus grand desir de gloire que de pieté,il vendit
son champ & en grippa quelque partie &la mit à part, sa femme le sçachant, comme par
tissant l'argent à ce que d'vne partie il achettast louange & opinion d'estre vn homme crai
gnant Dieu,& qu'il se gardast l'autre de peur que quelque necessité ne suruint:se desfiant
à dire la verité du sainct Esprit, & prouuoyant mieux à soy, qu'à la chambrée de ses freres,
pensant ainsi en soy-mesme, si les autres son en dãgier d'auoir faim, pour le moins ie suis
prouueu. Ceste pensée n'estoit pas de celuy qui se fie de tout son cœur en Christ, lequel a
promis

promis que rien ne defaudra à ceux qui cherchent le royaume de Dieu & sa iustice deuant
toutes choses, ny de celuy qui n'a qu'vn cœur & vne ame auec les autres. Ainsi donc qu'il
auoit apporté aux pieds des Apostres quelque partie du pris du champ vendu, Pierre en/
tendant la meschante feintise du personnage par l'inspiration de l'esprit de Dieu duquel il
estoit plein, dit ainsi: Ananie veu que tu t'es vne fois pour toutes dedié au Sainct Esprit, veu
aussi que tu as apperceu sa vertu par tant d'argumens, pourquoy a de-rechef remply ton
cœur l'esprit de Satan à ce que comme raillant par menterie le Sainct Esprit qu'on ne peut
tromper tu gardasses en cachette vne partie du pris de ton champ, & misses en auāt en ce/
ste assemblée cest exemple le plus malencōtreux du mōde. Si nous t'eussions induit mau/
gré toy à vendre ton champ, il y auoit parauāture cause pour laquelle tu deusses simuler:
veu maintenant que tu as faict de ton plein gré ce que tu as faict, à quel propos as-tu cor/
rompu l'exemple de liberalité par le fard de simulation? Ton champ ne te demouroit-il
pas du tout si tu eusses voulu? Ne pouuois-tu pas garder tout le pris mesme apres que tu
l'auois vendu? La simplicité de ceux là est louée lesquels mettēt ce qu'ils ont en cōmun de
leur franche volonté. Or n'est personne contrainct par nous de faire cela s'il ne veut. D'où
vient cela donc que tu as entreprins de faire tromperie en ce cas? Tu n'as pas menty aux
hommes mais à Dieu. Or si tu pense que Dieu peut estre trompé tu as vne meschante opi/
nion de Dieu. Mais si tu pēses que rien ne luy est caché, ou tu desprises sa iustice, ou tu pen/
ses qu'il fauorise à tromperie. Or Ananias sentant que les Apostres cognoissoyent la trom
perie de son cœur il fut touché au vif de ceste tāt seuere reprehēsion & cheut soudain, puis
rēdit l'esprit. Vn hōme est pery, à fin qu'il fust prouueu au salut de plusieurs: car apres que
le bruit de ce cas fut paruenu iusques aux autres, il donna grande frayeur à eux tous à ce
qu'ils n'entreprinssent rien de semblable contre le Sainct Esprit. Or des iouuenceaux se le/
uerent & osterent le corps mort & le porterent enterrer. Il ne meritoit pas d'estre enterré:
mais il le failloit oster de peur qu'il ne polluast la compaignie pure & saincte. Possible que
il viendra au deuant à quelqu'vn de s'esmerueiller de l'austerité de Pierre enuers Ananias
veu qu'il a par cy deuant inuité à grace auec si grande douceur ceux qui auoyent crucifié
Iesus attribuant à ignorance ce qui estoit faict & offrant salut eternel aux repentans. Main
tenant pour bien peu d'argent separé d'vne liberalité se faict vne reprehension rigoureu/
se, & n'est monstrée aucune esperāce de pardon. A la verité le Seigneur Iesus qui auoit en/
ioinct de conuier par le baptesme tous les hommes à salut apres auoir pardōné tous pe/
chés a voulu enseigner par la mort de peu de gēs cōbien la chose est plus enorme de re/
tomber en peché apres auoir receu la grace & lumiere de l'Euāgile, non plus par inaduer/
tance ou ignorance, mais par vne feintise pourpensée. Or sçauoit-il que la principale pe/
ste de la pureté Euangelique naistroit d'hypocrisie & d'auarice, & pour ceste cause a esté
donné vn exemple notable au fin cōmācement de l'Eglise naissante, par lequel chascun
seroit aduerty que quiconque ensuyuroit Ananie n'euiteroit point la vengeance diuine
quand bien elle ne puniroit incōtinent icy le malfaitteur de punition qui luy fut deue. Car
il n'estoit pas question en cest endroit de perte de pris mais de defiance de Dieu, & moc/
querie du Sainct Esprit. Quant à Pierre il ne fit pas la punition ains espancha vn ai/
greur de reprehension pour guerir: mais cestuy là qui ne se mit point à plourer, ny à son/
ner mot de repentance, fut frappé de vengeance diuine. Et fut vn homme frappé par v/
ne merueilleuse clemence de Dieu, à fin que plusieurs fussent garantis. Vn exemple de iu/
stice fut monstré sur celuy qui perit. Vn don de misericorde fut espandu sur grand nom/
bre de gens qui par l'exemple de cestuy cy se garderent de pecher. Or passé l'espace d'en/
uiron trois heures la femme d'Ananie ne sçachant ce qui estoit aduenu à son mary (com/
me les gens sont ordinairement les derniers qui sçauent leurs inconueniens domestic/
ques) va entrer, icelle sçachant la tromperie de son mary, pour emporter aussi sa part de
la fausse louange: Et Pierre respondant aux meschantes pensées de ladite femme, luy
dit: Dy-moy, femme, aués vous autant vendu le champ, & non pas plus que monte ce
pris? Et elle par trop semblable à son mary, respondit impudemment: Ouy, autant l'a/
uons nous vendu. Alors Pierre luy dit: Qui vous a mœus de conspirer ainsi entre vous
toy & ton mary, de vouloir tenter par mensonge non pas nous, mais l'esprit du Seigneur,
lequel vous voyés besongner en nous? Or puis que tu as voulu tenir compa'gnie à
ton mary en ceste simulation & impieté, tu luy seras aussi compagne au supplice. Sça/
che que les pieds de ceux qui ont enterré ton mary, sont à la porte qui t'emporteront aus/
si en terre. A ceste parolle, la femme tomba soudain & rendit l'ame. Et quant & quant les
iouuenceaux, qui la trouuerēt morte. Si l'emporterent hors & l'enterrerent à costé de son
mary.

574

mary.Punition vrayement rigoureuse, toutefois salutaire, & de laquelle les Apostres ne se sont seruy que ceste seule fois. Combien qu'à vray dire, Pierre, homme de si grande douceur que rien plus, n'ait pas faict la punition en cest endroit, ains inspiré de l'esprit l'a denoncée. Pierre alors par l'instinct de l'esprit de Dieu sçauoit & ce qui auoit esté faict, & ce qui estoit à venir. Or Dieu à qui rien n'est caché, fera punition de ceux qui par feintise deçoyuent ceux qui ont office d'Apostre, encore qu'ils soyent tels qu'on puisse les deceuoir. Car ce don de l'Esprit dōt Pierre estoit doué pour lors, n'est pas perpetuel à tous. Or voy maintenant le bon fruict yssu d'vne mauuaise chose. Par la iuste ruyne de deux, vne fort grande frayeur saysit toute l'Eglise des croyans, mesme aussi ceux qui n'auoyent pas encore creu furent saysis de la frayeur de cest exemple. Au reste par les Apostres se faisoyent beaucoup & de grās miracles parmy le peuple, à fin qu'il apparust à tous, que la chose ne venoit pas des forces humaines, ains de la puissance de Dieu. Or tous ceux qui s'estoyent adioints à l'Euangile, s'assembloyent tous d'vn cōmun accord en l'allée, ditte de Salomon. Car ils ne se souçyent plus de se tenir cachés, ains estoit-ia temps que la chandelle mise sur le chandelier, esclairast tous ceux qui entrent en la maison. Mais des autres qui ne s'estoyent pas encore entollé par le baptesme, nul ne s'osoit adioindre à eux. Car ils voyoyēt que c'estoit vn peuple consacré à Dieu, & par quelque scrupule de cōscience s'abstenoyent de les hanter, cōme gens prophanes ont de coustume de ne mettre pas la main aux choses dediées à vn tēple. Car le peuple ne les hayssoit pas, mais pour vne singuliere vertu de Dieu, laquelle reluysoit en eux, les auoit en admiration & reuerēce auec ce que l'exemple d'Ananie & de Sapphira en auoit espouuātés & effrayés plusieurs, à fin qu'aucun ne s'adioignist à eux par feintise. Ce pēdant le nōbre des croyans au Seigneur croissoit tous les iours de plus ēplus, tant d'hōmes que de femmes, de sorte que cōmunement on mettoit les malades dehors par les places, & ceux q pour la grādeur de leurs maladies ne pouuoyēt marcher sur leurs pieds, on le proposoit par les rues en des lits & couches, à celle fin qu'à la venue de Pierre, seulement son ombre en passant, ombrageast quelqu'vn d'eux. A ceux là fut faitte exhibition de la promesse du Seigneur Iesus, lequel touchant ses disciples auoit dit, qu'ils se royent voir de plus grādes œuures que les siennes. Iesus en guerit bien quelques vns par l'attouchement de ses franges: par l'attouchement de son ombre il n'a guery personne. Le renom des miracles s'espandoit tous les iours tant plus au large, tellemēt que mesme des villes d'alentour les gens accouroyent en grande foule en Ierusalem, & amenoyent quant & eux des gens tourmentés de diuerses maladies, & vexés des esprits impurs, lesquels guerissoyent tous. En vne si admirable yssue des choses il est bon de cōsiderer l'inuincible modestie des Apostres, qui de là ne pretendoyēt pour eux aucune gloire, ains en rapportoyēt tout le loz au nom du Seigneur Iesus. Donc se diuulgant ainsi heureusement le nom de Iesus Christ, & s'espandant tous les iours tant plus au large la bonne senteur de la doctrine Euangelique: Anne le premier pilier de la fausse religion ne peut porter l'accroissement de

Lors le princi-
pal Sacrifica-
teur se leua. la vraye religion. Entre autres ceux principalement qui estoyēt de la secte des Sadduciens tenoyent le party dudit Anne, à raison que la principale testificatiō des Apostres estoit de la resurrection de nostre Seigneur Iesus Christ qui estoit la chose qui auoit vn peu addoucy les Pharisiens, lesquels maintiennēt la resurrectiō à l'encōtre de Sadduciens. Ils auoyēt arresté que la chose qui s'estoit esleuée s'enseuelyroit par dissimulation. Mais la malice vainquit l'arrest, & la fureur secoua la frayeur. Car le principal Sacrificateur esmeu du zele de Satan, & auec luy les Sadduciens mirent les mains sur les Apostres, & les mirēt non pas en la prison particuliere cōme pour estre examinés, mais en la publicque cōme gens surpris en lascheté manifeste. Or auoyent-ils choysi vne prison singulierement munye à fin qu'ils n'eussent aucun moyē de pouuoir eschapper, ou d'estre rescoux par tumulte du peuple. Mais la parolle Euangelique ne se peut ne lier ny enclorre par conseils humains. Car Iesus qui est protecteur des siens a enuoyé son Ange, qui de nuict ouurit les portes de la prison, les mena dehors & leur dit: Ne soyés troublés de la malice des Sacrificateurs, ainçois plus tost poursuyués tant plus constammēt en vostre entreprinse. Allés, & estans en plein temple, preschés au peuple tout ce que le Seigneur vous a enchargé de publier par toutes les nations du monde. Vn temps a esté qu'il ne vouloit pas qu'on le diuulgast estre le Christ. Voicy maintenaut le temps duquel il vous auoit dit: Rien n'est caché qui ne doyue estre reuelé. Item: Ce que maintenant vous ouyés en l'oreille preschés-le dessus les toits. Les Apostres deuenus plus encouragés par ceste extraction de l'Ange, vont sur le point du iour au temple, & selon leur coustume enseignent à force peuple. Et le Souuerain Sacrificateur ne sçachant rien de ce qui auoit esté faict de nuict par l'Ange, accompaigné des

des Sadduciens & de ceux qu'il auoit fauorizans pour certain à sa sentēce, alla au lieu du
conseil. Là fut assemblé tout le conseil des Sacrificateurs & des Magistrats ensemble auec
tout l'ordre des Senateurs de la natiō Israelite. Car estans-ia leur cholere augmētée à cause de la contumace, ils auoyent determiné de donner quelque arrest plus rigoureux contre les Apostres. Or ce pendant, lecteur, cōsidere-moy icy l'impudēce malicieuse de ces Sacrificateurs lesquels n'ayās rien dequoy pouuoir à bon droit accuser les Apostres, ce neātmoins font par conseil solēnel tout ce que bon leur semble, à fin que ce qui estoit acte d'im
pieté semblast expressement pour cela iuste & droit qu'il auroit esté arresté par le consentement de tout le conseil. Apres que Messieurs furent magnificquement assis chascun en
son lieu, ils enuoyerent des sergeans pour aller prendre en la prison les accusés & les amener au cōseil. Ils allerent iusqu'à la prison, & trouuerent les gardes à la porte veillans. Si ou
urirent l'huys. Eux entrés, ils n'y trouuerent pas vn des Apostres: ny aucune trasse par où
ils peussent estre sortis. Parainsi les officiers s'en retournent vers le cōseil & font le rapport
de ce qu'ils ont veu, disans: Bien auons nous trouué la prison fermée en toute diligence &
les gardes debout à l'huys. Mais apres auoir ouuert l'huys & y estre entrés, nous n'y auōs
trouué ame. Ces nouuelles troublerent moult le cœur à tous, à ceux là principalement
qui estoyent les Magistrats du temple & les principaux Sacrificateurs, & ia incertains de
conseil doutoyent quel pourroit estre l'yssue de cest affaire. Et tandis qu'ils sont en doute, tandis qu'ils deliberent, tandis qu'ils tremblent, voicy suruenir quelqu'vn, qui par tristes nouuelles les effraya & estonna encore tant plus, disans : Sçachés que ces gens là que
vous serrastes hier en la prison, sont maintenant au temple & enseignent le peuple assemblé en grand nombre. Alors de l'ordonnance des Sacrificateurs les Magistrats du temple
pourautant qu'à eux propremēt appartenoit d'auoir le soing, que rien ne se fist au temple
autrement qu'il n'estoit conuenable, s'en allerent au temple, accōpagné d'vne bande d'officiers contre la violence du peuple. Ils trouuent la chose cōme on la leur auoit rapportée:
c'est, les Apostres estans au tēple & preschans de Iesus à vn gros peuple. Ce nonobstant ils
ne leur mettent pas les mains dessus, cōme ils auoyent faict au parauant. Car ils voyoyent
vn grand nombre de gens: & craignoyēt que si quelque mutinerie venoit à s'esleuer on ne
les lapidast. Mais ne celle compaignie n'estoit de gens pour vser de violence, ny les Apostres tels qu'ils voulissent estre defendu par forces. Ils auoyent vne constance & magnanimité inuincible, mais sans felonnie. Ils voyoyent les personnages qui le iour de deuant les
auoyēt emprisonnés. Et ce neantmoins ils n'ont point de peur, ne s'en fuyēt point, n'inter-
rōpent point la parolle Euāgelique iusques à tāt que les belles parolles du Magistrat leur
persuada d'aller au conseil. Les Apostres obeirent à fin qu'ils ne semblassent ne tenir conte
de la puissance publicque. Car le Seignr ne leur auoit pas conseillé qu'ils n'y allassent pas
estans adiournés, mais bien qu'ils parlassent en toute hardiesse. Ils arriuerent au conseil,
furent mis au milieu de ce consistoire tant magnificque deux pescheurs auec leur suyte de
mesme. Alors Anne le principal de tous les Sacrificateurs se mit à parler auec vne grande
authorité & vne arrogance non moindre, en ceste maniere: Venés-ça, au conseil detnier
ne vous auōs no' pas tres-expressemēt enioinct de par l'authorité de si grās personnages
que vous eussiés à vous deporter d'enseigner le peuple, & à ne faire aucune mention du
nom de ce Iesus (lequel nom nous voulons qu'il soit aboly) enuers homme du mōde soit
estrangier, soit Iuif, soit en public, soit en priuer Et voicy sans tenir conte de l'authorité de
tout le conseil non seulement vous ne vous estes pas teu, mais aussi aués presché de tant
plus, si bien & si beau que vous aués remply toute la ville de Ierusalem de vostre doctrine,
s'espanchant mesme le bruit des choses que vous faittes iusqu'aux villes circonuoisines.
Voulés vous dōc par vne affection malicieuse nous charger de l'indignité de la mort de
cest homme là? Car vous preschés tout à plat qu'il a esté mis à mort par nous, ce que nous
ne pouuons nyer. Vous preschés le mesme estre iuste & sainct & approuué de Dieu, & en
son nom faittes des miracles, par ce moyen nous accusans & condamnans d'impieté enuers le peuple, d'auoir faict mourir vn tel homme. Telle fut la harangue du souuerain Pon
tife, laquelle ne contient rien de iuste defence: tant seulement elle effraye par authorité, à
celle fin qu'vn cas qui estoit veritable & qui pour le salut de tous se deuoit prescher à tous,
on le teust à cause de la gloire des meschans. Oyons maintenant au contraire vn pescheur
& pontife Euangelique qui au nom de tous les Apostres respond bien en toute hardiesse, *Et Pierre re-*
y entre-meslans toutesfois de la douceur, disant: Magnificque Pontife, & vous Magistrats, *spondit auec*
anciens, & tous autres nobles personnages qui estes assis en ce conseil, nous ne sommes *les Apostres.*

pas

pas gens qui ne tenõs conte de voftre authorité, mais nous preferons l'authorité de Dieu
à celle des hommes, ce que nous refpondifmes que nous ferions quand vous nous fiftes
defenfes de ne faire mention du nom de Iefus. Et ne penfe pas qu'il y ait homme en ce confeil qui iuge que ce foit chofe raifonnable que pour les defenfes des hommes, nous laiffions les commandemens de Dieu & en craignãt voftre courroux nous tombions au courroux de Dieu. Si voz commandemens s'accordoyent auec la volonté de Dieu volontiers
nous obeirions & à vous & à Dieu. Mais puis que voz defenfes font totalement cõtraires
aux edits de Dieu, voyans que nous ne pouuons fatisfaire à tous les deux, nous aymons
plus toft obeir à Dieu qu'aux hommes. Et ne cherchons pas de rendre aucun odieux par
le nom de Chrift, ains d'apporter falut à chafcun. Et à vous auffi feroit plus expedient de
foumettre voftre authorité à la volonté de Dieu, que de nous preffer iufques là que foyõs
contraints de contreuenir à la volõté de Dieu. Il n'y a celuy pour qui ne foit toute appareillée la remiffiõ des pechés, pourueu qu'en embraffant la verité Euãgelique il s'amede. Icelle cõme auffi-ia nous vous l'auõs expofée, eft telle: Le Dieu de noz peres, lequel nous ado-
rõs, vous & nous, a reffufcité des morts fon fils Iefus, lequel vous aués meurtry l'attachãt
en la croix. Car ainfi eftoit-il determiné par le cõfeil de Dieu. Ainfi eftoit predit par les Pro
phetes, qu'vn deuft mourir pour le falut du monde. Iceluy ayant efté mis à mort par les hõ
mes felõ l'imbecillité de fon corps, Dieu l'a reffufcité des morts, & par fa puiffance l'à hauf-
fé en telle gloire, qu'il foit pour guidon & autheur de falut à tous, mais fur tout au peuple
d'Ifrael: & que par luy foit appareillée remiffiõ de tous pechés à tous ceux qui faifans peni-
tẽce de leurs maux feront profeffion de fon nom. Et de ce que nous difons, no² en fommes
tefmoings, nous, dy-ie, qui deuant qu'il mouruft, auons hanté domefticquemẽt auec luy,
& depuis fa mort l'auõs fouuẽtefois ouy parler derechef viuãt, l'auõs veu & manié, iufques
qu'il mõta au ciel, nous tous le voyãs. Que fi noftre tefmoignage eft de petite authorité
enuers vous, le Sainct Efprit lequel cõme vous voyés il a efpandu fur tous ceux qui obeiffent à l'Euãgile, teftifie le mefme. Vous oyés nouuelles lãgues. Vous voyés faire miracles. Il
n'y a riẽ du noftre en cela: c'eft l'Efprit de Iefus qui par fes miniftres defploye fa force. Cefte
harangue vrayement Apoftolique, laquelle les deuoit ou effrayer pour crainte du fupplice, ou allefcher pour l'efperance du falut preparé, les indigna dauantage, tellement qu'ils
creuoyent de defpit, & deliberoyent entre eux de mettre à mort les Apoftres. Ces Sacrificateurs eftoyent-ia accouftumés au meurtre, & en defpeçant les beftes au temple ils n'auoyent faict autre auancement finon qu'ils en eftoyent auffi plus habiles à tuer les hommes.
Il ne faict en ce cõfeil nulle mention de l'Efcripture faincte, nulle doctrine, nulle raifon. Tãt
feulement, Nous le commandons ainfi: Tel eft noftre plaifir: ou tu obeiras, ou tu mourras.

Mais Gamaliel En ce confeil là eftoit affis vn Gamaliel, de fecte Pharifienne, aux pieds duquel Paul Apo-
fe leuant au ftre auoit apprins la Loy, homme honnoré de tout le peuple d'Ifrael, pour vne exquife cõ-
confiftoire. gnoiffance de la Loy, & la finguliere prudence qui eftoit en luy. Voyant iceluy que les autres tendoyent à deliberations méfchãtes, il fe leua & fit requefte qu'on commandaft aux
Apoftres de fe retirer vn peu du confeil. Quoy faict, il fe print à parler à ceux qui eftoyent
affis audit cõfeil, en cefte maniere: Hommes Ifraelites, gardés vous de deliberer à la hafte,
& de determiner aucun arreft à la volée, dont puis apres vous vo² repẽtiés en vain: mais
aduifés en toute diligence que c'eft que vous ordonnerés touchant ces hommes cy. Prenés confeil fur les chofes paffées, que c'eft qu'il faut determiner pour l'aduenir. Ie ne repe-
teray pas les exemples du temps iadis. Ie diray chofe qui s'eft faitte de la memoire de vous
tous. Ces iours paffés il y eut vn, ie ne fçay quel Theudas magicien & impofteur, qui fe vã-
toit enuers le peuple en promettant monts & vaux, attira vn affés grand nombre de gens
à tenir fon party, enuiron iufqu'à quatre cens. Mais cela c'eftoit chofe qui venoit de malice
humaine, l'yffue en fut malheureufe. Car luy-mefme en porta la punition, & tous fes adherans furent partie tués, partie prifonniers. Si furent tous diffipés & toute la bande redui-
te à rien. Apres luy il y eut vn Iudas Galileen, de mefme pays que ces gẽs cy, defquels vous
eftes maintenant en deliberation, au temps que fuyuant l'Edit de Cefar Augufte on enre-
giftroit tout le monde. Ceftuy auffi pource qu'il enfeignoit chofes fauorables pour le peuple, affauoir qu'vn peuple confacré à Dieu ne deuoit pas payer tribut aux Empereurs idolatres, attira à foy vne bonne partie du peuple. Et le chef mefme de cefte faction alla en ruine, & tous ceux qui auoyent efté fes adherens furent diffipés. Parquoy voicy qu'il me femble: Ce fera plus fagement faict à vous de vous deporter de ces gens-cy, & les laiffer, puis
qu'ils n'ont encore endommagé perfonne, Car fi ce qu'entreprennẽt ou s'effayent de faire
eft

est yssu de conseil d'hôme, il se dissipera de soy-mesme. Mais si Dieu est autheur de cest affaire tant admirable, premierement ce sera impieté de vouloir dissiper ce qui se faict par
l'authorité de Dieu (& que seroit cela autre chose sinon que combattre contre Dieu?)
puis aussi imprudence de vouloir entreprêdre ce dont vous ne pourrés pas venir à bout.
Car qui resisteroit à la volonté de Dieu? Celle sentence fut de telle authorité enuers le conseil que la deliberatiô de faire mourir les Apostres fut differée pour vn autre temps. Et iusques là s'accorderent à la sentence de Gamaliel, non pas que toutalement ils se deportassent des Apostres, mais que les ayans faict venir tous douze ils les battirent puis leur en-
ioignirent de ne faire desormais aucune mention du nom de Iesus. Et se contentans de ceste punition leur donnerent congé, esperans que s'ils n'auoyent obey aux parolles & menaces, ils deuiendroyent sages, aduertis par tourment corporel: faisans leur conte que les
Apostres en apparence gens abbaissés & de baisse estoffe, estoyent du naturel des Barbares, qui se chastient par playes. Mais la vigueur de l'Esprit Euangelique a de coustume
de se renforcir de tels maux. Et de faict, les Apostres recognoissans bien que le propos
que Iesus leur auoit tenu estoit veritable, assauoir qu'on les feroit aller en iustice, que ils
seroyent fouettés és Synagogues, non pour aucun malefice mais pour la profession du
nom salutaire, s'en alloyent tout gaillars & ioyeux de deuant le conseil, s'estimans à honneur l'ignominie des verges laquelle les autres estimoyent intolerable: entant que Dieu
les recognoissoit pour Apostres siens, puis qu'il leur auoit faict cest hôneur, qu'ils estoyêt
outragés pour le nom de son fils. Or se souuenoyent-ils du propos que Iesus leur auoit
auant dit: Esiouyssés vous-en & vous en esgayés: car vostre salaire est grâd au ciel. Or tant
s'en fallut que pour telle punition & defense des principaux ils en deuinssent plus nonchalans à prescher le nom de Iesus, qu'en estans mesme deuenus plus alaigres, ils enseignoyent incessamment & en public au têple. & en priué par les maisons ce qu'ils auoyent
receu du Seigneur Iesus, & apportoyent de ioyeuses nouuelles à tous: assauoir que cestuy
estoit le vray Messias, par le moyen duquel il failloit que tous fussent sauués.

<h2 style="text-align:center">CHAPITRE VI.</h2>

EN ce temps là s'augmentant tous les iours le nombre des disciples (car
ainsi s'appelloyent lors, lesquels puis apres commencerent d'estre appellés
Chrestiens) il se leua vn grondement des Grecs, (c'est à dire des Iuifs qui
auoyent prins leur nayssance non pas en Iudée, mais entre les Payens) à l'en
contre des Ebrieux. La cause du grondement vint de pieté. Car comme ainsi fust que les Apostres menassent quand & eux quelques femmes pour leur seruice, les
Grecs estoyent mal-contens que cest honneur ne se faisoit aussi à leurs vefues, qu'il leur
fust loysible de seruir aux Apostres & disciples par ministere ordinaire. Car ils estimoyent
cela vne dignité. Et voyla la premiere ambition qui fut en l'Eglise. Et ce neantmoins à fin
que tu entendes, combien est desplaisant à vn bon pasteur vn discord tant legier soit-il,
tout soudain les douze Apostres firent assembler la compagnie des disciples (à fin que ce
qui seroit arresté du consentement de tous eust tant plus d'authorité) & parlerent en la
maniere qui s'ensuyt: Nous voyons qu'il c'est esleué entre nous vn ie ne sçay quel grondement touchant le seruice des femmes. Pourtant faut-il aduiser, qu'à tous coups nous
ne soyons destourbés par tels soucys de petite importance, car nous sommes destinés à
vne charge plus haute. Le Seigneur nous a enchargé de prescher l'Euangile. Ce n'est
donc pas la raison que laissans là la charge qui nous est imposée de prescher l'Euangile, nous seruions aux tables. Car comme en vn corps il y a diuers membres, & qu'vn chascun d'eux, faict son office: ainsi ne se peut euiter tumulte & confusion en vne si grande
multitude, n'est que diuerses charges soyent distribuées à diuerses personnes, en sorte tou
tefois que le tout soit rapporté à l'vtilité de tout le corps. Et de faict l'œil ne prouuoit
pas pour soy seul, mais pour tous les membres. Les mains semblablemant ne trauaillent
pas tant seulement pour soy, ains pour tout le corps. Parquoy, freres, choysissés d'entre
vous sept hommes d'vne preud'hommie bien renommée, remplis du Sainct Esprit, &
doués d'vne sagesse singuliere, ausquels selon vostre vouloir nous enchargerons cest affaire, duquel nous auons esté empeschés iusqu'à present non sans le des-auantage de la
predication de l'Euangile. Et nous estans mis par leur moyen en plus grand repos, vacquerons aux choses qui proprement appartiennent à nostre charge, assauoir à oraison,
& à l'administration de la parolle & doctrine de l'Euangile. Les autres prendront le soing
de nourrir les corps, & nous vacquerons à la nourriture de voz ames. Ce propos pleut à

Les douze fi=
rent assembler.

Cc　　　toute

toute la compagnie. Par ainsi en furent choysis sept du consentement de l'assemblée. Estienne homme d'vne foy approuuée & remply du Sainct Esprit, Philippe, Procore, Nicor, Timon, Parmenas & Nicolas de religion Iuif, de nation Antiochien, lesquels estans choysis ils les mirent deuant les Apostres, à fin que par leur authorité fust ratifié ce qui auoit esté faict. Et les Apostres ayans faict prieres à Dieu selon leur coustume, leur mirent les mains dessus. Car par telle ceremonie se bailloyent les sainctes administrations, suyuant l'exemple du Seigneur Iesus, lequel auoit de coustume de mettre les mains sur ceux lesquels il benissoit. Que si quelqu'vn demande quel besoing il estoit de telles ceremonies pour créer les ministres qui deuoyent auoir soing de la table, qu'vn tel sçache que c'est, à dire vray, vne charge prophane que manier de l'argent, principalement commun, mais lequel ce neantmoins requiert vne loyauté non vulgaire, & vn cœur non corrompu. Iudas en est tesmoing, lequel ayant le cœur corrompu d'auarice fut poussé à trahir son maistre. Auec ce pourautant qu'à lors les Apostres ordonnoyent aussi aux autres que c'est qu'il failloit faire en tels affaires, il failloit aussi bailler authorité aux choysis, à fin que tous leur fussent tant plus obeissans comme aux compaignons & aydes des Apostres. Dauantage les bancquets des disciples ne ressembloyent pas ceux du commun, ains toutefois & quantes qu'ils prenoyent leur repas ils le prenoyent auec grande deuotion. Tout brisement de pain leur representoit le corps du Seigneur : tout vin les aduertissoit du sang du Seigneur. Finalement les diacres administroyent au peuple & le corps & le sang du Seigneur : & si quelque fois il auoit le loysir n'estans empeschés de leur ministere, ils preschoyent aussi la parolle Euangelique, comme les premiers apres les Apostres. Par ce moyen il aduint que la doctrine Euangelique s'espandoit tous les iours au large de plus en plus, & qu'auec vn grand heur le nombre des disciples se multiplioit en Ierusalem. Car non seulement plusieurs du populaire s'adioignoyent à l'Euangile: mais aussi à force de la bande des Sacrificateurs, qui au parauant auoyent conspiré contre Christ & ses Apostres, mœus de penitence & mise bas l'arrogance se soubmirent au ioug de l'Euangile. Or entre les diacres la pieté d'Estienne resplendit par dessus tous. Car il se porta tellement en la charge qui luy auoit esté baillée, que pour la singuliere douceur de mœurs qui estoit en luy il fut tres-aggreable à toute la multitude des croyans, & enuers les rebelles à l'Euangile il monstroit vn courage magnanime & inuincible: de maniere qu'ensuyuant mesme les vertus des Apostres il faisoit beaucoup & de grans miracles au nom de Iesus parmy le peuple. Or comme ainsi soit qu'vne vertu singuliere tire tousiours l'enuie apres soy, comme plus ne moins que le vent marin Cocias tire les nuées, il en y eut quelques vns qui s'esleuerent à l'encontre d'Estienne

Et aucuns de
la synagogue
s'esleuerent.

gens de diuers college, dont l'vn s'appelle des Libertins, l'autre des Cyreniens, l'autre des Alexandrins, l'autre de ceux qui estoyent venus de Cilicie & d'Asie. Car les Iuifs estoyent principalement dispersés par ces lieux là voysins de la Syrie. Tous ceux là comme de complot faict s'esleuerent à l'encontre d'Estienne disputans contre luy & ne pouuoyent pour beaucoup qu'ils fussent, tenir bon contre la sagesse & vigueur de courage d'vn seul iouuenceau, d'autant que le Sainct Esprit dont il estoit remply, parloit par luy. Recognois icy la façon des meschants. Quand ils se voyent n'auoir peu faire teste par verité, ils recourent aux mensonges : & vaincus par la sagesse de l'Esperit, ils ont leur refuge aux tromperies diabolicques. Car ils subornerent certains hommes, qui dirent que ils auoyent ouy tenir à Estienne parolles blasphematoires contre Moyse & Dieu. Or entre les Iuifs il n'y a point de crime plus pendable qu'est le blaspheme, ny que le peuple trouue plus enorme. Recognois icy, ô lecteur, les machinations toutes de mesmes à l'encontre du seruiteur, qu'elles auoyent esté à l'encontre du Seigneur. Ils subornent des calomniateurs, à fin qu'ils ne semblent vouloir eux-mesmes se vanger de leur fascherie de estre retournés vaincus de la dispute. On controuue vn crime enorme, & couure-on la malice du zele de religion. Donc ces calomniateurs apposté esmeurent le peuple, ensemble les anciens & les Scribes à l'encontre d'Estienne, de maniere que ils luy coururent sus & l'empoignerent & le trainerent au conseil. Là se presenterent ces tesmoings apposté qui iouerent leur personnage & dirent : Cest homme-cy ne cesse de desgorger blasphemes contre ce lieu sainct & venerable à nous tous, & contre la loy de Moyse qui nous est baillée de par Dieu. Car nous luy auons ouy dire, que ce Iesus Nazarien demolira ce lieu-cy, & changera les ordonnances que Moyse nous a baillées. Estienne suyuant le rapport des Apostres auoit dit que Iesus auoit predit que le temple & la ville seroit

seroit finalement deſtruit par les ennemys pour l'incredulité de la nation. Ceſte parolle
d'Eſtienne ils la deprauent par calomnie. Vous diriés que ſont ceux là meſmes leſquels
en accuſant Chriſt, diſoyent: Nous luy auons ouy dire qu'il deſtruiroit ce temple & qu'en
trois iours il le redreſſeroit. A celle tant horrible accuſation Eſtienne ne s'eſmeut nullement, s'en ſentant la conſcience ſi nette que meſme en ſon viſage reluyſoit l'innocence
du cœur. Car c'eſt choſe craintiue que mauuaiſe conſcience. Ceſte conſtance de viſage
conuaincquit ſoudain l'impudence des calõniateurs. Car ceux qui eſtoyent en cè conſeil là le regardans & conſiderans de quel viſage il receuroit le crime qu'on luy obiectoit,
voyoyent que tant s'en failloit qu'il en fuſt abbattu ou eſperdu, que meſme ſa face ſembloit faire monſtre de ie ne ſçay quoy plus qu'humain & quelque alaigreſſe & auſſi maieſté angelique. Alors le principal des Sacrificateurs à fin de monſtrer auſſi en cecy vne
forme de iugement legitime, comme il auoit en condamnant Ieſus, demanda à l'accuſé
s'il n'auoit que reſpondre à cela, & s'il recognoiſſoit le crime qu'on luy obiectoit. Alors
Eſtienne inſpiré de l'Eſprit de Dieu commença à ſe defendre recherchant la choſe de plus
loing, en ceſte maniere:

CHAPITRE VII.

Ous vous aſſiſtans, hommes ou de nation freres ou d'eage & authorité peres, comme vous auès ouy en patience ces calomniateurs, preſtés auſſi audience au defenſeur de verité. Nous ne ſommes outrageux ne contre Dieu
ne contre Moyſe, ne contre ce temple, ains nous accordans à Moyſe auançons la gloire de Dieu & baſtiſſons, comme il nous a eſté enchargé de par
Dieu, le temple ſpirituel, auquel Dieu qui eſt eſperit, prend plaiſir ſur tout. Ce n'eſt pas blaſpheme s'employer de tout ſon pouuoir apres la choſe laquelle la Loy a adombrée par figures, laquelle les Prophetes ſayſis de l'Eſprit de Dieu ont preditte, laquelle le fils de Dieu
pour ceſte cauſe enuoyé en terre, a encommencé & quant & quant a enchargé aux ſiens
de la paracheuer, laquelle le Sainct Eſprit paracheue maintenãt au ſalut de tous par ceux
qui croyent à l'Euangile. Ainçois c'eſt impieté, c'eſt blaſpheme, de reſiſter ſi obſtinéement
à la volonté de Dieu ſi manifeſte & ſi benigne. Laquelle choſe ceſte nation ne commence
de faire d'à ceſte heure tout maintenant, mais ce que de tout temps elle a cõmencé de faire, iamais ne ceſſe de le faire: pourtant ne doit-on trouuer ny merueilleux ny deſraiſonnable ſi ce que Ieſus Nazarien a predit deuoir aduenir, aduient, c'eſt que ce temple duquel
vous vous vãtés, ceſte cité en laquelle vous regnés, ceſte ſacrificature & la Loy, dont vous
abuſés pour voſtre profit & gloire, vous ſeront oſtés, & ſera transferée ceſte gloire à ceux
qui par foy Euangelique honnorent Dieu en pureté & obſeruent la Loy ſpirituellement,
& ſe baillent eux-meſmes au Sainct Eſprit pour temple vif & ſainct. Or iaçoit que par
tous moyens Dieu ait prouocqué noz peres à cecy, ce neantmoins il a touſiours eſté meſpriſé de ce peuple rebelle & õpiniaſtre. Car que ie commence au ſin premier Patriarche de
ceſte nation-cy, l'obeiſſance duquel à la mienne volonté qu'enſuyuent ceux leſquels ſe
vantent d'eſtre ſes enfans: Dieu à qui eſt deue toute gloire, & lequel nous honnorons deuottement auſſi bien que vous, ſe monſtra iadis à Abraham noſtre grand pere, luy eſtant
en Meſopotamie auãt qu'il demouraſt en Charran, & luy dit: Sors de ta terre ton pays &
tõ parétage, & t'en va en vn pays que ie te mõſtreray. Lequel obeiſſant aux cõmandemẽs
de Dieu ſe partit du pays de Chaldée & ſe print à habiter en Charran, comme attendant
l'occaſion de s'en aller plus loing. De-rechef Dieu le tranſporta de là en ce pays-cy auquel maintenant vous vous tenés, & ce apres le treſpas de ſon pere Thares pour la vieilleſſe duquel il auoit differé ſa ſortie. Or le tranſporta-il comme eſtrangier & pelerin, ſans
luy donner icy aucun heritage, de maniere qu'il n'y poſſeda pas ſeulement vn pied de
terre, ſinon en payant: & toutefois Dieu luy promit de luy donner ce pays en poſſeſſion
& a ſa ſemence apres ſon treſpas, & ſi alors Abraham n'auoit point d'enfant. Et iaçoit que
la choſe ſembla bien incredible, ce neantmoins Abraham creut, & Dieu auſſi tint promeſſe, comme auſſi és autres que Dieu a predittes il s'eſt monſtré veritable. Or luy parlant
lors Dieu en ceſte maniere: Ta ſemence ſera eſtrangiere en pays eſtrange, & les gens entre
leſquels elle ſera eſtrangiere l'aſſeruagiront & mal-meneront quatre cens trente ans. Mais
à la fin ie le deliureray de ſeruage & la nation à laquelle ils auront eſté ſubiets, ie la con-
damneray & l'en puniray, dit le Seigneur: & apres cela eſtãs deliurés du ſeruage des hommes, il me ſeruiront en ce lieu cy. Et pour tant plus s'affranchir ſon peuple, il ordonna à
Abraham la circonciſion comme ſeau de l'alliance. Parainſi ſe confiant des promeſſes

Hommes fre-
res & peres
ouyés.

Cc 2   de

de Dieu, il engendra Isaac, lequel (se souuenãt de laditte alliance) il circõcit le huictiesme
iour apres sa naissance. Isaac semblablement circoncit Iacob, & Iacob ses douze fils, les
grans peres de nostre race. Or entre ces grans peres il en y eut, qui ayans mis en oubly
l'alliance de Dieu, mœus d'enuie, brasserent à l'encontre de Ioseph leur frere, ce que
leur semence a brassé à l'encontre de Iesus Nazarien. Ils ietterent Ioseph en vne fosse,
puis le vendirent à des marchans, qui l'emmenerent en Egypte. Mais comme Dieu a ressuscité l'occis, & a esleué l'abbaissé Iesus, ainsi alors deliura-il Ioseph de toutes ses tribulations, & le fit estre de si bonne grace en complection & sagesse de deuiner enuers
Pharaon le roy d'Egypte, qu'il luy bailla le gouuernement de toute Egypte & de sa maison. Or il s'esleua vne famine par tout le pays d'Egypte & de Cananée, & vne si grande
tribulation que noz peres ne trouuoyent point de viures. Dont Iacob oyant qu'en E-
gypte y auoit du bled à foison, y enuoya noz peres pour en apporter. Et les y ayans
enuoyés pour la seconde fois pour la mesme fin, Ioseph fut recogneu de ses freres: &
fut aussi notoire à Pharaon que Ioseph estoit Ebrieu, & qu'il auoit son pere & onze freres viuans. Ioseph donc fit venir Iacob son pere & tout son parentage en Egypte, à fin
qu'ils n'eussent faute de rien. Or estoyent-ils en nombre septante cinq personnes. Si
s'en alla Iacob en Egypte, & y trespassa luy & noz peres ses douze fils, & furent mis au
sepulchre qu'Abraham auoit achetté cent sicles d'argent, des enfans d'Emor fils de Sichem. Or pas vn d'eux n'a encore point eu de possession en la terre promise à la semence d'Abraham. Et comme s'approchoit le temps auquel Dieu se deuoit acquitter de
la promesse faitte à Abraham, le peuple des Ebrieux creut & multiplia en Egypte iusques que Pharaon fust trespassé, adonc vn autre roy luy succeda, qui ne portoit pas
tant de faueur à Ioseph. Celuy roy craignant que les Ebrieux ne peuplassent & aug-
mentassent par trop, oppressa nostre race par abus, & affligea noz peres, aduertissant
les sages femmes par Edit, qu'elles eussent à mettre à bandon les enfans masles, à fin
qu'ils ne peussent viure. En ce temps là nasquit Moyse, contre lequel c'est à tort que
ces gens me disent auoir dit parolles blasphematoires. Ledit Moyse fut en la grace de
Dieu, lequel ne le laissa pas perir : ains fut nourry secrettement par l'espace de trois
moys chés son pere. Apres cela pour la crainte de l'Edit du roy il fut mis à bandon au
fleuue du Nil en vne arche de ioncs empoisée de betone. De bon heur, la fille de Pharaon esprinse de la gentillesse de l'enfant, l'emporta & le nourrit chés soy ne plus ne moins que s'il eust esté son propre enfant. Parainsi Moyse fut reputé pour vn Egyptien & fut
instruit dés son enfance en toute la sagesse des Egyptiens & fut puissant & en faits & en
dits. Et quand il fut de l'eage de quarante ans, il luy print enuie d'aller visiter ses freres les
Israelites. Car il portoit vne amour à sa race. En hantant parmy eux & voyant vn Israelite auquel vn Egyptien faisoit tort, monstrant dés lors vn naturel de bon conducteur, il
defendit l'Ebrieu & luy fit iustice en tuant l'Egyptien. Or cuidoit-il que c'estoit chose-là
toute notoire aux Ebrieux, que par son moyen Dieu auoit determiné de sauuer son peuple & le deliurer de la seruitude de Pharaõ. Et celuy Moyse estoit figure de Iesus Nazarien,
lequel Dieu à vrayement choysi pour rachetter chascun du seruage des pechés. Mais comme les Israelites n'ont pas entendu ces choses en Iesus, ainsi alors ne les entendirent-ils
pas en Moyse. Le iour suyuant, retournant visiter ses freres, il trouua deux Israelites qui
s'entrebattoyent, & demeslant la noyse il s'essaya de les mettre d'accord, disant: Que faittes vous, mes amys? Veu que vous estes freres, & d'vne mesme race, pourquoy saittes
vous mal l'vn à l'autre? Mais celuy qui faisoit tort à l'autre, repoussa le moyenneur, disant: Pourquoy te mesles-tu en nostre different? Qui t'a estably prince & iuge sur nous?
Me veux-tu aussi tuer, comme hyer tu tuas l'Egyptien? Si tres-tost entre les Israelites se
trouua homme qui se rebella contre Moyse, lequel faisoit ces choses par inspiration du
Sainct Esprit. Cela ouy, Moyse s'apperceuant que son cas estoit descouuert, craignant les
Egyptiens s'enfuyt au pays de Madian, où il engendra deux fils. Et apres autres quarante
ans, l'Ange du Seigneur s'apparut à luy au desert du mont de Sina, de dedans vn buisson
qui sembloit estre enflammé. Et Moyse estonné de celle vision, s'essaya de s'en approcher
de plus pres, pour voir que cela vouloit dire. Mais la voix du Seigneur l'en empescha, re-
tentissant du buisson, disant: Ie suis le Dieu de voz peres, le Dieu d'Abraham, & le Dieu
d'Isaac, & le Dieu de Iacob. Moyse entendant ce nom trembla & n'osoit regarder de pres.
Alors le Seigneur luy dit: Deschausse tes souliers de tes pieds: car le lieu où tu es est terre
saincte. Moyse obeyt au Seigneur. Alors le Seigneur poursuyuit son propos: Sçache que
i'ay veu l'affliction de mon peuple qui est en Egypte & ay ouy leurs gemissemens: si en
ay eu

ay eu compaßion & suis expreßément descendu pour les deliurer. Parquoy vien-ça
& ie t'enuoyeray en Egypte pour cest affaire. Considerés ie vous prie comment sans
obscurité Iesus Nazarien a esté signifié en Moyses. Estant encore Moyse incogneu, le
peuple d'Israel le repoußa, disant: Qui t'a estably prince & iuge sur nous? Semblablement Iesus a ouy de ceux de nostre nation: De quelle puißance fais-tu ces choses: &
qui t'a donné ceste puißance? Car ils n'entendoyent pas encore que Dieu meu de compaßion enuers nostre race l'auoit enuoyé pour estre guidon & prince de liberté & autheur de vie eternelle. Et touchant Moyses mesprisé des siens, Dieu le haußa & l'ordonna guidon conducteur, prince & deliureur de son peuple. Si luy assista la puißance de l'Ange qui s'estoit apparu à luy du buisson flammant: par le moyen duquel il
emmena son peuple hors d'Egypte en faisant à force merueilles & miracles au pays
d'Egypte, puis en la mer rouge, item au desert par l'espace de quarante ans. Tel qu'a
esté Moyse à vn peuple, tel à la verité est Iesus Nazarien à tous ceux qui veulent suyure sa conduitte.   Or à fin qu'aucun ne vienne à penser que ceux qui preschent Iesus
Nazarien contreuiennent à Moyse, celuy-mesme Moyse vous a recommandé Iesus Na-		*Deut.18*
zarien, promettant tant de siecles auant, la venue d'iceluy, lequel maintenant vous
voyés estre venu. Car voicy qu'il dit: Dieu vous dreßera vn Prophete de vostre parentage, comme moy, vous l'escouterés. C'est, dy-ie, celuy propre Moyse qui comme
au parauant il auoit parlé seul auec l'Ange aupres du buisson, semblablement apres
en presence de toute la compaignie parlamenta auec le-mesme Ange, au mont Sina,
& pareillement auec noz peres, ausquels il faisoit le rapport de ce que le Seigneur luy
disoit. Car il receut de luy la Loy laquelle deust conferer vie à tous ceux qui l'obserue
royent, il la receut (dy-ie) pour la nous bailler. Or iaçoit que l'authorité de Moyse fust
si grande, ce neantmoins noz peres ne voulurent pas luy obeir, ains le repoußerent: &
ayans mis en oubly d'vne combien miserable seruitude ils auoyent esté deliurés, & se
prindrent à tellement regretter Egypte en leur cœur, que laißans là le conducteur &
redempteur de salut, ne tenans conte de la Loy de vie, ils retournerent apres les mœurs
des idolatres. Dont parlamentant Moyse auec l'Ange ils disent à Aaron. Fay-nous des
dieux qui aillent deuant nous. Car de ce Moyse qui nous a emmenés du pays d'Egy-		*Exod.31*
pte, nous ne sçauons qu'il est deuenu. Et soudain à l'exemple des Egyptiens qui adorent le beuf Apin, ils se firent vn veau de fonte, d'or: & à ce dieu sans ame firent sacrifice, ne tenans conte du Dieu viuant, par la misericorde duquel ils estoyent eschappé
de la seruitude: & en vne lascheté tant abominable, comme s'ils eußent quelque belle
vaillantise, se prindrent à danser & faire grande chere, tournans le dos au vray Dieu,
qui a crée toutes choses, & s'esiouyssans en des dieux muets, lesquels ils auoyent faits
eux-mesmes de leurs propres mains. Dont Dieu se courrouça, & leur tourna pareillement le dos, & les abbandonna à suyure leur fantasie, tellement qu'en la parfin à l'e-
xemple des Payens ils adorent non pas vn Dieu tant seulement, mais toute la gendarmerie du ciel, le Soleil, la Lune, les estoilles, Mars, Mercure, Venus, Saturne, ausquels
les fables prophanes attribuent diuinité, là où se sont corps crées de Dieu pour seruir à l'vsage des hommes. Ce que ie dy, ne se peut nyer. Car c'est ce pourquoy Dieu se
despite par le Prophete Amos, disant: M'offristes vous victimes & sacrifices par l'espace
de quarante ans au desert, maison d'Israel? Ainçois pour le temple du vray Dieu, vous
embraßastes le pauillon de Moloch (qui est l'idole des Ammonites) & l'estoille de vostre dieu Remphan, qui est l'estoille du matin ou Venus, laquelle adorent les Sarra-
sins, lesquelles images muettes vous vous forgeastes pour les adorer, sans tenir conte du Dieu viuant & vray, lequel seul a crée toutes choses. Et puis que vous aués le cœur
à tels dieux, ie vo' transporteray en Babylone, pour de rechef seruir aux idolatres. Ie pense auoir suffisamment demonstré que nous ne blasphemons ne contre Dieu (lequel nous
adorons en pureté) ne contre Moyse, la prophetie duquel nous embraßons: ains ceux
là plustost le font, qui ensuyuaus les traßes de leurs peres ont dés iadis mesprisé Dieu
en Moyse, & auiourd'huy les mesprisent tous deux en Iesus Nazarien. Or côtre la Loy no'
n'y blasphemons nullement, veu que celuy que la Loy a figuré, celuy que tous les Prophetes ont promis, nous l'embraßons: ainçois ceux là plustost blasphement contre la Loy,
qui suyuans à la traße l'impieté de leurs peres, qui n'ont tenu conte de la Loy baillée pra
Moyse, reiettent maintenant la loy Euangelique, laquelle Iesus Nazarien a baillée à tous,

Cc 3					laquelle

laquelle n’abolit pas la loy de Moyſe, ains l’accomplit. Maintenant quant au temple cõtre
lequel on met à ſus d’auoir blaſphemé, eſcoutés ie vo⁹ en diray en peu de parolles. Ie ſçay
bien que ce temple-cy a eſté baſty par le commandement de Dieu, pour eſtre figure d’vn
temple plus ſainct, & pour ceder à vn meilleur: comme auſſi le pauillon du teſmoignage,
dãs lequel eſtoit l’arche de l’alliance laquelle noz peres portoyẽt quãt & eux par le deſert,
a cedé au temple. Car Dieu parlant par Moyſe auoit ordonné la façon ſelon laquelle ce tabernacle deuſt eſtre baſty. Ce tabernacle embraſſerent noz peres, ſous la conduytte de Ió-
ſue, & l’emporterent au pays des nations, leſquelles Dieu chaſſa de deuant noz peres,
iuſqu’au temps du roy Dauid: lequel eſtant ſainct perſonnage & pour cela en la grace de
Dieu, luy fit requeſte d’appareiller vn tabernacle qui fuſt conuenable au Dieu de Iacob. Et
Salomon, pour ce qu’il eſtoit pacificque, luy edifia premierement ce temple magnificque
duquel vous vous glorifiés, diſans: Le temple du Seigneur, le temple du Seigneur, le temple du Seigneur. Mais ce temple-cy n’eſt autre choſe que figure du vray temple ſpirituel,
qui eſt l’Egliſe, laquelle ſe baſtit maintenãt par Ieſus Nazarien voſtre roy, dont Salomon
eſtoit figure. Car comme ainſi ſoit que Dieu eſt eſprit, il ne ſe tient pas en baſtimẽs manou-
urés, & ne s’encloſt pas és parois luy qui eſt infiny & remplit tout. Et c’eſt bien ce que luy-
meſme teſtifie par le prophete Eſaie, diſant: Le ciel eſt mon ſiege, & la terre mon marche-
pied. Quelle maiſon me baſtirés vous? dit le Seigneur, ou qui ſera le lieu de mon repos?
Ma main n’a-elle pas faict tout cecy? Dieu donc qui a crée toutes choſes, a eu premieremẽt
repos en ſoy-meſme, auant que créer tout. Et s’il ſe repoſe, ce n’eſt pas en baſtiments faicts
de mains d’hõmes qu’il ſe repoſe: veu que tout (ſans cela) le ciel, luy ſert de ſiege, & la terre
de marche-pied: ainçois il prẽd plaiſir de repoſer és cœurs paiſibles & obeiſſans au ſainct
Eſprit. Pourtant qui a le cœur ſouillé de vices, il viole le temple de Dieu. Qui faict fâche-
rie à ceux qui obeiſſent au ſainct Eſprit, il viole le temple du Seigneur. Or comme l’homme ne faict point de tort à Moyſe, en le preferant à Ieſus, ny ne viole la loy baillée par Moyſe celuy qui prefere l’Euangile à elle: ainſi non plus ne viole pas le temple celuy qui luy prefere le temple ſpirituel, auquel Dieu prend plus de plaiſir. Car c’eſt bien raiſon, que les ombres cedent à la verité, laquelle maintenant ſe met en lumiere. C’eſt raiſon, que ce qui eſt
charnel cede aux choſes ſpirituelles. Et de faict c’eſt-cy la volonté immuable de Dieu, &
pour ceſte cauſe a-il enuoyé ſon fils vnicque en terre, item ſon ſainct Eſprit, à fin que la lumiere de la verité Euangelique s’eſpandẽ parmy toutes nations. Mais vous autres, retenans à bec & à ongles ce qui eſt charnel, eſtes rebelles à l’eſprit de Dieu lequel dès iadis
vous appella peuple teſtu. Et ce pendant vous penſiés bien eſtre Iſraelites & enfans d’A-
braham, pour auoir la pelicule du prepuce circoncie, là où vous aués & le cœur & les oreil
les incirconcis. Deſormais ceux ſont vrays enfans d’Abraham, leſquels ont le cœur repurgé des conuoitiſes mauuaiſes, leſquels ont les oreilles obeiſſantes aux commãdemẽs de
Dieu, & repurgées de la lourdeſſe d’vn ſens charnel, pour pouuoir apperceuoir le ſens ſpirituel de la Loy. Or comme voz peres pour la lourdeſſe de leur entendement & l’eſtoup-
pement de leurs aureilles ont touſiours reſiſté au ſainct Eſprit: ainſi auſſi vous retenans le
naturel de voz peres, ne ceſſés maintenant de cõtreuenir au ſainct Eſprit: n’agueres en Ieſus Nazarien lequel vous miſtes en croix, & maintenãt en ſes Apoſtres. Voz peres, cõbien
de fois ſe rebellerẽt-ils contre Moyſe? Voz peres, di-ie, car pourquoy n’appelleray-ie vo-
ſtres ceux là leſquels vous enſuyués? Y eut-il onc Prophete que voz peres n’ayent perſecuté? Et non ſeulement les ont affligés, mais auſſi ont meurtry ceux qui vous prediſoyent
la venue du iuſte par lequel ſeul tous deuoyent eſtre iuſtifiés. Ceux qui annonçoyent ſa
venue, vous les aués hays: & quant luy-meſme eſt venu & à faict exhibition de tout ce que
ceux là auoyent predit, non ſeulement vous ne l’aués pas receu, ains auſſi l’aués liuré entre les mains de Pilate, par le moyen duquel vous l’aués plus laſchement meurtry, que ſi
vous meſmes l’euſſiés executé de voz propres mains. Or faittes vous tout cecy ſous couleur de defendre la Loy, là où ne voz peres n’ont pas gardée la Loy baillée par les Anges,
ny vous auſſi, veu que celuy que la Loy a promis & figuré, vous l’aués n’agueres tué, & en
core à preſent le perſecuté apres ſa mort, vous fruſtrãs vous-meſmes du don de ſalut eternel, lequel vous eſt offert: & cauſans voſtre ruyne laquelle ſans cauſe vous imputés à nous
& à Ieſus Nazarien. Ceſte remonſtrance tant vraye & tant libre, eſmeut tellemẽt les cœurs
de tous ceux qui aſſiſtoyent au conſeil, qu’ils creuoyent de deſpit en leurs cœurs, & grinçoyent des dents contre Eſtienne. Mais Eſtienne ne s’eſmouuoit rien de tout cela, car il
eſtoit remply du Sainct Eſprit: ains tout appareillé d’endurer la mort, à l’exemple de Ieſus
Chriſt il leua ſes yeux vers le ciel, d’où les Chreſtiens doyuẽt attendre tout ſecours. Et ſoudain

dain le noble combattant fut fortifié pour souftenir le combat prochain. Le ciel s'ouurit,
fi vit la maiefté de Dieu, & Iefus (duquel il rendoit tefmoignage) qui eftoit à la dextre de
Dieu. Et ne fe teut pas de cela deuant celle compaignie mefchante. Car auffi ne faut=il pas
pour la malice des hommes fupprimer la gloire de Dieu. Voyla, ie voy, dit=il, les cieux ou/
uers & le fils de l'homme qui eft à la dextre de la maiefté de Dieu. Or eft=il bon de confide
rer icy la forme de ce iugement. Il y auoit crimes propofés. Refponce a efté faicte à tous.
Tefmoignages de la Loy & des Prophetes ont efté produits par le fouuenceau. La caufe a
efté debattue & gaignée par raifons folides. Rien n'a efté dit de Dieu finõ fainctement:rien
de Moyfe, finon honnorablement:rien de la Loy, finon felon l'intention dicelle : rien du
temple outrageufement. Et ce neantmoins ces gens creuent de defpit, & comme gens for/
cenés fremiffent des dents. Si loing font=ils d'endurer que leur gloire foit diminuée, & an/
noncée la gloire de celuy duquel feul Dieu veut la gloire eftre publiée par tout le mõde.
S'il euft extolle Moyfe ou Abrahã ils l'euffent bien enduré:que Iefus viue, qu'il foit à la de/
xtre de Dieu, cõme le porte la prophetie de Dauid, ils ne peuuẽt l'endurer:ainçois eftãs=ia
toutalement enragés bouchent leurs oreilles à ce propos tant falutaire, & auec grans cris,
tous d'vn accord courent fus à Eftienne. Et comme s'il eftoit conuaincu de blafpheme &
ia condamné, le iettent hors de la ville (fe fouuenãt de la loy Mofaique en ce feul endroit)
& là le lapiderent. Or les tefmoings cõme vainqueurs (l'office defquels felon l'ordon/
nance de Moyfe, eftoit de ietter les premieres pierres) pour eftre plus à deliure à la bour/
relerie, mirent leurs robbes aupres d'vn iouuẽceau, nommé Saul, qui pour lors par igno/
rance & pour le zele de la Loy paternelle, confentoit à ce mefchant acte. Puis fe prindrent à
lapider Eftienne non refiftant, non outrageant:ains inuocquant celuy qu'il auoit veu, &
difant:Seigneur Iefus, recoy mon efprit. Tu recognois le difciple de Iefus. Car ainfi dit Ie/
fus en la croix:Pere en tes mains ie recommande mon efprit. Apres cela volans les pier/
res de toutes pars, il mit les genoux à terre, & fe print à crier à haute voix & de grande affe/
ction, difant:Seigneur ne leur met point ce peché en conte, car ils ne fçauent qu'ils font.
O comment le feruiteur a exprimé fon Seigneur au vif. Ce fut là la derniere voix du
mourant, apres laquelle il s'endormit au Seigneur, auquel quiconque meurt, ne meurt
pas ains dort, pour apres vn repos paifible reffufciter à immortalité. De telle affection
faut que meurent tous vrays Chreftiens. Parainfi Eftienne refpondant à fon nom, obtint
le premier de tous la couronne de martyre, & offrit au Seigneur les premices de facrifi/
ce Euangelique.

CHAPITRE VIII.

I L en y auoit en celle compaignie qui n'eftoyent pas encore bien refolus que Ie/
fus fuft fils de Dieu, & telle erreur excufoit aucunement l'enormité du forfaict,
iaçoit qu'il ne les excufaft pas de meurtre, entant qu'aueuglés de leurs cõuoi/
tifes ils aymerent mieux perfecuter qu'apprendre laverité. Toutefois il n'en y a
point de moins excufables que font les Põtifes les Scribes & Pharifiens. Il en y auoit auffi
qui fimplement erroyent cuidãs faire facrifice agreable à Dieu, d'ofter du milieu ceux qui
s'efforçoyent de fubuertir la Loy laquelle eftoit baillée de Dieu. Mais la charité Euangeli/
que excufe bien auffi les chofes qui font inexcufables. Or entre ceux qui erroyent fans ma/
lice, il y auoit Saul de Tarfe, iouuenceau affectiõné à la loy de Moyfe, lequel Saul depuis de
loup deuint brebis : & de perfecuteur tref=cruel, tref=vaillant defenfeur de la liberté Euan/
gelique. Et quant à luy, bien eft vray que pour lors il ne ietta point de pierre contre Eftien/
ne:voyre=mais il confentit à ceux qui cõdamnerent & lapiderent Eftienne: & garda leurs
habillemens auec telle intention que luy feul feroit és mains de chafcun lapidant. Or la
malice des Iuifs ne fe contenta pas de la mort d'vn, ains foudain s'efleua vne fi grande
perfecution à l'encontre de l'Eglife, qui eft en Ierufalem, qu'ils furent tous efpars par di/
uerfes contrées de Iudée, & de Samarie l'vn ça, l'autre là:excepté les douze Apoftres, qui
eftoyent plus robuftes & magnanimes que les autres : ioinct que la malice des Iuifs ne
pouuoit rien contre eux, non plus que contre les autres, finon par la permiffion du Sei/
gneur Iefus. Or auoit=il permis cela que les preffant de pres la perfecution ils s'enfuyffent
de ville à autre. Et ne venoit pas tant cela de frayeur qui fuft és difciples, que de la proui/
dence de Dieu, à fin que comme d'vne femence efpandue au large, fortift bien toft vne
grande moiffon de perfeffion Euangelique. Les douze Apoftres, comme pafteurs, furent
feuls qui point ne cederent à laditte tempefte, ains tindrent bon en Ierufalem d'vn conftãt
courage. Or quand Eftienne fut trefpaffé, il eut quelques gens craignans Dieu qui le
porterẽt enterrer, fçachant bien que fans l'auoir merité il auoit efté accablé par tefmoings

Cc 4 appoftes

Or Saul eftoit
confantant.

appoſtés. De meſme deuotion Ioſeph & Nicodeme prindrent le ſoing des funerailles du Seigneur Ieſus. Et la mort d'Eſtienne fut ſolenniſée, ſelon la couſtume des Iuifs, auec vn grand dueil & pleinte de gens de bien. Car entre les Chreſtiens le treſpas de ceux qui meurent pour la gloire de Chriſt, eſt paiſible & triomphant: & s'il y a quelque pleurs, on ne les employe pas pour celuy qui eſt decedé, ainçois ou pour les meurtriers qui cauſent leur damnation, ou pour le trouppeau qui eſt deſtitué d'vn paſteur neceſſaire. En ceſte tempeſte, Saul (qui en la lappidation d'Eſtienne auoit donné quelque monſtre de ſon zèle) ayant conceu vn grand deſpit contre les Chreſtiens, ne plus ne moins qu'vn loup affamé depiece & diſſipe vn trouppeau de brebis, ainſi ſe prend-il à gaſter l'Egliſe de Dieu, pourſuyuant ceux qui s'enfuyoyent, cherchant ceux qui ſe cachoyent, allant par les maiſons, & par tout il s'apperceuoit qu'il y euſt ame qui fiſt profeſſion de Chriſt, il ſe fourroit dedans, & entrainoit en priſon tant hommes que femmes, plus cruel en cela que les Sacrificateurs meſmes & Scribes, deſquels nul n'auoit encore moleſté le ſexe feminin. Cela faiſoit ce iouuenceau d'vn affection, à vray dire, ſaincte, mais d'vn iugement depraué. Et pourtant le Seigneur moderoit en ſorte la cruauté d'iceluy, qu'il ne ſouilla ſes mains du ſang d'aucun. Tandis que ſes choſes ſe font en Ieruſalem, ceux qui eſtoyent eſcartés, combien que la crainte les chaſſaſt d'vn lieu à l'autre, ce nonobſtant ils ne ſe taiſoyent pas de Ieſus Nazarien, ains alloyent par la Iudée, en ſemant par cy par là quelque ſemence de la parolle Euangelique, qui eſtoit la fin pour laquelle le Seigneur auoit permis qu'ils fuſſent eſparpillés. Entre leſquels eſtoit Philippes l'vn des ſept diacres, premier en degré apres Eſtienne. Iceluy Philippes fugitif de Ieruſalem, deſcendit en la ville de Samarie, autremẽt ditte Sebaſte. Là meſme eſtoit-ia auſſi paruenu quelque bruit touchant Ieſus Nazarien, duquel Philippes preſchoit ce que reſtoit, comment il auoit eſté crucifié, & eſtoit reſſuſcité au troiſieſme iour, puis qu'apres auoir hanté par quarante iours auec ſes diſciples, il eſtoit monté au ciel, & de là auoit enuoyé ſon ſainct Eſprit à ſes diſciples, que deſormais le ſalut eſtoit appareillé à tous ceux qui croyroyent en ſon nom. Or le peuple de Samarie (car c'eſt du peuple que touſiours vient la premiere recueule de l'Euangile) d'vn commun accord eſtoit attentif aux propos que racõtoit Philippes. Car c'eſtoit vn propos fauorable qui promettoit ſalut à tous: ioinct auſſi que les propos eſtoyent verifiés par les miracles que Philippes faiſoit en grand nombre. Car à l'inuocation du nom de Ieſus, de pluſieurs qui eſtoyẽt poſſedés des Eſprits impurs, les diables en ſortoyẽt en criãt à haute voix, demõſtrans que ce n'eſtoit pas de leur bon gré qu'ils ſortoyẽt, ains qu'ils eſtoyẽt cõtrains de ſortir par l'efficace du nom ſalutaire de ſalut. Qui plus eſt à force paralyticques & boyteux recouurerent ſanté: pour leſquelles choſes on en demena grande ioye en icelle ville. Tant plus loing on s'eſloigne de Ieruſalem, & tãt plus pres qu'on s'approche des Payens, tant eſt plantureux le reuenu de la ſemence Euangelique. Voy ie te prie, l'auancement qu'a apporté la cruauté des Iuifs, Philippes de diacre eſt deuenu Apoſtre, & pour peu de gens de Ieruſalem, tant de villes, ont embraſſé la doctrine de l'Euangile. Or la ruyne eſt plus dõmageable pour l'Egliſe de par ceux qui s'adioignẽt à elle d'vn cœur non entier, que de par ceux qui luy font guerre ouuerte. Et de cecy nous en auons eu vn exemple, à fin que plus ſogneuſement nous nous gardiõs des loups veſtus de la peau de brebis. Il y auoit entre les Samaritains vn homme nommé Simon, impoſteur & enchanteur, lequel deuant que Philippe fuſt là venu, exerçoit l'art magicque en celle ville, & par miracles & merueilles contrefaittes auoit abbruty le peuple de Samarie, peuple autrement ſuperſtitieux & enclin aux enchanteries des diables. Par telles baſteleries & enchantemens il ſe faiſoit valoir enuers ce ſimple peuple & ſuperſtitieuſement credule, ſe diſant eſtre quelque grand Prophete, auquel tous preſtoyent l'oreille depuis le plus petit iuſques au plus grand. Or n'auoit-il rien faict au nom de Ieſus, & partant eſtonnés des merueilles leſquelles il cõtrefaiſoit par baſteleries, ou bien les faiſoit par le moyẽ des diables, ils diſoyent: Ceſt homme-cy eſt la vertu de Dieu, qu'on appelle la grande. Car il auoit long temps conuerſé entre-eux, & les auoit longuement abuſés par ſes arts magicques: & partant ayant-ia acquis authorité enuers tous, pluſieurs croyoyent aux choſes qu'il enſeignoit. Voyant iceluy meſme Simon en Philippes vne vertu de plus grande efficace de faire miracles à l'inuocation du nom de Ieſus, & que le peuple de Samarie l'ayant laiſſé auoir creu à Philippes, lequel apportoit ioyeuſes nouuelles à tous, du regne de Dieu, & du nom de Ieſus Chriſt, ſans dire aucune vantances de ſoy, comme auoit faict ce Simon: ains illuſtrant la gloire de Ieſus par miracles, promettant ſalut à tous ceux qui receuroyent le bapteſme, feroyent profeſſion dudit nom de Ieſus: voyant auſſi que pluſieurs tant hommes que femmes, auoyẽt receu le bapteſme, luy-meſme auſſi

de par

à la fin embraſſa la foy Euangelique, receut le bapteſme, & ſe print à s'adioindre auec Philippes, non pas tant pour amour qu'il portoit à Ieſus, que pour conuoitiſe de louange &
gloire. Car eſtant homme fort expert en l'art magicque, il voyoit qu'en Philippes rien ne
ſe faiſoit par le moyen de tels enchantemens. Pourtant voyant que par Philippes ſe faiſoyent certains miracles non pas de petite importance, comme ſont ordinairement ceux des
magiciens, aſſauoir qu'vn dragon volette ou vn feſtu ſe traine, mais bien les diables eſtre
chaſſés, & les paralyticques guerys par la parolle: il fuſt tout eſtonné s'eſmerueillant par
quel moyẽ ou puiſſance ſe pouuoyent faire telles choſes. Or quãd les Apoſtres qui eſtoyẽt
demeurés en Ieruſalem, entendirẽt dire que par le miniſtere de Philippes, Samarie (nation
lourde & non toutalement nette d'idolatrie) auoit receu la parolle Euangelique, ils en furent grandement ioyeux: ſi y enuoyerent les principaux des Apoſtres, Pierre & Iean, à fin
que par eux ſe ratifiaſt & paracheuaſt ce qui auoit eſté encommencé par Philippes. Eſtans
là arriués & cognoiſſans que pluſieurs auoyent eſté baptiſés par Philippes, ils rendirent
graces à Dieu. Or Philippes & ceux qui eſtoyent auec luy, firent requeſtes aux Apoſtres
pour ceux là à celle fin qu'ils receuſſent le ſainct Eſprit, & que puis qu'ils eſtoyent-ia purgés des pechés, ils receuſſent encore le don de Dieu en plus grande abondance, comme
l'auoyent receu les premiers qui receurẽt le ſainct Eſprit en la chambre haute. Car le ſainct
Eſprit n'eſtoit-il encore deſcendu ſur pas vn de ceux de Samarie, ains eſtoyent ſeulement
baptiſés au nom du Seigneur Ieſus. Ceſte puiſſance eſtoit enchargée aux diacres: mais
l'impoſition des mains par laquelle le ſainct Eſprit eſtoit conferé, eſtoit reſeruée aux Apoſtres ſeulement & à leurs vicaires & lieutenans. Donc les Apoſtres comme il en eſtoyent requis, leur mirent les mains deſſus, ſi receurent par ſigne viſible le ſainct Eſprit, lequel donnoit aux courages vne vigueur ardante & enrichiſſoit leurs langues d'vne eloquence celeſte. Or voyant Simon (luy qui n'agueres de mauuais magicien eſtoit deuenu Chreſtien Quãd Si-
de rien meilleur) que par l'impoſition des mains les Apoſtres eslargiſſoyent vn don cele- mon vit
ſte: à fin que rien ne luy defailliſt pour ſe faire valoir & pour gaigner, il leur preſenta de que par.
l'argent, diſant: Donnés moy auſſi ceſte puiſſance là, qu'à quiconque ie mette les mains
deſſus, il reçoyue le ſainct Eſprit. Ce Magicien faiſoit ſon conte que l'argent pouuoit tout
enuers tous: & ſçachant bien que qui cherche gaing faut qu'il faſſe des frais, il veut achetter vne choſe pour puis la reuendre d'auantage. Et voicy de-rechef vne ſemence de perdition dommageable en l'Egliſe. Ananias & Sapphira auoyent eſté punis de leur fineſſe. Il
failloit que ceſte exemple-cy fuſt auſſi reietté ſoudain bien aſprement: lequel vne fois receu, il renuerſeroit de font en comble la ſyncerité de la pieté Chreſtienne. Pourtant Pierre
pour monſtrer à tous autres que c'eſt que les Eueſques doyuent faire contre les ſectateurs
ſemblables de Simon, luy reſpondit: Il vaut bien mieux que ce tien argent, moyennant
lequel tu t'eſſayes de perdre les autres, aille auec toy à mal fin, puis qu'auſſi bien es-tu ia
toutalement perdu de ton plein gré, de penſer que le don de Dieu (lequel don comme luy
nous le donne gratuitement de ſa liberalité) s'achette par argent. Tu ne peux auoir auec
nous aucune participation ne cõmunauté en ceſt affaire, lequel ſe demeine par vne ſimple fiance enuers Dieu. Car iaçoit que ton corps ſoit laué d'eau, ce neantmoins tu n'as pas
le cœur droit deuant Dieu. Que ſi tu perſiſtes en ceſte tienne malice, le bapteſme ne te ſeui-
ra de rien. Parquoy amende-toy de ceſte tienne malice, & prie Dieu, que s'il ſe peut faire, te
ſoit pardonné ce tant enorme crime, crime, à vray dire, non encore mis en effect, ce neantmoins tellement conceu au cœur, qu'il n'a pas tenu à toy, que tu ne l'ayes mis en effect, &
ayes introduit en l'Egliſe de Dieu vn exemple le plus dõmageable qui ſoit point. Le don
du Sainct Eſprit treſ-debõnaire ſe communique aux cœurs purs & entiers. Mais toy, i'apperçoy bien que tu n'as pas le cœur entier, ains infecté de fiel amer de gaing & d'ambitiõ,
& pourtant detenu és liens d'iniquité: pour deſquels eſtre deslié il te faut prier Dieu auec
beaucoup de larmes, qu'il ne te frappe de la vengeance de ſon courroux, lequel tu as irrité
par ce forfaict tant enorme. Sur cela Simon plus toſt eſpouuanté de crainte, que non pas
induit de penitence, va dire à Pierre: Vous plus toſt priés pour moy le Seigneur, que rien
de ce que vous aués dit ne m'aduienne. Tu vois, ô Theophile, deux Simons confrontés
enſemble. En l'vn nous eſt demonſtré que c'eſt qu'il faut auoir en abomination: en l'autre,
que c'eſt qui faut ſuyure. Or apres que Pierre & Ieã eurẽt là par leur teſmoignage, ratifié &
acheué la predication de Philippes, & enſeigné beaucoup de choſes qu'ils auoyẽt apprinſes du Seigneur Ieſus, ils retournerẽt à Ieruſalem, & en paſſant, enſeignerent l'Euangile en
maintes bourgades & villages, ne laiſſans iamais l'affaire que le Seigneur leur auoit enchargé. Et vn autre ſe va preſenter à Philippes homme qui ne cherchoit autre choſe que
l'auan-

l'auancement. Or aux bons est donnée occasion de bien faire. Car vn Ange du Seigneur l'aduertit, disant : Leue toy, & t'en va vers le midy par le chemin qui meine de Ierusalém à Gaza, i'entend Gaza l'ancienne, laquelle est maintenant deserte, & voisine de la mer. Philippes obeït à l'Ange, & s'y en alla : en quoy se recognoit vne alaigresse & promptitude conuenable à vn Euesque, toutes les fois qu'il est question d'améner quelqu'vn à l'Euangile. Or comme és moralités le protocolle conduit l'yssue & rencontre des personnages, en cest endroit semblablement les conduit l'Ange. Car tout à point au mesme temps se mit en

Et voicy vn homme Ethiopien Eunuque.
chemin vn chastré, homme, à dire vray ; chastré & peu virile de corps, mais d'vn courage virile, more de nation, la peau noyre (mais lequel deuoit soudain estre vestu d'vne toison blanche de l'Agneau immaculé, & changer sa peau naturelle par le lauemét du baptesme) maistre d'hostel de Cādace royne des mores, lequel auoit la charge de toutes ses richesses. Tu oys vne nation effeminée par dissolution, & tresdigne d'estre sous la dominatiō d'vne femme. Richesses nourrissent dissolution. Celuy chastré estoit allé en Ierusalem pour faire sa deuotion. Car la renommée du temple estoit bien telle, que mesme les nations loingtaines s'y transportoyent auec dons. Dont venoit ce despit des Sacrificateurs côtre ceux qui disoyent que ce temple là seroit finalement demoly. Saincte estoit l'intention du chastré, mais il failloit en cherchant la religion au temple des Iuifs, dont elle estoit toute preste de se transporter aux Payens. Luy donc s'en retournant assis sur son chariot, employoit le temps non pas à fables ou à dormir, ains lisoit de deuotion qu'il auoit à la religion, le prophete Esaie, nous monstrant où il faut chercher Iesus. Car il n'est pas caché és temples, mais és sainctes Escriptures. Et Philippes l'ayant rencontré, l'Esprit l'aduertit de-rechef, disant : Auance toy, & te ioincǎ à ce chariot là. Si courut Philippes audit chariot, & ouyt le chastré qui lisoit le prophete Esaie, & soudain cognoissant le zele & deuotion du personnage, luy dit : Entens-tu bien ce que tu lis ? Et comment l'entendroy-ie (dit-il) qui suis addonné à affaire prophane, n'est que i'aye quelqu'vn qui me expose le sens caché du Prophete ? Si pria Philippes de monter au chariot & s'assoir auec luy, à fin de pouuoir deuiser plus à laise. Philippes y monta & s'assit auec le chastré. Contemple moy icy le patron d'vn docteur Euangelique, & du peuple conuoiteux d'apprendre Christ. Or il ne peut estre que le profit ne soit bien grand quand l'vn accourt conuoiteux d'enseigner, & l'autre conuoiteux d'apprendre, inuite le docteur de s'assoir. Rien ne se faict icy à l'auanture, c'est Dieu qui modere & tempere tout. Le chastré sans y penser estoit tombé sur vn passage du Prophete, lequel descriuoit Iesus Christ. Or le passage estoit cestuy : Il a esté mené comme vne

Esaie 53
brebis à la tuerie, & comme vn agneau tout coy deuant celuy qui le tond, ainsi luy n'a pas ouuert sa bouche. En sa petitesse son iugement a esté osté, & qui declarera son lignage, veu que sa vie est ostée de la terre. Quand Philippes eut leu de-rechef ce passage à l'Eunuque, iceluy de tant plus enflammé du desir de sçauoir de qui parloit le Prophete, dit à Philippes : Ie te prie, de qui parle le Prophete, de soy ou de quelqu'autre ? Aduise la docilité de l'Eunuque. Il auoit bien entendu que quād à Esaie il auoit esté fendu d'vne scie de bois au commandement du roy Manasses, & toutefois n'ignoroit pas que la prophetie portoit cela, que ce qui sembloit auoir esté dit pour cestuy-cy ou pour cestuy là, selon le sens hystorial, souuentefois s'estendoit à vn autre selon le sens plus caché. Or est cestuy enseignable, lequel faict telle demande. Pourtant Philippes qui prenoit plaisir d'enseigner le conuoiteux ouurit sa bouche, & encommençant à ce passage là du Prophete, luy exposa la somme de la doctrine Euangelique. Assauoir que cestuy estoit le fils de Dieu, par lequel il auoit determiné, & promis par ses Prophetes de donner salut à tous ceux qui en luy mettroyêt leur fiance, & qui pour ceste cause il a voulu qu'il prinst vn corps humain, & nasquist de rechef de la vierge Marie. Or comme ainsi soit, que toutes les deux natiuités soyent ineffables, soit celle par laquelle sans temps tousiours il nayst du Pere, soit celle par laquelle sans compaignie d'homme, par l'operation du sainct Esprit il est nay de la vierge, prenant tellement la nature humaine, qu'il n'en a pas laissé la diuine, quoy voyant le Prophete en esprit, tout estonné, dit : Et qui declarera son lignage ? Item que cestuy estoit le vray agneau paschal, par la mort duquel le Pere auoit determiné de deliurer non seulement les Israelites, mais aussi toutes natiōs de la seruitude des pechés & de la mort eternelle. Et pourtant l'a-il liuré és mains des Sacrificateurs, Scribes, Pharisiens, & principaux du peuple, par lesquels il a esté mené à Pilate le grand preuost, pour, par luy, estre crucifié : deuant lequel pource, qu'il a voulu mourir pour nostre salut, il n'a rien respondu pour estre absout : ainçois comme vne brebis s'est presenté soy-mesme à toutes mocqueries & afflictions. Car il a là celé sa grandeur, & pour l'amour des hommes s'est demis à vne petitesse souueraine.

Mais

Mais les Iuifs ne l'estimans rien autre chose, fors ce qu'il sembloit, l'ont condamné & mis
en croix. Et c'est ce que dit le Prophete:En sa petitesse son iugement a esté osté.Il a esté condamné luy innocent, qui vn iour retournera en sublimité & hautesse pour iuger les vifs &
les morts. Mais Dieu a ressuscité son fils de mort à vie au troisiesme iour.Depuis a conuersé en terre par quarante iours en corps visible & maniable, & à tous coups s'est monstré
à ses disciples,finalement tous le voyans, à esté esleué au ciel. Dauantage le dixiesme iour
apres son ascension, a enuoyé du ciel le sainct Esprit, lequel a inspiré les cœurs & les langues des Apostres,à celle fin que sans rien craindre ils annonçassent Iesus Nazarien,prin-
ce de salut & vie à toutes les nations de tout le monde,non par la loy de Moyse, ains par la
foy & baptesme. Il n'y a rien de tout cela, qui n'ait esté figuré en la loy de Moyse,predit par
les Prophetes,liuré & promis par Iesus mesme. Ce chastré comme Philippes luy tenoit ces
propos & maints autres, va voir de fortune vne petite fontaine aupres du chemin, si dit à
Philippes:Que prolongeons nous vn affaire de telle importance?Voyla de l'eau.Tu m'as
enseigné: ie suis tout prest. Qui empesche que ie ne soye tout maintenant baptisé? Rien
n'empesche (dit Philippes) si tu crois de tout ton cœur à ce que i'ay enseigné. Ceste seule
stipulation & condition entreuient au baptesme. Alors l'Eunuque respondit alaigrement: Ie croy que Iesus est le Christ promis par les Prophetes, & le fils de Dieu : par lequel
est offert à tous salut eternel. Si fit Philippes arrester le chariot. C'estoit vn chariot superbe & conuenable à vn gouuerneur de royne barbare. Mais celuy qui veut estre idoyne au
baptesme : il faut qu'il descende & qu'il se despouille soy-mesme de tous aornemens. Il
descendirent tous deux en l'eau, & Philippes baptisa l'Eunuque,vn poure le riche, vn petit le puissant, vn vray homme l'Eunuque,vn Iuif le more:tant s'en faut qu'en cest endroit
il y ait aucun regard de personne. Tout s'accorde, pourueu qu'il y ait accord de foy & consentement en Iesus Christ.Depuis qu'il est baptisé,il n'est ny chastré,ny more:ains nouuelle creature. Au reste, si tost que Philippes fut sorty de l'eau, l'Esprit du Seigneur le rauit, &
ne le vit plus l'Eunuque, ny ne desira plus son docteur, estant vne fois inspiré du S. Esprit
par le baptesme: ains tout remply de ioye, d'auoir apprins Iesus Christ, acheua son chemin, pour aussi annoncer le nom de Christ entre ceux de son pays. Or l'Ange rendit Philippes en Azot ville prochaine de là, dont il estoit venu. Et s'en allant de là, par toutes les
bourgades & villages qu'il rencontroit, il preschoit l'Euangile iusques qu'il arriua à Cesarée en Palestine,où il auoit son domicile.

C H A P I T R E   IX.

Durant ses entrefaittes, la rage de Saul ne se contenoit pas entre les murailles
de la ville de Ierusalem : ainçois s'apperceuant que par l'escartement des disciples la doctrine de l'Euangile s'en estendoit de tant plus au large, bouillant de plus en plus, non ia de menaces & prisons tant seulemet, mais aussi
de tuerie & morts à l'encontre d'eux, il alla trouuer le souuerain Pontife,
pour tant mieux les dompter,armé d'authorité:& luy demanda lettres pour porter non seulement aux villes voisines, esquelles il auoit-ia exercé sa cruauté: mais iusques à Damas,
ville de Phenice qui est bien loing de Ierusalem, lettres addressées aux Synagogues des
Iuifs habitans de là: à fin que par le moyen d'icelle, de l'authorité du souuerain Pontife,
tous ceux qui si trouueroit de ceste secte damnée,fussent hommes ou femmes, il les liast &
emmenast en Ierusalem. Saul faisoit ces choses d'vn cœur simple, selon la parolle du Seigneur, pensant faire chose aggreable à Dieu. Et pourtant il n'a point permis qu'il ce soit
pollué du sang des innocens : mais il l'a retiré de son intention preste à faire cruauté: Car
ayant presque acheué le chemin, & estant pres de la ville de Damas. Soudainement du
ciel vne clarté luy reluysit à l'entour & estat tombé de peur à terre, il ouyt vne voix qui luy
dit: Saul,Saul,pourquoy me persecutes-tu?Luy estant esbahy qui estoit cestuy-là si puissant qui là en haut se pleignoit de luy,doutant si c'estoit quelque Ange, ou Dieu,il respondit craintiuement:Qui es-tu?Seigneur.Et le Seigneur dit:Ie suis ce Iesus Nazarien, lequel
tu pense estre mort, combien que ie viue & regne du ciel. Mais en persecutat mes disciples
& mon nom tu me persecutes,n'en sçachant rien,toutefois tu n'auanceras rien.Car ce t'est
vne forte chose de regimber contre les esperons. Tu ne resiste point aux hommes, mais à
Dieu, à la volonté duquel nul ne peut resister. Parquoy tu peche doublement & ne auanceras rien : & te fera venir du mal.Saul ayant ouy ceste voix tremblant & estonné dit : Seigneur que veux-tu que ie fasse? Ceste voix estoit d'vn simplemet errat nõ par malice:mais
par ignorance.A tels, le seul enseignement suffit:Mais toutefois il estoit expedient que l'or-
guilleux & cruel fust deprimé, & que celuy q bouilloit de menace & tuerie fut effrayé, à fin

d'estre

d'estre rendu docille. Alors le Seigneur luy dit: Leue-toy, & entre en la ville, & on t'enseignera ce qu'il te faut faire. Voyla comment le Seigneur frappe à fin qu'il guerisse: abat à fin qu'il leue: aueuglit, à fin d'illuminer. Ce cruel est ietté du haut en bas, mais estant deuenu doux & prest à obeir, on luy commande de se leuer. Cependant que ces choses se font, les hommes qui l'accompagnoyent en ce chemin, estoyent là tout esperdus & oyoyët bien la voix qui parloit à Saul, mais il ne voyoyent nully. Et Saul ayant reprins courage se leua de terre: Le premier degré à vertu c'est se leuer. Et voicy de-rechef vn autre miracle: car combien qu'il eut les yeux ouuers, il ne voyoit personne. Si le menerent ses compaignons par la main en la ville de Damas. Toutefois il ne fut pas incontinent receu pour receuoir le don du sainct Esprit, à fin que ceux qui viendroyent icy apres eussent vn exemple, qu'il ne faut pas incontinent mettre la main sur vn chascun: mais qu'il faut premierement esprouuer & preparer par ieusnes & prieres ceux qu'on enseigne. Tout ainsi donc que que les Apostres furent assis en Ierusalem, dix iours, attendant le sainct Esprit, ainsi Saul demoura à Damas trois iours sans voir des yeux du corps, combien que les yeux de l'ame ce pendant se esclarcissoyent: sans manger ne boyre: toutefois ce pendant le cœur ce nourrissoit de la doctrine celeste. Or y auoit vn disciple à Damas (ainsi appelloit-on alors, ceux qui auoyent receu la doctrine Euägelique) nommé Ananie, lequel le Seigneur auoit esleu pour par luy remplir Saul du sainct Esprit, Parquoy le Seigneur l'excite en dormät par vision, disant: Ananie: Luy incontinent entendant que Dieu l'appelloit, il respond: Me voicy Seigneur: monstrant certe son cœur vrayement Chrestien & appareillé à tous commandemës. Alors luy dit le Seigneur: Sus lieue toy & va-t'en en la rue qu'on appelle droyte, & cherche en la maison de Iudas vn nommé Saul de Tharse: Car sçache qu'il prie, attendant nostre liberalité. En cest heure mesme Saul priant vit vn homme nommé Ananie entrer en la maison & luy mettre la main dessus, pour luy faire voir. Voyla comment le Seigneur les prepara tous deux l'vn pour l'autre par vne vision mutuelle: Mais Ananie estant effrayé du nom de Saul, qui estoit-ia renommé pour l'amour de sa cruauté contre les Chrestiens, respondit: Seigneur i'ay ouy parler à plusieurs de cest homme, combien de maux il a faict à tes saincts en Ierusalem. Et mesme n'estant point content de cela, il est icy venu muny de cruelles lettres patentes de la part des grands prestres, pour emprisonner tous ceux qui reclament ton nom. A quoy le Seigneur respondit: Ie sçay bien que vous au tres brebis, craingnés ce loup rauissant: mais tu n'as que faire de craindre: Car i'ay couerty ce loup en vne tres-benigne brebis. Parquoy va à luy sans crainte, car il m'est vn instrumet d'eslite, pour porter mon nom, tant deuant Payës & Roys, que deuant les enfans d'Israel. Ce qu'il a faict iusque icy il ne la point faict par malice, mais d'vn zele de la Loy de son pays. Et errant d'vn simple iugement, il a monstré quel deffenseur il sera de mon Euangile. Iusque icy estant armé des bulles, menaces & liens, il a mené guerre contre ceux qui faisoyent profession de mon nom. Icy apres estant armé de mon esprit, & ceint du glaiue de la parolle Euangelique bataillera plus fort contre ceux qui hairont mon nom pour la gloire duquel, il endurera volontairement, chose beaucoup plus cruelle, qu'il ne vous appareilloit maintenant. Ananie ayant ouy ces choses il s'en alla encouragé, & estant entré en la maison de Iude, il trouua Saul priant, & luy mit les mains dessus & dit: Saul frere, le Seigneur Iesus qui t'est apparu au chemin quand tu venois icy, m'a enuoyé à toy, à fin que tu reçoyue la veue, & à fin que tu sois remply du sainct Esprit. A grand peine auoit dit cela Ananie que luy tomberent des yeux comme escaille, & y vit, & se leuant incontinent fut baptisé, & puis ayant prins sa refection reprint force. Voyla comment cest excellent guide Euangelique & qui doit obscurcir la gloire des autres Apostres, reçoit deuant que le baptesme le sainct Esprit par vn humble disciple. Rien ne se faict sans ordre de ce qu'il ce faict par le commandement du Seigneur Iesus, lequel Paul auoit eu pour son endoctrineur. Il auoit tellement donné sa puissance aux Apostres, que toutefois il retenoit la souueraineté de l'affaire. Parquoy Saul estant incontinent changé, hantoit quelque iours auec les disciples de Damas. Il ne tardoit pas beaucoup à ce faire. Ce prenaricateur des commandemens du grand prestre, incontinent au lieu mesme, il se mit à executer ce qu'il luy auoit esté enchargé par Christ, & estant entré aux collieges, preschoit ouuertement & librement affermant que Iesus Nazarié estoit le fils de Dieu, par lequel seul le salut estoit offert à tous, selon les oracles des Prophetes: Mais les Iuifs qui auoyent entendu le bruit de la cruauté de Saul contre les Chrestiens, se resiouissant d'auoir vn tel deffenseur de la loy Mosaique, quant ils l'ouyrent prescher le nom de Iesus Nazarien d'vn si grand zele, s'estönoyent de ce qu'il s'estoit si soudainement changé, disans entre eux; N'est ce point cestuy-cy seul,

qui

Or y auoit vn disciple à Damas nommé Ananie.

qui defprifoit en Ierufalem ceux qui inuoquoyent ce nom, lequel il trompette maintenant & corne, & eſt venu expreſſement pour prendre priſonnier & mener aux grands
preſtres (s'il en trouuoit) & les punir ſelon leur plaiſir. Comment c'eſt faict cela que ayant
ſi toſt laiſſé le Iudaiſme & Moyſe, il ſoit deuenu profeſſeur de celuy qui a eſté crucifié.
Mais Paul (car ce nom luy conuenoit mieux) depuis qu'il eſtoit deuenu d'homme tur-
bulent, docteur d'attrempance & paix, tant s'en faut qu'il ait eſté effrayé de telles parolles des Iuifs, que de iour en iour il s'en renforçoit par l'eſprit de plus en plus, & confon-
doit & troubloit les Iuifs, qui ſe tenoyent à Damas: aſſeurant conſtamment & monſtrant
par teſmoignages de la ſaincte Eſcripture que Ieſus Nazarien, lequel par cy deuant il
auoit par ignorance perſecuté, & maintenant preſchoit qu'il eſtoit le vray Meſſias promis au monde, & qu'il n'en viendroit point d'autre, de qui les Iuifs peuſſent eſperer ſalut.
Et apres que Paul par pluſieurs iours eut oſé faire cecy, auec grande ioye des diſciples, & Et apres qu'
aſſes de iours
furent paſſes.
auec grand fremiſſement de ceux qui n'auoyent pas encore creu, en la fin les Iuifs deli-
berent de le metter à mort par embuſches. O la nation homicide. Paul diſputoit, enſeignoit, & coupoit la gorge au Iuifs, par les teſmoignages de leur Loy comme de leur propre glaiue. Eux ils n'auoyent que coniurations, priſons, fouets, & morts. Mais le Seigneur
auoit promis cela aux ſiens, qu'il ne periroit point vn poil de leur teſte ſans la permiſſion
du Pere. Le temps n'eſtoit pas encore venu que ce vaillant combateur Euangelique mouruſt, il failloit qu'il fit encore maintes guerres pour le peuple de Chriſt, il failloit qu'il fuſt
ſouuent en dangier au combat. Il failloit qu'il appellaſt par ſa ſaincte doctrine beaucoup
de pays & de villes, pour les reduyre ſous le ioug de Chriſt. Parquoy Dieu voulant ainſi
il fut faict aſſauoir à Paul, que les Iuifs luy dreſſoyent des embuſches, en ſorte qu'il gardoyent iour & nuict les portes, à fin qu'il ne peuſt eſchapper qu'il ne le tuaſſent. Pour executer ceſte meſchanceté ils abuſoyent de l'aide du gouuerneur du roy Areſte, à fin que ſi les
embuſches euſſent peu aydé, ils l'euſſent tué par force & manifeſtement. Par ainſi les diſciples ne voulant point qu'vn ſi vaillat combatteur periſt, d'autant moins qu'il auoit peur
de ſoy, tant plus digne l'eſtimoyent-il deſtre gardé. Pourtant ils le cacherent, & de nuict le
prindrent & le deſcendirent par la muraille, en l'auallant auec vne corde en vn panier.
Voyla comme les vaillans capitaines fuyent par fois, pour (comme dit le prouerbe) pouuoir de-rechef batailler. O la merueilleuſe mutation des choſes. Celuy qui n'a-gueres
perſecutoit auec menaces, ſe cache & s'enfuit: & ceux que Paul attentoit de faire mourir,
luy ſauuent la vie. Et quand il fut arriué en Ierufalem, il taſchoit de s'accointer des diſciples, à qui ce vieu Saul eſtoit trop cogneu, & Paul n'eſtoit encore venu en cognoiſſance,
ils craignoyent tous, comme font les brebis le loup, ne croyant point qu'il fut diſciple,
leur ſouuenant ſans point de faute de quelle cruauté il auoit accouſtumé de perſecuter le
trouppeau de Chriſt. Doncque ils auoyent ſouſpeçon qu'il n'y eut quelques embuſches
cachées ſous ce titre de diſciple: Mais Barnabas Leuite, de qui nous auons parlé par cy Barnabas
le print.
deuant, qui cognoiſſoit ce qui eſtoit aduenu à Paul, le print & mena aux Apoſtres, & leur
conta tout l'affaire, comment en allant à Damas le Seigneur luy eſtoit apparu, & comment il auoit parlé à luy, & comment incontinent il eſtoit deuenu vn autre homme & a-
uoit vaillamment & librement preſché l'Euangile au nom du Seigneur Ieſus. Dequoy les
Apoſtres s'eſiouiſſent, croyant à ſon teſmoignage le recommanderent à l'aſſemblée. Par
ainſi Paul demoura aſſes de iours à Ierufalem, conuerſant auec les Apoſtres & diſciples,
faiſant profeſſion & preſchant librement le nom du Seigneur, lequel il auoyent perſecuté
par erreur & non ſeulement à ceux de Ierufalem, ne craignant le blaſme d'eſtre apoſtat, de
ce qu'il auoit laiſſé les grands preſtres: mais auſſi il preſchoit Ieſus aux nations qui demeuroyent en Ierufalem, pour l'amour du renom de la ville, & aux Iuifs qui eſtoyent hays
auec les Grecs, diſputant auec eux & enſeignant par teſmoignages meſme de la Loy, que
Ieſus eſtoit ſauueur du monde. Mais eux ils n'endurarent point ceſte liberté, & contre ce
diſputeur inuincible recoururent à leur ayde accouſtumée, cherchant le moyen de tuer
Paul. Voyla comme diſputent les hommes Iudaïques. Et deſia ſans qu'il ſe doutaſt de rien
on luy dreſſoit des embuſches. Ce que cognoiſſant les freres: à fin qu'il ne luy aduint ce
qu'ils ne vouloyent, le menerèt à Ceſarée de Philippes, qui eſt vne ville de Phenice, & de la
l'enuoyarent de-rechef à Tarſe en Cilicie, d'où il eſtoit natif. Par ainſi l'Euangile fut auancé par ce que Paul fut demené de çà & de là comme vagabont. Cependant le trouble de la
perſecution eſtant vn peu accoiſé laquelle s'eſtoit esleué, l'aſſemblée des diſciples (qui
auoit eſté eſparſe par toute Iudée, Galilée, & Samarie, auſquels pays le Seigneur auoit
principalement enſeigné, & auſquels il auoit commandé de premierement preſcher la

Dd parolle

parolle de l'Euangile) auoit assés bonne paix, d'vn mutüel accord se confermant les vns
les autres, & ne se soucians des menaces des hommes, tout les iours en s'augmentant elle
s'edifioit, cheminant en la crainte du Seigneur, & au milieu des afflictions des maux, elle
estoit remplie de consolation du sainct Esprit. C'estoit sans point de faute cela, que le Seigneur leur auoit promis : Au monde vous aurés affliction : mais en moy paix & soulagement. Or aduint que Pierre (comme vigilant & vaillant pasteur, allant par tous pays vi-
sitant maintenant ceux-cy, maintenant ceux-là) descendit aussi vers les saincts habitans
de Lydde, qui est vne ville de la Palestine au riuage, trouua là quelque homme nommé
Eneas gisant en couche, huyt ans y auoit : Car il estoit impotent. Dont Pierre se souuenant
du commandement du Seigneur qui auoit commandé que en quelque maison que ce
fust qu'ils entreroyent, qu'ils eussent à guerir les malades : Car il ne conuient point que là
il y eut des maladies du corps, là où sont present les medecins des ames. Il luy dit : Eneas
le Seigneur Iesus Christ te guerisse, leue-toy & faict ton lict. Et luy ayant ouy ceste voix se
leua incontinent sain, & fit son lict. Qui estoit vn signe d'vne parfaitte santé. Quand il virē
que incontinent par la vertu du nom de Iesus il fut guery, luy qui auoit par tant d'ans esté
au lict malade, tout ceux qui se tenoyent à Lydde & Sarone (qui est vne ville à la riue pres
de Lydde) furent aussi cōuertis au Seigneur & firent professiō du nom du Seigneur Iesus
Ainsi le salut du corps rendu à vn, attiroit beaucoup de gēs au salut des ames. Or à Iaphe
y auoit vne disciple nommé Tabitha, qui s'appelle en Grec Dorcas, en Latin Caprea, en
François vn Dain, prenant le mot de la prunelle des yeux : Ceste-cy estoit pleine de toutes
sortes de bōnes œuures, & principalemēt d'aumosnes, par lesquelles elle suruenoit au po
ures. Aduint que durāt le tēps que Pierre estoit à Lydde qu'elle tomba en maladie & mou
rut. Quād ils eurent laué le corps mort selon la coustume, il le mirent en vne haute chambre pour l'oindre. Et pourtant que Iaphe estoit pres de Lydde, les disciples entendans que
Pierre estoit à Iaphe, enuoyarēt deux hommes vers luy, prier qu'il ne luy greuast point de
venir iusqu'a eux. Dont Pierre ne tardant rien vint vers eux, estant exemple d'vn bon pasteur. Et quand il fut arriué, on le mena en la chambre, à fin que voyant le corps mortil
fut esmeu à misericorde, & se mirent aupres de Pierre toutes les vefues, auquel estoit alors
principalement recommandé de seruir aux necessités des saincts. Elles plouroyent, non
tant pour l'amour d'elle qui estoit morte, que pour l'amour des poures, lesquels elle auoit
accoustumé de soulager en leur aydant. Maintenant cela estoit prier, auoir respandu des
larmes. Elles ne racontent point les bien-faicts de la morte : mais elles monstrent les cottes
& robbes, que faisoit Dain pour couurir les saincts. La mort auoit interrompu l'estude de
bien faire. Et Pierre luy souuenant de l'exemple de Iesus, quand il ressuscita la fille du principal de la Synagogue, en mettant la multitude qui plouroit hors, il commanda à tous
de sortir hors : Car seulement les vefues plouroyent. Mais le pleur empesche la priere.
Outre à fin que le sexe debile ne s'esmeut quand le corps ressusciteroit, il ne voulut point
que personne fut present : mais seul estant agenouillé prioit : Car la vigueur de l'esprit,
par lequel on faict miracle n'est point tousiours presenté. Il est excité par prieres, comme aussi la foy, sans laquelle nul miracle ne ce faict. Ayant prié & estant renforcé par
l'esprit se tourna vers le corps, & dit : Thabitha leue-toy, & elle ayant ouy ceste voix
comme esueillée vit Pierre, & l'ayant veu s'assit. Mais Pierre luy baillant la main la
dressa desia viue & allegre. Ainsi faut-il dresser les debiles à la pieté. Premierement il faut
prier Dieu qu'il ait pitié d'eux, puis il les faut inciter par doctrine tenser & par admonition, & en la fin leur baillant la main les faut sousleuer à choses plus parfaittes. Et
quand Pierre eut rappelle en la chambre ceux qu'il auoit faict sortir, les saincts & les
vefues, lesquels aussi prians attendoyent la misericorde du Seigneur, leur liura la femme viue. Ce qui vint à ce sçauoir par toute la ville de Iaphe, & attira plusieurs à confesser le nom du Seigneur Iesus : Car cestuy-cy est le principal fruict des miracles. Ce
n'est point aussi chose de grande importance de rapeller à vie vn ou deux (entre tant
de mille d'hommes qui maintenant nayssent maintenant meurent) lequel mourra aussi bien vn peu apres. Par ceste occasion aduint que Pierre demoura assés de iour à Iaphe. Où est-ce que demouroit plus voulontiers vn prescheur des hommes, que là où
grand nombre accourt à la voix ? Ce pendant Pierre prince des Apostres & excellent
& magnificque par tant de miracles, se tenoit chés vn ouurier qui estoit conroyeur, nommé Simon.

CHAP.

Or aduint
que Pierre.

CHAPITRE X

Cornille cen-
tenier de la
bande.

PAs vn des Apoſtres ne s’eſtoit encore retiré vers les Payens, mais l’Eunuque more fut attiré par occaſion. Toutefois ce profita à quelques Payens d’eſtre voiſins aux Apoſtres. Car en Ceſarée ville flouriſſante en la Paleſtine (laquelle au parauant s’appelloit la tour de Strato) il y auoit vn certain homme nōmé Cornille centenier, de la bande ditte Italienne. Ceſtuy, encore qu’il fut, ſelon la profeſſion de ſes anceſtres, Payen & d’office, homme de guerre, toutefois d’affection qu’il auoit à la Chreſtienté, il eſtoit deuot & craignāt Dieu. Et quel il eſtoit, tel auſſi eſtoit toute ſa famille: Car il aduiēt quaſi touſiours, que le reſte de la maiſon enſuit le pere de famille. Or en deux choſes principalement declaroit-il l’affection Chreſtienne qui eſtoit en luy: en ſuruenant à la neceſſité des poures ſimple gens, par les grandes aumoſnes qu’il faiſoit, & en priant Dieu ſans ceſſe. Il cognoiſſoit le vray Dieu, ce qu’il auoit apprins frequentāt auec les Iuifs. Il ſçauoit qu’on acqueroit ſa faueur principalement en donnant aux poures, & en priant continuellement. Il reſtoit que ſuyuant la parolle du Seigneur, il fut donné à celuy qui auoit. Ce Cornille ainſi qu’à neuf heures du iour, enuiron le temps de ſoupper, prioit. Il vit manifeſtement par viſion l’Ange de Dieu venir à ſoy, & l’appellant par ſon nom Cornille, comme s’il euſt bien cogneu. Mais Cornille ayant regardé l’Ange & ſurprins de frayeur pour la maieſté de la forme incogneue, dit: Qui es tu Seigneur? Lors l’Ange luy dit: Tes prieres & aumoſnes ne ſont point perdues, par leſquelles tu as iuſques icy ſolicité la diui-ne miſericorde: Car ce que tu as employé à nourrir les poures, Dieu le tient comme faict à luy: lequel en rend le ſalaire pour ceux qui n’en peuuent donner recompenſe. Tes bien-faicts dōc, ne ſont pas tombés en vn qui les veuille mettre en oubly: tu as faict ce qu’il vou-loit, luy auſsi de ſa part fera ce que tu as requis par prieres continuelles. Dieu a ouy tes prieres, pource que tu n’as point faict la ſourde oreille aux poures. Maintenant donc il te faut faire vne choſe ſans delay, à fin que Dieu accompliſſe en toy ſa largeſſe. Enuoye quel-ques gens en la ville de Ioppe, par leſquels tu manderas querir vn certain Simon homme de peu d’eſtime enuers le monde, mais enuers Dieu grand, pour ſa pieté: de ſurnom il ſap-pelle Pierre. Iceluy loge chés vn certain Simon de Ioppe conroyeur, duquel la maiſon eſt prochaine de la mer: Tu ſçauras d’iceluy Pierre, ce qu’il te faut faire pour eſtre ſauué. L’an-ge ayant dit ſes choſes, s’eſuanouit. Cornille doncques, enuoya incontinēt deux de ſes do-meſticques, enſemble vn gendarme, de ceux qui eſtoyent touſiours en ſa compaignie, homme loyal & craignant Dieu: Car non ſeulemēt toute la maiſon de Cornille enſuyuoit ſa religion, mais auſsi pluſieurs entre les gendarmes enſuyuoyent leur capitaine. Apres auoir declaré toute l’affaire de la viſion à ceux-cy, il leur commanda d’aller à Ioppe. Ces choſes furent faittes le ſoir. Le landemain les meſſagiers de Corneille ſe partirent. Car tel meſſage neſtoit pour lors reietté, du grand paſteur de l’Eſgliſe. Or cōme ils neſtoyent plus gueres loing de la ville de Ioppe, tout à propos Pierre monta, ſelon ſa couſtume, en la ſalle haute pour prier, droit à ſix heures qui eſtoit ēuiron midy. Et ayant faim en priant, ſi ne voulut-il manger quelque faim qu’il enduraſt. Ce pendant ainſi qu’à ſa requeſte on appa-reilloit à manger. Il fut rauy en eſprit. Cela eſt volontiers dōné à ceux qui ieuſnēt & ſont en priere: Car au ſaouls & endormis, les ſecrets de Dieu ne ſont reuelés. Or il vit le ciel ouuert, & de la vn certain vaiſſeau, comme vn grand lincieux lié par les quatre bouts, qui eſtoit deualé du ciel en terre: Car iadis on mettoit les viandes dans les lincieux. Au vaiſſeau il y auoit de toutes ſortes de beſtes à quatre pieds & de ſerpens viuans ſur terre, & des volail-les qui viuēt en l’air, les ſouillées meſlées parmy les nettes. Ceſtoit là pour vray, vne vian-de abominable aux Iuifs, mais de laquelle Ieſus auoit faim, lors qu’il diſoit à ſes diſciples qu’il luy apportoyent à manger: I’ay vne autre viande à manger que vous ne ſçaués. Pier-*Iean 4* re tout eſtonné, penſant que vouloit dire ce ſpectacle, vne voix fut ouye, qui luy dit: Leue toy, tue & mange. Combien que le Seigneur euſt admoneſté les ſiens, de departir l’Euan-gile à toutes nations, toutefois à fin qu’ils le fiſſent plus hardiment, il les admoneſte de-rechef par viſion. Pierre donc ayant encore en horreur comme Iuif, les viandes defendues en la Loy, dit: Ia n’aduienne Seigneur, que ie mange de telles viandes: car iay touſiours iuſques icy, gardé en cōſcience la Loy des anceſtres: & ne māgeay oncques choſe qui feuſt ſouillée ou prophane. A-quoy la meſme voix qui auoit au parauant parlé, reſpondit: Ce que Dieu a purifié, toy homme ne le dy point ſouillé. Apres que la meſme viſion ſe fut monſtrée, pour plus grande foy, par trois fois le vaiſſeau fut incontinent receu au ciel. Or Pierre reuenu à ſoy, ainſi qu’il eſtoit en doute & tout penſif de la viſion, ſi ceſtoit point vn ſonge, ou quelque demonſtrance de la volonté diuine, voyla les gens que Cornille

Dd 2   auoi*

auoit enuoyés, estoyent deuant la porte de Simon le conroyeur, lesquels ayans appellé
l'vn des seruiteurs de la maison, demanderent si vn Simon surnommé Pierre, n'estoit
point là logé. Mais premier que cela fust annoncé à Pierre, assauoir qu'il y auoit gens
qui le demandoyent, & que seulement, pensoit à part soy que signifioit la vision, l'esprit
luy dit (car Dieu parle en diuerses manieres à ses saincts) voyla trois hômes deuant la porte qui te demandent. Leue-toy donc, descens & va auec eux sans rien craindre : car ie les
ay enuoyés. Et tu entendras que veut dire la vision, dont tu t'esmerueilles. Pierre descend,
il vient aux gens qui le demandoyent, & leur dit : Or sus ie suis ce Simon Pierre que demandés : Pourquoy estes vous venus icy ? Pierre ne se vante point de sa vision, mais il
demande la confession aux Payens. Aussi la grace de l'Euangile ne doit point estre mise
deuant ceux qui la regettent, ne refusée à ceux qui la desirent. Lors ils luy dirent : Cornille qui de vray, est centenier d'office, mais ce pendant homme de bonne vie & craignant
Dieu : honnorable & approuué non seulement enuers les siens, mais aussi par le tesmoignage de toute la nation Iudaique : a esté admonesté par la reuelation du sainct Ange,
qui luy est apparu, de te faire appeller en sa maison pour ouyr ce que tu luy ordonneroys
de fayre pour estre sauué. Pierre cognoissant que les visions s'accordoyent, & entendant
que signifioit ceste voix par trois fois ouye : Ce que Dieu a purifié, ne le dy point souillé, il les pria d'entrer : car il estoit tard, & les logea. C'estoit là le commencement de l'accointance des Iuifs auec les Payens, lesquels de leur plein gré venoyent en l'association
de l'Euangile. Au reste, le delayement des Apostres en cest affaire a apporté ce bien de
donner à cognoistre que ce n'a esté à la volée, ains toutalement par le commandement
de Dieu, que les Payens ayent esté receus à la grace de l'Euangile. Cornille inuite, mais
cest par l'admonition de l'Ange. Pierre descend & vient au deuant, mais il le faict estant
admonesté par vision. D'icy se commence le grand desir de la grace Euangelique. D'icy
vient l'alaigresse & promptitude de celuy qui desire le salut de tous les Payens. Le lende-
demain donc Pierre s'en alla en Cesarée, accompaigné de quelques Chrestiens de la
ville de Ioppe, pour estre tesmoings des choses qui se feroyent : Car le cœur leur disoit,
qu'il y auroit quelque cas de ioye. Cornille ce pendant desireux de son salut attendoit le
retour des siens auec Pierre : ayant appellé ensemble ses parens & amys principaux,
à fin que tout d'vne venue, ce faict eust dauantage de tesmoings, & que le bien en paruint à plus de gens. Or quand Pierre entra en la maison du Centenier, Cornille tout
resiouy luy va au deuant par honneur & se gettant bas à ses pieds l'adora, sentant ie
ne sçay quoy en luy par dessus l'homme. Ainsi faut-il honnorer Christ en ses ministres,
mais en telle sorte que la gloire de Dieu ne soit baillée à l'homme. Pierre donc monstrant par exemple, combien les dispensateurs de Christ doyuent estre eslongnés d'ambition, & qu'ils ne se doyuent attribuer louange aucune des choses qu'ils font au nom
& en la vertu de Christ, il n'a souffert le Centenier prosterné à ses pieds, ains l'embrassant le dressa disant : Leue-toy, tu parles auec vn qui est homme comme toy, fais cest honneur à Dieu, duquel ie ne suis que seruiteur. Et ainsi parlans famillierement l'vn à l'autre, entrerent ensemble. Eux venus au dedans du logis, Pierre y trouua beaucoup de
gens assemblés. Dont le pasteur auare, s'apperceut qu'il y auoit là esperance d'vn plus
grand fruict. Eux donc assis, l'orateur Euangelique Pierre, voulant en premier lieu
preuenir à ce qui pouuoit offenser sa compagnie, & quant & quant confermer la fiance

de la famille du Centenier, commença ainsi à parler : Vous sçaués qu'il n'est licite aux
Iuifs, de se ioindre en conuersation domesticque, aux estrangiers incirconcis, & de diuerse religion, ny de se retirer vers eux. Ce nonobstant moy, quelque Iuif que ie soys, ie
n'ay point craint de ce faire, non point par vn mespris de la religion ou des coustumes de
ma nation, mais suyuant l'authorité de Dieu, lequel m'a monstré par vision, qu'il ne
faut tenir personne quelconque, de quelque nation qu'elle soit souillée, ny abominable, laquelle Dieu a pour pure & nette : Car c'est luy seul, qui sanctifie toutes choses. Parquoy me confiant au commandement de Dieu, ie suis icy venu sans delay, estant appellé de vous, vostre deuoir donc sera de me declarer la cause pourquoy m'aués appelé.
Pierre parle à tous à fin de les gaigner tous, sçachant qu'ils estoyent tous là assemblés,
pour ouyr tous ensemble la parolle de l'Euangile. O que Pierre se gouuerne en sage pasteur : Il ne depart point le mystere de la doctrine Euangelique, sinon à ceux qui se disent desireux de l'apprendre. Lors Cornille deuant tous, declara l'affaire ainsi qu'il
le estoit. Voicy (dit-il) le quatriesme iour que i'estoys enuiron neuf heures en ma maison à ieun, priant Dieu. Et voyla vn certain homme venerable en apparence, se presenta
deuant

deuant moy, en veſtement reluyſant, lequel me dit : Cornille ta priere eſt exaucée, & ta largeſſe enuers les poures, eſt venue en memoire deuant Dieu. Parquoy enuoye à Ioppe, &
fais appeller Simon ſurnommé Pierre, Il eſt logé chés Simon le conroyeur pres la mer.
Moy donc, iay ſans delay aucun, enuoyé mes gens vers luy, ce que ie neuſſe oſé faire ſans
le commandement de l'Ange. Si te remercie de ce que par ta bonté, il ne t'a eſté grief de venir icy. Ainſi doncques nous ſommes tous icy preſens, d'vn courage ſimple & entier (de
quoy nous prenons Dieu pour teſmoing) deſirãs ouyr, tout ce qui t'eſt cõmandé de Dieu
de nous declarer : car l'Ange me l'a ainſi promis, lequel m'a donné ceſte fiance. Et ne doutons point que tu ne le faſſe, puis auſſi que par le commandemẽt de Dieu. Il t'a pleu parler
à nous. Lors Pierre cognoiſſant leur entiereté ouurit ſa bouche, & ſe print à parler en ceſte
maniere : De faict ie trouue qu'enuers Dieu il ny a nul eſgard des perſonnes, mais qu'en
toutes nations quiconques le craint & vit iuſtement, luy eſt aggreable, voyant que vous
qui eſtes eſtrangés de noſtre religiõ, adorés toutefois le ſeul vray Dieu viuant auec nous,
luy preſentans iournellement voz offrandes par voz ſainctes prieres, & acquerans ſa faueur en ſuruenant aux poures. Car certes cela eſt la doctrine de la Loy & des Prophetes.
Or iaçoit que Dieu euſt iadis promis par la bouche de ſes Prophetes, qu'il enuoyeroit le
Meſſias c'eſt à dire l'oinct, or primes ſeulement a il accomply ce qu'il auoit promis, parlant
aux enfans d'Iſrael non plus par Prophetes, mais par ſon fils vnicque Ieſus Chriſt leur
preſentant (moyennant la foy & obeiſſance qu'il doyuent à celuy qu'il a enuoyé) abolition de leurs pechés & reconciliation enuers luy : Toutefois pource que luy-meſme eſt le
Seigneur de tous, & non ſeulement de la nation d'Iſrael, il veut que ceſte grace apporte ſalut à tous ceux qui croyent à l'Euangile. Et ne fay doute que le bruit de cecy eſtant diuulgué par toute la Iudée n'en ſoit venu auſſi iuſqu'à vous : aſſauoir de Ieſus, lequel a cheminé par toutes les contrées de Iudée, exhortant vn chaſcun à repentance, teſmoignant que
le royaume de Dieu eſtoit pres. Or commença-il principalement la predication de l'Euan
gile, en Galilée, apres auoir eſté baptiſé de Iean, qui fut ſon precurſeur, & d'onna publicquement teſmoignage de luy, que Ieſus de Nazareth eſtoit l'agneau de Dieu qui oſtoit les
pechés du monde, & que Dieu auoit oinct ſon Meſſias du ſainct Eſprit, lequel il auoit veu
comme deſcendant des cieux en eſpece de colombe, & s'arreſtant ſur ſon chef, & que c'e-
ſtoit luy ſeul qui deuoit baptiſer tous les croyans, non d'eau ainſi que luy-meſme baptiſoit, mais de la vertu celeſte. Laquelle auſſi le Seigneur Ieſus a declarée de faict, allant & ve
nant par toutes les contrées des Iuifs, ſecourant à tous, non ſeulement en enſeignant la
philoſophie de l'Euangile, par laquelle les ames ſon gueries, mais auſſi gueriſſant les malades, chaſſant les diables, nettoyant les ladres, reſſuſcitant les morts, brief ſoulageant
tous ceux que le diable tenoit oppreſſés. Car comme luy ſeul eſtoit ſans peché, auſſi pouuoit-il ſeul rompre la tyrannie que le diable exerçoit ſur les pecheurs. Dieu eſtoit en ſon
fils monſtrant ſa vertu, à quoy il ny a puiſſane du diable qui puiſſe reſiſter. Et veu que toutes ces choſes là ont eſté publiées par toute la Iudée, ie ne doute point que ne les ayés auſſi ouyes & creues. Au reſte, à fin que ſoyés plus aſſeurés de ces choſes, nous (qui auõs continuellement & famillierement conuerſé auec luy, lors que luy encore mortel, viuoit entre
les mortels) ſommes teſmoings de tout ce qu'il a faict en toutes les contrées des Iuifs & en
Ieruſalem : lequel les principaux Eueſques, Scribes & Phariſiens, les gouuerneurs du peuple ſi accordant auec le peuple, mirent à mort l'attachant en croix : luy baillant mauuaiſe
recompenſe pour tant de bien-faicts. Mais Dieu (par la permiſſion duquel ces choſes furent faittes au ſalut du genre humain) le tiers iour apres ſon deces, le rappella en vie, luy
donnant immortalité. En confirmation dequoy, il ſe monſtra ſoy-meſme viuant, ſe laiſſant ouyr, voir & manier, non à tout le peuple, ainſi qu'il auoit faict auant ſa mort, mais à
certains teſmoings, leſquels Dieu au parauãt, auoit à cela choyſis, aſſauoir nous auſquels
il eſt ſouuent apparu eſtant reſſuſcités des morts, cõuerſant quarante iours en terre : nous
di-ie, qui auons mangé & beu auec luy mangeant & beuuant, à fin qu'il ne reſtaſt doute
aucune en noz cœurs, de la verité du corps reſſuſcité. Or premier qu'il montaſt au ciel, il
nous commanda (à nous qui auons eſté choyſis à telle charge) de preſcher publicquement à tous, & teſmoignans que ceſt luy ſeul que Dieu a esleué en puiſſance ſouueraine,
pour eſtre à la fin du monde iuge de tous viuans & morts. Ce pendant il a vn remede certain & facile qui eſt preſenté à tous. Car ce que nous en teſmoignons, tous les Prophetes
auſſi d'vn grand accord iadis teſmoignerent le meſme, aſſauoir que ceſt luy ſeul par le
nom duquel remiſſion des pechés ſera donnée non ſeulement aux Iuifs, mais auſſi à toutes nations par le monde vniuerſel : & ce non par les œuurs eſquelles les Iuifs ont fiance,

Dd 3

mais

mais par la foy par le moyen de laquelle nous croyons à l'Euangile & par l'Euangile en
Chrift. Pierre n'auoit pas encore acheué ce propos, que voicy le S. Efprit defcendant du
ciel en figne vifible, vint fur tous ceux qui oyoyent les parolles de l'Apoftre & y croyoyent.
Laquelle chofe efpouuenta les Iuifs conuertis à la doctrine de l'Euangile, qui de la ville de Ioppe eftoyent venus accompaigner Pierre, pour eftre tefmoings des chofes qui fe
feroyent. Iceux s'efmerueilloyent que la grace du fainct Efprit, eftoit auffi efpandue fur
les Payens qui n'eftoyent circoncis. Car il penfoyent que la promeffe des Prophetes appartenoit feulement aux Ifraelites : iaçoit que les Prophetes euffent nomméement predit
que l'efprit de Dieu feroit efpandu fur tous ceux qui inuoqueroyent le nom du Seigneur.
Or la chofe de faict a fuiuy le figne qu'ils auoyent veu de leurs yeux : Car ils furent ouys de
tous parler diuers langages louans & glorifians Dieu. Ce figne tant euident fut baillé
aux circoncis qui eftoyent prefens, à fin que deformais ils ne doutaffent d'appeler les incirconcis à Chrift : Il fut baillé auffi aux familiers de Cornille, à fin qu'ils fuffent hors de
tout doute, fe voyans eftre mis au ranc des Iuifs, par le moyen de la foy, fans l'aide de la
Loy. Ce pendant l'ordre eft icy renuerfé par la permiffion de Dieu. Le baptefme eft premierement donné aux catechifés, puis par l'impofitiõ des mains le fainct Efprit. Mais icy fans
impofition de mains, premierement le fainct Efprit eft donné, à fin que l'Apoftre ne dou-
taft y adioufter ce qui eftoit moindre, puis que Dieu auoit liberalemét donné ce qui eftoit
plus grand. Lors Pierre, comme voulant faire du confentement des Iuifs ce qu'il auoit deliberé, dit à ceux de fa compaignie : Aucun pourroit-il empefcher que ceux-cy ne foyent
baptifés d'eaue, encore qu'ils foyent incirconcis, lefquels ont-ia receu le fainct Efprit,
auffi bien que nous ? Eux fi accordans, il commanda qu'ils fuffent baptifés au nom de Iefus Chrift. Ces chofes ainfi heureufemét parfaittes, que Pierre s'appareilloit de retourner
à Ioppe, ils le prierent de demeurer quelques iours auec eux, defirans eftres plus amplement enfeignés és commandemens de l'Euangile. Pierre fi accorda, mais eftant requis.
Car il fçauoit que les Iuifs à peine endureroyent la conuerfation domefticque auec les
incirconcis.

<h3 style="text-align:center">CHAPITRE   XI.</h3>

E bruit de ce faict vint iufqu'aux autres Apoftres qui eftoyent demeurés en
Ierufalem, & aux freres qui eftoyent en Iudée, affauoir que les Payens auffi
auoyent receu la parolle de Dieu. Car cela moins fe pouuoit-il cacher, ou
pour ce que le Centenier à caufe de la dignité de fon office eftoit noble, ou
pour ce que plufieurs auoyent efté baptifés enfemble, ou pour ce que cela a-
uoit efté faict en la prefence des Iuifs, voire en vne ville de renom, de la Paleftine : (car l'Eunuque auoit efté baptifé au chemin, comme defrobant la grace de l'Euangile aux Iuifs.)
Or Pierre fçachant bien que cela fe publieroit, & qu'il y auroit des Iuifs qui reprendroyent
le faict. Il aduifa par tous moyens, qu'il ny euft dequoy le reprendre : à l'affection duquel
Dieu auffi ayda, en luy monftrant par trois fois la vifiõ, pour le mettre hors de tout doute
& fcrupule. Dauãtage il fut admonefté par l'efprit qu'il y auoit vn meffage enuoyé de par
Cornille. Il ne les reçoit pas foudain en la maifon, de peur qu'il ne femblaft defirer l'accointance des Payens, ains parle à eux deuant la porte, & en la prefence de quelques tefmoings, leur demãde pourquoy ils eftoyent venus. Laquelle chofe il demandoit plus toft
pour les Iuifs prefens que pour foy. En apres quãt il cogneut que les vifions d'vne part &
d'autre s'accordoyent, il ny alla pas fans prendre auec foy quelques Iuifs gens de bonne
foy, par le tefmoignage & confentemét defquels l'affaire paffaft, à fin que de tefmoings, ils
fuffent puis apres aduocats en cefte caufe contre les murmurans. Plus, arriués à la maifon
de Cornille, il n'entra pas incontinent, cõme s'il euft eu grand faim de parler, ains enuoya
dire que Pierre eftoit là, à fin que par Cornille venant au deuant, il fuft mené dedans : fçachant bien toutefois qu'on le receuroit foigneufemét. Le centenier fe iette en terre & adore
Pierre. Ces chofes monftroyent aux Iuifs là prefens, vn courage merueilleufement prõpt.
De-rechef il demande en leur prefence, pourquoy c'eft qu'on l'auoit appelé, à fin que le recit, que les Iuifs de la compaignie de Pierre, orroyent de la bouche de Cornille, leur donnaft plus de foy. Finalement le S. Efprit fut promptement enuoyé, premier que la priere
fuft faitte, & que les mains fuffent impofées, & le baptefme donné. Et fi encore pour tout
cela ne les baptifa, qu'il n'euft premier parlé aux circoncis là prefens, tefmoignant qu'on
ne feroit bien de refufer le baptefme à ceux aufquels Dieu auoit eflargy le S. Efprit. C'eftoit
là, fans doute, la prudence Euangelique du pafteur Pierre. Il cognoiffoit l'efprit des Iuifs,

&le grand conte qu'ils faifoyent deux mefmes pour vne petite peau couppée,& combien
ils dedaignoyent les incirconcis. Pourtant faict-il tout ce qu'il peut pour euiter fcanda-
le. Il defiroit que les Payens vinffent en l'affociation de l'Euangile, mais que cela fe fift, fe
poffible eftoit, fans endommager la nation Iudaique. Aduenant dôcques que Pierre s'en
retourna en Ierufalem(auquel lieu le bruit de Cornille baptifé eftoit-ia venu) ceux de la
circoncifion qui auoyent receu la doctrine de l'Euangile debatoyent contre luy difans:
Pourquoy es-tu entré chés les incirconcis contre l'ordonnance des anceftres:& non content de cela,tu n'as faict qu'vne table auec ceux qui mangent viandes defendues en la loy
de Moyfe. Il n'eftoit pas queftion que Pierre fuft icy muet,pource repetant du commencement le tout,racôta par ordre ce qui en eftoit,difant:Certes ie ne voudrois prendre la hardieffe de violer la Lóy mife par noz anceftres, mais i'ay fuiuy l'authorité de celuy qui eft
par deffus la Loy. I'eftois en la ville de Ioppe à ieun priant Dieu(à fin que nul ne penfe que
ce foit vn fonge friuole.) Et preffé de faim, ayant baillé charge d'appareiller à manger,ie
fus ce pêdant rauy, & hors de moy vy vne telle vifion. Vn certain vaiffeau côme vn grand
linceul lié aux quatre coings, eftoit deualé du ciel, & venoit iufqu'à moy : auquel fichant
les yeux ainfi affamé que i'eftoys, ie confideroys quelle viande c'eftoit. Là ievy diuerfes
fortés d'animaux à quatre pieds,pareillement beftes dangereufes:outre ce,ferpens & volailles de plufieurs efpeces,d'efquelles la Loy defend de manger. Moy contêplant ces chofes & n'en tenant conte,la voix fut ouye laquelle m'enhortoit à manger, difant : Leue-toy
Pierre tue &mange. A quoy ie refpondy:A Dieu ne plaife Seigneur. Car oncque n'entra en
ma bouche rien de fouillé & immonde. Lors la voix ouye de rechef fit telle refponce : Les
chofes que Dieu a purifiées garde bien toy homme,de les appeller fouillées. Icelle vifion
fut monftrée par trois fois : puis toutes ces chofes là qui me fembloyent abominables furent receues au ciel. Or retourné à moy, ainfi que ie penfois & repenfois en mon efprit,
que pourroit fignifier cefte vifion tant de fois monftrée, l'efprit foudain m'amonnefta
qu'il y auoit deuant la porte de la maifon, où i'eftois logé, trois hommes enuoyés vers
moy de Cefarée. Et le mefme efprit me commande d'aller auec eux fans rien douter. I'o-
bey à la vifion, & fuyuant le commandement du Sainct Efprit,ie m'en fuis allé en Cefarée,
non tout feul,mais en la compaignie de ces fix freres,à fin qu'ils fuffent tefmoings de toutes les chofes qui fe feroyent par la volonté de Dieu. Nous fommes entrés en la maifon de
celuy qui nous auoit appellés. Iceluy racontoit deuant tous comment quelques iours
au parauant, luy eftant à ieun & priant en fa maifon, il auoit veu en plein iour, vn Ange
qui fe prefenta à luy en veftement reluyfant qui luy dit:Cornille enuoye de tes gens à Ioppe,qui faffent venir en ton nom Simon furnommé Pierre:Iceluy te dira ce qui eft neceffaire pour le falut de toy & de ta maifon.Moy voyât que les vifions d'vne part & dautre s'accorderent,confiderant auffi leur bonne & entiere affection, ie me prins à leur declarer ce
que le Seigneur Iefus vouloit eftre publié par nous. Or n'auoys-ie pas encore acheué
mon propos, que le Sainct Efprit vint fur eux des cieux tout ainfi qu'au parauant eftoit
venu fur nous:fi commencerent à parler diuers langages, ne plus ne moins que nous les
parlions pour lors.Ce figne monftroit tout manifeftement que leur foy eftoit approuuée
de Dieu:Adonc la chofe mefme me donna à entendre la difficulté de la vifion veue, & ce
qu'elle fignifioit.C'eftoyent fans doute les beftes à quatre pieds, ferpens & volailles, que
nous circoncis auons en horreur:mais Dieu a determiné de les purifier par la foy, lequel
ne veut point que nous teniôs pour fouillé,rien de ce qui eft fanctifié par la foy de l'Euan-
gile.Lors ie fus recors de la parolle que le Seigneur nous dit voulant monter au ciel:vray
eft que Iean baptifoit d'eaue mais vous ferés baptifés du Sainct Efprit. Nous auffi la-
uons bien le corps d'eaue, mais l'eaue ne donne point falut,fi la foy n'obtient de Dieu le
baptefme du feu.Veu donc que la chofe eftoit toute clere, que ceux là eftoyent baptifés
du baptefme que le Seigneur Iefus auoit promis, & que la mefme grace eftoit donnée
aux incirconcis,par la foy que nous-mefmes auons receue,non par les merites d'auoir
gardé la Loy, mais à caufe de la croyance par laquelle nous auons eu confiance au Seigneur Iefus:qui eftois-ie moy pour pouuoir empefcher le Seigneur : Deuoys-ie refufer à
ceux qui eftoyent baptifés du Seignr par le Sainct Efprit le baptefme d'eau,n'eft autre
chofe qu'vn figne de la grace diuine qui s'y donne? Mais certes la grace y eftoit-ia au
parauant fans noftre trauail. Doncques renier le baptefme d'eau,qu'euffe efté autre chofe finon ne vouloir approuuer ce que Dieu auoit faict?Ces chofes ouyes,ils fe teurent &
glorifierent Dieu,difans:Nous voyons donc par experience,que Dieu adôné repentance
non feulement à ceux d'Ifrael ; mais auffi aux Payens,à fin qu'ils obtiennent vie eternelle.

Voyla

Et quand Pier-
re fut montê en
Ierufalem.

Act.x

Voyla les premiers fruicts que Pierre attira d'entre les Payês à l'Eglise: Car nul au parauât
n'auoſt eſté ſi hardy de ce faire qu'vn ſeul Philippes, & ce par l'aduertiſſement de l'Ange.
Car ceux qui auoyent eſté eſpars par la vehemente perſecution eſmeue à la mort d'Eſtienne, allerent par les villes & villages iuſqu'en Phenice, & en l'iſle de Cypre qui eſtoit à l'endroit, & plus outre iuſqu'à Antioche qui ſepare Phenice de la Cilicie, ſe retirans vers tous
ceux qui annonçoyent la parolle de l'Euangile receue des Apoſtres : Toutefois ils n'en
oſoyent communiquer ſinon à ceux de la nation Iudaique, & ce non qu'ils euſſent regret
au bien des Payens, mais par ſcrupule, penſans qu'il n'eſtoit licite de bailler la choſe ſaincte aux chiens, ce que le Seigneur auoit deſendu. Or certains perſonnages, entre ceux qui
auoyent creu, Cypriens & Cyreniens de nation, ſe mirent en auant: leſquels entrés en la
ville d'Antioche prindrent la hardieſſe de parler de Chriſt aux Grecs, leur annonçant le
Seigneur Ieſus. Iceux profiterent moult par la grace du Seigñr conduiſant l'affaire, & donnant force & courage à ceux qui publioyent ſon nom: Car de ceux là auſſi, vn grand nombre de gens croyans à l'Euangile furent conuertis au Seigneur. Dont le bruit vint iuſques
aux oreilles de l'Egliſe qui eſtoit en Ieruſalem : à cauſe de quoy les Apoſtres y enuoyerent
Barnabas (homme entier en l'Euãgile, Leuite & Cyprien de nation) pour regarder en preſence, ce qui ſe faiſoit là: que s'il trouuoit la choſe aller ſelon la volõté de Dieu, que par l'authorité dés Apoſtres il euſt à l'approuuer. Tel eſtoit le regard & la prudence à receuoir les
Payens à l'Euangile: non que les Apoſtres ne le deſiraſſent grandement, mais de peur ou
que ce qui auroit eſté faiſt trop legierement ne fuſt puis apres aboly par les Iuifs, ou que
les Payens n'entraſſent en quelque doute d'eux-meſmes, comme s'ils auoyêt beſoing du
ſecours de la Loy. Ainſi quand Barnabas fut arriué à Antioche, & qu'il eut trouué que les
Grecs auoyent receu la meſme grace de Dieu par la foy (ſans profeſſion aucune de la Loy)
que les Iuifs, il s'eſt fort reſiouy de ce que le nombre des croyans croiſſoit, & les exhortoit
tous de perſeuerer cõſtamment au propos qu'ils auoyent de ſe tenir au Seigneur. Car ceſtoit vn homme de bien remply du Sainct Eſprit & de foy. Pourtant eſt-il outre cela aduenu par ſa predication que grande multitude s'eſt rangée au premier nombre de ceux qui
confeſſoyent le Seigneur. Or pource qu'Antioche eſtoit prochaine de Cilicie, le voyſinage
du lieu l'eſmeut à chercher Paul, homme entre tous propre à ceſt affaire, aſſauoir choyſi de
Chriſt, pour eſclarcir ſon nom enuers les Payens & roys de la terre. Car luy s'en fuyant de
Ieruſalem, les diſciples le cõduirent à Ceſarée de la Phenice d'où il vint à Tharſe. Et l'ayant
l'a trouué, le mena iuſqu'à Antioche, par ce qu'en vne ville frequêtée & de renom, meslée
de Grecs & de Iuifs, il eſperoit vn plus grand fruit d'vn Apoſtre choyſi principalemêt à ceſte charge. Ils conuerſerent dõc tous deux enſemble vn an entier en l'Egliſe des croyãs, laquelle s'eſtoit là amaſſée de Grecs & de Iuifs aſſes en grãd nõbre: Et par la doctrine de l'vn
& de l'autre, aſſauoir de Paul & Barnabas, l'aſſemblée accreut ſi bien, que ceux q̃ au parauant ſe diſoyent diſciples (le nom de Chriſt eſtant ſupprimé à cauſe de l'enuie) furent premierement en Antioche appellés Chreſtiens, du nom de l'autheur Chriſt. En ce temps là
certains prophetes vindrent de Ieruſalem à Antioche, entre leſquels vn nommé Agabus
ſe leuant au milieu de l'aſſemblée, leur ſignifia par l'inſpiration de l'Eſprit, qu'il y auroit
grande famine par tout le monde: laquelle aduint ſous Claude Ceſar, qui ſucceda à Cali-
gula. Or pource que ceux qui demeuroyent en Ieruſalem, les poures en partie eſtoyent venus à l'Euangile, en partie auoyent mis ce qu'ils auoyent en commun, & en partie auoyent
eſté depouillés de leurs biens par les preſtres, pour la confeſſion du nom de Ieſus, ils delibererent que de l'argent qui s'amaſſeroit de ceux qui eſtoyêt riches, meſmemêt des Payês
qui auoyent receu l'Euangile, on en enuoyeroit pour le ſecours des Chreſtiens demeurãs
en Iudée: tellement toutefois que nul ne ſeroit contrainct de rien dõner, mais que chaſcun
de ſon plein gré & vouloir, donnaſt ſelon ſa puiſſance. Ce qui fut faict ainſi qu'ils auoyent
arreſté. Et l'argent fut enuoyé par Paul & Barnabas en Ieruſalem aux anciens, à fin qu'à
leur diſcretion ils le diſtribuaſſent à ceux qui en auroyent beſoing.

CHAPITRE XII.

P Endant que Paul & Barnabas faiſoyent ce meſſage, le roy Herode (qui decolla Iean Baptiſte, & renuoya Chriſt veſtu d'vne robbe blanche par maniè-
re de riſée, à Pilate) marry que ceſte maniere de gês croiſſoit de iour en iour,
& que le nom de Ieſus roy des Iuifs eſtoit grand en pluſieurs cõtrées, il penſa que c'eſtoit à luy à faire que ceſte ſecte, laquelle ainſi croiſſoit, fut eſteincte: Satan taſchant pour vray de faire par ſes inſtrumês, ce à quoy auoit-ia mis ſon effort:
mais ce pendant n'auançant rien ſinon de rendre le nom de Ieſus plus glorieux. Herode
donc

dõc besongnãt icy d'vne façon royalle & sans feintise, enuoya de ses sergeans armés pour tourmenter quelques vns de l'assemblée de ceux qui confessent Iesus de Nazareth Sei-gneur de toutes choses. Doncques celuy qui en decollant Iean Baptiste auoit apprins de faire voler les testes des gens de bien, confessans franchement la verité, mit la main sur Ia-ques l'Apostre, frere de Iean, pource qu'il estoit pour lors entre les Apostres d'vne authori-té singuliere. Puis le fit mettre à mort par l'espée, constant en la predication du nom de Ie-sus. Et voyant que telle cruauté ne deplaisoit à la nation Iudaique, il vint d'vne meschan-ceté à l'autre, commandant aussi que Pierre le principal des Apostres fust saysi, esperant que le pasteur estant osté, le trouppeau seroit aisément espars: Par lequel aduis certes, les Iuifs mirent premier à mort le Seigneur Iesus, sans endõmager ses Apostres. Or qu'il n'ait pas incõtinent mis à mort cestuy cy, le iour des pains sans leuain (que les Iuifs ont en grã-de reuerence) y mit pour lors empeschement: auquel temps aussi les Iuifs auoyent craint de mettre à mort Iesus. Et voyla la saincteté des Iuifs en obseruant les iours de feste. Ils ne craignent point d'offrir le sang innocent au peuple, mais bien ont peur de prophaner le iour de feste, cõme si cestuy là estoit pur d'homicide qui à-ia deliberé de tuer. Pierre donc estant prins, Herode commanda qu'il fut mis en prison, & à fin qu'il n'eschappast en sor-te quelconque, ainsi que Paul estoit eschappé, il ordonna quatre quaternions de gendar-mes pour le garder, que nul ne le peust sauuer par violence. Car il auoit deliberé les festes passées, d'en faire vne offrãde au peuple, lequel auoit soif du sang des innocés. Quel estoit le peuple, tel estoit le roy. Ce pédant Pierre ne refuse point la prison, ayant esté deuãt-coup aduerty du Seigneur qu'ainsi aduiédroit: les disciples aussi ne font point d'esmeute à l'é-contre de la malheureuse violence du tyrant, recors que le Seigneur leur auoit comman-dé de bien desirer à ceux qui les persecutent. La prison ne contentoit point Herode, aussi ne faisoyent les deux chaines, ne l'vn des quaternions des gédarmes armés: à celle fin qué la diligence d'vn roy meschant & cruel seruist à augmenter la gloire de Christ le redem-pteur. Pierre donc ainsi gardé, passa la feste en prison: ce pendant l'Eglise des disciples, soi-gneuse de son pasteur, ne cessoit iour & nuict de prier le Seignr, pour la sauueté de Pierre. Or les festes passées, qu'Herode le deuoit presenter au peuple, tout à ppos, la nuict de de-uant le iour que Pierre deuoit estre tiré hors, il dormoit entre deux gédarmes, liés de deux chaines, les autres gendarmes faisant le guet tenoyent les portes barrées. Et voicy l'Ange du Seigneur se presenta à Pierre, & quant & quant vne merueilleuse lumiere esclaira toute l'habitation, chassant l'obscurité tant de la prison que de la nuict: & frappant le costé de Pierre, l'esueilla, disant: Leue-toy abillemẽt. A laquelle voix tout soudain les chaines cheu-rét de ses mains. Puis l'Ange: Cein-toy & chausse tes souliers, à fin que tu ne laisses icy rien de tes despouilles. A quoy Pierre obeissant, l'ange de rechef dit: Charge ta robbe & me suy. Pierre suyuant l'Ange qui alloit deuant, cõmença à sortir hors la prison, ne sçachant enco-re que ce qui se faisoit par l'Ange, se fist à la verité, ains pensoit voir quelque vision, ainsi qu'il auoit veu au parauant. Au reste quand ils eurent passé la premiere & seconde garde, ils vindrent à la porte de fer, qui meine en la cité, laquelle d'elle-mesme s'ouurit à eux, quelque bien garnie qu'elle fust de serrures & verroux. Eux donc sortis allerent outre, ius-que à ce qu'ils eurent passé l'vne des rues de la ville, & incontinent l'Ange s'esuanouis-sant laissa Pierre, ainsi que soudainement s'estoit trouué deuant luy. Or Pierre regardant à l'enuiron, & cognoissant l'vne des parties de la ville, où pour lors estoit, reuenu à soy dit: Ie voy maintenant que ce qui se faict n'est point songe, mais le Seigneur ayant pitié des siens a enuoyé son Ange, & m'a deliuré de la main d'Herode qui auoit deliberé de me sacrifier aux Iuifs, aneantissant par vn mesme moyen, & la cruauté du roy & l'atten-te grande du peuple. Et comme il deliberoit où il se retireroit le plus tost en seureté, à fin de departir la ioye de cest affaire aux disciples, il se retira chés Marie mere de Iean, non de ycelui qui estoit frere de Iaques, mais qui estoit surnommé Marc, en laquelle maison plusieurs estoyent assemblés, prians ensemble pour la deliurance du pasteur. Or pen-dant que Pierre frappoit à la porte qui respondoit sus la rue, vne fillette nommée Rho-dé, vint auant pour escouter que c'estoit. Laquelle Pierre sentant venir à la porte, ad-monesta de ouurir abillement. Mais si tost qu'elle cogneut la voix de Pierre, comme esperdue d'vne ioye non attendue n'ouurit point, ains recourant dedans annonça que Pierre estoit à la porte. Mais eux sçachans bien la diligence qu'Herode auoit mi-se pour garder Pierre, respondirent à la fille: Tu rassottes. Mais elle affermant qu'il e-stoit ainsi, quelques vns disoyent: Ce n'est pas Pierre, mais son Ange qui parle com-me luy. Car on croyoit que chascun auoit son Ange pour sa gardé & conduitte, lequel

par

Et en ce mesmẽ temps Herodé enuoya.

Ainsi Pierre estoit gardé.

par fois representoit l'ymage de l'homme. Ce pendant ainsi que Pierre ne cessoit de frapper à la porte, ils ouurirent. Pierre estans entré, ils le virent & furent espouuantés. Et comme toute la maison retentissoit de la voix de ceux qui s'esiouyssoyent, Pierre leur fit signe de la main qu'ils se teussent & escoutassent tout coy, de peur que par vn bruit de ioye non accoustumé, on ne s'apperceust de ce qui estoit aduenu. Apres qu'ils se furent teus, il leur declara le tout par ordre, comment le Seigneur l'auoit deliuré de prison par son Ange. Faites (dit-il) que Iaques frere du Seigneur (iceluy estoit euesque de Ierusalem) & les autres freres sçachent ces choses, à fin qu'ils soyent participans de ceste ioye auec nous. Voyla comment le bon Dieu attrempe les choses tristes par les ioyeuses, & les ioyeuses par les tristes, à fin que ne perdions courage. Ces choses dittes, Pierre sortant soudain de là, se retira ailleurs où il se peust plus seurement cacher pour la crainte d'Herode, duquel il cognoissoit l'obstinée cruauté. Or le iour venu, les gendarmes qui en auoyent la garde, voyans que les chaines entieres & les portes fermées, le prisonnier estoit eschappé, furent grandement troublés, s'esmerueillans qu'estoit deuenu Pierre. Et Herode l'ayant demandé, à fin de le tirer hors pour le condamner, & n'estant trouué en la prison, apres qu'il eut examiné les gardes, il les fit mener en prison, pour en faire la iustice quand on auroit loysir. Mais Dieu ayant pitié des siens, regardant à la sauueté & de ses Apostres & des gendarmes, reprima la rage d'Herode. Car il n'estoit pas question que la deliurance de Pierre fust occasion de ruyne aux innocens. Pource il suruint ce pendant matiere à Herode d'aller à Cesaree de la Palestine. Or estoit-il fort courroucé contre les Tyriens & Sidoniens, si bien qu'il se deliberoit de leur faire guerre. Ce que cognoissans, tous d'vn accord vindrent à luy, & ayans gaigné Blaste qui estoit chambellan du roy, demandoyent la paix, voyans que l'amytié d'vn roy leur voysin, leur estoit necessaire: car veu que la richesse des Tyriens & Sidoniens venoit principalemet du trafique des marchas, il leur reuenoit vn grand profit de la paix des contrées circonuoisines, & ne pouuoyent sans grand detriment entreprendre la guerre, perdans, la liberté de porter & rapporter les marchandises d'vn lieu en l'autre. Au reste ces choses accordées, aduint qu'on celebroit vne certaine feste ordinaire, laquelle estoit de vœu pour la santé de Cesar, à cause de quoy tous les gouuerneurs & principaux du pays s'y estoyent assemblés. Et au second iour des spectacles que plusieurs choses se faisoyent, Herode se print à parler au peuple d'vn lieu haut, vestu d'vn vestement tissu d'or & d'argent, d'vn merueilleux artifice: & quand la lueur du soleil donna sur les plis de la robbe du roy, la reuerberation en sortit comme l'esclair, qui vint à esblouyr les yeux de tous: de sorte que l'assemblée du peuple pleine de flatterie se print à crier: La voix de Dieu, & non d'homme: comme s'ils eussent apperceu en luy quelque chose par dessus l'homme. Telle flatterie de peuple est souuent cause qu'au lieu de roys on a des tyras, quand ils attribuent diuinité à ceux qui à peine sont dignes du nom d'homme. Eux aussi de leur costé amadouent le peuple par spectacles, & ieux deshonnestes, quelque fois aussi en meurtrissant les gens de bien, comme par cy deuant, Herode s'estoit mis en la grace du peuple par le meurtre qu'il fit de Iaques. Si ne reietta poit ceste flatterie tat malheureuse: il ne l'eut point en execration, ains come homme miserable & prochain de sa ruine, prenoit plaisir à estre tenu pour vn Dieu. Pourtant la vengeance diuine fut prochaine: Car tout incontinent en la mesme assemblée, l'Ange du Seigneur (lequel il vit par derriere pres de soy) le frappa, pourautant que luy homme s'estoit attribué l'honneur qui n'appartient à creature quelconque. Doncques soudain assailly d'vne maladie sur toutes puante & pleine de tourmet, les vers rongeans son corps, dans peu de iours par la violence du tourment qu'il enduroit, mourut. Ainsi le persecuteur du trouppeau du Seigneur estant abbatu, la parolle de l'Euangile croissoit & se multiplioit. Ce pedant Barnabas & Paul ayans mis fin à la charge qu'ils auoyent receue des freres, & l'arget distribué par les Apostres, qui auoit esté enuoyé pour le secours des poures, ils laissent Ierusalem & s'en retournent à Antioche prenans en leur compaignie Iean surnommé Marc.

Et en vn iour
determiné
Herode.

CHAPITRE   XIII.

R l'Eglise d'Antioche auoit tellement profité qu'on y trouuoit plusieurs ayans le don de prophetie, & d'autres le don d'enseigner. Entre lesquels Barnabas estoit, & Simeon lequel en Latin fut appellé Niger: Dauatage Lucius Cyrenien de pays, & Manahen qui auoit esté nourry dés sa ieunesse auec Herode tetrarche, duquel laissant l'accointance se retira à Christ. Mais entre tous ceux cy Saul estoit le principal, seul excellent en toutes les graces des Apostres. Tous ceux cy d'vn ardant desir seruoyet au profit de l'Eglise, employans leurs dons & graces à la gloire de Christ & au sa-

lut

fut de tous, qui est vn sacrifice sur tous aggreable à Dieu. Ce pēdant eux ieusnans à fin que par pures prieres, ils aydassent à auancer l'Eglise, le Sainct Esprit esmeu par leurs prieres, si gnifia par les prophetes, ce qu'il vouloit qu'ō fist, disant: Separés-moy Saul & Barnabas, les deux principaux entre tous à fin qu'ils commencent la charge à laquelle ie les ay prin-cipalement appellés, assauoir peut estre enseigneurs des Payens, & que par eux ie publie bien amplement la parolle de l'Euāgile. Ce qu'auoit cōmandé l'esprit fut faict: Saul & Bar-nabas furent separés des autres, à fin que tous cogneussent ceux qui estoyēt choysis. Et a-pres auoir ieusné & prié d'vn accord, demandans la grace & faueur du Seigneur, à fin que la charge qu'ils cōmençoyent tournast au profit de l'Eglise, ceux qui auoyent quelque au thorité entre les autres mirent les mains sur eux, & les laisserent aller, la part où le Sainct Esprit les pousseroit. Tout premieremēt donc Paul & Barnabas par l'instigation de l'espe-rit s'en allerent en Seleucie, c'est à dire le promontoire d'Antioche, & de là nauigerent en l'Isle de Cypre. Et quant ils furēt arriués à Salamis (ville de renom en ceste Isle là, & la pre-miere qu'on rencontre vers le soleil leuant) ils prescherent non fables humaines, mais la parolle de Dieu: & ce faisoyent non à la desrobée mais és Synagogues des Iuifs, desquels il y auoit là vn grand nombre à cause de la Syrie voysine. Et auoyent à cest affaire pour compaignon Iean surnommé Marc, lequel ils auoyent amené auec eux de Ierusalem. Or a-on par tout tousiours faict cest honneur aux Iuifs, suyuant le mandement de Christ, que premierement l'Euangile leur fust porté, à fin que ceste nation quereleuse & mal-aisée à entretenir ne vinst à crier qu'elle est mesprisée. Ce que faisans ils cheminerent par toute l'Is-le, iusqu'à ce qu'ils vindrent à Paphe, ville dediée à venus: car elle est la derniere de Cypre vers le soleil couchant. Ils trouuerent là vn certain enchanteur nomme Bar-Iesu (comme si tu disois fils de Iesus) Iuif tant de nation que de religion, à l'occasion de quoy il s'attri-buoit faussement l'esprit de prophetie. Iceluy se rengeoit au lieutenāt de ceste Isle là, nōm-mé Serge Paul, hōme autremēt prudent: Car telle maniere de gens, se mettēt volontiers en la grace des grans seigneurs à fin que les ayans gastés, les affaires humaines en soyent plus grandement endommagées. Quant donc le lieutenant ouyt que l'Euangile estoit publié en Cypre, tant s'en faut qu'il y mist empeschement, que mesme il fit venir à soy Barnabas & Paul, desirant d'apprendre d'eux la doctrine celeste. Mais Bar-Iesu, ennemy du sauueur Iesus, s'efforçoit d'empescher le profit de l'Euangile, l'ouurier de fausseté re-sistoit à la verité laquelle se manifestoit: & Elymas (lequel mot aux Syriens signifie en-chanteur & faux prophete) contredisoit aux Apostres les vrays prophetes. Car voyant que le lieutenant estoit fort desireux de cognoistre la parolle de l'Euangile, & sçachant que cy apres les sciences fardées ne trouueroyent plus lieu enuers ceux qui auroyent ap-prins la solide doctrine, il s'efforçoit de destourner le lieutenant qu'il n'adioustast foy aux dit des Apostres. Considere icy le combat entre les sciences humaines, & la force de l'Euangile. Mais Saul qui est aussi appellé Paul ne peut endurer cest homme remply de l'esprit de Satan contredisant par ruses & prattiques mauuaises à la simple verité, ains esmeu du Sainct Esprit duquel estoit remply, les yeux fichés sur l'enchanteur luy dit: O plein de toute fraude & cautelle, semblable à ton pere le diable qui premierement par ses ruses & mensonges attira l'homme en ruyne: O ennemy de toute droitture & entiereté, en quoy aussi tu t'es monstré fils du diable: car il fut le premier qui rauir à l'homme son innocēce, & toy tu denonces la guerre à la iustice qui renayst. Et ne te suffit auoir iusque à present abusé les gēs simples par moyens pleins de tromperie, mais aussi maintenant que Dieu veut que la verité de l'Euangile (laquelle est sans fard) soit cogneue par tout le monde vniuersel: toy toutefois endurcy en ta malice, ne cesses de resister à la volonté di uine, ayant plus d'esgard à ta fausse gloire & malheureux gaing, qu'au salut de plusieurs & de toy. Mais à fin que tu entendes que tous les arts diaboliques ne peuuent rien à l'en-contre de la verité Euangelique voicy tu sentiras tout à ceste heure la puissance de celuy à la verité duquel tu resistes. Tu te vātes d'estre prophete & voyāt, cōbien que tu sois aueu-gle de cœur. Tu as icy abusé les gēs qui iugēt par les choses qu'ils voyēt. Mais Dieu qui co gnoit l'aueuglemēt de ton cœur, t'ostera maintenāt les yeux du corps, à fin que tous puis-sent voir que tu es vraymēt aueugle & indigne de regarder ce soleil corporel qui est en la veue de tous: toy qui as dressé guerre à l'encontre du soleil de la verité Euangelique qui se leue maintenant au monde. Telle sera la vengeance diuine iusqu'à ce que tu t'amendes. A peine Paul auoit-il dit ces choses, que l'enchanteur fut tout soudain frappé d'vn grand aueuglement, demeurant là sans voir goutte, de sorte que tout esperdu cherchoit çà & là quelqu'vn qui luy tēdist la main pour le mener. Ces choses furent faittes en la presence du

lieute

lieutenant.Lequel en ayant admiration la vertu de la doctrine celeste, telle que presentement & sans difficulté, auoit reduit à neant les fumées de l'enchanteur, creut & fit confession du nom de Iesus.& tenant Bar-Iesu pour vn faux prophete,se rengea aux vrays disciples de Iesus.Ces choses furent faittes à Paphe, de laquelle ville Paul & ses compaignons
ayans entreprins,de nauiger en Asie la moindre,vindrēt à Perge, qui est vne ville de Pam-
phylie.Mais Iean surnōmé Marc se partans d'eux retourna en Ierusalem, d'où Barnabas
& Paul l'auoyent amené.Eux ce nonobstant apres auoir veu toute la Pamphylie paruin-
drēt à Antioche ville de la Pisidie.Là entrés en la synagogue, où les Iuifs selon leur cousru-
me s'assembloyent és iours du Sabbath, s'assirent auec les autres pour ouyr la leçon de la
Loy & des prophetes. Laquelle recitée & que personne ne bougeoit, les principaux de la
Synagogue cognoissans à leurs accoustremens qu'ils estoyent Iuifs estrangiers là arriués,
& que d'apparence il monstroyent quelque preudhōmie,leur manderent que puis qu'ils
estoyent de la nation Iudaïque,si l'vn d'eux auoit quelque chose à dire pour enseigner ou
exhorter le peuple, qu'il parlast. Là Paul l'orateur celeste voulant parler se leua, & ayant
faict signe à l'assemblée qu'on fist silence,se print à dire ainsi : Peuple d'Israel, qui suyuant
l'exemple des grans peres,craignés Dieu,escoutés moy qui vous veux declarer la volonté de Dieu,& raconter le secret de la leçon repetée par chascun Sabbath en la Synagogue:
Exo.1.13.
14.16.

Dieu deffenseur de la nation d'Israel,se choysit noz peres & ce peuple par dessus tous autres,tellement qu'eux estans en vne dure seruitude en Egypte(Pharao dōnant ordre qu'il
ne vinssent plus à croistre, ains plus tost que ceux qui restoyent fussent accablés de trauail)les esleua auec miracles admirables,à l'encontre du tyrant qui les oppressoit, & les
tira hors de seruitude,non par finesse ou secours humain, mais par son haut bras, à fin
que tous entendissent, que ceste nation est aymée de Dieu.Et apres qu'il les en eut retirés,
il endura auec grande douceur leurs manieres de faire au desert l'espace d'enuiron quarāte ans,encore que souuent se rebellassent & murmurassent contre Moyse. Et toutefois ne
Iosue 14

s'est voulu venger d'eux à la rigueur, à fin de tenir vne fois à leurs successeurs, ce qu'il a-
uoit promis aux patriarches. Apres les quarāte ans il les mena en la terre promise, & ayāt
destruit sept nations,en la terre de Canaan,leur distribua par sort le pays des Cananeens,
& ce enuiron quatre cens & cinquante ans apres. Qui estoit vne certaine demonstrance
Iuges 3

d'vne affection merueilleuse enuers nostre nation. Les choses dont estans paisibles,il leur
bailla iuges par le gouuernement desquels ils vesquissent en paix, & ce iusqu'à Samuel le
prophete qui fut le dernier des iuges. Sous lequel ils demanderent vn roy à Dieu, contre
son vouloir.Mais perseuerans en leur demāde,il leur bailla Saul fils de Cis de la lignée de
Beniamin, lequel pour son orgueil & desobeïssance, fut reietté du Seigneur. Et par ainsi
1.Roy 8
9.10

ils furent sous Samuel iuge entier & sans reproche,& sous le meschāt roy Saul,l'espace de
quarāte ans.Ne pour cela encore,le Dieu tresbening n'a point retiré son affection de la nation qu'il s'estoit vne fois choysie, ains au lieu du meschant roy que par leurs requestes
malheureuses ils auoyent obtenu cōme par force,il leur suscita le roy Dauid,duquel Dieu
1.Roy.16
Psal.88
Psal.131

luy-mesme tesmoigna,disant:I'ay trouué Dauid fils de Iesse, homme selon mon cœur, lequel en toutes choses obeyra à ma volonté.Car comme Dieu en son courroux, baille au
peuple pour vne grieue vengeance,vn prince fol & meschant,aussi estant fauorable & appaisé, pour vn meschant roy abbatu, il en baille vn qui le craint & luy obeyt. A ce Dauid
Dieu auoit promis vn qui sortiroit de luy, lequel prendroit le royaume d'Israel, qui seroit
sans fin. Or ce qui a esté pieça & souuent promis par la reuelation des prophetes,est maintenant accomply:Car de la race de Dauid,ainsi qu'il luy auoit promis,il a faict sortir le sauueur du peuple d'Israel,Iesus,le nom respondant au faict. Tout ainsi donc que ce sauueur
auoit esté promis par les prophetes,& figuré par les ombres & figures de la Loy, pareille-
Matth.3
Marc 1
Iean 1

ment auant que de se manifester soy-mesme au monde, il fut presché & demōstré par Iean
Baptiste,lequel mesme suyuant la prophetie d'Esaie,preceda sa venue,inuitant tout le peuple d'Israel au baptesme & changement de la vie premiere, criant publicquement que le
royaume de Dieu estoit prochain. Au reste quand Iean(lequel estoit seulement enuoyé de
Dieu,pour aller deuant le sauueur à venir, & preparer les cœurs des gens à sa venue) eut
presque accomply son cours,à fin que pour la grande saincteté de vie qui estoit en luy on
ne vint à croire qu'il fust le Christ,il reietta deuāt tous publicquemēt, ce titre là bien loing
de soy,le baillant à celuy auquel estoit deu, disant:Pourquoy pensés vous que ie soys le
Christ:Ie ne suis rien que son messagier. Et toutefois, celuy que vous pensés que ie soys,
n'est pas loing:Car il viendra apres moy,dernier de temps, mais en puissance & dignité si
grand que ie ne suis pas digne,voyre de luy deslier ses souliers, qui est l'vn des moindres

serui

feruices(ainſi qu'on dit)qui ſoit entre les humains : Car la moindre choſe qui ſoit en luy
eſt plus excellente, que ce qui eſt en moy le plus grand. Nous ne vous annonçons donc
pas vne choſe ſoudaine,mais le ſauueur ia par tant de ſiecles promis aux principaux de
noſtre nation : par tant d'eages attendu de noz anceſtres voyre de vous-meſmes. Iean
auſsi(duquel l'authorité fut grande enuers les Iuifs) le cogneut & teſmoigna de luy publicquement,le loüant enuers tous les Iuifs. Parquoy, hommes freres, qui aymés tant la
Loy,qui aués les prophetes en reuerence,& qui eſtes de la race d'Abraham, auquel Dieu
promit ſemence par laquelle toutes nations receuroyent benediction:ſi vous eſtes vrays
enfans d'Abraham:ſi vous craignés vrayement Dieu,reſſemblés en cela à voſtre pere A-
brahã,que vous recognoiſsiés la parolle de ſalut, que no⁹ vous apportõs:& qu'embraſſiés celuy qui a-ia eſté baillé,& dont les patriarches s'eſiouiſſoyēt leur auoir eſté promis.
Ce ſalut eſt apporté à tous par Ieſus,mais preſenté à vous les premiers de tous, auſquels
les propheties ont eſté reuelées,& de la race deſquels Chriſt eſt ſorty.Ne ſoyés eſmeus par
l'exemple de ceux de Ieruſalem,& meſme des principaux leſquels ne cognoiſſans le Meſſias enuoyé de Dieu, & n'entendans point les parolles des prophetes, qui toutefois leur
ſont leues tous les iours du Sabbath, condemnans Ieſus,accomplirent ce qui auoit eſté
predit par les prophetes. Car ainſi eſtoit determiné par le conſeil de Dieu:ainſi eſtoit predit par la parolle de tous les prophetes,qu'vn exempt de toute tache de peché, fuſt, comme vn aigneau ſans macule,immolé pour les pechés de tous.Donques apres que les preſtres,Phariſiens,Scribes, & les principaux du peuple, auec le peuple meſme, eurent bien
tout ſondé,ne trouuãs en luy cauſe pourquoy il deuſt eſtre mis à mort,toutefois par leurs
cris importuns & meſchans,ne ceſſerent de demander à Pilate qu'il le miſt à mort . Et a-
pres qu'ils eurent,comme gens mal aduiſés accomply tout ce qui auoit eſté predit de luy
par les prophetes, l'ayans oſté de la croix le mirent au ſepulchre. Mais celuy que,par la
volonté de Dieu, la malice des hommes auoit mis à mort, la puiſſance du meſme Dieu
l'a ſelon les reuelations des prophetes, reſſuſcité des morts le tiers iour. Et à celle fin que
ne penſiés ce que ie raconte eſtre ſonge,il a eſté veu,ouy,manié & cogneu en ce corps de-
rechef viuant par quarãte iours de ſes diſciples,leſquels l'auoyent accompaigné de Galilée allant en Ieruſalem pour ſouffrir la mort:& ſont encore quaſi tous viuans, donnans
fidele teſmoignage au peuple,des choſes qu'ils ont veues de leurs yeux,ouyes de leurs o-
reilles, & maniées de leurs mains.Nous, auſsi exerceans, par le commandement d'iceluy
ſauueur,la charge d'Apoſtre,teſmoignons que la promeſſe que Dieu fit iadis à Abraham
& à Dauid noz peres,& laquelle il a manifeſté par ſes prophetes à voz anceſtres,eſt de pre
ſent accomplie en vous & voz enfans,ayant reſſuſcité Ieſus des morts. Car c'eſt ce fils de
Dieu,nay de la vierge Marie ſelõ le corps humain,duquel le pere meſme rend teſmoignage au premier pſeaume myſticque,diſant:Tu es mon fils,ie t'ay auiourdhuy engēdré. Or
qu'il l'ait reſſuſcité des morts, pour ne plus retourner à corruption, mais pour eſtre immortel, ainſi le promit-il iadis par le prophete Eſaie:Ie vous bailleray les choſes ſainctes   Eſa.55
& fideles de Dauid.Dieu auſsi n'euſt pas gardé ſa promeſſe,s'il n'euſt reſſuſcité Ieſus à im-
mortalité:Car il auoit ainſi promis à Dauid:I'ay vne fois iuré par ma ſaincteté,& ne men-   Pſal.89
tiray point à Dauid:que ſa ſemence demeurera eternellement, & que ſon ſiege royal ſera
durant à iamais deuant moy comme le ſoleil & la lune, qui ſont feaux teſmoings au ciel.
Or voyés vous maintenant que nul engēdré de la race de Dauid,ne tient ſon ſiege royal,
mais ceſte prophetie ſignifioit Chriſt,lequel eſt aſsis à la dextre du pere, ayant obtenu vn
royaume qui n'aura point de fin. Dequoy meſme parle le pſeaume quatorzieſme. Tu ne
permettras point que ton ſainct voye corruption.Car auſsi ceſte prophetie ne ſe peut en-   3.Roy.2
tendre du roy Dauid lequel cõme on voit pourtãt certain, apres auoir accõply les ans de
ſa vie:& ſon regne enſemble ſa vie (ſelon la portion du temps ordonné de Dieu)eſtãs paſſés,eſt mort par la volonté de Dieu, & mis au nombre de ſes peres,leſquels pareillement
ſont tous morts.Que ſi celuy qui meurt voit corruption,ſon ſepulchre lequel eſt encore
auiourdhuy entre nous,contenant ſes oz,donne à cognoiſtre qu'il a ſouffert corruption.
Ceſte prophetie donc ne luy appartient point,mais à celuy que nous vous preſchons,le-
quel Dieu, auant que ſon corps ſentiſt pourriture,l'ayant reſſuſcité des morts, la doué
d'immortalité. Pourtant hommes freres ſçachés que par ce Ieſus, vous eſt preſentée re-
miſsion des pechés, & deliurance de tous maux deſquels iuſqu' à preſent vous n'aués
peu eſtre laués par l'obſeruation de la Loy.Car la Loy eſtoit imparfaitte, & ne pouuoit effacer tous les forfaits, mais en puniſſoit quelques vns : & ſi n'aydoit à toutes gens. Mais
par ce Ieſus ſans difference de perſonnes ou de forfaits,iuſtice & innocence eſt preſentée
Ee   à tous

à tous,pour veu qu'ils croyent aux promesses de l'Euangile. Gardés vous donc que ce
ne tombe sur vous,dont Dieu menace les mescroyans & rebelles à la parolle de l'Euangi-
Abacuc 1　le,par le prophete Abacuc,disant:Voyés mespriseurs,esmerueillés vous & soyés perdus:
car ie fay vn œuure en voz iours,que vous ne croyriés point si quelqu'vn vous le racontoit. Qui a iusqu'icy creu qu'vne vierge enfanteroit? Qui eust creu que par la mort d'vn,
l'immortalité d'eust estre acquise à toutes gens? Qui eust creu qu'vn mis à mort & enseue
ly d'eust,dans trois iours reuiure pour estre immortel? Dieu a faict cest œuure incroyable
en ces temps vostres,ainsi qu'il auoit promis. Ne soyés mespriseurs:Ne soyés perdus par
vostre mescroyãce obstinée, mais embrassés par foy,le salut qui vous est presenté. Quant
Pierre eut acheué sa harangue, & que ceux qui l'auoyent ouy commençoyent de s'en aller,ils prioyent Paul & Barnabas de parler encore de ces choses au prochain Sabbath,en
la synagogue.Et quant l'assemblée fut departie, plusieurs en partie Iuifs de nation, & en
partie estrangiers conuertis au Iudaïsme,craignans Dieu,suyuirent Paul & Barnabas desirans estre de plus pres & plus familieremẽt enseignés par les Apostres. Et iceux parlans
en priué auec eux,les enhorterent de perseuerer en ce don gratuit de Dieu,qu'ils auoyent
commencé d'embrasser,& de profiter tousiours en ce qu'ils auoyent bien commencé. Ce
pendant le bruit en fut semé bien loing,les vns rapportans aux autres (ainsi qu'on faict)
ce qu'ils auoyent ouy. Or au prochain Sabbath,non seulement les Iuifs,& estrangiers ve
nus au Iudaïsme,mais toute la ville,s'assembla en la synagogue,pour auoir la parolle de
l'Euangile . Mais plusieurs Iuifs, qui s'estoyent mis en teste que ceste grace de l'Euangile
n'estoit promise sinon à ceux seulement qui estoyent, enfans d'Abraham selon la chair,
voyans la multitude qui s'estoit là assemblée, de Iuifs, d'estrangiers conuertis au Iudaïsme,& de Payens,remplys d'enuie & de courroux,contredisoyent auec propos de blaspheme,à ce que disoit Paul. Et apres que Paul & Barnabas eurent pleinement apperceu leur
obstinée malice(recors que le Seigneur auoit commandé aux Apostres, que là où ils en
trouueroyent quils reietteroyẽt la grace de l'Euangile à eux presentée,ils sortissent d'icelle
ville,secouans mesme la poudre de leurs pieds cõtre les rebelles)ils dirent franchement:
Nous auons faict nostre deuoir:car suyuant le commandement du Seigneur Iesus,il failloit qu'à vous les premiers de tous,la parolle de l'Euangile fust annoncée : Christ vous a
faict cest honneur. Mais pource que n'en tenés conte,ains que reiettés vne si grande grace laquelle gratuitement & sans vostre requeste,vous est apportée, & que vous vous iugés indignes de la vie eternelle,voicy nous destournons vers les Payens. Laquelle chose
ne faisons d'authorité priuée.Car le Seigneur Iesus commanda aux siens, que l'Euangile
estant publié par la Iudée,il fust puis apres presché à toutes nations,iusqu'au bout du
monde.Cela fut aussi iadis predit par Esaïe le prophete,assauoir que Iesus n'apporteroit
Esa.49　pas salut seulement à la nation des Iuifs,mais à toutes nations du monde:Car en la prophetie le pere parle ainsi au fils:Ie t'ay mis pour estre la lumiere des Payens, à fin que tu
soys le salut iusqu'au bout de la terre. Ces choses ouyes,les Payẽs se sont esiouys nõ qu'ils
fussent ioyeux de la ruyne des Iuifs,mais par ce qu'ils remercioyent la diuine misericorde,
laquelle tournoit la mescroyance des Iuifs en leur salut. Les Iuifs blasphemoyent la doctri
ne de salut,mais les Payens tout soudain changés, d'vne prompte affectiõ, embrassoyent
& glorifioyẽt la parolle du Seigneur:à laquelle ils creurẽt non tous,mais ceux que la diui
uine misericorde auoit destinés à la vie eternelle, à laquelle nul ne paruient,s'il n'est appellé & esleu de Dieu.Ainsi la parolle du Seigneur estoit publiée par toute ceste contrée
là. Mais les Iuifs par l'enuie qu'ils portoyent aux Payens esmeurent certaines femmes de-
uotes(car telles sont aisées à abuser sous vne feinte apparence de saincteté) & d'honneur
à fin que l'authorité en fust plus grande:ils inciterent quant & quant les plus grands de
la ville,par le moyen desquels la persecution fut soudain dressée contre Paul & Barnabas,si bien qu'ils les ietterent hors leurs quartiers.Considere icy en passant(lecteur)la ruse Iudaique à esmouuoir sedition contre ceux qui purement annoncent Iesus. Premierement enuie incite ceux qui ont apparence de saincteté . Puis la douleur vient aux outrages. En apres la sedition est esmeue par femmes religieuses & d'honneur,par lesquelles finalement les gouuerneurs & principaux du peuple sont esmeus . Ainsi les Apostres sont
chassés. Mais Paul & Barnabas ayans secoué la poudre de leurs pieds contre eux,s'en allerent à Iconie ville de Lycaonie.Les disciples pareillement ioyeux de l'auãcement de l'E-
uangile,estoyent remplis de ioye & du Sainct Esprit.

CHA-

CHAPITRE XIIII.

R quant ils furent venus à Iconie, ils entrerent tous deux ensemble selon leur
coustume en la Synagogue des Iuifs, & là pareillemēt comme ils auoyent faict
à Antioche, preschoyent l'Euangile de Iesus Christ, tellement qu'vn grand nōbre tant de Iuifs que de Grecs, creut. Icy de rechef l'enuie Iudaique fut cause
qu'il se leua vne sedition. Car les Iuifs qui n'auoyent voulu obeir à la parolle de l'Euangile, ne se contentans eux-mesmes d'estre perdus, s'ils n'en tiroyēt aussi plusieurs auec eux
en perdition, esmeurent & corrompirent les courages des Payens, à l'encôtre de ceux qui
auoyent creu. Toutefois l'affaire de l'Euangile croissoit & prenoit force, tant en aduersité
qu'en prosperité. Ainsi donc en ce cōbat Paul & Barnabas ont long temps demeuré à Iconie, se portans cōstamment en l'affaire de l'Euangile, par l'ayde du Seigneur, qui de sa pure grace (laquelle est presentée à tous par l'Euangile) rendoit tesmoignage plus grand,
que le tesmoignage de l'homme. Car il donnoit ceste vertu à gēs foybles & de nulle estime qui publioyent l'Euangile, que signes & miracles se fissent par leurs mains, lesquels
donnassent à entendre que la chose se manioit par la volonté de Dieu. Doncques par les
menées des Iuifs la ville d'Iconie fut diuisée en deux, dont l'vne des parties tenoit le party des Iuifs mescroyans, & l'autre fauorisoit aux Apostres. Ce pendant comme ceux qui
estoyent des Payens, ioints aux Iuifs & aux principaux de la ville, s'esleuerent contre les
Apostres pour leur faire effort & les lapider, la chose descouuerte, s'en fuyrent à Lystre
(ville de Lycaonie, qui est l'vne des parties de Pamphylie) & à Derbe. Si alloyent ça & là
par toute la contrée circonuoysine semans de tous coustés la parolle de l'Euangile, tellement que ceste fuyte n'a point tant seruy à la sauueté des Apostres, qu'à l'auancement de
l'Euangile. Or y auoit-il à Lystre vn certain homme impotent des pieds, de sorte qu'il e-

Et vn homme
de Lystre impo-
tent des pieds.

stoit tousiours assis sans pouuoir cheminer, boyteux dés le ventre de sa mere, sans iamais
auoir eu puissance de faire vn pas. Iceluy meslé parmy le peuple, escoutoit Paul parlant
de Christ. Et Paul ayant contemplé l'homme, cognoissant à sa face l'ardent desir qui estoit
en luy, & qu'il auoit ceste confiance que par le nom de Iesus, duquel auoit ouy parler,
pouuoit recouurer la santé de ses membres, dit à haute voix: Dresse-toy sur tes pieds: &
tout soudain auec le mot, le boyteux se print à sauter, & chemina. Et quand le peuple vit
le cas tant admirable (car c'estoit vn boyteux cognu de tous, & à vn simple mot auoit
esté soudainement guery) esleuans leurs voix en haut, disoyent en langue Lycaonique:
dieux en forme d'hommes, sont descendus à nous. Ceste persuasion auoit prins pied en
l'esprit des Lycaoniens beaucoup plus à cause de la fable de Iupiter & Mercure, lesquels
se monstrans estre hommes, furent logés par Lycaon, dont il semble qu'ils ayent prins
le nom de Lycaoniens. A cause donc qu'en Barnabas reluysoit vne authorité singuliere,
ils l'appelloyent Iupiter, & Paul Mercure pource qu'il estoit le harengueur: car les Payens
croyoyent que Mercure fust le messagier des dieux & le maistre d'eloquence. Et qui plus
est le prestre de Iupiter qui demeuroit és faux-bourgs de la ville de Lystre apportoit
taureaux & couronnes à la porte du logis où estoyent les Apostres pour leur sacrifier.
Car ils croyoyent que Iupiter prenoit vn singulier plaisir en la mort des taureaux. Et
quant aux couronnes, la coustume estoit d'en parer les Sacrificateurs & les sacrifices. Et
grand nombre de toutes sortes de gēs l'accompaignoit. Ainsi Paul & Barnabas s'enque-
rans que c'estoit, ayans trouué que pource qu'on les tenoit pour dieux, on s'appareilloit
de leur faire l'honneur de dieux, ne souffrirent vne telle impieté que l'hōneur deu à Dieu,
fust baillé aux hommes: ains ayans deschiré (à la maniere des Iuifs) leurs vestemens, sail-
lirent au milieu de la trouppe crians & disans: hommes pourquoy faittes vous ces choses? Nous ne sommes pas dieux, mais hommes mortels semblables à vous, subiets aux
mesmes pouuretés que vous: Et tant s'en faut que nous demandions cest honneur de
vous, que plus tost sommes venus à vous pour vous destourner de ces faux dieux qu'a-
ués iusques à present honnoré comme choses sainctes, lesquels toutefois, ou sont hommes morts, ou images vaines, ou malins esperits: & que par nostre moyen, vous vous retourniés de telles choses vaines au vray Dieu viuant, qui a crée, ciel, terre, mer & tout le
contenu d'yceux. Car il n'y a qu'vn Dieu createur & gouuerneur de toutes choses. Iceluy demande maintenant d'estre cognu & honnoré de toutes les nations du monde,
à fin que par luy tous obtiennent le salut eternel. Le temps passé il a enduré, comme
dissimulant, tous les Payens, viure chascun à sa fantasie, à fin que quand on cognoistroit, que les hommes ne peuuent estre sauués par leur propre secours, tous cherchassent leur salut en Dieu par vne vraye fiance & par l'Euangile de son fils. Or iaçoit que plu-

Ee 2

sieurs

sieurs des humains fussent par erreur estrangés du vray Dieu, adorans diuerses images
des choses au lieu de Dieu, & les choses crées au lieu du createur, toutefois il n'a pas incon
tinent deployé sa iuste vengeance sur eux, ains n'a cessé en continuant ses bienfaicts, de
les attirer à sa cognoissance & amour. Car celuy qui a crée le monde pour l'vsage du gen
re humain, luy-mesme enuoyant la pluye du ciel, rend la terre fertile, & faut que le reuenu
annuel donne plus grande abondance de toutes choses necessaires à la vie de l'homme,
à fin qu'il nous sustante abondamment de plusieurs sortes de viandes, & resiouysse noz
cœurs de la liqueur du vin. Car de ces bienfaits, vous n'en estes pas redeuables à voz
dieux qu'aués honnoré iusques à present: à Iupiter, à Ceres ou à Liber, mais à ce Dieu que
nous vous preschons. Ainsi que les Apostres disoyent ces choses, à peine appaiserent-ils
l'assemblée qu'on ne leur sacrifiast. Pendant que ces choses se faisoyent à Lystre, certains
Iuifs de nation, mais aduersaires à l'Euangile, suruindrent d'Antioche de la Pisidie, & d'I
conie: lesquels ayans gaigné le peuple à eux, pour faire effort sus les Apostres, se mirent,
en deuoir de faire ce qu'ils auoyent tenté de faire en Iconie, tellement qu'ayans lapidé
Paul, le trainoyent hors la ville, cuidans qu'il fust mort. Voyla le changement des choses,
humaines. Peu deuant, estans tenus pour dieux, on leur appareilloit sacrifices, mainte
nant Paul lapidé, est ietté hors. Ils luy en vouloyent sur tout, pource que par son beau par
ler il en attiroit grand nombre à Christ. Estant donc ietté hors & delaissé pour mort, les,
disciples s'assemblerent à l'entour pour l'enseuelir. Mais Paul retourné à soy se leua &
entra secretement en la ville, & le lendemain s'en alla auec Barnabas à Derbe, où ils a
uoyent premier deliberé d'aller. Et apres auoir là presché l'Euangile, & enseigné plusieurs
choses, comme y iettans la semence de la parolle Euangelique, s'en retournerent à Lystre,
Iconie & Antioche: confermans les cœurs des disciples qu'ils auoyent conuertis à Christ,
les enhortans de perseuerer en la foy, & que par nul espouuantement ils fussent destour
nés de la fiance qu'ils auoyent vne fois assise au Seigneur Iesus: & qu'ils ne fussent offen
sés oyans que Paul auoit esté lapidé à Lystre, pource que Christ auoit monstré ce chemin
aux siens, que par plusieurs afflictions ils entrassent au royaume des cieux. Ainsi Paul e
stoit plus songneux, qu'à l'occasion des maux qu'il enduroit par les meschãs, les simples
ne fussent destournés de Christ, que de se pleindre de son mal. Donnant ce pendant exem
ple aux euesques, qu'en ensuyuãs des diligens laboureurs, ils ne se cõtentent d'auoir plan
té ou semé, ains qu'ils mettent peine, que ce qui a commencé à venir, puisse croistre entie
rement. Or pour autant que l'auancement de l'Euangile, requeroit que les Apostres, allas
sent çà & là en diuers pays, ils leur ordonnerent en chascune ville, prestres esleus par l'ad
uis du peuple, pour faire l'office des Apostres absens: Et ainsi ayans prié & ieusné ensem
ble, les recõmanderent au Seigneur, à fin qu'ils profitassent en celuy duquel il auoyent v
ne fois faict profession. Ces choses furët faittes à Antioche qui est en Pisidie. Apres qu'ils
eurent veu toute ceste contrée là. Ils cheminerent semblablement par toute la Pamphy
lie, semans par tout l'Euangile, là où il n'auoit esté semé, & fortifians ceux qui auoyent ia
creuïusqu'à ce qu'ils retournerent à Perge. Ces choses ainsi ordonnées, ils vindrent ius
ques à Attalie, ville au riuage de Pamphylie. De là nauigerent à Antioche en Syrie, d'où
ils estoyent premieremẽt partis auec la charge receue des anciés, de prescher l'Euãgile en
tre les Payens, estans par l'imposition des mains, moyennant la priere & le ieusne, recom
mandés à la grace de Dieu, à fin que ce qu'ils commençoyent eust, par son ayde, heureux
accroissement. Quant donc ils se furent retirés là, cõme voulans rendre raison des choses,
faittes par eux, ils raconterent au milieu de l'assemblée des croyãs, tout ce que Dieu auoit
faict auec eux, mõstrans que Dieu auoit assisté de sa faueur à leurs entreprinses, ayant ou
uert aux Payens, l'huys de la foy, par laquelle sans le faix de la Loy, ils obtinssent salut.

CHAPITRE XV.

R Paul & Barnabas firent long seiour auec les disciples à Antioche, pource qu'
en vne telle ville de renom le nombre des croyans qui y estoyent assemblés de
diuerses sortes de gens, estoit fort grand, & s'augmentoit de iour en iour. Si se
iournoyent volontiers les Apostres plus longuement, là où il y auoit plus de
fruict. Car les habitans de Ierusalē, & ceux qui demeuroyent en la contrée de Syrie, laquel
le proprement s'appelle Iudée, estoyent plus attachés à la loy de Moyse que tous les au
tres, par ce qu'ils auoyent peu d'accointance auec les Payens: ioinct aussi que tant plus ils
estoyent voisins du temple, tant moins souffroyent-ils que les Payens fussent receus à la
communauté de l'Euangile sans l'obseruation de la Loy: ne croyans nullement que la lu
miere

miere de verité eſtãt venue en auãt,la Loy deuſt eſtre abolie,en ce qui touche les ombres,
figures & ceremonies.Comme eſtoyẽt la circonciſion, le repos des Sabbaths, le chöis des
viandes,les iours des feſtes,la difference des habits,les vœus,les ieuſnes,& le deſdain des
charongnes : toutes leſquelles choſes eſtoyent commãdées pour vn temps à ce peuple
groſsier & rude,pour les accouſtumer à obeyr à Dieu,iuſqu'à ce que la claire lumiere de ve
rité eſtant manifeſtée par l'Euangile,l'ombre des choſes s'eſuanouiſſe. Parquoy ceux qui
n'entendoyent point que la Loy fut ſpirituelle,ils affermoyent & ſouſtenoyent,que ce qui
auoit eſté ordonné de Dieu,baillé des peres,& obſerué ſi long temps par les anceſtres,de
uoit eſtre perpetuel.Ceſte perſuaſiõ ne venoit point tant de malice,que d'vne ſuperſtition
de la Loy,laquelle,lors qu'ils ſe mettoyent en tout deuoir de la garder,ils reuetſoyent:car
ce zele auoit meſme eſmeu premierement Paul, à l'encontre des Chreſtiens. Apres donc
que d'vn commun accord Paul & Barnabas s'en allerent en Cypre & de là à Pamphylie,
preſchans l'Euangile ſans difference aux Iuifs & à ceux qui eſtoyent nouices au Iudaiſme,
& aux Payens,& que le bruit des choſes qui ſe faiſoyent à Antioche vint iuſqu'en Ieruſa
lem,aucuns vindrent de Iudée en Antioche metatns en auant vne doctrine nouuelle tou
te autre que celle de Paul & Barnabas:car ils diſoyent à ceux des Payens qui auoyent creu:
ſi vous n'eſtes circoncis ſelon que Moyſe l'a ordonné,vous ne pouués eſtre ſauués. Ce
ſtoit là le commẽcement du debat de ceux qui ſont ſi fort attachés à l'exterieur de la Loy,
à l'encontre de ceux qui ſuyuoyent la pure & ſpirituelle liberté de l'Euãgile. Lequel debat
aduiendra quelque fois entre les Chreſtiens.Et pourtant Dieu a promis que ceſtuy-cy s'eſ
leuaſt, à fin que tous les diſciples de Chriſt peuſſent mieux entẽdre,combien vne religion
appuyée ſur ceremonies,eſt choſe pernicieuſe.Ainſi que Paul & Barnabas, cõme vaillans
defenſeurs de la liberté Euangelique,reſiſtoyent cõſtamment à la doctrine de ceux–cy,do
ctrine dy–ie ſaincte en apparence,mais de faict grandement pernicieuſe,il ſe leua vne ſedi
tion qui n'eſtoit pas petite:à cauſe que les Apoſtres maintenoyent vaillamment & ce par
teſmoignages des prophetes,l'entiereté de la doctrine Euangelique,laquelle eſt ſpirituel
le,contre les ſuperſtitieux defenſeurs de la Loy:leſquels au contraire d'vne affection qu'ils
auoyent aux traditions de leurs anceſtres, s'efforçoyent d'attirer les Payens à vn meſme
ioug:ne voyans point ce pendant, qu'elle outrage ils faiſoyent à Chriſt, penſans que ſa
grace euſt beſoing du ſecours de la Loy.Car celuy qui eſtoit autheur de la Loy,la pouuoit
aneantir.Iaçoit que qui l'accomplit ne l'aneantiſt pas. Ceſte guerre eſtoit beaucoup plus
dommageable à l'Euangile que la cruauté d'Herode & autres princes, pource que ſous
vne fauſſe apparence de pieté,la vraye pieté eſtoit ainſi aſſaillie.Afin donc que le mal de ce
diſcord ne s'empiraſt, le conſeil des diſciples eſtant aſſemblé, on trouua bon que Paul &
Barnabas & quelques autres de ce nombre là, allaſſent en Ieruſalem vers Pierre & les au
tres Apoſtres & anciens,leſquels pour lors gouuernoyent en Ieruſalem comme la ville ca
pitalle des Egliſes, à fin que par leur authorité la queſtiõ entreuenue fut vuidée. Car l'au
thorité principale reſidoit encore en ce lieu là duquel la doctrine de l'Euãgile eſtoit yſſue,
& enuers ceux qui par la commiſsion de Ieſus Chriſt,auoit commencé les premiers à pre
ſcher.Ainſi donc Paul & Barnabas ſe mirent en chemin,eſtans par honneur conuoyés par
la compaignie des diſciples.Et eux paſſans par Phenice & Samarie, racontoyent par tout
comment les Payens s'eſtoyent conuertis à Dieu. Tant s'en faut que les Apoſtres ſe def
fiaſſent de leur faict que meſme ils le racontoyent ça & là ſans en eſtre requis, auſsi n'al
loyent–ils pas en Ieruſalem,à celle fin de ſçauoir des Apoſtres s'ils auoyẽt iuſques icy bien
faict ou non,ains à fin que par l'authorité des premiers & anciens,le bruit de ceux qui e
ſtoyent foybles,fut appaiſé. Ce pẽdant tous ceux qui en ces contrées là auoyent creu à l'E
uangile,menoyent grãde ioye:tant eſtoyent loing d'eſmouuoir quelque ſedition,à l'exem
ple des Iuifs.Or quand ils furẽt arriués en Ieruſalẽ, Paul & Barnabas auec leur cõpaignie,
furent humainemẽt receus de l'aſſemblée qui eſtoit en Ieruſalem,meſmemẽt des Apoſtres
& anciens,leſquels aſſemblés declaroyent ce que Dieu auoit faict par eux entre les Payẽs.
Laquelle choſe eſtant approuuée preſque de toute l'aſſemblée,aucuns ſe leuerẽt de ceux
de la ſecte des Phariſiés qui auoyẽt creu à l'Euangile, mais en telle maniere qu'ils pẽſoyẽt
que la grace de l'Euãgile ne pouuoit dõner ſalut ſans l'ayde de la Loy. Pourtãt eſtoyẽt–ils
de ceſt aduis que nul des Payens ne fuſt receu à la cõmunauté de l'Euangile, que premier
on ne les chargeaſt du ioug de la loy de Moyſe,ce que les Payens toutefois auoyẽt en grãd
horreur.Au reſte,les Phariſiens taſchoyẽt entre les autres d'eſtre veus grãds obſeruateurs
de la Loy.Iceux cõme docteurs de la Loy affermoyẽt que ceux q d'entre les Payens auoyẽt
eſté receus deuoyent eſtre circoncis,&qu'il leur failloit cõmander de garder la loy de Moy

Iceux paſſerẽt
par Phenice
& Samarie.

Ee 3   ſe:ne

se:ne cognoissans point que la Loy n'est de nully plus violée,que de ceux qui par vn zele
des choses externes & charnelles,ne tiennent conte de l'Esperit de la Loy. Là derechef s'e-
stant dressée vne esmeute (tant est superstition chose seditieuse)les Apostres & anciens s'af-
semblerent pour aduiser sur cest affaire.Car comme ils estoyent grandement conuoiteux
du gaing du Seigneur,ils craignoyent que plusieurs entre les Payés ne fussent par la hayne de la Loy,estrangés de Christ.D'autre part voyant que les Iuifs auoyét trop profondement fiché en leur esprit,la reuerence des ordonnances baillées par leurs ancestres,pour
leur pouuoir arracher si soudain,ils ne leur vouloyét bailler occasió apparente pour leur
faire quitter l'Euangile,comme s'il estoit contraire à la saincte Loy. Apres donc qu'on eut
beaucoup debattu & amené plusieurs argumens & tesmoignages d'vne part & d'autre,
Pierre se leuant parla en ceste maniere:Chers freres, que debattés vous ainsi comme d'v-
ne chose doubteuse,ou comme s'il gisoit en la volonté des hommes d'approuuer ou reietter,ce que Dieu luy-mesme a-ia approuué?Vous sçaués que ces années passées,le mesme m'aduint en Iudée, lequel estant maintenát aduenu és côtrécs des Payens,vous blasmés à tort.Car lors qu'il se leua vn semblable bruit entre vous,à cause que Cornille auoit
esté baptisé auec sa famille,ie vous declaray tout l'affaire, cóment non de mon authorité
priuée,mais par le cómandemét de Dieu s'estoys allé en Cesárée, pour prescher aussi aux
Payens l'Euágile de Dieu,& que ceux qui y croyroyét seroyent sauués. Or iaçoit que ceux
qui escoutoyent lors la parolle de l'Euágile fussent incirconcis,& estrágés de la loy Mosai-
que:toutefois Dieu,qui n'estime point l'hôme selon l'apparéce corporelle,mais selon l'affectió du cœur,lequel luy seul il cognoit,declara par euidét tesmoignage qu'il approuuoit
leur foy,espádát sur eux le S.Esprit aisi qu'ils escoutoyét la parolle,tellemét qu'ils parloyét
diuers lágages ne plus ne mois que no⁹,voyre deuát qu'ils fussent baptisés de nous:ne faisant poit de differéce,quát à ce q touche la grace de l'Euágile, entre ces incircôcis là & no⁹
Iuifs.Car il leur nettoya les cœurs par foy,declarant manifestemét que ceste grace ne no⁹ a
poit esté baillée par l'ayde de la loy,mais par excelléce de la foy.Aussi dieu n'espád-il poit
son esprit sur les souillés.Mais ceux là n'auoyét rié forsvne simple croyáce,quát le S.Esprit
vint en eux.Maintenát dóc,puis que Dieu a manifestemét declaré sa volôté, assauoir que
les Payés fussent sans charge aucune de la Loy,receus par la seulle foy à la cómunauté de
l'Euágile,pourquoy prouoqués vous Dieu en le tentát,taschás outre sa volôté, de mettre
sur le col des disciples,qui ne furent oncques accoustumés à la Loy,vn si pesant ioug de la
Loy,lequel ne noz peres ne no⁹,q sommes nays sous la Loy,n'auôs peu porter.Car q d'entre vo⁹ garda oncques la Loy entieremét.Il ne faut dôc pas que no⁹ esperiós salut par l'ob-
seruatió de la Loy,mais nous auôs côfiance que nous serôs sauués par la grace de nostre
Seigñr Iesus Christ,n'ayás en cest endroit rien dauátage que les Payés,ausquels il a voulu
que le mesme don fut departy gratuitemét,lequel il no⁹ a aussi departy par grace.Par ces
propos de Pierre toute l'esmeute & debat qui estoit entre les Pharisiens & ceux qui estoyét
de diuerse opinió fut appaisé.Ainsi dôc toute la côpaignie se teut, & escoutoyét Barnabas
& Paul racôtans par côbien de merueilles & miracles qu'ils auoyét faict entre les Payens,
Dieu auoit tesmoigné,que c'estoit son plaisir que les Payés fussent receus à la cômunauté
de l'Euágile,sans le fardeau de la Loy:côme aussi au parauát il auoit declaré son intétion
enuoyát le S.Esprit,lors que Pierre preschoit Christ en la maison de Cornille,Quant ils eurét mis fin à leurs propos,Iaques surnômé Iuste,& dit frere du Seigñr,auquel les Apostres
auoyét pour lors baillé la príncipale authorité,se leuát approuua leur dire,& se print à parler en ceste maniere:Freres puis que vo⁹ aués dóné audiéce aux autres qui ont parlé, dô-
nés la moy aussi,qui vous veux dire ce qui sera bon de faire.Simô Pierre a maintenát ra-
côté ce que no⁹ sçauôs tous estre tres-que veritable, côme par luy premieremét Dieu ayát
pitié du gére humain,a eu esgard à la misere des Payés addónés au seruice des idoles,à fin
que de ceux aussi qui ne sembloyét point estre peuple,il s'en fist vn peuple aggreable, qui
inuocast son nom auec nous,ce que Dieu a cômencé par Pierre,il a plus amplement auancé par Paul & Barnabas.Et ce que nous ouyôs auoir esté faict par ceux-cy.Il fut iadis predit par les Prophetes,desquels nous parle ainsi en la persónne de Dieu:Apres ces choses ie
reuiédray & restabliray le tabernacle de Dauid,qui est tombé,& repareray ses ruynes & le
redresseray,à fin que les hômes qui resterôt, & toutes les nations sur lesquelles mon nom
est inuocqué,cherchét le Seigñr,dit le Seigneur qui faict ces choses.Tout ce que Dieu pró-
met qu'il fera,sans doute il le faict:car premier que le môde fust crée,il auoit-ia arresté ce
qu'il deuoit faire & quát.Or ce qu'il a deliberé ne peut estre que tres-bô. Mais pource que
nous voyôs que ce qu'il a promis se faict maintenát, ie suis d'aduis qu'on ne côtreuienné
                                                                                          point

Amos 9

point à la volôté de Dieu, & qu'on ne fasche point ceux qui des Payens se conuertissent au seruice du vray Dieu, & qu'on ne les charges point du fardeau de la Loy, veu que la foy de l'Euangile, est à tous suffisante à salut: Qn'on les amonnestes seulement, qu'à cause des infirmes, ausquels on ne peut encore donner à entendre que l'idole n'est rien, & que la chair sacrifiée aux idoles n'est point autre que celle qu'on vend à la boucherie: & à cause de quelques vns lesquels ne croyent point que paillardise soit peché, pour ce qu'elle se commet communement, & n'est punie par les loix humaines, ils se gardent des ordures d'idolatrie (sans sacrifier, ne manger des choses qui sont sacrifiées) & de paillardise. Dauantage à raison de quelques Iuifs, vn peu trop superstitieux, lesquels on ne peut ēcore amener à croyre que toutes choses sont nettes aux nets, qu'ils s'abstiennēt des bestes estouffées & de sang: Non que ces choses là facent rien au salut de l'ame, mais pourautant que charité nous enhorte d'obeir pour vn temps à la foiblesse de quelques freres, iusqu'à tant qu'ils ayent auancé à choses plus parfaittes: à fin qu'en vous supportans & entr'aydans ainsi l'vn l'autre, vous entreteniés amour fraternelle entre vous. Et ne faut point que les Iuifs craignent que Moyse soit aboly: car il a de toute anciēneté en chasque ville gens qui le preschent par les Synagogeus, ou on le lict selon la coustume, tous les Sabbaths. Apres que tous furent de cest aduis, il sembla bon aux Apostres & aux anciens, semblablement à toute l'assemblée, de choysir gens d'entre-eux, pour accompaigner Paul & Barnabas en Anthioche. Ainsi deux gens de bien furent choysis, assauoir Iudas (que pour la saincteté des mœurs fut surnommé Iuste) & Silas, hommes qui estoyent des premiers en integrité entre les freres: ausquels auec autre cōmission, ils baillerent lettres à la forme qui sensuyt. Les Apostres, & les anciens & les freres des Iuifs conuertis à Christ, à ceux qui sont en Antioche & en Syrie & Cilicie des Payens cōuertis à Christ, Salut. Pource qu'auons entendu que quelques Iuifs partis dicy comme enuoyés de nous, ont troublé vostre tranquillité de laquelle vous iouyssiés en l'accord de l'Euangile, en subuertissant voz ames, & vous commādans d'estre circoncis & garder la Loy, combiē que nous ne leur eussions point enchargé: nous auons esté de cest aduis, estant assemblés, d'enuoyer gens esleus d'entre nous, par deuers vous auec Paul & Barnabas: lesquels à bon droit sont noz bien aymés, à cause qu'ils ont abandonné leur vie pour le nom de nostre Seigneur Iesus Christ. Si auons donc enuoyé Iudas & Silas gens de bien, de la bouche desquels vous pourrés aussi fidelement ouyr les mesmes choses que nous escripuons, desquelles le sommaire est tel: Il a semblé bon au S. Esprit & a nous, qui par son inspiration estions d'accord, de ne vous bailler plus autre charge, sinon ces choses que nous auons pensé estre necessaires: assauoir qu'en premier lieu vous vous gardiés de choses sacrifiées aux idoles, de peur qu'en mengeant il ne semble que vous consentiés à la superstition, laquelle vous auēs vne fois pour toutes quittée. En apres que vous vous gardiés du sang des bestes, & de la beste estouffée, dont la Loy defent de manger. Finalement que vous vous gardiés de paillardise, laquelle les Payens pensent leur estre licite. Que si vous vous en gardés vous ferés bien. A Dieu. Ces choses ainsi faittes ont les laissa aller auec les lettres & leur commission, lesquels estans paruenus à Antioche, la compaignie estant assemblée rendirent les lettres, lesquelles leues deuant tous, ils furent fort consolés de ce que leur affection estoit confermée par l'authorité des Apostres, anciens & assemblée de Ierusalem, Iudas aussi & Silas (qui estoyent prophetes & sçauans és sainctes Escriptures) dirent de bouche (selon qu'ils en auoyent esté chargés des Apostres) le reste qui n'estoit contenu és lettres: si amonnesterent les freres par long discours, & confermerent leurs cœurs & courages, à fin de persister en ce qu'ils auoyent bien commencé. Apres donc qu'ils eurent là seiourné quelque temps les freres les laisserent aller en paix, auec congé de retourner vers ceux qui les auoit enuoyés. Mais pour ce qu'il semble bon à Silas de demeurer là, Iudas retourna tout seul en Ierusalem. Ce pendant Paul & Barnabas seiournerent à Antioche enseignans sans difference Iuifs & Gentils, & annonceans à tous le salut qui est presenté de pure grace, à ceux qui croyent à l'Euangile, c'est à dire à la parolle de Dieu. Quelques iours apres Paul fut surprins en son cœur du soing des disciples qu'il auoit laissés en Cypre & Pāphylie: si dit à Barnabas son compaignon qu'ils retournassent visiter les freres par toutes les villes esquelles ils auoyēt annoncé la parolle du Seigneur, pour voir comment ils se pourtoyent. Ceste deliberation pleut à Barnabas, mais il vouloit que pour faire le voyage, ils prinssent en leur cōpaignie Iean surnommé Marc, lequel ils auoyent auparauant amené auec eux, venans en ce lieu là. Mais Paul n'estoit pas de son aduis, disant que celuy ne deuoit point estre receu en compaignie d'vne telle affaire, qui par cy deuant de son plein gré les auoit abandonnés, pre-

Ee 4   mier

mier qu'ils eussent accomply leur charge encõmencée, & de Pamphylie s'estoit embarqué pour retourner à Antioche. Ce different fut tel que l'vn ne voulant ceder à l'autre, ils se departirent d'ensemble. Non qu'il entreuint iamais entre tels Apostres, amertume aucune, mais l'vn & l'autre se mettoit en deuoir d'obtenir ce qu'ils pensoit estre expedient à l'affaire de l'Euangile. Et ce pendant il nous estoit icy appareillé vn exemple pour apprendre qu'il ne faut pas incontinent estimer, que ce qui n'est accordãt auec nous, doyue estre condamné. La diuersete d'opinions ne nuit ponit pourueu qu'il y ait vn cœur & courage accordant à l'auancement de l'Euangile. Or du different des Apostres Dieu procura ce bien, que l'Euangile seroit plus amplemẽt auancé, par la separatiõ de deux tels chefs & conducteurs, que s'ils demouroyent en leur premier accord. Barnabas doncques ayant prins Marc auec soy, nauigea en Cypre, d'où il estoit nay. Mais Paul ayãt choysi Silas (qui par la volonté de Dieu s'estoit arresté à Antioche, à fin que Paul ne fut deprouueu de compaignon honnorable) print congé des freres, & estant par eux recommãdé à la grace de Dieu, se partit pour aller par tout où l'esperance de quelque fruict de l'Euangile l'appelleroit. Si passoit par le pays de Syrie & Cilicie, duquel aussi il estoit nay, confortant par tout les assemblées des disciples qu'il auoit preparées, & donnant accroissement à ce qu'il auoit commencé : En leur commandant sur tout de garder ce que les Apostres & anciens auoyent ordonné en Ierusalem, de fouir la communion des Idoles, la paillardise, les choses estouffées & le sang, autrement qu'ils estoyent affranchis du faix de la loy de Moyse. Ces choses ainsi faittes en Cilicie, de-rechef vint iusqu'à Derbe, puis à Lystre.

CHAPITRE   XVI.

ET voicy, il y auoit là vn certain disciple, duquel le nom Timothée respondoit à la chose. Car Timothée, vaut autant comme si tu disois precieux à Dieu: Il fut nay d'vn mariage qui n'estoit pas pareil. Car il auoit vne mere laquelle du Iudaïsme estoit venue à Christ, & auoit eu vn pere Payen la prud'hõmie de ce Timothée estoit louée par le tesmoignage de tous les freres qui demouroyent à Lystre & Iconie. Paul donc n'ayant autre affection sinon qu'à toutes occasions l'Euangile fut de iour en iour amplement auancé, cherchoit de tous costés gens propres à cest affaire: Ne plus ne moins que les Roys auaricieux ou tout addonnés à ce qu'ils puissent estendre & agrãdir les bornes de leur empire, ils n'ont rien plus grand soing que d'auoir & recouurer capitaines, chefs, & gouuerneurs propres à manier telles affaires. Mais il ne suffist pas qu'vn capitaine & chef de l'Euãgile soit doué de quelque graces: aussi n'est ce asses qu'il soit inerprehenble en ses meurs, mais auec cela il faut qu'il soit bien renommé par le tesmoignage de toutes gens de bien, de peur qu'vn mauuais bruit encore qu'il ne fust veritable, ne porte dommage à l'affaire de l'Euangile. Paul donc desiroit d'estre accompaigné en son voyage de Timothée, qui estoit vn fort bon personnage, & approué par le tesmoignage de toute gens de bien. Ainsi l'ayant receu à soy, il le circoncit: non pas qu'il creust que la circoncision donnast salut, que la seule foy apporte: mais pour euiter que les Iuifs (desquels le nombre estoit grand en ces contrées là) n'esmeussent quelque bruit, il la mieux aymé perdre en Timothée, la petite peau (laquelle gardée ne nous rend point plus saincts, ne couppée pires) que par ceste occasion estranger les Iuifs (desquels il cognoissoit l'opiniastrise) de l'Euangile. L'ordonnance des Apostres faittes en Ierusalem en la presence de Paul, deliuroit les Payens du fardeau de la Loy. Or la circoncision estoit comme vne declaration & marque de toute la Loy. Mais les Iuifs n'estoyent point encore manifestement deliurés du faix de la Loy, laquelle deuoit estre abolie petit à petit. Doncques pourautant que cestoit chose cogneue à tous que Timothée estoit nay d'vne mere Iuifue & d'vn pere Payen, & que par l'authorité de son pere il n'auoit point esté circoncis, Paul s'apperceuoit bien que les Iuifs pour quelque cause aucunemẽt apparente, s'esmoueroyent si Timothée nay demy Iuif, estoit receu sans circoncision, non seulemẽt à la communauté de l'Euangile mais aussi à la charge d'enseigneur. Le soing que Paul auoit d'auancer l'Euangile, le fit temporiser en cela, ayant esgard à la tranquilité de tous ceux qui auoyent paisiblement ambrassé Christ. Et ne fit pas seulement cela, ainçois par toutes les villes où il passoit, à fin que les Iuifs ne fussent en rien offensés, il bailloit à garder à ceux qui des Payens estoyent venus à Christ, les ordonnances faittes par les Apostres & anciens de Ierusalem: à cause de quoy Iudas & Silas auoyent esté enuoyés à Antioche. La grace du Seigneur faisoit prosperer les entreprinses de Paul. Car les Eglises des disciples se fortifioyent en la foy de l'Euangile & multiplioyent de iour en iour, croissant le nombre des croyans. Or quant ils eurent passé Phrygie & Galacie contrées d'Asie la moindre (& ce

non

Or Paul voulut que cestuy allã auec luy.

non sans grand fruict, combien que ce fust vne nation fort rude & barbare) & qu'ils desiroyent aller au quartier, appellé proprement Asie, ils furent empeschés par le sainct Esprit
de dire la parolle de l'Euangile. Ainsi ils obeyrent au secret conseil de Dieu auquel il n'appartient à l'homme de contredire. Ayans donc changé d'aduis destournerêt leur chemin
vers Mysie, de laquelle la vraye Asie est voisine. Et s'essayoyêt passer de la en Bythinie, tournans vers Septentrion. Car c'estoit là vne prouinee des Romains fort renommée, & pourtant y esperoyent-ils faire grand gaing. Mais nous ne sçauons pourquoy l'esprit de Iesus,
par la conduite duquel ils estoyent menés, n'a point permis qu'ils y allassent. Se destournans donc vers Occident, & passans premierement par Mysie vindrêt à Troade, qui estoit
vne ville au riuage de Phrygie, laquelle aussi s'appelloit Antigonie. Paul eut là de nuict
vne vision qui l'enseignoit où il deuoit aller. Or la vision estoit telle: Vn homme de forme
& d'habit Macedonien se presenta deuant luy, & le prioit ainsi: Passe en Macedone, &
nous secours. Iceluy estoit l'Ange deffenseur de celle region. Incontinent que Paul (lequel
auoit-ia esté empesché quelque fois par le S. Esprit de prescher l'Euangile) eut veu celle
vision, nous ses compaignons fusmes fort resiouys: Car moy-mesme qui escry ces choses
estois pour lors compaignon d'iceluy voyage. Nous mismes donc bien tost ordre d'aller
en Macedone, estans asseurés que le Seigneur nous y appelloit pour leur prescher l'Euangile, & que la chose par la disposition de Dieu auroit bonne yssue. Parquoy nous nous em-
barquames à Troade, & ayans n'auigé outre Chersonesse arriuasmes à l'Isle de Samothra-
ce, qui est à l'opposite de Thrace & Macedone. Et de là le lendemain vimmes à Naples qui
est vne ville au riuage de la mer, aux limites de Trace & Macedone : De là à Philippes qui
estoit vne ville enuoyagiere, des premieres marches, tirât de Naples en Macedone. Nous
seiournasmes en laditte ville quelque iours, attendans l'occasiõ de nous mettre apres l'affaire pour lequel nous estions venus. Et vn iour de Sabbath sortismes dehors la ville, en
vn lieu qui estoit hors les portes pres d'vne riuiere, où on auoit accoustumé de s'assembler pour prier. Là estans assis, nous nous prismes à parler aux femmes qui s'y estoyêt assemblées, en leur annoçant Iesus de Nazareth. Entre lesquelles s'en trouua vne craignant
Dieu, nommée Lydie, marchande de pourpre de la ville des Thyatires, qui est és contrées
de Lydie. Or entre plusieurs femmes qui oyoyent Paul deuiser de Christ, Dieu ouurit le
cœur à celle là pour entendre aux choses qué disoit Paul. Pourtant apres qu'elle eut receu le baptesme ensemble auec toute sa maison, elle fit telle requeste à Paul & à tous ceux
de sa compaignie : Si vous m'aués tant estimée de me vouloir receuoir, par le baptesme &
vostre doctrine, à la communauté de l'Euangile, faittes moy aussi c'est honneur de venir
loger en ma maison, & ne me tenés plus comme Payenne, quelle l'estoys n'agueres, mais
telle que i'ay esté maintenant faitte par la foy de l'Euangile, moyennant vostre ministere.
Par telles prieres elle contraighit les Apostres, de loger quelque temps chés elle. Ce pendant les enseigneurs de l'Euangile doyuent icy apprendre de ne refuser point le seruice
volontairemêt presenté de ceux qui ont esté nouuellement conuertis à Christ, pourueu
qu'il le facent alaigrement & auec instance, de peur qu'il ne leur semble qu'on ne les recognoist point pour siens: au contraire qu'ils se gardent de se fourrer trop hardiment parmy eux, de peur qu'ils ne semblent redemander salaire, pour la doctrine par eux annoncée. Mais celuy qui a receu le bien spirituel, il doit contraindre, quant la necessité
le requiert, ceux à qui ils sont obligés, de receuoir les biens corporels. Or aduint que Quelque fille
comme nous allions selon la coustume à l'oraison nous rencontrasmes vne certaine fille ayant l'esprit
qui auoit l'esprit de Python, laquelle apportoit grand gaing à ses maistres en deui- de dânation.
nant. Icelle suyuant Paul & nous, cryoit ainsi: Ces gens-cy sont seruiteurs du souuerain Dieu, & nous annoncent le chemin de salut. Et comme elle faisoit cela par plusieurs
iours, Paul en fut fasché: & à fin qu'on ne dist qu'il recognoissoit les louanges d'vne fille transportée, se retournant dit à l'esprit: Ie te commande au nom de Iesus que tu sortes d'elle. Et l'esprit sortit tout à l'heure. Dont les maistres de la fille voyans que l'esperance de leur gaing estoit perdue, empoignerent Paul & Silas & les tirerent à la court deuant la iustice, & en les presentant aux magistrats les accusoyent, disans: Ces gens-cy
qui sont venus d'ailleurs troublent toute la ville, veu qu'ils sont Iuifs, & nous mettent en
auant vne religion estrange, & nouuelles ordonnances, lesquelles il ne nous est pas loysible de receuoir ou tenir, attendu que nous viuons selon les loix Romaines, lesquelles
defendent de receuoir dieux estranges, ou nouueaux seruices des dieux. Ces choses
ouyes pour ce que le nom des Iuifs leur estoit odieux, le menu peuple leur couroit sus:
& les preuosts pour satisfaire à la rage du peuple, deschirerent les robbes des Apostres

ſtres, & les firent battre de verges. Et non contens encore de ceſte péine, apres leur auoir faict pluſieurs playes, les mirent en priſon, commandans au geolier de les garder ſeurement. Lequel ayant receu tel commandement, à fin d'eſtre plus aſſeuré, les fourra en la plus eſtroitte & baſſe priſon, & non content de cela leur ſerra les pieds au cep. Ceſtoyent là les commencemens de la predication de Macedone. Mais il aduient touſiours, ou que le gaing, ou l'ambition, ou la ſuperſtition contredit à l'Euangile. Or quand le monde exercé plus outrageuſement ſa cruauté enuers les membres de Chriſt, c'eſt lors principalement que la conſolation celeſte les aſſiſte. A la minuict Paul & Silas ayans oublié les coups de verges, ayans oublié la priſon prioyent & chantoyent louanges à Dieu, le remercians de ce qu'il faiſoit ceſt honneur à ſes ſeruiteurs, de ſouffrir ces choſes pour ſon nom. Et les autres qui eſtoyent en la meſme priſon les oyoyent chantans ioyeuſement louange à Dieu & à ſon fils Ieſus Chriſt, s'eſmerueillans d'où leur venoit vne telle ioye en choſes nullemēt ioyeuſes. Si ſe fit ſoudainement vn grand tremblement de terre, tellement que toute la priſon iuſques aux fondemens fut esbranlée, & ſouurirent quant & quant toutes les portes de la priſon, & les liens de tous ſe deſtacherent. Le geolier eſueillé à vn tel bruit, accourut & trouua que toutes les portes eſtoyent ouuertes: Dequoy penſant que les priſonniers ſe fuſſent ſauués, & eſtant records du commandement qu'il auoit receu des magiſtrats, tira ſon eſpée pour ſe tuer, ayant plus cher mourir de ſa propre main qu'apres pluſieurs tourmens eſtre defaict par la main d'vn bourreau. Ce que voyant Paul, meſme au milieu des tenebres, cria à haute voix: Gardes de te faire aucun mal, puis que de noſtre part il ne t'en aduiendra point: car nous ſommes icy tous, & nul n'eſt eſchappé. Adonc le geolier à ceſte voix retourné à ſoy, commanda aux ſeruiteurs d'apporter de la lumiere: & voyant la choſe eſtre ainſi, & cognoiſſant cela n'eſtre aduenu par art humain, mais par la puiſſance diuine: conſiderant auſſi que Paul auoit veu parmy les tenebres, ce qu'il faiſoit & à quel propos, entra au fond de la priſon, & tout tremblant ſe ietta aux pieds de Paul & de Silas. Puis ſans faire conte de ce qui luy auoit eſté enioinct des magiſtrats, les meine hors de la priſon en lieu plus commode & leur dit: Meſſieurs que me faut-il faire pour eſtre ſauué? Il veut faire vn eſchange. En leur ſauuant la vie il veut auſſi qu'ils luy monſtrent le moyen de ſauuer ſon ame. Si luy diſent: Croy au Seigneur Ieſus & tu ſeras ſauué toy & ton meſnage. Et de la incontinent les Apoſtres ſe prindrent à luy declarer la doctrine de l'Euangile & à toute ſa maiſon qui eſtoyent aſſemblés enſemble. Tu voys icy qu'il n'y a temps ny lieu qui ne ſoit propre à la pieté de l'Euangile. Celle priſon obſcure ſeruoit de temple aux Apoſtres: La minuict n'empeſchoit point leurs oraiſons & louanges. En la priſon l'Euangile eſt preſché, & aucuns y ſont attirés à Chriſt. La priſon eſt la chaire de l'Euangile. Or ſans delay le geolier nouuellement enſeigné en l'Euangile, recogneut tout ſoudain le bien enuers ſes enſeigneurs. Il les print tout à l'heure de la minuict & les retirans à part, leur laua les playes. Il cognoiſſoit vn tel ſeruice & bien-faict. Il fut auſſi quant & quant baptiſé & laué des playes de ſon ame luy & tous les ſiens. Ces choſes ainſi faittes, il les mena en ſa maiſon, où il auoit accouſtumé ſe tenir de iour. Si leur mit la table pour prendre leur refection. Car apres le bapteſme la communion de la table conuient bien. Ainſi le geolier fut fort aiſe, de ce qu'il luy eſtoit aduenu d'auoir tels priſonniers, par leſquels il auoit creu en Dieu luy & tout ſon meſnage, voyla ce qui fut faict de nuict. Le iour venu apres que les magiſtrats eurent plus diligemment examiné l'affaire, manderent par les ſergens au geolier qu'il donnaſt congé à Paul & Silas. Ce que ouyant le geolier tout ioyeux, tant à cauſe des Apoſtres que pour ſoy-meſme, raconta à Paul le tout, diſant: Les magiſtrats ont mandé qu'on vous laiſſe aller francs & deliures. Maintenāt donc puis que l'affaire a bien ſuccedé, ſortés & vous en allés à la bōne heure. Mais Paul deſirant & de rendre ſon innocence plus claire, & cherchant occaſion de profiter au ſalut de pluſieurs, reſpondit au meſſager: Puis qu'ils ſe vantent eſtre Romains, par les loix deſquels il n'eſt loiſible de punir aucun ſans auoir eſté ouy & cōuaincu, nous qui ſommes Romains, ſans auoir eſté ouys ne condamnés, ils nous ont publicquement battus de verges: & comme ſi cela eſtoit peu de cas, apres auoir eſté battus ils nous ont mis en priſon. Et maintenant ayant eſgard à leur authorité, & foulans noſtre innocence, ils veulent que nous nous retirons dicy ſecrettement, comme gens qui ſe ſeroyent ſauués de la priſon ſe ſentās coupables. Il ne ſera pas ainſi, mais qu'ils viennent eux-meſmes & par le meſme droit qu'ils nous ont mis en priſon, qu'ils nous en mettent hors. Ces parolles rapporterent les ſergeans aux magiſtrats, qui ſoudain apres auoir entendu qu'ils eſtoyent Romains vindrēt eux-meſmes à Paul & Silas, les prians de leur pardonner ce qui auoit eſté faict outre la couſtume du droit Romain, à cauſe du bruit

du

du peuple: & en les amenant par honneur hors la maison du geolier, les prierent que
pour euiter le tumulte du peuple, ils sortissent de la ville de Philippes. A ces prieres les
Apostres ont obey, lesquels sortans de la prison entrerent chés Lydie, où ils auoyent logé, laquelle auec toute sa maison auoit receu la parolle de l'Euangile. L'ayans donc veue
& tous les freres, ils les consolerent, racontans ce qui estoit aduenu de nuict en la prison, &
les exorterent de perseuerer en ce qu'ils auoyent commencé. Cela faict laissant la ville de
Philippes, sont allés ailleurs.

<h3 align="center">CHAPITRE XVII.</h3>

ET quand ils eurent passé par Amphypoly & Apollonie, ils vindrent iusqu'à
Thessalonique, qui est la ville capitale de Macedone, & où, pour la renommée de la ville, y auoit vne Synagogue des Iuifs: à l'occasion de quoy il y a-
uoit quelque esperance de plus grand fruict. Paul donc selon sa coustume
entra en l'assemblée de la Synagogue, & par trois Sabbaths, disputoit auec
eux, produisant du fond des escriptures les oracles des Prophetes, declarans les sentences
obscures qui sont és figures, & allegant les tesmoignages de la Loy. Lesquelles choses con
frontées auec celles qui estoyent aduenues, enseignoit l'ordonnance de Dieu auoir esté
telle, que Christ endurast ainsi pour le salut du monde, & qu'il ressuscitast de mort. Et pour
ce que tous ce qui auoit esté predit par la bouche des Prophetes, du Messias aduenir, &
tout ce qui auoit esté signifié par les figures, conuenoit à Iesus de Nazareth, il donna à entendre aux Iuifs qu'il ne failloit attédre d'autre Messias, mais que cestuy-cy estoit le Christ
qu'il leur annonçoit. Apres que Paul eut ainsi traitté ces choses par trois Sabbaths, en la
Synagogue, aucuns des Iuifs creurent & se rengerent à Paul & Silas: & qui plus est grande
multitude des Payens craignás Dieu, creut, entre lesquels il y auoit des plus notables femmes non petit nombre. Au contraire certains Iuifs par trop attachés à la loy de Moyse,
ausquels Paul auoit quelque fois fauorisé, mais de nuict prindrent vn tas de batteurs de
paué, mauuais garsons (car on a besoing de telles gens quant il est question de faire sedition) & ayans amassé le peuple firent vn alarme & esmeurent toute la ville, parmy laquelle
esmeute assaillirent la maison de Iason, taschans de tirer Paul & Silas en place. Mais eux
entrés en la maison ne trouuant point ceux qu'ils cherchoyent, il tirerent Iason & quelque
freres aux gouuerneurs de la ville, en criant (car ainsi fut-il faict iadis à lencôtre de Christ)
Les voicy ceux, qui iusqu'à present ont en diuers lieux esmeu tout le monde. Ils sont pareillement venus icy pour faire le mesme. Et telle sorte de gens reçoit Iason secrettement:
Lesquels tous font telles menées, & ceux qui les logent ou font assistance, contreuiennent
aux ordonnances de Cesar: disans qu'il y a vn autre roy que Cesar. Car il preschent ie ne
sçay quel Iesus, attaché pour cela au gibbet par le lieutenât de Cesar, à cause qu'il se faisoit
Roy des Iuifs. Voys-tu, amy lecteur comme ceux-cy ont aussi abusé du nom de César à
l'encontre de l'Euangile. Par ces propos ils esmeurent le peuple & les gouuerneurs, ce qui
aduint aussi deuant Pilate à l'encontre de Christ. Car lors les malheureux Iuifs crioyent:
Nous n'auons point de Roy que Cesar, & : Si tu le laisse aller, tu monstres que tu n'est pas
amy de Cesar, & : Quiconque se faict Roy il côtreuient à Cesar. Au contraire les vrays Iuifs
crient: Nous n'auons point de Roy que Iesus de Nazareth, & : Quiconque se renge sous la
puissance de Cesar, il n'est pas amy de Christ. Car luy seul oublie le regne de tout le monde. Au reste, quand Iason & les autres freres amenerent excusations suffisantes, tellement
qu'ils contenterent les gouuerneurs, ils les relacherent. Or les freres cognoissant que l'affaire se traittoit auec grâde hayne à l'encontre de Paul & Silas, sans delay les envoyerét de
nuict secrettement à Berrée, qui est vne ville de Macedone, pres de Pelle pays d'Alexandre
le grand. Les capitaines & chef de l'Euangile fuyent en telle sorte, qu'ils ne laissént pas ce
neantmoins de battailler en fuyant. Car soudain qu'ils furent arriués à Berrée, s'en entrerent en la Synagogue des Iuifs, nullement espouuantés de tant de seditions esmeues par
les Iuifs. Mais ceux-cy estoyent plus honnestes, que ceux de Thessalonique: car ils receurent la parolle de l'Euangile d'vn grand courage, s'applicquás iournellement à chercher
les saincts liures, à fin de cognoistre comment c'est que ce qu'il auoyent appris des propos des Apostres, conuenoit auec les oracles des Prophetes & figures de la Loy. Dont il y
en eut maints de ceux de Berrée qui creurent non seulement des Iuifs, mais aussi des honnestes femmes Grecques & d'hommes nõ petit nombre. Mais quât le bruit vint iusqu'en
Thessalonique, aux Iuifs qui y auoyent au parauant esmeu le trouble, que la parolle de
l'Euangile estoit annoncée à Berrée, par Paul lequel ils auoyent chassés. Ils y allerent, & y
esmeurent le peuple contre les Apostres. Alors les freres voyans qu'il y auoit danger

craignans

Les freres en-
uoyerent Paul
& Silas à Ber-
rée.

craignans sur tout qu'il n'aduint mal à Paul. Ils le mirent vistemēt dehors, pour tirer cōtre la mer qui est prochaine de Berrée: & Silas & Timothée demourerent là. Or les freres qui conuoyoyent Paul, s'embarquerent auec luy, & le menerent iusqu'à Athenes, où l'a-yans laissé, s'en retournerent à Berrée, auec charge de dire à Silas & Timothée de le suyure le plus tost qu'ils pourroyent. Paul doncques, encore qu'il fut seul & qu'il desirast ses compaignons, toutefois voyans vne ville de si grand renom & sçauoir, estre adonnée au ser-uice des idoles, en eut despit en son esprit, de sorte que sans plus attendre ses compaignōs, entra en la Synagogue disputant auec les Iuifs & gens deuots. Dauantage en la place il deuisoit iournellement auec tous ceux qui l'escoutoyent soit Iuif soit Grec: entre lesquels aucuns estoyent Epicuriens, & aucuns Stoïcques, grandement differens en opinions. Car les Epicuriens, mettans toute la felicité de l'homme en volupté, ou ils croyoyent qu'il n'y auoit point de Dieu, ou qu'il n'a nul soing des choses humaines. Les Stoïcques entre autres opinions estranges, logent la felicité en vne seule affection de l'ame, laquelle ils ap-pellent vertu ou honnesteté. Ceux-cy ont debatu auec Paul, comme auec quelque philo-sophe autheur d'vne nouuelle secte. Mais apres que Paul leur eut declaré la philosophie Euangelique, laquelle est merueilleusement differente des opinions & enseignemens des philosophes, aucuns par maniere de mocquerie disoyent: Que veut dire ce semeur de ap-rolles? Car par ce brocard les Grecs taxoyent vn homme babillard & qui parle mal à propos, à cause que la sagesse celeste leur sembloit estre folie. Et les autres disoyent: Il sem-ble qu'il veuille introduyre de nouueaux dieux, pour ce qu'il annonce Iesus autheur de salut & fils de Dieu & la resurrection des morts. Aussi les Atheniens selon la doctrine de Platon, appelloyent les Demons fils des dieux, ausquels ils attribuoyent bien des corps mais immortels. Et pour ce que les propos qu'on tenoit de Paul en la place estoyent di-uers, ils le prindrent & menerent en la rue de Mars, qui est vn lieu honnorable à Athenes, auquel les causes capitales, par les iugemens qui se faisoyent de nuict, estoyent cogneües. Or ce lieu là estoit conuenable à vne telle dispute, laquelle presentoit salut aux croyans, & aux mescroyans ruyne. Ils disoyent donc: Saurions nous sçauoir qu'elle est ceste nouuelle doctrine de laquelle tu parles? Car veu que toute sorte de philosophie est enseignée entre nous, toutefois tu nous apportes aux oreilles choses estranges & desquelles nous n'ouys-mes oncques parler: Parquoy nous voudrions bien sçauoir plus amplement de toy, où tendent tes propos, & que cest que tu veux dire. Or pour autant que ceste ville là, entre les autres de Grece, estoit addonnée à l'estude des sciences & d'eloquence, où (à cause du sçauoir) plusieurs de toutes pars du monde abordoyent, cela estoit cause, & que tels ci-toyens d'Athenes, & les estrangiers, ne s'addōnoyent à rien plus que d'ouyr ou dire quel-que chose de nouueau: & ce plustost par plaisir & recreation, que pour deuenir meilleurs par la cognoissance des choses. Mais Dieu qui desire le salut des humains tasche, à la ma-niere des pescheurs ou veneurs, de prendre vn chascun, par l'occasion des choses où on prend plaisir. Paul donc qui sçauoit bien se faire toutes choses à tous, & accommoder son eloquēce aux mœurs de tous, ayant trouué son theatre au milieu de la rue de Mars, en-uironné d'vn grand nombre de gēs se print à dire: Gens d'Athenes, encore que ceste ville par dessus toutes autres fleurisse en toute sorte de lettres & sciences, toutefois i'apperçoy, quant à ce qui touche la religion, que vous estes vn peu trop superstitieux, combien que la principale partie de philosophie, soit la vraye religion. Car en me pourmenant pour co-gnoistre le train, les mœurs & coustumes de vostre ville, considerās ce que vous adorés & honnorés, entre autres i'ay trouué vn certain autel, lequel, au titre qui y estoit escript, fai-

soit mention d'vn Dieu incogneu. Pourtant ceux là se trōpent, lesquels sement que ie mets en auāt dieux nouueaux & estranges, ains plustost celuy que vous honnorés sans le cognoistre (ainsi que le titre de l'autel porte) ie le vous annonce, à fin que desormais vous l'honnoriés sainctement apres l'auoir cogneu, lequel iusqu'à present vous aués auec tou-te superstition honnoré sans le cognoistre. Or veu qu'il est esprit tres-simple, estant par tout present, en sorte toutefois qu'il n'est enclos en nul lieu, il ne faut pas croyre qu'il habi-te és temples bastis de mains d'hommes, ou és images faittes par l'art & inuention des hu-mains: aussi n'est-il pas sainctement honnoré par les sacrifices des bestes, cōme s'il auoit faute de quelque chose que manient les hommes, ou qu'il y print plaisir. Et ores qu'il soit infiny en soy, qu'il soit tout puissant, & que de sa propre nature, il soit souuerainement heu-reux, de sorte & qu'il ne puisse estre par l'outrage des hommes, endommagé, ne par tout leur deuoir & seruice aydé: toutefois pource qu'il est souuerainement bon & liberal, il a crée ce monde admirable pour l'amour des hommes, ordonnant tout ce qui est en iceluy

pour

pour l'vsage du genre humain. Combien doncques qu'il soit autheur, Seigneur & gouuerneur du ciel & de la terre, & de toutes les choses icy côtenues, si n'a-il point de fruition
d'aucune d'icelles, pource que sa felicité eternelle n'a que faire de nul secours ou ayde de
bien que ce soit: mais il nous a deployé ce grand bastiment pour le contempler, à fin que
les hommes y habitans vissent & cogneussent clairement, par vn si merueilleux ouurage,
la puissance, sagesse & bonté de l'ouurier: lequel cogneu vinssent puis à l'aymer & sainctement honnorer, par la largesse duquel ils ont iouissance d'vne telle aisance de biens. Que
s'il est par dessus toute la machine & composition du môde vniuersel, sans auoir besoing
de rien de tout ce qu'il a crée, combien moins faut-il penser qu'il prent plaisir és temples,
signes ou à l'odeur des sacrifices? Il le faut honnorer par pureté d'esprit, veu qu'il est esprit
luy-mesme: aussi ne s'arreste-il point à la tuerie des toureaux ou brebis, luy q est autheur
de vie à tous, donnant vie & halaine à tout ce qu'il respire. Car le genre vniuersel de tous
animaux, a esté crée de luy, & viuent par luy, vn chascun peuplant son espece par son faict
& sa portée. Mais d'vn seul homme il a fait tout le genre humain, pour auoir la seigneurie
par dessus toutes ces choses là, & habite en toutes les contrées de la terre, ordônant à chascun certain temps de viure que nul ne se pourroit prolonger, & partissant la terre en certaines regions & contrées que chasque nation habiteroit. Car ceux là sont en erreur qui pensent que le monde crée de Dieu, soit tellement abandonné de luy & de son gouuernement,
que tout va à l'auenture, veu que rien ne se faict au môde ne grand ne petit que par la prouidence du createur. Mais pourautant que selon sa nature il est incomprehensible aux entendemens des hommes apesantis du fardeau de ce corps, il a faict les hommes raisonnables, à fin que les vns des autres peussent recueillir & comprendre les choses inuisibles
par les visibles, les vniuerselles par les singulieres, les eternelles par les temporelles, brief
par celles qui s'aperçoyuent & comprenêt seulement des sens, celles qui ne se côprennent
& entendent que par l'entendement au millieu du theatre de ce môde: à fin que par le moyen des choses crées, lesquelles ils voyent dès yeux, maniêt des mains & en sentent le profit, ils cherchassent songneusemêt le createur. Et comme les aueugles en tastonnant finalement trouuent ce qui ne se peut voir, pareillement eux à la consideration des choses mer-
ueilleusemêt creées paruinssent à quelque cognoissance de Dieu, lequel auoir vrayement
cogneu est souueraine felicité: Iaçoit qu'il n'est pas necessaire de chercher Dieu és choses
de dehors, veu que le pouôs trouuer en nous mesmes, pour veu que chascun se contemple
soy-mesme, & considere en soy la vertu, sapiêce, & bonté de l'ouurier. Car encore que Dieu
ait manifesté és cercles celestes, en la terre, mer & tous animaux, quelques traces & apparence de sa diuinité, toutefois si n'est-il en nul autre plus admirable qu'en l'homme. Que
si quelqu'vn est d'esprit trop lourd pour pouuoir comprendre le mouuement de astres &
signes celestes, les flots & regorgemens de la mer, les sources des fontaines, le cours perpetuel des riuieres & autres causes cachées des choses, Dieu toutefois n'est pas loing d'vn
chascun de nous. Car par luy tous nous viuons & bougeons & sommes. Aussi ne sommes
nous tenus à autre, de ce que sommes quelque chose qu'à celuy qui a crée ce monde de
rien: & n'est pas le benefice d'autre que nous respirons, voyre & qui soudain defaudrions
s'il nous abandonnoit. Et ne sommes redeuables à autre de ce que nous auons vn corps
vif duquel chasque membre faict son office, que les yeux regardent, que les pieds cheminent & que les mains trauaillent. Dieu est donc en vn chascun de nous, lequel besongne
par nous ainsi que l'ouurier par l'instrument forgé par luy. Or l'homme ressemble à Dieu
non seulement ainsi que l'ouurage à l'ouurier, mais aussi comme le fils à son pere par vne
certaine semblance & affinité de nature. Car il est ainsi escript és saincts liures, que Dieu
forma vn corps à Adam, chef de tout le gêre humain, d'argile detrempée, à fin qu'en c'est
endroit il eust quelque chose de commun auec les autres animaux: mais il souffla de sa
bouche vn peu de vent celeste en ceste image de terre, à fin que par cela nous peussions de
plus pres retirer à Dieu nostre pere, & qu'a cause d'vne ressemblance de nature, nous le cogneussions plus aisement, ce qui n'est pas donné aux autres animaux. Cela ne vous doit
point sembler estrange, veu que ce que les sainctes lettres ont mis en auant, a esté mesmement dit par aucuns de voz poetes, desquels est Aratus duquel est ce demy vers, aux Phe-
nomenes: Car nous sommes sa race. Et ny a point d'interest en ce qu'il parle là de Iupiter:
car par luy il veut entendre le grâd Dieu pere & autheur de toutes choses & principalemêt
du genre humain. Puis donc que nous sommes race & lignée de Dieu selon la semblance
imprimée en esprit, nous n'auons pas bonne opiniô de nostre pere, si (veu que nous-mesmes sommes principalemêt estimés hommes, à cause de la partie qui est en nous inuisible

Ff

assauoir

aſſauoir la raiſon) nous croyons qu'il ſoit ſemblable à or, argēt, boys ou pierre taillée par art & engin d'hõme. Mais y a-il rien plus eſtrange que l'homme (quelque affinité & alliãce qu'il ait auec Dieu, lequel eſt toutefois bien loing du nom & de la vertu diceluy) vienne ce nonobſtãt à faire & former vne image qui ait quelque puiſſance diuine. Or ce qui eſt honnoré pour Dieu doit eſtre beaucoup plus excellēt que celuy qui l'hõnore. Mais de cõbien l'hõme eſt-il plus excellēt que l'ymage à laquelle on faict honneur cõme à Dieu? Premiere mēt il a receu ceſte forme de corps, de Dieu: en apres il reſpire, vit, bouge & beſongne. Finalement par la vertu de l'eſprit, il a vne certaine reſſemblãce auec Dieu ſon pere. Deſquelles choſes il ny a rien en l'ymage. Que ſi c'eſt vne choſe malheureuſe hõnorer l'homme au lieu de Dieu, combien plus eſt eslongné de vraye pieté, adorer vne image faitte, à la fantaſie de l'ouurier, de quelque matiere dont il pouuoit auſſi faire vn banc: laquelle eſt tãt loing d'auoir quelque reſſemblãce auec Dieu qui n'eſt pas corporel, que hors mis vne certaine reſ ſemblance imaginaire de corps, elle n'a rien de ſemblable auec l'hõme, n'ayant pas meſme vn grain de celle partie en laquelle l'hommе porte l'ymage de Dieu. Et combien que c'eſt outrage ſoit horrible cõtre Dieu, toutefois à cauſe de l'amour qu'il porte au gēre humain. Il ne s'en eſt point vengé, ains a iuſqu'à preſent faict cõme ſemblãt de ne voir point l'ignorãce des hõmes, iuſqu'a ce que le tēps vint auquel auoit deliberé de ce manifeſter à temps, & dechaſſer toutes tenebres d'erreur. Ce temps là eſt maintenãt, auquel il annonce à tous qu'ils ayent à s'amender des fautes paſſées. Car aux repentans il veut que le pardon ſoit preſt, ce qui ne ſera d'icy en apres au rebbelles: à cauſe qu'il a ordonné vn iour auquel il iu gera le monde vniuerſel d'vn iugement iuſte & rigoureux, que nul ne pourra eſchapper. Pourtant le faict-il deuant aſſauoir, à fin que nul ne puiſſe alleguer ſon ignorãce pour ex cuſe, & preſente pardõ à ceux qui ſe repentēt, à fin que nul ne peſe que Dieu n'eſt miſericor dieux. Et pour ce faire, il choiſit vn hõme excellēt Ieſus de Nazareth, lequel pour ceſte cauſe il enuoya au monde, à fin que tous fuſſent par luy conuertis au vray ſeruice de Dieu: par lequel auſſi il deuoit iuger les meſcroyans & rebelles à ceſte doctrine: Pourtãt l'auoit-il ia dis promis par ſes Prophetes pour ſauueur & iuge, ayant entierement iuſqu'à preſent ac comply tout ce qu'il auoit promis de luy. Il a donc ainſi eſté nay, il a ainſi enſeigné, il a eſté ainſi affligé & mis à mort, en fin il eſt ainſi reſſuſcité de mort cõme les Prophetes l'auoyent auant dit. Et ne faut douter qu'il ne tienne ſemblablement promeſſe, és autres choſes qui reſtent. Cõme Paul diſoit ces choſes, aucũs de ceux qui eſtoyēt à l'entour (leſquels auoyent aſſes gratieuſement ouy le reſte) apres qu'ils ouyrent faire mention de la reſurrection, ils ſe mocquoyēt comme d'vne choſe eſtrange & incroyable, pour ce qu'il n'y auoit pas vn des philoſophes qui euſt mis en auãt ceſte opinion: cõbien qu'aucuns diſent que les ames ſur uiuoyēt apres la mort des corps, & certains autres qu'elles entroyēt d'vn corps en l'autre. Mais ceux qui n'eſtoyēt pas d'vn iugement ſi ſoudain diſoyēt: Nous t'en orrons vne autre fois parler. Ainſi Paul ſe partit d'entre eux. Quelques vns toutefois de ce nõbre là s'accoin terēt de luy & creurēt, dõt Denis Areopagite en fut l'vn (qui puis apres fut Eueſque d'Athe nes ordõné par Paul) & vne certaine femme nõmée Damaris, & quelques autres auec eux.

C H A P I T R E   X V I I I.

E gaing tel quel de l'auãcement de l'Euãgile, faict à Athenes cõme en vne ville fort gaſtée, Paul ſe partãt de là, vint à Corinthe, lieu de traficque le plus renõmé de toute la Grece: & cõme c'eſtoit vne ville riche à merueilles, auſſi en eſtoit-elle beaucoup plus corrõpue par bombances, paillardiſe & arrogãce. Auquel lieu d'auēture il trouua vn certain hõme nommé Aquila, Iuif de religion & natif de Ponte (qui eſt vne partie d'Aſie la moindre vers Septentrion) lequel eſtoit bien apoint venu là, tout frechement d'Italie auec Priſcille ſa femme, à cauſe que Claude l'Empereur auoit chaſſé de Rome tous les Iuifs, qui pour lors y eſtoyēt en grãd nõbre. Paul dõc, à fin qu'il ne fuſt ſeul, s'accointa d'eux: & pour autãt qu'ils eſtoyēt d'vn meſme meſtier, il logea chés eux trauail lãt de ſes bras, à fin de ne charger pſonne: Or leur meſtier eſtoit de faire des tētes de peaux. Et cõme Pierre n'a point eu honte de retourner à la peſcherie, quant la neceſſité le preſſoit, auſſi n'a eu Paul de retourner à ſes peaux, qu'il auoit delaiſſées pour vn tēps à cauſe de l'E uangile, voyre luy q eſtoit vn tel Apoſtrе, & ayãt faict ſi grãdes choſes pour Chriſt. Si eſt ce que cependãt il ne ſe repoſoit point en la charge de l'Euãgile, ains tous les Sabbaths diſpu toit en la Synagogue tãt auec les Iuifs que les Grecs. Cependãt Silas & Timothée retourne rent de Macedone, leſquels Paul auoit charge de le ſuyure à Attique. Cela faict Paul voyãt le peu de fruict qu'il faiſoit là. Il en eſtoit angoiſſé en ſon eſprit, il ne laiſſoit ce neãtmoins de teſmoigner aux Iuifs, Ieſus de Nazareth, lequel il auoit preſché eſtre le Meſſias promis par

les

les Prophetes,& qu'il ny auroit point de salut par autre.Et comme ils contrarioyent voyre
sans crainte de degorger leur blasphemes contre Christ & Paul : Paul recors du commandement de l'Euangile ayant secoué ses habillemens, comme reprochant qu'il leur auoit
apporté pour neant,le message de salut tant desirable,il leur dit:Si vous aymés mieux perir qu'estre sauués, vostre sang soit sur vostre teste, qui estes cause de vostre mort : certes
puis que i'en ay faict mon deuoir, ie n'en peu mais, & pourtant ne m'en pourra-on donner le blasme. Desormais doncque ie m'en iray aux Payens, ainsi que le Seigneur nous a
commandé. Ainsi se retirant de la compaignie des Iuifs s'en alla chés vn certain appellé
Tite surnômé iuste,homme craignant Dieu, qui auoit sa maison ioingnâte la Synagogue.
Or Crispe principal de la Synagogue à l'occasion du voysinage, creut au Seigneur auec
toute sa maison : Plusieurs aussi des Corinthiens auec luy,ayans ouy Paul creurent & se firent baptiser. Mais pource que le fruict & auancement de l'Euangile n'estoit là tel que
Paul desiroit, à cause de la resistance & crierie des Iuifs, il se deliberoit de laisser Corinthe.
Ce pendant le Seigneur de nuict en vision luy donna courage, disant : Que l'obstination
des Iuifs ne t'estonne point, & te gardes de te taire & cacher pour eux la parolle de l'Euangile : car il ne faut pas pour la malice inuincible de quelques vns, abandonner le salut de
plusieurs:poursuys de parler constamment,sous ma confiance qui te suis suffisant deffenseur à l'encontre de tous, en quelque nombre qu'ils soyent. Sous ma deffense, nul ne t'enuahira pour te mal faire. Parquoy ne te pars d'icy : car en ceste ville (quelque corrompue
quelle soit) iay vn grand peuple, lequel i'ay destiné à salut. Ces choses ouyes Paul chagea
ceste deliberation humaine, & obeissant au conseil de Dieu, seiourna vn an & demy à Corinthe,preschant courageusement & franchement la parolle de l'Euangile. Or comme durant ce temps là, Galion estoit au nom de Cesar visconsul d'Achaye en laquelle estoit Corinthe, les Iuifs tout d'vn accord & courage s'esleuerent à l'encôtre de Paul, & auec esmeute l'amenerent deuant le siege iudicial du visconsul, l'accusans & disans : Cestuy-cy apprêt
aux gens à honnorer Dieu contre la loy de Moyse, mettant en auant nouuelle coustume.
Et comme Paul estoit sur le point d'ouurir la bouche pour se purger de se blasme, Galion
cognoissant par l'accusation proposée que leur different estoit de la religion Iudaique,
cherchoit occasion de se defaire de la cognoissance de la cause ainsi preuenant la deffense
de Paul, dit aux Iuifs:Ie suis icy, ô peuple, visconsul de Cesar pour gouuerner lé ciuil, que
rien ne se face contre les loix publicques.Si donc on tenoit tort à quelqu'vn,ou qu'il y eust
quelque lascheté commise; qu'il fallust punir par les loix à bon droit & selon mon office
ie vous oiroys:car la cognoissance de telles causes m'appartiét.Mais puis qu'il n'est point
question de telles choses, ains que le different d'entre vous, est particulier touchant les
noms des sectes,ou des parolles & mots de la religion Iudaique, ou de vostre Loy:Pource
que ces choses là ne touchent en rien la charge où ie suis,& ne pourroyent estre bien esplu-
chées par moy iuge qui suis ignorant de vostre Loy,vous-mesmes en appointerés mieux
entre vous. Ie ne veux point estre iuge de telles causes. Et cela dit, il les chassa du parquet.
Ce pendant tous les Grecs empoignerent Sostenes principal de la Synagogue, & pour ce
qu'il auoit quitté les Iuifs pour se ráger à Paul auec toute sa famille, ils le battoyêt en plein
parquet, estans plus animés contre luy que contre Paul, pour ce qu'ils croyoyêt que Paul
n'eust rien faict à Corinthe, n'eust esté la faueur de cestuy-cy. Et de ce tumulte là,le visconsul ne s'en mella en rien, faisant semblant de ne voir ce qui se faisoit. Car attendu que le
nom des Iuifs estoit odieux aux Romains,& qu'ils ne mettoyent point encore de differéce
entre le Iuif & le Chrestien, le visconsul Romain ne se soucioit de ce qu'vn Iuif faisoit à l'autre, sçachant que ceste nation là estoit coustumierement par tout rioteuse. Or Paul recors
de l'aduertissement du Seigneur,iaçoit qu'il vist bien que la rage des Iuifs croissoit de iour
en iour, toutefois il y endura encore plusieurs iours : & finalement voyans que l'Euangile
y auoit assés bon commencement, il se delibera de se retirer & donner lieu pour vn temps
à la fureur des Iuifs. Ayant donc prins congé des freres, il entreprint de nauiger en Syrie
accompaigné d'Aquilla & Priscille sa femme. Mais Paul apres auoir entendu que les Iuifs
principalement s'esmouuoyent à cause qu'il sembloit à voir que luy, qui estoit nay au Iudaisme,ne tenoit conte des coustumes de la Loy,premier que de s'embarquer à Cenchrée
(qui est le port de Corinthe) il se fit raire la teste, ayât faict vœu selon la coustume des Iuifs.
Cestoit là,non vne cauteleuse feintise,mais vn seruice de charité.Car il desiroit attirer tous
à l'Euangile, & pourtant s'accommodoit-il (autant qu'il estoit loysible)aux affections de
tous,pour les gaigner à Christ. Il s'est faict Iuif aux Iuifs, & aux incirconcis comme s'il eust
esté sans circoncision. Cela a esté faict pour vn temps à cause de l'inuincible superstition

Or du temps
que Galion
estoit pro-
consul d'A-
chaye.

Ff 2   d'aucuns

d'aucuns, iufqu'à ce que la verité de l'Euangile fe manifeftaft plus clairement. Car raire la
tefte par vœu, n'eft pas mal de foy : mais fe fier en telles ceremonies Iudaiques eft mal.
Comme aufsi la circoncifion n'eft point dommageable à celuy qui fe fie en Chrift, ny le
prepuce : efquelles chofes quelques fois s'y renger, c'eft charité, pourueu que ce foit pour
vn temps, & quant l'opportunité y eft qu'on y contreuienne à crier à l'encontre. Et autres
chofes lefquelles de foy font mauuaifes, il ne faut point complaire à la foibleffe de nully.
Car és paillardifes & idolatries oncques Paul n'obeit aux Gêtils, mais en cômunication
en ne tenant conte des chois des viandes, en allegant leurs poetes, il s'eft quelques fois ac-
Et arriua   commodé à eux. Premierement doncil arriua à Ephefe, qui eft vne ville au riuage de la
à Ephefe.   mer d'Afie la moindre, en la contrée laquelle proprement & fans additions aucune, s'appelle couftumierement Afie. Il laiffa la Aquila & Prifcille pource qu'il defiroyent s'arrefter
à Ephefe, mais luy entré en la Synagogue des Iuifs, qui habitoyent là, difputoit auec eux.
Defquels eftant requis de faire plus long feiour en leur compaignie s'excufa. Si print congé d'eux, & auecvne efperance de retourner bien toft vers eux les confola, difant:Il me faut
neceffairement faire la fefte prochaine en Ierufalem, mais ie retourneray de-rechef à vous,
s'il plaift à Dieu. Cela dit-il s'embarqua à Ephefe pour venir en Ierufalem. Et eftât arriué à
Cefarée ville de la Paleftine, il falua laffemblée. De là il s'en alla à Antioche qui eft de la Sirie, auquel lieu ayant faict quelque feiour, paracheua le chemin qu'il auoit commêcé, cheminant deformais par my les contrées de Galatie & de Phrygie, en confermant par tout
les difciples, en quelque lieu qu'il rencôtroit vne affemblée:tant eftoit foigneux du troup-
Vn certain   peau de Chrift, lequel il auoit gaigné à Chrift. Ce pendât vn certain Iuif nommé Apollos
Iuif Apollos. natif d'Alexandrie homme fçauant & bien expert és fainctes Efcriptures, arriua à Ephefe
où Paul laiffé auoit Prifcille & Aquila : Ceftuy Apollos eftoit à demy Chreftiê:car il auoit
apprins des Chreftiens les premiers enfeignemens de la doctrine de l'Euangile, & d'vne
ardante affection departoit aux autres, ce qu'il auoit apprins, & enfeignoit diligemmêt ce
qu'il auoit cogneu de Iefus, combien qu'il ne fut encore baptifé du baptefme de Chrift
(par lequel vne plus plantureufe grace eftoit donnée) ains feulement cognoiffoit le baptefme de Iean, par lequel penitence eftoit enfeignée. Il penfoit que cela fut fuffifant n'eftât
encore pleinement enfeigné des chofes que Chrift auoit baillées. Donc quant Aquila &
Prifcille l'eurent ouy parler fi ardamment de Iefus, iaçoit qu'il n'euft encore bien entendu
tous les myfteres de la philofophie Euangelique, ils le prindrent auec eux, voyans qu'il
auoit des graces, pour eftre à l'aduenir vn excellent heraut de Chrift. Et par ainfi luy declarerent plus amplement les myfteres de la doctrine Euangelique, ainfi qu'ils les auoyent
eux-mefmes apprinfes de Paul. Ceux là n'ont pas reietté vn enfeigneur, qui de vray eftoit
diligent, mais imparfaict. Aufsi n'a ceftuy-cy (autrement hôme excellêt) dedaigné d'eftre
remonftré & inftruit de qui fe fuft. Icy nous auons en Aquila & Prifcille vn exemple que
ceux, efquels reluit quelque bône efperance d'amendement, doyuent eftre honneftement
remonftrés : Et en Apollos, qu'il faut alaigrement apprendre d'vn chafcû ce qui ne fe peut
ignorer fans le dommage du falut. Ainfi doncques Apollos fut baptifé au nom de Iefus, &
réceut le fainct Efprit : Et comme pour le grand foing qu'il auoit de prefcher l'Euangile, il
fe vouloit transporter en Achaye, en laquelle eftoit Corinthe, les freres encore outre cela
l'inciterent tref-volontiers à ce faire. Si le recommanderent par lettres aux difciples d'A-
chaye, à fin qu'ils le receuffent. Et quant il y fut arriué, il profita beaucoup à ceux qui auoyent creu, fe monftrant vaillant champion à maintenir l'affaire de l'Euangile : Car l'efprit
celefte aydoit à l'eloquêce accôpaignée d'vne faincte doctrine. Defquelles armes equippé
il conuainquoit viuement les Iuifs (lefquels fans fin guerroyent à l'encontre du fruict de
l'Euangile qui fe monftroit) en môftrant manifeftemêt & publicquemêt par tefmoignage
des Efcriptures, que Iefus eftoit iceluy Mefsias que les Iuifs auoyent-ia par tant de fiecles
attendu, & qu'en luy, tout ce qui a efté deuant dit par les Prophetes, fe rapportoit.

C H A P I T R E   X I X.

A V refte ne plus ne moins que Aquila & Prifcilla auoyent amêdé ce qui eftoit
imparfaict en Apollos en la cognoiffance de la Chreftienté, aufsi Paul a il faict
le mefme en certains autres. Car pendant qu'Apollos eftoit à Corinthe(qui eft
la ville capitalle d'Achaye)il aduint que Paul ayant paffé par le refte des quartiers d'Afie la moindre, lefquels tirent plus vers Septentrion & leuât, il retourna à Ephefe.
Auquel lieu trouua aucuns entre les difciples imparfaicts Chreftiens, meflés parmy le
trouppeau des freres, à fin donc de les amender il leur demâda, s'ils auoyent reçeu le fainct
Efprit quant ils auoyent creu. Et pour ce qu'ils erroyent fimplement & non par malice,
confeffe-

onfefferent franchement la chose comme elle eftoit, difans: Mais qui plus eft, nous n'ouif
mes mefme oncques dire qu'il y euft vn S. Efprit qui fut donné au croyans. A quoy Paul:
Dequel baptefme aués vous donc efté baptifés, puis qu'on vous tient pour Chreftiens?
Selon le baptefme de Iean dirent-ils. Nous penfions qu'il fuffit de cela. Alors Paul dit:
Il n'y a point de mal que le temps paffé, premier que la lumiere de l'Euangile vint en auât,
vous ayés receu le baptefme de Iean. Mais il n'eft pas fuffifant au falut eternel: Car comme la doctrine de Iean n'eftoit point accomplie, ains feulement tefmoignoit de Iefus le
vray autheur de falut (lequel deuoit venir en fon lieu) preparant les cœurs, à fin qu'on
creuft à celuy qui venoit: auffi fon baptefme ne donnoit point parfaitte iuftice, ains enhortoit fans plus les hommes que par amendemens de la vie paffee ils preparaffent leurs
cœurs au medecin lequel deuoit bien toft venir, qui par fon baptefme aboliroit, moyennant la foy, tous les pechés, & qui par fon efprit enrichitoit les cœurs des croyans de dôns
celeftes. Le Seigneur Iefus enchargea fes Apoftres de baptifer au nom du Pere, & du Fils,
& du fainct Efprit, ceux qui croyroyent à la parolle de l'Euangile. Ceux qui erroyent fimplement meritoyent d'eftre ainfi enfeignés. Eux donc admoneftés obeyrent promptemêt
à leur admonefteur, & fe firent baptifer au nom de Iefus. Apres cela, quant Paul leur eut
mis les mains deffus, le fainct Efprit vint fur eux, & la chofe mefme a fuyuy le figne baillé
aux yeux: car ils parloyent langues eftrâges, & prophetifoyent des chofes fecrettes & aduenir. Et le nombre de ceux là eftoit iufqu'à douze perfonnes. Cela faict Paul, ayant comme renouuellé fon authorité, que luy enfeigneur des Payens, donnoit auffi bien le fainct
Efprit par l'impofition des mains, comme les autres Apoftres, entra en la Synagogue des
Iuifs habitans là, & parloit franchement & manifeftement à tous, annonçant que l'efperance de falut eftoit en vn feul Iefus: Ce qu'il fit non peu de iours, mais trois moys durans
difputant du royaume de Dieu, lequel eft Euangelique & fpirituel, à l'encontre de ceux
qui eftoyent du tout attachés au regne charnel de la Loy. Mais puis que quelques vns de
la Synagogue ne croyoyent és chofes que Paul traittoit, ains d'vn courage obftiné y con-
tredifoyent, de forte que manifeftement deuant tous, mefdifoyêt de la doctrine de l'Euangile: Paul confiderant le dangier, de peur que ceux qui auoyent creu ne fuffent par la malice de tels corrompus, fe retira de la Synagogue des Iuifs, & fepara les difciples de leur
compaignie. Si toutefois ne laiffoit-il ce pendant d'annoncer la parolle de l'Euangile: car
il en traittoit iournellemêt en l'efcole d'vn certain Tyrant, comme ayant-ia fon œil fus vne
Efglife pure, laquelle (non corrompue du leuain de la Synagogue) ne receuroit que dociles, & non les troubleurs & blafphemateurs. Et fe fit cela deux ans durans, auec vn tel a-
uancement que non feulement ceux d'Ephefe, mais auffi plufieurs autres tant Iuifs que
Payens (lefquels s'affembloyêt là des quartiers d'Afie la moindre, laquelle fe dit proprement Afie, & en laquelle eft Ephefe) ouyrent la parolle de l'Euangile. Si faifoyent foy à la
parolle, les miracles non pareils que Dieu faifoit en grand nombre par Paul, de forte que
non feulement de parolle & par attouchement il chaffoit les maladies, mais auffi les mou-
choir & demy ceincts, qui auoyent touché le corps de Paul, fe portoyent aux malades qui
ne pouuoyent venir vers luy, à l'attouchement defquels les maladies s'en alloyent, & les
mauuais efprits eftoyent chaffés: fi grande eftoit la fiance en Iefus, que Paul prefchoit.
Ce que voyans certains Iuifs du nombre de ceux qui trotoyent çà & là, & faifoyêt meftier   Aucuns ten-
& marchandife de coniurer, par ie ne fçay quelles façons de faire & parolles conceues, les terent de
mauuais efprits: fe vantans d'auoir ceft art de Salomon: s'effayerent auffi eux de chaffer, chaffer.
par l'inuocation du nom de Iefus, les mauuais efprits, nô qu'ils euffent quelque affection
à la gloire d'iceluy, ou qu'ils fuffent menés d'vn defir de bien faire, mais pour ce qu'ils
croyent que par ce moyen là, ils leur en reuiendroit plus grand gaing & plus de gloire.
Doncques changeans les parolles dont ils vfoyent en leurs coniurations, difoyent aux
mauuais efprits: Nous vous coniurons de part Iefus que Paul prefche. Et cela principalement faifoyent, fept fils de ie ne fçay quel Iuif grand preftre nommé Scene. Or comme ils
s'effayoyent de faire ainfi leur coniuration fur vn certain poffedé du mauuais efprit, le
mauuais efprit leur refpondit: Ie cognoy bien Iefus par le nom duquel vous vous mettes
en deuoir de m'efpouanter, & fi fçay qui eft Paul heraut de Iefus: mais vous ce pédant qui
eftes vous, qui abufés du nom de Iefus & de Paul à voftre gaing, veu que vous n'eftes difciples ny de Iefus, ny de Paul? Si leur fauta tout quant & quant deffus, l'homme en qui
eftoit le mauuais efprit, & les furmonta eftant plus fort qu'eux, deforte qu'ils eurent bien
affaire d'efchapper tous nuds & naurés de l'eans. Laquelle chofe fut publiée par toute la
ville d'Ephefe, & vint à la cognoiffance de tous ceux qui y habitoyêt tant Iuifs que Payês.

Ff 3   Dont

Dont ils furent tout faiſis de peur, louoyent hautement le nom du Seigneur Ieſus, de ce
qu'il eſtoit ſi ſalutaire à tous croyans, qu'il ne vouloit ſeruir ny au gaing ny à l'ambition
de nully. La miſere de quelque vns, ſeruit au ſalut de plus grand nombre. Car maints qui
auoyent-ia commencé à croire à l'Euangile, effrayés de l'exemple des fils de Sene, voyans
la vengeance eſtre apreſtée à ceux qui d'vn cœur droit n'inuoqueroyent le nom de Ieſus
venoyent confeſſer & dire leurs faicts à Paul, à fin que par amendement ils euitaſſent la
vengeance diuine. Car la ville d'Epheſe eſtoit entre autres, addonnée aux arts & ſciences
ſuperſtitieuſes, comme meſme leur prouerbe teſmoigne, qui dit : Les ſciences d'Epheſe.
Pourtant pluſieurs là eſtoyent, qui par erreur, ou auoyent exercé les coniurations Iudaiques, ou y auoyêt creu. Ioinct qu'il y en eut aſſés de ceux, qui s'eſtoyêt meslés d'art magicque, enchanterie, ou autres ſciences curieuſes, leſquels ayans apporté leurs liures en public, les brulerent deuant tous : Dont la quantité eſtoit telle, qu'apres auoir faict le conte
du pris on trouua qu'il valoyent bien cinquante mille pieces d'argêt. La perte de l'argent
eſtoit le gaing de l'Euangile : Car par ce moyen s'augmentoit & renforçoit fort la parolle
du Seigneur : laquelle eſtoit ſalutaire à ceux qui d'vne ſimple foy l'ambraſſent, mais eſpou
uentable aux meſcroyans, qui ne cheminoyent point rondemêt en icelle. Ces choſes ainſi
accomplies, & maniées aſſés à ſouhait par l'eſpace de deux ans à Athenes, Paul amonneſté en eſprit, delibera qu'apres auoir paſſé par Macedone & Achaye, il iroit en Ieruſalem,
diſant : Il me faut auſſi voir Rome, mais non deuant que i'aye veu Ieruſalem. Eſtant donc
en ce vouloir, il enuoya deuant en Macedone deux de ceux qui luy ſeruoyent, aſſauoir Timothée & Eraſte, à fin qu'ils recuilliſſent là quelques aumoſnes, pour le ſoulagement des
poures qui eſtoyent en Ieruſalem, & preparaſſent leurs cœurs à la venue de Paul. Ce pendant Paul demoura quelque temps en Aſie. Or en ce temps là, il ſe leua en Epheſe vn trouble contre l'Euangile, lequel n'eſtoit pas petit : & ce non point des Iuifs, ainſi que couſtumierement ſe faiſoit, mais de ceux qui eſtoyent trop attachés à la ſuperſtition des dieux
baillée par les anceſtres. La ville d'Epheſe, comme nous auons dit, eſtoit fort addonnée
aux ſciences curieuſes, & Diane fut eſtimée des Payens, auoir quelque puiſſance diuine és
enchantemens & ſorceleries : pourtant diſent-ils qu'elle a trois viſages ainſi que Hecate.
Et pour ceſte cauſe eſtoit-elle honnorée auec grande religion à Epheſe. Le gaing donc fut
la ſource de ceſte eſmeute, & le ſecours prins de la ſuperſtition du peuple. Car pour lors il
y auoit à Epheſe vn certain nommé Demetrie orfeure. Iceluy pourautant qu'il faiſoit des
chaſſes d'argent à Diane, à cauſe que la Lune rapporte à la couleur de l'argent, il ne faiſoit
pas peu gaigner aux ouuriers expers en ceſt art. Si aſſembla tous ceux qui faiſoyent quelque gaing à forger les images de Diane, & tout le reſte de ceux qui eſtoyent du meſtier,
leſquels pour la communauté de l'art luy deuoyent bien tenir la main en ceſt affaite, auſquels fit vne harangue ſeditieuſe en ceſte maniere : Hommes, il eſt temps que d'vn cômun
ſecours nous ayons eſgard à noſtre profit. Il n'eſt-ia beſoing de vous ramenteuoir, vous-
meſmes le ſçaués aſſés, que noſtre ouurage nous reuiêt à grand profit, enuers ceux d'Aſie,
par la deuotion qu'on a à Diane : que ſi elle vient à eſtre deſcriée, il faudra quant & quant
que noſtre gaing amoindriſſe. Or vous voyés & oyés (car la choſe eſt deſcouuerte) que ce
Paul preſche icy. Il y a ia deux ans entiers, que ceux ne ſont point dieux, qui ſont faicts de
mains d'hommes, & que tout ce qui eſt graué, fondu, & forgé de quelque matiere que ce
ſoit, n'a rien de diuinité. Laquelle choſe il a ia mis en la teſte de pluſieurs, par ſes preſches,
non ſeulement icy à Epheſe, ainçois par toute l'Aſie, & a deſtourné vn grand nombre de
gens du ſeruice des dieux. Et pourautant que ceſt ouurage là nourrit & nous & noſtre famille, que reſte-il ſinon que noſtre gaing oſté, nous ſoyôs reduis en poureté? Mais de dormir en vn tel dangier, ce ſeroit à faire à vne grande negligence & beſtiſe. Que ſi quelqu'vn
n'eſtoit eſmeu d'vn tel peril, & que par vne negligêce de l'art, il ne ſe ſouciaſt pas beaucoup
de voir perdre le grand gaing que nous en receuons, certes la religion publicque nous
doit tous eſmouuoir, attendu que ſi nous endurons que Paul pourſuyue, nous voyons
qu'il y a dangier que le temple meſme de la grand Diane, lequel eſt maintenant renommé
plein de deuotion, & enrichy de grands dons, ne ſoit tenu pour rien. Car qui voudra honnorer le temple, ſi on croit que le patron du temple n'ayt nulle puiſſance diuine? Par ainſi
aduiendra que la majeſté d'vne ſi grandé deeſſe (pour laquelle auſſi elle s'appelle grande,
& laquelle non ſeulement ceſte ville & l'Aſie, mais auſſi tout le monde deuotement honnore) ſera petit à petit abolie. Parquoy ſi vous penſés que ce ſoit prudence de regarder à
voſtre profit : ſi vous penſés que ce ſoit choſe ſaincte que defendre les dieux de noz peres,
monſtrés vous icy vaillans, & remediés au mal qui vient. Ceſte harangue eſmeut telle-
mens

ment le courage de toute l'assemblée que tous cōmencerent à s'escrier:Grande est la Diane des Epheſiēs.Auquel cry ſeditieux,toute la ville d'Epheſe fut rēplie de trouble & deſarroy & le peuple accourant pesle mesle,s'en allerent ietter tous d'vn accord au theatre(auquel lieu couſtumierent la fureur du peuple ſe monſtre)en y menant bien rudement deux Macedoniens,aſſauoir Gaye & Ariſtarque compaignons du voyage de Paul. Et comme Paul,apres auoir ouy ce qui eſtoit aduenu,vouloit entrer vers le peuple,tant pour ſecourir ſes compaignons,que pour parler au peuple,les diſciples ne le laiſſerent pas faire, penſans que ce ne ſeroit pas ſagement faict de ſe mettre à la mercy d'vn peuple forcené,& qu' il n'en rapporteroit nul fruict à l'Euangile. Dauantage aucuns des principaux d'Aſie,(leſ quels iaçoit qu'ils neuſſent encores faict profeſſion du nom de Chriſt, ſi eſtoyent-ils autrement amys de Paul)l'enuoyerent aduertir,qu'il n'euſt à entrer au theatre, & s'expoſer à l'aſſemblée eſmeue.Ce pēdant le bruit du peuple eſtoit diuers, les vns crians d'vn & les autres d'autre ainſi que couſtumierement aduient.Car l'aſſemblée eſtoit confuſe de diuerſes ſortes de gens,& de diuerſes affections,dont la plus part ne ſçauoit pourquoy on s'eſtoit aſſemblé.L'affaire dōc requeroit quelque orateur populaire, qui par quelque moyē appaiſaſt le preſent trouble. Donc du miſieu de la foule on tira en place vn certain nommé Alexandre,que les Iuifs mirent en auant, pour appaiſer le trouble par ſes propos:car nul n'oſoit parler à vn peuple forcené,& à vne aſſemblée confuſe & meſiée de tant d'affeċïons, où il failloit, quoy qu'on diſt, que les vns en fuſſent offenſés. Luy donc venu en place,fit ſigne de la main pour auoir audience,& ia s'appareilloit de rendre raiſon. Mais ſoudain que le peuple cogneut qu'il eſtoit Iuif,(laquelle nation, pource qu'elle adore vn Dieu,a en deteſtation les dieux des Payens)le tumulte fut renouuellé,s'attendans qu'il diſt quelque choſe contre la maieſté de Diane. Parquoy tous d'vne voix ſe prindrent à crier:Grande eſt la Diane des Epheſiens.Lequel cry dura bien enuiron deux heures. Finalement apres que le greffier de la ville eut appaiſé le bruit & obtenu ſilence du peuple, Alexandre dit:Meſſieurs les Epheſiens, à quel propos faittes vous vn tel bruit? Qui eſt l'homme qui ne ſçache que la ville d'Epheſe a ſa deuotion à la grande deeſſe Diane, & à l'image deſcendue de Iupiter?Veu donc que perſonne ne contredit à ce que vous affermés,il n'y a pas de quoy eſmouuoir vn tel trouble, ains vous deués appaiſer & ne rien faire à la volée. Car vous auez amené ces gens qui ne ſont ne ſacrileges, ne blaſphemateurs de voſtre deeſſe,peut eſtre qu'à bon droit s'aſſembleroit le peuple pour s'en venger ſi ainſi eſtoit,Que ſi Demetrie l'orfeure, & autres ſes complices de ſon art (par leſquels ce bruit s'eſt esleué) ont querelle contre quelqu'vn,il n'eſt beſoing ny dē ſe theatre,ny d'amas de peuple,ny de tumulte.Car il y a loix en ceſte ville,il y a des aſſiſes, il y a des viſconſuls pour cognoiſtre des cauſes, & mettre fin aux debats, & punir les malfaiſans. Ceux donc qui ſont cauſe de ceſt amas & trouble, qu'ils aillent là produire leurs accuſations les vns des autres deuant les viſconſuls:car leur cauſe ne touche en rien au peuple. Que ſi la cauſe n'eſt pas priuée,ains appartient auſſi au peuple,ſi n'eſt-il pas pourtant beſoing de demeſler ainſi ceſt affaire par effroy.Car ſi vous demandés quelque choſe,on le pourra vuider en l'aſſemblée legitime faitte par ceux qu'il appartient & ainſi qu'il appartient. Maintenant il y a dangier que pour l'effroy auiourdhuy faict, nous ne ſoyons accuſés de ſedition, enuers le magiſtrat:veu que nous ne pouuons alleguer cauſe ſuffiſante pourquoy ceſt amas de peuple s'eſt faict au theatre.Apres auoir dit ces choſes, l'aſſemblée ſe departit.

CHAPITRE XX.

A Pres que ce trouble là fut appaiſé,Paul ayant aſſemblé les diſciples,les admoneſta de pourſuyure cōſtamment és choſes qu'ils auoyēt cōmencées:& apres les auoir accolés, & dit à Dieu,ſe partit pour aller en Macedone.Et quād il eut paſſé par les quartiers de Macedone,& les eut amplemēt admoneſtés par tout où il y auoit aſſemblée) & perſeuerer & auancer en la pureté de l'Euangile,il vint en celle contrée qui proprement s'appelle Grece,en laquelle eſt Achaye.Où apres auoir eſté trois moys, comme il s'appareilloit d'aller par mer en Syrie, il cogneut que les Iuifs luy faiſoyent embuſches en celle nauigation. Dōcques ſon aduis fut pour le plus ſeur de changer de port,& repaſſer par Macedone, pour puis retourner de ce ríuage là, en Syrie : auquel riuage il eſtoit arriué la premiere fois qu'il alloit en Macedone. Ceux qui nous accompaignerent en ce voyage, eſtoyent Soſipater de Berrée fils de Pyrrhe, & des Theſſaloniciens Ariſtarque & Second, & auec eux Gaye Derbien & Timothée. Dauantage de ceux d'Aſie Tychicque & Trophime:leſquels, pource que Paul s'arreſta en Macedone,

Ff 4　　allerent

allerent deuãt, à fin qu'ils donnaſſent ordre de nous faire embarquer ſeuremẽt:& ce pendant nous attendirent en Troade.Et nous,nous vinſmes par Macedone à Philippes, auquel lieu apres les iours des pains ſans leuain,qui ſont prochains de la feſte de Paſques,
nous nous embarquaſmes & vinſmes vers eux en Troade en cinq iours, là où noꝰ ſeiour-
naſmes ſept iours.Or il aduint en ce lieu là,vn cas digne de memoire : car vn certain iour
de Sabbath,que les diſciples,ſelon la couſtume, s'eſtoyẽt aſſemblés pour rompre le pain:
Paul faiſant par tout office de paſteur,repaiſſoit leurs ames de la ſaincte parolle:& pource
qu'il s'en vouloit partir au lendemain:il continua ſon parler iuſqu'à la minuit.Mais à fin
que la nuict ne rõpiſt les propos tant aggreables,il y auoit à force lampes,en la haute ſale,
en laquelle nous eſtions pour lors aſſemblés . Or il y auoit en ce nombre là vn ieune fils
nommé Eutyche aſsis ſur la feneſtre,lequel aſſoupy de profond ſommeil,cõme Paul de-
uiſoit longuement,il fut en fin ſi abbatu de ſomme qu'il tresbucha du troiſieſme eſtage en

terre.On y accourut,mais il fut trouué mort,& aiſi emporté en la maiſon.Ce que cognoiſſant Paul deſcendit,à l'exemple d'Elie le prophete,en ſe baiſſant ſe coucha ſur luy comme
eſchauffant celuy dont l'ame eſtoit ſortie.Ce faict ſe tourna vers les diſciples tous eſperdus pour l'accident ſoudain aduenu,auſquels dit : Ne vous troublés point,ſon ame eſt
encore en luy,car elle n'a pas encore du tout abbandonné le corps.Et apres les auoir par
telles parolles conſolés,monta de rechef en la ſale, & rompit du pain & en mangea. Puis
ayant derechef long temps parlementé auec eux iuſqu'à l'aube du iour,ainſi finalemẽt ſe
partit.Tant c'eſt choſe dure à vn cher pere d'eſtre ſeparé de ſes enfans.Ce pẽdant ceux qui
eſtoyent demeurés aupres du ieune fils,l'amenerent en la ſale vif & entier, dont ils furent
tous merueilleuſemẽt reſiouys.Car ce n'eſtoit pas raiſon que la parolle qui apporte ſalut
à tous,fuſt,à ce ieune fils,occaſiõ de mort.Or nous eſtãs embarqués tiraſmes vers Aſſon,
ville au riuage de la mer,ſous Troade.Car Paul auoit ainſi ordonné que nous le deuanciſ-
ſions par mer,& que luy iroit à pied par terre,ou pource que c'eſtoit le plus ſeur, ou pour
auoir le moyen de viſiter plus de gẽs.Et quant nous nous fuſmes retrouués à Aſſon nous
prinſmes Paul auec nous,& vinſmes enſemble à Mitylene, qui eſt vne ville au riuage de
Lesbe.Partans de là nous vinſmes le lendemain vers l'Iſle de Chie.Et le iour apres arriuaſ-
mes à l'Iſle de Same,& de là paſſaſmes à Trogylle,qui eſt vne ville au riuage d'Aſie à l'oppoſite de Same:auquel lieu nous eſtans arreſtés ceſte nuict là, le iour ſuyuãt vinſmes à Mi
let,qui eſt vne ville au riuage de la mer de Carie.Et iaçoit qu'en paſſant par les ports d'A-
ſie nous rencontrions premier Epheſe que Trogylle ou Millete, toutefois Paul auoit ainſi
deliberé de tranſnauiger Epheſe de peur de perdre le tẽps en Aſie,s'il ne luy euſt eſté loyſible de s'embarquer ſeuremẽt là pour paſſer en Syrie.Car il ſe haſtoit à fin d'eſtre, s'il eſtoit

poſsible,pour le iour de Pentecoſte en Ieruſalem.Toutefois à fin qu'il ne s'emblaſt à voir
qu'il euſt ainſi paſſé par aupres d'Epheſe par meſpris ou hayne ſans les voir,il enuoya de
Milet querir les anciens de l'aſſemblée des Epheſiens auſquels il en auoit baillé la charge.
Et quant ils furent venus,il leur parla en ceſte ſorte:Il n'eſt pas de beſoing, freres, de vous
ramenteuoir mon entiereté en l'affaire de l'Euãgile, vous-meſmes,qui l'auès veu, ſçauès
comment ie me ſuis touſiours porté auec vous,dés le premier iour que i'entray en Aſie ne
cherchant point ma gloire ou mon profit enuers aucun, ains en enſeignant l'Euangile,
ay obey aux commandemens du Seigneur Ieſus, & en tout & par tout obey à ſa volonté:
ſans doute ſuyuant les pas de celuy qui s'eſt abbaiſſé,& liuré aux affections & à la mort,à
fin de nettoyer ſon Egliſe & la fortifier.Pareillement moy,ie me ſuis gouuerné en l'affaire
de l'Euangile,auec toute humilité,eſtant diffamé des ennemys de l'Euangile:auec maintes larmes iettées pour le ſoing que i'auois de l'aſſemblée:auec maintes afflictions & dangiers qui me ſont ſuruenus par les embuſches des Iuifs, leſquels ne veulent endurer que
la grace de l'Euangile ſoit departie aux Payẽs.Et toutefois rien de ces maux n'a ſceu esbrã
ler mon courage,ne faire par l'eſpouuantement des afflictions que i'aye rien oublyé de ce
qui touchoit voſtre ſalut:ou qui fut à voſtre profit &auancemẽt,dont ie ne vous aye(voyre auec le danger de ma vie) aduertis:en vous enſeignant tant en publicés ſynagogues,
que priuément par les maiſons,ſelon que l'occaſion le donnoit.Sans vous preſcher(ainſi que les Iuifs vouloyent(les circonciſions,Sabbaths & lauemens,ains l'amandement de
la vie paſſée (ce que Dieu requiert de tous,pour donner ſalut à tous)& la foy en noſtre Sei
gneur Ieſus,à l'Euangile duquel quiconque croit,ſera ſauué,ſoit Iuif ou Grec, ſoit circoncis ou incirconcis. Pourtant ay-ie indifferemment preſché à tous,ſans auoir eſgard aux
perſonnes,la grace preſentée à tous:n'eſtant eſpouuanté ny de la hayne des Iuifs,qui par
vne affection de la Loy cõtrediſoyent à l'Euangile,ny par la rigueur des Payẽs, qui main-
                                                                                        tiennent

tiennent les superstitiôs baillées des ancestres. Car si quelque affliction m'est aduenue en cest endroit, le dangier de l'assemblée m'a plus esmeu (craignant que quelqu'vn offensé des maux que i'enduroys, ne fust estrangé de l'Euangile) que la vergôgne ou douleur que ie portois. Que si quelque fois ie me suis retiré des dâgiers ç'a esté pour obeyr à vostre volonté, ayant en cest endroit plus d'esgard à vostre profit qu'à mon aise. Et ne suis point marry d'auoir ce courage: moy dy-ie, qui quât biê ie sois pour l'heure en liberté de corps, toutefois estant maintenant lié de d'esprit ie m'en vay en Ierusalem, sans sçauoir bonnement quelle rencôtre ie y doy auoir, sinon que de ville en ville le Sainct Esprit m'aduertit, tant par la bouche des prophetes qu'en moymesme, que ie y seray lié & affligé. Et ores que ie le sçache & croye, toutefois rien de cela ne m'estône que ie ne face deuoir d'Apostre, voyre quât il me faudroit perdre la vie: Car ceste miêne vie ne m'est rien chere, laquelle) Christ estant sa garde) ne peut perir: mais ce m'est chose beaucoup plus chere que la vie, obeyr au commandement du Seigneur, & acheuer alaigremêt ce cours de la predication de l'Euangile, ainsi que ie l'ay iusqu'icy alaigremêt soustenu. I'ay vne merueilleuse ioye en mô cœur, si par mes afflictions le fruict de l'Euangile croist. Car il n'y a rien que i'aye plus à cœur, sinon de passer tousiours plus outre en la lice de l'Euâgile (en laquelle le Seigneur m'a faict entrer) iusqu'à ce que i'aye attaint le but: estant bien asseuré du loyer, que le maistre de la lice (lequel ne peut abuser personne) rêdra ainsi qu'il luy plaira, en son temps. Ie ne me suis pas ingeré moy-mesme en ceste charge; mais le Seigneur Iesus m'a commis à ce que i'annonçasse aux Iuifs & Payens ceste ioyeuse nouuelle, assauoir qu'il a pleu à Dieu dôner gratuitement salut à tous, par la foy de l'Euâgile. Laquelle charge ie fay tres-volontiers & de bô cœur, soit qu'il faille viure ou mourir. Tant qu'il m'a esté loysible d'estre aupres de vo⁹ i'ay en presence cherché vostre salut, par enseignemês, aduertissemês, exhortatiôs, consolations, tancemens, qui se faisoyêt en vous visitât par fois. Mais maintenât ie sçay, par l'inspiration de l'Esprit, que cy apres vous ne me verrés plus en presence, ne vo⁹ Ephesiês ne vo⁹ tous autres qui habitês en Asie la moindre, iusques ausquels ie suis arriué preschant le regne de Dieu. Ie me suis diligêmêt & loyaumêt acquitté de ce qui touchoit ma charge. Parquoy maintenât qu'il me faut partir de vous, sans esperâce de retour, ie vo⁹ prens ce iourdhuy à tesmoings, que ie suis net du sang de tous : & que si aucun est pery par sa faute ou des autres ie n'en peu mais. Car i'ay môstré à tous le vray chemin pour paruenir à la vie eternelle. Ie n'ay point esté lasche à vous declarer toute l'intêtion de Dieu, & par quel moyê il luy plaist de sauuer le genre humain, & que ceux là doyuent faire, qui ont perseueré en la foy entiere, au Seigneur Iesus, à fin que nul ne puisse amener cause d'ignorance. Ie vous ay dôné exemple en moy-mesme, faisant & endurant toutes choses, à fin que vous tous perseuerissiés en l'entiereté de l'Euangile. On ne me pourra reprocher la mort de personne. Encore maintenant ne me separeray-ie pas de vous, de ma propre volonté, & si la crainte des persecutions ne me faict retirer d'icy: mais puis qu'il plaist ainsi à l'esprit de Christ, ie m'en vay sçachant & bien aduisé, mettre en certain danger de la vie. Ce donc que ma presence ne vous pourra plus faire, il faudra que vostre diligêce le recompense. Prenés donc garde à vous-mesmes, à fin que ne veniés à deschoir de ce qu'aués bien encommencé; mais vous qui estes les anciês, & ausquels i'ay baillé la charge de la bergerie, veilliés, & sur vous-mesmes, à fin que ne soyés corrôpus par les Apostres, lesquels ne sont point entiers, & sur le trouppeau que vous aués entreprins de paistre. Ie me suis, auec toute entiereté, acquitté de la charge que le Seignr m'auoit baillée. Vous pareillemêt auec vne mesme affectiô & entiereté, soyés songneux du trouppeau, sur lequel le S. Esprit vous a ordônés cuesques, c'est à dire surueillans, à fin de prendre garde que rien de la pasture salutaire ne défaille aux brebis de Iesus Christ: & que vous vous pôrtiés non en loups, mais côme vrays pasteurs enuers l'Eglise de Dieu, de laquelle il ne vo⁹ faut pas soigner par acquit, veu que Dieu la tenue si chere, qu'il se l'est acquise par le sang de son seul fils. Il se faut dôc bien garder qu'vne marchâdise si cheremêt achettée, ne perisse par vostre negligence. Ce n'est pas sans cause que ie vo⁹ aduise de ces choses tât songneusemêt. Car ie sçay que vous n'aurés tousiours des Pauls, ains apres mô departemêt, les bergeries estâs côme abâdonnées du pasteur. Il se fourrera parmy vous des loups felons qui n'espargnerôt point le trouppeau, taschâs par tous moyens de degaster & rôpre vostre assemblée. Le danger sera que ceux q sont foybles, estâs abbatus de maux & fascheries ne viênent à quitter l'Euâgile. Mais il y a biê encores vn plus grâd dâger: C'est que ceux qui par espounâtemês & menaces, qui par vn beau dôner à entendre, & belle apparêce de saincteté, s'efforcerôt de corrôpre vostre çntiereté, & esbrâler la liberté que vo⁹ aués par l'Euâgile de Iesus Christ, ne viêdront pas seulemêt d'ailleurs, mais aussi d'estre vo⁹ s'leuerôt gês, q côme traistres & ennemys de vostre

vnion & accord, parleront choses meschantes & bien differentes de la droitte verité de l'E/
uangile: Ne se soucians point que Iesus Christ aye son trouppeau sain & sauue, mais ils fe/
ront cela à fin d'attirer les disciples apres eux, & se mettre en credit: craignans sans doute
de n'auoir le nom de grans docteurs, s'ils n'enseignoyent rien de nouueau. Mais c'est vne
nouueauté dangereuse quant les hômes adioustent à la parolle de Dieu, ce dôt elle se pas/
se bien. Le vray pasteur ayme mieux que les disciples soyent de Christ que siens, duquel
aussi il prend la pasture pour les paistre. Ceux cy à cause de leur gloire & gaing, font les di/
sciples de Christ siens, & veulent estre autheurs de la doctrine de l'Euangile, duquel à la ve
rité nous ne sommes que despensiers. D'autant que le dangier prochain est plus grand, il
vous faut auec plus grande attétion veiller, reduisans en memoire que trois ans durans,
moy demeurant en Asie, ie n'ay cessé nuict & iour d'amonnester vn chascun de vous auec
larmes. Au reste freres, puis qu'il faut maintenant que ie me separe de vous, ie vous recom
mande à Dieu (lequel ne delaissera point son trouppeau) & à la parolle de l'Euangile en
laquelle ceux qui se portent rondement, preschans plus tost la largesse gratuite de Dieu
enuers les hommes, que la iustice de la Loy, Dieu leur assiste par sa faueur. Nous selon la
charge qui nous estoit baillée nous auons mis les fondemés: Quant au surplus, Dieu qui
par nous a faict toutes ces choses peut surbastir à fin que ce qui est cômencé s'acheue se/
lon son vouloir: & côme iusques icy vous aués eu cest heur d'estre receus au nombre des
enfans de Dieu, aussi perseuerans en ce sainct propos, vous paruenies à l'heritage promi/
se à tous ceux qui sont sanctifiés par la grace de Dieu, soyét des Iuifs ou soyent des Payés.
Vous aués veu le soing, vous aués veu les trauaux, vous aués veu les dangiers que i'ay
prins pour l'amour de vous, ne pretendant ce pendant ny salaire, ny hôneur ne profit de
vo²: tellemét que ce que les autres Apostres font, & que ie pouuoys à bô droit faire, ie n'ay
pas mesme receu de vous ce qui m'estoit necessaire. Ie n'ay conuoité ny argent ny or ny ha
billemés de personne. Car côme vous-mesmes sçaués bien, ces propres mains ont surue
nu aux necessités & de moy & de ma côpagnie. I'eusse peu prendre cela de vous, sçachant
bien que l'ouurier est digne, de son loyer: mais i'ay mieux aymé attendre tout mon loyer
du Seigneur, & vous dôner en cest endroit vn exemple du tout en tout parfaict, à fin que
vous, qui estes venus en la charge du trouppeau, entédiés que c'est là l'office d'vn bon pa
steur, de ne refuser trauail aucun pour auancer le profit du trouppeau, & ce pendant qu'il
se garde d'en prendre nul salaire, de peur que quelqu'vn ne s'en estrange de l'Euangile,
voyant qu'il luy faut nourrir son Euágeliste: ou que par cela il ne soit moins obeissant aux
aduertissemens des pasteurs, pensant qu'ils luy sont attenus pour les biens receus de luy.
Car les hommes ont ce naturel, qu'ils estiment, ie ne sçay comment, moins ceux ausquels
ils ont faict quelque bien ou plaisir. Et combien qu'il soit raisonnable qu'à ceux qui vous
departent les richesses Euangeliques, vous surueniés des richesses beaucoup moindres,
toutefois sçachant qu'il y en auoit entre vous maints foibles, ie n'ay point voulu bailler
d'occasion à personne, de mal penser de nous. Estudiés vous de tout vostre pouuoir, d'en/
suyure ce mien exemple, reduisans quant & quant à memoire ce que le Seigneur Iesus a
dit: Que c'est chose plus heureuse de donner que de prédre. Apres que Paul eut dit ces cho/
ses, il se mit à genoux, & pria Dieu selon sa coustume auec tous. Lors se leua vn grád pleur
de tous, de sorte que tombans sur son col, l'accoloyent & baisoyent, comme empoignans
d'vne ardáte affection ce qu'il leur seroit bien tost osté. Car ce mot que leur auoit dit Paul
angoissoit grandement leurs esprits, assauoir qu'ils ne verroyent plus sa face. Ces cho/
ses ainsi passées, ils l'accompaignerent par deuoir iusqu'à la nauire, le suyuant tousiours
des yeux, luy nauigeant tant que la veue se peut estendre.

CHAPITRE XXI.

Pres que nous fusmes partis du port, estans-ia loing separés d'eux qui no²
regardoyent du riuage, nous allasmes tout droit arriuer en l'Isle de Coe, &
le lendemain à Rhodes, & de là à Patara ville voysine de la mer de Lycie. Où
ayans rencontré vne nef laquelle desancroit pour passer en Phenice, nous
nous embarquasmes. Et quant nous commençasmes à descouurir l'Isle de
Cypre la laissans à la gauche nous tirasmes en Syrie & abordasmes à Tyr, qui est vne ville
au riuage de Phenice aussi bien que Sidon. Nous eussiôs mieux aymé tirer droit en la Pa/
lestine, mais pource que Tyr estoit ville marchande, il failloit que les mariniers y deschar/
geassent. Auquel lieu ayans trouué des disciples nous demourasmes sept iours auec eux,
entre lesquels il y en auoit aucûs qui inspirés de l'esprit de prophetie desenhortoyét Paul
d'aller en Ierusalem. Ce nonobstant sept iours accomplis, nous cômençasmes à poursuy/

ure

Or ayans des=
couuert Cypre.

ure le voyage vers Tyr,& tous les disciples ensemble auec femmes & enfans,nous accompaignerent dehors la ville iusqu'au riuage.Où apres auoir tous ensemble prié Dieu à genoux, puis prins congé les vns des autres, nous montasmes en la nauire, & eux s'en retournerent chés eux.Et quant la nauigation de Tyr fut depeschée,nous arriuasmes à Pto-
lomaide, qui est vne ville qu'on rencontre au riuage prés le mont de Carmel. Apres que
nous y eusmes salué les freres,nous demourasmes vn iour auec eux. Le lendemain Paul
& sa compaignie se partit, & arriua à Cesarée Palestine, & entrasmes en la maison de Phi-
lippes(qui auoit tout le premier presché l'Euangile au chastré de Candie & aux Samaritains)l'vn des sept diacres que les Apostres auoyent ordonnés en Ierusalem, & demourasmes chés luy.Icelluy auoit quatre filles pucelles, lesquelles prophetisoyēt selon la prophetie de Ioel.Comme donc nous demourions quelques iours en sa maison,il suruint vn
certain prophete de Iudée nommé Agab, lequel estant venu vers nous print la ceincture
de Paul,& s'en estāt lié les mains & les pieds,à la maniere des anciens prophetes (qui ont
accoustumé de representer par quelque signe ce qu'ils predisent) inspiré de l'esprit, dist:
Voicy que dit le S.Esprit:Ainsi lierōt les Iuifs en Ierusalem l'hōme à qui est ceste ceincture,
& le liurerōt entre les mains des Payēs.Duquel propos espouuātés,tant nous qui estiōs
de la compaignie de Paul,que les disciples du lieu,nous le priasmes auec grādes larmes,
qu'il ne s'allast point mettre en Ierusalem. C'estoit là vne saincte affection de ceux qui ne
vouloyēt point qu'vn si excellent pasteur perist.Mais Paul,à qui le Sainct Esprit auoit dōné vn plus certain oracle en son cœur, d'aller en Ierusalem,puis apres à Rome,il leur dit:
Que gaignés vous de m'angoisser le cœur,par voz vaines pleurs?Car le dāgier que m'annoncent les prophetes ne m'estonne point,mais vostre tristesse me contriste. I'ay deliberé
certainement de poursuyure,ce que le S.Esprit veut estré faict à l'auancement de l'Euangile. Et si les liens ne m'estonnent point,moy qui ne suis notiueau en telles souffrances. Car
tant s'en faut que ie doyue abbandōner l'affaire de l'Euāgile par crainte d'estre lié, que ie
suis tout prest de mourir en Ierusalem pour le nom du Seigneur Iesus. Que Paul soit lié,
pourueu que la parolle de l'Euangile coure franchement.Que Paul soit mis à mort,pour-
ueu qu'euers tous la gloire du nom de Iesus viue & aye sa vertu.Ce que ie souhaitte la vie.
Ie le fay seulement pour profiter à l'Euangile,autrement se seroit mon profit de finir bien
tost la vie pour le nom de Christ.Pourtāt ne vous compleignés point de ce qui m'est tant
desirable si Dieu le veut:cessés par voz pleurs de me donner tristesse,qui ne peus que ie ne
sois dolent auec les amys qui se deulent.Ainsi n'ayans que respōdre à telles choses, voyās
aussi qu'il auoit du tout arresté,d'aller en Ierusalem,nous l'auōs laissé faire disans:La volonté du Seigneur soit faitte. Car c'est là le dire des vrays Chrestiens, qui doit toúsiours e-
stre,sinon en la bouche,toutefois en la pensée de tous,quelque chose qui aduienne soit de
ioyeux ou de triste:La volonté du Seigneur soit faitte.Apres dōc auoir faict quelque seiour à Cesarée,nous troussasmes noz hardes,pour nous mettre en chemin & venir en Ie-
rusalem.Mais quelques disciples de la ville de Cesarée nous accompaignerent menans a-
uec eux vn Mnason Cyprien ancien disciple,pour loger chés luy en Ierusalem.Car c'estoit
vn hōme de bien& de grande preudhōmie, qui auoit pieç'a creu à l'Euangile,& perseueré
long temps en l'entiereté de la foy.Or quant nous fusmes arriués en Ierusalem les freres
nous receurent volontiers & auec alaigresse.Le lendemain nous accōpagnasmes Paul,au
logis de Iaques Iuste,qui fut appellé frere du Seigneur.Car icelüy auoit esté ordonné des
Apostres Euesque de Ierusalē.Là mesme s'assemblerēt tous les anciens. Et apres que Paul
les eut tous salués,il leur racōta de point en point,ce que Dieu auoit faict par son ministere entre les Payens entre lesquels il auoit-ia presché quelques années l'Euangile.Lesquel-
les choses oyans,ils glorifioyent le Seigneur,qui auoit aussi espādu sa grace sur les Payēs.
Au reste pourautant que Paul estoit accusé enuers plusieurs Iuifs,d'auoir en hayne la loy
de Moyse,& de prescher tellemēt la grace de l'Euangile,qu'il faisoit trop peu de conte de
l'obseruation de la Loy:à fin aussi de remedier à cest incōuenient,ils luy dirent : Tu voys
frere combien il y a icy de milliers de Iuifs qui ont creu à l'Euāgile,lesquels ont tous v-
ne grāde affection à la Loy. Or le bruit (que nous sçauons estre faux) est venu iusques à
eux,que tu apprens à tous les Iuifs qui sont entre les Payens, à se destourner de Moyse, si
bien qu'ils ne circoncisent point leurs enfans,& ne gardent les ordonnances des anciens,
au chois des viandes,és Sabbaths,és lauemens,& autres choses que les Iuifs qui sont meslés parmy les Payens, gardent par grand deuotion. Iceux, retenus par l'edit des anciens,
endurent aucunement que les Payens ne soyent chargés du ioug de la Loy. Mais ils ne
peuuent souffrir que ceux qui sont nays Iuifs soyent attirés aux coustumes des Payens.
Parainsi il faut maintenant aduiser que nul trouble ne s'esleue de là : Qu'est-il donc

queſtion de faire.Premieremēt on ne ſçauroit faire en ſorte que ce ſoit, que la compagnie
ne s'aſſemble:Car ils orront dire que tu es venu. A fin dōc d'oſter tout le ſoupſon qu'ils
pourroyent auoir de toy,ſuy nōſtre conſeil.Nous auons quatre hommes qui ont faict veu
ſelon la couſtume des Iuifs, prend les & accōply enſemble auec eux les ceremonies accoū-
ſtumées,leſquelles ceux ordinairement gardēt qui apres auoir faict vœu,mettent peine de
ſe ſanctifier: & s'il faut outre cela donner quelque choſe pour les offrandes & dons, baille-
le auec eux.Iuſqu'à tant qu'ils ſe ſoyent raſé la teſte.Par ainſi chaſcun cognoiſtra qu'il n'eſt
rien de ce qu'on dit de toy.Et ſi entendront que tu preſches tellement la grace de l'Euāgile,
que tu ne cōdāmnes point ceux qui gardent les ordonnances de la Loy diuine,& ſuyuent
la couſtume des anciens:quant ils verront qu'au lieu de condāner les choſes dont aucuns
t'accuſoyent,tu les fais toy-meſme. Par ce moyē le murmure des Iuifs ſera appaiſé,lequels
ſont en trop grand nombre pour les laiſſer là ſans en tenir conte. Quant aux Payens qui
ont creu, nous en auons pieça eſcript,ſelon l'ordonnance des Apoſtres & de l'aſſemblée,
aſſauoir qu'ils ne fuſſent point contrains à garder la loy de Moyſe, ains ſeulement qu'ils
s'abſtinſſent de ce qui eſt ſacrifié aux idoles,de ſang,de beſtes ſuffoquées & de paillardiſe.
Adonc Paul ſe rengeāt au cōſeil de Iaques & de l'aſſemblée des freres,print les quatre hommes,qui auoyent faict vœu,& ſe purifia auec eux, & entré au temple,feit aſſauoir l'accōpliſ-
ſemēt des iours de la purificatiō & n'oublia rien des ceremonies, iuſqu'à tant que l'offrande fut faitte, par vn chaſcū d'eux.Tout cela ſe deuoit accomplir en ſept iours,leſquels eſtās
quaſi accōplis, aucuns Iuifs meſcroyans qui l'auoyent veu en Aſie (auquel lieu ils auoyēt
auſsi faict vne eſmeute) quant ils le virent au temple, ils eſmeurent tout le peuple, & luy
mirent les mains ſus,crians:Alayde meſsieurs les Iſraelites, voicy le galāt dont vous aués
ouy le bruit,qui allant de pays en autre,ne ceſſe d'enſeigner vn chaſcun par tout, contre ce
propre peuple de Dieu, & cōtre la Loy baillée de Dieu,& contre ce temple duquel la deuotion eſt par tout le monde. Et cela n'a ſuffit à ſa meſchanceté, ains qui plus eſt a mené des
Grecs gens incirconcis,au temple,& a ſouillé ce lieu ſainct. Car ils auoyent veu Trophime
Epheſien en la compaignie de Paul,luy eſtāt en la ville, dont faiſoyent iugemēt qu'il auoit
mené au temple. A ceſt effroy toute la ville fut eſmeue,& y accourut le peuple.Et ayans em-

Et ayant em=
pogné Paul le
tirerent hors.

poigné Paul le tiroyent hors du temple,comme le voulans mettre entre les mains du peuple plein de fureur, & incontinent les portes du temple furent ſerrées,à fin qu'il n'euſt lieu
pour ſe retirer en ſecret. Car ils le vouloyent mettre à mort,ce que par cōſcience ils ne vouloyent faire au temple,comme ſi par tout n'eſtoit choſe meſchāte, de mettre à mort l'innocent. Ce pendant on annonça au capitaine de la bande que toute la ville de Ieruſalē eſtoit
en trouble. Si print ſoudain des gendarmes & centeniers & y accourut. Et quand les Iuifs
virent le capitaine y accourant auec les gendarmes, ceſſerent de battre Paul. Apres donc
que le capitaine ſe fut approché, il commanda que Paul fuſt prins & lié de deux chaines,
penſant que ceſtoit quelque malfaitteur,enuers lequel le peuple ſe monſtroit ſi enragé.Ce
faict le capitaine demāda aux Iuifs qu'il eſtoit, & qu'il auoit faict. Mais luy ne pouuāt rien
ſçauoir de certain de ce qu'il demādoit,à cauſe du bruit qui eſtoit parmy la foule, des vns
qui crioyent cecy & les autres cela, il commanda que Paul,ainſi lié qu'il eſtoit,fut mené au
fort,à fin que dedans l'encloſture de la forтereſſe,il peuſt hors la multitude,entendre la verité du faict. Et quant ils furent venus aux degrés du fort, il aduint que les gendarmes, à
cauſe de la violance du peuple portoyent Paul,craignās qu'il ne luy fiſſent quelque effort,
auant que de venir en la forтereſſe. Car la foule du peuple les ſuyuoyent iuſqu'au degrés
crians à haute voix:Depeſchés-le. Et quād ils furent venus à l'entrée de la forтereſſe, Paul
deſirant de ſatisfaire aux Iuifs faiſans vn tel bruit, dit au capitaine:Me ſeroit-il bien loyſible de parler à toy? Lequel dit : Sçais tu Grec? Car Paul luy auoit dit cela en Grec. Es tu
point l'Egyptien qui fit ces iours paſſés vne mutinerie, & mena au deſert quatre mille brigands. A quoy Paul dit:Ie ne ſuis celuy que tu penſes, ains ſuis vn homme Iuif de nation,
natif de Tarſe ville aſſés renommée en Cecille. Mais ce pendant ie te prie permets-moy de
parler au peuple:ce que luy ayans permis, Paul eſtant tout debout ſus les degrés,fit ſigne
de la main au peuple,leur donnant à entendre qu'il vouloit parler.Incontinent grande ſilence faitte,cōmēça à parler en langue Ebraique en la maniere que ſenſuit.

CHAPITRE   XXII.

Ous tous hommes qui eſtes icy preſens, ou frere de race ou peres d'eage & di-
gnité,ſoyés attentifs & me preſtés audience, maintenant que ie me veux purger deuant vous, des choſes dont i'ay eſté fauſſemēt accuſé enuers vous. Paul
ayant vſé d'vne telle preface,apres que l'aſſemblée ouyt qu'il parloit à eux en
Ebrieu

Ebrieu,ils firent d'autant plus grande silence soit pource que tous entendoyent celle langue,ou soit que chafcun eft toufiours plus affectiōné à fon langage.Alors Paul continua
ainfi fon propos:A fin que vous entendiés que ie ne fi oncques mefchanceté ny contre le
peuple Iudaïque,ny contre la loy de Moyfe ny contre le temple:Ie fuis hōme Iuif, nay des
Iuifs à Tarfe en Cilicie,nourry en cefte ville aux pieds de Gamaliel homme que cognoif-
fés:eftant dés mon enfance diligēment inftruict en la Loy de mes peres:addōné par gran
de affection,à ce feruice d'vn vray Dieu,lequel aufsi vous gardés tous auiourdhuy: tellement que par vn zele de la Loy.Ie perfecutois ce train de l'Euangile,duquel ie fay maintenant profefsion:& les perfecutois non feulement iufqu'aux prifons & liens,mais aufsi iuf
qu'à la mort:ne braffant autre chofe en mon ceruteau que menaces & meurtres cōtre ceux
qui enfeignoyent & confeffoyent l'Euangile,liant & menant en prifon tant hommes que
femmes.Et que cela foit vray,celuy qui eftoit pour lors le grād preftre, m'en eft tefmoing
& enfemble auec luy tout le confeil des preftres, defquels ayant receu lettres pour porter
aux Iuifs i'allois à Damas,pour amener de là prifonniers en Ierufalem,ceux qui faifoyent
confefsion du nōm de Chrift,à fin qu'ils fuffent punis à la volōté des preftres & anciens.
I'auois pour lors ce courage contre eux,non pour autre chofe que pour l'affection de la
Loy & religion baillée par les anceftres, pour laquelle caufe aufsi vous eftes maintenant
fi furieux en mon endroit.Mais maintenant efcoutés ce qui m'a faict changer de courage,
& quant vous l'aurés cognéu,il fe peut faire que vous-mefmes aufsi changerés le voftre.
Aduint donc que comme i'eftois en chemin pour faire ce voyage, & que ie n'eftois plus
guéres loing de Damas:foudainémēt enuiron l'heure de midy vne merueilleufe clarté du
ciel,reluyfit à l'entour de moy,de laquelle frappé ie cheus en terre, & ouy vne voix du ciel
qui me dit:Saul Saul pourquoy me perfecutes-tu?Auquel apres auoir refpondu:Qui es
tu fire de rechef i'ouy:Ie fuis Iefus de Nazareth que tu perfecutes.Or ceux qui m'accompa
gnoyent en ce voyage virent bien la clarté,& furent effrayés : mais ils n'ouyrent point la
voix de celuy qui parloit à moy . Alors ie dy:Sire que veux-tu que ie faffe?Et le Seignr me
dit:Leue-toy & t'en va à Damas & là te fera dit de point en point tout ce que tu dois faire.
Et pource que i'auoye les yeux tellement esblouys de la clarté d'icelle lumiere que ie ne
voyoye goutte,ceux de ma compagnie me menerent par la main, & vins à Damas . Là vn
certain Ananie homme de bien & craignāt Dieu felon la Loy, auquel portoyent bon tefmoignage tous les Iuifs qui frequentoyent en Damas,vint à moy,& eftant deuant moy,
me dit:Saul frere reçois la veue. Et tout à l'heure ayant receu la veue,ie le vey.Et il dit : Le
Dieu de noz peres t'a choyfi & depué à ce que tu cogneuffes fa volonté & viffes ce iufte là
qui iuftifie toutes chofes,& ouyffes la voix,de fa bouche. Car Iefus eftoit en celle lumiere
qui a esblouy tes yeux,& fi eftoit fa voix que tu as ouye:car tu luy feras tefmoing par deuant tous hōmes,des chofes que tu as veues & ouyés.Et maintenant puis qu'il plait ainfi
à Dieu,qu'attēs-tu?Leue-toy & que tu fois baptifé & laué de tes pechés, en reclamant le
nom de celuy que tu perfecutois.Aduit que ces chofes ainfi faittes à Damas,quelque tēps
apres ie retournay en Ierufalē,eftāt-ia faict autre:auquel lieu,cōme ie priois au tēple,ie fus
rauy d'entēdement,& vy Iefus me difant:Hafte-toy & fors viftement de Ierufalem,car ils
ne receuront point icy ton tefmoignage de moy.A quoy ie refpōdy en cefte maniere:Sire
i'ay bien bōne efperāce,de faire quelque profit enuers eux,pource qu'ils fçauent que par
cy deuāt ie me fuis mōftré,par vn zele de la Loy,rigoureux enuers les difciples,emprifon-
nant tous ceux que ie pouuois,& battāt de verges par les fynagogues ceux qui croyent à
ton Euāgile.Et non cōtent de cela,quāt mefme on efpādoit le fang d'Eftienne(qui par fon
fang à conftāmment rendu fidelle tefmoignage de toy)i'eftois aupres de ceux qui le lapi-
doyent confentāt à la mort de l'innocent,fi bien que ie gardois les robbes de ceux qui l'a-
uoyent accufé,& qui cōmencerent à ietter les premieres pierres contre luy. Puis donc que
tous cognoiffent par ces chofes,l'ardāte affection que ie portois à la Loy,ils pourront aife-
ment voir que ie ne fuis point changé fans caufe:& maints fe trouuerōt qui d'autant plus
volōtiers enfuyurōt ce mien exēple,que i'auray d'vn plus grād zele de la Loy paffee, rudement traitté les tiens.Ces chofes dittes le Seignr me refpōdit:Va dy-ie,& m'obey:car le
temps eft-ia venu,que mō Euangile cōmence d'eftre publié par tout le mōde.Ie t'ay esleu
à cela,pour t'ēuoyer aux natiōs loingtaines.Iufques icy les Iuifs auoyēt enduré que Paul
parlaft,tāt qu'il vint à ce point où il fit mentiō des Payens & nations loingtaines. Ce propos renouuella la douleur de tous,pource que les Iuifs par vne hayne merueilleufe,auoy-
ent les Payēs en abomination:& pourtāt maints de ceux qui n'auoyēt point l'Euāgile en
defdaing,vouloyēt que les Payés fuffent du tout forclos de la grace de l'Euangile:ou que

Gg   fion

ſi on les y receuoit, que ce ne ſont ſans eſtre premier circoncis, cõme ſi nul ne pouuoit eſtre
net & agreable à Dieu, ſinon celuy qui ſeroit Iuif. Eux dõc oyans qu'on preferoit les Payés
à ceux de Ieruſalem ils rompirent auec grand cry, les propos de Paul, diſans au capitaine:
Oſte ceſt hõme de la terre, car ce n'eſt pas raiſon qu'il viue. Et cõme les Iuifs declaroyẽt par
beaucoup de ſignes la douleur & impatience de leur cœur: par cris, par mettre ius leurs ve
ſtemens, & finalement par ietter la poudre en l'air, le capitaine ſe doutant qu'il y euſt quelque meſchant cas commis, pour lequel tout ce peuple recommençoit ainſi de nouueau à
bruire, veu meſmement que pour toute la permiſſion qu'il auoit faitte à Paul de parler, la
choſe eſtoit empirée, il cõmanda à ſes gendarmes de le mener au fort, ordõnant qu'il fuſt
examiné à tout deseſcorgées, afin de tirer de luy à force de coups, pour quelle cauſe ce peu
ple eſtoit ainſi enragé cõtre luy. Et quãt ils eurent lié & eſtraint à belles courroyes, à fin de
le fouetter, Paul dit au cẽtenier qui eſtoit là: lequel auoit la charge de ceſt examẽ. Quoy?
vous eſt-il loyſible de fouetter vn hõme Romain & qui n'eſt point ſentẽtié? Ce que oyant
le centenier, s'en alla tout ſoudain vers le capitaine, l'aduertir de ce qu'il auoit ouy, diſant:
Regarde bien que tu feras: car ceſt homme que tu as cõmandé qu'on fouettaſt, eſt citoyen
Romain. Cela ouy le capitaine vint luy-meſme à Paul & luy dit: Dy-moy ſi cela eſt vray
que le centenier m'a rapporté. Es-tu citoyen de Rome? Paul affermant qu'il eſtoit, le capitaine reſpondit: Tu me dis grand choſe: car i'ay deſpendu vne groſſe ſomme d'argẽt pour
acquerir ceſte bourgeoiſie. En c'eſt endroit certes, ce luy dit Paul, ma cõdition eſt meilleure
qui ſuis nay citoyẽ Romain ayãt le droit de la ville du pere & de la mere. Adõc ceux quis'e-
ſtoyẽt appareillés d'examiner Paul par tourmẽs, ſe retirerẽt de luy. Et q plus eſt le capitaine meſme, apres auoir ſceu qu'il eſtoit citoyen Romain, eut peur à cauſe qu'il l'auoit lié de
courroyes. Tant eſtoit pour lors, le nom Romain eſpouuẽtable à tous. Mais le lendemain
deſirant certainemẽt ſçauoir, pour quelle cauſe il eſtoit accuſé des Iuifs. Il oſta des liens, &
cõmanda que les grãs preſtres s'aſſemblaſſent & tout leur cõſeil: puis mena Paul en bas, &
le mit deuãt eux, à fin que ſans eſmotiõ de peuple, la cauſe fut traittée par les principaux.

CHAPITRE XXIII.

À Paul ayãt ſes yeux tournés vers toute l'aſſiſtẽce, ſe mit à parler ainſi: Freres,
I'ay en toutes choſes, iuſqu'à ce iourdhuy cõuerſé en bõne conſcience deuant
Dieu, lequel ſeul iuge droittemẽt. Et le grand preſtre Ananie oyant vn cõmencement d'harangue, ſi franc & aſſeuré, par lequel tout du premier mot, il ſe deſ-
chargeoit de tout cas, cõdamnãt & le iuge & le reſte de ceux qui l'accuſoyẽt, eſtãt malcõtẽt
de ce qu'il n'auoit au cõmencemẽt de ſon parler, rien dit qui fut à ſa louange, & qu'il ne ſe
portoit en hõme accuſé & coupable, cõmanda aux aſſiſtans qu'ils luy baillaſſent ſur les
dents. Sans doute c'eſtoit ce que le Seignõr auoit predit à Paul: Ils ne receurnot point ton
teſmoignage de moy. Paul marry en ſon cœur d'vn tel outrage, (q ne ſe trouue pas voyre,
és iugemẽs des Payés) annõçant la punitiõ que Dieu puis apres deuoit faire d'vne tyrãnie
tãt manifeſte, dit: Dieu te frappera paroy plaſtrée. Tu es aſſis à fin que la cauſe cogneue, tu
me iuges ſelon la Loy, & toutefois cõtre la Loy (laquelle defend de punir pſonne ſans eſtre
deuemẽt cõdãné) tu cõmãdes, voyre la cauſe nõ ouye, qu'õ me frappe? Et ceux qui eſtoyẽt
là dirẽt à Paul: Eſt ce dõc ainſi que tu outrages le grãd preſtre? La preſtriſe des Iuifs eſtoit
pour lors venue à telle tyrãnie, qu'ils vouloyẽt, cõtre tout droit & raiſon, auoir l'authorité
d'outrager chaſcun, ſans que nul euſt la liberté de dire ſes defenſes. C'eſtoit certes vn ſigne
que la preſtriſe ſeroit biẽ toſt abolie, puis qu'elle eſtoit venue au comble de malice. Alors
Paul voyãt qu'il perdroit tẽps ſous vn tel iuge, il a penſé que le meilleur ſeroit de chercher
moyẽ pour rõpre ceſte aſſemblée. Pourtãt il reſpõdit: Ie ne ſçauois pas freres, qu'il fut grãd
Exo.22 preſtre: car autremẽt ie ſçay qu'il eſt eſcript au liure d'Exode: Tu ne meſdiras poit du prince de tõ peuple. Apres qu'il eut par vne telle reſpõce, aucunemẽt appaiſé ceux qui l'auoyẽt
reprins, il chercha occaſiõ de deſtourner ſe tumulte de luy. Car il eſt loyſible d'euiter vn pe
ril par ruſe, où il n'y a nulle apparẽce de fruict. Paul dõc ſçachãt que celle aſſemblée eſtoit
de deux ſectes, dõt l'vne eſtoit des Sadduciẽs & l'autre des Phariſiẽs, leſquels ne s'accordoyent point entre eux, ſe print à dire tout haut & clair au milieu de l'aſſiſtence, tant qu'il
pouuoit eſtre ouy de tous: Freres ie ſuis Phariſien, fils de Phariſien, & m'accuſe-on de l'eſperance de la reſurrection des morts. Quant il eut dit cela, il ſe leua vn debat entre les
Phariſiens & Sadduciens, leſquels debitans, toute l'aſſemblée qui y eſtoit fut diuiſée en
diuerſes opinions. Car pource que les Sadduciens croyent que les ames meurent enſemble auec le corps, il n'approuuent point la reſurrection, & ne croyent point qu'il y
ait n'eſperit, ny Ange. Les Phariſiens au contraire afferment qu'il y a Anges & Eſperits.
Ainſi

Ainſi l'aſſemblée cõmença fort à crier & braire.Ce pendant certains Scribes qui tenoyent le party des Phariſiens,ſe leuerent & eſtriuoyent à la faueur de Paul diſans:Nous ne trou uons point de mal en ceſt homme.Que ſi quelque eſperit ou ange a parlé à luy, ce n'eſt à nous de combattre contre Dieu.Et cela diſoyent-ils, pource que le iour de deuant Paul auoit raconté que le Seigneur luy eſtoit apparu par viſion au temple.Tant a de vertu,pour toſt condamner ou abſoudre vn homme,ſi on eſt de ce party ou de l'autre. Or comme les Sadduciens crioyent fort & ferme au contraire,le debat s'eſchauffa de ſor te que la choſe ſembloit tendre à ſedition.Pource le capitaine craignant qu'ils ne demem braſſent Paul,commanda aux gendarmes de deſcendre,à fin de l'oſter du milieu d'eux, & le ramener au fort.Il eſtoit-ia temps que le Seigneur ſoulageaſt ſon vaillãt champion, par quelque conſolation,au milieu de ſi durs aſſauts, attendu meſme qu'il n'eſtoit pas loing d'en ſentir de plus grans.Pourtant la nuict enſuyuãt le Seigneur ſe preſenta à luy, diſant: Paul aye bon courage.Ces troubles ne t'engloutiront point, car l'heure de ta mort n'eſt pas pres, ains reſte que comme tu as porté teſmoignage de moy en Ieruſalem, auſſi t'en faut-il teſmoigner à Rome.Tu as faict ton deuoir en la ville capitalle de Iudée,il reſte que tu faces le meſme à Rome ville capitale du monde. Au reſte quant il fut iour,certains Iuifs ſe banderent enſemble & par ſerment ſe donnerent au Diable, s'ils mangeoyent ou beuuoyent,qu'ils n'euſſent tué Paul,ſi grande hayne auoyent conceu contre luy.Et n'e ſtoyent en petit nombre ceux qui auoyent faict ce complot,car ils eſtoyent plus de qua rante.Si allerent trouuer les grans preſtres & les anciens,auſquels declarerent leur deli beration & courage diſans:Nous nous ſommes obligés par grand ſerment & ſur peine de damnation,ſi nous mangeons ny beuuons que nous n'ayons tué Paul.Il faut donc maintenant que vous nous aydés à ceſte entrepriſe,à fin que ce que nous deſirons tous qu'il ſe faſſe,ſoit plus aiſément mis en effect.Par ainſi faittes à ſçauoir au capitaine à vo ſtre nom & de toute l'aſſiſtence,que de rechef il faſſe venir Paul deuant vous,diſans pour voſtre excuſe,que vous voulés cognoiſtre quelque choſe de ſon affaire plus certaine ment,ce que ne peuſtes hyer faire à cauſe du trouble.Et nous, nous donnerons ordre qu'il ne s'en retournera ne ſain ne ſauue au fort,comme il fit hyer:car premier qu'il vien ne au lieu du conſeil, nous ſommes preſts de le tuer. Or vn iouuenceau, fils de la ſeur de Paul ayant entendu ces embuſches ſi mortelles, ne fut pas endormy, ains s'en vint tout ſoudain & luy entré au fort rapporta à Paul toute l'entrepriſe.Cela entendu Paul appel la à ſoy vn centenier & luy dit:Meine ce ieune fils au capitaine,car il a quelque choſe à luy dire.Si le print le centenier,ainſi qu'il luy eſtoit cõmandé, & le mena au capitaine, diſant: Paul le priſonnier m'a prié de t'amener ce ieune fils,pource qu'il a quelque choſe à te dire. Et le capitaine le prenant par la main,le tira à part & luy demanda,que c'eſtoit qu'il auoit à luy dire.Lequel dit:Les Iuifs qui ont faict complot de tuer Paul,ils ont arreſté entre eux de te prier que demain tu commande que Paul ſoit de rechef preſenté au conſeil,comme ſous couleur de ſe vouloir plus diligemment informer de luy, ce qu'ils ne peurent hyer faire.Mais ils braſſent bien autre choſe.Parquoy gardes-toy bien que par inaduertence, tu n'obeiſſes à leur demande, car il y a plus de quarante perſonnes qui d'vn courage ob ſtiné, machinent la mort de Paul,leſquels en ſe donnans au diable ont faict ſerment de ne manger ne boyre qu'ils ne l'ayent depeſché.Et maintenant ils ſont-ia tous preſts à ce forfaict attendans promeſſe de toy.Ces choſes ouyes,le capitaine laiſſa aller le iouuen ceau,luy commandant de ne dire à perſonne qu'il l'euſt aduerty de ces choſes.Car il de ſiroit tellement ſauuer la vie à Paul, que ce neantmoins il euitaſt l'enuie des Iuifs.Ainſi doncques ayant appellé deux centeniers, il leur dit:Equippés deux cens gendarmes & auec eux ſoixante & dix cheuaucheurs & deux cens picquiers,pour aller en Ceſarée incõ tinent qu'il ſera trois heures de nuict, & appareillés des montures pour mener Paul ſeu rement iuſqu'au gouuerneur Felix.Le capitaine n'a pas vſé d'vne ſi grande diligence tant ſeulement à fin de prouuoir à la vie d'vn homme (car il n'eſtoit pas tant conſciencieux) mais il deſiroit eſtre deſchargé de Paul, lequel il ne pouuoit deffendre contre vne hayne tant obſtinée de tout vn conſeil, & ſi n'oſoit mettre vn citoyen Romain entre les mains de ceux qui luy portoyent ſi grande hayne.Pourtant commanda-il qu'on l'emmenaſt de nuict auec grand nombre de gendarmes, craignant que s'il ſortoit de iour & accompai gné de peu de gens,les Iuifs ne l'enleuaſſent au chemin & le miſſent à mort, & que par ce moyé le blaſme ne retournaſt ſur luy d'auoir trahy vn citoyen Romain. Or il eſcriuit vnes lettres à Felix à la maniere que s'enſuyt: Claude Lyſie au bon gouuerneur Felix,ſalut. Ceſt hõme prins des Iuifs,cõme il eſtoit bien pres d'eſtre mis à mort par eux,y eſtant ſurue

nu auec la gendarmerie, ie leur ay ofté, entédu qu'il eftoit citoyen de Rome. Et voulant fça
uoir la caufe pourquoy ils accufoyent, le l'ay mené en leur côfeil: Et ay trouué qu'il eftoit
fans crime digne de mort ou de prifon: mais que feulement l'accufoyét de quelques que
ftions de la loy Iùdaique. Et fi toft que ie fus aduerty des embufches que les Iuifs luy dref
foyét, ie te l'ay enuoyé fans delay, & ay faict fçauoir aux Iuifs fes accufateurs, que s'ils ont
quelque chofe contre luy, qu'ils l'aillent dire par deuant toy. A Dieu. Parainfi les gendar
mes, fuyuãt le mandemét du capitaine, prindrent Paul en leur fauuegarde, & le menerent
de nuict à Antipatride. Et le lédemain, pource que Cefarée n'eftoit pas loing, & que le dan
gier ne fembloit eftre fi grand, les gendarmes s'en retournerent en Ierufalem au fort. Et les
cheuaucheurs conduirent Paul iufqu'à Cefarée. Là où eftans arriués, ils rendirent les let
tres au gouuerneur, & quant & quant prefenterent Paul deuant luy. Et apres que le gou
uerneur eut les lettres, il demanda à Paul de quelle prouince il eftoit. Et quand il eut co
gneu qu'il eftoit Cilicien, ie t'orray, dit-il, quant tes accufateurs feront venus, & comman
da qu'il fuft gardé au palais d'Herodes.

C H A P I T R E   XXIIII.

OR cinq iours apres le grãd preftre Ananie defcendit auec quelques vns des an
ciens, & Tertulle orateur pour mener la caufe: tant ils eftoyét obftinés d'vn cer
tain defir de tuer Paul. Iceux venus vers le gouuerneur, requerans que l'accu
fé fe reprefentaft, Felix cõmanda que Paul fut appellé pour côparoiftre en per
fonne. Ce que faict Tertulle non trop bon aduocat d'vne mauuaife caufe, cõmença à accu
fer Paul en cefte maniere: Veu que nous fommes tenus à toy, de ce que pieça no⁹ fommes
en grãde paix & repos, & que par ta prouidéce, plufieurs autres chofes font biẽ & heureu
femét adminiftrées en cefte natiõ, mais nous recognoiffons & louõs toufiours & en tous
lieux ta beneficéce enuers no⁹, tref-excellét Felix, & t'en remerciõs de tout noftre pouuoir.
Et celle tiéne droitture nous dõne vne efperãce certaine, que, en la caufe laquelle nous pro
duifõs maintenãt deuãt toy, tu auras efgard au repos de noftre natiõ. Mais à celle fin que
ie ne t'énuie & retarde auec trop lõgue preface, toy q és autremét affés empefché apres de
grãds affaires, ie te prie de nous efcouter vn peu par ta courtoyfie. Nous auõs trouué ceft
homme pernicieux à noftre nation, braffant mutineries entre les Iuifs, non feulement en
Syrie, ainçois par toutes les contrées du monde, où les Iuifs font efpars, fe faifant autheur
& capitaine d'vne nouuelle fecte, ditte, des Nazariens. Et non content de cela, il a ofé venir
en Ierufalem, où ayant mené gens intirconcis au temple, il n'a point craint de prophaner
noftre temple, & nous l'ayans prins fur le faict, le voulions iuger felon noftre loy: mais le
capitaine Lyfie furuenant auec force de gendarmes le nous ofta des mains, remettant la
cognoiffance de la caufe, à toy, & cõmandant que fes accufateurs vinffent par deuant toy.
Pourtant tu pourras fçauoir voyre du capitaine mefme, que ces chofes de quoy nous l'ac
cufons font telles. Voyla cõment ce bel orateur harengua, duquel le dire n'auoit non plus
de verité que de force: mais les Iuifs qui affiftoyent à l'accufaciõ affermoyent que la chofe
eftoit telle que Tertulle racõtoit. Apres cela, le gouuerneur ayãt faict figne à Paul de parler
pour foy, il cõmença fa deffenfe, en cefte maniere: Sçachãt qu'il y a maintes années que tu
frequentes entre cefte nation, & que tu n'es nouueau à cognoiftre les caufes des Iuifs, l'en
refpõs de tant meilleur courage pour moy. Or tãt plus frefche eft la chofe dont ils me char
gét, d'autãt plus certainemét en pourras-tu cognoiftre: car il n'y a pas pl⁹ de douze iours,
que felõ la couftume de la religiõ Iudaique, ie montay en Ierufalé pour faire ma deuotion
& me purifier felõ la maniere accouftumée du vœu que i'auois faict. Si c'eft cela violer le té
ple, ie recognoy le forfaict. Et ne m'õt point trouué au téple parlemétãt à aucun, ou faifant
amas de peuple, nõ pas mefme és fynagogues ne en lieu q foit de la ville. Et fi ne fçauroyét
prouuer par argumens fuffifans, ce dont ils m'accufent. Quant à ce qu'ils mettent en a
uant de la fecte des Nazariens, ie ne nyeray point ce qui eft vray, combien que cela n'ap
partienne en rien aux accufateurs, attendu qu'icelle fecte n'eft point cõdamnée enuers les
Iuifs, & que ie n'en fuis chef ny capitaine. Que fi tu as defir de fçauoir quelle fecte ie tiens,
ie le diray. Ie confeffe bien que felon le train des Pharifiens (qu'ils appellent fecte) ie fers
au Dieu de mes peres, n'eftant point autheur de nouuelle religion, ains diligent obferua
teur de celle que noz anceftres nous ont baillée: croyant que toutes les chofes efcriptes
en la Loy & les prophetes, fon veritables: & attendu que Dieu les a ia accomplies pour la
plus grãd part, ainfi qu'il auoit promis, i'ay auffi vne certaine affeurãce que ce qu'il a pro
mis aduiendra: affauoir que les morts reffufciteront vne fois, iuftes & iniuftes: les iuftes
à la gloire immortelle, & les iniuftes aux tourmens eternels. Et ne croy point ces chofes
telle⸗

telfement quellement,ains me font fi bien perfuadées,que pource que ie fçay qu'il me fau
dra vn iour comparoiftre deuant la maiefté de Dieu,pour receuoir falaire felon mes faits,
ie tafche de tout mon pouuoir,de ne faire rien contre la loy de Dieu, & d'auoir toufiours
vne confcience pure & entiere,non feulement deuant Dieu qui fonde les cœurs,mais auf
fi deuant les hommes.Et cela fay-ie iufqu'au iour prefent,Pourtant n'ont ils rien que blaf
mer en ma vie paffée,pour prouuer,que ie fois aucunement coupable,des chofes dont ils
me chargent.Car apres auoir paffé plufieurs années fans meffait,ie fuis finalement venu
en Ierufalem,à fin de deliurer l'argent amaffé en Afie,pour pouuoir foulager ceux de ma
nation en leur difeté.Si cela s'appelle eftre pernicieux,de fecourir par aumofne ceux de
ma nation,ie recognoy ce dont ils me chargent.Et ce pendant à fin que nul trouble ne fe
leuaft de la part de ceux qui en cherchoyent l'occafion.Ie fuis entré au temple la tefte ra
fée ayant accomply la purification, auec toutes les ceremonies accouftumées ne faifant
rien dont il fe peut leuer efmotiõ ny trouble.Car fans rien innouer i'vfay des mefmes cou
ftumes,dont toute la nation vfe. Que s'il fe leua lors quelque efmeute par certains Iuifs
d'Afie,ils deuoyent comparoiftre deuant toy,à fin de m'accufer(puis qu'ils font autheurs
de ceft affaire) & dire s'ils ont rien contre moy . Mais ceft figne de mauuaife confcience
qu'ils fe retirerent de ce iugement,voyans que la caufe fe demenoit par deuant le gouuer
neur.Si i'ay rien commis,ie pouuoys eftre par eux conuaincu ou abfous.Combien que ie
ne crains l'accufation de perfonne. Ou bien que ceux-cy mefmes qui font icy prefens,di
fent s'ils ont trouué que i'aye faict chofe cõtre droit & raifon,puis que ie fuis maintenant
deuant le confeil. Car en iugement legitime, il eft loyfible aux accufateurs d'accufer,& à
l'accufé de fe defendre.Mais ils n'ont rien contre moy s'ils ne vouloyent d'auenture me
charger de ce que ie dy,lors que i'eftoye entre eux, produit par le capitaine : Car voyant
que rien ne fe faifoit là par droitture,ains que par haynes manifeftes, tout tendoit en ma
ruyne,ie me prins à crier,que i'eftoys Pharifien,& que la caufe pourquoy i'eftoys accufé
comme coupable enuers eux,c'eftoit que ie prefchoys la refurrection des morts.A laquel
le parolle,ils commencerent à bruire entre eux,iufqu'à tant que le capitaine, me deliura
de leurs mains.I'ay confeffé la verité, aufsi eftoit-il raifonnable que la multitude fceuft
pourquoy i'eftoys en danger entre ceux du cõfeil,puis que i'apperceuoys qu'il n'y auoit
point de fecours enuers les principaux.Ces chofes ouyes à caufe que Felix eftoit fort bien   *Ces chofes*
informé de la fecte des Pharifiens; de laquelle Paul faifoit profefsion, il voulut remettre   *ouyes.*
la caufe à vne autre fois,& dit:Pource que Lyfie cognoift tout le difcours de voftre caufe,
quant il fera venu vers nous,ie vous orray.Et commanda au centenier que ce temps pen
dant il tint Paul en prifon mais non fi ferrée,à fin qu'il euft relafche,& qu'on n'engardaft
perfonne de fes familliers de l'aller voir,& de le feruir fi befoing en eftoit. Or quelques
iours apres,Felix eftant venu à Cefarée auec Drufille fa femme,laquelle eftoit Iuifue,il en
uoya querir Paul, defirãt eftre plus amplement informé de la fecte qu'il enfeignoit.Alors
Paul luy declare(ce qu'il auoit au parauant difsimulé) la voye de falut de l'Euangile, qui
ne gift point en l'obferuation de la Loy, ainfi que les Iuifs cuidoyent,mais en la fiance
qu'on a en Iefus Chrift, lequel apres auoir efté par tant de fiecles attẽdu,les Iuifs auoyent
crucifié : & que par le baptefme tous les pechés de la vie paffée eftoyent vne fois pardon
nés,tellement que les renays en luy viuent d'orenauant purement & fainctement felon la
reigle de l'Euangile,iufques à ce que le mefme Iefus,qui s'eftoit vne fois baillé foy-mefme
pour le falut du genre humain,retournaft d'enhaut auec la gloire du pere, pour iuger les
vifs & les morts.Ainfi que Paul deuifoit amplement de ces chofes,de la grace de la foy,de
la iuftice de l'Euangile,de l'attrempance & fobrieté de la vie fpirituelle, & du grand iuge
ment aduenir, lequel nul ne peut euiter,Felix fut tout effrayé : n'eftant toutefois tant ef
meu & touché en foy-mefme, qu'il vouluft deliurer Paul, cognoiffant que les Iuifs, lef
quels il craignoit l'auoyent en grande hayne,)mais ce pendant il le traittoit plus honne
ftement en prifon,iufqu'à tant que l'occafion fe prefenteroit de le deliurer.Il y auoit aufsi
vne autre certaine caufe qui luy faifoit delayer fa deliurance,(c'eft qu'il efperoit que Paul
luy donneroit quelque fomme d'argent, à fin qu'il le laiffaft aller pourtant l'enuoyoit-il
querir fouuent pour diuifer auecluy, pour luy donner occafion de luy prefenter argent,
à fin que la familiarité acquife, & la courtoyfie du prince cogneue, chaffaft toute honte,
penfant que c'eftoit ce qui engardoit Paul de luy prefenter argent. Car les loix Imperial
les condamnent vn iugement rachetté par argent.Ce temps pendant lors que Paul eftoit
detenu deux ans durans à Cefarée, Felix, par le commandement de Neron l'Empereur,
remit fa charge à Porcie Fefte:Et pour lors il y auoit bonne occafion de deliurer Paul,

Gg 3   Mais

Mais ne voulãt point fus la fin de fa charge s'en aller en la hayne des Iuifs, ayãt plus cher
faire plaifir aux Iuifs, que d'vne rondeur de confcience, deliurer l'innocent, il laiffa Paul
prifonnier. Tãt eft difficile aux grands de ce monde, fuyure par tout ce qui eft droit.

CHAPITRE XXV.

Feftus donc venu en la prouince. Vand donc Fefte fut arriué en la prouince trois iours apres il monta de Cefarée en Ierufalem. A la venue d'vn nouueau gouuerneur la malice des Iuifs fe
rengregea. Car foudain le grãd preftre & les principaux des Iuifs vindrẽt vers
luy, requerãs cefte faueur du nouueau gouuerneur à l'encontre de Paul, qu'il
luy pleut leur faire ce plaifir de l'enuoyer querir & le faire venir en Ierufalem, pource qu'il
eftoit incommode de pourfuyure la caufe à Cefarée. Car ils efperoyẽt que le gouuerneur
nouuellement venu en la prouince, ignorant les menées qui fe faifoyent, leur feroit volõtiers ce plaifir. Au refte, il eftoit arrefté entre les Iuifs, que, fi Fefte leur accordoit ce qu'ils
demandoyent, ils mettroyent embufches pour depefcher Paul fur le chemin. Mais Fefte
plus equitable qu'ils n'euffent voulu, refpondit qu'on gardoit Paul à Cefarée, & que luy-
mefme deuoit bien toft partir pour y aller & cognoiftre de leur caufe. Pourtant s'il y a, dit-
il, quelques vns entre vous fuffifans pour pourfuyure la caufe, defcendent quant & moy
à Cefarée, où l'accufé fe reprefentera deuant vous. Et s'il y a quelque crime en ce perfonnage, dont il eft queftion, qu'ils produifent leurs accufations. Et apres auoir feiourné entre
eux plus de dix iours il defcendit en Cefarée. Et le lendemain s'affit en iugement & fit a-
mener Paul, lequel eftant venu en place, les Iuifs qui eftoyent defcendus de Ierufalẽ fe mirent à l'entour de luy, le chargeans de plufieurs & grands crimes, defquels ils n'en pouuoyẽt pas prouuer vn: à caufe que Paul, refpõdant pour foy mõftroit clairemẽt qu'il n'a-
uoit rien meffait, ne cõtre la Loy des Iuifs, laquelle il gardoit: ne contre le temple, auquel
il s'eftoit porté puremẽt & paifiblemẽt: ne cõtre Cefar. Or Fefte ayant cogneu & l'innocen
ce de Paul, & la hayne implacable des Iuifs à l'encõtre de luy, tafchãt de faire tellemẽt plài-
fir aux Iuifs, que toutefois on ne cogneut point qu'il fit tort à l'accufé, dit à Paul: Veux-tu
aller en Ierufalem & y plaider ta caufe deuant moy? Car il penfoit bien que cela plairoit
aux Iuifs, qui l'en auoyent au parauant requis. Lors Paul qui n'eftoit ignorant des embufches que luy faifoyent les Iuifs, refpondit: Il n'eft pas befoing de rappeller cefte caufe ailleurs, car il n'y a rien qui empefche que ie ne fois icy abfous ou condamné. Ie fuis
deuant le iugement de Cefar, accufé comme criminel, en la ville de Cefarée. Il faut que
mon proces foit icy faict. Ie n'ay point faict de tort aux Iuifs, comme tu fçais bien toy-mefme: Que fi ie leur tiens tort, ou que i'aye commis cas pendable ie ne refufe point de mourir. Mais s'il n'eft rien de ce qu'ils me chargent, nul faifant office de iuge, ne peut, finon
contre tout droit faire de moy à leur appetit. Car le iuge ne peut, pour complaire à vn autre, condamner vn criminel. I'en appelle à Cefar. Alors Fefte ayant parlementé auec le
confeil des Iuifs, refpõdit à Paul: Tu en as appellé à Cefar, tu iras à Cefar. Car les Iuifs aymoyent mieux que Paul fut enuoyé à Cefar, que d'eftre abfous, efperans qu'ils troque-
royent vne fois occafion de le depefcher. Quelques iours apres, le roy Agrippa, lequel
fucceda au royaume apres fon pere Herode qui fut frappé de l'Ange, vint auec Bernice fa femme à Cefarée, pour faluer Fefte nouueau gouuerneur. Et ainfi qu'ils y faifoyent
quelque feiour, Fefte par occafion conta au roy l'affaire de Paul en cefte maniere: Il y a
icy vn homme, que Felix mon predeceffeur en ce gouuernement, a laiffé prifonnier, touchant lequel quand ie fus arriué en Ierufalem, les grand preftres & principaux des Iuifs,
vindrent à moy demandans que ie prononçaffe fentence contre luy: aufquels ie fis refponce que les Romains n'ont pas de couftume, de lafcher, en faueur de nully, vn homme pour eftre deffaict, que celuy qui eft accufé ne foit premierement confronté à fes
accufateurs, & ouy en fes deffenfes, fur les crimes dont on le charge. Quant donc les
accufateurs furent icy affemblés, le lendemain fans delay ie m'affis en iugement, & feis
amener le criminel: Et fes accufateurs eftans là, n'amenoyent nul crime des chofes dont
ie me doubtois: ains auoyent feulement quelques queftions contre luy, de leurs fuper-
ftitions, & d'vn certain Iefus mort, lequel Paul affermoit eftre reffufcité, & maintenant
viure. Mais moy voyant que telles queftions, ne conuenoyent pas fort à ma cognoiffance, ie luy demanday, s'il vouloit aller en Ierufalem, & là debattre fa caufe, fur ces
chofes lefquelles eftoyent mieux cogneues aux grands preftres, aux Scribes & Pharifiens. A quoy Paul ne s'accorda, ains en appella à Cefar, pour eftre referué à la cognoiffance de fa maiefté. Ainfi ie commanday qu'on le gardaft en prifon, iufques à
ce que i'auroys l'occafion de l'enuoyer à Cefar. Ces chofes ouyes Agrippa dit à Fefte:
I'ay

Iay pieça ouy dire plusieurs choses de ce Iesus, & de ses disciples, pourtant voudroy-ie bien aussi ouyr cest homme, premier qu'il aille à Cesar. A quoy Feste:tu l'orras, dit-il, demain. Doncques le lendemain quant Arippa & Bernice furent venus auec grãd train & pompe,& estans entrés en l'auditoire auec les capitaines & plus apparẽts de la ville, Paul fut amené par le commandement de Feste. Et à fin qu'il ne semblast que Feste eust faict venir Paul,seulement pour complaire au roy,il se print à dire:roy Agrippa & vous tous messieurs qui estes icy auec nous, vous voyés icy l'homme, touchant lequel toute l'assemblée des Iuifs est venue par deuers moy, tant en Ierusalem qu'en ce lieu,criãs à haute voix,qu'il n'estoit pas digne de viure. Mais information faitte i'ay trouué qu'il n'auoit rien faict digne de mort. Et pour-autãt que de son plein gré il en a appellé à Cesar, iay deliberé de luy enuoyer. Et toutefois ie n'ay rien de certain pour en escripre au Seigneur. Pour ceste cause l'ay-ie amené par deuers vous,& principalement par deuant toy roy Agrippa, à fin qu'apres en auoir faict examen, i'aye dequoy escripre. Car il me semble qu'il n'y a point de raison d'enuoyer vn prisonnier sans donner à entendre ce dequoy on le charge.

<h3 style="text-align:center">CHAPITRE XXVI.</h3>

Ors le roy Agrippa se tournant vers Paul (qui estoit là deuant eux tout lié) dit. On te baille licence de parler pour toy-mesme. Incontinent Paul ayant estendu la main, commença ses deffenses en ceste maniere. Ie croy, ô roy Agrippa que cela emporte beaucoup,deuant quel iuge l'accusé dit sa cause: Car à celuy qui se fie en son innocence,rien ne pourroit aduenir plus souhaitable, que de rencontrer vn iuge ou qui ait fort bien cogneu la cause, ou qui la puisse aisement comprendre.Car deuant vn iuge qui n'entend l'affaire dont il est questiõ, pour neãt seroit eloquent l'aduocat.Combien doncques que les Iuifs me chargent de diuers crimes, si est ce que ie m'estime bien-heureux en cest endroit, de respondre auiourduy par deuant toy, qui cognoys tres-bien toutes les coustumes & questions de la nation Iudaique. Par quoy ie te requiers de m'ouyr patiemmẽt. Quant au premier qu'aucuns me mettẽt assus, que ie fais contre la Loy,toute la vie que i'ay iusqu'à ce iourd'huy menée, declare assés, qu'il n'en est rien. Car encore que ie soye nay à Tarse, toutefois dés ma ieunesse iay esté instruit entre les Iuifs en Ierusalem, où i'ay songneusement appris la Loy aux pieds de Gamaliel. Pourtant est ce que ma vie, laquelle i'ay purement & deuotemẽt menée entre ceux de ma natiõ,& en la ville sur toutes renommé,est assés notoire aux Iuifs,qui mont cogneu dés le temps que ie commençay de frequenter en Ierusalem, pourueu qu'ils veulent confesser ce qu'ils sçauent. Car ie n'ay pas seulement esté diligent obseruateur de la religion Iudaique, ainçois ay embrassé la secte qui est en deuotion & en parfaicte cognoissance de la Loy, la plus excellente, assauoir celle des Pharisiens. Or impudemment m'accusent-ils d'estre vn Iuif tel quel,qui ay esté & suis Pharisien, comme si quelqu'vn nyoit celuy là estre Iuif lequel seroit nay en Ierusalem. Car entre les Iuifs principalement la secte des Pharisiẽs croit la resurrection aduenir des corps, & qu'vn chascun receura le loyer selon qu'il se sera porté en ceste vie. Aussi ne me suis ie iamais destourné de la secte des Pharisiens, ains qui plus est pour l'esperance de la felicité, que Dieu a promise à noz peres, à ceux qui auront passé sainctement ceste vie, ie suis icy en iugement. Que si c'est crime esperer ce que Dieu a promis à ses seruiteurs, ie suis en cela coupable auec plusieurs : Car pourquoy est-ce que les douze lignées de nostre nation seruent incessamment nuict & iour à Dieu, sinon qu'ils esperent paruenir à la felicité par luy promise? A peine donc celuy semble-il estre digne du nom de Iuif, qui n'espere ce que Dieu a promis. Or pour ceste esperance, roy Agrippa, suys-ie maintenant accusé des Iuifs. Ie sçay qu'il semble estrange à plusieurs si quelqu'vn dit qu'vn corps vne fois mort & pourry doyue reuiure. Mais maintes choses semblẽt estrãges aux hommes,lesquelles ils trouuent puis apres plus que tres-veritables. Si quelqu'vn disoit qu'vn homme peut estre rappellé en vie par vn homme, à bon droit ses propos sembleroyent-ils estranges. Mais pourquoy vous semble-il chose tant incroyable, si Dieu (lequel peut tout ce qu'il veut) ressuscite les morts? Celuy qui donne la vie à tous ne la peut-il pas rendre à qui luy plait? Croyrons nous donc qu'il n'est pas veritable, &qu'il ne doyue faire ce qu'il a promis? Cela m'est bien aussi aduenu, que ce qui me sembloit au parauant estrange, ie l'ay puis apres trouué tres-veritable: & ce qui me sembloit au parauant meschant & contraire à nostre Loy, ie l'ay puis apres trouué estre le chef & principal de saincteté & religion : de sorte que le mesme cœur que me portent au iourd'huy les Iuifs, ie le pourtoys autre fois aux disciples de Iesus de Nazareth, contre le nom duquel estant, de tout mon pouoir, bandé, ie cuidois faire sainctement, si ie faisois tous les maux qu'il

Gg 4   m'estoit

De toutes les choses desquelles ie suis accusé des Iuifs.

m'eſtoit poſſible,à ceux qui le confeſſoyent.Ce que i'ay auſſi faict en Ieruſalem, où i'ay enſerré beaucoup de ſaincts en priſon,par la puiſſance que i'auoye obtenue des grands preſtres, & quant on les mettoit à mort, i'en donnoys ma ſentence. Et non ſeulement en Ieruſalem, mais par toute les Synagogues, & en tous les lieux où ie rencontroys leurs aſſemblées ſecrettes, ie les puniſſoys,& par tourmens ie les côtraignoys de blaſphemer ce ſainct
nom là, ainſi que moy-meſme le blaſphemois pour lors. Et non content de ces choſes, ie
me ſuis encores monſtré plus enragé enuers eux, iuſqu'à aller aux villes eſtrangieres &
loingtaines de Ieruſalem,pour punir & deffaire, ceux qui faiſoyent confeſſion de ce nom.
Or comme i'eſtois ainſi du tout apres ce cruel affaire, nô par malice, mais pour l'affection
que ie portoys à la Loy de mes peres,il aduint vne fois qu'en allant à Damas,armé de l'authorité des grands preſtres, à midy ô roy Agrippa, ie vey en chemin tout ſoudain vne lumiere du ciel plus luyſante que la clarté du Soleil,laquelle m'enuirôna & tous ceux de ma
compaignie.Et comme du tout effrayés de la grâde lueur de la lumiere, cheuſmes tous en
terre,i'ouy vne voix qui parloit à moy,diſant en langue Ebraïque : Saul Saul, pourquoy
me perſecutes-tu?Il t'eſt fort à faire de regimber contre les eſguillons. Aquoy ie reſpondy:
Qui es tu Sire?Ie ſuis,dit-il,Ieſus de Nazareth que tu perſecutes,mais leue-toy & te dreſſe
ſur tes pieds.I'ay rué ius vn perſecuteur,à fin de le redreſſer heraut de mon nom.Car pour
cela te ſuis-ie apparu,à fin qu'eſtant mis bas par moy,& que tu teſmoignes & mettes en ef
faict les choſes que tu as veues, & celles que d'orenauant ie te donneray à cognoiſtre.
Eſquelles choſes toutes ie te ſeray gardié, ie deliurant des peuples & des Payês longtains,
auſquels maintenant ie t'enuoye ambaſſade, à fin que comme tu es à ceſte heure deliuré
d'erreur eſtant faict voyât d'aueugles, auſsi par la predication de la verité de l'Euâgile,tu
leur ouures les yeux,à celle fin que des tenebres de vices & erreurs, où ils eſtoyent iuſqu'à
preſent detenus, il ſe retournent à la lumiere de l'Euangile : & que ceux qui iuſques icy addonnés à idolatrie,ont eſté ſeruiteur de Satan,reuiennent à Dieu qui eſt Seigneurde tous,
& qui tout le temps paſſé ont eſté appellés nô peuple,eſtrangés de Dieu,forclos de la com
munauté des ſaincts, qu'il prênent maintenant part entre ceux qui ſont ſanctifiés,nô par
la circonciſion & obſeruance de la Loy,mais par la foy en moy,pource qu'ils croyent à l'E-
uangile.Car il n'y a point maintenant d'autre moyen à perſonne quelconque, pour eſtre
ſanctifié.Ces choſes, ô roy Agrippa, n'ont point eſté faittes de nuict ny en dormant, mais
en plein iour pluſieurs de nous auons veu la clarté, & ouy la voix de celuy qui parloit.
Déquoy eſtât certain que tout cela venoit des cieux,ainſi enuoyé deDieu,ie ne me ſuis pas
monſtré deſobeiſſant à la viſion celeſte, ains quittans l'affaire que i'auoys entreprins, i'ay
commencé vn train tout contraire, ayant beaucoup plus cher faire ce que Dieu commandoit, que d'obeir aux grands preſtres. Car incontinent ie me mis à preſcher l'Euangile à
Damas, puis en Ieruſalem & conſequâment par tout le pays de Iudée, & entre les Payens
és regions loingtaines : aſſauoir qu'ils euſſent à ſe repêtir de leur vie paſſée, & ſe retourner
des idoles muettes,au vray & viuant Dieu : & qu'eſtansvne fois neſtoyés par le bapteſme,
ils fiſſent deſormais fruicts conuenables à ceux qui ſe ſont vrayement repentis.Pour ceſte
cauſe les Iuifs me voyans au temple,mirent la main ſur moy taſchans de me ruer. Si ne me
ſuis-ie iamais deffendu par force humaine,maispar l'ayde de Dieu(par le commandemêt
duquel ie fay ce que ie fay)ie tiens bon iuſqu'à ce iourdhuy,rêdant teſmoignage & à grâds
& à petis,des choſes que ie ſuis cômandé annoncer à tous,ſans eſgard de perſonne, ne for
geant rien de nouuelle doctrine de moy-meſme, ains preſchant ſeulemêt ce que Moyſe &
les Prophetes ont predit aduenir. Car les Iuifs ont auſsi accouſtumé de diſputer de Chriſt
par les oracles des Prophetes,aſſauoir-mon ſi le Meſsias deuoit venir ſubiet aux pouretés
des hômes & à la mort : s'il deuoit le premier de tous commencer la reſurrectiô des corps:
s'il deuoit annoncer la lumiere de verité,premierement au peuple d'Iſrael, puis apres aux
Payês. Et veu que toutes ces choſes ſont predites par les Prophetes,& auſsi par Moyſe, du
Meſsias, i'annonce qu'il n'en faut poïnt attendre d'autre, car tout cela a-ſa eſté accomply
en Ieſus de Nazareth : & qu'il ne reſte plus rien ſinon que par repentance & nouueauté de
vie,tous ce preparent au retour d'iceluy,puis qu'il doit venir iuge de tout le monde. Comme Paul alleguoit ces choſes & pluſieurs autres pour ſa deffenſe, Feſte qui n'entêdoit rien
des affaires des Iuifs,tenant pour reſueries,ce qu'il auoit dit de la viſiô & de la reſurrection
des corps,dit à haute voix : Tu as l'eſprit troublé,Paul : Il t'en prent ainſi que couſtumierement à pluſieurs,leſquels par force de ſçauoir,viennent hors du ſens.A quoy Paul : ie ne
ſuis pas,dit-il,hors du ſens, ô treſ-bon Feſte:Car eſtre hors du ſens, ceſt errer par deuoye-
ment d'entendement.Mais moy de ſens raſsis ie dy parolles de verité,& quicôques le ſçait

eſt

est en son bon sens. Le roy aussi entend bien que les choses que ie dy sont veritables, pour
tant parle-ie d'autant plus franchemēt deuant luy, croyant qu'il ny a rien des choses que
ie raconte qu'il ne sçache : Car ce n'est pas chose qui ait esté faitte en vn coing, mais en public : Ioinct que le bruit en est venu par toute la Iudée. Incōtinent Paul tourné vers Agrippa, dit: Ne croys-tu pas aux Prophetes, roy Agrippa? Tu y croys ie le sçay bien. Et quiconque croit à ceux là, il ne peut qu'il ne croye à l'Euangile annonceant cela estre faict, que les
Prophetes auoyent predit qu'il se deuoit faire. Mais Agrippa rōpant le propos dit à Paul:
Peu s'en faut que tu ne me fasses deuenir Chrestien. Lors Paul: Pleut à Dieu, dit-il, que en
peu & en prou non seulement toy, mais aussi tous ceux qui m'oyent auiourd'huy, feussent
tels que ie suis, hors mis ces liens. Et apres que Paul eut dit cela, le roy se leua & le gouuerneur & Bernice ensemble tous ceux qui estoyēt assis auec eux. Et quant ils se furent retirés,
pour parlementer de cest affaire, il furent tous de cest opinion que Paul n'auoit cōmis cas
digne de mort ou de prison. Pourtant Paul estoit-il pour estre relaché, si le roy Agrippa
n'eust dit à Feste le gouuerneur: Cest homme pouuoit estre deliuré à pur & à plein, s'il n'en
eust appellé à Cesar.

CHAPITRE XXVII.

Vand doncques de l'opiniō du roy Agrippa, il fut deliberé que Paul, suyuāt
l'appel qu'il auoit faict à Cesar, iroit en Italie, ils le mirēt auec certains autres
prisonniers, entre les mains d'vn centenier nōmé Iule, de la bāde d'Auguste.
Si mōtasmes en vne nauire qui estoit venuë de Hadrumetteville d'Africque,
pour estre rēdus en Asie la moīdre, à cause quelle deuoit passer pres le riuage
d'Asie & perseueroit auec nous Aristarque de Macedone Thessalonicien, lequel nous voulut aussi accompaigner en ceste nauigation. Doncques le iour suyuant que nous eusmes
desancré de Cesarée, nous abordasmes à Sidon. Et pour ce que Iules le centenier auoit deliberé de traitter Paul humainement, il luy permist là de sortir de la nauire & aller voir ses
amys, si aucuns en auoit à Sidon, à fin qu'ils eussent soing de luy. De-rechef ayās desancré
de là, nous ne noꝰ mismes point à la haute mer, ains coustoyasmes à la gauche les riuages
de Cypre, à cause que les vents estoyent contraires. Et ainsi apres que nous eusmes nauigé
la mer de Cilice & de Pamphilie, nous arriuasmes à Myra, qui est au riuage de Lycie : là où
le centenier ayant trouué vne autre nauire venue d'Alexandrie ville d'Egypte, pour aller
en Italie, il nous transporta dedans. Et ainsi que par plusieurs iours nous nauigeons lache-
ment, & que nous vinsmes finalement à grand peine vers Guide, pour le vent qui nous repoussoit, nous tournasmes vers lisle de Creste, à lendroit d'vne ville (qui est au riuage de
ce ste Isle là) nommée Salmone, ou comme disent aucuns Sammonie : laquelle costoyans
auec grād peine, nous abordasmes à vn autre riuage de Candie appelé Beauport, auprés
duquel estoit la ville de Lasée. Or pour ce que ia grand temps s'estoit passé en ceste nauigation, Paul voyant qu'ils estoyent en dangier non seulement à cause que les vents estans
contraires, les empeschoyent de tirer du costé qu'il vouloyent, mais aussi pourcé qu'ils
auoyent esté trop long temps sans manger, il leur fit telle remonstrance : Messieurs ie voy
que ceste nauigation sera auec grand dommage, perte & danger non seulement de la charge & de la nauire, mais aussi de noz vies. Pourtant vaudroit-il mieux cesser de nauiger.
Mais le centenier escoutoit beaucoup plus ce que le gouuerneur & patron disoit, que
les aduertissemens de Paul. Et pource qu'il n'y auoit point là de port propre pour hy-
uerner, la plus part furent d'aduis de passer outre, à daborder, si possible estoit, à Phenice pour y passer l'hyuer : qui est vn port de Candie penchant sus la mer, vers le vent
d'Aphricque & de Coré. Ce pendant ainsi que le vent de midy souffloit, cuidans estre au
dessus de leur intention pour aborder à Phenice, ils auoyent desancré du riuage d'Asie,
qui est vne ville de Candie, & costoyoyent les fins de Candie. Mais tantost apres se leua
vn tourbillon de vent soudain & violent, & entre tous redouté des nautonniers, lequel
ils appellent Typhon, & pour le regard de la partie du monde dont il souffle, il se dit
Euroaquilo pource qu'il souffle entre Orient & Septentrion. Lequel vent ayant ainsi
saysi de violance nostre nauire, voyans que ne pouuions resister à la tempeste, nous
lachasmes les voilles, & estions portés au gré des vents & vndes. Or estans portés en
vne certaine Isle de Candie du costé de Midy, nommée Clauda, à peine peusmes nous
estre maistres de l'esquif, à fin de nous secourir s'il suruenoit quelque chose. Toutefois il
le leuerent finalement en la nauire, & se seruoyent de tous autres aydes, ceignans la nauire de cordes par dessous, de peur que si elle hurtoit elle ne se rompist aisément : car ils
craignoyent que le vent ne les poussast en Syrte voysine du Midy, pour ce que le vent dit

Typhon

Typhon les y portoit. Ils deualerent aussi lesquif pour retarder la violance de la nauire : & ainsi esquippés les vents nous portoyent, mais pour ce que la tourmente ne cessoit, & que nous estions en grand dangier, le iour suyuant, il vindrent au dernier remede, car iettans toute la charge de la nauire en la mer, à fin de la descharger, ils firent grand perte. Plus le troisiesme iour, perseuerāt la tourmête, nous iettasmes de noz propre mains tout l'equippage de la nauire en la mer. Or côme par plusieurs iours on ne voyoit ne Soleil ny estoille & que la tempeste nous tourmentoit tousiours de plus en plus, nous auions perdu toute espérāce de nous sauuer. Ioinct que pour les empeschemês que vne si difficile nauigation donnoit, on auoit esté long temps sans māger. Alors Paul estant au milieu d'eux dit : Messieurs on me deuoit bien croyre au parauant, quant ie vous amônestois de ne partir point du riuage de Claudie : car par ce moyen vous eussiés euité ceste greuance & perte de biens, mais pour ce qu'il n'y a plus de remede, il reste que pour le moins vous soyés bien auiés sus le tard. Ne perdés point courage, car nul de vo⁹ ne perira. Il y aura seulemēt perte de la nauire. Ie ne songe pas ces choses, mais ceste nuict vn Ange du Dieu auquel ie sers & lequel i'hônore, s'est presenté à moy, disant : Ne crains point Paul, tu ne periras poīt icy, ains faut que tu soys presenté premier deuant Cesar. Et si n'eschapperas seul sain & sauf, mais Dieu a donné à tes prieres tous ceux qui nauigēt auec toy. Parquoy ayésbon courage, messieurs : car ie ne doute en rien qu'il n'aduiêne ainsi que Dieu la promis par son Ange. Que si vous demandés quel moyen il a de sauuer la vie à tous, il faut que nous soyons iettés en vne certaine Isle, en laquelle nous nous sauuerons, la nauire estant rôpue. Et quant ce vint la quatorziesme nuict & que ia nous nauigions en la haute mer Adriatique, les mariniers regardans enuiron la minuict, pensoyent aperceuoir quelque regiō. Lesquels voulans sonder, s'ils y pourroyent seurement arriuer, ils lascherent la cordelle auec le plomb qui y estoit lié (que les mariniers appellêt la sonde) & trouuerêt la profondeur de vint brassés. Et vn peu plus auant ayās de-rechef sondé, trouuerent quinze brassées. Au reste quant ils sentirent que la profondeur decroissoit, craignās de tomber en lieux aspres & pierreux, ietterêt quatre ancres de la pouppe, & desiroyāt que le iour vint, à fin de cognoistre plus certainement quelle region apparoissoit. Mais les nautoniers, sentans qu'ils n'estoyêt plus gueres loing de la terre, taschoyent (la nauire abandonnée) de se sauuer les premiers, pourtāt deualêt-ils l'esquif en la mer, dissimulans leur fuite, sous ombre de vouloir lascher les ancres de la prore, contre la force de la tempeste. Mais Paul voyant ce qu'ils faisoyent, & sçachant que pour sauuer les autres q estoyent en la nauire, en auroit besoing de l'ayde des nautōniers, il admonneste le centenier & les gendarmes disant : Si ceux icy ne demeurent en la nauire, vous ne pouués eschapper. Cela ouy les gendarmes couperent à tout leurs glaiues les cordes de l'esquif pendant, & le laisserêt choir en la mer. Or ainsi que la nuict amoindrissoit & que le iour cōmençoit à apparoistre, Paul les enhortoit tous de prêdre leur refectiō, disant : Voicy le quatorziesme iour que vous perseuerés à ieun & sans repaistre aucunemêt. Parquoy ie vous amôneste de māger : car cela est requis pour vostre sauueté, de peur qu'ayās eschappé le dāger, vo⁹ ne mouriés de faim. Et ne faut point mettre en vostre teste, de quoy seruiroit le māger à ceux qui sont pres de perir. Car ie vous promets que personne de vous ne perira pas voyre vn poil de la teste. Cela dit Paul print du pain en ses mains, & rendit graces à Dieu deuāt tous : & apres l'auoir rôpu (suyuant l'exêple de Iesus) cōmença à manger. Tous aussi tāt par les propos de Paul qu'a son exêple, apres auoir prins courage, prindrent leur refection. Or le nôbre de ceux qui estoyent en la nauire, estoit en tout deux cens septante & six personnes. Apres donc qu'ils eurêt prins leur repas, à fin de soulager la nauire, ils ietterent en la mer le blé lequel ils menoyent d'Egypte (viel grenier des Romains) en Italie. Et quand il fust iour, il ne cognoissoyent point le pays : tant seulemêt aperceurent qu'il y auoit là vn certain golfe de mer ayāt riuage d'vne part & d'autre, auquel se deliberoyent d'aborder si faire se pouuoit. Si destascherêt les ancres & les lascherent en la mer, & quant & quāt les ioinctures des gouuernaux, pour s'en pouuoir seruir, à dresser la violāce de la nauire là où ils voudroyent. Ainsi ayās dressé les voyles en haut & les antenes vers le vent, tiroyêt vers le port, au gré du vêt. Mais pource qu'ils ne pouuoyêt venir au golfe auquel ils tendoyent, ains par la force des vents estoyent tôbés en vn lieu esleué en mer, ils y hurterent la nauire, tellement que la prore se ficha en terre, & demouroit sans se bouger : mais la pouppe se despeçoit de la force des ondes. Dequoy ne restoit plus sinō que chascū se sauuast en nageāt. Ce que voyans les gêdarmes, ils furêt d'aduis de tuer les prisonniers, de peur que nul n'eschappast à nager. Lequel cōseil estrange & cruel empescha le cêtenier, voulant sauuer Paul, par le conseil duquel ils estoyent sauués. Mais à fin que nul toutalement

ment

ment ne perist, commanda que ceux qui pouoyent nager, se iettassent les premiers en la
mer, & en nageant se sauuassent en terre. Et les autres qui ne sauoyent nager, les vns sur des
ais, les autres dessus quelque instrument de la nauire, vinssent comme ils pourroyent en
terre. Et par ce moyen tous finalement se sauuerent en terre.

CHAPITRE   XXVIII.

D'Arriuée ils ne cognoissoyēt pas qu'elle Isle c'estoit, mais quāt ils furēt eschappés des dangiers & venus en terre, il sceurēt par les habitās qu'elle s'appelloit
Malte, laquelle est entre Epire & Italie, regardant vers la Sicille du costé de Se-
ptentrioh. Or les barbares ayans compassion de nostre misere, se monstrerent
fort humains en nostre endroit: car apres auoir faict vn bon grand feu, ils nous receurent
tous, qui estiōs fort affligés tant de la pluye que du froid. Mais Paul ayant amassé vne bras
sée de sarmēts, qu'il mist puis au feu, vne vipere qui y estoit cachée & endormie à cause du
froid, si tost qu'elle sentit la chaleur, sortit hors, & le saisit à la main. Et quād les barbares de
Malte virent la beste mortelle qui luy pendoit à la main de Paul disoyent: Il faut bien dire
que cest hōme soit quelque meurtrier; veu qu'apres auoir eschappé la tēpeste de la mer, la
vengeance diuine ne le laisse point viure en terre. Mais Paul sentant la mors de la vipere,
la secouit au feu & n'eust point d'autre mal. Eux au contraire s'attendoyent que le venin
estant espars par les veines, il deut ardre & enfler, ou tomber soudainement tout mort, penetrant la force du venin iusqu'au cœur. Ce pendāt quand ils eurent longuement attēdu
ce qui aduiendroit à Paul, & virent qu'il ne luy aduenoit nul inconueniēt pour la morsure
de la vipere, de-rechef d'vne legereté barbare changerent de propos, disans qu'il estoit vn
Dieu. Car l'Isle de Malte n'auoit encore rien ouy de Iesus, qui auoit faict ce don aux professeurs de son nom, que nul venin tant violent & soudain fut-il, ne leur pourroit nuire. Or
pres du riuage où ils arriuerent, estoyent les possessions du plus apparent de l'Isle, nōmé
Publie: lequel nous ayant receus en sa maison, nous festoya humainemēt par trois iours.
Si aduint au mesme temps que le pere dudit Publie estoit si fort malade des fieures & flux
de ventre, qu'il en gisoit au lict. Paul donc recors du commandement du Seigneur, entra
vers le malade, & apres auoir prié Dieu, luy mit les mains sus & le guérit. Dequoy le bruit
estant venu par toute l'Isle, tous les autres aussi qui auoyent des maladies, venoyent vers
luy & estoyent gueris. Qui fut cause que tandis que nous demourasmes là, ils nous firent
beaucoup de bien & d'honneur: & comme nous troussiōs noz hardes pour nous embar-
quer, ils fornirent nostre nauire des choses necessaires à la munitiō de viures. Apres donc *Trois moys*
que nous eusmes passés trois moys en ceste Isle là, nous trouuasmes vne autre nauire *apres nous*
d'Alexādrie, qui auoit hyuerné en Malte & auoit pour son enseigne Castor & Pollux, que *nauigeasmes*
les Grecs appellent dioscoros, & pensent la nauigation estre bien fortunée, s'ils sont tous *en vne naui-*
deux assis sur les anteunes. Entrés en icelle nous desancrasmes de Malte, & vinsmes à Syra *re d'Alexan-*
cuses, ville au riuage de la mer de Sicile, & y seiournasmes trois iours. Et apres auoir desan *drie.*
cré de Syracuses, en costoyāt les riuages de Sicile, arriuasmes à Rege, ville d'Italie en la con
trée des Brutiens. De ceste ville là, on est incontinēt passé en Sicile. Car iadis la Sicile estoit
de ce costé là ioingnante à l'Italie, iusqu'à ce que la violance de la mer entreuenant sepa-
ra les deux pays, coulant entre deux vn bras de mer non plus large que de mil cinq cens
pas: dont les Grecs l'ont nommé Rhegio. De là ayant vent commode, assauoir le vent de
Midy qui se leua, nous fusmes vn iour apres portés à Puteoles, là où nous trouuasmes aucuns Chrestiens qui nous priaret dy faire quelque seiour. Doncques obeissans à leur volōté, nous nous y arrestasmes sept iours, duquel lieu nous vinsmes droit à Rome. Et pour
ce que le bruit estoit-ia venu à Rome vers les freres, que nous y deuions bien tost arriuer
(car le nom de Paul estoit fort renommé enuers les Chrestiens demourās à Rome, à cause
de l'epistre qu'il leur auoit escripte) ils nous vindrent au deuant iusqu'au marché d'Ap-
pie, au lieu qui s'appelle les trois boutiques. Et quāt Paul les vit, il fut grandemēt resiouy,
cognoissant qu'il y en auoit aussi là, qui d'vn vray cœur fauorisoyent à l'Euangile, & ayant
remercia Dieu. Il se fortifié & print bon courage. Finalement nous venus à Rome, le centenier liura les autres prisonniers au preuost du camp, mais quāt à Paul il luy fut permis de
demourer seul, auec vn seul gendarme qui luy estoit baillé pour sa garde. Et pour autant
qu'il auoit esté amené à Rome tout lié auec les autres, à fin que nul des Iuifs ne se doutast
qu'il enduroit ces choses pour quelque forfaict, trois iours apres il assembla les plus appa
rents des Iuifs habitans à Rome, auxquels ils parla en ceste maniere: Mes freres sans auoir
rien faict contre mon peuple, ou les coustumes des ancestres, iay esté liuré prisonnier en Ie
rusalem, és mains des Romains, & de là mené à Cesarée au gouuerneur Felix, puis à Feste.

Lesquels

Lesquels apres auoir examiné ma cause, me vouloyēt absoudre, pour ce qu'en moy (ainsi qu'eux-mesmes confessoyent) ne trouuoyent nul cas de mort. Mais à cause des Iuifs qui par grand hayne y contredisoyent, ie feu contraint d'en appeller à Cesar: nõ pas que pour cela ie porte hayne à ma natiõ, ou que ie me delibere de m'en plaindre enuers Cesar, pour mieux accroistre la hayne qu'ils me portent, mais pour defendre mon innoncence. Car ie desire bien à tous ceux qui seruent purement à Dieu, selon la Loy de noz peres. Meu doncques de ceste affection, ie vous ay icy appellés, puis que chargé de liens, il ne m'estoit loysi ble d'aller vers vous, pour prendre, tant par vostre presence, que de voz bons propos, quelque consolation. Mais pourquoy est ce que la nation des Israelites, sert si songneusement à Dieu sans tenir conte des images des Payens, sinon qu'elle espere à la resurrection qui est le loyer de sa deuotion & pieté? Pour ceste esperance doncques, laquelle m'est commune auec toute ma nation, ie suis enuironné de ceste chaine que voyés. Et ne me peut on mettre sus autre crime. A quoy les principaux des Iuifs respondirent ainsi: Quant à ce que tu te purges comme si tu auois esté accusé de quelqu'vn, sçaches que nul ne nous a escript contre toy de Iudée, & si n'est venu personne de là icy, qui ait rapporté ou mesdit de toy. Toutefois nous voudrions bien sçauoir de toy qu'elle est ton opinion. Car quāt à la secte nouuellement mise en auant, de Iesus de Nazareth lequel est ressuscité, il nous est tout notoire, que par tout on luy contredit, & que tous la reiettent cõme vaine. Ce nous sera donc chose moult aggreable, si plus au long tu nous declares ce que tu en sens. Et Paul respondant qu'il le feroit volontiers, luy assignerent vn iour, auquel plus grand nombre de Iuifs qu'au parauant, s'assemblerent vers luy, au logis où il demeuroit. Ainsi il leur exposoit la doctrine de l'Euangile, testifiant le regne de Dieu estre-ia present, & qu'il ne failloit plus attendre le Messias, en les enseignant que Iesus de Nazareth l'estoit. Et cela monstroit-il par les figures de la loy de Moyse, & par les oracles des Prophetes : assauoir que tout ce qui auoit esté auãt dit par Moyse & les Prophetes estoit accomply en Christ. Or apres que Paul eut amplement deuisé, de ces choses, depuis le matin iusqu'au soir, aucuns de l'assemblée des Iuifs, creurent au propos de Paul, & aucuns nõ. Et ainsi qu'ils n'estoyent point d'accord ensemble, ils commencerent à s'en aller, Paul ce pendant adiousta à son harangue encore ce mot, pour tauxer leur mescroyance, en laquelle, nonobstant les grands & manifestes tesmoignages que la Loy & les Prophetes donnoyent de Iesus, ils perseueroyent de se defier. Le sainct Esprit, dit-il, a bien prophetisé par le prophete Esaie à noz peres, des

Esaie 6 quels vous ensuyués la mescroyance: Va-t'en, dit-il, à ce peuple & luy dy: Vous orrés des oreilles sans entendre, & regarderés des yeux sans y voir. Car le cœur de ce peuple est engourdy, & oyent gros des oreilles, & ont fermé leurs yeux, de peur qu'ils ne voyent des yeux, & oyent des oreilles, & entendent de cœur, & se retournent & que il les guerisse. Parquoy sçachés que ce salut qui est presenté de Dieu par Iesus, est enuoyé aux Payens, puis qu'ainsi est que vous le reiettés. Car celuy le reiette qui n'y croit point : & qui ne croit à l'Euangile n'est capable de ceste grace. A vous premierement a esté annoncé le don de Dieu: car le Seigneur l'auoit ainsi commandé. Or failloit-il que vous principalement creussiés qui faittes profession de la Loy & des Prophetes, mais à l'encontre de tout cela, vous aués les yeux bouchés, les oreilles estoupées, & le cœur engourdy, contredisans, à la manifeste lumiere de l'Euangile. Mais les Payens qui n'ont point encore cogneu Dieu, & n'ont ny la Loy, ne les Prophetes, se retourneront de leurs idoles, & par foy obtiendront ceste diuine benignité & largesse donnée par grace, que vous mesprisés. Et quand Paul eut dit cela, les Iuifs s'en allerent de luy, ayans moult grand different ensemble. Or il demeura deux ans entiers au logis qu'il print à louage, receuant humainement tous ceux qui venoyent vers luy, tant Iuifs que incirconcis : en leur preschant le regne de Dieu, & enseignant auec toute hardiesse, & sans empeschement la doctrine de l'Euangile, alleguant les propheties iadis mises en auant du Seigneur Iesus, ausquelles il conferoit, tant les faicts que les dits & promesses d'iceluy.

FIN DE LA PARAPHRASE SVR LES
faits des Apostres par D. Erasme.

SOMMAL

LE SECOND TOME

DE LA PARAPHRASE DE DIDIER

ERASME DE ROTERODAME, SVR LA RESTE

du nouueau Testament, c'est assauoir sur toutes
les Epistres des Apostres.

M ▸ D ▸ LXIII ▸

SOMMAIRE SVR LA PARA=
PHRASE SVYVANTE PAR
D.Erasme de Roterodame.

Fin que la matiere suiette de ceste Epistre en soit plus claire, il faut en peu de parolles en deschiffrer le sommaire. Et pour commencer au nom de l'autheur, combié que ie n'ignore pas que sainct Ierosme en ses commentaires sur l'Epistre à Philemon soit de cest aduis qu'il estime l'Apostre auoir esté premieremét appellé Saul, & du surnom de Paul, il l'ait pour signe de victoire vsurpé du viscósul Serge Paul, apres l'auoir gaigné à Christ, comme nous lisons aux Actes chapistre treziesme, de-rechef qu'il il y en a d'autres à qui plaist qu'au Iudaisme il a esté nommé Saul, mais qu'en changeant de religion il changea aussi de nom : Ce neantmoins la premiere opinion est rendue debile par ce que S.Luc au mesme chapitre que nous venons d'alleguer, escript : Saul (qui autrement s'appelle Paul) remply du S.Esprit, declarant assés ouuertement iceluy auoir eu deux noms deuant la conuersion de Serge Paul, l'auttre opinió est toutalement refutée de ce que tant en quelques autres passages qu'au chapitre susdit, il est appellé Saul, ia preschant l'Euangile de Christ.Le sainct Esprit leur dit:Separés moy Saul & Barnabas. Pourtant l'opinion d'Origenes me semble la plus approcher de verite, c'est que cóme és liures du vieil Testa-mét nous en trouuós aucuns auoir eu diuers noms, cóme en quelque passage est appellé Idida celuy qui autrepart s'appelle Salomon : & Ozie en vn endroit celuy qui autrepart est nommé Azarie. Item és liures du nouueau Testament celuy qui en son Euangile s'appelle Matthieu, auoir esté appellé Leui par S.Luc. En cas pareil que Paul a eu deux noms, combien que de luy en ses Epistres iamais ne s'appelle Saul, ains par tout se nomme Paul, à cause, peut estre, que ce nom Paul estoit plus vsité aux oreilles des Grecs & Romains aus quels il escripuoit.Car ce nom Saulus semble estre ainsi deduit de Saul mot Ebrieu, cóme de Ioseph les Grecs ont deduit Iosephus. Or Paul en Ebrieu vaut autant à dire que Admi-rable si toutefois nous voulons accorder qu'on recherche d'vne langue estrange l'etymo-logie des mots Latin ou Grec. Ce que sainct Ierosme iaçoit qu'en quelques endroits il le re prenne és autres, se permet toutefois icy, comme en vne chose(pense-ie bien) qui n'est pas autrement d'importance. Pour le seur, en Grec il signifie paisible, & en Latin il vaut autant que petit, Saul en Ebrieu signifie Requis : & s'il faut s'en rapporter à sainct Ambroise, il si-gnifie Inquietude ou Tentation, & de faict en Grec le mot Saulos porte cela. Et voyla quát au nom, voyre plus qu'assés pour vn sommaire. Au reste, il a dicté ceste Epistre à Tiers qui escriuoit sous luy: comme iceluy mesme Tiers le testifie en la fin de l'Epistre, disant:Ie vous salue aussi moy Tiers, qui ay escript ceste Epistre de part le Seigneur. Il appert qu'elle a esté enuoyée de Corinthe par vne femme de Cenchrée, nommée Phebé. Or Cenchrée est vn port de Corinthe non beaucoup eslongné de la ville. Que si on veut aussi sçauoir le téps, elle semble auoir esté escripte apres les deux aux Corinthiens (qui faict qu'on tient qu'en ceste-cy entre toutes, reluysent les signes d'vne pieté ia parfaitte & corroborée) lors qu'a-pres auoir-ia passé par toute l'Achaie(en laquelle est Corinthe)& la Macedoine qui luy est voysine, iusques à Illyrique, & non seulemét ayant presché par tout l'Euágile de Christ,seu lement és lieux où personne des autres Apostres n'auoyét presché:mais aussi suyuát l'ad-uertissement de Pierre, apres auoir amassé des siens quelque somme d'argent pour surue-nir aux poures, il se preparoit pour aller en Ierusalem, pour apres auoir faict exhibition de ce qu'il auoit receu, s'en aller de là en Espagne, & passer par Rome, & en passant il salue les Chrestiens, de la foy & pieté desquels il auoit ouy parler, sans toutefois les auoir encore veus. Car il leur estoit aduenu tout le contraire qu'aux Galates, entant que les Galates ayans premierement esté droittement instituès de Paul, furent puis apres seduits par la ruse des faux Apostres & ramenés au Iudaisme:& les Romains au côtraire ayans esté pre-mierement mal instituès des faux Apostres, si trestost que selon qu'il estoyent prudens, ils s'apperceurent de la tromperie, recogneurent la faute, & perseueroyent en ce qu'ils pen-soyent estre droit. Car ce commencemét de l'Esglise nayssante, il y en auoit qui estoyét d'o-pinion que puis que la grace de l'Euangile sembloit estre nomméement promise à la po-sterité d'Abrahá & à la nation Iudaique, il ne failloit pas tout à coup la diuulguer parmy les natiós prophanes & addónées au seruice des idoles & des diables. Et de ceste opinion

Hh 2   sainct

Aucuns en l'e scripture ont eu diuers noms.

L'etymologie ne se doit cher-cher d'vne lan-gue estrange.

L'escriuent le lieu.

Le temps.

sainct Pierre mesme semble bien n'en auoir pas esté fort eslongné, veu qu'il eut besoing d'estre aduerty par vision, d'admettre Corneille le cêtenier: à raison dequoy tantost apres on luy bailla de la fascherie en Ierusalem, se complaignans ceux qui du Iudaïsme estoyent conuertis à Christ, de ce qu'il auoit eu communication auec gens incirconcis, & est vray semblable qu'en cest estrif estoyent aussi aucuns des Apostres. Car nous lisons aux Actes chapitre vnziesme en ceste maniere: Or les Apostres & freres, qui estoyent en Iudée ouy-rent dire que les Payens aussi auoyẽt receu la parolle de Dieu. Dont quand Pierre fut mon-té en Ierusalem, ceux qui estoyent circoncis estriuoyent auec luy, disans: Pourquoy es-tu entré chés les incirconcis, & as mãgé auec eux? Il en y auoit aussi d'autres, qui iaçoit qu'ils ne fussent pas de cest aduis de toutalement forclorre les Payens de la communauté de l'E-uangile: ce neantmoins tenoyent qu'il ne failloit les admettre que premierement ils ne fussent circõcis à la façon des Iuifs, ne plus ne moins que si Christ auoit besoing de l'ayde de la loy Mosaique, & pour par mesme moyen transferer la gloire de l'Euangile à leur na-tion. Et aux Actes chapitre susdit il est escript que ceux qui par la persecution qui aduint apres la mort de sainct Estienne, s'en estoyent fuys iusqu'à Phonce, & Cypre, & Antioche, ne prescherent Christ à autre qu'aux Iuifs tant seulement. Item chapitre quinziesme aucũs Iuifs vont en Antioche preschant à pur & à plein contre Paul & Barnabas, qu'il n'y auoit nulle esperance de salut, sinon qu'on fust circoncis selon que le portoit l'ordonnance de Moyse. Dont il se leua par ceux là vn si grand tintamarre qu'on s'assembla & ordonna-on que Paul & Barnabas & ensemble leurs aduersaires iroyent en Ierusalem, & que le differẽt se vuyderoit par l'aduis des Apostres & Anciens: & là de-rechef s'opposans fort & ferme quelques Chrestiens, principalement ceux de la secte des Pharisiẽs, de laquelle auoit aussi esté Paul, les Apostres & Anciens s'assemblerent, & de l'authorité de Pierre & de Iaques ordonnerent, que les Payens ne deuoyent estre chargés de la loy Mosaique, tant seulemẽt qu'ils s'abstiennent de manger des bestes estouffées, du sang, de la chair immolée aux ido-les, & de paillardise. Et mesme que ceste exception ait esté pour la portée du temps, accor-dée à l'inuincible superstition des Iuifs, ceste seule raison le monstre asses que nous voyõs les trois premiers articles, long temps a, ostés & toutalement abolis. De ceste mesme sour-ce se leua ce different de Paul auec Pierre en Antioche, quand voyant l'Apostre des Payens que ses disciples estoyent en dangier à cause de la feintise de Pierre, il le reprint en barbe, comme luy-mesme le rescript en l'Epistre aux Galates chap. deuxiesme. De-rechef en Ie-rusalem à la suasiõ de Iaques, pour se purger du bruit ià semé entre les Iuifs qu'il sembloit destourner les gens de la loy Mosaique, il se rasa la teste auec quelques autres, & s'estant purifié à la façon Iudaique fit son offrande au temple, comme le raconte sainct Luc, Actes vintuniesme. Par lequel passage il semble bien que sainct Iaques, combien qu'au parauãt il eust bonnement deliuré les Payens du fardeau de la loy Mosaique, estoit toutefois d'opi-nion qu'il failloit exiger des Iuifs l'obseruation de la Loy, & ne fust-ce que pour appaiser & contenter ceux qui n'auoyent pas encore si grand auancement en la verité Euãgelique, que de pouuoir toutalement plaquer là les ceremonies de leurs peres. Car voicy commẽt parle Iaques: Et chascũ cognoistra que de ce qu'ils ont ouy dire de toy, il n'en est rien, ains te gouuerne tellement que tu obeis à la Loy, aussi bien que les autres. Ce fut pour la mes-me cause, pense-ie bien, qu'il se rasa la teste à Cenchrée, Actes dixhuytiesme. Par mesme ne-cessité il circoncit Timothée chap. sexiesme. Timothée, di-ie, qui estoit bien nay de mere Iuifue, mais de pere Payen. Si grande difficulté il y auoit d'vn Iuif en faire vn Chrestien. Et

de faict, celle nation a vne obstinatiõ qui luy est si peculiere qu'onques il n'en fut vne plus attachée à sa religion, comme tres-bien l'enseigne Iosephe en l'Apologie des Antiquités Iudaiques. Outre tout cela, comme la nation des Iuifs estoit pour lors mal-voulue de tou-tes les nations du monde, ainsi pareillement les Iuifs auoyent toutes autres gens en dete-station comme impurs, prophanes, & Atheistes, iusqu'à ne daigner hanter auec eux, & pensoyẽt que leur têple fust esté pollu si de cas d'auẽture quelqu'vn incircõcis y fust entré. Tant estoit esleué le sourcil d'vne pellicule cirõcie & rognée. Donc toute esperance ostée, que les Grecs & Romains deussent iamais receuoir la Loy par tout mal-voulue, les Iuifs toutefois insistãs sur cela d'vne obstination incroyable, Paul voyant qu'il y auoit dãgier, que par vn si mortel discord vne bonne portée du fruict de l'Euangile ne perist & fust ob-scurcié la gloire de Christ, par la meslange du nom de Moyse, son but principal par tout est d'abolir & annuller les ceremonies de la Loy, & de rapporter à vn seul Christ toute as-seurance d'obtenir salut. Or comme aspremẽt, ce neantmoins amyablemẽt, il tanse les Galates, de ce qu'ils estoyent tombés au Iudaïsme: ainsi il aduise & instruit les Romains

qu'ils

qu'ils ne soyent pas si imprudens que de se laisser attrapper par les faux Apostres(lesquels
il sçauoit bien ne dormir) ains qu'ils tinssent bon en la saine doctrine, laquelle ils auoyent
embrassée. Car il y auoit à Rome des Iuifs en bon nombre, fust-ce qu'il estoyent là transportés par Pompée, fust-ce par ce que pour lors la prouince de Iudée estoit sous la iurisdiction des Romains. La superstition desquels Iuifs est mesme taxée par Iuuenal, & Horace
& Senecque. Et que ses Iuifs là ayent baillé beaucoup d'affaire à sainct Paul, apres qu'il fut
arriué à Rome, le dernier chapitre des Actes en est vn suffisant tesmoignage. Or d'vn côseil
merueilleux, Paul orateur nompareil, modere son parler entre les Iuifs & les Payens, de
grand soing qu'il a de les attirer tous par tous moyens à Christ, & ne voulant point, si faire se pouuoit, qu'homme du monde perist à son capitaine, sous lequel il batailloit. Pour-
tant maintenant il tanse les vns, maintenant les autres : de-rechef tantost il les redresse & Le sommaire
de la doctrine
de Paul.
sousleue. Il rabaisse le soucy des Payens, monstrant que ne la Loy de nature, ne la philoso-
phie dont ils estoyent enflés, ne leur a de rien seruy qu'ils ne se soyent abbandônés à toute
vilenie de vices. Semblablement il reprime l'arrogance des Iuifs, d'auoir par la fiance de
la Loy perdu le principal de toute la Loy, assauoir la foy en Iesus Christ : enseignans que
les ceremonies de la Loy sont abolies : depuis que l'Euangile de Christ figuré par les om- Les cermo-
nies.
bres de la Loy, a commencé à reluyre : que desormais sont annullées les vacations & Sabbaths, le fardeau de la circoncision, les reuolutions des liures, les festes solênisées par trois
fois tous les ans, la difference des viandes, les lauemens qui tous les iours estoyent souillés de nouueau, celle boucherie de bestes innocêtes, brief que la deuotion du têple souillé
par tueries assiduelles estoit abolie : Que ces ombres des choses s'esuanouyssoyent : Que
ceux sont les vrays enfans d'Abraham, lesquels ensuyuent la foy d'Abraham: ceux vrayement Iuifs, qui font profession de Christ : & ceux vrayement circoncis, qui ont le cœur repurgé des vilaines conuoitises : Que la vraye iustice & le salut parfaict se donne à tous esgalement par l'Euangile & la simple foy en Christ sans l'ayde de la Loy, iaçoit que ce salut
eut esté iadis peculierement promis aux Iuifs, mais en sorte a eux promise que ce neantmoins les Prophetes ne se sont pas teu qu'vn temps viendroit qu'au refus des Iuifs la predication de Christ seroit publiée aux Payens: Que par la Loy Mosaique laquelle ils obseruoyent selon la chair, nul n'obtenoit la vraye iustice, ains par la foy: ce qu'il demôstre tant
par l'exemple d'Abraham, que par diuers tesmoignages de la Loy mesme. Ayant en ce
point rabbatu la presomption & osté la confiance tant aux Payens qu'aux Iuifs, il esgale
les vns & les autres, en l'affaire de la foy Euangelique, s'esiouyssant tellement du salut des
Payens que ce neantmoins il deplore d'vne affection paternelle l'aueuglement de ceux de
sa nation, encore que par tout il les trouuast aduersaires obstinés iusqu'au bout: & pour
ce que la chose est dure de soy, il l'addoucit disât qu'ils ne sont pas tous aueuglés, & qu'vn
iour aduenir toute la nation des Iuifs s'amendera, estant prouoquée par la foy des Payês.
Et là en passant il entremesle vne fort ample doctrine des preordonnés ou predestinés,
des preueus, des appellés, de grace, de merite, du franc arbitre, du conseil de Dieu à nous
insondable, de la loy de nature, de la loy de Moyse, de la loy de peché. Il y a bien pour puiser à force allegories, quand il faict deux Adam, vn duquel nous haissons selon la chair Les sources
d'Alegories.
mortel : & vn autres duquel nous renaissons pour estre vn iour immortels : Item deux
hommes, interieur & exterieur : l'interieur qui obeit à l'esprit & à la raison : l'exterieur suiet
aux conuoitises & affections: & l'interieur il l'appelle quelquefois l'esprit: l'exterieur quelquefois il l'appelle le corps ou les membres, quelquefois chair, quelquefois aussi loy de
peché: Deux morts, du corps & de l'ame, & vne troisiesme par laquelle nous mourons à
peché & aux affections de pecher. Item trois vies, vne moyennant laquelle nous viuons
quât au corps, l'autre quant à l'ame, & la trosiesme dont nous viuons à iustice ou à peché:
Deux seruages & aussi deux franches, selon quoy nous seruons ou à iustice estans affranchis de peché, ou à peché estans affranchis de iustice: Deux Iudaisme, deux circoncisions:
deux posterités d'Abraham: deux parties de la loy Mosaique, l'vne charnelle qui est comme le corps : vne autre spirituelle qui est comme l'ame de la Loy. Deux baptesmes, le premier par lequel nous sommes laués des pechés au sainct lauement, & l'autre par lequel
nous mourons auec Christ en renonçant aux affections du monde. Deux sepultures, vne
selon laquelle Christ a esté enseuely trois iours : & vne spirituelle selon laquelle nous estâs
sequestrés des vices du monde, nous nous reposons en luy: Deux resurrections, vne qui à
precedé en Christ & doit suyure en nous, vne autre selon laquelle comme de-rechef viuâs
des pechés passés nous nous auançons de vertu à autre, tendans en cest endroit, entant
que faire se peut, à l'immortalité aduenir: Deux sortes de iustices de Dieu & des hommes:

Hh 3   Deux

Deux manieres de iugemens, de Dieu & des hommes : Deux especes de gloire ou loz, en
uers Dieu & enuers les hommes. Ces points deschiffrés, il passe à celuy des mœurs, les enhortant en premier lieu à concorde mutuelle, à l'exemple des mêbres d'vn mesme corps.
Et pourautant que la paix ne peut demeurer ferme où est outrecuydance ou enuye, il les
prie que par mutuels seruices ils ayêt à nourrir & êtretenir amour entre-eux:les Romains
de supporter pour vn temps l'infirmité des Iuifs, qui leur reste de la longue accoustumance de la Loy, les Iuifs semblablement de ne porter point d'enuie aux Payens appellés en la
communauté de l'Euangile, ains que plustost ils ensuyuent leur foy & liberté : & comme
ainsi soit qu'ils n'ayent tous qu'vn mesme Dieu, vn mesme Christ, vne mesme grace, vn
mesme salaire, qu'ils accroissent tous en vn mesme corps, sans que personne s'attribue riê
qui soit, ains si quelqu'vn a quelque grace singuliere par dessus les autres, qu'il l'employe
à secourir son frere. Et ceste matiere il la traitté amplement & diuersement, enseignant com
ments ils se doyuent porter enuers les Iuifs incredules, comment enuers les Chrestiens superstitieux, ou (comme il les appelle) infirmes, comment enuers les superieurs, comment
enuers les suiets, comment enuers les esgaux, comment enuers les Princes & Magistrats
Payens, s'acquittans toutefois tellement quellement de leur charge : comment en prosperité, commêt aussi en aduersité. En apres en louant de-rechef les Romains il addoucit l'aspreté de l'aduertissement, & fait valoir son authorité enuers eux, combien plus que tous
les autres il a auancé l'Euangile de Christ:leur declare côbien grande enuie il a de les voir,
& leur faict esperer sa venue, & la cause pourquoy il est contraint de la differer, il la leur descouure, louant la liberalité volontaire des Macedoniens & Corinthiês enuers les poures
Saincts, tacitement & modestement prouoquant les Romains à faire le mesme. Le chapitre dernier il le remplit tout de salutations, ramassant les noms de plusieurs non pas sans
raison & legierement, ains en merueilleusement baillant à chascun sa louange. Finalement
pour ce que toutalement il cognoissoit & la finesse importune des faux Apostres, & la simplicité & facilité des Romains, il les aduertit tres-songneusement, qu'ils ayent à se garder
du beau parler de telles gens. Or iaçoit que la plus part de toutes ces matieres concernent
peculieremêt le siecle auquel l'Esglise encore toute nouuelle croissoit de peu à peu, meslée
de Iuifs & de Payens, suiette à princes Payens, ce neantmoins il n'y a rien dont on ne puisse
aussi approprier quelque salutaire doctrine à ces temps-cy : comme seroit d'euiter superstition, qui est la source des debats, & si a telle apparence de pieté qu'il n'y a rien de plus
contraire à la vraye pieté : de la sotte fiance de philosophie mondaine & des œuures hu-
maines:du merite de foy, d'euiter l'arrogance : de supporter en quelques endroits l'imbecillité des moins auancés : d'entrenir concorde par seruice mutuels : d'endurer aucunement iusqu'à certain degré les mauuais Princes & Euesques prophanes, à fin de ne troubler point l'ordre de l'estat public : de vaincre les mesfaicts par bien-faisance : de ne iuger
point des choses qui ne nous touchent en rien : d'interpreter à la bonne part tout ce qui se
peut faire d'vn droit cœur : de se donner de garde d'vn beau parler fallacieux : & de tout
plein d'autres telles choses esquelles encore auiourd'huy s'occuppe ordinairement la vie
des hommes. Mais autant qu'est grande l'vtilité de ceste Epistre, autant voire plus en est
grande la difficulté : & ce, à mon aduis, pour trois causes principales:soit qu'il n'y a nul
autre endroit où la disposition du discours soit plus confuse, n'où les propos soyent plus
entre ouuers & mal cousus, n'où la reddition manque plus souuent à la côparaison, dont
aussi se pleint à tout coup Origenes, lequel en l'interpretant a hené & trauaillé à tous propos à telles difficultés. Laquelle chose s'il faut s'en prendre ou au translateur, ou à Tiers
qui l'a recueillie, ou bien à Paul mesme, i'en laisse le iugement aux autres. Certainemêt luy
mesme recognoit bien l'ignorāce & la lourdesse de son langage, iaçoit qu'il se fasse de fort
de l'experience des matieres. Dauantage tant s'en faut qu'il ait affecté vn parler composé
par artifice humain, que mesme il a pensé qu'il le deuoit euiter, de peur que la gloire de la
croix n'en fust amoindrie. Et c'est pourquoy Origenes pense que c'est têps perdu de chercher en Paul vn ageancement de parolles. Quelquefois sainct Ierosme luy attribue vn artifice de parler, quelquefois il luy oste confessant franchement que du langage corrompu
de Cilice il pouuoit bien auoir tiré quelque vice, sainct Augustin tire bien des Epistres de
sainct Paul ornemens & fleurs de rethoricque. Mesme aussi aux Actes, Paul est guidon de
la parolle, & en la premiere aux Corinthiens il surpasse tous les autres à parler langues
estranges. Car iaçoit que comme le tesmoigne sainct Ierosme, pour lors tout le leuant parloit Grec, ce neantmoins côme il est vray semblable qu'en la Gaule il n'y-a pas eu vne
mesme pureté du langage Romain qu'il y auoit à Rome : ainsi est-il vray semblable qu'il
y a

y a eu vn grand different entre vn de Cilice parlant Grec, & vn d'Athenes. Outre toutes
ces incōmodités qui sont au langage, il y a l'Ebraisme, les proprietés duquel il rétient par
tout, parla tellement Grec, que ce nonobstant on le prendroit ce pendant pour vn Ebrieu.
La seconde cause de la difficulté de ceste epistre vient, ce pense-ie, à cause de l'obscurité des
matieres inexplicables. Il n'y en a point de plus empeschée d'ahets & plus rabouteuse, ou
d'entrerōpue de plus profonds creux, de sorte que l'autheur mesme laissans en quelques
endroits le propos entreprins, est contraint de s'escrier : O les profondes richesses : Quoy
qu'à son escient il touche tellement certains mysteres, que tant seulement le monstre comme en passant, moderant son parler selon la portée de ce temps là & la capacité de ceux
ausquels il escriuoit : Il sçauoit & auoit veu des choses qu'il n'estoit pas licite à homme de
les dire : & sçauoit bien quand il failloit bailler du laict, & quand de la grosse viande. Pour
mesme fin l'Apostre sainct Pierre ayant à tenir propos de Christ à vne assemblée de gens
ignorans, il appelle Christ homme, se taisant qu'il soit Dieu. La troisiesme difficulté, vient
que ie pense, d'vne frequente & subite mutation de personnes, en ce que tantost il a esgard
aux Iuifs, tantost aux Payens, tantost à tous les deux, maintenant aux croyans maintenāt
aux mescroyans : ores il soustient la personne d'vn foible, ores d'vn robuste : maintenant
d'vn fidele maintenant d'vn infidele. Qui est cause que le lecteur comme randislant par
des labyrinthes & sinnosités inexplicables, ne voit pas bien où en est ne l'entrée ne l'yssue.
De maniere qu'Origenes me semble non moins vrayement qu'elegamment auoir accomparé sainct Paul à vn qui meneroit vn estrangier voir le palais de quelque homme fort riche, lequel palais seroit entrelassé d'vne grandē ambiguité & diuersité de chemins, item
de retraittes & cabinets. Et que du tres-ample thresor des richesses, il en monstre de loing
certaines choses, quelques iours de plus pres, quelques aussi qu'il ne veuille point qu'elles soyent veues, cependant souuentefois estant entré par vne porte il sort par vne autre,
de maniere que l'estrangier s'esmerueille par où il est entré, où il est, & par où il faut sortir.
Chose, dont l'Apostre sainct Pierre s'est bien aussi apperceu, testifiant en sa seconde Epistre
qu'és Epistre de sainct Paul, il y a certains passages malaisés à entendre que les ignorans
& mal asseurés tordent à leur perdition. De nostre part nous nous sommes mis en deuoir
d'oster ces difficultés, excepté qu'il y a certain termes si peculier au langage de sainct Paul,
que quelquefois on ne peut les changer, comme sont ceux-cy : foy, grace, corps, membres,
esprit, entendement, sens, edifier, & autres semblables, lesquels comme on n'a deu toutalement les changer, aussi entant que faire s'est peut, nous auons taschés de les
amollir. Mais oyans desormais l'autheur mesme parlant Romain
aux Romains. Que di-ie aux Romains: mais parlant à tous en plus grande facilité
& intelligence.

Hh 4   LA VIE

LA VIE DE SAINCT
PAVL PAR SAINCT
HIEROME.

**P**A V L qui eſtoit nõmé deuant Saul, Apoſtre non du nõbre des douze Apoſtres, de la lignée de Beniamin & d'vne villette de Iudée ditte Giſchaelie, laquelle eſtant prinſe des Romains, s'en alla tenir auec ſon pere & ſa mere à Tarſe en Cilicie, lequel pour l'amour des eſtudes de la Loy fut enuoyé à Ieruſalem, & enſeigné de par Gamaliel hõme treſdocte, duquel Lucas faict mention. Mais luy ayant eſté à la mort du martyr Eſtienne, & ayans prins lettres du Pontife du temple, pour perſecuter ceux qui croyoyent en Chriſt, & comme il alloit à Damas, par reuelation fut pouſſé à la foy laquelle eſt deſcripte aux actes des Apoſtres, & d'vn perſecuteur a eſté changé en vaiſſeau d'election. Et quant premierement Sergius Paul procõſul de Cipre eut creu à ſon preſche, de ce qu'il l'auoit aſſuietty à la foy de Chriſt, fut appellé Paul : & s'eſtãt adioinct à Barnabas apres auoir eſté par pluſieurs villes, retourna à Ieruſalem, & fut de par Pierre, Iaques & Iean, ordonné Apoſtre des Gentils. Et pour ce qu'aux actes des Apoſtres il eſt plainemẽt eſcript comme il s'eſt porté. Ie diray ſeulemẽt cecy que l'an vintcinquieſme depuis la paſſion de Ieſus Chriſt, qui eſt le ſecond de Neron, en ce tẽps là que Feſtus procurateur de Iudée ſucceda à Felix, fut enuoyé priſonnier à Rome, & demoura deux ans en vne priſon libre, diſputant tous les iours contre les Iuifs de l'auenemẽt de Chriſt: Mais il faut entendre qu'en la premiere deffenſe deuant que l'Empire de Neron, fut encore bien confermée, & deuant que tant de meſchancetés fuſſent miſe au comble, leſquelles les hyſtoires racontent de luy. Paul fut laſché par Nerõ, à fin qu'il preſchaſt auſſi l'Euangile de Chriſt, aux parties de l'Occident, comme luy-meſme eſcript en la ſeconde epiſtre à Timothée, en ce temps là meſme qu'il endura eſcripuãt en la priſon l'Epiſtre: En ma premiere deffenſe nul ne m'a aſſiſté, ains m'a chaſcun delaiſſé : ie prie Dieu qu'il ne leur ſoit point imputé. Mais le Seigneur m'a aſſiſté & cõſolé, à fin que par moy la predication s'accompliſſe, & que toutes nations oyent: ſi ay eſté deliuré de la gueule du Lyon. Signifiant manifeſtement par le Lyon Neron, pour lamour de ſa cruauté. Et incontinent apres il dit: Le Seigneur me deliurera de tous mauuais affaires, & me gardera pour ſon regne celeſte, pource qu'il ſentoit que le temps de ſon martyre eſtoit pres: Car en la meſme epiſtre il auoit dit deuãt, ie m'en vay eſtre ſacrifié & s'approche le tẽps de ma departie. Luy donc l'an quatorzieſme du regne de Nerõ (au meſme iour que Pierre) eut la teſte couppée, pour Chriſt à Rome & fut enſeuely en la voye Oſtienſe, l'an trẽteſeptieſme apres la paſſiõ du Seigneur. Il a eſcript neuf epiſtres à ſept Eſgliſes, aux Romains vne, aux Corinthiens deux, aux Galates vne, aux Epheſiens vne, aux Philipiens vne, aux Coloſſiẽs vne, aux Theſſaloniſſiens deux. Puis à ſes diſciples à Timothée deux, à Tite vne, à Philemon vne. L'epiſtre qu'on a aux Ebrieux, on ne croit point qu'elle ſoit de luy, à cauſe de la differẽce du ſtile & du langage, mais ou de Barnabas ſelon Tertulian, ou de Lucas l'Euangeliſte ſelon l'opinion d'aucuns: ou de Clement qui fut apres Eueſque de l'Eſgliſe de Rome, lequel il diſent auoir mis en ordre & aorné de ſon langage les ſentẽces de Paul. Ou certes pour ce que Paul eſcripuoit aux Ebrieux & pour ce que ſon nom eſtoit odieux à eux, il a eſté le titre au commencement de la ſalutation. Il auoit eſcript comme Ebrieu aux Ebrieux en Ebrieu: C'eſt à dire en ſon langage eloquẽment & que ce qu'il auoit elegamment eſcript en Ebrieu auoit eſté translatée en Grec plus elegamment: & que cecy eſt la cauſe pourquoy elle ſemble eſtre differẽte des autres epiſtres de Paul. Il en y a vne aux Laodicenſiens: mais elle eſt reiettée de tous.

1.Thim.4

PARA-

PARAPHRASE
SVR L'EPISTRE DE SAINCT
PAVL AVX ROMAINS, PAR DI-
dier Erasme de Roterodame.

CHAPITRE I.

OY PAVL, PAVL DY-IE, DE SAVL De-
uenu tel, de têpestatif paisible, n'agueres attaché à la loy
Mosaique, maintenant affranchy de Moyse, & deuenu seruiteur de Iesus Christ, non pas que ie me soye reuolté ou
aye abbandôné mon premier train, ains appellé à la charge de ceste ambassade, & plus heureusemêt segregé qu'au
parauant, quâd en maintenant & defendant la secte Pha-
risiêne ie m'abusois, m'œu d'vne pieté remplie d'impieté,
& d'vne doctrine d'ignorance: mais ors prime vrayement
digne d'estre nommé Pharisien, moy qui suis separé & trié
de Christ mesme pour manier vn affaire beaucoup plus
excellent, assauoir pour prescher l'Euangile de Dieu, Euan-
gile certes non nouueau, ains promis de luy long temps a, és oracles de ses Prophetes, lesquels oracles sont encore à present enregistrés non pas en tous liures, mais és Escriptures   *Es escriptu-*
sainctes & de feauté inuiolable, touchant son fils, qui en temps est nay de la race de Dauid *res sainctes.*
selon l'infirmité de la chair, mais lequel aussi a esté declaré fils eternel de Dieu, eternel selon l'esperit sanctifiant toutes choses: declaré, dy-ie, fils de Dieu par maints arguments,
mais entre autres en ce que ledit Iesus Christ nostre Seigneur apres auoir vaincu la mort,
est ressuscité des morts & est deuenu prince & autheur de resurrection, pour tous ceux qui
sont renays en luy: par lequel nous auons obtenu non seulement ceste grace laquelle l'obseruation de la Loy ne pouuoit conferer, mais aussi l'office d'Apostre, à celle fin que comme par les autres Apostres l'Euangile de Christ a esté publié entre les Iuifs ainsi par moy
il soit presché par toutes nations: non pas pour les charger des fardeaux de la Loy, mais
bien à fin qu'il se soubmettent à la foy publiée touchant Christ, s'y appuyent & non en la
vaine sagesse des philosophes: du nombre desquelles nations vous aussi en estes, quant
à la race au reste receus par adoption au droit & titre de Iesus Christ, à fin que desormais
vocables de sectes ou nations ne vous separent plus, puis que l'adoption est commune à
tous. A tous vous dôc qui estes à Rome, aymés de Dieu, & appellés des vices de la vie pas- *Aux aymés*
sée à vne saincteté de vie, ie souhaitte grace & paix: non pas telle que ce môde-cy a de cou- *de Dieu.*
stume d'ordinairement souhaitter, mais bien vne vraye & nouuelle grace, qui est le don
gratuit de la foy Euangelique vrayement iustifiante, & par icelle, toutes les fautes de la vie
passée toutalement abolies, vne paix de conscience desormais asseurée, & vne amytié stable auec Dieu: qui sont deux choses que ne dônent pas, ne les forces de la philosophie humaine, ne l'obseruation de la loy Mosaique, ainçois prouiennent à tous de la bienfaisan-
ce singuliere de Dieu le pere, & de son fils Iesus Christ nostre Seigneur. Et tout en premier
lieu, ie remercie Dieu le Pere au nom de tous vous, de ce que par Christ son fils il vous a
faict ce bien que là où auparauant vous esties incredules, maintenant vostre foy est renômée & publiée par tout le monde. Car Dieu le Pere luy-mesme auquel maintenant ie sers,
m'a deliuré de la loy Mosaique, non en ces ceremonies lourdes & corporelles, mais en
mon esprit en preschant l'Euangile de son fils (car c'est le seruice qui luy est le plus aggreable) m'est tesmoing que tousiours sans aucune intermission ie fay mêtion de vous en mes
prieres, le priant, que s'il est possible au monde, ce que ie desire long temps a, à la parfin
m'aduienne, Dieu le voulant ainsi, c'est que i'aye la cômodité de vous aller voir à la bonne heure. Car i'ay eu merueilleusement grande enuie de vous voir, nô pas pour en mieux

Hh 4   valoir

valoir,ains pour vous defpartir quelque grace non pas corporelle de Moyfe, mais fpirituelle de Chrift:à celle fin que vous en foyés tant plus côfermés en voftre entreprinfe, ou
bien,à mieux dire,pour nous confoler enfemble les vns les autres,en nous faifant la fefte
les vns aux autres de noftre foy,moy de la voftre,& vous femblablemét de la mienne : &
en ce faifant l'exhortation mutuelle fortifiera & confermera voftre foy & auffi la mienne.
Laquelle chofe fi elle n'a encore efté faitte,il n'a pas tenu à moy.Ainçois ie veux bien que
vous fçachés,freres,que i'ay maintefois deliberé de vous aller voir,mais iufqu'à préfent
ie n'ay peu pour les empefchémens qui me font furuenus.Or la caufe pourquoy i'auoye
fi tref-grande enuie de vous voir,eftoit pour faire en vous auffi quelque fruict, comme
i'ay faict iufques icy és autres natiôs.Car ce trauail que Dieu m'a enchargé de publier l'E-
uangile,ie ne le doy pas nomméement à cefte nation cy ou à cefte là : ains comme luy eft
efgalement Dieu de tous, ainfi l'Euangile de Chrift appartient efgalement à tous.Or i'appelle l'Euâgile,la iuftification,par foy en Iefus Chrift le fils de Dieu, promis & figuré par
la Loy.Pourtant ie fuis redeuable de ce trauail non feulement aux Grecs, mais auffi aux
Barbares,non feulement aux fçauans & lettrés,mais auffi aux ignôrâs & idiots, qui que
ce foit pourueu qu'on ne le refufe & reiette.Parainfi quant à moy,i'ay bône enuie d'annô-
cer l'Euâgile à vous auffi qui eftes à Rome.Et ne m'en deftourne point la maiefté de l'Empire Romain,& n'eft pas vne charge dont i'aye honte, que de prefcher l'Euâgile de Chrift.
Car côme aux prophanes & incredules ceft Euangile femble vne chofe ridicule & friuole,
ainfi à quicôque croit elle eft vne puiffance de Dieu d'efficace vertueufe pour côferer falut
& pour mettre la confcience en vne vraye trâquillité,chofe que ny les traditiôns des Iuifs,
ny voftre Philofophie ou richeffes ne fçauroyét bailler. Cefte puiffance côbien qu'elle eft
efgalemét valable pour tous,ce neâtmoins fuyuât le cômandement du Seignr on l'a par
Premierement
aux Iuifs,puis
aux Grecs.
hôneur premieremét prefenté aux Iuifs,pour puis apres eftre publiée aux Grecs & à toutes les natiôs du môde par les herauts de l'Euâgile,à fin que to⁹ enfembléemét recogneuffent premieremét leur iniuftice,puis cherchaffent la iuftice de dieu,fuffent Scythes,fuffent
Anglois.Or bié loing de falut eft celuy qui ne cognoit point fa maladie,ou bié ne fçait où
il faut chercher le remede.Car côme ainfi foit que par le paffé les vns ont eftimé que la iuftice côfiftaft en certaines chofes,les autres en d'autres,maintenât par l'Euâgile fe manife-
fte à tous la iuftice non de Moyfe,mais de Dieu mefme,laquelle ne gift pas en vn fuperfti-
tieux feruice d'idoles,ou és ceremonies legales des Iuifs,ains vient de la foy,en ce que les
hômes recognoiffent que Dieu met maintenât à effect la promeffe que iadis il auoit faitte
par la bouche de fes Prophetes.Côme auffi Abacuc l'a predit,difant : Mon iufte viura de
foy.Et de faict,là où iufqu'à prefent la plus part deshômes ont mené vne vie diffolue fans
en eftre punis,& côme fi Dieu n'en euft rien veu,maintenât ouuertement il declare du ciel
fon courroux à bô droit embrafé côtre tous hômes prophanes & iniuftes en quelque forte & maniere que ce foit,mefme côtre ceux qui font exépts de la loy de Moyfe : pourtant
qu'ayâs eu vne telle quelle cognoiffance de verité,ils ne l'ont pas employée à religieufe-
mét & fainctemét viure,ains ont perfeueré en leurs vices,& iaçoit qu'ils fuffent plus enté-
dus que le uulgaire des hômes qui ne cogneut point Dieu,ce neâtmoins ils n'ôt efté de rié
moins abominables que le populas.Bié eft vray que Dieu tel qu'il eft,ne peut eftre entieremét cogneu par aucû entêdemét d'hôme,au refte ce que la cognoiffance humaine en peut
côprêdre,ceux là l'ôt obtenu,côbien qu'encore en cela ils luy foyêt redeuables . Car ils n'y
fuffent pas paruenu,fi Dieu ne leur euft manifefté. Or leur a-il manifefté finon par les liures des Prophetes,par lefquels il fembloit n'auoir parlé qu'aux Iuifs,pour le moins par
le miracle de tout ce baftimét du môde.Car encore que Dieu en foy foit inuifible, ce neâtmoins on le voit d'entêdemét en la tant merueilleufe creatiô & adminiftration de ce mô-
de:duquel iaçoit que quelque cômencement ait precedé & s'en doyue enfuyure la fin, tât
y a toutefois que du baftimét de celuy fe cognoit la vertu du createur, laquelle n'a en aucun cômencement,ny n'aura fin:mefme fe cognoit auffi la diuinité d'iceluy moyênant laquelle il a toufiours efté fouuerain en foy-mefme, mefme deuât que le môde fuft monde,
à fin qu'ils n'ayêt de quoy pouuoir pretêdre couuerture de leur impieté entant que côme
ainfi fuft qu'ils cogneuffent qu'il y auoit vn Dieu,ce nonobftant ils ne luy ont pas rendu
l'hôneur deu à Dieu comme à la premiere caufe de toutes chofes,ny ne l'ont pas remercié
côme l'autheur de tous biés,luy auquel ils d'euffent auoir faict recognoiffance de ce peu
de fçauoir dôt ils eftoyêt enflés:ains eftâs deuenus gonflés & vain d'vne bouffée de vaine
gloire fe font deceus en leurs difcours,& leué à la nieble d'arrogance,mis le cœur en tenebres & fans entêdement:& en cela fe font-ils monftrés fols & ignorans, qu'ils fe difoyent

fçauans

ſçauans & bien entêdus. Or voyés en quel aueuglemêt & folie ils ſont finalemêt venus. Ils ont falſifié la maieſté de Dieu immortel, en figurât images qui repreſentêt l'hôme mortel: & nô ſeulemêt l'homme, mais auſſi oyſeaux, & beſtes à quatre pieds, & ſerpens. Et pour ce môſtrueux ſeruice de Dieu, il leur à laſché la bride de ſorte qu'obeiſſans aux côuoitiſes de leur cœur, ils ſont tôbés en telle vilenie & ſouilleure qu'eux-meſmes entre eux ſont venus à ſe deshonnorer & vilener leurs corps. Et non ſans cauſe ils ſont tôbés en tels môſtres de vices, eux qui apres auoir cogneu Dieu, par vne arrogâce de cœur l'ont ſuyui d'vne façon ſi môſtrueuſe & eſtrange, gens qui au lieu du vray Dieu ont adoré des ſtatues mêteuſes & artificielles, & tout au rebours ont hônoré les creatures & leur ont ſeruy par deſſus celuy qui à crée tout, outrageux côtre Dieu, qui ſeul doit eſtre loué, & qui ſeul merite ceſte louan ge enuers les hômes à iamais au grand iamais. Amen. Dieu donc irrité de cela, les a laiſſé tôber en des côuoitiſes vilaines & ignominieuſes. Car nô ſeulement eux mais auſſi leurs femmes, ne ſe ſouuenâs plus de leur ſexe, ont châgé le naturel vſage du corps feminin en vn qui eſt côtre nature: & ce à l'exêple des masles, q côme i'ay dit, laiſſans le naturel vſage des femmes, ſe ſont eſchauffés en eux-meſmes par côuoitiſes mutuelles iuſqu'à faire maſ le auec masle choſes infames. Auſſi eſtant Dieu outragé en ce point, ils en ont le ſalaire tel qu'il appartenoit à leur folie. Car côme apres auoir cogneu Dieu ils n'ôt tenu conte de le recognoiſtre & auoir deuât les yeux: ainſi eux eſtâs aueuglés de leurs tenebres, Dieu les a pareillemêt laiſſe tôber en têps reprouué, voyre iuſques là qu'ils ôt cômis les vices ſuſdits toutalemêt indignes de l'hôme, côbien que tout ſans cela ils ſoyêt couuers de toute ſorte de laſchetés, de paillardiſe, d'auarice, de mauuaiſtie, tous ſouillés d'enuie, de meurtre, de noyſe, de trôperie de malice, mal côplexionnés, flagorneurs, meſdiſans, ennemys de Dieu, iniurieux, orgueilleux, arrogans, ſonge-malices, deſobeiſſans à peres & à meres, meſ-en tendus, mal-accôpaignables, intraittables, vuydes de toute affectiô humaine, desloyaux, mau-piteux: leſquels ſçachâs bien qu'il y a vn Dieu, & qu'iceluy eſt tout iuſte, dont il ſen ſuyt que ceux qui cômettent tels vices meritêt la mort: nô ſeulemêt ils les font, mais auſſi en s'accordât aux autres qui les font, ils donnent occaſion de pecher aux ignorans.

Et ont nômé la
gloire de Dieu.

<h2 style="text-align:center">CHAPITRE II.</h2>

T n'en chaut gueres que les Philoſophes deteſtêt de parolles telles meſchance tés & les Magiſtrats les defendent & puniſſent par loix. Car quicôque enſuyt il accorde. Parquoy tu n'as rien de quoy t'excuſer, quicôque tu ſois d'être les hô mes, qui en te côplaiſant en toy-meſme, iuges autruy. Ainçois en ce que tu iu ges autruy, en cela meſme tu te côdamnes toy-meſme: attêdu que toy q iuges, cômets les meſmes choſes pour leſquelles tu côdamnes autruy: car puis que tu es entaché du meſme vice tu iettes ſentêce côtre toy-meſme, quât tu la iettes contre autruy. On peut bien abuſer les hômes, pourra biê eſtre que tu eſchapperas leur iugemêt, à raiſô que ſuyuâs les côiectu res & apparêce du vray, ils en dônêt iugemêt: au reſte quant aux ſecrets du cœur, ils ne les voyêt pas. Mais Dieu aux yeux duquel toutes choſes ſont voyables, pnôcera ſentêce non ſelô l'apparêce, mais ſelô la verité, à l'êtour de ceux q font les vices que i'ay n'agueres reci tés. Et te flattes-tu tât toy-meſme, ô hôme (ſçache qcôque ſe ſent coupable, que c'eſt à luy que ie parle) en iugeât ceux q ſont addônés à tels vices, de cuider que tu puiſſes eſchapper le iugemêt de Dieu, veu que toy-meſme fais le meſme: & que veu que toy hôme punis vn hôme, tu ne doyues pas eſtre puny de Dieu: & que tu eſchapperas le iugemêt d'iceluy, veu que les hômes ne peuuêt pas eſchapper le tiê: La douceur de dieu te fait-elle accroire que tu n'en ſeras pas puny: & ſi de ſon infinie & plâtureuſe bôté il delaye la punitiô & laiſſe paſ ſer prou de choſes, l'en meſpriſes-tu pourtât, côme ou s'il faiſoit ſemblât de ne voir point les fautes, ou meſme s'il portoit faueur aux malefices: ſans ſçauoir que telle douceur de Dieu êuers toy, ne pmit pas certes vne impunité aux mal-faitteurs, ains amyablemêt t'in uite à repêtâce & amêdemêt de vie, à celle fin qu'eſtât tout couuert des benefices d'iceluy, tu te mettes en la parfin à te deſplaire en toy-meſme: Mais la debônaireté de Dieu enuers toy, toy-meſme la te côuertis en côble de ta côdênation. Car quâd d'vn cœur obſtiné, q ne peut par raiſons du môde s'amolir à penitêce, tu reiettes & repouſſes Dieu t'inuitât à amê demêt, tu te ſerres & amaſſes vn threſor de courroux diuin: lequel iaçoit que pour le pre ſent il ne ſe deſploye pas encore, toutefois ſe ſentira en la fin, aſſauoir en celuy iour effraya ble, apres ſa douceur ia côſumée les meſchâs ſerôt punis de tourmês plus cruels, que plus obſtinéemêt il aurôt reietté la douceur de Dieu inuitant à amendemêt: & qu'aux yeux de tous ſe deſcouurira le iuſte iugemêt de Dieu, qui point ne iugera à la façon des hômes ou s'abuſant, ou fauoriſant, ains côme iuge eſlôgné de toute corruptiô, & ſçachât toutes cho ſes, & qui payera vn chaſcun ſelô ſes œuures aux vns certes la vie eternelle, aſſauoir à ceux

Tu te amaſſe
vn threſor de
courroux.

qui se faisans forts des promesses Euangeliques perseuerent maintenant en bonnes œuures,& pourchassent nō les caducques & vaines commodités de la vie presente, ains vne
vie eternelle ès cieux : pour vne ignominie de peu de durée, il donnera gloire eternelle,
pour mespris, honneur : pour n'auoir tenu conte de la vie du corps, immortalité. Semblablement aux autres, qui estans peruers & noyseux ont mieux aymé d'obeir à iustice, sera
rendu tel salaire qu'il l'ont bien desseruy, assauoir despit & vn courroux de Dieu, dont
vient affliction & anxieté d'esprit : & ceste punition attend esgalement tous hommes qui
ont peché, mais principalement les Iuifs & les Grecs, à fin qu'en la punition ceux tiennent le premier ranc, ausquels a esté premierement presentée la benignité de Dieu. Au cōtraire, gloire, honneur, & paix sera esgalement rendue à tous ceux qui par foy aurōt bien
vescu, mais sur tout au Iuif puis au Grec, & cōsequemment à tous Barbares. Car Dieu n'a
nul esgard aux personnes, cōme ont ordinairemēt les hōmes en iugeāt : ains est à to° tout
vn & esgal. Parquoy tout ceux qui aurōt peché sans Loy, perirōt aussi sans Loy : & to° ceux
q apres auoir receu la Loy, auront peché, ils serōt cōdamnés par la Loy. Car aussi n'est-ce
Car non les au-
diteurs de la
Loy seulement. pas assés d'auoir ouy la Loy, pour estre tenu iuste deuant Dieu, à fin que pour cela tu ne te
cōplaises ia en toy-mesme, toy Iuif : ainçois ceux d'œuures & cōuersation executēt la Loy
& la mettent à effect, ce sont ceux là seulemēt qui serōt trouués iustes au iugemēt de Dieu :
lequel embrasse & approuue les bonnes œuures, ores qu'il n'y ait point de Loy, & a en
plus grand desdaing ceux qui ayans la Loy, n'y obeissent point, combien qu'il n'y en ait
point qui toutalement soit sans Loy. Qu'ainsi soit, puis que les nations qui n'ont point la
loy Mosaïque font de leur mouuement par la conduitte de nature les choses commandées en la Loy, encore qu'ils ne soyent auertis par aucune ordonnance de la loy Mosaique, ce neantmoins ils seruent de Loy à eux-mesmes, attendu qu'ils monstrent la chose,
l'œuure de la Loy, engrauée non pas en tables, mais en leur cœur, & tout ce qui se faict ordinairement deuant le siege iudicial entre ceux qui viuent sous la Loy, cela mesme se faict
au cœur de ceux là, la conscience leur rendant tesmoignage pour eux ou contre eux, & les
Au iour que le
Seigneur iuge-
ra. pensées semblablement s'entrebattans, & s'accusans & defendans l'vne l'autre. Selon cela donc Dieu les iugera vn iour, que ce qui maintenant se faict secrettement és cachettes
des cœurs, sera manifesté aux yeux de tous, celuy prononçant la sentēce auquel rien n'est
caché. Mais ce iugement, Dieu le fera par Christ son fils, maintenāt Seigneur & Saũueur,
qui vn iour sera iuge de tout le genre humain. Et cecy est bien vne partie de l'Euāgile que
ie presche, à fin que personne ne pense que ce soit fable ou songe. Quelle cause donc y a-il,
Si tu es nom-
mé Iuif. ô toy Iuif, que tu te complaises en toy-mesme pour le regard de la Loy ? Or-ça toy qui te
plais du titre de Iuif, & te fais fort du priuilege de la Loy baillée de Dieu, tu te glorifies d'a-
uoir Dieu pour autheur de ta religion, & que tu sçais son intētion & volonté par les Sainctes Escriptures yssues de luy, & enseigné par l'instruction de la Loy, de sorte que non seulemēt tu peux discerner ce qu'il faut fuyr, & ce qu'il faut pourchasser, & qui sont les biens
les plus excellens, mais aussi te confies que tu peux estre guide des aueugles, & esclairer
ceux qui sont en tenebres, c'est à dire enseigneur des non sçauans, & maistre des idiots, à
raison que la Loy t'a faict cest auantage que tu sçais la forme & maniere de viure, & la reigle de verité : cuides-tu que pour cela tu doyues en la grace de l'Euangile estre preferé à
vn Payen ? Ie ne le pense pas : plus tost la Loy sera que tu auras pire cause deuant le siege
iudicial de Dieu, n'est que tu conformes ta vie à la Loy de laquelle tu te glorifies. Pourtāt
le sçauoir dont tu fais tes monstres, retombera sur ta teste. Car que me veux-tu te vanter,
toy ostentateur de la Loy ? toy qui enseignes autruy, tu ne t'enseignes pas toy-mesme ? toy
qui va disant qu'il ne faut pas desrobber, tu desrobbes ? tu dis qu'il ne faut pas adulterer,
& tu adulteres ? tu deteste l'idolatrie, & tu te pollu de sacrilege ? Toy qui enuers les hōmes
Car le nom de
Dieu est deshō-
noré par vous. te glorifies & vantes de la Loy baillée de Dieu mesme, toy-mesme en trespassant la Loy,
deshonnores & vilenes Dieu autheur d'icelle ? & ce dont tu pourchasses gloire enuers les
autres, tu le conuertis en blasme à celuy à qui seul, est deue toute gloire ? Et de faict qu'est-
ce cela autre chose, sinon deshonnorer Dieu, au moins entant qu'en toy est, car nulle ignominie ne peut paruenir iusqu'à luy. De telles gens se sont aussi complaint dés iadis les
Saincts Prophetes, mais nomméement Esaie & Ezechiel, disans : Vous estes cause que le
nom de Dieu a mauuais bruit & est blasphemé & deshonnoré entre les nations idolatres, & ce par vostre faute qui vous glorifians du titre de Dieu & de la Loy, menés vne
meschante vie. Car ce n'est pas assés d'estre Iuif natif, ou estre receu en la religion des Iuifs :
mais en cela seulement te profitera la circoncision, si tu fais ce pourquoy a esté baillée la
circoncision, & si tu monstres par œuures ce dont tu fais profession par ceremonies. Au
trémen

trement si tu trespasses la Loy, il ne te seruira de rien d'auoir esté circoncy, veu qu'enuers
Dieu c'est tout autãt que si tu auois le prepuce incircõcis. Or cõme ta circocision se conuer
tit en prepuce n'est que tu mettes semblablemẽt en effect toutes les autres ordõnances de
la Loy, q̃ cõcernent les bõnes mœurs: ainsi le prepuce ne nuyra de rien au Payen, ainçois il
sera tenu pour circõcis enuers Dieu, si les ceremonies de la Loy ignorées & laissées en arrie
re il faict les choses esquelles cõsiste la somme & la fin de la Loy, assauoir entiereté & pureté de vie: item si se fie en Christ & luy obeit, en Christ, dy-ie, qui est la somme de toutes loix.
Qui plus est nõ seulemẽt il sera esgalé à toy en cest endroit, mais aussi te sera preferé, voyre
iusque à estre tenu pour meilleur que toy pour cela mesme qu'il aura ignoré la circõcisiõ:
& partant son innocẽce monstrera ton impieté plus cõdemnable, en ce que luy eslongné
de la profession de la Loy, mõstre ce neantmoins par œuures la fin & intentiõ de la Loy: là
où toy t'attachãt aux mots & syllabes de la Loy, & en faisant profession d'icelle par la mar
que de la circõcision, trespasses le principal de toute la Loy, en t'opposant à Christ. Enuers
Dieu, qui iuges non pas selon les marques corporelles, mais selon la pieté du cœur, tu as
perdu le nom de Iuif, n'est que tu mettes en effect ce que porte se dire Iuif. Car celuy n'est
pas pourtant Iuif quiconque porte manifestemẽt en son corps la marque du Iudaïsme: &
n'est pas circõcis, quiconque a la pellicule du prepuce couppée, ains celuy seulement est
Iuif, qui l'est au dedans & au cœur, lequel il regarde luy seul, & selon cela il iuge chascun.
Celuy dy-ie, est vrayement Iuif, qui a le cœur circõcis plustost que le membre viril, se faisant fort non pas de la lettre engrauée en pierre, mais de l'esprit & intention de la Loy. Et
de faict celuy qui n'a seulement que le corps circoncis, il est bien vray qu'enuers les hommes il se peut glorifier d'estre Iuif: mais celuy qu'vn cœur nettoyé des vices, & enclin à
Christ, a rendu vrayement Iuif, ores qu'enuers les hommes il soit frustré de sa louange,
si est-ce que Dieu le recognoist & approuue: par le iugement duquel estre approuué c'est
vne felicité pardurable.

Car celuy n'est
pas Iuif, q̃ l'est.

CHAPITRE III.

Ais si le principal de l'affaire (me dira icy quelqu'vn) depend d'vne pieté de
vie, & entiereté de mœurs & de la foy en Christ: qu'a donc dauantage le Iuif
en quoy il surpasse le Payen? ou de quoy toutalement à serui d'auoir esté cir
concy, si la pieté & foy, esgale le circoncis & le prepucie? voyre si la circoncision rend pire la cause du Iuif qui peche? Quant à ce qui concerne la grace
de l'Euangile, la condition des Iuifs n'est pas plus excellente que celle des Payens. Toutefois pour quelque regard, sans point de faute il sert de beaucoup d'estre de la nation Iudaïque. Car en premier lieu, ils peuuent à bon droit se glorifier d'vne chose c'est qu'à eux
nommeement a esté commis les oracles de Dieu, soit qu'à eux entre autres a esté baillée
la Loy & les Propheties, soit qu'à eux seuls Dieu a daigné parler. Premierement c'est vne
chose magnificque que Dieu a faict cest honneur à celle nation, puis celuy qui a les promesses de la Loy semble estre plus preparé à la foy Euangelique: & est plus prochain de la
verité celuy qui en a l'ymage. Et de faict la Loy de Moyse & les oracles des Prophetes est
vn degré à la doctrine de l'Euangile. Car il ne nuyt aux croyans, si quelques vns trop attachés à la lettre de la Loy, n'ont pas voulu croyre à l'Euangile. Leur incredulité abolira-
elle la seauté des promesses de Dieu, pour dire qu'en se despitant à la façon des hommes,
il viẽne à casser les paches, & ne trouue à personne la promesse qu'il a esgalement faicte à
tous? Ia n'aduienne: ainçois plus il aduiendra qu'en tous s'accomplira la promesse, excepté en ceux qui ne la voudront receuoir, tellement qu'on n'aye plus de quoy blasmer la
seauté du promettant, à fin que Dieu soit trouué veritable, lequel par ce qu'il ne sçait men
tir, est tout appareillé de s'acquitter de tout ce qu'il a promis. Au reste, que la mesonge est
venue des hommes qui par leur propre faute sont frustrés des promesses de Dieu. Quant
à luy il ne peut ny estre trompé, ny tromper. L'homme peut faire l'vn & l'autre, entant qu'
homme: Car quant à la seauté de Dieu, mesme le Pseaume mysticque de Dauid tesisie qu'
elle est tres-certaine, disant: A fin qu'en tes parolles tu sois trouué iuste & veritable, & que
par l'effect tu gaignes la cause, toutesfois & quantes que les hommes t'accuseront comme vn qui ne tient point promesse faisans leur compte qu'à cause de mon peché tu ne
tiendras pas la promesse que tu as faicte à la race de Dauid. A dire le vray, ie meritoye
bien d'estre frustré de la promesse, ce neantmoins il est bon que par ce moyen ta seauté
& verité soit plus renommée & acertenée aux hommes par mon peché, quand ils verront, qu'vne si grande faute ne t'aura peu tant offenser que tu en ayes changé de propos.

Qu'a donc da-
uantage le Iuif.

Leur increduli-
té abolira-elle.

Mais

Mais peut estre qu'en cest endroit il viendra à quelqu'vn en l'entendement:Si la iustice de Dieu acquiert plus grand lustre & renom par l'iniustice des hommes, que dirons nous? que Dieu est iniuste de vouloir qu'en peche,à fin que sa iustice en reluyse tāt plus? Or tels propos ne sont pas miens, ains de gens meschants.Mais à Dieu ne plaise que telle pensee vienne iamais en l'entēdement à homme de bien. Autrement comment Dieu sera-il souuerain iuge de ce monde, s'il est iniuste? Car si c'est chose ainsi arrestée de Dieu, que ie soye menteur,à fin que par ma mensonge la verite en soit tant plus renommée,& mon igno minie serue à sa gloire:pourquoy mon peché m'est-il imputé,& ne venons plustost à pen ser ce dont aussi les mesdisans nous calomnient,interpretās noz propos comme si nous disions:Faisons mal,à fin que bien en aduienne,puis qu'ainsi est que par nostre iniustice la iustice de Dieu en acquiert plus grand renom:Mais ia n'aduienne que telle pensee tom be iamais en cœur de gens craignans Dieu. Car des meschants,iustement & à bon droit ils sont cōdamnés pour leur incredulité, entant que cōme ils ne peuuent imputer à Dieu leur peché,duquel ils sont eux-mesmes autheurs, ainsi ne meritent-ils nulle recompen se,si le peché qu'ils font par leur faute, Dieu par sa bonté le conuertit à sa gloire. Mais pour retourner au propos,que dirons nous? Nous Iuifs auons nous de l'auantage par dessus les Payens?Nullement du monde, aumoins quant à ce qui cōcerne la grace de l'E uangile, iaçoit que nous semblions les outrepasser pour la prerogatiue de la loy Mosai que.Car nous auons-ia mōstré par euidentes raisons que tous, tant Iuifs que Grecs sont sous peché.Et touchāt les Payens la chose est si manifeste qu'on ne pourroit la nyer. Des Iuifs mesme leurs Pseaumes le tesmoigne. Car il est escript au Pseaume treziesme en ceste maniere:Il n'y a pas vn iuste:il n'y a nul qui soit sage,ou cherche Dieu.Chascū se fouruoye & desbauche:il n'y a nul qui bien fasse, nul,dy-ie,non pas vn. Item au Pseaume cinquies me:Le gosier est vn sepulchre ouuert,ils employēt leur langue à tromper:ils ont és leures venin d'aspic.Item au Pseaume neufuiesme:Leur bouche est pleine de maudisson & amer tume.Et Esaie s'accorde à ces passages:Leurs pieds sont legiers à espādre sang. En leurs voyes est male fin & meschef,& n'ont cogneu le chemin de paix:brief ils n'ōt poīt la crain te de Dieu deuant leurs yeux.Et ne faut-ia qu'on allegue que cela ne s'addresse pas aux Iuifs:veu qu'il est tout notoire, que tout ce que dit la Loy,attouche principalement ceux ausquels elle est baillée, & partant luy sont-ils tant plus redeuables. Ce qui certes n'est pas aduenu pour autre fin, sinon à fin qu'à tous hommes esgalement soit fermée la bou che,& que tout le monde esgalement soit declaré coupable deuant Dieu, puis que mes me la loy de Moyse obseruée selon la lettre,ne peut rendre iuste & innocent hōme du mō de au iugement de Dieu, deuant lequel si on n'est iuste, pour rien est-on tenu iuste des hō mes. Mais tu me diras:Quel est donc l'vsage de la Loy, si par icelle l'homme n'obtient pas iustice?Pour le moins en cela a-elle profité, que par elle chascun recognoit mieux son peché.Et c'est quelque degré à santé,que de cognoistre sa maladie. Au reste cōme par cy deuant c'estoit l'office de la Loy de descouurir le peché des hommes au parauant moins euident:ainsi maintenāt par l'Euāgile s'est mōstrer la iustice qui n'a que faire de l'ayde de la loy Mosaique,iaçoit que la Loy & les Prophetes en tesmoignent: la iustice: dy-ie, non pas de la Loy, mais de Dieu:& ce non par la circoncision ou ceremonies Iudaiques, ains par la foy & fiance enuers Iesus Christ, par lequel seul se donne la vraye iustice, non seu lement aux Iuifs, ou à ces nations-cy, ou à celles là, ains sans aucune difference à tous & chascun qui ont eu foy en luy.Car puis que tous ont vne mesme maladie,& que tous esga lement en sont venus là,qu'ils ne pourroyent se glorifier de leur iustice enuers Dieu; ainsi faut-il que d'vne mesme source chascun puise sa iustification, laquelle certes ne se baille pas comme recōpense & salaire deu à l'obseruation de la Loy ou de Moyse,ou de nature, ains gratuitemēt se donne de la beneficence de Dieu, nō par Moyse, mais par Iesus Christ par le sang duquel non sommes rachetés de la tyrānie de peché.Bien est vray que les Iuifs auoyent iadis leur appaisoir,pour leur seruir d'ombre & figure de l'aduenir:au reste Dieu a maintenant declaré à tous que cestuy est le vray appaisoir par lequel nous, qui au para uant estions mal-voulus pour noz pechés, soyons maintenant reconciliés à Dieu, non par sang de bestes brutes, comme entre les Iuifs, ains par le sainct & sacré sang de Christ mesme,sang qui laue tous les pechés de tout le monde:Dieu declarant par ce moyen sa iustice aux hommes,en leur pardonnant tellement par son fils les pechés de la vie passée, qu'il veut que desormais ils cessent de pecher.Et ne les leur pardonne pas pource qu'ils l'ayent merité,ains qu'il l'a promis.Et ce qu'il a iusqu'a present enduré les hōmes en leurs pechés,n'a pas esté, ou qu'il ne cogneust point leurs vices, ou qu'il les approuuast: ains

pour

pour en cestuy têps prefix, manifester sa iustice, à fin qu'õ voye que naturellemêt & vrayement il est iuste de foy, & l'autheur vnicque de la iustice des hômes, & ce indifferemment à
tous ceux qui croyrõt à l'Euangile de Iesus Christ. Dy-moy donc, ô toy Iuif,où est ta van- *Où est donc*
tace? Certainemêt elle t'est ostée,depuis que la volõté de Dieu esgale toutes les natiõs du *la gloire.*
mõde en l'affaire de l'Euãgile. Aux Payês aussi se presente salut & iustice. Mais par quelle
loy, ie vous prie? Est-ce par celle vieille loy Mosaique, qui n'ordõne que ceremonies? Nul
lemêt du mõde: ainçois par la nouuelle loy qui ne demãde rien autre chose fors la foy au
fils de Dieu. Car nous tenons comme aussi la chose est, que desormais tout homme peut
obtenir iustice par la foy, voyre sans garder les ordõnãces de la Loy. Celle Loy estoit parti
culiere à la nation Iudaique: mais ce benefice de la grace Euangelique prouient de Dieu
sur tous hommes. Et Dieu n'est-il seulement Dieu que des Iuifs? Ne l'est-il pas aussi bien
des Payens? Il ne faut pas douter qu'il ne soit esgalement cõmun tant aux Payens qu'aux
Iuifs. Attendu donc qu'il n'y a qu'vn & mesme Dieu de tous, n'est-ce pas raison que son
don soit cõmun à tous? Pourtant il n'y a pas deux dieux vn qui iustifie le circoncis l'amenant de la foy de la Loy qui promet le sauueur, à la foy de l'Euãgile qui faict exhibition de
la promesse: & vn autre qui iustifie l'incirconcis, l'appellant du seruice des idoles à vne cõ
munauté de foy commune. Mais quelque Iuif me dira: Que dis-tu Paul? Si ce que tu dis
est vray, que tout se donne maintenãt par foy, tu rends la loy de Moyse du tout oyseuse &   *Abolißõs nous*
inutile aux Iuifs. Non fay dea: Ains tant s'en faut que nous abolissions ou endõmagions   *donc la Loy.*
la Loy, que mesme nous la confermons & establissons, en demonstrant ce estre aduenu
que la Loy promettoit deuoir aduenir, & annonçant celuy, vers lequel comme à son but,
visoit toute la somme de la Loy. Car ce ne s'abolit pas, qui se restitue en meilleur estat:
non plus que quand les fueilles tombent des arbres le fruict leur succede, ou le corps
à son ombre.

CHAPITRE IIII.

Vtremêt si quelqu'vn veut poursuyure de retenir à bec & à ongles cest estat de
la loy Mosaique toute lourde & charnelle que maintenant elle est, & en fiance   *Que dirons*
d'icelle monstre esperance aux autres d'obtenir salut: ié luy mettray deuât les   *nous donc*
yeux non pas vn tel quel Iuif, ains Abraham mesme, le premier de la circonci-   *qu'Abrahã.*
sion, duquel sur tous cõme de l'autheur de leur race se glorifie & vante toute la natiõ des
Iuifs. Combien que quant à luy entant que cõcerne le parentage charnel il est tellement
pere des Iuifs, que ce nõobstant il est aussi bien pere de tous ceux qui luy retirêt par sem
blance de foy, c'est à dire le ressemblent de cœur, & non de corps. Car la circoncision, laquelle, comme i'ay dit, fut premieremêt desployée en Abrahã, est comme vn gage & seau
de la loy Mosaique, & par maniere de dire, vne liurée peculiere par laquelle les Iuifs sont
Iuifs. Aduisons donc que c'est qu'a obtenu Abraham & par quel moyen il l'a obtenu. Et
en premier lieu qu'il ait obtenu la louange de iustice, la saincte Escripture en tesmoigne.
Que si tel loz luy est aduenu par la circoncision ou par autres telles ceremonies que la loy
de Moyse ordonne d'obseruer, il a bien de quoy se glorifier mais enuers les hommes, &
non pas enuers Dieu. Et pourquoy enuers les hômes? Certainement pource que c'est par
choses corporelles, desquelles les hômes iugent. Pourquoy non enuers Dieu? pource que
cela ne viêt point de la recõmendation de la foy, laquelle nous rend aggreables aux yeux
de Dieu. Si est-ce qu'Abrahã a obtenu loz de iustice enuers Dieu mesme. Ce n'a dõc pas
esté par l'obseruatiõ des ordõnances de la Loy qu'il l'a obtenu, ains par la mesme foy, par
laquelle faut que pourchassent la mesme louange tous, tant Iuifs que Payês, assauoir ceux
qui sont vrayement enfans d'Abraham. Ie suis content que mon dire soit de nulle authorité, si les sainctes Escriptures ne prononcent cecy tres-clairement. Car au quinzieme cha
pitre de Genese nous lisons ainsi: Abraham a creu à Dieu, & telle croyance luy a esté contée à iustice. Dieu luy auoit promis vne posterité en aussi grand nombre que sont les e-
stoilles, à luy, di-ie, de qui la femme estoit sterile, & lequel n'auoit point encore d'heritier.
Et luy sans rien doubter creut à celuy qui promettoit, sans considerer qu'elle estoit la promesse, mais biê qui estoit celuy qui la faisoit, & soudain pour le regard de sa foy il fut tenu
pour iuste, nõ pour la circõcision laquelle il n'auoit pas encore receue, mais bien pour a-
uoir creu: voyre & a esté tenu tel nõ enuers les hômes, ains enuers Dieu deuant lequel seul
se demenoit lors cest affaire, & de qui cela luy fut imputé à iustice, sans qu'il eust accomply les iustices de la loy Mosaique. Car estre imputé ou aloé s'entend propremêt de ce qui
de fait n'est pas payé, & ce neâtmoins est tenu pour payé & ce de la benignité de celuy qui
s'en uient pour content. Que si Abrahã le premier pere n'a pas obtenu loz de iustice par lé

merite

merite de la circoncision, ainçois auant la circoncision pour le regard de la foy, quelle raison a le Iuif de se confier és ceremonies de la Loy, veu que telle Loy luy a esté baillée pour vn temps ? Mais beaucoup moins le Payen, à qui n'a pas esté baillée. Car au Iuif adonné aux ceremonies de la Loy, si quelque recōpense luy est faitte en obseruant la Loy, il semble qu'elle luy soit baillée pour salaire deu cōme de pache, plustost que de la grace du conferant: semblablement s'il reçoit quelque punition en n'obseruant point la Loy, il l'en dure par sa faute. Et de faict, comme vn seruiteur quand il a acheué sa tasche, reçoit son payement: ainsi est-il chastié & battu quand il ne tient conte de faire son deuoir. Mais aux Payens qui ne sçauent point les ceremonies de la Loy, ou mesme aux Iuifs qui du seruage de la Loy, viennent à la foy de Christ: & n'œuurent plus, comme par ordonnance, ains purement & simplement se fient en celuy, qui gratuitemēt confere iustice parfaite, voire aux meschans, tous les pechés desquels il a effacé par sa mort: à tels, di-ie, ne plus ne moins qu'à Abraham, la foy leur faict ce bien, qu'ils sont tenus pour iustes, non pour aucun regard de l'obseruation de la Loy, ains de la seule foy, à laquelle nul n'est cōtraint, ains tous y sont inuités: à fin que ce que nous croyons en Christ, soit vn acte volontaire & nōn de seruitude: & que ce soit grace & nō debte, ce que par luy nous sommes receus au nombre des iustes. Pour nous faict aussi Dauid ce prophete royal, & roy prophetique, la premiere gloire de la nation Iudaique aprés Abraham, & en qui nomméement nous est promis Christ, la source vnicque de nostre iustice. Car au Pseaume trenteunniesme pour monstrer que la beatitude de l'homme, laquelle maintenant se reuele par l'Euangile, ne luy eschet pas par les œuures de la Loy, comme deue, mais par la beneficence de Dieu, par laquelle nous sommes attirés à la foy de Christ, il l'a d'escript en ceste maniere: Bien-heureux sont ceux desquels les mesfaicts sont pardonnés, & les pechés couuerts. Bien-heureux est l'homme à qui le Seigneur n'impute point le peché. Vous oyés que les forfaicts commis contre la loy de Moyse sont pardonnés. Vous oyés que les pechés commis contre la Loy de nature sont couuers. Vous oyés que nulle sorte de pechés n'est nullement imputée depuis qu'on a vne fois obtenu la beatitude par Christ, sans que toutefots soit faitte aucune mention d'obseruatiō de Loy. Parquoy il ne faut-ia que ceste beatitude descripte de Dauid ou celle louange de iustice conferée à Abraham, les Iuifs comme leurs successeurs se l'vsurpent en particulier, en forclouant les Payens. Autrement qu'il me respondent en cecy: Ceste felicité promise n'appartiēt-elle qu'à ceux qui sont circoncis, & par cōsequent suiets à la Loy? ou si elle appartient aussi à ceux qui ne cognoissent ne la circoncision, ne les ceremonies de la Loy? Pour le moins ils me confesseront qu'à Abraham sa foy luy a esté contée pour iustice. Or est-ce que puis que c'est le chef de toute la nation Iudaique, il faudra selon cela faire estime du reste de toute la race. Car ce n'est pas raison que les successeurs s'attribuent vn droit qui n'ait point esté en l'autheur de race. Il cōste qu'Abraham a esté appellé iuste, mais ie demande qu'ils me dechiffrent pour quelle cause il a esté prononcé tel ? A-ce esté par auoir la pellicule du prepuce couppée ? ou plustost par la foy, sans aucune consideration da la circoncision ? Il est tout manifeste que ce n'a pas esté par la circoncisiō Iudaique qu'il a obtenu le loz de iustice, attendu qu'alors il n'estoit pas encore circoncy, ny n'auoit commandement de le faire. Premierement il creut que de sa semence naistroit le Christ par lequel toute nations obtiendroyent ceste beatitude & paternelle louāge de iustice, & pour ceste croyance fut reputé iuste. En apres suruint la circoncision, non pas pour cōferer iustice, mais bien pour seruir de quelque seau & marque, non enuers Dieu, mais enuers les hommes, à ce qu'il fussent cogneus enfans de celuy qui auroit creu à Dieu auant qu'estre circoncis, & que tout incirconcis qu'il estoit, auroit ce neantmoins pleu à Dieu par la seule foy. Si quand il creut & fut appellé iuste, il eut ia esté circōcis, la felicité de ce titre pourroit sembler n'appartenir à autres qu'aux circoncis: mais au cōtraire auant qu'il eut commandement de se circoncir, il fut prononcé iuste pour le regard de la foy. Or la circoncision suruint, non pas pour luy causer iustice, veu que-ia il l'auoit obtenue: mais partie pour seruir de figure de la vraye circōcision, c'est à dire de l'innocence qu'il auoit à suyure en ceux qui croyroyent à Christ: laquelle circoncision ne se faict pas à tout vn caillou rognant la pellicule du prepuce, mais à tout l'esprit retrenchant toutes mauuaises conuoitises de cœur: partie pour seruir d'vn seau & arres pour acertener Abraham de la verité de la promesse, laquelle ne seroit pas tantost mise à effect en Isaac qui n'estoit que figure de Christ, ains le seroit en son temps au fils de Dieu: & que par ce moyen Abraham le premier patron de foy, fust recogneu pere de tous qui à son exemple croyroyent à Christ sans aucune circoncision charnelle: & comme la foy luy a esté contée pour iustice, ainsi aussi à tels comme à

enfans

enfans naturels & legitimes d'Abrahā, la foy leur soit aloüée pour iustice: & qu'il soit telle
mēt pere des Payēs, que ce neātmoins les Iuifs n'en soyēt par forclos, pourueu qu'ils ne se
cōplaisent pas en eux mesmes pour ce seul regard d'estre descēdus de la race d'Abrahā cir
cōcis, ne portās quāt & eux pour tesmoignage de leur parētage qu'vne seule marque cor
porelle, mais biē plustost mōstrans celle foy moyennāt laquelle Dieu le tint pour iuste, n'e
stant pas encore circōcis. Et de faict il n'y a point de plus certain argumēt par lequel les pe
res se puissent asseurer que leurs enfans ne sont point bastards, que l'imitation des vertus
paternelles. Que si les hōmes desheritēt ceux qu'ils ont engēdrés, & desauouēt pour leurs
enfans ceux q forlignēt des mœurs & du naturel de leurs peres, beaucoup plus Dieu par
ceste marque discernera les enfans bastards d'auec les legitimes. Dauātage cōme Abrahā *Car la promes-*
n'a pas merité ce biē par l'obseruatiō de la loy Mosaïque laquelle n'estoit pas encore pro- *se n'a poīt esté*
mulguée, ny par le merite de la circōcisiō, laquelle, cōme dit est, il n'auoit pas encore receue *faitte à Abrahā*
que Dieu l'hōnorast de promesses si magnificques, luy promettāt que luy ou sa semēce a-
pres luy auroit vn iour pour heritage la seigneurie de tout le mōde, mais biē pour le regard
de la foy, pour laquelle il a esté appellé iuste: ainsi il ne faut-ia que les Iuifs esperent que le
droit de celle ͵pmesse de Dieu, leur doyue escheoir par le seul titre de la circōcision ou de la
Loy. Car par autre moyē ne peut-elle s'estēdre sur la posterité que par celuy là mesme par
lequel elle fut premieremēt acquise à l'autheur mesme de la race. Et de faict, si à tous ceux qui
sont nays sous la loy Mosaïque, l'heritage du mōde, promis à la posterité d'Abraham leur
appartiēt pour le titre de la Loy, la feauté de Dieu se trouue aneātie & la ͵pmesse vaine, attēdu qu'il cōste que par le benefice de la Loy, personne n'obtiēt ce que Dieu ͵pmit à Abrahā. Car tant s'en faut que la loy de Moyse puisse cōferer vne felicité si exquise, que plus tost
elle cause courroux & indignatiō de Dieu eternel, en administrāt occasiō de plus grāde of
fense. La foy au cōtraire, vn iniuste elle le rēd iuste. Certainemēt là où sont offenses & indignatiō, là ne peut estre l'heritage deu aux enfans. Que si on me demāde cōment la Loy engēdre plus tost courroux que nō pas iustice, ie le diray. On ne peut cōdamner vn malfaitteur n'est que premieremēt on denōce la peine ordōnée par la Loy. Or la loy Mosaïque a
fait prou d'ordōnances cōme de la circōcisiō, des Sabbatismes, des nouuelles Lunes, de la
differēce des viādes, des bestes mortes, des bestes estouffées, du sang, des lauemēs, toutes
lesquelles choses sont telles que l'obseruatiō n'en dōne pas celle iustice de salut, & ce neāt-
mois en les trespassāt on est coupable, & en merite-on punitiō. Mais pource que ceste Loy *A fin que par*
n'oblige que la natiō des Iuifs, & toutefois à Abrahā est ͵pmis l'heritage de toutes natiōs, *grace la pro-*
la promesse de Dieu ne peut paruenir à tous par vne loy charnelle. Il s'ensuyt dōc que c'est *messe soit as-*
par la foy qu'aduient l'heritage, à fin qu'on voye que c'est grace & faueur & nō pas dette. *seurée à toute*
Par ainsi la feauté de la ͵pmesse de Dieu demeurera ferme, par laquelle a esté baillée esperā *la semence.*
ce de ceste felicité à toute la prosperité d'Abrahā. Or appelle-ie posterité, nō pas ceux qui
n'attouchēt de rien à Abrahā que par l'affinité de la Loy: ainçois beaucoup plus ceux qui
ensuyuēt la foy de leur pere. Car c'est biē raison que le parētage de la foy par laquelle il obtint cela que la ͵pmesse luy fut faitte & deuint amy de Dieu, ait plus d'efficace que nō pas le
parētage de la Loy, laquelle engēdre offenses & rend les gēs coupables. C'est donc sottise
aux Iuifs de se glorifier de ce pere cōme s'il leur estoit peculier, attēdu qu'il est pere de nous
tous, tous, dy-ie, qui de quelcōque nation soyōs nous, embrassons la foy de Christ. Cōme
aussi le tesmoigne Dieu mesme Gen. 17. quād apres auoir amplifié le nom d'Abrahā l'appellāt ainsi au lieu d'Abram, il luy dit: Ie t'ay cōstitué pere de maintes gens. Certainemēt il
faut biē que ce que Dieu a dit soit veritable. Mais cōment Abrahā sera-il pere de maintes
gēs, s'il n'appartiēt qu'à la seule natiō des circōcis? Ainçois Dieu, cōme il est cōmun â tous
ceux qui croyēt en luy, ainsi a-il voulu qu'Abrahā, qui estoit la figure de Dieu, cōme Isaac
de Christ, fust pere nō pas de ceste nation cy ou de ceste là en particulier, ains commun de
toutes celles que l'affinité de foy luy auroit cōioint. Or Abrahā n'a peu estre deceu par sa
foy, car il s'est fié aux promesses d'vn qui peut nō seulemēt donner generation aux steriles
& ia amortis, mais aussi rēdre la vie aux morts: & s'y est fié en sorte qu'ayāt puis apres cōmandemēt de tuer son fils vnicque Isaac, auquel seul gisoit toute son esperāce d'auoir posterité, ce neantmoins il ne douta rien de la feauté du prometteur, sçachāt bien qu'il pouuoit le ressusciter, & que les choses, qui selon l'opinion des hōmes, toutalemēt ne sont rien,
il pouuoit cōme si elles estoyēt quelque chose, les receuoir à ceste felicité. Les Iuifs s'estimēt *Lequel donne*
viure, ils s'estimēt estre quelque chose: des Payēs ils les ont en abomination cōme morts *vie aux morts.*
& indignes de tout bien. Mais aux Payens apporte plus de bien la vocation de Dieu, que
nō pas aux Iuifs leur parētage. Et certainemēt la foy du vieillard tant solide & ferme estoit

Ii   bien

biẽ digne de faueur, veu que ſe faiſant fort de la promeſſe dè Dieu il cõceut vne certaine eſperãce des choſes, deſquelles ſelõ les forces de nature il n'y auoit nulle eſperãce recognoiſſant & teſtifiãt par effect & la feauté & la ſouueraine puiſſance du ‿pmettãt. Car iaçoit qu'il
fuſt–ia amorty & ſa femme ſterile, ce neãtmoins il ne doutaſt point qu'il ne d'euſt eſtre pere de maintes gẽs, & autheur d'vne poſterité ſi peupleuſe qu'elle pourroit egaler le nõbre
des eſtoilles, par ce que Dieu quãd il l'euſt mené au chãp & luy eut monſtré le ciel tout ouuert remply d'vne innõbrable eſpeſſeur d'eſtoilles, luy dit: Autant qu'il t'eſt impoſſible de
nombrer ces eſtoilles, autant ſera inombrable la poſterité qui ſortira de toy. Ceſte promeſſe cõbien que pour lors elle ne ſemblaſt aucunement probable ne vray ſemblable, à cauſe
de l'imbecillité de l'eage, ce neantmoins quelque imbecille qu'il fuſt des forces du corps,
il ne le fut pas en vigueur de foy, & ne ſe print pas cõme font les incredules à chercher des
raiſons cõment la choſe ſe peuſt ou faire ou non faire, & ne cõſidera pas qu'il auoit–ia les
forces du corps amorties & impuiſſantes pour engẽdrer (veu qu'il auoit–ia pres de cent
ans) ny auſſi l'eage de ſa femme laquelle auſſi eſtoit–ia ſi eagée qu'elle auoit la matrice a-
Mais fut for-
tifié par ſoy. mortie, de ſorte que quãd biẽ il euſt encore eu la force d'ẽgẽdrer, toutefois ſa femme n'euſt
pas eſtée capable pour receuoir la ſemẽce & cõceuoir. Riẽ, di–ie, de tout cela ne luy vint en
l'entẽdement, il ne ſe deffia point, il ne chãcela point: ains s'appuyãt de tout ſon cœur ſur
les ‿pmeſſes de Dieu, & autãt robuſte en foy cõme il eſtoit debile de corps, deſeſperãt de la
puiſſance du promettãt, & ne s'attribuãt rien en ceſt affaire, en rapportã toute la gloire &
louãge à vn ſeul Dieu, en ce que par ſa foy ſi inebranlable il a teſtifié qu'iceluy eſtoit & veri
table pour ne vouloir trõper perſonne, & tout puiſſant pour pouuoir mettre à effect tout
ce qu'il auroit ‿pmis, quoy que la ‿pmeſſe ſurmõtaſt les forces humaines. Voyla la gloire à
laquelle principalemẽt prẽd plaiſir celuy qui n'a que faire d'aucun ſeruice noſtre: & pourtãt a eſté imputé à Abrahã pour iuſtice, cõme teſmoigne la S. Eſcripture. Or ne faut–il pas
penſer que cela ait eſté eſcript pour le regard d'vn ſeul Abrahã, que ſa foy luy a eſté contéє
pour iuſtice: car la S. Eſcripture ne tend pas ſeulemẽt là, de pouruoir à la gloire d'Abrahã:
ainçois de dreſſer par la poſterité d'Abrahã vn patron; & faire apparoiſtre à chaſcun que
cõme Abrahã pour le regard de ſa foy ſans l'ayde ou ſecours de la loy a obtẽu d'eſtre tenu pour iuſte deuãt Dieu, qu'auſſi ne le deuõs nous pas pretẽdre par l'obſeruation de la
Loy. Il a eſté appellé iuſte pour auoir creu à Dieu. Auſſi n'auõs no' nulle autre entrée pour
paruenir à iuſtice, ſinon que nous croyõs auſſi nous à celuy meſme Dieu, lequel ce qu'il ‿p
mit à Abrahã en la figure Iſaac, nous le baille en Ieſus Chriſt noſtre Seignr, lequel il a reſu
ſcité des morts, demõſtrã Abrahã n'auoir pas creu en vain qu'il eſtoit celuy qui pouuoit
dõner vie voyre aux morts, & les choſes qui ne ſont point, les rappeller ne plus ne moins
que ſi elles eſtoyẽt. Il faut dõc qu'à Chriſt & nõ à Moyſe nous rapportions noſtre iuſtice &
Lequel a eſté
liuré pour
noz pechés innocẽce, à Chriſt, dy–ie, q volõtairemẽt s'eſt liuré à la mort, pour gratuitemẽt effacer noz
pechés par ſoy: & eſt ſemblablemẽt reſſuſcité de mort à vie à fin que nous nous deportiõs
des œuures mortes, & que deſormais ne pechiõs plus, cõmettãs derechef les meſmes choſes pour leſquelles il a enduré la mort. Il eſt mort (dy–ie) pour en no' tuer le peché & eſt reſſuſcité des morts, à fin qu'eſtãs premierement morts par luy aux pechés paſſés, puis auſſi
auec luy & par luy reſſuſcités à vne nouuelle vie, deſormais no' viuõs à la iuſtice, laquelle
nous auons receue par le benefice d'iceluy.

CHAPITRE V.

Eſtans donc iu-
ſtifiés par ſoy. ET de faict, puis qu'ainſi eſt qu'il n'y a que les pechés qui mettẽt diuiſion entre
dieu & les hõmes, depuis que de meſchãs & pecheurs no' ſommes rẽdus iuſtes,
& ce nõ par la loy Moſaique qui pluſtoſt augmẽtoit les offenſes, ny par le merite de noz ‿ppres œuures, ains à l'exẽple de noſtre pere Abrahã ſommes par le
moyẽ de la foy recõciliés à Dieu le pere duquel eſt auſſi Abrahã deuenu amy par le merite
de la foy: & ce nõ par Moyſe, mais par lè fils vnicque de Dieu, Ieſus Chriſt noſtre Seignr, q
en lauãt noz offenſes par ſon ſang & par ſa mort nous nous recõciliant à Dieu au parauãt
irrité contre nous pour noz forfaits, nous a baillé acces pour par le moyẽ de la foy ſans
l'ayde de la Loy ou circonciſion, paruenir à ceſte grace de l'Euangile, En laquelle foy nous
nous tenõs fermes & nõ ſeulemẽt nous y tenons alaigres de cœurs & debout, mais auſſi
Et nous glori-
fions en l'eſpe-
rance de la
gloire du fils. nous glorifiõs que non ſeulemẽt nous auõs paix auec Dieu, ains auſſi no' eſt baillée vne
treſ–certaine eſperance que par la perſeuerãce de foy nous iouyrõs vn iour de la gloire de
Dieu. Et ne portõs point d'enuie aux Iuifs, s'ils ſe glorifiẽt de leur circõciſion. Nous ne no'
repẽtirons point de noſtre foy, veu qu'elle apporte vn fruict beaucoup plus plãtureux: ny
auſſi de noſtre gloire, en l'eſperãce de laquelle no' nous appuyõs ce pẽdant no' fortifiõs.

Que

Que si elle n'apparoit encore, & pour y paruenir faut beaucoup souffrir, tant y a toutefois
que ces afflictiōs mesmes nous les nous estimōs cependāt à gloire & hōneur, car aussi les
souffrōs nous pour vn nom honorable, puis elle nous ouure le chemin d'immortalité. Et
c'est aussi vn exēple nouueau que no' auōs prins de Christ, & vne doctrine singuliere que
no' auōs apprins de luy, que souffrāt maux se fortifie la vertu de patiēce, & que cōme l'or
par le feu, ainsi par patiēce no' sommes rēdus plus spectables & approuués à Dieu & aux
hōmes. De rechef par tāt plus de maux nous sommes approuués, tant plus ferme esperan
ce cōceuōs nous du salaire. Et ne faut-ia craindre que telle esperāce nous deçoyue ou de
stitue pour dire que deuāt les meschants nous deuions auoir honte d'auoir creu: attendu
que dès à present nous auōs vn tres-certain gage & arres, assauoir celle merueilleuse & in
dicible charité de Dieu enuers nous, laquelle non seulemēt nous a esté baillée au dehors,
mais aussi tres-abondāment imprimée en noz cœurs, pour no' esmouuoir à le ramener,
& ce par le S. Esprit qui au lieu de la froide lettre de la Loy nous est dōné pour arres de la
promesse. Et de fait, si Dieu ne nous eust aymé d'vne souueraine humanité, iamais son fils
vnicque Iesus Christ ne fust descēdu en terre par le vouloir du pere & ayāt vestu vn corps
mortel n'eust enduré la mort pour nous, attendu mesmemēt que pour lors nous estions
encore foybles addonnés à noz conuoitises, lesquelles la Loy pouuoit bien irriter, elle ne
pouuoit les reprimer. Et ce neantmoins, il nous a aymés tous tels pour l'esperance de sa
lut: que dy-ie tels, ainçois prophanes & idolatres que nous estiōs, il nous a aymés, & tel
lement aymés, que de son bon gré il a mesme enduré la mort, qui est bien le plus euident
& le plus rare argument d'amour qui soit point au monde. Or entre les hōmes à peine en
trouuera-on vn seul si amy, que par sa mort il vousist rachetter de dangier vn amy entier
& qui bien l'auroit merité. Mais posons le cas qu'il s'en trouuast quelqu'vn qui pour vn
bon amy, peut estre, ne refuseroit point de mourir: Dieu toutefois en cela a surpassé tous
exēples de charité humaine qu'il a pour gēs meschāts & indignes liurés son fils à la mort.
Que s'il a baillé vn si grād benefice à gens prophanes & pecheurs, cōbien plus nous fera-
il ce bien estās-ia purifiés, & laués, & recōciliés par son sang, que nous ne pechions de re
chef & retōbions en son courroux pour estre tant plus griefuemēt cōdemnables qu'au pe
ché d'impieté seroit aussi suruenu le mal d'ingratitude. Christ pour vn temps est mort
pour nous, mais aussi est-il ressuscité pour tousiours viure. Cōme il est mort pour nous,
aussi est-il ressuscité pour nous. Que si sa mort nous a apporté tant de biē que là où para
uant Dieu estoit courroucé & irrité contre nous, nous auons cōmencé de l'auoir propice
& bienueillant par bien plus forte raison sa vie nous gardera de retōber au courroux pas
sé. Sa mort a osté le peché: sa vie contregardera l'innocence. Sa mort nous a deliurés de la
puissance du diable: sa vie contregardera l'amour du pere enuers nous. Or sont là de si e
uidens argumens de l'amour de Dieu enuers nous que non seulement ils nous rendent
asseurés & donnent vne certaine esperāce que nous serōs deliurés du courroux aduenir,
mais aussi nous donnent vne telle alaigresse, que mesme nous osons bien nous glorifier,
non pas certes en nous vantant de noz merites, ains en remerciant Dieu le pere, de la be
neficence duquel nous tenōs toute ceste felicité: laquelle il a voulu nous eslargir, non par
la Loy & circoncision, mais par Iesus Christ son fils, par le moyen duquel nous sommes
rendus en grace auec luy, à fin certes que le toutal de ce benefice ne se rapporte autre part,
qu'à Dieu mesme, & à son fils vnicque. Outre plus, Dieu par vn merueilleux & secret con
seil a pourueu à cecy, que la maniere de la restitution du salut: ressēblast à celle de la per
dition receue. Pourtant cōme par vn Adam qui trespassa le premier le cōmandement de
Dieu, le peché s'est fourré au mōde, & le peché a attiré quāt & soy la mort, (car peché est la
poison de l'ame) & parainsi est aduenu, quel le mal yssu de l'autheur de la race s'est espādu
sur toute la posterité, entāt qu'il n'y en a point eu qui n'ait ensuyui l'exēple du premier pe
re: ainsi par vn Christ en qui nous renaissons tous par la foy, l'innocence a esté introduit
te, & quāt & l'innocēce la vie, & par ainsi ceste felicité yssant d'vn nouueau autheur de la
race descoule sur tous ceux qui par parētage de foy appartiēnent à Christ, & par vne entie
reté de vie suyuēt les trasses de l'innocēt. Or si tost que le peché fut entré au mōdé, & qu'il
eut saysi tout le gēre humain, on ne peut le chasser ny par la Loy de nature, ny par celle de
Moyse, excepté qu'on profita iusques là, à tout les loix, que ceux qui pechoyēt, estoyēt-ia
tenus pour coupables & dignes de punition. Car cōme aux enfans esquels la loy de natu
re n'a encore lieu, à cause de l'eage ne peut encore discerner entre le droit & le courbe, le pē
ché n'est pas encore imputé: ainsi aussi aux Payēs n'estoit pas imputé s'ils commettoyent
quelque cas contre la loy Mosaique. Dieu deuant qu'il eust Loy pour descouurir la transf

Ii 2   gression

Il est mort pour les infideles.

Pourtant que par vn homme le peché.

gresſiõ,le peché,à cauſe de la loy de nature,n'eſtoit pas totalemēt abſent,mais les hõmes ſe diſpēſoyent,& cõme s'ils euſſent deu demourer impunis pechoyēt cõme gēs ſans Loy. Pourtāt n'eſtāt pas encore venu celuy q deuoit oſter le peché du mõde & accabler la tyrā-

La mort a regné de-puis Adam. nie de la mort,la mort eſtāt entrée par Adā a regné tout à ſon aiſe,meſme ſur ceux qui n'a-uoyēt pas peché par impieté cõtre le cõmandemēt de Dieu cõme auoit Adam,lequel dés lors eſtoit l'õbre & figure de Chriſt qui deuoit venir lõg tēps apres:nõ pas que toutalemēt il reſſemble à Chriſt,mais par ce qu'en quelques façõs il a eſté figure de Chriſt.Semblable en ce,que tous deux ont eſté autheurs de leur race:mais Adā d'vne terrïéne, & Chriſt d'v-ne celeſte.Itē en ce,que de tous deux, cõme autheurs eſt deſcoulé quelque choſe ſur tous hõmes,mais de l'Adā terreſtre,vne ſource d'iniuſtice & de mort:& du celeſte,la ſource d'in-

Toutefoïs le dõ n'eſt pas com-me le forfaict. nocēce & de vie. Mais cõme en quelque endroit ils ſe ſont reſſemblés, auſſi n'ont-ils pas eſtés eſgaux.Car comme ainſi ſoit que ſauuer de ſoy ſans aucun autre eſgard ſoit choſe de plus grāde efficace,que nõ pas perdre,Chriſt eſt beaucoũp plus puiſſant pour ſauuer qu' Adā n'a eſté pour perdre, & a eſté l'obeïſſance de Chriſt de biē plus grāde efficace pour cõ ferer vie,que la trãſgreſsion d'Adā pour introduire mort, & toutalemēt la bõté de Chriſt ſurpaſſe le forfaict d'Adā,à fin que pſonne n'aggrādiſſe tāt le peché du premier pere qu'il ſe deffie de la reparatiõ du ſalut.En effect ſi le premier qui pecha a eu tāt d'efficace,qu'vn ſi grād nõbre de gens ſoit ſuiet à la mort pour les forfaits d'vn:de plus grāde efficace & redõ dera ſur plus de gens le benefice de Dieu & dõn de benignité,lequel il nous departit auſſi par vn hõme Ieſus Chriſt l'autheur d'innocēce,par lequel il a oſté nõ ſeulemēt la tyrānie de la mort & du peché,ains pour peché a cõferé iuſtice,pour tyrānie de mort regne de vie, de maniere que la perte d'Adā,nous eſt tournée en gaing par la benignité de Dieu. De re-

Car le iuge-mēt eſt d'vn forfaict. chef iaçoit que par vn Adam qui a peché, perdition ait eſté introduitte,& par vn Chriſt in-nocēt,ſalut:ce neantmoins il y a inegalité de l'vn à l'autre.Car la perdition eſt tellemēt ſor tie que le peché d'vn s'eſt eſpādu ſur toute la poſterité,& parainſi les a finalement rendus tous coupables:au cõtraire le benefice ſe cõfere en ſorte que tous les pechés de tous eſtãs ia amaſſes & ia attachés,s'aboliſſent pour vne belle fois par la mort de Chriſt,& nõ ſeule-ment s'aboliſſent les forfaits,mais auſſi ſe cõfere gratuitement iuſtice.Que ſi la ſeule faute d'vn hõme a eu tāt de pouuoir que de rēdre tout hõme redeuable à la tyrānie de la mort, & que ceux qui pechoyēt à l'exēple du premier pere, portoyēt ſemblablemēt le ioug de la mort:ce neātmoins là ſuperabõdãte benignité de Dieu departit plus,aſſauoir que iceux qui ſuyuãs l'exēple de Chriſt embraſſent innocēce & iuſtice nõ ſeulement ſont affrānchis de la tyrānie de peché, de la mort,mais auſſi regnāt la vie,eux ſemblablemēt regnent par luy qui eſt l'autheur vnicque de toute noſtre felicité.En cecy doncil y a cõuenance, que cõ me par le forfaict d'vn hõme peché s'eſt gliſſé ſur tous,& les a rendu redeuables à la mort: ainſi par la iuſtice d'vn hõme,laquelle s'eſt eſpādue ſur tous ceux qui croyēt & ſe ſoubmet tēt au regne de vie,les iuſtifie & faict viure.Car cõme vn Adā entrepaſſant le cõmandemēt de Dieu en a pouſſé pluſieurs à peché qui ont enſuyui la trãſgreſſion de leur pere, ainſi vn Chriſt qui a obey à Dieu le pere iuſqu'au ſupplice de la croix, en rend maints iuſtes, ſecta-reurs d'obeïſſance.Mais pour reuenir au ppos que nous auiõs cy deſſus entamé.Si le con ſeil de Dieu auoit determiné d'oſter par ce moyē le peché, & cõferer iuſtice & vie,qu'eſtoit-il beſoing de mettre en auāt la Loy,q n'apportaſt aucune vtilité?Ainçois en cecy pour le moins a profité la Loy,que par icelle la benignité dõt Dieu a vſé enuers noº,en a eſté plus claire & euidēte.Tāt plº le peché apparoit & tyrāniſe,de tāt plus reluyt le benefice de Dieu, qui deliure de peché.La Loy a deſcouuert la tyrānie du peché, quād en vain on luy a reſi-ſté.Puiſſante & valide eſtoit la tyrannie,mais plus puiſſante eſtoit la benignité de Dieu,la quelle nous ſentõs tant plus,que plus griefue nous auõs iuſques icy experimēté la tyrān-nie de la mort.Et certainemēt nous deuõs cecy à la Loy,que nous cognoiſſons la grādeuē du benefice de Dieu,par lequel il eſt aduenu que cõme le diable ayāt,par le peché,occupr la tyrānie,amena ſur tous la mort des ames qui eſt vraye mort:ainſi par la largeſſe de Dieu l'innocēce ayāt acquis le regne,cõfere vie à toº,par Ieſus Chriſt,le ſeul Seigñr & prince au-theur duquel noº nous tenõs fiers,eſtãs affrānchis de ſeruage de la mort,ſous l'empire de laquelle nous bataillions n'agueres.

CHAP. VI.

Que dirons nous donc?de-mourerõs nous en peché. Ais pource que nous auõs dit, qu'il y a eu plus de peché par la Loy, & que cela a profité en ce que la benignité de Dieu a tant plus abondé, à fin que perſonne ne prenne de là occaſion de perſeuerer en vices, & faire à part ſoy tels diſcours : Si le peché donne luſtre à la beneficence de Dieu en-uers les hommes & l'amplifie:il vaut mieux amaſſer peché ſur peché, à fin

que

qu'elle en ſoit tant & tant plus abondante.Ia n'aduienne qu'és cœurs craignans Dieu en‐
trent telles prophanes penſees.I'ay parlé des pechés de la vie paſſee leſquels Dieu côuer‐
tit en bien.Mais à Dieu ne plaiſe,que depuis que de la tyrannie de peché nous ſommes v‐
ne fois affranchis du regne d'innocêce,nous nous reuoltiôs de rechef de noſtre deliureur,
& nous allions precipiter en la tyrannie ancienne.Vie & mort ſont choſes entre‐elles ſi cô
traires,que l'vne chaſſe l'autre,& par meſme raiſon ne peuuent demeurer enſemble.Par‐
quoy veu que ſi toſt que nous auons cômencé de viure à Chriſt,nous ſommes morts au
diable:comme s'accorderoit cela,que nous viuions encore à celuy auquel nous ſommes
morts:Si nous viuons à Chriſt,nous ne viuons pas au diable.Si nous viuons au diable,
nous ſommes morts à Chriſt.Mais maintenant nous viuons à Chriſt ſommes morts à pe‐
ché,lequel iceluy a chaſſé.Car attendu que nous auons,receu le bapteſme de Chriſt,vous
ne deués pas ignorer quelle en eſt l'efficace & la ſignification.Or quand nous ſommes
baptiſés au nom de Chriſt,nous mourôs auec luy quant aux pechés paſſés,leſquels ſont
abolis par ſa mort,& non ſeulement nous mourons auec luy,mais auſſi ſommes enſeue‐
lis auec luy,& ce par le meſme bapteſme:à fin que comme luy qui ſans auoir iamais ve‐
ſcu à peché,eſt toutefois mort pour noz pechés,& eſt reſſuſcité à vie eternelle,non pas
par forces humaines,mais par la puiſſance du pere:ainſi nous eſtans par luy‐meſme de
la mort des pechés,morts aux vices paſſés,nous menions deſormais vne vie nouuelle,&
cheminions par les traſſes de pieté,en nous auâçant touſiours d'vne vertu à l'autre.Car
comme ainſi ſoit que par le bapteſme nous ſommes entés au corps de Chriſt,& aucune‐
ment transformés en luy,tout ce que nous voyons auoir eſté faict en luy,qui eſt le chef,
tout cela il faut qu'en nous,qui ſommes ſes mêbres,il ſoit ou exprimé,ou eſperé.Il eſt reſ‐
ſuſcité,il eſt monté au ciel,il eſt aſſis à la dextre du pere.Ces choſes,ia accôplies en Chriſt,
nous les deuons auec telle condition eſperer,ſi entant qu'en nous eſt nous les enſui‐
uons & par maniere de dire,les contrefaiſons & imaginons.Pourtant ſi par la reception
du bapteſme eſtans morts aux pechés & mauuaiſes conuoitiſes,nous imitons,ſelon no‐
ſtre pouuoir,la mort de Chriſt,il eſt conuenable qu'en euitant deſormais choſes deshon‐
neſtes,& nous employant continuellement à ſainctes œuures,nous repreſentions ſembla
blement ſa reſurrection.Ce pendant toutefois nous imitôs en ſorte la mort de Chriſt,non
pas que vrayement nous mourions,ou que nous deſpecions noſtre corps,mais comme
vous‐meſmes tresbien l'entendés,ſi nous deuenons tellement ſtupides à toutes les con‐
uoitiſes paſſees,que nous ſemblions leur eſtre morts.Et de faict ſelon le regard des deux
ſources,il nous faut imaginer deux hommes en nous:l'vn vieil & lourd & reſſemblant à
l'Adam terreſtre:l'autre nouueau & conuoiteux des choſes celeſtes,comme celuy qui eſt
yſſu de Chriſt l'Adam celeſte.Donc noſtre vieil homme ſuſdit,eſt comme tué,& esleué en
croix auec Chriſt,& eſt eſteincte toute celle conuoitiſe des choſes caducques la force vni‐
uerſelle deſquelles on pourroit à bon droit appeller le corps de peché.Cela meurt profi‐
table en nous,toutes fois & quantes que les mauuaiſes affections eſteinctes,nous ne ſer‐
uons plus à peché.Car qui vrayement enſuyt la mort de Chriſt à la façon que ie viens de
dire,vn tel eſtant‐ia receu vn membre des iuſtes,à ceſſé d'eſtre redeuable au peché de la
tyrannie duquel il eſt‐ia affranchy.Donc ſi,comme i'ay ia ſouuentefois dit,nous ſommes
morts auec Chriſt mort,eſtans affranchis des pechés paſſés,nous nous côſions que par
le benefice d'iceluy meſme que deſormais nous viurons auec luy viuant,par vne innocen
ce de vie irreprehenſible,voyre & viurons en ſorte,que nous ne retomberons iamais en la
mort,repreſentans encore en cela la ſemblance de Chriſt,entant qu'il nous ſera poſſible.
Et de faict,il n'eſt pas reſſuſcité en ſorte que de rechef il ait permis que la mort ait quelque
droit ſur luy:ains eſt reſſuſcité pour deſormais eſtre immortel.Car ce qu'il eſt mort à pe‐
ché,il n'eſt mort que pour vne ſeule fois:au reſte ce que maintenant il vit,il vit à Dieu,par
la puiſſance duquel il eſt reſſuſcité à vne vie immortelle.Parquoy à l'exemple d'iceluy fait‐
tes voſtre conte que vous auſſi eſtes morts vne fois pour toutes à peché,eſtâs eſteints les
vices & côuoitiſes paſſees,& que maintenant eſtans deuenus autres & comme reſſuſcités,
viués vne vie immortelle à Dieu,par le benefice duquel vous aués obtenu l'innocence.
Car celuy ne vit point à Dieu,lequel ne vit à pieté,à iuſtice & à toutes autres vertus.Et de
faict,puis qu'eſtâs entés au corps de Chriſt,nous ſommes deuenus vn auec luy,il faut ne‐
ceſſairemeut que les mêbres reſpôdent à leur chef.Or le chef c'eſt Chriſt:lequel puis qu'il
vit inceſſamment à Dieu,il faut que nous ſemblablemêt viuiôs à Dieu par le meſme Ieſus
Chriſt noſtre Seignr,lequel côme vne fois reſſuſcité de mort à vie,il n'endure plus aucune
tyrânie de mortainſi vo² faut‐il efforcer,que le peché vne fois chaſſé,ne recouure en vo²

Cheminons
en nouueau‐
té de vie.

Ii   3   la ty‐

la tyrānie perdue, & reiteré le droit de la mort. Laquelle chose se feroit si vo⁹ obeissiés aux
cōuoitises prophanes, pour lesquelles le diable tasche de vous allescher à la premiere seruitude. Gardés vous bien, que voz mēbres ia cōsacrés à Christ ne bataillent desormais à
l'appetit du diable vaincu par Christ, pour cōmettre iniquité: ainçois plus tost taschés de
desormais vous monstrer entierement tels, que toute vostre vie mōstre euidemment que
vous aués ensemble auec Christ laissé tout ce qui cōcerne la mort, & estes transferés à vne
nouuelle vie. Ce ferés vous, si d'orenauant voz mēbres c'est à dire toutes les forces de vostre ame & de vostre corps bataillent non pas aux vices pour seruir au diable, mais à iustice pour seruir à Dieu. Car il est raisonnable que nous entierement bataillons à celuy, auquel nous auons vne fois presté le serment, & que nous n'ayons aucune accointance a-
uec celuy duquel nous nous sommes-ia destournés & le ioug duquel nous auōs secoué.
Et ne faut-ia craindre que le peché vous retire maugré vous en la seruitude passée, attendu que vous n'estes plus sous la Loy, laquelle plus tost irritoit les cōuoitises qu'elle ne les
reprimoit, ains estes sous la grace de Dieu, laquelle, cōme elle a peu tāt faire, que no⁹ auōs
estés deliurés de la tyrannie du peché, semblablemēt vous peut garder d'y retomber. Voyre—mais ia n'aduiēne ce pēdant qu'aucun interprete ces propos en sorte que pource que
i'ay dit que vous estes affrāchis de la Loy, vous estimés que la Loy abolie il ne faille plus
que pecher tout à son aise, ou que la grace de Dieu laquelle vo⁹ a pardōné tous les pechés
passés ait quāt & quāt dispēse de pecher pour l'aduenir sans en estre punis. Aiçois faut de
tāt plus s'abstenir de pecher, que plus nous ne sommes cōtrains à bienfaire par Loy cōme
seruiteurs, mais que cōme enfans sōmes attirés par biēfaits & par amour. La seruitude est
chāgée, & nō du tout ostée. Vous aués tellemēt cessé d'estre seruiteurs de la Loy, que vous
aués cōmencé d'estre seruiteurs de Christ auquel seruir c'est le cōble de felicité. Or est-il en
partie en la puissance d'embrasser lequel que tu voudras des deux. Car de les retenir tous
deux tu ne peux. Il estoit en ta liberté de ne t'assuiettir de personne, mais apres que de ton
plein gré tu t'es soumis à vn maistre & as vne fois cōmencé de luy obeir, il faut qu'à celuy
seul tu obeisses, duquel tu t'es faict seruiteur. Pourtāt ceux qui s'addōnēt à peché & se mettēt en son seruice, le salaire de leur seruice c'est la mort. Au cōtraire ceux qui se sont cōsacrés
à Dieu, il faut qu'il luy obeissent, & le ꝓfit leur en reuiēdra. Car ils n'acquerrōt riē à Christ
par leur obeissance, ains s'acquerrōt iustice c'est à dire vn amas & accord de toutes vertus.
Or ie me resiouy de vous, & en cela remercie Christ, que là où autrefois vous rendiés celle miserable seruitude, addonnés aux idoles & aux vilaines cōnuoitises, vous aués maintenāt quitté la tyrannie du diable, & vous estes de vostre plein gré & de bō cœur addonnés au seruice de Christ, pour desormais viure nō pas à l'appetit des affectiōs ou de la loy,
ains selon la forme nouuelle de la doctrine Euangelique à laquelle vous aués transferés
des abus passés, & tellement transferés qui toutalement vous aués changé de maistre, affranchis à vray dire, de la seigneurie de peché, mais de là transferés à fin que vous seruiés
à iustice & luy obeissés. Or ne trouués-ia estrange qu'on vous commande de seruir à vertu. Comme peché & innocence sont choses toutalement contraires, le fruict en est semblablement tout autre: qui faict, que si nous voulons considerer la chose il faut en bien plus
grande diligence seruir à Dieu, qu'au diable. Car quiconque sert aux vices, il sert au diable: & sert à Dieu quiconque sert à innocence. Ce pendant toutefois si ne redemanderay-
ie point de vous, ce que ie pourroye vsant de mon droit. I'accommoderay mon parler à
l'infirmité d'aucuns, esquels l'esperit n'a pas encore pleine vigueur, & taschent les affections de sourionner de rechef. Tant seulemēt ie vous rēquerray cecy, c'est qu'enuers vous
la iustice ait vn mesme party que le peché. Cōme par cy deuāt vous aués baillé voz membres pour seruir à iniustice, aux souilleures & vices, de maniere qu'à l'appetit des conuoitises vous tōbiés d'vne vilennie à l'autre tousiours auançans en souilleure: semblablemēt
il est maintenant conuenable que vous prestiés voz membres pour seruir à iustice, au seruice de laquelle vous vous estes mis de vostre propre mouuement, & qu'en vous auançant incessamment de vertu à vertu, vous vous surpasses tousiours vous—mesmes en pureté & amendement. Car la chose semble merueilleusemēt deraisonnable, qu'enuers vous
Christ ne puisse aumoins obtenir ce, qu'au parauant obtenoit bien le diable: & que vous
ne rendiés le mesme seruice à la dame iustice, que vous aués rendu à ce tyrant peché. Il est
bien vray que pour excuser la vie passée, vous pourriés pretendre quelque telle quelle
couuerture, assauoir que tandis que vous viuiés au paganisme, pourautant que vous
seruiés à peché, vous sembliés affranchis de iustice, & que de rien vous n'estiés redeuables à celle à laquelle vous n'estiés encore addonnés. Maintenant vous ne pouués pretendre

tendre aucune excuse. Que si la nature de iustice ne peut vous esmouuoir, balancés le
fruict du seruice comment il est toutalement diuers, vous qui aués experimenté l'vn &
l'autre seruice. Reduisés en vostre memoire, quand vous seruiés aux vices, & comme esclaues obtemperiés aux vilaines conuoitises: quel salaire en receurés vous en la fin? Les
vices apportent quant & eux leur punitiõ, en ce que soudain il vilenient & souillent l'homme & le difforment de telles ignominies & blasmes, que maintenant que depuis qu'estes
retournés en vostre bon sens, comme d'esenyurés de vices vous aués honte de vous-mesmes, & aués en horreur voyre le pēser des voluptés passées. Vous voyés qu'il ne faut-ia se
haster de briguer apres vn tel gage. Et ce neantmoins outre ce salaire, les derniers gages
que le diable paye à ses seruiteurs c'est la mort. Ioinct que ce pendãt vne vie passée en ceste
sorte, est vne mort, voyre la plus miserable qui soit point, & non vne vie. Voyés au contraire, combien heureusement vous aués changé de seruitude, qui deliurés de la tyrannie du
diable, aués commencé d'estre seruiteur de Dieu. Vous voyés bien, croy-ie, combien les
maistres sont differens. Que si vous voulés aussi la difference du salaire, premierement en
lieu de souillés & impurs vous viués innocens, purs & saincts, qui est la seule vraye vie:
puis à chef detenue du seruice de peu de durée, le souuerain salaire d'immortalité vous
attend. Or me faittes comparaison du diable auec Dieu, de souilleure auec saincteté, d'vne
mort eternelle auec vne vie immortelle. Car sans point de faute la chose en va, comme i'ay
dit n'agueres. Le salaire du diable dont il recompense les siens d'vn vilain & miserable seruice, c'est la mort. Au contraire ceux qui selon leur pouuoir, seruent à Dieu, ils reçoyuent
immortalité, non pas comme salaire deu, mais comme benefice de leur pere fauorable: &
ce non par Moyse, ains par Iesus Christ nostre Seigneur, à qui le pere a voulu que fust rapporté tout tant qu'il luy à pleu par luy nous eslargit plustost que par aucune Loy ou circoncision.

CHAPITRE VII.

Ar Christ nous a deliurés non seulement de pechés & de mort, mais aussi *Car ie parle à ceux qui cõgnoissent la Loy.*
du seruage de la Loy, qui n'estoit baillée que pour vn temps, non seulement
les Payens, qui n'ont pas esté sous ceste Loy, mais aussi les Iuifs au parauãt
redeuable à la loy Mosaique. Et qu'ainsi soit, il se peut monstrer mesme par
le tesmoignage de la Loy. C'est donc à vous, ô Iuifs, que i'addresse mon propos, vous qui sçaués les ordonnaces de la Loy, vous ne pouués ignorer, qu'vn homme
qui est sous quelque Loy, comme vous par le passés estiés sous la loy de Moyse, n'est redeuable à la Loy, que le tēps qu'elle vit, c'est à dire, retient sa force & vigueur. Que si elle vient
à estre annullée ou abolie, il cesse de luy estre redeuable. Car autre chose ne faut-il garder
en l'obligation de la Loy, que ce que la Loy mesme commande d'obseruer en l'obligation
de la femme conioincte à son mary. Or vne femme mariée & qui est sous la puissance d'vn *Car la femme mariée.*
mary, ne luy est obligée que le temps qu'il vit. Mais si tost qu'il est mort, la femme est deliurée du lien de ce mariage là, & retourne en sa liberté incontinent que son premier mary
est decedé. Pourtant si du viuant de son mary (sous la puissance duquel elle s'est vne fois
soumise) elle attente de se marier à vn autre, elle sera tenue pour adultere, d'auoir laissé son
mary, duquel elle ne pouuoit estre affranchie que par la mort. Au contraire si elle attend la
mort de son mary, elle cesse de luy estre obligée, & estant retournée en sa liberté, à puissance de se marier à tel autre qu'elle voudra. Vn droit de maistre retourne bien a l'heriter, &
ne change le seruiteur que de maistre & non d'estat: mais le droit du mary sur sa femme ne
passe pas à vn autre, ains ne s'estend que le temps de sa vie. Que si le mary estoit immortel,
la femme demoureroit tousiours obligée. Or est-il que la loy de Moyse pour ce que par
ombres & ceremonies elle figuroit Christ, n'estoit donnée que pour quelque temps, iusques que se leuant la lumiere les ombres s'esuanouyssent, & se monstrant la verité s'en allassent les s'emblances d'icelle. Et partant puis que la loy Mosaique estoit (s'il faut ainsi
dire) mortelle, ce n'est pas de merueille si maintenant elle est morte. Pourtant tandis que
duroit le temps de la Loy, elle a eu vigueur, & auoit droit sur ceux qui s'estoyent addõnés
à elle. Mais de vous, vous n'aués nulle accointance auec la loy de Moyse, attendu qu'elle *Vous estes aussi morts à la Loy.*
est desormais morte à vous, & vous semblablement à elle, encore qu'elle fust viuante. Car
depuis que Christ qui est la verité, s'est leué toute la loy de Moyse a esté abolie, aumoins
quant à la lettre. Or par ce que vous estes entés au corps de Christ, & que conioincts à luy
cõme l'espousée à son espoux, & affrãchis du premier lien estes passés en la puissance d'vn
nouueau espoux, ie dy d'vn espoux immortel, comme celuy qui est vne fois ressuscité des
morts pour viure à iamais: de maniere que desormais plus ne faut penser de renouueller

Ii 4 le

de mariage ou faire diuorce (autrement ce seroit outrage à vn tel mary, si vous retournés
de-rechef apres ce premier mary là) il faut plustost mettre peine que cõme de la Loy comme vostre mary, vous produisiés vn tel quel fruict & non forlignant du mary, ainsi maintenant ayans rencontré vn mariage plus heureux, vous faisiés fruicts dignes de Dieu vostre beau pere, & de Christ vostre espoux. Car tandis que nous estions subiects à celle Loy
terrestre & charnelle comme à vn mary, elle a semblé auoir la dominatiõ sur nous comme
par droit de mary, en ce que les conuoitises plus irritées par l'occasion de la Loy, auoyent
tant d'efficace en noz membres, que comme esclaues nous estions trainés à pecher, & parainsi d'vn malheureux mariage, nous auons porté fruicts malheureux, engendrans à
mort & perdition tout ce qu'il naysloit. Mais maintenant depuis que nous sommes deliurés de la domination de la Loy, sous laquelle nous viuions auparauant, ainçois pour
ce qu'en peché nous viuions, nous ne viuions pas, ains estions morts, & ce neantmoins
estions detenus en icelle Loy, iusques au temps determiné, il n'est plus licite d'obeir à celuy charnel mary, c'est à dire à la lettre de la Loy, ains faut seruir au nouuel espoux, qui est
celeste & spirituel, nõ en vieille lettre, ains en nouueauté d'esprit, lequel nous auons receu
de luy comme gaige nuptial du mariage. Mais ie crain, que ce pendant il ne vienne à quel-

que calomniateur en l'entendement, de penser qu'en disant que nous en seruant à la Loy
sommes tombés en peché & en la mort, il cõdamne la Loy mesme comme cause de peché.
Car comme ce st le propre de iustice (dira-il) d'engendrer peché, ainsi le propre de peché
c'est d'engẽdrer mort: si donc la Loy engẽdre peché, il semble qu'elle soit peché, ou pour le
moins luy soit conioincte. Mais à Dieu ne plaise qu'aucũ ait ceste opinion. Car la Loy n'est
pas la cause de peché, ains est celle qui monstre le peché, lequel aucunement nous trom-
poit & demeuroit caché deuãt que la Loy fust baillée, entant que chascun obtemperant à
ses conuoitises, pensent ce luy estre loysible, à quoy il prend grãd plaisir, & tient pour droit
de cognoistre ce dont la iouyssance est plaisante. Donc me flattant en ce point i'estoye comme sans sçauoir que ce fust peché que conuoiter la chose d'autruy, si la Loy n'eust faict ceste defense : Ne conuoite point. Or est-il bien vray que la Loy fut baillée pour reprimer les
pechés. Mais l'yssue, par nostre faute, en a esté toute autre. Car la Loy descouurãt le peché,
sans nous bailler force de resister aux pechés, il est aduenu que par ceste occasion l'enuie
de pecher en a esté plus irritée, comme c'est le propre du naturel de l'homme d'estre plus
enclin aux choses qui luy sont defendues. Parainsi deuãt que la Loy fut baillée, par ce que
i'ignorois aucuns pechés, aucuns ie les cognoyssois, en sorte que ce neantmoins i'esti-
mois qu'ils m'estoyent licites, puis qu'ils n'estoyent defendus, mon cœur en estoit plus legierement & plus froidement sollicité à pecher, selon que plus froidement nous aymons
les choses desquelles nous pouuons auoir iouyssance toutes les fois que bõ nous semble.
Mais apres que par l'indice de la Loy, tant de manieres de pecher ont esté descouuertes,
toutes les conuoitises ensemble irritées de la defense ont commencé de plus viuement me
solliciter à pecher. Et par ceste occasion le peché à prins force & vigueur, lequel, auant la

Loy, languissoit & estoit comme mort. Et moy ce pendant ie viuois comme sans Loy, ou,
pour mieux dire, ie pẽsoye viure, comme s'il eust esté loysible de pecher sans en estre puny.
Mais si tost que le commandement est entreuenu, me defendant de pecher, non seulement
le peché n'a pas esté reprimé, ains aussi a semblé reuiure & prendre nouuelle vigueur:
Mais ce pendant que le peché retourne viure, moy qui au parauant pensoye viure, ie suis
mort, en cognoissant ma faute par la Loy, & ce neantmoins pechant. Et parainsi est aduenu, que ce qui auoit esté ordonné pour me donner vie, m'a causé la mort, non pas toutefois par la faute de la Loy, ains par la mienne propre. Car comme ainsi fust qu'il y eust en
moy vne inclination naturelle à pecher, l'esprit debile a prins occasiõ par la Loy de pecher
plus desbordéement. Et par ce moyen le diable vsant mal d'vn bon instrument m'a par
l'occasion de la Loy attiré à pecher, & par le peché m'a tué, de maniere que lors ie me suis
trouué coupable & assuietty sous la puissance d'autruy. Pourtat il n'y a riẽ en cecy dequoy
calomnier la Loy, laquelle cõme elle a esté baillée de Dieu, qui est bon , aussi propose-elle
des commandemens saincts, droits & bons. Car ce qui defend le mal, il est force qu'il soit
bon. Mais quelqu'vn de-rechef m'obiettera: Comme ainsi soit qu'vn semblable engendre
son semblable: si la Loy est bonne, commẽt m'a-elle engendré mort, laquelle certes est vne
chose mauuaise , & qui s'engendre ordinairement de peché ? Ces raisons auroyent lieu, si
la Loy nous auoit causé la mort. Mais cõme i'ay dit n'agueres, la chose va bien autrement.
Car la Loy ne noʼ est pas mere de mort, ains plustost le peché mesme a esté celuy qui nous
a causé la mort: lequel peché est tellemẽt mauuais, qu'vne chose qui de soy est bonne, il l'a
                                                                                      conuertie

conuertit en perdition, à fin qu'il fust plus manifeste combiẽ c'estoit vne meschante chose que peché, lequel est cause que ce qui est tres-bon, apporte vn tres-grand mal. Or qu'il soit ainsi aduenu, le cõmandement de la Loy a bien seruy d'occasiõ, mais elle n'en a pas esté là cause. Car quant à la Loy, nous sçauõs tous, qu'elle est spirituelle & inuite à vertu. Mais ce qu'elle ne peut venir à bout de ce qu'elle pretẽd, moy-mesme (à fin que par maniere d'exẽple ie parle de moy) en suis en cause, qui suis charnel, & enclin à vice, & ia par vne longue accoustumance de pecher, tellement assuietty & obligé à peché, qu'vn esclaue achetté à beaux deniers cõtens n'est pas plus obligé à son maistre, de sorte que ie ne sçay que ie dois faire, tant suis aueuglé de vices. Et de faict, ie ne fais pas ce que l'entendement & la raison dicte estre bon : combiẽ qu'à vray-dire par icelle raison ie desire-le bien, ce neantmoins ce qui est mauuais & que ie hay comme chose mauuaise, ie le fay, vaincu certes par ma conuoitise. Qui faict, que mesme les pecheurs entẽdent qu'il n'en faut de rien acoulper la Loy. Car si allesché de ma mauuaise conuoitise, ie cognois ceux que l'entendement & la raison condamne & reiecte, en cela ie testifie la Loy estre bonne, d'auoir defendu les choses, que moy-mesme ie condamne suyuant la partie plus noble de l'ame. Bien faut-il qu'elle soit bonne, puis qu'elle defend les choses, lesquelles encorẽ que ie les fasse en obeïssant à la chair, ce neãtmoins ie cognois estre mauuaises. Mais quelqu'vn me dira : Pourquoy donc n'obeïs-tu à l'entendement, s'il s'accorde à la Loy inuitant au bien, & destournãt du mal. Oy mais en moy qui ne suis qu'vn (puis que maintenant par ma maniere d'enseigner i'ay vestu la personne d'vn hõme, encore suiect aux vices & affections) il y faut cõsiderer deux hõmes, vn charnel & terrestre, & vn autre plus pur & moins terrestre. Le premier on peut l'appeller l'homme de dehors, & l'autre l'homme de dedans. Cestuy-là est suiect aux affections & enclin à vices : cestuy-cy retenant quelques semences de bien, aspire tellement quellement au bien, & au milieu des vices comme il peut, s'oppose & resiste. Or à bien parler nous sommes ce que porte nostre nom selõ la partie la plus noble de nostre personne. Donc toutefois & quantes que mon entendement consentant à la Loy tend au bien, & ce neantmoins faict le contraire, ce n'est pas moy à mon aduis qui fay, ce que ie fay. Car comment feroit-on ce qu'on ne veut ? Mais en la partie de moy plus terrestre il y a vne efficace naturelle de pecher, & vne inclination à vices, laquelle faict que quand nous voulons faire le bien, nous faisons le mal. Que si quelqu'vn me veut estimer selon ceste partie, ie confesse qu'en moy ne peut auoir rien de bien. Car combien que selon l'instinct de la raison ie desire le bien, ce neantmoins ie n'ay pas la puissance de faire ce que i'approuue. Car il aduient qu'ayant la cõuoitise, poussant à mal, plus d'efficace que non pas la raison inuitant au bien, ie ne fay pas ce que ie veux, assauoir le bien, ains plustost ce que ie condamne, assauoir le mal. Que si celuy qui faict vne chose maugré soy, semble ne la faire pas, quand ie fay ce que ie ne veux pas selõ la partie la plus noble de l'homme, desia il ne me semble pas que ce soit moy qui fasse ce que ie fay, ains plustost celle efficace de pecher engrauée de nature en la partie plus terrestre de moy. Or la Loy ne m'oste pas cela, & toutefois si quelquefois ie m'efforce de luy obeïr, elle est cause que i'entend que mon mal est engraué de nature & enraciné au profond du cœur. Car l'efficace du bien attire bien à soy ce que ie voy en la Loy : mais tout à l'opposite d'autre part ie trouue vne autre Loy és membres de l'homme de dehors, repugnante à la Loy qui plait à la raison. Or comme ainsi soit que la raison pousse çà, & la conuoitise là, toutefois le mal qui est en moy l'emporte, & est vaincu le mal qui y est. Car l'inclination de pecher est si profondement engrauée en la chair, & a tant d'efficace l'accoustumance de pecher ia tournée en nature, que contre mon gré & pour resistance que i'y fasse ie suis neantmoins comme esclaue traîné à peché. O miserable homme que ie suis, d'estre detenus d'vn si fascheux seruage ? Qui me deliurera de ceste chair, suiette à tant d'affections, à tant de vices, à tant de combats, & qui tousiours me traine à la mort ? N'auroit pas droit d'ainsi crier celuy qui seroit oppressé d'vne si dure necessité ? Qui faict certes que nous sommes tant plus redeuables au benefice de Dieu enuers nous, de nous auoir deliurés des maux si grands, non par la Loy ou circoncision, mais par Iesus Christ nostre Seigneur. Que si cela n'estoit, moy aussi qui ne suis qu'vn & mesme homme, seroys distraict de la mesme façon de maniere que d'entendement ie seruiroys à la Loy de Dieu en voulant le bien, & de la chair à la Loy de peché, l'emportant l'alleschement de peché.

CHAP.

CHAPITRE VIII.

Moy-mesme
donc sers de
l'entendemēt
à la loy de
Dieu.

Ve si encore à present il y a quelques reliques de residu du seruage passé en aucuns Chrestiēs, toutefois ils les surmonterōt par vne estude de pieté, & ne seront pas attirés par force à commettre quelque enorme crime, pour lequel meritent condemnation ceux, qui par la foy & le baptesme sont vne fois enté en Iesus Christ, lesquels ont-ia cessé de viure à l'appetit des cōuoitises & affe-ctiōs charnelles, depuis que la Loy de Christ, Loy spirituelle & engēdrāt vie, plꝰ vertueuse & victorieuse noꝰ a deliurés de la Loy de peché & de la mort cōpaigne de peché. Ce que ne pouuāt faire la loy de Moyse entāt qu'elle estoit charnelle, & par cōsequēt de nulle efficace. Dieu par vn nouueau cōseil a pourueu à nostre salut. Tout ainsi qu'en vn mesme homme (cōme dit est) il y a cōme deux hōmes, vn charnel, & vn spirituel: semblablemēt en vne mesme loy de Moyse il y a cōme deux loix, vne terreste & charnelle, & vne autre spirituelle. De celle premiere partie de loy, Moyse en est le legislateur, & comme elle n'est pas perpetuelle, aussi est elle de petite efficace pour donner salut. L'autre partie est spirituelle, d'efficace & puissāte & immortelle, laquelle Christ cōme vn second Moyse nous a accōplie. Or il estoit cōuenable que la chair abolist la chair, & le peché fust vaincu par peché, & que la mort sur montast là mort. Pour ceste cause Dieu cōuoiteux du salut des hōmes, a enuoyé son fils, lequel iaçoit qu'il fust toutalement eslongné de toute cōtagion de peché, à ce neantmoins esté vestu d'vne mesme chair que celle dont sont vestus tous pecheurs: car il a prins vne nature commune des hommes, & comme pecheur a conuersé entre les pecheurs, voyre il a esté comme malfaitteur crucifié entre malfaitteurs, & a tellement prins sur soy comme la personne de peché qu'il a premierement par apparence de peché cōuaincu le peché, puis l'a aboly, estant deuenu hostie pour noz forfaits, & ainsi mourant selon la chair qu'il auoit vestue, accabla la mort, laquelle par les affections de la chair & la Loy charnelle auoit do-mination sur nous, & à tant faict que desormais estant abolie la chair de la Loy, celle meil leure partie de la Loy luy succedast, laquelle nous auons appellé spirituelle, qui n'engen-dre pas cōurroux comme l'autre: ains cōfere vraye iustice à ceux qui viuent non pas selon la lettre de la Loy à la façon des Iuifs, mais selon l'esprit d'icelle, comme renays en Christ. Es Iuifs a esté pourtraitte quelque ombre de iustice: en nous a esté accompli vne vraye & parfaitte pieté par Iesus Christ. Changemēt d'estude est signe de nouuelle maniere de vie. Nous voyons que ceux qui persistent au vieil Iudaïsme pour ce qu'ils sont charnels, sont affectionnés aux choses charnelles. Au contraire, ceux qui entés en Christ ont cōmencé d'estre spirituels, sans tenir conte des choses qui concernent la chair, sont affectionnés & rauis aux spirituelles. Car quel est vn chascun, tel est son estude. Selon la chair nous som-mes mortels. Mais Christ, luy immortel, nous a appellé à vie, veu que luy est nostre vie.

Qui ne che=
mine point
selō la chair.

Outre-plus celle chanelle Loy des Iuifs n'estant seulement obseruée que selon la lettre, contraire à Christ & destourné de Christ, & partant engendre mort, entant qu'elle combat contre celuy qui est le seul autheur de vie. Qu'ainsi soit, les Iuifs d'affection & zele qu'ils portoyent à leur Loy, ont mis à mort l'autheur de iustice & de vie. Au contraire, ceux qui ne tenans conte de la lettre de la Loy s'affectiōnent aux choses qui sont de l'esprit, ils trou-uent vie en Christ, & ne debattent pour de froides obseruations, ains s'addonnans aux choses qui concernent la charité, ont paix auec tous. Noiseuse est superstition: paysible & tranquille est vraye pieté. Et ne se faut-ia esbahir, si celuy à noyse auec les hōmes, lequel a paix auec Dieu. Car adherer à la Loy charnelle laquelle Dieu par Christ a voulu estre abo-lie, à fin que luy succedast la loy spirituelle, n'est autre chose faire que faire la guerre à Dieu. Et de faict, telle affectiō, puis qu'elle discorde d'auec la volonté de Dieu, ne peut qu'elle ne luy resiste, veu qu'il inuitejà choses toutes diuerses. Parquoy que personne n'estime que le dangier soit mediocre d'estre attaché à la lettre de la Loy, & y perseuerer. En vain plaisons nous aux hommes si nous ne plaisons à Dieu. Or est-ce que ceux qui selon l'intelligence charnelle retiennent la loy Mosaïque à bec & à ongles, ne plaisent point à Dieu, ne ny peu-uent y plaire, sinon qu'en abbandonnant la chair, ils s'addonnent à l'esprit. Insistent les Iuifs tant qu'ils voudront sur les nouuelles Lunes & Sabbaths, si n'obtiendront-ils ia ce qu'ils se promettent. Mais ces choses ne vous attouchēt en rien, vous qui n'aués que fai re auec la Loy charnelle, ains estes spirituels, voyre si vous viués en sorte que l'esprit de Dieu daigne estre logé en voz cœurs. Car qui n'est encore que baptisé, il appartient en-core à la chair, n'est qu'il soit abbreué & inspiré de l'esprit de Chtist. Ce ne sont pas les ce-remonies, ains est l'esprit qui nous conioinct à Christ, & qui n'a Christ, il n'a rien auec Christ. Que si Christ est en vous, comme ainsi soit que luy ne soit autre chose que chasteté,

Et ceux qui
sont en la chair
ne peuuēt plai-
re à Dieu.

que

que verité, qu'attrempance & toutes autres vertus, quel lieu reste-il aux vices? Or celuy
qui a Christ, il faut qu'il le monstre par effect. Iceluy est mort quant à la chair, mais il vit
d'vne vie immortelle. Le moyen d'exprimer Christ sera tel : si ce corps c'est à dire, celle partie terrestre qui est en nous, qui par les alleschemens des côuoitises nous sollicite à choses
mortelles, est morte, & vuyde de tout desir de pecher: au contraire l'esprit vit, c'est à dire, la
partie plus noble de nous, sollicitât à vertu & par son impetuosité nous rauissant aux choses qui concernêt iustice. Pourtât si l'esprit de Dieu qui a ressuscité Christ des morts, demeure vrayement en vous, il ne sera point oysif. C'est vne chose viue & d'efficace que l'esprit, il
sera en vous selon vostre portée, le mesme qu'il a faict en Christ. Or a-il ressuscité Christ de
mort à vie, & ne le laisse de-rechef plus mourir. Il vous ressuscitera semblablement des vices, qui est la vraye mort, esteignant les affections deprauées, & ce par l'esprit autheur de
celle vie, lequel est-ia habitant en vous. C'est donc à cest esprit que nous viuons, c'est à luy
que nous sommes redeuables: à luy nous faut-il obeir, & nõ pas à la chair, à laquelle nous
sommes-ia morts. Car nous auons-ia cessé d'estre redeuables à la chair, depuis que nous
auons commencé d'estre vnis auec Christ. A Dieu ne plaise donc que desormais nous viuions à l'appetit de celle qui plustost doit seruir à l'esprit. Vous estes appellés à vie. Or si
vous viués selon la chair, vous courrés à la mort : au contraire si par la vigueur de l'esprit
vous esteignés les conuoitises de la chair, elles mortes, vous viurés. Et n'est pas dure la
seigneurie de l'esprit. Il nous appelle bien à de grandes choses, mais c'est de nostre vouloir
& plein gré. Car il inspire vne efficace d'amour, à laquelle rien ne peut estre difficile, riê qui
ne soit agreable. Côme le corps vit de son esprit, ainsi l'ame vit du sien. Si l'esprit du corps
languit, tout le corps aussi est languissant, s'il est vigoreux, alaigre est aussi tout le corps.
Parainsi tous ceux qui sont menés de l'esprit de Dieu, ils sont enfans de Dieu. Les enfans
retiennent & retirent au naturel de leur pere, & font alaigrement & de plein gré, ce qu'ils
apperçoyuent luy estre agreable. Les seruiteurs pour ce que ce n'est pas de nature qu'ils
sont conioincts à leur maistre, il sont retenus par crainte, & contraints par tourmens se des-
chargent de leur deuoir. Cela appartient aux Iuifs ausquels plait le seruage de la Loy : de
vous, estans vne fois affranchis, vous ne tombés pas de-rechef en la mesme seruitude,
pour deuoir estre reprimés par crainte. Ainçois voʾ auès receu l'esprit de Dieu, par lequel
estes receus au nombre non pas des seruiteurs, mais des enfans de Dieu. Cest Esprit nous
baille vne telle confiance, que si nous auons besoing de quelque chose, nous crions aux
oreilles de Dieu celle voix, laquelle est ordinairement tant agreable aux peres, l'appellãs
Pere, Pere, Nous n'oserions pas luy plourer & faire ce cry, si nous n'auions confiance que
nous sommes ses enfans, & qu'il nous est Pere propice, quand volontairement & non par
contrainte nous viuons selon sa volonté. Autremêt il ne nous eust pas departy son Esprit
s'il ne nous tenoit pour ses enfans. Cest Esprit donc côme gaige & seau de la charité paternelle, tesmoigne à nostre esprit que nous sõmes enfans de celuy qui nous a dõné ce gaige.
Que si nous sommes enfans & nõ seruiteurs, certes nous sommes aussi heritiers. Heritiers
di-ie, de Dieu, duquel comme de leur autheur prouiênent toutes choses, mais coheritiers
de Christ, au corps duquel estans entês, nous auons commencé d'auoir vn mesme Pere
auec luy, & par luy sõmes paruenus au droit d'vn mesme heritage: la possession duquel
ce neantmoins ne nous aduiendra par aucun autre moyen, qu'en y tendant par la mesme
voye, par laquelle Christ mesme y est paruenu. Or en souffrant les maux il est paruenu à la
possession des biens. Par obeissance il est paruenu au regne: par ignominie à gloire, par
mort à immortalité. Il nous faut donc endurer auec luy, à fin qu'auec luy nous ayõs iouissance des biens: il nous faut obeir auec luy, à fin qu'auec luy nous regnons: il nous faut
auec luy porter les ignominies du monde, à fin qu'auec luy nous soyons glorifiés: il faut
auec luy mourir pour vn temps, à fin qu'auec luy nous viuions à tousiours mais. Voyla
le moyen pour entrer en cest heritage lequel comme ainsi soit qu'il fut immortel & si grãd
qu'il surpasse toute capacité & estimation d'entendement humain. Bien qu'on amassast
toutes les afflictions de ceste vie sur vn mesme homme, elles seront legieres si on les balance auec le salaire de la gloire aduenir, lequel s'acquiert & par maniere de dire s'achette par
tels maux. Et iaçoit que de ceste felicité nous en ayons-ia les arres, de sorte que nous n'a-
yons cause de nous en deffier, ce neãtmoins à cause de ce corps suiect à mort & à douleurs,
elle n'est pas encore parfaitte & accomplie. Ce pendant quelque goust secret nous en est
baillé par l'esprit, mais elle se desployera toute entiere, quand les corps estans ressuscités &
l'incommodité de toute mortalité ostée, nous regnerõs immortels auec Christ immortel.
Ce pendant tout ce bastiment du monde attend ce temps là, comme souhaittant le iour,
auquel

auquel estant-ia complet le nombre des enfans de Dieu, leur gloire sera manifestée, entãt que pendant qu'estans encore chargés de ce corps mortel, nous sommes affligés de faim, de soif, de maladies, de douleurs, & autres diuers maux, ce monde aussi semble aucunement participant de l'infelicité des hõmes, pourtant que la terre, l'eau, l'air, item les corps celestes, mesme aussi les Anges, sont crées pour seruir aux necessités des hommes. Pourtãt mesme ce monde ne sera pas affranchy iusques que les enfans de Dieu soyent en pleine liberté: ce pendant il sert, non de son bon gré. Car mesme és choses sans ame il y a de nature vn appetit de perfection. Or sert-il, obeissant à celuy de la volonté duquel il est assuietty à ce seruage, & sert d'autant plus patiemment qu'il sçait qu'il n'y est pas assuietty pour vn iamais, ains auec telle condition, que si trestost que les enfans de Dieu seront pleinement affranchis de toute contagion de mortalité, alors aussi le monde cessera d'estre suiect aux incommodités de mortalité. Car comme ainsi soit que nous voyons tous les elemens de ce monde tant se changer & rechanger, estre suiects à tant de corruptions: le Soleil & la Lune monstre ce qu'apres la reparation des choses tousiours caducques, ils ne font bonnement que trauailler en vain, sentir leurs eclypses, les estoilles s'entre-combattre, item comme ainsi soit qu'il n'y ait point de doute que toute la multitude des Anges, contemplans d'enhaut noz calamités ne soyent esmeus de quelque saincte affection enuers nous, & entant qu'ils peuuent se deuillent quant & nous de noz maux: n'est-ce pas à dire que toute la nature gemist auec nous, & comme vne femme qui est en mal d'enfant, desire la fin des trauaux & douleurs? Ot il ne faut-ia s'esmerueiller si cela aduient aux autres, veu que mesme nous (qui depuis la venue du Sauueur auons receu ce bien, les premiers d'entre tous les hommes d'estre inspiré de l'esprit de Christ, & ce non vulgairement) ce neantmoins sommes encore subiets à tant de maux, partie à cause de tãt de necessité de la vie presente, partie par l'importunité des meschans, que souuentefois nous gemissons en nous-mesmes, & nous est force de iournellement porter deuis des maux des autres, souhaittans ce iour là, auquel le corps de Christ, complet de tous ses membres soit affrãchis de toutes incommodités: estant lors de terrestre & charnel deuenu spirituel & immortel. Ce pendant, tous les maux qui nous affligent, nous les portons sous esperance de la felicité promise de Christ duquel iaçoit que nous ayons receu le gaige de salut: il ne nous a toutefois pas icy baillé plein salut, ains a voulu qu'on l'attendist en l'autre siecle. Or nostre salut parfaict gist és choses à venir, desquelles nous auõs conceu vne certaine esperãce. Et esperãce n'est pas de choses presentes & visibles, ains de choses qui encore n'apparoissent. Qu'ainsi soit, qui est celuy q iamais esté dit a esperer, ce qu'il voyoit à l'œil? Aussi n'y auroit-il icy aucune louãge de foy ou d'esperãce, si tout ce que Christ nous a promis apparoissoit-ia: mais alors seulement est nostre foy agreable à Dieu, si les choses qui ne se peuuẽt voir des yeux corporels, nous les regardõs des yeux de la foy, & en perseuerãt ce pendãt és douleurs nous attendõs en esperãce asseurée ce qui est promis. L'affection ce pendãt est fascheuse selõ la chair, mais il nous peut estre ainsi expediẽt que nous soyõs affligés. L'esprit toutefois prend en gré, & bataille contre l'infirmité du corps: mais l'esprit de Dieu nous assiste en supportant l'imbecillité de nostre chair, & nous fortifiãt d'esperãce pour pouuoir endurer tout, nous mõstrant que c'est qu'il nous faut souhaitter, en noz prieres, & quoy nõ. Car de nous selon l'affection humaine, nous ne sçauons que c'est qu'il faut demander ne comment il se faut demander. Qui faict que le plus souuent en noz prieres, pour les choses salutaires nous demandons les pernicieuses. Laquelle chose m'aduint, lors que portant enuis l'affliction du corps i'imploray instamment le secours de Dieu, priant par trois fois, que Satan m'abbandonnast lequel pour lors m'affligeoit, & pourtant ne fu-ie pas exaucé de ma requeste, à raison qu'il ne m'estoit pas expedient. Pour choses plaisantes nous sont données choses salutaires. Dieu exauce bien les prieres des siens, pourueu qu'ils ne prient pas selon l'affection de la chair, ains selon la voix de l'esprit qui par moyens secrets besongne en nous. Cest esprit encore que nous nous taisons, ce neantmoins prie Dieu pour nous & ce non d'vne façon humaine, mais bien par gemissemens indicibles. L'esprit de l'homme prie quelquefois auec grands souspirs qu'affliction externe ne luy aduienne, ou bien pour les commodités du corps, estimans les choses petites grandes: mais cest Esprit celeste enté au cœur des saincts demande choses, lesquelles si on ne les a, sont à desirer par gemissemens indicibles: si on les a, apportent vne vraye & parfaitte felicité. Il faut demander aux hõmes par parolles ce que l'on veut impetrer d'eux, entãt qu'ils ne cognoissent point ton souhait n'est qu'il leur soit declaré, ioinct qu'ils ne discernent pas bien ce qui est bon. Mais Dieu qui sõ de, voyre les plus profondes cachettes du cœur, & regarde dedãs iusques au plus

profond

profond, ſçait bien, encore que ne ſonnions mot, que c’eſt que deſire l’Eſprit, lequel toutes les fois qu’il prie pour les ſaincts, portant dueil de leurs maux, ne prie pas ſelon l’affection humaine, ains ſelon la volonté de Dieu. Il ne deſire que les choſes qui concernent noſtre ſalut, il ne ſouhaitte que ce qui ſert à la gloire de Dieu. Ces choſes là, qui les ſouhaitte,
encore que parauanture il faille en choix, ce neantmoins il ne faut pas d’intention. Dieu
donc eslargit non pas ce que nous demandons, mais ce que principalement ſert au but
auquel nous auons dreſſé la ſomme de noz ſouhaits. Or il ne faut pas que nous ayons
peur de ſdeffaillir vaincus de la grandeur des maux, veu que nous tenons pour tout reſolu, que quoy que ſoit qui aduienne à ceux qui ayment Dieu, tout ſert à leur bien : tant
grande eſt la faueur de Dieu, enuers ceux leſquels d’vn franc vouloir & propos deliberé,
il a choyſis & appellés à ceſte felicité. C’eſt à nous de trauailler, au reſte l’euenemēt depend
du propos de l’ordōnance de Dieu. Ce n’a pas eſté à la volée que Dieu a choyſi ceux qu’il
a choyſis. Il a cogneu les ſiens long temps auant que les appeller. Et non ſeulement a cogneu ceux qu’il deuoit appeller, mais auſsi auoit-ia determiné par vn certain propos &
deliberation qu’ils deuſſent eſtre entés au corps de ſon fils Ieſus, & transformés en la ſemblance d’iceluy: lequel ayant vaincu la chair & la mort, eſt en triomphe, entré en immortalité, à fin que les membres eſperent pour eux le meſme qu’il voyēt eſtre accomply au chef:
& par ce moyen par vn fils il s’acquiſt pluſieurs fils, deſquels Ieſus Chriſt fuſt le chef & conducteur, & comme premier nay, communiquaſt auſsi aux autres ſon droit. Et pour nous
acertener que ce que Dieu a vne fois entreprins, il le mettra en effect & toutalement l’accomplira : ceux que deuant tout temps il auoit cogneus & choyſis touchant leſquels il
auoit-ia diuulgué le propos de ſon cœur par les oracles des Prophetes, il les a auſsi appellés par l’Euangile, & ne les a pas appellés pour rien, les ayant appellés de ſa grace il les à
rendu de meſchants bons, & de pecheurs innocens. Il ne reſte plus que la gloire, laquelle
dés à preſent nous auons d’vne grand part:n’eſtoit que d’auenture ce fuſt petite magnificence, eſtre vuydes de vices, flourir en gloire d’innocence, auoir des affectiōs non corrompues, eſtre tellement entés en Chriſt, que nous ſommes vn auec luy, auoir ſon Eſprit pour
gaige, eſtre heritier de Dieu, coheritier auec Chriſt, de maniere que de ce qui reſte nous ne
pouuōs douter qu’il ne doyue eſtre accomply en ſon temps. Puis donc qu’ainſi eſt, quelle
raiſon pourroit on auoir de parler de ſe deffier ? Ia par tant d’argumēs Dieu a declaré ſon
amour & beneficence enuers nous. Que s’il eſt pour nous, que pourra aduerſaire quelconque ? Quelle puiſſance aura la malice des hommes, ſi Dieu nous garantit? Ou qui a-il
que nous ne deuons attendre de luy qui nous eſt fauorable, veu que pour gens non encore reconciliés, il n’a pas eſpargné ſon fils vnicque, ains l’a expoſé ſeul pour nous tous?
Il l’a aneāty & abbaiſſé, pour nous eſleuer, il l’a faict peché, à fin que fuſsions deliurés des
pechés : il l’a liuré à la mort, à fin que nous vinſsions à viure de-rechef. Puis donc qu’il a
baillé ſon fils, ne s’enſuyt-il pas que nous l’ayant vne fois donné, il nous a quant & quant
donné tout ce qui appartient au fils, auec lequel il nous a faict coheritiers ? Ou qu’eſt-ce
qu’il pourra nous refuſer, depuis qu’il a employé celuy qui vaut plus que toutes les creatures enſemble ? Et ne faut pas craindre que Dieu vienne à changer ou muer ceſte ſienne
affectiō enuers nous, à l’adueu de quelque calomniateur. Car qui eſt celuy qui oſaſt inten-
ter accuſation contre ceux que Dieu meſme a choyſis par vn conſeil arreſté & certain, & les
tient pour ſiens ? Oyra-il vn calomniateur à l’encontre de ceux, auſquels il a gratuitemēt
pardōné toutes fautes? Dieu qui eſt le iuge de tous nous abſout de la coulpe de la vie paſſée, & nous tient pour iuſtes:qui ſera celuy qui cōdamnera gens abſouts ? que nous nous
gardions de tomber aux fautes paſſées. Chriſt eſt celuy qui nous a porté vne affection ſi
ſinguliere, que pour nous ſauuer, il a meſme enduré la mort, voyre qui nous eſt auſsi reſſuſcité des morts, pour ne point manquer aux ſiens. Iceluy tant grand aduocat ſans per &
quant & quāt iuge auſsi à la dextre de Dieu ſon pere, auquel il eſt eſgal en tout & par tout,
demeine noſtre cauſe deuant luy. Parquoy puis que le Pere nous a par la mort du fils abſouts de tout crime, puis que nous ſommes tant aymés du fils:quelle occaſion auōs nous
de deſormais craindre le diable, ou l’homme miniſtre du diable, nous accuſant ou bien
condemnant ? Veu que par tant de benefices & gaiges nous ſommes conioincts à Dieu &
à Chriſt, qui ſera celuy qui pourra nous ſeparer de leur amour, qu’eſtās ainſi aymés, nous
de noſtre coſté ne les aymiōs auſsi ? Sera-ce orage quelcōque de maux humains? Sera-ce
affliction ou angoiſſe ? Sera-ce famine ou nudité ? Sera-ce naufrage ou peril quelconque
ſuruenant par cas ſemblable? Sera-ce perſecution des meſchans ou glaiue intentāt mort?
Car que telles choſes doyuent aduenir aux bons en ce monde. Le Pſalmiſte myſticque l’a

Kk　　　preuu

*Et ceux qu’il a
predeſtin:s, il
les a auſsi ap-
pellés.*

*Que dirons
nous donc à
ces choſes.*

*Qui produira
accuſation con-
tre les enfans
de Dieu.*

Pſeau.43

preueu long temps a , lors qu'inſpiré du ſainct Eſprit , il dit : Car pour l'amour de toy on nous tue tous les iours, & no⁹ tient-on pour brebis deſtinées à la boucherie. Pour ameres que ſemblent ces choſes, ſi ne faut-il pas ce neantmoins que nous nous en effrayons. Bien peuuët-elles ſuruenir, accabler ne peuuët-elles. Ainçois tant plus griefue elles nous tomberont deſſus, de tant & tant plus confermeront-elles noſtre amour enuers Chriſt, & celle de Chriſt enuers nous, quand touſiours nous emporterons la victoire, nõ pas certes par noz propres forces, ains par la protection de celuy , auquel nous deuons tout. Car ne luy puis que tant il nous ayme, ne nous laiſſera eſtre vaincus:ne nous, en nous ſouuenant de ſa beneficêce enuers nous, ne ſerõt laſſés pour quelcõques aſſauts de maux, d'auſſi l'ay mer de noſtre coſté. Mais ie n'ay encore recité que maux vulgaires. Ie diray encore quelque choſe de plus hardy que toutefois ie tien pour treſ-certain & du tout reſolu . Plus effrayables eſtoyent les perils qui pouuoyêt preuenir des creatures inuiſibles, & battre non ſeulemêt le corps (lequel vne fois meſpriſé, ſes dangiers n'effraye plus) mais auſſi l'eſprit. Et toutefois nous n'auons non plus que faire d'auoir peur de ce coſté là, attendu que ny Ange quelcõque des vulgaires (toutefois plus puiſſant qu'homme qui ſoit)ny aucun des plus principaux d'entre-eux, comme ſont ceux qu'on appelle Principautés & Puiſſances ny hauteur, ny profondeur quelconque, c'eſt à dire, ſoit qu'il nous battent d'enhaut, ſoit d'en bas, ſoit ſous cõuerture de vertu, ſoit autremêt, ny choſe qui ſoit preſente ou à venir, ſoit que le dangier s'intente pour la vie preſente, ſoit pour l'aduenir, que diray plus ⸗ s'il y auoit bien encore outre tout cela quelque choſe ou que fuſt entre les creatures, fuſt-elle viſible fuſt inuiſible tant puiſſante & de ſi grande efficace peuſt-elle eſtre, tant y a ce neantmoins qu'elle ne pourra nous ſeparer de l'amour, moyennant laquelle nous ſommes conioincts à Dieu par Ieſus Chriſt ſon fils noſtre Seigneur.

<h3 style="text-align:center">CHAPITRE   IX.</h3>

Mais en toutes ces choſes nous ſurmontons.

Car ie ſuis certain que la mort.

A Vquel Chriſt, à la miêne volonté, que tous Iuifs ſe cõuertiſſent, laiſſant là leur Moyſe : leſquels maintenãt ſe font accroire que c'eſt bien aſſés pour obtenir ſalut, qu'ils ſont enfans d'Abraham, qu'ils ont la Loy baillée iadis de Dieu, là où rien de tout cela ne profitera de riê, n'eſt que par foy ils ſe rendêt dignes d'eſtre attirés & aymés de Dieu. Mais quoy, obſtinémêt ils reiettêt Chriſt promis par la Loy, lequel les Payens reçoyuent. Et toutefois cecy ne di-ie pas pour hayne que ie porte à ma nation, iaçoit que par tout elle me contrarie. Ie diray ce qui en eſt, teſmoing Chriſt qui voit tout, & ne mentiray de rien , teſmoing ma cõſcience de laquelle le S. Eſprit eſt autheur & la voit. La perdition d'aucuns qui periſſent par leur propre faute me tourmentent l'eſprit outre meſure, & par vne douleur continuelle le conſomme : car tant s'en faut que ie porte hayne aux Iuifs, que ie deſireroye ſi faire ſe pouuoit aucunemêt, de racheter leur ſalut, à la pditõ de ma propre perſõe & ne refuſeroye pas d'eſtre reietté de Chriſt, pourueu que tous ceux qui me ſont conioints par accointance de nation & race, fuſſent auſſi aſſous auec moy en la foy de Chriſt, & que cõme de race ils ſont Iſraelites, ils fuſſent auſſi par la cognoiſſance de la verité vrayemêt Iſraelites, leſquels par deſſus tous deuſſent bien embraſſer celuy que la Loy promettoit, attendu que c'eſt la nation, laquelle Dieu ſepara iadis d'auec les autres & la ſe choyſit d'être toutes pour ſon domaine, & tenãt toutes autres nations pour baſtardes, a cõtregardé ceſte-cy ſeule cõme ſes naturels & vrays enfãs:attêdu auſſi qu'elle a riere ſoy vne gloire & dignité excellente, que reiettans les idoles ils ont honnoré le vray Dieu. Riere-elle eſt l'authorité & prerogatiue de la Loy ordonnée de Dieu. Riere-elle ſont les paches & alliãces faittes auec Dieu. Riere-elle eſt le ſeruice diuin & les ceremonies dés ſacrifices ſelon l'ordonnance de Dieu. Rierre-elle ſont les oracles des Prophetes, qui paſſés maints ſiecles ont promis la venue de Chriſt, & celle felicité delaquelle ie me vantoye n'agueres. Leſquels ſont deſcendus de ces tant renommés luminaires & autheurs de noſtre nation à Dieu tant agreables, aſſauoir d'Abraham, Iſaac, & Iacob, & autres de la race deſquels Chriſt meſme a bien daigné nayſtre ſelon la chair, de maniere que pour le moins en ceſt endroit, ils ſont-ia, veuillent ou non, prochains & parens de Chriſt, lequel eſt bien plus noble que ces peres là, du titre deſquels, il ſe font valoir. Car quant à ceux là pour ſaincts qu'il peuſſent auoir eſtés, ſi n'ont-ils ce neantmoins eſté rien autre choſe fors qu'hommes. Mais Chriſt eſt tellement homme qu'il eſt auſſi Dieu quant & quant, non pas Dieu particulierement de ceſte nation-cy ou de ceſte là, ains Dieu de tout l'vniuers, voyre vn meſme Dieu auec ſon Pere : qui gouuerne tout & par l'inſondable conſeil duquel ſe font toutes ces choſes, auquel ſeul pour celle tant incroyable ſienne amour enuers le genre humain, eſt deue louange & action de graces à iamais au grand iamais.

Ie dy verité ie ne ment point.

Qui eſt Dieu ſur toutes choſes.

Parquoy

Parquoy tant plus est à detester l'impieté d'aucuns Iuifs, lesquels en blasphemant le fils, outragent aussi le Pere qui a voulu se donner à cognoistre par le fils. Et toutefois l'impieté de ceux là n'a pas tant d'efficace, que Dieu en laisse pourtāt de mettre à effect ce que par les oracles des Prophetes, il a ‚pmis de faire. Au peuple Israelite & à la posterité d'Abrahā fut promise celle felicité, mais non pas à tous, ains seulemēt à ceux qui seroyent vrays enfans d'Abraham. Car tous ceux qui sont descendus d'Israel, ne sont pas pourtant vrays Israeli‚tes, mais bien ceux qui par vigueur de foy sont forts & inuincibles à l'encontre des incom‚modités de ce monde, par lesquelles Dieu espreuue la pieté de nostre cœur, à tels, di‚ie, vrayement est deu le titre d'Israelite, c'est à dire puissant à Dieu. Ne tous ceux qui sont yssus du sang d'Abraham, ne sont pas quant & quant enfans d'Abraham, pour s'attribuer l'heritage de la promesse, mais bien ceux qui ensuyuent la foy d'Abraham, par laquelle il a obtenu ceste felicité qui doit estre baillée à sa posterité. Or aduisés si ce n'est pas ce que tout ouuertement declare la parolle de la promesse de Dieu, disant : D'Isaac prendra son nom la semence. Il fut promis à la semence d'Abraham, que par elle toutes nations seroyēt renommées. Mais il n'entend pas que tous ceux qui sont yssus d'Abraham soyent appel‚lés semence, n'est qu'ils soyent en Isaac, qui est fils de foy & est figure de Christ, Isaac n'est pas nay selon la façon ordinaire de nayssance, ains nasquit d'vn pere, à vray dire, amor‚ty, se fiant toutefois en Dieu, item d'vne vieille ia amortie. C'a donc esté la puissance de Dieu & la foy du pere plustost que la chair qui a engendrée Isaac. Et de faict, que veut Dieu autre chose par ce propos : D'Isaac prendra son nom ta semence ? sinon declarer ouuerte‚ment que non pas tous ceux qui sont nays d'Abraham selon la chair, sont quant & quant enfans de Dieu, & par consequent heritiers des promesses, mais que ceux qui ont la foy par laquelle Abraham obtint la promesse de Dieu, ceux là, di‚ie, & non autres sont la se‚mence d'Abraham. Que si Dieu eust faict la promesse en tels termes : Tous ceux qui descen‚dront de toy, ma promesse leur appartiendra, à bon droit pretendroyent ceste gloire tous ceux qui sont de la race d'Abrahā selon le parentage charnel. Mais puis qu'il a dit : Quand en ce temps ie reuiēdray Sara aura vn fils : il a designé vn seul fils & iceluy de foy, que Dieu de sa volonté auoit choysi à ce, non pas pour le regard de la circoncision, veu qu'il n'estoit pas encore nay, ains pour le merite de la foy du pere. Depuis sont bien nays des enfans à Abraham d'autres femmes : & ce neantmoins benedictions n'a esté promise à Abraham qu'en vn seul Isaac. Or ce qui est aduenu en Isaac & és autres enfans d'Abraham, est sem‚blablement aduenu en Iacob & en Esau. Si pour le seul regard du parentage corporel, on entroit en l'heritage de ceste benediction, il appartiendroit plus tost à Esau fils aisné, que non pas à Iacob. Isaac estoit pere commun de tous deux, vne mesme mere par la com‚paignie de son mary les conceut tous deux à la fois : ils ont esté portés tout deux ensemble au ventre de leur mere : tous deux nays en vn mesme temps : & ce neantmoins Dieu n'en a recogneu que l'vn pour portée legitime, l'autre il le desauoua comme bastard, disant : I'ay aymé Iacob & hay Esau. Or-ça, quelle chose a discerné ces deux bessons ? Ce n'a esté ne le parentage charnel, ne l'obseruation de la Loy, ne la circoncision. Car deuant qu'ils fussent nays, & eussent faict aucune chose du monde ou selon la Loy, ou contre la Loy, il fut dit d'eux : Le plus grand seruira au moindre. Pourquoy a-il ainsi semblé bon à Dieu, ou qu'a-il pretendu nous declairer par ce faict ? Et quoy autre, sinon qu'aucun n'eust à pretendre le droit de ceste promesse par la fiance de la circoncision, ou de la Loy, n'est qu'il se porte tel en foy qu'il soit du nombre des esleus, & tel que fut Isaac & Iacob : puis qu'ainsi est que non pas le parentage, mais l'election de Dieu est celle qui faict les enfans d'Abraham. Que si Dieu reiette & reproue les Iuifs, comme iadis il reietta Esau, de riē ne leur seruira d'estre descendus de la race d'Abraham. Au contraire, si par le merite de la foy, Dieu reçoit les Pa‚yens à cest heritage, de riē ne leur nuyra de n'auoir nulle affinité charnelle auec Abraham, veu que Dieu les auoue & les reçoit au droit d'enfans. Et ne faut-ia qu'aucun meschant garnement torde les propos que ie vien de dire, que de là il s'ensuyue que la faute n'en soit pas aux hommes, mais en Dieu, qui pour son plaisir reiette ou reçoit les gens sans qu'il ait rien commis ou faict aucun bien. A Dieu ne plaise que telle pensée entre en l'entendement de personne & qu'ainsi il veuille interpreter ce propos que tint Dieu auec Moyse en l'Exo‚de : Ie feray grace à qui il me plaira : & auray mercy de qui il me plaira, attendu qu'il ne gist point au vouloir ou au courir, d'obtenir salut, ains en Dieu qui faict grace : car vain est no‚stre vouloir, & vain nostre effort, n'est que Dieu de son plein gré nous y attire : or attire-il ceux que bon luy semble, voire sans qu'il ait faict aucun bien : & reiette semblablement ceux que bon luy semble sans qu'il ayent rien commis. Et si de là ne s'ensuyt pas pourtant

Kk 2   que

Car non pas
tous ceux qui
sont de la cir‚
concision.

Non ceux qui
sont enfans de
la chair.

Gene.25

Malach.2

Gene.25

Y a-il iniqui‚
té en Dieu.

Exod.33

que Dieu fasse tort à personne, ains qu'il faict grace à plusieurs. Nul n'est reietté sinon par sa faute:nul n'est sauué sinõ par la grace de Dieu, laquelle il departit à qui il luy plait, mais en sorte que l'homme a de quoy le remercier estãt attiré par grace,tu n'as dequoy te plaindre estant delaissé en ta malice. Car ce n'est pas Dieu qui endurcit le cœur des hõmes pour les empescher de croyre à l'Euangile de Christ:mais l'obstination de ceux qui de leur propre malice ne veulent croyre, de laquelle obstinatiõ il se sert pour faire apparoistre la grandeur de son benefice & pour publier la gloire de sa puissance. En ce sens aussi se doit prendre ce qu'en l'Exode est dit à Pharaon : Ie t'ay expresséement dressé pour monstrer en toy ma puissance & pour faire parler de moy par tout le monde. De ces propos le meschant prend occasion de replicquer & dire : S'il faict grace à qu'il veut, & endurcit qui il veut, en quoy nous peut-il accuser puis apres : Puis qu'a sa volonté on ne peut resister, qu'il s'en prennent à soy-mesme, & non à nous si nous pechons. Mais escoutés maintenant à cela. A la volonté de Dieu,nul ne peut resister:maisía volonté n'est pas la cause de ta perdition. Et n'a pas tellement endurcy le cœur de Pharaon, que luy-mesme luy ait mis au cœur l'obstination : mais cognoissant que l'arrogãce de ce tyrant digne d'vne perdition soudaine, a toutefois vsé sur luy de supplices s'engregeans de peu à peu, par lesquels il eust peu se corriger, si sa propre malice ne l'en eust empesché. Mais la douceur de Dieu ne luy faisoit qu'irriter dauãtage son cœur maling.Par ainsi le mal d'iceluy,Dieu la faict seruir à sa gloire. Ie pouuoye faire plus amples responses pour Dieu, mais Dieu ait toute arrogance. Et qui a-il de plus arrogant,que l'homme (qui est la chose la plus abiette du monde) qui ose disputer auec Dieu,comme s'il debattoit auec son compaignõ:Car qui pourroit porter cela, qu'vn vaisseau de terre plaidast auec son potier, & luy dit : Pourquoy m'as-tu ainsi faict: Ce qu'est l'argille en la main du potier,ce sommes nous trestous en la main de Dieu, cõme le Seigneur luy-mesme le dit par le prophete Esaie. Vn potier forme tout ce qui luy vient en la fantasie,faisant ses vaisseaux l'vn à choses honnestes,& l'autre à choses salles.De quel que iugement que le fasse le potier,si a-il le droit de ce faire,& n'appartient pas à la terre de demãder au potier raison de son faict.La terre de soy n'est que terre.Que si d'icelle le potier en faict vn vaisseau d'honneur,tout l'honneur qu'il peut auoir, il le doit à celuy qui l'a formé : s'il en faict vn vrinal , il ne faict point de tort à la terre salle & vilaine. En cas pareil si Dieu laisse l'homme en ses pechés,il est nay tel, on ne luy faict point de tort:s'il l'appelle à iustice, c'est de sa misericorde gratuite.Et vn Dieu declare sa iustice,à fin qu'il soit craint:és autres il demonstre sa bonté,pour estre aymé. Et n'appartient pas à l'homme de demãder à Dieu raison de son faict:pourquoy c'est qu'il appelle l'vn plus tard, & l'autre de meilleur heure:pourquoy il attire l'vn sans l'auoir merité, & reiette l'autre sans auoir rien commis. L'homme accomparé à Dieu est vne chose bien plus vile que n'est l'argille cõpassée auec son potier. Si c'est vne arrogance monstrueuse, que la terre debatte auec son potier: combien plus grande est l'arrogance, que l'homme dispute des conseils de Dieu:lesquels sont hauts par dessus nous qu'a peine en pouuons nous comprendre vne ombre ou imagination.Cõmence de croyre & cesse de disputer,& tu les entẽdras plustost par ce moyen. Et vn potier peut faillir, mais Dieu non. Ce te soit assés de croire que Dieu, puis qu'il est tout puissant, peut tout ce qu'il veut:mais par ce qu'il est aussi tout bõ, qu'il ne veut rien qui ne soit tres-bon.Et ne doit pas estre accusé,s'il se sert à bien de noz maux.Ainçois cela mesme est vn signe euident de souueraine bonté, qu'il conuertit en bien les maux d'autruy.Dieu ne t'a pas faict vaisseau salle.Toy-mesme t'es sailly,& t'es addonné à vsages deshonnestes. Apres cela, si Dieu selon qu'il est sage, se sert de ton mal au salut des bons, & à la gloire de son nom, tu n'as en cela de quoy te plaindre. Toy, tu portes la peine que merite ta malice: les bons par ton exemple deuiennent plus aduisés,& plus alaigremẽt le remercient, en ce que par ton aueuglement & perdition , ils recognoissent mieux de combien ils sont redeuables à la beneficence diuine. Pharaon n'auoit dequoy pouuoir accuser Dieu, il a esté ruyné par sa propre malice : & ce neantmoins sa malice a donné lustre à la gloire de Dieu enuers les Ebrieux. Et qu'auroit dequoy pouuoir accuser Dieu, si comme iadis il delaya la perdition de Pharaon, maintenant semblablement il supporte & endure long temps & en grãde douceur ces incredules & obstinés Iuifs, comme vaisseaux qui meritent le rõpre, à fin qu'il soit tant plus euident à chascun,qu'ils sont dignes de perdition, qui prouoqués par tãt de sortes, ne peuuẽt se corriger, & qu'ensemble par leur supplice les autres viẽnent à craindre la souueraine puissance de Dieu, lequel il ne faut pas en pechant meschammẽt, prouocquer à certain courroux: & que tant plus amplement il monstre la grandeur de sa gloire enuers les bons, lesquels, au parauant vaisseaux immondes , il a nettoyés, & les a

consacrés

confacrés à vfages honneftes non pas par le merite de la circoncifion ou de la Loy, mais
bien de la foy, pour le regard de laquelle feule, ils font appellés à ceft honneur. Appellés,
di-ie y font-ils non feulement des Iuifs, comme nous fommes nous autres: mais aufsi
des Payês. Car icy ce n'eft pas la nayſſance, ains eft l'election de Dieu qui faiċt les heritiers. *Lefquels il a*
Et ne faut pas que les Iuifs s'esbayſſent que nations au parauant prophanes & eslõgnées *appellés non*
de Dieu, foyent maintenant receues au nombre de fes enfans, attendu qu'eux mefmes *point feule-*
eftans iadis, pour auoir offenfé Dieu, mefprifes & reiettés & comme desherités, ce neant- *mēt des Iuifs.*
moins s'eftans puis apres repentis & amendés furent receus en grace par la douceur & cle- *Ofee 2*
mence de Dieu. De cecy tefmoingne Ofee vn de leurs Prophetes, difant:l'appelleray celuy
qui n'eft pas mon peuple,mon peuple:& celle qui n'eft pas mõ aymée,mon aymée:& celle
qui n'a point obtenu mifericorde,iouyſſant de mifericorde:& aduiendra qu'au lieu où on
aura dit qu'ils ne font pas mon peuple, ils y feront appellés enfans de Dieu. Pourquoy
condamnent ils és autres,ce qu'eux-mefmes ont experimētē? Que n'auifent-ils pluftoft,
que de-rechef ils ne deuiennent par leur faute ce qu'autrefois ils ont eftés? Pourquoy por
tent-ils enuie à ceux lefquels ils pourroyent enfuyure, s'ils n'aymoyent mieux debattre
qu'obeir? Que fi la plus grand part des hommes periſſent par leur obftination, ce neantmoins à ce peu qui ont creu, Dieu leur baillera tout ce qui a efté promis à tous. Et iamais
ne manqueront fucceſsions à ceft heritage. Ce qu'aufsi Efaie n'a pas diſsimulé, ains le te- *Efaie 10*
ftifie à pleine voix, parlant du peuple d'Iſrael en cefte maniere: Si le nombre des enfans
d'Iſrael eftoit bien aufsi dru que le fable qui eft au riuage de la mer, & tous, par maniere de
dire, vinſſent à perir par leur faute,ce neãtmoins, il en reftera toufiours quelques vns qui
par foy feront fauués. Il n'en pourra iamais tant tomber, que la promeſſe de Dieu en doyue eftre aneantie. Fauſſer fa foy en promeſſes, c'eft le propre des hommes: Mais Dieu eft celuy, qui tout tant qu'il a vne fois dit, le met pleinement en effet, voyre & tout à coup, non
en tromperie, ains en toute verité & iuftice. Car, comme dit le mefme Efaie: Le Seigneur *Car le Sei-*
abbregera la parolle fur la terre. Les ombres femblent auoir ie ne ſçay quoy de fard, & à la *gneur d'ab-*
Loy beaucoup de propos,promettant,ombrageant,commandant,menaçant,confolant. *brege la pa-*
Mais Chrift quand il a efté enuoyé a pour vne belle fois, faiċt exhibition de tout ce qui *rolle.*
eftoit promis, à exprimer tout ce qui eftoit adombré,& ce grand babil de tant d'ordõnances,il l'a reduit à vn feul commandement de la charité Euangelique. Il a efpars la femence
de la doċtrine celefte, laquelle encore qu'elle foit infruċtueufe en plufieurs de ma nation,
ils s'en treuue ce neantmoins quelques-vns efquels elle a fruċtifié. Ce qu'aufsi mefme
Efaie auoit dit au parauant: Si le Seigneur des armées ne nous euft laiſſé femēce,il en euft *Efaie 1*
prins de nous comme de Sodome, & euſsies eftés traittés de mefme façon que Gomorre.
Pourtant encore que plufieurs d'entre les Iuifs fe deftournēt de Chrift, fi eft-ce que Chrift
ne laiſſera pas mourir la naturelle & legitime femence d'Abraham. Puis donc qu'ainfi eft,
que dirons nous? Certainement ce qui eft,que les Payens qui fembloyēt eslongnés de iu- *Que les Gen-*
ftice,& priués des ceremonies de la Loy,ont toutefois obtenu la vraye iuftice:iuftice, di-ie *tils qui ne fuy-*
non pas Iudaïque, laquelle confiftant és chofes corporelles n'auoyent feulement qu'vne *uoyent point*
monftre & ombre de iuftice,ains vne iuftice falutaire & d'efficace, efchoit non pas à ceux *la iuftice.*
qui fe complaifent és œuures de la Loy, mais bien à ceux qui d'vne foy fimple fe foumet=
tent & abbandonnent à Dieu. Au contraire,que les Iuifs en pourchaſſant & retenant à bec
& à ongles la Loy de iuftice felon la chair,n'eft pas paruenu à la vraye iuftice de la Loy,par
s'eftre deftourné de Chrift,auquel comme à leur but tendoyent tous les oracles de la Loy.
Mais dont vient (demandera quelqu'vn) vn fi foudain changement des chofes,commēt
eft l'yſſue fi cõtraire au deſſeing? Certainemēt pour ce que Dieu reiette les esleués, & fe departit aux modeftes & humbles. Et partant les Payēs recognoiſſant leur maladie, & fe fou-
mettant à Dieu,il les a receus: les Iuifs au contraire gens esleués, & fe complaifans en eux-
mefmes d'vn faux titre de iuftice,s'appuyans fur leurs fabbatifmes, lauemens,circõcifion
& fur autres femblables obferuations, dedaignans de plier le col fous le ioug de la foy, il
les a reiettés:gens qui ont defauoué Chrift,& ont liuré à mort l'autheur de vie:ce qu'aufsi
preuoyant Efaie deuoir aduenir vn iour l'a bien prophetifé, aſſauoir que Chrift lequel la
Loy promettoit pour Sauueur leur tourneroit en occafion de ruyne à caufe de leur incredulité,& que la mefme pierre qui feruiroit d'appuy folide & aſſeuré, leur feroit cõuerty en
ruyne, puis que cõtre-elle ils ayment pluftoft chopper,en luy refiftant,que non pas s'y repofer en y croyant. Et de faiċt, par le prophete Efaie, Dieu le pere de Chrift en parle en cefte *Efaie 28*
maniere:Voicy ie mettray en Sion vne pierre cõtre laquelle ils chopperõt,vne pierre cõtre
laquelle ils hurterõt. Au refte qui croyra en elle,il ne fera pas confus eftãt fruftré de la foy.

Kk 3   CHAP.

Reres, ie dy ces propos auec vne fort grande douleur de cœur, pourautant que ie leur porte bône affection de cœur s'il m'estoit possible de secourir à leur perdition. Maintenât n'ayant autre pouuoir, en mes prieres assiduelles dont i'ay de coustume d'importuner Dieu, ie prie qu'en la fin ils viennent à amendemêt sans toufiours persister en cest aueuglement. Ie ne puis excuser leur incredulité: ce neantmoins on peut aucunement palier leur peché. Il ne sont pas toutalement eslongnés de Dieu comme les Payens: qui me faict tant plus souhaitter que ce qu'il ont ia commencé d'auoir en partie, s'acheue, & de ce dont ils ont porté l'ombre pour quelque temps, maintenant ils obtiennent la verité. Car iaçoit qu'estans tombé en vne extreme impieté, ils ayent crucifié le Seigneur la fontaine de toute gloire: toutefois ie leur donne bien cest auantage, sans le nier, c'est qu'ils sont menés de quelque affection & zele de Dieu, mais c'est sans iugement. Ils n'errent pas toutalement en affection de pieté, mais il errent au choix. Il valoit beaucoup mieux d'auoir vn tel quel zele de religion que n'en auoir toutalement point & meritoyent que puis qu'ils auoyêt, il leur fust baillé d'auantage s'ils n'estoyt attachés en sorte aux rudimens de pieté, qu'ils en reiettent la vraye pieté: s'ils ne pressoyent & insistoyent si fort sur les ombres & images de la verité, qu'ils en refusassent la fontaine mesme de verité. Et de faict, quand tant à la bonne foy, ce neantmoins se mescontans, ils maintiennent & retiennent la loy Mosaique, ils deschoyent toutalement de toute la Loy com-

Car ne cognoissant point la iustice de Dieu.

battans contre celuy pour l'amour duquel la Loy a esté ordonnée. Car le Sabbath, la circoncision, les differences des viandes, n'attouchêt point les corps morts, ieusnes, iours de festes, c'estoyent choses expresséement ordonnées pour vn têps, à fin que par icelles comme par rudimens ils s'accoustumassent à la vraye iustice, & de quelque iustice humaine ils s'auançassent à la souueraine & parfaitte iustice de Dieu. Or il ne faut pas pour l'amour & affection d'vne chose qui auroit esté ordonnée pour l'amour & regard d'vne autre meilleure, en mespriser & reietter la chose pour laquelle seule toutes autres choses auroyêt estê ordonnées. Mais les Iuifs au lieu que la iustice de Dieu ia publiée, ils d'eussent placquer là la iustice humaine, font tout au rebours: defendans & maintenans en sorte celle vieille iustice non seulement superflue, mais aussi ia pestiferée, qu'ils n'en veulêt pas recognoistre la iustice de Dieu, & s'appuyans sur leurs ceremonies resistent à l'Euangile de Christ, auquel ils se d'eussent estre soumis, s'ils vouloyent estre vrayemêt iustes. Car il faut imaginer comme deux sortes de iustices, l'vne dont Moyse soit autheur, & vne autre dont l'autheur soit Christ. La premiere consiste en ceremonies, & l'autre en foy & obeissance. Et celle pre-

Car Christ est la fin de la Loy.

miere est comme l'apprêtissage & cômencement de l'autre: ne plus ne moins qu'vn tronc de boys est quelque cômencemêt d'vne statue à venir, ou vn amas de sang cômencement d'vn animal à venir. Or seroit-ce la plus grande folie du môde quand on est vne fois paruenu à la perfection d'vne chose, demeurer aux rudimens. Et la perfection de toute la loy Mosaique lourde de soy & impuissante, c'est Christ pour obtenir la vraye iustice non pas par la circoncision, mais par la foy. Or ceste entrée à iustice est ouuerte non seulement aux Iuifs, mais à tous croyans. Et de toutes ces deux especes de iustice, Moyse mesme en a pourtraict vn tableau. Car touchant celle iustice temporelle qui côsiste en l'obseruatiô des cere-

Leuit.18

monies seulement pour vn certain têps, il a descript au Leuitique disant: Gardés mes loix & iugemens, & quicôque les fera, viura en iceux. Et la vraye & eternelle iustice, laquelle par

Deut.30

le moyen d'vne foy viue nous obtenons par Christ, il l'a descrit au Deuteronome, quâd il dit: Ne dy pas en ton cœur: Qui môstera au ciel? Car cela est retirer Christ du ciel. Que persône aussi ne die: Qui descêdra aux abismes de la terre? cela seroit retirer Christ des morts. Ne l'vn ne l'autre ne semble croyre, puis qu'il demande experience. Mais qui croit simplement, cela luy est par trop resolu, pour plus en requerir aucû enseignemêt, assauoir Christ & iadis estre descendu du ciel, & maintenant estre assis és cieux à la dextre du pere, encore que de-rechef il n'en monstre rien aux yeux. Item Christ auoir descendu aux enfers, & en estre retourné de-rechef viuât, iaçoit que de tout cela il n'en reitere rien aux sens humains. C'est bien assés que ces choses ont estê vne fois faitte. Il reste que no⁹ croyôs à ceux q̃ les ont veues. Or ne faut-il pas les aller chercher loing. Les Iuifs les ont veues, & n'y ont poît creu. Gês qui n'en auòyêt rien veu, en ont ouy parler, & y ont creu. Aussi ne s'ê taist pas l'Escripture, car elle dit côsecutiuemêt: La parolle que nous disons est pres de toy, en ta bouche &

La parolle est pres de toy en la bouche.

en ton cœur. Mais qui est celle parolle dont parle l'Escripture? Veritablemêt la parolle de l'Euâgile, lequel nous herauts de ceste iustice, annôçôs, est celle qui apporte salut presentemêt. Tât seulemêt dispose ton cœur par soy. Et côment est elle en ta bouche? côment en ton

cœur?

cœur. Si de bouche tu côfesses & aduoues le Seignr Iesus, & quāt & quāt croys de cœur &
vrayemēt que Dieu t'a ressuscité des morts, à fin qu'estās auecluy ressuscités des vices, mẽ
niōs desormais vne vie innocēte tu seras sauué. Et de vray de cœur on croit qui est l'entrée
à iustice: au reste pource que no⁹ deuōs la gloire à Christ, ce n'est pas assés d'auoir la foy au
cœur, n'est que toutes fois & quātes que la chose le requiert, tu le côfesses aussi de bouche,
pour obtenir salut parfaict. Vous voyés biē que la somme de cest affaire depēd nō pas des
ceremonies, ains de la foy. Ce qu'aussi testifie Esaie quād parlāt de Christ, il dit: Quicōque
croira en luy, ne sera point côfus. En disant, Quicōque, n'oste-il pas toute differēce du Iuif
& du Grec? En disant, Croira, & nō pas, Sera circōcy ou quelque cas de tel, n'abolit-il pas
les ceremonies de la Loy? La seule foy est reqse. Il peut egalemēt estre cōmun à to⁹. Et Dieu
est tel que nō seulemēt il est le Seignr des Iuifs, mais l'est egalemēt de tous: la beneficēce du
quel ne doit pas estre enserrée en de si estroittes bornes, qu'estant estendu seulemēt aux E-
brieux, elle viēne soudain à estre espuisée: ainçois immesurable est sa bōté redōdāte & s'es-
pādant nō sur vne nation ou deux, mais sur tous peuples de quelcōque natiō soyent-ils,
pourueu que d'vne entiere fiāce de la puissance diuine ils implorēt son secours. C'est bien
aussi ce qu'afferme le ꝓphete Ioel, disant: Quicōque inuoquera le nom du Seignr sera sauué. La parolle du prophete n'excepte aucune maniere de gēs. Quicōque d'vn cœur croyāt
l'inuoquera, obtiēdra salut, soit Iuif, soit Grec, soit Barbate. Aussi au cōtraire, quicōque ne
l'inuoquera, perira. Or nul n'inuoque celuy, ou implore son ayde, auquel il ne croit pas.
Mais cōmēt croira-on à celuy, duquel on n'a pas ouy parler? Derechef cōment ouyra-on,
s'il n'y a qui presche l'incogneu? Et cōmēt prescherōt les Apostres, s'ils ne sont enuoyés de
par celuy à qui est l'Euāgile? desquels a fait mētion le mesme Esaie, disant: O que les pieds
sont beaux de ceux qui portēt les nouuelles de paix, q portēt bōnes nouuelles. Vous oyés
que c'est qui cōmāde aux herauts de Christ d'annōcer, nō circōcision & sabbatismes, mais
paix, laquelle par foy les pechés abolis, no⁹ cōioigne d'vne amour mutuelle en Christ : itē
des biēs qui tousiours serōt bons, à raison que de leur nature ils sont bōs. Cōme ainsi soit
dōc que celuy lequel inuite tout le mōde à salut, n'ait rien laissé en arriere, & qu'il n'y ait nation à qui n'ait esté publié l'Euāgile, ce neātmoins tous ne croyēt point à l'Euāgile. Et qu'
ainsi il deust aduenir, le mesme Esaie l'a predit parlāt en la personne des Apostres en ceste
maniere: Seignr, qui a creu à noz parolles? Et de vray, mesme entre les Payēs bien petit est
le nōbre de ceux qui croyēt à l'Euangile, si on les accōpare auec ceux qui n'y croyent pas.
Recueillons donc vn sommaire des choses que nous auōs dittes. Si l'inuocation apporte
salut, & celuy n'inuoque pas qui ne croit certainemēt la foy en premier lieu estre reqse, &
non la circōcision. Q̄ la foy se conçoit au cœur nō par experiēces, ains par la predication
des Apostres, c'est dire, elle ne se conçoit pas par les yeux, mais par les oreilles par le trauers desquelles l'Euangile de Christ s'espand sur le cœur obeissant. Cōme donc ainsi soit
que ia par tout le mōde a reluyt la clarté de l'Euāgile, & a esté diuulgué le nom de Christ,
que veut dire, qu'il y a tāt peu de Iuifs q croyēt ? Ont-ils dequoy pouuoir s'excuser qu'ils
n'ont point ouy parler de Christ. Ainçois nous voyons-ia estre accōply, ce qu'auoit predit Dauid: Le bruit en est allé par tous pays, & leurs parolles iusques au bout du monde.
Veu donc que Christ a esté promis dés long temps par les oracles de tāt de Prophetes,
veu que maintenant il est presché publicquement en toute nation par les Apostres tesmoings suffisans, veu que la predication se conferme & verifie par miracles: les Iuifs peuuent-ils s'excuser qu'ils n'ont pas cognen Christ? Ainçois ils ont veu la lumiere, mais la
malice leur a aueuglé les yeux. Ils ont ouy l'Euangile, mais l'enuie leur a bouché les oreilles. Car ils ayment mieux porter enuie aux Payens appellés à salut, que non pas ensuyure
leur foy. Et aussi tous les deux assauoir que les Iuifs reietteroyent la parolle de l'Euangile,
& les Payens le receuroyent, Moyse & aussi Esaie l'ont predit: dōt le premier assauoir Moyse au Deuteronome au Cantique introduit le Seigneur offensé de l'incredulité des Iuifs,
parlant en ceste maniere: Ie prouoquetay à enuie par vne nation de nulle estime, laquelle
iusqu'à present a esté tenue, au pris de vo⁹, pour vne nō nation : & cōme ainsi soit que vo⁹
pensiés bien estre sages, ie vous irriteray par vne nation, à vostre iugemēt sotte & brutale,
à fin que tāt plus l'enuie vous picque le cœur. Et apres Moyse, Esaie en toute hardiesse tesmoigne ouuertement l'obeissance des Payens estre plus agreable à Dieu, que nō pas l'obstination des Iuifs. Car voicy qu'il dit sous la personne de Christ: I'ay esté trouué de gēs q
ne me cherchoyēt pas, i'ay esté pleinement manifesté à ceux qui ne se soucioyēt de moy. Si
magnificque est le tesmoignage de foy qu'il rend des Payens. Au reste, contre le peuple Israelite, que biē plustost eust deu embrasser la foy Euāgelique, que dit cōsequemmēt Esaie?

Kk 4 le ten

Ie ten (dit–il) tout le iour mes mains à vn peuple incredule. Ie leur ay enuoyé des Prophe
tes, lefquels ils ont tués: moy–mefme apres auoir faict tãt de miracles, les ay prouocqués,
& pour toute recompenfe ils ont dit: Il a le diable, & faict ces chofes par l'ayde de Beelze
bub prince des diables. Ils ont defprifé fa petitefle, & fa vertu, ils ont interpreté en tref-
mauuais fens.

CHAPITRE XI.

Ais à quoy tendent ces propos que nous auons mis en auant? Les di–ie pour
enfeigner que les Payens à caufe de la foy ont efté adoptés de Dieu, là où au
parauant ils en eftoyent eslongnés: au contraire que le peuple au parauant
choyfi, eft maintenant toutalement reietté pour leur incredulité? Nenny: car
cela ne s'accorde pas bien que maintenant Dieu toutalement reiette le peuple lequel iufques icy il a volontiers recogneu pour peuple d'eslite & fien en particulier. Et de faict, fi
Dieu auoit repouffé toute la nation, moy–mefme ne prefcheroye pas Chrift, veu que de ra
ce ie fuis vray Ifraelite, yffu de la femence d'Abrahã, de la lignée de Beniamin. Et cõme ainfi fuft que par cy deuant ie perfecutaffe les fideles par vn zele inconfideré de la Loy, i'ay e-
fté appellé à la charge de l'Euangile. Certainement vous ne pouués ignorer ce qui fe lit au
3.Roy 19 troifiefme liure des Roys, où le Prophete Elie parle à Dieu, fe pleignant des Iuifs & les accufant d'impieté: Seignr (dit–il) ils ont tué tes Prophetes, & rafé tes autels: fi fuis demouré feul, & encore tafchent–ils de m'ofter la vie. Apres vne fi grãde impieté & cruauté, il fem
bloit bien que Dieu à bon droit deuoit toutalement reietter la nation comme incurable.
Et ce neantmoins quelle refponce faict l'oracle de Dieu à Elie? Ie me fuis referué fept mille
hommes, qui n'ont pas plié les genoux deuant l'idole de Baal. Comme donc il en print a-
lors, que Dieu ne reietta pas toutalement le peuple, ains d'entre tant de mefchans s'en re-
Selon l'ele-
ctiõ de la gra-
ce de Dieu. ferua quelque nombre, ainfi en prent–il maintenant. Car Dieu n'a pas laiffé s'eslongner
toute la nation Iudaique, ny tout le refte du monde mourir en leurs vices: iaçoit que des
vns & des autres il y ait bien peu qui croyẽt au pris de ceux qui refufent de croire. Tant y a
ce neãtmoins qu'il en a fauué quelques vns, non pas pource qu'ils font de la natiõ Iudaique, ne pour ce qu'ils õt gardé la loy Mofaique, mais pource que Dieu les a choyfis d'être
plufieurs, pour leur departir fa beneficence & grace. Si cela vient de beneficence & non de
merite, qu'on ne l'impute pas aux œuures. Car la recompenfe qu'on faict aux œuures eft
loyer. Ce qui fe donne de plein gré à gens qui point ne le meritent, cela vrayement eft grace. Que fi les merites des œuures viennent en conte, defia la grace ceffe d'eftre grace & s'ap
pelle falaire. Que s'enfuyt il donc? que ce que le peuple Ifraelite cherchoit par la confiance de la Loy, il ne l'a pas obtenu à caufe de fon incredulité: ceux là feulemẽt l'ont obtenu,
qui appartiennent non à la circõcifion, ains à l'election. Et aux autres de rien n'a feruy la
circoncifion ou l'obferuatiõ de la Loy: mais font aueuglés de malice, voyre en forte qu'ils
n'ont point creu à tant de miracles, regardans bien Chrift des yeux corporels, Chrift, dy–
ie, tant attendu, mais ne le voyans pas des yeux de l'ame. Or que cecy auffi d'euft aduenir
Efaie l'auoit bien predit, ce que maintenant nous voyons eftre aduenu & en fommes mar
ris. Car pource qu'ils ont reietté ce fainct & doux efprit de Chrift, pour cefte caufe Dieu a
mis en eux vn efprit afpre & efpineux & intraittable, de forte que ce qu'ils voyent de leurs
propres yeux, ce neantmoins ils nyent ne plus ne moins que s'ils ne le voyoyent point, ce
qu'ils oyent de leurs propres oreilles, toutefois ne les efmeut non plus que s'ils ne l'oyent
point. Tels eftoyent–ils iadis aux Prophetes, tels ont efté à Chrift propre, & tels font enco-
Pfal.68 re à prefent aux herauts de l'Euangile. Ces chofes vit auffi Dauid des yeux prophetiques,
& prophetifa qu'vne perdition digne d'vne fi grande obftination à l'encontre de Dieu, e-
ftoit toute apprefée: Leur table (dit–il) leur foit vn lacq, & vne trappe & vn encombre &
vne punition telle, qu'ils la meritẽt qu'ils ayent les yeux fi esblouys qu'ils n'y voyẽt goutte, & leur courbe inceffammẽt le doz, depuis qu'ils n'ont pas prins gouft aux viandes qu'
on leur a prefenté aux yeux & aux oreilles, ils luy ont tourné le doz: & n'ont tenu côte de
leuer les yeux au ciel & recognoiftre la benignité du createur enuers eux, ais attachés à la
baffe lertre de la Loy, font degouftés des chofes celeftes, & addonnés aux tẽporelles mefprifent les eternelles. Ils portent bien les liures de Moyfe, mais c'eft fans les entendre: ils li-
Outre il chop=
pe pour trefbu-
cher. fent bien les Prophetes, & celuy qu'ils ont promis ils le nyent. Mais où tẽdent ces propos
dira quelqu'vn. Ils font aueuglés, attrappés, ils font courbés, & deuenus fourds. Mais ont
ils tellemẽt choppé qu'ils en foyent toutalement tresbufchés, fans efperãce aucune que
iamais ils en doyuent releuer? Nenny non. Ainçois ce choppement eft furuenu pour vn
temps, & eft furuenu pour voftre grand bien, entãt que leur hurt a efté occafion que vous

aués

aués estés appellés au salut, à fin qu'à l'exēple des Payēs les Iuifs pareillemēt, soyent poussés, & ne fust-ce que sur la fin du monde, à l'estude de vraye pieté: & cōme les Iuifs en se destournant de Christ, ont faict voye aux Payens pour venir à Christ: pareillemēt vostre foy
aumoins par quelque enuie aguillonne finalement les Iuifs à croire. Que si leur choppement par occasion a tellement profité, que le reuoltement des Iuifs non seulement n'a
point apporté de dommage, ains aussi la foy en a esté espandue sur tant plus de gens, entant que peu se destournans, l'Euangile a decoulé sur tous, à la perte d'vne seule nation a
gaigné à Christ toutes les autres nations: combien plus sera enrichy le monde, quand ceste nation aussi prouocquée par vostre pieté sera adioustée aux autres ? C'est à vous que Ouy ie vous
ie parle, ò Payens, comme à mes disciples, entant que ie suis Apostre des Payens encore dis Payens.
que ie soye Iuif de natiō. Iaçoit que pour l'amour de vous il n'y ait rien que ie ne fasse toutefois encore m'efforceray de plus en plus d'illustrer la charge apostolique à moy commise, & d'en attirer tant & plus d'entre vous à la communauté de Christ, & vous ayant attirés, de vous rendre dignes de Christ, à fin que s'il est possible au monde, ie prouocque
par ce moyen ma nation (mienne, dy-ie, d'affinité de race, mais estrange de foy) à imiter
vostre pieté, au moins par quelque enuie & ialousie, comme c'est vne nation fort ialouse,
& parainsi si ie ne puis les attirer tous, au moins i'en sauue quelques vns. Et ie sçay bien,
que c'est ce que vous souhaittés aussi bien que moy. Car si la reiection des Iuifs a par oc- Car si leur per-
casion reconcilie le reste du monde à Dieu, entant qu'eux descheans de la grace, les Payēs te est la recon-
ont esté receus en grace, c'est à dire, si leur mal a profité au monde: combien plus grand ciliation.
bien sera-ce, si ceux qui maintenāt sont eslongnés viennent à estre receus par foy comme
estans ressuscités des morts, à fin que le nombre des fideles estant complet, il ne reste rien
plus fors la resurrection des corps? Et de faict, il ne faut pas pour l'impieté de quelques
vns, desesperer de toute vne nation. Si les Payens gens sans religion, ont peu estre amenés à la vraye religion, Dieu les y appellant, qu'est-ce qui empesche que de la nation qui a
eu des peres & autheurs saincts, on en rappelle aucuns à la foy ? Ainçois il est plus vray
semblable que de peres saincts naissent des enfans saincts, attendu que toutes choses se
ressentent de leur source & origine. Si le leuain est sainct il faut aussi tenir pour saincte toute la paste qui en est attenté. Et si la racine de l'arbre est saincte, il est à croire que les branches aussi qui sont yssues de la racine sont sainctes. Or les Iuifs pour autheur de leur natiō
& race, ont Abraham, la foy duquel a esté approuuée de Dieu. Qui empesche que la posterité n'ensuyue la foy de leur premier pere ? Que s'ils ne le font, ils cessent d'estre ses enfans, ne plus ne moins que la branche quand elle est couppée, cesse d'estre nourrye du suc
de la racine. Que si nous voyons aduenir que les branches soyent couppées de leur arbre
naturel, duquel elles ont prins leur premiere naissance: combien se faudra-il esbahir s'il
aduient que soyent couppées celles qui sont entées sur vn arbre estrangier? Parquoy si tu
voys les Iuifs nays de la saincte racine du vray oliuier comme branches naturelles, estre
par incredulité couppées & arrachées de leur race de sorte que de riē ne leur sert la racine:
toy au contraire auoir esté enté en l'oliuier non pas de nature (car tu es sorty de la racine
d'vn oliuier sauuage) ains artificielemēt & de la volonté de Dieu, & auoir esté appellé &
receu entre les branches dudit oliuier de sorte qu'estant arraché d'vne souche infructueuse tu es deuenu participant de la racine d'autruy: & là où aucunes branches yssues de ce
mesme arbre sont couppées & seichent, tu es alaigre & fructueux du suc d'autruy: garde-
toy de sottement te complaire en toy-mesme pourtant, & auoir en desdaing les branches
couppées. Que si tu t'esleues en ton cœur, si tu fais de l'insolent, si tu t'enfles: souuiēne-toy
que la racine te porte & non pas toy la racine. Garde-toy bien de laisser entrer en ton entendement vne pensée telle que tu dies à par toy: Les branches naturelles ont esté couppées à fin que i'y fusse enté. Elles n'ont pas esté retranchées pour l'amour de toy: mais il
s'en est ensuyui que tu y as esté enté. Bien as-tu raison toutefois de dire qu'elles sont couppées, veu qu'elles estoyent yssues de la racine: voyre-mais aduise pourquoy elles ont esté
couppées. Certainement elles gisent & sont foulées aux pieds par incredulité: & tu es
debout en l'arbre, appuyé de la foy. Ne te resiouy pas des maux d'autruy: ainçois plus
tost apprens modestie par leur malheur, & de leur calamité aduise que tu as à craindre, si
tu peches comme eux. Et de faict, puis que tu voys que Dieu n'a pas espargné les brāches
naturelles, & que de rien ne leur a profité d'estre yssus de peres saincts à raison de quoy
ils estoyent du peuple peculier de Dieu: il y a du dangier, qu'il ne l'espargne pas non
plus, si tu t'estranges de toy par arrogance & ingratitude. Apprens de leur cheute ce que
tu as à euiter. Que ton bon-heur ne soit pas cause de te faire esleuer, ains t'aduertisse

de la

de la bôté de Dieu enuers toy. Tu as cause de te resiouyr, tu as dequoy rêdre graces à Dieu: tu n'as nulle occasion de t'esleuer contre les reiettés. Ceux là par leur faute, sont retrâchés, & toy sans l'auoir merité es enté. Considere ces deux choses en Dieu, bonté & seuerité: dont la premiere t'apprenne d'estre recognoissans, & l'autre te des-aprenne arrogance & hautesse. Il a monstré vn exemple de seuerité contre les Iuifs qui de leur premiere dignité sont tombés en telle aueuglance qu'ils outragent Christ attendu par tant de siecles. Tu as senty en toy-mesme l'exemple de benignité d'estre gratuitemêt receu en la participation d'vne felicité si precieuse, laquelle n'estoit deue ny à vne race prophane, ny à gens de vie dissolue. Tes pechés passés t'ont esté pour vne fois gratuitemêt pardonnés: tu as de la grace de Dieu pour vne fois esté receu au nombre des enfans, en sorte toutefois que côme tu y as esté receu sans l'auoir merité, tu pourrois bien en dechoir par ta propre faute: Dieu ostera à l'ingrat ce que gratuitement il a donné, n'est que tu recognoisses le benefice, n'est que tu vses droittement du don de Dieu. Ton ingratitude perdra, ce que sa bonté t'a donné. Arrogance perdra, ce qu'obeissance auoit gaigné. Que si tu n'aduises à toy, tu seras de rechef retranché de l'oliuier, auquel tu es enté. Semblablement aussi les Iuifs s'ils laissent ce qui les estrange de Dieu, assauoir, leur incredulité: ils seront derechef entés d'où ils ont esté couppés : & les remettra la foy au mesme lieu d'où l'incredulité les a deiettés. Car si toy, de gens prophanes nay prophane, comme retranché d'vn oliuier sauuage, as esté côtre nature enté au bon oliuier: combien plus aiséement se sera-il, que les Iuifs yssus de peres saints retournent au naturel de leur race, & soyent derechef entés en l'oliuier naturel, duquel ils auoyent esté retranchés. Freres, ie vay vous declarer vn secret, duquel il eust, peut estre, vallu mieux se taire, n'estoit que c'est vostre profit que ie le die, & ce à fin que vous ne vous complaissiés pas arrogammêt de ce que vous estes preferés aux Iuifs. Cest aueuglement est aduenu à la nation Iudaique, mais non pas, ny pour tousiours. Plusieurs aussi d'entre eux recognoissent Christ, & les autres pour vn peu de temps persistêt en leur aueuglement, iusques que le nombre des Payens soit complet, ausquels maintenant donne entrée la cheute des Iuifs. Mais quand ils verrôt tout le môde flourir par la profession de la foy Chrestienne, qu'en vain ils attendent leur Messias, leur ville, leur temple, leur diuin seruice & leur nation estre dissipée & esparse, ils recouureront finalement la veue & recognoistront leur abus, & entêdront que Christ est le vray Messias. Et par ainsi tout le peuple Israelite recouurera salut, iaçoit que maintenant il ait aucunemêt degeneré. Car alors vrayement leur conuiendra ce titre, quand des yeux de foy il se sera mis à regarder Christ Dieu & fils de Dieu, & robustes en foy plustost que par la confiance des œuures, il aura arraché du Seigneur benediction. Et à fin que plustost vous le croyés, cecy a esté aussi predit par le Prophete Esaie. L'vn & l'autre a esté predit, assauoir & qu'ils tresbuchetoyent, & qu'ils se releueroyent: le premier voyons nous estre aduenu, & l'effect verifie la prophetie: l'autre, nous l'attendons en pareille verité. Or la prophetie est telle: Il en viêdra vn de Siô, qui deliurera & retirera Iacob de meschancetés. Et voicy l'alliance que ie fay auec eux: c'est que i'osteray leurs pechés. Dieu contracta iadis vne alliance auec ceste nation : icelle vne fois arrestée, il ne la laissera pas toutalement aneantir pour la faute de quelques vns, qui se rendent indignes des promesses. Il s'en trouuera quelques vns qui tiendront la personne de toute la race. Car ils ne sont pas tellement decheus de la grace de Dieu, qu'ils ne puissent estre reconciliés. Plusieurs qui s'attachans à la lettre de la Loy, reiettent l'Euangile de Christ sont ennemys de Dieu: laquelle chose (à fin que vous vous gardiés d'insolêce) vous est tournée à bien, entât qu'eux reiettâs l'Euâgile, il vous en a esté tât plustost annôcé. Au reste, entât qu'il sont nays de peres saicts, & sont de la natiô laquelle entre toutes, Dieu s'est choysie seule côme peculiere, pour le regard de leurs peres ils sont aymés: & partant s'ils se repentent ils seront tant plus aiséement receus en grace, que ce que nous preschons, Dieu l'a promis à leurs peres. Car quâd Dieu promet de dôner, ou quâd il adopte pour ses enfans, ce n'est en sorte, que puis apres il se repente & châge d'aduis, à la maniere des hômes. Il est toutalemêt immuable, auquel comme il ne peut aduenir de faillir, aussi ne peut-il se repentir. Il se souuiendra de sa pmesse, si tost qu'ils cesserôt de le reietter. Toutes choses ont leur tour, il ne faut pas se mocquer de la cheute d'autruy, mesmemêt si elle t'a seruy à bien: des repentans, il s'en faut resiouyr. Car comme autrefois vous aués esté tels que maintenant plusieurs des Iuifs, c'est à dire, mescroyans à Dieu: & toutefois il ne vous a pas destitués à iamais, veu que maintenât il est aduenu par sa misericorde, qu'eux reiettans la foy, vous aués esté receus à la participatiô de la foy : en cas pareil eux aussi Dieu pour vn têps les laisse semblablement eslongnés de la communauté de la foy, attendant que l'entrêe

vous

vo⁹ foit ouuerte à la foy,à fin qu’eux aufsi puis apres fe recognoiffent,Dieu les appellât,&
obtiennêt mifericorde quât & vous,à fin que lesvns ne fe mocquêt point des autres,mais
les vns faffent la fefte aux autres,ayâs obtenu vne mefme mifericorde.Car Dieu par vn cõ
feil indicible difpêfe & modere les chofes hũaines,en forte qu’il n’y a hõme de quelcõque
qualité foit-il q ne foit coupable de peché:nõ pasqu’il foit autheur de peché à aucũ,mais
pource que pour vn têps il laiffe tresbucher les hõmes par leur faute,à fin qu’ê recognoiffant leur faute ils fe fentêt auoir efté fauués nõ par leur merite,mais par la mifericorde de
Dieu,à fin qu’ils n’ayêt dequoy s’enorgueillir.Et ce pêdât en fe faifant tât s’ê faut qu’il foit
caufe de mal à perfonne,que mefme les maux d’autruy,tant il eft bon,il les nous cõuertit
par fa bõté miraculeufemêt en biê.Mais nous entrõs,peut eftre,plus auant au cabinet de
ce fecret,qu’il ne feroit loyfible à l’hõme d’en parler entre les hõmes.Vn eftonnemêt me fai-
fit en cõtêplant le moyê indicible du confeil de Dieu,& ne pouuât le defchiffrer,ie me prêd
à m’efcrier:O profondeur de la tref-abõdante fageffe de Dieu,ò que fes iugemens font in-
cõprehêfibles à tout entêdement humain,ò que les moyês de fes entreprinfes font intraf-
fables à tout efprit crée.Car qui fceut iamais l’intêtion du Seigñr:ou qui a efté fon cõfeil-
lier:ou q luy à faict plaifir le premier,pour dire que ce q feroit yffu de luy,peuft fembler le
falaire deu à l’œuure ꝯ Il a ainfi pourueu au falut des hõmes,par vn moyen â nous,à vray
dire,infondable,mais tel que par meilleur ne fe pouuoit faire.Il veut qu’en forte nous fen-
tiõs fon benefice,que nous ne no⁹ en puiffiõs rien attribuer:attêdu mefuremêt que s’il y a
aucun mal,il le faut imputer à noz vices.Au refte,tout tât qu’il y a de bien,ils puuiennêt
to⁹ de luy,cõme de leur fource:ils font baillés par luy cõme par celuy qui en eft l’autheur:
ils font en luy cõme en celuy qui eft tuteur & gardien de fes dõs,de maniere que l’hõme ne
pourroit s’en attribuer aucune portion de louãge,veu qu’à Dieu appartiêt & le cõmence-
mêt & le moyê & la fin:auquel feul pour cela eft deu hõneur,louãge & gloire à tout iamais,
dont il n’eft licite à l’hõme de rien qui foit s’en attribuer.   CHAP. XII.

Vis donc que de la benignité de Dieu vous aués obtenu d’eftre de la fuperftition paffee trâsferés à la vraye religion,& defchargé du fardeau de la loy
Mofaique,ie vous prie & obtefte,freres,par la compafsion de Dieu laquelle
il a en maintes fortes defployée & defploye fur vous,à laquelle gratuite duquel vous deués toute voftre felicité,que deformais vous luy immoliés facrifices conuenables à telle profefsion:non pas boucs ou brebis ou toreaux,qui font beftes qu’on choyfit comme pures & conuenables aux facrifices,felon que le porte la couftume des Payens & Iuifs. C’eft bien affés que iufques icy tels facrifices ayent eu lieu : deformais Dieu dêmande bien de vous d’autres ceremonies,vn autre feruice diuin,d’autres
facrifices,affauoir que vous luy offriés voz ꝓpres corps:non en les demêbrât mais biê en
doutât les mauuaifes affectiõs:c’eft à dire,nõ pas des beftes mortes,ais vn facrifice viuât,
vrayement pur & fainct plaifant & agreable à Dieu,raifonnable facrifice,victime de l’ame
& nõ pas d’vne befte brute.Tãdis que la Loy duroit charnelle,dieu fa laiffoit immoler des
beftes corporelles.Depuis que la Loy a cõmêcé d’eftre fpirituelle,il luy faut offrir des facrifices fpirituels.En lieu d’vn toreau,immole l’affectiõ d’orgueil:en guife d’vn moutõ efgor
ge la cholere enflãmée:en guife de bouc bruflé la paillardife,en lieu de colõbes & tourte-
relles facrifié à Dieu les pêfées du cœur lafciues & lubricques.Voyla fans autres,les facrifices cõuenables aux Chreftiens,voyla les victimes agreables à Chrift.Dieu eft efprit,& ac-
quiert-on fa grace par offrãdes fpirituelles.Et ne demãde pas d’eftre feruy en ceremonies,
ais en pures affectiõs.En lieu de prepuce,retrãche du cœur les affectiõs fuperflues & mefeã-
tes.Ton fabbatifme foit,vn cœur vuyde de toute pafsiõ.Chrift s’eft liuré foy-mefme pour
no⁹,c’eft raifon que no⁹ aufsi no⁹ immoliõs nous-mefmes femblablemêt à luy.Et parainfi il aduiêdra que cõme vous eftes feparés de ce fiecle de profefsiõ entés au ciel,femblable-
mêt de vie & d’affectiõs vo⁹ differiés de voftre vie paffée,& foyès trãsformés cõme en nou
ueaux hõmes,c’eft celeftes,entât que faire fe peut,fi nõ encore par l’immortalité des corps
aumoins en renouuellât les affectiõs de l’ame:de maniere que deformais plus vo⁹ ne preniés gouft aux chofes que ce mõde prophané & addõné aux chofes caduques trouue bõnes,ains n’affectés riê finõ que ce q eft approuué de dieu:& ne foyés menés par Iudaiques
ordõnãces d’hõmes,aiçois que toutes voz entreprifes & actiõs depêdent du cõmãdemêt
&volõté de Dieu,q ne fait nul eftime de ce q eft terreftre & imparfait,mais de ce q eft vraye
mêt bõ,&agreable,de ce q eft legitie & idoine pour le diuin feruice & la pieté.C’eftvne cou
ftume être les mõdais que le grãd mefprife le petit,& le petit porte êuie au grãd.Mais moy
ꝓêioin à vn chafcũ d’être vo⁹ q qu’il foit,foit-il desgros,foit-il du menu peuple & de baffe
eftoffe,pourueu qu’il foit êté au tropeau Chreftiê,& feparé de la cõmunauté du mõde:de

n'eftre fi outrecuidé que de s'attribuer plus que de raifon, ains foit raffis & modefte : premieremēt qu'aucun ne cuide de foy plus qu'il ne doit:puis qu'il fe fouuiēne que ce mefme
qu'il a,luy a efté donné de Dieu pour le regard nō pas de fes œuures, mais de la foy, & luy
a efté donné nō à fin qu'il s'en complaife à foy-mefme,ains à ce qu'il l'employe à l'vtilité
de tous. Or Dieu departit fes graces en diuerfes fortes,à fin qu'aucun ne viēne ou à mefprifer, ou à pēfer que tout feul il a prou pour foy. Mais la charité fraternelle faiſt que les graces d'vn chafcun foyent communes à tous. Car il ne faut pas que la grace de Chrift ait en
nous moins d'efficace,qu'à la force de nature au corps de chafquę animal. Quelle eft la
communauté des membres entre eux au corps d'vn animal,telle eft la communauté de
tous entre ceux que de diuerfes feſtes & nations font receus en la participation de Chriſt.
Car comme ce corps vifible iaçoit qu'il ne foit qu'vn & mefme,ce neantmoins eft compofé de plufieurs membres. Or tous les membres n'ont pas vn mefme office:les yeux ont vn
office,les pieds vn autre, le ventre & les mains vn autre:& ce neantmoins l'œil ne poruoit
pas à foy feulement,mais à tout le corps:le ventre faiſt la concoſtion non feuleimēt pour
foy,mais aufsi pour tous les membres. Or quels font les offices de chafque membres en
vn corps,telle eft la diuerfité des graces diftribuées diuerfemēt aux vns & aux autres d'entre nous. Ne plus ne moins donc que les membres les plus nobles,comme feroyent les
yeùx,ne mefprifent pas les moindres,ainçois employēt leur office pour le fecours de to⁹,
autrement tout le corps iroit en ruyne:ainfi chafcun, foit qu'il ait vne grace excellēte, foit
qu'il en ait vne mediocre,doit s'eftudier de l'employer pour la cōmodité de tout le corps,
depuis qu'eftans vne fois entés au chef dė Chrift nous fommes comme affemblés pour
n'eftre qu'vn mefme corps fpirituel. Et n'eft autre chofe vn Chreftien à vn autre Chreftiē,
qu'eft vn membre aux autres membres d'vn mefme corps. Ce neantmoins,cōme i'ay dit,
chafcun à fon don diuers,non pas felon noz merites,ains felon la beneficēce de Dieu qui
departit à chafcun cōme il voit eftre expedient.Parquoy que nul ne s'esleue du don qu'il
a receu:ains en vfe raffifement & modeftement au bien de tous:foit qu'il ait receu le don
de prophetie pour expofer les myfteres de l'Efcripture, qu'il communique fon bien aux
autres fans arrogance,felon la mefure de foy à laquelle feule Dieu a egard, non les autres
merites:foit qu'il ait receu la faculté d'ayder à fon frere de fon fecours, qu'il s'acquitte de
fon office en toute modeftie:foit qu'il ait obtenu don de doſtrine, qu'il ne mefprife pas
les non fçauans,ains cōmunique fon erudition aux autres fans outrecuidāce,foit qu'aucun ait don de pouuoir par les fainſtes efcriptures enflammer à pieté & mœurs hōneftes
en exhortant:qu'il vfe modeftemēt de fon don, foit qu'aucun ait de l'auoir pour en fecourir les difetteux & departir à ceux qui en ont faute,qu'il en furuienne aux autres, nō pour
en auoit gloire,non pour efperance d'en receuoir recompenfe au double, mais d'vn fimple cœur:foit qu'aucun ait la charge des autres, pour tout feul gouuerner les autres,& il
y foit propre,que l'honneur ne le rende pas plus esleué,mais la charge commife le rende
foucieux,& ne rapporte pas à foy l'office qui luy eft enchargé, mais bien à ceux defquels
il a prins la charge fur foy,foit qu'aucun furuienne aux poures & calamiteux affligés, en
foit loing toute trifteffe qui pourroit preffer celuy qui eft fecouru, & fembler luy reprocher le bien-faiſt,ains que d'vne alaigreffe de cœur il double la grace du benefice:de forte que tout ce que vous faittes, vous foyés trouués le faire comme de l'autruy & de bon
cœur. De tels maux font ordinairement corrōpus les bienfaits des hommes prophanes,
encore qu'ils femblēt exercer quelque benignité. Soit loing de vous tout fard, & y ait entre vous vne charité mutuelle,vuydé de toute fimulation & diffimulation,laquelle rende
les offices d'vn chafcun agreables à Dieu. Ne mefurés rien felon voz conuoitifes, comme
font ordinairement les gens prophanes,ains felon la feule vertu ou le vice, ayans en horreur tout mal,vous tenans aux chofes honneftes. Et pource que vous eftes freres, implorans tous les iours vn pere commun,& deftinés à vn heritage commun,foyés d'vne charité fraternelle enclins &benings l'vn enuers l'autre. Entre les mondains il y a debat à qui
fera le plus grand:ayés vn comſat tout contraire,en tafchant de toufiours vous foumettre l'vn à l'autre. Que nul ne viue à foy en oyfiueté,ains chafcun de fon pouuoir s'eftudie
à s'acquitter de fon office:& ne vous mōftrés pas endormis & pareffeux,& cōme languif-
fans par infirmité de la chair,mais alaigres & ardās d'efperit. Vous aués ceffé d'eftre charnels,& aués commencé d'eftre fpirituels. Eftre engourdy eft vn aſte de la chair:l'efprit eft
quelque chofe alaigre & viue. Ne refiftés point aux maux, ains vous gouuernés felon le
temps,vous accommodans vous-mefmes aux chofes prefentes, & s'il furuient quelque
incommodité,deftournés vous-en fi vous pouués commodément,ou bien endurés-lā,

non

non faſchés ce pendant cõme ſont gens deffians, ains ioyeux & alaiĝres en aduerſité ſous
eſperance du ſalaire à venir:faiſans ce pendant voſtre conte que ſi vous cedés ou pardonnés quelque cas à quelqu'vn, c'eſt au Seigñr que vous le quittés, entant qu'il le vous rendra auec vſure. Que ſi l'importunité des meſchãs vous afflige par trop, n'appreſtés point
de defenſe, n'attétés point de vengeance, n'ayés point recours aux ſecours humains, ains
implorés le ſecours de Dieu par prieres cõtinuelles & importunes. Si les autres Chreſtiẽs
ont faute de quelque choſe que celuy qui a dequoy, leur en faſſe part, non pas à regret &
mal gracieuſemẽt, comme s'il bailloit l'aumoſne à quelque mendiant, ains cõme eſtimãt
que ſon reuenu luy eſt cõmun auec eux, Et exercés telle benignité nõ ſeulement entre voꝰ,
mais auſſi enuers ceux qui ſont abſens. Et enuers ceux qui de dehors ſe retirẽt vers vous,
vſés d'hoſpitalité:de peur ou que vilainement ils n'ayent faute, ou que honteuſement il	*Beniſſés-les &*
leur ſoit force d'aller loger chés les Payens. Or cõme il faut auoir les mains liberales, auſſi	*ne les maudiſ-*
conuient-il auoit la langue innocẽte. Ceux qui pour hayne de Chriſt vous perſecutent &	*ſés point.*
affligent, tant s'en faut qu'il s'en faille venger, que meſme il ne faut pas les maudire. Beniſſés-les auſſi, beniſſés-les, dy-ie, à fin qu'ils s'amendent:tant s'en faille que vous maudiſ-
ſiés perſonne. Ceux auſquels de faict vous ne pouués bien faire, pour le moins toutefois
il leur faut ſouhaitter bien. Qu'il y ait entre vous vne vraye amytié, laquelle faſſe tout cõmun tant l'aduerſité que la proſperité, à fin que vous conioigniés & les ioyes & la triſteſſe
& larmes. Qu'vn cœur vnanime, & affection cõmune vous cõioigne en tout, ſoit que pro-
ſperité aduienne, ſoit qu'aduerſité. N'ayés pas les cœurs esleués & dedaigneux l'vn cõtre	*N'appetans*
l'autre:ains que le plus grãd s'abbaiſſe & accõmode aux petits & inferieurs. Ne vous com	*point cho-*
plaiſés pas à vous-meſmes, de ſorte qu'vn chaſcun ſelon ſon iugement ſe trouue grand &	*ſes hautes.*
admirable. Car mal-aiſeemẽt croit à aucun, celuy qui eſt mené de telle affection. Que ſi de
cas d'auenture quelqu'vn vous faict tort, ne rendés pas outrage pour outrage, ny iniure
pour iniure. Iaçoit que cela ſoit tenu pour iuſte entre les Iuifs & les Payẽs ẽuers Chriſt c'eſt
impieté de rẽdre mal pour mal, & volõtairemẽt imiter ce que tu cõdamnes en autruy. De
vous, faittes biẽ à l'enuis, & tellemẽt à l'enuis que nõ ſeulemẽt, teſmoing voſtre conſcience
voz biẽfaits ſoyent plaiſans à Dieu, mais auſſi ſoyẽt approuués de tout hõme, & ne ſcan-
daliſent aucun infirme par apparẽce de mal. Et ſoit toute voſtre vie tant & tant eslongnée
nõ ſeulemẽt de tout crime, mais auſſi de toute ſouſpeçon de crime(entãt que faire ſe peut)
que meſme les meſchãs ne puiſſent le calõnier. Ce qui ſe fera, ſi, entant qu'en vous eſt, vous
aués paix nõ ſeulemẽt auec les Chreſtiẽs, mais auſſi auec ceux qui ſont eſtrãgés de Chriſt.
Vne vertu heroique eſt ſi grãde que meſme elle rauit les ennemys à amour & à l'admiration de ſoy. Or ne peut la paix demeurer ſtable, ſi chaſcun pourſuyt de ſe venger de ſa dou
leur. Se venger c'eſt à faire à Payens & Iuifs: mais vous, ſi on vous faict tort, n'en demãdés
point vengeance, aínçois pluſtoſt donnés lieu au courroux:lequel s'eſuanouyra plus aiſeemẽt par voſtre douceur, que ſi par reuãche mutuelle vous l'irrités. Si par ta douceur tu
vainc vn furieux, c'eſt autãt de gaigné. Mais s'il pourſuyt en ſa fureur, il trouuera bien qui
l'en punira. Laiſſés-le à ſon iuge, lequel nous oſte le droit de vengeance, & le ſe reſerue par
lant ainſi au Deuteronome:A moy eſt la vengeauce, i'en feray la recompenſe, dit le Seigñt.	*Deut. 32.*
Ains pluſtoſt ſoyes tant loing de rẽdre mal pour mal, que meſme tu rendes biẽ pour mal:
de ſorte que ſi d'auẽture ton ennemy a faim, donne luy à menger:s'il a ſoif, dõne luy à boy
re. A peine y a-il naturel ſi barbare, ſi felon, ou ſi cruel, qu'on ne puiſſe bien l'addoucir par
luy faire plaiſir:attẽdu que par ce moyen ce ne ſont pas meſme les beſtes ſauuages qui ne
s'addouciſſent. Par ce moyen combat ton ennemy. Quãd il aura experimẽté en toy vne ſi
grãde douceur, & pieté, peut eſtre retournera-il à amendemẽt, aura vergõgne, ſera faſché
& ſe repẽtira de ſa cruauté, & ia cõmevaincu par ta charité, ſera enflammé à t'aymer de ſon
coſté. Par ce moyen ſe peuuent finir les picques, là où par mutuelle vengeance de maux
elles s'eſtendent en vne infinité. C'eſt vn beau combat que de bien faire à qui mieux : en
emporter la victoire eſt treſ-beau. C'eſt vn treſ-vilain combat que de mal-faire à l'enuis.
Mais cecy confeſſent auſſi les Payens. Donc voſtre peculiere louãge ſera, ſi par bien-faits
vous ſurmontés les meffaits:ſi par douceur vous ſurmõtés la mediſance, par bien-diſan-
ce, tort par plaiſir. Or te faut-il donner de garde que par ſa malice il n'emporte ta bonté, & commences à changer de complexion & deſormais enſuyue celuy que tu condamnes. Aínçois pluſtoſt ta bonté ſurmonte ſa cruauté, à fin qu'eſtant vaincu il ſoit induit à
tenir ton party.

LI				CHA

CHAPITRE XIII.

Toute person-
ne soit subiette
aux puissances

QVE si la persecutiõ des Princes & Magistrats s'esleue cõtre vo⁹ pour la pfession du nom de Christ,& nõ par aucune vostre faute,il vous la faut biẽ porter en patiẽce:au reste il ne la faut pas irriter ou l'attirer en leur refusant ce qu'ils demandent cõme de leur droit,& le pouuõs payer sans que Dieu y soit offensé. La republique a sa police,laquelle on ne doit troubler sous couleur de religion. Il y a des vilaines cõuoitises,& des vices esquels vous ne vous deués accorder auec les autres:il y a d'autres choses,esquelles pour la trãquilité de l'estat publicque il vo⁹ faut aussi accorder auec les Payẽs pour la portée du tẽps,de peur que par vostre exẽple ceux ne deuissent pires,lesquels il est expediẽt d'estre retenus en crainte comment que ce soit. Or nous pourrõs diuiser la somme toutalle de ces choses en trois especes:en celles qui sont vrayemẽt celestes,lesquelles cõme peculieres à Christ,doyuẽt par tout estre preferées à toutes choses : en celles qui toutalemẽt sont de ce mõde cõme sont les cõuoitises & vices. Celles cy vous faut-il euiter par tous moyẽs.Finalemẽt en vne espece indifferãte qui de soy n'est ny bõne ny mauuaise,ce neantmoins necessaire pour l'entretenemẽt de l'estat & cõcorde de toute la republique.Or ne voudroy-ie pas que par vous fust troublé ce peu d'ombre ou apparence de iustice que peut auoir ce mõde cy,pourueu qu'il ne cõtreuienne point ouuertement auec la iustice de Christ.Il faut porter la persecution,il faut aussi porter l'empire mondain encore qu'il soit par trop desraisonnable,à fin que quãd ils vous persecutent ils ne semblent auoir iuste cause,si vous seuls reiettés les loix publicques receues de tous,lesquelles Christ,cõme il ne les a pas ordõnées,n'a semblablemẽt reprouuées:mais les a,par maniere de dire,ignorées,cõme celuy q auoit d'autres affaires.Que dõc tout hõme obeisse aux loix pu-

Parquoy qui
resiste à la
puissance.

blicques,& aux Magistrats,veu qu'aucunemẽt ils portẽt l'ymage de Dieu,& en punissant des maux font aucunemẽt l'affaire d'iceluy.Et en cela certes leur puissance vient de Dieu.Pourtant,qui resiste à vn prince ou Magistrat voyre prophane & Payen faisant son office,vn tel ne resiste pas à l'hõme qui exerce sa charge,mais à Dieu de qui toute authorité prouient.Car cõme l'ombre de la loy Mosaique estoit de Dieu,& n'a pas esté licite de n'en tenir cõte par cy deuãt:ainsi pareillemẽt la iustice de la Loy vient de Dieu,de sorte qu'il faut aussi selon le tẽps l'auoir en quelque reuerẽce.Car tout ainsi que Dieu a voulu qu'en son corps(qui est l'Esglise)il y eust vn ordre de mẽbres cõme n'agueres a esté dit:ainsi en toute republicque qui est cõposée de bons & de mauuais,il a voulu qu'il y eust vn ordre. Et cest ordre là de soy est quelque biẽ,encore que quelqu'vn abuse du Magistrat.Pourtãt q trouble tel ordre,il resiste à Dieu qui en est l'autheur:& ceux qui resistẽt à Dieu,ils en seront punis cõme ils le meritẽt.Que si tu veux estre affranchy des loix ou Magistrats,ne pense pas que tu doyues cela obtenir par rebelliõ,ains plustost par innocẽce. Car ils ne peuuẽt rien de droit sinõ sur ceux qui cõmettẽt cas illicite.Fay biẽ,& la Loy n'a que voir sur toy,tu n'as que faire de craindre le Magistrat.Voyre les Magistrats rẽdent leur salaire & hõneur à ceux qui s'acquittẽt de leur deuoir.Parainsi cõme le Magistrat est le ministre de Dieu pour punir les forfaits,ainsi aussi semble-il estre aucunemẽt le ministre d'iceluy quãd il recõpense les biẽfaits.Pourtãt qui faict biẽ,il est plus que deliure de la Loy.Au reste,si tu cõmets quelque cas digne de punitiõ,toy-mesme es cause que desia il te faut craindre le Magistrat:car pour cest vsage porte-il le glaiue,assauoir,pour punir les malfaitteurs,& en cest endroit aussi il est ministre de la iustice de Dieu,laquelle pour punir les mauuais se sert du ministere voyre des mauuais.Parquoy,depuis que l'estat des republicques ne peut consister,si aux Magistrats n'est baillée leur authorité,obeisses-leur aussi vous pour la necessité commune de la republicque,non seulement de peur qu'estans prouocqués par vostre rebellion ils semblassent auoir cause probable d'vser de cruauté contre vous non ia plus comme contre Chrestiens,mais comme contre seditieux:ains aussi de peur de blesser vostre conscience : laquelle,iaçoit que les Magistrats n'ayent nulle puissance sur elle,toutefois vous dittes qu'il ne faut point troubler l'ordre que Dieu a voulu estre estably. Et pource qu'en cest endroit ils font l'affaire public,& ce qui est public attouche chascun,pour ceste cause vous leur payés gabelle & tribut comme pour salaire de leur office:lesquels encore qu'ils soyent meschants,toutefois pource qu'ils administrent la iustice publicque, & Dieu est la iustice,ils sont ministres de Dieu & tiennent aucunement sa place,quand ils s'employent à ce qui leur est enchargé par l'authorité publicque. Mais se ils commandent impietés,il faut plus tost obeir à Dieu qu'aux hommes. Que si comme de leur droit ils demandent chose dont la perte n'endommage point la pieté,l'importance n'en est pas si grande que pour cela vous les deuiés irriter contre vous : payés à

chascun

chaſcun tout ce qu'il demãdé côme detté. Chriſt meſme qui n'eſt ſubiet à perſonne du mõde a bien paye tribut à Ceſar, nõ pas qu'il le deuſt, mais de peur de deſplaire aux gẽs. Gardés vous de faire que par vous ils ſoyẽt venus fruſtrés de leur droit. Si on vous demandé
tribut, payés tribut: ſi on vous demãde gabelle payés gabelle. Si quelqu'vn demãde honneur & reuerẽce, laquelle ſi vo⁹ luy deués, il penſe que ſon authorité en ſoit meſpriſée, faittes luy vne reuerence ſolennelle. Si quelqu'vn veut qu'on luy porte honneur à cauſe de la
charge d'vne dignité publicque, rendés luy hõneur ſolennel. Si s'acquittent deuemẽt de
leur Magiſtrat, c'eſt à Dieu qu'on rend l'hõneur: ſinon, on dõne cela à la trãquilité publicque. Et à fin que rien ne reſte de ce que Magiſtrat quelcõque vous peuſt demãder, ſatisfait-
tes à la neceſſité publicque. Au reſte, qu'entre vo⁹ il n'y ait nul droit ou dette, ſinon de charité mutuelle: laquelle n'attẽd pas qu'on luy demãde le deuoir ains de ſon propre mouuement deuance l'aduertiſſement. A ces Magiſtrats là ſi tu leur payes ce qu'ils demãdent, tu
ceſſes de deuoir: charité encore qu'elle côtente les autres, iamais ne ſe côtente ſoy-meſme,
amaſſant touſiours plaiſirs ſur plaiſirs. Embraſſés-moy dõc en premier lieu ceſte amour,
laquelle ſõmairement côprend toutes loix. Car quicõque ayme le prochain d'vne charité
entiere & Chreſtienne, vn tel a la ſomme de toute la loy Moſaique: ſi n'a charité nulles loix
pour grãd qu'en ſoit le nõbre, ne ſuffiſent: ſi on l'a, il n'eſt pas beſoing d'autres loix, attẽdu
que tout ce qui eſt cõmandé par innõbrables ordõnances de loix elle ſeule le dicte de bien
plus grãde efficace. La loy Moſaique defend d'adulterer, de meurtrir, de deſrobber, de dire
faux teſmoignage, de conuoiter le bien d'autruy, d'exercer l'vſure, & telles autres choſes.
Or la ſomme de tout cela eſt côprins en ce brief cõmandemẽt d'amour, qui dit: Ayme ton
prochain côme toy-meſme. Amour profite, entant qu'elle peut, à to⁹, voire aux mauuais,
elle ne nuict à perſonne. Qu'eſt-il dõc beſoing de defendre par le menu de ne faire tort en
tel ou tel moyen, veu que la nature d'amour de charité eſt de ne faire tort à hõme du monde? Celuy qui ayme, tuera-il? celuy corrõpra-il la femme de celuy lequel il ayme ne plus
ne mois que ſoy-meſme? pillera-il par larrecin celuy lequel il eſt tout appareillé d'ayder,
voyre de ſon propre auoir? accablera-il par teſmoignage calõnieux celuy lequel il voudroit ſauuer voyre à ſon propre dangier? donnera-il à vſure à celuy auec lequel il penſe a-
uoir tout en cõmun? ſouhaitera-il dõmage à celuy pour lequel il fait la meſme priere que
pour ſoy-meſme? pourra-il nuyre ou côtriſter par aucun moyen celuy pour lequel il ſçait
Chriſt eſtre mort? Parainſi côme i'ay dit la ſõmme de toutes loix c'eſt amour. Par ſon moyen on apprẽd en brief que c'eſt qu'il faut ou fuyr ou ſuyure. Parquoy employons nous y,
veu meſmemẽt que la diſpoſition du tẽps nous y inuite, c'eſt que nous nous eſueillons du
ſomme & tenebres de la vie paſſée & nous amendiõs. La nuit ſemblaſt bailler licence de
pecher, d'autãt qu'elle eſt vuyde de vergongne. Au reſte ceux qui de nuict ragent, & folaſ-
tent, toutefois ſi toſt que le iour luyt, ils ſe côpoſent, & ne fuſt-ce que de honte, pour ſe mõſtrer deuãt les hõmes, & côme deuenus autres, ſortẽt en public d'yurõgnes, ſobres: de paillards, chaſtes: de mutins, raſſis: d'endormis, alaigres. Empoignõs donc l'opportunité du
temps de laquelle ſi nous ſçauõs biẽ vſer, noſtre ſalut eſt plus prochain de nous qu'il n'e-
ſtoit pas lors qu'eſtans appuyés de la loy Moſaique, nous l'en eſtimõs eſtre bien pres. Noſtre nuict de la vie paſſée a tiré àuant, & s'approche ce iour là qui deſcouurira les ſecrets,
voyre les plus cachés, faiſans choſes côuenables à noſtre iour, mettõs ius les mœurs & œuures qui ſe font de nuict, & deſquels nous auons honte de iour. Si le ſoleil leué, nous nous
couurons le corps d'habillemẽs plus hõneſtes, à fin que rien ne deſplaiſe aux yeux des hõmes: par bien plus forte raiſon, eſtant maintenãt leuée la lumiere de l'Euangile, parõs noſtre ame d'vn habillemẽt de vertus, q ſoit conuenable de iour, & ne redoubte pas les yeux
de Dieu. Deſormais côpoſons toute noſtre vie en telle façon, qu'on voye euidemmẽt que
miſe ius les tenebres de la vie paſſée, nous cheminions au iour & en la preſence de Dieu &
des Anges & des hommes, non pas en nous addõnant à diſſolution de gourmandiſes
& d'yurongneries, nous en ſeruant aux ſouilleures de paillardiſe, non en nous entrebattans vilainemẽt par noyſe & enuie mutuelle, auſquelles choſes toutes vous aués eſtés addonnés lors qu'errans vous côuerſiés és tenebres de la vie paſſée. L'ame n'eſt pas veſtue
proprement de telle parure. Maintenant depuis que par le bapteſme vous aués eſté entés
en Chriſt, veſtés vous de luy. Faittes qu'en toute voſtre vie reluyſe celuy, duquel vous faittes profeſſion. Soyés tels que celuy duquel vous eſtes abbreuués, or il eſt ſobrieté, chaſteté, paix, charité, tel accouſtrement eſt conuenable pour ceſte lumiere de l'Euãgile. Les choſes deſquelles vous vous eſtes iuſques icy ſeruy pour volupté, ſerués vous-en maintenãt
pour la neceſſité du corps, & les choſes auſquelles par cy deuant on s'eſt vilainement ab-

LI 2   bandon-

Ne deués rien
à perſonne.

Sachans que
la ſaiſon eſt.

bandōné à l'appetit des conuoitiſes, deſormais ſoyent par ſobrieté employées entāt que l'vſage de nature le requiert. Il faut tellement nourrir le corps, qu'il ſoit en bon point & viue, & non pas qu'il rage & rible: la viande & breuuage ſerue à reprimer la faim & la ſoif, & non pour inciter & nourrir la conuoitiſe. CHAP. XIIII.

Receués celuy qui eſt debile en foy.

R iaçoit qu'ē l'vſage de ces choſes il n'y ait nulle differēce ou choix enuers ceux qui ont obtenu pleine foy en Chriſt, pourueu que cōme nous auōs dit, ils s'en ſeruēt pour neceſſité & nō pour volupté: ce neātmoins s'ils ſe trouue quelcun entre vous cōme pour exēple pourroit eſtre quelque Iuif, qui pour la lōgue ac couſtumāce du train & de la vie paſſée ſoit encore vn peu ſuperſtitieux, & auquel la foy né ſoit ēcore tāt aggrādie qu'elle en puiſſe forclorre toute obſeruatiō de la Loy accouſtumée: vn tel ne faut-il pas ſoudain reietter par meſpris, ains pluſtoſt faut l'alleſcher & entretenir par humanité & benignité, iuſques que luy auſſi s'auāce & ſoit robuſte en foy. Ce qui ſe fera plus cōmodémēt par biē-veuillāce, que nō pas par diſputes cōtentieuſes. Car en tels il ne faut tout incōtinēt interpreter à la mauuaiſe part, ce q̃ ſe peut faire ſans vice. Pour en tretenir la paix & cōcorde en ſon entier entre vo⁹, il y a certaines choſes à diſſimuler, d'au tres à ſupporter, & d'autres à benignemēt interpreter. Ceſte cōmodité & gracieuſeté a grā de efficace pour l'entretenemēt mutuel d'vne ſocieté de vie. Iamais la paix ne durera en ſō entier entre pluſieurs, ſinō qu'en certaines choſes ils cedēt mutuellemēt l'vn à l'autre, ſelō que les opiniōs des hōmes ſont diuerſes. Car vn qui eſt deliuré de toute ſuperſtition, croit qu'il luy eſt licite de māger de toutes ſortes de viādes ſans aucune differēce, ne regardāt en cela à autre choſe qu'à la neceſſité de nature. D'autre part, vn q̃ eſt encore foyble & ſuper ſtitieux, māge des herbes, de peur de rēcōtrer quelque ſorte de poiſſon & autres animaux q̃ ſoit ou defendu ſelō l'ordōnāce Iudaique, ou ſacrifié aux idoles. Vous ne deués pas vo⁹ arreſter tāt à ces choſes, que la charité fraternelle en viēne à eſtre rōpue. Celuy qui eſt plus fortifié, & māge de tout, qu'il iouyſſe de ſa fermeté en ſorte, que ce ſoit ſans meſpriſer le foy ble qui faict ſcrupule de māger de tout. Semblablemēt celuy qui en s'accōmodant à l'infir mité de ſon eſprit s'abſtiēt de certaines ſortes de viādes, qu'il ne cōdamne ne iuge celuy q̃ ſans aucune differēce mange de tout qu'on luy met deuāt. Ainçois pluſtoſt que le fort por te le foyble l'excuſant en ceſte maniere: C'eſt vn abus de reſidu de la lōgue accouſtumance de la vie paſſée: il ne peut l'arracher du premier coup: il s'en ira de peu à peu: & faict à faict que croiſtra la vraye pieté, la ſuperſtitiō s'eſuanouyra. Sēblablemēt le ſupſtitieux quād il voit vn q̃ māge de toutes viādes, qu'il pēſe aiſi à part ſoy: Il ne m'en chaut que ceſtuy là faſ ſe, & eſt vray ſemblable qu'il le faict en bōne cōſcience, attēdu que le Seigñr le s'eſt adioint & l'a faict ſien, à l'appetit duquel il vit, & auquel ſeul il peche, ſi d'auenture il peche en tel les choſes qui de ſoy ne ſont pas mauuaiſes. Que ſi c'eſt crime d'arrogance de meſpriſer la ſuperſtitiō d'vn infirme & qui faut par ſimpleſſe, cōbien plus intolerable ſera l'arrogāce ſi celuy q̃ eſt debile en foy, iuge & cōdamne vn meilleur que ſoy, cōme le font ordinairement les ignorās qui tiēnent pour iniuſte tout ce qu'eux-meſmes ne font & eſtimēt ſainct tout ce qu'ils aymēt. N'aura-on pas iuſte cauſe de dire à vn tel: Toy qui es-tu qui iuges & cōdā nes le ſeruiteur d'autruy? Il y a vn Seigñr de tous IeſusChriſt: c'eſt à luy qu'il eſt debout: s'il eſt ferme en foy: c'eſt à luy qu'il tōbe, ſi d'auēture il peche cōme tu le pēſes. Or ne tōbera-iſ pas pour ſes choſes: ainçois demeurera ſtable pour perſiſter en la force de ſa foy. Car ſon Seigñr eſt aſſés puiſſant & ſuffiſant pour ſouſtenir ſon ſeruiteur à fin qu'il ne chācelle poīt. Ce qui eſt dit touchāt le choix des viādes, ſe doit auſſi ainſi entēdre de l'obſeruation des Sabbaths & nouuelles lunes. Car celuy qui eſt foyble & d'vne foy imparfaitte, il faict diffe rēce d'vn iour à l'autre, cōme ſi l'vn eſtoit ſainct & l'autre prophane: & qu'en l'vn il ne ſoit pas licite de māger de certaines viādes ou faire ſa beſongne & en l'autre ſi. Au cōtraire à ce luy q̃ eſt ferme & d'vne foy ſolide tous iours luy ſont vn, ſans aucune differēce, eſtimāt que

Vn chaſcun ſoit reſolu en ſon ſens.

tout le temps de la vie eſt cōſacré & dedié aux deuoirs de pieté. Pour telles choſes, ne rōm pés entre vo⁹ l'accord Chreſtiē, ains faſſe vn chaſcun ſelō ſa cōſcience ſans cōdānet l'aduis d'autruy, attēdu qu'en l'vn n'en l'autre n'y à crime, & en tous deux demeure ferme ce q̃ eſt le principal de la vraye pieté. Celuy q̃ cognoit & tiēt à part ſoy que tout iour egalemēt eſt ſacré & ſainct, il le cognoit à ſon Seigñr: & ne t'attouche en riē cōbiē il eſt cognoiſſant. Sem blablemēt celuy qui tiēt qu'il y a quelque differēce d'vn iour à l'autre, s'il s'abuſe il s'abu ſe à ſon Seigñr, tu n'y as nul intereſt. Itē celuy qui ſans differēce mange de toutes viandes, il mange à ſon Seigñr. Car il remercie Dieu, de la grace duquel il māge, & la benignité du quel a crée toutes choſes pour l'vſage des hōmes. De rechef, qui par infirmité d'eſprit s'ab ſtient de certaines viādes, il s'en abſtient à ſon Seigñr, & n'y a nul intereſt, attendu meſme mēt

mēt

ment qu'en mãgeant ſes herbes, il remercie auſsi bien que toy vn meſme Seigñr. Que ſi le
Seigñr prouue & a pour agreable ſon remerciemẽt, pourquoy le cõdamnes-tu? La cauſe
eſt diuerſe, la choſe tout vne, le cœur tout vn, & le Seigñr tout vn. L'vn rẽd graces pour la li
berté qu'il a de mãger de ce qu'il luy plait: entãt que la loy Euãgelique diſcerne des cœurs,
& nõ des viandes: l'autre pour l'vtilité d'abſtinẽce, en ce que l'infirmité luy ſert d'occaſion
d'euiter diſſolution de bouche, & d'eſtre retenu entre tes bornes de ſobrieté. En telles choſes nous ſommes tous egaux, & ne doit perſonne debatre cõtre ſon frere pour maintenir
ſon opinion: c'eſt aſſés ſi le Seigñr l'approuue, auquel appartiẽt le iugement de ces choſes
qui ſont ou incertaines, ou à ſupporter ſelõ la raiſon des tẽps. Vn Chreſtien n'a nul droit
cõtre vn Chreſtien, ſinon de profiter l'vn à l'autre. Et n'y a nul qui viue à ſoy, veu que tous
ſommes à celuy qui no⁹ affrãchis des vices & amenés à pieté, & de mort à vie. Parainſi nul
ne vit à ſoy, & nul ne meurt à ſoy: non plus qu'vn ſeruiteur qui eſt ſous la puiſſance d'autruy, & ſur lequel le maiſtre a puiſſance & de vie & de mort. Que ſi le ſeruiteur vit, ce n'eſt
au pſit ou dõmage ne de ſoy ne d'autruy qu'il vit, ains de ſon maiſtre. S'il meurt, il meurt
au profit ou dommage du maiſtre, de maniere que ce ſeroit indiſcrettemẽt faict à vn ſerui
teur de ſe meſler des affaires de ſon cõpaignon ſeruiteur, pourueu que le maiſtre s'ẽ cõtẽ-
te. Or n'y a-il nul eſclaue entre les hõmes q tãt ſoit à ſon maiſtre que no⁹ ſommes à Chriſt,
veu qu'il no⁹ a achettés nõ par argẽt ou or, aĩs par ſon ppre ſang. Soit dõc que no⁹ tõbiõs,
no⁹ tõbõs à luy: ſoit que nous nous teniõs debout, nous nous y tenõs à luy: ſoit que nous
viuiõs, nous viuõs à luy: ſoit que nous mouriõs, nous mourons à luy. Les autres eſclaues
ceſſent bien d'eſtre à leur maiſtre depuis qu'ils ſont mors. De nous, ſoit que nous viuions,
ſoit que no⁹ mouriõs nous ſommes au Seigñr, à qui viuẽt toutes choſes. Chriſt a droit, nõ
ſeulement ſus les viuãs, mais auſsi ſur les morts, lequel a expoſé ſa vie & ſa mort pour no⁹
garder. Iceluy certes eſt mort, qui eſtoit faict hõme, pour moy: & celuy meſme eſt reſſuſcité
des morts à fin qu'il fut ſeigñr tãt des morts que des viuãs. Si nous viuõs à pieté, nous le
luy deuõs. Si nous ſommes morts aux vices nous les luy deuõs. Iceluy eſt le Seigñr, iceluy
eſt le iuge. Pourquoy vn ſeruiteur vſurpe-il cõtre l'autre vn droit q n'appartiẽt qu'au Seigneur? Et toy ſuperſtitieux de quelle audace iuges-tu tõ frere, plus ferme que toy, de ce qu'
il mãge de tout franchemẽt, ou vſe egalemẽt de tout iour? Ou toy plus entẽdu, pourquoy
meſpriſes-tu & reiettes tõ frere plus infirme ne plus ne moins que ſi tu eſtois ſon Seigneur
& non pas pluſtoſt ſon cõpaignon ſeruiteur? Pourquoy ſe met ou l'vn ou l'autre en la pla
ce du Seigñr, & deuance le iour du iugemẽt. L'vn ne doit pas iuger l'autre. Celuy là qui eſt
ſeul Seigñr de tous, iugera de tous. Car nous cõparoiſtrons tous vn iour deuãt le ſiege iudicial de Chriſt, pour eſtre ou cõdamnés ou abſouts de la bouche de celuy q voit les plus
profondes & ſecrettes cachettes des cœurs. Ce pendant qu'vn ſeruiteur ne s'vſurpe pas la
domination ſur ſon compaignon ſeruiteur: attendu meſmemẽt que le Seigneur a voulu
ceſt hõneur luy eſtre reſerué à luy ſeul, comme luy-meſme le teſtifie par le prophete Eſaie,
diſant: Viue-ie, ſi tout genoil ne ſe ployera deuant moy, & toute langue confeſſera Dieu.
Qu'vn chaſcun ce pendant taſche de tout ſon pouuoir d'aduiſer comment il pourra reſpondre pour ſoy deuant ce iuge là: & que l'vn ne iuge pas de l'autre à mal. Que s'il eſt licite d'icy faire quelque iugement, il faut pluſtoſt ce pẽdant iuger & arreſter, par quel moyen
ſe pourroit faire, que nous nous entr'aydions l'vn l'autre de crainte, ou que ne faiſiõs mal
à aucun, ou que nous ne baillions occaſion de mal, antant qu'il ſe peuſt faire. Vn qui chan
celle, redreſſons-le, ne l'abbattons pas: & vne inſole fumante enflammons là, ne l'eſtei-
gnõs pas. Le regard de la dignité requeroit bien que le moins entendu obeïſt au plus entendu, mais la charité Chreſtienne demande que quelquefois le plus entendu cede & s'ac
commode au moins entendu, non pour approuuer l'erreur, ains à fin ou de la corriger ou
pour le moins de ne l'offenſer par trop. Car, à fin que ie parle de moy par maniere d'exemple, Moyſe deſigna iadis certaines viandes impures, leſquelles en ſon paſtoy il appelle
communes ou prophanes, deſquelles il n'eſtoit licite d'en mãger: aucunes pures, deſquelles il eſtoit licite d'en manger. Maintenant ie ſçay & ſuis tout reſolu par l'inſpiration de
Chriſt, qui veut que la partie charnelle de la Loy ſoit toutalement abolie, qu'il n'y a rien
qui de ſa nature ſoit impur, & qu'il n'y a toutalement point de difference des viandes.
Que s'il y a quelque choſe d'impur à celuy ſeulement eſt-il impur, qui l'eſtime tel, c'eſt à
dire, au foible & ſuperſtitieux bien eſt-il impur: mais au robuſte & vrayement Chreſtien,
il n'y a rien d'impur: ains aux purs tout eſt pur. Et ce neantmoins de ce qui de ſoy n'eſt pas
impur, pourroit eſtre que mieux vaudroit quelquefois s'en abſtenir, non pas pour ce que
la loy Moſaique l'a ainſi ordonné, mais pour ce que la charité fraternelle qui eſt peculiere

Certes nous cõ
paroiſtrõs tous
deuant le ſiege.

Eſa. 45

LI 3   aux

aux Chrestiens, le dicte ainsi. Et de faict, si pour le manger de ton corps la côscience de ton frere vient à estre blecée ou contristée, de ton frere, di-ie, duquel tu deuois porter autant d'amour comme à toy propre, tu sembles viure à toy, & ne te souuienne pas bien de la charité mutuelle, veu que tu mesprises & ne tiës côte de la cheute & hurt de tonfrereinfirme, là où tu pouuois y remedier par bien petit cas. Car est ce si grãd cas, si pour bië peu de tëps tu t'abstiës voyre des choses licites, à fin de deliurer de dãgier le ꝓchain? Ne fais pas si peu de cas de tõ frere, quelque infirme & peu entëdu qu'il soit, que pour ton manger tu laisses perir celuy pour lequel sauuer est mort Christ. Si le Seignr l'a tant estimé, quel qu'il soit tu ne dois pas le mespriser pour vne chose de petite importãce. Et ne pense pas que ce soit assés, si ce que tu fais est droit, ains faut encore donner ordre, que ce qui de soy est droit, ne soit subiet à soupçon & blasme, & que ce qui t'est bon se côuertisse en mal d'autruy, si les hõmes s'apperçoyuët qu'entre vous il y ait des debats pour le mãger & le boyre, ou pour semblables choses de nulle importãce. Car comme au regne à venir de Dieu il n'y aura ne viãde ne breuuage, qui maintenãt soit secours de nostre mortalité: ainsi la doctrine Euãge lique & la vie vrayemët Chrestienne ne côsiste, n'en choix de viãdes, n'en differëce de breu uage: qui sont choses qui n'auãcent de rien la pieté. Plustost il faut nous addõner aux choses lesquelles nous pourroit emporter quãt & nous en la vie celeste. Et quelles sont-elles?

C'est iustice, paix & ioye, qui sont côferées nõ par l'obseruatiõ des viãdes, mais par le S.Esprit. Debat pour les viãdes engëdre courroux & dissension, itë fascherie, & scãdale & querelles. Le S.Esprit pour dissensiõ, engëdre paix: pour tristesse, ioye: pour offense & tort, plaisir. Car cõme le ꝓpre de iustice est de ne vouloir nuyre à personne: ainsi le ꝓpre de paix est n'auoir debat auec personne, & le deuoir de charité est ne contrister personne. Ces choses sõt spirituelles, esquelles quicõque sert à Christ il est premieremët agreable à dieu, en pourchassant les choses qui luy sont tresagreables, & quãt & quãt est approuué des hõmes, en ce qu'en s'accõmodant il euite tout soupçon ou occasiõ de mal. Ceux seruët à la chair q̃ s'entrebattët touchãt les viãdes & les iours. Ceux par l'esprit seruët à Christ, qui ne maintiennët pas le leur, ains par charité cedent aux autres, & deuiënent tout à tous, pour gaigner chascun, & s'accõmodent à tous pour plaire à tous. Nous dõc qui sommes spirituels, quittõs là telles disputes, & pourchassons les choses qui seruët à paix, entretiënët l'accord, nourrissent l'amour mutuelle, brief addõnons nous aux choses par lesquelles nous deue niõs meilleurs, & nous soulagiõs par plaisir mutuel, nõ celles par lesquelles aucun soit of-

fensé. Voyla le principal de nostre profession. Toy qui és ferme ne cõmets pas que pour la viãde corporelle, l'œuure de Dieu soit abolie. Plustost perisse ta viãde, que par l'occasiõ d'icelle perisse la chose que Dieu a rachettée par la mort de son fils. La viãde est affaire d'hõme, charité est affaire de Dieu: quãd l'vn ou l'autre est en dãgier, ce qui est de moindre importãce doit plustost ceder. Nõ pas qu'ès viãdes il y eust aucun vice ou que l'vne soit pure & l'autre impure, comme le tiennët les Iuifs, ou que de soy soit mal faict de mãger de toute viande qu'on veut: tant y a ce neantmoins que par occasion la chose deuient peché, nõ pas pource que tu manges, mais pource qu'en mangeant tu offenses ton frere infirme, & par ainsi la viande qui de soy est pure, deuient impure pour n'auoir tenu conte du perif du prochain. Laquelle chose tãt s'en faut qu'il nous faille n'en tenir conte, qu'il vaudroit mieux s'abstenir, voyre toutalemët de chair, & mãger des herbes, & toutalemët s'abstenir de vin, que si en mãgeant ou beuuãt tu es occasion de ruyne à tõ frere. Et ne faut-ia que tu m'allegues: Pourquoy craint-il où il n'est point de besoing? Ma côscience ne me reprend pas: qu'ay-ie que faire de l'infirmité d'autruy? Veux-tu que ie qtte mõ opiniõ & me mette de la siëne, & cõmence de mettre choix aux viãdes? Nenny. Ie ne demãde pas que tu ensuyues son infirmité, mais que pour vn tëps tu t'y accõmodes, sous esperãce que luy aussi s'auãcera. Ie loue ta fiãce, moyennãt laquelle tu ne tiens côte de differëces des viãdes: voy-

re-mais cache là & la couure, si quelquefois tu t'apperçois, qu'à l'occasion d'icelle, tõ frere soit en dangier. Contente-toy cepëdant de cela, que Dieu cognoit & approuue la force de ton esprit. Ce neãtmoins il faut pour vn peu de tëps la dissimuler tãdis que tu euites le scãdale du ꝓchain en abbaissant & accõmodãt la fermeté à son infirmité. Encore faut-il prëdre garde à cecy, que ce que tu te dis ne tenir côte du choix des viãdes, soit vne fermeté de côscience, & nõ pas vne couuerture dé volupté ou dissolution, & que quãd tu mesprises & reprës vn autre de ce que par superstitiõ il s'abstiët de certainesviãdes, toy-mesme ne doutes à par toy, & sois plustost ferme de babil que nõ pas de foy. Heureux est celuy qui obtiët vne si grãde force de foy, qu'en ce qu'il prouue & defend enuers les autres, ne sent pas au dedãs sa côscience luy côtredire, & tacitemët côdãner au secret du cœur, ce qu'ouuertemët

il ap-

Il approuve. Car quiconque doute, pensant qu'il n'est pas loysible de manger, vn tel est condamné par le iugement de sa propre conscience. Et pourquoy est-il condamné? Pource que ce qu'il faict, il ne le faict pas par force de foy & fermeté d'esprit bien asseuré, ains contre sa conscience. Or tout ce qui en vient de foy, est entaché de peché. Car puis que doutant d'vne chose si elle est mauuaise ou non, toutefois il la faict, il monstre qu'il feroit aussi bien vne chose de soy mauuaise si elle se presentoit. Et la vraye pieté fuit tout ce qui mesme a apparence de mal. Celuy qui peche de malice, il merite reprehension & s'il se monstre incorrigible, il faut mesme l'euiter. Au reste, toutes fois & quantes qu'vn erreur vient d'infirmité, enseigné & admonnesté doit estre celuy qui est en erreur: point il ne faut le mespriser ou mocquer.

CHAPITRE XV.

Ve si nous sommes plus fermes, de sorte que nous n'ayons nul besoing d'auertissemét, toutefois il nous faut dõner de garde qu'en accusant de superstition vn erreur legier d'autruy, nous ne tombions nous-mesmes en vne plus grefue faute d'arrogance: ainçois plustost tant plus ferme nous sommes, tant plus est-il raisonnable que nous portions l'infirmité des autres. Car comme ceux qui sont plus eagés, ou plus robustes de corps, il ne saboulent ou piettonnét pourtant les plus ieusnes, comme gens qui ne peuuét faire teste, ou comme s'ils auoyét receu la force pour nuyre à qui ils pourroyent: ainçois tant plus ils surpassent en force corporelle d'autant se reputent-ils à plus grand deshonneur de nuyre à l'eage impuissant ou ia deffaillant de vieillesse: semblablement tant plus nous sommes puissans en iugement d'esprit & doctrine, d'autant plus nous faut-il accommoder à l'imbecillité d'autruy plustost qu'en nous esleuant & complaisant en nostre cognoissance, nous aymions plus enaigrir l'imbecillité de nostre frere que non pas ou de la porter ou d'y remedier. Que donc personne ne se complaise en soy-mesme pour son don, comme s'il l'auoit receu pour s'en orgueillir, ains tasche plustost à estre contempteur de soy-mesme & en s'accommodant au prochain luy complaise, non pas certes en luy obtemperant à quoy que ce soit, mais à celle fin qu'il luy profite & le rende meilleur. Et ce moyen de secourir l'erreur d'vn autre Christ luy-mesme le nous a ouuert, lequel iaçoit qu'il fut la source de toutes vertus, ce neantmonis ne s'en est pas seruy pour sa gloire, comme en complaisant en soy-mesme: mais à fin de suruenir aux errans & infirmes, non seulement il a mesprisé la gloire sienne, laquelle il meritoit, mais aussi s'est laissé outrager, comme aussi Dauid inspiré de l'Esprit auoit predit deuoir aduenir au Pseaume soixantiesme. Les outrages de tes outrageurs me sont tombés dessus. Or est cela escript és Pseaumes, non seulement à fin que nous le sçachions, ains aussi à fin que nous l'ensuyuions, & qu'à son exemple nous apprenions en quelle douceur on doit soustenir & supporter le prochain, iusques qu'il aggrandisse en Christ, & cesse d'estre enfant & foible. Comme donc luy s'est demis iusqu'à nostre petitesse à fin de peu à peu nous hausser à sa hautesse: ainsi est-il côuenable de prendre de luy exemple d'attirer le prochain à vraye pieté: & cest exemple qui nous est depeint és sainctes Escriptures comme en vn tableau, il le faut continuellemét auoir deuant les yeux: à fin qne comme luy nous a rachetés & sauués non par vn moyen vulgaire de ce monde, ains par sa patience, & par humilité a esté haussé à la vraye gloire, ainsi aussi nous par la douceur de laquelle nous supportons les foibles & par les aydes des saincts liures nous incitans à suyure Christ, nous nous confions que nous semblablement obtiendrons le salaire qui attend ceux qui suyuent ses trasses. La somme de nostre profession c'est paix. Pourtant ie prie Dieu autheur de patience, & qui par les sainctes lettres nous enhorte à patience, sans l'aide duquel nous ne pouuons rien qui soit, qu'il luy plaise vous faire ce bien que vous tous n'ayes qu'vn & mesme cœur, & soyés cõioincts d'vn souuerain accord à l'exemple de Iesus Christ lequel ne nous a rien tant recõmandé que l'amour & accord mutuel. Et voyla certes le moyé par lequel nous illustrerõs la gloire de Dieu, qui est le Pere de Iesus Christ si ce qu'il a enseigné & monstré enuers nous, nous l'exercions mutuellement les vns enuers les autres: & par ainsi les hommes entendront que vous estes vrayement disciples de Christ, si comme vous loués Dieu tous d'vne bouche, vous declarés aussi d'vn accord mutuel que vous estes conioincts tous d'vn cœur. Parquoy qu'il n'y ait point de debat entre Payens appellés des idoles à Christ, & les Iuifs receus des ombres de pieté à la vraye religion: ainçois plustost soustenés vous les vns les autres par seruices mutuels, & vous auancés en tendant la main l'vn à l'autre: tout ainsi que Christ vous a receus & ne vous a point imputé les fautes de la vie passée, ains vous a embrassés d'vne fraternelle charité

Car toutes les choses qui ont esté escriptes.

Vous honnoriés Dieu qui est le Pere.

pour illuftrer la gloire de Dieu fon Pere entre les hommes, à fin que vous auffi vous portans les vns enuers les autres, tel que luy s'eft porté enuers tous & que fa gloire foit par
vous illuftrée. Or Chrift s'eft accommodé à toutes les deux parties, aux Iuifs premierement pour monftrer Dieu le pere eftre veritable, de faire exhibition aux enfans des promeffes qui auoyent efté faittes à leurs peres par les oracles des Prophetes, à fin qu'ils fe refiouyffent que la grace leur a efté faitte d'auoir receu la verité, des chofes que la loy de
Moyfe auoit auant figurées & ombragées. Puis auffi aux Payens aufquels riē n'auoit efté
promis: à fin qu'eftans fans l'auoir merité & contre toute efperance receus au falut par la
feule mifericorde de Dieu, ils magnifiēt fa bonté diuine. Que les Iuifs s'efiouyffent de ce
que finalement ils ont obtenu ce qu'ils auoyent tant long temps attendu: les Payēs qu'ils
iouyffent des chofes non attendues. Or qu'ainfi il deuft aduenir il eftoit long temps arrefté par le confeil de Dieu. Car Chrift mefme par le Pfalmifte parle à fon pere en cefte ma-
niere:Pourtant magnifieray-ie ta gloire entre les Payens,& chanteray louange & cāticque
à ton nom. Item au cantique de Deuteronome: Efiouyffés vous Payens auec fon peuple.
Item au Pfeaume cent fexiefme. Loués-le toutes nations, & le loués tous peuples. Le mefme a predit Efaie: Il y aura la racine de Ieffe, & s'en leuera vn qui gouuernera les gens, auquel les gens auront efperance. Or ie prie Dieu qui vous a donné cefte efperance par les
oracles des Prophetes, que maintenant il vous donne abbondamment ce que iadis il promit de faire, de forte que forclos tout chagrin & debat, il vous rempliffe de toute ioye &
concorde & ce par foy: à fin que voftre efperance laquelle vous aués cōceue de Dieu s'augmente de iour en iour par vne affeurance de bonne & nette confcience, le fainct Efprit
vous fortifiant. Or tien-ie ces propos non par deffiance que i'aye de voftre vertu. Car de
vous, ie tien pour feur, que de voftre propre mouuement vous eftes doués d'vne fouueraine charité:item d'vne fouueraine cognoiffance de maniere que mefme fans mon auer-
tiffement vous pouués vous aduertir l'vn l'autre touchant ces chofes. Ce neantmoins ie
vous ay aucunement vn peu plus famillierement & plus hardiment efcript, non pas ou
comme enfeignans gens ignorans, ou comme commandant à retifs, ains comme vous
admonneftant que c'eft qui eft bon de faire, à fin que ce vous fçaués qui eft de faire, & que
ia vous faittes de voftre franc vouloir, vous le faffiés plus abondamment par mon exhortation, m'aquittant certes en ceft endroit de la charge qui par la grace de Dieu m'eft enchargée à moy indigne:& obeiffant à la volōté de Iefus Chrift, l'affaire duquel ie manie,
m'eftudiant de tout mon pouuoir de luy offrir vn facrifice pur,en illuftrant l'Euāgile de
Dieu entre vous Payens. Or penfe-ie que ce luy fera vn facrifice fort agreable, fi ie vous
offre à luy dignes de luy,comme en facrifice purgé & fanctifié,nō par ceremonies charnelles,ains par le fainct Efprit qui eft l'autheur vnicque de la vraye faincteté. Laquelle chofe
me voyāt auoir-ia obtenue en aucuns, i'ay dequoy me pouuoir à bon droit glorifier,non
pas en me vantant moy-mefme enuers les hommes, mais enuers Dieu, m'efiouyffant de
l'heureufe yffue de ma predication: laquelle yffue toutefois ie ne m'attribue pas,ains à Iefus Chrift, duquel auffi ie tien la place, & par l'ayde duquel ie m'acquitte de la charge de
predication. Car ie n'ay pas le cœur pour raconter les geftes d'autruy, de peur que ie ne
femble m'attribuer la louange des faits d'autruy:tant feulement ie reciteray ce que Chrift
a faict par mon miniftere, c'eft que nations au parauant prophanes & addonnées à idolatrie fe foumettent maintenant & obeiffent à l'Euangile,efmeues partie par mes parolles &
faicts, partie par la grādeur & multitude des fignes & miracles qui ont efté faicts par moy,
pour confermer la verité de ma doctrine: faicts, di-ie, non par ma vertu ou forces, mais
par l'authorité de l'efprit de Dieu,duquel ie ne fuis rien autre chofe qu'organe & miniftre.
Parainfi quand ie me glorifie de la bonne yffue de ma predication, ie publie la gloire de
Chrift & non la mienne.Et certes par ce moyen c'eft à bon droit que ie me glorifie, qui rapporte tellement à Dieu la louange de mon office, que ce pendant ie ne le cōcede à homme
du monde.Car auffi n'ay-ie pas prefché l'Euangile d'vne façon vulgaire, ains iufques icy
l'ay publié és regions où le nom de Chrift n'auoit encore efté ouy:& ay brigué cefte louange enuers Dieu, à fin que plus au large fe miffent les fondemens de la religion Chreftiēne,
& s'eftendent tant plus au long les vergiers de fa iurifdiction: & n'ay pas voulu furbaftir
fur les fondemens iettés par les autres Apoftres: par ce que comme il eftoit plus difficile
de planter les commencemens de la religion, que de contregarder & augmenter vn bien
vne fois acquis,ainfi penfoy-ie que cela eftoit plus expedient pour l'affaire de l'Euangile,
& fur tout pour ce que ie fçauoye qu'ainfi auoit-il efté predit long temps a, par l'oracle
d'Efaie tref-fainct Prophete, difant:Ceux qui n'en auoyent point ouy de nouuelles, le
                                                                                    verront:

verront:& ceux qui n'en auoyent rien ouy dire l'entendront. Or ceste affection & zele d'e-
stendre & diuulguer la foy Chrestienne m'a grandemēt detenu, voyre en sorte que iusques
cy ie n'ay peut trouuer le loysir de vous aller voir, iaçoit que i'ay bien grande enuie long
temps a, mais à chasque fois que ie me suis essayé d'aller de delà, les affaires m'ont retardé,
& ce, pense-ie, par le vouloir du sainct esprit. Mais desormais depuis qu'ayant circuy toute l'Achaie & Macedone, ie nevoy en ces quartiers aucun lieu rester vuyde, ou ie n'aye ietté
les fondemens de la religion Chrestienne & ia par plusieurs ans suis stimulé de desir de
vous aller voir, i'espere que l'occasion de satisfaire à mon desir se presentera, que quand ie
m'en iray en Espaigne ie passeray par deuers vous & en passant voꝰ verray : puis vous me
cōduisans, ie poursuyuray mon chemin entrepris, mais ce ne sera pas sans auoir premieremēt seiourné quelques iours auec vous, & rassasié mon desir au moins en partie par vous
auoir hanté. Laquelle chose se fera bien tost, moyennāt le vouloir de Christ. Au reste, pour
le present i'ay deliberé d'aller en Ierusalem, pour donner aux Chrestiens Iuifs qui sont là
leur demeure, l'aumosne des Macedoniens & Achayens qui m'est enchargée. Car il leur a   Car il a pleu
ainsi semblé bon d'amasser quelque somme d'argent de tous ceux indifferemment qui
de leur franc vouloir y mettroyent & en soulager la necessité d'aucuns qui se tiénent en Ierusalem, gens riches, à vray dire, en religion, mais poures en auoir. Nul ne les a contraints
à ce faire, ains ainsi leur a semblé bon:& à bon droit, à mō aduis, leur a-il semble bon, attēdu qu'ils luy sont obligés pour auoir receu d'eux premieremēt la religiō. Pourtāt veu que
ceux de Ierusalē ont departy les premiers la doctrine de Christ aux Payēs, c'est raison qu'
eux en cas pareil leur eslargissent quelque chose de leur auoir, à fin de tellemēt quellemēt
recompenser la chose la plus precieuse de toutes par la plus ville du monde. Ceux là ont
communiqué gratuitement ce qui concernoit le salut de l'ame : ceux-cy de leur plein gré
& vouloir communiquent ce qui concerne les necessités du corps. Si tost donc qu'en cecy
ie me seray acquitté de mon deuoir, & auray baillé ce peu de fruict à ceux ausquels il est
assigné (or le bailleray-ie moy-mesme & tout cacheté, de peu rou que par autre il ne soit
diminué par tricherie, ou que moy-mesme, ne vienne à estre souspeçonné comme d'en
auoir rogné quelque portion, comme ainsi soit que ie fasse l'affaire d'autruy pour rien)
ie m'en iray par deuers vous en Espaigne. Et iaçoit que ie me haste pour aller prescher l'E-
uangile en Espaigne, toutefois ie ne plaindray pas ce seiours & perte : car ie ne doute nullement que quand ie viendray vers vous, i'y doyue venir en sorte & vous trouuer en telle
disposition, que ma venue seruira à la tres-ample louāge de Christ, entāt & que vous selon
vostre pieté vous nous receurés alaigrement & de bon cœur, & que nous par l'ayde de
Dieu respondrons en tout & par tout à voz desirs. Ce pendant ie vous prie, freres, par Iesus nostre commun Seigneur, & par l'entiere charité, laquelle nous auons tirée de son
Esprit, que puis que ie ne puis encore vous voir face à face, au moins qu'en espandant
saincts souhaits & prieres au Seigneur vous m'aydiés qui suis tourmenté de si grandes
difficultés & dangiers, à fin que par l'ayde d'iceluy ie soye deliuré des incredules de Iudée
& des rebelles à l'Euangile de Christ, à fin que par leur malice ne soit empesché le fruict de
nostre predication, & que ce mien office dont ie me dois acquitter en Ierusalem en rendāt
l'argēt, soit plaisant & agreable aux saincts sans que personne m'empesche, à fin qu'ayant
faict les choses selon mon souhait, ma venue vous soit ioyeuse, Dieu le voulant ainsi : &
moy apres auoir soustenu angoisse ie soye pour bien peu recrée auec vous. Mais pour finir
mon exhortation ou i'ay commencé, ie prie que Dieu pere, autheur & conseruateur d'entiere paix & concorde, demeure tousiours auec vous, lequel comme il se retire loing & se
recule des esleués & discors, ainsi est-il gaigné & reserué par accord mutuel.

<h3 style="text-align:center">CHAPITRE   XVI.</h3>

AV reste, par ces lettres ie vous recommande Phebé nostre sœur qui s'en est
allée vers vous, à qui i'ay baillé à porter ces presentes : laquelle par tous
moyens a ministré & suruenu à l'Esglise des croyans de Cenchrée : vous
priant que vous luy fassiés tel accueil & traittement que saincts doyuent
faire à vne femme qui a faict du bien aux saincts, & que vous luy assistiés en
quelconque affaire quelle aura besoing de vostre assistāce. Car c'est bien raison que vous
luy assistiés, veu que souuentefois elle a assisté à plusieurs saincts & entre autres à moy.
Saluès en mon nom Prisque, & Aquile son mary Iuif natif de Ponte : lesquels quand i'e-
stoye en dangier pour les embusches des Iuifs, m'ont secouru, à fin que la predication de
Christ ne sust empeschée par l'effect des meschas, voyre & m'ont si bien secouru, que pour
me contregarder la vie, eux-mesmes ont hasardé leur vie, comme prests de racheter ma
vie

vie en exposant la leur : pour lesquels plaisirs ie les remercie, & non seulement moy, mais aussi toutes les Esglises des Payens, partie qu'ils font pareillement du bien aux autres, partie qu'ils pensent que ce bien-faict de m'auoir sauué la vie reuient au profit de tous. Salués-les, di-ie, & auec eux l'Esglise de leur maison. Salués Epenete hôme digne de son nom pour les bônes complections qui sont en luy, & en ce nomméement mon cher aymé, qu'à bon droit on peut l'appeller les premices d'Achaye, car c'est le premier que i'ay gai-gné à Christ en toute l'Achaye. Salués Marie laquelle non sans peril & fascherie m'a faict beaucoup de seruices. Salués Audronique & Iunie, lesquels comme ils me sont côioincts par consanguinité, pareillement aussi l'ont autrefois esté par communauté d'emprison-nement : qui sont gens notables entre les Apostres, & eminens entre les septantedeux en ornemés de vraye religiô, qui ont aussi ce titre d'hôneur par dessus moy, qu'ils ont esté pre-
Et qui mesmē
ont esté deuant
moy en Christ.
miers que moy appellés à Christ. Car si à bon droit nous portons hôneur aux enfans pre-miers nays : n'y a-il pas biē plus grāde raison de le porter à ceux qui sont renays en Christ? Salués Amplié mon bien aymé, bien aymé, di-ie, pour le renom de sa singuliere pieté. Salués Vrban compaignon & ayde de mes trauaux és affaires de l'Euangile de Christ : item Stachys son côpaignon, mon bien aymé. Salués Appelles esprouué, bien cogneu & approuué par maintes afflictiôs qu'ils a endurées pour Christ. Salués tous ceux de chés Aristobole. Salués Herodion mon cousin. Salués ceux de chés Narcisse, ceux nom-méement qui sont-ia renays en Christ. Salués Triphene & Triphose, lesquelles par leur soing & diligence auancent l'affaire de l'Euāgile. Salués Perside ma bien aymée, comme femme qui a beaucoup prins de peine pour ayder l'Euāgile de Christ. Salués Ruffe hom-
Sa mere &
la mienne.
me d'vne pieté & religiô d'eslite : item sa mere, laquelle ie tien aussi pour mienne auec luy. Salués Asyncrite, Phlegô, Hermes, Patrobas, Hermas, & les autres freres de leur côpaignie. Salués Philologue & Iulia sa femme, Nerée & sa sœur, & Olympe & tous les autres saincts de leur côpagnie. Salués vous l'vn l'autre par vn baiser conuenable à Chrestiens : lequel soit & chaste, & sans feintise, ains soit vn signe infallible de vraye concorde. Toutes les Es-glises de Christ vous saluent, desquelles toutes ie cognois la grāde prôptitude & affection enuers vous. Or vous prie-ie de cecy, freres, c'est que vous vous donnés garde de ceux qui entre vous sement noyses & esclandres, s'essayans de vous induyre à vne autre manie-re de doctrine que celle qu'aués-ia receue, & taschans de mesler le Iudaisme auec le Chri-stianisme. Cognoissés-les & puis les euités. Or ne sera-il pas autrement malaise de les co-gnoistre. Car il n'enseigne pas purement ce qui est droit, & ne manient pas sincerément l'affaire de Christ, ains seruent à leur ventre & à leurs profits en seduisant par belles parol-les, & propos pluftost doux que salutaires, les cœurs des simples, lesquels ils abusent aisee-ment sous couuerture d'vne pieté contrefaitte. Car vostre obeissance, de vray, est diuul-guée par tout : pour laquelle chose certes ie me'siouy de vo°. Car le premier degré de pieté, c'est obeissance. Mais il faut songneusement aduiser à qui c'est qu'on obeit. La simplicité est à louer, ce neantmois pource qu'elle ne sçait souspeçonner, elle est souuêtefois en dan-gier d'estre abusée. Pourtant ie veux que vous soyés tellement simples, pour ne nuyre à personne, ou pour ne tromper personne, que ce neantmoins vous soyés sages & bien ad-uisés pour suyure ce qui est bon, & pour vous destourner des choses qui corrôpent la syn-cerité de la pieté. Or ie ne doute pas qu'il n'y en ait maints qui contraignent à l'Euangile de Christ, par lesquels Satan tasche d'empescher le salut des hommes. Les vns battent par persecutions : les autres sous fausse couuerture de religion destournent de Christ & atti-
Et le Dieu de
paix brisera
Satan.
rent à Moyse. De vous, perseuerés seulement, Dieu ne vous defaudra pas en voz efforts, moyennant sa deffense, il n'y a rien que vous deuiés redouter. Car luy comme plus puis-sant brisera & chapplera Satan vostre aduersaire, & l'ayant vaincu & saccagé atterré le vous mettra sous les pieds par sa vertu, voyre & en brief, la grace de nostre Seigneur Iesus Christ soit tousiours auec vous tous. Timothée de Derbé mon compaignon en la predi-cation de l'Euangile vous salue, aussi Lucius & Iason, & Sosipater fils de Pyrrhe Berreen, mes cousins. Ie vous salue moy qui ay nom Tiers, qui meu de pieté ay serui de secretai-re à Paul qui a dicté ces presentes. Caius vous salue l'vn de ce peu ausquels i'ay admini-stré le baptesme, chés lequel ie loge, & non seulement moy, mais aussi toute l'Esglise des croyans, laquelle il reçoit benignement quand besoing est. Eraste le gouuerneur de ceste
Accessoire.
ville de Corinthe vous salue. Aussi faict Quart nostre frere. La grace de Iesus Christ no-stre Seigneur, soit tousiours auec vous tous, Ainsi soit-il de par Dieu. Et à celuy qui sans aucun trauail nostre, peut vous confermer & fortifier en ce train de vie, lequel vous aués receu suyuant mon Euangile par lequel i'annôce Iesus Christ : par lequel n'est pas toutalement

ment abrogée la loy de Moyse, mais le secret qui ſa paſſé tant de ſiecles a eſté tenu caché, maintenãt ſuyuant les oracles des Prophetes anciens ſe deſploye & deſcouure à la lumie re de l'Euangile:& ce par l'ordonnance & commandement de Dieu, lequel nous a enchar gé l'office de preſcher & publier l'affaire du ſecret, à fin qu'eſtant deſormais diuulgué en tre tous le ſecret de la religion Euangelique, par laquelle eſt abolie toute idolatrie, & ceſ ſent les ceremonies de la loy Moſaique, tous par foy obeiſſent & ſe ſoumettent à Dieu qui ſeul eſt vrayement ſage : à celuy là, di-ie, nous rendons graces par Ieſus Chriſt, à qui ſoit gloire à iamais au grand iamais. Ainſi ſoit-il.

FIN DE LA PARAPHRASE SVR
l'Epiſtre aux Romains.

SOMMAIRE SVR LA PRE-
MIERE EPISTRE AVX CORINTHIENS
par D. Eraſme de Rotérodame.

Orinthe iadis la mere ville d'Achaye, eſtoit à raiſon de la commo dité des ports (car elle eſtoit vne eſtendue entre deux mers) le mar ché le plus renommé & le plus riche de toute l'Aſie. Or il aduient ordinairement que les mœurs de telles cités ſont d'autant plus cor rompues que de toutes pars de toute natiõ on a de couſtume d'ap porter nõ pas tant les mœurs que les vices, ioinct que gens de traf ficque ſe permettent vn grand bandon de vie. Pourtant iaçoit que par la predicatiõ de Paul les Corinthiẽs euſſent, paſſé long temps, receu la doctrine de l'Euangile, ce neantmoinsil demouroit encore en eux quelques traſſes & reliques du naturel & vie accouſtumée:de maniere qu'il y auoit du dangier que par les Philoſophes qui meſpriſoyent la predication de la croix, comme abiecte & indocte, & par les faux Apoſtres gẽs inuitans au Iudaiſme, & fuſſent deſtournés de la ſyncerité de Chriſt.Si treſgrãde difficulté il y a de quitter & les choſes eſquelles on eſt nay, & auſquelles on eſt accouſtumé de long temps, & ſe transformer en vn nouuel hom me.Meſme S.Ieroſme en la preface du ſecond liure des Cõmentaires qu'il a eſcrits ſur l'E piſtre aux Galates,teſtifie qu'encore de ſon temps entre les Achayens il y auoit du reſidu des choſes que Paul reproche aux Corinthiens : là où auiourdhuy nous penſons que ce ſoit bien aſſés d'eſtre ſeulement arrouſé d'vn peu d'eau,pour tout ſoudain deuenir Chre ſtien parfaict.Paul donc ſçachant que ce n'eſt pas moindre vertu de conſeruer vn bien ac quis,que ç'a eſté de l'acquerir:ſes enfans leſquels par grande diligence il auoit engendrés à Chriſt(car il auoit demeuré auec eux demy an) d'vn meſme zele il r'appelle à Chriſt, & les conferme en la doctrine de l'Euangile, ores deſployant ſon authorité Apoſtolique en vſant de rigueur,en reprenant,en tençant,& auſſi en menaçant:ores amadouant d'vne af fection paternelle,& enhortant,& addouciſſant l'aigreur de la reprehenſion neceſſaire en y entre-meſlant de la louãge,& à l'exemple des ſages medecins,addouciſſant & l'iniſſant de miel l'amere medecine d'Abſynte, & appliquant à chaſque mal ſon remede cõuenable.

Premierement,les richeſſes ſont ordinairement accompaignées d'arrogãce & fierté. Et entre gens fiers s'eſleuent ſouuentois factions,entant que nul ne veut ceder à ſon compaſ gnon,& s'eſtime vn chaſcun le plus excellẽt. Auec ce les richeſſes ſont accompaignées de diſſolution & grand chere de table:& diſſolution attire quant & ſoy paillardiſe.Dauanta ge l'auarice eſt peculiere aux marchans.Or les Corinthiens n'eſtoyent pas ſeulement en fiés de leurs richeſſes,mais auſſi de l'arrogance de la philoſophie des Grecs, & les autres qui en eſtoyent deſtitués ils lès deſ-eſtimoyent comme Barbares. C'eſtoit enfleure que ſe lon la dignité des Apoſtres ils s'eſleuoyent chaſcun de celuy de qui il auoit eſté baptiſé.A quoy ſe rapportent ces voix de diſſenſiõs:Ie ſuis de Paul,& moy d'Apollos,& moy de Ce phas.Outreplus que meſme és aſſemblées ſolennelles ils ne s'accordoyent pas bien en tre eux,par ce qu'vn chaſcun ſe complaiſoit en ſes dons ſpirituels : & que eux ne voulans en meſme don ceder l'vn à l'autre,il s'eſleuoit tumulte & confuſion,de maniere qu'en l'aſ ſemblée publicque meſme les femmes parloyent & enſeignoyẽt.Dauantage c'eſtoit & diſ ſolution & enfleure,de ce que toutes fois & quantés qu'ils s'aſſembloyent pour celebrer
la ſacrée

la sacrée & saincte Cene, laquelle Paul appelle Cene du Seigneur, en laquelle sur tout il fail
loit monstrer vn accord Chrestien, les riches sans attendre les poures prenoyēt leur repas
& se remplissoyent le ventre iusqu'à s'enyurer, les autres mourans de faim: de sorte que ia
il y auoit là non seulement discord & dissolution, mais aussi vne inegalité messeante, la
quelle n'estoit pas conuenable à la Cene du Seigneur. Or c'estoit vn vice, partie d'enfleure,
partie de la philosophie, qu'aucuns d'entre-eux mesprisoyent. Paul comme vn hom
me de basse estoffe & abiect, item sans eloquence & idiot. Bien venoit nomméement de
la Philosophie qu'ils ramenoyent en doute l'article de la resurrection des morts, qui est
le fondement de nostre foy. C'estoit dissolution qu'indifferemment ils mangeoyent des
viandes qui pour lors estoyent sacrifiées aux idoles, & ce sans euiter le scandale des infir
mes. C'estoit vn acte de paillardise (laquelle regnoit sans punition à Corinthe plus qu'en
aucun autre lieu) que sans les autres vices il s'en trouua vn entre-eux qui auoit pail
lardé auec la femme de son pere, c'est à dire, auec sa belle mere, & si n'auoyent pas chassé
de leur compaignie l'autheur de la lascheté: item de ce qu'ils hantoyent auec les autres
Chrestiens mal-viuans comme s'ils eussent fauorisés à leurs vices, A cecy se rapporte que
contre l'hōnesteté les hommes laissoyent croistre leur perruque, & n'auoyent les femmes
nulle vergongne de se monstrer nue teste en l'assemblée Ecclesiastique, comme monstrans
au maintien mesme du corps complections effeminées & delicatesses. Ce procedoit d'a
uarice qu'ils auoyent des proces entre-eux, non pas pour la renommée ne pour la vie,
mais touchant leur auoir, croissant iusques là l'amour de deniers, que les Chrestiens, la
profession desquels porte de ne tenir conte de telles choses, plaidoyent deuant iuges Pa
yens & prophanes, au grand deshonneur du nom de Christ, estans si eslongnés de ne fai
re pas cas d'vn peu d'argent, qu'eux-mesmes de leur mouuement trompoyent les autres
en telles demenées. Finalemēt ils auoyent different entre-eux touchant le mariage, aucūs
dés lors affermans que toutalement les Chrestiens se doyuent abstenir du mariage, pour
ce qu'ils voyent que les Apostres s'abstenoyēt des leurs. I'ay monstré les maladies des Co
rinthiens non pas de tous, mais d'aucuns, lesquels à fin que de leur contagion ils n'infe
ctent tout le trouppeau. Paul il va au deuant par tels remedes. Premierement ayant prote
sté de la confiance sienne, touchant leur constance future en l'Euangile de Christ les tence
& enseigne asprement, à ce qu'ils n'ayent à se glorifier és hommes par debat humain, mais
que par accord ils se glorifient esgalement en Christ, de qui seul on tient tout & luy est-on
redeuable, monstrant en passant l'enfleure de cœur estre la source de tels differens. Pour
tant de l'arrogāce de la philosophie mondaine, ils les rappelle à l'abbaissance de la croix,
laquelle iaçoit qu'elle n'ait pas d'ostentation, a toutefois force & efficace. Il monstre aussi
que les autheurs de ce mal sont les faux Apostres, desquels apres le departement de Paul
s'ingeroyent d'eux-mesmes, demonstrant que quant à luy il auoit ietté vn droit fonde
ment, qu'il se failloit dōner de garde que ces faux Apostres ne surbastissent chose que par
apres il fallut demolir, c'est à dire, que les Corinthiens n'apprinssent chose que puis apres
il fallut desapprendre. En apres il les tence comme vn pere ses enfans, d'estre montés à
telle grandeur que ia ils mesprisent leur autheur, comme abiect, & endurant toutes choses
du monde pour l'Euangile: là où pour cela mesme il failloit tant plus luy fauoriser. Or en
horte-il ses enfans de ne degenerer point de leur pere, & qu'ils ne s'assuiettissent de leur
propre mouuement sous pedagogues. Et ces matieres traitte-il principalement aux chap.
1. 2. 3. & 4. Or la fin du 4. à mon aduis appartient au commencement du 5. Touchant l'in
ceste il commande & ordonne par conseil public qu'il faut euiter la compaignie du delin
quant, partie à fin que de honte il se corrige & amende: partie de peur que par la conta
gion d'iceluy les autres n'en soyent infectés. Or les amonneste-il d'euiter non seulement
cestuy là, mais aussi tous ceux qui sous faux titre de Chrestiens estoyent diffamés de vices
manifestes. Quand aux Payens qu'il ne falloit ainsi les euiter, soit pource qu'il ne nous
touchent en rien quels ils soyent, soit que par tout on ne trouue que mal-viuans, de sorte
que qui voudroit euiter tel vicieux il faudroit euiter tout le monde. Voyla qu'il traitte au
chapitre cinquiesme. En troisiesme lieu, il aduertit que si quelque tel debat s'eleuoit entre-
eux (laquelle chose toutefois sembloit vilain entre Chrestiens, de debattre pour l'argent
qui nous doit estre de nulle estime) que la chose n'aille pas iusques là, qu'il en faille aller
par deuant iuges Payens: ains qu'eux-mesmes vuydent le different entre-eux par les pre
miers arbitres qui se rencontrent. Et ce traitte-il chap. sixiesme, dont vne grande partie ap
partient au septiesme, au moins à mon aduis, assauoir depuis ce passage ou ayant à trait
ter du mariage, il condamne entre autres vices paillardise, adultere, & bougrerie: laquelle

matiere

matiere il pourfuyt vers le commencement du chapitre fuyuant: Ne fçaués vous pas que
voz membres font les temples du fainct Efprit?   Quatriefmement il baille des enfeigne,
mens touchant le mariage, la viduité, le mariage inefgal, le diuorce, la virginité: admo,
neftant en paffant que pour auoir receu le Chriftianifme, il ne faut-ia changer l'eftat exte,
rieur de la vie. Et en tout ce difcours là il enhorté tellement à viduité & virginité, que ce
neantmoins il n'ofte pas le remede de mariage à ceux qui en ont befoing. Cela eft traité au
chapit. feptiefme.   Cinquiefmement que la chair immolée aux idoles ne differe en rien
d'vne autre chair, & toutefois qu'il faut s'en abftenir, s'il y a dangier qu'aucun Payen ou
Chreftien infirme, vienne par fon manger à penfer que tu confens au feruice faict aux ido,
les il deftourne de ces vices & femblables par l'exemple des anciens. Ce qu'il faict chapitre
huictiefme, & de-rechef chap. neufuiefme. Car entre deux il faict vne digreffion de fa lou,
ange, en tacitement fe preferant aux autres Apoftres, voyre aux plus grands, de ce que luy
feul entre tous a departy pour rien la doctrine Euangelique aux Corinthiens.   Sixiefme,
ment il enfeigne que c'eft qui fe doit obferuer en l'affemblée publicque des Chreftiens,
affauoir, que les hommes ne nourriffent pas leur perruque, que les femmes ne foyent
pas la tefte nue, item qu'en la Cene du Seigneur, foit gardée vne communauté & efgali,
té: & que là n'eft pas queftion de repaiftre le vetre, ce que mieux fe faict en la maifon, mais
que fous viandes myfticques eft reprefenté le foupper du Seigneur. Dauantage il ad,
monefte qu'aucun ne fe complaife en foy-mefme pour fon don fpirituel, ains qu'vn chaf,
cun employe fon don pour la commodité de tous, à l'exemple des membres d'vn corps,
enhortant quant aux autres dons qu'ils ont obtenus, qu'ils ayent à en bien vfer, mais que
fur tout ils s'effayent de pourchaffer charité, fans laquelle tant s'en faut que tout le refte
profite, que mefme il nuyt. Or entre les dons fpirituels ayant donné le premier lieu à cha,
rité, il donne le fecond à la prophetie: car ainfi appelle-il l'expofition des fainctes Efcrip,
tures. En quoy il amonefte qu'il faut euiter tumulte & confufion: laquelle chofe fe fera, fi
peu parlent & tour & à tour, commandant ce pendant aux femmes de fe taire, voire & en
forte qu'en l'affemblée il ne leur foit pas mefme loyfible de faire quelque demande pour
apprendre. Voyla les matieres qu'il traitte aux chap. 10. 11. 12. 13. & 14.   Septiefmement il
conferme par diuers argumens la refurrection des morts, demonftrant quelle & par quels
moyens elle doit aduenir. Et cela faict-il au chap. quinziefme.   Au dernier chapitre il met
certaines chofes vfitées, de bailler quelque argent pour le fecours des poures, & de fon re,
tour vers les Corinthiens. Finalement il leur recommande Timothée & quelques autres.
   Sainct Ambroife eft d'opinion que cefte Epiftre n'eft pas la premiere que Paul a efcripte
aux Corinthiens, ayant, penfe-ie, prins fa coniecture fur ce qu'il dit au chapit. cinquiefme.
Ie vous ay efcript en vne Epiftre, comme voulant dire que ia il leur auoit efcript par d'au,
tres lettres touchant celle matiere, iaçoit que les expofiteurs Grecs ne s'accordent pas en
cela. On penfe qu'elle ait efté enuoyée par Timothée duquel il faict par plufieurs fois men,
tion: item par Eftienne, Fortunat & Achayque, lefquels il leur recommande. Il en y a d'au,
tres qui pefent qu'elle a efté enuoyée d'Ephefe, pour ce qu'en la fin il efcript: Or ie demou,
reray à Ephefe iufqu'à la Pentecofte. D'autre auffi tiennet que ç'a efté de Philippes: car les
exeples Grecs ont cefte fuperfcription. Et ne puis bonnemēt penfer qu'ont fuyui ceux qui
ont efté de tel aduis, fi non qu'ils recueillent qu'elle a efté efcripte par chemin,
par ce que Paul efcript: Or iray-ie quand i'auray paffé par Ma,
cedonne, car ie pafferay par Macedonne. Et con,
fequemment: Car ie ne veux pas
feulement vous voir
en paffant.

                         Mm   PARA,

PARAPHRASE
SVR LA PREMIERE EPISTRE
DE S. PAVL AVX CORINTHIENS,
par D. Erasme de Roterodame.

CHAPITRE I.

Appellé.

OY PAVL NON FAVX APOSTRE, NY VSVRPATEVR de la charge Apostolique, comme il en y a aucuns entre vous, ains appellé à ceste charge, pour estre ambassadeur de Christ, & non des hommes. Appellé, di-ie, non par mon merite, ains seulement pour ce que tel a esté le bon plaisir de Dieu pere tres-bening, à fin que par mon ministere la gloire du fils fust espandue, ce que ie dy, à fin que d'aventure vous ne vous repentiés d'vn tel Apostre, ou en & desiriés d'autres. Moy donc Paul celuy que bien vous cognoissés, aussi auec moy Sosthenes mon frere de religion, & compaignon en cõmunauté de charge, escriuons ceste Epistre, non pas à gens qui sont en diuision & debat, mais à l'assemblée de l'Esglise, laquelle la bonté de Dieu, par le mandemẽt duquel i'exerce ceste ambassade, à plein accord vnanime & charité mutuelle (comme il appartient à Chrestiens) conioincte à Corinthe, bastissant en vne vieille ville vne nouuelle & celeste, & pour vn peuple terrien y en substituant vn celeste, c'est à dire, nettoyé des vices & cõuoitises passées, de l'arrogãce des richesses, de l'outrecuydance de la philosophie, & autres maladies, dont entre les hommes ont de coustume de pulluler dissentions & debats desquels doyuent estre toutalemẽt eslõgnés ceux lesquels vn mesme Dieu, vn mesme deliureur Christ, vn mesme baptesme, vne mesme religion, vn mesme salaire, conioinct & accouplé, en tant de façons. Les vices de la vie passée, Christ les a pour vne fois effacés gratuitement, à fin que desormais l'innocence recouurée vous la contregardiés en sainctement viuant. Car vous ne l'aués acquise par vostre merite & n'en estes pas redeuables, ou à l'auoir, ou à la philosophie, ou à l'obseruatiõ de la loy Mosaique : mais à Iesus Christ qui vous ayant vne fois purifié en son sang, vo⁹ a appellés à vne cõtinuelle & perpetuelle entiereté, & saincteté de vie. Or ce n'est pas à vous seulement que s'addresse ce propos : il s'addresse à tous ceux qui en quelque pays que ce soit, font profession du nom de nostre Seigneur Iesus Christ, & qui se deffians de leurs propres forces se fient au secours d'iceluy, soit entre les Iuifs, soit entre les Payens. Tous sont vne mesme Esglise & mesme compaignie, tous esgalement doyuent cela à Christ, qu'ils sont deliurés du seruage tres-vilain des vices, & choysis à la profession de la saincteté. Ne le lieu, ne la race, ne distingue pas la cause de l'Euãgile : Christ est esgalement commun à tous, & est esgalement gratuit tout ce qui de par luy est conferé à qui que ce soit. Pourtant & à eux & à vous ie vous souhaitte grace & concorde commu-

Grace &
paix.

ne, toutes lesquelles deux choses nul autre ne baillera que celuy à qui vous deués tout, assauoir Dieu le Pere, de qui comme de sa source prouient toute nostre felicité : & le Seigneur Iesus Christ par lequel seul il a voulu que tout fut conferé. La grace contregardera l'innocence, & est accompaignée de cõcorde à Dieu : l'autre vous conioindra les vns auec les autres. Par la premiere le benefice se sent en sorte, que l'autheur n'en est pas ignoré : par l'autre se declare que non seulement de titre, mais aussi de faict vous aués embrassé le Christianisme. Par la premiere vous estes participans de la beneficence celeste, par l'autre ce que vous aués receu de Dieu, vous l'espandiés les vns sur les autres chascun selon sa portée. I'ay par la beneficence de Dieu dequoy me resiouyr de vous, & de quoy le remercier. De-rechef ie trouue en vous à redire & chose que i'aymeroye mieux corriger. Il en y a entre vous qui respondent à leur profession : il en y a esquels se voyent des reliques & trasses de la vie passée. Car comme i'estime vostre profit le miẽ, ainsi si vous va mal, ie m'y sens interessé. Pourtant ie ne cesse de remercier mon Dieu en vostre nom, de ce que de sa bonté, la beneficence de Christ a tellement redondé en vous, que là où au parauant vous pourchas-

siés

sés richesses terriēnes, perissables & transitoires, maintenāt par le benefice de Christ estes
enrichis des richesses celestes & à iamais pardurables, lesquelles seules rendent l'homme
bien-heureux. Car il n'y a nul don, soit de parolle, soit de science, que vous n'ayés obtenu
en abondance. Par cy deuant vous estiés enflés d'vne outrecuidāce de vaine philosophie:
maintenant ayans pour la fausse sagesse embrassé la vraye, vous vous estudiés à modestie:
Parauāt vous faisans fors de l'eloquence humaine vous vous complaisiés en vous-mesmes: maintenant ayans receu langues d'enhaut, vous tenés propos celestes: & persistés
cōstamment en ce que cognoissés estre bon, qui faict que la verité de l'Euangile & la foy de
Christ a esté par vous rendue plus illustrée & plus confermée, entant que par effect il a esté
declaré à tous, que ce qui a esté faict en vous, ne s'est pas faict par moyens humains, ains
de par Dieu, qui a ratifié nostre predicatiō en y adioustans ses graces. Car iaçoit que vous
n'ayés veu ne Pierre ne Iaques, lesquels aucuns tiēnent ou pour seuls ou pour principaux
Apostres, ce neantmoins il n'y a rien des choses par lesquelles Dieu a de coustume de seler
le ministere des Apostres, en quoy vous soyés inferieurs aux autres, de maniere qu'il est
assés euident, iaçoit que le ministere soit diuers, que c'est vn mesme autheur, veu que
l'effect s'en ensuyt tout vn. Or comme vous tenés ces dons là comme pour gages de l'immortalité aduenir, ainsi recueillans par les choses que vous voyés la verité de celles que
point vous ne voyés, vous attendés ce iour là, auquel Christ qui maintenāt semble encore trauailler en ses membres, desployera manifestement sa maiesté, separant les mauuais
d'auec les bons, & chassant des siens toute affliction. Le desir de ce iour là faict que vous
endurés les incommodités: la crainte de celuy mesme iour vous contiēt en vostre deuoir.
Et de faict encore que les hommes condamnent à tort & à trauers, infaliblement ce iour là
par certains arrests adiugera & destinera les gēs ou à supplices eternels ou à immortalité.
Et ne faut pas que vous perdiés courage. Celuy qu'vn iour vous deués auoir pour iuge,
est maintenant vostre aduocat. C'est de sa beneficence que des abus de la vie passée vous
soyés restitués à innocence: par mesme beneficence il aduiendra que comme vous aués
commencé de mener vne vie saincte & pure, ainsi vous perseuererés d'estre de cōuersation
irreprehensible, à fin que celle redoutable iournée de Iesus Christ nostre Seigneur ne trouue en vous chose qui merite condemnation. Or i'espere qu'ainsi aduiendra, non pas mé
faisant fort de mes forces ou des vostres, mais de la bonté de Dieu, qui ne frustre personné
de son esperāce, & ne promet chose qu'il ne baille. Et puis que de sa faueur gratuite il vous
a appellés & adoptés en la participation de son fils vnicque nostre Seigneur Iesus Christ,
il vous fauorisera encore en cecy à voz efforts que vous perseuererés en l'honneur de l'a-
doption, & que vous ne decherrés pas de l'heritage, les arres duquel vous aués-ia en la
main. Iusques icy i'ay dit de quoy ie me resiouy de vous, & en quoy ie desire que vous con
tinués. & en quoy ie veux que vous vous auanciés. Oyés maintenant que c'est que ie desire en aucuns de vous, & que c'est qu'il faut corriger, & en quoy ie desireroye grandement
que changissiés de complection. Il n'est-ia besoing que ie vous enseigne que c'est que re
quiert vostre profession, veu que vous n'en estes pas ignorans. Tant seulement ie vous ob
teste, freres bien aymés, par le nom de nostre Seigneur Iesus Christ, nom à bon droit inuio
lable à tous ceux qui luy sont vne fois cōsacrés, d'aduiser que nostre cōcorde ne se rompe
par vilaines dissensions, ains que tant de cœur que de bouche vous vous accordiés, à fin
que vrayement vous soyés vn mesme corps, entier de tous ses membres s'entretenans ensemble. La sagesse mōdaine est diuisée par diuers enseignemens & ordonnāces, dont sor
tent debats perpetuels de familles & de sectes. La philosophie Chrestienne a de mesmes
enseignemens enuers tous, & ne sçait point ces ruisseaux de sectes & opinions humaines.
Il n'y a qu'vn mesme maistre & autheur de tous. Parquoy c'est raison que comme ceux qui
se sont addonnés à ceste philosophie sont conioincts par consentement de cœurs, ils se deportent semblablemēt de propos denotans diuisiō. Desaccorder au dedans c'est impieté:
combattre par parolles est chose deshonneste. Et à fin que vous ne pensiés que ie deuine
cecy par vain souspeçon, il m'a esté rapporté par gens, la pieté & entiereté desquels est digne de foy. Vous cognoissés Chloé, femme de religion bien approuuée: vous cognoissés
ses domestiques nō dissemblables à elle leur patrone. Iceux de soing qu'ils ont de pcurer
voz cōmodités & me soulager en mes affaires, m'ont aduerty qu'entre vous y a des noises
ou factiōs par aucuns qui s'entrebattēt entre-eux. Et de faict, que veulent autre chose dire
ces propos qu'on oyt ordinairement entre vous, quand (par maniere d'exemple) l'vn dit:
Ie suis de Paul, l'autre: Ie suis d'Appollos, l'autre: Ie suis de Cephas, & l'autre: Ie suis de
Christ. Quoy, ne sont-ce pas là mots de factions & sectes? En cas pareil font ceux qui suy-
Mm 2 uent

uent la folle sagesse de ce monde: l'vn se renomme de Pythagore, l'autre de Platon, l'autre d'Aristote, l'autre de Zenon, l'autre d'Epicure, l'autre d'vn autre & d'vn autre autheur, & battaillent chascun pour le sien les vns contre les autres. De nous, nous n'auons qu'vn seul autheur, mesmes enseignemes, vn mesme but, dont vient dõc ceste diuersité de noms? Christ est-il diuisé, & contraire à soy-mesme? Veu que la gloire de ceste profession appartient toute à lùy seul, pourquoy la partissons nous aux hõmes, de ministres les faisons autheurs? A qui deués vous vostre innocence? n'est-ce pas à celuy qui vous a laués en son sang? Pourquoy donc pretend-on vn autre nom que de celuy de qui vient le benefice? Paul a-il esté crucifié pour vous? ainsi parle-ie par maniere d'ẽseigner. Si vous tous deués ce benefice à vn seul Christ, & le deués esgalement, attendu qu'il est mort pour tous, pourquoy vsurpés vous les noms de diuers hommes, comme leur attribuãs ce qui d'eust estre rapporté à vn seul Christ? Par le baptesme nous sommes entés en Christ, & baptisés en son nom, dont prouient l'efficace de tout le baptesme. Et quelle raison y a-il que vous soyés

Où aués vous esté baptisé au nom de Paul.

plustost renommés de Paul que non pas de Christ, veu qu'aués esté baptisés au nom, non pas de Paul, mais de Christ? Si par telle occasion la gloire deue à Dieu, est attribuée aux noms des hommes, ie rend graces à Dieu que ie n'ay baptisé personne d'entre vous, fors Crispe & Gay, lesquels (ou ie m'abuse) ne s'en attribuent aucune gloire, & me recognoissent pour ministre, & Christ pour autheur. Que si i'en eusse baptisé plusieurs, possible s'en fust-il bien trouué qui pour Chrestiens se voudroyent dire Paulistes. Cependant toutefois il me souuient que i'ay baptisé la famille d'Estienne. Outre ceux là, si i'en ay baptisé quelqu'vn autre, il ne m'en souuient pas bien. Il me souuient plustost des choses, qui plus sont expedientes. La moindre chose qui soit au baptesme, c'est ce qui se confere par l'homme. Les parolles solennelles chascun les peut prononcer. Lauer d'eau vn qui le veut & est tout prest, c'est chose aisée & quant & quant asseurée. Mais par vne parolle d'efficace retirer vn homme des vices, esquels il est-ia de tant long temps accoustumé, & des ceremonies & loix paternelles à vne toute autre religion & vie, & ce non sans

Car le Seigneur ne m'a point enuoyé pour baptiser.

le grand dangier de la vie, cela certes est acte digne d'vn Apostre. I'auoye de là bien iuste cause & matiere de vantance, s'il nous estoit loysible de nous en attribuer quelque chose. Non pas que ie reproue le baptesme, mais pour ce que ie prefere les choses de plus grande importance, attendu mesmement que sur tout c'est ce qui m'a esté enchargé. Car Christ ne m'a assigné ceste ambassade enuers les Payens, pour tant seulement administrer le baptesme, mais à fin que par ma predication i'illustrasse la gloire de son nom enuers tous, & que par la doctrine Euangelique ie luy adioignisse à force gens: combien que ny mesme en cest endroit, ie n'aye dequoy pretendre gloire enuers les hommes. Car il n'a pas voulu que cela se fist par le moyen de la sagesse ou eloquence humaine, lesquelles n'eussent peu rien faire de tel: ains a voulu qu'vne chose si difficile se fist par vn parler mal poly & simple, à fin que toute la louange du faict soit rendue à Dieu, à qui il a pleu de renouueller le mon̄ vniuersel par la croix contemptible & ignominieuse de Christ. Ce semble chose basse &

Car la parolle de la croix.

abiecte que la croix de Christ, mais ceste abbaissãce surmõte toute la hauteße de ce monde. Ce semble chose sotte & indocte qu'vn parler grossier & mal poly, par lequel nous pres
chons Christ crucifié, & mort en la croix: mais à qui est-ce, ie vous prie, qu'il semble tel? A ceux vrayement qui aueuglés de leurs vices passés, n'oyent pas au dedans la parolle Euangelique, & partant perissent en reiettant ce dont ils pouuoyẽt obtenir salut. Au reste, ceux qui en obtiennent salut eternel, ils sentent pour certain que ce n'est pas vne chose foible, ains de plus grande efficace que toutes forces humaines, & toutalement preuenue de Dieu: auquel il a semblé bon de restablir le monde vniuersel par ce moyẽ nouueau & non vulgaire: ce que iadis il auoit promis de faire par le prophete Esaie, par lequel il parle en

Esaie 29

ceste maniere: Ie destruiray la sagesse des sages, & reprouueray l'entẽdement des entẽdus. N'a-il pas faict exhibition de sa promesse? Ne voyons nous pas se renouueller le monde? Ne voyons nous pas les hommes quitter la religion & philosophie passée, & embrasser Christ? N'entendent-ils pas maintenant que ce qu'auparauant ils tenoyent pour, pieté, est impieté: & tres-grande folie, ce qu'auparauant sembloit sagesse? Car où est le sage enflé de la cognoissance de la Loy? où est le Scribe se tenant fier de son interpretation de la Loy? où est le philosophe qui sonde les secrets de nature, & en oubliant le createur admire les creatures? Tous promettoyent monts & merueilles, mais ils ont esté abusés les premiers puis ont abusé les autres. Ils promettoyent iustice & felicité, eux cependant malheureux & tous couuers de vices. Dieu leur a par aueuglement (car ainsi le meritoit leur arrogance) lasché la bride à toute vilenie, à fin de leur monstrer qui ils estoyent

& qu'en

& qu'en se recognoissant ils entendissent finalemẽt que la profession de la sagesse est vaine & de nulle efficace. En ce faisant Dieu n'a-il pas declaré que la sagesse de ce monde est
folie? Il auoit-ia au parauant declaré sa sagesse par ce tant beau spectacle du monde, crée
d'vne souueraine façon, à fin que par l'admiratiõ de l'œuure ils fussent rauis à aymer l'ouurier. Mais par leur faute la chose a vne yssue toute cõtraire. Ils-ont eu les creatures en admiratiõ & reuerence:l'autheur ils l'ont laissé là comme incogneu:& ont vescu en sorte,com-
me si Dieu fauorisoit aux vices, ou si ce qu'il a crée il ne le moderoit pas aussi. Parquoy il a
par vn autre moyen entreprins la mesme chose. Ceux ausquels la sagesse declarée par les
creatures n'auoit seruy que de plus grãde ruyne, il luy a semblé bon de les remettre en leur
entier par la predication d'vne chose qui semblast sotte & abiecte aux hommes : à fin que
ceux qui en philosophant honnoroyent des pierres muettes pour dieux, desormais en
croyant obtinssent le vray salut par la croix de Christ:& que ia se deffians des secours de la
philosophie humaine, ils se fient par foy en la bonté de Dieu. Car il n'y auoit point d'esperance de salut, si on n'eust entendu d'où il failloit esperer salut. Premieremẽt donc il failloit
oster à tous la confiance de soy, non seulement aux Iuifs, mais aussi aux Payens. Car cõme
les Iuifs demãdent signes, & se vantent des miracles de leurs ancestres:ainsi les Grecs sont
addonnés à erudition & cognoissance de la philosophie, se promettans par tel moyen felicité & gloire. Les vns & les autres ont esté deceus de leur opiniõ. Car & les Iuifs se cõfiãs
en la Loy, sont deceus de Christ : & les philosophes enflés d'vne persuasion de sagesse ne
reçoyuent pas la predicatiõ de la croix, abiecte en apparence. Si est-ce que nous n'annonçons ne les deuis de Dieu auec Moyse, ny l'accueil que fit Abraham aux Anges, ny l'arrest
baillé au Soleil, ny rien qui soit de tel, dont les Iuifs leuent la creste:aussi ne preschõs nous
non plus ny les mouuemẽs des cieux, ny les puissances des estoilles, ny les causes des tõ-
nerres, dont la cognoissance rend les Grecs arrogãs. Que preschons nous donc:vne chose sotte & abiecte de prime face, assauoir Christ crucifié, l'humilité duquel a seruy d'occasion de ruyne aux Iuifs qui s'esmerueillent du signe de Ionas, & les faicts de Christ tant excellents par dessus Ionas, ils les calomnient. Et aux Grecs qui sondent tout par raison humaines, ce semble chose sotte qu'vne vierge ait conceu d'en haut, que Dieu ait esté caché
sous l'hõme : que par la mort ait esté restituée la vie : que soit ressuscité celuy qui auoit esté
vne fois mort. Parainsi Christ semble contemptible aux vns & aux autres:mais à ceux seulement qui encore se confient en leurs forces à leur dam. Au reste, ceux lesquels par inspiration diuine sont appellés à la foy, & ia sont transformés par la predication de l'Euangile, soyent Iuifs, soyent Grecs, ils sentent celuy abbaissé Christ crucifié estre la puissance de
Dieu & la sagesse de Dieu:de maniere que plus ne demandent de signes les Iuifs, veu qu'ils
en trouuent de plus grands en Christ:ne les Grecs sagesse ayans vne fois rencontré Christ
la fontaine de toute sagesse. Dieu s'est aucunement demis de sa sublimité à nostre petitesse
il s'est abbaissé de sa sagesse à nostre folie:& ce neantmoins ce qui a semblé folie en luy, sur
monte toute la sagesse du monde, & ce qu'en luy a semblé imbecille, a esté plus puissant
que toutes forces humaines. Qu'est-il de plus abiect qu'estre mis en croix entre malfaitteurs comme malfaitteur. Si est-ce que par ce moyen luy seul a vaincu la mort inuincible à
tout homme. Qu'est-il de plus simple ou plus idiot que la doctrine Euangelique? Elle a
toutefois renouuellé tout le monde, ce iusques icy nulle professiõ de philosophes n'a peu
faire, à fin qu'on en attribuast aucune louange aux moyens humains. Laquelle chose fust
aduenue, si par ayde de richesses ou erudition l'affaire eust esté administré par gens riches
& renommés en profession de sçauoir. Maintenant veu que par gens idiots & pecheurs a
esté abbatue l'arrogance de la sagesse humaine, nous entendons que la gloire de tout cest
affaire est deu à vn seul Dieu, duquel la force secrette a opposé choses cõtraires à cõtraires.
Et non seulement en Christ ou és Apostres à lieu ce que ie dy : le mesme se voit en ceux de
vostre assemblée, lesquels Dieu a appellés à ceste grace. Vous voyés vous-mesmes, freres,
combien peu il y en a entre vous doués d'eruditiõ humaine : combien peu de riches selon
l'estimation du monde : combien peu yssus de noble race. Par gens abbaissés s'est leuée la
gloire de l'Euangile, & par abbaissé elle s'espand, à fin que les choses tournées ce dessous
dessus, la petitesse surmonte la hautesse, & la felicité cõuainque la finesse humaine. Et pour
tant les choses qui semblent lourdes & indoctes au monde, ce sont celles que Dieu a choysies sur toutes, pour tant mieux se rire de ceux là qui par factions ou richesses, ou tyrannie,
ou par autre faculté quelcõque s'estiment puissans. Itẽ les choses qui selon le monde sont
basses & contemptibles, voire qui ne sont pour rien contées:ce sont celles que principalement il a choysies, pour annuller celles qui sembloyent estre de tort grande importance, à

Car ce qui est
foible deuant
Dieu, est plus
sage que les
hommes.

Mm 3   fin

fin que l'homme mortel, ou le sens humain n'eust de quoy se fier deuant le iugement de Dieu. Car enuers les hommes toute vantance est vaine. Entre les choses diuine & les humaines, il n'y a point de comparaison. Or de vous iaçoit qu'au iugement du monde vous *Or c'est de* soyés vils & de nulle estime, ce neantmoins vous aués obtenu vne vraye & souueraine di-*luy que vous* gnité par le benefice de Dieu le pere, lequel vous a receu en la participation de son fils, par *estes.* lequel il vous a (mais par vn autre moyen) departy tout ce que la hautesse du mõde faucement promettoit. Par cestuy vous aués obtenu la sagesse vraye & salutaire, de sorte qu'il n'est plus besoing de philosophie. Par cestuy vo⁹ aués obtenu l'innocēce, de maniere que vous n'aués plus desormais de quoy requerir l'ayde de la loy Mosaique. Par cestuy vous aués obtenu saincteté de vie, à fin qu'aucun ne l'attribue à ses merites. Par cestuy vous a-ués obtenu liberté, car par son sang nous auons esté deliurés de la tyrānie des vices. Brief, toute la somme de la felicité nous la deuõs à vn seul Christ & au Pere qui en est autheur, à fin que soit pleinement accomply ce qu'a escript Ieremie : Qu'vn sage ne se complaise pas *Ieremie 9* en sa sagesse : qu'vn fort ne se confie pas en ses forces : qu'vn riche ne s'esleue pas pour l'as-seurance de ces richesses (car ces choses ne rendent pas l'homme bien-heureux) mais si quelqu'vn se veut vrayemēt vanter, qu'il se vante de cecy, c'est de recognoistre Dieu pour autheur & source de tous vrays biens : cependant qu'ils se vante en sorte qu'il n'attribue aucune portion de cest affaire aux moyens de ce monde.

C H A P I T R E   II.

Et moy quãd **A**Duisés donc en quoy vous surpassent ceux qui ont honte de la petitesse de *ie suis venu.* Christ, & enuers nous se vantēt du titre de la Loy, de richesses, & sagesse : pour le moins ce n'a pas esté par tels moyens que ie vous ay conuerty à Christ. Et de faict, quand premieremēt i'allay vers vous, pour vous enseigner la secret-te & cachée sagesse de l'Euangile, ie n'y allay pas garny des forces de quelque eloquence admirable, ou renõmée pour quelque singuliere cognoissance de philosophie, nonobstant que sceusse bien que tels gens estoyent en grande estime enuers vous. Or tant s'en faut que de rien de tout cela que le mõde trouue excellent, i'aye faict aucune monstre, que ie ne m'ay rien estimé sçauoir entre vous, fors Iesus Christ, & iceluy crucifié. I'ay annon-cé vn homme, mais vn homme oinct de Dieu, & promis par les Prophetes pour rachetter le genre humain. Ce qu'en luy est le plus abbaissé, c'est par ou i'ay commencé la predica-tion de l'Euangile : laquelle iaçoit qu'en vous elle ait esté d'efficace, ce neantmoins ie ne m'en ay attribué aucune louange, & me suis porté entre vous nõ pas en homme puissant, mais comme foible & mince : non pas comme affectant vn royaume, mais comme exposé à toutes embusches & dangiers des meschans. La force des puissans nous l'auons vaincu par souffrance. Or quel estoit le portement de ma vie, tel estoit aussi mon parler. Comme *Non en pa-* ma vie n'estoit munie d'aucuns appuys humains à l'encontre de la violence des meschãs, *rolles attra-* ains de la sauuegarde de Dieu seul : ainsi mon parler n'estoit garny d'aucuns ornemens *yantes.* d'orateurs ou d'argumens de philosophes, lequel declarast combien i'estoye excellent ou en eloquence ou en erudition, & ce non obstant il a esté d'efficace pour nous transfigurer, non par ostentation de doctrine, mais par l'esprit & puissance de Dieu, qui par inspiration & miracle donnoit force à nostre parler tout mal basty qu'il estoit : à fin que ce que des te-nebres de la vie passée vous estes transferés à la lumiere de l'Euangile en vous ayans tou-talement persuadé vne chose tant incredible, aucun ne pense que vous en soyés redeua-bles à la doctrine ou eloquence humaine que nous nous pourrions attribuer : mais à la puissance de Dieu par laquelle nostre parolle a esté de plus grande efficace, que celle des philosophes pour subtile & artificielle qu'elle soit. Vous estans enflés d'vne sagesse hu-maine, & ignorans en la diuine, nous vous auons proposé choses simples toutefois ne-cessaires à salut. Nous auons bien de plus grands secrets de Christ, mais nous n'en par-lons qu'ētre les parfaicts. Parquoy mettés peine d'estre parfaicts à fin que soyés capables des mysteres. Or iaçoit qu'en preschant Christ, nous semblions enuers les incredules en-seigner folie, si est-ce qu'enuers ceux qui pleinement croyent nous semblõs bien prescher vne sagesse exquise, toutefois bien contraire à celle qui par raisons humaines en vain son-de les causes de ce monde : nous parlons, di-ie, sagesse nõ pas humaine, de laquelle se van-tent & font valoir ceux qui sont ordinairement tenus pour les plus grands, l'authorité auec toute celle sagesse leur est abolie & annullée par Christ, leur folie estant descouuerte : mais sagesse diuine non au dehors fasse mõstre de chose que point elle n'ait au dedãs, ains *Et mystere.* puissante & d'efficace par forces secrettes. Elle n'a point d'arrogance & hautaineté, & n'est

pas

pas rencontrée de tous. Elle est secrete & se sent par inspiratiõs secrettes, de ceux seulemẽt, lesquels Dieu daigne faire participans de ce secret. Les secrets de ceste sagesse nous ne les proposons pas à tous indifferemment, ains en secret les cõmuniquons à ceux qui en sont capables. Ceste sagesse cy, iaçoit qu'elle n'ait esté diuulguée iusqu'à present, ce neãtmoins Dieu deuant tous temps l'auoit par son conseil eternel preparée aux siens: à fin que comme l'arrogance du monde iusques icy sottement se vante de l'humaine sagesse, ainsi desormais les petits ayent vne bien plus excellente sagesse, dont ils se puissent resiouyr. Icelle prend plaisir à cœurs simples & purs, & partant nul des princes de ce monde ne l'a acquise, ne les Magiciens, ne les philosophes, ny Pylate, ny Anne ou Caiphe, ny les Pharisiens, ny aussi les diables. Autrement, s'ils eussent cogneu que la croix de Christ pour abiette ou sotte qu'elle soit, eust deu par sa lueur obscurcir la gloire du monde: & pour foyble qu'elle fust elle eust deu vaincre la tyrannie de la mort & de peché iamais ils n'eussent crucifié celuy prince & source de toute gloire. Pour sçauans qu'ils fussent en la cognoissance des choses visibles, pour enflés qu'ils fussent de la cognoissance de la Loy, toutefois ce secret leur a esté caché, lequel n'est à communiquer qu'à ceux là seulement qui par modestie de cœur seroyent conioints à Dieu. Ce qu'aussi Esaie auoit predit deuoit aduenir, demõstrant comment ceste sagesse de laquelle nous parlons, s'inspire secrettement aux cœurs. Oncques (dit-il) œil d'homme ne vit, oreille n'ouyt, & n'entra iamais en cœur d'hõme ce que Dieu a preparé à ceux qui l'ayment d'vne amour entiere, & philosophent par foy & nõ par ratiocinatiõs. Point ne l'ont obtenu les princes hautains, ne les enflés philosophes. A nous comme à ses amys Dieu a manifesté ce secret, non par doctrine humaine, ains par vne inspiration secrette de son Esprit. Cest Esprit pource qu'il est diuin & procedé de Dieu, il sonde les secrets de Dieu, voyre les plus cachés & profonds, ausquels ne peut attaindre la curiosité humaine. De voir la face des hommes, il est aisé à chascun. Mais que c'est qui est caché aux profondes retraittes du cœur, homme du monde ne le voit. Il n'y a que cest Esprit seul, & le cœur de l'homme mesme qui cognoisse cela. Parainsi il en y a plusieurs qui contemplent & recherchent les choses creées: au reste ce qui est caché en l'entendement & conseil de Dieu, nul ne le sçait, sinon l'Esprit eternel qui est en Dieu, & pourtant sçait-il tout. L'homme depart à l'homme ses secrettes pensées en luy sussillant à l'oreille. Dieu depart à ceux qui le craignẽt son conseil par l'Esprit nõ de l'homme, lequel ne peut apporter que choses humaines, mais de Dieu. Quel est l'esperit, tel est ce qu'il enseigne. Ce monde-cy a aussi son esperit, dont ceux qui en sont saysis ne comprennent ny aymẽt que choses mondaines. Mais à nous l'inspiration de l'Esprit de Dieu nous suggere choses celestes, à celle fin que cognoissions les grands biens que Dieu nous a departis par la croix de Christ. Et voyla la philosophie laquelle comme nous l'auõs receue de l'Esprit de Christ, ainsi la baillons pareillement aux craignans Dieu & simples gens: non pas par parolles adiancées par artifice, comme enseignent les professeurs de philosophie, selon que le porte leur professiõ: ains par parolles, à dire le vray, mal basties, baillãs ce pẽdant vne doctrine spirituelle. Aussi est-il cõuenable que puis que la maniere de sagesse est tãt diuerse, & la façon d'en seigner soit semblablement diuerse. Choses humaines s'enseignent d'vne façon humaine. Choses celestes & spirituelles deuoyent estre enseignées d'vne façon toute nouuelle: & non certes à toutes gens, ains seulement à ceux qui estans abbreuués de l'Esperit de Christ sont-ia capables d'vne doctrine spirituelle eux aussi spirituels. Car vn auditeur spirituel & conuenable pour la philosophie spirituelle, ayant l'entendement purifié par foy & l'affection domptée par charité. Car l'homme terrestre & sensuel enflé d'vne cognoissance des choses visibles & mené d'affections humaines, ne reçoit pas les choses qui sont de l'Esprit de Dieu, tenant pour folie & risée tout ce qui est contraire à son sens: entant qu'il ne croit rien, qu'il ne l'ayt ou trouué par experience ou approuué par raisons humaines: & ne peut point comprendre ceste philosophie, laquelle enseigne Christ estre nay d'vne vierge, auoir esté vray Dieu & quant & quant vray homme: par sa mort auoir vaincu la mort: estre ressuscité de mort à vie: qu'en ses membres il fera le mesme qu'il a faict en soy: que par afflictions on va à la vraye felicité: que par la mort on paruient à immortalité: lesquelles choses ne se comprennent pas par ratiocination humaine, mais par l'inspiration de l'Esprit. Et qu'on ne m'apporte pas icy d'entendement fin & agu: qu'on apporte plustost vne foy simple & pure. Ceste organe est capable pour l'artifice de l'Esperit entant qu'il se resigne toutalement à luy pour estre façonné & formé. Au reste qui est spirituel, il n'y a rien de quoy il ne iuge, ne tenant conte des choses transitoires, & aspirãt apres les eternelles: & si ne peut ce pẽdãt estre d'aucun charnel, à raison qu'à tels est cachée ceste

Esa. 64

Mais Dieu le nous a reuelé.

Car qui est-ce des hõmes qui sçait les choses.

En appropriãt les choses spirituelles aux spirituelles.

Mm 4   celeste

celeste & secrette sagesse. Car côme l'homme ne iuge pas des choses diuines, ains l'homme charnel ne iuge pas du spirituel. Car les choses qu'icy s'enseignêt sont tirées des profonds secrets de l'intention de Dieu, & non des ratiocinations humaines. Et qui est l'hôme mortel, qui de soy cognoisse l'intention de Dieu immortel pour luy pouuoir seruir de conseillier, cômme tesmoing de ses secrets, ainsi que dit Esaie: L'intention de Dieu a esté d'affranchir les siens par vn nouueau moyê, qui fust caché à toute curiosité humaine. Or nous tenons l'intention de Christ, & ce d'autant que nous sommes abbreués de son Esprit.

CHAPITRE   III.

Este philosophie a ses rudimens, ses accroissemens, & sa perfection. Il faut accômoder la parolle à la portée d'vn chascun. Pourtant du commencement que i'allay vers vous, ie ne peu vous bailler les hauts points comme à gens pleinement spirituels, mais abbaissay mô parler à vostre imbecillité: i'vsay d'vn parler grossier auec gês grossiers, ie parlay en lourdau auec lourdaux, & begueay côme auec enfans. Car la foy a aussi ses accroissemens. Donc vous voyant encore enfans en la philosophie de Christ, ie vous ay nourris d'vne doctrine grossiere côme de laict, & non de grosse viande de doctrine plus parfaitte, non pas que nous ne vous ayons bien peu bailler de plus grandes choses, mais par ce que vous, pour la charnelle affection & les tenebres de la vie passée, n'estiés pas encore capables de plus haute doctrine. Mesme encore maintenât ne l'estes vous pas tous. Car il y en a entre vous, qui iaçoit que par le baptesme ils ayent presté le serment à Christ, toutefois n'ont pas encore depouillé toutes affections humaines. Ceux qui sont tels, certes ils sont encore charnels & nô spirituels. Qu'est-il besoing de long propos: ou pourquoy craindroy-ie de dire cela de vo°, veu que la chose mesme crie? La force d'vne chose se cognoit à son effect. Comme ainsi soit que l'Esprit de Christ engendre concorde: au contraire qu'enuie, noyses & debats ne s'esleuent que des affections humaines, puis que telles choses se trouuêt entre vous ne môstrent-elles pas euidêment que vous estes encore addonnés à affections terrestres & charnelles? Autrement d'où vient qu'entre vous on oyt ces propos qui denotent diuision, sinon d'vne corruption d'entendement. Combien qu'il n'y ait qu'vn autheur & prince commun de tous, ce neantmoins entre vous l'vn dit: Ie suis de Paul, & l'autre, Ie suis d'Apollos, par tels titres s'entrebattent ensemble les disciples de la philosophie humaine: Ie suis Aristotelique, Ie suis Platonique, Ie suis Stoique, Ie suis Epicurien. Non pas que de mon nom ou de celuy d'Apollos se soit leué rien qui soit de tel, mais i'ay voulu me seruir de ces noms, à fin que plus euidemment vous voyés l'indignité de la chose. Et de faict s'il n'est pas licite que vous transferiés à no° dy-ie, qui sommes vrays Apostres, & ne vous auons baillé rien autre chose sinon ce que nous auons puisé de l'Esprit de Christ: qui pourroit endurer qu'en vsurpant les noms de quelques hommes que ce soyent, peut estre de faux Apostres, vous attribués à des hômes mortels l'authorité du salut & de la religion, laquelle est deue à vn seul Christ? Comme si quelque Frãgilius, ou Benotius, ou Augulius, ou Carmilius, ou quelqu'autre de quelque nom que ce soit (car ceux cy soyent dits par maniere d'exemple) auoit controuué quelque maniere humaine de viure: faudra-il que sous titre de telles gens soudain vous vous esleuiés, & qu'entre vous vous esmouuiés vn combat deshonneste, & en effaçant le nom de Christ fassiés les hommes autheurs de la vraye religion de laquelle l'autheur vnicque est Christ? Que reste-il, sinô par parure & nourriture, brief par toute vostre façõ de viure vo° demonstriés & quant & quant nonrrissiés vne diuision de cœurs ne plus ne moins que vous faittes par noms faintifs: à fin que comme les satellites des preuosts monstrent par diuerses liurées la diuersité des Seigneurs ausquels ils sont subiets, estant les vns habillés de iaune, les autres d'ecailles bigarrées, les autres d'autres couleurs: ainsi vous estans addonnés aux hommes ne plus ne moins que si vous auiés receu d'eux la liberté & la vie, vous vous glorifiés en leurs noms, voyre côme si c'estoit ignominie d'estre nômés Chrestiens? Aués vous honte de ce titre? Et n'est-ce pas assés de faire profession de cestuy par vne entiereté de vie? Vous despecésce qui n'est qu'vn, & la gloire de Christ vous la transferés à des hommes pour tout potage. Quels ils sont, ie n'en dy encore rien. Soyent Apollons, soyent Pauls, soyent mesme les plus grãds des Apostres, que sont-ils autre chose sinon ministres de Christ, auquel vous croyés? Ils ne sont pas autheurs, & administrent l'affaire d'autruy à leur dãgier. Et ceste authorité d'administrer encore la doyuêt-ils à Christ.

Sous cestuy-mesme autheur les vns font vn office & les autres vn autre, selon qu'vn chascun a sa commission de Dieu. Moy, pour exemple, i'ay premierement planté vne bien petite plante en mettant les fondemens de la doctrine Euãgelique. Apollos a arrousé & par

saincts

saincts aduertissemens a entretenu ce qu'auions encommencé. Au reste, ce que l'arbris-
seau accroit, ce qu'estant accreu il produit fruicts à grande planté, cela doit estre rapporté à Dieu, & non pas à nous. Car en vain laboure celuy qui plante, en vain qui arrouse, n'est que le ciel inspire sa vigueur secrette, mais d'autant plus est elle d'efficace
qu'elle est cachée. Que si celle vigueur n'assiste au laboureur, & le planteur & l'arrouseur
ne font que perdre temps : mais si elle assiste tout le reuenu est deu au ciel, & à Dieu. Car
touchant ceste louange, & celuy qui plante & celuy qui arrouse sont tout vn, veu tant l'vn
que l'autre esgalement demeine l'affaire d'autruy, & receuront salaire de leur office, non
de vous, mais de Dieu, duquel nous sommes les manœuuriers. Nous comme ouuriers
à loage, nous trauaillons en l'œuure de Dieu : vous estes son champ, lequel nous la-
bourons pour luy, & non pour nous : vous estes le bastiment qui se dresse pour luy &
non pour nous. Nous luy deuons nostre ayde, aduise vn chascun quel trauail il luy baille : s'il luy baille loyal & entier, il en receura vn salaire honneste : sinon, ou il perdra sa peine, ou il en sera payé selon qu'il l'aura merité. Moy (ie parle ainsi par maniere d'exemple) comme sçauant maistre masson i'ay mis le fondement de l'edifice, non de mes propres forces, mais par l'ayde de celuy qui m'a enchargé cest office. D'autres surbastissent
sur les fondemens que i'ay mis : mais aduise vn chascun diligemment que c'est qu'il surbastit. Car le fondement que nous auons mis ne se peut changer. Viennent apres nous
des prescheurs de quelconque titre que ce soit, s'ils ne preschent Iesus Christ & iceluy
crucifié, ils ne sont point a ouyr. Que s'ils approuuent le fondement, il reste qu'ils
surbastissent vn bastiment conuenable à vn tel fondement. Le fondement est celeste &
spirituel : vn bastiment de doctrine charnelle & terrestre ne luy conuient pas. Vn bastiment vain & fardé encore qu'il deçoyue le iugement des hommes, si est-ce qu'il n'eschappera pas le iugement de Dieu. Sur ce fondement donc, si aucun y surbastit choses exquises & solides, comme or, argent, pierres precieuses : ou au contraire si quelqu'
vn y surbastit choses de neant & viles, comme boys, foin, & chaume, l'euenement declarera quel trauail chascun y aura employé. Ie le diray plus clairement à fin que mieux
vous l'entendiés. De moy, ie vous ay proposé Christ pour but : si quelqu'vn enseigne
qu'à son exemple il faut viure en innocence, & bien faire voire aux ennemys : ne se fier
point aux richesses : ne tenir conte des honneurs : auoir les vilaines voluptés en desta-
tion comme la peste : rapporter tout à la gloire de Christ : n'esperer aucun salaire de bienfaits fors l'immortalité, souhaitter mesme la mort, s'il la faut souffrir pour Christ : vn
tel surbastit vn bastiment conuenable au fondement qui est Christ. Mais s'il y surbastit des constitutions humaines, des habits, de viure, des froides ceremonies, & de choses
semblables que les hommes ont de coustume de controuuer, non pas pour le profit de
Christ, mais pour leur propre gloire, ou mesme pour leur profit, de sorte qu'ayans prins
commencement de ce tant noble fondement, ils s'en destournent & deuiennent superstitieux en lieu de religieux : vn tel a surbasty boys, foin & chaume. Mais quand l'ouurage d'vn chascun sera mis aupres de la lumiere de verité & de la reigle de l'Euangile,
il sera manifesté quel il est : Si la doctrine qui a esté surbastie, vous rend inuincibles à
l'encontre de toutes affections humaines, il est tout euident qu'elle est d'efficace : mais si
elle vous rend foybles à porter les incommodités, si elle vous rend choleres, fascheux,
noyseux, detracteurs, feintifs, cela demonstre asses la doctrine auoir esté fausse. Ceux qui
sont adiournés pour comparoistre en iugement deuant les hommes, ils eschappent
souuentefois : mais les iugemens de Dieu sont sans redite, ne plus ne moins que si on esprouuoit vne chose au feu. Durant la prosperité, peut estre qu'vn surbastissement inutile ne se monstrera pas : au reste si tost que tempestes de persecutions suruiendront, ou
aguillonnemens de conuoitises, alors en chancelant vous declarés par effect que ce n'est
pas par ceremonies ou doctrines humaines qu'on reçoit l'Esprit, duquel ceux qui en sont
doués endurent toutes ces choses là pour Christ, voyre auec ioye. C'est cy vn feu qui manifestera quel est l'ouurage d'vn chascun. Pourtant si ce qu'vn tel ou vn tel aura surbasty peut endurer ce feu, il ne s'en attribuera aucune louange enuers les hommes, ains en
receura salaire de Dieu pour lequel il a trauaillé : mais si l'ouurage d'vn tel ou tel vient
à bruler, l'ouurier perdra son ouurage, & sera fustré de son salaire : vray est qu'il demourera sauf, mais ce sera comme ceux qui eschappent d'vn feu tous nuds, & ne luy reste rien
du monde, sinon qu'à nouueaux despens il surbastisse chose qui responde au fondement.
Le principal & le meilleur estoit de n'enseigner à ceux qui estoyent encômencés en Christ,
que chose conuenable à Christ. Si cela n'a esté faict, il y a double trauail tant pour les

vns

Car nous som-
mes ouuriers
auec Dieu.

Car le iour le
declarera.

Et le feu es-
prouuera.

vns que pour les autres,& pour ceux qui ont enseigné choses q faut desenseigner,& pour
ceux qui ont apprins choses qui faut desapprendre. Toutefois il y a esperãce de salut tan/
dis que le fondement Christ demeurera. Quelle conuenance a vne vie deshonneste auec
ceste professiõ? Quelle cõuenãce ont froides ceremonies auec la charité ardãte de Christ?
Ceux qui par leur doctrine vous infectent de telles choses, Dieu les en punira selon qu'ils
l'auront merité. Ne sçaués vous pas bien que vous estes vn temple cõsacré à Dieu, lequel
le Sainct Esprit, y habitant, sanctifie? Que si on faict punition d'vn qui prophane vn têple
consacré par l'homme: Dieu ne perdra-il pas celuy qui prophanera son temple? Puis que
Dieu par son Esperit a vne fois purifié & sanctifié ce temple, il vous faut mettre peine que
vous le contregardiés pur & sainct. Or le garde-on par innocence & mœurs dignes de
Christ. Ambition, paillardise, dissension,& telles affections & vices sont choses qui le pro/
phanent & souillent. Veu donc que vous estes le temple de Dieu, basty de pierres viues: ce/
luy commet impieté cõtre Dieu, qui introduit en vostre assemblée mœurs ou affectiõs ou
doctrine indigne de Christ. Christ ne deçoit personne, si on s'appuye en luy. Mais qu'vn
chascun s'aduise qu'en se confiant mal aux forces humaines, il ne se deçoyue soy-mesme.
Il ne faut pas que vous attendiés vostre felicité de l'ayde de la philosophie ou de la Loy.
Et que personne ne se prefere aux autres, pourtant qu'il est excellent en doctrine humai/
ne. Ainçois celuy qui cuide estre sage selon l'estimation du monde, que sagement il deuiẽ
ne fol,à fin que vrayement il soit sage. Qu'il cesse d'estre arrogant professeur de folle sages/
se,& il sera capable pour estre disciple de folie tressage. Car comme les richesses de ce mon
de ne rendent pas l'homme vrayement riche, ne les hommes vrayement nobles, ne les vo
luptés vrayement heureux: ainsi la sagesse de ce monde ne rend pas l'homme vrayement
sage enuers Dieu, le iugement duquel personne ne peut abuser, encore qu'enuers les hom
mes vn tel s'attribue le titre de sagesse. Dieu se mocque d'vne telle sagesse, quand il declare
que tãt s'en faut qu'elle soit salutaire, que mesme elle nuyt pour acquerir salut, entant qu'
elle rend les gens esleués & fiers & par cõsequent indociles. Or cela fut predit long temps
a, au liure qui est intitulé De la patience de Iob, quand en parlant de Dieu, il dit: Qui prẽd
les sages par leur propre finesse. Et de rechef au Pseaume soixantetroisiesme, Le Seigneur
cognoit les pensées des hommes (qui cuident bien estre sages) quelles sont vaines & de
nulle efficace pour mettre à effect ce qu'ils promettent. Veu que cest affaire de nostre salut
est toutalement diuin, il ne faut pas que les hõmes s'en attribuent rien qui soit, & ne faut
pas que vous attribuyés aucune portion de gloire à l'homme comme autheur, veu qu'el/
le appartiẽt toute à Dieu. Or comme ainsi soit que vous n'estes qu'vn corps, assemblé par
charité mutuelle, il ne faut que l'vn s'attribue particulieremẽt cecy & l'autre cela, veu que
vous aués tout le vostre en commun. Soit que Paul ou Apollos, ou Cephas ait authorité,
ils l'ont egalement de la grace de Dieu pour vostre profit: soit que le monde s'esleue, cela
vous tourne à bien: soit que nous viuions, nous viuons pour vous confermer par doctri
ne: soit qu'on nous fasse mourir, nous mourrons pour vous corroborer par nostre exem/
ple : soit que se presente la prosperité presente, il n'en faut vser qu'en passant comme de
choses transitoires: soit que la felicité aduenir, il y faut tendre d'vn grand courage, lesquel
les iaçoit que point vous ne les voyés dés yeux corporels, toutefois vous les voyés des
yeux de la foy. Laissés donc là ces vocables de sectes & factions, veu que par vn seul au/
theur tout est vostre egalement: encore que vous-mesmes ne soyés pas à vous pour vous
resigner sous la domination d'aucuns hommes, ains estes à Iesus Christ, auquel vous de/
ués & nous & vous-mesmes. Et Christ vous le deués à Dieu souuerain autheur de toutes
choses lequel par iceluy Christ a voulu vous eslargir tout.

CHAPITRE IIII.

Vi donc veut vrayement se vãter, qu'il se vante du nom d'iceluy. Et de nous
que l'homme nous estime non pas comme autheurs ou seigneurs, ains com
me doyuent estre estimés gens qui comme ministres font l'affaire de Christ,
& qui dispensent vne chose qui leur est enchargée d'autruy, les mysteres non
pas des hommes, mais de Dieu. Attendu donc qu'il appert que tous quels
qu'ils soyent, administrent vne chose, à vray dire, souueraine, toutefois d'autruy: touchãt
leur estimation, qu'on ne considere ce pendant rien autre chose en eux, sinon que si celuy
qui a quelque charge de Dieu s'en descharge à la bonne foy, sans regarder ailleurs qu'à la
gloire de Christ. Ceux qui au lieu des choses diuines en enseignent des humaines: ceux
qui abusent de vostre obeissance à leur gaing & ambitiõ: ceux qui sous pretexte de l'Euan
gile font leurs affaires, ceux qui sous l'ombre de la gloire de Christ, affectẽt vne tyranniet
tels

tels font difpenfateurs defloyaux, & iaçoit qu'ils impofent au iugement humain,ils ne
deçoyuent point Dieu, duquel eftre approuué c'eft chofe fouueraine. Car de moy il ne
m'en chaut gueres fi ie fuis approuué ou reprouué par voftre iugement tant feulement:
non pas mefme fi par quelconque iugement d'homme. Car tant s'en faut que les hômes
puiffent droittement iuger de la confcience de l'homme,que mefme ie n'oferoye pas prononcer de moy-mefme fi ie fuis digne de louange enuers Dieu ou non. Bien eft vray que
quãt à moy ie me fuis efforcé de tout mon pouuoir de m'acquitter de ma charge, & ne me
fens coupable d'aucune tromperie:toutefois fi n'oferoy-ie m'en attribuer loz de iuftice
pourtant.Car il peut bien eftre,que par inaduertance,foit en excedant,foit en defaillant,
i'aye faict quelque chofe autrement que ne portoit mon deuoir.Laquelle chofe puis qu'elle n'eft cogneue que de Dieu feul,ie l'ay luy feul pour iuge de mon deuoir. Attendu donc
que toutes chofes font defcouuertes à fes yeux, laiffons-luy tout le iugement des chofes
cachées,lequel prononcera de chafque chofe quand il verra qu'il en fera temps.Pourtant
vous faut-il garder que vous feruiteurs n'anticipiés la fentêce du maiftre, deuant le têps.
Car il n'eft pas temps de prononcer de ces chofes iufques que vienne le Seigneur, qui iu-
gera & des chofes celeftes,& des terreftres,& de celles qui font fous terre : iceluy alors ma-
nifeftera tout ce que maintenant eft caché en tenebres,& fera voir à l'œil à chafcun tout ce
qui eftant maintenant mucé és fecrettes retraittes du cœur des hommes,deçoit leur con-
fcience.Alors on receura de luy (les iugemens duquel font certains)le falaire qu'on aura
merité. Qui fe fera rondement acquitté de fon deuoir, il receura de Dieu louange eternelle, encore qu'il ait efté bien peu renommé enuers les hommes:qui fera autremêt,il fera confus & puny par la condemnation de Dieu, pour en grande eftime qu'il ait efté enuers les hommes. Au refte, à fin que vous ne foyés abufés,i'ay iufques icy mis ce propos
fur moy & fur Apollos,non pas que nous foyons occafion de telles factions (car de nous
nous ne nous attribuons rien du monde, perfonne auffi d'entre vous ne fe dit Paulifte
ou Apollonien) mais entendant qu'entre vous il y a des partialités,de peur d'irriter perfonne i'ay mieux aymé propofer la chofe fous noms feints, à fin que l'Epiftre fe lifant en
public, chafcun recognoiffe tacitement fa faute. Et ç'a efté pour l'amour de vous que
fous le nom de nous autres Apoftres i'ay traitté vne matiere odieufe, à fin que fans aucun tumulte vous aprenies combien grand deshonneur c'eft à aucuns de fe glorifier
des noms des faux Apoftres,mefprifans les autres au pris d'eux,& attribuans par impieté aux hommes, ce qui appartient à Dieu : & ne hauffans chafcun d'eux la dignité de
fon Apoftre pour autre chofe,finon qu'eux ce pendant en foyent tenus pour plus excel-
lens:faifans d'eux auffi fot iugement qu'ils font de ceux des titres defquels ils s'efleuent.
On euft peu fupporter ces chofes fi elles n'euffent efté que fottes : mais puis que fi pernicieufes factions en fortêt,la chofe ne fe peut diffimuler. Car il ne faut pas plus attribuer à
gens conftitués en dignité Apoftolique,que(comme i'ay dit n'agueres) il eft conuenable
d'attribuer à defpenfiers de la chofe d'autruy:& ne faut qu'aucun fe glorifie du nom d'vn
tel ou d'vn tel, veu que ce mefme par eux eft apporté,foit deu à Dieu. Quand ie confidere
ces chofes à par moy ie ne puis que ie ne m'efmerueille dont vient entre vous vne fi vilaine ambition , foit des Apoftres fottement s'attribuans ce qui appartient à Chrift, foit
des difciples qui ayment mieux fe glorifier de l'homme qui n'eft que miniftre, que Dieu
qui eft l'autheur.Ie parle à toy,quiconque tu fois,qui pour la gloire fardée de celuy de qui
tu as receu le baptefme chofe aifee te complais ou defplais en toy-mefme. Qui eft l'autheur de cefte differêce,que l'vn femble auoir plus receu,& l'autre moins? Bien que quelqu'vn fuft baptifé en vn baffin d'or ou de pierre precieufe, les parrins princes, & ce par
vn Apoftre: ou fi cela n'eft affés, par vn fouuerain Apoftre, qui en tout fon train furpaffe
la richeffe des roys:qui oferoit dire qu'à vn tel ait efté plus conferé que s'il auoit efté baptifé en vn vaiffeau de boys par quelque miniftre de Pierre prefcheur,ou de moy conroyeur?De rechef ie parle à toy quiconque tu fois qui mets ce tant fot abus en la tefte des fimples gens,ou pour le moins abufes d'vn erreur qui d'euft eftre corrigé, quelle chofe eft-
ce, ie te prie, qui te faict dreffer la crefte? Ce que tu bailles eft-il tien ou d'autruy? S'il eft
tien, tu te prefches toy-mefme & non pas Iefus Chrift. Si c'eft l'autruy, ce que tu as receu de Dieu comment es tu fi outrecuidé de le t'attribuer comme s'il eftoit procedé
de toy-mefme? Si tu penfes que ce qui vient de la beneficence de Dieu foit tien, que
eft-il de plus aueugle que toy? Que fi tu l'entens bien, & ce neantmoins tu t'en glorifies & vantes, ne plus ne moins que s'il eftoit tien, qu'eft-il de plus eshonté que toy?
D'vn bas fondement à quelque grandeur eftes venus, ò Corinthiens? Nous affamés
minces

minces & difetteux entre vous voyre en forte que nous auons gaigné noftre vie du iour
la iournée à coudre des cuirs:nous abbaiffés & depiteufement affligés vous auons purement annoncé Chrift. Et maintenant vous eftes venu à tant,que nous reiettans par d'autres Apoftres vous eftes,& fi fiers pour l'abondance, & fi enflés pour les richeffes,& fi feditieux pour vn regne:Et poffedés vous vne tant abondante dignité & hôneur en nous
forcloans d'icelle, nous qui auons enduré ce qui eftoit le plus difficile en ceft affaire:Si
vous aués acquis quelque chofe de grand,ie m'en rapporte à vous.A la mienne volonté
que vous euffiés obtenu vn regne vrayement digne de Chrift:nous nous fourrerions en
quelque anglet de ce regne là,comme gens qui auons mis les commancemens, nous re-
gnerions auffi auec vous.Car ie ne penfe que vous d'euffiés eftre fi mefcognoiffans que
de toutalement forclorre de la participation de voftre felicité ceux par lefquels feroyêt ve
nus les commencemens d'icelle. N'eft que toutalement nous foyons nays à ce malheur,
que là où les autres par vne doctrine non entiere s'acquerront vne fi grande gloire, nous
n'emportions autre recompenfe que mefpris,faim,infamie,emprifonnemês,playes,dan-
giers de mort.S'il failloit recompêfer l'office d'Apoftre par falaires humains,ie penfe que
les principaux nous font deus, veu que nous auôs efté les premiers qui auec fi grâds dan
giers vous auons planté Chrift.Que fi vrayemêt regnêt entre vous,ceux qui ont furbafty

quoy que ce foit fur le bon fondemêt que nous auôs mis:ie cuide moy que Dieu eft tellement courroucé contre nous qu'il n'y a que nous qui foyôs malheureux. Ceux là acquierent authorité & tyrânie fur vous par richeffes & titre de fageffe:nous autres les derniers
de tous,ie penfe que Chrift nous a appellés à l'office d'Apoftre,pour nous expofer à fup-
plices & morts,comme ceux qui pour leurs malefices font expofés aux beftes pour feruir
de paffetemps au peuple.En quelle court n'auons nous efté trainés:Qui eft la prifon qui
ne foit tefmoing de noftre affliction:Qui eft la place où nous n'ayons receu mocqueries
publicques:de maniere que nous auons feruy de fpectacle, non feulement à ce môde,qui
condamne Chrift:non feulemêt aux hommes addonnés aux chofes terreftres,mais auffi
aux efperits malings qui fe refiouyffent de noftre mal.O que les chofes font bien châgées
au rebours:Nous comme fols fommes deprifés pour Chrift,pource que nous l'auôs prê-
fché, crucifié & abbaiffé:vous comme fages aués leué les cornes par la fiance de Chrift.
Nous comme imbecilles nous fommes abbaiffés pour la gloire de Chrift:vous comme
puiffans vous vous esleués.Nous fommes côtemptibles & fans renom:vous eftes renô-

més & anoblis.Nous n'auôs receu autre falaire que trauail & fafcherie:tout le fruict vous
en demeure.Et de faict,quel falaire auons nous receu pour tant de dangiers & maux: Iufqu'à prefent tant s'en faut que nous regnions comme aucuns fe vantans du nom d'Apoftres,que fouuentefois nous n'auons dequoy manger ou boyre, ne dequoy nous veftir:
tant s'en faut que nous nous foyons enrichis de l'Euangile. Mefmes à tous coups nous
fommes foufffletés:tant s'en faut que nous ayons gaignés honneur.Nous fommes encore vagabons fans demeure certaine,qui eft bien la plus extreme poureté du monde, n'a-
uoir point aumoins vne petite loge à foy,ou pouuoir porter fa poureté en ce pour le mois
plus commodément que plus fecrettemêt.Tant s'en faut que nous pillons perfonne,que
pour le trauail de noz propres mains,nous gaignons noftre vie.Tant s'en faut que nous
pourchaffions louange humaine que nous prions pour ceux qui nous maudiffent, &
pour les outrages que nous receuons affiduellement,nous rendons benedictions. Tant
s'en faut que nous oppreffions aucun,que nous endurons patiêment la cruauté des per-
fecuteurs.Que diray plus:Les autres font honnorés enuers vous : & nous pour l'amour
de vous iufqu'à prefent fommes tenus pour les balieures de ce monde,pour vne chofe la
plus abiecte & la plus contemptible qui foit point. Si côme font aucuns ie vouloye vous
imputer mes trauaux,mes dangiers,& mes feruices:n'auroy-ie pas bien tref-iufte raifon
de me plaindre de vous:Mais ie n'efcry cecy comme eftant eftrangé de vous pour voftre
ingratitude,pour vous faire honte:ainçois pluftoft comme pere tref-amyable l'ammone
fte mes tref-chers enfans,non pour mon profit, mais pour le voftre. Car fi la chofe vous
tournoit à bien à mon fi grand mal,ie côteroye mon incômodité pour rien,ie m'en efiouy
roye de vous, pour la commodité defquels ie ne doubteroye pas d'employer voyre ma
propre perfonne. Mais voyant que par nouueaux Apoftres vous allés en pis,la faincte af

fection que ie vous porte me contraint de vous aduertir du dangier,lequel certainement
ie repute mien.Point ne faut,ô Corinthiens,que vous mefprifiés cefte affection vrayemêt
& naiuemment paternelle.Entre pedagogue & pere il y a vne difference infinie:car iceluy pe
dagogue pour vn temps vfe de rigueur enuers l'eage innocent, & faict fon deuoir, voyre

s'il

s'il le faict, ou pour le salaire ou de peur d'estre puny : mais le pere pour vne pieté qui de
nature luy est engrauée au dedans il procure la cõmodité de ses enfans, voyre à son dommage. Ores que vous eussiés bien voyre dix mille pedagogues, certainemẽt vous en trou
uerés bien peu qui vous soyent peres. Et pourquoy ne m'appelleroy-ie pere & vous enfans, veu que i'ay esté le premier de tous qui vous ay presché l'Euangile, & que par moy
vous estes renays à Christ ? Ne vous ay-ie pas aucunement engendrés ? Qui est la mere *Soyés mes*
qui pene & trauaille tant à enfanter, comme i'enduray quant ie vous enfantoys à Christ? *imitateurs.*
Parquoy si vous me recognoissés pour pere, si vous estes vrayemẽt enfans, ie vous supplie par pieté mutuelle que vous ressembliés vostre pere en vie & cõuersation. Pourquoy
estans engendrés de nous aymés vous mieux ressembler à d'autres ? Telles choses qu'on
me rapporte de vous, d'où elles viennent, aduisés-y : certainement pour le moins vous
ne les aués pas prinses de moy : Que si vous auiés mis en oubly quelque chose du mien,
i'enuoye vers vous Timothée, à raison que ie n'y puis pas encore aller. Timothée comme vn autre second Paul, assauoir mon fils, non pas forlignant, mais fidele par la grace de
Dieu : lequel Timothée comme de commencement il a par moy receu Christ, aussi ne se
destourne-il nullemẽt des trasses paternelles. Iceluy vous reduira en memoire mon train
& maniere de viure, lequel à l'exemple de Christ ie suis & quant & quant le baille non seulement à vous, mais aussi à toute assemblée faisant profession de Christ. Comme iceluy
est cõmun autheur de tous, ainsi doyuẽt suyure tous vne commune maniere de viure. Vn
qui est fils naturel s'acquitte de son deuoir de bon cœur & non par crainte de punition.
Mais il en y a entre vous qui à cause de mon absence, ont secoué toute vergongne & monstrent vne insolẽce ne plus ne moins que si iamais ie ne deuoye retourner vers vous. Mais
ils se trouueront abusés : car i'y iray en brief, si le Seigneur le permet, & alors i'experimente
ray en effect, non pas combien ceux là qui si arrogamment s'esleuent, sont puissans non
pas en parolle & babil, mais en faits. Car l'efficace de l'Euangile ne git pas en magnificen
ce de parolles, que chascun peut auoir en main, mais en vne force ou vertu celeste laquel- *Viendray-ie*
le se declare par souffrãce de maux, par cõcorde, par entiereté de vie & par miracles. Vou- *à vous auec*
lés vous que i'aille vers vous? Et vrayement i'y iray. Au reste, aduisés de faire vn tel accueil *la verge.*
qu'il est conuenable. Il est en vostre puissance de faire que ma venue soit ou austere & redoubtable, ou douce & paisible. I'ay vne authorité qui m'est baillée de Christ, assauoir la
verge de supplices pour contraindre & reprimer les rebelles & intraictables. Toutefois ie
voudroy bien n'en vser point: i'aymeroye mieux que vous fussiés tellement moriginés à
fin que comme pere propice & debonnaire ie peusse ou me resiouyr de vostre innocence,
ou par vne douce & paternelle correction amender quelques legieres fautes qui pourroyent estre suruenues.

CHAPITRE V.

MAis cecy est & trop notoire pour pouuoir estre nyé, & trop enorme pour de- *On oyt toutale*
uoir estre supporté, & trop pernicieux qu'il soit expedient de le differer, assa- *ment dire qu'il*
uoir qu'entre vous (qui comme temple consacré à Dieu d'eussiés estre rem- *y a entre vous.*
plis de toute pureté) il court vn vilain bruit de paillardise voyre telle paillar
dise, que l'infamie ne s'en trouue pas mesme entre les Payens & gens eslon-
ghés de Christ c'est qu'il y a homme qui entretient la femme de son pere. Auec quel blasme
du nom de Christ pensés vous que le bruit public seme de vous telles laschetés ? Et vous
ce pẽdant ne plus ne moins que si le deshõneur de vostre profession ne vous attouchoit
en rien, vous vous complaisés en vous-mesmes, enflés d'vne vaine persuasion de sagesse,
là où il seroit plus conuenable de testifier par dueil public que vous reprouués toutalement vn si vilain acte, en chassant de vostre compagnie l'autheur d'vne si grãde lascheté:
premierement, de peur que vous ne semblés porter faueur aux fautes vilaines si vous recognoissés pour familier & compaignon celuy qui n'a pas encore faict apparoistre qu'il
se repent d'auoir faict la faute. Item de peur qu'vne peste mortelle vne fois receue n'en infecte plusieurs d'entre vous. Finalemẽt à fin que l'autheur de l'abominable lascheté quãd
vous l'euiterés comme condamné du iugement commun de tous, soit touché de honte &
recognoisse sa faute, tant que certains signes de repentance declarent le personnage idoyne d'estre receu en la cõpagnie des Saincts. Cela d'eussiés auoir faict tout sur le chãp si tost
que le vilain bruit accusa le personnage (car i'espargne encore son nom) de ce crime abominable. Ie l'eusse faict moy si i'eusse esté present auec vous. Maintenant absent (iaçoit que
ie ne soye pas toutalement absent car comme ie suis absent de corps, ainsi suis-ie present
d'authorité d'esprit) absent, dy-ie, mais ne plus ne moins que si i'estoye present ie iette la

 senten

sentence,laquelle vous aussi deuiés suyure,c'est qu'en assemblée publicque & plein consistoire (à fin qu'aucun ne s'attribue particulierement ceste authorité)lequel doit s'assember sans aucune affection charnelle,& sans regarder à autre but qu'à la gloire de Iesus Christ nostre Seigneur, auquel i'assisteray aussi mais seulement d'esperit, comme i'ay dit : & n'y defaudra pas l'authorité de nostre Seigneur Iesus Christ,au nom duquel vous vous assemblerés, qui par sa puissance donnera efficace à nostre sentence : qu'en pleine assemblée, dy-ie, vous ordonniés que à luy qui a commis vne lascheté si vilaine, soit chassé de vostre compagnie & liuré à Sathan, à fin qu'il soit affligé selon la chair, confus par le iugement humain, & que l'esprit & l'ame soit sauue & entier enuers le iuge Iesus Christ qui iugera tout, non tant seulement ces choses, ou cestuy. Ce pendant il est expedient voyre à ce malheureux là, d'anticiper celuy exacte & rigoureux iugement de Dieu, & plustost soit amatty par vne correction temporelle que non pas adiugé aux supplices eternels. C'est nostre office de procurer plus tost remede que non pas punition : car il se faut porter auec vn malfaitteur en sorte,qu'il y ait qui puist estre amendé. Car nous ne tu-

Vostre gloire n'est pas bõne. ons pas l'homme, ains esteignons le peché & sauuons l'homme. De telle peine se doit contenter la douceur Chrestienne. Lapider, est à faire à Iuifs:aux Chrestiens de remedier. Mais vous ne vous estes rien souciés de tout cela, & ne vous a en rien esmeus ne le deshonneur ne le dangier commun,ains ne plus ne moins que le cas se portoit le mieux du monde vous vous esleués en vous-mesmes. Il y a beaucoup à dire entre la vantance des mondains & la vantance des Chrestiens. Telle vantance vous tourne à deshonneur, & non seulement à deshonneur, mais aussi vous est dommageable. Et puis, dittes vous, il en y a vn qui a peché, qu'en peut mais toute la congregation ? Et ne sçaués vous pas qu'vn peu de leuain attaint & enaigrit vn bien grand monceau de farine ? Ce qui reste de la paste corrompue est leuain. Parquoy si en vous il y a quelque residu de la vie passée, contraire à la simplicité de Christ, c'est vn leuain, qui toutalement doit estre nettoyé d'entre vous,à fin que par nouueauté de vie vous soyés nouuelle paste, voyre de sorte qu'en toute la masse il n'y ait riẽ qui soit de la malice passée,meslée parmy.Car cõme Christ vous a vne fois affranchis des pechés,ainsi vous faut–il mettre peine que derechef

Nostre Pasque Christ a esté sacrifié. ne se glisse en vous quelque contagion de la vie passée,qui corrompt la syncerité de l'innocence Chrestienne Dieu ayme ceux qui sont vuydes de tel leuain. Et n'est–ce pas ce qui fut iadis adombré par figures mysticques? Apres que les Ebrieux eurẽt passé la mer & surent deliurés du seruage d'Egypte,commandement leur fut faict en signe & remembrance de cela d'an en an en temps prefix, de tuer vn aigneau d'vn an & mãger des pains sans leuain par sept iours , comme–ia ils auoyent faict estans prests de s'en fuyr hors d'Egypte. Ce pendant ils emporterent quant & eux la farine pure : tout le leuain ils le laisserent aux Egyptiens. Et n'est pas l'homme receu à manger l'aigneau Paschal,sinon que durant sept iours il se soit abstenu de leuain.Qui plus est c'estoit vne impieté durant ces sept iours de trouuer vn seul brin de leuain par les maisons des Ebrieux. Or n'auoyent–ils que les ombres des choses:& nous nous auons la vraye Pasque l'aigneau exempt de toute tache. Iceluy est Iesus Christ, qui pour nous deliurer de l'horrible tyrannie de la mort des vices,a esté immolé sur l'autel de la croix. Ce n'est pas pour neant qu'il a esté immolé.Nous sommes vne fois eschappés d'Egypte,il reste que cõtinuellement nous solennisions ceste feste,non pas en nous egayãt & esleuant és choses esquelles nous estions au parauant detenus,lors que nous estions encore en vn vilain & dur seruage:c'est à dire non pas en leuain de loy Mosaique, ne de nulle malice & tromperie, mais en gasteaux & pains sans leuain, c'est,en cõuersation innocente,simple,entiere,& vuydé de toute simulation de fard.Mais à fin que vous ne vous abusiés de ce que n'agueres ie vous ay commandé d'euiter la compagnie de ceux qui sont souillés de paillardise infame : mon intention n'est pas de demander que vous euitiés tous les impudiques du lieu où vous estes,& que vous n'ayés accointance auec aucun qui soit entaché & notté d'auarice & pil-

Or maintenant ie voꝰ ay escrit. lerie,ou addonné à idolatrie:que si vous vouliés cela faire,il vous faudroit laisser tout ce pays de Grece, veu qu'il n'y a canton où ne se rencontrent telles gens.Vray est que cecy aussi voudroy–ie bien,si faire se pouuoit : mais veu qu'il ne se peut faire,ie ne le demande pas. Voicy donc que ie demande c'est que si quelqu'vn s'appellant Chrestien, est infecté euidemment de ces vices là qui toutalement contreuiennent à l'institution Chrestienne,comme seroit paillardise, ou auarice, ou idolatrie, ou mesdisance ou yurõgnerie, ou pillerie, vous euitiés tellement l'accointance d'vn tel homme, que mesme vous ne daignés pas seulement manger auec luy iusques qu'il se soit amendé. C'est vostre tresgrand
profit

profit que voſtre aſſemblée ſoit pure & ſans corruptiõ. Quels ſoyent les autres, que nous
en doit-il chaloir:leurs vices ne vous infectent point, ny ne tournent au deshonneur du
nom de Chriſt. Donc ceux qui ſont tels il ne faut pas les laiſſer impunis, pourueu que le
crime ſoit public entre nous. Cela m'eſt aſſes. Car qu'ay-ie à faire de iuger auſsi de ceux
qui comme ils ſont eslongnés de Chriſt ne nous attouchent auſsi en rien. Chaſcun ne ſe
cõtente-il pas d'eſtre cenſeur & iuge de ſa maiſon, ſans ſe ſoucier que c'eſt que l'on faict en
la maiſon d'autruy:Si quelque cas ſe commet chés ſoy, il tient que cela concerne l'intereſt
de toute la famille. Parquoy ce nous eſt aſſes ſi nous Chreſtiens iugeons des Chreſtiens:
Ceux qui ſont eſtrãgés de la profeſsion du nom de Chriſt, nous les laiſſons au iugement
de Dieu. Que ſi perſonne ne retient en ſa maiſon vn mal-viuãt & peſtiferé:vous auſsi chaſſés de voſtre compagnie l'autheur de ceſte ſi grande laſcheté:c'eſt & ſon profit & le voſtre,
& ſi concerne la dignité du nom de Chriſt. Car & luy de honte qu'il aura s'amendera, &
vous chaſſerés de vous le dangier tant de l'infection que de ſouſpeçon, & chaſcun entendra que telles choſes ſont reprouuées de Chriſt, qui a enſeigné & monſtré par effect vne
entiereté de vie. Or ay-ie monſtré iuſques icy qu'il faut que toutalement vous chaſſiés de
vous le leuain peſtilentieux de contention ſedicieuſe & de paillardiſe execrable.

CHAPITRE   VI.

Ais ie trouue encore en vous d'autres reliques de la vie paſſée, qui reſſentẽt
le leuain d'auarice. Comme ce n'eſt pas à vous à faire de ietter ſentence de
ceux qui ſont eſtrãgés de la communauté de l'Egliſe : ainſi eſt-il grandemẽt meſſeant que les Chreſtiens ſoyent iugés des non Chreſtiens. Premierement ie m'eſmerueille commẽt aucun faiſant profeſsion de Chriſt, s'il luy
ſuruiẽt quelque differẽt en matiere d'argẽt, & de biens, puiſſe bien auoir ce cœur de n'a-
uoir poĩt de honte de demener l'affaire par deuant le iuge:&, qui eſt bien pis, par deuant
vn iuge pluſtoſt prophane que non pas Chreſtien : Celuy iugera-il en equité, lequel en
tout le cours de ſa vie eſt inique:Ne voyés vous pas combien la choſe va tout au rebours
que le monde l'impieté duquel doit vn iour eſtre condamnée par la foy & conuerſation
des ſaincts, maintenãt comme plus iuſte & meilleure ietter ſentence des ſaincts & vuyder
leurs differens :Que ſi vne ſi grande choſe vous eſt commiſe, que par vous la vie de tout
le monde, c'eſt à dire, de tous les meſchans doyue eſtre cõdamnée:vous trouués vous in-
ſuffiſans pour iuger de choſes friuoles & de nulle importãce. Car vous eſtes la lumiere du
monde, qui conuainc les abus des meſchans. Et cõment ſe fera cela, ſi vous-meſmes eſtes
en tenebres:& y a en vous à reprendre:Or vous vous rapportés voz proces par deuant
des iuges prophanes:comme ou s'ils eſtoyent plus entendus que vous, ou ſi en eux il y a-
uoit plus d'equité qu'en vous. Ne ſçaués vous pas bien qu'vn iour vous iugerés non ſeulement les hommes addonnés au monde, mais auſsi les meſchãs anges tyrans de ce mõ-
de:Ce que ie dy:à fin que ce ne ſemble pas grand cas, ſi vous vuydés entre vous les proces infinis des choſes qui concernent l'uſage de la vie corporelle. Voſtre credulité cõdam-
nera leur incredulité, & voſtre pieté leur impieté, & voſtre innocence leur impureté, voyre
& la condamne ores, ſi vous menés vne vie digne de Chriſt. Et vous ayans oublié voſtre
dignité, conſtitués iuges ſur voz affaires, ceux leſquels ſeront tous cõdamnés à mort par
vous:Que ſi vous eſtes ſi grands plaideurs, ſi vous aymés tant les choſes tranſitoires de
meſpris deſquelles vous faittes eſtat, que touchant icelles nõ ſeulement vous ayés debat
entre vous, mais auſsi tellement debat que toutalement il en faut aller par deuant les iu-
ges:au moins rapportés vous de tels differẽs aux premiers venus des plus cõtemptibles
& abbaiſſés qui ſoyent en voſtre cõpagnie. Cecy ne dy-ie pas par ce que ie veuille qu'ainſi ſe faſſe:mais ie parle ainſi à fin que vous ayés honte, quand vous plaidés par deuãt des
iuges Payens. Si vous conuerſés comme le porte voſtre profeſsion, le plus abiect qui ſoit
point entre vous eſt plus noble que ceux qui entre les meſchans ſont tenus pour les plus
excellens. Tenés vous ſi peu de conte de vous-meſmes :Qu'il n'y ait nul entre vous qui
ait l'entendement de pouuoir decider des affaires de ſi petite importãce & vuyder vn different entre deux Chreſtiens :leſquels deuoyent tres-aiſement s'entr'accorder, attendu
qu'ils ſont conioincts par charité fraternelle & communauté de biens. Maintenant tant
s'en faut qu'ils ſoyẽt d'accord, que le Chreſtien playde auec le Chreſtien, & ce, qui eſt bien
pis, par deuant iuges qui ſont eſtrangés de Chriſt, comme ſi telles gens pouuoyent ſuyuant la reigle des loix humaines ietter ſenfence ſelon l'equité, & vous ſuyuant la reigle de
l'Euangile ne penſſiés faire le meſme. Voyés en combien de façons vous pechés en cecy.
Premieremẽt, cela vous tourne à deshõneur que vous-meſmes entre vous n'appaiſés &

Nn 2   vuydés

vuydés tels petits differens sans aucun bruit ou proces, ou par quitter l'vn à l'autre ou
pour le moins par arbitres : mais estes venus à telle obstination que l'vne des parties ne
cedant ne concedant rien à l'autre, il faut vuyder le different par deuant iuges publics en
presence du peuple. Quand tels affaires se demeneroyét par deuant iuges Ecclesiastiques
encore y auroit-il de la faute. Maintenant combien est vilain ce spectacle de plaider de
choses de nulle importance par deuant iuges prophanes? Nostre religion est vne paix,
& estans par Christ entés en vn corps sommes deuenus plus que freres. Auec ce le mespris
de ces choses de neant pour lesquelles ce monde cy s'entrebat, c'est ce qui nous rend Chre
stiens. Mais quand pour ces mesmes vous plaidés si obstinéement que le Chrestien n'a
point de honte d'appeller le Chrestien en iugement & se faire partie contre luy par de
uant vn iuge prophane: que pensés vous qu'en peuuent penser ceux qui le voyent? Ne fe
ront-ils pas à part eux ces discours? Où est entre telles gens la honte Chrestienne? où est
l'amour fraternelle? où est la communauté de toutes choses? où est la paix que tousiours
ils ont en la bouche? où est le mespris de l'argent? où est celle douceur Euangelique laquel
le leur commande de laisser de plein gré voyre le saye, si quelqu'vn leur oste le manteau?
Nous voyõs que pour vne chose de neant tout vilainemét ils plaidét non seulemét cõtre

nous, mais aussi entre eux-mesmes? Dont vient cela, ò Corinthiens, que l'argent vous est
encor en tel estime, que pour l'amour d'iceluy vous acquerés vn si grand deshonneur au
nom de Christ? Mais quelqu'vn me respondra: N'est que ie pourchasse mon droit, on me
fera tort: n'est que ie maintienne le mien, i'y receuray dommage. Ouy-mais aduisés bien
plus d'vne fois, qu'en craignant vne petite perte touchant les biens corporels, vous ne re
ceuiés vn grand dommage d'innocence & bonne renommée, & par consequent vous en
dommagiés grandement l'Euangile. Mieux valloit ne mettre pas l'affaire en iugement,
que de bailler aux incredules telle occasion de detracter de Christ. Mieux valloit ne tenir
conte d'vn tort de nulle importance, qu'en le poursuyuant ainsi, monstrer vn cœur appe
tant vengeance. Mais maintenant tant s'en faut que par vne douceur Chrestienne vous
enduriés des autres dommage ou tort sans vous en vanger, que mesme de vostre propre
mouuement vous faittes tort à autruy, de vostre propre mouuement vous fraudés & cir
conuenés autruy, non seulement les incredules, mais aussi ceux qui par communauté
de religion vous sont freres. Cela ne ressent-il pas son leuain de la vie passée? Cela n'est-il
pas toutalement eslongné & de la doctrine & de la profession vostre? Quiconque faict
profession de Christ, il faict profession d'innocence, & à tels faits est promis le regne des
cieux. Car ce n'est pas tout d'estre laué d'eau, ce n'est pas tout d'estre enté en Christ, n'est
que toute la vie respõde à la doctrine de Christ. Ainçois estans triés du monde, vous aués
esté receus au corps de Christ, à fin que desormais vous respõdiés au chef Christ par entie
reté de vie. Et ne sçaués vous pas bien que les mal-viuãs pour baptisés qu'ils soyét, serõt
forclos de l'heritage du regne celeste? Que personne ne s'abuse: ie vous aduise & r'aduise
que ne paillards, n'idolatres, n'adulteres, ne douillettes gens qui cõme effeminés s'addõ
nét à paillardise mõstrueuse, ne gens qui en guise de femmes se seruét de masles, ne larrõs,
n'auaricieux, n'yurõgnes, ne mesdisans, ne gés qui rauissent l'autruy, ne seront participãs
du regne de Dieu. De rien ne seruira le noũueau titre, si la vie est souillée de vieux vices: qui
plus est Christ leur tourne en occasion de plus griefue condemnation. Or est-ce que ces
vices que ie vien de raconter n'agueres, estoyent autrefois en vous, deuant que vous fus
siés regenerés par Christ. Ie ne vous reproche pas ce que vo' aués esté, pourueu que plus
vous n'y retourniés. Vous estes laués de voz fautes passées, & en estes gratuitemét laués:

aduisés que derechef vous ne vous souilliés. Et à ceux qui sont laués en son sang non seu
lement il leur a restitué l'innocence, mais aussi leur a de plein gré conferé saincteté & iusti
ce: & ce non par l'ayde de la Loy ou de voz merites, mais Iesus Christ, au nom duquel estes
baptisés & par l'Esprit de nostre Dieu, par la secrette inspiration duquel les sacremens de
l'Eglise sont d'efficace. Pourtant faut-il mettre tant plus grandé peine qu'vn si grand be
nefice qui vous est escheu gratuitemét, vous ne le perdiés par vostre faute, estans en cela &

ingrats enuers l'autruy, & mal aduisés cõtre vous-mesmes. Es choses q sont requises pour
la necessité de nature, tout m'est licite. Car nul n'epesche que ie n'vse du mesme droit que
font les autres Apostres. Mais peut estre que ce n'est pas tousiours vostre profit que l'vse
de mon droit. Ceux qui viuent à voz despens, ceux qui vo' pillent comme gens achettés
par vostre beneficéce, ils n'osent pas franchemét vous aduertir de vostre vilainie, de peur
que vous, estãs offensés ne trãsportiés le profit ailleurs. I'auoye bien aussi la puissance de
vo' charger de frais, i'auoye droit de prédre salaire pour ma peine attédu mesmemét que
                                                                                              i'ay

ſay plus trauaillé qu'autre quelconque. Non pas que ie n'euſſe bien la puiſſance de ce fai
re, mais ie n'ay pas voulu cognoiſtre qu'en vſant de telle puiſſance ie me ſoubmiſſe ſous
celle d'autruy & ſemblaſſe eſtre obligé à quelqu'vn d'entre vous: à fin que tant plus vous
fuſt euident que ſoit que ie baille quelques enſeignemens ie fay voſtre affaire & non le
mien, ſoit que ie reprenne & tence c'eſt à vous à faire d'ouyr en patience. Car la liberté de
celuy qui aduertit n'offenſe pas aiſeemẽt celuy à qui h'eſt pas attenu celuy qui faict la reprehenſion. Autrement il n'en chaut pas beaucóup aux deſpens de qui ce ſoit qu'on viue, veu qu'il eſt fine force d'auoir dequoy manger. Les viandes ſont deſtinées pour le ven
tre, & le ventre ſemblablement eſt dedié pour les viandes: pourtãt qu'on contente la neceſſité pendant que ce temps dure. Car en brief Dieu abolira & le vẽtre & les viandes: c'eſt
à dire, ne le ventre ne nous tourmentera plus de faim, ne les viandes ne ſeront plus en v-
ſage. Au reſte, comme il faut que nous qui ſommes conſacrés à Chriſt, obeiſſions à la neceſſité, choſe que nous auons commune auec les Payens, ainſi ne deuoit auoir aucune cõ
munauté de vices. Touchant les viandes ie n'en fay nulle defenſe: mange chaſcun telle viande qu'il luy viendra en appetit: ie deffens la vilaine paillardiſe. Car le vẽtre eſt bien dedié aux viandes, mais le corps n'eſt pas ſemblablement dedié à vilaine paillardiſe: Ainçois noſtre corps eſt conſacré au Seigneur Ieſus, & luy ſemblablement nous eſt conioinct.
Car il luy a ainſi ſemblé bon que nous tenans place de mẽbres & luy de chef, nous ſoyons
pas enſemble vn corps myſticque. Ceſte cõionction n'eſt pas temporelle. La mort rompt
la neceſſité de manger: mais elle ne ſepare point la conionction auec Chriſt. Car comme
Dieu le pere a reſſuſcité de mort à vie le Seigneur Ieſus noſtre chef, ainſi auſſi nous ſuſcite
ra-il auec luy nous ſes membres, & auec luy nous ſerons participans d'immortalité. Et de
faict, il eſt puiſſant & ſuffiſant pour ce faire, encore qu'aucuns le trouue bien incredible.
Donc comme noſtre ame ne ſera pas participãte de celle immortalité, n'eſt qu'en ceſte vie
elle l'ait meditée par eſtude d'entiereté continuelle : ainſi le corps reſſuſcité, il ne ſera pas
participant de celle gloire, n'eſt qu'icy il ait eſté preſerué de la peſtilence des vices. Et ne
ſeroit ce pas, ie vous prie, vn bien monſtrueux ſpectacle, ſi les membres ſe monſtrẽt toutalement diſſemblables à leur chef treſ-innocent. Ne vous ſouuenés vous pas que (comme
nous auons dit) noz corps ſont membres de Chriſt (Quoy donc. Viendray-ie à telle forcenerie, que voyre ſçachant cela, ie prenne au treſgrand deshonneur du chef, le membre
de Chriſt, pour en faire vn membre de paillarde. Dieu m'en garde. Et ce neantmoins que
faict autre choſe celuy qui a affaire auec vne paillarde. Ignorés vous ce qui eſt tout euident, que celuy qui s'accouple auec vne paillarde, deuient vn meſme corps auec-elle. Car
ainſi le liſons nous en Geneſe touchant le mary & la femme : Deux ne ſeront qu'vne chair
& vn meſme corps. Or comme en mariage legitime vn conſentement honneſte de cœurs
de deux n'en faict qu'vn, item vne legitime cõionction de corps de deux n'en faict qu'vn:
ainſi en vne copulation illicite chaſcun deuient vn auec celuy auec lequel il s'accouple en
vilennie. Que ſi on tient pour vilain qu'vne femme en fraudant ſon mary s'accouple à
vn adultere: auſſi eſt-ce choſe illicite qu'vn corps vne fois conſacré à Chriſt on l'accouple auec vne puante paillarde. Car qui s'adioinct au Seigneur Ieſus, pour la communauté du corps auec le chef, il deuient vn meſme eſperit que luy, lequel comme treſ-pur qu'il
eſt n'a nulle accointance auec la vilaine paillardiſe, laquelle oſte à l'homme l'vſage de raiſon, & le transforme cõme en vne beſte brute. Parquoy fuyés en toute diligence la paillar
diſe, qui eſt illicite. Tous autres pechés que cõmettẽt les prophanes, iaçoit qu'ils naiſſent
du corps, ce neantmoins ils ſemblent conioincts auec le tort du corps d'autruy, & ne ſouil
lent pas (ce ſemble) l'homme toutal. Mais qui peche par paillardiſe, il outrage ſon propre corps, en le polluant & contaminant par vilain accouplemẽt. Car le paillard ne ſouille pas la paillarde, ſinon en ſouillant par enſemble chaſcun ſon propre corps, ſans lequel
ne ſe commet pas le peché. Vn homicide qui d'vn dard perce vn homme il bleſſe le corps
d'autruy ſans toucher le ſien, & ſemble qu'il ne ſe ſouille que d'vne partie de ſoy ſa perſon
ne. La paillardiſe ſouille l'homme toutal, ce que meſme le vulgaire ſemble bien entendre.
Car apres qu'on a eu affaire à femme on a de couſtume de ſe baigner pour lauer les ſouil
leures qu'on pourroit auoir amaſſé par la copulation des corps. C'eſt laſcheté d'endommager le corps d'autruy. Mais ce ſemble bien vne vraye forcenerie, de vilenner ſon propre
corps. Ne penſés pas que paillardiſe ſoit vne faute legiere, encore que principalement elle ne ſouillaſt que le corps. Il faut auſſi rendre au corps ſon honneſteté, entant qu'il eſt le
domicille de l'ame immortelle, & qu'eſtant laué du ſainct lauemẽt, il eſt-ia auſſi tellement
conſacré à Dieu, qu'il eſt le temple du Sainct Eſprit, lequel vous auès receu au bapteſme,

Nn 3   &moyen

Mais ie ne ſe-
ray ſous la
puiſſance.

Auſſi nous reſ-
ſuſcitera-il par
ſa puiſſance.

Ne ſcauès
vous pas.

Gen. 2

Car quelque
peche que.

Ne ſcauès vous
point que vo=
ſtre corps.

& moyennant lequel vous estes conioincts à Christ pour iamais n'en estre separés ? Que si voltre deshonneur ne vous esmeut en rien, pour le moins souciés vous que cela se commet auec le grand deshonneur de Christ. Vous vous estes pour vne fois toutalement resignés à celuy au corps duquel vous aués esté receu. Iceluy vous a rachettés & faict siens par sa mort, à fin que desormais vous ne soyés plus à vous. Le droit d'vn corps achetté appartient à l'achetteur. Celuy qui l'aliene ou qui autrement le traitte que ne le porte le vouloir du maistre, il faict tort à celuy à qui il doit soy-mesme. Ioinct que Iesus Christ ne vous a pas achettés à vil pris, luy qui a employé son precieux sang pour vous affranchir. Parquoy, que toutalemét vous estes dediés à Dieu, gardés vo⁹ de polluer voz corps à son deshōneur: ainçois Dieu habitāt en vous portés-le & l'illustrés enuers les hōmes par entiereté de corps cōme par innocēce de cœurs. L'vn & l'autre est sien, gardés chaste tant l'vn que l'autre, de peur que par voz vilainies Christ, duquel vous portés le nom, n'acquiere mauuais bruit enuers les ‚pphanes, car cōme la renōmée des maistres attouche aussi aux seruiteurs, ainsi la vilainie des seruiteurs tourne en deshōneur aux maistres. Pourtant iaçoit que Dieu ne puist estre rendu ne plus noble par gloire, ne moins renōmé par ignomie, ce neantmoins enuers les hommes il est aucunement & diffamé par les meffaits des siens, & honnoré par l'entiereté de mœurs & saincteté de vie, le monde en faisant estimation par leur conuersation.

Glorifiés donc Dieu.

C H A P I T R E   VII.

R cecy ne dy-ie pas, que ie soye d'opinion que le corps soit souillé par quelconque copulation charnelle, comme aucuns taschent de le vous mettre en teste, pour comme hypocrites qu'ils sont, s'acquerre enuers vous vn bruit de saincteté. Il y a bien vn chaste & legitime vsage de mariage: mais la copulation illegitime est à fuyr à tous sans exception. Chascun peut, ou vser, ou s'abstenir du mariage legitime entant qu'il est expedient ou dommageable pour l'affaire de l'Euangile. Pourtant touchant les questions dont vous m'aués demandé mon aduis par lettres, ie respondray en peu de parolles que doyuent faire ceux qui sont-ia liés par mariage, item ceux qui ne sont pas mariés, & les vefues. Item ceux qui sont enueloppés d'vn mariage fascheux, ou mesme inesgal: finalement qu'il faut faire pour marier ou non marier les filles. Premierement donc selon que l'estat du temps present le porte, il seroit bon pour plusieurs causes de toutalement s'abstenir d'auoir à faire à femmes, à fin qu'on eust tant plus de liberté de vacquer à l'affaire Euangelique & à pieté de cœur. Car iaçoit que ce soit chose honneste que le mariage, ce neantmoins il enueloppe l'homme, veuille-il ou non, des soucys du monde, ausquels autant qu'on employe de trauail autant en rogne-on du seruice de Dieu des saincts affaires. Puis l'vsage de mariage a ie ne sçay quoy de charnel, qui engloutit l'homme toutal pour vn temps, & luy amoindrit aucunement sa dignité. Ie voy bien que c'est qui seroit fort à souhaitter, mais ce que ie souhaitte ie n'ose pas le demāder, de peur qu'affectans peu heureusement ce qui est tres-bon, ce ne vous soit occasion de tomber de mal en pis. Ie sçay combien ceste affection est reueleuse & violente: & n'ignore pas combien vous y estes nomméement enclins. Ie pense donc que le plus seur est que chascun ait sa femme, & chascune son mary: à fin que par mutuel office ils remedient à l'intemperance l'vn de l'autre.

Or quant aux choses dequoy m'aués escript.

La femme n'a point la puissance de son corps.

Car en cest endroit tous deux sont esgaux en puissance, iaçoit qu'en quelques endroits l'authorité du mary soit plus grande: car en cela le mary n'est pas maistre de son corps, pour dire qu'il en puisse, en ce qui concerne l'vsage de mariage, refuser la fruition à sa femme, & en faire part à vne autre. Semblablement le mary est maistre du corps de sa femme & non pas elle touchant l'vsage de mariage, & ne doit ny en refuser la iouyssance à son mary, ny l'abbandonner à vn autre. Le deuoir est mutuel, & faut d'vne part & d'autre, quād besoing est, s'en acquitter à la bonne foy. Parquoy que le mary rende le deuoir à sa femme, & semblablement la femme à son mary, ce qu'elle luy doit par droit de mariage, Es autres choses le mary peut bien auoir la domination & authorité: en cest endroit tous deux esgalement donnant l'vn à l'autre vn seruice mutuel. Le refuser à celuy qui le demande c'est fraude. Car celuy n'est pas seulement trompeur lequel ne paye pas vn argent deu, mais aussi celuy qui refuse le deuoir. Au moyen de quoy que l'vn ne fraude point l'autre sous zele de chasteté, sinon que d'vn commun accord vous arestiés entre vous de vous abstenir d'auoir compaignie l'vne de l'autre pour vn temps, à fin que les cœurs estans plus purs vous vacquiés à sainctes prieres, & à la meditation

des

des choses celestes, à raison que telle conionction de corps a de coustume d'aucunemét
rebrousser la vigueur de l'Esprit. Pour ceste cause ou que ne l'vn ne l'autre s'abstienne,
ou que tous deux le fassent, mais que ce soit d'vn consentement, & non pour quelconque
cause, mais pour l'estude des choses celestes : & non pour trop longue durée, mais seulement pour quelque temps, puis retournés ensemble comme de coustume:non pas que ie
ne trouue fort bon qu'on vacque continuellement à pieté, mais par ce que i'y voy du dan
gier que Satan qui tousiours est au guet pour vous ruyner, vous estans enclins à paillardise, ne vous attire par occasió à choses pires. I'ayme mieux en vousvne imperfectió pourueu que ce soit en asseurance, que non pas vne excellence conioincte auec vn dangier de
grand mal. Or cecy ne di-ie pas pour contraindre aucun de se marier, ou que ie defende
de poursuyure vne perpetuelle chasteté, si la force respond à vne si grande entreprinse, & si
en mariage il entreuient vn mutuel accord, mais sçachant vostre imbecillité, ie prouuoy
aux dangiers ou vous pourriés tomber. Autrement, s'il estoit possible, ie desireroye que
tous me ressemblassent, à fin, ou que toutalement ils fussent libres des liens de mariage, ou
qu'ils tinssent leurs femmes comme sœurs, & vesquissent purs auec pures & chastes auec
chastes. Mais ce que Christ n'a pas demandé des siens, ie n'ose pas le demander de vous.
Christ prononce bien-heureux ceux qui se chastrét pour l'amour du regne de Dieu : & ne
reiette pas ceux qui en toute chasteté & attrempance vsent du droit de mariage. C'est vne
chose singuliere que perpetuelle chasteté entreprinse pour l'amour de l'affaire de Christ.
Mais aussi est-ce vne chose honneste que le mariage legitime, veu que Dieu en est luy-mes
me l'autheur & conseruateur. Mais il y a vne fort grande varieté des corps & des esprits, &
si tous n'ont pas receu de Dieu dons esgaux. Il se pourra trouuer homme auquel il seroit
impossible de toutalement s'abstenir d'auoir cognoissance de femme. Bien-heureux sont
ceux qui ont obtenu de Dieu telle force : mais il a aymé telle varieté en son peuple que les
vns fussent excellés en certaines graces, les autres en d'autres:& que ceste diuersité de choses seruent merueilleusement à l'accord & bien-seance de tout le corps. Pourtant que nul
ne condamne l'estat d'autruy, personne aussi ne se mescontente du sien, ains fasse vn chascun selon son pouuoir, valoir le don qu'il a receu de Dieu. Il y a vn mariage chaste: il y a
aussi vne virginité impure. Voyla mon conseil touchant se marier, & comment il se faut
conduire en mariage. Oyés maintenant mon aduis touchant la question des secondes
nopces. Car il en y a, comme i'entéd, qui iaçoit que point il ne vous oste la liberté de vous
marier, toutefois ils ne veulent point que de-rechef on se marie, apres que la mort de l'vn
a affranchy l'autre. Touchant ces choses voicy quel en est mon aduis: Si quelqu'vn par la
mort de sa femme est non marié, ou si quelqu'vne par le trespas de son mary est vefue, s'ils
sont robustes pour demeurer en perpetuelle continence, ce sera chose excellente & à l'vn &
à l'autre de ne se retourner marier, mais de consacrer tous deux leur liberté au seruice de
Dieu. Ce que i'ay pensé le meilleur, ie l'ay embrassé, à fin que rien ne me retardast de l'affaire de l'Euangile:lequel i'ay tellemét prins à cœur, que pour le soing que i'en ay, ie me passe
aisément du plaisir de mariage. Que si ie sçauoye que tous fussent de mesme courage que
moy, ie ne feroye nulle difficulté d'inuiter chascun à suyure mon exemple. En cest endroit
donc d'autant que les cóplexions des corps & des esprits ne se ressemblét pas, on ne peut
donner à tous vn mesme conseil, ains faut qu'vn chascú s'en conseille à ses forces : & l'estat
de viure auquel il se verra plus propre de nature, qu'il le suyue. Ceux qui ayans vne fois
experimenté le mariage, se sentent encore trop foibles pour resister aux violens esguillons
de paillardise, que plustost il se marient de-rechef, pour par copulation legitime remedier
à leur incontinence, qu'en vefuage grandement chatouillant par affection de paillardise,
ils veuillent estre à toutes heures en dágier de tomber en lascheté enorme. En tel cas donc
ie ne commande ny ne deffend le mariage : ains laisse à chascun à considerer selon sa portée ce qui luy est expedient. Car ie n'ay rien que ie vous puisse bailler comme ordonnance
du Seigneur. Vray est que ie ne fais nulle difficulté de demander de vous ce commande-
mét de Iesus Christ. Ceux qui ne sont pas mariés, il leur est loysible (comme i'ay dit) ou
de se marier, ou ne se marier point, pourueu qu'ils ne visent à autre but qu'à Christ. Mais
apres qu'on est vne fois entré en mariage, ie ne vaudroye pas qu'on fist ce qu'ordinairemét se faict entre les Iuifs & les Payés, c'est de faire diuorce pour causes quelcóques. Car le
Seigneur a faict deffence que le mary ne dechasse sa femme pour fautes legieres, iaçoit que
Moyse l'ait-ia permis aux Iuifs, non pas qu'il vit cela estre raisonnable, mais pource qu'il
craignoit que si le droit de diuorce leur estoit osté, ils ne vinssent comme gens vindicatifs
& obstinés qu'ils sont de nature, a cómettre cas plus enormes que le diuorce. Le Seigneur

Nn 4   n'a

Or ie dy à ceux
qui ne sont
point mariés.

Il vaut mieux
se marier que
brusler.

Et aux
mariés.

n'a excepté qu'vne cause, si la femme auoit à faire à vn autre qu'à son mary, soit qu'alors
elle est descheute du droit de mariage, entant qu'ayans promis son corps à vn seul elle l'a
communiqué à vn autre: soit pour ce que ce semble chose desraisonnable d'enioindre à
aucun d'auoir demeure, lict, feu, & table cōmune auec telle, laquelle a rompu la foy de mariage laquelle est inuiolable sur tout, & s'est meslée auec vn vilain adultere. Tant ferme &
indissoluble a voulu Christ que fust ceste compaignie. Pourtant n'est que tel cas entreuienne, que la femme ne se separe pas de son mary, le mary aussi ne chasse pas sa femme. Que
s'il aduient que s'estant leué vn discord pour autres offenses, la femme ne se separe d'auec
son mary, à fin que point elle ne se bouche l'esperance de retourner, qu'elle demeure sans
se marier: pourra bien estre que le mary estant appaisé la receura si elle demeure entiere:
vne côrrompue qui la receuroit? Que si la femme est de si petite attrempance qu'elle ne
puisse tant soit peu se contenir, qu'elle mette peine d'appointer auec son mary. Si elle ne
peut cela, impetrer, qu'elle se souuienne qu'à quiconque elle se couple, de nom ce sera mariage, mais de faict ce sera adultere. Or quant à la question que vous faittes touchant le
mariage inesgal, ie n'ay dequoy pouuoir respondre selō l'authorité du Seigneur, mais i'ay
bien que pouuoir conseiller ce qui me semble le plus profitable. C'est vne chose si odieuse
que diuorce, que mesme pour religion diuerse ie ne veux qu'on separe vn mariage apres
qu'il est vne fois cōioinct. S'il aduient qu'vne femme Chrestienne soit conioincte à mary
qui ne faict encore profession de Christ, & iceluy iaçoit qu'il soit estrangé des mysteres de
Christ, ce neantmoins il n'est pas tant aduersaire, que pour la diuersité de religi, il ne veut
pas la dechasser: si la femme me veut croyre, elle ne laissera pas son mary. Semblablement
s'il aduient qu'vn hōme consacré à Christ, soit cōioinct à vne femme qui soit estrangée de
Christ (attendu qu'il ne faut contraindre personne à receuoir vne religion) & elle ne demande pas diuorce ayans rencontré diuersité de religion, selon mon conseil le mary ne la
dechassera pas. Et ne faut-ia que le Chrestien ou la Chrestienne, ait peur que pour la compaignie de la personne estrangé de Christ, ils attirent quelque souilleure. Iaçoit que la religion de l'vn ou de l'autre soit diuerse, toutefois legitime & pur est le mariage, lequel en
cela les conioinct esgalement, iaçoit qu'en d'autres choses ils soyent inesgaux. L'impieté
du meschāt n'infecte pas la pieté de l'autre: ainçois plustost ce qui est le meilleur & de plus
d'efficace l'emporte à la balance. Par ainsi le mary iaçoit que de religion il soit prophane,
toutefois par la compaignie de la Chrestienne, au moins en ce qui concerne le mariage, est
rendu sainct. Semblablement la femme non encore baptisée en Christ, par la compaignie
de son mary Chrestien, deuient aucunement saincte & pure pour l'vsage legitime du mariage. Que si cela n'estoit, voz enfans que vous aués ensemble seroyent tenus pour prophanes & impurs comme nays de copulation incestueuse. Or maintenant il conste qu'ils
sont legitimes & purs, comme engēdrés d'vne cōpaignie legitime. Car la femme baptisée
quand elle a affaire auec son mary non baptisé elle ne se meslé pas auec vn Payen, ains o-
beit à son mary: & n'ayme pas vn prophane, ainsi elle supporte celuy qui a à deuenir sainct.
Il donne telle esperance de soy, entant que iaçoit qu'il ne fasse pas encore profession de
Christ, ce neantmoins il supporte en sa femme le seruice de Dieu. Et de faict celuy n'est pas
toutalement Payen, ains est aucunemēt Chrestien celuy qui paisiblement vit auec sa femme laquelle faict profession du nom de Christ. Il n'y a gens qui plus difficilement puissent,
s'accorder, que ceux qui sont de diuerse religion. Ceste esperance donc doit retenir en
communauté celle qui a embrassé Christ la premiere. Que si le diuorce vient premierement de celuy qui n'a pas encore creu, & par hayne de Christ il repudie sa femme, depuis
qu'il n'y a plus d'esperance qu'il doyue se cōuertir, elle n'a plus que faire de se tenir auec
vn prophane. L'homme est decheu du droit de mariage, quand il a en horreur Dieu autheur du mariage. Car la promesse du mariage n'oblige pas iusques là la Chrestienne, qu'-
elle doyue estre contraincte d'endurer d'vn mary prophane assiduellemēt noysant & blasphemant Christ. Qu'elle vse donc de la liberté de diuorce, laquelle il luy a baillée, & serue
paisiblemēt à Christ. Car Dieu ne nous a pas appellés à la vie Euāgelique, à fin que nous
viuiōs en noyses, mais bien en concorde & paix. Pourtant si on ne peut s'accorder és mariages inesgaux, & l'incredule demāde diuorce, que la femme Chrestienne ne se tienne pas
auec son mary malgré luy: mais s'il y a accord, que la femme demeure auec son mary sous
esperance de le changer, & semblablemēt le mary auec sa femme sans esperance de la chāger. Car que peux-tu sçauoir, ô femme, si par deuis domesticques, si par modestie & attrēpance de mœurs, si par affectiō de mary à la femme tu ne pourrois pas bien tant faire, que
ton mary s'amendast & fust sauué auec toy? Ou que peux-tu sçauoir, ô mary, si par tels
                                                                                     moyens

moyens tu ne ne pourrois pas sauuer ta femme & la gaigner à Christ? Que s'il aduient,
n'est-ce pas vn grand gaing? S'il n'aduient, pour le moins Dieu approuuera ta bonne intention, d'auoir tasché à cela. Ce pendāt toutefois tandis qu'il est incertain quelle en doit
estre l'yssue, que le mariage demeure en son entier sous bonne esperance, & que diuersité
de religion ne change pas l'estat de la vie. Car le baptesme n'affranchit pas la femme, la
puissance du mary, pourueu qu'il en vse legitimement:ny le seruiteur du droit du maistre,
s'il en vse entant qu'il luy en est loysible. Qu'vn chascun selon le party que Dieu luy a faict,
serue en cela à Christ. Qu'vn chascun perseuere en l'estat, auquel la doctrine de l'Euangile
l'aura trouué. Ce renouuellement de religion abolit bien la vie accoustumée, mais nō pas
l'estat accoustumé, d'autāt que le Christianisme s'accorde auec toute sorte d'estat:& aussi
n'a-il pas esté mis en auant pour troubler l'estat public des choses humaines, ains pour
en tout estat toute qualité se porter sainctement & religieusemēt. Voyla mon aduis lequel
ie propose non seulemēt à vous, mais aussi à toutes les Esglises. Et il ne vous sera pas grief
de suyure ce que tō⁹ embrassent. Parainsi si l'inspiratiō de Dieu t'appellāt te trouue marié,
il ne faut-ia que tu en quitte ton mariage : si elle te trouue circoncis, tu n'as nulle occasion
d'estre fasché de ta condition , & desirer d'estre prepucié. Car le rognement de prepuce ne
nuyt de rien à la nouuelle religion. Item si elle te trouue prepucié, il ne faut-ia que tu demandes d'estre circoncis. Car quant au renouuellement de religion, il n'en chaut si tu es
circoncis ou incirconcis . Cecy attouche esgalement tant le circoncis que l'incirconcis,
c'est que desormais ils viuent nō selon les conuoitises charnelles, mais selon les commandemens de Dieu, auquel ils sont dediés. C'est bien assés de changer de vie, changer d'estat
il n'en est point de besoing, d'autant que cela ne se peut faire sans trouble des choses. Ce
qui est dit du mariage, & de la circoncision se doit semblablement entendre du seruage.
Ceux que la doctrine de l'Euangile trouue en seruage qu'ils portent patiemment leur condition, & ne se pensent pas par ce qu'ils sont affranchis de la tyrannie desvices, l'estre aussi
de la puissance de leurs maistres. Item celuy qui est appellé à Christ estant franc, il n'a pas
à faire de vouloir changer son estat, & se mettre soy-mesme en seruitude. Ainçois plustost
cecy doit-on faire, c'est de se mettre en franchise, si l'occasion se presente, & quitter son seruage. Si vn maistre chasse son serf, pour hayne de Christ, le serf ne doit pas chercher nouueau maistre. Et n'a pas cause de se desplaire de ce qu'il est sans maistre, veu qu'il a Christ
pour patron, estant de serf deuenu son affranchy. D'autre part celuy qui estant nay franc
est renay par le baptesme, il ne faut pas qu'il se desplaise ne qu'il se cōplaise pour le regard
de la religiō, attendu que par le baptesme il est deuenu serf de Christ: les choses renuersées
en sorte qu'au serf est aduenu franchise, & seruage au franc, à fin que l'vn & l'autre se porte
tant plus modestement en son estat. Car ces choses sont du ranc de celles, lesquelles Christ
laisse passer comme s'il n'y voyoit point. Qu'on prenne l'occasion la plus cōmode : si le seruage t'est grief, console toy en cela que iaçoit que ton maistre ait vn tel quel droit sur ton
corps, ce pendant tu as le cœur deliuré des vices, estant affranchy de Christ. Si la franchise
te faict leuer le cœur, pense que tu as esté acheté de Christ, voyre à grād pris. Tu as vn maistre auquel tu dois seruice en tout & par tout, à fin que tu ne pēses pas qu'il te soit loysible
de viure selon l'appetit de tes affections . Et qui doit seruice à l'homme, il est iusques là affranchy par Christ, que si le maistre commande quelque impieté, il doit plustost obeir à
Christ son nouueau patron, qu'a son vieil maistre, qui par mes-vsage à perdu son droit.
C'estoit chose raisonnable que ceux que Christ, au pris de sang auoit deliurés & mis en
franchise, ne fussent plus foulés de maistrise d'homme. Ie prefere la franchise si elle s'offre.
Car le seruage de Christ est vne vraye franchise. Qu'vn Chrestiē serue à vn infidele, ce semble chose desraisonnable. Et deussent bien les maistres Chrestiés changer le nom de seruiteur en nom & affection de freres & d'enfans à raison du commun maistre, par lequel tous
deux sont rachetés à commū pris. Toutefois à fin que sous couleur de religion Chrestienne on ne trouble l'ordre de la republicque qu'vn chascun se contente de sa vacation, & y
perseuere, mais que se soit en sorte, que cependant il se souuienne qu'il prefere leōs cman-
demens de Dieu à ceux des hommes. Obeisses à voz maistres, ouy Dieu l'approuuant, auquel vous estes plus redeuables, comme à celuy qui vous a rachetés plus cherement, que
vous n'aués esté acheté de ceux là. Ce qui a esté dit touchant le seruage & franchise, se peut
aucunement accommoder au mariés & nō mariés. Car celuy qui s'est vne fois enueloppé
du lien de mariage, il est cōme serf. Mais qui n'est pas marié, il a puissance de viure en plus
grande liberté . Il faut donc tousiours suyure ce qui est le plus commode, s'il est loisible.
Car il ne faut pas pourchasser franchise si affectueusement, que pour le grand desir d'icelle

nous

Quant aux vierges. nous choppions contre vn hurt de plus grand peril. Parquoy quãt à la questiõ que vous faittes, aſſauoir-mon ſi les Chreſtiens doyuent marier leur filles pucelles, ou bien ſi comme conſacrées à Dieu il les doyuent tenir chés-eux en perpetuelle virginité, à fin de luy ſeruir en plus grande liberté: combien que ie n'en aye point de commandemẽt du Seigneur ſelon lequel ie vous puiſſe faire certaine reſponce, ce neãtmoins i'ay vn conſeil pour pouſſer à ce qui me ſemble le meilleur. Et penſe que vous ne deués pas meſpriſer mon conſeil, veu que comme l'authorité d'Apoſtre m'a eſté enchargée, ainſi m'a auſſi faict tant de bien la bonté de Dieu, encore que ie ne l'aye pas merité, que ie puis ſelon ſon intention bailler conſeil fidele & ſalutaire, ſans regarder quel profit m'en peut reuenir, mais bien ce qui vous eſt expedient. Mon aduis donc eſt pour la liberté qu'il ſeroit à ſouhaiter qu'vne pucelle ne ſe dediaſt à autre fort qu'a Chriſt: non pas que ie nye que le mariage ſoit vne choſe ſaincte & honneſte, mais par ce que pour les affinités, pour le ſoucy d'eſleuer les enfans, il apporte quant & ſoy beaucoup d'afflictions & ſoucis. Qui s'abſtient du mariage, il eſchappe ceſte neceſsité & quaſi ſeruage. Mieux vaut dõc embraſſer la liberté, pourueu qu'il ſoit, ou loiſible, ou ſeur. Il n'eſt pas loyſible à ceux qui ſe ſont-ia enueloppés és liens de mariage, il n'eſt point ſeur à ceux qui ne ſe contiennent point. Pourtant ſi tu es lié à femme ne cherche pas diuorce ſous couleur de Chriſt. Si tu es en liberté, ne pourchaſſe pas le cheueſtre de mariage. Que ſi te deffiant de tes forces tu as prins femme, point ne faut que tu t'en repentes, car tu n'as commis nul peché en cela. Bien as-tu entreprins vn affaire expoſé à ſoucis, toutefois legitime. Et ne ſera pas pire pour Chriſt par ce que tu es marié, mais tu ſeras plus affligé, & plus expoſé aux ſoucis mondains. Semblablement auſſi ſi vne pucelle ayme mieux eſtre mere de famille, elle ne peche pas ſi legitimemẽt, elle ſe marie à vn mary. Il n'y a point d'incommodité, ſinon que à cauſe des ſoucis du train domeſticque, elle aura moins de liberté de vacquer à la lecture ſaincte, à prieres, & à autres deuoirs de pieté. Par ainſi en vous laiſſant l'vn & l'autre en voſtre liberté, ie vous eſpargne en deux ſortes. Qui peut ſe paſſer de mariage, ie prouuoy à ſa liberté: qui ne peut, ie le deliure de dãgier. Ie loue la virginité & veſuage comme plus heureuſe: ie prouue le mariage comme plus ſeur. Parquoy que chaſcun aduiſe que c'eſt qu'il delibere en ce cas. Ie ne contrain perſonne ny l'en empeſche, ie dy és choſes ſeulemẽt que le Seigneur n'a ne cõmandées ne defendues. Cecy *Or ie vous ſupporte.* demanderay-ie de tous vous indifferemment freres: puis que le temps eſt court entãt que celle derniere iournée approche, il nous faut de tout noſtre pouuoir efforcer aux choſes qui nous appareillent pour ce iour là, en reiettant celles qui nous retardent d'y courrir. Celle iournée eſt bien incertaine, mais il eſt tout certain qu'elle ne ſera pas lõgue. Qui fera ſon conte que touſiours elle eſt prochaine, il ne ſera que bien legierement touché des choſes periſſables & tranſitoires, ſoit qu'aduerſité luy aduienne, ſoit que proſperité. Car celuy dernier iour vous deliurera de l'vn & de l'autre. La mort auſſi vous en deliurera, le cas aduenant qu'elle preuinſt ce iour là. Qu'eſt-il donc beſoing, ou d'angoiſſement ſe tourmenter, ou de grandemẽt ſe reſiouyr és choſes qui ne ſont que tranſitoires, veu qu'il eſt icy que *Que ceux qui ont femmes ſoyent comme n'en ayãs point.* ſtion d'vne eternité? Ayent femmes qui auoir en voudrõt, mais qu'ils les ayent en paſſant ne plus ne moins qu'es s'ils n'en auoyent point: par ce moyen le ſeruage de mariage ne les affligera pas beaucoup, & ne les retardera que legierement la volupté d'iceluy. Ceux qui ſont foulés d'aduerſités qu'ils pleurent comme ſans pleurer. Ceux auſquels la fortune de ce monde dit bien, qu'ils s'eſiouyſſent comme ſans s'eſiouyr. Ceux qui achetẽt qu'ils achetent en ſorte, comme s'ils ne poſſedoyent pas de la choſe achetée, comme celle qui tantoſt doit eſtre oſtée, & aller en autre maĩn bõ gré mal gré. Et ceux qui par cas ou neceſsité ſont enueloppés és trafficques du monde, qu'ils en vſent cõme n'en vſans point. Le ſoing dernier ſoit de ces choſes, & le premier ſoit des celeſtes s'il ne peut eſtre ſeul. Ce monde n'a que les ombres des biens & des maux, eſquels il n'y a rien ne de ſolide ne de durée, & s'y arreſter de tout le cœur ce n'eſt pas à faire à gens qui aſpirent à l'immortalité. Cecy, dy-ie, par ce que ie voudroye que ne fuſſiés embrouillés que le moins qu'il ſeroit poſsible és ſoucis de ce mõde, & que ſur tout vous ſuyuiés vne maniere de viure telle qu'elle ne vous enueloppaſt que le moins du mõde parmy les affaires prophanes. En ceſt endroit le party d'vn non marié eſt à preferer à celuy d'vn qui eſt marié. Car celuy qui n'eſt pas marié n'eſt pas diſtrait de diuers ſoucis, comment il pourra contenter ſon beau pere, ſa belle mere, ſes autres affins, ſa femme & ſes enfans, d'où il pourra fournir de viures à la famille croiſſãt tous les iours, d'où il pourra fournir aux mariages de ſes enfans, ainçois il vacque toutalemẽt à Dieu, ayant obtenu le comble de ſes ſouhaits, s'il peut plaire à celuy là ſeul. Au contraire, celuy qui a prins femme, ores qu'en partie il vacque au Seigneur, ce neantmoins il doit

quelque

quelque partie de foy à fa femme & aux affaires de mariage. Il en prend de mefme à la fem
me. Car pour ce qu'elle n'eft pas toutalement en fa liberté, elle ne peut vacquer toutalement à Chrift, ains eft diftraitte en diuers foucis, d'vne part elle fert à Chrift, & de l'autre
au mariage. Item vne pucelle ou vne non mariée, n'eft qu'en ce feul foucy comment elle
pourra plaire à Chrift fon efpoux, auquel elle ne peut pas plaire finon qu'elle fe garde
toute chafte & entiere non feulemét de corps, mais aufsi de cœur. Mais vne qui eft mariée,
il luy eft force qu'elle fe partiffe à Chrift & au monde, s'efuertuant tellement de plaire à
Chrift qu'elle ne defplaife pas à fon mary, auquel elle doit obeiffance. Or tout ce mien   Or dy-ie cecy
propos par lequel i'extolle le celibat, tant (à fin que perfonne ne le tourne autre part) non   pour l'vtilité
pas à vous vouloir ofter la liberté de vous marier ou ne vous marier point, ou bien à   de vous.
vous contraindre par force de fuyure quelque maniere de viure, laquelle foit meffeante
au naturel d'aucun : ains d'vn confeil amyable ie pouruoy à voz commodités, à fin que
fçachans que l'vn & l'autre eft voftre liberté, vous tendiés pluftoft à ce qui outre l'honnefteté eft aufsi accompaigné de la cõmodité de liberté, moyennant laquelle le non marié,
la pucelle, & la vefue peut par vn pertuel foing & feruice, tellement fe tenir au Seigneur Iefus Chrift, que nulles follicitudes terriennes ne pourroyent iamais l'en feparer. Qu'vn
chafcun confidere cecy à part foy: fi ce qu'il voit luy eftre hõnorable & franc, il penfe aufsi
qu'il luy foit feur, ou mefme luy vient à gré. Car celuy qui craint d'acquerir quelque def-
honneur ou infamie en tenant chés foy enclofe paffée le temps raifonnable, vne pucelle
ia en point de marier, & à qui aggrée le mariage: & la necefsité requiert qu'elle fe marie, ie
n'empefche pas qu'on ne faffe ce qu'on trouuera bon de faire. Car cõbien que nous ayons
dit que le mariage eft conioinct auec les incommodités de feruitude & foucy, fi eft-ce qu'il
n'eft pas conioinct auec peché. C'eft vne chofe legitime & honnefte, & mefme neceffaire à
aucuns. Pourtant, que publicquement & de bonne heure il marie fa pucelle de peur que
furtiuement elle ne faffe auec deshonneur, chofe qui en mariage n'eft pas deshonnefte.
Mais fi quelqu'vn cognoiffant qu'il eft en fa liberté de marier ou non marier fa pucelle, &
qu'il n'eft contraint d'aucune necefsité de faire non plus l'vn que l'autre, & neantmoins
il a arrefté & determiné à part foy, de garder chés foy fa pucelle qui n'a point enuie de fe
marier, il faict bien. Car comme ce n'eft pas feulement faict de deffendre de fe marier vne
qui a enuie de l'eftre, aufsi n'eft-ce pas chofe faincte de deftourner le cœur d'vne pucelle
du defir de vœu de chafteté. Par ainfi qui craignant le dãgier marie celle qui à enuie d'eftre
mariée, il faict bien: mais qui ne cõtraint poit celle qui a enuie de demeurer en perpetuelle
chafteté, à fe marier, ains optempere au vœu hõnefte de la pucelle, il faict mieux: d'autant
qu'outre l'hõnefteté il gaigne encore cefte cõmodité, qu'il fera loyfible à la pucelle de vacquer toute & fans diftraction au feruice de Chrift fon efpoux. Car il ne faut pas pour autre
fin affecter la liberté du celibat. Enuers Dieu c'eft bien plus belle chofe de confacrer au feruice de Dieu en l'eftat de mariage ce qui fe peut fouftraire des foucis neceffaires, que d'a-
bufer du pretexte de pucellage à paillardife, ou à oyfiueté & vie diffolue. Tãt s'en faut dõc   La femme eft
que ie defende à la pucelle les premieres nopces, que mefme ie n'ofte pas à la vefue la liber-   liée à la Loy.
té de fe remarier, combien que mefme le monde n'a pas en grande reuerence les fecondes
nopces. Que c'eft qui eft expedient à vn chafcun ce n'eft pas à moy d'en ordonner. En ceft
endroit que chafcun s'en confeille à foy-mefme. Ie monftre que c'eft qu'il fe peut faire fans
peché. Vne pucelle fe peut marier, car elle eft en fa liberté. Vne qui eft vne fois mariée, n'a
pas telle liberté: car elle a ceffé d'eftre en fa liberté, & s'eft par l'alliance de mariage obligée
à fon mary, tout le temps qu'il viura. Il n'y a que la mort qui puiffe feparer cefte conionction. Car qui fe met en mariage, il le faict auec intention que la conionction fera infeparable. Que fi le mary vient à mourir, la femme furuiuãte r'entre en fa premiere liberté, de maniere que s'il luy plait de fe remarier, qu'elle fe marie à qui bon luy femblera pouruez que
le mariage foit Chreftien, c'eft, qu'il ne foit pas pourchaffé pour couuerture de paillardife, & foit faict auec vn mary de mefme religion. Ce nonobftant comme ie confeffe bien que
celle qui fe remarie felõ qu'il luy eft permis, ne peche point: ainfi i'eftime celle plus heureufe qui d'enuie de vacquer à Chrift, garde la liberté recouurée. Cela donc ne commande-ie
pas comme neceffaire, ains ie confeille comme plus commode. Le confeil que vous ouyés
eft bien d'vn homme, mais non contreuenãt à l'intention de Chrift, lequel baille maintes
chofes luy-mefme, & aucunes par les fiens. Or comme ainfi foit & que ie fuis fon Apoftre,
& que ie fuis, penfe-ie, abbreué de fon efprit, comme les autres Apoftres, il ne faut pas que
mon confeil foit de petite authorité enuers vous.

CHAPI.

CHAPITRE VIII.

'Est ce me semble aſſés reſpondu aux queſtions de mariage, à fin que doren
auant vous ne vous entrebattriés plus par diuerſes opinions touchant ces
matieres. Maintenant pour ce que i'enten que cecy auſſi ſe met en diſpute,
aſſauoir-mon s'il eſt loiſible aux Chreſtiens, de mãger de la chair des beſtes
ſacrifiées aux idoles, veu que les Payens la tiennent pour ſaincte, oyés auſſi
mon aduis touchant ce point. Il en y a entre vous, leſquels entendans que l'idole n'eſt rien
autre choſe fors boys ou erain, ou pierre, & partant que la chair qui luy eſt immolée n'eſt
pas autre en effect qu'eſt vne autre chair, & que le cœur de l'homme ne ſe peut polluer par
aucune ſorte de viande, s'appuyans follement ſur leur cognoiſſance, par tout, & ſans aucune diſcretion ſe rempliſſent de chair immolée, iugeãs bien, à dire vray, de la choſe, mais
ne ſe ſouuenans point de la charité Chreſtienne, laquelle a de couſtume d'euiter tout ſcandale, & s'accommoder ſoy-meſme aux plus foybles, en attendant que petit à petit ils s'a-
uancent à choſes meilleures. Et eſt-ce ſi grand cas d'entendre que les idoles n'ont nulle diuinité? Qui eſt le Chreſtien qui n'entẽde bien cela, veu que les plus ſages d'entre les Payẽs
l'entendent bien auſſi? Et ce neantmoins ſouuentefois c'eſt bien le plus ſeur de ſuyure ce

Tous en auons
la cognoiſſance

que dicte la charité, que non pas ce que dicte la cognoiſſance. Cognoiſſance ſouuentefois
nuyt, comme celle qui engendre enſleure & arrogance. Mais charité s'eſtudie de profiter à
tous, n'endommage perſonne. Combien qu'vne bonne partie ſemblent auoir faute de cognoiſſance, leſquels ne ſçauent quãd ils en faut vſer & quand non. Or c'eſt vne choſe que
charité preſcript rapportant toutes choſes à l'vtilité du prochain. Pourtant faut-il l'appeller en conſeil, qui veut eſtre tenu pour doué d'vne vraye cognoiſſance. Or qui ſans a-
uoir charité eſt enflé d'vne vaine perſuaſion de cognoiſſance, il eſt tant eslongné de ſcience, que meſme il n'a pas encore obtenu cela que de ſçauoir quand & comment il en faut v-
ſer. Qui eſt ſage enuers Dieu, eſt vrayement ſage. Car celuy qui ſe complait en ſoy-meſme
& cherche ſa gloire, ſans tenir conte du dangier de ſon frere, la ſcience d'vn tel, Dieu ne l'approuue pas. Au reſte, vn qui vrayemẽt ayme Dieu, il eſt force qu'il ayme auſſi le prochain.
Vn tel donc Dieu l'aduouera pour ſon diſciple, entant que comme Dieu a accommodé ſa
hauteſſe au ſalut des hommes, ainſi vn tel ſoumet & aſſuiettit ſa ſciẽce à la commodité du
prochain. Pour donc retourner à noſtre propos, nous ſçauons bonnement tous que l'idole iaçoit que les Payens l'adorent ne plus ne moins que s'il y auoit quelque diuinité, ce ne
antmoins en effect n'eſt rien autre choſe que boys ou pierre, & n'a pas plus de diuinité,
qu'vn tronc d'arbre tout raboteux, ou vne pierre rupilleuſe : & partant qu'en la chair ſacrifiée à l'idole il n'y a pas plus ne de bien, ne de mal qu'en celle qu'on vent en la bouche-

Nous ſcauons
que l'idole
n'eſt rien.

rie au marché. Car quand vous voyés vne pierre taillée à l'ymage d'vn homme ou d'vn
autre animal, cõme ainſi ſoit qu'il n'y ait qu'vn Dieu, & iceluy ſoit ſans reſſemblance (car
on ne pourroit le contrefaire) qu'eſt-ce que repreſente l'idole ſinon les diables auſquels
comme à Dieu ſacrifient gens malheureux. Donc telles viandes ſouillent ceux là qui les
prennent comme vrayement ſainctes, eux eſtans prophanes. Elles ne ſouillent point le
Chreſtien lequel n'en mange pas les tenant pour ſacrées, mais comme permiſes de Dieu
pour appaiſer la faim. Il en mange par neceſſité, & non par deuotion, ſe riant à part ſoy de
la multitude des dieux des Payens, eſtant bien aſſeuré qu'il n'y a point d'autre Dieu, fors
vn ſeul à qui tout eſt ſanctifié. Car ores qu'il y en ait d'autres qui ſoyẽt appellés dieux, ſoit
au ciel leſquels ils appellẽt celeſtes, ſoit en terre leſquels ils appellent infernaux, de laquelle ſorte il y a certes maints dieux & maints Seigneurs, ils ne ſont dieux & ſeigneurs que de
nom, & ne ſont tels qu'entre ceux là ſeulement qui par tres-lourd abus les croyent tels &

Le pere duquel
ſont toutes
choſes.

les ont canoniſé pour dieux, & ſeigneurs. Mais nous autres Chreſtiẽs nous n'auõs qu'vn
ſeul Dieu, aſſauoir le pere de Ieſus, createur & autheur de l'vniuers, duquel ſeul procedent
toutes choſes, & auquel ſeul eſtans conſacrés nous taſchons de plaire par ſainct ſeruice.
Item vn Seigneur Ieſus Chriſt, par lequel ſeul le pere nous à tout conferé & par le benefice
duquel ſeul nous recognoiſſons le vray Dieu, de maniere que deſormais nous n'auons
nulle accointance du monde auec les dieux faux & prophanes des Payens, & ne les a-
uons pas en plus grande eſtime que ſi toutalement ils n'eſtoyent point dieux. Partant
quiconque d'vne magnanimité Chreſtienne meſpriſe l'idole & ce qui luy eſt ſacrifié, ſon
opinion eſt bien bonne, & pourroit en bonne conſcience manger de la chair ſacrifiée aux
idoles, comme de toute autre, ſi la pure verité eſtoit eſgalement perſuadée ou cogneuë de
tous. Car nul ne s'en ſcandaliſeroit. Mais voyla gens aſſis en vn bancquet leſquels dés
leur enfance ſuyuant les manieres de faire des anceſtres ſont perſuadés & toutalement re-

ſolus

folus que l'idole est vne chose saincte,& que tous ceux qui sont aussi au festin sont participans de ceste superstition,& ne croyēt point qu'on puist tenir si peu de cōte des choses, lesquelles ils ont en si grande reuerence & crainte. Ceux là,ce que tu fais d'vn sain iugement
& en bonne conscience ils l'interpreterōt ainsi disans à part eux: Le seruice des idoles n'est
si execrable qu'on diroit bien,attendu que les Chrestiens n'ont pas en horreur noz sacrifices. Est aussi (peut estre) assis ou assiste au bāquet quelque Chrestiē,lequel iaçoit qu'il soit
consacré à Christ,ce neātmoins,il n'est pas encore robuste & parfaict en la foy;ains est foyble pour les reliques de la cōtagion de la façō de faire anciēne, laquelle il a humé de ses ancestres,par vne longue & publicque accoustumāce,& māge de la chair sacrifiée nō sans superstition,esperāt ou craingnāt aucunemēt,que le faux dieu quēl qu'il soit,ne luy porte ou
profit ou dōmage par quelque moyē. Et quelle merueille si cela aduiēt à aucūs des Grecs,
veu que nous le voyōs bien aduenir à plusieurs des Iuifs? C'est chose bien difficile de toutalement arracher & desraciner du profond du cœur de l'homme, ce que l'institutiō du
premier eage,l'vsage public,& la longue accoustumance y a enraciné.Nul ne deuient pleinement Chrestien tout à coup.Comme la nature a ses accroissemens,aussi a la religion les
siens. Pourtant comme nous qui sommes les plus robustes d'eage,enseignés de la nature
portons & soustenōs les foibles:ainsi à l'exemple de Christ,ceux qui sont les plus auancés
en la foy,doyuē quelquefois s'accōmoder aux infirmes,iusques qu'auec le temps ils amassent force competente. Or cōme encore auiourd'huy il en y a d'entre les Ebrieux aucūs
qui font professinō de Christ,lesquels toutefois pour la superstition qu'ils ont de leurs ancestres,ne pourroyent mespriser tels fatras, cōbien que à pur & à plein les saincts Prophetes l'ayēt ainsi promis deuoir aduenir, & Christ mesme ait commandé de le faire:ainsi y en
eut-il entre les Grecs,du cōmancement quē l'Euangile se mit à ietter ses rayons, mesme il
en y a encore auiourd'huy,qui ōtes qu'ils aduoüent Christ,cē neantmoins il n'ont pas encore toutalemēt poussé hors de leur cœur la frayeur & reuerence de la réligiō paternelle:&
par ainsi māgēt de la chair sacrifiée aux idoles,non pas entant qu'elle sert pour appaiser
la faim de l'estomac, mais entāt qu'elle est saincte,estant sacrifiée à vn tel ou tel faux Dieu. Car si aucun te
Vn tel quand il te verra (toy qu'il estime de plus grande doctrine & iugemēt que luy) assis voit toy qui as
auec les Payēns au sainct bancquet, se pensant que tu ne māges pas d'autre intentiō que cognoissance:
luy,il est offensé par ton exēple & ensuyt temerairement le faict d'vn duquel il ne voit pas
le cœur & iugement. Par-ainsi là où au parauāt il estoit en bransle & n'estoit qu'vn peu superstitieux,il est par occasion confirmē en sa superstitiō.Cecy nē di-ie pas,que i'approuue
ou la superstition ou le soupçon d'vn tel. Et de faict,la charité Chrestiennē enseigne non
pas d'approuuer ou nourrir l'infirmité, mais bien de la supporter & soulager en certaines
choses pour vn tēps. Car ie ne suis pas d'aduis qu'en tout & par tout il faille s'accōmoder
aux conuoitises des foibles: Car que seroit-ce là autre chose,sinon nourrir la superstitiō,&
tellementcomplaire aux infirmes,que toy-mesme cessasses d'estre fermer.Il faut enseigner,
l'infirme,l'amōnester,& reprēdre,lequel au lieu qu'il deuroit luy infirme escouter le fort,ce
pēdant iuge & cāondne à part soyvn meilleur que soy:& là où à l'exemple de celuy là il deuoit amasser vne fermeté de foy,il conferme la maladie de son cœur,& au lieu que plustost
c'estoit à luy à faire de tendre à la perfection de ce luy là; il le cōtraint de cōdescendre à l'infirmité d'autruy. Voyre-mais si celuy qu'on amonneste n'est capable,il me semble que la
pieté Chrestiēne requiert, que celuy qui est plus fort s'accommode pour vn peu de temps
au foible,mais à fin qu'il s'auance. Qu'il s'accommode,di-ie,& nōmeement en tel affaire,
en quoy ces deux points entre-autre sont à cōsiderer:premieremēt,que l'affectiō de superstitiō,laquelle succée auec la māmelle a esté cōfermée par vne accoustumāce de long tēps,
est vne chose bonnement inexpugnable: püis qu'il n'y a nul dāgier plus à redouter que le
dgiāer d'idolatrie. Mais touchāt la cause des infirmes nous le debattrōs vne autrefois. Ce
pēdāt pour ce que i'apperçoy que souuētefois entre vo⁹ on peche en c'est endroit,il vaut
mieux que nous no⁹ employōs à rebarer la sciēce arrogāte & vuyde de charité.I'approuue
voz raisons,que ce n'est pas la viāde qui no⁹ rēd agreable à Dieu. Car cōme ainsi soit que La viande ne
Dieu ait créé toutes choses pour l'vsage des hōmes, & qu'il ne requiert autre chose de no⁹ nous faict po-
sinō vne saincteté de vie,que luy en chaut-il si nous māgeonsde la chair ou du poisson,ou int plus agrea-
des bestes à quatre pieds,ou d'oiseaux.Et de faict,il n'y a rien de tout cela,qui accroisse ou ble à Dieu.
amoindrisse de rien qui soit la pieté.Le chois de telles choses peut biē faire vn hōme super
sticieux,mais religieux nō:& Christ n'a enseigné aucune differēce de ces choses là. Pourtāt
ce seroit temerité à l'home de s'auātager de charger aucū de telles cōstitutions.Que chascū
māge selon que la tēperature de son corps le requiert,de telles viādes qu'il luy vient en ap-

O o   petit

petit,pourueu que ce soit sobrement & par mesure,rēdant graces à Dieu de tout:sans cō
damner aucun qui māgeroit de diuerses viādes, sans aussi se cōplaire en soy-mesme de ce
pour la cōmodité de son corps,il s'abstiēdra de telles ou telles viādes. Or és autres choses
le dāgier n'est pas dés plus grāds du mōde, en cest endroit où il est tres-grand,il faut cōce
der quelque chose à l'infirmité d'aucuns. Soit que tu māges des choses qui sont sacrifiées
aux idoles,tu n'en sera-ia plus souillé, soit que tu n'en māges tu n'en seras pas plus sainct.
Voyre-mais il nous faut ce pendant aduiser qu'en vsant ainsi de ceste vostre puissance de
māger de toutes viādes vous ne dōnés aux infirmes occasion de ruyne.Et qui empeschera
qu'ainsi n'aduiēne, si quelqu'vn estāt encore aucunemēt infecté de ceste superstitiō te voit
(toy qui pense le surpasser en iugemēt & doctrine)estre assis en vn cōmun bācquet auec les
autres qui ont sacrifié à l'idole,& māger sinō d'vn intētion semblable,au moins d'vne ap
parēce semblable que les autres? Or ça le cœur enclin de son propre naturel à la supestitiō
passée,ne sera-il pas par ton exēple,fortifié & incité à idolatrer,de maniere que desviādes
desquelles tu māges en bōne & ferme foy & trāquilité de cōscience,il en māgera d'vne con
sciēce ipure?Et que peut-il chaloir pour cela?diras-tu.Certainemēt il y a eu du dāgier que
par l'occasiō de ta fermeté le frere infirme ne viēne à perir,lequel tant infirme puist-il estre,
est ce neantmoins ton frere c'est à dire,Chrestien, lequel tant s'en faut que Christ l'ait eu en
mespris, qu'il ne luy a pas greué de mourir pour le sauuer. Christ pour les ifirmes n'a tenu
conte de sa propre vie : & toy tu tiens tant peu de conte du salut de ton frere, qu'à l'appetit
d'vne viāde de nulle value,tu ne te soucies de sa perte:mesmemēt quand tu n'aspas faute,
dequoy te pouuoir saouler le vētre sans offencer tō frere. Et à fin que vous ne pēsiés que le
crime soit petit, de pecher cōtre l'hōme : toutefois & quātes qu'en ce point voꝰ offensés les
infirmes,en nauiāt par vn exēple suspect leur cōsciēce imbecille,vous offensés aussi Christ
mesme. Tant petits & imbecilles soyēt-ils,ce nonobstāt Christ les recognoit pour ses mem
bres,s'estime estre blessé quand on les blesse, & le plaisir qu'on leur faict, il le repute faict à
soy-mesme.Et non sans cause,il a tant sogneusemēt aduertit qu'on eust à se garder de scan
daliser les petits. Il ny a homme qui entende mieux que moy qu'és viandes, il n'y a pas vn
seul brin ou de pieté ou d'impieté:ce neantmoins qu'il y ait du dangier,que mon frere en
core superstitieux par trop ne soit par occasion poussé à manger des viandes desquelles il
mange d'vne cōscience mal-asseurée, ie m'abstiendroye toutalemēt plustost toute ma vie
de manger chair,que de faire que par ma faute vn membre vinst en dāgier.Ie confesse bien
qu'vne viande sacrifiée à l'idole ne souille pas la ferme cōscience de celuy qui en mange.
Mais qui en mange,cōme dit est,le peu de conte qu'il tient de dangier dn son frere le souil
le,attendu qu'il nous est commandé de l'aymer comme nous-mesmes.

C H A P I T R E   IX.

Ne suis-ie
point en
liberté.**I**L ne faut donc qu'aucū se pleigne qu'on luy oste le droit de la chose permise. Il
ne faut pas tousiours considerer que c'est qui est loysible, mais que c'est qui est
expedient : & n'est pas tout à coup question de faire ce qu'on peut bien souste
nir, ains faut plustost suyure ce que conseillera la charité Chrestienne, laquelle
ne cherche pas ses commodités, mais celles d'autruy. Autrement, combien y a-il de cho
ses, esquelles ie n'ay pas vsé de mon droit. Ie n'auoye pas faute de iugement, i'entendoye
bien que c'est qui m'estoit loysible, mais i'ay preferé ce qui vous estoit expedient.I'ay faict
maintes choses lesquelles ie sçauoye n'auoir aucune importance pour la pieté : à fin d'ap
paiser ceux lesquels ie ne vouloye pas estre estrāgés de Christ. Ie me suis deporté de main
tes choses, lesquelles il m'eust esté loysible de faire, si vostre vtilité ne m'eust conseillé du
contraire. Car pourquoy? Ne suis-ie pas Apostre comme les autres, qui se vantent de ce
titre là? Ne suis-ie pas enuoyé vers les Payens par le mandement de Christ? Que si ie suis
egalement Apostre cōmme sont les autres, pourquoy auroy-ie moins de puissance Apo
stolicque?La grace ne m'a-elle point aussi esté faitte, de voir nostre Seigneur Iesus Christ,
si on trouue que ce soit, comme c'est grand cas, qu'il a esté veu des autres apres sa resurre
ction. Que s'il faut venir à faire prisée des Apostres par leurs faits & prouesses, que pour
roit-on mesme en cest endroit desirer en moy? N'est-ce pas vne œuure d'Apostre, de gai
gner à Christ la ville de Corinthe iadis tant addonnée aux conuoitises mondaines? Or
est-ce que cest acte a esté faict par moy, aydant le Seigneur. Si ie suis Apostre aux Iuifs ie
m'en rapporte à eux, qui taschent de mesler Christ auec Moyse. Pour le moins ie le suis à
Et si ie ne suis
Apostre aux
autres.vous,à vous,di-ie,qui à ma suasion croyés à Christ,qui aués senty ma parolle estre accom
paignée d'vne efficace diuine. Vous estes donc mon œuure, s'il est question de venir aux
faicts.Combien que toute la louange qui peut estre en cest endroit,est deue à Christ & non
à moy

Vous pechés
contre Christ.

à moy. N'estes vous pas mon seau par lequel ie puis monstrer que la charge d'Apostre m'a esté deleguée pour la gloire de Christ ? C'est bien la responle qu'ordinairement ie fay à ceux qui me demandent par quel argument ie me declare Apostre. Si en vous a esté faict par moy tout tant que soit a esté faict és autres par les Apostres souuerains : pourquoy se roye-ie moins Apostre qu'eux ? Que si i'ay & mesme authorité & mesme fruict d'office d'Apostre,qu'eux ont:pourquoy ne me sera-il loysible d'vser de mesme puissance qu'eux, & estant esgal ou mesme superieur en trauaux,pourquoy ne seray-ie aussi bien esgal en sa laires ? N'y a-il que nous autres qui n'ayons puissance de manger & boyre au despens de ceux, ausquels nous preschons l'Euangile ? N'y a-il que nous à qui il ne soit pas licite, de mener çà & là des matrones femmes Chrestiennes qui du leur nous fournissent les neces sités de la vie, ce que font bien les Apostres non pas tels quels, mais les premiers d'entre- eux,les freres du Seigneur, qui s'appellent Iaques & Iean, voyre Cephas mesme, qui tient le premier ranc entre les Apostres ? N'y a-il que moy & Barnabas, qui par ce que nous ne faisons comme les autres, n'ayans pas la mesme puissance de viure sans trauailler, & pres cher l'Euangile au despens d'autruy ? Or tant s'en faut que nous cherchions de nous enri chir de l'Euangile, que mesme le viure simple & mediocre, chose qui autrement estoit tres raisonnable,nous ne l'auons pas prins pour rien. Y a-il iamais homme qui guerroye à ses depens:ou qui cultiue vne vigne,sans en manger du fruict:ou qui paisse le bercail,sans ce pendant manger du laict du bercail ? En tout deuoir, celuy faict les frais, pour lequel on trauaille.Quoy ? N'afferme-ie cecy,que par raisons humaines tant seulemét ? Cela mesme que la raison naturelle enseigne,n'est-il pas aussi ordôné par la saincte Loy ? Et de faict, la loy de Moyse defend d'emmuseler le beuf, quand on l'employe à tournoyer pour battre le blé : partât que c'est chose inique de n'auoir pas de quoy se substéter de la besongne apres laquelle on trauaille. Mais que faict cela pour les Apostres ? dira quelqu'vn: Or il n'est pas vray semblable que Dieu par ceste Loy ait seulemét voulu aduiser & prouuoir aux beufs, ainçois plustost il y a là quelque plus haut sens caché, qui s'entend de nous. Et tant s'en faut que Dieu veuille qu'vn ouurier soit fraudé de son viure, que mesme il n'a pas voulu que cela se fist aux beufs.Pourtant ce n'est tant pour le regard des beufs,que pour l'amour de nous qu'il est escript, que qui exerce vn labourage penible en la terre du Seigneur, ne soit pas fraudé de l'esperance de son salaire : & qui bat le blé en l'aire du Seigneur, outre l'espérance du salaire eternelle,il addoucisse aussi son trauail par le soulas d'vn salaire pre sent. Or n'estimés pas que ce soit grand cas, comme ainsi soit que nous vous ayons con feré les choses qui appartiennent à la vie immortelle, si semblablement nous receuons de vous ce qui concerne la necessité de la vie presente : & si nous recueillons voz choses char nelles, veu que nous vous auons semé les spirituelles. L'homme n'a nulle cause de repro cher son bien-faict,quâd il change des choses tres-viles à de tres-precieuses. Nous ne som mes pas voz redeuables, encore que nous receuiôs nostre viure de voz mains:mais vous estes ingrats, si vous refusés le viure à ceux qui trauaillent apres voz commodités. Que si les Apostres quels qu'ils soyét (car ie me tay icy de leurs personnes)ont vsé & vsent enuers vous de ceste puissance:combien plus de raison auions nous d'en vser, attendu que nous auons esté les premiers de tous qui auons trauaillé apres vous,& plus que tous ? Et ce ne antmoins nous sommes de propos deliberé d'vser de nostre droit : non pas qu'il ne nous fust bien licite, ou que nous eussions dequoy d'ailleurs, ainçois plustost en vne grande disette de ce qui faict besoing pour l'ordinaire, il n'y a chose que nous n'ayons endurée, à fin qu'il n'y eust rien, qui peut entrerompre l'auancement de la doctrine Euangelique. Autrement, si nous n'eussions eu plus d'esgard à vostre salut, qu'à nostre profit, nous sçauions bien qu'il vous est tres-notoire, que côme entre les Grecs, ceux qui s'employent aux sacrifices,viuent du sacrifice : ainsi entre les Iuifs ceux qui assistent à l'autel,sont parti cipans de l'autel.Et l'ordonnance du Seigneur est bien telle,c'est que ceux qui preschent & enseignêt l'Euâgile,le viure leur soit forny de l'Euangile.Car celuy qui employe son trauail voyre fidelement,en l'affaire de l'Euangile, se doit bien contéter de son simple viure. Car ia n'aduiêne,que hôme du môde amasse des richesses par le moyé d'vne chose, qui enseigne à ne tenir côte des richesses. Vous voyés par côbien de raisons & argumés,il m'estoit loysi ble de faire ce que font les autres:& toutefois riê de tous cela ne m'a esmeu à prêdre riê du môde de vous. Et n'a pas enuie de iamais le faire à l'aduenir,à fin qu'aucun ne pêse,que ce que i'ay mis en auant tant d'argumês,ce ait esté pour desormais faire auec plus grâde cou leur ce que ie n'ay faict par cy deuant.Et tant s'en faut que ie veuille châger de propos,que plustost ie mourroye de faim, que de cômettre qu'aucû me puisse oster ceste vâtâce,laquel

Deut.25

Mais nous n'a
uons point vsé
de ceste puis=
sance.

Or ie n'ay
point escript
cecy.

Oo   2   le puis

Ie puis que ie l'ay vne fois embrassée, ie la retiendray à belles dens. Car ie n'ay pas à regret
que i'endure ces choses, plustost ce m'est vn plaisir,& me repute à hōneur de ce que ie presche l'Euāgile sans en rien prendre,attēdu que ie voy qu'il est ainsi expediēt pour vostre salut,à fin que vous aussi à mō exēple vous vous absteniés semblablemēt des choses licites,
quād l'vtilité d'autruy le requerra.Et de faict si ie preschoye l'Euangile à la façō des autres,
ie n'auroyepascause de vantāce,le Seigneur m'a enioinct ceste cōmission, ouy le Seigneur,
auquel il m'est force d'obeir,veuille-ie ou nō. Ie n'ay donc nulle louange,en m'acquittāt
de l'office qui m'est enchargé:ains au contraire, le supplice m'est tout appareillé, si ie suis
nonchalant en la predication de l'Euangile. Si volontairement & sans contrainte ie presche l'Euangile,Dieu recompensera la promptitude du vouloir : si ie le fay à regret, si est-ce
qu'il me faut acquitter de la charge qui m'a esté baillée.L'Euangile m'a esté enchargé,non
pas à fin que ie le garde enclos chés moy, mais à fin que ie le departisse aux Payens. Si ie le
depart, c'est le bien du Seigneur que ie depart & non le mien : sinon, ie fay tort au Seigneur, en retenant riere-moy son talent sterile, lequel il vouloit qu'il accreut par vsure.
Mais quelqu'vn me dira:si punition t'attend ne t'acquittant pas de ton deuoir,& n'as nul
salaire en t'en acquittant, que reste-il donc ô Paul, de quoy tu te puisses vanter? Sans
point de faute voicy dont est deue louange, si quelqu'vn faict son deuoir par dessus ce qui
luy est enioinct. Le Seigneur nous a commandé de prescher l'Euangile : mais il ne nous a
pas commandé que nous le preschions pour rien & à noz despens: ainçois il nous a donné puissance de manger & boyre des offrandes que feroyent ceux à qui nous baillerons
l'Euāgile.Dōc ce que le Seigneur a voulu qu'il fust licite, ie n'ay pas voulu qu'il me fust licite. Et n'ay pas vsé de la puissance qui m'estoit permise, par ce que ie voyoye biē que c'estoit
plus vostre profit & celuy de l'Euangile, de vous departir pour rien la doctrine Euangelique,à fin d'auoir tant plus grande liberté de vous amonnester : & qu'il fust tout notoire,
que ie ne fay pas comme aucuns, qui enseignent pour le gaing,faisant leurs besongnes &
nō pas celle de Iesus Christ. Or comme en cest endroit ie n'ay pas vsé de mon droit, aussi
en d'autres ie me suis assuietty,comme m'astreingnant à des choses, ausquelles ie n'estoye
pas obligé. Car comme ainsi soit que ie ne suis pas redeuable à la Loy des Payens, & par
la grace de l'Euangile ie soye deliuré de la loy de Moyse, ce neantmoins cōme si i'y estoye
contraint,ie m'asseruy à tous,pour plus en gaigner à mon Seigneur. Paiainsi ie me suis accommodé aux Iuifs, quelquefois en faisant vœu & me rasant la teste : item en circoncisant
Timothée, ne plus ne moins que si i'eusse esté vrayement Iuif, là où ie sçauoye bien que la
loy Mosaique estoit abolie, à fin que ceux ausquels on ne pouuoit encore arracher la superstition de la Loy paternelle ie les attirasse amiablement à Christ par mon seruice, ou
pour le moins qu'estans griefuement offensés ie ne les esloignasse de Christ. Donc enuers
ceux qui s'estimoyent redeuables à la Loy,ie me suis porté en sorte,comme si moy-mesme
y eusse aussi esté redeuable. Item enuers les autres, qui sont francs & exempts de la loy
Mosaique, ie m'y suis quelquefois porté en sorte comme si moy aussi n'eusse esté retenu
d'aucune Loy,cōbien qu'enuers Dieu ie ne soye pas toutalement sans Loy, ains suis redeuable à la Loy de Christ, laquelle ie prefere de beaucoup à celle de Moyse. Et ce neantmoins én apparence ie me suis accommodé à la portée &affection de tels : comme en
Athenes ie ne me mis pas soudain à crier apres leurs dieux,lesquels il reueroyent en grande superstition, mais de l'escripteau d'vn autel,ie prins occasion d'insinuer Christ:duquel
premierement ie moderay mon propos en sorte, que i'enseignay qu'il auoit esté quelque
excellent personnage,lequel par ses belles promesses auroit, par maniere de dire, esté canonisé & nombré entre les dieux, sans affermer qu'il fust Dieu & homme, pour ce que ie
sçauoye bien qu'ils n'estoyent encore capables de ce mystere. Voyre i'amenay mesme des
tesmoignages de leurs autheurs, n'obmettant rien en arriere, dont ie peusse les attirer à
Christ. Or de tout cela ie n'en ay rien faict pour mon regard,rien par vice de legiereté,ains
par vn zele de publier l'Euangile. Ie pouuoye vser de ma fermeté,& y continuer : mais i'ay
plustost aymé ce qui m'estoit à vray dire,moins vtile:au reste,il estoit plus expedient pour
l'Euangile, que ie m'accommodasse à l'infirmité d'autruy, ne plus ne moins que si i'eusse
esté detenu en semblable infirmité, à fin de gaigner les infirmes. Que diray plus? Enuers
tous ie me suis trāsformé en tout visage,pour par tout en sauuer aucuns, en me glissant ès
cœurs de tous en leur complaisant. Or n'est-ce pas complaisance de flatteur, par laquelle
aucuns taschēt de vous attrapper : mais ie suis cōtent qu'elle soit trouuée pour telle, si i'ay
ou prins ou pourchassé de vous la moindre recompense du monde. Ie fay l'affaire de l'Euangile, & non le mien : ie cherche le profit du Seigneur & non le mien. I'attend salaire de
                                                                                                luy

luy seul, si ie cõduy l'affaire selon sa volonté. Vn salaire singulier n'eschoit pas, sinon à vne
vertu singuliere. Il nous faut en la lice Euangelique mettre telle peine, que non seulement
nous soyons trouués nous estre acquittés de nostre deuoir; mais aussi nous emportions
le pris de gloire. Ne voyés vous pas qu'és lices accoustumées esquelles on court à l'enuy
à qui aura le pris, que plusieurs y courent bien; ce neantmoins que le pris n'est ordonné
qu'a l'vn, assauoir à celuy qui paruiendra au but le premier de tous? Parquoy ne vous con
tentés pas de tellement quellement vous acquitter de vostre deuoir, & d'eschapper la punition: il faut de toutes ses forces aspirer à la perfection, & courir en sorte en la lice Euangelique, que vous emportiés le loz enuers Dieu le maistre du pris & combat. Pour le regard
dequoy, il n'y a chose qu'il ne faille & faire & endurer. Il faut porter maintes choses pour
fascheuses qu'elles soyent, pourueu qu'elles seruent à emporter ce pris: il faut s'abstenir de
maintes choses, autrement licites, si elles retardent le pris. Celuy qui tend au but, doit euiter tout empeschement. Il feroit mal voir que pour vn ioyau si excellent nous combatis-
sions moins vaillamment, que ne font les hommes de ce monde, pour vn pris de neant.
Car tout homme qui combat en ces combats populaires, il s'abstient des viandes, des
voluptés & maintes autres choses de soy delicieuses, pour ce qu'elles sont inutiles pour la
victoire: il endure maintes choses, iaçoit qu'elles soyent malplaisantes, ne tenant conte de
toute fascherie, pourueu qu'il obtienne la couronne à laquelle seule il vise. Que s'il n'y a
rien que ces gens là ne facent & endurent, pour emporter vn ridicule applaudissement du
peuple, pour emporter louange des hõmes, brief pour emporter vn pris de peu de vallue:
combien plus est-il raisonnable que nous fassions les mesmes choses, pour emporter des
hommes, applaudissement, de Dieu louange, & l'eternel pris d'immortalité? Veu qu'il est
question d'vn affaire de si grande importance, vne viande quelquefois tres-vile, ou chose
semblable nous retardera-elle de la course entreprinse? Ie m'en rapporte à vous commẽt
vous vous portés en ce tant beau combat: de moy certainement ie cours non pas noncha
lamment comme font ordinairement ceux qui ne se proposent nul certain but, ie combas
en sorte à coups de poings, que ce n'est pas comme ceux là qui par ieu frappent l'air à tout
leurs poings: ains par tous moyens amatty mon corps par vrayes incommodités, l'accou
stumant ainsi à fin qu'estans dompté il obtempere à l'esprit: à fin aussi que toutes fois &
quantes que l'affaire de l'Euangile le requerra il se passe aiséement des choses licites, & si
quelque fascherie suruient, il la porte patiemment, à fin qu'il ne m'en prenne comme il est
aduenu à aucuns, c'est qu'apres que par ma predicatiõ i'auray appellé les autres à ce cõm
bat, ie n'obtienne nul loz en iceluy, & qu'apres auoir esguillonné & esperonné les autres
à chercher la louange, ie ne m'en retourne sans loz. Ie combas sous vne tres-certaine esperance d'emporter les ioyaux, & n'enseigne rien qui soit aux autres de parolle, que moy-
mesme ne le mette en effect.

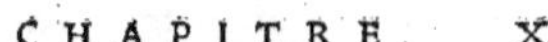

Ie cour donc
ainsi.

CHAPITRE X.

R tout ce mien propos tend à ce que nous ne pensions-ia que ce soit assés
pour nous, pour obtenir le pris de salut, de ce que par le baptesme nous som
mes receus en la famille de Christ, de ce qu'estans par sa grace deliurés de la
tyrannie des vices, nous sõmes remis en franchise: n'est que desormais nous
desportions de toute accointance des vilaines conuoitises. Le baptesme est
bien commun à tous: mais le pris ne sera commun à tous. Parquoy ie veux bien que vous
sçachés, freres, ce qui est enregistré en noz liures, c'est que noz Peres en fuyant la tyrannie
de Pharaon sous la conduite de Moyse, furent tous esgalement garantis cõtre l'ardeur du
Soleil par la protectiõ de la nuée dont Dieu les accouurit: que tous esgalement marcherẽt
à beaux pieds par le trauers des ondes de la mer mypartie: brief que presques tous les dõs
qui nous ont esté conferés par Christ, ont aucunemẽt precedé en eux. A l'aduẽu de Christ
le baptesme nous deliure de la tyrannie des vices : eux quand sous la conduite de Moyse,
couuers de la nuée, il passerẽt la mer qui se mypartit au frapper de la verge de Moyse, il furent aucunement baptisés à leur façon, adombrans nostre baptesme. Tous nous qui sommes purifiés par le baptesme, nous mangeons esgalement du sainct & sacré corps, & beuuons tous de ce hanap mysticque. Semblablement aussi eux mẽgeoyẽt tous de la manne
enuoyée du ciel: & beuuoyent tous esgalemẽt de l'eau que Moyse fit saillir de la pierre à vn
coup de verge. Et ce neãtmoins ces choses ne sont pas faittes d'vne façon accoustumée ou
fortuitemẽt. Christ pour lors faisoit en eux monstre de ces choses, desquelles il nous a faict
pleine & vraye exhibition. Christ faisoit plouuoir celle manne : l'efficace qui iamais n'est
sans assister aux siens, d'vne pierre seiche & sterile en a faict saillir l'eau en abbondance.

Ie veux bien
que vous sça-
chiés.

Oo 3   C'estoit

C'eſtoit Chriſt qui daignoit faire tant de benefices & honneur aux ſiens. L'hõneur & le benefice eſtoit bien commun à tous, & toutefois tous ne paruindrent pas au lieu deſtiné. De
rien ne leur ſeruit d'eſtre ſortis d'Egypte, s'ils auoyent emportés Egypte quant & eux. De
rien ne leur ſeruit s'eſtre deſpouille du ſeruage ancien, ſi puis apres ſeruoyēt à leurs cõuoitiſes plus vilainement qu'à Pharaon. Ainçois de tant plus le haiſſoit Dieu, qu'auec les fautes paſſées ils auoyent encore adiouſté le crime d'ingratitude. Pourtant furent-ils affligés
de diuers maux par la vengeãce de Dieu, & tõberent au deſert ores par feu, ores par glaiue,
ores par peſte, ores par enuahiſſement de ſerpens. Or comme leur fuyte figure noſtre bapteſme, ainſi leur punition nous ſert d'exēple, à fin que nous faiſans fort du bapteſme nous
ne menions vne vie indigne du bapteſme: & que par diſſolution, de regret de la chair nuyſible nous ne retournions de cœur en Egypte, comme eux firent à leur grand malheur, ſe

Nomb. 14
Conuoiteux
des choſes
mauuaiſes.
Exod. 33

degouſtans de la manne. Et que par folie & intēperance nous ne tombions ou ſemblions
eſtre tombés en idolatrie, ce qu'il leur aduint quand à la façon des nations prophanes, ils
adorerent le veau de fonte ſans tenir conte de Dieu. Car en Exode il en eſcript en ceſte maniere: Les beſtes tuées pour ſacrifier, le peuple s'aſſit pour mãger & boyre, & eſtant ſaoulés
ſe leuerent pour iouer. Et ſoudain Dieu en fit punitiõ telle, que vint & trois milles hõmes
en furent tués. Semblablemēt que nous ne nous meſliõs pas vilainement parmy les paillardiſes des meſchans, comme eux ſe meſlerent auec les paillardiſes des Moabites. Dont

Nomb. 25

ſe courrouça Dieu, ſi en tomberēt pour vn iour, vint & quatre mille hommes. Et ne tētons
pas Chriſt par impatience en nous deffians, cõme aucuns d'eux le tenterent le prouoquãt
à courroux par vn grondemēt d'impieté, ſi leur furent enuoyés des ſerpens bruslansdont

Nomb. 21

ils perirent. Et ne murmurons pas contre Chriſt & ſes miniſtres, comme aucũs d'eux murmurerent contre Dieu & Moyſe, faiſans conſpirations auec Choré chef & autheur d'icelle,

Nomb. 16

ſi perirent pour lors quatorze mille hommes, ſans ceux que la terre en s'ouurãt engloutit
tous vifs. Or eſt-il bien vray que ces choſes aduindrent à ceux de ce tēps là, dont il eſi faict
mentiõ par les chroniques des anceſtres: voyre-mais riē de tout ce qui leur eſt aduenu, ne
leur eſt pas aduenu à l'auenture, ainçois pluſtoſt pour nous ſeruir d'exemple que c'eſt que
nous auõs à ſuyure ou euiter, nous qui ſommes tõbés en ce dernier eage du mõde. Ceux
là pour ce qu'ils retournoyent apres la diſſolution, apres l'idolatrie, apres les vilains ieux,
apres la paillardiſe & autres pouretés leſquelles ils auoyent puiſées de l'accointance des
Egyptiens, ils decheurent de la grace de Dieu: & ne leur ſeruit de rien d'auoir eſté deliurés
par ce qu'ils ne correſpondoyent pas aux benefices de Dieu. Meſme encore auiourd'huy,
il n'y a race d'hommes qui ſoit reiettée plus loing de Dieu, que celle des Iuifs. Et nous, par
tant plus de benefices Dieu nous inuite à innocēce, d'autant plus deuons nous craindre
que nous ne ſoyons griefuement punis de Chriſt, ſi eſtans vne fois eſchappés d'Egypte
par le bapteſme, ſous le titre de Chriſt nous retenons vne conuerſations digne d'Egypte,
& non pas de Chriſt. Parquoy qu'aucun ſe faiſant ſottement fort de fermeté ne meſpriſent
les infirmes : ou ſe confiant du bapteſme, ſe promette ſalut, n'eſt qu'il y adioingne vne vie
correſpondante au bapteſme. Ceux là ſemblablement ſe complaiſoyent que deliurés de
tant de dangiers Dieu auoit d'eux vn ſoucy ſingulier : & ce neantmoins de tant plus griefuement ont-il eſté punis qu'eſtans tirés des nations prophanes, ils eſtoyent toutefois retõbés en leurs mœurs. Nul ne peut ſe fier en ſoy-meſme ſeuremēt. Ainçois qui eſt de bout,
il a à grandement ſe garder de tomber. Or le plus ſeur c'eſt de touſiours s'auãcer en mieux,
& ne ſe fier a aucun degré. Maintes choſes entreuiennent par la ruſe de Satan, pour nous

Qui s'eſtime
eſtre droit, re-
garde qu'il ne
tombe.

eslongner de Chriſt. Et toutefois ce que i'ay vſé de ces horribles exemples n'a pas eſté, que
ie craigne que ne tõbiés en dãgier ſemblable. Iuſques icy il y a eu des fautes en vous, & vo⁹
eſtes aucunement deſtournés de la pureté Chreſtiēne, mais ie voy que le mal n'eſt encore
qu'humain & curable. Ainçois ie me fais fort que Dieu ne vous laiſſera pas venir à tant,
que toutalement vous ſuccombiés aux maux qui vous tentent : mais encore qu'ils vous
laiſſe tomber en quelques maux, il moderera tellement l'yſſue, que vous pourrés en venir
à bout. Il y en peu bien auoir entre vous qui ne tiennent conte de nous à cauſe de noſtre
poureté, & portent pluſtoſt faueur aux autres Apoſtres à cauſe de leur bombãce & beau
parler, mais on n'eſt pas encore venu à ſemblable reuoltement que de Choré. Il en y a qui
d'vne trop grande licence communiquent aux ſacrifices des meſchãs, mais ils ne ſont pas
encore ſi debordés en mœurs, que vous-meſmes ſacrifiés aux idoles, mais vo⁹ eſtes ſur le
point de tõber en ce dãgier. Parquoy, enfans bien aymés, reculés vous par tous mõyés du

Fuyés arriere
de l'idolatrie.

ſeruice des idoles. Celuy qui mange auec les idolatres, quelque ferme de cœur qu'il puiſſe
eſtre, toutefois il mõſtre le viſage d'vn qui cõſent à la ſuperſtitiõ des idolatres. Il n'eſt-ià be

ſoing

foing que i'vſe de beaucoup de propos pour vous perſuader ces choſes, veu que vous-
meſmes ſelon voſtre prudēce entēdés fort biē l'affaire, Iugés vous-meſmes, ſi ce que ie dy
n'eſt pas vray. Quelle accointāce y a-il entre noz ſainctes tables, & les ſacrifices des idolatres? Celuy ſembte recognoiſtre vne cōmune religiō, lequel mange des viandes cōmunes.
La ſaincte coupe que nous prenons auec action de graces & beniſſons en memoire de la
mort de Chriſt, monſtre-elle pas euidemment la communauté & que pareillement nous
ſommes rachetés du ſang de Chriſt? Semblablement ce ſainct pain, lequel à l'exemple &
commandement de Chriſt nous departiſſons entre nous demonſtre l'alliance & communauté ſouueraine entre nous, comme entre gens qui ſommes conſacrés aux meſmes ſa-
cremens de Chriſt. Vn pain eſt tellement amaſſé d'vne infinité de grains, qu'on ne pourroit les diſcerner. Vn corps eſt tellement compoſé de diuers membres qu'entre tous il y a
vne communauté inſeparable. Nous donc en participāt tous d'vn meſme pain, nous de-
monſtrons que combien que nous ſoyons beaucoup en nombre, ce neantmoins ne ſommes qu'vn meſme pain & vn meſme corps par cōſentement de cœurs. En cas pareil, ceux
qui participēt aux viandes ſacrifiées, ſemblent aduouer vne communauté de ſuperſti-
tion. Voyés ſi on ne l'eſtime pas de meſme entre ceux qui font encore ſacrifices ſelon la loy   Voyés Iſrael
ſelō la chair.
de Moyſe. Ils ne reçoyuēt à la table des viandes ſacrifiées ſinon ceux qui ſont participans
de la religion Iudaïque: & ceux qui mangent des ſacrifices, ſemblent auſſi les approuuer.
Où tendent ces propos? dira quelqu'vn. Nyes-tu, ô Paul, ce qu'vn peu auant tu as affermé, aſſauoir que l'idole n'eſt riē, & que ce qui eſt ſacrifié à l'idole n'eſt rien? Ie ne le nye pas,
mais voicy que ie dy c'eſt que ſes ſacrifices que font les Payēs ils les font aux diables, non
pas à Dieu. Es choſes il n'y a nulle difference, c'eſt l'intention qui faict la difference. Quant
aux Payens ils tiennent les diables pour dieux, la puiſſance deſquels ils penſent reſider és
idoles. Parainſi qui mange auec eux des viandes ſacrifiées, il ſemble eſtre participant de
l'erreur & impieté. Or ne voudroy-ie pas que vous vne fois cōſacrés à Dieu, deuinſiés cōpaignons des diables. Qui faict profeſſion de pieté, il renonce aux ſeruices d'impieté. Religions tant diuerſes ne peuuēt s'accorder en vne meſme perſonne. Vous ne pouués tout
à la fois, boyre de la ſacrée & ſaincte coupe de Chriſt, & de l'execrable hanap des diables.
Vous ne pouués eſtre participans de la table du Seigneur, & quant & quant de la table
des diables, ſi la choſe ſe faict, ou auec conſentement de cœur, ou auec grand ſcandale des
infirmes. Il n'y a nulle accointance entre Chriſt & les meſchans diables : on ne peut ſeruir
aux deux tout à la fois, ſinon au grand deshonneur de Chriſt. Voulōs no⁹ de propos deliberé l'agacer en faiſant alliāce auec ſes ennemys? C'eſt bien vn des plus grands outrages
qu'on luy peuſt faire. Sommes nous plus forts que luy, pour dire que nous ne craignions
rien la vengeance du Seigneur courroucé ? A Dieu ne plaiſe qu' aucun de vous ſoit de ce
courage. Ains l'idolatrie eſt vne choſe ſi treſ-execrable, qu'il nous faut eſtre treſ-eſlōgnés
non ſeulemēt de ce crime, mais auſſi de tout ſouſpeçon d'iceluy. C'eſt vne perſuaſion bonnement enracinée au cœur de tous, qu'il y a communauté de religion entre ceux, qui mangent enſemblémēt des viandes ſacrifiés. Bien eſt vray que la choſe n'eſt pas vicieuſe, mais
de l'opinion en vient ſcandale : lequel il faut euiter en aucuns autres endroits, principalement en ceſtuy. Quant aux viandes, il n'y a rien qui ne me ſoit licite, mais tout n'eſt
pas expedient pour le prochain, pour le regard duquel il faut quelquefois s'abſtenir
meſme des choſes licites. Tout m'eſt bien licite, mais ne profite pas aux autres à pieté. Et
la charité Chreſtienne ordonne, qu'aucun ne ſerue à ſon profit particulier, ainçois plus
toſt aux commodités d'autruy. Qu'vn chaſcun vſe de ſon droit mais ſi cela ne ſe peut faire qu'auec le dangier du frere, qu'il aduiſe pluſtoſt que c'eſt qui eſt expedient pour le frere, que non pas ce qui eſt licite à ſoy-meſme. Or-mis cela, de tout ce qui ſe vend ordinairement au marché, mangés-en indifferemment, ſans rien vous interroguer ſi c'eſt choſe ſacrifiée ou non, i'entend pour la conſcience. Car il faut euiter le ſcandale, s'il ſuruient,
mais non pas le chercher. Il n'y a rien de tout cela qui de ſoy ſoit impur, entant que tout
appartient au Seigneur. Et ne peut eſtre la choſe impure, laquelle a eſté crée de luy pour
l'vſage des hommes, comme auſſi le teſtifie, le Pſalmiſte, diſant; La terre appartient   Pſal.23
au Seigneur, & auſſi tout ſon contenu. L'impureté vient des cœurs, & non des viandes. Partant ſi aucun eſlongné de Chriſt vous appelle à ſoupper, & il vous plait d'y
aller, de tout ce qu'on vous ſeruira à table, mangés-en, ſans faire aucun ſcrupule
ou demander ſi ce qu'on vous met deuant eſt choſe ſacrifiée ou non, de peur de bleſ-
ſer la conſcience. Que ſi quelqu'vn de ſoy-meſme vous dit, que c'eſt choſe ſacrifiée
aux idoles, n'en mangés pas, non pas pour le regard de vous, mais de celuy qui vous

Oo 4   a aduer

a aduerty que c'est viande sacrifiée, de peur de blesser la conscience, i'entend la conscience, non pas la tienne, qui est syncere & ferme, mais de celuy là qui semble estre d'aduis qu'il n'est pas loysible aux Chrestiens, de manger de la chair sacrifiée. Et y a du dangier qu'vn tel ne vo⁹ tiéne, ou pour amys des diables, ou pour goulus, & fasse n̄ par luy tels discours: iaçoit que de babil les Chrestiens ayent noz dieux en abomination, si est ce qu'ils ne sont pas difficulté de manger de la chair sacrifiée, laquelle chose point ne feroyét, s'ils auoyent nostre réligion en aussi grand detestation de cœur, comme de langue. Il faut donc remedier à la conscience d'vn tel, & y peut on remedier assés aiséement. Bien est vray qu'il erre, mais il faut pour vn temps ceder à l'erreur qu'on ne peut oster. En telles choses Christ a voulu que nous eussions vne pleine liberté, léquel n'a ne commandé ne defendu aucune sorte de viandes. Pourquoy donc seroit ma liberté côdamnée par la cóscience d'autruy? Pourquoy est-ce que ce qui se peut faire droittemét, le tire-on en soufpeçon sinistre? Que si ie mange des viandes, que la benignité de Dieu nous a concedé pour l'vsage de la vie: pourquoy seroy-ie blasmé de l'hóme pour l'vsage de la chose laquelle ie réd graces à dieu & non pas aux diables? Voyla donc la côdition sous laquelle vous mágerés ou ne máge-rés, à fin que soit que vous beuuiés soit que vous mangiés, soit que vous fassiés quelqu' autre chose, vous rapportiés le tout à la gloire de Dieu. Et moderiés tellemét toute vostre vie selon la portée des temps & des personnes, qu'il n'y ait rien dequoy personne puist a-uoir iuste cause de s'offenser, soit Iuif, soit Payen, soit Chrestien: & ce à mon exemple qui en tout & par tout m'accommode à tous, mangeant, non mangeant: prenant, non prenant: Iudaisant, non Iudaisant: les choses qui droittement se peuuét ou faire ou laisser selon l'oc casion qui se presente les moderant non pas selon mó vtilité particuliere, mais bien selon le profit de plusieurs, lesquels ie pourchasse par mon accommodation, nó pas à fin qu'ils me soyent en proye, ains à fin de les allescher à salut.

CHAPITRE XI.

O R ne deués pas dedaigner de suyure l'exemple de vostre Apostre, attédu qu'il n'est pas tant mien que de Iesus Christ. Iceluy en tout & par tout s'est accómo-dé à nostre infirmité, pour nous gáigner au Pere. De moy ie l'ensuis cóme mon Seigneur & maistre: & vous comme enfans & disciples ensuyués-moy comme pere & Apostre. Or m'est-il aduis que c'est bien assés debattu iusques icy de manger de chair, & de s'abstenir des sacrifices des meschans. Maintenát ie toucheray de ce qui se doit obseruer ou euiter en voz assemblées, à fin qu'en cest endroit aussi rié ne se fasse ou impro prement ou par contention ou exces. En premier lieu, ie vous loue, freres, de ce qu'és au-tres choses estans en tout & par tout memoratifs de moy, vous tenés les ordónances que ie vous ay instituées pour estre obseruées en l'assemblée solennelle. I'adiousteray cecy, qui toutefois est de petite importance & selon la circonstance du temps ou du lieu se peut fai-re ou non faire. Et ce neantmoins ie veux bien ce pendant que vous sçachés, que comme le chef de tout hóme est Christ, & le chef de toute femme est le mary, ainsi le chef de Christ c'est Dieu. Le mary iaçoit qu'il ait domination sur la femme, toutefois il recognoit Christ pour Seigneur: Christ mesme recognoit l'authorité du Pere en tout, duquel quicóque luy est subiect, faut qu'il cherche la gloire. Chés vous faittes chascun comme il semblera expe dient: au reste tout homme qui en l'assemblée publicque prie ou prophetise à teste couuer te deshonnore son chef, le couurant comme seruil, attendu qu'il ne recognoit point d'au-tre Seigneur que Christ, pour la gloire duquel il est beau à l'hóme d'auoir la teste descou-uerte non seulement en ostant le bonnet, mais aussi en se tódant la perrucque. Car la per-rucque est aussi couuerture du corps plus tost que non pas partie d'iceluy. Au contraire la femme si en assemblée solennelle prie ou prophetise à teste descouuerte, elle deshonno-re son chef, là où en priué elle pourroit bien pour faire reuerence à son mary descouurir la teste, mais non pas en l'assemblée publicque où on sert à Christ & nó au mary. Et c'est tout autant à la femme de se deuoiler, qu'à l'hóme de se tondre ou raire. Que s'il est beau à la femme à l'exemple de l'homme de se deffuller le chef, par vn mesme moyen qu'elle se ton-de aussi ou rase comme l'homme, à fin qu'à teste chauue elle prie ou prophetise en pleine assemblée. Que si d'vn commun accord cela est pour estre trouué ridicule & laid, qu'elle couure son chef pour testification qu'elle est subiette à l'hóme. Mais à l'homme cela ne se-

roit pas beau, pource qu'il est l'ymage de Dieu, ayant telle authorité sur la femme qu'à Christ sur l'Eglise, & par iceluy est illustrée la gloire de dieu, laquelle ne se doit pas couurir. Au contraire la femme subiette qu'elle est à l'homme, doit aussi s'accoustrer à la gloire d'i-celuy, auquel elle faict deshonneur, si publicquement à teste descouuerte elle vient & testi-

fie

ñe son impudence, & comme franche a desaduouer la maistrise de l'homme. C'est honneur à Christ, quand l'homme luy sert publicquement, & à teste descouuerte annonce
sa gloire. C'est l'honneur de l'homme, quand par honte, silence & parure vergongneu-
se la femme monstre en soy & modestie & obeissance. Quelqu'vn dira, Paul par quel droit
la femme est-elle attenue de s'assubiettir à l'homme, & non pas l'homme à la femme?
Pourautant que quand du commencement Dieu crea le genre humain, l'homme ne sortit pas de la femme, mais bien la femme de l'homme. Premierement Adam fut formé de
terre l'ame luy estant engrauée par l'inspiration de Dieu: puis de ses flancs fut tirée E-
ue, comme quelque portion de l'homme. Ce qui estoit le plus parfaict fut crée le premier, & ce contre le commun ordre de nature: & en second lieu ce qui estoit imparfaict.
Car ce qu'est la raison en l'homme, c'est le mary en mariage: ce qu'est l'affection en l'homme, c'est la femme en mariage. Outre ce l'homme n'a pas esté crée pour l'amour de la
femme, ains au contraire la femme a esté adioincte au mary pour soulas, & pout ayde à
engédrer, en quoy l'homme sert de forme & action, & la femme de matiere. Or est cela raison que l'authorité soit riere celuy qui a esté crée le premier & l'a esté seulemét pour Dieu,
& non pour la femme. Puis donc que les commencemens mesmes de nature ont baillé
ce droit à l'hõme, la femme doit recognoistre sa qualité, & testifier la domination du mary non seulement par subiection & obeissance, mais aussi par parure. Or comme la teste
rasée demonstre liberté & franchise, ainsi le voyle du chef est enseigne de seruitude. Que si
la femme vient à telle impudence, qu'elle n'ait point honte du tesmoignage des hommes,
au moins à cause de la presence des Anges qui assistent en voz assemblées, qu'elle se couure le chef. Iusques icy la femme peut voir quel est son deuoir. Non pas que le mary la
doyue auoir en mespris, d'autant qu'il luy est commandé d'estre obeissante: ou la femme se mescontenter de ce qu'elle est assuiettie au mary. Car en ce qui attouche la communauté de religion, tous deux sont esgaux. Souuentefois le mary a besoing d'estre
secouru de la femme, & la femme souuentefois du mary. Outre ce iadis la femme est
yssue de l'homme maintenant ne la femme n'engendre pas sans l'homme, ne l'homme
ne peut deuenir pere sans la femme. Et ne faut-ia pourtant qu'à raison de telles choses ne l'vn ne l'autre se complaise ou desplaise, veu que tout doit estre rapporté à Dieu
qui en est l'autheur, lequel tempere en ce point l'ordre de l'vniuers. Mais pour retourner à mon propos que i'auoye commencé. Si par tant d'arguments ie ne puis encore
vous persuader combien cela est laid à la femme de prier en public à teste descouuerte,
seulement qu'vn chascun considere la chose selon son sens & aduis. Car ie pense qu'il n'y
a nul si stupide qu'il ait perdu le iugement naturel. Et la nature mesme ne vous monstre-elle pas que c'est deshonneur à l'homme s'il porte perrucque comme font les femmes? au contraire que c'est honneur à la femme de porter perrucque, d'autant que nature luy a baillé vne cheuellure plus espesse & abondante, que non pas à l'homme, à fin
que iamais ne fust sans voylé le chef de celle qui est subiette à l'homme. I'ay monstré
que c'est qu'il me semble mieux seant. Que si entre vous se trouue quelque contentieux qui veuille retenir son opinion touchant cest affaire, qu'il en fasse à sa guise,
pourueu qu'il se souuienne que ne nous, ne les autres Eglises de Dieu n'auons point
ceste maniere de faire. S'il est honneste que vous contreueniés & aux ordonnances &
à l'exemple de vostre Apostre, & à la coustume de toutes les autres Eglises, ie m'en
rapporte à vous. Il en ensuyroit moins de mal, si en telles choses vous estiés tellement quellement d'accord: ces choses là ne sont qu'externes & ne seruent pas autrement à la pieté Euangelique. Mais vne chose y a que ie ne doubte pas de demander
de vous, laquelle estant ordonnée par moy il me desplait qu'elle ne soit obseruée. Que
és autres choses il vous souuient de mes ordonnances, ie le trouue bon: mais qu'en
cecy où sur tout il vous failloit faire le mesme, vous ne vous en souuenés pas, ie ne le
trouue pas bon. I'auoye ordonné que vous eussiés à vous assembler sans tumulte,
sans bombance, sans contention, en toute esgalité, laquelle est celle voyre sur tout qui
nourrit concorde: & qu'entre tous on se portast en sorte, que chascun s'en retournast
meilleur en sa maison. Maintenant les mœurs sont tellement desbordées que mieux
vaudroit ne s'assembler point, que s'assembler de ceste façon, & ce pour plusieurs
causes, car la faute qui s'y commet n'est pas en vn endroit tout seul. Tout premierement quand vous vous assemblés solennellement, i'entend qu'entre vous il y a des
debats: chose certainement trop vilaine pour deuoir estre creue, & ce neantmoins i'en
croy

croy vne partie, consideré vostre naturel. Il ne se pouuoit autrement qu'entre vous il ne s'esleuast de tels differens. Et d'vne chose mauuaise voicy le bien qu'on en reçoit, c'est que de là il apparoit mieux qui sont les vrayement approuués, en ce que tandis que les autres se tempestét deshonnestemét, & gourmãdent, ceux cy ce pédant so'greisent modestemét & sobremét selon l'ordõnance des Apostres & l'ancienne coustumê des Eglises les saincts bancquets, pour lesquels nous representõs le dernier soupper de Christ auec ses disciples, en nous souuenant de l'alliance qu'il a faitte auec nous, & pour exemple de charité mutuelle entre nous. Mais maintenant s'est glissé entre vous vne façon de faire deshonneste outre mesure, tellement que toutes les fois que vous vous assemblés, & ne semble pas que se fasse la Cene du Seigneur, tel que luy le fit auec ses disciples, ains semble d'vn festin tumultueux & inegal, d'autant que par dissolution & gourmandise vn chascun sans attédre les autres, se haste de manger son soupper. Dont il aduient que le poure a faim, ou par ce qu'il n'a pas dequoy manger, ou qu'il n'y vient pas à temps: & le riche qui se haste saysi du soupper, se saoule & s'enyure, & par ainsi ce sainct bãcquet soit deshõnoré pour deux causes, tant par ce que par l'arrogance des riches les poures sont mesprisés, lesquels Christ n'a pas mesprisés: que par ce que le soupper du Seigneur est pollué par gourmandise & dissolution. Ce soupper là est vne representation de l'vnanimité Chréstienne, & non pas vn rẽplissement de ventre ou de gueule, lequel remplissement il faut faire nõ pas en l'assemblée publicque, mais par les maisons chascun chés soy. Si vo⁹ aués enuye de vous rẽplir le ventre, aués vo⁹ faute de maisons, pour l'y faire en particulier? Ou mesprisés vous l'assemblée solennelle des Chrestiens, pour illec seruir à vostre gueule, pretendans ce pendant cõme de propos deliberé à ces fins qu'en faisant voz monstres publicques de voz superfluités & grand appareil, les poures ayent vergongne, n'ayãs qu'offrir. Que diray-ie à cecy, ò Corinthiens? Vous loueray-ie? A la mienne volonté que vous me baillissiés iuste cause de le pouuoir faire: & certes en d'autres choses ie vous loue, en cecy ie ne puis vo⁹ louer. Telles façons de faire sont par trop discordantes du soupper du Seigneur, à l'imitation duquel il faut qu'entre vous se fassent les saincts bancquets. Ie m'esbahy bien qui peuuent estre ceux qui ont mis en auant entre vous ces façõs de faire: car de moy ce que comme Apostre i'ay receu du Seigneur, ie vous l'ay aussi baillé: assauoir que Iesus nostre Seigneur en la nuict que par le moyen d'vn sien disciple il fut trahy & prins, print du pain, & rendit graces à Dieu, puis le rompit & dit: Prenés, mangés, cecy est mon corps, qui est rõpu pour vous pour estre departy à tous. Ce que vous me voyés faire, faittes-le aussi vous cy apres en memoire de moy. Vous voyés que là to⁹ par ensemble sont assis à table auec leur maistre, que la table & la viande est commune à tous, que mesme Iudas le traistre, n'est pas forclos de la communauté de table, qu'vn mesme pain est egalement distribué à tous. Le Seigneur s'est ainsi porté auec ses disciples, & vous mesprisés voz freres & compaignons de mesme religion. Semblablement apres qu'il eut distribué le pain, il print aussi la couppe entre ses mains, le soupper ia acheué, & dit: Ceste coupe est la nouuelle alliance par mon sang: toutes les fois que vous en beurés, vous le ferés en memoire de moy. Là donc tous beuuoyent d'vne mesme boisson, & entre vous les riches sont yures, & les poures meurent de soif. Christ a voulu que ce bancquet fust vne commemoration de sa mort & vn miroir de l'eternelle alliance, & maintenãt entre vous il se celebre par exces & dissension. C'est vn pain mysticque duquel tous egalement doyuent estre participans. C'est vn breuuage sacré & sainct appartenant egalement à tous, non appareillé pour estancher la soif corporelle, ains pour commemoration d'vne chose secrette, à fin que nous mettions en oubly à quel pris nous auons esté rachetés des vices de la vie passée. Pourtant toutefois & quantes que vous vous assemblés pour manger de ce pain, boyre de ceste coupe, ce n'est pas pour remplir le vẽtre, ains vous representés par vne ceremonie mysticque la mort du Seigneur Iesus, pour par la continuelle commemoration d'icelle estre contenus en vostre deuoir, iusques que luy-mesme vienne derechef pour iuger le monde. Parainsi quiconque mangera de ce pain, ou beura de la coupe du Seigneur autrement qu'il n'appartient, il se rend coupable d'vn gros crime, d'auoir autrement manié le corps & le sang du Seigneur, que luy-mesme n'a commandé de les manier. Et de faict vne chose mysticque par dessus toutes autres deuoit estre purement & reueremment maniée. Pour à ce obuier qu'vn chascun premierement s'examine & espreuue. Puis se sentant la conscience nette, qu'il mange de ce pain là & boyue de la coupe. Qui se sent la conscience mal nette, qui s'en abstienne plustost, & s'aille saouler chés soy. Car encore que ce soit chose salutaire que le corps & le sang du Seigneur, ce neantmoins quicõque en mange ou boit indignemẽt, cela luy tourne en

ne en mort & perdition,pour s'estre irreueramment & d'vne conscience mal nette approché d'vn si grand mystere: sans bien considerer auec quelle frayeur il faut prendre le
corps du Seigneur. Telles gens seront punis d'auoir prophané ce mystere, si tost que
Christ sera venu: combien que ce pendant ausi aucuns soyent pressés de la punition
de leur faute: car de là vient qu'entre vous s'en trouue tant de maladifs, & detenus de *Pour ceste cau-*
mauuaises fieures & langueurs, voyre il en y a mesme plusieurs qui meurent deuant leur *se plusieurs en-*
temps. Ce sont là certains commencemens, & menaces du iugement à venir. Que si *tre vous sont*
nous-mesmes iugions bien de nous deuant que måger & boyre,nousne serions pas ainsi *foybles.*
iugés du Seigneur. Mais mieux vaut que ce pendant nous soyõs icy iugés,que d'estre cõdamnés en ce iour là. Car quand nous sommes affligés de maux legiers par le iugement
du Seigneur, nous ne sommes pas mis à mort, ains sommes amendés par playes, à fin
que par cy apres nous ne soyons à iamais condamnés auec le monde: à fin qu'aucun ne
se flatte follement si en traittant indignement ce mystere, il a neantmoins le corps alaigre
& vigoureux. Parquoy,mes freres,quand vous vous assemblés pour manger de ces viandes, attendés vous l'vn l'autre à fin qu'à l'exemple de Christ le banequet soit egal. Que si
quelqu'vn est si affamé qu'il ne puisse delayer, qu'il mange chés soy,& non pas au bancquet spirituel mysticque & solennel,à fin que ce qui est ordõné pour vostre salut,ne vous
tourne en occasion de condemnation.Mais c'est assés parlé de cecy.Des autres choses qui
concernent c'est affaire,moy-mesme en ordonneray quand ie seray de dela.

<h3 style="text-align:center">CHAPITRE   XII.</h3>

R quåd aux dons du Sainct Esprit à fin d'en toucher en passant, puis qu'en
yceux ausi vous n'estes pas bien d'accord entre vous,ie veux bien qu'il *Quåd aux cho-*
vous souuienne, freres, qu'autre fois vous aués esté Payens : & qu'alors se- *ses spirituelles.*
lon qu'on vous menoit suyuant la superstition de voz ancestres apres les i-
mages insensibles & muettes, ainsi ailliés vous. Alors vous auiés l'erreur
pour conduitte,maintenant vous aués l'Esprit de Christ. Maintenant l'erreur passé n'est
pas imputé: il reste,que comme lors tenans vne religion prophane vous auiés la conuersation & ceremonies de mesme, ainsi maintenant vostre conuersation soit saincte & cor-
respondante à la vraye & saincte religion,de maniere que tout ce qui se faict entre vous
se fasse en sorte qu'il soit euident qu'il se faict par l'inspiration du Sainct Esprit. Tout ce
qui se dit ou chante à la gloire de Christ, prouient de l'Esprit d'iceluy.Parquoy ie vous
fais à sçauoir que nul inspiré de l'Esprit de Dieu le pere ne maugrée Iesus son fils.Et ne
peut nully appeller de cœur Iesus Seigneur,sinon par l'inspiration du Sainct Esprit. Tout
tant donc qu'il y a de bien en vo⁹,vous le deués à la beneficêce d'iceluy,& faut l'employer
à sa gloire.Or iaçoit qu'il n'y ait qu'vn mesme Esprit de tous,ce neãtmoins ses graces sont
diuerses,lesquelles il depart par son inspiration aux vns les vnes, & les autres aux autres
ainsi que bon luy semble. Et les offices d'yceux sont distribués en diuerses sortes,iaçoit
qu'il n'y ait qu'vn mesme Seigneur de tous, les dons duquel se dispensent. Mesme aussi
l'effect & force de l'Esprit besongne & a vigueur aux vns en vne sorte,aux autres en vne autre,combien que ce pendant il n'y ait qu'vn mesme Dieu de tous, duquel prouient la vigueur & efficace de tout ce qui se faict en chascun particulierement,soit en vne sorte, soit
en l'autre. Parainsi toutes les graces se doyuent rapporter à vn seul autheur qui est Dieu,
soyent moyennes,soyent singulieres:& ne faut-ia qu'aucun s'en esleue pourtant.Ce qu'il
à vient de la liberalité d'autruy : & tout ce qu'il a obtenu par l'inspiration de l'Esprit, luy
a esté conferé pour seruir à l'vtilité publicque,& non pas à arrogance particuliere. Car à
l'vn est faitte la grace par l'Esprit de Dieu, de bailler par parolle de sagesse feaux & bons
conseils. Semblablement à l'autre est faitte la grace par le benefice du mesme Esprit, d'ayder par vne cognoissance des choses & des disciplines l'auancement de la republicque.A
l'autre par l'inspiration du mesme Esprit est donnée force de foy, laquelle selon la promesse du Seigneur transporte voyre les montagnes de lieu à autre.A l'autre par le mesme
Esprit est donnée la puissance de guerir les maladies.A l'autre est donnée vne singuliere puissance de faire miracles.A l'autre est baillé le don de prophetie pour exposer ou
ce qui est à aduenir, ou ce qui autrement est caché.A l'autre est donné de discerner par
vn iugement subtil les esperits des hommes, assauoir s'ils sont yssus de Dieu ou non.
A l'autre semblablement est faitte la grace de parler diuers langages ; qui est vn don *Diuersité*
qui sert grandement pour auoir l'intelligence des Sainctes Escriptures.A l'autre d'inter- *de langues.*
preter ou exposer,ou par inspiration, ou par la cognoissance des Sainctes Escriptures

les propos des autres. Car qui sçait vne langue, ne sçait pas pourtant quant & quant le sens spirituel de la parolle. En quoy aucun n'a ou de quoy se complaire, veu que ce qu'il a est de l'autruy: ou de quoy se desplaire veu que la distribution de toutes les graces susdittes iaçoit qu'elles soyent diuerses & autres és vns & és autres, depend de la bonne volonté du Sainct Esprit, lequel luy vn & mesme ouurier, en depart à chascun selon que bon luy semble, en sorte toutefois que pour la charité mutuelle d'entre vous les graces de chascun particulier soyent communes à tous, & serue la diuersité à accord & bien-seance, & non à desaccord. Et pourquoy ne seroit aussi bien au corps mysticque de Christ, ce que nous voyons se faire en vn corps naturel? Car comme le corps d'vn chascun iaçoit qu'il ne soit qu'vn ce neantmoins est composé de diuers membres, mais en sorte qu'vn mesme est celuy qui depart vie à tous les membres lesquels iaçoit qu'ils soyent plusieurs & diuers vn par vn, ce neätmoins tous ensemble ne sont qu'vn corps: ainsi a voulu Christ que fust en son corps: entant que tous egalement participans du baptesme par vn mesme esprit & cõmun à tous sommes assemblés pour n'estre qu'vn mesme corps, soyent Iuifs, soyẽt Grecs, serfs ou francs, hõmes ou femmes, mariés ou nõ mariés, riches ou poures. Et sommes to⁹ abreuués d'vn mesme Esprit, iaçoit qu'ils monstre son efficace és vns en vne sorte, és autres en vne autre. Outre ce vn corps n'est pas composé d'vn membre tout seul, ains de plusieurs tant diuers soyẽt-ils. Or-ça si le pied en demettãt soy-mesme, vient à dire: Ie ne suis pas la main, ie n'ay que faire auec le reste du corps, n'est-il pas membre du corps pourtant? Et si l'oreille en deplorant sa qualite, vient à dire: Ie ne suis pas l'œil, ie n'ay que voir auec le reste du corps, laisse-elle d'estre du corps pourtãt? La situation ou vsage diuers du membre ne luy tourne pas à deshonneur, attendu que celle mesme diuersité appartient à l'entretenemẽt de tout le corps. Et toutes les graces à chasque mẽbre luy sont faittes pour ayder à tout le corps. Le plus beau mẽbre de tout le corps c'est l'œil: mais si tout le corps est l'œil, où serõt les oreilles? Itẽ si tout le corps est oreille, où sera le nés? Prouoyãt Dieu à cela il a assemblé le corps de diuers mẽbres, & a assigné à chasque mẽbre son lieu & son office, non pas selon le merite du mẽbre, mais bien selõ son bon plaisir. Que si maintenãt les mẽbres qui sõt plusieurs & diuers venoyẽt à estre reduits en vn seul mẽbre cõme seroit le nés ou l'œil où seroit tout l'accord du corps? Mais la chose ne va pas ainsi, ains encore que ses mẽbres soyent differés de l'vn à l'autre, ce neantmoins à raison de la participation d'vne mesme ame, ils ne sõt autre chose qu'vn mesme corps, à fin que nul mẽbre pour abiet soit-il ne puist estre mesprisé des autres mẽbres. Car l'œil ne peut pas cõme partie plus excellente du corps, ou cõme instrument plus familier de l'ame, dire à la main, cõme à vn membre plus lourd: Ie n'ay que faire de ton ayde. Sẽblablement le chef, encore qu'il soit le palays de l'ame, ne peut pas dire aux pieds, cõme au plus infimes: Ie n'ay que faire de vostre seruice. Tant s'en faut qu'aucun membre du corps soit mesprisé, que plus tost au contraire les membres qui semblent les plus imbecilles de tout le corps, ce sont ceux lesquels comme les plus necessaires nous auons en singuliere recommẽdation entre les autres: & ceux qui selon l'estimation vulgaire sont estimés les moins honnestes: ce sont ceux ausquels nous faisons tant plus d'honneur par dehors, & ceux qui semblent peu beaux nous leur adiou stons tant plus de beauté comme parfournissans par deuoir, ce qu'autrement semble def faillir: sçachans bien aussi que le deshõneur d'vn membre quel qu'il soit deshõnore tout le corps. Et de faict, les membres qui en nous ont leur lustre, n'ont pas besoing d'ornemẽs empruntés, comme la face, ou la main, là où noz parties honteuses se couurent de l'ornement de l'habillement. Or Dieu le createur a ainsi moyenné & meslé le corps par vn merueilleux accord de membres diuers, que qui semble auoir faute de quelque hõnesteté (encore que de nature nul membre du corps soit deshonneste) on luy donne le plus d'honneur pour le deuoir: & ce à fin que discord ne s'esleuast entre eux, attendu qu'il n'y a celuy des membres dont l'vsage ne soit necessaire, mais que tous d'vn cõmun soucy s'entretiennẽt ensemble par mutuels seruices, de peur que par tel discord (quãd chasque mẽbre cherche sa commodité particuliere) ne viennent tous à perir. Ainçois plus tost si quelque cõmodité ou incommodité aduient à l'vn ou l'autre mẽbre tous les autres pensent que cela leur attouche: soit qu'vn membre soit affligé, tous les membres en sentẽt aussi l'affliction: soit qu'vn membre soit en honneur, tous les membres aussi s'en esiouyssent. Ne cesserés vous pas pour le moins par cest exemple de debattre entre vous, qui estes plus estroitte ment assemblés en vn, par l'Esprit de Christ, que ne sont les membres d'vn corps par vne mesme respiration? Est-il possible que la nature ait plus d'efficace que non pas la grace? N'estes vous pas le corps de Christ, ou pour le moins vne partie des membres d'icelluy?

lesquels

lesquels il a tellemẽt arrengés en son corps. qui est l'Eglise, qu'il a assigné à chasque mem
bre sa place & son office.   Et en premier lieu il a mis les Apostres, lesquels estans dispẽsa-
teurs de la grace Euãgelique, sont lieutenans de Christ.   Secõdement les Prophetes qui
sont, ou pour predire les choses à venir, ou pour deschiffrer les cachées.   Tiercement les
Docteurs, lesquels doués des Escriptures & disciplines, employent ce qu'ils ont, pour l'v-
sage de la commune.   Quartèment ceux qui ont puissance pour reprimer la force des
diables, & par miracles illustrer la gloire de Christ.   Cinquiesmemẽt ceux qui ont dons
de guerir les maladies. Puis d'autres qui par authorité & conseil puissent suruenir aux affligés, & qui ayent la prudence pour retenir la multitude en deuoir. Finalement gens qui
par la cognoissance des langues puissent seruir aux autres. Ceste diuersité non seulement
vous enhorte, mais aussi vous contraint à accord mutuel, entant que vous aués à requerir mutuellement secours l'vn de l'autre. Chascun est-il Apostre ? chascun est-il Prophete? chascun est-il docteur ? chascun faict-il miracles ? chascun a-il le don de guerir? chas-
cun parle-il diuers langages? chascun a-il don d'interpreter? Nenny : ains chascun a son
don. Il ne faut reietter nully: ce pendant toutefois vn chascun se doit efforcer d'estre admis
aux dons les plus principaux, & de tousiours s'auancer de mieux en mieux. Car ce qu'a
chascun est assigné son don, n'est pas pour dire que l'esperance luy soit ostée d'en obtenir
de plus excellens. Ce sont dons du Sainct Esprit, à fin que nous ne nous en attribuõs rien:
mais iceluy par nostre effort & noz prieres a de coustume de venir pour donner ses dons,
& pour les contregarder & augmenter. Les dons que i'ay recités sont beaux, mais tels qu'
ils peuuent se trouuer en gens peu saincts. Mais ie vous monstreray qui est plus excellent
que tout cela, & à quoy il faut aspirer sur tout, attendu que c'est chose sans laquelle tous
ces dons que i'ay racontés & lesquels seul, par maniere de dire, vous pourchassés, ne
seruent de rien.

<h3 style="text-align:center">CHAPITRE   XIII.</h3>

'Est belle chose que parler langues estranges de quoy vous vous complaisés
sur tout. Mais posé ores que ie parlasse tous langages, non seulement d'hommes, mais aussi d'Anges (ainsi dy-ie pour exaggerer la matiere) & ce pendant
ie n'ay point d'affection de bien faire au prochain, & d'employer le don de
Dieu pour l'vsage de la commune, ie ne seray pas moins inutile, qu'erain qui par vaine
sonnerie fend l'air, ou vne cloche qui par tintement inutile frappe les oreilles . Que si i'a-
uoye vn don encore plus excellent que cestuy, comme seroit le don de prophetie, moyennant laquelle ie tinsse tous les sens mysticques de la Saincte Escripture (si toutefois à homme au monde est faitte la grace de sçauoir tout tout seul) auec ce si i'auoye vne parfaitte
cognoissance de toutes sciences: finalement si i'auoye en outre si grãde efficace de foy, que
par le moyen d'icelle ie transportasse mesme les montaignes de lieu à autre : & ce pendant
ie n'eusse point charité, en vain i'ay les autres dons qui ne profitent à nully. Si i'auoye si
grãd don de secourir, que i'employasse tout mon auoir pour nourrir les poures: qui plus
est si pour soulager les oppressés i'exposoye mon corps à tous dangiers, voyre iusqu'à le
donner pour estre bruslé: & ce pendant ie n'eusse (si faire se pouuoit) charité, c'est à dire, vn
cœur conuoiteux de bien faire voyre pour rien, tous mes dons ne me seruent de rien. Charité seule est celle qui monstre comment il faut vser des dons, lesquels ne vous seruent de
rien si nous n'en sçauons vser. Les autres dons peuuent estre corrompus par ambitiõ, par
enuie, par discord, maux de tous lesquels charité est toutalement eslongnée. Les autres
dons ont chascun son profit particulier: charité ne peut estre corrompue, & son vtilité s'e-
stend tant & plus au large. Charité est debonnaire pour patiemmẽt porter les iniures : est
aussi maniable entre gens & courtoysie. Charité ne sçait porter enuie à aucun, veu que
mesme le sien elle l'espand sur les autres: elle n'est point importune, veu qu'elle s'accõmo-
de à chascun: elle ne s'enfle point, veu qu'elle se soumet à chascun: elle se repute tout à honneur, pourueu qu'elle profite: elle ne cherche pas son profit particulier, elle ne se courrouce point quelque tort qu'on luy fasse, & tant s'en faut qu'elle rẽde iniure pour iniure, que
mesme elle ne pense pas à se venger: & est tant eslongnée d'iniquité, que mesme elle ne peut
souffrir l'iniustice d'autruy: ainçois plus tost prend plaisir à verité & rondeur de mœurs:
elle souffre tout d'enuie qu'elle a d'ayder, tãt soit la chose difficile. Elle croit tout tant s'en
faut qu'elle souspeçonne mal de personne: elle ne desespere pas aissement d'aucun, ains
d'vne esperance infatigable supporte chascun, & en attendant mieux perseuere en toute   *Charité iamais*
constance: que diray plus? charité n'est pas oyseuse: mesme apres ceste vie que la necessi-   *ne deschoit.*

Pp   ré de

té de s'entr'ayder sera ostée, ce neantmoins la charité des cœurs demeurera. Et ce pendant
en ceste vie quelque auancement que fasse l'homme, charité l'accompagne par tout, comme don perpetuel & estendue par toute la vie des Chrestiens. Soit que la prophetie vienne à estre abolie, & les langues à cesser, & la science à aneantir, par l'accroissement de plus
grand auancement: car ce que iusqu'à present nous tenons par les moyens de ces dons
là, est imparfaict, & ne cognoissons qu'en partie, ny ne sçauons qu'en partie les mysteres
par la prophetie: pourtant quand ce qui est parfaict sera venu, ce qui n'est maintenant
qu'à demy sera aucunement aneanty. La religion Chrestienne a ses degrés, ces eages, &
accroissemens d'yceux aussi bien que la nature. Quand i'estoye enfant, ie parloye en enfant, i'estoye affectionné en enfant, & pensoye en enfant. Au reste, estant deuenu homme, i'ay reietté les choses enfantiues en m'addonnant desormais à choses meilleures, iusques à ce que de peu à peu ie paruienne à la perfection: Que s'il ne m'aduient en ceste vie,
ce neantmoins il me la faut icy mediter, à fin qu'elle m'aduienne à l'aduenir: car que monte ce peu que maintenant nous voyons par le moyen des dons susdits: & ce non par trop
clerement, ains comme par le miroir de foy, contemplons seulement les ombres des choses celestes, & des escriptures comme par le trauers d'vn voyle obscur, nous deuinons l'intention de Dieu. Mais quand nous serons venus à la perfection, nous contemplerons les
choses mesmes face à face. Maintenant ie ne cognoy qu'aucunement & en partie: alors ie
cognoistray Dieu face à face, comme i'ay esté cogneu de luy. Car estre cogneu de luy, est en
estre aymé: & tant plus on luy est cher, tant plus pleinemêt & de plus pres on iouyra de sa
cognoissance indicible. Mais ce pêdant, iaçoit que les autres dons doyuent cesser comme
inutiles, la foy ia assés confermée pour laquelle augmenter & establir seruêt les dons sus-
dits, ce neantmoins foy, esperance, & charité, demeurent ce pendant. La foy, moyennant
laquelle nous contemplons l'immortalité à venir. Esperance moyennant laquelle nous
nous confions d'en estre participans: Charité moyennant laquelle nous l'aymons de nostre costé Dieu qui a vsé de telle liberalité enuers nous, & pour l'amour de luy le prochain.
Ces trois surpassent tous autres dons: Et ce neantmoins entre ces trois icy, charité tient le
premier lieu, de laquelle nous tenons aussi foy & esperâce ou pour le moins sans laquelle
elles ne sont d'efficace à salut.

CHAPITRE   XIIII.

PAR ce que ie parle tant magnificquement de la préeminence de charité ne
tend pas là qu'il en faille mespriser ou reietter les autres dôs: Ainçois pourchassés tellemêt charité, que ce neantmoins, vous approuuiés & faisiés cas
des diuersités de langues ou de l'interpretation d'icelles, taschans toutefois
à ce qui est plus profitable, assauoir à prophetiser, en exposant le sens mystic
que pour le salut des auditeurs. Car qui ne parle que langues estrãges, ne parle point aux
hommes, veu que sa voix ne leurs sert de rien ains parle à Dieu lequel il loue par parolles
non entendues. Et quant aux autres que leurs en chaut-il, ou qu'il se taise, ou qu'il parle sans estre entendu? Estant saysi de l'Esprit, il parle choses secrettes, lesquels ores qu'il
les entende à par soy, si est ce qu'il ne les communique à nully. Et ores qu'il profite, c'est à
luy seul qu'il profite. C'est donc en vain que parle en l'assemblée qui n'est ouy de nully.
Or n'est ouy celuy qui n'est entendu. Et n'est entendu vn parler spirituel, n'est qu'on entende le sens caché, lequel l'Esprit celeste nous signifie sous telles parolles. Or homme
du monde ne peut cela faire sinon par vn don special de l'Esprit. Au contraire, qui prophetise il ne parle pas à Dieu seulement, mais aussi aux hommes, leurs apportant vtilité
non simple entant que tout à la fois les mauuais il les inuite à amendement de vie,
les endormis il les aguillonne à diligence, les decouragés il les redresse & console.
Voyés quelle difference il y a d'vn don à l'autre. Qui parle langue estrange il ne profite qu'à soy en particulier: mais qui parle moyennant le don de prophetie, desploye
les secrets de l'Escripture il profite à toute l'assemblée. Or vn bien tant plus il s'estend
au large tant plus est-il excellent: Partant repeteray-ie ce que ie vien de dire, à fin que
vous ne reiettiés le don des langues, il est grand de soy & vient du Sainct Esprit: Ie veux
bien que vous tous, si bon vous semble parliés langues estranges: toutefois ie souhait-
teroye plus tost que vous fussiés plus auancés au don qui est plus excellent: car plus
grand est celuy qui prophetise que qui parle langues estranges, raisonnant bien parolles sainctes, mais lesquelles nul n'entend, sinon que celuy qui premierement auroit parlé
langues estranges, interpretast côsequemment ce qu'il auroit dit, à fin que pour le moins
il en

il en reuint quelque profit au peuple. Car il en y a qui n'entendent pas bien eux-mesmes
ce qu'ils raisonnent de la langue. Mais de parolles entendibles on pourra en prendre
quelque fruict comment que ce soit. Autrement, posé le cas que tout maintenant ie soyé
allé vers vous & que ie ne parle que langues estranges, quel profit vous apporteroy-ie
sinon que ie parle en sorte que tout quant & quant ie vous declare le sens caché par le
don de reuelation, ou que par le don de science ie discoure doctement des choses qui concernent la cognoissance de la foy, ou par le don de prophetie, ie descouure les sens cachés
ou par le don de doctrine, ie dechiffre quelque chose qui serue aux bonnes mœurs. Mesme les choses sans ames cõme seroit vne fleute ou vne harpe, iaçoit qu'elles ne soyent in-
uentées que pour resonner, ce neãtmoins n'est qu'elles ne rẽdent certains & distincts sons
qui par certains accors & melodies signifient ou l'argument de la chanson, ou l'affection
à laquelle elle attire, c'est à dire, si elles ne font que raisonner pour tous potages, quel fruict
ou plaisir en receura l'auditeur, veu qu'il ne peut discerner quel est le chant de la harpe ou
fleute si c'est ioye ou complainte. Or-ça si la trompette rend vn son incertain sans distin-
guer par ce mesme son, si c'est l'assaut ou la retraitte dequoy seruira sonner de la trõpette,
veu que le gendarme n'entend pas à quoy on l'appelle ? Semblablement aussi vous, n'est
qu'en parlãt langues estrãges vous ne iettiés hors vne voix signifiãt aux auditeurs quelque chose de certain, vous parlerés sans fruict, attendu qu'on ne peut entẽdre vostre propos. Parainsi la voix des parlans ne penetrera point dedans les cœurs des auditeurs, ains
frappera seulement l'air par vn vain retentissemẽt de parolles, & il y a tant de sortes de langages au monde dont chascun à sa voix particuliere laquelle peut bien estre ouye de chascun: mais s'il n'y a autre chose que la voix, en vain parlerõs nous l'vn à l'autre. Car iaçoit
que tous deux parlions bien chascun nostre langue, toutefois pource que nous n'entendons pas bien l'vn l'autre, il aduient que moy qui parle Grec suis barbare à vn Africain, &
que semblablement l'Africain m'est barbare à moy qui n'entend pas sa langue. Pourtant
vous aussi Corinthiẽs puis que de vostre naturel, vous pourchasses & faittes grãd cas des
dons des langues qui emportent miracles. Ie vous cõseille que vous vous addonniés aux
plus excellẽs, à fin que fassiés profit à toute l'assemblée. Parainsi qui a le don des langues,
qu'il prie Dieu qu'il aye aussi le don d'interpreter. Autremẽt si ie prie en langue incogneue
au peuple, comme par maniere d'exemple si entre les Grecs, ie prie en langue Persique, qui
plus est si (comme font aucuns qui prennent plaisir de raisonner en langue estrange vne
chanson qu'ils auront apprinse par cœur, n'entendans pas eux-mesmes ce qui gazouil-
lent) ie prononce vn propos autant incogneu tant à moy qu'aux autres, ma voix & mon
souffle prononce bien parolles de prieres. Au reste, mon esperit n'en reçoit aucun fruict,
veu que mesme en moy ie ne profite rien ou bien peu, & aux autres non seulement ie suis
inutile, mais aussi leurs dõne fascherie, ou mesme me fay mocquer à eux. Que doy-ie dõc
faire? Ie prieray de voix quand le lieu le requerra: mais non content de cela, ie prieray aussi d'esperit & d'intelligence. Ie chanteray les louãges de Dieu des organes de la voix: mais
non content de cela, ie chanteray aussi d'esprit, vsant de langage entendu. Autrement si
tu chantes les louanges de Dieu en langage incogneu à chascun, cõment le populaire res-
põdra-il cest accoustumé Amen, finie ton action de grace. Car par telle accordante respõce se conferme ce qui est dit és prieres ou louãges. Car vous sçaués que ce ieu (s'il faut ainsi
parler) se ioue par diuers personnages. Les entẽdus sont ceux qui chãtent: le peuple idiot
& meslé de toutes sortes de gẽs, ratifiant ce qui a esté dit, respõdent tous d'vne voix Amẽ.
Et que respondra-il s'il ne sçait que tu dis. Ce que tu prononces est bien sainct, & pour toy
peut estre profitable: mais ce pendant le peuple n'en deuient de rien meilleur: lequel toutefois s'assemble expressement pour par le parler des entendus s'en retourner meilleur à
la maison, & pour apprẽdre en public cõment il faut viure en son particulier. Or à fin que
personne ne pense que ie ne fay pas ganrd cas du don des langues, moy ignorant icelles:
comme on voit ordinairement que chascun faict grand cas & magnifie les choses esquelles il est excellent, les autres il n'en tient cõte & les mesprise: ie remercie Dieu qu'en ce dõn
ie vous surpasse tous, voyre vous qui vous complaisés principalemẽt en cela : Car il n'y a
nulle sorte de langage entre vous lequel ie ne parle & entende fort bien. Partant cest par
iugement & non par enuie que ie profere le don d'interpreter au don des langues, duquel
il conuient mieux vser en son priué que non pas en l'assemblée solennelle. Car en l'Eglise
& assemblée des saincts, i'ayme mieux dire tant soit peu de parolles, pourueu qu'en entendant moy-mesme mon parler, ie peusse faire que ie fusse aussi entendu des autres, que ga-
fouiller bien dix mille mots en sorte que nul des autres & nõ pas moy-mesme, peut estre,

Puis que vous
estes desirãs les
dons spirituels.

Mais i'ayme
mieux parler
cinq parolles.

Pp 2   ne les

ne les entêde.Parquoy freres puis qu'ainsi est que la pieté,comme dit est,a par maniere de
dire ses eages & accroissemens,mettés peine qu'en laissant les dons inferieurs,vous vous
auanciés aux plus grands à fin que tousiours ne soyés trouués enfans. Il y a des dons qui
sont propres à ceux qui sont nouuellement consacrés à Christ : Il en y a qui sont conuenables à ceux qui sont desia plus auancés. Bien veux-ie que tousiours vous soyés enfans
quant à ce qui concerne la rôdeur & entiereté des mœurs.Mais és dons de l'esprit, ie veux
que vous y profitiés iusques à tant que vous parueniés iusques au côble. Car desormais
ce ne vous doit pas estre assés de ne nuyre à personne : mais vous faut tascher qu'estans
deuenus hommes faits,vous puissiés aussi profiter à tous. Le naturel des enfans est d'a-
uoir en admiration choses les plus petites du monde, & s'y complaire pompeusement.
Mais l'eage leurs apporte ce bien de ce que soudain ne tiennent conte de ce qu'au parauant ils se glorifioyent : Ains taschent à choses plus grandes. La foy Chrestienne a aussi
ses apprentissages esquels enuieillir c'est chose deshôneste.Qu'ainsi soit Dieu l'a luy-mesme aussi testifié long temps en parlant par le prophete Esaie en ceste maniere:Ie parleray
à ce peuple en diuerses langues & en diuerses leures, & si ne m'obeiront pas pourtant.
Donc le don des langues seruoyt pour les commencemens de l'Eglise nayssante : à fin
que les incredules fussent esmeus par ce miracle lequel est inutile aux croyans.Et au contraire le don de Prophetie profite non seulement aux incredules à fin qu'ils s'amendent,
mais aussi aux croyans à fin que de iour en iour ils en deuiennent plus fermes & tousiours meilleurs . Parainsi on peut voir euidemment combien peu d'vtilité à l'vsage des
langues veu qu'aucunefois il peut mesme nuyre & desplaire.Car posé le cas que toute l'E-
glise soit maintenant assemblée & que tous par ensemble parlent langues estrãges toutefois incogneues l'vn Ebrieu,l'autre Africain,l'autre Asiaticque, & qu'en ces entrefaittes en
vostre compaignie entrent d'autres Chrestiens ignorans les langues ou mesme des incredules ignorans aussi les langues:quand il oyrront vn bruit de diuerses voix plein de toute confusion sans rien entendre en tout cela ne diront-ils pas que vous estes incensés &
demoniacles de faire tels badinages ? Au contraire, si par le don de Prophetie l'vn enseigne, l'autre amonneste, l'autre enhorte, l'autre console : & ce pendant suruient en nostre assemblée quelque estrangier idiot ou mesme incredule lequel entende vostre parler & semblablement soit entendue de vous : En recognoissant en vous vne vraye pieté, ne condamne-il pas à par soy sa superstition , & deteste ses mœurs prophanes les
ayant confrontés auec vostre pieté n'est-il pas semblablement descouuert à soy-mesme
en oyant de vous la doctrine de la vraye religion de laquelle il se voit auoir esté toutalement eslongné par le passé, & se sent coupable en soy-mesme des vices lesquels vostre
parolle deteste ? S'il aduient finalement que luy estant deuenu tout autre & se repentant
se iette la face contre terre en recognoissant & testifiant deuant tous qu'estans vrayement inspirés de l'Esprit de Dieu vous parlés non pas en incensés qui saysis de rage de-
moniaque gettent hors parolles qui ne sont entendues ny d'eux-mesmes ny des autres
parlans sans rime ne raison.Qu'est-il donc de faire, freres,toutes les fois que vous assemblés en l'assemblée publicque, & chascun apporte quant & soy son don : l'vn a vne chanson spirituelle dont il a enuie de louer Dieu, l'autre a doctrine pour en pouuoir endoctriner & façonner la vie:l'autre a reuelation pour pouuoir mettre en lumiere les choses cachées & mussées en la saincte Escripture.Qu'on ne reiette rien de tout cela,ains que le tout
soit employé à l'vtilité publicque en l'assemblée publicque : en sorte toutefois qu'il ne
s'en esleue aucun trouble ou confusion. Qu'on donne aussi leur place à ceux qui sont
doués du don des langues : mais en sorte qu'en chasque assemblée il n'y en ait que
deux tant seulement qui parlent ou trois pour le plus : Et ce non toutefois tous ensemble, mais chascun à son tour. Item qu'il ne parle point seul, ains y en ait vn pour interpreter au peuple ce qui aura esté dit par ceux là . Vn seul truschement suffira bien
pour deux ou trois, doués du don de langues en tant qu'il n'est-ia necessaire de dire
beaucoup de parolles en langues estranges . Que s'il n'y a point de truschement entendu aux langues, il ne faut-ia que celuy parle en l'assemblée, lequel n'a rien fors le don
des langues : qu'il se serue de son don, mais chés soy où il chante à soy & à Dieu. En
l'assemblée on ce doit employer en l'affaire publicque. Semblablement que les prophetes parlent, mais entre deux ou entre trois, & ce chascun à son tour:mais qu'il y
ait gens qui ayent le don de discerner les esprits des prophetes s'ils sont vrays ou non,
pour reietter le propos qui seroit indigne de Christ. Que si tandis que l'vn parle, celuy qui est assis auprès se prend à entre-parler comme estant inspiré de la grace de Dieu,
à fin

à fin qu'il n'y ait confusion de voix que le premier se taise:car alors il est euident qu'à l'autre est reuelé ce que le premier cherchoit, attendu qu'estant saysi & poussé de l'Esprit il a entrerompu le propos.Que s'il aduient ainsi,vous pouués bien tous prophetiser pourueu que ce soit tour à tour,& que l'vn donne lieu à l'autre de parler, à fin qu'à tous en reuiennent tant plus grands fruicts de doctrine mettant chascun en auant ce que Dieu luy aura inspiré:Et que tous reçoyuent tant plus abõdante consolation, employant chascun pour la commune ce que l'Esprit de Christ luy aura inspiré. Et ne faut-ia que vous alleguiés que ceux qui sont saysis de l'Esprit ne sont pas maistres d'eux-mesmes, cõme nous voyons aduenir aux insensés. C'est bien autre chose de l'inspiration de Christ laquelle augmente tellement l'impetuosité de l'entendement que l'homme n'en laisse pas pourtant d'en-estre à sa liberté soit que la chose requiere d'vser de parolle,soit qu'il se faille taire.C'est-cy vne inspiration de bon sens,& nõ autre chose qu'vne impetuosité de sainct entendement aux choses qui semblent auancer la gloire de Dieu. Ceste inspiration doit de tant plus seruir à la tranquillité publicque,& estre de tant plus eslongnée de noyse, qu'elle prouient de Dieu,qui est autheur de paix & non de trouble ou debat. Or comme ainsi soit que cecy s'obserue en toutes les assemblées des saincts, c'est biẽ raison qu'il s'obserue semblablement és vostres si vous voulés qu'on les tienne pour saincts,à fin qu'en ceremonies vous ne soyés trouués differens des autres auec lesquels vous estes d'accord en profession de religion. Et pour ceste mesme cause que voz femmes se taisent en l'assem-*Que voz femmes se taisent és Eglises.*

blée publicque, de peur qu'il ne s'esleue(comme c'est vn sexe assés enclin à ce vice de babiller) quelque confusion messeante. Car il n'est pas permis aux femmes de harenguer en public,comme mettans les propos en auant:mais leur est commandé d'estre subiettes aux marys:qu'ainsi soit voicy comment Dieu parle à la femme en Genese:Tu seras en*Gen.3* la subiection de ton mary, & il te seigneuriera. Que donc elle recognoisse ceste Loy non seulement en se couurant la teste, mais aussi en se taisant,chose qui est merueillesement bien seante à ce sexe. Comment(dira quelqu'vn) retrenches-tu tellement la langue aux femmes qu'il ne leur soit pas licite de parler,non pas seulement pour apprendre & s'enquerir:ouy ie la leurs retrenche tout net en public. Au reste s'il y a quelque chose qu'elles n'entendent pas bien, & ont enuie de le sçauoir qu'elles s'en enquierent de leurs marys en la maison. En ce faisant elles ne serõt pas frustrées de doctrine,& ne se fera rien impertinemmẽt,car à la verité c'est vn spectacle mal-plaisant & deshõneste de voir vne femme parler en l'assemblée publicque des saincts;attendu que mesme és assemblées prophanes des Payens cela est tenu pour infame. Pourquoy vous seroit-il grief, ò Corinthiens, d'obseruer vne ceremonie laquelle tous autres obseruent?Estes vous les premiers desquels l'Euangile soit sorty, pour dire que les autres doyuent estre rengés à vostre maniere de faire?L'euangile n'est-il paruenu qu'à vous tant seulement?Que si vous n'estes les premiers ne tous ceux qui tenés la religion de Christ, pourquoy vous faschés vous de vous renger aux ceremonies des autres?Si quelqu'vn d'entre vous cuide estre prophete, ou autrement doué de dons spirituels, qu'il recognoisse que les commandemens que ie vous escry sont du Seigneur & non de moy. Que si quelqu'vn par debat se porte en sorte comme s'il les ignoroit & n'en tient conte non plus que de commandemens d'homme:son dam s'il les ignore:car il sera semblablement ignoré de Dieu.Ce n'est pas à moy de debattre, ce m'est assés d'auoir amonnesté. Donc pour mettre fin à ce propos mettés peine freres d'obtenir le don de prophetie,lequel est le plus excellent en sorte toutefois qu'on n'empesche point de parler langues estrãges ceux qui n'ont autre don,pourueu que,comme ie l'ay ordonné,le tout se fasse & honnestement & par ordre à fin qu'il ne s'esleue aucune vilainie ou confusion.

CHAPITRE XV.

R pour ce que i'entend,freres,que touchant la resurrection des morts aucuns*Ie vous aduise aussi.* d'entre vous en doutent,ausquels à cause qu'encore à present estant enflés de philosophie humaine on ne peut encore psuader cest article: & n'est-ia besoig que ie vous en enseigne rien de nouueau,tant seulement ie vous reduy en memoire l'Euãgile lequel ie vous ay baillé du cõmencement, & lequel vous aués embrassé pour vne fois,& y perseuerés iusques à present,& par le moyẽ duquel vous obtenés salut: de maniere que ce seroit,& à moy chose superflue de vous enseigner derechef ce qui vous a esté vne fois enseigné à droit:& à vous deshõneur,si par incõstance vous vous reuoltiés de la chose que vous aués vne fois embrassée,attendu mesmement que vous experimentés nostre Euangile vous estre d'efficace à salut:Or est ce que la principale partie de la dõ

Pp 3   ctrine

ctrine Euangelique est de croire la resurrection des morts. De laquelle chose vous ne deués point doubter, sinon qu'en vain (ce qu'à Dieu ne plaise) vous eussiés creu. Car qu'estoit-il besoing d'embrasser l'Euangile si vous nyés le principal article d'iceluy, assauoir la resurrectiõ aduenir des morts? Vous deuiés sur toutes choses vous souuenir de ce que de premiere entrée ie vous ay enseigné de bouche; & maintenant le vous repete par lettre & l'auès receu pour vne fois. C'est que le Seigñr Iesus Christ est mort & par sa mort nous a deliurés de pechés, en payant pour nous ce que nous auiõs forfaict laquelle chose l'Escri-

Esa.53   pture, auant tant de siecles, auoit predit deuoir aduenir, qu'il seroit mené comme vne brebis à la boucherie, pour sa blesseure remedier à noz maux, à fin que du boys de la croix il regnast & destruisist la tyrannie du diable. Item faut croire que non seulement il est vrayement mort, mais aussi a esté enseuely, & qu'il est ressuscité le troisiesme iour. Ce qu'aussi long temps a auoit esté predit par les oracles des prophetes deuoir aduenir, à fin que tant plus vous croyés la chose estre faitte laquelle Dieu par saincts personnages auoit promis

Osée 6   deuoir aduenir. Car ainsi parle Osée. Il nous fera reuiure apres deux iours, & au troisies-
Psal.15   me iour il nous ressuscitera, si viurons en sa presence. Item Dauid parle en ceste maniere: Tu ne laisseras pas mon ame au sepulchre. Outre-plus à fin que plus fermemẽt vo° creussiés, ie vous ay enseigné comment de rechef viuant il s'est monstré à plusieurs, premierement à Cephas, puis aux douze, & que puis apres il a esté veu de plus de cinq cens freres assemblés en vne trouppe: dont la plus part vit encore auiourdhuy, si d'auenture quelqu'vn doutoit de la verité de l'hystoire: Aucuns sont trespassés. En outte s'est monstré à la ques appellé le frere du Seigneur, qui est le premier qui a faict office d'Euesque en Ierusalem: Puis a esté veu de tous les disciples & non seulement des douze, desquels estant premieremẽt sorty le titre d'Apostre, est decoulé sur plusieurs. Or apres tous il a esté aussi veu de moy comme d'vn Apostre auorté qui apres les portées venues en terme, ay esté finalement comme vn fruict imparfaict, getté hors pour mieux dire que non pas nay. Ie ne me plein point d'auoir veu le Seigñr le dernier de to°. C'est beaucoup que grace m'a esté faitte de le voir. Car ie suis le plus petit des Apostres & indigne d'estre appellé Apostre pource que i'ay persecuté l'Eglise de Dieu laquelle les Apostres establissent. I'estoy dõc indigne d'estre mesme mis au dernier ranc entre les Apostres, mais la bonté gratuite de Dieu m'a faict cest honneur encore que i'en fusse indigne, tellemẽt que tout ce que ie suis vient de sa liberalité & non de mon merite. Or ie n'ay pas laissé en moy sa beneficence oysiue ou sterile: Ainçois plustost iaçoit que ie soye le dernier selon l'ordre du temps, ce neantmoins en l'execution de la charge Euangelique ie ne m'y suis pas porté en dernier, ains ay porté

Soit donc moy   plus de trauaux qu'aucun autre des Apostres, à fin qu'aucun ne me baille moins d'autho-
soit vn autre.   rité pource que ie suis le dernier d'entre eux. Toutefois ce trauail mesme que i'ay prins ie ne me l'attribue pas, ains le rapporte à la beneficence de Dieu par l'ayde duquel s'est faict tout ce qui s'est faict. Donc pour retourner au propos soit qu'en l'affaire de l'Euangile ils ayent plus grãde authorité, soit que ie l'aye plus grãde: pour le moins nous preschõs tous d'vn mesme accord vne mesme chose & ce que nous preschõs d'vn si grand consentement vous l'auès creu pour certain & infallible. De nous nous ne changeõs point de propos: Il reste que vous demouriés au vostre sans tamener maintenãt en doute les choses que vo° auès vne fois arrestées. Que si par le tesmoignage de tous les Apostres s'est presché & se presche que Christ prince & autheur de resurrection est ressuscité de mort à vie: Comment sont aucuns d'entre vous si hardis de dire qu'il n'y a nulle resurrection des morts. Que s'il n'y a nulle resurrectiõ des morts, il s'ensuyt que Christ mesme n'est pas ressuscité. Car qu'estoit-il besoing que nostre guidon & chef ressuscitast si non pour en deuançant ses membres appareiller leur resurrection, & nous ouurir à tous la voye. Que si Christ n'est pas ressuscité nostre prescher donc est vain, & vostre croyance & fiance vaine. Si nous tenõs pour tout resolu que Christ est ressuscité, il faut tenir pour indubitable que nous aussi ressuscite rõs, attẽdu qu'il est ressuscité pour nous ressusciter. Autremẽt il aduiẽdra que nõ seulemẽt nous & vous aurõs perdu nostre peine, nous en preschãt, vous en croyãt. Mais aussi serõt trouués iniques cõtre Dieu d'auoir faussement tesmoigné de luy, qu'il ait ressuscité Christ veu qu'il ne l'a pas ressuscité. Or ne l'a-il pas ressuscité si les autres morts ne ressuscitent point: ou il faut croire l'vne & l'autre, ou il faut nyer l'vne & l'autre, veu que la resurrection du chef & des mẽbres est tout vne. Si les morts ne ressuscitẽt point, pour l'amour desquels Christ auoit a ressusciter, Christ mesme n'est pas ressuscité. Que si Christ n'est pas ressuscité en vain auès vo° creu qu'il estoit ressuscité, en vain auès vo° creu que par la foy en luy vo° estiés affrãchis de pechés. Que s'il est ainsi, vo° estes encore detenus en voz pechés passés.

De rien

De rien ne vous a seruy le baptesme, moyennant lequel nous ressuscitons ce pendant spirituellement de-rechef par Christ. Qui plus est ceux qui sont morts auec telle confiance, &
sous ceste esperance ont presenté leur col, aux glaiues des bourreaux sont toutalement peris, s'il n'y a nulle esperance de resurrection. Que si toute nostre esperance laquelle nous *Si nous auons*
auons conceue de Christ ne s'estend pas outre de la vie presente, non seulement nous ne *esperance en*
sommes pas heureux, mais aussi sommes plus miserables que les autres qui sont estran- *ceste vie seu-*
giers de Christ. Car quant à ceux là ils iouissent tellement quellement des commodités de *lement.*
la vie presente: De nous en ceste vie nous sommes affligés pour le nom de Christ, & apres
ceste vie nous ne trouuerons aucun salaire, si nous ne ressuscitons entieremét. Mais à Dieu
ne plase qu'aucũ croye telle absurdité à son propre preiudice. Ainçois si vous croyés que
Christ est ressuscité (ce que tous saincts personnages croyent) il s'ensuit necessairement de
là que nous ressusciterons aussi. Car en luy s'est commencée la resurrectiõ laquelle s'ache-
uerá en nous: & comme il est ressuscité entierement ayant reprins son propre corps, ainsi
nous ressusciterons tous entiers. Le chef ne sera pas separé des membres. Iceluy comme
Prince & guidon est ressuscité le premier, comme les premices de tous ceux qui meurent
sous esperance de ressusciter. Iceluy a commencé la resurrection: d'autres l'ont suiuy compaignon de la resurrection du Seigneur, & nous semblablement les suyurons vn iour.
Car il n'y a nulle doute qu'en tous ses membres, ils ne doyuent faire ce que ia il a faict en
soy-mesme, & en plusieurs des saincts. Or faut-il imaginer deux corps, l'vn suiect à la
mort lequel depend de son chef Adam: L'autre destiné à immortalité lequel depend de
son chef Christ. Comme donc la mort se glissa iadis par vn homme pechant, & cõme estant
du chef estendu par les membres, se rue sur tous les autres: ainsi par vn homme toutalement exempt de tout peché, a esté apportée la resurrection des morts. Et de faict par le forfaict d'vn seul Adam, nous tous qui sommes yssus de luy, sommes subiects à la mort. Par
l'innocence d'vn Christ, tous ceux seront ressuscités à immortalité lesquels auront receu
la grace d'estre de son corps. Tous ressusciterõt bien, mais chascun en son ranc. Le premier
de tous est Christ, puis ceux qui sont conioincts à Christ comme les mẽbres au chef, donc
quelques vns ia sortis des tombeaux sont ressuscités auec Christ, les autres ressusciteront
en sa derniere venue. Et alors paracheuée la resurrection de tout le corps, il ne restera rien
plus sinon la fin des changemens humains. Laquelle chose n'aduiendra pas que premierement estant la tyrannie de la mort toutalement aneantie, Christ vainqueur n'ait baillé
le royaume trãcquille & paisible à Dieu son pere, entre les mains duquel apres auoir vaincu ses ennemys il remet sa seigneurie: Et que toutalement il ait deschassé de tout son corps,
& aneanty toute la puissance, principauté, & forces de ses aduersaires: Car il est necessaire
que le fils soit ocupé à remettre ce royaume entre les mains de Dieu son pere, iusques à ce
qu'il aura vaincu & mis à mort tous ses ennemis, & s'en sera faict vn marche-pied, à fin
qu'il n'y ait plus aucune rebellion ou crainte de maux. Par le peché la mort regne & Satan *L'ennemy qui*
par la mort. Le peché vne fois destruit, le regne de la mort cessera. Or iaçoit que nous nous *sera destruit le*
employons à cela de toutes noz foces, ce neantmoins il n'aduiendra pas en perfection, *dernier, c'est*
que premier la derniere resurrection n'ait aboly toute la vigueur de la mortalité, comme *la mort.*
estant lors defaict le dernier ennemy qui se rebelloit en toute obstination. Car ainsi l'a determiné le Pere de tout assubietir sous les pieds du fils, comme il est escript és Pseaumes: *Psal. 8*
Tu luy as tout assubiecty sous les pieds. Or quand il dit que tout sera assubiecty sous les
pieds du fils, il ne le faict pas entẽdre en sorte, comme si estant forclos le Pere le seul fils deuoit iouyr du royaume, ainçois le regne du fils & du Pere n'est qu'vn. Le Pere par le fils s'acquiert ce royaume nouueau & peculier, par lequel vaincues les conuoitises il n'y a nulle rebellion à lencõtre de la volonté de Dieu: Lequel royaume il a tellement en commun auec
son fils qu'il en retient arriere soy l'authorité: car entant que de luy est procedée au fils la
participation du royaume, lequel le fils a tellement entier & parfaict que ce pendant rien
n'en decroist au Pere, veu que tous deux n'ont qu'vne volonté. Par ainsi quand tout sera
assubiecty au fils, alors le fils aussi luy-mesme tout ẽtier, c'est à dire en corps s'assubiectira
au Pere, par l'authorité duquel est aduenu que tout ait esté soumis sous la Seigneurie du
fils. A fin que de là en auant il n'y ait rien és membres qui discorde d'auec Christ, & que le
fils toutal accorde auec le Pere, duquel comme de leur souueraine source dependront toutes choses, & auquel comme à l'autheur chascun se tiendra redeuable de tout le bien qu'il
aura iamais esté faict. Or ça veu que ie vous ay pieça enseigné ces choses & les aués re- *Autremẽt que*
ceues: d'où vient qu'aucun d'entre vous doute de-rechef si les morts ressusciteront. Que *feront ceux qui*
s'il n'y a nulle esperance qu'il se doyue faire, ceux là auront bien perdu leur temps les- *sont baptisés.*

Pp 4   quels

quels pluſtoſt par ſuperſtition, à dire le vray que non pas par pieté, reçoyuent le bapteſme pour les morts, craingnans que celuy qui eſt decedé ſans bapteſme ne doyue point reſſuſciter entre les iuſtes. Pour à quoy obuier, ils attirent quelqu'vn qui pour le treſpaſſé reſponde qu'il croit & demande bapteſme. I'approuue bien leur foy, mais ie n'approuue pas leur faict: car côme ceſt choſe ridicule d'eſtimer que le bapteſme d'autruy ſerue à vn mort, ainſi doyuent-ils croyre la reſurrection à venir. Et de faict ils ne craindroyêt point pour le mort, s'il croyent qu'il ne deuſt pas reſſuſciter. Meſme nous auſſi faiſons folement de haſarder tous les iours noſtre vie pour la doctrine de Chriſt, ſi apres treſ-griefues afflictions ne s'enſuit point de ſalaire. Et non ſeulement haſardons noſtre vie, mais auſſi mourons aucunement par chaſcun iour, eſtans expoſés à tous coups à nouueaux perils, & ne mourons pas d'vne mort ſeule. Ce que ie dy c'eſt ſans mentir: Ainſi me puiſſe-ie touſiours glorifier de ceſte vantance, laquelle i'ay par Ieſus Chriſt noſtre Seigneur, à la gloire duquel ſeruent auſſi les maux meſmes que nous endurons. Ce qu'en Epheſe i'ay enduré tant de maux pour l'Euangile de Chriſt, qu'il m'a eſté force de combatre auec les beſtes, eſtât toutalement adiugé à la mort, quel fruict ou quel ſalaire m'en reuiendra-il ſi les morts ne reſſuſcitent point ? Quelle forcenerie ſeroit-ce de ſe plonger de plein gré en tant de maux, ſi apres la mort il n'en chaut comment on ait veſcu. Si toute l'eſperance de l'homme finiſt quant & la mort, que reſte-il ſinon que côme en Eſaie diſent les meſchãs, nous defians des

Eſaie 22 promeſſes de la vie à venir, & meſurant le comble de la felicité aux comodités de ceſte vie, nous mangions & beuuions, car auſſi bien mourrons nous demain. Ce que nous pourrons rauir de ceſte vie, cela ſeul eſt noſtre, apres la mort nous ne ſommes rien. Voyla peut eſtre les chanſons, peut eſtre que vous châtent, tous les philoſophes, ou les faux Apoſtres, mais aduiſés que par leurs fables ils ne vous enlaſſent en abus perilleux, vous ſouuenans touſiours que quelqu'vn de voz poetes à dit bien vray. Que mauuais propos corrôpent

Menander. bonne mœurs. C'eſt d'oyſiueté & diſſolution de vie que leur prouient ce deſeſpoir, entant que ſe ſentant la conſcience mal nette, ils voudroyent bien qu'il n'y euſt point de reſurrection. En ſi grande obſcurité de vices ſont detenus aucuns galebon-temps viuans au iour la iournée. Mais vous, eſueillés vous par vne eſtude de iuſtice & non de volupté. Et ne vous plongés pas comme les autres en vn ſi grand mal de deſeſpoir. Car il en y a entre vous qui combien qu'ils ſoyent enflés, d'vne preſomption d'vne ſageſſe humaine. Ce neantmoins ont faute du principal point de ſageſſe, entant qu'ils ignorêt Dieu, ne croyãs point que par la puiſſance d'iceluy, combien qu'il ſoit tout puiſſant, les morts puiſſent reſſuſciter. Et ne s'aduiſent point qu'il eſt plus aiſé de reſtablir ce qui eſt ruyné, que de créer de rien ce qui n'eſt point. Cecy, di-ie, non pas pour mal que ie vous veuille, mais à fin qu'eſtans corriger de honte, vous ceſſiés deſormais de preſter l'oreille à telle maniere de gens

Mais quelqu'vn dira
côment reſſuſcitera. qui taſchent de vous mettre en reſte, ſi grandes ſottiſes & impietés. Or puis qu'il eſt certain que la reſurrection viendra, quelque curieux pourra demander comment elle aduiendra, ou auec quel corps. Les morts reſſuſciteront attendu que les corps que nous portons à preſent ſe conuertiſſent en cendre, ou en terre, ou en quelque autre choſe plus vile. Sot que tu es de t'esbahir que Dieu puiſſe pour vne fois faire pour reſſuſciter les morts, ce que faict iournellement nature pour faire germer la ſemence. Tu iette en terre vne ſemence ſeiche & morte, auquel lieu eſtant putrifiée, elle ſemble de-rechef eſtre perie: & par ainſi ſortant finalement de terre ſemble renayſtre & reuiure : Sans toutefois reuiure, qu'elle ne ſoit premierement mortifiée & enſeuelie. Et renaiſt la ſemence en bien autre forme qu'elle n'auoit eſté cachée en la terre. Vn grain bien petit, vil, noir, & ſec eſt enterré. Iceluy eſtant putrifié en terre ſort en ſon temps (ne plus ne moins que s'il retournoit viure de-rechef) en herbe tendre, puis vient en tuyaus & finalemêt en eſpis. Et toutefois rien de tout cela n'apparoiſſoit au menu grain lequel tu as caché en terre. Or chaque ſemêce a en ſoy ſon efficace naturelle, laquelle ſe deploye apres qu'elle eſt ſortie de-rechef, de ſorte que ce ſemble vne toute autre choſe, iaçoit que tu voyes la meſme ſemence, mais renée en meilleure forme. Ne vois tu pas bien combien grand arbre ſe leue d'vne ſi petite graine. Quelle force de tronc, quel circuit de racine, quelle large eſtendue de branches, quelle pompe de fueilles, quelle recreation de fleurs, quelle abondance de fruicts ? Or n'y auoit rien de tout cela en la graine vile & menue, quand tu la couurois de terre. Et ce neantmoins tu oſois bien eſperer toutes ces choſes, te faiſant fort des forces de nature : Et tu n'oſes eſperer le meſme de Dieu, te faiſant

Et Dieu luy
dône le corps. fort de ſa ſouueraine puiſſance ? Ce n'eſt qu'vne graine ce que tu ſemes, & non pas vn arbre, & toutefois Dieu faict ſortir la graine, & luy baille vn corps tel que bon luy ſemble lequel a engraué au dedans de chaſque eſpece de ſemence vn efficace peculiere, telle que

iaçoit

iaçoit qu'elles renaissent toutes, ce neantmois ce n'est pas toutefois en mesme forme. Le mesme se faict és animaux. Chasque animal à sa semence, & ne prouient pas de toutes semences toutes sortes d'animaux. Car iaçoit que cela soit commun à tous qu'ils ont vn corps de chair, ce neantmoins il n'y a pas petite difference entre chair & chair: Car autre chose est chair d'hommes, autre de bestes brutes, autre de poissons, autre d'oiseaux. Semblablement és corps inanimés, iaçoit que tous soyent appellés corps, ce neantmoins autre forme ont les corps celestes, autres terrestres, comme seroyent les pierres, ou l'eau, ou la terre. Qui plus est comme la gloire & dignité des corps celestes est, autre que des terrestres, ainsi iceux corps celestes sont differés l'vn de l'autre. En premier lieu la clarté de la Lune n'est pas telle que du Soleil: ny celle des autres estoilles telle que de la Lune. Finalement les estoilles mesmes different aussi entre-elles en clarté: car elles ne rêdent pas toutes si grand rayons que l'estoille du matin. En cas pareil, en la resurrection tous ressusciteront en leur propre corps, mais en dignité dissemblable, assauoir selon la qualité d'vn chascun & la vie qu'il aura menée: car en autre forme ressusciteront les meschans, & en autre les bons. Item entre les bons selon qu'vn chascun se sera porté en sa vie, ainsi surpassera-il les autres en beauté de son corps renouuellé. Tant y a toutefois qu'à tous les bons sera restitué vn bien plus heureux corps, qu'ils ne l'auront despouillé en la mort. Comme est en la nature ietter la semence en terre, ainsi est en matiere de la resurrection enseuelir vn corps mort. Tel qu'est là le germer, tel icy est le ressusciter: Comme là beaucoup plus excellent est qui sort de terre que ce qui auoit esté semé: ainsi icy le mesme corps ressusitera bien, mais fort dissemblable. Le corps comme vn grain de semence est enterré subiect à putrefaction, mais le mesme corps ressuscitera, sans estre desormais subiect à corruption qui soit. Vn corps contemptible & vil est enterré, mais le mesme ressuscitera resplendissant en grande gloire. On enseuelist le corps imbecille, voyre lors qu'il viuoit, mais il ressuscitera doué de forces infinies. On enseuelist le corps lequel tout en vie qu'il estoit, ce neantmoins estoit lourd & paresseux, & partât souuêtefois est en charge à l'esprit son côducteur: Mais le mesme corps ressuscitera nô-ia sensuel, mais spirituel pour iamais ne retarder l'esprit en quelque part que le porte son impetuosité: car voicy encore vne difference des corps, c'est qu'il en y a vn sensuel lequel a besoing de manger & dormir, se lasse du trauail, est subiect à maladies, se mine auec l'eage, empesche souuentefois (ses organes estans lourds ou viciés) l'effort de l'esprit, souuent aussi à cause des affections naturelles le sollicite à vice, auquel quand l'esprit se côioinct & luy obeist, il se conuertit par maniere de dire en corps, d'esprit deuenant chair. Il en y a vn autre spirituel lequel estant icy de peu à peu repurgé des sens & affections corporelles, puis renaissant par resurrection est aucunement transfiguré en l'esprit auquel il s'estoit soumis par exercice de pieté: de maniere que comme nostre esprit en obeissant à l'Esprit de Dieu, est rauy & aucunemêt transformé en luy, ainsi nostre corps en obeissant à l'esprit soit repurgé & despouillé de sa pesanteur, estant extenué envn corps tel qu'il soit toutalement semblable à l'esprit. Ce corps lourd & terrestre nous le tenons de l'autheur de nostre race, assauoir du premier Adam, lequel estant formé de terre, aussi a-il esté subiect à affections terriennes: Mais il y a vn autre Adam second non pas en essence lequel est autheur non pas de la naissance, mais de la renaissance, lequel estant d'origine celeste a aussi esté exempt de toute contagion de conuoitises terriennes. Nous lisons ainsi mesme en Genese, que le premier Adam a esté crée pour viure par le benefice de l'ame, Gene. 2
mais en sorte que l'ame estât comme liée auec vn corps terrestre ne pouuoit rien faire que par les organes d'iceluy ou pour le moins par quelque chose materielle. Mais apres cestuy a esté baillé vn autre Adam, lequel estant conceu du sainct Esprit, vint aussi à eslargir vie aux siens, vie, di-ie, non pas ceste-cy qui est terreste, & en plusieurs choses comme auec les bestes, mais bien vne vie spirituelle & diuine. Ainsi par Christ nous renaissons en mieux en toutes façons. Ce qui est premier en temps est aussi plus lourd de faict, voyre selon l'ordre de nature. Nous portons maintenant vn corps sensuel, vn iour nous iouirons d'vn spirituel. Comme ce terrestre pere de nostre race a precedé, aussi a succedé Christ autheur d'vne nouuelle generation. Tel que fust le pere terrestre, tels sont aussi ses enfans, assauoir adonnés aux conuoitises terriennes. Item tel qu'est l'Adam celeste, tels aussi sont ceux qui sont renays en luy, assauoir affectionnés aux choses celestes. Car ce qui aduiendra vn iour en perfection, il le faut mediter en ceste vie. Comme deuant qu'estre baptisés nous auons par mauuaise conuersation representé au vif le naturel de nostre premier pere, ainsi estans renays en Christ par le baptesme, portons par vie celeste l'image de nostre Pere celeste. Autrement, en ceste vie nous ne serons pas du corps de Christ, & à l'autre ne iouyrons pas
de la

de la gloire de resurrection. Il est bien vray que nous sommes receus au royaume de Dieu, mais cecy vous, di-ie, freres, que chair & sang, cest à dire, les hommes de la premiere generatiõ ne peuuét paruenir à l'heritage du royaume de Dieu. Vne vie corrompue de vices ne iouira pas de l'heritage d'immortalité. Voicy ie vous vay reueler vn secret à fin que vous n'ignoriés rien touchant la maniere de ressusciter. Cest que nous ne mourrons pas tous: car peut estre que ce iour là, en surprendra aucuns de nous encore viuans. Tant y a toutefois que tous serons mués en gloire d'immortalité. Nous qui par exercice de pieté meditons aucunement en ceste vie l'immortalité, en euitant la contagion de peché. Ce changement n'aduiendra pas petit à petit (comme nous voyons aduenir és choses naturelles) mais tout en vn instant au son de la derniere trompette: Car la trompette sonnera, au son de laquelle ceux qui pour lors seront morts ressusciteront deuenus immortels. Et nous lesquels se iour là trouuera viuans, seront subitement changés, & tout à l'instant viuront d'vne autre façon, assauoir comme ceux qui seront ressuscités: Car il faut premier que nous ayons pleine iouyssance du royaume celeste que toutalament nous despouillons tous ce qui sent sa terre, & que le corps que maintenant nous portons subiect à corruptiõ est mortel, soit rendu incorruptible & immortel. Cela faict alors sera mis à effect ce que le prophete Osée preuoyant deuoir aduenir, dit s'esgayant à l'encontre de la mort mise à mort: la mort est victorieusement engloutie. O mort où est maintenant ton aguillon, O enfer où est ta victoire. Or l'aguillon de la mort est le peché: & la force de peché est la Loy, laquelle par occasion prouocque la conuoitise de pecher. La Loy ostée, la force du peché est affoiblie: Le peché osté, la puissance de la mort cesse, estant osté l'aguillon à tout lequel il a de coustume de nous ferir. Nous n'estions nullement gens pour faire teste à si violens ennemys, s'il eust faillu demener l'affaire par noz forces, mais il nous faut ce pendant remercier Dieu, qui a faict que nous ayons en main (si nous voulons) la victoire tant excellente par Iesus Christ nostre Seigneur, qui par sa mort a pour nous combattu la mort, & a prins sur soy noz péchés pour les effacer. Pourtant, mes freres bien aymés puis que cest chose toute certaine qu'il y aura resurrection, & que par icelle sera baillée vne si grande felicité laquelle toutefois n'obtiendront sinon ceux qui par innocence & abstinence de peché, auront icy medité vne vie celeste: ne soyés esbranlés en ce que vous aués vne fois creu, & ne vous laisses detourner de vostre bon sens par les propos des meschans. Ainçois plustost mettés peine qu'és choses qui vous mettent en la grace de Dieu, vous profitiés de iour en iour, & puissiés tousiours deuenir de meilleurs en meilleurs en vous preparans vous-mesmes à la resurrection à venir. Ne vous faschés d'aucun trauail, sçachans pour tout certain que aydant Christ, vous receurés pour fascheries temporelles ioyes eternelles.

Voicy ie vous dy vn secret.
Osee 13
Mais graces à Dieu.

CHAPITRE XVI.

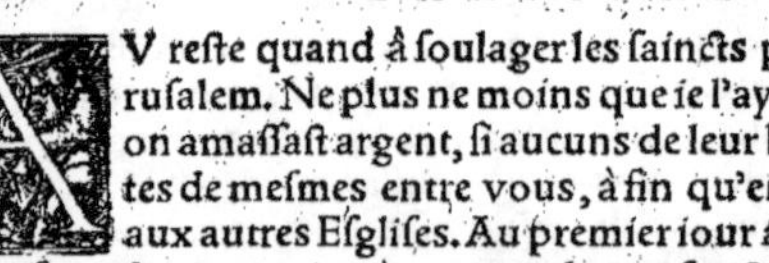

AV reste quand à soulager les saincts par vostre liberalité lesquels sont en Ierusalem. Ne plus ne moins que ie l'ay ordonné aux Galates pour cest vsage on amassast argent, si aucuns de leur bon gré vouloyét donner du leur, faittes de mesmes entre vous, à fin qu'en cest endroit aussi, vous ressembliés aux autres Esglises. Au premier iour apres le Sabbath (c'est à dire le dimanche) chascun de vous mette à part par deuers soy & amasse tant & si peu qu'il luy viendra à point. De cecy vous aduertis-ie, à fin que ce que chascun aura determiné de donner soit tant plus prest, à fin que quand ie seray arriué par de là l'argent ne soit encore à amasser. Au reste, quand ie seray arriué, ceux que vous aurés choysis pour cest affaire, ie les enuoyeray auec mes lettres en Ierusalem, pour y porter vostre aumosne. Que s'il se trouue qu'il soit besoing que moy-mesme y voise, ils viendront auec moy, à fin que personne n'ait occasion de penser que ie cherche en façon du monde mon profit. Or ie vous iray voir quãd i'auray passé par Macedone: car touchant les Macedoniens ie ne les feray que voir en passant. Mais entre vous, ie y pourray faire quelque seiour & ne sçay mesme si i'y passeray tout l'hyuer, à fin que sur le prin-temps vous me conuoyés pour aller par tout où m'appellera l'affaire de l'Euangile: Sans cela ie fusse allé maintenant vers vous, mais ie n'ay pas voulu vous voir seulement en passant & à la legiere: Car i'espere que ie pourray seiourner auec vous quelque temps, pourueu que le Seigneur Iesus le permette. Ce pendant ie demeureray à Ephese iusques à la Pentecoste. L'affaire requiert quelque retardement: Car encore que la porte me soit là ouuerte fort grande, & vne ample esperance de diuulguer l'Euangile: Ce neantmoins il y a beaucoup d'aduersaires. Que si ce pendant il aduient

Quant aux celestes.

que

que Timothée aille vers vous, aduisés qu'il ne tombe en quelque dāgier de par quelques
arrogāns & riches. Bien est vray qu'il est ieune, mais c'est mon compaignō & se porte ron=
dement & allegrement comme moy en l'affaire de l'Euangile. Parquoy que personne ne le
mesprise de ce qu'il est trop ieune: Ainçois plustost l'enuoyés sain & sauue cōme Apo=
stre & compaignon mien, & luy faittes c'est honneur de le conuoyer en s'en allant à fin
qu'il vienne vers moy: Car ie l'attend auec les autres freres ses compaignons. Or touchant
ce que vous auiés requis, que deuant tout autre Apollo fut enuoyé vers vous, ie vous pro
mets qu'il n'a pas tenu en moy qu'il n'y soit allé. Car ie l'ay prié bien fort qu'il allast vers
vous auec quelques freres, mais i'ay perdu temps: Entant que pour certaines causes, ce
n'a esté en sorte du monde son vouloir d'aller maintenant vers vous, toutefois il y ira si
tóst qu'il en aura la commodité. Veillés à l'encontre des embusches des mal-conseillans,
tenés bon en la foy que vous aués vne fois receue: Soyés cōstans à l'encontre des encom
bres de l'Euangile: Soyés robustes & vaillans, & tout ce qui se faict entre vous se fasse non
par contention ou debat, mais par charité. Ie vous prie, freres, mais qu'est-il besoing de
prieres? Vous mesmes sçaués que la maison d'Estienne, & de Fortunat est digne que vous
l'ayés en reuerence, soit pour ce que ce sont les premices de ceux que i'ay gaigné à Christ
de l'Achaye, soit pource qu'ils se sont toutalement adonnés au seruice & soulagement
des saincts. C'est donc raison que vous fassiés aussi semblablement honneur à tels: &
non seulement à eux, mais aussi à quiconque ayde auec nous à l'affaire de l'Euangile &
trauaille quāt & nous. I'ay esté bien aise que vous aués enuoyé pardeça Estiēne, Fortunat
& Achaïque: car ils ont par leur deuoir en venant au nom de tous supplié ce qu'encore ie
requeroye en vous. Car ils ont contenté mon esprit, que di-ie, mon esprit, mais le vostre,
car il ne tend à autre but qu'a vostre cōmodité: Et n'y a chose en quoy il prenne plus gran=
de ioye qu'en vostre auancement. Parquoy recognoissés telles gens en leur faisans quel=
que honneur particulier.   Les Esglises d'Asie vous saluent. Aquilla & Priscille & toute la
compaignie des Chrestiens qu'ils ont en leur maison vous souhaitent tout salut d'vne
saincte affection. Tous ceux qui font icy profession du nom de Iesus Christ vous saluent.
Vous aussi soyés conioincts entre vous d'vne bien-veuillance mutuelle, & vous salués
l'vn l'autre par vn baiser sainct & entier qui est le signe de vraye paix.   Ie vous salue moy
Paul & ay souscript la presente de ma propre main, en testifiant par cela & mon affection
enuers vous, & que ceste Epistre n'est pas vne Epistre supposée. Si quelqu'vn n'ayme le
Seigneur Iesus qu'il soit maudit Maranatha: Attēdu qu'il reiette celuy duquel seul il pou=
uoit obtenir salut: Et nye estre venu celuy lequel il apert estre venu au grand bien des cro=
yans, mais au grand mal des incredules. La grace & beneficence du Seigneur Iesus Christ
soit auec vous. Ie prie à Dieu que comme ie vous ayme d'vne affectiō Chrestienne
ainsi vous vous aymiés l'vn l'autre, sans feintise & de telle charité
que celle auec laquelle Iesus Christ vous
a conioincts. Amen.

FIN DE LA PARAPHRASE SVR LA PREMIERE
Epistre de sainct Paul Apostre aux Corinthiens,
Par D. Erasme de Roterodame.

SOMMAV

SOMMAIRE SVR LA SE-
CONDE EPISTRE AVX CORINTHIENS
par D. Erasme de Roterodame.

N premier lieu il rend raison aux Corinthiens, pourquoy c'est qu'il
ne les est retourné voir, ainsi qu'il leur auoit promis en l'Epistre pre
cedente, ayant toutefois premieremét touché quelque chose de ses
afflictions, lesquelles il souffroit pour l'Euangile de Christ, monstrát
que Dieu auoit esté son soulas en tant de maux, Incōtinent il remet
en la grace des Corinthiens, celuy qu'il leur auoit commandé en
l'autre Epistre de liurer à Satan, à fin que celuy qu'ils auoyent reietté pour son peché, ils le reçoyuent amyablement estant amendé.
Voyla quasi tout ce qu'il faict au premier & second chapit. En apres
il faict mention du soing qu'il a à prescher l'Euangile, taxant & notant cōme en passant les
faux Apostres, qui seruant à leur gain, & cherchans leur gloire, ils attiroyent tousiours à la
loy Mosaique, laquelle ils taschoyent de mesler auec Christ, comme si sans cela, il n'y auoit
esperance de salut. Parquoy il prefere la lumiere de l'Euangile aux ombres de la loy Mosaï
que, les enhortant parfois non aux ceremonies de la Loy, mais à vne conscience & vie digne de Christ: cependant il tesmoigne en quelle entiereté, il a presché l'Euangile de Christ,
& combien de maux il a enduré pour iceluy, en esperance d'vn loyer celeste. Outre cela il
monstre en quoy principalement consiste pieté Chrestienne. Ces choses sont traittées sus
la fin du second chapit. & au troisiesme, quatriesme, cinquiesme, & au commencement du
sixiesme: au reste duquel & au commencement du septiesme. il les amonneste qu'en recognoissant la dignité & saincteté de leur profession. Ils se gardent par tous moyés des souil
leures des Payens auec lesquels ils n'auoyent nulle accointance. En quatriesme lieu il a-
doucit laigreur de la reprehension precedente, louant ce pendant leur obeissance de ce
qu'ils ont obey du tout en tout à son epistre quelque aigre quelle fust: & s'esiouyt que celle
tristesse temporelle a engendré à eux & à luy grande ioye, comme quand d'vne medecine
amere, il s'en ensuit vne santé tant agreable. Au cinquiesme point, il les prouocque tant
par l'exemple des Macedoniens, que par diuers argumens & tesmoignages des escriptures, que chascun selon sa puissance & prompt vouloir, eust à departir quelque chose pour
le soulagement des saincts, qui demouroyent en Ierusalem : se souuenant cela luy auoit
esté enchargé de Pierre, & que pour cest affaire leur auoit enuoyé Tite auec vn autre compaignon, assauoir Luc, comme aucuns pensent. Lesquels il leur recommande. C'est ce qu'il
faict aux chapitres huictiesme & neuuiesme. Quand aux sixiesme point, les faux Apostres
qu'il auoit au parauant couuertement taxés, il les poursuit & reprent manifestement : les
quels par orgueil & ambition, auoyent apparence d'vne dignité & maiesté Apostolicque,
descrians sainct Paul comme homme de basse condition, & qui auroit exercé art mequa-
nique, ainsi qu'vn idiot & enfant : ioinct les coups & outrages qu'il auroit receus. Contre
ceux là il establit son authorité enuers les Corinthiens, les asseurant qu'il ne fut oncques
deprouueu d'authorité & puissance Apostolique, mais qu'il n'en veut vser au dommage
d'autruy, ainsi que les autres, ains seulement au profit des siens & à la gloire de Christ. En
apres, ayant requis qu'on supportast sa folie, en ce qu'il est cōtraint de parler vn peu trop
hautement de soy, en premier lieu il se faict esgal aux plus grands Apostres, puis il se met
en plus haut degré : & ce pour beaucoup de raisons, ou pource qu'il a semé la doctrine de
l'Euangile plus au large: ou que luy seul l'a annoncée pour rien, sans charger les Achayés,
ne de sa part, ne par les siens: ou qu'il a beaucoup plus souffert pour l'amour de l'Euangile que nul d'eux : en prenant ces choses là à gloire, pour lesquelles aucuns l'auoyent en
grand mespris. Mais recognoissant par modestie la rudesse de son parler, il s'attribue la
science des choses, à fin qu'en cest endroit ils n'ayent de quoy se pleindre. Or pource que
les faux Apostres, se vantoyét enuers les simples des feintes visions des Anges, sainct Paul
met en auant vne vraye & notable vision, qu'il a esté rauy iusqu'au tiers ciel, & qu'il fut là
enseigné choses qui surpassent la portée des hommes. Il deduit presque ces choses là aux
dixiesme, vnziesme, & douziesme chapitre. Finalement quand au septiesme & dernier
point, de peur qu'ils ne retombassent par le moyé des faux Apostres en leurs vices passés,
il proteste qu'il a deliberé de les aller voir, leur defendant auec authorité & menaces, qu'il
ne les trouuast tels, qu'il fust contraint de se mōstrer autre qu'il n'est : ou que comme il luy
auoit

auoit fallu vfer de rudeffe, en fes lettres, il ne fut aufsi contraint de faire le mefme en prefence, ce que toutefois il n'auoit faict par cy deuant, encore qu'il euft bien l'authorité. C'eft
ce qu'il traitte fus la fin du douziefme chapitre, & au treziefme. Les titres des Grecs tefmoignent cefte Epiftre auoir efté enuoyée de Philippes par Tite & Luc. Au refte, les argumens
lequels, fans autheur, mais d'vne brieueté commode, font contenus aux liures Latins, tefmoignent qu'elle a efté enuoyée de Troade par les mefmes : car il faict mention de ce lieu
là au fecond chapitre.

PARAPHRASE SVR LA SE-
CONDE EPISTRE DE SAINCT PAVL
aux Corinthiens, par D. Erafme de Roterodame.

CHAPITRE I.

P A V L faifant office d'ambaffade au nom de Iefus Chrift par l'authorité de Dieu le pere, enfemble Timothée mon frere par accointance de religion, & compaignon par communauté d'office, à tout
le trouppeau Chreftien qui eft à Corinthe, & non feulement à Corinthe, mais aufsi à tous les faincts qui feruent à Chrift par toute
Achaye, dont la ville capitale eft Corinthe, mais vous fouhaitans
grace, paix & accord, par la largeffe du Seigneur Iefus Chrift, & de
Dieu fon pere, lequel nous auõs aufsi pour commun pere auec luy.

Exalté foit & hautemét loué Dieu & pere de noftre Signeur Iefus
Chrift, qui eft fontaine & fource de toute largeffe, & Dieu non redoutable aux bons, mais
duquel procede toute noftre confolation: qui ne ceffe de nous conforter & foulager, nous
fes Apoftres, quelque affliction qui nous aduienne de part que ce foit : Et cela faict-il, non
feulement pour noftre efgard, de peur qu'eftans accablés de maux ne perdions courage,
mais aufsi pour l'amour de vous tous, qui comme par vne mutuelle charité, eftes tourmentés de noz maux, aufsi nous eftans foulagés, vous receués vous-mefmes foulas : & à
noftre exemple, fous vne efperance d'eftre foulagés de Dieu, perfeuerés conftamment à
porter afflictions, en confiance que Dieu ne vous abandonnera point au milieu d'icelles,
lequel vous voyés nous auoir fecouru, lors que nous eftions accablés & prefque du tout
eftaints: & qui pour la mefure des maux qui nous oppreffent, modere fa cõfolation. Nous
ne fommes point enhuyés des afflictions que nous endurons pour l'amour de Chrift, & à
l'exemple de Chrift. Tant plus il a fouffert chofes griefues, d'autant en iouit-il de plus
grande confolation. Et nous, tant plus nous fommes griefuement affligés pour l'amour
de luy, Dieu (moyennant layde d'iceluy) nous en donne d'autant plus grand alegemént,
en nous deliurant des maux qui nous preffent, à fin que vous efperiés le mefme en vous,
que voyés eftre faict en nous. Parquoy foit que nous foyons affligés par chofes aduerfes,
cela fert pour vous encourager, & fi eft neceffaire pour voftre falut, que vous foyés fortifiés par noftre exemple pour porter conftamment toutes chofes afpres & contraires, defquelles combien que la fouffrance en foit amere, toutefois elle eft falutaire : Soit aufsi que
nous foyons foulagés, la tempefte des maux eftant dechaffée, de-rechef Dieu le faict, à fin
que par noftre alegemét, il vous conforte, de peur que pour la douleur vous ne deffaillés,
ainçois que par le changement des maux & du foulas, vous puifsiés aufsi endurer ce que
nous endurons. Ce que iefpere certes qu'il fe fera : affauoir que comme vous eftes participans de noz afflictions, vous le foyés aufsi de noftre foulas: & comme par cy deuant nous
eftans tourmentés, vous en aués eu compafsion, aufsi vous vous refiouyfsiés de noftre
deliurance, veu que c'eft bien raifon qu'il y ait entre amys vne affociation & des biens &
des maux. Mais ie croy que vous aures biens plus grande occafion de refiouyffance, fi
vous venés à plainemét cognoiftre de quels tourbillons de maux nous auons efté tourmentés en Afie : Car nous y auons efté d'vne fi merueilleufe forte oppreffés de tant d'afflictions, que c'eftoit par deffus noz forces: tellement que nous fommes venus iufqu'à de-
fefperer de la vie, comme impuiffans à porter tant & de fi grand maux. Aufsi la violence
des perfecutions eftoit fi grande, que non feulement les autres fe doutoyét que nous peuf-
fions fubfifter, mais aufsi noftre efpoir fe defiant de fa force, ne nous mettoit rien au deuant que la mort, & ne preuoyoit finon vne grãde ruyne. Dieu nous a laiffés venir iufques

Qq   là, à

Loué foit
Dieu.

Nous voulons
bien que vous
fcachiés.

là,à fin que neußions nulle fiance en noz forces,mais en son aydé, laquelle lórs principalement nous aßiste, quant tout secours humain nous defaut: Lequel quand il veut non
seulement il deliure du dangier de mort, mais aussi faict retourner les morts en vie. Touchãt de moy, i'estoys-ia mort, i'estoys-ia pdu, mais Dieu m'a deliuré de ceste mort,& m'en
deliure encore maintenant, duquel nous auons aussi fiance qu'encores cy apres il nous
deliurera, mesmemêt si voz prieres y entreuiennêt, pour me mettre en la faüeur de Dieu : à
fin que comme au desir & bien de plusieurs nous sommes gardés, aussi en plusieurs manieres Dieu soit de plusieurs remercié de ce qu'il nous a gardés : comme si le benefice de
Dieu, par lequel iay eu ce bien de demeurer sain & sauue, n'estoit faict a moy seul qui suis
Car ceste est
nostre gloire. gardé, mais en tous ceux pour le bien desquels Dieu me garde. Autrement, quànd est de
moy, i'ay aßés en moy dequoy me consoler, voyre au millieu des afflictions : i'ay di-ie, en
toute allegreße matiere de me glorifier, assauoir ma conscience ayant en soy ce tesmoignage & sentiment, que nous ne nous sommes gouuernés en l'affaire de l'Euangile, ainsi que
font quelques vns entre vous, qui par vne ostentatiõ de doctrine humaine pourchaßent
leur gaing, mais en toute simplicité & entiereté deuant Dieu, par toute la Grece, & principalement entre vous:pour l'amour desquels encores que nous ayons souffert tant de choses, toutefois nous n'attendismes ny ne receumes oncques de vous recompense quelconque, de peur qu'on ne print occasion entre vous de soupçonner, que nous vous cherchõs
pour nostre gaing. Ces choses ne sont point dittes de moy par arrogance, mais en verité.
Nous ne voulons point en vain de ces choses, vous en auiés faict vous-mesmes l'experience : car vous ne nous trouuastes iamais autres, que nous tesmoignons auoir esté, par
ces lettres que vous lisés:& si ne nous faisons pas autre de parolle par lettres, qu'auõs esté
de faict entre vous.Et qui plus est i'espere que desormais,vous nous experimenterés tousiours tels , que nous aués iusques icy en partie trouués, de sorte que nous nous pourrons
à bon droit glorifier les vns des autres, si comme ie me suis monstré enuers vous vray
Apostre, pareillement vous, ainsi qu'enfans recognoißans & enseignables, ensuyués le deuoir & courage de vostre pere & enseigneur. Que les autres ce pendant se vantent enuers
les hommes, en me mesprisant comme homme reietté & affligé : certes quant le Seigneur
sera venu, & que tout fard sera descouuert, lors ie me glorifieray de vous que i'ay gaignés
à Christ, & vous aussi de moy, qui ne vous ay riê baillé qui ne fut digne de Christ, Vne telle
conscience que iamais de ma bonne conscience ensemble, l'esperance conceue de vostre
amendement, a esté cause du desir que i'ay eu par cy deuant de vous aller voir, pour vous
donner double ioye : premierement pour le regard de mes lettres, puis de ma presence:
Car i'auoys arresté, qu'en allant en Macedonne, ie vous verroys comme en paßant, & de-
rechef retournant de Macedõne ie me retireroys vers vous, ce que ie vous promettois par
mes dernieres lettres, puis que ie serois conduit par vous pour aller en Iudée. Mais ce pendant quelqu'vn pourroit penser, si apres auoir ainsi deliberé vne telle chose, ie n'aurois
point par inconstance changé d'opinion, ou bien par quelque prudêce humaine ceßé de
faire ce que iauois deliberé, changeant d'aduis selon que les choses aduenoyent : Nulle-
ment:ains tout expres ie n'ay point obey à mon desir, cognoißant que c'estoit plus vostre
Tellement qu'/
en moy, il y ait
ouy ouy , &
non non. profit, qu'en delayant mon retour aucuns s'amêdaßent, lesquels ie ne voulois point voir
en mauuais train. Estant tousiours en cela constant & immuable, que ie cherche par tout
vostre bien & profit, sans chanceler aucunement en cest tendroit, ains fais tousiours, ce
qui est à vostre profit,& euité ce que ie cognoy vous estre dommageable:Non que ie pense qu'il soit en nous de mettre en effect ce que nous auons conclu estre expedient : mais
Dieu ne trompe point, par layde duquel est aduenu que nostre parolle, par laquelle nous
vous auons presché l'Euangile, n'a point chancelé, ains a tousiours esté vne mesme. Car
nous ne vous auõs point presché choses humaines, ains moy, Syluain, & Timothée vous
auons constamment & d'vn mesme fil, baillé vne chose solide, vertueuse, & immuable, assauoir Iesus Christ le fils de Dieu, duquel le nom n'a point esté sans efficace entre vous,
mais vertueux & puißant, non par nostre ayde, mais par le benefice d'iceluy. Vous doncques ayans esperimenté iusques icy les dons du sainct Esprit, vous en tenés les arres,& ne
serés point deceus des choses qui vous sont promises à l'aduenir:cõme ainsi soit que toutes promeßes sont veritables,& certaines par celuy auquel la gloire en est deue. Aussi n'en
sont ce pas promeßes nostres ce que vous auons proposé. Dieu en est l'autheur, nous en
sommes seulement les ministres & meßagiers.Si ce que nous preschõs en son nom, se trouue vray & d'efficace, le tout reuient à sa gloire. Or que nous ayons presché constamment
Christ,& qu'ayés perseueré en la religion Chrestiêne par vous receue, c'est le don de Dieu,
lequel

lequel pour nous faire auoir tant plus de fiāce en ses promesses, nous a oinct de ses graces secrettes, & a engraué vn seau en noz cœurs, voyre il y a mis son esprit, cōme arres & gaige à la venir de la felicité promise. Parquoy que nul n'attribue à inconstance, si i'ay iusques icy differé mon retour vers vous. Dieu est tesmoing de mō cœur que ce que ie ne suis point venu iusqu'a present à Corinthe, n'a point esté par hayne que ie vo⁹ portasse, ains plus tost par vn bon vouloir, craignāt que si ie fusse plustost venu, il ne m'eust fallut vser de rigueur enuers aucuns qui n'estoyent encore venus à repentance; & toutefois i'auois bonne esperance qu'ils s'amenderoyent. I'ay mieux aymé me rēdre vers vous vn peu plus tard, pour ueu que ma venue fust & à vous & à moy occasion de ioye, & nō de tristesse & ennuy. Et ne pensés point que ces choses soyent dittes par menaces & d'vne trop grād audace, c'est seulement pour vostre amēdement. Aussi ne voulons nous maistriser sinō ceux qui ont failly. Pourtant n'auons nous point de maistrise sur vous touchant vostre foy en laquelle vous perseuerés, ie desirois seulement, que le mal que ie voyois en la vie; fut corrigé entre vous. Mais tant s'en faut que nous menassions ceux là, pour monstrer l'authorité qu'auons sur vous, que plustost nous auons, par ce moyen, esgard à vostre ioye laquelle ie ne voudrois par tristesse quelconque estre empeschée ne rompue, à l'occasion de la mauuaise conuersation d'aucuns, & pour la seuerité dont ie deurois necessairement vser.

<h2 align="center">CHAPITRE II.</h2>

R pour autant que ie vous auois par mes premieres lettres, mis en tristesse en condemnant le paillard insestueux, i'ay aduisé de faire que ma venue aussi ne vous apportast & à moy nouueau dueil. Ie desirois vous estre tousiours occasion de ioye & non de tristesse, si vous n'y donniés empeschement. Mais si quelquefois incités par les fautes d'aucuns, ie suis cōtraint en les corrigeant d'apporter tristesse à tous, estans moy-mesme triste, qui sera ce qui me resiouyra de-rechef, sinon celuy que i'auray contristé? Ce qui se fera si ie voy que par l'amertume de la correctiō il soit amendé, & que vous vous esiouissiés de son amendement, ainsi qu'auiés esté auparauant participans de sa tristesse. Et pour ceste cause ie vous ay escript ces lettres premier que de venir, craignant que si ie venois à vous, il ne me fallut auoir tristesse des choses pour lesquelles ie deuois à bonne raison receuoir ioye & soulas: attendu mesmement que ie m'asseure si fort de l'affection que me portés, que soit que ie porte dueil pour le chastiement d'aucuns ma tristesse est cōmune à vous tous: soit que ie m'esiouisse pour leur amēdemēt, ma ioye vous soit aussi à tous cōmune. Ie n'ay plus grande tristesse que de voir en vous choses indignes de vostre profession. Ie n'ay plus grāde ioye, que de voir qu'il ny ait rien en vous qui puisse estre blasmé. Parquoy estant outre mesure angoisse du blasme d'vn si vilain cas qui s'est trouué entre vous, i'ay escript ces lettres non sans grand creue-cœur & tourment d'esprit, & auec beaucoup de larmes, nō pour vous contrister, mais à fin que vous cognoissiés l'affection & amour que ie vous porte, laquelle d'autāt plus qu'elle est prōpte & plantureuse en vous, tant plus en suis-ie grieuemēt tourmēté, s'il y a quelque vilenie entre vous. Que si quelqu'vn m'a donné occasion de tristesse, ce n'a pas esté à moy seul, mais il vous a tous en partie contristés auec moy. Or cest hōme là (car ie ne veux pas manifester son nom, ne reduire en memoire vn cas duquel l'autheur s'en repent) est assés puny, d'auoir ainsi esté corrigé deuant tous, & fuy de tous. Cela a esté faict tant pour son amendement que pour dōner frayeur aux autres. Il reste dōc que vous n'aioustiés tristesse à l'affligé, ains plustost vous qui auês eu en horreur celuy qui pechoit, pardōnés-luy estāt retourné à repētance, & le consolés en tristesse, de peur qu'il ne soit englouty de trop grande tristesse. Parquoy ie vous prie, puis que vous l'aués condāné par charité & nō par hayne, & ne l'aués condāné sinon à fin qu'il se repentist & fust sauué, faittes en sorte qu'il experimēte vostre charité ver tueuse en son endroit, & que receuiés auec toute alegresse & amour celuy qui est amendé, lequel vous auiés reietté auec tristesse. Car pour cela aussi vous ay-ie escript les presentes, à fin de cognoistre par experiēce si vous voudriés obeir à mes cōmandemēs. Vous y aués obey en condēnant celuy que iauois cōmandé d'estre condāné: vous obeirés aussi en receuant en grace celuy auquel ie veux que soyés reconcillé, à fin que par tout nostre volōté s'accorde. A qui vous pardonnés quelque chose, ie luy pardonne aussi: pensant estre bien satisfaict, si ie voy que soyés biē satisfaits. Car si i'ay moy-mesme pardōné quelque chose, ie l'ay faict pour l'amour de vous, en la personne de Christ, de peur que par desespoir quel qu'vn des nostres forclos de nous, ne soit attrappé de Satā. Car nous sçauōs ses menées, qui nō seulemēt nous tend embusches par voluptés, mais aussi par tristesse: nous attirāt par le premier moyē à toute meschāceté, & par l'autre no⁹ abismāt au gouffre de desespoir.

Qq 2   Au

Mais i'ay deliberé cela en moy-mesme.

A fin que nous ne soyons surprins de Satan.

Au reste, quand ie fus venu en Troas, pour y prescher l'Euangile de Iesus Christ, voyāt l'esperance du grand fruict qui estoit là, ie fus fort tourmenté en mon esprit, de ce que contre mon esperāce, ie n'y trouuay point Tite mon frere & compaignon, l'ayde duquel m'estoit bien necessaire pour soustenir le faiz de l'affaire. Pourtāt ayāt prins cōgé de ceux de Troas m'en allay en Macedone non sans grād dangier: mais ie remercie Dieu, qui nous faict tousiours porter çà & là le triomphe du nom Chrestien, en le rendant plus notable par la gloire de l'Euangile, qui de iour en iour dōne sa clarté plus au large: Il espand aussi l'odeur de sa cognoissance en tous lieux, par nostre predication, se seruāt de nous comme de parfum odoriferant. Car en preschāt par tout la gloire de l'Euangile, que faisons nous autre chose qu'espādre l'odeur de Christ, de soy aggreable & salutaire à tous, mais à plusieurs mortelle par leur faute: salutaire à ceux qui croyans à l'Euangile obtiennent salut, mortelle à ceux qui en la reiettant s'acquierent double cōdemnation, adioustāt à leurs meschancetés passees le vice d'ingratitude & d'opiniastrise: Mais combien s'en trouue-il qui soyēt propres à c'est affaire? Qui voudra exercer c'est office, il ne faut point qu'il ait esgard qu'a la gloire de Christ. Mais aucuns sont qui enseignans à ambition ou gaing l'Euangile, ne publient point tant les odeurs de Christ que leurs abus, & profitent à eux, non à Christ, de la façon desquels nous sommes fort eslongnés. Car nous ne corrompōs point la parolle de Dieu par humaine doctrine, en cherchant nostre gaing, mais nous l'annonçons d'vn cœur entier, comme estant issue de Dieu & nō de nous: & ce deuant Dieu, à la gloire de Iesus Christ.

<h3 style="text-align:center">CHAPITRE   III.</h3>

MAis ie crain que quelqu'vn ne pense que de-rechef nous nous vantōs de choses, pour nous maintenir tousiours enuers vous & les autres, en plus grāde reputatiō. Et quel besoing est-il de recōmandation, veu que la chose mesme recō mande assés le personnage? Auons nous mestier de lettres de recōmandation, telles que portēt les faux Apostres, ou des autres à vous, ou de vous aux autres. Nous n'auons que faire de telles lettres. La lettre, par laquelle nous pensons estre assés recommandés, c'est vous ô Corinthiens: lettre, di-ie, viue & escripte en noz cœurs, pour plus aisémēt la porter par tout auec moy. Elle est en tous lieux leue & entendue de toutes gens, tellemēt qu'il n'est plus besoing d'autres lettres, puis que vostre pieté, a suffisamment donné à cognoistre quels Apostres nous auons esté: aussi nous asseurons nous tant de l'affectiō que nous portés, que nostre office monstrant de soy quels nous sommes, que nous n'auons nul besoing de lettre de recommandation des hommes, attendu que par pureté de foy, & vie Euangelique, declarés que vous estes la lettre de Christ, escripte de luy, mais par nostre ministere: escripte, di-ie, non d'autre, ainsi que celles que les hommes escriuent enseignans choses humaines, mais de l'esprit de Dieu viuant: Dauantage, ie dy escripte non en tables de pierre, ainsi que les loix humaines, mais en tables de chair du cœur. Voz cœurs ausquels nous auons engraué la doctrine Euangelique, nous ont seruy de parchemin, & la langue de pleume, mais Christ luy-mesme nous a dicté par son esprit, ce que nous deuiōs escripre. Au reste, d'autant que la doctrine de l'Euangile est plus excellente que la Loy de Moyse, nostre trauail est d'autant plus excellent que le sien. Non que nous voulions tant presumer de nous, toutefois nous parlons ce qui est vray deuant Dieu, lequel par Christ a accomply, moyennant nostre ministere, ce que ie dy. Autrement qui sommes nous, pour pouuoir de nostre vertu seulement pēser vne telle chose, à fin que ie ne die mettre en effect? Mais s'il y a eu en nous ou y ait quelque vertu, ça esté de la bōté de Dieu, qui cōme il nous assiste en nostre trauail, ainsi nous a-il cōmis la charge de dispēser la nouuelle alliāce, à fin de vous departir nō la vieille alliāce, laquelle enuers faux Apostres gist en rudesse & lettre, dont l'administratiō est baillée à Moyse: mais la nouuelle laquelle est spirituelle & celeste, & consiste és affections & non en ceremonies. Or cōbien quelles ayent vn mesme autheur, l'administration toutefois en est diuerse, desquelles l'apostolique est de beaucoup la plus excellente. Car la lettre cōmise à Moyse par l'ordonnāce de ses loix, nous ameine à la mort, lors & que par occasion vient à irriter l'appetit de pecher, & qu'elle punit le pecheur de la peine de mort. Au contraire, l'esprit qui est baillé par la doctrine de l'Euangile, ayant remis tous les for-faicts de la vie passee, presente vie à ceux qui auoyent deseruy la mort. Que si celle Loy premiere en lettres engrauuée en pierre, laquelle apportoit mort au trāsgresseur sans dōner graces, a eu si grāde maiesté & gloire, que Moyse rapportāt de-rechef les tables les Ebrieux ne pouuoyēt contēpler sa face, à cause de la dignité & maiesté, laquelle toutefois deuoit estre abolie: pourquoy plustost l'administratiō Euangelique, par laquelle, moyennāt la foy & benignité de l'Esprit, le salut eternel est baillé, n'aura-elle sa maiesté & gloire?

Si la

Si la Loy, laquelle pouuoit condamner & non sauuer, estoit en si grand gloire, côbien plus
l'Euangile est-il digne d'honneur, par la predication duquel non seulement le peché est
aboly, mais iustice est baillée. Esquelles choses il y a si grande differêce, que si quelqu'vn en
vouloit de plus pres faire comparaison, ce qui a esté de soy magnifique, ne semble auoir
dignité aucune, comme obscurcy par l'excellente gloire de la dignité Euâgelique. Car si la
Loy, baillée seulement pour vn temps, & deuoit estre bien tost abolie, a eu telle dignité enuers les hommes, beaucoup plus grande dignité a la loy Euâgelique, laquelle comme elle
est baillée à tous, aussi ne sera elle iamais abolie. Car la nouuelle alliance, par laquelle la
vieille est annulée, est ditte eternelle de Christ, ainsi que i'ay enseigné en l'Epistre precedête. Puis donc que
nous auons tel-
le esperance.
Nous donc estans tres-certains de ces choses, nous n'vsons point de parolles deguisées,
ains franchement & ouuertement mettons en auant la lumiere de l'Euangile, asseurés &
que la gloire de ceste Loy est, de n'estre point celée, & que vous estes d'vne telle fermeté &
pureté de cœur, que la pouués contempler. Pourtant ne faisons nous point ce que lisons
auoir esté faict de Moyse, lequel apres les premieres tables rompues, voulant bailler les se-
côdes, couurit sa face d'vn voyle, à ce que les enfans d'Israel n'y gettassent les yeux, & qu'ils
n'y feussent tousiours attachés: attendu que par ce seul argumêt leur estoit donné à entendre, que la gloire d'icelle Loy deuoit estre abolie, laquelle mesme lors qu'elle fust baillée ne
reluisoit point de grande gloire: car pour neant cela seroit-il entirôné de gloire, qu'il n'est
permis de voir. Ceste figure depeignoit la rudesse de ce peuple, lequel voyant ne voyoit, &
oyant n'entendoit point, que ce qui se faisoit en la face de Moyse, estoit vrayement faict en
leurs cœurs, lesquels ils auoyent couuerts & aueuglés deslourdissement. Et qui plus est,
ceste nation demeure encore auiourd'huy en ce vieil aueuglemêt, que quant ils viennent
à lire les liures de la Loy, ils ne les entendent pas pourtant : reiettans obstinéement d'vne
affection qu'ils auoyent a la Loy, celuy par la venue duquel la Loy tesmoignoit qu'elle seroit abolie. Ainsi doncque quant ils lisent le vieil testament, en sorte qu'ils ne veulent receuoir le nouueau, qui y est promis, ne leur demeure-il pas encore côme vn voyle de Moyse:
lequel estant osté par la foy, ne voyent point que par Christ ceste couuerture de la Loy est
destruite? Ils retiênent encore fermement leur Moyse, apres que celuy est venu que Moyse
cômande d'estre ouy. Ils le lisent en leurs colleges, mais grossieremêt, n'ayâs esgard qu'aux
choses corporelles, combien que la Loy soit spirituelle, si quelqu'vn y apporte des yeux
agus. Mais à vray dire ce qui les empesche iusqu'auiourdhuy, est le voyle dôt leurs cœurs
sont couuers: lequel s'oste par la foy de l'Euangile: Car apres qu'ils auront quitté ce lourd
entendement, & en embrassant vne commune foy se seront côuertis au Seigneur, lors le
voyle sera osté, à fin qu'ils voyent ce qui ne se peut voir, sinô auecques les tres-peurs yeux
de la foy. Moyse estoit corporel & grossier, mais le Seigneur Iesus est esprit, lequel n'ensei- Or le seigneur
est esprit.
gne point choses qui se voyent des yeux corporels, ains choses inuisibles qui se croyent
par foy. Pour ce que la loy de Moyse retenoit les gens en bride par crainte de punition, elle
estoit seruile, & le voyle est vne demonstrance de seruage. Mais là où l'esprit du Seigneur
Iesus est, lequel nous esguillonne secrettement, de sorte que sans commandement nous
nous addonnons à tout deuoir de pieté, là est liberté. Nul n'est contraint à la foy: Mais qui
a vrayement creu, euite volontairement toute ordure, & embrasse innocence, & faict beaucoup plus de plein gré poussé de charité, qu'on ne sceut oncques arracher des Iuifs par la
crainte des peines & tourmês. Ceux donc sont aueuglés, qui n'ont point les yeux de la foy:
mais nous à face decouuerte, nous contemplons par vne foy pure, la gloire du Seigneur,
duquel quant nous receuons la lueur, nous sommes aucunement transformés en la mesme ymage, departans aux autres la clarté receue du Seigneur. Ne plus ne moins que iadis
la face de Moyse au parlementer du Seigneur deuint luysante comme vn miroir opposé
au Soleil: ainsi nostre ame par secrets accroissemens est iournellement de plus en plus touchée, profitant de gloire en gloire, pour l'accointance de l'esprit du Seigneur, besoignant
maintenant inuisiblement en nous, ce qu'vn iour se paracheuera manifestement.

<h3 style="text-align:center">CHAPITRE　IIII.</h3>

PArquoy, puis que la misericorde de Dieu a voulu en nous commettant la Pour ceste cau-
charge d'Apostre, que nous fussions herauts & ministres d'vne si noble fe- se nous ayans
licité, nous ne nous acquitons point negligemment de nostre charge, mais ceste admini-
ainsi que nous preschons vne chose vrayement glorieuse, aussi auons nous stration.
reietté toutes couuertures, lesquelles seruent à deshonneur & non à gloire,
ne menons point vne vie fardée en cautelles : & ne traittans point impurement la parolle
de Dieu auec ruses de doctrine humaine, mais publicquemêt & franchemêt hors mis tout

Qq　3
fard

fard, manifeſtemēt à tous la verité au deſcouuert, ſans aucun voyle: brief nous goruernãs
tellement en ceſt office, que la vie menée ſans recommandation humaine, nous recōmanꝜ
dé aſſés enuers tous hommes qui ſont certains teſmoings de noſtre entiereté: & non ſeule
ment enuers les hommes, qui peuuent eſtre abuſés, mais auſſi enuers Dieu qui voit tout.
Dōcques la verité de l'Euāgile luyt par nous, eſtant deſcouuerte à tous. Que s'il s'en trouꝜ
ue encore auſquels elle n'eſt manifeſte, & que pour ceſte cauſe elle ne leur apporte ſalut, ceꝜ
la vient de leur faute, & non de celle de l'Euāgile & de la noſtre : Car comme il a eſté dit des
Iſraelites, tels ont auſſi vn voyle mis ſur les yeux du cœur, à fin qu'ils ne puiſſent voir les
choſes qui ſont de ſoy treſ-claires, & qu'ils ſoyent comme esblouys en plein midy. Car ils
apportent auec ſoy yeux ſouillés & corrompus des cōuoitiſes mondaines, par leſquelles
Satan le dieu de ce mōde (car ceux en font leur Dieu qui luy obeiſſent pluſtoſt qu'au vray
Dieu) a aueugle l'entendement des meſcroyans, couurant leurs yeux, que la lumiere de la
verité Euangelique, ne les eſclaire, par laquelle eſt declarée la gloire & maieſté nō de MoyꝜ
ſe, mais de Chriſt qui eſt l'ymage de Dieu le pere, à fin que par le fils eſgal, le Pere puiſſe auſ
ſi eſtre cogneu. Auſſi ne nous preſchons nous pas nous meſmes, à la façon d'aucuns, an-
nonçans l'Euangile à noſtre gaing ou gloire, mais nous preſchons Ieſus Chriſt noſtre Seigneur : nous baillons ſes enſeignemens non les noſtres. Tout noſtre trauail ſe rapporte à
luy cōme à noſtre Seigneur : eſtans ſi loing de preſumer quelque choſe de nous, que nous
nous confeſſons eſtre voz ſeruiteurs vous ſeruans en l'Euangile, non par crainte aucune
de vous, ou pour eſperance de quelque gaing, mais pour l'amour de Ieſus, par la grace
duquel nous voyans affranchis, nous nous abaiſons à tous nous meſmes comme ſerfs.
Nous auons auſſi eſté nous meſmes autre fois au meſme aueuglement, auquel quelques
vns ſont encore detenus. Et ne nous ſommes point aquis ceſte lumiere, mais Dieu, par le
commandement duquel la lumiere fut premierement creée, & duquel procede toute lumiere, ayant dechaſſé toutes tenebres de noſtre cœur, a commandé que la lumiere de verité y dōnaſt ſes rayōs: voyre luy pluſtoſt, qui eſt l'eternelle lumiere, a illuminé noſtre cœur,
à fin que puis apres par noſtre moyen ſa maieſté fut enuers tous plus luyſante: laquelle eſt
cognëue par la predication de l'Euangile, que nous faiſons du Seigneur Ieſus, en la face

Or nous auons
ce threſor.

duquel l'ymage & la gloire du pere reluit tout clerement. Mais ce pendant ceſte choſe tant
grande ſe faict ſeulement en noz ames, veu que ſelon l'apparēce corporelle nous ſommes
comme gens deboutés & miſerables, & portons quant & nous ce tant precieux threſor en
vaiſſeaux de terre, c'eſt adire, en ces corps ſubiets à affliction & outrages. Or il a ainſi pleu
à Dieu, il luy a pleu, di-ie, & non ſans cauſe. Car il a par ce moyen empeſché, que nous poſ
ſible eſleués par la grandeur du benefice & excellence des miracles qui ſe font par nous,
ne vinſiōs à preſumer de la, quelque choſe de nous: mais que pluſtoſt cognoiſſans noſtre
foibleſſe, nous entendiſſions que celle haute puiſſance donnée aux Apoſtres n'eſt point
de noz forces, mais de Dieu ſeul: en ce que nous ſommes bien iournellement par noſtre
foibleſſe enuironné de tous maux, mais par l'ayde de Dieu nous demourōs inuinciblesà
les ſupporter, nous ſommes biē par tous moyēs oppreſſés de choſes aduerſes, mais nous
ne ſommes point accablés: nous ſommes appouris, mais nous ne ſommes point delaiſſés
en poureté: nous ſommes perſecutés: mais nō abādonnés: abbatus & ſoulés: mais encore
ne periſſōs nous point pour cela, enſuyuāt en ceſt endroit de tout mō pouuoir, le Seigneur
Ieſus que no⁹ preſchōs. Iceluy eſt vne fois mort pour tous: mais nous expoſés to⁹ les iours
aux dāgiers de mort, nous portōs cōme ſa mort en noſtre corps, employans pour vous ce
peu de vie que nous auōs: à fin que cōme en mourāt pour vous, no⁹ enſuyuiōs la mort de
Chriſt, auſſi la vie de Ieſus, à laquelle il eſt reſſuſcité de mort, ſoit declarée en noſtre corps:
ſoit quāt par luy no⁹ ſommes deliurés de mort, ou ſoit quāt par le meſpris de ceſte vie corporelle, manifeſtemēt nous teſmoignōs la reſurrectiō des corps. Car nous ne tiēdriōs pas
ſi peu de cōte de la vie de ce corps, ſi nous croyōs qu'eſtāt vne fois eſtaint il ne deut iamais
reſſuſciter. Il aduiēt dōc cōme par vn nouueau moyē, que la vie immortelle de Chriſt vous
eſt pl⁹ cognëue & auerée, par l'afflictiō de noſtre corps ſubiet à la mort. Vray eſt que la vioꝜ
lāce de la mort tōbe ſur noſtre teſte, mais le fruict de la vie p̄ procede de noſtre mort vo⁹ en
reuiēt, pour l'amour deſquels nous no⁹ expoſons à ces maux. Si eſt ce toutefois que pour
cela, nous ne nous ennuyons point de l'Euangile. Car veu que nous auōs auſſi le meſme
don de foy, qui eſt eſpandu par nous en voz cœurs, & vous faict eſperer l'immortalité à vë

Pſal. 115

nir, il aduiēt que cōme Dauid teſmoigne en ſon Pſeaume ꝓphetique, auoir parlé pour auꝜ
tāt qu'il a creu, ainſi nous fermes en foy, nous ne craignōs point de preſcher l'Euāgile auec
le dāgier de la vie, aſſeurés ſans doute que celuy q̄ a reſſuſcité le Seignr̄ Ieſus de mort, que
nous

nous auſsi morts pour luy,il nous reſſuſcitera par luy,& nous mettra enſemble auec vous
en la cõmune gloire de la reſurrectiõ,nous di-ie , qui ſommes icy cõioints par cõmunauté
de foy. Mais ſoit ce pendãt que ſoyons affligés, ou ſoit que ſoyons deliurés d'afflictiõ,tout
ſe faict pour l'amour de vous, à fin que la verité de l'Euangile fut amplemẽt eſpandue en‐
tre vous.Et d'autant que plus de gens viennent à amendement,d'autant plus le remercie‐
ment en ſoit grand,non à nous, mais à Dieu à la gloire duquel appartient, que la foy, la‐
quelle il a volue eſtre commune à tous,fut eſtendue bien au loing. Nous cõfians donc en
ceſte eſperance & courage,il n'y a maux qui nous abbattent, ains plus toſt ſommes forti‐
fiés,ſçachans bien que iaçoit que noſtre partie exterieure,qui eſt noſtre corps, ſe corrom‐
pe peu à peu par les trauaux que nous portons iournellement:toutefois noſtre ame , qui
eſt l'interieure & meilleure partie de nous deuient de iour en iour plus vigoureuſe & puiſ‐
ſante,comme r'aieuniſſant meſme au milieu des maux, & preuoyãt l'immortalité à venir.
Car l'affliction corporelle que nous prenons pour l'amour de l'Euãgile,eſt legiere & tem‐
porelle:toutefois ceſte briefue & legiere tribulation engendre en nous vne gloire non le‐
giere & de peu d'eſtime ains merueilleuſement noble & pardurable & qui ne ſe peut expri‐
mer,quant pour vne legiere affliction receue pour l'amour de Chriſt, nous receuons feli‐
cité ſouueraine:& que la mort tẽporelle endurée pour Chriſt,nous acquiert le loyer d'im‐
mortalité eternelle:ſur l'eſperance de laquelle appuyés, nous ne faiſons cas de la vie du
corps,ne nous arreſtans point és choſes qui ſe voyẽt des yeux corporels,mais à celles qui
ſe voyent des yeux de la foy.Car les choſes qui ſe voyẽt icy, outre ce qu'elles ne ſont ne les
vrays biens,ne les vrays maux:comme aſſauoir,gaing,honneur,volupté,vie, dommage,
deshonneur,tourmẽt,mort:auſsi ne ſont–elles pardurables, veu que celles qui ſe voyent
des yeux de la foy,comme elles ſont vrayes,ainſi ſont–elles eternelles.

C H A P I T R E   V.

Ertes ſous ceſte confiance, nous ne tenons pas auſsi grand conte de la vie,
ſçachans pour certain que s'il aduient en ce mõde que l'ame ſoit chaſſée de
la maiſon de ce corps(lequel i'appelleroys plus toſt loge, que maiſon, com‐
me le lieu auquel il n'eſt loyſible de faire longue demeure, encores que nul
ne nous en iettaſt hors) qu'il y a vn autre logis preparé au ciel, duquel ia‐
mais nous ne ſerons chaſſés.Pource que ceſte maiſon eſt de terre,& baſtie par vn homme,
vueillons ou non elle vient tous les iours en decadence,encore que nul ſoit qui la demo‐
liſſe:ne plus ne moins que nous voyons les edifices baſtis de la main des hõmes, venir en
ruyne par vieilleſſe.Ce qui eſt baſty par les hõmes ne peut eſtre pardurable:ce qui eſt reſta
bly de Dieu & ia rendu celeſte,ne peut eſtre endommagé par le tẽps.Car tant s'en faut que
nous ayõs horreur de ſortir de ce corps,que nous gemiſſons icy en ceſte attente, deſirans
eſtre deſchargés du faiz de ce corps mortel,dõt icy bas l'ame eſt aggrauée laquelle ſouhait
te,fort de voler ailleurs & eſtre reueſtue de l'habitation du corps glorifié,lequel nous ſera
rendu tout autre du ciel:pourueu toutefois qu'eſtãs deſpouillés de ce corps, no⁹ ne ſoyõs
trouués tout nuds:mais par la confiance d'vne bonne vie, reueſtus de l'eſperance d'im‐
mortalité.Et de vray ce pẽdãt no⁹ ingemiſſons,chargés de ce corps ſubiet à tant de maux:
nõ que de ſoy,ſoit choſe heureuſe partir d'icy,mais par ce que no⁹deſirõs que ce corps ſoit
reſtably en mieux, & qu'au lieu de mortalité,immortalité no⁹ſoit dõnée par la reſurrectiõ:
à fin que du corps que no⁹ auõs mis bas pour vn tẽps,no⁹ ne ſemblions eſtre deſpouillés
ains pluſtoſt reueſtus du meſme,lequẽl pour caduque nous receurons eternel. Et ne faut
point que no⁹ nous deffiõs,quelque incroyable qu'il ſemble,qu'vn corps mortel reſſuſci‐
te immortel,exẽpt de toutes pouretés.C'eſt Dieu lequel nous a acquis, à celle fin que no⁹
iouyſſiõs de la gloire d'immortalité:qui ce pẽdãt au lieu de gage, no⁹ a baillé les arres de
ſon eſperit,pour nous cõfermer l'eſperãce du biẽ à venir,par inſpiration preſente.Parainſi
quelque tribulation qui aduiẽne,nous auons touſiours bon courage:ſçachans bien que
tandis que nous ſommes en l'habitation de ce corps, nous ſommes abſens & eslongnés
de Dieu,auquel la departie nous conioinct de plus pres:non pas que ce pendant Dieu ne
nous aſsiſte,mais par ce qu'il n'eſt pas encores cleremẽt veu,ainſi qu'il ſera pour lors con‐
templé:car ce pendant il eſt aucunement contemplé par foy,mais comme de loing:lors il
ſera veu de pres tel qu'il eſt ſans couuerture.Nous auons donc ceſte confiance,que quant
bien Dieu voudroit que nous fuſsions affligés plus longuement en ce corps,nous porte‐
rons aiſément tout ce qui aduiendra, ſous l'eſperance du loyer à venir. Toutefois nous
aymons beaucoup mieux,ſi nous auõs à ſortir de ceſte habitation, que ſeparés du corps,
nous ſoyons de plus pres conioincts à Dieu pour ceſte cauſe,ſoit que ſoyons contraincts,

Qq 4   de perſe‐

Car toutes
choſes ſont
pour vous.

Certes nous
ſcauons que
ſi noſtre.

de perseuerer en ceste loge, soit que, selon nostre souhait, il en faille sortir: c'est à dire, soit
que viuions, soit que mourions, nous tachons d'estre aggreables à Dieu : Car nul ne peut
esperer le loyer d'immortalité, sinon qui sera party d'icy en la grace de Dieu, à fin que nul
ne pense que le baptesme soit suffisant à cela sans les bonnes œuures. Alors les meschans
receuront des corps à leur confusion, desquels ils se seröt seruy icy, non à la gloire de Dieu
mais à ses cöuoitises. Le loyer sera baillé tel à vn chascun qu'il aura deseruy en sa vie. Ces

*Car il nous
faut tous ap=
paroistre.* choses là ne sont encores manifestées, si est ce toutefois qu'il nous faudra tous cöparoistre
deuät le siege iudicial de Christ: où il n'y aura rien de caché, à fin qu'vn chascun moissonne selon qu'il aura semé au corps, & que ayant receu son corps, il reçoyue tel salaire, qu'e-
stoyent les choses par luy faittes en son corps, soyent bonnes, soyent mauuaises. Ayans
donc sans fin ce iour effrayable deuant les yeux, nous mettons peine d'estre par tout aggreables & aux hommes & à Dieu: car quät bien, par vne fausse apparence de pieté, nous
abuseriös les hommes, nous sommes toutefois descouuers à Dieu, lequel voit le profond
des cœurs, ce que ne font les hommes. Ie m'asseure toutefois de m'estre tellement gouuerné auec vous, que nostre entiereté vous est suffisamment cogneue: Car nous nous contentons de ceste gloire. Or nous n'exaltons point de rechef en cest endroit nostre authorité,
pour nous mettre en plus grand estime enuers vous ou pour attrapper quelque bien de
vous: mais pource que ie voy les autres se vanter qu'ils ont esté ordönés par les plus excellens Apostres, nous vous donnons occasion de vous pouuoir glorifier de nous à l'encontre de ceux qui vous mesprisent par ce qu'auès rencontré vn Apostre abiect & de nulle estime. Car iaçoit que nous n'ayös veu se Seigneur en corps mortel, ainsi que les autres
l'ont veu, toutefois nous l'auons veu immortel, & si auons receu de luy l'office d'Apostre,
aussi bien que les autres, & n'auons pas moins faict, par son ayde, que les autres. Ie reduy
ces choses en memoire, à fin que vous ayés que respödre à ceux qui ne se cötentans d'vne
bonne conscience pourchassent par outrecuidance & ambition, la gloire des hömes, com
bien qu'ils ayent ce pendant vn cœur mal net. Nous ne parlons point pour nous: car soit
qu'en disant choses grandes de nous, nous semblons estre transportés d'entêdement, no⁹
le sommes à Dieu, à la gloire duquel nous preschös, ce qu'auös faict par luy: ou soit qu'en
parlant humblement de nous, nous soyons en nostre bon sens, nous le sommes à vous, à
la foyblesse desquels nous accommandons nostre parler. Ce n'est point par vantance que
nous nous egalons aux autres Apostres, mais l'amour de Christ nous contraint de publier ce qui faict à sa gloire. Car si moyennant sa grace, quelque chose de singulier vient de
nous, il retourne à sa louäge & nö à la nostre: à fin que tous ayët vn tesmoignage plus certain que sa mort n'a point esté infructueuse, veu qu'elle profite egalemët à tous, si bien qu'
elle desploye aussi par nous sa vertu, & non seulement par ceux qui ont veu Christ corporellement, ou qui estoyent de son parentage. Mais nous considerons encores beaucoup
plus à part nous, que si Christ est mort luy seul egalemët pour tous, il faut necessairement
que tous autant les vns que les autres, ayent esté subiets à la mort, lesquels il a voulu par
sa mort rachetter de mort. Et pour ceste cause est-il mort pour tous, à fin qu'il nous rendist
tous egalement ses obligés, & que ceux qui de sa grace viuët, renays par luy, ne viuët plus
à eux, mais à celuy qui est mort pour eux & ressuscité. Voyla les choses pour lesquelles on
nous doit auoir en estime, & nö pour l'affinité charnelle: car iaçoit que nous-mesmes no⁹
ayons dequoy nous vanter de la lignée d'Israel, toutefois apres que nous auons esté dediés à Christ, nous n'auons cogneu personne selon la chair. Pour neant döcques aucuns
se glorifient-ils d'estre d'vne mesme nation que Christ, d'estre son parêt, & d'auoir frequê
té auec luy. La presence corporelle a esté baillée pour vn temps. Mais maintenant apres
que le corps nous est osté, & l'esprit enuoyé il veut estre cogneu selö l'esperit, & tient celuy
pour son plus proche parêt qui a plus de fiance en ses promesses. Et ne faut point que nul
nous estime derniers Apostres, par ce que nous n'auons point cogneu Christ conuersant
en terre corporellement: veu que quant il nous seroit aduenu de le cognoistre, nous aurions maintenant osté celle cognoissance laquelle donnoit empeschement à l'esprit, & ay-
merions spirituellement celuy qui est deuenu spirituel. Parquoy quiconque est enté en
Christ par le baptesme, qu'il mette bas toutes vieilles affections: Qu'il ne vienne point à
penser, cestuy-cy est Iuif, cestuy là Payen, cestuy-cy serf, cestuy là franc: mais se souuienne
que quiconque est renay en nonuel homme, il est-ia de charnel faict spirituel. Les choses
vieilles sont passées, & voyla que toutes choses sont soudain renouuellées par Christ. Qu'
on n'oye donc plus dire, cestuy-cy est Payen, cestuy barbare, cestuy Iuif, cestuy estoit maintenant idolatre, & cestuy là sacrilege. Il a cessé estre ce qu'il estoit, & par l'œuure de Christ
est

eſt changé en nouuelle creature, tellement diſſemblable à ſoy qu'il n'y a beſte plus diſſemblable à l'homme. Tout ce qui nous eſt donné par luy, eſt procedé du pere, lequel nous a
reconciliés à ſoy, le peché vaincu par ſon fils Ieſus Chriſt: Et iceluy pere nous a commis la
charge de ceſte reconciliation, à fin que comme le fils a faict office d'ambaſſade pour le pere enuers les hommes, nous auſſi, ſoyons ambaſſadeurs pour le fils. Car quant Chriſt conuerſoit mortel entre les mortels, iaçoit qu'il ſemblaſt eſtre ſimplement homme, toutefois
Dieu le pere eſtoit en luy, ſe reconciliant le monde par le miniſtere d'iceluy, & le remettant
en nouueauté moyennant celuy par lequel il auoit iadis crée: Et ſi a receu les hommes en
grace, auec vne ſi grande clemence, que tant s'en faut qu'il puniſt les forfaits de la vie paſſée, que meſme il ne mettoit en conte à perſonne, ce qu'il auoit commis auãt le bapteſme,
comme s'il n'eſtoit plus le meſme homme qu'au parauãt. Il a voulu que ceſte grace de reconciliation fut dõnée par Chriſt, & preſchée par nous. Nous donc tenãs le lieu de Chriſt
en l'ambaſſade, qui nous eſt cõmis de Dieu, nous vous ſupplions au nom de Chriſt comme ſi Dieu vous exhortoit par nous, qu'en quittãt là les vices du paſſé, vous vous recõciliés à Dieu. Car luy, pour nous deliurer vne fois pour toutes de peché, ſon fils, qui eſt la
meſme Iuſtice, il l'a (par maniere de dire) faict eſtre peché, à fin qu'eſtãt enuirõné de chair,
laquelle en nous eſt ſubiette à peché, ils fut faict offrãde, pour abolir noz pechés, attaché
à la croix entre malfaiteurs comme malfaitteur: ce qu'il a faict à fin que nous qui n'eſtiõs
rien que peché deuinſſions par luy Iuſtice, di-ie, nõ pas noſtre ne de la Loy, ains de Dieu,
par la clemence duquel noz pechés nous ſont pardonnés, à fin que deſormais eſtans entés en Chriſt, il nous tint pour iuſtes, puis que pour nous il l'a tenu pour pecheur.

CHAPITRE VI.

Oyla ce que Chriſt deſire, voyla ce que Dieu demande, à ſçauoir que ſon benefice ſoit vertueux en vous. Parquoy prenant peine & de mettre en effect la volonté de Dieu, & enſemble de pouruoir à voſtre ſalut, nous vous prions qu'a-
pres auoir eſté vne fois par grace deliurés de peché, vous ne dõniés à cognoiſtre en retournant à la vie paſſée, qu'ayés receu la grace de Dieu en vain. Nous pouuons
maintenant reparer les fautes que nous faiſons: mais il ne nous ſera pas touſiours loyſible. Car Dieu parle en ceſte ſorte par ſon prophete Eſaie: Ie t'ay exaucé en tẽps acceptable,
& t'ay ſecouru au iour de ſalut: voicy maintenãt ce temps là, que Dieu a promis: temps placable, auquel Dieu ne reiette point le pecheur qui ſe repent de cœur: voicy le iour auquel
on peut obtenir ſalut en viuãt ſainctemẽt: mais celuy iour effrayable viẽdra apres, auquel
on perdroit temps de chercher reconciliation. Eſtans donc apres pour nous acquitter de
noſtre office en ceſt endroit, nous mettons peine de n'offenſer perſonne en choſe quelconque, de peur que par noſtre faute l'Euãgile de Chriſt, duquel nous ſommes miniſtres,
ne ſoit blaſmé. Or ſeroit-il blaſmé, ſi nous viuions en ſorte qu'on cogneut que nous ne
croyons rien de ce que nous enſeignõs aux autres: mais en toutes façons, nous nous rendons louables de faict, ainſi qu'il appartient à ceux qui mainent l'affaire de Dieu, non le
leur. Mais par quelles demonſtrances nous rendons nous louables? non par arrogance,
non par richeſſes, non par gaing, nõ en ordõnant ceremonies, ainſi que font aucuns, mais
par les meſmes choſes que Chriſt s'eſt monſtré: aſſauoir en grande patience, en iourneiles
afflictions en neceſſités, en angoiſſes, en endurant playes & priſons, en ſouffrant ſeditiõs,
en ieuſnes, en pureté de vie, en ſcience vrayement apoſtolique, en clemence, en douceur,
en ſainct eſprit, en charité entiere & non fardée, & en propos veritables: entreprenans toutes choſes non par le ſecours des hommes, mais en la vertu de Dieu: non equippés des armes & richeſſes du monde, mais d'vn coſté & d'autre rẽparés des armes de iuſtice: à droite à fin qu'en proſperité nous, qui ſommes aſſeurés d'vne bonne conſcience, ne venions
à nous eſleuer: à gauche, que l'aduerſité ne nous faſſe perdre courage. En telle cõfiance,
pour mettre à chef l'affaire de l'Euãgile, nous paſſons à trauers toutes choſes, par hõneur
& deshonneur, par õutrages & louanges: tenus pour abuſeurs combien que ſoyons veritables: pour incogneus combiẽ que ſoyons cogneus: ſemblables à ceux qui meurent, & ſi
viuons: cõme chaſtiés & toutefois ſans eſtre mis à mort: cõme triſtes, cõbien que ſoyons
touſiours ioyeux: cõme poures, & ſi en enrichiſſons maints: cõme n'ayãs rien, cõbien que
nous poſſediõs tout par Chriſt, & que charité noꝰ rende beaucoup plus oppulens, ſi nous
voulõsvſer de noſtre droit, que toutpatrimoine: Mais où eſt ce que me trãſporte ceſte ardẽte affectiõ de parler? Ie ne me ſçaurois tenir de dire & declarer tout ce que i'ay ſus le cœur.
Noſtre bouche s'eſt ouuerte vers vous, ò Corinthiens, noſtre cœur s'eſt eſlargy. I'ay cõceu
tãt de fiance de vous, que ie m'en oſe biẽ ainſi glorifier. Ie ne me repẽs point de ma condition

Ainſi nous en
ouurant auec
luy, vous priõs.

Eſa. 49

tion,aduisés aufsi que ne vous repentiés de la voftre.Si vous me voulés porter telle affection que ie vous porte,il y a bien de quoy ie me doyue glorifier de vous, & vous de moy.
Aulsi n'aués vous occasion de nous monftrer vn cœur fi ferré:Car s'il eft tel en vous, cela
procede de voz affectiõs.Il n'y a rien & que ie ne fafse & que ie ne fouffre pour voftre falut:
mais voftre amour n'eft pas telle en mon endroit.Il n'y a rien que fous efperance de la refurrection & pour l'amour de vous,ie n'endure conftamment : & veu que le mefme loyer
vous attend,& que ie vous ay iufques icy embraffés d'vne charité paternelle(ie ne dy pas
ces chofes par reproche,comme à ennemys,ains feulement les reduis en memoire, comme à mes enfans bien aymés) c'eft bien raifon que foyés femblables à voftre pere en affe-
ction.Mefprifés hardiment les froides ceremonies des Iuifs:mefprifer hardiment ce monde,& mettés voftre fiance és graces qui vous font faittes.C'eft à faire à vn petit cœur, de fe
contenter des chofes prefentes:c'eft à faire à vn lafche courage de ne prochaffer que l'ombre de ces chofes qui doyuent bien toft perir. Chrift eft affés riche, & plein de gloire, affés puiffant & remply de felicité pour vous:contentés vous de luy feul, embraffés-le de
tout voftre cœur.Recognoiffés voftre grandeur, recognoiffés voftre felicité,& penfés que
vous eftes d'vn rang trop haut pour auoir accointance auec les mefcroyans. Il y a trop
grande difference entre vous, que vous puifsiés eftre accouplés à vn mefme ioug : car
quelle communauté y a-il de iuftice auec iniuftice:ou quelle accointance entre la lumiere & les tenebres: ou quel accord entre Chrift & Belial : Ce font diuers dieux, diuerfe
religion,diuerfes mœurs,diuerfe efperance. Quelle conuenance y a-il entre le temple de
Dieu & les idoles prophanes : car vous eftes le temple de Dieu viuant, ainfi que Dieu tef-

moigne és fainctes lettres:ie me tiendray & conuerferay parmy eux : Ie leur feray Dieu &
eux de leur cofté me feront peuple confacré à moy & peculier. Parquoy fi les Iuifs ont en
horreur le Payen comme polu & prophane,& fuyent fon accointãce:vous qui eftes vrayement confacrés au Dieu viuant, fortés du milieu des prophanes, feparés vous de leur

compagnie,ainfi que le Seigneur enhorte par Efaie:Puis que vous eftes faincts, dit-il, ne
touchés point ce qui eft fouillé.La conuerfation des mefchans eft vrayement fouillée, &
fi l'accointance en eft dangereufe:gardés vous donc que par leur compaignie voftre pureté ne foit fouillée.Cefte fuyte que ie vous confeille gift és affections & non au lieu. Que
fi vous le faittes,moy qui fuis fainct,ie vous recognoiftray & receuray faincts : alors vous
me fentirés pere, & ie vous embrafferay comme enfans.Le Seigneur tout puiffant dit cela,
à fin que ne vous defiés de celuy qui vous faict telles promeffes.

CHAPITRE　　VII.

PArquoy mes bien aymés,en confiance de telles promeffes,mettons peine que
nous en foyons veus dignes.Nettoyons nous de toute ordure non feulement
du corps mais aufsi de l'efprit:à fin que viuans en toute innocence deuant les
hommes, & en bonne confcience deuant Dieu,nous nous pepariõs vne plei-
ne & parfaitte faincteté à la venue de Chrift:faifans ce pẽdant noftre deuoir,non par feintife,mais en la crainte de Dieu,qui rẽdra à chafcun felon fes œuures. ie vous embraffe entierement de tout mon cœur,tant eft grande l'amour que ie vous porte,vous de voftre cõ-
fté receués-moy en voftre cœur tels que nous fommes:car vous en receués d'autres, lefquels encore qu'ils vous ayment moins que nous,fi ne laiffent-ils de vous eftre en grand
frais par leurs bombances, & de vous charger d'vn tas de ceremonies. Nous n'auõs faict
tort à perfonne,nous n'auons corrõpu perfonne par fauffe doctrine,nous n'auons affrõ-
té perfonne.Ie ne dy pas ces chofes pour vous condamner & reietter,mais pour vous ren
dre meilleurs:car on peut affés clerement voir par mes propos precedés,que ie vous che-
ris de tout mon cœur,& vous ayme d'vne amour infeparable,eftant tout preft & de mou
rir & de viure auec vous.Il n'y a rien que ie n'entreprenne en voftre endroit,tant eft grande la confiance que i'ay de vous:il y a bien de quoy me glorifier grandement de vous:lef-
quels i'ay trouués en tout & par tout obeiffans.Ie n'ay point craint de franchemẽt reprendre les defaillans,mais quant ie vous voy amendés,i'en fuis fi grandemẽt confolé & remply de fi grande ioye,qu'elle a abbatu toute la fafcherie d'efperit, que iamais en mes afflictions,m'eftant aufsi chofe moult aggreable de fouffrir pour tels:veu que mefme fans cela,nous fommes tourmẽtés de beaucoup de maux. Car nous venus en Macedone noftre
corps n'eut oncques relaché,ains eftiõs preffés de deux coftés.Au dehors les ennemys de
l'Euangile efmouuoyent guerre:au dedans le dangier nous tourmẽtoit, craignans que la
rufe des faux Apoftres n'en fubuertift quelques vns.Parainfi les vns nous dõnoyẽt beaucoup à fouffrir, mais cependant nous eftions en grand efmoy des autres, de peur qu'eux

par

par noz maux abbatus, ne vinssent à quitter la foy. Toutefois Dieu qui console les desolés, & soulage les affligés, nous a soulagés & resiouys par la venue de Tite, non seulement pource que celuy estoit venu duquel nous desirions fort la presence, mais pource qu'il estoit retourné de vostre compagnie, tout ioyeux & alaigre. Il m'a faict participant du plaisir qu'il auoit receu de vous, tant en me racontant le grãd desir qu'auiés de me voir, qu'en me mettant au deuant voz larmes, qui estiés marrys de ce que depuis que m'eustes offensé, ie n'estoys allé vers vous: item en me declarant de quel soing vous mettiés en effect mes commandemens: tellement qu'apres auoir cogneu ces choses par Tite, i'ay receu plus de ioye de l'obeissance qu'aués declarée en vous amendans, que ie n'auois eu de tristesse du cas par vous commis. Au reste, ie ne vous contriste pas volõtiers, mais pource que ie voy que l'yssue en a esté bonne, ie ne me repens point de vous auoir donné tristesse & ennuy par mes premieres lettres, encore que ie m'en fusse repenty. Car iaçoit que ces lettres là, fascheuses & à vous & à moy, vous ayent pour vn temps apporté dueil & ennuy, toutefois ie suis maintenant fort aise, non de ce qu'aués esté contristés par nous, mais pour autant que ceste tristesse vous a amené à repentance. Le monde a sa tristesse, mais dommageable & infructueuse, assauoir quant les hommes, ou pour quelque perte d'argent, ou pour estre priués de leurs plaisirs, ou par quelque courroux & enuie se tourmentent l'esprit. La piété a aussi sa tristesse, mais fructueuse & salutaire, de laquelle aués esté tellement touchés, que vous en estes venus à amendement: qui est le fruict nõ petit qui vous en est reuenu, tant s'en faut qu'ayés receu aucun dommage de nous. Car qui meine dueil de ce qu'il a offensé Dieu, il monstre vn signe d'amendement, & la douleur ameine l'homme à telle repentance, qu'elle ne le laisse plus retomber aux vices passés. Au contraire le dueil qui procede des conuoitises mondaines, apporte ruyne, estant dommageable, & au corps & à l'ame. Mais la chose ne declare-elle pas cela? Car ce dueil que vous aués mené selon Dieu, quel soing a-il esmeu en vous? Que dy-ie, soing: mais aussi excuse, par laquelle vo⁹ vous estes purgés enuers moy, tesmoignans que vous n'approuués point le vilain faict: mais despit, qui vous a faict estre si seueres enuers le malheureux qu'il a fallu que ie vous aye rappellés à douceur & moyen: mais crainte, cõme si le dangier d'vn estoit commun à tous: mais desir de soudain amender ce qu'auoit esté commis: mais zele & ardante affection de nous ensuyure en deschassant la vilenie: mais finalement punition, pource que celuy qui auoit failly fut incontinent puny. Car vous vous estes par tout monstrés nets & innocens de ce cas. Parquoy, si ie vous ay escript de cest affaire, comme s'il vous touchoit tous, ce n'a pas seulement esté pour l'amour de celuy qui auoit faict la faute, ou de celuy contre qu'elle auoit esté faitte, mais plus tost pour vous donner clerement à cognoistre le grand soing que i'ay de vous deuant Dieu: qui ay tousiours esté en grand soucy & crainte que ce mal ne vint à s'espandre entre vous, & que la faute d'vn ou de deux ne gastast tout le corps: à fin aussi qu'on cogneust d'autre costé, l'affection que me portés, à la volõté duquel vous aués tant alegrement obey. Or puis que cela vous est tourné en soulas à vous, dy-ie, qui estes ioyeux que ceux là soyent venus à amendement qui en auoyent besoing, ie m'esiouys aussi de vostre ioye: mais la ioye de Tite a augmêté la nostre, qui à nostre seule recommendation a esté si bien venu entre vous, que son esprit a receu cõtentement de vous tous, voyant que mon authorité auoit vn si grand pris enuers vous. Qui est cause que si ie me suis en quelque chose glorifié enuers luy de vostre preudhommie & obeissance, ie n'en ay point esté confus. Car qui recõmande vn autre, il se met en ce dangier. Ie vous l'auois recõmandé, & vous à luy. L'affaire d'vne part & d'autre s'est bien porté: car vous aués en tout & par tout trouué Tite tel que ie vous l'auois declaré, pareillemêt il a trouué, que tout ce dequoy ie m'estois vãté enuers luy de vo⁹ estoit vray. Pourtãt n'auray-ie point ceste hõte d'estre trouué menteur, ny en vostre endroit ny au sien. Or iaçoit qu'il vous aymast par cy deuãt, toutefois ayãt maintenãt esprouué vostre deuoir, ie vous porte vne affectiõ beaucoup plus vehemête du pfond de son cœur, mesmemêt quãt il vient à penser à part soy, auec quelle alegresse & gayeté de cœur, vous aués tous obey à nostre volonté, laquelle il a portée, & auec quelle reuerêce & crainte vous l'aués receué arriuãt vers vous. Ie m'esiouy certes, vous auoir cogneus tels qu'il n'y ait rien en quoy ie ne me doyue dorenauant me fier à vous. Aussi ne craindray-ie desormais vous employer en chose que ce soit.

CHAPITRE   VIII.

Fin donc qu'en cest endroit vous ensuyuiés nostre affection, & la pieté des autres Eglises, nous tous faisions sçauoir comment Dieu m'a assisté és Eglises de Macedonne: car promptement & alaigrement ils ont receu l'Euangile, & tant s'en faut qu'ils ayent esté abbatus, par les afflictions

Tellemêt qu'en nulle chose ne souffrés aucun dõmage de no⁹

Aussi nous vo⁹ faisons sçauoir.

de Silas & de moy, eux-mesmes estans affligés auec nous, qu'en confiance de l'Euangile,
ils ont auec tresgrande ioye, souffert toutes choses : Finalement d'autant se sont-ils plus
grandement resiouys de nous, que nous auons plus griefuement souffert. Iceux encore
qu'ils fussent fort poures & de nul pouuoir toutefois ils estoyêt d'vn si prompt courage,
que ce qui restoit mesme en leurs coffres degarnis, ils le tiroyent hors pour le secours des
poures. Ce qui a faict que tant plus ils estoyent rendus poures & degarnis, par vne deuotte largesse qu'estoit en eux, d'autant en deuenoyent-ils de plus en plus riches, en rondeur
& simplicité d'vn cœur prompt & allaigre : Car tant s'en faut que les ayons trouués retifs
à departir de leurs biens en ceste aumosne, que ie leur peu à la verité porter ce tesmoignage, que non seulement selon leur pouuoir, mais aussi outre leur pouuoir ont voulu donner de ce qu'ils auoyent, leur courage surmontant la puissance : tellement que nous, de
peur qu'apres vne liberalité si grande, poureté ne les en fist puis apres repentir, refusans
de prendre ce que de plein gré, ils presentoyent, auec grand instance nous prierent de les
laisser venir en la communauté de ce bien faict : à fin qu'en eslargissant quelque chose de
leur auoir, à la necesité des saincts, ils fussent de leur costé participans de la pieté d'yceux :
En quoy ils n'ont pas seulement satisfait à nostre attente, ains ont surmonté toute nostre
esperance, qui outre ce qu'ils ont presenté leur auoir, se sont volôtairement donnés eux-
mesmes premierement à Dieu, puis aussi à nous par la volonté de Dieu, par l'inspiration
duquel ils estoyent esmeus, de nous obeir tant allegrement.   Voyans donc l'affection de
ceux-cy, en laquelle nous auons prins si grãd plaisir, nous amonnestasmes Tite que comme par son exhortation vous auiés cômencé ceste liberalité enuers les saincts, aussi qu'il
paracheuast ce qui estoit commencé en vous, pour vous rendre rousiours plus obligés à
celuy par lequel aurés acquis ceste louãge de pieté, à fin qu'en cest endroit ne soyés moindres que les autres. Mais tout ainsi qu'és autres dons vous estes les plus grans au don de
foy, au don des langues, au don de science, au don de diligence en administrant, au don
de charité laquelle vo⁹ aués declarée en nostre endroit, pareillement aussi en ce don vous
soyés excellens : nõ que ie redemande cela de vous, mais ie reduis en memoire, l'affection
prôpte des Macedoniens, à fin que vous esmeus à leur exemple, vous declariés franchement combien vostre charité est entiere, ensuyuãs aussi en cest endroit, de tout vostre pouuoir le Seigneur Iesus, lequel estant riche & seigneur de toutes choses, s'est biê voulu, pour
nostre grand profit, abaisser, de son bon gré, à toute poureté, estant faict hôme, sa puissance dissimulée : par sa poureté vous enrichir, côme par vn eschange des choses, à fin qu'en
receuant en soy la poureté de nostre humanité, il nous eslargist les richesses de sa diuinité. Ne plus ne moins donc qu'és precedentes lettres. Ie ne vous ay point contrains de viure hors l'estat de mariage, ains vous le côseillois ayant esgard à vostre profit : aussi vous
cõseille-ie en cest affaire, sans vous cômander : Et ce qui me faict vous y côseiller, c'est que
i'estime cela retourner à vostre profit, attendu mesmement que ce à quoy ie vous enhorte,
auec vous mesme, sans mon enhortement cômencé de vostre propre mouuement, non
seulement a le faire, mais aussi a le vouloir. Il vous reste donc maintenãt de parfaire, ce qu'
aués volontairement commencé, à fin que comme ia de long temps vous estes entrés en
ce bon vouloir de vous-mesmes, aussi à l'exêple des Macedoniens vous l'accomplissiés,
non par dessus vostre pouuoir, ainsi qu'ils ont faict, mais selon la puissance d'vn chascun.
Vn bien-faict enuy, n'est point agreable : mais quant il y a vne volôté deliberée, il suffit si
l'aumosne est moderée selon la quãtité des richesses. Car on ne veut pas que tu donnes ce
que tu n'as. Aussi ne faut-il tellement estre aumosnier, que ceux à qui on donne viuent à
leur aise sans rien faire, & ceux qui dõnent viennent à poureté : mais qu'il y ait vn eschange raisonnable entre vous, en sorte ce pêdant que de tout ce en quoy vous estes abõdans,
ils soyent secourus en leur necesité, & que d'autre costé, leur foy & pieté, en quoy ils surmontent, recompense s'il vous defaut rien en cest endroit, ainsi aduiendra que les vns departans aux autres, il ne defaudra rien à personne, ains y aura equalité. Ainsi que nous lisons estre iadis aduenu à noz ancestres en recueillant la manne, que celuy qui auoit beau
coup recueilly, n'en auoit point plus de reste que qui en auoit peu amassé. Car il est ainsi
escript au liure d'Exode : Celuy qui plus en auoit recueilly, n'en auoit point de reste, & qui
moins, n'en auoit point de faute. Ces choses là sont possedées pour vn têps, à fin que no⁹
en vsions côme du iour la iournée. Que nul ne vienne, en faisant de loing son conte, à côsi-
derer de pres ce qu'il luy reste : autrement on viendroit là, que nul ne penseroit auoir de reste pour departir à autruy. Ce pendant cestuy-cy a faute, & toy tu as trop. Ce que tu as de
trop il faut departir pour la necessité presente. S'il aduiêt aussi que tu tombes en disette à

l'aduē-

l'aduenir,tu seras secouru à ton tour,d'vne mesme liberalité.Or loué soit Dieu,qui a voulu que Tite print aussi bien cest affaire à cœur,que moy,lequel y estant-ia enclin de soy,a
aisémēt receu nostre exhortation:voyre non à ma suasion,mais de sa propre volōté est
allé vers vous,cōbien que nous soyons cause,qu'il ait faict plus alegrement. Nous auons
aussi enuoyé auec luy ce frere là,duquel la foy & entiereté en l'affaire de l'Euangile,est pieça cogneue par toutes les Eglises,cogneue,dy-ie,tellement qu'il a esté esleu des Eglises,
compaignon de nostre voyage,pour nous ayder à recueillir l'argent que de vostre largesse vous donnés,à la gloire d'iceluy Seigneur,par l'inspiration duquel l'affaire se conduit,
pour declarer à tous vostre prompt & franc vouloir.Or il est besoing d'employer à cest affaire gens de bien & entiers,de peur que les infirmes ne viennent en quelque soupçon,&
qu'on ne pense que nous faisions vn tel amas d'argent,que d'vne franche liberalité vous
departés non seulement pour les autres,mais aussi pour nous:iaçoit qu'il ne nous en reuienne autre chose:sinon le deuoir que nous faisons de le recueillir,& le soing que nous a-
uons de le porter iusqu'au lieu.Car nous sçauons assés que l'argēt,porte volontiers quāt
& soy vn soupçon de rapine,mesmement,quant il est en grād somme:& qu'il n'y a rien de
quoy les cœurs des hōmes soyent plus tost corrompus.Par ainsi nous auōs mis peine de
faire en sorte que nō seulement deuant Dieu,mais aussi deuāt les hommes,la chose se portast hōnestemēt.Nous auōs encore adioinct à ces deux là,qui vous sont fort biē cogneus,
vn certain troisiesme frere,lequel encore qu'il ne voꝰ soit si bien cogneu,que les autres,tou
tefois nous l'auons souuentefois experimēté diligēt & feal,mais beaucoup plus en cest affaire,qu'en tous autres,de sorte que ie m'asseure que ne craindrés point de leur deliurer
l'argēt,quelque somme qu'il y ait:soit pour le regard de Tite,qui est mon cōpaignon,par-
ticipant de trauaux que ie prens pour l'amour de vous:soit aussi à cause des autres ses adioints,lesquels outre ce qu'ils sont noz freres,ils ont esté esleus par l'opinion des Eglises,
à ceste charge,par lesquels l'Euangile a esté tellement esclarcy,qu'ils pourroyēt estre à bon
droit appellés nō seulement Apostres,mais la gloire de Christ. Faittes donc tellemēt auec
eux,que vous declariés maintenāt,si iamais,cōbien vostre charité est grāde enuers nous,
& que ce n'est sans cause que ie me suis glorifié de vous enuers eux. Or tout le biē que voꝰ
leur ferés,vous l'aurés faict à toutes les Eglises,au nom desquelles ils sont enuoyés.

Et graces
à Dieu.

<h3 align="center">CHAPITRE IX.</h3>

I R n'est-il pas de besoing,que par mes escripts,ie prenne la peine de vous inciter à largesse enuers les saincts,veu que vostre franc courage m'est tāt cogneu
& descouuert,que ie ne doute point de m'en vanter enuers les Macedoniens,
tellemēt que maints esmeu à vostre exēple,non seulemēt Corinthe,mais quasi
toute l'Achaye,est prompte & preparée à la mesme liberalité.Et iaçoit que vostre courage
nous fut cogneu,toutefois il nous a semblé bon d'enuoyer deuāt ces freres,craignāt qu'il
n'aduint par quelque moyen,qu'on cogneut que ie me serois en vain glorifié de vous enuers les autres,i'entens en cest endroit:car és autres choses,vous vous estes monstrés tels
iusques icy,que nous auions dit de vous. Or nous les auons enuoyés deuant pour faire
(comme nous vous auons cy deuāt escript)que l'argēt soit amassé d'heure,& que vous teniés tout prest vostre present:à fin qu'en sorte que ce soit,il n'aduienne,que si les Macedo-
niens(enuers lesquels ie me suis vanté de vous)venoyent auec moy,& vous trouuoyent
ainsi mal appareillés.Il nous en fallut porter la honte,cōme qui nous serions,pour neant,
vantés de vous,à fin que ie ne die,que vous mesmes en seriés hōteux,de vous voir en cest
endroit difformes à vous-mesmes,qui en tous autres dons de Dieu estiés tousiours les
plus excellēs.Pour ceste cause il m'a semblé bon & necessaire de prier ces freres d'aller là a-
uant que ie vous allasse voir,pour preparer la contribution par vous ia par cy deuāt arrestée & ꝓmise,à fin qu'elle soit plus preste:laquelle suyuās le mot Grec,nō sans cause nous
appellōs benediction,pource que ny enuy ny auec murmure ēn biē ne doit estre dōné ne
receu,mais auec parolles de toꝰ bōs souhaits & desirs,autremēt ce sera plus tost extorsiō
que don.Qui voudra dōner,que ce soit volōtairemēt &autāt qu'vn chascun voudra.Noꝰ
vous amōnestons seulement d'vne chose,c'est que d'autāt qu'vn chascun aura plus largement dōné,d'autāt en receura-il vn plus ample salaire.Qui seme escharsemēt,il moissonnera aussi escharsemēt:& qui seme alegremēt & en benediction il moissonnera de mesme,
ce qu'il aura semé:nō que pour nostre cōmandemēt vous deuiés riē faire dauātage,mais
selon qu'vn chascun aura,de son gré,proposé en son cœur.Car qui dōne de son plein gré,
il dōne plus largemēt & de meilleur cœur.Mais qui dōne auec ennuy,& cōme cōtrainct,il
dōne tāt moins & d'vn pire courage,Or Dieu ayme celuy qui dōne ioyeusemēt.Car celuy

De vous escrire
de l'administra-
tion.

Or ie dy qui
seme eschar-
sement.

Rr   ne s'aꝰ

ne s'acquitte pas de sa charge enuers luy, qui s'en acquitte par contrainte. Et ne vous faut craindre que ce bien-faict soit perdu pour vous: car Dieu qui repute estre faict à soy-mesme, tout ce q est faict à ses saincts, est plantureusemēt puissant de faire que vostre biē-faict, ores que les hômes ne vous en sçauroyēt ne gré ne grace, retournera à vous auec vsure, faisant & que vous ayes tousiours à suffisance les choses requises à ceste vie, & outre cela que soyes abondans & riches en tout deuoir de pieté. Côme ainsi soit que l'vne des principales parties de pieté, est liberalité par laquelle on assiste à la necessité des saincts. Ainsi que tesmoigne le Psalmiste: Il a departy & donné aux poures, & pourtāt sa largesse dure à tout iamais. Or ie supplie celuy qui fournist de semence le semeur & de pain pour manger, qui mesme vous a faict ce biē de pouuoir maintenāt secourir à la disette des saincts, qu'il baille aussi accroissement au reuenu de vostre largesse, si que soyes enrichis de toute sorte de vertus, & tousiours profitiés en toute simplicité & courtoysie, venans de iour en iour à vn plus grand mespris de l'argent, lequel estant employé non au premier venant, mais aux saincts, faict que vostre largesse retourne à la gloire de Dieu, lors que les bons substantés de voz aumosnes, en viennent à louer Dieu par nostre moyen, à fin que ie m'en attribue aussi quelque chose, moy qui procure l'affaire: Car le maniemēt de ce seruice nō seulemēt nous apporte, que par vostre largesse les gēs de bien sont soulagés en leur necessité, mais aussi que tāt plus vostre aumosne est plantureuse, tant plus le nombre est-il grād de ceux qui remerciēt Dieu, lesquels ayans esprouué vostre pieté, en recōpense de vostre aumosne donnent louāge à Dieu, cognoissant que d'vn si grād accord vous obeisses aux aduertisemēs de l'Euāgile ce que faisans vous departiés volōtiers & alaigremēt de voz biens, non seulemēt à ceux desquels il est maintenāt question, mais aussi à tous autres. Brief il aduiēt qu'en leurs prieres, lesquelles ils presentēt à Dieu pour vous, ils desirēt de vous voir, à fin que de ceux, par la largesse desquels ils sont nourris, ils puissent cōtempler en presence l'excellente pieté, laquelle ils cognoissent, à la grandeur de voz aumosnes, vous estre dōnées de Dieu. Mais il faut en premier lieu, remercier Dieu de son don indicible, par lequel ils vous inspire ceste affection de donner, & à eux d'estre incités par voz dons non à oysiueté ou superfluité, mais à louer Dieu.

CHAPITRE X.

Mais pour entrer de ce propos en vn autre, moy Paul, non tel quel Apostre, mais celuy là qui vous est de long temps asses cogneu, & qui à cause de vostre salut ay souffert & souffre tant de maux: ie vous prie & enhorte, par la douceur, clemence & benignité de Iesus Christ à l'exemple duquel ie m'abbaisse moy-mesme, me gouuernant, quant à l'apparence, comme si i'eusse esté quelque homme de neant, ne monstrant point vne dignité & authorité apostolique, laquelle les faux Apostres pensent consister en pompe & arrogance: & toutefois quant ie suis absent, ie vous espouuante (comme ceux là calomnient) par lettres pleines d'audace & rigueur, me confiant en vostre obeissance: ie vous requiers, dy-ie, dresses en sorte vostre vie, que ie ne sois contrainct moy venu, vser de rechef de la mesme hardiesse dont i'ay, ce semble, vsé, à l'endroit de certains faux Apostres, lesquels me mesurans selon leur esperit, pensent qu'en conuersant entre vous, nous suyuions les affections de la chair, comme si en presence ie vous flattoys, soit pour vous attirer à nous, ou pource que nous vous redouterions: mais qu'estant absent, ie fay rage de me vanter par lettres & qu'il ne m'est rien impossible. Certes tout tant que ie fay, c'est pour vostre salut & à cause de l'Euangile, & non par affection charnelle. Car iaçoit que soyons enuironnés de ceste chair mortelle, toutefois nous ne bataillons point à l'appetit & conduitte de la chair, mais de l'esperit, par la vertu diuine. Quelques mesprisés & foybles que nous vous semblions estre, toutefois nous ne sommes point sans armes, & si la force ne nous defaut point à reprimer les ennemys de l'Euangile. Mais les armes de nostre guerre, laquelle est spirituelle, ne sont point, à la façon des hommes, fortes en fer ou acier, mais puissantes par l'inspiration de Dieu, pour demolir tout ce qui semble estre remparé contre luy. Par elles nous derochons & renuersons toutes les ruses & entreprinses, & toute la hautesse des meschans, laquelle se fortifiant de la sagesse humaine, se dresse & esleue, à l'encontre de la science de Dieu, dont nous faisons profession par l'Euangile: & ne la renuersons pas seulement: mais aussi nous assubietissons & reduisons en captiuité tout entendement humain, à fin que desormais il obeisse à Christ, auquel estoit au parauant rebelle. Que si quelqu'vn vient a obstinéement se

rebeller.

rebeller, nous auons la vengeance appareillée, contre toute defobeiffance, de laquelle
nous n'auons encores vfé, de peur qu'en me monftrant enuers ceux qui font mesiés entre vous, & aufquels aucuns portent encore quelque faueur,penfans qu'ils font excellens
Apoftres,ie ne vinfle à troubler la tranquillité publicque:efperant toutefois de me monftrer pofsible,tel qu'il appartiendra,à l'aduenir,quant ie cognoiftray voftre obeiffance e-
ftre accreue à telle perfection,de pouuoir prendre à la bonne part,que tels foyent fepatés
de voftre affemblée,ainfi que vous auès faict en puniffant le paillard inceftueux. Or la di
gnité & puiffance apoftolique eft chofe fpirituelle non corporelle. En eftes vous donc encore là,de vouloir à la feulle apparence,ainfi iuger d'vn Apoftre,à la façon du populaire
qui eftime vn prince felon la grandeur de fes richeffes & de fon train? Des faux Apoftres   *Regardés vous*
ie m'en taiferay,ce pendant ie diray cela en general:S'il y a homme qui eftime quelque cas   *les chofes felon*
de foy,pour eftre de Chrift,ou pour l'auoir veu homme, ou peut eftre de fon parentage,   *la face.*
qu'vn tel pêfe aufsi à part foy, que nous fommes aufsi bien de Chrift que luy, & que nous
fommes en ceft endroit efgaux & n'y a pas dequoy en fe complaifant il nous doyue mefprifer. Car l'accointance de la chair ne nous rend point plus prochains de Chrift, mais
celle de l'efprit. Ce pendant ie me fais feulement efgal aux autres Apoftres. Que fi ie m'v-
furpe quelque chofe outre cela, en me glorifiant de ma puiffance, ou à mieux dire, de la
puiffance qui m'a efté baillée du Seigneur,pour vous profiter & non pour vous nuyre,ie
n'en auray point, ce croy-ie, de vergongne, comme fi ie m'eftois vanté plus vainement
qu'à la verité. Mais quant à la grandeur de noftre puiffance ie ne diray mot,à fin que nul
ne penfe que ie vous eftonne par lettres de menaces. Car quelqu'vn,lequel pour fon honneur,ie ne nommeray encore, dit ainfi: Vray eft que Paul enuoye lettres pleine de grauité & puiffance,mais quant il eft prefent,ce n'eft plus luy:il eft foyble de corps, fans reprefentation aucune,& fa parolle eft contemptible n'ayant en-elle l'authorité, de laquelle il
tonne & foudroye en fes lettres.Quiconque mefprife noftre authorité pour cela, ie veux
bien qu'il penfe que tel que par lettres en abfence eft noftre langage, que ceux-cy difent
eftre graue,telle eft aufsi noftre vertu & authorité en prefence,s'il nous plaifoit en vfer.Se
vanter de parolles,de ce que de faict ie ne pourrois executer,c'eft à faire aux autres & non
à moy. Car il ne peut entrer en noftre fantafie,de nous vouloir mettre au nombre de telles gens,ou bien de nous accomparer à ceux qui fe font valoir non par mettre la main
à l'œuure,mais par fard,grandes vanteries, & haut ftille, ne cognoiffans point ce pêdant
qu'ils fe mefurent eux-mefmes,non felon leurs merites,mais par la comparaifon de gens
lafches à ceux qui font bien peu : & ne monftrent point qu'ils foyent grands autremer t,
finon qu'en exaltant leurs louanges,& anneantiffant les merites des autres.Mais à Dieu
ne plaife,de nous vouloir, à l'exemple de ceux là,glorifier outre mefure : Car par ce moy-
en ce ne feroit iamais faict à fe vanter, fi chafcun vouloit eftre tenu tel & aufsi grand,
qu'il s'eftime par arrogance. Nous nous eftimons tels que nous fommes,non en vfurpant la gloire des autres, mais felon la mefure des chofes que Dieu a faittes par nous:
Autant qu'il nous a efté donné de luy, autant en vfurpons nous, fans eftendre noftre
gloire outre mefure. Dauantage nous n'auons pas de peu augmenté la feigneurie de
noftre capitaine,qui fommes aufsi paruenus iufqu'à vous,n'y allans point de nous-mefmes, ains enuoyés de Dieu. Voyla vn affés fuffifant argument de fe glorifier, non d'e-
ftre tellement quellement paruenus à vous, mais d'y eftre paruenus fi bien que nous
vous auons prefché l'Euangile de Chrift:de forte que nous n'auons pas maintenant befoing d'amplifier noz louanges par parolles,comme fi nous n'eftions venus de faict iufqu'à vous, qui eftiés aifes à gaigner.Car nous ne fommes pas allés vers gens ia inftruits
en la foy,ainfi que font les faux Apoftres,ains fommes les premiers qui vous auons attirés à croire. Aufsi ne fommes nous apres, à nous vanter fans fin du labeur d'autruy : en
vfurpant par noz propos la gloire de ce que les autres ont faict, à la maniere des capitaines couars, qui s'attribuent la louange,d'vne fortereffe prinfe par la vaillance d'vn autre : ainçois nous efperons que la foy croiffant & s'augmentant tous les iours de plus
en plus,nous acquerrons par vous plus grande louange,felon les limites qui nous font
ordonnées de Dieu, affauoir de prefcher aufsi de l'Euangile de Chrift aux autres regions, qui font outre vous, & de deployer plus loing l'enfeigne de Chrift, que nous n'a-
uons faict iufques icy:manians l'affaire non par l'efprit & conduitte d'autruy, comme fi
nous nous fourrions en vne œuure appareillée,pour vfurper la gloire acquife par le labeur d'autruy : mais nous fommes tant loing de nous vanter des faicts d'autruy, que
mefme ie ne m'attribue nulle gloire de mes propres faicts . Mais quiconque fe glori-

Rr 2   fie,il

fie,il faut que ce ſoit au nom de Chriſt,duquel il manie l'affaire, & non au ſien. Car qui eſt
ſe priſant,s'ingere ſoy-meſme,n'eſt pas vrayement approuué,mais qui esleu de Dieu cõme y doine & ſuffiſant, s'acquitte loyaument de ſa charge, celuy là eſt vrayement cogneu
& approuué.

CHAPITRE XI.

A la mienne vo-
lõté que me ſup-
portiſſiés vn
peu.

IE ne me peu garder que ie ne raconte quelque choſe d'excellent de moy,en-
core que ie ſçache bien,que cela ſoit tenu pour vn ſigne de folie, ſe väter ſoy-
meſme:mais à la mienne volonté que vous me ſupportiſſiés vn peu en ma
folie,voyre ie ne doute point que ne me deuiés ſupporter : veu que ce n'eſt
pas arrogance, ne deſir, ou attẽte de quelque profit qui me reduit en ceſte folie,mais vne merueilleuſe & impaciente amour que ie vous porte,&(à parler ainſi)vne ia-
louſie.Car ie ſuis toutalement ialoux de vous,craignant fort que mal ne vous aduienne,
vous que i'ayme tendrement.Or ie vous ayme non d'vne affection humaine, mais d'vne
charité diuine, eſtant en cela ialoux non pour moy, mais pour Chriſt, auquel cõme à vn
ſeul eſpoux,ie vous ay conioints comme vne vierge chaſte & entiere,par vn mariage ſpirituel,pour n'eſtre iamais ſeparés de luy.Ie ne m'attribue rien du voſtre.Il eſt voſtre eſpoux,
i'ay,ſans plus,entreprins de vous mener vers l'eſpoux,auquel ie vous ay preſentés eſpouſe chaſte & pure:mais ie crains fort qu'il n'aduienne par quelque moyen, que cõme iadis
l'entendement d'Eue fut par la cautelle du ſerpent corrompu,la pureté en laquelle auoit
eſté creée,eſtant gaſtée,voſtre ſimplicité auſſi ne ſoit par la fineſſe des faux Apoſtres, corrompue,& que ſoyés desbauchés de la pureté,dont aués vſé iuſques icy,enuers voſtre eſpoux Ieſus Chriſt,lequel vous a eſté baillé par nous,luy,dy-ie,pur & net à vous purgés &

Car ſi celuy qui
vient preſche
vn autre.

nettoyés.Car ſi ce nouueau Apoſtre qui s'eſt fourré en noſtre ouurage & labeur,preſchoit
vn autre Ieſus que ne vous auons preſché,ou ſi par luy vous receuiés vn autre eſprit que
n'aués faict par nous,ou qu'il vous baillaſt vn autre Euãgile,qui n'ait eſté baillé par noº,
à bon droit l'endureriés vous en ſe vantant,& preferant à nous, par ce qu'il vous auroit
baillé ce que nous n'aurions peu faire.Que ſi maintenant ils n'apportent rien, qui n'ait e-
ſté amplemẽt baillé par nous,pourquoy eſt ce que par vn certain meſpris de nous, vous
ſupportés leur inſolence?Soyent tant grãds Apoſtres qu'ils voudrõt certes quãt à ce qui
touche le faict de l'Euãgile,ie ne penſe point auoir eſté moindre,en choſe que ce ſoit, voyre que les premiers des principaux Apoſtres.S'ils ſont mieux enlangagés que moy, toutefois ie ne leur cederay point en ſcience.Il n'eſt point beſoing de propos amadouans, où
l'effect de la choſe eſt.Qu'ils ſe mõſtrent tant qu'ils voudront par leur langage fardé,nous
auons par tout deuoir & ſeruice declaré noſtre affection enuers vous, & la vertu apoſtolique,& auons tant faict qu'il n'y euſt que redire en nous : n'eſtoit d'auenture que fuſſiés
offenſés d'vne choſe par laquelle vous deuriés dauantage louer noſtre affection, aſſauoir
que ie ne vous ay point oppreſſé, à la façon de ceux là par arrogance,ains me ſuis humilié & abbaiſſé enuers vous,nõ pour voº abuſer, mais à fin que par mon obeiſſance, vous
fuſſiés esleués en la foy:ou pource qu'à l'exẽple de ceux là.Ie ne vous aurois point eſté en
charge en vous faiſant deſpendre le voſtre, ains vous ay preſché l'Euangile de Dieu, ſans
loyer & en mangeant mon pain,en vous eſpargnant ſi fort que quãt la neceſſité me preſſoit,i'ay mieux aymé deſpouiller les autres Egliſes pour voº ſeruir, que de vous mettre en
frais:voyre lors meſme que i'eſtois entre voº,ie n'ay chargé perſonne,quelque diſette que
nous euſſions.Car les freres,qui eſtoyent venus de Macedonne,ont ſecouru à mon indi-
gence.Et non ſeulemẽt en cecy,mais en toutes autres choſes ie me ſuis gardé & garderay,
de greuer perſonne.Or ie dy ces choſes non par arrogance,mais ie vous aſſeure vrayemẽt
par la verité de Chriſt qui eſt en moy,que ſoit à Corinthe ou par toutes les contrées, ie ne
me laiſſeray point deſſaiſir de ceſte vantance d'auoir preſché l'Euangile ſans ſalaire. Mais
pourquoy le fay-ie?Eſt-ce qu'en hayne de vous,nous meſpriſiõs voſtre largeſſe?Dieu cognoit que cẽ n'eſt point là,la cauſe,mais ce que ie fay,& que dorenauant ie feray,c'eſt pour
oſter l'occaſion de me calõnier à ceux qui la cherchent:à fin que tels qui eſtans riches,font
ſemblant deuant les gens de refuſer les dons,là où ce pendant ils les prennent en cachet-
te:en cela meſme,dõt ils pourchaſſent vne fauſſe louäge,ne ſoyẽt trouués de riẽ plus excellens que nous,qui eſtans meſme oppreſſés de diſette,ne prenõs rien qui ſoit de perſonne,
en nous gardãs de faire que ceux là nous ſurpaſſent par feinte & fardée apparẽce de pieté.

Ouuriers
cauteleux.

Car tels faux Apoſtres preſchẽt biẽ l'Euãgile, mais ce n'eſt de cœur,ains à leur gaing & ambitiõ,&veu qu'ils ne ſont enuoyés de Chriſt, & qu'ils ne maniẽt ſon affaire,ils vſurpẽt fauſ-
ſemẽt l'hõneur du nom d'Apoſtre:ils font ſemblant d'eſtre enuoyés en la vigne du Seignr
& de

& de faire sa besongne, cōbien qu'ils y mettent empeschement & traittent ce qui faut pour leur ventre, establissans, sous couleur de l'Euangile, certains leurs enseignemens: ainsi que font ceux qui, pour mieux tromper, meslent vne poison mortelle parmy vn vin exquis: Se deguisans ce pendant en Apostres de Christ, pour plus aisémét abuser les simples consciences, sous apparence d'authorité, & couleur d'vn grãd nom, à vray dire, plus tost batteleurs qu'Apostres. Or c'est vne tresdangereuse sorte d'abus, de mesler au fard de pieté le venin d'impieté, ils alleguent Christ pour leur autheur, en traittant l'affaire de Satan. Et ce n'est de merueilles si les disciples font ainsi que le maistre: Car Satan luy-mesme, plein de tenebres, ne se sert coustumierement de plus grãde ruse, pour nuyre aux hommes, que si en se deguisant, il se transforme par enchantemens, en ange de lumiere. Ceux qui sont vrays ministres de Christ, ils ensuyuët leur seigneur ne faisans rien par fard ou feintise. Or ce n'est rien de nouueau si les ministres de Satan se deguisent: à fin qu'en seruant à iniustice on les tienne pour ministres de iustice, malheureux traistres qui contrefaisans l'amy, se portét en ennemy. Ie ne veux point encore vser de ma puissance enuers ceux là, mais pour l'esgard que i'ay à la tranquillité publicque, ie les laisse en leur malice. Qui toutefois, ne pourroit eschapper la peine, car la fin des mauuaises œuures, sera tousiours mauuaise. Au reste, à fin que nul ne pense que cela vienne de ma folie, si ie raconte moy-mesme mes louanges, ie vous veux derechef demander congé d'en mettre quelque chose en auant & ce à la verité. Que si ie n'obtiens cela de vous, pour le moins permettés-le (s'il vous semble bon) à ma folie: à fin que puis que ceux là se vantent de tant de choses enuers vous, il me soit aussi loysible de me glorifier quelque peu de moy-mesme: car ce que ie diray maintenant, ce ne sera point selon le pur esperit de Christ, mais plus tost selon la folie humaine, attendu que ie me suis glorifié des choses, lesquelles ne nous rendent point plus aggreables à Dieu: mais sont telles desquelles le sot peuple a de coustume de se vanter, combien que la vraye gloire n'en procede point. Ie sçay que ce que ie fay a apparence de folie, mais les sottes vantances de ceux là lesquelles vous endurés, m'y contraignent. Veu doncques qu'il y a vn si grand nõbre de gens entre vous, qui encore qu'il veulent estre tenus pour Apostres, ils se vantent toutefois des choses qui ne concernent en rien les graces Aposto-liques, ie me glorifieray aussi quelque peu de moy, ensuyuant la folie de ceux là: Vous ce pendant, prenés en bonne part nostre sottise: car veu que vous estes vous-mesmes sages, vous supportés volõtiers la folie d'autruy. Or est-il bien raisonnable qu'entre vn si grãd nombre de vanteurs ordinaires, vous m'enduriés aussi vn peu, attendu mesmement que ma vantance ne vous apportera charge aucune, ainsi que la leur. Vous endurés bien, si quelqu'vn d'eux vous reduit en seruage, cõbien que Christ ait voulu que fussiés francs: si quelqu'vn vous ronge & mange vostre bien, iaçoit que nous ayons faict estat d'Apostre sans rien prendre: si quelqu'vn en prenant dons & presens, amoindrist voz richesses : si quelqu'vn enflé d'arrogance, exerce tyrannie sur vous, voyre &, qui est vne cõtumelie extreme, vous frappe au visage: que s'ils ne le font, certes ils vous traittent, tellement d'autre sorte que l'outrage n'est pas moindre. Puis donc qu'ils font telles choses, il vous est bien aduis qu'ils sont grans Apostres, en les estimant par les choses, desquelles se vanter, on le tient communement pour folie: Comme si nous n'eussions peu aussi abuser des mesmes titres, pour vous tenir en subiection, si nous n'eussions mieux aymé auoir esgard à vostre salut qu'à nostre domination. Car de quoy se vantent ceux-cy, ou en quoy font-ils tant des braues (à fin que ie parle à la façon des imprudens) que ie ne me puisse en cela-mesme egaler à eux? Ils veulent qu'on pense que ce soit grãde chose de ce qu'ils sont Ebrieux, comme si Dieu se soucioit de quelle nation tu sois sorty: & toutefois, si estre nay Ebrieu em- porte quelque chose, ie suis aussi Ebrieu: Sont-ils Israelites, ie le suis aussi: Sont-ils la posterité d'Abraham, ie le suis aussi. Car ils se vantent de tels vains titres, esquels toutefois nous leurs sommes egaux, s'il est question de se glorifier. Mais pour venir aux choses qui vrayement appartiennent à la gloire apostolique, nous les surpassons aussi en cest endroit. Sont-ils ministres de Christ, posons le cas qu'ils le soyent: ie le suis beaucoup plus, à fin de parler sottement, toutefois veritablement. Et qu'ainsi soit ie l'ay declaré, non par arrogance, non en prenant dons, non en vantance de race, ains par les enseignes qui dõnent à cognoistre vn vray cœur d'Apostre. I'ay beaucoup plus porté de trauaux que ceux là: I'ay esté plus griefuement battu, souuentefois emprisonné, & encore plus souuent en dangier de mort. Que si vous en voulés ouyr nomméement quelque chose, ayãt esté cinq fois battu des Iuifs, i'ay receu quarante coups moins vn à chasque fois: battu de verges trois fois, lapidé vne fois: en dãgier d'estre noyé en mer, trois fois, i'ay esté vne nuict & vn

Rr 3		iour

iour au fond de la mer, auec vn grand deſeſpoir de la vie. Mais que pourſuyuray-ie faire,
à raconter de point en point, attendu que ſouuent pour l'Euangile, i'ay eſté en dangier de
ma perſonne, non ſeulement en voyages ſus les eaux, mais auſsi par terre ſouuent en dangiers de riuieres: en dangiers de brigans, en dangiers de la perſecution des Iuifs : en dangiers de l'effort des Payens: en dangiers qui ſuruiennent en ville: en dangiers és boys : en
dangiers en mer, lors que peu s'en fallut que ne fuſsions mis à mort par les mariniers : en
dangier de ceux qui fauſſement nommés Chreſtiens, ſe bandoyent contre noſtre Euangile. Ie me tay ce pendant des trauaux & peines continuelles, prinſes pour l'amour de l'Euãgile: en veilles ſouuent, en faim & ſoif que nous auons le plus ſouuent endurés : en diſette
de viures: en froidures & eſtant mal veſtu. Or les choſes iuſques icy racontées appartiennent ſeulemẽt à l'affliction du corps: mais ce pendant ie n'eſtoys pas moins affligé d'eſperit, moy qui ſuis preſſe & tourmenté d'vn ſoing continuel que ie porte de tant d'Egliſes, leſquelles me ſont ſi bien à cœur que tout ce qu'il leur aduient, i'en fay mon propre : Car qui
eſt celuy des maux duquel ie ne ſoys dolent & marry cõme des miens ? Y a-il homme qui
ſoit foyble & debile, que ie ne me ſente de ſon mal: qui ſoit offenſé, que ie n'aye vn tourmẽt
d'eſperit pour ſon offenſe? S'il eſt queſtiõ de ſe glorifier, ie me glorifieray plus toſt des choſes qui demonſtrent ma foybleſſe, que de celles qui font apparoir ma force. Que les autres
ſe vantent tant qu'ils voudront, qu'ils ſont en eſtime, par le renom de l'Euangile, qu'ils en
ſont enrichis, & qu'ils regnẽt ſous l'ombre de Chriſt: ie penſe encore beaucoup mieux me
vanter de ce que par la grace de Chriſt i'ay eſté abbaiſſé & affligé. Le Dieu & pere de noſtre
Seigneur Ieſus Chriſt, qui doit eſtre benit à iamais, ſçait bien que ie ne mœus en rien. Moy
eſtant en Damas, celuy que le roy Areta, gendre d'Herode, auoit ordonné preuoſt d'icelle
nation, mit gardes en la ville des Damaſceniens, taſchant par tous moyens, à fin de complaire aux Iuifs, de me prendre pour me mettre à mort cõme ſeditieux. Que deuoy-ie faire? Ie ſçauois par le commandement du Seigneur qu'il failloit en certains lieux euiter la
cruauté des perſecutions. Mõ cœur me diſoit que le temps n'eſtoit encore venu pour ſouffrir martyre, ains plus toſt pour preſcher plus amplement l'Euangile, mais le tyrant, me
preſſoit de tous coſtés: Et ne reſtoit eſchappatoire aucun, ſinon qu'eſtãt mis en vne corbeil-
le, ie fus par la feneſtre, deualé des murailles en bas, i'eſchappay ainſi la main du preuoſt.

CHAPITRE　　　XII.

Il ne m'eſt expe
dient de me glo
rifier.

'Ay raconté iuſques icy, les choſes qui teſmoignent comment i'ay eſté calamiteux & chetif, & leſquelles, ſelon le iugemeut humain, me rendent plus contemptible qu'hõnorable. Au reſte ie n'ay pas encore arreſté ſi ie doy reduire en memoire les autres choſes, deſquelles toutefois les autres ſe vãtent à tort. Se faut-
il donc glorifier, ou non ? Mais il eſt quelque fois beſoing de le faire meſme à preſent que
le fil de noz propos, nous a amenés aux viſions & reuelations du Seigneur Ieſus, deſquelles ceux là ſe vantent deſordonnément, & en forgent pluſieurs à leur appetit. Moy dõc enuy & cõme cõtraint (à fin qu'il ne ſemble pas que ie leur ſois moindre en ceſt endroit) i'en
raconteray ſeulement vne, à la gloire de Dieu, & non à la mienne. Ie ſçay homme qui fut(il
y a quartoze ans paſſés) rauy, ſoit en corps ou hors du corps ie ne ſçay, Dieu le ſçait: toutefois il fut rauy iuſqu'au tiers ciel, & de là, de rechef iuſqu'en paradis, où il a ouy d'vn coſté
& d'autre parolles qui ne ſe peuuent dire, & n'eſt loyſible à l'homme, de les raconter. Ie me
glorifieray au nom d'vn tel homme, qui par le benefice de Dieu a eu vn ſi grand heur.
De moy ce pendant ie ne me glorifieray en rien, ſinon és choſes qui me declarent affligé & meſpriſé. Autrement ſi ie vouloys auſsi en ceſt endroit me loüer moy-meſme, ie ne
ſerois pas pourtant fol, encore que ie me ſuis recogueu tel attendu que ie ne dirois rien vainement ne par oſtentation. Mais ie me garde de raconter ces choſes là, pour l'amour de
vous, à fin que nul ne m'attribue ou penſe de moy quelque choſe de plus grand, que mes
faits & propos ne teſmoignent. Combien qu'il ne me ſeroit pas poſsible trop ſeur, de
nous vanter des choſes qui nous faut eſtre grands, & nous mettent au dangier de tomber
en arrogance. Parquoy de peur que pour la grandeur des reuelations, ie ne vinſſe à m'eſte-
uer outre meſure, ou que ie ne fuſſe en plus grande eſtime enuers les hommes, qu'il n'e-
ſtoit de beſoing : Dieu qui m'eſt fauorable, a permis que i'euſſe vn aguillon & affliction
corporelle, pour m'amonneſter de moy-meſme, & faire apparoir à tous que ie ſuis homme ſuiet aux communes pouretés des autres. Or ceſt aguillon, qui eſt le meſſagier & miniſtre de Satã, m'a eſté baillé, à moy qui manie l'affaire de Chriſt, pour m'affliger, pour s'oppoſer à mon Euãgile, & me tourmenter par cruelles afflictions, comme s'il ruoit à grands
coups ſur ma teſte, à fin de m'abaiſſer & humilier, à ce que ie ne ſoye eſleué outre meſure.

Laquelle

Laquelle chose m'estant grandement ennuyeuse, i'ay prié trois fois le Seigneur, qu'il me
d'eliuraſt de ceſte affliction : mais luy ſçachant mieux ce qui me faut que moy-meſme, me
fit telle reſponce : Paul contente-toy de la faueur que ie te porte, & ne demande rien plus.
Quant aux afflictions que tu ſouffres, cela ſert enſemble & a eſclarcir ma gloire, lors que
tant à ſeureté ſousma deffence, il n'y a orage ne tempeſte qui te puiſſe vaincre:& à ton ſalut
qui d'autant plus que tu es affligé des maux corporels, tant plus deuiens-tu riche és biés
de l'eſprit.Ainſi aduient que la force & puiſſance diuine, deuient parfaitte & accomplie en
la foibleſſe & infirmité humaine. Car veu que par gens de baſſe côdition & de nulle defen
ce l'Euangile flouriſt & demeure ferme, côtre toute la rage & cruauté de Satan & du môde:
il eſt tout clair que c'eſt affaire, n'eſt point manié par l'ayde & ſecours des hommes, mais
par la vertu de Dieu. Or d'autant plus que nous ſommes affligés de plus grands maux,
tant plus la gloire de Dieu en eſt-elle notable, deployant & monſtrant ſa vertu par nous.
Puis que i'ay ouy vne telle reſponce du Seigneur, ie ne me glorifieray deſormais plus volontiers de choſe quelconque, que des afflictions, pour leſquelles ie ſemble pluſtoſt eſtre
imbecile que grand : & ores qu'il il y eut quelque apparence de grandeur ou hauteſſe, le
tout reuient à la gloire de Dieu, pource que par luy ie ſemble eſtre puiſſant & robuſte, moy
qui pour Chriſt ſuis trouué foible & debile. Pour ceſte cauſe me play-ie & reſiouy grandement, en afflictions, en outrages, en neceſsités, en perſecutiôs, & en deſtreſſes, receues pour
l'amour de Chriſt:Car quant ie ſuis ainſi entieremét deſtitué, en me deffiant de tout ce qui
eſt mien : c'eſt alors que ie ſuis puiſſant de faict par le ſecours de Chriſt. Mais où eſt ce que
me tranſporte, la vehemence des propos:Ie me voy eſtre toutalement rétombé en vne ma
nifeſte folie en me vantant:mais vous en eſtes cauſe qui m'y contrains.Car puis que toute
la puiſſance & vigueur qui a eſté en moy, c'eſtoit pour voſtre bien, voſtre office eſtoit de pu
blier vous-meſmes les choſes que ie ſuis maintenant contraint mettre en auant de moy-
meſme auec vergongne.Ie ne m'attribue point louange de deuoir aucun que ie n'aye faict.
Que ſi ie me ſuis autant bien acquitté de tout deuoir qu'aucun autre, pourquoy ſeront les
autres en plus grand eſtime que nous:Ie ſuis chetif, ie ſuis de baſſe condition, ie ſuis affligé & abbatu, ie ſuis enfant:Ie ſuis content d'eſtre tel : Ie ne refuſe rien de tout cela : Que s'il
y a quelque incommodité ou dômage, ceſt pour moy. Au reſte, quelque petiteſſe qui ſoit
en moy, toutefois quant à ce qui vous touche, vous ne m'aués en rien que ce ſoit, cogneu
moindre que les Apoſtres, voyre que les principaux Apoſtres, à fin que ie ne parle des cô-
muns.Ie ne me vante de rien que n'ayés eſprouué en moy. Car i'ay donné à cognoiſtre par
certains ſignes, côme vous-meſmes ſçaués:que ie ſuis Apoſtre.Or le premier & principal
ſigne d'vn vray courage d'Apoſtre, eſt de ſouffrir volontiers toutes choſes pour l'amour
de l'Euangile : par ceſte marque certes, ie me ſuis monſtré Apoſtre. D'auantage ces choſes
là ne nous ont point deffailly par leſquelles Dieu pour vn temps, à cauſe de la meſcroyance d'aucuns, donnoit authorité à noſtre parolle : comme ſont les ſignes, miracles, & vertueux faicts.Autrement, mettés en auant ſi aués quelque choſe en quoy vous ayés eſté inferieurs aux autres Eſgliſes, ou s'il y a rien que ces grand Apoſtres là, ayent baillé à Eſgliſe
que ce ſoit, que ie ne vous aye auſſi baillé : Vous n'aués certes rien que redire en moy, ſi ce
n'eſtoit de ce que ne vous auons, à la façon des autres Apoſtres, chargés de deſpens : En
quoy ſi ie vous ay faict tort, en ne vous en faiſant point, pardonnés moy ceſte faute combien que ie ne me repente point de ceſte affection.I'ay-ia eſté par deux fois auec vous ſans
eſtre en charge à perſonne. Or voicy que ie ſuis maintenant en deliberation de vous aller
voir pour la troiſieſme fois, qui ſera ſans vous eſtre non plus en charge que i'ay eſté par cy
deuant.Ie ne fay pas cela ſans cauſe, encore que ie ne vous allegue raiſon apparente:Mais
quoy qu'il en ſoit, ie cherche voſtre profit ainſi qu'vn bon pere : Car auſſi les enfans ne
doyuent-ils amaſſer pour les peres & meres, mais au contraire les peres & meres pour les
enfans.L'affection des peres & des meres eſt telle d'employer enuers leurs enfans, non ſeu
lement leurs richeſſes acquiſes non ſans grand trauail, mais auſſi eux-meſmes. Tant s'en
faut donc que ie vueille rien auoir de vous par force, que ie ne ſuis ſeulement preſt d'expo
ſer le mien pour vous, ainçois moy-meſme, ſi le ſalut de voz ames le requeroit. Ce m'eſt
aſſes que moy pere ie fay cela pour mes enfans, combien ie ne ſois ignorant que le meſme
m'aduient en vous, que couſtumierement aduient aux peres & meres en leurs enfans, que
combien que ie vous ayme cordialement, ie ne ſois pareillement aymé de vous, moins eſti
mé que ceux, qui ne vous veulent pas tant de bien que moy. Or bien:ie ne vous ay point
foulés, craignant l'enuie : mais i'ay eſté ruſé, & vous ay prins par fineſſe, faiſant par gens
attitrés, ce que i'auois honte de faire : car quelqu'vn me pourroit blaſmer de cela, faiſant

Rr 4   iugement

iugement de moy selon les mœurs des autres. Or sus dõc, ay–ie arraché quelque chose de vous par aucun de ceux, qui sont allés vers vous en mõ nom? I'ay prié Tite qu'il allast pat dela, en luy baillãt pour cõpaignon ce frere là cogneu de toutes les Eglises: Tite donc vous a–il affronté? N'auõs nous dõc pas eu vn mesme esprit ? N'auõs nous pas tenu vn mesme train? Car ie ne refuse point que tout ce qui a esté faict par ceux que ie vous ay enuoyés: ne me soit entierement imputé. De rechef il vous est aduis que nous disons cecy pour mainte nir nostre cause: mais au cõtraire, tout ce que nous disons soit en nous abaissant ou en vo⁹ haussant c'est pour vostre profit ô mes bien aymés. Dieu en est tesmoing qui cognoit mon courage: Christ aussi en est tesmoing duquel nous maniõs l'affaire. Il n'y a rien que ie n'es saye: il n'y a rien que ie ne fasse: ie metourne de tous costés: pour vous rendre du tout amẽ dés. Ie ne crains poit que ces Apostres feintifs & deguisés, me nuysent: mais ie crains qu'il n'aduiẽne, que si ie venois d'auenture vers vous: ie ne vous trouue tels que ie voudroys, & que de vostre part vous metrouuiés autre que ne me voudriés. I'ay desir de vous voir entierement purgés, à fin que vous me voyés ioyeux & amyable. Mais ie crains fort que si vous poursuyués de prester l'oreille à aucõs: ie me trouue entre vous noyses, enuies, cour roux, debats, detractions, murmures, seditions: & que de rechef quãt ie seray venu à vous, moy que vous deuiés par vostre entiereté contempler ioyeux & alaigre: & qui auois–ia as sés esté contristé iusqu'à present pour voz forfaits, Dieu ne m'abaisse de nouueau entre vous, & que ie ne sois cõtrainct au lieu de triomphe receuoir dueil à cause de plusieurs qui de long temps sont entachés de peché, & ne se sont encore retirés de l'ordure, paillardise & infameté qu'ils ont commise.

CHAPITRE XIII.

C E sera cy pour la troisiesme fois que ie vous iray voir: que chascun donc se pre pare: car ie ne dissimuleray plus, ains estroictement & à la rigueur la chose sera traittée selon le droit. Quiconques sera accusé, iceluy sera, au tesmoignage de deux ou de trois, ou accusé ou condamné. Ie vous ay–ia par cy deuant amon nestés, & de rechef vous amonneste: ce que ie vous disois en presence à la seconde fois que i'allay vers vous, ie l'escry maintenant absent, non seulement à ceux qui auoyent–ia pour lors peché, mais à tous ceux qui estoyẽt chargés du forfaict, que se ie les trouue sans amen dement, ie ne les espargneray point ainsi que i'ay faict par cy deuant, attendu que ie les ay amonnestés par deux fois. Autrement que vous faut–il? Cherchés vous d'esprouuer à vo stre dam, si ce que ie dy, ie le dy de moy–mesme ou de l'esprit de Christ parlant à vous par moy? Le mesprisés vous aussi comme foyble? Il n'a point esté foyble enuers vous, encore qu'il ait esté tel enuers les Iuifs & Pilate. Au contraire, il s'est declaré puissant entre vous, au nom duquel vous aués veu ressusciter les morts, fuyr les mauuais esprits, & guerir les malades. Car iaçoit que pour la foyblesse de la nature qu'il auoit prinse, il voulust iadis e stre crucifié, toutefois ceste grace là ne doit estre estimée cõme foyble. Pour la foyblesse de la chair qu'il auoit prinse, il est mort: mais il vit par la puissance de Dieu le pere. Semblable ment nous Apostres, qui suyuons le train de Christ nostre maistre, iaçoit que nous soyons foybles aux mescroyans, lors que par eux, nous sommes battus, mis en prison & outragés, toutefois nous serõs auec luy puissans par la vertu de Dieu enuers vous: si vostre opinia trise vient à vaincre nostre douceur. Ne cherches point espreuue de nous, mais esprouués vous plus tost vous–mesmes, si vo⁹ persistés au don de la foy, ou si vous en estes decheus. Esprouués vous vous–mesmes entre vous. Vous aués cogneu en faisant miracles, vous aués apperceu par tant de diuers dons, Christ mesme n'auoir esté foyble en vous. Si ceste vertu vous a abandonné, c'est signe que vostre foy est deuenue lasche: ou que Christ, offen se de voz mœurs, s'est eslongné de vous. Vous mescognoissés vous donc vous–mesmes, & si vous voulés faire espreuue de moy: quant vous ne sçaués si Christ est auec vous ? Il y est certes, si la vertu de la foy demeure en vous : n'estoit que la foy estant aucunement en tiere, vous eussiés possible merité d'estre reiettés de Christ par vostre mauuaise vie. Mais quoy qu'il soit de vous, i'espere que de faict vous trouuerés, que no⁹ ne sommes point re prouués. La foy est vigoureuse en moy, & par icelle Christ sera puissant en moy pour cha stier ceux qui de leur bõ gré ne se veulent repentir. Mais pourquoy ay–ie dit, i'espere ? plus tost au contraire ie souhaitte & prie Dieu, que par sa grace il aduienne, que ie ne sois con traint pour voz forfaits de declarer ma puissance: non que nous craignions, que s'il nous faut vser de puissance, nous ne soyõs trouués foybles, ainsi qu'aucuns iasent de moy: mais nous desirõs plus tost que vous soyés approuués par vne hõnesteté de vie, encore qu'on nous tienne comme reprouués. Car si vous persistés en foy, & en vne saincte cõuersation.

Il n'y

ſil n'y aura pas beſoing d'exercer ma puiſſance ſur vous.Et ſuis cõtent d'eſtre eſtimé foyble
& ſans pouuoir, pourueu que ce ſoit à cauſe que ne nous aurés baillé occaſiõ de deployer
noſtre puiſſance. Car nous ne pouuons rien cõtre la verité, mais tout noſtre pouuoir eſt
employé pour icelle. Nous ne ſommes pas puiſſans contre l'innocence, mais noſtre puiſſance s'eſtend contre les forfaicts. Que s'il ne ſe trouue en vous rien digne de reprehenſiõ,
nous ſerons comme deſarmés par vous, & ſi vous vous declarés puiſſans par voſtre innocéce, la puiſſance d'eſtre rigoreux m'eſtoit oſtée, comme à vn qui eſt foible & ſans pouuoir. Or les mediſans me mettrõt touſiours ſus le blaſme de foybleſſe:calomnians que ce
que ie n'ay peu faire à cauſe de voſtre entiereté, vient de ma faute & impuiſſance : mais ce
m'eſt vn grand plaiſir que toutes les fois que vous eſtes ainſi fors,on nous eſtime foybles:
voire nous ne ſommes pas ſeulement ioyeux que cela aduienne, ainçois nous ſouhaitons
d'vne ardente affection que nous ſembliõs imparfaicts en quelque choſe, pourueu qu'en
vous n'y ait que redire.Pour ceſte cauſe i'ay penſé qu'il vous failloit amonneſter plus rudement par lettres, de peur qu'a ma venue ie me fuſſe contraint en preſence d'eſtre rigoreux.
I'aymé mieux que vous vous amendiés par menaces,que de deployer ſur vous la puiſſance de punir, laquelle le Seigneur ma baillée à voſtre bien non à voſtre mal. Ie ne peu rien à
l'encontre des innocens, mais c'eſt voſtre profit que ceux là qui par lachetés & vilains cas
ſouillét voſtre aſſemblée,ne demeurét touſiours impunis. Au ſurplus freres i'ay faict mon
deuoir, il reſte maintenant que vous faſsiés le voſtre : Faittes donc, que toute cauſe de triſteſſe oſtée, vous vous eſiouyſsiés puremét, à fin qu'en profitant touſiours en mieux, vous
ſoyés rendus parfaicts.Reparãs les choſes qui bleſſe voſtre entiereté:& qu'apres que vous
eſtes venus à bout du chaſtiement des mauuais vous receuiés ſoulas de l'amendement.
Soyés d'accord,ſans debattre entre vous par diuerſes opinions. Qu'il y ait paix & charité
mutuelle entre vous.Que ſi ainſi le faittes, le Dieu de charité & autheur de paix, vous aſsi-
ſtera propice & fauorable : Salués vous l'vn l'autre d'vn ſainct baiſer, non ſelon la façon
commune,mais de cœur. Tous les ſaincts qui ſont icy, vous ſaluent. La grace de noſtre Seigneur Ieſus Chriſt, & l'amour de Dieu le pere, & la communion du ſainct Eſprit ſoit auec
vous tous : à fin qu'en cognoiſſant le benefice du fils, la charité du Pere enuers vous (lequel vous a tant aymés, qu'il vous a baillé ſon fils vnicque) & la bonté du ſainct Eſprit,
par lequel il nous depart touſiours ſes dons, vous auſsi à l'exemple de ceſte trinité indiui-
due, viuiés tous d'vn accord purs & parfaicts.

FIN DE LA PARAPHRASE SVR LA
ſeconde Epiſtre aux Corinthiens.

ARGVMENT DE L'EPISTRE

SAINCT PAVL AVX GALATES
par D. Eraſme de Roterodame.

Es Galates ſont Grecs,mais deſcendus des Gaulois : Dont ſelon ſainct
Ieroſme ils repreſentoyent par leur lourd entendement, le naturel de
ceux deſquels eſtoyent yſſus. Car ſainct Hilaire Gaulois luy-meſme au
cantique des cantiques, appelle les Gaulois indociles:Et ſainct Paul en
les tençant les appelle inſenſés, au naturel deſquels accommodant ſon
propos, les reprent plus aigrement qu'il ne faict tous autres par ſes autres Epiſtres.Et les reprent plus qu'il ne les enſeigne, à fin que ceux enuers leſquels raiſon ne pouuoit rien, fuſſent rengés par authorité. Il faict en ceſte Epiſtre
ce qu'il faict preſque par tout pour attirer du ſeruage de la loy Moſaique, à la grace de l'E-
uangile. Ce que meſme il faict en l'Epiſtre aux Romains:car & les vns & les autres eſtoyent
tombés en vne meſme erreur,mais en diuerſe maniere.Les Romains eſtant premierement
induits au Iudaiſmé, puis apres ſe retournerét:Les Galates bien inſtruits par l'Apoſtre, furent à la ſolicitation des faux Apoſtres ramenés au Iudaiſmé. Que les Romains ayent eſté
mal enſeignés, il venoit de ſimplicité, mais que ſoudain eſtant amonneſtés ſe ſont amédés
c'eſtoit prudence. Au contraire, que les Galates ayent embraſſé Chriſt, il venoit de facilité:
mais que ſoudain ils ſoyent retombés au Iudaiſme c'eſtoit legiereté & folie. A ceux-cy
doncques eſtoyent venus les faux Apoſtres comme enuoyés de Pierre & Iaques principaux

paux des Apoftres: & par calomnie diminuoyent l'authorité de fainct Paul, difans qu'il
ne failloit adioufter foy à celuy qui eftoit variable, fe feruant maintenant des ceremonies
de la Loy, pour faire vœux, rafer la tefte, & circoncir Timothée, maintenant auec les Payês
ne tenant conte de la Loy & la condemnant. Qu'il failloit pluftoft efcouter ceux qui auoyent conuerfé auec Pierre & Iaques, & qui auoyent veu le Seigneur Iefus en chair, veu que
Paul ny n'auoit veu Chrift & eftoit feulement difciple des difciples non de Chrift. Pourtant fainct Paul d'vn parler vehement & afpre (car auffi eft-ce la plus poignāte de fes Epi-
ftres) & par vne rudeffe falutaire & feuerité amyable enfemble remede à l'erreur des Galates, eftablit fon authorité & decouure la cautelle des faux Apoftres: proteftant tout au
commencement de l'Epiftre qu'il eft efgal voyre aux principaux Apoftres, ou mefme fuperieur en ce que du ciel il a receu de Chrift ia immortel l'authorité de prefcher l'Euangile,
dequoy fe faifant fort a prefché quelque temps Chrift en Arabie & Damas, premier que
d'auoir parlementé auec nul des Apoftres. Puis fe dit bien auoir veu en Ierufalem Pierre
& Iaques quelques iours, & toutefois n'auoir en rien efté aydé par eux. Et qu'enuiron ce
temps là, il fuft par l'efpace de quatorze ans heraut de Chrift en Sirie & Cilicie, iufqu'a ce
qu'eftant diuinement amonnefté retourna en Ierufalem accompaigné de Barnabas &
Tite, où il confera fon Euangile auec les principaux Apoftres: Non que de la predication
de tant d'années, il fuft maintenant venu en quelque doute, mais que par la probation de
ceux defquels l'authorité eftoit grande enuers tous les autres fuffent mieux confermés.
Ce pendant il fe dit auoir tellement communiqué auec Pierre, qu'il n'a rien receu de luy en
ce qui touche l'affaire de l'Euangile: & que tant s'en faut que Pierre l'ait peu induire à charger les Payens du faix de la Loy, qu'il le reprint en Anthioche, de ce qu'en mangeant viandes communes auec les Payens, fe retira de la table pour la crainte de certains Iuifs furue-
nans, il reprint, di-ie, Pierre en barbe deuant tous d'vne telle fimulation monftrant que le
falut de l'Euangile vient de foy, & non pour garder la Loy ia abolie. Or cela eftant dit à
Pierre, comme en paffant il le pourfuit à l'encontre des Galates, monftrant que la loy de
Moyfe a feulement efté baillée pour vn temps, & que toutes ces chofes là regardoyent à
Chrift: qu'en la Loy eftoit la chair, en l'Euangile l'efprit: en la Loy vmbres, en l'Euangile lumiere: en la Loy figure, en l'Euangile verité: en la Loy feruage, en l'Euangile liberté. Mais
que c'eft grand folie apres auoir goufté les chofes meilleures, retourner de plein gré aux
pires. Voyla ce qu'il traitte aux chapitres premier, fecond, tiers, & quart. Confequemment
apres leur auoir deffendu auec groffes menaces de ne receuoir la circoncifion, & par ce
moyen fe precipiter indignement au feruage de la Loy: Il monftre que la liberté Chreftienne n'eft pas vn bandon de pecher, ains vne volontaire execution du deuoir de pieté, qui
fe faict par l'inftinct de charité & non par le commandement de la Loy. Finalement il enhorte à vn Chreftien accord, à fupporter les plus foibles, & ceux qui font tombés, & à faire
bien à ceux qui nous ont inftruicts en la foy. Qu'a telles œuures, pource qu'elles font de l'e-
fprit, eft deu du loyer eternel, là où des ceremonies temporelles la gloire n'eft que temporelle: rendant comme en paffant, odieux les faux Apoftres, qui ne tafchoyent pour autre
chofe, que les Galates fuffent circoncis, finō pour fe glorifier comme autheurs d'vn tel cas.
De laquelle maladie ceux ne font pas loing, qui inuentent auiourd'huy nouueaux & merueilleufement eftranges feruices de Dieu, à fin qu'on dife vn tel a fondé tel ordre, il a faict
baftir vn tel monaftere. Or Paul (ainfi qu'il appert) pour tefmoigner l'affection finguliere
qu'il portoit aux Galates, a efcript toute cefte Epiftre de fa propre main, combien
que fa couftume fuft de foufcripre feulement aux autres. Noz argumens ordinaires tefmoignent qu'elle fuft efcripte
d'Ephefe: mais les fommaires Grecs
difent que ce fut de Rome.

PARA

PARAPHRASE DE L'EPISTRE
DE SAINCT PAVL AVX GALATES,
par Didier Erasme de Roterodame.

CHAPITRE I.

A V L Apostre, & non Apostre tel quel, à fin que nul ne vienne à me mespriser comme Apostre de peu de renom, ou battre de l'authorité des autres Apostres. Car ceste charge ne m'a point esté commise des hommes, comme à quelques autres qui estans disciples des Apostres, se mettent au rang des plus excellés Apostres: ou qui ayans gaigné la faueur des hommes, s'ingerent eux-mesmes à l'office d'Apostre. Ny ne m'a esté commise l'authorité de prescher l'Euangile d'homme quelconque tant grand fust-il: ains par Iesus Christ mesme le fils de Dieu, lequel ne m'a point choysi parvoix humaines à estre heraut de l'Euangile, mais du ciel luy ia immortel, m'a de sa propre voix appellé à cest affaire, assauoir de l'aduis & authorité de Dieu le pere, qui a ressuscité son fils Iesus des morts: car il n'a pas pourtãt laissé de viure, s'il a cessé d'estre veu de no°. Ainçois si ceux sont tenus pour grands Apostres, que luy mortel & encore homme viuant entre les hommes, il a choysis & enuoyés, certes il semble que ie ne doyue pas estre estimé moindre, veu que des cieux lors qu'il n'estoit plus hõme, mais Dieu m'a appellé à l'office d'Apostre. Car en cela suis ie esgal voyre aux principaux Apostres, que ie suis ordonné d'vn mesme Iesus Christ: & me pourrois à bon droit attribuer ceste prerogatiue qu'il a esleu ceux là, luy estant encore subiet aux pouretés de nostre corps, mais moy, qu'il m'a appellé à part, apres auoir despouillé toute imbecillité de la cõdition humaine. Moy donc Paul Apostre & tel Apostre que dit est, vous escry ceste Epistre, à vous tous qui par toute la Galatie estes vnis & alliés en la doctrine de Christ: & non moy seul de peur que l'authorité d'vn ne soit trop legiere, mais tous ceux qui sont icy, desquels le nõbre n'est pas petit qui tout d'vn accord & courage font professiõ de Christ auec moy, & ayant quitté la loy de Moyse embrassent la foy & doctrine de l'Euangile: nous vous souhaittons à tous premierement grace puis paix & concorde: Grace qui fasse que vous estans vne fois pour toutes deliurés de voz pechés passés, vous meniés d'orenauant vne vie innocẽte & pure: Cõcorde, à fin que ne soyés differẽs des autres Esglises ou mesme entre vous: Lesquelles deux choses il nous faut esperer non de Moyse, n'y d'homme mortel quelconque, ains de Dieu le pere mesme, duquel comme de la source, tout nostre salut procede: & de son fils nostre Seigneur Iesus Christ, par lequel il luy à pleu, de nous eslargir tout. Pourtant soit que nous euitions le mal, ou que n'en obtenions quelque bien, il nous faut tout recognoistre de luy. Car la circoncision Mosaique, ne restablist personne en innocence: mais Christ s'est offert soy-mesme à la mort, pour satisfaire pour noz pechés, & faire par la grace de l'Euangile ce que l'obseruation de la loy Mosaique ne pourroit faire: à fin que par le benefice de luy seul, estans deliurés des vices & mauuaises conuoitises, ausquelles ce monde est addõné, nous ne seruons plus d'orenauant, ne à vilenie ne aux ceremonies humaines. Tel a esté la volonté de nostre Dieu & pere, duquel estant premierement crées maintenãt aussi, a presque par nostre faute estions tombés en la puissance de l'ennemy, sommes par luy remis en nostre premiere liberté: & cõme nays de-rechef, aucunement deuenions de terriés celestes, & de charnels spirituels. A luy doncques duquel le comble de nostre felicité procede, soit hõneur & gloire non tẽporelle ainsi qu'il aduint à la loy de Moyse, ains qui dure à iamais au grand iamais, Amen. Or veu qui n'agueres cela vous a esté presché par moy & qu'aués vne foisembrassé, ie m'esmerueille fort pourquoy c'est que vous vo°reuoltés d'vn pere tãt bening: reuoltés, di-ie, si soudain en vous estrangeãt de celuy qui de pure grace ayãt remis tous forfaits, vous a appellés & inuités au salut eternel, non par les œuures de la Loy, ains par la grace & largesse gratuite de Iesus Christ: & que vous vous estes incõtinent destournés au seruage de la loy Mosaique, cõme à vn autre Euãgile, veu qu'il n'y a toutalemẽt nul autre Enangile, fors celuy qui a esté presché par nous. D'où vient vne si grãde incõstance? D'où ceste legiereté, de vouloir de vostre plein gré chãger en seruitude vne liberté dõnée de grace? Ie ne veus point accuser vostre naturel: Ie croy qu'il en faut plustost mettre le blasme sus les faux Apostres, q à vray dire, estãs plus herauts de Moyse que de Christ, abusent

de

Act.13

Grace & paix.

Qui s'est offert soy-mesme.

Sinon qu'il en y a aucũs qui vous.

de voſtre ſimplicité, & par le moyen de titres excellens des plus grands Apoſtres, vous troublent esbrãlans voz entendemens de quelque crainte & frayeur, cõme ſi ſans aide de la circoncision, ne vous eſtoit poſsible d'obtenir ſalut: non point tant renouuellans les ceremonies de l'ancienne Loy, leſquelles deuoyent-ia eſtre annulées & abolies, que ſous telle couleur renuerſans l'Euangile de Chriſt. Et attẽdu que celuy Euãgile promet par ſoy & ſainctcté de vie vn parfaict ſalut à tous qui le voudrõt embraſſer, on le tiẽdra pour vain & deceuable, ſi ce que ceux là s'efforce de mettre en auãt on n'a point d'entrée au ſalut eternel, que la petite peau du prepuce n'eſt ſelõ l'ordonnãce de Moyſe, rongnée. Ia n'aduiẽne que l'authorité d'homme que ce ſoit deſtourne de la pureté de l'Euãgile. Et tant s'en faille que les noms de Pierre, Iaques, & Iean, quelques grãds qu'ils ſoyent, deſquels aucũs abuſent pour vous charger des fardeaux de la Loy, vous eſmeuuẽt, que ſi meſme vn Ange du ciel venoit à vous annõcer vn Euangile contraire à celuy qui vous a eſté preſché par nous que non ſeulement il ne ſoit point ouy de vous, mais auſsi vous ſoit en execration abominable. Et à fin que nul ne penſe, que ce que ie viens de dire, me ſoit eſchappé par colere & impatience, ie le vous dy de-rechef & redy: Quiconque ſoit celuy, ſoit Ange ou Apoſtre tant ſoit-il excellent, qu'il vous viendroit annoncer choſe contraire à ce qu'auriés apprins de nous, qu'il vous ſoit execrable & maudit. Car quant il eſt queſtion de la ſyncerité de la foy, il n'y a authorité d'homme quelconque, non pas meſme d'vn Ange qu'il doyue auoir lieu en nous. Qui preſche l'Euangile de Chriſt, il manie l'affaire de Dieu, & non d'vn hõme. Pourquoy donc craindray-ie l'authorité d'homme que ce ſoit ? l'Euangile m'a eſté commis de Dieu & non d'homme. Mais aſſauoir-mon ſi ie doys traitter en ſorte que ce ſoit, pour ſatisfaire aux hommes ou à Dieu, lequel ie recognois ſeul autheur & Seigneur. Les Iuifs s'eſtudient par vne certaine affection humaine, de mettre en auant à tous leurs loix & couſtumes, & ce à fin que par ce moyen ils ſoyent en plus grande eſtime, ainſi qu'vn chaſcun deſire que les choſes où il a eſté inſtruit ſoyẽt veues excellẽtes. Pourtãt aucuns taſchans par telles defaittes de ce mettre en grace, ils mettent en teſte la circoncision, ils preſchent les Sabbaths & differences de viandes, comme s'ils enſeignoyent choſes excellentes quant ils enſeignent telles choſes. Mais ia n'aduienne que ie veuille iuſques là complaire aux Iuifs, leſquels courent pluſtoſt apres les choſes humaines que diuines, que ie ſouffre que la pureté de l'Euangile ſoit corrompue par la meſlange du Iudaiſme. Iadis eſtant addonné aux Iudaiſme, ie plaiſois à ceux de ma nation, perſecutans par tous moyens ceux qui faiſoyent profeſsion du nom de Chriſt. Mais plaiſant aux hommes ie depleus à Dieu, qui a voulu que Moyſe fut aboly & Chriſt ſon fils glorifié. Pendant que ie ſeruois à la Loy i'eſtois ſoigneux de garder les ordonnances de Moyſe, & cherchois la louange des hommes, mais maintenãt Dieu m'a appellé ailleurs enuers lequel ſeul ie deſire eſtre approuué. Que ſi par cy apres ie cherchois la louãge des hommes, ie ne ſerois plus ſeruiteur de Dieu. Car comment ſeray-ie cogneu ſon ſeruiteur, ſi ie fays plus grand cas des affections & faueurs des hommes, que de ſes commandemẽs, ſi i'ay plus grãd crainte d'offenſer les Iuifs que Dieu le pere de Chriſt & autheur de l'Euangile ? Apres m'eſtre vne fois pour toutes addonné à Chriſt, ie n'ay oncques depuis ſeruy aux ceremonies de Moyſe, leſquelles ie ſçauois bien eſtre abolies, par la lumiere de Chriſt. Car iaçoit que moy viuãt entre les Iuifs pour appaiſer vn tumulte, i'aye vne fois ou deux gardé quelques couſtumes paternelles, toutefois ie n'y mis oncques ſecours aucun de ſalut, mais pour ce me ſuis-ie moy-meſme pour vn temps accõmodé aux affections des miens, à fin que i'en gaignaſſe vn plus grãd nombre à Chriſt. Au reſte, voyãt que mon miniſtere eſtoit par ceux-cy tourné en mal & la choſe eſtre venue iuſques là qu'ils ne craignoyent point de charger du fardeau de la Loy, comme de choſe neceſſaire, meſme ceux que l'Euangile a trouué quittes du faiz de la Loy, il eſtoit neceſſaire de s'oppoſer deuant tous franchement aux ceremonies Moſaiques, & ouuertement deteſter ce qui reuient au dommage de Chriſt. Et n'y a authorité d'Apoſtre quelconque, tant excellent ſoit-il, qui me puiſſe esbranler, ayãt l'authorité de Chriſt pour mon appuy, duquel i'enſuy l'ordonnance par tous dangiers. Mais à celle fin que mieux vous entendiés que ce n'eſt ſans cauſe que ie me ſuis reuolté des ceremonies & couſtumes Moſaiques, & que ie preſche maintenant auec ſi grande hardieſſe la liberté de l'Euangile, ie veux bien que vous ſçachés freres que l'Euangile lequel nous vous auons baillé, n'eſt point d'authorité humaine, pour deuoir eſtre chãgé à la volonté d'vn chaſcũ, comme s'il eſtoit procedé d'hõme. Ceux qui vous preſchent la circoncision, d'où c'eſt qu'ils ont prins l'Euangile ie m'en rapporte à eux. Certes ie n'ay point emprunté mon Euangile d'hõme, & n'ay point eſté enſeigné par homme, pour faire que ie ſoys contraint ou de dependre de

l'authorité

Mais encore que nous ou vn Ange.

Demande-ie plaire aux hommes.

Or freres ie vous fay ſçauoir.

l'authorité, ou de m'affubiettir à l'interpretation d'aucun. Chriſt luy-meſme m'a bien daigné declarer ce miſtere, c'eſt que la Loy antienne eſt abolie & que la nouuelle eſt intro-
duicte, à fin que nul ne penſe qu'à la volée i'aye changé de propos ou que d'vn de bien
peu d'authorité ie tienne l'Euangile que ie preſche. Chriſt eſt tellement homme qu'il n'eſt
pas mortel ne ſubiect aux affections des humains, il eſt tellement homme que luy-meſme
eſt Dieu : ſa vertu & inſpiration ſecrette m'a ſoudain changé en vn autre homme, autrement i'eſtois trop fort attaché à la loy Moſaique, en l'honneur & reuerence, de laquelle
auois eſté inſtruit dés ma ieuneſſe, par mes anceſtres pour en pouuoir eſtre diſtrait par
perſuaſion humaine quelconque, ſi quelque puiſſance diuine n'euſt touché mon entendement. Ce que ie raconte n'eſt comme ie croy incogneu, car ie penſe que vous aués ouy   Car vous
le bruit de ma conuerſation & comme ie me ſuis iadis, porté au Iudaiſme eſtant par   aués ouy.
vn amour de la Loy tant eslongné de l'Euangile de Chriſt, duquel ie n'auois encores receu le ſecret que la nouuelle congregation, qui pour lors par la vertu diuine commençoit
à s'aſſembler en la doctrine Euangelique, ie la perſecutois & d'vn courage felon du tout
la degaſtois penſant faire vn chef d'œuure, & choſe fort agreable à Dieu, lors que ſans le
ſçauoir ie luy faiſois la guerre. Et ſans point de faute l'affaire proſperoit, car au Iudaiſme
lequel ſeul, pour lors ie tenois pour ſainct & iuſte, i'ay acquis tel loz entre ceux de ma nation, que ie deuáçois pluſieurs de mon eage, eſtant eſtimé tant plus ſainct que plus obſti-
nement i'eſtois attaché aux ordonnances baillées par noz anceſtres. Or mon erreur venoit-il non pas par faute de bonne affection, mais de iugement & par vn zele de la Loy
reſiſtois à l'autheur de la Loy. Et Dieu par vn ſien ſecret côſeil a porté cela pour vn temps,
& ce à fin que puis apres d'vn ſi vaillant deffenſeur de la Loy, changé ſoudainement en
heraut de l'Euangile, i'en attiraſſe tant plus grand nombre à Chriſt par mon exemple.
Pour ceſte cauſe incontinent qu'il fut du bon plaiſir de Dieu, qui dés le ventre de ma mere, m'auoit deſtiné & choyſi à ceſt affaire de declarer ſa volonté en moy, & m'appeller de
ſa bonté gratuite à ceſte charge, pour par moy comme par vn organe reueler ſon fils Ieſus
cogneu encore à bien peu de Iuifs, & preſque à nul des Payens entre leſquels ſpecialement, il m'a voulu eſtre heraut & trompette de l'Euangile eſtant, di-ie, ainſi du bon plai-   ie ne prins
ſir de Dieu appellé, que penſes vous que i'aye faict. Mé ſuis-ie arreſté aux ordonnances   point conſeil
des anceſtres. Ay-ie tardé vn temps à me mettre apres la charge commiſe. Me ſuis-ie   de chair &
deffié de l'oracle de Chriſt. Suis-ie venu conferer auec quelque Apoſtre de ma nation,   ſang.
mon Euangile ou ſuis-ie allé predre conſeil d'homme viuant. Suis-ie allé en Ieruſalem, à
fin que mon Euangile fuſt eſtably par l'authorité de ceux, qui pour autant qu'ils eſtoyent
premier que moy, appellés à la dignité d'Apoſtre ſont en grande eſtime? Nullement.
Car mon aduis n'eſtoit point que ce qui eſtoit enchargé du commandement de Chriſt,
meſme deut eſtre approuué par authorité d'homme. Ainçois ſi toſt que i'eu cogneu ma
faute, & que le commandement me fut donné du ciel, ſans delayer ſuis allé en Arabie
ne craignant point de mettre en auant le nom de Chriſt, pour lors encore ou incogneu ou
mal voulu, voyre aux nations ſauuages & eſtranges, & de preſcher non moins ſoigneu-
ſement la grace de l'Euangile, que i'auois au parauant preſché la loy de Moyſe. De-rechef ayant laiſſé l'Arabie retournay à Damas, où incontinent apres le bapteſme i'auois
commencé à faire profeſſion du nom de Chriſt. Depuis trois ans apres ie reuins en Ieruſalem, pluſtoſt pour viſiter Pierre que pour conferer auec luy. Et pour ce qu'entre les
Apoſtres ſembloit eſtre le principal i'ay demeuré auec luy quinze iours & non plus. Et ne
me ſuis pas beaucoup ſoucié de ne voir pas vn des autres Apoſtres, hors-mis Iaques ſurnommé Iuſte, qui pour la ſinguliere ſaincteté de vie fut dit frere du Seigneur, car il fut le   Acte 2i
premier Eueſque mis en l'Eſgliſe de Ieruſalé. Tant s'en faut que me deffiant de mon Euangile, ie me ſoye retiré vers le ſecours humain. Or que ie ne controue rien des choſes que
ie dy, Dieu m'en eſt luy-meſme teſmoing, par le commandement duquel i'ay entreprins
la charge de preſcher l'Euangile. Apres cela ie m'en allay és contrées de Syrie & Cilicie, faiſant par tout profeſſion du nom de Chriſt : Car auſſi en ces regions là quelques trouppes
de Iuifs auoyent commencé de ſe bender contre la doctrine de Chriſt, mais ie leur eſtois
bien peu cogneu de face, combien que ie fuſſe nay Iuif. Ils auoyent ſeulement ouy le
bruit comme i'eſtois celuy qui ſoudainement changé par la vertu diuine, de perſecuteur
de la foy Chreſtienne, en eſtoye maintenant deuenu heraut : & que celle laquelle i'auois
de tout mon pouuoir combatue, maintenant ie la deffendois auec le dangier de la vie.
Pourtant remercioyent-ils Dieu autheur de ce changement, tant à cauſe qu'ils eſtoyent

Ss   deliurés

deliurés d'vn grand ennuy de persecution, que pource qu'ils auoyent rencontré vn si
vaillant deffenseur de leur profession.

CHAPITRE II.

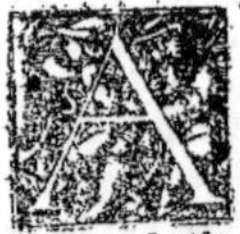

Depuis qua=
torze ans.

V reste, apres auoir-ia quatorze ans durans presché la doctrine de l'Euangile, & ce principalement aux Payens, de-rechef m'en suis allé en Ierusalem,
en la compaignie de Barnabas & Tite, lesquels ie voulois estre tesmoings
de cest affaire. Or cela fi-ie non par honnesteté ainsi qu'auparauant, ains
commandé par reuelation diuine, à fin de donner plus clairement à cognoi
stre aux Iuifs qu'il ne failloit maintenant chercher salut en la circoncision, mais en la foy
de l'Euangile, apres qu'ils virent vn si grand nombre de Payens, estre sans le secours de la
circoncision, appellés au commun salut. I'ay donc communiqué auec eux mon Euangile,
lequel iusques icy par l'authorité de Christ, ie presche entre les Payens, mais principalement auec ceux qui estoyent en grand credit enuers les Iuifs, à fin que nul de ceux qui
estoyent encore en ceste opinion que la loy Mosaique deuoit estre meslée auec l'Euangile
de Christ, ne se vantast, ou que i'eusse iusques icy en vain couru en la lisse de l'Euangile, ou
que ie y coure maintenant pour neant, pource que sans aucune mention de la circoncision, ie leur ay promis par le don de la foy, vn mesme salut que nous circoncis appuyés
sus Christ esperons. Car tant s'en faut que nous ayons esté de cest aduis que les Payès fussent chargés de la circoncision, que mesme Tite lors qu'il demeuroit en Ierusalem entre
les Iuifs, qui tenoyent fort & ferme la circoncision, ne fut point contraint par les principaux Apostres d'estre circoncis, iaçoit qu'il fut Grec & non Iuif. Combien moins le deués vous faire en vostre Galatie y estans induicts par les faux Apostres. Ceux qui e-
stoyent les premiers entre les Apostres, ne nous ont point contraint de circoncire|vn
Grec sans doute, à fin que le seruage de la Loy fust peu à peu aboly, & la liberté de
l'Euangile establie. Mais aucuns estoyent finement entrés en nostre assemblée qui sont
faussement nommés Chrestiens, veu qu'ils mettent à fine force en auant ce que Christ
a voulu estre aboly. Or ils si estoyent traistreusement fourrés à fin d'espier nostre liberté que nous a acquise l'Euangile de Christ, à laquelle ils pourtoyent enuie, ce qu'ils
faisoyent pour nous ramener au seruage de la Loy. Par ceux-cy qui nous estoyent fascheux & importuns, deuions nous plustost estre contrains de peur qu'il ne suruint tumulte. Toutefois nous ne nous sommes pas mesmes à eux iusques là soumis, qu'en
leur voulans complaire vinssions à circoncire Tite: Laquelle chose nous auons faict pour
l'amour de vous, de peur que ce qui auoit esté faict par necessité en Tite, ne fussiés
induits à l'ensuyure sans necessité & que par ce moyen ne vinssiés à decheoir de la verité de l'Euangile & retomber au Iudaïsme. Que si aucuns ayans la principale authorité ont quelquefois, ou requis, ou permis la circoncision à quelques vns, s'ils ont bien
faict ou non, ie n'en dy rien, il me suffit qu'ayans changé d'opinion, ils sont d'accord
auec moy. Les hommes font cas des personnes, mais Dieu a esgard à la seule verité.
Ores qu'ils soyent en plus haut degré d'authorité que moy, ce nonobstant quant à la
pureté de l'Euangile, ils sont tant loing de m'auoir baillé quelque chose que plustost
ils ont receu de moy. Car apres leur auoir communiqué mon Euangile, voyans que
la charge de prescher l'Euangile entre les Payens m'estoit aussi bien commise, comme
à Pierre entre les Iuifs, & que ma predication n'auoit moins eu d'efficace sans l'ayde de
la circoncision, que celle de Pierre auec la circoncision: Et Pierre, Iaques, & Iean, qui
entre eux estoyent estimés les colonnes, cognoissans apres nous auoir ouy que i'auois
aussi receu vn pareil don d'Euangile, tant s'en faut qu'ils ayent condamné mon E-
uangile, que plustost en nous baillant la main, ont faict alliance & association auec
Barnabas & moy, à fin de prescher tous d'vn accord vn mesme Euangile, nous entre
les Payens & eux entre les Iuifs. Et ne nous ont point enchargé d'attirer quelqu'vn
des Payens à la circoncision, ains nous ont seulement requis qu'en preschant l'Euangile
entre les Payens, nous eussions souuenance des poures qui estoyent en Ierusalem, pour
voir si aucuns voudroyent rien donner pour les secourir. En quoy certes pource que ce
n'estoit chose contraire à la doctrine de l'Euangile, nous auons songneusement obey
à leurs commandemens ce que nous n'eussions faict si c'eust esté de circoncire les Payens. Car ce n'est pas raison que l'authorité d'homme quelconque, soit telle enuers
nous, que pour l'amour de luy, nous deuions faire chose qui soit au desauantaige

Mais à cause
des faux freres
qui estoyèt cou
uertement en=
trés.

Act.15

de

de l'Euangile. Mais comme du commencement l'affaire necessairement portoit que
pour vn temps on permit quelque chose à ceux qui s'estoyent cōuertis du Iudaisme à l'E=
uangile, lesquels ne pouuoyēt estre du tout distraits des ordonnances de leurs ancestres,
à la superstitiō desquelles, auoyent esté nourris dés la ieunesse, de peur que par ceste occa=
sion plusieurs ne fussent estrangés de Christ, aussi failloit-il tant faire qu'apres qu'ils sero=
yent vne fois enseignés par noz aduertissemens, ils cessassent d'vser de telle permission,
attendu mesme qu'elle apporteroit plus de dangier que de profit. Car le nombre de ceux
qui entre les Iuifs ont receu la foy de l'Euangile est fort petit, à l'egard de ceux qui entre les
Payens ont esté gaignés à Christ. Desquels aussi à l'aduenir, nous auons vne esperance
beaucoup plus plantureuse, veu que tant de nations des Gentils s'estendent si loing, & la
nation des Iuifs est serrée en limites forts estroittes. Ioinct que la plus grande partie des Pa
yens auoit la circoncisiō en tel dedain, que plustost fussent venus à reietter Christ que de se
soumettre au fascheux ioug de la Loy. D'auātage ce dangier aussi y est que s'ils vsent long
temps & à tous propos de ceste permission, il n'aduienne que le gratuit benefice de salut
lequel Dieu a voulu estre attribué à sa bonté, & à nostre foy, ne semble deuoir estre princi=
palemēt rapporté aux ceremonies. Que s'ils les voyent estre obseruées par les principaux
Apostres les plus superstitieux, viendront incontinent iuger par cela que sans icelles la
foy de l'Euangile n'est pas suffisante pour obtenir salut : Car tous voyent le faict & non le
cœur. Et l'entendement de l'hōme prend quasi tousiours les choses au pire. Par ainsi ce que
ceux là auront faict par occasion & contre leur intentiō, s'accommodans à la superstition
inuincible de quelques vns, les autres le iugeront faict par religion & non pour seruir au
prochain. La foiblesse excusable des Iuifs, a esté pour vn tēps supportée, de laquelle il fail=
loit peu à peu venir à plus grande chose. Mais il ne faut nullement permettre qu'on rede=
mande aux Payens ce qui a esté pour vn temps supporté aux Iuifs. Cecy excusoit les Iuifs,
premierement l'opinion qu'ils tenoyent de leurs ancestres, la longue coustume qui vaut
vne autre nature, l'authorité de Dieu, & autres plusieurs choses, desquelles pas vne ne
pourra fauoriser aux Payens, s'ils viēnent à mesler Christ auec Moyse. Or puis que la char
ge des Payens m'a esté specialement baillée, cōme aussi celle des Iuifs à Pierre, c'est bien rai
son que l'vn & l'autre prēne à cœur ce qui luy est enchargé. En quoy certes ie suistant loing
de me ranger sous l'authorité de personne quelconque, que mesme quant Pierre vint en
Antioche, encore qu'il fust, comme ie pouuois voir, le premier en authorité & credit entre
les Apostres, toutefois ie n'ay point craint de luy contredire publicquemēt en barbe, ayāt
en plus grande estime l'affaire de l'Euāgile que l'authorité d'homme viuant. Ie n'ay point
dy-ie, doute reprendre deuant tous sa crainte, & doute que ie voyoye en luy : attendu que
la chose estoit reprenable, ou pour le moins par ce qu'elle retournoit à la grande ruyne de
plusieurs qui interpretoyent son faict autrement que son intention n'estoit, assauoir, com=
me faisant cela mœu de superstition, & non d'vn desir de supporter la foyblesse des Iuifs.
Car estant premierement assis à la table d'aucuns, qui d'entre les Payens estoyent venus à
la profession de l'Euangile, & mangeant auec eux viandes communes, soudain estans sur
uenus quelques Iuifs enuoyés de Iaques, se retiroit de la table, de crainte qu'il auoit d'of=
fenser ceux lesquels il pēsoit encore estre trop superstitieux, pour potuuoir du tout en tout
mespriser les choix des viandes, & pour ne croyre que ce ne fust meschamment faict qu'vn
Iuif eut communauté de table auec les Payens. Combien que ceste simulation de Pierre
procedast d'vne saincte affection, toutefois elle estoit inconsiderée, & tournant en ruyne
manifeste de plusieurs, de sorte que non seulement les Iuifs qui estoyent assis à table auec
nous, s'accordoyent à la feintise de Pierre, mais aussi Barnabas mon compaignō, mœu de
l'authorité de Pierre se retiroit de la table auec luy. Et ne fay point de doute que quasi tous
les autres n'eussent ensuiuy leur feintise, si auec vne aigre & manifeste reprehension on n'y
eut mis ordre. Voyant doncques qu'aucuns s'accōmodans, maintenant aux Iuifs, main=
tenant aux Payens, estoyent comme clochans & ne cheminoyent point droittement &
constamment à la verité de l'Euangile, laquelle auoit desia tellement luyt, qu'il estoit tēps
de franchement & constamment la confesser, & que les ceremonies de la Loy lesquelles
estoyent-ia abolies ne seruoyent plus de rien au salut de l'Euangile, pour remedier au
dangier de tous, ie resistay à Pierre deuant tous, à fin que le chef estant chastié, les autres
voyans qu'il auroit obtemperé à noz aduertissemens fussent par son exemple induits à se
rāger. Or ie luy resistay en ceste maniere. Pierre que fais-tu. Qui te mœut de te retirer. Pour=
quoy est-ce qu'en craignant inconsiderément le dommage des tiens, tu induits ceux-cy
qui sont miens à superstition dangereuse. Car si toy estant Iuif naturel toutefois sans faire

Ss 2   conte

Act.9
Et quand Ce=
phas fut venu.

conte de la superstitiõ de la nation vis à la maniere des Payens, n'estimant rien de souillé, sinõ ce que Dieu tient pour souillé, veu aussi que par cy deuant as faict le mesme auec Corneille le centenier, & à ceste heure auec nous : pourquoy maintenant te monstrant contraire à toy-mesme & peu constant te retires-tu de la table, comme si ce que par cy deuant tu n'as point faict conscience de manger de toutes viandes & hanter auec les Payens, tu l'auois faict non d'vng certain aduis & iugement, mais par vne facilité humaine : & ne cognois point que ce tien exemple tend là que non seulement les Iuifs en soyent confermés en leur superstition, laquelle deust estre abolie : mais aussi que ceux qui d'entre les Payens sont conioincts à Christ, soyent à l'exemple de toy qui es le premier des Apostres, contrains de se charger des ceremonies, desquelles Christ a voulu qu'ils fussent affranchis, & non seulement ceux que la grace de l'Euangile a trouués francs, ainçois les Iuifs mesme quelle a trouués subiects. Nous qui ne sommes point yssus des Payens, que les Iuifs tiennent tous pour pecheurs & souillés, & que la predication de l'Euangile trouue idolatres, mais nous qui sommes Iuifs de race, nays sous la Loy à laquelle nous auons à bon droit seruy pour vn tẽps : toutefois enseignés que par l'obseruation d'icelle Loy la vraye iustice n'echet à homme du mõde, mais plustost par la fiance, moyennãt laquelle nous esperons salut de la pure largesse de Christ : nous auons osté nostre fiance de la Loy des ancestres, & sommes recourus à la foy de Christ, par l'ayde duquel nous attẽdons vne vraye iustice, qui nous rende agreables non aux hommes, mais à Dieu, laquelle l'obseruation de la Loy impuissante quelle estoit ne nous a peu bailler. Et puis nous donnerons exemple aux Payens d'oster leur fiance de Christ, pour recourir au secours de la Loy, veu que nous auons cogneu en effect qu'homme du monde ne peut obtenir la vraye iustice par le benefice de la Loy ? Autrement qu'estoit-il besoing de nous transporter à la foy de l'Euangile ? Que si apres auoir vne fois embrassé la foy Euangelique, ce neantmoins nous nous trouuons encore detenus en peché, de sorte que de-rechef ayans besoing de nouueau remede, ce qui nous est aduenu en la loy Mosaique, & frustrés de nostre esperance soyons

contraints recourir de-rechef à la Loy vne fois quittée. Que dirons nous : Que Christ lequel nous auons creu estre autheur de parfaitte iustice, soit plustost vn entretien d'iniustice, lequel non seulement n'oste point l'iniustice passée, mais aussi par occasion l'acheue de combler & soit si loing de conferer le salut esperé, que mesme il apporte plus griefue condemnation, attendu que pour la fiance d'iceluy nous auons dit adieu à la Loy : à laquelle s'il nous est force de retourner, nous sommes trouués l'auoir mal & inconsiderément quittée, & Christ sembleroit auoir esté cause de ce mal. Mais ia n'aduienne que nul soit de cest aduis & pensée, que la grace de l'Euangile soit deprouueue de chose qu'il faille chercher en la loy de Moyse pour obtenir salut. Car apres auoir vne fois embrassé la loy de l'Euangile, de-rechef recourir à la loy de Moyse, c'est vn certain reuoltement de Christ & vn deshonneur de l'Euangile : voyre tout Iuif ou nouice au Iudaïsme qui faict cela, il se monstre aussi transgresseur de la loy de Moyse, car si elle seruoit pour obtenir salut pourquoy la delaisse-il, & si elle ne seruoit de rien pourquoy y retourne-il. Que si ayant demoly vn bastiment, de-rechef ie viens à rebastir des mesmes fondemens ce que iauois destruit ne monstre-ie pas ma faute, qui restably ce que ie n'auois pas deuement abbatu. Apres donc auoir vne fois embrassé la foy de l'Euangile, par laquelle la benignité de Christ nous a voulu donner iustice parfaitte & salut accomply, il n'y a pas de raison pourquoy nous deuions ietter nostre veue au secours de ceste Loy grossiere, à laquelle nous auons-ia cessé d'estre subiects. Car comme la mort de l'vne des deux parties mariées, deliure l'autre du droit de mariage, aussi moy Iuif i'auois affaire auec la Loy, tandis que par vn droit mutuel, la Loy viuoit à moy & ie viuois à elle. Mais si tost que par la mort de Christ & le sainct lauement, me suis addonné à la Loy de foy, Loy spirituelle, i'ay esté comme mort à la Loy grossiere, & non tellement mort à icelle que i'aye cessé de viure, mais en sorte que i'ay commencé vne plus heureuse vie. Au parauant ie viuois à Moyse, maintenant ie vy à Dieu : car Dieu est esprit. Tout ne plus ne moins que Christ ayant premierement vescu mortel portant vn corps subiect à noz pouretés, puis estant mort à la chair & aux hommes, vit maintenant à Dieu le pere, vit di-ie, deliuré de toutes miseres de mortalité. Et moy ie suis par le baptesme ensemble auec Christ crucifié, mort auec luy tant loing d'estre detenu en ces choses grossieres, lesquelles sentent plus leur chair que l'esprit, que ie suis mort à elles. Car ce n'est pas moy qui vit, moy qui estois autrefois grossier, charnel, & addonné aux cõuoitises mondaines. Ce Saul là defenseur de la Loy & persecuteur de l'Euangile est mort, mais maintenant ie ne vy pas, moy qui à vray dire ne suis rien

de moy

de moy que charnel, mais Christ vit en moy l'esprit duquel gouuerne toutes choses selon
sa volonté. Or iaçoit que ie ne sois point encore toutalement exempt des peines de ceste
mortalité, & qu'il me faille encore porter ce corps quelque peu suiect aux affectiõs humaines & pouretés de ceste nature mortelle: toutefois ie vy aucunement d'vne vie immortelle
conceu par vne certaine esperance & ce sous la confiance du fils de Dieu, qui en est le promoteur par la largesse gratuite duquel le don de foy m'est donné par foy iustice, par iustice
immortalité aduiendra, nõ par l'obseruatiõ de ceste Loy rude & grossiere, ains par l'admirable charité de Christ, qui volontairement a aymé celuy qui n'en estoit digne, tellement
qu'il a porté le torment de la croix pour mes pechés, & pour mon salut s'est baillé luy-
mesme à la mort. Tout ce qu'il a eslargy est de pure grace. Il a voulu que nous fussions redeuables de nostre salut à sa benignité, non à l'obseruation de la Loy, il presente à tous ce
benefice sans en estre requis. Il oste les pechés: il donne innocence. Ne serois-ie pas trop
plus qu'ingrat, voyre ne serois-ie pas outrageux contre Christ si ie reiettois ce qu'il presente? Or celuy ne reiette-il pas qui apres le baptesme receu se retourne vers les secours de la
Loy, comme si la mort de Christ n'estoit efficace pour abolir les pechés de tout le monde,
& donner salut eternel à tous. Car si immortalité aduient par innocence, dont ie vous prie
espererons nous l'vne & l'autre, sera ce de la fiance de la Loy, ou de la largesse de Christ? Si
de sa largesse pourquoy dependons nous encore de la Loy. Si de l'obseruation de la Loy,
il faut que Christ soit mort en vain, veu que ce pourquoy il est mort, nous ne l'obtenons
pas par sa mort.

Et ce que ie vy
maintenant en
la chair.

CHAPITRE III.

N vous taxe ordinairement de folie & trop grande facilité, mais en ce cas
estés vous de vrays fols, ô vous Galates de vous laisser mettre en la teste
chose si estrange, c'est que veu que la foy de l'Euãgile deliure les Iuifs du faiz
de la Loy, vous qui autrement esties francs vous rendiés volontairemẽt en
seruitude. Tout ce qui est icy de mal ie ne vous en charge pas: i'accuse en cest
endroit vostre facilité & legiereté à croyre, mais beaucoup plus la malice d'aucuns qui
vous y ont induits, lesquels ie desirerois que vous eussiés plustost ensuiuy que leur pernicieux conseil. Qui fut celuy qui portant enuye à vostre facilité (de laquelle par la liberté de
l'Euangile auiés iusques-icy iouy) vous ensorcela & en enchantant vostre entendement,
qui estoit au parauant digne de Christ, vous mis ceste resuerie au ceruelle, que cõme vous
defians de Christ, vinsiés à recourir aux vains secours de la Loy. Où est maintenant ceste
grande confiance par laquelle au moyen de la mort de Christ, vous esperiés sans l'ayde de
la Loy parfaitte iustice & salut. Vous, di-ie, au cœur desquels Iesus Christ le seul autheur
de tout salut estoit si bien engrauê: Vous le contempliés des yeux de la foy luy, di-ie, reconciliant tout le monde au pere par la croix, comme s'il eut esté pourtrait deuant voz yeux,
ou que vous fussiés tesmoings de la chose faitte en Ierusalem. Vous aués plus veu que les
Iuifs qui le voyans pendre en croix l'ont renyé, Il estoit vrayement crucifié entre vous qui
esperiés de sa mort vie eternelle. Vous tourniés voz yeux au serpent d'erain fiché à la perche duquel seul attendiés le remede de tous voz pechés. Maintenãt si soudainement changés, où destournés vous voz yeux? Or sans vous vouloir vser de raisons subtilles & ramenées de loing pour le moins considerés ce qui est manifeste, & qui pourroit estre euident
voyre à vn aueugle. Il vous souuient que n'agueres par la predication de l'Euangile par le
baptesme & par l'impositiõ de noz mains, vous receustes l'esprit de Christ. Ce n'estoit pas
vne persuasion. Les langues, les propheties, les guerisons, & autres graces merueilleuses,
monstroyent que cela venoit de la vertu diuine, & non par humaines enchanteries. Mais
ce pendant dont aués vous receu ceste esprit. A ce esté par la circoncision de Moyse où par
ce que par moy aués creu à l'Euangile de Christ. Encore que soyés estrangés de la loy Mosaique, Christ toutefois vous a eslargy par la foy son esprit vertueux, certain gaige de la felicité promise. Pourquoy donc esperés vous salut d'ailleurs, que de là où vous aués vn si
euident gage de salut. Si ie vous ay presché la circoncision & que par la fiance d'icelle ayés
receu l'esprit celeste, ie n'empesche point que vous n'attribués vne partie de vostre salut à
la loy Mosaique: Au contraire, si vous n'aués rien appris de moy que Iesus Christ, &
qu'en iettant toute vostre fiance en luy, vous ayés experimẽté les mesmes graces en vous
que les Iuifs reçoyuẽt par le baptesme qui vous faict penser que deuiés retourner, nõ sans
le grand deshonneur de Christ au Iudaisme fascheux & inutile? C'est affaire à gens sages
apres auoir mis quelque commencement de profiter en mieux. Vous au contraire, de si
excellens commencemens retombés en pis. Les Iuifs nays sous le seruage de la Loy gros-

O Galates
mal aduises.

Ie veux seule-
ment sçauoir
cecy de vous.

Ss 3

siere

fiere en quittant les ceremonies des anceftres, fe retirent vers la doctrine fpirituellé de
l'Euangile. Vous au contraire, apres auoir commencé voftre profeffion par l'Euangile,
vous vous abaftardiffes aux Iudaifme: Eux de Iuifs deuiennent Chreftiens, & vous de
Chreftiens cherchés de deuenir Iuifs. Si la loy Mofaique dône falut, quelbefoing eftoit-il
de s'enroller fous Chrift? Pourquoy quittés vous maintenãt celuy pour lequel vous auès

*Voyre toute-
fois fi c'eft en
vain.*

souffert tant d'afflictions, de ceux aufquels le nom de Chrift eftoit odieux? Car quiconque
efpere falut par la circoncifion, il fe reuolte de Chrift. Freres, voulés vous donc qu'on die
que vous auès fouffert tant de maux pour neant à caufe de la profeffion de Chrift? Mais
à Dieu ne plaife que pour neant vous ayés fouffert ces chofes. Vous auès etré iufques à
prefent de iugement & non d'affection: Vous auès chancelé à l'inftigation d'autruy &
non de voftre malice. Vous vous recognoiftrés de bonne heure, & ne permettés point que
le fruict de voftre foy paffée foy perdu. Dieu donc qui vous eslargit fon efprit, qui par le
moyen des miracles declare fa vertu en vous, fait-il cela eftant reconcilié à vous par l'obferuation de la loy Mofaique, ou par ce que vous auès creu à nous prefchans Chrift. Si les
nouices nouuellement incorporés au Iudaifme eftans circoncis, font accôpaignés d'vne
mefme vertu de miracles que vous, vous auès raifon de penfer qu'il faille affectueufement
defirer la Loy: mais fi ces chofes là accompaignent feulement la foy de l'Euangile, pourquoy efperés vous la fin d'autre part, que de là où vous voyés le commencement eftre
yffu. Abraham eft le prince & autheur de la circoncifion, duquel les Iuifs fe difent par gloire eftre enfans, pour ce qu'ils font circoncis à fon exemple. Et toutefois il n'a pas luy-mefme obtenu louange de vraye iuftice par la circoncifion, mais par la foy qu'il a eu en Dieu
fon prometteur, lors qu'il n'eftoit encore circôcis. Car auffi ne lifons nous en Genefe: qu'

Gene.15

Abraham eftant circoncis fuft rendu iufte: mais qu'Abraham creut à Dieu, & luy fut conté
pour iuftice. Parquoy ce qui fut iadis promis à la pofterité d'Abraham n'appartient point
à ceux qui n'ont rien d'Abraham hors-mis la circoncifion, mais qui comme legitimes enfans enfuyuent la foy de leur pere en croyant à l'Euangile. Or ceux qui enflés de la circoncifion fe vantent eftre enfans d'Abraham, ils fe glorifient pour neant, veu qu'ils font baftars & non legitimes enfans d'Abraham. Car enuers Dieu ceux là font vrays enfans d'A-
braham, qui à fon exemple croyent & fe fient de tout leur cœur en Dieu, parlant à nous
par l'Euangile de quelque nation foyent-ils yffus, comme ainfi foit que ce parentage ne
foit point eftimé par confanguinité, mais par la reffemblance des cœurs. Or confiderés ie
vous prie comment c'eft que l'efcripture a iadis predit & fignifié ce que ie dy maintenant:
affauoir que tous en general, doyuent efperer falut par la foy & non vn petit nombre à
part par la circoncifion. Ce qui vous eft auiourd'huy annôcé par l'Euangile, Dieu l'auoit
ia deuant tant de fiecles promis à Abraham difant: Toutes nations auront louange & be-

Gene.12.22

nediction en toy. Or ne pouoit-il faire que tous peuples naquiffent d'Abraham, & toutefois benediction eft promife à tous par fon moyen, comme à fa pofterité non certes pour
la confanguinité, mais à caufe de l'imitation de foy. Car les enfans doyuent reffembler au
pere. Parquoy qui fe defians des ceremonies & œuures de la Loy, fe fient és promeffes de
l'Euangile, ceux là comme vrays enfans d'Abraham obtiendront auec leur fidele pere la
benediction à luy promife: ceux forclos comme baftars & illegitimes qui mettét leur fiance au fecours de la Loy, aufquels appartient pluftoft malediction que benediction. Car
tous ceux qui dependent de l'obferuation de la loy Mofaique, & ne la gardent, ils font
fous malediction. Les Iuifs mefme ne le peuuent nyer puis qu'il eft ainfi notammêt efcript

Deut.24

au liure du Deuteronome. Maudit eft quiconque ne fe tiendra en tout ce qui eft efcript au
liure de la Loy, & ne fera tout ce qui eft commandé. Iuftice n'eft pas promife à qui gardera
la Loy, mais malediction eft annoncée à qui ne la gardera. Or qui eft celuy qui puiffe accomplir la Loy, veu que par fa deffence elle irrite le defir de pecher fans donner toutefois
force de vaincre la conuoitife du cœur? Et ores que quelqu'vn l'accompliroit du tout en
tout, poffible fera-il tenu iufte enuers les hommes, mais non enuers Dieu, deuant lequel
fi nul n'eft digne d'auoir louange de iuftice par les œuures de la Loy, il eft notoire que ce
qu'efcript Abacuc le prophete eft vray, affauoir, que le iufte vit de foy. Car côme peché eft

Abacuc 2

femence de mort, auffi la fontaine de vie eft innocence. Or la Loy n'eft pas appuyée fur la
foy, mais en l'obferuation des ceremonies ordonnées que qui les gardera, il obtiendra
bien vie, mais non vie eternelle que promet la foy. Quelle eft la iuftice que la foy baille,
telle eft la vie. Enuers les hommes celuy eft iufte qui ne viole point les ordonnances de la
Loy, enuers les hommes il vit fans crainte de punition & tourment: mais enuers Dieu,
il ne fera ne iufte ne viuant, fi ne met fa fiance aux promeffes de l'Euangile. Chrift feul n'a
point

point esté subiect à malediction qui du tout innocent n'estoit en rien redeuable à la Loy.
Mais nous qui y estions subiets & par cela maudits, il nous a deliurés de malediction tournât la faute en innocêce, & la malediction en benediction: tant s'en faut qu'il ait voulu que
no⁹ fusiôs attirés au seruage de la Loy. Mais cômment nous a-il deliuré, il a sans doute por
té luy innocent le tourmêt deu à noz forfaits, & la malediction sous laquelle nous estions
detenus il s'en est chargé, luy qui autrement estoit franc & rêply de benediction. Mais celuy ne s'en est-il pas chargé qui entre les malfaitteurs côme malfaitteur a souffert le tourment infame de la croix pour nous racheter. Car nous lisons ainsi au liure du Deutero- *Deut. 21*
nome: Maudit quiconque pend au gibbet. Mais pourquoy Dieu a-il voulu ainsi estre
faict, à fin certes que la malediction que la Loy apportoit, estant ostée, la benediction
autrefois promise à Abraham vint en sa place. Qu'elle vint, dy-ie, non seulement aux
Iuifs, mais aussi aux Payens, non par le benefice de la Loy laquelle Christ a voulu estre abolie, ains par la benignité de Iesus Christ par la mort duquel nous retournons
en grace enuers Dieu, & deliurés du pesant faiz de la Loy obtenons, moyennant la
foy, benediction Euangelique: promise à la posterité d'Abraham, posterité, dy-ie, non
selon la chair: mais selon l'esprit: fions nous donc asseurément en Dieu: car il n'abusera
personne: il tiendra ce qu'il a promis. Mais à fin de mieux entendre cela, ie vous pro- *Ie dy mainte-*
poseray vn exemple des choses humaines. Combien qu'il n'y ait nulle comparaison *nant quant au*
entre Dieu & les hommes: toutefois vn testament ou pache d'homme quant il est vr- *testament qui a*
ne fois approuué ou ratifié, nul ne le casse ou y adiouste outre la volonté du testa- *esté confermé.*
teur: combien plus doyuent estre les paches & promesses de Dieu ratifiées? Il promit
benediction à Abraham laquelle seroit donnée à toutes gens par la semence d'iceluy.
L'escripture dit, semence non semences, de peur que n'attendissions celuy qui estoit
promis, ou par Moyse, ou par Dauid, ou par autres: mais elle a signifié ceste vnicque &
vraye semence d'Abraham par eternel, assauoir Iesus Christ, auquel entés par le baptesme & par la communion de l'esprit nous attendions les mesmes choses par luy que
Dieu luy a-ia données. Mais pour venir à la comparaison proposée: l'accord que Dieu
fit auec Abraham auant que la Loy fut baillée & la pache qu'il a voulu estre ratifiée
ne peut estre enfraincte par la Loy s'accordant à la promesse: Ce qui se feroit si l'heritage de benediction promise à la posterité d'Abraham estoit deue par l'obseruation de la
Loy: veu qu'en la pache il n'y a nulle condition de Loy. Car comment y eut-elle peu estre
veu que la Loy n'estoit point encore: Autrement, prenés le cas que la Loy ne soit point
venue apres ce, nonobstant Dieu eut tenu à la posterité d'Abraham ce qui luy auoit accordé. Que si l'heritage de ceste felicité est deue de promesse & que la promesse qui estoit
deuant la Loy n'a nulle condition meslée d'obseruation de Loy: pourquoy en voulons
nous forclorre ceux qui sont estrangés de la Loy & non de la foy: Car si l'heritage nous
eschoit par le benefice de la Loy, il semble que la pache de Dieu soit nulle qui ne veut
point tenir promesse que moyennant la côdition de la Loy. Comme si quelqu'vn ayant
accordé auec vn autre de luy bailler sa fille en mariage & l'accord estant deuement faict
& passe, n'yast puis apres de luy bailler, s'il ne luy accordoit aussi de son costé sa seur en
mariage: combien que du temps que l'accord fut faict, l'autre n'eut point encore de seur &
qu'en la pache on n'eust faict mention aucune de l'autre mariage, la promesse de Dieu estoit de pure grace, ratifiée par la seule condition de foy, en laquelle quiconques y demeure, il iouyst du droit de la promesse. Mais quelqu'vn pourroit icy dire: S'il failloit
de là esperer salut, à quel propos Dieu a-il puis apres adiousté la Loy inutile? Non *A quoy donc*
du tout inutile: car iaçoit qu'elle ne baille innocence, toutefois elle reprime le ban- *sert la Loy.*
don de pecher en retenant les mauuaises conuoitises par ceremonies comme par certaines barres. Laquelle aussi n'eust esté baillée si la desbordée malice des hommes n'y
eust contrainct. Or toutefois elle ne fut seulement baillée pour tenir tout sans difference enserrés & obligés à iamais: mais iusqu'au temps ordonné de Dieu: donnant ce pen
dant certains pourtraits de Christ sous figures destournant de pecher par tourmens &
attirant par promesses à l'estude d'innocence: Voyla, dy-ie, l'vsage de la Loy, & la fin
pourquoy elle fut ordonnée & baillée par les anges de l'authorité de Dieu iusqu'à ce que
les temps reuolus ceste vnicque semence vint par laquelle Dieu auoit promis salut à
Abraham & les vrays enfans d'iceluy. Or a-elle esté tellement baillée par les Anges, que
ce neantmoins l'authorité toutale de la Loy estoit en Christ, lequel est tellement entreue
nu moyenneur entre la loy Mosaique & la grace de l'Euangile qu'il a esté la fin de ceste là,
& commencement de ceste cy, se mettant tellement moyenneur entre Dieu & les hommes

Ss 4

qu'il

qu'il a prins les deux natures en foy pour les mettre d'accord l'vne auec l'autre. Or celuy qui est moyenneur il faut que ce foit entre plusieurs, car nul n'est en discord auec foy-mesme. Mais Dieu est vn qui estoit en discord auec le genre humain. Parquoy il estoit besoing d'vn tiers lequel participant des deux natures reconciliast l'vne & l'autre appaisant Dieu par fa mort & attirāt par fa doctrine les hōmes au vray seruice de Dieu. La Loy doncques contredit-elle aux promesses de Dieu? Nullement. Car elle suruenāt n'a point aneanty les promesses de Dieu, ains a retenu les hōneurs en l'attēte des promesses, à fin qu'ils fussent plus capables de la grace Euangelique. Aussi la Loy ne cesse-elle pas maintenāt pourtant qu'elle foit contraire aux promesses de Dieu, mais par ce qu'il estoit bien raisonnable que l'ōbre fist lieu à la verité, & la chose inefficace à celle qui est efficace. Car si vne telle Loy eust esté baillée laquelle eust peu vrayemēt dōner vie elle n'eust point esté abolie & si on n'eust point eu besoing du secours de l'Euangile, attendu que l'homme eust peu estre iuste par la Loy. C'eust donc assés esté à quiconque pourchassoit salut de se fier en-elle. Mais de peur qu'en confiance de leurs œuures ne mesprisassent la grace de Christ, la Loy en cela a estê baillée pour ordonner ce qu'il failloit faire & ce qu'il failloit ordonner: à fin que tous se cogneussent subiets à peché, voyās que ce qu'ils auoyēt apprins par la Loy estre malfaict, toutefois vaincus de leurs mauuaises conuoitises, ils ne l'euitent pas: & par ce moyen recognoissans leur maladie vinssent à plus ardammēt ambrasser le remede de la grace Euāgelique qui leur est present: car premier que la Loy fust mise, ils pechoyent sans dangier, quant il leur estoit loysible de faire ce qu'il leur venoit à gré & qu'ils auoyent dequoy courir leur faict. Mais la Loy les assuiettit & lia en forte qu'ils ne pouuoyent eschapper qu'ils ne se confessassent dignes de punition veu qu'on ne pouuoit nyer que ce que la Loy commandoit ne fut honneste. Pour ceste cause apres que Dieu nous eut osté la fiance de nous mesmes & mis nostre poureté deuant noz yeux, celle promesse que Dieu fit à Abraham & que les Iuifs seuls attendoyent comme seuls enfans d'Abraham ausquels auoit esté promise fut declarée appartenir à tous ceux que la fiance en Dieu auroit rendus vrays enfans d'Abraham non par le merite de la Loy gardée, mais par ce que d'vn cœur entier croyent à l'Euangile & que par la mort de Iesus Christ tous obtiennent innocēce, vie, & salut. A quoy aussi pour vn temps seruoit la Loy de Moyse laquelle reprimoit les Iuifs enclos comme d'vn rempart, partie par menaces de tourmens, partie par attēte des promesses, partie par obscures demonstrances du Christ aduenir de peur qu'eux se laschans toutalement la bride à toute impieté, Christ à fa venue ne les trouuast indignes & incapables de la grace Euangelique. Ainsi donc ils apperceuoyent aucunement comme en songe, le mystere de l'Euangile sous les promesses de la Loy: en la garde de laquelle ils estoyent cependant appuyés & entretenus iusqu'à tāt que ce qu'elle figuroit par choses obscures fut manifesté & que ayans les yeux ouuers ils cogneussent cela qu'ils attendoyent en songe estre maintenant donné & accomply. La Loy donc ne deuoit point parfaire iustice, mais estoit baillée à vn peuple rude, comme vn pedagogue, à fin que ceux que le regard d'honnesteté ne pouuoit tenir en bride, fussent destournés de tout forfaict, par la crainte de punition, & ainsi ꝑfitans petit à petit fussent amenés à Christ, duquel seul attēdroyent vraye iustice se deffians des ceremonies passées. Or le pedagogue n'est pas tellement baillé aux enfans qu'il doyue demourer auec eux, mais seulement iusqu'à ce qu'estans venus en eage de raison, ils s'addonnent d'eux-mesmes à choses honnestes, & qu'ils n'ayent plus besoing d'estre tenus en bride par crainte de punition: ains aux simples aduertissemens du pere, s'addonnent volontairement & de leur plein gré à ce qui est honneste, & maintenāt de leur costé commandent au pedagogue, duquel ils ont porté la rudesse pour vn temps salutaire. Tout ainsi donc qu'vn pere, iaçoit qu'il ait des enfans lesquels ils ayme singulierement, toutefois il les contraint de seruir pour vn temps au pedagogue, duquel bien tost aurōt la maistrise: pareillemēt Dieu a reprimé son peuple, encore rude & grossier, par la rudesse de la Loy, iusqu'à ce que par la foy Euāgelique s'estans rengés à luy, ils cessassent d'estre sous le droit du pedagogue, & comme vrays enfans vinssent à viure sous la clemence du pere tres-bening. Et Dieu ne tenoit les seuls Iuifs pour ses enfans, iaçoit qu'à eux tant seulemēt, fut baillé le pedagogue: ainçois toꝰ ceux qui sont entés au corps de Iesus Christ, & ont receu son esprit, ceux là sont rendus enfans de Dieu, puis qu'ils sont faits vn auec Christ. Que si ce parquoy nous sommes conioints à Christ, est commun à tous: pourquoy Dieu ne cognoistra-il tous egalemēt ses enfans? Or vous aués receu l'esprit de Christ par le baptesme & non par la circoncision. Tous vous donc qui estes baptisés, vous estes venus en la communauté de Christ, n'estans en cest endroit moindres que les Iuifs lesquels

se van

se vantent du priuilege de circoncision. Des autres choses qui dependent de la permission des hommes, on a esgard à la condition & aux personnes: mais comme Dieu a voulu que ce sien benefice fust de pure grace, aussi a-il voulu qu'il fust commun à tous. Par
le baptesme nous sommes renays & soudain rechangés en autre creature. Et quant à ce
qui touche ce don, il n'est à nul reproché ce qu'il a esté deuant le baptesme Iuif ou Payen,
serf ou franc, masle ou femelle. Tous estes vnis par le baptesme au corps de Christ,
participans egalement de ce don, comme descendant du chef par dessus tous les membres. Que si Christ est ceste semence d'Abraham par laquelle Dieu promit bien-heurance à toutes nations: vous estans aussi entés en Christ, il faut que soyés la posterité
d'Abraham. Que si vous estes sa posterité vous estes donc receus comme heritiers au
droit de la promesse. Si le nom de fils est baillé par la communauté de Christ, & que tous
sans difference y soyent receus par la foy & le baptesme, il faut necessairement que l'heritage appartienne egalement à tous.

<h2 style="text-align:center">CHAPITRE IIII.</h2>

E droit estoit-ia de long temps deu par promesse, mais ores seulement y sommes nous receus: pource que comme nous auons cy deuāt dit: Tout ainsi que
selō les loix humaines, tandisque l'heritier est mineur, il n'exerce pas son droit
voyre il n'est en rien different du serf: combien qu'il soit nay seigneur de toutes
choses, ains est retenu en crainte & est conduit à l'appetit d'autruy viuant sous tuteurs &
curateurs, iusqu'à ce qu'il soit parcreu en l'eage ordonné par la volōté de la Loy ou du pere. Pareillemēt nous aussi iadis lors que n'estions encore capables de don (lequel requiert
cœurs du tout celestes) & que nostre entēdement n'estoit encore asses fortifié, nous estiōs
retenus ainsi qu'enfans, par certaines loix grossieres, assauoir, accōmodées à nostre foyblesse: comme qui ne sauourions encore celle celeste doctrine, ains estions seulement esmeus des choses qui se pouuoyent voir des yeux corporels, quelles sont celles qui sont cō-
prinses sous les rudimens de ce monde grossier, cōme la difference des iours, le choix des
viandes, diuerse maniere de seruice de Dieu, sacrifice des bestes & vœus du corps. A toutes ces choses nous auōs pour vn temps obey à la maniere de seruiteurs, tandis que nous
n'estions encore capables de plus grandes. Mais incōtinent que nous auons cessé d'estre
enfans & que sommes paruenus en eage d'adolescēce, le temps estant accōply que le pere
eternel par son secret cōseil nous auoit ordonné, il n'a point souffert que nous seruissions
plus aux cōmandemens grossiers: ains à cest effect a enuoyé, non Moyse, ou vn prophete,
mais son fils vnicque Iesus Christ. Il a enuoyé, dy-ie, non par songe ou vision, ains la manifestemēt baillé à to⁹ noz sens, il a voulu qu'il nasquist hōme d'vne femme, subiect aux pouretés de nostre nature, à fin qu'en presence remediast à noz calamités: il a voulu qu'il fut
circōcis & portast tout le reste du seruage de la Loy, à fin qu'il deliurast les Iuifs, lesquels il
rencontra subiets à la Loy, du fardeau de la Loy, & que desormais nul ne seruit plus cōmme mineurs d'eage sous curateurs, ains que tous fussions receus en la liberté d'enfans:
car seruage est contraire au nom de fils. Et à fin que la diuine bonté nous donnast certainement à cognoistre que nous sommes affranchis & remis en la liberté des enfans, toute
crainte de punitiō ostée, il a espādu l'esprit de son fils vnicque au profond de noz cœurs,
lequel nous est tesmoing tres-certain, que nous sommes enfans de Dieu. Car l'esprit seruile dit & parle tout autrement que l'affection des enfans. L'esprit seruile fuit l'ire du Seigneur: celuy des enfans crie Abba pere. Et ne faisons point de doute que Dieu ne recognoisse le nom de pieté, & de charité & non de crainte. Que s'il estoit autrement Christ,
n'appelleroit point les siens freres: & si ne nous eust enseignés de parler à Dieu par ce
commun mot de pere: Nostre pere qui es és cieux. Parquoy celuy à qui Dieu a departy l'esprit de son fils, il n'est plus seruiteur mais fils. Que s'il est fils par Christ, il faut qu'il
soit aussi heritier par le mesme. Quiconque adopte vn autre pour fils, il le reçoit quant
& quant au droit d'heritage. Or tout ainsi que les Iuifs estoyent retenus par vne religion grossiere, ou plus tost superstition pour vn temps, de peur qu'ils ne demourassent
toutalement sans religion: aussi vous le temps passé que ne cognoissiés point Dieu
vous seruiés selon le train de voz ancestres à ceux qui combien qu'ils soyent tenus pour
dieux, de faict ils ne le sont point: vous aués, dy-ie, seruy à tels faux dieux, pource que
celuy semble estre plus prochain de vraye religion qui est retenu en fauce religion, que
celuy qui ne croyant aucune deité, est sans religion. Ce n'est point reproche aux Iuifs,
que pour vn temps ils ayent seruy aux coustumes de leurs ancestres, desquelles toutefois apres estre instruits en choses meilleures, sont venus au vray soing de pieté. Aussi

le serui-

Or alors que
ne cognoissiés
point Dieu.

le seruice des idoles,lesquelles par ignorance vous aués adorées,pensans qu'elles eussent
quelque diuinité ne vous est point mis en reproche,apres que par la doctrine de l'Euangile vo⁹ aués cogneu vn vray Dieu,voyre à mieux dire,apres qu'aués esté cogneu de luy.
Car il n'a pas esté trouué de vous,mais il vous a attirés à soy par inspiration,en sorte que
ce que vous l'aymés maintenant comme pere,il ne vient d'autre part,sinon qu'il vous a
aymé le premier.La faute passée a esté aisément pardonnée:mais ce seroit vne lascheté ir-
remissible,apres la verité cogneue retomber volontairement en l'erreur passé. Les Iuifs a-
pres auoir cogneu le vray seruice de pieté,ils quittent là leurs ceremonies.Vous estans retirés du seruice des idoles,& par l'Euangile instruits en la vraye pieté voyre ayãs receu l'esprit celeste,de rechef vous vous precipités vous-mesmes en la seruitude Iudaique:si bien
que vous estans francs,vous cherchés de seruir de vostre plein gré aux rudimens de ce
monde,lesquels n'ont ne vertu de dõner iustice,& si n'ont point d'efficace à salut.Mais ne
retombés vous pas là quãt par superstition Iudaique vous aués esgard aux iours,moys,
& autres differēces des temps:comme si le regard des sabbaths,nouuelles lunes,iours de
festes,& autres temps (esquels les Iuifs font certaines choses,& s'abstiennent d'autres certaines comme illicites)aydoyent de quelque chose au vray salut:veu que tous temps sont
francs aux Chestiens,pour s'addõner à la crainte & reuerēce de Dieu. Si vous aués vraye
fiance en Christ,d'où vient ceste superstition? Si vous n'y aués fiance,ie crains fort que ie
n'aye pour neant mis tant de peine à vous enseigner : Car vous estes bannis de Christ si
vous y meslés le Iudaisme.Ne faittes point,& que i'aye perdu ma peine,moy qui vous ay
enseigné l'Euangile par diuerses afflictions,& que vous ayés souffert pour neant tant de
pouretés pour Christ. Ainçois soyés tels que me voyés estre,assauoir,mesprisant l'obseruation de la Loy pour me fier en Christ seul.Car aussi ay-ie esté quelque fois tel que vous
estes maintenant,pensant que c'estoit vn grand seruice de Dieu,estre circoncis,garder les
sabbats,les choix des viandes,le sacrifice des bestes,pour le zele desquelles choses ie per-
secutoys lors l'Eglise de Dieu,lesquels toutes ie mesprise maintenant comme inutiles. Or
freres,si auec vne telle vehemence ie me pleins à vous de ces choses,croyés moy que c'est
pour vostre affaire & non pour le mien.Ie me pourrois contenter d'auoir vne droitte conscience,ie ne suis pas marry cõtre vous pour tort que m'ayés faict : mais i'ay pitié de vous
si vous forlignés des choses tant bien cõmencées.Faittes que vous soyés constans & profités tousiours en mieux plus tost que de retomber en pis.Quãt ie vous preschay premierement l'Euangile de Iesus Christ,ie m'abbaissay à vostre foyblesse:vous maintenant de
vostre part esleués vous aussi à ma fermeté: ne veuillés perdre ceste excellente gloire de
vostre foy.Car vous sçaués que quant ie vous annonçois par cy deuant l'Euãgile,ie n'ay
rien monstré en moy qui fust grand & excellent,ains me suis tousiours porté en homme
abiect & de nulle apparence.Vous voyés vn homme de basse condition,subiect à pouretés,mal voulu de plusieurs pour le nom de Christ,tourmenté de plusieurs afflictions,& a-
uec tout cela d'vn langage simple & rude. Ce pendant ie ne vous ay rien presché que Iesus
Christ crucifié pour vous,& lors la promptitude de vostre foy estoit telle,que sans estre de
rien offensé de ces choses vous n'aués reietté, ne mesprisé nostre Euangile,combien que
par la foy d'iceluy nous promettissions immortalité:ains plus tost nous aués receus d'v-
ne grande affection & auec tout honneur,nõ comme Paul,mais comme vn ange de Dieu,
voyre cõme Iesus Christ mesme,pource que vous cognoissiés que la doctrine que ie vous
apportois n'estoit humaine, mais diuine & que ie ne manioys mon affaire, mais celuy de
Iesus Christ. Vous aués donc honnoré Dieu en moy,vous y aués hõnoré Christ.Ces choses monstrent assés que vostre foy a esté autre fois fort cogneue & esprouuée d'auoir esté
si prõpte & tant constante de ne pouuoir estre amoindrie par maux & afflictions quelconques,ne par petitesse ou mespris que ce soit,ie m'esiouyssois de vo⁹ en cest endroit,& vous
iugeoys bien-heureux,& moy bien fortuné d'auoir rencontré tels disciples. Que si vous
vous repentés de ce qu'aués cõmencé,où est celle felicité vostre?Où est ce mien heur,que
ie menoys ioye de vous & vous de moy?Car ie peu bien maintenant dõner ce tesmoignage de vous,que l'affection que me portiés estoit si grande,que s'il eust esté besoing,vous
eussiés mesme arraché voz yeux pour me les donner.D'où vient donc que maintenant e-
stans changés de nous,vous receués à vous nouueaux Apostres,pour apprendre d'eux
le Iudaisme?Iceux vous alleschẽt & attirent à soy par vne telle apparēce & doux langage,
ne preschãs point les choses qui sont vtiles à vostre salut,mais ce qui se faict à leur gaing
& arrogance.Vous suis-ie donc deuenu ennemy,pource que simplement & à la verité ie
vous ay aduerty des choses,que ie voyois appartenir à vostre salut?Certes ie voy,ò Galates,

Soyés comme
moy,car aussi
ie suis cõme vo⁹

Où est donc vo-
stre beatitude.

res,ce qui se brasse:aucuns vous pourchasserũt,& en hayne de moy, taschẽt de vous auoir,
mais non d'vn cœur entier:car ils ne font pas cela pour vostre profit, mais à fin que vous
estãs forclos de la liberté Euãgelique,ils vous attirẽt au Iudaisme auquel ils sont subiets:
car ils cherchent de rẽdre les autres semblables à eux,à fin qu'on dye,que ce qu'ils suyuẽt
& enseignẽt est chose excellente & admirable.Ne pensés point qu'il faille ensuyure toutes
choses en tous,mais il faut ensuyure ce qui est droit,& ce cõstamment, nõ seulement quãt
ie suis present auec vous,mais aussi en mon absence.Vous aués veu que ie ne tiens conte
des ceremonies de la Loy:que ie ne presche rien que Christ. Vous taschiés de m'ensuyure
moy estãt present.Si c'estoit biẽ faict, pourquoy maintenãt en mon absence, voulés vous
ensuyure les autres en ce qui n'est bon?A la miẽne volõté qu'il vous fust loysible de ietter
voz yeux iusqu'au dedans de mõ cœur,vous y pourriés certainement voir auec combien
grande angoisse i'escry ces choses.Mes enfantons,ie vous ay vne fois engẽdrés en Christ,
nõ sans grãd trauail & ennuy,maintenãt que vous vous reuoltés de Christ, ie vous engẽdre de rechef,iusqu'à ce qu'il soit pleinemẽt formé en vous.I'auois ietté bonne semẽce, de
laquelle deuoyẽt yssir de vrays Chrestiens,mais ie ne sçay par quel enchantemẽt vous de-
uenés Iuifs & prenés vne autre forme.Christ est celeste,il est spirituel,& vous tendés à estre
terriẽs & charnels.Mais mes lettres n'exprimẽt pas assés l'affection de mon cœur.Pleut à
Dieu qu'il me fust maintenãt permis d'estre aupres de vous,à fin que ce que ie vo⁹ declare
aucunemẽt par lettres,ie vous le peusse dõner à entẽdre de viue voix.La presence y apporteroit quelque chose,aussi feroyẽt les larmes,& la vehemẽce de la voix. ie me chãgerois en
toutes manieres,pour vous rappeller à Christ,ores vous flattãs, ores vous prians & amõ-
nestãs, & ores vous tençans:i'accõmoderois mieux mes propos à la diuersité des esprits,
& à la chose presente:Brief i'eprouuerois toutes sortes de remedes iusqu'à ce que ie vous
eusse tous reduits à vostre bon sens.Mais voyant que vous estes partie retõbés au Iudaisme, partie prochains de ce dangier,& partie,cõme i'espere, cõstans en ce qu'aués appris
de nous,ie suis en diuers pẽsemens & craintes,& ne sçay bõnement auec quelles lettres ie
puisse remedier à vn si grand mal.Mais à fin d'appeller specialement en ieu ceux ausquels
toutalement plait de tomber au seruage de la Loy,ie vous requiers de me respondre.Si la
loy de Moyse vous plaist,pourquoy ne suyués vo⁹ son authorité,si vous croyés peu à l'E-
uãgile?Car la Loy mesme de Moyse,veut aussi,que ceux qui sõt receus en la cõpaghie de
Christ,soyẽt francs du seruage de la Loy.Vous receués la Loy, & n'aués ouye la Loy : ou si
l'aués ouye vous ne l'entẽdés point:Pource qu'estãs attachés à l'ecorce de la lettre,vous
ne transpercés point iusqu'à la moelle de l'esprit.Car il est escript au liure de Genese,qu'A-
brahã qui fut prince & pere des croyãs,eut deux enfans,le plus grãd desquels,assauoir Ismael,il eut d'Agar la chãbriere,& le moindre,qui estoit Isaac,de Sarra sa femme legitime.
Mais celuy qui est nay de la seruãte,est nay selon la cõmune coustume des hommes,& n'e-
stoit rien autre que le fils d'Abrahã,ainsi que sont aussi les Iuifs,encore qu'ils soyẽt estrangés de Christ.Mais celuy qui est nay de la femme frãche,outre le cõmun ordre de nature,il
est nay selon la promesse diuine,d'vne mere amortie & d'vn pere vieillart:& ceux,qui à raison de l'eage & de la foyblesse du corps,auoyẽt perdu tout espoir d'auoir iamais heritier,
Dieu par sa promesse les a assurés d'auoir lignée. Parquoy ce premier fils là estoit deu à la
nature,& cestuy-cy à la foy.Or il ne faut pas pẽser que ceste hystoire n'ait, outre le recit de
la chose aduenue,quelque mystere caché. Car la loy Mosaique est presque telle, que cõme
en l'hõme,so⁹ ce grossier couuercle du corps,est cachée l'ame gouuernãte du corps:pareil-
lemẽt sous l'hystoire il y a quelque chose de couuert plus secret & plus haut.Cherchõs dõc
diligẽment,ce que ces deux meres,& les deux fils nous signifiẽt par allegorie.Les deux meres nous figurẽt sans doute deux testamẽs,desquels l'vn a engendré vn peuple subiect au
seruage de la Loy:l'autre vn peuple deliuré par la foy du fardeau de la Loy.Car Sina est v-
ne mõtagne en Arabie,laquelle en langage Chaldaique porte le nom d'Agar la seruãte,&
est ioignãte à la mõtagne de Sion,en laquelle est située la ville qui s'appelloit autrefois Ie-
bus & maintenãt Ierusalẽ.Or les habitans de la montagne Agar sont encore auiourdhũy
serfs,d'vne merueilleuse seruitude,rapportans en ceste cõdition là à l'autheur de leur ra-
ce.Mais Ierusalem laquelle est escheue à la posterité d'Isaac,est franche.Et pourtant que ceste ville est située en lieu haut,elle nous figure le pays celeste,à la franchise & priuilege duquel nous sommes receus. Icelle est mere, non seulement des Iuifs, mais aussi de tous
nous qui croyons en Christ.La loy de Moyse est terrienne,la Loy de l'Euangile celeste,
assauoir,yssue du ciel. Comme le corps sert à l'ame, aussi ce qui est grossier est seruile, &
                                                                               ce qui

ce qui est spirituel est conioinct auec liberté. La loy Mosaique a la premiere produict son fruict:mais la loy Euāgelique,iaçoit qu'elle ait enfanté plus tard, toutefois elle a engēdré vne bien plus grāde lignée à Dieu.Celle là a seulement produit vne nation, voyre laquelle n'est pas trop peuplée:mais ceste cy comprent toutes les nations de la terre. Et à fin que quelqu'vn ne pense,cela estre aduenu par cas d'auenture,Esaie l'auoit iadis predit, lequel preuoyant par escript prophetique,vn grand nombre de Payens venir de toutes pars, à l'Euangile de Christ,il s'en esiouyst,disant:Egaye-toy sterille qui n'enfante point,iette vn chāt de ioye & t'escrie toy,qui n'es point en trauail d'enfant:Car tes enfans seront en plus grand nombre,de toy(qui semblois estre veue &amortie)que de celle qui a mary,& viuoit en esperance d'vne grande lignée.Ce Iudaisme par le passé n'en a rendu que bien peu aggreables à Dieu,mais la foy de l'Euangile,en mect & incessamment mettra plusieurs en la grace de Dieu.Vous voyés icy deux meres, vous voyés deux fils, sources & autheurs de deux nations.Ceux qui tiennent ferme la loy de Moyse,ils appartiennent à Ismael nay de la seruante:mais nous qui ayans quitté la fiance de la Loy, dependons par vne foy entiere,d'vn seul Christ, nous sommes du party d'Isaac,lequel est nay de la frāche,non selon la chair,mais ainsi que portoit la promesse de Dieu. Car nous ne sommes pas pourtant receus au salut Euangelique,que nous soyons nays sous la Loy,mais pource que Dieu promit iadis salut à tous qui par la foy viendroyēt en la communauté de son fils Iesus Christ.

Mais comme adōc celuy qui auoit esté nay selon la chair. Mais aussi en cest endroit l'allegorie conuient fort bien, que l'vne & l'autre posterité sent sa source.Car tout ainsi que iadis Ismael le plus grand d'eage,qui sut fils d'Abraham seulement selō la chair, persecutoit Isaac encore tendre,nay par la promesse de Dieu, vsurpāt dés lors qu'ils s'entreiouoyent plus d'authorité par dessus luy qu'il ne deuoit: pareillement en nostre temps ceux qui sont attachés à la Loy charnelle,ils ont en hayne ceux qui embrassent la Loy spirituelle de l'Euangile, & s'efforcent de leur marcher deuant, comme s'vsurpans le droit des premiers nays qui estoit deu à vn seul Christ:& par la prerogatiue de vieillesse taschent d'attirer en seruage les enfans de la mere frāche,assauoir,à fin qu'eux qui son serfs,estās les plus grāds puissent en quelque sorte seigneurier les moindres, mais la mere franche n'approuue point ceste accointance:elle ne veut point que ceux qui sont diuersement nays ayent telle communauté ensemble:Car elle crie soudain toute despitée, ainsi que raconte l'escripture:Iette hors la seruante & son fils,car ie n'endureray point que

Gen.21 le fils de la seruante soit heritier auec mon fils Isaac. La synagogue est trop prochaine de ceux qui croyent à l'Euangile:les Iuifs pressent trop les Chrestiens,estans enuieux de leur liberté.Si la mere seruāte,ne se veut retirer de son bon gré qu'elle soit plus tost chassée dehors, que de corrompre par son accointance seruile mon fils Isaac.Auquel l'heritage du salut eternel est promise & deue. Que Agar emporte auec soy s'elle veut la cruche de la Loy sans saueur, qu'elle ayme. Mon Isaac beuuant la liqueur efficace de la doctrine Euangelique,croistra heureusement iusqu'à ce qu'il deuienne homme parfaict. Parquoy, mes freres,laissons là les Iuifs en leur seruage,puis qu'ils sont tant opiniātres apres la Loy seruile,sans vouloir forligner du naturel de leur mere : mais nous qui auons aussi esté quelque fois subiets à la Loy,& comme enfans d'Agar la seruante auōs persecuté les vrays enfans de l'Eglise,nous sommes maintenāt exempts du seruage passé, & receus au droit des enfans de Sarra.Noꝰ recognoissons ceste liberté venir du benefice de Christ auquel sommes si bien entés par la foy,que nous sommes venus au commun droit de l'heritage promis.Vous Payens,Christ vous a appellés par l'Euangile en la mesme liberté en laquelle il nous a, nous Iuifs,de rechef restably à ses propres despens.

C H A P I T R E   V.

L ne reste plus rien,sinon que vous perseueriés en ce qu'aués vne fois obtenu: Car quelle folie seroit-ce apres auoir receu liberté par la pure grace de Christ, soumettre de plein gré le col au ioug de seruage?Nous qui auons esprouué la fascherie de seruage nous nous esiouyssons en nous-mesmes, pour la liberté qui nous est finalement escheue:& pour ennuyés de liberté cherchés seruage?Possible vous flattés vous ainsi vous-mesmes,disans:Nous ne nous destournons pas de Christ, mais nous luy adioignons la Loy,à fin que l'attente de salut soit plus certaine.Mais comme il a pleu à Christ que ce benefice fust cōmun à toꝰ,aussi a-il voulu qu'on le recogneust du tout en tout de luy: il ne peut souffrir association aucune en cest affaire. Et à fin que vous entendiés auec quel grand dangier vous pensés ainsi attentiuement apres le Iudaisme:Voyla moy Paul non incogneu,Apostre des Payens,Apostre,dy-ie,ordōné de Christ

mesme

Esa.53

mesme, ie vous denonce publicquement que si vous estes circōcis, Christ ne vous profite
ra de rien. Car si vous croyés vrayemēt que le salut yssu de luy se puisse bailler à tous, pourquoy cherchés vous la circōcision. Que si vous vous en deffiés, vous ne cognoissés point
encore le benefice de Christ, duquel les mescroyans ne peuuent estre participās : veu qu'il
est donné à la seule foy, non aux merites des œuures. Il faut ou que vous soyés du tout
Iuifs ayant renōcé Christ, ou toutalemēt Chrestiens, le Iudaïsme reietté. Il n'endure point
ceux qui clochent des deux pieds : il ne veut point de vin noūueau mis en vieux barrils,
il n'en veut point de vieil mis en neufs vaisseaux, il ne souffre point vne piece de drap neuf
estre cousue à vn vieil vestement, ny à vne robbe neufue, vn vieil drap estre conioinct. Si
le seruage estoit legier, il se pouuoit possible endurer, sans en faire autre conte. Si le loyer
du seruage estoit grand, la condition de la charge, pouuoit estre recompensée par la gran
deur du salaire. Mais entre ce que la charge est grandement ennuyeuse, elle est tant loing
de gaing, qu'il en faut receuoir vn grand dommage. Aduisés aussi qu'en vous flattans
vous-mesmes ne vous abusiés par tels propos : Nous ne nous obligerōs pas au fardeau *ie proteste à*
de toute la Loy en general nous prendrons seulement quelque chose: sans plus la circon- *tout hōme qui*
cision sera receue, & non le sacrifice des bestes & tous le reste. Moy au contraire, à fin que *se circoncit.*
ne pechiés par ignorance, ie proteste clairement à tout hommes: quiconques sera circoncis, soit Iuif ou autrement il s'oblige de garder toute la Loy. Car comme par le baptesme
nous sommes entierement dediés à Christ, aussi celuy qui est circoncis est du tout en tout
dedié à la Loy: veu qu'il est comme par ceste marque là, receu en la nation Iudaïque. Il est
bien loysible à ceux qui ne sont point circoncis de tirer quelque chose de la Loy, mais les
circoncis sont obligés à toute la Loy. A qui la circoncision plait, il faut aussi que les victimes, sabbaths, nouuelles lunes, lauemens, choix de viandes, certains ieusnes, & autres telles choses plaisent. Mais ne seroit ce pas vne folie manifeste de s'assubiettir volontairement à vn si grand fardeau, principalement sous l'ombre de ce salaire : que pour vn si fascheux & inutile seruage, vous vous destourniés de Christ seul autheur de liberté & salut.
Car comme i'ay-ia souuent dit, si vous attendés vraye iustice du secours de la Loy: laquelle promet par la fiance des œuures vne iustice telle quelle: vous estes pour certain alienés
de la communauté de Christ, qui a voulu son don estre de grace, non de merite. Que si
vous vous separés de la cōpagnie de Christ, la Loy mesme ne vous profitera de rien : ains
vous apportera ruyne. Car si la Loy auoit quelque vtilité auant la lumiere Euangelique,
elle a du tout perdue, apres que le mystere de l'Euangile a esté publié. Si la Loy a authorité enuers vous, Christ vous est aboly, mais si Christ a puissance en vostre endroit, il faut
que la Loy vous soit abolie. Quant ie parle de la Loy, i'entens ceste grossiere & charnelle *Vous estes abo*
partie de la loy Mosaïque que les Iuifs tiennent à bec & à ongles : en se promettant iustice *ly de Christ.*
parfaitte par petites obseruations qui touchent le corps, pensant que le sang des bestes espandu lauoit l'ame des pechés, ou que l'eau du lauement, lauoit les ordures du cœur, ou
que la viande nette ou souillée nestoyoit ou souilloit l'ame. Nous au contraire ayans embrassé la spirituelle partie de la Loy, attendons la iustice promise, nō par l'obseruation superstitieuse de ces choses corporelles, mais pour autant que par l'Euangile nous auons
creu que la vraye innocence & le vray salut, nous est donné de pure grace par la mort de
Christ. Or soit que tu vienne à Christ circoncis ou non, c'est tout vn, attendu que tout cest
affaire depend, non de l'obseruation de la Loy, mais de la foy, laquelle encore qu'elle soit
sans les œuures de la loy Mosaïque, toutefois elle n'est oysiue: mais elle a secrets mouuemens à tout deuoir de pieté non selon l'ordonnance de la Loy, mais de charité laquelle
sans commandement aucun faict plus de son bon gré, que loy que ce soit, ne pourroit arracher par menaces ou punitions. Quant donc elle est presente, quel besoing est-il de l'ordonnance de la Loy? Que si elle n'y est, de quoy sert l'obseruation de la Loy? Vous couriés
bien en la lisse de l'Euangile, tendans en toute diligence droit au pris de felicité eternelle:
Qui a donc empesché vostre course? Que n'approuués vous constamment ce qui vous
a vne fois pleu. Pourquoy vostre deliberation rompue suyués vous l'opinion d'autruy?
Donnés vous garde que l'authorité d'homme que ce soit aye tel credit enuers vous que
vous quittiés là la course encōmencée. Vous aués vne fois creu à la verite, c'est grand ver- *Vous cou-*
gongne de ce destourner maintenant aux ombres. Ce que ie vous ay enseigné ce a esté de *rés bien.*
l'authorité de Dieu: Mais ceux qui s'efforcēt de vous faire croire choses contraires qui em
peschans le cours de vostre foy, vous destournēt d'autre costé au Iudaïsme, ils ne suyuent
point l'authorité de Dieu (lequel vous a appellés à la grace par l'Euāgile, & non au Iudaïs
me par la circōcision) ains suyuēt les cōuoitises humaines, seruans à leur gaing, à leur gloi

  re &

re & à leur tyrãnie. Il se faut certes bien garder des propos de telles gens. Ils sont peu, mais
si ce peu n'estoit empesché, il y a dangier qu'ils n'infectent toute la multitude, & qu'ils ne
viennent à gaster la pureté de toute vostre assemblée: ainsi que vous voyés vn peu de leuain enaigrit toute la paste à laquelle il est meslé, espãdãt peu à peu son aigreur par toute
la farine, laquelle estoit au parauant pure & nette. Vne portion du Iudaisme, tant petite
soit elle, si elle est meslée auec l'Euangile, elle gastera la pureté de vostre foy. Mais pource
que vous aués iusques icy commencé de chanceler à l'instigation d'autruy, ie conçoy vne
certaine esperance de vous: que vous perseuererés en vostre entreprinse premiere: me cõ-
fiãt en partie au bon vouloir que i'ay veu en vo⁹, mais beaucoup plus en l'ayde de Christ.
Iceluy vous a donné la grace de commencer alaigrement, le mesme fera aussi que vous
perseucrés auec toute constance. Au reste, quiconques soit celuy qui trouble la tranquilité & pureté de vostre foy par nouuelle doctrine, il n'eschappera point le iugemẽt de Dieu,
ores qu'il ait abusé les hõmes, pour certaines raisõs, ie ne declare point à present qui c'est,
& si ne veux vser de seuerité en son endroit: mais Dieu auquel il est cogneu, & qui n'est esmeu de l'authorité de personne le punira, lequel il a plus tost offensé que moy. Au reste,
ne soyés estonnés de ce qu'aucnns se vantent que ie ne reiette aussi l'obseruation de la
Loy, qui me seroye souuentefois faict Iuif aux Iuifs, & auroye circoncy Timothée. Vray est
que ie l'ay faict, mais ce a esté par contrainte, & en y cõtredisant souuent, me suis pour lors
accommodé au temps, pource qu'il n'y auoit pas grand dangier le faisant, & ne le faisant
point grand tumulte. Maintenant que nous sommes en vn autre tẽps, il nous faut prẽdre
autre conseil. C'est autre chose souffrir la circõcision, & autre chose la prescher. I'ay souffert
que Timothée fut circoncis: mais ie n'ay iamais enseigné qu'il failloit circoncire. Pareillement souuent bantant auec les Iuifs, ie me suis abstenu des viandes defendues en la Loy,
sans toutefois auoir iamais ordõné ne commandé à personne la difference des viandes:
au contraire i'ay plus tost enseigné que c'estoit tout vn de quelles viandes on vsast, pourueu qui ce fut sobrement & auec action de graces. Le temps estoit qu'il failloit conceder
quelque chose à la persuasion inuincible des Iuifs: mais maintenant que l'Euangile a assés estendu ses rayons, & que les Iuifs mettent tout leur effort d'attirer aussi les Payens
à leur superstition, il n'est ne bon ne seur de chanceler, ains faut tout ouuertement prescher la loy de Moyse estre passée, & que tous doyuent receuoir la liberté de l'Euãgile. Si ce
que ceux-cy iasent est vray, que ie soye autheur & heraut de la circõcision, pourquoy donc
est ce que iusqu'auiourdhuy, ils me persecutent auec vne hayne tant obstinée? Car de là
viẽt toute la hayne de leur nation enuers moy, que ie presche tellemẽt l'Euãgile de Christ,
que i'enseigne la loy de Moyse cesser. Ils pensent qu'ils seroyent en plus grande estime
enuers tous, si les ordonnances de Moyse estoyent meslées à Christ. Maintenant ils creuent d'enuie, pource que tous estans receus par foy à ceste grace, ils portent vne circoncision inutile. Aussi la principalle cause pourquoy pieça ils me machinent d'vn cœur
obstiné ma ruyne, c'est que par la croix de Christ ie promets à tous parfaict salut, sans
le secours de la circoncision. Que si ie presche encore la circoncision, ainsi qu'aucuns
rapportent faussement, pourquoy les Iuifs ne cessent-ils de me persecuter veu que la cause est ostée, de la hayne qu'ils me portoyent. Or Galates, croyés-moy que ma predication a tousiours esté tout vne: aduisés aussi que vostre foy semblablement soit vne.
Tant s'en faut que ie soye de l'opinion de ceux-cy qui enseignent la circoncision, que
s'ils ne peuuent estre distraits de leur Loy, mon desir est qu'ils soyent plus tost du tout
arrachés de la communauté de l'Euangile, que de vous desbaucher ou destourner par
leur persuasion du droit chemin. S'ils ont tant à cœur la circoncision, Dieu veüille qu'ils
soyent, non seulement circoncis, mais aussi toutalement retranchés, à fin qu'ils ayent ample iouyssance de ce qu'ils ayment. Il leur vaut beaucoup mieux de perir seuls, que d'en tirer tant d'autre auec eux en ruyne. Si vn tel seruage duquel ne reçoyuent que honte & confusion, tant leur plait, ie leur en quitte la iouyssance. Vous, freres, vous estes appellés par l'Euangile, non en seruage, mais en liberté. Et ne reste autre chose sinon de vous
garder, que la liberté receue par l'esperit de Christ vous ne preniés occasion de l'employer aux conuoitises de la chair. Car la seruitude de la Loy est tellement ostée, que
charité Euangelique luy à succedé, laquelle obtient de ceux qui font tout volontairement, que la Loy n'arrachoit de ceux qui font tout ennuy. Et toutefois entre charitables il n'y a ne domination ne seruage, veu qu'entre-eux il y a vn mutuel seruice. La
Loy ne commande point, que pour la vie de ton amy tu exposés la tienne; que tu re-
tranches de ce qui te faict besoing, pour en suruenir à l'indigence & necessité d'autruy,

que

que le robuste supporte le foyble, le sçauant l'ignorant, & celuy qui est le moins mauuais,
le pire: & toutefois charité le commande ainsi: laquelle en tout & par tout declare tellement ce qu'il conuient faire, que de plein gré on mettra en effect ce qu'elle aura ordonné. Or ce que la Loy ne peut faire par tant & tant de menaces & d'ordonnances, la seule
charité le faict sommairement, comprenant en soy la vertu & le sommaire de toute la
Loy. Car ce que la Loy tant prolixe, s'efforçoit de faire auec vn si grand tas de commandemens, charité le comprent en vn seul & brief propos, assauoir, ce que nous lisons au Leuiticque: Tu aymeras ton prochain comme toy-mesme. Parquoy si vous estes   *Leuit.19*
entre vous conioints par vne charité mutuelle, vous serés tous aydés & entretenus par
plaisirs & seruices de l'vn à l'autre. Dauantage si par haynes mutuelles il y a entre vous (ce
que nous voyons estre entre charnels) tel discord, qu'au lieu de vous soulager les vns
les autres, vous veniés à vous entre-mordre par detractions: & non seulement entre-
mordre & ronger, mais aussi (ce qui est à faire à bestes sauuages) vous vous deuoriés,
tant qu'en vous est, il est grandement à craindre, qu'en vous deschirant ainsi entre vous
à la façon des bestes, vous ne veniés en fin à leur exemple, à vous deffaire l'vn l'autre.
Ceux tombent là, qui vuydés de charité Euangelique, sont attachés à la Loy charnelle,
cherchans en toutes choses leur profit: combien que la charité Chrestienne, au contraire serue au bien & profit d'autruy. Or le sommaire des choses susdittes tend là, que
puis que vous estes exempts du seruage de la loy Mosaique, laquelle est charnelle vous
viuiés selon la Loy spirituelle de la charité Euangelique. Ce qui se fera, si vous ne mesu-
rés point vostre iustice aux ceremonies Iudaiques, & que vous vous absteniés des conuoitises de la chair. Parquoy mettés peine, que vous viuiés selon la conduitte de l'esperit.
Que si vous le faittes, vous vous abstiendrés de faire ce à quoy les conuoitises de la
chair nous sollicitent. Car comme en vn homme le corps est grossier & pesant, & l'ame
celeste & immortelle: & comme en vne mesme Loy, Il y a ie ne sçay quoy de grossier que
nous appellons lettre, & au contraire quelque chose de celeste que nous appellons esperit: pareillement en vne mesme ame d'homme, il y a vne certaine vertu, qui nous attire à choses honnestes: de rechef vne autre contraire prochaine du corps & de la lettre,
laquelle nous incite à vne vie contraire. Outre ces deux il y a guerre perpetuelle, la chair
estant contraire à l'esperit, & l'esprit à la chair. La chair peut bien estre reprimée, mais
non du tout opprimée, qu'elle ne se bande contre l'esperit. Que si elle vient à vaincre,
quelque fois aduiendra que combien que l'homme cherche affectueusement les choses qui sont de la crainte & reuerence de Dieu, toutefois vaincu de la chair, faict ce qu'il
cognoit estre mauuais. Que si l'esprit de Christ vous pousse de vostre bon gré à ce qui   *Les œuures de*
est honneste & sainct, la loy de Moyse n'a nul droit sur vous. Or combien que l'esprit   *la chair sont*
& la chair de quoy nous parlons icy, soyent choses inuisibles, si n'est-il toutefois mal-   *manifestes.*
aisé de cognoistre si vn sert à la volonté de la chair, ou s'il suyt la conduitte de l'esprit.
Quelles sont les sources telles sont les choses qui en sortent: la vie, les mœurs, & les
faits de l'homme tesmoignent ce qui est au cœur. Et à fin que nous ne parlions maintenant des choses douteuses & secrettes, voyla les choses qui declarent manifestement
l'homme seruir encore à la chair, voyre ores qu'il soit baptisé, & qu'il ait euité le seruage de la Loy, adultere, paillardise, ordure puterie, idolatrie, empoisonnement, inimitiés,
noyses, piques, courroux, debats, seditions, sectes, enuies, meurtres, yurongneries, & gour
mandises. A ces choses quiconque y est addonné quelque baptisé qu'il soit, si n'est-il
pas encore vrayement franc, mais serf de mauuaises conuoitises. Et ne faut point que
vous vous flattiés à cause du baptesme, ou des miracles faits. Ie vous ay par cy deuant
amonnesté en presence, & maintenant de rechef ie vous fais sçauoir par lettres, que
ceux qui font telles choses, seront forclos de l'heritage du regne celeste. Au contraire,
ceux qui sont vrayement francs, & sont menés à la volonté de l'esprit, sont cogneus à
tels fruits. Car ils sont accompaignés de charité, ioye, paix, douceur, benignité, bonté, foy, debonnaireté, & attrempance. Ceux qui de leur plein gré sont tels, il n'est pas
besoing de leur bailler les aguillons de la Loy, veu que leur innocence les rend francs
de la Loy. Or ceux qui sont vrayement Chrestiens, ainsi qu'il appartient à spirituels,
ils ont crucifié leur chair auec ses affections & conuoitises. Car si par le baptesme nous
sommes morts auec Christ, & sommes ensemble enseuelis auec luy, il n'est pas raisonnable que nous soyons au milieu chancellans entre la chair & l'esprit. Si l'esprit depart la vie au corps, c'est bien raison que le corps soit gouuerné au vouloit de l'esperit. Si nous auons receu vie de l'esperit de Christ, & non de la Loy, viuans selon que

Tt 2   nous

nous sommes pouſſés d'iceluy. Si nous auons vrayement receu l'eſprit de Chriſt, pro-
duiſons-en les fruicts & ſoyons eslongnés loing des œuures de la chair. Ne ſoyons point
conuoiteux de vaine gloire, qui ſeroit cauſe de nous eſmouuoir, l'vn l'autre à debat, en
nourriſſant quelque hayne entre nous. Car tels vices ſe fourrent bien ſouuent ſecrettement entre ceux qui font profeſſion d'vn eſtude de pieté, combien qu'ils ſoyent la ruyne de vraye pieté.

C H A P I T R E   VI.

FReres, ie vous ay monſtré, où c'eſt que tous ceux qui ſe font vne fois enrollés
ſous Chriſt doyuent tendre. Et toutefois puis que le bapteſme n'empeſche
point que nous ne ſoyons hommes, ſi quelqu'vn par foybleſſe humaine
vient à tomber en quelque faute, voſtre office ſera (vous qui fortifiés en l'eſprit n'auès point donné lieu aux conuoitiſes charnelles) de reſtablir vn tel homme auec
toute douceur & amour, en le redreſſant à fin qu'il ſe releue, plus toſt que de l'accabler
par rudes parolles pour le faire deſeſperer. Telle arrogāce & rudeſſe appartient aux hypocrites: mais pource que l'eſprit de Chriſt, deſire que tous ſoyent ſauués, il induit par douceur à repentance. Auſſi vne douce & fraternelle correction ſouuēt ploye & rend humbles
ceux qui autrement ſeroyent alienés par vne ſeuerité trop rigoureuſe. La loy de Moyſe,
reprime tellement les pechés, qu'elle met à mort le pecheur. Charité Chreſtienne guetit
les vices, & ſi n'eſtainct point l'homme. D'autāt que tu es meilleur, de tant plus te dois-tu
auec plus grande douceur accommoder à la foybleſſe de ton frere. Que ſi l'exemple de
Chriſt lequel a amyablement enduré les ſiens tant qu'ils vinſſent à repētance, ne t'eſmeut
à cela pour le moins ſois amonneſté que tu peus tomber au meſme dangier. Celuy là eſt
tombé en quelque faute, ſouuiēne-toy que tu es hōme. Que la cheutte d'autruy t'apprenne, à ne te fier en toy, & à ne dreſſer la creſte. Porte-toy tel enuers celuy qui eſt tōbé, comme
tu voudrois qu'on ſe portaſt enuers toy ſi le ſemblable t'aduenoit: car il n'y a incōuenient
qui ne puiſſe venir à l'hōme. Ceux qui ont chācelé à la ſuaſion des faux Apoſtres, ne doyuent eſtre eſtrāgés par rudeſſe, ains les faut rappeller par charité à la conſtance paſſée: car
il ſe peut faire qu'apres qu'ils ſeront fortifiés, ils ſupporteront auſſi de leur conſte voſtre
foybleſſe. Qui trauaille ſous le faiz, doit eſtre ſoulagé, & non opprimé. Parquoy ſi vous
portés entre vous, les fardeaux les vns des autres, alors vrayement mettrés vous en effect la loy de charité, qui eſt proprement la loy de Chriſt, lequel combien qu'il ne fuſt ne
ſubiect aux pechés, ny en dangier de pecher, toutefois il a porté noz iniquités, & par ſa benignité au lieu de les cōdamner à la rigueur, il les a gueris. Que nul ne ſe plaiſe à ſoy-meſme comme s'il eſtoit iuſte, pour venir puis par vne telle confiance de ſoy-meſme, a dedaigner ſon frere lequel ſeroit tombé en quelque faute: car de penſer eſtre iuſte, eſt vn vray
ſigne de fauſſe iuſtice. Parquoy ſi quelqu'vn penſe eſtre quelque choſe lequel ce pendant n'eſt rien, il s'abuſe ſoy-meſme: car auſſi bien nul n'eſt-il iuſte, pour ſe preferer à vn
autre qui ſera tombé en faute: & ſi ne ſera ſouillé par le meffait d'autruy, qui s'abbaiſ-
ſera pour redreſſer celuy qui eſt tombé. Auſſi nul ne ſera bon pour s'accomparer à vn
pire. Vn chaſcun doit eſtre eſtimé ſelon ſes faits: eſquels toutefois nul ne ſe doit fier,
ains faut diligemment aduiſer ſi le bien qu'il peut faire, eſt pour eſtre approuué de
Dieu. Que ſi ta conſcience ne te remord, ne te glorifie point à cauſe de la foybleſſe d'autruy, mais plus toſt à cauſe de ta fermeté: & te glorifier en toy-meſme, t'eſiouyſſant du don
de Dieu. Mais gardes-toy de te vanter enuers les autres, ou de meſpriſer ceux qui ne
paruiennent au degré où tu es. Fais-leur quelque aſſiſtāce, s'il t'eſt poſſible, ſinon remets
les à leur iuge. Auſſi leur faute n'amoindrira point ton ſalaire, & ne ſeras puny pour la
faute d'autruy, ains faudra que chaſcun porte ſon fardeau deuant Dieu le vray iuge. Au
reſte pendant que nous ſommes en ce monde, il nous faut aſſiſter les vns aux autres
en tout plaiſir & ſeruice. Et ceux qui ſont doués de plus grandes graces, leur deuoir eſt
de ſuruenir en doctrine, conſolation & exhortation à la foybleſſe de leur prochain: auſſi ceux auſquels, en ſuruient, ſe doyuent ſouuenir de ne ſe monſtrer ingrats enuers ceux
auſquels ils ſont attenus. Par ce moyen il y aura entre vous vne communion de tous
biens. Si quelque vns ſont auancés en la doctrine Euangelique, qu'ils inſtruiſent, re-
dreſſent, & fortifient les rudes & ignorans: qui de leur coſté auſſi departiront de leurs
biens à leurs enſeigneurs, à fin qu'il y ait communication d'vn deuoir à l'autre. Mais
que les enſeigneurs aduiſent d'enſeigner choſes Chreſtiennes & ſelon l'eſprit de Chriſt,
autrement il vaudroit mieux ne preſter point l'oreille à l'enſeigneur. Or celuy qui
enſei-

enseignant mal la doctrine de l'Euangile, en reçoit salaire de celuy qu'il enseigne, il abuse
bien vn homme, voyre il s'abuse luy-mesme, au reste il ne peut abuser Dieu. Parquoy ie
vous amonneste que vous enseignés puremēt: car Dieu ne peut estre mocqué. Mais quelle semaille que fera l'hōme, telle en recueillira-il la moisson. Qui aura baillé vne doctrine
charnelle, pour la semence charnelle il moissonnera vn fruict perissable. Mais qui aura distribué vne spirituelle doctrine, d'vne spirituelle & celeste doctrine il rapportera vn loyer
semblable, assauoir vie eternelle. Pour ceste cause nostre perpetuel estude sera de faire biē à
to⁹, & ne cessons iamais de biē faire, soit que nous trouuiōs gēs recognoissans ou ingrats:
soit que nous en soyons recōpensés des hōmes ou nō. Car Dieu enuoyera le fruict en son
tēps lequel i'amais ne defaudra, & pour vn biē tēporel que no⁹ aurōs faict, nous receurōs
vn loyer eternel. Il ne sera pas tousiours le tēps de semaille, vn tēps viēdra que no⁹ ne pour
rōs estre secourus ne par noz biēfaits, ne par ceux d'autruy. Tādis que nous sommes en ce
mōde, no⁹ pouuōs faire choses agreables à Dieu, no⁹ pouuōs secourir aux autres: au iour
du iugemēt le bien faire ne seruira plus de rien, il ne sera plus loysible de biē faire à autruy.
Pour ceste cause pēdant que nous auōs le tēps vsons-en, taschās-de faire biē à to⁹, & principalemēt à ceux auec lesquels no⁹ auōs accointāce de religiō & de foy. Le Iuif ne cognoit
que les siēs, le Chrestien à l'exēple de Christ cherche de faire bien à tous. Vous voyés, Galates, cōbien la matiere m'est à cœur, qui vo⁹ ay escript si lōgues lettres de ma ppre main. Vo⁹
cognoissés mes traits, il ne faut point que vous vous doubtiés que ce soyēt lettres suppo-
sées, elles sont toutes miennes, pour vne demōstrance de mon affection enuers vous. Faittes donc qu'elles soyēt de plus grād poix, enuers vo⁹ que les ppos des faux Apostres. Car
ceux qui ont ce courage de vouloir plustost obeir aux hōmes qu'à Dieu, tels vous attirent
à la circōcision, à fin qu'ensemble vous soyés en hayne aux Payēs pour l'amour de Christ,
& mal voulus des Iuifs à cause du prepuce. Ils sont Iuifs & craignāt la malueuillāce de leur
nation, s'ils faisoyent profession de Christ sans le prepuce, cōme abolissans la Loy, ceux la
craignēt plus les hōmes que Dieu, ils cherchent plus la gloire des hōmes que de Dieu: ils
craignēt que la pure profession de la croix de Christ ne leur esmeuue persecution de ceux,
ausquels le nom de Christ est odieux, de peur qu'ils ne soyēt enseigneurs de peu d'estime,
s'ils n'enseignoyēt rien qu'vn crucifié. Car ils ne font pas cela d'vne simple affectiō qu'ils
portēt à la Loy, ainsi que moy quelquefois, seduit d'vne amour de la Loy paternelle, perse
cutois le trouppeau de Christ, veu que les Iuifs mesmes ne gardēt pas la Loy, encore qu'ils
soyēt circōcis de leurs ancestres, mais ils abusent de vostre simplicité, en vous chārgeāt le
fardeau de la circōcision, à fin qu'ils ayēt dequoy se vāter de vo⁹, enuers leurs gēs, que vo⁹
ayēs par leur authorité & maistrise receu le Iudaisme. Par tel moyē ils taschēt d'appaiser l'ē
uie de leurs gēs, lesquels ont à grand despit que par l'Euāgile de Christ la Loy soit abolie.
De moy, ie ne suis ne par l'enuie des Iuifs, ne par la persecutiō que les Payēs me pourroyēt
faire, nullement effrayé que ie ne presche puremēt l'Euāgile de Christ. Or à Dieu ne plaise
que ie me glorifie en chose quelcōque sinō en la croix de mon seigneur Iesus Christ. Ie sçay *Quant à moy*
que sa croix est aux Payēs à deshōneur & aux Iuifs à hayne, il me suffist toutefois de met- *ainsi n'aduiēne*
tre en elle seule ma gloire, qui ne suis maintenāt tāt peu que ce soit touché de la gloire de *que ie me glo-*
ce mōde: ains estāt enté par le baptesme au corps de Christ, le mōde m'est mort, & moy de *rifie.*
ma part ie le suis au mōde: & ne suis espouuāté des maux dont il me menasse, ne chatouil-
le des cōmodités qu'il presente: ie ne crains hayne & ne fay cas des applaudissemēs: ie ne
m'estōne point de la hōte, & ne cherche point de gloire, Christ me suffist pour toutes choses, & cōtre toutes choses. C'est tout vn que tu viēnes à la professiō d'iceluy, circōcis du Iudaisme ou incircōcis des Payēs. Car quicōque est receu en son corps par la foy, il est si soudainemēt chāgé en vn autre hōme qu'il deuiēt nouuelle creature, & par cela est dit renay-
stre. Qu'on reiette donc au lōing toute differēce humaine. Quiconque faict profession de
Christ qu'il se souuiēne seulement qu'il est Chrestien. Que cela soit vne regle stable: à tous
ceux qui la suyurōt, ie leur souhaitte paix & misericorde: car c'est bien raison de souhaitter
à tels ce que Dauid souhaittoit aux Israelites, disant aux Pseaumes: Paix sus Israel. Mais il y *Psal.124*
a deux sortes d'Israelites: assauoir les Israelites selō les hōmes, & les Israelites selō Dieu. Celuy n'est pas incōtinent vray Israelite qui a le prepuce rōgné, ains qui a le cœur circōcis, &
qui par la foy est fort à Dieu. Dōc à ces Israelites là du nōbre desquels aussi vo⁹ estes, ie desire paix & misericorde. Mais disons adieu à ceux qui sont faussemēt nōmés Israelites, lesquels auec vne hayne obstinée, se bādent cōtre l'Euāgile de Christ. Ils ne me ferōt certes ia
mais chāger d'opiniō. Ce que i'ay presché, ie le prescheray tousiours. Parquoy que desormais personne ne me fasse en cest endroit fascherie: car tant s'en faut que ie puisse estre de-

Tt 3

stourné

ſtourné de la verité de l'Euāgile par blaſmes ou afflictiōs aucunes, que la vergongne qui
m'eſt faitte pour l'amour de Chriſt, aſſauoir priſōs, fouets, liēs, lapidemēs, & autres maux
que i'ay endurés pour le nom de Chriſt, ie les porte par tout auec moy en mō corps, côme
marques & enſeignes de mō ſeignr Ieſus Chriſt, deſquels ie fay monſtre en ſigne de victoire: eſtimant que ce m'eſt gloire de me voir digne d'enſuyure par quelque moyen la croix
de Chriſt, laquelle ie preſche. Freres, la grace & bienueuillāce de noſtre ſeignr Ieſus Chriſt,
ſoit touſiours auec voſtre eſprit, à fin que par ſon ayde vous puiſsiés demeurer fermes en
la pureté de l'Euangile. Or à fin que ce mien deſir ſoit accomply, ie prie celuy, par l'inſpiration duquel i'eſcry ces choſes, qu'il vous en doint la grace. Amen.

Fin de la Paraphraſe ſus l'Epiſtre aux Galates.

ARGVMENT DE L'EPISTRE

SAINCT PAVL AVX EPHESIENS,

par D. Eraſme de Roterodame.

E PHESE eſtoit iadis ville capitalle d'Aſie la moindre: cité addonnée
par grande ſuperſtition au ſeruice des faux dieux, & principalemēt de
Diane, pour laquelle cauſe eſt appellée aux Actes la deuotte de la grād
Diane, non de ceſte chaſſeuſe laquelle les poetes (à cauſe de la chaſſe) e-
quippent de fleches & d'armes, mais de la grāde nourrice, appellée des
Grecs Polymaſton, laquelle diſoyent nourrice de tous animaux, ainſi
que monſtre ſainct Hieroſme. Car du temple de la grāde Diane d'Ephe-
ſe, renommé par tout le monde, ceux-meſme qui ont eſcript entre les Payens, en ont faict
çà & là mention. Les Epheſiens-cy eſtoyēt ſtudieux de ſciēces curieuſes. Pourtant à la predication des Apoſtres, ils apporterent vn grād tas de liures d'art Magicque, leſquels furēt
mis au feu, dont le pris eſtant conté, fut trouué de cinquāte mille pieces d'argent, ainſi qu'
il eſt raconté aux Actes 19. A fin donc de les retirer de ſi grandes erreurs, il demoura trois
ans entre eux, faiſant tout ce qu'il voyoit eſtre neceſſaire à leur ſalut: à quoy ce pēdant pluſieurs contrediſoyent & reſiſtoyent, ainſi que luy-meſme teſmoigne en quelque lieu où il
fut expoſé aux beſtes, ainſi qu'il faict mention en la ſecōde Epiſtre aux Corinthiens. Mais
ſe partant de là, commanda à Timothée d'y demourer. Or comme celle cité eſtoit bien
fournie de gens addōnés à choſes curieuſes & à la Magie, auſſi y en auoit-il de doctes &
ſçauans. Pourtant ſainct Paul s'accommodant aux mœurs & à l'eſprit d'vn chaſcun, faict
ſouuent mention des eſprits, monſtrant la differēce des bons & des mauuais: ioinct qu'il
declare certaines choſes ſecrettes & obſcures: car il n'y a Epiſtre aucune qui côtienne tant
de miſteres & ſens cachés, tant qu'il ſemble que ſainct Pierre aye principalemēt eſcript de
ceſte Epiſtre quant il diſoit: Comme auſſi noſtre treſcher frere Paul par la ſageſſe qui luy á
eſté donnée, vous a eſcript comme par toutes ſes Epiſtres, eſquelles il parle de ces choſes,
& y a des paſſages mal-aiſés à entendre, que les ignorās & mal-aſſeurés tordent, comme
auſſi les autres eſcriptures à leur perdition. Dōcques pource que ceux-cy eſtoyēt demeurés fermes en foy, il les enhorte de perſeuerer & tēdre à perfectiō, les aduertiſſant quels ils
ont eſté, lors qu'eux addōnés, aux vices, ſeruoyēt à meſchāts eſprits, & quels ils ſont maintenāt deuenus, eſtans entés en Chriſt. Ce pendant il mōſtre que la grace de l'Euāgile, encore qu'elle fuſt promiſe aux Iuifs, a eſté par le cōſeil de Dieu, deuement auſſi eſtendue entre
les Gentils, & que de ceſte charge il en a eſté ordonné miniſtre de Dieu. Mais pour autant
qu'il eſcriuoit de la priſon, les enhorte que ſes afflictiōs ne leur faſſent perdre courage, ains
que plus toſt les prēnent à gloire. Voyla ce qu'il traitte au premier & ſecond chap. Aux autres trois, il leur d'eſcript vne forme de viure, mōſtrant ce qu'il faut ſuyure & fuyr: Quel eſt
le deuoir des marys enuers les femmes, & des femmes enuers les marys. Quel celuy des peres & meres à l'endroit des enfans, & des enfans à l'endroit des peres & meres: brief quel
celuy des maiſtres aux ſeruiteurs, & des ſeruiteurs aux maiſtres. Ceſte epiſtre fut eſcripte
de la ville de Rome par Tychicque diacre duquel il faict mention ſur la fin, l'appellant fidele miniſtre, ſainct Ambroyſe adiouſte qu'elle fut eſcripte de la priſon: lois
qu'eſtant amené de Ieruſalem à Rome, viuoit par caution hors
la forterefſe, au lieu qu'il auoit à louage.

PARA-

PARAPHRASE DE L'EPISTRE
DE SAINCT PAVL APOSTRE AVX
Ephesiens, par D. Erasme de Roterodame.

CHAPITRE I.

PAVL ambassadeur nõ de Moyse, ne d'homme quelcõque, mais de Iesus Christ, duquel ie traitte l'affaire: ambassadeur, di-ie, nõ que ie m'y sois ingeré de moy-mesme, ou par la commissiõ des hommes, ains par l'authorité & commandement de Dieu le pere, lequel m'a commandé par son fils d'estre heraut de la doctrine Euangeliqúe entre les Payens : i'escry ces lettres à tous ceux qui viuent à Ephese, & viuent tellement qu'ils s'estudient de se garder nets des vices & ordures de ce monde, & de croyre d'vn cœur entier, à l'Euangile de Iesus Christ, sans esperer d'ailleurs le salaire d'innocéce & saincteté, que de là où ils en ont prins l'exemple : & sans attendre la fin & principal de leur felicité, d'autre part, que d'où elle a prins son commencement. Ce pendant ie vous souhaitte, non ce que coustumierement souhaittent ceux qui estiment leur felicité venir du secours & faueur du monde: mais que Dieu, autheur de tous biens (lequel nous pouuons bien maintenant appeller nostre Pere, non seulement à cause qu'il nous a formés, mais beaucoup plus pour ce qu'estans entés au corps de Christ, sommes receus au droit des enfans) accroisse de plus en plus sa largesse iournellement en vous, par laquelle apres vous auoir gratuitement deliuré des forfaicts de la vie passée, de meschans & iniustes, vous a rendus seruiteurs d'innocence & iustice : & qui vous maintiéne en bon accord, à fin que soyés entre vous d'vn mesme courage: & estás vne fois pour toutes, retournés en grace auec Dieu, vous vous gardiés qu'en retournant à voz pechés, l'alliáce faitte auec luy ne soit rompue, en laquelle alliance vous estes receus par le moyen de Iesus Christ son fils, par lequel & auquel le Pere nous eslargit tout, & lequel d'orenauant à bon droit appelleront nostre Seigneur, puis que par le pris de son sacré sang, affranchis de la tyrannie du diable, il nous a faict siens: & mis hors de la seruitude d'iceluy, nous a receus sous son authorité & puissance. O heureux seruage par lequel nous sommes conioincts à Christ. Or cela ne nous estil aduenu d'auãture, ou par les merites, mais il faut que par tous moyens nous en donniõs la louãge à Dieu & pere de nostre Seigneur Iesus Christ, qui par sa faueur gratuite a espandu sur nous sa bonté, en nous eslargissant non seulement ce qui appartient à la necessité de ceste vie, & entretenement du corps, ainçois les graces qui font au salut de l'ame & à la vie immortelle, laquelle nous attend au ciel, & ce par Christ par lequel le pere nous a ouuert l'entrée au cieux. Mais à fin de clorre la bouche à qui se voudroit enquerir d'où vient vne si grande faueur, & d'où c'est que procede vne liberalité telle qu'onques ne fut ouye: Ainsi l'auoit arresté sa bonté en son conseil eternel, voyre premier que les fondemens du monde fussent mis. Il nous a ia dés lors esleus à fin que par son fils (par lequel il a crée, il gouuerne & a restably toutes choses) les pechés de la vie passéc, estans abolis, nous sussiõs rendus saints & sans reproche, non seulement enuers les hommes, ains enuers Dieu mesme, qui des secretes affections du cœur estime l'homme, & ce non par crainte de la loy Mosaique, la seuerité de laquelle, a esté trouuée inefficace à cela, mais par la foy de l'Euangile & par charité laquelle obtient plus des gens volontaires, que la Loy n'arrachoit des cõtraints. Or le deuoir que crainte de mal, ou courroux du maistre arrache des seruiteurs, n'est pas parfaict, mais celuy que pieté & prompte charité obtiét des enfans. Cela ne nous pouoit estre donne par nostre vertu, si Dieu par son eternelle ordonnance, ne nous eust adoptés & receus au rang & droit d'enfans, & ce par Iesus Christ, auquel il nous a aussi con ioincts par foy & charité qu'estans faicts ses mêbres, sommes vn auec luy, & par son accoin tance obtenõs ce que n'auions deseruy. Il ne nous en faut point attribuer de louange. C'a esté le plaisir de celuy qui est bon de nature, à fin qu'il rendist plus claire & excellente la lar gesse & beneficence, que de pure grace il vse en nostre endroit. Quant à nostre vertu, nous ne pouuõs estre rien autre qu'ênemys de Dieu, & seruiteurs reprouués. Mais Dieu nous a recõciliés à soy par celuy qu'il ayme par dessus tout, & de seruiteurs dignes de hayne no⁹ a faict enfans agreables & bien aymés. Tãdis que par noz pechés & forfaicts nous estiõs mê bres du diable, nous ne pouuiõs aymer Dieu, ny estre aymé de luy: Mais apres que son fils

Grace vous soit & paix.

Loué soit Dieu & pere de nostre Seigneur.

Lequel nous a predistiné pour nous adopter.

Tt 4 bien

bien aymé nous a par son precieux sang, rachettés de la seruitude des vices, & côioincts à
luy còme ses membres, le Pere ne peut faire qu'il n'ayme ceux qu'il a voulus estre alliés au
fils. O biê inestimable : mais ainsi a-il pleu à ce bon Pere, lequel ne s'est côtenté de declarer
son abondante largesse, par tout & en toutes choses, ainsi qu'on peust voir, mais par especial & comme d'abondant l'a deployée sus nous, lors qu'il nous a reuelé, comme vn pere
fauorable à ses enfans, le secret de son eternelle volonté, ia par tant de siecles caché au
monde, lequel cognoistre est tres-grande sagesse & souueraine prudence, beaucoup plus
excellente que celle par laquelle sous ombre de grand sçauoir des sciêces humaines, aués
surpassés les autres. L'entendemêt humain cherche les secrets de nature, lesquels trouués
ne rendent pas soudain l'homme heureux. Nulle raison de l'entendemêt humain ne pouuoit comprendre ce secret, si Dieu luy-mesme ne l'eust reuelé, lequel estant cogneu nous a
mené à vraye felicité. Que si quelqu'vn demâde pourquoy c'est qu'ayant esté si long têps
caché, il a orprimes reuelé : Ie n'ay que luy respondre sinon que ce bon Dieu l'a ainsivoulu,
lequel ne peut rien vouloir qui ne soit tres-bon, veu qu'il est la bonté mesme. Ce qui nous
est maintenant nouueau, ne luy peut estre nouueau. Ce que maintenant (en enuoyant son
fils) il a reuelé au monde, cela estoit de toute eternité arresté enuers le pere & le fils : mais
par vn certain conseil, qui ne se peut dire, a voulu qu'il demourast secret & caché iusques
à ce que le temps par luy ordonné, fut accomply, auquel ce secret seroit reuelé aux hommes : par lequel estant abolies les choses par le moyen desquelles on cherchoit iadis en
vain felicité (les vns par l'obseruation de la loy Mosaïque, les autres par l'estude de philosophie, les autres par supersticieuse religion & seruice des faux dieux) la somme de tout
ce qui appartient à vraye innocence & beatitude, fut mise en vn Christ, hors lequel, il ne
faudroit plus rien rechercher veu que cest l'vnique source & fontaine, d'où on peut puiser
tout tant qu'il y a de bien soit au ciel soit en terre. Car Dieu le Pere a voulu qu'il fust chef de
C'est d'ensem- tous : que de luy seul tous dependissent : que de luy on espere ce qu'il faut vrayement de-
ble recuillir mander & qu'on confessast tenir de luy, tout ce que par sa benignité il nous eslargist. Par
toutes choses lequel aussi ce grand heur nous est aduenu, d'estre adoptés en la condition & heritage
par Christ. d'immortalité, non de noz merites, mais pource que iadis y auions esté destinés selon le
propos de celuy, par l'authorité & puissance duquel tout est faict & gouuerné, & ce par vn
conseil à nous insondable selon sa volonté, lequel estant tres-bon & tres-sage, il ne peut
rien vouloir sinon choses tres-bonnes & tres-sages. Or tel fust son plaisir, que nous fussiôs
appellé à cest heritage & compagnie de Christ, non point par noz merites, mais par sa benignité gratuite, nous di-ie, qui aduertis par les oracles des Prophetes, auions aucunement fiché nostre esperance en Christ, qui nous estoit promis, voyre premier que la verité
de l'Euangile monstrast sa clarté, à fin que ce benefice ne fut attribué à l'obseruation de la
loy Mosaïque, ainçois retournast toute la louange à la gloire de la bonté de Dieu, auquel
a ainsi pleu de nous eslargir ces choses de pure grace par son fils. Or est-il que nous Iuifs
(depouillés de la fiâce des ombres de la loy Mosaïque, auons ambrassé la verité de l'Euangile, d'où nous esperons vray salut, voyre sans le secours de la Loy) nous ne sommes pas
seuls appellés à ceste promise cômunauté de Christ. Mais vous aussi qui encore que soyés
incirconcis, toutefois puis qu'aués creu au mesme Euangile, vous estes choisis & appellés
à la mesme communauté. Car ce ne vient pas de la circoncision, que soyons receus à l'esperance d'immortalité, mais de la croyance : que si elle vous est commune auec les Iuifs, pourquoy serés vous estrangés des largesses de Dieu? La petite peau du prepuce taillée, est vne
marque pour cognoistre le Iuif du Payê : mais la marque de l'Euangile s'estend plus loing,
laquelle n'est point engrauée au corps, mais à l'esprit. Tous esgalemêt, de quelque nation
qu'ils soyent en sont marqués, qui ambrassent la doctrine de l'Euangile, & croyent à ses
promesses. Mais quelqu'vn demâdera qui est le signe lequel separe les Chrestiens des meschans? C'est certes le sainct Esprit, & vne affection non seruile, telle que coustumierement
se trouue és enfans craignans Dieu, qui faict en nous que de tout nostre cœur auons fiance aux promesses de l'Euangile, iaçoit qu'elles n'apparoissent encore icy. Car l'heritage auquel nous sommes entés ne sera point entierement baillé, sinon en la resurrection des
corps, mais ce pendant il nous depart son Esprit comme vn gaige & arres de l'heritage
promis. Par ceste marque, nous sommes certains que Dieu nous tient pour ses enfans : &
n'y a point de doute, que Dieu ne deliure les siês, lesquels il a rachettés par la mort de son
fils. Car la diuine benignité, cherche d'en gaigner vn grand nôbre : & de rendre sa magnificence & grandeur, notable & cogneue au genre humain, à fin que son loz & renommée
s'estende plus loing. Iadis Dieu auoit vn soing special des Iuifs, pource qu'il les auoit deliurés

liurés du seruage des Egyptiens:mais c'estoit peu de chose que sa bonté fut publiée & magnifié entre vne natōi. Il veut estre loué & exalté de tous, veu qu'il a gratuitemēt deliurés
tous du seruage de peché : ioinct qu'il estime appartenit à sa gloire, que non seulemēt les
Iuifs, mais aussi toutes nations de la terre, viennent par la foy de l'Euangile, à participer
au salut. A cause de quoy,ie n'ay certes,en vostre endroit,nul esgard à la circoncision, puis
que i'ay signes apparents du salut Euangelique.Premierement pource que vous aués mis
vostre fiāce au Seigneur Iesus : Puis vous aués declaré vne charité,vrayemēt Chrestienne,
enuers tous les saincts qui sont membres de Christ. Pourtant ie ne cesse de remercier Dieu
pour vous : car pieté Euāgelique faict que ne receuōs pas moins de ioye du bien d'autruy
que du nostre:pareillemēt ie fay tousiours memoire de vo' en mes oraisons,par lesquelles
ie prie iournellement Dieu pour l'auancement de l'affaire Euangelique : à fin que luy qui
est esgalement Dieu de toutes nations, & Dieu de nostre Seigneur Iesus Christ, selon l'humaine nature (d'où vient aussi que Christ est Dieu,auquel comme à l'autheur & source de
tous biēs,la somme de toute gloire est deue) vous eslargisse de plus en plus,les arres mentionnées,assauoir, son esprit lequel inspiré en vostre entendement ceste sagesse celeste, & la
cognoissance de ce secret:à fin que cognoissiés celuy seul qui donne salut,& que ce pédant
vous le puissiés voir aucunement des yeux, non corporels, mais des yeux du cœur & de
l'entendement,lesquels sont si agus par la lumiere de la foy, qu'on en peut contempler les
choses à venir, & qui ne se peuuent voir des yeux corporels : A fin que par ce moyen vous
puissiés sçauoir, ce que nulle philosophie humaine n'enseigne,assauoir combien est heureuse l'heritage,à l'esperance de laquelle il vous a appellés : & combien grande la dignité
de l'heritage plantureux que receurōt ses saincts:& quelle est la hauteur & grandeur excellente de sa puissance, qu'il declare meintenant en nous:laquelle par vne certaine vertu cachée, qui ne se peut declarer,nous transforme tellement de noz vieilles entreprinses, & façons de faire que toutes autres choses m'esprisées, nous mettons en luy seul nostre fiance:
& ne ne faisant cōte des choses que nous voyons,attendōs de luy celles que ne voyons,&
lesquelles par cy deuant, il a manifestement declarées en nostre chef Iesus Christ. Lequel il
a par sa puissance,rappellé des morts, en vie immortelle, en luy faisant tant d'honneur de
le mettre à sa dextre au royaume celeste, par dessus toute principauté,maistrise, vertu, seigneurie,& tout autre nom de dignité & puissāce qui ce puisse dire,voyre encore plus excellent,soit en ce siecle ou en celuy à venir, à fin qu'il ait la seigneurie,non seulemēt sur toutes
choses corporelles & terriennes,mais aussi sur les spirituelles & celestes : tellemēt que sans
en rien excepter, il luy a assubietty tous sous ses pieds : Et à fin de nous donner certaine
esperāce,de venir aussi en compaignie de ceste gloire, il a voulu que celuy qu'il auoit ainsi
ordonné seigneur sur toutes choses, fut aussi chef de tout le trouppeau des croyans, lesquels sont ne plus ne moins conioincts à Christ, que les membres à leur chef, lesquels ne
peuuent estre separés l'vn de l'autre. Or la gloire du chef est commune aux autres mēm-
bres, lesquels le chef gouuerne en telle façon, qu'il espand ses biens sur tous particulierement. Et le corps n'est point parfaict sans le chef, & le chef semble defaillir en quelque chose, s'il n'est ioinct au corps accomply de tous,ses membres, sur tous lesquels Christ espand
en sorte ses graces,que luy-mesme remplit toutes choses, & ainsi vit & regne du tout & entierement les membres estans tous conioincts à luy.

*Pour ceste chō-
se moy aussi a-
yant entendu.*

*Laquelle il
a exercée en
Christ.*

C H A P I T R E   II.

Ais ie vous prie, considerés comment le Pere vous a ia baillé vn commen-
cement de ce qui est accōply en Christ, & doit estre puis accomply en vous,
Christ est mort & ressuscité,n'estant plus subiect à la mort. Vray est qu'il n'e-
stoit pas subiet à peché, mais à cause du corps qu'il auoit reuestu, il estoit
mortel. Mais comme peché est vne mort de l'ame, qui est l'entrée de la mort
eternelle,pareillement innocence est vne vie de l'ame,qui est commencement de la vie eternelle. Or le Prince de ceste vie c'est Dieu, nous eslargissant son Esprit : Mais l'autheur de la
mort c'est le diable,ayant aussi son esprit, duquel ceux qui sont poussés, se gettet apres les
commodités de ceste vie,se deffians pour vray, des promesses de la vie eternelle. Christ est
mort pour noz forfaicts,& est ressuscité pour nous faire foy d'immortalité à venir.Ce pendant vous aussi à sa semblance entés en luy par le baptesme, estes morts à voz pechés &
vices,esquels,du temps que vous meniés vne mauuaise vie,estiés vrayement morts,n'aymans rien fors les mortelles ombres des biens, par lesquelles ce monde pour vn temps a-
buse ceux,qui ont faute de l'esprit de Dieu,estans poussés de celuy de Satan, à qui pour le
present est promise la tyrānie sur ce bas air,il desployé quelque vertu de c'est esprit maling

*Et vous quant
vous estiés
mort par.*

sur

sur ceux, qui se defiãs des promesses de l'Euãgile, mettêt la somme de leur felicité en choses visibles & perissables : & n'escoutent point Dieu le pere qui inuite à vraye felicité, aymans mieux seruir à vn cruel & meschant Seigneur, auquel aués aussi autre fois seruy : & non seulement vous, mais aussi nous tous. Car iaçoit que la Loy nous destournast du seruice des idoles, toutefois toute la vie estoit souillée de meschantes conuoitises des choses corporelles, à l'appetit desquelles nous viuons faisant, non ce que l'esprit celeste nous enseignoit & à quoy il nous adressoit, ains ce à quoy nostre pensée (addonnée à vilaines affections) nous poussoit. Dequoy aduenoit que comme ceux qui par foy sont conioincts à Christ appartiennent à l'heritage promise aux enfans obeissans : aussi nous côme enfans rebelles appartenions à l'heritage contraire, participans certes de celle à laquelle nous nous estions rangés. Icelle est la mort eternelle, laquelle est deue aux meschans : à laquelle nous estions assubiettis & condamnés, quant en nous estoit, aussi bien que les autres. De

plein gré nous estions ses esclaues, & n'estoit en toute nostre puissance de nous deliurer d'vn tel seruage tant malheureux. Or vous aués ouy nostre mort : vous aués ouy nostre ruyne : Mais d'où attendrons nous vie ? d'où nous viendra salut. Nullement de noz merites, ny par le moyê de la loy Mosaique. D'où donc ? Sans doute de la pure largesse de Dieu le pere, duquel la benignité est si plantureuse, & la charité enuers le genre humain si grande, que non seulement il ne nous punit point ainsi qu'auions bien deseruy, mais aussi lors qu'estions morts à cause de noz pechés, il nous a ensemble auec Christ remis en vie : Qui n'estoit, di-ie, de nostre merite, mais ce qu'il donne, est de pure grace. Et non seulement nous a remis en vie auec le fils, ainçois nous a esleués, de ces choses basses aux hautes, & nous a la posés par Iesus Christ, par le moyen duquel nous auons communement, tout ce qu'il a, luy qui est nostre chef : & si possederons maintenant en esperance, ce que bien tost nous possederons de faict. Et ce luy a ainsi pleu, à fin qu'au têps de la resurrection, que les choses qu'il a promises apparoistront, il declare sa plantureuse beneficence, laquelle selon sa benignité gratuite, il a voulu espandre sur nous, non pour noz bien-faicts, mais à cause des merites de Iesus Christ. Car il faut souuent redire, ce qui doit estre profondement engraué en voz cœurs. C'est de pure grace, di-ie, que soyés deliurés de la perditiõ, en laquelle vous estiés detenus, à fin que ne soyés preuenus de l'erreur d'aucũs Iuifs, lesquels pour garder les ordonnances de la loy de Moyse, se promettêt salut. De vous certes vous deués

vostre salut à la foy par laquelle vous aués creu à l'Euangile, & ne faut point l'attribuer à vous, il vous a aymé le premier, & estans attirés à luy, à faict que vous le r'aymiés : Luy-mesme a gratuitemêt espandu le don de foy, par laquelle toutes tenebres dechassées, vous puissiés voir la lumiere de la vertu Euangelique. Il faut donc attribuer le tout à sa largesse : & n'y a pas de quoy nul se puisse icy glorifier comme du sien. Que nous soyons crées, nous le deuons à Dieu. Item que par la foy & le baptesme nous soyons renays, & comme de-rechef par vn autre moyen crées, separés de l'accointance du pere Adam pecheur, & entés en Christ prince d'innocence, à fin que par cy apres, par son ayde & à son exemple nous nous addonniõs à tout deuoir de vraye pieté, & ayans mis bas le vieil homme, nous mon strions par nouuelles œuures le nouuel homme, & que soyons tellement dissemblables à nous, qu'à bon droit on puisse nyer que soyõs les mesmes. Car pource Dieu nous a-il par la doctrine Euangelique, monstré le loyer d'immortalité, à fin que par innocence de vie & bonnes œuures, nous nous y efforcions : attendu aussi que la foy de l'Euangile n'est pas chose vaine & oyseuse, ains a pour sa compaignie inseparable, charité, laquelle obtiêt plus de bien & seruice, de ceux qui sont prompts & volontaires, que toutes les ordonnances de la Loy ne pourroyent arracher de ceux qui font tout enuy & par contraire. On ne nous charge point du ioug de la loy Mosaique, vne seule loy de charité Chrestienne suffit pour nous renger à tout deuoir. D'auantage les Iuifs ne tiennent pas ce salut de leur Loy : mais bien par cela en estes vous plus grãdement tenus à la bonté & liberalité diuine que vous aués esté plus eslongnés du vray seruice de Dieu & de la vraye religion. Parquoy à fin de mieux entendre combien vous estes redeuables à la liberalité & largesse diuine que soyés maintenant tels, il vous faut auoir souuenance quels aués autrefois esté. Car certes vous estiés iadis (selon la difference corporelle de nation) Payens, lesquels la nation Iudaique, (qui se glorifie de la circoncision charnelle & faitte de main) appelle par vn nom de diffame prepuciés, les tenans pour prophanes & abominables : ayans opinion que ceste felicité, iadis aussi promise par le oracles des Prophetes, leur appartenoit en especial : ne cognoissans point ce pendãt, ceux estre souillés enuers Dieu, qui de cœur & pensées sont incirconcis. Mais vous estiés pour lors incircõcis ensemble de corps & de cœur, en cela plus

conten

contentibles & à pleindre que les Iuifs, que vous ne vous esperiés point Christ, comme du tout estrangés du droit & cõmunauté de la nation Iudaique, à laquelle il sembloit en especial estre promis: forclos des alliãce de Dieu, par lesquelles il auoit promis à Abraham autheur de leur nation, disant: Par ta semence toutes natiõs seront benites. Et sembloit à voir *Gene.22.* qu'il ne vous restoit plus esperance aucune d'estre sauués, veu qu'en seruant aux idoles esties sans cognoissance du vray Dieu au monde: attẽdu aussi qu'ils appelloyẽt leur Dieu, & que luy de son costé les appelloit son peuple. Mais soudain que la verité de l'Euangile a *Mais main-* esclairé, Christ a renuersé l'ordre des choses, faisant que vous, qui sembliés iadis n'appar- *tenant par* tenir en rien à Dieu, luy soyés conioincts de pres, non par le rongnemẽt de la petite peau du *Iesus Christ.* prepuce, mais par le sang de Iesus Christ, par la raçon duquel estans affranchis des péchés de la vie passée, estes retournés en grace auec Dieu. Il y auoit par cy deuant debat entre vous & les Iuifs: entre vous & Dieu. Mais Christ autheur de paix & accord, a osté toute difference du circoncis & de l'incircõcis: Il a osté les ceremonies de la loy Mosaique, qui estoit cõme vne muraille rompant l'accord entre les Iuifs & Payens, à fin que toute vieille hayne abolie deux peuples, qui au parauant estoyent grandement separés l'vn de l'autre fussent faict vn. Car auant Christ, les Gentils auoyent en grãd dedaing les obseruations des Iuifs cõme superstitieuses: esquelles ce pendant les Iuifs se contentoyent si fort, qu'ils auoyẽt en grand horreur ceux qui ne s'en seruoyent. Christ donc par vn admirable conseil a cassé & aneanty la hayneuse Loy mise en ceremonies charnelles, à fin de n'estranger les Iuifs, & de ne presser les Payens du fardeau d'icelle. Car veu qu'il estoit Dieu & homme, il a gardé selon la chair, les ordonnances de la Loy, & toutefois a tesmoigné que le salut, que selon l'esprit, il apportoit n'appartenoit pas moins aux Payẽs qu'aux Iuifs, de sorte que le prepuce ne doit plus estre en vous abomination, ne la circoncision en eux, glorieuse: à fin que la vieillesse de l'vne & l'autre nation abolie, des deux il en formast vne nouuelle, laquelle en vn nõuueau hõme Christ (sauueur esgalement de toutes deux) fust vn peuple. Et comme il auoit accordé les Iuifs & Payens entre-eux, aussi a-il quant & quant remis en grace les vns & les autres auec Dieu, à fin qu'il n'y eust toutalement rien pour rompre la paix, ains que les choses celestes pareillement & terrestres fussent assemblées en vn corps. La mort que Christ a endurée pour nõz pechés, nous a conioincts à Dieu, lequel n'a point de paix auec ceux qui seruent à peché. Et pour autant quelle est esgalement employée pour les Payens & Iuifs, il ne faut pas qu'en cest endroit, les vns se fassent plus grãds que les autres, attẽdu mesme que le gaige, & les arres du S. Esprit duquel nous auons vn peu deuãt parlé, est sans difference communement baillé aux vns & aux autres. Et voyons maintenant accomply, ce que iadis Esaie inspiré, predisoit aduenir. Car Christ n'a point seulemẽt presenté la doctrine de l'Euãgile aux Iuifs, ausquels ceste beatitude sembloit en special estre promise, & qui aucunement sembloit en leur maniere estre vrays seruiteurs de Dieu: ainsi aussi à vous qui esties loing, & du parentage de la nation Iudaique, & du vray seruice de Dieu enseignant que par sa mort tous les deux trouppeaux seroyent reduis en vn, pour recognoistre vn seul pasteur, iceluy nous a ouuert l'entrée au Pere, qui au parauant estoit courroucé contre nõz pechés. Et autre n'a ouuert l'ẽtrée aux Iuifs que celuy qui la ouuerte aux Payens : mais tous sommes redeuables à vn mesme de ce que nous efforçons & les vns & les autres maintenant venir au Pere de famille, assauoir en confiance d'vn commũ esprit, lequel sans difference inspire ceste fiance en noz entendemẽs. Aduisés donc de ne prendre chagrin ou deplaisir aucũ en vous de ce que selõ le parẽtage de la chair, vous n'estes yssus de la race d'Abrahã ou de Dauid, ou que vous soyés exempts de la loy Mosaique, attendu que selon l'esprit vous estes citoyens & cõmbourgeois auec les saincts, & de la maison de Dieu: laquelle ne se bastist pas seulemẽt des Iuifs: mais de tous vrays croyans à l'Euãgile. Ses fondemẽs sont les Apostres, herauts de l'Euangile, & les Prophetes, lesquels monstrerent iadis par leurs oracles, que le don de l'Euangile seroit à l'aduenir esgalement cõmun à tous. Vous aussi, appuyés vous sur ce fondemẽt. Or Iesus Christ, la maistresse pierre de ce bastimẽt, qui fut assise au coing, lie & ambrasse toutes les deux parois, par la force & liaisõ de laquelle, tout le bastiment des croyans de toutes pars assemblé, croist iournellement, & se leue en vn temple spirituel vrayement sainct, assauoir consacré du Seigneur mesme. Duquel sainct bastiment aussi vous estes vne partie, lors que comme viues pierres, basties sur les mesmes fondemẽs, cõprinses & liées de la mesme pierre du coing, vous estes faicts par pureté d'esprit & de pensée la saincte demeurance de Dieu, exempte & nettoyée de toutes souilleures de vices & conuoitises. Le temple de Moyse ne reçoit que les Iuifs, mais tous sans esgard qui ambrassent la foy de l'Euangile, appartiennent à ce temple-cy.

CHAP.

CHAPITRE III.

Pour ceste cau-
se moy Paul.

E Tà fin que plus fermement vous croyés cela, ſçachés que moy Paul ne ſuis pour autre cauſe detenus en ces priſons: car ce n'eſt point pour aucun meſ-fect, mais pour l'amour de noſtre Seigneur Ieſus Chriſt, auquel ie taſche (dont les Iuifs ont depit) de vous gaigner, vous Payens. Si toutefois aués ouy, que ceſte charge m'a eſté baillée de Chriſt, à fin que le ſalut Euangelique, lequel aucuns par cy deuant penſoyent appartenir ſeulemēt aux Iuifs, fuſt par moy admi-niſtré en toutes pars, meſmement entre les Payens, du nombre deſquels vous eſtes. Ce ſe-cret au parauant caché aux autres Apoſtres, Chriſt me la manifeſté, comme nous auons, cy deuant briefuement touché, en eſcriuant aux autres nations: ce que liſans pourrés co-gnoiſtre, que le ſecret conſeil de Dieu ne m'eſt incogneu: lequel outre ce qu'il auoit predit

Acte 9

à Ananie, que ie deuois porter ſon nom entre les Payens. Il m'a auſsi commādé que pour exécuter ceſte charge i'alaſſe aux Payēs de loingtain pays. Cela ſembloit de prime face a-bominable, que gens infideles & idolatres, fuſſent appellés à la communauté de l'Euangi-le, combien que Dieu l'euſt ainſi arreſté, voyre deuant la creation du monde, & ia aucune-ment reuelé par inſpiration aux prophetes: Toutefois il n'auoit point encore eſté ſi claire-ment manifeſté au genre humain, comme il eſt maintenant par moy, que les Payens ob-tiennent ſalut par la ſeule foy de l'Euangile, ſans ayde de la loy Moſaique: tellemēt que les principaux meſme des Apoſtres, n'ont oſé receuoir les incirconcis au bapteſme. Mais c'eſt choſe maintenant toute manifeſte aux ſainſts Apoſtres de Chriſt, & à ſes Prophetes, par l'inſpiration du ſainſt Eſprit, que les Payens ſont tellement vnis auec les Iuifs par la foy,

D'vn meſme
corps enſem-
ble partici-
pant.

qu'ils ſont venus en cōmunauté d'vn meſme heritage, & faiſt vn meſme corps, iouyſſans d'vn commun chef Chriſt: & par ainſi ſont enſemble participans de toutes les promeſſes appareillées à ceux qui ont foy à l'Euangile, pour lequel preſcher l'authorité m'eſt com-miſe: En laquelle charge certes ie m'employe iuſques aux priſons & ceps, trauaillant iuſ-ques icy conſtamment en l'affaire de l'Euangile: non que de ma force & puiſſance ie puiſſe ſatisfaire à vne charge ſi grande & difficile: mais celuy qui me la commiſe, m'aſsiſte: de ſor-te qu'eſtant de moy foyble & impuiſſant, ſuis par ſa grace fort & aſſeuré contre toutes tem-peſtes & aſſaux. Ie ne me vante point de ma dignité, ie me confeſſe le moindre des ſainſts: mais il a pleu à la diuine bonté de bailler au moindre de tous, vne charge grande ſur tou-tes, aſſauoir qu'entre les Payens, iadis ſans cognoiſſance de Dieu, ie preſchaſſe & publiaſ-ſe les hautes & incomprehenſibles richeſſes de Chriſt, leſquelles ils preſente largement à tous: & ce qui auparauāt eſtoit caché, ie le miſſe en lumiere: attēdu qu'il eſtoit maintenant le temps de publier en toutes nations le benefice de l'Euangile: lequel ſembloit eſtre ſeule-ment apporté pour les Iuifs, combien que de toute eternité, Dieu createur & gouuerneur de toutes choſes, en eut autrement arreſté. Mais il a voulu que ce ſainſt conſeil & arreſt fuſt caché iuſqu'à ces temps, eſquels il luy a pleu qu'il fut deſcouuert & publié meſme en ſon

Et pour ma-
nifeſter.

Eſgliſe (ſus laquelle il a eſpandu tant de graces ſpirituelles) à fin que ſa tant diuerſe ſageſſe laquelle gouuerne merueilleuſement toutes choſes (par mort dōnant vie, par deshōneur menant à gloire, par humilité exaltant la maieſté de Dieu, ce que iadis nul n'euſt oncques penſé) fut manifeſtée, non ſeulement à toute la terre, ainçois aux principautés & maiſtri-ſes Angeliques & ſpirituelles, des cieux & de l'air. Qui quant bien ſe ſeroyent peu douter, que le genre humain viendroit à eſtre vne ſois racchetté, toutefois le moyen leur eſtoit ca-ché par lequel de tout eternité, Dieu par ſa ſageſſe auoit deliberé de ce faire: ce que or pri-mes a eſté manifeſté, quant il a enuoyé ſon fils en terre, par lequel en le reueſtāt d'vn corps humain s'eſt voulu par moyens qui ne ſe peuuent dire, aſſembler, adioindre & affranchir vne Eſgliſe, de laquelle Ieſus Chriſt noſtre Seigneur, fut chef luy-meſme: par lequel com-me nous ſommes rendus innocens, aſſauoir noz pechés eſtans abolis par luy, auſsi pre-nons nous fiance de venir ſans crainte au pere, duquel, eſtant auparauāt courroucé, nous n'euſsiōs oſé regarder la face. Car en quoy ne prendrions nous hardieſſe, en cōfiance d'vn tel chef, lequel ne permet point aucun de ſes membres perir, quoy que ſoyons icy affligés: Et pource qu'en tous lieux ie preſche hardimēt ce ſecret conſeil de Dieu, ie ſuis fort affligé de ceux, leſquels on ne peut encore amener à le croyre. Mais ie vous requiers que mes affli-ſtions que i'endure pour l'amour de vous, ne vous troublent ou facent perdre courage en rien que ce ſoit. Et ne faut qu'ayés honte de ceſt Apoſtre chargé de ceps. Car tout ainſi que la croix de Chriſt eſt noſtre gloire, auſsi mes ceps, leſquels ie porte, non pour meffeſts ou laſchetés, mais à cauſe de la pureté de l'Euangile, ſont à honneur & non à honte: Car tant plus nous endurons de maux courageuſement, pour l'Euangile de Chriſt, de tant plus

donnons

donnons nous à entendre que les promesses de Christ ne sont vaines sur l'esperance des
quelles appuyés, tous les maux de ceste vie ne nous sçauroyent esbranler ny abattre.
Et ne m'est pas seulement chose honnorable estre affligé pour l'affaire de l'Euangile:
mais aussi à tous ceux qui sont conuaincus en Christ, ce leur sera vne chose louable suyure l'exemple de leur chef & autheur. Pour laquelle chose certes à deux genoux & d'vne
profonde affection de cœur, ie prie Dieu nostre pere, & iceluy Pere de nostre Seigneur
Iesus Christ (duquel comme du principal chef depend tout parentage spirituel, par lequel sont conioincts ensemble, soit les Anges du ciel, soit les fidelles en terre, & duquel
comme de la source procede tout ce qui appartient à vraye felicité) à fin que comme il
a commencé de declarer son abondante gloire en vous, il vous augmente aussi de plus
en plus sa largesse, à celle fin que vous qui estes par le baptesme entés en Christ, & comme renays, deueniés par quotidiens accroissemens robustes & puissans, non selon le
corps, mais selon la pensee & l'esprit : & ce croyssant tousiours en vous le don de l'esprit
paternel, par lequel nous sommes rendus constans & inuincibles contre tout l'effroy de
persecution : Et que ce pendant la constance de vostre foy soit telle, que soyés tousiours
asseurés que Christ vous assistera, voyre plustost qu'il habite au profond de voz cœurs,
à cause de la fiance par laquelle vous vous remettés de tous en luy. Car il assiste principalement à ceux, qui se defians de leur auoir, dependent du tout en tout de son ayde.
Laquelle chose d'autant plus se fera, si à la foy Euangelique vous adioingnés charité
Euangelique, & luy adioingnés si bien qu'elle soit fischée en vostre entendement & prenne racine en voz cœurs : à fin que fondés & ainsi appuyés sur ce ferme fondement, croyssiés en vostre esprit, pour estre semblables en quelque maniere à l'esprit infiny de Dieu,
aussi à fin qu'estans-ia deuenus hommes, vous auanciés iusqu'à telle capacité, que
non seulement les Iuifs, mais aussi auec toute la multitude des saincts (qui sont par la
foy de l'Euangile conioincts au corps de Christ) vous puissiés comprendre combien la
bonté du Pere se desploye hors toute mesure, & comme elle ne pourroit estre comprise
de bornes & limites estroittes : l'esleuant en hauteur iusqu' aux Anges, & profondeur
penetrant iusques aux enfers, & en longueur & largeur s'estendant iusques aux bords
du monde : & semblablement à fin que vous puissiés entendre l'inestimable charité de
Christ enuers le genre humain dont la cognoissance surpasse tout sçauoir humain, quelque excellent qu'il soit. Brief que vous cognoissiés tellement en ses graces, que comme membres robustes & parfaicts, puissiés respondre à vn si noble chef & excellent Pere. Car tout ainsi que la nayssance corporelle a la dignité des eages, ses accroissemens
à son but iusqu'à ce qu'on soit deuenu homme, pareillement ceste generation spirituelle a son enfance, son adolescence, & sa force d'eage parfaict & entier. Or comme i'ay dit
ie ploye souuent les genoux vers Dieu le Pere, en luy demandant ces choses, lesquelles
de vrays sont grandes, & de beaucoup par dessus la force de l'homme : mais ie les demande à celuy duquel la puissance est si grande, que nous ne pourrions songer chose si
haute & difficille qu'il ne puisse encore beaucoup d'auantage : estant si bon & bening
que par sa largesse, non seulement il accomplist noz desirs, mais aussi surmōte nostre esperance. Rien ne se faict icy par noz merites ou de nostre vertu. Nous ne sommes que l'instrument de la puissance de Dieu, par lequel il desploye sa vertu en nous. Il faut donc attribuer à sa liberalité toute la gloire, qui reluyt en l'Esglise par Iesus Christ, par la communauté duquel elle possede tant de graces. Et icelle gloire n'aura iamais fin, ains d'eage en
eage durera à tout iamais, comme aussi l'Esglise de Christ ne prendra iamais fin. Ce que
i'ay dit est certain & sans doute.

C H A P I T R E   I I I I.

*Et que soyés
enraciné en
charité.*

PVIS donc que cognoissés, que d'vne si vile condition & d'vn si grand desespoir estes à telle dignité & si ample recompense, ie vous adiure par ces chaynes (desquelles non par mes mesfaicts, mais pour la gloire de Dieu & vostre salut suis lié) que quant au reste vous satisfaciés par innocence de mœurs,
à vostre profession & à la benignité de Dieu enuers vous. Ce qui se fera si la dignité de
vostre profession ne vous rend point plus hautains & farouches : Mais plustost qu'en
toute vostre conuersation reluyse vne vraye modestie, douceur, & courtoysie de cœur : &
que par dedaing ou arrogance l'vn ne vienne à mespriser l'autre, ainçois que de mutuelle
charité, vous vous supportiés l'vn l'autre, s'accommodans plustost pour vn temps à la
foyblesse d'autruy, que lors qu'vn chascun veut fermement maintenir son droict, concorde & vnanimité ne soit rompue, par laquelle estes conioincts & vnis, par le lien de

V v

paix

paix. Car il est mal seant à ceux qui ont tant de choses communes, ensemble auoir cœurs
& volontés discordantes. Vous tous, estes vn corps: vous dependés d'vn chef: vous
aués tous receu vn mesme esprit de Christ, voyre vous estes tous esgalement appellés à
vne mesme esperance d'heritage. Il y a vn Seigneur de tous Iesus Christ: Vne mesme
profession de foy à tous, & vn baptesme, lequel par le moyen a vne mesme efficace enuers tous ceux qui croyent à l'Euangile, soyent prepuciés, soyent rongnés. Finalemen il
y a vn Dieu & pere de tous, qui comme Prince & autheur de l'vniuers, a tellement la Seigneurie de toutes choses, que ce pendant par son esprit (duquel il nous gouuerne) est
espandu sur tous, & estans tousiours prest à nous secourir, habite en vn chascun de nous.
Tout ce bien donc qui est en nous, appartient à vn seul. Or cela ne doit point empescher nostre vnion & concorde que les dons & graces d'iceluy, n'apparoissent point en
tous vnes & semblables, non plus certes que nous voyons l'accord & conuenance des
membres entre eux estre rompu, pource qu'ils ne sont pas tous bons à vn mesme vsage,
& qu'ils ne sentent pas tous esgalement l'influction du chef. Ainçois ceste diuersité nous
doit plustost attirer à concorde. Car veu qu'il n'y a nul des membres qui ait de soy ce
qu'il luy faict mestier pour son secours, il aduient qu'vn chascun deux a besoing du seruice de l'autre, & n'y a celuy qui puisse mespriser l'autre. Au reste, ce departement de
dons ne depend point de nous, mais du plaisir de Dieu, lequel dispence ces biens largement ou peu, ainsi qu'il cognoit estre necessaire. Et ne faut dedaigner celuy qui en a
moins: & qui en a plus n'a cause d'en dresser la creste. L'vn vient de la dispensation de
Dieu, & l'autre de sa largesse, combien que ce soit tout par Christ, lequel ensemble depart tout auec le Pere. C'estoit certes ce que iadis le Psalmiste, par inspiration diuine a-
uoit predit. Car Christ ayant vaincu les enfers & estans ressuscité, est monté au regne celeste du Pere, menant auec soy l'enseigne de sa victoire, vne trouppe de captifs deliurés de
la tyrannie de peché & du diable: Et d'enhaut de la pure largesse du Pere, donne par l'esprit celeste diuerses sortes de dons, les distribuant entre les hommes à la façon des victorieux, qui au milieu de leurs triomphes ont accoustumé espandre de quelque lieu haut,
d'or & argent à poignées parmy le peuple. Il a enuoyé dons du ciel: dons, di-ie, celestes.
Mais ce qu'il est dit estre monté, ne s'ensuit-il pas qu'il soit quelques fois descendu. Aussi
n'y a-il point de descente que d'enhaut: Descendre est premier que monter: Car rien ne
merite hautesse, que humilité & abaissance de soy. Or de grand abaissance, s'ensuit vne
tres-grãde hautesse. Christ du plus haut ciel qui est par dessus tout, s'est abaissé iusqu'aux
enfers par dessous toutes choses. Et par cela a merité d'estre derechef esleué par dessus le
plus haut de tous les cieux, retirant ainsi de nous la presence de son corps, à fin d'emplir
tout d'enhaut de dons celestes, & nous assister par vn autre certain moyen, & auec plus
grande efficace qu'il ne fit oncques, lors qu'il conuersoit auec nous en terre. Il n'a point
abandonné son corps, ains a tellement departy ses dons à chascun membre, qu'en general rien n'y defaut, encore que les vns soyent plus excellens en graces que les autres. Car
il en a voulu aucuns estre principaux, comme les Apostres premiers & autheurs de la predication de l'Euangile: aucuns prophetes, qui sceussent declarer les choses obscures de la
loy Mosaique: aucuns Euangelistes, qui tenant le lien des Apostres, portassent çà & là l'E-
uangile: & aucuns pasteurs & docteurs, cõme les Euesques qui repoussent les trouppeaux
de Christ, auec la pasture de la saincte parolle, & vn exemple salutaire de bonne vie. Item
il a aussi garny tout le reste du corps, les vns d'vne grace, & les autres d'vne autre, à fin
que de tous ceux-cy ramassés en vn, l'assemblée des saincts fust accomplie, en laquelle
chascun soit appareillé de faire son deuoir: & que le parfaict corps de Christ ensemble
conioinct de tous ses membres, soit par le secours des vns des autres, nourry & entretenu:
& que ce pendant le membre qui sera le plus fort, supporte le plus foyble, & que le plus
foyble face deuoir d'ensuyure l'exemple des plus forts, iusques à ce que finalement paruenions tous à vne mesme force de foy, & que d'vne mesme perfection cognoissions le
fils de Dieu, par l'ayde duquel nous croissions en sorte par secrets accroissemens d'esprit,
qu'en fin finale nous montions iusqu'au degré d'homme parfaict, & que selon nostre
poureté soyons semblables au chef tres-parfaict, auquel il ny eut oncques infirmité, erreur, ne vice. Les corps ont leur eage, laquelle apporte à tous les membres pleine force
& vertu, chassant toute delicatesse & molesse de ieunesse. Il y a tout vn semblable accroissement en l'auancement de pieté, à quoy faut que tous s'efforcent, à fin que ne soyons
cy apres, ce que par cy deuant auons esté, flottans comme enfans d'opinion en autre, sans estre appuyés sur aucuns fermes enseignemens, pour paruenir à felicité & que
                                                                                      ne

ne foyons, comme gens vuydes de verité, proménés à tout vent de doctrine, maintenant
en vne opinion & tantoft en l'autre : en nous expofans nous-mefmes, par vne fimpleffe
puerile, aux fineffes & rufes, de certaines gens, defquels le but n'eft pas de purement nous
enfeigner Chrift, ains en nous abordāt par fines praticques, nous prendre & atrapper par
leur tromperies: gens, ou qui par raifon de philofophie, ramenent en doute les points qui
par foy doyuent eftre tous refolus, ou qui au lieu de la verité Euangelique, nous mettent
au deuant les ombres de la loy Mofaique. Mais pluftoft embraffons la verité Euangelique & luy adioignons vne entiere charité enuers tout homme : nous efforçans foigneu-
fement fans nous laffer, de continuellement profiter, & à la cognoiffance de verité & à
tout deuoir de charité, & faire tant que tous les membres refpondent à leur chef. Or noftre
chef c'eft Chrift qui eft la mefme verité, & qui nous a tāt aymés qu'il s'eft liuré foy-mefme pour nous fauuer. Il faut qu'il ait membres à luy conuenables : Car de luy decoule
fur tout le corps (qui eft vny & affemblé de diuers mēbres, s'entretenans d'vn bon ordre)
ceft efprit de vie, penetrant par toutes les ioinctures des membres, ce qui ne fe feroit, fi les
parties du corps n'eftoyent conioinctes d'vn mutuel accord, à fin que l'efprit puiffe decouler deffus d'vn membre à autre. Et de faict vne main ou pied s'il eft couppé, ne peuft
eftre participant de la vertu qui defcend du principal chef. Au contraire, quant tout le
corps eft bien affemblé, cela faict que l'efprit de Chrift defploye fa vigeur fur tout les
membres, felon la taille & fituation d'vn chafcun d'iceux. Item quant tous les membres
par mutuelle charité s'eftudient de profiter les vns aux autres, tout le corps en accroift
& deuient robufte & alaigre, pour tenir bon contre les vents de fauffes opinions : qui le
pouffent çà & là pour le faire deftourner de la verité. Or le fommaire de tout ce que i'ay
voulu donner à entendre fous tant de couuertures eft tel. Non feulement ie vous aduer- *le dis donc ce-*
ty, mais auffi vous prie & adiure par le Seigneur Iefus, de qui vous tenés voftre falut, que *cy & adiure.*
puis que vous eftes vne fois entés en luy, vous aués accord & communauté auec luy, nōn
feulemēt en fyncerité de foy & verité d'enfeignemēs, mais auffi en entiereté de vie. Quant
vous eftiés du nombre des Payens, vous vous accordiés fort bien en leur trouppeau:
maintēant que vous eftes deuenus autres, & renays en Chrift. Il faut auoir autres mœurs.
Les Payens pource qu'ils nont point comprins la verité de l'Euangile, fe font conduits
par vaines fantafies, feruant au lieu de Dieu, aux images muettes, eftimans la felicité
eftre és commodités temporelles : & pourtant honnorent-ils chofes mortes, & mettent
peine apres les chofes periffables, parce qu'ils ne cognoiffent la vraye vie eternelle qui
eft Dieu. Et attendu qu'iceluy ne peut eftre veu, que les yeux de l'entendement ne foyent
purgés, pourtant ne peut-il eftre contemplé de ceux qui ont le cœur obfcurcy ou pour
mieux dire, aueuglé des tenebres de mauuaifes conuoitifes & de deffiance : & qui eftans
abandonnés à leurs vices, font en fin venus à ce malheur, qu'eftans hors de tout efpoir
de repentance, & comme affourdis à tout fentiment de leur felicité, font tombés en toutes fortes de vilenies, par vn defir infatiable de commettre toute infameté, voyre iufques à celles lefquelles il ne feroit mefme honnefte de nommer. Mais la doctrine de l'E- *Voyre fi vous*
uangile eft bien autre, de laquelle aués apprins, non humaines & folles opinions, mais *l'aués entendu.*
Chrift mefme, fource & exemplaire de toute innocence, fi toutefois vous l'aués vrayement ouy parler dedans vous, & que foyés vrayement enfeignés par fon Efprit, pour
enfuyure diligemment de tout voftre pouuoir, les chofes qui ont efté vrayement en Iefus : affauoir que comme il n'a point efté taché d'aucun vice, & que maintenant victorieux de la mort iouyft de la gloire immortelle : pareillement vous renays en luy,
defpouillés le vieil homme (qui par mauuaifes & mortelles conuoitifes reffent celle
fource corrompue) & eftans maintenant entés au nouuel homme Chrift par le baptefme, vous foyés auffi renouuellés auec luy, non pas felon le corps, mais felon la penfée,
en laquelle principalement, l'efprit de Chrift befongne : Ayans auffi mis bas toute vieilleffe de la vie paffée, reueftés le nouueau homme, qui d'vn certain moyen fpirituel, a
efté nouuellement crée en vous, par l'œuure de Dieu : crée, di-ie, comme par vn rechan-
gement, à fin qu'iniuftice abolie, innocence vint en place, & que toute fouilleure d'humaines conuoitifes oftée, fainateté de verité Euangelique vint en lieu. Vous donc fuyuans
par tout cefte verité de l'Euangile, gardés vous de vous tromper l'vn l'autre, fous couleur de menfonges : mais chafcun fente en foy ce qui eft vray, traittant auec fon prochain
toutes chofes à la verité, ayant memoire que fommes tous membres d'vn mefme corps,
de forte que nul ne fçauroit plus nuyre à autruy que quant & quant il ne faffe fon pro-

pre dommage. C'est chose parfaitte de ne se courroucer point: mais si par foiblesse de
l'humaine nature, quelque assaut de courroux vous vient à esmouuoir le courage, faittes
qu'en reduisant à memoire ce de quoy le diuin Psalmiste amonneste, vous reprimiés tel‑
lement le courroux qui veut sortir qu'il ne vienne point, en outrage, reproche, ou hayne.
Et que non seulement vostre courroux soit sans nuysance, mais aussi de peu de durée,
& tel qu'il s'esuanouysse plustost de voz cœurs, que le Soleil ne faict de la terre, de peur
que par la venue de la nuict vostre courroux estant vn peu appaisé, vous ne laissiés pas
ce pendant d'estre esmeus de despit en voz cœurs. Concorde est celle qui vous rendra as‑
surés contre l'assaut du diable: mais elle‑est rompue par haynes & tors les vns entre les
autres, qui est vne entrée à l'ennemy pour faire vn effort sur vous, à vostre ruyne. Con‑
tre ceux qui sont tous d'vn courage & accord il est foyble: mais contre ceux qui sont en
debat il est puissant. Vous luy donnerés certes lieu, si vous donnés lieu à hayne. Qui se‑
lon son ancienne coustume pilloit les autres par larrecin, ne se doit pas maintenant,
seulement abstenir de l'autruy, ains doit de son plein gré departir du sien: Que s'il n'en
a la puissance, ce ne luy sera chose griefue, gaigner auec vn honneste trauail de main,
pour en departir aux necessiteux: Et ne suffit d'auoir mains non rauissantes, si la lan‑
gue n'est aussi sans nuysance. Coustumierement vne meschante langue, est pernicieuse
en diuerses manieres, par vilain propos elle infette: par medisance elle diffame: par
rapport elle tue, & par mensonge & pariure elle deçoit. Doncques qu'il ne sorte pas vn
mauuais propos de vostre bouche. La parolle est l'ymage de la pensée. Si vostre pensée
est pure, il est mal sceant qu'il en sorte vn mauuais propos. Et n'est assés que la parolle de
l'homme Chrestien soit sans nuysance, ains doit estre tellement prononcée en temps & à
edification, qu'elle apporte profit à ceux qui l'oyent. Que si vous faittes autrement,
non seulement vous offenserés les hommes par voz propos inutiles, nuysibles, & dits
hors temps, mais aussi le sainct Esprit de Dieu, lequel a sa demeurance au cœur des Chre‑
stiens, & par lequel voz ames & corps sont comme signés & seelés à Dieu. Or est‑il con‑
uenable qu'en celle iournée, vous presentiés ce seau pur & entier, lors que vous receurés
le salaire de vostre innocence, & serés separés de la trouppe des meschans. Mais toute
vilenie est ce qui chasse & contriste cest Esprit, & ne peut auoir accointance auec cour‑
roux, vengeance ou vilain propos. C'est vn Esprit paysible, bening, & bien faisant, du‑
quel si vous estes vrayement abreués & chassés moy si loing de vostre conuersation tou‑
te amertume, despit & fierté, ire, crierie, medisance, qu'en vostre cœur ne reste aucun le‑
uain de malice, dont se leuent ordinairement tels maux. Ainçois soyés plustost les vns
enuers les autres courtoys & maniables, & prompts à compassion, en vous pardon‑
nant & quittant l'vn à l'autre, s'il se commet quelque faute par mesgarde & infirmité
humaine: en pardonnant, di‑ie, pour l'amour de Christ, puis que Dieu par Christ vous
a vne fois pardonnés toutes voz fautes, & les vous a pardonnés, luy Seigneur, à vous
ses seruiteurs sous condition qu'à son exemple nous pardonnions semblablement à
noz compaignons ses seruiteurs. Car il n'y a point d'autre moyen par lequel la paix
puisse demeurer ferme entre les hommes, n'est qu'ils se supportent l'vn l'autre en fau‑
tes humaines.

Psal. 4

Le Soleil ne se
couche point
sur vostre cour‑
roux.

Que nulle pa‑
rolle infecte ne
sorte de vostre
bouche.

Toute amertu‑
me & esmo‑
tion & ire &
crierie.

CHAPITRE   V.

ARquoy puis que par le S. Esprit, vous estes enfans de Dieu, faittes qu'en
saincteté de vie vous ressembliés à vostre Pere, à fin que soyés dignes qu'ils
vous ayme à iamais. Or il retiendra vne perpetuelle charité enuers vous, si
vous retenés entre vous vne charité mutuelle. Combien grãde a esté la cha‑
rité du pere enuers nous, son fils la declaré, qui nous a tant & tãt aymés que
non seulement il nous a de pure grace pardonné tous pechés. Mais aussi s'est expo‑
sé luy‑mesme au tourment de la croix, à fin que Dieu le pere par ce sacrifice & victime de
bonne odeur, à luy vrayement agreable, fust appaisé, & d'offensé, rendu à nous propice.
Ceste charité est belle, que si nous le venons à suyure, ainsi que deuons, non seulement se‑
rons maniables en ce qui pourroit estre commis contre nous, mais aussi ne craindrons
point, si l'affaire le pourroit, de mettre nostre vie en hazard, pour le salut du prochain.
Mais quel besoing est‑il maintenant de vous diuertir de ces ords & gros vices comme se‑
royent paillardise, & toute autre espece de vilenie: Item conuoitise insatiable d'argent des‑
quels monstres la conuersation des Chrestiens, doit estre si eslongnée que ce soit chose.

Que paillardi‑
se et toute souil‑
leure, ou auari‑
ce ne soit point
mesme nõmée
entre vous.

messeante

messeante de mesme les nommer entre eux. Car il a des choses qui sont si execrables, qu'vn
cœur pur & chaste en a horreur voyre à la seule mention. Or appartient-ils à saincts que
leur vie soit non seulement pure de toute ordure, mais aussi soyent chastes & purs de langue. Et ne pensons point que se soit asses si nostre vie & parolle est eslongnée d'ordure, n'est
que nostre langue ait aussi en horreur ces fables sottes & friuoles, car sornettes & brocards
inutiles, lesquels ores qu'és autres gens, soyent ou supportés, ou mesme loués, certes ne
conuient pas à Chrestiens, lesquels pendant qu'ils sont en chemin pour aller au ciel, ont
continuelle guerre contre les vices, voyre guerre si perilleuse, qu'ils nont pas le loysir, de
s'ebattre en telles sornettes & risees. Plustost il faut plourer, ou si besoing est de recréer l'esprit, pour quelque prosperité, il le faut faire par cantiques, desquels nous vsons pour remercier Dieu. Et ne suis ignorant qu'il y a des philosophes qui enseignent l'vsage de la
conionction charnelle entre l'homme & la femme hors mariage n'estre peché, parce qu'il
n'est puny par les loix humaines: Et que auarice n'est chose meschante, à cause qu'à ce mal
il n'y a point de peine ordonnée: Mais ie veux que vous sçachiés, que tout paillard, ou entasché de paillardise quelconque, tout auaricieux, lequel pour autant qu'il met le principal appuy de sa felicité, en choses muettes & forgées, n'est pas loing d'idolatrie, ne sera
point receu en l'heritage de la vie immortelle, laquelle Dieu a promise aux siens commune auec Christ. Que si ceste peine vous semble legiere, croyés à ceux qui taschent de vous
donner à entendre que ce sont legiers péchés. Gardés vous bien de vous laisser seduire
par ces propos vains & friuoles, escoutés plustost la doctrine de l'Euangile: Car pour tels
vices (encore qu'ils ne soyent punis par les loix humaines) la vengeance de Dieu est coustumierement & en toute rigueur deployée sur les enfans rebelles, qui se deffians des promesses paternelles, mettent l'appuy de leur felicité, en telles choses. Vous vous estes vne
fois pour toutes separés de la compaignie de telles gens, lors qu'aués faict profession
de Christ. Il vous faut donc garder que vostre vie ne s'accorde auec leurs vices, puis que
vostre profession est contraire à leur entreprinse. Or iusques icy on a erré parmy les tenebres d'ignorance, lesquelles ont esté deschassées par la verité de l'Euangile qui s'est leuée.
Et vous aussi iadis estiés en tenebres, faisans les choses deshonnestes de la nuict. Mais
maintenant Dieu a par la lumiere de l'Euangile illuminé voz entendemens, pour voir
combien sont execrables les choses, qui vous sembloyent au parauant douces. La nuict
n'a point de honte, ains couure plusieurs choses, que nul n'oseroit faire en plain iour. Qui
chemine de nuict, il hurte souuent, & ne voit point ce qu'il doit euiter. Certes la lumiere a
ce bien, quelle monstre ce qu'il faut suyure, & ce qu'il faut euiter. Car elle enseigne qu'il faut
par tout euiter malice, medisance & feintise, & en leur lieu suyure bonté, iustice, & verité:
brief qu'il faut tousiours aduiser non ce qui plait aux hommes, ce qui nous est doux, ou
profitable: ains ce qui est aggreable à la bonté de Dieu, à la volonté duquel il faut dresser
toute nostre vie. Il est la source de nostre lumiere, auquel si vous estes appuyés, vous vous
addonnerés à fructueuses & honnestes offices de pieté qui sont dignes de lumiere: auec vne
honte d'auoir desormais accointance auec les œuures infructueuses de tenebres. Or soyés
tant loing de retourner à voz tenebres passées, que plustost par vostre lumiere vous ma-
nifestiés & reprenniés les deshonnestetés qu'ils commettent en leurs tenebres. Car puis
qu'ils n'ont point Dieu en reuerence, toutes & quantes fois que la nuict leur oste pour
le moins vne secrette vergongne, il s'en treuue qui commettent telles choses, que mesme le
recit en seroit deshonneste. Et tandis qu'ils pechent sans que lumiere aucune les descouure,
ils pechent hardiment & sans en estre punis. Mais quant ce vient que la lumiere les manifeste, lors la vilennie de leur faict commence à estre cognue. Or les choses descouuertes se
changent en mieux & s'amendent, c'est assauoir la nuict tournée en iour & l'aueuglement
de l'entendement chassé. Que si vostre vie est lumiere, ils auront honte de leur vilennie, vostre innocence cognue, & ainsi aduiendra qu'eux esmeus par vostre chaste & saincte con-
uersatio, s'esueilleront à innocéce s'ils voyent en vous luyre la lumiere de Christ. Et certainement c'est ce que dit l'oracle: Esueille-toy qui dors, & te leue des morts, & Christ t'eclaire-
ra. C'est vn somme mortel, voyre la mort mesme, estre comme enterré és voluptés de ce
monde, & ne pouoir esleuer les yeux aux eternels & vrays biens. Et tels ne se peuuét autrement reueiller ny releuer de là, si Christ ne vient luyre en leurs entendemés, pour faire esuanouir toutes les espesses tenebres d'ignorance. Vous donc Ephesiens, lesquels Christ, nostre Soleil esclaire, aduisés diligemment comment vous cheminerés, ne viuans plus à la
façon des Payens (lesquels pour l'aueuglement de leur entendement ne sçauent ce qui est
honnneste) mais ainsi qu'il appartiét à ceux qui vrayemét entédent la doctrine de l'Euan-

Nul ne voit
decoyue par
vaines parol
les.

Mais mesme
plustost les
reprenés.

Esaie 60

Vv 3   gile

gile : rachetans, par la perte de toutes choses, ceste oportunité d'acquerir salut : laquelle
d'autant doit elle estre prinse auec plus grand cœur, que ce temps est dangereux, & que de
toutes pars il suruient plusieurs choses qui peuuent debouter de la pureté de la doctrine
Euangelique, les mal aduisés & deprouueus. Parquoy il vous faut bien prendre garde
que par imprudence ne donniés occasion aux meschans, ou de se monstrer seueres enuers
l'Euangile, ou de vous destourner de vostre profession. Voyla la somme de vostre salut,
en quoy il vous faut monstrer prudens, dissimulans les autres choses : monstrans par cela

Au moyen de
quoy ne soyés
point impru=
dens.

que vous entendés qu'elle est la volonté du Seigneur : Car il desire que tous, s'il se peut fai=
re, soyent amenés au salut de l'Euangile. A ceux qui ainsi feront, sobrieté sera requise : car
yurongnerie est estourdie & malauisée : & non seulement estourdie, ains soudaine & teme=
raire. Gardés vous donc que ne soyés enyurés de vin, laquelle chose appartient à dissolu=
tion, & non à la necessité, mais plustost soyés remplis du vin du sainct Esprit. Car c'est l'heu
reux enyurement qui vous esguillonne, non aux danses deshõnestes & chansons messean=
tes, par lesquelles les Payens inuocquent leurs faux dieux, ainçois à Pseaumes, hymnes &
cantiques spirituels, par lesquels vous vous resiouyssés entre vous chantans & resonnans
au Seigneur, non auec hurlemẽts deshonnestes à la façon des yurongnes, mais au dedãs.
spirituellement en voz cœurs. Telle est la volupté, telle est la chere, tels sont, di=ie, les repas
dignes de Chrestiens, à fin qu'ils ne portent enuyè aux bancquets & yurongnerie des Pa=
yens, desquels certes la ioye & yurongnerie est bordée de tristesse, & le plus souuent de mala=
die corporelle. Mais vostre volupté est continuelle. Car quoy que vous amenés, soit ioye:
enuoyée de Dieu fauorable, soit tristesse, enuoyée de luy=mesme procurant vostre bien, il
faut iousiours rendre graces pour toutes choses, certains qu'il n'aduient rien, qui ne vous
tourne en comble de felicité eternelle. Il faut, di=ie, rendre graces, mais à Dieu, qui à tous.
est autheur de tous biens : qui est aussi & pere & Dieu de Iesus Christ nostre Seigneur, par
lequel il nous eslargit tout : & pource veut qu'il soit ensemble auec luy loué de toutes cho=
ses. Christ s'est assubietty au pere, il faut pareillement que nous luy soyons subiets : non
qu'il faille puis qu'vn Chrestien espouante l'autre, ains ceux qui sans difference aucune
honnorent Christ, ne se fascheront de s'assuietir les vns aux autres, veu que luy qui est
pardessus, s'est soumis à tous. Que l'inferieur recognoisse l'authorité du superieur, mais
que d'autre part, le superieur s'accommode à la portée de l'inferieur, à fin de faire plus de
profit. Car qui entre les Chrestiens est en plus grande dignité, il n'est pas en plus haut de=
gré, sinon pour plus profiter aux autres. Doncques que les femmes recognoissent l'autho=
rité de leurs marys, en leurs estãs subiettes, ne plus ne moins que l'Esglise l'est au Seigneur

Femmes soyés
subiettes à voz
marys.

Iesus : Car comme Christ est le chef de l'Esglise, aussi chascun mary est=il chef de sa femme.
Mais tout ainsi que le chef seigneurie tellemẽt le corps, que de luy depend le salut & la vie
d'iceluy, pareillement le mary a préeminence sus la femme non pour exercer tyrannie sur
elle, ains pour pouruoir à son salut comme celuy qui est le plus sage & plus ferme. Et ne se
doit la femme pourtant esleuer contre le mary, s'il se rend plus amyable que redoutable.
Ainçois se doit tant plus assubiettir en toutes choses, comme l'Esglise s'est de tant plus as=
suiettie à Christ, qui s'est luy=mesme plus demis pour le salut de son espouse. Semblable=

Vous marys
aymés voz
femmes.

ment vous marys, n'abusés point de vostre authorité en tyrãie contre voz femmes, ains
les aymés plustost de telle charité que Christ a aymé & ayme son Esglise, laquelle toute a=
dultere & rebelle qu'elle estoit, a toutefois esté si loing de la repudier, qu'il s'est liuré soy=
mesme à la mort pour la rançon d'icelle : de pollue, la rendant pure & saincte : de vilaine &
souillée, belle & nette : sans luy reprocher sa laideur, mais la lauant de londe de son sang,
& purgeant à tout le lauement de vie, par l'inuocatiõ vertueuse du nom de Dieu, pour par
son benefice, s'en preparer vne espouse glorieuse, assauoir vne Esglise qui desormais n'au=
roit ne tache ne ride, ne rien de tel qui peut desplaire aux yeux de son espoux, ains fust en
tout & par tout pure & sans reproche. Il faut que les marys soyent menés d'vne mesme af=
fection enuers leurs femmes, taschans par tous moyens de les rendre dignes de Christ, &
n'estans pas moins soigneux de leur salut que le chef est de celuy des membres : Car la
femme est le corps de l'homme. La femme est elle fascheuse, rioteuse, impudique, ou entas=
chée de quelque autre vice, ne la pers pas par ta rudesse & seuerité, mais corrige là plustost
& y remedie par douceur : remedie tellement aux vices, que ce pendant tu aymes la femme.
Car que feroit le chef, s'il voyoit, son corps entaché de quelque maladie ou vice? Cõmen=
cera=il à le hair & reietter, ou plustost à le guerir s'il peut, que s'il ne se peut, ne viẽdra=il pas
pour le moins à le supporter & entretenir? Ne sembleroit=il pas estrãge, que le chef voulut
mal au corps? Quicõque ayme sa femme, il s'ayme soy=mesme, assauoir vne partie de soy.

Qui

Qui fut oncques tãt deprouueu du sentimẽt naturel, d'auoir en hayne son propre corps?
Qui est celuy qui plustost, quelque corps qu'il ait receu de nature, ne le nourrisse & entretienne, à fin de le rẽdre meilleur & plus vigoreux? Ce que l'instinct de nature faict faire aux
Payens, pourquoy ne le fera plustost en vous charité Chrestienne, laquelle nous appelle
à lexemple de Christ, lequel n'a point reietté son espouse l'Esglise, encore qu'elle eust esté
au parauant layde & en toutes manieres abandonnée & publicque : ains la purgée, la lauée, la restablie. Or sus donc vous marys, faittes à voz femmes ce que Christ nous a faict
à nous, di-ie, qui sommes membres de son corps qui est l'Esglise, ainsi que la femme est le
corps de l'hõme, de la chair & os duquel elle a esté formée, à fin qu'on cogneut clairement
que ce qui n'est qu'vn & vne mesme chose, ne doit point estre separé : Car ainsi lisonsnous
en Genese : L'hõme abandõnera pere & mere à cause de sa femme, plustost que de la quit-   Gene. 2
ter, à laquelle sera tellement conioinct, que de deux sera faict vn, par vne souueraine conionction des corps & de volontés. Apres Dieu nous ne sommes à nul plus tenus qu'aux   Ce secret est
peres & meres, & toutefois la femme leur est preferée: il y a cy dessous vn secret admirable,   grand.
comment ce qui a esté faict sous figure, en Adam, en Eue, s'accomplit secrettemẽt en Christ
& l'Esglise. Que si quelqu'vn vient à rechercher diligemment ceste vnion inseparable, il
cognoistra qu'il y a vn grand mistere caché. Car comme il estoit vn auec le pere, aussi a-il
voulu que tous les siens fussent vn auec soy. Lequel secret combien qu'il soit plus caché
qu'il doyue estre maintenant declaré, toutefois il suffira d'y auoir amené l'exemple, qu'vn
chascun ne doit moins aymer sa femme que soy-mesme : ayant memoire qu'elle est vn &
vne mesme chose auec luy, ne plus ne moins que Christ a aymé son Esglise, laquelle il s'est
parfaittement conioincte. Or le deuoir de la femme sera, non seulement rendre la pareille
en amour au mary, comme à celuy auec lequel elle a à viure, mais aussi l'auoir en reuerence comme celuy qui a l'authorité par dessus elle. Tout s'accordera fort bien si chascũ faict
son deuoir.

<h2 style="text-align:center">CHAPITRE VI.</h2>

Vne charité modere l'authorité, qu'elle ne se chãge en tyrannie, pareillement   Enfans obeis-
que la reuerence reprime l'infirmité, quelle ne se leue en rebellion. Car là ne   sés à peres &
peut estre accord & tranquillité, où tout ordre est confus. Le seul mary, a do-   meres.
mination sus la femme: Les enfans doyuent recognoistre l'authorité du pere
& de la mere. Suyuant donc ceste reigle vous enfans, escoutés voz peres &
meres & leurs obeissés, pendant qu'ils vous cõmandent choses honnestes & dignes de la
profession Chrestienne. Car ainsi le requiert mesme le deuoir de nature, que nous portiõs
honneur à ceux desquels nous sommes yssus, & que ne soyons ingrats enuers ceux par le
benefice desquels nous sommes nourris & alimentés : Finalement la Loy de Dieu ensei-   Exod. 2θ
gne le mesme, honnore, dit-elle, ton pere & ta mere. Et ne s'est contentée auoir icy simplement commandé ainsi qu'aux autres commandemens: Ne sois meurtrier: Ne sois larron:
ains pour tant mieux attirer les enfans à leur deuoir, elle y a adiousté le salaire : car aussi
bien sans cela, les choses hõnestes se doyuẽt faire pour rien. Mais quel salaire promet-elle?
A fin qu'il te soit bien, dit-elle, & que tu viues longuement en la terre. Car celuy semble
estre indigne de longuement iouyr de la vie, qui est ingrat & rebelle contre ceux par lesquels il a receu le don de vie. Pareillement vous peres, n'abusés point de vostre puissance
& de l'obeissance des enfans, pensans qu'il vous soit permis de faire d'eux à vostre plaisir.
Ils sont enfans & nõ seruiteurs. Que le deuoir paternel adoucisse l'authorité. Il se faut bien
garder que par vn chagrin de vieillesse, ou par commandemens rigoreux, ou par vne rudesse immoderée, au lieu de les reduyre à bien, vous ne les incitiés à courroux. S'ils font
quelque faute à cause de l'eage, il les faut tellement amonnester qu'ils soyent enseignés &
non espouuantés. Le premier soing que tu en dois auoir, c'est de les façonner de ieunesse
si bien par aduertissemens & enseignemens, de les attirer tellement par tous exemples de
pieté, qu'on cognoisse qu'ils ont esté nourris de parens Chrestiens, selon la doctrine de
Christ. Car ainsi seront-ils plustost amenés à bien que par menaces & rudesse, s'ils sont enseignés & non contraints seulement. Vous seruiteurs, donnés à cognoistre que par la pro-   Seruiteurs o-
fession de l'Euangile vous estes deuenus meilleurs & plus seruiables : & le deuoir que les   beissés à ceux
autres rendent à leurs maistres (ausquels selon la temporelle condition de seruage ils sont   qui sont voz
subiects) rendés-le vous aussi plus abondamment: Car le baptesme ne doit pas estre cau-   maistres.
se que cessiés de seruir, ainçois que seruiés plus volontiers: ne qu'il vous faille dedaigner
voz maistres, comme estans maintenant deuenus voz freres de profession, mais par cela
les deués vous seruir auec plus grande reuerence & crainte de les offenser. Et vous gardés

Vv 4   de

de rendre voſtre deuoir par crainte ſelon la cõmune couſtume des ſeruiteurs, qui en leurs
cœurs maudiſſent & braſſent quelque mal à leurs maiſtres: ains leur obeiſſés ẽ toute ſim
plicité & rondeur de cœur, faiſant ainſi voſtre conte, que c'eſt à Chriſt que vous rendés ce
deuoir, à la volonté duquel vous obeiſſés, s'il aduenoit qu'ils fuſſent indignes de voſtre
ſeruice. Ainſi aduiendra que vous ſerés contraires au cõmun des ſeruiteurs, leſquels en la
preſence de leurs maiſtres ſont obeiſſans pour la crainte des coups, mais quãt ils eſperent
que leur cas ſera couuert, ils ſont comme pardeuant. Certes cela s'appelle ſeruir à l'œil, nõ
de cœur, c'eſt à dire, vouloir plaire aux hommes non à Chriſt, auquel rien de fardé ou con
trainct ne plaiſt. Mais vo⁹ ainſi qu'il appartient à ſeruiteurs de Chriſt, en tout le deuoir que
deuës à voz maiſtres, ſoyés d'vn bon courage & ſans feintiſe obeiſſans & ſeruiables, non
par neceſſité, mais pource que telle eſt la volonté diuine: & que cela ne vous deſtourne de
voſtre deuoir ſi aués maiſtres faſcheux, ou ſans reuerẽce de Dieu. Il eſt expedient pour l'af
faire de l'Euãgile, que vous obeiſſés auſſi à tels, pourueu que voſtre obeiſſance ne ſe tour
ne en impieté. Ayés ceſte opinion que ce que vous leurs faittes pour lamour de l'Euangi
le vous le faittes à Chriſt, & que ce que pour l'amour de Dieu vous employés aux hõmes,
eſt employé en Dieu. Que ſi par voſtre ſeruice vous les gaignés à Chriſt, vous n'aurés pas
perdu voſtre peine. Mais s'ils ſe monſtrent ingrats, ſçachés ce pendant que nul ne perdra
la recõpenſe de ſes bonnes œuures. Que s'il ne la reçoit des hõmes, certes il la receura du
Seigneur vn iour, tant le ſerf que le franc, qui auoit de bon cœur faict ſeruice à vn ingrat.

Et vo⁹ maiſtres
faittes vers eux
le ſemblable.

Or cõme il eſt requis que les ſeruiteurs ayans faict profeſſion de Chriſt, ſe rẽdent plus ſer
uiables à leurs maiſtres, auſſi eſt-il raiſonnable que les maiſtres qui ſont Chreſtiens com
mandent plus amyablement à leurs ſeruiteurs, & qu'ils ſe mõſtrent tels que pluſtoſt ſoyẽt
aymés que redoutés: à fin qu'à leurs ſeruiteurs maintenãt receus en compagnie fraternel
le, ils portent vne affection cordialle, & que plus ne ſoyẽt ſoudains aux menaces & coups,
ainſi que ſont cõmunement les maiſtres. Qu'ils cognoiſſent que vous eſtes deuenus plus
doux par l'Euangile, à fin qu'eux auſſi en ſoyẽt tant mieux attirés à vne commune profeſ
ſion, s'ils ne l'auoyẽt encore faitte: vous ſouuenans que la puiſſance de maiſtre n'eſt que
choſe temporelle & de droit humain laquelle toutefois ne doit eſtre troublée par nous. Si
eſt ce toutefois que Dieu n'a nul eſgard aux perſonnes, lequel nul n'eſt de rien moins priſé
pour eſtre ſerf, ny auſſi en plus grand eſtime pour eſtre nay franc. Suyuãt les loix des hom
mes, vous maiſtres aués droit en terre ſur voz ſeruiteurs: ce neantmoins vous ne laiſſés
pas ce pendant d'auoir vn commun ſeigneur au ciel duquel la volonté eſt, que vous ayés
eſgard au bien de voz ſeruiteurs par vne domination meſurée, & non pour les oppreſſer
par tyrannie. Or les aduertiſſemens que nous vous auõs faict iuſques icy tẽdent à ce but,
que, & en ſainctité de vie vo⁹ reſſembliés à voſtre chef Chriſt, & d'vn mutuel accord ſoyés
vnis entre vous.

Du reſte ſoyés
forts en noſtre
Seigneur.

Reſte maintenant que pour autant que les meſchants enuahiſſent voſtre
tranquilité par diuerſes machinations, vous vous armiés auſſi à l'encontre d'eux d'vn
courage fort & inuincible, ſans nullement vous appuyer ſur voz forces, ains ſur le Seignr
Ieſus voſtre defenſeur qui point n'abãdonnera ſon corps. Bien eſt vray que les membres
ſont foybles, mais puiſſant & robuſte celuy qui nous a prins en ſauuegarde. Parquoy de
mandés luy tont tant qu'ils y a d'armes ſpirituelles, à finqu'eſtans munis de toutes pars,
vous puiſſiés tenir bon contre les aſſauts du diable: car ce n'eſt pas contre les hõmes que
nous auons guerre, les iniures deſquels il nous faut vaincre par patience, ains noſtre cõ
bat eſt contre les eſprits malings, aduerſaires & ennemys de Chriſt, deſquels les ſatalites
& organes ſont les meſchans qui nous tourmentent. Car par tels les principautés & puiſ
ſances diaboliques, nous ſont la guerre d'enhaut, s'vſurpãs vne tyrãie ſur ceux qui ſont
addonnés aux vices de ce mõde, & en ces tenebres, dreſſans embuſches à ceux qui aymẽt
la lumiere Euangelique. A l'encontre de ceux là, dy-ie, auons nous à combattre, leſquels
ſont non ſeulement puiſſans en forces, mais auſſi ruſés en fineſſes ſpirituelles, & ce en lair,
à fin que plus aiſémẽt ils puiſſent nous tourmẽter & auec plus grãde difficulté eſtre prins
de nous. A l'encontre de tels ennemys les armes humaines ne ſeruent de rien: par les ſeu
les armes de Dieu nous ſerons aſſeurés. Parquoy toutefois & quãtes qu'il eſt queſtion de
cõbattre auec les ennemys, ſoyés aduiſés de touſiours enſuyure la couſtume des vaillans

Veſtés toute
l'armure de
Dieu.

gendarmes, qui ont affaire à vn dangereux ennemy. Garniſſés vous de toutes ſortes d'ar
mes, & faittes que quant il ſera queſtion de faire teſte à l'ennemy, vous puiſſiés tenir bon
& demourer fermes ſur la pierre ſolide Chriſt. Ceux qui ont le combat auec vn homme, en
premier lieu il s'arment de pied en cap, à fin qu'ils ne ſoyent deſcouuerts de part que ce
ſoit au coups de l'ennemy: puis ils appareillent de quoy repouſſer celuy qui les aſſaut: les

flancs

flancs comme la plus tendre partie du corps, ils les couurent d'vn baudrier martelé de pe
tites lames: les hautes parties, ils les muniſſent d'vn halecret: les iambes & pieds, ils les re
ueſtent de iambieres: la teſte, ils la couurent d'vn heaume: brief tenant en la main droitte
le glaiue, ſe ſaiſiſſent en la gauche d'vn bouclier duquel ſe ſçauent bien ayder à l'encontre
de tous les efforts de l'ennemy. Vous donc qui en guerre ſpirituelle auès vn cõtinuel com
bat auec les meſchants eſprits, ayés au lieu de baudrier, verité, laquelle ceigne les flancs de
voſtre entendement, pour demeurer touſiours droits & conſtans cõtre tous alleſchemens
des faux biens, & faux enſeignemens: au lieu de halecret, innocence & iuſtice, laquelle mu
niſſe les entrailles de voſtre entendemẽt des mailles de toutes vertus: au lieu de iambie
res qui couurent les iambes & pieds, vne pure affectiõ qui ne deſire ſinon choſes celeſtes,
ne craignãt rien ſinon vilẽie, pour póuuoir touſiours eſtre appareillés à defendre l'Euã
gile laquelle ne ſe maintiẽt ſinon par ſouffrance & tranquilité. Dõt il s'appelle Euãgile de
paix. Et ceux qui l'annõcent, le prophete iàdis s'eſmerueilloit de la beauté de leurs pieds.
Mais par tout & en toutes choſes faut touſiours auoir en main le bouclier de foy, par la
quelle ſoyons du tout aſſeurés des promeſſes diuines. Quelques eſpouuantémens qui
nous aſſaillent, ce bouclier les ſouſtiẽdra: quelques dards enflambés que ce cauteleux en
nemy nous darde, ce bouclier les repouſſera & empeſchera, que nul d'iceux ne nous tou
che à la mort. Car qu'eſt ce que pourroit naurer vn cœur meſpriſant voyre la mort? Que ſi
vn tel bouclier eſt accompaigné du heaume d'vn cœur vaillant & qui eſt touſiours ſus ſes
gardes, il ne nous faut en rien craindre que mal vous aduienne. Finalement que voſtre
main droitte ſoit touſiours armée de ce glaiue ſpirituel, qui, & en penetrant iuſqu'au pro
fond du cœur, en retranche les mauuaiſes cõuoitiſes, & en couppant la gorge à la meſon
ge, pour faire florir verité, rembarre ceux qui s'oppoſent à la verité de l'Euangile. Ce glai
ue eſt la parolle de Dieu, parolle penetrante, par vne conſtance & vigueur de foy, ſans pic
quer non plus que ferir par ſubtilités humaines. Car auſſi la parolle de l'homme n'a pas
grand vertu, aſſauoir traittant de choſes vaines & periſſables: mais la parolle de Dieu eſt
de grande efficace, ne ſonnant rien que choſes celeſtes, perçant iuſques aux membres de
l'ame, ſoudain iuſques au plus profond des oz & moelles. Auec tels ennemys les Chre
ſtiens ont guerre: auec les hommes ils ont paix: auec ces armes ils ſe defendent & vain
quent, non de leurs propres forces, mais par l'ayde de Chriſt leur capitaine, ſous la cõdui
té duquel ceſte guerre ſe meine. Il le faut donc touſiours, & par cõtinuels deſirs requerir, &
par prieres nuict & iour ſans ceſſe & des plus profondes affections du cœur luy demãder,
que ce glaiue vainque en tous les ſaints. Auſſi me deués vo⁹ ſecourir par voz prieres de
mandans à Dieu qu'il me fourniſſe de parolle Euangelique, quant il me faudra parler, &
qu'il ſe ſerue de l'inſtrument de ma bouche à ſa gloire, & à voſtre ſalut: à fin que ie manife
ſte à tous, la ſecrette doctrine de l'Euangile, à laquelle tous egalemẽt ſont appellés: & que
ceux ne me donnent empeſchement, qui mettent tous leurs efforts, que la gloire de l'Euã
gile ne ſoit eſpandue au long & au large: duquel Euangile ie porte l'ambaſſade, voire au
milieu de ces chaynes, ſouffrant toutes choſes pour executer cõſtamment la charge à moy
commiſe: & que ie perſeuere en ce courage, & qu'en me confiant en Chriſt, ie parle franche
ment ainſi qu'il me faut parler: car il n'eſt pas cõuenable qu'vn heraut de l'Euãgile ſoit ef
frayé d'aucune crainte, pour en laiſſer à pourſuyure l'affaire Euangelique. Or quãt à mes
affaires & cõme ie me porte, vous ſçaurés le tout de Tychicque noſtre frere bien aymé: &
non ſeulement frere par accointance de foy, mais auſſi miniſtre & adiuteur en l'affaire de
l'Euangile: lequel ie vous ay enuoyé pour cela meſme, à fin de vous faire entendre de no
ſtre portement, & que vous receuſſiés quelque conſolation de ſa preſence, de peur que ne
perdiés courage à cauſe de mes afflictions. Car ie ſuis tellement empriſonné, que de la pri
ſon, ce nonobſtant l'Euãgile de Chriſt, ne laiſſe de triompher. A tous les freres ie ſouhaitte
paix & charité mutuelle, conioincte à vne entiere foy. De foy, charité procede: de charité,
paix & concorde eſt entretenue. Ces trois choſes donc heureuſement conioinctes, Dieu le
pere & le Seigneur Ieſus Chriſt vous veuille eſlargir. Faueur & largeſſe diuine aſſiſte touſ
iours à tous ceux qui d'vne affection entiere & pure vie ayment le Seigneur Ieſus,
& qui ne tenans conte de ces choſes periſſables, ſuyuent les celeſtes & eter
nelles: lequel mien deſir, ie le prie de le vouloir ratifier. Amen.

Fin de la Paraphraſe ſus l'epiſtre aux Epheſiens.

ARGV.

ARGVMENT DE L'EPISTRE

SAINCT PAVL AVX PHILIPPIENS,

par D.Erasme de Roterodame.

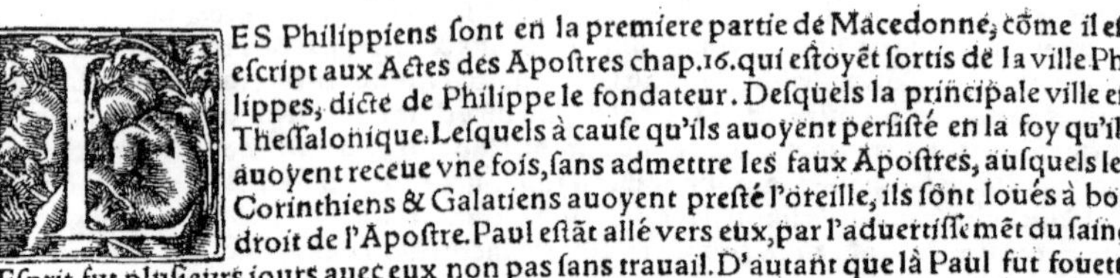

ES Philippiens sont en la premiere partie de Macedonne, côme il est escript aux Actes des Apostres chap.16.qui estoyêt sortis de la ville Philippes, dicte de Philippe le fondateur. Desquels la principale ville est Thessalonique. Lesquels à cause qu'ils auoyent persisté en la foy qu'ils auoyent receue vne fois,sans admettre les faux Apostres, ausquels les Corinthiens & Galatiens auoyent presté l'oreille, ils sont loués à bon droit de l'Apostre. Paul estât allé vers eux,par l'aduertissemêt du sainct Esprit,fut plusieurs iours auec eux non pas sans trauail.D'autant que là Paul fut fouetté & mis en prison auec Silas,auquel temps là le geolier auec toute sa famille fut baptisé. Là estoit Lydie marchande de pourpre,laquelle premiere cônuertie receut Paul en son logis. Là les gendarmes cognoissans qu'il estoit citoyen Romain le prierent volontairement qu'il allast où bon luy sembleroit,& le nom de Christ fut assés heureusement renommé. Dauâtage Paul estant en prison à Rome,ils luy enuoyerêt ce qu'il luy estoit necessaire à viure par Epaphrodite:ce qu'ils auoyent faict au parauant quâd il estoit en Thessalonique: comme luy-mesme tesmoigne en ceste Epistre.Les ayant donc loués, il les encourage de perseuerer & de profiter,monstrant qu'il se faut mesme glorifier és afflictions,lesquelles auancent la renommée de l'Euangile de Christ.Quant à soy, il ne craint point tant la mort, que mesme il la desire,moyennant qu'elle aduienne par la volonté de Christ. En apres il les aduertist de s'entreaymer sur tout,ce que ne font point les orgueilleux,& à fin qu'ils soyent plus côtens,il leur promet Timothée,& que luy-mesme en brief retournera à eux, leur enuoyant ce pendant Epaphrodite qui estoit releué d'vne tres-dangereuse maladie. Il faict ces choses aux deux premiers chap.car au troisiesme il les fortifie contre les faux Apostres,qui les solicitoyent par tout au Iudaïsme,lesquels il appelle chiens,ouuriers d'iniquité,ennemys de la croix de Christ : & qui adoroyent leur ventre pour Dieu, contre lesquels nulle part il ne s'est point plus appertement courroucé. Il remplit le quatriesme de recommendations & salutations,excepté qu'il entremesle en passant quelques aduertissemens & remercie les Philippiens de leur liberalité enuers soy.Il a escript de la ville de Rome par Epaphrodite,luy estât de rechef en prison:car apres sa premiere defence, il fut mené derechef en prison:de laquelle chose il faict luy-mesme mêtion en l'epistre à Timothée.

PARAPHRASE DE L'EPISTRE

DE SAINCT PAVL APOSTRE AVX

Philippiens,par D.Erasme de Roterodame.

CHAPITRE I.

AVL & Timothée compaignons en la charge de l'Euangile & seruiteurs de Iesus Christ, à toute la compagnie des saincts,qui font entieremêt & puremêt profession du nom de Iesus Christ, & aussi à ceux qui ont la charge du trouppeau de Christ & qui sont ministres des Philippiens.Nous vous desirôs grace & paix de par Dieu nostre pere & de par le Seigneur Iesus Christ. A toutes les fois certes que ie prie Dieu,ce que ie fay sans cesse,ie fay tousiours memoire de vous tous,ensemble rendant graces & me resiouyssant grandemêt au nom de vous tous,de ce que iusques au iour present,dés le commencement de vostre profession,vous vous estes faicts capables de l'Euangile en me soulageant par voz bienfaits & vostre largesse,& vous prie assiduellemêt,que de plus en plus vous abondiés en telles vertus,me côfiant à l'aduenir,que Dieu, qui vous a dôné ces cômencemens de pieté,parfera en vous ce qu'il a cômencé iusques à ce iour là, auquel Iesus Christ doit venir pour rendre aux bien-faits le salaire eternel.Il est conuenable que

ſ'aye

paye telle estime de vous, me côfiant en l'ayde de Dieu, veu que iufques à prefent i'ay expe‑ Comme il m'eſt raiſonnable de penſer cela de vous.
rimenté vne charité enuers moy côstante & vrayemēt Euangelique, tellement qu'il est fa‑
cile de conclurre de tres-bons commencemens vne tres-bône fin: pour lefquelles chofes
mon courage eſt tellement affecté enuers vous, que ie vous ay toufiours aymés d'vn a‑
mour fingulier, mefme en ces liens & deuāt le fiege de Nero, où il m'a faillu defendre, eſtāt
accufé de cas criminel, & és autres afflictiõs, par lefquelles la vertu de l'Euangile n'eſt pas
diminuée ou obfcurcie, mais côfermée & efclarcie, à caufe que ie vous ay toufiours en par‑
ticipans de ceſte ioye, de laquelle ie m'efiouy, de ce que la louange de l'Euangile de Chrift
eſt renômée par mon afflictiô. Car Dieu mefme cognoit, auquel rien n'eſt nullemēt caché,
côbien grandemēt ie vous defire tous, & non d'vne affection humaine: non pour obtenir
quelque chofe de vous, ou pour vous flatter à caufe de voſtre liberalité enuers moy: mais
ie vous ayme tellement d'vne affection purement Chreſtienne, nõ pour autre chofe, finon
pource que ie voy que vous aymés conftamment & fyncerément Iefus Chrift. Ie m'efiouy Et cela ie prie que voſtre cha‑ rité abonde.
des dons qu'il vous faict, & prie que ceſte voſtre charité abonde de plus en plus, auec tou‑
te cognoiſſance & toute intelligence, à fin que fçachiés enuers qui vous deués exercer les
œuures de charité. Car la charité faict, que vous aués volonté de bienfaire: La prudence
môſtre vne propre & idoyne matiere de liberalité. Or tout ce qui eſt donné pour l'amour
de Chriſt, à ceux qui annoncent & auancent l'Euangile, il eſt bien donné, & retournera à
vous auec grand profit. Ie defire donc que l'vn & l'autre toufiours s'augmente en vous, à
fin que puiſſiés eſſayer, ce qui eſt tres-bon à faire, & qu'ayés vne pure affection, n'ayant
efgard qu'à vn feul Chrift, honnorant tellement la profeſſion d'vne integrité de vie, que
n'offenſiés perfonne, ains qu'attiriés plus toſt vn chafcun au feruice de Dieu, & qu'ainfi
pourfuyuiés iufques au iour de la venue de Chrift, à fin que lors foyés veus riches & abõ‑
dans en bonnes œuures, lefquelles ce pendant vous ferués icy, comme pour lors en moiſ‑
fonner vn tres-abondant fruict: & ce par le benefice de Iefus Chrift, & non à ma gloire, ne à
la voſtre, ains à la gloire & à la louange de Dieu, auquel il faut rapporter toutes chofes cô‑
me à la fontaine de tous biens. Or à fin que vous foyés dauãtage participans de ma ioye,
freres, ie veux que vous fçachiés que les prifons, les liens, les fieges iudiciaux, & les autres
afflictions, qui me font aduenues pour l'Euangile de Chrift, n'ont point empefché la mul‑
tiplication & côfirmation de la doctrine de l'Euangile, ains plus toſt l'ont auācée: & qu'el‑
les n'ont pas deſtourné les croyans de la profeſſion qu'ils auoyent entreprinfe, que mef‑
mes les ont dauantage confermés, & leurs ont dõné force & courage: aſſauoir à ceux qui
entendent, que ce que ie prefche eſt veritable, à caufe de quoy ie ne doubte point d'endu‑
rer ces chofes, & que s'incitent l'vn l'autre par mon exemple à entreprēdre chofes fembla‑
bles. Pource que le plus fouuent il aduient, que tant plus les chofes bonnes & honneſtes
font foullées & affligées, & tant plus font fortes & apparentes, au côtraire que l'effort des
mauuais ne pretendoit. Car mes liens ont donné occafion, que la louange de l'Euangile
eſt paruenue non feulement à plufieurs & du commun peuple, comme par cy deuant, que
mefme elle eſt renommée par toute la court du roy Nero, & par toute la ville, tellemēt que
plufieurs des freres qui par cy deuãt faifoyent profeſſion de l'Euangile auec crainte, ayāt
prins courage par mes liens, le Seigneur Iefus moderant tellement ceſt affaire, ont cômen‑
cé, toute crainte oſtée, de faire profeſſion de la parolle de l'Euangile plus librement & con‑
ſtamment, à mon exemple. Et combien que ce n'a pas eſté faict d'vne femblable pureté,
comme d'vne pareille affection, toutefois par occafion la chofe eſt aduenue à la gloire de
l'Euangile. Car il y en auoit entre eux, qui faifoyent cela d'vne mauuaife affection, à fin de
me faire hayr dauantage, & pour efmouuoir plus aigrement le courage de Nero contre Vray eſt qu'au‑ cuns prefchent Chriſt par en‑ uie.
moy, à fin qu'il viſt, que ceſte fecte multiplioit amplement, laquelle il iuge eſtre par igno‑
rance, dommageable à fon empire, penfans qu'il aduiendra, que plus toſt il me fera mou‑
rir. Poſſible qu'aucuns eſtās enuieux de ma gloire, laquelle neantmoins ie ne m'attribue
point, ains la laiſſe toute à Chrift, fe font efforcés ayās enuie fur moy d'obfcurcir ma louä‑
ge, combien qu'ils femblaſſent vaincre noſtre affectiõ: il y a derechef entre ceux là qui pref‑
chent auec moy Chriſt de bonne & pure volõté, combien qu'elle foit imparfaite. Car par
vne faueur humaine, ils ne me veulent point defaillir, pource qu'ils m'ayment, & voyent
que ie fuis en dangier, pource que ie maintiens la charge qui m'a eſté donnée de defendre
l'Euangile à l'encontre des mefchans. Combien que ceux qui d'vn mefchant courage an‑
noncent l'Euangile, ont toutefois augmenté la gloire de l'Euangile. Ils annoncent certes
Chriſt, mais non d'vn cœur Chreſtien: & non de pure affection, ains ils font cela, pour ad‑
iouſter affliction à celuy qui eſt prins & lié, fi en defendant afprement l'Euangile, ils me
font

font hayr dauantage. Quoy qu'il m'en aduienne c'eſt tout vn, moyennāt que la choſe retourne à la gloire de Chriſt, auquel, de tout mon cœur, ie porte telle faueur, que ie ſuis ioyeux qu'il ſoit cogneu de to⁹ par tous moyens. Ceux là ſont dignes enuers Dieu d'vne gran
de louange, qui preſchēt l'Euangile d'vn meſme cœur que moy. Il faut ſupporter ceux, qui
auancent le party de l'Euangile pour l'amour de moy. Au reſte, ie ſuis marry de ceux qui ſe
nuyſent en preſchant l'Euangile pour me faire hair: ie ne me ſoucie point de ce qu'ils me
pourchaſſent mal: ie me reſiouy de ce que leur mauuaiſe volonté tourne à la gloire de l'E-
uāgile: moyennāt qu'ils enſeignēt vrayemēt Chriſt, iaçoit que ce ſoit d'vn mauuais cœur:
& ne m'eſiouy pas ſeulement à preſent, mais auſsi à l'aduenir ie m'eſiouyray s'ils pourſuy
uent en hayne de moy de publier la doctrine de Chriſt. Ce m'eſt tout vn, qu'ils entreprennent ces choſes pour ma ruyne, veu que ie ſçay par l'aydé de voz prieres, & par l'eſprit de
Ieſus Chriſt, aydant & moderant ceſt affaire, que ſoit que ie meure, ſoit que ie viue, ce ſera à
mon ſalut. Car la confiance que i'ay de luy ne me trompera point, par laquelle ie ſuis certain, que iamais ie ne ſeray delaiſſé, ne mis en honte, en la predication de l'Euangile qu'il
m'a donné en charge, en ſorte que ie ſoye contraint par aucunes afflictions, de me deſdire
ou de me taire comme d'vne choſe vaine de ce que i'ay cogneu eſtre treſ-veritable: mais
au contraire ainſi comme par cy deuant les afflictions que i'ay enduré ſelon le corps humain ont porté profit à l'Euangile, ſoit que ie fuſſes lapidé, ſoit que ie fuſſes fouetté, ſoit
que ie fuſſes baillé aux beſtes: auſsi ceſte affliction, par laquelle ie ſuis en danger de ma
vie, tournera à la louange & gloire de Chriſt, ſoit qu'il aduiēne, que ie viue, ou que ie meure. Car comme les precedens aſſaux des afflictions, cōbien qu'ils tourmētaſſent ce corps,
n'ont toutefois iamais oſté le courage ne la conſtance d'annoncer Chriſt, auſsi ce trouble
maintenant ne l'oſtera point. S'il m'eſt permis de viure, ie defendray vaillamment la verité de l'Euangile: s'il aduient que ie meure, ma mort meſme, laquelle ie prendray volontiers pour l'affaire de l'Euangile, eſclaircira la gloire de Chriſt. Quoy qu'il en aduienne, ie
ſuis en ſeureté. Et ne crains pas tellement ceſte mort, que meſme i'eſtime qu'elle eſt à deſirer, ſi elle eſt pour l'auancement de l'Euangile. Pource qu'il ne me faſche point de ceſte vie
quelque affligée qu'elle ſoit, de laquelle ie meſure toute la felicité par l'auancemēt de l'E-
uangile: & n'ay point la mort en horreur, laquelle me profitera, lors finalement en me faiſant viure du ſalaire celeſte. Combien que ce pendant ceſte vie corporelle ne ſoit pas ſans
ſon fruict: quant en aſſemblant des bienfaits, on amaſſe le ſalaire d'immortalité: & ce pendant l'Euangile de Chriſt s'auance & ſe cōferme par noſtre labeur. Il eſt en ſa puiſſance de
me laiſſer viure ou mourir. Ie ſuis tellemēt preparé à l'vn & à l'autre, que ie ne ſçay lequel
ie doys choyſir. Il y a cauſe pourquoy ie doys deſirer la mort, il y a cauſe pourquoy ie ne
doys point refuſer de viure: mais quant i'aduiſe en moy-meſme, ayant eſgard à mon profit, il m'eſt bien meilleur, eſtant deliuré des miſeres de ceſte vie, d'eſtre de plus pres ioinct à
Chriſt, & de retourner à ceſte felicité ineffable, laquelle i'ay aucunement gouſtée quant ie
fus rauy iuſques au troiſieſme ciel, derechef quant ie conſidere ce qu'il vous eſt profitable,
i'entēs qu'il vous eſt vtile, qui plus eſt, neceſſaire, que i'exerce encore quelque temps ceſte mienne charge. Et ſuis certain, que ie ne demoureray encore en ceſte vie, & y demoureray tellement, que ie iouyray quelque fois de vous tous, & que vous me verrés, à fin que
vous profitiés dauantage en la foy, & que ie me reſiouyſſe grandement de l'accroiſſement de voſtre foy, & que vous auſsi pareillement vous puiſsiés reſiouyr de moy, apres
que ie ſeray allé vers vous, quant vous vertés de rechef pour l'ayde de Chriſt, que nō ſeulement ie n'ay point eſté vaincu de ces maux, mais auſsi que i'ay eſté gardé pour accroiſtre voſtre bien. Voyés comme i'aymé mieux voſtre profit que ma grande felicité. Qui eſt
ce qui ne meſpriſent les faſcheries de ceſte vie, deſirant le troiſieſme ciel? Qui eſt ce qui ne
deſireroit d'eſtre deliuré de ces miſeres, pour aller en paradis? Qui eſt ce qui ne meſpriſe-
roit le parler humain, luy ſouuenant des parolles ſecrettes? Qui eſt ce qui ne deſireroit v-
ne tranquilité immortelle, pour tant de malencontre, tant de dangiers, & tant de morts?
Mais la charité fraternelle eſt de ſi grande vertu enuers moy, que ie prefere leur profit à
mon deſir. Et pource vous faudra-il de tant plus efforcer: à fin de ſatisfaire à ma volonté.
Or ce ſe ſera, ſi vo⁹ mettés peine, que voſtre vie ſoit cōforme à l'Euangile de Chriſt, pour lequel ie ſouffre toutes ces choſes, à fin que ne ſoyés priué de ce fruict, pour lequel ſeul ie deſire eſtre abſent de la preſence deſirable de Chriſt. Parquoy efforcés vous, à fin que ſi ie vo⁹
vay voir, que ie vous trouue tels que ie deſire: & s'il aduient empeſchemēt que ie ne vous
puiſſe reuoir, que i'entēde toutefois eſtant abſent de vous, que comme iuſques à preſent
vo⁹ aués faict, vous perſeuerés en vn meſme eſprit, lequel vous aués cōmunement receu,

&

& que foyés d'vn mefme cœur,& que enfemble aydiés par voz plaifirs & prieres la foy ba/
taillante côtre les mefchants, & que ne foyés efpouätés d'aucune crainte des perfecutions
pour moins refifter vaillâment par tout aux aduerfaires de Chrift,defquels la mefchâceté
ne fera autre chofe,finon qu'à eux elle engendrera malencontre, & à vous falut, touſiours
croiffante la gloire de l'Euägile,& leurs mefchants efforts allât de mal en pis. C'eft vne cho
fe fort belle de fouffrir pour Chrift,& glorieufe de vaincre par luy les aduerfaires. Or de ce
ne nous faut-il rien attribuer.Dieu vous a donné cela,que vous aués non feulement creu
promptemêt à l'Euangile,que ie prefche, mais auffi que vous eftes prefts de fouffrir pour
luy, en enfuyuant mon exemple & ne refufés point pour l'affaire de l'Euägile,de fouftenir
vn mefme combat, que celuy que vous aués iadis veu en moy,eftant en tant de manieres
affligé,quand i'eftois auec vous, & l'aués maintenant ouy de moy en prifon,accufé de cas
mortel. Ces chofes n'aduiennent point par fortune, ains feulemêt font données à ceux de
Dieu propice,defquels il veut môftrer par les afflictions de cefte vie la pieté plus apparête.

<h2 style="text-align:center">CHAPITRE II.</h2>

PArquoy s'il y a quelque confolation mutuelle entre ceux, qui ont confpiré
côtre vn mefme Chrift:s'il y a quelque foulas, que la charité fraternelle aye,
laquelle faict pareillement les chofes triftes & ioyeufes communes:fi l'efprit
de Chrift a quelque force, commune à vous tous:s'il y a quelques affectiôs,
defquelles és afflictiôs des amys les hommes font touchés : s'il y a aucunes
compaffions, par lefquelles, du fentiment mefme de nature nous gemiffons ou fommes
marris des maux de ceux lefquels nous aymons de bon cœur, & qui endure pour nous, ie
vous prie, ô Philippiens par toutes ces chofes,que vous m'accôpliffiés cefte volupté, que
i'ay conceu de voftre aduancement:De quelque chofe que ce foit, en quelque forte que ce
foit que vous me deués,ie me contenteray,fi vous eftes d'vn mefme cœur côioincts enfem
ble,s'il y a vne mutuelle charité entre vous tous,fi vous eftes d'vn mefme courage, fi vous
eftes d'accord. La paix & côcorde ne peut demeurer entre les arrogants & hautains. Pour
ce que le courage fier & enflé engendre debat,côuoitife d'hôneur & courroux.Or ces cho/
fes font poifons prefent de la charité fraternelle & de l'amour mutuelle. Que rien donc
ne fe faffe par debat entre vous, qui eftes conioincts par l'efprit de Chrift, & qui faittes pro
feffion de la philofophie de Chrift, ou par vaine gloire, ou que nul ne voulant ceder ne
prouoque l'autre par fiereté,defquelles chofes entre les difciples du môde fortent noyfes,
riotes & diffentions. Que courroux donc,ou ambition, ou orgueil ne foyent point en vo/
ftre confeil, qui font tref-mauuais confeilliers , mais pluftoft charité fraternelle & fa com
paigne attrempance de courage,par laquelle que nul ne fe prefere à l'autre, & qu'vn chaf/
cun fe prife moins que l'autre,ne s'attribuant rien, fauorifant benignement & doucement
és dons d'autruy : & que nul ne regarde fon profit particulier,pour ce que là où cela fe
faict,la paix publicque eft en dangier:mais qu'vn chafcun par charité Chreftienne,laquel
le ne cherche point fes profits, preferé les profits d'autruy és fiens. Et que la mauuaife
penfée ne viêne à nul de vous,pourquoy moy eftant meilleur à mon efciêt cederay-ie vo/
lontairement au mauuais:n'ayés point honte d'enfuyure l'exemple de Chrift. Pourquoy
ne vous eft-il point conuenable,à vous qui eftes pareils & côpaignons,d'eftres ainfi affe=
ctionnés entre vous,côme il a efté, enuers nous? S'il s'eft eftimé par deffus tous les autres,
s'il a cherché fes profits,fi le debat entre vous pour ces chofes eft conuenable:voyre-mais
luy eftant Dieu naturel,fe declarât par les œuures mefmes eftre Dieu, reffufcitât en vn clin
d'oeil les morts,châgeant la nature des chofes,cômandant aux diables, gueriffant de pa/
rolle toutes maladies:neantmoins à fin de vous preparer vn exêple de modeftie,il ne s'eft
point attribué par vaine gloire d'eftre efgal à Dieu, ains il s'eft humilié & abbaiffé enuers
les hômes,attendant du Pere la gloire, à laquelle il a monftré le chemin,non par ambition
mais per humilité.Et s'eft tellement abbaiffé,luy eftant le plus haut de tous,que non feule
ment il a conuerfé côme hôme entre les hômes,ayant fommeil,foif,faim,eftans las,poure,
& fubiet à noz autres miferes : que mefme il a prins en foy la forme de feruiteur, de ferui
teur mefme mauuais, luy qui eftoit l'innocêce mefme. Quoy? n'eft ce point à vn mauuais
feruiteur d'eftre apprehêdé,lié,fouetté, decraché?Or ne s'eft-il pas feulemêt abbaiffé à ce
la,mais auffi iufques à la peine de mort, il eft defcêdu côme mefchât, à la mort de la croix,
qui eftoit la plus ignominieufe. Ainfi auoit-il pleu au Pere qu'il fuft pendu pour noz pe/
chés, & s'eft volôtairemêt rêdu obeiffant en toutes chofes,ne refufant riê qui peuft appar
tenir à noftre falut.Ceux qui font mondains defirêt orgueilleufement par ambitiô & debat
auec le dômage d'autruy la fauffe gloire:mais le Chreftiê, q cherche la gloire vraye & eter/

Xx   nelle

nelle doit s'efforcer de paruenir à icelle par le chemin, par lequel Christ y est entré. Par faul se honte on va à la vraye gloire, par pertes de peu de durée, on va au gaing immortel. Il ne faut point chercher la gloire, mais il la faut desseruir. Voulés vo° auoir ce qu'a deseruy l'humilité de Christ. Il ne s'est point certes vsurpé entre les hômes, de se vâter deuant le têps de sa maiesté: mais Dieu le pere a esleué son fils tresgrâdement, & estant renômé par l'abbaissemêt & vergôgne de la croix, il luy a dôné vn nom, qui surmôte toute la gloire de ce mon

Esa.45
Dan.7

de, assauoir que tout genouil se ploye & submette au nom de ce Iesus craché & crucifié: & non seulement tout ce qui est en terre, mais aussi tout ce qui est és enfers & és cieux. Et que toute langue quelque part qu'elle soit, soit des hômes, ou des Anges, ou des diables, confesse Iesus prince & Seigneur de toutes choses, estre assis à la dextre de Dieu le pere, participant du royaume cômun & de toute gloire, & ce en la gloire de Dieu le pere, duquel vient

A la gloire de
Dieu le pere.

& auquel redonde toute la gloire du fils. Qu'elle ambition des hômes, quelles richesses, quel regne, quel soing des hômes a iamais acquis à aucun telle gloire enuers les hômes, que l'humilité de Christ luy a acquise? Or a-il faict toutes ces choses pour nous & non pour soy. D'autant qu'il n'a point merité d'estre abbaissé, il n'a point eu faute d'estre renômé: & tant plus vous faut-il auoir vne semblable modestie, sans laquelle vous ne pouués estre sauués. Parquoy mes chers freres, poursuyués en cest endroit, de faire côme vous aués faict, à fin que ainsi comme à l'exemple de Christ vous aués tousiours obey à nostre Euangile, que vous le fassiés aussi à l'aduenir, non seulement quant nous serons presens, mais beaucoup plus maintenât que nous sommes absens, vous applicquâs à vous-mesmes le soing que i'aurois de vous moy estant present. Poursuyués vostre salut non point negligemment, ains auec toute solicitude & crainte: n'estant pas ignorans pourquoy c'est qu'on bataille, & auec quels ennemys nous auons affaire. Il n'est temps de dormir, ne de se reposer, aussi ne vous faut-il pas deffier. Vostre deuoir est de vous efforcer selon vostre pouuoir: or Dieu est celuy, qui faict en vous, quât à ce qui appartiêt à salut, que vous veuilliés & mettés en effect, le bien que vostre volonté vous côseille. Il vous faut trauailler, que la doctrine de l'Euâgile aye bô bruit par vostre vie, mesme à ceux qui sont alienés d'icelle. Ce qui aduiendra, s'ils vous voyêt estre d'vn accord & d'vne pareille confiance, & si tout ce que vous faittes, vous le faittes sans murmure & sans debats: desquels l'vn est de ceux

Faittes toutes
choses sans
murmuratiôs.

qui ne sont point de bon cœur ce qu'ils font, l'autre est de ceux qui n'ont point confiance. Et sur tout en toutes choses soyés cordiaux, & tellemêt purs & sans fautes, que nul ne puisse à droit se pleindre de vous, & qu'vn chascun cognoisse, que vous estes vrayemêt enfans de Dieu, & non bastards ou faux, ains semblables par vostre vie celeste à vostre pere celeste, & ce pêdant viués tellemêt au milieu de la nation rude, fascheuse, & impure, qu'en nulle sorte, toutefois vostre pureté ne soit vitiée, mais qui plus est, reluisés par innocêce de vie entre ces tenebtes, comme luminaires du môde exposés aux yeux de tous. Car vous estes ceux desquels Christ dit en l'Euangile: Vous estes la lumiere du môde, qui portés en lieu eminent la viue parolle de l'Euangile, monstrant mesmes par voz mœurs la doctrine de Christ, en sorte que i'ay confiance, si vous perseuerés, de mesme me glorifier en l'aduenement de Christ de non auoir trauaillé pour neant, & de non auoir couru en vain en ceste

Quant à moy
encore que
soye sacrifié.

lisse de l'Euangile, veu que i'ay gaigné de tels disciples à Christ. Et ne me repens point de mes labeurs, par lesquels ie vous ay offert hostie aggreable à Dieu, tellement que si ie suis sacrifié sur l'hostie & le sacrifice de vostre foy, ie me resiouyray & pour moy & pour vous tous. Pour vous, lesquels estant côuenables à l'Euangile i'ay offert vn sacrifice aggreable à Christ: pour moy, qui ayant faict vn tel sacrifice, ie dois estre aussi entierement sacrifié. Car ainsi comme ie voy que mes afflictions ont esté pour vostre profit, aussi sçay-ie que ma mort profitera à l'Euangile, & pour ceste cause ma mort me sera aussi aggreable. Que si vous appartient d'estre en toutes choses compaignons de ma ioye, ma mort ne vous doit estre en fascherie, laquelle me sera en ioye. Vous aués pourquoy vous vous deués esiouyr de mon affaire: or i'espere qu'il aduiendra par l'ayde de nostre Seigneur Iesus, qu'en brief ie vous visiteray par Timothée, pource que ie ne puis pas encore y aller. Ie l'enuoyeray donc comme si i'y allois moy-mesme, à fin que comme cognoissant mon affaire, maintenant vous vous esiouysses, aussi ie me resiouysse, Timothée estant de retour, ayant cogneu vostre estat. Pource qu'il m'a semblé sur tout propre pour vous enuoyer, à cause qu'il n'y a nul des autres qui en l'affaire de l'Euangile, me ressemble ainsi que luy, & qui puisse mieux de cœur representer en voz affaires la foy & diligence de Paul, veu qu'à bon droit ie le tiens pour mon fils propre. Il y en a du seruice desquels ie me pouuois bien icy passer auec moins de dommage, mais ie n'ay voulu

nul

nul enuoyer, sinon de bonne cognoissance : car les autres conuoitent presque ceste charge, non point tant pour le profit d'autruy, & de Iesus Christ que pour le leur, ce que vous
sçaués que i'ay tousiours eu en horreur. Ie pense qu'il n'est point besoing que ie vous le recommandé, pource qu'il y a long temps que de faict il est cogneu de vous, & qu'il vous
peut souuenir comme il s'est porté auec moy en l'affaire de l'Euangile, & comme vray fils
à son pere il m'a ressemblé en toutes choses. Ie l'enuoyeray donc côme i'espere incôtinent
que ie verray comme mes affaires se porteront: & mesme i'espere qu'il aduiendra, aydant
Dieu, que bien tost ie viendray moy-mesme à vous. Et dauātage i'ay pensé qu'il seroit cõuenable, que Epaphrodite fit côpagnie à Timothée pour aller vers vo⁹, lequel certes m'est
frere & côpaignon & à vous Apostre, tellement que à cause de moy & de vous il vous doit
estre pour recômandé, brief c'est celuy qui m'a apporté vostre liberalité, par laquelle vous
aués accoustumé de suruenir à ma necessité. Il y a long temps qu'il auoit grand desir de
vous voir, estant en soucy, qu'il ne vous faschast trop, pource qu'auiés entédu qu'il auoit
esté fort malade. Lequel bruit n'a point esté vain, car il a tellement esté malade, qu'il a esté
en dangier de mort: mais Dieu l'a guery, ayant pitié de son seruiteur, qui plus est nõ seulement de luy, mais aussi de moy, qui ay esté en dangier côme luy, de peur qu'auec la douleur, que sa maladie m'apportoit, le desir de la mort d'vn si loyal compaignõ ne m'aduint
dauantage. Ce qui m'a dauantage esmeu de le vous enuoyer, premierement, à fin que sa
presence vous esiouyst le voyant estre guery, ne croyans point possible au bruit: en apres,
à fin que toute-fascherie me soit mise hors de l'entendement, lors que i'entédray que vous
estes vrayement resiouysde sa santé. Receués-le donc d'vne affection Chrestienne, en toute ioye: & non luy seulement, mais ayés tous ses semblables en estime. Pource que estât enuoyé de vous par dela, il n'a pas tant craint la cruauté de Nero, lequel il sçauoit bien qu'il
me hayssoit, qu'il ne se soit mis en tel dangier pour l'Euangile, qu'il a esté prochain de la
mort, ayant en plus grande estime l'auancement de l'Euangile, que son propre salut : assauoir à fin qu'il recompensast ce qu'il sembloit defaillir à cause de l'absence de vostre deuoir enuers moy, & que par luy vous me fussiés aucunement presens, lequel m'a apporté
vostre liberalité, & m'a aydé par ses plaisirs moy estant en dangier, tellement que luy seul
vous representoit tous aucunement deuant moy.

Tous cherchēt
les choses qui
leur sont pro-
pres.

Ayant aban-
donné sa vie.

CHAPITRE   III.

 L reste donc, mes freres, que les choses estant cogneues, qui se font icy, & Epa-
phrodite estant allé sain vers vous, que vous soyés ioyeux, & qu'obmettāt les
afflictions, desquelles le monde nous a tourmētés, vous vous esiouyssiés, que
l'affaire de nostre Seigneur Iesus Christ va tousiours de mieux en mieux, duquel ie ne crains pas tant des Payens, qui resistent patiemment à l'Euangile, que de ses demy Chrestiens, qui preschent tellement Christ, que ce pendant ils meslent parmy le Iudaisme. Ie vous ay auerty de cest affaire souuent selon mon soing, neantmoins ie ne delaisse-
ray point de la vous repeter par lettres, à fin que soyés plus asseurés. D'autant qu'on ne
peut estre iamais trop aduisé de ceux là, qui espiēt sans cesse, gens pestilentieux, meschans,
& eshôtés. Ils sont marris de vostre liberté, ils disent mal de la pure doctrine, ils detractent
d'autruy, ils trauaillent en l'affaire de l'Euangile, mais en sorte qu'ils la corrompent. Ils se
vantent de la circoncision, ayant le cœur incirconcis. Gardés vous, freres, qu'ils ne vous
trompent. Donnés vous garde de tels chiens, donnés vous garde des mauuais ouuriers,
donnés vous garde des circoncis incircõcis, qui plus est, à vray dire, des destranchés. Ils se
vantent pour neant, portans au corps la vileine marque de leur noblesse, veu qu'ils sont
impurs & meschans de cœur. Si la circõcision est digne de gloire, nous sommes vrayemēt
circoncis, nous sommes vrayement Iuifs, nous sommes les vrays enfans d'Abraham, qui
seruõs à Dieu non point de sang des bestes mais d'esperit(car ainsi veut-il estre seruy) qui
nous glorifions non point en la petite peau du corps, non point en Moyse, mais en Iesus
Christ, qui par son esperit a circoncis tous pechés de nostre entendement, qui a imprimé
en nõz cœurs vne forte belle marque, à fin qu'on voye que nous sommes enfans à Dieu.
Ceste est la seule vraye & glorieuse circoncision. Dieu d'orenauant n'estime point l'homme par l'habit. Mais ceux là mesprisant le soing du cœur, mettent toute leur fiance en la
chair, en laquelle s'il se faut glorifier, certes en cest endroit ie ne cederay à nul d'eux, à fin
qu'ils n'ayent rien, pourquoy ils puissent dire, que ie tiens vile la circõcision, côme si ie ne
l'auoye point. Si quelqu'vn pour ce se plaist, ie me puis moy-mesme plaire dauantage, à
cause que selon l'ordõnance de la Loy, i'ay esté circõcis le huictiesme iour. Ie suis Israelite
non point enté, mais de nation: non point estrangier, mais Iuif descendu des Iuifs: & non

Prenés garde
des chiens.

Xx 2   de pe-

de petite lignée, mais de la principale, assauoir de Beniamin, laquelle a esté tousiours conioincte à la lignée de Iuda, de laquelle les roys & Leuites & les sacrificateurs sont ordonnés, veu que plusieurs s'estiment Israelites, pource qu'ils sont sortis des concubines des
Israelites. Ebrieu des Ebrieux de nation, Pharisien selon les sectes de la Loy, duquel ordre
Selon la Loy ç'a esté tousiours la premiere dignité. Que s'il faut priser quelqu'vn de l'estude & ob-
Pharisien. seruation de ceste Loy: en cela ils n'ont point de quoy se preferer à moy. Car i'ay tant aymé la Loy de mes peres, que pour la defendre en toutes manieres, i'ay persecuté l'Eglise
de Christ: gardant si estroittement les choses que la Loy ordonne, qu'il n'y auoit rien en
quoy on me peust accuser comme transgresseur. Que si ces choses auoyent quelque grand
cas, ie m'en pouuois à meilleur droit glorifier que ceux là, qui veulent estre veus demidieux, pource qu'ils sont circoncis. Et lors certes à cause que ie n'auois point apprins
Christ, ie pensois estre bien heureux, à cause de la noblesse de la lignée, de la dignité de la
secte, & de l'obseruation de la Loy: mais depuis que i'ay apprins par l'Euangile de Christ,
en quelles choses gist la vraye iustice, & que i'ay cogneu que choses plus excellentes e-
I'estime toutes stoyent declarées par les ombres & figures de la loy de Moyse: incontinent i'ay reietté
choses estre & delaissé les choses, lesquelles au parauant i'ensuyuois, comme choses fort desirables,
dommage reputant dommageable tout ce qui m'empeschoit, tant peu que ce fust, de la doctrine
pour eux. de Christ: non que ie condamne la Loy, si quelqu'vn en vse comme il faut, mais pource
que ie prise tant l'Euangile de Iesus Christ mon Seigneur, que non seulement i'estime
moins la Loy charnelle de Moyse de laquelle ceux là se glorifient, que la cognoissance
excellente d'icelle: que mesme aussi ie repute pour dommage tout ce que ce monde repute, ou a pour excellent. Incontinent donc que i'ay commencé de la gouster, il n'y a nul profit de quelque chose tant excellente quelle soit, que ie ne tienne pour dommage, qui plus
est pour platras, ou pour chose s'il y en a plus vile, que platras, moyennant que pour ce
dommage il me soit loysible de gaigner Christ la fontaine de tous biens, qui sont les
vrays biens. Ie n'estime rien ma iustice, de laquelle i'estois en estime enuers les hommes
cause que i'obseruois la loy de Moyse, pourueu que i'aye la vraye iustice, laquelle ie ne
puis appeller mienne, veu quelle ne s'acquiert point par noz merites, ains est donnée
liberalement à ceux qui se deffians d'eux-mesmes ont leur fiance simplement en Christ. Il
sort de la Loy quelque iustice, mais elle est insuffisante pour donner salut. Or ne sommes
La iustice qui nous pas tellement priués de celle que Dieu donne, quelle ne nous donne toutefois le
est de Dieu vray salut, moyennant qu'en croyant par foy à l'Euangile, mais cognoissons Iesus Christ,
en la foy. duquel la natiuité est tant admirable, qu'elle ne peut estre entendue d'aucune sagesse des
hommes, duquel la vigueur de la resurrection est si grande, qu'elle ne peut estre persuadée
par aucuns argumens humains. La seule foy nous la peut persuader, & me l'a tellement
persuadé, que me confiant en l'esperance des promesses, ie me resiouys d'estre côpaignon
des afflictions d'iceluy, estant pareillement lié & mourant pour l'Euangile d'iceluy, comme il a esté pour nous fouetté & crucifié, s'il m'aduient aucunement, que comme i'ensuis
la mort d'iceluy, ie paruienne aussi à la gloire de la resurrection, estant par luy ressuscité. Ceste esperance certaine me console en ces afflictions, pource que ie me confie és promesses de Christ, qui a promis la societé de son royaume à ceux, qui ne refuseront point
la societé de la croix. Et ne dy pas ces choses, comme si ie pouuois acquerir vn si grand
loyer. Ie ne suis pas encore paruenu au bout de la course, ie n'ay point encore acquis le
pris, le combat n'est pas encores accomply: toutefois ie m'efforce de tout mon pouuoir,
de paruenir à ce que ie pretends. Car le salaire n'aduient point à celuy qui court aucunement, mais à celuy qui persiste vigoureusement. I'ay bonne esperance de l'apprehen-
der, veu que à ce i'ay esté reprins de Christ, & retiré du milieu de la course, laquelle i'a-
uois iadis mal commencé contre son Eglise, à fin qu'en bien courant en la lisse de l'E-
uangile ie meritasse le salaire d'immortalité, de peur que la fiance du salaire promis
ne vous rende paresseux & mal asseurés. Ie ne pense point, freres, que i'aye acquis ce
que ie desire & ce que i'espere. La chose que ie suis est fort grande, nul ne l'acquerra
legierement. Ie sçay que Christ est veritable, mais la foyblesse & inconstance de la nature humaine ne me permet point estre asseuré. Parquoy en grande esperance, mettant toutes choses en arriere, ie mets sur tout peine, qu'en la course de l'Euangile, comme ayant oublié les choses qui sont derriere de me employer du tout és choses qui
sont à faire: & ne m'estends point legierement à toutes choses, pource que qui court
mal, faict dommage: ains ie cours tout droict au but de l'Euangile, qui nous est mis
en auant, & au salaire d'immortalité, auquel Dieu nostre spectateur & moderateur
du com-

du combat, regardant des cieux noftre effort, nous appelle aydant Iefus Chrift. Parquoy ceux qui meflent la Loy auec l'Euãgile, que font-il autre chofe finon qui s'eftudient de retarder noftre cours? Nous tous dõcques qui fommes parfaits, foyons tellemẽt affectionnés, que nous ne nous propofions rien finon le but de l'Euangile: Que s'il y en a entre vous quelques vns aucunement foybles, qui ne puiffent du tout mefprifer la Loy paternelle, à laquelle ils fe font accouftumés, qu'on les fupporte, iufques à ce qu'ils profitent. Dieu vous a reuelé qu'il n'eftoit point befoing de l'ayde de la Loy, il aduiendra poffible, que Dieu leur reuelera le mefme. Or ce pendant pourfuyuons certes felon la reigle prefcripte ce cours que nous auõs-ia cõmencé: & foyons en ce d'vn accord, ne permettant point qu'on nous deftourne de noftre entreprinfe, mais qu'vn chafcun felon fon pouuoir fe hafte de paruenir au falaire d'immortalité. Il y en a qui ne courẽt point bien, il n'eft pas feur de les enfuyure. Enfuyués-moy plus toft, qui cours droit au pris de l'Euangile, & prenés garde à ceux que vous verrés cheminer felon noftre exemple. Chrift nous a baillé vn bon exemple, vous me voyés tendre là, où il eft paruenu. Tous ceux qui courent en cefte liffe n'obtiennent point le pris. Et ne vous eft pas feur de fuyure tous precurfeurs. Car il y en a plufieurs defquels par cy deuant ie vous ay foüent parlé, & maintenãt de rechef ie vous le dy auec larmes, tellemẽt prefchant Chrift, que ce pendant ils font ennemys de la croix de Chrift. D'autant qu'ils ne veulent enfuyure ne la vie ne la mort d'iceluy, pour viure eternellement auec luy, mais pour leur profit & gloire, ils enfeignent au lieu de la vraye pieté les obferuations Iudaiques, la circoncifion du prepuce, la difference des viandes & des iours, tellement que les autres eftans chargés de ces chofes, eux ce pendant regnent & viuent doucement, comme fi apres cefte vie ils n'en attendoyent point d'autre. Mais que la fin d'iceux nous deftourne de leur maniere de vie. Car comme par le diffame des hommes nous tendons à la gloire eternelle, & nous efforçõs de paruenir à la felicité immortelle par les afflictions tẽporelles: auffi ils s'acquierent par les plaifirs de peu de durée la perdition eternelle, ayant Dieu pour leur vẽtre, qui ne leur pourra furuenir: & par la gloire fardée enuers les hommes, laquelle ils mettent non en Chrift, mais és chofes honteufes, courent à honte eternelle. Car tout ce qui eft terrien n'eft temporel & fardé: & tout ce qui eft celefte, eft vray & eternel. Mais ceux là ne fe foucient finon des chofes terreftres. Ils mettent en icelles leur gloire, leur plaifir, leurs richeffes, fe deftournans grãdement du but de l'Euangile. Mais nous qui fuyuons vrayement Chrift, iaçoit que foyons detenus de noz corps en ce monde, nous viuons neantmoins d'efprit és cieux, ayant toufiours là noftre defir, où noftre chef eft allé deuãt, d'où par foy nousattendõs noftre feigneur Iefus Chrift, qui apres auoir reffufcité les morts, il donnera appertement les chofes qu'il a promifes, changeant ce pendant ce corps humble & fubiect à toutes aduerfités, & le rendant femblable à fon corps glorieux, pource que les membres feront faits participans de la felicité en ce lieu là, qui auront icy efté compaignons de fes afflictions. Et ce reffemblera à nul incredible, qui pefera la vertu d'iceluy par lequel l'affaire fe menera. Car il n'y a rien qu'il ne puiffe faire, auquel il eft en la puiffance, quant il luy plaira de s'affubiettir toutes chofes. Et lors declarera à tous cefte puiffance, iaçoit que fouuent ce pẽdant il la diffimule.

Parquoy nous tous qui fom=mes parfaits.

Or noftre conuerfation eft és cieux.

CHAPITRE   IIII.

Stant donc affeurés, mes chers & defirés freres, d'vne efperance de chofes fi grandes, defquelles l'auãcemẽt i'eftime eftre ma ioye: defquelles la victoire, i'eftime eftre ma couronne, pourfuyués comme vous aués commencé, & ne vous laiffés point deftourner de Iefus Chrift. Derechef encore vne fois mes chers freres, ie prie Enodie, & prie feparéement Syntiche, qu'ils ne foyent qu'vn cœur en l'auancement de l'Euangile de Chrift. Ie te prie auffi ma vraye compagne, qui es d'vn mefme confentement auec moy en l'affaire de l'Euangile que tu aydes à ces femmes, lefquelles ont efté compagnẽs de mes peines & labeurs en l'Euangile, enfemble auec Clement, & auffi auec les autres, qui ont trauaillé auec moy en l'Euangile. Les noms defquels qu'eft-il befoing que ie nomme, veu qu'ils font efcripts au liure de vie & ne feront iamais effacés? Là font efcripts les noms de tous ceux qui par leurs labeurs auancent l'Euangile, du nõbre defquels vous eftes. Et pource refiouyffés vous toufiours, mefme au milieu des afflictions. Et derechef ie vous dy refiouyffés vous, quelque mal que vous faffent les mefchãts, que voftre bonté & modeftie foit notoire à tous hommes, non feulement aux freres, mais auffi à ceux qui font eftrangés de Chrift, à fin qu'eftant prouocqués par voftre bõté, ils foyent plus toft attirés à la cognoiffance de l'Euangile. Pource que la douceur des mœurs attire & charge les mefchants. Ne vous vengés point d'eux,

Efiouyffesvous toufiours au Seigneur.

Xx 3   & ne

& ne portés point d'enuie à leurs delices. Car l'aduenement de Christ s'approche, lequel pour le mespris des commodités de ce monde, vous donnera l'immortalité, & eux seront punis de leur folie. Viués au iour la iournée, n'ayant soucy de rien, trauaillans seulement, que quant il viedra, il vous trouue prests: ayés tout vostre espoir en luy. Que si vous aués

Ne soyés en soucy de rien.

besoing de quelque chose, ne vous confiés point en l'ayde de ce monde, ains recommandés vous sans cesse à Dieu, luy declarant d'vn cœur ardant, ce que vous luy demanderés, le remerciant de tout ce qui aduiendra, soit bon ou mauuais, estans certains que par luy les choses mauuaises vous tourneront à bien. D'autant qu'il cognoit ce qu'il vous est necessaire, iaçoit que vous ne demandiés rien, combien qu'il ayme qu'on le prie, il ayme d'estre par prieres solicité, & comme quasi contraint. Et par ainsi il aduiendra, que la paix par laquelle vous estes conioints à Dieu, qui est vne chose tant heureuse, que l'entendement humain ne la peut comprendre, gardera voz cœurs & voz esprits contre toutes les afflictions fascheuses, qui peuuent icy aduenir. Que peut craindre celuy, qui se cognoit estre aymé de Dieu par Iesus Christ. Ainsi donc comme ie veux que ne vous soucyés point de ces choses, lesquelles le monde promet, ou par lesquelles il espouuante: aussi faut-il diligemment de tout vostre cœur vous efforcer, que soyés riches en vertus, lesquelles vous facent aggreables à Dieu. Par ainsi dõc, toutes les choses qui sont vrayes & sans fard: toutes les choses qui sont honnestes & bien seantes, est conuenable à ceux qui detestent les choses basses & mal seantes : toutes les choses, qui sont iustes, pures & sainctes : toutes les choses qui sont propres à concorde, & qui font auoir bonne renommée: s'il y a quelque vertu, s'il y a quelque louange compagne de vertu, ayés soing de ces choses & les prenés à cœur, que ces choses soyent gardes en vostre entendement. Ces choses, di-ie, & les semblables, lesquelles iadis vous aués apprinses & receués de nous, & ne les aués non seulemẽt ouyes de moy, mais aussi les aués veues en moy. Car ie ne vous ay rien enseigné, que ie n'aye faict. Vous n'aurés pas donc seulemẽt memoire de ces choses, mais aussi vous les ferés en nous ensuyuant. Le Dieu autheur de paix si vous les faittes voꝰ aydera, lequel ne s'accorde qu'auec les gẽs de bien. Or ay-ie esté grandemẽt resiouy, que ceste affection accoustumée de vostre charité ẽuers moy, desia aucunemẽt entremise, s'est vne fois rêforcie, & quasi comme reflorie. Mais pour mieux dire l'affectiõ n'a point esté entremise, ains estãt telle que de coustume, vous nauiés point la commodité d'enuoyer ce que vous vouliés. Parquoy ie me esiouy non point tant de mon profit, que de vostre charité, par laquelle ie m'esiouy que vous estes agreables à Dieu. Car il ne me chaut pas grandement que vostre liberalité m'a secouru en necessité. D'autant que ie suis bien accoustumé à telles choses. Qui plus est ie suis tout faict & accoustumé à endurer telles choses. I'ay apprins de me cõtenter des choses presentes, quelles qu'elles soyent. I'ay apprins d'estre humble & poure entre les poures. I'ay apprins d'estre excellent entre les riches. Si i'ay faute, ie n'espargne: si

I'ay apprins d'estre cõtent.

i'en ay d'abondance, ie le donne és autres, & suis fort liberal. L'indigence est seure, l'abondance est liberale. Ie sçay m'accõmoder à tout lieu, à tout temps & à toute occasion : estant ainsi faict & accoustumé à tout euenement. Pour estre saoul ie ne m'en suis point corrompu encore que i'aye abondance: si ie n'ay que manger, la fain ne me faict point perdre courage encore que n'ay que mãger. Si quelque chose m'aduient plus que ie n'ay besoing, l'abõdance ne m'en orgueillit point si i'ay plus que ne requiert ma necessité: & si i'ay moins, que ne requiert ma necessité, le defaut ne me descourage point. Pourquoy me fascheroyẽt ces choses, veu que ie mesprise les liens & les fouets pour l'amour de l'Euãgile. Il n'y a rien

Ie peux toutes choses par Christ.

de ces choses, que ie n'endure de bõ cœur, Iesus Christ me cõfermant & fortifiant, à l'ayde duquel ie suis vaillãt, veu que ie ne suis rien de moy. Et ne dy pas ces choses, pour mespriser vostre liberalité: qui plus est ie prise grandement vostre pieté, de ce que vous-mesmes vous vous estes faits cõpaignons de mes afflictiõs & serés aussi participans de mes salaires enuers Dieu i'accepte la prõptitude volontaire de vostre cœur: car quant à moy ie n'ay point de coustume de demãder d'aucuns tels plaisirs. Car vous-mesmes Philippiẽs estes tesmoings que quãd premieremẽt ie preschois l'Euãgile de Christ és prochaines regions, & m'en allois hors de Macedonne: que nulle Eglise ne ma rien cõmuniqué: quant à ce qui appartiẽt à l'affaire de prẽdre & de dõner eux certes ne m'ont rien dõné, aussi n'auoys-ie pas vouloir de prẽdre. Vous seuls aués, de vostre bon gré, apporté, nõ seulement quãt i'estois auec vous, mais aussi moy estant en Thessalonique, vous aués plusieurs fois enuoyé ce que vous pensiés qui m'estoit necessaire, quãt i'estois absent. Thessalonique estoit plus riche, mais vostre cœur estoit plus liberal. Ie ne me plains pas d'eux, mais ie me resiouy de vostre auãcement, ie suis plus ioyeux de vostre profit, que du mien. Car quicõque diminue

nue son bien pour l'Euangile de Christ, il faict vn grand gaing, & qui change les richesses estrangieres auec les vrayes & eternelles. Ie ne requiers point le don, mais ie requiers
le fruict, qui vous prouuient de ceste prompte & volontaire liberalité. Vostre argent ne
diminue aucunefois il deschoit quelque peu du reuenu de la maison, mais les salaires
celestes s'augmentent grandement. Et toutefois quant à ce qui m'appartient, il ne faut
point que soyés marris, si vostre liberalité n'a esté gueres aggreable. I'ay tout receu &
suis maintenant riche de vostre liberalité : ie suis content des choses, que Epaphrodite
m'a apporté de vous, tant en aués vous abondamment enuoyé. Or les ay-ie receus *Aussi mon*
non point comme vn don, que les hommes enuoyent l'vn à s'autre, ains comme vn sa- *Dieu ac-*
crifice à Dieu fort aggreable, & n'y a odeur de sacrifice si aggreable, que le playsir volon- *complira.*
taire de la charité de l'Euangile. Or comme vous diminués voz richesses, à fin que rien
ne me defaille : aussi mon Dieu pareillement vous remplisse de tout ce qui vous defaudra
en ceste vie. Et veu qu'il est riche, il ne permettra point que ayés faute de rien, veu que
vous appourisses pour son Euangile. Cela appartient à sa gloire & à celle de Christ. Or
toute gloire soit à Dieu le Pere, à iamais, Amen.   Salués tous ceux, qui selon la doctrine
de Iesus Christ ensuyuent saincteté & pureté de vie. Ceux aussi qui sont à Rome auec moy,
faisant profession de Christ vous saluent pareillement : Et non seulemēt ceux, qui me hantent priuément : mais aussi tous les autres, & principalement ceux de la maison de Cesar,
qui ayme la doctrine de Christ, & qui ne sont point destournés de la profession de Christ
par la crainte d'vn Prince & seigneur si cruel. La faueur & douceur de nostre Seigneur Iesus Christ soit tousiours auec vostre esprit, Amen.

FIN DE LA PARAPHRASE SVR L'EPISTRE
de Paul l'Apostre aux Philippiens.

ARGVMENT DE L'EPISTRE

SAINCT PAVL AVX COLOSSIENS,
par D. Erasme de Roterodame.

ES Colossiēs sont en Asie la moindre, voisins des L'aodissiens. L'Apostre ne les auoit point veus : Car par la predicatiō d'Archippe, ou ainsi
qu'adiouste Ambroise d'Epaphras, ausquels ceste charge auoit esté
baillée, ils furent cōuertis à Christ. Iceux estoyent fort pressés des faux
Apostres, lesquels s'efforçoyent de les attirer à vn enseignement fort
peruers, enseignans le fils de Dieu n'estre l'autheur de salut, ains par les
Anges le chemin nous estre ouuert au Pere. Car ils disoyent que le fils
de Dieu n'estoit point venu en ce monde, & qu'il ne deuoit venir, veu que tout auoit esté
baillé au vieil Testament par les Anges. En apres ils mesloyent le Iudaïsme, & la superstition de la philosophie, auec la doctrine de Christ, gardans ce pendans quelques ordonnãces de la Loy, auec vn esgard superstitieux, qu'ils auoyent au Soleil, à la Lune, aux estoilles, & elemens de ce monde : ausquels ils disoyent que nous sommes subiets. Il les amonneste donc de leur profession, demonstrant que tout ce qu'ils ont iusques icy obtenu, ils
ne le doyuent point aux Anges, mais à Christ createur des Anges, qu'iceluy est le seul chef
de l'Esglise, & que de nul autre il ne faut demander salut, & ce pendant il establit son authorité. Or il les amonneste diligemment, qu'ils ne se laissent point abuser par le grand
parler des faux Apostres, & feintes visions des Anges, à fin de ne tomber au Iudaïsme, ou
en superstitieuse philosophie, & cela faict-il aux deux premiers chapitres. Aux autres il les
amonneste aux offices de pieté, descriuant nommément qu'elle doit estre la femme vers le
mary & le mary vers la femme, quels les peres & meres enuers les enfans, & les enfans enuers les peres & meres, quels les seigneurs à l'endroit des seruiteurs, & les seruiteurs à l'ē-
droit des seigneurs. La fin de son Epistre est en salutations, sinon qu'ils amonneste Archippe de son deuoir. Il a escripte d'Ephese en prison par Tychicque, ce que manifestemēt il tesmoigne en ceste Epistre. Nous adioustōs à Tychicque Onesime cōpaignon, ainsi que Paul

tesmoigne luy-mesme au quatriesme chapitre. Les titres des Grecs tesmoignent que ceste Epistre fust enuoyée de Rome : Il renuoya de
là Onesime, lequel il auoit là engendré
en Christ és prisons.

PARAPHRASE DE L'EPISTRE
DE SAINCT PAVL APOSTRE AVX
Colossiens, par D. Erasme de Roterodame.

CHAPITRE I.

A V L ambassadeur de Iesus Christ, & ce non par l'ordonnance des hommes, mais par la volonté de Dieu le pere, ensemble Timothée, lequel ie tiens mon frere à cause du parfaict accord de l'Euangile, qui est entre vous à ceux qui viuent en Colosse, se confians en Iesus Christ, & selon sa doctrine suyuent saincteté de vie, lesquels vous sont maintenant chers freres par accointance de profession, à vous soit grace & paix de Dieu nostre pere, à fin que côme vous luy estes gratuitement recôciliés, aussi vous entreteniés entre vous vn mutuel accord, ainsi que conuient à freres se glorifians d'vn commun

Aux saincts & freres fideles.

Pere. Combien qu'il ne me soit aduenu de vous voir, toutefois en noz prieres par lesquelles nous solicitons assiduellement Dieu & pere de nostre Seigneur Iesus Christ, nous luy rendons graces de ses dons, qu'ils vous a eslargis & priôs qu'ils vous les accroisse de iour en iour, & iceux accreus il les conserue : apres auoir cogneu par Epaphras vostre foy, par laquelle nous auôs bonne fiance que vous demeurerés entiers, nô par l'ayde des Anges, mais par le benefice gratuit de Iesus Christ, par lequel il a pleu au Pere de nous eslargir toutes choses. Car il a voulu qu'il s'appellast Christ, à fin que tous tirassét leur salut de luy

Pour l'esperãce qui vous est gardée és cieux.

& Iesus, à fin que nul n'espere salut d'autre part. Et non seulement auons cogneu la fiance qu'aués en luy, mais aussi la charité sa compaigne, laquelle à l'exemple de Christ aués enuers les saincts, ausquels vous vous estudiés de bien faire, non par esperance aucune de recompense qu'en deuiés receuoir, ains par l'esperance d'vne immortalité, laquelle est reseruée au ciel à vostre pieté : Car vous aués si bien creu par l'Euangile de Christ, lequel est tellement veritable que iaçoit qu'il promette choses grandes & allegue choses non ouyes, toutefois pource qu'il est appuyé sur Dieu qui en est l'autheur, il ne peut mentir. Lequel comme il est iournellement de plus en plus espandu par le monde vniuersel, aussi est-il paruenu à vous, croissant & s'augmentant de iour en iour s'espandât plus au large fructifiant auec cela en bonnes œuures, lesquelles charité Chrestienne engendre volontiers. Ce que mesme est aduenu en vous, allans tousiours de mieux en mieux, dés le iour que premierement vous ouystes & cogneustes vrayement que par la gratuite largesse de Dieu, les pechés sont pardonnés à tous ceux qui croyent à l'Euangile, pourueu qu'à la vraye croyance soit conioincte vne charité entiere. Car ainsi l'aués vous apprins d'Epaphras trescher seruiteur auec nous & feal Apostre, veu que syncerément & sans feintise, il a tenu nostre lieu entre vous, administrât tellement l'office de l'Euangile pour Iesus Christ, qu'il s'est porté entier en toutes choses. Tout ainsi doncques que par luy ie vous ay enseigné, aussi entendons nous par luy-mesme le bon vouloir que nous portés, non vulgaire & tel qui se treuue communement entre amys & cogneus, mais spirituel & Euãgelique, duquel nous aymons tous ceux par lesquels la gloire de l'Euangile est esclarcie & confermée encore que ne les eussions oncques veus. Nous pareillement pour respondre à ceste bonne affection vostre, vous aymons sans iamais vous auoir veus, solicitans incontinent dés le iour que fusmes rendus certains de vostre croyance & charité par côtinuelles prieres Dieu pour vous en le priant ardamment de parfaire & accomplir ce qu'il a commencé en vous, à fin que plus amplement vous cognoissiés sa volonté, enseignés, non par humaine philosophie ou superstitieuse persuasiô de quelques hommes, mais par la sagesse & prudence spirituelle, de laquelle vous aués ia acquis vne bône portion, en laquelle ie desire que rien ne vous deffaille, à fin qu'estans parfaicts vous dressiés tellement toute vostre vie qu'elle apparoisse estre digne de Dieu, & que luy soyés en tout & par tout agreables, ne mettans

Fructifians en toute bonnes œuures, & croissant en la cognoissance de Dieu.

en nonchaloir aucune bonne œuure, veu que c'est le moyen de luy plaire. Car auoir creu à l'Euangile est le cômencement de salut, lequel est accomply & parfaict par bônes œuures. Et ne suffit auoir apprins par l'Euangile, que Dieu est autheur de salut par Iesus Christ son fils, si par ceste science ne venés à croyre & fructifier és œuures de charité Chrestienne en y profitant tousiours de mieux en mieux, & si en perseuerant constamment en ces choses ne demeurés fermes & fortifiés en toute force, à fin que nul effort ou assaut de persecution ne

vous

vous esbranle du droit cours, à laquelle chose certes il est besoing de grande force. Or n'y
a-il pas dequoy nous la deuions attendre de nous-mesmes, mais il faut que Dieu la nous
donne de sorte que toute la gloire des choses lesquelles sont par nous vaillamment mises
en effect, retourne à luy, lequel nous faict la grace de porter auec toute patience & douceur tout ce que ce pendant nous contredit à cause de l'Euangile de Christ. Encore n'est ce
pas assés que soyons forts & asseurés en cela, ains plustost faut que allegrement nous receuions les afflictions, en remerciant ioyeusement Dieu le pere qui vous a voulu faire cest
hôneur que vous estans par cy deuant addonnés aux seruices des idoles & des diables, a
daigné vous appeler à la compaignie des Iuifs, lesquels estoyêt saincts au regard de vous,
à cause du vray seruice de Dieu, & aussi voꝰ receuoir en vn mesme heritage d'immortalité,
par l'esperâce de laquelle il nous faut auoir en mespris tout ce qui nous espouuâte, icy on
applaudit & à fin qu'à voꝰ qui estiés premieremêt en espesses tenebres d'ignorâce, il eslargist la lumiere de la verité Euâgelique, & que vous qui au parauant seruiés d'vne malheureuse & miserable seruitude sous la tyrannie du diable, prince de tenebres vous en ayant
retirés, il vous transportast au royaume de son fils qui luy est cher par dessus toutes choses
à fin qu'estans receus en son corps, vous eusiés auec luy la iouyssance d'vn mesme royaume, auquel ceux qui sont detenus en peché nont point de lieu, & pourtant nous est donné
franchise par le fils de Dieu, par lequel les pechés de la vie passée nous sont pardonnés.
Vous estes dôc reduits sous la puissâce de celuy par le benefice duquel aués este restablis.
Mais considerés l'heureux changement. Vous estiés au parauant membres du diable &
maintenant estes entés au corps de Christ, duquel la dignité est si grande qu'il est l'ymage
de Dieu le pere qui habite vne lumiere, de laquelle on ne peut approcher & que nul ne
peut voir combien que nous la voyons aucunement par le fils qui cômme, il luy est semblable, aussi luy est-il esgal : Car il n'est point moins saige, moins puissant, ou moins bon
que le Pere. Laquelle chose ne luy est aduenu nouuellement, ains premier qu'il y eust rien
de crée, il a esté de toute eternité l'ymage du Pere eternel non crée, mais de luy duquel sont
toutes choses & lequel seul n'a point de cômencement. Iceluy engendra de soy le fils, mais
par le fils & ensemble auec le fils fit & crea vniuersellement toutes choses soit au ciel soit en
terre visibles & inuisibles, sans mesme en forclorre les Anges, voyre les plus souuerains
soyent thrones, soyent dominations, soyent principautés, soyent puissances. Lesquels ont
vne telle excellence par dessus toutes autres creatures que toutefois sont bien loing de la
dignité de celuy auquel estes conioincts. Car ce qui est crée, il est force qu'il soit inferieur à
son createur. Or est-il que non seulement par Christ toutes choses sont creées, mais aussi
sont par luy-mesme gouuernées & maintenues en quoy aussi il est esgal au Pere. Mais
quand à luy rien ne le precede, ains est deuant toutes choses creées, lesquelles par luy-mesme demeurent en estre & pourroyent s'il ne les maintenoit. Vous voyés qu'elle est la dignité & preeminêce de Christ, à fin que psonne n'attribue par trop aux anges. Mais pour
faire que sa maiesté ne vous espouuante, escoutés vn peu la bonté d'iceluy, à fin de ne penser qu'il vous en faille chercher autre par lequel ayés acces au Pere. Car il est tellemêt prince de tous les esprits angeliques, qu'il n'a point en dedaing estre chef de l'Esglise, laquelle il
s'est tellement côioincte quelle ne luy est pas moins vnie que le corps est au chef. Pourtant

Qui est l'yma-
ge de Dieu in-
uisible.

Le premier
nay entre
les morts.

est il necessaire que tout ce qui a precedé au chef nous soit cômun. C'est le premier qui est
ressuscité des morts non pour auoir tout seul iouyssance de l'immortalité, mais à fin que
nous qui sommes ses membres, il nous esleuast à la participatiô d'immortalité. Ce qui est
dit des premices doit estre commû à toute la masse, il est bien prince & autheur de la resurrection, mais par luy nous deuons aussi ressusciter & tout ainsi qu'il tient le premier lieu
és choses creées, en sorte toutefois qu'il n'est pas crée pareillement au restablissement des
choses creées, il tient le premier lieu, à fin que comme nous luy deuons ce que nous sommes nays, pareillement nous luy soyons redeuables, de ce que nous sommes renays à salut. Car le bon plaisir du Pere a esté de mettre en son fils, toute plenitude de puissance &
bonté diuine : à fin qu'elle y habitast en sorte qu'il ne fust plus besoing de chercher iamais
rien autrepart, veu que le Pere ne veut & ne peut rien que le fils ne puisse & veuille. Et n'est
à faire à nous de nous enquerir pourquoy il plait ainsi au Pere, puis qu'il est certain que
tout ce qu'il a deliberé est tres-bon. Ainsi, di-ie, luy a semblé estre bon & vtile à nostre salut & à sa gloire qu'il recôciliast & mit en paix & amytié toutes choses auec luy, non par le
moyen des Anges, mais par le fils propre qui par son sang & tourmêt de la croix a porté
la peine de noz pechés, à fin que les pechés abolis, lesquels rompoyent la paix & accord
entre les choses celestes & terrestres, toutes choses tant celestes que terrestres retournassent

en

Et vous qui iadis estiés estranges.

en amytié, assauoir vnies & alliées ensemble en vn Christ. Du nōbre aussi desquels vous estes, que combien que fussiés iadis tellement estrangés de Dieu, que vous adorissiés les ymages des diables, & que non seulement de propre volonté & pensée fussiés en discord àuec luy, ains par œuures malheureuses, ses ennemys, toutefois il est maintenāt retourné en grace auec vous qui ne l'attendiés, & n'en estiés dignes & d'ennemys vous a faict amys & enfans, non par l'administratiō & seruice des Anges, mais par la mort corporelle de son seul fils, lequel pour ceste fin voulut prendre vn corps mortel. Et pource que Dieu n'a point de paix auec les coupables, il a de pure grace remis les fautes de la vie passée, pour vous rendre saincts sans reprehension & faute deuant luy. Car qui est celuy qui vous mettra en compte voz dettes passés, s'il les tient pour receues. Certes il sera ainsi qu'il les vous quittera si vous estans vne fois ressus de pure grace à la foy de l'Euangile, perseuerés tousiours en la confession qu'auès faitte, & estant appuyés sur le ferme fondement demourés forts & cōstans tellement que ne soyés, ne par les hommes, ne par les Anges esbranlés de Christ, duquel il nous faut esperer tout ce que promet l'Euangile, auquel apres l'auoir vne fois ouy auès creu, lequel aussi ne vousa pas esté seulement annoncé, ains manifestement à toutes nations de la terre qui sont sous le ciel. Ce destourner de ce qu'on a vne fois approuué est inconstance & imprudence, tenir pour choses vaine à la croyance, duquel consent tout le monde vniuersel, consent & de quoy moy Paul suis prescheur qui ne laisserois

Duquel moy Paul suis faict ministre.

aucunemēt les loix paternelles, pour changer à l'Euāgile de Christ, si ie n'estoiscertain que c'est vn affaire celeste venu de Dieu. Or ie suis maintenāt tant asseure par foy que l'Euāgile est veritable, que nō seulemēt ie ne m'en repens ou ay honte, mais aussi allegremēt ie souffre, que ie tourne à gloire les fouets, prisons, ceps, & enferremēt, que ie souffre nō pour mes meffaits, mais pour vostre salut, enseignant contre le vouloir des Iuifs, que le benefice de l'Euangile n'appartient point moins à vous qu'à eux. Car pourquoy ne me diray-ie souffrir pour vostre salut, pour lequel Christ à souffert: Pourquoy se doit fascher vn Apostre, de faire ce qui n'a esté grief à nostre Prince. Il n'a pas seulement souffert en son corps pour nous, mais aussi souffre au nostre en quelque maniere, comme suppliant par ses vicaires, ce qui sembloit rester en ses afflictions, non que sa mort de soy ne soit suffisante, mais pour ce qu'en quelque sorte l'affliction du chef & des membres du Prince & des vicaires est vne, laquelle d'autant qu'elle est grande, d'autant plus redonde-elle à vostre salut. Et non seulement au vostre, mais à celuy de tout le corps de Christ qui est l'Esglise. Ie fay l'office qui m'a esté commis. La charge de l'Esglise m'a esté baillée, Christ m'a faict son lieutenant & m'a baillé la garde de son corps, principalement à l'endroit des Gentils, qui deuoyent estre receus à l'Euangile, pour supplier par mon labeur ce qui sembloit deffaillir à ce corps, & que ie publiasse ce qui a esté caché par plusieurs siecles passés, c'est assauoir que non seulement les Iuifs, mais aussi les Gentils auoyent entrée au salut de l'Euangile par

Mais maintenant est manifesté à ses saincts.

la foy. Laquelle chose Dieu auoit pieça proposée, toutefois iusqu'à present a esté cachée au monde, & maintenant par ma predication reuelée, principalement à ceux lesquels ayans abandonné la vie passée ambrassent la doctrine de Christ, ausquels Dieu a voulu manifester la grādeur de ses richesses enuers nous, lors qu'ayant publié le secret qui estoit au parauant caché tout le monde entend que le salut donné par pure grace, lequel premierement on croyoit qu'il estoit enuoyé aux seuls Iuifs, estre commun à tous Gentils, & que l'obseruation de la loy Mosaique n'estoit point requise, mais la foy seulement par laquelle on ne doutast point des promesses de l'Euangile. Pour toutes les choses ausquelles les Iuifs ont vne folle fiance, vn seul Christ vous suffira. Lequel estant en vous, il ne vous faut repentir de vostre esperance, laquelle est assés ferme & glorieuse par luy, qui sans doute donnera cequ'il a promis. C'est celuy que nous annonçons, non Moyse ou les Anges, enseignans & amonnestans non seulement les Iuifs, mais tout le genre humain sans aucunemēt delaisser ou obmettre chose qui fasse à la sagesse de l'Euangile. Et ce à fin que tous hommes entendent que le salut parfait ne doit estre mis ailleurs qu'en Iesus Christ, soyent Iuifs, soyent Gentils. Et pour le faire croyre, ie m'y efforce auec tel courage, que ie ne suis point marry de m'exposer à tous maux & dangiers, plus griefs certes & pesans que nostre foyblesse ne peut porter. Mais celuy par l'imitation & ayde duquel ie faicts ces choses, est puissant de faire qu'on croye à nostre parolle, voyre auec miracles si la chose le requiert.

CHAP.

CHAPITRE II.

'AY dit ces choses Colossiens, non pour me vanter enuers vous, mais pour le desir que i'ay de vous faire sçauoir quel soing i'ay, & en quels dangiers ie me mets, non seulemēt pour ceux ausquels ay donné moy-mesme, en presence la doctrine de l'Euangile, mais aussi pour ceux qui ne me cognoissent point de face, principalement pour vous & les Laodissiens, lesquels encore que ie n'aye point veu des yeux corporels, toutefois ie les contemple continuellement de yeux de l'esprit en m'es iouyssant de l'auancement, & tremblant si ie sens quelque chose aller en ruyne, ou que ie voye vostre entiereté flechir & deschoir. Et c'est plus le profit à ceux qui ne m'ont point veu de sçauoir ces choses que le mien: Car ils sont esmeus par le soing que i'ay, les d'angiers ou ie m'expose & les afflictions que i'endure, d'estre d'vn meilleur accord par la charité de l'Euangile amassés & conioincts entre-eux, ainsi que les mēbres du corps, aussi à fin que mieux ils cognoissent & croyent plus certainement l'abondante largesse de Dieu le Pere, sur tout le genre humain, voyre laquelle s'espand largement sur tout ce qui est au ciel & en terre le secret estant maintenant reuelé par Iesus Christ, lequel iusques icy auoit esté caché c'est assauoir qu'il ne nous faut rien chercher ny desirer de la sagesse humaine, soit que promettent les philosophes de ce monde, soit que promettēt les docteurs de la loy Mosaïque, soit que les autres se vantent qu'ils sont enseignés par le deuis des Anges : veu qu'en cestuy seul tout les thresors de sagesse & cognoissance fructueuse sont mis & cachés. De ceste fontaine on peut puiser profitablemēt tout ce qui touche le vray salut. Or nous vous disons ces choses, à fin que songneusement vous vous gardiés, que nul instruict & garny des arts & sciences humaines, contre la simplicité de l'Euangile, ne vous abuse & trompé par faux propos, lesquels semblent toutefois estre probables & vraysemblables. Car la coustume des sophistes & abuseurs de ce mōde, est d'enuelouper les consciences des simples par surprinses & petites subtilités fondées en raisons humaines: ie sçay que vous en aués de tels, lesquels espient l'entiereté de vostre foy. Car combien que ie sois absens de corps & que ie ne voye en presence ce qui ce faict entre vous, toutefois ie suis present d'esprit, considerant auec ioye l'ordre & estat de vostre vie, contemplant auec cela la fermeté & force de vostre fiāce qu'aués en Iesus Christ, auquel vous vous estes vne fois du tout soumis & rengés. Il reste que vous perseueriés & profités en ce que vous aués bien commencé & tout ainsi que vous aués vne fois receu & creu que Iesus Christ nostre Seigneur est le souuerain de tous biens, le commencemēt & source de nostre felicité, pareillement vostre vie responde à vostre profession & foy, à fin que comme vous estes vne fois entés en luy par le baptesme, aussi estans enracinés en luy, vous deueniés fors & vaillans. Et cōme vne fois a esté mis en vous vn ferme fondement de la doctrine Euangelique, aduisés aussi d'y bastir choses dignes d'vn tel fondement. Gardés vous que chancelans à tous vents de dō ctrine, ne branliés tantost çà tantost là, ains demeurés immuables & constans en ce qu'a ués vne fois apprins, & ne perseuerés pas seulement, mais abondés tous les iours de plus en plus, à fin que le fruict & auancemēt de vostre foy & deuotion, croissant de iour en iour vous ayés tousiours de quoy remercier Dieu, auquel il faut rapporter tout le bien qui se faict. Ceux qui espient vostre entiereté & rondeur veillent, mais il vous faut contreueiller de peur qu'estans surprins d'vne certaine belle apparence de philosophie, soyés seduits & destournés de la fermeté de foy, aux vaines resueries des hommes, & soyés ainsi mis en proye aux aduersaires: Ce qui se fera si estans deuoyés de l'ordonnance & reigle de la veri té Euangelique, vous commencés à estre menés par les constitutions & ordonnances hu maines, lesquelles consistent en choses visibles & rudimens grossiers de ce monde, mais la doctrine de Christ est celeste, laquelle donnē la vraye pieté & crainte de Dieu, qui gist au cœur, nō au boyre ou menger, non en l'ornemēt du corps, non en l'egard des iours ou la uement des mains, lesquelles choses ne seruāt de rien au vray seruice de Dieu, ains plustost nous destournent de Christ, & desuoyent de la fontaine où il nous faut tout chercher: Car en luy ne sont point escoulées quelques graces comme en vn fossé ou cisternē, ains perse uere & habite en luy toute plenitude de deité corporellement: de sorte que si vous l'aués il ne faut aller apres les ombres de la loy de Moyse, & abusemens de philosophie humaine. La verité est manifestement descouuerte à tous les sens, il ne vous faut point maintenant contempler les ombres & promesses incertaines. Puis donc que vous estes vne fois entés en Christ & amassés en vn corps, il ne vous faut rien chercher autre part. Or veu qu'il ne luy deffaut rien, & veut que ce qui est sien vous soit commun, il faut aussi que soyés com plets par luy, soit que desiroyés sagesse ou puissance. Car comme il est la fontaine de toute

sagesse

Aussi ie veux que vous sça chiés.

A fin que nul ne vous abuse en persuasion de parolle.

Car en luy tou te plenitude de diuinité habite.

sageſſe qui ne ſe peut eſpuiſer, auſsi eſt-il le chef de toute principauté & puiſſance. Et n'y a puiſſance voyre entre les principaux Anges, qui ne luy flechiſſent les genoux. Vn Iuif poſsible vous voudra donner à entendre comme vne grande choſe, qu'il vous faut à ſon exemple couper la peau du prepuce, comme s'il l'eſtat du corps nous rendoit agreables à Dieu. Mais au contraire, ceux qui ont Chriſt ont la gloire de circonciſion, & à ceux qui ne l'ont, la circonciſion eſt innutile. Tels ont bien l'ombre de la circonciſion, mais vous auès la choſe : Car veu que la circonciſion Iudaique ſignifie qu'il faut que ceux qui ne veulent plus rien contempler que choſes celeſtes, coupent toutes conuoitiſes groſſes & terriennes de leurs cœurs, ceux certes ſont du tout incirconcis, qui ſont tormentés d'vn deſir d'auoir : qui ſerue à leur ventre, qui ſeche d'enuye, qui cherche gloire enuers les hommes, & qui deſeſperent du loyer celeſte. Vous au contraire, eſtes circoncis par Chriſt, non point de la circonciſion qui ſe faict par la main, mais par l'eſprit. Car non ſeulement

Par le deſ=
poillemēt du
corps de pe=
chés.

la petite partie de l'homme charnel eſt couppée en vous, ains tout le corps ſouillé de pe-ché, & gaſté de charnelle conuoitiſes eſt retranché de vous par la ſpirituelle circonciſion de Ieſus Chriſt : Car tout ainſi qu'en mourant, il a deſpouillé le corps ſubiet à la mort, & reſſuſcitant, il a receu vn corps immortel, pareillement vous par le bapteſme eſtes enſem-bles morts auec luy, ſelon l'eſprit ayant oſté tous les pechés de la vie paſſée & n'eſtes ſeulement morts auec luy, mais auſsi enſemble enſeuelis. Car apres que les affections ſont mortifiées & abattues, il s'enſuit vn grand repos d'eſprit. Ainſi vous ayant oſté par Ieſus Chriſt le corps ſubiet à peché, lequel peché eſt la mort de l'ame, vous eſtes enſemble reſ-ſuſcités auec luy, affrachir de peché non par voz merites, mais pource que puremēt vous croyés que Dieu, lequel par ſa vertu a reſſuſcité Chriſt des morts, a auſsi ceſte vertu en vous, à fin qu'apres vous auoir pardonné de pure grace tous voz pechés par la mort de ſon fils, deſormais viuiés auec luy ne ſeruans plus à peché, ains par le continuel eſtude d'innocence, vous alliés grand erre à immortalité. Nous ſommes donc redeuables à Dieu le pere de tout ce qu'il nous eſlargiſt par ſon fils, il n'a de rien profité aux Iuifs, de n'auoir point de prepuce, & le prepuce corporel ne vous a porté de nuyſance : Mais ce prepuce

Et vous quād
vous eſtiés
morts en pe=
chés.

eſtoit mortel, que vous eſtans addonnés aux lourdes & malheureuſes conuoitiſes eſtiés ſuiets & aſſeruis à la mort, voyre vous eſtiés morts ſelon l'eſprit, & ſans Dieu lequel eſt la vie des eſprits. Ce prepuce, di-ie, vous eſtoit commun auec nous, lequel Dieu par ſon eſ-prit a couppé, nous ayant vne fois pardonné tous noz pechés, & tellement pardonné qu'il ne nous faut craindre, qu'ils nous ſoyent d'orenauant mis en conte, encore que nous ayons faict ſerment ſelon la forme à nous baillée d'obeyr à la loy de Moyſe & que l'aduerſaire nous puiſſe accuſer de n'auoir garde la Loy, a quoy nous eſtions tenus com-me par obligation. Car ceſte vieille obligation par laquelle le diable nous preſſoit a eſté abolie de Chriſt, par la foy Euangelique, par le moyen de laquelle foy les forfaicts de la vie paſſée ne ſont nullemēt imputés, veu que tout ce qui nous pouuoit eſtre redeman-dé en vertu de ceſte obligation, Chriſt la payé en croix, en laquelle, obligation, qui faiſoit contre vous a eſté caſſée & oſtée toutallement du milieu. Et ne nous faut craindre la tyran-nie de Satan, puis que Chriſt en la croix a vaincu par ſa mort l'autheur de la mort, & nous a emmenés ainſi eſchappés & deliurés comme vne bonne deſpouille. R'emportant la vi-ctoire & triomphe de toutes les principautés & puiſſances des diables. Car alors monſ-tra-il manifeſtement, tant aux hommes qu'aux Anges que les diables ſont vaincus & de-pouillés, & tous ſes aduerſaires rompus & deconfis quant non par l'ayde des Anges ou des hommes, ains par ſa propre vertu les a hardiment menés en monſtre & triomphe d'eux, pendant & attachant en la croix vn ſi excellent ſigne & memorial de victoire, à fin qu'en lieu haut fuſt à la veue de tous. Aduiſés ſeulement que ne retombiés en voz pechés paſſés. Vous n'eſtes pas en dangier qu'aucun vous condamne de n'auoir tenu conte des ceremonies de la loy Moſaique, c'eſt aſſauoir à cauſe du manger ou du boyre, n'eſt ou ſouillé, ou pour la difference des iours de feſte ou ouuriers, de la nouuelle Lune non gar-dée, ou à cauſe des iours du repos violés : Car ces choſes ont eſté vmbres, leſquelles ia dis ſignifioyēt & depeignoyent ce qui deuoit eſtre puis apres dōné par Chriſt. Mais puis que nous auons le meſme corps, puis que la verité nous a manifeſtement eſclairé, que crai-

Que nul ne
vous ſeduiſe
voulāt ce fai
re par humi
lité.

gnons nous encores les tenebres ? Celuy qui eſt ioinct à Chriſt ſon chef habitant au ciel, il n'a ſoing que des choſes celeſtes, & tend droit au ſalaire d'immortalité. Gardés vous donc qu'aucun en vous r'appellant aux choſes terriennes, ne vienne à vous deſtourner & ſoubſtraire du loyer qu'auès commencé à ſuyure : vous enſeignāt pour choſes hautes & de grand pris, celles qui ſont baſſes & de rien & au lieu de la vraye religion de Chriſt

vous

vous mette en auant quelque superstitieux seruice des Anges. Car tels enflés de propre affection charnelle se vantent enuers les simples, de quelques visions forgées en leur cerueau & ensuyuant comme par reuelation des Anges leurs inuentions, veulent pourchasser gloire enuers les hommes. Et au lieu qu'ils deuoyent par grande affection à l'esgard de ce grand bien quitter toutes choses, quelques grandes qu'elles semblassent estre, ils se sont tant confiés aux Anges, qu'ils ont delaissé Christ le vray chef, duquel tout le corps de l'Eglise depend, & est tellement fourny par l'influence des dons & graces spirituelles, qui s'espendêt en tous les membres, par les ioinctures, arteres, & liaisons qu'il est nourry & croist iusqu'a pleine perfection spirituelle, digne de Dieu, auquel nous sommes conioincts par Christ. Que si Christ est mort à ce monde visible & rude, & habite au ciel, & que vous soyés morts auec luy, aux traditiôs de ce môde, selon vostre côuersation, n'ayans esgard qu'aux choses celestes : quel besoing est-il de vous assuiettir aux decrets & ordonnances humaines, lesquelles ne commandent & ordonnent choses qui sentent leur Chrestienté, mais les rudimens de ce monde : côme si vous n'estiés-ia morts à telles choses, & viuissiés encore au monde. Pourquoy ouyt-on encore le Iuif ordonnant ces choses selon le sens charnel de la loy Mosaique ? Ne touchés point ce corps, il est souillé : Ne goustés point de ceste viande elle n'est pas nette : Ne maniés point cela, il est sacré, & ne doit estre touché d'vn prophane : Et par ainsi vous prestés l'oreille & obeissés à telles loix & ordonnances, lesquelles selon la doctrine des hommes donnent à entêdre qu'en la difference des viandes, esgard des iours, & autres constitutions Iudaiques, gist la pieté, comme si la doctrine de Christ ne vous suffisoit. Le boyre, manger, ou les vestemens ne nous rendent point aggreables à Dieu, ains nous nous en seruons à la necessité du corps, & en s'en seruant s'vsent & consument sans s'arrester en noz cœurs. Mais ceux qui enseignêt ces choses, ils ont apparence de ie ne sçay quelle fausse sagesse, enuers les simples & ignorans & d'autât plus sont ils estimés qu'ils remplissent les entendement des hommes de superstition & humilité vicieuse : Car c'est superstition trop lourde & manifeste, faire les Anges esgaux à Christ. C'est vne dangereuse humilité esperer d'vn Ange, ce qu'il failloit demander à Christ. Les viandes & autres choses visibles, n'ont pas esté baillées à celle fin que soyons contraincts de nous en abstenir auec le dommage du corps, ains plustost à fin que par le moyen d'icelles nous le secourions, que par les vestemens quels qu'ils soyent, le corps soit gardé du dommage des vents & du froit : par la viande il soit nourry : brief que sans difference on se serue en tous lieux de toutes choses autant que la necessité presente le requerra. Mais les Iuifs qui n'ont encore l'entendemêt circoncis & rongné de l'intelligence rude & charnelle de la Loy, sont attachés à vne differente superstitieuse de telles choses.

CHAPITRE III.

Es choses sont petites & basses, & indignes des vrays membres de Christ. Mais si vous estans vrayement morts aux choses terriennes estes ressuscités ensemble auec Christ, au soing & desir des choses hautes & eternelles, cherchés auec vn mespris de ces choses basses, celles qui sôt hautes & dignes du ciel, là où Christ vostre chef est assis à la dextre de Dieu le pere : Car c'est bien raison que l'estude & soing des membres tendent au lieu où le chef est desia, & là où en apres ils regneront auec luy. Chascun vit là où il ayme. Il semble que soyés morts au monde, vous ausquels la felicité mondaine ne plait & ne faittes conte des choses qui esmeuuent & tirent les mondains en admiration. Parquoy vous ne viués pas icy entre les hommes, mais vous viués auec Christ en Dieu, iaçoit que ce pendant vostre vie soit cachée selon le iugement du monde. Au reste, quant Christ viendra derechef, pour declarer tant sa gloire que celle de tout son corps au monde, alors aussi vous apparoistrés ensemble auec vostre chef participans de gloire. Ce pendant il faut mettre peine que tout le corps responde au chef excellent & celeste, duquel les membres, s'ils ne sont du tout icy morts aux affections terriennes, ne pourront viure au ciel auec Christ. Le diable à bien aussi son corps lequel i'ay appellé en vn autre lieu corps de peché. Ces membres sont paillardise, laquelle est tirée en hôneur aux mondains, impureté, delicatesse, souilleure, & toutes autres sortes de voluptés trop puantes, infectes & malheureuses. mesme à les nommer, desir de choses mauuaises, comme de gloire, de principauté, & de vengeance, & sur tout conuoitise d'argent, lequel mal n'est pas loing du seruice des idoles, qui est vne impieté sur toutes autres malheureuse. Ausquelles choses ceux qui y sont iubiets & addonnés ne peuuêt estre participans de la gloire de Christ. Car tant s'en faut qu'estans entachés de telles choses puissiés estre enfans de Dieu, que pour icelles il a puny griefuement les Iuifs ses enfans en les

Yy		desauouant

desauoüãt pour siens & destruisant comme rebelles. Vostre vie a esté iadis souillée de telles vilênies lors que vous n'estans encore morts auec Christ par le baptesme, viuiés à toutes mauuaises concupiscences. Mais maintenant que vous estes renays par luy, c'est bien
raison que vous ostiés toutes choses de la vie passée, puis que Christ n'a rié gardé qui soit
mortel ou terrestre. Et ne faut pas seulemét oster les choses malheureuses, desquelles nous
auons maintenant parlé, mais aussi celles esquelles le commun peuple se flatte & prend
quelque bandon, comme seroit ire, indignation, courroux, mauuaistie, blasme, & mesdisance, & que non seulement nostre cœur soit net de telles conuoitises, mais aussi nostre
bouche de toute parolle vilaine & deshonneste. Christ est la verité, il n'est donc pas conuenable que vous qui estes ses membres mêtiés l'vn à l'autre. Et à fin de n'esplucher les choses par le menu, puis que vous aués reuestu Christ, depouillés tout le vieil homme terrien auec tous ses faicts & desirs, & reuestés le nouueau qui n'enuieillit iamais, ains croissant en luy de iour en iour, la cognoissance de Dieu florist & rend bonne odeur, tant mieux
& tant plus à l'ymage de Christ, qui est luy-mesme le nouuel homme, lequel aussi il a crée
en nous ayant esteint & destruit le vieil. Car nous tous qui sommes entés au corps de
Christ, nous auons tellement cessé d'estre ce que nous estions, comme de-rechef créés en
autre maniere, qu'il n'y a point de difference entre le Payen & le Iuif, entre le circoncis &
prepuce, entre le Barbare & le Scytien, entre le Grec & l'Othenien, & entre le serf & le franc.
Par ces choses les hommes sont prises au monde, & enuers Dieu il n'y a point d'esgard.
Mais Christ esgalement commun à tous, fournit tout seul toutes choses à tous. Il est au serf
liberté, au poure richesses, au Barbare ornement, & au prepuce circoncision. Brief, par
luy toutes choses sont esgales entre vous, à fin que nul ne vienne à reietter l'autre par dedain. Parquoy au lieu de voz membres indignes de Christ qu'aués reiettés, vestiés-en

Soyés donc,
comme esleus
de Dieu, vestus
des entrailles.

d'autres contraires à ces deshonnestes que nous auons racontés cy dessus, au lieu, di-ie,
de ceux là reuestés-en qui soyent seants à ceux que Dieu s'est esleu à saincteté, & ausquels
Dieu à faict cest honneur de les aymer. Que si quelqu'vn demandoit qui sont ces choses,
ce sont sans doute celles que Christ a enseignées & mises en effect, c'est assauoir affection
de misericorde, à fin que soyés faciles à supporter la foyblesse d'autruy, courtoysie & humanité, à fin d'estre maniables à la commune coustume de la vie, modestie & attrempance, à fin que par arrogance ne vous estimiés par dessus les autres, bien-veuillance &
grátieuseté, à fin que n'exerciés cruaute enuers les deffaillans, patiêce & douceur de cœur,
à fin que ne soyés trop soudains à vengeance, ains que vous vous supportiés l'vn l'autre,
& pardonniés entre vous-mesmes, si par la foyblesse humaine, il y a quelque chose entre
vous, pourquoy l'vn puisse accuser l'autre. C'est bien raison que vous vous pardonniés
l'vn à l'autre, veu que Christ qui ne fit oncques mal à personne, nous a pardõné tous noz
pechés. Et sus tout que noz esprits soyêt parés & enrichis de charité, laquelle tãt s'en faut
qu'elle porte dommage à personne, qu'elle tasche d'ayder à tous rendant bien pour mal.
C'est le lien parfaict qui ne se peut delier, par lequel le corps de Christ est vny & les mêbres
conioincts entre eux, autrement viendroyent à descheoir. Charité a pour ses compaignes
accord & paix, non celle qu'on appelle cõmunement paix, mais la paix de Dieu par le lien
de Christ. C'est celle que doit auoir le regne & la domination en voz cœurs : Il faut qu'elle
emporte le triomphe & la victoire, cõtre ire, orgueil, enuie, noise & debat. Car Dieu vous a
appellés à vnion & cõcorde. Et pource vous a-il tous receus en graces, & assemblés en vn
corps, à fin que viuissiés tous d'vn bon accord ensemble, comme membres d'vn mesme
corps. Ne soyés donc point ingrats en mettant en oubly la bonté & clemence dont il a vsé
enuers vous. Car nous n'eussions pas eu paix auec luy, si de son bon gré il ne nous eust
pardõné noz fautes. Et sans s'en souuenir, vn frere osera bien mouuoir guerre contre son
frere pour vne petite iniure. Ne debatés point entre vous de l'exellence de la philosophie

La parolle
de Christ soit
habitante en
vous.

mondaine : Mais que la parolle de Christ, laquelle enseigne les choses qui appartiennent
à la vraye pieté habite & perseuere en vous plantureusement en toute science & vertu tellement que vous puissiés non seulement sçauoir que c'est estre agreable à Christ, mais
aussi que sçachiés vous enseiger l'vn l'autre, si quelqu'vn faut, & amõnester si quelqu'vn
cesse, estans ce pendant tousiours ioyeux par l'esperance de la beatitude à venir, chantans louanges au Seigneur, & racomptans ses benefices en pseaume, hymnes, & chansons
spirituelles, chantans, di-ie, non seulemét de voix corporelle, mais principalement en vostre cœur. Car ce sont certes les chãsons esquelles Dieu prend plaisir, à fin que nul ne pense
que ce soit quelque grãd cas, crier & faire bruit souuét à Dieu de bouche. Finalement quoy
que vous fassiés, soit par parolle ou par œuure, gouuernés vous en sorte que toute vostre

vie

vie appartienne à la gloire de noftre Seigneur Iefus Chrift, qu'elle ne fente, fonne, & reprefente autre chofe. Cependant tout ce qui vous aduiendra en faifant ainfi foit profperité
ou aduerfité, que rien ne vous abbate ou efleue, ains pour toutes chofes rendés graces à
Dieu le pere par le fils, par lequel il faict que tout nous torne à bien. Vous femmes foyés
fuiettes à voz marys, ainfi qu'il appartient à celles qui confeffent Chrift, lefquelles doyuêt
eftre en tout deuoir plus parfaittes que les autres. Vous marys, d'autre part aymés voz
femmes, ayans fouuenance qu'elles vous font tellement fuiettes qu'il ne vous faut pourtant eftre amers enuers elles. Enfans monftrés vous obeiffans à voz peres meres fans exception aucune, encore qu'ils vous commandent chofes griefues & fafcheufes, pourueu
qu'elles ne foyent mefchantes : car tel eft le plaifir de Chrift. Vous peres au contraire, gardés vous d'abufer de voftre authorité à l'endroit de voz enfans, & ne les irrités point auec
telle rudeffe qu'ils viennent à fe defcourager. Seruiteurs obeiffés en tout & par tout à voz
maiftres, aufquels felon le droit humain eftes afferuagis ne tafchans point de leur plaire
à l'œil, ainfi que le commun des feruiteurs des Payens faict, lefquels fe contentêt pourueu
qu'ils n'offenfent point leur feigneur hôme, mais fimplement & d'vn bon cœur faittes voftre deuoir, non par la crainte de l'homme: mais de Dieu qui voit de quel couraige tu che-
mines. Et n'aduifés point au merite de voftre maiftre & feigneur qui eft homme, & tout les
feruices que vous luy faittes quel qui foit, penfés que vous les faittes à Chrift, & non aux
hommes, eftans affeurés que vous receurés de luy le guerdon de l'heritage eternel, encore
que le maiftre foit fi ingrat, qu'il ne vous faffe aucun auâtage & ne vous recognoiffe pour
francs : Car quand pour l'amour de Chrift, vous ferués à maiftres indignes, vous ferués à
Chrift. Car tout ainfi que fi le maiftre tient quelque tort à fon feruiteur, combien qu'il n'en
foit puny enuers les hommes, toutefois il n'en demeurera impuny deuant Dieu, auffi le
feruiteur qui fe gouuerne ainfi qu'il appartient, s'ils n'en rapporte nulle recompenfe
des hommes, lefquels ne penfent rien deuoir aux feruiteurs, defquels ils fe font feruis, toutefois leur falaire ne fera perdu deuant Dieu, enuers lequel il n'y a point d'efgard des perfonnes, mais des cœurs & ne s'arrefte point à l'eftat ou qnalité, mais au deuoir. Derechef
vous maiftres gardés vous d'abufer du droit que les loix humaines vous donnent fus
voz feruiteurs, de peur que côtre toute humanité & deuoir de nature n'exercités tyrannie
en eux, ains rendés-leur ce qui eft iufte & raifonnable, en leur fourniffant des chofes re-
quifes aux vfages de nature. Et aduifés que par vne volôté legiere ne veniés à traitter humainement les vns en les defchargeant pour mal traitter & donner trop grâd faiz & charge aux autres, fçachans que vous eftes maintenant plus à la verité leurs côferuiteurs que
maiftres, attêdu que vous aués auec eux vn commun Seigneur au ciel, lequel à bon droit
experimêterés tel enuers vous, que vous vous ferés portés à l'endroit de voz feruiteurs.

C H A P I T R E   I I I I.

R à fin que de plus en plus, vous ayés ce bien d'eftre membres dignes du
corps de Chrift, perfeuerés en oraifon non laches ou chargés de gourmandife & yurôgnerie, mais fobres & veillans auec actiô de graces, à fin que non
feulement vous demandiés à Dieu ce qui faict à voftre falut, mais auffi luy
rendiés graces pour les biens qu'il vous faict iournellemêt, à fin qu'en plus
grande abondance il vous eslargiffe fes biens, s'il voit que n'en foyés oblieux & ingrats.
Cependant auffi vous priés Dieu pour nous, qu'il luy plaife tous empefchemênt oftés,
mettre la predication de l'Euangile en liberté, à fin que luy ouurant par la foy les cœurs
des hômes le myftere y entre, lequel eftât caché iufques icy, le Pere a voulu eftre côgneu à
tous, affauoir le fecret de Chrift par lequel fans l'ayde de la Loy, le falut eft prefenté à tous.
Priés pour moy, di-ie, qui fuis icy lié en ces ceps pour la predication de Iefus Chrift, que
rien n'empefche que ie ne puiffe publier enuers tous, l'Euangile de Chrift franchement &
fans crainte, ainfi qu'il m'a commandé de faire. Il fe faut gouuerner fagement auec ceux
qui font eftrangés & eslongnés de la confeffion de Chrift, à fin que rien n'apparoiffe en
voz mœurs qui les puiffe efmouuoir à perfecution cruelle ou deftourner de l'Euangile.
Car puis que ne pouués efchapper que n'ayés quelque accointance auec les Payens, &
commune familiarité de vie, faittes qu'ils cognoiffent par experience que vous eftes deuenus plus humains & maniables par la profeffion de nouuelle religion, s'il y a quelque
chofe en quoy vous leur puiffiés complaire fans le dangier de la pieté. Car le principal à
quoy il nous faut maintenant tafcher, c'eft que tous foyent attirés a la profeffion de l'E-
uangile : De laquelle chofe il ne nous faut perdre l'occafion, pour quelques vaines con-
Recouurant le temps.

Yy 2   tentions

tentions, ains plustost nous la faut racheter par la perte de toutes choses. Quittés l'honneur, quittés les richesses, & oubliés toute vengeance : Brief, pesés que c'est vn grand gaing
si par la perte de ces choses, l'affaire de l'Euangile est accreue. Voz propos ne soyent point
enuers eux iniurieux : ny rudes, mais pleins de douceur & graces accompaignés du sel de
prudence. Car les propos gracieux flechissent plustost les hautains & arrogans & la prudence enseigne que c'est qu'il faut respondre à qui & par quelle attrempance & moyen,
il se faut autrement porter auec les Princes du monde, qu'auec ceux de basse condition:
autrement auec les doux & debonnaires, qu'auec les ireux & felons : autrement auec les
sçauans qu'auec les idiots. A la qualité d'vn chascun faut accommoder les propos, à fin
qu'ils profitent à l'Euangile : Il aduient bien quelquefois que le meilleur est de se taire &
quitter, quand celuy que tu te prepares d'enseigner, contredit auec rage & outrages, ou
quant celuy auquel tu parles tasche de surprendre ta doctrine. Quant à mes affaires ie ne
vous en escry rien, mais vous serés rendus certains du tout par Tychicque, porteur des
presentes, qui est mon cher frere à cause de la commune profession, ensemble feal ministre
& conseruateur en l'affaire de l'Euangile, lequel pour ceste cause i'ay enuoyé vers vous, à
fin que vous sçachés par luy ce que nous faisons, & que par luy-mesme ie puisse entendre
ce que vous faittes, & par ce moyen que receuiés quelque consolation en vòz cœurs des
propos qu'il vous tiendra de ma part, & moy que ie soye recrée per ceux qu'il me rapportera de vous. Ie luy ay dõné pour sa compaignie Onesime, lequel ie ne veux que vous
mesuriés à sa condition & vie passée, attendu qu'il est maintenant mon feal & cher frere,
lequel en ce vous doit-il estre plus recommandé, qu'il est de voz gens du prepuce conuerty à Christ. Ces deux cy vous raconteront à la bonne foy tout ce qui se faict depardeça
dont il est besoing que soyés aduertis. Aristarque vous salue, lequel combien qu'il soit Iuif
de nation, toutefois à cause de sa vraye foy il vous doit estre recommandé. Car il est mon
compaignon & participant de ma captiuité pour l'Euangile de Christ. Marc cousin de
Barnabas, lequel cognoissés, vous salue : Nous vous l'auons autrefois recommandé en
vous commandant ce que maintenãt de-rechef vous commandons que le receuiés auec
toute humanité s'il vient à vous. Iesus aussi surnommé Iuste vous salue. Bien est vray que
ceux-cy sont de diuerse natiõs, assauoir Iudaique, toutefois ils sõt dignes de vostre faueur
pource qu'ils sont seuls compaignõs de mes labeurs, à prescher le royaume de Dieu, & en
ces maux desquels ie suis affligés m'ont esté vn soulas. Epaphras lequel est seruiteur de
Christ & de vostre nation, vous salue. Il a telle affection à vostre profit qu'il ne cesse auec
grãd soing de prier Dieu pour vous, à fin que par l'ayde d'iceluy perseueriés en ce qu'aués
commencé, & que soyés Chrestiés non à demy, ains parfaicts & accomplis en faisant tout
ce qui est aggreable à Dieu. Car ie luy dõne ce tesmoignage qu'il a vn grand soing de vous
& non seulement de vous, mais aussi de voz voisins, les Laodiciens & Hierapolitains. Luc
medecin mon bien aymé vous salue, ensemble Damas lequel est encore auec moy. Saluès
tous les freres qui sont en Laodicée, & principalemẽt Nymphe & toute l'assemblée qui est
en la maison de son mary: Et quant ceste epistre aura esté leue de vous, faittes aussi qu'elle
soit leue en l'assemblée des Laodiciens. Vous aussi de vostre part, lisés celle qui a esté escripte à Timothée de la ville de Laodicée, à fin qu'elle profite à plus de gens. Dittes en mon
nom à Archippe vostre gouuerneur, qu'il ait à aduiser quelle charge il a entreprins. Car ce
qui luy est enchargé est l'affaire du Seigneur & nõ d'homme : Qu'il mette peine à s'acquiter de sa charge ayant à en rendre compte au Seigneur. Or à fin que ceste epistre soit plus
autẽticque enuers vous, de-rechef ie vous presente salut, escript de ma main propre,
assauoir de Paul, laquelle vous cognoissés. Ayés souuenance de mes liens,
lesquels i'endure pour vous, & viués en sorte qu'ils me
tournent en ioye & consolation. La grace de
Iesus soit tousiours auec
vous, Amen.

FIN DE LA PARAPHRASE SVR L'EPISTRE
de Paul l'Apostre aux Collossiens.

ARGV.

ARGVMENT DE LA PREMIE=
RE EPISTRE DE SAINCT PAVL AVX
Theſſaloniciens, par D.Eraſme de Roterodame.

Heſſalonique eſt la ville capitale de Macedonne, dont les habitans du pays furent appellés Theſſaloniciens. Iceux ayans vne fois receu la foy y perſeuererent de telle conſtance, que auec vn ferme courage & grãde alegreſſe à l'exemple de ſainct Paul, portoyent patiemment les perſecutions de leurs citoyens, & ne ſceurent oncques eſtre à la ſuaſion aucune des faux Apoſtres, deſtournés de l'inſtruction & doctrine Euangelique. Ce que Paul craignant, lequel cognoiſſoit bien la malice des faux Apoſtres, n'ayant le loyſir de les aller viſiter, enuoya Thimothée, apres le reſtour duquel ayant entendu leur conſtance, il les loue en rendant graces à Dieu. Et cela faict-il au premier & ſecond chapitre. Aux autres deux il les inſtruict en diuers offices de pieté en leur donnãt couuertement à entendre, qu'il y en auoit entre eux qui n'eſtoyent du tout nets des voluptés charnelles & qu'ils n'eſtoyent deſproueus de gens, leſquels par leur oyſiueté eſtoyent en charge aux autres & qui ſans repos ny arreſt troubloyent l'accord & repos de l'Eſgliſe, leſquels il commande eſtre chaſtiés. D'auantaige ceux qui n'auoyent encore vne ferme opinion de la reſurrection, à cauſe qu'ils pleüroyent les morts comme s'ils fuſſent peris & non pluſtoſt allés en meilleure condition, il les enſeigne & conferme. De-rechef voyant qu'aucuns diſputoyent du iour de l'aduenemẽt du Seigneur, comme ſi on l'euſt peu auant ſçauoir & predire, en monſtrant qu'il eſt incertain à tous, il dit qu'il viendra ſoudainement & hors l'attente de tous, à fin que ſoyons mieux preparés à tout moment. Il a eſcript d'Athenes par Tychicque, miniſtre ſelon le titre des Grecs, auquel noz arguments adioignent Oneſime pour compaignon, leſquels ſans ſçauoir qui en eſt l'autheur, ſe liſent aux communs exemplaires.

PARAPHRASE DE LA PREMIERE
EPISTRE DE SAINCT PAVL APOSTRE AVX
Theſſaloniciens, par D.Eraſme de Roterodame.

CHAPITRE I.

A V L & Siluain & Timothée à l'aſſemblée des Theſſaloniciens, laquelle s'accorde en Dieu le pere, & en Ieſus Chriſt noſtre Seigneur, grace & paix vous ſoit de par eux. En nous reſiouyſſant ainſi qu'il eſt raiſonnable de voſtre auãcemẽt, nous rendõs touſiours graces à Dieu faiſant mention de vous, toutes les fois qu'en noz ſainctes prieres parlons auec luy, ayans touſiours ſouuenance de ce qu'a-ués faict, en maintenant la confeſſion de voſtre foy, & de la peine qu'aués prinſe par la charité qu'aués à ceux qui annoncẽt l'Euangile, comme vous aués porté toutes choſes vaillamment & conſtamment appuyés ſur l'eſperance & attente du loyer, que noſtre Seigneur Ieſus Chriſt a promis en la vie aduenir, à ceux qui à cauſe de ſon nom, meſpriſent les ennuys & faſcheries de ceſte vie. Le ſalaire de voz bonnes œuures ne vous ſera point oſté. Celuy qui a veu de quel cœur vous aués faict ces choſes, vous recompenſera, aſſauoir noſtre Dieu & pere. Vous ſçaués vous-meſmes, freres bien aymés: que voſtre changemẽt n'eſt point aduenu par perſuaſion humaine, mais que vous y aués eſté choyſis par la volonté de Dieu : Car nous ne vous auons point annõcé l'Euangile, en ſorte qu'il n'y euſt que parolles en ce que nous vous apportiõs, mais pluſtoſt la vertu de Dieu a eſtably noſtre parolle par miracles. Auec ce le ſainct Eſprit a eſté donné par nous, & n'auons toutalemẽt rien oublye & mis en arriere de ce qui pouuoit acertener & accroiſtre la foy de la doctrine Euãgelique: Car vous aués obtenus par noſtre Euangile, tout ce que les Iuifs ont acquis par la predication des autres. D'auãtage vous eſtes les teſmoings vous meſmes, auec quelle entiereté abaiſſance & trauail, nous nous ſommes portés entre vous. Car il n'y a rien que nous n'ayõs ſouffert pour vous gaigner à Chriſt. Auſſi ne vous eſtes vous point monſtrés mauuais diſciples

& forlignãs, ains auès enſuyuy noſtre exéple, nõ le noſtre à vray dire, mais celuy du ſeignr
Ieſus lequel s'eſt ainſi abbaiſſe, & a ainſi ſouffert toutes choſes pour vous gaigner à luy: car
tant s'en faut que vous ayés reietté noſtre Euangile que pour l'amour d'iceluy auès ſouffert pluſieurs afflictiõs quelques grãdes qu'elles fuſſent, & ce auec grãde cõſtãce & alegreſſe, eſtans ainſi garnis de ces choſes par le ſainct Eſprit, lequel auès receu à noſtre predication pour vn gage, ce pendant de la felicité à venir à l'eſperance de laquelle tous les maux
leſquels nous ſouffrons en ceſte vie pour l'Euangile de Chriſt ſont doux & portables. La
vertu de voſtre foy a eſté tant notable que vous auès eſté exemple à tous les croyans de
tout le reſte de Macedonne & Achaye. Car l'exemple de la ville capitale a tellement eſmeu
les courages de tous que la renommée de l'Euangile ſonnant à la façon d'vne trompette à retenty bien loing, publiant la vehemence de la foy qu'aués en Dieu, non ſeulement
en Macedonne & Achaye: mais auſſi en tous autres pays de ſorte qu'il n'eſt point de meſtier que voſtre pieté ſoit louée par nous. Et s'il aduient quelque fois que nous leur voulions tenir quelque propos de vous, ils nous en racontent plus toſt eux-meſmes aſſés au
long ayans premier ſceu, par le grand bruit, qui couroit de vous, que par noz propos cõ-
Car ils annon-
cent de vous. ment nous ſommes premierement venus à vous pour vous annoncer la doctrine de l'E-
uangile & auec quel courage nous aués receus meſpriſans tous dangiers, leſquels ſem-
bloyent eſtre ſur voſtre teſte pour l'amour de vous & comment aiſément auès eſté reduits de la ſuperſtition des anceſtres, par laquelle adoriés les idoles des diables (au ſeruice de Dieu, à fin que d'orenauãt ayans en deteſtation les faux dieux ſans vie, ſeruiés au
vray Dieu viuant, les promeſſes duquel vous ſont tant aſſeurées, que vous ne tenès conte, ne des profits, ne des dommages de ceſte vie, attendans que ſon fils Ieſus, par lequel
nous a mis en aſſeurance de ſalut & promis le loyer de la vie aduenir, de rechef viéne des
cieux donner manifeſtement au mõde, ce qu'il a promis. Car pour cela il l'a reſſuſcité en
vie, à fin que nous auſſi reſſuſcitions par luy pour iouyr auec luy des biens immortels qui
endurions icy pour luy les maux de ce mõde. Et alors ſa venue ne nous ſera point à craindre, à nous, dy-ie, qui eſtans laués de noz pechés en ſon ſang nous a remis en grace auec
Dieu & nous a deliurés de la peine eternelle, qui eſtoit deue à noz forfaits.

<h2 style="text-align:center">CHAPITRE II.</h2>

Car freres vous
meſmes ſcauès
noſtre entrée. OR iaçoit que ne ſoyons venus à vous auec arrogance ou orgueil peſans noz
mots, comme propos d'importance & faiſans profeſſion de quelque grande
philoſophie, toutefois il n'eſt pas beſoing de reduire en memoire que noſtre
entrée vers vous n'a point eſté ſans vertu: car vous le ſçauès aſſés. Ioinct que
vous cognoiſſés combien nous auons ſouffert en Philippes & comme nous auons eſté
outragés enſemble auec Sila à cauſe de l'eſprit Pythonicque, lequel nous chaſſaſmes de la
fille laquelle il poſſedoit. Ce neantmoins nous fiãs en l'ayde de noſtre Dieu n'auõs point
craint preſcher franchement entre vous l'Euangile de Chriſt, non ſans grand peril. Que ſi
nous vous euſſions preſché vne choſe inuentée & vaine, nous ne nous en fuſſions iamais voulu mettre en dangier de mort. Car ceux qui enſeignent d'eux-meſmes ce qui ne
receurent oncques de Chriſt & enſeignent pour leur gaing, & qui en abuſant les autres taſ-
chent à leur profit, tels n'ont point d'authorité, & incontinent qu'ils craignent la perte de
leurs biens ou vie ils ſe retirent. Mais la doctrine à laquelle nous vous inuitons n'a eſté
forgée, feinte ou dreſſée pour trõperie & ſi n'auons ſous couleur d'icelle caché riſée aucune, ou pratique malheureuſe à la façon des faux Apoſtres & ſi n'auõs rien faict par trõperie ou abus, ayans vne autre apparence que ne portoit noſtre intention: Et n'auons point
mis en effect noſtre charge ſous le nom de Chriſt, à la maniere de ceux qui ſe font Apoſtres, mais tout ainſi que Dieu nous a esleus par ſon fils à ceſt office pour preſcher purement l'Euangile qui nous eſt commis auſſi le preſchons nous à tous, non pour acquerir enuers les hommes louange ou grace: ains pour nous en acquiter deuant Dieu lequel
regarde noz cœurs iuſqu'au fond & ſelon iceux iuge & eſtime vn chaſcun. Auſſi n'auons
nous iamais flatté perſonne de quoy vous-meſmes eſtes teſmoings, & ſi n'auons tourné
ne la parolle de l'Euangile, ne voſtre croyance en noſtre gaing. Dieu m'en ſera luy-meſme
teſmoing. Nous n'auõs point cherché par le moyen de l'Euangile gloire des hommes, ne
enuers vous, ne enuers nuls autres: iaçoit que no' euſſiõs peu vſer de noſtre authorité &
d'arrogãce non moins que les faux prophetes, leſquels combien qu'ils enſeignent choſes
vaines & pour leur gaing & profit ſi cherchent-ils d'eſtre hõnorés & obeis de vous. Mais
nous reduiſons en memoire ce qui eſt ſeant aux Apoſtres de Chriſt, lequel c'eſt luy-meſme

me abbaiſſe pour noſtre ſalut ne nous ſommes monſtrés fiers ny arrogans entre vous: *Mais auoir eſté*
ainçois paiſibles & debonnaires en toutes choſes ſans vous traitter rudement comme *petis au milieu*
diſciples mais en toute douceur auons ſupporté voſtre foybleſſe ne plus ne moins que ſi *de vous.*
vne mere nourriſſe nourriſſoit & entretenoit l'eage tendre de ſes enfans. Ainſi nous par
l'affection grande que vous portions vous euſſions volontiers departy, non ſeulement
l'Euangile de Dieu, comme nourriture de voz ames, mais auſſi noſtre propre vie, non
qu'attendiſſions quelque recompenſe de vous: mais pource que nous vous aymõs, non
de moindre affection que la mere ayme ſes enfans, laquelle choſe nous ne diſons par reproche mais pour monſtrer noſtre affection. Car vous aués ſouuenance, freres, comment
pour l'amour de vous nous n'auons refuſé ne trauail, ne peine, ne deſirans ou cherchans
rien autre que voſtre ſalut & eſtans ſi loing d'attendre quelque ſalaire de vous que nous
gaignõs noſtre vie trauaillans nuict & iour de noz mains, à fin de n'eſtre en charge à perſonne de vous. Les faux Apoſtres mettent leur Euangile entre vous & arrachent de vous
ce qu'ils peuuent: mais nous vous auons preſché l'Euangile de Dieu pour neant. Auſſi m'eſtes vous teſmoings auec Dieu combien ſainctement, iuſtement, & ſans reproche *Vous eſtes teſ-*
nous nous ſommes portés entre vous qui aués creu. Car de faict vous ſçaués com- *moings &*
me d'vn cœur entier nous auons faict toutes choſes, de ſorte que ne portions pas moin- *Dieu auſſi.*
dre affection à vn chaſcun de vous, qu'vn pere faict à ſes enfans : ores vous prians ardamment, ores vous amonneſtans & ores vous adiurans, non de nous departir quelque
choſe ains de vous gouuerner dignement ſelon Dieu, lequel vous a appellés par la foy à
vn eſtude & ſoing de vraye pieté, qui auparauant eſtiés eſtrangés de toute pieté & crainte
de Dieu & par afflictiõs temporelles vous a appellés à ſon royaume & gloire immortelle.
Or tout va bien de ce que cognoiſſés le bien que Dieu vous a faict, pourtant auſſi luy rendons nous graces ſans ceſſe de vous auoir tellemẽt inſpiré les cœurs, que iaçoit que ſoyõs
venus à vous en toute humilité & abaiſſance & ſans aucune apparẽce de dignité ce nonobſtant incõtinent que vous ouyſtes l'Euangile de nous, ne le receutes comme parolle ou
fable des hommes, mais cõme parole procedante de Dieu meſme, ainſi que de vray eſtoit.
Car c'eſtoit luy qui parloit par no⁹. La parolle des hõmes n'a force ne vertu, mais la parolle de Dieu eſt de telle efficace & effect, que ſoudain qu'elle fuſt receue de vo⁹ elle ne fuſt oyſiue ains cõmẽça à mõſtrer ſa vertu en vous, de ſorte qu'on cognoiſſoit bien qu'auiés receu
vn meſme eſprit, attẽdu que commẽçaſtes ſoudain à enſuyure les autres Eſgliſes de Dieu,
leſquelles en Iudée confeſſent Ieſus Chriſt. Ce que Chriſt, ce que nous & ce que les autres
Iuifs, qui reçoyuent la doctrine de l'Euangile, ont ſouffert de leur nation, auſquels ceſte
doctrine deplait, vous l'endurés auſſi de ceux de voſtre propre lignage. Car iceux ne pouuans porter la verité, ont mis à mort le Seigneur Ieſus, & deuant luy ſes Prophetes, pareillement vous qui publiés la verité de l'Euangile, ils vous perſecutent, frappés d'vn ſi grãd
aueugliſſement d'entendement qu'il prouocquent ſur eux l'ire de Dieu, à la volonté duquel ils ſont rebelles & contraires à tous hommes. Et comme ennemis du genre humain,
voyre comme enuieux & marris du ſalut preſenté à tous par la foy, veulent attirer tous en
perdition auec eux. Et ce n'eſt pas quelque hayne priuée qu'ils nous reſiſtent ainſi, mais
par l'enuye qu'ils ont au bien de tous les Payens, & pource nous troublent-ils, à fin que
ne preſchons l'Euangile aux Payens, par lequel ils puiſſent eſtre ſauués, comme s'il ne
leur ſuffiſoit d'auoir par cy deuant mis à mort les Prophetes, & incontinent apres les Prophetes, Chriſt, ſi par noz afflictions & mort, ils ne paracheuoyent le cõble de leur meſchan- *A fin qu'ils acã-*
cetés, & mettoyent vne telle fin à leur impieté & malheur eſtans touſiours tels, que de cou- *compliſſent*
ſtume ſans ſe iamais repẽtir de leur rage, par leſquelles choſes ils ont tellemẽt prouocqué *leurs pechés.*
l'ire de Dieu ſur eux, qu'on en doit deſeſperer, veu que par vne obſtinée malice, ils reiettẽt
au loing d'eux la miſericorde de Dieu, & cõtrediſent par tous moyens à l'Euãgile, duquel
ſeul l'ayde les pouuoit garder de perdition. Or d'autant que l'amour que ie vous porte eſt
grãde freres, à cauſe de voſtre foy prompte & deliberée, voſtre abſence m'a eſté d'autant
plus griefue pource qu'eſtant pour quelque tẽps eslongné de vous, ie n'ay ſceu oncques
iouir quelque grãd deſir que nous en euſſions de voſtre preſence, iaçoit que d'eſprit nous
n'ayõs iamais eſté ſeparés de vous. Mais cela ne ſatisfaiſoit à la charité que nous vo⁹ portõs ſi en preſence ie ne vous cõtẽplois de mes yeux. Parquoy ce ne m'a aſſes eſté d'enuoyer
quelqu'vn par deuersvous, ou de vo⁹ parler par lettre, mais moy-meſme Paul me ſuis mis
en deuoir vne fois, voyre deux, de venir à vous à quoy Satã à mis empeſchemẽt, lequel par
le moyen des malheureux Iuifs, a rõpu & empeſché noſtre voyage. Mais eſt-ce merueilles
ſi i'ay ſi grãd deſir de vous voir. Car qui a-il autre en ce mõde en quoy i'aye plaiſir de quoy

ie me vante & fus la fiãce duquel ie me promette felicité, i'ay tout en mefpris au regard de
l'Euangile de Chrift. Quel eft donc noftre efperance ou ioye. O quel eft la couronne de no
ftre gloire n'eft-cé pas vous voyre entre tous les Payens que i'ay gaignés à Chrift. Certes
fi vous n'eftes ma gloire au monde pour le moins vous l'eftes enuers noftre feigneur Ie
fus Chrift. Mais lors qu'à fa venue les ennemys de l'Euangile eftans defconfits, les triomphes fe feront publicquement deuant tous, quel figne & enfeigne de victoire deploreray-
ie en cefte pompe & monftre folennelle finon vous & autres voz femblables. Ce pendant i'ay la iouyffance de ces chofes par efperance certaine: vous eftes donc la femence
& matiere de noftre gloire, vous eftes noftre ioye pourueu que perfeueriés en ce qu'a-
ués commencé.

CHAPITRE   III.

Parlant, ne
pouuãs plus
endurer.

PArquoy ne pouuans plus porter voftre abfence, & n'ayans les moyens de venir à vous: il nous a femblé bon que ce qui ne m'eftoit permis par moy-mefme de faire, le mettre en effect par vn mien loyal & fidelle compaignon qui eft
vn fecond moy-mefme. Nous doncques fommes demeurés feuls à Athenes,
& de là auons enuoyé Timothée noftre frere, feruiteur de Dieu efprouué & cogneu compaignon & ayde de l'office & charge que faifons en l'Euangile de Chrift: aymãs mieux ce
pendant me paffer de la confolation & foulas d'vn fi bon & tant neceffaire compaignon
que de faire qu'il femble que nous ayons iamais ceffé d'auoir efgard à voz affaires. Or
nous l'auons enuoyé non pour nous mais principalement à voftre inftruction, à fin de
vous confoler & donner bon courage: En vous donnant à cognoiftre que les afflictions
defquelles ie fuis çà & là affailly & tourmẽté, & toutes autres chofes ne m'ont en rien faict
perdre courage. Et que auffi la gloire de l'Euangile s'auance de plus en plus, à fin que nul
de vous ne fe trouble pour mes afflictiõs defquelles eftes aduertis. Car il ne vous doit fem
bler nouueau fi ces chofes aduiennent à ceux qui annoncent l'Euangile: veu que pieça
vous fçauiés que i'eftois à cela nommément efleu de Dieu pour efclarcir & manifefter le
nom de Chrift, eftant en ceft endroit faict femblable à luy qui eft noftre feigneur & maiftre.
Car dés lors qu'eftions-ia prefens auec vous nous vous predifions qu'il aduiẽdroit que
fouffririons pour l'Euangile. Ce dequoy pour lors nous vous auertiffions, vous le voyés
maintenant accomply & par cy deuant laués veu. Il ne m'eft rien aduenu au defprouueu
de quoy ie ne me doutaffe bien & qui ne vous ait efté predit: Dõc deués auoir moins d'oc
cafion d'eftre efbranlés & defcouragés. Ayant dõcques fi grãd foing de vous lequel faict
que i'ay peur mefmes des chofes affeurées qu'il ne m'eftoit plus poffible de porter voftre
abfence, ie vous ay enuoyé, cõme-ia a efté dit, Timothée, à fin de cognoiftre par luy comme fi i'eftois prefent la conftance de voftre foy & pour m'enquerir diligemment fi aucuns
des plus foybles d'entre vous auroit point efté affailly & tenté de celuy qui eft toufiours
au guet pour renuerfer les bons, & que par ce moyen i'euffe trauaillé pour neant entre
vous. Or n'agueres Timothée eftant retourné de vous à nous: il nous a apporté bonnes
nouuelles nous racontant la vertu de voftre foy, laquelle n'eft point efbranlée & que voftre charité eft toufiours entiere. Dauantage que noftre feparation ne vous a point effacé
la fouuenance de nous: mais qu'elle eft continuelle en voʒ & que de voftre part aués auffi
grand defir de nous vifiter que nous de vous voir. Apres donc auoir ainfi cogneu toutes
ces chofes & fur tout que voftre foy de laquelle i'eftoys en plus grãd crainte que de ma pro
pre perfonne qui eftois en prifon eftoit ferme, cõftante & en feureté. Il n'y a maux, peines,
ou neceffités que ie ne porte patiemmẽt. Il me femble que ie fuis fain & fauue fi voftre foy

Car nous viuõs
maintenant fi
vous eftes fer-
mes.

eft fauue & entiere. Nous viuóns maintenant & m'eft aduis que fommes deliurés de tout
dangier fi par l'ayde de Iefus Chrift demourés fermes & conftans en ce qu'aués commencé. Nous ne nous ennuyons point de ces maux, pourueu que vous, pour l'amour defquels ie les fouffre, en rapportiés fruict. Et pource que ievoy iournellemẽt aduenir que l'E
uangile croift & fe multiplie de plus entre les Gentils, quelles graces dignes d'vn fi grand
bien pourrons nous rendre à Dieu par la largeffe duquel ce bien nous eft aduenu de rece
uoir au milieu de noz fafcheries vne fi grande ioye, de laquelle nous nous efiouyffons af-
fectucufement, à caufe de voftre bien & auancement. Dieu m'en foit tefmoing à la bonté
du quel vous deués la perfeuerance qui eft en vous: Auffi le prions nous de cœur & d'affection nuict & iour qu'il nous foit quelque fois loyfible par fa grace iouyr de voftre prefence. La prefence porte auec foy quelque efficace & vertu, laquelle ne lettres, ne meffagier
tant feur & loyal foit-il, ne peuuent porter. Pour cefte caufe i'ay defir de vous voir, à fin
que

que s'il defaut rien à la difcipline de l'Euãgile, ie l'amende & rabifle. Or puis que les mauuais m'en oftent le moyen. Ie prie noftre Dieu & pere & fon fils Iefus Chrift noftre Seigñr
que tous empefchemens oftés, il nous ouure le chemin pour venir à vous & auec ce qu'il
vous accroiffe tellemẽt fes graces, que ie vous puiffe voir en grande ioye : Ce qui fe fera
s'il vous rend pleins & abondans en charité les vns enuers les autres & nõ feulement entre vous, mais auffi enuers tous hommes, comme auffi nous auons enuers vous vne merueilleufe charité, voyre iufqu'à eftre prets de mourir pour voftre falut. Ie le requiers auffi
qu'il vous veuille tellement fortifier les cœurs que voftre entiereté & rondeur de cœur ne
puiffe eftre en quelque forte que ce foit blafmée, non feulement enuers les hommes, mais
beaucoup plus enuers Dieu noftre pere auquel riẽ n'eft caché: car à la venue de noftre feigneur Iefus Chrift deuant tous fes faincts, tout fera defcouuert, non feulement ce qu'vn
chafcun aura faict, mais auffi de quelle affection aura efté faict.

CHAPITRE IIII.

Vant au refte, freres, puis que vous aués-ia affés efté enfeignés de nous comment il vous faut gouuerner, & par quel moyẽ deués plaire à Dieu: nous vous
prions & enhortons par le feigneur Iefus de mettre peine que non feulement
vous perfeueriés en ce qu'aués apprins, mais auffi que par le profit & auancement que ferés de iour en iour vous veniés à vous vaincre & furmonter vous-mefmes:
car vous fçaués & vous fouuient quels cõmandemens ie vous ay donné, non de ma propre authorité, mais de par le Seigneur Iefus. Ie ne vous ay rien commandé des chofes que
les faux Apoftres vous redifent fi fouuẽt des ceremonies de la loy de Moyfe, de l'excellence & vifions des Anges, qui feroyent l'entrée à falut: mais ie vous ay feulemẽt enfeigné les
chofes que ie cognoiffois eftre agreables à Dieu: car cefte eft la volonté de Dieu que vous
foyés faincts & fans macule, & que non feulement foyés chaftes d'efprit & de cœur, mais
auffi que de corps vous vous gardiés de paillardife par laquelle les corps font fouillés. Les corps font l'habitation de l'ame, & l'ame le logis où Dieu faict fa demeure. Comme donc il faut que l'ame foit pure & nette à caufe de Dieu fon hofte: auffi faut-il que le
corps foit pur à caufe de l'ame qui y habite. Parquoy que chafcun aduife de porter tel hon
neur à fon corps qui eft comme vn vaiffeau de terre, qu'il le puiffe garder pur & entier &
qu'ils ne le laiffent point fouiller & corrompre des vilains defirs & conuoitifes de paillardife, laquelle chofe eft tant indigne de Chreftiens qu'elle ne conuient mefme à tous
Payens: ains à ceux qui ne cognoiffent Dieu, lefquels pẽfent qu'il eft permis à vn chafcũn
fans que nul en faffe la vengeance de faire ce qu'il luy plait & que tout ce qui eft doux au
corps eft honnefte. Or la paillardife faicte auec le dommage du prochain eft double mal,
cõme quãt quelqu'vn vfurpe & prẽt cõtre droit & raifon la femme d'autruy. Que nul dõc
en ceft affaire ou en autres chofes prenãt trop de hardieffe & authorité ne deçoyue fon fre
re, pource que Dieu ne laiffera rien impuny de ces chofes, & tant s'en faut que le baptefme
profite à ceux qui feront telles chofes que mefme ils feront plus griefuement punis, ainfi
que nous vous l'auons cy deuant dit & tefmoigné. Auffi Dieu ne nous a-il pas rappellés
de l'entreprinfe de la vie premiere, pour nous veautrer de rechef aux-mefmes ordures
defquelles auions efté vne fois laués, mais à fin de garder par pureté & faincteté de vie,
l'innocence, laquelle nous auoit vne fois efté donnée par pure grace. Et nous donner
bien garde que par noz vilaines & puantes paillardifes nous dechaffions le fainct Efprit
amateur de chafteté. I'ay donné, dy-ie, tefmoignage de ces chofes & derechef ie tefmoigne
que ce font commandemens de Dieu & non de moy. Parquoy qui les mefprife, il ne mefprife pas vn hõme, mais Dieu qui en eft l'autheur lequel vous a departy fon fainct Efprit, à
fin que par fon infpiratiõ vous embraffiés faincteté, & quicõque fouille fon corps de vilai
ne paillardife, il luy faict outrage. Au refte quãt à ce qui touche la charité des Chreftiẽs en
uers les Chreftiẽs. Ie pẽfe qu'il n'eft pas neceffaire de vous en amõnefter par ces lettres: car
vous-mefmes eftes enfeignés diuinemẽt par l'efprit de Chrift, lequel aués receu de vo⁹ entreaymer. Ce que vo⁹ declarés de faict en aymãt d'vne charité Chreftiẽne to⁹ les freres, nõ
feulemẽt q font en Theffalonique, mais auffi en toute la Macedõne. Ie ne vo⁹ enhorteray
dõc poĩt de faire ce que de voftre gré vo⁹ faittes, mais qu'en cheminãt ainfi par la vertu du
fainct Efprit, vous profitiés, toufiours fi biẽ de mieux en mieux que vous vo⁹ furmõtiés
vous-mefmes. Dõnés ordre de viure paifiblemẽt & que voftre trãquilité ne foit troublée
par gẽs oyfifs & curieux des chofes d'autruy, mais que chafcũ faffe fon affaire. Que fi quel
cũ n'a des biẽs qu'il en gaigne de fes ppres mains, à fin qu'il aye de quoy pour foy & pour
en eflargir aux autres fouffreteux cõme auffi nous vo⁹ auõs cõmãdé cy deuant que vous

vous

vous portiés hôneſtement à l'endroit de ceux qui ſont eſtrangés de la côfeſſion de Chriſt, aupres deſquels mendier ou faire quelque choſe deſhôneſte par poureté,il ſeroit mal ſéât à voſtre eſtat.Ains pluſtoſt que châſcun faſſe tant du trauail de ſes mains qu'il n'ait affaire de rien.Aiſément celuy a aſſés qui ſe contente de peu. Or touchant le myſtere de la reſurrećtion,ie ne vous en celeray rien de peur que par vne douleur demeſurée ne venés à plorer ceux qui en fiance des promeſſes de l'Euangile ſont morts,comme s'ils eſtoyent perdus,à fin,dy-ie,que ne les ploriés à l'exemple des Payés,leſquels pleurent leurs morts pource qu'ils n'eſperent point que iamais reuiennent.Mais la mort des Chreſtiens n'eſt rien qu'vn ſommeil duquel ſeront eſueillés à la venue de Chriſt,à fin de viure alors d'vne vie plus heureuſe.Et pourquoy n'eſpererons nous ce deuoir aduenir aux membres que nous voyons eſtre faić au chief.Car ſi nous croyons vrayement que Ieſus eſt mort,ainſi que nous mourons & eſt retourné en vie immortelle,il nous faut auſsi croyre qu'il aduiédra vn iour que Dieu le pere lequel a reſſuſcité Ieſus des morts,reſſuſcitera ceux qui auront confeſſé Ieſus Chriſt & ſeront morts en la fiance de ſes promeſſes & les ameñera à la venue de ſon fils enſemble auec luy,à fin que les membres ne ſoyẽt ſeparés de leur chef. Nous ne vous racontons pas des fables,mais ce que nous auons apprins de Chriſt, c'eſt aſſauoir que nous qui ſerons encore icy trouués de reſte ſuruiuãs à la venue du Seigneur, nous ne côparoiſtrons point deuant la face de Ieſus,que premier ceux qui eſtoyẽt morts ne ſi preſentent auec nous en perſonne. Mais quelqu'vn dira: Cômment ceux là y pourront-ils côparoiſtre en perſonne leſquels ſont enſeuelis & reduits en poudre?Le ſeigneur Ieſus par la voix de l'Ange & auec la diuine trompette reſonãte les eſueillera & eſtans eſueillés les amonneſtera qu'ils ſe haſtent.Et incontinent ceux qui eſtoyent endormis en ceſte eſperance,reuiuront & ſe leueront hors des ſepulchres.Et quant cela ſera faić nous qui ſerons trouués de reſte ſuruiuans à la venue de Chriſt,nous ſerôs enſemble auec ceux qui reuiuront ſoudain,rauis par les nuées,à fin de venir en l'air au deuant du Seigneur & de là il nous emmeñera auec luy au ciel pour viure continuellement à luy.Conſolés vous doncques l'vn l'autre par ces propos à fin que ne ſoyés par trop tourmentés de la mort des bons,laquelle vous doit eſtre plus ioyeuſe que lamentable.

CHAPITRE V.

Ous aués la mañiere & l'ordre de la reſurrećtion:puis qu'il vous eſtoit neceſſaire de le ſçauoir.Au reſte des temps,momẽts,& point des temps,il n'eſt ia beſoing de vous eſcrire quãt telles choſes aduiendront:voyre il eſt ſi peu neceſſaire que le ſeigñr meſme ne le voulut oncques declarer à ſes diſciples qui luy demãdoyent vne telle choſe. Car vous-meſmes ſçaués pleinemẽt & par cy deuãt aués eſté enſeignés de nous que ce iour là du ſeigneur ne ſuruiẽdra point au monde ſinon que lors qu'on n'y penſera point & non autrement que le larron en la nuić ſurprent les dormans:Et lors principalement ce iour là accablera-il les nôchalãs,quant il ne ſera nullement attendu.Car quant ceux qui ne croyent à l'Euãgile au milieu de toutes voluptés diront qu'il n'y a nul dangier,ains que toutes choſes ſont en paix & ſeureté, & que le Seigneur n'a garde de venir:alors tout ſoudain la ruyne les preſſera,ainſi que la douleur ſoudaine de l'enfantement aſſaut la femme enceinće auãt le iour attendu.Et n'y aura moyen aucun d'eſchapper,veu qu'ils ſeront accablés premier que de s'en apperceuoir.Ce iour là eſt à craindre à ceux qui maintenãt aueuglés de leurs vices viuent en tenebres:mais vous freres,vous ne le deués pas ainſi craindre de peur qu'il ne vous ſuprenne au deſpourueu.Car vous tous qui ſuyués Chriſt n'eſtes point du royaume de tenebres, mais du royaume de Dieu & de lumiere,principalemẽt ſi par le ſoing & deſir de pieté,no⁹ faiſons ce qui eſt requis à noſtre eſtat & viuons en ſorte qu'on voye que ſommes vaillans en lumiere,& non endormis en tenebres.Parquoy ſi nous voulôs point eſtre accablés, gardons nous de dormir,ainſi que ſont les autres qui n'ont point cognu la lumiere de Chriſt,mais veillons & ſoyons ſobres eſtans touſiours ſus noz gardes que par inaduertance nous ne faſſions choſe qui offenſe Dieu ou les hommes.Car comme ceux qui dorment ſelon le corps,dorment de ñuić,& ceux qui ſont yures,ils le ſont de ñuić:auſsi ceux qui ſont couchés & endormys en leurs vices,ſont en tenebres de l'ame,& ceux qui ſont yures des voluptés & aleſchemens de ce monde,ils ont l'entẽdement eſblouy:mais nous auſquels le iour de l'Euãgile a eſclairé,il nous faut eſtre ſobres & veillãs touſiours,preſts & appareillés à l'encôtre des ſoudains aſſauts de noſtre ennemy,lequel veille ſans fin à noſtre ruine.Pour auquel reſiſter ſoyés garnis d'armures ſpirituelles,eſtans au lieu de corſelet veſtus de foy & charité,& pour heaume tenans vne ferme eſperãce du ſalut eternel. Vo⁹

n'aués

n'aués point occasion de craindre, ne de vous deffier: car Dieu lequel sera luy mesme com
batant assistera aux veillans. Aussi ne vous a-il pas appellés à la doctrine de l'Euangile
pour viure autrement qu'elle nous enseigne, & par ce moyen nous amasser au double l'i-
re & la vengeance de Dieu: mais à fin qu'en luy obeissant nous acquerions salut par l'ayde de nostre seigneur Iesus Christ, lequel est mort pour nous, à fin que s'il aduient que nos
viuions que ce soit auec luy en crainte de Dieu & esperãce de la vie immortelle, ou s'il aduiét que nous mouriõs que ce soit en viuãt auec luy sans iamais mourir. Et à fin de mieux
mettre cela en effect, encouragés vous par mutuelles exhortations entre vous, & vous incités l'vn l'autre à profit & auancement, comme aussi vous le faictes volontiers. Outre-
plus, freres, nous vous priõs d'auoir esgard à ceux qui trauaillent entre vous, & sont voz
gouuerneurs en la doctrine de l'Euangile: & vous amonnestent des choses qui vous rendent agreables à Christ: à fin qu'en portant hõneur à tous, ainsi qu'il est requis, vous ayés
ceux cy toutefois en souueraine estime en leur rẽdant la charité, laquelle il vous deployet
par tant de trauaux & dangiers qu'ils prẽnent pour vous. Et s'il aduient qu'ils reprẽnent
voz fautes que ne laissiés pour cela de viure en paix auec eux. Car celuy ne doit estre hay
qui reprent pour le bien & profit d'autruy. Ains plustost ié vous requiers les ayder en cest
endroit vn chascun selõ sa puissance. Amonnestés ceux lesquels viuãs à leur appetit troublent tout vostre ordre. Cõsolés ceux qui sont de petit courage. Solagés les foybles. Soyés
doux & patiens enuers tous, non seulement de ceux qui sont Chrestiens, mais des esloignés de Christ. Gardés vous que nul ne fasse tort pour tort, & ne rende iniure pour iniure.
Car il ne faut pas ensuyure les mauuais en chose mauuaise & deuenir tels qu'ils sont, mais
plustost se faut efforcer, de faire bien à tous, non seulement les Chrestiens aux Chrestiens,
mais aussi à tous qui l'ont merité & qui ne le meritét, certains que nẽ perdrés vostre plaisir & bien faict ayans Christ pour pleige. Quoy dõcques qui vous aduienne pourueu que
la pieté soit entiere, resiouyssés vous tousiours. Faittes voz requestes à Dieu par cõtinuelles prieres. Et quoy qu'il suruiéne, en toutes choses rẽdés graces. Car il a ainsi pleu à Dieu
que vous eussiés tousiours dequoy rendre graces au pere vostre bienfaitteur par Iesus
Christ. Il vous faut aussi garder que par le moyen des diuerses graces, il ne se dresse quelque debat entre vous. S'il aduient à aucun d'auoir le don des langues tant qu'il vienne à
chanter d'esperit, combien que ce don soit des plus petits, toutefois ne l'esteingnés point,
ains plustost entretenés-le, à fin qu'il s'aduance à choses meilleures. Et si quelqu'vn a le
don de prophetie tant qu'il vienne à declarer le sens mysticque de l'escripture, ne reiettés
point ce qui sera dit: supportés-le plus tost, à fin qu'il profite & l'escoutés, mais auec iugement: de sorte ce pendant que vous n'entrerompiés auec trop grand fascherie les propos
de celuy qui parle. Brief que nul ne soit tant addonné à ses dõs & graces qu'il vienne à
mespriser celles d'autruy. Esprouués toutes choses en se tenant vn chascun à ce qui est bõ.
Tout ce qui a apparence de bien, n'est pas à mespriser. Au reste, il faut auoir en tel horreur
les choses mauuaises, que vous vous absteniés aussi de celles qui ont en soy apparence
de mal. Mais vostre office sera de vous efforcer par tous moyens à ces choses. Or le Dieu
autheur de paix, auquel plait l'accord & consentement de tout homme en choses honnestes: fasse que vous soyés tous saincts & entiers si bié que l'ame s'accorde à l'esprit, le corps
à l'ame, & l'esprit à Dieu, à fin qu'il n'y ait rien en quoy puissiés estre blasmés & que perseueriés en ceste saincteté, iusques à la venue de nostre seigneur Iesus Christ. Il ne vous faut
point deffier. Celuy qui vous a appellés à ceste saincteté & au loyer d'icelle, est feal & veritable. Il parfera ce qu'il a commencé & donnera ce qu'il a promis. Freres, aydés nous en
voz prieres, à fin que nostre peine & trauail prospere. Salués les freres par le baiser, non
tel que communement on se donne en se saluant, mais au baiser sainct & digne de charité
Chrestienne. Ie vous adiure par le Seigneur, qu'on lise ceste Epistre à tous les
saincts freres. La grace & bien-veuillance de nostre Seigneur
Iesus Christ soit tousiours auec vous. Amen.

**Fin de la Paraphrase sur la premiere Epistre de sainct Paul
aux Thessaloniciens.**

ARGVMENT DE LA SECON=
DE EPISTRE DE SAINCT PAVL AVX
Theſſaloniciens, par D.Eraſme de Roterodame.

Ainct Paul n'ayant eu le moyen de viſiter derechef les Theſſaloniciens, les fortifie & encourage à vaillamment porter les afflictions qu'ils auoyent receus à cauſe de Chriſt, les aſſeurant qu'ils ne demoureroyent ſans ſalaire, & les aduerſaires ſans punition. Et touchât la venue du Seigneur(duquel il auoit vn peu touché en l'Epiſtre precedenet) derechef les amonneſte de ne s'eſmouuoir en rien des propos d'aucuns qui l'affermoyent eſtre prochain, donnant ce pendant à entendre couuertement(ainſi qu'on penſe) qu'il failloit premier que l'Empire Romain fut aboly, puis que l'Antechriſt viendroit. Il leur redit auſſi plus ſongneuſement que ceux qui par leur oyſiueté curieuſe troublent le repos & ordre publicque, doyuent eſtre reprimés & contraints au trauail: attendu que ſainct Paul meſme auoit entre eux trauaillé de ſes mains. Il eſcriuit d'Athenes par les meſmes qu'il enuoya la premiere epiſtre, ainſi que monſtrent noz argumens.

PARAPHRASE DE LA SECONDE
EPISTRE DE SAINCT PAVL APOSTRE AVX
Theſſaloniciens, par D.Eraſme de Roterodame.

CHAPITRE I.

AVL & Siluain & Timothée à l'aſſemblée des Theſſaloniciens, laquelle s'accorde en Dieu noſtre pere, & en Ieſus Chriſt noſtre Seigneur, nous vous deſirôs grace & paix en leur nom, & de par eux. No' deuôs bien touſiours remercier Dieu de ſon excellête largeſſe qu'il a deployé en vous, que non ſeulement perſeuerés és choſes qu'aués encommencées, mais auſſi iournellement abondés de plus en plus en foy & charité entre vous de l'vn à l'autre: tellement que ie ne penſe point eſtre maintenant neceſſaire vous eſmouuoir à l'exêple des autres à l'eſtude de pieté & crainte de Dieu: veu que pluſtoſt nous-meſmes nous glorifions de vous és autres Egliſes de Dieu en les enflambant tous à voſtre exemple à vertu : racontant qu'elle eſt voſtre patience & conſtance de foy en toutes les perſecutions & afflictions que vous ſouffrés: à fin que par cy apres le iuſte iugement de Dieu ſoit declaré, lors que vous qui aurés eſté icy tourmêté pour la gloire de ſon nom, il vous receura en la compagnie de ſon royaume: au contraire ceux qui en hayne de luy vous auront perſecuté, il les liurera aux tourmens eternels: car ce ſera affaire à la diuine iuſtice de rendre aux vns & aux autres le loyer digne de leurs faits : à ceux qui affligent les innocens, affliction: & à vous qui eſtes affligés auec nous vous donner auec nous refrechiſſemêt & ſoulas en ce iour là que les promeſſes Euangeliques apparoiſtront & que le ſeigneur Ieſus ſe monſtrera manifeſtement du ciel au monde, non humble ainſi qu'il apparut à la premiere venue, mais enuironné d'vn grand nombre d'Anges pour ſa garde ainſi qu'il appartient à vn puiſſant prince n'eſtât plus doux & paiſible pour guerir les meſchans, mais armé d'vn grâd feu horrible & embraſé pour faire vengeance de ceux qui n'auront point icy voulu cognoiſtre Dieu, ny obeir à l'Euangile de noſtre ſeigneur Ieſus Chriſt: à fin que par experience cognoiſſent celuy eſtre iuſte & puiſſant qu'ils auoyent meſpriſé eſtant doux & miſericordieux & que pour le moins ainſi touchés & apprins par leur propre tourment ils confeſſent que ce que l'Euangile a annôcé eſt veritable : car ceux cy pour autant qu'ils ne miſrent oncques fin à leur meſchanceté, ils en ſeront eternellement punis, quant ils auront contemplé ceſte diuine face du Seigneur & la maieſté de ſa puiſſance, lequels ils auoyent icy eu en meſpris comme foyble & humble. Car premierement il eſtoit venu pour ſauuer tous, mais alors il viendra pour ſe monſtrer plein de gloire, non ſeulemêt en ſoy, mais auſſi en tous ſes membres qui ſont les gens craignans Dieu:

à fin

à fin qu'il soit veu admirable en tous ceux qui ont creu à son Euangile. Car en ce iour là les choses seront manifestement deuãt tous representées en vous,lesquelles par le moyen de nostre tesmoignage aués creu en Christ, & les meschans par leur mescroyance n'en ont tenu conte.Or à fin que ce iour vous soit heureux & plein de ioye nous ne cessons de prier le Seigneur pour vous,à fin que puis qu'il luy a pleu vous appeller à l'esperance de ceste gloire,à laquelle vous vous efforcés,il vous veuille si bien assister à voz efforts & adresser voz entreprinses que vostre vie soit conuenable à vostre profession & ce que par sa bonté il a commencé en vous le parfasse & accomplisse,& vous donne force & courage de porter constamment toutes les afflictions des meschans en declarant par cela quelle vertu a en vous l'esperance certaine d'eternelle beatitude,pour l'amour de laquelle ne tenés conte de la vie corporelle:à fin que comme Christ par sa mort a esclarcy la gloire du pere,aussi a esté esclarcy par le pere en sa resurrection,aussi le nom de nostre seigneur Iesus Christ soit maintenant glorifié par voz souffrances & vous puis apres soyés glorifiés par luy au iour de sa venue,non par voz merites:ains selon la largesse de nostre Dieu & seigneur Iesus Christ sans l'ayde desquels tout nostre effort eust esté vain.

Parquoy aussi nous prions tousiours.

C H A P I T R E   II.

AV reste,freres,nous vous priõs par ceste venue de nostre seigneur Iesus Christ, de laquelle nous auons maintenant parlé & par la participation de gloire qui nous vnira lors cõme membres au corps, que vous ne vous laissiés de legier destourner de vostre opinion,sçauoir si sa venue sera delayée, & ne soyés troublés ou esperdus,ne par feinte prophetie,ne par asseurãce probable,ne par lettres qui sembleroyent venir de nous comme si ia la venue du Seigneur estoit pres.Que nul ne vous abuse en sorte quelconque.Car le Seigneur ne viendra point que premierement le reuolte mẽt ne soit venu,& que l'homme remply de tout peché le fils de perdition ne soit premier descouuert,lequel comme il est fort dissemblable à Christ,aussi luy est-il aduersaire s'esleuant,non seulemẽt par dessus le fils de Dieu:mais sur tout ce qui est appellé Dieu,ou puissance diuine qu'on doit adorer en toute reuerence:tellemẽt qu'il se sied au temple de Dieu se monstrant luy-mesme comme Dieu.Ne vous souuient-il point que quãt nous estions encore auec vous,ie vous disois ces choses.Et maintenant vous sçaués à quoy il tient que Christ ne vient,c'est assauoir que ce malheureux plein de tous pechés,duquel nous auõs maintenant parlé,exerce manifestement sa tyrannie contre les saincts.Car le secret de meschanceté se brasse maintenant par luy, & le diable se sert des meschans pour executer sa cruauté enuers ceux qui enseignẽt l'Euangile.Et n'y a plus rien qui empesche ainsi que ie vous ay dit que l'aduersaire de Christ ne se declaire tout ouuertement,sinon que ce pendant chascun retienne ce qu'il tient,iusqu'à ce que le regne par lequel tous autres sont tenus en bride soit osté du milieu.Et quant cela sera faict ce meschant là viendra en lumiere, garny de toutes sortes d'illusions,abusemens,& tromperies à la ruyne de tous le genre humain.Mais lors que par la praticque de Sathan,il fera tels trouble & esmeute,& que par sa fausse apparẽce de diuinité se voudra mettre en credit, le seigneur Iesus le descõfira par le puissant esprit de sa bouche & par la clarté de sa venue l'obscurcira & defera totallemẽt,ne plus ne moins que les fantosmes &vaines representations des choses qui apparoissent la nuict s'esuanouyssent à la lueur du soleil leuãt.Car c'est abuseur là viẽdra garny de l'esprit de Sathã,par lequel il mettra en auãt sa puissãce & à fin de mieux vser de cruauté & fureur il ne sera pas seulemẽt armé de grande puissance pour espouuãter & faire perdre tout courage aux gens,mais aussi de toutes fausses illusions de miracles,signes,& merueilles par lesquels il s'efforcera de imiter & contrefaire Christ,ainsi que iadis les Magiciens contrefaisoyent Moyse en Egypte.Brief,il n'y a sorte d'abus dequoy il ne soit equippé,& qu'il ne brasse à toute impieté.Mais ils n'auãcera de rien,sinon au dommage & ruyne de ceux lesquels autrement perissent par leur propre incredulité.Car leur obstinée rebellion contre Christ le merite bien:Estans certes dignes de ceste recompense,c'est que puis qu'ils n'ont voulu receuoir Christ(lequel les pouuoit sauuer,& qui suyuant sa charité cherche de sauuer tous,& selon sa verité,reuele les choses qui appartiennent à salut) maintenant par la permission de Dieu,mensonge leur soit au lieu de verité,tyrannie au lieu de charité:& celuy qui pert & destruit au lieu de celuy qui garde & sauue.Brief que ceux qui n'õt point voulu croire au fils de Dieu preschant la verité,maintenant croyent aux mensonges de l'homme malheureux remply de pechés.Ainsi sera-il descouuert à tous que ceux-cy lesquels autremẽt deuoyẽt perir à cause de leur mescroyance obstinée, perissent à bon droit & par leur faute,pource qu'ayans reietté Christ,ont incontinent approuué & receu l'abu

Au reste,freres,nous vous prions.

Et maintenant vous sçaués à quoy il tient.

Z z   seur

ſeur & meſchant.Or cõme ce temps là les declarera eſtre dignes de ruyne,auſsi voſtre conꝫ
ſtance en ſera-elle de plus en plus renõmée.Pour laquelle choſe nous deuons bien touſ
iours remercier Dieu de vous,freres biẽ aymés en Chriſt,de ce qu'il n'a point permis que
perſeueriſsiés en erreur,ains vous a dés le commencement choyſis pour eſtre ſauués,non
par la loy de Moyſe,mais par ſon eſprit duquel procede toute ſainĉteté,& par l'obeiſſance

Par la ſanĉtifi- par laquelle aués ſimplement creu à verité.Et tout ainſi qu'il vous auoit eternellement eſ
catiõ de l'eſprit leus à cela,auſsi vous y a-il appellés par noſtre Euãgile,à fin que le ſalut de vous qui (leſ
Iuifs demeurans en leur meſcroyance)aués creu,tournaſt à la gloire de Ieſus Chriſt noſtre
ſeigneur.Ie voºay baillé vn Euangile vray & entier:il n'eſt-ia beſoing qu'en cherchés d'auꝫ
tre.Parquoy,freres,ſoyés-y fermes & tenés ce que nous vous auõs baillé,& ce qu'aués ap
prins de nous,ſoit par parolles,ou par lettres,venans de nous, & à ce faire c'eſt à vous d'y
mettre tout deuoir.Or noſtre ſeigneur Ieſus Chriſt & Dieu noſtre pere,lequel noº a de ſon
bon gré aymés,nous qui ſommes appellés à ſalut, & nous a ce pendant donné en ces af
flictions,conſolation eternelle par ſon eſprit qui attẽdons en bonne eſperance le loyer dé
la vie celeſte,non en confiance de noz merites,mais par ſa largeſſe & pure grace,veuille de
plus en plus conſoler voz cœurs & vous confermer & eſtablir,à fin que vous perſeueriés
en toute parolle & bonne œuure.

C H A P I T R E   III.

Au reſte freres, A V reſte,freres,cõme nous aydons l'affaire de voſtre ſalut par noz deſirs & re
priés pour noº. queſtes enuers Dieu,auſsi eſt-il raiſonnable que de voſtre coſté voº auanciés
noſtre entrepriſe &trauail par voz prieres enuers luy:à fin que la doĉtrine dé
l'Euãgile ait ſon cours,& ſoit publiée auſsi biẽ entre tous cõme elle eſt ſoudai-
nemẽt & heureuſement creue & multipliée entre vous . Et à fin qu'il ſe faſſe plus aiſément
priés-le,que par ſon ayde nous ſoyons deliurés des gens deſordõnés & mauuais qui par
tous moyens empeſchent que ne puiſsiõs ſans dangier publier la doĉtrine de Chriſt.Auſ
ſi tous ceux qui oyent l'Euãgile ne croyent pas à l'Euangile,& toutefois il ne faut pas que
pour leurs meſchãtes entrepriſes vous perdiés courage.Ils ſont bien la guerre à l'Euãgi-
le:mais ils n'emporterõt pas la victoire attẽdu que le ſeigneur Ieſus eſt noſtre aſſeuré com
batãt & feal defenſeur,lequel vous fortifiera contre leur malice & vous gardera de mãl &
paracheuera ce qu'il a cõmencé en vous:car il eſt veritable en ſes promeſſes . Vous ne ſerés iamais ſans ſon ayde pourueu que vous n'abãdonniés point ſa bonté.Il eſt bien vray
qu'il viendra au ſecours voyre de ceux qui font leur deuoir & effort.Mais nous diſons ces
choſes,non pour doubte aucune que nous ayons de voſtre conſtance pluſtoſt auõs nous
telle fiance de vous,aydant le ſeigneur Ieſus,que cõme vous faittes ce que nous vous cõmandons auſsi le ferés vous à l'aduenir. Or le ſeigneur Ieſus veuille par ſa grace adreſſer
voz cœurs,à fin que vous puiſsiés de droitte courſe touſiours auãcer & pourſuyure en la
charité de Dieu & attẽte de Ieſus Chriſt.Charité ſera que vous mettrés peine de faire biẽ
à tous,ainſi que Dieu deploye ſa bõté & largeſſe enuers toº. L'attẽte de la venue de Chriſt
vous ſera occaſion & matiere de porter cõſtammẽt toutes afflictiõs.Que s'il y a quelqu'vn
entre vous lequel meſpriſant la maniere de viure que vous auons baillée ſelon la regle de
l'Euangile,viue à ſa fantaſie & eſtant oyſeux vienne à troubler la tranquilité publicque &
que luy-meſme ne faiſant rien,ſoit curieux des faits d'autruy,nous vous cõmandons par
l'authorité de noſtre ſeigneur Ieſus Chriſt que s'il eſt Chreſtien vous voº ſepariés de ſa cõ-
pagnie.Les autres auſsi ne doyuent pas eſtre faſchés d'enſuyure noſtre exẽple. Car iaçoit
que nous fuſsiõs en la dignité & charge d'Apoſtre,il ne nous a pas eſté grief de nous renger entre vous ſans nous rien attribuer par deſſus les autres,de ſorte que nous n'auons
pas meſme prins du pain d'aucun de vous,ains oubliãs noſtre dignité auõs gaigné nuiĉt
& iour au trauail de noz bras ce qui eſtoit requis à la vie,à fin de n'eſtre en charge à per-
ſonne.Non que nous euſsions ceſte opinion que ce que font les autres Apoſtres ne nous
fut loyſible:mais nous n'auons pas voulu vſer de noſtre droit,à fin de nous donner nous
meſmes pour patron & exemple,lequel il ne fut grief aux autres d'enſuyure.Et ce que
nous accompliſſons de faiĉt,auſsi vous le commandons nous de parole c'eſt que celuy
qui ne veut trauailler que il ne mange point . Ceux meritent bien leur viure qui trauaillent nuiĉt & iour apres voſtre ſalut. Mais vne curioſité oyſeuſe, & vne fetardiſe curieuſe n'eſt pas digne de ſecours. C'eſt pource que nous auons ouy qu'il y en a aucuns
entre vous qui par leur oyſiueté & negligence troublent tout voſtre train ne voulans
nullement trauailler,& eſtans ſi peu empeſchés pour leurs propres affaires qu'ils ſe veulent meſler de celles d'autruy. Ie ne les veux point encore nommer,mais quiconques
ils

ils soyent,nous leurs commandons,ou s'ils ayment mieux nous les adiurons de par no/
stre seigneur Iesus Christ qu'ils n'ayent à troubler par leur oysiueté & fetardise vostre tran
quilité publicque & qu'en ne faisant rien ils n'empeschent ceux qui trauaillent:mais que
plus tost en trauaillant paisiblement ils gaignent aussi leur pain de leurs propres mains,
que de dõner par leurs importunes requestes ennuy aux autres. Il est bien vray que telles
gens seroyent dignes qu'on leur denyast ce qu'ils demandent:mais le deuoir d'humani/
té Chrestiène est de secourir mesmes aux indignes & ne fut pource qu'ils sont hommes &
qu'vn iour peut estre deuiendrõt meilleurs.Vous dõc freres ne vo⁹ faschés point de bien
faire tant aux dignes qu'aux indignes.Que si quelqu'vn ne tient côte d'obeir à noz auer/
tissemẽs lesquels ie vous ay baillé en presence & en absence lesvous escry, la charité Chre/
stienne se cõtentera de ceste punition,c'est qu'en souffrant vn tel homme viure entre vous
ce pendant toutefois vous le marqués sans auoir plus d'accointance auec luy & ce seule/
ment à fin que de honte vienne à se corriger & amender:Et ne l'estrangés toutalement de
vous comme ennemy,ains plus tost l'aduertisses cõme frere qui estant en faute cherchiés
de le guerir & non de le perdre,fuyans tellement sa compagnie que neãtmoins vous l'ay/
miés de cœur.Car le diuorce de charité est tel qu'il ne se faict que pour vn temps à fin que
le delinquant vienne à repentance.Au reste le seigneur Iesus autheur de paix vous doint
paix perpetuelle en tous voz affaires.Le Seigneur soit tousiours auec vous to⁹. De rechef
moy Paul vous presente mes recommandations de ma main propre vous recognoistrés
ceste marque en toutes mes Epistres que i'escry soit à vous soit à autres.Car i'ay de coustu/
me d'ainsi escrite,à fin que personne ne vo⁹ abuse par epistres cõtrefaittes.La grace & bien
veuillance du seigneur Iesus Christ soit tousiours auec vous tous.Amen.

Fin de la Paraphrase sus la seconde Epistre aux Thessaloniciens.

ARGVMENT DE LA PREMIE=
RE EPISTRE DE SAINCT PAVL A
Timothée, par D.Erasme de Roterodame.

Imothée nay d'vne mere Iuisue(toutefois Chrestiène)& d'vn pere Pay/
en:adolescent vertueux & instruict és sainctes lettres,fut prins & choy/
si de sainct Paul à l'administration de l'Euangile,lequel toutefois il fut
contrainct puis apres de le circoncire à cause des Iuifs . Or pource qu'il
luy auoit baillé aussi bien comme à Tite la charge des Eglises, ausquel/
les il ne pouuoit aller, il l'êseigne & instruict en l'office & charge d'Eues/
que,& en la discipline de l'Eglise, l'amonnestant,non comme disciple,
mais comme fils & cõpaignon.Et pource faire auec plus grãde authorité il s'attribue par
fois la dignité Apostolique.Ce pendant il amonneste qu'en reiettant ceux qui mettent en
auant les fables Iudaiques,il enseigne les choses qui appartiennent à foy & charité. Que
tant s'en faut que l'authorité des princes encore qu'ils soyent Payens doyue estre en mes/
pris aux Chrestiens,que mesme il cõmande qu'on prie pour eux,à cause que de là depen/
doit l'ordre ciuil & la tranquilité de la chose publicque.Ordonne quel doit estre le main/
tien des hommes & femmes en l'assemblée.Despaint l'Euesque auec sa famille , lesquelles
choses il deduit aux trois premiers chapitres.Puis l'amõneste qu'il ait à reietter les fables
Iudaiques,comme seroit choix de viãdes,& defence de mariage.En apres il enseigne quel
il se doit monstrer enuers les gens eagés,enuers les ieunes, enuers les femmes vieilles,en/
uers les filles,enuers les vefues tant riches que poures,& qui doyuent estre nourries aux
despens de l'Eglise.Item enuers celles qui sont encore ieunes & mariables.Finalement or/
donne ce qu'il doit cõmander & enseigner aux maistres,aux seruiteurs,& aux riches,l'ad/
uertissant qu'il faut par tous moyens reietter questions & debats de sophi/
stes,gens qui se font valoir par vne vaine apparence de doctri/
ne.Il a escript de Laodicée par Tychicque diacre.

Zz 2   PARA/

PARAPHRASE DE LA PREMIERE
EPISTRE DE SAINCT PAVL APOSTRE
à Timothée, par D. Erafme de Roterodame.

CHAPITRE   I.

Aul apoftre & embaſſadeur, non de Moyſe ou d'autre hôme quelconque, à fin que nul ne penſe que ie traitte mon propre affaire ou
celuy des hommes : mais de Ieſus Chriſt, lequel faiſant n'agueres
luy-meſme office d'embaſſadeur pour ſon pere, accomplit loyaument l'affaire de celuy qui l'auoit enuoyé. Or ie ne me ſuis point v-
ſurpé ceſte commiſſion ny ne l'ay receu d'homme viuant, ainçois
y ay eſté, nõ ſeulemẽt appellé par la volonté de Dieu eternel, mais

Par la commiſ-
ſion de Dieu
noſtre ſauueur.

auſſi contrainct par ſon cõmandement & authorité: de ſorte qu'il
n'a pas eſté en ma liberté de refuſer la charge, encore qu'elle fut difficile, laquelle m'eſtoit enioincte de l'authorité de Dieu qui eſt le ſeul vnicque autheur de
tout noſtre ſalut. Car tout ce que le fils nous a enioinct en l'authorité du pere, i'entẽs qu'il
à eſté enioinct du pere meſme, auquel auſſi nous deuons noſtre ſalut, ſoit quẽ nous ſommes racheté par ſa mort, de l'eternelle perdition, ſoit quãt par ſon ayde nous ſommes deliurés de vehemente tempeſte d'afflictions. Deſquelles ores qu'il aduiendroit que n'en fuſſions deliurés en ceſte vie, ce neantmoius n'auons que faire de douter de noſtre ſauueté,
puis que nous ſommes appuyés en la ſauuegarde de Chriſt, lequel le pere a voulu eſtre e-
xemple & autheur de noſtre eſperãce tref-certaine: Car cõme iceluy a eſté battu & attaché
à la croix, a ſouffert mort corporelle, mais toutefois incontinent apres eſt retourné en vie
pour eſtre immortel: tout ainſi nous qui à preſent ſommes oppreſſés de maux, il nous reſ-

Mon vray fils
en la foy.

ſuſcitera vn iour, & reſtablira à meſme immortalité. Doncques à l'adueu & confiance d'i-
celle l'apoſtre Paul vaillãt & inuincible eſcript à Timothée ſon vray & nayf fils, lequel certes ie ne me ſuis point adopté du trouppeau d'autruy, ains l'ay de mes propres entrailles
engẽdré par l'Euangile, alors qu'il eſtoit encore eſtrãgé de Chriſt: ioinct que luy-meſme
repreſente & exprime au vif ce ſien pere en conſtance & pureté de foy & de pure doctrine
Euangelique, en ſorte que cela monſtre qu'il n'eſt pas vn fruict ſuppoſé, mais nayf, vray &
real pour laquelle cauſe il m'eſt beaucoup plus cher, que ſi ſelon la façon cõmune il eſtoit
engẽdré de la ſubſtance de ce petit corps, elle engẽdre enfans qui bien toſt meurẽt, icy nõ
naiſſons pour eternellemẽt viure. Si les peres aymẽt de plus grande affection & plus natu
rellement, & recognoiſſent pour leurs vrays enfans ceux qui leur reſſemblent & les repre-

Par foy.

ſentẽt mieux au vif: n'ay-ie pas bien plus iuſte occaſiõ d'embraſſer ce mien fils, lequel i'ay
engẽdré à Chriſt par foy Euangelique, & auquel ie cõtemple l'entiereté de ma foy, comme
nay de rechef? Se vantent les Iuifs tant qu'il voudrõt d'auoir attiré quelque nouueau diſciple & aſſocié à leur Moyſe pour fils adoptif: de moy ie me glorifie d'auoir engendré vn
tel fils de la foy Euangelique à Chriſt. Deſormais il faut que la ſynagogue ſoit ſterile: Il eſt
temps que la fecondité de la foy Euangelique s'eſtende par tout le mõde. Or comme i'ay
en toute ſorte matiere de quoy me glorifier d'vn tel fils, auquel ie puiſſe en aſſeurãce bailler la charge de l'Euãgile: ainſi n'a-il nulle raiſon, pẽſe-ie, de ſe repẽtir de m'auoir eu pour
Apoſtre ou pere. I'ay mis ſus luy vne partie de ma charge, mais i'ay Dieu pour autheur de
ceſte mienne puiſſance, tellement qu'il n'a pas cauſe de ſe deffier de la tutelle des Egliſes,
qu'il a receue de moy, n'eſt que d'aduenture il ſe deffiaſt de l'authorité de Dieu. Mais que
pourroy-ie ſouhaitter à vn fils, qui m'eſt ſi extrememẽt cher, moy pere tref-amyable?
Quoy autre ſinon les choſes deſquelles ce ſouuerain gouuerneur de noſtre vie a voulu que ce pendant icy fuſſions enrichis & bienheureux, & auſquelles il deſire que iournellement nous accroiſſions de plus en plus iuſques à ce que nous ſoyons paruenus
à telle meſure que Chriſt nous daigne recognoiſtre pour ſes freres legitimes. Ie deſire

Grace, miſeri-
corde, & paix.

donc grace, à fin que tu entendes que ſalut eſt acquis à tous vrays croyans par le benefice gratuit de Chriſt ſans l'ayde de la loy Moſaique. Et non ſeulement grace : mais
auſſi miſericorde, laquelle t'aſſiſte en tant de dangiers où tu es. Car ie ne ſuis ignorant à combien de troubles eſt expoſée la vie des enſeigneurs. Finalement ie te ſouhaitte ce qui eſt propre à noſtre profeſſion, aſſauoir paix & accord, leſquels biens tu ne
dois

dois attendre du môde, duquel le secours est vain, ny de Moyse aux ombres duquel s'arreter & mettre sa fiance apres que la verité de l'Euangile nous a esclairé, c'est perdition, ne d'autre viuant quelconque: mais de Dieu le pere qui n'abandonne point ceux qui ont en luy fiance & de son fils Iesus Christ nostre seigneur, lequel ainsi qu'il a tout en cômun auec son pere, aussi ne denye-il point son secours à ceux lesquels se sont vne fois & du tout abâ donnés sous sa sauuegarde, côme loyaux seruiteurs dependans du tout en tout d'vn seigneur tres-bon & tres-puissant. Tu sçais mon fils Timothée auec quels troubles & esmeutes & en quel dâgier de la vie nous auôs gaigné quelque trouppeau à Christ, & n'es ignorant que les faux Apostres sont tousiours au guet taschâs d'attribuer à Moyse ce nouueau fruict que nous auons assemblé à l'Euâgile ce qu'ils font non à autre fin sinô qu'apres s'estre amassé vn nombre de disciples, ils deuiênent riches, & soyent en estime enuers le peuple. Mais de ma part ie suis tellement soigneux d'estendre & amplifier les vergiers & territoires de la seigneurie Euangelique que ce neantmoins ie maintiens ce pendant ce peu qui est acquis. Or puis que de corps nous ne pouuons assister en tous lieux il nous faut acheuer ce qui reste, partie par missiues, partie par l'administration de noz coadiuteurs. Pour ceste cause estant rappellé en Macedône pour l'affaire Euangelique & craignant de deffaillir du tout en tout aux Ephesiens, & de les laisser sans ayde, ie t'ay laissé en Ephese, côme vn moy-mesme pour estre vn lieutenant notable au gouuernement d'vne charge qui de vray est difficile, mais aussi est-elle excellente. Tu as affaire à gens qui sont merueilleusement enclins à superstition & curiosité, mais la gloire de l'Euangile en sera plus esclarcie. Item auec ce que les aduersaires sont en grand nombre, aussi sont-ils vehemêts & subtils à merueilles: pourtant leur faut-il d'autât mieux tenir bon & resister par tous moyês. Parquoy ce qu'à mon departement d'Ephese ie te priay de faire, encore maintenât absent *(Comme ie t'ay prié.)* t'en requiers affectueusement, c'est que tu amonnestes vn tas d'Apostres feintifs, lesquels ie ne nômeray pour cest heure de peur qu'ils ne s'en irritent & deuiennent plus effrontés qu'ils ne viennent à gaster & renuerser par leur nouuelle doctrine la pureté de la doctrine Euangelique que nous auôs baillée aux Ephesiens. Dauâtage aduertis en premier lieu de *(A fin que tu de noce à aucuns.)* toutes ces choses le trouppeau des fideles de peur que par legiereté dangereuse, ils ne prestent les oreilles & tournent leurs entendemens à tels faux Apostres qui n'enseignêt choses profitables au salut eternel & dignes de l'Euangile de Christ: ains mettent en auant certaines fables Iudaiques froides & de nulle vigueur des ordonnances humaines & superstitieuses, qui n'ont nulle efficace à la vraye pieté: de l'ordre & suitte entrelassée des genealogies & denombremês des ancestres recherchée iusques aux grans peres de noz ayeulx & bisayeulx, voyre comme si le don du salut Euangelique descendoit à nous par diuerses branches & liaisons de parentage, & que plus tost il n'ait pas esté vne fois espandu par la bonté celeste sur tous ceux en general qui embrassent la foy Euâgelique. Or ils preschent ces choses, non à la gloire de Christ: mais en partie à fin qu'en louant la noblesse ils soyent en reputation entre vous, partie par ce que voyans la doctrine de l'Euangile estre simple & sans ostentation ils soyent estimés plus sçauans en mettant en auant choses difficiles & doubteuses lesquelles ne se pourront iamais demesler, & des labyrinthes desquels on ne sçauroit sortir comme si en toutes choses les plus simples n'estoyent les meilleures. La foy de l'Euangile apporte salut en peu de parolles: ceste doctrine des hômes engendre dispu*(Qu'edificatiô de Dieu, laquel le gist en foy.)* te sus dispute & est si loing d'apporter auancement & profit à la crainte de Dieu & pieté celeste, laquelle Dieu nous eslargist par foy que mesme elle abolit & renuerse toute la force de ce qui est le principal de la religion Euangelique. Quicôque purement croit, ne faict conte des disputes & questions. Mais qui assemble & attache question sus question, qu'en seigne-il autre chose sinon doutes. La curiosité de questions est toutalement contraire à la foy. S'ils croyent que Dieu est: pourquoy ne s'arrestent-ils à ses promesses. Si foy & charité Euangelique donnent salut sommairement sans tant de parolles à quel propos y vient-on mesler les ordonnances humaines de rongner la peau du prepuce, du lauement des mains, de la difference des viandes, de l'esgard des iours? Ils se vantent entre vous de la Loy baillée de Dieu, laquelle toutefois ils enseignêt auec si grande ignorâce qu'ils n'entendent ne le sommaire, ne le but. Mais à quoy sert-il s'efforcer de paruenir à salut par tât de vaines & penibles obseruations, veu que nous pouuons (ces choses obmises) venir legierement tout droit au but? Celuy est assés instruit & sçauant en la loy de Moyse qui a atteint la somme & le but de la Loy. Or ce qui comprent & môstre briefuement toute la ver*(Or la fin du cô mandement est charité.)* tu & efficace de la loy Mosaique c'est charité pourueu qu'elle procede d'vn cœur put, & d'vne côscience ne se s'entant de rien coupable & de foy nô feinte. Charité vraye & entiere ensei

Zz 3

enseigne beaucoup mieux ce qu'il faut faire, que toutes les constitutions du monde.
Si elle est presente quel besoing est-il des ordonnances de la Loy. Et si elle est absente, de
quoy sert l'obseruance de la Loy? Charité humaine est bien souuent conioincte à vne
vie qui n'est pas trop pure ny entiere, & si a peu de fiance en-elle à cause des affections
dont elle est menée & corrompue: mais charité Euangelique ne trompe, ne doubte,
n'est esbranlée, & ne cesse iamais du deuoir de pieté: car elle n'a point d'autre regard que
la gloire de Christ, & le salut du prochain, & si ne depend que de Christ. Et pour autant
que quelques vns se destournent de ce but, ils sement au lieu de la doctrine de Christ
(à fin qu'ils soyent en reputation des grands docteurs de la Loy) vn tas de vaines questions Iudaiques qui ne sont que fumées vaines & brouillas. Leur babil aussi & propos inutiles sont de grande apparence & ostentation, combien que ce pendant ils n'entendent la source & fondement des choses desquelles ils iasent & afferment auec si grande opiniastrise: Car toute la loy de Moyse en general: autrement diuerse & ample est re-
duitte en vn Christ. Et pource que la Loy mesme donne place à Christ, cestuy deuroit a-
uoir honte de se dire docteur de la Loy, qui l'interprete contre l'intention d'iceluy. Or
ne disons nous pas ces choses pour condamner la Loy: nous sçauons & confessons que
la Loy est bonne n'estoit que quelqu'vn en voulust mes-vser: ce qui ce feroit en l'interpretant au contraire de l'intention de Christ. Le but principal de la Loy estoit de nous
amener à Christ. Celuy donc conuertit la bonne en mal & ruyne, qui par elle veut destourner & distraire de Christ. Qui cognoit & discerne vrayement en quel endroit la
Loy (baillée pour vn temps) doit donner lieu à l'Euangile & en quoy elle doit tousiours tenir sa forme & vigueur: Qui entend comment c'est qu'il faut accommoder sa lettre grossiere & charnelle à la doctrine spirituelle de l'Euangile: Qui entend que ceux que
le sang de Christ a rachetés de la tyrannie de peché & qui par le mouuement de charité font plus que la loy de Moyse ne commande, & qu'il n'est pas nullement besoing de
crainte ou aduertissement de la Loy pour les destourner des vices, & les inciter à leur
deuoir, sans doubte la Loy est bonne à vn tel. Car il entend que la Loy ne luy appartient point ayant apprins par l'Euangile non seulement de ne nuyre & tenir tort à personne, mais aussi de faire bien aux ennemys. Mais quel besoing est-il de mors ou d'esperons au cheual propre & prompt à la course? Ceux que l'esprit de Christ pousse &
meine, ils sont volontiers les premiers en la course & surpassent alegrement toutes les
ordonnances de la Loy, & ayans vne fois acquis iustice, ont en detestation toute iniustice. Parquoy la Loy laquelle par crainte des tourmens faict auoir en horreur meschanceté n'est pas mise à ceux qui volontiers & de leur plein gré font ce que la Loy demande encore qu'ils ne sçachent ce que dit la Loy. A qui donc a esté ordonné la Loy?
Certes à ceux qui ont esté sourds à la loy de nature & sont sans charité, & qui enclins
à toutes meschancetés sont portés de leurs concupiscences, si la Loy ne leur seruoit de
barriere, pour les retenir: que si elle vient à lascher la bride à mal, soudain retournent
à leur naturel, & se monstrent tels par dehors qu'ils estoyent au parauant par dedans:
c'est assauoir, iniustes, rebelles, meschants, mal-viuans, & pecheurs, sans deuotion, prophanes, batteurs, & tueurs de pere & de mere, meurtriers, paillards, bougres, ro-
beurs de gens, menteurs, & pariures. A bon droit furent les menaces de la Loy mises
au deuant des Iuifs, enclins à ces choses, à fin que ceux qui auoyent vn entendement
seruile fussent par crainte de punition retenus en bride & restraints des meschancetés mentionnées: ou s'il y a quelque autre de forfaits & vilain cas, qui soyent contraires à la noble loy de l'Euangile, laquelle Moyse ne nous a point baillée, mais le
Dieu benit par son fils Iesus Christ. Les Iuifs se vantent de leur loy comme glorieuse &
renommée, mais nous en auons vne de plus grande gloire & renom. Ils se glorifient sous
l'ombre de Moyse: mais nous auons plus iuste occasion de nous glorifier sous l'ombre
de Dieu & de son fils Iesus Christ. Ils preschent & annoncent la loy de Moyse, laquelle par
tourmens reprime quelques forfaits horribles. Mais moy ie publie & declaire la loy Euangelique laquelle forclost entierement toutes les conuoitises repugnantes à la vraye pieté
& reuerence de Dieu. Or de quelle authorité & adueu ils preschent la loy de Moyse ie
m'en rapporte à eux: certes quant à moy ce tant excellent & vertueux Euangile m'a esté
commis, lequel n'a pas besoing de l'ayde de la Loy: commis, dy-ie, & enchargé, non des
hommes, mais de Dieu mesme, non que ie pense en aucune maniere estre digne d'vne
telle commission. Cela ne venoit pas de mon merite, ains de la bonté diuine, laquelle ie
remercie de m'auoir donné (à moy hommelet, foyble, & trop insuffisant à ceste char-

ge)

Desquelles cho-
ses aucuns s'e-
stant deuoiés.

Sçachant que
la Loy n'est
point mise.

ge)force à la gloire de Iesus Christ nostre seigneur,duquel ie traitte l'affaire en bonne
conscience comme loyal seruiteur,dequoy ie ne m'attribue autre louange,sinon que com
me il m'a tenu pour feal administrateur au maniement de l'Euangile,aussi me porte-ie
entierement & sans finesse ou tromperie en la charge à moy commise. Ne me gouuernant, à la façon de quelques vns de ceux là, qui au grand blasme & deshonneur de
Christ preschent la loy de Moyse, seruans à leur profit & gloire, & non à celle de Iesus
Christ : De moy ie confesse qu'autrefois i'estois bien detenu au mesme aueuglement,
encore pour lors fort affectionné à la Loy de mes peres. I'outrageoye le nom de Iesus
Christ : i'estois persecuteur si cruel que ie ne pouuois moderer ceste violence & cruauté : Car non seulement iusques aux outrages, ainçois iusques aux prisons & punition
de la vie. Ie persecutois la lumiere de l'Euangile qui commençoit à luyre.Es choses passées iusques icy,ie ne m'estime rien plus que ceux là : possible les passe-ie, en cest endroit, que simplement, d'vne affection que ie portois à la Loy, & par erreur & ignorance i'ay faict ces choses, n'estant encores appellé à la compagnie de l'Euangile. Mais
ceux cy apres auoir vne fois faict profession de Christ,ils n'ont point cherché sa gloire, comme ils deuoyent,ains trop conuoiteux de leur propre gloire, mettoyent souuent
en auant d'vne malice obstinée le fardeau inutile de la loy Mosaïque. Et pource Dieu a
eu pitié de moy qui errois simplement par ignorance, ceux cy deuenans tous les iours
de plus en plus aueugles . D'autant que pour lors ie bataillois ardamment contre
Christ pour defendre la Loy, aussi maintenant tiens-ie le party de Christ, en defendant auec plus grand courage sa doctrine contre ceux qui maintiennent la Loy. Au
lieu de ceste ardante affection que ie portois à la Loy, laquelle deuoit estre abolie, la
grace est venue en abondance : Au lieu de la fiance de la Loy, est venue la fiance en
Christ : au lieu de la hayne Iudaïque a succedé charité Chrestienne enuers toutes gens,
laquelle à l'exemple & par le don de Christ nous auons obtenue.Et ne faut point que
les Iuifs viennent conttedire à ce que i'ay dit que sans l'ayde de la Loy ie suis deuenu
de meschant & pecheur tel que ie suis maintenant par la grace de Dieu . Mais plus
tost ce qui leur semble incroyable est tout asseuré par certains argumens & ce qu'ils reiettent doit estre ardamment & de toutes affections receu & embrassé,c'est assauoir que
Iesus Christ voyant la Loy estre inefficace & non suffisante à vn salut parfaict,luy estant
faict homme est venu au monde : à fin que par sa mort il nous apportast salut & vie,&
portant la peine de nostre iniustice il nous rendit iustes. Or iaçoit que ie fusse fort attaché à la Loy de mes peres, toutefois tant s'en faut que ie me veuille forclorre du nombre des pecheurs, que ie me confesse entre eux estre, voyre le principal. Ie ne renieray
point mon impureté : laquelle redonde à la gloire de Christ . D'autant que ie suis
moins digne de misericorde, sa misericorde & clemence en est tant plus notable.Et veu
que i'estois digne de toute punition & tourment, d'où est venu ce pendant que Christ,
non seulement en me pardonnant toutes mes meschancetés, a declaré vne grande douceur en mon endroit, mais aussi m'a enrichy de tant de dons procedans de pure grace.
Qu'estoit ce sinon que par ce notable exemple,il appelloit tous à vne mesme esperance de
pardon quelque souillés qu'ils fussent des ordures de la vie passée, pourueu qu'en se defians du secours de la Loy, ils missent toute leur fiance en la bonté de Christ, laquelle ne
nous abandonnera iamais , iusques en la vie eternelle. Ce sont grandes promesses , mais
le prometteur est tres-certain & veritable.Quiconques considerera que Christ est autheur
de telles promesses , il mettra bas toute deffiance. Que si quelqu'vn venoit à le mespriser
comme homme & crucifié, qu'il considere que ce grand Roy des siecles, Dieu & pere immortel inuisible & seul saige, est la principalle source & autheur de cest affaire, lequel
nous eslargist toutes choses par son fils. Parquoy rien ne doit sembler incroyable que
promet vn si grand & puissant. Il n'y a rien de ceste singuliere largesse que les hommes s'attribuent : veu qu'à luy seul appartient tout honneur & gloire,non pour vn certain temps,
ainsi que dura la gloire de la loy Mosaïque, mais à tout iamais : Car à celuy qui est immortel conuient honneur immortel. Ce que i'ay dit est veritable & la chose est telle. Doncques tout ainsi qu'en bonne conscience ie traitte l'affaire qui m'a esté commis de Dieu,
pareillement ie te recommande affectueusement ce commandement fils Timothée, à fin
d'ensuyure si bien l'exemple de ton pere, que tu puisse satisfaire en tout & par tout à la
charge receue.L'affaire que tu manies est de Dieu, auquel tu n'est appellé par l'election &
faueur des hommes,mais par le conseil & commandement de Dieu. Tu batailles sous son
enseigne,duquel aussi tu rapporteras le loyer de vertu. Tu voys quelle gendarmerie tu

Moy di-ie, qui au parauant e-stois blasphe-mateur,

Ceste parolle est certaine.

Fils Timothée ie te recom-mande.

Yy 4 as sous

as fous ta charge, & auec quels ennemys tu as affaire. Ce n'eſt pas le lieu de ceſſer ne de dormir. Certes ce ſeroit vne choſe tres-que vilaine & meſchante, ſe reuolter de celuy, au-quel tu auois baillé le ſerment & ſous la charge duquel tu te ſerois vne fois faict enroller. Il a eu ceſte eſtime de toy que tu ſerois vaillant & feal capitaine, ainſi que l'eſprit de Chriſt nous donna à cognoiſtre par ſon inſpiration, lors qu'en t'impoſant les mains, nous te baillaſmes l'authorité d'ancien. Aduiſe donc de ſatisfaire côſtamment à ceſte opinion de bien que Dieu à preueu en toy, & à la fiance que nous auons de toy : à fin & que de ſa part il te donne l'ouange de vaillant capitaine, & que ie te recognoiſſe vray fils. La bataille en laquelle tu combats eſt excellente, faicts que tu t'y portes vaillamment. Ce qui ſe fera, ſi tu retiens vne foy entiere & conſtante & que tu adioingnes à la foy vne bonne conſcience à celle fin, & que tu ne doutes des promeſſes diuines, & qu'à l'entiere & ſaine opinion, l'entiereté de vie s'accorde : laquelle doit eſtre ſi pure que non ſeulement ſoit ap-prouuée des autres gens, mais auſsi que deuant Dieu le cœur ne ſe ſente en rien coupa-ble. Les queſtions humaines esbranlent la vertu de la foy, & les conuoitiſes mondaines corrompent la conſcience, quant ceux qui ſemblent trauailler pour Chriſt, ont leur re-gard ailleurs qu'en Chriſt. Or ces deux choſes ſont tellement conioinctes que l'vne eſtant esbranlée, l'autre auſsi eſt en dangier. Attendu que celuy duquel la conſcience n'eſt en-tiere, ſa foy ne peut eſtre ſaine ne entiere : Car comment pourroit eſtre dit ſainct & entier ce qui eſt mort ? Ou comment ſera durable ce qui n'a ne vie ny eſprit ? Car il aduient que ceux, qui par vn remors ſe ſentent en tout & par tout coupables, viennent finalement à ne point croyre ce que la doctrine Euangelique enſeigne du loyer de la vie, qu'on aura paſſée en innocence ou autrement. De laquelle choſe helas nous en auons ces derniers iours, veu vn exemple en Alexandre & Hymenée, leſquels quant à la predication de l'E-uangile, ils n'ont tenu le gouuernal de droitte conſcience, ont choppé aux encombres de deloyaute, & eſtans vne fois ſortis hors de la profeſsion ſaincte & ſalutaire, ont eſté tel-lement tranſportés de l'impetuoſité des mauuaiſes conuoitiſes, qu'ils ont degorgé ma-nifeſtes outrages contre l'Euangile, de ſorte que par ciuils aduertiſſemens ne pourro-yent venir maintenant à repentance : Leſquels comme membres pourris, i'ay par ma ſen-tence retranchés du corps de Chriſt, à fin qu'eſtans chaſtiés par honte & reproche, ils apprennent à ne plus blaſphemer, & que de tant moins ils ſoyent nuyſibles aux autres, s'ils ne peuuent eſtre bons à eux-meſmes : Ceux doyuent eſtre rudement & auec toute ſeuerité reprimés, deſquels la meſchanceté eſt venue ſi auant que tous remedes de dou-ceur ny ſeruent de rien. Parquoy non ſeulement le iugement que Dieu a donné de la ſyncerité : non ſeulement mon exemple : non ſeulement ta profeſsion & le ſerment que tu as faict à Chriſt, doyuent enflâmer ton cœur à eſtre conſtant en ta charge : mais auſsi l'abo-minable exemple de ceux-cy.

CHAPITRE   II.

Ais il ne ſuffit pas que de toy tu ſois ſans blaſme, c'eſt affaire à vn Eueſque d'ordonner auſsi aux autres ce qu'il eſt beſoing de faire. Leſquelles choſes doyuent eſtre telles qu'elles ſoyent cogneues dignes d'vn qui a l'Euangile à cœur. Or il faut que ceux qui font profeſsion de Chriſt, ſoyent grande-ment eslongnés de tout deſir de vengeance, du vouloir de nuyre, & de tou-te eſpece de mal-veuillance. Parquoy fay que tu enhortes les tiens, que dés le fin matin ils commencent le deuoir de pieté & le ſeruice de Chriſt par là, aſſauoir : Que en premier lieu ils faſſent prieres à Dieu, qu'il deſtorne tout ce qui trouble & moleſte l'eſtat de la religion & choſe publicque. En apres qu'ils luy demandent les choſes qui concernent l'affaire de la pieté & reuerence de Dieu & au repos de la choſe publicque. Puis contre ceux qui perſecutent le trouppeau de Chriſt, qu'ils ne demandent autre choſe que ſon ſecours & ayde. Finalemét qu'on rende graces pour les choſes receues de la main & largeſſe de Dieu auec prieres affectueuſes pour celles qui ſont à venir. Et que ces choſes ſe faſſent non ſeulement pour les Chreſtiens : ainçois generalement pour toutes gens, à fin que la cha-rité Chreſtienne ne ſemble point eſcharſe ou reſſerrée comme fauoriſant ſeulement à ceux de ſon party, mais qu'à l'exemple de Chriſt elle s'eſtende amplement, tant ſur les bons que ſur les mauuais, tout ainſi que luy parfaittement bon, & quant en luy eſt, faiſant bien à tous, depart ſont Soleil aux iuſtes & iniuſtes. Puis que Dieu nous faict ce bien de iouyr d'vne tranquilité publicque, par le moyen des magiſtrats Payens, c'eſt bien raiſon de l'en remercier & prier pour eux : car nous ne ſçauons ſi ceux qui ſeruent maintenant aux idoles

Idoles, receüront bien toft l'Euangile. Parquoy charité Chreftienne defire le falut de tous.
Le Iuif ayme vn Iuif, le Profelyte vn Profelyte, le Grec vn Grec, l'Alemant vn Alemant,
& le parent vn fien parent : Cela n'eft pas la charité Euangelique. Mais la charité Euangelique, eft celle qui ayme pour l'amour de Chrift, ceux qui ont Dieu en crainte & reuerence : & les mefchans à fin qu'ils viennent quelque fois à repentance & fe retournent à
Chrift. Ceux qui n'ont cefte charité, facrifient aux diables & vous maudiffent : vous au
contraire, vous enfuyués l'exemple de Chrift, lequel iaçoit qu'eftant esleue en croix,
il ouyt iniures & outrages fort aigres & griefues, voyre plus griefues que le tourment de
la croix : toutefois ne rendit point outrage pour outrages, il ne les maudit nullement,
ains auec grand cry pria à fon Pere de leur pardonner. Et ne faut pas feulement prier ge-
nerallement pour tout le genre humain, mais aufsi pour les Roys, encore qu'ils foyent
Payens & eftrangés de la profefsion Chreftienne, & pour tous ceux qui felon l'ordre public de ce monde font quelque office de magiftrat. Et ne foyés efmeus de ce que nous
fommes par eux affligés, battus, ferrés en prifon, & mis à mort. Il faut pluftoft auoir
compafsion de leur aueuglement que de leur rendre mal pour mal, autrement ils n'en deuiendroyent pas meilleurs & nous cefferions d'eftre Chreftiens : Ce moyen lequel eft
merueilleufement de grande efficace a pleu à Chrift : à fin que par iceluy tous fuffent attirés à luy. Que s'il s'en treuue efquels noftre charité periffe, nous ne cefferons pas pour
cela eftre tels que nous fommes. Ce monde a fon ordre, lequel ne doit point eftre troublé par nous qui deuons en tous lieux prouuoir & aduifer à la paix. La puiffance & authorité de ceux là fert en quelque forte à la diuine iuftice, quant par punition ils reprennent les mefchants, quant par crainte de la peine, ils retiennent les mauuais en leur deuoir, quant ils empefchent les brigandaiges, & larronneries, quant par armes ils def-
fendent & maintiennent la paix publicque, quant par loix ils gouuernent la chofe publicque. Et combien qu'ils ne faffent ces chofes pour l'amour de Chrift, toutefois il n'eft
pas requis en commun que l'eftat de la chofe publicque foit troublé par nous, de peur
que la doctrine de l'Euangile ne femble eftre fedicieufe, & que commençions à eftre mal
voulus, non par ce que nous faifons profefsion de Chrift, mais pour autant que nous
ruynons la tranquilité publicque. Que s'ils mef-vfent quelque fois enuers nous de leur
puiffance, c'eft chofe Chreftienne d'oublier le tort & fe fouuenir du bien-faict. Cela deuons nous à leur puiffance, cela deuons nous à leurs garnifons & armes : mais à mieux
dire en cela fommes nous redeuables à Dieu, qu'eftans par eux defendus & gardés des
feditions, brigandages, & guerres, nous pouuons mener vie tranquille & paifible. Il
faut reduyre à memoire quel abifme de maux apporte auec foy la guerre, & combien de
commodités la paix. Difette de chofes neceffaires induict à plufieurs maux. Paix apporte abondance. En paix, pieté a lieu. Guerre enfeigne toute impieté & malheur. Noftre
profefsion ayme chafteté : En guerre de qui la pudicité n'eft elle en bransle. Que fi aucuns
abufent du bien de paix à conuoitifes malheureufes, nous ne deuons pas pour cela laiffer de nous feruir de la tranquilité publicque pour mieux feruir à Dieu, & mener bonne vie, obeiffant ce pendant aux Princes en tout ce qu'ils vous commandent, en droiture felon leur office, ou qui vous rend fans plus affligés & non aufsi mefchans. Ils oftent
l'argent, mais la pieté ne s'en diminue en rien. Ils nous attachent aux ceps & chargent les fers aux pieds, mais ils ne nous feparent point de Chrift. Ils tuent le corps & par
ce moyen nous font paffer au port d'immortalité. Mais alors nous apporteroyent-ils
grande nuyfance s'ils nous rendoyent auaricieux, craignans la mort, aymans la vie,
ambitieux, vindicatifs, & deffians de Chrift. Il ne faut donc point flatter les Princes &
s'entrenir en leur grace par lafcheté ou vilenie, ne leur refifter par fedition. Que fi quelquefois la pieté Euangelique requiert que leurs commandemens foyent mefprifés &
mis en arriere, il le faut faire auec telle attrempance & modeftie qu'ils entendent que
nous ne le faifons pour hayne que nous leur portons, mais par l'eftude & affection de
pieté. Or mon intention n'eft pas en difant ces chofes, de vouloir prouocquer à noftre
dam la puiffance des magiftrats contre nous, veu que nous ne fommes rien aupres de
la force & fecours du monde : mais à fin qu'en cefte fimplicité & douceur nous refem-
blions à Chrift noftre prince, lequel eftant plus puiffant, luy feul que tous les Satrapes,
Gouuerneurs, & Monarques de ce monde, a mieux aymé deliurer & affranchir le monde en portant patiemment maux & outrages, qu'en les reiettant & repouffant contre ceux
qui l'outrageoyent. Il a mieux aymé vaincre en bien-faifant, que par vengeance, il a
mieux aymé guerir que perdre, il a mieux aymé alefcher & attraire que deftruyre & accabler.

cabler. Par ce moyen il a eu la victoire,& ainsi a pleu au Pere que le fils emportast le triomphe. Ensuyuons donc le fils, si nous voulons que noz prieres & offrandes soyent aggreables au Pere. Il a plus aymé se monstrer en nostre endroit Sauueur que vengeur, portant auec grand douceur nostre impieté, iusque ce que nous vinssions à repentance. Et comme il est d'vne bonté sans fin & mesure, aussi desire-il que ce qui a esté faict en nous aduienne, s'il est possible, en tous. Qui la reiette & qui se detourne, s'accuse soy-mesme de son aueuglement. Qui perit, perit par sa faute. Car que feroit le medecin si le malade reiette la medecine salutaire ? Certes il ne tient pas à luy que toutes gens ne soyent sauués & qu'apres auoir chassé au loing l'obscurité de la vieille vie, s'approchent de la lumiere de la verité Euangelique. Christ est la verité, quiconques le cognoist sera en sauueté, se retirant vers luy de quelque estat que ce soit. Vn mesme salut est presenté d'vn seul à tous par vn seul. Il n'y a rien que le Iuif puisse retenir à soy comme propre. Il y a vn Dieu, lequel n'est propre à ceste nation ou celle là, mais est esgalement commun à tous. Il y en a vn qui faict la paix entre Dieu & le genre humain, Iesus Christ Dieu & homme. Car il estoit conuenable que celuy qui se mettoit entre Dieu & les hommes, pour estre arbitre de leur accord, eust quelque chose de commun auec les deux parties, & que Dieu moyennast enuers Dieu, & l'homme ramenast les hommes en grace. Pourquoy donc quelqu'vn voudra-il faire son propre. Si le Pere commun à tous, l'a enuoyé pour sauuer tous, & si luy-mesme s'est employé pour racheter tous, c'est bien raison de nous efforcer par tous moyens que sa mort puisse profiter à tous. Que s'il est mort aussi pour les Payens,pourquoy nous faschera-il d'offrir requestes pour leur salut ? Que si on a esté quelquefois en doute, si Christ estoit venu pour racheter tous Payens en general, certes il est maintenant manifeste, certain, & approuué par le faict, que la mort de Iesus Christ n'appartient pas moins aux Payens qu'aux Iuifs. La dureté & opiniastrise des Iuifs a faict qu'on a eu par le passé quelque esgard à eux, à fin qu'ils ne puissent alleguer qu'ils ont esté mesprisés & reiettés. Mais incontinent Dieu voulut que tous cogneussent pour tout certain qu'il n'y auoit toutalement difference aucune de nation, ceremonie, superstition, ou condition à ceux qui se retirent à la doctrine Euangelique. De laquelle chose Dieu nommément voulut que ie fusse le heraut & qu'en cest affaire ie pourtasse l'embassade, attendu que les autres Apostres n'auoyent au parauãt receu les Payens à la grace de l'Euangile que bien tard & auec grãde difficulté. Aussi s'en trouue-il auiourd'huy aucuns qui nyent l'entrée & moyen de paruenir au benefice de Christ, estre autre que par la loy de Moyse. Mais Christ m'a baillé la charge de prescheur & d'Apostre, pour prescher à tous sans ayde de la Loy, le salut eternel, lequel nous deuons recognoistre de luy seul. Ie ne me suis point faucement attribué ceste authorité: Christ me l'a enchargée. Et ce que ie vous dis n'est pas menterie, mais verité: ie vous presche ces choses comme enseigneur des Payens. Ie ne me vante point de l'apparence & couleur d'vn titre honnorable,ainsi que faisoyent coustumieremẽt les faux Apostres, i'ay mõstré par effect que i'estois Apostre des Gentils, ne leur mettant point au cerueau les ordonnances de Moyse à la façon de ceux-cy,ains la foy de l'Euangile, ne leur obscurcissant point l'entendement de vaines questions, mais auec vne pure & simple verité, enseignant les choses lesquelles propremẽt sont plustost à la vraye picté qu'au gaing & à vaine ostentation. Pour doncques retourner au propos commencé, ie veux que les hommes prient non seulement en l'Esglise, mais par tout où il en sera besoing. Les Iuifs n'inuoquent point Dieu qu'en Ierusalem, les Samaritains prient en la montaigne ou aux boucages. Mais aux Chrestiens tout lieu est sainct & sacré, pour immoler & offrir leur prieres. Ils cognoissent que par tout est le sainct temple de Dieu, & comme tousiours pres de presenter leurs offrandes, leuent en tout lieu leurs mains pures au ciel, Il ne faut point qu'ils desirent le propiciatoire ou sainct sanctuaire, de tous coustés Dieu exaucera les prians. Et n'est besoing qu'ils s'arrestent aux offrandes Iudaiques, aux ceremonies, ou à sacrifice quelconque : Car en ces sacrifices,assauoir qui doyuent estre entre Chrestiens, vn chascun peut sacrifier pour soy-mesme. Dieu n'attend pas apres la beste ou le parfum des choses odoriferantes, le sacrifice qui luy est tres-cher & aggreable ce sont sainctes requestes & pures prieres, procedante d'vn cœur pur & entier. Que les Iuifs se lauent tant qu'ils voudront, toutefois leurs offrandes ne laisseront pas d'estre souillées. Les mains voyre souillées sont nettes à Dieu, si le cœur est paisible, s'il a mis tout tort en oubly, s'il ne veut mal à personne, & s'il est net de toutes ordures de paillardise, auarice, & ambition, voyla la pureté & netteté, laquelle rend aggreable aux yeux de Dieu l'offrande du Chrestien, il demande tels sacrifices. En apres que les femmes aussi prient à l'exemple des hommes

& si

& si elles ont en leurs esprits quelques pensées & affections effeminées & legieres, que premierement elles les reiettent, en apportāt au lieu des lauemens Iudaiques, vne innocence de mœurs auec vn ornement, non du corps, mais de l'ame pour accompaigner ceste offrande spirituelle de l'oraison. Lesquelles aussi se garderont, qu'en descouurant leur corps ne viennent a inciter les yeux de leur marys à volupté, ains plustost qu'elles cheminent couuertes d'vn tel vestement qu'il porte en soy modestie, vergongne, & pudicité. Ia n'aduienne que les femmes Chrestiennes entrent en la saincte assemblée en tel ornement & parure, que les femmes prophanes viennent coustumierement aux nopces, ou a quelque spectacle, lesquelles premier que de sortir se parent & attifent songneusement au mirouer, tortillent & crespent leurs cheueux par art, adiancent leurs oreilles & col d'or brochu ou de perles pendantes : brief elles s'accoustrent d'vne robbe de velours ou de pourpre, à fin & que par leur braguerie excessiue & fardement elles soyent estimées belles, de ceux qui les contemplent, & qu'en faisant monstre de leurs ioyaux & richesses, elles fassent tourner à honte & reproche à celles qui sont poures & de moindre estat leur poureté. Mais qui plustost au contraire, l'habit, contenance, & maintien des femmes Chrestiennes soit conforme à la vie, & tel qui puisse estre veu côuenable à femmes qui font profession de vraye pieté & seruice de Dieu, non par ostentation de richesses, mais par bien-faicts qui sont les richesses esquelles Dieu prend grand plaisir, aux yeux duquel est vilain & infect ce qui semble excellent & magnificque au monde. Et pour ce que ce sexe lequel est autrement subiect au vice de trop parler, ne pourroit estre de rien que ce soit mieux reparé que de silence : il leur conuient mettre en effect ce qu'elles donnent à entendre par leur habit & maintient & qu'elles apprennent en l'assemblée des hommes, sans se mesler d'enseigner : qu'elles suyuent sans vouloir aller deuant, & qu'elles ne fassent point de semblant d'auoir quelque authorité enuers leurs marys, ausquels en toute maniere doyuent estre subiettes, de peur que si vne fois ayant lasché la bride de vergongne, commence à bruire à l'assemblée publicque, vostre assemblée qui doit sur tout estre attrempée & modeste, ne soit confondue par troubles. C'est affaire aux hommes de parler en l'assemblée, nommément s'il ont a enseigner quelque chose profitable à la pieté. Or de ce qu'vn chascun permet à sa femme en sa maison. Ie m'en rapporte, quant à moy ie ne permets point à femme quelconque d'entreprendre l'authorité d'enseigner en la commune assemblée, voyre ores qu'elle auroit de quoy enseigner, de peur que ceste occasiô donnée, le sexe imbecille & foyble ne prêne trop grande hardiesse. Aussi ne permets-ie point qu'elles entreprenne authorité aucune sur leurs marys, lesquels elles doyuent en telle sorte aymer, que ce ne soit toutefois sans les auoir en reuerence. Doncques qu'elles se taisent escoutant en toute reuerence ce que leurs marys disent. Qu'elles recognoissent l'ordre de nature, comme c'est à l'ame de cômander, & au corps d'obeyr, aussi doit la femme dependre de la volonté du mary. Pourquoy renuersons nous l'ordre de Dieu. Adam a esté le premier formé, puis pour l'amour de luy Eue fut incontinent formée. Que n'auons nous vergongne, de mettre au dernier lieu ce que Dieu a voulu estre le premier. Dauantage quant à la cheute, Eue fut la premiere seduicte, croyant au serpent & attirée de la beauté de la pomme, ne tint conte du commendement de Dieu, Adam n'eust peu estre seduict ne par les promesses du serpent, ne par l'aleschemêt de la pomme, la seule amour de sa femme l'attira à vne malheureuse obeissance. Mais seroit-il beau voir que celle qui a esté vne fois maistresse de son mary en la preuarication, eust maintenant le premier lieu en la doctrine de pieté. Qu'elle recognoisse plustost ceste ancienne foyblesse du sexe, dont les reliques ne sont du tout abolies, encore que la coulpe soit pardonnée au baptesme. Qu'elle recognoisse aussi la dignité & force du cœur de l'hôme, & se contente si celle qui fut iadis guide à impieté, est maintenant compaigne à pieté, & qui preceda en la perditiô, suyue maintenant au salut. Ce pendāt nous n'abaissons pas tant le sexe des femmes, que nous les voulions forclorre de la participation de salut. La femme a aussi son office, auquel si elle se gouuerne entierement sera participante d'vn mesme salut auec l'homme. En l'assemblée elle n'a que faire, mais à la maison elle a à quoy s'employer pour ainsi obtenir le loyer de salut. Ce qui fut iadis gasté en la seduction du mary, qu'elle repare maintenant en engendrant des enfans & les nourrissant ainsi qu'il appartient. Ce qui se fera si elle met tout deuoir d'engêdrer de-rechef à Christ par la foy, ceux qu'elle aura vne fois engêdré à son mary. Si elle façonne tellement le premier eage que par charité, saincteté, pudicité, & autres vertus puissent estre veus dignes de Christ. La femme fera vne grand chose si elle se monstre vrayement & de faict bonne & vaillante mere de famille. Ce que i'ay dit doit estre tenu pour tout certain.

CHAP.

Or ie ne permet point que la femme.

Elle sera toutefois sauuée.

CHAPITRE   III.

Si aucun ap=
pette office
d'Euesque.

Oyla presque les choses que tu ordonneras sans difference à tous. Mais il faut bien auoir plus grand esgard en ceux que tu voudras commettre sur la multitude. Car c'est raison que celuy qui est plus grand que les autres autres en honneur, soit aussi plus grand en vertu. Il peut bien estre que aspirent au dignités, mais ce pendant ils ne considerent point à part eux le grand soing qu'elles emportent. Qui souhaitte charge d'Euesque seulement pour ambition, gaing, ou tyrannie, il desire vne chose qui luy est grandement dommageable, ne prenant pas bien garde à ce que le mot d'Euesque emporte. Car Euesque n'est pas tant nom de dignité que de charge, office, & soing. Car ce mot Euesque vaut autant à dire que superintendant & visiteur qui est au guet, & se prend garde du bien & profit des autres. Doncques qui entend cela & appette l'office d'Euesque, n'ayant esgard que de profiter à beaucoup, il est certes mené d'vn profit honneste, desirãt plustost matiere d'estre vertueux qu'en honneur. Auquel toutefois tu ne commettras ceste charge, si tu ne le cognois doué des dons qui appartiennent à vn Euesque. Et à fin d'en iuger plus certainement, ie te veux

Il faut que l'E=
uesque soit ir=
reprehensible.

icy depeindre en peu de parolles l'ymage d'vn vray Euesque. En premier lieu il faut qu'il meine vne vie si entiere, qu'il ne se trouue toutalement cas aucun de quoy on le puisse accuser ne faire reproche : car il n'est pas conuenable que celuy qui se dit maistre des autres & requiert leur innocence, ne fasse ce qu'il enseigne : & qui pour le deuoir de l'office qu'il a receu doit franchement reprendre ceux qui pechent, fasse chose en quoy il doyue estre reprins : Car qui croyra à l'enseigneur duquel les propos sont contraires à la vie? Qui pourroit endurer vn faisant estat de blasmer & reprendre, lequel il verroit ce pendant faire les mesmes ou plus grandes vilenies? Que tous soyent entiers & innocẽs, on le peut plustost desirer qu'esperer. C'est chose de grande importance que celuy qui sous son gouuernemẽt tient tout le pleuple, soit du tout sans blasme & reprehension. Dauantage pource que chasteté est chose de grand louange en vn Euesque, s'il ne s'en trouuoit qui n'eussent du tout mesprisé le plaisir de mariage à ce certes faudra auoir esgard qu'il ait esté ou soit mary

Mary d'vne
seule femme.

d'vne seule femme. Quãt on se marie pour la premiere fois, il semble que ce soit pour auoir lignée, mais les secondes nopces sont signes d'intemperance, mesme entre les Payens. Quant aux autres, ie n'empesche point qu'ils ne reitterent le mariage, s'ils ne s'en peuuent garder. Ie n'oserois pas demander vne chose si malaisée d'vne telle compaignie. Mais il est conuenable qu'vn Euesque soit toutalement hors de tout blasme & reproche que mesme il n'y ait en luy aucun soupçon. Il faut outre cela que celuy qui seul preuoit à tant de gens soit sobre & veillant. C'est luy qui faict le guet, & le peril de tous coustés est pres de nous. Il n'est pas question d'estre endormy, ains luy faut auoir des yeux esueillés pour regarder de tous coustés, de peur que le traistre qui nous espie ne surprenne, lors que nostre capitaine dort, quelque chose du camp de Iesus Christ. Item qu'en toutes ces façons de viure il y ait vne cõstance & authorité, ses mœurs eslongnés de toute legiereté & sottise, qui amoindrit, ou externue l'hõneur & credit de l'enseigneur. Et ne suffit s'il se monstre doux & bening enuers les siens : mais doit mettre tout deuoir que les estrangiers experimẽtent aussi sa courtoysie & largesse, à fin que l'odeur d'vn hõneste bruit s'espande plus au large. Mais pour ce que l'Euesque n'a rien de singulier en toutes ses vertus, qui ne soit aussi commun à plusieurs. Il faut considerer en luy comme vne chose speciale & particuliere, qu'il soit propre & prompt à enseigner, non les fables Iudaïques, non l'arrogante & vaine philosophie de ce monde : mais ce qui nous rendra craignans Dieu, en toute reuerence & vrays Chrestiens. Or la premiere chose qui doit estre au bon enseigneur c'est de cognoistre en toutes choses ce qui est le meilleur. Puis que volontiers, paisiblement, sans cesse, amyablement, sans fierté, & en temps d'eu il enseigne : Car la doctrine Euangelique est telle que par douceur elle gaigne & non par crierie : que si quelque fois estant irrités des pechés des mauuais est contraincte vser de rudesse & seuerité, si ne met-elle iamais en oubly la charité Chrestienne. Mais ia n'aduienne que celuy qui enseigne l'Euangile tourmente les deffaillans par force & violẽce, à l'exemple des yurongnes qui sont rendus farouches & insolens par le vin, ne que par parolles rudes & outrageuses il estõne & fasse perdre courage à ceux ausquels il deuoit plustost remedier, par vne douceur paternelle : mais qu'en toutes ces choses il se souuienne de la benignité & attrempance Chrestienne, laquelle n'a pas moins de vertu à corriger les hommes, que rudesse & seuerité. Qu'il ait aussi toute noyse & debat en horreur : à fin qu'il ne semble que ce qu'il faict soit plustost par hayne que par amour. Charité corrige & amende : mais debat irrite & enflambe. Qu'il ait l'auarice en desdain,

à fin

à fin qu'on ne dife qu'il faict femblant de craindre Dieu, pour fon gaing. Finalement fi tu
veux fçauoir comment il fe portera en la charge publicque, confidere coment il gouuerne
fa famille en priué, s'il fe monftre bon & diligent pere de famille enuers fes domefticques, *Bien pouruo=*
s'il tient tout en deuoir, s'il a des enfans obeiffans & fubiets en toute reuerence, fi bien ap- *yant à fa fa-*
prins que par vne honte vertueufe & honnefte maintien, donnent tefmoignage de leur *mille.*
fainéte nourriture, tu pourras lors auoir bonne efperáce que celuy qui aura faict vne telle
demonftrance & coup d'effay, en l'adminiftration de fa famille, fera habile & diligent en
la charge publicque de tous: Car vne maifon n'eft autre chofe qu'vne petite republicque,
& le pere de famille eft comme vn petit roy d'vne petite ville. Pareillement auffi la prudéce
humaine iuge ceux là eftre propre & fuffifans à gráde charges en la republicque, lefquels
en auront manié de petites auec louange. Mais comment pourrois-tu efperer que ceftuy
maniaft bien la charge de toute vne Efglife, lequel n'auoit l'entendement de gouuerner fa
maifon, comment en gouuernera-il vn fi grand nombre qui ne peut fatisfaire à vne, comment prouoyra-il à vne fi gráde affemblée s'il ne fçait prouuoir à fi peu de gens? Cóment
fe foignera en bonne confcience des eftrangiers, qui ne tient pas grand conte des fiens? *Non point*
Ceftuy fera-il profitable à l'affemblée de Dieu qui aura efté inutile à la compaignie des *nouueaux*
hommes. Il faut bien auffi confiderer en eflifant vn Euefque, non feulement comme il fe *apprentis.*
gouuerne en priué, mais auffi cóbien il a qu'il eft venu à la profefsion Chreftiéne. Vray eft
que le baptefme ente l'hóme au corps de Chrift: mais la par faitte pieté n'aduiét pas fi fou
dain à l'homme. Le baptefme ouure l'entrée en l'Efglife, mais il refte icy que chafcun pour
foy à qui mieux mieux tafche de paruenir au cóble de fainéteté. Par le baptefme nous fóm
mes renays, mais il refte encore qu'auec gráde fuccefsion de temps, nous deueniós gráds
& forts tant que par continuels accroiffemens de pieté nous foyons paruenus à vn eage
parfaict. Parquoy il fe faut bien garder qu'vn nouueau apprenty, c'eft à dire nouuellemét
receu en la cópaignie des fidelles, ne foit ordonné en telle charge. Il eft bien vray que c'eft
vne petite pláte qui eft bonne, mais auffi eft-elle tendre & pofsible impuiffante à fouftenir vn fi grand faiz. Or y a-il dangier que fi vn eftant encore nouueau, rude, & non affés
confermé en la religion, venoit à receuoir nouuel honneur, ne deuint arrogant, & qu'a fa
ruyne ne cómeçaft à fe plaire & eftimer quelque chofe de fa perfonne, comme fi pour cela
auroit trouué place en la bergerie Chreftienne, pour il auoir le gouuernement, & qu'il aduint qu'eftant ainfi enuelouppé au lacs du diable, lefquels ils tend en diuerfes fortes & les
plus dangereux font d'ambitió, il fe portaft fi arrogamment en l'hóneur & charge receue,
qu'il ne pourroit efchapper les calomnies des hommes mefdifans, lefquels foudain don=
neroyent à entédre qu'il auroit pourchaffé de venir au Chriftianifme, à fin que luy qui au-
parauát eftoit entre les fiens en nulle eftime, fut entre les Chreftiens le premier en hóneur.
A la bonne heure diront-ils nous a-il quittés, il a bonne recompenfe du changement de
religion, il a mieux aymé eftre Euefque Chreftien, que viure entre nous perfonne priuée.
Celuy fera hors de tel doute qui aura long temps faict móftre, & donné exemple de vraye
pieté & modeftie. Et n'efcouteray point fi quelqu'vn mefdit. Que me chaut-il fi les Payens
mefdifent? Il fuffit fi ie fuis approuué des miens. Mais quát à moy cela n'eft point fuffifant
à vn Euefque, duquel certes la renommée doit eftre tellement pure & entiere de tout foufpeçon de crime, que c'eft peu de chofe d'eftre bien renómé enuers les fiens, aufquels il eft
de plus pres & familieremét cogneu, s'il n'eft approuué par le tefmoignage des eftrágiers,
lefquels s'il ne peuuent voir fa vraye pieté, tireront toute apparence de mal en calomnie.
Par ainfi doncques il faut bien aduifer par tous moyens, de ne dóner à ceux qui ne font de
noftre religion, occafió de calomnier & mefdire, à fin qu'ils ne nous puiffent mettre fus, ie
ne veux pas dire quelque mefchát cas & lafcheté, mais auffi nous faire reproche de chofe
fauffe & toutefois probable. Car qu'ils ayent bonne opinió de nous, n'apporte pas feulement ce fruict d'auancer la gloire de Chrift, mais auffi que plus aifément fe repentent de
leur impieté, s'ils ont bóne eftime de noftre pieté & preud'hómie. Or par ce que les fautes *Semblablemét*
des feruiteurs retournét au deshonneur de ceux qui les tiennent & mettent en befongne, *les diacres.*
il ne fuffira pas de bié aduifer quel eft celuy que tu reçois à la charge d'Euefque, mais auffi
quels familiers il a, & quels diacres & miniftres il reçoit de nouueau en fa compaignie, lefquels font cóme membres de l'Euefque, il faut qu'ils foyét en tout & par tout femblables à
leur Euefque en toute leur cóuerfation honnorables, & hóneftes, eflongnés de tous vices
aufquels cómunement les feruiteurs font fubiets. Non doubles en parolles, nó addonnés
à beaucoup de vin, ne courants apres le gaing deshónefte. Mais tellement inftruits és pre
miers enfeignemens & mifteres de la foy Euangelique, que leur vie puiffe donner tefmoi-

Aaa   gnage

gnage qu'ils ne font Chreſtiens à la faueur des ſeigneurs, mais vrayement & de cœur. Et
toutefois ie ne voudrois pas que ſoudain tu miſſes entre les mains de tels, l'adminiſtratiõ
& charge des choſes ſainctes, mais apres que tu les auras lõg têps eſprouuées & que grãd
temps apres le baptefme, auront mené vie innocêtê & ſe feront ſi bien portés qu'on ne les
pourroit charger de crime que ce ſoit, alors qu'ils ſoyêt mis à manier les choſes ſainctes. Et
qui plº eſt ie requers auſſi vne telle modeſtie & entiereté de vie, aux femmes des Eueſques
& diacres, pource qu'elles participantes aucunement du miniſtere, & que leurs mœurs
ſont imputés aux mœurs de leurs marys, ou de ceux auſquels elles aydent au miniſtere.
Qu'elles ſoyent donc eſlongnées des vices cõmuns aux autres femmes. Qu'elles ne ſoyêt

legieres, né ſottes, non meſdiſantes, n'immoderées, mais ſobres, nõ vaines & d'vne foy variable, mais fideles & conſtantes en toutes choſes. Or que la chaſteté des diacres reſponde
à la vie des Eueſques en cela qu'ils ne ſoyent auſſi mariés qu'vne fois, de peur que le mariage reitteré ne dõne quelque ſoupçeon d'intêperance. Pareillemêt que par l'inſtruction
honneſte de leurs enfans, & diligente adminiſtration de leur propre famille ayent donne
à cognoiſtre quels ils ſeront au ſainct miniſtere. Car iaçoit que la charge des diacres ſoit
moindre que celle des preſtres & Apoſtres, toutefois quicõques ſe gouuerne diligemmêt
& entierement en ceſt ordre, il n'a pas faict petite entrée pour mõter & paruenir aux charges plus honnorables, à cauſe que la pieté luy eſtant cogneue il cognoiſt mieux ſa portée.
Ioinct que par ſon bon gouuernemêt les autres en cõceuoyent plus grande fiance, eſperãs
que s'il eſtoit eſleué aux plus grandes charges de la foy Euangelique, il viêdroit par entiereté & diligence à ſe ſurmonter ſoy-meſme: Car auſſi la police de Ieſus Chriſt a certains ordres & degrés de magiſtrats, deſquels le premier eſt des diacres, le ſecond des preſtres ou
Eueſque, & le dernier & plº grãd des Apoſtres. Et cõme en vne republicque ſeculiere celuy
eſt appellé à l'office d'eſcheuin, qui s'eſt biê gouuerné eſtât threſorier ou ſecretaire de ville
& de-rechef d'eſcheui, viêt à eſtre maire ou gouuerneur: ainſi eſt-il en la republicque Euãgelique. La charge de diacre declare & mõſtre, qui eſt digne de lieu & dignité de preſtre ou
d'Apoſtre. Ie t'eſcry ces choſes fils bien aymé, nõ que i'aye perdu tout eſpoir de retourner à
vous, car i'ay bõne eſperãce de reuoir biê toſt voſtre aſſemblée, toutefois s'il aduenoit que
ie fuſſe cõtrainct d'aller plus tart vers vous que ie n'eſperois, ie t'ay bien voullu ce pendãt
amõneſter par lettres, à fin que tu ſçaches cõment tu te dois gouuerner, non au têple Iudaique, mais en la maiſon de Dieu. Car pourquoy n'appelleray-ie ainſi l'Eſgliſe Chreſtienne,
laquelle eſt cõſacrée & dediée au Dieu viuãt, & laquelle ne ſera iamais par toutes les tour-
mêtes & têpeſtes d'erreur & de perſecutiõ rêuerſée ny abbatue, veu que c'eſt la colomne &
le fondement de veritè. Le têple de Ieruſalê eut iadis ſa dignité & reputation, il eut ſes preſtres: il eut ſes ordõnãces & couſtumes, il eut ſes offrãdes & ſacrifices. Mais ceſt-cy vn têple
beaucoup plus ſainct, ne cachãt point ſous ombres & figures le myſtere: ains au lieu des
Cherubins, des põmes de grenades, des clochettes, de l'arche & telles choſes couuertes &
figuratiues, nous mõſtre la vraye ferme & aſſeurée verité de l'Euãgile. Ne ſois donc eſmerueillé ſi tu ne vois icy rien ordõner des choſes, leſquelles Moyſe ordonna ſi ſongneuſemêt
au preſtres & Leuites. Il n'eſt pas beſoing que nous recherchiõs maintenãt ces ombres là,
attêdu que Dieu noº a deſcouuert ce pourquoy tout ceſt appareil myſticque & couuert, fut
pour vn têps ordõné. Il n'y a pas dequoy les Iuifs ſe doyuêt vãter, ou auoir en admiration
l'arche & tout ce qui fermoit le ſainct ſanctuaire, à la cõparaiſon de noz myſteres. Si leurs

ſecrets & choſes couuertes meritêt quelque ſpeciale veneratiõ & hõneur, ie m'ê rapporte à
eux: certes il n'y a point de doute que ce myſtere de la pieté Euãgelique, lequel noº deliure
pour vne fois de toute ſuperſtitiõ, eſt de grãde excellêce & pris en ce têple, qui eſt eſpars par
tout le mõde vniuerſel. On n'y mõſtre point la table, ou l'arche, ou la beſte immolée, mais
Chriſt y eſt mõſtre & preſché: lequel eſtãt par cy deuãt incogneu & ietté arriere, eſt maintenant ſi biê manifeſté, qu'il a meſme eſté des hõmes veu & manié hõme, ſelõ la chair, & ſelõ
l'eſprit a prins telle puiſſance, qu'apres auoir aboly les pechés de toº a donné & dõne, par
la ſeule foy, iuſtice, ce que la Loy ne pouuoit faire. Et tant s'en faut que ce myſtere noſtre, ait
eſté caché que meſme les Anges l'ont eu en admiratiõ chãtans: Gloire ſoit à Dieu és lieux
treſ-hauts, & en terrre paix & bõ vouloir êuers les hõmes. Les autres myſteres ceſſêt d'eſtre
en admiratiõ, apres qu'ils ſont publiés, mais ceſtuy a eſté manifeſtemêt preſché non ſeulemêt aux Iuifs, mais auſſi aux Payês. Et ſi n'en a eſté la predicatiõ ſãs efficace, pource que ce
q ſembloit eſtre cõtre tout ordre de nature & que nulle philoſophie & eſloquêce humaine
n'euſt ſceu perſuader, la ſimple parolle de l'Euãgile, ayãt les miracles pour teſmoignage, la
perſuadé à tout le mõde. Finalement apres le tourmêt de la croix, il eſt retourné en vie par
ſa propre vertu & deuãt tous les Anges, eſtant à ſon ſeruice eſt monté aux cieux ſans dou-

te, nous donnant à entendre où cest que nous deuons assoir nostre esperance. Qui a-il donc qui soit plus sainct que ce mystere ? Qui a-il de plus excellent ? Qui a-il de plus certain ou euident. Que si nous le croyons vrayement, & si nous viuons ainsi qu'il appartiēt à vn tel croyāt : qui a-il que nous deuiōs desormais regarder aux ordōnances Iudaiques. Puis que nous tenons le mystere de vraye pieté, pourquoy nous destournōs nous vers les choses qui ont plus de superstitiō que de pieté? Si nous sommes chargés de pechés, icy est la certaine remissiō des pechés : Si nous cherchons doctrine, icy est la vraye reigle de pieté que deuons suyure. Si nons regardons au salaire, icy est l'immortalité à laquelle nous sommes esleués. Nous donc contens de ceste religion, mon fils Timothée disons adieu aux vaines ordonnances des Iuifs.

<h3 style="text-align:center">CHAPITRE IIII.</h3>

Ar qui me faict dire & repeter ces choses, auec si grand soing & affection, c'est le dangier que ie crains, lequel on peut-ia comprendre par certaines coniectures : veu mesme que l'esprit lequel predit les choses aduenir, nous donne clairement & certainement à entendre par ceux qu'il a inspirés qu'és derniers temps aucuns s'esleueront, lesquels se reuoltans de la syncerité de la foy retomberont à certain Iudaisme, mettant le principal de la pieté és choses qui sont tant loing de seruir de quelque cas à la pieté, que bien souuent y apportent nuysance : Car eux rebelles à l'esprit de Christ, escoutent les esprits abuseurs & se destournent de la doctrine d'vn vray Dieu, pour prester l'oreille & tourner le cœur à la doctrine des diables, qui sous vne apparence feinte de pieté, disent choses contraires à la verité Euangelique, & se vantent enuers les simples du nom de saincteté, combien qu'ils ayent vne mauuaise conscience souillée, gastée, & corrompue de toutes conuoitises mondaines. Or ceux-cy estans remplis au dedans d'ire, hayne, auarice, ambition, & autres maladies toutalement contraires à la vraye pieté : toutefois pour s'acquerir auec vne certaine nouuelle & admirable doctrine, quelque opinion de pieté, ils deffendront à l'exemple des Esseens de se conioindre au legitime mariage, comme si le mariage chastement gardé, & le lict sans macule n'estoit honnorable à Dieu, & voudront estre tenus pour dieux, pource qu'ils viuent hors mariage, estans ce pendant remplis d'vne infinité d'autres vices horribles, & non tant deliurés de paillardise que de femme. Outre-plus ils s'efforceront de rappeller les hommes à vne Iudaique difference des viandes : comme si elles auoyent quelque souilleure, combien que Dieu ait preparé toutes sortes de viandes, à fin que nous en vsions moderément pour la necessité du corps, en remerciant ce pendant sa bonté, nous tous qui ayans au lieu de la loy Mosaique, embrassé la foy de l'Euangile, & toutes Iudaiques superstitions dechassées, sommes venus à la lumiere de verité, cognoissant que tout ce que ce bon Dieu a crée est bon de sa nature : pourueu qu'on en vse ainsi qu'il appartiēt, & à ce pourquoy il a esté crée & qu'il ny a viande quelconque qu'on doyue auoir en horreur & reietter, laquelle est receue auec remerciement, comme donnée de Dieu pere tresbening. Ce sont propos de Iuifs non de Chrestiens, de dire : Ne mangés point de ceste viande : Ne touchés point ce corps : Ne vous serués point de ceste robbe : Ne faittes point auiourd'huy cecy ou cela. Car il n'y a rien és choses creées qui soit impur & souillé, si le cœur de celuy qui en vse est net. Et quant bien aussi les viandes auroyent quelque souilleure : toutefois les hymnes, prieres, & sainctes parolles, desquelles on loue la bonté & largesse diuine auant le repas, rendroyent pur & net ce qui auroit esté souillé. Le peuple est abreuué de telles choses, par ceux qui au lieu de traitter purement l'affaire de Christ, se cherchent eux-mesmes & traittent leur propre affaire. Toy donc ayant reietté telles choses friuoles, tu proposeras aux freres ce que tu as apprins de nous, te monstrant bon & entier ministre de Christ, administrant d'vne foy entiere sa doctrine grandement contraire aux ordonnances de ceux-cy. Et cela te conuient faire beaucoup plus, pource que tu as esté appellé à l'Euangile, n'estant encore de grand eage, qui ne se laisse pas aisément tourner à choses nouuelles, mais dés ton adolescence tu es comme nourry en la foy Euangelique & bonne doctrine, tant que la continuation t'y a deu fortifier & donner habitude, si bien que tu ne pourrois estre dissemblable à toy, en ce que tu as iusques icy constamment suiuy. Propose donc aux tiens ceste doctrine digne de l'Euangile. Au reste, reiette les fables friuoles, inutiles, & telles que celles des vieilles, lesquelles comme contraires aux mystere de la foy Euangelique, ie peux bien appeller prophanes. Et t'addonnes plustost toy-mesme à l'exercice de vraye pieté & crainte de Dieu, que de vouloir debattre auec telle sorte de gens babillars & opiniastres. Vraye pieté laquelle gist au cœur

Or l'esprit dit notamment.

Si tu propose ces choses aux freres.

Aaa 2 ne se

Car l'exerci= ce corporel.

ne se peut suffisammēt declarer ou prescrire par les choses externes & grossieres. Car iaçoit que le ieusne, la difference des viandes, & autres telles choses semblent quelquefois selon le temps & lieu apporter quelque vtilité, pource qu'elles preparent les corps à tout deuoir de pieté, toutefois ceste vtilité & auancement ne dure pas tousiours, & n'est de si grande importance qu'on diroit bien, estant comparé à la pieté de l'esprit, voyre il aduient le plus souuent, que de telles obseruations procede la ruyne de vraye & entiere pieté. Le ieusne est vtile en son lieu, lequel est en autre endroit quelquefois pernicieux. La veille sera salutaire à luy, à l'autre dommageable & mortelle. Il est quelquefois besoing de passer le iour du Sabbath en repos. De-rechef il aduiendra que se seroit impieté se reposer, lors que la necessité du prochain requiert le deuoir de charité. Mais pieté Euangelique laquelle est appuyée sus vne foy entiere & vraye charité, ne cesse iamais en quelque temps & eage que ce soit d'estre profitable, laquelle sommairement donne à cognoistre ce qu'il faut demander & souhaiter en ceste vie presente & esperer en l'autre : de sorte qu'il ne nous faut point chercher autre secours en autre part. Ce que ie dy est vray & hors de toute doute, & digne toutalement d'estre receu de tous. Aussi monstrons nous de faict qu'ainsi le croyons & que ce que nous disons n'est fable. Autrement qu'est ce qui nous mettroit en teste de souffrir volontairement toutes les fascheries & angoisses de ceste vie, de porter constamment les battures, prisons, & morts de la main des meschants, n'estoit que nostre fiance est icy au secours celeste, & apres ceste vie esperons immortalité, laquelle esperance est fichée non en Moyse, ou en aucun autre homme, qui nous pourroit abandonner en nostre esperance, mais au Dieu viuant, lequel peut secourir aux morts & auec ce qu'il veut estendre le salut sur tous, encore plus sur ceux qui auront embrassé la foy Euangelique. Enseigne ces choses & les commande auec telle constance & courage, qu'on recognoisse en toy vne authorité d'Euesque, estant certain que ceste doctrine est procedée de Christ. Et n'y a pas de quoy il te faille pour ta ieunesse craindre en tel affaire, ou que tu doyues ceder à l'importunité de ceux qui enseignēt choses diuerses. Qu'on soit ailleurs humain, mais icy où il est question du salut, il faut mettre en auant l'authorité. Et ne faut regarder quel eage tu as, mais quelle est ta charge. Icy celuy est ancien qui chemine en entiereté de vie, & en grauité de bonnes mœurs. Et n'y a dangier aucun qu'on vienne à mespriser ta ieunesse, si ta vie est telle, & ta doctrine, que ceux qui font profession de Christ y voyent vn exemplaire de pieté Euangelique. Si en tous tes propos apperçoyuent les traits d'vne saincteté de cœur : si en ta maniere de viure, ils recognoissent vne attrempance & pureté : si en maniant ta charge, ils sentent vne charité digne d'Euesque : si en portant les aduersités, ils contemplent vn cœur se fiant en Dieu : Finalement si en toutes choses te voyent exempt & dechargé de toutes conuoitises humaines. Ils t'auront bien tost & sans difficulté en tel honneur & reuerence, que si tu estois ancien. I'ay quelque esperance de te voir bien tost, qui ne sera sans t'ayder & par aduertissemēt & par tout deuoir. Cependant tandis que ie suis absent veille songneusement en ta charge, à fin de supplier à nostre absence. Au lieu de nostre voix tu te seruiras des sainctes leçons, suyuant lesquelles tu enseigneras s'il y a quelque faute, & enhorteras ceux qui ne feront leur deuoir. Voyla les principalles charges d'vn Euesque. Il reste de faire ton deuoir & de respondre à ta charge receuë, laquelle ne t'a esté baillée à la vo-

Ne mets point en non-cha= loir.

lée, ainsi que quelques vns se font eux-mesmes Apostres & prestres. Ce n'a pas esté ambition ou faueur des hommes qui t'a marqué à ceste charge, mais le sainct Esprit qui par la bouche des Prophetes declaire la volonté de Dieu : puis l'authorité des prestres, apres t'auoir ainsi qu'il appartient imposé les mains, t'a commis l'office d'Euesque, lequel requiert que tu sois garny des dons & graces qui te declarent digne de cest honneur. Parquoy il te faut estre songneux de deux choses, assauoir de satisfaire au benefice de Dieu & à l'authorité à toy commise. La charge n'est oyseuse ou delicate, elle requiert diligence & continuation. Fais donc que tu penses diligemment à ces choses : demeure en icelles : Sois en ce continuel estude, que to' cognoissent que par ta vie & doctrine le peuple est deuenu meilleur.

Entens à toy & à la do= ctrine.

Premierément sois toy-mesme tel qu'il appartient : par ce moyen ta saincte vie donnera authorité à la saincte doctrine, principalement si tu y perseueres auec toute constance : Car verité est eternelle, & simulatiō temporelle. Si tu fais ces choses, tu en receuras double fruict, premierement tu te sauueras toy-mesme en t'acquitant deuement de ta charge : puis sauueras aussi ceux qui receuront ta doctrine. Ceux qui enseignent bien & viuent mal, ores qu'ils soyent profitables aux autres, ils sont toutefois dommageables à eux. Mais celuy duquel la vie & doctrine n'est droitte & entiere, en estant doublemēt meschant il s'acquiert luy-mesme ruyne, & tire les autres à perdition.

CHAPI.

CHAPITRE V.

R combien qu'il ne faille iamais flechir de la rondeur & pureté de doctrine, toutefois pour remedier aux fautes humaines, la douceur de celuy qui enseigne & amonneste sert de beaucoup. Car il faut tellement maintenir l'authorité de l'Euesque qu'il soit ce pendant fort eslongné de toute apparence de tyrannie : & que par tout il donne à cognoistre que tout ce qu'il faict, c'est d'vn desir d'ayder & non par hayne. Parquoy tous ceux que tu pourras guerir par douceur & courtoysie. Il ne les coutient pas effrayer par rudesse. On obeit plus volontiers à celuy qui admonneste quant on se sent aymé de luy. Aussi est le naturel de l'homme ordinairement tel de vouloir plustost estre mené que contraint : Ioinct que bien souuent on obtiet par doux l'angaige, ce qui ne se pourroit faire par rudesse. Parquoy la medecine de reprehension doit estre moderée selon l'eage & condition d'vn chascun. Or pource que non seulement entre les nations bien apprinses, mais aussi aux Esglises, cela est receu que pour reprimer la petulance de la ieunesse on donne à la vieillesse, à cause de la prudence & experience des choses, authorité & credit, si vn ancien venoit à faillir en quelque chose garde-toy, qu'à l'occasion de quelque souspeçon ou legiere accusation, tu ne tempeste auec rudes parolles, de peur que la rudesse de la reprehension empesche le fruict quetu en attendois. Car le mal & la fascherie doublera, si la remonstrance est outrageuse, & si elle procede d'vn ieune homme. Ainçois portant reuerence à l'eage, amonneste-le comme si tu voulois remonstrer à ton pere d'effaillant. Pareillement toy ieune admonneste les ieunes gens comme freres, à l'endroit desquels la correction procedante toutefois de vraye amour, doit auoir plus de liberté. Amonneste les femmes anciennes auec toute reuerence & douceur comme meres, portant honeur à l'eage. Chastie les ieunes filles amyablement comme sœurs, te portant tellement enuers tous que tu n'encoures quelque blasme, ou d'auarice, ou d'incontinence, ou de flatterie, ou de cruauté. Il faut aussi honnorer les vefues, mais celles sur tout qui non seulement de nom, mais aussi de faict sont vefues, c'est à dire, lesquelles destituées du soulas de mary & d'enfans, viuent en sorte qu'elles meritent estre soulagées du secours de l'Esglise, laquelle se doit exposer non à entretenir les delices & passetemps, mais à soulager les souffreteux. Que s'il s'en treuue quelque vne tellement vefue qu'elle aye enfans ou nepueux, il ne faut pas qu'elle se retire comme deprouueue au secours de l'Esglise : car elle a chés soy gens, apres lesquels elle est tenue de s'employer, desquels aussi la frequentation ordinaire peut adoucir l'absence du mary. Qu'elle ne se dedie donc point au seruice de l'Esglise, que premier elle n'ait faict quelque monstre de sa pieté enuers sa famille : Car ce seroit mal allé que sous couleur de l'Esglise, on se destournast du deuoir de pieté deu à nature. Certes nature nous enseigne & ordone de rendre le deuoir mutuel de pieté à noz peres & meres, qui nous ont mis au monde, mesmemet lors qu'ils sont foybles & accablés de vieillesse. Que si la mort nous les oste, il faut transporter ce deuoir aux enfans & nepueux en les instruisant si bien, qu'ils apprennent aussi de leur part à faire leur deuoir enuets ceux ausquels ils sont tenus. Cela n'est pas seulement approuué du sentiment de nature, mais aussi est tant agreable à Dieu, que ceux qui ne le font, pechent doublement. Car ils sont rebelles à Dieu, & font la sourde oreille au commun sentiment de nature, duquel ceux mesmes sont esmeus qui ne cognoissent point Dieu. Mais tu me diras : Qui sera doncques vraye vefue si ceste-cy ne l'est. Celle certes laquelle deprouueue de toute consolation de mary, d'enfans, de nepueux, & de ce monde, a mis son esperance toute en Dieu, ne se souciant plus d'autre mariage, ne cherchant plus d'autres voluptés : ains s'est du tout en tout dediée à Dieu, & à l'exemple d'Anne la bonne vefue, est nuict & iour en prieres & oraisons. Brief si elle merite d'estre soulagée de l'Eglise, laquelle n'a plus rien affaire auec le monde. Mais celle qui se garde de se remarier, à fin de prendre auec plus grand bandon ses plaisirs, tant s'en faut qu'elle viue, que viuante à ses voluptés elle est morte à Christ, auquel nul ne vit sinon celuy qui vit à pieté. Tu leur commanderas donc que si l'estat de vefuage leur plait, elles si gouuernent si bien qu'on ne prenne occasion de mal penser, comme si elles n'auoyent eu en dedain les secondes nopces par amour de chasteté, mais à fin qu'estans deliurées de la domination du mary, eussent la bride laschée pour viure à leur plaisir & se donner du bon temps. Au reste, à quelle intentió elles veulét demeurer vefues, ou quelle vie elles meinent en leur maison, ie me rapporte à elles. Mais si quelqu'vne sous ombre de vefuage se retire à l'Esglise, à fin de se deuelopper de la charge des enfans, ou des nepueux, ou bié de ceux qui sont de sa famille tant s'en faut qu'elle me semble digne de l'ayde, & faueur de l'Euesque, que plustost mon aduis est

est

Ne reprend rudement l'ancien.

Que si aucune n'a soing des siens.

est qu'on les tiêne au rang de celles qui ont renoncé la foy de l'Euãgile,& en cela pires que
les Payês,que c'est plus grande lascheté de se reuolter d'vne religiõ vne fois receue, que de
n'en auoir oncques faict professiõ aucune.Et celle n'a-elle pas renõcé la foy laquelle se sert
d'vne apparêce de foy és choses cõtreuenantes à la doctrine Euangelique ? Vrayemêt vne
telle vefue manifestement & de faict renonce la foy. Et certes en c'est endroit doit-elle estre
moins estimée que les Payênes pource qu'icelles estãt estrãgées de Christ à la seule addresse de nature,ont soing de leur famille,mais ceste-cy qui selon la charité Euãgelique,deuoit
de tout son pouuoir profiter à tous, elle se retire mesme du deuoir deu à ses domesticques,
de laquelle aussi la pieté Euãgelique n'a sceu obtenir ce que l'affectiõ naturelle obtiêt des
pphanes & mauuaises.Si nature a mis en nous quelque semêce de vertu,la doctrine Euangelique ne l'oste point,mais l'aduance & accõplit. Il conuient donc à la douceur de la religion Chrestiêne qu'elle nourrisse & tiêne en son sein celles qui sont priuée de tout soulast,
mais ie ne voudrois pas que cela ce fist à la volée & sansesgard que deux maux ne s'en en-

suyuent : assauoir qu'en chargeant outre mesure l'Esglise, on ne fasse bien à celles qui en
sont indignes. Or en eslisant les vefues il faut sur tout regarder deux choses, assauoir l'eage & la vie passée, de peur qu'estãs vne fois attirées sous la tutelle de l'Esglise ne se retournent puis marier auec grand honte & reproche. Et à fin de iuger plus aisément de l'eage,
que vefue ne soit receue moindre de soixante ans : car cest eage là doit estre hors de tout
souspeçon de paillardise à ceux du clergé, donnant bonne esperance qu'elle ne sera plus
esmeue du desir de se remarier. Combiê qu'il ne se faille pas du tout fier à cest eage, si sa vie
passée n'est louable, il faut donc aduiser s'elle s'est contentée d'vn mary (car en quelques
vnes la vieillesse mesme n'estaint pas l'intêperãce) si à force de bien-faicts elle s'est acquise
enuers tous vne honneste opinion, si en nourrissant ses enfans elle se gouuerne deuement
& sainctement, si selon sa puissance elle s'est monstrée hosteliere enuers les saincts : si elle
les a hebergés : laué les pieds, car celles qui n'ont pas grand puissance peuuent aussi faire
ces choses là, si elle a secouru de ses biens les affligés & indigens.Brief si elle n'a obmis bonne œuure aucune, en quoy elle n'ait esté diligente. Car il est bien raisonnable que l'Esglise
de son costé reçoyue en sa tutelle vne l'ayãt ainsi merité,laquelle auroit pieça pourchassée
par ses bien-faicts, d'estre enrolée entre celles qui seruent à son continuel ministere.Quãt
aux ieunes vefues, lesquelles sont encore en eage suspect, garde-toy bien de les receuoir. Il
vaut beaucoup mieux n'entrer point en estat de vefuage, que puis apres quitter tout là. Il
ne faut point chercher vn eage aisé à tomber du veu de continencõe, nmément en ce sexe.
Que si chasteté leur plait qu'elles essayent en leurs maisons leur pouuoir, lors, si la chose
n'a bonne yssue,elles pourront recourir au remede de mariage sans reproche. Mais l'experience nous a-ia monstré qu'il aduient souuent qu'apres que les ieunes vefues, menées

d'vn certain amour de chasteté, ou possible pour viure en honneur & repos, se sont elles
mesmes dediées à l'Esglise, & en quittant tout droit de se remarier consacrées à Christ, l'espoux, soudain estant chastouillée de la volupte passée, se prennêt à rager & se desbaucher
au grand deshonneur de Christ, duquel elles desirent secouer le ioug pour reprendre celuy de mariage.Et ce pendant s'acquierent ce mauuais bruit d'auoir rompu la foy promise à Christ:en quoy sont à blasmer deux choses : la premiere d'auoir ainsi legierement faict
profession de l'estat de vefuage, & apres y estre entrée auoir tout quitté. Que s'il aduient
qu'elles ne retourhêt manifestement à se remarier, certes elles viuent en sorte hors mariage qu'elle font deshonneur à l'Esglise:& vaudroit mieux qu'elles fussent sous la subiection
& maistrise du mary & empeschées apres le soing du menage que sous couleur de vefuage péchêt auec plus grand bandon. Aussi l'oysiueté & repos leur enseigne cela : c'est que
n'ayãt que faire & à quoy s'employer à la maison, elles courent de maison en maison:
iaçoit qu'il soit deshonneste à la vefue se promener çà & là oyseuse, en public ou par les
maisons d'autruy.Or ne sont elles pas seulemêt oyseuses, mais aussi babillardes & curieuses. Car coustumierement curiosité est accompaignée de iaserie. Dauãtage sous ombre de
vefuage,& pour la reputation de l'estat se fourrent aisément iusques au fond des maisons
d'autruy,& la recherchent les secrets, dequoy puis apres elles font leurs contes enuers les
autres:en babillant deshonnestement,des nopces, des noyses,des pechés & fautes domesticques,d'autruy. A cause de quoy ie treuue que le plus seur est que les ieunes vefues se re-
marient,à fin que la trop grande foiblesse tant du sexe que de l'eage, soit cõduitte par l'authorité du mary : qu'elles s'adõnêt à faire des enfans & à gouuerner leur mesnage plustost
qu'ê ne faisant riê que babiller des autres : Car tout ainsi que la reuerêce du mary reprime
le bandon du sexe & de l'eage,pareillement le soing du mesnage ne baille pas grand loysir
de s'amu-

de s'amuser apres les choses qui ne leur touchēt en rien. Finalemēt qu'en tout & par tout
elles dressent si bien leur maniere de viure,qu'il n'y ait nulle occasiō de cheoir en reproche
euidēt,& que Sathā ne treuue moyen & maniere de deshōnorer & diffamer nostre vie enuers les ennemys de la Chrestiēté.Ie suis cōtent d'estre trouué en cest affaire trop craintif,
n'estoit que le mal mesme nous enseigne de prouuoir aux dāgiers.Et ne seriōs en tel soucy
& crainte que rien dē ces choses n'aduint,si nous ne les auiōs-ia veues aduenir plus d'v-
ne fois.L'exēple d'aucunes m'espouuante,lesquelles estāt vne fois recueillies au giron de
l'Eglise,vaincues puis de leurs cōcupiscences se sont desuoyés à nostre grād hōte & reproche apres Sathan,auquel obeissant sont venues à se remarier. Que si poureté & faute de
douaire empesche que la vefue ne puisse trouuer mary,de laquelle toutefois l'eage reqert
d'estre mariée:il ne faut pas pour cela que poureté luy fasse faire professiō de chasteté:car
elle doit estre secourue en sa necessité par la largesse de ses parēs si aucūs ou aucunes en a,
qui soyēt Chrestiēs:attendu que ce n'est pas raison que le Chrestien ou la Chrestienne lesquels mesme deuroyēt secourir par charité aux estrāgiers abādonne la vefue,laquelle est
sa parēte,& l'enuoyer à l'Eglise pour estre nourrye:car si l'Eglise viēt à estre chargée de toutes vefues,il aduiendra qu'estant denuée de biēs,ne pourra satisfaire à nourrir les vrayes
vefues qui n'ont secours d'ailleurs.Au reste,si les vefues sont à honnorer selon qu'elles en
sont dignes,& qu'elles ont deseruy:beaucoup plusdoit-on suruenir aux prestres lesquels
auec vne cōstance de mœurs,prudence ancienne,entiereté de vie,& authorité d'eage gouuernent deuement la trouppe:c'est à dire,qui s'acquittent si bien de la charge de prestre,
que leur eage & pieté merite d'estre garātis de toutes fascheries de poureté.Car par ce moyen pourront-ils auec plus grand repos gouuerner le peuple & si en ayāt ce qui appartiēt
honnestement à la vie l'authorité ne leur sera point ostée.Cōbien que tels secours doyuēt
estre principalemēt faict à ceux qui nōseulemēt auec vne entiereté de vie esclairent au peuple,ains aussi trauaillent en l'administration de la parolle Euāgelique & saincte doctrine,
pource que c'est la principalle charge & plus salutaire au trouppeau Chrestien. Vray est
qu'ils regardēt à vne plus haute recōpense:mais ce pēdaht ce leur est quelque soulas si au
milieu des labeurs ils reçoyuēt quelque vtilité presēte,nō pour deuenir riches,mais pour
viure.Aussi seroit ce faict contre equité de ne rendre point la pareille en choses perissables
& de peu de valeur à qui en auroit departy & donné de beaucoup plus precieuses.Et le viure est tellement deu à qui trauaille que la loy de Moyse defend d'emmuseler le beuf tan-   *Deuter.25*
dis qu'il foulle le grain.Qui est beaucoup plus inhumainement faict de souffrir que celuy
qui trauaille en l'Euāgile ait faim ou soif.Vray est qu'il ne cherche pas sō salaire,mais d'autant l'ouurier en est-il plus digne de le receuoir.Ce sera sa louange de trauailler sans recō-
pense:mais ce pendant le peuple ne sera pas sans blasme de ne daigner suruenir à la necessité de qui le merite:attendu mesme qu'il se peut faire pour peu de chose.Dauantage tu
auras cest esgard à l'authorité des anciens de ne receuoir facilemēt accusation cōtre euxr
mesmement de ceux qui les doyuent auoir en reuerence,de peur qu'on ne baille occasion
à ceux cy de donner à tout propos ennuy & fascherie aux anciens,desquels nous deuons
auec grande difficulté receuoir mauuaise opinion,aussi à fin que leur authorité ne soit a-
moindrie & diminuée.L'accusateur ne doit point estre escouté s'il ne preuue par deux ou
trois tesmoīgs,ce qu'il met en auāt.Que si leur peché est trop manifeste &descouuert pour
le vouloir dissimuler,il faudra tellement moderer le chastiment que tu ne les liures à la rigueur des accusateurs,& que la grace dōt tu vseras en leur endroit ne soit en maniere exēple au peuple.Mais toy-mesme reprēs-les de ta propre bouche deuās toʾ à fin que les autres en craignāt dauātage la reprehēsion de l'Euesque,s'ils voyēt qu'il n'espargne pas mesme les anciēs s'ils viēnēt à faire chose digne de correctiō.Les loix prophanes obligēt leurs
iuges par sermēt de ne pronōcer chose aucune corrōpus par affectiōs:Cōbien doit auoir
l'Euesque plus grāde entiereté,ou en iugemēt,ou en ordōnant magistrats:Ceux là se vou-
lās assoir au siege iudicial sont amōnestés par le sermēt qu'ils font & espouuātés par la religiō de quelques faux dieux:Mais moy ō Timothée,ie t'adiure par Dieu le pere deuāt qui,
& par q cest affaire se manie,& par Iesus Christ,duquel noʾ sommes ministres,& par les anges q sont esleus arbitres & spectateurs des choses que noʾ faisons,que en faisant iugemēt
tu gardes ce que ie t'ordōne,à fin que sans affectiō ou esgard quelcōque,tu viēnes à la cognoissāce de ce dōt sera questiō sāsapporter auec toy sentēce,que faueur ou hayneou quel-   *N'impose poît*
qu'autre affectiō t'auroit soufflée aux oreilles,ais prenāt de l'affaire biē cogneue ce que de   *tost les mains*
uras droittemēt pnōcer sās estre plus ēcliné à vne partie qu'à l'autre.Or ne faut-il pas seu-   *sus aucun.*
lemēt mōstrer ceste entiereté en la cognoissāce des causes & differēs,mais aussi en eslisant

Aaa 4   ceux

ceux ausquels tu bailles la charge de l'administratiõ ecclesiastique. Car toute la ruyne du peuple Chrestien ne procede point d'autre source que si on leur ordonne gens qui soyent inutiles & pernitieux. Parquoy ne mets point legierement les mains sur aucun, il faut que long temps & à bon escient celuy soit fondé & esprouué auquel tu commettras l'authorité d'Euesque: Que s'il s'acquitte mal de l'honneur dont tu l'as chargé, le blasme t'en demeurera. Et semblera que tu ayes porté faueur à ces vices en luy commettant vne si grãde charge apres l'auoir cogneu tel. Que s'il t'a abusé tu ne peux toutefois eschapper le blasme de negligence d'auoir commis chose tant dangereuse à vn qui n'estoit esprouué. Car il ne suffit pas pour eslire vn Euesque qu'il soit bien renommé & sans diffame, ains faut que en plusieurs manieres il soit hautement loué pour ses bien-faits. Ce n'est pas assés à l'Euesque de monstrer son innocence: il faut aussi qu'il monstre l'entiereté de ceux qu'il ordonne. Aduisé donc qu'en ces choses tu te gardes pur & entier en la religion de laquelle tu as la charge. Au reste, tu me sembles trop sobre & attrempé que de t'amonnester de fuyr les delites. Toutefois ie te veux bien aduertir de tellemẽt mesurer ton abstinẽce que la foyblesse du corps ne t'empesche de porter les charges de pieté. Tout ainsi que le corps trop gras & en bon point souuent appesantit l'esperit, tendant à choses celestes, aussi la mauuaise disposition du corps le plus souuent nuyt à la vigueur de l'esprit qu'il ne se puisse monstrer & franchement manifester par les œuures de charité. Tu as donc assés esté selon

Que ton boyre ne soit d'orenauant. mõ aduis iusqu'icy sans boyre vin: desormais ne boy plus d'eau, mais vse plus tost de vin moderé. Que tu te sois iusqu'à present gardé de boyre vin ç'a esté à cause de la chaleur de ieunesse. Maintenant il faut auoir esgard à ta santé, à fin que tu puisses satisfaire à tout le deuoir & charge d'Euesque. L'estomach est fortifié par le vin moderé, lequel au contraire est refroidy par le breuuage d'eau. A fin dõc de le corroborer, & que tu ne tombes si souuent en maladie qu'as accoustumé, que le vin te serue au lieu de medecine, de peur qu'estant si foyble & abbattu tu ne sois contraint de demander le secours des medecins. Mais pour retourner à ce que i'auois cy dessus commencé, il ne faut pas penser que tous les pechés de tes gens te soyent mis en conte: car les pechés d'aucuns sont tellement manifestés qu'ils n'attendent point le dernier iugement de Dieu, mais le deuancent estans de soy cõdamnés premier qu'ils soyent amenés en iugement. Car leur doctrine & vie est manifestement contraire à la doctrine de Christ: attendu qu'au lieu de pieté Euangelique, ils enseignent vne superstition Iudaique, & la vie est corrõpue d'ambition, auarice, & autres mauuaises conuoitises. De tels, comme il t'est loysible d'en iuger aussi, t'en faudra-il rẽdreconte. Au reste, ceux desquels la meschanceté est si cachée que le iugemẽt humain ne s'en puisse apperceuoir, ains est reseruée, au iugement de Dieu, auquel toutes choses seront descouuertes, tu ne respondras pas pour eux deuant Dieu. Semblablement les bonnes œuures d'aucuns sont si manifestes qu'elles n'ont nul besoing d'approbation humaine. Chascun donc se pourra asseurément ioindre à ceux cy, tout ainsi qu'il se faut ouuertement garder de la compagnie des meschans. Mais ceux qui par ruses & moyens sçauent si bien moderer leur vie & sous apparence de pieté couurent en telle sorte la malice de leur cœur qu'ils abusent le iugement humain, nous les laissons au iugement de Dieu, car pieté Chrestienne n'est point addonnée à souspeçonner mal.

CHAPITRE VI.

Que tous serfs qui sont de sous le ioug. Touchant ceux qui sont eslongnés de la Chrestienté, ce n'est à nous à faire de les agacer & controler en leur vie. Il vaut mieux les attirer à meilleure intention par plaisir & seruices que de les irriter par iniures. Il faut en sorte moderer la religion qu'elle ne semble point estre occasion & matiere de sedition en toutes les affaires & trafficques que nous auons necessairement auec les Payens, faisons en sorte qu'ils cognoissent que la religiõ nous rend tousiours plus courtoys & seruiables & non fascheux & importuns. Car par ce moyen seront-ils plus aisément esmeus à se renger à nous. Parquoy ceux qui ont receu le baptesme durant leur seruage se souuiẽnent qu'ils sont bien deliurés de la seruitude de peché & non affrãchis du droit de leurs maistres. Ce n'est donc pas raison qui sous ombre de leur profession, ils deuiennent fiers & arrogans contre leurs maistres, comme meschans & indignes qu'vn receu à l'escole de Christ les serue. Ce souuiennent sans plus qu'ils sont maistres en les estimans pour ceste cause dignes de tout honneur à fin que le nom de Dieu & la doctrine de l'Euangile ne soit mal renommée & haye si l'on voit que les hõmes en deuiennent plus demesurés & farouches, au contraire qu'ils soyent plus prompts & diligens à seruir d'vne vraye affection qu'ils ne firent oncques, à fin que les maistres esmeus de telles choses viennent à plus aisément receuoir

& ouyr

& ouyr la predication de l'Euāgile. Mais beaucoup moins ceux qui seruēt á maistres Chré
stiens les doyuēt-ils pour cela auoir moins en moindre estime, cõme gēs qui par le moyē
d'vne mesme professiõ seroyēt de maistres deuenus freres. Ainçois s'ils ne refusent point
de rendre tout deuoir à leurs maistres Payens, par plus forte raison doyuent-ils obeir à
maistres Chrestiens tant à cause qu'ils sont maistres, que pource qu'ils sont d'vne mesme
religion, & que au lieu d'arrogāce ont reuestu charité, & au lieu qu'ils estoyēt craints & redoutés ont cõmencé à estre aymés, & de menasseurs sont deuenus debõnaires. Car il faut
plus faire pour celuy qui le merite, que non pas pour celuy qui cõtraint, & pour celuy qui
ayme que qui cõmande, laquelle chose n'est plus proprement seruage, mais le deuoir de
l'vn à l'autre, Enseigne ces choses auec authorité & y enhorte les nõchalans. C'est-cy la doctrine vrayement Euangelique, laquelle enseigne à bien & sainctement viure & nous rend
agreables à Dieu & bien voulus des hommes. Si quelqu'vn met en auāt doctrine contraire à ceste-cy & ne consent aux parolles tres-veritables de nostre seigneur Iesus Christ, & ne
veut obeir à la doctrine, laquelle estant conformé à l'Euangile nous appelle, nõ aux questions superstitieuses, mais à tout deuoir de pieté & crainte de Dieu, d'autāt moins qu'vn
tel a de vraye science de tant plus est-il arrogant. Car comme science est vne chose modeste, aussi ignorance est-elle sur tout fiere & obstinée: Duquel mal qui en est entaché, il ras-
sotte en se destournant de la pureté Euangelique entour questions friuoles & sans se soucier de la vie & bõnes mœurs, debat de parolles lesquelles sont si loing de seruir à la crainte de Dieu que plus tost sont la peste & la ruyne de la pieté Chrestienne, pource que de tels
debats contentieux s'engendre enuie, quant par l'aneantissemēt de l'authorité des autres
nous montons en credit: s'engendrent cõtentions, si lors que les noyses s'enflambent nul
ne veut quitter à l'autre: s'engendrent outrages quant la chose se tourne en rage: brief de
là sortent opinions malheureuses de Dieu, quant par raisons humaines nous tirons en
question & doute les choses qui se doyuent croire sans plus auant s'en enquerir. Qui est
vn mal si contagieux & dommageable que maints en sont gastés & corrompus par l'accointance & frequentation de ceux qui ont l'entendement infect & corrompu de mauuaises conuoitises, desquelles aueuglés ne peuuent voir la verité de l'Euangile & n'y rapportent point comme au certain but leur doctrine: Ains plus tost mesurent la pieté & religion
à leur gaing, & ce pendant veulent que cela soit trouué tres-sainct, non qu'il nous rende
plus agreables à Dieu, mais pource qu'il leur apporte vn grād credit auec vn ample profit. Il ne faut point que tu esperes que tels puissent estre vaincus par disputation aucune.
Leur ignorance est obstinée: & encore qu'ils cogneussent bien la verité si ne la receuront-
ils pas pource qu'elle ne faict rien à leurs intention. Garde-toy donc songneusement de
debattre auec telles gens, car se seroit pour neant & auec vergongne. Plus tost retire-toy
de leur accointance & compagnie. Ils pourchassent leur gaing. Ils font marchandise de la
doctrine Euangelique. Mais que ce nous soit vn gaing grād à foison, si en pieté, si és vrays
biens de l'esprit nous deuenons riches, contens ce pendant des choses qui suffisent pour
la necessité de ceste vie presente: car nous allons grand erre à l'immortalité. C'est vn grād
point d'amasser les richesses qui ne no⁹ abādonnent iamais. Mais à quel propos se faut-il
ainsi soucier en amassant des richesses, qui ne sont nostres, & sommes bien tost contraints
de les laisser aux autres? Car cõme nous n'auons rien apporté de ces choses là naissant en
ce mõde, aussi n'emporterõs no⁹ rien auec nous à la mort. Despēdre les biēs & richesses a-
pres les voluptés c'est malheur, & les garder en thresor c'est folie, ils no⁹ en faut dõc reigler
l'vsage selon les bornes de nature, c'est que quāt nous aurõs de quoy nous soyons vestus
& nourris, nous ne cherchions rien dauātage. Il se trouuera aisément assés dequoy soyõs
simplement & par raison nourris & vestus. Car il ne faut pas vser de ces choses à nostre volupté, mais pour la necessité. Necessité est cõtente de peu, mais volupté est vn gouffre insatiable. C'est vn gaing grand à merueilles d'accroistre le thresor de pieté par perte d'argent. C'est vn dommage irreparable perdre les richesses immortelles, à l'occasion d'vn
petit gaing de neant. Le soing des richesses & l'estude de pieté ne conuiennent point
à vn mesme homme. Or ceux en l'esprit desquels le desir de s'enrichir a vne fois prins
place, sont solicités à maintes choses deshonnestes: & tombent aux lacs & en diuers
desirs, & non seulement fols, mais aussi dommageables. Car ceste conuoitise ne vient
iamais seule, ains accompaignée de tous maux, elle meine auecques soy orgueil, arrogance, ambition, violence, fraude, iniure, superfluité, dissolution, paillardise, volupté,
& toutes telles pestes lesquelles petit à petit chargent l'homme de tout mal & le plongent
en ruyne & perdition, si bien qu'il n'est plus mortel & pernicieux seulement à luy, mais
aussi

aufsi à ceux qu'il a fous fa charge. Tant plus il eſt en grand honneur, d'autant doit-il eſtre plus eſlongné de l'apparence de ce mal. Grande puiſſance requiert encore plus grande entiereté. Or celuy ne faict-il rien d'entier, rien qui ne ſoit corrompu, qui a pour ſon côſeil auarice, laquelle eſt tãt eſlongnée de toute hôneſteté qu'elle eſt la racine & matiere de to* maux, encore que les richeſſes ſemblent auoir ie ne ſçay quelle felicité admirable. Aucuns aleſchés de ceſt appaſt des richeſſes, pource qu'ils les côuoitent en la corruption de leurs deſirs, ſe ſont deſuoyés de la verité de la foy Euãgelique, en ſe propoſant vn autre but que Chriſt, & lors que ſottement ont pourchaſſé de viure à leur plaiſir ſe ſont eux-meſmes enueloppés en pluſieurs douleurs, acquerans auec grãde peine & faſcherie les choſes dôt ils ſont puis tourmentés du ſoucy de les garder: que s'il aduient qu'elles ſoyêt rauies, ce n'eſt ſans grãdement naurer le cœur côuoiteux. Ces choſes appartiênent à ceux qui ſe ſont de dié au dieu de richeſſes: mais toy qui es côſacré à Dieu, fuy-les côme choſes indignes de ta profeſsion, & ſuy les vrayes richeſſes, aſſauoir iuſtice, pieté, foy, charité, patience, & dou ceur. Iuſtice, dy-ie, laquelle te garde incoupable de tous vices. Pieté par laquelle tu aymes Dieu, & pour l'amour de luy le prochain. Foy par laquelle te confiant au ſecours de Dieu, tu ne ſois point tourmêté du ſoucy de ces choſes. Charité par laquelle tu profites à tous. Patience par laquelle ſous eſpérãce de l'immortalité à venir tu puiſſes au milieu de toutes aduerſités & têpeſtes de perſecution durer iuſqu'à la fin. Douceur par laquelle tu ſuppor tes amyablement la foybleſſe d'autruy. Leſquelles choſes certes celuy ne peut garder, le quel croit qu'il n'y a rien qu'on ne doyue faire à cauſe des richeſſes. Mais tu as bien entre prins vne autre courſe. Tu es entré en vn excellent côbat, non d'auarice, mais de foy, dont le pris propoſé n'eſt pas petit. Car il n'eſt pas icy queſtiõ de t'enrichir en biês qui ſont faux & de peu de durée, mais que tu obtiennes la vie eternelle. Efforce-toy auec tout ſoing & di ligence de paruenir à ce but, ce ſont les bornes & la fin du côbat auquel as eſté appellé de Dieu qui iuge des coups auec toute equité & droitture. Il t'a eſleu pour eſtre Eueſque au gouuernement du peuple à la gloire de Chriſt. Dequoy en prenant la charge de preſtre tu as faict profeſsion & ce en preſence de pluſieurs teſmoings. C'eſt vne profeſsiõ excellente mais pour y ſatisfaire il eſt beſoing de grãde diligence. Si vn loyer tant grand qui t'eſt pro poſé ne t'eſmeut & dône courage, que Dieu lequel te côtemple, que l'attête que pluſieurs ont de toy, & conſcience de la charge receue, t'eſmeuue, pouſſe, & incite. Doncques ie te cõ mande & enioints deuant Dieu le pere lequel donne vie à tous voyre & qui doit rappeller les morts à immortalité & par ſon fils Ieſus Chriſt lequel ſous le iuge Ponce Pilate ne def faillit oncques en la charge qu'il auoit receue de ſõ pere iuſqu'à la croix que tu t'acquittes en ſorte en l'office qui t'a eſté commis, que tu ſois ſans tache & reprehenſion: & que ce ſoit auec vne conſtance non ſeulement au iugement des hommes, ains beaucoup plus regar dant à la venue de noſtre ſeigneur Ieſus Chriſt, lequel ſera derechef en ſon temps manife ſte au monde par la vertu du bien heureux & ſeul puiſſant roy des regnãs, & ſeigneur des ſeigneurians, qui ſeul de ſoy a immortalité, qui ſeul habite vne lumiere inaprochable, le quel onque hôme ne vit & ne peut voir, auquel hôneur & puiſſance eternelle. Amen. Tels ſont autheurs de ta charge, aſſauoir ce grãd Dieu viuãt & ſon fils Ieſus Chriſt, telle eſt leur grandeur & puiſſance, à fin que tu ne te deffies en rien de ton authorité, tels ſont les ſpecta teurs & iuges, à fin que tu ne faſſes rien autrement qu'il appartient: tels ſont tes côbattans & deffenſeurs, à fin que tu ne craignes point toutes les têpeſtes & perſecutions humaines: brief tels ſont tes guerdonneurs, à fin que tu ne doutes en rien du loyer promis. A eux tou te la gloire de l'Euangile doit eſtre rapportée, à fin que l'homme ne s'en attribue quelque louange. Or pource que i'ay declaré combien le ſoing & eſtude des richeſſes eſt choſe dan gereuſe aux Chreſtiens s'il s'en trouuoit entre les noſtres qui fuſſent prouueus des biens, pour leſquels ce monde appelle les riches bien heureux & les a en admiratiõ & reueren ce comme demydieux, commande à tels que pour la fiance de leurs richeſſes ils ne ſoyent ainſi que cômunement aduient, hautains en courage, & qu'ils ne mettêt le ſecours de leur felicité és choſes non moins vaines, que incertaines, & telles que nous en ſommes priués ſinon par incôuenient, certes pour le moins par la mort: mais que pluſtoſt ils mettent leur fiance au Dieu viuant, lequel n'abandonne iamais ne les viuãs ne les morts, veu qu'il eſt immuable à la largeſſe duquel appartiênent tous les biens & reuenus que ce monde no* donne à foiſon pour noſtre vſage & neceſsité preſente & non pour aſſembler cheuances. Pourtant leur eſtude plus toſt ſera de s'exercer en bonnes œuures, à fin qu'ils ſoyêt vraye ment riches, & que leur auoir & cheuance ſoit plus en bienfaits, qu'en heritages & poſſeſ ſions: Ce que poſsible aduiêdra s'ils poſſedent les biens, comme choſe commune, & non

propre

propre,& par ce moyen ſoyent faciles à eslargir aux indigens,& qu'ils ne viennent point
à dedaigner les poures,ains ſe monſtrent courtoys & amyables és hantiſes & affaires familieres de ceſte vie commune:car fierté & arrogance ſont volontiers compaignes des ri-
cheſſes.Qu'ils ne ſe fient point és grans baſtimens:car il n'y a rien icy qui ſoit permanent
& de longue durée,ainçois qu'ils ſe mettent pour l'aduenir vn fondement bon & ferme
en vrayes vertus,à fin qu'ils obtiennent vraye vie,c'eſt à dire eternelle : Car ceſte-cy qu'eſt
ce rien autre,ſinon vne courſe à la mort?Au reſte Timothée:ie t'adiure de rechef & amonneſte de garder loyaument ceſte doctrine,laquelle t'eſt commiſe & ne permets qu'elle ſoit
corrompue par enſeignemens des hommes,laquelle choſe ne ſe peut faire ſi tu ne reiettés,
comme i'ay dit cy deſſus,le vain & inutile babil de ceux cy qui ſe pourchaſſent(auec leurs
queſtions ruſes & ſubtilités humaines)vne fauſſe opinion de ſciéce veu que la ſcience humaine,qui giſt en opiniós contraires,ne merite point le nom de ſcience:Car nous ne ſçauons rien plus veritablement que ce que la doctrine Euangelique & la foy nous a faict
croyre.Or aucūs taſchās auec leurs raiſons humaines,debats ſophiſticques,& nouueaux
enſeignemens de ſe monſtrer ſages & ſçauans,ont deſuoyé de la pureté de la foy Euangelique,laquelle croit ſans diſputer & n'eſt point deſtournée par les ſtatus & opinions arre-
ſtées des hômes,de l'ordonnance de Dieu.Et à fin que tu cognoiſſes que ceſte epiſtre n'eſt
point ſuppoſée, ie t'eſcriray cecy de ma propre main laquelle t'eſt cogneue. Grace ſoit
auec toy.Amen.

Fin de la Paraphraſe ſus la premiere Epiſtre à Timothée.

ARGVMENT DE LA SECON-

DE EPISTRE DE SAINCT PAVL A

Timothée, par D.Eraſme de Roterodame.

Ource qu'en l'Epiſtre precedente ſainct Paul auoit donné à Timothée
demourant à Epheſe quelque eſperāce de ſon retour & qu'à cauſe qu'il
eſtoit detenu priſonnier à Rome, n'eut oncques le moyé de ſe mettre en
chemin,il le fortifie par lettres de ne ſe laiſſer abattre par tempeſtes aucunes de perſecutiõ:ains qu'à ſon exemple ſe prepare au martyre,atten-
du que les temps dangereux s'approchoyét, à raiſon de quelques vns
qui ſous couleur de pieté renuerſoyent la vraye pieté, eſtans pleins de
vantance & beau beau,cõme ſi la religion Chreſtienne eſtoit en parolles, & non pluſtoſt
en rondeur de cœur & pureté de cõſcience.En apres ayant dõné teſmoignage que le iour
de ſon deces eſtoit pres,& que ia eſtoit abandõné de pluſieurs, il commande à Timothée
qu'il s'auance auec Marc de venir vers luy à Rome. Il eſcriuit de Rome lors qu'il fut pour
la ſeconde fois preſenté deuant Neron.

PARAPHRASE DE LA SECONDE

EPISTRE DE SAINCT PAVL APOSTRE

à Timothée, par D.Eraſme de Roterodame.

CHAPITRE I.

AVL embaſſadeur de Ieſus Chriſt à ce appellé par la volonté de
Dieu le pere pour declarer cõbien grãde eſt la felicité de la vie à venir,laquelle il nous promet par ſon fils Ieſus Chriſt,à fin que ne venions à faire quelque grãd cas de la perte de ceſte vie preſente, à Timothée mon fils bien aymé,grace,miſericorde,& paix de par Dieu
le pere & de par Ieſus Chriſt noſtre ſeignr. Ie remercie Dieu auquel
ie ne cõmence pas à ſeruir de n'agueres,ains ay rouſiours garde &
garde entieremét auec pure cõſcience ſa religion baillée à nozance-
ſtres. Car ie ſers maintenãt le meſme Dieu eſtãt Chreſtien auquel ie
téps paſſé,encore que ce fuſt par autre moyé,ie ſeruois eſtãt Iuif par la grace duquel t'auõs

trou-

trouué tel en nous ensuyuant en la pure predication de l'Euangile qu'à bon droit seras
escript en mon cœur ne plus ne moins que si tu estois mon vray fils, de sorte qu'il ne me seroit pas possible de t'oublier quelque absent que tu sois. Car en toutes les prieres & reque
stes que i'ay accoustumé de presenter nuict & iour à Dieu, & luy recommãder ceux qui me
sont vrayement chers, tu es tousiours en ma memoire, ayant fort grand desir de te voir,
nommément toutes & quantefois qu'il me souuient des larmes que tu iettas à mon par-
tement, qui est vn ample tesmoignage du bon vouloir & amour mutuelle que tu me portes. Laquelle chose faict que ie suis tout remply de ioye, quant ie reduits en memoire com
me tu me ressembles, ainsi que le naturel fils son pere en pureté & entiereté de foy. Et tout
ainsi que l'entiereté de religion a esté en moy, comme par heritage, aussi semble-il à voir
que ceste pureté de foy t'aye esté baillée de main en main de tes ancestres: car elle a cõstam
ment habité premieremẽt en ta mere-grand Loyde, puis en Eunice ta mere & ne fais doute que toy ayant vne mere-grand tant religieuse & estant fils d'vne si bonne mere, ne leur
doyue ressembler, puis que tu as mieux aymé suyure leurs mœurs que celles du costé du
pere. Ie reduy ces choses en memoire, à fin qu'à nostre exemple & de noz ancestres, tu de-
uiennes plus prompt & deliberé à esueiller, par ton esprit & diligence, le don de Dieu, lequel as receu estant ordõné Euesque par l'imposition de noz mains, & que vaillamment
& courageusement tu viennes à chef de la charge à toy commise sans craindre en rien les
abayemens de quelques vns, ou la cruauté des persecutiõs. C'est à faire aux Iuifs de craín-
dre les choses dequoy la vie presente nous menace: mais à nous (qui par la foy de l'Euangile sommes faits enfans de Dieu) Dieu a bien baillé vn autre esprit, non qui par crainte &
deffiance nous rende tremblans & abbattus, ains hardis & fermes par l'asseurance d'inno
cence & esperance de l'immortalité promise vaillans & courageux en charité, comme celle qui toutalement se confie en l'ayde de Dieu, voyre sans craindre de se mettre en hazard
pour l'amour du prochain. Finalement qui ne nous laisse point troublés & esperdus en
courage, mais faict que nous perseuerons tousiours d'vn cœur constant & asseuré: Quant
donc tu auras receu cest esprit deploye sa vertu, declarant auec vn grãd courage ce que tu
as. N'ayes honte de ta profession par laquelle tu presches la croix & mort de nostre seignr
Iesus Christ. N'ayes honte d'estre disciple de celuy qui est Apostre de Iesus Christ combien
que ie soye prisonnier. Il n'y a rien digne de plus grãde gloire que la croix de Christ laquel
le a rompu la tyrãnie du diable & nous a acquis immortalité. La croix de Christ est nostre
gloire. Aussi les chaynes lesquelles i'endure volontiers pour l'affaire de l'Euangile ne me
rendent point infame, mais plus tost honnorable. Parquoy ne refuse point souffrir ce que
Christ a souffert, & que pour l'amour de luy ie souffre: ains que tu sois prest de participer
aux afflictions qui nous sont faittes pour l'Euangile de Christ. Quoy que soyons assaillis, il ne nous en faut point estonner: car l'affaire ne se manie par nostre force & vertu, mais
par le secours de Dieu. Vray est que sommes foybles, mais il est puissant lequel lors qu'e-
stions perdus nous a sauués par la mort de son fils en effaçant les fautes de la vie passée &
nous a appellé à saincteté non par aucun merite nostre, mais induit de son bon gré pleine largesse & grace, laquelle il nous a eslargie, non par deliberation nouuelle, mais de tou
te eternité & deuant tout temps premier que ce mõde fut crée auoit arresté de nous donner ces choses, par Iesus Christ son fils. La chose ne luy est pas nouuelle, mais ce qui a
tousiours esté au secret de sa pensée, il a nouuellement declaré au monde par la venuë
de nostre sauueur Iesus Christ, lequel ayant prins vn corps mortel, a aboly la mort par la
croix & par la resurrection, ouuert la vie & l'immortalité par la predication de l'Euangile,
lequel promet semblables recompenses aux ensuyueurs de la croix de Christ. La predication de cest Euangile m'est commise, cõme à vn Apostre & enseigneur des Payens, à fin
que par moy sçachent qu'à ce don de Dieu les Iuifs ne sont seulement appellés, mais tout
le genre humain. Estant donc lié de chaynes à cause de l'Euangile tant s'en faut que i'aye
honte de ceste affliction que mesme ie m'en glorifie. Souffrir pour meffaict c'est chose vilaine: mais estre affligé pour la gloire de Christ, est chose honnorable. Ceste tempeste &
affliction ne m'espouuante point: car iaçoit que ie sois foyble, toutefois ie sçay & tiens
pour certain que celuy auquel i'ay mis ma fiance, est plantureusement puissant pour
me garder iusqu'au derniet iour, ce que ie luy ay mis en depost. Sous sa sauuegarde, l'affaire de l'Euangile, mon salut, & celuy de tout le trouppeau Chrestien est en seureté. Et
si quelque chose semble icy perir pour vn temps, toutefois quant ce iour là sera venu
qu'il mettra en auant sa magnificence au monde, il le rendra auec grande vsure. Ie luy
ay baillé ma vie & mon salut en garde, & luy m'a baillé en charge l'administration de
                                                                                      la do

Car Dieu ne
nous a point
donné esprit
de crainte.

Et a produit en
lumiere, vie.

Garde le bon
depost.

la doctrine Euangelique.Si ie suis feal gardien de ce qu'il m'a mis entre mains,ma fian=
ce ne sera point vaine.Ce que i'ay receu de luy,ie te l'ay aussi de mon costé baillé en gar=
de.Puis donc que tu as la forme & exemplaire de l'administration Euangelique,& d'v=
ne pure & entiere doctrine,laquelle tu as apprinse de moy,n'estāt appuyé sur questions
friuoles entremeslées & douteuses,ains en foy & charité,laquelle Christ nous a ensei=
gnée & donnée:mets peine de garder ce qui t'a esté mis en depost.Ie tay baillé la charge
& maniemēt d'vne chose pure & entiere,auise que par ta negligence elle ne soit corrom
pue.Ie sçay que plusieurs s'efforcent & s'efforceront de corrōpre la doctrine de l'Euan=
gile,mais toy garde & maintien vaillamment & constamment ce que tu as receu,te fai=
sant fort de l'esprit Euangelique qui habite en nous.Estans ainsi fortifiés d'vne telle ay=
de,nous mespriserōs aisement tous les perils & encombriers,lesquels nous seront ten=
dus & brassés,voyre nous les vaincrōs & en viendrons au dessus.Ceux qui ne sont gar=
nis de ceste ayde,espouuātés de la tempeste & vehemēce des maux,d'ont se voyēt assail
lis,viennent a abandonner l'affaire de l'Euangile.Car tu sçais,cōme ie pense,que tous
les autres qui estoyēt des miens en Asie,se sont destournés de moy:& qu'apres m'auoir
par feintise assisté,incōtinent l'occasion venant de descouurir leur simulation,ont com
mēcé à me tourner le doz,du nōbre desquels,à fin de ne les descouurir tous,est Phy=
gelle & Hermogene,qui tous deux par leur nom mesme,declairent leur incōstance.Car
le premier,assauoir Phigelle a prins son nō de fuytte:& l'autre assauoir Hermogene la
prins de Mercure,lequel se tournoit aisément çà & là. Ce n'est à moy de les maudire &
souhaitter le mal qu'ils ont biē merité.Il fault prier que Dieu qui est le guerdōneur des
biens faicts,& qui aussi veult qu'on tiēne faict à luy-mesme,ce qui est faict aux siens,fas
se bien à la famille d'Onesiphore:car c'est celuy qui m'a non seulement maintefois sou
lagé au plus grand de mes afflictiōs,mais beaucoup plus maintenāt n'a point eu hon
te de mon emprisonnemēt,sçachant que c'est chose precieuse de souffrir pour Christ,&
n'a point craint de se faire participāt du dangier pour la confiance qu'il auoit aux pro=
messes de l'Euangile.Ainçois luy estant à Rome,tant s'en fault quil ait euité de par=
ler à moy en prison,qu'il m'a cherché auec toute diligēce sans cesser iusques à ce qu'il
m'eust trouué.Il trouua matiere d'exercer misericorde:le seigneur Iesus luy doint aussi
grace de trouuer misericorde vers luy en ce iour là,auquel sera rendu à vn chascun selō
ses œuures,& qu'il puisse trouuer Dieu debōnaire en son endroit,luy qui s'est monstrē
debonnaire à l'endroit de l'affligé.Car ie ne racōteray point icy en combien de choses
il m'a secouru à Ephese,veu que tu le sçais mieux que moy. Quel il se mōstra là,tel s'est
il aussi monstré à Rome en mon endroit.Car vraye charité n'est estonnée d'afflictions
quelconques.

CHAPITRE   II.

<table>
<tr><td>

A Son exēple donc & au miē,ô mon fils bien aymé, prens courage en con=
fiance de la grace de Dieu laquelle nous auons par Iesus Christ,& estant
ainsi preparé & garny à l'encōtre de tous dangiers,ton deuoir sera que la
pure doctrine de l'Euāgile,laquelle ie ne t'ay point baillée en cachette cō=</td><td>

*Toy doncques
mon fils sois
fortifié.*</td></tr>
</table>

me à la desrobée,ains manifestemēt deuant plusieurs tesmoings,soit aus=
si par toy baillée aux autres pour estre de main en main multipliée. Non que tu la doy
ue bailler à vn chascun,mais à ceux que tu cognoistras qui serōt pour la bien manier &
departir,& qui non seulement seront propres de suyure ce qu'ils aurōt ouy,mais aussi
pour le communiquer aux autres.Tu voys que ceux qui par serment se sont addonnés
à la guerre,il n'y a riē,toutes autres choses mises arriere,qu'ils ne fassēt & endurēt,à fin
qu'auec honneur ils viennēt à bout de leur charge. Christ a aussi sa bataille,nous som=
mes enroulés sous son enseigne,nous luy auōs presté le serment,il t'a ordonné capitai=
ne en son camp.Gouuerne-toy donc tellement en vray capitaine,que tu te portes vail=
lant & hardy à l'encontre de tous maux & dangiers, dont sommes assaillis,te mōstrant
digne de batailler sous tō empereur & chef de guerre Iesus Christ,lequel en la charge à
luy cōmise a perseueré iusques à la croix. Ne sois point en soucy des secours de ceste vie,
remets tout ce soing en ton capitaine,& sois en tout & par tout soigneux d'executer di=
ligemmēt la charge qu'il t'a commise. Il ne faut pas que sois veus moins diligens en
la guerre Chrestienne, que nous voyons communément estre les soudars en la guerre
prophane & terriēne.Car qui est celuy d'eux, qui s'estāt enroullé sō' la charge d'vn roy

Bbb   ou

ou chef de guerre, soit en soucy de sa vesture ou nourriture? Le capitaine prend la charge & prouoyãce de ces choses. Le gendarme ne doit auoir autre soing ou cure que de se
monstrer à son capitaine vaillant & diligent en ce en quoy il l'a choysi & ordonné, sçachant bien que le salaire luy est preparé, pourueu qu'il face son deuoir. Dauantage entre ceux qui se sont addonnés au combat de la luitte ou autres ieux de pris, celuy qui se
vient presenter, ne se cõtente pas de combattre tellement quellement, ains s'efforce par
tous moyês d'estre victorieux, estant certain que le pris est seulement appareillé à qui
se sera porté diligent & vaillant au combat. Pareillement le soigneux & diligent laboureur, pendant qu'il laboure la terre, qu'il la fume, qu'il seme, & qu'il sarcle. Il est du
tout addonné à son œuure, & n'y a trauail qui luy soit grief sous l'esperance du fruict
qu'il sçait que la terre loyale rendra en son têps. Combien plus nous faut-il faire le mesme, nous di-ie qui trauaillons en l'affaire de l'Euangile, à fin qu'esmeus du loyer d'immortalité, nous soyons tousiours prest de souffrir icy toutes choses, nommément veu
que nous auons vn capitaine lequel ne veut ny ne peut tromper. Considere donc di-

ligemment ce que ie veux dire par ces similitudes. Et pour ce faire le Seigneur te doint
aussi en toutes autres choses entendement. Il n'y a point icy de dommage, ains quant
les afflictions croissent, aussi croist le gaing du salut de l'Euangile. Car aussi a il pleu à
Dieu de declarer sa puissance. Nous auons veu au chef ce que nous deuons esperer en
nous. Il te faut dõc reduyre en memoire ce que tu sçais, c'est assauoir que Iesus Christ e-
stãt faict homme mortel, de la race de Dauid, en portant cõtumelies & outrages, a esclarcy la gloire de l'Euangile, & apres le torment de la croix a esté esleué au loyer d'immortalité. Voyre l'Euangile que iusque icy i'ay constamment presché, n'estant espouuanté, ne par la hayne des Iuifs, ne par la crainte des Payens. Et pource suis-ie grandement affligé des vns & des autres, iusque à estre emprisonné & lié comme vn malfaicteur. Ne pour cela cessay-ie de prescher l'Euangile. Le corps a bien esté iusque icy lié,

mais la langue prescheresse de Christ n'a peu estre liée. Et quelque captif que ie sois, ie
ne laisse pour cela d'attirer à Christ tous ceux qu'il m'est possible. Ce m'est tout vn que
i'endure, pourueu que i'apporte quelque fruict à l'Euangile de Christ. Pour ceste cause i'endure volontiers toutes choses, non que ie ne sois bien asseuré de mon salut, mais
à fin que ceux aussi obtiennent salut par l'Euangile, lesquels Dieu a destinés à ceste
felicité. Lequel salut est presenté à tous, non par la loy de Moyse, mais par Iesus Christ:
lequel comme il a souffert pour nous, aussi deuons nous de nostre part endurer pour
son Euangile, & pour le salut de noz freres. Et tout ainsi que par diuerses afflictions, par
honte & diffame il a esté esleué à la gloire celeste, aussi nous faut-il efforcer d'y paruenir par le mesme moyen. Cela semble estre dur & incroyable à plusieurs, mais à nous
il doit estre hors de toute doute. Car si par le baptesme nous sommes ensemble a-
uec Christ morts aux conuoitises de ce monde, ou si en perseuerant en la profession du
baptesme, il aduiet que soyons affligés des maux de ce monde, aussi aduiendra-il que
nous viurons auec Christ, assauoir compaignons de l'immortalité qui aurons esté
compaignons de la mort. Et si nous souffrons auec luy & pour sa gloire, sans doute
nous regnerons aussi auec luy. Car Dieu qui est tres-iuste, ne permettra point que ceux
soyent forclos du royaume, lesquels il a voulu estre participãs des maux. Si nous le cõ-
fessons icy hardimêt enuers les hommes, il nous recognoistra aussi en sa maiesté: mais
si nous le renyons (or celuy le renye qui refuse la croix) il aduiendra qu'au dernier iour
nous oyrons ceste voix effrayable: Ie ne vous cognois point. Si nous nous fions en luy,
c'est nostre bien & salut, mais si nous nous en deffions, il n'y peut rien. Car pour opinion que nous ayons de luy, il n'y a ne profit ne dommage. De sa nature il est veritable, & ne se peut changer. Soit que croyons ou non, ce qu'il a promis aduiendra aux

bons & croyans immortalité, & aux meschans & mescroyans mort eternelle. Voyla le
fondement de la doctrine Euangelique: de quoy tu admonesteras vn chascun sans disputer ou debattre auec subtilités humaines, ains protestãt par le Seigneur Iesus Christ,
lequel estant autheur de ceste doctrine & tesmoing de ton aduertissemêt, sera aussi vengeur de leur impieté, si estans aduertis ils ne se repentent. Tu feras beaucoup plus auec
vne telle protestation serieuse & pleine d'authorité, que par disputes & subtilités. Garde
toy de debattre de parolles à la façon des sophistes, & de vouloir par humaines raisons
establir ce qu'on doit comprendre par la foy. Car tant s'en faut que cela auance la pieté, que mesme gaste & esbranle la fermeté de la foy, & finalement renuerse l'entendemêt
des

des auditeurs. Quant l'on tire tout en question que par raison de philosophie, ores on afferme, ores on destruit, & de quoy il n'est licite de douter, & que de question en question on vient si auant que iamais on n'en voit la fin. Mais toy delaissant tous tels debats, estudie-toy plus tost de te monstrer ouurier Euãgelique, non disputeur: ouurier di-ie approuué non des hõmes, mais de Dieu: si t'acquitte tellemẽt en l'affaire de l'Euãgile, qu'il ne te faille point auoir honte deuant celuy qui t'y a choysi. Ce qui se fera, si ayant retrẽché toutes disputes superflues tu reduicts la doctrine de l'Euãgile à vn abregé de foy, & si ayant demeslé toutes questions obscures & entrelassées, tu viẽs auec vn droit iugement traicter & departir la parolle de Dieu, proposant seulement les choses lesquelles proprement appartiẽnent à l'affaire de salut & de pieté. Au reste reiette à bon esciẽt tout vain babil de parolles. Car si ce mal est vne fois receu, le venin croistra peu à peu, & ainsi s'auanceront tousiours à plus grande impieté, & en la fin l'affaire viendroit là, que les enseignemens & disputes des hommes venans au dessus, la force de la doctrine Euangelique seroit accablée, obscurcie & mise hors d'vsage. Car si les propos de telles gens viennent vne fois à entrer aux oreilles & prendre place en l'entendement des simples, ils s'espandrõt tousiours de plus en plus à la façõ du chãcre, qui ne cesse au corps de l'animal de suyure & gaster peu à peu les parties prochaines, iusque à ce qu'il ait ruyné tout le corps. Auquel mal certes il faut soudain tout au commencement remedier & le retrãcher plus tost que de l'entretenir auant qu'il ait prins racine. Tu pourrois biẽ penser que pour nẽãt ie crains ces choses, si ce que ie crains nous ne l'auions-sa veu en Hymenée & Philete: qui voulant traicter l'affaire de la foy auec raisons & disputes humaines, ont esté tellemẽt deuoyés de la verité Euangelique, qu'ils ont renyê ce qui en est le principal fondemẽt: disans que la resurrection est-ia accõplie en Christ, & qu'il ne nous faut point attendre d'autre resurrection que celle par laquelle nous renaissons & reuiuõs en quelque maniere aux enfans lesquels nous ressemblẽt. Et ce pendant ils ne considerent point que la resurrection estant ostée, ont osté aussi la crainte & esperance du loyer, lequel diuersement attendẽt les bons & les meschans. Lequel mal seroit plus portable, n'estoit qu'eux estãs subuertis, subuertissent aussi par leur doctrine la foy d'aucũs. Si ne faut-il pas pourtãt craindre que la mauuaistié de ceux cy renuerse du tout la verité Euangelique. Quoy que les opiniõs des hommes chancellent haut & bas, certes le fõdemẽt de foy mis, posé & maintenu par l'ayde de Christ demeure ferme, sans pouuoir iamais par tous les assaux des heretiques estre esbranlé ne mis bas, auquel cõme en vne pierre ferme est engraué ce notable tesmoignage pour iamais n'estre effacé. Le Seignr cognoist ceux qui sont siens: Et, quicõque inuocque le nom de Christ, qu'il se retire d'iniquité. Ce n'est de merueilles si ceux se destournẽt de Christ, qui ne luy estoyẽt entieremẽt conioincts. Mais ceux qui auec vne pure foy ont vne fois creu à l'Euangile, se doyuent abstenir de la doctrine de telles gens. Il est bien vray qu'on deuroit par tous moyens souhaitter que toutes telles pestes ne vinssent point à se dresser en l'Eglise: mais il ne se peut faire qu'en telle trouppe de gens, on ne souffre quelques meschans meslés parmy les bons. Et qui plus est, leur malice reuient au bien & profit des bons, lors qu'estans par eux agités, ils declarẽt la puissance de leur foy. Semblablemẽt en vne maison hõnorable de quelque riche hõme, on n'a pas seulement vaisseaux d'or & d'argent, mais de boys & de terre, desquels ceux là sont deputés à honnestes vsages, & ceux cy à deshonnestes. Il y a seulement telle difference, que ceux qui de nature sont de terre ou de boys, ne peuuẽt estre conuertis en or ou argent: mais icy pource que l'affaire gist en volõté, & non en nature, celuy qui par sa faute se sera faict vaisseau à d'eshõneur, il peut aydant Dieu recõmencer à estre vaisseau d'honneur. Au contraire qui suyant la pieté aura esté vaisseau d'or en la maison de Dieu, si par sa faute retourne à impieté, il sera vaisseau infame. Mescroyãce, ambition, cruauté, plaisir charnel, & telles maladies de l'esprit rendent l'hõme vaisseau à deshonneur. Desquelles choses si quelcun s'en nettoye du tout, retournant à innocence & pieté, sans doute il sera vaisseau hõnorable & pur, propre & duysant à saincts vsages, & appareillée à tousiours à son seigneur, toutes & quãtes fois qu'il en sera besoing. Au surplus ie sçay que la ieunesse est solicitée de diuerses conuoitises, lesquelles attirent du tout l'homme à ordure, mais toy qui fais l'office d'ancien, fuy tous les desirs de ieunesse, & plus tost ensuy les choses dignes de toy, iustice, foy, charité & paix auec ceux qui d'vn cœur pur font profession de Christ. Auec ceux qui sont semblables à Hymenée, n'ayes point d'acointãce. Innocence ne peche point, foy est sans disputes. Charité sans fierté, & paix sans estrif. Garde-toy dõc de

Bbb 2   receuoir

receuoir les questions qui sont folles & sans instruction, & lesquelles ont plus d'o=
stentation que de sagesse, sçachant bien qu'elles n'engendrent que debats & noises,
lors que s'enflambe de plus en plus l'ardeur de la dispute: finalement la chose se tour=
ne en rage, & tant s'en faut que l'vn veuille quitter à l'autre, qu'il a plus cher obstiné=
ment defendu la mensonge cogneue, que d'estre veu non sçauant. Pourtant tu ne de=
battras point auec telles gens, puis qu'ils ne peuuent estre vaincus: Christ n'a point
par ce moyen attiré le monde à croire: il a vaincu par modestie & douceur, & sa voix n'a
point esté ouye és rues. Il faut donc que le seruiteur ensuyue son seigneur à la trace, &
qu'il ne soit point debateur ne contencieux, ains courtois & bening enuers tous. Car ce
luy ameine plus aisémēt les gēs à croire, qui est orné de charité & modestie, qui est plus
prest à enseigner, qu'à taxer & reprendre, qui en supportant les maux est bening & nō ai
sé a courroucer, et qui en corrigeant les contredisans, vse plus tost d'authorité, que de ru
desse, donnāt à cognoistre qu'en toutes ces choses il ne cherche rien fors de les guerir &
reduire. Car il ne faut pas ainsi legieremēt desesperer d'vn chascun: pource qu'il se peut
faire que par vne correctiō modeste & amiable, Dieu leur donnera repētance de la faute
passée, & ayans chassé toutes tenebres de leur entendemēt, embraserōt verité, à laquel=
le auoyent au parauāt esté contraires, & finalement se repentans comme esueillés d'vn
profond sommeil d'ignorāce, se depestrent des lacs du diable, qui sont sans doute les
mauuaises conuoitises, desquelles par cy deuant captifs estoyent promenés à sa volon
té, voyre iusques à resister à la verité.

<h2 style="text-align:center">CHAPITRE III.</h2>

Or sachez cecy

IL nous faut donques garnir non seulement à l'encontre des persecutions
des Iuifs & Payens, mais aussi cōtre la malice de ceux cy: car il ne faut pas
dissimuler, mais vaincre ce qui ne peut estre euité. Or tiens cela pour cer=
tain, que l'Esprit predit & annonce que és derniers iours les temps seront
dangereux, lors que vraye pieté estant abastardie, & charité Euangelique
refroidie, les hōmes s'aymerōt eux-mesmes, addōnés à l'argent, vanteurs, orgueilleux,
mesdisans, desobeissans à pere & mere, ingrats, sans crainte de Dieu, inhumains enuers
les siens & leurs parēs, desloyaux, imposeurs de crimes, demesures, cruels, hayssant les
bōs, traistres de toute accoīntāce & amytié, temeraires, enflés, aymās plus les voluptés
que Dieu: brief monstrās par dehors de nom & par deuotiō, ceremonies, mines & beau
semblant, quelque apparence de pieté & preudhōmie, cōbien que ce pendant ils renyēt
la vertu, & ce qui est le principal de la vraye pieté: lesquels en cela sont-ils d'autāt plus
dangereux, que sous le masque de religion meinēt vne vie debordée, & corrompent a=
uec les fables Iudaiques, & inuētions humaines la pureté de la doctrine Euangelique.
Peut estre aussi qu'on en pourroit biē voir auiourdhuy aucūs, tendans à telle perditiō
de mœurs. Parquoy fais que tu te destournes pareillemēt d'iceux. Et à fin que tu en sois
plus certain, ie te depeindray en partie les mœurs de telles gens. Car ils sont tels, que
sous le renom de feinte religion, sous couleur de vils & poures habillemens, d'vne se=
uerité de regard, d'vne face contrefaitte, se fourrēt és maisons estranges, & là tout pre=
mierement pourchassent les sottes femmes, à fin que par leur moyē ils abusent plus ai=
sément les marys, non autremēt que le serpent deceut Adam par Eue. Car en premier
lieu, le sexe le plus foible est plus propre à estre deceu. En apres ils ne s'adressent point
aux prudētes matrones, qui ont quelque apparence & authorité, mais à femmes legie=
res, lesquelles font telle professiō de Christ, que ce pendant sont chargées de pechés, &
pour autant que leur appuy & fondemēt n'est en la vraye & ferme pieté, chancellent, e=
stans çà & là menées de diuerses conuoitises: dauantage ne se contentans d'auoir vne
fois apprins de nous ce qui est suffisant à vraye pieté, ains à tout propos chatouil=
lées d'apprendre choses nouuelles, prennent enseignes à leur poste, propres à leurs
conuoitises: lesquels leur donnent à cognoistre quelles ne sçauent rien, & ce pendant ia=
mais ne les ameinēt à la cognoissance de verité: ains plus tost sous couleur de la doctri
ne Euangelique, cachent vne vie tres vilaine & meschante: & en faisant publiquement
profession de Christ, enseignent les choses en cachette, qui sont totalemēt cōtraires à la
doctrine de Christ. Il ne se faut pas esmerueiller s'aucūs maintenāt s'esleuēt, lesquels cō
tredisent à l'Euāgile, nous en auōs vn exemple anciē en Iambres & Mambres. Car tout

Hommes cor-
rumpus d'en-
tendement.

ainsi que par leurs enchāteries & abus s'esforçoyēt en Egypte d'empescher qu'onn'ad
ioustast foy aux merueilles que Moyse faisoit par la vertu diuine, pareillemēt ceux cy

sous

sous vne certaine apparēce de pieté, côtredisent à la verité de l'Euangile, gens à vray di
re desbordés, qui n'ont pas seulemēt l'entendemēt infect de vilaines conuoitises, mais
aussi corrompēt & tirent à leurs cōuoitises la pureté de la doctrine Euāgelique & de la
foy. Et de vray iusques icy, ils en ont aucunemēt abusé quelques vns, mais d'orénauāt
ils auancerōt peu par leurs ruses & finesses. Car leur folie qui s'en va estre descouuerte
& cogneue à tous, sera telle que l'abus des magiciēs, lequel estant descouuert, les a rēdʳ
mesprisés & en moquerie: ioint que la doctrine de ceux là ne peut estre saine & entiere,
desquels les mœurs & entēdemēt ne sont purs & entiers. Or est-il que les choses feintes
& contrefaittes ne durent pas tousiours, ains apres que feintise les aura prou tenues ca
chées, elles se descouurirōt auec le tēps. Mais toy il te faut bien faire au rebours de ceux
cy, à fin que la doctrine laquelle ie t'ay purement baillée, tu la puisses aussi purement &
constamment departir aux autres. Quelle a esté ma doctrine, telle a esté ma vie, dequoy
tu peus estre fort bon tesmoing, pource qu'en hantāt souuēt auec moy, il n'y a rien que
tu n'ayes esproúué, la pureté de doctrine, & maniere de viure conuenable à icelle, l'ale
gresse d'vn courage ne reiettant rien: force de foy ne s'estonnant d'aduersité quelcōn
que: douceur enuers les heretiques: charité par laquelle ie desiroye profiter mesme aux
ennemys: souffrance au milieu des persecutiōs & afflictiōs, qui me sont aduenuēs, com
me tu sçais en Antioche, Icone, & Lystrie. Tu sçais quels assauts & tempestes de persecu=
tions i'ay enduré par dessus la force de l'homme, dequoy totalemēt le Seigneur ma de
liuré, sous l'ayde duquel ie suis demouré ferme & constant. Lesquelles choses certes ne
me sont point aduenues par quelque malécōtre priué, ou pour mes mesfaicts, ains ay
esté ainsi affligé & tourmēté de tant de maux à cause de la pureté & de la doctrine Euan
gelique & de la vie. Mais pour mieux dire, tous ceux qui à l'exēple de Christ & au mien,
voudrōt suyure la vraye pieté, il faut aussi qu'à son exemple & au mien, ils se preparent
à porter afflictions. Car le mōde en aura tousiours qui pour maintenir & defendre leur
feinte religion, affligerōt & tascherōt d'accabler ceux qui ont la vraye pieté en reueren=
ce. Mais ceste afflictiō nous tournera en gaing, comme aussi à ces meschans là & abu=
seurs, leur prosperité leurs tournera en grande condemnation: lesquels pour deux rai=
sons seront punis, tant à cause qu'ils se sont reuoltés de la verité, que pource qu'ils ont
enueloppé les autres en leurs erreurs. Que s'ils ne veulent venir à repentance, laisse les
la, cōme ceux qui n'eschapperont point la peine. Or toy fais que tu perseueres és choses
qu'as apprinses de moy, & sois en la charge qui t'est commise constant & entier, sçachāt
bien que la doctrine & instruction que tu as, est certaine, pourueu qu'il te souuiéne qui
est l'autheur duquel elle est procedée & de quel maistre tu l'as apprinse, & que tu n'ayes
mis en oubly les sainctes lettres que dés les premiers ans de tō enfance as apprinses de
tes anciens, & lesquelles bien entendues te peuuent voire sans nostre instruction ensei=
gner, autant qu'il est requis pour obtenir le salut que l'Euangile nous promet, nō pour
l'obseruatiō de la loy Mosaique, mais par la fiance qui nous fait croyre en Iesus Christ.
Ce que l'Euāgile enseigne en partie estre faict, la parolle du Vieil testamēt en donne vn
pourtrait, & le predit aduenir: & n'enseigne riē autre que l'Euangile, mais d'vne autre fa
çon, pourueu qu'elle rencōtre vn lecteur bon & bien instruit. Il ne fault penser que les li=
ures de Moyse & des prophetes apres l'Euāgile publié soyent inutiles, si par vne intelli
gence spirituelle on les accōmode à Christ & à pieté. Ains plus tost toute l'Escriture la=
quelle nous est baillée non par l'entendemēt humain, mais par l'inspiration du sainct
esprit, a grande vtilité ou à enseigner les choses qui ne se peuuēt ignorer sans le danger
du salut, ou à corriger & reduire au chemin ceux qui errent simplemēt, ou pour instrui=
re & enseigner non au Iudaisme ou en la philosophie humaine, mais en la vraye inno=
cence & entiereté de vie, & nous fournir tellemēt de tout ce qui faict au deuoir de pieté
que à l'homme dedié à Dieu qui rien plus ne defaut pour estre consommé & entiere=
ment instruit à tout ce qui est requis à la vie Chrestienne.

C H A P I T R E　　I I I I.

IE t'adiure donc & readiure au nō de Dieu le pere & du Seigñr Iesus Christ,
lequel iugera les viuants & les morts, sans que nul puisse eschapper sa sen
tence: & par sa venue en laquelle il n'apparoistra plus humble & petit,
ains grand & redoutable, lors que luy qui a souffert icy estre iugé, viendra
pour iuger, & par son regne auquel nul ne peut resister, que tu presche cou
rageusemēt la parolle de l'Euangile, sans estre espouuanté d'aduersité, ne amadoué de

Bbb 3　　prosperité

proſperité aucune,inſiſte & preſſe en temps,hors têps. Car il n'y a têps ne lieu que tu ne
trouues à propos pour eſperer de faire quelque fruict en laffaire de l'Euãgile. Reprês le
defaillant,enhortẽ celuy qui ceſſe:tance & menace aigrement celuy qui perſeuere en erreur,à fin que par rudeſſe ceſtuy là ſe chaſtie qui par vn doux auertiſſemẽt ne s'eſt amen
dé,en telle ſorte toutefois qu'à l'aigreur de la reprehẽſion tu meſle toute douceur & do
ctrine,de peur ou quil ne ſemble que tu ſois mené de hayne,ſi tu es touſiours ſus les reproches & groſſes parolles,ou que tu ne tances & debattes pour neant,ſi tu blaſmes &
reprens ſeulement ſans enſeigner. Celuy ſe renge plus aiſément qu'on a induict à croi-
re:auſsi obeiſt-on plus volõtiers à l'amy qu'à l'ennemy. Il nous faut bien preuenir cela pour nous cõfermer & aſſeurer en ceſt affaire,pource que cy apres viendra vn temps
(comme i'ay dict) mauuais & dangereux,auquel certes ceux qui ſe deſtournerõt de la
profeſſion Euãgelique,ne pourront porter la vraye & ſaine doctrine de Chriſt,contrai-
re aux couuoitiſes de ce monde:ains tout ainſi quils ſont tranſportês de maintes & diuerſes affections corrompues,auſsi s'aſſemblerõt-ils de diuers & de fois à autre, nouueaux docteurs:non qui leur enſeignent la pietẽ,ançois qui auec les fables Iudaiques
& humaines inuentiõs leur chaſtouillẽt les oreilles qui leur demangent d'vn fol deſir
d'ouir plus toſt choſes nouuelles & ſubtiles,que celles qui ſont vtiles. Ils ſe tourneront
vers les fables de ceux cy,& detournerõt les oreilles de la verité de l'Euãgile:dequoy tu
te dois d'autant plus efforcer tout au cõtraire. Veille donc endurãt toutes choſes pour
l'amour de l'Euãgile,te monſtrant de faict heraut de l'Euangile. Ceux qui enſeignent
leur propre doctrine,encore qu'ils ſoyent dicts euangeliſtes,ſi ne le ſont-ils pas pourtant. Or à fin de rendre certaine l'adminiſtration que tu manies en ma place, aduiſe de
t'en acquiter ſi bien que tu faſſes croire ce que tu enſeigne,& que tu l'engraues tellemẽt
aux cœurs,qu'il ne puiſſe eſtre aiſémẽt gaſté & corrompu par ceux qui taſcherõt d'enſeigner choſes contraires. A quoy il te faut plus diligemmẽt trauailler,pource que ie ne
vous peux long temps aſsiſter en voz entreprinſes.Car ie cõmẽce ia à eſtre ſacrifié com
me vne offrãde deſtinée à Chriſt,& le iour de mõ deces n'eſt pas loing. Ie ſuis volõtiers
& de bon grê ſacrifié,ne me ſentãt en rien coupable de la vie paſſée,& eſtant aſſeurê du
loyer.I'ay combatu vn vaillant cõbat: i'ay acheuê le cours Euangelique: i'ay en toute
loyautê accomply ce qui m'auoit eſté commis:i'ay faict mon deuoir maintenãt: ie ſçay
que ce qui reſte eſt en ſeureté:ie ſçay di-ie,que la corõne deue à innocẽce m'eſt gardée,
laquelle me rendra le Seigneur mõ capitaine,ſous lequel i'ay guerroyé. Or il me la rendra non en ceſte vie,en laquelle eſt le temps de cõbatre, mais en ceſte iournée là,que le
iuſte iuge recompenſera vn chaſcun ſelon ſes faits.Et non ſeulement à moy eſt appareil
lê ceſte coronne d'immortalitê,ainçois à tous qui en fiance de ſes promeſſes,ſe gardent
entiers & ſans ſouilleure,attendans en ioye ſa venue:du nombre deſquels ie m'aſſeure
que tu es,voire entre les premiers.Au reſte donné ordre de venir bien toſt à moy. La pri
ſon m'empeſche d'aller çà & là apres les affaires de l'Euangile,& ſuis quaſi abandõnê
de tous.Et ſans cela il y a des choſes,leſquelles ie deſirerois te recommander de bouche
auant mon deces. Demas ma quittê aymãt mieux iouir des plaiſirs de ce monde, que
ſous eſperãce du loyer d'immortalité me tenir cõpaignie en mes afflictions : pour ceſte
cauſe il s'en eſt allé à Theſſalonique. Creſcent eſt allé pour certains affaires en Galatie,
& Tite en Dalmatie. Luc tout ſeul m'aſsiſte,qui m'eſt en toutes mes fortunes compaignon inſeparable.Quant tu viendras prens Marc pour compaignon auec toy.Car i'ay
affaire de luy.I'ay auſsi enuoyê Tychicque en Epheſe pour certains affaires.Quãt tu viẽ
dras,apporte auec tôy la manteline que i'ay laiſſée en Troas chés Carpe:car elle me ſer
uira biẽ l'hyuer & en priſon.N'oublié auſsi les liures que i'ay là laiſſés,nõméemẽt ceux
qui ſont eſcripts en parchemin. Alexandre le forgeron,non ſeulemẽt m'a abandonnê
au milieu de ces têpeſtes,mais auſsi m'a faict beaucoup de maux.Ce n'eſt à moy de me
venger,mais le Seignr le payera ſelõ qu'il a deſeruy,duquel pareillemẽt tu te garderas.
Car tant a eſté loing de nous aſsiſter,qu'il a grandement reſiſté à noz dicts.En ma pre
miere defenſe deuãt Ceſar,nul ne m'a aſsiſtê,ains tous effrayés de crainte m'ont aban-
donnê.C'eſt choſe humaine qui leur eſt aduenue,pourtãt ne voudroys que ce leur fuſt
imputé. Or iaçoit que ie fuſſe forclos de toute ayde humaine,le Seignr toutefois ne
m'a point abandonnê,ains m'a aſsiſté & encouragê,à fin que par moy la publication
de la foy Euangelique fuſt amplemẽt perſuadée,& que le bruit d'icelle paruint aux o-
reilles de tous les Payens. Car ie croy,qu'à ceſte raiſon il a voulu que ie fuſſe ainſi chat-
roy

royé par plusieurs côtrées,& finalemêt mené à Rome à fin que la doctrine de l'Euangile fut espādue plus au large. Luy qui est plus puissāt que tous les tyrās,m'a deliuré par
sa puissance de la gueule du lyon trescruel. Et qui plus est, ie m'asseure qu'il me deliurera aussi à l'aduenir de tous meffaits des meschās,à fin que pour l'occasiō que ce soit, ie
ne me destourne de la pureté de l'Euāgile. Et ores que ie sois icy mis à mort,toutesfois il
sauuera son seruiteur & gendarme en son royaume celeste,auquel gloire soit à iamais,
amen.Salue Priscille & Aquille mes hostes,& la famille d'Onesiphore, desquels i'ay receu beaucoup de bien.Eraste est demouré à Corinthe. Or i'ay laissé Trophime malade
à Millet.Diligête-toy de venir premier que l'hyuer te bouche les chemins. Eubule & Pu
dens & Claudia & tout le reste des freres te saluêt. Le Seigneur Iesus Christ qui m'a tous
iours assisté,soit auec ton esprit.La grace soit auec vous,amen. I'ay escript cecy de ma
main,pour donner plus grande foy à ma lettre.

Fin de la Paraphrase sur la seconde epistre à Timothêe.

SOMMAIRE DE L'EPISTRE
DE SAINCT PAVL A TITE, PAR
D.Erasme de Roterodame.

 'Apostre se partāt de Candie Isle tant renommée,la bailla en gouuer-
nement à Tite son disciple,lequel aussi il tenoit pour fils,& l'en consti-
tua Euesque principal. Auquel il escript ces presentes de la ville de Ni
copoly,qui est sur le riuage Adriatique,lors que les affaires,selō qu'il
appert, estoyent encore en assés bonne tranquillité : car ils ne faict
nulle mention d'afflictions ou persecutions. Or là monstre-il que ce
que luy Paul auoit encommencé entre les Candiês,il le perfasse & a-
cheue : & que par chascune ville de ceste Isle là (en laquelle,selon que se dict y en auoit
cent) il establisse des Euesques (lesquels aussi il appelle prestres) luy descriuant la forme d'vn Euesque idoyne & suffisant.Et pourtant aussi que là s'estoyêt fourrés faux A-
postres sollicitans & quasi forçans vn chascū à leur Iudaisme,il l'encourage de vaillāment les repousser & rembarrer. En apres il luy d'escript le deuoir des personnes & eages,comme il faict à Timothée,y adioustant ce point,que nul sous couleur de religion
Chrestiêne n'ait à resister aux princes ou magistrats faisant leur office, iaçoit qu'ils fussent estrāgés de la foy de Christ,ains plustost qu'on les doit supporter pour voir si par
aduêture par le vouloir de Dieu,eux aussi se viendroyêt point à repentir & amen-
der.Finalement il mande à Tite de venir vers luy à Nicopoly,mais non
pas deuant que Paul ait enuoyê Artemas ou Tychicque vers
luy,à fin que les Candiens ne semblassent estre destitués de soulas & confort d'Euesque.

Fin du sommaire de l'epistre à Tite.

PARAPHRASE DE L'EPISRE DE
SAINCT PAVL APOSTRE A TITE,
par D. Erasme de Roterodame.

CHAPITRE I.

Selon la foy des esleus.

OY Paul, celuy seruiteur & obseruateur affectionné, non ia plus de la loy Mosaique côme autre fois, mais de Dieu le pere, item em bassadeur de Iesus Christ son fils. Or le sommaire de ma commis sion & ambassade est, que ceux lesquels Dieu à esleus pour leur faire obtenir le salut Euangelique, i'aye à les inuiter & semondre non pas à l'obseruation de la loy, ou à la fiance des œuures, mais bien à la foy, laquelle seule baille à tous entrée à l'eternel salut, & de la gratuité beneficêce de Iesus Christ, & non seulement à la foy, mais aussi à la cognoissance de la verité, laquelle entre les Payès a esté enseuelie ès resueries & songes de l'humaine sagesse, & entre les Iuifs cachée sous des ombres & enueloppemês de figures : i'entens la verité, non pas celle qu'enseignêt les Philosophes de ce monde, disputãs des causes des choses naturelles, mais celle qui sommairement demôstre en quelle chose gist la vraye pieté, de laquelle & le but & le sa laire est la vie eternelle, qui doit succeder à ceste transitoire, laquelle vie eternelle ils doy uent esperer (mesme en plus griefs maux de ceste vie) en autant plus grande côfiance, que celuy en premier lieu qui la leur a promise n'a pas esté vn homme, lequel puisse & estre deceu & deceuoir: mais bien s'a esté Dieu, auquel il est autant impossible de men tir, qu'il ne peut n'estre point Dieu. Secondemêt, qu'il ne la pas promise par fortune, ou depuis n'agueres, ains dès le deuãt que le monde fust monde par la diuine & immuable ordonnãce de son esprit, auoit arresté & conclud de faire ce qu'a present il faict: rien de nouueau n'est suruenu à l'ordonnance d'celuy, mais ce que iusques à huy pour causes secrettes, cogneues de luy seul, il a voulu tenir couuert & caché, cela à ce temps cy (le quel l'eternelle sagesse auoit destiné à cest affaire) a-il voulu estre manifesté à tout le mô de: & que non seulement aux Iuifs en fust monstré vne vmbre obscure sous enueloppe mens de figures, que par predication toute patente, mais de la parolle Euangeli que fust descouuert à tous hommes sans aucune differêce de nation ou langue. Voyla le sommaire de la doctrine Euangelique, la predicatiô de laquelle point ie n'ay vsur pée, mais m'a esté deleguée, de l'ouye di-ie non des hommes, mais de Dieu nostre sau ueur, lequel non seulement m'a appellé à la charge de l'office apostolique, mais aussi me la tellemêt enioincte, qu'il n'est pas en ma liberté de refuyr ce qui m'est enchargé: ce que ie di à fin qu'aucun ne fasse petite estime de nostre authorité, ou mesmes de celuy que iay constitué en mon lieu. Moy donc Paul, tel que dit est, escry ces presentes à Tite mô vray fils & naïf, nô pas quant à la generatiô de la chair, mais de la foy, laquelle i'ay espãdu sur luy, & en laquelle il me represente & ressemble si biê, qu'il semble qu'en ice luy ie soye renay, côme le pere en son fils legitime. A celuy ie souhaite, que grace & paix luy aduiêne de par celuy de qui prouiêt tout tant qu'il y a des vrays biens, c'est à dire de par Dieu le pere, & de par Iesus Christ autheur vnique de nostre salut: car de telles riches ses ie desire que mes enfans enrichissent. Or pour entrer en propos auec toy, comme ainsi fust que ie cogneusse bien le naturel de l'Isle de Cãdie, & ne doutasse point qu'elle n'eust besoing d'vn fidele & soigneux gouuerneur, pour ceste cause te laissay-ie là com me vn autre & second Paul (les affaires de l'Euangile m'appellant autre part) à fin que la correction que nous y auons encommencée, tu l'acheues en nostre nom. Et par-ce que tout seul tu ne peux suffire pour le gouuernement de tant de villes, dont abonde ceste Isle, tu constitueras en chasque ville son Euesque, comme aussi ie t'en chargeay me partant de là: mais garde toy bien de côstituer personne à la volée en vne telle charge. Il faut que celuy à qui tu bailleras vne si grande charge, soit tresrenommé, non seulemêt d'vne prudhommie cogneue & bien approuuée, mais aussi qu'il soit e

Si aucun est sans crime.

xempt de tout suspeçon de crime. Et à fin que plus seurement tu le puisses choisir, ie le te depaindray par quelques marques. Si tu en cognois aucun qui soit si bien morigené d'vne telle entiereté de vie, qu'on ne puisse probablement luy mettre sus aucun crime.

Si aucun

Si aucun se cõtentant d'auoir esté marié vne fois, n'a point baillé d'apparence d'incon
tinence: s'il a des enfans si biens instruicts & nourris, que non seulemēt par profession
de religion Chrestienne, mais aussi par innocence de vie se monstrent estre vrayement
Chrestiens, c'est a dire, non diffamés de dissolution (comme sont ordinairemēt les adolescens) nõ obeissans à pere & mere. Car il faut que l'homme pour estre digne d'estre E-
uesque soit si esloigné des forfaicts & de suspeçõ de forfaicts, qu'il entēde qu'il doit faire apparoistre & de l'entiereté mesmemēt de sa famille, & du sien bon renõ. Car pour le
premier, les fautes des enfans sont volontiers imputées aux parēs. Puis tout ce qui blesse le renom de l'Euesque, redonde au deshonneur de l'Euãgile. Parquoy il faut que celuy qui aucunemēt tient la place de Dieu, & à qui (cõme à vn despencier d'eslite) ce thre
sor de doctrine Euangelique est enchargé, soit en tout & par tout sans reproche, fort esloigné de vices de ceux là, qui communemēt exercent l'office de magistrats : comme celuy qui commande à gens prompts & volontaires, & qui ne vise à autre but, fors qu'au
salut du trouppeau à luy enchargé, qui s'estudie de remedier, non d'accabler, d'enseigner non de cõtraindre, de mener, nõ de trainer, & qui plustost persuade qu'exige, vain
que plus par biē-faicts & douceur, que par cõmãdemēt. Qui tēd à ces choses, point ne
faut qu'il soit fier & despiteux, ne mesdisant, qui sont choses par lesquelles les hõmes
sont plustost alienés que gueris, ne conuoiteux de gaing deshoneste, lequel vice comme ainsi soit qu'en vn magistrat prophane il soit vilain & pestilentieux, beaucoup
plus est à detester en vn Euesque. Car qui est entaché du vice d'auarice, ne faict rien en
entiereté. Plustost il doit estre tel que liberalemēt il employe mesme son propre pour recréer ses estrangers. Outreplus qu'il soit conuoiteux des choses bonnes, & amateur de
gens de bien, plustost que de l'argent : faut aussi qu'il soit sobre, iuste, d'innocēce de vie,
sainct en l'obscruatiõ de la religion Euãgelique, non subiect à aucune perturbation de
l'ame, ains maistriant toutes cõuoitises, desquelles sont virés & reuirés la plus part des
hommes mortels. Et sur tout retenãt fort & ferme la parolle Euangelique à ce qu'il soit
garny pour enseigner choses de consequence aux ignorans, à fin aussi que par saine doctrine il puisse enhorter les oyseux & saoul-d'ouures, finalemēt aussi cõuaincre & rebar-
ter les contredisans. Non sans cause ie t'aduerty de cecy : car il y en a plusieurs qui sont
intractables, babillars, & seducteurs d'entendemens, lesquels ne s'arrestans point à la
doctrine Euãgelique, au lieu d'icelle mettent en auant de ie ne sçay quelles fables Iudaï
ques, friuoles & inutiles, pour s'acquerir bruit de doctrine & gaing, par icelles ils se
duysent les simples d'entendemēt, se glissans soubs couleur de religion ès cœurs des au
diteurs, si bien & si beau, que quelque fois ils en corrõpent non pas vn ou deux, mais
aussi subuertissent & renuersent des familles toutes entieres en enseignant quelques
poincts estrãges & grandemēt esloingnés de la verité Euãgelique : & toutefois pour le
gaing lequel deshonestemēt ils pourchassent, abusent du titre de l'Euãgile & de Christ.
Tels donc faut-il reprendre aspremēt, leur rabattre le cacquet. Or en y a-il aucuns d'en
tre les Payens qui sont entachés de ce vice, mais principalement tu trouueras tels, ceux
qui du Iudaïsme sont bien conuertis à Christ, mais non pas puremēt, faisant profession
tellemēt de l'Euangile, quils y meslent la loy Mosaïque, & ne laissent point totalement
le vice de superstition Mosaique. & n'est pas de merueille qu'en Candie se trouuēt gens
qui de vain babil & d'arts dommageables se repaissent le ventre : veu que passé maints
ans Epimenides Candien a prophetisé cela de ceux de son pays de Candie. La prophe- *Epimenides.*
tie est telle en Epimenides : Candiens sont tousiours menteurs, mauuaises bestes, ventres paresseux : ce tesmoignage est tellement veritable, qu'on pourroit le tenir pour oracle. Ceux ne sont-ils point mēteurs de nature, lesquels ne font point de doute d'obscur
cir par leurs fables la toute claire lumiere de la verité Euangelique ? Ceux ne sont-ils
point mauuaises bestes & nuysantes, lesquelles par tout espandent leur venin sur ceux
qui ne s'en donnēt garde ? Ceux ne sont-ils point ventres paresseux, lesquels par fausse doctrine ayment mieux viure en oysiueté & dissolution, que pour maintenir auec
nous l'Euangile, auoir faim & souffrir des maux ? Parquoy reprens moy ceux là rigou= *Ne s'amusans*
reusemēt, à fin qu'ils se recognoissent, & en laissant la fiance de la Loy, embrassent la pu *aux cõmande-*
re foy de l'Euãgile, sans prester l'oreille à telles fables Iudaïques, moyēnant lesquelles, *mens des hom*
en laissant en arriere les cõmandemens & enseignemens de Christ, mettent en auant ie *mes.*
ne sçay quelles constitutions humaines, nouuelles lunes, sabbatismes, circoncision, la=
uemens, choix de viandes, habillemens, de n'attoucher point certaines choses, d'vne
maison souillée par l'espace de sept iours, & d'autres semblables, lesquelles Dieu commanda

manda iadis aux Iuifs pour les obſeruer pour vn temps: partie à fin que celle nation au
trement rebelle & intraictable, fuſt reprimée par force d'ordonnãces: partie à fin qu'aux
vrayes choſes, celles là cõme ombres ſeruiſſent d'auant-mõſtres: mais leſquelles pour
le preſent, ſi quelqu'vn à la façõ Iudaique perſiſtoit de les obſeruer, ſont tellemẽt infru
ctueuſes & inutiles, qu'il n'y a choſe quelcõque qui plus deſtourne de la verité Euãgelique. Et de faict il n'y a nation qui plus obſtinémẽt contrediſent à l'Euangile que ſont
les Iuifs, ne pouuans laiſſer telles babauderies. Ceſte viãde eſt impure (diſent-ils) n'en
menge point. Ce corps eſt ſouillé, ne l'attouche point. Telles differences ſoyent eslongnées des Chreſtiẽs, auſquels purs qu'ils ſont, toutes choſes ſont pures, & ne reiectent
rien de ce que ce tres-bon Dieu a crée pour l'vſage des hommes. Or comme au purement Chreſtien rien n'eſt impur, ainſi aux Iuifs, impurs de cœur, rien n'eſt pur, non pas
meſme les choſes que la Loy permet comme pures. Car puis qu'ils ſe meffient de celuy
qui apres la manifeſtation de l'Euangile, a ordonné que toutes ces choſes ſoyent obſer
uées non ſelõ le ſens charnel, mais bien ſoyent rapportées aux affaires de l'eſprit, quelle choſe pourroit eſtre pure à telles gens & qui ont l'entendemẽt ſouillé de deffiance, &
de la vie contaminée de diſſolution, d'ambition, d'auarice & autres vices? Ils tiennẽt la
Loy à bec & à ongles, & ſi n'entẽdent point la Loy: ils ont le prepuce circoncis & le cœur
eſt prepucié & incircõcis: ils ont les pieds & les mains lanés, & ils ont l'ame de leur conſcience ſouillée: ils ſolenniſent les vacations & iours de repos, mais ils ont ce pendant
le cœur inquieté de hayne, de courroux, & d'ambitiõ, & autres paſſiõs. Ils ont peur d'e-
ſtre ſouillés s'ils gouſtent de chair de pourceau, & ils ſe penſent bien nets en humant de
grand appetit propos vilains & meſdiſances, ils s'eſtiment ſouillés s'ils attouchent au
corps mort, & ce pendant ils n'ont point d'horreur d'attoucher vne paillarde ou de
mettre la main ſur l'autruy: ils tiennẽt pour grand peché de porter habillemens meslés
de lin & de laine par enſemble, & ils ne ſe deſplaiſent en eux-meſmes d'auoir le cœur
couuert de tant de vices. C'eſt donc impudemment faict à eux de ſe vanter d'auoir eux
ſeuls la cognoiſſance de Dieu, veu que de faict ils le renoncent par deſſus tous les hommes du monde. Quoy? ne le renoncẽt-ils point en ce que farcis de vrayes ſouilleures
de l'ame ils ſont abominables? en ce que par incredulité ils ſont intraictables & incorrigibles? en ce finalement qu'à tous deuoirs de vraye pieté par leſquels nous entrons
en la grace de Dieu, & le recognoiſſons & remercions, ils ſe portent plus pourement que
tous autres du monde.

Ils confeſſent
cognoiſtre
Dieu.

C H A P I T R E　　 I I.

Mais toy an-
nonce les cho-
ſes.

Ais s'en aillent eux à tout leurs fables, ne t'eſmeus en rien de la meſchãce-
té de telles gens pour dire que tu en doyues moins faire tõ deuoir & te deporter de dire choſes conuenables à la doctrine Euangelique, c'eſt à dire,
choſes qui par pureté d'affectiõs & mœurs nous rendẽt pour aggreables
à Dieu, & nous declairẽt eſtre diſciples de Chriſt: demãdes-tu qu'elles ſont
ces choſes? Certainemẽt, c'eſt que tu aduertiſſes les vieux d'eſtre ſobres, veillans au de
uoirs de pieté, & que par alegreſſe de foy ils vainquent la peſanteur, & de l'eage qu'ils
ſoyent graués, que contre l'honneſteté & deuoir de l'eage, point ils ne badinẽt comme
petis enfans, ains ſoyent bien attrempés & raſsis en leurs mœurs, à ce qu'ils ſoyent reue
rés de la ieuneſſe: qu'ils ſoyent moderés, de peur que comme il aduient ordinairement
aux vieilles gens, ils ne ſoyent faſcheux & deſpiteux, qu'ils ſoyent bien renõmés & ſans
reproche, non ſeulement d'entiereté de foy, mais auſsi en l'exercice des deuoirs de cha
rité, en ſouffrant incommodités, principallemẽt pour l'Euangile de Chriſt. Semblablement les vieilles, aduerty d'vſer de parure & cõtenance telle qu'il appartient à gens religieux & cõſacrés à Dieu, qu'elles ne blaſment point la vie d'autruy, qui eſt vn vice ordinairement peculier à tel ſexe & eage: non addonnés à beaucoup de vin, encore qu'à tel
eage doyue eſtre permis d'vſer de vin, mais moderémẽt, qu'elles enſeignent toute hõne
ſteté aux filles ieunes & nõ pas macquerelage, qu'elles les inſtruiſent en ſorte qu'icelles en ſoyent prudentes, cheriſſent leurs marys, aymẽt leurs enfans, ſoyent ſobres, chaſtes, ſe tiennent aſsiduelement en la maiſon en ſe prenant garde de leur meſnage. Car la
principale louãge des femmes giſt en cecy: qu'elles ſoyẽt ſubiectes à leurs maris & bien
obeiſſantes, à fin que par leurs mœurs le nom de Dieu, duquel elles font profeſsion, ne
ſoit diffamé. Car comme ainſi ſoit qu'en tel deuoirs nous voyõs meſme les femmes des
Payens s'y porter hõneſtement, que diront-ils ſi en iceux meſmes deuoirs ils apperçoy
uent celles qui font profeſsion de la religion de Chriſt, eſtre les inferieures leſquelles en
tout

A fin que le
nom de Dieu
ne ſoit point
blaſphemé.

tout & par tout deuoyent estre l'outre-passé? Or l'instruction que les vieilles suyuant
ton ordonnãce, baillēt aux ieunes femmes, celle là mesme bailleras-tu aux ieunes hom
mes, les exhortant qu'ils soyent bien rassis, à fin que la chaleur de l'eage ne les transpor
te, & à fin que auec plus grande efficace tu puisses persuader ces choses, tout en premier
lieu mõstre-toy toy-mesme exemple de bonnes œuures, & ce en tout deuoir de pieté.
Car il n'y a homme qui plus aisément persuade que celuy qui vaillamment meet en effect ce qu'il enseigne deuoir estre faict. Donc tu enseigneras les ieunes hommes en sorte
que ce pendant en enseignant tu monstres vne entiereté de vie exemptée de toute corruptiõ de vice. Item vne grauité qui donne authorité à vn docteur. Parquoy modere si
bien toute ta parolle & vie, qu'il n'y ait rien qu'on puisse mespriser, à fin que non seulement ceux ausquels tu cõmandes, obeissent, mais aussi aduienne que ceux qui au parauant contrarioyent à l'Euangile, alors ayent honte de leur mesdisance, quand ils verront le tout estre tellement entier, que mesme en espiant & aguettant dequoy pouuoir
blasmer, neantmoins ne trouueront rien, parquoy ils puissent à bon droit detracter de
vous. Enhorte les seruiteurs, qu'ils soyent subiects à leurs maistres, & obeissans en toutes choses, à fin quils ne semblent estre deuenus moins propres & seruiables par auoir
faict profession de religion, & qu'on ne vienne à imputer à l'Euangile le mal qui se faict
par la faute des hommes. Partant qu'ils se gardent de rebequer & resister aux commandemens de leurs maistres: qu'ils ne soyent point pillars & larronneaux, comme sont or
dināirement les seruiteurs: que comme gens faisans profession de la foy Euangelique,
ils se declairent loyaux & entiers en rendant tout deuoir à leurs maistres, iaçoit qu'i
ceux en soyent indignes, à fin que par leur hõneste conuersation ils facent valoir & em-
bellissent la doctrine de Dieu nostre sauueur, à ce que tant plus les gens en soyent alle-
chés à l'embrasser, en voyans ceux qui font profession d'icelle, en deuenir plus traictables & amyables à toutes trafficques de ceste vie. Car pour cela est apparue pour l'Euan
gile la beneficence & clemence de Dieu nostre sauueur non cogneue au parauant, est ap
parue pour l'Euangile, voire est apparue non seulemēt aux Iuifs, mais à tous hommes
esgalement: & ce non pas à fin que deschargés du fardeau de la Loy, nous viuions à nõ
stre plaisir, ains sommes instruicts que puis que par le baptesme & lauemens nous sont
pardonnés les fautes de la vie passee, & qu'en prestant le serment à Christ, auons renõ
cé par vne fois à l'abominable deuotion & seruice des images, & quant & quant à toutes mondaines cõuoitises, à fin que desormais nous conuersions en ce monde en sorte
qu'il apparoisse que vrayemēt sommes renays en autres hommes, & que là où au parauant nous seruiõs à impieté, laschetés & diuerses conuoitises, lesquelles nous allechent
à vilennie, d'orenauant nous monstrions vne attrempance à ce que ne soyõs pas
sionnés d'aucunes conuoitises de choses mondaines nous monstriõs vne iustice, à fin
qu'en bien faisant (en tant qu'en nous est) à tous, ne fassions tort à nully : à fin, brief,
que le seruice que nous baillions lors au diable, maintenant le rendions à Dieu par
entiereté de foy & pureté de vie. Que si ce pendant nous sommes affligés de poureté,
nudité, d'ignominie, outrages, prisons, tourmens & diuers maux, n'en pensons-ia nõ
stre pieté estre sterille, & ne pourchassons les happelourdes de ceste vie, lesquelles ne
sont ny riches, ny de durée: mais attendons ceste excellēte bague d'immortalité, laquel
le nous emporterõs lors que ce present siecle paracheué (durãt lequel sont encore exercités les membres de Christ par afflictiõs & ignominies) Dieu le pere apres auoir accablé tous maux, descouurira sa gloire & magnificéce en ses seruiteurs, apparoissans non
pas lors en petitesse, ains en gloire magnificque & redoutable aux meschãs: & que quãt
& quant auec le pere apparoistra aussi Iesus Christ nostre Seigneur & sauueur, reluysant de la mesme gloire pour departir à ses membres la mesme gloire d'immortalité, de
laquelle luy-mesme resplēdist. Iceluy, à fin qu'aucun ne se deffie de ses promesses, s'est
pour cela à son vouloir & escient liuré à la mort, & c'est employé tout entier pour nous,
à fin que luy exempt de tout peché, par le pris de son propre sang nous rachetast de la
tyrannie du diable (auquel nous estions obligés par noz forfaicts) & que les taches
de la vie passee vne fois abolie il se conquestast vn nouueau peuple & peculier, lequel
à l'exēple d'iceluy, mesprisans les maux de ce monde & foullãt aux pieds les amadouemens & guerdõs de ceste vie pourchassast par bõne œuure l'heritage d'immortalité, la
quelle iceluy promist à tous ceux qui purement & chastement obseruent la profession
Euangelique.

CHA

Car la grace
de Dieu est ap
parue à tous.

Attendans l'ap
parition de la
gloire du grãd
Dieu.

CHAPITRE III.

Denonce ces choses & reprens.

DE ces choses mon bon amy Tite, choses fort differentes de ces fables Iudaïques, exortes-y les gẽs, & ceux qui s'en destourneröt, reprẽs-les auec souueraine authorité, à celle fin que ceux à qui la doctrine ne peut entrer en teste, ny douce exhortation les esmouuoir, soyent reprimés par aigre & rigoureuse reprehẽsion. Car il y a certains vices, ausquels faut remedier par rigueur, monstre en cela vne grauité & authorité d'Euesque, & t'y porte en sorte, que nul n'ait iuste occasion de te mespriser. Arrogance & hautesse doit estre fort loing de là. On doit vser d'authorité toutes les fois que la chose le requiert. Au reste, tels que cy dessus ie cõmãdoye que les seruiteurs se portassent enuers leurs maistres, & fussent-ils Payẽs, tels veux-ie que par ton auertissement soyent tous Chrestiens enuers les princes & magistrats, iaçoit qu'ils soyent estrangiers de la profession Chrestienne. Car à cela nous deuons nous par tous moyens employer, que de noz mœurs nul ne puisse prendre occasion de se destourner de l'Euãgile, laquelle chose toutefois se feroit, si ceux qui sont en dignités publicques, nous apperceuoyẽt à cause de la profession entreprinse estre plus mutins & fiers, & moins obeïssans que les autres. Car soudain reiectans cela sur l'Euan gile, ils s'estrãgerõt tant plus de la professiõ d'iceluy. Parquoy aduertis ceux qui font profession de Christ d'auoir souuenãce que pour cela ils ne sont-ia affranchis des loix publicques, ny de l'authorité des princes & magistrats, ains de tãt plus ils leur doyuẽt estre subiects & obeïssans, tous prests & appareillés a toute bonne œuure, à fin qu'en ce qu'est hõneste soyent veus le faire de plein gré & vouloir, & nõ pas cõtrains pour crain te de la peine, s'ils commandẽt choses droittes c'est iniquement faict, voire c'est cas pen dable de n'obeïr point à la puissance publicque. Mais si leurs commandemẽs sont par trop rigoureux, s'ils oppressent inhumainemět, s'ils font des exactions excessiues, dou ceur & souffrance n'est à nully plus cõuenable qu'aux disciples de Christ. Et tout tant qu'ils cõmãdẽt qui point ne nous oste la pieté, en cela leur faut-il obeïr. Ostẽt-ils les ri chesses, le thresor de pieté accroist: nous bannissent-ils; il n'y a nul lieu où Christ ne soit. voyre-mais dira quelqu'vn, ce sont gẽs prophanes, idolatres infects de meschãce tés manifestes, ennemys de nostre religiõ, à leur dam s'ils sont tels: ce n'est à nous de les cõdamner, mais bien (si nous pouuons) de les corriger. Or les corrigeras mieux par ser uices, douceur & exẽple de bonne vie, que par rebellion & outrages laisses-les à leur iu ge: de nous, qu'il no͞ souuiẽe quel est nostre deuoir. Christ pria mesme pour ceux qui l'outrageoyent: tant s'en faut qu'il ait rendu maudisson. Comment donc s'accorde ce la que ces disciples soyent outrageux à aucun; qu'ils soyent amateurs de noyses: mais plustost qu'à l'exemple d'iceluy, duquel nous portons le nom, ils se monstrent cour tois, vsant de toute douceur non seulement enuers les gens de bien & ceux qui en sont indignes, mais aussi enuers tous hommes, enuers les gens de bien, par ce qu'ils le meri tent: enuers les meschans à fin qu'ils se recognoissent & retournent à amendemẽt, à fin

Car nous aussi estions iadis.

aussi qu'estans par quelque iuste cause vray semblable irrités, ils ne viennẽt à auoir pi re opinion de la religion Chrestienne. La charité Chrestienne souffre tout, espere tout: nous en deuons plus tost auoir pitié & compassiõ, que non pas abomination. Ce que tant mieux nous ferõs, si nous reduisons en memoyre que tels qu'iceux sont à present, tels aussi nous auons autrefois esté. Ne les reiettons pas par ce qu'ils sont prophanes, mais efforçõs nous de faire qu'ils cessent de faire ce quils font & commencent d'estre tels que nous. Qui nous a retirés de nostre aueuglement; n'a ce pas esté la clemẽce gra tuite de Dieu? Icelle mesme les peut aussi conuertir quand bon luy semblera. Car iaçoit que nous, qui du Iudaïsme sommes venus a l'Euangile, n'ayons pas seruy aux idoles, ce neantmoins nous auons esté autrefois addonnés à d'autres gros vices fols, deso beïssans, abusés, seruans à diuerses conuoitises, & voluptés, remplis d'enuie, de malice, portans rancunes & haynes l'vn contre l'autre, de ces enormes vices, di-ie, estiõs nous detenus, mesme sous la loy Mosaïque? Or quand est à ce que de sots & hors du sens sommes maintenant rassis & en bon sens: que de rebelles, debonnaires & traictables: de abusés, certains de la verité: d'esclaues des conuoitises & voluptés, volontaires ob seruateurs de iustice: de malicieux, rõds & benings: de enuieux, bien-faisans: brief que

Mais quant à la benignité et l'amour.

d'hayneurs sommes bien veuillans mesme à ceux qui nous veulent mal, cela ne de uõs nous pas à la Loy, n'y à noz merites, mais à la bonté gratuite de Dieu, par le moyẽ de laquelle nous desirons que tous, si faire ce peut, ayent auec iouyssance de salut, &

qu'à

qu'à tous soit manifestée la verité de l'Euãgile comme celle a estée à vous. Car par cy deuant nous cheminions en tenebres aussi bien qu'eux. Mais si tost que par la lumiere de
l'Euangile a esté manifesté : combien estoit grande la bonté, combien grande la charité
de Dieu le pere(qui est l'autheur de nostre salut)enuers tous hommes, alors finalemẽt les
tenebres de la vie passée secoussés, auons nous obtenu le vray salut, nõ pas par l'obseruá-
tion de la Loy(laquelle auoit bien quelque sienne iustice, mais laquelle n'estoit d'efficace
pour donner salut) Mais bien par la misericorde gratuite d'iceluy Dieu. Et en effect nous
sommes renays par le sacré lauemẽt & entés en Christ son fils, & estás renouuellés par l'esprit d'iceluy auons cessé d'estre charnels, & commencé d'estre spirituels. Tout tant donc
que nous sommes, de tout cela entierement luy sommes redeuables : car son esperit (que
la Loy ne pouuoit donner)il l'a richemẽt espandu sur nous, sans que l'eussions nullemẽt
merité. Or l'a-il espãdu par Iesus Christ nostre sauueur, par lequel il luy a pleu nous eslargir toutes choses, à fin qu'estans nettoyés des pechés passés par le benefice d'iceluy nous
nous efforcions de nous adonner à bonnes œuures, à ce qu'entrions en l'heritage de vie
immortelle, & laquelle nous donne certaine esperance la doctrine Euãgelique. Puis donc
qu'ainsi est que nous aussi auons autrefois esté miserables, & que deliurés de noz pechés
par la seule misericorde de Dieu noº attẽdons la couronne de vie immortelle eternelle auec
Christ, nous deuons aussi auoir pitié & compassiõ des autres & en toutes sortes nous employer à ce que Dieu ait aussi pitié & mercy d'eux. En lieu de fables Iudaiques que l'Euesque Chrestien inculque ces choses : car elles sont certaines & infallibles. Or ne noº reste-il
plus rien, sinon que de nostre vie & couersation nous respondions d'orenauãt au benefice de Dieu, autrement la profession Euangelique ne nous seruira de rien. Parquoy ie veux
que tu certifies & affermes de ces choses, car elles sont de merueilleusemẽt grande importance à ceux qui ont vne fois creu à Dieu, que par la misericorde gratuite d'iceluy ils sont
deliurés de leurs pechés, qu'iceluy doit donner la couronne d'immortalité à tous ceux qui
par pieté de vie s'efforcent de tout leur pouuoir d'ensuyure Iesus Christ menant vne telle
vie, qu'elle soit trouuée digne, & de la profession, & de si grãdes promesses. Or se monstre-
ront-ils vrayement Chrestiens non pas en detestant & maudisant les Payens ou les Iuifs,
mais s'ils font bien à tous, si par compassion & misericorde ils s'estudient d'ayder à tous.
Car ces choses pareront & embelliront la profession Euangelique, nõ seulemẽt comme
choses honnestes de soy, mais aussi profitables, pour allescher les autres à Christ, & a ayder à ceux qui sont pressés de quelque calamité. Le chef du Christianisme est d'ayder à toº
& par bienfaits on dompte & appriuoise-on bien mesme les bestes sauuages. Ces choses
donc traicteras-tu, & ce non pas en doutant ny chancelant (comme font ceux qui rameinent tout en doubte, & semblent n'estre resolus en rien)mais bien auec grande constance
de visage & fermeté de parolle, à fin que tous entendent que la chose à laquelle tu enhortes les autres, t'est du tout persuadée & resolue, de là depend le fruict de la pieté. Au reste
des autres questions & de nulle doctrine, des genealogies incertaines, des contentieuses
disputations ou(pour mieux dire)debats de la loy Mosaique qu'esmeuuent aucuns Iu-   Reiettés les fol-
daisans pour leur gloire & profit, reiette-les comme inutiles & superflues à la pieté Euan-   les questions:
gelique. Et quel dommage pour la pieté, si ie ne sçay pourquoy c'est que le sepulchre de
Moyse ne se trouue en aucun lieu assauoir si c'est de peur(comme disent les Iuifs) que les
Magiciens ne l'excitassent, combien d'ans a vescu Mathusalem? Au quatriesme an de son
eage Salomon engendra Roboam. Pourquoy c'est que Moyse defendit de manger de la
chair de pourceau, encore tels points sont-ils seulement curieux. Mais à quoy sert de s'enquerir pourquoy c'est que les Iuifs tiennent le sang de la bellette deuoir estre si songneusement nettoyé & autres telles choses encore plus sottes que celles cy. Pour lesquelles expliquer qu'a que faire de s'arrester celuy, qui s'en va en diligence apres la bague de pieté. Telles questions meritent plus tost d'estre retranchées que nõ pas expliquées: & ceux
qui font profession comme de chose singuliere, meritent mieux d'estre tencés que vaincus par disputes. Si leur abus vient de simplicité, ils se recognoistront. Mais si par malice
obstinée ils pechent par gloire, ou gaing ou quelque autre vilaine cause, ils seront tous
prests & appareillés à defendre & maintenir mesme les choses qu'ils sçauent estre fausses:
Ceux cy apres les auoir repris vne fois ou deux, laisse-les comme mutins & incurables, de
peur que prouocqués, & irrités ils ne nuysent dauãtage, que mesprisés & delaissés, & que
le different ne vienne à desseins tout contraires & que le peril se change en vn autre. C'est
qu'à ceux à qui on ne peut remédier, n'attirent en erreur l'amonnestant. Et aussi à quoy

Ggg   sert

sert d'applicquer la medicine de correction, puis qu'il n'y a esperance de guerison. Vn a-
bus humain à la premiere ou deuxiesme admonition se guerit. Peruersité est incurable, &
par remedes s'engreige. Partāt qui apres auoir esté tancé vne fois ou deux poursuit neātmoins de faire comme de coustume sans se changer, vn tel cōme desesperé & du tout sub-
uerty, laisse-le en son vice, & ne faut-ia que te mettes en peine de le condēner, veu que par
son propre iugement il est-ia condamné. S'il perit, c'est par sa faute, car il n'a de quoy pou
uoir pretendre telle excuse: Ie l'ay faict non sçachāt, nul ne m'a aduerty. Et que feroit-on a
vn malade qui refuse la medecine: peut estre que mesprisé & delaissé il se recognoistra, si
non pour le moins n'infectera-il point tant de gens par la contagion de sa maladie. Ie desi
rois, & pour cause que tu fusses auec moy quelques iours : Mais ie ne voudroye pas que
cela se fist au desauantage de l'Eglise de Candie qui n'agueres ont commencé d'embrasser
la profession Chrestienne: & partant leur est d'autant plus necessaire vn pasteur veillant
qui sur-bastisse sur les fondemens tellement quellement mis. Mets dōc peine de me venir
trouuer à Nicopoly: mais nō pas que premieremēt n'aye enuoyé Artemas ou Tychicque
pour en tout lieu tenir ma place: à fin que tō depart ne laisse la Candie destituée & orphe-
line: Et à fin que n'ayes doute que le cas aduenant ie m'en allasse en vn autre lieu tu ne te
transportes, i'ay faict mon côte de passer mon hyuer prochain à Nicopoly ville de Thrace:
Quant Zenas autrefois professeur de la loy Mosaique, maintenāt singulier heraut de l'E-
uangile. Item Appollo homme bien approuué en la doctrine Euangelique se voudront
departir conuoye-les auec tout deuoir d'humanité, & mets peine que rien ne leur defaille, de ce qui concernera la necessité de leur voyage. Si les Payens monstrent tels deuoirs
d'humanité, qu'en signe d'amour, ils conuoyent vn estrangier qui leur a faict plaisir, & au
departir luy fournissent de prouision pour son voyage, ie pense qu'il est raisonnable que
noz gens aussi qui font profession de Christ, s'accoustument à s'employer à tels deuoirs
Voyre-mais iusques là qu'ils rendent la pareille à ceux qui leur auront faict du bien, non
pas que par leur liberalité ils les enrichissent, mais bien à fin qu'il fournissent ce qui sert
aux necessités de la vie, quād il en sera besoing. Car il n'est pas raisonnable que (veu que
ceux qui sont estrangés de Christ, neantmoins par la conduitte de nature sçauent bien
rendre la pareille à ceux par le benefice desquels ils ont esté aydés & secourus) les Chrestiens soyent sterilles & infructueux enuers eux, la beneficence desquels ils ont experimen
tée si grande. Tous ceux qui sonticy auec moy te saluent. Toy pareillement salue de dela
en mon nom tous ceux qui nous ayment, non pas d'affection mondaine, mais bien de
charité Euangelique. Laquelle paruient d'vne commune profession de foy. La beneficen
ce gratuite de Dieu soit tousiours auec vous tous. Ainsi soit-il.

Fin de la Paraphrase sus l'Epistre à Tite.

SOMMAIRE SVR L'EPISTRE

DE SAINCT PAVL APOSTRE A PHILE-
mon, par D. Erasme de Roterodame.

Es Grecs disent que ce Philemon estoit de Phrygie qui est vne nation
intraictable & seruile, ainsi que porte le prouerbe Grec, le Phrygien ne
s'amende qu'à force de coups. Toutefois à cause de la pieté & du deuoir qu'il vsoit enuers les saincts, sainct Paul l'a tenu entre ses principaux amys. Or vn sien seruiteur nommé Onesime s'en estoit fuy à Rome non sans larrecin, ainsi que seruiteurs font coustumieremēt, lequel
ayant là ouy sainct Paul qui pour lors y estoit prisonnier, recent la doctrine de l'Euangile & se mit à le seruir en prison. Mais de peur que le maistre ne fust tourmēté de la fuytte de son seruiteur, sainct Paul le renuoye, non toutefois sans le remettre en
grace, encore qu'il fut & fugitif & larron domesticque auec son maistre: à quoy faire ce pen
dant il vse d'vne merueilleuse affection & honnesteté, se presentant pleige pour payer &
satisfaire à ce qu'il pourroit auoir emblé en s'enfuyant. Or il escript de la
prison par ledit Onesime, lequel aussi il appelle son fils.

PARA-

PARAPHRASE SVR L'EPISTRE
DE SAINCT PAVL A PHILEMON,
par D.Erafme de Roterodame.

CHAPITRE I.

Aul par cy deuant Apoftre & feruiteur de Iefus Chrift, maintenant auſſi priſonnier d'iceluy: Car pourquoy ne me glorifieray-ie d'eſtre priſonnier d'vn, pour l'Euangile duquel ie porte ces liens, non en peine de quelque meffaits, mais pour vne marque d'vn franc & vaillant heraut, enſemble Timothée qui en communauté de la predication Euangelique m'eſt frere à Philemon par profeſſion d'vne commune foy noſtre frere cheremēt aymé, & non ſeulement frere, mais auſſi en maints deuoirs & biēfaits compaignon & participāt en l'adminiſtration Euangelique: Et à Apphie ſa femme ma tref-chere ſeur par parentage de foy, & à Archippe noſtre compaignon & à toute la reſte de l'aſſemblé qui eſt en ſa maiſon: Grace vous ſoit & paix de par Dieu noſtre pere commun, & de par ſon fils noſtre ſeigneur Iefus Chrift. Ie remercie ſans fin noſtre Dieu pour l'amour de toy és prieres que ie luy preſente tous les iours ſelon ma couſtume: Car ie luy attribue ce que i'entends que la pureté de ta foy eſt louée de tous, & la charité du tout Euangelique que tu as enuers le ſeigneur Iefus & enuers tous les ſaincts, qui ſont ſes membres auſquels le bien qu'on faict il veut qu'on le tienne faict à perſonne. Enſemble ie requiers qu'il accroiſſe en toy ſa largeſſe, & que ceſte tienne foy laquelle n'eſt oyſiſue, en toy monſtre de plus en plus iournellement ſa force & t'eſmeuue à ſecourir à plus de gens & plus abondamment, tellement qu'il n'y ait deuoir de charité Chreſtienne en quoy tu ne ſois cognu & approuuué: Ce que tu as iuſques icy faict nous aſſeure d'oſer eſperer choſes plus grandes de toy: Car veu que i'eſtime entre les Chreſtiens tout eſtre commun, i'ay eſté remply de grande ioye & ſi en ces afflictions ceſte charité tienne prompte à bien faire à tous, ne m'a pas apporté peu de ſoulas par laquelle, ò mon frere, tu as recrée le courage des ſaincts affligés des maux de ce monde: car par tels faicts tu te monſtres vray frere. Parquoy en confiance de tant de choſes par leſquelles tu te declares eſtre vray ſeruiteur de Chriſt, ie m'aſſeuroye grandement d'obtenir de toy ce que ie veux, voyre quant ſeulement ie te commanderois ainſi que le pere au fils, & que l'Apoſtre au diſciple, principalement en choſe de ſoy iuſte & conuenable à la doctrine Euangelique, de laquelle tu fais profeſſion, & qui commande que nous ayans experimenté la miſericorde du Seigneur en nous quittant noz debtes, de noſtre coſté auſſi les quittons aux autres. I'ay toutefois mieux aymé que charité obtienne cela de toy, que de noſtre authorité, & ay plus toſt voulu prier comme de frere à frere, que de commander comme de maiſtre à diſciple. Tu ne reietteras point ce ſuppliant: Car que pourrois-tu denier à celuy qui te prie premierement à Paul. Or quant ie dy Paul, ce n'eſt pas peu de choſe. Item à vn vieillard: on-a volontiers eſgard à l'eage: mais ces choſes ne te ſont nouuelles. Dauantage à vn priſonnier: Certes aux requeſtes la miſere du ſuppliant n'a pas peu d'efficace. Finalement à vn priſonnier de Iefus Chriſt: De vray à vn qui eſt en ceſte façon priſonnier, & pour telle cauſe ceux doyuent porter faueur qui font profeſſion de la doctrine Chreſtienne: Tu ne pourrois conduire vn qui de grande affection, & pour tant de cauſes & raiſons te requerroit, encore qu'il te priaſt pour quelque homme que ce fuſt. Or maintenant ie te prie pour mon fils, lequel i'ayme plus tendrement pource que ie l'ay engendré: non à Moyſe, mais à Chriſt: non au monde, mais à l'Euangile: engendré, dy-ie, en la priſon ſus mes derniers iours, deuant bien toſt partir d'icy: Car les peres & meres ont accouſtumé d'aymer plus cordiallement les enfans engendrés en leur grande vieilleſſe. Iceluy eſt Oneſime, lequel en ce qu'apres auoir autrefois robbé ſon maiſtre, print la fuytte, ne fut tel que ſon nom porte, c'eſt à dire, vtile & de bien: Mais eſtant maintenant changé au contraire, il ne ſera pas à l'aduenir ſeulement profitable à toy, mais auſſi il m'a eſté vtile, comme i'ay peu apperceuoir par le ſeruice qu'il m'a faict en ceſte priſon. Ie le te renuoye donc tout autre. Que ſi tu es tel que ie penſe, & ſi la recommendation de Paul vieillard & priſonnier a quelque credit enuers toy, tu receuras Oneſime, non comme ſeruiteur fugitif, ains comme mes cheres entrailles & mon fils bien aymé. Ie le

A fin que la cõmunicatiõ de la foy.

 renuoye

renuoye amy, attendu que i'aymerois mieux le retenir auec moy, quant ce ne seroit que
pour representer ta personne en ceste prison : Car ie ne fay point de doubte que veu
qu'à cause de l'Euangile tu te monstres si charitable enuers tous autres, tu ne voulus-
ses aussi faire ton deuoir enuers moy en ceste prison où ie suis detenu pour l'Euangile.
Mais il c'est maintenant rencontré par qui tu me peux en ton absence assister. Ce que
ie n'ay toutefois voulu faire sans t'en aduertir de peur que si i'eusse entreprins cela d'authorité, encore que tu eusses prins mon faict à la bonne part, toutefois ta vertu eust eu
moins de louange si elle eust esté accompagnée à quelque necessité contrainte. Maintenant ie le te renuoye, en sorte qu'il t'est loysible de le retenir ou de le renuoyer. Si tu
le renuoyes ton deuoir sera en cela plus à louer que volontairement tu le faits, & non
par contrainte. Ne mets point en ta memoire qu'il s'en soit fouy : il a deuement recompensé la faute de sa fuytte : il l'a lauée par le baptesme, & effacée par larmes. Mais que
sçais-tu si Dieu auoit ainsi voulu & disposé cest affaire, à fin que la faute de ton seruiteur & à nous & à luy tournast en bien. Les iugemens de Dieu sont cachés. Possible a-
il esté pour vn temps separé de toy, à fin qu'au lieu d'vn seruiteur temporel, (car le seruage ne peut durer plus que la vie) tu en receusses vn eternel : veu que tout ce que l'E-
uangile engendre est eternel, à fin, dy-ie, que tu le receusse non plus comme seruiteur,
mais au lieu de seruiteur, frere bien aymé. Certes à moy qui suis Apostre il m'est frere, voyre frere trescher, à cause de la foy commune laquelle nous rend pareils en Christ. A cause
de l'heritage commun auquel nous sommes esgalement appellés. A cause du pere commun : Brief à cause du commun rachetteur, esquelles choses toutes, il n'y a point de difference entre le monsieur & le seruiteur, & entre le maistre & le disciple. Que si pour ces
causes il est mon bien aymé auec lequel ie n'ay nulle accointance oultre le parentage de
l'esprit, combien plus te doit-il estre cher, puis qu'outre l'alliance de l'esprit, il est ton
parent selon la chair? Tu aymerois certes vn estrangier si le cognoissois estre deuenu
tel qu'est Onesime. Maintenant tu l'aymeras pour cela dauantage qu'estant de ta famille il soit deuenu tel. Si donc tu m'estimes digne de m'auoir pour compaignon en l'administration Euangelique. Il faut que tu le reçoyues comme ma personne, lequel s'embrasse comme fils bien aymé, comme frere tres-cher & comme participant de mes liens
& de l'Euangile: ou il te conuient reietter l'vn & l'autre, ou il faut que tu nous reçoyues
tous deux. Il n'est conuenable de reduire en memoire apres le baptesme quel il a esté
au parauant, pense que tu as vn nouuel homme renay. Que si la perte de quelque
chose t'e meut de laquelle tu veuilles estre recompensé premier que de luy pardonner,
reçois-moy pour pleige. S'il t'a endommagé, ou s'il te doit quelque chose addresses-
toy vers moy, pour en estre recompensé. Par cest escript ie m'oblige à toy. Voyla tu as
la presente escripte de ma main. Si ie te semble estre pleige suffisant & loyal, quitte O-
nesime & te prends à moy : ie payeray pour luy tout ce qui est deu. Ie croy que i'ob-
tiendrois ces choses, voyre quant i'aurois affaire auec quelque autre. Il ne me plaist
pas maintenant d'amener en ieu ce que ie te pourrois à bon droit redemander : qui
seroit entre autres que puis que par ma doctrine tu es deuenu Chrestien, tu me dois
non seulement tout ce qui est tien, mais toy-mesme : à fin que tu ne penses que ce fust
hors de raison si ie te requerois de me quitter tout le dommage que te pourroit auoir
faict Onesime. Mais ie ne t'en requiers point, si tu ne le veux faire volontiers, & de
plein gré, non tant pour le desir que i'ay que tu m'acquittes de ma promesse que
pour te donner matiere de declarer ta charité. Or sus donc mon frere, puis que O-
nesime prend son nom de profit & iouyssance, tout ainsi qu'il m'est cher & singulier
amy, & que ie desire qu'il te soit affectueusement recommandé, fais pareillement que
cest heur m'aduienne de iouyr de toy, non à la façon que communément vn amy est
aggreable à l'autre, mais ainsi qu'vn disciple exprimant la doctrine de Christ est delectable à vn Apostre. Tu vois combien Onesime m'est cher & ce à bon droit. En le receuant donc recrée mon cœur. Ie traitte cecy assés amplement auec-toy, non que ie
me deffie de ta charité, mais cela vient de l'abondante amour que ie porte à mon fils.
Car ton obeissance m'est tant cogneue par ton deuoir passé que ie ne doubte en rien
que tu ne fasses beaucoup plus que ie ne requiers de toy. Ce pendant reçoys Onesime
amyablement comme vn gaige de ma personne, & quant & quant me prepare logis.
Car i'espere que Dieu esmeu par voz prieres, finalement me fera ouuerture de retourner à vous : lors ie te remercieray en presence d'auoir receu Onesime auec toute douceur. Epaphras qui est de ton pays, prisonnier auec moy pour l'amour de Iesus Christ
te sa-

te falue. Auffi font Marc, Ariftarque, Demas, & Luc mes compaignons, lefquels te prient
auffi tous enfemble auec moy pour Onefime : la grace de noftre feigneur Iefus Chrift
foit toufiours auec voftre efprit. Amen.

Fin de la Paraphrafe fus l'Epiftre à Philemon.

SOMMAIRE SVR L'EPISTRE
AVX EBRIEVX, PAR DIDIER
Erafme de Roterodame.

L n'y auoit nulle nation qui de courages plus obftinés refiftaft à l'Euangile
de Chrift, que celle des Iuifs : lefquels auffi hayffoyêt Paul fur tous autres, de
ce qu'il fe difoit Apoftre des Payens, lefquels les Iuifs auoyent en abomination comme gens prophanes & abominables : de ce auffi qu'il fembloit vouloir annuller la loy Mofaique, laquelle lés Iuifs eftimoyent facré-faincte, &
defiroyent qu'au lieu de l'Euangile elle fuft femée par tout le monde, de forte que mefme entre ceux qui auoyent receu la doctrine de Chrift, il en y auoit qui eftoyent d'aduis
que l'obferuation de la Loy deuoit eftre meflée auec l'Euangile. Par ainfi en Ierufalem,
les fideles y eftoyent vexés de diuerfes calamités par ceux qui refiftoyent à l'Euangile
(car yceux tenoyent entre leurs mains l'authorité publicque) on les emprifonnoit, on
les fouettoit, on leur rauiffoit leurs biens. Or les confole Paul, partie à l'exemple des
faincts perfonnages anciens (plufieurs d'entre lefquels ont efté exercités par femblar
bles ou plus horribles calamités, à ce que leur vertu en fuft de tant plus efprouuée & approuuée) & fur tout par l'exemple de Chrift : partie, fous l'efperance du falaire celefte.
En outre il demonftre, les ombres de la Loy (iettant-ia fes rayons l'Euangile de Chrift)
auoir ceffé : citant mains paffages du vieil Teftament & les appropriant à Chrift. Il enfeigne qu'on doit efperer falut, non pas par l'obferuation de la Loy donnée pour vn
temps, & imparfaitte, ainçois par la foy, par laquelle les fufdits anciens, gens d'vne faincteté approuuée (la memoire defquels eftoit facré-faincte entre les Iuifs) a-
uoyent principalement efté aggreables à Dieu. Sur la fin, il
baille quelques enfeignemens concernans
les mœurs Chreftiennes.

Fin du Sommaire.

PARAPHRASE SVR L'EPISTRE
AVX EBRIEVX, PAR DIDIER
Erafme de Roterodame.

CHAPITRE I.

Omme ainfi foit, que Dieu defirant, pour la fienne benignité enuers nous, de pouruoir au genre humain, ait iadis en maintes far
çons & manieres fouuentes fois parlé aux Péres par fes Prophetes :
aufquels il s'eft monfité ores en vne nuée, ores en du feu, ores en v-
ne bouffée de vent doux, ores en vne & en autre figure, s'infinuant
quelque fois foy-mefme par Anges, quelque fois par quelque fecrette infpiration de l'ame. Finalement en ces derniers temps, pour par

tant plus euident signe declarer la sienne amour enuers le genre humain, pour aussi
nous rendre tant plus certains & asseurés, il a bien daigné parler à nous, non pas par vn
ange, ne par vn homme Prophete, mais bien par son fils vnicque Iesus Christ: lequel par
son conseil eternel il a constitué heritier & Seigneur non seulement de la nation Iudaique, mais aussi de tout le monde vniuersel: comme celuy qui est son vray & vnicque fils,
à qui appartiennent toutes creatures qui sont & au ciel & en terre, comme aussi il l'auoit
auant promis és Psalmes. Et n'est pas de merueille, qu'il ait voulu le fils auoir auec luy en
commun la seigneurie de tout le monde, veu que par iceluy il a crée tout l'vniuers. Il l'a
crée par sa parolle: aussi est le fils la parolle eternelle du pere eternel. Et n'a pas le pere crée
le monde par le fils comme à tout vn instrument ou ayde: mais bien en sorte, que la puissance du pere & du fils en creant a esté tout vne. Car Iesus Christ n'est pas fils de Dieu à la
façon que les gens de bien sont quelquefois appellés enfans de Dieu, par ce qu'ils obeissent aux commandemens d'iceluy: mais entant que de Dieu le pere l'a engendré Dieu,
voyre engendré en sorte, que sa nature luy est tout vne auec le pere. Et toutefois iaçoit
qu'il fust vne eternelle lueur de la gloire du pere (comme vne lumiere rayonnant d'v-
ne autre lumiere) & vne forme expresse de la substance d'iceluy, en tout & par tout semblable & esgal à celuy de qui il naist: item qu'il soit non seulement createur de toutes choses, mais aussi conduyse & manie les creatures par son tout-puissant vouloir & com-
mandemét, auec le pere tout-puissant: voyés iusques où il s'est abbaissé pour l'amour de
nous. Il a vestu vne nature inhumaine, subiette aux incommodités de nostre condition:
puis mourat s'est sur l'autel de la croix immolé soy-mesme hostie pour noz pechés: & au
lieu qu'auparauant le sacrificateur de la loy Mosaïque auoit de coustume de purger les
pechés par le sang de bestes bruttes, cestuy cy a faict par son sacré-sainct sang la purgatió
des péchés de tout le genre humain: & de ceste abbaissance de soy, il s'est acquis vne si grãde gloire, que de rechef viuant & retourné au ciel, il s'est assis à la dextre de la maiesté de
Dieu le pere, en laquelle il luy auoit tousiours esté esgal quant à la nature diuine. Mais la
maiesté du fils a esté beaucoup mieux cogneue du monde par son abbaissance, de sorte
qu'au lieu qu'au parauant il sembloit estre aneanty plus bas que tous les moindres du
monde, maintenant il est plus excellent & plus honnoré, non seulement que les prophetes, mais aassi plus que les Anges propres: voyre & d'uutant plus excellent qu'eux, que le
nom de fils est plus honorable, que celuy de seruiteur. Car Ange est vn nom de seruiteur,
& comment à vn inferieur. Bien est vray que la dignité des Anges est souueraine, attendu
que tousiours ils assistent deuant le Pere contemplans sa face. Et en iceux l'vn precede l'autre en dignité. Mais auquel des Anges fist iamais Dieu tant d'honneur, qu'il l'ait appellé
son fis comme ainsi soit qu'au Pseaume mysticque il parle à Christ en ceste maniere: Tu
es mon fils, ie luy seray pere, & il me sera fils. Car les Anges, il les a crées de rien: le fils, il l'a
engendré de sa propre substance, semblable & esgal à soy en tout & par tout. Item quand
au Pseaume mysticque il ameine au monde le fils vestu de corps humain, il parle en ceste
maniere: Et que tous les anges de Dieu l'adorent. Et de faict on honnore les seruiteurs:
mais le fils, lequel est esgal au pere, on l'adore. Au reste, quand l'escripture saincte exprime
la dignité des Anges, que dit-elle? Qui faict (dit-elle) des esperits ses Anges, & de feu flamboyant ses seruiteurs. Ce qu'ils sont faits Anges, cela ont-ils de commun auec toutes autres creatures de Dieu: ce qui sont faits esperits, & ames exemptes de contagion de corps
humain, & que tousiours ardans de charité diuine ils assistent alaigres executeurs de la
volonté diuine, en cela certes sont-ils plus excellens que nous. Mais combien sont plus
magnificques les titres qu'il baille au fils? Ton throsne, ô Dieu (dit-il) dure à tout iamais:
& le sceptre de ton royaume est vn sceptre de droitture. Vous ouyés le nom de Dieu estre
attribué au fils: vous ouyés le throsne, vous ouyés le sceptre d'vn royaume luy estre attribué, voyre d'vn royaume qui iamais ne doit prendre fin. Or au mesme Pseaume il s'ensuyt: Tu as aymé iustice, & as hay iniquité: pour cela t'a Dieu ton Dieu, oinct d'huyle de
liesse, par dessus tes compaignons. Vous ouyés cestuy auoir esté oinct de Dieu le pere
plus singulierement que trestous ses compaignons, soyent hommes, soyent Anges. Item
en vn autre Pseaume, voyés-moy combien grande authorité est attribuée au fils: Et
toy (dit-il) tu fondas, Seigneur, la terre dés le commencement, & les cieux sont œuures de tes mains. Ils periront, & tu demoureras: & enuieilliront tous comme vne robbe, & les enuelopperas comme vn habillement, si seront subitemét changés. Mais toy, tu
es tousiours tout vn, & tes ans iamais ne faudront. Auquel des Anges furét iamais tenus
tels

tels propos:ou bien cela qui se lit en vn autre Pseaume:Sied-toy à ma dextre, iusqu'à tant
que de tes ennemys ie t'en fasse vn marche-pied? Donc ny l'authorité de créer, ny la maie- *Pseau.109*
sté royalle n'est attribuée aux Anges:ains tous pour grãds qu'ils soyent, sont esprits destinés à ministere : lesquels quelquefois sont enuoyés en terrre pour & à fin d'assister à ceux
qui doyuent estre heritiers du salut eternel. Or iceux sont les disciples de Christ.

CHAPITRE II.

R ce que ie me suis tant arresté à demõstrer la dignité & excellence de nostre
Sauueur, tend à ce, que d'autant que celuy que le Pere a enuoyé au monde
pour nostre salut, est plus excellent, d'autant plus nous faut-il estre ententifs aux propos qui nous sont dits par iceluy, de peur que d'auanture ne
mettions en oubly les choses que le Pere nous a denoncés par iceluy. Souuerain est celuy qui l'a enuoyé, & n'en peut enuoyer de plus grand. Il a voulu que ceste embassade fust la derniere:& n'y a aucune esperance de salut, si nous venõs à refuser ceste-cy,
comme noz peres reietterent Moyse & les Prophetes. Tant plus grand est l'embassadeur,
& tant plus grãde est l'humanité de Dieu enuers nous:de tant plus sera griefue & enorme
ou la rebellion, ou la coulpe de non-chalãce, si nous n'obeissons aux parolles. Et en effect,
si tout ce que Dieu a iusques icy commandé à noz peres par les Prophetes, ou par les An- *Comment es-*
ges, qui rapportoyent les commandemens de Dieu à Moyse, est d'efficace, & si tous ceux *chapperont*
qui n'auoyent point obey aux commandemens annoncés par iceux, en ont esté punis *nous si nous*
comme ils le meritoyent (entant que celuy semble reietter Dieu, quiconque reiette les *mettions en*
messagiers d'iceluy) comment eschapperons nous la punition, si nous mettions à non- *nonchahan-*
chaloir, non pas les commandemens Mosaique, mais bien vn salut tant souuerain, tant *ce.*
excellent, & tant euident? & iceluy certes apporté vers nous sans l'auoir requis, apporté,
di-ie,non par vn Moyse,nõ par des Anges,ou Prophetes, contre lesquels se pourroit tellement quellement controuuer quelque souspeçon de mensonge : ains par le propre fils
de Dieu, lequel fils a parlé à nous, non pas de loing en nuée, ou par songe, où par quelque autre moyen,lequel peust estre souspeçonné de trõmperie ou enchantement : mais à
esté ouy en presence, a esté veu, a esté manié : a conuersé long temps entre les hommes,se
declarant par plusieurs & fort grands argumens estre le vray fils de Dieu, & offrant vn salut parfaict à tout le monde par la foy Euangelique. Comme ainsi fust que du commencement le tesmoignage de cestuy si grand bien eust commencé d'estre publié au monde,
par le Seigneur Iesus Christ propre,qui nõ seulemẽt a esté le heraut, mais aussi l'autheur
de l'eternel salut : il nous a puis apres esté confermé par ceux,qui auoyent esté tesmoings
de tout ce qu'iceluy Iesus a dit & faict, conuersant entre les hommes. Et à fin que leur predication ne fust de petite authorité,Dieu mesme confermoit leur parolle par diuers signes
merueilleux,de miracles & autres graces admirables, lesquelles cest esprit celeste departissoit diuersement aux siens, selon qu'il voyoit estre expedient pour le salut des hommes:
desquelles choses toutes pleinement il est apparent,que tout tant qui se demenoit n'estoit
pas œuures de force humaine,ains de puissance diuinê : & qu'iceluy qui a publié ces choses (premieremẽt en propre personne,puis par ses disciples)n'a pas esté simplemẽt homme, mais aussi Dieu vestu de corps humain. Et que ce n'ait pas mesme esté vn Ange, le
Pseaume mysticque le demonstre, testifiant de Christ en ceste maniere : Qu'est-ce que de
l'homme,que tu te souuiênes de luy:ou bien qu'est-ce que du fils de l'homme, que tu t'en
soucies?Tu l'as faict vn peu moindre que les Anges. Et consecutiuement : Tu l'as couron- *Pseau.8*
né de gloire & honneur, & luy as baillé en charge les œuures de tes mains. Tu luy as assuietty toutes choses dessous les pieds. Auant que Dieu creast le monde, dés lors il estoit arresté par le conseil diuin, que tout ce qui deuoit estre au monde, seroit assuietty sous les
pieds de Iesus Christ. Or ne lit-on point qu'à aucun des Anges il ait donné la Seigneurie
de tout le monde, dans lequel sont aussi comprins les Anges. Et de moy, & en disant que
toutes choses luy deuoyẽt estre assuietties, il n'a rien laissé qui ne luy doyue estre assuietty.
Or est la prophetie de ce Pseaume parfaitte en partie,en partie est à parfaire au siecle aduenir. Car nous ne voyons pas encore que tout luy soit assuietty. Encore se rebellent les malings, & a l'Esglise grosse guerre auec le mõde. Au reste, cela voyons nous-ia estre parfaict,
c'est que Iesus (qui lors qu'en ce monde il estoit affligé de diuers tourmens, & finalement
enduroit la mort de la croix,item ce qui au iugemẽt des hommes est tres-amer, le goustoit
pour le profit des hommes, le gostoit, di-ie, mais en sorte, que neantmoins point il n'en

Ccc 4   estoit

estoit accablé, sembloit estre faict moindre que les Anges, qui ne sont subiect ny à la mort,
ny à douleur aucune) maintenant est couronné d'vne si grande gloire & honneur, que le
monde entend iceluy, exempt de tout crime, auoir enduré le supplice de mort, selon la volonté de Dieu, voulant pouruoir au salut des hommes. Car sa mort n'estoit pas punition
de forfaict qu'iceluy eust perpetré: ains estoit vne faueur de Dieu enuers le genre humain,
lequel de sa gratuite beneficence, il a voulu estre racheté par la mort de son fils tres-innocent Iesus Christ. Et tout ainsi qu'il ne nous pouuoit esleuer à la gloire d'immortalité, s'il
n'eust esté Dieu: aussi n'estoit pas conuenable que celuy qui a crée toutes choses, & par la
conduitte duquel tout est gouuerné, laissast toutalement perir ce qu'il auroit crée. Et où seroit ce royaume du fils, s'il estoit seul vers le Pere : Et partant il a semblé conuenable, que
le fils autheur & prince du salut de tous, en estant esprouué & approuué par maintes afflictions, non seulement se conquestast l'heritage de gloire eternelle, mais aussi amenast
quant & soy maints autres fils, reconciliés au Pere par sa mort. Aussi la cause pourquoy
il a prins corps humain, ç'a esté à fin qu'estans homme il purifiast l'homme. Car & le sanctificateur Christ qui purifie, & les hommes qui sont purifiés, prennent selon l'humaine
nature leur naissance tous du mesme premier pere, comme aussi ils ont tout vn mesme
Pere au ciel. Pour laquelle cause, le fils de Dieu n'a point de honte d'appeller les fideles
Pseau.21 ses freres, en parlant ès Pseaumes en ceste maniere: l'annonceray ton nom à mes freres:
ie te loueray au milieu de l'assemblée. N'appelle-il pas tout plainement en ce passage ses
Pseau.17 disciples ses freres: Item en quelque autre Pseaume : Ie me confieray en luy. Or est-ce l'acte
d'vn fils approuué, de se confier en son Pere de tout son cœur. Et quand le pere a promis
qu'il assuiettiroit tout sous les pieds du fils, il n'y a nulle doute, qu'il ne doyue quãt & quãt
sauuer ceux auec lesquels & esquels regne le fils. Item en quelque autre passage du prophe
te Esaie: le Seigneur appelle ses disciples ses enfans, disant: Voicy moy & mes enfans que
Esaie 8 Dieu m'a baillé. Vous ouyés les noms de parentage. Comme donc ainsi soit que ces freres & ces enfans dont il parle, soyét hommes composés de chair & sang, il a voulu luy qui
estoit celeste, prendre chair humaine, & en cest endroit deuenir semblable à ceux, lesquels
il auoit à faire participans du parentage eternel: à celle fin que par sa mort il deffit celuy
qui auoit la seigneurie de la mort, c'est à dire, le diable, & deliurast ceux qui par crainte de
mort eternelle, estoyent toute leur vie subiets au seruage de Satan, qui par la mort auoit
domination sur tout le genre humain. Car quiconque est subiect à peché, iceluy aussi est
subiect à la mort. Et de faict Christ n'a pas faict cest hõneur à pas vn des Anges, qu'en prenant la nature d'iceluy il soit deuenu son frere ou parent: mais bien selon la promesse diuine de Dieu, il a prins la semence d'Abraham. Il est nay Iuif de Iuif, il n'ay homme d'homme,
subiect à toutes les incõmodités de nostre nature à soif, faim, chaud, froid, lassitude, douleur, mort, à fin que la semblance testifiast le parentage de nature estre vray, & fit foy que
point il ne delaisseroit ceux pour lesquels il auroit enduré tant de maux, & lesquels il se seroit cõioincts par si estroitte familiarité & amytié: pour cela il estoit cõuenable, qu'en tout
& par tout il fust rendu semblable à ceux qu'il vouloit tenir pour ses freres, à fin de leur
bailler tant plus grande asseurance d'impetrer pardon : entant que celuy qui auroit prins
l'office de grand sacrificateur, pour moyéner enuers Dieu (en purgeant les pechés de tout
le peuple) & luy reconcilier tout le gêre humain, sembleroit pour ceste raison deuoir estre
misericordieux & loyal enuers les siens, non seulement par ce qu'il seroit d'vne mesme nature, mais aussi qu'il luy seroit aduenu d'estre tenté & esprouué par innombrables afflictions de ce mõde, à ce que plus facilement il semblast deuoir suruenir à ceux qui seroyent
vexés des maux de ce monde.

CHAPITRE　III.

Arquoy freres, sa purifiés par le sang du fils, & de la bonté gratuite de Dieu
appellés à ce, que veniés à auoir participatiõ de la vie celeste, à fin de mieux
recognoistre les benefices d'iceluy, cõsiderés-moy combien est grande l'excellence de l'embassade de l'Apostre & principal sacrificateur de nostre profession (c'est à dire, de la foy Euangelique) Iesus Christ: & combien puremét
& rondement il s'est porté enuers Dieu, de qui il a esté estably sur tout l'Eglise: cõme Moyse a esté loué, pour s'estre monstré seal ministre en toute sa Synagogue, qui est la maison &
famille de Dieu. Mais Christ a merité autant plus grand hõneur & dignité. Car à celuy qui
a basty vne maison, est plus deu d'honneur qu'a la maison. Car toute maison se bastist par
quelqu'vn : or celuy qui a tout basty, est Dieu. Moyse donc a tellement hanté en la maison
de

de Dieu, que luy-mesme estoit partie d'icelle, & non pas autheur. Et merite bien cela la pieté de Moyse que nous l'ayons en grande reuerence, entant qu'il s'est porté leallement en toute la maison de Dieu, mais ce côme ministre & despensier, & non pas comme fils. Moyse hantoit en la maison d'autruy, & Christ en la sienne propre. Item Moyse apportoit tant seulemêt les figures & ombres des choses que Christ deuoit puis apres desployer & esclatcir. Mais Christ comme createur & fils a gouuerné & conduit sa propre maison, laquelle maison nous sommes nous, qui par la profession Euägelique, sommes assemblés en l'Eglise d'iceluy, pourueu que nous perseuerions en nostre entreprinse encommencée, c'est à dire, moyennant que nous persistions en la concorde de la maison, & que la fiance que nous a baillée l'esprit de Christ, item l'esperance de gloire, par laquelle nous attendons, comme naturels legitimes enfans de Dieu, & freres de Christ, l'heritage celeste, nous la tenions ferme & entiere. Car il ne nous seruira de rien d'auoir ouy la doctrine Euangelique si nous ne perseuerons de viure selon la doctrine Euangelique : voyre nous serons de tant plus griefuement punis, que celuy qui nous a daigné parler est plus grand. Et partant nous faut-il reduire en memoire ce qu'au Pseaume mysticque le sainct Esprit parle, enhortant le peuple d'obeir à la voix de Dieu, de peur qu'iceluy estant irrité ne les punisse griefuement, & les forclose du repos promis. Auiourd'huy (dit-il) si vous ou- Pseau. 94
yés sa voix n'endurcissés point voz cœurs comme vous fistes quand vous irritastes Dieu par murmure & rebellion au iour qu'il esprouuoit vostre patience au desert : auquel lieu (dit-il) voz peres me tenterent (comme voulans essayer si i'estoye tel que ie pense faire punition des malfaiteurs iniques) & ils sentirent mon courroux : & puis que point il ne vouloyent croyre mes parolles, ils virent mes œuures, & ce par quarante ans. Car par autant de temps randirent-ils par le desert, quand estans enfuys d'Egyp- Exod. 17
Deut. 11
te ils tiroyent en la terre, en laquelle ie leur auoye promis repos : pour laquelle cause i'estoye despité à l'encontre de celle nation, & disoye à par moy : Ces gens sont tousiours abusés en leur cœur, suyuans leurs conuoitises, & ne cognoissent pas mes sentiers. Et pour ceste desobeissance i'ay iuré en ma cholere, que iamais ils n'entreroyent en la terre, en laquelle ie leur ay promis, qu'ils se reposeroyent apres les trauaux de leurs voyages. Vous ouyés, freres, que Dieu menace noz peres de n'entrer point en la terre promise, n'estoit qu'ils perseuerassent en l'obeissance de ses commandemens. Or nous aussi deliurés des pechés de nostre vie passée par le baptesme & lauemêt, sommes bien sortis d'Egypte, ce neantmoins nous ne paruiendrôs iamais à l'immortalité promise és cieux, n'est que nous perseuerions en l'obeissance de la foy & charité Euangelique. Mais si nous venons à regarder l'Egypte d'où nous sommes partis, c'est si nous retournons aux conuoitises de nostre vie passée, nous serons forclos de la communion de la vie celeste. Par- Escoutés vous
l'vn l'autre par
chascun iour.
tant donnés vous garde qu'en nul d'entre vous ne se trouue vn cœur depraué & rebelle aux commandemens Euangeliques, ou entaché d'incredulité, tellement qu'en se retournant apres les vices delaissés & le prince de la mort, qui est le diable, il se desbauche & reuolte du Dieu viuant. Plustost au contraire confermés vous l'vn l'autre par continuelles exhortations à perseuerer à la souffrance des trauaux de ceste vie, par lesquels Dieu essaye & espreuue l'entiereté de nostre foy, tandis que se dit : Auiourd'huy, c'est, pendant que portons ce corps mortel, & sommes encore, non sans dangier, estrangiers au desert de ce monde : ce que ie dy, à fin qu'aucun descouragé pour les maux de la vie presente ne vienne par l'amadouement de pecher à se destourner de son voyage entreprins : ne plus ne moins que iadis noz peres Ebrieux, ennuyés des trauaux du long voyage, re- Exod. 16
grettoyent la fumée & odeur des marmittes qu'ils auoyent laissées en Egypte. Bien est vray que par le baptesme & profession de foy, nous sommes entés au corps de Christ, en sorte toutefois que par nostre faute nous en pouuons decheoir, & ne pouuons autrement paruenir à l'heritage d'immortalité, à nous promis, n'est que le commencement & fondement de felicité, qui est mis en nous par l'Euangile, nous le tenions ferme & sans nous laisser esbranler iusqu'à la fin, en tousiours profitant en ce qui est encommencé, aduertis par ce propos qui tousiours s'addresse à nous : Auiourd'huy si vous ouyés sa voix, n'endurcissés point voz cœurs, comme se feit en l'estrif. Car aucuns apres auoir ouy la voix du Seigneur n'y obeissans point, l'agacerent en prouoquant sont despit sur eux : mais cela firent, non pas tous ceux qui estoyent sorty d'Egypte sous la conduite de Moyse : & à tels certes fut faitte la grace d'entrer en la terre conlant laict & miel. Contre lesquels donc se despita-il durant quarante ans ? ne fust-ce pas contre ceux qui pecherent ? Mais iceux n'entrerent point au repos, ains tomberent leurs charongnes

au defert. Et contre lefquels fe defpita-il, iufques à en iurer qu'ils n'entreroyent pas au repos promis : finon à ceux qui n'obeirent point à la voix de Dieu. Par ainfi nous voyons
Dieu auoir efté veritable & en l'vn & l'autre endroit, en ce premierement qu'aux obeiffans, il a baillé ce qui leur auoit promis : puis aux defobeiffans ce d'ont il les auoit menacé. Ceux là y enterrent par leur patience : ceux-cy n'y peurent entrer à caufe de leur incredulité & deffiance.

CHAPITRE IIII.

EL pour lors Moyfe eftoit à noz peres, tel maintenant nous eft Chrift. Or e-
ftoit terrien le repos, auquel iceux tendoyent : & nous tendons à vn repos
celefte. Craignons donc de mettre à non-chaloir la voix de Dieu, laquelle
iournellement nous parle par l'Euangile : de peur que comme plufieurs de
ceux là furent fruftrés, par leur faute, de l'attente du repos promis, femblablement il n'aduienne que d'entre nous aufsi bien aucun fe trouue fruftré, & ne paruiêne
point où il auoit entreprins d'aller. Car il nous a efté denoncé vn repos beaucoup plus
heureux, que non pas à eux, & ce par vn ambaffadeur beaucoup plus veritable. Or eft-ce
qu'il ne leur profita de rien d'auoir receu la promeffe du repos, & iufques là ouy la voix
du Seigneur, par ce qu'ils ne croyoyent point à la parolle ouye, Mais nous entrôs au vray
repos (lequel ne fera inquieté d'aucuns bruits de maux) nous qui auons creu à la voix
du Seigneur : comme au contraire il nye que ceux qui n'auront point creu, ils doyuent entrer, difant : Comme i'ay iuré en mon defpit, qu'ils n'entreroyent point en mon repos. Et
toutefois ia paffés maints fiecles, le premier repos de Dieu auoit procedé, affauoir quand
en la creation du môde fes œuures furent acheuées : & en memoire duquel repos les Iuifs
folennifent leur Sabbath. Qu'ainfi foit, l'Efcripture, parlant du premier repos, qui fut le
feptiefme iour de la creation du môde, dit ainfi : Et fe repofa Dieu au feptiefme iour de toutes fes œuures. Et toutefois encore en ce paffage que nous auons allegué du Pfeaume, il eft
faict mention d'vn fecond autre repos, lequel deuoit recréer les Ebrieux (laffés de long
voyage) en le logeant en la Paleftine. Ils n'entreront point (dit-il) en mon repos. Parquoy
attendu que de tels paffages il appert Dieu auoir du commencement entré en fon repos,
apres auoir crée le monde, & qu'au fecond peu y font entrés pour leur incredulité, & toutefois la promeffe feroit vaine, n'eft que quelque peuple y entre, eftâs forclos les premiers,
aufquels fous l'ombre de la Loy auoit efté promis repos, auquel toutefois point ne font
entrés ceux à qui la promeffe en auoit efté faitte, de-rechef le Pfeaume myfticque, tât d'ans
apres la proffeffion de la Paleftine, afsigne par la bouche de Dauid vn autre iour, l'appellant non pas le feptiefme iour, mais le iourd'huy, comme-ia tant de fois a efté dit : Auiour-
d'huy fi vo' ouyés fa voix n'êdurciffés point voz cœurs. Et de faict fi Iefus le fils de Naue,
fous la conduitte duquel aucuns entrerent en la Paleftine, euft mis les Ifraelites en vray repos, Dieu par la bouche de Dauid n'euft-ce pas faict apres cela mention d'vn autre iour.
Autremêt, ils euffent peu dire : Quel nouueau repos nous propofes-tu, veu que no' iouyf-
fons du repos promis, regnans en la terre de Iudée : Il refte donc quelque autre Sabbath
au peuple de Dieu : il luy refte vn autre repos, non pas en la Paleftine, mais en la contrée ce
lefte, où nous allons en diligence fous la conduitte de Iefus Chrift, lequel repos toutefois
ne nous efcherra, n'eft qu'icy nous folênifons purement le fabbath Euangelique, en nous
abftenans des œuures de ce monde. Car quiconque eft entré en celuy vray repos de Dieu,
ia vn tel s'eft repofé de fes œuures, comme Dieu des fiennes apres la creation du monde
auoir crée le môde. Car vn tel eft paruenu en vne vie, laquelle n'eft inquietée d'aucû bruit
de trauaux ou doleurs. Parquoy tandis que nous voyageons encore par le defert de cefte
vie, ne nous arreftons point, ny regardons en arriere, ains par defirs continuels & prieres
ardantes allons en diligence en celuy vray repos, auquel nous appelle Iefus noftre conducteur : & nous gardons bien de faire qu'aucun d'entre nous ne defaille en la voye, comme
iceux noz peres deffaillirent. Car nous ne ferons pas moins griefuement punis, qu'eux, fi
nous pechons en cas femblable. Et ne faut pas mettre à nonchaloir les menaces que nous
faict la parolle de Dieu, Iefus Chrift : car c'eft vne parolle viue, & d'efficace, & plus penetran
te que nul glaiue à deux taillans : & couppant non feulement les membres du corps, mais
aufsi les plus profondes affections de l'ame, fi bien & fi beau, qu'elle fepare l'ame d'auec
l'efprit, item toutes les ioinctures & moelles de l'entendement, comme celle qui difcerne
les fecrettes penfées & côfeils de noftre cœur : & tant s'en faut qu'aucune penfée humaine
luy foit cachée, qu'il n'y a toutalement en aucun lieu nulle creature, ny au ciel, ny fous la
terre, laquelle ne luy foit toute defcouuerte deuant les yeux : ains font toutes chofes nües
& à

Nous entrons
au repos.

Pfal. 94

Pfal. 94

Car la parolle
de Dieu eft
viue & effi-
cace.

Efaie 49

Ecclefi. 5

& à l'enuers deuant les yeux de celuy auquel nous conuiendra rendre compte de noſtre
vie. Tout ainſi que iadis le grondement des Ebrieux ne fut pas caché à Dieu, & n'eſtoit beſoing d'aucun autre glaiue pour les deſtruire fors que du commandement de Dieu : ainſ
ſi maintenant ne ſera pas caché de Chriſt, celuy qui faiſant profeſſion de la vie Euangelique, ayme en cachette & à l'emblée les choſes de ce monde, & ne ſe haſte point d'vne entiere affection d'entrer au repos promis. Puis donc qu'ainſi eſt que nous auons vn vrayement grand pontife Ieſus Chriſt fils de Dieu, lequel apres auoir acheué le ſacrifice pour
nous reconcilier n'eſt pas entré au ſanctuaire d'vn temple manouuré, mais bien a paſſé
par les cieux pour nous appaiſer le Pere : perſeuerons en noſtre profeſſion, tenant le chemin qu'il nous a monſtré, & tirans en diligence vers les promeſſes qu'il nous a faittes.
Que point ne nous deſcourage la grandeur d'iceluy, mais pluſtoſt nous encourage ſa clemence. Bien eſt vray qu'il ſe tient és cieux, mais il a premierement, eſtant homme, conuerſé en terre. Parquoy gardons nous bien de nous imaginer d'auoir vn ſouuerain ſacrificateur, qui ne puiſſe eſtre touché du ſentimeut & compaſſion de noſtre foybleſſe. Iceluy a
eſſayé par toute ſorte de maux, auſquels noſtre vie eſt ſubiette : mais il s'eſt retiré victorieux és cieux, à fin que ne perdions courage és afflictions, nous appuyons ſur ſon ayde,
& que conſtamment nous acheuons de tirer vers le repos de felicité eternelle, auquel il eſt
paruenu. Car non pour autre fin a-il eſté affligé, battu, decraché, crucifié, comme malfaitteur, luy qui eſtoit innocent, ſinon à fin de nous nettoyer de tous pechés, nous, di-ie, qui
eſtions vrayement malfaitteurs. Il n'a pas changé l'affectiõ qu'il nous porte, pourueu que
par noſtre peruerſité nous ne le deſtournons de nous. Parquoy nous confians de ſa clemence, auançons nous vers ſon throſne non redoutable, mais placable & dreſſé pour ayder, non pour perdre : auançons nous, di-ie, hardiment ſans rien douter, à fin d'obtenir
miſericorde, laquelle nous pardõne noz pechés : & grace, laquelle nous inſtruiſe & ſoulage
de biens celeſtes, toutes les fois qu'il en ſera beſoing. Car d'autre ne deuons nous demander ſecours que de qui nous eſperons ſalaire.

Au throſne
de grace.

CHAPITRE V.

R entre les Iuifs la couſtume eſt, que tout grand ſacrificateur ſe choyſit d'entre
les hommes, & l'eſtablit-on à ce qu'en ces affaires qui ſe demeinẽt entre Dieu
& les hommes, il aduocaſſe pour les hommes comme quelqu'vn moyenneur
entre les deux : à fin que ſi Dieu eſt en rien offenſé pour les pechés des hõmes,
iceluy le reconcilie par dons & ſacrifices deuement offerts : lequel pour l'authorité de la dignité pontificale ait tel credit enuers Dieu, que neãtmoins il ne ſoit point exempt de foybleſſe humaine, à fin qu'il ſoit tant plus fauorable à ceux qui faillent par ignorance & a-
bus : puis que luy-meſme eſt detenu de la meſme foybleſſe, à raiſon de la communauté
de nature. Car ceux ont plus aiſément compaſſion des maux d'autruy, leſquels ont apprins d'eſtre pitoyables par l'experience de ſemblables maux : & plus volontiers ſuruient
aux cheutes d'autruy, celuy qui quelquefois tresbuche luy-meſme, ou pour le moins
n'eſt pas hors du dangier de tresbucher. Et pour ceſte cauſe le ſacrificateur Moſaique, comme il offre ſacrifices pour les pechés du peuple, doit ſemblablement offrir auſſi pour les
ſiens. Or Chriſt a eu vne nature tellemẽt ſemblable à la noſtre, ſubiette à douleurs & mort,
qu'elle eſtoit neantmoins exempte de tout peché. Il a experimenté la peine de peché, non
ſçachant de peché. Outre ce ſelon les couſtumes Moſaiques, il n'y a nul qui de ſoy-meſme
ſe ſaiſiſſe & emparre de l'honneur de la charge pontificale, mais l'obtient tant ſeulement
celuy, qui par le commandemẽt de Dieu y eſt appellé, comme fut Aaron. Et en effect celuy
ſemble indigne d'honneur, lequel par arrogãce brigue la dignité : & eſt peu capable d'vne
charge celuy qui s'y fourre de ſoy-meſme. Or en ceſt endroit auſſi Chriſt a baillé vn patron de põntife legitime. Car il ne s'eſt pas de ſoy approprié l'honneur de dignité pontificale, ains a eſté approuué du Pere, lequel en premier lieu aduoua Ieſus pour ſon vray fils,
quand il dit : Tu es mon fils, ie t'ay auiourd'huy engendré. Conſequemment auſſi il l'eſta-
blit vray & legitime ſacrificateur, quand il dit : Tu es ſacrificateur à iamais ſelon l'ordre dẽ

Pſeau. 2. 189

Melchiſedech. Or auès vous comment il a eſté ordonné : entẽdés maintenant comment il
a eſté tenté, eſſayé, & eſprouué. Lors qu'il conuerſoit encore en corps mortel ſur terre, il offrit à Dieu le pere (lequel le pouuoit recourre du ſupplice de mort, s'il n'euſt mieux aymé
par la mort du fils pouruoir au ſalut des hommes) prieres & oraiſons : il luy offrit, di-ie,
d'vne fort grande affection, auec grand cry & effuſion de l'armes, & fut exaucé ſi que pour

Lequel és
iours de ſa
chair.

la cha-

Luc 23
Iean 17

la charité & credit quant & quant qu'il a vers le Pere, il impetra ce qu'il voulut. Car il voulut (non pas pour eschapper le supplice de la croix) mais bien pour par sa mort nous acquerir salut. Il sentit l'horreur, il sentit le tourmēt de la mort : mais l'amour qu'il portoit
à l'humain lignage l'emporta. Il estoit le fils, & n'y auoit rien qu'il n'eust peu impetrer du
Pere, s'il l'eust demandé : mais il a ainsi semblé plus cōuenable pour nostre salut, que luy
estant affligé de tous maux iusqu'au supplice de mort, il baillast aux siens vn patron de
parfaitte obeissance. Demandés vous dequoy a seruy celle souffrance du sacrificateur nostre ? Essayé & esprouué par tous moyēs en sorte qu'en luy rien ne pouuoit estre desiré, non
seulement il s'est sauué soy-mesme, mais a esté cause de salut à tous ceux qui ensuyuent ce
patrō d'obeissance. Car il a impetré du Pere, que ceux qu'il auroit cōpaignons és afflictiōs
il les eust aussi participans du royaume. Pour ce sacrifice deuement parachéué, il fut appellé de Dieu grãd sacrificateur selō l'ordre de Melchisedech. Or qui fut ce Melchisedech,
& quant séammēt il la figuré le fils de Dieu, nous en aurions long propos à dire : mais de
vous raconter le tout, il seroit tres-mal aisé, d'autant que vous aués les oreilles peu capables de ce propos, & par trop debiles pour porter vn propos tant difficile & tant long. En
quoy certes ie suis contraint de requerir en vous vn estude & ardeur d'auancement : car là
où vous aués-ia par tant d'ans faict profession de Christ, que selon la portée du temps
vous deuriés estre docteurs des autres, vous aués de-rechef besoing que nous vous enseignons les premiers apprentissages, & comme l'A b c de la saincte Escripture, lesquels on a
de coustume d'enseigner comme à enfans à ceux qui par le baptesme renaissent en l'Euan
gile : & là où vous deuiés-ia estre robustes & forts en la philosophie Euangelique, vous
aués, comme tendres enfans, encore besoing de laict de basse doctrine, plustost que vous
n'estes capables de grosse viande d'vne plus haute erudition. Vous estes encore attachés
& quasi rampés en l'hystoire de la saincte Escripture, sans encore vous esleuer au sens qui
y est caché. Or celuy qui est tel, qu'il le faut encore nourrir de laict, iceluy est grossier, & non
encore assés robuste pour ouyr la iustice Euangelique, laquelle se trouue non pas en l'hystoire, mais és allegories. Et partant vn tel n'est pas capable de la parolle qui nous enseigne vne iustice parfaitte : entant qu'il est encore enfant en Christ, nouuellement enté au
corps d'iceluy, tellemēt que de peu à peu il s'auance à choses plus hautes. Mais la grosse
viāde du sens plus haut est pour les hommes faits & pour les parfaits, assauoir pour ceux
qui par longue & continuelle meditation, ont les sens exercités à discerner entre bon &
mauuais. Qui est enfant & se nourrit de laict, bien est vray qu'il vit, mais il ne s'est pas encore par vsage & eage, acquis telle force, que de se pouuoir de part soy choysir le meilleur
d'entre tout, sans attendre qu'vn autre luy vienne mettre en la bouche du laict ou de quel
que autre viande d'enfant auant machée.

C H A P I T R E   V I.

PARquoy nous qui deuons-ia auoir cessé d'estre enfans en la philosophie
Chrestienne, deportons nous donc de la parolle laquelle ordinairement
enseigne les premiers elemens & apprentissages aux grossiers, & tendons
à la perfection, sans tousiours plus demeurer attachés à ce point, nous
amuser qu'à tout propos nous mettions le fondement de penitence. Car
le premier de tous les degrés du Christianisme, c'est de faire penitence de
la vie passée, & se retirer de peché : en apres, que nous soyons enseignés qu'on doit
esperer & attendre de Dieu la vraye innocence & salut : puis que par le sacré baptesme soyons nettoyés des souilleures des vices, & soyons restitués en innocence : consequemment que par l'imposition des mains, nous receuions le sainct Esprit : item que
nous croyons la resurrection aduenir des morts, & celuy dernier iugement qui assigne-
ra aux vns felicité eternelle, aux autres tourmens eternels. Auoir pour vne fois apprins ces choses, en auoir pour vne fois faict profession, les auoir pour vne fois creu,
c'est bien assés. Or seroit-ce chose sotte & messeante si ces apprentissages baillés, nous
nous portions par apres en sorte qu'il fust besoing de les nous reitterer à chasque fois,
lesquels expressement s'enseignent pour estre le fondement de l'edifice qui doit estre
sur-basty. Mais bien tels elemens vne fois apprins, il nous faut ardamment efforcer
à ce que par continuels accroissemens de pieté nous deuenions hommes faits & parfaits, & que le fondement vne fois mis, vn noble bastiment d'or, & d'argent, & de
pierres precieuses, des vertus & bonnes œuures s'esleue iusqu'au fin dernier comble.

Nostre

Noftre deuoir eft de tendre à ce que nous pretendons nous le paracheuions, pourueu que Dieu (fans l'ayde duquel rien ne peut l'effect humain) fe monftre gracieux & fauorable à noz efforts. Apres que nous auons vne fois encommencé cefte courfe, point ne faut s'arrefter, point ne regarder en arriere, point ne retourner apres les chofes delaiffées, mais toufiours s'auancer aux meilleures. Or feroit ce vne chofe tres-fotte de recourir apres ce qui ne doit ný ne peut fe reitterer, car touchãt ceux qui ont vne fois laiffé les tenebres de la vie paffée eftans illuminés par la doctrine Euangelique, & qui ayans-ia par le baptefme les pechés pardõnés, fenty la gratuite liberalité de Dieu & le dõ celefte, par lequel les pechés vne fois oftés, il eflargift à tous innocence, puis par l'impofition des mains facerdotales ont eftés faicts participans du fainct Efprit, moyēnant lequel ils ont commencé de fe fier & attendre aux heureufes promeffes de vie eternelle, & ia comme auant-goufter & tafter les vertus du fiecle auenir, fi par nonchalance il leur aduient de recheoir és vilennies de la vie paffée, il eft certes du tout impoffible que de rechef ils foyent renouuellés par penitence: ce qui s'eft faict pour vne fois au baptefme, ou pour vne fois fe defpouiller le vieil homme auec fes œuures, & du lauemẽt fort vne nouuuelle creature. Et de faict, ceux qui retombãs à toutes hurtes en leur vie paffée, requierẽt d'eftre de rechef renouuellés par le baptefme: à quoy tendent telles gens finon qu'à fe crucifier de rechef le fils de Dieu, & quafi l'expofer en rifée ? Iceluy eft mort pour vne fois pour nous: & nous pour vne fois fommes morts auec luy au baptefme. Iceluy eft reffufcité pour vne fois, pour iamais ne mourir de rechef: auffi nous faut-il tellemẽt reffufciter auec luy en nouueauté de vie, que plus nous ne retournions en la mort de la vie vne fois laiffée, en prouocquant l'ire de Dieu d'autant plus rigoureufe, que fa liberalité auroit efté abondante enuers nous. Car il faut que noftre induftrie refponde à la benignité de Dieu enuers nous. Il plante bien en nous quelques femẽces de pieté, pour lefquelles faire léuer & accroiftre, il nous y faut pareillemẽt employer noftre foing. Car Car la terre qui boit jouuent la pluye. vne terre qui boit la pluye qui fouuẽt tombe fur elle, & iette herbe profitable à ceux qui la cultiuent, eft louée de Dieu, de ce qu'elle n'eft point fterile, & ne d'efteint & fuffocque point fans fruict la femẽce. Mais vne qui ayant receu vne bonne femence porte efpines & chardõs, eft reprouuée & pres d'eftre de Dieu maudite, & dont l'yffue fera telle qu'elle fera bruflée, & nõ pas moiffonnée. Or cecy d.fons nous par maniere d'exhortation, mes bien-aymés, non pas que le propos que nous auons tenu touchant la terre fterile s'addreffe à vous: ançois nous auons bien meilleure eftime de vous, laquelle moyenãt l'ayde de Dieu, faict foy de noftre falut pluftoft que de noftre ruyne: quoy que no' ayons mis cefte fimilitude en auant, pour efguifer en nous l'eftude de pieté Euangelique, de peur qu'en vous annõchallifsãt, vous ne tõbiés de peu à peu en vne extremitē de maux. Dieu vous affiftera, fi vous vous efforcés de biẽ en mieux. Car Dieu n'eft pas mefcognoiffant ne defraifonnable, pour oublier voz bienfaicts & le trauail qu'aués prins, nõ pas pour noftre gloire ou gaing, mais pour l'amour de fon nõ: laquelle chofe vous aués declaré en effect, de ce que tant de voz richeffes, que de voz feruices, & deuoirs aués autrefois feruy & ferués encore à prefent au faincts, par lefquels le nom de Chrift fe publie. Outre-plus nous auõs mis ce propos en auant, d'autant qu'en ce que vous faictes, nous defirons que vous y perfeueriés tous, entre lefquels y en a quelques vns plus lafches que ie ne voudroye: & non feulement y perfeueriés, mais auffi vous y profitiés de iour en iour, de plus en plus, iufques à ce que vous foyés paruenus à la perfection: à fin que pour la bonne efperance que i'ay maintenant de vous, i'aye pleine confiance, vous voyant toufiours vous auancer en mieux, & eftre fort efloignés du peril de ceux qui en s'acaignardãt retõbent petit à petit en leur vie paffée: ançois que pluftoft vous fuyués les traffes de ceux qui fe fiãs fur les promeffes de Chrift, & la ferme efperãce des falaires celeftes, paruiennẽt en l'heritage de la vie immortelle, laquelle il a promife aux fiens au royaume celefte. Ceux qui fe deffiãs des promeffes de Dieu, regardoyent apres l'Egypte delaiffée, ne paruindrent point en la terre promife: mais Abraham fe fiant conftamment des promeffes de Dieu, mefme nature y contreuenant, obtint ce qu'il auoit attẽdu. Car Dieu pour rendre plus certaine la foy de la promeffe, y entremit le fermẽt, qui eft ordinairemẽt entre les hõmes vne affeurãce trefcertaine. Or par ce qu'il n'auoit nul plus grand que foy par lequel il peuft iurer, il iura par foy-mefme, & iura en cefte maniere: Ie iure par moy-mefme que pource que tu as cela faict, & n'as Genef. 22. pas efpargné tõ propre fils vnicque pour l'amour de moy, ie te beniray, & te feray auoir autant de femence qu'il y a d'eftoilles au ciel & d'arene au riuage de la mer. Dieu

Ddd   donc

donc ayant apperceu la constance du vieillard, lequel ne doutoit point de tuer son pro‑
pre fils, auquel sembloit resider toute l'esperance de posterité, luy conferma par sermēt
la promesse auant faitte. Car Dieu ayant affaire auec vn homme, ensuyuit la façon de fai‑
re des hommes, lesquels iurent par vn plus grand qu'eux à fin que le serment en soit
tant plus authētique. Et entre iceux‑mesmes s'il y a quelque doute ou differēt, il se de‑
mesle & vuyde, si cōfirmation de serment y suruient est employée. Aussi est‑ce la cause
pour quoy Dieu voulant autentiquement monstrer aux heritiers de la promesse la fer‑
meté de son entreprinse, y entremit le serment: à fin qu'aucun ne peust soupeçōner que
Dieu deust mentir, puis qu'il s'estoit obligé en deux sortes, premieremēt par promesse,
puis par serment: item à fin que cōceuans vne certaine fiance nous ayōs vne ferme con‑
solation és aduersités & tempestes de ce monde, nous qui n'auons point fiché nostre fe‑
licité és cōmodités de ceste vie, ains auons là nostre refuge de ioye au siecle aduenir de
l'esperance proposée, laquelle ce pendant en ces tempestes du monde nous tenons cō‑
me vne ferme & seure ancre de l'ame, comme celle qui nous est fichée non pas és choses
transitoires mais au ciel, & entrante iusqu'au dedans du rideau, où n'y a nuls change‑
mens de choses, ains tout y est eternel & pardurable, C'est celle partie interieure du tem‑
ple, en laquelle nostre auāt‑coureur & guide, assauoir Iesus Christ est entré pour prier le
pere pour nous, fait (comme i'auoye commencé de dire) souuerain sacrificateur selon
l'ordre de Melchisedech à iamais.

CHAPITRE VII.

Gen. 4.

O R puis que le fils du propos nous a ramené à faire mention de Melchise‑
dech, voyons quel iceluy a esté, & par quel moyen il a esté figure de nostre
sacrificateur. Touchant ce Melchisedech roy de la cité ditte Salem, on lit
iceluy auoir esté pontife du souuerain Dieu, & qu'il alla au deuāt d'Abra‑
ham quand il retournoit de la descōfiture des trois roys, & le benit pour
sa noble prouesse, qu'aussi Abraham luy bailla la disme de tout son auoir. Et aussi Mel‑
chisedech premierement selon l'interpretation du mot signifie roy de iustice: puis à rai‑
son du titre du royaume il est appellé roy de Salē, c'est à dire, roy de paix: lequel est dict
n'auoir ne pere ne mere, n'ancestres, sans auoir ne commencement d'eage, ne fin de vie.
Mais aussi de luy a esté dict ce que vrayemēt cōuient au fils de Dieu, qu'il demeure pre‑
stre à iamais. Et iusque icy vrayement il n'y a rien qui ne conuienne à Christ nostre sou‑
uerain sacrificateur, lequel a estably le royaume de iustice, lequel est prince de paix, le‑
quel selon sa diuine nature n'a ne pere ne mere en terre, la genealogie duquel hōme du
monde ne peut deschiffrer, lequel n'a point eu de cōmencement, ny aussi n'aura point
de fin : la sacrificature duquel dure à iamais, purifiāt iusqu'a la fin des siecles tous ceux
qui croyent en luy. Contemplōs maintenāt la dignité dudict Melchisedech, & de com‑
bien grande distāce il a surpassé les sacrificateurs de la loy Mosaique. Abraham grand
pere tant authentique non seulemēt daigna‑bien receuoir benediction de celuy apres
auoir acheué la desconfiture des roys, mais aussi luy bailla la disme du butin. Or com‑
manda bien la loy de Moyse, que ceux qui seroyent descendus de Leui, prinssent l'ordre
de sacrificature, & leuassent dismes, mais de leurs freres tant seulement, c'est à dire, de la
posterité d'Abraham, & ne s'estend pas plus loing le droit & dignité des Leuites. Mais
Melchisedech homme estrange de la race Iudaique, print toutefois dismes d'Abraham
autheur & premier pere de toute celle nation, & benit celuy de qui, selon la promesse de
Dieu, deuoit descēdre la natiō des Iuifs. Or n'y a‑il point de faute, qu'vne chose qui est
benite est moindre que celle qui la benist. Car quiconque benist, approuue bonnemēt
par son authorité ce qui s'est faict. Or le droit de ratifier appartiēt ordinairemēt à vn su‑
perieur, nō pas à vn esgal ou inferieur. Et en la race Leuitique ceux prenoyēt les dismes,
qui estoyēt aussi eux‑mesmes mortels, & par la mort desquels ce droit escheoit à d'au‑
tres: mais de Melchisedech il est dict, qu'il vit & dure à iamais, ayant vne souueraine sa‑
Nomb. 18. crificature à tousiours pardurable. Finalement comme ainsi soit que de Leui premiere‑
ment le droit de leuer dismes soit paruenu aux sacrificateurs, en ce qu'Abraham a payé
dismes à Melchisedech, celuy mesme Leui semble auoir esté faict redeuable à payer dis‑
mes, là où iceluy a de coustume de la leuer des autres. Comme donc ceux qui payent la
disme à Leui, luy sont inferieurs, pareillement aussi Leui est inferieur à Melchisedech,
veu qu'il luy a baillé disme. Et commēt (dira quelqu'vn) a‑il baillé la disme, veu qu'il
n'estoit pas encore nay du temps que Melchisedech alla au deuant d'Abraham? Ouy
mais par ce que la posterité est reputée aucunemēt estre au premier pere de la race, pour
ceste

ceſte cauſe ay-ie dit, Leui ſelon ceſte raiſon, auoit baillé eſtant en Abraham la diſme à
Melchiſedech. Que ſi la parfaitte religion giſoit en la ſacrifricature Leuitique, comme il
ſemble aux Iuifs, à raiſon que ſous Aaron, qui eſtoit de la lignée de Leui, fut baillée la
loy : qu'eſtoit-il plus beſoing qu'vn autre ſacrificateur s'eleuaſt, qui ſelō que le chāte le
Pſeaume myſticque fuſt dit eſtre cōſacré & eſtably, non pas ſelon l'ordre d'Aaron, mais
bien ſelon l'ordre de Melchiſedech. Car attendu que l'authorité & forme de la Loy eſt
cōioincte auec la forme de la ſacrificature, il eſt force que la ſacrificature changée en autre forme, changement auſsi ſe faſſe de la forme de la Loy. Or le changement de lignée
demōſtre aſſés l'ordre de ſacrificature deuoir eſtre changé. Car celuy dont parle la prophetie du Pſeaume, n'eſtoit point de la lignée de Leui, ains d'vn autre de laquelle nul
n'auoit encore aſſiſté à l'autel, veu qu'il eſt tout manifeſte que Ieſus noſtre Seigneur eſt
yſſu de la lignée de Iudas. Et toutefois Moyſe en ordonnāt la façon & droit de la ſacrificature, ne fit nulle mentiō de celle ſacrificature qui deuſt auoir affinité auec la lignée de
Iudas. Dauantage que la ſacrificature de laquelle parle le Pſeaume ne ſoit point de telle qualité qu'eſt la ſacrificature Moſaique il eſt encore de tant plus notoire en ce que manifeſtement la prophetie adiouſte. Selon l'ordre de Melchiſedech, demōſtrāt certes par
cela vn ſacrificateur diſſemblable à Aaron, & reſſemblāt à Melchiſedech : à fin que nous
entēdiōs qu'il n'y a pas moins de differēce d'vne perſonne à l'autre, qu'il y a entre l'ordre & dignité de la ſacrificature. Et que veut dire, Selon l'ordre de Melchiſedech? c'eſt,
vn ſacrificateur qui point n'immole des beſtes qu'ordonne la Loy lourde & charnelle,
mais bien qui par grace céleſte puiſſe mener en la vie eternelle. Car quant à la loy, elle
purifioit la chair par lauemens & diuerſes purifications : ceſte ſacrificature cy purifie les
ames par vne victime de plus grand' efficace. Or comme Aaron ne demeure pas à iamais, ainſi n'eſt pas eternelle la ſacrificature d'iceluy : & item comme Melchiſedech eſt
dict demeurer à iamais, ainſi la ſacrificature d'iceluy ne doit iamais prendre fin. Et
que cecy conuienne vrayement & proprement à Chriſt, le Pſeaume myſticque le demonſtre, diſant : Tu es preſtre à iamais ſelon l'ordre de Melchiſedech. Vne ſacrificatu-

re temporelle faict place à l'eternelle, & cede vn grand ſacrificateur mortel à vn immor- Pſeau. 109.
tel. Or comme la ſacrificature imparfaicte faict place à la parfaicte, ainſi la Loy imparfaicte cede à la loy Euāgelique plus parfaicte, par laquelle s'aboliſſent les ordonnāces Il ſe faict aboli-
Moſaiques de la vieille alliance, d'autāt quelles n'eſtoyent pas d'aſſés grande efficace, tion du com-
hy n'apportoyent pas telle vtilité qu'il failloit. Car le vouloir de Dieu eſtoit que fuſsiōs mandement.
rendus parfaicts : mais celle loy n'a rien amené à perfectiō, & auſsi n'eſtoit-elle pas baillée pour celle fin, & neātmoins n'a pas eſté baillée en vain. Or pour cela a-elle eſté baillée pour vn temps, à ce qu'elle ſeruiſt de quelque degré, qui en la parfin nous amenaſt
à vne meilleure eſperāce. Car icelle promit vne terre fructueuſe, en laquelle viuroyēt en
tranquillité & repos ceux qui garderoyēt les cōmandemens de la loy Moſaique. Terreſtre eſtoit la loy, auſsi eſtoit terreſtre le ſalaire : voire-mais en ce point fut prouueu aux
hommes de lourd entendement & terreſtre, à ce que des choſes ſenſibles ils s'accouſtumaſſent de peu à peu aux choſes de l'ame. Commandement leur eſtoit faict, de ne tuer,
de ne deſrober, de ſe purifier par certaines ceremonies apres auoir attouché vn corps
mort : vne terre leur eſtoit promiſe, en laquelle ils viuroyēt en repos & tranquillité bien
peu d'ans. A nous eſt promis le ciel, où nous viurōs heureux à touſiours-mais, & nous
eſt cependant commandé d'aymer meſme noz ennemys. Leui ſacrificateur quand de-
uotemēt il vacquoit au ſeruice diuin, pour prier Dieu pour le peuple, entroit au dedās
du rideau. Mais noſtre ſacrificateur eſt meſme entre tout dedās les cieux, pour aduoca-
ſer pour nous enuers Dieu le pere, deuant lequel nous ſommes preſentés par le moyen
de noſtre embaſſadeur Ieſus Chriſt, qui eſt le chef de l'Egliſe : & où eſt le chef, le corps
n'en peut eſtre abſent. Et eſt noſtre eſperance par le moyē d'vn tel pontife d'autant plus
ferme, que n'eſt pas celle des Iuifs par les leurs, qu'iceux leurs pontifes ont eſté ordon= Il peut ſauuer
nés ſans ſerment, mais le noſtre l'a eſté auec ſerment : lequel le Seigneur y a voulu em= ceux qui ap-
ployer expreſſement, à ce que nous euſsions tant plus ferme fiance aux promeſſes, ſi le prochent à
ſacrificateur, moyennant lequel nous eſperōs la felicité promiſe d'immortalité, eſt con= Dieu par luy.
fermé pontife par ſerment à iamais, & ce de Dieu, lequel ne peut mentir. Car au Pſeau=
me prophetique il dit ainſi : Le Seigneur iure ſans deuoir chāger de propos, que tu es ſa= Pſeau. 109.
crificateur à iamais ſelon l'ordre de Melchiſedech. Autant donc qu'il y a de diſtance en=
tre la terre & le ciel, entre les choſes temporelles & les eternelles, entre les mortelles & les

Ddd 2   immor-

immortelles,entre les humaines & les diuines, d'autant meilleur testament est faict pleï
ge Iesus nostre sacrificateur, & pleige d'autant plus seur qu'entre les hommes vne pro
messe confermée par serment est plus seure qu'vne simple promesse. Quoy: que sous la
loy Mosaique il estoit necessaire d'ordonner plusieurs sacrificateurs,fut ce à fin qu'à cer
tains iours il vacquassent apres la sacrificature,fut ce par ce que la mort les engardoit
de tousiours demeurer en leur office: changement de pleige à chasque fois, n'a-il pas
quelque espece d'incertitude: Mais cestuy nostre pontife est tout seul pour tous,& n'a
que faire de successeur, ains par ce qu'il demeure à iamais,il a vne sacrificature pardu-
rable.Qui faict que ceux qu'il a encommencé de sauuer,il les peut amener à vn salut
parfaict:entant qu'ils ont vn sacrificateur tousiours prest, pour par luy auoir acces vers
Dieu.Et en effect,pour cela tousiours vit Christ,à fin que toutes les fois que besoing sera il prie Dieu pour les siens.Car il n'a pas tellemēt immolé la victime, qu'elle profite à
peu pour peu de temps, ains à fin qu'à tous & pour tousiours-mais elle soit d'efficace
pour appaiser Dieu.Donc puis que la Loy estoit parfaicte & celeste,il estoit semblablement conuenable que tel fust le pontife,assauoir,sainct,sans tromperie,pur,du tout separé de la participatiõ des pechés esleué par dessus tous les cieux, qui ne soit pas cõ
traint d'offrir tous les iours,cõme faisoyēt les sacrificateurs Mosaiques, sacrifices pour
ses pechés propres,puis apres pour ceux du peuple. Car quels reconciliateurs estoyent
ceux là,lesquels auoyēt eux-mesmes besoing de recõciliation enuers celuy,vers lequel
ils supplioyēt pour les fautes des autres: Quel estoit le sacrifice,lequel il failloit à chasque fois reiterer,pour autres & autres pechés. Nostre pontife, qui n'auoit aucun pechê
sien,a porté sus soy les pechés de tout le monde, & vne fois pour toutes a offert pour
tous sacrifice,non pas vne beste,mais soy-mesme. Car la loy Mosaique foyble & impar
faitte qu'elle estoit,aussi ordõnoit-elle des pontifes subiets à foyblesse.Mais la parolle
du sermēt, de laquelle nous auons n'agueres faict mentiõ, qui demonstre qu'à la vieil
le loy doit succeder vne meilleure,ordõne vn prestre non pas vn homme tel quel,mais
bien le propre fils de Dieu à tout iamais, tousiours prest & capable pour moyenner
pour nous,comme celuy qui est tel,que mesme la mort ne le puisse oster ny aucune foyblesse l'empescher d'estre idoyne & parfaict moyenneur pour nous.

C H A P I T R E   V I I I.

V reste, du propos que par tant de parolles nous auons debatu, le neud
& la somme est, que desormais ne faissiõs plus cas du pontife Mosaique,
puis que nous auõs vn põtife tant excellēt en toutes sortes, qu'il est assis
à la dextre du throsne magnificque de Dieu és cieux,pour deuemēt par
acheuer nõ pas les sacrifices ombratils, ordonnés par Moyse,mais des sa
crifices vrays & celestes:& pour hanter non pas en celuy tabernacle ombratil, qu'auoit
fiché vn homme,mais au sanctuaire du vray tabernacle qu'a fiché Dieu, separant les
choses celestes des terriennes. Or comme ainsi soit que tout pontife ordinairement's'or
donne expressement à ce, qu'il offre presens & sacrifices à Dieu : il ne se pouuoit faire,
que celuy fust pontife legitime,lequel n'auroit qu'offrir. Que si à Christ auoit esté donnée vne sacrificature terrestre comme aux autres,il ne seroit pas mesme sacrificateur,at-
tendu que iamais il n'offrit ny offre aucun des sacrifices, que les autres sacrificateurs
ont de coustume d'offrir selon l'ordonnãce de la Loy,lesquels ne sont rien autre chose
fors quelques ombres & figures du temple celeste & des victimes celestes.Car tout tant
que Christ a faict,mesme sur terre, à raison qu'il a esté faict non pas selon la chair,mais
selon l'esperit,& estant yssu du ciel,tend aussi au ciel, à bon droit est dict celeste, accomparé à la lourdesse de la sacrificature Mosaique.Et semble Dieu auoir cela signifié,quãd
en baillant à Moyse la forme & patron de bastir le temple, il luy parle en ceste maniere:
Regarde que tu fasses le tout selon le patron qui t'a esté monstré en la montaigne.Car
Moyse auoit veu de ses yeux spirituels vn'autre sorte de temple plus saincte, vne autre
sorte de sacrifices,selon le patron desquels il portrairoit ce pendant quelque lourde re
presentatiõ des choses iusques que vinsse le temps,qu'il sembleroit bon à Dieu que les
ombres cedassent à la verité. Or est maintenant venu ce temps,nous auons vn pontife
celeste,& vne sacrificature conuenable à luy,d'autant vrayement plus excellēte que l'al
liance Euãgelique est plus excellēte que la vieille Mosaique,& d'autãt que les promes
ses de la nouuelle sont plus magnificques que celles de la vieille. Là les corps estoyent
purifies

purifiés par sang de bestes brutes:icy sont purifiées les ames par le sang de Christ. Là est promise vne terre,icy sont promis salaires celestes. Et en cestuy testament nostre pontife celeste moyenne d'vne façon celeste entre les hommes & Dieu. Que si celuy premier testament eust esté tel,qu'en luy n'y eust eu que redire, comme l'estimēt les Iuifs,on n'eust pas cherché lieu pour le second.Car ce seroit chose superflue de rien adiouster à ce qui est parfaict. Or est-ce que Dieu se complaint de ce que celuy premier testament auroit esté inutile, & en promet vn autre de plus grand' efficace & meilleur, parlant par le prophete Ieremie en ceste maniere : Sachés qu'vn temps viendra (dict le Seigneur) que ie traitteray auec la maison d'Israel, & auec la maison de Iudas, vn nouueau testament, non pas tel testament que ie traittay auec leurs peres lors que ie les prins par la main & les menay hors d'Egypte : car ils ne persisterent point en mon testament, & moy semblablement ne tins conte d'eux,dit le Seigneur. Mais voicy le testament que ie feray auec la maison d'Israel, dict le Seigneur,c'est que ie n'engraueray mes loix en pierres ou en liures,comme i'ay essayé en vain, mais les leurs mettray en l'entendement,& les leur escriray au cœur,& seray vrayement leur Dieu, & eux semblablement seront mon vray peuple. Si ne le se bailleront plus de main en main les vns aux autres, en sorte qu'vn chascun soit côtraint d'enseigner son prochain, & vn chascun son frere,disant:Cognoy le Seigneur : pourtant alors non seulement peu de Iuifs, mais en tout lieu tous,depuis le plus petit iusqu'au plus grand,cognoistrôt que par l'intercessiõ du fils ie seray appaisé,leur pardonnāt leurs mesfaicts & pechés,& que plus ie n'auray souuenãce de leurs meschancetés.Vous oyés les parolles de Dieu promettāt vn nouueau testament,à raison que le vieil s'estoit trouué inutile. Or en le disant nouueau,c'est à dire,spirituel, il signifie le vieil, c'est à dire le charnel deuoir estre aboly. Autrement cestuy ne pourroit estre dict nouueau,n'est que celuy qui a precede s'enuieillisse & deuiêne ancié. Or ce qui s'enuieillit & deuient ancien,est tout pres d'estre esuanouy, entant que de peu à peu il tend à venir à neant.

Ierem.31.

CHAPITRE   IX.

Velcun demandera:La sainçteté donc du vieil temple, a-elle esté inutile? Nenny dea. Car autrefois aussi celuy vieil têple, la sainçteté duquel s'est esuanouye à la venue de la verité Euāgelique,auoit quelques ordonnances & ceremonies certaines,lauemens, & victimes de bestes, l'obseruation desquelles auoit quelque apparence de iustification & purification en representant aux yeux des hommes par quelques choses exterieures & visibles, vn pourtraict de plus souueraines & spirituelles. Ces ceremonies se faisoyent principalemêt en celle partie du têple, que l'escripture appelle le sanctuaire seculier ou mondain,à raison que l'entrêe en estoit ouuerte à tous indifferemment,fussent Iuifs, fussent proselites,fussent Payens. Car le bastiment du temple, aussi bien que du tabernacle, estoit tel,qu'vn endroit estoit en plus grand' reuerêce que l'autre,tant qu'on estoit venu au lieu qu'on tenoit pour le plus sainct. Car en premier lieu fut faict vn tabernacle où l'on gardoit non sans grande reuerence,le chandelier,la table,& les sept pains sacrés, qu'on appelle pains de proposition, à raison qu'ordinairement ils les proposoyent sur la saincte table. Et celle partie du temple est appellée le sanctuaire simplemêt, d'autant qu'ell'estoit tellemêt retirée des lieux prophanes,que toutefois elle estoit fort eslôgnée de ceux ausquels estoit attribuée la principale reuerence & saincteté.Et apres le secôd voyle, qui separoit celle partie du temple d'auec les autres, y auoit vn autre tabernacle, lequel par excellêce de saincteté s'appelloit le sainct sanctuaire:en ce lieu estoyent certains ioyaux memoriaux plus sacrés,l'encensoir d'or,l'arche qu'on appelle du testament,toute couuerte de lames d'or,en laquelle estoit vne cruche d'or,là où se gardoit de la mãne pour memorial du miracle ancien que lors que les Ebrieux estoyêt pressés de faim,vne nouuelle sorte de viande plut du ciel : item la verge d'Aaron,laquelle par miracle non ouy, façoit qu'elle fust retranchée de son tronc,feuillit,bourgeonna & florit, & aux fleurs succederent des amandes. En l'arche aussi estoyent les tables qu'on dict du testament,par ce qu'en icelles estoyent les dix commandemês,engraués du doigt de Dieu.Sur l'arche estoyent les cherubins ymages à tout des ailes, qui representoyêt la maiesté & gloire de Dieu, lesquels ombrageoyent de leurs ailes l'appaisoir, lequelles choses toutes contenoyent quelque demonstrance de chose plus sacrées,lesquelles l'Euangile a depuis manifestées. Mais il seroit long de deschiffrer par le menu que c'est qu'elles signifient:ce

Exod.16.
Nomb.17.

Exod.40.

Ddd 3   nous

nous fera affés de confronter la fomme de tout l'affaire auec la facrificature de Chrift.
Donc le temple ainfi diftingué, & les facrés ioyaux difpofés en leurs places, tous facrificateurs entroyét bien tous les iours en celuy premier tabernacle pour faire les ceremonies des facrifices:mais au fecond plus facré—fainct le feul pótife qui auoit la premiere
dignité entre les facrificateurs y entroit vne fois tant feulement tous les ans, non fans
fang de beftes,lequel il offroit là pour fes pechés premierement,en apres pour ceux du
peuple, commis par abus & ignorance, Par lefquelles chofes le Sainct Efprit donnoit
à entédre comme par certains enygmes que pour lors n'eftoit pas encore ouuerte l'entrée pour aller au lieux qui vrayement font faincts, & n'ont rien qui foit de contagion
terrienne. Car par ce qu'il n'y auoit que le pontife feul qui entraft au fainct fanctuaire,
les autres en eftant forclos,& que celuy premier tabernacle demeuroit encore,lequel e-
ftoit la figure de ce temps là,durant lequel les hommes eftoyent tellement quellement
retenus en la religion Iudaique,par certaines lourdes ceremonies,à fin qu'ils ne fe def-
bordaffent à chofes plus vilaines,en iceluy premier tabernacle fe faifoyent quelques ceremonies groffieres & vulgaires par les facrificateurs ordinaires. On y offroit des dós,
on y affommoit les beftes, on y immoloit les hofties,lefquelles chofes auoyét bié quelque apparence de purification,mais telle,que ceux qui en vfoyent,elles ne pouuoyent
toutefois les rendre du tout purs quand à la cófcience & l'ame,felon laquelle Dieu faict
eftime & iugement de nous,iaçoit que felon le corps & eftime des hommes elles fem-

Qui eftoit fi-
militude pour
le temps d'a-
donc.

blaffent bailler quelque pureté.Car tout tant qui fe faifoit là,cócernoit principalement
le corps,eftant mis en choix de viandes & breuages,combié que vrayement & de faict
la viande ne purifie ne fouille l'ame:item en diuers lauemens & autres purgations du
corps:lefquelles chofes n'eftoyent pas expreffement ordonnées pour bailler vne parfaitte iuftice à l'homme,mais bien à ce que par tels apprentiffages les hommes s'accou-
ftumaffent de peu à peu à vraye religion,& par les ombres fuffent códuits à la verité,&
deuinffent capables de chofes meilleures,lefquelles la doctrine Euágelique mettroit
en auant en leur temps.Vous aués la fomme de toute la religió,de laquelle tant fe complaifent en eux—mefmes les Iuifs. Faifons maintenát comparaifon de la dignité de no-

Mais Chriftve-
nant fus cela
fouuerain fa-
crificateur.

ftre pontife auec ces chofes. Car Chrift pontife pleige & autheur,nó pas de purificatió
corporelle,ny des biés de ce fiecle qui font periffables,mais biens eternels & celeftes,eft
entré,non par vn voyle tiffu de main d'hommes,mais par vn autre tabernacle non manouuré,c'eft à dire,nó ainfi bafty,que les hommes,ne plus ne moins qui dreffent le baftiment, peuuent femblablement le demolir: mais par le ciel mefme eft entré és lieux
vrayement faincts en vn fanctuaire vrayement fainct,& vrayement feparé de toute contagion d'immortalité,fans porter quant & foy du fang de boucs & de veaux pour appaifer Dieu,ains par fon propre fang lequel il auoit efpandu pour nous fur l'autel de
la croix,moyénant lequel fang il a deliuré de tous pechés,non pas vn peuple tant feulement,mais tout le genre humain:& ce non pour vn feul an,mais pour toufiours iufqu'à la fin du monde, pourueu que fe repentans des pechés de leur vie paffeé ils recognoiffent Chrift & l'enfuyuét de toutes leurs forces. Et auffi quelle comparaifon y a-il
d'vne befte muette à Chrift Dieu & homme:Que fi le fang des toureaux & boucs,où la
cédre d'vne geniffe efpádue fur les fouillés,les purifie feló quelque charnelle & ombra-
geufe faincteté,combien plus le fang de Chrift,qui nó par vn feu corporel,ains par vn
efperit eternel, alteré du falut de l'humain lignage, a offert à Dieu le pere non pas vné
befte brutte,mais foy—mefme hoftie pure & fans tache,purifiera—il,non pas voz corps,
mais voz confciences des œuures qui vrayement apportent la mort à l'ame:Sa mort
nous deliure de mort eternelle,& fon efprit tres—pur,purifie le noftre au parauant fouil-
lé.D'vne part & d'autre il y a fang,mais la differéce y eft fort grande d'vne part & d'autre il y a mort,mais inegale:d'vne part & d'autre il y a efprit,mais fort diffemblable.Car

Et pourtát eft
il mediateur
du nouueau te-
ftament.

ce que là, s'eft faict par ombres & certaines figures,cela a faict Chrift en verité Car par
ce que celuy qui au vieil teftament eftoit moyenneur entre Dieu & les hommes,n'apportoit pas vne innocéce parfaitte, pour cefte caufe a fuccedé Chrift nouueau moyenneur du nouueau teftament,à fin que les pechés qui par celuy premier teftamét ne pouuoyent eftre abolis,& qui nous eflognent de Dieu,eftans par fa mort abolis,deformais
par la doctrine Euágelique reçoyuent promeffe & efperance de l'heritage eternel, non
tant feulement les Iuifs,mais tous ceux qui feront appellés en la cómunauté de Chrift.
Et de faict là où fe faict mention de teftament,là auffi eft neceffaire qu'entreuienne la
mort du teftateur,autrement ce ne feroit pas teftament,ou bien fi c'eftoit teftamét, il fe-

roit

roit de nul effect. Car la mort du testateur ratifie le testament, lequel n'a point encore de
ferme vigueur, tandis que vit le testateur, attēdu qu'il luy est loysible de le chāger si bon
luy semble. A raison dequoy, celuy vieil testamēt par ce qu'il fut aufsi appellé testamēt,
ne fut pas dedié sans sang & mort, mais d'vne beste & qui autrement aufsi fusse morte.
Car comme on lit en l'Exode, quand Moyse eut recité toute la Loy de Dieu au peuple, *Exod. 14.*
& eut exposé quel salaire ils deuoyent esperer de l'obseruation, & quelle peine craindre
du mespris d'icelle: à fin que l'alliance entre Dieu & les hommes fust rendue ferme & ratifiée, il versa en vne couppe du sang de veaux & de boucs meslé auec de l'eau, puis y
trempa de la laine d'escarlatte & de l'ysope, & en arrousa premierement le liure mesme
d'où il auoit recité les cōmandemēs du Seigneur, puis tout le peuple, en disant: Cestuy
sang est tesmoing & confirmateur du present testament, lequel vous a Dieu commandé à celle fin que l'obseruiés. Et non content de cela, en outre il arrousa semblablement
de sang le tabernacle & tout tant qu'il y auoit de vaisselle sacrée, dont on vsoit és sacrifices. Voyre és autres ceremonies aufsi, tout ce qui se purifioit selon l'ordonnance de la
loy Mosaique, se purifioit par sang. Et ne se faisoit aucune remision des pechés, sinon
par effusion de sang. Et aufsi à la verité il estoit ainsi cōuenable, qu'en terre les choses
qui representoyent l'ymage & ombre des choses du ciel, s'acheuassent par telles lourdes purifications. Mais apres que la verité est apparue, il a fallu que les choses celestes
& sacrées s'acheuassent, se purifiassent par meilleurs sacrifices, & apportassent vne plus
vraye pureté. Car, cōme dit est, mesme tout tant que Christ a faict sur terre, est celeste. Et
de vray, Christ n'est pas entré en celuy sanctuaire manouuré, lequel est plustost sainct
par opinion, que de faict, & se peut prophaner: & n'estoit à autre chose que quelqu'ombre des choses vrayemement sainctes. Ains est entré au ciel mesme, où habite Dieu immortel auec les esprits celestes, & deuant la face d'iceluy cōme pontife legitime mioyen-
ne & supplie pour les pechés de tout le monde, se faisant valoir par son propre sang, lequel par pure & gratuite amour, il a espandu pour nous: ce qu'il a faict & ce par vne hostie de telle efficace, qu'il n'est ia besoing de le reitterer tous les ans, comme le pōtife du
vieil testamēt entroit chascun an au sainct sanctuaire. Et n'est pas de merueille que l'hostie d'iceluy n'ait pas autrement esté d'efficate, attendu que luy-mesme aufsi estoit subiet à peché, & offroit du sang & de beste & d'autruy. Que si Christ eust esté tel pontife,
veu que depuis la creatiō du monde tant souuēt retournēt les siecles & ans, il luy eust e-
sté necessaire de souuent faire sacrifice cōme faisoyēt les sacrificateurs du vieil testamēt.
Or est-ce qu'il a esté tel que ce luy a esté asses de s'estre immolé soy-mesme vne fois
pour toutes, & d'auoir pour vne fois aboly par l'arrousemēt de son propre sang les pechés de tous les siecles iusqu'a la fin du mōde. Ce qu'il a faict, nō pas dés le cōmēcemēt
du mōde, mais sur la fin, lors qu'il estoit manifeste que tout estoit corrōpu de pechés; &
qu'il n'y auoit aucū remede, sinon qu'il vinst de Dieu, à fin qu'il fust tout notoire, de cō- *Tout ainsi qu'*
bien grand'efficace estoit ce sacrificateur, qui par vn seul sacrifice, purgeoit vn tant infi- *il ōdōne aux*
ny monceau de pechés, ayant laissé vn remede tout prest & aisé, c'est que ce mesme sacri- *hommes de*
fice satisfaict pour iamais pour tous ceux qui point ne s'en rendront indignes. Car il a *mourir vne*
prins charge sus soy les pechés non seulemēt de ceux qui maints ans auant auoyēt mis *fois.*
leur esperance en luy, mais aufsi de ceux qui maints siecles apres viendroyēt à croire à
son Euangile. Parquoy il ne faut-ia, que le monde attende vn autre sacrificateur ou vn
autre sacrifice pour purger la purgatiō des pechés: ains comme c'est vne chose toute arrestée que tous hommes ayent vne fois à mourir, sans espoir de retourner en ceste vie,
(durant laquelle à chasque fois nous defaillons, & à chasque fois sommes purgés) &
qu'apres la mort d'vn chascun on n'attend rien qui soit sinō celuy dernier iugemēt, lequel asignera les salaires eternels & aux bons & aux meschans: semblablement aufsi
Christ qui mourant pour vne fois a esté offert pour tous en portāt sur soy, entant qu'en
luy a esté, les pechés de tous, à fin de porter la peine pour tous: il n'a rien voulu rester sinon vn dernier iugement, où il apparoistra de rechef aux hommes, non pas comme
vne victime vouée, non pas comme homme malfaitteur & digne de mort, (cōme la premiere fois) mais comme remply de gloire & exempt de tout peché. Or apparoistra-il salutaire & heureux à ceux, qui estans maintenant purifiés par sa mort, perseuerent
en innocence de vie, iusques qu'il vienne de rechef, non pas pour deuoir
estre immolé, mais iuge, souhaitable aux bons, redou-
table aux meschans.

CHAPITRE   X.

R la cause pourquoy le pontife du vieil Testament n'a pas eu tell'efficace, ç'a esté, que celle loy, à raison que point elle n'auoit la viue & vraye presen ce, ains seulemēt quelqu'ombre des biens, laquelle denotoit plustost vne chose qu'elle ne la faisoit, elle ne pouuoit iamais par ces commūs sacrifi= ces (iaçoit que continuellement iceux sacrificateurs les offrissent tous les ans) rendre parfaicts ceux qui par sacrificateurs infirmes à tout des sacrifices de nulle efficace s'approchoyent pour appaiser Dieu. Que si s'eust peu faire, n'eust-on pas cessé de les reitterer apres les auoir vne fois offers? Or est-ce qu'en iceux sacrifices toutes les fois qu'on les reittere, il s'y faict de rechef commemoration des pechés passés: argumēt pour les cōuaincre qu'il se fiét peu à vn seul sacrifice. Car qu'estoit-il besoing de rénou= ueller d'an en an les sacrifices, si vne seule victime les eust tellement purgés de tous pe= chés, que plus il n'y eust demeuré aucun residu de peché en la cōsciēce à ceux qui pour vne fois auroyent sacrifié, & pour vne fois auroyent esté purgés? Car puis que le peché est vne tache de l'ame, & non pas du corps: vne chose lourde, grossiere, & corporelle, quel est le sang de toureaux & boucs, ne peut effacer la maladie de l'ame. Cela peut plei nement faire la seule victime celeste & spirituelle de Christ, laquelle par la foy & le bap= tesme efface tellement pour vne fois toutes les fautes de la vie passée, pour grand qu'en soit le nombre, & tant enormes soyent elles, qu'il ne reste aucune crainte ou remord en la cōscience. Tant seulemēt que nous nous donniōs de garde de ne nous reueautrer és vices passés. Car tant s'en failloit que telle maniere de sacrifices sur sacrifices reconci= liast Dieu, qu'en estant plustost offensé il requeroit quelque certain sacrifice d'efficace & pardurable. Et qu'ainsi soit le fils cōme estāt prest d'entrer au monde pour par le sacri fice de son propre corps appaiser Dieu enuers le genre humain, luy parle au Pseaume

Pseau.31. mysticque en ceste maniere: Tu n'as voulu ne sacrifice, n'offrāde, mais tu m'as façonné le corps: tu ne prens plaisir ny en brulages ny en autres hosties qu'on a de coustume d' offrir pour la purgatiō des pechés des hōmes. Alors ie dis: Me voicy en propre person= ne (puis que le fin cōmencement du liure me denote estre le sacrifice) pour faire, ô Dieu, ta volonté. Or en ces parolles (quand apres auoir dict: Tu n'as voulu ne sacrifice n'of= frande, ne brulage, n'hostie pour le peché, & ne prens plaisir en rien qui soit des choses qu'ont de coustume d'offrir selon la vieille Loy: il vient cōsecutiuemēt à dire: Me voicy pour faire ta volonté, ó Dieu, & pour offrir sacrifice qui te soit aggreable) il oste celle pre miere sacrificature cōme desagreable à Dieu, pour y mettre l'autre par laquelle seroit sa=

Par laquelle volonté nous sommes sancti fiés. tisfaict à la volonté de Dieu. Et qu'ell'est celle volonté de Dieu, reiettāt les sacrifices legi times du vieil testament, & requerant vne nouuelle maniere de sacrifice? Car ell'est tel= le. C'est qu'il auoit ainsi semblé bon à la bonté d'iceluy, que le fils celeste, c'est à dire, Christ se vestist de corps humain & en mourant pour les pechés de tous, par ce seul sacri fice vne fois pour toutes deuement offert, il purifiast tous hommes de leurs pechés, de sorte que puis apres il ne soit besoing d'autres hosties sanglātes. Tout sacrificateur du vieil testament est contraint d'assister tous les iours à l'autel, en reitterāt à tout propos les mesmes sacrifices, lesquels tant entassés soyent-ils, ne peuuent iamais pleinemēt o= ster les pechés: de sorte que c'est tousiours à refaire & à celuy qui offre & au sacrifica= teur par le moyen de qui il offre. Mais Christ ayant vne fois pour toute offert vn seul sa= crifice pour les pechés de tous ceux qui ont creu ou croyent, ou croyront à ses promes= ses, maintenant est assis à la dextre de Dieu le pere, n'attendant plus rien autre chose si= nō ce que seulemēt reste, c'est que tous les membres du corps s'assemblent en vn, & soit

Psal.109. finalement accomply ce qui est promis au Pseaume, c'est que ses ennemys qui contra= rient à l'Euangile, luy soyent faicts vn marche-pied. Mais ce-pendant il n'a point be= soing de s'immoler de rechef soy-mesme pour nous, entant que par vne seule offran= de il a suffisamment rendus parfaicts à iamais tous ceux qui par foy viennent à estre sanctifiés: de maniere qu'il n'y a totalement rien des pechés passés qui nous soit im= puté. Ce que ie di, le sainct Esprit mesme le tesmoigne aussi parlant par la bouche du

Ierem.31. prophete, & predisant long temps auant, deuoit aduenir ce qu'à present voyōs estre ac= comply. Voicy le testament (dit-il) que ie feray auec eux, apres ces temps là, dit le Sei= gneur: Ie leur mettray mes loix aux cœurs, & les leur escriray en l'entendement, & n'au= ray plus souuenance de leurs pechés, ou iniquités: tant s'en faudra que i'en vueille faire la vengeance. Or apres que tous pechés sont vne fois pardōnés à iamais, qu'est-il, besoing des hosties des Iuifs, lesquelles estoyent employées pour la purgation des pe chés ehês? Comme donc ainſi ſoit que le remors des pechés oſté,lequel nous deſtournoit de nous approcher de Dieu,aſſeurãce nous eſt dõnée d'entrer au ſanctuaire, appuyés ſur le ſang de Ieſus,lequel il a eſpandu pour noſtre reconciliation, & nous a ouuert la voye & entrée bien diuerſe de celle vieille entrée,aſſauoir vne voye freſche & nouuelle,viue & d'efficace & perpetuelle, laquelle vne fois ouuerte ne puiſſe iamais ſe fermer,laquelle il nous a encommêcée,y entrant le premier de tous par le voyle, c'eſt à dire,par ſon corps ſous lequel ſe cachoit pour vn temps ſa diuinitê enuers les hommes : & iceluy vne fois esleué au ciel,les lieux celeſtes ſont ouuers:item puis que nous auons vn grand ſacrificateur promis de Dieu ſelon l'ordre de Melchiſedech, & que Dieu luy a baillê toute ſa maiſon en charge,c'eſt à dire, l'Egliſe vniuerſelle,laquelle il gouuerne non pas comme miniſtre,mais comme autheur & Seigneur, allons auſſi nous ce pendans là où Chriſt nous a ouuert la voye:allons,di–ie,non pas des pieds du corps en vn temple de pierre, mais entrons d'vn cœur pur & entier au temple celeſte, auec vne ſouueraine hardieſſe d'impetrer ce que nous demandõs:voyre–mais eſtans premierement arrouſés nõ pas ſelõ le corps,de ſang de beſtes,mais ſelon l'entendemêt & eſprit,du ſang de Ieſus Chriſt, & ayans par iceluy la cõſcience nettoyée des vieux pechés, outre–plus lauès par le bapteſme,meſme quant au corps d'eau pure, & nettoyant toutes ſouilleures de l'ame,reſte que nous perſeuerions en ce qu'auons pour vne fois encommencé,& tenions ferme l'eſperãce de la vie immortelle,de laquelle nous auõs faict profeſſiõ au bapteſme,ſans aucunement chãceler,nous appuyans ſur ce tant ſeulemêt,que Dieu qui l'a promis,eſt d'vne feauté infallible, & ne peut trõper s'il veut,encore qu'il le vouluſt, pourueu que nous perſeueriõs en la foy. En outre, puis que nous ſommes faicts membres d'vn meſme corps,ſoyons cõioincts d'vne charité & conſentement mutuel, en conſiderant par enſemble combien vn chaſcun a profité en la profeſſion Euangelique : nõ pas à ce que nous portiõs enuie à celuy qui nous deuance, ou que reiettions celuy qui vient apres nous,mais bien que par exemples & exhortations mutuelles nous nous attirions l'vn l'autre à charité & bonnes œuures. Ce qui ſe fera,ſi l'auancemêt de noſtre frere nous eſguillonne à plus ardant eſtude de pieté, & ſi voyans quelqu'vn oyſif,nous l'eſguillonnons par fraternelle ſollicitude à choſes meilleures, en nous reſiouyſſant de ceux qui vont deuant,& fauoriſant à ceux qui s'efforcent,ſans iamais commettre qu'aucun eſtant deſtitué, periſſe de noſtre trouppeau, comme aucuns ont de couſtume de prendre occaſiõ de ſe desbaucher de leurs bonnes entrepriſes:ainçois nous eſguillonnõs & enflammons par tous moyens l'vn lautre de perſeuerer en noſtre entrepriſe iuſqu'à la fin. Et le nous faut faire de tant plus que vous voyés s'approcher le iour du Seigneur,lequel payera vn chaſcun ſelon ſes œuures, ſans plus donner le loyſir de radouber la choſe qui ſeroit mal–faicte,ains toute œuure quelconque ſera poiſée & eſtimée par vn exacte & rigoureux iugemêt.Et quant aux fautes qui ſe cõmettent par ignorance ou foybleſſe humaine,on en aura aiſémêt pardon.Au reſte,puis que par l'Euãgile nous auons cognû la verité, & ſommes apprins que c'eſt qu'il faut ſuyure, que c'eſt qu'il faut euiter, & quels ſalaires ſont appareillés aux bons, quels auſſi aux mauuais: ſi volontairemêt & ſciemmêt nous nous reueautrõs en pechés mortels, leſquels Chriſt a pour vne fois nettoyés par ſon propre ſang, attendu que luy eſt mort pour vne fois tant ſeulemêt,pour iamais ne mourir de rechef,il ne reſte plus de ſacrifice pour ceux qui retombêt en leur vie paſſée,lequel puiſſe de rechef par le bapteſme gratuitemêt pardõner les pechés. Que reſte–il donc? Rien ſinon vn effroyable attête du iugement ſouuerain dernier, & conſecutiuemêt vn aſpre feu & dommageable, qui pour faire vengeãce du meſpris de la bonté de Dieu deuorera les aduerſaires. Et pêſés vous que celuy doyue demeurer impuny, qui aura meſpriſê la loy Euangelique?De tant plus qu'elle eſt benigne,de tãt plus qu'elle apporte de grace,d'autãt plus griefuemêt ſera puny celuy qui de plain ſceu & vouloir l'aura mis en riſée. Or s'en rit celuy, qui eſtant vne fois enregiſtré au rolle des enfans de Dieu,ſe iette de plein vouloir au nõbre des ſeruiteurs du diable.Si la punitiõ eſtoit ſi grãde entre les Iuifs, que qui n'obtêperoit pas au ſacrificateur propoſant les cõmandemês de la loy Moſaique,c'eſt à dire,ſi celuy q̃ ayãt receu cõmandemêt de s'abſtenir de mãger de chair de pourceau,en mangeoit par rebelliõ, eſtãt conuaincu à la ditte de deux ou trois teſmoings, venoit à eſtre ſoudain mis à mort ſans aucune miſericorde : combiê plus griefue punitiõ merite celuy,qui aura foulé aux pieds, non pas vn tel quel ſacrificateur,mais le fils de Dieu Ieſus? Or le foule aux pieds celuy,

qui

Veu donc freres que nous auons liberté d'entrer aux lieux ſaincts.

Et vne fureur de feu.

Deut. 17.

qui reiette le si grand benefice d'iceluy:& qui aura prophané nō le sang de beste, mais le sacré-sainct sang d'iceluy, par lequel a esté dedié le nouueau Testament, attendu mesmemēt que par ce sang il auroit esté vne fois nettoyé de tous pechés de la vie passée:celuy qui aura outragé l'esprit par lequel il aura obtenu la grace Euangelique, & ce à raison qu'en ayāt chassé par ses vices iceluy esprit,il auroit trahy le temple de Dieu au diable.Et pensons nous que deuions demourer impunis pourtant que les hommes ne punissent pas sur le champ ceux qui se desbauchent de la pureté de la vie Euangelique?

Deut. 31.

Prouerb. 32.

Nous cognoissons bien celuy qui a dit:A moy est la vengeance,i'en feray la recompense,dit le Seigneur. Et de rechef en vn autre passage:Le Seigñr iugera son peuple.Qu'aucun malfaitteur ne se flatte-ia pour auoir eschappé les mains & vengeance des hōmes nul ne peut eschapper les mains de Dieu.Et c'est chose espouuētable que de tōber entre les mains de Dieu viuant. Or en tant plus grand honneur vous aués encommencé la profession Euangelique,auec tant plus grand deshonneur retomberés vous en la vie passée.Pour à quoy obuier, reduisés vous en memoire le temps passé, auquel illuminés par la doctrine Euangelique & la foy,vous aués vaillamment soustenu vn combat

Reduises en memoire les iours precedēs

d'afflictions non simple, sous esperance de la vie à venir:partie en ce qu'ayans souffert & mocqueries & afflictiōs,vous aués seruy de spectacle à tous ceux qui ont la doctrine de Christ en detestation : partie en ce que par charité Euangelique vous vous estes de plein grē associés aux outrages & tribulations, dont estoyent battus les autres Chrestiens ou Apostres,lesquels en mesprisant le monde, suyuoyēt la reigle Euangelique. Et de faict,des afflictiōs & mocqueries lesquelles,selō l'aduis & iugemēt des malings, suruenoyent par mon emprisonnemēt,vous de plein gré en aués esté participans, & en aués esté marris de la douleur du marrissement d'autruy, estimans l'outrage faict à autruy estre faict à vous-mesme:& non seulemēt iusques là vous estes monstrés vrayemēt francs Chrestiens, mais aussi aués porté de cœur gay qu'on vous pillast voz biens:declarās certes par ce mesme faict que vous s'aués & croyés qu'aués de meilleures & plus exquises richesses qui vous sont reseruées au ciel, telles qu'il n'y a ne larron clandestin ne voleur violent qui les puist rauir. Ains plustost icelles accroissent par la perte des biens de ce monde, laquelle nous endurōs pour le nom de Christ. Telles œuures à bon droit vous donnoyent asseurance d'obtenir les promesses de Christ. Car à vne tant inuincible foy sont deus souuerains salaires,& sans faute nulle vous les receurés de Dieu

Ne reiectés donc point vostre confiance.

iuste & bening,mais ce sera en son temps.Maintenant est le temps du combat, par cy apres se distribueront les coronnes.Ce pendant vous aués besoing de patiēce,à fin qu'apres auoir courageusement & cōstamment obey à la volonté diuine, estans victorieux vous emportiés la coronne promise de gloire eternelle.Bien est vray que celuy iour,auquel,le cōbat osté,se distribuerōt les ioyaux & le pris,n'apparoist pas encore,ce neantmoins il n'est pas fort loing:& nostre Empereur qui estant pres de mōter au ciel, a promis de retourner de rechef vers nous,viendra, & ne la sera pas lōgue. Ce pendant le iu-

Rom. 1.

ste viura de sa foy:pour affligé,mocqué, & annichilé qu'il puist estre,ce nōobstant pour l'attēte des promesses il demourera inuincible.Que s'il ne perseuere en la foy,ains descouragé par desespoir il vient à se retirer de la professiō Euangelique, il ne sera point aggreable à mon cœur. Mais Dieu nous garde que par incredulité ne nous retirions de noz bonnes entreprises (à nostre perdition). Ains plustost puis qu'auons faict profession de la foy,nous perseuererons en icelle, à celle fin que nous gaignons la vie & salut

Abacuc 1.

de l'ame,selon le conseil d'Abacuc, disant:Le iuste viura de foy.

C H A P I T R E   X I.

IL n'y a chose qui tant rende les gens de bien aggreables a Dieu, qu'vne certaine fiance en iceluy. Et à la verité c'est vn signe euidēt d'vn cœur bien sentant de Dieu, que de ne rien douter des parolles d'iceluy,iaçoit que ce qui se dict n'apparoisse aucunement aux sens humains,ny ne puisse confermer par raison humaine. Le commun estime vanité & tout cōme songes,les choses qui n'estans nulle part en estre,se conçoyuēt de cœur par seule esperāce,& pēse que c'est sottemēt faict de croyre les choses estre vrayes,lesquelles ne se peuuēt mōstrer à l'œil. Mais celle foy moyēnant laquelle le iuste cōtregarde sa vie pendant que les autres perissent,n'est pas vne telle quelle credulité vulgaire, ains est vn solide & ferme fondemēt des choses ō ne peuuēt estre apprehēdées,ny par les sens,ny par raisons humaines.

maines,mais vne ferme esperãce les represente tellemēt au cœur,cõme si on les voyoit à
l'œil,& manioit à tout les mains & les choses qui de soy ne peuuent estre veues,elle persuade icelles estre trescertaines,non par raisons humaines,mais par vne certaine fiance
enuers Dieu qui en est l'autheur.Les Iuifs se fient en leurs œuures,mais la foy est la seule
chose qui nous puisse rendre plaisans & aggreables à Dieu, & non seulemēt nous,mais
aussi qui voudra rechercher depuis que le monde est monde,il trouuera que tous noz
peres, la memoire desquels est renommée pour le loz de pieté, ont obtenu, ils l'ont
principalement obtenu par vne excellence de foy. Tout premierement ce que nous entendõs ce monde vniuersel,auec tout son cõtenu,auoir esté crée par la parolle de Dieu
& par le seul commandement du createur,ne le deuons nous pas à la foy: Car autrement qui est-ce qui pourroit persuader que choses inuisibles deuinssent visibles : ou
que de choses qui point ne sont se fissent choses qui seroyent: Les philosophes suyuans
la ratiocinatiõ humaine estiment le mõde estre non crée, & n'auoir pas plus eu de commencemēt que l'ouurier propre.Mais nous,ce qui n'a peu estre veu,ny ne peut estre con
clud par la ratiocination de l'entendement humain,nous le croyons ne plus ne moins
que si nous la voyons,nous appuyans touchant cela sur les saincts liures qui recitent le
monde auoir esté crée par le commandement de Dieu,lequel nous cognoissons estre
tout puissant,& ne pouuoir mentir.Abel fut le premier de tous qui merita le nom de iuste,& ce certes auec tant plus grand louange,que sans estre prouoqué d'aucũ exemple,
il se monstra innocent & se fiant & croyant à Dieu.Et qui fut finalement en cause,qu'ice=
luy fust plus agreable à Dieu,que Cain son frere: Certainement ce fut la foy,moyēnant
laquelle il dependoit du tout de Dieu,là où Cain comme se deffiant & non content des
choses que la produisoit de soy-mesme pour la nourriture de la vie innocēte, cultiuoit
la terre.Tous deux offroyent à Dieu sacrifices de leur biens : mais le sacrifice d'Abel seul
fut agreable à Dieu,de ce que luy estant homme innocent se fioit d'vn vray cœur en la
bonté de Dieu,& ne regardoit ne çà ne là apres les cõmodités de ce mõde,ains attēdoit
le salaire de sa pieté és cieux.Il obtint donc nõ pas par l'hostie,mais par la foy,que Dieu
en faisant tomber du feu du ciel embrasa les offrandes d'Abel, & tesmoigna iceluy e-
stre iuste,si que de tant beau titre maintenant mesmes aprçs tant de mill'ans les hommes l'ont tellement en la bouche,que mesme estant mort, il semble viure & parler. Il e-
stoit mort quant à son frere, quand il fut meurtry innocent : mais il n'estoit pas mort à
Dieu,auquel son sang crioit encore de laterre. Et ne nuysit de rien au bon Enoch d'estre   *Gen. 5.*
yssu de pere prophane,ainçois les sainctes Escriptures dõnēt tesmoignage de luy qu'il
a conuersé auec Dieu,mesme lors qu'il viuoit sur terre:& ce en suyuant par foy non pas
les choses qui se voyoyēt,mais bien celles qui ne se voyoyent,c'est à dire,les eternelles &
celestes,& pourtãt fut-il esleué tout vif vers les choses qu'il auoit aymées, & fut osté à
la mort.Car il auoit tellemēt vescu deuãt qu'il fust osté de la compaignie des hommes,
qu'il sembloit plustost viure au ciel,que non pas en terre : & sembloit ne deuoir point
mourir,veu qu'il n'auoit cõmis aucune chose digne de mort,à celle fin qu'à son exemple les hommes apprinssent que par vne innocēce de vie & par foy le chemin d'immor
talité c'estoit ouuert.Il fut esleué pour autãt qu'il auoit esté aggreable à Dieu. Or est-ce
qu'il luy fut principalemēt aggreable par foy,sans laquelle nul n'est aggreable à Dieu,
pour abondant puist-il estre autrement en œuures. Car tout homme qui veut estre aggreable à Dieu,faut que premierement il croye que Dieu est,lequel peut tout,& lequel
veut le biē:puis qu'iceluy a le soing des choses humaines,& que par luy les bõs qui ne
tenans conte des biens visibles de ce monde, cherchent Dieu inuisible, ne seront point
frustrés de leur salaire,pour affligés qu'ils puissent estre en ceste vie : & qu'aux meschãs
ne defaudront point leurs supplice, iaçoit qu'en ce siecle ils semblent estre en prospe-
rité.Enoch donc doit celle gloire ou felicité à la foy,qu'estant retiré de la cõpaignie des
hõmes,il vit auec Dieu.Mais encore plᵘ noble exẽple de fiãce enuers Dieu a baillé Noe,
lequel aduerty par l'oracle qu'il aduiēdroit qu'vn deluge racleroit de dessusla terre tou
te la race de toᵘ les animaux,sans apparceuoir argumēs aucũs dõt on peust recueillir ce
que l'oracle predisoit deuoir aduenir:(car le ciel estoit serein,& si les hõmes en bãquetãt
tout à leur aise sans soucy & se mariant se gaboyēt des menaces de l'oracle) tenãt toute
fois pour tout certain & infallible que ce que l'oracle auoit predit deuoir aduenir,ad-
uiēdroit,appareilla vn arche,par laquelle il sauua sa famille,& quãt & quãt condãna la
reste des hõmes lesquels se mesfioyēt tellemēt de la parolle de Dieu,que de Noe qui ap
pareilloit vn'arche ils s'en mocquoyēt cõme d'vn insensé.Et nõ seulemēt il fut sauué du
deluge,

deluge, mais aussi fut heritier de la louäge de ces ancestres Abel & Enoch, gens renommés à cause de la iustice qui par vne vraye foy rend l'homme aggreable à Dieu. Et Abraham cöbien de fois a-il baillé enseignemet & patron de fiance singuliere enuers Dieu? Premierement iaçoit qu'il n'y ait chose plus plaisante à l'homme que le lieu de sa naissance: ce neantmoins quand Dieu luy eut faict commandement qu'il eust à abbandonner son pays & ses parens & s'en aller en vne terre incogneue, il obeit sans aucü delay au commandement de Dieu, n'estant prouocqué d'aucun exemple, & n'ayant aucüs signes vrays-semblables qui luy donnassent esperance qu'apres estre deslogé de ses possessiös paternelles, il viendroit à estre possesseur & heritier d'vne terre, de laquelle il ne sçauoit ny le nõ, ny l'asiette: tant indubitablemet croyoit-il que tout tant que Dieu auoit promis, aduiendroit. Ce fut vn acte de mesme fiance, que luy arriué en la terre promise de Dieu, & ne s'y portant pas l'affaire selõ l'attente & dessein ne de luy-mesme, ne d'Isaac son fils, ne de Iacob son nepueu (combien toutefois que non seulemet à Abraham, mais aussi à sa posterité eust promis l'heritage de celle terre) ains qu'à toutes hurtes luy-mesme estoit cõtraint de cõbatre auec ses ennemys, & que les Palestins donnoyent tourment & fascherie à Isaac, & que Iacob fut chassé par Esau son frere en Mesopothamie, dont estant de retour fut finalemet cõtraint d'achetter vn petit lieu pour y ficher sa tente: neantmoins toutes ces choses là n'esmeurẽt nullement Abraham à se deffier de Dieu qui luy auoit promis la terre, & ne se plaignit pas d'en estre estrãgier & non pas heritier, ny ne tourna son esprit vers les choses qui se voyẽt en terre, mais vers les celestes, qui point ne se voyent, sinon des yeux de foy. Car il s'apperceut celle n'estre pas la terre qu'auoit entẽdu la promesse de Dieu: laquelle il fut si loing d'auoir en grand estime, que mesme il ne trouua pas bon d'y dresser aucü bastimẽt ou ville, mais comme vn estrangier qui soudain auroit à se transporter en autre lieu, il se tint en des pauillõs luy & ses gens. Qu'estoit-ce donc qu'il attendoit, puis qu'il ne voyoit nulle apparence de ces promesses? Certainement il attendoit vne autre cité stable & perpetuelle, dont iamais il ne seroit dechassé, cité tout autre que celles que les hommes & bastissent & demolissent, dont l'ouurier & bastisseur en fut ce Dieu. Mesme Sarra sa femme, combien qu'elle eust vn mary vieillard, elle aussi estãt paruenue à tel degré d'eage, qu'à sa matrice defailloit la force naturelle pour attirer & retenir la semẽce virile, ce neantmoins conceut & enfanta Isaac, en se deffiant certes bien des forces de nature, mais se confiant en Dieu, qui par vn Ange luy auoit promis vn enfant masle, pour l'an suyuant, elle ne prestoit point l'oreille à la nature cõtredisante, seulemet elle estoit toute resolue que Dieu ne peut mentir. Dieu auoit promis à Abraham vne posterité autant peupleuse que les estoilles du ciel, & sable qui est au riuage de la mer, sans que nature luy baillast aucune esperance de lignée. Ce nonobstant iceluy ne se deffia nullement. Et pourtẽt d'vn vieillard, ia amorty, est descẽdue vne autãt grãde posterité qu'il y a d'estoilles au ciel, & d'arene sur le riuage de la mer. Car aussi attendoit-il des enfans & nepueux, nõ selon la parenté charnelle, mais selon l'imitatiõ de foy, selõ laquelle raison tous sommes la posterité d'Abrahã, nous qui nous fions aux promesses Euangeliques. On voit donc que la fiance non seulement d'Abraham, mais de la vraye posterité d'iceluy a esté si constante, que mesme la mort ne la leur a pas peu oster. Car tous ceux cy ne iouyssans pas encore des promesses, mais les voyans de loing par foy, & les croyant & les saluãt de grand desir, estans si loing de se fier en ceste terre, en laquelle nully ne peut long temps viure, qu'ils se confessoyent estre estrangiers & pelerins non seulement en la Palestine, mais aussi en tout le monde. Car souuentefois on appelle ceste vie vn pelerinage & lieu locatif: & au Pseaume mysticque Dauid se cõfesse pelerin sur la terre, cõme auoyent esté tous ses ancestres. Et toutefois iceluy regnoit mesmement en la Palestine, & y auoit basty vne ville. Puis aussi celuy pays estoit limité de bornes fort estroittes, & si la plus part n'escheut pas aux Ebrieux yssus d'Abraham, à raison qu'ils n'en pouuoyent faire desplacer les premiers possesseurs. Moyse nõ plus n'y entra pas, ains estant pres de mourir, la regarda de loing de dessus vne montaigne, & la salua, sans toutefois desesperer des promesses. Veu donc qu'ils confessent qu'ils sont estrangiers, ils monstrent qu'ils desirent vn autre pays. Et quel pays cherchẽt ceux ausquels tout ce monde est vn bannissemẽt? Ils auoyent abandonné leur pays de Chaldée: que si le regret d'iceluy les eust tourmentés, le pays n'estoit pas si loing, qu'ils n'y eussẽt peu aisémẽt retourner. Donc il ne regrettoyent point celuy pays, mais bien vn meilleur, où ils pourroyent viure à iamais, estans totalemẽt exẽptés de toute fascherie & douleurs. C'estoit celuy pays celeste où Dieu les
auoit

auoit appellés & pour le desir duquel il vouloit qu'ils vesquissent en ce monde, côme s'ils
n'estoyent pas au monde. Et c'est-cy la cause pourquoy Dieu combien qu'il soit createur
& autheur de tous, ce neantmoins s'appelle peculierement le Dieu d'Abraham, d'Isaac,
& de Iacob. Et de faict Dieu est proprement le Dieu de ceux qui ont mis toute leur fiance
& tout secours de felicité en luy. Aussi a-il basty à tels vne cité, non pas terrienne, mais celeste, en laquelle ils regnent en perpetuelle felicité auec Dieu, pour l'amour de qui ils auoyent mesprisé toutes choses. Ne fut ce pas aussi vn singulier exemple de foy en Abraham,
que quand Dieu pour essayer combien il se fioit en luy de cœur, luy eut commandé d'immoler son fils Isaac, combien qu'iceluy luy fust vnique, & sous son nom eust esté promise
posterité (car la promesse du prometteur estoit telle : En Isaac te sera nommée la semence)
toutefois sans aucun delay se print à faire ce qui luy estoit commandé, sans ce pendât faire à part-soy telles disputes : D'où me viendra posterité si ie tue cestuy, auquel seul git l'esperance de posterité? Mais bien il consideroit en son entendement, que Dieu, qui l'auoit   Gene.22
promis, ne pouuoit mentir, & que si bon luy sembloit quand son fils seroit tué il pourroit mesme le ressusciter pour estre le peupleur de la race: & d'autant qu'il creut la resurrection des morts, pour cela luy fut faitte la grace de remener son fils en la maison, comme
ressuscité de mort à vie, lequel, entant qu'en luy auoit esté, auoit esté mort, signifiant dés
lors sous quelque figure la resurrection aduenir de Iesus Christ. C'estoit aussi vn euident
signe d'vn cœur bien se confiant en Dieu, qu'Isaac estant prés de mourir, combien qu'il   Gene.27
n'eu pas encore obtenu la felicité promise de Dieu, neantmoins osa bien la promettre à ses enfans Iacob & Esau, quand il les benit tous deux, preuoyant la vie de l'vn & de
l'autre & les diuers salaires d'iceux. Tant voit clair la foy, que mesme les choses qui sont
bien foot eslongnées des sens corporels, elle les voit comme si elles estoyent presentes.
Ce fut vn acte de semblable fiance, que Iacob en mourant benit les fils de Ioseph, vn par   Genese 28
vn, non ignorant de l'aduenir, veu que trauersant ses bras il mit sa droitte sur Effrain qui
estoit en sa gauche:& sa gauche sur Manasse, qui estoit à sa droitte: sans nullement douter
que ce que l'esprit de Dieu luy auoit demonstré deuoir aduenir, ne deust aduenir. Mais
encore regardoit bien plus loing la foy du vieillard, quand en baisant le sommet de la ver-   Genese 48
ge du fils de Ioseph, en iceluy il adora Christ l'empereur aduenir de tous, duquel la figure
auoit esté Ioseph, accusé & trahy par ses propres freres. Mesme Ioseph ne forligna pas de
la foy de ses ancestres. Car estant sur le point de mourir en Egypte, il preuit bien deuoir   Genese 50
aduenir (ce que toutefois ne sembloit pas vray-semblables pour lors) que par l'ayde de
Dieu les Israelites deslogeroyent d'Egypte, & paruiendroyent en la terre promise de Dieu:
& tant s'en faut qu'il ait douté de cela, qu'il commanda quant & quât que ses oz y fussent
transportés. Mesme à Moyse tout nouueau nay, profita la foy de ses parens. Car le Roy a-   Exod.1
yant faict vn edit que tous les enfans masles qui naistroyent des Ebrieux, fussent mis à
mort tout à l'heure:les parens de Moyse si tost qu'ils eurent veu l'enfant, monstrant de prime face, mesme à son visage quelque chose d'excellence, estimans que ce seroit chose aggreable à Dieu, si on gardoit l'enfant pour le bien public du peuple, ne tindrent conte dé
l'edit du Roy, & garderent caché-chés eux l'enfant par trois moys:puis l'enfermerêt en vn
coffret & le mirent à bandon, à la riue du fleuue, ne doutâs point que Dieu ne deust contre
garder l'enfant, sur lequel il auoit espandu tant de grace:& eurent plustost crainte d'offenser Dieu que non pas le tyrant, bien sçachans certes que ceux qui suyuent la pieté, côment
qu'aillent les choses humaines, ne peuuent estre destitués de leur salaire. Voyre-mais cesté
louange estoit deue aux parens de Moyse : mais celle cy luy a esté propre, qu'apres qu'il   Exod.2
fut hôme faict, & l'eust adopté pour fils la fille de Pharao, il refusa le titre d'estre de lignée
royale, & ayma mieux endurer aduersités en commun auec le peuple de Dieu, que par vne
abominable simulation iouyr des commodités de ceste vie, iugeant dés lors qu'endurer
des mocqueries & maux pour sauuer le peuple (en figure de Christ, qui au temps aduenir
deuoit endurer choses plus griefues pour le salut de sa nation) estoyêt des plus heureuses
richesses, que tous les thresors des Egyptiens.Il mesprisa ce qu'il auoit entre-mains, dressa
les yeux de foy vers les choses qui estoyent fort eslongnées des sens, se confiant sur Dieu,
qui ne souffre point que la pieté des hommes vienne à estre frustrée de ses salaires deus.
Luy-mesme se faisant fort du secours de Dieu osa bien entreprendre choses encore plus   Exod.12
grandes. Il ne douta point d'entreprendre la fuyte d'Egypte & d'en retirer quant & soy le
peuple, ne craignant rien la fureur du felon tyrant. Il mesprisa vn Roy qu'il voyoit de ses
yeux:il ne tint conte des menaces d'vn si grand prince, lequel il voyoit tout armé & prest à
frapper sur sa nation : & si ne laissa pas de se confier d'aussi vaillant courage aux secours
E e e   inuisibles.

inuifibles de Dieu inuifible, que s'il euft veu de fes propres yeux en prefence. Ce fut vn acte
de femblable fiance, qu'apres auoir entendu que l'Ange vengeur, viendroit à circuire par
toute l'Egypte & à occir tous les premiers nays d'icelle, n'eut nullement du monde peur
pour fes Ebrieux, aufquels pour lors eftans fur le point de fortir, il ordonna là vne ceremonie folennelle de manger l'aigneau Pafchal, du fang duquel ils arroufoyent les lindaux & foubaffemens, item toutes les deux pofteaux de l'huys de la maifon. Et fe confians de ce figne, n'auoyent nulle peur en la pleine boucherie des Egyptiens. Tantoft a-
pres en femblable fiance, comme la mer rouge les empefchant de s'enfuir, & icelle frappée
de la verge Mofaique fe fut fendue ayant laiffé vne telle voye au milieu que les Ebrieux
pouuoyent efchapper comme par vn chemin tout fec, tout le peuple fe confiant en Dieu
efchappa fauf & entier. Mais quand les Egyptiens forcenés de courroux fe furent fourrés
en la mefme mer, foudain les ondes fe referrerent, & furent noyés. Et qui fut en caufe, que
iadis les murailles de Iericho, enuironnées par fept iours, trebufcherent fubitement, fans
eftre battues d'aucun engin, mais au fon des trompettes des facrificateurs, & au cry du
peuple, de forte qu'aux Ebrieux qui affiegeoyent la ville, entrée y eftoit baillée par l'endroit où vn chafcun fe trouuoit ne fut-ce pas la foy de Iofue le conducteur & du peuple?
Il s'eftoit perfuadé qu'il n'y auoit rien que Dieu ne peuft, & que fans doute, ce qu'il auoit
promis de faire, aduiendroit. Encore fut-ce pas vn exemple de foy non petit: que Rachab la putain, laquelle ayant premierement receu chés foy les efpies, quand elle eut entendu que celuy peuple eftoit aymé de Dieu, ayma mieux au dangier de fa propre vie
pourueoir au dittes efpies, que d'entrer en grace auec des citoyens abominables. Auffi
fut-elle recompenfée de fa foy en ce qu'elle auec toute fa famille fut gardée, à fin qu'elle
ne perift auec ceux qui fe confians en leurs forces, n'auoyent voulu croyre que Dieu toutes les fois qu'il voudroit ruyneroit la cité. Mais comme ainfi foit que entre tant de merueilleux actes de noz anceftres, rien qui foit d'excellent n'ait efté faict fans l'ayde de foy,
qu'eft-il befoing en le racontant de les parcourir vn par vn en les racontant? Car le
temps nous defaudra pluftoft que les exemples, fi ie pourfuy de raconter du capitaine
Gedeon, lequel fe faifant fort du fecours de Dieu, ofa bien n'ayant que trois cens hommes affaillir l'armée des Madianites, laquelle eftoit fort bien munye & de gens & d'armes & autre appareil de guerre. Si mit en route vn fi grand nombre de gens qu'on n'en
fçauoit le conte, & les chaffa au fon des trompettes, au cliquet des bouteilles & au miracle des lampes, fi bien & fi beau que fans que les Ebrieux tiraffent l'efpée, les ennemys
s'entretuans l'vn l'autre. De Barac, qui fe fiant en la prophetie d'vne femme nommée
Delbora, affally la tresforte armée du capitaine Cyzara & les tua & faccagea tous, &
donna la chaffe au roy Iabin, lequel tantoft apres futtué par les mains d'vne femme.
De Sanfon, qui appuyé fur l'ayde de Dieu, fit maintes proueffes du tout femblables à
miracles à l'encotre des Paleftins pour fa nation: lefquelles ne pouuoyent eftre faittes
ny par beaucoup de gens amaffés enfemble, ny par aucune force humaine. De Iephthé,
lequel iaçoit qu'il fuft baftard, & de baffe condition entre les fiens, emporta neantmoins
vne tref-belle victoire des Ammonites ennemys de fon peuple. De Dauid, lequel outre
tant de victoires acquife par le fecours diuin, outre tant de dangiers efchappés par la deliurance de Dieu, ne douta point, luy adolefcent, d'entrer en bataille & ce fans armes
auec Goliad armé, lequel il faccagea d'vn coup de fronde, à fin que la gloire de la victoire fuft par deuers Dieu & non par deuers l'homme. De Samuel, qui fans eftre muny d'aucune gendarmerie, gouuerna le peuple d'Ifrael par maints ans, en adminiftrant gratui-
tément l'office de Iuge & Prince, s'affeurant à la verité que de Dieu viendra la recompenfe, de ce qu'aura faict de bien. Le temps donc, di-ie, me faudra, fi ie pourfuis de raconter tout tant qu'il y a de tels exemples: encore que ce pendant ie me taife de tant de
excellens Prophetes, qui fe confians en Dieu ne faifoyent nuls conte des menaces des
Tyrans. De tant de faincts & renommés perfonnages qui non pas par forces humaines, maispar l'ayde de Dieu, auquel ils auoyent mis toute leur fiance ont faict des chofes miraculeufes, & par faits heroicques ont laiffé leur memoire & renom à la pofterité. Et de vray, à fin que fans nommer les noms des autheurs, ie touche fommaire-
ment les principaux points des chofes qu'on doit attribuer à leur foy, qu'eux eftans
impuiffans à tenir contre toutes autres chofes, ont, auec l'ayde de Dieu, prins par force de tref-riches royaumes, & n'a-on peu par aucunes frayeurs les deftourner de l'obferuation de la Loy baillée, attendans de Dieu la recompenfe: & pourtant que le delay
des promeffes ne leur diminua nullement la fiance, ils furent auffi finalement faicts

participans

Exod.14
Iofue.6
Iofue.2.6
Iuge.7
Iuge.4
Iuge.14
Iuge.12
1.Roy.17
1.Roy.13

participans des promesses que Dieu auoit faittes à noz ancestres. Ils ont obtenus de Dieu
par requestes de foy, ce qui selon le cours de nature estoit impossible: ils ont esté recoux
de dangiers extremes, Dieu les en deliurant : Les lyons qui sont d'vne cruauté inuincible Daniel 6
à l'encontre d'autres gens, ou ils les ont vaincus, ou ils les ont senty indommageables,
comme si ayans la bouche close, ou les ongles liées, ils n'eussent peu endommager ceux
lesquels Dieu vouloit demeurer saufs & entiers : iettés au beau milieu d'vn feu d'vne
fornaise, ils ont tellement duré sans estre endommagés, que de leurs corps ils sembloyent estaindre la force naturelle du feu : du milieu des espées de leurs ennemys desgai- Daniel 3
nées sur eux, ils en sont eschappés par le secours de Dieu : & iceluy mesme leur renfor- 1.Roy 19
çant le courage, d'vn extreme desespoir des choses, ont reprins vne souueraine force de
courage, si bien & si beau, que là où vn peu auant on les auoit tenus pour morts, tout
à coup ils se sont porté courageusement en guerre, & ont vaillamment repoussé les assauts & enuahissemens des ennemys. Mesme la fiance des femmes a aussi obtenu cela
que les meres ont veu leurs enfans morts retourner en vie. Les autres ont esté gehennés 3.Roy 17
& sont morts par diuerses sortes de tourmens, aymans mieux rendre l'ame, qu'en o- 4.Roy 4
beissant aux abominables ordonnances des princes, estre recoux des tourmens, emplo- Ieremie 20
yans d'vne grande fiance leur vie pour Dieu, asseurés de la recouurer auec vsure en la resurrection des morts, & iugeans meilleur de beaucoup de gaigner vne immortalité à la
perte de ceste vie, qu'à l'appetit d'vn petit profit de peu de durée perdre la vie eternelle.
Les autres pareillement pour vn constant estude de verité & iustice ont seruy de spectacle, 3.Roy 21
esté exposés en risée aux hommes, mocqués & brocardés comme insensés & malfaiteurs : & non seulement ont esté mocqués à cause de la fiance qu'ils auoyent en Dieu,
mais aussi leur entiereté a esté essayée par fouets, item par liens & prisons : ont esté lapidés, couppés les membres du corps, démembrés & mis par pieces par horrible supplice:
brief, de quelle sorte de maux n'ont-ils pas esté essayés ? & pour le faire court, y a-il sorte de maux dont ils n'ayent esté essayés? Ils ont esté tués à la poincte de l'espée, estans tout
resolus que mesme la mort ne peut pas separer les gens de bien d'auec Dieu. Or quant à
ceux qui ne sont pas morts és tourmens, la vie ne leur a seruy d'autre chose, sinon qu'ils
ont esté tourmentés d'vn long martyre. Ils estoyent bannis de leurs demeures, dechas- 4.Roy 1
sés des villes, esgarés par les deserts comme bestes sauuages, tellement quellement vestus de peaux de brebis, & de cheures, ayans faute des choses necessaires, pressés de la
cruauté des persecuteurs les assaillans de toutes pars & affligés par diuerses incommodités de ceste vie, eux qui tant s'en failloit qu'ils fussent dignes de tels maux, que plustost
le monde mesme estoit indignes de tant saincts personnages, de sorte que mesme pour
cela Dieu pourroit sembler les auoir retiré de la communauté des hommes, à fin qu'eux
purs & chastes, ne passassent leur vie entre gens pollus & souillés. Partant estoyent-ils
esgarés, sans auoir certaines demeurances par montaignes non cheminables, vsans de
cauernes & baricaues de la terre, en guise de maisons. Et tous ceux là iaçoit que point
encore ils n'ayent obtenu le salaire de pieté promis, lequel s'obtiendra en la resurrection des corps, neantmoins à cause de la constance de foy, ont obtenu vn loz eternel.
A quoy tient-il (dira quelqu'vn) qu'vn chascun incontinent apres la mort ne reçoit son
salaire ? Certainement il a ainsi semblé bon à Dieu, que le corps vniuersel de Christ re-
céust tout à vne fois la gloire d'immortalité. Car tous sommes membres d'vn mesme
corps, & ceux qui nous ont deuancés, sont bien contens d'attendre que tous entiers accompaignés de leurs corps, & de toute la compaignie de leurs freres, ils entre par ensemble
en l'heritage de gloire eternelle, & soyent conioincts tous à la fois à leur chef.

CHAPITRE XII.

PVis donc que nous sommes enuironnés d'vn si grand nombre & quasi
nuées de gens, qui en endurãt tels maux ont testifié que de tout leur cœur,
il se fioyent aux promesses de Dieu, & ce voyre au vieil Testament, nous
aussi pour cela estans encouragés par leurs exemples mettons peine qu'en
iettans bas le fardeau & charge des choses corporelles, & des conuoitises
qui retardent l'esprit, chargés de soucis, de pourchasser les choses celestes, & qu'en mettant ius le peché, qui nous enueloppoit de toutes pars, estant enflammés de l'esperance
des choses celestes, nous courrons vaillamment en ce combat qui nous est proposé, sans
que nulle afflictions ou destourbiers nous retarde de la course enteprinse, ne destournans nullement noz yeux de Iesus Christ : lequel, comme il est autheur de ceste nostre fi-

ance que nous auons conceu de Dieu, ainsi qu'il a encommencé en nous, le paracheuera.
Considerons par quelle voye iceluy est entré, & où il est paruenu : là où luy innocent pouuoit eschapper la mort, & estre autant loing de tout tourmét qu'il estoit eslongné de tout
vice, ce neantmoins il mesprisa les ioyes de ceste vie, & endura la mort, & fin que le tourment fut plus grief par l'accessoire de l'ignominie, il endura la mort de la croix. Car les
hommes endurent plus aisément vne mort honnorable. Vous voyés par où il est entré:
maintenant où est-il finalement paruenu ? Par le mespris de ceste vie, il a obtenu vne immortalité : pour auoir mesprisé vne ignominie enuers les hommes, il a obtenu vne gloire eternelle és cieux, là où il se sied maintenánt à la dextre du throsne & magnificence de
Dieu le Pere. Puis qu'ainsi est que par ignominie & diuerses afflictions de douleurs vous
tirés en diligence apres la participation de ceste gloire : de peur que d'auanture vous ne
veniés à perdre courage & vous lasser de la course entreprinse, considerés à part vous, que
vostre capitaine exempt de tout peché, neantmoins pour nous monstrer vn patron de
vraye souffrance, a enduré tant de mocqueries, tant d'ignominies, & tant d'outrages
qu'il a souffert d'estre mis à mort, voyre à la mort de la croix : à fin que vous ne perdiés
courage, vous qui sans estre exempts de tous pechiés, endurés choses plus legiere. Mieux
vaut mourir mille fois, que recheoir en la vie passee. Mais vous estans iusqu'à present

Vous n'aués
point encore
resisté ius-
qu'au sang.

affligés de maux plus legiers, n'aués pas encore resisté iusqu'au sang à peché, lequel
vous batasprement quand vous vous rebellés:& si de prime face vous vous estimés gens
destitués de Dieu, & ne vous vient pas en memoire, le propos que le Pere appaisé tient
auec vous comme auec ses enfans és prouerbes mysticques, vous consolant & amiablement esguillonnant à vne magnagnimité de courage. Mon fils (dit-il) ne mesprise point

Proueb.3

la correction du Seigneur, & ne perd pas courage, quand il te chastie. Car celuy que le
Seigneur ayme, il le chastie par maux de ceste vie, & fouette tout enfant qu'il a agreable.
Que si vous portés patiemment tel chastiment, Dieu vous aduoue pour ses enfans & se
presente pareillement à vous, comme Pere propice & aymant, & ne vous forclos point
de l'heritage de la vie celeste. Et pensés vous que pour estre affligés des maux de ce monde, vous en soyés pourtant mesprisés & en nonchalance enuers Dieu ? Mais cela mesme
vous doit seruir d'argument que vous estes destinés à l'heritage paternel. Car qui est le
pere, qui quelquefois ne chastie son fils, lequel il aduoue pour vray & naturel ? Or comme ainsi soit que toutes gens de bien, qui sont ou ont esté aggreables à Dieu, ayent esté
par afflictions temporelles instruits à vraye pieté : si vous estes exemptés de tels chastiment paternel, c'est certes vn signe que vous estes bastards & non pas legitimes. Que si
quand noz Peres, desquels nous sommes yssus quant au corps seulement, nous instruisoyent & façonnoyent pour la vie commune, en nous tençant & fouettant, non seulement nous les auons endurés, mais aussi les auons reuerés, sans rien resister à leur authorité, mais l'interpretans ne plus ne moins que, comment qu'ils nous traittassent, cela faisoyent-ils d'vn bien bon cœur : par bien plus forte raison ne nous assuiettirons
nous pas & resignerons à nostre Pere celeste qui est autheur, non seulement des corps,
mais aussi des esprits ? tenant pour vne fois cela pour tout resolu, que par maux quelconques qu'il endure que soyons affligés, ce neantmoins d'vn cœur paternel il pouruoit
à nostre salut. Comme vn pere charnel ne frappe tellement son fils qu'il l'en tue, mais
bien le sauue & rende meilleur : ainsi Dieu nous chastie expressément en ce monde, à fin
que viuions à iamais. Et ces peres là nous instruisoyent selon qu'il leur plaisoit, abusans
quelquefois de leur authorité, & nous instruisoyent pour vn peu de temps en choses caducques & tantost perissables, c'est à dire, és choses qui concernent à acquerir & entretenir le train domesticque, quelquefois aussi pouruoyans à leurs commodités, assauoir à
ce qu'ils fussent soulagés par nostre seruice. Mais cestuy n'ayant que faire de nous pouruoit continuellement à noz commodités, & icelles non telles quelles. Car son intention
n'est pas que nous nous enrichissions de richesses terriennes, ny que nous succedions en
l'heritage de certains arpens de terre : mais bien il tend à nous departir ses bien celestes,
c'est, saincteté en ce monde, & en l'autre siecle, felicité eternelle. Qui poisera bien à par soy

Or toute cor-
rection pour
le present.

ce fruict tant excellent, portera aisément la douleur temporelle de ceste vie. Car en effect
quand les autres peres corrigent leurs enfans, tel chastiment, ne faict pas plaisir, ains
douleur, voyre pour le present : mais apres qu'estans-ia deuenus grands, ils commencent à sentir combien profitable leur a esté celle fascherie, ils se resiouyssent grandement
d'auoir estés battus & tancés, & tout ioyeux remercient ceux, lesquels ils portoyent au parauant auec larmes. En cas pareil les calamités de ce monde sont, à vray dire, fascheuses
pour

pour le prefent à noz fens, tandis qu'elles accoûurent & chargent ces corps mortels.
Au refte icelle douleur, celuy tintamar, dont noz cœurs aufsi pour l'accointance du
corps viennent à eftre troublés, apporte en fon temps vn paifible & doux fruict de iuftice. Affliction enfeigne pieté: pieté apporte ioye de bonne confcience: bonne confcience engendre immortalité. Parquoy que nul en ce tant beau combat, ne perde courage.
Il y a bien à fuer, mais les recompenfes font excellentes, & le remunerateur feal. Enfuyués les forts combatans, & les diligens coureurs: eftendés les mains lafches, renforcés
moy ces mains lafches, leués ces genoux deffioints & branlans, courés en diligence droit
au but propofé, & que le pied en fe deftournant çà où là ne fe foruoye du droit chemin.
Voyés s'il y a eu du foruoyement, s'il y a eu de l'oyfiueté, qu'on le radoube par nouuelle alaigreffe. Or n'eft-ce pas affés à nous, qu'vn chafcun combatte pour foy fans fe foucier des autres: ains faut que paix & concorde vous confoingne & affemble tous, en
forte, que d'vn commun foing l'vn foit foucieux de l'autre, & mette peine qu'aucun en
courant tous par enfemble ne vienne à defchoir de la grace de Dieu:qu'aucun n'ayant
pas la fainéteté que doyuent auoir les mébres de Chrift(fans laquelle nul ne verra Dieu)
foit pefant de corps & indigne de iouyr du ioyau propofé: qu'aux courans apres les chofes celeftes, quelque racine d'amertume, iettante contre-mont & fourfounante, n'empefche les fainéts efforts des autres, & icelle s'eftendant plus au large n'en infecte plufieurs par fa contagion. Qu'entre vous nul ne foit paillard, ou autrement prophane,
fubiet à fa gueule & à fon ventre: Car telles conuoitifes retardent voftre courfe & fe de-
ftournent du droit chemin, & aduient que tandis que vous tetardés apres tels biens
fardés, perdiés celuy fouuerain & eternel ioyau. Tout ainfi en print-il à Efau, qui eftant   Genefe.25
affamé vendit fon droit d'ainage pour le plaifir d'vn feul repas, achetant pour vne briefue volupté vn perpetuel regret & douleur. Car de cela vous deués vous fouuenir, à fin
qu'il vous ferue d'exemple, que par apres quand par la benediction de fon pere, il mit
fes efforts à eftre remis en fon droit d'ainage, il fut reietté, & ne luy feruit de rien fa repentance tardiue, iaçoit que par effufion de larmes, il teftifiaft que fon faict luy defplai-
foit. L'amertume qui nayt de hayne, d'enuie, & d'arrogance, corrompt la conionction
fraternelle: plaifir charnel, diffolution, bombances, & autres conuoitifes des chofes fal-
les, fouillent la pureté & fainéteté de vie. Et toutefois il faut que ces deux chofes demeurent fauues entre vous, & ne peut eftre l'vne fans l'autre. Car entre les impurs, il n'y peut   Certes vous
auoir concorde aggreable à Dieu, & où regne difcorde, là ne peut eftre vne vraye entiere-   n'eftes point
té de mœurs. Parquoy il faut que nous aufsi nous donniohs garde que ne foyons fi fots   venus à la
que de changer l'heritage celefte auec les plaifirs de ce monde. Le lieu vers lequel nous   montaigne.
courons eft celefte, il faut que nous nous en approchons en pureté, nous cheminons
en la lumiere Euangelique, il faut que par fainéteté de vie nous refpondions à vne tant
fainéte profefsion. Il eft neceffaire que vous reffemblés à voftre Pontife & à fa Loy. Car
vous n'eftes pas allé comme firent iadis voz ancestres, quand Moyfe bailloit la Loy, à
la montaigne Sina, qui fe peut toucher du corps: & au feu bruslant, qui fe peut fentir
des fens humains: & à tourbillon d'obfcurité, & tempefte & fon de trompette, chofes qui
fe peuuent ouyr & voir, & à celle voix de parolles lefquelles, iaçoit que refonnans en l'air
elles peuffent entrer aux oreilles des hommes, & n'euffent qu'vne mince reprefentation
de la voix vrayement diuine, neantmoins n'eftoyent pas fans leur maiefté, de forte, que
le peuple qui les ouyoit, effrayé de l'horreur de la voix, pria que Dieu ceffaft de parler,
& que Moyfe mefme prononçaft de fa propre bouche, ce que Dieu auroit commandé.
Sinon, celle voix eftoit fi terrible, que la debilité des oreilles humaines ne la pouuoit
porter. Or les chofes qui fe faifoyent feulement en figure de la loy Euangelique, auoyent
tant de fainéteté & frayeur, qu'il fut defendu au peuple de n'attoucher point la montaigne, & fut publié par edict, que la befte qui auroit touché la montaigne feroit lapidée,
ou tirée de flefches. Car le fpectacle des chofes qui fe monftroyent au fens corporels eftoit
fi tref-effrayable, que Moyfe propre s'efpouenta & trembla de l'horreur du fpectacle.
Donc vous n'eftes pas allés à iceluy fpectacle fenfible, qui auoit les ombres & figure des
chofes beaucoup meilleures: mais vous eftes allés à des chofes d'autant plus vrayes,
qu'elles s'apperçoyuent de l'ame, & non pas des fens corporels: affauoir à la montaigne de Sion fpirituelle, qui s'attouche de l'efprit, & non pas des mains: en la cité de Dieu
viuant, Ierufalem celefte, où il y a paix eternelle: à la compaignie de tant d'Anges qu'on
n'en fçauroit dire le nombre, qui font les principaux & natifs de celle cité: à l'affemblée

enfans de Dieu, lesquels n'ont pas perdu leur droit d'ainage, comme Esau : mais se tenans à Christ, ont obtenu d'estre enregistrés és cieux, estans faicts bourgeoys de la mesme cité: à Dieu iuge de tous, Prince de celle republicque : aux esprits des gens iustes, qu'vne parfaitte pieté a assouciés à la compaignie celeste, & les faict asseoir à costé du iuge : au grand sacrificateur du nouueau Testament, Iesus, qui point ne perd, mais reconcilie : & au sang d'iceluy, l'arrousement duquel nettoye les ames, & lequel parle bien mieux, que celuy

Gene.4 d'Abel. Car celuy là crioit vengeance, cestuy-cy impetre remission. Tant plus doucement & amyablement parle-il pour nous, de tant plus deuons prendre de pres garde, que nous ne reiettions Christ parlant ainsi à nous. Car si ceux qui refusoyent Moyse homme parlãt sur terre, n'ont pas eschappé la peine de la parolle mesprisée, nous serons bien plus rigoureusement punis, si nous venons à refuser Christ parlant à nous du ciel: la voix duquel Christ esbranla lors la terre, pour par frayeur sensible destourner de peché. Mais

Aggée.2 maintenant qu'il est au ciel que menace-il de faire, par le prophete Aggée: Encore vne fois (dit-il) & i'esbranleray non seulement la terre, mais aussi le ciel, à fin que s'effrayent non seulement les hommes de la terre, mais aussi les creatures celestes. Or quand à ce qu'il dit: Encore vne fois: il denote le changement des choses qui s'esbranlent (assauoir les choses qui sont faittes de mains d'hommes, comme sont le temple & la ville de Ierusalem) à fin que demeurent celles qui point ne sont faittes de mains d'hommes, & partant ne peuuent estre esbranlées, attendu qu'elles sont eternelles. Les Iuifs se glorifient de leur temple, ils se glorifient de leur saincte cité: mais vn iour ces choses ne seront plus. Ils attendent vn royaume, nous le voyons transporté ailleurs. Parquoy nous qui auons encommencé d'aspirer au regne celeste, qui ne peut estre esbranlé, ce par la grace du sainct Esprit, perseuerons en la grace de Dieu. Hantons en ce temple celeste, seruans Dieu auec telle reuerence & deuotion, que par pureté de cœur nous luy soyons aggreables, puis que desormais il ne requirt autre sorte de sacrifice. Si iadis en faisant les sacrifices, on faisoit conscience de faire chose qui peut offenser les yeux des hommes, combien plus deuons nous prendre garde qu'és sacrifices spirituels, rien ne se fasse, qui puisse offenser les yeux de Dieu: Si c'estoit iadis dangier à l'homme d'aller és lieux saincts sans reuerence deüe, combien plus grand sera le dangier si nous nous approchons de Dieu mesme à tout les cœurs mal nets: de Dieu, di-ie, qui n'est pas vn feu corporel (lequel on peut aussi bien estaindre, comme on l'allume) ains est vn feu d'efficace consumant & du tout annichilant ce qu'il veut.

CHAPITRE XIII.

Ve charité fraternelle dure entre vous, puis que vous estes membres d'vn mesme corps: & embrasses d'amour non seulement qui continuellement viuent auec vous, mais aussi les estrangiers qui viennent loger entre vous. Car ce n'est pas vne petite louange enuers Dieu, que receuoit les estrangiers:

Gene.18.19 veu que par telle humanité Abraham fut si heureux que loger chés soy des Anges sans le sçauoir, luy qui pensoit faire se plaisir à des hommes. Encore requiert ce-cy la charité Chrestienne, que vous soyés autant esmeus de la calamité de ceux qui sont prisonniers pour la profession de Christ, comme si vous mesmes estiés en prison: item que le tourment de ceux qui sont affligés d'autre maux diuers, vous affectionne tellement qu'il apparoisse que vous aués souuenance que vostre corps est subiet aux mesmes maux, & que vous n'estes point eslongnés du sentiment des douleur qu'endurent les membres du mesme corps. Le mariage quand il est deuement gardé, mesme entre les Payens, est honnorable: qu'entr vous semblablement il soit honnorablement gardé, & que la couche ne soit aussi souillée d'aucune sorte de paillardise. Des paillards & adulteres, Dieu les punira. Que voz mœurs soyent tellement eslongnées d'auarice, que vous soyés contens de la condition presente, comme viuans au iour la iournée sans vous soucier de l'aduenir. Car voicy la promesse que Dieu mesme a faitte à Iosue, & en iceluy à tous ceux qui se fient en luy: Ie ne te laisse point, & ne t'abbandonne point: de sorte qu'appuyés sur ceste promesse, nous pouuons dire auec asseurance ce que dit le

Pseau.55.117 Prophete au Pseaume mysticque: Le Seigneur est mon ayde ie n'ay peur qu'homme me fasse mal. Ayés souuenance de ceux qui vous ont annoncé, non pas vne doctrine humaine, ains les parolle du Seigneur, & aduisés que rien ne leur defaille de leurs necessités. Tout ainsi que du commencement vous aués creu à leurs parolles, semblablement
mainte-

maintenant visés à la vie d'iceux comme au blanc, & ensuyués leur foy, en considerant combien constamment ils perseuerent en la profession Euangelique iusques à la fin. L'Euangile apres qu'il est vne fois droittement enseigné, doit estre tenu en toute constance à iamais. Car comme & hyer Iesus Christ fut, & auiourdhuy est, & tousiours sera à tout iamais sans iamais deuoir changer, ainsi tousiours demeurera sa doctrine. Parquoy perseuerés en icelle, stables & fermes, & ne vous laissés point (comme si vous n'estiés appuyés sur aucun certain fondement) mener çà & là à toutes hurtes par doctrines nouuelles & diuerses. La loy Mosaique n'a pas enseigné autre chose qu'enseigne l'Euangile, mais d'vne autre façon. Or est-ce folye de s'arrester aux ombres, puis que la verité est apparue. Et toutefois il s'en trouue qui veulent remettre sus le vieux ludaisme ia aboly, constituans la pieté en viandes & breuuage du corps, l'obseruation desquelles choses est telle, que ceux qui s'y sont songneusement & superstitieusement addonnés, n'en ont apporté nul fruict de iustice. Qui veut obtenir vne ferme & vraye pieté, laquelle non tant seulement ait vn ombre de iustice, ains conferme l'ame mesme d'vne bonne conscience enuers Dieu, qu'il demeure en la grace & foy, qu'il s'appuye sur ce fondement qu'a mis Christ, & il ne chancelera point par superstitions ludaiques. Fassent les Iuifs scrupule de manger de certaines viandes, & aussi des sacrifices. Nous aussi auons vn autel beaucoup plus sacré, duquel n'ont puissance d'en manger ceux qui estant encore attachés aux ceremonies de la Loy, ignorent la grace Euangelique laquelle baille le vray salut. Car selon l'ordonnance de la Loy il est commandé que des bestes (le sang desquelles le pontife a de coustume d'offrir pour le peché au dedans le tabernacle dit le sainct sanctuaire) on ait à en brusler les corps hors du fort: ne plus ne moins que si le sang auoit quelque chose de sacré, veu que les corps sont portés dehors comme souillés, pour estre bruslés en lieu prophane: & pourtant se abstiennent-ils d'en manger comme de viandes souillées. Ils ont l'ombre, mais nous embrassons ce que l'ombre a signifié. Ils n'auoyent de rien le cœur plus sainct & net, apres auoir esté arrousé de sang: & n'estoyent-ia plus purs, pour s'estre abstenu de manger des corps, là où ils auoyent les cœurs tout confits de vices. De nous, nous embrassons Iesus nostre victime & souuerain sacrificateur, lequel comme contrefaisant la figure de la Loy, pour nettoyer son peuple par son propre sang a voulu estre crucifié hors la porte de la ville de Ierusalem. L'exemple duquel il nous faut ensuyure non pas superstitieusement, mais religieusement: ce que nous ferons, si nous aussi chargeons nostre croix & le suyuons sortant de la compagnie des hommes comme malfaitteur & vaut rien. Sortons aussi nous de la communauté de ce monde, & nous soit chose plus plaisante, d'endurer outrage pour Christ, que iouyr de la gloire du monde. Disons adieu à ceste cité terrienne, nous qui n'auons point icy de cité durable, ains en desirons vne à venir, celeste & eternelle. Or sort de la cité celuy qui mect ius les affections de la chair, & de toute son estude pense aux choses celestes. Nostre hostie ne s'immole point en la cité, mais estans sortis auec nostre souuerain sacrificateur Christ, nous aussi offrons tousiours par luy quelque hostie agreable à Dieu par luy, non pas vne beste, ne des fruicts des champs, mais le fruict des leures, ie dy des leures, non tant du corps que du cœur, par lesquels nous recognoissons le benefice de Dieu enuers nous, & en rememorant la croix de Christ, luy rendons graces pour les pechés pardonnés, & de tant de graces qu'il nous a faittes. De cest autel ne sont point participans les Iuifs, lesquels demeurans entre les murailles, n'aymêt rien que ce qui est charnel. Or entendés encore vne autre espece de sacrifice digne de l'Euangile: à tout lequel faut continuellement sacrifier à Dieu. On doit ayder au prochain par bien-faits, & s'il est disetteux le soulager en luy faisant des biens. Car par tels sacrifices Dieu s'appaise plus tost, que par Iudaiques superstitions en ne tenant conte du prochain. Obeyssés à voz superieurs, en leur cedant, encore que ils soyent mauuais, pourueu que point ils n'attirent à impieté. Car quand ils s'acquittent de leur charge, ils veillent pour voz ames, en pouruoyant à vostre salut: & ce font-ils à leur peril comme ceux qui ont à rendre conte à Dieu, de qui prouuient toute puissance. Vous les deschargerés en partie, si vous vous rendés traictables & obeissans, à fin que ce qu'ils font, ils le facent alaigrement & ioyeusement plus tost qu'à regret. Car comme à eux cela seroit fascheux, aussi vous seroit-il inutile. C'est à eux fascherie de trauailler sans faire fruict: à vous n'est pas expedient de prouocquer l'ire de Dieu sur vous par desobeissance. Freres, recommâdés nous aussi à Dieu par voz prieres, aumoins s'il

Exod. 29
Leuit. 4
Nomb. 19

Pseau. 91

Eee 4

s'il vous semble que ie doyue estre nombré entre ceux, qui vous conduisent bien. Si ie
suis approuué de tous, ie ne sçay : mais nous nous côfions que nous nous sommes portés rondement en bonne conscience enuers tous ceux, qui ont enuie de viure selon la reigle Euangelique. Et de ce faire de tant plus fort ie vous en prie, à fin que tant plustost ie
vous soye rendu. Ce pendant ie prie pareillement pour vous, à fin que Dieu autheur de
paix, qui a ressuscité des morts ce souuerain pasteur des brebis nostre Seigneur Iesus
Christ, qui tousiours assiste recommendant nôz sacrifices, à qui appartient toute gloire,
non seulement en ceste vie, mais à iamais au grand iamais, Amen. Il n'y a rien que nous
puissions nous attribuer des bien-faits, c'est de sa grace tout tant que nous faisons de
tel, qu'il puisse plaire aux yeux de Dieu. Ie vous ay escript ces choses par maniere d'exhortation, vous prendrés à la bonne part ce que nous auons faict à la bonne intention. Ie
vous ay escript en brief, comme celuy qui vous doit voir en brief. Il vous faut sçauoir que
Timothée n'est pas auec moy à present, ains l'ay enuoyé autre part: s'il retourne
en brief, ie vous iray voir auec luy. Saluës en mon nom tous voz
gouuerneurs, item quant & eux toute la compagnie des
saincts. Ceux d'Italie vous saluent. La grace
& faueur de Dieu soit tousiours auec
vous. Ainsi soit-il.

Fin de la paraphrase sur l'epistre aux Ebrieux.

LA VIE DE SAINCT PIERRE
L'APOSTRE PAR SAINCT HIEROSME.

Imon Pierre, fils de Iean, de la prouince de Galilée, bourgade de Bethsaïde, frere de l'apostre Andreas, & prince des Apostres. Apres auoir esté Euesque de l'Eglise d'Antioche & auoir presché ceux qui croyoyent en la circoncision de l'escartement Pont, Galatie, Cappadoce, Asie, Bithynie, l'an second de Claudius, il s'en alla à Rome pour mettre bas Simon Magus, & fut là vingtcinq ans en la chaire de prestrise, iusques au dernier an de Neron qui fut le quatorziesme. Lequel l'ayãt crucifié le couronna de martyre, la teste en bas vers terre les pieds esleués en haut: se tenant qu'il n'estoit point digne d'estre crucifié comme son maistre. Il a escript deux epistres qu'on nomme Catholiques, quant à la secõde plusieurs disent qu'elle n'est pas de luy, à cause de la difference du stile auec la premiere. Mais l'Euangile selon Marc, qui a esté son auditeur & interprete, est attribué à luy: Quant aux siens, entre lesquels l'vn est intitulé des Actes, le second de l'Euãgile, le troisiesme de predication, le quatriesme de l'Apocalypse, le cinquiesme du iugemẽt, sont tenus entre les liures Apocriphes. Il a esté enseuely à Rome au Vatican pres de la voye de triomphe, toute la ville le celebre auec grand honneur.

ARGVMENT SVR LA PREMIE
RE EPISTRE DE SAINCT PIERRE,
par D. Erasme de Roterodame.

Ierre, comme aussi Iaques, escript aux Iuifs habitans deça & dela par les pays des Gentils vne epistre digne d'vn prince des Apostres, pleine d'authorité & maiesté apostolique, pleine de sentences auec peu de parolles. Il enhorte à endurer les maux qu'il leur aduenoit pour l'enuie qu'on portoit à l'Euãgile (par l'esperance de la remuneration. Outre il amonneste que selon les oracles des prophetes estãs appellés gratuitement à vne si grande dignité qu'ils meinent vne vie digne de leur profession. Car le Christianisme ne gist point en titre ou baptesme seulement: mais envne innocence de mœurs, autrement que ce qu'il sont affligés de mal, ne tourneroit point à la gloire de Christ s'il sembloit auoir qu'ils fussent punis pour leur mal-faits. Dauantage il amonneste qu'ils n'eussent sous couleur du Christianisme, à ne vouloir obeir aux magistrats Payens, de peur qu'eux estant irrité, ils ne soyent point conuertis à Christ, & exercent plus grande cruauté. Item que les seruiteurs ne cessent de faire leur deuoir à leurs seigneurs encore qu'ils soyent Payens. C'est à faire à la bonté Chrestienne d'endurer toutes choses. Item que les femmes Chrestiennes ne mesprisent leurs marys encore qu'ils soyent Payens, mais que par leur mœurs elles s'estudient de les exciter à choses meilleures. Les marys, il les amonneste de rendre ce qu'ils doyuẽt à leurs femmes, & que par fois ils s'abstiennent d'auoir affaire auec elles, à fin qu'ils puissent mieux vacquer à prieres. Puis par l'exemple de Christ, les prouocque à endurer les maux & de ne s'efforcer de rendre tort pour tort, mais que par donceur & bien-faits ils prennent peine de vaincre ceux qu'il ne l'ont point merité. Et cecy faict-il aux trois premiers chapitres, & au commencement du quatriesme. Apres ces choses il amonneste à vne nouueauté de vie, des-enhortans des vices des Payens. Il inuite à sobrieté, veilles, prieres continuelles, principalemẽt à auoir charité l'vn à l'autre, à hospitalité, à seruir l'vn à l'autre. Derechef à endurer patiement les persecutions pour le nom de Christ. Incontinent apres il enseigne les Euesques, & le peuple subiet à eux. En la fin il tesmoigne auoir escript par Syluan vn autre epistre qui est demeurée sur le chemin. Il apparoit que ceste Epistre a esté escripte de Babylone: car il les salue au nom de ceste Eglise: si la fiction de Rome ne plaist point à quelqu'vn.

PARA

PARAPHRASE
SVR LA PREMIERE EPISTRE
DE SAINCT PIERRE APOSTRE,
par D.Erasme de Roterodame.

CHAPITRE I.

IERRE celuy qui autrefois estoit disciple & commensal, & maintenant embassadeur & apostre de Iesus Christ, enuoye salut à tous ceux qui habitēt és regions d'Asie la mineur, de Pont, de Galatie, de Cappadoce, & en ceste partie qui est aux Ephesiens, laquelle proprement s'attribue le nom d'Asie, & de Bythinie, & à to⁹ ceux, ou qui par bruits, & orages de guerre ont esté dechassés, les vns deçà, les au tres de là, ou qui ont esté iniustement repoussés de leurs pays, par la cruauté de ceux à qui le nom de Christ estoit fascheux, & qui maintenant sont cōme estrangiers & bannis entre les natiōs barbares, deschassés du lieu de leur na tiuité pour la crainte des hommes, non pourtant bannis, ou reculés, ou forclos de la charge de l'Euāgile:lequel a esté donné de Dieu, premieremēt à la terre:& peuple Iudaique:& non autrement donné qu'il n'ait bien voulu qu'il fut com mun à tous ceux,lesquels il aura choysi.Car tout ainsi que pour neant & inutilement sont nays,& viuent en Ierusalem ceux qui desprisent la doctrine de Iesus Christ:aussi nul ne se ra trompé de ce qu'il habite entre gens circoncis & prophanes : moyennant que pour la loy Mosaique il reçoyue la grace Euangelique . Et vrayement ny l'obseruation de la Loy, (de laquelle s'enorgueillit le peuple des Iuifs) ny la race, ny le lieu, ne donnent point le vray salut:mais la gratuite election de Dieu.Celuy là est vrayemēt Iuif, qui habitāt en tou tes terres, qui estant yssu de quelque lignée que ce soit, recognoit Iesus Christ pour vray autheur de salut,qui est mort non seulement pour vn peuple:mais pour tout le circuit de la terre.Or pour le bien recognoistre nous ne deuōs rien au merite de la Loy gardée:mais à la gratuite bonté de Dieu, qui de toutes nations choysit & appelle à la liberalité de l'Euā gile,tous ceux qu'il luy plait.Et certes ce qu'il a sauué tout le monde,ne luy est venu folle mēt en memoire,ny estant induit par noz bienfaits,ne nous remet point ceste tribulation à noz merites:mais telle estoit la deliberation de Dieu le pere par son conseil eternel, que non seulement il ouurit le port de salut aux Iuifs:mais aussi à toutes nations,non pas par la circoncision,ny par obseruation des iours du repos,ny par choix des viandes, ny par autres ceremonies de la loy Mosaique,qui sont corporelles, & seulement ombres des cho ses spirituelles,données pour quelque temps:mais par la vraye sanctification de l'esprit, lequel nous donne la loy Euangelique spirituelle, par laquelle nous sommes vrayement purgés de tous noz pechés,non pas pource que nous auons obserué les prescriptions de la vieille Loy:mais pource que simplement & promptement nous nous fions és promes ses Euangeliques,non pas par l'arrousement du sang du veau, comme iusques à present on a accoustumé de faire selō la coustume de la Loy:mais par l'effusion du precieux sang (victime certes sans macule & à Dieu tres-agreable)de Iesus Christ.La mort duquel nō me ritée,nous efface vne fois tous noz pechés de nostre vieille vie,& par le baptesme, no⁹ re met à nouuelle vie,comme estans regenerés en luy.Et pour autant que le baptesme vous a plantés en la celeste demeure,& exemptés de ce mōde,ie prieray que les biens (pour l'a mas & acquisition desquels les amateurs de ce mōde se semblent estre heureux) vous ad uiennent,mais plus tost ceux là qui estans repurgés de toute tache terriène nous rendent

dignes

dignes au prince celeste, qui est Christ, assauoir la grace, à fin que vous deffaits de voz
merites, & des ceremonies de la Loy : vous attendiés le vray salut de la seule largesse gratuite de Dieu, & fiance de l'Euangile, & par consequent la paix, à fin qu'estans reconciliés
à Dieu par le sang de Christ, vous ayés amytié & accord entre vous & auec tous autres,
non seulement ne blessans personne : mais aussi remettans les pechés les vns des autres,
& rendans bienfaits pour malfaits. Et comme gratuitement aués receu de Dieu les biens: *Grace & paix*
aussi vous faut-il efforcer par volonté debonnaire & Chrestienne, que de plus en plus *vous soit multi-*
vous deueniés riches par vsure de bonnes œuures, non seulement perseuerans en ce qu' *plice.*
aués commencé : mais aussi ne cessans de iour en iour de profiter de mieux en mieux, iusques à tant que viendra ce iour, auquel sera manifesté le loyer d'immortalité: duquel dés *Loué soit Dieu*
maintenant aués conceu espoir certain par l'Euangile de Christ. Et à fin que de cecy nous *& pere de no-*
ne nous attribuons nulle louange, il faut pour vn tel grand benefice louer la benignité *stre seigneur Ie-*
de celuy, de qui par Christ vient tout ce qui nous rend vrayement heureux. Iceluy n'est *sus Christ.*
Moyse: mais Dieu mesme & pere de nostre Seigneur Iesus Christ, qui combien que mal-
heureusement fussions yssus d'Adam (car nous estions nays à peché, nous estions nays
à mort) toutefois il nous a de rechef engendrés à innocence, & vie immortelle, non estant
prouocqué d'aucuns noz merites: mais volontairement & sans contrainte esmeu par sa
misericorde, de laquelle il est tresgrand. Et a faict cecy, non pas par le moyen de la loy Mo- *Qui selon sa*
saique: mais en abandonnant son propre fils Iesus Christ, lequel il a voulu qu'il endurast *grande miseri-*
la mort: à fin qu'il nous deliurast (autrement estions nous perdus) de la tyrannie de pe- *corde nous a*
ché, & de la mort, lequel il a tout soudain ressuscité de mort à vie: à fin que ce pendant *regenerés.*
estans morts en mondaines conuoitises, & à son exemple quasi meditans, par innocen- *1.Cor.1.*
ce de mœurs la resurrection, nous ayons certaine & bonne esperance, qu'vne fois deli- *Eph.1.*
urés de ces maux, nous paruiendrons auec Christ, à iceluy eternel heritage, lequel luy
comme nostre chef a possedé: ainsi le possederons nous tous, quiconque estans inse-
rés aux membres de Christ, à son imitation auons ce bien d'estre appellés freres, & enfans d'vn mesme pere, en sorte que comme les afflictions nous sont communes auec
luy : ainsi soit le loyer commun auec luy. Tandis que nous auons esté enfans du pecheur Adam : le malheureux heritage nous attendoit. Depuis que nous sommes faits
enfans de Dieu, nous sommes au train pour courir au celeste heritage. Car il est raisonnable, que nous qui sommes nays du ciel, regardions choses celestes: à fin qu'estans nays
de Dieu nous n'ensuyuions que choses diuines. Ceux qui bataillent sous le monde, ils *A l'heritage*
cherchent loyers caducques, & salaire transitoire. Nous apres ces afflictions labiles atten- *immortel.*
dons cest heritage heureux, lequel ne peut estre corrompu par mort, ny souillé d'ennuy
& fascherie, ny flestry par vieillesse. Il ne faut point que nous craignons qu'aucuns nous
fasche, & destourne de ceste tant fertile succession. Nous auons vn prometteur de certaine feauté. Nostre heritage est asseuré quant à luy, & est conserué aux cieux, & en telle sorte conserué, que les hommes ce pendant ont en terre par deuers eux vne certaine esperance, quasi pour vn gage, & non pas tous, mais vous seulement, & ceux qui sont semblables à vous, à qui l'Esprit de Christ est donné en lieu d'arres, & combien que ce pendant
soyés de tous costés assaillis de diuers orages de maux, lesquels l'imbecillité humaine ne
peut nullement supporter, toutefois par l'ayde de Dieu (qui peut toutes choses) vous e- *Qui estes gar-*
stes gardés, non pas par voz merites: mais par foy & fiance, par laquelle vous ne doutés *dés en la vertu*
que Dieu (quand ores il permettra que soyés presques accablés) toutefois ne vous veuil- *de dieu par foy*
le presenter saincts au dernier temps, apres lequel ceste cõfusion des choses humaines cessera. Mais les malings attachés à leurs supplices ne pourront plus nuyre à personne, ny
blesser les bons, & les bons asseurés de tous assaux de maux iouyront du repos eternel.
Car maintenant les loyers sont cachés, & bien souuent selon la commune opinion, ceux
là ont du pis qui sont les meilleurs, & semble aduis aux autres, que ceux là perissent lesquels sont entierement sains, & ceux qui du tout perissent semblent estre florissans. Il est
maintenant temps que nous exercions pieté. Le loyer a son temps prescript, lequel il ne
faut pas preuertir. Contentons nous ce pendant de ce que l'eternelle felicité nous est assu-
réement gardée, laquelle nul des hommes, ou diables ne peuuent empescher: moyenant
que la foy ne nous defaille, par laquelle (les choses mortelles desprisées) nous depēdions
entierement du ciel. Soyent ceux qui rebelles à Dieu se fient aux aydes de ce monde, tant
cruels qu'ils voudront. Qu'ils se mocquent ce pendant de nous, comme si nous estions
vaincus & delaissés. Au reste, quand ce grand iour sera venu: l'ordre des choses sera
tourné tout au contraire. Ils seront affligés, vous vous esiouyrés comme vainqueurs, &

dés

Estans mainte-
nant affligés en
diuerses tenta-
tions.

dés maintenant vous vous deués resiouyr de l'attente indubitable d'vne tant grande felicité. Car nous ne deuons pas penser que ce soit vne chose grande ou griefue, si par briefues afflictions & de petite durée, si par angoisses qui tantost auront prins fin, vous parue-
nés à la beatitude qui iamais ne deffaudra. Parauenture la fin de ces persecutions cessera vne fois, lesquelles toutefois il nous faut endurer de courage constant & non rompu,
toutes & quantefois qu'elles suruiendront en esperance de la vie future, & pour l'amour
de la gloire de Dieu. Car ainsi le permect la sagesse de Dieu desirant vostre profit, à fin que

Beaucoup plus
precieuse que
l'or lequel pe-
rit.

la netteté, & constance de vostre foy soit esprouuée par diuers assaux de maux. Car si l'or
(chose au demeurant petite & subiette à soudaine perte) non seulement est esprouué par
la touche: mais aussi examiné par le feu, à fin qu'apres il soit de plus grand pris & valeur,
d'autant que plus songneusement il aura esté repurgé, beaucoup plus Dieu veut que
vostre foy soit repurgée par diuerses experiences, à laquelle est deu tant d'honneur, que
quand sortant de ces flammes de maux & afflictions, elle reluyra beaucoup plus pure &
claire, que tout or bien purgé: elle sera precieuse enuers Dieu, & à la fin la chose sera tout
autre qu'elle ne sembloit: c'est assauoir que ce qui sembloit icy estre faict & imputé à deshonneur sera tourné à louange, ce qui estoit reputé ignominieux, sera tourné à gloire, ce
qui estoit faict pour vous. deshonnorer, sera tourné à honneur en ce iour, auquel Iesus
Christ (la vertu duquel besonghe maintenant en vous par raisons occultes & secrettes)
demonstrera sa maiesté apertement à tous, donnant son loyer selon les œuures d'vn chas-

Soit trouué en
louange gloire
& honneur.
Lequel cōbien
qu' ne l'ayés
veu l'aymés.

cun. Car quelle chose est plus glorieuse que d'estre loué de la bouche de Christ, quand
vous orrés dire, venés les bien-heureux de mon Pere? Quelle chose plus honnorable
que d'estre receu de Dieu le pere en la cōpagnie du royaume celeste ensemble auec le fils?
Or ceste gloire combien qu'elle sera commune à tous les bien-heureux, toutefois elle sera plus abondante à ceux qui auront souffert plus grandes choses en terre, pour le nom
de Christ. Que si maintenant ces loyers estoyent apparens: la force de la foy ne seroit es-
merueillable. Maintenāt la principale louange des bons est en ce que vous aymés Christ:
lequel, combien que iamais ne l'ayés veu des yeux corporels, toutefois vous l'aués veu
des yeux de la foy. Et combien que la force des douleurs vous cōtraigne presentement &
publicquement à gemir, & que les loyers aduenir n'apparoissent encore, toutefois vous
confians en ses promesses vous n'endurés ces choses de moindre courage, que si la gloire preparée estoit presente, & non seulement vous endurés constāment: mais aussi d'vne
ioye indicible, vous vous esiouyssés au milieu des afflictiōs, pleins de gloire enuers Dieu,
assauoir de conscience bien esperant, pleins de fiance certaine, que bien endurant ces choses vous receurés sans nul merite, merueilleusement grand fruict de vostre foy (Dieu le
voulant ainsi) assauoir salut eternel de voz ames. Car le gaing est grād, quand par la perte du corps caducque, l'ame immortelle est gardée. Ainsi a-il semblé bon au conseil eternel de Dieu, que les hommes acquissent salut par ces raisons, par lesquelles Christ mesme
est paruenu à la beatitude eternelle. Or ces choses ne sont point demenées par cas fortuit:

Duquel salut
les Prophetes
ont enquis.

mais ce que nous voyons estre faict, les anciens Prophetes (qui dés long temps nous ont
predit, que par foy & grace Euangelique sans ayde de la loy Mosaïque, vous seriés sauués) l'ont diligemment cherché, non cōtens de voir ce qui deuoit aduenir comme par v-
ne nuée: mais aussi par vne curiosité debonnaire & religieuse, l'ont demandé à l'Esprit de
Christ, lequel dés lors, comme par vne secrette inspiration leur signifioit ce que Christ deuoit endurer, & à quelle gloire il deuoit estre tout soudain esleué, & en quel tēps cela deuoit aduenir: car leurs cœurs estoyent saysis d'vn grand desir de salut, ausquels cecy a esté
signifié que ces choses lesquelles ils vous disoyent deuoyent aduenir, ne seroyent manifestées en leur tēps, ains auxvostres, & ce que par leur prophetie ils declaroyēt, ils le declaroyent à vous & non à eux-mesmes. Ils eussent bien voulu voir ce que vous voyés: mais
leurs propheties ont precedé, non pour autre cause, sinon à celle fin, que plus certainement on nous creut, d'autant que nous sommes Apostres, qui vous annonçons ces mesmes choses estre maintenant faittes, lesquelles ils auoyent predittes. Et à fin que moins
vous douttés, vn mesme Esprit de Christ les a enseignés autrefois par inspirations secrettes ce qu'il auoit deliberé de faire, lequel n'agueres nous a instruit descendant du ciel en
langues de feu, pour nous faire annonciateurs par tout le circuit de la terre de ce qui a
esté faict. Car nous vous preschons que Christ a esté faict homme, pour le salut de nous

Par ceux qui
vous ont annō-
cé l'Euangile.

tous, qu'il a cōuersé en terre, qu'il a esté affligé d'opprobres, & tourmens: finalemēt qu'il
a esté fiché en croix, qu'il a enduré la mort pour nous, & qu'il est incontinent retourné à
vie, qu'il est esleué au ciel, où maintenant il reluyt auec son Pere en maiesté & gloire, qui
estant

estant en terre sembloit estre vil & abiect, & qui esleuera les siens au lieu mesme, où maintenant il regne. Puis que ces choses ont esté faites par le cóseil de Dieu, à nous incogneu,
il ne se faut esbahir, si les prophetes desiroyent le voir. Veu que mesmement aux anges,
c'est vn spectacle merueilleusement plaisant & agreable, de la contemplation duquel il ne
peuuent estre saoulés. D'autant que le bien qui vous est offert est grand, d'autant le deués
vous embrasser plus ardemmét à fin qu'il ne vienne que par vostre faute vous ne le puissiés receuoir, le guerdon est certain: mais ce pédant vous serés vostre deuoir de vous gouuerner tellement que ne soyés estimés indignes des promesses. Ce grád iour viendra non
attendu, qui manifestera apertemét les salaires des bós & des mauuais. Quand il viédra,
il viédra ioyeux & heureux à ceux lesquels il aura trouués appareillés. A l'opposite espou-
uentable à ceux lesquels il aura trouués endormis & sommeillás en deffiáce. Mais pource *Esquelles les an-ges desirent re-garder.*
que Christ a voulu que ce iour no⁹ fust incertain: il n'est poít besoing que vo⁹ soyés iamais
seurs: mais il faut que vous ayés toussiours les reins de l'esprit ceíns: comme prests pour al-
ler au deuant du Seigneur veillans & sobres: esleués & fermes en la certaine & asseurée at- *Pourtant vous ayans les reins de vostre enten-dement ceins.*
tente de la felicité eternelle, laquelle est maintenant offerte à tous ceux qui obeissent à l'E-
uangile: mais lors finalemét sera possedée, quand apertemét nostre Seigneur Iesus Christ
demonstrera, & manifestera sa maiesté à tous hommes, anges, & diables. Or nuls ne par-
uiendrót à ceste immortalité, sinón ceux qui en ceste vie l'auront cótemplé aucunement:
& qui à l'exemple de Iesus estans morts en cupidités mondaines serót ressuscités auec luy
à innocence: & en icelle auront perseueré comme enfans legitimes & vrays, se confians és
promesses de Dieu le pere, & obeissans à ses commandemens, & ne retombans iamais à la
vie subiette aux cupidités mondaines, à cause de l'ignorance de la doctrine Euangelique.
Car il est necessaire que soyés discordans en mœurs & affections auec ceux auec lesquels
vous discordés en profession. Le móde est peruers: duquel dés long temps estes exempts: *Ne vous cófor-mans point à voz desirs.*
& entés en Christ iuste, sainct & innocent: & dauantage vous estes esleus & appellés du
Pere, qui est fontaine de toute saincteté, à celle fin que tout ainsi que vous estes saincts en
profession, aussi que vous soyés semblablement purs & entiers en toute vostre vie, & irre-
prehésibles en voz faits. Car le pere ne recognoístra point pour enfans, sinón ceux qui seront semblables à luy. Ainsi certes l'entendit-il, quád il parloit à noz predecesseurs au Le-
uitic. chap.19. Soyés saincts: car ie suis sainct vostre seigneur Dieu. La pureté Mosaique ne
vous suffira pas: c'est assauoir que vous vous absteniés de l'attouchemét des charógnes:
que vous ayés les pieds laués: que vous vous absteniés de fornicatió. Dieu veut que tou-
te vostre vie, & toutes noz pensées soyent loing de toutes souilléures de pechés. Car c'est *Et si vous inuo-qués le pere.*
ce que nous rend deuát les yeux de Dieu ords & salles: lequel quand encore inuocquerés
par nom du pere implorans en toutes sortes son ayde: toutefois il ne faut point qu'en viuant desordonnément esperiés qu'il vous soit propice: & qu'il vous recognoisse pour enfans, car il n'estime personne pour sa race, ou fortune: mais seulement pour l'innocence de *Leuit.19*
vie. Nul ne sera pur Iuif, si la vie ou l'esprit est souillé. Ny le preputie aussi ne sera souillé s'il
demeine vie Chrestienne & innocente. Il reste donc que vous qui desirés auoir vn tel pere *En crainte au temps de vostre habitation tem-porelle.*
propice (ayans toussiours deuant les yeux son ineuitable iugement, ce pendant que vous
viues en exil) tellement vous ordóniés vostre vie: qu'il n'y ait rien parquoy vostre pere iustement offensé, vous dechasse de l'heritage du pays celeste cóme enfans bastards & desobeissans. D'autant que le pris (duquel Christ vous a gratuitement rachetés) est grád: d'autant plus vous deués vous garder que par ingratitude & volóntairemét ne retombiés en
la premiere seruitude. Il n'y a point de seruitude plus miserable que d'estre esclaue des vices. Ceux qui de peu d'argent sont deliurés de la seruitude de leur maistre ou seigneur, &
& qui de serf sont faits affráchis: ils veillent en toutes sortes que par ingratitude ils ne puissent estre tirés en leur seruitude delaissée. Et vo⁹, vous serés cause que retóberés en la vieil- *Deut.10*
le tyrannie: & voulés estre de rechef esclaues de la loy Mosaique: & aymés mieux seruir à
ie ne sçay quelles vaines obseruatiós données de main en main par voz maieurs: que o-
beir à l'Euangile de Dieu: veu que vous sçaués qu'estes vne fois deliurés d'icelles: nó pas *Act.10*
par vn pris ordinaire & vulgaire, cóme or & argét: mais par vne hostie & victime plus saincte beaucoup que n'entéd la loy Mosaique. Car vous n'estes pas purifiés par l'arrousemét
du sang de veau: ains par le precieux sang de Iesus Christ, qui comme aigneau exempt de
toute macule, pur & net de toutes ordures de pechés, a esté immolé à la croix pour noz of-
fenses. Et vrayement cecy n'a pas esté faict par cas fortuit: mais le fils de Dieu de tout téps, *Là ordóné de-uant la fonda-tion du monde.*
voyre auát la creation du monde a esté destiné à ce sacrifice: à celle fin que par sa mort il
nous appaisast son pere. Au demeurant le decret & conseil du diuin entendement (lequel

Fff   long

Ebr.9
Iean 1
long temps a esté incogneu au mõde)finalement a esté maintenant descouuert en ces derniers iours:& demõstré aux yeux des hommes pour vn nouueau spectacle : lequel toutefois n'estoit pas nouueau en l'entendement de Dieu.Or il a esté manifesté pour cause du
salut de vous,ausquels Christ faict homme,mort & annoncé,faict ce bien que cõbien que
parauant eusiés vne fiance vaine aux ceremonies de la Loy:toutefois maintenant vous

Apoc.1 deffiãs de vous-mesmes, vous fiés au Pere de Iesus Christ:& tout ainsi qu'il a voulu qu'il
mourut pour le rachat de voz pechés, aussi a-il voulu qu'il soit ressuscité des morts.&
pour les trauaux de ceste vie,lesquels il auoit enduré,luy a dõné gloire d'immortalité. Et
d'auantage vous a-il donné cecy d'autant qu'aués creu que cecy a esté faict par luy, que
vous esperiés vn semblable loyer qu'il a eu:assauoir que soyés asseurés de Dieu autheur,
que ce qu'il a demonstré en son fils:indubitablemẽt il le demõstrera en tous ceux qui tel-

A fin que vo-
stre foy & vo-
stre esperance
fust en Dieu.
Aymésl'vn l'au
tre grandemẽt
de cœur pur.
lement auront vescu qu'ils obtiennent d'estre nõbrée entre les mẽbres de Christ,au corps
duquel vous estes entés:d'autant que par baptesme vous aués esté regenerés en luy: Par
cy deuãt vous aués obey à voz concupiscences,assauoir embrassans les ombres dés choses charnelles pour les vrayes.Maintenant cõme ainsi soit qu'ayés purifié voz ames, non
pas par obseruatiõ des ceremonies & purgatiõs,ou superstitions Mosaiques: mais par ce
que par la foy vous aués obey à la verité Euãgelique:laquelle par l'Esprit de Christ a purifié voz cœurs.Il vous faut efforcer que par innocẽce de vie, & par charité vehemẽte, & du
tout fraternelle entre vous:soyés semblables à Christ vostre chef:à fin que comme Christ
vous a aymés:aussi vous vous aymiés l'vn l'autre d'vne charité spirituelle. Nouuelle cõ-
sanguinité & alliance demãde nouuelle affection.Par cy deuãt vous Iuifs aymiés les Iuifs
d'affectiõ charnelle.Maintenãt estans regenerés d'autre diuerse sorte,non pas de semence
mortelle ou terrienne selon le corps:mais de semence immortelle & celeste par la parolle
de Dieu viuãt,& permanant immortellement:à l'Euãgile duquel vous aués creu:vous ay-
merés voz freres de charité celeste.La loy de Moyse estoit dõnée pour quelque temps . La
parolle de Dieu nous a manifesté la Loy Euãgelique qui ne defaudra iamais. Ce qui viẽt
des hommes,n'est que pour vn temps.Ce qui vient du ciel,est eternel, comme a predit E-

Isa.4
Eccl.4
Iaq.1
saie:Toute chair est cõme foin:& sa fleur tõbe:mais la parolle de Dieu demeure eternelle-
ment.Ceste cy est la parolle de Dieu le pere eternel,laquelle les ombres de la premiere Loy
vous ont figurée.Au reste elle vo⁹ est maintenãt preschée apertemẽt par les annõciateurs
de l'Euangile:nõ à vous seulemẽt:mais aussi à tous ceux qui de foy pure reçoyuẽt Christ.

CHAPITRE   II.

Ayãs donc osté
toute malice.
Psal.118
POurce que freschement vous estes regenerés de celeste semẽce par la doctrine
Euangeliqué,apres que vous aurés du tout reietté les vices de vostre premiere vie, cõme si vo⁹ estiés tachés de quelque malice,de quelque dol, de quelque
simulatiõ,de quelque detraction, ou maledicẽce,desormais cõme enfans nou-
uellemẽt nays, cõuoytés affectueusemẽt ce laict non dũ corps:ains de l'esprit, laict ne sçachãt nul dol,& propre en vostre eage plus innocẽte que robuste,laict d'institutiõ Euange-
lique.Car la doctrine Euãgelique à ses rudimẽs & cõmencement,elle a son enfance, elle a
sa pasture & nourriture cõmode pour son eage imbecille,elle a ses accroissemẽs, finalemẽt
elle a son eage parfaitte.Il ne faut point auec chagrin & ennuy receuoir ces premieres cho-
ses:mais gayement & affectueusemẽt:& toutefois il ne faut perseuerer en icelles:mais puis
apres profiter de mieux en mieux en choses plus parfaittes. Car à la verité ce seroit chose
sotte & absurde si quelqu'vn apres estre yssu de sa mere, cõme si tousiours il estoit enfant,
ne desiroit autre chose que du laict.Il faut que deueniés grãs iusques à tãt que soyés rẽfor-
cés en perfectiõ de salut.Il ne faut point que tousiours soyés attachés aux fondemẽs:mais
peu à peu vous faut esleuer iusqu'à parfaict bastimẽt de maison.Car vrayemẽt selon le cõ-

Duquel vous
approchans
qui est la pier-
re viue.
Isa.28
Psal.118
Marc 12
Matth.21
Act.4
seil du Psalmiste vous goustés cõbien est doux le seigũr Iesus.Il faut par ce goust estre en-
flãmé à souhaitter les plus grãdes choses.Les pierres ne chãgẽt point leur lieu,ny ne croissent és edifices humains.En cest edifice(lequel est faict de pierres viues,la pierre principale duquel est cõtenant toutes choses,est Iesus Christ vie eternelle:dés long temps reprouuée des hõmes selõ la prophetie du Psalmiste,c'est assauoir des Pharisiés:qui iouyssans de
leur tẽple subiect à briefue ruyne ne cognoissoyẽt point ceste celeste edificatiõ:mais pierre
choysie & grãdement estimée par le iugemẽt de Dieu)n'empesche rien qu'on ne paruiẽne
Iusqu'à la perfection du bastiment.Il vous faut donc venir à Christ la pierre viue,la pierre
choysie,la pierre precieuse deuãt les yeux de dieu,par accroissemẽs de vertus à fin qu'estãs
appuyés sur tels fondemẽs, peu à peu soyés edifiés.Iusqu'à tãt que soyés faits tẽples spirituels, beaucoup plus saincts,que le temple,duquel les Iuifs sont orgueilleux : & esquels

prestrise

preſtriſe & ſacrificature ſoit exercée beaucoup plus ſainéte qu'elle n'a accouſtumé en celuy
là. Car en iceluy les Leuites & ſacrificateurs imoloyēt les beſtes. En ces tēples ſpirituels vo⁹
offrés hoſties ſpirituelles: à fin que vous ny cherchiés plus les ceremonies de Moyſe abro-
gées, & aneāties par l'Euāgile de Chriſt. En lieu de diuerſes eſpeces de beſtes vous ſacrifiés
voz affectiōs brutales & mōdaines, cōcupiſcēces charnelles, orgueil, ire, enuie, volōté de vē
geāce, auarice, paillardiſe. En lieu d'encēs vo⁹ immolés pures prieres, qui volent de voſtre
cœur purifié iuſqu'au ciel. Ce ſont cy les ſacrifices q̄ ſont immolés touſiours au tēple ſpirituel : qui touſiours ſont agreables à Dieu. Car dés lōg tēps les ſacrifices Moſaiques (cōme *Agreables à*
teſmoigne Eſaie) ſont abolys cōme ēnuyeux. La grace des ſacrifices ſpirituels eſt ꝑpetuelle *Dieu par Ie-*
par Ieſus Chriſt: par le merite duquel les ſeruices des Chreſtiēs ſont agreables à Dieu ſon *ſus Chriſt.*
pere. Il n'eſt riē en quoy vo⁹ vo⁹ deuiés deffier, tādis que ſerés ioints auec voſtre chef: tādis
que ſerés appuyés ſur la pierre forte & immobile, qui eſt Chriſt. Duquel autrefois Dieu a
dit par la bouche d'Eſaie: voicy ie mets la pierre en Ziō pour eſtre miſe au dernier anglet, *Iſa. 28*
choyſie, approuuée, & precieuſe. Et qui ſe fiera en elle ne ſera point cōfus. Ce qu'Eſaie a pre
dit, nous le voyōs maintenāt manifeſte. Ceſte meſme pierre a eſté aux vns precieuſe & ſalu
taire: & aux autres nuyſible & dāgereuſe. Elle vous eſt à bō droit precieuſe à vous qui vo⁹
appuyés deſſus, & qui vous y fiés eſtāt aſſeurés par ſon ayde cōtre tous orages & tēpeſtes.
Au cōtraire elle a eſté tournée en opprobre & ruyne à ceux qui ont mieux voulu s'arreſter *Mais à ceux*
en Moyſe, qu'en elle: & qui l'ont reiettée, ne voulāt point qu'elle fut miſe au baſtiment, le- *qui ne croyēt*
quel ils vouloyēt edifier. Car ceſte pierre qu'ils ont dedaignée en leur edifice. Dieu a voulu *point.*
qu'elle fut chef de l'anglet en ſon edifice, pour cōprendre & aſſembler les deux mūtailles,
c'eſt à dire les deux peuples, des Iuifs & Gētils: par la fortereſſe de laquelle ſeroit aſſeuré le *Iſa. 28*
baſtimēt cōtre tous aſſaux, & par laquelle tresbucheroyēt à leur cōfuſion tous ceux qui ſe- *Pſal. 118*
royēt contraires à ce nouuel edifice. Or to⁹ ceux là trebuchēt, à qui la parolle Euangelique *Marc 12*
eſt ennuieuſe. Et ils ne croyēt poīt, d'autāt que la loy Moſaique les auoit preparés à ce, aſſa *Matth. 21*
uoir qu'ils creuſſent à l'Euāgile, tout auſsi toſt que ce qu'elle cachoit ſo⁹ figure, leur fut ma *Act. 4*
nifeſtemēt ouuert. Dauātage ceux qui ont reprouué Chriſt. Dieu les a ſemblablement re- *Et ne croyēt*
prouués. Et vous qui auec Chriſt eſtes par eux reiettés: vous eſtes faits par luy gēre eſleu, *point en ce.*
(duquel dés lōg tēps Moyſe a parlé) gēt ſainéte, peuple peculier, lequel Dieu s'eſt attribué
pour ſié, & en a faiét ſon propre par vn pris excellēt: à celle fin que tout ainſi que le peuple
Ebrieu, eſtāt deliuré de la tyrānie Egyptiēne, ayāt Moyſe pour capitaine, & eſtāt conduit à *Mais vous eſtes*
la terre dés long tēps deſirée, par tāt de perils & de dāgiers, a preſché à tout le mōde les be *la generation*
nefices qu'il auoit receus de Dieu, auſſi vous ayās memoire de ceſte gratuite benignité en- *eſleue.*
uers vo⁹, vous annōciés deuāt tous la puiſſance admirable de Dieu: qui par nouuelle raiſon ayāt vaincu les ennemys de voſtre ſalut, vous a deſtournés des tenebres d'ignorāce &
de voz vices, pour vous faire entrer en la lumiere admirable de la verité Euangelique, par
laquelle ſont dechaſſés tous erreurs des Gētils, & les ombres des Iuifs. Ceſt hōneur donc
vo⁹ eſt aduenu, lequel ſe promettoyēt ceux qui perſecutoyēt Chriſt. Et tout au cōtraire eſt
accōply ce qui auoit eſté predit par Oſée le prophete. Le peuple q̄ au parauāt eſtoit abiect *Qui iadis n'e-*
c'eſt à dire cōtraire à Dieu: maintenāt eſt ꝓpre & appartenāt à Dieu. Et le peuple que Dieu *ſtiés point*
auoit reietté cōme indigne de ſa miſericorde ſans nul ayde de la circōciſion, ou de la Loy: *peuple.*
eſtāt receu en la cōpagnie du fils de Dieu, par la ſeule foy Euāgelique. Puis dōc que vo⁹ co- *Oſée 2*
gnoiſſés la ſinguliere bōté de Dieu enuers vo⁹ (car il vous a rachetés par le pris du ſang, & *Rom. 9*
recōciliés à ſoy par la mort de ſon fils, & a voulu que vous fuſſiés mēbres de ſon enfant v- *Ebr. 11*
nicque, & pierres viues du baſtimēt celeſte, & apres vous auoir adoptés au droit de ſes en- *Gal. 5*
fans, il vous a appellés à l'heritage d'immortalité. Ie vous ſupplie, mes freres bien aymés, *Amys ie vous*
que par ſainéteté de vie vo⁹ ſatisfaciés à voſtre dignité, & à la benignité diuine, & à ſi grād *ſupplie cōme*
loyer. Vous eſtes regenerés du ciel. Icy vous eſtes cōme hoſtes & eſträgiers. Marchés là, où *eſtrangiers &*
eſt voſtre pays, & où l'heritage eſt aſſigné, à fin que les cōcupiſcēces terriēnes & groſſes ou *voyagiers.*
lourdes ne vous deſtournēt nullemēt de ceſte volōté, leſquelles de toutes leurs puiſſances
bataillent & guerrōyēt cōtre l'eſprit aſpirāt à choſes celeſtes. Que voſtre vie cōuienne auec
voſtre profeſſion: à fin que voz mœurs attirēt à Chriſt ceux qui ſont infideles : auſquels il
ne faut dōner occaſiō quelcōque de mal pēſer de la doétrie Euāgelique, meſmemēt, quād
ſelon la cōmune couſtume de vie, ils ne vous verrōt nullement meilleurs que les autres, à
fin que l'innocēce de voz mœurs & voſtre liberalité enuers to⁹ repoſe leur detractiō & ma
lediétion, laquelle ils exercēt cōtre vous en deſpit de Chriſt, lequel ils ignorēt, & en hayne
de voſtre religion, laquelle ils eſtimēt vne meſchāte ſuperſtition, & quād ces choſes ſeront
ainſi cogneues, à fin qu'ils puiſſent ſe repētir recognoiſſans leur erreur, & quand ils ſeront

Fff 2

inſpi-

inspirés de la misericorde de Dieu,(lors qu'il semblera bō de les attirer à celuy qui vous à esleus)ils cōmencēt à le glorifier par voz bōnes œuures, lesquelles parauāt ils detestoyēt cōme incognenes.Ce mōde a son ordre, qui à cause de la religion ne doit point estre trou-blé,autāt qu'il sera expediēt(la gloire de Christ sauue)Christ pour ceste raison vous a per-mis & ottroyé vostre liberté:à fin que gayement enduriés toutes choses pour l'affaire de l'Euāgile,obeissans & vous soumettās non seulement aux Chrestiens:mais aussi aux ma-gistrats etnicques. Soit que ce soit le roy, il luy faut obeir,cōme à celuy qui est premier en authorité publicque.Où qu'ils soyēt gouuerneurs,par la charge desquels le roy admini-stre ses republicques,il leur faut obtēperer. Or ne vous souciés point de ce qu'ils sont eth-nicques,de ce qu'ils sont idolatres:mais cognoissés que leur office est necessaire à la repu-blicque,laquelle est cōposée de plusieurs sortes d'hōmes & religions.Car ils presidēt auec authorité,à fin qu'ils restraignēt les meschās par crainte de tourmens,& inuitent les bons par loyer à ce qu'ils ont à faire. Vous n'auès point besoing de leur cruauté,d'autāt que vo-lontairement vous demonstrés par voz œuures plus que n'exigent les loix humaines.Ceux qui sont enflammés de la recōpense celeste,n'ont point besoing de louange humai-ne.Mais toutefois faut cognoistre ceux cy,& discerner d'auec les autres. Car Dieu nostre souuerain prince veut, que ne dōniés nulle occasiō à leur imprudēce,par laquelle ils puis-sent probablemēt accuser la professiō Euāgelique,s'ils sentent leur authorité estre despri-sée par vous.Ce que les autres font par crainte des loix,faittes-le gayemēt & de bō cœur, voyre plus abōdammēt que les autres,à fin que vrayemēt vous declariés, que vous estes libres & affranchis. Car quicōque volontairement & sans contrainte faict quelque chose droittemēt,celuy là est vrayemēt libre.Ia n'aduienne, que sous pretexte de liberté Euange-lique vous abusiés & soyés plus abādonnés à pecher.Vous ne deués point seruitude aux hōmes.Mais pource que vous estes serfs de Dieu, vous vous soumettés volōtairement à tous pour sa gloire. Si dōc quelque seruice,si quelque hōneur,est deu mesmemēt aux eth-nicques,ou pour la charge publicque qu'ils administrent,ou à cause de l'affinité,rēdés-le à tous,de peur qu'estans offensés ils ne se reculent plus loing de la professiō Euāgelique.

Toutefois il est raisonnable,que de charité priuée vous aymiés ceux, lesquels profession cōmune vous a faict freres.Craignés Dieu,les yeux duquel nul ne trompe,il ne faut point que nullemēt voº craigniés le roy,qui n'est espouuētable,sinō aux malfaisans. Recognois-sés toutefois son authorité,en ce que sans perte & dōmage de la religiō il requiert de voº. S'il demāde le tribut,payés-le.S'il exige le peage,dōnés-le.Ce que les libres & affranchis doyuent donner aux magistrats,cōbien qu'ils soyent etnicques,les serfs le doyuēt dōner à leurs seigneurs,du seruice desquels le baptesme ne les deliure point. Mais qui plus est,

pourtant les doyuēt-ils recognoistre auec plus grande reuerence,non seulemēt s'ils sont bons & modestes: mais aussi s'ils sont difficiles & aspres,de peur qu'estans parauenture offensés de vostre vie fascheuse,ils ne blasmēt & reprouuent vostre professiō, & d'icelle ne soyēt plus eslongnés,à laquelle plus tost les failloit attirer,& se mōdre par vostre preudhō-mie.Quelqu'vn dira. C'est vne chose dure d'endurer la tyrānie des princes. C'est vne cho-se dure d'endurer la cruauté des seigneurs.Les princes despouillent, rançonnent, & affli-gent.Les seigneurs meurdrissent les innocens par buffes & verges.Il sembleroit que ce fust chose inique d'endurer toutes ces choses,si cecy leur estoit attribué,& nō à Dieu plus tost. Leur impieté ne merite pas que cecy soit enduré:mais la volōté de Dieu est telle, que vo-

stre bōté tourne leur malice à la gloire de Christ.Car lors vostre patience est à Dieu agrea-ble,quād estans affligés sans l'auoir merité,toutefois vous enduriés patiemment,nō pas par la crainte des hōmes:mais pour la gloire de Dieu.La parolle outrageuse coustumiere mēt n'a rien qui luy soit moins tolerable qu'innocēce.Mais entre les Chrestiēs la chose est bien autre & diuerse,entre lesquels cōme ainsi soit qu'vn chascun d'eux est tresbon, aussi desire-il estre tresagreable à Dieu.Et d'autāt que plus ardēmment il aymeDieu,d'autāt plus ioyeusemēt il endure tout ce qui appartiēt à la gloire de Dieu.Or quelle louāge aurés voº si vous souffrés estās battus pour voz malfaits?La cōscience du mal nous enseigne cela, que chascun tacitemēt endure les peines lesquelles il a meritées. Mais quand pour bien-faits vous endurés patiemmēt les maux,vous acquerés grace enuers Dieu,pour l'amour duquel vous endurés volōtairemēt.Soit à bō droit courroucée vostre innocēce, si Christ

innocent,n'a premieremēt souffert choses plus griefues.Ceste est vostre profession. Sous ceste condition vous estes entés en son corps,à celle fin que suyuiés l'exēple de patiēce le-quel il vous a delaissé,& entrās par mesmes pas,voº marchiés à la gloire eternelle,où il est paruenu.Quel mal y a-il,qu'il n'ait enduré,veu qu'entre les brigās il a esté crucifié? Quelle
chose

chose plus innocéte que luy:puis que tát s'é faut qu'il áit cōmis nul crime,que mésme en sa lāgue on n'y a point trouué de dol.Quād on proferoit cōtre luy opprobres & dures iniures,il n'a poit reietté les maledictiōs:mais q plus est,il a prié son pere,à ce qu'il leur pardōnast.Quād on le lioit,quād on le frappoit,quād on le crucifioit,il ne menassoit psonne de végeance:mais il delaissa toute végeance à son pere,qui ne iuge poit par affectiō, mais iustemét,& ce pēdant il nous excusoit,tát s'en failloit—il qu'il nous accusast. Nous cōbien *Lequel mesme* que nous suyuiōs innocéce,toutefois parauāt nous auions merité la végeance de Dieu,à *a porté noz* cause de noz pechés.Mais Christ(cōbien qu'il ne fust subiect à aucun peché)toutefois il a *pechés.* porté en son corps le fardeau de noz pechés,à celle fin qu'il nous soulageast,nous,dy–ie, qui estiōs chargés,& a esté immolé pour noz pechés au boys de la croix,cōme vne holo= causte,& par sa mort nō meritée a dechassé la mort q nous estoit deue,à fin que ce pēdant *Eph.4* nous ensuyuiōs sa mort & resurrectiō,& à fin qu'estās morts en noz vieux pechés & cōcu= *Isa.53* piscéces,nous viuiōs desormais en innocéce,à laquelle nous a consacrés celle fontaine de *1.Iean 3* toute innocéce,q a trāsferé nostre impieté en luy,à fin qu'il nous dōnast sa iustice.Nous a *Isa.52* uiōs offensé.Il a esté battu.La coulpe estoit nostre.Il a enduré la peine. Dauātage (selon la prophetie d'Esaie)nous auōs esté gueris par sa playe.Vous deués dōc tenir de luy vostre innocéce.Ce que Dieu ne vo⁹ impute point les pechés de vostre vie passée,vous le deués à ses liés,à ses playes,à ses cicatrices,à sa croix,à sa mort.Car parauāt estās cōme brebis esga rées sans cōducteur vo⁹ fouruoyés,les vns deça les autres delà,selō qu'vn chascun estoit mené par sa sensualité,pēsantvous estre loysible tout ce qu'il vo⁹ plaisoit:mais maintenāt delaissans vostre premiere erreur,vo⁹ estes cōuertis à Christ pasteur & curateur de voz a= mes.Si en endurāt sans l'auoir merité vous le suyués,vous paruiēdrés par sa cōduitte à la gloire d'immortalité.

<h2 style="text-align:center">C H A P I T R E   I I I.</h2>

Aintenāt tout ainsi que ceux qui sont affrāchis doyuét attirer leurs princes & magistrats publicques, & aussi les serfs leurs seigneurs à la grace de l'Euāgile par seruice(qui en tous lieux engēdre amytié & beniuolēce)ou pour le moins ne leur dōner occasiō d'estre irrités,si d'auēture on ne les peut du tout guerir, *Semblablemēt* aussi les femmes se doyuét mōstrer obeissantes à leurs marys,nō seulemét Chrestiés:mais *vous femmes* aussi à ceux qui n'ont encore receu la doctrine Euāgelique.Car il se peut faire, que ceux q *soyés subiettes* ne peuuét estre esmeus par nostre predicatiō,soyét vaincus,adoucis,& finalemét gaignés *à voz marys.* par l'innocéce,pieté,modestie,tēperance,chasteté,patiéce de la fēme. Car quād ils les ver= *Eph.5* rōt apres leur baptesme estre chāgées de mœurs,quād ils verrōt en elles l'exēple de vraye *Colos.3* vertu,parauēture serōt–ils enflāmés,mesmemēt les incitāt à cecy l'affectiō maritalé,&d'au *1.Tim.2* tāt que desia ils participēt d'vn mesme lit,ils serōt aussi cōpaignons d'vne mesme profes= siō.Car la syncere preudhōmie a aguillōs tres–poignās,laquelle de bié pres regardée,bié souuét faict que l'amour charnelle soit cōuertie en spirituelle.L'vn est esmeu par la grande beauté,& le bel habit qui adiouste grace à la beauté. L'autre amour(qui est la spirituelle) est excité par la beauté du cœur entier reluysant en bōnes mœurs.Parquoy il ne faut poit que les femmes qui ont desia faict profession en Christ,ayét ceste curiosité de se mōstrer & *Desquelles l'or* parer,cōme coustumieremét fōt les autres pour estre plaisantes aux yeux de leurs marys, *nement ne soit* ayās les cheueux tórts,ayās habits d'escarlatte,or,& pierres precieuses,& autres accoustre *point.* mens qui se demōstrent par dehors.Car quelle autre chose sera faicte par cecy,sinō que les marys aymét seulemét le corps de leurs femmes pour paillarder?Mais quelle portion de l'hōme est le corps?ils doyuét plus tost procurer,qu'estās prouocqués par accoustremés de bōne vie,ils aymēt le cœur & l'esprit caché,quand ils le verront pur,& de nulles taches souillé,si cōtre la coustume des autres ils ne voyét rien de feminines affectiōs en leurs fem mes,s'ils ne voyét rien d'intēperance,d'ire,de rācune,d'énuie,d'ambition,d'arrogance, d'effrōtemét,mais leur esprit hūble & bening,paisible,traictable,& doux.C'est cy l'accou= *Lequel esprit* stremét magnificque & reluysant deuāt les yeux de Dieu.Il faut principalemét gāigner les *est de grand* cœurs des marys par cest accoustremét.Par ce fard autrefois aucunes sainctes femmes (q *pris deuāt dieu* n'auoyét point fiché leur espoir és choses caducques & fluides,mais en Dieu)plaisoyent à *1.Tim.1* leurs marys,& nō pas par or,ou pierres precieuses,ou pourpre:mais par attrēpance & ser *Gen.18* uice,par lequel est facilement adoucie la fierté du courage viril.Ainsi obeissoit Sarra à A= brahā,l'appellant son seigneur,cōbien qu'elle fust sa femme,nō pas chābriere,soy soumet tant à luy par humilité.Car cōbien qu'il n'appartiéne point au mary de seigneurier sur sa femme:mais bien luy appartient authorité,de laquelle encore qu'il en abuse par fois:tou tefois c'est l'office d'vne femme modeste d'obeir en tēps & lieu à son mary.Dauātage tout ainsi que Abrahā a ses vrays & legitimes enfans,qui sont imitateurs de sa foy,aussi vous

De laquelle vous estes filles en bien faisant.

estes filles de Sarra:car vous retenés & aués les mœurs de ceste tresbône femme, & la force du courage masculin,vous ornans de bônes œuures,& mettans toute vostre fiance en Dieu,en sorte qu'estans asseurées de son ayde,il n'y a riê que vous puissiés craindre d'vne foyblesse feminine.Et tout ainsi que c'est l'office des vertueuses femmes,de gaigner leurs marys par chastes seruices,par sainctes mœurs,& par mansuetude,aussi c'est à vous(ô hômes)de n'abuser en rien de vostre authorité,comme exerceans tyrannie contre voz femmes pour les faire renger & se submettre à vous.Mais pour autant qu'elles se font chambrieres,pour ceste cause mesme faittes que moins vous soyés seigneurs enuers elles. Elles sont cômpagnes de toutes voz fortunes & toutes voz choses.Faittes quelles voꝰ recognoissent pour cômençaux:& que vostre prudence ayde & supporte l'imbecillité du sexe feminin.D'autât que les forces de vostre esprit,&de vostre corps sont plus grâdes:d'autât plus faut-il que vous aydiés à l'infirmité de voz femmes:à fin qu'elles soyêt faittes meilleures par vostre instruction & gouuernemêt:& quasi ayâs oublié leur sexe,qu'elles deuiennent masles en l'exercice de pieté & religiô Euangelique.Car ceuxlà ne sont point marys Chrestiens qui vsent de leurs femmes seulement pour auoir à faire à elles. Mais plustost il vous faut efforcer de les faire cômpagnes de voz ieusnes,aumosnes,veilles,oraisôs:à fin que puis qu'elles sont appellées à vn cômun loyer de vie eternelle:aussi elles aspirent par vne semblable affectiô & volonté,à vn cômun salaire.En mariage Chrestien il ne faut riê ottroyer ou certes biê peu à volupté:à pieté & debônaireté beaucoup,en laquelle si voꝰ estes d'vn accord,voꝰ vous abstiêdrés de cômpagnie charnelle,& voz oraisons ne serôt entrerômpues. De tel sacrifice il vous faut tous les iours immoler à Dieu. Tout ainsi dôc que les deuoirs d'vn chascun sont particuliers:aussi faut-il que celuy qui a faict ꝓfessiô en Christ,ait plus souuenâce de soy-mesme,d'autât que plus il doit reluyre és choses qui côcernêt la religiô par dessus les autres.Au reste cestuy cy est le cômun deuoir de toꝰ,que tout aisi que la ꝓfessiô est vne & semblable à tous,côme vous estes à vn mesme corps entés par baptesme:aussi que le vouloir de vous tous soit vn,& l'accord semblable. Ny l'eage,ny les biês,ny la

Vous hommes si semblablement

Et côme ensemble coheritiers.

Soyés tous d' vn côsentemêt.

côditiô,ny le pays diuers,ne voꝰ separêt point.Ce que souuêt entre les autres suggere & engêdre hayne & semêces de dissensiôs.Il faut que soyés biê côioits ensemble;d'autât qu'vn mesme baptesme vous a regenerés en Dieu:& d'autât que vous aués vn mesme pere aux cieux:& que depêdés d'vn mesme chef qui est Christ:& estes mêbres d'vn mesme corps:& d'autât que la ꝓfession Euâgelique voꝰ a rêdu esgalemêt freres,& pour ceste cause iceluy pere celeste sans auoir nul esgard,vous a toꝰ appellés à vn & semblable loyer d'immortalité,ou que soyés poures,ou riches,ou que soyés serfs ou seigñrs,ou que soyés marys,ou femmes,ou que soyés Iuifs ou Gêtils.En cest endroit il n'y a poit d'acceptiô:par côsequent il n'y doit auoir nulle dissensiô ny orgueil.Beaucoup plus impetrera la Chrestiêne charité se humiliât,que l'authorité exigeât.Car la charité n'a poit d'accointâce auec les arrogâs,cruels,& ceux q s'aymêt eux-mesmes.Si les mêbres au corps des animaux se seruent mutuellemêt l'vn l'autre:& si aucune chose cômode ou incômode,fascheuse,ou plaisante est suruenu à l'vn:chascun l'estime estre particulieremêt sienne.Si aucuns côioints par pareté se côtristent,& s'esiouyssent de la ꝓsperité ou aduersité de leurs parês:côbien plustost est-il raisonnable que vous(qui en tât de bônes sortes estes côioints)demôstriés ce consentemêt,que nô moins soyés affectiônés és biês & maux d'autruy:que és vostres ꝓpres.Lors demôstrerés vous vrayemêt la fraternelle charité:si ceux q sont les plus riches ne faschent point les malotrus:mais si estâs marris de leurs maux ils les aydêt de tout leur pouuoir:& si ceux qui sont plus puissans en authorité ne foulêt,ny ne desprisent point les plus petits:ains s'ils s'accômodêt aux inferieurs par courtoysie,humanité,& douceur:à fin qu'il y ait egalité,& ceux lesquels sôt separés par fortune soyêt r'alliés par dilectiô Chrestiêne.Chassés de vous toute affectiô de vengeâce:car c'est vostre office de nourrir accord non seulemêt auec les debônaires & voz freres:mais aussi auec tous s'il est possible.Auec les bons il faut tascher de surmôter par seruices.Auec les mauuais il faut vser de patiêce ou biêfait:par laquelle tout ainsi que les bestes mesmes sont vaincues:aussi le plus souuêt est adoucie la grâd malice des hômes.Ne vueillés dôc rêdre iniure pour iniure:ou opprobre pour opprobre.Car par cela vous deuiêdréis mauuais.Mais plustost recôpêsés l'iniure par seruice,maledictiô par biê dire:à fin que par vostre insupable bôté vous vainquiés & côfondiés leur malice.Car Dieu ne voꝰ a pas appellés pour estre vainqueurs par malfaits & maledictiôs:mais pour biê faire à toꝰ,& pour biê parler de toꝰ:& à fin qu'ê ce faisant voꝰ soyés dignes d'ouyr ceste voix tât desirable,Venés les biêheureux de mô pere,possedés le royaume.Mal faire aux bôs c'est vne cruauté plus que bestiale.Mesdire de ceux qui disent biê c'est faire plus que les flatteurs.Biêfaire à ceux qui ont mal-faict,biê parler des mesdisans

Sçachât que vous estes appellés à cela.

& detracteurs, c'est vne vertu Chrestiéne. Si cecy semble estre dur à quelqu'vn, qu'il escoute le Psalmiste inspiré diuinement, commādant choses semblables: Qui veut (dit-il) aymer la vie & voir les bons iours, qu'il garde sa langue de mal parler: qu'il serre ses leures dé peur qu'elles ne disent rien frauduleusement, qu'il se destourne du mal & fasse bien: qu'il cherche la paix & la poursuyue. Car les yeux du Seigneur sont sur les iustes, & ses oreilles sont attentiues à leurs prieres. Et de-rechef il dit: Le regard du Seigneur est sur ceux qui font les maux. D'auantage si nous voulōs experimēter la liberalité de Dieu enuers nous, faison bien esgalement à tous. Si nous voulons euiter sa vengeance, ne blessons personne en sorte que ce soit. Ie ne voy point que parauanture puisse icy murmurer l'affection hu-maine, disant: Si ie ne repousse mon iniure, ie semōdray plusieurs autres à me blesser. Mais plustost il n'y a rien qui vous rende plus asseurés de l'iniure que si vous endurés: ou si par seruice vous recompensés. Iamais il n'y aura fin de blesseure, si par vne miserable recom-pēse vous redoublés opprobre d'vn autre opprobre, iniure d'vne autre iniure. Si vous ne repugnés point, la malice de vostre ennemy cessera, ou vrayement elle languira. Car qui est celuy qui vous voudroit blesser, si vous vous efforcés à bien faire à tous, & ne blesser personne? Que s'il en y a quelqu'vns qui soyent tant aueugles que par hayne de vertu, ou par erreur ils vous persecutēt: ie vous supplie, en quelle chose vous peuuent-ils blesser? Qu'ils vous ostent voz richesses: aussi bien vous les failloit-il incontinent laisser. Qu'ils vous afflige le corps: Qu'ils vous tuent: aussi bien vous failloit-il mourir en brief. Tant s'en faut-il que toutes ces choses (d'autant qu'à cause de vostre religion vous les endurés) qu'elles soyēt cause de vostre dōmage ou perte: que plustost elles accroissent vostre gaing. Par tels maux le loyer de felicité eternelle vous est augmenté. Quiconque vient à perdre son entendement, celuy là est vrayemēt blessé. Si l'entendement est sain & sauue: tout nous est gaing, ce que le monde pense estre dōmage. C'est bon heur ce qui semble aux mōdains estre calamité. Vous pouués donc faire que nulle force des maux ne vous puisse nuyre. Ce que la malice des hommes vous aura osté: la diuine largesse le vous rēdra auec ample vsure. D'auantage puis que vous estes asseurés de Dieu, il n'est rien en quoy les menasses des hommes vous puissent estonner, ou en quoy la violence des maux vous puisse trou-bler. Ne soyés troublés, voyre quand vous seriés au millieu des tempestes & afflictions, comme si vous estiés delaissés du diuin ayde. Et ne mesdisés de ceux qui vous affligēt par ignorāce. Mais plustost glorifiés le Seigneur Dieu en voz cœurs: qui à ses seruiteurs tour-ne toutes choses en bien: soit que prospere aduiēne ou aduersité. Il le faut donc tousiours louer. Si de voix vous ne le pouués tousiours louer, certes vous le pouués tousiours de cœur & affections. Il ne faut point aigrir ne irriter ses ennemys par iniures & opprobres. Mais quād quelque esperance s'offrira, tellemēt qu'ils puissent estre attirés à Christ: soyés faciles & prōpts à respondre, à tous ceux qui voudront cognoistre de quel espoir, de quel-le fiance vous desprisés les commodités, & endurés les ennuys de ceste vie. Et faittes cecy non en courroux & chagrin, comme si vous estiés indignés & courroucé contre eux: mais faittes-le auec toute mansuetude & reuerence: c'est à dire estans asseurés de vostre bonne conscience, quād ores vous ne leur pourriés faire croyre. Car il ne suffit pas aux Chrestiēs de dire choses veritables & dignes de Christ: mais ils faut qu'ils parlent en telle sorte, que la raison de leur parolle declare qu'ils ne se soucyēt point de leur propre affaire: mais que seulement ils regardent la gloire de Christ, & le salut de ceux à qui ils parlēt. Ce sera icy vn tres-certain argument par lequel seront confondus ceux qui outragent de parolle vostre vie (laquelle demenés selon la doctrine de Christ) tout ainsi que si elle estoit fardée & mal-heureusement. Car la vertu fardée combien qu'autrement elle trompe par son art & illu-sion: toutefois quand on est venu iusques aux afflictions, elle se manifeste. Le seul entende-ment bien sentant de soy & dependant entierement de Dieu, peut endurer toutes choses alaigremēt: & si bien oublyer vengeāce qu'il s'efforce de faire biens mesmement à ceux qui l'ont affligé. Or ne vous troublés point de ce qu'estans innocens vous endurés les tour-mens des meschās: mais pour ceste cause mesme vous deués eudurer & plus & legieremēt supporter les afflictions. Car il vous est meilleur (s'il plaist à Dieu qu'enduriés ces choses) que biē-faisans enduriés, que mal-faisans. Car celuy qui est puny pour ses malfaicts: il en-dure seulement ce qu'il a merité. Voz afflictions tournent à la gloire de Christ: & causent vn grand amas de vostre felicité. Ce vous est chose glorieuse de suyurē vostre capitaine. Il a en ceste sorte ennobly la gloire de Dieu son Pere. Estant du tout innocent, il a esté prins, lyé, battu, decraché, crucifiés, mort pour noz pechés: combien qu'il n'eust faict nul peché. Le iuste pour les iniustes, l'innocent pour les pecheurs a souffert les peines, obeyssant vo-

Fff 4   lontaire

lontairemét à la volonté paternelle:à fin qu'il nous presentast (nous qui estiõs pecheurs)
purs & nettoyés à son Pere:à fin ausfi que desormais ensuyuans son exéple viuions en innocence entre les meschans. Il est mort vne fois seulemét,iouysfant de la vie eternelle pour
vne afflictiõ temporelle:à fin que nous ausfi estans vne fois deliurés des pechés ne retombions iamais en iceux. Christ deliuré à mort pour l'imbecillité du corps humain lequel il
auoit prins,no⁹ a laués:& a esté reuocqué à vie par la vertu de l'esprit qui ne pouuoit estre
vaincu de nulles affections. Car en ce temps auquel son corps mort estoit fermé au sepulchre,viuãs toutefois en esprit,penetra iusqùes aux enfers:tout ainsi comme auec les hommes estant enuironné du corps mortel a presché la doctrine Euãgelique (en laquelle ceux
qui ont creu ont eu salut, & à l'opposite ceux qui ont refusé de croyre non seulement sont
frustrés de la participation de salut:mais ausfi se font eux-mesmes precipités en damnation eternelle) ausfi ayant delaisfé son corps a visités ces esprits, qui estans despouillés de
leurs corps estoyent és enfers : & leur a presché qu'il estoit temps qu'ils receusfent le guerdon de leur pieté : pour autant qu'autrefois craignans la iustice de Dieu, n'auoyent prins
vengeance des maux : & auroyent vescu innocens entre les meschans. Et a annoncé que
ceux iustement endureroyent qu'au temps de Noé n'auroyent point creu, quand on preparoit l'arche:& quand on attédoit que Dieu estãt irrité des pechés humains, enuoyeròit
le deluge:ains ont abusé de la patience diuine,quand ils voyòyent ses menaces estre diffe-
rées iusques à quelque temps.Le deluge donc suruenant les engloutit tous:exceptés bien
peu, sçauoir est seulement huit, qui selon le conseil de Noé s'abandonnerent à l'arche, lesquels ne furét point engloutis par le deluge. Or donc la foy en ce temps là ne perdit point
son loyer. Car Dieu ne permit point que ceux qui se fioyent en luy de tout leur cœur, peris-
sent.Et les incredules ne peuuent euiter la vengeance de Dieu:quand oresvous n'en seriés
point les vindicateurs.Il suffit que vous obeyssiés à Dieu.Au reste delaissés luy la vengeãce des iniques. Ce que pour lois leur à esté l'arche de Noé:ce mesme vous est le baptesme.
Ce qu'à eux a esté le deluge:aux meschãs est supplice eternel, & à ceux qui n'obeissét point
à l'Euangile. Il suffisoit à Noé d'auoir annoncé que le deluge viendroit. Celuy estoit asfés
de demonstrer cõment ils deuoyent euiter le peril, si par penitéce ils eusfnt appaisé l'ire de
Dieu, laquelle ils auoyent puocquée cõtre eux-mesmes par leurs pechés. Cõtentés vous
semblablemét de vostre innocéce. Suffise aux autres que vo⁹ leur aués denõcé, quel loyer
est preparé à ceux qui croyent à l'Euangile : & quelle peine est deue aux incredules & mes-
chans.S'il y en a peu qui soyét sauués par foy, il ne vous sera point imputé. Si la plus grãd
part des hõmes perit par incredulité,elle perit par sa propre faute. Il a semblé bõ à Dieu en
ceste sorte de descouurir la differéce des bons & des mauuais.Le baptesme deuemét prins
nous garde de peril, & laue les ordures,nõ pas du corps,mais des esprits, & repudie, il destruit eternellemét & nous enueloppe de pl⁹ enormés pechés. Ce don q est salut aux bõs,
quãd ils ont foy,c'est aux incredules & rebelles vne perpetuelle dãnatiõ.Et toutefois ce ne
vo⁹ est pas asfés,que par le deluge du baptesme perissent les pechés,perissét les mauuaises
affectiõs de vostre premiere vie,si quãd & quãd la conscience n'y est correspondãte en tout
le reste de vostre vie,au benefice de Dieu.Christ est mort, mais seulemét vne fois.Il est resfu
scité pour ne plusiamais mourir.Et par le baptesme les pechés de nostre premiere vie sont
en nous tellement occis par la mort de Christ, qu'apres ressuscités en luy en innocence, ne
retõbions iamais en peché autãt qu'en nous est.Il en aduiédra ainsi, si (cõme si nous auiõs
delaisfé la mortalité)nous aspirõs en ceste celeste vie:puis que l'heritage attéd ceux qui o-
beysfét à l'Euãgile. Car tellemét est ressuscité Iesus Christ,que puis apres il n'a demeuré en
terre:mais de la cõpaignie des mortels s'est retiré aux cieux,& là iouysfãt de la gloire d'immortalité,est asfis à la dextre de son Pere,nõ pas certes sans corps : mais auec vn tel corps
cõtre lequel la mort n'a nulle puisfance,que quand elle s'efforce d'engloutir l'innocét, elle
est entieremét engloutie,& quãd elle se pmet vne pye grasfe, elle-mesme a esté faict proye.
D'auantage la victoire de Christ est nostre victoire, & ce qui a precedé de gloire en luy, il
nous est offert:moyennãt que perseueriõs en ce que nous auõs cõmécé,& que nous adherions à ses marches & pas. Les afflictions & opprobres des sols n'ont rien valu cõtre luy:
mais en les endurãt il les a vaincus.Il triõphe & regne estãt esleué,seant és cieux plus haut
que tóus les Anges,toutes les vertus,& puisfances.Il vous a ouuert le chemin au ciel, à fin
que par ceste mesme voye (par laquelle il est entré)semblablemét vo⁹ y entriés. L'heritage
est apresté & certain:duquel luy-mesme a prins posfesfiõ pour vous,moyénant que vous
vo⁹ demõstriés dignes de luy,c'est à dire si auec innocéce (laquelle gratuitemét il a dõnée)
vous adiousfiés vne bõne volõté de bié faire à tous:mesmemét aux meschãs, & à ceux qui
vous affligent autant qu'en vous est.

CHAPITRE IIII.

Vis dõc que Christ vostre capitaine & chef, n'a poit obey aux voluptés de ceste vie: ains par afflictions têporelles est paruenu à la gloire celeste, & puis que par armes de patiêce il a vaincu ses aduersaires, il est raisonnable que vous, q̃ vous dittes ses disciples, vous vo⁹ armiés d'vn semblable ᵱpos de courage. L'inno- cêce de vie est vne armure tres-asseurée. La patiêce Chrestienne est vn harnois inexpugna- ble. Quicõque est ceint d'iceluy, il ne peut estre blessé d'autruy. Celuy qui selon la chair est mort en Christ, il s'eslongne si fort des pechés de sa premiere vie, qu'il est entieremêt mort, quãd aux affectiõs humaines, & tellemêt s'en recule qu'il n'est plus allechéde cõuoytise de gloire, qu'il n'est plus prouocqué de nul vouloir de vengeãce: mais tout ce q̃ reste de vie en son poure corps, il employe selõ la volõté de Dieu, à qui seul il desire cõplaire, & de qui il at tend le guerdõ de bõne cõscience, & à qui il delaisse la vêgeãce des mauuais. Quicõque est preparé à martyre, il n'est point esmeu des voluptés de ce mõde. Car il pense ainsi en soy- mesme. Ia n'aduiêne que moy estãt vne fois attaché en croix auec mon Christ, ie retourne à mes vices delaissés, & estant vne fois destiné à felicité eternelle, ie trebuche de-rechef aux plaisirs & voluptés de ce monde, nõ moins briefues que folles. Il me suffit qu'estant encore loingtain de Christ, i'aye employé le temps passé en folles & vaines cõuoytises, ausquelles vilainemêt seruêt les gens ᵱphanes addõnés & dediés à paillardises, cõcupiscêces, yurõ- gneries, gormãdises, & destables adoratiõs des images. Nous no⁹ esiouyssons d'auoir de- laissé ces choses arriere de nous par la bõté de Christ, & toutes & quãtesfois que nous y re- gardõs, nous auõs en horreur vne si grãde turpitude de vie, vne si grãde obscurité d'igno- rãce. Maintenãt en lieu de paillardise la chasteté nous plaist. En lieu de superfluité la fruga- lité. En lieu de gourmandise la sobrité. En lieu de superstitieuse adoratiõ des idoles & yma ges, la vraye pieté & religiõ, & adoratiõ du Dieu viuãt, qui reçoit pour sacrifice tres-agrea ble la conscience pure & nette de toutes souilleure de vices. Ceux qui sont encore detenus en leurs tenebres, s'esmerueillent de ce tant grand changement d'esprit & de vie, qui est en vous, & sont marris de ce que par vostre sobrieté leur dissolution est condamnée, que par vostre innocence leur vie abondante en toutes sortes de conuoitises, est blasmée. Ils vou- droyent auoir cõpaignons de leur turpitude, d'autãt que par dissimilitude de vie ils mes- disent de vous. Or vous ne vous deués troubler en rien à cause de leurs detractions, & ne les deués pas poursuyure par iniures mutuelles. Contêtés vous, que vostre esprit est asseu- ré deuant Dieu. Si par quelque moyen vous les põuués conuertir à meilleure choses, il le vous faut faire: mais en telle sorte que ne reculiés de vostre syncerité. S'ils s'amendêt, il faut s'esiouyr, & rendre graces. Si estans endurcis il vous poursuyuent par iniures, combiê que leur desiriés du bien, delaissés toutefois la vengeance à Dieu, le iugemêt duquel nul des humains ne peut euiter. Car quãd il sera têps il les iugera tous, non seulemêt les vifs: mais aussi les morts. Les vifs, ceux lesquels l'aduenemêt de Christ aura trouués viuãs au corps. Les morts, qui deuant l'aduenement de Christ auront delaissé le monde, combien que nul ne vit vrayement, sinon celuy qui vit en la crainte de Dieu. Ceux qui obeissent aux vices, & vilaines cõuoitises, sont morts quant à Dieu. Ceux cy qui vrayemêt sont morts, rendront raison au grand iuge, s'ils ne se veulent corriger de leur pechés. Iceluy ᵱendra vengeance d'eux pour vous, & comme tres-iuste iuge vous payera les loyers de vostre patience. Cer- tes il desire que tous viuent selon la pieté Euangelique, & pour ceste cause à voulu que la grace de l'Euangile fut preschée, non seulement aux Iuifs viuans religieusement selõ la loy de Moyse, non seulement aux Gentils bien viuans selon la loy de nature: mais aussi à ceux qui vrayement sont morts & entieremêt enseuelis en toutes sortes de pechés. Et à leurs te- nebres il a voulu dõner pour remede la lumiere Euãgelique. Il a voulu qu'ils fussent ensei- gnés auec toute modestie & patiêce, à celle fin que s'esueillãs à la fin, & du tout desprisans ce en quoy maintenant ils reposent toute leur felicité, soyêt estimées des hommes, comme s'ils estoyent morts en corps, d'autant qu'ils ne sont plus esmeus de corporelles affectiõs: mais ils viuent auec Dieu en esprit. Car nul ne vit vrayement, selon le plaisir de Dieu, sinõ celuy qui ainsi est mort. Or il n'y a rien en ce mõde de longue durée. Et la fin de toutes cho- ses sera en brief. Et bien tost les autres seront dessaisis de leurs voluptés, & voz afflictions finiront incontinent. D'auãtage la felicité eternelle vous attend, & les autres sont dediés à tourmês & supplices perpetuels. Au reste il vo⁹ faut veiller en toutes sortes, que ce iour ne vous trouue endormis & enseuelis en gourmãdise & paresse. Mais plustost preparés vous incessamment contre ce iour sobres & veillans en continuelles oraisons, car il viendra non attendu (il plaist ainsi à Christ) & s'il vous trouue en oraisons, il se peut faire qu'il ne

vienne

Puis donc que Christ a souf- fert.
Rom. 8
Ebr. 4

Car il nous doit suffire que le temps passé.

Et cecy semble estrãge à ceux qui vous blas ment.

Car pource aussi a-il esté Euangelisé aux morts.

Or la fin de toutes choses approche.
Prouerb. 10
Isa. 58

vienne heureux pour vous. La sobrieté est agreable à Dieu. Le veiller est asseuré. Dieu oyt
de bon gré les prieres faittes en attrêpance & veilles. Mais dessus toutes autres choses, cela
luy est agreable, assauoir que vous aymiés l'vn l'autre, vous soulageans par mutuels plaisirs & seruices, tellemêt que celuy qui est le plus esueillé, qu'il resueille l'endormy, celuy qui
est le plus docte, qu'il enseigne le moins sçauant, celuy qui est le plus attentif, qu'il amonneste celuy qui a sa pensée ailleurs, celuy qui est le plus feruent, qu'il aguillône l'endormy,

celuy qui est le plus parfaict, qu'il endure de celuy qui deffaut par infirmité. Car ceste charité ardente enuers le prochain, couure la multitude des pechés, lesquels nous rendêt redeuables à Dieu. Ce que nous auons pechés contre luy, est facillemêt effacé, quand nous faisons bien à nostre prochain. Il faut qu'vn chascun s'estudie d'ayder à son prochain, selon
que la puissance luy est donnée. Celuy qui a du bien qu'il se demonstre hospitalier, & en
donne à ceux qui en ont besoing sans regret & murmure: mais volontairement & alaigrement, estimant & sçachant qu'il reçoit le benefice quand il le donne. Or telle despence de
biês est vne grande espargne enuers Dieu, qui remesure toutes choses auec grãde largesse.
Et d'auantage pensés cecy. Tout ce que vous despêdés en aydant vostre prochain, c'est vn
benefice de Dieu qui vous est donné, à celle fin que soyés faicts riches de ce sort principal,
qui vous a esté donné par vsure de bonnes œuures. Dieu distribue aux vns & aux autres

diuers dõs. Que nul ne s'attribue ce qu'il a. Mais plustost qu'il pêse que c'est dõ de Dieu, ce
que par les vns il veut estre distribué aux autres, à fin que par seruice mutuels la mutuelle
charité soit de plus en plus cõioincte en vous, & à fin qu'a vn chascũ selon l'occasiõ acroisse
se le loyer de pieté. Que nul ne ce fasche de ce qu'il n'est doué de l'vne ou de l'autre grace.
Que nul ne se plaise de ce qu'il precede les autres en dõs. Ainsi a semblé bõ au riche & bon
Dieu de departir diuersement ses dons. Nul n'est seigneur de ce qu'il a receu. Il est seulemêt
dispensateur. La chose laquelle il dispense, est au Seigneur. S'il dispense fidelement, alaigrement, & songneusemêt, qu'il n'attende point son salaire d'hõme quelconque, puis qu'il le
doit receuoir de Dieu. Si quelqu'vn a le don de saincte doctrine, si quelqu'vn a le don de
langue diserte, qu'il n'en abuse point pour le gaing, mais qu'il en vse pour le salut du prochain, & à la gloire de Christ. Que les auditeurs apperçoyuêt que ce sont parolles de Dieu,
& nõ des hõmes, & sçachêt que celuy qui parle n'est autre chose, sinõ vn organe de la voix
de Dieu. Si quelqu'vn est plʹgrãd en authorité qu'en doctrine, fasse que si biê il administre
son don qu'il ne s'attribue point nulle authorité: mais qu'il la reiette à Dieu, q dõne la vertu & force pour exercer son office auec fruit. Ainsi aduiendra que de tous costés Dieu sera
glorifié, par les dõs diuersemêt distribués, & par les charges diuersemêt accõplies, de qui
cõme d'vne fontaine nous viênent toutes choses, nõ pas par Moyse: mais par Iesus Christ,
par lequel cõme par son fils vnicque, le Pere nous dõne tout ce qu'il nous dõne. Quicõque
dõc aura esté aydé de son frere, il rapportera ce biêfaict de Dieu, & celuy q par sõ ministere
s'esiouyt d'auoir aydé son frere, il en rêdra graces à Dieu. Le but dõc & la somme de toute
gloire retourne à Dieu de toʹ costés, au Pere & fils à qui est gloire ppetuelle & empire sans
fin. Amê. Il ne faut pas que noʹ cherchiõs gloire en ce mõde. Il faut seulemêt qu'il nous sou-
uiêne de ce que nous auõs à faire, à fin que nous soyõs plaisans & agreables à Dieu. Quãt
au loyer, en fasse ce que voudra celuy en qui nous noʹ fiõs. Il voʹ tournera en biê la malice

des persecuteurs. Il chãgera les tourmês en ioye, & ignominie en gloire. Ce pendãt, mes freres biê aymés, ne soyés troublés cõme d'vne chose nouuelle, si attêdãs la cõpaignie du royaume celeste, vous estes esprouuês par têporelles afflictiõs, cõme l'or au feu. Il ne voʹ doit
estre nouueau: car autãt en est-il aduenü autrefois au Prophetes approuués, & finalemêt
à Christ. Vous deués endurer plus gayemêt ce que voyés vous estre cõmun auec tous les
hõmes approuués de Dieu. Et vous deués vous resiouyr & vous cõplaire en ce qu'en cest
endroit voʹ qui estes disciples ressembliés à vostre chef, qui est Iesus Christ, en ce aussi que
tout ainsi que maintenãt il vous repute dignes, & qu'il veut que voʹ luy soyés cõpaignõs
en afflictiõs, aussi apres qu'il aura demõstré sa maiesté à tous les honteux & estonnés qui
vous auront persecutés & luy aussi, vous vous esiouyrés d'vne ioye inestimable, laquelle
certes on peut biê sentir: mais on ne la peut exprimer par parolles. Ce pendãt si les hõmes
vous poursuyuent par iniures non pour voz mesfaicts, mais à cause de ce que vous con-

fesses Christ: iaçoit que vous soyés affligés au corps, toutefois pour ceste cause mesmê
estes bien-heureux, qu'au milieu des tourmens & ignominies l'esprit de Dieu glorieux est
remis sus en vous à cause de vostre conscience innocente & bien asseurée. C'est vne chose douce de souffrir auec Christ. C'est vne chose glorieuse d'endurer pour Christ: car en
vous iniuriant ils iniurient Christ, autant qu'est en eux. Mais vostre innocence & patience
faict

faict que cest opprobre que vous endurés soit tourné à la gloire de Dieu. Ia n'aduiène que nul de vous soit affligé pour homicide, ou larrecin, ou iniure, ou curiosité des choses qui ne vous appartiennent en rien. Car le tourmêt ne faict pas le martyr: mais la cause. Et quiconque endure non pour autre cause, sinon pource qu'il est Chrestiê: il ne faut point qu'il craignent le tourment. C'est vne chose vilaine d'estre appellé larron. C'est chose glorieuse d'estre appellé Chrestien. Bien-heureux sont ceux qui peuuent en ceste sorte euiter le peril perpetuel, & qui ont entrée aux ioyes eternelles par afflictions temporelles. Outre-plus Dieu ne reçoit personne sinon celuy qui est esprouué, & de grande patience garny. Lors il exercera son iugement espouuantable, quand le temps de misericode sera passé, quand le loyer sera rendu à vn chascû selon ses œuures. Ce pendant le iugemêt est plus doux, quâd estans nettemêt examinés par tourmês temporels, nous sommes faicts idoynes de la compaignie de Christ: qui ne receura rien s'il n'est bien purgé & nettoyé. Il est têps maintenant que ce iugement soit accomply: à fin qu'on sçache qui sont ceux qui vrayement ce fient en Christ. Les choses tranquilles & prosperes ne signifient pas la vraye religion. L'yppocrisie mesme peut garder les ceremonies Mosaiques. Mais nul ne peut endurer patiemment la perte des biens, opprobres, prisons, battures, la mort, sinon celuy qui aura côioinct la foy insuperable auec la charité Euangelique. Il faut que ceux qui veulent vne fois regner auec Christ, se preparent à cecy. Ce iugement commêcera en la maison de Dieu, qui est l'Esglise. Que si nous qui croyons auons besoing de si grande purgation: si nous qui viuons innocêment auons besoing de si forte espreuue: quelle peine, quelle fin, quel iugement aduiendra-il à ceux qui se deffians de l'Euangile de Dieu, perseuerent en leurs vices? Si ceux qui simplement obeissans à l'Euangile, ayans delaissé toutes les voluptés de ce monde, se sont du tout adonnés à l'estude de pieté: sont ainsi examinés: que sera-il faict à ceux qui par la predication de l'Euangile auront esté faicts pires? Et si ceux qui iustemêt viuent, estans asseurés en leur conscience, ne paruiennent au port de salut eternel sans grand peril & difficulté: de quelles esperance comparoistront les iniustes, & meschans en ce iugement tant rigoureux & espouuentable? Tant s'en faut-il donc que les iniustes puissent esperer aucun salut: que les iustes mesmes qui sont tourmêtés en ce monde, non pas pour leur mesfaicts, mais par la volonté de Dieu ne se doyuent fier à eux-mesmes: mais selon leur puissance exerceans les œuures de pieté, doyuent tellement commettre & sommettre leurs ames à Dieu leur createur (la bôté duquel ne permettra point perir sa facture, si elle meurt en bien faisant) & se deffians de leurs merites doyuent attendre retribution de sa benignité.

Mais si aucuñ est affligé comme Chrestien.

Car aussi il est temps que le iugement commence. Prouerb.ii

Et si premierement à nous.

Et par ainsi ceux qui souffre par la volonté de Dieu.

CHAPITRE V.

Aittes cecy, mes freres, & vn chascun à part & tous en commû, qu'ensuyuãs les pas de Christ vous parueniés iusques à luy. Or il faut que ceux qui precedent en authorité d'eage, qu'ils precedent aussi en estude de pieté. Le reste du trouppeau depend de l'exemple, de la doctrine, & de l'authorité de ceux ausquels ne doit suffire de deffendre leur innocence: mais aussi prendre garde sur la multitude: car la vieillesse leur adiouste authorité, l'vsage des choses leur adiouste prudence, l'integrité dés long temps esprouuée & ennoblie leur adiouste foy. Ie parle dôc à vous qui estes les plus anciens gardiens du peuple moy qui suis ancien, qui ay demonstré par effect ce que i'enseigne: c'est assauoir ayant souffert prisons & battures pour le nom de Christ: voyre prest à receuoir la croix quand Dieu voudra: & ayant tres-bonne esperance que celuy qu'il aura estimé digne d'endurer pour luy, il le receura en la côpaignie de la gloire celeste: tout aussi tost que ce grand iour sera venu, auquel il declarera sa maiesté au monde: & quand à vn chascun seront presentés les loyers, apres que toutes les batailles seront finies. Ie vous supplie par les tourmens que Christ a endurés pour vous, & par mes afflictiôs, par lesquelles de toute ma puissance ie ensuy mon Seigneur & maistre, demonstrés vous vrayement pasteurs du trouppeau qui vous est donné à vn chascun par sort: veillés, trottés, regardés, soyés soigneux, en sorte que riê ne defaille à vostre trouppeau, pour lequel Christ est mort: que la saincte consolation ne leur deffaille point: ne la doctrine salutaire, ny l'exemple de vie Euangelique. Vous estes appellés Euesques. Demonstrés par effect ce que vostre nom requiert. Paissés. Soyés soigneux. Gardés que riê ne deperisse, que riê ne s'esgare. Et faittes cecy non ennuyés comme estans contrains par crainte, ou honte, ou necessité de vostre office: mais gayemêt, volontairement, & de bon cœur, ne regardant rien sinô ce qui sera plaisant & agreable à Dieu. Vous maniés & traittés son affaire: & vo° aussi rapporterés de luy le loyer eternel. Ne cherchés vostre remuneration en ceste vie. C'est vne chose vilaine d'auoir charge du peuple Chrestiê pour l'amour du gaig. Ceste charge ne peut estre executée

Qui suis aussi participant de la gloire.

Non point par contrainte.

auec

auec loüange sinon de celuy qui sans contrainte & volōtairement l'execute. Celuy pert le guerdō celeste qui en ce monde pourchasse le loyer de son office. Il y a vne autre chose qui est semblable à ceste-cy. C'est quand quelqu'vn iaçoit qu'il deprise & ne tienne compte du gaing, toutefois il est ambitieux d'honneur & de dignité: Il veut regner, & ayme estre hon-noré. Or cestuy-cy aussi ne sera point recōpensé de Dieu. Il a receu son loyer en ce mōde. L'office d'Euesque n'a point d'acointāce auec la seigneurie. Ce n'est pas vne tyrānie: mais vne administratiō. Que l'Euesque donc preside nō pas pour emporter plus de gaing, non pas pour regner, & non que plus de chōses luy soyent loysibles: mais à fin que plus il pro-fite. Ayés donc souueāce (ô vous anciens) de vostre office. Gouuernés vous tellemēt en toutes choses que vostre vie soit exemple de vie Euangelique au peuple. Faittes que par voz mœurs ils apprennent à mespriser le gaing, à cōtemner orgueil, & à esperer de Christ le loyer de leur seruice: & ce pendant ne considerer rien sinon qu'ainsi il semble honneste & agreable à Dieu. Cependant demōstrés vous bons pasteurs voyre sans profit & sans cō-trainte: cōbien que vrayemēt vous ne le ferés point sans profit. Or quand en ce grād iour

Et quand le principal pa-steur appa-roistra.

ce manifestera le Prince des pasteurs Iesus Christ (qui pour ses brebis desquelles il nous a donné la garde, c'est du tout abandonné) lors pour vn petit loyer vil & mortel vous rece-urés la glorieuse courōne de vostre seruice, laquelle ne flestrira iamais. Ne receués dōc l'vn de l'autre ce qu'il vous faut attendre de vostre capitaine. N'anticipés point le iour lequel

Semblablemēt vous ieūnes so-yés subiects. Ayés humilité de courage.

il nous a voulu estre incertain. Mais tout ainsi que c'est l'office des plus anciēs de se demō-strer peres aux plus ieunes, aussi faut-il que les plus ieunes mutuellement se demonstrent obeyssant aux plus anciens. Et tout ainsi que les plus anciens se soumettent à tous par cha-rité Euangelique, à fin que plus ils profitent: aussi les plus ieunes ne doyuent abuser de la modestie & facilité des plus anciens: mais plustost pour ceste cause mesme leur doyuent obeyr & plus prōptemēt, de ce que moins ils abusent de leur authorité. Là où la vraye cha-rité est, là l'authorité n'engendre point de fascherie: ny la ieunesse n'exerce point de cruau-té. Celuy qui precelle en dignité, tasche seulemēt à profiter. Qui est subieca, il obeit plus vo-lontairement qu'on ne veut. Sobrieté donc soit entierement fichée en l'esprit de tous. Elle sera cause que la sollicitude ne sera point faschēuse aux plus anciens: & leur authorité ne

Iaq. 4.c
Luc 12.c
Matth. 9.d
Pseau. 53

sera point ennuyeuse au plus ieunes. Dieu hayt cruauté és courages des hommes. Il prend plaisir és cœurs abaissés & soy humilians. Il distribue volōtiers ses dons à ceux qui ne s'at-tribuēt rien. Il repose & desdaigne les orgueilleux comme indigne de son benefice. Il esleue ceux qui s'abaissent. Il dechasse ceux qui s'esleuent. Il denye son ayde à ceux qui se fient en leurs propres vertus. Il nourrit & deffend ceux qui se deffians de leur pouuoir, dependent

Humiliés vous donc sous la puissante main de Dieu.

du tout de sa volonté. Soumettés vous donc non pas pour la crainte des hommes: mais cōme estans asseurés de la puissante main de Dieu. Ne craignés point d'estre perpetuelle-ment foulés. Dieu vous esleuera en haut quand ce iour des retributions aduiendra. Ne te gardés point deça & delà. Ne deffiés point. Ne craignés point que vo[9] soyés sans deffen-se: & tout ainsi que si vous estiés desprisés, vous puissiés estre du tout enueloppés & enui-ronnés des vagues des maux: d'autant que celuy qui voit toutes choses, qui peut toutes choses, à soing de nous: & ne permettra point que nulle chose de nous perisse. Là ieunesse

Soyés sobres, & veillés.

est volontiers procliue à voluptés, à paillardise, & à follye. Mais vous autres soyés sobres: veillés d'esprit tousiours attentifs, tousiours sages. Car l'aduersaire de vostre salut ne dort point desirant la perte des hommes: mais il enuironne par tout comme vn lyon affamé & rugissant, cherchāt de tous costés lequel il deuourera, s'essayāt en toutes sortes cōtre vous, maintenant vous deceuant par voluptés, maintenant assaillant par persecutiōs. Ne le lais-

Auquel resistés fermes en la foy.

sés point nullement dominer sur vous. Resistés-luy de courage constans. Vous pourriés dire: D'où nous seront données forces cōtre vn si puissant? Celuy qui a soing de vous est plus puissant que luy. Fiés vous en luy tant seulemēt de tout vostre cœur: & vostre aduer-saire n'aura nulle puissance. Il a puissāce & est fort seulemēt contre ceux qui defaillent de foy, il est sans force contre les fideles. Si seulement il en assailloit vn ou deux, parauenture iustement & à bon droit nous estimeriōs nostre affliction griefue. Or maintenant d'vne semblable hayne il faict guerre à tout le troupeau des fideles. Il persecute Christ en vous. Il est enuieux du salut de tous. Et pourtāt la cōmune afflictiō de to[9] sera tolerable. Et vous estans armés & garnis d'vne mesme volōté, pourrés plus facilement resister à vostre en-

Mais le Dieu de toute grace.

nemy commun. Ces choses prendront tantost fin. Et ce pendant Dieu (de qui vient toute largesse) ne vous delairra point: ains il parfera en vous ce qu'il a commencé. Il vous a don-né tels courages: à fin que pour l'amour de luy vous ne douties point d'endurer les tour-més, par lesquels il vo[9] a appellés à sa gloire eternelle. Il ne permettra point que soyés fru-

strés

ſtrés de voſtre ſalaire:moyennant que virilement vous bataillés.Il ſera preſent à voſtre ba
taille,& vous fortifiera & aſſeurera:à fin qu'eſtans affligés pour vn brief temps vous par
ueniés à la couronne d'immortalité.Nous vaincons par ſon ayde.Nous receuons noſtre
loyer par ſa liberalité.Nous ne pouuōs en rien no⁹ attribuer louäge.Toute gloire eſt deue
à Dieu ſeul non ſeulemēt en ce monde:mais auſſi en tous ſiecles. Amen. Pour le preſent ie
ne vous eſcriray point d'auantage : car de ceſte meſme choſe (comme ie penſe) ie vous ay
dernieremēt eſcript(en peu de parolles toutefois)par Siluain noſtre frere fidele:par lequel
ſe ne doûte point que ma lettre ne vous ait eſté fidelemēt rendue.Par icelle ie vous prioye
& ſupplioye que perſeueriſſiés en ce qu'auiés commencé:à fin que nulle choſe ne deſtour
naſt voſtre entēdement. Vous eſtes entrés en vne voye de ſalut treſ-veritable:vous y auès
cheminé iuſques à preſent par la grace de Dieu.Perſeuerés conſtamment par ſon ayde,iuſ
ques à ce que paruenié à la couronne de vie immortelle.La congregation des Chreſtiens
vous ſalue,laquelle Dieu à choyſie & eſleue enſemblemēt auec vous en Babylōne,laquel
le au milieu des meſchans idolatres,reçoyt la pieté Euangelique:laquelle vit puremēt en
tre les diſſolus & deſordōnés.Vous n'eſtes pas ſeuls.Dieu a par tout ſes eſleus.Or ils ſont
en petit nōbre:mais c'eſt vne ſemence choyſie,exquiſe,& ſuffiſante pour faire eſtendre vne
fois l'Eſgliſe.Marc vous ſalue,lequel i'eſtime autant que mon propre fils.Salués vous l'vn
l'autre en baiſer non vulgaire,& qui ſelon la cōmune couſtume eſt receu non pas de cœur:
mais ſalués vous en baiſer pur & ſainct & vrayemēt Chreſtien : lequel ne ſoit different de
voſtre vólonté,lequel ſoit cōmme le baiſer d'vn amant chaſte & ſyncére : & non point vn
ſigne menſongier.Et à fin que ie faſſe fin à ma lettre,& que ie reprêne le lieu où i'ay cōmen
cé: Grace & paix ſoit touſiours auec vous tous, qui eſtans entés au corps de Ieſus Chriſt,
viués par ſon Eſprit, à fin que l'vne (qui eſt la grace)vous ióingne à Dieu : & l'autre (qui
eſt la paix) vous lie enſemble par dilection mutuelle. Ce que vueille ottroyer le treſ-bon
& treſ-grand Dieu. Amen.

A luy ſoit gloi
re & empire à
touſioursmais.

Fin de la paraphraſe ſur l'epiſtre premiere de ſainct Pierre.

L'ARGVMENT SVR LA SECONDE EPISTRE DE
ſainct Pierre, par D.Eraſme de Roterodame.

Eſtè Epiſtre, comme il apparoit, il l'a eſcripte fort vieux, & eſtant pres de la
mort puis qu'il faict mention de ſa mort. Il eſcript generalement à tous les
Chreſtiens, les amonneſtant à vne pureté de vie, les deſhortāt auec frayeur
des choſes vilaines par exemples des anciens, & par l'eſpouuantement, du
dernier iugement, parlant fort & ferme contre ceux qui corrompoyent par
mauuaiſe doctrine les cœurs des ſimples,en nyant que Chriſt ne viendroit pas.

PARAPHRASE SVR LA SECONDE

EPISTRE DE SAINCT PIERRE APOSTRE,
par D.Eraſme de Roterodame.

CHAPITRE I.

Oy Simō Pierre iadis ſectateur de la loy Moſaique, à preſent ſerui
teur & ambaſſadeur de Ieſus Chriſt, l'Euangile duquel quaſi cōme
vne lumiere dechaſſe & repouſſe toutes les vmbres du vieil Teſta
ment,ſans quelque choix ou de pays,ou de religion, ou de ſexe,ou
d'eſtat,ou de condition, eſcry à tous. Car nous eſtimons tous ceux
noz cōioincts & bien alliés,leſquels en la profeſſiō de verité Euan
gelique ont obtenu d'eſtre faicts eſgaux à nous, par laquelle verité
& foy nous acquerons la vraye iuſtice, non point par la circōciſion
ou ſacrifices de la Loy : mais par la bonté de noſtre Dieu, & par la
mort de noſtre ſauueur Ieſus Chriſt,lequel de ſa ſeule grace nous a pardōné noz vieux pe
chés,à fin que deſormais nous ſuyuions la iuſtice Euangelique,laquelle conſiſte nō point
en ceremonies,mais en vraye religion d'eſprit,& a bien vne plus grande perfectiō,que n'a
la iuſtice Iudaique,laquelle eſt ſeulemēt vne ombre de la vraye iuſtice.Or ie prie que com

Grace & paix
vous ſoit mul
tipliée.

Ggg   me

me iufques à prefent vous aués beaucoup profité en la grace Euangelique, touſiours ad-
iouftans quelque chofe à l’accroiſſemēt de voftre religion, & de iour en iour entretenās la
concorde fraternelle entre vous, auſſi il plaife à la diuine bonté vous conferer ſes dons en
toute perfeſtiō, leſquels d’autant plus accroiſſent en vous, d’autāt que plus vous profitéʒ
en la cognoiſſance de Dieu le Pere, & de ſon fils noftre Seigneur Ieſus Chriſt, leſquels vraye
mēt cognoiftre, c’eft la vie eternelle. Car le principal de noftre ſalut, c’eft de cognoiftre l’autheur de noftre ſalut, à celle fin que nous n’attribuyons rien à noz merites & forces, ny aux
commandemēs de la loy Moſaique, comme ainſi ſoit que tout ce qui appartient à la vraye
vie & vraye religiō, noꝰ ait eſté eſlargy par ſa diuine vertu ſans nulle ayde de la circōciſion,
ſeulement par la foy, moyennant laquelle nous cognoiſſons Dieu le Pere, duquel toutes
choſes ſont yſſues, & Ieſus Chriſt, par qui ſeul toutes choſes nous ſont dōnées. Ces choſes

Qui nous à
appellés.

ne nous ſont point ottroyées par noz merites: ains par ſa liberalité gratuite, laquelle ſans
aucune ſemōce noꝰa appellés au benefice de ſalut, & a faiſt part de ſa gloire & vertu, à ceux
qui eſtoyent abiets & vuides de vertu, à fin que nous (qui eftās adonnés à noz vices, cōme
ords & vils eſclaues ſeruiōs aux idoles) eſtās entés en Chriſt fuſſions purifiés & rēdus glorieux & nettoyés des vices qui nous ſouilloyēt. Il a transferé noftre ignominie en ſoy-meſme, à fin qu’il nous fift participās de ſa gloire. Il a mis ſur ſoy noz pechés, à fin que fuſſiōs

Par lequel
nous ſont
données.

iouyſſans de ſon innocence. Or ces choſes ſont vrayemēt grandes. Mais celles leſquelles il
nous ꝓmet à l’aduenir nō par la loy de Moyſe (cōme-ia ſouuentefois auons dit) mais par
la cognoiſſance de Ieſus Chriſt, ſont beaucoup plus grandes & magnificques. Mais qu’eſt
ce qui nous eſt promis ? C’eft que iaçoit que ne ſoyés yſſus de la nation Iudaique, neantmoins voꝰ eſtes participās de ſa diuine nature, & mis au nōbre des enfans de Dieu, pouſſe
derés l’heritage de la vie immortelle, ſi ſeulement ne viuans point deſordonnément en ce
monde: vous contēpliés vne immortalité, & que vous eſlongnés de toute corruption de
pechés & concupiſcēces, deſquelles l’eſprit eftant pollu, va tout droit à la mort eternelle.
Noftre Dieu nous a vne fois gratuitement ottroyé l’innocēce. Ce n’eſt pas aſſés de la garder: mais efforcés vous de tout voftre pouuoir que ſoyés enrichis de bien-faiſts, à fin que
voftre foy ne ſoit oyſiue: ains quelle ſoit accōpaignée de preud’hōmie, à fin que riē ne ſoit

Vous auſſi met-
tansà ce meſme
toute diligēce.

dit ou faiſt qu’il ne ſoit honneſte. Auec la preudhōmie ſoit la ſciēce cōioincte, à fin que non
ſeulement vous ſuyués ce qui eſt droit: mais auſſi que preniés eſgard en quel lieu, auec leſ
quels, ſelon quoy, & cōment aurés à faire quelque choſe. La ſcience ſoit accōpaignée d’attrempance, à fin que noftre eſprit eftāt inuincible contre tous les alleſchemēs de ce mōde,
ſuyue conftāmēt ſans fleſchir ce qu’il aura iugé eftre le meilleur. Auec attrēpance ſoit ioin-
ſte la patiēce, à fin qu’en bien faiſant vous enduriés les maux. Car ceux qui ne ſont point
amollis par les douces flatteries de ce mōde, ſont quelquefois froyſſés par l’impatiēce des
maux qu’ils reçoyuēt. Auec la patience ſoit adioinſte pieté, à fin que tout ce que vous faittes, ou endurés, vous le rapportiés à la gloire de Dieu. La pieté ſoit accōpaignée de fraternelle charité, à fin que tout ainſi que vous aymés Dieu pour l’amour de ſoy-meſme, auſſi
pour l’amour de luy vous aymiés tous ceux qui croyēt en Dieu. La fraternelle charité ſoit
augmētée par vne dileſtiō, laquelle s’eſtudie à bien faire, non ſeulemēt aux fideles & Chre
ſtiens: mais auſſi aux infideles. Ceux-cy ſont les fruiſts de la foy Euangelique, que ſi vous
les aués, & en abondance vous les aués, ils feront tant que la cognoiſſance que vous auéʒ
eue par la foy de noftre Seigneur Ieſus Chriſt, ne vous aura eſté inutile ny ſans fruiſt, encore que ſoyés priués de la circonciſion. Car en ces choſes conſiſte le principal point de la
religion Chreſtiēne, que ſi elles deffaillēt à aucun, celuy là pour neant aura creu en Chriſt,
d’autāt que la lumiere Euangelique, de-rechef il tōbe en ſes vieilles tenebres. Et tout ainſi

Mais celuy qui
n’a point ces
choſes.

qu’vn aueugle cherchant ſon chemin auec la main, il eſt rauy çà & là és deftours des affe-
ſtions mondaines, & ne voit nullement la voye par laquelle il paruienne en la cōpaignie
de Chriſt, eftant tellemēt ingrat du benefice de Chriſt, par lequel il a eſté vne fois gratuitement purgé de ſes vieils mesfaiſts: neantmoins cōme ayant mis en oubly vne ſi grāde clemēce, de-rechef ſe laiſſe tōber en iceux. Donc, mes freres, ne ſoyés nonchallās & ſans ſoucy
de ce que la bōté de Dieu vous a appellé à la profeſſion Euāgelique, cōbien que ne l’ayés
merité, vous ayās vnefois pardonné tous les pechés de voftre premiere vie. Mais d’autāt
plus efforcés vous & vous dōnés garde que la bonté de Dieu qui vous a appellés & choyſis ne vous ſoit tournée à perdition & comble de dānation, ſi d’auāture ayās mis en oubly

Que vous fa-
cies ferme vo-
ſtre vocation.

ſa benignité, vous tōbés de-rechef là dōt par ſa mort il vous a rachetés. Et faittes pluftoſt
par voz biē-faiſts qu’il ne ſemble que Dieu vous ait en vain appellés & eſleus. Vne partie
de cecy eſt en voftre puiſſance. Car ſi vous penſés d’où Dieu vous a appellés, & à quoy, &
quel

quel loyer il vous a proposé, & si vous taschés de l'acquerir par les moyés, lesquels ie vous
ay par cy deuās mōstrés, iamais vous ne vous destournerés du droit chemin de pieté. Car
si par ceste voye vous y taschés, l'ayde de Dieu vo' sera preste & appareillée, à ce qu'à la fin
estans vainqueurs de ce mōde paruiēdrés au royaume eternel de nostre Seignr & sauueur
Iesus Christ, & iouyrés auec luy des biens celestes, pour l'amour duquel vo' aués mesprisé
les choses terriennes. C'est vn tref-grād loyer: mais toutefois tel est-il, qu'il le faut appeter Pource ie ne vous laisse/ray point.
auec grād effort. Pourtant ie ne cesseray iamais de vous amonnester de cecy, cōbien que ie
pense qu'il n'en est point besoing, veu que vous faittes & aués souuenance de ce que vous
deués faire, & que vo' estes asses cōfermés, ayās pieça cogneu la verité, laquelle vo' suyués
iusques à present depuis le tēps que l'aués receue. Mais toutefois à fin que de plus en plus
vous veilliés en ce que vous aués cōmencé, i'estime que ie feray mon deuoir, estant recors
du cōmandement de mon Maistre, lequel me cōmanda que moy estant conuerty i'eusse à
confermer mes freres, tant que ie seray auec vous cōme estrangier sur la terre, en ce tabernacle de mon corps : en resueillant & suscitāt en vous l'estude de vraye religion, & mesmement le feray-ie d'auātage, pour ceste cause que ie sçay que bien tost aduiēdra, qu'estāt des
pouillé du domicille de ce corps, ie permuteray l'exil de la terre auec le droit de citoyē cele
ste. Car nostre Iesus Christ me l'a signifié & faict assauoir, sous l'enseigne duquel ie bataille
iusques à present en ce tabernacle. Ie mettray donc maintenant peine, que ce pendant ces 1.Cor.2 Iean.21
choses par frequēte admonition se fichent tellement en voz esprits, que vous en puissiés
souuenir, voyre apres mon deces. Lors que par viue voix ie ne vous pourray plus amōne
ster. Or donc puis que ce que vous aués ouy de no' est tres-certain. Il ne faut pas que vous
vous en destourniés. Car nostre doctrine n'a point esté semblable à celle des philosophes,
lesquels par fables & humaines persuasions s'efforcēt de faire croyre ce qu'ils n'entendēt
point, ne s'accordans mesmemēt entre-eux. Mais n'ensuyuās point telle voye, nous vous
auons manifesté la puissance & aduenement de nostre Seigneur Iesus Christ, & nous vous
preschons la maiesté d'iceluy, laquelle de noz yeux propres auons veue. Car il luy pleust Mais comme ayās esté faicts cōtēplateurs.
auant sa mort de donner à cognoistre à aucuns d'entre nous auec quelle puissance & gloi
re, il doit puis apres venir iuger les vifs & les morts, & cōbiē admirable felicité il doit donner à ceux qui constāment l'ayment. Car alors que Dieu son Pere l'eut tout reuestu & enui
ronné de gloire & beauté, tellemēt que sa face estoit luysante cōme le Soleil, & ses vestemēs
plus blancs que neige, en telle sorte que la veue humaine ne pouuoit supporter vn si diuin
spectacle : suruint encore vn plus hōnorable tesmoignage de la voix de son Pere, laquelle
luy fut transmise du ciel de la maiesté de son Pere. C'est assauoir: Cestuy est mon fils biē ay- Matt.13.& 17 Marc.3.& 9 Luc 3.& 9
mé, auquel i'ay prins mon bon plaisir, escoutés-le. Nul tesmoignage ne pouuoit estre pro
duit plus suffisant, ny plus excellent, lequel a esté manifesté, non point par les Prophetes,
mais par la mesme maiesté du Pere. Nous auons veu ces choses de noz propres yeux, & Et nous auons la parolle.
ouyes de noz oreilles, estans presens auec luy au sainct mont de Thabor. Si les oracles des
Prophetes (lesquels predisoyēt de Christ par couuertures d'enigmes) sont grandemēt prisés de vo', beaucoup plus vn si euidēt tesmoignage du Pere mesme enuers le fils doit estre
estimé de vous. Les Prophetes sont d'accord auec la ditte voix paternelle, si on les veut biē
interpreter. Les Prophetes par leurs promesses appareillēt les esprits pour receuoir la verité Euangelique, d'autant qu'ils adōbrent & quasi pourtrayēt ce que la predicatiō Euan/
gelique met au deuāt des yeux. Parquoy ie ne reprouue point ce que les Iuifs fort adhērās
aux Propheties, cherchent en icelles l'aduenement du Messias. Car c'est vn assés grād de/
gré pour paruenir à la foy Euangelique, de croyre que Christ doit venir. Car celuy qui te/
noit pour certain qu'il deuoit venir, plus facilement croyra qu'il est venu. Il y a donc bon
espoir en celuy, lequel nō estāt encore illuminé de la lumiere Euāgelicque, s'applicque vo
lontiers à la lecture des Propheties luy seruans de lāpe apparoissant en lieu obscur. Il vaut
mieux auoir quelque peu de lumiere que n'en auoir point du tout, iusques à ce que le So/
leil venant le iour soit clair, & qu'il dechassé toutes les tenebres & obscurcisse voyre la mes/
me lampe, & que ceste estoille matutinale de la predicatiō Euangelique (laquelle denonce,
que le Soleil s'approche) cōmence desia à se leuer en voz cœurs. Les oracles des Prophetes
ne peuuēt autremēt apporter grād profit à celuy qui les lyt, s'il ne pēse que l'escripture des
Prophetes (estāt enueloppée de figure) est obscure & qu'elle ne se peut entēdre sans exposi
tion. Ceste expositiō n'appartient pas à vn chascun, & n'est pas selon le plaisir de tous. Car
les Prophetes qui ont predit ces choses, nō point de leur propre phātasie, mais d'ailleurs
nous les ont manifestées, & estans gens de biē & hors de toute humaine affection ont esté
inspirés par le S. Esprit, lequel vsant d'eux cōme d'vn instrument, nous a aucunement par

Ggg 2

eux

eux reuelé sa pensée. Ce que les hommes par aduis humain disent, peut bien estre entēdu par le sens humain. Mais ce qui a esté reuelé par inspiration diuine, requiert vn expositeur inspiré de mesme esprit. Ceux là desuoyēt grandemēt du sens mysticque de la prophetie, qui attribuēt ce qui a esté dit de Christ, à quelque roy de ce mōde, & ce q a esté dit de la vie celeste, ils le tirent à la felicité de ce monde, & ce qui a esté dit des biens de l'ame, l'exposent des biēs de ce siecle. On ne peut aisément persuader ny dōner à entendre à telles gens que Christ est desia venu, d'autant que par fauce interpretation de la prophetie, ils ont feint à leur phantasie vn Messias terrien : ce qu'il ne peut estre nullemēt. Et pourtant ils ne le cognoissent point, nō pource qu'il ne soit semblable à la spirituelle figure de prophetie : mais pource qu'il est du tout different de l'idole de fausse interpretation.

CHAPITRE   II.

TOus ceux, qui suyuans leur propre phantasie prophetisent, ne peuuent vraye-mēt estre nōmés Prophetes. Tous ceux qui explicquēt la prophetie selō leurs affectiōs, sōt faut interpretateurs. Il y a biē eu autrefois entre les Iuifs des faux Prophetes, qui (ou pour cōplaire aux Princes, ou pour le gaing, ou pour hay-ne cōceue cōtre les autres) prophetisoyēt, non point ce que leur cōseilloit l'Esprit de Dieu: mais ce qu'eux-mesmes auoyēt songé. Ceux-cy ayās le semblāt de vrays Prophetes dece-uoyēt les fols, & par leurs mēsonges cōtestoyent auec les vrays Prophetes. Semblablemēt apres mon deces se leueront quelques vns, qui faussemēt se vāterōt d'estres docteurs Euā-geliques: mais plustost serōt-ils estimés maistres de faussete. Ils introduirōt ordōnāces hu-maines en lieu de la verité salutaire, desuoyās hors de la doctrine Euāgelique, amenāt se-ctes pernicieuses, & ce pour leur gaing, ayans plustost esgard à leur gloire & tyrānie, qu'au bien & à l'auancemēt de l'Euangile. Et tōberont en telle folie, qu'ils n'aurōt point de hōte de renyer leur Seigneur Iesus Christ, par le sang duquel ils sont rachetés: auquel ils auoyēt faict sermēt de fidelité, estans vrayemēt ingrats & plus meschās que ne sont les Gētils, qui n'ont iamais creu en Dieu. Par tels faicts ils reuocqueront cōtre eux la vengeāce diuine, &

non seulemēt ne leur profitera point d'auoir creu vne fois en Iesus Christ, mais encore ils feront que la mort leur sera bien tost enuoyée par Dieu se vengeāt de cecy. Or il n'y auroit pas grand dōmage, si seuls ils perissoyent, d'autāt que ia ils estoyent perdus, mais ils en at tireront plusieurs autres auec eux en perdition. Et en leur fausses doctrines ils trouueront assés de disciples, en quoy se confiās ils oserōt biē impugner la verité Euāgelique, laquelle vous aués receus de nous. Et ne traitteront point sainemēt la parolle de l'Euāgile, laquelle voyoyent estre du tout cōtraire à leurs concupiscences. Mais estans du tout entētifs à leur

profit particulier, vous deceurōt par parolles controuuées, abusans de vostre simplicité, non pas pour vous gaigner à Christ: mais à fin qu'ils tirent profit de vous. Car ils cognois-sent bien que la doctrine Euāgelique ne fauorise point à ceux qui se delectēt és plaisirs de ce mōde. Ils voyoyēt bien que ce n'est pas vne chose plaisante de deffendre par toutes ma-niere de mort, & constāment la pureté de la doctrine Euāgelique contre les meschans. Par quoy ils gasterōt la vray doctrine de Christ: & en son lieu enseigneront choses plus agrea-bles aux auditeurs de gros esprits, que profitables : & lesquels leur acquerrōt plus d'hon-

neur & de profit enuers les hōmes qu'enuers Dieu. Car ils aymerōt mieux par vne gloire & vn plaisir trāsitoire se mettre eux-mesmes & les autres en perdition eternelle, que par af-flictions corporelles & de petite durée tascher de paruenir à la beatitude immortelle. Gar-dès vous bien de suyure telles guydes, car elles vous cōduyront tout droit à dānatiō: & ne soyés deceus en ce qu'ils sont les plus grands en ce mōde, en ce qu'ils deuiennent riches, & qu'ils viuēt souefuement. Ils ne iouyront pas lōg tēps de ceste fausse felicité. Car tout ainsi que les bons doyuēt bien tost receuoir leur loyer lequel leur est ordōné de Dieu dés long tēps: aussi la peine qui est discernée à ceux-cy s'auance fort: & leur malheur ne sommeille point: ains les viendra accabler tout endormis, sans doute, & soudainemēt. Ils peuuēt trō-per le iugement des hōmes, ils n'eschapperōt iamais celuy de Dieu. Et qu'ainsi soit que les hōmes, enuers lesquels ils sont en estime, leur pardōnent: toutefois Dieu ne leur pardōne-ra point, lequel ne craint la grādeur de persōne. Car cōme leur pardōneroit-il maintenāt, qui autrefois n'a pas pardōné voyre à ses Anges qui l'auoyēt offensé : ains les deiettāt du

ciel, & les lyant és chāynes de la nuict eternelle les poussa en la prison infernalle, pource les gardant, que les ayant condānés au deruier iugemēt, ils soyent serrés és tourmens perpe-tuels: Croyés vous qu'il supporte l'orgueil en vn hōme sans le punir, luy qui n'a pas sup-porté vn tel peché en ses Anges: Croyés vous qu'il delaisse impunis ceux qui ont forfaict apres que la lumiere Euāgelique leur a esté manifestée, apres que tāt de beneficez leur ont esté

esté gratuitemēt donnés , puis qu'il n'a pardōné aux anciens estans mal aprins, ains estāt
grandemēt offensé des pechés des hōmes enuoya au monde polu de meschancetés le de‹
luge,par lequel il les destruysit tous, excepté Noé, lequel huitiesme seulemēt desira d'estre
sauué entre vne si grāde multitude d'hōmes : & ce pour autāt qu'il donnoit à entēdre aux
autres qui mesprisoyēt la bōté de Dieu,que luy seul en edifiāt l'arche craignoit lavengeāce
du tout puissant:Croyés vous qu'il ne punisse point ceux‑cy,luy qui par pluye de souffre
a reduit en cendres tant de cité & pays tant florissant des Sodomites & Gomorriens, &
l'a tellement ruyné,qu'il n'en est rien demeuré fors qu'vn lac horrible & pestilentieux, qui
signifie quelle peine doyuent souffrir ceux qui par telles offenses, prouocqueront l'ire de
Dieu contre eux:Et tout ainsi que leur meschāceté a esté cause de leur perdition:aussi l'in‹
nocence de Loth luy fut cause de son sauuemēt, lequel Dieu deliura de la compaignie des
meschās:entre lesquels il luy estoit fort fascheux de viure, mesmement que par leur execra
ble luxure ils vouloyent forcer icelle chaste & saincte personne. Car estāt chaste & net, tant
des yeux que des oreilles,ce luy estoit vn grād tourment en l'esprit,de voir & ouyr vn chas
cun iour ce que de tout son cœur il auoit en horreur.Par cecy vous est suffisammēt declaré
que iamais Dieu ne permet que l'innocence ne profite de rien à quelqu'vn, ou que la mes‹
chanceté de quelqu'vn demeure impunie,cōbien que pour vn tēps il en supporte aucuns
à fin qu'il se corrigent:& combien qu'il permette aussi que les soyent esprouués, toutefois
quand il est tēps il deliure les bons des afflictiōs, & aussi il reserue les meschās pour le iour
du dernier iugement,à fin qu'ils soyent punisen tourmens perpetuels.Nulle sorte de mes‹
chanceté ne demeurera impunie:mais principalemēt ceux auront à souffrir qui tout ainsi
que se deffians en ce monde des promesses Euangeliques , ils s'adōnent à tout ce que bon
leur semble,estans abandōnés à toutes vilennies desquels ils souillēt toute leur vie:& à fin
qu'ils soyent plus meschans, accroissent leur turpitude auec violence : & mesprisent ceux
qui ont authorité publicque , en ce vrayement trop audacieux, assauoir qu'ils osent pro‹
uocquer par iniure ceux qui sont en dignité. Et osent faire les hōmes chose que les Anges
beaucoup plus puissant qu'eux ne s'essayerent iamais de faire:combiē qu'au demeurant
ils fussent meschans,toutefois ne sont‑ils point tōbés en ceste arrogāce,qu'ils ayent mesdit
de Dieu:& cōbien qu'aux autres choses ils ayent mesprisé la volonté de Dieu:en ce neant‹
moins ont‑ils craint de l'offenser qu'ils ont eu en hōneur l'authorité diuine. Mais ceux cy
plus meschās que les malings esprits,tout ainsi que par leurs mœurs corrōpus, ils se met‹
tent en perdition:aussi periront‑ils cōme bestes,receuans digne salaire de leur meschante
vie,estās faicts semblables aux bestes, qui ne sont crée pour autre chose, sinō à fin qu'elles
soyent prises & mises à mort,d'autāt qu'ils ne craignēt de mesdire de ceux qui ont authori
té sur eux:non sçachās toutefois la cause pourquoy ils mesdisent d'eux. Lesquels estimēt
estre vne douce & honnorable maniere de viure,si toute hōte dechassée,du tout ils s'adon‹
nent à delices & ordes voluptés voyre de iour : car ceux qui font ces choses de nuict, ont
encore quelque peu de honte.Qui est celuy qui pēseroit telles gens estre hommes ? Ils sont
plustost digne d'estre appellés taches & ordures,d'autāt qu'en leurs bācquets (esquels ils
constituent le principal de leur felicité) se mocquent de vous cōme de gens despourueus
d'entendemēt, pource que vous ne iouyssés pas des plaisirs de ce mōde. Et ce pendāt leur
dissolution les prouocque à paillardise,& lors qu'ils ont bien beu ils ont les yeux ne signi‹
fians autre chose que paillardise, & ne pensans à autre chose qu'à adultere & autres mes‹
chācetés.Car ayās vne fois dechassé la raison hors de son siege & estans enfiābés de vin,ne
se sçauroyēt tenir de pecher:mais d'vn peché choyēt en l'autre, tellemēt qu'ils ne se cōtētēt
point de viure meschāment,si auec cela ils n'attirent les autres estās encore mal confermés
en vertu, à leur vilēnie. Il seroit parauenture plus tolerable si seulement ils pechoyēt en dis
solutiō & boubans:mais ils sont plains de tous pechés,& tout ainsi cōme desordonnémēt
ils despendent ce qu'ils ont,aussi par mauuais moyē ils acquierēt pour despēdre malheu‹
reusemēt puis apres,ayās tout leur esprit adonné à auarice, & exercité à trōperie & rapine,
faisans tout pour le gaing,maudisans les bōs & les iustes pour le gaing, & corrompus par
argent se destournēt de la vraye voye. Et en ce ressemblent leur pere Balaā fils de Bosor, le‹
quel sçachāt ce qu'il deuoit faire pour le mieux , toutefois induit de meschāt loyer s'essaya
de maudire ceux ausquels Dieu estoit propice : & a esté rendu si aueugle par son auarice,
qu'il a fallu que l'asnesse l'ait reprins.Et luy estāt comme vn hōme hors de sens,despouillé
d'entēdemēt humain,a esté reprins par vne beste brute parlāt voix humaine de sa folle en
treprinse,plus voyāt de ses yeux corporels que des yeux de l'esprit, estant aueuglé de con‹
uoitise d'argent. Ce sont ceux‑cy qui promettēt vne merueilleuse & nouuelle doctrine : &

Gene.7

Gene.19

Et principale‹
ment ceux qui
suyuēt lachair.
Iude.b
Et mesprisent
la seigneurie.

Ieremie 12

ils reputent
à volupté.

Ayant le cœur
vsité en rapine.
Nomb.22

n'apportent rien qui soit digne de la profession Euangelique, semblables aux fontaines
vuides d'eaue: vers lesquelles si quelqu'vn se retire ayāt soif, il ne trouue que bourbe & ordure: semblables aux nuées, lesquelles sont poussées ça & là par orages de vēts, & semble
qu'elles doyuent donner abōdance de pluye à la terre qui en a besoing: desquelles toutefois ne tombe vne seule goutte de doctrine salutaire. Car ayans promis par leur parolle
mensongiere quelque grande chose, & sous cest espoir ayans attiré & induit ceux qui a-
uoyent commencé de se remettre au bon chemin, les ayans deceus, ils les enueloppent és
cōcupiscences charnelles & voluptés de ceste vie, promettans deliurer les autres d'erreur,

Ausquels l'ob-
scurité des tene-
bres est gardée
eternellement.
Iean 8

iaçoit qu'eux-mesmes soyent plongés en ces mesmes erreurs, promettans, aux autres liberté, & eux-mesmes sont serfs de turpitude & infamie. Car quicōque est surmonté par autruy, & qui vit à l'appetit d'autruy: celuy là a bon droit est digne d'estre appellé seruiteur:
il ne leur profite de riē auoir esté vne fois gratuitemēt deliurés de la seruitude de peché, si
de leur propre volōté derechef ils y choyent: mais plustost d'autāt plus est la seruitude vile & miserable, en laquelle apres que la liberté est goustée: on s'est volontairemēt ietté. Le
mesfaict cōmis deuant la predication de l'Euangile est quasi du tout imputé à erreur & i-

Certes si apres
qu'ils se sont
retirés.

gnorāce. Mais ceux qui ayās vne fois cogneu par la predicatiō de l'Euāgile nostre Seignē
& sauueur Iesus Christ, & qui par le baptesme ont esté laués des ordures de ce monde, &
qui ont promis de mener vie pure & celeste, si de rechef estans surmōtés par leurs affectiōs
s'enueloppēt en leurs vieilles ordures, non seulement le baptesme ne leur profite de rien,
mais aussi ils sont en pire estat qu'ils n'estoyent auāt qu'ils cogneussent Christ. Car moindre est le peché lequel est excusé par ignorāce. Ceux qui auec le crime d'impieté ont amassé l'ingratitude, ils seront plus grieuement punis. Il leur estoit dōc meilleur n'auoir point

Matth.12

du tout cogneu la doctrine Euangelique, laquelle enseigne innocence & pureté: qu'apres
l'auoir cogneu & receu, laisser le party du sainct cōmandement, lequel leur a esté vne fois
enioinct. Que leur aduiet-il autre chose, sinon ce que vrayement on dit en commun pro-

Prou.19

uerbe: Le chien de rechef engloutissant ce qu'il a vne fois vomy. Et la truye lauée se retournant veautrer en la fange. Pour neant le chien a purgé son estomach en vomissant, s'il engloutit de rechef ce qu'il a desgorgé. Pour neant la truye nettoye en la claire eau la puanteur du bourbier, si incontinent apres le lauement elle retourne à son bourbier.

CHAPITRE   III.

Treschers, ie
vous escry-ia
ces secondes
lettres.

IE vous parle de cecy amplement, mes bien aymés, & mesmement par ces secō-
des lettres ie vous amonneste de ces choses, nō point que ie dóute de la pureté de voz pēsées, mais à fin que de plus en plus soyés recors de ce que sçaués,
& que fassiés de meilleur courage & plus cōstammēt ce que vous faittes. Leur
doctrine sera moins dangereuse en vostre endroit, s'il vous souuiēt que cecy a esté predit
par les saincts Prophetes, qui ont predit & amōnesté qu'il se failloit garder de telles gens.
Aussi si vous souuenés que noʒ vous auōs dit ceste mesme chose, nous, dy ie, qui sommes
Apostres de nostre Seignr & sauueur Iesus Christ: lequel a defendu qu'on n'escoutast poit
telles gens, qui en lieu de verité Euangelique preschent vne pernicieuse doctrine. Sçachés
qu'il viēdra cy apres nō pas des docteurs mais des trōpeurs, instruits de cautelles & dece-
ptions pour trōper ceux qui ne se doutēt point, lesquels ne suyurōt pas ce que Christ a enseigné: mais à fin qu'ils puissent viure selon leur appetit desordonné ils prescheront selon
leur phantasie choses cōformes à telle maniere de viure. Et pource que l'aduenement du
Seigneur ne sera point desiré par gēs ainsi viuās, ils se feront croyre à eux-mesmes & aux

Où est la pro-
messe de son
aduenement

autres que iamais il ne retournera, disans: Où est ce en quoy la resurrectiō est promise: où
est le iugemēt: où est la diuersité des loyers selō les merites de ceste vie: où est son aduenement de iour en iour en vain attendu: car ils cuiderōt que ce qui est pour quelque temps
differé, n'aduiendra iamais. Où est (disent-ils) seulemēt vn signe de la resurrectiō: Noz peres sont morts les vns apres les autres: & nul d'eux n'est ressuscité encore. Et tout ainsi que
depuis la creatiō du mōde toutes choses se maintiennēt en leur espece par vicissitude de
mourans & de naissans: aussi iusques à present demeure vn mesme cours de nature, d'autant que par le changement du monde (qui parauāt a esté) on peust entendre qu'il y doit
auoir vne renouatiō d'iceluy. Et tout ainsi que ceste renouation est aduenue à ceux qui vi-

Certes ils igno-
rent volontai-
rement.

uoyēt selō leur plaisir ne l'attēdans point: aussi ceste cy aduiēdra soit que noʒ le croyōs ou
que ne le croyōs pas. Car ils ne sçauēt, ou plustost (cōme ie croy) ils font semblant de ne sçauoir pasqu'au tēps iadis furēt crées les cieux, & la terre aussi, laquelle d'vn costé estoit de
laissée des eaux lesquelles la couuroyēt toute au parauāt, vne grāde partie des eaux estāt
pēdāte en haut. Et pour autāt que le gēre humain estoit polu de pechés, Dieu estant courroucé

roucé deffit tout le mõde par vn deluge qu'il enuoya:& furent seulemẽt sauués huict per/
sonnes,qui s'estoyent cõtregardés en leur innocence.Dieu executa ce iugemẽt vniuersel,
purgeant par eau la terre,& la renouuellant.Or les cieux demeurent iusqu'à present en tel
estat qu'ils ont esté crées,lesquels sont reserués au feu,par lequel ils serõt purgés aussi au
iour du iugemẽt,lors que par feu serõt deffaits les meschants,ainsi que par eau ils ont esté
autre fois destruits. Puis dõc qu'il est tres-certain que le iour du iugemẽt viẽdra:c'est tout
vn s'il vient ou plus tost ou plus tard.D'vne chose il nous faut seulemẽt soucier à quelque   *Mais ô tres-*
heure qu'il viendra,que ne soyõs surprins estans mal apparciliés.Il y a des choses qui no⁹   *chers n'ignorés*
semblent les vnes longues les autres courtes,selon nostre phantasie.Mais rien n'ast à Dieu   *poĩt vne chose.*
ny long ny court.Il ne se gouuerne pas en ses promesses selon nostre affection:mais selon
son conseil eternel & immuable,auquel rien n'est passé ny aduenir:mais toutes choses y
sont presentes.Et ce qu'il uo⁹ a promis il le nous ottroye en ce temps que luy-mesme s'est   *Vn iour enuers*
ordõné.Autrement ce ne luy est non plus à dire de mille ans que d'vn seul iour.Sa fidelité   *le Seigneur est*
est aussi grãde en nous dõnant ce que plus tard il nous dõne,qu'en nous le dõnant bien   *cõme mille ans*
tost.Car autant qu'en luy est,il nous a desia ottroyé ce qu'il a deliberé de nous ottroyer.
Car il ne differe point & ne remet pas au lendemain ses promesses,ayant changé de cõseil
cõme font les hõmes,prolongeant leurs entreprinses,cõme aucuns estiment faussemẽt iu
geans Dieu estre tel qu'ils sont:mais aucunefois il met plus long terme,&ce pour l'amour
de vous selon sa douceur & mansuetude,ne voulant qu'aucun perisse:mais qui plus est,il
veut que chascun se recõgnoisse,à fin que ceux qui perissent n'ayent occasiõ de dire qu'ils
n'ont eu assés de temps pour mieux cõuertir leur vie.Or viendra celuy iour lors qu'on ne
l'attendra point,& surprẽdra les hõmes,tout ainsi que le larron de nuict surprẽt ceux qui
dormẽt.Il aura ce iour là vn si merueilleux feu,que les cieux par grãde violẽce serõt tout/
nés en autre espece.Et les elemẽs(desquels ce mõde inferieur est cõposé)serõt despecés par   *1.Thes.5*
feu.La terre sera bruslée,& tout ce q est cõtenu en elle.Brief toute la nature des choses sera   *Apoc.3.& 16*
purgée.Si dõc il est besoig que toutes choses soyẽt ainsi purifiées,qu'il faille que celles mes
mes qui n'ont point peché,soyẽt degastées,cõbien plus tost vo⁹ faut-il efforcer, qu'en ce   *Tite 2*
iour soyés trouués entiers & pur en toute saincteté de vie,& en toute estude de vraye reli-   *Apoc.21*
gion:Il vous faut ce pendãt mettre peine auec toute diligẽce que soyés tousiours prests à
quelque heure que ce iour du Seignr aduiẽne,duquel le iugemẽt entier il ne sera loysible à
nul de pouuoir euiter,lequel tãt s'en faudra qu'il endure rien souillé,que mesmemẽt il cõ-
uiendra que les cieux & les elemẽs par grãd orage de feu soyẽt embrasés & fondus.Puis a/
pres selõ sa promesse nous attẽdons autres cieux nouueaux,vne terre nouuelle,qui n'au/
rõt rien de corruption ny de nuysance,à fin que lors(nostre ame estant sans ordure) nous
iouyssions de ces choses là sans corruption.Dõc,mes freres biẽ aymés, ayãs tousiours ce
iugemẽt deuãt les yeux,mettés peine qu'à la venue du Seignr vous soyés trouués purs &
non coupables,nõ point selon le iugemẽt des hõmes(lequel souuẽt est deceu) mais selon
Dieu.Car quicõque est purifié quãt à cecy en Dieu qui en est iuge,celuy là est vrayemẽt pu
rifié.Et si d'auẽture ce grãd iour demeure long tẽps à venir,ne pensés pas pourtãt que ia/
mais il ne doyue aduenir:mais estimés que la douceur & clemẽce du Seignr (par laquelle
il dõne loysir de repẽtance à tous)n'est sinon que pour le salut des hõmes.Desquelles cho
ses vous a escript nostre trescher frere & cõpaignon Paul plus amplus amplemẽt,d'autant
que Dieu luy a cõferé le don de sapience plus abõdamment.Et presque en toutes ses Epistres vous exhorte à attendre ce iour,parlant tellement quelque fois cõme si ia le iour du
Seignr s'approchoit biẽ fort,à fin que plus il vous poigne & excite à estude de pieté.D'au
tant que celuy iour(puis qu'il est incertain)doit estre attẽdu,cõme s'il deuoit estre auiour
dhuy mesmement en telle sorte,que nul n'y mette certain temps ny iour.Iceluy Paul, selon   *Comme aussi*
sa haute sagesse a adiousté cecy & plusieurs autres choses en ses Epistres, lesquelles iaçoit   *nostre trescher*
qu'elles soyent par luy bien dittes,toutefois les ignorans & infirmes les destournent par   *frere Paul.*
mauuaise interpretation,comme ils sont aussi les autres escriptures à leur confusion,à fin
que ce qui aux bõs est en sauuemẽt,il leur soit tourné en poison par leur faute. Vous dõc,
mes freres,estans desia amõnestés tant de moy que de Paul gardés qu'estans seduits auec
les autres par cautelle des meschãs gẽs ne deschoyés de la fermeté de vostre foy,en laquel
le iusques à present vous vous estes maintenus.Mais plus tost mettés peine que iournellement vous croyssiés & marchiés plus auant és dons & cognoissance de nostre Seignr &
sauueur Iesus Christ,auquel gloire est deue & dés maintenãt en ceste vie à iamais.Amẽ.

Fin de la Paraphrase sur la seconde Epistre de sainct Pierre.

LA VIE DE SAINCT IVDE
L'APOSTRE PAR SAINCT HIEROSME.

Vdas frere de Iaques a laiſſé vne petite Epiſtre, qui eſt vne des ſept Epiſtres catholiques. Et pource que il faict mention du liure d'Enoch qui eſt apocriphe,
elle eſt reiettée de pluſieurs: toutefois elle eſt maintenãt en authorité tãt pour
l'ancienneté que pour l'vſage, & eſt nombrée entre les eſcriptures ſainctes.

ARGVMENT SVR L'EPISTRE
DE SAINCT IVDE APOSTRE,
par D. Eraſme de Roterodame.

L crie vehemétement auec beaucoup de parolles entre ceux leſquels eſtans
aueuglis par leur conuoitiſes reſiſtoyẽt à l'Euãgile, ce qui ne doit point ſembler nouueau, veu que ia dés lõg tẽps ils ſont deſtinés à cela, & que les Apoſtres ont predit que telles gens ſe fourreroyẽt au trouppeau des Chreſtiens.
Contre ceux cy ils les munit ainſi, c'eſt qu'ils s'eſtudient, ou de les rembarrer en les tençant, ou de les garder en les amonneſtant. Que s'il ne peuuent, qu'il ſe preparent à la venue de Chriſt.

PARAPHRASE SVR L'EPISTRE
DE SAINCT IVDE APOSTRE,
par D. Eraſme de Roterodame.

E Iude Thadée ſeruiteur de Ieſus Chriſt, frere de Iaques, eſcry non
ſeulement aux Iuifs, ou à ceux qui ſont encore nouices en la loy Iudaïque, mais en commun à tous ceux qui par la clemence de Dieu
le pere ont eſté gratuitement ſanctifiés, & ſans le moyen de la Loy
ont eſté faits de meſchãs bons, de idolatres ſectateurs de vraye religion, leſquels la benignité de Dieu auoit reſerués à Ieſus Chriſt,
pource ſeulemẽt qu'ils ne ſe precipitaſſent àuec les autres au gouffre de damnation eternelle, leſquels meſmes de ſa gratuite largeſſe
il a maintenant appellés au ſalut & verité Euangelique. Ie ne vous

*Miſericorde
& paix & di-
lection vous
ſoit multipliée.*

ſçauroye ſouhaitter choſe plus heureuſe en ceſte vie, ſinõ que la diuine bonté vueille touſiours multiplier en vous ſes dons, aſſauoir miſericorde, paix, & charité. Miſericorde: à fin
que de iour en iour, & de plus en plus vous vous eſlongniés des pechés de voſtre premiere vie. Paix: à fin que cõtregardiés par ſain(c)teté de vie l'amytié que vous aués auec Dieu.
Charité: à fin qu'en mutuelle concorde ſoyés tous d'vn meſme accord, & que faſſiés plaiſir les vns aux autres. Mes bien aymés, pource que la charité Euãgelique faict que toutes
choſes ſoyent cõmunes, ſoit qu'on ait du bien ou du mal: meſmement en tant que touche

*Bien aymés
pour la grande
ſolicitude.*

le ſalut eternel, i'ay eu ſi grand deſir de vous eſcrire touchant voſtre ſalut, duquel ie ne me
donne point moins de ſoucy que du mien propre, pour autant que la charité fraternelle
me induit à cela, que ie ne me ſuis ſçeu tenir, que par ceſte preſente lettre ne vous amonne-
ſtaſſe de cõbattre virilement cõtre les faux Apoſtres, pour maintenir voſtre foy, qui vous
a eſté vne fois demonſtrée par les ſaincts Apoſtres. Ne vous trauaillés pas ſeulement de
pſiſter en voſtre foy: mais auſſi aydés aux autres qu'ils ne ſoyent ſeduits par les abuſeurs.
Le threſor de la foy eſt ineſtimable, parquoy d'autant plus faut-il que vous vous dõniés
garde qu'il ne vous ſoit cauteleuſement oſté. Car iaçoit que nous vous ayons purement
& ſyncerement enſeigné la doctrine Euangelique, ainſi que l'auons ouye de Chriſt, toutefois ſous ombre de religion, aucuns meſchans ſe ſont entremis, & comme loups ſont couuertement entrés au trouppeau du Seigneur, ſe preſentans ſous eſpece de pieté, combien
qu'ils fuſſẽt ennemys de vraye pieté. Ne ſoyés point troublés en voz eſprits de cecy, cõme
d'vne choſe nouuelle: car long tẽps y a que cecy a eſté decreté par le ſecret conſeil de Dieu,

& ainſi

& ainſi predit, aſſauoir qu'aucuns s'esleuetoyēt, qui par leurs meſchācetés deuoyēt espier voſtre religion, & ce faiſans eux-meſmes ſe pourchaſſent damnation. Ils tournēt en occaſion de paillardiſe la largeſſe & gratuité de noſtre Dieu, par laquelle il nous a vne fois pardonné gratuitemēt noz pechés, & nous a affranchis & deliurés de la dureté de la Loy, cōbien qu'ils d'euſſent par vn tel benefice plus toſt eſtre incités à maintenir & honnorer par bonne intention, l'innocence qui leur a eſté gratuitement donnée, & eſtans enflambés de charité Euangelique ſans contrainte de monſtrer par effect vne iuſtice plus abondante & plus entiere, que n'auoit ordonné la loy Moſaique. Maintenant ceux cy tournent la liberté qui leur a eſté dōnée en vilennie & licence desbordée de pecher, & d'eux-meſmes tombent de rechef en la ſeruitude ancienne, de laquelle Ieſus Chriſt les auoit rachettés par l'eſfuſion de ſon ſang renyans Dieu, lequel ils auoyēt vne fois cogneu pour Seigneur, lequel vrayement eſt ſeul Seigneur de tout ce qui eſt au ciel & en la terre: renyans auſſi noſtre Seigneur Ieſus Chriſt, qui par pris de ſon ſang precieux nous a rachettés & deliurés. Il ne noᵘ ſert de rien d'eſtre rachettés ſi nous ne perſeuerons en ce, en quoy il nous a appellé. Il n'eſt beſoing (cōme ie penſe) que ie vous enſeigne, veu que cognoiſſés tout. Seulement ie vous remettray vne choſe en memoire de peur que ne mettiés en oubly ce que deſia vous ſçaués. Au temps paſſé ne profita de rien aux Ebrieux (qui ſeulement eſtoyent vne figure du temps preſent) ce que Ieſus d'vne dure & miſerable ſeruitude les mit en franchiſe & liberté par le milieu de la mer rouge, voyre ceux-meſmes, leſquels l'inuocquāt il deliurera ayant pitié d'eux, il les deffit plus que deuant quant au deſert il ſe deffierent & murmurerēt contre Dieu. Ce que leur eſtoit la ſeruitude d'Egypte, cela noᵘ eſt la ſeruitude des vices. Ce que leur eſtoit Pharaon rude & intolerable ſeigneur, tel nous eſt le diable: ſous la tyrānie duquel nous eſtions ſubiets par le moyen de noz pechés. Eux ſe fians en Dieu eſchapperent, par le milieu des vagues de la mer recouurans la liberté: mais nous croyans à l'Euangile par le moyen du bapteſme ſommes hors de la puiſſance de Sathan. Or tout ainſi que quelqu'vns d'entre eux ne cheminoyent point à la terre de promiſſion par ſemblable foy que les autres: & tout ainſi que la grace de Dieu non ſeulement ne leur profita point, mais leur tourna en comble de damnation: auſſi il ne nous profitera rien d'auoir laiſſé noz pechés au bapteſme, ſi nous ne taſchons pas ferme propos d'acquerir l'heritage de la vie celeſte, profitans touſiours de mieux en mieux. Sçachés d'auantage qu'il n'a de rien ſeruy aux anges meſmes pour participer de la diuinité d'auoir eſté crées: mais auſſi toſt que par leur meſchanceté ils eurent changé vne tant heureuſe nature: & qu'ils ne perſiſterēt point en leur eſtat: il les a tout ſoudain dechaſſés des cieux & priués de la lumiere celeſte: il les a condānés à perpetuelles tenebres és enfers: auquel lieu ils ſont reſerués és liens inſolubles au dernier iour du iugement, par lequel ils ſeront cōdamnés à tourmens perpetuels. Sodome auſſi & Gomorre auec les autres cités qui leur eſtoyent voyſines, leſquelles floriſſoyent en abondance de toutes choſes, pource qu'abuſans de la bonté de Dieu, ils s'adonnoyent à toute diſſolution & paillardiſe, ſe polluans en toutes ſortes d'infames & execrables vilennies ſoudainemēt par l'ire de Dieu ont eſté ſuffocquées & eſteintes par le feu du ciel: à fin qu'elles fuſſent pour exēple aux autres qui abuſent des graces de Chriſt pour entretenir leur infamie. Car ceux qui tellement pecheront ne ſeront point exempts de ſemblable peine. Ceux ne pechent-ils pas en telle maniere, leſquels eſtans abuſés des fauſſes voluptés (qui ne ſont autre choſe que ſonges) non ſeulemēt ſouillent leurs corps: mais auſſi ils meſpriſent leurs ſuperieurs, & autres qui ont authorité ſur eux: & n'ont point de honte de meſdire de ceux à qui ils deuroyent porter honneur & reuerence, à cauſe de la puiſſance & préeminence qu'ils ont. Michel archange eſtant en debat auec le diable touchāt le corps de Moyſe n'a oſé dire vilennie au diable, combien qu'il fuſt vil & meſchant: mais ne pouuāt ſupporter ſes blaſphemes il attrapa & diminua la malediction en ceſte maniere: Le Seigneur te veuille reprendre. Si Michel n'a voulu donner malediction au diable: combien ſont incompatibles ceux qui ne craignent de dire iniure à ceux qui ſont en authorité & préeminence. Leur meſchanceté eſt ſi grande que combien qu'ils n'ayent nulle cauſe de ce faire: toutefois ils meſdiſent de ce qu'ils n'entendent point. Ils ſont auſſi tellement ſouillés en leur vilennie & paillardiſe, qu'és choſes meſmes eſquelles les beſtes priuées de toute raiſon ſe gouuernent par meſure, cōme au māger, au boyre, & l'vſage auec la fumelle ils ſe gouuernent meſchamment & deſordonnéement. Mais malheur à eux: car ils receuront vne meſme recompenſe qu'ont receu ceux leſquels ils enſuyuent en leurs iniquités. Car ils ne propoſent point Ieſus Chriſt au deuant de leurs yeux: mais bien Cain meurtrier de ſon frere, à qui enuie a faict commettre le premier homicide.

Ils en-

Ils enſuyuent Balaam, qui pour gaing s'efforça de maudire le peuple, lequel Dieu auoit benit. Ils enſuyuent Choré, lequel ſe mutinant contre Moyſe auec ſes compaignons fut miſerablement eſtaint. Ce ſont ceux-cy qui vous ſont côme vne tache & macule, à vous di-ie qui viués purement & chaſtement, & qui embraſſes la charité Euangelique. Ce ſont ceux cy qui deshônorent voſtre trouppeau: leſquels quâd vous ieuſnés, s'adonnêt à faire banc quets plains de diſſolutiô. Et ne s'abſtiennêt de leur turpitude, ny pour l'hôneur, ny pour la crainte de Dieu: mais ils enſuyuent ce que bon leur ſemble ſans conſideration quelconque. Et auec tous ces beaux faits ils ſe diſent docteurs Euâgeliques, & guyde à la vraye vertu. Mais ils ſont ſemblables aux nuées pendentes en l'air, leſquelles iaçoit qu'il ſemble qu'elles vueillent eſpandre de l'eau ſur la terre qui en a beſoing: toutefois elles n'ont pas vne goutte d'eau pour ſecourir à la ſechereſſe de la terre: mais par leurs vaines & folles cupidités ils ſont pouſés & chaſſés çà & là. Semblables aux arbres, leſquels la fin d'autonne approchant donnent faux eſpoir de fruict par quelques fleurs qu'ils iettent: & incontinêt apres ils ſechent: & non ſeulemêt ils n'apportent point de fruict: mais meurent deux fois: comme ceux-cy qui ne viuêt pas eux-meſmes, ſelon la religion Euangelique, & tirent les autres auec eux à perdition: deſquels on n'a nô plus d'eſperance que d'vn arbre arraché, duquel on n'a nul eſpoir qu'il reuerdiſſe de-rechef, leſquels eſtans ſans repos & touſiours mutins, troublent la paix & trancquilité de l'Eſgliſe par quelque nouueau bruit. Sembla- bles aux vagues de la mer, leſquelles ſans ceſſe l'vn apres l'autre s'esleuêt en l'air: & ce pen dant ne taſchent à autre choſe, ſinon qu'ils arrouſent les autres de leur infamie & deshonneur. Semblables aux eſtoilles leſquelles ſous eſpoir de lumiere ſemblent eſtre bônes guydes du chemin, toutefois pour autant qu'elles n'ont point de cours certain & arreſté: & pour autant que ceux-cy ne ſuyuent pas conſtamment la droitte voye: mais par leurs affections ſont deſtournés çà & là, ils meinent & côduyſent les ſimples, & ceux là qui ne ſe dou tent point, en dangier d'eſtre noyés. Telles eſtoilles qui par leur fauſſe lumiere ſe font excellentes enuers les hommes, ne pourront euiter Dieu qui eſt iuge, combien que maintenant il ne les puniſſe point, mais il les reſerue aux tenebres perpetuelles d'enfer. Combien qu'ils ſe ſoyent monſtrés en noſtre temps, toutefois (à fin qu'il ne vous ſemblaſt que ce fut vne choſe nouuelle) Enoch qui eſt le ſeptieſme apres Adam a prophetiſé d'eux, & du tourment auſsi qu'ils ont a endurer. Car il parle en ceſte maniere: voicy: Le Seigneur eſt venu auec innumerable multitude de ſes ſaincts, pour exercer ſont iugement contre tous les meſchans de tous les faicts qu'ils ont commis iniuſtement: & de tout ce qu'ils ont cruellement & meſchamment pàrlé contre luy, eſtans non ſeulement pecheurs mal viuans, mais auſsi desloyaux & remplis d'iniure contre Dieu. Car ceux-cy d'autant qu'ils eſtimêt que la felicité de ceſte vie conſiſte és voluptés corporelles, ne peuuent endurer patiêment quand quelque affliction leur aduient, ou quelque deſplaiſir: & n'ont point de honte de murmurer contre Dieu, comme ſe plaignans de luy de ce qu'il a faict l'homme de ſi courte vie, & ſubiects à maladies: deſirâs que ceſte vie leur ſoit longue & exempte de tous maux: & certes ſe deffians de la vie future. Et combien qu'ils ayent des penſées ſi viles & abiettes: toutefois à les ouyr parler ſi hautement on dit qu'ils ſont quelque grands philoſophes: & non ſeulement ils ſont vils eſclaues de volupté: mais auſsi du gaing qui ſur toutes choſes gaſte la doctrine de Chriſt. Car ils ne preſchent pas ſe qu'enſeigne la verité Euangelique: mais ce qu'ils ſçauent eſtre aggreable à ceux de qui ils eſperent quelque profit. Enuers les poures ils ſont tyrâs: enuers les riches ils ſont flatteurs. Leur malice d'autant moins vous troublera mes bien aymés, ſi vous aués en memoire que cecy a eſté autrefois predit par les autres Apoſtres de noſtre Seigneur Ieſus Chriſt: & nômeement par Paul & Pierre. Car ils nous ont dit qu'és derniers iours s'esleueroyent quelques abuſeurs, qui par leur concupiſences deprauées ſouilleroyent la tres-pure doctrine de Chriſt: ne viuant point ſelon la reigle Euangelique, mais ſelon leurs affections meſchantes & peruerſes. Telles gens peu uent eſtre cognu par ceſte marque. Lors que les autres qui viuêt ſelô l'Eſprit de Chriſt, & qui ne ſe ſoucyêt que des choſes celeſtes, ayans en meſpris les terriênes, demeurêt en paix: ceux cy excitêt des noyſes pource qu'ils ſont charnels & adônés aux cupiditésmôdaines: & eſtâs vuides d'eſprit cherchêt leur plaiſirs, appetât royaumes, & ne taſchêt qu'à gaigner, ceux q ſont adônés à telles choſes: ne ſont pas ꝑpres pour la dilectiô & vnité Chreſtienne. Car ils aymêt mieux troubler la trâcquillité du trouppeau que de ſe règer ſelon les autres. Mais vous autres, mes freres biê aymés d'autât que voꝰ eſtes ſpirituels, mettés peine que de plus en plus ſoyés aſſemblés en l'edification & baſtiment de Dieu côme pierres viues, voꝰ appuyâs ſur le ferme fondemêt de voſtre treſſainctê foy. On voꝰ a perſuadé ia vnefois

que

Nomb.22

1.Pier.2

Nuées ſans eau.

2.Pier.2

Eſtoilles erran tes par l'air.

Apoc.1

que les bons ne seront frustrés de leur salaire iaçoit qu'ils soyent affligés en ce mõde, à fin
que ne cherchés nul loyer en ce monde : & aussi que les meschans ne seront exempts des
tourmens qu'ils ont merité, à fin que reiettiés toute volonté de vengeance. Dõc en implo
rant sans cesse l'ayde de Dieu par pures & spirituelles oraisons, entretenés entre vous na
turelle charité & concorde, car Dieu n'exauce point sinon ceux qui sont vnis ensemble. Et
ne vous desconfortés point se pour le nom de Christ vous estes affligés en ce monde en
diuerses sortes : mais attendés la misericorde de Dieu, laquelle vous sera presentée non
pas en ceste vie, mais en la vie eternelle. Ce pendant sans auoir acception de personne
mettés peine en toutes sortes de les sauuer tous : remettans les vns en leur bon entende
ment par douces parolles, les autres par menaces, comme se vous les voulés retirer d'vn
grand feu: ayans en hayne non pas les hõmes, mais ce corps polu de terriènes affections,   *Receués les*
duquel l'esprit humain est chargé, souillé & appesanty cõme d'vne robbe polue & tachée.   *vns en pitié.*
Et d'autant plus doucement faut-il corriger les fautes d'autruy, veu qu'il n'y a nul demeu
rant en ce poure corps, qui se puisse vanter de n'estre point subiet à pecher. Car il n'appartient point aux forces humaines de s'attribuer quelque gloire en cecy. Mais toute gloire,
magnificence, empire, & puissance soit à vn seul Dieu nostre sauueur par Iesus Christ nostre seigneur, non seulement en ce siecle, mais auant tous siecles, & durant tous siecles qui
seront à iamais. Car le seul Dieu nous peut ottroyer cecy, si nous nous y efforçons, si combien que soyons enuironnés de ce corps fragile, & que les choses mõdaines nous retirent
du bon propos de nostre religion, toutefois nous contregardons perpetuelle innocence
iusques à la fin: à fin que non seulemẽt les hõmes ne trouuẽt que reprẽdre en voz mœurs:
mais à fin aussique soyés presentés tels deuãt la maiesté de Dieu, qu'il n'y ait rien en vous
qui luy deplaise: lequel voit iusques au plus profond de noz pensées. Que quand cecy
aduiendra lors vous vous esiouyrés en l'aduenemẽt de nostre seigneur Iesus Christ: & les
autres ploureront, combien que maintenant ils viuent à leur aise. Et pour obtenir cecy il
faut prier affectueusement. Amen.

Fin de la Paraphrase sur l'Epistre de sainct Iude.

LA VIE DE SAINCT IAQVES
L'APOSTRE PAR SAINCT HIEROSME.

Aques, qui se nomme frere du Seigneur surnommé Iuste, comme aucuns e-
stiment fils de Ioseph d'vne autre femme, mais comme il me semble, de Marie seur de la mere du Seigneur, de laquelle Iean faict mention en son liure:
lequel incontinent apres la passion du Seigneur fut ordonné par les Apostres Euesque de Ierusalem. Il a escript vne seule epistre qui est des sept catho
liques, laquelle on dit auoir esté mise en auant par vn autre sous son nom, combien que
elle ait petit à petit auec le temps obtenu authorité.

ARGVMENT SVR L'EPISTRE
DE SAINCT IAQVES APOSTRE,
par D. Erasme de Roterodame.

Aques, pource qu'il estoit Euesque de ceux de Ierusalem, il escript aussi aux
autres Iuifs, qui estoyent espars par toutes les nations en formant & instituant
leur vie par diuers commandemens.

PARA

PARAPHRASE SVR L'EPISTRE
DE SAINCT IAQVES APOSTRE,
par D.Erasme de Roterodame.

CHAPITRE I.

I.AQues iadis sectateur de la loy Mosaique,maintenant seruiteur de Dieu le pere(qui apres nous auoir produit son Euangile requiert de nous vn seruice spirituel,& aussi que nous seruiõs en esprit son fils nostre seigneur Iesus Christ)escript ceste Epistre à tous ceux qui sont de la profession Chrestienne,& specialement à tous ceux lesquels apres la persecutiõ d'Estiene & sa mort,de toutes les lignées du peuple Iudaique sont espars l'vn çà l'autre là, estans chassés de leurs maisons paternelles,non toutefois dechassés de la communication de l'Euãgile,deiettés de leurs demeurãces, non toutefois deiettés de l'Eglise de Christ,leur desirant vray salut,non celuy du corps seulement,lequel le monde desire:mais celuy que Christ donne aux siens voyre au milieu des miseres & és

Mes freres, reputés estre tou te ioye.

perils de mort. Comme ainsi soit que la profession de l'Euangile qui est commune entre nous,& qu'vn mesme baptesme nous fasse freres, & qu'il soit conuenable qu'il y ait vne mesme participation & de fascherie & de resiouyssance entre ceux qui sont vrayement freres:mon esprit seroit merueilleusement troublé de ceste vostre calamité,si ie n'estoye bien asseuré de vostre pieté. Car ie sçay bien que l'exil est plus grief & fascheux à ceux qui pensent que leur felicité cõsiste és biens de ce monde,que n'est la mort:& que ce leur est vne chose miserable quand ils sont tirés loing de leurs amys,chassés hors des possessions de leurs ancestres,& qu'ils demeurẽt loing hors de leur pays. Mais vous qui aués mis en vn seul Christ toute vostre felicité,laquelle vous n'attendés pas en ce monde : mais au siecle aduenir,vous vous deués eslongner du tout de telles phantasies & pensées, car Dieu ne nous enuoye point ces choses par courroux,mais plus tost par faueur,entant qu'il veut que par ces afflictions temporelles(lesquelles vous endurés sans l'auoir merité)vostre patiẽce soit mieux esprouuée,& vostre salaire plus grand:à fin que toutes & quãtes fois que de tous costés vous estes oppressés de plusieurs tempestes de maux,que nõ seulemẽt pensiés de ne vous troubler en voz esprits comme si Dieu vous auoit delaissés:mais plus tost de vous resiouyr de tout vostre cœur,d'autant que vous cognoissés par cecy que Dieu a soing de vous,& qu'il vous ayme:veu qu'en ceste sorte il essaye vostre patience,en laquelle si vous perseuerés,& que ne reculés cõtre assaux quelcõques des aduersités,on cognoistra vrayement que vous aués vn ferme fondement de foy Euangelique. Car si vous n'estiés du tout asseurés que le loyer d'immortalité est appareillé à ceux qui sont affligés en ce monde pour la gloire de Christ:vous n'endureriés pas tant de maux de vostre propre volonté & de si bon courage. Or d'autant que Dieu veut que nostre salut soit principalement attribué à la foy:cecy appartient à la gloire de l'Euangile,que les hommes par certains & euidens arguments entendent que vostre fiance n'est pas petite ny inconstante,mais ferme & inuincible.Car ce qui est fardé,ou vain,ou foyble,lors que l'orage de l'aduersités approche,est aisément poussé en son lieu. Il faut bien que celuy soit ferme & bien asseuré, qui n'est vaincu ou surmonté ne par exil, ne par poureté, ne par ignominie, ne par prison, ne par battures, ne par la mort mesme. Telle constance d'esprit est à bon droit estimée merueilleuse, d'autant qu'elle ne se trouble point en aduersité de fortune quelconque. Au surplus quand ils verront que de bon cœur & gayement vous endurerés les choses qui de soy sont griefues & fascheuses, & qu'estimerés les iniures qui vous sont faittes pour la confession de Christ, à grand honneur & gloire:& la perte de voz biens à grand gaing & valeur:& que penserés les tourmẽs du corps estre vn gage de volupté pardurable:& que la mort(laquelle est horrible sur toutes choses)vous est cõme vne entrée à l'immortalité future:lors ils cognoistrõt que vostre esperance(de laquelle estans garnis vous mesprisés toutes ces choses)n'est pas petite, ne seulement yssue de persuasion humaine:mais confermée par inspiration de Dieu. Or tout ainsi que la foy n'est encore approuuée,si elle ne se monstre par saincteté de vie, & par plaisirs & seruices faits à son prochain: aussi la patience n'aura point louange entiere,sinon que comme elle est courageuse à endurer les maux:aussi elle perseuere en exerceant les bonnes

œuures

œuures.C'est vne grande chose que de volontairement endurer les maux,& ce pour la
gloire de Christ seulemēt : mais c'est vne chose parfaicte lors qu'on est affligé de maux,
de bien faire à tous,non seulemēt à ceux qui le meritent,mais aussi à ceux qui affligent.
Car il aduiendra par ce moyen que vous serés membres conuenans à vostre chef,& disciples dignes de vostre precepteur, & vrays enfans de vostre Pere, si vous estes du tout
parfaicts &entiers,& que rien ne defaille en vous qui soit requis pour accomplir la perfection de religion Euangelique. Ie confesse bien que la loy Mosaique n'exigeoit pas ce
cy : & qu'il semble aduis aux sages de ce monde que cecy est vne folie. Mais ceste nouuelle sagesse nous a esté enseignée par la nouuelle Philosophie,laquelle Christ docteur
celeste a amenée en ce monde.S'il y a quelqu'vn qui ne soit encore asses cōfermé en icel
le,il n'est besoing qu'il s'adresse aux philosophes de ce monde : la doctrine desquels est
trop claire pour pouuoir satisfaire à vne si grande chose. Ce qui en est ordonné, est par
dessus toutes forces humaines.Il est icy besoing de l'ayde du ciel.Aussi bien le loyer qui
est appresté, est celeste. Ceux qui mesurent leurs biens & richesses selon la felicité & les
maux de ce monde, si quelque fois ils sont accablés de maux,ils demādent conseil aux
hommes,ils demandent ayde aux hommes.Mais quant à vous,il faut que demandiés
ayde à la sapiēce celeste qui est Christ : lequel donne à tous non seulemēt aux Iuifs,mais
aussi aux Gentils:& vrayement il donne selon sa benignité abondamment:& ne reproū-
che à nul son bienfaict.Il ne nous demāde point de recōpense,& n'a que faire du seruice
d'autruy.Il est naturellemēt bon desirant bien faire à tous. Quiconque le requiert, il ne
le requiert pas en vain. Il veut biē faire à tous:& tout ce qu'il veut,il le peut faire. Il ne s'
arreste pas à noz merites.Il cherche seulement vne fiance enuers soy. C'est vne parolle
Pharisaique de dire ainsi:Seigneur ottroye moy ce que ie demāde,pource que ie ieusne
deux fois en la sepmaine. Celuy qui est vrayemēt bon,prie en ceste sorte:Ie suis indigne
de ta largesse,digne de courroux, mais toutefois regarde ton seruiteur,pource que naturellemēt tu es bon & misericordieux. Si quelqu'vn donc veut obtenir ce qu'il demāde,qu'il demande sans nulle desfiāce,& sans nulle doute:qu'il ne regarde point la grādeur des afflictions:qu'il ne prise point ses forces : seulement qu'il pense que Dieu (duquel il depend) est tresbon & trespuissant. Celuy qui du tout se fie en l'ayde de Dieu,est
bien appuyé & bien ferme. Mais quicōque se regarde tout à lentour,& qui est en doute,
tellemēt dependant de Dieu, que toutefois il s'attend à l'ayde des hommes, & ne commet totalemēt son affection aux promesses diuines:mais comme s'il se deffioit en partie,& qu'en soy-mesme il disputast des choses diuines par raisons humaines : celuy là
n'est point ferme. Mais tout ainsi que les vagues de la mer sont poussées & repoussées
maintenāt deça,maintenāt delà,au plaisir du vent & de la tempeste : aussi cestuy cy par
opinions diuerses & raisons humaines est trauaillé & agité estāt du tout dissemblable
à soy-mesme. Parquoy celuy qui est tel,est abusé s'il croit qu'il puisse obtenir quelque
chose de Dieu, d'autāt qu'il pense mal de celuy à qui il demāde ayde : se deffiant de luy,
cōme s'il ne vouloit, ou qu'il ne peut bien faire aux hōmes,ou qu'il ne fut veritable en
ses promesses.La fiance des Chrestiēs est simple & iamais ne chancelle,se tournant tousiours vers celuy seul qui ne delaisse point ceux qui ont fiance en luy,soit qu'il faille viure ou mourir. Mais celuy duquel l'esprit est diuisé en deux manieres,d'vn costé regardant à Dieu,& de l'autre costé au mōde:il est dissemblable en soy & incōstant non seulemēt en ses prieres,mais en tout ce quil faict,ayāt vne chose en sa bouche & vne autre en
son cœur:ayant selō le temps maintenāt vne pensée,maintenāt vne autre.Il ne faut pas
pour la prosperité ou aduersité de fortune chāger de courage,comme font la pluspart
des hommes.Mais plus tost il faut qu'vn Chrestien estant abaissé & accablé de la grādeur des maux,esleue son courage:& qu'il se glorifie en ce qu'estant mesprisé du mōde,
il n'est pas pourtāt mesprisé de Dieu,lequel n'estāt point fasché de la petitesse de sa con-
ditiō ou fortune,l'a voulu receuoir en la cōpaignie de ses saincts:& ne l'a point forclos
de l'heritage du royaume celeste.Au cōtraire que le riche s'esiouysse en soy-mesme,d'au
tant qu'estant par auāt prisé entre les mōdains à cause des biens transitoires de ce mon
de,maintenant est desprisé pour la professiō qu'il a faitte en Christ:& qu'estant parauāt
arrogant & enflé pour ses richesses fluides,maintenāt entre les hommes estant abiect &
quasi foulé aux pieds,est enuers Dieu deuenu riche des vrays biens. En ceste sorte aduiendra,& que le poure ne sera point abattu pour sa petitesse & abiectiō, & que le riche
ne s'enorgueillira plus en sa prosperité : mesmemēt si chascū d'eux pense que les maux
par lesquels sont les poures opprimés, & les biens esquels se complaisent les riches,ne

Hhh   sont

Mais il faut
que patience
ait œuure par
faicte.
Rom. 5.d.
1.Pier. 1.

Que si aucun
de vous a fau-
te de sapience.
Luc. 11.

L'homme dou-
ble de courage
est inconstant
en toutes ses
voyes.

font pas de longue durée, mais que bien toft ils efuanoyront, ne plus ny moins que les fleurs des herbes, lefquelles fe monftrent par vn doux vent foudainement à la tofée du printemps. Incontinent aufsi par le vent de bife & l'ardeur du foleil elles fleuriffent & meurent, tellement que la fleur qui s'eftoit apparue au foleil leué, & qui par fa couleur iolye eftoit plaifante à regarder: elle-mefme meurt quand le foleil fe couche: les arbres d'autant qu'ils font appuyés fur hautes racines, & qu'ils font fouftenus fur vn ferme trôc, durent long temps en leur verdeur, & les vns toufiours: & ne font point defpouillés de la beauté de leur verdeur, ny par orages de vents, ny par froidure de l'hyuer. Mais l'herbe pource qu'elle n'a vn tel appuy, incontinent que le foleil s'efchauffe, elle eft priuée de l'humeur laquelle nourriffoit icelle beauté tranfitoyre de la fleur. Par tant le trôc languiffant ne peut plus nourrir ne fouftenir la fleur: mais fe feiche, s'enuieillit, meurt, & choit, ce qui au parauant donnoit fi grand plaifir aux yeux des hommes. Nul Chreftien donc ne fe glorifie és chofes qui ne font, ne fermes, ny pardurables: plus toft qu'il ait efgard à celles qui font eternelles, & qui aggréent aux yeux de Dieu: que plus toft il s'efforce de deuenir vne palme toufiours verdoyâte, qu'vne herbe laquelle au moindre troublement de temps prendra fa fin. Tu voys maintenant la fleur yffue, tu voys quelle beauté, quelle apparêce, quelle delectation il y a en la couleur & en l'odeur: quel ordre en fes feuilles verdoyantes, quelle grace, quel fuc, quelle ieuneffe: mais tout foudain que le vent de midy a fouffié, & que l'ardeur du foleil eft furuenue, quel terniffement, quelle vieilleffe, quel dechet? En vn mefme iour on voit la fleur naiffante, croyffante, & efpanye, & puys fleftrye, ternye, & morte. La felicité des riches reffemble à cecy. Celuy qui maintenât apparoiffoit en pourpre, reluyfoit en or, refplendiffoit en pierres precieufes, eftoit enuironné de compaignie honnorable de feruiteurs, & qui eft porté le ventre contre-mont, adoré comme vn Dieu entre les hommes, fi fortune luy vient à tourner le doz, ou il mendiera hors de fon pays eftant defpouillé de tous fes biens, ou il plourera en prifon, ou il repaiftra les corbeaux eftant esleué au gibet, ou fi rien de toutes ces chofes ne luy aduient, au moins la mort qui le furprendra, luy oftera toute fa pompe & bombance. C'eft à faire aux Gentils de s'eftimer bien heureux par tels biens, lefquels auec ce qu'ils font fubiects à perte foudaine, & quand il n'y auroit autre chofe que nous les delaiffons en mourant: encore nous font-ils fort dommageables quand nous ne les deprifons pas. C'eft à faire à Chreftiens a appeter les chofes par lefquelles nous nous acquerons les biens eternels: contre lefquels, ny fortune, ny vieilleffe, ny mort n'ont point de puiffance: Car nul n'eft heureux en ce qu'il eft riche: mais lors fera-il vrayement heureux, fi eftant defpouillé de ce qu'il poffedoit, à caufe de la profefsion Euangelique, & ayant defprifé les voluptés de ce monde (defquelles il eftoit amplement & abondamment remply) il endure tourmens & prifons pour le nom de Chrift, & fi pour l'amour de luy il perfeuere en tous maux d'vn cœur entier iufques à la mort, ainfi penfant qu'il fera plus agreable à Dieu, lequel effaye la patience de fon feruiteur pour fa gloire, en ce qu'il fera plus foulé par les aduerfités de ce monde: à fin que par fon bon exêple il enhorte les autres à defprifer le monde. Et luy-mefme apres qu'il fe fera porté vaillant en la bataille, & qu'il aura donné bon enfeignement de vraye vertu & foy, il emporte le pris & la courône, non point de chefne ou de laurier, car elles fleftriffent: & ceux qui cherchent leur falaire & leur louange des hommes, n'en reçoyuent point d'autres: ains la courône de vie immortelle, laquelle eft promife non point d'vn homme qui puiffe abufer, mais de Dieu. Or la-il promife non point à ceux qui auront amaffé beaucoup de richeffes, ny à ceux qui feront garnis de force corporelle par deffus tous autres, ou à ceux qui auront plus furmonté & rompu d'ennemys: ains à ceux qui pour l'amour de luy auront eu en mefpris & contemnement les richeffes de ce monde, & qui auront conftamment fouffert les maux de ce monde. Les flateries de ce monde efprouuent fi l'amour qu'on a enuers Dieu eft fyncere & entiere, & encore plus les orages des afflictions. Or eft-il en nous qu'eftans fouftenus de l'ayde de Dieu, nous puifsions faire que ne foyons amollis par douces parolles, ny froyffés par efpouuantemens. Que fi les allechemens de ce monde oftent à quelqu'vn fon bon entendement, ou fi la fafcherie des afflictions le deftournêt de la vraye pieté, il ne s'en doit pas prendre à Dieu. Celuy qui eft vaincqueur, eft vaincqueur par l'ayde de Dieu. Celuy qui eft vaincu, il eft vaincu par fa faute. Car Dieu ne donne point occafion de pecher à perfonne: mais ce qu'il nous baille de fa bonté en accroiffement de pieté, noftre efprit corrompu & quafi attiré d'affections humaines, le conuertit

Le foleil eft le
ué auec ar-
deur, & l'her-
be eft feichée.
Eccle. 14. c.
2. Pier. 1. d.

Iob. 5. e.
Apoc. 2. c.

Quand aucun
eft tenté, qu'il
ne die point,
ie fuis tenté
de Dieu.

uertit en occasion de ruyne. Car Dieu quelque fois nous ottroye la iouyssance des ri=
chesses & des biens de ce monde, à fin qu'estans semons par sa benignité, nous luy ren
dions graces. Au contraire il permet quelque fois que soyons affligés par aduersités,
à fin que nostre pieté soit faitte plus entiere, & qu'il augmente nostre loyer. Que si la
chose aduient au contraire, c'est nostre faute, & non pas la sienne. Car estant de sa na=
ture tout bon, ainsi qu'il ne peut estre prouocqué à mal faire: aussi il ne prouocque per
sonne à mal. Ce que les biens de Dieu nous sont conuertis en mal, cela vient de nous.
Il nous donne abondance de viures, il nous ottroye la douceur du vin, à fin que mo=
derément estans repeus, nous luy donnions louange, à luy dy-ie qui en est autheur.
Celuy qui est enyuré de vin, appellera-il Dieu en iugement? Non certes. Il faut qu'il
accuse la concupiscence corrompue de son esprit, qui la faict enyurer. Il y a vne inclina=
tion à pecher qui est enracinée en nostre esprit par le forfaict de nostre premier pere. Icel
le est comme vne pepiniere de peché. Que si ceste affection prend racine en nostre es=
prit, nostre pensée a desia conceu le peché. Et si ceste mesme vicieuse affection n'est des
tachée de nostre entendement: elle croist peu à peu, & ceste mauuaise portée prend tel=
lement force en nous, qu'elle enfante vn peché digne de mort. Que s'il vient à estre
du tout consommé, il commence de rechef luy-mesme a engendrer. Or il engendre v=
ne portée la pire de toutes, qui est la mort eternelle. Et c'est cecy le fruict trespernicieux
de celle volupté, qui semble estre douce & quasi promettàt quelque chose de bon: mais
cependàt ceste viande de volupté a pour pretexte le hamesson mortel. Tout ainsi donc
que ce bas monde n'a rien pur & entierement parfaict, mais tout ainsi que les biens
sont corrompus par les maux, & que la ioye est meslée par succession mutuelle auec la
tristesse, l'air est infect de pestilence, la maladie & la vieillesse donnent de la fascherie
à la sante du corps, les tenebres nous ostent l'vsage de la lumiere: aussi noz esprits tan=
dis qu'ils sont subiets à noz corps, à grand peine ont-ils rien de parfaict & pur de tou=
te part, qu'il ne soit aucunement polu & contaminé d'humaines affections, ou qu'il
ne soit obscurcy par tenebres d'erreur & ignorance. Mais tout ce qui est en nous de mau
uais, nous nous le deuons attribuer, & non point à Dieu. Car si noz pensées estoient
nettes, si de tout nostre cœur auions fiance en Dieu, si de tout nostre esprit taschions de
paruenir aux choses eternelles, nous conuertirios en accroissement de religion tout
ce qui nous seroit mis au deuant, fut ce chose ioyeuse ou triste. Mes freres bien aymés,
ne faictes donc pas comme font beaucoup de fois, lesquels pour complaire à leurs pe=
chés, accusent le createur de nature, comme s'il estoit autheur de peché. Chassés loing
de vous vn tel erreur, d'autàt que vous aués aprins la philosophie Euangelique. Tout
ainsi que Dieu est naturellement du tout & sur tout bon: aussi il ne vient rien de luy
qu'il ne soit bon. Si donc nous auons en nous quelques vices, il ne les faut pas impu=
ter à Dieu, mais à nous-mesmes. Si nous auons quelque bien, ou quelque vraye lu=
miere, ou quelque sagesse entiere, il nous faut tout recognoistre de Dieu qui en est l'au
theur. Si ce monde rude a quelque lumiere, il l'a des corps celestes, & princpalement du
Soleil. Tout ce que nous auons de vraye cognoissance, toutes les pensées pures & syn=
ceres que nous auons ne viennent point de nous, car nous sommes pecheurs & igno=
rans, mais il vient de là sus, & tout ce qui vrayement est bon, vient de l'autheur de tout
bien, tout ce qui est legitime & parfaict, tout ce qui vous rend agreables à Dieu, vous
le tenés de celuy qui est la fontaine de toute perfection, tout ce qui vrayement est luy=
sant, il nous est enuoyé de par celuy qui est pere & prince de toute vraye lumiere. Il ne
nous donne pas tout cecy à cause de noz merites, mais gratuitement selon qu'il est na=
turellement liberal. Ces choses seront appellées plus tost dons que loyers, & plus tost
dittes liberalité que salaire. Il ne nous est donc loysible que nous nous attribuons rien
de toutes ces choses: mais il faut que nous implorions la misericorde de Dieu pour
noz forfaits, & que nous rendions graces à sa liberalité pour les biens qui ne sont pas
nostres. Tout ainsi que de sa nature il est tresbon, aussi il ne peut donner sinon cho=
ses tresbones. Tout ainsi qu'il n'est point muable, & est tousiours semblable à soy-mes=
me: aussi il n'y a rien aupres de luy qui soit obscurcy de tenebres. Nostre iour est suy=
uy par la nuict, & nous est aussi caché par nuées qui sont entre deux, aussi la sagesse hu=
maine est offusquée par erreurs d'opinios, & la preudhommie humaine est contami=
née par mauuaises affections. Il n'y a nulle meslange de maux aupres de luy, ny nulle
suyte d'obscurité. Il nous faut donc efforcer de tout nostre pouuoir de suyure sa sim=

Hhh 2   plicité,

Puis apres quand la concupiscence a conceu, elle enfante peché.

Mes treschers freres ne vous abusés point.

Toute bonne donation, & tout don parfaict est d'en-haut.
Iean. 3. d
Nomb. 13. c

Iceluy de son propre vouloir nous a engendrés.

plicité, à fin que nous nous rendans par estude de pieté de plus en plus idoynes de ses
dons, soyons comme transformés en luy. Car il est conuenable que les enfans se monstrent semblables à la nature du pere. Nous auons à nostre tresgrand malheur ressemblé à Adam autheur de nostre natiuité lourde & corrompue. Iceluy estant offusqué des
tenebres de peché nous a engendrés subiets à tenebres. Nous representons sa nature
en ce que nous faschons des choses celestes, & que nous appettons les terriennes. Ce
que nous sommes aueugles & esblouys, ce que nous tombons, nous le tenons de nostre pere terrien. Mais nostre Pere celeste nous a plus heureusement rengendrés, à fin
que nous quasi de rechef crées par innocence de vie, & cognoissance de la verité eternel
le soyons tels, que nostre nouuelle race est. Le pere terrien estant abusé des fausses promesses du serpent nous a engendrés aux tenebres. Le Pere celeste nous a engēdrés non
point de semence corrompue de nostre pere terrien: mais de la pure semence de la parol
le eternelle & veritable. La parolle du serpent estoit pleine de mensonge, & nous a mis
hors de l'estat d'innocence. La parolle de doctrine Euangelique est veritable, par laquel
le nous sommes appellés à l'heritage d'immortalité, & adionts à la cōpaignie de Iesus
Christ le fils de Dieu. Il estoit la vraye lumiere yssue de la souueraine lumiere, la doctrine duquel a illuminé les pensées des hommes, & les a deliurées des tenebres de ce monde. La parolle celeste est de si grande efficace & vertu, que non seulement elle nous a
changés: mais quasi du tout transformés en nouueaux hommes, d'autant que maintenant nous auons en horreur ce que parauant nous aymions, & maintenant nous aymons ce que parauant nous auions en execration. Il a pleu à nostre Pere celeste n'estāt
point prouocqué de noz merites, mais de sa bōté gratuite (selon laquelle il luy a ainsi
semblé bon de tout temps) de nous faire cest honneur, que d'vne maniere non iamais
ouye il creast en terre vne nouuelle creature, & d'icelle nouuelle creation il a voulu que
fussiōs comme le premier fruict, d'autant que nous auons esté appellés des premiers à
la doctrine Euangelique. Puis donc que nostre Dieu nous a gratuitement faict vn tel
honneur, il reste que de tout nostre pouuoir nous nous efforcions de n'estre point ingrats de sa liberalité, laquelle nous auons receue. Nous auons esté gratuitement appel
lés à ceste felicité, non pas toutefois que par nostre faute nous ne la puissons perdre, si
nous ne mettons peine de la contregarder par estude de pieté ce que nous a esté donné
gratuitemēt. Pour neant nous auons esté receus en la compagnie du fils de Dieu par le
baptesme & la profession de doctrine Euangelique, si par bonnes mœurs & chastes
nous n'ensuyuons nostre profession, afin que tout ainsi que la lumiere eternelle nous
a esté donnée, par le fils de Dieu, aussi que nostre vie rende tesmoignage que nous a-
uons participation de ceste lumiere. Nous auons vne fois despouillé le vieil homme
auec ses erreurs, affections, & ses vices: ores est-il raisonnable que suyuions tout le contraire. Par cy deuant vous aués mieux aymé d'estre estimés maistres que disciples, car
l'ambition vous induysoit à cela, pource que communement on estime celuy là le plus
sçauant qui parle le plus. Aussi vous aués mieux aymé vous courroucer à celuy qui
vous admonnestoit de bien faire, que recognoistre vostre faute. Vous aués mieux aymé obeyr à vostre concupiscence dommageable, que receuoir les choses qui sont cause
de vostre salut. Or à present, mes freres, quiconque veut estre dit nouueau hōme, il faut
qu'il soit tardif à parler, prest à ouyr, appareillé d'apprendre d'vn chascun. Au demeurant que nul n'entreprēne l'office d'enseigner temerairement ny auant le temps. Et
tout ainsi que celuy qui est trop prompt à parler, n'est pas loing du dangier de la cheute: aussi c'est vne chose bien prochaine d'iniure, quād aisément on se courrouce. Or faut
il que les debonnaires & Chrestiens non seulement s'abstiennēt de toute vengeance, mais aussi de toutes sortes de mesdire. Or celuy est plus asseuré de ne mesdire
point qui ne respond rien: & celuy là qui estant prouocqué ne se courrouce point, ne
fera point de tort à autruy. Celuy qui pour iniure rend iniure, peut estre qu'il sera estimé iuste entre les hommes: & qui pour vn desplaisir rend vn autre desplaisir: mais
il est bien loing de la iustice de Dieu, qui par son fils nous a enseigné de bien dire de
ceux qui mesdisent de nous, de vouloir bien à ceux qui nous veulent mal, de bien faire à ceux qui nous font outrage. Celuy qui lasche la bride à sa langue ne peut accomplir ces choses, (car la langue est vn membre volage & glissant) & qui a le courroux en
son conseil. Tout ainsi que ces cupidités noyent & suffocquēt la semence de la parolle
diuine de peur qu'en croyssant elle ne fructifie en vous: aussi elles empeschent que cel

le sea

Par ainsi mes
chers freres.

Tout homme
soit hastif à
ouyr, tardif
à parler, ☞
tardif à cour
roux.
Car le cour-
roux de l'hō
me n'accom-
plit point la
iustice de
Dieu.
Prou. 17. d
Eccle. 5. c
Rom. 12. d

la semence ne puisse estre semée au champ de vostre esprit. Elle ne peut prendre racine en vn champ plein d'espines, ou en marescage, ou en sable qui n'a point d'arrest. Elle demande vne terre nette, purgée, & bien ferme. Si donc vous voulés que la semence de la parolle Euangelique (qui a esté vne fois iettée) apporte fruict en vous, ie dy vn fruict non point de peu de durée, ny commun, duquel pour quelque temps noz corps soyent repeux, mais salut eternel de voz ames : nettoyés bié le champ de vostre esprit, non seulement du bruyt de detraction & de courroux : mais aussi de toutes conuoytises, desquelles est polu l'esprit humain, assauoir des espines d'auarice, du sable de temerité, du lymon de luxure, des pierres d'orgueil & obstination. Car nostre esprit estant chargé de ces choses, n'est pas capable de la parolle Euangelique : laquelle en vain resonneroit en noz oreilles, si profondement elle ne reposoit en noz cœurs : que si vne fois elle repose en voz esprits, elle ne sera pas sterile : mais sortira hors, & se manifestera par bonnes œures. Les Iuifs sçauent leurs loix par cœur : mais ils ne les exprimét pas en leur vie. Les Philosophes apprennét les manieres de bien viure : & pensent que ce soit assés, mais ils s'abusent grádement, d'autant que la felicité de l'homme ne consiste pas en la langue, ains en bien viure. Mais quant à vous, il ne vous doit point suffire qu'estans encore nouices, vous aués ouy la doctrine Euágelique : & qu'estans baptisés aués esté receuz aux mysteres les plus secrets de la doctrine Euangelique : & que vous aussi aués entieremét aprins toute la Philosophie de Christ : & que vo' aués eu la promesse de vie immortelle. Ce que Christ a enseigné, il le faut demóstrer par mœurs. Ce qu'il a faict, il le faut de tout nostre pouuoir ensuyure. Il faut qu'estans morts quát aux affectiós módaines, soyons enseuelis auec luy, que nous ressuscitiós à innocence, que nous montions auec luy aux cieux : brief que nous menions telle vie en terre, que ne soyons reputés indignes des loyers celestes. Voulés vous sçauoir commét celuy qui legierement & sans y penser aura ouy la parolle Euangelique, ne rapporte point de fruict : Il est semblable à l'homme qui regarde sa face au miroir : il regarde, & certes seulement il regarde : car il ne peut cháger sa naïfue face, & n'est point autre ayant laissé le miroir, qu'il estoit au parauát. Mais qui plus est, d'autant que seulement il y estoit venu pour voir quelle estoit sa face, il ne pense pas encore de corriger les taches de son visage : mais aussi tost qu'il se retire du miroir, il ne se souuiét plus quel il estoit quád il se regardoit au miroir. Or le miroir de la doctrine Euangelique ne monstre pas les taches du corps ny les verrues : mais il te met au deuant des yeux toutes les maladies de ton esprit : & nó seulemét il te les monstre, mais aussi il y remedie. La loy Mosaique declaroit plus tost les maladies de l'esprit, qu'elle ne les guerissoit. Car c'estoit vne lumiere imparfaitte selon la lettre : & plus tost par crainte destournoit les hommes de mal faire, qu'elle ne les induysoit à suyure la droitte voye de leur propre voláté. Mais la loy Euágelique par le moyen de charité, faict plus enuers les hommes francs & qui voláótiers consentent, que ne faisoit l'autre en les cóntraignant. Ce que la loy Euágelique cómence, elle acheue. Mais la loy de Moyse n'ameine rié à perfection. Quicóque donc mirera & cóntéplera son esprit & sa vie en ce miroir, & qui iournellement ainsi le fera, ne destournant iamais ses yeux de l'exemple & de la doctrine de Christ, c'est à dire quicóque orra la parolle saincte, non point si legieremét qu'incótinét estant destourné aux soucis de ce móde semble auoir mis en oubly ce qu'il a ouy, mais que selon elle il reigle sa vie exprimát par œuures charitables ce qu'il a fisché au plus profond de son esprit : cestuy vrayemét sera heureux nó pas pour l'auoir ouye, mais en tant qu'en pensées & mœurs il aura exprimée. Ne cognois-tu pas que le grief tourmét de la gehenne est appareillé de par Christ à tout hómme quiconque aura appellé son frere fol : Tu l'oys : & incontinent ayant oublié ce que tu auoys ouy, pour la moindre iniure qui te sera ditte, tu mets la main à l'espée. On te dict qu'il faut despriser les richesses qui sont subiettes aux larrós & teignes, & qu'il faut amasser les vrayes richesses au ciel. Mais estát party de la predicatió tu t'adónes tellemét à amasser richesses de tout ton pouuoir, soit par bon ou mauuais moyen, comme si tu croyois qu'aprés ceste vie il n'y eust point de loyer de pieté & debónaireté. Que s'il y a quelqu'vn entre vous qui s'estime estre assés Chrestié, s'il s'abstiét de larrecin, de debats ou autres vices : & ce pendant il ne retiét pas ny ne dompte sa langue de mesdire d'autruy, ny d'iniures, ny de parolles deshonnestes, ny son cœur de mauuaises pensées : la religion qu'il a luy est inutile & sans fruict. Celuy qui seulemét parle d'adultere, & toutefois ne le commet pas : parauéture ne sera-il pas puny selon les loix humaines, mais enuers Dieu celuy qui en son esprit cómet adultere,

Hhh 3   est

Parquoy vous reiettans toute ordure, & abondance de malice.
Roma. 2.b.

Car si aucun oyt la parolle, & ne la met point en effet.
Matt. 5.e.

Mais celuy qui aura regardé en la Loy parfaitte.

Si aucun cuyde estre religieux entre nous.

est desia adultere. Celuy qui conuoite le bien d'autruy, moyennãt que sans peine on le puisse faire, il n'est point puny des hommes: mais enuers Dieu quicõque en sa pensee a cõceu le larrecin, il est coulpable de larrecin. Les hõmes nous estimêt par noz actes exterieurs, par lesquels l'esprit ne se donne point à cognoistre. Mais Dieu regarde iusques au profond des pensées de l'esprit: & selon elles il nous estime. Or nostre esprit contaminé bien souuêt ne se peut tenir de ietter son venin par la langue. Aux Chrestiês l'iniure est vne espece de meurtre, tant s'en faut-il que vraye pieté puisse estre cõiointe auec la legiereté de la langue. Et ne suffit pas à la religion Chrestienne de s'abstenir de peché: il *La religion pure & sans macule.* faut aussi abonder en bonnes œuures. Car les serfs s'abstiennêt de mal faire de peur du tourment. La charité est seante aux enfans. Ce n'est point vne chose oyseuse, ains ayant vertu & efficace, s'employant de soy-mesme à toutes bonnes œuures. Mais quelqu'vn mesdira: Qui sont donc les œuures qui nous rendent vraymêt Chrestiês? Ceux qui tiennent du Iudaisme, constituent la louange de vraye religion en manteaux, & philacteres & bourdures, en choix de viãdes, en lauemens, en longues prieres, & autres ceremonies, lesquelles aucunefois nous ne deuons reietter, quãd par elles comme par signes nous sommes admonnestés de faire choses qui sont propres à la religiõ: mais lors sont-elles pernicieuses quãd quelqu'vn pêse que l'hõme par elles est faict plus religieux & Chrestien, en tant que seules elles rendent plus tost l'homme hypocrite. Toutefois il semble aduis aux hommes que c'est religiõ de les maintenir, & croyent faussemêt que la vraye pieté cõsiste és choses visibles, qui sont parauêture signes seulement de pieté, & nõ pas cause, veu que d'elles mesmes elles ne sont ny bonnes ny mauuaises, sinõ qu'autãt que les hommes les estimêt telles, ou par vsage, ou par aduis, comme ainsi soit que la vraye pieté cõsiste seulemêt és esprits, & se desploye par autres signes beaucoup plus certains. Voulés vous donc ouyr quelle est la vraye religion euuers Dieu le pere, qui ne iuge pas de vous selon le iugement humain? Celle est vrayement la religion pure & sans macule, que tout ainsi que nous auons experimenté la misericorde & liberalité de Dieu enuers nous: aussi que semblablement nous soyons misericordieux, & bien-faisant à nostre prochain, & ce non point sous espoir de quelque seruice mutuel, mais d'vne pure & entiere charité, non attendans salaire de nostre bienfaict d'ailleurs que de Dieu, lequel repute auoir esté faict à soy-mesme tout le plaisir que pour l'amour de luy aurons faict à nostre frere. Celuy qui n'aura attouché la charongne, & qui se sera laué en eau claire, sera estimé sainct & pur enuers les Iuifs. Celuy qui subuiendra aux vefues & orfelins affligés, qui soulagera son frere oppressé, qui aydera de son bien le souffreteux, il sera estimé sainct & pur enuers Dieu. Celuy enuers les Iuifs est estimé immonde, qui aura mangé la chair de pourceau: enuers Dieu celuy là est immõde, qui est entaché & souillé des affections de ce monde. Mais tu diras: Quelles sont ces affections? Selon le iugement des hommes, celuy qui est poure est estimé de nulle valeur: celuy qui a plus de biens, est le plus honnoré: & pourtant leur principal estude est d'amasser grand nombre de deniers. Celuy est estimé sot, & de petit cœur, qui ne se reuêge point pour le tort qu'on luy a faict. Celuy est reputé fol, qui rend vn biêfaict pour vn malfaict. Celuy est iugé magnificque, qui est addonné à toute dissolutiõ: au contraire celuy est auare, qui veut viure sobremêt. Celuy est estimé grand personnage, qui est enflé d'arrogãce, & qui deprise ceux qui sont de plus basse condition. Celuy est reputé heureux, à qui toutes choses aduiennent à souhait & plaisir, & qui abonde en delices & voluptés, & qui est subiect à sa bouche. Ce sont cy les choses qui rendêt l'esprit de l'homme vrayemêt meschãt & immonde: desquelles si aucun s'esloigne & abstient, il est vrayemêt religieux enuers Dieu le pere, qui apres nous auoit retirés des choses terriennes, nous a appellés aux celestes, des caducques & trãsitoires aux eternelles. Et nous a enseigné que nous pensions, que la dignité de l'homme consiste és vrays biens: & qu'en tout ce que nous faisons, nous n'ayons autre intention de rien faire, sinon qu'à sa gloire: dúquel seul nous faut esperer recompêse de noz bienfaicts: lequel pour les seruices de vraye religion ne rend pas vn loyer transitoire ou labile, comme faict le monde: mais il nous ottroye immortalité. Celuy à qui tu fais plaisir est poure & vil, il ne te peut rendre la pareille: toutefois il vaut mieux que tu employes là de ton bien, qu'à vn riche, tant riche, tant grand soit-il, duquel tu ne peux receuoir autre fruict que transitoire & vil, d'autant que pour vn petit soulagement que tu auras faict à ton poure frere, Christ te rendra la vie eternelle.

CHA

CHAPITRE .II.

Eluy qui ayme son prochain pour l'amour de Dieu, & qui ayme Dieu en son prochain, il n'estime pas son prochain à cause de sa puissance ou ri=chesse, ou noblesse: mais d'autant qu'il abonde en biens spirituels. Or se=lon ceste estimation vn roy ou vn riche n'est de rien à preferer à vn autre tant soit-il abiect ou poure: Iesus Christ est mort pour tous egalement: & tous sont egalement appellés à l'heritage d'immortalité. Donc mes freres, si vous aués vrayement fiance és promesses de nostre seigneur Iesus Christ, ne faittes point differêce és personnes selon l'estimation des choses mondaines. Christ a esté selon le monde ab=iect & poure, & toutefois son pere a voulu qu'il fut prince & autheur de toute gloire. Il a promis le royaume celeste non point aux riches, mais aux poures. Or si quelqu'vn en=tre en vostre assemblée auec vn aneau dor, ou reuestu d'vne precieuse robbe, & vn autre poure y entre quant & quant, n'ayant point d'aneau aux doigts, & couuert d'vne mes=chante robbe, & tout soudain en iettant les yeux vers le riche, non pour autre raison si=non qu'à cause de son vestement magnificque il obscurcit l'abiection du poure luy pre sentiés le plus hônorable lieu, disant: Toy sois icy assis à ton aise, & an poure au con=traire: Toy sois assis au dessous de moy: ie vous demâde si lors vostre côscience ne vous reprendra point: & tacitemêt reprouuera vostre faict, en tant que vous attribués l'hon neur qui est deu à vertu, à l'or & la pourpre, desprisans celuy à cause de son indigêce, le=quel est beaucoup plus prisé enuers Dieu à cause des vrays biens de l'esprit. Vous fait=tes estime du riche pource que son doigt est embelly d'vn aneau & d'vne pierre pre=cieuse: & que son corps est couuert de soye, vous mesprisés le poure, & ne tenés con=te de la syncerité de sa foy, ny de l'humilité de son esprit, ny de sa sobrieté & chaste=té, ny pour les autres dons qui rendent l'homme vrayement excellent & noble. Pour=quoy est ce que vostre iugement n'est semblable au iugement de Dieu? Ouyés patiem mêt, mes freres, ce que la verité mesme vous declare estre tres-veritable. Combiê que le môde fasse honneur aux riches, toutefois Dieu a plus en estime les poures, ie dy les po=ures selon ce monde, qui n'ont point de pierres precieuses ny or, qui ne possedêt point de royaumes ny dignités en ce siecle, & ne les appettêt point aussi. Il les a choysis (delais sant les riches auec toutes leurs pôpes) voyre minces & indigens des choses presentes, mais riches & puissans en l'attête du royaume celeste & heritage eternel, ayâs fiance en celuy qui a promis & ne peut deceuoir, qui peut donner tout ce quil veut. Mais à qa-il promis ceste felicité admirable? Est ce aux roys & aux riches? Non certes, mais à ceux desquels il est vrayemêt aymé quelques qu'ils soyent, soyêt-ils serfs ou frâcs, ou riches ou poures. Et vous autres apres auoir inuité le riche pour le faire seoir au siege hônora ble, & apres auoir rêuoyé le poure aux basses chaires, aués preferé celuy qui est moins prisé de Dieu: & aués eu en mespris celuy qui enuers Dieu est riche & honnoré. Vous a=ués faict hôneur à celuy qui s'orgueillit en ses richesses parauêture acquises par fraude & rapine. Vous aués deprisé celuy lequel a mieux aymé estre poure, que de s'enrichir a=uec le dommage de religiô & Chrestiété: lequel ayât desployé ses richesses en l'ayde des poures, a esté faict poure de sa propre volonté, pour deuenir riche en pieté. Celuy qui est riche n'est pas pourtant meschant de ce qu'il est riche: mais il n'aduient gueres, que les riches de ce môde soyent extxercites en la pieté Euâgelique. mais la race de telle ma=niere de gens, resiste volontiers à l'Euangile de Christ. Car qui sont ceux qui exercent tyrannie contre vous en despit & hayne de religion? Ne sont ce pas les riches? Qui sont ceux qui vous font iuger estre coulpables, & qui vous tirent en iugement? Ne sont ce pas volontiers les riches? Qui sont ceux qui mesdisent de vous? & qui ont en horreur le sainct nom de nostre Seigneur Iesus Christ, en l'inuocation duquel vous aués acquis salut eternel, & en qui vous vous glorifiés? Ne sont ce pas les riches? qui tant s'en faut il qu'ils fauorisent à vostre profession, que le nom qui vous est salutaire, & lequel vous adorés, leur est en abomination. Or la profession de ce nom a commencé de vous estre salutaire, tellement toutefois que par vostre faute vous pourriés bien perdre le sa=lut qui vous est promis. Le roy propose le loyer, mais a celuy seulement qui par effect aura executé la loy royalle. Nul ne la peut ignorer, veu que de long temps elle a esté publiée par escript. Or la loy est telle. Tu aymeras tô prochain côme toy-mesme. Celuy ayme-il son prochain selon ceste reigle, qui prefere le riche, qui est meschant au poure qui est bon? La loy Euâgelique est la loy de charité: tout ce qu'on forfait côtre elle, enco

Hbh 4 re

re qu'il ne soit expressement defendu, toutefois est peché : & la Loy mesme tacitement vous reprend, d'autant qu'elle a commandé à tous, & en toutes choses, qu'il faut aymer son prochain comme soy-mesme. Quiconque desuoyé de ceste reigle, il est conuaincu comme transgresseur de la loy. Or que nul ne se complaise en ceste sorte, disant : C'est vn legier mesfaict : & seulement en vne sorte i'ay violé la loy. Mais plus tost la loy Euangelique est telle, que si elle n'est du tout obseruée, elle est reputée comme si elle estoit du tout transgressée. Car comme ainsi soit que le principal de la loy consiste en la charité de Dieu & de son prochain : quiconque dechoit de ceste charité (qui est la racine de toute la loy) celuy certainement a violé toute la loy, & a offensé l'autheur de la loy, enuers lequel il est faict dés à present coulpable de tous pechés, d'autant qu'vne fois il a desuoyé du but de toute la loy, autant qu'en luy est, & qu'il semble qu'vne autrefois il faudroit bien, quand l'occasion se seroit addonnée : tout ainsi que celuy qui marche en tenebres, il ne se soucie pas de quel costé il se destourne, ou à droict, ou à gauche : & à la verité il est exposé à tout erreur, puis qu'vne fois il est hors de la lumiere. Au surplus, celuy qui a preferé le riche ne l'ayant point merité, au poure l'ayant bien desseruy, en tant qu'en cest endroit il a violé la loy de charité, il est prest de commettre tous forfaits, qui ordinairement se peuuent commettre contre la dilection du prochain. Et ce n'est pas vne legiere offense enuers Dieu, quand quelqu'vn ose transgresser la loy en quelque sorte. Celuy qui vne fois pour toutes a donné le commandement de charité, il a aussi vne fois defendu, par vn mesme moyen, tout ce qui est contraire à la charité du prochain. Car celuy-mesme qui a ordonné qu'on ne commist point adultere, luy-mesme a ordoné qu'on ne tuast point. Que si tu t'abstiens d'adultere, & tu commets vn meurtre, iaçoit qu'en vn endroit seulement tu ayes violé la loy, n'as tu pas pourtant violé toute la loy ? Vn mesme a defendu l'vn & l'autre, & pour vne mesme raison, assauoir pource que l'vn & l'autre est du tout contraire a l'amour du prochain. Or n'a-il pas seulement defendu les choses lesquelles sont punies par les loix mesmes des Payens, comme larrecin, meurtre, & adultere : mais aussi generalemet toutes choses qui ne s'accordêt point auec la charité Euangelique. La loy Mosaïque ne puniroit pas celuy qui auroit preferé le riche orgueilleux au poure humblé, ou celuy qui voudroit mal à son prochain, & toutefois il est puny par la loy Euangelique. Conduisés donc nõ seulemet voz faicts, mais aussi voz pésees selon la reigle d'icelle : à fin qu'il n'y ait iamais rien en vous qui soit contraire auec la charité que deués au prochain. C'est la loy de liberté, non point que par elle il nous soit loysible de pecher : mais pource que la charité Euangelique impetre d'vn chascũ volontairemẽt & sans contrainte, ce que les loix humaines exigẽt par crainte des tourmes d'vn chascun cõtre leur volonté. Reiglés donc toute vostre vie selon ceste loy : & vous en aurés meilleur salaire si vous faittes ce qui vous est ordõné : & au cõtraire vous serés grieuemẽt punis, si vne fois vous dechoyés de cẽ en quoy consiste toute la loy. Tous les péchés de vostre premiere vie vous ont esté gratuitemẽt pardonnés. Le don de l'esprit celeste vous a esté gratuitemẽt conferé, par lequel vous aués esté nõ seulemẽt reconciliés à Dieu, mais aussi conioincts par mutuelle charité. D'autãt que plus il vous a esté gratuitemẽt donné, & sans que l'eussiés aucunemẽt merité : d'autãt serõt plus grieuuemẽt punis ceux, lesquels ayãs experimẽté vne si ample misericorde de Dieu enuers eux, ne se monstrerõt aussi misericordieux & debonnaires enuers leur prochain. Commẽt osera celuy requerir misericorde & pardõ à Dieu son iuge, qui estant serf se monstre immisericordieux enuers son compaignõ serf ? Cõmẽt osera celuy qui n'aura aymé son prochain, souhaiter d'estre aymé de Dieu ? Si tu veux estre misericordieusemẽt iugé, fais que tu sois misericordieux & pitoyable enuers ton prochain, ou pechant, ou indigẽt. Or il vaut mieux que nous nous retiriõs en ceste part, assauoir que plus tost nous nous arrestiõs à la misericorde qu'au iugemẽt. Car puis qu'ainsi est que tout ce que nous auons, est plus de la misericorde de Dieu que de sa iustice, il vaut beaucoup mieux que nous experimẽtions Dieu en sa misericorde qu'en sa seuerité. Il nous a sauués par sa misericorde. Il est raisonnable aussi que nous soyons plus enclins à misericorde enuers nostre prochain qu'à rudesse. Car on attirera plus de gens beaucoup par douceur, clemence, & plaisir, que par rudesse : en sorte qu'à bon droict en ceste part se peut glorifier la misericorde se preferant au iugement : d'autant que ceux qui estans bien prés de leur ruine auroyent experimenté le iugement, ont esté depuis sauués par moyen de misericorde. Il n'y a personne de nous qui chascũ iour ne trebusche, & tel trouuera-il Dieu enuers soy en le cõdemnãt de

ses

ſes pechés,quel il aura eſté enuers ſon prochain. Penſons nous que la ſeule profeſſion de la foy ſoit ſuffiſante pour acquerir ſalut? Mais qu'eſt ce de foy ſans charité? Or charité c'eſt vne choſe viue,elle ne ceſſe point, elle n'eſt point oyſiue : quelque part qu'elle ſoit,elle ſe declaire par biens faicts. Que ſi ces choſes defaillent, mes freres,penſés vous que le nom vuide de la foy puiſſe ſauuer l'hōme? La foy, qui par charité n'œuure point, eſt ſans fruict : mais plus toſt c'eſt vne foy qui n'a autre choſe que le nō. Ie vous declareray mieux ce que i'ay dit, ſi ie le dy par exēple. Si quelqu'vn a ſon frere,ou ſa ſeur,qui ait faute d'vne robbe, ou de ſon viure ordinaire,& que doucemēt il leur dit, allés vous-en en paix,chauffés vous & ſoyés raſſaſiés:& apres l'auoir dit, il ne donne rien de tout ce q̃ eſt neceſſaire au corps,ſon doux parler ne ſera-il pas inutile à ceux qui en ont beſoing? Ils ne lairront pas d'auoir froid & faim pour ſon beau parler,lequel n'eſt ſuffiſant pour ayder à leur neceſſité. Il les ſoulage par parolles ſeulemēt,& ne leur donne rien de faict. Ainſi ſera inutile la profeſſion de la foy,qui ne paſſe pas la bouche,& qui n'eſt qu'en parolle,& qui ne faict point d'œuure,mais elle eſt engourdie, comme ſi elle eſtoit morte,& ne merite point d'eſtre appellée foy,non plus que la charongne d'vn homme d'eſtre nommée homme. La charité eſt autāt à la foy,que l'ame eſt au corps. Quand donc charité ſera oſtée, le nom de foy eſt comme vne choſe morte & ſans efficace. Et ne proffitera point plus enuers Dieu de confeſſer ſeulemēt de bouche vne foy oyſiue, que le doux parler à ton prochain, entant qu'il le failloit ſoulager par effect. Ceux à qui tu dis, chauffés vous,penſent que tu te mocques d'eux, quand tu ne leur dōne point de veſtemēt:& à q̃ tu dis ſoyés raſſaſiés, quād tu ne les repais point. Ainſi ſemble-il aduis, que celuy ſe mocque de Dieu,q̃ vn chaſcū iour dict & redit,ie croy en Dieu,ie croy en Dieu,q̃ toutefois ne demonſtre nulle apparēce de foy. Tout ainſi que la charité de celuy qui ayme ſeulement de parolle, eſt inutile, ainſi celuy qui croit de parolle ſeulement, a vne foy qui ne luy ſert de rien. Or parauenture il ſuruiendra quelqu'vn qui voulant ſeparer ces choſes, qui de leur nature ſont tresbien couplées : & deſquelles l'vne ne peut eſtre ſeparée de l'autre,dira ainſi: Tu as la foy, i'ay les œuures. Que chaſcun ſoit content de ſa part. Contente-toy d'auoir ta foy,& moy d'auoir les biensfaicts. Mais plus toſt à nul des deux ne ſuffira ſa part. Tu te vantes d'auoir la foy : ſi tu l'as vraye, il eſt beſoing que tu la declaires par effect : ſi tu l'as morte,tu l'as en vain. Et toy tu te vantes de tes œuures, elles ne ſont pas ſuffiſantes pour acquerir la coronne d'immortalité : ſi elles ne procedent de la charité, qui ſans aucune ſeparation eſt accompagnée de foy ſalutaire. Les deuoirs de charité ſont vne meſme choſe en nous, ce que les feuilles & fleurs ſont aux arbres : que ſi en leur ſaiſon ils yſſent,ils demonſtrent que la racine de l'arbre (de l'humeur duquel ils ſont nourris) eſt viue.Les bienfaicts donc lors ſeulement profitent,quand ils ne ſont faicts par vaine gloire, ny à l'appetit des hommes,ny par crainte,ou honte, ny pour eſpoir de gaing : mais de foy viue,laquelle nous a perſuadé,que tout ce que nous faiſons de bien à noſtre prochain, il eſt faict à Dieu : & qu'il ne faut point eſperer noſtre ſalaire d'autre que de luy. Tu te complais de ce que tu ſçais bien qu'il n'y a qu'vn Dieu,comme ainſi ſoit que les Payens croyēt par leur erreur qu'il y en a innumerables. Tu fais bien : & pour ceſte cauſe tu es plus à priſer. Mais en vain tu croys qu'il n'eſt qu'vn Dieu, & qu'il eſt ſeul Dieu,ſi tu ne le croys eſtre tel qu'il te doyue ſauuer. Or ne le pourras-tu faire ſi tu ne conioincts charité auec la foy : & ſi par œuures Chreſtiennes tu ne donne teſmoignage de ta foy & de ta dilection. Si tu croys qu'il eſt vn Dieu,croy auſſi quil eſt autheur de ſalut,croy en ſes promeſſes:& ta vie ſoit telle,que tu ſois reputé digne de ſes promeſſes.Il a promis miſericorde,mais c'eſt ſeulemēt à ceux qui en ce monde exercēt miſericorde enuers leur prochain. Il a promis la vie eternelle, mais c'eſt ſeulemēt à ceux qui deſpriſent les ioyes de ce mōde. Partant tu ne crōyras pas ſeulemēt qu'il y a vn ſeul Dieu, mais auſſi tu mettras toute ta fiāce en luy ſeul : autremēt quel fruict pourras-tu auoir de ta creāce? Les diables croyēt qu'il y a vn Dieu:ils croyēt que Ieſus Chriſt eſt fils de Dieu:& tellemēt le croyēt,qu'ils en tremblēt.Mais pource que ſeulemēt ils le croyent,& qu'ils ne l'aymēt pas:ils craignēt d'eſtre par luy punis,& n'eſperent nul loyer de luy.Ils cognoiſſent qu'il eſt iuſte,mais ne meritent pas de ſentir ſa miſericorde, d'autant qu'ils ſont cruels enuers les autres. Que ſi tu es ſi fort deſpourueu d'entēdemēt que tu te cōplaiſe encore de ta vaine foy,vien-çà ie t'ameneray vn exēple plus familier & intelligible, par lequel tu cognoiſtras que la foy qui ne beſongne point par dilection, eſt inutile & morte.Abraham (duquel nous nous glorifiōs comme du pere de

te de

re de noſtre lignée (a obtenu de Dieu la premiere & principale louange de foy, de qui
luy a eſté donné titre de iuſtice:& ſa foy n'a point eſté ſterile en cecy. Car non ſeulemēt, il
a cōfeſſé de bouche, qu'il ſe fioit en ſes promeſſes : mais auſſi il n'a point faict difficulté
de ſacrifier ſur l'autel ſon fils vnicque Iſaac par le commandemēt de Dieu:iaçoit que ſe‐
lon l'ordre de nature il ne peut eſperer lignée ny poſterité d'ailleurs:mais ſe fiãt és pro‐
meſſes de Dieu, entant qu'il ſçauoit bien, que Dieu pouuoit rappeller les morts à vie
quand bon luy ſembleroit, il a accomply ſans dilation ce que luy eſtoit enioint. Il a
donc obtenu la louange de iuſtice à cauſe de ſes faits procedans de foy. Car il y a des
œuures meſme en la loy Moſaique, eſquelles en vain ſe fiẽt ceux qui n'ont point la foy
Euangelique.Or qu'euſt laiſſé à faire ce noble patriarche, veu qu'auec promptitude &
alegreſſe il alloit ſacrifier ſon fils vnicque Iſaac: lequel d'autant plus il aymoit tendre‐
ment, pourtant qu'en ſa derniere vieilleſſe il l'auoit eu,& qu'en ſon nom ceſte belle &
heureuſe lignée luy eſtoit promiſe?Il a eſté appellé iuſte voyre auāt qu'il ſacrifiaſt, ie dy
appellé iuſte de Dieu qui ſçauoit bien, que la viue & efficace foy du bon vieillard ne ſe‐
roit iamais difficulté d'accomplir ce que luy auroit eſté cōmandé quand l'occaſion ſe
fuſt adonnée. L'vne de ces deux choſes donc aydoit à l'autre. La foy luy donnoit cou‐
rage, à fin qu'il ne craignit point d'immoler ſon fils, lequel il ne doutoit point pouuoit
retourner en vie, puis apres par le commandemēt de Dieu, & ſon faict notable a mis fin
à cecy, declarant meſme aux hommes que ſa fiance n'eſtoit ny morte ny de petit effect.
Car celuy qui ne craint point de faire l'eſſay en ſon propre enfant vnicque & biẽ aymé,
il ne diſſimule ny ne doute point. Celuy qui promptement meine ſon fils à la mort, le‐
quel il ayme plus que ſoy-meſme, luy faſchera-il de deſpriſer l'argent pour l'amour de
Chriſt? Il eſt donc manifeſte par ceſt exemple de foy tant excellent, que ce que dit l'E‐
ſcripture a eſté accomply: Abraham a creu, & luy a eſté reputé à iuſtice, & a eſté nom‐
mé amy de Dieu. Que ſi Abraham deuoit perdre le fruict de la foy, & la louange de iu‐
ſtice,ſi ayant receu le commandemēt de Dieu il ſe fuſt faſché d'immoler ſon fils, dirons
nous que la foy profitera à celuy qui apres que Dieu luy a faict commandement, ſe faſ‐
che de donner vn veſtement à ſon prochain qui en a beſoing, & de repaiſtre celuy qui a
faim, de donner à boyre à celuy qui a ſoif, comme ſi Dieu deuoit permettre, que celuy
periſt de faim, ou de ſoif, ou de froid, qui au beſoing auroit aydé à la neceſſité de ſon fre
re? Or ſi à ces anciens n'a eſté donné louange de iuſtice, ſinon quand ils donnoyent
approbatiõ de leur foy par leurs œuures:beaucoup moins le doyuent eſperer ceux qui
font profeſſion de la loy de parfaicte charité. Or eſt-il ainſi que le plaiſir & la miſericor‐
de faicte à ſon prochain a ſi grand credit enuers Dieu, qu'vne femme, voyre paillarde &
de nation eſtrange par le bon traictement qu'elle fit aux eſtrangiers, obtint d'eſtre mi‐
ſe au rolle des bons, au rolle des citoyens, au rolle des patriarches les plus excellens &
les plus approuués. Rhahab n'eſtoit point Iuiſue : elle eſtoit hoſteliere, receuant vn
chaſcun pour ſon argent, & gaignant ſa vie par vn moyen aſſés deshonneſte, & toute‐
fois elle a acquis louange de iuſtice en la ſaincte eſcripture, non ſeulement à cauſe de ſa
foy, en tant qu'elle ſçauoit bien que cōme ainſi ſoit que Dieu a dōné recōpenſe à tous,
nul ne peut perdre ſes biensfaits ny les plaiſirs qu'il a faict à autruy, meſmement que le
bien qu'elle faiſoit, elle le faiſoit aux bons, ou pour le moins ayant eſgard à Dieu, mais
auſſi pource que ne ſe ſoucyant point du dangier auquel elle mettoit ſa vie, a ſauué la
vie des eſpies, & a mis dehors ſecrettemēt par vne autre voye les meſſagiers, qui eſtoyẽt
enuoyés par le capitaine des Iuifs pour eſpier, de peur qu'ils ne periſſent. Elle pouuoit
acquerir vne grand grace enuers les ſiens, ſi (ce quelle pouuoit aiſéement faire) elle
euſt liuré les eſpies : mais elle a mieux aymé obeyr à la volonté de Dieu, qu'à ſon pro‐
pre profit : & ne ſe deffioit point qu'elle ne receuſt meilleur loyer de Dieu que des hom‐
mes. Tout ainſi donc que Abraham n'a pas acquis louange de iuſtice par vne foy nue,
mais par vne foy approuuée par faicts, auſſi Rhahab euſt creu en vain que le Dieu des
Iuifs eſtoit le vray Dieu, ſi elle n'euſt demonſtré par œuures l'occaſion s'y addonnant
que de bon cœur elle croyoit.La foy autrement (comme i'ay dit) laquelle n'a point a‐
uec ſoy de charité, & ne ſe monſtre point quand il eſt temps, n'eſt point foy, mais ſeu‐
lement vn nom de foy vuyde & ſans effect. Car tout ainſi que le corps eſtant de‐
laiſſé de l'ame eſt mort, & de nul effect ou profit, auſſi la foy eſt morte
& ſans vertu, quand la charité qui n'eſt point oy‐
ſeuſe, y deffaut.

CHA‐

CHAPITRE III.

'Vtilité du langage humain est grāde, quand quelqu'vn enseigne les cho
ses qui appartiennēt à la vraye religion. Mais cest vn dangereux mestier
de faire l'office d'vn docteur & enseignāt: & vn tel office requiert vn homme premierement bien exercité és choses qui touchent la doctrine Euangelique: puis apres vn hōme qui ait ses affections bien purgées, & qui ne
se contente point seulement d'enseigner ce qui est bon, mais aussi qui n'ait esgard à autre but, qu'à la gloire de Dieu. Tout ainsi qu'vn tel docteur peut beaucoup profiter,
quand il ayme ce qu'il enseigne: aussi celuy de qui la doctrine est corrompue, ou qui a
l'esprit souillé de conuoytises peruerses, assauoir de hayne, courroux, vengeance, auarice, ambition, & luxure, entreprend, & vsurpe la place d'vn docteur, non sans grand
dommage du peuple. Parquoy, mes freres, ne desirés nullement d'estre maistres. C'est
chose plus seure d'escouter, que de parler. Et il y a peu de docteurs, qui soyent suffisans pour enseigner vne multitude de peuple. Quiconque donc vsurpe la place d'E-
uesque, ou de prescheur, qu'il s'examine bien diligemmēt, assauoir s'il est idoyne pour
receuoir vne telle charge: & que premierement il pense cecy en soy-mesme, c'est qu'il
entreprent vn office bien dangereux, d'autant qu'il rendra conte bien rigoureusement
deuant le grand Iuge s'il enseigne autrement qu'il ne deuoit. Car sa parolle espand son
venin en plus de lieux, & auec plus grād dangier, d'autāt qu'on y adiouste plus de foy
à cause de l'authorité de celuy qui l'a pronōcé. Or il n'y a riē plus malaisé, ny plus difficile, que de si bien moderer & resteindre sa lāgue, que quelque fois on ne trebuche. Car
puis que l'infirmité de nature est telle, que nul ne se peut garder de trebucher voyre
tous les iours, & en beaucoup de sortes, celuy là sera estimé hōme parfaict, qui se pourra garder de toutes les fautes de la langue: & celuy là sera estimé idoyne pour gouuerner tout le corps par la bride de raison, puis qu'il a peu dompter le membre le plus glissant & volage de tous autres, & qu'il l'a peu garder de faillir en sorte quelcōque. Celuy
qui ayme mieux faire l'office de disciple que de maistre, est hors de ce dāgier. C'est bien
quelque chose de reprimer son ventre, de contregarder ses yeux & oreilles, & de contenir ses mains. Mais c'est la chose la plus malaisée de toutes, que parfaitement gouuerner sa langue. La langue est vn petit mēbre: mais il n'est point si petit, que de luy ne de-
pende quasi tout le corps. Le parler de l'homme, est vne chose de grande puissance & efficace, soit à l'auantage, ou desauantage de plusieurs. Il penetre les esprits dés auditeurs.
Il seme, ou desrache les opinions pernicieuses. Il excite, ou rapaise les haynes. Il esmeut
à guerre. Il induit à paix. Brief il incite l'auditeur ou d'vn costé, ou d'autre. Nous mettons aux cheuaux le frain en la gueule, à fin qu'ils nous obeissent, & par vn petit de
fer nous cōduysons tout le corps d'vne telle beste çà & là, à nostre plaisir. Ce que la gueule serrée de son mord est au cheuaucheur, autant est la langue domptée à l'homme.
Vous voyés, comme les nauires sont grandes: iaçoit que par les vents elles soyent portées à voyles desployés, auec grande impetuosité & violence: elles sont toutefois
conduittes par vn petit gouuernail en quelque endroit que le patron tenant la peau-
tre la voudra faire aller: & vn si grand vaisseau s'assubiettit au commandement d'vne
si petite piece. Ce n'est donc pas vne chose de petite importance, que le gouuernemēt
de la langue. C'est vrayement vn petit membre: mais il est plein & enflé de vanteries, faisant de grans dommages çà & là, & esmouuant grandes noyses, s'il n'est gouuerné par
le frein de l'esprit. Il excite à guerre les peuples & royaumes l'vn contre l'autre. Voulés
vous ouyr vn exemple bien semblable? Voyla vn petit feu, quel grand amas de boys
brusle-il d'où vient ceste flamme cruelle qui s'espand si loing? Elle est procedée d'vne
estincelle. On la pouuoit du commencement estaindre aiséement: mais pour autant
qu'on n'en tient conte, elle amasse de tous costés ses forces, & à la parfin elle deuient telle qu'on ne la peut estaindre en sorte quelconque. Or tout ainsi que l'vsage du feu est
grand, & qu'il sert à beaucoup de choses quād on en vse bien, & au cōtraire il faict grād
dommage si on le laisse espandre là où il veut: aussi de la langue de l'homme procede
vne grande vtilité, & aussi vne nuysance extreme à la vie humaine. Ne voyés vous pas
que l'autheur de nature nous a signifié ceste chose en ce qu'il a voulu que la langue de
l'homme fust de l'espece & couleur de feu, & tout ainsi volage comme est la flamme? Le
mal de ce membre n'est pas petit ny simple, comme volontiers sont les maux des au-
tes membres. C'est vn mōde & vn amas de tous vices. Car tout ainsi qu'vne petite estincelle est la cause de tout le feu: aussi tout ce que nous auōs de maux en ceste vie prouiēt

de la

de la mauuaise langue comme d'vn monde. Et tout ainsi qu'à vne petite montioye de
boys on adiouste seulemēt vn peu de feu pour faire petit à petit ardoit toute la pile:aus-
si la langue est tellement meslée parmy les autres membres, que si elle n'est contregar-
dée, elle enuenime & souille tout le reste du corps de sa peste; & du feu de tous les vices,
elle enflambe toute la vie de l'homme depuis le berceau iusque au dernier eage. Or est
il ainsi que nature ne luy a pas donné ceste puissance de nuyre, d'autant que par le
rempart des dens & la muraille des leures elle nous admoneste qu'il falloit que l'v-
sage de la langue fut attrempé, & auec discretion. Mais elle a esté entachée de feu d'enfer, duquel lieu premierement l'entendement est empoisonné par les meschans esprits: & la peste de l'ame par l'organe de la langue deuient plus grande, & rend l'homme beaucoup pire qu'il n'estoit: & par sa contagion attrappe aussi les autres, tellemēt
que nulle force ny moyen ne peut refrener ce mal tant dangereux. Mais quelle chose y a-il en lieu quelconque tant sauuage soit-elle, qu'elle ne soit appriuoisée au-

cunement par la diligēce de l'homme? Il n'y a point de beste tant sauuage, ny oyseau
tant cruel, ny serpent tant venimeux, ny poisson de mer tant lourd, qui par l'industrie &
plaisir de l'homme ne soit appriuoisé. Les lyons deuiennēt priués, les tygres & dragōs
sont adoucis, & qui plus est les elephans nous seruent. Les crocodilles sont domptées,
les aspics s'appaisent. Les aigles & vautours deuiennent domestiques, les dauphins
sont tirés a amytié. Les hommes n'ont encore peu trouuer aucune raison ou maniere
par laquelle ils sceussent dōpter la langue indiscrette, iaçoit qu'autrefois toutes sortes
de bestes ayent esté domptées, & tous les iours soyent domptées, voyre autant qu'en
contient la terre, l'air, & la mer. Tant est felon & cruel ce mal, & non seulement cruel, mais
aussi destrempé de poison mortel. Les lyons blessent des griffes & des dents, au demeurant ils n'ont point de venin. Les viperes sont armées de venin, mais elles n'ont ny ongles ny cornes. La seule langue est nuysible en deux sortes, assauoir en fierté inuincible, & en venin mortel: en tant que de loing elle empoisonne ceux qu'elle veut: iaçoit
que les scorpions ne blessent sinon ceux qui sont attaints du bout de leurs queues, aussi les viperes ne blessent point, sinō quand elles mordēt de la dent creuse. Or ceste peste
seroit moins à craindre, si seulement elle nuyso't en vne sorte: mais c'est vn mal diuers
& se transfigurant en toutes sortes, affin que plus griefuement & plus aiséement il blesse: le plus souuent d'autant plus nuysible en ce qu'il a apparence de quelque bien. Il n'y
a rien meilleur, & qui merite plus grand louange enuers tous, que debonnaireté. Sous
le pretexte d'icelles, la langue blesse le plus souuent, en y meslant choses qui ne se peuuent entretenir. Car quiconque est cruel enuers son prochain & mesdisant de luy, il ne
peut estre aggreable à Dieu. Et toutefois par cest instrument nous louons Dieu, l'appel-

lans nostre pere. D'iceluy-mesme nous blasmons & diffamons nostre prochain, qui est
faict à la semblance de Dieu. De la langue nous chantōs que Dieu est autheur de tous
biens. Par elle-mesme nous affligeōs l'hōme de grans maux, cōme si le tort que nous
luy faisons n'appartenoit point à Dieu, qui l'a crée. Dieu n'est ny honnoré par noz
louanges, ny blessé par noz iniures. L'homme peut beaucoup nuyre à l'hōme, & beaucoup profiter aussi. Et ce que nous faisons à nostre prochain, Dieu le repute estre faict à
soy-mesme. Parquoy que nul ne pense que ses louāges soyent aggreables à Dieu, lesquelles il profere de langue & non de cœur, en tant que par ceste mesme langue il iette
son venin contre son prochain en mesdisant. Car quelles choses sont plus contraires
que louange & vitupere? Toutefois d'vne mesme bouche yssent deux choses tant diuerses. Bien vray est que ces choses se font entre les meschās: mais entre vous qui aués

ambrassé la simplicité Euangelique, telles choses ne doyuent point estre faiites, d'autant que ce vous est vne chose deshōneste dire de bouche vne chose, & en auoir vne autre en la pēsée: & d'autāt qu'aués aprins d'aymer Dieu en vostre prochain, & vostre prochain en Dieu: & que non seulement il ne faut blesser personne par l'insolence de la langue, mais aussi qu'il nous est enioint à l'exemple de Christ, bien dire de ceux qui vous
opprimēt d'iniures. Or celuy est moins nuysible qui simplemēt & sans fiction est mauuais. Mais detraction prisée sous pretexte de religiō, qu'est ce autre chose sinō que poison meslé auec du vin pour estre plus soudain, d'autant qu'il est meslé auec vne chose
tressainer. Ils ont en la bouche, Seigneur ayes pitié: iaçoit que de leur langue cruellemēt
ils persecutent leur frere. Ils ont en la bouche, Nostre pere: & toutefois continuellemēt
ils transpercent leur prochain du dart de leur langue, pour le salut duquel Christ a eu
le costé percé. Ils preschent la bonté de Dieu, qui par sa clemence a sauué l'homme: &
ce pendant

ce pendant au contraire de l'exemple de Christ du venin de leur langue ils s'efforcent de
l'esteindre. Ils preschent la bonté de Christ enuers les humains, iaçoit que contre l'exemple de Christ ils aguisent leurs langues contre leur compaignon. Ils louent la debonnaireté de Christ, qui a paisiblement respondu à ses detracteurs: & toutefois par mensonges
il poursuyuent, voyre celuy qui leur a faict du bien. Ils se disent messagiers & annōciateurs
de Christ: mais ils sont les instrumens du diable. Ils promettent la semence de la doctrine
celeste: & toutefois ils sement le pur reagal. Et non seulement font-ils ces choses diuerses
par vne mesme langue: mais aussi bien souuent par vne mesme suggestion, ayans commencé par la louange de Dieu, viennent incontinent à diffamer leur prochain, d'autant plus
pernicieusement enuenimans les cœurs des auditeurs, en ce que sous espece de religion
feinte, ils couurent & dissimulent leur poison mortel: lequel ils mettent hors de leur cœur
enuenimé par l'organe de la langue. Ie vous supplie, mes freres, cecy ne voꝰ semble-il pas Vne fontaine iette-elle d'vne mesme source eau douce & amere.
vne chose prodigieuse & contre nature? Il y a des fontaines qui iettent eaux bien saines. Il
y en à d'autres desquelles le gouster est mortel. Il y en a qui rendent vne eau douce & bonne à boyre. Il y en a aussi qui ont l'eau amere & salée. Et ne s'en faut pas esbahyr, veu que
leur eau courant par diuerses veines, comme de chaux, d'alun, de souphre, ou d'autre me-
tail, ou d'vne terre douce en retient la saueur. Mais comme se faict cela (puis que le parler
procede d'vn mesme cœur, & qu'il sort d'vne mesme langue) qu'il soit ainsi dissemblable à
soy-mesme, veu qu'entre tant de differēces de fontaines on n'en trouue pas vne qui d'vn
mesme pertuis iette hors ensemble eau douce & amere? Vn mesme arbre peut-il produire
fruicts de diuerse saueur? Voyés, mes freres, vn figuier de sa nature doux, produira-il des
oliues ameres? La vigne porte-elle des figues? Non certes. Mais vn chascun arbre a son
propre fruict, lequel retient le suc de la racine en sa saueur. Ne semble-il vne chose contre
nature & monstrueuse, qu'vn mesme homme par vne mesme langue & d'vn mesme cœur
mette hors pieté & impieté, verité & mensonge, salut & dommage? Puis qu'ainsi est donc
qu'il n'y a chose plus pernicieuse qu'vne meschante langue, ne chose plus salutaire qu'v-
ne bonne langue & bien aprinse, celuy qui parfaittement peut gouuerner vn tel membre,
il doit entre tous autres estre choysi pour receuoir l'office de docteur. Il est besoing qu'vn
tel aye l'esprit paisible & appaisé de tout bruit, affections, & la vie eslongnée de toute or- Qui est ce qui est sage & ad-uisé entre vous.
dure, à fin que nō seulement il enseigne ce qui est de vraye pieté: mais aussi qu'il enseigne
auec toute mansuetude. Car la doctrine contentieuse & obstinée n'engendre autre chose
que sectes & diuisions. Or entre les sages de ce monde celuy est des plus estimés, qui plus
obstinéement dispute, & qui mieux babille. Et n'est pas son intention que celuy qui l'oyt
s'en retourne mieux edifié: mais celuy qui a vaincu, soit le plus hōnoré: & celuy qui a esté
vaincu soit le plus abbaissé. Ce pendant le peuple est diuisé en plusieurs opinions, en sorte que ny celuy qui parle, ne celuy qui escoute n'en reçoit point de fruict. Mais entre vous En douceur de sapience.
qui faittes profession de la philosophie Euangelique, celuy qui vrayemēt est sage & doué
de vraye science qu'il ne monstre point par arrogance & contention sa sagesse: mais qu'il
donne tesmoignage quel il est plus tost par bonnes mœurs & entieres, que par parolles.
Car tout ainsi que la foy est inutile, & la charité inutile qui ne passe pas la parolle: aussi la
sagesse q n'est approuuée principalement par mœurs paisibles, est inutile. Car c'est le principal argument par lequel on puisse discerner la philosophie humaine de l'Euangelique.
La philosophie humaine a ses docteurs fascheux, fiers, & obstinés. La philosophie Euangelique d'autant qu'elle est plus syncere & plus excellente: de tant moins elle est arrogante & presomptueuse. Et sa principale force ne cōsiste point ny en subtilités de syllogismes,
ny en ornemens d'eloquence, mais en syncerité de vie, & douceur de mœurs, laquelle n'e-
striue point auec les contentieux, & attire benignement les dociles, & n'a autre esgard qu'
au salut des auditeurs. C'est vne sagesse celeste. Quicōque la veut enseigner, il faut que son
esprit soit nettoyé de toutes terriennes affectiōs. Il faut qu'elle soit tirée d'vn vaisseau bien
net. Que si vostre esprit est taché d'enuye amere contre voz prochains, & que vostre cœur Mais si vous aués enuie amere.
soit souillé de contentions, & que par phantasies obstinées vous vouliés tousiours vain-
cre: delaisses plus tost & deportés vous de l'office de docteur, que ne mentiés estans adonnés à vostre gloire & contention contre la verité Euangelique: laquelle nul ne peut nette-
ment enseigner qui n'a l'esprit deliure de toutes affections humaines. Au surplus quiconque s'entremet de ceste profession, s'il sent son esprit taché d'amour ou de hayne humaine, d'ennie, ou desir de gloire, ou de conuoitise d'argent, ou d'amour des voluptés, qu'il
nettoye diligemment les cachettes de son cœur auant toutes choses, à fin qn'auec pureté il
vienne à s'entremettre d'vne tres-pure doctrine. Autrement s'il y en a quelqu'vn qui ob-

Iii   mettent

mettent ce qui est de la vraye religion, & qui ameinēt des fumées de questions douteuses, & qui parlent seulemēt pour acquerir la grace des princes, & qui ne disent rien, sinō pour leur gaing propre, & qui applicquent la doctrine Euāgelique au profit de leur vētre, & qui appetēt gloire humaine, & qui chargēt sur les espaules d'autruy le pesant fardeau, lequel ils ne veulent seulement attoucher du doigt: & qui en lieu de diuins cōmandemens enseignent des ceremonies & traditions humaines, qui en lieu de la philosophie Euangelique enioignēt vn nouueau Iudaisme: brief qui à biē dire se preschēt eux-mesmes plus tost que Christ: la sagesse de ceux cy n'est pas celle sagesse laquelle le Pere nous a enuoyée par son fils: à fin que nous retirāt des affections humaines il nous esleuast au ciel. Mais plus tost leur sagesse est grossiere & terrienne, & pourtāt elle sent la terre, elle est charnelle, & a plus d'esgard és choses qui sont necessaires pour ceste vie, qu'à la vie eternelle. Elle est diabolique, entāt qu'elle n'est inspirée de l'Esprit de Dieu: mais de la persuasion que leur enuoyēt les diables, qui leur mettēt en phantasie les choses qui nous eslongnent de la verité Euangelique. Vous voyēs quelle enuie, quels debats, quelles dissentions, quel desir de vaincre, cōbien grande l'inconstance d'opinions & la diuersité de mœurs entre les docteurs de la sagesse mondaine, & ce pendant cōbien leur vie est souillée de toutes sortes de vices. Mais à l'opposite nostre sagesse qui vient d'enhaut de l'Esprit de Christ, premieremēt elle est chaste & pure, non contaminée de mauuaises affections, puis apres paisible, & ayant en abomination toute espece de courroux. Auec ce humble, & nō point arrogāte: d'auātage traictable & obeissante, ne se faschāt point de se soumettre à celuy qui enseigne les bōnes choses, douce & misericordieuse enuers ceux qui tresbuchent ou qui s'esgarēt, lesquels elle s'efforce plus tost de sauuer que de perdre, endurant patiemment, & taschant & essayant toutes choses pour les faire venir en amendement, pleine de bōs fruicts en tant qu'elle ne cesse de bien faire à vn chascun, conuertissant les meschās à pieté, rappellāt les fouruoyés, enseignant les ignorans, releuant ceux qui sont tresbuchés, aguillonnant les paresseux, confortant les affligés. Et ce pendant elle ne reprouue personne, plus songneuse de guerir que de reprouuer, n'ayant point de fard ny de dissimulation, mais voulant bien à tous de cœur syncere. Ceux qui en ceste maniere sement la parolle & la paisible doctrine Euangelique, ils se moissonnent le fruict de vie eternelle: & attirēt les autres au desir de la vie celeste, lesquels ils eussent peu aliener par courroux & felonnie. La sagesse mondaine a aussi bien son fruict, mais il est ou mortel, ou de nul profit. Mais le fruict de iustice lequel en ce monde nous dōne innocence, & puis apres immortalité, n'est point semé par cōtentions ains en concorde & paix à ceux qui embrassent la paix. Car ce n'est point l'office d'vn bon docteur, de debattre fascheusement auec ceux qui semblent estre tant obstinés qu'ils ne peuuent obeir à la doctrine Euangelique. Lesquels il vaut mieux laisser en leur obstination, si on voit qu'il n'y ait nul espoir d'amendement en eux.

CHAPITRE   IIII.

IL vous faut du tout efforcer de viure en cōcorde, ce que ne pourrés faire, si vo⁹ ne chassés entierement hors de voz esprits toutes mondaines conuoitises, qui ne sont qu'vne peste & corruption de cōcorde & semence de dissentions. Voulés vous nyer que vous n'estes point subiets à telles cōuoitises? D'où vient cela donc qu'il y a entre vous guerres, debats & proces? qu'il y a bruits de cōtentions & discordes? Christ vous a enseigné la paix & cōcorde: & d'où vient ceste dissention sinon d'autant que plus tost vous vous assubiettisses au plaisir des concupiscences humaines, qu'à la charité Euangelique? Si elles ne guerroyoyent point, & si elles ne conduisoyent point leur armée en voz mēbres, vous ne diffameriés point vostre prochain par vostre langue, ny par voz mains, vous ne trōperiés point vostre frere. On apperçoit encore en vous les restes de vostre vie ancienne. Vous n'aués point encore despouillé le vieil homme: & entre vous l'vn appete gloire, l'autre est attentif au gaing, l'autre desire vn royaume, l'autre cherche la iouyssance de volupté. Et quand vous ne pouués happer ce qu'vn chascun de vous grandement appete, vous subornés vn competiteur, vous aués enuie contre celuy qui est venu à bout de son desir, vous debattés cōtre celuy qui semble auoir obtenu. Vo⁹ estes tourmentés en vostre esprit, & menés çà & là de diuers troubles de solicitudes, alors que ne pouués auoir ce qu'ardamment vous desirés. Les cōcupiscences bruyent en vostre cœur. La langue, la main, & voz autres membres debattent & guerroyent par dehors contre vostre prochain. Et toutefois ce pendant vous ne contentés point voz conuoitises insatiables, & qui pis est vous vous destournés des vrays biens. Il faudroit que demandissiés à Dieu ce qui vo⁹ seroit necessaire, ou ce qui appartient à la vraye felicité. Vous demā
dés

dés au monde ce qu'il failloit demander à Dieu, à qui vous ne demandés rien: ou si vous
luy demandés, vous ne demandés pas ce qui est necessaire, ou comment il faut: Car vous
demandés, ou choses nuysantes en lieu des profitables, ou en deffiance, ou pour en mal
vser puis apres, assauoir quãd par la benignité de Dieu quelque biẽ voº seroit dõné pour
soulager la necesité de vostre vie, ou pour secourir à l'indigẽce de vostre prochain. Vous
le consumés pour satisfaire à voz voluptés. Quãd vous faittes telles choses, de quel nom
vous dois-ie appeller Chrestiens, voz œuures y contredisent. I'oy le nom de Chrestiens:
mais ie voy les œuures d'adulteres. Voº aués esté vne fois cõioints à Christ vostre espoux,
Vous luy aués iuré vne fois la fidelité. Il vous a deliurés de la tyrannie des pechés. Il voº a
purgés de son sacré sang: à fin qu'il vous presentast cõme vne espouse sans macule. Et tout
ainsi cõme si vous auiés oublié vostre sermẽt, si vous auiés oublié les biẽfaits de l'espoux,
la fidelité de vostre mariage, voº trebuschés de rechef és amours adulteres de ce mõde. Ne
sçaués voº pas que Dieu est ialoux amoureux. Il veut estre entieremẽt aymé, & seul aymé,
il ne peut supporter le mõde en cõcurrẽce d'amour, de l'amour duquel il vous a destournés par vn si grãd pris. Luy seul suffit pour vous ottroyer toutes choses. Pourquoy dõc demãdés vous au mõde vne partie de vostre beatitude. Ne sçaués vous pas que Dieu hayt
ceux qui clochẽt des deux genoux. Il ne peut souffrir vn seruiteur qui ne se cõtente point
d'vn maistre seul. Qui est le mary tãt patient qui puisse endurer son ennemy pour cõcurrẽce en la compagnie de sa femme. Et vous, pẽsés vous qu'il se puisse faire que soyés ensemblement agreables, & à Dieu, & au monde. N'entẽdés vous pas que tout ainsi que l'espouse si elle se couple auec l'adultere, tout soudain elle pert l'amour de son mary qu'il auoit en
elle: aussi le Chrestien si derechef il se parforce d'auoir amytié auec le mõde, tout soudain
il acquiert l'inimitié de Dieu: lequel n'a point de conuention auec le monde. Ayés donc
cecy pour certain, que quicõque aura praticqué l'amour de ce mõde, par vn mesme moyẽ
il se rend ennemy de Dieu. Il n'y a rien de cõuenãce entre la lumiere & les tenebres, entre
dieu & Belial. L'hõme espoux ne souffre pas son espouse seulemẽt de se iouer auec l'adulte
re. Il ne souffre pas que l'amour du mariage soit diuisé. Et toutefois il l'a prins bien douée,
affranchie, & de bonne renommée. Et croyés vous que Christ souffre que son espouse (laquelle il a sauuée de perdition, deliurée de seruitude, nettoyée des ordures de peché, reue-
stue en sa nudité, douée abondamment de tant de dons gratuits en son indigence) ait de
rechef affaire auec le diable adultere. Pensés vous que sans cause il soit escript és sainctes
lettres, que l'esprit qui a sa demeurance en vous ait desir d'estre enuieux. En la loy Mosaique on ne punissoit pas du tout les affections humaines. Il estoit loysible de hayr son ennemy en tant que de ceste hayne nul n'estoit puny. Il estoit licite d'acquerir richesses, & celuy qui repoussoit vne violence, & iniure par iniure, il n'estoit point estimé meschãt. Mais
l'esprit Euãgelique qui repose en voº, est ialoux, & par maniere de dire enuieux. Il requiert
bien autre chose. Il veut estre aymé affectueusement iusques au mespris & contemnement
de la femme, des enfans, & de la vie. Il ne peut endurer vne demeurance souillée de cõcupi-
scences mondaines. Il requiert choses pures. Il demande choses celestes. Il se recule, il s'en
fuyt, & se sent offensé, si on apporte les ordures de ce monde en son temple. Mais tout ainsi
qu'il requiert de nous vne singuliere amour, & beaucoup plus pur que ne requiert la loy
Mosaique: aussi il nous donne grace plus abõdante. Il est bien difficile de faire ce qu'il demande, mais pour le parfaire il nous baille force, à fin que le puissiõs aiseemẽt faire. Rien
n'est malaisé à celuy qui ayme. Ceste chose mesme (assauoir que nous l'aymions, luy qui
nous a premierement aymés) est vn don de luy. Il nous a le premier attirés à sa charité: & à
soy-mesme recõciliés: iaçoit que luy eussiõs tourné le doz. Il accroistra ses dons en nous,
si tant seulement nous venons vuides vers luy: & si nous nous dõnons du tout à luy: si de
luy seul nous dependons: si nous n'auons rien commun auec ce monde: si nous ne parti-
cipons point auec le prince de ce monde, qui est le diable. Quand ie dy le monde, ie n'entens autre chose que les conuoitises des choses visibles: esquelles ce monde promet vne
fausse felicité. Ce sont bien grãdes choses celles qu'on exige de nous: mais beaucoup plus
grandes sont celles qui nous sont promises. Celuy qui peut donner choses inestimables,
il peut aussi administrer force. Celuy qui a la volonté d'eslargir choses tres-excellentes à
ceux qui ne l'ont point merité, luy-mesme peut accroistre les forces aux foybles. Mettons
donc tout nostre espoir & fiance en luy, en nous deffiant de noz propres aydes, & de celles du monde. Il a delaissé ceux qui arrogamment se fient en leurs richesses, il ayde à ceux
qui ne s'estiment rien, & qui ont mis leur fiance en la bonté diuine. C'est vrayement ce qu'
autrefois le Seigneur a dit par Salomon, Dieu resiste aux orgueilleux & felons: & donne

Adulteres &
adulteresses.

Ne pensés vous
point que l'a-
mytié du mon-
de est inimi-
tié de Dieu

Cuydés vous
que l'escriptu-
re dye sans
cause.

Soyés dõc sub-
iets à Dieu.

Iii 2 sa

sa grace aux biens petits & abiets. Dieu veut que soyés du tout conioints en luy. Môstrés
vous obeissans, tout ainsi que l'espouse obeit à son mary. Que si le diable s'efforce de vo⁹
separer de son amour: repoussés cest adultere auec ses abus:& il ne vous faschera plus. Il
vous craindra s'il vous voit fermes & constans en l'amour de vostre espoux. Eslongnés
vous donc de luy, soit qu'il vous espouuante ou qu'il vous flatte:& par bôs moyens, par
bons & chastes desirs approchés vous de Dieu:& semblablement il vous fera approcher
de soy-mesme. De quelque costé que se tournent les affectiôs de vostre esprit: adressés vo⁹
là. Si voz affections vous attirent à choses honnestes, & celestes: vous vous approchés de
Dieu. Si elles vous attirent aux allechemês de la chair, vous courés vers le diable, il vous

Pecheurs net-
toyés voz
mains.

faut tousiours adresser vers vn mesme endroit. Il ne vous faut point châceler maintenant
d'vn costé, maintenant d'vn autre. Si vous recognoissés Christ pour espoux, il faut que
vous soyés pur. Vous donc qui estes encore souillés de la fange des pechés, nettoyés voz
mains vous abstenans de toute sorte de forfaits, purifiés voz cœurs, à fin qu'il n'y demeu
re rien de mauuaises affections. Vous qui aués l'esprit double, aymans en partie ce qui est

Lamêtés &
plourés.

de Dieu, en partie ce qui est du môde, dediés tout vostre cœur à vn seul Christ. Pourquoy
cherchés vous la felicité en ce monde, qui vous est promise és cieux? Pourquoy estans al
lechés des vaines voluptés de ce siecle, desprisés vous les ioyes eternelles ? Si voulés e-
stre vrayement bienheureux, soyés affligés en ce monde. Si vous voulés esiouyr à tousiours plorés en ce monde. Ce sot & pernitieux ris soit conuerty en dueil salutaire. Ceste
ioye dommageable soit changée en douleur profitable. Ceste vaine hautesse soit conuertie en petitesse & humilité. Que nul ne s'esleue en haut: mais plus tost soumettés vous deuant la face de Dieu, & estans ainsi soumis il vous releuera, & vrayement vous exaltera.
D'autant que moins vous vous attribués, autant plus grandes choses vous donnera-il.
Arrogance a pour sa compagne enuie, d'enuie naist detraction. Or est ce la plus meschante branche d'orgueil, que diffamer son prochain pour en estre estimé plus vertueux, tout
ainsi comme si quelqu'vn iettoit de la boue en la face d'autruy, à fin qu'il semblast estre le
plus beau de visage, ou qu'il souillast la robbe d'autruy, à fin qu'il semblast estre le mieux

Freres, ne de-
traĉtés point
l'vn de l'autre.
1.Pier.5
Luc 12

en ordre. Or quelle chose y a-il plus vilaine, quand le frere mesdit de son frere, entre lesquels il faut que toutes choses soyêt communes? N'est ce point vne semblable chose, que
si la main droitte blessoit la gauche, comme si elle deuoit estre plus heureuse, lors que sa
compagne seroit en pire estat? Et toutefois ceux qui s'abstiennent d'adultere, de larrecin,
& de pariure, ils ne se gardêt pas de mesdire, comme si c'estoit vn peché legier, iaçoit qu'il
soit plus pernitieux d'autant que plus il est caché sous ombre de religion. Car celuy qui
crie contre les pechés des autres, premierement il semble aduis qu'il soit exempt des vices, lesquels il reprend en autruy. Secondement il faict semblant qu'il ne soit point esmeu
d'enuie ou de hayne, mais d'vn zele de preudhommie. Et d'auantage ce venin a sa douceur aussi. Mutuelle detraction faict que les autres pensent mal de tous les deux. Et n'y a
autre poison plus soudaine, ne qui apporte plus de dommage à la Chrestienne amytié.

Qui detraĉte
de son frere.
Luc 12
1.Pier.5

Or celuy qui mesdit de son frere, ou qui condamne son prochain, non seulement il faict
tort à celuy de qui il mesdit: mais aussi à la Loy de laquelle il semble qu'il veut mesdire
& la reprouuer. Si ton frere est innocent, si ce qu'il faict n'est prohibé par la Loy, comment
oses-tu reprouuer ce que ne reprouue pas la loy Euangelique? S'il peche, pourquoy le dif
fames-tu de ta langue mesdisante, quâd il failloit qu'il fut puny par la Loy? La loy Euangelique deffend que nous ne iugions point l'vn l'autre, que nous ne condamnions point
l'vn l'autre, & toutefois sous pretexte de la Loy nous nous abandonnons à noz affectiôs.
Celuy qui peche, aura son iuge. Pourquoy donc entreprês-tu sur luy auant le temps? Car
tu ne le fais pas pour son amendement: mais à fin qu'il soit diffamé. Quicôque donc mesdit de son ꝑchain, ou il reprouue la Loy de ce qu'elle ne corrige pas les choses qui ne sont
de faire, ou il l'a diffamé, comme si elle estoit trop douce & imparfaitte, & partant le detracteur s'entremet de faire ce que la Loy deuoit faire. Le monde a ses loix publicques pour
reprimer les forfaits. Mais l'office de la pieté Chrestiêne est de corriger toutes choses plus
tost que les condamner. Il n'y a rien qu'vn autheur de la Loy, qui peut sauuer & destruire.

Rom.4

Penses-tu qu'il ne sçache pas bien en quoy vn chascun peche? Parauenture il souffre le pe
cheur, à fin que quelque fois il s'amende. Il l'endure, à fin qu'il le punisse plus griefuemêt,
quand il sera temps. Pourquoy t'attribues-tu l'office de iuge quiconque tu sois entre le
populaire? Pourquoy pronôces-tu la sentence auant le temps? C'est chose fraternelle, que
d'amonnester. C'est chose charitable, que de prier. Tencer est office d'amy. Mais mesdire
c'est chose pestilente. Iuger est vne arrogâce. Si tu obeis à la Loy, pourquoy entreprês-tu
arro-

arrogamment sur l'office de la Loy?Si tu es par deſſus la Loy, tu n'es pas obſeruateur de la Loy: mais iuge.Quiconque ſe veut faire superieur de la Loy, il ſe veut faire auſsi ſuperieur de Dieu, qui eſt autheur de la Loy. Il ne laiſra rien impuny,& ſçait quel peché il doit punir,& comment il le doit punir:luy qui n'eſt nullement ſubiect à pecher. Toy qui es-tu, qui iuges autruy?Tu condamnes ton frere, & tu es chargé de plus lourdes offenſes.D'a-uantage tu te parforces de deſtruire celuy lequel tu ne ſçaurois ſauuer.Finalement tu t'at-tribues droit au ſerf d'autruy, en cela faiſant grand tort à celuy qui eſt le Seigneur cōmun de tous.Delaiſſes-le à ſon Seigneur, qui ſeul iuge iuſtement.Tu te donnes à entendre que ce que hayne, ambition, courroux, ou enuie te conſeille: eſt vne choſe raiſonnable.Et bien ſouuent tu es mal informé, voyant le feſtu en l'œil de ton frere, iaçoit que tu ayes au tien vne poultre. Il n'y en a point qui de plus grād venin diffame le bon renom d'autruy, que celuy qui eſt le plus loingtain de la vraye louange. Nul n'eſt plus equitable ny mieux ſe condeſcend à l'infirmité d'autruy, que celuy qui aura bien aprins que c'eſt de vraye pie-té.Or maintenant ceux qui procurent de ſi grande affection les richeſſes de ce monde, ne ſe ſoucians point des biens celeſtes, deuroyent eſtre amonneſtés, meſme par la briefueté & incertitude de ceſte vie, que c'eſt vne pure folie de remettre ſa felicité en tels biens, leſ-quels combien qu'ils nous ſoyent donnés, toutefois incontinent ils nous ſont oſtés ſelon le bon plaiſir de Dieu, ou ſi fortune ne les rauit à leur poſſeſſeur, la mort oſte le poſſeſſeur aux biens.Combien que iournellement ils cognoiſſent par exemples, que les choſes ſont telles, toutefois comme s'ils auoyent tout oublié ils ſongent qu'ils viuront longuement, & comme s'ils deuoyent touſiours viure, ils amaſſent des richeſſes pour beaucoup d'an-nées, iaçoit que cela meſme ſoit bien incertain combien ils doyuent viure, & treſ-certain qu'ils ne viuront pas longuement.Ne deuroyent-ils pas plus toſt chercher moyen pour paruenir à la vie qui iamais n'aura fin?Or-ça gens deſpourueus d'entendement, cōment oſés vous donc dire : Auiourdhuy ou demain nous irons en vne cité ou en l'autre, & là nous demourerons vn an, & ferons vn grād gaing qui puiſſe ſuffire pour beaucoup d'an-nées, & vous eſtes incertains de ce qui aduiendra le lendemain?Tant d'auētures, tant de maladies rēdent noſtre vie(qui de ſoy eſt briefue)encore treſ-incertaine. Et vous, comme ſi voꝰ auiés faict paches auec la mort, vous courés par mer & par terre pour acquerir biēs pour ſuruenir à voſtre vieilleſſe : laquelle parauenture iamais ne verrés, veu meſmement que nul ne ſe peut aſſeurer du lendemain.Pourquoy aués vous tellement mis voſtre fian-ce en ceſte vie, cōme ſi c'eſtoit vne choſe ferme & durable?Mais quelle eſt ceſte voſtre vie, à laquelle ſeule voꝰ pouruoyés, pour laquelle ſeule vous trauaillés & entreprenés ? Ce n'eſt autre choſe qu'vne fumée apparoiſſante pour vn temps, & tout ſoudain eſuanoyſſante. Que le Chreſtien donc n'ait iamais en ſa bouche vne telle parolle : Nous irons, nous de-meurerons vn an, nous achetterōs, nous gaignerons, comme ſi ce qui doit aduenir eſtoit en voſtre puiſſance. Viués plus toſt au iour la iournée, vous remettās du tout au bon plai-ſir de Dieu, & diſans:Si le Seigneur veut & s'il luy plaiſt que demeurions en ceſte vie, nous ferons cecy ou cela.Il ne ſe faut gueres ſoucier de ce qui appartient à ceſte briefue & incer-taine vie de ce corps, ains deuons applicquer tout noſtre ſoing és choſes qui duyſent à la vie immortelle.Et toutefois iaçoit que ceſte vie n'ait rien en quoy vous vous puiſsiés aſ-ſeurer, & qu'elle ſoit abandōnée à tant d'incommodités & maladies, & qu'elle ſoit ſubiet-te à tant de trauaux, & qu'elles s'enfuye, & que bien toſt elle paſſe : neantmoins tout ainſi que ſi vous eſtiés immortels, tellement vous esleués voz cœurs, & eſtes arrogās en la fian-ce de voſtre ieuneſſe & de voz richeſſes.C'eſt vne choſe bien faitte d'eſtre fort &courageux en la fiance de l'ayde de Dieu. C'eſt vne choſe Chreſtienne d'eſtre ioyeux en l'attente des biens celeſtes.Mais ceſte lieſſe en laquelle vous vous complaiſés quāt aux biens, leſquels premierement ſont faux, & ſecondement leſquels vous ſeront oſtés bien toſt, non ſeule-ment eſt indigne d'vn homme Chreſtien, mais auſsi elle eſt folle & ſans raiſon.Cecy para-uenture ſeroit plus tolerable en ceux qui par leurs anceſtres ont eſté perſuadés qu'apres le feu qui conſumoit le corps, & apres la mort il ne reſtoit plus rien de l'homme. Ceux là a-uec plus raiſonnable excuſe & ſi grand deſir iouyſſent de ceſte vie, par ce qu'ils n'en atten-dent point d'autre. Mais quant à vous, la philoſophie Euāgelique vous enſeigne qu'il ne ſe faut ſoucier de ceſte vie: ains de tout ſon cœur & intentiō dreſſer ſon chemin vers la vie celeſte, laquelle on n'acquiert point par richeſſes, mais par œuures Chreſtiēnes. Or celuy peche plus griefuement qui combien que par la doctrine Euāgelique il cognoiſſe ce qu'il doit faire toutefois eſtant ſouillé de mauuaiſes affections il enſuyt les meſmes choſes que enſuyuent ceux qui iamais ne cogneurent Chriſt.

IIII 3   CHA-

Or-ça main-
tenant vous
qui dittes.

Mais mainte-
nant vous vous
glorifiés en
voz orgueils.
C'est donc mal
fait à celuy qui
sçait faire le
bien & ne le
faict point.

CHAPITRE V.

R-ça vous autres qui estes riches, qui iouyssés icy en ce monde auant qu'il
soit temps de la felicité & plaisir, lesquels vous deuiés attendre és cieux
pour en iouyr perpetuellement:mettés bas voz chansons, laissés voz voluptés & folles ioyes.Si vous aués quelque reste d'entendement, plourés
& criés,pensans aux perpetuelles calamités,qui de pres vous approchent.
Imaginés le temps comme s'il estoit-ia venu, lequel doit bien tost venir, de peur que ne
soyés trop tard sages, quand les richesses esquelles vous vous fiés maintenant trop follement, vous seront ostées. Recognoissés que ces belles possessions ne vous seruent
plus de rien : mais qu'en lieu de la fausse felicité vous aurés vne vraye misere & perpetuelle. Où sont maintenant voz richesses, lesquelles vous aués amassées à tort & à trauers? Voz richesses sont pourries, voz habillemens mangés de tignes, vostre or & argent gasté de rouilleure chés vostre auare & chiche heritier. Et ceste rouilleure monstrera
bien vostre cruauté, d'autant qu'aués mieux aymé qu'ils soyent peris de rouilleure, que
d'en secourir les poures. Vous pouuiés par la despence de ces choses achetter la vie eternelle. Maintenant la rouilleure de vostre argent caché en terre, rongera les entrailles de
voz ames, tout ainsi que le feu. Vous vous repentirés d'auoir mal gardé vostre argent:
mais ce sera trop tard, & en vain. Vostre malheur sera redoublé, d'autant que vous a-
uiés mal acquis. En lieu de la misericorde de Dieu (laquelle vous pouuiés achetter par
la perte bien petite de voz biens) vous vous estes amassé sur vous le courroux & la vengeance de Dieu. Non seulement vous n'aués secouru vostre frere indigent : mais aussi a-
ués defraudé le poure du loyer qui luy estoit deu. Voyla le moissonneur est fraudé de son
salaire, lequel en grande sueur auoit moissonné voz blés. Il crie & demande vengeance
à Dieu, & tellement crie que sa voix vient iusques aux oreilles du Dieu des exercites, lequel aussi vous deués craindre. Ils ne se pouuoyent venger de vous qui estiés plus puissans qu'eux. Ils n'estoyent point ouys de l'homme ayant l'office de iuge, lequel volontiers fauorise aux plus riches. Ils se taisoyent. Mais vostre meschanceté mesme crie à Dieu
exercent son iugement, lequel ne crains point les riches, & qui repute le tort qu'on a faict
au poure estre faict à soy-mesme. Mais ce pendant la calamité des souffreteux & des poures mourans de faim,& soif, ne vous esmouuoit point. Le trauail d'autruy vous nourrissoit. La faim & la soif d'autruy vous engressoit. Ils grinssoyent les dens de douleur.
Ils enduroyent froid. Ils estoyent tourmentés de faim & de soif. Et ce pendant vous viuiés en terre souefuement & delicatemét. Vous vous esbaudissiés, & paissiés voz esprits
de toutes sortes de voluptés. Vous faisiés bancquets tous les iours non moins solennels que les autres ont accoustumé de faire au iour de festes, apres qu'ils ont faict leurs
sacrifices. Et non contens d'auoir defraudé le poure, vous aués condamné & mis à
mort l'innocent, qui ne se defendoit point. Vous pensiés que iamais vous ne seriés punis, pource que les hommes ne vous en punissoyent point. C'est vne espece de meurtre, que defrauder les poures de leur viure. Et toutefois vostre meschanceté n'estoit
contente de telle cruauté. Vous desiriés de respandre leur sang, & repaissiés voz esprits des tourmens des innocens. Maintenant au contraire ils iouyssent des voluptés
eternelles, & vous en lieu de briefs & fols plaisirs estes recompensés de peines perpetuelles. Ne vous desesperés point donc, mes freres, ne vous faschés point de vostre condition, ne portés point d'enuie aux riches, à qui (ce semble) toutes choses viennent à
propos & à souhait: n'entreprenés point de vous venger d'eux : mais endurés iusques
à la venue du Seigneur. Il est le temps de semence maintenant. Lors sera le temps des
moissons. Les loyers de vostre pieté n'apparoissent pas encore : mais toutefois ils sont
en lieu seur,& vous seront assignés en temps & lieu. Voicy celuy qui cultiue la terre combien de peine prend-il, & ce à ses despens:pour autant certes qu'il espere que la terre en
temps deu rendra ce qu'elle aura receu auec grande vsure & profit. Et toutefois le rapport de la terre n'est pas tousiours bien certain. Si le ciel ne luy ayde par vne pluye op-
portune pour arroser le champ apres qu'il est labouré, si aussi il n'enuoye vne eau vn
peu tardiue pour contregarder le blé des chaleurs : le laboureur aura perdu ses peines. Or puis que cestuy cy continuellement trauaille sous espoir d'vn fruict temporel,
& puis qui ne demande pas que ce qu'il a semé apparoisse incontinent: combien donc
est-il plus raisonnable que patiemment vous enduriés les fascheries de ce monde pour
acquerir le fruict d'immortalité, veu que vostre loyer est asseuré, moyennant que ce

pendant

pendant vous faffiés bonne femence ç Or donc faittes comme le bon laboureur. Confermés & renforcés voz courages de bon & certain efpoir, ne defirans point de vengeance,
ny delaiffans les bonnes œuures. Le Seigneur viendra, & pour prendre la vengeance des
mefchans, & pour vous recompenfer d'immortalité pour les affections temporelles, que
vous aués endurées. Et ce grãd iour n'eft pas loing. Il viendra pluftoft qu'on ne l'attend.
Parquoy, mes freres, que nul de vous ne penfe eftre plus malheureux de ce qu'en ce mõde,
il eft affligé de beaucoup de maux: & que nul n'ait enuye cõtre celuy qui eft le plus doucement traitté. Car celuy qui endure les plus griefues afflictions, n'eft pas portãt delaiffé de
Dieu: mais il eft efprouué pour en receuoir plus grãd loyer, Et celuy à qui fes affaires viennent à plaifir, & qui a fon repos en ce monde, n'eft pas pourtãt mieux aymé de Dieu : mais
le Seigneur veut qu'il y en ayent aucuns qui par debõnaireté puiffent foulager les miferes
des autres. Faittes dõc qu'entre vous cefte pleinte malheureufe ne foit point ouye (laquelle n'eft autre chofe qu'vn figne d'enuie & de deffiance) de peur que ne foyés condamnés.
Car telle pleinte eft quafi vn cõmencemét d'vn efprit prochain de defefpoir. Reconfortés
vous en la briefueté du temps. Voicy, le iuge eft à la porte. Les loyers font appareillés à vn
chafcun felon les faicts de fa vie paffée. Ce pendant confermés voz courages des exéples
des faincts peres. Si vous euffiés efté feuls qui euffiés enduré toutes ces chofes, voº auriés
parauenture en quoy vous esbahir. Les Prophetes qui denonçoyent aux mefchans les fecrets de Dieu, ont enduré de plus griefs maux. Tout ainfi que lors les riches mefchans ne
pouuoyent endurer les propheties des Prophetes: auffi maintenant ils ne peuuét fouffrir
la doctrine Euãgelique, entant qu'elle repugne & eft cõtraire à leurs defirs. Toutefois que
nul ne foit marry de leur condition, que nul ne les iuge malheureux pource qu'ils ont enduré prifons & entraues, pource qu'ils ont efté deffaicts par diuers tourmiens : mais nous
les eftimeront bien-heureux & amys de Dieu, pource qu'ils ont efté tués en bien-faifant.
Vous aués ouy le noble exemple de la patiéce de Iob. Cõbien de maux a-il enduré quãd
Satã le perfecutoit? Vous l'aués veu en bataille. Vous l'aués veu vainqueur auffi par l'ayde de Dieu: par la bonté duquel pour vne chafcune chofe que Satã par fa malice luy auoit
oftée il receut le double. Le Seigneur n'auoit pas delaiffé fon chãpiõ: mais luy enuoyãt tãt
de maux a voulu que fa patience fuft notoyre & efprouuée. Et le Seigneur mifericordieux
& de fa nature enclin à clemence, nous a cõuerty la malice des autres en comble & gaing
de felicité. Voftre penfée foit pure & fimple: & voftre parolle foit d'accord auec voftre penfée. Que nul n'abufe fon pchain de parolles fardées. Et fur tout, mes freres, ne iurés point
de peur que petit à petit vous ne vous accouftumiés à pariurer. Les Iuifs & Les Payés ont
entre eux le ferment pour vne affeurance. Il n'eft point requis que les Chreftiens (qui ne fe
doyuent deffier de perfonne, ny tromper auffi) iurent aucunement. Or quicõque s'accouftume à iurer, il eft prochain & en dangier de fe pariurer. Et nõ feulemét ne faittes point cõfcience de iurer par Dieu en voz affaires humains, & de petite cõfequence : mais auffi abftenés vous de toute forte de iurement: affauoir que ne iuriés, ny par le ciel, ny par la terre,
ny autre chofes quelconque, qui cõmunemét foit reputée pour iufte & faincte. Quicõque
ofera bien mentir fans iurer, il ofera bien auffi en iurant mentir s'il luy plaift. Or celuy qui
eft bon, fe fiera bien à vn autre fans ce qu'il iure: celuy qui eft mauuais fe deffiera voyre
quand on iurera. Mais entre vous qui aués la fimplicité Euangelique, il n'y a point de deffiance ny nulle volonté de tromper. Or que voftre fimple parolle ne foit moins eftimée ve
ritable & ferme que tous les fermés des Iuifs & Payés tant faincts foyét-ils. Toutes & quãtefois que vous affeurés quelque chofe, affeurés là à bon effient : & mettés en execution
ce que vous dittes. Toutes quãtefois que vous nyés quelque chofe, nyés là entieremét : &
na'yés autre chofe au cœur que femblablemét vous ne l'ayés en la bouche. Qu'il n'y ait
point de diffimulatiõ entre vous, veu que vous eftes difciples de verité. Que fi quelqu'vn
de vous eft affligé, qu'il ne s'adreffe point aux remedes de ce monde, aux bouclettes, aux
enchanteurs, aux baings, & autres allegemés de douleur: mais fe cõuertiffant aux prieres
qu'il efleue fon efprit à Dieu auec vne grande fiance, & incontinent il apperceura vn foudain foulagement de fa douleur. Au contraire, fi quelqu'vn d'entre vous eft en lyeffe de
cœur voyant profperer fes affaires, qu'il ne s'efleue point infolemment, ou qu'il ne s'efbaudiffe point fottement: mais que par fainctes iouãges il rende grace à la bonté de Dieu,
qui en eft l'autheur. Et fi quelqu'vn eft perfecuté de maladie, qu'il ne s'adreffe point aux
remedes de l'art magicque, qu'il ne defpéde pas trop grãd fomme d'argét en medecine &
medecins, qui le plus fouuét guerifsét en telle forte, qu'il vaudroit beaucoup mieux delaiffer ce mõde auec lyeffe de cœur: mais qu'il appelle à foy les anciés de l'affébléé Chreftiéne.

Iii 4   Quand

Quand ils auront faict priere à Dieu pour le malade, qu'ils l'oignent d'huylle : n'vsant
point d'oraisons magiques, comme font les Gentils : mais en inuoquant le nom de nostre
Seigneur Iesus Christ, qui est de plus grande efficace que nul autre enchantement. Mais
auec les prieres qu'ils ayent certaine fiance, & Dieu les orra & guerira le malade. Et non
seulement il receura la santé du corps s'il luy est expedient : mais si d'auenture il est subiect
à peché, comme bien souuent les maladies du corps procedēt de la mauuaise disposition
de l'esprit : les pechés luy seront relaschés par les prieres des anciens : moyennant que ceux
qui prient, & celuy pour qui on prie, ayent bonne foy. Et pource que la vie humaine ne
peut consister sans legieres & continuelles offenses : il conuiendra tous les iours vser de remede, à fin que vous vous soulagiés l'vn l'autre par prieres mutuelles chascun recognoissant sont messaict. Ainsi vrayement profitera le remede, si on recognoit sa maladie, & si on
demande secours. Les superstitieux pensent que leurs enchantemês & oraisons ont quelque vertu occulte : mais à la verité la priere d'vn homme iuste est de grande valeur, d'autant que par le moyen de la foy elle obtiēt toutes choses de Dieu. Christ a faict accord auec
nous sous ceste condition, que toutes choses que demanderions en son nom auec certaine fiance, nous les obtiendrons : si elles n'estoyent parauenture telles qu'il ne fust point
3.Roy. 13 expedient de les auoir. Voulés vous vn exēple de ceste chose ? Helie estoit vn homme pur.
Il estoit mortel comme l'vn de nous, & toutefois à ses prieres il n'a point plut sur la terre
par l'espace de trois ans & six moys. Or il pria puis apres qu'il plut, & incontinent Dieu
ayant exaussé ses prieres donna de la pluye sur la terre : & la terre produysit son fruict. Si le
ciel obeit aux prieres d'vn sainct homme, comme s'il eut esté enchanté par luy : est ce de
merueille si Dieu qui pardonne tant volontiers, est appaisé par les prieres de plusieurs ?
Or-ça, mes freres, considerés maintenant si c'est vne chose selon Dieu & selon la charité
Chrestienne de soulager la maladie du corps d'autruy par prieres communes : combien
est-il plus raisonnable que nous donnions ayde à ceux qui sont malades de l'esprit ? Car
ce n'est pas grand choses d'impetrer par prieres, que la mort soit vn peu plus tardiue à
l'vn ou à l'autre, laquelle aussi bien viendra tost ou tard : mais c'est grand chose auoir euité la mort de l'ame. Parquoy s'il y a quelqu'vn entre vous qui se desuoye de la verité Euangelique, ou en s'arrestant encore trop en la loy Mosaique, ou ensuyuant obstinéemēt la su
perstition des Payens, ainsi que ses predecesseurs luy ont enseigné : ne pensés pas qu'il le
faille mener rudement par iniures : mais plustost il faut que de toute puissance on s'efforce
apres qu'il sera conuerty de luy faire amender & corriger son erreur. Car quiconque le fera, il se rendra agreable à Dieu, comme s'il faisoit vn grand sacrifice, lequel ne desire point
la mort du pecheur : mais plustost qu'il se conuertisse, & qu'il viue. Car celuy ne faict
pas petite chose qui retire vne ame de la mort, deliurant son frere de ses pechés, par lesquels il estoit redeuable à la mort. Et il ne sera point frustré de son loyer, par ce que Christ
luy pardonnera aussi ses offenses, fussent-elles innumerables, d'autant qu'il a retiré son
frere de la mort.

Fin de la Paraphrase sur l'Epistre de sainct Iaques.

ARGVMENT SVR LA PREMIERE
EPISTRE DE SAINCT IEAN APOSTRE,
par D. Erasme de Roterodame.

Ve ceste Epistre est de Iean l'Apostre qui a escript l'Euangile, la phrase mesme
de parler le mōstre. Il parle beaucoup de la lumiere & des tenebres, de la vie
& mort, de la hayne & charité, il repete souuent quasi les mesmes mots qui
ont esté dit aux paroles de deuant. Cōme est cecy (à fin que par vn exemple
se monstre la chose plus clairement.) N'aymés pas le monde, ne ce qui est au
monde. Si quelqu'vn ayme le mōde, la charité du Pere n'est point en luy, pour ce que tout
ce qui est au monde, &c. Et incontinent apres, il n'est point du Pere, mais il est du monde :
& le monde passe. Combiē de fois repete-il icy le monde. Puis en tout son parler il y a ie ne
sçay de quoy qui n'est point tant serré, & plus ample que au parler des autres Apostres.
Ceste Epistre est tant claire, comme aussi les deux qui s'ensuyuēt, qu'on attribue à vn Iean
le prestre, non à l'Apostre, quelle n'ont besoing d'argumens.

PARA

PARAPHRASE SVR LA PREMIERE
EPISTRE DE SAINCT IEAN APOSTRE,
par D. Erasme de Roterodame.

CHAPITRE I.

RERES bien aymés, nous ne vous escriuons point choses petites
ou legieres, ou à nous incogneues: mais vne chose nouuelle, & tellement nouuelle à nous, que toutefois elle ait esté de tout temps
auec Dieu. C'est Iesus Christ la parolle de Dieu, qui iaçoit qu'il ait
tousiours esté fils de Dieu, neantmoins il a voulu n'agueres estre
fils de vierge, & combien que selon la nature diuine, il fut inuisible
aux yeux humains, toutefois il a voulu prendre corps humain, il a
voulu conuerser familierement auec les hommes, à fin que des tenebres de nostre ignorance, il nous esleuast à la lumiere de la cognoissance Euangelique, & à fin qu'apres l'auoir veu de noz yeux corporels nous com-
mencissions à le contempler des yeux spirituels. Certes l'incredulité du cœur humain requeroit, que par lourdes & rudes experiêces on adioustast foy à la verité. Mais la pieté de
ceux (qui combien que des yeux corporels n'eussent veu Christ, n'y l'eussent touché des
mains, toutefois par vne tres-certaine persuasion l'auroyent creu estre le vray fils de Dieu
& seul autheur du salut humain) a esté preferée par la voix de Dieu à toutes autres. C'est
donc nostre office (autant que le sens naturel en peut comprendre) de raconter à ceux qui
ne l'ont point veu (à qui toutefois est expedient de croyre) que nul ne doit esperer vie ny
salut eternel, sinon celuy qui croyt à la doctrine Euangelique, de laquelle nous sommes
tesmoings & annonciateurs. Ce n'est pas vne parolle humaine, & de petit effect: mais diuine & celeste, donnant vie eternelle à ceux qui l'escouteront volontiers, & deliurant de la
mort des pechés, tous ceux qui retourneront à elle, de quelque religion qu'ils soyent. De
ce que nous parlons, nous le disons fidelement: car comme compaignons continuels
l'auons ouy de noz oreilles, nous l'auons veu de noz yeux, & certes nous ne l'auons pas
veu de loing, ny seulement en passant: mais en presence & à plein nous l'auons entendu.
Ces deux sens sont principaux pour faire croyre. Et encore si cecy ne suffit pas, non seulement nous l'auons ouy quand il enseignoit, quand il prioit, quand il commandoit aux
vents & aux diables, quand le Pere donnoit tesmoignage du fils. Non seulement nous l'a-
uons veu faisans miracles, mourant, & ressuscité: mais aussi nous l'auons touché de ces
mains. Car il est ressuscité des morts, à fin qu'il demonstrast apertement qu'il n'estoit
point vn phantasme, ou vne vaine illusion, mais à fin qu'il se declarast estre homme vif,
lequel parauant nous auions veu mort. Il a permis que nous l'ayons touché de noz
mains, & apres auoir approché noz doigts, il nous a monstré les cicatrices de ses playes.
Le genre humain estoit mort, d'autant qu'il estoit subiect à vices & pechés. Pour noz iniquités, il a enduré la mort pour nous faire viure desormais en innocence. Or nous desesperions, quand nous le voyons mort & enseuely. Mais retournant à vie il nous a apporté certaine esperance de vie. Les humains n'auoyent nul espoir de vie eternelle, s'il ne se
fust presenté deuant noz yeux, si par certaines experiêces il ne nous eust osté toute doute.
Iceluy comme homme a souffert pour noz pechés. Mais luy-mesme comme Dieu donne
immortalité à ceux qui se fient en luy. De tout temps il viuoit auec son Pere. De tout
temps par le fils nous estoit ceste vie determinée: mais ce conseil n'estoit encore manifesté au monde, iaçoit que la nation des Iuifs (seule toutefois) l'attendoit par les oracles
des Prophetes, comme par songes. Ce pendant la mort regnoit, la vie estoit cachée. Les
vns auoyent fiché leur espoir en Moyse, les autres en sapience mondaine. Mais le salut &
la vie de toutes gens, c'estoit Iesus Christ, la parolle de Dieu le Pere, Maistre d'innocence, & donnateur d'immortalité. Car nul ne vit, sinon celuy qui vit en la crainte de Dieu,
& nul n'euite la mort, sinon celuy qui acquiert immortalité. Iceluy s'est finalement par
soy-mesme manifesté au monde, soy demonstrant par tous sens humain, & en ceste sorte s'insinuant aux esprits humains. Et pour ceste cause a voulu que nous fussions spectateurs & tesmoings de tout ce qu'il a faict, à fin que ses faicts fussent diuulgués au monde vniuersel par nostre predication auec foy, à fin que tout ainsi que nous auons par Iesus
conquis vie & salut, moyennant que nous perseuerions en la doctrine Euangelique:

aussi

Nous auons
veu ce qui e-
stoit dès le cõ-
mencement.

De la parolle
de vie.

Nous vous
annonçons.

Et que nostre
compaignie
soit auec le
Pere.

auſſi vous ſoyés adoptés en la ſocieté de ce ſalut, moyennant que par noſtre predication
vous apreniés, & par noſtre teſmoignage vous croyés ce que de luy n'aués ouy ny veu.
Nous ne ſommes pas teſmoings menteurs. Il nous a donné en charge que fuſſions fide,
les. Et auec ce nous portons teſmoignages auec grand dangiers de noz teſtes, & de nulle
autre choſe, ſinon que de ce entierement nous cognoiſſons de tous les ſens de noſtre
corps. Nous autres ſommes heureux de ce que les oreilles & les yeux ont eſté cauſe de no,
ſtre foy : mais vous auſſi vous n'eſtes de rien moins heureux, ſi vous croyés à ſes teſ,
moings. Noſtre foy nous a conioints auec Chriſt, & nous a faicts enfans de Dieu, & mem,
bres de Chriſt. Voſtre foy auſſi vous ioindra à ce meſme corps, à fin qu'eſtans aſſemblés
par ſocieté de foy auec nous, vous conſtitués vn corps. Ainſi donc ſera faict que non ſeu,
lement nous ſoyons d'vne meſme volonté entre nous comme membre d'vn corps : mais
auſſi nous ayons paix & alliance auec Ieſus Chriſt, & par luy auec Dieu ſon Pere, iaçoit
que parauant fuſſions eſlongnés, & à fin que tout ainſi que l'accord du Pere eſt grand
auec le fils, & communion grande en toutes choſes : auſſi nous par l'accord de la profeſ,
ſion Euangelique ſoyons aſſemblés en vn meſme corps de Chriſt, faicts vne fois partici,
pans de tous les biens de noſtre chef. Ie ſçay que vous vous eſiouyſſés de ceſte tant heu,
reuſe aſſemblée. Or de-rechef ie vous eſcry, à fin que plus pleinement vous vous eſiouyſ,

ſiés, & cela ſera pleinement, ſi non ſeulement vous vous eſiouyſſés de voſtre propre ſalut,
mais ſi vn chaſcun de vous prend plaiſir en la felicité d'autruy. Car la charité Chreſtienne
faict qu'vn chaſcun non moins ſe reſiouyſſe des biens d'autruy que des ſiens propres. Et
tant plus ſera commune ceſte felicité, tant plus grande ſera la ioye de tous. L'vnion ne ſe,
ra iamais aſſeurée entre nous, ſi le lyen de mutuelle charité n'y eſt conioinct. Nous ne pou,
uons auoir paix auec Dieu, ſi nous n'enſuyuons noſtre chef Ieſus Chriſt. Tout ce qu'il a,
il le dit auoir de ſon Pere. Tout ce que nous auons, il faut que nous le penſions auoir de
Chriſt. Chriſt eſt la vraye lumiere procedante du Pere de toute lumiere. Nous ne pouuons
eſtre membre de Chriſt, ſi nous ne reluyſons, & nous ne pouuons auoir lumiere, ſi nous
ne ſommes en luy transformés, & ſi nous ne perſeuerons d'eſtre continuellement en ſa ſo,
cieté. Verité & innocence eſt la lumiere de l'eſprit. Les pechés & mauuaiſes affections ſont
tenebres. Où la lumiere eſt, là eſt la vie. Où les tenebres ſont, là eſt la mort. Qu'eſt ce donc,
ce que nous vous annonçons, à fin que plus pleinement vous vous eſiouyſiés ? C'eſt
certes ce que nous auons ouy de luy, & ce que nous auons ouy nous le vous communic,
quons : c'eſt aſſauoir que Dieu eſt du tout & de ſa nature parfaittement bon, tout ſage,
tout pur, auſſi entierement lumiere & vie, & il n'y a rien en luy de tenebres. Il n'eſt pas
ainſi de nous, mais de nous-meſmes nous auons beaucoup d'obſcurité. Si nous auons
quelque lumiere, nous luy deuős tout cela, & par la gratuite benignité duquel nous ſom,
mes deliurés des pechés anciens, deliurés des tenebres de noſtre premiere ignorance, &
par la doctrine Euangelique, auons apris à viure religieuſement à l'exemple de Chriſt
noſtre chef. Si quelqu'vn ſe glorifie d'eſtre aſſocié au corps de Chriſt par bapteſme, &
par cela auoir ſocieté auec Dieu le Pere, & toutefois ce pendant il vit encore en erreur &
vices de ſa premiere vie, il ment entierement. Car (comme i'ay dit) veu que Dieu s'eſlon,
gne de toutes compaignies de tenebres : côme aura alliance auec luy celuy qui du tout vit
en erreur & en ſes premiers pechés ? Quicôque penſe acquerir innocéce ſinon par Chriſt,
certainement il ſe trompe. Auſſi celuy qui penſe luy ſuffire d'eſtre laué par bapteſme, il ſe
trompe, s'il ne ſatisfaict à ſa profeſſion par innocéce de vie. Quicôque le penſe, il ſe trôpe.
Quiconque le dit, il ment. Or Chriſt eſt la verité meſme, qui n'a rien commű auec les men,
teurs. Le premier degré pour puenir à la lumiere, c'eſt cognoiſtre ſes tenebres. Le premier
pas pour paruenir à innocéce c'eſt cognoiſtre ſes pechés. Voulés vous dôc ouyr par quel
argument nous pouuons cognoiſtre que nous auons ſocieté auec Dieu ? Certes c'eſt ce,
ſtuy-cy. Si tout ainſi qu'il eſt la lumiere ne ſçachăt nulle obſcurité : auſſi nous à ſon exéple
nous reculons des tenebres de tous erreurs & pechés : accômodans toute noſtre vie à la
lumiere Euangelique. Et tout ainſi que le fils à grand accord auec ſon Pere : auſſi nous ſem,
blablemět ſi viuans innocémět ſommes d'accord entre nous. Le Pere ne nous imputera
point noz pechés de noſtre premiere vie, leſquels ont eſté tous abolis vne fois par le ſang
pcieux de ſon fils Ieſus Chriſt : moyénăt que nous no⁹ abſteniős deſormais de tout peché,
autăt qu'en no⁹ eſt. Le ſang de Chriſt laue toutes ordures, & les ordures de tous : mais il ne
laue ſinon ceux qui recognoiſſent leurs pechés. Que ſi nous nyős que nous ſoyős ſubiects
à peché, nous nous trôpons : & ſommes en erreur, & viuős en tenebres, & Chriſt qui eſt la
lumiere & la verité, n'eſt point en no⁹. Car ſi à la verité il eſtoit en nous, il chaſſeroit de nous
                                                                                    ceſte

ceſte obſcurité d'arrogante ignorance. Que ſi apres le bapteſme receu, il aduenoit que par
infirmité humaine nous retombiſsions en quelque faute, & ſi quelque nuée auoit obſcurcy noſtre lumiere: il nous faudroit donner garde qu'eſtans bien loing, voyre quaſi du tout
eſlongnés de la lumiere, nous ne fuſsions reuocqués à noz premieres tenebres par arrogance. Mais pluſtoſt il nous faudroit efforcer que par ſobrieté & humilité nous approchiſ-
ſions de la lumiere, qui dechaſſeroit toute obſcurité. Si le frere a aucunement offenſé ſon
frere, que l'vn delaiſſe l'offenſe à l'autre, à fin que ſemblablement Dieu luy delaiſſe ce qu'il
aura commis contre ſon frere. Car Dieu ſous ceſte condition nous a promis de nous pardonner ce en quoy nous l'auons offenſé, ſi nous pardonnions le forfaict de noſtre frere,
exigeant iuſques à la derniere pitte la dette de celuy, qui combien qu'il ait experimenté la
clemence de ſon Seigneur, toutefois ſe ſeroit demonſtré peu bening enuers ſon compaignon ſeruiteur, aſſauoir le iugeant indigne de la miſericorde diuine, laquelle nous a vne
fois gratuitement pardonné tous noz pechés : & ceſtuy-cy faict difficulté de remettre vne
legiere offenſe à celuy contre lequel il peche, ou peut pecher tous les iours. Facilement celuy pardōnera à ſon prochain defaillāt, qui remettra en memoire en cōbien de ſortes il peche enuers Dieu & enuers ſon ‚pchain. Et tout ainſi qu'il eſt difficile à l'hōme defaire qu'il
ne peche: auſsi eſt-il facile de remedier aux pechés par ce mutuel pardon. Pardonne donc
à ton prochain, & ton prochain ſemblablemēt te pardōnera & tout deux Dieu pardōnera
cōme par promeſſe. I'entēd parler de ces fautes leſquelles peuuent tomber entre les bons
(hōmes toutefois) & qui pluſtoſt offuſquēt & eſbloyſſent, qu'elles n'eſteignent la lumiere
de verité Euāgelique. Car Dieu ne permet iamais que ceux qui ſont adopté vne fois entre
les enfans de Dieu, tōbent en homicide, ou adultere, ou ſacrilege. Or il n'y a rien qui plus
inuite à miſericorde & qui mieux appaiſe l'ire de Dieu: que ſi quelqu'vn recognoiſt ſon peché deuant luy. Si meſme l'homme cruel pardonne à celuy qui recognoiſt ſon peché enuers luy: combien pluſtoſt le ſera Dieu plus clement que tous les hommes ꝛ Il eſt de ſa nature enclin à miſericorde, & ſous ceſte condition quand il dit : Pardonnés, & il vous ſera
pardonné, il nous a promis pardon. S'il ne pardonnoit d'autant qu'il eſt bon encore par-
donneroit-il d'autant qu'il eſt iuſte & fidele. Toy maintenant accomply la condition qui
t'eſt offerte, & il n'oublyra pas ſa promeſſe. Si nous auons gayement & de bon cœur par-
dōnné à noſtre prochain qui nous a bleſſé, Dieu ſemblablement nous pardonnera non
ſeulement vne ou deux fautes : mais auſsi tous noz pechés, moyennant que de toute noſtre puiſſance nous nous efforçions de nous diſtraire de toutes noz trāſgreſsions. Si nous
ne pouuons paruenir à cecy entierement à cauſe de la fragilité de noſtre corps humain, il
ſuppliera neantmoins par ſa benignité ce qu'il deffaut à noz forces: & nous repurgera de
toutes noz ordures, qui parauenture permet que quelques reliques de noſtre vie paſſée
pour ceſte cauſe demeurent en nous, à celle fin que nous recognoiſsions noſtre imbecillité. Car certes plus luy plaiſt le pecheur ſe deſplaiſant, que le iuſte qui ſe complaiſt. Il veut
que le ſalut des hommes ſoit rapporté à ſa miſericorde, & non à noz merites. Deſia a-il dit
qu'il n'y a nul entre les hommes qui en quelque choſe ne trebuſche. Que ſi nous nyōs que
peché ſoit en nous: nous faiſons Dieu menteur qui ne peut mentir, & luy contrediſonꝛ:
que ſi nous luy contrediſons il faut neceſſairement que nous ſoyons menteurs.

Si nous con-
feſſons noz
pechés.
Apoc. 1
1. Roy. 8
2. Cor. 6
Iob. 25

Il eſt fidele &
iuſte pour nous
pardōner noz
pechés.
Prouerb. 20
Eccleſi. 7
Rom. 3

C H A P I T R E   I I.

E vous eſcry ces choſes, mes petits enfans, non pas que plus grand liberté
de pecher vous ſoit donnée, à cauſe de la fiance que vous auriés en la clemence qui vous eſt appreſtée : mais à fin que nul ne peche autāt qu'en nous
eſt. Puis que Chriſt nous a remis vne fois tous noz pechés, il nous faut efforcer de tout noſtre pouuoir, qu'en ce monde nous gardions innocence ſans
macule. Et toutefois ſi nous retombions parauenture en quelque peché: nous ne deuons
deſeſperer du pardon. Nous auons vn Dieu exorable, & enuers luy nous auons vn aduocat bening & fidele, aſſauoir le fils, qui impetre toutes choſes de ſon Pere : & ſyncerement
nous ayme, qui ſe offre ſoy-meſme pour la garde de nous tous: moyennāt que nous nous
deplaiſions entierement & du profond de noſtre cœur, & que deſormais nous nous eſtu-
dions à meilleures choſes. Luy ſeul n'a rien qu'on luy puiſſe pardōner. Et il interpelle pour
les pechés de ſes mēbres, & nous rēd ſon Pere propice & appaiſé (qui eſtoit offenſé) & non
ſeulement à nous qui deſia auons ambraſſé ſa doctrine: mais auſsi au genre vniuerſel des
humains: moyennāt que de cœur pur ils ſe cōfeſſent eſtre pecheurs: & qu'ils entreprennēt
le propos de viure innocemment & l'ayans entreprins qu'ils le contregardent & retiēnent

Nous auons
vn aduocat.
Matth. 11
Iean. 10
Iean. 14
Apoc. 4
Eph. 2. & 3
1. Tim. 2
Ebr. 7, 8, & 9

viuement

viuement. Car le baptefme ne nous deliure pourtant de l'obferuation de la loy Mofaïque pour nous faire plus librement pecher, mais à fin que plus viuement nous adherions à la charité Euangelique : laquelle plus impetre de ceux qui veulent bien : que tant de loix de Moyfe n'arrache de ceux qui ne le veulent pas. Celuy qui a commandé charité enuers le prochain (laquelle il nous a premierement demonftrée) il a commandé beaucoup en peu de parolles. Il ne nous côtraint point à fon amour mutuel : mais il nous y femônd, il nous y prouuoque, il nous enflamme. Quiconque vrayement cognoit Dieu, il ne peut faire qu'il ne l'ayme ardemment. Car celuy ne cognoit point Dieu, qui feulement le confeffe de bouche : mais celuy qui eftant embrafé de la flamme de charité Euangelique, faict gaye-ment & fans contrainte, ce que premierement iceluy a faict : affauoir qui pardonne & faict bien à fes ennemys : qui pour fauuer fon prochain ne doute point de mourir. Quiconque eft tel, il declare qu'il cognoit Dieu. Que fi quelqu'vn fe vante de cognoiftre Dieu pourtât qu'eftant encore apprenty ou nouice, il ait aprins les myfteres de la foy : qu'eftant baptifé il ait faict profeffion au nom de Iefus Chrift, & toutefois il n'enfuit point la charité de Chrift, il eft menteur : & n'a point encore aprins Dieu pleinement : lequel n'eft cogneu fi la charité n'eft remplie de foy. Or quiconque ment, en celuy là Chrift n'habite point : qui eft mefme la verité. Et quiconque n'a Chrift permanent en foy, il n'eft point membre vif de fon corps. La foy fans charité eft vne chofe vaine & morte. D'auantage charité n'eft point oyfeufe. Elle ne delaiffe ny obmet rien des chofes qu'elle cognoit eftre agreable à celuy qu'elle ayme. Chrift a dit qu'il ne recognoiftroit pour difciple celuy qui portant fa croix ne l'enfuyroit : & qui n'entreroit par le chemin de charité. Celuy donc qui garde fa parol-le, il declare veritablement la parfaitte & vrayement Euangelique charité. Par cefte expe-rience nous cognoiftrons que nous fommes en fon corps : & que nous auons receu fon Efprit. Comment te vantes-tu eftre membre de Chrift, de ce que par baptefme tu ès receu au trouppeau des Chreftiens ? La profeffion Euangelique n'eft point oyfeufe ny delicate. La profeffion ne faict pas le vray membre de Chrift : mais bien l'imitation. Celuy qui de bouche fe dit eftre regeneré en Chrift, il doit entrer par le mefme paffage par lequel Chrift eft entré. Il n'a point vefcu pour foy. Il n'eft point mort pour foy. Il s'eft tout dôné à nous li-beral enuers tous. Il n'a point reietté l'iniure à perfonne : mais eftât attaché en la croix, il a prié fon Pere pour ceux qui luy difoyêt iniures & opprobres. Cefte eft la parfaitte & Euan-gelique charité, laquelle il faut que ceux enfuyuét qui fe difent difciples de Chrift. Mes biê aymés, ce commandement de charité lequel ie vous efcry, n'eft pas nouueau. Mais dés long temps la loy Mofaïque la manifefté : ou pluftoft Chrift par icelle : qui a renouuellé fon commandement en l'Euangile : & tellement l'a-il renouuellé, qu'il l'a faict fien particu-lierement. Ceftuy-cy (difant) eft mon commandemêt que vous vous aymiés l'vn l'autre, tout ainfi que ie vous ay aymés. Ce commandemêt donc lequel maintenant ie vous don-ne, n'eft pas nouueau, ny mien, ny iufques à prefent nô ouy. Mais c'eft celuy-mefme lequel dés le commencement nous vous auons donné par l'authorité de Chrift. Mais encore iceluy-mefme eft nouueau lequel maintenât ie vous efcry. Il eftoit vieil, mais enuieilly par les mœurs des hommes. Les Iuifs auoyent feulement en leur memoire ces deux côman-demens. Tu aymeras ton Dieu, tu aymeras ton prochain. Mais vn chafcun d'eux les gar-doit & obferuoit felon fa phantafie. Chrift le nous a renouuellé plus nous aymans que foy-mefme, aymant (di-ie) non pas fes prochains, mais fes ennemys, & ceux qui eftoyent deftournés du bien, & digne de mal. Combien que ie fçache qu'auès autrefois ouy cecy, toutefois par frequente repetition, il vous doit eftre raffrefchy : à fin que plus profonde-ment repofe en voftre efprit ce qui eft le chef de la profeffion Euangelique. Ce comman-dement eftoit vray en Chrift, d'autant qu'il a demônftré par œuures ce qu'il a enfeigné. Mais il n'eftoit pas vray en vous : d'autant que vous trauaillés en la hayne du prochain, ce pendant que rendiés opprobre pour opprobre, iniure pour iniure. Et maintenant il eft vray en vous puis que la vraye lumiere de verité Euangelique a dechaffé les tenebres de voftre premiere vie, & vous a enfeigné que nul n'eft agreable à Dieu, finon celuy qui ayme les bons pour l'amour de Chrift, & les mauuais en efperance qu'ils fe côuertiront à Chrift. Ceux qui enfuyuent cefte doctrine Euangelique, ils marchent en lumiere & ne choppent point ès tenebres de mauuaifes affections. La hayne qu'on a contre fon prochain remplit l'entendement d'ofcurité. D'auantage quiconque n'eft autrement l'aué & n'a faict autre profeffion Chreftienne, qu'il n'en delaiffe point de hair fon frere, fauffement il fe pêfe mar-cher en lumiere : d'autant qu'il eft encore en tenebres. Car Dieu ne pardonne point les pe-chés à celuy qui ne pardonne point à fon frere. Il ne fuffit pas d'auoir oublié le larrecin,

l'adultere

Et par cela nous fcauons que nous l'a-uons cogneu.
Rom. 8
Ebr. 7. & 9

Mais qui gar-de fa parolle.

Freres ie ne vous efcry point.
Leuit. 19
Iean. 13

Ce qui eft vray en luy & en vous.

Qui dit qu'il eft en lumiere.

l'adultere, & l'homicide au baptesme: si quant & quant on n'a attaché du cœur toute rancune & malueuillance, si la charité ne succede au lieu de hayne. Quiconque perseuere en l'amour du prochain, iceluy demeure en la lumiere qui est Iesus Christ, & ne choppe point côme il marchoit en tenebres. Car tât s'en faut-il que la vraye charité blesse autruy: qu'elle endure toutes choses, qu'elle interprete toutes choses en bien. D'auantage quiconque hayt son frere, iaçoit qu'il ne sacrifie plus aux idoles, iaçoit qu'il ne soit plus vsurier ou sacrilege, toutefois il est encore en tenebres estant serf des concupiscences anciennes. Il marche en obscurité, & ne regarde point le vray chemin qui côduit à salut, côbien que l'Euangile luy monstre la lumiere. La cause est, l'obscurité de la hayne qu'il a contre son frere, a aueuglé ses yeux. Où hayne regne, là est le iugement aueuglé. Ie vous ayme tous de maternelle charité, & pour ceste cause ie vo⁹ escry, en partie me resiouyssant de vostre felicité, en partie vous exhortant que profitiés de mieux en mieux. Ie me resiouy en vous tous côme en mes enfans bien aymés: lesquels i'ay engêdrés en Christ par la semence de doctrine Euangelique: d'autant que voz pechés de vostre premiere vie vous sont pardônés, & non pour autre raison sinon que vous aués faict profession au nom de Iesus Christ, à fin que aussi il vous souuienne de pardôner volôtairement vn chascun à son prochain l'offense qui vo⁹ est faitte à l'exêple de Christ. I'escry à vous (ò peres) lesquels nô tant par la vieilles se que par la grauité des mœurs & debonnaire solicitude de peres enuers les ieunes estes faits dignes de ce nom de pere, me resiouyssant en vous de ce que nô seulemêt vous estes garnis de prudence cômune, de laquelle les vieillards sont volôtiers prisés à cause du lôg vsage des choses, & par laquelle plus droittemêt ils côseillent les ieunes nô experimentés: mais aussi de ce que vous aués cogneu Iesus Christ autheur vnique de salut, qui nô seulemêt est ancien d'eage: mais de tout têps est auec Dieu son Pere. Vous autres vieillards vo⁹ aués cogneu l'Eternel, & d'autât que plus pleinemêt vo⁹ l'aués cogneu, autât plus diligemment le preschés vous à ceux qui sont d'eage plus rude. Les veillards retiennent, & ont en memoire beaucoup de choses anciennes. Vous retenés celuy qui a esté auant tout temps. Ie vous escry (ò adolescês) qui par vigueur de foy aués vaincu le malheureux & importun Satan. Les ieunes semblent estre heureux, pour autât que volôtiers ils sont plus forts de force corporelle que tous autres. Vo⁹ estes en cecy plus heureux, assauoir qu'à cause de la force de vostre esprit vous n'aués peu estre vaincus ny de plaisirs voluptueux, ny de nulles menaces de ce môde. La vertu des autres se demonstre en la guerre. La vostre s'est plus clairemêt demôstrée côtre les assaux du diable, de la chair, & du môde. Ie vous escry (ò enfans) qui côbien que ne soyés encore prudens és choses mondaines à cause de vostre bas eage, toutefois dés maintenât estes paruenus à la cognoissance de ce qui vous peut donner beatitude perpetuelle. Le premier argumêt d'entêdemêt qu'ôt les autres enfans, c'est quâd ils recognoissent leur pere. Vous autres aués cogneu le Pere celeste, en qui estes rege nerés au ciel. Que chascun defende ce qu'il a, & qu'il profite en ce qu'il a. Pour ceste cau se ie m'esiouy en tous ordres & estats, & les amonneste tous, à fin que cognoissans vostre felicité vous rendiés graces à Dieu vostre garant, remettans en memoire où il faut paruenir, & vous efforçans à choses plus parfaittes. Ie le rediray donc, à fin que ne l'oubliés. Ie vous ay escrit (ò peres) pource qu'aués cogneu celuy qui n'a ny commencemêt ny fin: à fin que le desir de ceste vie ne vous destourne nullemêt du chemin de la vie eternelle. Ie vous ay escrit (ò adolescens) pource que vous aués vaincu l'inconstance de vostre eage par la force de vostre courage, & de ce que de cœur constant aués gardé la parolle Euangelique, & auec l'ayde de Christ aués vaincu le diable opiniastre ennemy du genre humain. Mesprisés tousiours ce que iusques à present vous aués mesprisé, perseuerans en victoire. De plus en plus aymés ce qu'aués commencé à aymer. Le monde vous solicite par fausses ymages des biens fluides. Il vous menace d'vne vaine & fausse imagination de maux. Ne soyés estonnés d'autres maux, sinon de ceux qui vrayement sont maux, & qui iamais ne prennent fin. Ne soyés alleschés par autres biens, sinon par ceux qui sont vrays & perpetuels. Aymés les choses celestes, ensuyuans la lumiere Euangelique, lesquelles promet iceluy pere celeste, en qui par Christ estes regenerés, fuyés les tenebres de mauuaises affections par lesquelles ce monde vous alleche, promettant de faux biens. Il ne se peut faire que les aymiés tous deux ensemblement. Dieu n'a point d'accointance auec le monde, ny la lumiere auec le monde, ny la lumiere auec les tenebres. Celuy qui ayme le monde, il dechoit de la charité de Dieu le pere. Ie n'entend pas ce monde Duquel Dieu est createur, auquel nous viuons voulions ou non. I'entend le monde, les sottes affections des choes vaines, esquelles la plus grand part des hommes a constitué sa felicité, ayant ce pen-

Kkk   dant

dant mis en oubly les vrays biens. Le lieu tãt solitaire soit-il, l'habit, la viande, le titre, ne vous retirent pas du monde. Mais le pur esprit vous retire de ces concupiscences que ie vous ay dittes. Mais qu'à ce mõde qui ne soit dommageable ? Il a trois choses principale ment, par lesquelles il trompe & seduit les fols & mal aduisés, la volupté de la chair, les pro uocation des yeux, & l'orgueil & bombance de vie. Car il nous met au deuant ie ne sçay quel enchantement de fausses voluptés, par lesquels pour quelque temps il paist les sens corporels, à fin que ce pẽdant l'esprit soit distrait de l'estude des biens celestes. Telles affe ctions fornit cest esprit celeste, lequel Dieu le Pere eslargit à ses enfans vrayemẽt regenerés par Christ. Et Satan aussi a son esprit, par lequel il enuoye vn amour dangereux des cho ses qui ne sont ny vrayes ny perpetuelles, à ceux qui se sont adonnés au monde. Il enuoye les mauuaises ioyes de paillardises pour chastouiller les mẽbres corporels de fol & vilain desir. Il fornit abondance de viure & breuuages pour plaire à la friandise du palais. Il don ne douceur d'oysiueté & de somne, à fin que l'esprit soit plus pesant & endormy. Il donne chansons impudicques, & fables lasciues pour resiouyr les oreilles. Il met en auant les be autés feminines, & diuerses sortes de spectacles, pour cõtenter les yeux. Il administre pom pes d'honneurs, bombance de richesses, & prouocations d'ambition. Brief, de tous costés il destournes les esprits des hommes des vrays & eternels biens, pour les attirer à fausses images de biens. Quiconque est saisy de la conuoytise d'iceux, qu'il sçache qu'il n'est incité de l'esprit du Pere celeste: mais de l'esprit du monde. Le monde tout ainsi qu'il depend des

Et le monde passe & sa cõcupiscen-ce.

elemens qui sont faits pour quelque tẽps, aussi il ne donne rien, sinon ce qui bien tost doit prendre fin. Dieu tout ainsi qu'il est eternel, aussi il donne loyers eternels. Quicõque donc depend des moyens & aydes du monde, il pourchasse vne briefue felicité, & qui n'est pas de grande durée, laquelle souuent est rauye par vne fortune suruenante sans y penser, ou pour le moins par la vieillesse. La mort qui est destinée à tous, oste veritablement tout ce sõge de fausses ioyes. Si la matiere est ostée, la volupté aussi perit, & les douleurs succedẽt. Quand l'homme est mort, toutes choses luy perissent, & succede tourment perpetuel. Au reste, quiconque obeit à Dieu noùs appellant à l'amour de la vie celeste, sa felicité n'aura iamais fin. Car celuy qui la donne ne sçait nulle fin. Il faut pour quelque temps vser des commodités non malicieuses de ce monde: mais sobrement & attrempément selon la ne cessité de nature, & non pas selon la volonté de noz affections. Au surplus, la derniere & extreme estude de nostre esprit doit estre tournée au choses eternelles, ausquelles aussi faut rapporter l'vsage des autres choses. La felicité des iustes n'est encore apparente, mais elle sera manifestée en l'aduenement de nostre Seigneur Iesus Christ. Il semble ce pendant què les meschans viuent doucement en ce monde, mais la calamité eternelle leur est fort prochaine. Car il semble aduis que ce dernier temps est prochain, auquel (l'ordre des chõ ses estant changé) regneront auec Christ ceux qui maintenant sont affligés pour Christ, & serõt redigés à neant ceux qui maintenãt sont rebelles à Christ. Vous aués ouy que l'An techrist viendra, qui estant armé de tous aydes & illusion de ce monde doit batailler con tre Christ, & incontinent que cest Antechrist sera vaincu, le corps de Christ sera deliuré de tous maux, & les membres du diable seront chargés de toutes peines. Il semble donc que l'auenemẽt de cest Antechrist (duquel vous ont predit les Prophetes) n'est pas loĩg. Car ce mõde a tãt resisté cõtre la doctrine Euãgelique, que desia il en y a plusieurs qui ont merité ce nom d'Antechrist, la vie desquels, & la doctrine & estude sont du tout contraire à Christ. Car que ressemblent autre chose ceux-cy, sinon auantcoureurs de ceste Antechrist & der niers presages & signe de la tempeste future ? Car teux qui du tout mescognoissent Christ, moins blessent le peuple de Dieu, que ceux qui vne fois ayant bataillé pour son nom, estãt tout soudain reculés guerroyent contre Christ, garnis des armes & aydes de Christ. Car ils feignent ce que ès Chrestiens la vertu de Christ declaire: assauoir la saincteté, la doctrine, les vertus, & miracles. Et certes ceux-cy sont sortis d'entre nous, mais ils n'ont riẽ en quoy ils vous puissent grandement troubler. Ils estoyent auec nous, mais ils n'estoyent pas des nostres. Ils estoyent ennemys de Christ, mesmement quant ils batailloyent pour son nom. Que si à la verité ils eussent esté de nostre partie, ils eussent perseuer auec nous perpetuel lement. Ils estoyent seulemẽt Chrestiens de nom & de contenance. Au reste, du cœur ils aymoyent le monde. Et par tant aussi tost que suruindrent les tẽpeste des persecutions, les flãmes des afflictions, ils se sont descouuerts tels qu'ils estoyent parauant. Maintenãt d'au tant qu'ils sont separés de nous, il nous soulagẽt, tout ainsi que quãd vn corps est charsié de mauuaises humeurs. Ioinct que moins blessent les ennemys ouuerts que compaignõs feints & simulés. Il a ainsi semblé bon à Christ, à fin que vous sçachés que tous ceux qui

sont

font baptifés au nom de Chrift, ne font pas de fon corps, ny tous ceux qui le côfeſſent de nom feulement, ny tous ceux qui cômuniquent aux facremens de l'Efglife. Le vray & conftant mefpris de ce môde defcouure celuy qui eft Chreftiē. Le courage fort & magnanimē contre tous les plaſirs de ce monde & toutes iniures, demonftre celuy qui eft Chreftien. Quiconque pour quelque occaſion fe deftourne de la doctrine de Chrift, il faignoit d'eftre Chreftien, il ne l'eftoit pas. Or il eft expedient que tels foyent feparés de nous manifeftement, à fin que fous efpece de bien ils ne nous nuyfent. D'auātage mefme quand vous ny penfés pas, voyre lors qu'ils vous feront cogneus, & auant que publicquement ils fe retirent, ils vous peuuent nuyre. Car certes l'vnction de Chrift (duquel aués le nom) vous demonftrés par l'infpiration du S. Efprit ceux qui font vrayement Chreftiens, & ceux qui ne le font pas. Car celuy qui eft fpirituel, iuge toutes chofes. Ils n'eftoyēt pas incogneus, mais bien les fouffroit-on, pour fçauoir s'ils s'amenderoyent. Ce que ie dy eft vray, & ie ne vous efcry ces chofes comme fi vous n'euſsiés cogneu la verité, d'autant que vous aués l'efprit de Chrift pour docteur, qui n'endure point que foyés ignorans de chofe quelcôque. Mais vous remets en memoire ce que vous fçaués : à fin que plus fermement vous adheriés à la verité, & à fin que ne foyés plus troublés des maux qui vous furuiennent. Vous eftes peu & en moindre nombre que les autres, mais vous eftes plus faincts, mieux purifiés, & plus tranquilles. Le corps n'a rien perdu quand l'apoftume eft incifée. Vous fçaués que Chrift eft la verité. Toute forte de menfonge n'a rien de commun auec luy. Quiconque eft feint, voyre qu'il côfeſſe Chrift de bouche, il ne participe point auec Chrift. Il y a plufieurs fortes de menfonges. Quiconque eft menteur en quelque forte que ce foit, il nye Chrift, qui eft la verité, & qui n'a point d'acception en couleur de menfonge. Quiconque repugne à la verité, il repugne à Chrift, Quiconque eft contraire à Chrift eft Antechrift. Or il n'y a nulle efpece de mēfonge plus inique, que de nyer que Iefus eft le Chrift. Et plufieurs faux Prophetes des Iuifs le nyent auoir efté celuy que Moyfe & les oracles des Prophetes dés long temps auoyent promis au môde pour garant & defenfeur de falut. Et promettent, ie ne fçay quel autre Antechrift pour Chrift. Et vrayement quicôque eft femblable, il eft apertement Antechrift. D'auantage il y en a d'autres, qui combien qu'ils confeſſent que Iefus eft le Chrift, toutefois ils viuent en telle forte côme fi fa doctrine eftoit vaine, côme fi les loyers lefquels il a promis, eftoyent inutiles. Il a enfeigné que les poures d'efprit font bien-heureux, d'autant que le royaume des cieux les attend. Et l'autre qui de tout fon pouuoir s'efforce d'agrandir fon heritage, de baftir maifons magnificques, d'augmenter fon reuenu, de rēplir fes coffres de deniers acquis à tort & trauers, mettre fedition, opprimer les poures, exercer tyrannie, ne repugne-il pas à Chrift, veu qu'il faict fa doctrine menfongiere autant qu'en luy eft ? Chrift enfeigne que ceux là font bien-heureux qui ont faim & foif de iuftice. Et l'autre remettant toute fa felicité en paillardife, en gourmandife, en diſſolution, & voluptés du vētre, ne repugne-il pas à Chrift ? Chrift enfeigne eftre bien-heureux ceux qui font debonnaires, d'autant qu'il poſſederont celle terre celefte, de laquelle ne pourront eftre deformais chaſſés. Et l'autre pourtant fe iuge eftre heureux fi opprimant les poures il renforcit fes richeſſes. Chrift enfeigne que ceux qui pleurent en ce monde font bien-heureux, d'autant que le foulagemēt eternel leur eft deu. Et l'autre en tout & par tout iouyſſant des delices & plaifirs de ce môde, ne repugne-il pas à Chrift ? Chrift enfeigne que ceux là font bien-heureux qui font mifericordieux enuers leurs prochains. Et l'autre fe côplaift en ce que par maux il afflige fon prochain meilleur que foy. Chrift enfeigne eftre bien-heureux, ceux qui pour la iuftice Euāgelique font troublés par iniures & afflictiōs. Et ceftuy-cy par toutes fortes de malices, tromperies, & feintifes s'efforce à complaire au monde. Chrift recognoit le difciple qui portant fa croix fur fes efpaules l'enfuyt. Et neantmoins l'autre fe penfe eftre Chreftien s'il a euité toute fafcherie. Chrift dit aux fiens, vous aurés tourment en ce monde, vous aurés paix en moy. Et à ceux-cy Chrift eft fafcheux & ennuyeux, & le monde doux. Chrift commande que nous faſsions bien-mefme à noz ennemys. Et l'autre faict tort voyre à celuy qui ne l'a point merité. Celuy qui vit en cefte forte, ne repugne-il pas à Chrift ? Il ne repugne point de bouche, mais il repugne de vie. Quād le fils enfeignoit beaucoup de chofes : le Pere à dit : Efcoutés-le : mais ceft antechrift que dit-il ? Ne l'efcoutés point. Ce qu'il enfeigne eft dur. Efcoutés le monde. D'auātage tout ainfi qu'il refifte au fils : auſſi il refifte au Pere : & ce pendāt qu'il eft de la ligue du monde, il fe fepare du trouppeau de ceux lefquels Chrift a fegregés de ce môde. Chrift n'a rien cômun auec ceux de ce monde. Qui fe ioinct auec ceftuy-cy, il repugne à Chrift, & fe demonftre eftre Antechrift : & nyāt efgalement, & le Pere & le fils. Car certes la focieté du Pere & du fils eft indiſſoluble. Le Iuif

Et aués l'onction de par le fainct.

Et que toute menterie n'eft pas de verité.

Matth. 17

Kkk 2   ne

Quiconque nye le fils.

ne pourra dire en ceste endroit:Ie recognoy le Pere:Ie ne recognoy point le fils.Or tout ce que tu auras commis contre le fils,tu l'auras commis côtre le Pere. Le fils n'a rien faict ny enseigné sinon par le cômandemêt du Pere.Qui derogue au fils, il derogue au Pere.Qui conque donc se sera retiré de la côpaignie du fils,il ne participe point au corps de Chrift, qui eft l'Efglife catholicque,& rien n'a auec Dieu le Pere,lequel eft d'accord en toutes cho ses auec le fils. Vous voyés auec quel dangier les fols se diftrayêt du fils. Vous autres dôc perseuerés en la verité Euangelique, laquelle premierement aués receue des Apoftres ap prouués. Gardés que la parolle mensongiere des faux Apoftres ne vous feduyse.Si vous

Ce qu'auons ouy dès le com mencement.

perseuerés en ce que premierement vous auons donné, vous demourerés en la compai gnie du Pere & de son fils Iesus.S'il semble eftre dur à quelqu'vn de perseuerer en la profef sion Euangelique à cause des afflictions des meschans,pensés combien eft grand le loyer. Dieu exige chofes difficiles,mais le loyer qu'il promet eft grâd.Car il ne promet point des richeffes ou royaumes, ou voluptés de ce monde : mais la vie eternelle. Celuy l'achettera bien peu, qui encore pour sa vie l'achettera. ie vous redy cecy tant souuentefois, defirant que nul ne soit seduit par les tromperies des meschans, qui ont abandonné Chrift.Com bien que (comme ie pense) outre noftre admonition l'Efprit mefme de Chrift vous enfei

Ainfi que la mefme on ction. Iean.5

gne affés, lequel vous aués continuel docteur en voz cœurs. Tandis qu'il perseuere en vous, il n'eft point neceffaire qu'aucun vous enseigne se dequoy on se doit abftenir. Il eft docteur secret,mais tref-certain.Auffi toft que vous l'aués vne fois receu,il vous enseigne toutes chofes,côme le fils l'a promis. Car l'Efprit de sa nature eft veritable:& ne peut men tir. Perseuerés donc en ce qu'il vous a vne fois enseigné. Vous aués la droitte doctrine, il vous en souuient.Il ne vous refte autre chofe sinon que perseueriés en icelle iufques à l'ad uenemêt de Chrift,lequel(côme ie pense) n'eft pas loing.De-rechef & encore ie vous sup plie (mes petits enfans) perseuerés en la doctrine de l'Efprit à fin quâd iceluy noftre capi taine & iuge apparoiftra,la confcience de bône vie nous donne fiance deuant luy : & à fin que nous soyons tels deuât sa face,qu'il nous puiffe recognoiftre pour ses difciples,& que nous n'ayons point de honte de nous trouuer deuant luy. Car de quelle bouche parlerôt nous à luy qui eft noftre precepteur & Seigneur,fi nous ne l'auons efcouté quand il enfei gnoit?& fi nous ne luy auons obey quand il cômandoit?De quelle bouche l'appellerons nous noftre Pere,fi en toute noftre vie nous auons contredit à ses ordônances? Le fimple baptefme ne nous faict pas enfans de Dieu, ains la iuftice gardée. Car que sera dit à ceux qui ont chaffé les diables au nom de Iefus,à ceux qui ont predit les chofes aduenir, à ceux qui ont faict beaucoup de miracles? Certes il leur sera dit : Ie ne vous cognoy point.Ceux qui n'apporteront point auec eux quelque marque de la iuftice Euangelique,seront repu

Si vous fçaués qu'il eft iufte.

tés pour eftrangiers.Que fi certainemêt vous fçaués que Dieu eft autheur de cefte iuftice, fçachés semblablement cecy que quiconque accomplit la iuftice Euangelique non par profeffion,mais par effort,par faicts,& par bonne vie,iceluy eft nay de Dieu, deuant qu'il pourra venir affeurément ayant la confcience nette,& de telle fiâce de laquelle ont accou ftumé de se presenter les enfans obeyffans à leur pere propice. Dieu cognoit ses fembla bles:il ne cognoit point ceux qui ne le reffemblent point.

C H A P I T R E   III.

V la pure charité eft, là eft la fiance:& crainte n'y eft point. Voyés donc côbien il a faict grande chofe auec nous,qui ayât deprifé le môde & ses flatteries & me naces,perseuerons en la doctrine Euangelique,tellement que nous soyôs dits non seulemêt seruiteurs fideles, nô seulemêt amys:mais auffi enfans de Dieu. Car tellemêt nous a enfeigné Chrift,que nous inuoquiôs le Pere celefte,quâd nous aurôs befoing de quelque chofe. C'eft vn hôneur souuerain d'eftre appellés enfâs de Dieu.C'eft vne felicité grâde d'eftre dits enfans de Dieu. Pource que de ferme crainte nous luy adhe rôs,nous sommes cogneus de luy,& le môde ne no² cognoit point: mais il nous a en hor reur & execratiô côme gens de bande eftrâge.Et ne se faut esbahir s'il ne cognoit point les enfans de Dieu, d'autât que mefmemêt il ne cognoit point Dieu, en ce qu'il denye son fils Iefus.Ne soyés troublés en voftre efprit(mes freres biê aymés)de ce qu'il vous a en côtem

Tref-chers nous fommes maintenât en fans de Dieu.

nement & abiection. Nous auons enuers Dieu voyre dès maintenant cefte admirable di gnité,que nous sommes enfans de Dieu:& nous nous efiouyffons en son feih, sentans en nous l'Efprit non de feruitude : mais des enfans : fous la confiance duquel nous cryons: Pere, Pere. La dignité eft prefte & certaine, mais elle n'eft encore apparue. Le temps de la bataille eft encore.Le iour du triôphe n'eft pas encore venu.Ce iour declarera à tous com bien eft grâde la dignité,côbien eft grande la beatitude de ceux, qui se feront portés vail

lans,

fans,& qui constamment se seront demonstrés auoir esté enfans de Dieu.Ce que nous deuons estre en l'aduenement de Christ, n'est point encore manifesté.Mais nous nous tenõs
pour tres-asseurés que tout aufsi tost qu'il sera apparu, il rendra loyers cõdignes selon les
faicts d'vn chascun. Nous qui luy auons esté compaignons en ce monde en afflictions,
lors nous participerons de sa ioye,& d'autãt que nous luy sommes semblables en contem
nement du monde, nous luy serons semblables aufsi en maiesté de gloire. Nous l'auons
veu affligé en ce monde,nous l'auons veu hüble.Lors nous le verrons cõme il est,& comme il a tousiours esté, c'est assauoir haut & puissant: & en le voyant nous serons transformés à sa similitude non seulement des esprits,mais aufsi des corps.Et maintenant nous le
voyons,mais c'est des yeux de la foy, & quasi par vne nuée. Lors nous le verrons par vne
maniere indicible.Mais ce que lors nous deuons parfaittemẽt estre,il nous le faut(ce pendant que nous sommes encore en ce monde) le mediter de toute notre puissance. Soyons
icy purs & nettoyés de toutes ordures,à fin que lors nous soyõs semblables à luy en gloi-
re.A fin que lors nous le puissions voir: purgeons maintenant noz yeux, à fin que quãd
il apparoistra en splendeur, toutefois il ne nous soit plus espouuentable que amyable.
Car il n'est point heureusement veu,sinon de ses semblables.D'auantage quicõque a ceste
fiance en Christ que lors il sera participant de sa gloire, que ce pendant il s'efforce par debonnaireté se purifier de mõdaines affections, entant qu'en Christ il n'est rien trouué de
souilleure de ce monde: mais il est tout pur & celeste. Il faut donc nous efforçer de toute
nostre puissance,qu'il ne demeure rien en nous de la lye terriéne, & que nul ne se complaise disant: I'ay assès pour acquerir innocence, quand ie ne commettray rien de tout ce que
la loy Mosaique defend,& de tout ce que les loix de Cesar punissent,comme larrecin,adul
tere, sacrilege & homicide. Mais qui plus est on doit euiter toute sorte de peché. Car quiconque peche en aucune sorte iaçoit qu'il ne peche point contre les prescriptions Mosaiques: toutefois il peche contre la loy de l'Euangile, plus saincte beaucoup que la Mosai-
que.Et pour ceste cause Christ est venu vne fois en ce monde, à fin qu'il nous monstrast le
chemin,par lequel son retour seroit faict salutaire & heureux. Il est venu pour vne fois effa
cer nõ vn seul ou deux pechés,mais tous noz pechés, iaçoit que luy seul fut exẽpt de tout
peché. Il nous a vne fois purifiés de tous noz pechés par sa grace, à fin qu'il nous rendit
semblables à soy,ce que ne pouoit donner nulle Loy,ny homme quelconque. Nous sommes par le baptesme entés en son corps tres-sainct. Mais ce pẽdant il nous faut si bien faire que nous ne soyons point desrachés de nostre chef.Nous sommes entés par sa clemence gratuite. Mais nous en serons desrachés si nous retombons en noz premiers pechés.
Quiconque demeure en Christ, il perseuere en innocence, & si bien se donne garde de pecher,que de iour en iour & de plus en plus il deuient fort en vertus, & est faict semblable à
son chef.Quiconque ne s'abstient de pecher,combien qu'il soit baptisé, combien qu'il ait
donné son nom à Christ, toutefois il ne l'a encore pleinement veu ny cogneu. Car qui est
celuy s'il voyoit des yeux de la foy, combien grande est la dignité d'estre adopté au nombre des enfans de Dieu, combien est grande la turpitude d'auoir le diable pour Pere, qui
endurera d'estre deraché d'vn tel corps ꞇ delaisser vn tel Pere pour s'assubiettir à vne tyrannie si vilaine ꞇ & de si grand loyers tomber à vne si grande calamité.Mes petis enfans,
gardés vous que nul ne vous seduise, vous flattãt & se disant estre Chrestien comme si c'e-
stoit assès pour acquerir felicité que d'estre appellé Chrestien. Celuy qui faict professiõ de
iustice,il n'est pas iuste pourtant:mais celuy qui demonstre iustice par sa vie & ses mœurs,
comme Christ s'est demonstré exẽple de toute iustice par ses dits & faicts. Celuy qui vraye
ment & entierement luy adhere:il s'abstient autãt qu'il luy est possible, de toutes ordures
de pechés. Et la pureté de ses mœurs demonstre qu'il est enfant de Dieu, qui de sa nature
est bon,& ne faict nul peché. Mais quiconque peche encore qu'il soit enrollé sous les sacre
mens de Christ,toutefois il est engendré de son pere le diable, qui est prince & autheur de
tout peché. Quiconque l'ensuyt, il ressemble à son pere, d'autant qu'il peche, & qu'il se
declare estre son fils,Dieu n'a point de participation auec les vices:car pour ceste cause il a
enuoyé son fils en ce monde,à fin qu'il abolist les œuures du diable,c'est à dire toutes cho
ses qui repugnent à la verité Euangelique.Nous naissons tous d'Adam subiects à peché.
Nous renaissons de Dieu par la semence de la doctrine Euangelique. Tandis que la force
de ceste semence demeure en nous,nous ne pechons point, & ne pouuons pecher, c'est assauoir par le moyen de la charité diuine qui tellement nous garde.Laquelle nous inuite à
bien faire,& nous distrait de toute affectiõ de peché : pource que nous sommes vrayemẽt
enfans de Dieu, representans au vif nostre Pere & nostre chef. Le nom, le baptesme, ny les

Kkk 3   sacremens

Et quiconque
a ceste espe-
rance en luy.
2.Cor.6
Rom.8
1.Cor.3

Quiconque
faict peché.

Isa.53
1.Pier.2

Quiconque de-
meure en luy
ne peche point.

Enfans gar-
dés que nul ne
vous seduyse.

En cecy sont
manifestés les
enfans de
Dieu.

sacremens ne discerne point les enfans de Dieu auec les enfans du diable : mais la pureté
de vie, & la charité se chargeans de biens-faicts & plaisirs. Elle n'est oyseuse si nous l'auōs.
Quicōque ne la declare point, ny que son frere luy soit amy, iceluy n'est point nay de Dieu.
S'il estoit membre vif du corps de Christ, il aymeroit les autres membres, pour lesquels
Christ est mort. C'est icy le but & sommaire de la iustice Chrestienne. C'est ce que Christ
nous a principalement donné. C'est ce que nous vous auons recommādé sur toutes choses, c'est assauoir que par mutuelle charité vo⁹ vous declariés estre vrays enfans de Dieu,
& disciple de Christ. Car la hayne contre le prochain est vn degré pour paruenir à homicide. Et enuie est du tout contraire à charité. Cain n'estoit pas enfant de Dieu : mais il estoit

Iean 13. & 15

Non pas com=
me Cain qui
estoit du ma=
ling.
Gene. 4

engendré du diable. Pourquoy ? Pource qu'il delaissa son bon createur, & ressembloit au
diable, qui estant picqué & aguillonné d'enuie, auoit tué le premier hōme par vn instinct
mortel. Cain tuant sont frere Abel ressembloit à son Pere le diable. Or qui a esté cause de
ceste hayne ? Certes la dissimilitude de vie. Parquoy ils estoyent de diuers genre, combien
que selon la parēté corporelle ils fussent freres germains. Chascun ressembloit à son pere.
Abel estoit innocent, & enflammé à bien-faire. Cain apres qu'il eut conceu hayne contre
son frere, pensa de tuer son frere, & nō pas de se corriger. Tout ainsi que le iuste ne pouuoit
souffrir l'iniuste, & l'enfant du diable ne pouuoit endurer l'enfant de Dieu : aussi vous ne
vous deués esbahir (mes freres) si les hommes adonnés au monde vous sont contraires.
Ils hayssēt sans cause. Gardés que ne les hayysiés semblablemēt. Pource qu'ils sont voués
à la mort, & qu'ils seruent à l'autheur de la mort, ils machinent la mort aux autres. C'est à
nous à faire ce pendant d'auoir compassion d'eux, & non pas de resister ou blesser. Car la
verité Euangelique nous retire de la volonté de blesser pour nous attirer à la volonté de
bien-faire. Or par cest argument nous cognoissons que nous sommes destinés à la vie
eternelle, & exempt de la tyrānie de la mort, en ce que nous aymons noz freres. Celuy qui
ayme, il veut bien & faict bien. Le corps vit de l'alcine. L'ame vit de l'esprit de Christ. Quiconque donc hait son prochain, il est mort & n'a point de vie dedās soy. Car cōbien qu'il

Qui n'ayme
point son fre=
re, il est en la
mort.

ait foy, toutefois sa foy est morte, d'autant que la charité n'y est pas. Estimés vous si peu la
hayne contre le frere, & la desprisés comme vne faute bien legiere ? Quicōque hait son frere, est meurtrier. Il est vray qu'il n'a point desgayné le cousteau. Il n'a point donné de poison, il n'a point assailly, il n'a point mesdit, seulemēt il a mal voulu. Il ne sera point reprins
d'homicide par la loy des hommes : mais enuers Dieu il est desia condamné comme meurtrier. Qui a conceu hayne en son cœur autant qu'en luy est, il est desia meurtrier. Il a plusieurs sortes d'homicide. Quiconque frappe du glaiue, il est puny par les loix prophanes.
Quiconque tue par poison, il est puny voyre des meschans. Au surplus celuy qui trāsper-
ce son frere du dard de sa lāgue venimeuse, iaçoit que par les loix humaines il soit absous
de meurtre, toutefois selō la loy Euangelique il est coulpable d'homicide. Encore vit celuy
à qui il veut mal ce porteur de rācune, & toutefois cestuy-cy est desia mort ? L'autre est sain
& vit, cestuy-cy a perdu la vie eternelle estant homicide de soy-mesme ? Voulés vous voir
(mes freres) comment il nous faut abstenir de blesser ? Tournés voz yeux à l'exemple de

En cecy, nous
auons cogneu
la charité de
Dieu.
Leuit. 19

Christ il nous a tant aymés sans que nous l'eussions aucunement merité, mais qui pis est,
nous auions descruy la mort, qu'il a abandonné sa vie pour nous. Combien plustost deuons nous pour le sauuement de noz freres abandonner nostre vie si la chose le requiert ?
mesmement nous qui auons succedé au lieu du grand Pasteur, qui est Christ ? Il n'a point
donné en garde ses brebis à Pierre, sinon qu'il eut premierement confessé trois fois son
amour, & tout soudain il luy declare l'espece de sa mort, à fin qu'il entendit qu'il failloit
defendre le salut de son trouppeau par le peril de sa vie. Mais celuy là qui ne veut ayder de
son argent, abandonnera-il sa vie ? Pensera quelqu'vn d'estre assés s'il ne blesse son frerer

Iean. 15
Iaq. 2

s'il ne parle doucement ? Christ nous a monstré par effect combien il nous aymoit. Quiconque aura regardé son frere ayant besoing de viures, ou de vestement, ou de logis, &
iaçoit qu'il ait puissance pour le secourir en sa poureté, & toutefois il n'est point esmeu à
misericorde, ains comme si ne luy appartenoit en rien, il le desprise : comme fera-il croyre
que la charité de Dieu est en luy ? L'ethnique donne secours à l'ethnique. Et toy Chrestien,
tu ne donnes point secours au Chrestien ? Tu confesses la fraternelle charité si vrayement
elle est en toy, pourquoy cesse-elle quand ton frere endure poureté ? Tu l'appelles ton fre-

Mes enfans,
n'aymōs point
de parolle ne
de langue.

re, & tu ne demonstres point nul signe de fraternelle affection ? Mes petits enfans, nostre a-
mour ne soit point seulemēt en parolle. La charité soit plustost en l'esprit qu'en la langue,
& plustost soit demonstrée par effect que par parolle. Soit en nostre parolle ordinaire
meslé vn mot de fraternité. Or à fin que nous soyons freres, & que noz faicts correspodēt
à nostre

à nostre parolle toutes & quantefois que l'occasion si adonnera, declairons par effect que l'amour fraternel est vrayemét en nous. Ce qui nous demeure de reste, qu'il ne defaille point à nostre frere, soit qu'il desire vne robbe, soit qu'il desire où viande, ou lógis, ou consolation, ou doctrine, ou admonitió. Que si nous demonstrós cecy de prompts courages nous cognoistrons par cest argument que nous sommes enfans de verité, & que nous aymons non en feintise, mais en syncerité. La verité cest Christ mesme, deuant les yeux du quel nous examinerons nostre conscience, à fin que nous soyons esprouués de Dieu & des hommes. Or les hommes cognoissent par noz faicts que la charité entre nous n'est point fardée. Dieu regarde la pureté de l'esprit. Nous donnerons secours à la poureté fraternelle, mais en sorte que nous aydions toutefois à nostre necessité, nó pas que nous viuions dissoluemét. Et secourerons de bonne volonté, non pas en esperance que salaire nous en soit rendu, ny pour occasion de vaine gloire. Les hommes ne voyent pas le cœur: mais il se cognoit bien soy-mesme : & se voit dés yeux de Dieu. Que si les hommes nous prisent, & nostre esprit coulpable en soy nous condamne, iaçoit que nous deceuions les hommes, neantmoins nous ne pourrons euiter le iugement de Dieu. Le cœur humain à ses cachettes & recoings secrets : mais rien ne peut estre tant caché & secret, qu'iceluy ne perce. Il cognoit mieux toutes choses que nous. Celuy qui a faict nostre cœur, cognoit nostre cœur. Par tout a ses yeux, celuy qui est par tout. Mes freres bien aymés, si nostre cœur nous condamne enuers Dieu, si nostre esprit est simple & syncere, si tout ce que nous faisons, nous le faisons de pure & entiere charité, tel se demonstrera Dieu enuers nous, quels nous nous serons demonstrés enuers nostre prochain. Si de bon cœur nous pardonnós la faute à nostre frere, facilement Dieu nous pardonnera tous noz pechés. Si gayement nous suruenons à nostre frere indigent toutes & quantefois qu'il requiert nostre ayde, semblablement d'vne certaine fiance, nous demanderons à Dieu, ce qui appartiendra à nostre salut & necessité, & il ne nous le denyera point quand nous luy demáderons. Que si nous luy disons: Pardonne nous noz offenses, tout ainsi que nous pardonhons à ceux qui nous ont offensés, & dedans nostre cœur nouós retens vne hayne contre nostre frere, nostre conscience ne cryera-elle pas tout soudain contre nous ? De quel front demádes-tu à Dieu ce que tu denies à tó prochain ? De quelse bouche demádes-tu que la paction te soit gardée, puis que tu n'accóplis point la condition ? Dieu nous a promis qu'il nous pardonnera noz pechés, mais c'est sous ceste condition que de cœur entier nous pardonnions premierement les pechés à nostre frere. Si de bouche nous disons : ie pardonne, & toutefois nous retenons au cœur la malueillance, nostre esprit coulpable en soy nous ostera la fiance d'impetrer ce que nous demandons à Dieu. Si nous saluons doucemét nostre frere, & nous ne sommes prests à le secourir quand la chose le requiert, il n'y a rien en quoy nous esperions ayde de Dieu, d'autant que nous auons failly à nostre prochain. Si nous auons esté sourds à ses commandemens, semblablement il sera sourd à nóz prieres. C'est vne honte non pas pieté de demander grace à celuy duquel tu mesprise les cómandemés. Or si nous gardons ses cómandemens, si nous faisons tout ce qu'il luy plaist, & tellement le faisons que nous soyons approuués deuant luy (qui voit toutes choses) nous aurons vne certaine fiance d'impetrer. Icy me pourra dire le Iuif obseruateur superstitieux de la Loy: Ie garde les iours du repos, ie suis baptisé, ie ieusne, ie m'abstié des viandes defendues, ie ne commets point de larrecin, Dieu m'escoutera. Or cecy n'est pas le cómandement duquel ie parle. Quel donc ? Certes que nous mettions tout nostre espoir & fiance de nostre salut en Iesus Christ fils de Dieu, par lequel le Pere nous a voulu donner toutes choses. Est cecy assés ? non vrayemét. Mais il veut qu'à son exemple nous nous aymions l'vn l'autre. Ainsi l'a-il commandé. Or ce qu'il a commandé, il l'a faict premierement. Encore n'ayme Christ celuy qui hait le membre de Christ. Encore n'ayme Christ celuy qui veut mal à l'homme, pour lequel Christ est mort. Quiconque donc gardera ce seul commandement de charité, il aura tout gardé. Par ceste conionction nous serons vnis en Christ, en sorte que luy sera en nous, & nous semblablement en luy. Il habitera par son esprit dedans noz cœurs, si charité est leans dedás feruente. l'Esprit de Christ n'est point autheur de hayne : mais dónateur de fraternelle charité. Iceluy par l'impositió des mains Apostolique s'espart à ceux qui sont baptisés. Mais luy-mesme s'en vole & sort, s'il aduient que la charité soit esteinte. Par ce signe donc nous apperceurons si le don de l'Esprit (lequel nous auons receu au baptesme) repose en nous, si la fraternelle charité en nous. D'autant qu'elle refroydira, autant il se reculera.

Que si nostre cœur nous reprend.

Car nous gardons ses commandemens.

Et cestuy est son commandement.

Et celuy qui garde ses commandemens. Iean. 15

CHAPITRE   IIII.

Es freres bié aymés, ie vous ay enseigné comme vous cognoistrés si l'esprit de Christ est en vous. Car il y a plusieurs & diuers esprits en l'homme, mais ils sont feints & mauuais. Ne croyés donc legierement à tout esprit. Plusieurs se vantent par tout qu'ils ont l'esprit de Dieu. Mais regardés si tels sont yssus de Dieu. Ce mōde a son esprit, & cōtrefaict l'esprit de Dieu. l'Esprit de Dieu inspire les Prophetes. Mais beaucoup de faux Prophetes sont desia venus au monde, qui se disent parler par inspiration du diuin Esprit. Mais ils mentent: car ils sont agités d'esprit mondain. Voulés vous donc vn plus certain argument de l'esprit de Dieu? Ouyés le docteur, & vous l'entendrés. Tout esprit qui confesse Iesus Christ nostre garant (qui a esté dés long temps promis au monde) du salut eternel, estre desia venu, & ayant prins corps humain: comme il auoit promis par ses Prophetes, iceluy est de Dieu: assauoir cognoissant le fils de Dieu. D'auantage quiconque nye cecy, il n'est point de Dieu, d'autant qu'il est menteur. Car nul à la verité ne confesse le fils, sinon celuy qui est inspiré du Pere. Or non seulement le nyent ceux qui de parolle l'impugnent, mais aussi ceux qui tellement viuent, comme si Christ n'auoit esté autheur de vraye pieté & de salut parfaict aux hommes. Et pourtant ils feignent que deuons attendre vn autre Messias, pource que la doctrine de cestuy-cy est trop contraire à leurs conuoytises. S'il eut fauorisé aux voluptés charnelles, s'il eut promis des amples richesses, s'il eut donné des honneurs & royaumes mondains, ils eussent dés long temps recogneu leur Messias. Maintenant pource qu'il enseigne le contemnement de toutes ces choses, & qu'il nous semond à porter la croix, & qu'il demōstre que nous deuons attendre toute nostre felicité en l'autre siecle, ils nyent que cestuy-cy soit le promis redempteur du genre humain. Et veulent qu'on attende vn autre qui promette les aises du corps, & les biens de ce monde. Or il ne suffit pas de confesser Christ, si nous ne le confessons tout & entierement. Quiconque le diuise ou ostant sa nature diuine (laquelle il a semblable auec son Pere) ou l'humaine (laquelle il a prins de sa mere) tel esprit n'est point de Dieu. Mais c'est l'esprit d'Antechrist, duquel aués ouy dire qu'il doit venir. Mais plustost il est desia venu, & poussé ceux qui estans adonnés aux plaisirs mondains, repugnent contre l'esprit de Dieu. Il ne faut point que vous les craigniés, mes petits enfans. Vous autres d'autāt que vous estes de Dieu, & que vous aués son Esprit, vous aués par luy vaincu les Antechrists. Vous estes certes imbecilles: mais celuy qui habite en vous, est plus grand & plus puissant que celuy qui habite au monde. Le diable vous faict la guerre par ses membres: mais Dieu vous defend par son Esprit. Iceux pource qu'ils sont de la ligue du monde, & qu'ils ont humé l'esprit mondain, ils sont sages selon le monde, & parlent choses mondaines, & leur doctrine est agreable à ceux qui sont adonnés aux monde. Nul ne croit facilement à ce qui est contraire aux choses qu'ardemment il ayme. Ils aymēt les choses terriennes, & leur doctrine sent la terre. Nous sommes de Dieu. Quiconque le cognoit (or celuy là le cognoit qui l'ayme) il nous escoute, nous qui enseignons choses celestes & dignes de Dieu. Qui n'est point de Dieu, il ne nous oyt point: mais il a en horreur la doctrine Euangelique, laquelle cōmande que nous reiettiōs les richesses, que nous mesprisions les voluptés, que nous nous glorifions en noz tribulations, que nous n'estimions rien nostre vie pour l'amour de iustice, que nous attendions tout le salaire de noz bienfaits en la resurrectiō (laquelle ceux cy ne croyent point deuoir aduenir, où ils ne voudroyent point qu'elle aduint) laquelle veut que nous abandonnions nostre vie pour nostre prochain par pure charité: comme ainsi soit que l'homme de mondain esprit en tout & par tout donne ordre à son profit, voyre faisant tort à son frere. Par ces indices donc vous pourrés discerner l'Esprit veritable de Dieu, d'auec l'esprit trompeur du mōde. Donc (mes freres bien aymés) d'autant que nous sommes de Dieu & non pas du monde, aymons nous mutuellement l'vn l'autre, & qu'vn chascun ait esgard plus tost au profit de son prochain, qu'au sien propre. Car charité est de Dieu. Quiconque donc est doué de ceste charité, il est nay de Dieu, & vrayement il cognoit Dieu. Quiconque ignore charité, il ne cognoit encore Dieu, pource que Dieu est charité. Il se donne à nous toutes & quantes fois qu'il nous donne sa charité. Il a declaré & insinué la charité enuers nous, à fin que semblablement nous declairions la nostre enuers nostre prochain. Or quelqu'vn dira: Nous cognoissons la charité du fils, mais d'où cognoissons nous l'amour du pere enuers nous? Certes de ce qu'il a enuoyé en ce monde son fils vnicque, lequel luy estoit plus cher que toutes choses, & l'a destiné à la mort: à fin

que

Et tout esprit qui ne confesse point.

Iean.8

Par cecy cognoissōs-nous l'esprit de verité.

Et d'enuoyé son fils vnicque au mōde.

Iean.3

que par sa mort nous eussions vie eternelle. Or cecy est le plus grand & excellent miracle
de dilection : assauoir que n'estant nullement prouocqué de nostre seruice, il nous a
aymés tant affectueusement. Qui ayme son amant, il est seulement digne de n'estre
point dit ingrat, mais sera à bon droit appellé inhumain s'il ne le faict. Nous aymions le monde estans reculés de l'amour de Dieu : & toutefois Dieu par sa grace nous
a premierement aymés. Et iaçoit qu'à bon droit il fut irrité de noz pechés & qu'il n'y
eut personne en terre qu'il ne fust taché de peché, & qui nous peust reconcilier à Dieu
(car il faut que celuy soit agreable qui pour les iniustes veut estre intercesseur enuers le
Seigneur irrité) il a enuoyé son fils des cieux, à celle fin qu'il se sacrifiast soy-mesme à
son pere, & à fin qu'il le nous rendit propice par telle pure victime. Quelle chose peut
on penser plus noble que ceste dilection? Quelle chose plus ardente? Quelle chose plus
abondante? Mes freres bien aymés, si Dieu (qui n'a que faire de nous) nous a aymés
tant grandement & volontairement, nous deuons aussi à son exemple nous aymer l'vn Nul ne vit ia-
mais Dieu.
Iean 1
l'autre. Le fils de Dieu s'est demonstré visible à nous. Au reste nul ne vit iamais Dieu
le pere des yeux corporels, & toutefois il est cogneu par les indices des choses. Nous
le sentons courroucé. Nous le sentons aussi propice & appaisé. Nous le sentons present. Nous le sentons absent. Nous ne pouuons rendre tesmoignage du mutuel a-
mour de Dieu enuers nous par autre argument, que quand nous nous aymons tous
l'vn l'autre, tout ainsi qu'il nous a aymés. Il nous a gratuitement aymés, & à ceste fin
aymés, à fin qu'il nous sauuast. Si en ceste sorte nous nous aymons l'vn l'autre, Dieu
(qui est charité comme i'ay dit) demeure en nous. L'amour est vulgaire quand nous
voulons bien à celuy qui nous a faict plaisir ou seruice, quand nous aymons celuy
qui nous peut rendre la pareille, quand nous tesmoignons la beneuolence par seruices communs. Mais la dilection de Dieu enuers nous a volontairement aymés. Il a aymé les estrangiers. Il a aymé iusques là qu'il n'a point espargné son propre fils vnic-
que. Si en semblable sorte nous aymons nostre prochain, lors la parfaitte charité de En cecy cogno-
issons nous que
nous demeu-
rons en luy.
Dieu est en nous, declarant Dieu mesme estre en nous. Tout ainsi qu'vn mesme esprit
conioinct les membres du corps, & en faict vn corps, aussi l'Esprit de Dieu nous conioinct aucunement en soy : & quasi assemblément il nous reduit à vn. Que si l'Esprit
de Dieu (qui nous enuoye en noz cœurs l'amour de nostre prochain) a vigueur en
nous, certes nous cognoissons par cest argument que nous demeurons en Dieu, &
Dieu semblablement en nous. Celuy donc est contraire à charité, qui nye que Iesus soit
fils de Dieu, qui a abandonné sa vie pour la redemption du genre humain. Or nous
auons veu tout cecy. Nous l'auons veu des yeux, ouy des oreilles & manié des mains.
Et rendons tesmoignage à tout le monde d'vne chose en tant de sortes notoire, assauoir
que le pere a enuoyé son fils, par la mort duquel il sera sauué : si se repentant de ses premiers pechés & erreurs, desormais il reforme sa vie selon la reigle Euangelique. Car non
seulement il a enuoyé pour sauuer la nation des Iuifs, mais il l'a ordonné sauueur de
tout le monde. Quiconque donc aura confessé que Iesus est fils de Dieu, lequel les prophetes auoyent predit deuoir venir, iceluy demeure en Dieu, & Dieu en luy. Car il cognoit la verité : & embrasse charité. Celuy là ne recognoit la charité de Dieu enuers soy,
qui semblablement ne la demonstre enuers son prochain. Or nous cognoissons par experience, & croyons de cœur, & confessons de bouche, & exprimons par faits la dilection
laquelle Dieu nous a demonstrée. Il ne reste plus sinon que nous perseuerions en ce que
nous auons commencé, & que ne fassions point que Dieu se retire de nous : & que nous Dieu est cha-
rité & qui
demeure.
nous esloignions de luy. Dieu (comme i'ay dit) est charité. Et quiconque perseuere en cha-
rité, il perseuere en Dieu : & Dieu semblablement en luy : & la conionction mutuelle de
l'Esprit diuin demeure ferme. Voulés vous encore vn autre argument, par lequel puissiés apperceuoir si la parfaitte charité de Dieu est en vous? Si nous auons bonne conscience ne craignons point ce grand iour du iugement, auquel seront separés de Christ
ceux qui n'ont ensuyuy Christ, ils trembleront quand ils orront celle horrible voix :
Reculés vous de moy. Mais nous auec fiance nous attendons ce iour, sçachant bien
que tout ainsi qu'il a vescu au monde : aussi sommes nous au monde. Il n'a rien tiré
de l'ordure du monde, mais il l'a purgé de toute sa souilleure, & l'a tiré en sa pureté autant qu'en luy estoit. Aussi nous semblablement nous nous separons si bien de toute nostre puissance du monde, que à bien parler nous l'attirons à Christ par doctrine Euan-
gelique, & chastes exemples de vie. La crainte du iugement diuin naist de mauuaise Crainte n'est
poit en charité.
conscience. La crainte donc ne conuient pas auec charité. Car charité donne fiance, que

Kkk 5　si elle

si elle est parfaitte, elle chasse toutalement toute crainte du cœur, & se resiouyt toutes &
quantefois que ce iour du iugement viet e l'etedemet premierement tres-bien sentant du
bon Dieu, secondement asseuré de soy. Charité ameine ioye. Crainte ameine tourment.
D'auantage celuy qui craint, par cela il demonstre qu'il n'est encore parfaict en charité.
D'autant que charité defaut, d'autant crainte abonde. Car celuy qui se sera demostré peu
exorable à son prochain, il craint de trouuer Dieu iuge peu clement enuers soy. Le iour
de l'aduenement manifestera ceux qui en ce monde auront vrayement aymé. Nous aymons Dieu, & ne s'en faut point esbahir: car il nous a aymés premierement. Or nous ne
le pourrions aymer, s'il ne nous attiroit à soy par son amour. Ce donc que nous l'aymós,
c'est vn benefice de luy. D'auantage nous tesmoignons que nous aymons Dieu, quand
nous aymons nostre prochain, en qui il veut estre aymé. Si quelqu'vn dit: I'ayme Dieu, &
toutefois il ait sont frere, il est menteur. Car les meschans mesmes (desquels plusieurs tant
s'en faut-il qu'ils ayment Dieu, qu'ils ne croyent point soit) ils ayment toutefois leur prochain de quelque affectió, ou pource qu'il est parent, ou allié, ou pource qu'il est cogneu,
ou familier, ou pour conclusion pource que l'homme voit que son prochain est homme
aussi, tout ainsi que des autres animaux chascun ayme son espece par vn instinct de nature. Celuy qui ne vit iamais Dieu, cóme l'aymera-il, puis qu'il hayt son prochain, lequel il
voit? D'auantage comme se peut-il faire que celuy ayme Dieu, qui mesprise ses commandemens? Si quelqu'vn dit: I'ayme César, ce pendant ne faisant compte des edits de Cesar,
qui est ce qui le croyra? Nous auons ce principal édit de nostre Empereur, que celuy qui
Dieu, il aymera aussi son frere ou bon ou mauuais. S'il est bon, qu'il ayme Christ en luy,
s'il est mauuais qu'il ayme en esperance qu'il se conuertira à Christ.

<h2 style="text-align:center">CHAPITRE   V.</h2>

Vicóque croit que Iesus est le Christ, c'est à dire celuy à qui faut demáder toutes aydes de nostre salut, & qui synceté ment le croit, iceluy est nay de Dieu: &
desia est escript au rolle des enfans de Dieu. Or celuy qui est fils, il ne peut faire
qu'il n'ayme. D'auantage quicóque de cœur entier ayme celuy qui l'a engendré, ayme aussi celuy qui de luy est engendré, assauoir son frere, qui a vn mesme pere auec
soy. Par cest argument nous apperceurons que vrayement nous aymons les enfans de
Dieu, si premieremét de saine affectió nous aymons Dieu. Car rien n'est vrayement aymé,
sinon ce qui est aymé pour l'amour de Dieu. Outre-plus nous cognoistrons que nous aymós Dieu, si nous gardós ses cómandemés, & si nous les gardós gayemét & volótairemét.
Or quãd ils sont ainsi gardés, ils ne sont point ennuyeux. Car quelle chose peut estre griefue & fascheuse à celuy qui aymé à celuy qui s'aduãce pour receuoir tels loyers? Le monde
nous met en auant terribles especes de maux, assauoir poureté, bannissement, diffamé, prison, battures, la mort. La guerre est grande, mais la victoire nous est asseurée. Car tout ce
qui est nay de Dieu, vainc le monde. Mais par quels moyens surmonte-il le monde? Est ce
par richesses, par puissantes armées, par artilleries & pistolets? Est ce par sçauoir módain?
Non certes. Le monde tant cruel soit-il, est vaincu par la seule fiance, par laquelle on se resigne totalement à Dieu nostre bouclier & defenseur. Les richesses peuuent estre rauies.
Mais que nous presente la foy? Elle dit: Tu as thresor au ciel. Tu es enuoyé en exil, mais le
pays teleste attéd son citoyé. On t'applicque des tourmés sur tó corps: mais par eux sont
achettées les ioyes eternelles. La mort t'est preparée: mais apres la mort l'immortalité viédra. Qui est donc celuy qui surmóte le monde? Ce n'est pas le Prince, ny le riche, ny le Philosophe, ny le roy mesme. Mais celuy (quicóque il soit) qui croit vrayement que Iesus est le
fils de Dieu. Croy ce que Christ a promis, & ce que le monde aura intenté ne te faschera
point. Premierement il a vaincu le monde, & a acquis immortalité. Il est venu en ce monde ayant prins nostre corps mortel, à fin qu'il vainquit pour nous, à fin qu'il nous monstrast cóment il faut vaincre, à fin qu'il nous asseurast de noz salaires. Mais de quelles armeures est-il venu garny? Iesus Christ est venu par eau & sang. Par eau, à fin qu'il no' pur-
geast de noz pechés. Par sãg, à fin qu'il nous donnast vie immortelle. Il a voulu estre baptisé, iaçoit qu'il fut exempt de tout peché, à fin qu'il nous eslargist innocence. Il a voulu
mourir en croix, à fin qu'il nous ouurist le passage à immortalité. Il s'est demonstré estre
Christ non seulement par ces deux indices, assauoir qu'il a receu le baptesme cóme hóme
pecheur, & qu'il est mort comme vn malfaicteur, luy qui seul entre tous les hommes estoit
exempt de tout peché, mais aussi l'Esprit apparoissant en espece de colóbe, a porté tesmoignage de luy qu'il estoit celuy, lequel le Pere auoit donné pour sauueur au monde. Car
aussi

En cecy nous
cognoissons
que nous ay-
mons les en-
fans de Dieu.

1.Cor.6

auſſi l'Eſprit eſt verité, auſsi bien que le pere & le fils. La verité de tous eſt vne & ſembla- *Car il y en a*
ble, auſsi que la nature de tous eſt vne & ſemblable. Il y en a trois au ciel qui portẽt teſmoi- *trois qui don-*
gnage de Chriſt, le Pere, la Parolle, & l'Eſprit. Le pere, qui deux fois par ſa voix venant du *nent teſmoi-*
ciel publiquemẽt a teſmoigné iceluy eſtre ſon fils bien aymé, en qui il n'auoit rien trouué *gnage.*
de mal. La parolle, qui apres auoir faiçt tant de miracles, qui en mourãt & reſſuſcitãt s'eſt
declaré eſtre le vray Chriſt, Dieu & homme enſemblement, cõciliateur de Dieu & des hommes. Le ſainct Eſprit, qui eſt deſcendu ſur la teſte du Baptizé, qui apres la reſſurrection eſt
deſcẽdu ſur les diſciples. Et de ces trois l'accord eſt treſgrãd. Le pere eſt autheur. Le fils meſſagier. l'Eſprit inſtigateur. Semblablement il y a trois choſes en terre qui teſmoignent de
Chriſt: aſſauoir l'eſprit humain, lequel il a laiſſé en la croix, l'eau & le ſang qui ſont ſortis
du coſté du mort. Et ces trois teſmoings s'accordent auſsi. Les autres trois le declarent a-
uoir eſté Dieu. Ceux cy auoir eſté homme. Auſsi Iean en a porté teſmoignage. Que ſi nous
receuons le teſmoignage des hommes, il eſt raiſonnable que plus nous eſtimions le teſmoignage de Dieu. Car le teſmoignage de Dieu le pere fut manifeſté quãd il diſt: Ceſtuy cy
eſt mon fils biẽ aymé, i'ay prins mõ bon plaiſir en luy. Eſcoutés-le. Quelle choſe pouuoit *Qui croit au*
eſtre plus apertemẽt ou plus pleinement dite? Quicõque vrayement croit au fils de Dieu *fils de Dieu.*
qui eſt Ieſus Chriſt, & qui a mis tous les moyens de ſa vie en luy, qu'eſtant aſſeuré de ſes
promeſſes il depriſe tout ce que le monde demonſtre preſentement ou amyable ou terrible, il a teſmoignage en luy, & porte teſmoignage du fils de Dieu. Car quand eſtant pouſſé de l'eſprit de Chriſt, il depriſe meſmement la mort pour l'amour de luy, le teſmoignage
qu'il porte deuant les hommes (aſſauoir que ce que Chriſt a enſeigné & promis, n'eſt pas
menſonge ny vanité) n'eſt pas petit. Quiconque ne croit en Dieu, mais il ſe fie au monde,
ceſtuy cy autant qu'en luy eſt, faiçt Dieu menteur, qui a promis felicité à ceux qui obeïrõt
à ſon fils Ieſus Chriſt, d'autant que par ſa vie meſme il declare qu'on doit demander la felicité au monde, & ſi fort il adhere aux aiſes de ceſte vie preſente, comme s'il ne reſtoit rien
de l'homme apres la mort corporelle. Le pere crie: Eſcoutés-le. Et la vie de ceſtuy cy qui ne
croit point, dit: Eſcoutés le monde. Car quand le fils eut prié que ceux qui croiroyent ou
deuoyent croire en luy, euſſent vie eternelle: la voix paternelle fut ouye, cõme teſmoignãt
par ſon de trompette ſes prieres auoir eſté exauſſées. Le pere donc nous a donné vie eternelle, demonſtrant à qui il la failloit demander, aſſauoir à ſon fils Ieſus Chriſt. Quicõquè
embraſſe ſa doctrine, quicõque eſt imitateur de ſon exemple, quiconque ſe fie en ſes promeſſes, il poſſede le fils, & a vie. Les arres de laquelle ce pendãt il tient, aſſauoir l'Eſprit de
Dieu, par la fiance duquel il n'a point honte d'appeller Dieu ſon pere. Quicõque eſt loing *Iean 3*
de ſon fils, il eſt loing de ſa vie. Pource ie vo⁹ redy tant de fois cecy, à fin qu'on ne vous per-
ſuade point autre choſe toute diuerſe: mais que vous teniés pour certain & indubitable, *I'ay eſcript ces*
que ce que vous aués creu eſt vray, aſſauoir que la vie eternelle vo⁹ eſt appreſtée par Ieſus *choſes à vous*
Chriſt, duquel eſtes enroulés pour coheritiers. Deſia vous poſſe dés le droit & les arres, & *qui croyés au*
poſſederés la choſe meſme en ſon temps. Vous donc qui croyés au fils de Dieu, croyés cõ- *nom du fils*
ſtammẽt, & tous les iours fiés vous en luy de plus en plus. Il ne ſera point trompeur en *de Dieu.*
ſes promeſſes de la vie eternelle, luy qui meſmement ne vous defaut point en ceſte preſente vie. Car l'Eſprit de Chriſt vous donne ceſte fiance, que tout ce que vous demanderés au *Et ceſte eſt la*
pere au nom du fils, vous l'impetrerés, moyennãt que le demãdiés ſelon ſa volonté, c'eſt *fiãce que nous*
à dire, ſi tels vous venés à prier quels il a voulu que fuſsiés, aſſauoir purgés de toute hay- *auons enuers*
ne fraternelle (car celuy de qui le prochain n'impetre point pardon de ſon offence, il n'im- *luy.*
petrera rien de Dieu auſsi) & ſi vous demãdés choſes qui ſont ſeantes à la vie celeſte, & qui
appartiennẽt à la gloire de Chriſt. Autremẽt nous ne ſçauons le plus ſouuẽt ce que nous
deuons demander à Dieu, & pour choſes ſalutaires le plus ſouuent nous demandons les
dõmageables, ſi l'Eſprit de Chriſt ne nous fournit ce qui eſt expedient de demander. Mais
toutes & quãtefois qu'en ceſte ſorte nous demandõs, nous ſommes certains que Dieu oyt
noz volõtés, nous ſommes certains qu'il nous dõnera ce que luy demãdons. Ainſi il nous
l'a promis, & peut donner ce qu'il a ᵽmis, & veut dõner tout ce q nous eſt ſalutaire. Et noñ
ſeulemẽt augmẽtera ſes biens en no⁹, eſtãt ſolicité par noz prieres, mais auſsi nous pardõ- *Si aucũvoit ſõ*
nera noz pechés ordinaires, ſans leſquels l'imbecillité de nature humaine ne peut lõgue- *frere pecher.*
mẽt durer. Et nõ ſeulemẽt remettra à vn chaſcun ſes pechés, quãd il aura demãdé pardon:
mais auſsi il preſtera l'oreille au frere priãt pour les pechés de ſon frere, moyenãt que le pe- *Ie ne dy point*
ché ſoit de telle ſorte que totalemẽt il n'eſteigne la charité fraternelle, voyre quãd encore il *que tu pries*
en obfuſque vne partie. Car tel peché y a qui ne peut eſtre imputé à ïbecillité, ny eſtre gue- *pour ceux*
ry par legiers & prõpts remedes, cõme ſi quelqu'vn par malice deſtinée pourſuyt iuſque à
mort

mort vne compagnie de Chrestiens, quand luy-mesme a faict profession en Christ. & qui sous pretexte de religion s'efforce de ruiner la religion. La meschante malice de cestuy cy ne merite pas l'intercession des hommes Chrestiens & religieux. Et toutefois la parfaitte charité prie pour telles gens, desirant les choses mesmes qui ne peuuêt estre faittes. Nul ne prie pour Satan, pource que par certaine & deliberée enuie, il côbat côtre ceux à qui Dieu veut bien. Et parauenture ne faut-il prier pour ceux qui sont tombés en semblable volonté, & les doit-on plus tost fuir de peur qu'ils ne blessent, que les ayder par prieres, s'ils ne dônoyent espoir d'amêdement. Telle maladie a besoing de plus forts remedes, & est plus grande qu'elle puisse estre guerie par prieres ordinaires, par lesquelles sont effacées les offenses legieres qui sont commises par infirmité, & non pas designées par certaine malice. Tout ce qui est contraire à la souueraine iustice, est peché. Or il y a plusieurs sortes de pechés. Il y a vn peché, qui combien qu'il diminue & souille l'innocêce, toutefois il n'esteint point totalemêt la charité Chrestienne, côme quand sottemêt & sans y penser nous disons quelque parolle côtre nostre amy, laquelle tout soudain nous nous repêtons auoir ditte, lors que la cholere subite a tiré de nous quelque parolle, laquelle nous voudrions auoir incontinent reuocquée, quand estans alleschés desviandes ou de la douceur du vin, nous mangeons ou beuuons vn peu d'auantage que necessité naturelle ne requiert. Dieu facilement pardonne telles fautes, si nous l'interpellons par mutuelles prieres. Et aussi les parens debonnaires le plus souuent ne font point semblant de voir telles fautes, qui n'endureroyent pas d'autres plus grans pechés. Côbien qu'il n'y a faute tant legiere soit-elle, qui doyue estre desprisée. Les bons doyuent euiter le peché, d'autant qu'il est mauuais : car quand on n'en tient côpte, peu à peu il tire à la mort. Mais tout ainsi qu'il faut remedier à tels maux legiers, & incontinent, qui à grand peine ne peuuent estre euités des hommes: aussi Dieu ne veuille iamais permettre, que celuy qui aura vne fois renoncé le monde, & qui se sera dedié à Dieu, qu'il retôbe en quelque peché & crime digne de mort. Nous sommes faits enfans de Dieu & mêbres de Christ par la profession Euangelique. Et n'est point raisonnable que les enfans discordent tant auec le pere, ny les membres auec le chef. D'auantage quicôque se cognoit entierement estre nay de Dieu, il se dône mieux garde de peché que de la mort, & donne ordre qu'il ne puisse auoir d'accoinâce auec ce seigneur maling, lequel il auoit premierement seruy auec le môde. Tout ainsi que Christ vne fois mort, est ressuscité, & estant ressuscité iamais ne mourra, aussi ne faut-il point reitterer le baptesme à celuy qui par baptesme est vne fois mort au monde, & qui est ressuscité à nouuelle vie auec Christ, pource qu'il faudroit que Christ mourut encore vne fois. Ayêt crainte du môde, ceux qui ne sont vrayement regenerés de Dieu, & qui n'ont point receu la semêce de la doctrine Euangelique de tout leur entendement. Nous autres sçauôs que nous sommes de Dieu, d'autant que les maux ny les biens ne nous separent point de Dieu. Tout le monde est côstitué en mal. Tourne-toy de quelque costé que voudras, tu trouueras deuât toy choses qui te distrairont de l'innocêce de vie. Mais le fils de Dieu nous a deliurés vne fois de tous ces enchantemens, qui pour ceste cause est venu au monde, à fin qu'il nous garantit du farcin de ce monde. Il a dechassé les tenebres de nostre premiere ignorance, & nous a donné entêdement esclarcy de lumiere Euâgelique, à fin que nous le cognoissions estre vray Dieu, & donateur de toute iustice, qui seul n'a rien commun auec le monde. Et nous qui de cœur pur ensuyuons sa doctrine & ses promesses, nous sommes en luy veritablement, tandis que nous sommes en son fils Iesus Christ, lequel pour ceste cause il a enuoyê au monde. Cestuy cy est le vray Dieu, & qui seul doit estre honnoré, & semblablemêt la vie eternelle, qui seule doit estre desirée. Mes petits enfans, si vous aués vrayement cogneu le vray Dieu, donnés vous garde des faux dieux, & des ymages & idoles mensongieres, lesquels le monde hônore. Celuy qui repute l'argent & en faict son Dieu, il honnore l'idole. Celuy qui faict son Dieu de son ventre, il honnore l'idole. Celuy qui pour honneurs mondains desprise les commandemens de Dieu, il hônore l'idole. Il y a plusieurs sortes de telles idoles. Gardés vous de toutes, si vous voulés estre vrays adorateurs de Dieu. Iceluy par sa grace nous veuille tous receuoir pour agreables, par la bonté duquel nous sommes deliurés de noz premiers erreurs. Amen.

Fin de la paraphrase sur la premiere Epistre de sainct Iean.

PARAPHRASE SVR LA SECONDE

EPISTRE DE SAINCT IEAN, PAR
D. Erasme de Roterodame.

E Iean ancié escry à la dame Esleue ensemble à ses enfans, lesquels syncerément i'ayme, ce que ie ne fay moy tout seul, mais aussi auec moy tous ceux qui ont cogneu la verité Euangelique, & lesquels n'ayment pour autre chose, sinon pource qu'ils cognoissent la pureté de la profession Euangelique (laquelle nous suyuons) & sçauent qu'elle demeure en vous, & qu'elle doit demeurer perpetuellement. Grace & misericorde & paix vous soit tousiours augmentée de par Dieu le Pere & nostre Seigneur Iesus Christ, à vous dy ie qui perseuerés en la verité de la doctrine Euangelique & mutuelle charité. Ie me suis grandement esiouy, quand i'ay entendu que les enfans ensuyuans la pieté & religion de leur mere, perseuerent en la verité de la doctrine Euangelique, & qu'ils ne prestent point l'oreille aux faux docteurs, qui s'essayent de destourner plusieurs d'icelle, comme ainsi soit que le Pere nous ait commandé d'estre obeissans à la doctrine de son fils, & de ne delaisser point sa voye. Il n'est plus dõc besoing que ie instruise ta pieté de nouueaux commandemens. Seulement perseuerons en ce qui nous a esté dés le commencement enioinct, assauoir que nous nous aymions l'vn l'autre vrayement & d'amour Chrestienne. Or faut-il que c'est amour soit maintenue entre nous par accord & semblance de saincte vie, à fin qu'en vne mesme volonté nous puissions viure selon le cõmandement de Dieu, lequel ne nous a rien plus diligemmét enioinct que la mutuelle charité entre nous. Or n'est-il possible qu'entre les meschans il y ait vray amour, ny entre ceux qui sont dissemblables. Ie ne vous baille donc point vn nouueau commandement : mais seulement ievous veux amonnester de perseuerer en celuy lequel pieça aués receu, & que ne vous laissiés distraire de luy par nulles cautelles des faux prophetes. Car on a veu en ce monde beaucoup de seducteurs, lesquels nyent Iesus Christ, lequel deuoit venir au monde selon les oracles des Prophetes. Quicõque presche cecy, il est seducteur, voyre Antechrist & aduersaire de Christ. Qu'vn chascun donc se donne garde qu'en delaissant ce qu'il a bien cõmencé il ne perde le fruict de tout ce qu'il aura iusques à present bienfaict. Ains plus tost mettons peine que receuions loyer entier, lequel n'est donné sinon à ceux qui perseuerent iusques à la fin. Quiconque se destourne de la verité, & ne demeure point ferme en la doctrine de Christ, il s'est aussi bien eslongné de Dieu le pere, puis qu'il a delaissé le fils. Mais celuy qui suyt cõstamment sa doctrine, il est par vn mesme moyen aymé du Pere & du fils. On ne sçauroit laisser ou retenir l'vn sans l'autre. Ceste cy est la vraye doctrine, laquelle vous aués receue dés le commencement par vrays tesmoings. Que si quelqu'vn venoit à vous qui vous annonçast vne doctrine contraire à ceste cy pour vous destourner de la verité Euangelique, tant s'en faut-il que le deuiés escouter, que mesmement vous ne le deués receuoir en vostre maison quand il demanderoit logis, & ne le deués saluer si d'auenture vous le rencontrés en la voye. Car il y a dangier que par sa conuersation il ne souille & contamine vostre famille, & en lieu du plaisir de la communication du logis il ne vous rende le mal, & que par sa salutation n'ayés occasion de parler ensemble. Or les mauuaises parolles gastent les bonnes mœurs. D'auantage celuy qui salue & qui communique auec vn tel abuseur, il semble estre participant de ses mesfaits. Car cela donne courage au meschant quand il se voit estre prisé de ceux lesquels il s'efforce de seduyre. Et il dõne aux autres occasion de mal penser, comme s'il fauorisoit à la meschãceté de celuy lequel il n'a point en horreur ny sa cõuersation aussi. Il y auoit beaucoup d'autres choses que ie desiroye vous escrire à ce propos. Mais i'ayme mieux moy present vous les manifester, que les vous escrire en papier : car i'espere vo⁹ aller voir bien tost, & en presence parler auec vous, à fin que la ioye que i'ay conceue de la ferme syncerité qui est en vous, soit comble & plus entiere, lors que ie pourray voir en vous ce que maintenãt estant absent i'entẽd de vous.

Et vous aussi pourrés voir la bonne affection que ie vous porte. Tes nepueux enfans de ta seur qui est femme vrayemẽt
Chrestienne, te saluent.

Fin de la Paraphrase sur la seconde Epistre de sainct Iean.

Matth. 17
I. Iean 2

PARAPHRASE SVR LA TROISIES-
ME EPISTRE DE SAINCT IEAN, PAR
D.Erasme de Roterodame.

E l'ancien souhaitte de par Iesus Christ à toy Caius mon biẽ aymé, hõme vrayemẽt digne d'estre aymé, & lequel i'ayme sans feintise, que tout ainsi que ton ame se porte bien en ce qu'elle perseuere en la doctrine Euãgelique:aussi en toutes autres choses se gouuerne bien aydãt la grace de Christ.Car i'ay esté fort resiouy de ce qui m'a esté rapporté par les freres qui sont venus icy me portans bon tesmoignage de ta pureté,& croy qu'ils sont autant vrays tesmoings cõme tu es vray sectateur de la verité Euangelique, non seulement par profession,mais aussi de faict & par bõne vie.Car il n'y a chose qui plus me soit agreable que quand i'entens dire que mes enfans lesquels par le moyen de l'Euangile i'ay engẽdrés en Christ,suyuẽt la verité que leur auons monstrée.Mon bien aymé,en tãt que tu es humain enuers les Chrestiens qui demeurent ou qui passent par là où tu es,tu fais chose conuenante à celuy qui vrayement a sa fiance en l'Euãgile, & qui sayme Christ.Car ils ont porté tesmoignage de ta pureté deuant toute l'assemblée des Chrestiens.Or feras-tu bien suyuãt telle humanité de cõduire encore ceux lesquels tu as logés humainemẽt,iusques là où ils voudrõt aller,cõme meritent d'estre traittés de ceux qui de bon cœur aymẽt Dieu,ceux là qui font l'affaire de l'Euangile,& non le leur propre.Car ils ne sont point partys cõme pour aller en marchãdise,pour accroistre les biens de leur maison,mais pour prescher le nom de nostre seigneur Iesus Christ, de la doctrine duquel ils font tellement les Gentils participãs que toutefois ils ne prennent rien d'eux:à fin qu'ils rapportẽt plus de fruict à Christ,pour lequel ils trauaillent,si ce qu'ils font est hors de toute souspeçon du profit desiré.Or est-il raisonnable que nous receuions telles gens en noz logis:& que tellement les traittions que rien ne leur defaille pour la necessité de leur vie,à fin qu'en partie nous soyõs participãs de ce qu'ils font pour la gloire de Dieu.Car Christ a promis que celuy qui receura vn prophete, cõme prophete, il aura salaire de prophete. I'ay par cy auãt escript à toute l'assemblée qui est là où tu es,qu'ils fissent ceste mesme chose de laquelle ie t'amõneste:mais Diotrephes resiste à cecy ne receuant noz exhortations, mieux aymãt estre le premier entre les siens,que vray & humble disciple de Christ, & estre autheur d'vne nouuelle heresie,que sectateur non feint de la vieille doctrine Euãgelique. Parquoy si ie viens vers vous,ie l'amonnesteray touchãt ses faits lesquels parauenture il ne croit point m'estre notoire,d'autãt qu'estant mauuais par parolles malicieuses il parle contre nous pour faire dechoir le credit que i'ay enuers vous en ce que ie vous enhorte de perseuerer en la doctrine Euangelique. Et non content de ce non seulement il ne reçoit point les freres:mais aussi il engarde ceux qui les veulent receuoir : & les deiette hors de l'assemblée.Ainsi est sa malice & peruersité grande.Mon bien aymé,n'ensuys point ce qui est mauuais:mais ce qui est bon.Nous deuons endurer les mauuais, & non point les ensuyure.Tous ceux qui ont receu le baptesme ne sont pas enfans de Dieu. Celuy qui monstre sa foy par bonnes œuures,il est vraymẽt nay de Dieu. Car il monstre par effect la maniere & la doctrine de son Pere.Celuy qui faict mal,iaçoit que par parolle il cõfesse Christ, toutefois il ne voit point Dieu vrayemẽt.Iceluy est veu par les yeux de la foy bien purgés. lesquels à l'opposite sont aueuglés par les tenebres des vices.Tu n'ensuyuras point donc Diotrephes:mais plustost Demetrius, de la pieté duquel tous rendent bon tesmoignage, & quand encore ils se tairoyent,toutefois l'effect demonstre sa vertu.Et mesmement nous ayãs experimẽté sa syncerité, en portõs tesmoignage.Et vous-mesmes sçauẽs biẽ que nostre tesmoignage est veritable. I'auoye plusieurs autres choses que ie te vouloye faire sçauoir:mais i'ay pẽsé qu'il n'estoit point besoing de t'en faire certain par escript.I'espere que i'iray bien tost vers toy:Lors nous parlerons de toutes choses plus amplement & plus seurement.Paix te soit donnée. Les amys qui sont icy te saluent. Salue
aussi en leur nom les amys qui sont là où tu es, &
nomméement l'vn apres l'autre &
diligemment.

Fin de la Paraphrase sur la troisiesme Epistre de sainct Iean.

REGISTRE▸

¶, a b c d e f g h i k l m n o p q r s t v x y z, ABC
DEFGHIKLMNOPQRSTVXYZ, Aa Bb Cc
Dd Ee Ff Gg Hh Ii Kk Ll Mm Nn Oo Pp Qq Rr
Ss Tt Vv Xx Yy Zz, Aaa Bbb Ccc Ddd Eee Fff
Ggg Hhh Iii Kkk. Tous ces quayers ont trois feuilles, ſi-
non Hh & Kkk, qui ont quatre feuilles.

A BASLE,

DE L'IMPRIMERIE DE FROBENNE,
par Ambroyſe (t) Aurelius Frobenne. Acheué
d'imprimer le moys d'Aouſt.
M. D. LXIII.

FRO BEN.

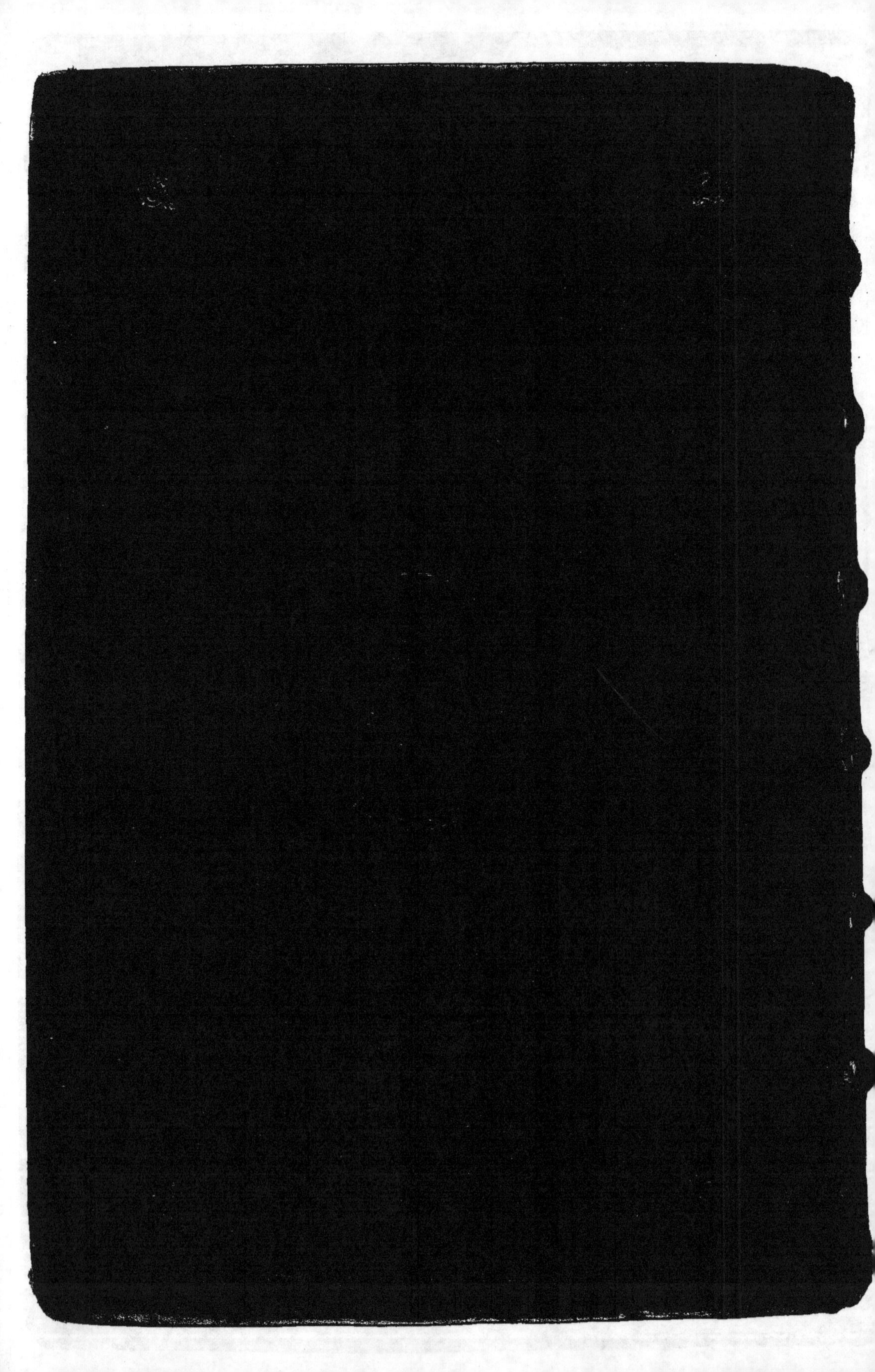